KB147632

『마이 라이프』 한국어판이 미국어판과 동시에 출간되어서 대단히 기쁩니다.
한국 국민의 행복을 진심으로 빕니다.

빌 클린턴의 마이 라이프

정영목 | 이순희 옮김

**THIS IS A BORZOI BOOK
PUBLISHED BY ALFRED A. KNOPF**

Copyright©2004 by William Jefferson Clinton

All rights reserved under International and Pan-American Copyright
conventions. Published in the United States by Alfred A. Knopf,
a division of Random House of Canada Limited, Toronto.
Distributed by Random House, Inc., New York.

www.aaknopf.com

Knopf, Borzoi Books, and the colophon are registered trademarks of
Random House, Inc.

Library of Congress Cataloging-in-Publication Data
TK

Manufactured in the United States of America
First Edition

이 책의 한국어판 저작권은 한국저작권센터(KCC)를 통한 저작권자와의
독점 계약으로 물푸레에 있습니다. 저작권법에 의해 한국 내에서
보호를 받는 저작물이므로 무단 전재와 복제를 금합니다.

빌 클린턴의 마이 라이프

Bill Clinton MY LIFE

정영목 | 이순희 옮김

도서출판
물푸레

옮긴이 소개

정영목
서울대 영문과를 졸업했다. 전문 번역가이면서, 이화여대 통번역대학원 겸임교수이다.
『파인만에게 길을 묻다』, 『호치민 평전』, 『마르크스 평전』, 『간디』 등 많은 책을 번역했다.

이순희
서울대 영문과를 졸업하고, 출판기획자이면서 번역가이다.
『나, 다이애나의 진실』, 『기적을 만들다』, 마틴 루터 킹 전기인 『나에게는 꿈이 있습니다』 등을 번역했다.

빌 클린턴의 마이 라이프

2004년 8월 20일 1쇄 발행
2005년 2월 24일 2쇄 발행

지은이 | 윌리엄 제퍼슨 클린턴
옮긴이 | 정영목 · 이순희
펴낸이 | 우문식
펴낸곳 | 도서출판 물푸레
등록번호 | 제 1072-25호
등록일자 | 1994년 11월 11일
주소 | 경기도 안양시 동안구 호계1동 994-5
전화 | (031)453-3211
전송 | (031)458-0097
홈페이지 | www.mulpure.com

책에 관한 문의는 mpr@mulpure.com으로 해주시기 바랍니다.

값 33,000원
ISBN 89-8110-198-1

나에게 삶에 대한 사랑을 주신 어머니,

사랑의 삶을 준 힐러리,

모든 것에 기쁨과 의미를 부여해준 첼시,

사람들이란 크게 다르지 않으므로

경멸받는 사람들을 존경하라고 가르쳐주신 외할아버지께

이 책을 바친다.

프롤로그

　　　　　　　　　　　　　　법대를 갓 졸업하고 인생을 한번 제대로 살아보고 싶은 마음으로 가슴이 뜨거웠던 젊은 시절, 나는 즐겨 읽던 소설과 역사책을 잠시 옆으로 밀어두고 실용서 한 권을 사 보았다. 앨런 라킨이 쓴 『시간과 인생을 통제하는 방법*How to Get Control of Your Time and Your Life*』이라는 책이었다. 이 책의 요점은 단기, 중기, 장기 인생 목표를 나열한 다음, 중요도에 따라 구분을 해보라는 것이었다. A그룹에는 가장 중요한 것, B그룹에는 그 다음으로 중요한 것, C그룹에는 마지막 목표들을 집어넣고, 각 목표마다 그것을 달성하는 데 필요한 구체적 행동을 적어야 했다. 나는 30년 가까운 세월이 흐른 지금까지 그 책을 갖고 있다. 그때 목표를 적은 종이도 어딘가에 있을 것이다. A그룹에 적었던 목표들은 지금도 기억한다. 나는 아름다운 사람이 되고 싶었고, 행복한 결혼 생활을 하면서 아이들을 잘 키우고 싶었고, 좋은 친구들과 사귀고 싶었고, 성공한 정치인이 되고 싶었고, 훌륭한 책을 쓰고 싶었다.

　　내가 좋은 사람이 되었느냐 하는 것은 물론 신이 판단할 문제다. 하지만 나의 가장 강력한 지지자들이 생각하는 만큼, 또는 내가 바라는 만큼 좋은 사람은 못 되는 것 같다. 그렇다고 나의 가장 가혹한 비판자들이 주장하는 것만큼 나쁜 사람이 아닌 것도 분명하다. 나는 힐러리, 첼시와 함께 누린 가정생활을 통해 한없는 은총을 받았다. 누구나 그렇듯이 우리의 가정생활도 완벽하지는 않았지만, 그래도 그만하면 훌륭했다. 세상이 다 알듯이 그 결함은 대부분 나의 결함이며, 그럼에도 계속 희망을 가질 수 있는 것은 그들의 사랑 덕분이다. 내가 아는 사람들 가운데 나보다 더 많은 또 더 좋은 친구들을 사귄 사람은 없다. 사실 나는 내 친구들, 이제는 전설이 된 '빌의 친구들FOB'의 어깨 위에 올라타고 대통령 자리에 올랐다고 말해도 지나치지 않다.

나의 정치 생활은 기쁨을 주었다. 나는 선거운동을 즐겼으며, 통치를 좋아했다. 나는 늘 상황을 올바른 방향으로 이끌어 가려고 노력했고, 더 많은 사람들에게 꿈을 실현할 기회를 주려고 노력했고, 사람들의 기운을 북돋우려고 노력했고, 사람들을 통합하려고 노력했다. 그것이 내가 점수를 딸 수 있었던 비결이다.

훌륭한 책? 그건 모르겠다. 어쨌든 이 책이 괜찮은 이야기를 담고 있는 것만은 틀림없다.

1

나는 1946년 8월 19일, 여름의 격렬한 폭풍우가 지나가고 하늘이 맑게 갠 날 이른 아침, 남편과 사별한 어머니에게서 태어났다. 태어난 곳은 호프의 줄리어 체스터 병원이다. 호프는 아칸소 주 남서부에 있는 인구 약 6,000명의 작은 도시이다. 아칸소와 텍사스의 주 경계에 있는 텍사르카나에서는 동쪽으로 50킬로미터 정도 떨어져 있다. 어머니는 내 이름을 아버지 윌리엄 제퍼슨 블라이드 2세의 이름을 따 윌리엄 제퍼슨 블라이드 3세라고 지었다. 아버지는 텍사스 주 셔먼에 사는 가난한 농부 집안의 9남매 가운데 하나로, 열일곱 살에 아버지를 잃었다. 고모들 말에 따르면 아버지는 늘 여자 형제들을 보살피려 했으며, 커서는 준수하고, 근면하고, 유쾌한 분위기를 좋아하는 남자가 되었다고 한다.

아버지는 1943년 루이지애나 주 슈레브포트의 트라이스테이트 병원에서 어머니를 만났다. 어머니는 그곳에서 간호사 수련을 받고 있었다. 나는 자라면서 어머니한테 두 사람이 만나고, 연애하고, 결혼한 이야기를 해달라고 조르곤 했다. 아버지는 데이트하던 여자에게 응급 상황이 생기자 어머니가 일하던 병동으로 데려왔다고 한다. 아버지와 어머니는 그 여자가 치료를 받는 동안 이야기도 하고 농담도 주고받았다. 아버지는 병원에서 나가는 길에 남자친구가 준 반지를 낀 어머니의 손가락을 살짝 건드리며, 결혼을 했느냐고 물었다. 어머니는 더듬더듬 아니라고, 독신이라고 대답했다. 다음 날 아버지는 원래 데이트 상대였던 여자에게 꽃을 보냈고, 어머니는 낙심했다. 그러나 얼마 후에 아버지는 어머니에게 데이트를 신청했다. 그러면서 여자와 관계를 끝낼 때는 꽃을 보내는 것이 자신의 습관이라고 설명하더라는 것이다.

두 달 뒤 두 사람은 결혼했고, 아버지는 전쟁터로 떠났다. 아버지는 이탈리아 점령 부대의 수송부에서 지프와 탱크를 고치는 일을 했다. 전쟁이 끝난 뒤 아버지는 어머니가 있는 호프로 돌아왔고, 두 사람은 시카고로 떠났다. 아버지는 전에 일하던 맨비 장비 회사에서 영업사원 일을 계속했다. 그들은 포리스트 파크 교외에 작은 집을 샀지만, 두 달 뒤에야 이사를 할 수 있었다. 어머니는 나를 임신했기 때문에, 새집에 입주할 때까지 호프에 있는 고향에 가 있기로 했다. 1946년 5월 17일, 아버지는 새집에 가구를 옮겨놓고 어머니를 데리러 시카고에서 호프로 차를 몰았다. 아버지는 1942년형 뷰익을 몰고 늦은 밤에 미주리 주 사이크스턴 외곽 60번 하이웨이를 달리고 있었다. 그때 오른쪽 앞 타이어에 펑크가 나는 바람에 차가 비에 젖은 도로에서 제멋대로 움직이기 시작했다. 아버지는 차에서 튕겨 나왔고 습지를 매립하기 위해 파놓은 배수용 도랑에 떨어졌다. 어쩌면 아버지가 어둠 속에서 좀더 안전한 곳으로 빠져나오려고 하다가 오히려 실수로 기어 들어가게 되었는지도 모른다. 도랑에는 1미터 깊이의 물이 차 있었다. 두 시간에 걸친 수색 끝에 발견되었을 때 아버지의 손은 수면 위의 나뭇가지를 붙들고 있었다. 다친 몸으로 물에서 빠져나오려 했지만 못 빠져나온 것이다. 아버지는 겨우 스물여덟의 나이에, 결혼 2년 8개월 만에(그 가운데 어머니와 보낸 시간은 7개월밖에 안 된다) 그곳에서 익사하고 말았다.

이 짧은 이야기가 내가 아버지에 대해 알고 있는 거의 전부였다. 나는 평생 그 빈 부분들을 채우고 싶어 안달했으며, 나에게 생명을 준 남자에 대해 더 많은 것을 알 수 있을지도 모른다는 생각에 사진이나 이야기나 신문조각을 열심히 모았다.

열두 살 되던 해던가, 호프의 버디 할아버지 집 포치에 앉아 있는데, 어떤 남자가 계단을 올라오더니 나를 빤히 쳐다보며 말했다. "너 빌 블라이드의 아들이로구나. 아버지를 빼닮았어." 그 뒤로 며칠 동안 내 얼굴에는 환한 웃음이 떠나지 않았다.

1974년 나는 국회의원에 입후보했다. 첫 출마였으며, 지역 신문은 어머니에 대한 특집 기사를 실었다. 어머니가 이른 아침, 잘 가던 커피숍에 들러 변호사 친구와 그 신문 기사에 대한 이야기를 하고 있는데, 늘 얼굴만 마주치던 아침식사 단골 손님이 어머니에게 다가와 말했다. "내가 그 현장에 있었습니다. 내가 그날 밤, 사고 현장에 처음 도착한 사람이었습니다." 이어 그는 어머니에게 자신이 본 것을 이야기해주었다. 아버지가 의식 또는 생존 본능을 잃지 않은 상태에서 도랑에서 기어 나오려고 안간힘을 쓰다가 죽었다는 이야기였다. 어머니는 그 사람에게 고맙다고 말하고 차로 가서 실컷 운 다음, 눈물을 닦고 출근했다.

1993년, 내가 대통령이 되어서 처음 맞이한 아버지날Father's day에 「워싱턴 포스트」는 아버지에 대한 긴 취재 기사를 실었다. 그러자 다음 두 달 동안 AP통신과 다른 많은 작은 신문들이 비슷한 취재 기사를 앞다퉈 실었다. 그 기사들은 어머니와 내가 아는 사실들을 확인해주었다. 물론 모르는 사실들도 많이 나타났다. 아버지가 어머니를 만나기 전에 결혼을 세 번 했을 가능성이 크며, 그 과정에서 적어도 두 명의 자녀를 둔 것 같다는 이야기도 있었다.

아버지의 다른 아들은 캘리포니아 북부에서 건물 관리인 일을 하다 퇴직한 리온 리첸탈러로 확인되었다. 신문 보도에는 그가 1992년 대통령 선거 운동 기간에 나에게 편지를 썼지만, 답장을 받지 못했다고 말한 것으로 나와 있었다. 그런 편지에 대해 들어본 기억은 없다. 당시 우리는 정적들의 수많은 총알을 피하려고 애를 쓰던 상황이었으므로, 실무진이 그것을 나에게 보여주지 않았을 가능성도 있다. 아니면 우리가 받던 산더미 같은 편지 속에 그냥 파묻혀버렸던 것인지도 모른다. 어쨌든 나는 리온에 대한 기사를 읽고 그에게 연락을 했으며, 나중에 캘리포니아 북부에 들렀을 때 리온과 그의 부인 주디를 만났다. 우리는 즐거운 시간을 보냈으며, 그때 이후로 명절 때면 편지를 주고받는다. 리온과 나는 닮았으며, 그의 출생증명서에는 나의 아버지의 이름이 적혀 있다. 더 오래 전에 리온에 대해 알게 되었으면 좋았을 것이라는 생각이 든다.

이 무렵, 아버지의 딸 샤론 페티존에 대한 신문 기사들이 사실임을 확인해주는 정보도 입수했다. 샤론은 1941년 캔자스시티에서 샤론 리 블라이드라는 이름으로 태어났으며, 아버지는 샤론의 어머니와 나중에 이혼했다. 샤론은 그녀의 출생증명서 사본, 그녀 부모의 결혼허가증 사본, 아버지의 사진, 아버지가 그녀의 어머니에게 '우리 아기'의 안부를 묻는 편지 등을 주지사 시절 내 비서실장이었던 벳시 라이트에게 보냈다. 이유야 어쨌든 간에 안타깝게도 샤론은 만나보지 못했다.

1993년에 알려진 이런 소식들은 그 무렵 암과 싸우고 있던 어머니에게 충격을 주었다. 그러나 어머니는 결국 대범하게 받아들였다. 어머니는 대공황기와 전시의 젊은이들은 다른 시대 사람들이 못마땅해할 수도 있는 일을 많이 했다고 말했다. 중요한 것은 아버지가 어머니의 평생의 사랑이었다는 것이며, 어머니는 아버지가 자신을 사랑했다는 것을 의심하지 않았다. 사실이야 어찌되었든, 생명이 끝나가는 상황에서 어머니가 알아야 할 것은 그것뿐이었다. 하지만 나로서는 그런 일들을 어떻게 이해해야 좋을지 잘 몰랐다. 그러나 나의 지난 삶을 볼 때, 아버지가 거의 50년간 내 마음에 품고 살아온 이상화된 모습보다 훨씬 더 복잡한 사람이었다는 사실이 그렇게 놀랄 일은 아니라고 생각했다.

1994년 D-데이 50주년을 맞이하여 몇몇 신문에서 아버지의 전쟁 기록에 대한 기사를 실으면서, 군복을 입은 아버지의 사진도 실었다. 그 직후 나는 뉴저지 주 넷콩의 움베르토 바론으로부터 편지를 한 통 받았다. 그는 편지에서 전시와 그 후에 자신이 겪은 일을 이야기했다. 이탈리아에 살던 어린 시절 미군이 그의 마을에 진주했고, 그는 미군 기지에 자주 놀러 갔다. 그곳에서 한 병사와 특히 친해졌는데, 그는 군것질거리를 주기도 하고, 자동차 엔진의 구조를 가르쳐주기도 하고, 자동차를 수리하는 방법을 가르쳐주기도 했다. 바론은 그 병사를 빌이라고만 기억하고 있었다. 바론은 전쟁이 끝난 뒤 미국으로 건너왔으며, 그를 '꼬마 미군'이라고 불러주던 그 병사에게서 영향을 받은 것인지 자동차 수리 공장을 차렸고, 결혼도 했다. 그 뒤에 그는 아메리칸 드림을 이루어, 사업이 번창하고 자식도 셋을 두었다. 자신이 성공한 데에는 그 병사의 도움이 컸다고 생각한 그는, 작별인사도 제대로 못하고 헤어진 것이 아쉬웠으며 그 뒤에도 무엇을 하고 사는지 궁금해하곤 했다. 바론은 이렇게 말했다. "올해 현충일the memorial Day 아침에 커피를 마시면서 「뉴욕 데일리 뉴스」를 뒤적이다가 갑자기 번개에 맞은 듯한 느낌이 들었습니다. 신문의 좌측 하단에 빌의 사진이 있는 게 아니겠습니까. 게다가 빌이 다름 아닌 미합중국 대통령의 아버지라는 사실을 알고 전율을 느꼈습니다."

1996년 백악관의 연례행사인 우리 가족 크리스마스 파티에 고모의 자녀가 처음으로 참석하여 나에게 선물을 주었다. 아버지가 죽은 뒤 고모의 지역구 하원의원인 위대한 샘 레이번이 보낸 조문 편지였다. 짧고 형식적인 편지였고, 당시에 사용하던 자동 서명 장치로 서명이 되어 있었다. 그러나 나는 산타클로스로부터 처음 장난감 기차를 선물 받은 여섯 살 난 아이처럼 기뻐하며 편지를 끌어안았다. 그리고 그 편지를 백악관 2층 전용 집무실에 걸어놓고 매일 밤 바라보았다.

백악관을 떠난 직후 유에스에어사USAir의 셔틀을 타고 워싱턴에서 뉴욕으로 가는데 항공사 직원 한 명이 나에게, 자신의 계부가 전시에 내 아버지와 함께 근무했고, 아버지를 무척 좋아했다는 이야기를 전해주었다. 나는 그 퇴역 군인의 전화번호와 주소를 물었다. 항공사 직원은 나중에 찾아보고 연락을 주겠다고 했다. 나는 아버지와 나를 연결해주는 인간 고리가 하나 더 생기기를 바라며, 지금도 연락을 기다리고 있다.

나는 대통령직에서 물러나면서, 특별히 몇 군데를 골라 미국 국민에게 작별인사를 하고 감사의 뜻을 전했다. 그 가운데 한 곳은 힐러리가 태어난 시카고였다. 1992년 성 패트릭 축일에 나는 그곳에서 민주당 후보 지명권을 거의 확실하게 따냈다. 그곳은 나의 가장 열렬한 지지자들이 살고 있는 곳이며, 범죄, 복지, 교육과 관련하여 내가 제시한 중요한 국내 정책들이 효과를 거둔 곳이다. 그리고 물론 그곳은 나의 부모가 전후에 살던 곳이기도 하다. 나는 힐러리에게 만일 아버지가 그 비 오는 날 미주리 고속도로에서 목숨을 잃지 않았다면, 그녀와 나는 얼마 떨어지지 않은 곳에서 자랐을 것이고 그녀를 만나지 못했을지도 모른다고 농담을 하곤 했다.

　나의 마지막 퇴임 행사가 열린 장소는 파머 하우스였다. 이곳은 1946년에 어머니가 호프로 돌아가기 전 아버지와 함께 사진을 찍은 곳이다. 이 사진은 내가 가지고 있는 유일한 부모님 사진이다. 나는 연설을 하고 작별인사를 한 뒤에 작은 방에 들어갔다가 메리 에터 리스라는 여자와 그녀의 두 딸을 만났다. 그녀는 자신이 어렸을 때 어머니의 친구였고 고등학교도 함께 다녔는데, 전쟁 산업 관련 일을 하러 인디애나에 갔다가 그곳에서 결혼해 정착하고 자식들을 길렀다고 말했다. 이어 그녀는 나에게 귀중한 선물을 주었다. 어머니가 스물세 살 때 생일을 맞아 친구에게 보낸 편지였다. 아버지가 죽고 나서 3주 뒤에 썼으니, 54년 전에 쓴 편지인 셈이다. 역시 어머니다운 편지였다. 어머니는 아름다운 필체로 자신의 상심에 대해 이야기하고, 그럼에도 꿋꿋이 살아가겠다는 결심을 밝히고 있었다. '믿어지지 않는 일이었어. 하지만 나는 지금 임신 6개월이야. 우리 아기 생각만으로도 나는 살아갈 수 있어. 정말이지 온 세상을 얻은 것 같아.'

　어머니는 아버지에게 주었던 결혼반지와 몇 가지 감동적인 이야기를 나에게 물려주었다. 나는 어머니의 나에 대한 사랑이 아버지에 대한 사랑에서 비롯되었음을 잘 알고 있다.

　아버지는 나에게 나 혼자만이 아니라 나와 어머니 두 사람을 위해 살아야 한다는 생각을 심어주었다. 내가 그 일을 잘하면 아버지의 못 다한 삶에 대한 아쉬움을 덜어줄 수도 있을 것 같았다. 나는 아버지에 대한 기억 때문에 보통 아이들보다 어린 나이에 나 자신의 죽음에 대해 생각할 수 있었다. 나 역시 젊어서 죽을 수도 있다는 생각을 하다 보면 삶의 매 순간을 최대한 활용하고, 다음의 더 큰 도전을 향해 앞으로 나아가야 한다는 결심이 단단해지곤 했다. 그래서인지 나는 설사 어디로 가야 할지 잘 모르는 경우에도, 늘 어딘가를 향해 서둘러 가고 있었다.

2

나는 외할아버지의 생일에 태어났다. 예정일보다 2주 빨리 태어났으며, 몸무게는 빈약하다고 할 수 없는 2.9킬로그램에 키는 53센티미터였다. 어머니와 나는 퇴원하여 호프의 허비 스트리트에 있는 외할아버지 집으로 가 그곳에서 4년을 살았다. 당시 그 낡은 집은 육중하고 신비로워 보였으며, 지금도 내 기억 속에 깊이 박혀 있다. 훗날 호프 사람들은 기금을 모아 그 집을 복원하고, 옛 사진과 주요 기사와 당시 가구들로 내부를 꾸며놓았다. 그 사람들은 그 집을 '클린턴 출생지'라고 부른다. 물론 그곳은 내가 삶에 눈을 뜬 곳이다. 시골 음식 냄새, 버터밀크 교유기, 아이스크림 기계, 빨래판, 빨랫줄, '딕 앤드 제인' 독본, 내가 가장 아끼던 짧은 사슬을 비롯한 첫 장난감, 우리의 '공동 회선' 전화로 들려오던 귀에 익지 않은 목소리들, 첫 친구들, 외조부모가 하던 일.

1년 정도 뒤에 어머니는 전에 간호사 수련을 받은 일이 있는 뉴올리언스의 채러티 병원으로 돌아가기로 결심했다. 공부를 해서 마취 전문 간호사가 될 생각이었다. 그 시절에는 의사들이 직접 마취를 했기 때문에 비교적 새로운 이 직업에 대한 수요가 있었다. 따라서 어머니는 이 일을 통해 사회적 위신을 높이고 더 많은 수입을 얻을 수 있었다. 그러나 나를 두고 가는 것은 틀림없이 괴로운 일이었을 것이다. 하지만 전후의 뉴올리언스는 젊은 사람들, 딕시랜드 음악, 예쁜 여자로 변장한 남자들이 춤을 추고 노래를 부르는 마이-오-마이 클럽 같은 대담한 놀이터가 넘쳐나는 곳이었다. 젊고 아름다운 과부가 상실감에서 벗어나기에 나쁜 곳은 아니었을 것이다.

나는 할머니와 함께 기차를 타고 뉴올리언스로 어머니를 두 번 찾아가 보았다. 겨우 세 살이었지만 두 가지는 분명하게 기억이 난다. 첫째는 우리가 프렌치 쿼터에서 커널 스트리트를 건너면 나오는 융 호텔의 상당히 높은 층에 묵었다는 것이다. 이 호텔은 내가 처음 본 대도시에서, 내가 처음 들어가본 2층 이상 높이의 건물이었다. 밤에 도시의 불빛을 내다보면서 느꼈던 경외감이 지금도 기억난다. 뉴올리언스에서 어머니와 무엇을 했는지는 기억나지 않지만, 그곳을 떠나려고 기차에 올라탔을 때 겪었던 일은 잊혀지지 않는다. 기차가 역에서 빠져나오는데, 어머니가 철길 가에 무릎을 꿇고 앉아 손을 흔들며 울음을 터뜨렸다. 어머니가 무릎을 꿇고 울던 모습이 어제 일처럼 눈에 선하다.

그때 처음 가본 뒤로 50년 넘게 세월이 흘렀지만, 지금도 나는 뉴올리언스에 특별한 매력을 느낀다. 나는 그곳의 음악, 음식, 사람들, 분위기를 사랑한다. 열다섯 살이 되었을 때 우리 가족은 뉴올리언스로 휴가를 갔다. 그때 걸프 코스트에 가서, 위대한 트럼펫 연주자 앨 허트가 자신의 클럽에서 연주하는 것을 직접 들었다. 처음에는 미성년이라는 이유로 나를 들여보내려 하지 않았다. 어머니와 내가 포기하고 나오려는데, 문지기 말이 모퉁이 너머에서 허트가 차에 앉아 책을 읽고 있는데 허트의 명령이라면 나를 들여보내줄 수 있다는 것이다. 나는 멋진 벤틀리 자동차 안에 앉아 있던 허트를 찾아내 창문을 톡톡 두드린 다음 사정을 이야기했다. 허트는 어머니와 나를 클럽으로 데리고 들어가더니, 앞쪽에 탁자 하나를 잡아주었다. 허트와 악단은 멋지게 연주했다. 그때 처음으로 재즈를 직접 들어보았다. 앨 허트는 나의 대통령 재임 시절에 죽었다. 나는 그의 부인에게 그 이야기를 적은 편지를 보내면서, 그 위대한 인물이 오래 전 한 소년에게 베푼 호의에 감사의 뜻을 전했다.

고등학교 시절 나는 뉴올리언스를 묘사하는 '초승달 도시Crescent City' 조곡을 테너 색소폰으로 연주했다. 그 도시를 처음 보았을 때의 추억을 떠올릴 수 있기 때문에 그 곡은 다른 곡들보다 자신 있었다. 스물한 살이 되었을 때는 뉴올리언스에서 로즈 장학금을 탔는데, 장학금을 받기 위한 면접을 잘할 수 있었던 것도 뉴올리언스가 아주 편안했기 때문인 것 같다. 그리고 법대 교수 시절, 학술대회에 참석하기 위해 힐러리와 함께 뉴올리언스로 두 번 멋진 여행을 했다. 우리는 프렌치 쿼터에 있는 예스러운 작은 호텔 '콘스토크'에 묵었다. 아칸소 주지사 시절에는 뉴올리언스에서 슈거볼이 열렸다. 우리 팀은 앨라배마에 패했고, 전설적인 베어 브라이언트는 은퇴 전에 이곳에서 멋진 승리를 거둘 수 있었다. 우리는 그래도 베어 브라이언트가 아칸소에서 나고 자랐다는 사실로 위안을 삼았다! 내가 대통령에 출마했을 때, 뉴올리언스 주민은 두 번이나 나를 압도적으로 지지해줌으로써 루이지애나 선거인단의 표를 가져올 수 있게 해주었다.

나는 세계의 훌륭한 도시들을 대부분 보았지만, 나에게 있어 뉴올리언스는 언제나 특별하다. 미시시피 강의 모닝콜 호에서 즐기는 커피와 베녜 도넛, 프리저베이션 홀의 노익장들인 에어런과 샤메인 네빌의 음악, 앨 허트에 대한 추억, 이른 아침 프렌치 쿼터에서의 조깅, 존 브로, 해리 리 보안관을 비롯한 여러 친구들과 근사한 식당에서 함께 즐기는 놀라운 음식, 그리고 무엇보다도 어머니에 대한 첫 기억들. 이런 것들은 늘 강렬하게 나를 미시시피 강변의 뉴올리언스로 이끈다.

어머니가 뉴올리언스에 있는 동안 나는 외할머니, 외할아버지 품에서 자랐다. 두 분은 너무나 성실하게 나를 돌보았다. 그들은 나를 무척 사랑했다. 안타깝게도 두 분의 서로에 대한 사랑, 또 할머니의 어머니에 대한 사랑은 그 사랑에 미치지 못했다. 물론 다행스럽게도 나는 당시에는 이런 것들을 의식하지 못했다. 오직 내가 사랑받는다는 사실만 알고 있을 뿐이었다. 나중에 어려운 환경에서 성장하는 아이들에게 관심을 가지게 되었고, 힐러리가 '예일아동연구센터'에서 하는 일을 통해 아동의 발달에 대해 약간 알게 되면서, 내가 얼마나 운이 좋은 아이였는지 깨닫게 되었다. 두 분은 그들 나름의 고통에도 불구하고, 늘 내가 세상에서 가장 중요한 사람이라고 느끼게 해주었다. 그런 사람이 단 한 명만 있어도 대부분의 아이들이 어려움을 견뎌낼 수 있을 것이다. 나에게는 그런 사람이 셋이나 있었다.

외할머니 이디스 그리섬 캐시디는 키 152센티미터에 몸무게는 80킬로그램이 넘었다. 내가 '마모'라고 부르던 외할머니는 똑똑하고, 기가 세고, 적극적인 사람으로, 젊었을 때는 틀림없이 예뻤을 것이다. 마모는 호탕하게 웃음을 터뜨리곤 했으나, 그 자신도 잘 이해하지 못하는 분노와 실망과 강박관념에 사로잡혀 있었다. 마모는 내가 태어나기 전에나 후에나 외할아버지와 어머니에게 격분하여 장광설을 늘어놓는 식으로 그것을 표현하곤 했다. 물론 나는 대부분의 경우 그런 공격으로부터 제외되었다. 마모는 공부를 잘했고 야심도 있어, 고등학교 졸업 후에는 통신 강좌로 시카고 간호대학에서 간호학을 공부했다. 내가 아장아장 걸어다닐 무렵, 마모는 허비 스트리트에 있는 우리 집에서 멀지 않은 곳에 사는 한 남자의 개인 간호사 일을 하고 있었다. 마모가 일을 끝내고 집에 돌아올 때면 마모를 마중하러 달려 나가곤 하던 일이 지금도 기억에 생생하다.

마모는 내가 무엇보다도 많이 먹고, 많이 배우고, 늘 깨끗하고 단정하기를 바랐다. 우리는 부엌의 창문 옆에 있는 식탁에서 식사를 했다. 내가 앉는 높은 의자는 창문을 마주보고 있었는데, 마모는 식사시간에 나무 창틀에 카드를 붙여놓아 내가 셈을 배울 수 있게 했다. 또 나에게 식사 때마다 잔뜩 먹이려고 했다. 당시에는 매일 목욕만 시킬 수 있으면 뚱뚱하게 키우는 것이 건강하게 키우는 거라는 통념이 지배적이었기 때문이다. 마모는 내가 직접 읽을 수 있게 될 때까지 '딕 앤드 제인' 독본이나 『세계백과사전World Book Encyclopedia』을 하루에 한 번은 읽어주었다. 당시에는 『세계백과사전』을 영업사원들이 방문 판매했는데, 노동자들의 집에는 『성경』외에 그 책만 갖추어놓는 경우가 흔했다. 어린 시절에 이렇게 자랐기 때문에, 나는 지금까지도 책을 많이 읽고, 카드 게임을 좋아하고, 몸무게와 씨름을 해야 하고, 세수와 양치질을 절대 빼먹지 않는 것인지도 모른다!

나는 내 인생의 첫 번째 남자인 외할아버지를 무척 사랑했고, 할아버지 생일에 태어났다는 것을 자랑스러워했다. 제임스 엘드리지 캐시디는 홀쭉한 몸에 키는 170센티미터 정도였다. 내가 어렸을 때만 해도 잘생긴 얼굴에 아주 건강했다. 나는 늘 할아버지가 배우 랜돌프 스콧을 닮았다고 생각했다.

내가 '파포'라고 부르던 외할아버지는 외할머니와 함께 인구 100명 정도인 보드코를 떠나 큰 도시 호프로 와, 얼음공장에서 마차로 얼음을 배달하는 일을 했다. 당시에는 아이스박스가 냉장고였기 때문에, 아이스박스의 크기에 따라 여러 크기의 얼음 덩어리를 집어넣었다. 외할아버지는 몸무게가 70킬로그램쯤 나갔는데, 등에 커다란 가죽 깔개를 대고 쇠고리 한 쌍을 이용해 무게가 50킬로그램이나 되는 얼음 덩어리를 지고 다녔다.

외할아버지는 아주 상냥하고 관대한 사람이었다. 모두가 무일푼이던 대공황기에는 어린 소년들에게 함께 얼음 트럭을 타자고 권하기도 했다. 일을 시킨다기보다는 거리에서 부랑하는 것을 막으려는 마음 씀씀이였다. 소년들은 일당 25센트를 벌었다. 1976년 내가 호프에서 법무장관에 입후보했을 때, 당시 외할아버지와 함께 일했던 존 월슨 판사를 만났다. 그는 법률가로 성공을 거두고 이름도 날렸지만, 여전히 그 시절을 생생하게 기억하고 있었다. 그는 하루 일을 끝내고 할아버지가 25센트를 줄 때면, 10센트짜리 두 개와 5센트짜리 하나로 달라고 했다. 그러면 돈을 더 많이 받은 기분이 들더라는 것이다. 그는 호주머니에 손을 찔러 넣고 잔돈을 짤랑거리며 집으로 걸어갔다. 그러나 너무 세게 흔들었는지 10센트짜리 하나가 호주머니에서 튕겨 나갔다. 몇 시간이나 그 돈을 찾았지만 결국 찾지 못했는데, 그는 40년이 지난 지금도 그곳을 걸을 때면 그 10센트짜리를 찾아 고개를 두리번거린다고 한다.

요즘 젊은 사람들에게 대공황이 나의 부모나 조부모 세대에게 끼친 영향을 말로 표현하기는 어렵겠지만, 어쨌든 나는 그것을 느끼며 자랐다. 어머니는 대공황기의 어느 성금요일에 있었던 일을 이야기해주었는데, 그것은 어린 시절 가장 기억에 남는 이야기였다. 외할아버지가 퇴근해 집에 들어서더니 엉엉 울면서 돈이 없어 어머니한테 부활절에 입을 옷을 사 줄 수가 없다고 말했다는 것이다. 어머니는 그 일을 결코 잊지 못했으며, 나는 매년 부활절만 되면 원하든 원하지 않든 새 옷을 선물로 받게 되었다. 1950년대의 어느 부활절이 기억난다. 당시 나는 뚱뚱하고 부끄럼이 많았다. 나는 밝은색 반소매 셔츠에 하얀 아마포 바지를 입고, 분홍색 바탕에 검정 무늬가 있는 허시퍼피 신발을 신고, 또 거기에 어울리는 분홍색 스웨이드 가죽 허리띠를 매고 교회에 갔다. 나는 별로 즐겁지 않았지만, 어쨌든 어머니는 외할 아버지의 부활절 전통을 충실히 지켰던 것이다.

나와 함께 살던 시절, 할아버지는 내가 무척 좋아하는 두 가지 일을 했다. 할아버지는 작은 식품점을 운영하면서, 부업으로 제재소의 야간 경비일을 했다. 나는 파포와 함께 제재소에서 밤을 보내는 것을 좋아했다. 우리는 종이봉투에 담아간 샌드위치를 저녁으로 먹었고, 나는 차 뒷좌석에서 잠이 들곤 했다. 별이 총총하니 맑은 밤이면 톱밥더미에 올라가 새로 자른 목재와 톱밥의 향긋한 냄새에 취하곤 했다. 할아버지도 제재소 경비 일을 좋아했다. 그 일은 할아버지에게 집에 들어가지 않아도 좋은 핑계거리이자 어머니가 태어나던 무렵의 공장 노동자 시절도 떠올려볼 수 있는 기회였다. 파포가 어둠 속에서 차 문을 닫는 바람에 손가락이 낀 사건을 빼고는, 그 밤들은 나에게 즐겁고 완벽한 모험이었다.

식품점은 또 다른 종류의 모험을 내게 선사했다. 카운터 위에는 잭슨 쿠키가 든 커다란 단지가 있었는데, 입맛을 다시며 그 안에 손을 집어넣곤 할 때의 기분은 아슬아슬하고도 달콤했다. 그리고 식료품을 사러 오는 낯선 어른들을 만나면서 나는 처음으로 친척이 아닌 어른들과 접촉할 수 있었다. 할아버지의 손님 가운데는 흑인이 많았다. 당시 남부에서는 확실한 인종차별 정책이 이루어지고 있었지만, 농촌과 마찬가지로 작은 도시에서도 어느 정도의 인종간 교류가 불가피했다. 그러나 교육받지 않은 남부 시골 사람치고 인종차별적인 태도가 뿌리 깊게 자리 잡지 않은 사람은 드물었다. 할아버지는 그런 드문 사람 중의 하나였다. 내 눈에도 흑인은 달라 보였지만, 할아버지가 그들을 다른 사람들과 똑같이 대하면서 자식이나 일자리 이야기를 나누곤 했기 때문에 나 역시 그들이 나와 똑같은 사람들이라고 생각하게 되었다. 가끔 흑인 아이들이 가게에 들어오면 우리는 함께 놀았다. 내가 인종차별과 편견과 가난의 의미를 알고, 대부분의 백인이 나의 외조부모와는 다르다는 것을 아는 데에는 오랜 시간이 필요했다. 사실 인종에 대한 관점은 할머니와 할아버지가 가진 몇 안 되는 공통점 가운데 하나였다. 어머니는 서너 살 때 흑인 여자를 "검둥이"라고 불렀다가 외할머니한테 심하게 맞은 적이 있다고 말해주었다. 가난한 남부 백인 여자가 그런 문제로 자식을 심하게 혼낸다는 것은 1920년대에는 정말 보기 힘든 일이었을 것이다.

어머니는 파포가 죽은 뒤 식료품점의 회계장부를 들춰보다가 손님들이 갚지 않은 외상값이 많이 남아 있는 것을 보았다. 대부분 흑인들의 외상값 이었다. 할아버지는 최선을 다해서 살아가는 착한 사람들은 자신의 가족을 부양할 자격이 있으며, 따라서 할아버지 자신이 아무리 곤란해도 그들에게 외상으로 식료품을 주는 것을 마다한 적은 없다고 어머니에게 말했다고 한 다. 그래서 내가 구호 대상자용 식량 카드의 필요성을 한 번도 의심하지 않 았는지도 모른다.

대통령이 된 뒤에 할아버지의 가게를 드나들었던 사람의 이야기를 전해 듣게 되었다. 1997년 어니스틴 캠벨이라는 이름의 아프리카계 미국 여자가 오하이오 톨레도에서 고향 신문과 인터뷰를 하면서, 자신의 할아버지가 파 포에게서 '외상으로' 식료품을 사기도 하고, 자기를 그 가게에 데리고 가기 도 했다는 이야기를 했다. 그녀는 나와 놀던 기억이 있으며, 내가 "그 동네에 서 흑인 아이와 놀던 유일한 백인 아이였다"고 말했다. 그러나 나는 할아버 지 덕분에, 내가 흑인 아이들과 노는 유일한 백인 아이란 것도 몰랐다.

내가 가족 이외의 사람과 만날 수 있는 유일한 통로는 할아버지의 가게 말고는 우리 동네뿐이었다. 그 좁은 범위 안에서 나는 많은 경험을 했다. 길 건너편 집이 불에 타 사라지는 것을 보면서 나에게만 나쁜 일이 일어나는 것이 아니라는 것을 알게 되었다. 이상한 생물을 수집하는 아이와 사귀기도 했는데, 한번은 그 애가 자기 집에 뱀 구경을 오라고 했다. 그 애는 뱀이 옷 장 안에 있다면서 옷장 문을 열더니 나를 어둠 속에 밀어 넣고 문을 쾅 닫았 다. 그 애는 내가 어둠 속에 뱀과 단둘이 있게 되었다고 말했다. 다행히도 그 말은 거짓말이었지만, 나는 무서워 죽는 줄 알았다. 그때 나는 강한 사람 에게는 우스워 보이는 일도 약한 사람에게는 잔인하고 모욕적으로 느껴질 수 있다는 것을 알게 되었다.

우리 집은 철도의 지하도에서 한 블록 거리에 있었다. 당시에 그런 지하 도는 타르를 칠한 거친 목재로 만들어져 있었다. 나는 그 목재들 위로 기어

올라가 기차가 머리 위에서 덜거덕거리며 지나가는 소리를 듣는 것을 좋아했다. 그 소리를 듣노라면 기차가 어디로 가는지, 나도 나중에 그곳에 갈 수 있을지 궁금해지곤 했다.

가끔 우리집과 마당이 붙은 집에 사는 아이와 뒤뜰에서 놀곤 했는데 그 아이는 우리보다 크고 좋은 집에서 살았으며, 아름다운 누이도 둘이나 있었다. 우리는 풀밭에 몇 시간씩 앉아, 칼을 땅에 던져 꽂는 법을 익히곤 했다. 그의 이름은 빈스 포스터였다. 그는 내게 잘해주었고, 나이 많은 아이가 자기보다 어린아이에게 흔히 그러는 것처럼 나에게 군림하려 하지 않았다. 그는 키가 크고, 잘생기고, 지혜롭고, 선한 남자로 성장했다. 그는 훌륭한 변호사가 되었으며, 내가 정치에 발을 들여놓았던 초기에 나의 강력한 지지자였고, 로즈 법률회사에서는 힐러리의 절친한 친구가 되기도 했다. 나와 그의 가족은 리틀록에서 자주 만났다. 주로 그의 집에서 만났는데, 그의 부인 리사는 첼시에게 수영을 가르쳐주기도 했다. 빈스는 우리와 함께 백악관에 왔으며, 임기 초반의 그 정신없던 몇 달 동안 늘 잔잔한 이성의 목소리를 잃지 않았다.

어린 시절, 가족 외에 나에게 영향을 준 사람이 또 한 명 있었다. 오데서는 외할머니, 외할아버지가 일하러 나가면 우리 집에 와서 나를 봐주던 흑인 여자였다. 그녀는 뻐드렁니가 있었는데, 그것 때문에 그녀의 웃음이 더 밝고 더 아름다워 보인다고 생각했다. 나는 호프를 떠난 뒤에도 그녀와 오랫동안 연락을 했으며 1966년 친구와 함께 아버지와 할아버지 무덤에 들렀다가 오데서를 만나러 갔다. 흑인들은 대부분 묘지 근처에 살았다. 묘지는 할아버지의 가게가 있던 곳에서 길 하나를 건넌 곳이었다. 우리는 그녀의 집 포치에서 오랫동안 이야기를 나누었다. 이윽고 우리는 그녀와 헤어져 차를 타고 비포장도로를 달렸다. 호프에서, 그리고 나중에 이사한 핫스프링스에서 내가 본 비포장도로는 흑인 동네에만 있었다. 그 동네 역시 열심히 일하면서 나 같은 어린 자식을 키우는 사람들이 많이 사는 곳이었으며, 그들 역시 세금을 내는 사람이었다. 오데서는 더 나은 대접을 받을 자격이 있는 사람이었다.

어린 시절에 보았던 다른 어른들은 친척들이었다. 외증조부, 이모할머니 오티와 오티의 남편 칼 러슬, 그리고 누구보다도 외종조부 오런(버디라고도 불렸으며, 내 삶의 빛 가운데 하나였다)과 그의 부인 올리.

시골의 외증조부는 땅에 말뚝을 박고 그 위에 지은 작은 나무 집에서 살았다. 아칸소는 미국에서 토네이도가 가장 많이 부는 곳이기 때문에, 외증조부처럼 나무로 지은 집에 사는 사람들은 폭풍우를 피하기 위해 땅을 파 지하실을 만들어 두었다. 외증조부의 지하실은 앞마당에 있었는데, 그곳에는 작은 침대와 작은 탁자가 있고, 탁자 위에는 등잔이 있었다. 내가 그 작은 공간을 들여다보자 외증조부가 말하는 소리가 들렸다. "그래, 가끔 뱀이 거기로 기어 들어가기도 해. 하지만 등잔을 켜놓으면 물지는 않아." 그 말이 사실인지 아닌지는 확인하지 못했다. 증조부에 대한 또 하나의 기억은 내가 다섯 살 때 다리가 부러져 입원을 하자 문병을 오셨던 일이다. 증조부는 내 손을 잡았고, 우리는 함께 사진을 찍었다. 증조부는 소박한 검은 재킷을 걸치고, 하얀 셔츠의 단추를 맨 위까지 채웠다. 산처럼 늙어 보이는 그 모습은 〈아메리칸 고딕American Gothic〉(화가 그랜트 우드의 그림—옮긴이주)에서 걸어나온 것처럼 보였다.

외할머니의 자매인 오펄(우리는 '오티'라고 불렀다)은 그리섬 가문 특유의 너털웃음이 특징인 우아한 여자였으며, 이모할머니의 조용한 남편 칼은 수박을 재배하는 사람 가운데 내가 처음 만나본 사람이었다. 강 때문에 비옥하고 모래가 많은 호프 주변의 땅은 수박을 재배하기에 이상적이었다. 1950년대 초에 호프의 큰 수박은 이 도시의 트레이드마크가 되었다. 그때까지 재배한 수박 가운데 가장 큰 수박을 트루먼 대통령에게 보내기도 했는데 그 무게는 거의 90킬로그램에 육박했다. 그러나 30킬로그램 이하의 수박이 맛은 더 좋았다. 나는 칼 할아버지가 수박을 재배하는 것을 구경했다. 칼 할아버지가 빨래통에 있는 물을 퍼다 수박 주위의 땅에 부으면 수박 줄기는 진공청소기처럼 물을 빨아들였다. 내가 대통령이 되었을 때도 칼의 사촌인 카터 러슬은 호프에 수박밭을 가지고 있었는데, 그곳에 가면 빨간 수박, 또는 그것보다 더 단 노란 수박을 맛볼 수 있었다.

힐러리가 나를 처음 보았을 때, 나는 예일 법대 라운지에서 미심쩍어하는 친구들에게 호프 수박의 크기에 대해 자랑을 하고 있었다. 내가 대통령이 되었을 때 호프의 옛 친구들은 백악관의 사우스론에 수박 먹는 자리를 설치해주었다. 나는 그곳에서 내가 오래 전 오티 할머니와 칼 할아버지에게서 배운 주제에 관심을 가지는 새로운 세대의 젊은이들에게 수박 이야기를 해주었다.

외할머니의 오빠인 버디 할아버지와 그의 부인 올리는 나의 친척들 가운데 가장 중요한 인물들이었다. 버디와 올리에게는 자식이 넷 있었는데, 내가 호프에 갔을 때 그 가운데 셋은 이미 그곳을 떠난 뒤였다. 드웨인은 뉴햄프셔의 구두 공장 임원이었다. 콘래드와 팰버는 댈러스에 살았지만 자주 호프에 들렀으며, 지금은 호프에 살고 있다. 막내인 마이러는 로데오 퀸이었다. 그녀는 프로처럼 말을 탔으며, 나중에 카우보이와 달아나 아들을 둘 낳았지만, 이혼하고 집으로 돌아와 주택과 가정일을 책임졌다. 마이러와 팰버는 한번 웃었다 하면 눈물이 날 때까지 웃는 멋진 여자들이었고, 늘 가족이나 친구와 어울렸다. 그들이 지금도 내 삶의 일부를 이루고 있다는 것이 기쁘다. 나는 호프에 살던 내 삶의 첫 6년 동안은 물론이고, 올리가 죽은 뒤 버디가 집을 팔고 팰버와 함께 살기 전까지, 버디와 올리의 집에서 많은 시간을 보냈다.

시골에서 자란 부유하지 않은 사람들의 삶이 대부분 그렇듯이 친척들과 어울리는 삶에서는 식사, 대화, 이야기가 중심을 이루었다. 그들은 휴가를 갈 여유가 없었으며, 영화관에 가는 일도 드물었다. 1950년대 말까지는 텔레비전도 없었다. 그들은 대규모 장, 수박 축제, 이따금씩 열리는 스퀘어 댄스나 복음성가 경연대회에 참가하러 1년에 몇 번 외출을 했다. 남자들은 사냥과 낚시를 하고 시골의 작은 땅에서 채소와 수박을 길렀으며, 일 때문에 도시로 이사해도 그 땅은 버리지 않았다.

그들은 여윳돈이 없어도, 아담한 집, 깨끗한 옷, 찾아올 손님에게 대접할 음식만 있으면 결코 가난하다고 생각하지 않았다. 그들은 살기 위해 일했지, 일하기 위해 살지 않았다.

나는 버디와 올리의 집에서 먹는 음식이 가장 맛있었다. 우리는 작은 부엌의 큰 탁자에 둘러앉아 음식을 먹었다. 전형적인 주말의 점심식사(지금과는 달리 당시에는 이것을 정찬이라고 불렀다)에는 햄이나 불고기, 옥수수빵, 시금치나 콜라드, 으깬 감자, 고구마, 완두콩, 강낭콩이나 리마콩, 과일 파이, 받침 달린 술잔 비슷하게 생긴 커다란 잔에 양껏 마시는 차가운 차 등이 나왔다. 그 커다란 잔으로 마시면 꼭 어른이 된 기분이었다. 특별한 날이면 파이와 함께 집에서 만든 아이스크림을 먹었다. 식사 시간보다 일찍 가면 콩깍지를 까거나 아이스크림 제조기의 손잡이를 돌리는 등 음식 준비를 도와야 했다. 식사 전후는 물론이고 식사를 하는 동안에도 이야기가 끊이지 않았는데 읍내의 소문, 가족사, 이런 저런 이야기 등 화제는 풍성했다. 친척들은 모두 이야기꾼이었다. 보통 사람들이 겪는 간단한 사건이나 만남이나 불운도 그들의 입을 통해 흘러나오면 생명을 얻어 비극이나 희극이 되었다.

가장 뛰어난 이야기꾼은 버디였다. 그는 자신의 두 누이와 마찬가지로 아주 똑똑했다. 나나 내 딸의 세대에 태어났다면 그들의 삶이 어떻게 달라졌을지 궁금하다. 그러나 당시에는 그런 사람들이 많았다. 주유소에서 기름을 넣어주는 사람이 편도선 제거 수술을 하는 사람만큼 아이큐가 높을 수도 있었다. 미국에는 지금도 그리섬 집안 사람들 같은 이들이 많고, 그들 가운데 다수는 이민자들이다. 그래서 나는 대통령 재임 시절 모든 사람에게 대학의 문호를 개방하려고 노력했다.

버디는 교육은 거의 받지 못했지만 훌륭한 마음씨를 가졌으며 인간성은 박사급이었다. 그것은 평생 예리하게 관찰을 하고, 자신이나 집안의 악마들에 대처해옴으로써 얻은 성과였다. 결혼 초기에 술을 많이 마셨던 그는 어느 날 집에 오더니, 자신이 술을 마시기 때문에 올리와 가족에게 피해를 준다는 것을 잘 알고 있으며, 다시는 술을 마시지 않겠다고 부인에게 말했다. 그 다음부터 그는 50여 년 동안 술을 입에 대지 않았다.

버디는 여든이 넘어서도 50여 년 전에 기르던 개들의 특색을 묘사하면서 재미있는 이야기를 들려주었다. 그는 그 개들의 이름, 생김새, 독특한 습관, 그에게 오게 된 경위, 총에 맞고 떨어진 새를 물어오는 방법을 정확하게 기억하고 있었다. 많은 사람들이 그의 집에 들러 포치에 앉아 있다 가곤 했다. 그들이 돌아가면 버디는 그들이나 그들의 자식들에 대한 이야기를 들려주었다. 어떤 이야기는 웃기고 어떤 이야기는 슬펐지만, 버디는 대체로 그들에게 공감했고, 언제나 그들을 이해했다.

나는 증조부를 비롯한 친척들이 들려주는 이야기에서 많은 것을 배웠다. 완벽한 사람은 아무도 없지만 대부분의 사람들은 선하다는 것, 최악의 순간이나 가장 약한 순간에 한 행동을 가지고 사람을 판단할 수는 없다는 것, 가혹한 심판은 우리 모두를 위선자로 만든다는 것, 인생의 많은 부분은 그저 어딘가에 모습을 나타내고 어딘가에서 버티고 있는 가운데 흘러가 버린다는 것, 웃음은 종종 고통과 맞서는 가장 좋은 방법이며, 가끔은 유일한 방법일 때도 있다는 것. 어쩌면 내가 배운 가장 중요한 것은, 모든 사람에겐 하나의 이야기가 있다는 것인지도 모른다. 꿈과 악몽의 이야기, 희망과 상심의 이야기, 사랑과 상실의 이야기, 용기와 공포의 이야기, 희생과 이기심의 이야기. 나는 평생 다른 사람들의 이야기에 관심을 가졌다. 나는 다른 사람들을 알고 싶었고, 이해하고 싶었고, 느끼고 싶었다. 성장하여 정치에 뛰어들었을 때, 나는 늘 내가 하는 일의 주된 목표는 사람들에게 더 나은 이야기를 가질 기회를 주는 것이라고 생각했다.

버디 할아버지의 이야기는 끝까지 좋았다. 그는 1974년에 폐암에 걸려 폐를 절제했지만, 91세까지 살았다. 그는 정치적인 문제에 대해서도 조언을 했다. 만일 내가 버디의 충고를 따라 인기가 없던 자동차 등록세 인상 정책을 철회했다면, 아마 1980년 나의 첫 주지사 연임 선거에서 지지 않았을 것이다. 버디는 내가 대통령에 선출되는 것을 보고 무척이나 좋아했다. 올리가 죽은 뒤에는 딸 팰버의 도넛 가게에 가서 전혀 새로운 세대의 아이들에게 이야기를 해주고 인간 조건에 대한 재치 있는 논평을 들려주는 것을 큰 낙으로 삼았다. 버디는 유머 감각을 잃은 적이 없었다. 버디는 87세에도 운전을 했으며, 일주일에 한 번씩 91세와 93세의 두 여자친구와 따로 드라이브를 했다. 버디가 그 '데이트' 이야기를 했을 때 내가 물었다. "그래, 이제는 그런 나이 든 여자들이 좋다 이거죠?" 버디는 낄낄거리더니 말했다. "그럼, 그렇고 말고. 그런 여자들이 아무래도 변덕이 좀 덜할 테니까."

함께 지낸 긴 세월 동안 나는 버디가 우는 것을 딱 한 번 보았다. 버디는 올리가 알츠하이머병에 걸리자 요양소에 보낼 수밖에 없었다. 몇 주가 지나자 올리는 하루에 몇 분 정도 제정신이 돌아오곤 했는데 정신이 말짱한 그 순간에 올리는 버디에게 전화를 걸어 이렇게 말하곤 했다. "오런, 나와 결혼해 56년을 살았으면서 어떻게 나를 이런 곳에 버려 둘 수가 있어요? 어서 와서 나를 데려가요." 그러면 버디는 그 말에 순종하여 차를 몰고 그녀를 보러 갔지만, 요양소에 도착하면 올리는 이미 병의 뿌연 안개에 덮여 그를 알아보지도 못했다.

이 무렵 어느 날 늦은 오후에 나는 버디를 찾아갔다. 옛날 집으로 찾아간 것은 그때가 마지막이었다. 나는 버디의 기운을 북돋워주고 싶었다. 그러나 오히려 버디가 음탕한 농담과 시사적인 문제에 대한 익살스러운 논평으로 나를 웃겼다. 저녁이 되어 나는 리틀록의 집으로 돌아가야 한다고 말했다. 버디는 문간까지 나를 따라나왔다. 내가 막 문을 나서려는데, 그가 내 팔을 잡았다. 돌아보는 순간 그의 눈에 눈물이 보였다. 거의 50년에 걸쳐 사랑과 우정의 관계가 지속되었지만, 그의 눈물을 본 것은 그때가 처음이자 마지막이었다. 내가 말했다. "정말 힘드시죠?" 그때 버디의 대답을 결코 잊을 수가 없다. 버디는 웃음을 지으며 말했다. "그래, 힘들지. 하지만 애초에 결혼할 때부터 모든 짐을 다 지기로 약속했던 건데 뭐. 게다가 그 대부분은 아주 좋았거든." 버디 할아버지는 사람마다 자기 이야기가 있다는 것을 가르쳐주었다. 그리고 그 한 문장으로 자신의 이야기를 요약해주었다.

3

어머니는 뉴올리언스에서 1년을 보낸 뒤
그동안 배운 것을 현장에서 적용하고 싶은 간절한 마음을 품고 호프로 돌아
왔다. 어머니는 나와 다시 산다는 것, 그리고 과거의 웃기 좋아하는 자신으
로 돌아간다는 것에 마음이 들떴다. 어머니의 회고록『내 마음 가는 대로
Leading with My Heart』에 따르면 어머니는 뉴올리언스에서 몇 남자와 데이트도
했고 즐거운 시간을 보냈다.

그러나 어머니는 뉴올리언스로 가기 전부터 데이트를 자주 하던 남자가
있었다. 그는 뷰익 자동차 대리점을 운영하던 로저 클린턴이었다. 어머니는
아름답고 쾌활한 과부였다. 로저는 핫스프링스 출신으로, 두 번의 이혼 경
력이 있는 잘생기고 시끌벅적한 남자였다. 핫스프링스는 아칸소의 '죄의 도
시'로, 그 무렵 몇 년 동안은 미국에서 가장 큰 불법 도박이 이루어지던 곳
이었다. 로저의 형 레이먼드는 핫스프링스에서 뷰익 대리점을 운영했으며,
다섯 형제 집안의 막내이자 '말썽꾸러기' 로저는 '남서부 무기성능 시험장'
을 둘러싼 전시의 활황을 이용하려고 호프로 왔다. 아마 형의 그늘로부터
벗어나고 싶은 마음도 있었을 것이다.

로저는 핫스프링스 출신의 절친한 두 친구와 술을 마시고 파티를 즐겼
다. 한 사람은 클린턴 뷰익 대리점 건너편의 코카콜라 병 공장 소유주인 밴
햄프턴 라이얼이었고, 또 한 사람은 핫스프링스의 잡화점 몇 개와 호프의
잡화점 한 개를 소유한 게이브 크로퍼드였다. 로저의 매력적인 조카딸 버지
니아의 남편이었던 게이브는 나중에 핫스프링스 최초의 쇼핑센터를 짓기도

했다. 어린 나는 최초의 미스 핫스프링스인 버지니아를 보면 마음이 설레었다. 그들이 즐거운 시간을 보낸다고 하면 도박을 하거나, 술을 마시거나, 자동차, 비행기, 오토바이를 타고 무모하고 황당한 일을 벌인다는 뜻이었다. 그들이 모두 일찍 죽지 않은 것이 놀라울 정도다.

어머니는 로저를 좋아했다. 그는 재미있었고, 나에게 관심을 가져주었고, 너그러웠다. 어머니가 뉴올리언스에 있을 때 그는 어머니가 나를 만나러 고향에 올 수 있도록 돈을 대주기도 했다. 아마 마모와 내가 어머니를 만나러 기차를 타고 뉴올리언스에 갔을 때 여비를 댄 사람도 로저였을 것이다.

파포도 로저를 좋아했다. 그가 나와 파포에게 잘해주었기 때문이다. 할아버지는 기관지를 심하게 앓아 얼음 공장을 그만두고 한동안 주류 판매점을 했다. 전쟁이 끝날 무렵 헴프스테드 카운티는 투표를 통해 '금주'를 결정했다. 그래서 할아버지는 주류 판매점을 닫고, 식료품점을 열었다. 나는 나중에야 파포가 가장 가까운 합법적 주류 판매점이 있는 50킬로미터 떨어진 텍사카나까지 차를 몰고 가기 싫어하는 의사, 변호사 등 높은 신분을 가진 사람들에게 몰래 술을 팔았다는 것, 그리고 그 술의 공급자가 로저였다는 것을 알게 되었다.

마모는 로저를 정말 싫어했다. 그를 그녀의 딸이나 손자와 어떤 관계도 맺어서는 안 될 사람이라고 보았다. 마모에게는 그녀의 남편이나 딸에게는 없는 어두운 면이 있었는데, 때로는 그것 때문에 다른 사람들은 잘 보지 못하는 어둠을 볼 수 있었다. 마모는 로저 클린턴이 골칫덩이에 지나지 않는다고 생각했다. 골칫덩이는 맞는 말이었지만, '지나지 않는다'는 틀린 말이었다. 로저에게는 그 이상의 면이 있었으며, 그것 때문에 그의 이야기는 훨씬 더 슬퍼진다.

나는 로저가 나한테 잘해준다는 것, 그리고 수지라는 이름의 크고 거무스름한 독일 셰퍼드를 데려와 나와 놀게 해준다는 것 외에는 아무런 생각이 없었다. 수지는 아홉 살까지 살았으며, 내 유년 시절의 큰 자리를 차지했다. 그때부터 평생에 걸친 나와 개의 연애가 시작된 셈이다.

어머니와 로저는 어머니의 27번째 생일이 지난 직후인 1950년 6월에 핫스프링스에서 결혼했다. 결혼식에는 게이브와 버지니아 크로퍼드 부부만 참석했다. 나는 어머니와 함께 외할아버지 집에서 나와 곧 아버지라고 부르게 된 계부 집으로 갔다. 핫스프링스의 남쪽 끝, 워커 스트리트가 가로지르는 13번가 321번지에 자리 잡은, 나무로 지은 작고 하얀 집이었다. 오래지 않아 나는 빌리 클린턴이라는 이름을 사용하게 되었다.

새로운 세계는 재미있었다. 옆집에는 네드와 앨리스 부부가 살았다. 네드는 퇴직한 철도 노동자였는데, 집 뒤의 작업장에는 크고 복잡한 모형 전기기관차가 자리 잡고 있었다. 당시에는 모든 아이들이 라이오널 장난감 기차를 갖고 싶어했다. 나도 아버지가 사준 장난감 기차가 있었지만, 어떤 것도 네드의 크고 복잡한 선로와 아름답고 빠른 기차에 비할 수는 없었다. 나는 그곳에서 몇 시간씩 놀곤 했다. 마치 바로 옆에 디즈니랜드가 있는 기분이었다.

우리 동네는 제2차 세계대전 직후의 베이비붐 광고에 나올 만한 곳으로 어린 자식들을 기르는 젊은 부부가 무척 많았다. 길 건너에는 미치 폴크라는 별난 아이가 살았다. 마이너와 마거릿 폴크 부부의 딸인 미치는 고함을 치듯 큰 소리로 웃음을 터뜨리곤 했다. 미치는 그네를 아주 높이 뛰었기 때문에 그네 틀이 땅에서 빠져나오곤 했는데, 미치는 그네를 타면서 목청껏 외치곤 했다. "빌리는 젖병을 빤대요! 빌리는 젖병을 빤대요!" 나는 미치 때문에 미칠 것 같았다. 사실 나는 이제 다 커서 그런 짓은 하지 않았기 때문이다.

나중에 미치에게 발달 장애가 있다는 것을 알았다. 당시에는 그것이 무슨 말인지도 몰랐겠지만, 나는 주지사와 대통령 시절 장애인을 위한 기회를 확대하려고 노력할 때마다 미치 폴크 생각을 하곤 했다.

13번가에 사는 동안 나에게는 많은 일이 일어났다. 나는 미스 마리 퍼킨스 학교의 리틀 포크스 유치원을 다니기 시작했으며 어느 날 줄넘기를 하다가 다리가 부러지기 전까지는 그 유치원을 사랑했다. 사실 그 줄은 움직이지도 않는 줄이었다. 줄의 한쪽 끝은 놀이터에 있는 나무에 묶여 있고, 다른 쪽 끝은 그네에 묶여 있었다. 아이들은 일렬로 줄을 서 있다가 차례로 달려가 줄을 넘곤 했다. 나를 제외한 모든 아이들이 아주 가뿐하게 줄을 넘었다.

그 아이들 가운데 하나인 맥 맥라티는 포드 대리점 주인의 아들로, 주소년단의 주지사, 올스타 쿼터백, 주의회 의원, 성공적인 사업가를 거쳐, 나의 첫 백악관 비서실장이 되었다. 맥은 늘 모든 장애물을 문제없이 넘었다. 나로서는 다행인 일이지만, 그는 너무 앞서 가지 않고 늘 내가 쫓아오기를 기다려주었다.

나는 그 줄을 넘지 못했다. 통통한데다 굼떴기 때문이다. 너무 굼떠서 한번은 부활절 달걀 찾기에서 나 혼자만 달걀을 하나도 얻지 못한 적도 있었다. 달걀을 찾지 못해서가 아니라 달걀이 있는 곳까지 빨리 달려가지 못했기 때문이다. 줄넘기를 하던 날 카우보이 장화를 신고 학교에 갔는데 바보처럼 장화도 벗지 않고 줄을 넘으려 했던 것이다. 그 바람에 굽이 줄에 걸렸고, 몸이 빙글 돌며 바닥에 떨어졌다. 다리가 부러지는 소리가 들렸다. 나는 아파서 바닥에 누워 있었고, 몇 분 뒤에 아버지가 뷰익 대리점에서 달려왔다.

무릎 위가 부러졌다. 아주 빨리 자라는 나이였기 때문에, 의사는 엉덩이까지 캐스트를 하지 않았다. 대신 그는 내 발목에 구멍을 뚫더니 스테인리스스틸 막대를 끼우고 거기에 스테인리스스틸 편자를 붙인 다음 다리를 병원 침대 위의 허공에 매달았다. 나는 그렇게 두 달 동안 누워 있었다. 스스로 바보 같다는 생각도 들었지만, 유치원도 안 가고 손님도 많이 찾아왔기 때문에 기쁘기도 했다. 다리가 낫는 데는 시간이 오래 걸렸다. 퇴원을 하자 나는 자전거를 선물로 받았다. 그러나 연습용 바퀴 없이 타야 한다는 두려움을 떨쳐버리지 못했다. 결국 나는 운동신경이 둔하고 정상적인 균형 감각도 없는 사람이라는 생각에서 벗어날 수 없었다. 그러다가 스물두 살 때 옥스퍼드에서 처음으로 자전거를 타기 시작했다. 그때도 몇 번 넘어졌지만, 그것이 고통의 시작점을 높이는 일이라고 생각했다.

나는 다리가 부러졌을 때 달려와준 아버지에게 감사했다. 아버지가 나를 위해 달려온 것은 그때만이 아니었다. 아버지는 또 잘못을 한 나를 때리려는 어머니를 말리기 위해 직장에서 집으로 달려온 적도 한두 번 있다. 결혼 초기에 아버지는 내 곁에 있어 주려고 노력했다. 한번은 나와 함께 기차를 타고 세인트루이스로 카디널스 경기를 보러 가기도 했다. 당시 카디널스는 우리와 가장 가까운 메이저리그 야구팀이었다. 우리는 경기를 보고 멋진 곳에서 묵은 다음 아침에 집으로 돌아왔다. 나는 무척 기분이 좋았다. 그러나 안타깝게도 아버지와 함께 여행을 간 것은 그때가 유일했다. 둘이 낚시를 간 것도 한 번뿐이었다. 함께 크리스마스트리를 베러 숲에 들어간 것도 한 번뿐이었다. 온 가족이 함께 주 밖으로 휴가를 간 것도 한 번뿐이었다. 나한테는 의미 있는 일들이 아주 많이 생겼지만, 절대 두 번 생기지는 않았다. 로저 클린턴은 진정으로 나를 사랑했고, 어머니를 사랑했다. 그러나 자기의 의심의 그늘로부터, 법석대는 술 잔치와 사춘기적인 파티가 주는 가짜 안정감으로부터, 그가 진정한 남자가 되는 것을 가로막았던 어머니와의 불화와 분노로부터 결코 벗어나지 못했다.

어느 날 밤 어머니와 싸우던 중 술에 취해 자멸적인 태도의 극점에 이르렀던 아버지의 모습을 결코 잊을 수 없다. 어머니는 나와 함께 살 날이 얼마 남지 않았던 증조모 병문안을 가려 했다. 아버지는 가지 말라고 했다. 두 사람은 집 뒤편 그들의 방에서 서로 소리를 질러댔다. 왜 그랬는지 나는 복도로 들어가 그들의 방 문간까지 걸어가게 되었다. 그 순간 아버지는 등 뒤에서 총을 꺼내더니 어머니가 있는 쪽을 향해 쏘았다. 총알은 어머니와 나의 중간에 있는 벽에 박혔다. 나는 귀가 멍했고 무서웠다. 그때까지 총을 쏘는 모습을 보기커녕 총소리도 들은 적이 없었다. 어머니는 나를 붙잡더니 길을 건너 이웃집으로 갔다. 잠시 후 경찰이 왔다. 지금도 경찰이 아버지에게 수갑을 채워 데려가던 모습이 눈에 선하다. 아버지는 유치장에서 하룻밤을 보냈다.

나는 아버지가 어머니를 해칠 생각이 있었던 것은 아니라고 확신한다. 만일 잘못해서 우리 가운데 누가 총에 맞았다면 그는 삶을 포기했을 것이다. 그러나 알코올보다 더 독한 뭔가가 그를 그런 지경으로까지 타락시켰다. 다른 사람들, 그리고 나 자신의 내부에 있는 그런 힘들을 이해하기까지는 오랜 시간이 걸렸다. 아버지는 유치장에서 나오자 여러모로 정신을 차렸는지 무척 부끄러워했고, 한동안 별일이 없었다.

나는 호프에서 1년을 더 살면서 학교에 다녔다. 브룩우드 학교 1학년이 된 것이다. 선생님은 메리 윌슨이었다. 윌슨 선생님은 팔이 하나밖에 없었지만 매를 아끼면 안 된다고 믿는 분이었다. 그리고 그 선생님의 매는 노였다. 선생님은 바람의 저항을 줄이기 위해 노에 구멍을 뚫었다. 나는 여러 번 선생님의 애정 어린 관심의 대상이 되었다.

그곳에서 나는 이웃들과 맥 맥라티 외에 평생 친구가 된 다른 친구들도 사귀었다. 그 가운데 하나인 조 퍼비스의 유년에 비하면 나의 유년은 목가적으로 보일 정도이다. 그는 훌륭한 법률가가 되었으며, 나는 법무장관으로 선출되었을 때 조를 불러서 함께 일했다. 아칸소에서 연방대법원에 올라간 중요한 사건이 생겼을 때, 나도 그곳에 갔지만 사건에 관한 이야기는 조에게 맡겼다. 바이런 휘저 화이트 판사는 판사석에서 나에게 조가 아주 잘했다는 쪽지를 보냈다. 나중에 조는 나의 버스플레이스 재단의 첫 이사장이 되었다.

나는 13번가에 살면서 친구나 가족과의 삶 외에 영화를 발견했다. 1951년과 1952년에는 10센트면 영화관에 갈 수 있었다. 5센트는 입장료였고, 5센트는 코카콜라 값이었다. 2주에 한 번 정도는 영화관에 갔다. 당시에는 장편영화, 만화, 연속극, 뉴스를 한꺼번에 볼 수 있었다. 한국전쟁이 발발했기 때문에, 영화관에서 그 소식도 듣게 되었다. 플래시 고든과 로킷맨은 유명한 연속극의 주인공이었다. 만화영화 가운데는 〈벅스 버니〉, 〈꼬마 유령 캐스퍼〉, 〈베이비 휴이〉를 좋아했다. 나는 베이비 휴이와 나를 동일시했던 것 같다. 영화도 많이 보았는데, 특히 서부영화를 좋아했다. 가장 좋아한 영화는 〈하이 눈〉이었다. 이 영화가 호프에서 상영되는 동안 여섯 번쯤은 보았고, 그 후에도 열 번은 넘게 보았다. 지금도 〈하이 눈〉은 내가 가장 좋아하는 영화다. 그것이 전형적인 사나이가 등장하는 서부영화라서가 아니다. 내가 이 영화를 좋아했던 것은 게리 쿠퍼가 처음부터 끝까지 엄청난 두려움에 떨지만 그래도 결국 옳은 일을 하기 때문이다.

대통령에 선출되었을 때 어떤 인터뷰에서 내가 가장 좋아하는 영화가 〈하이 눈〉이라고 말했다. 당시 그 영화를 감독한 프레드 진네만은 거의 아흔이 다 되었으며, 런던에 살고 있었다. 나는 진네만 감독으로부터 따뜻한 편지와 함께, 그의 주석이 달린 시나리오 사본과 1951년 〈하이 눈〉 세트장에서 일상복을 입은 쿠퍼, 그레이스 켈리와 함께 찍은 사진을 받았다. 사진에는 그의 서명이 들어 있었다. 처음 〈하이 눈〉을 본 후 오랫동안 나는 뭔가 대결할 일과 마주칠 때마다 거의 틀림없는 패배를 빤히 응시하던 게리 쿠퍼의 눈, 그리고 두려움을 이기고 자신의 임무를 향해 걸어가던 그의 모습을 떠올리곤 했다. 이것이 현실에서도 큰 힘을 주었다.

4

    1학년을 마친 여름, 아버지는 고향 핫스
프링스로 돌아가기로 결정했다. 아버지는 뷰익 대리점을 팔고, 핫스프링스
에서 서쪽으로 몇 킬로미터 떨어진 와일드캣 로드에 있는 49만 평 정도 되
는 농장으로 이사했다. 이곳에는 실내 화장실이 없었다. 그래서 우리는 그
곳에 살던 1년여 동안, 더운 여름 한낮이든 추운 겨울밤이든 용변을 보러 집
바깥에 나무로 지은 변소까지 가야 했다. 흥미로운 경험이었다. 독이 없는
큰 뱀이 마당을 돌아다니다가 구멍을 통해 변소에 앉은 나를 살펴보기도 했
으니까. 나중에 정계에 들어갔을 때, 바깥 변소가 있는 농장에서 산 경험은
아주 좋은 이야깃거리가 되었다. 통나무 오두막에서 태어났다는 이야기와
맞먹는 이야기 같았다.

    농장 생활은 즐거웠다. 동물에게 먹이를 주기도 하고, 동물들 사이를 돌
아다니기도 했다. 그러다 운명의 일요일을 맞이했다. 아버지의 형 레이먼드
와 그 집 아이들도 함께 우리 가족은 야외로 점심을 먹으러 나갔다. 나는 레
이먼드의 딸 칼라를 데리고 양이 풀을 뜯는 들판으로 갔다. 그곳에는 반드
시 피해 다녀야 하는 성질 더러운 숫양이 있다는 것을 알고 있었지만 우리
는 운을 한번 시험해보기로 했다. 이것이 큰 실수였다. 담장에서 100미터쯤
안으로 들어갔는데, 그 숫양이 우리를 보더니 돌진해 오기 시작했다. 우리
는 담장을 향해 달렸다. 칼라는 나보다 몸집도 크고 발도 빨라 담장까지 갈
수 있었다. 그러나 나는 큰 돌멩이에 걸려 넘어졌다. 넘어져서 보니 내가 담
장에 가기 전에 숫양이 나를 따라잡을 것이 분명했다. 그래서 몇 발짝 떨어

진 곳에 있던 작은 나무로 달려 갔다. 누가 도와주러 올 때까지 나무 둘레를 뱅글뱅글 돌며 숫양의 공격을 피할 생각이었다. 이것 역시 큰 실수였다. 곧 숫양은 나를 따라잡더니 다리를 들이받아 쓰러뜨렸다. 그리고 내가 일어서 기도 전에 머리로 내 머리를 받아버렸다. 나는 다치기도 했고 정신도 없어서 일어설 수가 없었다. 그러자 숫양은 뒤로 물러나더니, 제대로 머리를 앞세우고 돌진하여 다시 나를 힘껏 들이받았다. 숫양은 같은 공격을 여러 차례 되풀이했다. 다만 공격 목표가 내 머리와 배를 번갈아 오갔을 뿐이다. 곧 나는 심한 상처를 입고 피를 쏟기 시작했다. 영원과 같은 시간이 흐른 뒤 레이먼드 삼촌이 나타나 큰 돌멩이를 집어 들어 힘껏 던졌다. 돌멩이는 숫양의 두 눈 사이에 정통으로 맞았다. 그러나 숫양은 고개만 한 번 흔들더니 가버렸다. 전혀 기가 꺾인 것 같지 않았다. 어쨌거나 나는 말짱하게 회복이 되었고, 이마에 흉터만 남았다. 이 흉터는 내가 자람에 따라 점차 내 두피로까지 번졌다. 이 경험 덕분에 내가 큰 상처를 입고도 견뎌낼 수 있는 사람임을 알게 되었다. 유년 시절에, 그리고 나이가 들어서도 이런 교훈을 두어 번 더 되새길 기회를 얻게 된다.

농장으로 이사하고 나서 몇 달 뒤, 아버지와 어머니는 모두 도시에서 일자리를 구했다. 아버지는 농부 일을 그만두고 레이먼드 삼촌의 뷰익 대리점에서 부품 관리자로 일하게 되었으며 어머니는 핫스프링스에서 감당할 수 없을 만큼 많은 마취 일을 맡게 되었다. 어느 날 어머니는 출근을 하다가 도시까지 걸어가는 여자를 차에 태워주었다. 어머니는 그녀와 조금 친해지자, 혹시 어른들이 일을 나간 동안 집에 와서 나를 돌봐줄 수 있는 사람을 구할 수 있냐고 물었다. 그러자 내 삶에 몇 번 나타났던 행운의 순간이 찾아왔다. 그녀가 자신이 하면 어떻겠느냐고 대답한 것이다. 그녀의 이름은 코러 월터스로, 구식 시골 여자의 장점을 두루 갖춘 할머니였다. 코러는 지혜롭고, 상냥하고, 올곧고, 양심적이고, 신실한 기독교인이었다. 코러는 그후 11년 동안 우리 식구가 되었다. 그녀의 가족 역시 모두 좋은 사람들이었다. 코러가 우리 곁을 떠난 뒤에는 그녀의 딸 메이 하이타워가 일을 하러 와서, 어머니가 죽을 때까지 30년 이상 집안일을 보살폈다. 때를 잘 만났더라면 코러 월터스는 훌륭한 성직자가 되었을 것이다. 코러의 모범 덕분에 나는 그녀가 없었을 경우보다 조금 더 나은 사람이 된 것 같다. 물론 코러는 그때나 이후에나 내가 지은 죄에는 아무런 책임이 없다. 코러는 또 강인한 시골 아낙네이기도 했다. 하루는 나와 함께 우리 집 안에 돌아다니던 엄청나게 큰 쥐를 잡기도 했다. 아니, 내가 쥐를 발견했고, 내가 비명에 가까운 소리로 환호하는 가운데 그녀가 쥐를 죽였다고 말하는 것이 정확할 것이다.

시골로 이사 오자 어머니는 내가 작은 시골 학교에 다니는 것이 걱정되어, 나를 시내의 세인트 존 가톨릭 학교에 입학시켰다. 그곳에서 나는 2학년, 3학년을 다녔다. 두 해 모두 담임선생님은 메리 애머터 맥기 수녀였다. 맥기 수녀는 학생들을 잘 보살펴주는 훌륭한 교사였지만, 결코 만만한 사람은 아니었다. 나는 6주마다 받는 성적표에서 전부 A를 받았지만, 시민생활만 C를 받았다. 시민생활이란 반에서 착한 행동을 했는지를 완곡하게 표현하는 말이었다. 나는 읽기나 쓰기 대회에서 경쟁하는 것은 좋아했으나 말을 너무 많이 했다. 이것은 초등학교에서는 늘 문제가 되었다. 그리고 나의 비판자들이나 내 많은 친구들이 지적하듯이, 이것은 내가 절대 극복할 수 없는 버릇이기도 하다. 나는 또 화장실에 간다는 핑계를 대고 매일 있는 묵주기도 시간을 빼먹다가 곤욕을 치르기도 했다. 가톨릭교회와 의식, 수녀들의 헌신에 매력을 느끼기는 했지만, 교회 경험이라고는 호프 제일침례교회의 주일학교와 여름성경학교밖에 없는 제멋대로인 소년에게 묵주를 들고 의자 위에 무릎을 꿇고 앉아 의자 등받이 위로 몸을 숙이고 있는 것은 견디기 힘든 일이었다.

아버지는 농장에서 1년 정도를 보낸 뒤에 핫스프링스로 이사하기로 결정했다. 그는 도시의 동쪽 끝인 파크 애비뉴 1011번지에 있는 큰 집을 레이먼드 삼촌에게서 세내기로 했다. 아버지가 어머니에게 말하기를 흥정을 잘해서 자신과 어머니의 수입으로 그 집을 살 수 있었다고 했고, 어머니는 그렇게 믿었다. 두 사람 모두 일하러 다녔고, 집 유지비가 가족의 평균 생활비에서 차지하는 비중이 지금보다 낮은 때이기는 했지만, 어떻게 우리가 그런 집에 살 여유가 있었는지 모르겠다. 언덕 위에 자리 잡은 그 집은 2층짜리였으며 방이 다섯 개였다. 위층에는 작은 무도장이 있었는데, 바 위에는 큰 주사위 두 개가 들어 있는, 새장처럼 생긴 커다란 장식장이 빙빙 돌아가고 있었다. 아마 그 집의 첫 번째 소유자가 도박 사업에 관여했던 것 같다. 나는 파티에 참석하기도 하고 그냥 친구들과 놀기도 하면서 그 방에서 자주 재미있는 시간을 보냈다.

집 외관은 흰색 바탕에 녹색으로 장식을 했으며, 현관과 양쪽 옆면은 지붕이 비스듬했다. 앞마당은 3단이었으며, 가운데 단에는 그 밑으로 이어지는 보도가 있었고, 중간 단과 맨 아랫단 사이에는 바위 벽이 있었다. 옆 마당은 작았지만, 어머니가 가장 좋아하는 취미인 정원 가꾸기를 할 만큼은 되었다. 어머니는 특히 장미를 기르는 것을 좋아하여 평생 집을 옮길 때마다 장미를 심어 가꾸었다. 어머니는 또 햇볕을 쬐면 쉽게 그을리는 피부였는데, 대부분은 탱크탑과 반바지 차림으로 꽃 주변의 땅을 파다가 그을린 것이었다. 뒤쪽은 자갈이 깔린 진입로와 차 네 대가 들어갈 수 있는 차고, 그네가 있는 멋진 잔디밭이었다. 진입로 양쪽에는 잔디밭이 아래로 경사를 그리면서 서클 드라이브까지 이어졌다.

내가 일곱인가 여덟 살 때부터 열다섯 살이 될 때까지 그 집에서 살았다. 나에게는 아주 좋은 곳이었다. 마당에는 관목, 덤불, 꽃과 함께 인동덩굴이 수놓인 크고 긴 산울타리가 있었다. 그뿐만 아니라 무화과 한 그루, 배나무 한 그루, 사과나무 두 그루, 앞쪽의 거대한 늙은 떡갈나무 등 나무도 많았다.

나는 가끔 아버지를 도와 마당일을 하곤 했는데 그것은 우리가 함께 하는 거의 유일한 일이었다. 그러나 커가면서 나 혼자 하는 경우가 점점 많아졌다. 우리 집은 숲 근처에 있었기 때문에 늘 거미, 독거미, 지네, 전갈, 말벌, 꿀벌, 뱀과 마주쳤고, 다람쥐, 얼룩다람쥐, 어치, 울새, 딱따구리 등 반가운 동물들과 마주치기도 했다. 한번은 잔디를 깎다가 아래를 보니 방울뱀 한 마리가 잔디 깎는 기계 옆을 따라 미끄러지고 있었다. 기계의 진동에 매혹된 것 같았다. 그러나 나는 그 진동이 마음에 들지 않아 미친 듯이 달렸기 때문에 무사히 탈출할 수 있었다.

또 한 번은 그렇게 운이 좋지 않았다. 아버지는 흰털발제비를 위해 뒤쪽 진입로 하단에 3층짜리 거대한 새집을 지었다. 흰털발제비는 떼로 둥지를 틀었기 때문이다. 나는 어느 날 새집 주변의 잔디를 깎다가 그곳이 흰털발 제비가 아니라 호박벌의 둥지가 되었다는 것을 알게 되었다. 호박벌은 나에 게 몰려와 팔, 얼굴 가리지 않고 내 온몸을 덮었다. 그러나 놀랍게도 한 마리도 쏘지는 않았다. 나는 숨을 돌리기 위해 멀리 달려가서, 어떻게 하면 좋을지 생각해보았다. 결국 나는 멍청하게도 호박벌들이 나를 적으로 여기지 않는다고 생각하고, 몇 분 뒤에 다시 잔디를 깎으러 돌아갔다. 그러나 10미 터도 못 가서 호박벌들은 나에게 떼를 지어 달려들었고, 이번에는 내 온몸을 쏘았다. 한 마리는 내 배와 허리띠 사이로 들어와 연거푸 쏘아댔다. 꿀벌은 한 번밖에 못 쏘지만, 호박벌은 여러 번 쏠 수 있었다. 나는 정신을 잃고 병원에 실려 갔다. 그러나 곧 회복되었고 또 하나의 귀중한 교훈을 얻게 되었다. 호박벌 떼는 침입자에게 한 번은 정중하게 경고를 하지만, 두 번은 안 한다는 것이었다. 35년 이상의 세월이 흐른 뒤, 내 친구인 마이클 로스와 마키 포스트의 다섯 살 난 딸 케이트 로스는 나한테 짧은 편지를 보냈다. "벌이 아저씨를 쏠 수 있어요. 조심하세요." 나는 그 아이가 하고 싶은 말이 무엇인지 정확하게 알 수 있었다.

핫스프링스로 이사 오면서 나는 많은 것을 새로 경험하게 되었다. 전보다 훨씬 더 크고 더 세련된 도시, 새로운 동네, 새로운 학교, 새로운 친구, 그리고 음악, 새로운 교회에서 첫 진지한 종교적 체험, 거기에다 클린턴 집안의 새로운 친척들.

이 도시 이름의 유래인 뜨거운 유황 온천은 리틀록에서 서남쪽으로 80 킬로미터 정도 떨어진 와치타 산맥의 좁은 골짜기 땅 밑에서 보글거리며 솟아올랐다. 이것을 처음 본 유럽인은 에르난도 데 소토로, 그는 1541년에 이 골짜기를 지나다가 인디언들이 김이 피어오르는 온천에서 목욕하는 것을 보았다. 전설에 따르면, 그는 젊음의 샘을 발견했다고 생각했다.

1832년 앤드루 잭슨 대통령은 핫스프링스 주변의 네 구역을 연방 보호구역으로 정하는 법안에 서명했다. 이런 법안으로는 의회에서 처음 통과된 것인데, 이것은 국립공원국이 설립되거나 옐로스톤이 미국의 첫 국립공원으로 지정되기 오래 전의 일이었다. 곧 방문객들이 묵을 호텔들이 들어서기 시작했다. 1880년대에 이르러 온천이 솟는 산골짜기를 구불구불 통과하며 2.5킬로미터쯤 뻗어나가는 중심 도로 센트럴 애비뉴 주위에 아름다운 온천장들이 생겨났고, 1년에 10만 명 이상의 사람들이 류머티즘을 비롯해 마비, 말라리아, 성병 등의 병을 고치거나 그냥 편안히 쉬기 위해 이곳에서 목욕을 했다. 20세기 첫 사분기에 대규모의 온천장들이 만들어져 1년에 100만 명 이상이 찾으면서 이 온천 도시는 전 세계에 알려지게 되었다. 이 지역이 연방 보호구역에서 국립공원으로 바뀌면서 핫스프링스는 미국의 국립공원 안에 자리 잡은 유일한 도시가 되었다.

이 도시는 웅장한 호텔, 오페라하우스, 그리고 19세기 중반부터 시작된 도박 때문에 더 유명해지게 되었다. 1880년대에 도박장 몇 곳이 문을 열면서, 핫스프링스는 매력적인 온천 지대이자 도박으로 악명 높은 도시로 자리잡았다. 제2차 세계대전과 그 전 수십 년 동안, 큰 도시를 움직일 만한 리더십을 갖춘 리오 맥래플린 시장이 이 도시를 운영했다. 그는 뉴욕으로부터 내려온 폭력배 오웬 빈센트 오우니 매든의 지원을 받아 도박장을 관리했다.

전후에는 시드 맥매스가 이끄는 참전군인 개혁가들이 맥래플린의 권력을 무너뜨렸고, 이에 힘입어 35세의 맥매스는 미국 최연소 주지사가 되었다. 그러나 참전군인 개혁가들의 노력에도 불구하고 도박장이 계속 운영되면서, 1960년대까지 주와 지방 단위 정치가들 및 법집행관들에게 짭짤한 수입을 안겨주었다. 오우니 매든은 핫스프링스에서 '존경받는' 시민으로 여생을 살았다. 어머니는 그가 외과 수술을 받을 때 마취를 시켜준 적도 있다. 어머니는 그 일이 있은 후 집에 돌아와 웃음을 터뜨리면서, 그의 엑스레이 사진을 보니 꼭 천문대에 들어가 있는 느낌이었다고 말했다. 그의 몸에 남아 있는 12개의 총알이 유성처럼 보인다는 이야기였다.

재미있는 것은 도박이 불법이었기 때문에 마피아가 핫스프링스에서는 도박에 손을 대지 않았다는 점이다. 대신에 그 지역의 두목들끼리 이해관계가 충돌하면 가끔 폭력 사태가 벌어지기도 했던 모양이다. 하지만 내가 그곳에 살던 시절에는 공권력이 폭력을 잘 통제하고 있었다. 예를 들어 두 집의 차고에서 폭탄이 터지는 일이 생겼지만, 그 시간에 집 안에는 아무도 없었다.

19세기 마지막 30년과 20세기 처음 50년 동안 도박은 무법자, 폭력배, 전쟁 영웅, 배우, 야구선수 등 다채로운 인물들을 핫스프링스로 끌어들였다. 유명한 당구 고수 미네소타 패츠도 자주 왔다. 1977년에 나는 법무장관으로서 핫스프링스에서 미네소타 패츠와 자선 당구 시합을 했다. 그는 시합에서는 나에게 패배의 아픔을 안겨주었지만, 대신 오래 전 핫스프링스를 방문했던 이야기로 나를 즐겁게 해주었다. 그는 낮에 경마를 하고 난 다음에 양껏 먹고 나서 밤새도록 센트럴 애비뉴 여기저기서 도박을 하여, 지갑과 더불어 그 유명한 허리 사이즈도 늘려나갔다고 말했다.

핫스프링스에는 정치가들도 모여들었다. 윌리엄 제닝스 브라이언도 몇 번 왔다. 테디 루스벨트는 1910년에 왔으며, 허버트 후버는 1927년에, 프랭클린과 엘리너 루스벨트는 주 탄생 100주년을 기념하는 해인 1936년에 왔다. 휴이 롱은 이곳에서 부인과 함께 두 번째 허니문을 즐겼다. 존 F. 케네디와 린든 존슨은 대통령이 되기 전에 왔다. 해리 트루먼도 왔는데, 그는 여기 거론한 사람들 가운데 도박을 했던 유일한 정치가였다(어쩌면 도박을 한 것을 감추지 않은 유일한 정치가였는지도 모르지만).

핫스프링스는 도박과 온천 외에도 사람들을 끌어들이는 것이 많다. 크고 환하게 불을 밝힌 경매장도 그 가운데 하나였다. 센트럴 애비뉴의 온천장들 건너편에는 도박장이나 식당 중간 중간에 경매장이 들어서 있었다. 오클론 경마장에서는 매년 봄에 한달 동안 훌륭한 순종 말들의 경주를 볼 수 있었다. 이 도시에서 합법적으로 도박을 할 수 있는 유일한 곳이었다. 식당은 슬롯머신을 갖춘 곳이 많은데, 그 가운데 일부는 아이들도 할 수 있었다. 물론 부모의 무릎 위에 앉아 있어야 한다는 조건이 붙었지만. 도시 근처에는 호수가 셋 있는데, 그 가운데 가장 중요한 것이 해밀턴 호수이다. 이곳에는 레이먼드 삼촌을 포함한 도시의 유지들이 큰 집을 짓고 살았다. 악어 농장도 있었는데 가장 큰 악어는 길이가 5미터가 넘었다. 타조 농장의 타조들은 가끔 센트럴 애비뉴를 따라 행진하기도 했다. 켈러 브릴랜드의 아이큐 동물원에는 동물들이 가득했으며, 인어의 유골이라고 불리는 것도 전시되어 있었다. 맥신 해리스(나중에는 맥신 템플 존스가 되었다)가 운영하는 악명 높은 매음굴도 있었다. 맥신 해리스는 대단한 인물로 지역 공무원들의 계좌에 공개적으로 뇌물을 예치하는 것으로 유명했는데, 1983년에는 자신의 삶을 회고한『마담이라고 불러줘요 : 핫스프링스 마담의 생애와 시대 *Call Me Madam" : The Life and Times of a Hot Springs Madam*』라는 책을 쓰기도 했다. 열 살인가 열한 살 때 두어 번 친구들과 함께 맥신의 가게로 계속 전화를 걸어 그녀의 가게 전화를 불통으로 만드는 장난을 치기도 했다. 그녀는 장난 전화에 격분하여 우리에게 욕을 퍼부었다. 그 전에는 여자한테서, 아니 남자한테서조차 한 번도 들어보지 못한 상스럽고 기발한 욕이었다. 어쨌든 아주 재미있었다. 아마 맥신도 재미있다고 생각했을 것이다. 적어도 처음 15분 정도는.

아칸소는 대부분 남부의 백인 침례교도와 흑인으로 구성된 주인 반면, 핫스프링스는 인구가 불과 3만 5천명밖에 안되었음에도 주민 구성이 놀라울 정도로 다양한 도시였다. 이곳에는 흑인 시민의 숫자가 꽤 되어, 흑인들을 위한 호텔 '나이츠 오브 더 피시어스'도 있었다. 가톨릭교회가 두 곳, 유대인 회당도 한 곳 있었다. 유대인들은 가장 좋은 상점 몇 개를 소유했고, 경매장을 운영했다. 가장 좋은 장난감 가게 이름은 리키였는데, 실버먼 부부가 운영하는 이 가게는 나와 함께 밴드를 하던 그들의 아들 이름을 딴 것이었다. 내가 어머니를 위해 자질구레한 선물을 사던 보석 가게 '로리'는 마티와 로라 플라이슈너가 주인이었다. 브나이 브리스 리오 N. 레비 병원은 온천물을 이용하여 관절염을 치료하던 곳이었다.

나는 핫스프링스에서 처음으로 아랍계 미국인들인 조루브와 하신도 만났다. 데이비드 조루브는 부모들이 레바논에서 살해당하자 작은아버지의 양자로 들어갔다. 아홉 살에 핫스프링스로 왔을 때는 영어를 한 마디도 못했지만, 결국 그의 학년을 대표해 고별사를 하고 주 소년단 주지사까지 지냈다. 그는 지금 펜실베이니아에서 신경외과 의사로 일하고 있다. 귀도 하신과 그의 누이들은 제2차 세계대전 때 시리아계 미국인과 이탈리아 여인 사이의 사랑의 결실이었다. 그들은 고등학교 시절 나의 이웃이었다. 내겐 일본계 미국인인 앨버트 함이라는 친구도 있었고, 같은 반 체코인 친구 르네 두착도 있었다. 르네의 부모는 이민자였는데 '리틀 보헤미아'라는 이름의 식당을 운영했다. 그리스인 공동체도 큼지막했는데, 이곳에는 그리스 정교회와 식당 '안젤로'가 있었다. 이 식당은 클린턴 뷰익에서 모퉁이만 돌면 나오는 곳으로, 구식이지만 멋있었다. 안에는 소다수 판매점 식의 긴 바와 빨간 바탕에 하얀 체크무늬 보가 덮인 탁자들이 있었다. 이 식당의 중심 메뉴는 칠리, 콩, 스파게티 등 세 가지였다.

나의 가장 친한 그리스인 친구는 레오풀로스 가족이었다. 조지 레오풀로스는 센트럴 애비뉴와 브로드웨이 사이의 브리지 스트리트에서 작은 카페를 운영했는데, 우리는 브리지 스트리트가 미국에서 가장 짧은 거리라고 주장하곤 했다. 길이가 불과 세 블록이었기 때문이었다. 조지의 부인 이블린은 환생을 믿는 아주 작은 여자였는데, 골동품을 수집했으며 리브레이스의 팬이었다. 리브레이스가 핫스프링스에 공연하러 왔다가 그녀의 집에서 저녁을 먹자, 그녀는 무척 기뻐했다. 레오풀로스의 둘째 아들 폴 데이비드는 4학년 때 나의 가장 친한 친구였으며, 그 이후로 지금까지 형제처럼 지낸다.

어렸을 때 나는 데이비드와 함께 그의 아버지의 카페에 가는 것을 좋아했다. 특히 도시에서 축제가 벌어질 때면 더 가고 싶어 했다. 모든 카니발 출연자들이 그곳에서 식사를 했기 때문이다. 한번은 모든 놀이시설의 무료 티켓을 얻기도 했다. 우리는 그 티켓을 하나도 빼놓지 않고 다 사용했으며, 그 바람에 데이비드는 행복했지만 나는 어지럽고 구역질이 났다. 그 뒤로 나는 범퍼 카와 페리스 관람차만 탔다. 우리는 한평생 고락을 나누었으며, 세 평생에 해당하는 양의 웃음을 함께 터뜨렸다.

어린 시절에 그렇게 다양한 사람들과 알고 사귄다는 것이 지금은 당연해 보일지 모르지만, 1950년대 아칸소 주에서는 오직 핫스프링스에서만 있을 수 있는 일이었다. 그렇긴 해도 내 친구들 대부분과 나는 아주 평범하고 정상적인 생활을 했다. 이따금씩 맥신의 매음굴에 전화를 하고, 경마 시즌에 수업을 빼먹고 싶은 유혹을 느꼈을 뿐이다. 나는 실제로 수업을 빼먹은 적은 없지만, 고등학교 시절 친구들 몇 명은 그 유혹에 넘어가곤 했다.

4학년부터 6학년까지 내 삶의 대부분은 파크 애비뉴에서 이루어졌다. 우리 동네는 흥미로운 곳이었다. 우리 집에서 동쪽 숲까지는 아름다운 집들이 한 줄로 죽 늘어서 있었다. 우리 집 뒤의 서클 드라이브에도 집들이 또한 줄로 늘어서 있었다. 데이비드 레오풀로스는 두 블록 떨어진 곳에 살았다. 집 근처에서 나의 가장 가까운 친구는 크레인 가족이었다. 그들은 우리 집 뒤편 진입로에서 길을 건너면 나오는 크고 오래 되고 신비해 보이는 나무 집에 살았다. 에디 크레인의 댄 숙모는 크레인 집 아이들, 그리고 종종 나까지 데리고 여기저기 쏘다녔다. 영화관에 가기도 했고, 아주 차가운 샘물로 물을 대는 수영장이 있는 스노 스프링스 파크에 가기도 했고, 소형 골프장에서 골프를 치기 위해 휘팅턴 파크에 가기도 했다. 댄의 맏아들 로즈는 나와 동갑이었고 둘째인 래리는 나보다 두 살 아래였다. 우리는 늘 사이좋게 지냈는데, 내가 로즈한테 새로 배운 단어를 사용했을 때는 예외였다. 한번은 우리 집 뒷마당에서 로즈와 놀다가, 로즈에게 그의 상피上皮가 보인다고 말했다. 그 말에 로즈는 버럭 화를 냈다. 그런데도 나는 로즈에게 그의 어머니와 아버지의 상피가 보인다는 말까지 했다. 그 말은 확실한 효과가 있었다. 로즈는 집으로 가더니 칼을 가지고 와 나에게 던졌다. 칼이 빗나가기는 했지만, 그 이후로 나는 거창한 말은 조심하게 되었다. 막내딸인 메리 댄은 자기가 자랄 때까지 기다렸다가 결혼을 하자고 했다.

우리 집 앞마당에서 길을 건너면 작은 점포들이 모여 있었다. 그곳에는 함석을 덮은 작은 자동차 수리점도 있었다. 데이비드와 내가 떡갈나무 뒤에 숨어 있다가 함석에 도토리를 던지면 그곳에서 일하던 사람들이 깜짝 놀라곤 했다. 가끔 지나가는 차의 휠 캡도 목표물로 삼곤 했는데, 제대로 맞으면 총을 쏘는 듯한 큰 소리가 났다. 하루는 우리가 던진 도토리에 맞은 차가 갑자기 멈추더니 운전하던 사람이 차에서 내렸다. 그리고는 덤불 뒤에 숨은 우리를 발견하고서 우리를 쫓아 진입로를 달려 올라왔다. 그 사건 뒤에는 전처럼 차를 향해 도토리를 많이 던지지 않았다. 어쨌든 아주 재미있는 놀이였다.

자동차 수리점 옆에는 벽돌로 지은 건물에 식품점, 세탁소, 스터비 식당이 자리 잡고 있었다. 스터비는 가족이 함께 운영하는 작은 바비큐 식당으로 나는 그곳에서 혼자 식사를 하곤 했는데, 앞쪽의 창가 식탁에 앉아 지나가는 차에 탄 사람들의 삶을 궁금해하곤 했다. 열세 살 때는 처음으로 식품점에 일자리를 얻었다. 가게 주인인 딕 샌더스는 일흔 가량 되었는데, 당시 많은 노인들과 마찬가지로 왼손잡이는 나쁘다고 생각하여 구제 불능의 왼손잡이였던 나를 오른손잡이로 바꿔 놓겠다고 결심했다.

어느 날 딕은 나에게 오른손으로 마요네즈 병을 쌓게 했다. 커다란 병에 든 헬먼 마요네즈로, 89센트짜리였다. 그런데 병 하나를 잘못 쌓는 바람에 병이 바닥에 떨어져 깨지고 마요네즈가 쏟아졌다. 나는 일단 청소부터 했다. 청소가 끝나자 딕은 깨진 마요네즈 값을 내 임금에서 제하겠다고 말했다. 나는 시급 1달러를 받고 있었다. 나는 용기를 내어 말했다. "시간당 1달러면 훌륭한 왼손잡이 점원을 쓰실 수 있는데 왜 서툰 오른손잡이 점원을 공짜로 쓰려고 하세요?" 놀랍게도 딕은 웃음을 터뜨리며 내 말이 맞다고 했다. 딕은 심지어 나의 첫 창업을 지원하기도 했다. 그의 가게 앞에 중고 만화책을 파는 가판대를 설치하게 해주었던 것이다. 나는 트렁크 두 개에 들어갈 만한 분량의 만화책들을 꼼꼼하게 모아두고 있었다. 보관 상태가 아주 좋았기 때문에 책은 잘 팔렸다. 당시에는 아주 자랑스러웠다. 하지만 그냥 지금까지 갖고 있었더라면 수집가들이 탐내는 귀한 물건이 되었을지도 모른다.

우리 집에서 서쪽, 그러니까 시내 쪽으로 바로 옆에는 페리 플라자 모텔이 있었다. 나는 페리 부부와 그들의 딸 태비어를 좋아했다. 태비어는 나보다 한두 살 위였다. 어느 날 나는 태비어가 새 BB총(구경 0.18인치의 공기총─옮긴이주)을 산 직후에 그 집에 놀러갔다. 그때 내 나이가 아홉이나 열 살이었을 것이다. 태비어는 허리띠를 바닥에 던지더니 그것을 넘어오면 쏘겠다고 말했다. 물론 나는 넘어갔다. 그리고 태비어는 나를 쏘았다. 총알은 내 왼쪽으로 날아갔지만, 더 심각한 사태가 벌어질 수도 있었다. 그때 나는 앞으로 누가 엄포를 놓을 때는 그것이 허풍인지 진담인지 더 잘 판단하겠다고 결심했다.

페리 모텔에 대해서는 다른 기억도 있다. 이 모텔은 노란 벽돌로 지은 2층짜리 건물로, 폭은 방 한 칸 정도였지만, 파크 애비뉴부터 서클 드라이브까지 길게 뻗어 있었다. 사람들은 가끔 페리 모텔이나 시내의 다른 모텔 또는 여관에다 한 번에 몇 주, 심지어 몇 달씩 장기간으로 방을 빌리곤 했다. 한 번은 중년의 남자가 2층 뒤편에 있는 방을 그런 식으로 빌렸는데, 어느 날 경찰이 오더니 그를 데려갔다. 그는 그곳에서 낙태 시술을 하고 있었던 것이다. 아마 그때까지 나는 낙태가 무엇인지 몰랐을 것이다.

파크 애비뉴를 따라 내려가다 보면 작은 이발소가 나왔다. 그곳에서 브리즌다인 씨는 내 머리를 깎아주었다. 이발소를 지나 500미터쯤 더 가면, 파크 애비뉴가 램블 스트리트와 마주쳤다. 램블 스트리트는 남쪽으로 언덕을 타고 올라갔는데, 그곳에 나의 새 학교인 램블 초등학교가 있었다. 4학년 때부터 밴드 활동을 시작했는데 이 밴드는 도시의 모든 초등학교에서 온 학생들로 이루어졌다. 지휘자 조지 그레이는 시끄럽게 투덜거리는 꼬마들을 훌륭한 솜씨로 잘 달랬다. 나는 1년 정도 클라리넷을 불다가 테너 색소폰으로 바꾸었다. 밴드에 테너 색소폰 연주자가 필요했기 때문이다. 이때 테너 색소폰으로 바꾼 것을 한 번도 후회한 적이 없다. 5학년 때 기억 중 가장 생생한 것은 내 친구 타미 오닐이 선생님에게 한 말을 놓고 벌어진 학급 토론이다. 타미는 카리스티아노스 선생님한테 자기가 태어나던 때가 기억난다고 말했다. 타미가 상상력이 뛰어난 것인지 아니면 나사가 빠진 것인지는 알 수 없었지만, 어쨌든 나는 타미가 마음에 들었다. 마침내 나보다 기억력이 훨씬 더 뛰어난 사람을 만난 것이다.

나는 6학년 때 선생님인 캐슬린 샤이어를 사모했다. 그녀 세대의 많은 교사들이 그랬듯이, 그녀도 결혼을 하지 않고 아이들에게 평생을 바쳤다. 샤이어 선생님은 같은 선택을 한 사촌과 80세가 넘을 때까지 함께 살았다. 샤이어 선생님은 상냥하고 친절했지만, 강인한 사랑의 신봉자였다. 초등학교 졸업식이 있기 전날 선생님은 나에게 방과 후에 남으라고 했다. 그녀는 내가 원래는 반에서 도너 스탠디퍼드와 공동 1등으로 졸업을 해야 하지만, 내 시민생활 점수가 너무 낮아서 공동 3등으로 내려앉았다고 말했다. 샤이어 선생님은 말했다. "빌리, 너는 커서 주지사가 되거나 많은 곤경에 처하거나 둘 중의 하나일 거야. 그건 네가 언제 말을 하고 언제 입을 다물어야 하는지를 배우느냐 못 배우느냐에 달렸어." 그녀의 말은 둘 다 옳다는 것이 증명되었다.

램블 학교에 다닐 때 독서에 대한 흥미가 늘면서 시내에 있는 갈런드 카운티 공립도서관을 발견하게 되었다. 이 도서관은 법원 근처에 있었으며, 클린턴 뷰익 회사에서도 멀지 않았다. 나는 그곳에 가서 몇 시간씩 죽치며 책들을 뒤적이고 많이 읽었다. 토착 미국인에 대한 책들에 가장 큰 매력을 느꼈으며, 위대한 아파치 제로니모, 리틀 빅 혼에서 커스터를 죽이고 그의 부대를 쓸어버린 라코타 수 부족의 크레이지 호스, '지금 해가 있는 이 자리에서부터 앞으로 영원히 나는 싸우지 않겠다'는 힘찬 성명을 통해 평화를 이룩했던 네즈퍼스 부족의 추장 조시프, 자신의 백성을 위해 문자를 만들어 낸 세미놀 부족의 위대한 추장 오세올라의 아동용 전기를 읽었다. 나는 그 후에도 토착 미국인들에 대한 관심을 잃지 않았고, 그들이 심한 푸대접을 받았다는 느낌도 그대로 간직해왔다.

나의 첫 번째 진정한 교회라고 할 수 있는 파크 플레이스 침례교회는 파크 애비뉴에서 내가 들르는 곳 가운데 가장 멀리 있었다. 어머니와 아버지는 부활절과 성탄절에만 교회를 가는 정도였지만, 어머니는 나에게 교회에 가라고 권했고, 나는 그 말에 따라 주일마다 교회에 갔다. 나는 무엇보다 옷을 차려입고 교회까지 걸어가는 것이 좋았다. 내가 열한 살 때부터 고등학교를 졸업할 때까지 나를 가르친 선생님은 A. B 소니 제프리스였다. 선생님의 아들 버트도 우리 반이었는데, 우리는 절친한 친구가 되었다. 우리는 몇 년 동안 주일마다 교회학교와 예배에 함께 참석했다. 우리는 늘 맨 뒤에 앉아, 종종 우리만의 세계에 빠져들곤 했다. 1955년이 되자 나는 교회의 가르침을 충분히 받아, 나는 죄인이고 예수님이 나를 구원해주기를 바란다고 생각하게 되었다. 그래서 주일 예배가 끝난 뒤 통로를 따라 내려가 그리스도에 대한 신앙을 고백하고 침례를 신청했다. 피츠제럴드 목사는 우리 집에 와서 어머니와 나를 앉혀놓고 이야기를 했다. 침례교에서는 상당한 지식을 갖춘 뒤에 신앙을 고백해야만 침례를 주었다. 침례교도들은 침례를 받는 사람들이 자신의 행동의 의미를 제대로 인식하기를 바랐다. 이것이 힐러리와 그녀의 형제들을 지옥에서 구해주었던 감리교의 유아세례 의식과 다른 점이었다.

내 친구 버트 제프리스와 나는 일요일 밤에 다른 몇 사람과 함께 침례를 받았다. 침례용 수조는 성가대석 바로 위에 있었다. 커튼이 열리면 회중은 하얀 가운을 입은 목사가 구원받은 사람들을 물에 담그는 것을 볼 수 있었다. 버트와 내 앞에서 차례를 기다리던 여자는 물을 무척 두려워하는 것 같았다. 그녀는 부들부들 떨며 수조로 통하는 계단을 내려갔다. 목사가 그녀의 코를 잡고 물에 담그자 그녀의 몸은 완전히 굳어버렸다. 그녀의 오른쪽 다리가 뻣뻣하게 허공으로 올라오더니 성가대석에 물이 튀지 않게 막아놓은 좁은 유리 위로 내려갔다. 그리고는 그녀의 발뒤꿈치가 그 좁은 공간에 끼고 말았다. 그녀는 발을 뺄 수가 없었기 때문에 목사가 그녀의 몸을 일으키려 했을 때도 그녀는 꼼짝할 수 없었다. 목사는 그녀의 물에 잠긴 머리만 보고 있었기 때문에 어떻게 된 영문인지 알 수가 없었다. 그래서 계속 그녀의 몸을 들어 올리려고만 했다. 마침내 목사가 주위를 둘러보고 상황을 파악해 가엾은 여자의 다리를 빼준 덕분에 여자는 익사를 모면할 수 있었다. 버트와 나는 배를 잡고 웃었다. 나는 예수님에게 이 정도의 유머감각이 있다면, 기독교인이 되는 것도 그렇게 힘든 일은 아닐 거라고 생각했다.

핫스프링스는 새 친구들, 이웃, 학교, 교회 외에 클린턴 집안의 새로운 친척들을 소개해주었다. 나의 새로운 조부모는 앨과 율러 메이 콘웰 클린턴이었다. 우리가 파피 앨이라고 부르던 할아버지는 리틀록에서 서쪽으로 100킬로미터 정도 떨어진 아칸소 강 상류의 아름다운 숲 지대 엘 카운티의 다더넬 출신이었다. 파피 앨은 1890년대에 할머니 가족이 미시시피에서 그곳으로 이주한 뒤에 할머니를 만나서 결혼했다. 나는 새할머니를 마마 클린턴이라고 불렀다. 그녀는 아칸소 전역에 흩어져 사는 거대한 콘웰 집안 사람이었다. 나는 어머니의 친척들과 클린턴 집안 사람뿐만 아니라 할머니를 통해 아칸소의 75개 카운티 가운데 15개 카운티에 사는 친척을 얻게 되었는데, 이것은 내가 정치에 입문할 때 엄청난 자산이 되었다. 당시만 해도 개인의 자격이나 어떤 쟁점에 대한 입장보다는 개인적인 연줄이 더 중시되던 시기였기 때문이다.

파피 앨은 파포보다 키도 작고 몸도 더 가냘팠지만, 친절하고 선량한 사람이었다. 나는 호프에 살던 시절에 파피 앨을 처음 만났다. 파피 앨은 자신의 아들과 아들의 새로운 가족을 만나보려고 우리 집에 들렀다. 그가 우리 집에 왔을 때는 혼자가 아니었다. 당시 파피 앨은 주의 가석방 담당관 일을 하고 있었는데, 죄수 한 사람을 데리고 온 것이다. 죄수는 휴가를 마치고 교도소로 돌아가는 길이었던 모양이다. 파피 앨이 차에서 내렸을 때, 죄수는 수갑으로 파피 앨과 연결되어 있었다. 놀라운 광경이었다. 죄수는 몸집이 엄청나 파피 앨의 두 배는 되어 보였기 때문이다. 그러나 파피 앨은 죄수를 무시하지 않고 상냥하게 이야기를 했으며, 죄수 역시 파피 앨을 존중하는 것 같았다. 어쨌든 파피 앨이 이 사람을 제시간에 안전하게 교도소로 데려간 것은 분명하다.

파피 앨과 마마 클린턴은 언덕 꼭대기에 있는 작고 낡은 집에 살았다. 파피 앨은 집 뒤뜰에 밭을 일구었는데, 이것을 매우 자랑스러워했다. 파피 앨은 84세까지 살았다. 그가 여든이 넘었을 때, 이 밭에서는 1킬로그램이 훨씬 넘는 토마토가 나왔다. 나는 그것을 두 손으로 들어야 했다.

마마 클린턴은 집안을 다스렸다. 그녀는 나한테 잘해주었지만, 집안의 남자들을 어떻게 조종해야 하는지 잘 알고 있었다. 그녀는 아버지를 아무런 잘못도 저지를 수 없는 아기처럼 대했는데, 이것도 아버지가 결코 어른이 되지 못한 한 가지 이유였던 것 같다. 마마 클린턴은 어머니를 좋아했다. 어머니가 우울증에서 비롯된 듯한 마마 클린턴의 고민에 귀를 기울이고 분별력 있고 동정적인 조언을 해주는 데 다른 어느 가족보다 뛰어났기 때문이다. 마마 클린턴은 93세까지 살았다.

　파피 앨과 마마 클린턴은 딸 하나와 아들 넷을 두었다. 딸인 일러리 고모는 둘째였다. 시스터라는 별명으로 불리던, 고모의 딸 버지니아는 그때 게이브 크로퍼드와 결혼한 몸이었으며 어머니의 좋은 친구이기도 했다. 일러리는 나이가 들수록 점차 특이한 성격을 드러내기 시작했다. 어느 날 어머니가 찾아가자 일러리는 걷기가 힘들다고 불평했다. 어머니가 치마를 들어올리자, 종아리가 크게 부어오른 것이 보였다. 그 뒤 얼마 지나지 않아 힐러리를 처음 만났을 때, 일러리는 치마를 들어올리고 그 종양을 보여주었다. 시작이 좋았던 셈이다. 일러리는 클린턴 집안 사람들 가운데 힐러리를 정말로 좋아한 첫 번째 사람이었다. 어머니는 일러리에게 종양을 제거해야 한다고 설득해, 마침내 일러리는 평생 처음으로 비행기를 타고 메이요 병원으로 가게 되었다. 제거한 종양은 무게가 무려 4킬로그램이나 나갔으나, 기적적으로 다리의 다른 곳으로 암세포를 퍼뜨리지는 않았다. 병원에서 연구용으로 그 놀라운 종양을 한동안 보관했다는 이야기를 들었다. 집에 돌아온 일러리는 쾌활하게 종양이나 수술보다도 첫 비행이 더 두려웠다고 말해 사람들을 웃겼다.

　맏아들은 로버트였다. 그와 부인 이블린은 조용한 사람들로, 텍사스에 살았으며 핫스프링스나 클린턴 집안 사람들과 가급적 접촉을 피함으로써 상당히 행복한 삶을 유지해 나갔던 것 같다.

　둘째 아들은 사료 가게를 하는 로이 삼촌이었다. 그의 부인 재닛과 어머니는 클린턴 집안의 피가 섞이지 않은 사람들 가운데는 가장 대가 셌으며, 그래서 좋은 친구가 되었다. 로이는 1950년대 초에 주 의원으로 출마해 당선되었다. 나는 로이가 당선되던 날, 법이 허용하는 한 우리 동네 투표소에 가장 가까이 다가가 사람들에게 명함을 나누어주었다. 이것이 나의 첫 번째 정치적 경험이었다. 로이 삼촌은 임기를 한 번만 채웠다. 사람들은 그를 무척 좋아했지만, 그는 재선에 나서지 않았다. 아마 재닛이 정치를 싫어했기 때문인 것 같다. 로이와 재닛은 오랫동안 거의 매주 우리 집과 그들의 집을 오가며 우리 식구와 도미노 게임을 했다.

넷째 아들 레이먼드는 돈을 벌거나 일관된 정치활동을 했던 유일한 클린턴이었다. 그는 직접 군에서 복무한 적은 없었지만 제2차 세계대전 후 참전군인 개혁 운동에 참여했다. '코키'라고 불리던 레이먼드 2세는 친척들 가운데 유일하게 나보다 나이가 어렸다. 또 나보다 더 똑똑하기도 했다. 그는 로켓 과학자가 되어 미 항공우주국NASA에서 훌륭한 경력을 쌓았다.

어머니와 레이먼드의 관계는 늘 모호했다. 레이먼드가 모든 일을 주도하려고 했기 때문이고, 또 아버지의 술 문제 때문에 어머니가 원하는 것 이상으로 그의 도움을 받아야 할 때가 많았기 때문이기도 하다. 심지어 어머니는 적어도 명목상으로는 침례교도였음에도, 처음 핫스프링스로 이사했을 때에는 레이먼드 삼촌이 다니던 제일장로교회에 나가기도 했다. 당시 그 교회의 목사였던 오버홀서 목사는 뛰어난 사람이었을 뿐만 아니라, 똑같이 뛰어난 딸을 둘이나 두었다. 웨슬리 대학의 총장이 된 낸 키오헤인은 힐러리의 동창이며 나중에는 듀크 대학의 첫 여성 총장이 되기도 했다. 제네버 오버홀서는 「디 모인 레지스터Des Moines Register」의 편집자이며, 내가 대통령에 출마했을 때는 나를 적극적으로 지지했다. 나중에는 「워싱턴 포스트」의 옴부즈맨이 되어, 일반 국민의 정당한 민원을 널리 알렸지만 대통령의 고충은 별로 알리지 않았다.

어머니의 찜찜해하는 태도에도 불구하고 나는 레이먼드를 좋아했다. 나는 그의 힘, 도시에서의 영향력, 자식들, 그리고 나에 대한 진정한 관심에 감명을 받았다. 우리는 낮과 밤처럼 서로 달랐지만, 그의 자기중심적인 태도도 나에게는 별로 문제가 되지 않았다. 1968년 내가 핫스프링스의 여러 시민 클럽에서 시민권을 지지하는 연설을 하고 있을 때, 레이먼드는 조지 월러스(민권 운동가들과 대립했던 대표적인 인종차별주의자─옮긴이주)의 대통령 선거운동을 하기도 했다. 그러나 1974년 내가 거의 가망 없어 보이는 국회의원 선거에 뛰어들었을 때, 레이먼드와 게이브 크로퍼드는 내가 시작할 수 있도록 함께 1만 달러 수표에 서명을 해주었다. 당시 나에게는 그 돈이 전부였다. 레이먼드는 45년을 해로한 부인이 죽은 뒤 고등학교 시절 데이트를 하던 과부와 다시 만나 결혼해 만년을 행복하게 지냈다. 그런데 지금은 무슨 이유인지 기억도 못하지만, 레이먼드는 말년에 나에게 무척 화가 나 있었다. 그러나 화해를 하기도 전에 그는 알츠하이머병에 걸리고 말았다. 나는 그를 두 번, 한 번은 세인트 조시프 병원으로, 또 한 번은 요양소로 찾아갔다. 처음 찾아갔을 때 그를 사랑한다고 말하고, 우리 사이에 무슨 일이 있는지 몰라도 어쨌든 안타깝게 생각하며, 그가 나에게 해준 모든 일에 항상 감사할 거라고 말했다. 그가 1, 2분 정도 나를 알아보았던 것 같기도 하다. 확실히는 모르겠다. 두 번째는 나를 전혀 못 알아본다는 것을 알았지만 그래도 한 번 더 보고 싶어 찾아갔다. 그는 올리 할머니처럼 정신을 먼저 떠나보낸 후 한참 있다가 84세에 세상을 떠났다.

레이먼드의 가족은 해밀턴 호수의 커다란 집에서 살았다. 우리는 그곳으로 소풍을 가서 나무로 만든 커다란 크리스-크래프트 보트를 타곤 했다. 독립기념일이면 그곳에서 마음껏 불꽃놀이를 했다. 레이먼드가 죽은 후 그의 자식들은 안타까워하면서도 그 오래된 집을 팔 수밖에 없다고 결정했다. 다행히도 내 도서관과 재단에 쉼터가 필요했기 때문에, 우리가 그곳을 사서 집을 다시 꾸미고 있다. 물론 레이먼드의 자식과 손자들은 계속 그 집을 사용할 수 있다. 레이먼드는 지금 나를 내려다보며 웃고 있을 것이다.

우리가 파크 애비뉴로 이사하고 나서 얼마 지나지 않았을 때(1955년이었던 것 같다) 외조부모가 핫스프링스로 이사 와 우리 거리에 있는 크고 낡은 집의 한 부분을 세내어 살게 되었다. 우리 집에서 시내 쪽으로 2킬로미터 정도 떨어진 곳이었다. 파포는 기관지염이 악화되었고, 마모는 뇌졸중으로 고생하던 때였다. 파포는 주류 판매점(아버지가 공동 소유자였던 것 같다)에 일자리를 얻었다. 브리즌다인 씨의 이발소 바로 건너편이었다. 파포는 시간이 많았다. 아무리 핫스프링스라 해도 사람들은 매우 관습적이어서 벌건 대낮에는 주류 판매점에 들락거리지 못했기 때문이다. 그래서 나는 자주 가게로 파포를 찾아갔다. 파포는 솔리테어 게임을 자주 했고, 나에게도 방법을 알려주었다. 나는 지금도 세 가지 종류의 솔리테어 게임을 할 줄 안다. 계속 어떤 문제를 생각하다가 신경 에너지를 분출할 필요가 있을 때 종종 즐기는 게임이다.

　마모의 뇌졸중은 중증이었다. 그 후유증으로 마모는 히스테리에 걸린 듯 비명을 질러대는 증세를 보였다. 의사는 그녀를 진정시키기 위해 모르핀을 처방하는 용서할 수 없는 짓을 했다. 그것도 다량으로. 어머니가 부모를 핫스프링스로 데려왔을 때, 마모는 모르핀에 중독된 상태였다. 마모의 행동은 더욱더 비합리적으로 변했다. 어머니는 내키지 않았지만 절박한 심정에서 마모를 50킬로미터 정도 떨어진 곳에 있는 주립정신병원에 보냈다. 당시에는 아마 마약중독자 치료 시설이 없었을 것이다.

　물론 나는 당시에 마모의 문제에 대해 전혀 몰랐다. 그냥 아프다고만 알고 있었다. 어느 날 어머니는 나를 차에 태워 주립병원으로 문병을 갔다. 끔찍했고, 너무나 혼란스러웠다. 우리는 커다란 방으로 들어갔다. 방 안에는 환자들이 손을 집어넣지 못하도록 거대한 금속 그물을 씌워놓은 선풍기가 돌아가고 있었다. 헐렁한 면 드레스나 잠옷을 입은 사람들이 멍한 표정으로 정처 없이 돌아다니며, 혼자 중얼거리거나 허공에 대고 소리를 질러댔다. 그래도 마모는 정상으로 보였고, 우리를 보자 반가워했다. 우리는 즐겁게 이야기를 나누었다. 몇 달이 지나자 마모는 안정이 되어 집으로 돌아왔다. 그녀는 두 번 다시 모르핀을 맞지 않았다. 나는 마모의 병 때문에 당시 미국 대부분의 지역에서 운영되던 정신건강 치료 체제를 처음 접하게 되었다. 오벌 포버스는 주지사가 되자 주립병원을 현대화하고 많은 예산을 배정했다. 그가 다른 분야에서는 많은 피해를 주었다고 하지만, 나는 이 점에 대해서만은 늘 그에게 감사한다.

5

1956년에는 나에게 마침내 형제가 생겼고 또 텔레비전도 생겼다. 내 동생 로저 캐시디 클린턴은 아버지의 생일인 7월 25일에 태어났다. 나는 무척 기뻤다. 어머니와 아버지는 그 전부터 아이를 가지고 싶어 했다(2년 전쯤 어머니는 유산했다). 어머니, 그리고 아마 아버지도 아기가 그들의 결혼을 구해줄 거라고 생각했던 것 같다. 그러나 아버지는 기뻐하지 않았다. 어머니가 제왕절개로 아기를 낳을 때 나는 마모, 파포와 함께 있었기 때문에 아버지는 어머니를 볼 수 있게 하려고 나를 데리러 왔었는데 나중에 나만 집에 남겨두고 나갔다. 아버지는 몇 달간 계속 술을 마셨는데, 아들이 태어나는 걸 보고 행복해하고 책임감을 느끼기보다는 다시 술집으로 달려가는 쪽을 택한 것이다.

집안에 아기가 생겼다는 흥분에 텔레비전이 생겼다는 흥분이 보태졌다. 텔레비전에는 아이들을 위한 프로그램이 많았는데, 만화 〈캥거루 대장 Captain Kangaroo〉, 그리고 내가 특히 좋아하던 〈하우디 두디와 버펄로 밥Howdy Doody and Buffalo Bob〉이 기억난다. 그리고 야구 경기도 볼 수 있었다. 미키 맨틀과 양키스, 스탠 뮤지얼과 카디널스, 내가 제일 좋아하던 윌리 메이스와 옛날의 뉴욕 자이언츠.

열 살짜리 아이에게는 이상한 일이지만, 그해 여름 내가 텔레비전에서 주로 보았던 것은 공화당과 민주당의 전당대회였다. 나는 텔레비전 앞의 바닥에 앉아 홀린 듯 두 전당대회 중계를 지켜보았다. 제정신이 아닌 소리로 들리겠지만, 나는 정치와 정치가들의 세계에서 편안함을 느꼈다. 나는 아이젠하워 대통령을 좋아했기 때문에 그가 후보로 재지명되는 것을 보고 기뻐했다. 그러나 우리 가족은 민주당 지지자들이었기 때문에 나는 민주당 전당대회에 완전히 빠져들었다. 테네시의 프랭크 클레멘트 주지사가 선동적인 기조연설을 했다. 젊은 상원의원 존 F. 케네디와 에스테스 케포어 상원의원 사이에 부통령 후보 지명을 놓고 흥미진진한 대결이 벌어졌다. 결국 승자가된 케포어 상원의원은 테네시 대표로 상원에 진출하여 앨 고어의 아버지와함께 활동하기도 했다. 1952년의 대통령 후보였던 애들레이 스티븐슨은 당의 재출마 요구를 받아들이면서, "이 잔을 피하게 해달라"고 기도했었다고말했다. 나는 스티븐슨의 지성과 웅변에 감탄했지만, 어린 마음에 왜 대통령이 될 기회를 피하려는지 이해할 수가 없었다. 그러나 지금은 그가 패배가 뻔한 도전에 다시 나서고 싶지 않았던 것이라고 짐작하며 또 충분히 이해할 수 있다. 나 자신도 두 번 낙선을 해보았기 때문이다. 물론 승리의 확신 없이 선거전에 뛰어든 적은 없지만.

그렇다고 노상 텔레비전만 보고 있었던 것은 아니다. 볼 수 있는 영화는다 보았다. 핫스프링스에는 패러마운트와 맬코 등 구식 영화관이 둘 있었는데, 주말이면 홍보에 나선 서부극 스타들이 그 큰 무대에 등장하곤 했다. 나는 검은색 카우보이 복장으로 채찍 묘기를 부리던 래시 라뤼도 보았고, 텔레비전에서 애니 오클리 역을 맡았던 게일 데이비스의 사격 시범도 보았다.

1950년대 말에는 엘비스 프레슬리가 영화에 나오기 시작했다. 나는 엘비스를 사랑했다. 그리고 엘비스의 모든 노래를, 뒤에서 코러스를 하던 조더네어즈의 노래까지 다 집어넣어 부를 수 있었다. 나는 그가 군에 입대한것을 존경했으며, 젊고 아름다운 프리실러와 결혼했을 때는 흥분했다. 그가 허리를 돌리는 것을 외설적으로 생각하던 대부분의 부모와는 달리 어머니역시 엘비스를 좋아했다. 어쩌면 나보다 훨씬 더 좋아했는지도 모른다. 우리는 〈에드 설리번 쇼The Ed Sullivan Show〉라는 프로그램에서 엘비스의 전설적인 공연을 함께 보았으며, 외설적인 부분을 가린다고 카메라가 그의 하체움직임을 일부러 피할 때는 웃음을 터뜨렸다. 나는 그가 남부의 소도시 출신이라는 데도 호감을 느꼈다. 그리고 그는 마음씨가 착할 것이라고 생각했다. 나의 주지사 시절 법무장관을 지냈던 내 친구 스티브 클라크는 암으로 죽어가던 여동생을 데리고 멤피스에서 열린 엘비스 공연을 보러 간 적이 있다. 엘비스는 사연을 전해 듣고 그 남매를 앞줄에 앉혔으며, 공연이 끝난 뒤에는 스티브의 동생을 무대 위로 불러 오랫동안 이야기를 나누었다. 나는 그 일을 잊을 수가 없었다.

나는 엘비스의 영화들 가운데도 첫 번째 영화 〈러브 미 텐더〉를 가장 좋아했으며, 그것은 지금도 마찬가지다. 하지만 〈러빙 유〉, 〈감옥 록Jailhouse Rock〉, 〈열정의 무대King Creole〉, 〈블루 하와이〉도 좋아했다. 그 다음부터는 영화가 너무 달달해졌고, 내용 전개도 쉽게 짐작할 수 있었다. 남북전쟁이 끝난 시절을 무대로 한 서부극 〈러브 미 텐더〉에서 흥미로운 것은 이미 미국의 섹스 심벌이었던 엘비스가 형의 애인으로 나오는 여주인공 데브라 파짓을 사랑하게 된다는 점이었다. 물론 데브라는 자신이 진정으로 사랑하던 애인이 전쟁에서 죽었다고 생각했기 때문에 그의 동생의 사랑을 받아들인 것이다. 영화가 끝날 때 엘비스는 총에 맞아 죽고, 형은 다시 데브라와 재결합하게 된다.

나는 그 후에도 엘비스에게서 완전히 벗어나지 못했다. 1992년 선거운동 때 실무진 몇 사람은 나를 엘비스라는 별명으로 불렀다. 몇 년 뒤 로스앤젤레스의 킴 워들로를 연방판사에 임명했을 때 그녀는 친절하게도 나에게 엘비스가 둘렀던 스카프를 보내주었다. 그것은 그녀가 열아홉 살이던 1970년대 초 콘서트에서 엘비스가 서명을 해준 스카프였다. 나는 지금도 그 스카프를 내 음악실에 보관하고 있다. 그리고 고백하거니와, 지금도 엘비스를 아주 좋아한다.

이 무렵 내가 좋아하던 영화들은 『성경』을 소재로 한 대하극들이었다. 〈성의The Robe〉, 〈데메트리우스와 검투사들Demetrius and the Gladiators〉, 〈삼손과 데릴라〉, 〈벤허〉가 그런 영화들이었는데, 그 가운데도 〈십계〉를 특히 좋아했다. 〈십계〉는 내가 처음으로 10센트 넘는 돈을 내고 본 영화라고 기억한다. 나는 어머니와 아버지가 잠깐 라스베이거스로 여행을 갔을 때 이 영화를 보았다. 나는 봉투에 점심을 싸 가, 표 한 장을 사서 그 자리에서 영화를 두 번

보았다. 세월이 흐른 뒤 케네디 센터 수상자인 찰턴 헤스턴(영화 〈십계〉에서 모세 역을 맡았다—옮긴이주)을 백악관으로 초대했을 때, 그는 '미국총기협회 NRA' 회장이었으며, 범죄자와 어린이가 총기에 손을 대지 못하게 하려는 나의 입법 노력에 대한 신랄한 비판자였다. 나는 사람들 앞에서 총기협회 회장인 찰턴 헤스턴보다는 모세인 찰턴 헤스턴이 더 좋았다고 농담을 했다. 그는 고맙게도 그 농담을 기분 좋게 받아들여 주었다.

1957년 외할아버지의 폐가 마침내 기능을 멈추고 말았다. 할아버지는 어머니가 일하던 신설 와치타 병원에서 숨을 거두었다. 겨우 쉰여섯 살이었다. 할아버지는 오랜 기간 경제적 근심, 병, 부부 갈등에 시달렸지만, 늘 역경 속에서도 즐길 만한 일을 찾아냈다. 그리고 어머니와 나를 목숨보다 더 사랑했다. 할아버지가 사랑과 본보기를 보이며, 일상생활에서 얻을 수 있는 즐거움을 누리고 다른 사람들의 문제를 존중하라고 가르쳐주신 덕분에 나는 더 나은 사람이 될 수 있었다.

1957년은 또 리틀록 센트럴 고등학교 사건이 벌어진 해이기도 하다. 9월에 리틀록의 흑인 신문 「아칸소 스테이트 프레스Arkansas State Press」의 편집자 데이지 베이츠의 지원을 받은 9명의 흑인 아이들이 인종차별 정책을 무시하고 리틀록 센트럴 고등학교에 등교했다. 연임을 한 번만 하는 아칸소 주지사들의 전통을 깨고 싶었던 포버스 주지사는 가족의 진보적 전통을 무시하고(그의 아버지는 대통령 선거에 늘 사회주의자 후보로 나섰던 유진 뎁스에게 표를 던지던 사람이었다), 인종차별 정책을 유지하기 위해 주방위군을 출동시켰다. 그러자 드와이트 아이젠하워 대통령은 이 부대의 지휘권을 연방에서 장악하여 거꾸로 학생들을 보호하라는 명령을 내렸다. 학생들은 인종차별적인 구호를 외치는 성난 군중을 뚫고 학교에 갔다. 내 친구들은 대부분 인종차별 철폐에 반대하거나 아니면 무관심했다. 나는 이 문제에 대해 별 말을 하지 않았다. 아마 정치에 큰 관심이 없는 우리 가족의 분위기 때문이었을 것이다. 그러나 나는 포버스가 한 일이 싫었다. 포버스는 아칸소 주의 이미지에 씻을 수 없는 오점을 남겼음에도, 세 번째 2년 임기를 확보했을 뿐 아니라 그 후에도 세 번 더 연임했다. 그 뒤에도 데일 범퍼스, 데이비드 프라이어, 그리고 나에 맞서서 주지사직 복귀를 시도했으나, 아칸소 주는 이미 당시의 반동적 분위기를 넘어선 상태였다.

'리틀록의 아홉 학생'은 평등을 추구하는 용기의 상징이 되었다. 나는 1987년에 이 사건 30주년을 맞아 주지사로서 이들을 초대했다. 나는 주지사 관저에서 이들을 위한 환영회를 열고, 포버스 주지사가 그들의 등교를 막는 작전을 지휘했던 방으로 그들을 안내했다. 1997년에는 센트럴 고등학교 잔디밭에서 40주년을 기념하는 성대한 기념식을 열었다. 행사가 끝난 뒤 마이크 허커비 주지사와 내가 센트럴 고등학교의 교문을 열었고, 아홉 명은 문 안으로 걸어 들어갔다. 열다섯 살 나이에 성난 군중을 뚫고 혼자 걸어가면서 그들의 극악한 욕설 때문에 감정적으로 큰 상처를 입었던 일리저버스 엑퍼드는 40년 전 그녀를 조롱했던 소녀 헤이즐 매서리와 화해했다. 2000년에는 백악관의 사우스룸에서 기념식을 열고, '리틀록의 아홉 학생'에게 의회 황금 훈장을 수여했다. 이 훈장 수여는 데일 범퍼스 상원의원의 발의로 이루어졌다. 1957년 늦여름에 이 아홉 명이 용기를 낸 덕분에 우리는 백인 흑인 가릴 것 없이 분리와 차별의 어두운 사슬로부터 해방될 수 있었다. 그 과정에서 그들이 나에게 해준 일은 내가 어떤 일을 해주더라도 갚을 수 없을 것이다. 그렇긴 하지만 내가 그들을 위해 한 일, 그리고 그 이후에 시민권을 위해 한 일들이 50여 년 전 외할아버지의 가게에서 배웠던 교훈을 모두가 되새기는 계기가 되었기를 바라는 마음이다.

1957년 여름, 그리고 그해 크리스마스가 지난 뒤에 아칸소 밖으로 여행을 하게 되었다. 어머니를 만나러 뉴올리언스에 간 이후로 처음이었다. 두 번 다 트레일웨이스 버스를 타고 댈러스의 오티 할머니를 찾아갔다. 그 버스는 당시로는 호화로운 편이었으며, 작은 샌드위치를 나누어주는 차장도 있었다. 나는 그 샌드위치를 무척 많이 먹었다.

댈러스는 내가 발을 들여놓은 세 번째 대도시였다. 5학년 때 리틀록의 주의회 의사당으로 답사 여행을 간 것이 두 번째였다. 그 여행에서 나는 주지사 사무실을 방문했다가 비어 있는 주지사 의자에 앉아보았다. 그 경험이 나에게 강한 인상을 주었기 때문에, 세월이 흐른 뒤 나는 주지사 집무실이나 백악관 오벌 오피스(대통령 집무실—옮긴이주)에서 내 의자에 아이들을 앉혀놓고 사진을 찍곤 했다.

댈러스 여행은 훌륭한 멕시코 음식, 동물원, 내가 그때까지 본 가장 아름다운 소형 골프 코스 외에도 세 가지 이유에서 기억에 강하게 남았다. 첫째는 친아버지의 친척을 몇 명 만났다는 것이다. 친아버지의 남동생 글렌 블라이드는 댈러스 교외 어빙의 치안관이었다. 글렌은 큰 몸집에 얼굴이 잘생긴 사람이었다. 그와 함께 있으니 친아버지와 연결되는 듯한 느낌을 받았다. 그러나 안타깝게도 글렌 역시 너무 일찍 죽었다. 48세에 뇌졸중으로 죽은 것이다. 친아버지의 조카딸 앤 그릭스비는 어머니가 친아버지와 결혼한 이후로 어머니의 친구가 되었다. 댈러스 여행을 계기로 앤은 나의 평생의 친구가 되었다. 앤은 친아버지에 대해 이야기해주기도 했고, 어머니가 젊은 신부였을 때의 모습을 이야기해주기도 했다. 앤은 지금도 나를 블라이드 집안과 연결시키는 가장 가까운 고리이다.

둘째는 1958년 새해 첫날, 코튼볼을 구경하러 간 것이다. 대학 풋볼을 구경하기는 그때가 처음이었다. 쿼터백 킹 힐이 이끄는 라이스가 네이비와 붙었는데, 네이비의 뛰어난 러닝백 조 벨리노는 2년 뒤 헤이스먼 트로피를 탔다. 나는 엔드존에 앉아 있었지만, 마치 왕좌에 앉아 있는 기분이었다. 네이비가 20 대 7로 이겼다.

셋째는 크리스마스 직후에 오티가 출근을 해야 했기 때문에 혼자서 영화관에 갔던 일이다. 아마 〈콰이 강의 다리〉를 보았던 것 같다. 영화는 마음에 들었지만, 아직 열두 살이 안 되었음에도 어른 표를 사야 한다는 것이 내키지 않았다. 내가 나이에 비해 아주 컸기 때문인지, 매표원은 내 나이를 말해도 믿어주지 않았다. 누가 내 말을 믿어주지 않는 경험을 한 것은 그때가 처음이었다. 나는 상처를 받았지만, 비정한 대도시는 소도시와 매우 다르다는 것을 알게 되었다. 무슨 말을 해도 믿어주지 않는 워싱턴 생활을 그때부터 준비한 셈이라고 할 수 있다.

1958년, 나는 중학교에 들어갔다. 중학교는 와치타 병원 길 건너, 핫스프링스 고등학교 바로 옆이었다. 두 학교 모두 진한 붉은색 벽돌로 지은 건물이었다. 고등학교는 4층이었는데, 크고 오래된 강당이 딸려 있었으며 1917년이라는 건축 연도에 어울리는 고전적인 선들을 보여주었다. 중학교는 그보다 작았고 또 평범한 편이었다. 어쨌든 이 학교는 내 삶의 새롭고 중요한 단계의 상징이었다.

그러나 그 해에 나에게 일어난 가장 중요한 일은 학교와는 아무런 상관이 없었다. 한 주일학교 선생님이 교회에 다니던 아이들 몇 명에게 빌리 그레이엄 목사의 설교를 들으러 리틀록에 가자고 했다. 그레이엄 목사는 레이저백 팀이 시합을 하는 워 메모리얼 스타디움에서 부흥회를 열고 있었다. 리틀록은 1958년에도 인종 문제로 긴장이 팽팽했다. 리틀록의 학교들은 인종차별 철폐를 막으려는 마지막 단말마적 노력으로 아예 문을 닫아버렸고, 학생들은 근처 타운의 학교로 흩어졌다. '백인시민협의회'를 비롯한 여러 단체의 인종차별주의자들은 그레이엄 목사에게 부흥회 참가자를 백인으로 제한하는 것이 좋겠다고 권했다. 그러나 그레이엄 목사는 예수님은 모든 죄인을 사랑하며, 모든 사람이 예수님의 말씀을 들을 기회를 가져야 하며, 따라서 백인 청중에게만 설교를 하느니 차라리 부흥회를 취소하겠다고 대꾸했다. 당시 빌리 그레이엄은 남부 침례교의 권위를 보여주는 살아 있는 상징이었으며, 남부에서, 아니 미국 전역에서 가장 영향력이 큰 종교계 인물이었다.

나는 그레이엄 목사가 그런 태도를 보여주었다는 말을 듣고 더욱더 그의 설교가 듣고 싶었다. 분리주의자들은 물러섰고, 그레이엄 목사는 그의 트레이드마크인 20분 설교를 통해 강력한 메시지를 전달했다. 그가 사람들에게 기독교인이 되고자 하는 사람, 또는 그리스도에게 다시 삶을 바칠 사람은 축구장으로 내려오라고 하자, 수백 명의 흑인과 백인이 함께 스타디움 통로를 따라 내려갔다. 그리고 함께 서서 같이 기도했다. 그것은 남부를 휩쓸던 인종차별적 정치와 강렬한 대조를 이루는 풍경이었다. 나는 그런 행동을 한 빌리 그레이엄이 좋았다. 그후 몇 달 동안 나는 내 얼마 안 되는 용돈을 쪼개 그의 선교 지원금으로 보냈다.

30년 뒤 빌리는 리틀록으로 돌아와 다시 워 메모리얼 스타디움에서 부흥회를 열었다. 나는 영광스럽게도 주지사로서 그와 함께 연단에 앉게 되었을 뿐 아니라, 부흥회가 끝난 뒤 빌리와 함께 내가 다니는 교회의 목사이자 빌리의 오랜 친구인 W. O. 보트를 찾아가기까지 했다. 나의 친구 마이크 쿨선도 동행했다. 보트 박사는 암으로 죽어가고 있었다. 그 자리에서 나는 이 하나님의 사람 둘이 죽음에 대하여, 그들의 공포에 대하여, 그들의 신앙에 대하여 이야기하는 것을 듣게 되었다. 놀라운 경험이었다. 빌리는 일어서면서 보트 박사의 손을 잡고 말했다. "보트, 이제 우리 둘 다 얼마 남지 않았소. 곧 당신을 만나게 될 거요. 동문 밖에서 말이오." 동문이란 물론 성스러운 도시의 입구를 말한다.

내가 대통령이 되었을 때 빌리와 루스 그레이엄 부부는 백악관으로 힐러리와 나를 찾아왔다. 빌리는 오벌 오피스에서 나와 함께 기도했으며, 그 뒤에도 내가 시련을 겪을 때 훈계와 격려의 편지를 여러 번 보내주었다. 빌리 그레이엄은 1958년의 중요한 부흥회 때와 마찬가지로, 나를 만날 때면 언제나 그의 신앙을 삶으로 보여주었다.

중학교에 들어가면서 나는 완전히 새로운 경험과 도전에 직면하게 되었다. 나는 내 정신, 육체, 영혼, 나의 작은 세계에 대해 더 많은 것을 알게 되었다. 나 자신에 대해 알게 된 것들 대부분이 좋았으나, 다 그런 것은 아니었다. 내 머리와 삶 속에 새로 등장한 몇 가지는 너무 무서워 생지옥에 빠진 느낌이 들 정도였다. 아버지에 대한 분노, 여자아이들에 대한 첫 성적인 느낌, 종교적 신념에 대한 회의가 그런 것들이었다. 종교적 신념이 흔들린 까닭은 내가 존재를 증명할 수도 없는 신이 나쁜 일들이 너무나 많이 일어나는 세상을 창조한 이유를 이해할 수 없었기 때문이었던 것 같다.

음악에 대한 관심은 더 커졌다. 매일 중학교 밴드 연습에 나갔으며, 풋볼 경기의 중간 휴식 시간이나 크리스마스 퍼레이드, 콘서트, 종교 단체나 주정부의 밴드 축제를 고대하게 되었다. 밴드 축제에서 심사위원들은 밴드 전체만이 아니라 솔로나 앙상블에도 점수를 매겼다. 나는 중학교 때 상을 많이 탔는데 가끔 연주를 망치는 것은 늘 내 실력에 너무 버거운 곡을 연주하려 했을 때였다. 지금도 심사위원들의 평가표 몇 장을 가지고 있는데, 그것을 보면 낮은 음역에 대한 컨트롤 부족, 프레이징 미숙, 안 좋은 호흡법 등을 지적하고 있다. 나이가 들면서 평가는 나아졌지만, 호흡법은 끝내 고치지 못했다. 이 시기에 내가 가장 좋아하던 솔로는 '랩소디 인 블루'를 편곡한 것이었다. 나는 이 곡을 연주하기를 좋아했으며, 옛날 마제스틱 호텔에서 손님들을 위해 연주하기도 했다. 나는 무척 긴장했지만, 새로 산 하얀 상의에 빨간 체크무늬 타이와 장식용 허리띠 차림으로 좋은 인상을 주기 위해 노력했다.

중학교 밴드 지휘자들은 더 잘 연주해보라고 나를 격려했고, 나는 노력하겠다고 결심했다. 당시 아칸소에서는 대학 캠퍼스에서 여름 밴드 캠프가 많이 열렸다. 나는 그런 캠프에 가고 싶었다. 결국 아칸소 대학 캠퍼스에서 열리는 캠프에 참가하기로 했다. 그곳에 좋은 선생님들이 많았고, 또 나중에 가고 싶은 대학의 캠퍼스에서 두 주를 보내고 싶었기 때문이다. 나는 고등학교 졸업 후의 여름까지 7년 동안 매년 여름 그 캠프에 참가했다. 이것은 내 성장기의 가장 중요한 경험의 하나였다. 나는 연습에 연습을 거듭했다. 결국 실력이 늘었다. 며칠은 하루 12시간씩 연습을 하는 바람에 입술이 부르터 말을 하기도 힘들었다. 나는 또 나이도 많고 실력도 좋은 음악가들의 연주를 들으며 배우기도 했다.

밴드 캠프는 정치력과 리더십을 기르는 데도 이상적인 곳이었다. 그곳은 풋볼 선수가 아닌 '밴드 보이'가 정치적 강자가 될 수 있는 유일한 곳이었다. 또한 예쁜 여자아이들을 쫓아다니는 데 밴드 보이가 유리한 위치에 설 수 있는 유일한 곳이었다. 우리는 모두 멋진 시간을 보냈다. 일어나서 대학 식당으로 가 아침을 먹을 때부터 기숙사로 돌아와 잠자리에 들 때까지, 내내 우리 자신이 아주 중요한 사람이라는 느낌을 가질 수 있었다.

캠퍼스도 썩 마음에 들었다. 이 대학은 미시시피 강 서쪽에서, 정부로부터 무상으로 토지를 불하받아 건설한 대학 가운데 가장 오래된 곳이었다.

나는 고등학교 2학년 때 이 대학에 대한 페이퍼를 썼으며, 주지사 시절에는 캠퍼스에서 가장 오래된 건물인 올드 메인을 복원할 예산을 지원했다. 1871년에 지어진 이 건물은 남북전쟁을 상기시키는 독특한 특징이 있었다. 건물에 탑이 두 개가 있었는데, 북쪽 탑이 남쪽 탑보다 높았던 것이다.

나는 또 밴드 활동을 통해 중학교 시절 가장 친한 친구인 조 뉴먼을 만났다. 그는 실력이 뛰어난 드럼 주자였다. 그의 어머니 레이는 우리 학교 교사였다. 레이와 남편 더브는 크고 하얀 목조 주택에서 늘 나를 환영해주었다. 이 집은 로이 삼촌과 재닛 숙모가 사는 와치타 애비뉴에 있었다. 조는 똑똑하고, 의심이 많고, 우울하고, 웃기고, 의리가 있었다. 나는 그와 노는 것이 좋았고 그냥 앉아서 이야기를 하는 것만도 좋았다. 지금도 마찬가지이다. 우리는 오랜 세월 동안 친밀한 관계를 유지하고 있다.

중학교 때는 수학에 관심이 많았다. 나는 운이 좋아 우리 타운에서 9학년이 아니라 8학년 때 대수를 배우는 첫 번째 그룹에 속하게 되었다. 이것은 내가 고등학교를 마칠 때까지 기하, 대수 II, 삼각함수, 미분을 배울 수 있다는 뜻이었다. 내가 수학을 좋아했던 것은 문제를 해결해주기 때문이었는데, 문제를 풀다 보면 늘 기분이 좋아졌다. 대학에 가서는 수학을 한 번도 듣지 않았지만 늘 내가 수학만큼은 잘한다고 생각했다. 그러다 첼시가 9학년 때 숙제를 도와주다가 두 손을 들면서, 환상이 또 하나 깨지고 말았다.

메리 마타사린은 대수와 기하를 가르쳤다. 그녀의 여동생인 버너 도키는 역사를 가르쳤고, 버너의 남편 버넌은 운동팀 감독 출신이었는데, 8학년 과학을 가르쳤다. 나는 그들 모두를 좋아했다. 그렇다고 내가 특별히 과학을 잘했던 것은 아닌데, 버넌이 가르쳐준 것 한 가지는 지금까지 기억에 남아 있다. 그의 부인과 처형은 모두 매력적인 여자였지만, 버넌 도키는 아무리 잘 봐주어도 잘생긴 남자는 아니었다. 그는 몸집이 컸으며, 허리에 살도 많았다. 게다가 두꺼운 안경을 썼으며, 작은 빨대가 달린 시가 파이프에 싸구려 시가를 꽂고 피웠다. 시가를 빨 때면 얼굴이 오그라드는 것 같았다. 그는 보통 무뚝뚝해 보였지만 미소가 멋졌고, 유머 감각이 뛰어났으며, 인간에 대한 이해가 깊었다. 어느 날 그는 우리를 보며 말했다. "얘들아, 이제 몇 년이 지나면 너희는 과학 시간에 배운 것을 하나도 기억하지 못할지도 몰라. 그래서 인간 본성에 대하여 너희가 반드시 기억해야 할 것을 한 가지 가르쳐줄 생각이다. 나는 매일 아침 일어나서 욕실로 가 세수를 하고 면도를 한 다음, 면도 크림을 닦아내며 거울을 보고 이렇게 말해. '버넌, 너는 아름다워.' 이걸 잊지 마라, 얘들아. 사람은 누구나 자기가 아름답다고 느끼고 싶어 한단다." 나는 40년 이상 그의 말을 잊지 않았다. 만일 버넌 도키가 나에게 자신이 아름답다는 이야기를 하지 않았다면, 그리고 실제로 그가 아름답다는 것을 내가 보지 못했다면, 나는 지금 이해하는 많은 것들을 이해하지 못한 채 살고 있었을 것이다.

중학교 시절, 나는 사람들을 이해하는 데 도움이 되는 많은 경험을 했다. 그 시절에 모든 사람들이 나를 좋아하지는 않는다는 사실, 그것도 대개는 내가 알지 못하는 이유로 나를 싫어할 수도 있다는 사실과 맞닥뜨려야 했다. 어느 날 등교길에 학교를 한 블록쯤 남겨놓고 걸어가고 있을 때였다. 시내의 '깡패'인 나이 든 학생 하나가 두 건물 사이의 틈에 서서 담배를 피우고 있다가 불이 붙은 담배를 나에게 던졌다. 담배는 내 콧잔등에 맞았다. 하마터면 눈에 불이 닿을 뻔했다. 그가 왜 그런 짓을 했는지 도무지 이해할 수가 없었다. 내가 멋진 리바이스 청바지를 입고 다니지 않는 뚱뚱한 밴드 보이였던 것은 사실이지만.

그 무렵 나는 나보다 나이는 한 살 정도 많지만 몸집은 작은 클리프턴 브라이언트라는 아이와 싸우게 되었다. 나는 친구들과 함께 학교에서 5킬로미터 정도 떨어진 집까지 걸어가기로 했다. 클리프턴도 우리처럼 동네 끝쪽에 살았다. 그는 나를 따라 집으로 오면서, 나를 놀리고 등과 어깨를 자꾸 때렸다. 나는 1킬로미터 이상 그 아이를 무시하고 걷기만 했다. 나는 클리프턴을 무시하려 했다. 그러나 마침내 나도 더는 참을 수가 없었다. 나는 몸을 돌린 다음 팔을 크게 휘둘러 클리프턴을 쳤다. 멋진 솜씨였지만, 주먹이 그의 몸에 닿을 때쯤 그는 이미 몸을 돌려 달아나고 있었다. 그래서 내 주먹은 그의 등밖에 못 건드렸다. 클리프턴이 집으로 달아나는 것을 보고 돌아와서 남자답게 싸우자고 소리쳤다. 그러나 그는 계속 달아났다. 집에 오자 마음이 진정되고, 친구들이 "잘한다"고 외치던 소리도 귀에서 멀어졌다. 그러자 그에게 상처를 주었을까봐 걱정이 되어, 어머니한테 클리프턴이 괜찮은지 전화를 해보라고 했다. 그 뒤로는 우리 사이에 아무런 문제가 없었다. 어쨌든 나는 나 자신을 방어할 수 있다는 것을 알게 되었다. 그러나 그에게 상처주는 것은 싫었고, 나 자신의 분노에 약간 당황하기도 했다. 그런 분노의 흐름은 사실 생각보다 깊고 강하다는 것이 나중에 드러나게 된다. 이제는 그날 나의 분노가 내가 대접받은 방식에 대한 정상적이고 건강한 반응임을 알고 있다. 그러나 아버지가 화가 나서 술이 취했을 때 보여 주었던 행동 때문에, 나는 분노를 통제 불능 상태로 이해했으며 나 자신은 절대 자제력을 잃지 않겠다고 결심하곤 했다. 그러지 않으면 어디서 오는지 몰랐기 때문에 늘 가두어두고 있던 깊은 분노의 물꼬를 터버릴 수도 있었기 때문이다.

나는 화가 났을 때도 분별력을 완전히 잃지는 않았기 때문에 부담스러운 도전은 피할 수 있었다. 그 시절에 나는 두 번 싸움을 피했다. 아니, 비판적으로 보자면, 비겁하게 도망쳤다고 말해도 좋다. 한번은 크레인 집 아이들과 함께 캐도 강으로 수영을 하러 갔을 때의 일이다. 캐도 강은 핫스프링스 서쪽, 캐도 갭이라고 부르는 타운 근처에 있었다. 내가 수영을 하고 있는 곳 근처 강둑으로 동네 시골 아이 하나가 다가오더니 나한테 큰소리로 욕을 했다. 나도 마주 욕을 했다. 그러자 그 아이는 나한테 돌멩이를 던졌다. 20미터쯤 떨어져 있었는데도 돌은 내 관자놀이 근처에 정통으로 맞았다. 피가 흘렀다. 나는 나가서 싸우고 싶었지만, 그 애가 나보다 크고, 힘도 세고, 억세다는 것을 알 수 있었다. 그래서 수영을 해서 도망쳤다. 숫양 사건, 태비어 페리의 BB총 사건, 그리고 그 뒤에 일어난 비슷한 사건들에 비추어, 나는 내가 옳은 일을 했다고 생각한다.

중학교 시절에 두 번째로 싸움을 피한 것도 역시 잘한 일이라고 생각한다. 금요일 밤이면 동네 YMCA 체육관에서 늘 댄스파티가 열렸다. 나는 로큰롤 음악과 춤을 좋아했기 때문에, 8학년인가 9학년 때부터 자주 그곳에 갔다. 물론 나는 뚱뚱하고, 멋있지도 않고, 여자아이들한테 인기도 없었다. 게다가 아직도 청바지를 제대로 입지 못했다.

어느 날 밤 나는 YMCA에 갔다가 체육관 옆의 당구장으로 들어갔다. 그곳에 코카콜라 판매기가 있었기 때문이다. 그 곳에는 나이 든 고등학생들 몇 명이 당구를 치거나 주위에서 구경을 하고 있었다. 그 가운데는 헨리 힐도 있었다. 그의 가족은 시내의 오래된 볼링장 럭키 스트라이크 레인즈를 운영했다. 헨리는 내 청바지를 보고 야단을 치기 시작했다. 그날따라 내 청바지는 더 칠칠치 못했다. 내가 입었던 것은 목수용 청바지로, 오른쪽에 망치를 걸 수 있는 고리까지 달려 있었다. 나는 헨리가 그렇게 다그치지 않아도 스스로를 못마땅해하던 참이라 말대꾸를 했다. 그러자 헨리는 있는 힘껏 내 턱을 쳤다. 당시 나는 나이에 비해 상당히 커서, 키는 180센티미터가 넘었으며 몸무게는 80킬로그램이 넘었다. 그러나 헨리 힐은 키가 195센티미터에 팔 길이도 엄청났다. 반격할 방법이 없었다. 게다가 이상하게도 별로 아프지가 않았다. 그래서 그냥 그 자리에 서서 그를 노려보았다. 헨리는 내가 쓰러지거나 달아나지 않았기 때문에 놀란 것 같았다. 그때문인지 그는 웃음을 터뜨리며 내 등을 철썩 치더니 괜찮은 녀석이라고 말했다. 그 뒤로 우리는 늘 사이좋게 지냈다. 나는 다시 한 번, 내가 맞고도 견딜 수 있다는 것, 그리고 공격에 대응하는 방법은 하나가 아니라는 것을 배웠다.

1960년 9월, 9학년을 시작할 무렵 대통령 선거운동도 막바지에 이르고 있었다. 담임교사이자 영어 교사인 루스 앳킨스는 나처럼 호프 출신이었으며, 또 나처럼 골수 민주당 지지자였다. 그녀는 디킨스의 『위대한 유산』을 읽고 토론하게 했지만, 정치적인 토론도 많이 했다. 당시 핫스프링스에는 아칸소의 다른 대부분 지역보다 공화당원이 많았다. 그러나 그들은 현재 공화당원들보다 훨씬 덜 보수적이었다. 그곳의 오래된 몇몇 가문은 남북전쟁 이후부터 그곳에 살았는데, 그들은 남부 11주 연방 탈퇴와 노예제에 반대하여 공화당원이 되었다. 어떤 가문은 테디 루스벨트의 진보주의를 지지하여 공화당원이 되었다. 또 어떤 가문은 아이젠하워의 온건 보수주의를 지지하기도 했다.

아칸소의 민주당원들은 훨씬 더 다양했다. 남북전쟁 시기에 조상이 남부 11주 연방 탈퇴와 노예제를 지지하여 민주당원이 되는 바람에 지금까지 민주당원인 집안들도 있었다. 다수는 대공황기에 민주당원이 급증할 때 민주당에 합류했다. 당시에는 수많은 실업자와 가난한 농민이 프랭클린 루스벨트를 구세주로 보았으며, 나중에는 미주리 주 출신의 우리 이웃인 해리 트루먼을 좋아했다. 그보다 적은 수는 주로 유럽에서 이민 온 이민자 민주당원이었다. 대부분의 흑인들은 루스벨트, 트루먼의 시민권에 대한 입장, 케네디가 닉슨보다 그 문제에 더 적극적이라는 점 때문에 민주당을 지지했다. 소수의 백인들도 생각이 비슷했다. 나도 그런 소수 가운데 하나였다.

앳킨스 선생님의 수업시간에 대부분의 아이들은 닉슨을 지지했다. 데이비드 레오폴로스는 닉슨이 케네디보다 특히 외교 문제에 경험이 훨씬 더 많으며, 그의 시민권 관련 경력이 아주 훌륭하다(그것은 사실이었다)는 이유로 닉슨을 옹호했다. 사실 이 점에 대해서는 닉슨을 반대할 이유가 없었다. 당시 나는 캘리포니아에서 하원의원과 상원의원 자리를 놓고 제리 부어히스와 헬렌 게허건 더글러스가 맞서 싸웠을 때 닉슨이 그들을 공산주의자라고 공격했다는 사실을 모르고 있었다. 나는 그가 니키타 후르시초프와 맞선 것도 마음에 들었다. 나는 1956년에는 아이젠하워와 스티븐슨을 모두 좋아했으나, 1960년에는 당파적인 사람이 되어 있었다. 나는 예비선거 때는 린든 존슨을 지지했다. 그가 상원에서 보여준 리더십, 특히 1957년 시민권 법안을 통과시킬 때 보여준 리더십, 그리고 그가 남부의 가난한 집안 출신이라는 점 때문이었다. 나는 또 시민권의 가장 정열적인 옹호자라는 이유로 허버트 험프리를 좋아했고, 젊음과 힘, 그리고 나라를 다시 움직이겠다는 결의 때문에 케네디를 좋아했다. 케네디가 후보로 지명되자 나는 반친구들 앞에서 최대한 그를 옹호했다.

나는 케네디가 이기기를 간절히 바랐다. 마틴 루터 킹이 수감되었을 때 그의 부인인 코레타 킹에게 전화를 걸어 그녀의 남편을 걱정하는 이야기를 하는 모습을 본 뒤, 휴스턴에서 남부의 침례교도와 이야기할 때 자신의 신앙을 옹호하고 나아가 가톨릭 신앙을 가진 미국인이 대통령에 출마할 권리를 옹호하는 모습을 본 뒤, 그런 마음은 더욱 강해졌다. 하지만 내 반친구들 대부분, 그리고 그들의 부모들은 나와 생각이 달랐다. 나는 그런 반응에 점차 익숙해졌다. 그 몇 달 전, 나는 학생회장 선거에서 마이크 토머스에게 졌다. 마이크는 선량한 친구로, 베트남에서 전사한 반친구 넷 가운데 한 명이다. 우리 카운티에서는 닉슨이 승리를 거두었으나, 주 전체에서는 케네디가 50.2퍼센트의 표를 얻어 아칸소에서 아슬아슬하게 승리를 거두었다. 신교도 근본주의자들이 민주당을 지지하는 침례교도를 향해 케네디가 대통령이 되면 교황으로부터 명령을 받을 것이라고 대대적인 선전을 했음에도 승리를 거둔 것이다.

물론 케네디가 가톨릭교도라는 것도 내가 그를 좋게 본 이유 가운데 하나였다. 나는 세인트 존 학교에서 지냈던 경험과 세인트 조시프 병원에서 어머니와 함께 일하는 수녀들을 만나본 경험 때문에 가톨릭교도를 좋아했고, 그들의 가치관, 헌신적 태도, 사회적 양심도 존경했다. 또 전국적인 자리에 출마한 유일한 아칸소 사람인 조 T. 로빈슨 상원의원이 1928년 가톨릭교도로는 처음으로 대통령 선거에 출마했던 뉴욕 주지사 앨 스미스의 러닝메이트였다는 사실도 자랑스러웠다. 케네디와 마찬가지로 스미스 역시 로빈슨 덕분에 아칸소에서 승리를 거두었다.

이렇게 가톨릭교도에게 친밀감을 느꼈음에도, 9학년 시절 나의 주요한 과외 활동이 음악 외에 프리메이슨이 후원하는 소년 조직 드몰레이단이었다는 것은 역설적인 일이다. 이유는 알 수 없지만 나는 늘 프리메이슨과 드몰레이가 가톨릭에 반대한다고 생각했다. 드몰레이는 결국 스페인의 종교재판에서 신앙을 버리지 않고 순교한 종교개혁 이전의 순교자 아니던가. 나는 이 책을 쓰기 위해 조사를 하는 과정에서 비로소 가톨릭교회가 18세기 초에 프리메이슨을 권위를 위협하는 위험한 조직이라고 비난했던 반면, 프리메이슨은 사람들의 신앙을 묻지 않아, 실제로 가톨릭교도도 몇 사람 단원으로 활동했다는 것을 알게 되었다.

드몰레이단의 목표는 개인적이고 시민적인 덕성을 기르고, 단원간의 우애를 돈독히 하는 것이었다. 나는 이런 동지적 우애를 좋아하여, 그 의식의 모든 부분을 암기했다. 나는 우리 분회의 최고지도원 자리에까지 올랐으며 주 총회에도 나가보았다. 총회에서는 활기찬 정치적 활동이 이루어졌고, 우리의 자매 조직인 '무지개 소녀단' 과 파티도 열었다. 나는 직접 출마하지는 않았지만 주 드몰레이단 선거에도 참여하여 정치에 대해 더 많은 것을 배우게 되었다. 내가 주 최고지도원으로 지지한 사람은 가장 똑똑해 보이는 존스버러의 빌 에버트였다. 에버트는 연장자가 지휘하는 옛 시절이었다면 위대한 시장이나 의회 위원장을 했을 만한 사람이다. 그는 재미있고, 똑똑하고, 강인하고, 린든 존슨처럼 타협에 능했다. 한번은 그가 150킬로미터의 속도로 아칸소 간선도로를 질주하는데 주 경찰차가 사이렌을 울리면서 추격해오기 시작했다. 에버트는 단파용 송신기를 가지고 있었기 때문에, 경찰에 5킬로미터 뒤에서 큰 교통사고가 났다고 신고했다. 경찰차는 곧 방향을 돌려 떠났으며, 에버트는 무사히 집에 돌아갈 수 있었다. 그 경찰관이 나중에 사실을 알게 되었는지 궁금하다.

나는 드몰레이단 생활을 즐기기는 했지만, 그들의 비밀 의식이 우리 삶을 더 의미 있게 만들어주는 중요한 행사라는 생각은 받아들이지 않았다. 드몰레이를 졸업한 뒤에는, 조지 워싱턴, 벤저민 프랭클린, 폴 리비어까지 거슬러 올라가는 유명한 미국인들의 긴 인맥을 따라 프리메이슨단으로 들어가지 않았다. 아마 이십대에 조직에 소속되는 것을 싫어하는 경향이 있었기 때문이거나 잘못 생각한 것이기는 하지만, 프리메이슨이 은근히 반가톨릭적이라는 점을 싫어했기 때문이거나, 흑인과 백인을 다른 지회로 갈라놓는 분리 정책을 싫어했기 때문일 것이다(주지사로서 흑인들의 프린스 홀 프리메이슨 대회에 참석해보니, 그들이 내가 아는 프리메이슨보다 그들 나름으로 더 재미있게 지내는 것 같기는 했다).

나는 또 비밀을 가지기 위해 비밀스러운 사교 클럽에 들어갈 필요가 없었다. 나 나름의 진짜 비밀이 있었기 때문이다. 그것은 아버지의 알코올 중독과 학대에 뿌리를 둔 것이었다. 내가 열네 살이 되어 9학년에 올라가고 내 동생은 겨우 네 살이었을 때, 그 문제는 더 악화되었다. 어느 날 밤 아버지는 방문을 닫고 어머니에게 소리를 지르더니, 이윽고 어머니를 때리기 시작했다. 어린 로저는 내가 9년 전 총소리가 나던 밤에 그랬던 것처럼 잔뜩 겁에 질렸다. 나는 어머니가 상처를 입고 로저가 공포에 떠는 것을 견딜 수 없었다. 나는 가방에서 골프 클럽을 꺼내들고 방문을 열었다. 어머니는 바닥에 쓰러져 있고, 아버지는 어머니를 때리고 있었다. 나는 그만두라고, 그만두지 않으면 골프 클럽으로 두들겨 패겠다고 말했다. 아버지는 바로 굴복하여, 침대 옆의 의자에 앉더니 고개를 떨어뜨렸다. 너무 역겨웠다. 어머니는 회고록에서 경찰을 불러 아버지가 그날 밤 유치장에서 잤다고 말했지만 그일은 기억나지 않는다. 어쨌든 그 뒤로 한동안 문제가 없었다. 나는 그 당시에는 어머니를 위해 아버지와 맞선 것을 자랑스러워했던 것 같지만, 나중에는 그 생각을 하면 슬프기도 했다. 근본적으로는 좋은 사람인데 왜 다른 사람에게 폭력을 휘둘러 자신의 고통을 덜어내려고 하는지 도무지 이해할 수가 없었다. 이 이야기를 나눌 수 있는 사람이 있었으면 좋았을 것이다. 그러나 그런 사람은 없었고, 나 혼자서 풀어나가야 했다.

나는 우리 집의 비밀을 내 삶의 정상적인 부분으로 받아들이게 되었고, 누구에게도 이 비밀을 이야기하지 않았다. 친구에게도, 이웃에게도, 교사에게도, 목사에게도. 세월이 흐른 뒤 대통령에 출마했을 때, 내 친구들 몇 명은 기자들에게 자기는 전혀 몰랐다고 말했다. 물론 대부분의 비밀이 그렇듯이 몇 사람은 알게 된다. 아버지가 노력은 했겠지만, 우리 외에 다른 모든 사람에게 좋은 행동만 보여주었을 리는 없다. 달리 누가 알고 있었는지 모르지만—가족, 어머니의 가까운 친구들, 경찰관 두어 명—그들은 나에게 아무런 말도 하지 않았다. 그래서 나는 이것이 진짜 비밀이라고 생각하고 누구에게도 말을 하지 않았다. 우리 가족의 방침은 '묻지도 말고, 말하지도 말라'는 것이었다.

초등학교와 중학교 시절 나의 또 다른 비밀은 빌리 그레이엄 목사의 리틀록 부흥회 이후 그에게 내 용돈의 일부를 보낸 것이었다. 나는 이것 역시 부모나 친구들에게 말하지 않았다. 한번은 빌리에게 보낼 돈을 들고 서클 드라이브 쪽에 있는 우리 진입로 옆의 우체통으로 가는데 아버지가 뒷마당에서 일하는 것이 보였다. 나는 아버지 눈에 띄지 않으려고, 앞쪽으로 나가 파크 애비뉴로 갔다. 거기서 오른쪽으로 방향을 틀어 옆집인 페리 플라자 모텔의 진입로를 통해 돌아갔다. 우리 집은 언덕 위에 있었고, 페리 플라자는 밑의 평지에 있었다. 모텔의 진입로를 반쯤 통과했을 때 아버지는 아래를 내려다보다가 내가 손에 편지를 들고 걸어가는 것을 보았다. 나는 우편함으로 가서 편지를 집어넣고 집으로 돌아왔다. 아버지는 내가 무엇을 하는지 궁금했겠지만 묻지는 않았다. 한 번도 묻는 법이 없었다. 아마 자신의 비밀을 짊어지기도 벅찼기 때문이었던 것 같다.

비밀은 내가 오랜 세월에 걸쳐 여러 번 생각해본 문제이다. 우리 모두 비밀이 있고, 나는 우리가 그럴 자격이 있다고 생각한다. 비밀 때문에 우리의 삶은 더 흥미로워지며, 누군가에게 그 비밀을 털어놓기로 했을 때 그 사람과의 관계는 더 큰 의미를 갖게 된다. 비밀을 간직하는 곳은 또 세상으로부터 피할 수 있는 안식처가 되기도 한다. 이곳에서 정체성이 형성되고 재확인될 수 있으며, 이곳에서는 혼자 있어도 안정감과 평화를 느낄 수 있다. 그럼에도 비밀은 지기 힘든 끔찍한 짐이 될 수도 있다. 수치심이 동반될 때는 더욱 그렇다. 수치심의 원인이 비밀을 지키는 사람에게 있지 않아도 마찬가지이다. 또는 비밀의 매력이 너무 강해, 비밀 없이는 살 수 없다는 생각, 비밀이 없다면 지금의 내가 될 수 없다는 생각이 들 수도 있다.

물론 내가 처음 비밀을 간직하게 된 그 시절부터 이런 것들을 이해했던 것은 아니다. 당시에는 별다른 생각을 하지도 않았다. 나는 어린 시절의 일들을 많이 기억하지만, 이런 일이 일어났을 때 내가 알거나 느끼고 있던 것들까지 정확하게 기억하지는 못한다. 지금은 당시에 내적인 풍요의 비밀과 공포나 수치의 비밀 사이에서 올바른 균형을 찾기가 힘들었다는 것, 나의 개인적인 삶의 가장 어려운 부분들을 다른 사람과 이야기하려 하지 않았다는 것만 기억에 남아 있을 뿐이다. 남들에게 이야기하지 않은 어려움에는 열세 살 때 겪었던 중요한 영적인 위기도 있다. 당시 내 신앙은 너무 약해져 내가 보고 겪는 것들 앞에서 신에 대한 약간의 믿음도 유지하기가 어려웠다. 지금은 그런 갈등이 적어도 부분적으로는 알코올 중독자의 가정에서 성장하면서 그것에 대처하기 위해 나 스스로 만들어낸 심리적 기제 탓임을 알고 있다. 그러나 이것을 파악하는 데만도 오랜 시간이 걸렸다. 어떤 비밀을 유지하고, 어떤 비밀을 털어놓을지, 어떤 것은 처음부터 비밀로 하면 안 되는 것인지 아는 일은 훨씬 더 힘들었다. 나는 지금도 그것을 완전히 안다고 자신하지 못한다. 그것은 평생에 걸친 숙제가 될 것 같다.

6

어머니가 그 모든 일을 어떻게 그렇게 잘 처리했는지 모르겠다. 어머니는 매일 아침, 전날 밤에 무슨 일이 있었든 게임에 임하는 얼굴을 보여주었다. 얼마나 대단한 얼굴이었는지. 어머니가 뉴올리언스에서 집으로 돌아온 이후, 나는 일찍 일어날 때면 목욕탕 바닥에 앉아 어머니가 그 아름다운 얼굴에 화장을 하는 모습을 지켜보았다.

시간이 꽤 걸렸다. 어머니에게 눈썹이 없었다는 것도 한 가지 이유였다. 어머니는 당시 유명한 성격배우였던 에이킴 타미로프처럼 눈썹에 숱이 너무 많아 뽑아낼 걱정 좀 하고 살아봤으면 좋겠다고 농담을 하곤 했다. 대신 어머니는 화장용 연필로 눈썹을 그려 넣어야 했다. 그런 다음 화장을 하고 입술을 칠했다. 보통은 손톱 색깔과 어울리는 밝은 빨간색 립스틱이었다.

내가 열한 살인가 열두 살 때까지 어머니는 짙은 색의 물결치는 듯한 머리를 길게 길렀다. 정말 숱이 많고 아름다웠다. 나는 어머니가 머리 모양이 딱 맞게 잡힐 때까지 빗질하는 모습을 구경하는 걸 좋아했다. 그래서인지 어머니가 미장원에서 머리를 짧게 자르고 돌아온 날을 결코 잊지 못한다. 그 아름다운 웨이브는 다 사라져버렸다. 내가 처음으로 기르던 개 수지를 아홉 살의 나이로 안락사시키고 나서 얼마 지나지 않았을 때였는데, 나는 수지가 죽었을 때만큼 상처를 받았다. 어머니는 단발이 유행이고, 또 그것이 삼십대 중반이라는 자신의 나이에도 더 잘 어울린다고 말했다. 나는 그 말을 받아들이지 않고 어머니의 긴 머리를 늘 그리워했다. 하지만 몇 달 뒤 어머니가 이십대 때부터 머리 한가운데 비치던 흰 머리를 앞으로는 염색하지 않겠다고 했을 때는 좋아했다.

어머니는 화장을 하면서 담배 한두 대를 피우고 커피 두 잔을 마셨다. 이어 월터스 부인이 일을 하러 오면 출근을 했다. 나가는 시간이 비슷하면 나를 학교에 내려주기도 했다. 나는 학교에서 돌아오면 친구들이나 로저와 노느라 바빴다. 나는 어린 동생이 있다는 것이 좋았고, 내 친구들도 로저가 자기 친구들을 더 좋아할 만큼 클 때까지 함께 놀아주었다.

어머니는 보통 5시쯤 되면 퇴근을 했지만, 경마가 열릴 때는 예외였다. 어머니는 경마를 좋아했다. 어머니는 1, 2, 3등 전부 합쳐 2달러 이상을 거는 경우가 드물었지만, 그래도 자못 진지했다. 경마신문이나 정보지를 연구하고, 기수나 조련사나 말 주인을 사귀어 그들의 말에 귀를 기울이고, 경마 친구들과 함께 어느 말에 돈을 걸지 토론을 벌였다. 어머니는 그곳에서 인생의 가장 친한 친구들을 사귀었다. 루이스 크레인과 그녀의 남편 조. 조는 경찰관으로 나중에 서장이 되었는데, 아버지가 술에 취하면 화가 가라앉을 때까지 순찰차에 태우고 다니곤 했다. 딕시 세버와 그녀의 남편인 조련사 마이크. 응급 환자를 처리하기 위한 경마장 병원에서 일한 마지 미첼은 딕시 세버, 게이브의 두 번째 부인인 낸시 크로퍼드와 더불어 어머니가 진정으로 속을 털어놓는 사람이었다. 마지와 어머니는 서로 언니 동생 하는 사이였다.

나는 법대를 졸업하고 고향으로 돌아온 직후 마지가 어머니와 나에게 해준 일에 보답할 기회를 얻었다. 마지는 우리 지역 정신건강 센터에서 일을 하다가 해고되었는데, 그 결정에 불복하여 싸우기로 하고 나에게 재판에서 자신을 대리해달라고 요청했다. 재판에 나가보니 내 미숙한 심문으로도 해고가 그녀와 관리자 사이의 개인적 갈등 때문에 일어난 일임이 분명해졌다. 나는 그녀의 해고 근거들을 박살냈다. 우리가 이겼을 때 나는 무척 흥분했다. 어쨌든 마지는 자신의 일자리를 돌려받을 자격이 있는 사람이었다.

내가 어머니를 정치에 끌어들이기 전, 어머니의 친구들은 대부분 어머니 일과 관련된 사람들이었다. 주로 의사, 간호사, 병원 직원이었다. 어머니에게는 그런 친구들이 많았다. 어머니는 결코 낯선 사람들과 사귀지 않았지만 동료들과 함께 있는 것을 진정으로 좋아했다. 그리고 수술 전의 환자를 편안하게 해주려고 노력했다. 물론 모두가 어머니를 좋아한 것은 아니다. 어머니는 자신을 못살게 굴거나, 지위를 이용하여 불공정한 태도를 보이는 사람들과는 마찰을 일으키기도 했다. 나와 달리 어머니는 그런 사람들의 약을 올리는 것을 정말 즐겼다. 나는 아무런 노력 없이, 그냥 나라는 이유로 적을 만드는 경향이 있었다. 그리고 정치에 들어서서는 내가 택한 입장이나 내가 만들어내려는 변화 때문에 적을 만들기도 했다. 반면 어머니는 정말 어떤 사람이 싫으면, 그 사람이 입에 거품을 물게 하려고 애썼다. 나중에 의학박사 학위를 가진 어떤 마취의 밑에서 일하는 것을 피하려고 몇 년 동안 싸운 뒤, 그리고 두 건의 수술에서 문제가 생긴 뒤, 어머니는 그런 태도 때문에 대가를 치르기도 했다. 그러나 대부분의 사람들은 어머니를 좋아했다. 어머니가 그들을 좋아하고, 존중하고, 또 삶을 사랑했기 때문이다.

나는 어머니가 어떻게 그런 에너지와 활기를 유지하는지 알 수 없었다. 어머니는 늘 일과 놀이로 하루하루를 가득 채웠으며, 늘 동생 로저와 나를 위해 옆에 있어 주었으며, 학교 행사에 한 번도 빠지지 않았으며, 우리 친구들을 위한 시간도 내주었다. 하지만 자신의 문제는 겉으로 드러내지 않았다.

나는 병원으로 어머니를 찾아가서 간호사와 의사를 만나고, 그들이 환자들을 돌보는 모습을 구경하는 것을 좋아했다. 중학교 때는 진짜 수술도 한 번 구경했는데 엄청나게 잘랐고 피가 많이 나왔으며, 그래도 내가 구역질을 하지 않았다는 것만 기억에 남아 있을 뿐이다. 나는 외과 의사들이 하는 일에 매력을 느꼈으며, 언젠가는 나도 그런 일을 해보고 싶었다.

어머니는 돈을 낼 수 있는 사람이건 아니건 간에 환자들에게 많은 관심을 가졌다. 메디케어나 메디케이드가 없던 시절이라 돈을 낼 수 없는 사람들이 많았다. 한번은 가난하지만 자존심이 강한 사람이 우리 집에 찾아와 자기 나름으로 외상을 갚고 가기도 했다. 그는 과수원에서 일하는 사람이었는데, 어머니에게 싱싱한 복숭아 여섯 바구니를 갖다 주는 것으로 셈을 치른 것이다. 우리는 그 복숭아를 오래 먹었다. 시리얼에 넣어 먹기도 하고,

파이에 넣어 먹기도 하고, 집에서 만든 아이스크림에 넣어 먹기도 했다. 어머니의 환자들 가운데 가난한 사람이 더 많았으면 좋겠다는 생각이 들기도 했다!

어머니는 일과 친구, 그리고 경마로 결혼 생활의 괴로움을 달랬던 것 같다. 어머니는 집 안에서 우는 날이 많았을 것이다. 심지어 육체적으로 고통을 겪는 경우도 있었을 것이다. 그러나 대부분의 사람들은 그런 사실을 까맣게 몰랐다. 어머니가 보여준 모범은 내가 대통령이 되었을 때 큰 도움이 되었다. 어머니는 자신의 문제를 나와 이야기한 적이 거의 없다. 아마 어머니는 내가 알 필요가 있는 것은 다 알고 있으며 나머지는 미루어 짐작할 만큼 똑똑하다고 믿었고, 또 내가 가능한 한 정상적인 유년기를 보낼 수 있게 해주어야 한다고 생각했던 것 같다.

열다섯 살이 되었을 때 고요의 시절은 지나가고 사건들이 마구 터지기 시작했다. 아버지는 다시 술을 마시기 시작하면서 폭력을 휘둘렀다. 그러자 어머니는 로저와 나를 데리고 달아났다. 우리는 그 2년 전쯤에도 그런 적이 있었다. 그때는 센트럴 애비뉴 남쪽 끝, 경마장에서 아주 가까운 클리블랜드 매너 아파트에서 몇 주를 지냈다. 두번째 도피였던 1962년 4월에는 모텔에서 3주 정도 묵으면서 살 집을 알아보았다. 우리는 함께 몇 집을 구경했으나, 모두 우리가 살던 집보다 훨씬 작았다. 그렇게 작은데 어머니의 경제력으로는 감당할 수 없는 집들도 있었다. 마침내 어머니는 스컬리 스트리트에 있는 방 셋에 욕실 두 개짜리 집으로 정했다. 스컬리 스트리트는 센트럴 애비뉴에서 500미터 정도 떨어진, 핫스프링스 남부의 한 거리였다. 중앙 냉난방 장치를 갖추고(파크 애비뉴의 집은 창문형 냉방장치를 사용했다) 모든 시설을 전기로 움직이는 신형 골드 메달리온 주택이었다. 가격은 3만 달러 정도였던 것 같다.

이 집은 현관으로 들어서면 바로 왼쪽에 훌륭한 거실과 식당이 있었고, 그 뒤로 커다란 서재가 식당과 부엌으로 연결되었다. 부엌에서 조금 가면 차고 바로 뒤에 세탁실이 있었다. 서재 너머에는 상당한 크기의 포치가 달려 있어, 나중에 그곳에 유리를 설치하고 당구대를 가져다 놓았다. 방 두 개는 복도 오른쪽에 있었다. 왼쪽에는 커다란 욕실이 있었고, 그 뒤에는 샤워실이 설치된 방이 있었다. 어머니는 나에게 샤워실이 딸린 커다란 방을 주었다. 화장 공간과 거울이 갖추어진 대형 욕실을 어머니가 쓰고 싶어서였던 것 같다. 어머니는 두 번째로 큰 방을 차지했고, 로저는 작은 방을 얻었다.

파크 애비뉴에 있는 우리 집, 늘 가꾸려고 애를 쓰던 마당, 이웃과 친구들과 함께 자주 들르던 곳들이 그립기는 했지만, 정상적인 가정에서 느끼는 편안함도 중요했다. 아마 나 자신보다는 어머니나 로저 때문에 그 집으로 이사한 것을 더 기뻐했을 것이다. 그 무렵, 비록 아동심리학에 대해 아는 바는 없었지만, 나는 아버지의 술과 학대가 나보다는 로저에게 더 큰 상처를 줄 것이라는 걱정이 들었다. 로저는 평생 그런 것만 보고 산 셈이었고, 또 로저 클린턴은 그의 친아버지였기 때문이다. 나의 친아버지는 계부와는 다르게 강하고, 믿음직하고, 신뢰할 만한 사람이었다고 믿고 있었기 때문에 나는 그래도 로저보다는 정서적인 안정을 얻을 수 있었고, 약간의 거리를 두고 가끔은 공감도 하면서 벌어지는 일을 바라볼 수 있었던 것이다. 나는 계부 로저 클린턴을 사랑하지 않은 적이 없고, 그를 바꾸기 위해 노력하지 않은 적이 없고, 그가 술에 취하지 않아 매력적인 모습을 보일 때는 그와 함께 있는 것을 즐거워하지 않은 적이 없다. 나는 당시에도 어린 로저가 아버지를 미워하게 될까봐 걱정했다. 실제로 동생 로저는 그렇게 되었고, 그 때문에 엄청난 대가를 치러야 했다.

이런 오래 전 일들을 이야기하다 보니, 셰익스피어의 마크 앤서니가 줄리어스 시저에게 찬사를 보내면서 한 말이 생각난다. 앤서니는 사람들이 저지르는 악은 그들 뒤에도 살아남고, 선은 뼈와 함께 묻힌다고 말했다. 내가 아는 대부분의 알코올중독자나 마약중독자들과 마찬가지로 로저 클린턴 역시 근본은 선한 사람이었다. 그는 어머니와 나와 동생 로저를 사랑했다. 그는 어머니가 뉴올리언스에서 공부할 때 호프로 나를 만나러 오도록 도와주기도 했다. 그는 가족과 친구에게 관대했으며, 똑똑하고 유머러스했다. 그러나 그는 수많은 중독자들의 희망을 파괴해버리는 두려움, 불안, 심리적 허약성 따위가 뒤섞인 휘발유를 가슴에 품고 살았다. 그리고 내가 아는 한,

도움을 줄 수 있는 사람들에게서 도움을 구한 적도 없었다.

알코올중독자와 살 때 정말 혼란스러운 점은 그 생활이 늘 나쁘지는 않다는 것이다. 여느 가족과 다름없이 일상의 고요한 즐거움을 누리며 몇 주, 때로는 심지어 몇 달을 무사히 보내기도 한다. 내가 그런 좋은 시간들을 지금까지 잊지 않은 것이 고마울 따름이다. 혹시 잊을 때에 대비해서, 나는 아버지가 나에게 보낸 엽서와 편지 몇 통, 그리고 내가 아버지에게 보낸 편지 몇 통을 보관하고 있다.

힘들게 보냈던 시간도 세월이 지나면 어느 정도는 잊혀진다. 얼마 전 어머니의 이혼 신청 때 제출했던 나의 선서 증언을 다시 읽어볼 기회가 있었다. 거기에는 이혼 신청을 하기 위해 3년 전 폭력 사건이 생겼을 때 내가 어머니의 변호사에게 전화해서, 경찰이 아버지를 잡아가도록 신고해 달라고 부탁했다는 이야기가 나온다. 나는 그 증언에서 아버지가 어머니를 때리려는 것을 내가 막았을 때 아버지가 나까지 때리겠다고 위협했다는 이야기도 했다. 그러나 웃음이 나올 수밖에 없는 것이, 그때는 내가 이미 아버지보다 몸집도 크고 힘도 셌다. 그러니 아버지는 술 취한 상태에서는 말할 것도 없고, 술이 깬 상태에서도 나를 당할 수 없었을 것이다. 어쨌든 나는 두 가지 사실을 모두 잊고 있었다. 전문가들은 흔히, 알코올 중독자 가족이 계속 함께 살아나가려고 할 때는 가족간에 그런 식의 부인否認이 이루어진다고 한다. 이유야 어쨌건, 그 기억들은 40년 동안 막혀 있었다.

우리가 아버지로부터 떠나오고 나서 닷새 뒤인 1962년 4월 14일, 어머니는 이혼 신청을 했다. 아칸소에서는 이혼이 빨리 이루어졌고, 어머니에게는 물론 이유가 있었다. 그러나 그렇게 쉽게 끝나지 않았다. 아버지는 어머니를, 그리고 우리를 도로 데려가려고 필사적이었다. 그는 크게 충격을 받아 몸무게도 많이 줄었다. 우리 집 근처에 차를 몇 시간씩 세우고 있기도 했고, 심지어 두어 번 우리 집 앞쪽 콘크리트 포치에서 잠을 자기도 했다. 어느 날 아버지는 나에게 드라이브를 하자고 제안했고 우리는 서클 드라이브의 옛집 뒤까지 차를 타고 갔다. 그는 뒤쪽 진입로 끝에서 차를 세웠다. 아버지는 몰골이 말이 아니었다. 사나흘 면도도 하지 않은 듯 했다. 그러나 술을 마신 것 같지는 않았다. 아버지는 우리 없이는 살 수 없다고, 달리 살아야 할 이유가 없다고 말하며 울었다. 자신과 다시 합치도록 어머니를 설득해 달라며 다시는 때리거나 소리를 지르지 않겠다고 말했다. 아버지는 스스로 그 말을 믿는 것 같았지만, 나는 믿지 않았다. 아버지는 문제의 원인을 결코 이해하지 못했다. 아니, 받아들이지 않았다. 그는 자신이 술 앞에서 무력해지기 때문에 혼자서는 술을 끊을 수 없다는 사실을 절대 인정하지 않았다.

아버지의 애원은 어머니 귀에도 들어가기 시작했다. 동시에 어머니는 우리를 경제적으로 부양할 능력이 있는지 자신하지 못하는 것 같았다. 사실 어머니는 그로부터 2년 뒤 메디케이드와 메디케어가 시행되기 전에는 별로 돈을 벌지 못했다. 더 중요했던 것은 이혼, 특히 자식이 있는 사람의 이혼은 나쁘다는 구식 사고방식이었다. 사실 학대가 없다면 그 말이 맞는 경우가 많다. 아마 어머니는 그들의 문제가 한편으로는 자신의 잘못이기도 하다고 생각했던 것 같다. 어쩌면 어머니가 아버지의 불안을 자극했던 것인지도 모른다. 사실 어머니는 멋있고 재미있는 여자로 남자들을 좋아했고, 남편보다 더 성공한 매력적인 남자들과 함께 일을 했으니까. 내가 아는 한 어머니는 그런 남자들과 바람을 피우지는 않았다. 물론 그랬다 해도 어머니를 비난할 생각은 없지만. 어머니는 아버지와 갈라선 다음에는 짙은 색 머리에 얼굴이 잘생긴 남자를 만났다. 나는 그에게서 받은 골프 클럽을 지금도 가지고 있다.

우리가 스컬리 스트리트로 이사 오고 나서 불과 몇 달 뒤, 어머니는 로저와 나에게 아버지 문제로 가족회의를 열어야겠다고 말했다. 이미 이혼도 확정이 되었을 때였다. 어머니는 아버지가 돌아오고 싶어 한다고, 우리의 새집으로 들어오고 싶어 한다고 말했다. 어머니는 이번에는 다를 것 같다는 생각이 든다며, 우리더러 어떻게 생각하느냐고 물었다. 로저가 뭐라고 대답했는지 기억나지 않는다. 그 애는 겨우 다섯 살이었으니 혼란스러웠을 것이다. 나는 아버지가 변할 수 없다고 생각하기 때문에 반대하지만 어머니가 어떻게 결정을 내리든 지지하겠다고 말했다. 어머니는 집안에 가장이 필요하고, 만일 기회를 한 번 더 주지 않는다면 평생 죄책감을 느낄 것 같다고 말했다. 결국 어머니는 그렇게 했다. 두 사람은 재결합했다. 이것은 아버지의 인생이 풀린 방식을 볼 때 아버지에게는 좋은 일이었지만, 로저나 어머니에게는 별로 좋은 일이 아니었다. 나에게는 그 일이 어떤 영향을 주었는지 잘 모르겠다. 다만 나중에 아버지가 병이 들었을 때, 그와 마지막 몇 달을 함께 보낼 수 있어 아주 기뻤던 것은 분명하다.

나는 어머니의 결정에 동의하지 않았지만, 어머니의 심정은 이해했다. 어머니가 아버지를 데려오기 직전, 나는 법원으로 가서 내 성을 법적으로 블라이드에서 클린턴으로 바꾸었다. 몇 년 동안 써오던 성이었다. 지금도 왜 내가 그렇게 했는지 잘 모르겠다. 하지만 그때는 그래야 한다고 생각했다. 곧 학교에 가게 될 로저가 우리 혈통에 혼란을 느끼지 않기를 바랐던 것인지도 모른다. 그저 내 가족의 나머지 구성원과 같은 성을 갖고 싶었던 것인지도 모른다. 어머니가 아버지와 이혼을 했을 때 기뻐하기는 했지만, 그래도 아버지한테 뭔가 좋은 일을 해주고 싶었던 것인지도 모른다. 나는 그 결심을 어머니한테 미리 말하지 않았는데 성을 바꾸려면 어머니의 허락이 있어야 했다. 어머니는 법원의 전화를 받고 좋다고 했다. 하지만 내가 실수하는 것이라고 생각했을 것이다. 물론 내 인생에서 나의 결정과 결정 시점이 문제가 되었던 것은 그때가 마지막은 아니었다.

중학교 마지막 시기와 바로 언덕 위에 있던 고등학교 1학년 시절에는 부모의 결혼 생활의 악화, 이혼, 재결합 때문에 감정적으로 에너지가 많이 소모되었다.

어머니가 일에 몰두하기 시작할 무렵, 나는 고등학교에 들어갔고 또 스컬리 스트리트의 새로운 동네로 들어갔다. 이곳은 새로 지은 수수한 집들이 모여 있는 동네였다. 바로 길 건너에는 네모난 블록 하나가 텅 비어 있었다. 얼마 전만 해도 훨씬 큰 땅을 차지했던 휘틀리 농장의 마지막 남은 부분이었다. 휘틀리 씨는 매년 그 블록 전체에 모란을 심었다. 이 꽃들은 봄이면 활짝 피어나 멀리서도 사람들이 찾아왔다. 사람들은 휘틀리 씨가 꽃을 잘라 나누어 주기를 참을성 있게 기다렸다.

우리는 그 거리의 두 번째 집에 살았다. 스컬리와 휘틀리가 만나는 모퉁이에 있는 첫 번째 집에는 월터 옐델 목사, 그의 부인 케이, 그리고 그들의 자녀인 캐럴린, 린더, 월터가 살았다. 월터는 제2침례교회의 목사였으며, 나중에 아칸소 침례교 총회장을 지내기도 했다. 월터와 케이는 첫날부터 우리에게 아주 잘해주었다. 우리가 브러더 옐델이라고 부르던 월터는 1987년에 세상을 떠났다. 그가 살아 있었다면, '자유주의자들'이 신학원에서 쫓겨나고 교회가 인종 문제를 제외한 모든 사회적 문제에 대해 우경적 태도를 굳히며 가혹하게 남을 판단하던 1990년대 남부 침례교 총회의 분위기 속에서 어떻게 살아갔을지 모르겠다. 브러더 옐델은 크고 어깨가 넓적한 사람으로, 몸무게는 110킬로그램이 훨씬 넘었다. 언뜻 보면 수줍음을 많이 타는 것 같았지만 훌륭한 유머 감각에 멋진 웃음까지 갖춘 사람이었다. 그의 부인도 마찬가지였다. 두 사람 모두 젠체하는 태도라고는 찾아볼 수가 없었다. 그는 비난과 조롱이 아니라 가르침과 모범을 통해 사람들을 그리스도에게로 이끌었다. 그는 현재의 몇몇 침례교 거물들이나 보수적인 토크쇼 진행자들이 좋아할 만한 사람은 아니었을지 모르지만, 나는 그와 이야기하는 것을 정말 좋아했다.

옐델 집안의 맏딸 캐럴린은 나와 동갑이었다. 그녀는 음악을 좋아했고, 훌륭한 목소리를 타고났으며, 솜씨 좋은 피아노 연주자였다. 우리는 그녀의 피아노 주위에서 노래를 하며 수많은 시간을 보냈다. 그녀는 가끔 내 색소폰 솔로의 반주도 해주었는데, 이 역시 반주자가 독주자보다 나았던 적지 않은 예 가운데 하나로 꼽힐 수 있을 것이다. 캐럴린은 곧 나의 절친한 친구가 되어, 데이비드 레오풀로스, 조 뉴먼, 로니 세실과 함께 어울려 다녔다. 우리는 영화관이나 학교 행사에 함께 다녔으며, 우리 집에서 카드 게임을 하거나 아니면 그냥 빈둥거리면서 시간을 보내기도 했다. 1963년에 내가 미국재향군인회 미국소년단에 나가 케네디 대통령과 사진을 찍었을 때(지금은 유명해진 사진이다) 캐럴린은 미국소녀단에 선출되었다. 같은 도시에 사는 이웃에게 이런 일이 생긴 것은 이때가 유일했다. 캐럴린은 인디애나 대학에 진학하여 성악을 공부했다. 그녀는 오페라 가수가 되고 싶어 했으나, 그런 가수의 생활방식은 원치 않았다. 그래서 뛰어난 사진작가 제리 스테일리와 결혼하여 세 자녀를 두었으며, 성인 문맹 퇴치 분야에서 지도자의 위치에 올랐다. 내가 주지사가 되었을 때 그녀에게 성인 문맹 퇴치 프로그램을 맡기기도 했다. 그녀의 가족은 주지사 관저에서 세 블록 정도 떨어진 오래되고 훌륭한 집에서 살았는데, 나는 자주 그 집에 찾아가 파티와 게임을 하거나 옛날처럼 노래를 부르기도 했다. 내가 대통령이 되었을 때 캐럴린의 가족은 그녀가 일하게 된 워싱턴 지역으로 이사 왔으며, 캐럴린은 나중에 '미국문맹퇴치연구소'를 이끌었다. 그녀는 내가 백악관을 떠난 뒤에도 한동안 그 자리에 있다가, 아버지의 뒤를 이어 목회에 나섰다. 스테일리 집안 사람들은 지금도 내 삶의 중요한 일부를 이루고 있다. 그리고 이 모든 것은 스컬리 스트리트에서 시작되었다.

우리 집 건너편에는 짐과 이디스 클라크 부부가 살았다. 그들은 자식이 없어 나를 자식처럼 대해주었다. 프레이저 부부도 우리 이웃이었는데, 이 나이 든 부부는 내가 정치에 입문했을 때 늘 나를 지원해주었다. 그러나 그들이 나에게 준 가장 큰 선물은 그 뒤에 받은 선물이었다. 1974년 휴가 때 나는 하원의원 선거에서 떨어진 후유증을 벗어나지 못한 상태에서 프레이저 부부의 어린 손녀를 보았다. 아마 다섯 살이나 여섯 살이었을 것이다. 그 아이는 심한 병에 걸려 뼈가 약해지는 바람에 몸 전체에 캐스트를 하고 있었는데 이 캐스트는 등뼈가 받는 압력을 완화하기 위해 늘 두 다리를 벌린 상태로 고정시켜 두고 있었다. 그 아이가 목발을 집고 돌아다니는 모습은 꽤 어색해 보였다. 그러나 이 아이는 아주 강인해서, 편안한 집안의 아이들이 흔히 가지기 쉬운 자의식이 전혀 없었다. 나는 아이를 보고 내가 누구인지 아느냐고 물었다. 그러자 아이가 말했다. "그럼요. 아저씨는 여전히 빌 클린턴이죠." 그것은 그 시점에서 나에게 절실했던 깨우침이었다.

앞서 말했던 시리아-이탈리아계 하신 가족은 여섯 식구가 거리 끝에 있는 아주 작은 집에서 살고 있었다. 그들은 버는 돈을 모두 음식에 쏟아 붓는 것 같았다. 크리스마스나 다른 행사 때가 되면 그들은 동네 전체에 이탈리아 음식을 푸짐하게 풀었다. 지금도 마마 지너가 말하는 소리가 들린다. "빌, 빌, 조금만 더 먹어."

존과 토니 카버 부부는 책을 읽는 사람들이었는데, 내가 아는 사람들 가운데 가장 지적으로 보였다. 그들의 아들 마이크는 나와 같은 반이었다. 찰리 하우슬리, 사냥, 낚시, 물건 고치기 등 어린 남자아이들에게 중요한 모든 것을 알고 있는 존은 로저를 끔찍이 아껴주었다. 새집과 마당은 전에 살던 집보다 많이 좁았고, 주변도 전보다 덜 아름다웠지만, 나는 새집과 동네를 사랑하게 되었다. 나는 그 좋은 곳에서 고등학교 시절을 보내게 되었다.

7

고등학교 생활은 아주 즐거웠다. 학교 공부, 친구, 밴드, 드럼레이단을 비롯한 여러 활동이 다 좋았다. 그러나 핫스프링스의 학교들이 여전히 인종차별 정책을 유지한다는 것이 마음에 걸렸다. 흑인 아이들은 여전히 랭스턴 고등학교에 다녔는데, 흔히 이 학교 출신으로 가장 유명한 사람은 워싱턴 레드스킨스의 전설적인 백 보비 미첼이라고 이야기하곤 한다. 나는 저녁 뉴스나 우리가 보던 일간지 「센티널-레코드 Sentinel-Record」에서 민권 운동 소식을 챙겼고, 피그 만灣 사건이나 프랜시스 게리 파워스가 몰았던 U-2기 사건 같은 냉전 때의 사건들도 접하게 되었다. 지금도 추레하지만 의기양양한 군대의 선두에 서서 아바나에 입성하던 카스트로의 모습이 눈에 선하다. 그러나 대부분의 아이들과 마찬가지로 나도 정치는 관심 밖이었다. 아버지가 이따금씩 예전 습관으로 돌아간 것만 빼고, 나의 생활은 썩 마음에 들었다.

내가 음악을 진정으로 사랑하게 된 것은 고등학교 때였다. 고전 음악, 재즈, 밴드 음악뿐 아니라 로큰롤, 스윙, 복음성가를 접하면서 순수한 음악적 열정을 갖게 되었다. 왜 그런지 이십대에 들어서기 전에는 컨트리와 웨스턴에 별로 끌리지 않았다. 이십대가 되어서야 행크 윌리엄스와 패스티 클라인이 천국에서 나에게로 내려왔다.

나는 행진 및 콘서트 밴드 외에 댄스 밴드인 스타더스터스에도 가입했다. 그곳에서는 래리 맥두걸과 테너 색소폰 수석 자리를 놓고 1년 동안 대결을 벌였다. 1959년 악천후 속의 비행기 사고로 빅 보퍼, 열일곱 살의 리치

밸런스와 함께 비극적인 죽음을 맞이했던 로커 버디 홀리를 위해 반주를 해주어야 할 사람은 래리뿐인 것 같았다. 나는 대통령이 되었을 때 홀리와 그의 친구들이 마지막 연주를 했던 곳 부근의 아이오와 주 메이슨시티에서 대학생들에게 연설을 했다. 연설을 마친 뒤에 클리어레이크에 있는 홀리의 옛 클럽 서프 볼룸에도 가보았다. 그 클럽은 지금도 그대로인데, 그런 음악가들의 음악을 들으며 성장한 우리 같은 사람들을 위한 성소로 바뀌어야 마땅하다.

어쨌든 맥두걸은 그런 수준의 사람인 것처럼 보였고 또 그런 수준의 연주를 했다. 그는 머리 위는 짧게 깎고, 양쪽은 길게 길러 기름을 발라 뒤로 넘기는 덕테일 머리를 하고 다녔다. 그는 독주를 할 때면 빙빙 돌며 시끄럽게 연주를 했다. 재즈나 스윙보다는 하드코어 로큰롤에 가까워 보였다. 1961년에 나는 맥두걸보다 연주를 못했다. 그러나 그보다 뛰어난 연주를 하겠다고 결심했다. 그해에 우리는 아칸소 남부의 캠든에 있는 다른 재즈 밴드들과 경연을 벌였다. 나는 느리고 예쁘장한 짧은 곡을 솔로로 연주했다. 공연이 끝난 뒤 놀랍게도 '가장 감미로운 독주자' 상이 내 차지가 되었다. 다음 해에 나는 실력이 나아져 주 대표 밴드의 수석 자리에 앉았고, 3학년 때도 그 자리를 놓치지 않았다.

고등학교 마지막 2년 동안 나는 랜디 굿럼과 '쓰리 킹스'라는 재즈 트리오를 만들어 연주했다. 랜디는 나보다 한 살 어린 피아니스트였는데, 음악적 재능은 내가 도저히 따라갈 엄두도 낼 수 없을 정도로 뛰어났다. 우리의 첫 번째 드럼 주자는 마이크 하드그레이브스였다. 마이크의 어머니는 혼자 살았는데, 나와 마이크의 다른 친구 두어 명을 불러 카드 게임을 하곤 했다. 3학년 때는 조 뉴먼이 드럼을 맡았다. 우리는 댄스파티에서 연주를 하고 돈을 조금 벌기도 했으며 연례 밴드 공연 같은 학교 행사에서도 연주를 했다. 우리가 가장 자신 있게 연주하던 곡은 〈엘 시드El Cid〉의 주제음악이었다. 지금도 그 연주 테이프를 가지고 있는데, 오랜 세월이 지났음에도 꽤 괜찮게 들린다. 물론 내가 막판 후렴에서 삑 하는 소리를 낸 것이 흠이기는 하다. 나는 늘 낮은 음역을 제대로 다루지 못했다.

우리 밴드의 지휘자 버질 스펄린은 키가 크고 덩치가 좋은 남자로, 물결치는 머리는 짙은 색이었으며, 태도가 상냥하고 매력적이었다. 그는 아주 뛰어난 밴드 지휘자였으며, 인간성은 세계 일류였다. 스펄린은 또 핫스프링스에서 매년 며칠 동안 열리는 주 밴드 페스티벌을 기획하기도 했다. 스펄린은 중고등학교 교실에서 모든 밴드 연주와 수백 회의 솔로 및 앙상블 연주를 소화할 수 있도록 계획을 짜야 했다. 그는 매년 커다란 판 위에 모든 행사의 날짜, 시간, 장소를 적어놓았다. 우리는 며칠 동안 밤늦게까지 학교에 남아 스펄린의 일을 돕곤 했다. 이때 나는 처음으로 대규모의 조직 사업에 관여해 보았으며, 이때 배운 많은 것이 나중에 큰 도움이 되었다. 주 페스티벌에서 나는 솔로와 앙상블 연주로 메달을 몇 개 땄으며, 학생 지휘 부문에서도 메달을 두 개 땄다. 나는 지휘 부문 메달이 특히 자랑스러웠다. 나는 악보 읽기를 좋아했으며, 내가 원하는 소리를 내도록 밴드를 이끌려고 노력했다.

대통령 두 번째 임기 때 워싱턴 내셔널 심포니의 지휘자인 레너드 슬래트킨이 나에게 전화를 하더니, 케네디 센터에서 오케스트라를 지휘하여 수저Sousa의 '성조기여 영원하라'를 연주해볼 생각이 있느냐고 물었다. 그는 내가 지휘봉을 몇 번 휘두르기만 하면 나머지는 음악가들이 알아서 할 것이라고 말했다. 그는 심지어 지휘봉을 가져와 잡는 법을 보여 주겠다고 제안하기도 했다. 내가 기쁜 마음으로 그 제안을 받아들이면서, 먼저 악보를 좀 읽어보아야 하니까 그 행진곡 악보를 보내달라고 하자 그는 수화기를 떨어뜨릴 뻔했다. 어쨌든 그는 악보와 지휘봉을 가져왔다. 막상 오케스트라 앞에 서자 떨렸다. 그러나 우리는 연주를 시작했고, 무사히 끝까지 갈 수 있었다. 수저 씨도 하늘에서 그 연주를 듣고 기뻐했기를 바란다.

고등학교 때 다른 예술에 관심을 가져본 것은 2학년 때 연극 〈비소와 낡은 레이스Arsenic and Old Lace〉에 참가해본 경험이 유일하다. 이것은 두 노처녀가 사람들을 독살하여 집에 감추어두고 아무것도 모르는 조카와 나누어 먹는다는 재미있는 소극笑劇이었다. 나는 조카 역을 맡았는데, 영화에서는 케리 그랜트가 그 역을 맡았다. 내 여자친구 역은 키가 크고 매력적인 여학생

신디 아널드가 맡았다. 이 연극은 큰 성공을 거두었는데, 원래 각본에는 없던 두 가지 상황이 발생한 덕분이었다. 연극에서 나는 창가의 의자를 들어올리다가 그곳에서 숙모가 죽인 사람을 발견하고 공포에 사로잡히는 연기를 해야 했다. 나는 열심히 연습을 했다. 그러나 공연 날 밤에 의자의 앉는 자리를 열자, 내 친구 로니 세실이 그 안에 비집고 들어가 있다가 나를 쳐다보며, 최대한 뱀파이어 목소리를 흉내내어 "안녕" 하고 말했다. 나는 다음 대사를 잊어버렸다. 다행스럽게도 다른 배우들 모두 대사를 잊어버렸다. 무대 아래에서는 더 웃기는 일이 벌어졌다. 유일한 사랑의 장면에서 내가 신디에게 입을 맞추었을 때, 그 아이의 남자친구(앨런 브로일스라는 이름의 3학년 축구선수였는데, 앞줄에 앉아 있었다)가 큰 소리로 우스꽝스럽게 신음을 토해낸 것이다. 그 바람에 관객이 모두 포복절도하고 말았다. 그래도 나는 그 입맞춤이 즐거웠다.

우리 고등학교에서는 미분과 삼각함수, 화학, 물리학, 스페인어, 프랑스어, 4년 과정의 라틴어 등을 가르쳤다. 아칸소의 다른 작은 학교들에서는 찾아볼 수 없는 다양한 교과였다. 우리 학교에는 똑똑하고 능력 있는 교사들이 많았다. 뛰어난 능력으로 학교를 이끌었던 교장 조니 메이 매커리는 키가 크고 당당한 모습에 검은 머리는 숱이 많았는데, 상황에 따라 언제든지 웃음을 짓거나 엄격하게 인상을 찌푸릴 줄 아는 여자였다. 메이는 엄하게 학교를 운영했지만, 그럼에도 학생들의 사기에 불을 댕길 줄 아는 사람이었다. 사실 이것은 쉽지 않은 일이었다. 풋볼이 종교였던 시절, 모든 감독이 크누트 로크네(유명 풋볼 감독—옮긴이주)가 되어야 한다고 생각하던 시절에 우리 학교 풋볼 팀은 아칸소 주에서 맡아 놓고 꼴찌를 하는 팀이었다. 당시의 학생들은 우리의 응원전 마지막에 조니 메이가 응원을 주도하던 모습을 생생히 기억한다. 그녀는 체면 같은 것은 다 버리고 허공에 주먹을 휘두르며 트로전스 팀 구호를 소리 높여 외쳤다. "헐러블루, 케-넥, 케-넥, 헐러블루, 케-넥, 케-넥, 우-히, 우-하이, 이기지 못하면 죽는다! 칭 창, 초 초! 빙뱅, 보 와우! 트로전스! 트로전스! 싸워라, 싸워라, 싸워라!" 다행히도 이것은 단순히 응원구호일 뿐이었다. 내 고등학교 시절 3년 동안 우리 팀 성적은 6승 29패 1무였으니, 만일 그 구호대로 따랐다면, 우리의 사망률은 엄청났을 것이다.

나는 일리저버스 벅 선생님한테서 라틴어 4년 과정을 배웠다. 벅 선생님은 필라델피아 출신의 명랑하고 세련된 여자로, 우리한테 시저의 『갈리아 전쟁기』의 많은 구절을 외우게 했다. 러시아인들이 스푸트니크호를 쏘아 올리면서 우주에서 미국보다 앞서 나가자, 아이젠하워 대통령과 케네디 대통령은 미국인들이 과학과 수학을 더 배워야 한다고 강조했다. 그래서 나는 관련 과목은 들을 수 있는 대로 다 들었다. 나는 딕 던컨 선생님이 가르치신 화학은 별로 잘하지 못했지만, 생물 과목은 좀 나았다. 하지만 지금 기억나는 것은 네이선 매콜리 선생님의 훌륭한 생물 수업시간의 한 조각뿐이다. 선생님은 우리가 더 오래 살 수 있는데도 빨리 죽는 것은 음식을 에너지로 바꾸고 노폐물을 처리하는 신체 능력이 쇠퇴하기 때문이라고 말했다. 2002년 한 중요한 의학 연구는 나이 든 사람이 음식물 섭취를 많이 줄이면 수명이 현저하게 늘어난다고 결론을 내렸다. 매콜리 선생님은 그 점을 40년 전에 이미 알고 있었던 것이다. 이제 나도 나이 든 사람이 되었으므로, 매콜리 선생님의 조언을 받아들이려고 노력하고 있다.

세계사 선생님 폴 루트는 아칸소 시골 출신으로 키가 작고 땅딸막했으며, 훌륭한 마음씨에 소박한 태도와 약간 특이하고 짓궂은 유머 감각을 가진 사람이었다. 내가 주지사가 되자, 폴은 우치타 대학의 교수직을 그만두고 나를 위해 일해주었다. 1987년 어느 날 주 의사당에서 폴을 우연히 만났을 때, 폴은 주 의원 세 명과 이야기를 하고 있었다. 그들은 게리 하트가 도너 라이스와 멍키비즈니스호에 대한 기사가 나오면서 몰락한 이야기를 하고 있었다. 주 의원들은 모두 게리를 심하게 비난하고 있었다. 신실한 침례교도이며, 성가대 지휘자이며, 올곧은 사람으로 소문난 폴은 주 의원들이 늘어놓는 지루한 이야기를 참을성 있게 듣고 있었다. 그들이 숨을 고르려고 잠깐 말을 멈추는 사이 폴은 시치미를 떼고 말했다. "의원님들 말이 절대적으로 옳습니다. 그는 끔찍한 짓을 했지요. 하지만 혹시 이걸 아십니까? 키가 작고, 뚱뚱하고, 못생긴 것이 저의 도덕성에 큰 기여를 했다는 것 말입니다." 주 의원들은 입을 다물었고, 폴은 나와 함께 그 자리를 떴다. 나는 이 사람을 정말 좋아한다.

나는 영어 시간은 모두 좋아했다. 존 윌슨은 아칸소의 열다섯 살짜리들에게 '줄리어스 시저'의 의미를 쉬운 말로 풀어주고, 우리에게 끊임없이 인간 본성과 행동에 대한 셰익스피어의 관점이 옳다고 생각하느냐고 물어봄으로써 그 연극을 살아 있는 것으로 느끼게 해주었다. 윌슨 선생님은 늙은 윌(윌리엄 셰익스피어를 가리킨다―옮긴이주)의 말이 옳다고 생각했던 것 같다. 인생은 희극이자 비극인 것이다.

2학년 영어 우등반에서는 자신이 살아온 이야기를 써 내야 했다. 내 에세이는 나 스스로도 이해하지 못하고 그 전에는 받아들이지도 못했던 자신에 대한 의심으로 가득했다. 그 일부를 소개해보겠다.

나는 아주 많은 다양한 힘들로부터 동기를 부여받고 또 영향을 받는 사람이기 때문에, 이따금씩 내가 제정신인지 묻지 않을 수 없다. 나는 살아 있는 역설이다. 매우 종교적이면서도, 나의 구체적인 믿음들에 대해서는 마땅히 그래야 할 만큼 확신을 가지지 못하고 있다. 책임을 지고 싶으면서도, 막상 그런 일이 생기면 움츠러든다. 진리를 사랑하지만, 오류에 굴복하는 경우도 많다…… 나는 이기심을 혐오하지만, 매일 거울에서 그것을 본다…… 나는 살아가는 방법을 전혀 배우지 못한 사람들을 보는데, 그 가운데 일부는 나에게 귀중한 사람들이다. 나는 그들과 달라지고 싶고 또 달라지려고 노력하지만, 그들과 비슷해지는 경우가 많다…… 나라는 것은 얼마나 따분한 작은 단어냐! 나는, 나를, 나의, 나의 것…… 이 단어들을 가치 있게 사용하게 해주는 것은 우리가 이 단어들과 좀처럼 결합시키지 못하고 있는 보편적인 좋은 자질들뿐이다. 믿음, 신뢰, 책임, 회개, 지식 같은 것들. 이것은 살아갈 의미를 찾게 해주는 것들로, 결코 피해갈 수 없다. 나는 정직해지려고 노력할 것이고, 내가 싫어하는 위선자는 되지 않을 것이다. 어린 나 안에 있는 그 불길한 존재를 인정하고, 진지하게 어른이 되려고 노력할 것이다.

우리를 가르쳤던 로니 워네크 선생님은 내 에세이에 100점을 주면서, 이 글이 '너 자신을 알라'는 고전적인 요구를 이행하기 위해 '내부로 깊이' 들어가보려는 아름답고 정직한 시도라고 말했다. 나는 기쁘기는 했지만, 여전히 내가 발견한 것을 어떻게 생각해야 할지 알 수 없었다. 나는 나쁜 짓을 하지 않았다. 나는 술도 안 마시고, 담배도 안 피우고, 여자아이들과 키스는 여러 번 했지만 그 이상 나아가지는 않았다. 대체로 나는 행복했다. 그러나 나는 나 자신이 원하는 만큼 선하다고 확신할 수가 없었다.

워네크 선생님은 우리 반을 데리고 뉴턴 카운티로 현장 답사를 갔다. 아칸소 북부에 있는 오자크 산맥으로 깊이 들어가본 것은 그때가 처음이었다. 당시 그곳은 숨막히게 아름답지만, 찢어지게 가난하고 거칠고 소모적인 정쟁에 시달리는 곳이었다. 뉴턴 카운티의 500평방킬로미터가 넘는 언덕과 분지에는 약 6,000명이 흩어져 살았다. 재스퍼의 인구는 300명을 약간 넘었다. 그곳에는 공공사업 촉진국에서 지은 법원, 카페, 잡화점, 아주 작은 영화관이 있었다. 우리 반은 밤에 그 영화관에 가서 오디 머피가 나오는 옛 서부영화를 보기도 했다. 정치에 입문하면서 뉴턴 카운티의 모든 구역을 알게 되었지만, 열여섯 살 때 오자크 산맥의 도로를 돌아다니며 역사, 지질, 식물과 동물에 대해 배우면서 이미 그곳과 사랑에 빠졌다.

어느 날 우리는 남북전쟁 시대의 소총과 권총을 수집해놓은 산사람의 오두막을 찾아갔다가 남군이 탄약고로 사용하던 동굴을 탐험하기도 했다. 동굴 안에는 얼마 안 되기는 하지만 병기가 남아 있었고, 총은 사용할 수 있는 상태였다. 이것은 시간이 천천히 흘러가는 곳에서는 100년 전의 갈등이 여전히 현실로 존재한다는 것을 보여주는 증거였다. 적의는 쉽게 사라지지 않았다. 전해 내려오는 기억들 역시 마찬가지였다. 1970년대 중반 법무장관 시절, 나는 재스퍼 고등학교의 졸업식 연설을 해달라는 초대를 받았다. 나는 에이브러햄 링컨의 말을 인용하여 역경에 굴하지 말고 계속 전진하라고 이야기하면서, 링컨이 곤경과 좌절을 극복했던 예를 들기도 했다. 연설이 끝나자 그곳에서 중요한 일을 하는 민주당원이 나를 데리고 별빛이 환한 곳으로 나가더니 말했다. "빌, 멋진 연설이었습니다. 저 아래 리틀록에서라면 그런 연설을 언제든지 할 수 있겠지요. 하지만 여기에서는 두 번 다시 그 공화당 대통령(링컨을 가리킨다—옮긴이주)에 대해서 자랑하지 마십시오. 그 사람이 그렇게 훌륭했다면 남북전쟁도 겪지 않았을 것 아닙니까!" 나는 할 말을 잃었다.

우리는 루스 스위니의 3학년 영어 시간에 「맥베스」를 읽었다. 선생님은 우리에게 일부를 암기하고 낭송하라고 했다. 나는 "내일, 또 내일, 또 내일이 이렇게 답답한 걸음으로, 하루, 하루, 기록된 시간의 마지막 순간까지 기어가는구나"로 시작해서 "인생이란 걷는 그림자에 불과한 것, 불쌍한 배우처럼 주어진 시간 동안 무대에서 활개치고 안달하다 어느덧 아무런 소리도 들리지 않는구나. 그것은 백치가 지껄이는 이야기, 소음과 광기로 가득 차 있지만 아무런 의미도 없어라"로 끝나는 유명한 독백이 포함된 100행 정도를 외웠다. 거의 30년 뒤 주지사가 되었을 때, 나는 우연히 아칸소 주 빌로니어의 한 수업을 참관하게 되었다. 학생들은 「맥베스」를 공부하고 있었다. 나는 그들 앞에서 그 구절을 낭송했다. 그 말들은 나에게 여전히 막강한 힘을 지니고 있었으며, 내가 늘 나의 삶을 요약하는 말이 되지 않게 하겠다고 다짐하는 무시무시한 메시지가 담겨 있었다.

2학년을 마친 여름에, 나는 매년 일주일간 캠프 로빈슨에서 열리는 미국 재향군인회 주 소년단 행사에 참석했다. 캠프 로빈슨은 오래된 군대 주둔지로, 열여섯 살 난 소년 1,000명이 숙박할 수 있는 원시적인 나무 막사가 있었다. 우리는 도시와 카운티별로 조직되어, 두 정당으로 똑같이 나뉘었다. 우리는 카운티 이하, 카운티, 주 지방자치체의 후보자와 유권자 역할을 맡았다. 우리는 강령도 만들고 쟁점에 대한 투표도 했다. 또 주지사를 비롯한 여러 중요한 인물의 연설을 들었고, 하루는 주 의사당을 직접 방문하기도 했다. 그곳에 갔을 때 주 소년단의 주지사를 비롯하여 여러 선출직 공무원과 그들의 '비서진', 그리고 의원들이 실제로 주 집무실과 의사당을 차지하기도 했다.

일주일이 거의 끝날 무렵, 미국의 수도 근처에 있는 칼리지 파크의 메릴랜드 대학에서 7월 말에 열릴 미국소년단 행사를 위해 주 소년단의 양 당은 두 후보를 지명했다. 선거 결과 가장 많은 표를 얻은 두 사람이 아칸소의 상원의원 자격으로 참여하기로 한 것이다. 나는 그 둘 가운데 한 명이었다.

나는 캠프 로빈슨에 갈 때부터 미국소년단 상원의원에 출마하고 싶었다. 가장 존경받는 자리는 주지사였지만, 당시에 나는 그 자리에는 관심이 없었고, 그로부터 몇 년 동안 진짜 주지사가 하는 일에도 관심이 없었다. 나는 시민권, 가난, 교육, 외교 정책을 놓고 결정이 이루어지는 곳은 워싱턴이라고 생각했다. 게다가 어차피 나는 주지사 선거에서 이길 수도 없었다. 주지사 선거는 시작하기도 전에 끝난 것이나 다름없었다. 호프 시절부터 나의 오랜 친구인 맥 맥라티가 이미 그 자리를 차지한 셈이었다. 당시 맥라티는 그의 학교 학생회장이자, 과목 전부 A를 받는 우등생인 동시에, 풋볼의 쿼터백 스타였기 때문에 몇 주 전부터 주 전체에서 지지를 얻고 있었다. 우리 당은 진지하고 부드러운 목소리의 라디오 아나운서 래리 토턴을 후보로 지명했다. 그러나 맥라티는 큰 표 차로 승리를 거두었다.

우리는 모두 그가 우리 또래에서 주지사로 선출되는 첫 번째 인물이 될 것으로 확신했다. 그로부터 4년 뒤 그가 아칸소 대학의 학생회장으로 선출되었을 때, 그리고 바로 1년 뒤에 22세의 나이로 최연소 주의회 의원이 되었을 때, 그런 예상은 더욱 굳어졌다. 그 얼마 뒤 아버지와 함께 포드 자동차 사업을 하던 맥은 포드 트럭 판매를 위해 당시로는 새로운 임대 방식을 고안했다. 결국 이 아이디어 덕분에 맥과 포드 자동차 회사는 큰돈을 벌었다. 그러자 맥은 정치를 그만두고 사업에 본격적으로 뛰어들어, 미국에서 가장 큰 천연가스 회사인 아칸소-루이지애나 가스 회사의 사장이 되었다. 그러나 그는 정치 활동에도 적극적이어서, 그의 지도력과 자금력을 통해 데이비드 프라이어와 나를 비롯한 많은 아칸소 민주당원들을 지원했다. 그는 백악관에 입성할 때까지 나와 계속 붙어 다녔으며, 백악관 입성 후에는 첫 비서실장을 맡았다가 나중에 아메리카 대륙 특사를 맡았다. 현재 그는 헨리 키신저와 컨설팅 사업을 함께 하며, 브라질 상파울루의 12개 자동차 대리점을 포함한 여러 사업체를 소유하고 있다.

래리 토턴은 주지사 선거에서는 패배했지만, 그래도 큰 위안을 얻을 수 있었다. 그 선거를 통해 확실한 지명도를 얻게 되었으니, 미국소년단으로 나가는 두 자리 가운데 하나는 확보한 것이나 다름없었기 때문이다. 그러나 문제가 있었다. 래리는 그의 고향 대표단의 두 명의 '스타' 가운데 하나였다. 또 한 아이는 똑똑하고 잘생긴 만능 스포츠맨 빌 레이너였다. 그들은 주 소년단에 오면서 래리는 주지사에 출마하고, 빌은 미국소년단에 출마하기로 약속을 했다. 물론 둘 다 미국소년단에 출마할 수 있었지만, 같은 도시 출신의 두 아이가 선출될 가능성은 없었기 때문이다. 게다가 두 아이는 모두 나와 같은 당이었으며, 나는 미리 일주일 동안 열심히 상원의원 선거운동을 하고 있었다. 당시 내가 어머니한테 보낸 편지를 보면, 나는 이미 세금 징수관, 당 서기, 지방법원 판사 선거에서 승리했고, 이제 카운티 판사 선거에 출마하고 있었다. 이것은 아칸소 정치에서는 매우 중요한 자리였다.

상원의원 선거운동 연설을 듣기 위해 당 집회를 열기 직전 마지막 순간에 래리가 후보로 나서겠다고 신청했다. 빌 레이너는 너무 놀라서 연설도 제대로 하지 못했다. 나는 지금도 그때의 내 연설문을 가지고 있는데, 이것은 리틀록 센트럴 고등학교 사건에 대한 언급을 빼면 별 특색이 없다. "우리는 원치도 않는 사건으로 인해 수치를 겪은 주에서 성장했습니다." 나는 포버스 주지사가 한 짓이 못마땅했으며, 다른 주에서 온 아이들이 아칸소를 더 나은 곳으로 생각해주기를 바랐던 것이다. 개표를 해보니, 래리 토턴이 큰 표 차로 1등을 했다. 나도 안정권에서 2등을 했다. 빌 레이너는 한참 뒤처졌다. 그러나 나는 그를 무척 좋아하게 되었다. 그때 빌이 패배를 견디던 그 위엄 있는 모습은 결코 잊을 수가 없다.

1992년, 코네티컷에 살고 있던 빌은 내 선거운동본부에 연락해 돕겠다는 제안을 해왔다. 어린 시절의 실망감이라는 고통을 통해 단련된 우리의 우정 덕분에 우리는 행복하게 다시 손잡을 수 있었다.

래리 토턴과 나는 하루 더 선거운동을 한 뒤에 다른 당의 대표들을 물리쳤다. 덕분에 1963년 7월 19일에 칼리지 파크로 갈 수 있었다. 나는 다른 대표들을 만나고 싶었고, 중요한 쟁점들에 대해 투표를 하고 싶었고, 각료와 다른 정부 공무원의 이야기를 듣고 싶었고, 백악관을 방문하고 싶었다. 그 곳에 가면 대통령도 만날 수 있기를 바랐다.

일주일은 빨리 지나갔다. 행사와 의회 회의로 빡빡한 일정이었다. 나는 노동부장관인 윌러드 워츠에게 특별히 강한 인상을 받았으며, 시민권을 둘 러싼 논쟁에 완전히 빠져들었다. 많은 아이들이 공화당원이었으며, 배리 골 드워터의 지지자들이었다. 그들은 1964년 선거에서는 골드워터가 케네디 대통령을 이겨주기를 바랐다. 그러나 시민권 문제에 대해서는 남부 출신인 우리 넷을 포함하여 진보적인 아이들이 많았기 때문에 우리의 법률안이 통 과될 수 있었다.

나는 미국소년단에 가 있던 일주일 내내 래리 토턴과 사이가 좋지 않았 다. 빌 레이너와의 우정, 그리고 시민권 문제에 대한 나의 좀더 자유주의적 인 태도 때문이었다. 그러나 대통령이 된 뒤에 래리 토턴과 그의 자식들을 만나게 되자 반가웠다. 그는 훌륭하게 살아가는 착한 사람 같았다.

7월 22일 월요일, 우리는 의사당을 방문하여 층계에서 사진을 찍고, 우 리 주의 진짜 상원의원들을 만났다. 래리와 나는 외교위원장 J. 윌리엄 풀브 라이트, 세출위원장 존 매클렐런과 점심을 먹었다. 고참제(고참 상원이 높은 자리를 차지하는 관례-옮긴이주)는 잘 운영되고 있었으며, 아칸소만큼 그 제도 의 덕을 보는 주는 없었다. 나아가 우리 하원의원도 네 명 모두 중요한 자리 를 차지하고 있었다. 윌버 밀스는 세입위원장이었고, 오런 해리스는 상무위 원장이었으며, 툭 개딩스는 농무위원회의 중요한 위원이었다. '뒤늦게' 1945년에야 하원에 들어왔던 짐 트림블은 법안의 처리를 통제하는 막강한 의사 운영규칙 상설위원회의 위원이었다. 물론 그 당시 나는 3년이 안 되어 내가 외교위원회 실무진에 들어가 풀브라이트 밑에서 일하게 될 줄은 까맣 게 모르고 있었다. 두 상원의원과의 점심식사를 가진 며칠 뒤 어머니는 풀 브라이트 상원의원으로부터 점심식사가 즐거웠으며, 아들을 자랑스럽게 생 각하라는 내용이 담긴 편지를 받았다. 나는 그 편지를 지금도 보관하고 있 다. 그 편지에서 능력 있는 실무자의 일솜씨를 처음 보았던 셈이다.

7월 24일 수요일, 우리는 백악관 로즈 가든에서 대통령을 만났다. 케네디 대통령은 집무실에서 밝은 햇빛 속으로 걸어나와 우리가 한 일을 칭찬하는 짧은 연설을 했다. 특히 우리가 시민권을 지지한 것을 칭찬했으며, 여름 연례 회의에서 우리만큼 진보적이지 않았던 주지사들보다 우리에게 높은 점수를 주었다. 케네디는 미국소년단 티셔츠를 증정받고 나서 층계를 내려와 악수를 하기 시작했다. 나는 앞줄에 있었다. 다른 아이들보다 몸집도 크고 대통령에 대한 지지도 컸기 때문에, 대통령이 두세 명하고만 악수를 해도 나는 반드시 낄 수 있도록 의도적으로 앞줄로 간 것이다. 내가 9학년 학급 토론에서 지지했던 대통령, 그가 백악관에 들어가고 나서 2년 반 뒤에 더 강하게 지지하게 된 대통령을 만나는 것은 나에게는 특별한 순간이었다. 케네디와 내가 악수를 하는 순간, 한 친구가 나를 위해 사진을 찍어주었다. 나중에 케네디 도서관에서 이 악수 장면을 촬영한 필름이 발견되었다.

케네디와의 짧은 만남, 그리고 그것이 내 인생에 준 영향에 대해서는 여러 번 이야기를 했다. 어머니는 내가 워싱턴 여행을 마치고 집에 돌아왔을 때 정치를 하겠다는 결심을 굳혔다는 것을 알았다고 말했다. 1992년 내가 민주당 대통령 후보가 된 뒤에는 사람들이 이 필름을 두고 나의 대통령에 대한 꿈이 이때부터 시작되었다고 이야기하곤 했다. 사실 나는 잘 모르겠다. 집에 돌아온 뒤 핫스프링스의 미국재향군인회에서 했던 연설문 사본을 지금도 가지고 있는데, 거기에서는 케네디와 악수한 것을 별로 중요하게 이야기하지 않았다. 당시 나는 상원의원이 되고 싶다는 생각을 했다. 그러나 마음속 깊은 곳에서는 에이브러햄 링컨이 젊은 시절에 쓴 글처럼 생각했던 것인지도 모른다. '공부를 하고 준비를 하겠다. 그러면 내게 기회가 올지도 모른다.'

나는 고등학교 정치에서 어느 정도 성공을 거두어, 2학년 회장으로 선출되었다. 학생회장 선거에도 출마하고 싶었지만, 우리 고등학교를 감독하던 관할 단체에서는 핫스프링스의 학생들에게 지나치게 많은 활동에 참여하는 것을 허용하지 않는다는 결정을 내렸다. 새로운 규칙에 따르면, 나는 밴드 메이저였기 때문에 학생회나 학년회장에 나갈 자격이 없었다. 풋볼팀 주장으로서 회장 선거에서 이길 확률이 높았던 필 제이미슨도 마찬가지였다.

그러나 고등학교 학생회장에 출마하지 못하게 되었다고 해서 나나 필 제이미슨이 큰 상처를 입었던 것은 아니다. 필은 해군사관학교에 들어갔으며 해군 근무를 마친 뒤에는 펜타곤에서 군비 통제 문제를 담당하는 중요한 일을 했다. 내가 대통령이었을 때 그는 러시아와 관련된 중요한 모든 일에 관여했으며, 나는 그와의 우정 덕분에 작전 차원에서 이루어지는 우리의 노력들을 잘 이해할 수 있었다. 그를 몰랐더라면 그런 이해는 불가능했을 것이다.

그 무렵 나는 내 인생에 있어 어리석은 정치적 행동을 저질렀다. 새로운 활동 제한 규칙에 화가 난 한 친구가 3학년 간사 후보로 내 이름을 올리도록 놔둔 것이다. 선거에서는 우리 앞집의 캐럴린 옐델이 나를 가볍게 꺾었다. 당연한 일이었다. 내가 출마한 것은 어리석고 이기적인 일이었다. 이 사건을 통해 나의 정치 규칙 가운데 하나가 생기게 되었다. 진정으로 원하지 않는 자리, 앉아야 할 만한 이유가 없는 자리에는 절대 출마하지 마라.

이런 좌절에도 불구하고, 나는 열여섯 살 때에 선출직 공무원으로서 공직에서 봉사하겠다고 결심했다. 나는 음악을 사랑했고, 훌륭한 음악가가 될 수 있다고 생각했다. 그러나 결코 존 콜트레인이나 스탠 게츠가 될 수 없다는 것을 알았다. 의학에도 흥미가 있었고 훌륭한 의사가 될 수 있다고 생각했지만, 결코 마이클 드베이키가 될 수 없다는 것도 알았다. 나는 사람들, 정치, 정책에 끌렸으며 그것은 집안에 돈이 없어도, 연줄이 없어도, 인종이나 다른 문제에 대해 남부의 주류 입장에 서지 않아도 성공할 수 있다고 생각했다. 물론 그것은 가능성이 적은 일이었다. 그러나 이런 일에 도전할 수 있다는 것이야말로 미국의 존재 이유가 아니겠는가.

8

1963년 여름에 또 하나의 잊지 못할 사건
이 일어났다. 열일곱 살이 되고 나서 닷새 뒤인 8월 28일, 나는 우리 집 서
재의 크고 하얀 안락의자에 앉아 텔레비전을 통해 내 생애의 가장 위대한
연설을 들었다. 마틴 루터 킹 2세가 링컨 기념관 앞에 서서 미국에 대한 그
의 꿈을 이야기하고 있었다. 그의 운율에 실린 이야기는 오래된 흑인 영가
같았다. 그의 목소리는 우렁차면서도 약간 떨렸다. 그는 앞에 있는 수많은
군중과 나처럼 몰두한 채 텔레비전을 보고 있는 수백만 명을 향해 그의 꿈
에 대한 이야기를 하고 있었다. "언젠가 조지아의 붉은 언덕 위에서 이전에
노예였던 사람의 아들과 이전에 노예 소유주였던 사람의 아들이 형제애의
탁자에 함께 앉을 수 있을 것입니다." 또 이런 말도 했다. "언젠가 나의 네 자
녀는 피부색이 아니라 인격을 기준으로 판단하는 나라에 살게 될 것입니다."

40여 년이 지난 지금 킹의 연설이 나에게 불러일으켰던 감흥과 희망을
그대로 전달하기는 어려운 일이다. 시민권 법도, 투표권 법도, 주택개방법
(주택매매에서 인종, 종교에 대한 차별을 금지한 법―옮긴이주)도, 대법원의 서굿 마
셜도 없던 시절의 나라에서 그 연설이 지니던 의미를 그대로 전달하기도 어
려운 일이며, 더구나 대부분의 학교들이 인종차별 정책을 채택하고, 흑인들
이 투표하는 것을 막거나 그들을 몰아 현상유지하는 쪽에 표를 던지게 하기
위해 인두세를 이용하고, 배울 만큼 배운 사람들까지도 공개적으로 '검둥
이'라는 말을 사용하던 미국 남부에서 그 연설이 가지고 있던 의미를 그대
로 전달하기란 결코 쉬운 일이 아니다.

나는 그 연설을 들으며 울기 시작해, 킹 박사가 연설을 끝낸 뒤에도 한참 울었다. 그는 내가 믿는 것을 모두 말했다. 내가 말할 수 있는 것보다 훨씬 훌륭하게 말했다. 나는 그 연설을 들으면서 마틴 루터 킹의 꿈을 실현하기 위해 평생 동안 무슨 일이든 하겠다는 결심을 굳히게 되었다.

두 주 뒤 나는 고등학교 3학년이 되었다. 미국소년단 일로 여전히 기분이 좋은 상태였으며, 내 소년기의 마지막 시간을 마음껏 누리고 싶은 마음이 간절했다.

고등학교에서 가장 까다로웠던 과목은 미분이었다. 미분 반에는 7명이 있었다. 이 학교에서 미분 강의가 열린 것은 이때가 처음이었다. 미분 강의와 관련해서 두 가지 사건이 선명하게 기억에 남아 있다. 어느 날 코 선생님이 시험지를 채점해서 나누어주었는데, 모두 정답을 적었음에도 내 점수는 한 개가 틀린 것으로 나왔다. 내가 이유를 묻자 코 선생님은 과정이 부정확했기 때문에 답을 우연히 알아낸 것으로 간주해 점수를 주지 않았다고 대답했다. 교과서에는 내가 사용했던 방법보다 몇 단계를 더 거치라고 나와 있었다. 그때 우리 반에는 진짜 천재가 한 명 있었다. 짐 맥두걸(화이트워터의 맥두걸이 아니다)이라는 이름의 그 친구는 내 답안지를 보더니 코 선생님한테 내 해법이 교과서에 나온 것과 마찬가지로 타당할 뿐 아니라, 짧기 때문에 오히려 더 낫다고 볼 수 있다면서 점수를 주어야 한다고 말했다. 이어 그는 자신이 내 해법의 타당성을 증명해 보이겠다고 했다. 코 선생님도 짐의 두뇌를 인정했기 때문에 한번 증명해보라고 말했다. 그러자 짐은 문제를 분석하는 수학 공식을 칠판 두 개에 가득 적어놓더니, 내 해법이 교과서의 해법보다 낫다는 것을 증명했다. 나는 어안이 벙벙했다. 나는 늘 문제 푸는 것을 즐겼고, 그것은 지금도 마찬가지이지만, 그때는 미로를 기어다니는 느낌이었다. 짐이 무슨 말을 하는지 도무지 알아들을 수 없었다. 코 선생님도 마찬가지였을지 모른다. 어쨌든 그의 화려한 공연이 끝난 뒤 내 점수는 바뀌었다. 이 일을 계기로 나는 두 가지를 배우게 되었다. 문제를 풀 때는 가끔 좋은 직감이 부족한 지능을 메워줄 수 있다는 것. 또 고급수학을 더 공부해보았자 그 방면에서는 맥두걸 같은 친구를 따라갈 수 없겠다는 것.

미분 수업은 점심시간 직후인 4교시였다. 11월 22일, 코 선생님은 수업 하던 중에 교무실로 불려갔는데 돌아와서는 얼굴이 백짓장처럼 하얘져서 말도 제대로 하지 못했다. 그는 우리에게 케네디 대통령이 댈러스에서 총을 맞았는데, 죽은 것 같다고 말해주었다. 나는 참담했다. 바로 넉 달 전, 로즈 가든에서 본 케네디는 활기와 힘이 넘쳤다. 그가 한 말과 행동이 모두 끝이라니. 취임 연설, 라틴아메리카의 진보 동맹, 쿠바 미사일 위기를 냉정하게 처리한 일, 평화봉사단, '나는 베를린 사람이다'라는 제목의 연설에 나오는 놀라운 구절, '자유에는 많은 난관이 있고 민주주의는 완벽하지 않지만, 우리는 한 번도 우리 민중을 가둘 담을 쌓은 적이 없습니다.' 이 모두가 조국에 대한 나의 희망과 정치에 대한 나의 신념을 구체적으로 보여준 것이었는데.

수업이 끝난 뒤 별관 교실에 있던 학생들은 모두 본관으로 걸어갔다. 우리 모두는 슬퍼했다. 아니, 한 명만 빼고. 나와 함께 밴드를 하던 매력적인 여학생이 어쩌면 그가 죽은 것이 나라를 위해 잘된 일인지도 모른다고 말하는 소리가 들렸다. 그 아이네 가족이 나보다 보수적이라는 것은 알고 있었지만, 내가 친구라고 생각하는 사람이 그런 말을 한다는 것이 놀랍고 또 무척 화가 났다. 나는 살벌한 인종차별 외에는 그런 증오심을 처음 보았다. 그러나 이런 증오심은 내가 정치에 들어서면서 자주 보게 되었으며, 20세기의 마지막 사분기 동안에는 강력한 정치적 운동으로 머리를 내밀었다. 그러나 그 친구는 고맙게도 그것을 넘어섰다. 1992년 라스베이거스에서 선거운동을 할 때, 그녀가 행사장을 찾아왔다. 그녀는 사회사업가가 되었을 뿐만 아니라 민주당원이었다. 우리가 다시 만난 순간은 소중했다. 옛 상처를 치유할 기회가 되었기 때문이다.

케네디 대통령의 장례식을 본 뒤, 또 린든 존슨이 "오늘 내가 이 자리에 서지 않을 수만 있었다면 무엇이라도 기꺼이 내주었을 것"이라는 감동적인 말로 침착하게 대통령직을 인계받는 것을 보고 안심한 뒤, 나는 천천히 정상적인 생활로 돌아갔다. 3학년 나머지 기간은 드몰레이단과 밴드 활동으로 빠르게 지나갔다. 학교 밴드와 함께 플로리다 주 펜사콜라로 연주여행을 떠나기도 했고, 주 대표 밴드에 참여하러 여행을 하기도 했다. 또 친구들과 즐거운 시간을 보내기도 했다. 우리는 클럽 카페에서 그때까지 맛본 것 가운데 가장 맛있는 네덜란드 사과파이를 먹기도 했고, 영화관에 가기도 했고, YMCA에서 댄스파티에 참가하기도 했고, 쿡스 데어리에서 아이스크림을 먹기도 했고, 맥클라드에서 바비큐를 먹기도 했다. 그 가족이 운영하는 맥클라드는 75년의 전통을 가진 곳으로, 그 곳의 바비큐가 미국에서 가장 맛있다는 주장에는 이론이 있을지 몰라도, 바비큐 콩은 분명히 미국에서 가장 맛있는 곳이었다.

그해 몇 달 동안 나는 아칸소 주 벤턴 출신의 여학생 수전 스마이더스와 데이트를 했다. 벤턴은 핫스프링스에서 동쪽으로 50킬로미터 정도 떨어진 곳으로, 리틀록으로 가는 고속도로변에 자리 잡고 있는 곳이었다. 일요일이면 나는 벤턴의 교회에 갔다가 그녀의 가족과 함께 점심을 먹곤 했다. 식사가 끝나면 수전의 어머니 메리는 탁자에 사과파이를 잔뜩 쌓아 놓았고, 그녀의 아버지 리스와 나는 그것을 먹었는데, 걷기도 힘들 정도로 잔뜩 먹었다.

어느 일요일 점심식사 후에 수전과 나는 보크사이트까지 드라이브를 했다. 보크사이트는 벤턴 근처의 타운으로, 알루미늄을 만드는 데 사용되는 원광 때문에 그런 이름이 붙었다. 그곳에서는 구덩이를 파고 보크사이트를 캤는데 수전과 나는 그곳에 도착하여 광산을 구경하러 가기로 했다. 우리는 도로에서 벗어나 단단한 점토가 깔린 길을 따라 크게 입을 벌린 구덩이 가장자리로 갔다. 광산 주위를 산책한 뒤 집으로 가려고 차로 돌아왔을 때, 우리는 가슴이 덜컥 내려앉았다. 자동차 바퀴가 부드럽고 축축한 땅속에 깊이 박혀 있었기 때문이다. 시동을 걸고 출발하려고 애썼지만 바퀴는 계속 헛돌 뿐 앞으로 나아가지 않았다. 나는 낡은 판자를 몇 개 찾아 바퀴 뒤를 판 다음 그곳에 집어넣었다. 그래도 소용없었다. 두 시간이 지나자 타이어의 요철이 다 타서 없어졌고, 날은 어두워지고 있었다. 우리는 꼼짝도 못하고 있었다. 마침내 나는 포기하고 마을까지 걸어가 도움을 요청한 다음 수전의 부모에게 전화를 했다. 마침내 사람들이 도와주러 와서 차를 거대한 홈으로부터 빼내 견인해주었다. 타이어들은 아기 엉덩이처럼 만질만질했다. 수전의 집에 돌아갔을 때는 날이 완전히 어두워진 뒤였다. 그녀의 가족은 우리의 이야기를 믿어주었던 것 같다. 그래도 그녀의 아버지는 확인을 할 셈으로 슬쩍 내 차의 타이어들을 보았다. 순진했던 때였기 때문에 나는 그런 태도에 굴욕감을 느꼈다.

3학년이 끝나가면서 대학 진학 문제를 걱정하게 되었다. 어떤 이유에서인지 나는 아이비리그의 학교에는 원서를 낼 생각조차 하지 않았다. 가고 싶은 대학은 한 곳뿐이었고, 거기에만 원서를 냈다. 조지타운 대학교 외교대학이었다. 그렇지만 외교관이 될 생각은 아니었으며, 미국소년단에 갔을 때도 조지타운 캠퍼스를 구경하지 못했다. 그러나 나는 오로지 워싱턴으로 돌아가고 싶었다. 그리고 그 도시에서 가장 명망 있는 대학이 조지타운이었던 것이다. 예수교도의 지적인 엄격성은 전설적이었으며, 나는 그것에 매혹되었다. 나는 국제 문제에 대해서도 알 수 있는 것은 다 알 필요가 있다고 느꼈으며, 국내 문제에 대해서는 어쩐 일인지 1960년대 중반에 워싱턴에 있는 것만으로도 다 알 수 있을 것 같았다. 그리고 나는 그 대학에 입학할 수 있을 거라고 생각했다. 나는 우리 학년 327명 가운데 4등이었고, 대학입학시험 성적도 좋았고, 조지타운은 모든 주에서 적어도 한 명의 학생은 데려오려고 했기 때문이다(차별철폐 프로그램의 초기 형태였던 셈이다!). 그래도 걱정이 되기는 했다.

만일 조지타운에 들어가지 못하면 아칸소 대학에 가겠다고 결정했다. 아칸소 대학은 아칸소 고등학교 졸업생들에게는 무시험 입학제를 실시하고 있었으며, 정보에 빠른 친구들은 정치가가 될 야망이 있으면 어차피 그곳으로 가야 한다고 말하기도 했다. 4월 둘째 주에 조지타운 대학에서 합격통지서가 날아왔다. 나는 기뻤지만, 그때는 어느새 가는 것이 잘하는 일인가 하는 의문이 고개를 쳐들고 있었다. 우선 장학금을 받지 못했기 때문에 돈이 너무 많이 들었다. 학비로 1,200달러, 방세와 이런 저런 비용으로 700달러, 거기에 책과 음식을 살 돈, 기타 용돈까지 합쳐야 했다. 우리집은 아칸소 기준에서 보자면 안락한 중산층 가족이었지만, 그래도 그만한 돈을 댈 여유는 없을 거라는 걱정이 들었다. 또 아버지가 비록 나이 때문에 힘이 많이 빠지긴 했지만, 어머니와 로저를 놔두고 멀리 떠난다는 것도 걱정이 되었다. 그때 내 진로를 상담해준 이디스 아이언스 선생님은 내가 조지타운에 가야하며, 부모는 나의 미래에 투자해야 한다고 말했다. 어머니와 아버지도 동의했다. 게다가 어머니는 내가 일단 조지타운에 가서 능력을 발휘하면, 어떤 식으로든 경제적 도움을 얻을 수 있으리라고 믿고 있었다. 그래서 나도 한 번 해보기로 결심했다.

나는 1964년 5월 29일에 고등학교를 졸업했다. 졸업식은 우리가 풋볼을 하던 릭스 필드에서 열렸다. 나는 4등을 한 학생으로서 대표 기도를 해야 했다. 이후에 내려진 공립학교에서의 종교에 대한 대법원 판결이 당시에도 적용되었다면, 아마 우리 졸업식에서 기도는 빠졌을 것이다. 나도 세금이 순수하게 종교적인 목적에 쓰이는 데는 반대하지만, 고등학교 시절을 마치면서 마지막 말을 할 수 있어 영광이라고 생각했다.

나의 기도는 나의 깊은 종교적 확신을 담았을 뿐 아니라, 정치적 견해도 약간 담고 있었다. 나는 이렇게 기도했다. "우리 국민을 강하게 해주었던 젊은 이상주의와 도덕주의가 우리에게서 떠나지 않게 해주십시오. 냉담, 무지, 거부를 보면 마음이 아프게 해주십시오. 우리 세대가 자유로운 사람들의 마음에서 자족, 가난, 편견을 없애게 해주십시오…… 우리가 의미 없는 삶의 비참과 진창을 알지 못하도록 조심하게 해주십시오. 우리는 죽어도 다른 사람들은 여전히 자유로운 땅에서 살아갈 수 있도록 노력하게 해주십시오."

비종교적인 사람들은 이것을 불쾌하게 생각할 수도, 순진하다고 말할 수도 있겠지만, 나는 내가 그 시절에 이렇게 이상주의적이었다는 것이 기쁘다. 그리고 지금도 내가 기도한 모든 말을 믿고 있다.

졸업식 뒤에 나는 모리어 잭슨과 함께 오래된 벨베디어 클럽에서 열린 졸업 파티에 갔다. 클럽은 파크 애비뉴의 집에서 멀지 않았다. 당시 모리어와 나는 둘 다 짝이 없었고 세인트 존 초등학교를 함께 다녔기 때문에 같이 가는 것도 좋겠다고 생각했는데, 과연 내 생각은 옳았다. 다음 날 아침 나는 소년으로서 맞이한 마지막 여름을 향해 돌진했다. 보통 때와 다름없는 뜨겁고 멋진 아칸소의 여름이었다. 여섯 번째이자 마지막으로 대학 밴드 캠프에 참가하고, 주 소년단에 고문으로 참석하고 나니 여름은 후딱 지나가버렸다. 그해 여름 나는 두 주 동안 클린턴 뷰익에서 아버지의 연례 재고 조사를 돕기도 했다. 전에도 몇 번 했던 일이었다. 기록이 컴퓨터로 정리되어 있고 보급센터에 부품을 주문할 수 있는 요즘에는 낯선 일이겠지만, 당시에 우리는 10년 이상 된 차들의 부품까지 재고로 가지고 있었으며, 매년 그 숫자를 손으로 헤아렸다. 작은 부품들은 높은 선반에 빽빽하게 마련되어 있던 작은 구멍에 들어가 있었다. 이 때문에 부품이 있는 뒤쪽은 아주 어두워, 환한 앞쪽의 전시장과 대조를 이루었다. 우리 전시장은 새 뷰익 한 대를 들여놓을 수 있을 정도의 작은 크기였다.

그 일은 지루했지만 그래도 기분은 좋았다. 무엇보다도 그것이 아버지와 함께 할 수 있는 유일한 일이었기 때문이다. 나는 뷰익 대리점에서 어슬렁거리는 것도 좋아했다. 레이먼드 삼촌도 만났고, 새 차와 중고차가 가득한 차 판매장에서는 영업사원들도 만났고, 뒤쪽에서는 수리공들도 만났다. 뒤쪽에는 내가 특별히 좋아하는 사람이 셋 있었다. 둘은 흑인이었다. 얼리 아널드는 레이 찰스처럼 생겼는데, 내가 들어본 가운데 가장 멋진 웃음소리를 냈다. 그는 늘 나에게 잘해주었다. 제임스 화이트는 좀 쌀쌀맞은 편이었다. 그럴 수밖에 없는 것이 그는 레이먼드 삼촌이 주는 돈과 월터스 부인이 떠난 뒤 우리 집에 와서 일하고 있는 그의 부인 얼린이 버는 돈으로 자식 여덟을 길러야 했기 때문이다. 나는 가끔 제임스의 개똥철학에 열심히 귀를 기울였다. 내가 고등학교 시절이 아주 빠르게 지나갔다고 말하자 그는 이렇게 대꾸했다. "그래, 시간은 정말 빨리 지나가지. 그래서 난 내 나이를 쫓아가기도 힘들다니까." 그때는 그 말이 농담인 줄 알았다. 하지만 지금은 그때처럼 웃음이 나오지 않는다.

백인 에드 포시는 차를 다루는 솜씨가 뛰어났으며, 나중에 독립하여 가게를 열었다. 내가 대학에 가게 되자, 부모님은 내가 몰던 헨리 J를 에드에게 팔았다. 아버지가 호프의 뷰익 대리점을 하던 시절 수리해놓은 여섯 대의 고물차 가운데 하나였다. 유압식 브레이크가 새곤 하는 낡은 차였지만, 나는 그 차와 헤어지기가 싫었다. 지금 그것을 돌려받을 수 있다면 무엇이라도 내놓겠다. 그 차 덕분에 나와 내 친구들은 무척 즐거운 시간을 보낼 수 있었다. 그러나 늘 그렇게 즐거웠던 것만은 아니다. 어느 날 밤, 핫스프링스에서 나와 7번 고속도로를 타고 미끄러운 포장도로를 달리고 있었다. 바로 앞에는 검은 차가 가고 있었는데, 제시 하위의 자동차 극장을 지나는 순간, 앞에 있는 차가 갑자기 멈추었다. 아마 대형 화면에 상영되는 영화 장면으로 눈길을 돌렸던 것 같다. 앞차의 브레이크 등이 하나 망가졌기 때문에, 나는 그 차가 서는 것을 너무 늦게 보았다. 부주의, 느린 반사신경, 시원치 않은 브레이크 등이 복합적으로 작용해 나는 검은 차의 뒤를 들이받고 말았다. 턱이 운전대에 부딪히면서 운전대가 바로 부러졌다. 다행히 아무도 심하게 다치지는 않았고, 앞 차는 내 보험으로 수리해줄 수 있었다. 클린턴 뷰익의 친구들은 헨리 J를 새 차처럼 고쳐 주었다. 나는 턱이 아니라 운전대가 부러진 것이 고마울 따름이었다. 헨리 힐이 몇 년 전 나를 때렸을 때보다 아프지도 않았으며, 숫양이 들이받아 죽을 뻔했을 때만큼 다치지도 않았다. 그 무렵 나는 그런 일에 대해서는 약간 초연하여, 이렇게 말한 현자賢者 같은 태도를 보이곤 했다. "개에게는 이따금씩 벼룩 몇 마리가 있는 것이 도움이 된다. 자신이 개라는 사실에 대해 너무 걱정하는 것을 막아주기 때문이다."

9

소년기의 여름이 다 그렇듯이 그해 여름은 너무 일찍 끝났다. 9월 12일, 어머니와 나는 워싱턴으로 갔다. 신입생 오리엔테이션 전에 일주일 동안 관광을 할 생각이었다. 내 앞에 무엇이 기다리고 있는지 알 수 없었지만, 어쨌든 나는 기대감에 가슴이 부풀었다.

그 여행은 나보다 어머니에게 더 힘들었다. 우리는 늘 가까웠다. 나는 어머니가 나를 볼 때, 나와 친아버지를 동시에 보는 일이 많다는 것을 알고 있었다. 어머니는 어떻게 어린 로저를 키우고, 어떻게 큰 로저를 감당할지 걱정했을 것이 틀림없다. 이제 내가 어머니를 도와줄 수 없기 때문이었다. 우리는 서로 그리워할 터였다. 우리는 비슷할 만큼 비슷하고 다를 만큼 달랐기 때문에 함께 있는 것이 늘 즐거웠다. 내 친구들도 어머니를 좋아했고, 어머니도 친구들이 집에 오는 것을 반겼다. 앞으로도 그것은 변함이 없겠지만, 이제는 대부분 크리스마스나 여름방학이 되어 내가 집에 가 있을 때만 확인할 수 있을 터였다.

지금은 좀 알 것도 같지만, 당시에는 어머니가 내 걱정을 얼마나 하는지 알지 못했다. 최근에 나는 어머니가 1963년에 쓴 편지 한 통을 우연히 발견했다. 엘크스 클럽이 있는 도시에서 매년 고등학교 3학년 학생 한두 명에게 주는 엘크스 리더십 상 신청서에 포함되어 있던 편지다. 어머니는 이렇게 썼다. "이 편지가 빌에 대해 느끼는 죄책감을 조금이나마 덜어줍니다. 마취가 내 직업이다 보니, 내가 빌에게 어머니 노릇을 제대로 할 수 있는 시간은 거의 없습니다. 그렇기 때문에 지금 빌이 하고 있는 일, 그리고 자신의 삶에서 해내는 일에 대한 칭찬은 모두 빌 혼자서 받아야 합니다. 나는 빌이 그야말로 '자수성가한' 남자라고 생각합니다." 어떻게 그렇게 틀린 말을 할 수가 있는지! 매일 어서 일어나 계속 앞으로 나가라고 가르쳐준 사람은 어머니였다. 사람들이 나에게서 최악을 보더라도 나는 그들에게서 최선을 보라고 가르쳐준 사람도 어머니였다. 매일 매일에 감사하고 웃음으로 하루를 맞이하라고 가르쳐준 사람도 어머니였다. 내가 노력만 하면 원하는 대로 뭐든지 할 수 있고 뭐든지 될 수 있다고 믿게 해준 사람도 어머니였다. 사랑과 친절이 결국은 잔혹함과 이기심을 이긴다고 믿게 해준 사람도 어머니였다. 어머니는 나중에는 점차 달라졌지만, 당시에는 관례적인 의미에서 종교적이지는 않았다. 너무 많은 사람이 죽는 것을 보더라도 때문에, 죽음 뒤에 삶이 있다고 믿기가 힘들었던 것 같다. 그러나 하나님이 사랑이라면, 어머니는 하나님의 여자였다. 어머니한테 나는 자수성가한 사람이 결코 아니라고 좀 더 자주 말하지 못한 것이 후회가 된다.

우리 삶의 큰 변화들에 대한 불안에도 불구하고, 어머니와 나는 조지타운에 도착할 때쯤에는 흥분으로 마음이 들떠 있었다. 본 캠퍼스에서 두 블록 떨어진 곳에 이른바 이스트 캠퍼스가 있었다. 여기에 외교대학을 포함하여 여학생들도 다니고 종교나 인종적으로도 좀더 다양한 학생들이 다니는 여러 대학이 있었다. 조지타운 대학은 조지 워싱턴이 대통령으로 첫해를 맞이한 1798년 메릴랜드 주 캐럴턴의 예수회 주교 존 캐럴이 세웠다. 1815년 제임스 매디슨 대통령은 조지타운 대학에 학위를 수여할 권한을 부여하는 법안에 서명했다. 조지타운 대학은 처음부터 모든 신앙에 개방적이었고, 이 대학의 가장 위대한 총장 가운데 한 사람으로 1874년부터 1887년까지 총장을 맡았던 패트릭 힐리 신부는 백인이 압도적으로 많은 대학에서 첫 아프리카계 미국인 총장을 지냈다. 그러나 야드 캠퍼스는 모두 남학생이고, 거의 모두가 가톨릭교도이고, 모두 백인이었다. 외교대학은 1919년 철저한 반공주의자 에드먼드 A. 월시 신부가 세웠으며, 내가 그곳에 갔을 때만 해도 교수진은 모두 유럽과 중국의 공산주의 체제를 피해 망명했거나 그 체제에서 고생한 경험이 있는 사람들이었다. 그들은 베트남 정책을 포함한 미국 정부의 반공 활동에는 모두 공감하는 쪽이었다.

외교학부는 정치적으로만 보수적인 것이 아니었다. 커리큘럼도 마찬가지였다. 그 엄격함은 16세기 중반에 개발된 예수회의 교육철학 연구방법론에 바탕을 두고 있었다. 첫 2년 동안은 한 학기에 여섯 강좌가 필수였다. 총 18 내지 19시간 수업을 들어야 하는 것이었다. 2학년 2학기까지는 선택과목이 없었다. 게다가 복장 규정도 있었다. 내가 1학년 때 남학생들은 모두 드레스셔츠에 타이 차림으로 수업에 들어가야 했다. 다릴 필요가 없는 합성섬유 셔츠도 입을 수 있었지만, 이것은 촉감이 좋지 않았다. 그래서 나는 조지타운에 가면서 식사비와 용돈으로 쓸 돈 25달러 가운데 일주일에 다섯 벌의 셔츠를 드라이크리닝하는 데 드는 비용 5달러도 끼워 넣기로 했다. 기숙사 규칙도 있었다. '1학년생은 주중에는 밤에 자기 방에 들어가 공부를 해야 하며, 자정에는 불을 꺼야 한다. 금요일과 토요일 밤에 1학년은 12시 30분까지는 돌아와야 한다. 이성 손님, 알코올음료, 애완동물, 무기는 대학 기숙사에 들이지 못한다.' 지금은 그때와 사정이 달라졌다는 것을 나도 잘 알고 있지만, 1997년에 힐러리와 첼시와 함께 첼시가 다닐 스탠퍼드에 가서 젊은 여학생과 남학생이 같은 기숙사에 사는 것을 막상 내 눈으로 보니 불안한 느낌이 드는 것은 어쩔 수 없었다. 아마 미국총기협회도 아직 대학에서는 총기 제한을 철폐하지 못했을 것이다.

어머니와 내가 교문을 통과한 다음에 처음 만난 사람 가운데는 신입생 오리엔테이션을 담당할 사제 디닌 신부도 있었다. 그는 나를 맞이하면서 라틴어 외에는 전혀 외국어를 모르는 남부의 침례교도가 왜 외교대학에 오고 싶어 하는지 모르겠다고 말했다. 그의 말투로 보건대, 조지타운 대학이 왜 나의 입학을 허락했는지 아직 이해를 못하고 있는 것 같았다. 나는 그냥 웃음을 터뜨리며, 한두 해 지내면서 함께 알아보면 되지 않겠느냐고 말했다. 어머니가 걱정을 하는 것 같아, 디닌 신부가 다른 학생들에게 간 뒤에 나는 어머니한테 조금 있으면 모두 그 이유를 알게 될 거라고 말했다. 허세를 부리는 것 같았지만, 어쨌든 멋있는 말 같기는 했다.

수속을 마친 뒤 우리는 내 기숙사 방을 찾고 룸메이트를 만나보기로 했다. 로욜라 홀은 35번가와 N스트리트가 만나는 모퉁이에 있었다. 외교대학이 자리 잡은 월시 빌딩 바로 뒤였으며, 건물들끼리 연결되어 있었다. 나는 225호실을 배정받았는데, 이 방은 35번가의 현관 바로 위에 있었으며, 로드아일랜드의 유명한 상원의원 클레본 펠의 집과 아름다운 정원이 내다보였다. 그는 내가 대통령이 되었을 때도 상원에서 일하고 있었으며 그와 부인 누앨러는 힐러리와 나의 친구가 되었다. 그 덕분에 나는 그들의 웅장하고 오래된 집의 외관을 처음 본 지 30년이 지난 뒤에 마침내 그 안도 구경할 수 있게 되었다.

어머니와 함께 내 기숙사 방에 이르렀을 때 나는 깜짝 놀랐다. 당시에는 1964년 대통령 선거운동이 한창이었는데, 내 방문에 골드워터의 스티커가 붙어 있었던 것이다. 나는 그런 것은 다 아칸소에 두고 온 줄 알았다! 그 스티커는 내 룸메이트 톰 캠벨이 붙여놓은 것이었다. 톰은 롱아일랜드 주 헌팅턴 출신의 아일랜드계 가톨릭교도였다. 그는 골수 공화당원 집안 출신이었으며, 뉴욕시티의 새비어 예수교 고등학교에 다닐 때는 풋볼 선수로 활약했다. 그의 아버지는 법률가였는데, 보수당 계열로 지역 판사에 당선되었다. 톰은 내가 그의 룸메이트로 배정받은 것에 나보다 더 놀랐을 것이다. 나는 그가 만나본 최초의 아칸소 출신 남부 침례교도였으며, 설상가상으로 골수 민주당 지지자로서 린든 존슨을 지지하고 있었기 때문이다.

어머니는 정치 같은 사소한 일 때문에 좋은 일상생활이 방해받는 것을 용납하지 않았다. 어머니는 다른 모든 사람에게 그랬듯이 톰과 평생 알고 지낸 사이처럼 자연스럽게 이야기하기 시작했다. 오래지 않아 어머니는 톰의 마음을 얻었다. 나도 톰이 마음에 들었다. 함께 어울리며 잘 지낼 수 있을 것 같았다. 실제로 우리는 조지타운에서 함께 생활한 4년만이 아니라 이후 거의 40년에 걸쳐 그렇게 살아왔다.

곧 어머니는 꿋꿋하게 명랑한 얼굴로 작별인사를 했다. 나는 주변 환경을 살피기 시작했다. 우선 내 기숙사 방이 있는 층부터 시작했다. 복도에서 음악 소리(《바람과 함께 사라지다》의 '타라의 테마'였다)가 들려, 민주당 지지자는 아니라 하더라도 남부인은 만날 수 있을 것이라는 기대감에 그 음악을 따라가보았다. 음악이 흘러나오는 방으로 가보니 파악이 잘 안 되는 인물인 타미 캐플런이 있었다. 그는 안락의자에 앉아 있었는데, 그 의자는 우리 층에서 유일한 것이었다. 나는 그가 메릴랜드 주 볼티모어 출신으로 보석상을 운영하는 아버지의 외아들이며, 그의 아버지가 예전부터 케네디 대통령과 아는 사이였다는 것을 알게 되었다. 그는 특이하게 뒤를 잘라내는 듯한 악센트로 말을 했는데, 그게 나에게는 귀족의 말투처럼 들렸다. 그는 작가가 되고 싶다고 하면서 케네디 이야기를 한참 들려주었다. 나는 그가 마음에 들었지만, 그때는 타미 역시 평생에 걸쳐 가장 좋은 친구 가운데 한 사람이 될 것이라는 사실까지는 몰랐다. 이후 4년 동안 타미 캐플런은 나에게 볼티모어를 소개해주었다. 메릴랜드 이스턴쇼에 있는 그의 집, 영국국교회 교회와 그 전례典禮, 뉴욕의 피에르 호텔과 훌륭한 인도 카레, 칼라일 호텔에서 받아본 첫 번째 값비싼 룸서비스, 그의 21번째 생일을 축하하기 위해 몇 명이 함께 어울렸던 '21' 클럽, 매사추세츠와 케이프코드. 케이프코드에서는 손, 팔, 가슴, 다리에 찰과상을 입으면서 어패류가 다닥다닥 붙어 있는 바위를 붙들고 있다가 결국 놓치는 바람에 익사할 뻔했다. 나는 해안을 향해 필사적으로 헤엄치다가, 길고 좁은 모래톱과 타미의 동창 피프 사이밍턴 덕분에 구조될 수 있었다. 사이밍턴은 나중에 애리조나 주의 공화당원 주지사가 되었다(만일 그가 미래를 내다볼 수 있었다면 나를 구조하는 일을 다시 생각해보았을지도 모른다!). 나는 반대로 타미에게 아칸소, 남부 사람들의 생활방식, 풀뿌리 정치를 소개해주었다. 그만하면 괜찮은 거래였던 것 같다.

다음 며칠 동안 나는 다른 학생들을 만났고, 수업을 듣기 시작했다. 동시에 25달러로 일주일을 사는 법도 배워야 했다. 우선 5달러는 무조건 다섯 벌의 드레스셔츠 세탁에 들어가야 했다. 그래서 월요일부터 금요일까지는 하루에 1달러로 식사를 하기로 했다. 그리고 주말 식사에 1달러를 썼다. 그렇게 하자 토요일 밤 외출용으로 14달러를 남길 수 있었다. 1964년에는 14달러면 여자친구와 저녁식사를 하고 가끔 영화도 볼 수 있었다. 물론 여자친구에게 먼저 주문을 하게 하여, 우리 둘의 식사비와 팁이 예산을 넘지 않도록 조절해야 했지만. 당시 조지타운에는 14달러로도 그렇게 할 수 있는 좋은 식당들이 많았다. 게다가 첫 몇 달 동안은 토요일마다 데이트를 하지 않았기 때문에, 예산에서 약간 흑자가 나는 일도 종종 있었다.

나머지 기간에도 하루에 1달러로 버티는 것이 별로 어렵지 않았다. 사실 나는 늘 돈이 풍족하다고 느꼈다. 심지어 학교 댄스파티 비용을 내거나 다른 특별행사에도 참가할 수 있었다. 식사는 내가 대부분의 수업을 듣던 월시빌딩에서 36번 스트리트를 건너면 나오는 와이즈밀러 델리에서 해결했다. 아침은 20센트를 내고 커피와 도넛 두 개로 때웠는데, 그때 생전 처음으로 커피를 마셔보았다. 지금도 남아 있는 이 습관에서 이따금씩 벗어나려고 해보지만 별 성과는 못 거두고 있다. 점심에는 30센트라는 엄청난 돈을 썼다. 15센트로 사과나 체리로 만든 호스티스 파이를 사고, 나머지 반으로는 450그램 들이 로열 크라운 콜라를 샀다. 나는 이 콜라를 무척 좋아했기 때문에 생산이 중단되었을 때는 정말 슬펐다. 저녁은 더 값이 올라가 50센트가 들어갔다. 보통 우리 기숙사에서 북쪽으로 두 블록 떨어진 호야 케리아웃에서 먹었는데, '싸들고 나오는' 식당이라는 이름과는 달리 편안히 식사를 즐길 수 있는 카운터가 있었다. 거기서 먹는다는 것 자체가 즐거움의 반을 차지했다. 15센트로는 다시 커다란 음료수를 샀고, 35센트로는 커다란 호밀 참치 샌드위치를 샀다. 이 샌드위치는 정말 커서 입을 어떻게 갖다대야 할지 모를 정도였다. 85센트면 역시 그만한 크기의 구운 쇠고기 샌드위치를 살 수 있었다. 가끔 그 전 토요일 밤에 14달러를 다 날리지 않았을 경우에는 그 쇠고기 샌드위치를 사 먹곤 했다.

그러나 호야 케리아웃의 진짜 매력은 주인인 돈과 로즈였다. 돈은 툭 불거진 이두박근에 문신을 한 억센 사나이였다. 요즘에야 록 스타, 운동선수, 유행을 좇는 젊은이들의 몸에서 문신을 흔히 볼 수 있지만 당시만 해도 그것은 드문 구경거리였다. 로즈는 커다란 벌집 헤어스타일에 얼굴이 예뻤다. 게다가 몸매도 좋았는데, 그녀는 꼭 끼는 스웨터, 더 꼭 끼는 바지, 뾰족한 하이힐로 그 몸매를 최대한 과시했다. 그녀는 돈은 없고 상상력은 풍부한 남학생들을 많이 끌어들였지만, 선량하면서도 방심하지 않는 돈의 존재 때문에 우리가 그곳에서 할 수 있는 일은 오직 먹는 것뿐이었다. 그래도 로즈가 일을 할 때면, 우리는 소화가 잘되도록 천천히 꼭꼭 씹어 먹곤 했다.

첫 두 해 동안은 대학 구내와 그 주변 너머로 나가본 일이 거의 없었다. 남쪽의 M스트리트와 포토맥 강, 북쪽의 Q스트리트, 동쪽의 위스콘신 애비뉴, 서쪽의 대학이 경계를 이루는 좁은 구역이었다. 조지타운에서 내가 가장 즐겨 찾던 곳은 대부분의 학생들이 맥주와 햄버거를 즐겼던, 1789 레스토랑 지하에 있는 맥주집 툼스, 내 예산으로도 좋은 식사와 분위기를 누릴 수 있었던 빌리 마틴 식당, M스트리트의 기숙사에서 언덕만 내려가면 바로 나오는 셀러 도였다. 셀러 도에서는 훌륭한 라이브 음악을 들을 수 있었다. 나는 그곳에서 1960년대의 인기 있는 포크싱어 글렌 야버러, 위대한 재즈 오르간 연주자 지미 스미스, 지금은 잊혀졌지만 내가 조지타운에 간 직후 큰 인기를 얻었던 그룹 머그웜프스의 음악을 들을 수 있었다. 머그웜프스의 두 멤버는 좀더 유명한 밴드 러빈 스푼풀을 결성했고, 그 리드 싱어 캐스 엘리엇은 마마스 앤드 파파스의 마마 캐스가 되었다. 가끔 셀러 도는 일요일 오후에도 문을 열었다. 그때는 1달러면 코카콜라를 하나 들고 머그웜프스의 노래를 들을 수 있었다.

이따금씩 좁은 곳에 갇혀 사는 느낌도 들기는 했지만 대부분 무척 행복했으며, 수업과 친구들에게 흠뻑 취해 있었다. 그러나 가끔 이 고치에서 벗어나는 것도 즐거웠다. 첫 학기가 시작되고 몇 주 지나서 나는 주디 콜린스의 노래를 들으러 리스너 오디토리엄에 갔다. 지금도 바닥에 닿는 긴 면 드레스 차림에 긴 금발을 늘어뜨린 채 기타를 들고 혼자 무대에 서 있던 그녀의 모습이 눈에 선하다. 나는 그날 이후 주디 콜린스의 열렬한 팬이 되었다. 1978년 12월, 처음 주지사에 당선된 뒤 힐러리와 함께 런던으로 짧은 휴가를 갔다. 첼시의 킹스로드를 따라 윈도쇼핑을 하고 있는데, 어떤 가게의 스피커에서 주디가 부르는 조니 미첼의 '첼시 모닝'이 흘러나왔다. 우리는 그 자리에서 딸을 낳으면 이름을 첼시라고 짓기로 결정했다.

나는 조지타운 주변을 거의 떠나지 않았지만, 그래도 첫 학기에 뉴욕에 두 번이나 갔다. 추수감사절에는 롱아일랜드에 있는 톰 캠벨의 집에도 갔다. 린든 존슨이 선거에서 이긴 뒤였기 때문에, 나는 톰의 아버지와 정치 논쟁을 즐겼다. 어느 날 밤 나는 그에게 도발적인 질문을 했다. 그들이 살고 있는 좋은 동네가 '보호' 계약 하에 만들어진 것이 아니냐고 물은 것이다. 보호계약이란 집주인들이 배척하는 집단, 주로 흑인에게 집을 팔지 않기로 약속하는 것이다. 대법원이 이것을 위헌이라고 판결하기 전에는 이런 일이 흔했다. 캠벨은 그렇다고, 그들이 사는 지역은 보호계약을 맺고 있는 곳이라고 대답했다. 그러나 배척하는 대상은 흑인이 아니라 유대인이라고 했다. 나는 회당도 둘 있고 또 유대인을 '그리스도를 죽인 자들'이라고 부르는 반유대주의자들도 상당히 있는 남부의 소도시에서 자랐지만, 뉴욕에서도 반유대주의가 그렇게 활발하다는 것을 알고 놀랐다. 인종차별과 반유대주의가 남부에만 있는 것이 아니라는 사실을 알게 되어 마음이 놓였을 것이라고 생각할지 모르지만, 실제로는 그렇지 않았다.

추수감사절 여행 몇 주 전, 나는 조지타운 밴드와 함께 뉴욕시티로 연주 여행을 감으로써 처음 비그 애플(뉴욕시티의 애칭─옮긴이주) 맛을 볼 수 있었다. 사실 우리 밴드는 상당히 초라한 밴드였다. 우리는 일주일에 겨우 한두 번 연습을 했지만, 브루클린의 조그만 가톨릭 학교인 세인트 조시프 여자 대학에서 연주 초대를 받을 만큼의 실력은 되었다. 공연은 성공적이었다. 뒤풀이 자리에서 한 여학생을 만났는데, 그녀는 자기 집까지 걸어가서 자기 어머니와 함께 콜라나 마시자고 초대했다. 나는 그때 돈이 있고 없고를 떠나 많은 뉴욕 사람들이 살고 있는 아파트 건물에 처음 들어가보았다. 엘리베이터가 없었기 때문에, 우리는 그녀의 집까지 몇 층을 걸어 올라가야 했다. 아칸소에서는 부자가 아니라도 마당이 있는 단층 건물에 살았기 때문에, 당시 나에게는 그녀의 집이 무척 작아 보였다. 그날 일 가운데 내 기억에 남는 것은 그 여학생과 어머니가 나한테 매우 잘해주었다는 것, 그리고 그런 좁은 공간에 사는 사람들이 그렇게 활달한 성격을 가질 수 있다는 데 놀랐다는 것뿐이다.

그 집에서 나오자 그 큰 도시에 나 혼자뿐이었다. 나는 택시를 불러 타임스 스퀘어로 가자고 했다. 나는 그렇게 많은 네온 불빛을 본 적이 없었다.

타임스 스퀘어는 시끄럽고, 빠르고, 생명이 약동하는 곳이었다. 물론 그 가운데 일부는 지저분하기도 했다. 그리고 나는 처음으로 매춘부를 보았다. 그녀는 불운한 한 남자에게 수작을 걸고 있었다. 남자는 짙은 색 양복에 머리를 짧게 깎았고, 두껍고 검은 뿔테 안경을 썼다. 손에는 서류가방을 들고 있었는데 어쩐지 그 모습이 애처로워 보였다. 그는 유혹을 느끼는 동시에 겁을 먹은 것 같았다. 결국 공포가 승리를 거두었다. 여자를 뿌리치고 걸어가버린 것이다. 나는 극장과 가게 간판을 살피다가 어떤 밝은 간판을 보고 눈이 크게 떠졌다. 태드 스테이크. 1달러 59센트만 내면 큰 스테이크를 먹을 수 있다고 선전하고 있었다.

도저히 그냥 지나칠 수가 없었다. 나는 안으로 들어가 스테이크를 받아 들고 자리를 찾았다. 내 옆자리에는 화난 소년과 상심한 어머니가 앉아 있었다. 아이는 어머니를 말로 공격하고 있었다. "싸구려잖아, 싸구려야." 어머니는 영업사원이 좋은 것이라고 말해주었다고 대꾸했다. 몇 분이 지나자 어떻게 된 일인지 파악이 되었다. 어머니는 아들이 몹시 원하는 전축을 사주려고 돈을 모았다. 문제는 어머니가 사주려는 것이 보통 '하이파이' 시스템이라는 것이었다. 그러나 아들은 훨씬 더 좋은 소리가 나고, 유행에 민감한 아이들이 더 높게 평가하는 새로운 전축을 갖고 싶어 했다. 어머니에게는 그만한 돈이 없었다. 아이는 고마워하는 대신 사람들 앞에서 어머니한테 소리를 지르고 있었다. "우리 집에 있는 건 다 싸구려야. 나는 좋은 걸 갖고 싶단 말이야." 역겨운 광경이었다. 나는 아이를 패주고 싶었다. 너를 그렇게 사랑하는 어머니가 있으니 운이 좋은줄 알라고 소리지르고 싶었다. 그 어머니는 아이를 먹이고 입히느라, 지겹기만 할 뿐 보수도 얼마 안 되는 일을 할 것이 틀림없었다. 나는 혐오감을 누르지 못해, 그 싸게 산 스테이크를 다 먹지도 못하고 일어서서 그곳을 나오고 말았다.

그 일은 나에게 큰 영향을 끼쳤다. 어머니가 나에게 해주고 참아낸 것들이 생각났다. 돈을 많이 지불하더라도 우리가 하고 싶지 않은 일을 대신 해주는 사람들의 일상적인 분투에 좀더 민감해지게 되었으며, 배은망덕을 경멸하게 되었다. 또한 좀더 감사하는 마음으로 살기로 결심했다. 혹시 행운이 찾아온다면 너무 심각하게 생각하지 않고 기분 좋게 즐기기로 마음먹었다. 다시 운명의 나사가 한 바퀴 돌면 원래대로 돌아가거나 더 나빠질 수도 있었기 때문이다.

뉴욕으로 돌아온 지 얼마 되지 않아, 나는 공부와 학생회 일에 전념하기 위해 밴드를 그만두었다. 나는 동부 출신의 아일랜드계와 이탈리아계 가톨릭교도가 지배하는 선거구에서 비교적 잘 싸워 1학년 학생회장 선거에서 승리를 거두었다. 어떻게 하다가 출마를 하게 되었는지는 기억나지 않지만 어쨌든 많은 도움을 받았다. 나에게는 아주 흥미진진한 경험이었다. 이렇다 할 쟁점이 없었고 큰 후원도 없었기 때문에, 선거는 풀뿌리 정치와 한 번의 연설로 결판이 났다. 선거운동을 해준 한 친구는 우리의 선거운동이 얼마나 깊이 뿌리를 내렸는지 보여주는 쪽지를 써 보냈다. "빌, 뉴 멘 쪽에 문제가 있어. 하노버가 표를 많이 얻고 있어. 로욜라 3층(팰런의 층)에는 가능성이 있어. 공중전화가 있는 쪽 끝까지 말이야. 딕 헤이스 덕분이지. 내일 봐. 잘 자. 킹." 킹은 키 160센티미터의 정력적인 활동가 존 킹으로, 그는 조지타운 조정 팀의 키잡이가 되었다. 그는 우리 친구였던 대통령의 딸 루시 존슨의 스터디 파트너이기도 했다. 존은 루시로부터 백악관 저녁식사에 초대를 받아 우리의 감탄과 질시의 대상이 되기도 했다.

선거 전 화요일, 학생들이 우리의 연설을 듣기 위해 모였다. 나를 후보로 추대한 사람은 밥 빌링슬리였다. 밥은 사교적인 뉴욕 사람으로, 그의 작은아버지 셔먼이 스토크 클럽의 주인이었기 때문에 1920년대부터 그곳에 들렀던 스타들의 이야기로 나를 즐겁게 해주었다. 밥은 내가 지도자 역할을 해본 경험이 있으며, "일을 할 줄 아는, 그것도 잘할 줄 아는 사람"이라고 말했다. 이어 내 차례가 왔다. 나는 아무런 쟁점도 제기하지 않고, 내가 당선되든 낙선하든 '언제라도 필요한 역할을 맡아' 봉사를 할 것이며, '선거가 끝났을 때 우리 학년이 좀더 강해지고 좀더 자랑스러워질 수 있는 분위기'가 형성되도록 노력하겠다고 약속했다. 그것은 겸손한 발언이었고, 또 실제로 그것이 적절한 태도였다. 흔히 하는 말로, 나는 겸손해야 할 것이 많은 사람이었다.

다른 두 후보 가운데 좀더 강력했던 후보는 본래 큰 의미가 없는 상황에 무게를 실으려고 했다. 그는 자신이 출마한 이유가 우리 학년이 '타락의 바닥 없는 심연으로' 떨어지는 것을 막고 싶어서라고 했다. 나는 그런 심연에 대해서 별로 아는 것이 없었지만 마치 공산주의자들과 협력하기 위해서 가는 곳 같은 느낌이 들었다. 이 '바닥 없는 심연' 발언은 지나친 것이었으며, 여기서 나는 처음으로 승기를 잡을 수 있었다. 우리는 미친 듯이 선거운동을 했고, 결국 나는 당선되었다. 개표가 끝나자 친구들은 5센트, 10센트, 25센트짜리 동전들을 잔뜩 모아주었다. 근처의 공중전화에서 가족에게 전화를 걸어 나의 승리를 알리라는 뜻이었다. 행복한 통화였다. 집안에 아무런 문제가 없다는 것도 확인할 수 있었다. 어머니는 내가 향수를 잘 이겨내고 있다는 것에 마음을 놓을 수 있었을 것이다.

학생회 일, 뉴욕 여행, 조지타운 지역에서 어슬렁거리는 것을 다 좋아했지만, 1학년 때 나의 주된 관심사는 아무래도 수업이었다. 처음으로 나는 배우려고 노력해야 했다. 행운이 따랐다. 여섯 개 강의 모두 재미있고 유능한 사람이 맡았기 때문이다. 우리는 모두 외국어를 공부해야 했고, 나는 독일어를 택했다. 그 나라에 관심이 있었고 그 언어의 명료함과 정확성이 마음에 들었기 때문이다. 독일어 교수인 폰 이어링 박사는 친절한 사람이었다. 독일에 살 때 그는 나치가 많은 책(이어링 박사가 쓴 아동용 책이 포함되어 있다)을 불태우기 시작한 뒤로 농가의 다락에 숨어 지냈다. 지리학 교수인 아서 코센스는 하얀 염소수염을 길렀고, 예스러운 전문적인 태도를 보여주는 사람이었다. 나는 그의 수업시간이 지루했지만, 어느 날 다이아몬드, 석영, 보크사이트 등의 광물 자원과 지층 상태로 볼 때 아칸소가 지질학적으로 지구상에서 가장 흥미로운 곳 가운데 하나로 꼽힌다는 이야기를 듣고 정신이 번쩍 들었다.

논리학은 아직 사제로 서품받지 못했던 예수회 소속 수사 오토 헨츠에게서 배웠다. 그는 똑똑하고 정열이 넘쳤으며 학생들에게 관심이 많았다. 어느 날 저녁 나에게 함께 햄버거를 먹지 않겠느냐고 물었다. 나는 영광으로 생각하여 좋다고 했다. 우리는 차를 타고 위스콘신 애비뉴의 하워드 존슨 식당으로 갔다. 잠시 잡담을 하던 오토는 심각해진 표정으로 나에게 예수회 신부가 될 생각이 없느냐고 물었다. 나는 웃음을 터뜨리며 대답했다. "먼저 가톨릭교도가 되어야 하는 것 아닌가요?" 나는 침례교도라고 말하면서, 농담 반 진담 반으로 내가 가톨릭교도가 되더라도 독신 서약은 할 수 없을 것 같다고 말했다. 그러자 오토는 고개를 저으며 말했다. "믿을 수가 없군. 네 페이퍼와 시험지를 읽어봤는데, 꼭 가톨릭교도처럼 글을 썼단 말이야. 너는 가톨릭교도처럼 생각을 하더라고." 나는 아칸소에서 선거운동을 할 때 가톨릭교도에게 그 이야기를 해주면서, 내가 그들이 원하는 가톨릭교도 주지사에 가장 가까운 사람이라고 말했다.

또 한 사람의 예수회 수사이자 교수인 조시프 세브스는 매우 훌륭한 사람이었다. 여위고 어깨가 구부정한 세브스 교수는 재능 있는 언어학자였으며, 그의 주된 관심은 아시아였다. 그는 중국에서 일하다가 공산주의자들이 승리를 거두면서 얼마간 포로 생활을 하기도 했다. 그때는 대부분의 시간을 작은 땅 구덩이 속에서 보냈다고 한다. 그때의 고생으로 위와 신장 하나가 망가졌다. 그래서 그 이후 줄곧 건강 문제에 시달려야 했다. 그는 비교문화를 가르쳤는데 내용은 세계의 종교라는 이름이 더 잘 어울릴 것 같은 강의였다. 우리는 유대교, 이슬람교, 불교, 신도shintoism, 유교, 도교, 힌두교, 자이나교, 조로아스터교 등 다양한 종교를 공부했다. 나는 세브스 교수를 좋아했으며, 그에게서 세계 전역의 사람들이 신, 진리, 선을 규정하는 방식에 대해 많은 것을 배웠다. 그는 외국에서 온 학생들이 많다는 것을 알았기 때문에 각 학생에게 구두로 기말 시험을 볼 기회를 주었다. 학생들은 무려 아홉 개 언어로 시험을 보았다. 2학기 때 나는 A를 받았는데, 이것은 내가 받은 겨우 네 개의 A 가운데 하나였으며, 내가 가장 자랑스러워한 성적이기도 하다.

다른 두 교수는 정말 인물이었다. 로버트 어빙은 1학년 영어를 가르쳤는데, 그는 1학년생들이 말만 많고 정확하지 못하다고 속사포 같은 빠른 말로 신랄하게 야단을 쳤다. 그는 에세이를 제출하면 그 여백에 기를 죽이는 논평을 적어서 돌려 주었는데, 어떤 학생에겐 '변덕스러운 빌지 펌프(뱃바닥에 괸 물을 퍼내는 펌프—옮긴이주)'라고 적기도 했고, 다른 학생이 화난 표정을 짓자 "양배추가 되어버렸냐"고 비꼬기도 했다. 내 페이퍼에는 그보다는 얌전한 비난이 적혀 있었다. 어빙 교수는 여백이나 끝에 어색하다는 뜻으로 '억'이라고 적기도 하고, '으악', '따분하고 청승맞다' 등의 논평을 적어주기도 했다. 지금도 내가 보관하고 있는 한 페이퍼에서 어빙 교수는 마침내 '똑똑하고 사려 깊다'고 적었지만, 바로 뒤이어 '다음에는 재미있게 좀 쓰라'고 하면서, '좀 좋은 종이'에 에세이를 써 내라고 덧붙였다. 어느 날 어빙 교수는 언어를 주의 깊게 사용할 필요성의 예를 보여주기 위해 이전에 가르쳤던 학생이 마블에 대해 쓴 에세이를 읽어 주었다. 그 학생은 마블이 죽은 부인을 계속 사랑했다고 말하면서, 그 다음에 그 문제의 불운한 문장을 덧붙였다. '물론 육체적 사랑은 대부분 죽은 뒤에는 끝이 난다.' 어빙은 고함을 질렀다. "대부분! 대부분이라고? 어떤 사람한테는 따뜻한 봄날에 예쁘장하고 차가운 시체와 함께 있는 것보다 더 좋은 일이 없는 것 같군!" 그 말은 수많은 열여덟 살짜리 가톨릭교도와 한 명의 남부 침례교도에게는 약간 진한 것이었다. 어빙 박사가 지금 어디 있는지 몰라도, 이 책을 읽어볼까 두렵다. 그가 이 책의 여백에 끼적거려놓을 신랄한 말들을 상상할 수 있을 뿐이다.

조지타운에서 가장 전설적인 강의는 캐럴 퀴글리 교수의 문명발달사였다. 이 강의는 모든 신입생의 필수 과목이었기 때문에, 한 반에 200명이 넘게 모여서 수업을 들었다. 어렵기는 했지만 매우 인기가 좋은 강의였다. 퀴글리의 지성, 견해, 익살 때문이었다. 그는 과학적으로 알 수 없는 현상들이 실제로 나타난다고 하면서, 강령회에서 탁자가 공중으로 떠오르고 어떤 여자가 허공을 나는 것을 보았다고 주장하기도 했다. 또 플라톤은 관찰된 경험보다 절대적 합리성을 우위에 놓았다고 비난하기도 했다. 그는 매년 강좌가 끝날 때면 꼭 그 이야기를 들려준 다음, 플라톤의 『공화국Republic』 문고본을 찢어 교실에 내던지며 "플라톤은 파시스트다!" 하고 외치면서 한 학기 강의를 마무리 지었다.

시험에는 머리를 쥐어뜯고 싶은 문제들만 나왔다. '뷔름 빙기부터 호메

로스의 시대까지 발칸 반도의 역사를 짧지만 일목요연하게 기술하라' 라든가 '우주 진화 과정과 추상 차원 사이의 관계는 무엇인가' 같은 문제들.

퀴글리의 두 가지 통찰은 나에게 특히 지속적인 영향을 주었다. 첫째로 그는 사회가 군사적 · 정치적 · 경제적 · 사회적 · 종교적 · 지적인 목표를 이루기 위해 조직화된 도구를 개발해야 한다고 말했다. 퀴글리에 따르면, 이 경우에 문제는 모든 수단이 결국 '제도화' 한다는 것이었다. 즉 원래의 요구를 충족시키기보다는 자신들의 특권을 유지하려고 애쓰는 기득권 세력이 생긴다는 것이었다. 이렇게 되면 변화는 그 제도를 개혁하거나 회피함으로써만 이루어질 수 있다. 이것이 실패하면 반동과 쇠퇴가 시작된다.

두 번째 중요한 통찰은 서구 문명이 위대한 이유, 그리고 그것이 계속 개혁과 갱신을 해나갈 수 있는 이유와 관련된 것이었다. 그는 서구 문명의 성공이 종교적이고 철학적인 독특한 신념에 뿌리를 두고 있다고 말했다. 즉 인간이 기본적으로 선하다는 신념, 진리는 존재하지만 유한한 인간은 그것을 가질 수 없다는 신념, 우리는 함께 노력함으로써만 진리에 더 가까이 다가갈 수 있다는 신념, 신앙과 선한 노력을 통해서 우리는 이 세상에서 더 나은 삶을 살 수 있고 다음 세상에서 보답받을 수 있다는 신념이다. 퀴글리에 따르면 이런 사상들 때문에 서구 문명은 낙관적이고 실용적인 성격을 띠게 되었으며, 적극적인 변화 가능성에 대한 흔들림 없는 믿음을 가지게 되었다. 그는 우리의 이념을 '미래 선호' 라는 말로 정리했다. 이것은 '미래가 과거보다 나을 수 있고, 각 개인은 그렇게 만들 도덕적 의무가 있다' 는 믿음이다. 1992년 선거운동 때부터 두 번의 대통령 임기를 거치는 동안, 나는 퀴글리 교수의 말을 자주 인용했다. 내 동포 미국인들과 내가 그의 가르침을 실천에 옮길 수 있도록 자극을 주기 위해서였다.

1학년이 끝날 때쯤 나는 처음으로 한 여자친구와 몇 달 동안 데이트를 하고 있었다. 드니스 하일랜드는 키가 크고, 얼굴에 주근깨가 가득한 아일랜드 아가씨였는데, 눈이 아름답고 상냥했으며 미소는 감염력이 있었다. 그녀는 뉴저지 주 어퍼몬트클레어 출신으로, 사제가 되려다가 결혼을 한 의사의 6남매 가운데 둘째였다. 드니스와 나는 2학년이 끝날 무렵 헤어졌지만, 우리의 우정은 그 뒤에도 계속되었다.

나는 집에 돌아가고 싶었다. 그곳에는 옛 친구들과 내가 좋아하는 뜨거운 여름이 있었다. 캠프 요크타운 베이에서도 나를 기다리는 일이 있었다. 이 캠프는 해군협회에서 주로 텍사스와 아칸소 출신의 가난한 아이들을 위해 운영하는 것으로, 핫스프링스의 세 호수 가운데 가장 크고 또 미국에서 가장 맑은 호수로 꼽히는 와치타 호수에서 열렸다. 이 호수는 10미터 깊이에서도 바닥이 맑게 보일 정도였다. 이 인공 호수는 와치타 국유림에 자리 잡고 있기 때문에 주변의 개발이 제한되어 오염으로부터 보호를 받고 있다.

나는 몇 주 동안 매일 아침 일찍 일어나 차를 몰고 30킬로미터 정도 떨어진 캠프로 갔다. 그곳에서 수영, 농구 등 캠프 활동을 감독했다. 일상생활로부터 일주일 정도 벗어날 필요가 있는 아이들이 많았다. 한 아이는 홀어머니가 여섯 자녀를 기르는 가정에서 왔는데, 캠프에 도착했을 때 돈이 한 푼도 없었다. 게다가 아이의 어머니는 계속 이동하고 있었기 때문에, 돌아가면 어디에서 살게 될지도 몰랐다. 나는, 열심히 수영을 배우려고 했지만 잘 안 되어 형편없는 몰골로 물에서 나온 아이와 이야기를 하기도 했다. 그 아이는 그 정도 일은 아무것도 아니라고 했다. 그 아이는 짧은 인생 동안 이미 질식할 위기를 넘기기도 했고, 독을 먹기도 했고, 심한 자동차 사고를 당하기도 했고, 석 달 전에는 아버지를 잃기도 했다.

여름은 빨리 지나갔다. 친구들과 즐거운 시간을 보냈고, 프랑스에 있던 드니스에게서 재미있는 편지들을 받기도 했다. 또 아버지가 마지막으로 끔찍한 일을 저지르기도 했다. 어느 날 아버지는 술에 취해 잔뜩 화가 난 모습으로 일찍 퇴근했다. 나는 옐델네 집에 가 있었지만, 다행히도 로저가 집에 있었다. 아버지는 가위를 들고 어머니를 쫓아다니다, 부엌 옆의 세탁실로 어머니를 몰아넣었다. 로저는 앞문으로 달려나와 옐델의 집 쪽에 대고 소리를 질렀다. "버바, 큰일났어! 아버지가 대도를 죽이려고 해!" 로저는 아기였을 때 어머니라는 말보다 아버지라는 말을 먼저 했으며, 그래서 어머니를 부르기 위해 '대도'라는 말을 만들어냈다. 그는 그 뒤에도 오랫동안 그 말을 사용했다. 나는 집으로 달려가 어머니에게서 아버지를 떼어내고 가위를 빼앗았다. 나는 어머니와 로저를 거실로 데려다놓은 다음, 다시 돌아가 아버지를 심하게 몰아붙였다. 아버지의 눈을 보니 분노보다는 공포가 더 커 보였다. 얼마 전에 아버지는 입과 목에서 암 진단을 받았다. 의사들은 얼굴 형태가 다 일그러지는 극단적인 수술을 권했지만 아버지는 거부했다. 그래서 의사들은 할 수 있는 한 최선을 다해 아버지를 치료하고 있었다. 이 사건은 아버지가 죽음으로 향해 가던 2년의 기간 가운데 초기에 일어났다. 그래서 지금 나는 아버지가 그때까지 살아온 방식에 대한 수치심과 죽음에 대한 두려움 때문에 마지막으로 나쁜 성질을 폭발시킨 것으로 이해하고 있다. 아버지는 그 뒤로도 술을 마셨지만, 이전보다 기가 한풀 꺾여 늘 수동적인 모습을 보였다.

이 사건은 동생에게 특히 참담한 영향을 미쳤다. 거의 40년이 지난 뒤, 로저는 나에게 도움을 청하러 달려나가면서 얼마나 굴욕감을 느꼈는지, 아버지를 막지 못해 얼마나 무력감을 느꼈는지 이야기했다. 그 뒤로 아버지에 대한 그의 증오는 되돌릴 수 없었다고도 했다. 그 이야기를 들으면서 나는 내가 얼마나 어리석었는지 깨달았다. 그 사건이 일어난 직후 나는 늘 그랬듯이, 그냥 아무 일도 없었던 것처럼 '정상적으로' 만들어버렸기 때문이다. 그러지 말고 나는 로저에게 그가 아주 자랑스럽다고, 그의 경계심, 사랑, 용기 덕분에 어머니를 구할 수 있었다고, 그가 한 일이 내가 한 일보다 힘든 것이었다고, 아버지는 아프기 때문에 아버지에 대한 증오를 털어내야 한다고, 아버지를 미워하면 아버지의 병은 더 깊어질 뿐이라고 말해주었어야 했다. 물론 나는 집을 떠나 있는 동안 로저에게 자주 편지를 쓰고 전화를 해서 공부와 다른 활동들을 격려했고, 사랑한다고 말하기도 했다. 그러나 나는 로저가 받은 깊은 상처와, 그것이 가져올 수밖에 없는 고통을 보지 못했다. 로저가 자신의 마음속 상처의 원인에 이르기까지는 오랜 시간과 많은 자학을 겪어야 했다.

어머니와 로저의 안전이 걱정되지 않은 것은 아니지만, 아버지가 이제 폭력은 휘두르지 않겠다고 말했을 때 나는 그 말을 믿었다. 사실 아버지는 폭력을 휘두를 힘을 잃어가고 있었다. 그래서 나는 조지타운으로 돌아가 2학년을 맞을 준비를 했다. 6월에 나는 장학금을 500달러 받았다. 수업시간에 타이를 매고 셔츠를 입어야 한다는 규칙도 없어졌기 때문에, 이제 일주일에 25달러로 더 풍족한 생활을 누릴 수 있을 것 같았다. 나는 2학년 학년회장으로 다시 선출되었다. 이번에는 교파를 초월한 예배, 졸업하는 4학년으로부터 물려받은 공동체 봉사 프로그램 등 캠퍼스의 쟁점들을 본격적으로 다루는 공약을 내세웠다. 공동체 봉사 프로그램은 조지타운 대학 공동체 행동 프로그램GUCAP이라고 부르는 것으로, 학생 자원봉사자가 가난한 동네에 가서 아이들 공부를 돌봐주는 것이었다. 우리는 또 공개 강좌를 통해 고등학교 졸업장을 따려고 공부하는 성인들을 가르쳤을 뿐 아니라, 먹고살려고 애쓰는 가족들을 도와줄 수 있는 일이라면 무엇이든지 했다. 나도 자주는 아니지만 몇 번 프로그램에 참가했다. 그러나 아칸소에서 자란 경험, 그리고 워싱턴 시내에서 목격한 것들을 통해 자원봉사 활동만으로는 많은 국민의 발전을 가로막는 가난, 차별, 기회 부족이라는 어려움을 극복할 수 없다고 확신하게 되었다. 그 때문에 나는 존슨 대통령의 시민권, 투표권, 빈곤 극복 정책을 더욱 강력하게 지지하게 되었다.

나는 2학년 때도 1학년 때와 마찬가지로 공부에 열심히 매달렸다. 사실 이렇게 공부에 열심이었던 것은 이때가 마지막이었다. 그때 이후 조지타운에서 보낸 마지막 2년, 옥스퍼드 체류 시절, 그리고 법대 시절에 걸쳐 공부는 점차 뒷전으로 밀리고 정치, 사생활, 개인적 탐험이 큰 자리를 차지하기 시작했다.

그러나 이때는 교실 안에서의 일들이 내 관심을 끌기에 충분한 것들이었다. 2학년 독일어, 메리 본드의 흥미진진한 주요 영국 작가 강좌, 울리히 알러스의 정치사상사 등이 그런 과목들이었다. 알러스는 퉁명스러운 독일인으로, 고대 아테네 법 체제에 대한 내 페이퍼에 '단조롭지만 아주 품위 있다'고 간단하게 적어주었다. 당시에는 그 모호한 칭찬이 무척 야박하게 느껴졌다. 그러나 대통령을 몇 년 해보니, 그 정도 칭찬만 받을 수 있다면 무엇이라도 할 것 같은 기분이 들었다.

1학기에 조 화이트의 미시경제학 강의에서는 C를 받았다. 화이트 교수는 2학기에도 미시경제학을 가르쳤는데 이때는 A를 받았다. 나는 이 두 점수가 나의 앞날에 대한 예언이었던 것처럼 생각된다. 대통령 시절 나는 국가 경제 성적은 좋았지만, 백악관을 나오기 전까지 나의 개인적 경제 사정은 형편없었기 때문이다.

나는 루이스 아길라르에게서 유럽사를 배웠다. 그는 쿠바에서 망명한 사람으로, 카스트로가 정권을 차지할 때까지 바티스타에 대항하던 민주적 반대파의 지도자였다. 한번은 아길라르가 나에게 앞으로 뭘 할 생각이냐고 물은 적이 있다. 나는 고향에 가서 정치를 하고 싶지만, 다른 많은 일에도 관심이 생긴다고 말했다. 그는 생각에 잠긴 표정으로 이렇게 대꾸했다. "앞으로 할 일을 선택한다는 것은 열 명의 여자친구 가운데서 아내를 선택하는 것과 같지. 가장 아름답고, 가장 똑똑하고, 가장 상냥한 여자를 고른다 해도, 여전히 나머지 아홉을 잃는 고통이 따르는 거야." 아길라르 교수는 가르치는 일을 좋아했고 또 그 일에 유능했지만, 그에게는 쿠바가 그 다른 아홉 여자를 하나로 합친 것과 같은 존재라는 느낌을 받았다.

2학년 때 가장 기억에 남는 수업은 월터 가일스 교수의 미국 헌법과 정부였다. 그는 주로 대법원 판례를 이용해 수업을 진행했다. 가일스는 빨간 머리를 짧게 자른 독신주의자였다. 그의 삶에는 학생, 헌법과 사회정의에 대한 존중, 승패에 관계없이 워싱턴 레드스킨스에 대한 무조건적인 애정뿐이었다. 그는 학생들을 집으로 불러 함께 저녁을 먹기도 했다. 운 좋은 몇 명은 그와 함께 레드스킨스의 시합을 구경하러 가기도 했다. 가일스는 오클라호마 출신의 자유주의적인 민주당원이었는데, 이런 사람은 당시에도 흔치 않았고 오늘날에도 멸종 위기의 종 보호법으로 보호해야 할 만큼 진귀한 존재이다.

그가 나에게 관심을 가진 데에는 내가 그의 옆 주 출신이라는 것도 한 몫 했을 것이다. 물론 그는 그것을 가지고 나를 놀리기도 했지만. 그의 수업을 들을 때쯤 나는 수면 부족과 평생에 걸친 연애를 시작하고 있었다. 그래서 수업시간에 5분이나 10분 동안 조는 창피한 버릇이 생겼다. 그렇게 졸고 나면 말짱해졌다. 나는 가일스의 커다란 강의실 앞줄에 앉았다. 그의 신랄한 재치의 완벽한 표적이 된 셈이었다. 어느 날 내가 졸고 있는데, 가일스가 큰 소리로 어떤 대법원 판결은 너무 명료해서 누구라도 이해할 수 있다고 말했다. "물론 아칸소의 한 시골 출신이라면 다르지만 말이야." 나는 친구들 웃음소리에 깜짝 놀라 잠이 깼으며, 다시는 그의 수업시간에 졸지 않았다.

10

2학년이 끝나고 집에 돌아갔을 때, 나는 일자리는 없었지만 내가 하고 싶은 일에 대한 생각은 분명하게 정리되어 있었다. 아칸소에서는 한 시대가 막을 내렸다. 오벌 포버스가 여섯 번의 임기 끝에 주지사에 재출마하지 않게 된 것이다. 마침내 우리 주는 리틀록의 상처들과 그의 임기 말년의 오점이 되었던 연고주의를 넘어설 기회를 가지게 되었다. 나는 주지사 선거에서 일을 하여, 정치에 대해서도 배우고 아칸소를 좀더 진보적인 방향으로 돌려놓는 데 조금이라도 힘을 보태고 싶었다.

포버스 시절에 갇혀 있던 야심들이 터져나오면서 선거에 많은 사람들이 입후보했다. 민주당에서는 일곱 명의 후보가 나섰고, 공화당에서는 존 D. 록펠러 2세의 여섯 자녀 가운데 다섯째인 거물 윈스롭 록펠러가 입후보했다. 존 D. 록펠러 2세는 아버지의 제국을 떠나 록펠러 재단의 자선사업을 관장했다. 그는 자유주의적인 성향의 부인 애비와 캐나다의 위대한 자유주의 정치가 매켄지 킹의 영향을 받아 그의 아버지의 보수적인 반노동자 정치와 거리를 두고 있었고, 또 아버지의 보수적인 종교관을 벗어나 해리 에머슨 포스딕과 함께 뉴욕시티에 초교파적인 리버사이드 교회를 세우기도 했다.

윈스롭은 집안의 골칫덩어리가 될 운명을 타고난 사람처럼 보였다. 그는 예일 대학에서 퇴학을 당하고 텍사스 유전에 가서 일을 했다. 제2차 세계대전에서 뛰어난 무공을 세운 뒤에는 뉴욕의 사교계 명사와 결혼하여, 파티를 자주 여는 딜레탕트로서 명성을 얻었다. 그는 1953년에 아칸소로 이사

왔다. 한편으로는 아칸소 출신의 옛 전우가 그곳에서 목장 사업을 해보라고 권유했기 때문이고, 또 한편으로는 아칸소의 '30일 이혼법'이 첫 번째 짧은 결혼을 어서 끝내고 싶어 하는 그의 구미에 맞았기 때문이다. 록펠러는 몸집이 거대하여, 키 190센티미터에 몸무게는 110킬로그램 정도 나갔다. 그는 진심으로 아칸소를 좋아하게 되었다. 아칸소에서는 그를 모두 윈이라고 불렀는데, 정치가에게는 결코 나쁜 이름이 아니었다(윈Win은 이긴다는 뜻도 된다─옮긴이주). 그는 늘 카우보이 장화를 신고 하얀 스텟선 모자를 썼기 때문에, 이 복장이 그의 트레이드마크가 되었다. 그는 리틀록에서 서쪽으로 80킬로미터 정도 떨어진 곳에 있는 페티트 진 산의 한 조각을 사서 샌터 거트루디스 소떼를 성공적으로 길러냈으며, 두 번째 부인이 된 지넷과 결혼했다.

록펠러는 아칸소에 자리를 잡으면서 뉴욕에서 그를 따라다니던 플레이보이 이미지를 떨쳐버리려고 노력했다. 그는 작은 아칸소 공화당에 힘을 실어주었고, 이 가난한 주를 산업화하려고 애썼다. 포버스 주지사는 그를 아칸소 산업개발위원회 위원장으로 임명했으며, 록펠러는 새로운 일자리를 많이 만들어냈다. 1964년, 아칸소의 후진적인 이미지에 짜증이 난 록펠러는 포버스에게 도전하여 주지사에 출마했다. 모두 록펠러의 업적을 높이 평가했지만, 포버스는 모든 카운티에 조직을 가지고 있었다. 대부분의 사람들, 특히 아칸소 시골 사람들은 여전히 록펠러의 친시민권적인 입장보다는 포버스의 인종차별 정책을 지지했으며, 또 아칸소는 여전히 민주당이 지배하는 주였다. 게다가 애처로울 정도로 수줍음을 많이 타는 록펠러는 연설 실력이 형편없었다. 게다가 그의 전설적인 음주 습관 때문에 이 문제는 더 악화되었다. 또 이 음주 습관 때문에 지각을 하는 일이 너무 잦아, 그에 비하면 나 같은 사람도 시간을 잘 지키는 사람처럼 보일 정도였다.

한번은 록펠러가 아칸소 동부 크로스 카운티의 윈에서 열린 상공회의소 연회에 한 시간이나 늦게, 그것도 잔뜩 취해서 도착했다. 그가 일어나서 연설을 할 차례가 되었다. "기쁘게도 여기 이……" 그는 자신이 어디에 왔는지 모른다는 것을 깨닫고 사회자에게 작은 소리로 물었다. "여기가 어디요?" 사회자는 작은 소리로 대꾸했다. "윈입니다." 록펠러는 다시 물었지만 답은 똑같았다. 그러자 그는 소리를 버럭 질렀다. "젠장, 나도 내 이름은 알아! 여기가 어디냔 말이야!" 그 이야기는 들불처럼 주 전체에 퍼졌다. 그러나 모두들 우스개 정도로 여겼다. 모두 록펠러가 스스로 선택해서 아칸소 사람이 되었으며, 진심으로 아칸소가 잘되기를 바란다는 것을 알고 있었기 때문이다. 1966년에 록펠러는 다시 출마했지만, 내가 보기에는 포버스가 없다 해도 그가 당선될 것 같지는 않았다.

게다가 나는 진보적인 민주당 후보를 지지하고 싶었다. 나는 심정적으로 브룩스 헤이스에게 가장 마음이 끌렸다. 그는 1958년에 리틀록 센트럴 고등학교의 흑인 등교를 지지하는 바람에 국회의원 자리를 잃었다. 인종차별주의자인 검안사 닥터 데일 앨퍼드가 기명투표(후보자 명단에 없는 후보의 이름을 적는 투표─옮긴이주)로 헤이스에게 승리를 거둔 것이다. 닥터 앨퍼드가 승리를 거둔 데에는 그의 이름이 적힌 스티커를 사용한 것도 한 가지 이유가 되었다. 글은 쓸 줄 모르지만 흑인과 백인이 같은 학교에 다니면 안 된다는 것을 알 만큼 '똑똑한' 유권자들이 그 스티커를 투표용지에 붙였던 것이다. 헤이스는 독실한 기독교 신자로, 침례교도 다수가 지금처럼 오직 보수주의자만이 그들 자신이나 나라를 지도할 수 있다고 생각하기 이전 시대에 남부 침례교 총회장을 지냈던 사람이다. 그는 훌륭한 사람으로, 똑똑하고, 겸손하고, 재미있었으며, 너그러웠다. 그는 심지어 상대 후보의 젊은 선거 운동원들에게도 친절했다.

얄궂게도 닥터 앨퍼드 역시 주지사 예비선거에 나왔다. 그러나 그는 이길 수 없었다. 인종차별주의자들에게는 그들의 입장을 훨씬 화끈하게 대변해주는 짐 존슨 판사가 있었기 때문이다. 존슨 판사는 아칸소 남동부 크로셋의 어려운 환경에서 태어나 주 대법원 판사 자리까지 올랐는데, 그의 말은 쿠 클럭스 클랜KKK의 마음을 사로잡았다. 그는 포버스가 민권 운동에 너무 무르게 대응한다고 생각했다. 사실 포버스는 흑인들 몇 명을 주의 부서나 위원회에 앉히기도 했다. 진정한 풀뿌리 민주주의grass-roots democracy(민중 개개인에게 골고루 미치는 대중적인 민주주의─옮긴이주)적 충동을 품고 있던 포버스에게 사실 인종차별은 정치적 의무였을 뿐이다. 그는 인종 공격보다는 학교와 요양소 시설을 개선하고, 도로를 건설하고, 주 정신병원을 개혁하는 것을 더 좋아했다. 인종 공격은 주지사직을 유지하기 위해 치러야 하는 대가일 뿐이었다. 그러나 존슨에게 인종차별은 신앙이었다. 그는 증오를 먹고 살았다. 그는 날카로운 이목구비에 눈은 거칠게 반짝거렸다. 그 때문에 '여위고 굶주린' 인상을 주었는데, 셰익스피어의 캐시어스(《줄리어스 시저》의 등장인물─옮긴이주)라면 아마 그런 인상을 무척 부러워했을 것이다. 뿐만 아니라 그는 자신의 표가 어디 있는지 아는 약은 정치가였다. 그는 다른 후보들도 나와서 연설하는 끝도 없는 선거 유세에 나가는 대신, 컨트리-앤드-웨스턴 밴드를 이끌고 혼자 주 전체를 돌아다니며 사람들을 불러 모았다. 사람들이 모이면 그는 흑인들과 흑인에게 공감하는 백인 반역자들을 공격하는 장광설로 사람들을 선동했다.

당시에는 몰랐지만, 그는 다른 후보들은 손을 대지 못하는 사람들 사이에서 힘을 기르고 있었다. 시민권을 옹호하는 연방의 조치들에 화가 난 사람들, 와츠 폭동을 비롯한 인종적 소요에 겁을 먹은 사람들, '가난과의 전쟁'이 흑인들을 위한 사회주의적 복지 정책이라고 믿는 사람들, 자신의 경제적 조건에 좌절감을 느끼는 사람들이 그런 사람들이었다. 심리학적으로 우리는 모두 희망과 공포가 복잡하게 뒤섞인 존재들이다. 아침에 일어날 때마다 저울추는 어느 쪽으로든 약간 기운다. 저울추가 희망 쪽으로 너무 가버리면 우리는 순진하고 비현실적인 사람이 되고, 반대편으로 너무 가버리면 편집증과 증오에 시달리게 된다. 남부에서는 저울의 어두운 쪽이 늘 더 큰 문제가 되었다. 1966년에 짐 존슨은 그 저울추를 어두운 쪽으로 기울이려고 노력하는 사람이었다.

승리를 거둘 가능성이 가장 높았던 후보는 역시 대법원 판사 출신으로 법무장관 자리를 거친 프랭크 홀트였다. 그는 법조계 사람들 대다수와 대기업들의 지지를 받고 있었지만, 포버스보다 인종 문제에서 진보적이었으며 아주 솔직하고 품위가 있었다. 프랭크 홀트를 아는 사람은 거의 모두 그를 존경했다(그가 진정한 변화를 가져오기에는 너무 안이하다고 생각하는 사람들을 빼고). 그는 평생 주지사가 되고 싶어 했고, 또 가족의 명예를 회복하기를 바랐다. 구식의 남부 풀뿌리 민주주의자에 가까웠던 그의 형 잭은 몇 년 전 뜨거웠던 상원의원 선거에서 보수적인 고참 상원의원 존 매클렐런에게 패배한 적이 있었기 때문이다.

삼촌 레이먼드 클린턴은 홀트의 열렬한 지지자였으며, 나를 그의 선거운동에서 뛰게 해줄 수 있다고 했다. 홀트는 자신들을 '홀트 세대'라고 부르는 아칸소 대학생 지도자 다수의 지지를 확보하고 있었다. 오래지 않아 나는 주급 50달러에 고용되었다. 그 돈은 레이먼드 삼촌이 댔던 것 같다. 나는 조지타운에서 일주일에 25달러로 생활했기 때문에 부자가 된 기분이었다.

다른 학생들은 나보다 나이가 약간 더 많았고, 또 나보다 배경도 훨씬 좋았다. 맥 글로버는 아칸소 대학 학생회장 출신이었고, 딕 킹은 아칸소 주립 사범대학 학생회장이었다. 폴 프레이는 와치타 침례교의 '젊은 민주당원' 회장이었다. 빌 앨런은 아칸소 주 소년단 주지사 출신으로 아칸소에서 미시시피 강을 건너면 있는 멤피스 주립대학의 학생 지도자였다. 레슬리 스미스는 막강한 정치가 집안 출신의 아름답고 똑똑한 여학생으로, 미스 주니어 아칸소로 뽑히기도 했다.

선거운동이 시작되었을 때 나는 분명히 홀트 세대의 2군이었다. 내가 한 일은 '홀트를 주지사로'라는 구호가 적힌 판을 나무에 달거나, 사람들의 범퍼에 스티커를 붙이라고 권유하거나, 주 전역의 집회에서 그의 브로셔를 나누어주는 일이었다. 그때나 나중에 내가 후보가 되었을 때나 마운트 네보 치킨 프라이는 가장 중요한 집회 가운데 하나로 꼽혔다. 아칸소 서부 옐 카운티의 마운트 네보는 아칸소 강을 굽어보는 아름다운 곳이며, 클린턴 집안이 원래 터를 잡았던 곳이기도 하다. 사람들은 이곳에 모여 음식과 음악을 즐기며, 카운티 이하 선출직에서 시작해서 주지사에 이르는 후보들의 긴 연설을 듣곤 했다.

내가 그곳에 도착해서 사람들 틈에서 일을 시작한 지 얼마 되지 않아 다른 후보들이 속속 도착하기 시작했다. 홀트 판사는 아직 오지 않았다. 다른 후보들이 연설을 시작했을 때도 홀트는 도착하지 않았다. 나는 걱정이 되었다. 이것은 놓칠 수 없는 행사였다. 나는 공중전화로 가서 간신히 그와 통화를 할 수 있었다. 휴대전화가 없던 시절이라 무척 힘든 일이었다. 그는 자기가 연설시간에 맞추어 도착할 수 없을 것 같으니 나더러 대신 연설을 하라고 했다. 나는 깜짝 놀라 진담이냐고 물었다. 그는 내가 자기 생각을 잘 알고 있으니까 그것을 사람들에게 그대로 말하기만 하면 된다고 이야기했다. 나는 행사 주최 측에 홀트 판사가 오지 못해서 내가 대신 연설을 하려고 하는데 괜찮은지 물어 승낙을 받았다. 나는 무서워 죽을 지경이었다. 나 자신을 위해 연설하는 것보다 훨씬 어려운 일이었다. 연설을 마치자 사람들은 나를 정중하게 대접해주었다. 무슨 말을 했는지는 기억나지 않지만 괜찮게 했던 것 같기는 하다. 그 연설을 한 뒤부터 홍보판과 범퍼 스티커를 붙이는 일 외에 홀트 판사가 참석하지 못하는 작은 집회 몇 군데에서 그를 대신해 연설을 해달라는 요청을 받았으니까. 집회는 아주 많았기 때문에, 후보가 일일이 다 참석할 수 없었다. 아칸소에는 75개 카운티가 있는데, 몇 개 카운티에서는 집회가 한 번 이상 열리기도 했다.

몇 주가 지나자 선거운동본부에서는 판사의 부인 메리와 딸 라이더, 멜리사가 판사가 가지 못하는 곳에 유세를 가야 한다고 결정을 내렸다. 메리 홀트는 키가 크고, 똑똑하고, 독립적인 여자로, 리틀록에서 고급 의류점을 운영하고 있었다. 라이더는 우드로 윌슨이 태어난 버지니아 주 스톤턴의 메리 볼드윈 대학에 다녔다. 멜리사는 고등학생이었다. 그들은 모두 매력적이고 말을 잘했다. 또 모두 홀트 판사를 깊이 사랑하여, 선거운동에 정말 헌신했다. 그들에게 필요한 것은 운전기사뿐이었다. 어떻게 된 일인지 내가 운전기사 역할을 하게 되었다.

우리는 주 전체를 누볐다. 한번 나가면 일주일 동안 돌아다니다가, 리틀록으로 돌아와 옷을 빨고 다음 출정을 위해 휴식을 했다. 아주 재미있는 일정이었다. 나는 비로소 아칸소를 알게 되었으며, 메리와 그녀의 딸들과 오랜 시간 이야기를 하면서 많은 것을 배우게 되었다. 어느 날 밤 우리는 호프의 법원 계단에서 열린 집회에 참석했다. 메리는 고맙게도 나에게 고향 사람들(나의 할머니도 청중 속에 있었다) 앞에서 연설할 기회를 주었다. 원래는 라이더가 연설을 할 계획이었지만, 메리와 라이더는 내가 이제 어른이 되었음을 보여줄 기회가 왔다는 것을 알았던 듯하다. 청중은 내 이야기에 귀를 기울였으며, 지역 신문 「호프 스타Hope Star」에 칭찬 기사까지 실렸다. 아버지는 그 기사를 보고 기뻐했다. 아버지가 호프에서 뷰익 대리점을 할 때 그 신문 편집자는 아버지를 무척 싫어하여 자신의 못생긴 잡종 개에게 로저라는 이름을 붙였다. 그는 뷰익 대리점 근처에서 개를 풀어놓고, 개를 따라 거리를 내려가며 소리치곤 했다. "이리 와, 로저! 어서, 로저!"

그날 밤 나는 라이더에게 내가 태어나서 4년을 보낸 집과 내가 놀던 철로 지하도를 구경시켜주었다. 다음 날 우리는 묘지로 메리 홀트의 가족 무덤을 찾아갔으며, 그곳에서 나는 그들에게 친아버지와 외할아버지의 무덤을 보여주었다.

나는 그때의 순회 유세 기억을 소중하게 간직하고 있다. 내가 여자들이 우두머리 노릇을 하는 데 익숙한 사람이었기 때문에 우리는 사이좋게 잘 지냈다. 또 내가 그들에게 쓸모가 있었다는 생각도 든다. 나는 펑크 난 타이어를 교환하고, 불이 난 집에서 어떤 가족을 구했으며, 커다란 모기들에게 물어뜯기기도 했다. 우리는 정치, 사람들, 책들에 대해 이야기를 하면서 몇 시간씩 차를 달렸다. 그리고 우리의 유세 덕분에 몇 표는 건졌을 것이다.

호프 유세 얼마 전에 선거운동본부는 텔레비전에 홀트 판사를 위해 일하는 학생들을 등장시키는 15분짜리 프로그램을 내보내기로 결정했다. 그것이 홀트 판사를 아칸소의 미래를 짊어진 후보로 부각시키는 데 도움을 줄 것이라고 생각했기 때문이다. 우리 가운데 몇 사람이 나가서 홀트 판사를 지지하는 이유에 대해 간략하게 말했다. 그것이 얼마나 도움이 되었는지는 모르겠지만, 어쨌든 나는 첫 텔레비전 출연이 즐거웠다. 그러나 정작 나 자신은 그 프로그램을 보지 못했다. 아칸소 북부 산악지대의 밴 버런 카운티에 있는 외딴 마을 올레드 유세에서 연설을 해야 했기 때문이다. 보통 그 먼 곳까지 가는 후보는 그곳의 표를 몽땅 거둬올 수 있었다. 나는 선거에서 얻을 수 있는 것은 다 얻어야 한다는 것을 알게 되었다.

뜨거운 여름 몇 주가 지나가자 옛 남부는 아직 그 유령을 포기하지 않았고, 새 남부는 아직 그 유령을 쫓아낼 만큼 강력하지 않다는 증거들이 내 눈에도 점차 보이기 시작했다. 대부분의 학교는 여전히 흑인 등교를 거부했으며, 저항은 여전히 완강했다. 미시시피 델타의 어떤 카운티 법원의 공중 화장실 문에는 여전히 '백인'과 '유색인' 표지가 붙어 있었다. 어떤 타운에서 한 흑인 할머니한테 홀트 판사에게 투표를 하라고 권하자, 그녀는 인두세를 내지 않아 그럴 수 없다고 대답했다. 나는 그녀에게 하원이 2년 전에 인두세를 폐지했으니 등록만 하면 된다고 말해주었다. 그녀가 등록을 했는지는 모르겠다.

그래도 새로운 날의 조짐들이 나타나고 있었다. 핫스프링스에서 남쪽으로 60킬로미터 정도 떨어진 아카델피아에서 선거운동을 할 때는 아칸소 남부 지역구 국회의원에 출마한 유력한 후보를 만났다. 데이비드 프라이어라는 이름의 젊은 남자였다. 그는 분명히 진보적이었으며, 사람들을 만나기만 하면 그들 대부분이 자신에게 표를 던지도록 설득할 수 있다고 생각했다. 그는 1966년에 자신의 말대로 했고, 1974년 주지사 선거에서도 그렇게 했으며, 1978년 상원의원 선거에서도 그렇게 했다. 1996년 그가 상원에서 은퇴했을 때, 나로서는 실망스러운 일이었지만, 아칸소에서 가장 인기 있는 정치가는 데이비드 프라이어였다. 그는 훌륭한 진보적 유산을 남겼다. 나를 포함한 모두가 그를 자신의 친구로 생각했다.

프라이어가 실천한 소매점식 정치(주민들과 직접 접촉하는 정치활동—옮긴이 주)는 아칸소 같은 시골 주에서는 중요한 역할을 했다. 그곳에서는 주민의 반 이상이 인구 5,000명도 안 되는 작은 도시에 살고, 수만 명이 시골에서 살았기 때문이다. 당시에는 아직 텔레비전 광고, 특히 부정적인 광고가 지금처럼 선거에서 큰 역할을 하지 않았다. 후보들이 텔레비전 시간을 사기는 했지만, 주로 카메라를 보고 앉아 유권자들에게 이야기를 했다. 또한 후보들이 모든 카운티 행정중심지의 법원과 주요 사업체를 방문하고, 모든 식당의 주방에 들어가보고, 가축을 경매하는 헛간에서 선거운동을 하는 것을 당연하게 여겼다. 시골 장과 파이 먹는 모임은 표밭이었다. 물론 모든 주간신문과 라디오 방송국이 후보의 방문과 광고 한두 개를 기대했다. 나는 그렇게 정치를 배웠다. 나는 그것이 텔레비전 전파 전쟁보다 낫다고 생각한다. 말을 할 수 있지만 듣기도 해야 한다. 유권자와 얼굴을 맞대고 까다로운 질문에 대답해야 한다. 물론 그래도 상대편에 의해 악마로 그려질 수 있지만, 그러려면 상대는 지금보다 훨씬 더 노력을 해야 했다. 상대를 공격했으면, 자신이 그 결과에 책임져야 했다. 상대 후보를 파멸로 몰아넣고, 자신들이 지지하는 후보가 당선되었을 때 한몫을 보려고 하는 어떤 사이비 위원회 뒤에 숨을 수는 없었다.

이때의 선거운동은 유권자들과 직접적으로 접촉했지만, 그렇다고 인기투표는 절대 아니었다. 큰 쟁점이 있으면 반드시 그 문제를 거론해야 했다. 여론의 강한 물결이 밀려오는데 양심상 그 물살과 함께 갈 수 없다면, 강단 있게, 침착하게, 빠르게 대처하여 물살에 쓸려 가는 일을 피해야 했다.

1966년 짐 존슨(그가 좋아했던 호칭대로 하자면 '짐 판사')은 그런 물결을 타고 크고 추한 파도들을 만들어내고 있었다. 그는 프랭크 홀트를 '유쾌한 식물인간'이라고 공격하고, 록펠러가 흑인들과 동성애 관계를 가진다고 의혹을 제기했다. 그가 바람둥이로 이름을 날렸던 것을 생각하면 말도 안 되는 비난이었다. 짐 판사의 메시지는 경제와 사회가 불확실하던 시기에 백인 유권자들에게 불러주던 남부의 옛 노래의 최신판인 셈이었다. "여러분은 선량하고, 품위 있고, 하나님을 두려워하는 사람들이다. 그런데 저들이 여러분의 생활방식을 위협하고 있다. 여러분은 바뀔 필요가 없다. 모두 저들의 잘못이다. 나를 뽑아달라. 내가 여러분을 대변해서 저들을 혼내주겠다." '우리'와 '저들'을 나누는 익숙한 정치적 분열책이었다. 그것은 비열하고 추잡했으며, 궁극적으로 그것을 받아들이는 사람들에게 자멸적인 것이었다. 그러나 지금도 볼 수 있듯이, 사람들이 불만이 많고 불안할 때는 그런 분열책이 종종 먹혀든다. 존슨의 말이 너무 극단적이었고, 또 전통적인 선거운동 장소에서 눈에 잘 띄지 않았기 때문에, 대부분의 논평자들은 그의 방법이 이번에는 효과가 없을 것이라고 생각했다. 선거일이 다가오자 프랭크 홀트는 존슨의 공격을 포함하여 다른 후보들의 공격에 대응하지 않기로 했다. 다른 후보들은 홀트 판사가 자신보다 한참 앞섰다고 생각했기 때문에, 그가 '보수적이고, 꽉 막힌' 후보라고 공격하기 시작했다. 당시에는 여론조사가 흔치 않았으며, 대부분의 사람들은 시중에 떠도는 몇몇 여론조사를 별로 신뢰하지도 않았다.

홀트의 전략은 그의 주위를 둘러싼 이상주의적인 젊은 사람들, 즉 나 같은 사람들에게는 멋지게 들렸다. 그는 모든 공격에 대하여, 자신은 완전히 독립적이며 근거 없는 공격에는 대응하지 않겠고, 다른 후보들을 공격하지도 않을 것이며, 자신의 장점을 통해 승리를 거두거나 '아니면 아예 승리하지 않을 생각'이라는 성명으로 간단하게 대꾸했다. 나는 마침내 '아니면 아예 승리하지 않을 생각' 같은 말은, 정치가 접촉하는 스포츠라는 사실을 잊은 후보들이 종종 사용하는 구절임을 알게 되었다. 이런 전략은 공중의 분위기가 안정적이고 희망적일 때, 후보가 진지하고 구체적인 정책 제안들이 담긴 정강을 가지고 있을 때는 효과가 있을 수 있지만, 1966년 여름에는 암만 잘 봐주어도 분위기가 복합적이었으며, 홀트의 정강은 강렬한 감흥을 불러일으키기에는 너무 평범했다. 게다가 단순히 인종차별 반대를 옹호하는 후보만 원하는 사람들은 브룩스 헤이스에게 표를 던질 수도 있었다.

프랭크 홀트에 대한 공격에도 불구하고, 대부분의 사람들은 그가 다수표를 얻지는 못하지만 1등을 할 것이고, 그러면 두 주 후에 벌어질 결선투표에서 승리를 거둘 것이라고 생각했다. 7월 26일에 42만 명이 넘는 사람들이 투표에 참여했다. 정치판에 정통한 사람들도 그 결과에 놀랐다. 존슨이 25퍼센트의 표를 얻어 1위를 했고, 홀트가 23퍼센트로 2위였으며, 헤이스는 15퍼센트로 3위를 했다. 앨퍼드가 13퍼센트를 얻었고, 다른 세 후보는 나머지 표를 나누어가졌다.

우리는 충격을 받았지만 희망이 없는 것은 아니었다. 홀트 판사와 브룩스 헤이스가 얻은 표는 인종차별주의자들인 존슨과 앨퍼드가 얻은 표보다 약간 많았다. 또 주지사 예비선거보다 더 흥미진진했던 의원 선거에서 오랫동안 하원의원 자리를 지켰던 보수적인 하원의원 폴 밴 댈섬이 예일 대학을 졸업한 젊고 진보적인 변호사 허브 룰에게 패배한 것도 좋은 소식이라고 할 수 있었다. 2년 전 밴 댈섬은, 여자들은 '맨발로 애나 낳으면서' 집에 있어야 한다고 말함으로써 한창 활기를 띠던 여성운동 지지자들을 화나게 했다.

덕분에 훗날 로즈 법률회사에서 힐러리와 파트너로 일하게 되는 허브는 엄청난 여성 자원봉사자들을 얻게 되었으며, 이 여자들은 스스로를 '정치를 위한 맨발의 여자들'이라고 불렀다.

결선투표 결과는 예측 불허였다. 결선투표라는 것은 얼마나 많은 유권자들이 투표를 하느냐, 어느 후보가 자신에게 표를 던졌던 유권자를 다시 투표소로 불러오는 일을 더 잘하고, 1차 선거에서 떨어진 후보들을 지지했던 유권자들이나 처음에 자신을 지지하지 않았던 사람들을 설득하는 일을 더 잘하느냐에 달려 있었기 때문이다. 홀트 판사는 결선투표를 옛 남부와 새 남부 사이의 선택으로 만들려고 노력했다. 존슨은 인종 문제를 계속 밀고 나가면서, 텔레비전에 나가 유권자들에게 자신이 무신론적인 인종 통합에 반대하여 '사자 굴의 다니엘과 함께', 그리고 '헤롯의 궁정의 세례 요한과 함께' 싸우고 있다고 말했다. 그 이야기 어딘가에서 짐 판사는 심지어 자신이 폴 리비어(1775년에 말을 달려 영국군의 진격을 매사추세츠 식민지 사람들에게 알렸는데, 이것이 결국 미국 독립전쟁의 도화선이 되었다—옮긴이주)와 같은 애국자라는 말까지 했던 것 같다.

홀트의 전략은 썩 훌륭했고, 존슨 역시 옛 남부 대 새 남부의 구도를 받아들여 끝까지 싸우려 했다. 그러나 홀트의 접근방법에는 두 가지 문제가 있었다. 첫째로 옛 남부 쪽 유권자들은 투표장에 나가서 투표를 하는 성향이었으며, 존슨이 그들의 옹호자라고 확신하고 있었다. 그러나 새 남부 쪽 유권자들은 홀트에 대해 그런 확신을 가지지 못했다. 홀트가 선거 막바지에 이를 때까지 본격적으로 싸울 태세를 갖추지 않는 바람에 그들의 의심은 더 굳어졌고, 투표할 의욕도 줄어들었다. 둘째로 얼마인지는 몰라도 록펠러의 지지자들은 존슨에게 투표하려 했다. 존슨이 록펠러가 상대하기에 더 만만하다고 보았기 때문이다. 공화당원이건 민주당원이건 공화당 예비선거에서 투표를 하지만 않았으면 민주당 결선투표에서 한 표를 행사할 수 있었다. 결과적으로 1만 9,646명이 그렇게 했다. 록펠러는 단독 후보였기 때문이다. 결선투표일에 투표한 사람의 숫자는 1차 예비선거 때보다 불과 5,000명이 적었다. 각 후보는 1차 선거 때보다 두 배의 표를 얻어 존슨이 52퍼센트, 홀트가 48퍼센트였다. 존슨이 홀트를 1만 5천표 차로 이긴 것이다.

　나는 그 결과가 끔찍했다. 나는 홀트 판사와 그의 가족을 아주 좋아하게 되었고, 홀트가 후보로서보다는 주지사로서 더 능력을 발휘할 수 있는 사람이라고 믿었고, 존슨 판사가 대표하는 것들이 전보다 더 싫어지게 되었기 때문이다. 이제 남은 유일한 희망이 있다면 록펠러였고, 그는 실제로 이길 가능성이 있었다. 록펠러는 이번에는 전보다 조직을 훨씬 잘 갖추고 있었다. 그는 돈을 물 쓰듯이 썼다. 심지어 가난한 흑인 아이들에게 자전거 수백 대를 사주기도 했다. 가을 선거에서 록펠러는 54.5퍼센트를 얻어 승리했다. 나는 내 주가 매우 자랑스러웠다. 나는 그때 조지타운에 가 있었기 때문에 선거의 진행 과정을 직접 보지는 못했다. 그러나 존슨이 총선거에서는 활기가 떨어진 것 같다고 말하는 사람들이 많았다. 어쩌면 자금에 한계가 있었기 때문인지도 몰랐다. 그러나 록펠러로부터 살살 하라는 주문과 함께 약간의 '격려금'을 받았을지 모른다는 소문도 돌았다. 그 말이 사실인지 아닌지는 모르겠다.

　내가 아칸소에서 카터의 첨병으로 일하던 시절, 짐 존슨은 잠깐 우파에서 벗어난 적이 있다. 자신의 아들을 연방 임명직에 앉히고 싶어 했기 때문이다. 그는 그때를 빼면 늘 우파에 머물렀고, 나에게 점점 적대적이 되어갔다. 1980년대에 그는 남부의 많은 보수주의자들과 마찬가지로 공화당원이 되었다. 그는 대법원 선거에 다시 출마했으나 패했다. 그 뒤로는 배후에서 못된 짓을 했다. 내가 대통령에 출마하자 그는 교묘하게 꾸며낸 소문을 직간접적으로 퍼뜨렸으며, 그가 그렇게 욕하던 이른바 동부의 자유주의적 매체에서 놀랍게도 그런 소문, 특히 화이트워터 소문을 믿어주는 사람들을 만났다. 그는 노련한 늙은 악당이었다. 그는 그런 기사들을 꼼꼼히 읽으며 즐거운 시간을 보냈을 것이다. 만일 워싱턴의 공화당원들이 나를 그곳에서 몰아내는 데 성공했다면, 그는 마지막에 웃은 사람은 자신이라고 큰소리를 쳤을 것이다.

　선거운동 뒤에 나는 휴식도 할 겸 서해안으로 처음 여행을 떠났다. 레이먼드 삼촌의 단골이 삼촌에게 재고가 없는 새 뷰익을 사고 싶어 했다. 레이먼드 삼촌은 로스앤젤레스의 대리점에 그 차가 한 대 있다는 것을 알았다. 그 차는 그곳에서 '전시용'으로 사용되고 있었다. 차를 살 생각이 있는 사람이 마음에 드는지 시험 운전을 해볼 수 있는 차라는 뜻이었다. 대리점 주인들끼리는 이런 차를 맞바꾸거나 싼값에 서로 파는 일이 많았다. 삼촌은 나에게 로스앤젤레스로 비행기를 타고 가 그 차를 몰고 돌아오라고 했다. 삼촌 비서의 아들이자, 나와 고등학교 동창이며 밴드도 같이 했던 팻 브래디도 동행하라고 했다. 둘이 가면 올 때 쉬지 않고 계속 몰고 올 수 있었기 때문이다. 우리는 가고 싶어 안달했다. 당시에는 비행기의 학생 요금이 쌌기 때문에 레이먼드는 푼돈으로 우리를 보낼 수 있었고, 그런 경비를 감안해도 그 차에서는 이익이 남았다.

우리는 로스앤젤레스 공항으로 가서 차를 받아 집으로 향했다. 그러나 직선으로 오지 않았다. 약간 우회하여 라스베이거스에 들른 것이다. 우리는 그때가 아니면 평생 두 번 다시 그 도시를 볼 기회가 없을 거라고 생각했다. 밤에 창문을 열어놓고 뜨겁고 건조한 바람을 맞으며 평평한 사막을 가로질러 달리다가 멀리 라스베이거스의 환한 불빛들이 처음 눈에 들어오던 순간이 지금도 기억에 생생하다.

그때의 라스베이거스는 지금과 달랐다. 패리스나 베네치언 같은 커다란 테마 호텔은 없었다. 그냥 도박장과 오락시설이 길게 늘어서 있을 뿐이었다. 팻과 나는 돈이 별로 없었지만, 슬롯머신은 한번 해보고 싶었다. 그래서 우리는 한 장소를 골라, 각각 5센트짜리를 한 움큼 쥐고 작업에 들어갔다. 15분이 안 되어 나는 잭 폿을 한 번 터뜨렸고, 팻은 두 번이나 터뜨렸다. 이 외팔이 악당(슬롯머신을 가리킨다─옮긴이주)에게 매일 인질로 잡혀 있는 사람들이 그것을 못 보았을 리 없다. 그들은 우리에게 행운이 있다고 확신하고, 우리가 어떤 기계에서 잭 폿을 못 터뜨리고 떠나면 그 기계로 몰려들어 우리가 남겨주고 간 잭 폿의 기회를 잡으려고 몸싸움을 벌였다. 우리는 그것을 이해할 수가 없었다. 우리는 그 몇 분간에 몇 년의 운을 다 써버렸다고 확신했으며, 얼마 안 남은 운을 더 낭비하고 싶지 않았다. 우리는 다시 차로 돌아왔다. 호주머니는 우리가 딴 돈으로 불룩했다. 요즘에는 그렇게 5센트 짜리를 많이 갖고 다니는 사람이 없을 것이다.

우리는 레이먼드 삼촌에게 차를 돌려주었다. 삼촌은 우리가 잠깐 옆길로 샌 것에 개의치 않는 것 같았다. 나는 조지타운으로 돌아갈 준비를 해야 했다. 선거운동이 끝날 무렵 나는 잭 홀트에게 풀브라이트 상원의원 밑에서 일하고 싶다는 이야기를 했다. 그러나 어떻게 될지는 알 수 없었다. 봄에 나는 풀브라이트에게 일자리를 달라는 편지를 보냈고, 빈자리는 없지만 염두에 두고 있겠다는 답장을 받았다. 상황이 달라졌을 거라고 생각하지 않았는데, 핫스프링스로 돌아가고 나서 며칠 후 이른 아침에 풀브라이트의 사무비서 리 윌리엄스의 전화를 받았다. 리는 잭 홀트가 나를 추천했다고 하면서, 외교위원회의 사무원 보조 자리가 비었다고 말했다. 그가 말했다. "파트타임으로 일하면 3,500달러이고, 상근자로 일하면 5,000달러일세." 비록 졸리기는 했지만 그 말을 놓칠 리는 없었다. "파트타임 두 번이면 어떻게 되나요?" 그는 웃음을 터뜨리더니, 바로 나 같은 사람을 찾고 있었다면서 월요일 아침에 출근하라고 말했다. 너무 흥분해서 몸이 폭발할 것 같았다.

풀브라이트가 위원장으로 있는 외교위원회는 외교 정책을 둘러싼 전국적 토론의 중심이었다. 베트남전쟁이 확대되는 상황이었기 때문에 더 중요한 자리로 부각되고 있었다. 비록 잔심부름꾼이긴 했지만, 이제 드라마가 펼쳐지는 것을 직접 목격할 수 있었다. 그리고 어머니와 아버지로부터 학비를 받지 않아도 되었기 때문에 부모의 어깨에서는 경제적 부담을 덜고 내 어깨에서는 죄책감을 덜 수 있었다. 나는 그동안 집에서 도대체 어떻게 아버지 병원비와 내 학비를 다 대는지 알 수 없었기 때문에 무척 걱정하고 있었다. 당시 나는 누구에게도 말하지 않았지만, 조지타운을 그만두고 학비가 훨씬 싼 고향으로 돌아가야 하는 것 아닌가 생각하고 있던 터였다. 그런데 갑자기 조지타운에 그대로 머물면서 외교위원회에서 일할 기회가 생긴 것이다. 그 자리에 나를 추천해준 잭 홀트, 그리고 그 자리를 나에게 준 리 윌리엄스가 아니었다면 그 이후의 나의 인생은 전혀 달라졌을 것이다.

11

　　리 윌리엄스가 전화를 하고 나서 이틀 뒤에 나는 짐을 싸서 선물로 얻은 차를 타고 워싱턴으로 돌아갈 준비를 했다. 이제 의사당의 새 일터로 매일 출근해야 했기 때문에, 어머니와 아버지는 그들의 '낡은 차'를 나에게 주었다. 3년 된 하얀 컨버터블 뷰익 르사브르였다. 내부는 하얀색과 빨간색 가죽으로 덮여 있었다. 아버지는 3년 정도마다 새 차를 사고, 낡은 차는 중고차 매장에 팔았다. 이번에는 그 차가 중고차 매장으로 가지 않고 나에게 온 것이었다. 나는 환희에 젖었다. 아름다운 차였다. 1갤런(약 4리터 – 옮긴이주)에 12킬로미터밖에 못 달렸지만, 휘발유값은 쌌다. '휘발유 전쟁'이 벌어졌을 때에는 갤런당 30센트 이하로 떨어지기도 했다.

　　워싱턴에 돌아간 첫 월요일, 나는 계획대로 풀브라이트 상원의원 사무실에 출근했다. 당시에는 뉴 세닛 오피스 빌딩이라고 부르던, 지금의 더크슨 빌딩의 왼쪽 첫 번째 사무실이었다. 이 건물은 길 건너의 올드 세닛 오피스 빌딩과 마찬가지로 웅장한 대리석 건축물이었지만, 훨씬 더 밝았다. 나는 리와 즐거운 대화를 나눈 뒤, 외교위원회 사무실과 청문회실이 있는 4층으로 안내받았다. 위원회는 의사당 건물에 훨씬 더 큰 공간을 가지고 있었는데, 거기에서는 비서실장 칼 마시와 고참 비서 몇 명이 일했다. 위원회가 비공개 회의를 열 수 있는 아름다운 회의실도 있었다.

　　나는 위원회 사무실에서 문서 담당 사무원 버디 켄드릭스를 만났다. 그는 이후 2년 동안 나의 관리자이자, 이야기꾼 친구이자, 경험에서 나온 충고를 해주는 사람이 되었다. 버디의 상근 보조 버티 보먼은 친절하고 마음이 넓은 아프리카계 미국인으로, 야간에는 택시 운전을 했으며 이따금씩 풀브라이트 상원의원의 차를 몰기도 했다. 나처럼 학생 신분으로 일하던 필 도지어는 아칸소 출신이었고, 찰리 파크스는 앨라배마 주 애니스턴 출신의 법대생이었다.

나는 의사당과 풀브라이트 상원의원 사무실을 왔다 갔다 하며 메모를 비롯한 여러 가지 자료를 전달하는 일을 하게 될 것이라는 말을 들었다. 거기에는 비밀 자료도 포함되었는데, 그것 때문에 정부의 허가도 받아야 할 것이라고 했다. 그 일 외에는 비서진과 관심 있는 상원의원들을 위해 신문을 읽고 중요한 기사를 스크랩하는 일에서부터 연설문이나 다른 자료 요청을 처리하는 일, 위원회의 우편물 발송 명단에 이름을 적는 일까지 뭐든 시키는 일을 하게 되었다. 이때는 컴퓨터와 e메일이 없던 시절, 심지어 현대적인 복사기도 없었던 시절이다. 물론 내가 거기 있는 동안 카본지 복사에서 초보적인 '제록스' 복사지에 타자를 치거나 글을 쓰는 단계로 넘어가기는 했다. 내가 스크랩하는 신문기사들은 대부분 복사를 하지 않았다. 그냥 커다란 서류철에 넣어두었는데, 거기에는 의장에서부터 위원회 실무진의 이름이 차례로 적힌 회람지가 붙어 있었다. 한 사람이 서류철을 받아 살펴본 다음 회람지에 나온 자기 이름에 표시를 하고 다음 사람에게 넘기는 식이었다. 우편물 발송 명단은 지하실에 보관했다. 이름과 주소는 작은 금속판에 타자로 쳐두었고, 그 명판은 파일 캐비닛에 알파벳 순서로 보관해두었다. 우편물을 발송할 때는 그 명판을 기계에 넣고 기계에서 명판에 잉크를 묻혀 밑으로 지나가는 봉투에 이름과 주소를 찍었다.

지하실에 내려가 새 이름과 주소를 금속판에 타자로 찍은 다음 파일 보관함에 넣는 일은 재미있었다. 나는 늘 피곤했기 때문에 그곳에 내려가 낮잠을 자기도 했다. 때로는 그냥 파일 캐비닛에 기대고 있기도 했다. 실무진이 볼 신문과 스크랩한 기사를 읽는 것은 정말 좋았다. 나는 거의 2년 동안 매일 「뉴욕 타임스」, 「워싱턴 포스트」, 지금은 파산한 「워싱턴 스타」, 「월스트리트 저널」, 「볼티모어 선」, 「세인트루이스 포스트디스패치St. Louis Post-

Dispatch」를 읽었다. 「세인트루이스 포스트디스패치」는 위원회가 미국 '심장부'의 좋은 신문을 적어도 하나는 보아야 한다고 생각했기 때문에 구독했다. 맥조지 번디가 케네디 대통령의 국가안보 자문위원으로 일할 때, 그는 어떤 국민이라도 하루에 좋은 신문 여섯 개를 읽으면 자기만큼 지식이 쌓일 수 있을 거라고 말한 적이 있다. 그것은 잘 모르겠지만, 나는 그가 권한 일을 16개월간 한 뒤에 로즈 장학금 면접을 통과할 만큼은 지식을 쌓게 되었다. 만일 그때도 〈트리비얼 퍼수트〉 퀴즈쇼가 있었다면 나는 전국 챔피언이 되었을지도 모른다.

우리는 문서 요청도 처리했다. 위원회는 문서를 많이 만들어냈다. 외국 출장 보고서, 청문회의 전문가 증언, 청문회 전체 속기록 등이 그런 문서였다. 미국이 베트남에 깊이 개입할수록, 풀브라이트 상원의원과 그의 동맹자들은 청문회 과정을 이용하여 미국인들에게 남·북 베트남, 그 외의 동남아시아, 중국의 삶과 정치의 복잡성을 미국인들에게 알리려고 노력했다.

문서실은 우리의 평상시의 일터였다. 첫해에 나는 그곳에서 오후 1시부터 5시까지 반일 근무를 했다. 그러나 위원회에서는 청문회나 다른 일들이 그 시간 너머까지 이어질 때가 많아 5시가 지나도 퇴근하지 못하는 경우가 많았지만 한 번도 불평을 하지는 않았다. 나는 함께 일하는 사람들이 마음에 들었고, 풀브라이트 상원의원의 위원회에서 하는 일이 좋았다.

이 일을 학교 공부와 병행하는 것은 어렵지 않았다. 3학년 때는 6과목 대신 5과목만 들으면 되었고, 어떤 수업은 아침 7시에 시작되었기 때문이다. 필수인 세 과목(미국사와 외교, 현대 외국 정부, 공산주의의 이론과 실제)도 내가 일을 하는 데 도움이 되었다. 학년회장 선거에 출마하지 않았기 때문에 시간도 많이 나는 편이었다.

나는 매일 수업이 끝나기만 고대하고 있다가 의회로 차를 달렸다. 당시에는 주차할 곳을 찾기가 그렇게 어렵지 않았다. 그곳에서는 역사의 격변의 현장을 목격할 수 있었다. 린든 존슨을 1964년에 압도적 승리로 몰고 갔던 대다수가 이제는 분열되고 있었다. 몇 달 뒤 민주당은 1966년 중간선거에서 하원과 상원의 의석을 많이 잃게 된다. 폭동, 사회적 불안, 인플레이션으로 인해 나라가 우경화하기 때문이다. 존슨 대통령은 국내 지출을 늘리고 베트남 개입을 확대하게 된다. 그는 미국이 '총과 버터' 두 가지 다 제공할 여유가 있다고 주장했지만, 국민은 그 말을 의심하기 시작했다. 존슨은 대통령으로서 첫 2년 반 동안 의회에서 프랭클린 루스벨트 이후 가장 놀라운 성공을 거두어왔다. 1964년의 시민권법, 1965년의 투표권법, 압도적인 빈곤퇴치법, 마침내 가난한 사람들과 늙은 사람들에게 의료 혜택을 주게 된 메디케어와 메디케이드 등이 그의 업적이었다.

이제 대통령, 의회, 나라의 관심은 점점 더 베트남으로 쏠리게 되었다. 승리는 눈에 보이지 않는 가운데 전사자 숫자만 늘어가자 캠퍼스의 항의에서부터 설교단의 설교에 이르기까지, 커피숍 논쟁에서부터 하원의 연설에 이르기까지 전쟁 반대는 여러 가지 형태를 띠고 확산되기 시작했다. 나는 외교위원회에 일을 하러 다닐 때는 베트남 문제를 잘 몰라 이렇다 할 확실한 의견은 없었지만, 존슨 대통령을 강하게 지지하고 있었기 때문에 미심쩍은 점이 있더라도 일단 좋게 생각하고 있었다. 그럼에도 사태의 흐름을 보니 선거 때 그의 압도적 승리를 통해 꿈꾸었던 진보에 대한 기대감이 무너져가는 느낌이었다.

미국은 베트남보다 더 심하게 분단되어가고 있었다. 1965년 로스앤젤레스의 와츠 폭동과 호전적인 흑인 활동가들의 등장은 그들에게 공감하는 사람들을 왼쪽으로, 반대하는 사람들은 오른쪽으로 밀어붙였다. 린든 존슨이 특히 자랑스러워했고 또 실제로 자랑스러워할 만한 투표권법 역시 실제로 실행에 옮겨지면서 비슷한 효과를 낳았다. 존슨은 빈틈없는 정치가였다. 그는 투표권 법안에 서명을 하면서, 자신이 방금 남부의 민주당을 죽였다고 말했다. 사실 '민주당원의 견고한 남부' 라는 말이 있었지만, 남부의 민주당은 오래 전부터 견고함과는 거리가 멀었다. 1948년 허버트 험프리가 민주당 전당대회에서 과격한 시민권 연설을 하고, 스트롬 서먼드가 당을 뛰쳐나가 딕시크랫(트루먼의 공민강령에 반대한 미국 남부의 민주당 이반파—옮긴이주)으로 대통령 선거에 출마한 이후 보수적인 민주당 지지자들은 당을 떠나기 시작했다. 1960년 존슨은 케네디가 남부 여러 주에서 승리를 거둘 수 있도록 도왔지만, 케네디가 남부 공립학교와 대학에서 법원이 명령한 인종 통합 정책을 이행하게 하겠다는 강력한 의지를 보이면서 보수적인 백인들은 다시 공화당의 품에 안겼다. 1964년에 골드워터는 엄청난 차이로 패배했음에도 남부에서는 다섯 주나 건졌다.

그럼에도 1966년에는 백인 인종차별주의자들 가운데 다수가 여전히 남부의 민주당원들이었다. 오벌 포버스, 짐 존슨, 앨라배마의 조지 월러스 주지사 같은 사람이 그들이었다. 상원에는 조지아의 리처드 러슬, 미시시피의 존 스테니스 같은 큰 인물들로부터, 위엄은 없지만 권력은 있는 몇몇 다른 사람들에 이르기까지 그런 인종차별주의자들이 가득했다. 투표권법을 비롯해 다른 시민권을 위한 노력들이 남부에 주게 될 영향에 대한 존슨 대통령의 예측은 정확했다. 1968년에 리처드 닉슨과 무소속으로 대통령에 출마했던 조지 월러스는 둘 다 남부에서 험프리를 이겼다. 그 이후로 백악관에 입성한 남부 출신 민주당 후보는 지미 카터와 나 둘뿐이었다. 우리가 선거에서 남부의 주들을 충분히 확보할 수 있었던 것은 흑인들의 압도적 지지에, 남부 출신이 아니면 얻을 수 없는 소수 백인들의 지지가 보태졌기 때문이었다. 레이건 시대에 공화당은 남부의 보수적 백인들을 확고하게 장악했으며, 공화당원들은 그들을 따뜻하게 환영했다.

레이건 대통령은 심지어 선거운동 기간에 주권州權을 옹호하는 발언을 하기도 했으며, 1964년 앤드루 굿먼, 마이클 슈워너, 제임스 체이니(두 명은 백인이고 한 명은 흑인이다)가 대의를 위해 순교했던 미시시피 주 필라델피아에서는 연방이 시민권 문제에 개입할 경우 저항해야 한다고 암묵적으로 주장하기까지 했다. 나는 개인적으로 레이건 대통령을 좋아했기 때문에, 그가 그런 발언을 한 것에 안타까움을 느꼈다. 부시 행정부에서는 콜린 파월, 콘디 라이스를 비롯하여 소수민족 출신들이 여러 명 중요한 자리를 맡고 있음에도, 2002년 중간선거에서 공화당은 민주당 주지사들이 조지아의 주기州旗와 사우스캐롤라이나 의사당 건물에서 남부연방기를 제거한 데 대한 '백색 반동'(소수민족 차별철폐 운동에 대한 백인의 반발─옮긴이주)에 힘입어 선거에서 다시 승리를 거두었다. 2년 전 조지 W. 부시는 사우스캐롤라이나의 우익으로 악명 높은 밥존스 대학에서 선거운동을 하면서 깃발 논쟁에 대해서는 입장을 밝히지 않겠으며, 그것은 주가 결정할 문제라고 말했다. 텍사스 학교들이 매일 아침 남부연방기를 게양하겠다고 고집하자, 부시 주지사는 그것이 주가 아니라 주 이하 지방자치체의 문제라고 말했다. 그러면서 나를 교활하다고 하다니! 존슨 대통령은 1965년에 이런 모든 사태를 예견했지만 그래도 옳다고 생각하는 일을 했으며, 나는 그가 그렇게 한 데 감사한다.

1966년 여름, 그리고 가을 선거가 벌어지고 나서는 본격적으로 모든 외교와 국내 갈등이 연방 상원의 토론 의제로 나타나기 시작했다. 출근을 해보면 상원에는 거물들이 가득 모여 있었고, 흥미진진한 드라마가 펼쳐졌다. 나는 그 모든 것을 소화하기 위해 노력했다. 임시 위원장인 애리조나 주의 칼 헤이든은 그의 주가 연방에 가입한 1912년부터 하원에 진출했으며, 상원에서만 40년을 보냈다. 그는 대머리에 바싹 야위어, 마치 해골처럼 보였다. 풀브라이트 상원의원의 뛰어난 연설문 작성자 세스 틸먼은 칼 헤이든이 "세상에서 자기 나이의 두 배로 보이는 유일한 90세 노인"이라고 농담을 한 적이 있다. 상원에서 다수당 당수를 맡고 있던 몬태나 주의 마이크 맨스필드는 제1차 세계대전 때 열다섯 살의 나이로 입대한 뒤 아시아 전공의 대학 교수가 되었다. 그는 카터 대통령으로부터 일본 대사로 임명된 1977년까지 16년간 다수당 당수 자리를 지켰다. 맨스필드는 건강에 무척 신경을 써서, 90대가 넘을 때까지 하루에 10킬로미터 가까이 걸었다. 그는 또 진정한 자유주의자였으며, 겉으로는 과묵해 보이지만 상당히 재치가 있는 사람이었다. 그는 풀브라이트 상원의원보다 2년 빠른 1903년에 태어나 아흔여덟까지 살았다. 내가 대통령이 된 직후 맨스필드는 풀브라이트와 점심을 먹었다. 맨스필드가 풀브라이트에게 나이를 묻자 풀브라이트는 여든일곱 살이라고 대답했다. 그러자 맨스필드는 이렇게 대꾸했다. "아, 다시 여든일곱 살이 될 수 있었으면."

공화당 당수인 일리노이의 에버릿 더크슨은 대통령의 법안 가운데 일부를 통과시키는 데 핵심적 역할을 했던 사람이다. 그가 자유주의적인 공화당원의 표를 끌어왔기 때문에 남부의 인종차별주의를 주장하는 민주당원들의 반대를 넘어설 수가 있었다. 더크슨의 얼굴은 놀라웠다. 입은 컸고 전체적으로 주름이 많았다. 목소리는 더 놀라웠다. 그는 그 낮고 우렁찬 목소리로 힘차게 한 구절 한 구절 띄엄띄엄 내뱉었다. 한번은 민주당의 지출 습관에 대해 이런 말로 공격을 한 적이 있었다. "여기서 10억, 저기서 10억, 그러다 곧 진짜 돈이 뭔지 알게 되지." 더크슨이 이야기하는 것을 들으면, 관점에 따라 신의 목소리를 듣는 것 같기도 했고 오만한 뱀 장사의 목소리를 듣는 것 같기도 했다.

당시의 상원은 오늘의 모습과는 많이 달라 보였다. 1967년 1월, 민주당이 중간선거에서 4석을 잃었음에도 그들은 여전히 64석 대 36석으로 다수를 차지하고 있었다. 요즘보다 민주당으로 훨씬 많이 기운 상황이었다. 그러나 당시에도 두 당의 차이는 심했으며, 소속 정당으로만 의견이 갈리는 것은 아니었다. 그러나 몇 가지는 변하지 않았다. 우선 웨스트버지니아의 로버트 버드가 지금도 여전히 상원에서 일한다는 사실이 그렇다. 1966년에 이미 버드 의원은 상원의 규칙과 역사에 대하여 권위 있는 목소리를 내고 있었다.

옛 남부의 8개 주도 각각 2명의 민주당 상원의원을 내고 있었지만(1966년 선거 이전의 10개 주에서 줄어든 것이다) 그 대부분은 보수적인 인종차별주의자였다. 현재 2명의 민주당 상원의원을 내는 주는 아칸소, 플로리다, 루이지애나뿐이다. 전에는 오클라호마가 민주당 의원을 둘 내고, 캘리포니아가 공화당 의원 둘을 냈다. 그러나 오늘날에는 이것이 뒤바뀌었다. 서부 산간 지역인 유타, 아이다호, 와이오밍은 지금은 공화당의 아성이지만, 당시에는 각각 한 명의 진보적인 민주당 상원의원을 배출했다. 보수적인 주인 인디애나에서는 두 명의 자유주의적인 상원의원이 나왔는데, 그 가운데 한 사람인 버치 베이는 현재의 상원의원 에번 베이의 아버지다. 에번 베이 의원은 유능한 지도자로, 언젠가 대통령이 될지도 모르지만, 아버지처럼 자유주의자는 아니다. 미네소타는 똑똑하지만 내성적인 지식인 진 매카시와 훗날의 부통령 월터 먼데일을 배출했다. 먼데일은 허버트 험프리가 존슨 대통령의 부통령이 되었을 때 그 뒤를 이었다. 존슨은 누렘베르크 전쟁 범죄 재판소에서 나치를 고발한 검사 가운데 한 사람인 코네티컷 상원의원 톰 도드 대신 험프리를 부통령 후보로 선택했다. 도드의 아들 크리스는 현재 상원에서 코네티컷을 대표하고 있다. 앨 고어의 아버지는 당시 마지막 임기였는데, 나 같은 젊은 남부인들에게는 영웅이었다. 법원에서 명령한 학교의 인종통합에 저항할 것을 촉구하는 1956년의 '남부 선언'에 서명하지 않은 남부 상원의원은 그와 테네시 주의 상원의원 에스츠 케포버 둘뿐이었기 때문이다.

텍사스는 열렬한 풀뿌리 민주주의자 랠프 야버러가 대변하고 있었지만, 1961년 선거에서 공화당 상원의원 존 타워가 당선되고, 휴스턴 출신의 젊은 공화당 하원의원 조지 허버트 워커 부시가 당선되면서 우경화될 조짐이 나타나고 있었다. 오리건 주의 웨인 모스는 가장 흥미로운 상원의원으로 꼽혔다. 그는 공화당원으로 출발했다가 무소속으로 변신한 다음 1966년에는 민주당원이 되었다. 1964년 상원에서 통킹 만 결의안에 반대한 의원은 장광설을 늘어놓기 좋아하지만 강인한 모스와 알래스카의 민주당 의원 어니스트 그루어닝뿐이었다. 린든 존슨은 이 결의안에 근거하여 자신이 베트남에서 전쟁을 할 권한을 위임받았다고 주장했다. 상원의 유일한 여성 의원은 메인 주 출신의 공화당원으로 파이프를 피우던 마거릿 체이스 스미스였다. 2004년에는 민주당에 9명, 공화당에 5명 등 14명의 여성 상원의원이 있게 된다.

오늘날에는 거의 사라진 상태지만 당시에는 영향력이 큰 자유주의적 공화당 의원들도 많았다. 상원의 유일한 아프리카계 미국인이었던 매사추세츠 주의 에드워즈 브룩, 오리건의 마크 햇필드, 뉴욕의 제이커브 재비츠, 버몬트의 조지 에이큰이 그런 사람들이다. 에이큰 의원은 뉴잉글랜드 출신의 무뚝뚝한 사나이로, 미국의 베트남 정책이 미친 짓이라고 생각하여 미국이 그냥 "승리를 선언하고 철수해버려야 한다"고 제안했다.

초선 상원의원 가운데는 뉴욕의 로버트 케네디가 단연 가장 유명했다. 그는 1965년에, 지금 힐러리가 있는 자리를 놓고 케네스 키팅 상원의원과 싸워서 이겨 동생 테드와 함께 상원에서 일하게 되었다. 바비 케네디는 매혹적이었다. 그는 생생한 에너지를 뿜어냈다. 구부정한 어깨에 머리를 푹

숙인 채 걸으면서도 당장이라도 공중으로 뛰어오를 용수철처럼 보이는 사람은 지금까지 그 사람밖에 보지 못했다. 그는 관례적인 의미에서 훌륭한 연설가는 아니었지만, 열정을 담은 강력한 연설은 최면을 거는 듯한 효과가 있었다. 설사 그가 그의 이름, 얼굴, 연설로 모든 사람의 눈길을 끌지 못했다 해도, 그의 크고 털이 덥수룩한 뉴펀들랜드 개 버머스로 눈길을 끌었을 것이다. 그 개는 내가 세상에서 본 가장 큰 개였다. 버머스는 종종 케네디 상원의원과 함께 일을 하러 왔다. 바비가 뉴 세넛 빌딩에 있는 사무실에서 나와 투표를 위해 의사당으로 걸어가면 버머스도 그와 나란히 걸었다. 의사당 계단을 뛰어올라 회전문을 통과하여 둥근 천장이 있는 곳에 이르면, 버머스는 주인이 돌아올 때까지 밖에 얌전하게 앉아 있었다. 그 개의 존경을 받을 수 있는 사람이라면 누구든 내 존경도 받을 수 있었다.

아칸소의 고참 상원의원 존 매클렐런은 열렬한 보수주의자일 뿐 아니라 못처럼 단단했으며, 누가 약을 올리면 꼭 보복을 했고, 일에도 비범한 솜씨를 보였다. 그는 권력을 얻고 그것을 사용하는 데 능숙했다. 그런 솜씨로 연방의 돈을 고향 아칸소로 끌어오기도 했고, 악한 행동을 하는 사람을 추적하기도 했다. 매클렐런은 야망과 고뇌로 얼룩진 삶을 살았으며, 그런 어려움 때문에 강철 같은 의지와 깊은 원한이 생겨났다. 변호사이자 농부의 아들로 태어난 매클렐런은 열일곱 살의 나이에 아칸소 최연소 변호사가 되었다. 컴벌랜드 법대의 순회도서관에서 법전들을 대출해 읽은 뒤 구두시험을 우등으로 통과한 것이다. 그는 제1차 세계대전에 참전한 뒤 고향으로 돌아왔으나, 아내가 다른 남자와 사귀고 있다는 것을 알고는 이혼했다. 그 시절에 아칸소에서는 드문 일이었다. 두 번째 부인은 하원의원 시절인 1935년에 뇌막염으로 죽었다. 2년 뒤 그는 세 번째 부인 노머와 결혼했는데, 그녀는 매클렐런이 죽을 때까지 40년 동안 그의 옆을 지켰다. 그는 1943년에서 1958년 사이에 아들 셋을 모두 잃었다. 처음에는 수막염으로, 그 다음에는 교통사고로, 마지막은 비행기 사고로 잃었다.

매클렐런은 다사다난한 삶을 살았으며, 의사당을 술에 띄워 포토맥 강에 떠내려 보낼 만한 양의 위스키로 슬픔을 달랬다. 그러나 몇 년 뒤 그는 술에 취하는 것이 자신의 가치관이나 자기 이미지와 맞지 않는다고 생각하고는 술을 완전히 끊었다. 그의 강철 의지의 갑옷에 있던 유일한 틈마저 메워버린 것이다.

내가 워싱턴에 갔을 때 그는 막강한 세출위원회 위원장이었다. 그는 이 자리를 이용해 아칸소 강 수로 체계 같은 사업을 위한 돈을 우리 주로 끌어올 수 있었다. 그는 그 뒤에도 12년을 더 연임하여 6선 의원이 되었으며, 7선에 도전하지 않겠다고 발표한 뒤 1977년에 사망했다. 내가 의사당에서 일할 때 매클렐런은 왠지 좀 멀게 느껴졌다. 사람의 접근을 허용하지 않는 듯한 분위기였다. 실제로 그는 사람들이 그를 그렇게 봐주기를 원했다. 1977년 법무장관이 된 뒤 나는 그와 많은 시간을 함께 보냈다. 나는 그의 친절과 내 일에 대한 관심에 감동하면서, 내가 그에게서 본 다른 면을 좀더 많은 사람들에게 보여주고 공적인 일에도 그런 면을 반영하면 얼마나 좋을까 하는 생각을 했다.

풀브라이트는 매클렐런과는 낮과 밤처럼 달랐다. 그는 매클렐런에 비해 근심 없고 안락한 유년을 보냈고, 교육도 폭넓게 받았으며, 덜 교조적이었다. 그는 1905년 아칸소 대학이 자리 잡고 있는 아칸소 북부 오자크 산의 아름다운 마을 페이트빌에서 태어났다. 그의 어머니 로버타는 지역 신문 「노스웨스트 아칸소 타임스Northwest Arkansas Times」의 진보적이기로 소문난 편집자였다. 풀브라이트는 고향의 대학에 갔으며 그곳에서 스타가 되었고, 아칸소 레이저백스의 쿼터백도 맡았다. 그는 스무 살이 되자 로즈 장학금을 받아 옥스퍼드에 갔다. 2년 뒤 고향에 돌아왔을 때 그는 헌신적인 국제주의자가 되어 있었다. 법대를 졸업하고 국선 변호사로서 워싱턴에서 짧은 의무 기간을 채운 뒤에는 고향으로 돌아와 아내 베티와 함께 대학에서 가르쳤다. 베티는 명랑하고 우아한 여자로, 소매점식의 정치에서는 남편보다 뛰어난 능력을 발휘했으며, 1985년에 죽을 때까지 50년 이상의 결혼 생활 동안 남편의 무뚝뚝한 면을 조정해주었다.

1967년인가 1968년의 어느 날 밤에 있었던 일은 결코 잊을 수가 없다. 나는 혼자서 조지타운을 걷다가 풀브라이트 상원의원 부부가 저녁 파티를 마치고 어느 호화로운 집에서 나오는 것을 보았다. 거리에 이르러 아무도 보는 사람이 없다고 생각했는지, 풀브라이트는 아내를 품에 안고 몇 스텝 춤을 추었다. 어두운 곳에 서 있던 나는 그녀가 그의 인생에서 빛과 같은 존재였다는 것을 알 수 있었다. 풀브라이트는 34세에 아칸소 대학의 총장으로 임명되었다. 미국 주요 대학의 최연소 총장이었다. 풀브라이트 부부는 전원적인 오자크 산맥에서 길고 행복한 인생을 보낼 것 같았다. 그러나 2년 뒤 아무런 문제없이 승승장구할 것 같던 풀브라이트의 인생에 장애가 등장했다. 풀브라이트의 어머니 로버타의 신랄한 사설 때문에 화가 난 새 주지사 호머 애드킨스가 그를 해고해버린 것이다.

1942년 달리 할 일이 없던 풀브라이트는 당시 비어 있던 아칸소 북서부 하원의원 자리에 출마했다. 그는 승리했고, 하원의원으로 보낸 유일한 임기 동안 제2차 세계대전 후 평화를 유지하기 위해 미국이 국제기구에 참여할 것을 촉구하는 풀브라이트 결의안을 발의했다. 이 결의안은 국제연합을 예견하고 있었다.

그후 그는 1944년 연방 상원의원에 출마하여 복수할 기회를 얻었다. 주요 상대는 그의 천적 애드킨스 주지사였다. 애드킨스는 적을 만드는 재주가 있었는데, 이것은 정치에서는 위험한 자질이다. 그는 풀브라이트를 해고했을 뿐 아니라, 그 2년 전에는 존 매클렐런과 대립하는 실수를 했다. 그는 매클렐런의 주요 후원자들의 소득신고를 감사하기까지 했다. 매클렐런은 모욕을 잊거나 용서하는 사람이 아니어서, 풀브라이트가 애드킨스를 이기게 하려고 애썼으며, 풀브라이트는 결국 승리했다. 둘 다 복수에 성공한 것이다.

풀브라이트와 매클렐런은 상원에서 30년 동안 함께 일했음에도 서로 친밀하지는 않았다. 두 사람 모두 다른 정치가들과 개인적 관계를 갖지 않는 성향이었다. 그들은 아칸소의 경제를 발전시키기 위해 함께 노력했고, 남부 블록과 함께 시민권에 반대하는 데 표를 던졌다. 그러나 그 외에는 별로 공통점이 없었다.

매클렐런은 친군부 성향의 반공 보수주의자로, 세금을 국방, 공공사업,

법 집행에만 쓰기를 원했다. 그는 똑똑했지만 섬세하지는 않았다. 그는 흑백논리로 사물을 재단했다. 그는 무뚝뚝하게 말했으며, 어떤 문제에 대해 자신이 없어도 약해 보일까봐 절대 그것을 드러내지 않았다. 그는 정치가 돈과 권력의 문제라고 생각했다.

풀브라이트는 매클렐런보다 자유주의적이었다. 그는 훌륭한 민주당 의원으로, 도미니카공화국과 베트남 문제로 사이가 틀어지기 전까지는 존슨 대통령을 지지했다. 그는 누진과세, 가난과 불평등을 줄이기 위한 사회 정책, 교육에 대한 연방의 지원, 가난한 나라의 빈곤을 퇴치하기 위한 국제기구에 미국이 좀더 적극적인 기여를 할 것을 옹호했다. 1946년 그는 국제 교육 교류를 위한 풀브라이트 프로그램을 만드는 법안을 발의했고, 이 프로그램은 미국을 비롯한 61개국 수십만 명의 풀브라이트 학자에게 교육비를 지원했다. 그는 정치가 생각의 힘의 문제라고 생각했다.

풀브라이트는 시민권에 대하여 자신의 투표 이력을 옹호하느라고 애쓴 적이 없다. 그는 시민권 같은 문제에 대해서는 자신의 유권자들 다수의 의사를 따라 투표해야 한다고만 말했다. 이런 문제에 대해서는 유권자들도 자기만큼이나 잘 안다는 것이었다. 이것은 앞서 나가고 싶지 않다는 말을 우회적으로 표현한 것일 뿐이다. 그는 남부 선언에도 그 강도를 약간 낮춰 서명했다. 또 시민권 법안에도 찬성표를 던지지 않았다. 그러다가 닉슨 행정부 시절인 1970년에는 닉슨 대통령이 시민권에 반대하는 G. 해럴드 카스웰을 대법원 판사 후보로 지명하자, 그것을 꺾는 데 앞장섰다.

시민권에 대한 태도에도 불구하고, 풀브라이트는 배짱이 없는 사람은 결코 아니었다. 그는 애국자들로 행세하는 가식적인 선동가들을 싫어했다. 위스콘신의 상원의원 조 매카시가 공산주의 관련자라는 포괄적인 비난으로 무고한 사람들을 공포에 떨게 하자, 대부분의 정치가들이 그의 앞에서는 입을 다물었다. 그를 혐오하던 사람들도 마찬가지였다. 그러나 풀브라이트는 매카시의 특별조사소위원회에 돈을 더 지원하자는 안에 상원에서 유일한 반대표를 던졌다. 그는 또 매카시를 견책하는 결의안을 공동 발의했으며, 이 결의안은 조시프 웰치가 전국에 매카시가 협잡꾼임을 폭로한 뒤에 상원에서 마침내 통과되었다. 매카시는 너무 빨리 나타난 셈이었다. 1995년, 국회를 장악한 무리 속에서라면 아주 편안하게 활동할 수 있었을 텐데 말이다. 그럼에도 반공 히스테리에 매우 취약했던 1950년대 초에 매카시는 400킬로그램짜리 고릴라와 다름없었다. 그런데도 풀브라이트는 다른 동료들보다 앞서 그에게 도전했던 것이다.

풀브라이트는 외교 문제에 관한 논쟁에서도 물러서는 법이 없었다. 이것은 시민권과는 달리 그가 유권자들보다 잘 안다고 생각하는 영역이었다. 그는 자신이 옳다고 생각하는 일을 하고 그런 다음 그것이 유권자들의 호응을 얻기를 기대했다. 그는 일방적 행동보다는 다각적 협력, 소련과 바르샤바조약기구의 고립이 아니라 그들과의 대화, 외국에 대한 관대한 지원과 군사 개입 자제, 무력이 아니라 모범과 사상의 힘을 통한 미국적 가치와 이익의 선양 등을 옹호했다.

내가 풀브라이트를 좋아한 또 하나의 이유는 그가 정치 이외의 것들에도 관심을 가졌다는 것이다. 그는 사람들이 모든 능력을 개발하면서 짧은 삶을 한껏 누리게 하는 것이 정치의 목적이라고 생각했다. 권력이 행복 추구에 필요한 안전과 기회를 제공하는 수단이 아니라 목적 그 자체라는 생각은 어리석고 자멸적인 것으로 보았다. 풀브라이트는 가족, 친구와 시간을 보내는 것을 좋아했으며, 1년에 두 번 휴가를 가서 쉬면서 재충전하고 폭넓게 독서를 했다. 그는 오리 사냥을 좋아했고, 골프를 즐겨 78세에 자기 나이의 퍼팅을 했다. 그는 독특하고 우아한 악센트로 특별한 대화를 즐기는 사람이었다. 긴장이 풀렸을 때는 웅변적이고 설득력 있게 이야기했다. 짜증이나 화가 났을 때는 말하는 방식이 도드라져 보이는 바람에 오만하고 건방져 보였다.

풀브라이트는 1964년 8월 존슨 대통령에게 통킹 만에서 미국 선박에 대한 공격에 대응할 권한을 부여하는, 이른바 통킹만 결의안을 지지했지만, 1966년 여름이 되자 미국의 베트남 정책이 잘못된 방향으로 가서 실패할 수밖에 없으며, 그것을 바로잡지 않으면 미국과 세계에 참담한 결과를 가져올 수도 있다고 주장했다. 그는 1966년에 그의 책 『권력의 오만The Arrogance of

Power』을 통해 베트남에 대한 견해를 밝히고, 미국의 외교 정책 전체를 비판했다. 그는 내가 위원회 실무진에 참여하고 나서 몇 달 뒤 그 책에 서명을 해서 주었다.

풀브라이트의 핵심적 주장은 큰 나라들은 권력을 사용하는 데 '오만'하여, 가지 말아야 할 곳에 가서 하지 말아야 할 일을 하다가 곤경에 처하고 장기적인 쇠퇴를 겪을 수 있다는 것이었다. 그는 선교사적인 정열에 뿌리를 둔 외교 정책은 모두 의심했다. 그는 그런 정열에 휩싸이다 보면 '의도는 관대하고 자비롭지만, 미국의 큰 능력으로도 감당할 수 없는 너무 큰' 일에 떠밀려 간다고 생각했다. 그는 또 지역의 역사, 문화, 정치를 이해하지 못하고 반공주의와 같은 추상적 개념을 떠받들기 위해 권력을 행사하면 이익보다는 해를 줄 수도 있다고 생각했다. 그 한 예가 1965년 도미니카공화국 내전에 일방적으로 개입한 것이라고 보았다. 미국은 그곳에서 좌파 대통령 후안 보시가 쿠바식 공산주의 정부를 세울 것을 두려워하여 라파엘 트루힐로의 30년간에 걸친 억압적이고, 반동적이고, 살인까지 서슴지 않았던 군사독재(1961년 암살로 끝이 났다)에 협조했던 사람들을 지원했다.

풀브라이트는 미국이 베트남에서도 똑같은 실수를 더 큰 규모로 저지르고 있다고 생각했다. 존슨 행정부와 그 동맹자들은 베트콩을 중국의 동남아시아 팽창주의의 도구로 보았다. 그래서 아시아의 모든 '도미노'들이 공산주의 앞에 쓰러지기 전에 저지해야 한다고 생각했다. 이 때문에 미국은 반공적이지만 민주적이라고는 볼 수 없는 남베트남 정부를 지원했다. 남베트남이 혼자 힘으로 베트콩을 물리칠 수 없다는 것이 확인되자 미국의 지원은 확대되어 군사 고문들까지 보내게 되었으며, 마침내 풀브라이트의 표현대로 '남베트남 국민의 충성을 얻지 못하는 약하고 독재적인 정부'를 방어하기 위해 대규모 군대를 주둔시키게 되었다. 풀브라이트는 식민주의에 반대한다는 이유로 프랭클린 루스벨트를 존경했던 호치민이 기본적으로는 베트남을 모든 외세로부터 독립한 나라로 만드는 데 관심이 있다고 보았다. 그는 호치민이 중국의 꼭두각시이기는커녕, 북쪽의 거대한 이웃나라 중국에 대한 베트남인의 역사적인 반감과 의심을 공유하고 있다고 보았다. 따라서 그곳에 미국이 그렇게 많은 인명을 빼앗기고 빼앗는 일을 정당화할 만한 국익이 걸려 있다고 생각하지 않았다. 그러나 풀브라이트는 일방적인 철수를 주장하지는 않았다. 대신 남베트남 자결self-determination 및 남·북 베트남 통일 국민투표에 대한 모든 정파의 합의를 조건으로 미국이 철수한 뒤 동남아시아를 '중립화'하려는 시도를 지지했다. 그러나 1968년에 파리에서 평화회담이 열렸을 때는 안타깝게도 그런 합리적인 해결책은 불가능했다.

내가 아는 바로는, 위원회 실무진에서 일했던 사람들은 모두 베트남에 대해 풀브라이트와 같은 생각이었다. 그들은 또 존슨 행정부의 정치 군사 지도자들이 미국의 군사적 노력의 성과를 계속 과장한다고 생각하게 되었다. 그래서 그들은 행정부, 의회, 나라 전체에 정책 변화를 요구하는 작업을 체계적으로 진행했다. 이 글을 쓰면서 봐도, 그것이 합리적이고 솔직했던 것으로 보인다. 그러나 풀브라이트, 그의 위원회 동료들, 실무진은 사실 정치적으로 험한 바위 위에 높이 가로놓인 외줄을 타고 있었던 것이나 다름없다. 양당의 주전론자들은 위원회, 그리고 특히 풀브라이트를 비난했다. 미국의 적에게 '지원과 위로'를 주고, 미국을 분열시키고, 승리를 향해 계속 싸우고자 하는 의지를 약화시킨다는 이유였다. 그럼에도 풀브라이트는 버텼다. 그는 거센 비판을 견뎌야 했지만, 청문회는 반전 감정을 일으키는 데 도움을 주었다. 특히 젊은 사람들 사이에서 반전 감정이 거세어지면서 많은 젊은이들이 반전 집회와 반전 토론에 참석했다.

내가 그곳에서 일하는 동안 위원회는 외교 정책에 대한 미국인들의 태도, 중미 관계, 미국의 국내 목표와 외교 정책 사이의 갈등 가능성, 중·소 분쟁이 베트남 전쟁에 미치는 영향, 국제 관계의 심리적 측면 등의 주제를 놓고 청문회를 열었다. 미국 정책의 유명한 비평가들이 청문회장에 나왔다. 「뉴욕 타임스」의 해리슨 샐리스베리, 소련 대사 출신으로 소련의 '견제' 구상을 내놓은 조지 케넌, 일본 대사를 역임한 에드윈 라이샤워, 저명한 역사가 헨리 스틸 코미저, 퇴역 장성 제임스 개빈, 혁명 운동 연구자인 크레인 브린턴 교수 등이 그런 사람들이었다. 물론 행정부에서도 증인을 내보냈다. 가장 능력이 뛰어난 사람은 국무차관 닉 카첸바흐였다. 그는 케네디 대통령의 법무부에서 시민권 업무를 담당했기 때문에 적어도 나한테서는 점수를 따고 있었다. 풀브라이트는 국무장관 딘 러스크도 비공개로 만났는데, 보통 풀브라이트의 사무실에서 이른 아침에 커피를 마셨다.

러스크와 풀브라이트의 역학 관계는 흥미로웠다. 풀브라이트 역시 케네디의 국무장관 최종 후보 명단에 있었다. 대부분의 사람들이 풀브라이트가 탈락한 것은 그가 시민권에 반대한 경력, 특히 남부 선언에 서명한 일 때문이라고 생각했다. 러스크 역시 조지아 출신의 남부인이었으나, 시민권에 공감하였으며, 의회가 아니라 외교 정책 기관의 구성원이었기 때문에 풀브라이트와 같은 정치적 압력을 경험하지는 않았다. 러스크는 베트남을 간단하고 분명한 관점에서 보았다. 베트남은 아시아에서 자유와 공산주의의 싸움터라는 것이었다. 그는 베트남을 잃으면 공산주의가 동남아시아를 휩쓸어 참담한 결과를 가져올 것이라고 생각했다.

나는 늘 풀브라이트와 러스크가 베트남을 보는 관점이 완전히 다른 데는 그들이 젊은 시절 로즈 장학금을 받아 영국에 간 시기에 큰 차이가 있다는 것도 한 가지 이유가 되었을 것이라고 생각했다. 풀브라이트가 1925년에 옥스퍼드에 갔을 때는 제1차 세계대전을 끝내는 베르사유조약이 이행되는 중이었다. 그 조약은 독일에 심한 경제적·정치적 부담을 지웠으며, 오스트리아-헝가리 제국과 오스만 제국의 붕괴는 유럽과 중동의 지도를 다시 그렸다. 승리한 유럽 열강들에 의한 독일 모욕과 미국의 전후 고립주의와 보호주의(상원이 국제 동맹을 거부하고 스무트-홀리 관세법을 통과시키는 것으로 나타났다)는 독일에서 초국가주의적 반동을 일으켰고, 이로 인해 히틀러가 힘을 얻으면서 제2차 세계대전이 발발했다. 풀브라이트는 그런 실수를 반복하고 싶지 않았다. 그는 갈등을 흑백논리로 보는 일이 드물었으며, 적을 악마로 만드는 것을 피하려 했고, 가능하면 늘 다자적 맥락에서 타협적인 해결책을 먼저 찾으려 했다.

반면 러스크는 나치가 권력을 잡은 1930년대 초에 옥스퍼드에 있었다. 그는 히틀러와 협상하려는 대영제국 총리 네빌 챔벌린의 가망 없는 노력을 지켜보았다. 이 유화정책은 역사상 가장 신랄한 비난을 받은 정책 가운데 하나였다. 러스크는 공산주의 전체주의와 나치 전체주의를 똑같이 보았으며, 둘 다 똑같이 경멸했다. 제2차 세계대전 후 중부와 동부 유럽을 통제하고 공산화하려는 소련의 움직임을 보면서 그는 공산주의가 개인적 자유에 대한 적대감과 살벌한 호전성을 감염시키는 질병이라고 확신했다. 그는 유화정책론자는 되지 않겠다고 결심하고 있었다. 따라서 러스크와 풀브라이트는 베트남이 미국의 레이더망에 나타나기 수십 년 전에 형성된 서로 건너갈 수 없는 지적 · 감정적 분열의 양극에서 베트남을 바라보고 있었다.

주전파들로 인해 전쟁을 둘러싼 심리적인 분열은 더 심해졌다. 전시에는 적을 악마로 만드는 자연스러운 경향이 있었고, 존슨과 러스크를 비롯한 여러 사람은 베트남을 잃을 수 없다고 결심하고 있었기 때문이다. 이러한 분열은 미국의 위엄과 그들 자신의 위엄에 오랫동안 상처를 남겼다. 나는 대통령 시절 공화당이 지배하는 의회, 그리고 그들의 동맹자와 이념적인 전투를 벌이면서 평화시에도 똑같은 강박 충동이 생기는 것을 보았다. 이해, 존경, 신뢰가 없을 때는 잘못을 인정하기는커녕 작은 타협이라도 약한 모습이나 배반으로 보게 되는데, 이것은 패배에 이르는 지름길이다.

1960년대 말, 베트남 문제의 매파a hawk에게 풀브라이트는 속기 쉽고 순진한 사람이었다. 순진함은 모든 좋은 의도를 가진 사람이 경계해야 하는 문제이다. 그러나 실제적인 사람에게도 그 나름의 위험이 있다. 정치에서는 구멍에 빠진 것을 알았을 때 첫 번째 할 일은 구멍을 계속 파는 일을 중단하는 것이다. 잘못의 가능성을 외면하거나 그것을 받아들이지 않기로 결심하면, 더 큰 삽으로 구멍을 파게 된다. 베트남에서 어려움이 더 커질수록, 국내에서 항의가 더 강해질수록, 미국은 더 많은 군대를 보냈다. 그 숫자는 1969년에 54만 명 이상으로 절정에 이르렀으며, 그 다음부터는 현실 때문에 마침내 방향을 틀 수밖에 없었다.

나는 이런 상황 전개를 보면서 놀라기도 했고 빨려들기도 했다. 나는 가능한 모든 자료를 읽었다. 가끔 내가 배달해야 하는 '기밀'이나 '비밀' 도장이 찍힌 자료도 보았는데, 거기에는 정부가 전황에 대해 국민을 오도하고 있다는 사실이 분명히 드러나 있었다. 미군은 승리를 거두고 있는 것이 아니었다. 나는 전사자의 숫자가 늘어간다는 것도 알았다. 풀브라이트는 매일 베트남에서 죽은 아칸소 병사들의 명단을 받았다. 나는 습관적으로 그의 사무실에 들러 명단을 확인했는데, 어느 날 그 명단에서 내 친구이자 동창인 타미 영의 이름을 발견했다. 귀국하기 며칠 전 그가 탄 지프가 지뢰를 밟았던 것이다. 나는 망연자실했다. 타미 영은 몸집이 크고, 똑똑하고, 촌스럽고, 예민한 친구였다. 나는 그가 자라서 좋은 삶을 살 거라고 생각했다. 틀림없이 긴 인생을 살며 더 많은 것을 주고받을 수 있었을 수많은 사람들의 이름들 속에서 그의 이름을 보게 되자 처음으로 내가 학생이라는 것, 멀리 떨어져서 베트남의 죽음과 접하고 있다는 것에 대한 죄책감이 가슴을 찔렀다.

나는 휴학하고 입대할까 하는 생각을 했다. 사실 나는 정당만이 아니라 철학에서도 민주주의자였다. 따라서 내가 반대하는 전쟁이라 해도 피할 자격은 없다고 생각했다. 나는 리 윌리엄스와 그 문제를 상의했다. 그는 학교를 그만두겠다니 제정신이냐고 펄쩍 뛰면서, 전쟁을 끝내기 위해 계속 내 역할을 다하라고, 병사가 한 명 더 는다고 해도 사상자가 한 명 더 느는 것 외에는 아무것도 할 수 없을 거라고 말했다. 이성적으로는 그의 말을 이해할 수 있었다. 그래서 결국 그의 말대로 했지만, 한 번도 그 말이 완전히 옳다고 느낀 적은 없었다. 사실 나는 제2차 세계대전 참전용사의 아들이었다. 나는 군대를 책임지는 많은 사람들이 무지하고, 머리보다는 배짱으로 행동한다고 생각했지만, 그래도 군대를 존중했다. 그렇게 해서 죄책감과의 싸움이 시작되었다. 조국을 사랑하지만 전쟁을 싫어했던 수많은 사람들이 겪어야 했던 싸움이었다.

겪어보지 않은 사람들에게 그 머나먼 시절을 느끼게 해주기는 어렵다. 또 겪어본 사람에게는 많은 말이 필요 없다. 전쟁은 국내에 있는 사람에게도 대가를 치르게 했다. 가장 자신만만한 반대자들에게도 마찬가지였다. 풀브라이트는 존슨 대통령을 좋아하고 존경했다. 그는 자신이 미국을 앞으로 움직여 나가는 팀의 일원이라는 생각에 기쁨을 느꼈다. 그가 도움을 줄 수 없었던 시민권 문제에서도 마찬가지였다. 그는 늘 게임에 임하는 얼굴로 일했지만, 욕을 먹고 따돌림당하는 아웃사이더가 되는 것은 싫어했다. 어느 날 아침 일찍 출근했다가 풀브라이트가 혼자 사무실을 향해 복도를 걸어가는 모습을 보았다. 그는 슬픔과 좌절에 휩싸여 있었다. 그는 자신의 저주받은 의무를 향해 터벅터벅 걸어가면서 벽에 한두 번 부딪히기까지 했다.

외교위원회는 다른 일들도 다루어야 했지만, 위원들에게도 나에게도 베트남이 모든 일 위에 그림자를 드리우고 있었다. 나는 조지타운에 다닌 첫 2년 동안의 수업시간에 필기한 노트, 페이퍼, 시험지를 거의 다 보관해두었다. 그러나 3학년 때는 시원치 않은 '화폐와 은행' 과목 페이퍼 두 개밖에 남은 것이 없다. 2학기 때는 심지어 수강신청을 취소하기도 했다. 내가 조지타운에서 듣다 만 이 유일한 과목은 '공산주의의 이론과 실제'였는데, 비록 베트남과 관련된 것은 아니었지만, 나로서는 그럴 만한 이유가 있었다.

1967년 봄, 아버지는 암이 재발하여 노스캐롤라이나 더램의 듀크 메디컬 센터에 입원해 몇 주 동안 치료를 받았다. 나는 주말이면 아버지를 보러 조지타운에서 425킬로미터를 차로 달려갔다. 금요일 오후에 떠나서 일요일 밤 늦게 돌아왔다. 그렇게 하면서 공산주의 강의까지 들을 수 없었기 때문에 중간에 포기한 것이다. 그때가 내 젊은 시절의 가장 피곤했던 시절, 하지만 중요한 시절이었다. 나는 금요일 밤 늦게 더램에 들어가서 아버지와 토요일을 함께 보냈다. 우리는 일요일 아침과 이른 오후까지 함께 보냈고, 그런 다음 나는 학교와 일터로 돌아왔다.

1967년 3월 26일 부활절 일요일에 우리는 듀크 채플에 갔다. 웅장한 고딕 교회였다. 아버지는 교회에 자주 가는 사람이 아니었다. 그러나 이번 예배만은 정말 좋아하는 것 같았다. 어쩌면 예수님이 그의 죄 때문에 죽었다는 메시지에서 약간의 평화를 얻은 것인지도 모른다. 어쩌면 오래되고 훌륭한 찬송가 '영광의 아들들과 함께 노래하라Sing with All the Sons of Glory'를 부르면서 그 가사의 내용을 믿었던 것인지도 모른다. "영광의 아들들과 함께 노래하라. 부활의 노래를 불러라. 죽음과 슬픔, 이 땅의 이야기는 지난날에 속한 것이라. 사방에서 구름이 걷히고, 곧 폭풍의 시간은 끝이 나리라. 사람이 하나님의 형상대로 깨어나 영원한 평화를 알게 되리라." 예배가 끝난 뒤 우리는 차를 타고 노스캐롤라이나 대학이 자리 잡고 있는 채플 힐로 갔다. 말채나무와 박태기나무가 꽉 들어찬 숲에는 꽃이 만발했다. 남부의 봄은 대부분 아름답다. 그러나 이때의 모습은 더욱더 장관이었고, 가장 생생한 부활절 기억으로 남아 있다.

그런 주말이면 아버지는 전과는 완전히 다른 방식으로 나와 이야기를 나누었다. 대부분 잡담이었다. 나의 인생과 아버지의 인생, 어머니와 로저, 가족과 친구들에 대한 이야기들. 그러나 자신의 삶에 대해 이야기할 때면 이야기가 깊어지기도 했다. 아버지는 자신이 떠날 날이 얼마 남지 않았다는 것을 알고 있었기 때문이다. 그는 사소한 이야기도 마음을 열어놓고 했다. 이야기마다 의미가 있었고, 방어적인 태도도 없었다. 전에는 한 번도 경험하지 못했던 태도였다. 그 길고 한가한 주말에 우리는 화해했으며, 아버지는 내가 그를 사랑하고 용서한다는 사실을 받아들였다. 만일 아버지가 죽음을 맞이했던 그 용기와 명예심으로 삶을 마주했다면 대단한 인물이 되었을 것이다.

12

3학년이 끝날 무렵, 다시 선거 때가 돌아
왔다. 나는 1년 전쯤부터 학생회장에 출마하겠다고 결심하고 있었다. 비록
캠퍼스에서 멀어진 시간이 많았지만, 친구나 활동까지 멀어진 것은 아니었
다. 그리고 이전의 내 성공 경험에 비추어볼 때 이길 수 있을 것 같았다. 그
러나 사실 나는 생각과는 달리 학교 사정에 어두웠다. 내 상대는 우리 학년
부회장 테리 모질린이었다. 그는 지지 기반을 다지고 전략을 짜면서 1년 내
내 선거 준비를 해왔다. 나는 구체적이지만 관례적인 정강을 제시했다. 모
질린은 미국 전역의 대학 캠퍼스에 확산되고 있는 불만과 더불어 조지타운
의 학문적 요구와 캠퍼스 규칙의 엄격성에 대해 많은 학생들이 느끼는 구체
적 반감을 활용했다. 그는 자신의 선거운동을 '모지 반역'이라고 불렀다. 자
동차 회사의 '도지 반역'(Modg는 모질린의 애칭. Dodge는 자동차 회사 이름—옮긴
이주) 구호에서 따온 것이었다. 모질린과 그의 지지자들은 하얀 모자를 쓰고
나와 예수회 행정 당국과 나에게 반대하여 싸웠다.

나는 학교 행정 당국과의 좋은 관계, 일자리와 차, 정통적인 선거운동,
싱글거리며 인사하는 태도 때문에 기성세대 후보가 되어버렸다. 나와 내 친
구들은 열심히 뛰었다. 그러나 모질린과 그의 협력자들의 선거운동 강도 때
문에 우리가 곤경에 처했다는 것을 알아차릴 수 있었다. 예를 들어 우리의
홍보물은 엄청나게 빠른 속도로 사라져버렸다. 그 보복으로 선거 며칠 전
밤에 우리 쪽 친구들이 모질린의 홍보물을 찢어 차 뒤에 싣고 멀리 갖다 버
렸다. 그러나 그들은 걸려서 징계를 받았다.

그것으로 끝이었다. 모질린은 717 대 570이라는 큰 차이로 나를 이겼다. 그는 이길 자격이 있었다. 그는 나보다 생각을 많이 했고, 조직을 많이 만들었고, 노력을 많이 했다. 그리고 나보다 그 자리를 더 원했다. 돌이켜보면 처음부터 출마하지 않는 게 좋았다는 생각도 든다. 나는 필수 커리큘럼의 완화를 원하는 다수 동급생들과 의견이 달랐다. 나는 그대로가 좋았다. 그리고 나는 이전의 학년회장 선거에서 나에게 승리할 에너지를 주었던, 캠퍼스 생활에 대한 뛰어난 집중력을 상실한 상태였다. 내가 매일 캠퍼스를 비웠기 때문에, 기성 사회에 속하여 사람들 등이나 툭툭 쳐주면서 시대의 혼란을 매끄럽게 피해가려는 사람으로 비치기 쉬웠다. 그러나 나는 곧 패배감에서 벗어났다. 학년 말에는 여름 동안 워싱턴에 머물면서 위원회 일을 하고 수업을 몇 개 들을 생각을 하고 있었다. 나는 1967년 여름이 나에게나 미국에나 폭풍 전의 고요라는 것을 까맣게 모르고 있었다.

워싱턴에서는 여름이면 일이 돌아가는 속도가 늦어진다. 의회는 보통 8월 내내 휴회한다. 젊고, 정치에 관심이 있고, 더위가 싫지 않다면 여름에 워싱턴에 가보는 것이 좋다. 동급생 킷 애슈비와 짐 무어는 조지타운 캠퍼스에서 뒤쪽으로 2킬로미터 정도 떨어진 맥카서 불르바드 근처 포토맥 애비뉴 4513번지의 낡은 집을 세냈다. 그들은 나에게 4학년을 마칠 때까지 그곳에서 함께 살자고 했다. 개학을 하면 톰 캠벨과 톰 캐플런도 올 예정이었다. 집에서는 포토맥 강이 내다보였다. 방은 다섯 개였고, 작은 거실에 쓸만한 부엌이 갖춰져 있었다. 2층의 침실들에는 베란다도 두 개 붙어 있어, 낮에는 햇볕을 쬐고, 가끔 밤에 부드러운 여름 바람을 쐬며 잠을 잘 수도 있었다. 그 집은 1950년대 초에 전국 배관 규약을 썼던 사람의 소유였다. 거실 책꽂이에는 그 매혹적인 규약집들이 한 질 꽂혀 있었는데, 어울리지 않게 피아노에 앉아 있는 베토벤이 그려진 받침대로 쓰러지지 않도록 받쳐져 있었다. 그것이 집 전체에서 가장 흥미 있는 물건이었다. 내 룸메이트는 그것을 나에게 물려주었으며, 나는 지금도 그것을 보관하고 있다.

킷 애슈비는 댈러스 출신으로 의사의 아들이었다. 내가 풀브라이트 상원의원 밑에서 일할 때, 그는 워싱턴의 헨리 스쿱 잭슨 상원의원 밑에서 일

했다. 잭슨 상원의원은 린든 존슨과 마찬가지로 국내 정책에서는 자유주의
자였지만, 베트남 문제에서는 매파였다. 짐 무어는 육군 하사관의 아들로,
여기저기 떠돌며 자랐다. 그는 진지한 역사학도였고 진정한 지식인이었는
데, 베트남에 대한 생각은 킷과 나의 중간쯤 되었다. 그해 여름, 그리고 이
어지는 4학년 시절에 나는 두 친구와 평생 계속될 우정을 쌓았다. 킷은 조지
타운을 졸업한 뒤 해병대에 들어갔다가 나중에 국제적인 은행가가 되었다.
나는 대통령이 되었을 때 그를 우루과이 대사로 임명했다. 짐 무어는 아버
지를 따라 육군에 들어갔다가, 그 뒤에는 주의 연금 투자 관리를 아주 솜씨
있게 해나갔다. 1980년대에 많은 주들이 연금 문제로 골머리를 썩을 때, 나
는 그에게 아칸소의 연금 문제를 해결하는 방법에 대해 공짜로 좋은 조언을
얻을 수 있었다.

　　그해 여름에는 우리 모두 즐거운 시간을 보냈다. 6월 24일에는 컨스티
튜션 홀에 가서 레이 찰스의 노래를 들었다. 나의 데이트 상대는 칼린 잔이
었다. 그 지역 여학교들이 조지타운 남학생들을 위해 연 수많은 친목회 가
운데 만난 멋진 여학생이었다. 그녀는 키가 거의 나만 했으며 금발을 길게
늘어뜨렸다. 우리는 2층 좌석 뒤쪽에 앉아 있었다. 우리 주위에는 백인이 조
금밖에 없었다. 나는 '뭐라고 말할까What' d I Say'라는 노래의 멋진 가사를 들
은 뒤 레이 찰스를 좋아하고 있었다. "네 엄마에게 말해라, 네 아빠에게 말
해라, 내가 너를 아칸소로 돌려보낸다고." 레이는 콘서트가 끝날 무렵 청중
에게 통로에서 춤을 추라고 했다. 그날 밤 포토맥 애비뉴로 돌아왔을 때 나
는 너무 흥분해서 도통 잠을 이룰 수가 없었다. 결국 새벽 5시에 나는 잠을
포기하고 나가서 5킬로미터를 달렸다. 나는 그 콘서트 입장권 조각을 10년
동안 지갑에 넣고 다녔다.

　　흑인 가수 레이 찰스가 노래를 불렀던 컨스티튜션 홀은 1930년대에 '미
국 독립혁명의 딸들'이 흑인이라는 이유로 위대한 메리언 앤더슨의 공연을
허락하지 않은 곳이었다. 그러나 젊은 세대의 많은 흑인들은 콘서트홀에 들
어가는 것보다 훨씬 더 많은 것을 요구했다. 가난, 계속되는 차별, 시민권
활동가들에 대한 폭력, 베트남에서 흑인들이 백인들보다 훨씬 더 많이 싸우

고 죽는다는 사실 등에 대한 불만이 높아지면서 새로운 투쟁 정신에 불이 붙기 시작했다. 특히 마틴 루터 킹이 '블랙 파워' 라는 훨씬 더 전투적인 사상에 맞서서 '검은 미국' 의 마음과 정신을 얻기 위해 노력하던 대도시들에서 그런 분위기가 강했다.

1960년대 중반에는 다양한 규모와 강도의 인종 폭동이 남부 이외 지역의 게토를 휩쓸었다. 1964년이 되기 전 흑인 이슬람 지도자 말콤 엑스는 가난을 비롯한 도시의 문제들과 싸우기 위해 흑인들끼리 노력하겠다고 하면서 인종 통합을 거부했다. 그는 "백인 미국인들이 이제까지 경험하지 못했던 인종 폭력"을 예언했다.

1967년 여름 내가 워싱턴을 한껏 즐기고 있을 때, 뉴어크와 디트로이트에서는 심각한 폭동이 일어났다. 여름이 끝날 때까지 미국 여러 도시에서 160회 이상의 폭동이 일어났다. 존슨 대통령은 일리노이 주지사 오토 커너를 위원장으로 하는 '사회 무질서 대책 국가자문위원회' 를 구성했다. 이 위원회는 폭동이 경찰의 인종차별과 야만적 행동, 그리고 흑인들의 경제적·교육적 기회 부재의 결과라고 결론을 내렸다. 그 불길한 결론은 유명한 한 문장에 요약되어 있다. '미국은 두 개의 사회를 향해 움직이고 있다. 하나는 흑인 사회, 하나는 백인 사회다. 두 사회는 분리되어 있고 불평등하다.'

그 시끄러운 여름에도 워싱턴은 여전히 매우 조용했다. 그러나 우리도 블랙 파워 운동의 맛은 조금 보았다. 몇 주 동안 매일 밤 흑인 운동가들이 백악관에서 멀지 않은 뒤퐁 서클을 점거했기 때문이다. 뒤퐁 서클은 코네티컷 애비뉴와 매사추세츠 애비뉴가 만나는 곳이었다. 내 친구 하나가 그들 몇 명을 잘 알게 되어, 어느 날 밤 나를 데리고 그들의 이야기를 들으러 갔다. 그들은 건방지고, 화를 잘 냈으며, 가끔 앞뒤가 안 맞는 이야기를 하기도 했다. 그러나 어리석지는 않았다. 나는 그들의 해결책에는 동조하지 않았지만, 그들이 가진 불만의 뿌리에 있는 문제들은 진짜라고 느꼈다.

점차 전투적인 민권 운동과 반전 운동 사이의 경계선이 흐릿해지기 시작했다. 반전 운동은 백인 중류층 출신의 유복한 대학생들이 시작했고 그들보다 나이가 많은 지식인, 예술가, 종교지도자들이 후원자로 나섰다. 그 초기 지도자들 가운데 다수는 그 전에 민권 운동에 참여하기도 했다. 1966년 봄, 반전 운동은 그 주창자들도 손을 쓸 수 없을 만큼 커졌다. 미국 전역에서 대규모 시위와 집회가 열렸다. 풀브라이트 청문회에 대한 대중의 반응도 한몫을 했다. 1967년 봄, 뉴욕시티의 센트럴 파크에서 30만 명이 반전 시위를 했다.

나는 그해 여름 자유주의적인 미국학생협회NSA가 메릴랜드 대학 캠퍼스에서 대회를 열었을 때 진지한 반전 운동가들을 처음 만나 보았다. 그 대학은 내가 4년 전 미국소년단에 참석하기 위해 갔던 곳이기도 하다. 미국학생협회는 민주사회를 위한 학생회 SDS보다는 덜 과격했지만, 반전 입장은 확고했다. 그러나 봄에 이 조직이 오랫동안 중앙정보국CIA으로부터 자금지원을 받아 국제 활동을 해왔다는 사실이 밝혀지면서 그 신뢰성에 상처를 입었다. 그럼에도 이 조직은 여전히 미국 전역의 많은 학생들에게서 지지를 받았다.

어느 날 밤 나는 대회 구경을 하러 칼리지 파크로 갔다가, 리틀록 출신의 브루스 린지와 마주쳤다. 나는 1966년 주지사 선거운동 때 그를 만난 적이 있었다. 당시 브루스는 브룩스 헤이스 후보를 위해 일하고 있었다. 그는 미국학생협회 남서부 대표인 데비 세일을 만나기 위해 그곳에 왔다고 했는데 데비 역시 아칸소 출신이었다. 브루스는 주지사와 대통령 시절 나의 가까운 친구이자 조언자가 되어, 나는 그에게 속을 털어놓곤 했다. 또 데비는 나중에 내가 뉴욕에 발판을 마련할 수 있도록 도움을 주었다. 그러나 1967년 미국학생협회 대회에서 우리는 그저 전쟁에 반대하며 벗을 찾아다니던 젊은이들, 평범해 보이고 평범하게 행동하던 세 명의 아칸소인들일 뿐이었다.

미국학생협회에는 나 같은 사람들이 많았다. 그들은 민주사회를 위한 좀더 호전적인 학생회에 불편해했지만, 그럼에도 전쟁을 끝내기 위해 노력하는 사람들의 대열에 끼고 싶어 했다. 대회에서는 앨라드 로웬스타인의 연설이 가장 주목할 만했다. 그는 학생들에게 1968년에 존슨 대통령을 권좌에서 밀어내기 위해 전국 조직을 만들자고 촉구했다. 당시 대부분의 사람들은 그것이 황당한 이야기라고 생각했으나, 상황이 급변하면서 앨 로웬스타인은 예언자가 되었다. 석 달이 안 되어 10만 명이 링컨 기념관에 모여 전쟁에 항의함으로써 반전 운동은 기세를 떨치기 시작했다. 그 가운데 300명이 징병 카드를 내놓았고, 나이 든 반전 운동가들인 예일 대학 교목 윌리엄 슬로언 코핀과 유명한 소아과 의사 벤저민 스폭이 이것을 법무부에 제출했다.

미국학생협회는 역사적으로 엄격한 전체주의에 반대했기 때문에, 흥미롭게도 발트해 연안 '위성국가'들의 대표도 대회에 참석했다. 나는 라트비아 여자 대표와 이야기를 했다. 그녀는 나보다 몇 살 많았으며, 이런 종류의 집회에 참석하는 것이 그녀에겐 익숙한 일이라는 느낌을 받았다. 그녀는 언젠가 소련 공산주의가 무너지고 라트비아는 다시 자유를 얻을 것이라고 자신 있게 말했다. 당시에 나는 그녀의 말이 현실과 다소 동떨어져 있다고 생각했다. 그러나 그녀 역시 앨 로웬스타인과 마찬가지로 예언자적인 존재였음이 확인되었다.

나는 위원회에서 일하고 이따금씩 소풍을 나가는 것 외에 여름 학기 강좌를 세 개 들었다. 철학, 윤리학, 극동 외교였다. 나는 처음으로 칸트와 키에르케고르, 헤겔과 니체를 읽었다. 윤리학 시간에는 필기를 열심히 했다. 8월의 어느 날, 아주 똑똑하지만 수업에는 거의 나오지 않는 학생이 기말 시험 전에 내가 필기한 것을 놓고 몇 시간 함께 공부해보지 않겠느냐고 물었다. 내 스물한 번째 생일인 8월 19일에 나는 약 4시간 동안 시험공부를 했으며, 그 친구는 시험에서 B를 받았다. 25년 뒤 나는 대통령이 되었으며, 그때 함께 공부했던, 죽은 사우디 왕의 아들 투르키 파이잘은 사우디아라비아 정보부장이 되었다. 그는 24년 동안 그 자리를 지켰다. 철학 점수가 그의 성공적인 인생과 큰 관계가 있다고 생각하지는 않지만, 우리는 그 일을 놓고 농담을 하곤 했다.

미국 외교를 가르치던 줄스 데이비스 교수는 저명한 학자로, 훗날 애버렐 해리먼이 회고록을 쓰는 일을 도와주기도 했다. 내 페이퍼 제목은 '의회와 동남아시아 결의안'이었다. 흔히 통킹 만 결의안이라고 알려진 그 결의안은 1964년 8월 2일과 4일에 미국 구축함 매독스 호와 C. 터너 조이 호가 북베트남 선박들로부터 공격을 받았다는 주장을 근거로 미국이 북베트남 해군 기지와 석유 저장 기지에 보복 공격을 한 뒤인 1964년 8월 7일 존슨 대통령의 발의로 통과되었다. 이 결의안은 대통령에게 '미군에 대한 모든 무장 공격을 물리치고 추가의 도발 행위를 예방하기 위하여 모든 필요한 조치를 취할' 권한과 동남아시아 조약 기구에 가입한 나라가 '그 자유를 방어하는 것'을 돕기 위해 '무력의 사용을 포함한 모든 필요한 조치를 취할' 권한을 주었다.

내 페이퍼의 핵심은 웨인 모스 상원의원을 제외한 누구도 이 결의안의 합헌성, 심지어 합리성을 검토하거나 의문을 제기하지 않았다는 것이었다. 국민과 국회는 격노하여, 공격을 당하지도 않겠고 동남아시아에서 밀려나지도 않겠다는 태도를 분명히 보여주고 싶어 했다. 데이비스 박사는 내 페이퍼를 좋게 보아 발표할 만하다고 했지만 나는 자신이 없었다. 답을 하지 못한 질문이 너무 많았다. 합헌성 문제는 별도로 하고라도, 일부 저명한 저널리스트들은 북베트남의 공격이 실제로 있었느냐 하는 문제를 제기했다. 내가 페이퍼를 마무리 지을 무렵 풀브라이트는 펜타곤에 이 사건에 대한 더 많은 정보를 요구하고 있었다. 위원회의 통킹만 사건 재검토는 1968년까지 이어졌으며, 조사 결과 적어도 두 번째 날인 8월 4일에는 미국 구축함들이 공격을 당하지 않았다는 사실이 확인되었던 것 같다. 역사상 실제로 일어나지 않은 일이 그처럼 엄청난 결과를 낳은 예는 거의 없었다.

몇 달이 안 되어, 그 결과가 린든 존슨을 짓누르기 시작했다. 거의 만장일치로 신속하게 통과된 통킹 만 결의안은 '인생에서 가장 큰 저주는 소원이 이루어지는 것'이라는 옛 속담의 고통스러운 예가 되었다.

13

        나의 대학 4학년은 재미있는 대학 생활과 격변하는 개인적·정치적 사건들이 기묘하게 어우러진 한 해였다. 돌이켜 보면, 한 사람이 크고 작은 여러 가지 일들에 동시에 관심을 가질 수 있다는 것이 신기해 보인다. 하지만 어차피 사람이란 어렵고 색다른 상황에서도 즐거움을 추구하고, 평범한 삶이 주는 고통을 겪게 마련이다.

    내가 듣는 강의 중에는 특별히 흥미로운 강의가 두 개 있었다. 하나는 국제법, 다른 하나는 유럽역사였다. 국제법은 윌리엄 오브라이언 교수가 가르쳤다. 나는 선택적인 양심적 병역거부라는 주제로 논문을 썼다. 나는 미국의 징병제도와 다른 나라들의 징병제도를 비교하고, 양심적 병역거부 주장의 법적·철학적 뿌리를 연구했다. 나는 양심적 병역거부를 종교적인 입장에서 전쟁 일체를 반대하는 경우로 국한시켜서는 안 된다고 주장했다. 병역거부는 신학적인 교리에 근거하는 것이 아니라 국방의 의무에 대한 개인의 도덕적인 반대에 근거하는 것이다. 사안을 개별적으로 판단하는 것이 어렵다고 하더라도, 정부는 그 사람의 주장이 진정성이 있는 것이라면 선택적인 양심적 병역거부를 인정해야만 한다. 1970년대에 징병제가 폐지되었기 때문에 이 문제는 미결로 남게 되었다.

    유럽역사 세미나는 유럽의 지성사를 개관하는 것이었다. 담당교수는 히쉬람 사라비였다. 그는 재치 있고 박식한 레바논 사람으로 열렬한 팔레스타인주의 옹호자였다. 수강생은 14명에, 한 학기 당 14주, 주당 두 시간씩 강의가 있었다. 우리는 관련도서를 모두 읽어야 했고, 매주 한 명씩 그 주의

텍스트와 관련해서 10분짜리 발표를 하고 토론을 이끌어내야 했다. 책을 요약하든, 주제에 대해 이야기하든, 특정한 관심사에 대해 토론을 하든, 자신이 원하는 방식으로 발표를 하되, 반드시 10분 안에 끝내야 했다. 사라비는 10분을 넘기면 책을 이해하지 못한 것으로 간주하겠다면서 시간을 엄격하게 따졌다. 딱 한 사람, 그가 예외를 두는 철학 전공 학생이 있었다. 나는 그 학생에게서 존재론적(ontological)이란 단어를 처음 들었는데, 당시 나는 그것이 의학 전문용어인 줄 알았다. 그 학생은 10분이 지나서도 말을 멈추지 않았다. 그가 발제를 마치자, 사라비는 감정이 잔뜩 실린 눈길로 그를 쳐다보면서 "나한테 총이 있었으면, 자넨 죽었네"라고 말했다. 어이쿠. 나는 조셉 슘페터의 『자본주의, 사회주의, 민주주의』에 대해서 발표했다. 내용이 괜찮았는지는 모르겠지만, 간단한 용어를 사용해서 9분을 약간 넘기고 끝냈다.

1967년 가을, 나는 11월에 열릴 대서양공동체 회의CONTAC 준비에 매달렸다. 나는 대서양공동체 회의의 아홉 차례의 세미나를 진행할 의장 자격으로 대의원들을 배치하고, 토론주제를 정하고, 총 81개 세션에 참여할 전문가들을 끌어 모았다. 조지타운 대학은 유럽, 캐나다, 미국의 대학생들을 세미나와 강연회에 참여시켜 대서양공동체가 직면하고 있는 현안들을 연구하게 했다. 나는 2년 전부터 이 회의에 참여했는데, 회의에서 만난 학생들 중에서 가장 기억에 남는 사람은 아칸소 출신의 육군사관생도 웨스 클라크(클린턴 대통령 재임시 나토 사령관이 된다-옮긴이주)로, 그는 로즈 장학생이었으며 과에서 수석을 했다. 당시에는 유럽 국가들이 베트남전쟁에 반대하면서 미국과의 관계가 긴장되고 있었다. 하지만 북대서양조약기구NATO가 냉전시대에 유럽 안보에서 차지하는 역할이 지대하다는 것에 대해서는 의문의 여지가 없었다. 회의는 성공적으로 진행되었다. 학생들의 뛰어난 능력 덕분이었다.

그해 가을에 아버지는 다시 병석에 누웠다. 암세포가 퍼져서 더 이상의 치료가 불가능한 상황이었다. 잠시 병원에 있던 아버지는 집으로 가고 싶어했다. 어머니는 내가 학교를 비우는 걸 원치 않는다는 아버지의 말을 듣고, 나에게 바로 연락을 취하지 않았다. 어느 날 아버지는 "때가 왔나봐"라고 말했다. 나는 어머니의 연락을 받고 비행기에 올랐다. 곧 돌아가실 것이라고 예상하고 있었지만, 내가 도착했을 때 아버지가 나를 알아볼 수 있었으면, 그래서 아버지를 사랑한다고 말할 수 있었으면 하는 마음이 간절했다.

집에 도착했을 때, 아버지는 침대에 누워 움직이지 못했다. 화장실 출입은 하고 있었지만, 그때도 누군가의 도움을 받아야 했다. 아버지는 몸무게가 많이 줄었고, 기력이 쇠했다. 일어나려고 할 때마다 무릎이 후들거리는 모습이, 마치 서툴게 줄을 잡아당기는 꼭두각시 인형 같았다. 아버지는 로저와 내가 거들어주는 것을 좋아했다. 이렇게 화장실에 데려가고 데려오고 하는 것이 내가 아버지를 위해서 할 수 있는 마지막 일이라는 생각이 들었다. 아버지는 차분하게 상황을 받아들였으며, 웃으면서, 엉망이지만 이제 곧 끝날테니 다행 아니냐는 말도 했다. 더 기력을 잃어서 부축을 받아도 움직일 수 없게 되자, 아버지는 화장실 가는 것을 포기하고 환자용 변기를 사용했다. 아버지는 간호하러 와 있던 어머니 친구들 앞에서는 절대로 용변을 보지 않으려고 했다.

몸을 가눌 수는 없었지만, 아버지는 내가 도착한 뒤 사흘째 되는 날까지는 정신도 맑고 목소리도 분명했다. 우리는 기분 좋은 이야기를 나누었다. 아버지는 자신이 없어도 가족들은 잘 지낼 것이며, 내가 한 달 뒤에 있을 인터뷰에서 로즈 장학생 자격을 따게 될 것이라고 말했다. 일주일 뒤부터 아버지는 거의 반나절은 혼수상태로 지냈다. 마지막이 가까워서 의식이 잠깐 돌아오기는 했다. 아버지는 두 번째로 의식을 되찾았을 때, 어머니와 나를 보고 "나 아직 살아 있어"라고 말했다. 의식도 혼미하고 약을 너무 많이 복용해서 (암은 가슴 공동空洞으로 깊이 내려가 있었으며, 아버지는 아스피린으로만 버티려 했지만 그렇게 고통을 겪게 할 수는 없는 노릇이어서 진통제를 투여했다) 생각도 말도 못 할 것처럼 보였을 때, 아버지는 두 번이나 깨어나서 이렇게 학교를 비워도 되느냐, 일이 있으면 꼭 곁에 있을 필요는 없다고 말해서 가족들을 놀라게 했다. 말을 못 하게 된 뒤에도 의식이 있어서 사람들을 쳐다보고, 자세를 바꾸고 싶다든가 할 때는 소리를 내어 표현했다. 나는 아버지가 마음속으로 어떤 생각을 하고 있을지 짐작만 할 수 있을 뿐이었다.

마지막으로 의사표시를 시도한 뒤로, 아버지는 하루하고도 반나절 동안 고통스러운 시간을 보냈다. 아버지는 힘들게 숨을 쉬었고, 몸은 흉하게 부풀어올랐다. 사람이 그렇게 흉하게 일그러진 모습을 보기는 처음이었다. 힘든 시간이었다. 임종이 가까워지자, 어머니는 아버지를 들여다보고는 울음을 터뜨리며 사랑한다고 말했다. 어머니가 그동안 겪은 일에도 불구하고, 나는 어머니의 말이 진심이기를 바랐다. 아버지보다는 어머니를 위해서.

아버지의 임종이 가까워지자, 우리 집에는 사람들의 방문이 끊이지 않았다. 많은 가족들과 친구들이 찾아와서 애도를 표했다. 우리는 음식을 준비할 형편이 못 되었기에 친척과 친구들이 챙겨온 음식으로 손님들을 대접했다. 잠을 잘 자지 못했지만 사람들이 찾아올 때마다 계속 함께 음식을 먹었기 때문에, 집에 있는 두 주 동안 나는 5킬로그램 정도 몸무게가 늘었다. 임종의 순간을 기다리는 것 외에는 아무것도 할 수 없을 때, 친구들이 찾아와주고 음식까지 가져다주는 것은 큰 위안이 되었다.

장례식 날에는 비가 내리기 시작했다. 내가 어렸을 때, 아버지는 폭우가 쏟아지는 창문 밖을 내다보며 "비 올 때는 나를 무덤에 묻지 마라"고 말씀하시곤 했다. 남부 사람이라면 누구나 아는 오래된 속담이라서, 당시 나는 그다지 신경을 쓰지 않았다. 하지만 내 머릿속에는 그것이 아버지에게 중요하다는 생각, 아버지는 빗속에서 묻히는 것에 대해 깊은 두려움을 가지고 있다는 생각이 각인되어 있었다. 그런데 이제 실제로 그런 일이 벌어지려 하고 있었다. 오랜 투병 생활을 한 아버지이니 그 일만은 피하게 해주고 싶었다.

교회로 가는 차 안에서, 그리고 장례식이 진행되는 동안에도, 가족들은 내내 비가 그치지 않을까봐 걱정하고 있었다. 목사는 단조로운 목소리로 아버지에 대해서 사실도 아닌 좋은 이야기들을 늘어놓았다. 본인이 들었어도 비웃을 만한 내용이었다. 나는 그렇지 않지만, 아버지는 장례식이라는 절차에 대해 전혀 관심이 없었다. 아버지로서는 직접 골라두었던 찬송가를 빼고는 자신의 장례식이 상당히 마음에 들지 않았을 것이다. 장례식이 끝나자, 가족들은 거의 뛰다시피 걸어나가 비가 오고 있는지 살펴보았다. 비는 계속 내리고 있었다. 묘지까지 가는 차 안에서도, 가족들은 날씨가 걱정되어 슬퍼할 겨를도 없었다.

차가 도로에서 빠져나와 묘지로 이어지는 좁은 길로 들어서서 새로 파 놓은 무덤을 향해 다가가고 있는데, 로저가 제일 먼저 비가 그친 것을 발견하고 소리치듯이 가족들에게 알렸다. 믿기 힘든 일이었지만, 우리는 기뻤고 안심이 되었다. 하지만 우리는 그 말을 입 밖에 내지 않고, 보일 듯 말 듯 뜻 깊은 미소만 주고받았다. 우리들의 미소는, 병을 이길 수 없다는 사실을 받아들인 뒤로 아버지의 얼굴에서 자주 볼 수 있었던 미소와 닮아 있었다. 우리의 애를 태웠던 마지막 여정에서, 아버지는 용서하는 하나님을 만난 모양이었다. 아버지는 빗속에 묻히지 않았다.

　　장례식을 치르고 나서 한 달 뒤에, 나는 로즈 장학생 선발 인터뷰를 준비하기 위해서 학교로 돌아왔다. 나는 고등학교 때부터 로즈 장학생에 관심이 있었다. 해마다 32명의 미국 로즈 장학생이 선발되어 옥스퍼드 대학에서 2년간 공부를 하게 된다. 이 장학재단은 1903년에 세실 로즈가 설립한 것이었다. 남아프리카공화국의 다이아몬드 광산을 운영하여 재산을 일군 로즈는 과거 영국령이었거나 현재 영국령인 나라 출신으로 학업과 운동, 리더십에서 뛰어난 자질을 보이는 젊은이들에게 장학금을 주기 시작했다. 그는 학문을 넘어선 문제들에 대해서 관심도 있고, 능력도 있는 사람들을 선발해 옥스퍼드 대학에 보내고 싶어 했다. 그런 사람들이 단순한 개인의 성공보다 '공적 의무의 수행을 귀중하게 생각할' 가능성이 있다는 것이 그의 생각이었다. 여러 해 동안, 선발위원회는 학업 외의 분야에서 빼어난 지원자가 있으면 운동 능력의 부족을 고려에 넣지 않았다. 그리고 몇 년 후에는 여성들도 지원할 수 있도록 규약이 개정되었다.

　　지원자는 자신이 살고 있는 주나, 자신의 대학이 있는 주에서 신청을 할 수 있다. 해마다 12월에 각 주에서 두 명의 지원자를 지명하고, 8개 지역으로 나뉘어 진행되는 선발 시험에서 최종적으로 다음 해의 장학생이 확정된다. 후보자는 다섯 장에서 여덟 장 정도의 추천서와 옥스퍼드에 가고 싶은 이유를 밝히는 에세이를 준비하고, 주별로 진행되는 인터뷰와 지역별로 진행되는 인터뷰를 치르게 되어 있었다. 인터뷰에 참여하는 심사위원들은 과거에 로즈 장학생이었던 사람들로 구성되고, 위원장은 로즈 장학생이 아닌 사람으로 선임된다. 나는 세베스 신부와 닥터 질리스, 닥터 데이비스, 2학년 때 영어 담당교수였던 메리 본드, 그리고 닥터 베닛과 프랭크 홀트, 그리고 세스 틸먼에게 추천서를 부탁했다. 친구이자 정신적인 스승이라고 할 수 있는 세스 틸먼은 풀브라이트 상원의원의 연설문 작성자로 존스홉킨스 국제관계대학원에서 강의를 하고 있었다. 리 윌리엄스의 제안을 받아들여, 나는 풀브라이트 의원에게도 추천서를 부탁했다. 암운이 깊어지고 있는 베트남 전쟁과 막중한 직위 때문에 바쁜 상원의원에게 폐를 끼치고 싶지 않았는데, 리는 풀브라이트 의원도 해주길 원할 것이라고 말했다. 풀브라이트 의원은 관대한 내용의 추천서를 보내주었다.

로즈 위원회는 추천인들에게 지원자의 장점과 단점을 기록해줄 것을 요구했다. 조지타운 대학 사람들은 '친절하게도' 내가 운동 실력이 부족하다고 적었다. 세스의 추천서에는, 내가 학업은 우수하지만 '위원회의 일상적인 업무에서 특별히 두각을 나타내는 편은 아니다. 이런 일은 그의 지적인 능력에 어울리지 않기 때문이다. 그래서 마음속에 다른 생각을 하고 있는 것처럼 보일 때가 많다'라고 적혀 있었다.

내가 전혀 들어보지 못했던 평가였다. 나는 위원회 일을 잘한다고 생각하고 있었다. 하지만 세스의 말대로, 나는 마음속에 다른 생각을 가지고 있었다. 그래서 에세이를 쓰는 데 집중하기가 어려웠는지도 모른다. 결국 나는 집에서 에세이를 쓰는 걸 포기하고, 캐피털 힐의 호텔로 자리를 옮겼다. 신축 상원 건물에서 한 블록 떨어진 그곳은 정말로 한적했다. 하지만 짧은 인생을 소개하고, 옥스퍼드로 가고 싶은 이유를 설명하는 글을 쓰는 것은 생각보다 훨씬 어려운 일이었다.

나는 '실천적인 정치가로서의 삶을 준비하기 위해서' 워싱턴에 왔다는 문장으로 서두를 열고, '이제 막 연구를 시작한 주제를 깊이 있게 공부할 수 있도록' 나를 옥스퍼드로 보내달라, 그곳에서 나는 정치 생활의 압박을 이겨낼 수 있는 지성을 연마하고 싶다는 내용으로 에세이를 썼다. 당시 나는 훌륭한 수준의 에세이라고 생각했다. 하지만 지금 돌아보면, 교양 있는 로즈 장학생의 말투를 흉내내는 것처럼 부자연스럽고 과장된 글이었다. 어쩌면 지나친 일들이 너무나 많이 일어나는 시대를 살아가는 젊은이의 진지함이 그대로 드러난 글이었는지도 모르겠다.

아칸소 주에 지원서를 넣은 것은 큰 행운이었다. 주의 규모도 작고, 대학생 인구도 적었으니까 말이다. 뉴욕이나 캘리포니아, 그밖에 규모가 큰 주에 지원을 했다면 나는 지역 선발 시험에 응시할 기회를 얻지 못했을 것이다. 그런 주에 지원을 했다면, 로즈 시험에 응시할 최고의 학생을 뽑고 훈련시키는 세련된 시스템을 갖춘 아이비리그 출신의 학생들과 경쟁해야 했을 터였다. 1968년에 선발된 32명의 장학생에는 예일과 하버드 출신이 각각 여섯 명, 다트머스 출신이 세 명, 프린스턴과 해군사관학교 출신이 두 명 들어 있었다. 주마다 수백 개의 학부 과정 대학교가 있기 때문에 요즈음은 선발자들의 출신 주가 훨씬 넓어지고 있다. 하지만 명문 대학과 사관학교들은 여전히 두각을 나타내고 있다.

아칸소 위원회의 위원장은 빌 내시였다. 그는 적극적인 프리메이슨 회원이자, 리틀록의 로즈 법률회사 소속 법률가였다. 1820년대에 설립된 로즈 법률회사는 미시시피 주 남부에서 가장 역사가 깊은 법률회사로 알려진 곳이다. 내시는 비가 오나 눈이 오나 먼 거리를 걸어서 회사에 출근을 한다는, 현대인답지 않게 고지식한 사람이었다. 위원회에는 또 한 명의 로즈 법률회사 소속 법률가 개스턴 윌리엄슨이 있었다. 이 사람은 아칸소 대표로 지역 선발위원회의 심사에도 참여했다. 크고 건장한 몸집에, 깊고 굵은 목소리와 당당한 태도를 가진, 두뇌가 명석한 사람이었다. 그는 포버스 아칸소 주지사가 9명의 아프리카계 미국인 학생들이 리틀록의 센트럴 고등학교에 등교하는 것을 저지하기 위해 주방위군을 소집한 일에 대해 반대했고, 반동 세력을 물리치기 위해 전력을 다했다. 그는 선발 과정 내내 나에게 대단히 협조적이었고 지원을 아끼지 않았다. 후일 내가 변호사가 되고, 주지사가 되었을 때, 그는 내게 현명한 조언을 해주었다. 그리고 1977년 힐러리가 로즈 법률회사에서 활동하게 된 후에는 그녀를 돌봐주고 도와주었다. 그는 나를 정치적으로 지지했고 아꼈다. 하지만 그는 늘 힐러리가 나한테는 과분하다고 생각하고 있었던 것 같다.

　나는 아칸소 주 심사에 합격하고, 마지막 결선 인터뷰를 위해 뉴올리언스로 향했다. 아칸소, 오클라호마, 텍사스, 루이지애나, 미시시피, 앨라배마의 주 예선 통과자들을 상대로 지역 결선 심사가 진행되는 곳은 프렌치 쿼터에 있는 로열 올리언스 호텔이었다. 인터뷰 전날 밤, 나는 인터뷰에 대비해서 써두었던 에세이를 다시 읽고, 「타임」, 「뉴스위크」, 「유에스뉴스 앤 월드 리포트」를 샅샅이 읽은 다음, 숙면을 취하기 위해 잠자리에 들었다. 틀림없이 예상치 못한 질문이 나올 것이고, 순발력 있게 대응해야 할 것이다. 감정을 통제하지 못하고 실수를 해서는 안 될 일이다. 뉴올리언스에 얽힌 어린 시절의 여러 가지 추억들이 되살아났다. 할머니와 내가 탄 기차가 떠나가자 철로 옆에 무릎을 꿇고 앉아 울던 어머니의 모습도 떠오르고, 뉴올리언스와 미시시피 만 해안에서 휴가를 보낸 일도 생각났다. 온 가족이 함께 주 경계를 벗어나서 휴가를 보낸 것은 그때가 처음이었지. 그리고 임종 직전에 확신에 차서 나의 합격을 장담하시던 아버지의 말씀이 마음속에서 지워지지 않았다. 아버지를 위해서라도 합격을 하고 싶었다.

　위원회 의장은 오클라호마 출신의 딘 맥기였다. 그는 커-맥기 정유회사의 대표로서 오클라호마의 경제와 정치에 막강한 영향력을 행사하는 인물이었다. 가장 인상적인 사람은 앨라배마 주 버밍엄에 있는 벌컨 철강 회사 회장 바니 모나건이었다. 그는 조끼까지 깔끔하게 갖춰 입은 정장 차림이라, 남부의 사업가라기보다는 대학교수 같아 보였다.

　가장 어려운 질문은 무역과 관련된 것이었다. 자유무역주의, 보호무역주의, 절충주의 중 어느 것을 옹호하느냐는 질문에, 나는 선진 경제에 관해서는 자유무역주의자라고 대답했다. 그 심사위원은 "그렇다면 아칸소의 양계 산업을 보호하기 위한 풀브라이트 상원의원의 노력을 어떻게 정당화하겠는가?" 하는 질문을 던졌다. 무역에 대한 입장을 뒤집든지, 풀브라이트 의원을 비난하든지, 둘 중의 하나를 선택하게 만들려는 교묘한 질문이었다. 나는 양계 문제에 대해서 아는 것이 없다는 점을 시인하고, 풀브라이트 상원의원의 견해에 모두 동의하지는 않는다 해도, 그를 위해 일하는 것을 자랑스럽게 생각할 수 있는 것이라고 말했다. 개스턴 윌리엄스가 개입하는 바람에 나는 궁지에서 벗어날 수 있었다. 개스턴 윌리엄스는 그 사안은 그렇게 간단한 문제가 아니며, 실제로 풀브라이트는 닭고기 시장을 해외에 개방하려고 노력하고 있다고 설명했다. 양계 산업에 대해 충분히 알지 못해서 인터뷰를 망칠 줄이야. 그런 일은 두 번 다시 일어나지 않았다. 나는 주지사로, 대통령으로 재직할 당시 닭 사육 과정과 처리 과정, 내수시장과 해외시장에 대한 해박한 지식으로 사람들을 놀라게 했다.

열두 명의 인터뷰가 끝나고, 심사위원단이 심의를 하는 동안 지원자들은 응접실에서 기다렸다. 위원회는 뉴올리언스 출신 한 명, 미시시피 출신 두 명, 그리고 나를 선발했다. 간단한 기자회견이 끝난 후, 나는 애를 태우며 기다리고 있을 어머니에게 전화를 걸어 영국제 트위드 양복을 입은 내 모습이 어떨 것 같으냐고 물었다. 나는 행복했다. 어머니가 지금까지 살아서 나를 지켜보고 있다는 것도 기뻤고, 아버지의 마지막 예언이 이루어졌다는 것도 기뻤고, 앞으로 2년 동안 영예와 기대를 한 몸에 누리게 될 거라는 것도 기뻤다. 잠시 동안 세계가 멈춘 것 같았다. 베트남전쟁도, 인종분쟁도, 집안 걱정도, 나 자신이나 미래에 대한 걱정도 잊었다. 나는 뉴올리언스에 몇 시간 더 머무르면서, 사람들이 '빅 시티'라고들 부르는 도시를 그곳 토박이처럼 활보했다.

집에 도착해서 아버지의 묘지에 다녀온 후, 나는 가족과 함께 송년 휴가를 즐겼다. 신문에는 근사한 기사가 실렸다. 칭찬조의 사설도 있었다. 나는 한 지역의 시민단체에서 강연을 하고 친구들과 어울렸다. 엄청나게 많은 축하편지와 전화가 쏟아졌다. 근사한 크리스마스였지만 섭섭한 점도 있었다. 동생이 태어난 이후 처음으로 가족이 세 명이 되었으니까.

내가 조지타운으로 돌아왔을 때, 슬픈 일이 또 일어났다. 1월 17일에 외할머니가 돌아가셨다. 몇 년 전에 두 번째로 쓰러진 이후 외할머니는 고향 호프로 돌아가겠다고 하셔서, 유서 깊은 줄리아 체스터 병원 근처 요양원에서 지내고 있었다. 외할머니는 어머니가 나를 낳았던 병실을 달라고 했다. 아버지가 돌아가셨을 때도 그랬지만, 외할머니가 돌아가시자 어머니의 마음속에 얽혀 있던 모순된 감정의 실타래는 저절로 풀려나갔다. 외할머니 마모는 어머니에게 까다롭게 구셨다. 외할머니는 외할아버지 파포가 외동딸을 너무 아끼는 것을 시새워서 그랬는지, 딸에게 불같이 성질을 부리곤 했다. 하지만 파포가 돌아가신 뒤로는 짜증이 많이 줄었다. 당시 마모는 어떤 점잖은 부인의 간호사로 일하고 있었는데, 그 부인은 위스콘신이나 애리조나로 여행을 갈 때마다 마모를 데리고 갔다. 답답하고 막막한 인생에서 벗어나고 싶은 마모의 갈망을 일부나마 해소할 수 있는 기회였다. 내가 네 살 되던 해까지 마모는 나를 훌륭하게 돌보아주었다. 마모는 나에게 읽는 법, 셈하는 법, 자기 접시 설거지하는 법, 손 씻는 법을 가르쳐주었다. 우리 가족이 핫스프링스로 이사하고 나서는, 내가 전 과목 A를 받을 때마다 마모는 5달러를 보내주었다. 내가 스물한 살이 되었을 때도 마모는 '우리 아기가 손수건을 가지고 다니는지' 알고 싶어 했다. 외할머니가 자신의 생각을 좀 더 제대로 전달할 수 있었다면, 그리고 자신과 자신의 가족을 좀더 아낄 줄 알았더라면 좋았을 것 같다. 하지만 외할머니는 나를 사랑하셨고, 나를 인생의 좋은 출발선에 세우기 위해서 최선을 다하신 분이었다.

나는 상당히 좋은 출발을 한 셈이라고 생각하고 있었다. 하지만 앞으로 벌어질 일들에 대비해서 완벽한 준비를 갖춘다는 것은 불가능한 일이었다. 1968년은 미국 역사상 유례 없는 격동과 비탄의 한 해였다. 린든 존슨은 연초에 베트남전쟁에 대한 정책을 고수할 수 있기를 기대하고 있었다. 그는 '위대한 사회Great Society' 정책을 통해 실업과 빈곤, 기아와의 싸움을 계속하고 있었고, 대통령 재선을 노리고 있었다. 하지만 국민은 그에게서 등을 돌리고 있었다. 나는 그의 시대정신에는 공감했지만, 이 시대의 생활방식이나 과격한 어법은 받아들일 수 없었다. 나는 머리를 짧게 깎고 다녔고, 술도 마시지 않았고, 시끄럽고 난폭한 음악은 참아내질 못했다. 나는 린든 존슨을 싫어하지는 않았지만, 전쟁이 끝나기를 원했고, 문화 충돌이 대의를 진전시키는 것이 아니라 갉아먹을 거라고 생각했다. 젊은 층의 반항과 '반문화'적인 생활방식에 대한 반발로 공화당 지지자들과 민주당 지지자 중 다수 노동자들이 우경화하고 있었다. 그들은 힘을 되찾아가고 있는 리처드 닉슨과 프랭클린 루스벨트 시대의 민주당원 출신으로 캘리포니아의 신임 주지사가 된 로널드 레이건 같은 보수주의자들의 목소리에 귀를 기울이고 있었다.

민주당 지지자들 역시 존슨에게서 멀어지고 있었다. 우익에서는 조지 월러스 주지사가 무소속으로 대통령 선거에 출마하겠다고 선언했다. 좌익에서는 앨러드 로웬스타인과 같은 젊은 활동가들이 전쟁에 반대하는 민주당 세력들을 몰아 주류를 대변하는 존슨 대통령에게 대항하고 있었다. 그들은 제일 먼저 협상을 통해 베트남전쟁을 해결할 것을 강력하게 주장하던 로버트 케네디 상원의원에게 대통령 출마를 권유했다. 그는 그 제안을 거절했다. 케네디가 존슨 대통령을 싫어한다는 것은 잘 알려진 사실이었는데, 그는 자신이 출마할 경우 자신이 추구하는 모든 정책들이 원칙에 입각한 개혁이 아니라 해묵은 원한을 갚으려는 복수로 비쳐지게 될 것을 우려하고 있었다. 다음은 사우스다코타 출신의 조지 맥거번 상원의원 차례였다. 보수적인 주에서 재선을 목표로 하고 있던 그도 제안을 거절했다. 미네소타 출신의 진 매카시 상원의원은 출마 권유를 거절하지 않았다. 매카시는 애드래이 스티븐슨의 지적 자유주의의 전통을 가진 후계자로서 널리 알려져 있었고, 정치적 야심이 없는 성자처럼 보이려고 노력하는 바람에 사람들 애를 태우기도 했고, 부정직하다는 느낌을 주기도 했다. 그러나 그는 배짱 좋게 존슨에게 도전했다. 새해가 밝을 무렵, 그는 상대편 전사들이 올라타야 하는 유일한 말이 되었다. 1월에 그는 뉴햄프셔의 예비선거에 출마하겠다고 밝혔다.

2월에는 베트남에서 발생한 두 가지 사건 때문에 반전분위기가 더욱 확산되기 시작했다. 첫 번째 사건은 남베트남 경찰청장인 로안 장군이 베트콩 활동 용의자를 처형한 사건이었다. 로안은 대낮에 사이공의 대로에서 그 사람 머리에 총알을 박아 넣었고, 이 살해 장면은 유명한 사진작가 에디 애덤스의 카메라에 잡혔다. 이 사진으로 인해서, 수많은 미국인들은 우리의 우방이 적들보다 나을 것이 있느냐, 잔인무도하기는 똑같지 않으냐는 의문을 가지게 되었다.

두 번째 사건은 훨씬 심각한 영향을 미치게 된 테트(구정舊正—옮긴이주) 공세였다. 베트남의 휴일인 테트 기간에 북베트남 주민들과 베트콩이 남베트남 전역의 미군 주둔지에 대해서 동시 기습 공격을 개시했다. 그 중에는 사이공과 같은 중심지역도 들어 있었다. 사이공에서는 미국 대사관까지 화염에 휩싸였다. 기습작전은 격퇴되었고, 북베트남 군과 베트콩은 수많은 사상자를 냈다. 존슨 대통령과 군 지도부는 승리라고 주장했다. 하지만 테트 공세는 미국의 입장에서 보면 엄청난 심리적·정치적 패배였다. 미국 국민들은 최초의 '텔레비전 전쟁'을 통해서, 미군이 장악하고 있는 곳조차 적의 공격에 취약하다는 것을 두 눈으로 똑똑히 보았다. 남베트남이 자력으로 승리하지 못하는 전쟁에서 우리가 승리를 거둘 수 있겠는지, 그리고 첫 번째 질문에 대한 대답이 부정적인 것으로 예상되는 현실에서, 베트남에 더 많은 병력을 파견할 가치가 있겠는지 의구심을 가지는 미국 국민들이 점점 늘어갔다.

국내 정치 전선에서는, 상원 다수당 의장인 마이크 맨스필드가 북폭 중단을 요청했다. 국무장관 로버트 맥너매러와 측근인 클라크 클리퍼드, 전 국무장관 딘 애치슨은 대통령에게 군사적인 승리를 거두기 위한 군사 활동의 단계적 확대 정책을 '재고'해야 할 시기라고 말했다. 딘 러스크는 현재의 정책을 계속 지지했다. 군 당국은 20만 병력의 추가 투입을 요청했다. 리처드 닉슨과 조지 윌러스는 공식적으로 대통령 출마를 선언했다. 뉴햄프셔에서 매카시의 선거운동이 추진력을 얻어가자, 수백 명의 반전 학생들이 그를 도와 호별방문 선거운동을 하기 위해 뉴햄프셔로 몰려들었다. 머리와 수염을 마음대로 기르고 싶었던 그들은 매카시의 선거운동 사무실 뒷방에서 봉투에 홍보물을 넣는 작업을 도왔다. 한편, 바비(로버트의 애칭—옮긴이주) 케네디는 여전히 대통령 선거에 뛰어들까 말까 망설이고 있었다.

3월 12일, 매카시는 뉴햄프셔에서 42퍼센트의 표를 얻었고, 린든 존슨은 49퍼센트의 표를 얻었다. 존슨은 뉴햄프셔에 와서 유세 한 번 하지 않은 기명투표 후보였지만, 매카시와 반전 운동으로서는 엄청난 심리적 승리였다. 나흘 후, 케네디가 출마를 단행했다. 그는 1960년에 형 존이 선거운동을 시작했던 상원 간부회의실에서 출마 선언을 했다. 케네디는 매카시의 활동이 민주당 내부의 깊은 갈등을 드러내고 있으며 자신은 이 나라를 새로운 방향으로 이끌고 싶다고 말함으로써, 자신이 무자비한 정치적 야심에 의해서 움직이고 있다는 의혹을 희석시키려고 했다. 물론 그의 무자비함은 새로운 문제를 일으키고 있었다. 매카시가 대통령직에 도전장을 내밀었을 당시에는 가만히 있다가 나중에 뒤통수를 치고 들어왔으니, 매카시의 힘찬 행보에 비를 뿌리고 나선 격이었기 때문이다.

나는 특별한 위치에서 이 모든 사태를 지켜보고 있었다. 케네디의 사무실에서 일하고 있는 타미 캐플란이라는 친구가 같은 집에 살고 있었기 때문에, 나는 케네디 본부에서 일어나는 일을 훤히 꿰뚫고 있었다. 또한 내가 사귀고 있던 앤 마르쿠젠은 워싱턴의 매카시 선거운동본부에서 자원활동을 하고 있었다. 앤 마르쿠젠은 미네소타 출신의 똑똑한 경제학과 학생으로, 조지타운 여학생 항해팀의 팀장이자, 열렬한 반전 운동가로 활동하고 있었다. 그녀는 매카시를 존경하고 있었고, 대부분의 자원활동가들이 그렇듯이 후보지명 추천을 가로채려고 하는 케네디에 대해 반감을 가지고 있었다. 나는 케네디 편이었기 때문에, 우리 두 사람은 자주 심한 말다툼을 벌였다. 나는 케네디가 법무장관과 상원의원으로 활동할 때부터 그를 계속 주시해왔고, 매카시에 비해서 국내 현안에 관심이 깊은 사람이라고 생각하고 있었으며, 그가 대통령으로서 더 큰 힘을 발휘할 것이라고 확신했다. 매카시는 매력적인 사람이었다. 은발에 키도 크고 잘생기고, 아일랜드 가톨릭교도 지식인으로서 훌륭한 정신과 예리한 재치를 겸비한 사람이었다. 하지만 나는 외교위원회에서 매카시의 활동을 지켜본 적이 있었는데, 그는 내 마음에 드는 인물은 아니었다. 그는 뉴햄프셔 예비선거에 출마하기 전까지는, 정치 현안에 대해서 묘하게 수동적으로 대응하면서 그저 옳은 발언을 하고 옳은 의견에 찬성하는 것에만 만족하는 태도를 보였다.

바비 케네디가 출마선언을 하자, 매카시의 태도는 돌변했다. 그는 풀브라이트가 발의한, 린든 존슨이 20만 병력을 베트남에 추가 투입할 결정권을 상원에 주자는 결의안을 통과시키기 위해 노력하는 한편, 애팔래치아 지방을 방문해서 미국 내의 심각한 빈민 문제를 제기하고, 남아프리카공화국을 방문해 젊은이를 향해서 인종차별 정책에 맞서 싸워야 한다고 연설했다. 나는 개인적으로 매카시를 좋아했다. 하지만 나는 그가 집에 앉아 성 토머스 아퀴나스의 책이나 읽고 있는 편이, 타르지를 바른 비참한 오두막에 찾아가서 가난한 사람들이 어떻게 사는지 보거나 지구 반 바퀴를 날아가서 인종차별주의에 반대하는 연설을 하는 것보다 훨씬 잘 어울릴 것 같다고 생각했다. 내가 이런 이야기를 하면, 앤은 길길이 뛰면서 바비 케네디도 원칙이 있고 정략을 모르는 사람이라면, 그 사람도 역시 매카시처럼 행동할 것이라고 말했다. 앤의 말 속에는 나 역시도 지나치게 정략적이라는 의미가 들어 있었다. 나는 당시 그녀를 무척이나 좋아하고 있었기 때문에 그녀의 반대편에 서고 싶지 않았다. 하지만 나는 이기고 싶었고, 훌륭한 대통령 자격을 갖춘 훌륭한 사람을 뽑고 싶었다.

케네디의 출마선언이 있은 지 사흘 뒤인 3월 20일에, 존슨 대통령은 의과대학을 제외한 모든 대학원생들에 대한 징병유예 조치를 철회했다. 이 조치로 인해서 옥스퍼드에 갈 예정이었던 나의 계획은 불투명해졌고, 나의 관심은 개인적인 문제로 집중되었다. 존슨의 결정은 베트남에 대한 나의 문제의식에 다시 한 번 불을 댕겼다. 나는 대학원생들에게 징병유예를 할 필요가 없다는 데 대해서는 존슨과 같은 생각을 가지고 있었지만, 그의 베트남 정책에 대해서는 동의할 수 없었다.

3월 11일 일요일 오후, 존슨 대통령은 베트남에 대한 대국민 발표를 할 예정이었다. 그가 전쟁을 확대할 것인지, 아니면 협상 개시를 위해서 전쟁의 수위를 낮출 것인지를 놓고 여러 가지 억측이 있었지만, 존슨 대통령이 폭탄 선언을 할 거라고 예상했던 사람은 아무도 없었다. 나는 차를 몰고 매사추세츠 애비뉴를 지나가는 길에 라디오를 통해서 대통령의 연설을 들었다. 존슨은 한동안 연설을 한 뒤, 분쟁의 해결책을 찾기 위해서 북베트남에 대한 폭격을 대폭 제한하기로 했다고 말했다. 내가 뒤퐁 서클 남서쪽에 있는 코스모스 클럽 앞을 지나가고 있을 때, 대통령은 폭탄선언을 했다. "미국의 아들들은 멀리 전선에 나가 있고, 평화를 바라는 전 세계의 바람이 나날이 커져가고 있는 이 때, 나는 개인적인 당파적 목적을 위해서 나의 단 한 시간, 단 하루도 바쳐서는 안 된다고 생각합니다…… 따라서 나는 대통령 재선을 위한 민주당의 후보 지명을 원하지 않으며, 받아들일 생각도 없습니다." 나는 웬일인가 싶어 건물 모퉁이에 차를 세웠다. 미국을 위해서 국내에서 많은 것을 이루었던 존슨에겐 안된 일이었다. 하지만 미국을 위해서는, 또한 새로운 시대의 개막을 위해서는 다행스러운 일이었다.

그런 감정은 오래 가지 않았다. 나흘 뒤인 4월 4일 저녁, 마틴 루터 킹 목사의 암살 사건이 발생했다. 그는 파업중이던 청소부들을 지지하기 위해서 멤피스에 갔다가 숙소인 로레인 모텔 객실 발코니에서 암살당했다. 그는 최근 2년 동안 민권 운동을 도시 빈곤에 대한 공격과 전쟁에 대한 노골적인 반대로 넓혀가고 있었다. 그것은, 킹 목사가 자신보다 더 젊고, 더 과격한 흑인들이 자신의 지도력에 도전하려는 움직임을 피해가기 위해서 정치적으로 필요한 일이었다. 그러나 그를 지켜보는 사람들은 빈민 문제를 해결하고 베트남전쟁에 반대하지 않고서는 흑인들의 민권을 향상시킬 수 없다는 그의 주장이 진심임을 잘 알고 있었다.

저격당하기 바로 전날 밤, 킹 목사는 메이슨 템플 교회를 가득 메운 청중들을 향해서 예언이나 다름없는 불가사의한 내용의 연설을 했다. 그는 자신이 살아오면서 겪었던 여러 가지 어려움을 이야기하면서, "나는 다른 사람들처럼 오래 살고 싶지 않습니다. 장수도 그 나름의 의미가 있습니다. 하지만 나는 지금 오래 사는 것에는 관심이 없습니다. 나는 하나님의 뜻을 따르고 싶습니다. 하나님은 내가 산에 올라갈 수 있도록 허락해주셨습니다. 그리고 나는 산 아래를 내려다보면서, 약속의 땅을 발견했습니다. 나는 여러분과 함께 가지 못할지 모르지만, 우리는 반드시 그 땅에 가게 될 것임을 오늘밤 여러분에게 알려드리고 싶습니다. 그래서 오늘 밤 나는 행복합니다. 나는 아무 걱정이 없습니다. 어느 누구도 두렵지 않습니다. 내 눈으로 하나님이 역사하는 영광을 이미 보았으니까요!" 다음 날 저녁 6시에 그는 제임스 얼 레이에게 저격당했다. 레이는 만성적 불평분자로, 무장강도범으로 확정판결을 받았고 1년 전 감옥에서 탈주한 사람이다.

마틴 루터 킹의 죽음은 케네디 암살 이후 처음으로 전 미국인을 경악으로 몰아넣었다. 그날 밤 인디애나에서 유세를 하던 로버트 케네디의 연설은 두려움에 떠는 미국 국민들을 달래주었다. 그 연설은 그의 일생에 있어 가장 훌륭한 연설이었을 것이다. 그는 흑인들에게 백인들에 대한 증오심을 가지지 말라고 당부하면서, 자신의 형 역시 백인에 의해서 암살당했다는 사실을 상기시켰다. 그는 아이스킬로스(기원전 525~기원전 456. 그리스의 비극 시인—옮긴이주)의 시를 인용했다. 고통이 우리의 의지와 상관없이 '하나님의 놀라운 은총을 통해서' 지혜를 가져다준다는 내용이었다. 그는 앞에 모인 군중들과 방송을 청취하고 있던 국민들을 향해서, 대다수의 흑인들과 백인들이 '함께 살기를 원하고, 삶의 질을 향상시키기를 원하고, 이 땅에 사는 모든 인간을 위해서 정의가 베풀어지기를 원하고' 있으므로, 우리는 이 시련을 이겨나갈 수 있을 거라고 말했다. 그는 다음과 같은 말로 연설을 끝냈다. "우리는 오래 전에 그리스인들이 남긴 글을 마음에 새겨야 합니다. '우리는 인간이 가진 야만성을 길들이고, 이 세상에서의 삶을 고결하게 만든다.' 이 글을 마음에 새기고, 우리 나라와 우리 국민들을 위해서 기도합시다.

킹 목사 사망은 기도를 넘어선 여러 가지 감정들을 불러일으켰다. 킹 목사가 추진해왔던 비폭력운동이 끝나게 될까봐 걱정하는 사람들도 있었고, 그렇게 되기를 바라는 사람들도 있었다. 스토커리 카마이클은 미국의 백인 세계가 미국의 흑인 세계에 대해 전쟁 선언을 한 것이며, '응징하는 것 외에는 대안이 없다'는 연설로 위기를 증폭시켰다. 뉴욕과 보스턴, 시카고, 디트로이트, 멤피스를 비롯한 100개 이상의 도시에서 폭동이 일어났다. 폭동은 워싱턴에서 특히 심각했는데, 14번 스트리트와 H 스트리트에 있는 흑인 점포에 공격이 집중되었다. 존슨 대통령은 질서유지를 위해서 주방위군을 투입했지만, 긴장된 분위기는 풀리지 않았다.

조지타운은 폭동으로부터 멀리 떨어진 안전지대였다. 하지만 맥도노 체육관에 수백 명의 주방위군이 주둔하고 있었기 때문에 학생들은 긴장된 분위기에 휩싸이게 되었다. 수많은 흑인 가정들이 집을 비우고 인근 교회로

피신했다. 나는 적십자사에 등록하여 흑인들에게 음식과 담요, 기타 생필품을 전달하는 일을 도왔다. 나는 아칸소 표지판과 적십자 로고가 붙은 1963년형 흰색 뷰익 컨버터블 자동차를 몰고 흑인 지구를 드나들었다. 연기를 뿜고 있는 건물과 약탈로 인해 유리가 깨져나간 상점이 늘어선 텅 빈 거리에서는 참으로 낯선 모습이었을 것이다. 나는 매일 밤 한 차례, 그리고 일요일 아침에 한 차례, 적십자사 활동에 참여했다. 일요일 아침에는 주말 동안 활동을 하려고 온 캐럴린 옐델과 동행했다. 낮이니까 안전하겠지 싶어 우리는 차에서 내려 폭동으로 파괴된 거리를 잠시 둘러보았다. 그때 나는 난생처음으로 흑인 지구가 안전하지 않다는 것을 느꼈다. 흑인들의 분노의 주된 희생자가 흑인들 자신이라니, 슬프고도 아이러니한 일이라는 생각이 들었다. 하기야 이런 생각을 한 것은 그때가 처음도 아니고 마지막도 아니었다.

킹 목사의 죽음은 미국에 커다란 구멍을 만들어놓았다. 미국은 킹 목사의 비폭력노선과 미국의 미래에 대한 그의 확신이 절실히 필요한 상태에서 그 두 가지를 모두 잃어버린 셈이었다. 의회는 이에 대응하여 판매점이나 숙박업소에서의 인종차별을 금지하는 존슨 대통령의 법안을 통과시켰다. 로버트 케네디도 5월 7일에 있었던 인디애나 예비선거에서 승리하고, 인종화해를 기원하는 연설을 하는 한편, 범죄에 대해 엄중 대처해야 하며, 복지 문제에서 일자리 문제로 관심을 옮겨야 한다는 내용으로 보수적인 유권자들에게 호소했다. 자유주의자들 중에는 그의 '법과 질서' 메시지를 공격하는 사람들도 있었지만, 그의 메시지는 정치적으로 볼 때 필수적인 것이었다. 케네디는 이 문제에 대해서도, 일체의 징병유예를 철회해야 한다는 것에 대해서도 확고한 입장을 가지고 있었다.

인디애나에서 바비 케네디는 최초의 '새로운 민주당원' 대통령 후보가 되었다. 그 후 지미 카터가 그 뒤를 잇고, 1985년에 내가 설립을 도왔던 민주당 지도부가 그의 뒤를 잇고, 1992년에는 나의 유세가 뒤를 이었다. 케네디는 시민적 권리는 만인에게 개방되어야 하고, 특권은 어느 누구에게도 허용되어서는 안 된다는 확고한 입장을 가지고 있었다. 그는 가난한 사람들에게 도움을 주는 대신 자립할 기회를 주어야 한다고 생각했으며, 복지 문제보다 일자리 문제를 우선시했다. 그는 진보 정치는 새로운 정책을 실시하되 근본 가치관을 유지하고, 광범위한 변화를 꾀하되 사회 안정을 이룩해야 한다는 사실을 본능적으로 이해하고 있었다. 그가 대통령에 당선되었다면, 남은 20세기 동안 미국의 행보는 크게 달라졌을 것이다.

5월 10일, 파리에서 미국과 북베트남 사이의 평화회담이 시작되어 전쟁의 종결을 원하는 미국 국민들에게 희망을 던져주었다. 4월 말에 대통령 선거전에 뛰어든 허버트 험프리 부통령은 지명전에서 승리할 기회를 얻으려면 행운의 여신의 도움이 필요했는데, 평화회담 덕분에 한숨을 돌릴 수 있었다. 그러나 사회적 격동은 가라앉을 기미가 보이지 않았다. 시위로 인하여 뉴욕의 콜롬비아 대학교가 폐쇄되어 그해 말까지 정상화되지 않았다. 가톨릭 신부인 다니엘 버리건과 필리 버리건 형제가 징병기록을 훔쳐내어 소각한 혐의로 체포되었다. 워싱턴에서는 폭동이 있은 지 한 달이 채 못 되어, 민권 운동가들이 마틴 루터 킹이 계획했던 빈민운동 활동을 재개했다. 그들은 공원에 천막을 치고 부활의 도시라고 부르며 빈곤의 문제에 관심을 끌어모았다. 비가 엄청나게 오면서 공원은 진창이 되고 사람들의 생활은 비참해졌다. 6월 어느 날, 앤 마르쿠젠과 나는 그곳에 가서 지원 활동을 폈다. 천막들 사이에는 진창에 빠지지 않고 걸을 수 있도록 나무판이 놓여 있었다. 하지만 서너 시간 동안 걸어다니면서 사람들과 이야기를 나누다보니, 온몸이 흙투성이가 되었다. 혼란스러운 시대를 살아가야 하는 우리의 처지를 상징하는 것만 같았다.

5월 말에는 민주당 후보 지명 선거가 있었다. 험프리는 예비선거가 없는 주들의 전통적인 민주당 지지자들로부터 대의원을 끌어 모으기 시작했다. 매카시는 오리건 예비선거에서 케네디를 눌렀다. 케네디는 6월 4일에 있을 캘리포니아 예비선거에 희망을 걸었다. 나는 대학 졸업 직전 일주일간, 졸업식 나흘 전에 있을 캘리포니아 예비선거의 결과에 신경을 곤두세우고 있었다.

화요일 밤, 로버트 케네디가 캘리포니아 예비선거에서 승리했다. 로스앤젤레스 카운티에서 소수 민족 유권자들의 많은 지지를 얻은 덕분이었다. 타미 캐플란과 나는 감격에 몸을 떨었다. 우리는 늦게까지 자지 않고 있다가 케네디의 승리의 연설을 듣고 나서 새벽 3시쯤 잠자리에 들었다. 몇 시간 뒤에, 나는 잠에서 깼다. 타미가 나를 흔들면서 "바비가 총에 맞았어! 바비가 총에 맞았어!" 하고 외치고 있었다. 우리가 텔레비전을 끄고 잠이 든 몇 분 뒤, 케네디 상원의원이 앰배서더 호텔 조리장을 지나갈 때였다. 케네디의 이스라엘 지지에 불만을 품은 시르한 시르한이라는 젊은 아랍인이 케네디와 수행원들에게 총알을 퍼부었다. 케네디 외에 다섯 명의 부상자가 발생했다. 다른 부상자들은 모두 목숨을 건졌지만, 케네디는 머리에 심한 총상을 입어 수술을 받은 하루 뒤에 사망했다. 케네디는 42세에, 나의 어머니의 마흔다섯 번째 생일인 6월 6일에 죽었다. 마틴 루터 킹이 암살당한 지 두 달하고도 이틀째 되는 날이었다.

6월 8일, 캐플란은 성 패트릭 대성당의 장례식에 참석하기 위해서 뉴욕으로 갔다. 장례식이 시작되기 직전까지, 유명인사들은 물론 이름 모를 사람들까지 케네디 상원의원 찬미자들은 밤이고 낮이고 끊이지 않고 케네디의 관 옆을 지나갔다. 존슨 대통령과 험프리 부통령, 매카시 상원의원도 참석했다. 물론 풀브라이트 상원의원도 참석했다. 테드 케네디는 형을 위해서 장엄한 송덕문을 낭독했으며, 결코 잊을 수 없는 힘과 은혜가 넘치는 문장으로 끝을 맺었다. "죽은 형을 살아생전에 했던 일 이상으로 미화할 필요도, 과찬할 필요도 없습니다. 형을 그저 착하고 점잖은 사람으로 기억해주십시오. 형은 불의를 보면 바로잡으려고 하고, 고통을 보면 치료해주려고 하고, 전쟁을 보면 막으려고 했습니다. 그를 사랑하는 우리들, 오늘 그를 영면의 자리에 모신 우리들은 기도합니다. 그가 우리에게 베풀었던 것, 그리고 그가 다른 사람들을 위해 기원했던 것들이 언젠가는 전 세계로 퍼져나가게 되기를 기원합니다."

나 역시 그 기원이 이루어지기를 바랐다. 하지만 그 기원이 이루어질 날은 아득히 멀게만 보였다. 우리는 대학생활의 마지막 며칠을 얼떨떨하고 막막한 느낌으로 보냈다. 뉴욕에서 워싱턴까지 가는 장례식 기차에 올랐던 타미는 졸업식 시간에 간신히 맞추어 돌아왔다. 대부분의 졸업식 축하행사는 취소되고, 학위수여식만 예정대로 진행하기로 결정되었다. 학위수여식조차 제대로 진행되지 않아, 오히려 마음이 편안해졌다. 시장 월터 워싱턴이 연설을 하려고 일어나는 순간, 폭우를 퍼부을 것 같은 먹구름이 나타났다. 그는 졸업을 축하하고 미래를 축복하는 연설을 30초 만에 끝내고, 당장 안으로 들어가지 않으면 모두 비에 흠뻑 젖을 거라고 말했다. 그 순간 비가 내리기 시작했고, 우리는 비를 피해 뿔뿔이 흩어졌다. 학생들은 워싱턴 시장을 대통령으로 찍고 싶다며 좋아했다. 그날 밤, 타미 캐플란의 부모님은 타미와 나의 어머니, 로저, 나, 그밖에 서너 명을 이탈리아 레스토랑으로 데려갔다. 타미가 대화를 주도했다. 타미는 이런 저런 주제를 이해하기 위해서는 '성숙한 지성'이 필요하다고 말했다. 그랬더니 열한 살 먹은 내 동생이 그를 쳐다보며 "타미, 제가 성숙한 지성 맞아요?" 하고 물었다. 힘들었던 하루, 가슴 아픈 10주를 신나게 웃으면서 마감하게 되니 기분이 좋아졌다.

짐을 꾸리고 친구들과 작별인사를 하면서 며칠을 보낸 뒤에, 나는 풀브라이트 재선 캠페인에 참여하기 위해 룸메이트인 짐 무어와 함께 아칸소로 돌아왔다. 풀브라이트는 두 가지 약점이 있었다. 첫째는 여러 가지 격동적인 사태에 당황하고 있는 보수적이고 호전적인 주에서 베트남전쟁에 대해 공공연히 반대의사를 밝혔다는 점이었다. 두 번째는 그가 유권자들과 상원의원들과 하원의원들이 주말마다 집으로 돌아가서 유세활동을 펼치는 현대적인 의회정치의 요구에 적응하지 않으려고 한다는 점이었다. 풀브라이트가 의회에 들어왔던 1940년대에는 기대수준이 아주 달랐다. 당시 의회의 구성원들이 집으로 돌아가는 것은 휴가나 장기간의 여름휴가 때나 가능한 일이었기 때문에, 그들은 워싱턴에 머물면서 편지나 전화를 통해 유권자들을 만났다. 의회가 개원 중일 때 주말을 맞은 의원들은 대부분의 직장인들이 하듯이, 가까운 시내에 머물면서 휴식을 취하고 머리를 식혔다. 장기 휴가를 얻어서 집으로 돌아가면, 근무시간 중에는 집에서 업무를 보고, 유권자들을 만날 수 있는 중심지역을 서너 차례 돌아다녔다. 유권자들과의 긴밀한 접촉은 선거 캠페인 기간에만 집중되었다.

1960년대 말이 되자, 항공편 이용이 쉬워지고 지방 신문의 영향력이 확대되면서, 살아남기 위한 규칙들이 빠르게 변화하기 시작했다. 상원의원들과 하원의원들은 주말마다 집으로 돌아가고, 집에 가서도 더 많은 곳을 다니고, 가능할 때는 언제나 지방 언론을 상대로 의견을 밝혔다.

풀브라이트가 내세우고 있는 입장은 전쟁에 대해서 다른 입장을 가지고 있거나, 풀브라이트가 정세에 어둡다고 생각하는 사람들의 적지 않은 저항에 부딪히게 되었다. 풀브라이트는 주말마다 집으로 돌아가는 것은 바보 같은 짓이라고 생각하고 있었다. 한번은 그가 나에게 주말마다 집으로 돌아가는 동료를 놓고 "도대체 언제 책을 읽고 생각을 하는 거야?"라고 말한 적이 있었다. 안타깝게도, 의원들에게 동분서주하며 쫓아다니라는 압박은 점점 거세지고 있었다. 텔레비전, 라디오 등의 광고비용 상승과 뉴스 보도에 대한 지나친 욕심이 상원의원들과 하원의원들로 하여금 주말마다 비행기에 오르게 하고, 평일 밤에도 쉬지 않고 워싱턴 지역을 누비며 후원자를 찾아다니게 만들었다. 내가 대통령으로 재임할 때, 나는 힐러리와 참모들에게 의회의 토론이 지나치게 부정적인 방향으로 흐르는 이유 중에는 피곤에서 헤어나지 못하는 의원들이 많은 점도 있는 것 같다는 말을 자주 했다.

1968년 여름, 풀브라이트 역시 베트남 문제와 관련한 싸움에 지쳐 있었다. 하지만 그에게 피로는 전혀 문제가 아니었다. 풀브라이트에게 필요한 것은 휴식이 아니라 자신에게서 소원함을 느끼고 있는 유권자들과의 관계를 복원하는 것이었다. 그의 적수가 약세라는 것은 다행스러운 일이었다. 예비선거의 주된 적수는 짐 존슨 판사였다. 그는 옛날 방식대로 지방 수행원과 함께 카운티 단위로 돌면서 풀브라이트는 공산주의에 너무 관대하다고 공격하고 다녔다. 존슨의 부인인 버지니아는, 남편을 주지사로 만드는 데 성공한 조지 월러스의 부인 러린을 모델로 삼아 부지런히 활약하고 있었다. 공화당 후보는 동부 아칸소 출신의 잘 알려지지 않은 중소상공인, 찰스 버나드였는데, 그는 풀브라이트가 우리 주에 어울리지 않게 너무 진보적이라고 말하고 다녔다.

선거운동을 펼치고 있던 리 윌리엄스는 풀브라이트 상원의원의 리틀록 사무실을 운영하는 경험 많은 젊은이, 짐 맥두걸(화이트워터의 짐 맥두걸이다)에게서 많은 도움을 받았다. 구식의 풀뿌리 민주주의자인 맥두걸은 자신이 존경하는 풀브라이트를 위해 미사여구를 동원해가며 쉬지 않고 떠들고 다니면서 열성적으로 일했다.

짐과 리는 아칸소 주민들을 상대로 풀브라이트 상원의원이 빨간 체크무늬 셔츠를 입은 토박이 아칸소 사람이라는 이미지를 부각시켜 '평범한 서민 빌'로 소개하기로 결정했다. 선거 홍보물들과 텔레비전 광고들은 풀브라이트를 그런 식으로 홍보했고 그는 선거운동 기간 내내 같은 옷을 입고 다녔다. 내 생각에 그 자신은 그런 방식을 좋아하지 않았을 것 같다. 그러나 풀브라이트는 친근한 이미지를 확실하게 부각시키기 위해서, 작은 타운의 주민들을 일일이 찾아다니기로 했다. 운전사 한 명만 데리고 나선 그의 손에는 검은 노트 한 권이 들려 있었는데, 그 노트에는 과거에 그를 지지했던 사람들의 이름이 빽빽이 적혀 있었다. 예전 직원이었던 파커 웨스트브룩이 작성한 명단이었는데, 그는 아칸소 사람들 중에서 정치에 조금이라도 관심이 있는 사람들은 모두 꿰뚫고 있었던 모양이다. 풀브라이트 상원의원이 6년마다 한 번씩 선거운동을 했으니, 우리는 파커가 작성한 검은 노트에 적힌 모든 사람들이 아직 살아서 호응해주기를 바랄 뿐이었다.

리 윌리엄스는 나에게 며칠 동안 남서부 아칸소 여행에 상원의원을 모시고 다닐 수 있는 기회를 주었다. 나는 신이 나서 돌아다녔다. 나는 풀브라이트를 존경하고 있었을 뿐 아니라 로즈 장학위원회에 추천서를 보내준 것에 대해 고마운 마음도 가지고 있었다. 그런데다 아칸소 타운 주민들의 생각을 좀더 많이 알고 싶었다. 그들은 도시 폭력과 반전시위와는 거리가 멀었지만 베트남에 아들을 보낸 사람들이 많았다.

어느 날 우리가 한 타운에 갔을 때, 한 전국 텔레비전 방송의 취재팀이 따라다니기 시작했다. 우리는 차를 세우고 동물 사료를 파는 가게에 들어갔다. 필름이 돌아가는 동안, 풀브라이트는 농사꾼 차림의 노인과 악수를 하고 자신에게 표를 달라고 말했다. 그 남자는 풀브라이트가 '빨갱이들'에게 맞서지 않고 그들이 '이 나라를 말아먹게' 놔둘 것 같아서 표를 주고 싶지 않다고 말했다. 풀브라이트는 바닥에 쌓아놓은 사료포대 위에 앉아서 대화를 계속했다. 그는 그 농사꾼에게 공산주의자를 찾을 수만 있다면 당당하게 맞서겠다고 말했다. 농사꾼은 대꾸했다. "공산주의자들이야 쫙 깔려 있는 걸요." 풀브라이트가 말했다. "정말입니까? 이 근처에서 보셨나요? 저도 샅샅이 둘러보았지만 한 사람도 안 보이던데요." 풀브라이트가 느긋하게 대꾸하는 모습을 옆에서 지켜보니 재미있었다. 농사꾼은 심각한 이야기를 하고 있다고 생각하는 모양이었다. 텔레비전 시청자들은 이런 장면을 보며 즐거워할 것 같았지만, 눈앞에서 벌어진 광경에 나는 크게 걱정이 되었다. 그 농사꾼이 마음의 문을 닫고 있는 것이 빤히 보였던 것이다. 그 남자가 자신이 말하는 빨갱이를 찾을 수 없다는 것은 중요한 문제가 아니었다. 그는 이미 풀브라이트를 마음속에서 지워버렸고, 아무리 많은 이야기를 나누어도 그 사람의 마음의 문은 열리지 않을 터였다. 나는 마음속으로 그 타운에 우리와 이야기가 통할 수 있는 다른 유권자들이 많이 있기를, 그리고 이곳과 비슷한 수백 개의 타운에도 그런 주민들이 많이 있기를 바랄 뿐이었다.

사료 가게 일을 겪고 난 뒤에도, 풀브라이트는 여전히 타운의 유권자들은 대부분 슬기롭고, 경험이 풍부하며, 편견이 없을 것이라고 확신하고 있었다. 그들에게는 매사에 대해서 깊이 생각할 시간이 많기 때문에, 우익의 비판자들이 분위기를 장악하기는 어려울 것이라는 이야기였다. 그러나 며칠 돌아다니는 동안 조지 월러스를 지지하는 것 같은 백인 유권자들만 만났기 때문에, 나의 확신은 많이 꺾였다. 센터 포인트에서, 나의 정치 인생에 있어서 잊혀지지 않을 중대한 사건이 일어났다. 센터 포인트는 주민이 200명도 안 되는 작은 타운이었다. 검은 노트에는 오랜 지지자인 보 리스를 만나보라고 적혀 있었다. 그는 그 타운에서 가장 좋은 집에 살고 있었다. 텔레비전 홍보가 없던 시절, 아칸소 주의 아주 작은 타운 지역에는 흔히 보 리스 같은 사람이 한 명씩 있었다. 선거가 코앞으로 다가오면, 사람들은 "보는 누굴 찍는대?" 하고 물었다. 그가 누굴 찍는다는 이야기가 마을 전체에 알려지면, 3분의 2, 혹은 그 이상의 표가 그가 선택한 '누군가'에게 몰렸다.

보 리스의 집에 도착했을 때, 그는 현관에 앉아 있었다. 그는 풀브라이트 그리고 나와 악수를 나누고, 찾아오길 기다리고 있었다고 말하면서 우리를 집 안으로 안내했다. 벽난로와 안락의자가 있는 오래된 집이었다. 우리가 자리를 잡자마자, 리스는 "의원님, 이 나라에는 문제가 많습니다. 잘못된 게 너무 많아요"라고 말했다. 풀브라이트는 그 말에 맞장구를 쳤다. 하지만 그도 나도 보 리스가 무슨 말을 하려는 건지 알아차리지 못하고 있었다. 나는 아마 월러스 이야기겠지 하고 생각하고 있었다. 나는 죽는 날까지 보가 한 이야기를 잊지 못할 것이다. "언젠가 아칸소에서 목화 농사를 짓는 친구와 이야기를 하고 있었답니다. 그 친구는 쉐어크로퍼sharecropper(쉐어크로퍼란 농장 노동자를 말하는데, 대부분 흑인들이고, 호칭에서 알 수 있듯이 임금 대신 수확물의 일부를 나눠가지는 사람들이었다. 그들은 대부분 농장 안에 있는 낡은 판잣집에서 살았고, 한결같이 가난했다)들을 몇 명 부리고 있지요. 그 사람한테 내가 물었지요. '쉐어크로퍼들은 형편이 어떤가?' 그 친구가 대답하기를 '글쎄, 흉년이 들면, 그 사람들은 남는 게 없지.' 그 친구는 허허 하고 웃더니 또 말합디다. '풍년이 들어도 그 사람들은 남는 게 없어.'" 보가 말을 이었다. "의원님, 이건 옳지 않아요. 꼭 아셔야 합니다. 이 나라에 빈곤이며, 여러 가지 문제들이 많은 게 바로 이것 때문이에요. 재선되시면 이 문제에 대해서 무슨 조치를 취해야 합니다. 흑인들은 더 좋은 대우를 받을 자격이 있습니다." 늘 인종주의적인 이야기만 들어오던 터라, 풀브라이트는 반색을 하며 의자에서 떨어질 것처럼 놀랐다. 그는 재선이 되면 그 문제에 대해서 조치를 취하겠다고 장담했고, 보는 풀브라이트를 계속 지지하겠다고 약속했다.

자동차에 오른 뒤에 풀브라이트는 말했다. "보게. 내가 말했잖나. 이렇게 작은 타운에는 현명한 사람들이 많아. 보는 그렇게 현관에 앉아서도 만사를 꿰뚫고 있잖나." 보 리스는 풀브라이트에게 큰 힘을 주었다. 몇 주 후, 인종주의도 심하고 월러스 지지도도 높은 남부 아칸소의 석유 도시인 엘도라도의 유세장에서 풀브라이트는 미국이 직면하고 있는 가장 큰 문제가 뭐냐는 질문을 받았는데, 그는 주저 없이 "빈곤"이라고 답했다. 순간 나는 그가 자랑스러웠고, 보 리스가 고마웠다.

뜨거운 시골 도로를 타고 이곳저곳 옮겨다니면서, 나는 풀브라이트에게 열심히 말을 걸었다. 그때 나눈 대화는 나에게 소중한 추억이 되었지만, 그의 운전사 일을 하는 데는 큰 감점요소가 되어, 얼마 안 있어 그 일을 그만두게 되었다. 어느 날 우리는 워런 대법원에 대해 이야기를 나누게 되었다. 나는 워런 대법원의 대부분의 결정사항들, 특히 민권에 관련된 결정사항들을 강력하게 지지하고 있었지만 풀브라이트는 생각이 달랐다. 그는 이렇게 말했다. "워런 대법원에 대한 심한 반발이 있을 걸세. 법원을 통해서 사회를 크게 변화시킬 수는 없는 일이야. 사회 변화는 대부분 정치적인 시스템을 통해서 이루어지지. 오래 걸리기는 하겠지만, 그게 훨씬 확실해." 지금도 워런 대법원의 개혁적인 결정 덕분에 미국이 크게 진보하게 되었다는 내 생각에는 변함이 없다. 하지만 지금까지 30년이 넘는 세월 동안 워런의 개혁에 대한 강력한 반발이 지속되고 있다는 사실은 누구도 부인할 수 없을 것이다.

여행을 시작하고 나흘 혹은 닷새째에 접어들던 날부터, 나는 한 타운을 방문하고 다음 타운으로 이동하는 시간이 되면, 풀브라이트와 정치적인 토론을 벌이기 시작했다. 한 5분쯤 지나자, 풀브라이트가 어디로 가고 있느냐고 물었다. 내가 대답을 하자, 그는 "그렇다면 돌아가는 게 좋겠네. 지금 정반대쪽으로 가고 있으니까 말야"라고 말했다. 내가 기가 꺾인 채 유턴을 하자, 그는 "자네는 지금 로즈 장학생이라는 이름에 먹칠을 하고 있는 걸세. 어느 길로 가야 할지도 모르는 바보 멍청이처럼 굴고 있잖나."

뭐라고 변명할 말이 없었다. 나는 차를 되돌려 예정된 장소로 갔다. 이제 운전사 노릇은 끝이라는 것을 알고 있었다. 스물두 살이라는 나이가 부끄러웠다. 평생 동안 잊혀지지 않을 경험과 대화를 할 수 있는 소중한 기회를 며칠 만에 날려버린 셈이었다. 풀브라이트에게 필요했던 것은 제시간에 다음 장소로 데려다줄 운전사였다. 그러나 나는 가뿐한 마음으로 선거운동 본부 일로 돌아갔다. 유세장으로, 야유회로, 만찬회로 쫓아다니며 리 윌리엄스와 짐 맥두걸, 그밖의 노련한 사람들이 아칸소의 정치 문제에 대해 이야기하는 것을 들었다.

예비선거가 얼마 남지 않았을 때, 톰 캠벨이 해병대 장교 훈련을 받으러 텍사스로 가는 길에 나를 찾아왔다. 그날 밤, 짐 존슨은 베이츠빌에 있는 자신의 법원 계단에 서서 유세를 할 예정이었다. 베이츠빌은 리틀록에서 북쪽으로 한 시간 반 남짓한 거리에 있었다. 나는 톰에게 말로만 들었을 아칸소의 면모를 보여주기로 했다. 존슨의 실력은 대단했다. 그는 군중들의 관심을 끌어 모은 후에 구두 하나를 집어들고 "이 구두 보이시죠? 이건 공산국가 루마니아에서 만든 겁니다. 빌 풀브라이트는 공산국가에서 만든 이 구두를 미국으로 들여놓는 것에 찬성했습니다. 구두 공장에서 일하고 있는 착한 아칸소 사람들에게서 일자리를 뺏고 있는 셈입니다." 그순간 우리는 수많은 사람들을 잃어버렸다. 존슨은 자신이 상원의원이 되면 빨갱이 구두가 미국에 침투하는 일은 없을 거라고 장담했다. 루마니아에서 구두를 수입하는 게 사실인지, 풀브라이트가 구두 시장 개방에 찬성한 것이 사실인지, 아니면 존슨이 만들어낸 이야기인지, 나는 전혀 아는 것이 없었다. 하지만 아주 그럴듯한 이야기였다. 연설이 끝나자 존슨은 계단을 오르내리며 군중들과 악수를 나누었다. 나는 끈기 있게 차례가 돌아오기를 기다렸다. 그와 악수를 하면서 당신 때문에 내가 아칸소 출신이라는 게 부끄러워졌다고 말했다. 그는 내 진지한 태도가 재미있는 모양이었다. 그는 미소를 지으며 당신 생각을 편지로 보내주면 어떻겠느냐고 말하고는 내 옆에 선 사람에게 손을 내밀었다.

7월 30일, 풀브라이트는 짐 존슨과 그다지 알려지지 않은 두 명의 후보를 물리쳤다. 존슨 판사의 아내인 버지니아는 주지사 결선에서 테트 보스웰이라는 젊은 개혁론자를 40만 유효표 중에서 409표 차이로 물리쳤다. 선거운동을 끝낼 무렵, 그리고 그후 엿새 동안 풀브라이트 운동원들이 열성적으로 보스웰을 도왔던 터였다. 그 기간 동안 모든 사람들이 알려지지 않은 선거구에서 표를 잃지 않거나 추가 표를 얻기 위해서 분투했다. 버지니아는 마리온 크랭크에게 37 대 63으로 결선에서 패했다. 마리온 크랭크는 남서부 아칸소 포어맨 출신의 주의원이었는데, 법조계와 포버스 기계 회사의 지지를 받고 있었다. 마침내 존슨 부부는 아칸소 정계에서 물러나게 되었다. 아칸소 주민들은 1970년대의 '새로운 남부'의 수준에 이르지는 못했지만, 후퇴하지 않을 만큼의 분별력을 가지고 있었다.

8월에 나는 풀브라이트 선거운동 일을 마무리하고 옥스퍼드로 갈 준비를 시작했다. 나는 레이크 해밀턴에 있는 어머니의 친구 빌 미첼 부부의 환대를 받으면서 그들의 집에서 며칠 동안 묵었다. 나는 그곳에서 재미있는 사람들을 몇 명 만났다. 그들은 어머니와 마찬가지로 경마를 좋아했으며, 말을 좋아하는 사람들을 많이 알고 있었다. 그 중에는 일리노이 출신의 W. 헬 비숍과 덩키 비숍 형제가 있었는데, 그들은 말을 여러 필 훈련시키고 있었다. W. 헬 비숍이 더 잘나가는 사람이었지만, 덩키는 아주 특이한 성격을 가진 사람이었다. 그는 빌 미첼의 집을 자주 찾아왔다.

어느 날 우리는 호수 근처에서 마약과 여성에 대한 젊은 세대의 경험에 대해서 이야기하고 있었다. 덩키는 자신도 마약중독이 심했던 적이 있으며 결혼을 열 번이나 했다고 말했다. 나는 깜짝 놀랐다. "그런 눈으로 쳐다보지 말게." 그가 말했다. "내가 자네 나이였을 때는 지금하고 달랐어. 그때는 어느 여자를 원하면 사랑한다고 말해서는 어림도 없었어. 결혼하자고 꼬셔야 했지!" 내가 물었다. "결혼 생활 중에서 가장 짧았던 기간은 얼마였죠?" "하룻밤. 어느 모텔에서 깨어나서 전날 복용한 마약 때문에 괴로워하고 있는데, 옆에 낯선 여자가 있는 거야. '당신 누구야?' 하고 물었더니, 그 여자가 '아내도 몰라봐? 이 나쁜 놈!'이라고 말하는 거야. 나는 벌떡 일어나서 바지를 입고 방에서 뛰어나왔어." 1950년대에 덩키는 특별한 여자를 만났다. 그는 그녀에게 자신이 살아온 이야기를 솔직히 털어놓고 자신과 결혼을 해주면 다시는 마약도 하지 않고 방탕한 생활을 끝내겠다고 말했다. 그 여자는 미심쩍어하면서도 승낙을 했고, 그는 죽을 때까지 25년 동안 그 약속을 지켰다.

미첼 부인인 마지는 핫스프링스에서 교사 생활을 시작한 두 젊은이를 소개해주었다. 한 사람은 대니 토머슨, 다른 한 사람은 잰 비거스였다. 대니는 아칸소에서 가장 작은 카운티인 햄프턴 출신이었는데, 그것을 증명이라도 하듯 시골 이야기를 엄청나게 많이 해주었다. 내가 주지사로 재직할 때, 우리는 일요일마다 임마누엘 침례교회 성가대에 나란히 서서 테너 파트를 불렀다. 그의 형과 형수인 해리와 린더 토머슨은 나와 힐러리의 친한 친구가 되었으며, 1992년 대통령 선거 기간과 백악관 시절 동안 큰 역할을 했다.

잰 비거스는 북동부 아칸소 터커만 출신의, 키 크고 예쁘고, 말을 잘하는 여성이었다. 나는 그녀에게 호감을 가졌다. 하지만 그녀는 유감스럽게도 부모에게서 물려받은 인종주의적 가치관을 가지고 있었다. 나는 옥스퍼드로 떠날 때, 그녀에게 민권과 관련된 책들이 가득 든 상자를 하나 주면서 꼭 읽어보라고 당부했다. 몇 달 뒤, 그녀는 역시 교사이자 그 지역 흑인지위향상협회NAACP 대표인 존 파스칼과 함께 그곳을 떠났다. 두 사람은 뉴햄프셔에 정착해서, 존은 건축가, 잰은 교사를 하면서 세 아이를 낳았다. 내가 대통령에 출마했을 때, 잰은 뉴햄프셔 열 개 카운티 중 한 곳의 민주당 의장 역을 맡고 있었다. 놀랍고도 흐뭇한 일이었다.

옥스퍼드에 갈 준비를 하던 8월은 특히 소란스러운 달이었다. 나는 앞일을 예상하기가 어려웠다. 그달 초순에는 마이애미 비치에서 공화당 전당대회가 열렸다. 뉴욕 주지사 넬슨 록펠러는 재기하고 있던 리처드 닉슨을 따돌리려고 시도하다가 실패했다. 공화당의 중도파가 얼마나 허약해졌는지를 여실히 드러내는 사건이었다. 한편 캘리포니아 주지사 로널드 레이건은 '진정한' 보수주의자들의 관심을 끌어 모으면서 미래의 대통령감으로 부상했다. 닉슨은 첫 투표에서 692표를 획득해서 277표의 록펠러와 182표의 레이건을 따돌렸다. 닉슨의 주장은 간단했다. 그는 국내적으로는 법과 질서를 주창하고, 베트남에서는 명예를 잃지 않는 평화 정책을 주장했다. 시카고에서 열리게 될 민주당 전당대회는 엄청난 정치적인 혼란을 보여주었지만, 공화당 역시 나름대로 혼란스러운 모습을 보여주었다. 닉슨이 부통령 후보로 메릴랜드 주지사 스피로 애그뉴를 선택한 것으로 인해서 공화당 내부의 혼란은 격화되었다. 애그뉴는 시민 불복종 운동에 대한 강경한 대처로 악명을 떨치고 있던 사람이었다.

메이저리그 최초의 흑인이자 야구 명예의 전당 입성자인 페이머 재키 로빈슨은 록펠러의 보좌관을 사임하면서, '인종주의자'로 판단되는 공화당 후보를 지지할 수 없다고 사임 이유를 밝혔다. 마틴 루터 킹의 활동을 계승한 랠프 애버나티 목사는 개회 중이던 공화당 전당대회에 영향을 미칠 의도에서, 빈민운동을 워싱턴에서 마이애미 비치로 옮겨갔다. 빈민운동가들은 공화당의 정강선언과 발언, 그리고 극단적인 보수주의자들에게 매달리는 닉슨의 태도에 실망했다. 애그뉴의 부통령 후보 지명이 공표되자, 평화적인 빈민 시위는 폭동으로 바뀌었다. 주방위군이 출동하면서 불 보듯 뻔한 상황이 펼쳐졌다. 최루탄 발사, 구타, 약탈, 방화가 이어졌다. 폭동이 끝난 후, 세 명의 흑인이 살해된 채 발견되었다. 사흘간 통행금지령이 내려졌고, 250명이 체포되었다. 체포되었던 사람들은 얼마 후 경찰의 잔혹한 처우에 대한 비난을 잠재우기 위해 전원 석방되었다. 일련의 사태로 인해서, 이른바 침묵하는 다수는 미국적 생활양식의 파괴로 여겨지는 사태들을 목격하고 겁에 질리게 되었고, 닉슨이 제시했던 법과 질서의 영향력은 더욱 강화되었다.

　　마이애미 폭동은 8월 말 시카고에서 민주당이 직면하게 될 사태의 전주곡에 불과했다. 그달 초에 앨 로웬스타인과 그밖의 인물들은 여전히 험프리를 대체할 인물을 찾고 있었다. 매카시는 승리할 전망이 없었지만, 여전히 후보 지명전에 나서고 있었다. 8월 10일 조지 맥거번 상원의원은 로버트 케네디 지지자들의 표를 기대하며 입후보 선언을 했다. 한편, 시카고에는 전쟁에 반대하는 젊은이들이 몰려들었다. 그 중 극소수는 혼란을 유도하려는 생각을 품고 있었지만, 대다수 사람들은 다양한 형태로 평화로운 주장을 펼치고 있었다. 이피족(히피보다 정치색이 짙은 젊은이들―옮긴이주) 등 대부분의 참석자들이 마리화나에 취한 채, 반문화적인 '축제의 인생'을 꿈꾸고 있었다. 하지만 리처드 데일리 시장은 방심하지 않고 있었다. 그는 전 경찰병력에 경계령을 내리고 주지사에게 주방위군 출동을 요청하면서 최악의 사태에 대비했다.

　　8월 22일, 최초의 희생자가 발생했다. 열일곱 살 된 아메리칸 인디언 소년이 경찰이 쏜 총에 맞았다. 경찰은 날마다 집회가 열리는 링컨 파크 근처에서 그 소년이 먼저 총을 쐈다고 주장했다. 이틀 후 1,000여 명의 시위대가

야간에는 공원에서 나가라는 명령을 거부했다. 수백 명의 경찰이 군중을 상대로 야경봉을 휘둘렀으며, 공격당하는 군중들은 돌을 던지거나 욕설을 하거나 달아났다. 이 사태는 그대로 텔레비전으로 방영되었다.

　나는 텔레비전을 통해서 시카고의 모습을 지켜보고 있었다. 꿈을 꾸고 있는 것만 같았다. 나는 어머니와 결혼할 예정인 제프 드와이어 씨와 함께 루이지애나 슈리브포트를 방문하고 있었다. 제프 드와이어는 평범하지 않은 사람이었다. 그는 제2차 세계대전 때 대서양에서 근무했던 퇴역군인으로, 망가진 비행기에서 뛰어내리다가 산호초에 떨어지는 바람에 복부근육에 손상을 입기도 했다. 그는 훌륭한 목수이자 루이지애나 멋쟁이이며, 어머니가 다니는 미용실의 사장(그는 대학에서 미용사 과정을 이수했다)이었고, 미식축구선수, 유도교사, 주택건설업자, 유정장비 판매업자, 증권회사 영업사원 등 화려한 경력을 가지고 있었다. 그는 결혼하여 딸 셋을 낳고 아내와 별거 중이었다. 1962년에는 주식 사기로 9개월간 복역한 전력도 있었다. 1956년에 그는 2만 4,000달러를 끌어 모아 주식회사를 세웠다. 갱 프리티 보이 플로이드를 비롯해서 오클라호마의 화려한 인물들의 삶을 그린 영화를 제작하려는 계획을 갖고 있었다. 연방검사는 그의 회사가 들어오는 돈을 다 써버리고 아예 영화를 만들 생각도 없었다는 결론을 내렸다. 제프는 사기죄에 해당한다는 것을 알고 나서 바로 회사 운영에서 손을 뗐다고 항변했다. 하지만 너무 늦어버렸다.

　나는 그가 만나자마자 이 모든 이야기를 털어놓는 것을 보면서 그를 존경하게 되었다. 그의 이야기가 사실이든 아니든 어머니는 진지했고, 내가 그와 함께 시간을 보내기를 바라고 있었다. 나는 어느 조립식 주택 회사의 일을 따내기 위해서 루이지애나에 간다는 그를 따라나섰다. 슈리브포트는 북서부 루이지애나의 보수적인 도시였다. 아칸소 주 경계에서 멀지 않은 곳이었는데, 그곳에서 나는 아침마다 극우 신문을 읽으며 극심한 현기증을 느꼈다. 그 신문은 전날 밤 텔레비전에서 보았던 사건들에 대해서 대단히 극우적인 입장을 취하고 있었다. 상상도 못 했던 일이 벌어지고 있었다. 나는 몇 번 외출을 하고 제프와 식사할 때를 빼고는 거의 하루 종일 텔레비전 앞에 붙어 앉아 지냈다. 나는 고립되어 있는 듯한 느낌을 받았다. 난동을 부리고 있는 젊은이들도, 시카고 시장과 그의 강경한 정책도, 그를 지지하고 있는 사람들도 도저히 이해할 수가 없었다. 내가 지지하는 정당과 그 정당의 진보적인 대의가 해체되고 있는 모습을 두 눈으로 지켜보고 있자니, 가슴이 에이는 것만 같았다.

전당대회를 통해서 단합된 정당으로 다시 태어날 거라는 희망은 존슨 대통령에 의해서 무참히 꺾이고 말았다. 에드워드 케네디 상원의원은 로버트 케네디의 장례식 이후 최초의 발언을 통해서, 일방적인 북폭 중단 및 미군과 북베트남 군의 남베트남에서의 동시 철군을 주장했다. 그의 주장은 험프리, 케네디, 매카시 파의 지도자들이 협상한 정강 항목의 뼈대가 되었다. 베트남 사령관인 크레이턴 에이브럼스 장군은 존슨 대통령에게 북폭 중단은 미군을 위기로 몰아넣는 것이라고 말했고, 대통령은 험프리에게 베트남과 관련한 협상 강령을 정강에서 뺄 것을 요구했으며, 험프리는 대통령의 요구에 굴복했다. 후일 험프리는 자신의 자서전에서 '그때 나는 입장을 고수해야 했다…… 나는 양보하지 말았어야 했다'고 썼다. 하지만 험프리는 굴복했고, 댐은 무너지고 말았다.

8월 26일에 전당대회가 열렸다. 기조연설은 하와이 출신 상원의원 댄 이노우에가 맡았다. 그는 제2차 세계대전에서 활약했던 일본계 미국인이었다. 2000년에 나는 댄 이노우에에게 명예훈장을 수여해, 부하들을 포로수용소까지 이끌고 가는 중에 한쪽 팔을 잃고 목숨까지 잃을 뻔했던 그의 영웅적 행위를 뒤늦게나마 치하했다. 이노우에는 반전 시위자들과 그들의 목표에 공감을 표현하는 한편, 평화적인 방법을 버리지 말 것을 촉구했다. 그는 '폭력과 무정부주의'에 반대하면서도, 거기서 멈추지 않고 '법과 질서가 미치지 않는 곳에 숨어 있는' 무관심과 편견을 비판했다. 그것은 닉슨과 시카고 경찰의 강경 대처에 대한 분명한 비판이었다. 이노우에는 균형을 유지하려고 했지만, 사태는 그의 말의 힘으로 바로잡을 수 없을 만큼 심각하게 어긋나 있었다.

전당대회의 분열의 원인은 베트남만이 아니었다. 일부 남부 대표단들은 대의원 선거 과정이 흑인에게 개방되어야 한다는 당규에 대해 여전히 반발하고 있었다. 아칸소 하원의원인 데이비드 프라이어가 참여한 자격심사위원회는 표결을 통해 민권 운동가인 에어론 헨리가 이끌고 온 미시시피의 이의신청 대의원단을 받아들였다. 조지아와 앨라배마를 제외한 나머지 남부 대의원들은 자격을 인정받았다. 조지아의 대의원단은 분열되어 있었고, 절반이 대안 후보 명부에 있던 대의원으로 바뀌었다. 대안 후보단을 이끈 사람은 줄리언 본드라는 젊은 주 하원의원이었다(줄리언 본드는 현재 흑인지위향상협회 의장으로 활약하고 있다). 앨라배마 대의원들 중 15명은 앨라배마 주지사 월러스가 무소속으로 출마한 것 때문인지, 민주당 지명 후보에 대한 지지서약을 하지 않아 자격이 박탈되었다.

자격심사와 관련된 분쟁에도 불구하고, 전당대회의 주된 논점은 전쟁 문제에 집중되어 있었다. 링컨 파크나 그랜드 파크에 모인 청년들은 퇴거 명령을 위반했다는 이유로 매일 밤 구타당하고 있었다. 매카시는 이들을 외면하고 과거처럼 머뭇거리는 태도를 취하면서 비참하게도 패배할 것이라고 체념하고 있었다. 대부분의 민주당원들이 인정하고 표를 던질 만한 후보자를 찾는 노력을 하던 마지막 순간에, 앨 로웬스타인에서 데일리 시장에 이르는 많은 사람들이 테드(에드워드의 애칭—옮긴이주) 케네디를 호명했다. 테드 케네디는 이를 단호히 거절했고, 마침내 험프리의 지명이 거의 확실해졌다. 결국 베트남 관련 강령은 존슨이 원하는 대로 되었다. 약 60퍼센트의 대의원이 이 강령에 찬성표를 던졌다.

전당대회에서 대통령 후보 지명이 진행되던 날 밤, 그랜드 파크에 모인 1만 5,000명의 사람들은 전쟁과 데일리 시장의 강경대처에 항의하는 시위를 벌였다. 한 사람이 성조기를 끌어내리려는 시도가 있은 직후, 경찰이 들이닥쳐 사람들을 때리고 잡아가기 시작했다. 시위자들이 힐튼을 향해서 행진하자, 경찰은 미시간 애비뉴에서 최루탄을 발사하고 다시금 폭행을 시작했다. 이 모든 사태는 텔레비전을 통해서 전당대회장에 상영되었다. 양측은 흥분하기 시작했다. 매카시는 그랜드 파크의 지지자들을 향해서 자신은 그들을 저버리지 않을 것이며, 험프리도 닉슨도 승인하지 않겠다고 말했다.

코네티컷 상원의원 에이브러햄 리비코프는 맥거번을 지명하면서 '시카고 거리에서 자행되는 게슈타포 작전'을 비난했다. 데일리는 자리에서 벌떡 일어났다. 그는 카메라가 자신을 향하고 있는데도 리비코프에게 욕설을 퍼부었다. 연설이 끝나고 투표가 시작되었다. 투표는 자정쯤에 종결되었으며, 험프리는 어렵지 않게 승리를 했다. 그는 부통령 후보로 메인 주 상원의원 에드먼드 머스키를 선택했다. 이후의 안건은 일사천리로 처리되었다. 한편 전당대회장 밖에는 톰 헤이든과 블랙 코미디언인 딕 그레고리가 이끄는 시위자들이 모여 있었다. 이노우에의 기조연설을 제외하고 대회장 안에서 일어난 일 중에서 고무적인 일 하나는 마지막 날에 있었던 로버트 케네디 추도 영화 상영이었다. 이 필름은 대의원들을 격앙시켰다. 험프리가 지명되기 전까지는 필름을 상영하지 말라는 존슨 대통령의 지시는 참으로 현명한 것이었다.

마지막에 수치스러운 일이 일어났다. 전당대회가 끝나자, 경찰들이 힐튼으로 밀고 들어와 송별회를 열고 있던 매카시의 자원활동가들을 구타하고 체포했다. 경찰은 그 젊은이들이 울분에 겨워서 매카시 지휘부가 묵고 있는 15층 객실에서 경찰을 향해 물건을 집어던졌다고 주장했다. 다음 날, 험프리는 '계획되고 미리 준비된' 폭력이라고 주장하는 데일리 시장 뒤에 당당히 서서 시장의 조치에는 잘못이 없다고 주장했다.

민주당 지지자들은 분열되고 기가 꺾인 채로 시카고를 빠져나왔다. 이들은 베트남에 대한 관점의 차이를 넘어서는 문화 전쟁의 희생자였다. 이 문화 전쟁은 남은 세기와 그 이후의 미국 정치를 수정하고 재편해갈 것이고, 삶과 생활에 가장 큰 영향을 미칠 쟁점들에 유권자들의 관심을 집중시키려고 하는 대부분의 노력을 좌절시킬 터였다. 청년들과 민주당 지지자들은 시장과 경찰이 권위적이고 무지하며, 난폭한 고집쟁이들이라고 생각했다. 시장과 블루칼라가 대부분인 경찰력은 이 젊은이들이 비도덕적이고 상소리를 내뱉기를 잘하고, 애국을 모르는 유약한 상류계층, 너무 철이 없어서 권위를 존중할 줄 모르고, 너무 이기적이라서 사회통합을 위해 해야 할 일을 인정하지 않고, 너무 비겁해서 베트남전쟁에 나가 싸우지 않는 젊은이들이라고 생각했다.

나는 슈리브포트의 작은 호텔 객실에서 이 모든 사태를 지켜보면서, 양쪽 당사자들의 감정을 이해할 수 있었다. 나는 전쟁과 경찰의 만행에 반대하고 있었다. 하지만 아칸소에서 자라난 나는 날마다 맡은 바 의무를 다해야 하는 평범한 사람들의 노고에 대해서 잘 알고 있었고, 극단적인 좌편향 혹은 우편향에 대해서 상당한 불신을 갖고 있었다. 좌익은 공허한 열광 때문에 자신의 역량을 제대로 펼쳐 보이지 못한 채 우익의 과격한 반동만 불러온 꼴이었다. 우익은 더 견고하고 더 체계적이며, 여전히 책략도 더 풍부하고 권력에의 집착이 더 강하며, 권력을 장악하고 유지하는 능력도 훨씬 뛰어나다는 것을 입증해 보이고 있었다.

나는 공직 생활의 대부분을 시카고에서 크게 갈라져버린 문화적 · 심리적 분열을 통합하기 위한 노력에 쏟아 부어야 했다. 나는 상당히 많은 표를 얻었고, 좋은 일을 많이 했다고 생각한다. 하지만 내가 사람들을 통합시키려고 노력하면 할수록, 극우주의자들은 난폭해졌다. 시카고의 청년들은 그렇지 않았지만, 극우주의자들은 미국이 통합된 사회로 돌아가는 것을 원치 않았다. 그들에게는 적이 있었고, 그들이 원하는 것은 바로 적과의 갈등을 유지하는 것이었다.

14

9월에, 나는 친구들과 작별인사를 나누고 대통령 선거운동의 전개도 지켜보면서, 옥스퍼드에 갈 준비를 했다. 나는 징집 대상이었기 때문에 지역 징병위원회 위원장인 빌 암스트롱을 만나서 언제 소집에 응할 수 있는지 알았다. 대학원 징집유예는 지난 봄에 철회되었지만, 재학중인 학생들은 그 학기를 마칠 수 있었다. 옥스퍼드의 학사 일정은 한 학년에 세 학기, 총 38주 강의에 5주 휴가 두 차례였다. 나는 10월 소집에는 포함되지 않을 것이고, 내가 속한 징병위원회의 징병규모에 따라 달라지기는 하겠지만 한 학기 이상 머무를 수 있을 것 같다는 답변을 들었다. 나는 한두 달 있다가 돌아오는 한이 있어도 옥스퍼드에 반드시 가고 싶었다. 로즈 재단은 군복무를 끝내고 난 후에도 옥스퍼드에 진학할 수 있도록 허용하고 있었다. 하지만 베트남전쟁이 끝날 가능성이 보이지 않는 상황에서 그 뒷일을 생각한다는 것은 신중한 태도가 아니라는 생각이 들었다.

정치적 상황과 관련해서 보자면, 나는 민주당이 시카고 사태 이후 완전히 죽었다고 생각하고 있었다. 게다가 험프리는 존슨 대통령의 베트남 정책에 동조하고 있었다. 하지만 나는 험프리의 승리를 바라고 있었다. 민권 하나만을 위해서라도 그가 승리를 해야했다. 인종 문제는 여전히 남부를 분열시키고 있었고, 학구學區간의 인종 균형을 이루기 위해서 아이들을 거주 구역 밖의 학교로 보내는 법원명령이 확대되면서 나머지 지역 역시 점차 분열되고 있었다. 아이러니하게도, 월러스의 입후보는 험프리에게 좋은 기회를 열어주었다. 월러스의 지지자들은 대부분 법과 질서를 따지는 인종주의자들이었기 때문에 월러스는 대통령 후보가 두 명일 경우 닉슨에게 갔을 표를 가져갈 것으로 예상되었다.

문화적 충돌은 계속 이어졌다. 반전시위대는 닉슨이나 월러스보다는 험프리를 더 공격했다. 험프리는 또 전당대회 기간의 경찰의 강경 대응과 관련해서 데일리 시장에게 퍼부어지고 있는 비난 때문에 덩달아 곤욕을 치렀다. 갤럽의 조사는 56퍼센트의 미국인이 시위대에 대한 경찰의 행동에 찬성했다고 밝혔지만, 56퍼센트의 대부분은 민주당 지지 기반과 관계가 없었다. 있다해도 그 표들은 월러스에게 갈것이 분명했다. 이런 일들만으로도 충분하지 않았던지, 애틀랜틱시티에서 열린 미스아메리카 선발대회장에는 두 그룹의 시위대가 나타나서 기성질서를 더욱 큰 혼란으로 몰아넣었다. 흑인 시위대는 흑인여성 출전자가 없다고 항의했고, 여성해방 시위대는 대회 자체가 여성의 지위를 격하하는 것이라고 항의했다. 설상가상으로 여성 시위대 중 일부는 브래지어를 벗어 불태웠다. 전통적인 미국인들은 이것을 뭔가 잘못되어도 단단히 잘못되고 있다는 자신들의 생각이 옳다는 증거로 받아들였다.

대통령 선거전에서는 닉슨이 낙승할 수 있을 것처럼 보였다. 그는 자신의 공약에 대해서는 가능하면 입을 다물고, 험프리를 유약하고 무능한 인물이라고 공격해댔다. 유일하게 내세우는 공약도 연방법원의 인종통합 명령을 이행하지 않는 학구에 대해서는 연방의 자금 지원을 철회한다는 정책을 번복하겠다는 공약이었다. 인종주의자들(그리고 법조계의 월러스 지지자들)에게 아부를 하기 위해서였다. 닉슨의 부통령 후보인 스피로 애그뉴는 패트 부캐넌이라는 연설문 작성자의 도움을 받아 이 사람 저 사람 가리지 않고 공격해댔다. 애그뉴의 가혹한 태도와 입에 발린 속임수는 사람들의 입방아에 오르내렸다. 험프리는 가는 곳마다 시끄러운 시위대와 부딪쳤다. 그달 말의 여론조사에서 닉슨은 43퍼센트의 안정된 지지율을 확보했지만, 험프리는 29포인트나 떨어진 28퍼센트의 지지율을 얻어, 21퍼센트 지지율의 월러스를 겨우 7포인트 앞서고 있었다. 9월 30일, 궁지에 몰린 험프리는 베트남 정책에 관련하여 존슨 대통령과 입장을 달리하겠다고 공개적으로 선언했다. 그는 "평화를 위해서라면 감수할 수 있는 모험"이라며 북폭 중단 공약을 밝혔다. 드디어 자신의 정체성을 되찾은 셈이었다. 하지만 남은 시간은 5주뿐이었다.

험프리가 '마침내 자유'라는 제목의 연설을 하고 있을 때, 나는 뉴욕에서 옥스퍼드행 여객선에 오를 준비를 하고 있었다. 드니스 하일랜드와 나는 윌리 모리스와 함께 근사한 점심을 먹었다. 윌리 모리스는 「하퍼스 매거진 Harper's Magazine」의 젊은 편집인이었다. 조지타운 대학 4학년 때, 나는 『집을 향해 북쪽으로 North Toward Home』라는 그의 훌륭한 자서전을 읽고 열렬한 팬이 되었다. 로즈 장학생에 선발된 뒤에, 나는 윌리에게 뉴욕에 가면 들러도 되겠느냐고 물었고, 그의 승낙을 받아 봄에 파크 애비뉴에 있는 그의 사무실을 찾아갔다. 아주 즐거운 시간을 보낸 나는 뉴욕을 떠나기 전에 다시 만나고 싶다고 말했고, 그는 어떤 이유에선지—남부인답게 예의를 지킨 거겠지만— 시간을 내주었다.

10월 4일, 나는 드니스와 함께 하드슨 리버 86번 부두로 가서 영국행 '유나이티드스테이츠' 여객선에 올랐다. 나는 그 거대한 원양여객선의 목적지를 알고 있었다. 하지만 나의 목적지는 어디가 될지 알 수가 없었다.

유나이티드스테이츠 호는 당시 대양을 항해하는 가장 빠른 쾌속선이었다. 하지만 여행은 거의 일주일이나 걸렸다. 로즈 장학생 그룹이 서로 낯을 익히기 위해서 함께 항해를 하는 것은 오래된 전통이었다. 쾌속선의 여유 있는 속도와 장학생 그룹의 저녁식사 덕분에 우리는 서로 사귀는 시간도 가지고(방심하지 않는 좋은 품종의 사냥개 무리들처럼 '서로의 냄새를 킁킁거리며 맡는' 의무적인 시기가 지난 후에) 다른 승객들도 만나면서 부글부글 끓던 미국의 정치 환경에서 어느 정도 벗어날 수 있었다. 일행은 대부분 너무나 성실한 사람들이어서 이렇게 즐겁게 여행을 하고 있다는 것에 대해 죄책감마저 느꼈고, 우리 일행보다 베트남과 미국정치 문제에 대한 관심이 훨씬 적은 사람들을 만나면 깜짝 놀랐다.

가장 기억에 남는 사람은 바비 베이커였다. 그는 린든 존슨의 정치적 제자로서 악명을 떨치던 사람으로, 존슨이 상원 다수당 의장으로 있던 시절에는 상원 간사로 일했던 사람이었다. 1년 전에 베이커는 탈세 및 여러 가지 연방법 위반으로 기소당했고 항소심에 올라가 있었지만, 여전히 자유의 몸이었다. 베이커는 느긋한 태도로 정치 문제에 열중해 있었고, 로즈 장학생들과 함께 시간을 보내는 데 관심이 많았다. 그와는 대체적으로 감정이 통하질 않았다. 우리 일행 중에는 그가 누군지 모르는 사람도 있었지만, 대부분의 사람들은 그를 정치계의 부패한 연고주의의 대표적인 인물로 생각하고 있었다. 나는 그가 한 행동에 대해서는 탐탁지 않았지만, 그의 이야기와 통찰력에는 매료되었다. 그는 열심히 자기 이야기를 했다. 한두 가지 질문을 던지기만 하면, 그의 말은 끊어지지 않고 길게 이어졌다.

바비 베이커나 그의 수행원과 함께 이야기할 때를 제외하면, 나는 대부분의 시간을 다른 로즈 장학생들이나 여행 중인 다른 젊은이들과 어울려 지냈다. 특별히 마음에 들었던 사람은 마서 색스턴이라는 똑똑하고 귀여운 작가 지망생이었다. 그녀는 대부분의 시간을 어떤 로즈 장학생과 함께 보냈다. 하지만 나는 결국 기회를 잡았다. 연인관계가 끝난 후에도 우리 두 사람의 우정은 평생 계속되었다. 그녀는 최근에 『착하게 살아라 : 초기 미국 여성의 가치관Being Good : Women's Moral Values in Early America』이라는 책을 보내주기도 했다.

어느 날 어떤 사람이 칵테일이나 한잔 하자며 우리 일행 몇 명을 자기 객실로 초대했다. 나는 술이라곤 한 방울도 입에 대본 적이 없었고, 마시고 싶다고 생각해본 적도 없었다. 아버지 로저 클린턴을 망쳐놓은 술이 미웠고, 나에게도 똑같은 일이 일어날까봐 두려웠다. 하지만 나는 내 인생을 지배해왔던 두려움을 깨뜨릴 때가 온 것이라고 마음을 다져먹었다. 우리를 초대한 사람은 나에게 무얼 마시겠느냐고 물었고 나는 스카치 앤 소다를 청했다. 조지타운에서 열린 작은 파티에서 서너 번 바텐더로 일하면서 만든 적이 있는 술이었다. 나는 그게 무슨 맛이 나는지도 모르고 있었고, 실제로 그것은 내 입맛에 맞지 않았다. 다음 날에는 버번 앤 워터를 마셔보았는데, 그럭저럭 마실 만했다. 옥스퍼드에서 지낼 때는 맥주, 와인, 셰리주를 마셨다. 미국에 와서는 진토닉을 즐겨 마셨고, 여름에는 맥주를 마셨다. 20대에서

30대 초반 사이에 서너 차례 지독하게 과음을 한 적이 있었다. 힐러리와 사귀게 된 뒤로는 특별한 일이 있으면 함께 샴페인을 마셨다. 하지만 다행히도 알코올은 나에게 맞지 않았다. 1970년대 후반에는 보드카만 빼고는 모든 알코올 음료에 알레르기 반응이 나타났다. 이 모든 것을 고려해보면, 그 여객선 위에서 술을 입에 대는 것에 대한 두려움을 떨쳐버린 것은 잘한 일 같다. 또 그러고도 술에 대한 욕구가 생기지 않았으니 참 다행이다. 나에게는 그것 말고도 감당해야 할 문제들이 너무나 많았으니까.

항해 중에 가장 좋았던 것은 예상했던 대로, 로즈 장학생들과 함께 지내는 것이었다. 나는 모든 사람들과 잠깐씩이라도 만나보려고 노력했다. 나는 그들의 이야기를 듣고, 그들에게서 배웠다. 나보다 성적이 훨씬 좋은 사람들이 많았고 대학에서 반전운동에 참여했던 사람들도 있었고, 매카시와 케네디 선거운동에 참여했던 사람들도 있었다. 나는 그 중에서 마음이 맞는 서너 명과는 계속 친구관계를 유지했다. 그리고 상당수의 사람들이 내가 대통령직에 있을 때 중요한 역할을 맡았다.

하버드 대학에서 미식축구를 했던 흑인 톰 윌리엄슨은 나의 첫 임기 때 노동부 법률고문으로 활동했다. 스탠퍼드 대학원 과정에 있던 릭 스턴스는 맥거번 전국선거운동본부로 나를 데려갔던 인물이다. 후일 나는 그를 보스턴 연방법원 판사로 임명했다. 「예일 데일리 뉴스」의 편집장이었던 스트로브 탤벗은 「타임」지에서 대활약하다가 나를 위해서 러시아 담당 특별 보좌관 및 국무부 부장관으로 활동했다. 나중에 같은 법대에 다니게 된 더그 이클리는 내가 '법률서비스 법인'의 의장에 임명했던 사람이다. 브루클린 출신으로 역시 하버드 대학 미식축구부에서 활동했던 앨런 버신은 샌디에이고의 연방 검사로 임명됐던 사람인데, 지금은 장학사로 근무하고 있다. 워싱턴 시애틀 출신의 윌리 플레처는 제9연방순회항소법원 판사에 임명됐다. 우리가 만난 지 얼마되지 않았을 때부터 우리 일행의 유명한 핵심인물이었던 밥 리시는 내 첫 임기 때 노동장관으로 일했다. 해군사관학교를 졸업한 드니스 블레어는 내가 대통령이 되었을 때 제독이 되어 국방부에서 일하고 있었는데, 후일 태평양 주둔 미군 사령관이 되었다. 그러나 드니스는 그 지위에 오르는 데 내 도움을 전혀 받지 않았다.

다음 두 해 동안, 우리는 다른 방식으로 옥스퍼드를 경험하게 되었지만 한결같이 조국의 시대적 상황에 대한 의구심과 불안감을 지니게 되며, 옥스퍼드를 아끼면서도 도대체 우리가 여기 와서 무엇을 하고 있는 것인지 혼란을 겪게 된다. 우리들 대부분은 연구와 강의보다는 새로운 생활 속으로 뛰어들었다. 특히 빌려온 시간을 쓰고 있는 것이라는 생각 때문에, 우리는 대화하고 독서하고 여행하는 것을 더 중요하게 여겼다. 2년 후에, 실제로 학위를 딴 미국 장학생들의 비율은 이전의 로즈 장학생들에 비해서 훨씬 적었다. 하지만 여러 가지 고뇌에 시달렸던 우리는 대부분의 선배들과는 다른, 우리 나름의 방식의 옥스퍼드 경험을 통해 우리 자신에 대해서 그리고 일생에 걸쳐서 중요한 의미를 가지는 문제들에 대해서 더 많은 것을 배웠다.

우리가 탄 배는 닷새간의 항해 끝에 잠시 르아브르 항에 정박했다가 드디어 사우샘프턴에 도착했다. 로즈 하우스의 사감인 에드가 빌 윌리엄 씨가 부두에서 우리를 기다리고 있었다. 우리 일행은 윌리엄에게서 옥스퍼드의 모습을 처음으로 보았다. 중절모를 쓰고, 양쪽 손에 각각 레인코트와 우산을 들고 있는 그의 모습은, 제2차 세계대전 동안 몽고메리 장군의 작전 참모로 일했던 사람이라기보다는 전형적인 영국 멋쟁이 신사의 모습 같았다.

빌 윌리엄스는 우리를 버스에 태워서 옥스퍼드를 향해 출발했다. 날은 어둡고 비가 와서 창밖은 거의 보이지 않았다. 옥스퍼드에 도착했을 때는 밤 11시께였고, 도시 전체가 문이 닫혀 있었다. 닫혀 있지 않은 것은 내가 가게 된 유니버시티 칼리지 밖 하이 스트리트에서 희미한 불빛을 밝힌 채 핫도그와 싸구려 커피, 간단한 요깃거리를 파는 트럭뿐이었다. 우리는 버스에서 내려서 17세기에 지어졌다는 본관 건물의 입구를 향해 걸어갔다. 그곳에서 대학 출입자들을 챙기는 수위장 더글러스 밀린을 만났다. 해군에서 전역했다는 그는 무뚝뚝하고 입이 험했다. 사실 그는 굉장히 똑똑한 사람이었는데, 그 사실을 감추느라 쉴 새 없이 험한 말을 입에 올리고 있었다. 물론 그 험한 말투는 악의에서 비롯된 것은 아니었다. 밀린은 미국 학생들과 상대하는 것을 특히 좋아했다. 그는 우리를 보자마자 키 150센티미터의 밥 리시가 눈에 띄었는지, "양키 네 명을 보낸다고 하더니 세 명 반을 보냈군" 하고 말했다. 그는 계속 우리를 웃겼다. 하지만 실제로 그는 사람 볼 줄을 아는 현명한 사람이었다. 나는 더글러스와 이야기하면서 많은 시간을 보냈다. 그는 온갖 영국식 욕설을 동원하면서, 대학이 돌아가는 사정이나 교수들과 대학 직원들에 관한 이야기를 들려주었다. 우리는 베트남전쟁과 제2차 세계대전이 어떻게 다르냐는 것을 포함해서 시사적인 문제들을 가지고도 토론을 했다. 25년 후에 영국에 갔을 때 나는 더글러스를 찾아갔다. 1978년 말, 처음으로 주지사에 당선된 직후였는데, 힘들게 휴가를 얻어 힐러리와 함께 영국에 갔던 것이다. 옥스퍼드에 도착해서 대학 정문을 지나 걸어가는 동안 내 가슴 속에는 자신에 대한 자랑스러움이 가득 차 올랐다. 이윽고 더글러스가 보였다. 더글러스는 나를 보자마자 선수를 쳤다. "클린턴, 어떤 곳에서 왕으로 선출되었다지? 사람 셋에 개 한 마리가 사는 곳이라고 하던데." 나는 더글러스 밀린을 좋아했다.

내 방은 대학 뒤편, 도서관 뒤에 있는 헬렌관 안에 있었다. 헬렌관은 과거의 대학 총장 부인의 이름을 딴 아담한 공간이었다. 낮은 담을 사이에 두고 두 개의 건물이 마주보고 있었다. 왼편의 오래된 건물은 문이 두 개에 1층과 2층에 각각 방이 두 개씩 있었다. 나는 출입구에서 멀리 떨어진 2층 왼쪽 방에 묵게 되었다. 작은 침실과 작은 서재가 있는 방이었는데, 사실 다 합쳐서 하나의 큰 방이라고 할 수 있었다. 화장실은 1층에 있어서, 종종걸음을 치며 계단을 내려가야 했던 적이 한두 번이 아니었다. 샤워실은 2층에 있었는데, 가끔씩 온수가 나왔다. 오른편의 새 건물은 대학원생들이 사용하는 2층짜리 아파트였다. 2001년 10월에 나는 첼시가 그 아파트에 짐을 푸는 것을 도운 적이 있다. 첼시가 사용하는 침실은 내가 32년 전에 묵었던 방과 마주보고 있었다. 햇빛이 모든 생명체에 깃들인 그림자를 거두어가는 아름다운 순간이었다.

옥스퍼드에서 처음으로 잠에서 깨어난 나는 옥스퍼드 생활 중 잊혀지지 않을 한 인물과 마주쳤다. 헬렌관의 학생들 방을 관리하는 아치 씨였다. 손수 침대를 정리하고 방을 치우는 데 익숙해 있었던 나는 점차 아치에게 그 일을 넘겨주게 되었다. 그는 당시 거의 50년째 그 일을 하고 있었다. 조용하고 친절한 성격이라서 우리 모두는 그를 좋아하고 존경하게 되었다. 크리스마스 때나 특별한 일이 있을 때는 학생들이 집사에게 간소한 선물을 하는 것이 관례였다. 1년에 받는 로즈 장학금이 1,700달러에 불과한 처지였으니 대단한 선물을 할 여유는 없었다. 아치는 아일랜드산 흑맥주인 기네스 스타우트 몇 병만 있으면 좋겠다고 말했다. 나는 헬렌관에 있는 동안 아치에게 기네스 스타우트를 꽤 많이 선물했고, 덕분에 나도 그 술에 입맛을 들이게 되었다.

옥스퍼드 대학에서의 생활은 29개의 칼리지에서 진행되는데, 남자 칼리지와 여자 칼리지가 구분되어 있고 여자 칼리지의 수가 훨씬 적다. 학생들과 관련된 대학교의 주요 업무는 강의 제공과 시험 관리다. 시험은 각 강좌가 끝날 무렵에 치르는데 학위를 따느냐 마느냐, 학업에서 얼마나 두각을 나타내느냐는 시험주간에 얼마나 좋은 성과를 올리느냐에 달려 있다. 학문 연구를 하는 주요한 형식은 매주 한 번씩 진행되는 1대1 수업인데, 학생들은 이 때 토론한 주제에 대해서 짧은 에세이를 써서 제출해야 한다. 각 칼리지에는 예배당, 식당, 도서관 시설이 갖추어져 있고, 대부분 특이한 건축 양식으로 지어진 건물을 갖고 있다. 멋들어진 정원에 공원, 호수가 딸린 건물도 있고, 처웰 강과 인접해 있는 건물도 있다. 처웰 강은 동쪽에 있는 오래된 도시와 대학 사이의 경계를 이루며 흐르다가, 옥스퍼드를 지나자마자 템스 강의 지류인 아이시스 강으로 이어지고, 마침내 런던의 중심을 이루는 거대한 템스 강으로 흘러 들어가게 된다.

나는 처음 두 주 동안은 오랜 역사를 자랑하는 아름다운 옥스퍼드 도시 구석구석을 돌아다녔다. 대학들은 물론이고, 강들이며 공원들, 가로수가 늘어선 길들, 교회들, 차양을 친 시장을 뒤지고 다녔다.

내가 공부하는 칼리지 건물은 부지도 넓지 않고 제일 오래된 건물이라야 17세기에 지어진 것뿐이었지만, 내 마음에 꼭 드는 곳이었다. 14세기에 이 대학 관계자들은 이 칼리지가 9세기의 알프레드 대왕 통치기에 설립된, 옥스퍼드에서 가장 오래된 칼리지라는 내용의 문서를 위조했다. 분명한 사실은, 이 유니브UNIV(유니버시티 칼리지를 이르는 말로 모두들 그렇게 줄여서 불렀다)는 13세기에 설립된 머틴, 밸리올과 함께 가장 오랜 전통을 가진 세 개의 칼리지 중 하나라는 것이다. 1292년의 대학 규칙에는 유행가를 부르거나 영어를 쓰는 것을 금지하는 내용을 포함해서 여러 가지 엄격한 규칙들이 포함되어 있었다. 몇 번인가 학교가 떠들썩했던 적이 있었는데, 그때 나는 우리 시대의 동료들이 방 안에 갇힌 채 라틴어나 중얼거리고 앉아 있으면 좋겠다는 생각을 하기도 했다.

옥스퍼드에서 가장 유명한 학생은 퍼시 비시 셸리였다. 그는 1810년에 화학 전공 학생으로 입학했다. 그는 1년쯤 다니다가 퇴학당했는데, 퇴학 사유는 '일신론의 필요성'이라는 논문 때문이 아니라, 자신의 화학 지식을 동원해서 술을 만들 수 있는 작은 증류기를 방 안에 설치한 것 때문이라고 한다. 셸리는 20대 후반에 이탈리아의 해안에서 익사했는데, 1894년에 유니브는 죽은 시인의 아름다운 대리석 동상을 세움으로써 셸리의 명예를 되살렸다. 대학을 찾는 사람들은 셸리의 시를 읽은 적이 없어도 그의 아름다운 동상을 보는 것만으로도 그 시대의 젊은이들이 왜 그렇게 셸리를 좋아했는지 알 수 있었다. 20세기에 유니브를 거쳐간 학생이나 연구자들로는 세 명의 유명한 작가, 스티븐 스펜더와 C. S. 루이스, V. S. 나이폴과 저명한 물리학자 스티븐 호킹, 두 명의 영국 총리 크레멘트 애틀리와 해롤드 윌슨, 오스트레일리아의 총리 밥 호크(대학 내에서 열린 맥주 빨리 마시기 대회에서 그가 세운 기록은 아직 깨지지 않고 있다)가 있다. 그리고 배우인 마이클 요크, 라스푸틴을 살해한 펠릭스 유수포프 공 등도 있다.

나는 옥스퍼드와 영국에 대한 지식을 쌓아나가는 시기에도, 멀리 떨어진 미국에서 진행되는 선거 과정을 따라가려고 노력하면서 대통령 선거에 표를 행사하는 최초의 기회가 될 부재자 투표용지의 도착을 기다리고 있었다. 도시의 폭력과 학생들의 시위는 계속되고 있었지만, 험프리의 처지는 점차 나아지고 있었다. 그가 베트남 문제와 관련하여 존슨 대통령과 독자적인 행보를 걷겠다는 선언을 하고 난 뒤로, 험프리에 대한 청년들의 항의는 수그러들고 대신 지지가 늘어가고 있었다. 매카시는 1970년의 상원의원 선거나 1972년의 대통령 선거에 입후보하지 않겠다는 선언을 하면서 특유의 미적지근한 태도로 험프리를 승인했다. 한편, 월러스는 전직 공군참모총장인 커티스 르메이를 자신의 부통령 후보로 거명함으로써 회복할 수 없는 타격을 입었다. 5년 전의 미사일 위기 때 케네디 대통령에게 쿠바 폭격을 강권했던 르메이는 부통령 후보로 등장하면서 핵폭탄은 "병기고에 있는 하나의 무기일 뿐"이며 "그것을 사용함으로써 상당한 효과를 볼 수 있는 상황이 많이 있다"는 발언을 했다. 르메이의 주장 때문에 월러스는 수세에 몰리게 되었으며, 결국 거기서 헤어나오지 못했다.

한편, 닉슨은 과거의 성과에 근거해서 승리를 얻으려는 작전을 유지하면서, 토론을 하자는 험프리의 반복된 요청을 거부하고 있었다. 닉슨의 유일한 고민은 스피로 애그뉴가 험프리의 부통령 후보인 머스키 상원의원과 비교해서 평판이 좋지 않으며, 존슨이 북폭을 중단하고 파리 평화회담을 열어 '10월의 반격'을 할지도 모른다는 점이었다. 닉슨이 선거운동 때 헨리 키신저에게서 파리 회담에 관한 내부 정보를 얻었다는 것은 오늘날 잘 알려져 있는 사실이다. 헨리 키신저는 에이브럴 헤리먼의 고문으로 파리 회담의 진행 경과에 대해 정통해 있었다. 닉슨 선거운동본부장인 존 미첼이 남베트남의 티우 대통령에게 압력을 넣었다는 것 역시 잘 알려져 있는 사실이다. 존 미첼은 닉슨의 친구인 애너 셰노를 통해서 티우 대통령에게 남베트남의 반대세력인 베트남민족해방전선NLF과 함께 평화회담에 참가하라는 존슨의 압력에 굴복하지 말라고 설득했다. 존슨은 닉슨 파의 이런 노력을 꿰뚫어보고 있었다. 애너 셰노와 남베트남 대사의 통화내용 도청을 승인한 법무부 덕분이었다. 마침내 10월 31일, 존슨 대통령은 북베트남에 대한 폭격을 전면 중단할 것이며, 하노이가 남베트남의 회담 참가에 동의했으며, 미국은 베트남민족해방전선의 역할을 인정하겠다고 선언했다.

11월은 험프리와 그의 지지자들의 큰 기대와 함께 시작되었다. 험프리는 여론조사에서 빠른 상승세를 타고 있었고, 평화주도 정책 덕분에 선두를 달릴 수 있을 거라고 판단하고 있었다. 그러나 11월 2일, 선거를 앞둔 토요일에, 티우 대통령은 베트남민족해방전선도 포함되는 파리 회담에는 참가

하지 않겠다고 선언했다. 티우는 베트남민족해방전선과 함께 평화회담에 참가한다면 공산주의자들과 연립정부를 세워야 하는 상황이 올 수 있으므로 자신은 단독으로 북베트남과 협상하겠다고 말했다. 닉슨 캠프는 재빠르게 존슨 대통령이 험프리를 돕기 위해서 적절한 외교전술을 펴지 않고 조급하게 평화회담을 추진하고 있다는 것을 암시하는 선언을 했다.

존슨은 격분해서 험프리에게 애너 셰노가 닉슨을 위해서 평화회담을 방해하려고 한다는 정보를 알려주었다. 이제 티우 대통령의 입지를 흔들 것을 염려해서 국민들에게 이 사실을 숨길 필요는 없었다. 그런데 놀랍게도 험프리는 이 정보를 이용하려 들지 않았다. 그는 여론조사 결과 닉슨과 자신의 지지율이 비슷하다고 생각하고 이 정보를 이용하지 않아도 이길 수 있다고 판단했다. 그는 닉슨이 존 미첼을 비롯한 사람들이 닉슨 자신을 위해서 진행하고 있는 일들에 대해 알고 있다는 사실을 입증하지 못할 경우, 오히려 자신이 역공세를 받게 될 것을 염려하고 있었다. 닉슨이 반역 행위나 다름없는 사건에 개입했을 개연성은 아주 높았다. 존슨은 험프리의 대응에 격분했다. 내 생각으로는 존슨이 선거에 출마한 상태였다면 이 사실을 누설했을 것이고, 입장이 바뀌었다면 닉슨은 신이 나서 이 사실을 이용했을 듯싶다.

험프리는 우유부단함과 결벽증 때문에 치명타를 입게 되었다. 닉슨과 험프리, 월러스의 득표율은 각각 43.4퍼센트, 42.7퍼센트, 13.5퍼센트였다. 험프리는 50만 표 차이로 패배했다. 닉슨은 과반수에서 31명이 넘는 301명의 선거인단을 확보했고, 일리노이와 오하이오에서는 근소한 차로 승리했다. 키신저-미첼-셰노 책략이 성공한 셈이었다. 하지만 줄스 위트커버가 『꿈이 죽어버린 해*The Year the Dream Died*』에서 1968년의 상황을 분석한 것처럼, 그 책략의 성공은 결국 값비싼 대가를 치러야 했다. 이로 인해 워터게이트로 밝혀진 여러 가지 속임수를 포함해서 어떤 책략도 성공할 수 있다는 닉슨 파의 믿음이 단단히 자리를 잡게 되었기 때문이다.

11월 1일, 나는 가죽 장정 노트에 일기를 쓰기 시작했다. 미국을 떠날 때 드니스 하일랜드에게서 받은 노트였다. 아치가 북폭 중단과 관련된 희소식을 전해주면서 나를 깨웠을 때, 나는 일기장에 이렇게 썼다. '지금 풀브라이트 상원의원을 만날 수 있다면 좋겠다. 그의 지칠 줄 모르는 불굴의 노력이 올바른 것이라는 사실이 다시 한 번 입증된 셈이다.' 다음 날, 나는 북폭중단은 병력 감축으로 이어질 것이고, 나는 군복무를 하지 않게 될지도 모른다는 생각을 했다. '이미 군복무 중인 친구들 중 대다수가 베트남을 벗어날 수 있을 것이다. 어쩌면 지금 베트남 정글에서는 몇 명이 요절의 불운에서 벗어났을지 모른다.' 나는 아군 전사자의 절반이 미래에 발생하리라는 사실을 전혀 생각하지 못했다. 나는 처음 두 번의 일기 끝에 이렇게 적었다. '내가 분석력과 표현 능력을 완전히 상실했던 오늘 밤에도 그랬듯이, 희망은 밤이나 낮이나 내 곁을 지킨다. 그것은 찬양할 만한 미덕이다.' 사실 나는 젊었고, 몹시 감상적이었다. 하지만 나는 그때 이미, 1992년의 민주당 전당대회 연설에서 "호프라고 부르는 곳(호프는 희망이라는 뜻이기도 하고 클린턴의 고향 이름이기도 하다─옮긴이주)"이라는 말로 표현하려고 했던 것에 대한 확신을 가지고 있었다. 그것은 평생토록 나를 지켜준 것이었다.

11월 3일, 유니브의 대학원 학장인 조지 코크웰과 점심식사를 하는 동안, 나는 미국 선거에 대해 잠시 잊었다. 코크웰 총장은 뉴질랜드 출신으로 로즈 장학금을 받고 공부한 사람이었다. 그는 한때 럭비선수였다는데, 당시에도 어느 모로 보나 럭비선수 같아 보였다. 처음 만났을 때 코크웰 교수는 내가 수강 계획을 바꾼 것을 심하게 꾸짖었다. 나는 옥스퍼드에 도착하자마자, PPE라고 불리는 정치학, 철학, 경제학 강좌를 듣는 학부 프로그램 대신에 정치학 전공 학사 과정을 신청했다. 정치학 학사 과정은 5만 단어 규모의 논문을 써야 했다. 나는 조지타운에서 PPE의 1학년 과정은 모두 소화했다고 생각했다. 게다가 징병으로 옥스퍼드에서 두 번째 해를 보낼 수 없을 거라고 생각하고 있었다. 코크웰은 에세이를 교수에게 제출하고, 비평을 받고 변호하는 1대1 수업을 놓치는 것은 큰 실수라고 생각하고 있었다. 코크웰의 주장 때문에 나는 수강 과목을 바꾸어 1대1 수업과 에세이, 시험, 그리고 짧은 논문이 포함되는 정치학 전공 학사 과정으로 옮겼다.

11월 5일 선거일은 영국에서는 가이 포크스 기념일이었다. 그날은 1605

년에 포크스가 의회를 폭파하려했던 일을 기념하는 날이었다. 그날 내 일기에는 이렇게 쓰여 있다. '영국의 모든 국민들이 이 사건을 경축한다. 어떤 사람은 포크스가 실패한 것을 경축하고, 나머지 사람들은 그가 그런 시도를 한 것을 경축한다.' 그날 밤, 우리 미국 학생들은 로즈 하우스에서 선거 방송을 시청했다. 험프리를 지지하는 사람들이 다수였다. 우리는 최종 결과를 보지 못하고 잠자리에 들었다. 하지만 상원의원 선거에서 풀브라이트가 쉽게 이겼다는 사실은 알 수 있었기 때문에 마음이 편했다. 풀브라이트는 예비선거에서 짐 존슨과 잘 알려지지 않은 두 명의 적수와 싸워 52퍼센트밖에 얻지 못했기 때문에 내심 불안해하고 있었다. 풀브라이트의 승리가 공표되자 로즈 하우스에서는 커다란 환호가 터져 나왔다.

11월 6일, 우리는 닉슨이 승리했다는 사실을 알았다. 내 일기에는 이렇게 쓰여 있다. '레이먼드 삼촌과 친구들이 아칸소를 월러스에게 바쳤다. 1836년에 주가 설립된 이후 처음으로 민주당 지지에서 벗어나는 셈이다. 나는 레이먼드 삼촌에게 10달러를 보내야 한다. 작년 11월에 남부 주 중에서 가장 '진보적인' 아칸소는 절대로 월러스를 지지하지 않을 거라고 장담하며 내기를 했기 때문이다. 그런데 월러스는 이 '사이비 지성인'들의 생각이 얼마나 잘못될 수 있는지를 보여준 셈이다.' ('사이비 지성인'은 월러스가 대학을 졸업한 사람들 중에서 자신을 지지하지 않는 사람들을 가리킬 때 잘 쓰는 말이었다.) 남베트남 정부는 그렇지 않았겠지만, 나는 '이제까지 일어난 모든 일들에도 불구하고, 험프리가 훌륭하게 만회한 일들에도 불구하고, 내가 지난 1월에 예감했듯이 닉슨이 백악관을 차지하게 되었다는 데 대해서' 대단히 실망했다.

더욱 실망스러운 일은 부재자 투표용지가 도착하지 않는 바람에 대통령 선거에서 투표할 기회를 놓치고 말았다는 점이었다. 카운티 공무원이 부재자 투표용지를 항공우편이 아니라 일반우편으로 부쳤던 것이다. 일반우편은 비용이야 적게 들었겠지만 3주가 소요되었고, 결국 선거가 끝난 지 한참 뒤에야 도착했다.

다음 날, 일상생활로 돌아간 나는 어머니에게 전화를 걸었다. 어머니는 제프 드와이어와 결혼하기로 결심하고 대단히 행복해하고 있었고, 그런 어머니의 태도를 보며 나 역시 행복했다. 나는 레이먼드 삼촌에게 10달러를 부치면서, 미국은 가이 포크스 기념일과 비슷하게 조지 월러스 기념일을 국경일로 제정해야 한다는 말을 덧붙였다. 미국 국민들 모두가 이날을 경축할 터였다. 어떤 사람들은 그가 대통령 선거에 나가게 된 것을 경축할 것이고, 나머지 사람들은 그가 그렇게 형편없는 성적을 거둔 것을 경축할 터였다.

11월의 남은 기간 동안, 나는 여러 가지 일들에 빠져들면서 한동안 정치 문제와 베트남 문제를 뒤쪽으로 밀어놓았다. 어느 금요일에 릭 스턴스와 나는 자동차를 얻어 타기도 하고 버스를 타기도 하면서 웨일스에 다녀왔는데, 릭은 여행 중에 나에게 딜런 토머스의 시를 읽어주었다. 나는 '저 좋은 밤 속으로 그렇게 부드럽게 들어가지 마라' 라는 시를 그때 처음 들었다. 나는 그 시가 썩 마음에 들었다. 그리고 용감한 사람들이 '빛의 죽음에 대항하며 분노할' 때면 지금도 그 시가 생각난다.

나는 톰 윌리엄슨과 몇 차례 여행을 했다. 한번은 흑인 노예와 남부의 거만한 인종주의자라는 불쾌한 고정관념을 뒤집는, 역할 바꾸기를 해보기로 했다. 친절한 영국인 택시기사가 우리 앞에 차를 세우자, 톰이 "너, 뒤에 타라" 라고 말하고 나는 "네, 주인님"이라고 대답했다. 영국인 택시기사는 별 미친놈들 다 있네 하는 표정으로 쳐다보았다.

선거가 끝나고 두 주 후에, 나는 유니브 럭비팀에서 처음으로 '트라이' 를 성공시켰다. 어려서 밴드부에서 활동했던 나로서는 대단한 일이었다. 나는 세부적인 규칙들은 잘 모르면서도 럭비를 좋아했다. 나는 영국 학생들보다 덩치가 좋았기 때문에 공을 들고 있는 상대편의 진로를 방해하거나, 경기장 가운데 놓인 공을 잡아채기 위해서 이상한 대열을 형성하고 상대편 선수들을 밀어제치는 '스크럼' 의 두 번째 줄에 서서 세게 밀고 들어가는 역할을 맡아 그런대로 활약을 할 수 있었다. 한번은 경기를 하기 위해서 케임브리지에 갔다. 케임브리지는 도시의 크기나 산업화 수준에서는 옥스퍼드를 앞서는 곳이었지만, 옥스퍼드보다 훨씬 평온한 도시였다. 하지만 케임브리지 럭비팀은 단단하고 거친 경기를 펼쳤다. 나는 머리를 한 방 맞았다. 가벼운 뇌진탕을 입은 것 같았다. 코치에게 머리가 어지럽다고 말하자, 그는 교체할 선수가 없으니 내가 빠지면 우리 팀은 한 명이 없는 채로 경기를 해야 한다면서 "당장 필드로 돌아가서 아무나 물고 늘어져"라고 말했다. 결국 우리는 경기에 졌다. 하지만 나는 중도에 포기하지 않았다는 사실만으로도 흐뭇했다. 포기하지 않으면 기회는 오는 법이니까.

11월 말에, 나는 지도교수인 즈비그뉴 펠진스키 박사에게 낼 첫 에세이를 썼다. 그는 폴란드 출신의 망명자였다. 내가 쓴 에세이의 주제는 소비에트 전체주의에서 테러의 역할이었다.('테러는 공동체의 몸을 파고들어 다양성과 독립성의 성장을 베어내려고 하는 무모한 칼날이다.') 나는 그 에세이를 들고 첫 번째 1대1 수업에 들어갔고, 첫 번째 학술 세미나에 참석했다. 11월에 나는 학과 공부를 근근이 따라가면서 나머지 시간에는 이곳저곳을 돌아다녔다. 셰익스피어가 태어난 스트랫퍼드-어폰-에이번을 두 번이나 찾아가서 그의 연극을 보았고, 런던에 두 번 나가서 조지타운에서 앤 마르쿠젠과 같은 집에서 하숙했던 친구들로 당시 그곳에서 생활하고 있던 드루 바흐만과 엘렌 맥퍼크를 만났다. 버밍엄에 가서 서투른 야구를 하기도 했고, 케네디 대통령 사망 5주년 기념일에는 더비로 가서 고등학교 학생들에게 강연을 하고 미국에 대한 아이들의 여러 가지 궁금증을 풀어주기도 했다.

12월에 접어들면서, 나는 어머니의 결혼식에 예고 없이 나타나서 사람들을 놀라게 해 줄 계획을 세웠다. 예정된 결혼식은 어머니와 나의 미래에 불투명한 그림자를 드리우고 있었다. 대부분의 어머니 친구들이 제프 드와이어와의 결혼을 결사적으로 반대하고 있었다. 제프가 감옥살이를 한 적이 있는 만큼 믿을 수 없는 구석이 있는 사람이고, 더 큰 문제는 오랫동안 별거 중인 아내와 정식 이혼을 하지 않고 있다는 것이었다.

그런데 갑자기 내 인생의 미래를 더욱 불투명하게 만드는 일이 일어났다. 친구인 프랭크 앨러가 고향인 워싱턴 주 스포케인의 병무청에서 징병 통지서를 받았다. 그는 하이 스트리트를 가운데 두고 유니브와 마주보고 있는 퀸스 칼리지에서 공부하고 있는 로즈 장학생이었다. 그는 징집에 응하지 않을 것이며 징역을 면하기 위해서 영국에 무기한 체류하겠다는 결심을 굳히고, 곧 고향으로 돌아가 부모님과 여자친구에게 그 사실을 알리겠다는 생각을 하고 있었다. 프랭크는 베트남에 대해서 잘 알고 있었고 미국의 정책이 비도덕적이며 그릇된 것이라고 생각하고 있었다. 조국을 사랑하는 유복한 중산층의 아들인 그는 몹시 괴로워하고 있었다. 길 건너 맥덜린 칼리지에서 지내던 스트로브 텔벗과 나는 그를 위로했다. 마음씨 착한 프랭크는 우리도 자신처럼 전쟁에 반대한다는 것을 알고 도리어 우리를 위로해주었다. 나는 자기와 달리 정계에서 두각을 나타낼 욕망과 능력이 있는 사람이니 징병 거부로 기회를 날려버리는 것은 옳지 않은 일이라면서, 프랭크는 나를 설득하려 들었다. 프랭크의 너그러운 태도를 보면서 나의 죄책감은 더욱 심해졌다. 당시의 일기장에는 그때의 고뇌가 고스란히 실려 있다. 나는 이런저런 구실을 대가면서 자신에게 너그럽게 굴고 있었는데, 그는 내가 나 자신에게 허용하는 아량보다 훨씬 큰 아량을 나에게 베풀고 있었다.

12월 19일에 나는 엄청난 폭설이 내린 미니애폴리스에 도착해서 앤 마르쿠젠과 재회했다. 그녀는 미시간 주립대학에서 박사 과정을 밟고 있었는데, 그녀도 나와 마찬가지로 자신의 미래와 두 사람의 미래에 대한 확신을 가지고 있지 못했다. 나는 그녀를 사랑했다. 하지만 당시 나는 내 미래에 대한 확신이 없었으므로 누군가와 미래를 약속할 수는 없는 상황이었다.

12월 23일, 나는 집에 도착했다. 아무런 연락도 하지 않고 불쑥 집에 들이닥친 것이다. 어머니는 계속 눈물을 흘렸다. 어머니와 제프, 그리고 로저는 며칠 뒤에 열릴 결혼식 때문에 마음이 무척 설레는 모양이었다. 그들은 장발이 된 나의 머리모양을 보고도 별 말을 하지 않고 지나갈 정도로 기분이 좋아 보였다. 크리스마스 때는 어머니 친구 두 분이 찾아와서 어머니와 제프의 결혼을 말리라며 나를 설득하려고 했지만, 그래도 우리 가족은 행복했다. 나는 아버지의 무덤을 찾아가 노란 장미 네 송이를 꽂으며 아버지의 가족들이 새로운 인생을 시작한 어머니와 로저에게 힘을 주게 해달라고 기도했다. 나는 제프 드와이어 씨가 마음에 들었다. 그는 지혜롭고 성실한 사람이고, 로저에게도 잘해주고, 어머니를 끔찍이 아끼고 있었다. 나는 두 분의 결혼에 찬성하는 입장이었으며, '두 사람의 행복을 바라면서도 의구심을 가진 사람들이나 두 사람의 불행을 바라는 고약한 사람들이 제프와 어머니에 대해서 가진 생각이 옳다고 하더라도, 두 사람의 예전 결혼 생활이 실패하지 않았듯이 두 사람의 결혼 역시 실패하지 않을 것'이라고 생각하고 있었다.

한동안 나는 1968년의 격동을 모두 잊고 지냈다. 그해는 나라가 분열되고 민주당이 분열된 해였고, 보수적인 민주주의가 진보적인 민주주의를 대체하여 미국의 지배적인 정치세력으로 등장한 해였다. 그해는 법과 질서와 힘이 공화당의 신조가 되고, 민주당은 혼란과 허약, 국민과의 괴리, 자아도취에 시달리는 엘리트 세력이 된 해였다. 그해는 닉슨에게, 다음에는 레이건, 다음에는 깅리치, 그리고 다음에는 조지 W. 부시에게 권력의 길을 열어준 해였다. 중산층의 반발은 20세기 말까지 미국 정치를 왜곡하고 변형시킬 터였다. 새로운 보수주의는 워터게이트로 타격을 입겠지만, 붕괴되지는 않는다. 경제적 불평등과 환경 파괴, 사회 분열을 부추기는 우익 이데올로기로서의 보수주의에 대한 대중적 지지도는 약해지겠지만, 붕괴되지는 않는다. 극단적인 경향의 위협을 받게 되면, 보수주의 운동은 '좀더 점잖고, 좀더 부드럽게' 그리고 '좀더 온정적으로' 진행되며, 한편으로는 가치관과 품성, 의지가 박약하다고 우기며 살벌하게 공격을 하게 된다. 또한 보수주의 운동은 승리를 거두기 위해 중산층 유권자들 사이에서 예견할 수 있는, 파블로프 식의 조건반사를 유도해낸다. 물론 그 과정은 예상했던 것보다 복잡했다. 민주당에 대한 보수주의의 비판이 유효할 때도 있었고, 중도적인 공화주의자들과 보수주의자들은 늘 자리를 지키고 있다가 민주당 지지자들과 협력하여 긍정적인 변화를 이끌어내기도 했다.

그럼에도 불구하고, 마음속 깊은 곳에 묻혀 있는 1968년의 악몽은 나를 비롯한 모든 진보적 정치가들이 분투해야 하는 무대를 펼쳐놓았다. 만일 마틴 루터 킹과 로버트 케네디가 죽지 않고 활동했다면 상황은 상당히 달라졌을 것이다. 만일 험프리가 파리 평화회담에 개입하려고 했던 닉슨의 음모와 관련된 정보를 이용했다면 상황은 상당히 달라졌을 것이다. 그렇지만 어쩌면 달라지지 않았을지도 모른다. 어쨌든 1960년대가 그래도 악보다 선이 더

컸던 시대라고 믿는 우리 같은 사람들은 우리 젊음의 꿈과 영웅에게 자극을
받으며 계속 싸워나가게 된다.

15

1969년 새해 아침, 나는 행복한 기분으로 한 해를 시작했다. 프랭크 홀트가 주지사 선거에서 패배한 지 2년 만에 대법원 판사에 재선되었던 것이다. 나는 리틀록으로 달려가서 홀트 판사의 취임식에 참석했다. 그는 우리에게 새해 첫날의 시간을 이런 진부한 행사에 쏟아 부을 필요가 없다고 고사했지만, 50명이 넘는 고집쟁이들이 그곳으로 달려갔다. 내 일기에는 이렇게 적혀 있다. '나는 그가 이겼기 때문에 그에게 달려온 건 아니라고 말했다.' 그는 얄궂게도 '신임' 판사로서 짐 존슨 판사가 쓰던 사무실을 쓰게 되었다.

1월 2일, 조 뉴먼과 나는 다음 날 있을 제프와 어머니의 결혼식 소식을 친척들에게 알리기 위해서 어머니를 모시고 호프에 다녀왔다. 집에 돌아오자마자, 조와 나는 우편함에 붙은 '로저 클린턴'이라는 이름표를 떼어냈다. 재치 있는 조는 웃으면서 "이렇게 쉽게 떨어지다니 너무 섭섭한데"라고 말했다. 불길한 전조들과 상관없이, 나는 두 분의 결혼이 성공적이리라고 생각했다. 나는 일기장에 이렇게 적었다. '사람들 주장처럼 제프가 사기꾼이라면, 속아 넘어가는 체 해주는 거지 뭐.'

다음 날 밤의 결혼식은 짧고 간소했다. 절친한 존 마일스 목사가 결혼서약을 인도했다. 로저는 촛불을 켜고, 나는 들러리를 섰다. 피로연에서 캐럴린 옐델과 나는 결혼식 하객들을 위해서 악기를 연주하고 노래를 불렀다. 일부 목사들은 제프가 이혼했다는 것, 그것도 얼마 전에 이혼했다는 것 때문에 교회의 입장에서는 결혼을 승인할 수 없다고 했다. 하지만 존 마일스 목사는 그렇지 않았다. 그는 하나님은 우리에게 두 번째 기회를 주시기 위해서 예수님을 보내셨다고 믿는 진보적 감리교도였다.

1월 4일, 록펠러 주지사를 잘 알고 있는 친구 샤론 에반스 덕분에, 나는 페티 진 마운틴에 있는 주지사의 목장에서 주지사와 함께 점심식사를 하게 되었다. 록펠러는 친절하고 논리정연한 사람이었다. 우리는 옥스퍼드에 대해서, 그리고 옥스퍼드에 가고 싶어 하는 주지사의 아들 윈스럽 폴에 대해 이야기를 나누었다. 주지사는 내가 윈 폴과 가까이 지냈으면 좋겠다고 말했다. 어린 시절에 오랫동안 유럽에서 지낸 윈 폴은 가을 학기에 펨브로크 대학에서 공부를 시작한 청년이었다.

점심식사 후에, 나는 윈 폴과 많은 이야기를 나누었다. 그후 우리는 톰 캠벨과 만나기 위해서 남서쪽으로 향했다. 톰 캠벨은 미시시피 주에서 해군 비행 훈련을 받고 있었는데, 그 당시 자동차를 몰고 아칸소 주에 와 있었다. 우리 세 사람은 자동차 편으로 윈 폴이 소개해준 주지사 공관으로 향했다. 그곳에서 우리는 깊은 감명을 받았다. 나는 아칸소 역사의 중요한 일부를 보았다는 생각을 하며 주지사 공관을 떠났다. 10년 세월이 흐른 뒤에 내가 집으로 삼아 12년 동안 거주할 곳이라고는 상상도 하지 못했다.

1월 11일에 나는 비행기를 타고 영국으로 돌아왔다. 톰 윌리엄슨과 프랭크 앨러와 함께였다. 비행기를 타고 오면서, 윌리엄슨에게서는 미국에서 흑인으로 사는 것이 어떤 것인지를 배웠고, 앨러에게서는 보수적인 아버지 때문에 머리를 짧게 깎였으며 크리스마스를 앞두고 있던 터라 징집영장이 나왔다는 이야기는 꺼내지도 못했다는, 힘들었던 신년 휴가 이야기를 들었다. 유니브로 돌아와보니 우편함에는 함께 세례를 받았던 옛 친구 해병대 이등병 버트 제프리스가 보낸 놀라운 내용의 편지가 들어 있었다. 나는 그가 보낸 슬픈 소식의 일부를 기록해두었다.

……빌, 나는 제정신을 가진 사람이라면 절대로 보고 싶지 않을 여러 가지 일들을 보고, 절대로 겪고 싶지 않을 여러 가지 일들을 겪었어. 이곳에서 벌어지는 일들은 장난이 아냐. 이기지 않으면 지는 거야. 함께 지내 친해진 친구가

자기 옆에 죽어 있는데, 그 죽음이 아무 이유 없는 개죽음이라는 걸 알고 있다면 그걸 보는 건 끔찍한 일이지. 그러면서 자기 자신도 눈 깜짝할 사이에 그렇게 될 수 있다는 걸 깨닫는 거야.

나는 공군 중령의 경호를 맡고 있지…… 11월 21일에 우리는 윈체스터라는 곳으로 왔어. 헬리콥터에서 내려서 중령과 나, 그리고 다른 두 사람이 그 지역을 둘러보기 시작했지…… 벙커에 북베트남군 병사 두 명이 숨어 있다가 우리에게 사격을 했지…… 중령과 다른 두 사람은 총에 맞았어. 나도 죽는구나 싶었지. 하지만 다행히 북베트남 병사가 나를 쏘기 전에 내가 그들을 쐈어. 그날 처음으로 사람을 죽인 거야. 빌, 자신이 남의 목숨을 빼앗았다는 사실을 깨닫는다는 건 얼마나 끔찍한 일인지 몰라. 속이 뒤집어지는 것만 같았어. 바로 그순간 나 자신도 눈 깜짝할 사이에 그렇게 될 수 있다는 걸 깨닫게 되지.

다음 날 1월 13일에 나는 징병검사를 받기 위해 런던으로 갔다. 나는 그날 의사에게 들은 내용을 일기에 적어놓았다. "서구 세계에서 가장 건강한 표본 중의 하나로군. 의과대학이나, 전시실, 동물원, 사육제 전시용으로도 합격이고, 훈련기지 캠프 전시용으로도 합격이네." 1월 15일에 나는 에드워즈 앨비의 영화 〈미묘한 균형 A Delicate Balance〉을 보았다. 그것은 '이틀 사이에 내가 두 번째로 겪은 초현실적인 경험이었다.' 앨비가 그려낸 인물들은 관객에게 '종말이 가까운 어느 날이 되면 깨어나지 못한 채, 허울만 남은 자신을 발견하고 두려움에 사로잡히게 되는 건 아닐까' 하는 생각을 하게 만들었다. 나는 이미 그런 생각을 품고 있었다.

닉슨 대통령은 1월 20일에 취임했다. 그는 취임연설에서 화해를 제안하려고 했다. 하지만 그 연설은 나를 더욱 냉담하게 만들었다. 그것은 지긋한 나이의 성실한 중산층의 신앙과 미덕을 설교하는 내용이었다. 그런 신앙과 미덕으로 유대 기독교 전통과는 전혀 관계없는 아시아 사람들과의 문제를 해결할 수 있을까? 그런 신앙과 미덕으로 신의 존재를 믿지 않는 공산주의자들과의 문제를 해결할 수 있을까? 그런 신앙과 미덕으로 하나님을 경외하는 백인들에게 번번이 속아 이제 공동의 교류의 장이 거의 사라져 버렸다고 느끼는 흑인들과의 문제를 해결할 수 있을까? 그런 신앙과 미덕으로 그릇된 설교들이 부르짖는 똑같은 노래들을 너무나 많이 듣는 바람에 기성세대의 오만한 자기 망상 대신 마약을 택하는 젊은이들과의 문제를 해결할 수 있을까?

나 역시 기독교 신앙과 중산층의 미덕을 믿는 사람이었다. 하지만 나는 똑같은 결론에 도달하지 않았다. 진실한 신앙과 정치적 신조를 지키며 살아가려면 닉슨 대통령이 가려고 하는 곳보다 훨씬 더 먼 곳까지, 훨씬 더 깊은 곳까지 도달해야 한다는 생각이 들었다.

나는 떠날 때 떠나더라도 일단 영국 생활로 되돌아가기로 결심했다. 나는 처음으로 옥스퍼드 학생 클럽 토론회에 참석했다. '결론은 났다 : 인간은 자신의 모습으로 하나님을 창조했다'는 내용의 토론회였는데 나는 '비옥해질 수도 있지만 쟁기질을 잘못한 땅과 같은 토론회'라는 생각이 들었다. 나는 맨체스터에서 '석회나 진흙이나 시멘트를 사용하지 않고 돌로 쌓은 유서 깊은 장벽들이 놓여 있는' 영국 교외의 아름다운 풍경에 감탄했다. 그곳에서 "민주주의 개념이론으로서의 다원론'에 대한 세미나에 참석했다. 나로서는 지루한 내용이었다. "우리 눈앞에서 벌어지고 있는 일들을 좀더 어려운 용어로 설명하려고 하는 또 하나의 시도일 뿐이다…… 그것은 나에게 있어서 그림의 떡일 뿐이다. 나는 지식도 모자라고, 현실을 개념화하는 능력도 부족하고, 똑똑하지도 않기 때문에 이 구변 좋은 군중들 속에 섞여 달릴 수가 없다."

1월 27일 현실이 다시 추한 머리를 곤추세웠다. 프랭크 앨러가 공식적으로 '유일하게 눈앞에 열려 있는 길을 택하며' 징집 기피자가 되던 날 서너 명이 모여서 그를 위로하는 조촐한 파티를 열었다. 보드카가 등장하고 건배를 하고 이런저런 유머를 주고받았지만, 전혀 흥이 나지 않았다. 모인 사람들 중에서 가장 재치가 있는 밥 리시조차도 분위기를 띄우지 못했다. 우리는 프랭크 앨러의 어깨에 지워진 짐을 덜어줄 수 없었다. '그날 그는 입속에다 자신이 가진 돈을 모두 털어넣었다.' 다음 날, 스트로브 탤벗이 정말로 군대에 갈 수 없게 몸이 망가지는 사고를 당하게 되었다. (오래 전에 축구를 하다 다친 상처 때문에 안 그래도 그의 징집 등급은 1-Y였다). 그는 유니브에서 존 아이잭슨의 스쿼시 라켓에 안경을 맞았고, 의사는 그의 각막에 박힌 유리조각을 빼내느라 무려 두 시간을 끙끙댔다. 스트로브는 회복했고 그후 35년 동안 우리가 놓치고 보지 못하는 것들을 보는 즐거움을 만끽하며 살게 되었다.

오래 전부터 2월은 나에게 잔인한 달이었다. 나는 해마다 2월이면 우울증과 싸우면서 봄이 오기를 기다렸다. 옥스퍼드에서 처음 맞은 2월은 지독한 고통이었다. 나는 책을 읽으면서 2월이 주는 고통과 싸웠다. 책 읽기는 옥스퍼드에서 내가 가장 많은 시간을 투자했던 일이었다. 나는 학업 때문에 읽는 책 이외에는 이것저것 닥치는 대로 읽었다. 나는 수백 권의 책을 읽었다. 그해 2월, 나는 존 스타인벡의 『달이 지다 *The Moon Is Down*』를 읽었다. 그 책을 선택한 이유는 저자가 그 즈음에 죽었다는 것과 전에 읽지 않았던 작품을 읽으면서 그를 기억하고 싶다는 것 때문이었다. 또 윌리 모리스의 『집을 향해 북쪽으로 *North Toward Home*』도 다시 읽었다. 그 책을 읽으면 나의 뿌리와 나의 '보다 나은' 자아에 대해서 이해할 수 있을 것 같았기 때문이었다. 나는 엘드리지 클리버의 『얼음 위의 영혼 *Soul on Ice*』을 읽으면서 영혼의 의미에 대해 생각했다. '영혼은 내가 흑인이 아닌가 싶을 정도로 자주 사용하는 단어다. 이따금 내가 흑인이 아니라는 사실이 아쉽게 느껴진다. 영혼, 나는 그것이 무엇인지 잘 알고 있다. 그것은 나로 하여금 물건을 느끼게 하는 것이며, 나를 움직이게 하는 것이며, 나를 사람으로 만드는 것이다. 그것을 사용하지 못하게 되었을 때, 그것을 되찾지 않으면 나는 어느새 죽고 말리라.' 그 당시 나는 영혼을 잃어버리게 될까봐 두려워하고 있었다.

징병 문제와 씨름하면서, 내가 선량한 인간이냐, 아니 선량한 인간이 될 수 있느냐 하는 오래 전부터 가지고 있던 의혹이 다시 싹텄다. 어려운 상황에서 자란 사람들은 잠재의식 속에서 스스로를 비난하며 자신은 더 나은 운명에는 어울리지 않는 사람이라고 생각하기 마련이다. 이런 사고는 평행하는 두 삶을 살아야 하기 때문에 발생하는 것 같다. 평행하는 두 삶이란, 외면적 생활에서는 자연스러운 과정을 밟아가지만 내면적 생활에서는 비밀을 감추고 있는 삶을 의미한다. 어렸을 때 나의 외면적 생활은 친구들과의 즐거움, 지식 습득과 행동으로 충만해 있었다. 하지만 내면적 생활은 불확실성과 분노, 그리고 늘 드리웠던 폭력에 대한 두려움으로 가득 차 있었다. 평행하는 삶을 사는 사람은 완벽한 성공을 거둘 수 없다. 성공을 거두려면 둘을 통합시켜야 한다. 조지타운 시절에 아버지가 휘두르는 폭력의 위협이 차츰차츰 사그라지다가 마침내 사라지게 되면서, 나는 통합된 삶을 살 수 있는 기회를 얻을 수 있었다. 그런데 징병 문제가 다시 불거지면서 나는 거칠기 짝이 없는 내면적인 생활로 되돌아오게 되었다. 새롭고 흥미진진한 외면적 생활의 이면에는, 자신감을 잃고 머지않아 파국이 다가올 것을 두려워하는 과거의 악마들이 다시 흉측한 머리를 곧추세우고 있었다.

나는 평행하는 삶을 통합하기 위해서, 몸과 마음, 영혼을 어우러지게 하기 위해서 쉬지 않고 노력해왔다. 즉 외면적인 생활을 가능하면 건강하게 유지하고, 내면적인 생활에서 마주치게 되는 위험과 고통을 극복하고 완화시키려고 노력해왔다. 군인들이나 명예를 위해 목숨을 거는 사람들의 개인적 용기에 대해서 진심으로 감탄하고, 폭력과 권력의 남용을 본능적으로 혐오하고, 공적인 일에 헌신하려는 열정과 다른 사람의 어려움에 대한 깊은 연민을 가지고 있으며, 인간적인 교제 속에서 위안을 찾으면서도 다른 사람이 내면적 생활의 밑바닥 깊은 곳까지 들어오도록 허용하지는 못하는 것, 이 모든 것이 내가 가진 이런 개인적 특성에서 연유하는 것 같다. 당시 나의 내면 깊은 곳은 아주 캄캄했다.

나는 예전에도 오랫동안 내면에 칩거했던 적이 있었지만, 이렇게 오랫동안 심하게 앓았던 적은 없었다. 나의 쾌활한 성격과 낙천적인 태도 이면에 이런 감정들이 들끓고 있다는 것을 처음으로 자각하게 된 것은 옥스퍼드로 오기 5년 전 고등학교 시절이었다. 당시 나는 존경하는 워네크 선생님의 영어 수업시간에 자전 에세이를 쓰면서 '내 머리 속을 휩쓸고 다니는 혐오감'에 대해서 언급한 적이 있었다.

1969년 2월에 그 혐오감은 지독하게 나를 갉아댔다. 나는 그것을 내쫓기 위해서 책을 읽고 여행을 하고 사람들과 어울리면서 많은 시간을 보냈다. 나는 런던의 볼튼 가든스 9번지의 널찍한 아파트에서 재미있는 사람들과 자주 어울렸는데, 주말에 틈이 날 때마다 옥스퍼드를 떠나 그곳을 즐겨 찾았다. 그곳에는 늘 데이비드 에드워즈가 있었다. 어느 날 밤 앤 마르쿠젠의 조지타운 동기인 드루 바호만과 함께 헬렌관의 내 방에 나타난 사람이 바로 데이비드였다. 그는 나팔바지에 단추와 주머니가 잔뜩 달린 긴 코트를 입고 있었는데, 최신 유행의 차림새였다. 나 자신은 옛날 영화에서나 봤을 법한 차림이었다. 볼튼 가든스의 데이비드의 집은 미국인, 영국인 청년들, 그리고 런던을 드나드는 여러 사람들이 수시로 오가는 개방 공간이 되었다. 우리는 그곳에서 식사도 많이 하고 파티도 많이 했다. 그 자금을 조달하는 것은 언제나 나머지 사람들보다 돈도 많고 너무 후한 것이 탈인 데이비드의 몫이었다.

그러나 나는 대부분의 시간을 옥스퍼드에서 혼자 보냈다. 나는 혼자서 책 읽는 것을 즐겼다. 칼 샌드버그의 『그렇지, 그 사람들The People, Yes』에서 발견한 한 구절이 특히 마음에 들었다.

그에게 말하시오. 종종 혼자 지내라고, 주제파악을 하라고,

그리고 무엇보다도 스스로에게 자신에 대한 거짓말을 하지 말라고.

……

그에게 말하시오. 사람이 강할 때는 혼자 지내는 것이 생산적인 거라고,

그리고 마지막 결정은 방 안에 조용히 혼자 있을 때 내리는 거라고.

……

그는 외로울 것이고,

그래서 그에게는 시간이 있는 거요.

자기 일이라고 생각한 일을 할 시간이.

샌드버그의 시는 내가 겪고 있는 방황과 근심이 좋은 결과를 가져다줄 것이라는 희망을 던져주었다. 나는 열 살이 되기 전까지는 대부분의 시간을 혼자서 보냈다. 부모님께서 맞벌이를 했기 때문이었다. 정계에 발을 들여놓

앞을 때, 나를 잘 알지 못하는 사람들이 만들어낸 재미있는 신화 중 하나는 내가 혼자 있는 것을 싫어한다는 이야기였다. 아마도 내가 많은 군중들은 물론이고 친구들과 조촐한 저녁식사를 하고 카드 게임을 하는 등, 사람들 만나기를 좋아한다는 이유 때문이었던 것 같다. 대통령 시절에, 혼자서 생각하고 되돌아보며 계획을 짜거나 아니면 아무것도 하지 않고 지낼 수 있는 시간을 하루에 서너 시간씩 확보하기 위해서 나는 없는 시간을 억지로 쪼개가며 살았다. 혼자 지낼 짬을 내기 위해서 잠을 줄일 때도 많았다. 옥스퍼드 시절에는 혼자 있는 시간이 많았고, 나는 그 시간을 이용해서 샌드버그가 행복한 인생을 살기 위해서 꼭 필요하다고 했던 것들을 챙기며 살았다.

3월이 되어 봄이 오면서 날씨가 화창해지자, 나의 마음도 덩달아 화창해졌다. 5주간의 휴가 동안, 나는 처음으로 유럽 여행에 나섰다. 기차를 타고 도버 해협으로 가서 하얀 절벽들을 구경한 다음, 여객선을 타고 벨기에로 갔고, 그곳에서 기차를 타고 독일 쾰른으로 이동했다. 오후 9시 30분, 나는 기차역을 벗어나서 언덕 위에 솟은 웅장한 중세풍 대성당의 그림자 속으로 걸어 들어갔다. 제2차 세계대전 때 인근에 있는 라인 강 철교를 폭파하려고 했던 연합군 조종사들이 대성당을 파괴하지 않으려고 위험을 무릅쓰고 저공비행을 했던 이유를 이해할 수 있을 것 같았다. 대성당 안에 들어가자 하나님이 아주 가까이 계신 것처럼 느껴졌다. 나는 그 후에도 그곳을 찾아갈 때마다 같은 감정을 느끼게 된다. 다음 날 아침, 나는 바이에른을 여행하기 위해 릭 스턴스와 앤 마르쿠젠, 그리고 독일인 친구인 루디 로베를 만났다. 루디는 내가 1967년 대서양공동체 회의에서 만난 친구였다. 루디의 조상들이 1,000년 전부터 살아온 곳이라는 밤베르크에 도착하자, 루디는 가까이에 있는 동독 국경을 보여주겠다고 나섰다. 숲 언저리에는 철조망으로 둘러놓은 망루가 하나 있고 그 위에는 동독 병사 한 명이 서 있었다.

내가 여행 중일 때, 아이젠하워 전 대통령이 사망했다. '그는 깨져버린 미국의 꿈의 흔적을 간직하고 있는, 몇 개 남지 않은 조각들 중 하나였다.' 나와 앤 마르쿠젠과의 관계도 그렇게 깨져버렸다. 떨어져 지낸 시간도 길었지만 내가 확실한 태도를 취하지 않은 탓이었다. 우리는 오랜 세월이 흐른 뒤 다시 친구 관계를 회복할 수 있었다.

내가 옥스퍼드로 돌아오자, 조지 케넌의 초청 강연이 있었다. 케넌은 미국의 베트남 정책에 대해서는 발언을 상당히 자제했다. 친구들과 나는 그가 생각하는 베트남 정책을 듣고 싶었다. 안타까운 일이지만, 그는 외교정책에 관여하지 않고 있었다. 그는 대신에 학생시위와 반전 '반문화'를 통렬히 비난하기 시작했다. 톰 윌리엄슨을 비롯한 나의 친구들이 잠시 그와 격론을 나눈 뒤 강연회는 끝났다. 우리들의 공통된 반응은 앨런 버신의 익살스런 말 한 마디로 간단하게 요약되었다. "영화보다는 책이 나은 경우로구먼."

며칠 후, 나는 릭 스턴스와 근사한 저녁을 먹으며 토론할 기회를 가졌다. 릭은 아마 우리 그룹 중에서 정치적으로 가장 성숙하고 박식한 친구였을 것이다. 내 일기장에는 릭이 '징병에 대한 나의 반감을 산산이 깨뜨려버렸다'고 적혀 있다. 그는 강제징집을 하지 않으면 가난한 사람들이 감당해야 할 국방의 의무가 훨씬 무거워질 것이라고 말했다. "스턴스는 국민개병제를 실시하되 군복무를 대체할 수 있는 방안을 마련하고, 병력을 적절한 수준으로 유지하기 위해서 복무기간 단축과 봉급 인상을 도입해야 한다고 말한다. 그는 가난한 사람들만이 아니라 모든 사람들이 공동체를 위한 봉사에 참여해야 한다고 믿고 있다." 그와의 토론에서 뿌려진 씨는 20년의 세월이 흘러 내가 첫 대통령 유세에 나섰을 때 싹을 틔웠고, 나는 청년들에게 국가공동체서비스 프로그램을 제안했다.

1969년 봄, 당시의 유일한 국가 봉사는 군복무였고, 봉사의 의미는 '총인원수'라는 냉담한 용어로 측정되었다. 4월 중순, 어린 시절 친구인 버트 제프리스가 전사했다. 남편을 잃은 슬픔에 시달리던 제프리스의 아내는 임신 9개월에 조산을 하고 말았다. 그 아이는 나처럼 아버지에 대한 이야기만 들으며 자라게 될 터였다. 버트가 근무하던 해군에는 핫스프링스 출신의 친한 친구, 아이러 스톤과 듀크 와츠가 있었다. 버트의 가족은 그의 시신을 가지고 올 사람을 선택해야 했다. 시신을 운반하는 경우에는 군대로 복귀할 필요가 없다는 군대 규정이 있었기 때문에 신중하게 선택해야 했다. 그들은 아이러를 선택했다. 아이러는 이미 세 번이나 부상을 입은 적이 있었고, 죽을 고비를 여러 번 넘긴 듀크는 한 달 뒤면 제대할 예정이라는 것을 고려한 판단이었다. 나는 친구를 위해 울었다. 전쟁에 반대한다는 명분보다 죽고 싶지 않다는 욕구가 나로 하여금 옥스퍼드에 가겠다는 결심을 굳히게 한 더 큰 요인이 아니었을까 하는 생각이 다시금 고개를 들었다. 나는 일기장에 이렇게 적었다. '언제 어떻게 될지 모르는 유예의 상태에서 산다고 해서…… 내가 누리는 삶의 특권을 정당화할 수는 없다. 하지만 유감스럽게도, 그렇게 사는 것은 대단히 어려운 일이다.'

미국에서는 반전시위가 누그러지지 않고 있었다. 1969년, 448개의 대학교가 수업거부에 들어가거나 강제 폐쇄되었다. 4월 22일, 「가디언」지에 난 기사를 보고 나는 깜짝 놀랐다. 리틀록의 에드 휘트필드가 무장한 흑인 그룹을 이끌고 뉴욕 주 이타카에 있는 코넬 대학교 캠퍼스의 건물을 점거했다는 소식이었다. 에드는 작년 여름에 풀브라이트의 재선운동을 하고 있을 때 리틀록의 과격한 흑인 청년들로부터 심한 비난을 받았던 사람이었다.

일주일 뒤인 4월 30일, 드디어 전쟁이 곧장 나를 찾아왔다. 그런데 기이한 시대를 비유하는 것처럼 이상하게 꼬인 방식으로 나를 찾아왔다. 내가 받은 징집영장에는 4월 21일에 입대하라는 명령이 적혀 있었다. 영장이 발송된 것은 분명히 4월 1일인데, 몇 달 전의 부재자 투표용지처럼 이번에도 일반우편으로 보낸 것이었다. 나는 징병위원회에 전화를 걸어 지난 9일 동안 징집기피를 한 것이 아님을 알리고, 어떻게 해야 하는지 문의했다. 징집위원회는 일반우편으로 징집통지서를 보낸 것은 자신들의 잘못임을 인정하고, 규정상 지금 다니고 있는 학기를 끝내야 하니 학기를 마치면 귀국해서 입대하라고 지시했다.

나는 옥스퍼드에 머무를 수 있는 날도 얼마 남지 않았으니 남은 시간 동안 기나긴 영국의 봄을 만끽하기로 마음먹었다. 스토크 포지스라는 작은 마을에 가서 토머스 그레이가 묻혀 있는 아름다운 교회를 찾아가 그가 쓴 '시골 교회에 쓰여진 비가'라는 시를 읽었다. 다음에는 런던에서 연주회에 가고, 칼 마르크스가 묻힌 하이게이트 묘지를 찾아갔다. 무덤 위에는 칼 마르크스의 강인한 외모를 그대로 표현한 커다란 흉상이 세워져 있었다. 나는 될 수 있는 한 많은 시간을 내서 로즈 장학생들과 어울렸다. 특히 스트로브 탤벗, 릭 스턴스와 자주 만나서 그들에게서 많은 것을 배웠다. 어느 날 폴 패리시와 함께 옥스퍼드의 천막 시장 2층에 있는 고풍스런 카페 조지에서 아침을 먹었으며, 그에게서 양심적 병역거부를 신청하겠다는 이야기를 들었다. 그와 여러 가지 이야기를 나눈 끝에, 나는 관할 징병위원회에 그를 지지하는 내용의 편지를 보냈다.

5월 말에, 나는 폴 패리시와 그의 여자친구인 새러 메이트랜드와 함께 런던의 로열 앨버트 홀로 향했다. 새러는 재치 있고 매력적인 스코틀랜드 출신 여성이었다. 우리는 그곳에서 유명한 복음가수인 마할리아 잭슨의 노래를 들었다. 잭슨은 낭랑한 목소리와 맑고 독실한 신앙심을 가진 훌륭한 가수였다. 공연이 끝나자, 젊은이들이 무대 주위로 몰려들어 환호를 하며 앙코르를 외쳤다. 그들은 자신들보다 큰 것의 가치를 인정하고픈 열망에 사로잡혀 있었다. 사실 나도 그랬다.

5월 28일에 나는 유니브에서 친구들과 송별 파티를 가졌다. 파티에는 함께 럭비를 하고 식사도 했던 대학의 친구들, 더글러스를 포함해서 여러 명의 수위 아저씨들, 그리고 나를 돌봐준 아치 집사, 윌리엄스 사감 부, 조지 코크웰, 함께 어울렸던 미국 출신, 인도 출신, 카리브해 출신, 남아프리카공화국 출신 학생들이 참석했다. 나는 한 해 동안 큰 힘이 되어준 그들에게 감사의 뜻을 전달했다. 친구들은 내게 엄청나게 많은 선물을 주었다. 지팡이와 영국식 모직 모자, 그리고 문고판으로 된 플로베르의 『마담 보바리』까지. 나는 아직도 이것들을 가지고 있다.

6월 초에 나는 파리를 여행했다. 그곳에 가보지도 못하고 미국으로 돌아가고 싶지는 않았다. 나는 라틴 쿼터에 묵으면서 조지 오웰의 『파리, 런던의 밑바닥 생활Down and Out in Paris and London』을 마저 읽은 다음, 파리 구석구석을 돌아다녔다. 노트르담 성당 바로 뒤에 있는 조그마한 유대인 학살 기념관도 찾아갔다. 찾기 힘든 곳이지만 그럴 만한 가치가 있는 곳이었다. 섬 끝에서 계단을 따라 내려가면 좁은 공간이 나오는데, 그곳에서 뒤를 돌아보니 가스실이 들여다보였다.

파리 여행의 안내를 맡아준 사람은 런던에서 친구를 통해서 알게 된 앨리스 챔벌린이었다. 튈르리 궁전을 지나가는데, 아이들이 연못에서 장난감 배를 띄우며 놀고 있었다. 진귀하고 값도 싼 베트남 음식, 알제리 음식, 에티오피아 음식, 서인도제도의 음식도 먹고, 몽마르트 언덕에 올라가서 사크레 쾨르 성당도 둘러보았다. 그곳에서 나는 경건한 마음으로 며칠 전에 죽은 빅터 배닛 박사를 추도하며 촛불을 밝혔다. 그는 천재적인 사람이었지만 가톨릭에 대해서는 비이성적이라고 할 정도로 반감을 가지고 있었다. 나는 그의 허물을 덮어주고 싶었다. 어머니와 아버지 그리고 나를 위해서 그가 해준 일들을 생각하면, 최소한 그 정도의 성의는 보여야 할 것 같았다.

옥스퍼드로 돌아갔을 때는, 24시간 내내 해가 지지 않는 백야였다. 어느 날 이른 아침에, 나는 영국인 친구들의 손에 이끌려 유니브 어느 건물의 옥상으로 올라가 아름다운 옥스퍼드의 지평선을 보았다. 우리는 기운이 솟아올라 유니브의 주방을 기습해서 빵과 소시지, 토마토, 치즈를 훔친 다음 내 방으로 돌아와 맛있는 아침을 먹었다.

6월 24일, 빌 윌리엄스에게 작별인사를 하러 갔다. 그는 내게 행운을 빌어주며 내가 '지독하게 열정적이고 거만한 사람'이 될 것으로 기대한다고 말했다. 그날 밤에는 식당에서 톰 윌리엄슨과 그의 친구들과 함께 옥스퍼드 최후의 만찬을 들었다. 6월 25일, 나는 다시는 돌아오지 못할 거라고 생각하면서 옥스퍼드를 떠나 런던으로 가서 프랭크 홀트 판사 부부와 그의 딸 라이더 홀트를 만났다. 우리 일행은 의회의 야간 회의를 방청했다. 판사 부부는 집으로 돌아가고, 나는 라이더와 함께 친구들을 만나서 마지막 식사를 했다. 나는 데이비드 에드워즈의 집에서 서너 시간 자고 아침 일찍 일어나, 배웅하겠다고 따라나선 여섯 명의 친구들과 함께 공항으로 갔다. 언제 다시 만나게 될지 알 수 없었다. 나는 친구들과 포옹을 하고 나서 비행기를 향해 달려갔다.

16

　　오후 9시 45분에 뉴욕에 도착했다. 양쪽 공항에서 지연사고가 생겨서 예정보다 아홉 시간 늦게 도착한 셈이었다. 맨해튼에 도착했을 때는 이미 자정이 넘은 시간이라서, 아침 첫 비행기를 탈 때까지 밤을 새우기로 마음을 먹었다. 나는 마서 색스턴을 찾아갔다. 우리는 두 시간 동안 어퍼웨스트사이드에 있는 그녀의 집 현관 계단에 앉아 이야기를 나누고, 밤샘 영업을 하는 식당으로 갔다. 나는 그곳에서 몇 달 만에 처음으로 맛있는 햄버거를 먹었다. 그리고 두 명의 택시기사와 이야기를 나누고, E. H. 카의 『역사란 무엇인가』를 읽고, 이미 지나왔고 앞으로도 많이 남은 특별한 한 해에 대해서 생각했다. 나는 옥스퍼드를 떠나오면서 받았던 송별 선물 중 가장 마음에 드는 것을 살펴보았다. 그것은 애니크 알렉시스가 준, '우정'과 '공감'이라는 제목의 프랑스 속담이 적혀 있는 작은 두 장의 카드였다. 톰 윌리엄슨을 따라 나온 애니크는 검은 피부를 가진 카리브 해 출신의 아름다운 여성으로, 파리에 살고 있었다. 이 카드는 애니크가 초등학생 때부터 8년 동안 소중하게 간직해온 카드였다. 이 카드를 볼 때마다, 당시 다른 사람들과 주고받고, 공유하려고 애썼던 여러 가지 선물들에 대한 기억이 되살아난다. 나는 그것들을 액자에 넣어 지난 35년간 내 집에 걸어두고 있다.

　　식당에서 나와 아칸소의 집으로 향했다. 호주머니에 든 돈은 20달러도 되지 않았다. 나는 일기 마지막 장에 이렇게 적어넣었다. '부자가 된 느낌이다. 행운도 많이 따라주었고, 친구도 많이 사귀었다. 작년 11월에 이 노트에 일기를 쓰기 시작했을 때 가졌던 희망과 확신에 비해서, 지금 가진 희망과 확신은 훨씬 구체적이고 잘 정리되어 있다.' 미친 듯이 살았던 세월 동안, 내 감정은 엘리베이터처럼 오르락내리락했다. 좋든 싫든 드니스 하일랜드는 봄에 내게 두 번째 일기장을 보내주었고, 나는 그 후의 일들을 거기다 써 넣기 시작했다.

6월 말에 집에 도착하니 입대 날짜까지는 한 달이 남아 있었다. 나는 이 기간 동안 여유를 가지고 다른 군대의 사정을 알아보았다. 주방위군이나 예비부대에는 빈자리가 없었다. 공군을 알아보았지만 융합(두 눈에 생긴 상이 융합하여 하나가 되는 것—옮긴이주) 되지 않았기 때문에 조종사로서는 자격미달이었다. 나는 왼쪽 눈이 나쁜데, 어렸을 때 자주 바깥쪽으로 사시가 되곤 했다. 자라면서 거의 저절로 교정이 된 셈이지만, 아직도 초점이 한군데 모이지 않았다. 그것은 비행 중에 심각한 위험을 초래할 수도 있는 문제였다. 해군장교 프로그램에 지원하려고 신체검사를 받았는데, 역시 불합격이었다. 이번에는 청력이 나쁘다고 했다. 나로서는 그때까지 한 번도 듣는 데 어려움을 겪은 적이 없었다. 그 뒤로도 멀쩡하던 내 귀는 10년 뒤, 정치계에 발을 들여놓은 뒤부터 가끔 군중들 틈에서 말하는 사람들의 말을 놓치거나 못 알아듣곤 했다. 남은 선택은 법대에 등록하고 아칸소 대학교의 예비역장교 훈련단ROTC에 지원하는 방법밖에 없었다.

7월에 나는 페이트빌에 갔고, 두 시간 만에 법대와 ROTC 두 곳에 다 등록할 수 있었다. ROTC 단장 유진 홈즈 대령은 내가 사병으로 복무하는 것보다 장교로 복무하는 것이 나라에 훨씬 이득이 될 거라면서 입단을 허락했다. 그의 부관인 클린트 존스 중령은 좀더 신중했으며, 회의적인 태도를 보여주었다. 하지만 워싱턴에서 알고 지내던 중령의 딸 이야기가 나오자 분위기는 부드러워졌다. ROTC에 입단하게 되면, 법대를 마치고 나서 현역으로 근무하게 될 터였다. 그런데 ROTC 훈련을 받으려면 여름 캠프를 수료해야 하기 때문에, 다음 해 여름이 될 때까지는 공식적으로 ROTC에 입단할 자격이 없었다. 하지만 일단 입단지원서에 서명하면 징병위원회는 징집일을 연기하고 1-D예비병등급을 주게 될 터였다. 나는 마음이 혼란스러웠다. 베트남을 피해갈 수 있는 기회라는 건 알고 있었지만, '어차피 열흘 후에는 나 대신 누군가 그 버스에 타야 할 것이고, 어쩌면 내가 그 버스를 타는 것이 옳은 일이 아닌가' 하는 생각이 들었기 때문이었다.

하지만 열흘 후, 나는 그 버스에 타지 않았다. 대신 차를 몰고 이미 군복무 중인 조지타운 동기들인 톰 캠벨, 짐 무어, 킷 애슈비를 만나기 위해 텍사스로 향하고 있었다. 텍사스에 다녀오는 길에는 정신을 바짝 차리고 미국에 재적응해야 했다. 휴스턴과 댈러스에는 대규모 신축 아파트 단지들이 빽빽이 들어서서 일정한 패턴도 없이 퍼져나가고 있었다. 그것이 미래의 물결이라는 생각은 들었지만 그곳에 가고 싶지는 않았다. 나는 자동차 범퍼에 붙인 스티커들과 개인이 만든 자동차 번호판에서 문화적 의미를 읽곤 했다. 가장 마음에 드는 스티커는 '예수님을 욕하지 마세요. 비록 지옥에 가게 되더라도'였고, 가장 마음에 드는 번호판은, 믿기지 않겠지만 영구차에 붙여진 '도깨비 상자'라는 자동차 번호판이었다. 그걸 읽는 사람들은 지옥은 두려워해도 죽을 때는 웃음을 터뜨릴 수 있을 것 같았다.

나는 아직 그런 식으로 웃을 나이는 아니었다. 하지만 늘 죽음을 생각하고 있었고, 그런 생각이 그다지 불편하지도 않았다. 나는 내가 태어나기 전에 돌아가신 아버지 때문에 어렸을 때부터 죽음에 대한 생각을 하기 시작했다. 묘지를 보면 늘 관심이 끌려서 거기서 시간 보내기를 좋아했다. 텍사스에서 돌아오는 길에 나는 호프에 들러서 버디와 올리를 만나고 아버지와 할아버지, 할머니의 무덤을 돌아보았다. 묘석 주위의 잡초를 뽑고 있는데, 갑자기 그분들이 얼마 살지 못하고 돌아가셨다는 사실이 머리를 스쳤다. 아버지는 스물여덟 해, 파포는 쉰여덟 해, 마모는 예순여섯 해(핫스프링스에 계시는 의붓아버지는 쉰일곱 해)였다. 내 인생도 길지 않을 것 같았다. 나는 짧은 인생을 최대한 누리면서 살고 싶었다. 나의 죽음에 대한 태도는 존스 수녀에 대한 오래된 농담에 나오는 문구와 꼭 들어맞았다. 존스 수녀는 교회에 헌신적인 사람이었다. 어느 주일, 늘 재미없는 교회 목사가 열정적인 설교를 했다. 설교 마지막에 목사가 소리쳤다. "천국에 가고 싶으신 분들은 모두 일어서십시오." 청중들이 모두 일어났다. 하지만 존스 수녀는 일어나지 않았다. 목사는 기분이 좋지 않았다. "존스 수녀, 당신은 죽으면 천국에 가고 싶지 않소?" 목사가 물었다. 똑똑한 수녀는 벌떡 일어나면서 말했다. "물론 가고 싶어요. 목사님, 죄송합니다. 저는 목사님이 지금 당장 한 차 실어 보내시려는 줄 알았지요!"

나는 여섯 주 동안 핫스프링스의 집에서 지냈다. 예상했던 것보다 재미있는 생활이었다. 제프는 핫스프링스 서쪽 스토리 지역의 작은 부지 위에 조립식 주택들을 짓고 있었다. 나는 일주일 동안 조립식 주택 하나를 맡아 일하는 예순일곱 살 된 노인을 도왔다. 노인은 날마다 나를 필요 이상으로 부려먹으면서 소박한 지혜와 촌사람다운 회의론을 내게 쏟아 부었다. 한 달 전에 아폴로 11호의 우주비행사 버즈 올드린과 닐 암스트롱이 동료인 마이클 콜린스를 콜럼비아호에 남겨두고 달 위를 걸어다니는 역사적인 사건이 일어났다. 10년이 지나기 전에 사람을 달에 보내겠다는 케네디 대통령의 목표를 5개월이나 앞당긴 셈이었다. 노인은 정말 그런 일이 있었다고 생각하느냐고 물었다. 나는 텔레비전에서 보았으니까 확실하다고 말했다. 노인은 믿을 수 없다고 말했다. 그는 자신도 잠시 동안 '텔레비전 떨거지들'이 사실이 아닌 일을 사실처럼 보이게 만들 수 있다는 사실을 잊을 뻔했다고 말했다. 당시 나는 그 노인이 엉뚱하다고 생각했다. 하지만 워싱턴에서 8년간 활동하는 동안, 텔레비전을 보다가 그 노인이 시대를 앞서갔던 사람이 아니었을까 생각하게 될 때가 많았다.

나는 고등학교 한 학년 선배이며 핫스프링스에서 일하고 있는 벳시 리더와 많은 시간을 함께 보냈다. 그녀는 똑똑하고 유쾌하고 친절한 여성이었으며, 끊임없는 불안감에 시달리는 나의 마음을 재치 있게 달래주었다. 우리 두 사람은 고등학생들을 위해서 YMCA가 마련한 행사에 청년 대표 자격으로 참석해 달라는 요청을 받았다. 그곳에서 우리는 세 명의 고등학생과 자매결연을 맺었다. 그들의 이름은 제프 로젠스위그와 잰 디어크스, 그리고 글렌 메이혼이었다. 제프 로젠스위그는 나를 돌봤던 소아과 의사의 아들이었는데, 정치에 관해 아는 것이 많은 아이였다. 잰 디어크스는 민권 문제에 관심이 많은 조용하고 똑똑한 여학생이었다. 그리고 글렌 메이혼은 논리정연한 흑인 학생으로, 커다란 아프로 헤어스타일에 아프리카의 민족의상인 다시키(바지 밖으로 길게 늘어뜨려 입는 화려한 색상의 셔츠)를 즐겨 입으며 유행의 최첨단을 달리는 학생이었다. 우리는 이곳저곳 함께 어울려 다니면서 즐거운 시간을 보냈다.

그해 여름, 핫스프링스에서는 인종 문제와 관련된 사건이 두세 건 발생하면서 분위기가 긴장되어 있었다. 글렌과 나는 흑인과 백인 혼성 록밴드를 만들어 케이마트 주차장에서 무료 댄스파티를 열면 긴장된 분위기를 누그러뜨릴 수 있겠다는 데 합의를 보았다. 글렌은 노래를 하고 나는 색소폰 연주를 하기로 했다. 약속 날짜가 되자, 많은 사람들이 모여들었다. 우리는 평상 모양의 트럭 위에서 연주를 하고 군중들은 차도 위에서 춤을 추며 어우러졌다. 댄스파티는 약 한 시간 동안 무리 없이 진행되었다. 도중에 잘생긴 젊은 흑인 남성이 아리따운 금발의 여성에게 함께 춤을 추자고 청했다. 두 사람은 사이좋게 어울렸다. 그런데 너무 사이가 좋은 게 탈이었다. 백인 청년들이 두 사람이 어울리는 모습을 보고 시비를 걸면서 싸움이 시작되었다. 싸움은 차례차례 번져갔다. 댄스파티를 진행하던 우리가 사태 파악을 하기도 전에 파티는 난장판이 되었고, 경찰차가 출동했다. 인종 화해를 도모해 보려던 나의 첫 번째 시도는 이렇게 끝나고 말았다.

어느 날 대학을 갓 졸업하고 주의회 의원으로 당선된 맥 맥라티가 포드 자동차 영업사원 총회에 참석하기 위해서 핫스프링스에 왔다. 그는 이미 결혼을 하고 사업계와 정치계에 자리를 잡고 있었다. 나는 그를 만나고 싶었다. 나는 사고가 경직된 그의 동료들 앞에서 그에게 작은 장난을 쳐보기로 마음 먹고, 총회 장소 인근의 상가에서 그와 만날 약속을 했다. 나는 그가 상상하지 못했을 모습으로 약속 장소에 나타났다. 나는 머리와 수염을 더부룩하게 기른 채로 세 사람을 데리고 갔다. 그 중 두 명은 영국 여성으로 버스를 이용해서 전국 여행을 하다가 잠시 핫스프링스에 들른 사람들이었는데, 두세 시간을 버스에서 시달리다 방금 내린 듯한 차림을 하고 갔다. 또 한 사람은 아프로 머리에 다시키를 입은 글렌 메이혼이었다. 우리는 방금 우드스톡 록 페스티벌에서 빠져나온 사람들 같은 행색을 하고 있었다. 맥은 친구 두 명과 함께 상가로 걸어오다가 우리의 모습을 보았는데, 꽤나 가슴이 탔을 것이다. 하지만 그는 전혀 불안한 표정을 짓지 않고 태연하게 나를 보고 인사를 하더니 친구들에게 우리를 소개했다. 빳빳하게 다림질된 셔츠를 갖춰 입고 짧게 깎은 단정한 머리를 하고 있었지만, 그의 마음과 머리는 평화와 민권 운동에 공감하고 있었다. 그 일이 있은 후에도, 맥은 궂은 일 좋은 일을 가리지 않고 평생 나를 친한 친구로 대해주었으며, 나는 그를 그때보다 심한 곤경에 몰아넣은 적이 없다(맥 맥라티는 클린턴이 대통령이 되었을 때 첫 비서실장을 맡았다—옮긴이주).

여름이 끝나가면서 ROTC에 입단하고 아칸소 법대에 진학하겠다는 결심이 더욱 흔들렸다. 밤이면 잠을 이룰 수가 없었다. 나는 여러 날 밤을 하얗고 긴 의자에 앉아서 밤을 지새웠다. 6년 전에 마틴 루터 킹의 '나에게는 꿈이 있습니다' 연설 장면을 지켜보았던, 그리고 책을 읽다가 몇 시간이고 꾸벅꾸벅 졸았던 바로 그 의자였다. 나는 ROTC에 늦게 등록했기 때문에 필수 코스인 여름 캠프에 가려면 다음 해 여름까지 기다려야 했다. 홈즈 대령은 옥스퍼드에 가서 1년 더 학교를 다녀도 된다고 말했다. 옥스퍼드에서 1년을 더 공부하고 와서 법대를 마치면, 실제로 군복무를 하게 되는 때는 3년이 아니라 4년 뒤가 될 터였다. 나는 그것이 과연 옳은 결정인지 혼란스러웠다.

마일스 목사의 동생과 이야기를 나누면서, 나의 머리는 더욱 복잡해졌다. 워런 마일스는 열여덟 살 때 학교를 중퇴하고 해군에 입대하여 한국으로 갔다가 그곳에서 부상을 입었다. 그는 본국으로 돌아와 헨드릭스 대학에 입학했고, 그곳에서 로즈 장학생이 되었다. 그는 안전한 생활을 하려 하지 말고 해군에 입대해서 베트남으로 가라고 권유했다. 베트남에 가면 무엇이든 배우게 될 것이라는 이야기였다. 그는 전쟁에 반대한다는 나의 주장은 들어보려고도 하지 않고, 아무리 그래도 실제적인 전쟁에는 전혀 영향을 미치지 못한다고 말했다. 전쟁이 있는 한 어지간한 사람들은 전쟁에 가서 경험하고 배우고 기억해야 한다는 주장이었다. 하지만 나는 이미 기억하고 있었다. 나에게는 외교위원회에서 일했던 기억이 있었다. 그 때 나는 정부가 전쟁에 대하여 사실을 말하지 않는다는 것을 입증하는 여러 가지 비밀 증거들을 보았다. 그리고 절대로 전쟁에 참여하지 말라는 버트 제프리의 편지도 기억 속에 남아 있었다. 정말 혼란스러웠다. 제2차 세계대전 참전용사의 아들로서, 그리고 존 웨인의 영화를 보며 자란 사람으로서, 나는 군에 복무하는 사람들을 늘 존경해왔다. 내가 가진 참전에 대한 혐오감의 뿌리가 확신에 있는지 아니면 비겁함에 있는지 찾아내기 위해서 나는 내 마음을 샅샅이 뒤졌다. 밑천이 다 떨어지고 나자, 혼자 힘으로는 이 문제에 대한 대답을 찾을 수 없을 것 같은 생각이 들었다.

9월 말께에, 나는 비행기를 타고 마사스 비니어드로 갔다. 그곳에서는 진 매카시를 위해서 일했던 반전 운동가들의 재규합 모임이 열릴 예정이었다. 물론 나는 그 운동에 참여했던 사람이 아니었다. 하지만 릭 스턴스가 내게 참여를 권유했다. 릭은 이미 내가 참여하고 싶어 한다는 사실을 알고 있었고, 다른 사람들은 다른 남부 출신 사람이 필요했던 것 같다. 그곳에는 테일러 브랜치라는 또 한 명의 남부 출신이 있었다. 노스캐롤라이나 대학을 갓 졸업한 그는 조지아 흑인 유권자 등록 활동에도 참여했던 사람이었다. 테일러는 계속해서 언론계에서 두각을 나타냈다. 워터게이트로 알려진 존 딘과 농구 스타인 빌 러셀의 자서전 집필을 돕고, 마틴 루터 킹과 민권 운동에 관한 3부작 중 첫 권으로 퓰리처상을 수상한 『바다를 가르며_Parting the Waters』를 집필하기도 했다. 테일러와 나는 친구가 되었고 1972년의 텍사스 맥거번 선거운동에 함께 참여했다. 1993년에 우리는 거의 매달 한 번씩 만나 대통령 활동을 구술 녹음했다. 그의 도움이 없었더라면, 나는 그 시절에 관한 기억을 상당히 많이 잊어버렸을 것이다.

그때 재규합 모임의 참석자 중에서 내가 계속 교류를 하게 된 사람은 릭과 테일러 외에도 네 명이 더 있었다. 샘 브라운, 데이비드 믹스너, 마이크 드라이버, 엘리 시걸, 이렇게 네 사람이었다. 샘 브라운은 반전 학생 운동의 뛰어난 지도자 중 한 사람으로, 후일 콜로라도 정치계에 뛰어들었다가 내가 대통령으로 재임하던 중에 유럽안보협력기구의 미국 담당으로 활약했다.

데이비드 믹스너는 열네 살 때 이주 노동자들을 조직하는 일에 뛰어들었던 사람으로 나중에 영국으로 나를 몇 번 찾아왔다. 그는 후일 캘리포니아로 이주해서 에이즈 관련 운동과 동성애자 권리 운동과 관련하여 적극적으로 활동했고, 1992년에는 내 활동을 지원해주었다. 마이크 드라이버는 이후 30년 동안 절친한 친구가 되었다. 엘리 시걸은 맥거번 선거운동 때 함께 일했고, 클린턴-고어 선거운동의 주요 실무자가 되었다.

그때 만났던 사람들은 미래에, 1969년 초가을에는 전혀 상상하지 못했던 삶을 살게 된다. 당시 우리는 전쟁을 중단시키고 싶어서 모인 사람들이었다. 이 모임에서 대규모 항의 집회, 즉 베트남 모라토리엄을 진행할 계획이 세워졌다. 나는 계획 과정에서는 큰 도움을 주지 못했다. 당시 나의 주된 관심사는 병역에 있었다. 내가 그 문제에 대처했던 방식을 생각하면 할수록 점점 마음이 불편했다. 마사스 비니어드로 가기 직전에 나는 징병위원회 위원장인 빌 암스트롱에게 보내려고 편지를 썼다. ROTC에 입단하고 싶지 않으니 1-D 징병유예 조치를 철회하고 다시 징집 대상으로 복귀시켜 달라는 내용이었다. 스트로브 탤벗이 아칸소로 찾아왔을 때 나는 그 편지를 부치는 문제를 의논했다. 결국 나는 편지를 부치지 않았다.

내가 마사스 비니어드에 참석하기 위해 비행기를 타던 날, 지방 신문 전면 기사로 육군 중위 마이크 토머스가 베트남에서 전사했다는 소식이 실렸다. 그는 중학교 때 학생회장 선거에서 나를 이겼던 친구였다. 마이크의 부대는 기습 공격을 받았다. 그는 차에 깔린 부하를 구하기 위해 적군의 사정거리 안으로 되돌아갔다가 부하와 함께 박격포 사격을 당해 죽고 말았다. 육군은 은성 훈장, 청동성 훈장, 명예 상이 훈장을 수여했다. 그 당시 베트남에서 목숨을 잃은 미국인의 수는 3만 9,000명이었고, 그 후에도 1만 9,000명의 사상자가 발생했다.

9월 25일과 26일의 일기에는 이렇게 쓰여 있다. '데이비드 할버스트램의 『로버트 케네디의 끝나지 않은 오디세이 The Unfinished Odyssey of Robert Kennedy』를 읽으면서 나는 징병유예를 받아들일 수 없다는 것을 다시금 깨달았다…… 나는 ROTC에 입단할 수 없다.' 그리고 나서 며칠 후, 나는 제프

드와이어에게 전화를 걸어 징집 대상으로 복귀하겠다고 말하고 빌 암스트롱에게 이 사실을 알려달라고 부탁했다. 10월 30일, 병무청은 나를 1-A로 다시 복귀시켰다. 10월 1일, 닉슨 대통령은 대학원생들이 남은 학기가 아니라, 남은 학년을 마칠 수 있도록 선택적인 군복무 시스템 정책을 개정하라고 지시했다. 그렇게 되면 나는 이듬해 7월까지는 소집대상이 되지 않을 터였다. 제프에게 징병위원회에 이야기를 해달라고 부탁한 것이, 대학원생의 징병유예가 남은 학년을 마칠 때까지로 연장되었다는 사실을 알기 전의 일인지, 후의 일인지는 기억이 나지 않는다. 일기장에도 그런 기록은 없다. 내가 기억하는 것은 옥스퍼드에서 더 공부할 수 있고, 병역으로 인한 고민이 해결되었다는 것 때문에 마음을 놓았다는 것뿐이다. 나는 옥스퍼드 유학을 끝내고 나서 징집 대상이 될 것이라는 사실에 만족하고 있었다.

나는 홈즈 대령에게 은혜를 입은 처지라고 생각하고 있었기 때문에 제프를 통해 대령에게 이야기를 전해 달라고 했다. 홈즈 대령은 내가 7월 28일에 입대하지 않도록 도와준 사람이었다. 내가 다시 1-A등급으로 복귀한 상황이지만 그가 만일 다음 해 여름 캠프 때부터 ROTC에 입단하겠다는 나의 약속을 지키라고 한다면, 나는 그 약속을 지켜야 한다고 생각하고 있었다. 제프는 대령이 나의 결정을 받아들였다고 전해주면서도 내가 실수를 하고 있는 것이라고 생각하고 있었다.

12월 1일, 닉슨 대통령이 닷새 전에 서명한 법안에 따라, 미국은 징병 추첨제를 시행했다. 이 제도는 그해에 군복무 연령이 된 사람들의 생일을 무작위로 추첨하여 군복무 순서를 정하는 제도였다. 자신의 생일에 매겨진 순서가 입대 순서가 되는 셈이었다. 내 생일인 8월 19일은 311번이 되었다. 번호는 높았지만 몇 달 뒤 입대 대상이 될 가능성이 있었다. 1970년 3월 21일, 나는 리 윌리엄스에게서 편지를 받았다. 자신이 아칸소 선택적인 군복무 시스템의 책임자인 레프티 호킨스 대령과 이야기를 나누었는데, 그 사람 말이 군복무 연령이 된 사람들은 모두 소집될 것 같다고 했다는 것이었다.

나는 높은 징집 번호를 받은 후, 제프에게 다시 전화를 걸어 홈즈 대령에게 일이 이렇게 될 줄 알고 징병 대상으로 복귀한 것은 아니며, 지금도 늦지 않으니 나에게 ROTC 입단 약속을 지키라고 하면 지키겠다는 말을 전해 달라고 했다. 12월 3일에 나는 홈즈 대령에게 편지를 썼다. 작년 여름에 징병대상에서 제외해준 것에 대해 감사하게 생각하고 있다는 것, 그리고 대령을 굉장히 존경한다는 것, 만약 대령이 내가 가진 정치적인 신념과 활동에 대해서 좀더 알았다면 나를 신임하지 않았을 것 같다는 것이 주된 내용이었다. '그랬다면 대령님은 내가 ROTC보다는 일반 사병으로 복무하는 것이 더 합당할 거라고 생각하셨을지도 모릅니다.' 외교위원회에서 했던 활동에 대해서도 썼다. '당시에는 대부분의 사람들이 베트남에 대해서 알고 있던 정보의 양은 내가 알고 있었던 정보의 양보다 훨씬 적었습니다.' 그리고 지난 여름 아칸소를 떠난 후에 워싱턴과 영국에서 베트남 모라토리엄 활동을 했다는 이야기도 썼다. 조지타운 대학에서 징병 문제에 대해 공부하면서 징병이 정당화되는 경우는 제2차 세계대전과 같이 국가와 국민의 생활이 위기에 처하게 되는 경우뿐이라는 결론을 내렸으며, 양심적 병역거부자들과 징병기피자들의 심정에 공감하고 있다는 사실을 밝혔다.

나는 프랭크 앨러 이야기도 썼다. '그는 내가 아는 사람들 중에서 가장 용감하고 훌륭한 사람 중 한 명입니다. 국가는 이런 사람들을 필요로 합니다. 그들은 자신들이 생각하는 것보다 훨씬 더 중요한 존재입니다. 이 사람을 범죄인으로 간주하는 것은 부끄러운 일입니다.' 나는 예전에 병역기피를 할 생각을 한 적도 있으며, '이런 신조에도 불구하고 징병을 받아들인 이유는 단 한 가지, 나의 정치 생명을 체제 안에서 유지하기 위해서'라고 밝혔다. 또한 나는 ROTC에 지원을 한 이유는 그것이 '적극적인 방법은 아니지만, 베트남과 병역기피 양쪽 모두를 피해갈 수 있는' 유일한 길이었기 때문이라는 점도 시인했다. 나는 대령에게 'ROTC 지원서에 서명을 하고 나서, 징병도 받아들이기 싫지만, 나의 타협적인 행동도 받아들일 수 없다는 생각을 하기 시작했습니다. 나는 ROTC 프로그램 자체에는 아무런 관심이 없으며, 내가 했던 모든 행위들은 자신을 신체적인 위해로부터 보호하기 위한 것이었습니다…… 대령님과 내가 의논을 하고 대령님이 1-D 징병유예 서류를 징병위원회에 보낸 후에, 저는 자존심과 자신감에 상처를 입고 대단히 고민했습니다'라고도 고백했다. 9월 12일에 병무청에 징병 대상으로 복귀시켜 달라는 편지를 써놓고 보내지 않았다는 이야기도 썼다.

하지만 제프 드와이어에게 1-A로 복귀할 수 있게 해달라고 부탁했던 이야기나 관할 징병위원회가 10월 회의에서 복귀결정을 내렸다는 이야기는 쓰지 않았다. 그 이야기는 이미 제프를 통해서 알고 있으리라 생각했기 때문이었다. '제가 이런 이야기를 하는 것은, 대령님을 비롯한 많은 훌륭한 분들이 여러 해, 혹은 평생을 바쳐 최선을 다해서 군복무에 임하고 있지만, 한편으로는 얼마나 많은 선량한 사람들이 나라를 사랑하면서도 군복무를 혐오하고 있는지를 대령님이 이해하셨으면 하는 마음 때문입니다.' 전쟁에 대해서 심한 고민과 갈등을 하고 있는 젊은이의 한 사람으로서 나는 그런 생각을 품고 있었다. 그렇지만 홈즈 대령이 부른다면, 반드시 ROTC에 입단해야 한다는 나의 생각에는 변함이 없었다. 대령이 내 편지에 대해 아무런 답장도 하지 않았기 때문에, 나는 몇 달 동안 대령의 생각을 모른 채 지내고 있었다.

1970년 3월, 리 윌리엄스로부터 군복무 연령이 된 모든 사람들이 소집될 것 같다는 이야기를 들었던 바로 그 즈음에, 나는 가족들이 보낸 두 개의 녹음테이프를 받았다. 데이비드 에드워즈가 핫스프링스의 가족들을 찾아갔을 때 녹음한 내용이었다. 첫 번째 테이프에는 당구대 근처에서 나누는 편안한 대화가 녹음되어 있고, 마지막 부분에는 로저가 내게 들려준다면서 연주한 색소폰 연주와 독일산 셰퍼드 킹이 컹컹 짖는 소리가 녹음되어 있었다. 두 번째 테이프는 어머니와 제프가 녹음한 개인적인 이야기였다. 어머니는 "사랑한다, 애야. 그리고 좀 쉬렴"이라고 말씀하셨고, 제프는 가족의 근황에 대해 알려준 다음 이렇게 말했다.

나는 며칠 전에 대령에게 전화를 걸고 그를 잠시 만나보았다. 대령은 네가 잘 지내기를 바란다고 하면서 이곳에 오게 되면 들러서 인사나 하고 가라고 하더라. 그가 관계하고 있는 한 ROTC 프로그램에 관한 일은 걱정할 필요가 없겠더구나. 대령은 미국 젊은이들의 일반적인 상황에 대해서 사람들이 생각하는 것보다 훨씬 많이 이해하고 있었다.

1970년 3월 둘째 주가 되어서야, 나는 내가 ROTC 의무에서 풀려났다는 것을 알게 되었다. 하지만 징병에서 풀려난 것은 아니었다.

결국 리 윌리엄스의 생각은 맞지 않았다. 전쟁의 규모축소로 인하여 새로운 병력을 투입할 필요성이 줄어들었고, 요점만 말하자면 내 추첨번호는 소집되지 않았다. 나는 내 세대의 수많은 사람들의 목숨을 앗아간 위험에서 달아나는 것에 대해 기분이 좋지 않았다. 내게 미래를 요구할 정당한 자격이 있듯이 목숨을 빼앗긴 그들에게도 미래를 요구할 정당한 자격이 있었다. 오랜 세월이 지나 주지사로서 아칸소 주방위군을 통할하고 있을 때, 그리고 대통령이 되고 나서 미국 군대의 사정에 대해서 아는 것이 많아질수록, 젊었을 때 베트남에 대한 생각을 바꾸지 않은 채라도 군복무를 했더라면 하는 생각을 많이 하게 되었다.

만일 조지타운 대학에 가지 않고 외교위원회에서 활동하지 않았다면, 나는 군복무에 관해서 다른 결정을 내렸을지도 모른다. 베트남전쟁 동안, 합법적 수단으로 군복무를 면제받은 사람들은 1,600만 명, 병적에 오른 사람은 870만 명, 군복무를 한 사람은 220만 명, 징집기피자나 거부자로 추정되는 사람은 20만 9,000명으로 그 중에 8,750명이 유죄선고를 받았다.

베트남에 갈 뻔했다가 가지 않은 사람들도 베트남으로 인해 많은 영향을 받게 마련이다. 그곳에서 친구를 잃은 사람들은 더욱 그렇다. 나는 베트남에 가지 않고 공직 생활에 들어온 사람들이 군대 문제와 정치적 이견을 다루는 방식을 늘 관심을 가지고 지켜보았다. 그 중에는 자신은 개인 사정 때문에 군복무를 못 한 것뿐이라면서 전쟁에 반대하는 사람들을 비난해대는 초강경파와 열성적인 애국자도 있었다. 2002년, 베트남 문제가 미국인들의 마음속에서 어느 정도 물러났을 때의 일이었다. 조지아 주의 하원의원 색스비 챔블리스가 상원의원 맥스 클리랜드를 미국의 안보 문제에 관한 애국심과 열의가 의심스럽다면서 깔아뭉갠 적이 있었다. 실제로 색스비 챔블리스는 베트남전쟁 시기에 징병유예를 받았던 사람이고 맥스 클리랜드는 베트남전에서 손발 세 군데를 잃은 사람이었다.

베트남전에 참여하지 않은 초강경파들이 이렇게 완고하게 행동하는 동안, 베트남과의 관계를 정상화하려는 미국의 노력을 이끌어온 것은 베트남에서 수훈을 세운 의원들이었다. 척 로브, 존 맥케인, 존 케리, 밥 케리, 척 헤이걸, 피트 피터슨, 이들은 험한 일을 떠안았던 사람들이었기 때문에 숨기고 입증하고 할 것이 없는 사람들이었다.

나는 예상하지 못했던 2년차 유학 생활을 하기 위해 10월 초에 옥스퍼드로 돌아갔다. 그때의 생활 조건은 아칸소에서 지낼 때만큼이나 복잡했다. 당장 묵을 장소가 없었다. 여름이 끝날 무렵까지 옥스퍼드로 돌아가리라고 생각하지 못했고, 대학 내 숙소 제공은 1년차 유학생들에게만 허용되고 있었기 때문이었다. 나는 2~3주 동안 릭 스턴스와 함께 살았다. 그 기간 동안, 우리 두 사람은 미국에서 진행되는 주요 행사를 지원하기 위해서 10월 15일 런던의 미국대사관에서 열리는 베트남 모라토리엄 행사를 준비했다. 나는 런던 정치경제 대학에서 열리는 반전 토론회를 조직하는 일도 도왔다.

얼마 후 나는 남은 유학 기간 동안 지낼 집을 찾았다. 나는 스트로브 탤벗, 프랭크 앨러와 함께 레크포드 로드 46번지에 자리를 잡았다. 그들 두 사람과 함께 살려고 했던 사람이 계획을 바꾸는 바람에, 집 임대료를 감당해줄 사람으로 내가 뽑혔던 것이다. 당시 임대료는 월 65파운드, 당시 환율이 파운드당 2달러 40센트였으니 달러로 치면 86달러가 조금 넘었다. 아주 낡은 집이었지만 우리에게는 안성맞춤이었다. 1층에는 작은 응접실과 내가 쓰는 침실, 부엌과 욕실이 있었는데, 집 안에 들어서면 제일 먼저 욕실이 보였다. 유리로 된 욕실 문에는 라파엘로 이전 스타일의 여자 초상이 그려진 얇은 종이가 덮여 있어서, 멀리서 보면 마치 스테인드 글라스처럼 보였다. 그것이 집 안에서 가장 근사한 곳이었다. 스트로브와 프랭크의 침실과 작업실은 2층과 3층에 있었다. 집 뒤에는 비죽비죽하니 담장이 둘러진 좁은 마당이 있었다.

나는 사정이 달랐지만, 스트로브와 프랭크는 당시 중요한 작업을 하고 있었다. 프랭크는 중국 내전 시기의 대장정에 관한 논문을 쓰고 있었다. 프랭크는 에드가 스노를 만나기 위해 스위스까지 다녀왔다. 에드가 스노는 예난에서 마오쩌둥 및 혁명가들과 함께 지내면서 겪었던 특이한 경험을 기록한 유명한 『중국의 붉은 별Red Star Over China』의 저자였다. 프랭크는 스노에게서 출간되지 않은 노트를 받아왔다. 프랭크는 훌륭한 학술논문을 완성하게 될 것이 확실했다.

스트로브는 훨씬 더 큰 일을 진행하고 있었다. 그것은 바로 니키타 흐루시초프의 회고록이었다. 흐루시초프는 미국에서 케네디와 닉슨과 대치했던 것으로 잘 알려져 있는 인물이었는데, 스탈린 체제가 변화를 겪을 때 개혁론자로 변신한 신비로운 인물이었다. 그는 아름다운 모스크바 지하철을 건축하고 스탈린의 무자비한 월권 행위를 공개적으로 비판했다. 정통보수세력이 그를 권력에서 밀어내고 브레즈네프와 코시긴을 세우자, 흐루시초프는 비밀리에 —국가보안위원회(KGB)의 친구들을 이용했던 것 같다— 자신의 회고록을 테이프에 녹음하여 「타임」지의 모스크바 지국장인 제리 슈엑터에게 보냈다. 스트로브는 러시아어에 능통했기 때문에 그 전 여름에 「타임」 모스크바 지국을 위해서 일한 적이 있었다. 그는 코펜하겐으로 날아가서 슈엑터를 만나서 그 테이프를 받아왔다. 그는 옥스퍼드로 돌아오자, 흐루시초프의 구술을 러시아어로 타이프하는 일부터 번역하고 편집하는 일까지, 엄청나게 고된 일을 시작했다.

스트로브와 프랭크가 일을 시작하면 아침식사 준비는 거의 내 몫이었다. 나는 즉석요리에 재주가 있었다. 나는 '클린턴 여사의 시골 밥상'을 대접하고 그들의 진척상황을 듣곤 했다. 스트로브에게서 흐루시초프가 털어놓는 크렘린의 음모 이야기를 듣는 것은 정말 흥미진진했다. 스트로브의 역작 『흐루시초프 회고록Khrushchev Remembers』은 서구 세계가 소련 내부 사정과 긴장 관계를 이해할 수 있도록 도와주었으며, 언젠가는 소련이 내부개혁을 통해서 자유와 개방을 얻게 되리라는 희망을 품게 해주었다.

11월 15일, 두 번째로 개최된 대규모 모라토리엄에는 5,000명이 넘는 군중이 참여하여 미국 대사관 앞의 그로스베너 광장을 행진했다. 모라토리엄에는 조지타운 대학교의 교수단인 예수회 신부 리처드 맥솔리가 참여했다. 그는 오랫동안 평화운동에서 적극적인 활약을 펼쳐온 사람이었다. 그는 군목으로 제2차 세계대전에 참전하여 바탄의 죽음의 행진을 겪고 살아 돌아와 로버트 케네디의 가족과 절친한 사이가 되었다. 반전시위가 끝난 후, 시위대는 대사관 인근의 성 마가 교회에서 예배를 드렸다. 맥솔리 신부는 아시시의 성 프란체스코의 평화의 기도를 암송했다. 릭 스턴스는 존 던의 유명한 시구를 낭독했다. "누구를 위하여 종이 울리는지 알려 하지 마십시오. 그것은 당신을 위해 울리는 종입니다."

추수감사절이 지난 뒤에, 톰 윌리엄슨과 나는 비행기를 타고 더블린으로 가서 가끔씩 만나던 힐러리 하트와 마서 색스턴을 만났다. 30년 뒤에 마서는 내가 그녀에게 내가 감당하기에는 너무 슬픈 여인이라고 말했다는 사실을 일깨워주었다. 사실 당시 나는 베트남 문제로 심각하게 고민하고 있었기에, 그녀는 물론 어떤 여성이 감당하기에도 너무 슬픈 남성이었다. 하지만 그런 슬픔에 빠져서도 아일랜드가 너무나 좋았고, 그곳이 고향처럼 편안하게 느껴졌다. 일주일 만에 그곳을 떠나려니 발길이 떨어지질 않았다.

12월 6일 토요일, 홈즈 대령에게 편지를 쓰고 나서 사흘 뒤에 나는 런던의 데이비드 에드워즈의 아파트로 아칸소 대 텍사스의 미식축구경기를 들으러 갔다. 두 팀 모두 무패 기록을 올리고 있었다. 전국 여론조사에서 텍사스는 1위, 아칸소는 2위를 달리고 있었다. 두 팀은 대학축구 100주년이 되는 그해 정기 시즌 마지막 경기의 우승을 놓고 싸우고 있었다. 나는 단파 라디오를 빌렸다. 라디오 가격은 그리 비싸지 않았지만 보증금 50파운드라는 금액은 나로서는 큰돈이었다. 데이비드는 맛있는 칠리 요리를 큰 냄비에 준비했다. 친구들은 축구경기를 들으며 환호하기도 하고 야유하기도 하는 우리 두 사람의 모습을 보며 이성을 잃었다고 생각했다. 하지만 그 경기는 세기의 경기로 알려진 흥미진진한 시합이었다. 몇 시간 동안 우리는 경기에 완전히 몰입해 있었다.

그 경기의 문화적, 정치적인 의미는 테리 프라이의 『함성과 질주, 그리고 닉슨의 출현*Horns, Hogs, and Nixon*』이라는 책에 멋지게 기록되어 있다. 프라이는 그 책에 '텍사스 대 아칸소, 남부의 마지막 결전'이라는 부제를 붙여놓았는데, 그 경기가 양 팀 모두 백인 일색으로 진행되는 마지막 주요 스포츠

경기였기 때문이다.

경기가 열리기 며칠 전에, 백악관은 열광적인 축구 팬인 닉슨 대통령이 경기를 관람하고 우승팀에 트로피를 수여한다고 발표했다. 9명의 의원들도 함께 참석했는데, 그 중에는 풀브라이트 상원의원과 젊은 조지 H. W. 부시 텍사스 주 하원의원도 있었다. 베트남 문제에 관한 한 닉슨의 숙적 풀브라이트 상원의원은 40년 전에 레이저백에서 축구선수로 활약했던 경력을 가지고 있었다. 백악관 고문인 헨리 키신저, H. R. 헬드먼, 그리고 대변인 지글러도 경기를 관람했다.

아칸소의 킥오프로 경기가 시작되었다. 텍사스는 처음 공을 잡아야 하는 상황에서 놓쳐버렸고 아칸소는 1분 30초도 못 돼서 득점을 올렸다. 아칸소가 7 대 0으로 우세한 상태에서 전반전이 끝났을 때, 마이크가 닉슨 대통령에게 넘겨졌다. 그는 "후반전에 두 팀 다 득점을 올릴 거라고 생각합니다. 텍사스는 인적 자원이 우세합니다. 벤치에 앉은 후보선수들이 많다는 겁니다. 텍사스가 마지막 쿼터에서 이기느냐가 관건입니다. 제 생각은 그럴 것 같습니다." 아칸소가 14 대 0으로 우세한 상황에서 마지막 쿼터가 시작되었다. 첫 번째 플레이에서 텍사스의 쿼터백 제임스 스트리트가 엄청난 기세로 달려 42야드 터치다운을 기록했다. 텍사스는 계속해서 2점 컨버전을 시도하여 득점을 기록했고, 양 팀의 득점은 14 대 8이 되었다. 다음 퍼제션에서 아칸소는 텍사스 일곱 명을 물리치고 터치다운에 성공했다. 전국 최고의 골킥 선수를 보유한 아칸소가 필드골을 성공시키면서 17 대 8이 되어 텍사스는 두 배의 득점을 올려야 우승하게 될 판이었다. 그러나 패스 플레이 판정이 내려졌다. 아칸소의 패스는 약간 짧게 떨어져서 공을 빼앗기고 말았다. 경기 종료 5분 전에 텍사스는 네 번째 다운과 3야드를 기록하여 43야드 라인에 이르게 되었다. 텍사스의 쿼터백은 아칸소의 35야드 라인에 있던 리시버에게 기적적인 패스를 성공시켰다. 이어서 두 차례의 플레이에 성공한 텍사스는 15 대 14로 우위를 점하게 되었다. 아칸소는 마지막 공격에서 유능한 테일백인 빌 버닛을 중심으로 단거리 패스를 시도하며 밀고 나갔다. 그날 공을 몰고 가며 대활약을 펼쳤던 빌 버닛은 유진 홈즈 대령의 사위가 될 사람이었다. 손에 땀을 쥐게 하는 접전 끝에, 텍사스는 아칸소의 패스를 가로채서 경기 종료까지 1분 22초 동안 공을 놓치지 않았고, 결국 15 대 14로 텍사스가 승리했다.

멋진 게임이었다. 텍사스의 선수들조차 막상막하의 경기였다고 말할 정도였다. 하지만 나는 입맛이 썼다. 마지막 쿼터에 텍사스가 이길 거라는 닉슨 대통령의 예언이 맞아떨어졌기 때문이다. 그 후에도 오랫동안, 이 사건으로 인해서 나는 닉슨 대통령에 대해서 워터게이트 사건으로 인한 것만큼이나 큰 반감을 갖게 되었던 것 같다.

열광적인 미국의 스포츠 문화에서 자란 사람이라면, 데이비드 에드워즈와 내가 어렵게 단파 라디오를 빌려다 축구경기 중계를 들었다는 이야기에 놀라지 않을 것이다. 레이저백 축구팀은 아칸소 사람들이 가진 자부심의 꽃이었다. 어렸을 때 집에 텔레비전을 들여놓기 전에 나는 라디오로 모든 경기를 빠짐없이 들었다. 고등학교 때는 경기장에 들어갈 목적으로 레이저백 밴드의 악기를 날랐다. 조지타운 시절에는 텔레비전으로 중계되는 레이저백 경기를 하나도 놓치지 않고 보았다. 미국으로 돌아와 법대 교수로 일할 때나, 변호사로 일할 때나, 주지사로 일할 때나, 레이저백 경기는 거의 다 보았다. 에디 서튼이 농구 코치가 되고, 그의 아내 패시가 1980년의 내 선거운동에서 적극적으로 활약하게 되었을 때부터는 농구경기도 가능하면 직접 가서 보았다. 1994년 놀런 리처드슨이 코치로 활약하는 아칸소 팀이 듀크를 꺾고 미국대학체육협회NCAA 선수권 대회에서 우승했을 때도 나는 경기장에 있었다.

내가 보았던 멋진 축구경기들 중에서 나의 정치활동에 유일하게 영향을 미친 것이 바로 그 세기의 경기였다. 당시 반전시위대들은 텔레비전에 보이지는 않았지만, 그들 역시 경기장 근처에 있었다. 시위대 중 한 사람이 경기장이 내려다보이는 언덕 위 나무에 올라가 앉아 있었다. 다음 날, 아카소의 일간지에는 그 사람의 사진이 실렸다. 5년 뒤인 1974년, 내가 처음으로 하원의원 선거를 치르기 직전의 일이었다. 경쟁후보의 선거운동원들이 관할구역 내에 있는 모든 신문사에 전화를 걸어 "아칸소-텍사스 경기 때 나무

위에서 닉슨 반대 시위를 하고 있는 빌 클린턴의 사진을 가지고 있지 않느냐'고 물었다. 소문은 들불처럼 퍼져나갔고, 나는 상당히 많은 표를 잃었다. 1978년, 최초로 주지사 선거에 출마했을 때, 남부 아칸소의 주방위군 한 사람이 '그날 클린턴을 나무에서 끌어내린' 게 바로 자기라고 주장했다. 주지사 임기 첫해이자 그 경기가 있은 지 10년 뒤인 1979년에는 이런 일이 있었다. 나는 페이트빌에서 차로 한 시간 거리에 있는 베리빌의 고등학교 집회에서 학생들의 질문을 받고 있었다. 한 학생이 그때 정말로 나무 위에 있었느냐고 물었다. 내가 그런 이야기를 들은 적이 있는 사람이 또 있느냐고 묻자, 학생들 절반과 선생님들 4분의 3이 손을 들었다.

그 경기가 있은 지 14년 뒤인 1983년에도 비슷한 일이 있었다. 페이트빌 북쪽 작은 마을인 톤티타운에 가서 포도 축제의 여왕에게 왕관을 수여한 적이 있는데 수여식이 끝나고 나자, 열여섯 살 난 여학생이 나를 보고 물었다. "그때 정말로 벌거벗은 채로 나무에 올라가서 닉슨 대통령과 전쟁에 반대하는 시위를 하셨나요?" 내가 아니라고 하자, 그 학생은 "쳇, 그게 내가 당신을 지지하는 유일한 이유였다고요!"라고 대꾸했다. 내가 발가벗고 있었다는 수준으로까지 소문이 무르익었고, 벌레들은 여전히 그 소문을 파먹고 있는 모양이었다. 그 일이 있고 나서 얼마 뒤에, 페이트빌의 진보적인 주간지 「그레이프바인The Grapevine」이 마침내 실제의 인물에 관한 이야기를 나무에 앉아 시위하는 사진과 함께 실음으로써 그 해묵은 허튼소리는 영원히 잠들게 되었다. 그런데 그 기사를 쓴 사람은 '클린턴 주지사는 젊었을 때, 지나친 모범생이었기 때문에 그런 대담한 일을 할 리가 없다'는 말을 덧붙여 놓았다.

그 경기 덕분에 나는 좋아했던 스포츠를 즐길 수 있었고, 고국에 대한 친밀감도 느낄 수 있었다. 나는 당시 토머스 울프의 『그대 다시는 고향에 가지 못하리You Can't Go Home Again』를 읽고 있었는데, 실제로 그런 일이 일어날까 봐 걱정하고 있었다. 나는 한 곳도 아니고 여러 곳으로, 그 어느 때보다 고향으로부터 먼 곳으로 여행할 계획을 세우고 있었다.

긴 겨울 방학이 계속되고 있던 12월 첫 주 주말에, 나는 40일간의 여행을 시작했다. 암스테르담에서부터 스칸디나비아 국가를 거쳐 러시아까지 갔다가, 프라하와 뮌헨을 거쳐 옥스퍼드로 돌아올 계획이었다. 그것은 내 일생에서 가장 긴 여행이었는데, 그 뒤에도 그렇게 긴 여행은 해본 적이 없었다.

암스테르담에 갈 때는 예술가 친구 아미에 고티에와 동행했다. 암스테르담 거리는 크리스마스 전등으로 뒤덮여 있고, 근사한 가게들이 즐비했다. 그 유명한 홍등가에는 법적 허가를 받은 매춘 여성들이 쇼윈도 뒤에 앉아 있었다. 아미에는 농담조로 저기 한번 들어가보지 않겠느냐고 물었고, 나는 거절했다.

우리는 주요한 성당들을 둘러보고, 시립미술관에서 반 고흐의 작품을 보고, 국립미술관에서 베르메르와 렘브란트의 작품을 보았다. 폐관시간이 되어 우리는 그 근사한 곳을 떠나야 했다. 코트를 가지러 휴대품 보관소에 갔는데, 그곳에는 코트를 가지러 온 사람이 하나 더 있었다. 돌아서는데 보니, 루돌프 누레예프(소련에서 출생하여 파리로 망명하여 활동한 발레리노—옮긴이 주)였다. 우리는 몇 마디 말을 나누었고, 그가 차나 한잔 하러 가자고 했다. 나는 아미에가 아주 좋아할 것이라고 생각했다. 그런데 현관 밖에는 잘생긴 젊은 남자가 얼굴을 찡그린 채 불안하게 서성대고 있었다. 누레예프를 기다리는 게 분명했다. 결국 우리는 기회를 놓쳤다. 몇 년 후 주지사로 활동할 때, 나는 대만의 타이페이에서 같은 호텔에 묵고 있는 누레예프를 만났다. 우리는 각자 볼일을 마치고 나서 어느 날 밤늦은 시간에 함께 차 한잔을 마셨다. 그런데 그는 처음 만났을 때의 일을 전혀 기억하지 못했다.

암스테르담에서 나는 아미에와 헤어졌다. 아미에는 집으로 돌아가고 나는 코펜하겐, 오슬로, 스톡홀름을 경유하는 기차를 탔다. 인적이 드문 노르웨이와 스웨덴의 국경에서는 하마터면 기차에서 내쫓길 뻔했다. 작은 철도역에서 승무원이 젊은 사람들의 짐을 뒤지며 마약을 찾았다. 그들은 내 가방에서 콘택 알약을 찾아냈다. 모스크바에 있는 친구에게 주려고 가져온 것이었다. 콘택은 출시된 지 얼마 되지 않은 약이었고, 무슨 이유에선지 스웨덴 정부의 허용약품 목록에 들어 있지 않았다. 나는 그 약은 감기약이고, 미국에서는 약국에 가면 구할 수 있고, 중독성이 없는 거라고 설명했다. 승무원은 콘택 알약을 압수했지만, 다행히도 나는 마약운반이라는 죄를 뒤집어쓰고 눈 덮인 적막강산에 던져지는 신세를 간신히 면할 수 있었다. 만일 그곳에서 강제하차를 당했다면 나는 신기한 얼음동상이 되어 봄이 올 때까지 썩지 않고 보존되었을 것이다.

스톡홀름에서 며칠을 보낸 뒤, 헬싱키로 가는 심야 여객선을 탔다. 늦은 밤 식당에 앉아 책을 읽으며 커피를 마시고 있는데, 바에서 만취한 두 남자가 한 여자를 놓고 싸움을 하기 시작했다. 두 사람 다 곤드레가 되어 자기 몸을 방어하지도 못하고 간신히 상대방에게 주먹을 날리고 있었다. 얼마 지나지 않아 둘 다 피범벅이 되었다. 그 중 한 사람은 승무원이었는데, 두세 명의 동료들은 옆에서 가만히 지켜만 보고 있었다. 나는 더 이상 참을 수가 없어서 자리에서 일어나서 그들을 향해 걸어갔다. 두 사람이 심각한 부상을 입기 전에 싸움을 말릴 작정이었다. 내가 그들로부터 3미터쯤 앞에 다다르자, 지켜보던 승무원 중 하나가 앞을 막아서며 "저 싸움을 말릴 생각 하지 마시오. 말리려고 했다간 둘 다 당신한테 덤벼들 거요. 그리고 우리도 거들 거고." 내가 왜 그러느냐고 묻자, 그는 씩 웃더니 "우리는 핀란드 사람이거든" 하고 대꾸했다. 나는 어깨를 으쓱하고는 돌아서서 책을 들고 잠자리로 향했다. 문화적 차이에 대해서 또 한 가지 배운 셈이었다. 어쨌든 두 사람 중 누구도 그 여자를 차지하지 못했을 것이 분명하다.

나는 작은 호텔에 짐을 풀고 나서 조지타운 동기인 리처드 슐라브와 함께 헬싱키를 둘러보았다. 그의 아버지는 그곳 미국대사관에서 대사대리로 근무하고 있었다.

집을 떠난 곳에서 크리스마스를 보내기는 처음이었다. 나는 크리스마스에 헬싱키 만을 거닐었다. 얼음이 두껍게 얼어 있고, 얼음 위에는 눈이 잔뜩 쌓여 있어서 걸을 만했다. 아름다운 자연을 둘러보던 나는 해안에서 약간 떨어진 곳에, 작은 나무 집이 한 채 서 있고 몇 발자국 떨어진 곳에 커다란 얼음 구멍이 나 있는 것을 발견했다. 그 나무 집은 사우나였다. 이윽고 한 사람이 수영복 차림으로 나오더니 얼음 구멍으로 달려가서 차디찬 물 속으로 들어갔다. 2~3분만에 물에서 나온 남자는 다시 사우나로 돌아갔다. 그는 그 의식을 여러 차례 반복했다. 여객선 바에서 싸우던 두 남자보다 더 정신 나간 사람이라는 생각이 들었다. 그러나 얼마 지나지 않아 나는 사우나의 뜨끈한 증기를 즐기게 되었다. 그 이후 몇 차례 여행을 하면서 핀란드에 대한 사랑은 점점 커졌지만, 그래도 얼음물 속에는 절대로 들어가지 못할 것 같다.

새해 전야에 레닌그라드-핀란드 역 사이의 간이역에서 모스크바행 기차를 탔다. 레닌이 1917년에 혁명을 주도하기 위해서 러시아로 돌아가던 때와 같은 여정이었다. 에드먼드 윌슨의 역작 『핀란드 역을 향하여 *To the Finland Station*』를 읽었기 때문에 그 일이 기억에 남아 있다. 기차가 러시아 국경에 도착하자, 외떨어진 초소에서 초병이 나왔다. 난생 처음으로 진짜 살아 있는 공산국가 사람을 만나는 셈이었다. 땅딸막하고 순진하게 생긴 사람이었다. 그가 의심스러운 눈초리로 내 가방을 쳐다보기에, 마약을 수색하려나 하고 생각했다. 그는 강한 억양의 영어로 "더러운 책 있나? 더러운 책? 더러운 책 가졌나?" 하고 물었다. 나는 웃으면서 책이 든 가방을 연 다음, 펭귄 문고판 톨스토이, 도스토예프스키, 투르게네프의 소설들을 쏟아놓았다. 그는 아주 실망스럽다는 표정이었다. 그는 혹한의 국경에서, 길고 외로운 밤에 활기를 불어넣어주는 금지품목을 원하고 있었던 모양이었다.

소련 기차에는 널찍한 객실이 많았다. 객실마다 뜨거운 차가 들어 있는 커다란 주전자가 있고, 나이 든 여인이 검은 빵과 차를 팔고 있었다. 나는 흥미로운 남자와 같이 앉게 되었다. 그는 소련이 발트 해 연안 국가들을 합병하기 3년 전인 1936년 올림픽에서 에스토니아 권투팀의 코치를 맡았다고 했다. 우리 둘 다 대화를 어느 정도 나눌 수 있을 정도로 독일어를 할 수 있었다. 그는 언젠가는 에스토니아가 자유를 얻게 될 날이 올 거라고 확신에 차서 말했다. 2002년, 나는 에스토니아의 유서 깊고 아름다운 수도 탈린에 갔을 때, 연설 도중에 이 이야기를 했다. 내 친구인 레나르트 메리 전직 대통령이 이 연설을 듣고 그 남자를 수소문했다. 그 남자의 이름은 피터 마초프였고, 1980년에 사망했다. 나는 이따금 새해 전날 밤의 기차 여행을 떠올리며, 그가 10년만 더 오래 살아서 에스토니아 독립의 꿈이 이루어지는 걸 보았다면 좋았을 걸 하는 생각을 하곤 한다.

1970년대가 시작되는 첫 새벽에 기차는 레닌그라드에 닿았다. 나는 기차에서 내려 몇 분 동안 걸어다녔다. 하지만 눈에 보이는 것이라곤 눈보라와 새해 분위기에 들떠 술에 취한 사람들을 거리에서 몰아내는 경찰관들의 모습뿐이었다. 그로부터 거의 30년의 세월이 흐른 뒤에야 나는 이 도시의 영광스런 모습을 목격할 수 있었다. 그 때는 공산주의자들은 사라지고, 이 도시는 상트페테르부르크라는 본래의 이름을 되찾았다.

1970년 새해 아침, 나는 닷새간의 놀라운 경험을 시작했다. 나는 모스크바로 갈 계획을 세우고 영어로 된 여행안내서와 시가지 지도를 구했다. 러시아의 키릴 문자를 읽지 못하니 영어 안내서는 필수품이었다.

나는 붉은 광장에 인접해 있는 내셔널 호텔에 투숙했다. 호텔은 천장이 높은 거대한 로비가 갖추어져 있고, 객실도 편안했고, 식당과 바도 훌륭했다.

모스크바에는 아는 사람이 딱 한 명 있었다. 바로 니키 알렉시스였다. 지난해 여름에 옥스퍼드를 떠나 미국으로 돌아갈 때 내게 우정에 관한 글이 씌어진 카드 두 장을 주었던 바로 그 여자였다. 그녀는 멋진 여자였다. 그녀는 서인도제도의 마르티니크 섬에서 태어나서, 외교관인 아버지를 따라 파리에서 살았다. 당시 니키는 루뭄바 대학교에서 공부를 하고 있었다. 루뭄바라는 이름은 1961년에 암살당한 콩고 지도자의 이름에서 딴 것인데, 루뭄바의 암살은 미국 중앙정보국CIA이 개입된 것이 확실한 사건이었다. 그 학교 학생들은 대부분 가난한 나라에서 온 가난한 학생들이었다. 소련은 가난한 사람들을 교육시킴으로써 그들이 고국으로 돌아가서 사람들을 전향시키기를 바라는 게 분명했다.

어느 날, 나는 버스를 타고 루뭄바 대학교로 가서 니키를 비롯한 여학생들과 함께 저녁식사를 했다. 여학생들 중에 엘레네라는 이름의 아이티 여성이 있었다. 그녀의 남편은 파리에서 딸을 데리고 공부를 하고 있었다. 그들은 여행할 돈이 없어서 거의 2년째 만나지 못하고 있었다. 내가 며칠 뒤 러시아를 떠나려는데, 엘레네가 러시아를 상징하는 털모자를 선물로 주었다.

그리 비싼 물건은 아니었지만 가난한 엘레네에게는 큰 부담이 되었을 법했다. 나는 그녀에게 내가 그걸 받기를 진심으로 원하느냐고 물었다. 그녀는 "그럼요. 당신은 내게 친절하게 대해주었고, 내게 희망을 가지게 해주었어요"라고 말했다. 1994년, 내가 대통령으로서 아이티의 군사독재자인 라울 세드라스 장군의 축출 계획을 세울 때, 그리고 민주적으로 선출된 장 베르트랑 아리스티드가 재집권하게 되었을 때, 나는 오랫만에 그 착한 여성을 떠올리면서 그녀가 다시 아이티로 돌아왔는지 궁금해했다.

한밤중에 나는 호텔로 향하는 버스에 몸을 실었다. 버스에는 나 말고 다른 승객이 한 명 더 있었다. 그의 이름은 올레그 라키토였고, 나보다 영어가 더 유창했다. 그는 나에게 이것저것 묻더니 자기는 정부를 위해서 일하는데, 사실은 나를 감시하라는 명령을 받았다고 시인했다. 그는 다음 날 아침 식사 때 다시 이야기를 계속하자고 했다. 베이컨과 달걀 요리를 함께 먹는 동안, 그는 매주 「타임」지와 「뉴스위크」지를 읽고 있으며 영국의 팝스타 톰 존스를 좋아해서 그 사람의 노래가 실린 해적판 테이프를 가지고 있다고 말했다. 내가 풀브라이트 상원의원을 위해서 일할 때 보안 인증을 받았다는 사실을 알고 정보를 캐낼 작정이었는지 어쨌는지 몰라도, 그는 너무나 솔직 담백했다. 하지만 나는 그에게서 철의 장막에 갇혀 살면서 바깥 세계에 관한 참된 정보를 알고 싶어하는 젊은이의 욕구 같은 것을 읽을 수 있었다.

나는 올레그 외에도 친절한 러시아 사람들을 많이 만날 수 있었다. 닉슨의 데탕트 정책은 커다란 성과를 올리고 있었다. 몇 주 전에는 러시아 텔레비전에서 달 위를 걷고 있는 미국인들의 모습을 보여주었다. 사람들은 아직도 그것 때문에 흥분해 있었다. 미국에 관계된 것이라면 뭐든지 멋있어 보이는 모양이었다. 그들은 우리의 자유를 부러워하고 우리가 부자라고 생각하고 있었다. 하기야 대부분의 러시아 사람들과 비교해보면, 우리가 부자이긴 부자인 것 같았다. 내가 지하철을 타면 사람들은 내게 다가와서 자랑스럽게 "저 영어 할 줄 알아요! 모스크바에 오신 걸 환영합니다"라고 말하곤 했다. 어느 날 밤 나는 호텔 손님들 몇 명과 택시 운전사, 그리고 운전사의 여동생과 저녁을 먹고 있었다. 그 여성은 술이 약간 취해서 나와 함께 있고 싶다고 말했다. 택시운전사는 여동생을 눈이 내리는 호텔 밖으로 끌어내더니 택시 안에 떠밀어넣었다. 나와 함께 있으면 그녀가 국가보안위원회KGB에서 심한 고문을 당하게 될까 봐 걱정이 되어서 그랬는지, 아니면 내가 자기 동생을 하찮은 여자로 취급한다고 생각해서 그랬는지 알 수 없는 일이었다.

모스크바에서 가장 근사한 모험은 호텔 엘리베이터 안에서 이루어진 우연한 만남 덕분에 시작되었다. 한번은 엘리베이터에 탔더니, 나 말고도 네 명의 남자들이 있었다. 그 중의 한 사람은 버지니아 라이온스 클럽 핀을 달고 있었다. 그 사람은 내가 외국인인 줄 알았는지 "어디서 오셨나요?" 하고 느리게 물었다. 하기야 나는 머리도 길고 수염도 긴데다 생가죽 부츠를 신고 영국 해군용 재킷을 입고 있었다. 내가 웃으면서 "아칸소에서 왔어요"라고 대답하자, 그는 "쳇, 나는 덴마크 아니면 그쪽 동네에서 온 사람인 줄 알았네!"라고 대답했다. 그 남자의 이름은 찰리 대니얼이었다. 그는 버지니아 주 노턴 출신으로, U-2기 조종사로 1960년에 러시아에서 요격당하여 생포되었던 프랜시스 개리 파워스와 같은 동네 사람이었다. 그들 중 두 사람은 파워스의 석방을 위해서 노력하고 있는 노턴 출신 변호사인 찰리 매카피와 워싱턴 주 출신으로 베트남에서 요격당한 아들의 생사를 수소문하고 있는 양계농장 주인 헨리 포스였다. 그들은 이곳에 주재하고 있는 북베트남 사람들이 노인에게 아들의 생사를 확인해줄 수 있는지 알아보기 위해서 그곳에 온 길이었다. 네 번째 사람은 파리 출신으로 버지니아 주 출신의 사람과 마찬가지로 라이온스 클럽의 일원이었다. 그는 북베트남 사람들이 프랑스어를 할 줄 안다는 이유 때문에 그 그룹에 합세했다.

그들은 러시아 측에서 북베트남 사람들과 이야기하도록 허락해줄 것인지, 설사 이야기를 할 수 있다고 하더라도 쓸 만한 정보를 얻을 수 있는지 알 수 없는 상태에서 무작정 모스크바로 온 처지였다. 러시아어를 할 줄 아는 사람은 아무도 없었다. 그들은 내게 도움을 줄 만한 사람을 알고 있느냐고 물었다. 니키 알렉시스는 루뭄바 대학교에서 영어, 프랑스어, 러시아어를 공부하고 있었다. 나는 그녀를 그들에게 소개해주었다. 그들은 2~3일 동안 이곳저곳 수소문을 하고 미국 대사관에 찾아가고 러시아 사람들에게 도움을 청하고 한 끝에, 드디어 북베트남 사람들을 만났다. 북베트남 사람은 포스 씨와 그의 일행이 아들과 전쟁 중에 실종된 몇몇 사람들의 생사를 알기 위해서 갖은 고생을 하고 있다는 사실에 감명을 받았는지 알아보겠다고 대답했다. 몇 주 뒤에 헨리 포스는 아들이 비행기가 요격당했을 때 사망했다는 사실을 알게 되었고, 얼마간 마음의 평화를 얻게 되었다. 대통령 재임 시 전쟁포로 및 전쟁실종자 문제 해결과 관련하여 활동할 때, 그리고 30만 명 이상의 사람들의 행방을 확인하지 못하고 있는 베트남 사람들을 돕기 위해서 활동할 때, 나는 헨리 포스 씨가 생각났다.

1월 6일, 나는 니키와 그녀의 아이티 친구 엘레네의 배웅을 받으며 프라하행 기차를 탔다. 프라하는 유럽에서 가장 유서 깊고 아름다운 도시 중의 하나로, 알렉산드르 두브체크가 주도했던 프라하의 봄 개혁 운동을 압살하기 위해서 개입한 1968년 8월의 소련의 간섭 때문에 비틀거리고 있었다. 나는 얀 코폴드의 부모님 댁에서 묵었다. 얀은 옥스퍼드에서 함께 농구를 했던 친구였다. 코폴드 가족은 개개인의 역사가 체코슬로바키아의 현대사와 꼭 닮은 선량한 사람들이었다. 얀의 외할아버지는 공산주의 신문인 「루드 프라보Rude Pravo」의 편집주간이었는데 제2차 세계대전 때 나치와 싸우다가 전사했으며, 프라하에는 그의 이름을 딴 다리가 있었다. 얀의 부모님은 학자들로서 두브체크를 열성적으로 지지했던 사람들이었다. 얀의 외할머니도 함께 살고 계셨는데, 그분은 코폴드 부부가 일하러 가는 낮 동안에 나에게 시내 구경을 시켜주었다. 그들이 살고 있는 집은 아름다운 도시의 전경이 내려다보이는 현대적 고층 아파트였다. 나는 얀의 방에 묵었는데, 너무 흥분해서 하룻밤에 서너 차례씩 깨어 지평선을 멍하니 바라보곤 했다.

코폴드 가족을 비롯해서 내가 만난 체코인들은 한결같이 자유를 되찾을 날이 올 거라는 확신을 가지고 있었다. 코폴드 가족은 어떤 희생을 치러서라도 자유를 되찾아야 한다고 생각하고 있었다. 그들은 자부심과 결단력을 가진 지성인들이었다. 내가 만났던 젊은 체코인은 특히 미국에 대해서 우호적이었다. 미국은 자유를 지지하지만 소련은 그렇지 않다는 이유 때문에 그들은 베트남에 대한 미국 정부의 입장을 지지하고 있었다. 얀의 아버지 코폴드 씨는 나에게 "러시아 사람들이라고 해서 역사발전의 법칙을 영원히 거스를 수는 없는 법이야"라고 말했다. 과연 그들은 역사발전의 법칙을 거스를 수 없었다. 20년 후, 바츨라프 하벨의 평화적인 '벨벳 혁명'이 프라하의 봄의 약속을 이루게 된다.

내가 코폴드 씨 댁을 떠나 옥스퍼드로 돌아온 지 열 달 후에, 나는 코폴드 가족으로부터 다음과 같은 편지를 받았다. 검은 테를 두른 검소한 흰 종이 위에는 이런 글이 쓰여 있었다. '가슴 에이는 고통 속에서 알립니다. 23세의 청년 얀 코폴드가 7월 29일, 터키 스미르나의 대학 병원에서 사망했습니다…… 그리스 문화 유적을 방문하는 것은 그의 오랜 소망이었습니다. 그는 트로이가 멀지 않은 높은 곳에서 추락하여 그 부상 때문에 세상을 떴습니다.' 나는 진심으로 얀을 좋아했다. 언제나 웃음 띤 얼굴에 착한 마음씨를 가진 친구였다. 우리가 알고 지낼 당시, 그는 체코슬로바키아에 대한 사랑과 자유에 대한 사랑 사이에서 큰 갈등을 느끼며 괴로워하고 있었다. 그가 그 두 사랑을 온전히 다 이루면서 살 수 있었다면 얼마나 좋았겠는가?

프라하에서 엿새를 보낸 후, 나는 뮌헨에 들러서 루디 로베와 함께 사육제를 즐긴 다음, 미국과 민주주의에 대한 새로운 신념을 가지고 영국으로 돌아갔다. 여러 가지 단점이 있기는 하지만, 나의 조국은 공산주의 치하에서 신음하고 있는 사람들에게는 여전히 희망의 불빛이었다. 1992년에 내가 대통령에 출마했을 때, 공화당원들이 내가 모스크바에서 공산주의자들과 어울렸다고 주장하면서 이때의 여행을 꼬투리 잡으려고 했다. 정말 어이없는 일이었다.

새 학기가 되자, 나는 정치학 수업을 다시 시작했으며, 과학이론과 전략계획의 연관성, 나폴레옹전쟁에서 베트남전쟁에 이르기까지 징집된 군대를 애국적인 군대로 만드는 문제, 그리고 미국 정책에 영향을 미치는 중국과 러시아 문제에 대해 연구했다. 나는 핵 전쟁의 가능성과 다양한 파괴수준, 그리고 공격 이후 행동에 관한 허먼 칸의 저술을 읽었다. 그 책은 스트레인지러브(큐브릭의 영화 《닥터 스트레인지러브》의 주인공-옮긴이주)가 쓴 글 같이 납득할 수 없는 부분이 많았다. 내 일기장에는 이렇게 적혀 있다. '핵전쟁이 시작된 후에 일어나는 일들은 어떤 과학적인 체계나 어떤 분석자의 모델이 제시하는 고정된 경로도 따라가지 않을 것이다.'

나는 해를 볼 수 없는 영국의 겨울을 다시 한 번 맞았다. 겨울 내내 고국에서는 편지와 카드가 끊임없이 날아왔다. 친구들은 직장을 가지고, 결혼을 하고, 자신들의 삶을 진척시키고 있었다. 베트남 문제에 대한 갖은 고민에 시달리고 있는 처지이고 보니, 나에게는 평범하게 살아가는 친구들의 삶이 그지없이 아름다워 보였다.

3월이 되고 봄이 가까워지면서, 모든 것들이 조금씩 밝아지기 시작했다. 나는 헤밍웨이를 읽고 수업에 전념하고 친구들과 대화를 나누었다. 그리고 매력적인 친구를 한 명 더 사귀었다. 오리건의 리드 대학 출신인 맨디 머크가 옥스퍼드에 나타난 것이다. 대단히 정력적이고 엄청나게 똑똑한 여성이었다. 그녀는 내가 옥스퍼드에서 만난 미국 여성 중에서 유일하게, 어떤 영국 여성도 따라갈 수 없을 만큼 물 흐르듯 자유자재로 빠르게 말하는 재주까지 갖추고 있었다. 또한 그녀는 내가 난생처음 만나보는 개방적인 레즈비언 여성이었다. 3월은 내가 동성애 문제에 눈을 뜨게 된 중요한 시기였다. 폴 패리시 역시 내게 자신이 동성애자임을 밝혔는데, 그는 사회적으로 배척받는 인물로 낙인찍히게 될까 봐 대단히 걱정하고 있었다. 그는 오랫동안 고통을 겪었으며 그의 말에 의하면 그는 지금 샌프란시스코에서 안전하고 합법적인 생활을 하고 있다. 맨디 머크는 영국에 남아 언론인이자 동성애자의 권리를 옹호하는 인물이 되었다. 당시 그녀의 당찬 도전은 나의 봄을 환하게 밝혀주었다.

어느 날 릭 스턴스는 내가 정치활동에 적합하지 않은 사람이라는 충격적인 말을 했다. 그는 휴이 롱과 내가 둘 다 훌륭한 남부 정치가다운 재질을 가지고 있는데, 롱은 권력을 획득하고 사용하는 방법을 알고 있는 정치적 천재라고 말했다. 그러나 나는 문학적 재능이 더 뛰어나고 말하는 능력보다 글을 쓰는 능력이 더 나으며 정치를 할 만큼 치열하지 못하니 작가가 되는 게 낫겠다는 것이다. 그의 의견은 오랫동안 많은 사람들이 생각했던 것과 같은 내용이었다. 하기야 릭의 말은 진실에 근접하고 있었다. 나는 권력을 위한 권력을 선호하는 사람은 결코 아니었다. 하지만 나는 어떤 타격을 받을 때마다 늘 강인하게 버티며 살아남았다. 게다가 나는 내가 정치만큼 잘할 수 있는 일이 없다고 생각하고 있었다.

1970년 초에 홈즈 대령과 나눈 대화 내용과 징병 추첨 번호에 관한 내용이 들어 있는 제프 드와이어의 테이프를 들으면서, 나는 내가 ROTC 지원자 자격을 잃었으며 적어도 그해 말까지는 징집되지 않으리라는 것을 알게 되었다. 그해 안에는 징집영장이 나오지 않을 테니, 로즈 장학금의 혜택을 받으며 옥스퍼드에서 3년차 유학 생활을 할 것인지, 아니면 예일 법대로 진학할 것인지를 놓고 나는 심각한 고민에 빠졌다.

나는 옥스퍼드가 마음에 들었다. 어쩌면 그 정도가 지나칠 정도였다. 하지만 옥스퍼드에서 3년차 유학 생활을 하게 되면 편안하지만 맹목적인 학문 생활에 빠져들 것 같아 걱정이었다. 그런 학문 생활은 결국에는 나에게 실망을 안겨줄 것 같았기 때문이었다. 그러나 전쟁에 대한 나의 혐오감을 생각하면 정치계에서 성공을 할 수 있을지 확신이 서지 않았다. 하지만 나는 일단 미국으로 돌아가서 부딪쳐보고 싶었다.

한 학년 중 2학기에서 3학기째로 넘어가는 방학기간인 4월을 맞아, 나는 릭 스턴스와 함께 스페인으로 마지막 여행을 떠났다. 나는 앙드레 말로의 『인간의 희망』과 조지 오웰의 『카탈로니아 찬가』, 휴 토머스의 역작 『스페인 내전』을 읽으면서 스페인에 완전히 매료되어 있었다. 말로는 대부분의 지식인들이 프랑코에 대항한 싸움에 가담하게 되는 과정을 그리면서 전쟁이 지식인에게 강요하는 딜레마를 탐구했다. 그는 지식인들은 이름을 떨치기를 원하며, 자신이 무엇을 위해 싸우고 있는지, 그리고 어떻게 싸워야 하는지를 정확하게 알고 싶어 하는데, 이러한 태도는 반 마니교적인 태도이지만 정작 싸움을 하는 사람들은 누구나 마니교도라고 말했다. 자신이 살아남기 위해서는 남을 죽여야 하는데, 그렇게 하기 위해서는 모든 것들을 흑과

백, 선과 악으로 구별해서 보아야 하기 때문이라는 것이었다. 나는 여러 해 뒤에 극우세력이 공화당과 의회를 잠식하고 있을 때, 정치계에서도 이와 똑같은 일이 벌어지고 있는 것을 목격했다. 그들에게 있어 정치란 다른 수단을 이용해서 벌이는 전쟁일 뿐이었다. 그들에게는 적이 필요했고, 나는 마니교도의 구분에 따르면 악마였다.

나는 스페인의 낭만적 매력을 떨쳐버릴 수가 없었다. 살아 움직이는 대지와 넉넉하고 소박한 사람들, 실패한 내전에 대한 잊혀지지 않는 기억들, 프라도 미술관과 알함브라 궁전의 아름다움. 대통령이 된 뒤에 나와 힐러리는 후안 카를로스 국왕과 소피아 왕비와 친한 사이가 되었다. 마지막 스페인 여행 때 후안 카를로스 국왕은 내가 그라나다에 다시 가보고 싶다고 한 말을 기억하고 힐러리와 나를 그라나다로 안내해주었다. 후안 카를로스 덕분에 나는 30년 만에 처음으로 프랑코 독재에서 벗어난 민주국가 스페인의 알함브라 궁전을 다시 거닐 수 있었다.

내가 옥스퍼드로 돌아간 4월 말에, 어머니가 전화를 걸어와 데이비드 레오폴로스의 어머니인 이블린이 자신의 골동품 가게에서 가슴에 네 차례나 난도질당한 채 죽었다는 소식을 전해주었다. 범인은 잡히지 않았다. 나는 그때 토머스 홉스의 『리바이어던』을 읽고 있었는데, 인생은 '가엾고, 성가시고, 잔인하고, 짧은 것'이라는 홉스의 말이 옳은 것 같았다. 데이비드는 몇 주 후 이탈리아의 부대로 복귀하는 길에 나를 찾아왔다. 나는 그의 마음을 달래주려고 노력했다. 상심하는 그의 모습을 본 나는 아버지가 임종하시기 전 1년 반 동안의 일과 임종하실 때의 일에 관한 짧은 글을 썼다. 그 글에 대한 친구들의 평가는 상당히 좋았다. 내 일기장에는 이렇게 쓰여 있다. '정치활동에서 성과가 없으면 수위가 되는 대신 글을 쓰면 될 것 같다.' 나는 이따금 센트럴 파크 남쪽 끝에 있는 뉴욕 플라자 호텔의 수위가 되는 공상에 잠기곤 했다. 플라자 호텔 수위들은 근사한 제복을 갖춰 입고 전 세계에서 모여드는 재미있는 사람들을 맞이했다. 나는 나를 만난 손님들이 남부 악센트는 이상하지만 말은 잘하는 수위라고 생각하며 건네주는 팁을 엄청나게 모으는 상상도 했다.

5월 말에, 나는 예일 법대의 입학허가를 받고 그 곳에 진학하기로 결정했다. 그리고 야당의 개념과 영국 총리, 정치이론에 관한 수업을 마쳤다. 나는 홉스의 이론보다 로크의 이론이 더 마음에 들었다. 6월 5일에는 미국 군인 고등학교 졸업식에서 마지막 연설을 했다. 장군들과 대령들과 함께 무대에 앉아 있다가 연설할 차례가 되자, 내가 미국을 사랑하는 이유, 군대를 존경하는 이유, 그리고 베트남전쟁에 반대하는 이유에 대해서 이야기했다. 졸업생들은 반응이 좋았고, 장교들도 내가 그런 주제로 말하는 것을 존중해주었던 것 같다.

6월 26일, 나는 옥스퍼드의 사람들, 특히 프랭크 앨러, 폴 패리시, 그리고 데이비드 에드워즈와 애틋한 작별인사를 나누었다. 이번에는 정말로 헤어지는 것이었다. 나는 비행기를 타고 뉴욕을 향해 출발했다. 이렇게 해서 내 생애에 있어서 아주 특별한 2년 동안의 생활을 마감했다. 그 2년이 시작된 때는 바로 리처드 닉슨이 당선되기 바로 전날 밤이었고, 그 2년이 마감되는 때는 바로 비틀즈가 결별을 선언하고 슬퍼하는 팬들에게 자신들의 마지막 영화를 내놓던 날이었다. 나는 여행을 많이 했고, 여행이 좋았다. 나는 또한 징병 문제와 교차하는 야망, 그리고 여성들과 짧은 교제 이상의 것을 해보지 못한 무능함, 이런 것들 때문에 엄청난 고민에 시달리면서 마음 속 구석구석 깊은 곳까지 뒤지고 다녔다. 나는 학위는 따지 못했지만 많은 것을 배웠다. 나는 '길고 구불구불한 길'을 지나 고국으로 향하고 있었다. 그리고 가슴속에 비틀즈의 '헤이 주드'의 가사처럼, '슬픈 노래를 듣고 기분이 더 좋아질' 수 있었으면 하는 희망을 품고 있었다.

17

7월에 나는 펄스스트링 프로젝트 활동을 하기 위해서 워싱턴으로 갔다. 펄스스트링 프로젝트란 1971년 말까지 베트남전쟁에 대한 예산 집행을 중단시킨다는 맥거번-해트필드 수정안을 지지하기 위한 시민운동이었다. 수정안은 통과되지 못했지만, 그 운동은 초당파적으로 성장하고 있는 반전 운동을 촉진시키고 부각시킬 수 있는 수단을 제공했다.

나는 여름 동안 딕과 헬렌 더드먼의 집에서 묵었다. 북서부 워싱턴에 있는 그들의 집은 커다란 현관이 딸린 크고 오래된 2층집이었다. 딕은 유명한 언론인이었다. 딕과 헬렌은 전쟁에 반대하고 있었으며 반전 운동을 하는 젊은이들을 후원하고 있었다. 두 사람은 나를 아주 친절하게 대해주었다. 어느 날 아침, 그들은 친구들과 현관에서 아침식사를 하는 자리에 나를 합석시켰다. 그 자리에는 진 매카시 상원의원도 있었다. 매카시는 1968년에 다시는 상원의원에 출마하지 않겠다고 발표했기 때문에, 그해는 그가 상원에 재직하는 마지막 해였다. 그날 아침, 그는 아주 솔직하고 느긋한 태도로 여러 가지 현안들을 정확하게 분석하고 상원을 떠나는 아쉬운 마음을 토로했다. 생각했던 것보다 매카시가 마음에 들었다. 특히 매카시의 구두를 얻어 신은 뒤로는 더 그랬다. 나는 더드먼 부부의 배려 덕분인지, 정장을 해야 하는 여성언론인 만찬에 초대를 받았고, 매카시 상원의원의 구두를 빌려 신고 만찬에 참석했다. 만찬에는 닉슨 대통령이 참석하여 많은 사람들과 악수를 나누었다(나는 안 했지만). 나는 클라크 클리퍼드와 같은 테이블에 앉았다. 미주리 주 출신의 클리퍼드는 트루먼 대통령과 함께 워싱턴에서 정치활동을 시작해서 임기 마지막 해를 맞은 존슨 대통령의 보좌관, 이어 국방장관으로 활동했다. 클리퍼드는 베트남에 대해서 냉담한 태도를 보였다. "그곳이야말로 세계에서 가장 개입하기가 까다로운 곳이지." 나는 만찬이 진행되는 동안 정신이 하나도 없었다. 특히 진 매카시의 구두를 신고 걸을 때는 더 심했다.

펄스스트링 활동을 개시한 직후 어느 주말에, 나는 매사추세츠 주 스프링필드로 가서 조지타운 룸메이트인 해군 중위 킷 애슈비의 결혼식에 참석했다. 워싱턴으로 돌아오는 길에, 나는 케이프 코드에 들러 킷의 결혼식에 참석했던 타미 캐플란과 짐 무어를 만났다. 그해 여름 동안 케이프에서는 캐럴린 옐델과 젊은 음악가들의 공연이 이어지고 있었는데, 우리는 그 공연에 가서 캐럴린의 노래를 들었다. 재미있는 시간을 보내고 나니 시간이 너무 지체되어 있었다. 나는 워싱턴으로 가려고 운전을 시작했는데, 굉장히 피곤했다. 주 경계를 이루는 하이웨이를 타고 매사추세츠를 빠져나오기 직전에, 내 차 바로 앞에서 차 한 대가 갑자기 정지신호를 넣으며 속력을 줄였다. 그 차 운전사와 내가 서로를 발견했을 때는 이미 늦은 뒤였다. 나는 급히 핸들을 꺾다가 앞차 왼쪽 뒷부분을 강하게 들이받고 말았다. 그 차 안에 탔던 남자와 여자는 충격을 받은 모양이었지만 상처를 입은 곳은 없었다. 나도 다친 데가 없었다. 하지만 제프 드와이어가 여름 동안 쓰라고 준 폭스바겐 자동차는 심하게 부서지고 말았다. 게다가 경찰이 오면서 나는 큰 곤경에 빠졌다. 영국에서 돌아올 때 면허증을 잃어버렸기 때문에, 나는 운전면허가 있다는 것을 입증할 수가 없었다. 당시에는 그런 사실을 입증할 전산기록도 없을 때였다. 면허가 있다는 사실을 입증하려면 아침이 될 때까지 기다려야 했다. 경찰은 나를 구금하겠다며 경찰서로 데리고 갔다. 경찰서에 도착했을 때는 새벽 5시였다. 경찰은 소지품을 압수하고 목을 맬 우려가 있다면서 허리띠까지 가져간 다음 커피 한 잔을 주고는 나를 작은 독방에 넣었다. 방 안에는 딱딱한 철제 침대와 담요, 냄새나는 변기, 그리고 늘 켜져 있는 전등이 있었다. 두세 시간쯤 선잠을 자고 난 뒤에, 나는 타미 캐플란에게 연락했다. 타미와 짐 무어가 함께 법정에 가서 나를 보증해주었다. 판사는 너그러웠지만 면허증을 가지고 있지 않은 것을 심하게 꾸짖었다. 판사의 꾸지람은 효과가 있었다. 그날 독방에서 밤을 지새우고 난 뒤로, 나는 어디를 가나 반드시 면허증을 가지고 다녔으니까.

　매사추세츠에 다녀오고 2주 후에 나는 뉴잉글랜드로 돌아가, 일주일 동안 민주당 상원의원 예비선거에 출마한 조 더피를 위해서 코네티컷에서 뛰었다. 평화 후보로 입후보한 더피는 2년 전에 진 매카시를 위해서 뛰었던 사람들의 도움을 받고 있었다. 현직 상원의원인 민주당의 톰 도드는 코네티컷 정치계의 오랜 붙박이였다. 그는 뉘른베르크 전범 법정에서 나치주의자들을 기소한 사람으로 진보적 활동 경력을 가지고 있었다. 하지만 두 가지 문제가 있었다. 첫째, 그는 공적 활동 자금으로 조성된 기금을 사적인 용도로 유용한 것 때문에 상원에서 심한 비판을 받고 있었다. 둘째, 그는 존슨 대통령의 베트남 정책을 지지했던 사람인데, 민주당의 주요 지지자들의 분위기는 반전으로 기울어져 있었다. 도드는 상원의 비난 때문에 크게 타격을 받고 분을 끓이고 있었지만, 그렇다고 싸워보지도 않고 물러날 사람은 아니었다. 그는 민주당 예비선거에서 냉담한 유권자들을 만나는 것을 포기하고, 11월 총선거에 무소속으로 출마했다.

　조 더피는 하트포드 학술재단의 윤리학 교수이자 '민주행동을 위한 미국인'이라는 진보 단체의 의장이었다. 그는 웨스트버지니아 철광업자의 아들이었지만, 그의 가장 강력한 지지자들은 교외에 살고 있는 풍족하고 배운 것 많은 반전 자유주의자들과 민권과 평화 활동에 관한 그의 경력에 끌리고 있는 젊은이들이었다. 조 더피의 선거운동본부 공동의장 폴 뉴먼은 열성적인 활동을 펼치고 있었다. 더피 후원위원회에는 사진작가인 마거릿 부르크-화이트, 화가 알렉산더 콜더, 「뉴요커」의 카툰 작가 데이너 프레이던, 그리고 저명한 작가와 역사학자들이 다수 포함되어 있었다. 그 중에는 프랜신 뒤 프레식스 그레이, 존 허시, 아서 밀러, 밴스 패커드, 윌리엄 샤이러, 윌리엄 스타이런, 바바라 터크먼, 손턴 윌더가 포함되어 있었다. 이들의 이름은 선거홍보물 위에서는 인상적으로 돋보였지만, 소수민족계의 블루칼라 계층이 다수를 차지하는 유권자들에게는 큰 영향을 줄 것 같지 않았다.

7월 29일에서 8월 5일 사이에, 나는 제5지역구에 속하는 베델과 트럼불을 조직화하는 임무를 맡았다. 이 두 타운에는 커다란 현관이 딸린 오래된 목조주택이 많았고, 주민기록을 보면 오래 거주한 사람들이 많다는 것을 알 수 있었다. 나는 베델에 사무실을 구하고 전화를 가설한 다음 전화홍보를 하는 한편, 아직 마음을 정하지 않은 유권자들을 직접 찾아가서 홍보물을 전달했다. 베델의 선거운동 사무실은 자원활동가들의 헌신적인 활동으로 운영되고 있었다. 베델에서는 더피의 최다득표를 확신할 수 있었다. 반면에 트럼불의 사무실은 불완전하게 운영되고 있었다. 자원활동가들의 활동을 보면, 전화 통화하는 유권자와 찾아가서 만나는 유권자가 따로 놀았다. 나는 트럼불 활동가들에게 월요일부터 토요일까지, 아침 10시부터 오후 7시까지 사무실을 지키면서, 설득 가능성이 있는 유권자 전원에게 1차로 전화홍보를 하고, 2차로 방문홍보를 하는 베델의 활동 방법을 따르도록 당부했다. 나는 조직화가 제대로 되어 있지 않은 다른 두 타운의 활동을 평가한 다음, 그곳 책임자들에게 우선 유권자 전체 명단을 입수하고 전화홍보를 할 수 있는 인력과 자원을 배치하라고 당부했다.

　　나는 그 일이 마음에 들었고 그 활동을 통해서 내 인생에서 중요한 의미를 지니게 되는 많은 사람들을 만났다. 그 중에는 존 포데스타, 수잔 토머시즈가 포함되어 있다. 존 포데스타는 후일 백악관에서 비서, 비서실 차장, 비서실장의 역할을 맡아 대활약을 펼쳤다. 수잔 토머시즈는 내가 뉴욕에 있을 때 자신이 사는 파크 애비뉴 아파트의 소파를 내게 잠자리로 내어주었고, 힐러리와 나의 친한 친구이자 조언자가 되었다.

　　조 더피가 예비선거에서 승리하자, 나는 총선거를 위한 제3지역구를 관리하는 임무를 맡게 되었다. 그 지역구에서 가장 큰 도시는 내가 다닐 법대가 있는 뉴헤이븐이었고, 그 지역구에는 내가 살게 되는 밀퍼드도 포함되어 있었다. 그 임무를 맡았으니 선거가 끝나는 11월 초까지 수업을 많이 빼먹게 될 판이었다. 하지만 나는 못 듣는 수업이야 노트를 빌려서 따라잡고 학기말에 열심히 공부하면 되겠지 싶었다.

　　뉴헤이븐은 내가 좋아하는 곳이었다. 그곳은 오랜 전통의 소수민족계 주민들의 정치활동과 학생들의 활동으로 인해서 정치 상황이 복잡한 곳이었다. 뉴헤이븐 옆에 있는 이스트 헤이븐의 주민들은 태반이 이탈리아인들이고, 가까운 오렌지의 주민들은 태반이 아일랜드인들이었다. 뉴헤이븐에서 먼 동네일수록 부유했고, 소수민족의 혈통은 희미해졌다. 지역구의 동쪽 끝에 있는 길퍼드와 매디슨은 특별히 유서 깊고 아름다운 타운이었다. 나는 이 지역구에 있는 다른 타운들을 여러 차례 드나드는 동안, 우리가 효과적인 선거운동 계획을 세우고 중앙 선거운동본부에서 필요한 지원과 물품을 얻고 있다는 확신을 가지게 되었다. 예전에 끌고 다니던 폭스바겐은 매사추세츠에서의 사고로 파손되었기 때문에, 나는 녹빛 나는 오펠 스테이션 왜건을 몰고 다녔다. 이 차는 선거운동 물품을 싣고 다니기에 안성맞춤이었다. 나는 낡은 스테이션 왜건을 타고 부지런히 달렸다.

활동 일정 중에 여유시간이 생기면, 헌법, 계약, 소송절차, 불법행위 등의 강의를 들었다. 당시 가장 재미있는 수업은 로버트 보크 교수가 가르치는 헌법 수업이었다. 로버트 보크는 후일 콜롬비아 특별지구 항소법원 판사로 활동하다가, 1987년에는 레이건 대통령에 의해 연방대법원 판사로 지명되었다. 보크는 대단히 보수적인 법률적 관점을 가지고 있었고, 자신의 관점을 개진하는 데 있어서는 대단히 공격적인 사람이었지만, 자신과 의견을 달리하는 학생들을 공정하게 대했다. 한번은 보크 교수와 진지한 대화를 나누던 내가 토론 중인 문제에 대한 그의 주장이 순환논리라는 것을 지적했다. 그러자 그는 "당연하지. 가장 좋은 주장들은 모두 그런 법이야"라고 대꾸했다.

예비선거가 끝난 뒤, 나는 다른 후보의 지지자들을 더피 쪽으로 끌어들이는 일에 온 힘을 쏟았다. 하지만 그 일은 만만치 않았다. 나는 소수민족계 블루칼라들이 밀집한 지역으로 가서 기량을 발휘하고 싶었다. 하지만 그것이 돌담을 두드리는 것만큼이나 어려운 일이라는 것을 예상하고 있었다. 백인 소수민족계의 민주당 지지자들 중에는, 조 더피가 너무 급진적이며 마약을 즐기는 반전 히피들과 같은 부류라고 생각하는 사람들이 너무나 많았다. 애그뉴 부통령은 더피를 '마르크스주의 혁명가'라고 부르기까지 했다. 소수민족계의 민주당 지지자들 중에는 전쟁 반대로 돌아서기는 했지만, 자신들보다 먼저 전쟁에 반대하고 나섰던 사람들과 합류하는 것을 불편하게 생각하는 사람들이 많았다. 도드 상원의원이 무소속으로 출마하는 바람에 불만을 품은 민주당 지지자들에게는 더피 말고도 표를 던질 곳이 생겼고 그 때문에 활동은 더욱 어려워졌다. 조 더피는 열성적인 활동을 펼치면서 선거운동에 나서 전국의 젊은이들의 의식을 고취시켰지만, 공화당 후보인 로웰 위커 하원의원에 뒤지고 말았다. 로웰 위커는 후일 공화당을 떠나 무소속의 코네티컷 주지사로 활동했던 인물이었다. 위커는 42퍼센트의 득표율을 올리면서 더피를 어렵지 않게 따돌렸다. 더피의 득표율은 34퍼센트에 못 미쳤고, 도드 상원의원의 득표율은 25퍼센트에 가까웠다. 우리는 이스트 헤이본과 웨스트 헤이본 지역 등의 소수민족계 타운에서 완패했다.

도드가 출마하지 않았더라면 더피가 승리를 거두었을 것이라고 자신할수는 없었다. 그러나 도드에게 표를 던진 사람들을 다시 끌어오지 못하면민주당은 소수당이 될 수밖에 없다는 것은 분명했다. 선거가 끝난 뒤 나는선거운동본부장으로 대활약을 했던 앤 웩슬러와 여러 시간 동안 이 문제에대해서 이야기했다. 그녀는 훌륭한 정치인이며, 모든 계층의 사람들과 원만한 관계를 가지고 있었다. 하지만 1970년 당시 대부분의 유권자들은 더피의 메시지와 그 메시지를 전하는 사람들을 받아들이지 않고 있었다. 앤은후일 나의 좋은 친구이자 유능한 조언자가 되었다. 앤과 조 더피가 결혼한뒤로, 나는 그들과 더욱 가까이 지냈다. 나는 백악관에 들어간 뒤에 조 더피를 '미국의 소리'를 감독하는 미국 정보국의 운영책임자로 임명했다. 그곳에서 더피는 세계를 상대로 미국의 메시지를 전달하는 일을 맡았는데,세계는 1970년의 코네티컷 유권자들에 비해서 훨씬 쉽게 그의 메시지에 마음을 열었다. 그 일은 조가 승리를 거둔 마지막 유세였다.

1970년 11월에 가장 희망적인 사건은 아칸소의 젊은 민주당 후보 데일범퍼스가 주지사에 당선된 일이었다. 그는 예비선거에서 전직 주지사인 포버스를 가볍게 따돌렸으며, 총선거에서 록펠러 주지사를 압도하고 승리를거두었다. 범퍼스는 해병대 출신으로 유능한 변호사였다. 그는 대단히 재미

있는 사람이었으며 부엉이를 설득해서 나무에서 내려오게 할 수 있을 정도로 뛰어난 말솜씨를 가지고 있었다. 진정한 진보주의자였던 그는 보수적인 서부 아칸소에 속한 자신의 고향 찰스턴에서 평화적인 학교 통합을 주도했다. 리틀록이 그 문제로 엄청난 진통을 겪었던 점을 생각하면 대단한 업적이었다. 2년 후에도 그는 여유 있게 재선에서 승리했으며, 다시 2년 후에는 상원의원에 당선되었다. 범퍼스는 사람들을 공통된 대의로 끌어 모아 통합시키는 지도력이 있으면 남부의 오래된 분열의 정치를 극복할 수 있다는 것을 입증하는 인물이었다. 그것이 바로 내가 하고자 했던 일이었다. 나는 민권과 반전을 위해 싸울 수 있다면, 패배가 거의 확실해 보이는 후보들도 주저하지 않고 지원했다. 하지만 변화를 원하는 사람은 승리를 거둬야 한다. 내가 예일 법대에 간 것은 정착에 대해서 더 많이 배우기 위해서, 그리고 정치적인 열망을 펼칠 수 없게 될 경우에는 타의에 의해서 물러날 필요가 없는 교수가 되고 싶어서였다.

선거가 끝난 뒤, 나는 법대 생활로 돌아와서 시험공부를 하고, 사람들을 사귀고, 새로 얻은 집에서 세 명의 친구들과 함께 살며 즐거운 시간을 보냈다. 같은 로즈 장학생으로 유니브에서 함께 공부했던 더그 이클리가 밀퍼드의 롱아일랜드 사운드에서 멋진 집을 찾아냈다. 침실 네 개에, 넓은 주방, 해변으로 난 커다란 현관이 있는 집이었다. 해변은 야외 요리를 하기도 좋았고, 썰물 때면 터치풋볼을 할 수 있을 만큼 넓은 공간이 생겼다. 한 가지 단점은 여름용 주택이라서 매서운 겨울바람을 막아줄 단열재가 설치되지 않았다는 점이었다. 하지만 우리는 젊었고, 추위에 익숙해졌다. 선거가 끝난 뒤 추운 어느 날, 담요를 둘러쓴 채 현관에 앉아서 윌리엄 포크너의 『음향과 분노』를 읽던 기억이 아직도 생생하다.

이스트 브로드웨이 889번지에서 함께 살았던 또 다른 친구들은 돈 포그와 빌 콜먼이었다. 돈은 다른 세 명에 비해 좌파적 성향이 강했지만, 겉으로 보기에는 블루칼라에 더 가까웠다. 콘크리트 벽돌처럼 건장하고 황소처럼 힘이 센 친구였다. 그는 오토바이를 타고 법대로 통학했으며, 누굴 만나든 끝없는 정치적 논쟁으로 끌어들였다. 다행스러운 일은 그가 요리를 잘하고 늘 점잖게 행동한다는 점이었다. 그것은 열정적이라는 점에서는 돈에게 빠지지 않지만 감정은 훨씬 풍부한 영국 여성, 수잔 버크넬 덕분이었다. 빌은 예일에서 해마다 늘어나고 있는 흑인 학생 중 한 명이었다. 빌의 아버지는 자유주의적 공화당원(당시에도 이런 사람들이 있었다) 법률가로, 대법원에서 펠릭스 프랑크푸터 판사의 일을 돕다가 포드 대통령 재임 시에는 교통 담당 보좌관으로 근무했던 사람이었다. 겉보기에는 우리들 중에서 빌이 가장 여유 있는 사람이었다.

더피 선거운동을 마치고 예일로 돌아왔을 당시, 나에게는 한집에 사는 친구들 말고는 친구가 몇 명밖에 없었다. 그 중에는 루이지애나 출신으로 나의 미국소년단 친구인 프레드 카머와 밥 리시가 있었다. 밥은 로즈 장학생 그룹의 간사였기 때문에, 사람들의 동향을 잘 알고 있었고 옛 친구들이 무엇을 하고 있는지에 관한 정보와 우스꽝스러운 오보를 끊임없이 대주는 정보통이었다.

밥은 세 명의 학생들과 함께 캠퍼스 근처 집에서 살고 있었다. 그 중에서 낸시 베케이백이라는 여학생은 나의 특별한 친구가 되었다. 그녀는 그 전 여름 베트남에서 저널리스트로 일하다가 반전 신념이 확고해진 열정적인 자유주의자였다. 그녀의 역작 중에는 아름다운 시와 힘 있는 편지글 외에 멋진 강의노트도 있었다. 낸시는 두 달 늦게 수업에 나타난 나에게 강의노트를 빌려주었다.

나는 빌 콜먼을 통해서 흑인 학생들을 여럿 알게 되었다. 나는 그들이 어떻게 예일에 왔는지, 무엇을 할 계획인지 관심이 많았다. 당시 예일 대학교는 아프리카계 미국 흑인들이 입학하기 힘든 곳이었다. 빌 말고도 친하게 지냈던 흑인 학생들은 에릭 클레이와 낸시 지스트, 라일라 콜번, 루퍼스 코미어, 래니 기니어였다. 후일 나는 디트로이트 출신의 에릭을 연방 항소법원 판사로 임명했다. 힐러리의 웨슬리 동기인 낸시 지스트는 후일 법무부에서 일했고, 라일라 콜번은 법학을 포기하고 정신과 의사가 되었다. 루퍼스 코미어는 서던 메소디스트 대학교 풋볼팀에서 가드로 활약했던 과묵하고 건장한 남자였다. 래니 기니어는 후일 내가 민권 분야 법무차관으로 임명하려고 했던 사람인데 안타까운 일이 생기고 말았다. 이 이야기는 후술할 것이다. 대법원 판사 클래런스 토머스도 동기였지만, 당시에는 그를 알지 못했다.

학기가 끝날 무렵, 프랭크 앨러가 미국으로 돌아오려고 한다는 소식을 들었다. 보스턴 지역에서 지내다가 다시 고향인 스포케인으로 옮겨온 그는 그곳에서 징병의 문제와 직면하게 되었다. 그는 체포되어 죄상 인정 여부를 묻는 절차를 마친 다음 석방되어 재판을 기다리고 있었다. 프랭크는 징병기피 때문에 어떤 일을 당하더라도 감수하겠다고 마음을 먹고 있었다. 그는 베트남이라는 굴레에서 영원히 벗어나지 못한 채, 미국이 아닌 캐나다나 영국의 어느 대학교에서 외롭고 비참한 중년을 보내고 싶지 않았던 모양이다. 12월 어느 날 밤에, 밥 리시는 나에게 프랭크는 미국 밖에서도 할 수 있는 일이 얼마든지 많은데, 감옥에 가는 걸 무릅쓴 것은 어리석은 일 같다고 말했다. 내 일기장에는 밥의 말에 대한 내 생각이 적혀 있다. '사람이란 그가 할 수 있는 모든 일을 합산한 결과를 넘어서는 존재다.' 프랭크의 결정은 그가 무엇을 할 수 있느냐에 관한 문제가 아니라, 그가 누구인가에 관한 문제였다. 나는 프랭크의 결정이 옳다고 생각했다. 프랭크는 미국으로 돌아온 지 얼마 지나지 않아서 정신과 검사를 받았고, 의사는 그가 우울증이 있어 군복무에 적합하지 않다고 판단했다. 그는 징병 신체검사를 받았고, 스트로브와 같은 1-Y등급을 받았다. 그것은 국가 위기 상황에만 징집이 가능한 등급이었다.

크리스마스 때 나는 핫스프링스로 돌아갔다. 지난 크리스마스 때는 머나먼 헬싱키 만의 얼음 위를 걸었지만, 이번에는 얼음판 대신에 어려서 다니던 초등학교 운동장을 거닐면서 좋았던 일들을 회상하고, 내 삶에서 일어났던 여러 가지 변화를 되새겨보았다. 친구들 중 몇 명은 결혼을 했다. 그들의 행운을 비는 내 머릿속에서는, 나는 결혼을 못 하게 되는 건 아닐까 하는 생각이 스쳐갔다.

나는 나의 과거와 뿌리에 대해서 곰곰이 생각해보았다. 새해 첫날, 나는

C. 밴 우드워드의 『남부 역사의 짐 *The Burden of Southern History*』을 다 읽었는데, 저자는 유도러 웰티가 '지역감정'이라고 불렀던 '특정한 역사의식'에 대해서 언급하고 있었다. 아칸소는 나의 지역이었다. 나를 감동시켰던 아름다운 글을 썼던 토머스 울프와는 달리, 나는 집으로 돌아갈 수 있다는 것을 알고 있었다. 하지만 우선 법대를 마쳐야 했다.

나는 과중한 학업의 부담을 안은 진정한 법학도로서 예일 법대에서 두 번째 학기를 맞았다. 상법 교수는 예일 법대 최초의 흑인 교수인 존 베이커였다. 그는 나에게 친절했고, 내 빈약한 소득을 보충할 수 있는 연구활동을 맡겼으며 자신의 집에서 저녁을 대접하기도 했다. 존 베이커와 그의 부인은 민권 운동이 활발했던 1960년대 초에 테네시 주 내슈빌에 있는 피스크 대학교에서 근무했다. 그는 두 사람이 안고 살아야 했던 두려움과 민권 운동 과정에서 자신과 동료들이 발견했던 기쁨에 대해서 근사한 이야기를 들려주었다.

헌법 수업은 찰스 리시 교수가 맡았다. 그는 보수주의적인 밥 보크와는 달리 대단히 자유주의적인 사람으로, 1960년대에 관한 독창적인 '반문화적'인 내용의 책 『젊어지는 미국 *The Greening of America*』의 저자였다. 형법 교수인 스티브 더크는 재치 있고 신랄한 사람으로 후일 나와 함께 화이트칼라 범죄에 대해서 연구했던 훌륭한 학자였다. 나는 톰 에머슨이 가르쳤던 '정치와 민권' 강의를 좋아했다. 야무지고 몸집이 작은 에머슨 교수는 프랭클린 루스벨트 행정부에서 활동했던 경력이 있고, 학생들이 사용하고 있는 교재를 집필한 사람이었다. 나는 윌리엄 레온 맥브라이드의 '국법과 철학' 강의도 듣고, 법률서비스 활동도 하고, 파트타임 일자리도 얻었다. 또 두 달 동안 일주일에 네 번 하트포드로 가서 딕 수스먼의 시의회 활동을 도왔다. 그는 민주당 지지자로 더피 선거운동 때 만난 사업가였다. 딕은 내가 일자리가 필요하다는 것을 알고 있었고, 나는 그에게 약간의 도움을 주었던 것 같다.

2월 말에 나는 캘리포니아행 비행기를 탔다. 며칠 동안 프랭크 앨러, 스트로브 탤벗, 스트로브의 여자 친구 브룩 시어러와 함께 지낼 작정이었다. 우리는 로스앤젤레스에 있는 브룩의 부모님 집에 모였다. 그녀의 부모님인 마바와 로이드 시어러는 대단히 너그럽고 개방적인 사람들이었다. 로이드 시어러는 미국인들이 가장 많이 읽는 명사 칼럼, '월터 스콧의 인물 탐구'를 오랫동안 써온 사람이었다. 3월에 나는 프랭크가 언론 관련 일자리를 찾으며 생활하고 있는 보스턴으로 가서 프랭크와 스트로브를 다시 만났다. 우리는 프랭크의 집 뒤에 있는 숲과 가까운 뉴햄프셔 해안을 걸었다. 프랭크는 고국으로 돌아온 것에 흡족한 모양이었지만, 여전히 우울한 상태였다. 징병과 징역에서 벗어났는데도 침통한 고뇌에서 벗어나지 못하고 있었다. 투르게네프가 말했던 '젊은이들만이 알고 있는, 그리고 명백한 이유가 없는' 고뇌였다. 나는 프랭크가 그것을 극복할 거라고 믿었다.

해마다 그랬듯이 봄이 오면서 나의 마음은 밝아졌다. 정치 상황은 복잡하게 돌아가고 있었다. 대법원은 인종균형을 달성하기 위한 버스 통학 법규를 만장일치로 지지했다. 중국은 미국 탁구팀의 중국 방문에 대한 보답으로 중국 탁구팀을 초청한 미국의 제의를 받아들였다. 반전 시위는 계속되고 있었다. 맥거번 상원의원은 1972년 대통령 선거에 출마할 생각으로 5월 16일에 뉴헤이본을 방문했다. 나는 그를 지지하고 있었고 그가 승리할 가능성이 있다고 생각했다. 그는 제2차 세계대전 폭격기 조종사라는 화려한 경력과 케네디 행정부의 '평화를 위한 식량' 프로그램에서 발휘했던 지도력을 과시하고 있었다. 그는 다음 민주당 당대회에 참석할 대의원 선출에 관한 새로운 규칙을 마련하는 당 제도위원회를 지휘하고 있었는데, 그 규칙의 내용은 나이, 좀더 다양한 인종, 성별의 관점을 대변할 수 있도록 고안되어 있었다. 1972년 대통령 예비선거에서는 반전 자유주의자들의 활동과 새로운 규칙들로 인한 성과가 결집될 것이고, 오래된 정치계 거물들의 영향력은 축소되고 정당활동가들의 영향력은 확대될 터였다. 친구인 릭 스턴스는 당 제도위원회에서 일하고 있었다. 나는 릭이 끈기와 지혜를 발휘하여 맥거번에게 유리한 쪽으로 당 제도를 개정할 것임을 의심치 않았다.

법대 생활과 정치계의 상황은 순조롭게 진행되고 있었지만, 나의 개인적인 생활은 엉망진창이었다. 고향으로 돌아가 예전 남자친구와 결혼하겠다는 여자친구와 헤어지고, 대단히 마음에 들었던 한 법대 여학생과도 가슴 아픈 결별을 해야 했다. 내가 그녀에게 미래를 약속할 수 없었기 때문이다. 결별의 아픔에서 간신히 헤어난 후, 한동안은 여자친구를 사귀지 않겠다고 결심했다. 그러던 어느 날, 에머슨 교수의 '정치와 민권' 강의실 뒤쪽에 앉아 있는데, 전에 보지 못했던 여학생이 눈에 띄었다. 나보다 출석률이 낮은 여학생인 모양이었다. 숱이 많은 갈색 머리에 안경을 쓰고 화장은 하지 않은 차림이었다. 그녀는 내가 일찍이 남자든 여자든 어느 누구에게서도 찾아보지 못했던, 강인하고 침착한 분위기를 발산하고 있었다. 수업이 끝난 후 나는 인사나 할 생각으로 그녀를 따라 나갔다. 두세 발짝 뒤로 다가선 나는 그녀의 어깨를 건드리려고 손을 뻗었다. 그런데 앞으로 뻗었던 손이 힘없이 돌아왔다. 몸이 반발하고 있었다. 그녀의 어깨를 건드리는 일은 단순히 어깨를 건드리는 행위가 아니라, 내 힘으로는 중단할 수 없는 일을 시작하는 것이라는 생각 때문이었다.

그후 며칠 동안 학교 여기저기에서 그 여학생을 몇 번 보았지만 그녀에게 선뜻 다가갈 수가 없었다. 어느 날 밤, 나는 길고 좁은 예일 법학도서관의 한쪽 끝에 서서 제프 글레켈이라는 학생과 이야기를 나누고 있었다. 제프는 내게 「예일 법학 저널」에 참여하라고 권유했다. 그 일을 하면 연방 판사를 보좌하는 서기직이나 일류 법률회사의 일자리는 확실하게 보장된다는 이야기였다. 제프는 열심히 이야기하고 있었지만, 나는 별 관심이 없었다. 나는 아칸소로 돌아갈 작정이었고, 법률 비평보다는 정치에 더 관심이 있었다. 잠시 후 내 관심은 제프의 열정적인 이야기에서 완전히 벗어나게 되었다. 그 여학생이 다시 눈에 들어왔기 때문이었다. 그녀는 길고 좁다란 도서관 반대쪽 끝에 서 있었다. 그녀는 한번 고개를 돌려 나를 바라보았다. 잠시 후 그녀는 책을 덮고 긴 도서관 통로를 걸어와서는 내 눈을 쳐다보며 말했다. "댁이 계속 날 쳐다보고, 나도 계속 댁을 돌아보고 있으니, 서로 이름쯤은 알아야겠네요. 저는 힐러리 로댐인데요. 당신은요?" 힐러리도 이 일을 기억하고 있다. 물론 이야기는 약간 다르지만. 나는 깜짝 놀라서 얼른 입이 떨어지지 않았고 잠시 후 나는 간신히 이름을 말했다. 잠깐 몇 마디를 주고받은 후, 그녀는 자리를 떴다. 제프 글레켈은 사태파악을 어떻게 했는지 모르지만, 다시는 법률 논평 이야기를 꺼내지 않았다.

며칠 후, 나는 법대 1층으로 내려가는 계단에서 힐러리와 마주쳤다. 그녀는 바닥에 닿을 듯한 밝은 꽃무늬 스커트를 입고 있었다. 나는 그녀와 잠시 이야기를 해보기로 마음먹었다. 그녀가 다음 학기 수강신청을 하러 가는 길이라고 하기에, 나도 그렇다고 말했다. 우리는 수강신청자 대열에 서서 이야기를 나누었다. 일이 잘 풀려나가고 있는데, 어느새 줄 맨 앞에 서게 되었다. 담당 직원이 나를 보더니 "빌, 왜 다시 왔어요? 오늘 아침에 신청했잖아요"라고 말했다. 내 얼굴은 홍당무가 되었고, 힐러리는 깔깔대고 웃었다. 속내를 들킨 김에 그녀에게 함께 예일 아트 갤러리까지 걸어가서 마크 로스코 전시회를 보자고 말했다. 그런데 나는 너무 흥분해서 그날 대학 직원들이 파업 중이라서 미술관이 닫혀 있다는 사실을 잊고 있었다. 다행히 경비한 사람이 남아 있었다. 나는 사정 이야기를 하면서 들여보내주면 갤러리 정원에 떨어진 나뭇가지와 쓰레기들을 청소하겠다고 말했다.

경비는 우리 둘을 쳐다보고는 상황을 짐작했는지 들여보내주었다. 우리는 전시된 작품들을 마음껏 감상했다. 아름다운 작품들이었다. 나는 그날 이후로 로스코를 좋아하게 되었다. 작품 감상을 마치고 정원으로 나온 후에 나는 약속대로 청소를 했다. 파업하는 사람들을 배신하는 행위를 했던 셈이다. 하지만 그런 일은 그때가 내 생애에서 처음이자 마지막이었다. 그 때는 노조가 갤러리 밖에서 농성을 하지도 않았지만, 내 마음속에는 정치적인 문제가 끼어들 틈이 없었다. 청소를 마친 뒤에, 나는 힐러리와 함께 한두 시간 남짓 정원에서 시간을 보냈다. 정원에는 커다랗고 아름다운 헨리 무어 조각상이 있었다. 한 여성이 앉아 있는 모습의 조각상이었다. 힐러리는 그 여인의 무릎에 앉았고, 나는 힐러리 옆에 앉아 이야기를 나누었다. 잠시 후 나는 무심결에 몸을 기울여서 그녀의 어깨에 머리를 얹었다. 그것이 우리 둘의 첫 데이트였다.

다음 며칠 동안 우리는 함께 시간을 보냈다. 여기저기 돌아다니면서 태양 아래 존재하는 모든 것들에 대해서 이야기를 나누었다. 그 다음 주말에 힐러리는 오래 전에 한 약속이라면서 버몬트에 갔다. 예전부터 사귀어온 남자를 만나러 가는 것이었다. 나는 불안하고 초조했다. 그녀를 잃고 싶지 않았다. 일요일 늦은 시간에 힐러리가 집에 돌아왔을 즈음, 그녀를 찾아갔는데 그녀는 몸이 좋지 않았다. 나는 힐러리에게 치킨 수프와 오렌지주스를 가져다주었고 그날부터 우리는 떨어질 수 없는 사이가 되었다. 힐러리는 해변의 우리 집에서 많은 시간을 보냈고 더그와 돈, 빌의 마음을 사로잡았다.

몇 주 뒤 나의 어머니가 찾아오셨는데, 힐러리는 이상하게도 어머니의 마음은 사로잡지 못했다. 어머니가 도착하시기 직전에 힐러리는 직접 머리를 잘랐다. 그런데 그 결과가 신통치 못해서 제프 드와이어의 미용실에서 걸어나오는 사람이라기보다는 펑크록 가수처럼 보였다. 화장도 안 한 맨얼굴에, 허름한 티셔츠와 청바지, 그리고 밀퍼드 해변을 걸어서 진흙범벅이 된 맨발. 그녀의 모습은 꼭 외계인 같았다. 어머니의 가슴을 끓게 만든 것은 내가 그녀에게 깊이 빠져 있다는 사실이었다. 어머니는 자신의 책에서 힐러리를 '철부지'라고 불렀다. 한쪽은 '화장도 안 하고, 콜라병 같이 두꺼운 안경을 끼고, 갈색 머리는 무슨 스타일인지 알 수도 없는' 여자 아이였고, 한쪽은 진홍빛 립스틱에 눈썹 선을 그려넣고, 머리에는 은빛 띠를 두르고 있는 여성이었다. 두 사람이 상대방을 탐색하는 모습을 지켜보는 것은 참으로 재미있는 일이었다. 시간이 흘러감에 따라, 어머니는 힐러리의 외모에 신경을 덜 쓰게 되었고, 힐러리는 자신의 외모에 신경을 더 쓰게 되었다. 스타일은 달랐지만, 두 사람 모두 똑똑하고, 끈기 있고, 명랑하고, 정열적인 여성들이었다. 두 사람이 힘을 합치면, 나는 당해낼 재주가 없었다.

5월 중순이 되자, 나는 힐러리와 잠시도 떨어져 있고 싶지 않았다. 덕분에 나는 힐러리의 친구들도 만나게 되었다. 힐러리와 웨슬리 동기인 수잔 그레버, 나는 후일 그녀를 오리건의 연방판사로 임명했다. 미시시피 대학교 출신의 똑똑하고 재미있는 레바논 여성 캐럴린 앨리스, 그녀는 남부인의 기질이 나보다 훨씬 두드러졌는데, 지금은 미시시피 대학 총장으로 있다. 그리고 예일에서 최고로 똑똑한 닐 스타인먼. 그는 1992년 펜실베이니아에서 나를 위한 최초의 후원회를 조직했다.

힐러리는 일리노이 주 파크 리지에서 자랐다. 웨슬리 대학교에서 공부하던 4년 동안, 그녀는 민권과 전쟁에 대한 견해 때문에 공화당 지지자에서 민주당 지지자로 변신했다. 대학 졸업 후에는 알래스카로 여행을 갔다가 그곳에서 물고기를 다듬는 일을 하며 생활비를 벌었다. 그녀는 가난한 사람들을 위한 법률 서비스와 아동 문제에 관심이 많았다. 그리고 그녀는 웨슬리 대학교 졸업식에서 매우 훌륭한 연설을 했다. 그녀는 우리 세대가 가진 모순된 감정을 토로했다. 우리 세대는 정치 체제에서 소외되어 있지만, 미국을 보다 좋은 나라로 만들고 싶어 한다는 주장이었다. 이 연설은 세간의 주목을 끌었고, 그녀로 하여금 자신이 몸담고 있는 지역을 벗어나서 처음으로 명성을 날릴 수 있는 기회를 제공했다. 힐러리는 나와 마찬가지로 이상주의적이면서 동시에 실용주의적인 정치관을 가지고 있었다. 그녀는 대상을 변화시키고 싶어 했으며, 그렇게 하는 데는 각고의 노력이 필요하다는 것을 알고 있었다. 그녀는 나와 마찬가지로 우리 편이 지는 것, 그리고 패배를 도덕적인 가치나 우월성이 부족하다는 증거로 간주하는 것을 참고 보지 못했다. 힐러리는 법대에서 아무도 얕잡아볼 수 없는 존재였다. 좁지만 경쟁이 심한 연못에 사는 커다란 물고기라고나 할까. 그런데 나는 둥둥 떠서 이리저리 표류하는 존재였다.

우리 둘을 모두 아는 학생들이 힐러리에 대해서 이야기하는 것을 들어보면, 힐러리에 대한 경계심 같은 것을 가지고 있었다. 나는 그렇지 않았다. 나는 그녀와 함께 있고 싶었다. 하지만 시간이 없었다. 힐러리는 여름 방학 때 캘리포니아 주 오클랜드에 있는 '트레프트, 워커, 번스타인' 법률회사에서 일자리를 구했고, 나는 맥거번 상원의원을 위해서 남부 여러 지역을 관리하는 역할을 맡아달라는 요청을 받았다. 내가 힐러리를 만나기 이전에는 목을 빼고 기다리던 일이었다. 나에게 주어진 일은 마이애미를 근거지로 삼고 남부 전역을 순회하면서 각 주의 선거운동을 통합하는 일이었다. 나는 잘해낼 자신이 있었다. 맥거번이 남부 선거에서 선전할 것 같지는 않지만,

예비선거 과정에서 전당대회 대의원들을 꽤 많이 획득할 수 있을 것 같았다. 어쨌든 그것은 나에게는 일생일대의 정치적인 경험을 할 기회였다. 스물다섯의 청년으로서는 좀처럼 잡을 수 없는 기회였다. 이런 기회를 얻을 수 있었던 것은, 맥거번 선거운동에서 중요 직위를 맡고 있는 릭 스턴스의 우정도 한몫을 했겠지만, 중요한 직위에 남부 출신이 하나쯤은 있어야 한다는 '차별수정 계획'도 한몫을 했을 터였다.

그런데 이제는 그것을 하고 싶지 않았다. 내가 플로리다로 가게 되면 힐러리와 나는 서로를 잊게 될지도 모를 일이었다. 선거운동은 흥미진진할 것 같았지만, 내가 일기장에 썼던 것처럼, 그것은 '내 외로움을 고착시키는 길'이었다. 선거운동 과정에서는 사람들과 어울릴 때도 이익의 관점에서 행동해야 했고, 그것도 어느 정도 거리를 유지해야 했다. 힐러리와 나 사이에는 한 치의 거리도 없었다. 처음 만나는 순간부터 그녀는 내 머릿속에 있었으며, 어느새 내 마음속으로 들어와 있었다.

나는 용기를 내어 힐러리에게 물었다. 여름 동안 힐러리를 따라 캘리포니아에 가서 지내면 안 되겠느냐고. 그녀는 처음에는 믿을 수 없다는 듯한 표정을 지었다. 내가 얼마나 정치를 좋아하는지 그리고 전쟁 문제에 대해서 얼마나 진지하게 생각하고 있는지 잘 알고 있었기 때문이었다. 나는 그녀에게 이런 식으로 말했다. 일과 야망을 위해 바칠 시간은 앞으로도 충분하다. 나는 너를 사랑하며, 우리 관계가 잘 풀릴지 확인하고 싶다. 그녀는 깊은 한숨을 내쉬더니 내 제안을 받아들였다. 만난 지 불과 한 달 정도밖에 안 되었을 때 내려진 결정이었다.

캘리포니아로 가는 길에 우리는 파크 리지에 들러 그녀의 부모를 만났다. 힐러리의 어머니인 도로시는 상냥하고 매력적인 부인이었고, 처음 만날 때부터 나와 마음이 잘 맞았다. 하지만 힐러리의 아버지는 그렇지가 못했다. 힐러리가 나의 어머니와 마음이 맞지 않았던 것처럼. 휴 로댐은 무뚝뚝하고 말투가 강경한 공화당 지지자였고, 나를 미심쩍게 여기고 있었다. 하지만 대화가 깊어질수록 나는 점점 그가 좋아졌다. 나는 그가 마음을 돌릴 때까지 포기하지 않고 꾸준히 노력하기로 결심했다. 우리는 힐러리의 직장에서 가까운 버클리로 갔다. 힐러리는 그곳에서 힐러리 어머니의 이복동생 에이들린 소유의 작은 집에서 묵을 예정이었다. 이틀 뒤에 나는 워싱턴으로 가서 릭 스턴스와 맥거번 선거운동 책임자인 개리 하트를 만났다. 나는 그들에게 플로리다로 갈 수 없다고 말했다. 개리는 이런 기회를 버리다니 내가 제정신이 아니라고 생각했고, 릭도 그렇게 생각했던 것 같다. 그들 생각에는 내가 어리석어 보였을 것이다. 하지만 어떤 기회를 잡느냐에 따라 사람의 인생이 결정되기도 하지만, 어떤 기회를 포기하느냐에 따라서 사람의 인생이 결정되기도 하는 것이다.

물론 선거운동을 하지 못하게 된 것 때문에 마음이 편치 않았다. 나는 2주 정도 코네티컷에 가서 그곳의 조직을 세우는 일을 하겠다고 제안했다. 나는 코네티컷에서 각 지역구에서 활동할 조직을 짜고 나서, 다시 캘리포니아로 향했다. 이번에는 고향에 들르려고 남쪽 방향으로 길을 잡았다.

서쪽을 향해 운전을 하는 동안 기분이 좋아졌다. 그랜드캐니언에도 들렀다. 오후 늦게 그랜드캐니언에 도착한 나는 일몰을 보기 위해서 협곡 가장자리에 불쑥 솟아 있는 바위를 타고 올랐다. 협곡이 아래쪽부터 차츰 어두워짐에 따라, 수백만 년의 세월 속에서 서로 구별된 층으로 압축된 바위들의 색깔이 서서히 바뀌어갔다. 정말 장관이었다.

그랜드캐니언을 벗어나서 미국에서 가장 뜨거운 곳이라는 데스밸리를 가로지르는 동안은 엄청나게 짜증스러웠다. 나는 그곳에서 북쪽으로 방향을 돌려 힐러리와 함께 여름을 보낼 곳으로 향했다. 버클리의 힐러리 집에 들어서자, 그녀가 나를 맞으면서 손수 구웠다며 내가 좋아하는 복숭아 파이를 내놓았다. 무척 행복한 시간이었다. 하지만 마냥 그러고 있을 수는 없었다. 힐러리가 직장에 가는 낮시간 동안, 나는 이곳저곳 걸어다니고 공원이나 다방에서 책을 읽고 샌프란시스코도 탐험했다. 밤이면 둘이서 영화관이나 레스토랑에 가기도 하고, 그냥 집에서 이야기를 나누기도 했다. 7월 24일 우리는 스탠퍼드의 노천 강당에 가서 조앤 바에즈의 노래를 들었다. 그녀는 자신의 팬들이 모두 입장을 할 수 있도록 입장료를 2달러 50센트만 받았다. 요즘의 대규모 공연들이 비싼 입장료를 받는 것에 비하면 파격적인 금액이었다. 바에즈는 자신의 오래된 히트곡 외에도 대중 앞에서는 처음으로 부른 다는 '그들이 올드 딕시로 차를 타고 온 날 밤'이라는 노래를 불렀다.

여름이 끝났을 때도 힐러리와 나의 대화는 끝날 줄을 몰랐으므로, 우리는 뉴헤이븐으로 돌아가면 함께 살기로 했다. 틀림없이 양쪽 집안에서는 걱정을 했을 것이다. 우리는 법대에서 가까운 에지우드 애비뉴 21번지의 오래된 주택의 1층에 터를 잡았다.

우리가 살게 된 집은 현관을 들어서면 작은 거실이 있고, 거실 뒤에는 거실보다 더 작은 식당, 그리고 식당보다 더 작은 침실이 있었다. 침실 뒤에는 낡은 주방과 욕실이 있었는데, 욕실은 변기 시트가 욕조에 닿을 정도로 좁았다. 집이 너무 낡아서 마룻바닥의 가운데 부분이 벽에서 가운데로 갈수록 눈에 보일 만큼 심한 각도로 꺼져 있었기 때문에, 작은 식탁 다리 밑에 작은 나무판을 넣어두어야 했다. 하지만 집세는 한 달에 75달러로 가난한 법학도들의 형편에 맞게 쌌다. 그 집의 가장 좋은 점은 거실에 벽난로가 있다는 점이었다. 추운 겨울날 힐러리와 함께 불 앞에 앉아 빈센트 크로닌의 나폴레옹 전기를 읽었던 일이 아직도 잊혀지지 않는다.

우리는 너무나 행복했고 너무나 가난했다. 친구들에게 자랑할 것이라곤 새집을 장만했다는 것뿐이었다. 우리는 집으로 친구들을 불러 식사를 하는 것을 좋아했다. 우리가 자주 불렀던 손님 중에는 루퍼스와 이본 코미어 부부가 있었다. 두 사람 모두 텍사스 주 버몬트에서 활동하고 있는 아프리카계 미국인 목사의 자식이었다. 이들은 같은 동네에서 자랐고 오랜 연애 끝에 결혼한 커플이었다. 루퍼스는 법학을 전공했고, 이본은 생화학 전공 박사과정을 밟고 있었다. 나중에 이본은 의사가 되었고 루퍼스는 휴스턴에 있는 베이커-보츠 법률회사의 최초의 흑인 법률가가 되었다. 어느 날 저녁식사 때, 법학과의 우등생이었던 루퍼스가 공부만 하며 보낸 세월이 너무 길다고 한탄하기 시작했다. 그는 느릿느릿 입을 열었다. "인생이란 게 말이야, 거꾸로 되어 있어. 우리는 청춘을 공부하고, 일하는 데 바치지. 예순다섯에 은퇴를 하면, 너무 늙어서 인생을 즐길 수 없게 된단 말이야. 스물한 살에서 서른다섯 살 사이에 은퇴를 했다가, 그 다음부터 죽을 때까지 열심히 일하는 게 좋은데 말이야." 인생은 그렇게 굴러가지 않았다. 이제 우리 모두 예순다섯에 다가가지만, 여전히 일을 하고 있다.

법대 3학기가 되었다. 나는 법인재정, 형사소송법, 세법, 동산 그리고 법인의 사회적 책무에 관한 강의를 들었다. 세미나의 지도교수는 버크 마셜과 얀 도이치였다. 마셜은 로버트 케네디 밑에서 민권 관련 법률보좌관으로 일했던 전설적인 인물이었다. 얀 도이치는 예일 법학과에서 전 과목 우등을 기록한 유일한 인물로 유명한 사람이었다. 마셜은 작고 단단한 체구에 불타오르는 듯한 눈을 가진 사람이었다. 그의 목소리는 거의 속삭임에 가까웠지만 강단 있었고, 허리는 강철을 심은 듯 꼿꼿했다. 도이치는 의식의 흐름을 따라가는 듯, 말끝을 맺지 않고 다음 문장으로 넘어가는 특이한 말투를 가지고 있었다. 사고로 인한 부상의 후유증이었다. 그는 차에 받혀 한참 동안 날아가다가 콘크리트 위에 세게 떨어지고 나서, 몇 주 동안 의식불명 상태에 있다가 머리에 금속판이 삽입된 상태에서 의식을 되찾았다. 하지만 그는 똑똑했다. 나는 그의 말투의 특징을 간파한 뒤부터 그의 말을 해독하지 못하는 학생들에게 해석해 주는 역할을 맡았다. 얀 도이치는 좋은 무기질은 모두 과일 속에 들어 있다고 하면서 사과를 속까지 하나도 남김없이 먹었다. 나로서는 처음 보는 행동이었지만, 나보다 슬기로운 사람의 행동이라는 생각에서 그의 행동을 따라했다. 나는 지금도 이따금씩 도이치 교수를 떠올리며 사과를 속까지 먹는다.

마빈 철스틴은 법인재정과 세법을 가르쳤다. 나는 세법에 약했다. 세법은 인공적으로 구분해 놓은 규칙들이 수수께끼처럼 얽혀 있었는데, 나에게는 그런 구분들이 하찮게 여겨졌다. 그 용어들은 세법 전문가들에게 정당한 사회적 목적을 성취하기 위한 기회를 제공한다기보다 자기 고객의 책임을 덜어줄 수 있는 기회를 제공하는 것 같았다. 언젠가 나는 수업에 집중하지 못하고 가브리엘 가르시아 마르케스의 『백 년 동안의 고독』을 읽은 적이 있었다. 수업이 끝나자, 철스틴 교수는 나에게 도대체 무슨 책이 자기 강의보다 더 재미있느냐고 물었다. 나는 그 책을 들어 보이면서 윌리엄 포크너 이후로 가장 위대한 소설이라고 말했다. 아직도 그 생각에는 변함이 없다.

나는 법인재정 강좌 마지막 시험에서 최고 점수를 받음으로써 세법의 약세를 만회했다. 철스틴 교수가 어떻게 해서 세법은 그렇게 못 하면서 법인재정은 그렇게 잘할 수 있느냐고 물었다. 나는 법인재정은 정치와 비슷하기 때문에 그렇다고 대답했다. 법인재정은 모든 관계자들이 속지 않으려고 하면서 정작 자신들도 속인다는 점에서, 주어진 규칙 내에서 권력을 차지하기 위한 끊임없는 투쟁이었다.

　나는 학과 공부 말고도 다른 두 가지 일을 더 하고 있었다. 나는 장학금을 받고 두 개의 학자금 융자를 받고 있었지만, 늘 돈이 부족했다. 그래서 일주일에 서너 시간씩 그 지역 법률가인 벤 모스를 위해서 법률연구도 하고 심부름도 다녔다. 조금 지나면서 법률연구는 시들해졌지만, 심부름은 재미있었다. 어느 날 나는 시내 고층 건물의 어느 주소지에 서류를 가져다주어야 했다. 3층 계단을 올라가다가 한 남자를 지나쳤는데, 생기 없는 눈을 하고 있는 그의 팔에는 주사바늘이 매달려 있었다. 방금 헤로인 주사를 놓은 모양이었다. 나는 서류를 전달하고 나서 잽싸게 그곳을 빠져나왔다.

　두 번째 일은 첫 번째 일에 비해 덜 위험하면서도 더 재미있는 일이었다. 나는 뉴헤이븐 대학교에서 법 집행 강의를 받는 학부 학생들에게 형법을 가르쳤다. 강사비는 닉슨 취임 후 시작된 '연방 법 집행 보조 프로그램'에서 지급했다. 합헌적인 방법으로 체포, 수색, 구금을 할 수 있는 직업적인 법무관을 배출하기 위해서 마련된 수업이었다. 수업 전날 저녁 늦게까지 강의 준비를 해야 할 때가 많았다. 나는 잠을 쫓으려고 집에서 한 블록 떨어진 곳에 있는 엘름 스트리트 식당에 앉아 일을 했다. 그 식당은 밤샘 영업을 하는 곳으로, 커피도 맛있고 과일파이도 맛있었다. 그곳은 뉴헤이븐의 밤거리에서 생활하는 여러 종류의 사람들로 붐볐다. 그리스 이민자인 토니는 식당 주인의 조카로 야간 영업을 맡고 있었다. 그는 청하기만 하면 계속해서 내 잔에 공짜 커피를 다시 채워주었다.

　식당 밖에서는 도로를 경계로 두 그룹의 매춘 여성들이 활동을 하고 있었다. 그들은 이따금 경찰에 잡혀 갔다가도 금세 다시 그곳으로 돌아왔다. 그 여성들은 커피를 마시고 몸을 녹이기 위해서 자주 식당에 드나들었다.

내가 법대 학생이라는 것을 알고 무료 법률서비스를 받기 위해 내 자리로 들어와 앉는 여성들도 있었다. 나는 최선을 다해 상담을 하고 다른 직업을 찾으라고 권유했지만, 내가 내린 최선의 충고를 받아들이는 사람은 아무도 없었다. 어느 날, 여장을 한 키 큰 흑인 남성이 내 맞은편 자리에 와서 앉았다. 그는 자신의 사교 클럽이 돈을 벌기 위해서 텔레비전 복권을 판매하고 있는데, 그것이 도박금지법을 위반하는 건지 알고 싶다고 말했다. 나중에 알게 된 일이지만, 그가 진짜 걱정하고 있었던 것은 장물업자인 친구가 클럽에 '기증한' 텔레비전을 도난당했기 때문이었다. 어쨌든 복권판매는 흔하게 이루어지고 있는 일이고, 그 클럽은 기소되지 않을 것 같다고 말해주었다. 그는 내게 상담해준 보답으로 텔레비전 복권 한 장을 주었다. 엘름 스트리트 식당에서 법률서비스를 해준 대가로 보수를 받은 것은 처음이었다. 텔레비전을 받은 것도 아니지만 복권을 받은 것만으로도 흐뭇했다. 그 복권에는 굵은 글씨체로 '블랙 유니크'라는 사교 클럽 이름이 새겨져 있었다.

9월 14일, 힐러리와 내가 블루벨 카페로 들어가고 있을 때, 누군가가 다가와서 급한 일이라며 스트로브 탤벗에게 전화를 해보라고 했다. 스트로브는 브룩과 함께 클리블랜드의 부모님 댁을 방문하고 있는 중이었다. 카페 밖에 있는 공중전화에 동전을 넣는데 웬일인지 가슴이 답답했다. 브룩이 전화를 받더니 프랭크 앨러가 자살했다고 말했다. 프랭크는 「로스앤젤레스 타임스」의 사이공 지국에 일자리를 구했고, 옷가지를 챙겨서 베트남으로 가기 위해서 즐거운 기분으로 스포케인으로 돌아왔다. 그는 자신이 반대했던 전쟁을 직접 보고 그것에 대한 글을 쓰고 싶어 했던 것 같다. 자신이 겁쟁이가 아니라는 것을 입증하기 위해서 위험한 길을 걷고 싶었을지도 모를 일이었다. 그러나 표면적 생활이 잘 풀려나가던 바로 그순간, 그의 내면에서 진행되고 있던 무언가가 그를 자살로 몰고 갔다.

프랭크의 친구들은 뜻밖의 일이라며 경악을 했지만, 우리는 속사정을 알고 있었다. 그 일이 있기 6주 전, 내 일기장에는 프랭크가 베트남이나 중국에서 신문 관련 일자리를 구하고 있는데 좋은 결과가 나오지 않아서 다시 우울증 증세를 보이고 있다고 적혀 있었다. 그는 최근 몇 년간 육체적인 그리고 정신적인 긴장과 고통에 시달리면서 대부분 혼자서 그 긴장과 고통을 견뎌내고 있었다. 프랭크의 이성적인 친구들은 외면적인 생활이 제 궤도에 오르면 내적인 고통도 가라앉을 거라고 생각하고 있었다. 하지만 나는 그런 끔찍한 시기에는 우울증이 합리적인 판단을 압도한다는 것을 알고 있었다. 우울증은 배우자, 아이들, 연인들, 친구들의 합리적인 보살핌만으로는 치료할 수 없는 병이다. 나는 친구 빌 스타이런이 우울증과 자살충동과 싸웠던 자신의 경험을 대담하게 설명하고 있는 『꿰뚫어볼 수 있는 어둠 : 광기의 회고Darkness Visible : A Memoir of Madness』를 읽고 나서 이 사실을 이해하게 되었다. 프랭크가 자살했을 때, 내가 느낀 감정은 슬픔과 분노였다. 그가 자살했다는 데 대한 슬픔이었고, 그가 우울증에 시달리고 있는 것을 보고서도 전문가의 도움을 받게 하지 못한 나 자신에 대한 분노였다. 지금 알고 있는 것을 당시에도 알았더라면 좋았을 텐데. 하기야 그랬다고 하더라도 사정이 달라지지 않았을 수도 있겠지만.

프랭크가 죽은 후, 나는 보통 때와 같은 낙천주의, 그리고 학과, 정치, 사람들에 대한 흥미를 잃어버렸다. 힐러리가 없었다면 나는 어떻게 되었을까. 우리가 처음 만났을 때, 힐러리는 잠시 자신감을 잃어버렸던 때가 있었다. 하지만 그녀는 남들 앞에서는 강한 모습을 보였기 때문에, 아마 친한 친구들조차 그 사실을 알아차리지 못했을 것이다. 그녀가 내게 속마음을 털어놓았다는 사실은 그녀에 대한 사랑을 한층 단단하게 만들었다. 이제는 내 차례였다. 나는 그녀가 필요했다. 그녀는 내게 다가와서 내가 배우고 있고, 하고 있고, 생각하고 있는 것들이 모두 중요하다는 사실을 일깨워주었다.

봄 학기에 내가 들었던 강의들은 제프리 해자드 교수의 증거 강의만 빼고는 모두 시들했다. 어떤 것이 공정한 재판에서 인정되는 증거냐 아니냐를 구분하는 규칙들, 입증할 수 있는 사실들을 가지고 정직하고 합리적인 주장을 하는 과정들은 참으로 매력적이고 인상적이었다. 나는 늘 법률뿐 아니라 정치활동에서도 증거에 입각한 주장을 하려고 노력했다.

증거는 그 학기에 내가 했던 주요한 법대 활동에서도 중요한 역할을 담당했다. 그 학기에는 '법률가 클럽'의 재판 경연대회가 있었다. 3월 28일, 힐러리와 나는 준결승에 오르게 되었다. 준결승에서는 네 명의 학생들과 두 명의 후보가 선발되어 완전히 형식을 갖춘 재판에 참여하게 되는데, 그 재판의 대본은 한 3학년 학생이 만든 것이었다. 우리는 선전했고 준결승을 통과했다.

다음 한 달 동안, 우리는 결선 재판인 '현상 재판'을 준비했다. 주 검찰 대 포터의 모의재판이었다. 포터는 장발 청년에 대한 폭행치사죄로 고소된 경찰이었다. 4월 29일, 힐러리와 나는 후보인 밥 앨스도프의 도움을 받아 포터 씨를 기소했다. 피고측 변호사는 마이크 콘웨이와 토니 루드였고, 후보는 더그 이클리였다. 판사는 전직 대법원 판사인 에이브 포타스였다. 포타스는 진지하고 철저하게 자신의 역할을 수행했다. 그는 양측의 주장에 대해 일일이 판정을 하고 이의를 제기하는 역할을 수행했다. 그는 재판에 임하는 네 명의 학생들을 평가하여 상을 받을 사람을 결정했다. 나는 준결승에서는 내 법대 활동 중에서 가장 멋진 공개 연설을 했지만, 현상 재판은 완전히 망쳐버렸다. 나는 그날 상태가 좋지 않았고, 우승을 거둘 만한 성과를 거두지 못했다. 하지만 힐러리는 좋은 성과를 거두었다. 마이크 콘웨이 역시 효과적이고 감동적인 최종 변론을 했다. 포타스는 콘웨이에게 상을 주었다. 힐러리가 우승하지 못한 이유 중 하나는 힐러리의 검사답지 않은 옷차림 때문일 것이다. 포타스는 힐러리의 옷차림을 보고는 마음에 들지 않는지 뚱한 표정을 지었다. 힐러리는 파란색 스웨이드 재킷에 밝은 오렌지색 스웨이드 나팔바지를 입고 파란색, 오렌지색, 흰색이 어우러진 블라우스를 입고 있었다. 힐러리는 훌륭한 법정변호사가 되었지만, 두 번 다시 법정에 그런 오렌지색 바지를 입고 나타나지 않았다.

현상 재판 외에도, 나는 맥거번 선거운동에 경쟁 본능을 쏟아 부었다. 그해 초에 나는 은행잔고를 긁어모아 캠퍼스 근처에 선거운동 사무실을 열었다. 내가 가진 돈은 200달러였는데, 한 달 사무실 임대료와 전화 한 대 사용료를 감당할 만한 돈이었다. 나는 3주 만에 800명의 자원활동가와 약간의 후원금을 끌어 모았다. 그 후원금은 내가 투자한 비용을 회수하고 사무실을 계속 유지할 수 있을 정도였다.

　자원활동가들은 다가오는 예비선거 활동과정에서 대단히 중요한 자원이었다. 나는 예비선거에서 민주당 조직과 막강한 조직가 아더 바비어리와 맞서 싸워야 했다. 4년 전인 1968년, 매카시가 뉴헤이본의 예비선거에서 선전을 했던 이유 중 하나는 민주당 지지자들이 험프리 부통령의 승리를 당연하게 여긴 것이다. 나는 바비어리가 다시 그런 실수를 되풀이하지는 않을 거라고 생각하고, 바비어리를 설득해서 맥거번을 지지하게 해야겠다고 마음먹었다. 물론 이것은 거의 불가능한 것이었다.

　내가 그의 사무실로 가서 인사했을 때, 바비어리는 친절하지만 사무적인 태도로 나를 대했다. 그는 손을 가슴에 얹은 채 의자에 앉아 있었다. 그의 손에는 커다란 다이아몬드 반지 두 개가 빛나고 있었는데, 하나는 보석이 많이 박힌 커다랗고 둥근 반지였고, 다른 하나는 그의 이니셜인 AB 글자 모양에 다이아몬드가 잔뜩 박혀 있는 반지였다. 그는 미소를 지으면서 1972년은 1968년을 재연하지 않을 것이며, 이미 자기편 지지자들을 투표소로 후송할 차량과 활동가들을 많이 준비해놓았다고 말했다. 그는 그 일을 하는 데만 5만 달러가 들었다고 말했는데, 뉴헤이본과 같은 타운 규모에 비하면 엄청나게 많은 금액이었다. 나는 입을 열었다. 나는 돈은 많지 않지만 800명의 자원활동가들이 있는데, 이들은 그의 요새 안에 있는 집들을 일일이 찾아다니며 이탈리아계 어머니들에게 아더 바비어리가 그들의 아들들을 계속 베트남에 보내서 싸우다 죽게 하려 한다고 말할 것이라고. "뭐하러 그런 비통한 일을 자초합니까?" 나는 말했다. "누가 지명권을 따든 바비어리 씨한테는 상관없는 일 아닙니까? 맥거번을 밀어주십시오. 그는 제2차 세계대전의 전쟁영웅입니다. 그와 합의를 하면, 당신은 뉴헤이본을 장악할 수 있습니다." 바비어리는 열심히 듣고 나서 대꾸했다. "이보게, 청년. 아주 멍청이는 아니군. 생각을 해보겠네. 열흘 후에 다시 찾아오게." 다시 그를 찾아갔을 때, 그는 "생각을 해봤네. 맥거번 상원의원은 훌륭한 사람이고, 우리는 베트남에서 벗어나야 해. 나는 내 밑의 활동가들에게 우리 계획을 이야기해 줄 작정이네. 자네가 와서 한마디 해줬으면 하네."

며칠 후에, 나는 힐러리를 데리고 중심가의 어느 낡은 건물 지하에 있는 이탈리아인 클럽 멜레버스에 갔다. 바비어리가 이끄는 지도적인 활동가들과 만나는 특별한 자리였다. 실내 장식은 붉은색과 검은색 일색이었다. 그곳은 아주 어둡고, 소수민족의 분위기와 반反 맥거번의 분위기가 물씬 풍겼다. 바비어리가 사람들에게 뉴헤이본 출신 청년들이 더 이상 베트남에서 죽어가지 않도록 하기 위해서 맥거번을 지지할 것이라고 이야기했다. 사람들은 불만에 찬 신음 소리를 냈다. "아더, 그 사람은 빨갱이예요." 한 남자가 말을 툭 던졌다. "아더, 그 사람 말투가 호모 같아요." 다른 사람이 말했다. 콧소리가 섞인 맥거번의 말투를 놓고 하는 말이었다. 바비어리는 꿈쩍도 하지 않았다. 그는 나를 소개하고 내가 이끌고 있는 800명의 자원활동가들에 대해서 이야기한 다음, 나에게 연설할 기회를 넘겨주었다. 나는 맥거번이 전쟁 때 쌓은 공적과 케네디 행정부에서 수행했던 활동들을 집중적으로 선전했다. 그날 저녁 그들은 모두 마음을 바꿨다.

나는 무척 신이 났다. 예비선거 과정에서 아더 바비어리와 뉴욕시티의 매티 트로이가 보수적인 민주당 당수로서는 드물게 맥거번을 지지했다. 하지만 맥거번 활동가들이 모두 좋아했던 것은 아니었다. 이들의 맥거번 지지가 발표된 후, 늦은 밤에 트럼불의 우리 측 열성당원 두 명이 내게 전화를 걸어서 성을 냈다. 더피 선거운동 당시 함께 일했던 사람들이었다. 그들은 내가 그런 사악한 타협을 얻기 위해서 선거운동의 대의를 팔아먹었다는 것을 믿을 수 없다고 했다. "죄송합니다." 나는 전화에 대고 소리쳤다. "나는 우리의 목적이 이기는 것인 줄 알았는데요." 나는 전화를 끊어버렸다. 바비어리는 의리 있고 능력 있는 사람이었다. 민주당 전당대회에서 맥거번 상원의원은 1차 투표 때 우리 지역구의 여섯 표 중에 다섯 표를 얻었다. 11월의 투표에서 뉴헤이본은 코네티컷 주에서 유일하게 맥거번을 지지했다. 바비어리는 약속을 지켰던 것이다. 대통령이 되었을 때, 나는 바비어리를 찾아냈다. 그는 건강이 좋지 않았고, 오래 전에 정계에서 은퇴한 처지였다. 나는 그를 백악관으로 초청했다. 오벌 오피스에서 만나고 난 뒤 얼마 안 있어 그는 사망했다. 바비어리는 제임스 카빌이 말하는 '끈질긴 사람'이었다. 정치에서는 이보다 나은 것이 없다.

코네티컷에서 올린 성과 덕분에 나는 맥거번 선거운동의 핵심 인물이
되었다. 나는 전국 집행부에 들어가 마이애미 비치에서 열리는 민주당 전국
전당대회에서 활동하게 되었다. 이제는 사우스캐롤라이나와 아칸소 대의원
들에게 집중해야 했다.

한편 힐러리는 워싱턴 조사 프로젝트를 맡고 있는 마리안 라이트 에델
먼 밑에서 활동하기 위해서 워싱턴에 가 있었다. 워싱턴 조사 프로젝트는
아동보호 프로그램으로, 얼마 안 있어 '아동보호기금'이라고 부르게 된다.
힐러리가 맡은 일은 법원이 명령한 공립학교 인종통합 정책에 대응하여 설
립된 남부의 백인 전용 사립학교를 조사하는 일이었다. 북부에서는 백인 부
모들이 아이들을 시내 학교에 보내고 싶지 않으면 교외로 이주할 수 있었
다. 그러나 남부의 작은 타운에서는 이런 방법을 쓸 수가 없었다. 교외는 목
장이고 콩밭이었다. 그런데 닉슨 행정부는 그런 백인 사립학교들의 면세 혜
택을 폐지하는 법률의 시행을 미루고 있었다. 이 때문에 바로 남부의 백인
들은 마음대로 공립학교를 떠날 수 있었다.

나는 워싱턴에서 맥거번을 위한 활동을 개시했다. 나는 제일 먼저 풀브
라이트 상원의원을 위해 활동했던 리 윌리엄스와 친구들을 끌어 모은 다음,
하원 세입 위원회의 의장인 월버 밀스 하원의원을 찾아갔다. 그는 세법에
관해 꿰뚫고 있고 위원회를 운영하는 기술이 뛰어나서 워싱턴의 전설적인
인물로 통하고 있었다. 그는 마이애미 전당대회에서 아칸소가 '가장 좋아하
는 아들'로서 후보에 나설 것이라고 공언하고 있었다. 대개의 경우 그런 식
의 입후보는 주의 대의원들이 선두주자에게 투표하는 것을 막으려는 의도
에서 출발하는 것이었다. 하지만 당시에는 주가 가장 좋아하는 아들들이 기
적이 일어나 적어도 부통령 지명자라는 티켓을 따낼 수도 있을지도 모른다
고 생각하곤 했다. 밀스의 경우, 그의 입후보에는 두 가지 목적이 있었다.
아칸소의 민주당 지지자들은 대의원 수에서 훨씬 앞서고 있는 맥거번이 선
거에서는 대패할 거라고 확신하고 있었고, 밀스는 자신이 더 나은 대통령이
될 거라고 생각하고 있었다. 밀스와의 만남은 우호적인 분위기 속에서 진행

되었다. 나는 밀스 위원장에게 대의원들이 그를 배반하지는 않을 것이라고 생각하지만, 중요한 의사절차상의 투표와 혹시 맥거번이 결선투표에 올라갈 경우 결선 투표에서 대의원들의 지지를 얻기 위해 노력할 것이라고 말했다.

밀스와 만나고 난 뒤, 나는 비행기 편으로 콜롬비아, 사우스캐롤라이나로 가서, 가능한 한 많은 전당대회 대의원들을 찾아다녔다. 많은 대의원들이 맥거번에게 우호적이었다. 나는 대의원들이 결정적인 투표에서는 우리에게 도움을 줄 수 있다고 생각하고 있었다. 물론 대의원들은 맥거번 위원회의 새로운 당규가 요구하는 만큼 인종, 성별, 그리고 연령의 다양성을 확보하고 있지 않았으며, 이 때문에 그들의 자격에 문제가 생길 수도 있었다.

마이애미 전당대회가 열리기 전에, 나는 아칸소 주 대의원들을 설득하기 위해서 핫스프링스에서 열리는 아칸소 민주당 전당대회로 향했다. 마이애미 전국 전당대회에서 대의원단의 단장직을 맡게 될 범퍼스 주지사는 맥거번이 아칸소의 민주당 지지자들의 반감을 살 것이라고 생각하고 있었다. 하지만 아칸소에서도 사우스캐롤라이나와 마찬가지로 많은 대의원들이 전쟁을 반대하고 맥거번을 지지했다. 나는 내가 맡았던 두 가지 임무에 대해서 만족감을 느끼며 마이애미로 향했다.

7월 중순에 전당대회가 열렸다. 주요 후보들은 마이애미와 마이애미 비치 주위 호텔에 본부를 두고 있었지만, 주된 활동은 전당대회장 밖에 배치된 트레일러에서 이루어지고 있었다. 맥거번의 트레일러에서는 개리 하트가 전국 선거운동본부장으로, 프랭크 맨키위츠가 전국 정치국장이자 대변인으로, 그리고 나의 친구인 릭 스턴스가 조사 및 주 지방대회 활동 책임자로 일하고 있었다. 릭은 당규에 대해서 어느 누구보다 많이 알고 있었다. 대의원으로 활동하고 있는 사람들은 대의원석에서 트레일러의 지시에 따르고 있었다. 맥거번 선거운동은 열성적인 자원활동가들과 하트의 지도력, 맨키위츠의 언론 관리, 스턴스의 선거전략 덕분에 선전을 하고 있었다. 이들의 도움으로 맥거번은 허버트 험프리, 에드 머스키, 출마를 위해 정당을 바꾼 뉴욕 시장 존 린치, 그리고 선거운동 기간 동안 암살자의 총에 맞아 하반신이 마비된 조지 월러스 등의 탄탄하고 카리스마적인 정치가들을 물리치고 여론조사에서 앞서나가고 있었다. 여성 하원의원인 셜리 크리스홈도 출마를 하여 최초의 아프리카계 미국인 후보로 나서고 있었다.

우리는 맥거번이 캘리포니아 대의원단 자격 시비 문제를 뚫고 나간다면 1차 투표에서 승리를 거둘 수 있을 것 같았다. 맥거번이 새로 만든 당규에 따르면, 각 주는 예비선거에서 대의원들이 획득한 득표율에 최대한 가깝게 대의원들을 할당하도록 규정하고 있었다. 그러나 캘리포니아는 여전히 승자독식 시스템을 가지고 있었고, 주의회가 전당대회 시기까지 선거법을 개정하지 않았기 때문에 이 시스템을 유지할 권리가 있다고 주장하고 있었다. 얄궂게도 맥거번은 자신이 만든 당규보다 캘리포니아 시스템의 덕을 더 보게 될 전망이었다. 예비선거에서 44퍼센트 득표율을 기록했지만 271명의 대의원 전원으로부터 지지를 획득하게 되는 셈이었기 때문이었다. 반 맥거번 세력들은 맥거번이 위선자라고 주장하며, 전당대회는 그에게 44퍼센트의 대의원석, 즉 120명의 대의원만 주고, 나머지 151명의 대의원은 캘리포니아 예비선거의 득표율에 따라서 다른 후보들에게 주어야 한다고 주장했다. 전당대회의 자격심사위원회는 맥거번에 반대하는 분위기였고, 투표를 통해 캘리포니아 대의원단에 대한 이의제기를 인정하여 맥거번에게 120명의 대의원만을 줌으로써 1차 투표에서의 승리를 불투명하게 만들었다.

자격심사위원회의 결정은 전당대회 대의원 다수의 결정에 의해 번복될 수 있도록 규정되어 있었다. 맥거번 세력은 캘리포니아에 대한 위원회의 결정이 뒤집히기를 원했다. 사우스캐롤라이나도 마찬가지였다. 대의원의 절반이 여성 의원이어야 하는데 25퍼센트만 여성 의원이었기 때문에, 당규 위반으로 투표권을 잃지 않을 위험에 처해 있었다. 맥거번은 명목상으로는 이런 대표성의 부족을 이유로 사우스캐롤라이나의 투표권을 박탈하는 데 찬성하고 있었다.

다음에 일어난 일들은 상세하게 기록하기에 적당하지 않을 만큼 복잡하게 진행되었다. 릭 스턴스는 사우스캐롤라이나의 표를 잃는 한이 있어도 우리의 적수들을 우리에게 도움이 되는 절차상의 규칙으로 묶어놓는 것이 유리하며, 그러면 캘리포니아의 표를 얻게 될 것이라고 판단했다. 릭 스턴스의 전략은 성공했다. 사우스캐롤라이나 대의원단이 전당대회 참가 자격을 인정받으면서, 우리의 적수들은 승리를 점치고 있었다. 하지만 이들은 뒤늦게야 자신들이 함정에 빠진 것을 깨달았다. 우리는 캘리포니아 대의원 271명 전원을 확보했고, 안전하게 후보지명을 따냈다. 예비선거가 주된 대의원 선출 방식으로 자리 잡은 상황에서, 우리의 캘리포니아 대의원단 자격 문제 처리는 전당대회에서 동원할 수 있는 유연한 정치 전술의 가장 훌륭한 사례라고 할 수 있었다. 과연 릭 스턴스는 당규에 관한 한 타의 주종을 불허하는 인물이었다. 나는 사기가 충천했다. 맥거번의 1차 투표 승리는 사실상 보장되어 있는 셈이었고, 내가 좋아하던 사우스캐롤라이나 대의원들은 전당대회에 참석할 수 있게 되었다.

애석하게도, 여기서부터 판세가 기울어지기 시작했다. 전당대회에 입성을 때 맥거번은 여론조사에서 닉슨 대통령에게 크게 뒤처져 있었지만, 그래도 따라잡기가 불가능한 차이는 아니었다. 우리는 며칠 동안 언론의 집중적인 조명을 받으면, 그 주 동안에 5포인트는 따라잡을 것이라고 예상했다. 그런데 이런 반격에 성공하려면 대의원 자격 이의신청 과정처럼 철저하게 상황을 장악할 수 있는 전술을 사용해야 했다. 그러나 몇 가지 이유에서 그런 전술적인 대처는 실종되고 말았다. 첫째, 동성애자의 권리를 옹호하는 그룹이 맥거번 본부가 있는 호텔에서 연좌농성을 벌이면서 맥거번을 만날 때까지는 철수하지 않겠다고 고집을 부렸다. 맥거번은 이들을 만났다. 언론과 공화당 지지자들은 맥거번이 굴복했다고 떠벌림으로써, 맥거번을 유약하고 지나치게 자유주의적인 인물로 인식시켰다. 목요일 오후, 맥거번은 자신의 러닝메이트로 미주리 주 상원의원인 톰 이글턴을 지명했다. 그러나 그날 밤 투표 중에 이글턴에 맞서는 여러 사람들의 이름이 입후보 명단에 오르는 것을 방치했다. 여섯 명의 후보가 추가로 경선에 뛰어들었고, 입후보 연설을 마치고 나서 장시간의 투표가 시작되었다. 이글턴의 승리는 기정사실이었지만, 다른 여섯 명도 표를 떼어갔다. CBS 뉴스의 로저 머드와 텔레비전 스타 아치 벙커, 그리고 마오쩌둥도 표를 떼어갔다. 낭패였다. 1,800만 가정이 시청하고 있는 텔레비전 황금 시간대에 쓸데없는 일들이 끼어든 것이었다. 에드워즈 케네디 상원의원의 맥거번 지명 연설과 지명자의 수락 연설 등 예정된 프로그램은 이른 아침 시간대로 밀려나게 되었다. 케네디 상원의원은 능숙하게 감동적인 연설을 했다. 맥거번의 수락연설도 훌륭했다. 맥거번은 미국을 상대로 이렇게 주문했다. "돌아오십시오…… 고위직들의 기만으로부터 벗어나서…… 게으른 사람들의 낭비에서 벗어나서…… 편견에서 벗어나서…… 돌아오십시오…… 우리에게는 꿈이 있다는 확신으로…… 미국을 전진시킬 수 있다는 신념으로…… 우리가 새로운 세계를 만들어낼 수 있다는 믿음으로." 문제는 맥거번이 연설을 시작했던 시간이 새벽 2시 48분이었다는 점이었다. 익살꾼 마크 실즈가 비꼬았듯이 그 시간은 "사모아에서나 황금시간대"였다.

설상가상으로 이글턴이 우울증 치료를 받은 적이 있으며, 심지어는 전기충격요법 치료까지 받았다는 사실이 알려지게 되었다. 안타깝게도 당시에는 정신 질환의 본질과 범위에 대한 사람들의 인식이 극도로 빈약했으며, 링컨과 윌슨 등 전직 대통령들도 간헐적으로 우울증에 시달렸다는 사실이 알려지지 않은 때였다. 맥거번이 당선되면 이글턴 상원의원이 대통령 다음가는 유력자가 된다는 사실, 그리고 이글턴이 맥거번에게 그런 사실에 대해서 미리 말하지 않았다는 사실은 많은 사람들의 마음을 흔들어놓았다. 맥거번이 그 사실을 미리 알고서도 이글턴을 부통령 후보로 지명했다면, 정신 질환에 대한 국민들의 인식을 끌어올리는 데 크게 기여할 수 있었을 터였다. 하지만 일은 그렇게 되지 않았고, 사람들은 맥거번의 판단과 능력에 대해서 큰 의문을 품게 되었다. 우리 선거운동본부는 정신 질환 문제에 능통한 민주당의 미주리 주 주지사 워런 헌즈와 이글턴의 지명 문제를 상의한 적도 없었다.

마이애미 전당대회가 끝난 지 일주일도 못 되어 우리는 만신창이가 되었다. 4년 전에 민주당 지지자들이 지나치게 자유주의적이고 지나치게 무능한 모습으로 시카고를 떠나가던 때보다 훨씬 심각한 상태였다. 이글턴의 이야기가 알려지자, 맥거번이 제일 먼저 했던 말은 이글턴을 "1,000퍼센트" 지지한다는 것이었다. 하지만 며칠 후 맥거번은 지지자들의 엄청난 압력에 밀려 이글턴을 내던져버렸다. 다른 후보를 찾아낸 것은 8월 둘째 주였다. 테드 케네디, 코네티컷 상원의원 에이브 리비코프, 플로리다 주지사 로빈 애스큐, 허버트 험프리, 에드 머스키 상원의원이 모두 부통령 후보 제안을 거절한 뒤에, 케네디 대통령의 처남인 사전트 슈라이버가 그 제안을 받아들였다. 나는 대부분의 미국인들이 진보적이면서도 지나치게 자유주의적이지 않은 평화지향의 후보에게 투표할 거라고 확신하고 있었으며, 마이애미 전당대회 직전에 맥거번으로 승리를 노려볼 수 있다는 생각을 했다. 그러나 이제 우리는 다시 원점으로 돌아온 셈이었다. 나는 워싱턴으로 돌아와 힐러리를 만났다. 피곤에 지친 나는 한 번도 깨지 않고 24시간 이상 잠을 잤다.

며칠 후, 나는 선거를 돕기 위해서 텍사스로 갈 채비를 했다. 워싱턴에서 아칸소로 가는 비행기 안에서 나는 선거 과정이 순탄하지 않으리라는 것을 깨닫게 되었다. 옆 좌석에는 미시시피 주 잭슨 출신의 젊은이가 앉아 있었다. 나는 무슨 일을 하느냐는 그의 질문에 대답했다. 그러자 그는 "맥거번을 위해서 일한다는 백인은 처음 보는군요!"라고 소리쳤다. 나중에 존 딘이 샘 어빈 상원의원의 워터게이트 조사위원회 앞에서 닉슨 백악관 보좌관들의 범죄 행위에 대해 증언하는 장면을 집에서 시청하고 있을 때, 예전에 비행기에서 만났던 남자에게서 전화가 걸려왔다. 그는 "당신이 '내가 이럴 거라고 했잖아요'라고 말할 기회를 주려고 전화했어요"라고 말했다. 그 사람은 두 번 다시 전화를 걸어오지 않았다. 하지만 나는 그가 전화해준 것이 너무나 고마웠다. 워터게이트가 밝혀지면서 2년 만에 여론이 그토록 많이 바뀌었다는 것이 나로서는 놀라운 일이었다.

1972년 여름, 텍사스에서의 활동은 흥미진진했지만 결국 헛수고가 되고 말았다. 1960년 존 케네디 때부터, 민주당 대통령 선거운동은 다른 주 출신자들에게 주요 주의 선거운동을 감독하는 역할을 맡기는 일이 많았다. 다른 주 출신자들을 파견하면 경합하는 당파들을 통합하고, 모든 결정이 당파적인 이익이 아니라 후보자의 이익을 우선으로 내려지는지 확인할 수 있다는 생각에서 나온 조치였다. 이론이야 그랬지만, 실제로는 텍사스처럼 분열되고 다툼이 많은 환경에서는 다른 주 출신자들이 모든 당파로부터 노여움을 샀다. 특히 맥거번의 경우처럼 불안한 선거운동을 할 때는 그 정도가 훨씬 심했다.

선거운동본부는 텍사스에 나와 테일러 브랜치를 파견했다. 테일러 브랜치는, 내가 예전에 말했듯이, 1969년에 마사스 비니어드에서 처음 만난 사람이었다. 본부는 만전을 기할 목적으로 줄리어드 글릭먼이라는 휴스턴 출신의 유능한 젊은 변호사를 우리 3인조 중 한 사람으로 지명했다. 테일러와 나는 둘 다 남부 출신이었고 협조를 꺼리지 않는 사람들이었기 때문에, 나는 텍사스에서 좋은 성과를 거둘 수 있으리라고 기대했다. 우리는 주의회 의사당에서 멀지 않은 오스틴 시의 웨스트 6번가에 사무실을 열고, 콜로라도 강 건너편 야산에 있는 아파트를 함께 얻었다. 테일러는 사무실 운영과 예산 관리를 맡았다. 재원이 많지 않았지만, 다행스럽게도 테일러는 손이 헤프지 않은 사람이었고 사람들의 요청을 거절하는 실력도 나보다 뛰어났다. 나는 카운티 조직들을 관리했고, 줄리어드는 자신이 아는 텍사스 유지들에게서 지지를 끌어내는 일을 맡았다. 우리 집행부에는 열정적인 젊은이들이 있었다. 그들 중에서 개리 모로, 로이 스펜서, 주디 트라불시 이렇게 세 사람은 힐러리와 나와 가까운 사이가 되었다. 후일 개리 모로는 텍사스 토지국장이 되었으며 나의 대통령 선거운동에서 중요한 역할을 맡았다. 로이 스펜서와 주디 트라불시는 광고대행사를 설립했다. 개리, 로이, 주디는 나와 힐러리가 나섰던 선거 운동마다 큰 도움을 주었다.

텍사스 출신으로 내 활동에 가장 큰 영향을 준 사람은 벳시 라이트였다. 그녀는 텍사스 서부의 앨핀이라는 작은 타운에서 일하는 의사의 딸이었다. 주 민주당과 '공동의 대의' 코먼 코즈에서 활동하고 있는 벳시는 나보다 두세 살 연상이었지만 유권자를 대상으로 한 활동에서는 나보다 훨씬 경험이 많았다. 똑똑하고 열정적이고 성실하고 지나칠 정도로 양심적인 사람이었다. 그녀는 정치에 관한 한 나보다 훨씬 열정적이었는데, 나로서도 이런 사람은 처음이었다. 일부 경험이 적은 동료들과는 달리 그녀는 우리가 지칠 정도로 뛰고 있다는 것을 잘 이해하면서도 그녀 자신은 하루에 18시간씩 일했다. 내가 1980년 주지사 선거에서 패배하고 난 뒤, 힐러리는 벳시에게 리틀록으로 와서 다음 번 선거에 대비하여 내 자료들을 챙겨달라고 부탁했다. 그녀는 이 부탁을 들어주었고, 1982년 주지사 선거 때까지 함께 일했다. 벳시는 주지사 비서실장으로 일하다가 1992년의 대통령 선거에서 핵심 역할을 맡았다. 그녀는 끊임없는 인신공격과 정치공세로부터 나와 나의 경력을 방어하는 일을 맡아 그 누구도 따라잡을 수 없는 실력과 정신력을 발휘했다. 벳시 라이트가 없었다면 나는 대통령에 당선되지 못했을 것이다.

텍사스에 온 지 몇 주 후에, 힐러리가 선거운동에 합세했다. 힐러리는 민주당 유권자 등록업무를 하고 있는 앤 웩슬러 밑에서 일했다. 힐러리는 다른 직원들과 좋은 관계를 유지했으며 내가 힘들어하고 있을 때는 큰 위안이 되었다.

텍사스 선거운동은 시작부터 힘들었다. 그 주요한 원인은 이글턴 사태에 있었지만, 그 지역 민주당 지지자들 중에 맥거번을 지지하지 않으려는 사람들이 많았던 데도 원인이 있었다. 2년 전에 랠프 야보로 상원의원을 이겼던 로이드 벤슨 상원의원은 선거운동위원장으로 활동하는 것을 거부했다. 주지사 지명자 돌프 브리스코는 대중 앞에서 우리의 후보와 나란히 서는 것조차 원치 않았다. 브리스코는 남부 텍사스의 목장주인데, 후일 나의 친구이자 지지자가 되었다. 전직 주지사인 존 코널리는 '닉슨을 지지하는 민주당원'이라는 그룹을 이끌고 있었다. 코널리는 9년 전에 케네디 대통령이 저격되던 당시 대통령과 같은 차에 타고 있었으며 존슨 대통령과 절친한 사이였다.

하지만 텍사스는 너무나 큰 지역이라서 도저히 포기할 수 없는 곳이었다. 텍사스는 험프리가 4년 전에 이긴 곳이었다(겨우 3만 8,000표 차이였지만). 두 명의 선출직 주 공무원이 선거운동의 공동위원장 취임에 동의했다. 그들은 농업국장 존 화이트와 토지국장 밥 암스트롱이었다. 화이트는 전형적인 텍사스 민주당원으로, 우리가 이길 수 없다는 것을 알면서도, 민주당 후보가 텍사스에서 최선의 노력을 기울이기를 바랐다. 존은 후일 민주당 전국위원회 의장이 되었다. 밥 암스트롱은 적극적인 환경주의자였는데, 기타 연주를 좋아하고 우리와 어울려 스콜츠 비어 가든이라는 볼링장이나 아르마딜로 뮤직홀에 다니기를 좋아했다. 밥은 아르마딜로 뮤직홀에서 열리는 제리 제프 워크와 윌리 넬슨의 공연에 힐러리와 나를 데리고 갔다.

나는 맥거번 상원의원과 사전트 슈라이버가 존슨 대통령을 방문하러 오기로 한 8월 말에는 상태가 호전되리라고 생각했다. 슈라이버는 명랑한 성격으로 사람들의 호감을 얻고 후보에게 에너지와 엄숙함을 불어넣어주는 사람이었다. 그는 가난한 사람들에게 법률적인 원조를 제공하기 위해 '법률 서비스 법인'을 창립한 사람이었고, 케네디 대통령이 설립한 '평화봉사단'의 초대 단장이자, 존슨 대통령의 '빈곤과의 전쟁' 초대 단장이었다.

맥거번, 슈라이버, 존슨 대통령의 회담은 상당히 만족스러웠지만, 정치적으로는 중요한 영향을 미치지 못했다. 존슨은 언론의 접근을 허용하지 않았으며, 회담이 있기 며칠 전에 이미 지방 신문에 맥거번을 지지한다는 미온적인 태도 표명을 한 바가 있었다. 내가 얻은 주요한 성과라고는 존슨 대통령의 자필 서명이 있는 사진 한 장뿐이었다. 테일러가 회담이 있기 며칠 전에 회담 약속을 확인하기 위해서 존슨 목장으로 찾아갔다가 서명을 받아온 사진이었다. 테일러와 나는 민권 문제에 민감한 남부인들이었기 때문에 맥거번 본부의 다른 동료들보다 존슨에게 호감을 가지고 있었던 것 같다.

회담 후에, 맥거번은 오스틴의 숙소로 돌아가 주요한 지지자들과 실무자들을 만났다. 그 자리에서는 선거운동 과정에서의 무질서에 대한 불평의 소리들이 터져나왔다. 조직이 분해될지도 모를 만큼 심각한 혼란이었다. 테일러와 나는 이곳에 온 지 얼마 되지 않아 원만한 조직 운영은커녕 자리를 잡기도 어려운 형편이었다. 게다가 시시 파렌톨드가 치열한 주지사 예비선거전에서 돌프 브리스코에게 패배한 뒤로, 자유주의적인 근간 조직은 기가 꺾여 있었다. 주 공무원의 최고직에 있는 주무장관 밥 벌록은 맥거번을 지지하고 있었는데, 무슨 이유에선지 면담자 명단에는 그의 이름조차 들어 있지 않았다. 맥거번은 그에게 사과의 편지를 보냈지만, 그를 빠뜨린 것은 큰 실수였다.

맥거번이 텍사스를 떠나고 얼마 안 있어, 선거운동본부는 좀더 노련한 감독자가 필요하다고 판단하고, 아이오와 주 수시티 출신의 까다로운 아일랜드계 돈 오브라이언을 보냈다. 머리가 희끗희끗한 오브라이언은 존 케네디의 선거운동에서 적극적으로 활약했고, 로버트 케네디 밑에서 연방검사로 일했던 사람이었다. 나는 돈 오브라이언을 상당히 좋아했다. 하지만 그는 시대에 뒤진 맹목적 쇼비니스트여서 자존심 강한 젊은 여성 활동가들의 신경을 건드렸다. 하지만 일을 나누어 맡을 수 있으니 다행이었다. 나는 거리에서 더 많은 시간을 보낼 수 있게 되어서 마음이 놓였다. 그때부터 나는 텍사스에 온 뒤로 가장 열심히 일할 수 있었다.

나는 북쪽의 웨이코로 가서 자유주의적인 보험계의 실력자 버나트 래퍼포트를 만났다. 동쪽의 댈러스에서는 제스 헤이트와 흑인 상원의원 에디 버니스 존슨을 만났다. 사업가인 제스 헤이트는 온건하면서도 충실한 민주당 지지자로서 나의 친구이자 지지자가 되었다. 에디 버니스 존슨은 내가 대통령에 선출되었을 때 의회에서 나의 강력한 동맹자가 되었다. 다음에는 휴스턴으로 가서 텍사스 자유주의자들의 대모 격인 빌리 카를 만났다. 커다란 몸집에 목소리가 카랑카랑한 빌리를 볼 때면 어머니 생각이 나곤 했다. 빌리는 나를 자신의 날개 밑에 거두어주었다. 그녀는 죽는 날까지 나를 밀어내지 않았다. 내 태도나 행동이 자신의 자유주의적 관점에 못 미쳐 실망을 했을 때에도 그녀의 태도는 변함이 없었다.

나는 당시 치카노라고 부르던 멕시코계 미국인들과 처음으로 밀접한 관계를 맺고 그들의 생각과 문화, 그리고 음식을 사랑하게 되었다. 샌안토니오에서 나는 마리오 식당과 미 티에라 식당을 발견했고, 18시간 사이에 그곳에서 세 번이나 식사를 하기도 했다.

나는 남부 텍사스에서 프랭클린 가르시아와 그의 친구 패트 로바즈와 함께 일했다. 가르시아는 따뜻한 마음을 가진 성실한 조직활동가였다. 어느 날 밤 프랭클린과 패트는 힐러리와 나를 차에 태우고 리오그란데 강을 건너

멕시코의 마타모로스로 데려갔다. 그들이 우리를 데려간 곳은 거리의 악대와 미적지근한 스트리퍼가 등장하고, 카브리토라는 염소 머리 통구이가 주요리인 술집이었다. 그날 나는 너무 지쳐서 스트리퍼가 춤을 추고 염소 머리가 빤히 쳐다보고 있는 가운데 잠에 곯아떨어졌다.

어느 날 나는 혼자서 남부 텍사스에서 차를 몰고 가다가 주유소에 들러 젊은 멕시코계 주유원과 이야기를 나누게 되었다. 나는 그에게 맥거번을 찍으라고 말했다. 그는 "그럴 수는 없는데요"라고 말했다. 까닭을 물으니 그는 "이글턴 때문이지요. 맥거번은 이글턴을 버리지 말았어야 해요. 문제를 가진 사람들은 아주 많아요. 그런 식으로 친구를 차버리면 안 되지요." 결코 잊을 수 없는 현명한 충고였다. 스페인계 미국인들은 내가 자신들의 친구가 되려고 노력한다는 것을 알게 되자 친근한 태도를 보였다.

모든 희망을 잃어버린 상태였지만, 선거운동 마지막 주에 나는 잊지 못할 경험을 하게 되었다. 하원의원인 헨리 B. 곤잘레스가 샌안토니오의 멩거 호텔에서 벡사 카운티 민주당 만찬을 열었다. 그곳은 짐 보위와 데이비 크로켓의 지휘를 받던 200명 이상의 텍사스인들이 멕시코로부터 텍사코의 독립을 위해서 싸우다 전사한 앨러모에서 가까운 곳이었다. 60여 년 후, 테디 루스벨트는 멩거에 머무르면서 쿠바의 산 후안 힐에서 영웅적인 전투를 하게 될 러프 라이더 연대를 훈련시켰다. 멩거 호텔에서 제공되는 망고 아이스크림은 중독될 정도로 맛이 있었다. 1992년 선거 전야에 나는 참모들과 함께 샌안토니오에 들렀다. 그때 우리는 망고 아이스크림 400달러어치를 사다가 비행기 안에 탄 모든 사람들과 밤새도록 나눠 먹었다.

민주당 만찬에서는 하원 다수당 의장인 루이지애나의 헤일 보그스가 맥거번과 민주당 지지자들을 위해서 감동적인 연설을 했다. 다음 날 나는 보그스를 아침 일찍 깨웠다. 알래스카에서 하원의원 닉 베기치와 함께 유세를 할 예정이었던 그는 내가 일찍 깨워준 덕분에 비행기를 놓치지 않고 탈 수 있었다. 다음 날, 그가 탄 비행기는 눈 덮인 산맥을 넘다가 추락한 후 발견되지 않았다. 나는 헤일 보그스를 존경했다. 내가 그날 늦잠을 잤더라면 그는 그런 사고를 당하지 않았을 거라는 생각도 들었다. 보그스는 훌륭한 가족을 남겨두고 떠났다. 그의 아내인 린디는 상냥한 부인이자 훌륭한 정치가였고, 남편이 활동하던 뉴올리언스의 하원의원 자리를 물려받았다. 그녀는 루이지애나에서 나의 가장 강력한 지지자가 되었다. 나는 그녀를 바티칸 주재 미국대사로 임명했다.

또 한 가지 유명한 사건은 사전트 슈라이버가 텍사스를 마지막 방문했을 때 일어난 일이었다. 우리는 남부 텍사스의 깊은 곳에 자리한 맥알렌에서 대규모 집회를 가진 다음, 서둘러 공항으로 달려가 텍사카나 행 비행기를 탔다. 텍사카나에서는 하원의원 라이트 패트먼이 아칸소와 텍사스의 경계인 스테이트 라인 대로에 수천 명의 군중을 모아놓고 있었다. 웬일인지 우리가 탄 비행기는 이륙하지 않았다. 몇 분 후에, 우리는 단일 엔진 비행기를 조종하고 있던 비행사가 맥알렌 상공의 안개 긴 밤하늘에서 길을 잃고 공항 상공을 선회하면서 착륙지시를 기다리고 있다는 사실을 알게 되었다. 그 사람은 스페인어밖에 모르는 사람이었으므로, 공항 측은 스페인어를 할 줄 알고 계기비행 자격증을 가진 조종사를 찾아서 당황하고 있는 조종사를 진정시키고 비행기의 착륙을 유도했다.

이 드라마가 전개되는 동안 나는 슈라이버 맞은편에 앉아서 텍사카나에 들르는 일에 대해 브리핑을 했다. 이 사건으로 인해 우리의 이번 선거운동은 정말 운이 따르지 않는다는 것이 확실하게 증명되었다. 슈라이버는 이 사건을 대범하게 받아들이고 비행기 승무원에게 저녁식사를 달라고 했다. 잠시 후 비행기 두 대를 가득 채운 운동원들과 언론인들은 맥알렌의 활주로 위에 있는 비행기에서 스테이크를 먹었다. 예정보다 세 시간이나 늦게 텍사카나에 도착했을 때는 이미 집회가 끝난 뒤였다. 하지만 패트먼 하원의원을 포함해서 200명의 열성당원들이 슈라이버를 맞으러 공항으로 달려왔다. 슈라이버는 비행기에서 내리자마자 이들과 차례차례 악수를 했다. 마치 백중세의 선거전을 방금 시작한 첫날과 같은 분위기였다.

맥거번은 텍사스에서 67 대 33퍼센트로 패배했다. 아칸소에서 거둔 32퍼센트보다 약간 높은 득표율이었다. 선거 후에 테일러와 나는 며칠 동안 이곳저곳을 찾아다니면서 사람들에게 감사 인사를 하고 일을 마무리했다.

힐러리와 나는 예일로 돌아가기 전에 멕시코의 태평양 해안에 있는 지와타 네호에서 짧은 휴가를 보냈다. 지금은 도로가 정비되어 있지만, 당시 그 작은 멕시코 마을에는 포장도 되어 있지 않은 울퉁불퉁한 길과 노천 술집, 열대의 새들뿐이었다.

우리는 기말 시험을 무사히 치렀다. 오랫동안 학교를 비운 것을 생각하면 그나마 다행스러운 일이었다. 나는 해사법의 난해하기 짝이 없는 규칙들을 이해하기 위해 열심히 공부해야 했다. 해사법은 찰스 블랙 교수의 강의를 들어보고 싶어서 선택한 과목이었다. 찰스 블랙 교수는 품격 있는 달변의 텍사스인으로 학생들이 대단히 좋아하고 존경하는 인물이었다. 그는 특히 힐러리에게 잘해주었다. 내가 놀랐던 것은 해사법의 재판 관할이 원래의 상태에서 항해가 가능한 미국 내의 모든 수로에 미친다는 사실이었다. 그러고 보니 아칸소 고향 마을에 있는 작은 호수들도 해사법의 관할 사항이었다.

1973년 봄 학기에 나는 수업을 꼼꼼히 챙겨듣는 한편으로 또 한 가지 일에 빠져 있었다. 나는 수업이 끝나면 집으로 달려가서 힐러리와 함께 모종의 거사를 준비했다. 우리는 그 해의 법률가 연맹의 결선 재판인 현상 재판의 사건개요를 구상하는 일에 푹 빠져 있었다. 우리는 영화 〈카사블랑카〉의 등장인물들을 기초로 해서 사건개요서를 작성했다. 잉그리드 버그만의 남편이 살해되고, 험프리 보거트가 살인죄로 법정에 서게 된다는 내용이었다. 버크 마셜의 친구이자 법무부에서 함께 일했던 동료 존 도어가 아들을 데리고 뉴헤이본으로 와서 그 재판의 판사 역을 맡았다. 힐러리와 나는 그를 보조하면서 상당한 감명을 받았다. 그가 어떻게 해서 남부에서의 민권 규칙을 강화하는 데 성공할 수 있었는지 이해할 만했다. 그는 조용하고, 솔직하고, 똑똑하고, 설득력이 뛰어난 사람이었다. 그는 훌륭한 판결을 내렸고 험프리 보거트는 무죄판결을 받았다.

어느 날 법인세 수업이 끝나고 난 뒤, 철스틴 교수가 나를 부르더니 졸업 후에는 무엇을 할 것이냐고 물었다. 나는 오라는 데가 없으니 아칸소로 돌아가서 개업을 해야겠다고 대답했다. 그는 페이트빌의 아칸소 법대 교수진에 갑자기 예기치 않은 결원이 생겼으니 그 자리에 지원하면 자신이 추천해주겠다고 말했다. 가르치는 일을 할 수 있다는 생각은 한 번도 해본 적이 없었지만, 나는 귀가 솔깃했다. 며칠 후 3월 말, 부활절 휴가를 맞은 나는 고향으로 돌아가는 길에 리틀록에 도착해서 고속도로 갓길에 차를 댔다. 공중전화로 달려가서 아칸소 법대 학장인 윌리 데이비스에게 전화를 해서 내 소개를 하고 교수진 중에 결원이 있다고 들었으며, 그 자리에 지원하고 싶다고 말했다. 그는 내가 너무 젊고 경험이 없다고 말했다. 나는 웃으면서 오래전부터 들어온 이야기라고 말하며, 결원 때문에 어려움을 겪고 있다면 내가 도움이 될 것이다, 열심히 일하고 요구하는 대로 가르치겠다, 게다가 정규직 교수가 아니니 언제라도 해고할 수 있지 않느냐고 말했다. 그는 껄껄 웃더니 페이트빌로 찾아와 면접을 보자고 말했다.

나는 5월 첫째 주에 아칸소 대학으로 갔다. 손에는 철스틴 교수, 버크 마셜 교수, 스티브 듀크, 존 베이커, 뉴헤이본 대학교 정치학부 학장인 캐럴리나 다이니거의 추천서를 들고 있었다. 뉴헤이본 대학교는 내가 학부생들을 상대로 헌법과 형법을 가르쳤던 학교였다. 면접은 순조로웠고, 5월 12일에 데이비스 학장에게서 편지를 받았다. 1만 4,706달러의 보수가 지급되는 조교수로 오라는 내용이었다. 힐러리는 대찬성이었다. 열흘 후에 나는 이 제안을 받아들였다. 많은 보수는 아니었지만, 국방부 대출장학금을 다달이 갚지 않고 한꺼번에 청산할 수 있을 터였다. 한편 나는 법대에서도 대출 받은 돈이 있었다. 법대 대출의 특징은 해당 과의 총 부채의 상환이 완료될 때까지 같은 과 동기들이 연간 소득에서 일정 비율의 금액을 상환하는 방식이었다. 그러니까 많이 버는 사람이 많이 내게 되는 셈이었다. 법대는 대출을 해줄 때 학생들에게 이 사실을 통지했다. 예일의 대출방식을 경험했던 덕분에, 나는 대통령이 되고 나서 '연방 학생 대출 프로그램'을 변경하여, 소득의 일정 비율을 장기간에 걸쳐서 상환하는 방식을 선택할 수 있게 했다. 이런 방식을 활용하면 학생들이 대출금을 상환하지 못할까봐 학교를 중단하는 일도 줄어들 것이고, 보수는 낮지만 사회적으로 가치가 높은 직업을 꺼리는 일도 줄어들 것이다. 실제로 많은 학생들이 소득연동 대출방식을 선택했다.

대단히 성실한 학생은 아니었지만, 나로서는 만족스러운 법대 시절이었다. 훌륭하고 헌신적인 교수와 학우들이 있었고, 나는 이들에게서 많은 것을 배웠다. 후일 나는 이 동료들 중에서 20명을 행정부나 연방판사직에 임명했다. 법률이 우리 사회의 질서 의식과 평등 의식을 지키고, 사회의 진보를 이룩하는 수단을 제공하는 중요한 역할을 한다는 사실을 정확하게 인식하게 된 것도 소중한 성과였다. 그리고 뉴헤이븐에서 살았던 덕분에 미국도시의 현실과 다양한 소수민족의 현실을 인식하게 된 것도 빠뜨릴 수 없는성과였다. 그리고 가장 중요한 성과는 바로 이곳에서 힐러리를 만났다는 것이었다.

더피와 맥거번 선거운동을 돕는 동안, 나는 정치에 대한 열정을 공유하고 선거운동 기술을 배울 수 있는 좋은 친구들을 많이 얻을 수 있었다. 또한 가지 성과는, 진보주의자로서 선거에서 이기려면, 사람들에게 진로를 바꿔야 하겠다는 확신을 심어주는 메시지와 프로그램이 필요하고, 이것을 만들어내기 위해서는 많은 노력과 훈련이 필요하다는 것을 재확인한 것이었다. 미국 사회는 한 번에 많은 변화를 흡수할 수 있다. 우리는 전진하고자할 때, 기회와 의무, 일과 가정, 용기와 열정 등의 가치들이 미국을 성공으로 이끈 주춧돌이었다는 확신을 재확인하면서 나아가야 한다. 대부분의 사람들은 자녀를 양육하고 직장 생활을 하고, 생활비를 버는 일로 분주하다. 사람들은 자유주의자들처럼 정부 정책에 대해서 많이 생각할 여유가 없고, 새로운 우익 보수주의자들처럼 권력에 집착하지도 않는다. 사람들은 풍부한 상식과 자신의 삶의 모양을 만들어내는 보다 큰 힘에 대해서 이해하고 싶어 한다. 하지만 사람들은 자신들의 생존과 자존감을 지켜줄 수 있는 가치와 사회적 장치를 포기하려 하지 않는다.

1968년 이후 보수주의자들은 미국의 중산층에게 진보적인 후보와 진보적인 사상, 진보적인 정책들은 그들의 가치관으로는 용납되지 않는 것이며그들의 안전을 위협하는 것이라는 확신을 불어넣는 데 성공했다. 그들은 광산업자의 아들인 조 더피를 극단적인 자유주의자이자 유약한 엘리트주의자라고 선전했고, 천재적인 전쟁 영웅으로 사우스다코타 농촌 지역의 보수주의자들이 상원으로 보냈던 조지 맥거번을 줏대 없고, 과격한 좌파라고 선전했다. 보수주의자들은 좌파는 미국을 지켜낼 수 없고, 세금과 과다한 지출로 미국을 후퇴시키는 존재라고 선전했다. 더피와 맥거번 선거운동의 경우, 후보들과 선거운동은 그들의 정적들이 애써 만들어놓은 이미지를 강화하는 실수를 범했다. 민권과 평화, 반 빈곤 프로그램이라는 바위를 정치라는 언덕으로 끌어올리는 것이 너무나 어려운 일이고, 이 과정에서 언제나 성공을 기대할 수는 없었다. 하지만 나는 우리의 정적들이 싸움 한 번 안 하고 이길 수 있도록 돕는 일은 결코 하지 않으리라고 결심했다. 후일 나는 주지사로서 그리고 대통령으로서 다시 똑같은 실수를 몇 가지 되풀이했다. 하지만 조 더피와 조지 맥거번, 이 훌륭한 두 사람들을 위해서 일할 수 있는 기회가 없었다면, 나는 더 많은 실수를 범했을 것이다.

나는 새로운 생활에 대한 꿈에 부푼 채 흐뭇한 마음으로 집으로 향했다. 하지만 힐러리에 대해서는 어떻게 해야 할지, 무엇이 그녀를 위한 최선일지 판단이 서질 않았다. 나는 그녀가 나와 마찬가지로 (혹은 나 이상으로) 정치에서 성공할 수 있는 자질이 풍부한 사람이라고 생각하고 있었다. 그녀에게 기회를 주고 싶었다. 당시 나는 힐러리 자신보다 더 간절한 마음으로 그것을 원했다. 나와 함께 아칸소로 오게 되면 힐러리는 유망한 정치활동을 마감하게 될 것 같았다. 그것은 내가 원하는 바가 아니었다. 하지만 힐러리를 포기하는 것도 내가 원하는 바가 아니었다. 힐러리는 대형 법률회사의 일자리나 판사를 보조하는 자리를 택하는 대신 '마리안 에델먼 아동 보호 재단'에서 일하겠다고 마음을 굳히고 있었다. 그녀의 직장은 매사추세츠 주 케임브리지에 있었다. 우리는 아주 멀리 떨어져 있어야 할 상황이었다.

법대를 마친 후, 나는 힐러리에게 처음으로 해외여행을 할 기회를 만들어주었다. 우리는 런던과 옥스퍼드를 둘러보고, 웨일스를 거쳐서 잉글랜드로 다시 돌아와 레이크디스트릭트로 갔다. 레이크디스트릭트는 나도 처음 가보는 곳이었다. 늦은 봄 그곳의 풍경은 아름답고 낭만적이었다. 어느 날 해질녘에 이너데일 호숫가에서 나는 힐러리에게 청혼했다. 내가 청혼을 했다는 사실을 나 스스로도 믿을 수가 없었다. 힐러리도 마찬가지였다. 그녀는 나를 사랑하지만 결혼 승락은 할 수 없다고 말했다. 나는 그런 그녀를 원망할 수도 없었고, 그녀를 잃고 싶지도 않았다. 나는 그녀에게 아칸소로 와서 아칸소를 경험해보자고 했다. 또 아칸소 주 변호사시험도 함께 보자고 했다. 만일의 경우를 대비해두자는 생각이었다.

18

      6월에 힐러리는 비행기 편으로 리틀록에
도착했다. 나는 그녀를 데리고 집으로 오는 길에 좀 먼 길을 택해서 내가 좋
아하는 곳을 보여주러 갔다. 서쪽으로 방향을 잡고 아칸소 강을 거슬러 110
킬로미터를 달려 러셀빌까지 간 다음, 7번 하이웨이를 타고 남쪽으로 방향
을 꺾어 와치타 산맥과 국유림을 지나서 달렸다. 도중에 경치가 아름다운
곳이 나오면 차를 세우고 둘러보았다. 우리는 이틀 동안 핫스프링스에 머물
면서 어머니와 제프, 로저와 함께 지낸 다음 리틀록으로 돌아왔다. 리틀록
에서 아칸소 주 변호사시험 준비 강좌를 함께 들었는데, 강좌 덕분에 우리
둘은 변호사시험에 당당히 합격했다.

    시험이 끝난 뒤, 힐러리는 매사추세츠로 돌아가 아동보호재단 활동을
시작했다. 나는 페이트빌로 가서 법학 교수로서 새로운 생활을 시작했다.
나는 완벽한 숙소를 구했다. 유명한 아칸소 출신 건축가 페이 존스가 설계
한 아담하고 아름다운 집이었다. 페이 존스는 근처 유레카 스프링스에 아름
다운 손크라운 예배당을 건축하여 국제적으로 여러 상과 찬사를 받고 있는
건축가였다. 집은 페이트빌에서 6번 하이웨이를 타고 동쪽으로 13킬로미터
지점, 주위에는 약 1만 평의 대지가 펼쳐져 있었다. 스무 마리 남짓한 소들
이 풀을 뜯고 있었다. 1950년대 중반에 건축된 그 집은 길고 좁은 원룸 구조
로, 가운데 놓인 화장실에 의해 나뉘어 있었다. 침실과 욕실에는 천장에 채
광창이 있고, 앞쪽 벽과 뒤쪽 벽은 미닫이 유리문으로 되어 있어서 빛이 잘
들었다. 건물 바깥 거실 앞쪽에는 거실과 똑같은 폭으로 칸막이가 설치된

현관이 있었다. 땅이 도로를 타고 경사를 이루고 있었기 때문에, 이 현관은 집에서 불쑥 튀어나와 있었다. 평화롭고 조용한 것이 하늘이 주신 선물 같았다. 공직 선거에 출마한 뒤 나는 이 집의 고마움을 절실하게 느꼈다. 나는 현관이나 벽난로 옆에 앉아 있거나, 강을 따라 소들이 풀을 뜯는 풀밭을 거니는 것을 좋아했다.

하지만 이 집에는 몇 가지 단점이 있었다. 매일 밤 쥐들이 극성을 부렸다. 놈들이 부엌에 살림을 차린 후에, 나는 쥐들을 소탕하는 것이 불가능하다는 것을 깨닫고 빵 부스러기를 일부러 남겨두기 시작했다. 집 밖에는 거미와 진드기를 비롯한 물것들의 천지였다. 나는 벌레들 때문에 성가신 일이 많지 않았는데, 힐러리는 갈색 거미에 물리고 나서 다리가 엄청나게 부어올랐다가 한참 만에 가라앉았다. 그리고 도둑의 손길을 피할 수 없는 집이기도 했다. 그해 여름 북서부 아칸소에는 절도가 빈발했다. 도둑은 16번 하이웨이를 오르내리며 여러 집을 털었다. 어느 날 저녁 집에 들어오니, 누군가 왔다간 흔적이 있었다. 하지만 없어진 물건은 없었다. 아마 내가 오는 바람에 달아난 모양이었다. 나는 충동적으로 자리에 앉아 도둑이 다시 올 것에 대비해서 도둑에게 편지를 썼다.

도둑님,

우리 집 물건들이 그대로 있는 걸 보니, 어제 우리 집에 들어온 건지 아닌지 잘 모르겠군요. 못 들어왔다면, 여기 찾아볼 만한 물건들이 있습니다. 텔레비전은 8개월 전에 구입한 80달러짜리고, 라디오는 3년 전에 구입한 40달러짜리, 작은 녹음기는 3년 전에 구입한 40달러짜리, 아주 작은 여러 가지 장식품들은 10달러가 넘는 것이 거의 없습니다. 옷들은 모두 2, 3년 된 것입니다. 감옥에 갈 위험을 무릅쓸 만한 가치가 없는 것들이지요.

一윌리엄 J. 클린턴

나는 벽난로에 이 편지를 붙여놓았다. 안타깝게도 내 꾀는 통하지 않았다. 다음 날 내가 일하러 갔을 때, 그 도둑이 돌아와서 텔레비전과 라디오,

녹음기, 그리고 내가 목록에서 일부러 빠뜨렸던 물건 하나를 가져갔다. 그 것은 아름답게 깎은 제1차 세계대전 당시의 독일 군도였다. 나는 마음이 쓰 렸다. 그것은 아버지가 주신 것이었기 때문이다. 게다가 부모님이 1963년에 준 애지중지하던 셀머 마크 VI 테너 색소폰을 1년 전에 차 안에 두었다가 워싱턴에서 도둑맞은 적이 있었기 때문이었다. 결국 나는 1935년 산 셀머 '시가 절단기' 모델 색소폰을 하나 장만했다. 하지만 그 검은 대신할 만한 것 이 없었다.

나는 무더운 8월의 마지막 몇 주간을 수업 준비를 하고 대학교 통로를 뛰어다니며 보냈다. 덕분에 내 몸무게는 84킬로그램으로 줄었다. 열세 살 때 이후 이렇게 몸무게가 적게 나갔던 것은 처음이자 마지막이었다. 9월에 나는 첫 강의 '독점금지법'과 '대리인과 동업'을 시작했다. '독점금지법'은 예일 법대에서 썩 재미있게 공부했던 과목이었고, '대리인과 동업'은 계약 관계의 본질과 그것에서 발생하는 법적 책무에 관한 과목이었다. '독점금지 법' 수강생은 15명이고 '대리인과 동업' 수강생은 56명이었다. '독점금지 법'의 근간은 정부는 공정한 자유시장경제의 작동을 보호하기 위해서 비경 쟁적인 영업 독점의 형성을 막아야 한다는 사상에 있었다. 모든 수강생들이 경제학에 대해 풍부한 지식을 가지고 있지 않다는 것을 알고 있었기 때문 에, 나는 명확한 자료를 제시하고 원리를 쉽게 설명하려고 노력했다. 하지 만 '대리인과 동업' 강의는 간단해 보였다. 학생들이 지루해하거나 공유 기 업에서 양 당사자간 관계의 정확한 본질을 판단하는 것이 중요하면서도 어 려운 경우가 있다는 것을 놓치게 될까봐 걱정이 되어서, 학생들이 토론에 참여할 수 있도록 재미있고 명쾌한 사례들을 제시하려고 노력했다. 예를 들 어 워터게이트 청문회와 진행 중인 조사에 대한 백악관의 반응을 사례로 들 었더니, 학생들은 가택침입을 한 범인들에 대해 많은 질문을 던졌다. 그들 은 대통령의 대리인인가? 그렇지 않다면, 그들은 누구를 위해서, 그리고 어 떤 권한으로 그런 행위를 한 것인가? 나는 강의를 할 때마다 많은 학생들이 토론에 참여할 수 있도록 배려하고 학생들이 내 사무실이나 캠퍼스 곳곳에 서 나에게 선뜻 다가와 이야기를 나눌 수 있게 하려고 노력했다.

시험문제를 낼 때는 재미있고, 도전적이고, 공정한 시험이 되도록 신경을 썼다. 내가 몇 년 동안 진행한 강의에 대한 평가를 보면, 학점 결과에 대한 의문이 있는데, 이것은 내가 너무 물러서, 혹은 공직 선거에 출마했을 때 잠재적인 지지자들과 불편한 감정을 갖지 않으려고 너무 후하게 점수를 준다는 것을 암시하는 듯하다. 예일에서는 점수가 우등, 합격, 낙제, 이렇게 세 가지뿐이었다. 우등을 받는 것은 대단히 어려웠고, 낙제를 하는 것은 사실상 불가능했다. 다른 법대에서는, 특히 입학 기준이 더 느슨한 곳에서는, 성적 평가가 더 까다로워서 한 학급에서 20~30퍼센트가 낙제를 각오해야 했다. 나는 이런 방식에 동의할 수 없었다. 어떤 학생이 나쁜 점수를 받게 되면, 나는 그 학생의 관심과 노력을 이끌어내지 못했다는 점에서 항상 실패자가 된 듯한 느낌을 받았다. 대부분의 학생들이 C를 받을 수 있을 만한 지적 능력을 가지고 있었다. 한편으로 나는 좋은 점수는 중요한 의미를 가져야 한다고 생각했다. 50명에서 90명 정도의 학생들이 듣는 대규모 강좌에서, 나는 두세 명에게 A를 주고 또 두세 명에게 D를 줬다. 77명의 학생이 듣는 강좌의 경우에는 한 명에게만 A를 주고 한 명에게 F를 줬다. 낙제점을 받게 될 것 같은 학생들은 대부분 F를 받기 전에 미리 수강신청을 철회하곤 했다. 이보다 작은 두 개의 강좌에서 더 많은 학생들에게 A를 준 것은 그 학생들이 열심히 공부하고, 열심히 배우고, 또 좋은 점수를 받을 만한 자격이 있었기 때문이었다.

아칸소 법대에 흑인 학생들이 처음으로 입학한 것은 25년 전이었지만, 상당수의 흑인 학생들이 남부 전역의 주립 법대에 입학하기 시작한 것은 1970년대 초였다. 흑인 학생들은 제대로 입학 준비를 할 수 있는 사람이 많지 않았다. 특히 가난한 흑인 학교에 갇혀서 교육을 받은 학생들은 더욱 심했다. 1973년에서 1976년 사이에 내 강좌를 들은 흑인 학생들은 스무 명 남짓 되었다. 나는 내 강좌를 듣지 않는 흑인 학생들도 만나게 되었다. 흑인 학생들은 아주 열심히 공부하고 있었다. 그들은 성공을 원했으며, 몇몇 학생들은 성공하지 못할 것 같은 두려움 때문에 엄청난 스트레스에 시달리며 생활하고 있었다. 하기야 그런 걱정이 현실로 나타나는 일도 가끔 있었다.

나는 한 흑인 학생의 답안지를 읽으면서 불신과 분노가 뒤섞인 감정을 느꼈던 기억을 잊지 못한다. 그 학생은 강의 내용을 잘 이해하고 악착같이 공부하는 학생이었는데, 시험에는 그것이 드러나 있지 않았다. 정답이 있기는 있었는데, 그 정답을 찾으려면 철자법도 엉망이고, 문법도 엉망이고, 문장구조도 엉망인 글들을 한참 뒤져야 했다. A를 받아 마땅한 지식이 F에 해당하는 표현법의 덤불 속에 가려진 채, 초등학교 시절에 배웠어야 했지만 배우지 못했던 것들 때문에 엉망진창이 되어 있었다. 나는 그 학생에게 B⁻를 줬다. 나는 그 학생의 문법과 철자를 일일이 바로 잡아주면서, 흑인 학생들의 고된 노력과 타고난 지성이 더 좋은 결과를 거둘 수 있도록 변화시키는 개별수업 과정을 개설하기로 결심했다.

나는 그 개별수업이 그들에게 실제적으로나, 심리적으로나 도움이 되었으리라고 생각한다. 물론 그 학생들 중에도 부족한 작문 실력과 정서적인 압박감과의 싸움을 계속해야 했던 사람들도 있었다. 한 발은 기회의 문을 통과했는데, 한 발은 과거에 받았던 차별 대우라는 무거운 차꼬에 잡혀 있어야 했던 그들의 고뇌는 얼마나 컸겠는가! 그 학생들 중 많은 수가 법률가와 판사로서 성공적인 직업을 가지게 되었다. 그들이 대표하는 의뢰인들과 그들의 판결을 받게 되는 당사자들은 그들이 판사석이나 변호석에 오르기 위해서 얼마나 험난한 산을 넘어야 했는지 상상도 못 했다. 연방대법원이 2003년에 차별수정 프로그램의 원칙을 지지했을 때, 나는 내가 가르쳤던 흑인 학생들을, 그들의 엄청난 노력을, 그리고 그들이 넘어야 했던 모든 역경들을 생각했다. 그들이 내게 제공해준 모든 증거들 덕분에 나는 대법원의 판결을 지지하는 사람이 되었던 것이다.

학생들과의 관계 외에도 법학 교수가 되길 잘했다고 생각하게 만드는 것이 또 있었다. 교수들 중에는 내가 아끼고 존경하게 된 사람들이 많았다. 교수들 중에서 가장 친하게 지냈던 사람들은 나와 연배가 비슷한 엘리자베스 오젠보와 딕 앳킨슨이었다. 엘리자베스는 아이오와 농장 출신의 똑똑한 여성으로, 충실한 민주당 지지자이자 헌신적인 교사였으며 힐러리와도 친한 친구가 되었다. 나중에 그녀는 아이오와로 돌아가서 법무장관 사무실에서 일했다. 나는 대통령에 당선된 후에, 그녀를 설득해서 법무부로 오게 했다. 하지만 몇 년 후에 그녀는 다시 아이오와로 돌아갔다. 그 편이 어린 딸 베시를 위해서 더 나을 것이라는 생각 때문이었다. 엘리자베스는 1998년에 암으로 죽고 그녀의 딸은 외삼촌과 함께 살게 되었다. 너무나 슬픈 일이었다. 나는 베시와 계속 왕래하려고 노력하고 있다. 베시의 어머니는 내가 알았던 가장 훌륭한 사람들 중 한 명이었다. 딕 앳킨슨은 법대 친구인데, 애틀랜타에서 개업한 변호사 생활에 만족하지 못하고 있었다. 나는 그에게 교직을 권했고 페이트빌로 와서 면접을 보라고 강권했다. 딕은 면접을 보았고, 아칸소 법대의 교수가 되었다. 학생들은 딕을 좋아했고, 딕은 교직을 좋아했다. 2003년, 그는 아칸소 법대 학장이 되었다. 학교에서 가장 유명하고 훌륭한 교수는 로버트 레플라였다. 그는 아칸소에서 가장 뛰어난 법학자로서, 불법행위 분야와 법의 충돌 분야, 그리고 항소판결 분야의 대가였다. 그는 1973년에 70세로 정년 연령이 지나서 1년에 1달러의 보수만 받으며 강의를 하고 있었다. 그는 스물여섯 살 때부터 아칸소 법대의 교수였다. 내가 그를 알기 몇 년 전에, 밥은 페이트빌과 뉴욕을 매주 한 차례씩 오가고 있었다. 그는 뉴욕 법대에서 연방 법원 및 주 법원 판사들을 상대로 항소판결에 대한 강의를 했는데, 대법원 판사들 중 절반 이상이 그의 강의를 들었다. 그는 페이트빌에서든 뉴욕에서든 한 번도 수업에 늦은 일이 없었다.

밥 레플라는 작고 마른 체구였지만, 커다란 눈은 날카롭게 빛나고, 황소처럼 힘이 센 사람이었다. 그는 몸무게가 68킬로그램에 지나지 않지만 자기 정원에서 일을 할 때는 나도 들기 힘든 커다란 돌덩이를 번쩍 들어 옮길 정도로 힘이 장사였다. 해마다 레이저백 축구팀의 경기가 끝나고 나면, 밥과 그의 아내 헬렌은 자신의 집에서 파티를 열었다. 손님들은 앞뜰에서 터치풋볼을 하기도 했다. 특별히 기억나는 경기가 있는데, 그때 밥과 나, 그리고 또 다른 젊은 법률가가 한 팀이 되어 두 명의 건장한 청년과 아홉 살 먹은 아이를 상대로 경기를 했다. 점수가 동점이 되어서 우리는 다음에 점수를 올리는 팀이 이기는 것으로 하자고 합의를 했다. 우리 편이 공을 찰 차례였다. 나는 밥에게 꼭 이기고 싶은지 물었다. 그는 "그럼" 하고 대답했다. 그는 마이클 조던처럼 승부욕이 넘쳤다. 나는 우리 팀 세 번째 사람에게 공을 가운데로 올려주고 상대팀이 나를 쫓아오게 놔두었다가 키 큰 사람에게 달려가 후위가 오른쪽으로 움직이는 걸 막으라고 말했다. 아홉 살짜리 소년은 내가 키 큰 남자에게 공을 던질 것이라고, 혹시 밥이 공을 잡더라도 자신이 그를 터치할 수 있을 것이라고 생각하고 밥을 마크하고 있었다. 나는 밥에게 아이가 오른쪽으로 못 가게 막은 다음 빨리 왼쪽으로 달려가면, 나는 상대편이 나에게 오기 전에 공을 던지겠다고 말했다. 공이 움직이자, 밥은 흥분해서 아이를 땅에 넘어뜨리고 왼쪽으로 달려갔다. 우리 팀 동료가 후위를 막는 데 성공했을 때 나는 밥에게 공을 높이 던져주었고, 그는 달려가서 골라인을 넘었다. 미국에서 가장 행복한 일흔다섯 살 할아버지였다. 밥 레플라는 매사에 이해가 빠르고 사자처럼 용맹하고 강철 같은 의지를 가진 사람이었다. 스트롬 서먼드(연방에 대한 주의 독자적 권리와 인종차별정책을 열렬하게 옹호한 미국의 정치가—옮긴이주)의 민주당 판인 사람이었다. 그런 사람이 많으면 많을수록, 승리의 기회는 많아질 터였다. 밥이 아흔셋에 사망했을 때, 나는 그가 죽기에는 너무나 창창한 나이라고 생각했다.

법대의 정책은 교직원 회의에서 정해졌다. 이따금 나는 회의가 너무 길고 학장을 비롯한 행정직원들의 결정에 맡기면 좋을 세부 사항들을 가지고 괜히 시간낭비를 한다고 느낄 때가 있었다. 하지만 나는 그 회의를 통해서 대학의 관리 및 정책에 관해서 많은 것을 배웠다. 나는 일치된 여론이 있다 싶으면 동료들의 의견에 따랐다. 대학에 오랫동안 근무했기 때문에 나보다 아는 것이 많다고 생각했기 때문이었다. 나는 교수들이 무급 활동을 더 많이 하고, '연구실적이 없으면 불이익을 주는' 규정을 완화하고 대신에 강의나 학생들과의 과외 활동에 더욱 집중하게 하자는 주장을 펴곤 했다.

나의 무급 활동은 학생들이나 젊은 조교들이 겪고 있는 사소한 법적 문제들을 처리해주는 일부터, 페이트빌 북쪽의 스프링데일에 있는 의사들을 좀더 많이 설득해서 메디케이드(65세 미만의 저소득자 · 장애인 의료보조 프로그램—옮긴이주) 대상에 속하는 가난한 환자들을 진료하도록 만드는 일, 법무장관인 짐 가이 터커의 요청에 따라 연방대법원에 제출할 반독점 사례에 대한 의견서를 준비하는 일, 그리고 변호사로서 법정에 처음으로 출두해서 매디슨 카운티에서 선거법 소송 중인 스티브 스미스 주 하원의원의 변론서를 제출하는 일이었다.

　카운티 행정중심지이자 오벌 포버스의 고향인 헌츠빌의 주민은 1,000명이 약간 넘었다. 판사부터 카운티 보안관에 이르기까지 모든 카운티 청사 사무실을 점하고 있는 인물들은 모두 민주당 지지자들이었다. 하지만 북부 아칸소의 야산과 분지에는 공화당 지지자들이 많았다. 그들은 대부분 1861년의 남부 11주 탈퇴에 반대했던 사람들의 후손이었다. 공화당원들은 닉슨의 압도적 승리에 힘입어 1972년에 좋은 성적을 올리면서, 부재자 투표를 많이 무효로 만들어 버리면 지방 선거의 결과를 뒤집을 수 있다고 생각하고 있었다.

　이 사건은 빌 엔필드 판사가 취임하기 직전에 구 매디슨 카운티 법원으로 올라왔다. 민주당 지지자인 빌 엔필드는 후일 나의 친구이자 지지자가 되었다. 민주당 지지자 중에 대표적인 인물은 빌 머피와 W. Q. 홀 두 사람이었다. 빌 머피는 미국재향군인회와 민주당에서 열정적으로 활동하고 있던 페이트빌 출신의 변호사였다. 그는 미국재향군인회에서 아칸소 사령관이라는 직위를 담당하고 있었다. 그 지역 변호사로 'Q'라고 알려져 있는 W. Q. 홀은 한쪽 팔만 가진 재치 있는 사람으로, 왼팔에 달린 갈고리처럼 날카로운 유머감각을 가지고 있었다. 사람들은 부재자 투표를 하는 이유에 대해 증언하기 위해서 몰려들었다. 그들의 증언은 아칸소 산간 마을 주민들의 생활을 결정짓고 있는 근면과 험악한 정치 환경, 경제적인 압박을 생생하게 드러내고 있었다. 한 남자는 법이 규정한 대로 미리 신청하지 않고 있다가 마지막 순간에 부재자 투표를 한 이유를 설명했다. 그는 주 '수렵어로위원회'에서 일하고 있는데, 선거 당일에 스톤 카운티로 통하는 낮은 산으로 그 주에 하나밖에 없는 곰덫을 가지고 가라는 명령을 받았기 때문에 선거 전날 투표하러 온 것이라고 설명했다. 그의 투표는 허용되었다. 또 한 사람이 오클라호마 털사에 있는 직장으로부터 와서 증언을 했다. 그는 자신은 10년 넘게 털사에 살고 있고, 법적으로는 매디슨 카운티의 주민이 아니지만 매년 선거 때마다 매디슨 카운티에서 부재자 투표를 했다고 시인했다. 공화당 측 변호사가 다그치자, 그는 울먹이면서 매디슨 카운티는 자신의 고향이고, 털사로 간 것은 산간 마을에서는 먹고살 수가 없기 때문이며, 정치에 대해서는 관심도 없고 아는 것도 없고, 10년쯤 뒤에 은퇴하게 되면 고향으로 돌아올 것이라고 말했다. 그때 그의 투표가 집계에 포함되었는지는 기억나지 않지만, 그의 고향에 대한 애착은 나에게 깊은 인상을 남겼다.

스티브 스미스는 자신의 아버지가 운영하는 요양원에 거주하는 사람들에게서 부재자 투표를 모아오는 역할을 맡았다고 증언했다. 법에는 요양원 관련자가 요양원 투표용지에 기표하는 것을 도울 수 있도록 허용하고 있지만, 투표용지는 가족이나 문서로 권한을 위임받은 사람이 우편으로 발송하도록 되어 있었다. 스티브는 투표용지들을 모두 모아서 가까운 우편함에 넣었다. 나는 판사에게 (내 판단으로는 대단히 설득력 있는) 변론을 제출했다. 나는 스티브가 투표용지를 발송해서는 안 된다는 것은 이치에 닿지 않으며, 그가 위조했다거나 그가 투표용지를 발송하는 것을 거주자들이 원치 않았다고 말한 사람은 아무도 없었다고 주장했다. 우리가 알고 있는 바로는, 고령의 거주자 중에는 그 성가신 일을 맡아줄 가족이 없는 사람도 있었다. 엔필드 판사는 나와 스티브의 주장을 받아들이지 않았지만, 많은 부재자 투표의 정당성을 인정해줌으로써 카운티 판사인 찰스 호턴, 보안관 랠프 베이커, 그리고 그들의 직원들은 직위를 유지할 수 있게 되었다.

나는 그 사건에서 졌지만, 아칸소 산간 마을 주민들의 생활을 파악할 수 있는 소중한 경험을 했다. 그때 알게 된 사람들 중에는 아주 뛰어난 정치인들이 있었다. 매디슨 카운티에 새로 이사 오는 사람이 있으면, 그들은 일주일 이내에 그가 민주당 지지자인지 공화당 지지자인지 알아맞힐 정도였다. 공화당 지지자들은 카운티 청사에 와서 투표 등록을 해야 했다. 카운티 직원들은 민주당 지지자들의 집을 찾아가 투표 등록을 받았고, 선거가 있을 때마다 2주 전에 다시 찾아가 투표를 하라고 당부했다. 그들은 선거일 아침에도 방문했다. 오후 늦게까지도 유권자들이 투표를 하지 않으면, 누군가가 그들의 집을 찾아가 유권자들을 투표소로 데리고 왔다. 1974년 내가 처음 출마한 총선거 날, 나는 찰스 호턴을 찾아가 우리 편이 어떻게 하고 있는지 알아보았다. 그는 큰비가 내려 외딴 카운티의 다리가 무너지는 바람에 몇몇 우리 지지자들은 투표소에 오지 못할 테지만, 자신들이 애쓰고 있으니 약 500표 차이로 우리가 이길 거라고 말했다. 나는 매디슨 카운티에서 501표 차이로 승리를 거뒀다.

페이트빌로 이사하고 나서 두 달이 지나자, 나는 그곳이 고향처럼 편안하게 느껴졌다. 학생들을 가르치고, 레이저백 축구 경기를 보러 가고, 산속 여기저기를 드라이브하고, 내가 하는 일을 진심으로 걱정해주는 사람들이 있는 대학 사회에서 생활하는 것이 너무나 좋았다. 나는 대학교 부총장인 칼 윌록과도 친해졌다. 그는 회색 머리를 짧게 자른 대단히 내성적인 사람이었다. 그를 처음 만난 곳은 와이어트 식당이었다. 페이트빌과 스프링데일 사이 야산에 있는 대형 상가에 위치한 식당이었다. 식탁에 함께 앉은 다른 사람들은 모두 닉슨 대통령을 비판하고 있었지만 칼만은 한마디도 하지 않았다. 나는 그의 생각을 알 수 없어서 그의 의견을 물었다. 그는 단조로운 목소리로 "나는 해리 트루먼과 생각이 같아요. 그는 리처드 닉슨이 죽은 사람 눈에서 나무 동전을 뽑아낼 사람이라고 말했지요"라고 말했다. 나무 동전은 옛날에 장의사들이 방부 처리를 하는 동안 주검의 눈이 열리지 않게 하기 위해 넣는 둥근 나무 조각이었다. 칼 윌록은 표지만 보고는 판단할 수 없는 책과 같은 인물이었다. 단정하게 옷깃을 여민 보수적인 그의 외모 밑에는 강인함과 용감함이 감춰져 있었다.

내가 특별히 좋아했던 두 명의 여자 교수가 있다. 앤 해리스는 경영학과 대학원에서 강의했다. 그녀의 남편인 모리스는 안과의사이자 아칸소 주 상원의원이었다. 앤과 모리스는 힐러리와 나와 특별히 가까운 사이가 되었으며 우리가 결혼할 때, 두 사람은 자신들의 집에서 우리의 결혼피로연을 열어주었다. 다이앤 킨카이드는 정치학과 교수였는데, 주 하원의원 휴 킨카이드의 아내였다. 다이앤은 아름답고 똑똑하고 정치적인 통찰력을 가진 사람이었다. 힐러리가 페이트빌로 온 뒤로, 다이앤과 힐러리는 친구 이상의 사이가 되었으며 정신적인 동지나 다름없었다. 두 사람은 서로의 존재 속에서 평생 마주치기 힘든 이해와 자극, 지지와 사랑을 발견했다.

　북서부 아칸소 전체가 그랬듯이, 페이트빌은 급속하게 발전하고 있었다. 페이트빌에는 아담하고 특이한 광장이 있고, 광장 한가운데는 오래된 우체국이 있었다. 후일 이 우체국은 식당 겸 술집으로 바뀌었다. 광장의 사면에는 가게와 사무실, 은행이 늘어서 있었고, 일요일 아침마다 신선한 농작물을 파는 농부들의 노점상이 들어섰다. 나의 사촌인 로이 클린턴은 광장 북서쪽에서 캠벨 백화점을 운영하고 있었다. 나는 그와 대화하면서 새로운 고향인 페이트빌에 대해서 많은 것을 알게 되었다. 법원은 광장에서 한 블록 떨어진 곳에 있었다. 가까운 사무실에서 일하면서 이곳에 출입하는 변호사들 중에는 노련한 변호사들과 똑똑한 젊은 변호사들이 섞여 있었다. 이들 가운데서 많은 사람들이 나의 강력한 지지자가 되었다.

　타운 북쪽 71번 하이웨이에 위치한 빌리 슈나이더의 스테이크하우스는 정치인들의 아지트였다. 빌리는 굵은 목소리에 말투까지 거친 억센 여성이었지만, 정치에 대해서는 이상주의적이며 강한 열정을 가지고 있었다. 인근의 모든 정치인들이 빌리의 단골이었다. 단골 중에는 돈 타이슨과 그의 변호사 짐 블레어도 포함되어 있었다. 돈 타이슨은 잘나가는 양계업자로 그의 사업은 후일 세계 최대의 농산물 회사로 탈바꿈했다. 짐 블레어는 키가 195센티미터나 되는 특별하면서도 천재적인 인물이었는데, 그는 후일 나의 절친한 친구가 되었다. 페이트빌로 이사하고 나서 몇 달 후에 빌리는 스테이크하우스를 정리하고 법원 맞은 편 호텔 지하에 술집 겸 디스코장을 열었다. 예전의 단골들이 변함 없이 드나들었는데, 빌리에게는 많은 대학생 지지자들이 생겼다. 빌리는 자신이 지지하는 후보가 선거에 출마할 때마다 이 학생들을 동원했다. 빌리는 땅에 묻히기 전까지 내 생활의 중요한 부분이었다.

　추수감사절 기간에 나는 케임브리지에 있는 힐러리를 만나기 위해서 며칠 동안 보금자리를 비웠다. 힐러리와 나는 이렇다할 장래의 결정을 내리지 못했다. 크리스마스 휴가 때는 힐러리가 내 집으로 오기로 했다. 나는 그녀를 사랑했으며 함께 있고 싶었다. 하지만 나는 그녀가 망설이는 것을 이해할 수 있었다. 나는 성질 급하고 감정적인 사람이었고, 내 조건 중 어느 하나도 안정된 결혼 생활의 필수조건을 충족시키지 못했다. 힐러리는 나와의 결혼이 하나도 아니고 여러 갈래로 나 있는 높은 줄 위에서 줄타기하는 것이나 다름없을 거라는 것을 잘 알고 있었다. 또한 그녀는, 아칸소를 달의 반대편쯤 되는 곳으로 여기는 단계에서는 이미 벗어났지만 여전히 자신이 정착하기에는 낯선 곳이라고 느끼고 있었다. 나는 내가 힐러리에게 어울리는 배우자라고 확신하지 못했으며, 그녀가 독자적이며 정치적인 직업을 가져야 한다고 생각하고 있었다. 당시 나는 내 인생을 바라보면서 그렇게 하는 쪽이 내 인생을 사는 것보다 훨씬 중요하다고 생각하고 있었다. 내 연배의 유능한 사람들을 많이 만나왔지만, 그 중에서도 힐러리는 뛰어난 정치적인 잠재력을 지니고 있었다. 그녀는 명석한 두뇌와 따스한 마음을 가지고 있었고, 조직력은 나보다 뛰어났으며, 경험이 나보다 적다뿐이지 정치력은 나와 엇비슷했다. 나는 그녀를 너무나 사랑했기에 그녀를 원하고 있었고, 동시에 그녀를 위해서 가장 좋은 길을 찾고 있었다. 나는 이러지도 저러지도 못하는 처지에 있었다.

아칸소로 돌아오자, 정치적인 공론들이 본격적으로 시작되었다. 다른 곳의 민주당원들과 마찬가지로, 아칸소 사람들도 샘 어빈의 워터게이트 청문회와 계속되는 전쟁으로 흥분하고 있었다. 우리는 의회의 중간선거에서 일정한 소득을 얻을 기회를 맞을 수 있을 것 같았다. 특히 유가 급등과 가솔린 배급제 실시 이후, 그 가능성은 더욱 커졌다. 하지만 아칸소의 민주당원들은 존 폴 해머슈미트 하원의원을 떨어뜨릴 가능성이 크다고 생각하지 않았다. 해머슈미트는 보수적인 투표 경력을 가지고 있고, 닉슨 대통령을 강력하게 옹호하는 사람이었다. 하지만 그는 자상하고 신중한 자세로 주말마다 자신의 지역구를 돌면서 민생을 꼼꼼하게 챙기고 있었다. 그는 작은 타운들이 상하수도 허가를 얻을 수 있도록 도왔으며, 워싱턴에서 자신이 삭감안에 투표했던 프로그램으로부터 주민들을 위한 정부보조금을 따내기까지 했다. 해머슈미트는 목재 사업가로서 지역구에서 작은 사업을 하는 주민들로부터 큰 지지를 받고 있었으며, 지역 경제의 상당한 부분을 차지하는 대규모 목재업, 축산업, 운송업을 꼼꼼히 챙겼다.

나는 그해 겨울 몇몇 사람들에게 출마에 관심이 있는지 물어보았다. 그 중에는 휴와 다이앤 킨카이드, 모리스와 앤 헨리, 스티브 스미스, 그리고 주하원의원이자 클라크 월록의 처남인 루디 무어도 있었다. 이들은 모두 경선이 필요하다고 생각하고 있었지만, 이길 가능성이 없다는 판단에서 아무도 직접 나서려고 하지 않았다. 민주당 예비선거에서는 대단한 인기를 얻고 있는 범퍼스 주지사가 풀브라이트 상원의원에게 도전장을 내밀 것 같았다. 풀브라이트는 페이트빌 출신이었고, 내 친구들은 대부분 범퍼스를 좋아하면서도 어려운 전투가 될 것이 확실하니 상원의원을 도와야 한다고 생각하고 있었다.

우리 지역에서는 선거전에 나설 만한 사람들이 모두 출마를 꺼리고 있다는 사실이 분명해지자, 나는 직접 출마하는 문제를 신중히 생각하기 시작했다. 언뜻 보아서는 어림도 없는 일 같았다. 나는 9년 동안 이 지역을 떠나 있다가 돌아온 지 6개월밖에 되지 않은 처지였으며, 새로운 직장에서 일한 지는 3개월밖에 되지 않았다. 아는 사람 하나 없는 지역도 많았다. 그렇지만 페이트빌에는 학생들과 자유주의적인 민주당 지지자들이 있으니 첫 출마 지역으로 삼아도 나쁘지 않을 것 같았다. 내가 자란 핫스프링스는 그 지역구의 남단에서 가장 큰 타운이었다. 그리고 클린턴 가문의 본적지인 엘 카운티 역시 그 지역구에 속해 있었다. 이 지역 21개 카운티 중 5개 카운티에 내 친척들이 살고 있었다. 나는 젊은데다 미혼이고, 밤낮을 가리지 않고 온종일 일할 의지를 가지고 있었다. 설사 낙선한다고 해도 괜찮은 성적을 올릴 수만 있다면 앞으로 나서게 될 선거운동에 악영향을 미칠 일은 없을 것 같았다. 물론 압도적인 패배를 당하게 되면 정치가가 되겠다는 나의 오랜 꿈은 시작해보기도 전에 물거품이 될 터였다.

크리스마스 직후 힐러리가 찾아왔을 때, 나는 여러 가지 생각할 것이 많았다. 1월 초 어느 날 아침, 힐러리와 내가 집에서 이 문제에 대해 이야기를 하고 있을 때 전화벨이 울렸다. 존 도어의 전화였다. 지난봄 그가 '카사블랑카' 재판의 판결을 맡아서 예일 법대에 왔을 때 힐러리와 내가 접대를 했던 사람이었다. 그는 '하원 사법위원회'의 닉슨 대통령 탄핵 조사를 도와줄 법률고문 책임자가 되었는데, 버크 마셜이 나를 추천하더라고 말했다. 그는 나에게 법대를 잠시 휴직하고 워싱턴으로 와서 유능한 젊은 법률가들을 모으는 일을 도와달라고 말했다. 나는 하원의원 출마를 고려하고 있으니, 생각을 해보고 다음 날 연락을 하겠다고 말했다. 빨리 결정을 내려야 할 시점이었다. 나는 그 이후에도 자주 그랬듯이, 힐러리에게 어떻게 해야 할지 판단하고 조언을 해달라고 부탁했다. 나는 마음을 굳히고 존에게 전화를 걸었다. 나는 제안은 고맙지만 사양하겠다고 말했다. 그 제안을 사양한 이유는 탄핵 조사와 관련해서 도움을 줄 수 있는 유능한 젊은 법률가들은 많이 있지만, 아칸소 선거전에 도전할 만한 사람은 딱히 없으므로 무모하지만 직접 하원의원 선거에 도전해야겠다고 판단했기 때문이었다. 존은 내가 어리석은 결정을 했다고 생각했을 것이다. 그리고 합리적으로 생각해볼 때 내가 어리석은 결정을 한 것은 사실이었다. 하지만 앞서도 말했듯이, 어떤 기회를 잡느냐 하는 것이 그 사람의 인생을 결정하기도 하지만, 어떤 기회를 포기하느냐 하는 것도 그 사람의 인생을 결정하는 법이다.

나는 존에게 힐러리를 비롯하여 예일 법대 동기인 마이크 콘웨이, 루퍼스 코미어를 채용하라고 권했다. 그는 웃으면서 버크 마셜도 그들을 추천했다고 말했다. 이렇게 해서 그들은 모두 존과 함께 일하게 되었고, 탁월한 역량을 발휘했다. 존 도어는 유능한 젊은 법률가들로 이루어진 특공대를 꾸렸으며, 중책을 훌륭하게 감당해냈다. 내가 없어도 될 것이라는 내 예상은 적중했다.

힐러리가 케임브리지로 돌아가기 이틀 전에, 나는 힐러리와 함께 집에서 동쪽으로 40킬로미터 거리에 있는 헌츠빌을 찾아가 전직 주지사인 포버스를 만났다. 하원에 출마하려면 그를 만나 인사를 해두어야 할 것 같았다. 그가 리틀록에서 했던 일들은 마음에 들지 않았지만, 그는 똑똑한 사람이었고, 그의 머릿속에는 내가 새겨들을 만한 아칸소 정치계의 경험들이 가득차 있었다. 포버스는 아름다운 페이 존스 저택에서 살고 있었다. 그 집은 그가 빈털터리로 12년의 주지사 생활을 끝냈을 때, 그의 후원자가 지어준 집이었다. 그의 두 번째 부인인 엘리자베스는 1960년대 벌집 모양 머리를 하고 있었다. 그녀는 결혼 전에 리틀록에서 정치평론가로 잠시 일했던 경험이 있는 사람이었다. 그녀는 대단히 보수적이었다. 그녀는 외모나 사고방식에서 주지사의 첫 번째 부인인 앨타와는 완전히 대조적이었다. 앨타는 훌륭한 산간 마을 풀뿌리 민주주의자이면서 지역 신문 「매디슨 카운티 레코드」의 발행인이었다.

포버스의 집에 도착한 힐러리와 나는 안내를 받고 오자크 산과 마을이 내려다보이는 통유리 방으로 들어가 커다란 원탁 앞에 앉았다. 나는 질문을 하고 오벌은 이야기를 하면서 네다섯 시간을 보냈다. 우리는 그가 하는 아칸소의 역사와 정치 이야기를 넋을 잃고 들었다. 공황기와 제2차 세계대전 때의 생활이 어땠는지, 리틀록에서 했던 일들을 아직도 옹호하는 이유가 무엇인지, 닉슨 대통령 문제가 의회 선거에 영향을 미칠 거라고 생각하는지 아닌지까지. 나는 말은 많이 하지 않고, 포버스가 먼저 받은 질문에 대한 답변을 끝내면 새로운 질문을 던지곤 했다. 힐러리는 한마디도 하지 않았다. 놀랍게도, 네 시간이 넘는 시간 동안 엘리자베스 역시 한마디도 하지 않았다. 그녀는 아무 말도 하지 않고 커피와 쿠키만 대접했다.

이윽고 이야기가 마무리되어가는 것이 분명해지자 엘리자베스가 나를 빤히 쳐다보더니 입을 열었다. "클린턴 씨, 오늘 이야기 참 좋았습니다. 그런데 미국을 전복하려고 하는 국제적 음모에 대해서 어떻게 생각하십니까?" 나는 그녀를 마주 쳐다보며 대답했다. "포버스 부인, 물론 저는 그런 음모에 반대합니다. 부인도 그러시지요?" 그로부터 얼마 후에 포버스는 휴스턴으로 이주했는데, 그곳 아파트에서 엘리자베스는 잔인하게 살해당했고, 그후 포버스는 정신적인 불안에 시달렸다. 1979년 주지사에 취임한 뒤, 나는 전직 주지사들을 모두 초청하는 자리를 마련했는데, 초청자 명단에는 포버스도 들어 있었다. 그 일로 인하여 나의 진보적인 지지자들 사이에서는 반발이 심했다. 내가 그 늙은 악당에게 새로운 인생을 열어주었다고 생각한 것이다. 후일 벌어진 일들은 그들의 생각이 옳았다는 것을 입증했다. 그것은 선행이 보답받지 못한다는 오래된 속담의 전형적인 예였다. 그래도 나는 엘리자베스 포버스와 공산주의의 위협 이야기라도 다시 나눌 수만 있다면 그 모든 일을 다 되풀이 할 수 있을 것 같았다.

힐러리가 떠난 후, 나는 데이비스 학장에게 가서 하원의원 선거에 출마하고 싶다고 말했다. 나는 강의 일정에 차질이 없도록 하고 학생들을 위해서 시간을 내겠다고 약속했다. 나는 봄 학기에 형사소송법과 해사법 강의를 할 예정이었고, 강의 준비도 상당히 해둔 상태였다. 윌리는 하는 일이 잘되기를 빌겠다고 말했다. 뜻밖의 반응이라서 나는 깜짝 놀랐다. 아마 그 강좌를 맡길 다른 사람을 구하기에는 너무 늦은 때라서 그랬던 것 같다.

아칸소 제3지역구는 아칸소 주의 4개 지역구 중에서 북서쪽 지역구에 속하는 21개 카운티를 포괄하고 있었다. 이 지역구는 미국 최대의 농촌 지역구 중의 하나였다. 북서쪽 끝에 두 개의 큰 카운티인 워싱턴과 벤턴, 오자크에 7개의 북부 카운티, 아칸소 강 계곡 아래에 8개 카운티, 남서쪽의 와시토 산맥에 4개의 카운티가 있었다. 월마트와 타이슨 양계회사를 비롯한 축산회사들, 그리고 J. B. 헌트, 윌리스 쇼, 하비 존스와 같은 운송회사들이 있는 벤튼과 워싱턴 카운티 내의 타운들은 점점 번창하면서 공화당으로 기울어지고 있었다. 복음주의 교회가 늘어가고 중서부에서 은퇴하고 돌아온 사람들이 유입되고, 대규모 회사가 번창하면서 북서부 아칸소는 주 내에서 가장 보수적이며 가장 공화당 지지도가 높은 곳이 되었다. 하지만 페이트빌만은 예외였다. 이곳에서는 대학교가 적절한 균형을 잡아주고 있었다.

1974년 당시, 오클라호마 경계에 있는 포트스미스는 인구 7만 2,286명으로 지역구 내에서 가장 인구가 많고 가장 보수적인 도시였다. 1960년대에 이 도시의 원로들은 도시재개발보조금의 수령을 거부했다. 그들은 그것이 사회주의로 가는 첫걸음이라고 믿었다. 몇 년 후 워터게이트 연루자인 존 미첼이 기소되자, 그의 변호사는 그에게 공정한 재판을 받을 수 있는 곳이 미국에는 세 군데뿐이라면서, 그 중 하나로 포트스미스를 거론했다. 만일 그가 포트스미스로 왔더라면 영웅 대접을 받았을 것이다. 포트스미스 동쪽에서 아칸소 강 하류에 이르는 지역과 북쪽 산간 지역은 풀뿌리 민주주의의 영향이 강하고 사회적으로는 보수적이어서, 공화당 지지자와 민주당 지지자가 고르게 분포되어 있었다.

산지의 카운티들, 특히 매디슨, 뉴턴, 시어시 카운티는 상당히 고립되어 있었다. 전입해 들어가는 주민은 적었지만, 100년 넘게 한곳에 붙박여 사는 가구들이 많았다. 이곳 주민들의 말투는 독특해서 처음 들어보는 생생한 표현을 즐겨 썼다. 그 중에서 가장 내 마음에 드는 것은, 자기가 싫어하는 사람에 대해 묘사할 때 "그 사람 뇌에 불이 붙는다고 해도 나는 그 사람 귓속에 소변을 보지 않을 겁니다"라는 말이었다. 그 지역구 남부에 있는 작은 카운티들은 민주당 지지도가 약간 높았지만 여전히 보수적이었고, 핫스프링스가 자리잡은 가장 큰 카운티 갈랜드는 대통령선거 때마다 대부분 공화당을 지지했으며, 북쪽 지역에서 은퇴하고 전입해온 공화당 지지자들이 많았다. 그곳에서는 현직 하원의원이 인기가 높았다.

흑인 주민들은 아주 적었고, 대부분 포트스미스와 지역구에서 두 번째로 큰 도시인 핫스프링스, 그리고 지역구 남동부에 계곡을 끼고 있는 러셀빌과 다더넬에 몰려 있었다. 노동조합 조직은 페이트빌, 포트스미스, 핫스프링스에서 강력한 활동을 펼치고 있었지만, 그 밖의 지역에서는 거의 활동이 없었다. 험난한 산간 도로와 낡은 자동차와 화물차가 대부분이었기 때문에, 이 지역구는 등록된 차량 한 대당 휘발유 사용량이 가장 많은 지역이었다. 이런 특징 때문에 유가 급등과 석유 파동 문제가 대단히 중요하게 부각되었다. 이 지역구는 또한 상해를 입은 퇴역군인의 비율이 가장 높았다. 하원의원 해머슈미트는 제2차 세계대전 참전자로 퇴역군인들에게 심하게 아부하고 있었다. 지난 대통령 선거에서는 사회적으로 재정적으로 보수적인 세력들이 열성적인 민주당 지지자들과 경제적인 풀뿌리 민주주의자들을 압도한 결과, 74 대 26으로 닉슨이 맥거번을 따돌렸다. 해머슈미트는 77퍼센트의 표를 얻었다. 경쟁에 뛰어들려고 하는 사람이 없는 게 이상한 일이 아니었다.

힐러리가 떠나고 며칠 뒤에, 나는 칼 윌록과 함께 첫 선거유세에 나섰다. 지역구 북부의 카운티들을 한 번에 돌아볼 예정이었다. 맨 처음 간 곳은 캐럴 카운티였다. 주민이 1,300명인 베리빌 타운에서 나는 사이 비검의 가게를 찾아갔다. 그는 열성적인 민주당 지지자였고, 네 살짜리 외손자와 함께 살고 있었다. 20년 뒤에, 그의 손자 크리스 잉스코프는 백악관으로 들어와 내 보좌관이 되었다. 나는 빅 닉슨이라는 감리교 목사와 부인 프레디를 만났는데 그들은 베트남전에 반대하는 개방적인 민주당 지지자였으며 나를 지지하겠다고 말했다. 그들은 그보다 훨씬 더 많은 일들을 했다. 프레디는 나의 카운티 책임자가 되어 관할구역에서 유력자들의 마음을 빼앗아 왔다. 그녀는 후일 나의 주지사 사무실에서 일했는데, 한시도 쉬지 않고 나에게 사형은 옳지 않은 것이라는 확신을 심어주려고 노력했다. 힐러리와 내가 결혼할 때 결혼식 진행을 맡은 사람이 바로 빅이었다.

우리는 동쪽으로 차를 몰아 부니 카운티에 갔다가, 다시 마운틴 홈으로 갔다. 그곳은 지역구에서 가장 북동쪽에 위치한 박스터 카운티의 행정중심지였다. 나는 칼의 권유로 휴 해클러라는 사업가를 만났다. 그는 만나자마자 예비선거에서 다른 후보를 찍을 것이라고 말했다. 우리는 계속 이야기를 나누었다. 내가 핫스프링스 출신이라고 하자, 그는 게이브 크로퍼드와 친하다고 말했다. 내가 게이브는 아버지의 친한 친구라고 말했더니 휴는 다른 후보를 제치고 나를 밀어주겠다고 했다. 나는 베이다 셰이드도 만났다. 가구점을 운영하고 있는 그녀는 카운티 회계책임자였다. 그녀는 이야기를 나누는 동안 내 셔츠 단추가 떨어지려는 것을 발견하고 바느질을 해주었다. 바로 그날 그녀는 내 지지자가 되었다. 그녀가 다시 내 단추를 달아주는 일은 없었다. 하지만 내가 주지사가 되고, 그녀가 주 상원에 진출했을 때, 그녀가 던진 표는 다른 문제로 곤란을 겪고 있는 나를 여러 번 구해주었다.

우리는 마운틴 홈을 떠나서, 남쪽으로 차를 몰아 시어시 카운티로 향했다. 주민 150명의 세인트조에 들러서 카운티 민주당 의장인 윌 고긴스를 만났다. 윌은 여든이 넘은 나이지만 상황 판단이 빠르고 몸도 건강한데다 정치활동에 적극적이었다. 그는 나를 지지하겠다고 말했는데, 나는 그것이 엄청난 수의 표를 의미한다고 생각했고 그것은 현실이 되었다. 그리고 마셜에서는 총포상을 운영하고 있는 조지 대니얼을 만났다. 그에게는 제임스라는 동생이 있었는데, 제임스는 법대에 다니고 있었으며, 나에게 1,000달러의 기부

친아버지 윌리엄 제퍼슨 블라이드(1944).

시카고 파머 하우스 호텔의 친아버지와
어머니 버지니아 캐시디 블라이드(1946).

어머니와 나.

1949년의 내 모습들.
위 어머니가
뉴올리언스로 간호사
교육을 받으러 간 어느 날
오후 아버지의 무덤에서.
위 가운데 뒤뜰에서.
위 오른쪽 어머니날에.

위 외할머니 이디스 그리섬 캐시디(1949).
외할머니는 개인을 위해 일하던 간호사였다.

아래 아칸소 주 호프 식품점에서
외할아버지 제임스 엘드리지 캐시디(오른쪽)(1946).

호프의 미스 마리 퍼킨스 학교의 리틀 포크스 유치원. 나는 맨 왼쪽에 있다.
내 바로 옆에 빈스 포스터가 있다. 맥 맥라티는 뒷줄에 있다.

리가 부러졌을 때
조부 렘 그리섬이 병문안을 왔다(1952년 3월).

첫 대통령 선거운동 기간에 내 인생의 빛 가운데 하나인
외종조부 버디 그래섬과 함께.

아버지(계부인 로저 클린턴).

어머니와 아버지(1965).

호프의 집에서 아버지와 나(1951).

아래 동생 로저와 내가 우리를 돌봐준 멋진 여자
코러 월터스와 함께.

아래 오른쪽 고등학교 졸업앨범에서. 쓰리 킹스라고
더 잘 알려진 쓰리 블라인드 마이스-랜디 구드럼이
피아노를 쳤고, 조 뉴스먼이 드럼을 쳤다.

나는 앞줄의 사진사 바로 뒤에 있다. 존 F. 케네디 대통령이 로즈 가든에서 미국소년단 대표들에게 연설하고 있다(1963년 7월 24일).

핫스프링스 고등학교 밴드 버라이어티 쇼에서 사회를 본 데이비드 레오풀로스와 나(1964).

파크 애비뉴의 집에 눈이 왔을 때, 어머니, 로저, 우리 개 수지, 나 (1961).

친구들과 피크닉에서.
캐럴린 옐델, 데이비드 레오풀로스,
로니 세실, 메리 조 넬슨의 모습이
보인다.

1966년 주지사 선거운동에서 프랭크 홀트가
셔츠 차림으로 사람들을 만나 악수하고 있다
(나는 밝은 색 양복을 입고 있다).

조지타운 대학 졸업 때 동생과 룸메이트들(1968).
왼쪽부터 킷 애슈비, 타미 캐플런, 짐 무어, 탐 캠블.

위 옥스퍼드 룸메이트들. 스트로브 탤벗(왼쪽)과
프랭크 앨러. 당시 나는 턱수염을 길렀다.

오른쪽 1969년 1월 3일, 어머니가 제프 드와이어와
결혼할 때 비행기를 타고 날아가 어머니를 놀라게
했다. 존 마일스 목사가 예배를 인도했고,
나는 들러리였다. 로저는 앞에 있다.

나의 스승 J. 윌리엄 풀브라이트와
그의 사무비서 리 윌리엄스(1989년 9월).
나는 조지타운 대학에 다닐 때 풀브라이트의
외교위원회에서 사무원 보조로 일했다.

예일 법대 법률가 클럽 친구들과 함께 한 힐러리와 나.

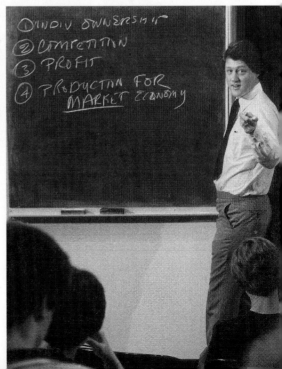

위 텍사스 주 샌안토니오에서
조지 맥거번의 선거운동(1972).

오른쪽 페이트빌의 아칸소 법대 강의 중.

오른쪽 선거운동본부 본부장 조지 셸턴,
재무부장 F. H. 마틴과 함께.
그들은 내가 대통령이 되기 전에 세상을
떠났지만, 아들들은 둘 다 행정부에서
일했다.

왼쪽 나의 전임 주지사들인 데일 범퍼스,
데이비드 프라이어와 선거운동 중.

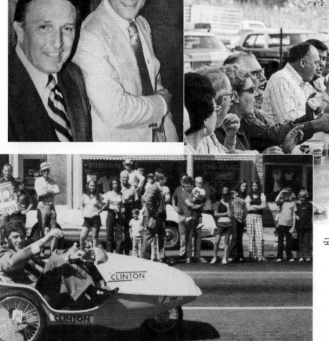

국회의원 선거운동 중(1974).

1975년 10월 11일 우리의 결혼식.

선거운동 도중 나의 32번째 생일을 축하하며.
힐러리는 선글라스를 끼고 있다.

1979년 1월 9일, 주지사 취임 선서를 한 뒤
아칸소 의회에서 연설하고 있다.

아칸소의 젊은 지도자들(1979).
주무장관 폴 리비어(31세), 주 상원의원
클리프 후프먼(35세), 나(32세),
주 감사관 지미 루 피셔(35세),
검찰총장 스티브 클라크(31세).

첼시, 지크와 함께.

힐러리, 캐럴린 후버, 에머 필립스, 첼시,
리서 애슐리가 주지사 관저에서 리서의
생일을 축하하고 있다(1980).

위 1982년 주지사 출마 발표.
힐러리는 이 사진에 "첼시의 두 번째 생일,
빌의 두 번째 기회"라고 써놓았다.

왼쪽 아칸소의 나의 가장 강력한 지지자 세 명과 함께.
모리스 스미스, 짐 플레저, 빌 클라크(1998).

아래 왼쪽 아칸소 델타 프로젝트 지도자들과 함께.
나는 이 지역의 경제 발전을 위해 그들과 함께 일했다.

아래 아칸소 고등학교의 고별사 낭독자와
인사말 낭독자를 축하하는 고등학교 우등생의 날에
주지사 관저에 모인 학부모와 학생들.

위 일본의 산요전기 공장에서.

왼쪽 토스코 공장에서 일하던 날.

왼쪽부터
헨리 올리버,
글로리어 케이브,
캐럴 래스코.

1984년 주지사
회의 동안 열린
내슈빌의 그래드
올 오프리. 나는
미니 펄 옆에
서 있다. 힐러리는
왼쪽 끝에 있다.

왼쪽 첼시가 처음 등교하던 날. 가운데 벳시 라이트와 내가 힐러리의 깜짝 생일 파티를 하고 있다.
오른쪽 첼시가 포고일에 '보아 데릭'을 쥔 내 모습을 보고 좋아하고 있다.

1991년 1월 주지사
취임 축하 무도회에서
첼시, 힐러리와 춤을
추고 있다.

빌 그레이엄 박사,
W. O. 보트 목사와 함께(1989년 가을).

왼쪽부터 시계방향으로 로티 새클퍼드,
바비 러시, 어니 그린, 캐럴 윌리스,
에이비스 라벨, 밥 내시,
로드니 슬레이터(1992년 7월 전국
민주당 대회에서).

1992년 선거운동.
왼쪽 티퍼 고어가
뉴햄프셔 키니에 모인
많은 군중의 사진을 찍었다.
아래 왼쪽 '상황실' 에서
제임스 카빌과 폴 베걸러가
하이 파이브를 하고 있다.
아래 조지아 주
스톤마운틴에서 선거운동 중.
맨 아래 힐러리와 나를 만나러
월스트리트에 모인 사람들.

1992년 서해안에서.
위 왼쪽 신코데마요. 위 오른쪽 시애틀 유세.
오른쪽 로스앤젤레스 폭동 뒤의 기도회에서.
위 로스앤젤레스의 지지자들을 맞이하여.

왼쪽 로댐 가족. 왼쪽부터 마리아, 휴,
도로시, 토니. 힐러리의 아버지 휴는 앉아 있다.

선거운동팀.

버스 유세.

힐러리와 나, 티퍼와 앨 고어 부부, 지미 카터 대통령, 사랑의 집짓기 운동의 창립자 밀러드 풀러(왼쪽)가 티퍼와 나의 생일을 축하하고 있다.

리치먼드 대학 토론회에서
조지 H. W. 부시 대통령, 로스 페로, 나.

아스니오 홀 쇼.

1992년 11월 3일, 선거일 밤.

대통령 당선자로 맞은 첫날. 위 오른쪽 어머니와 함께. 아래 캐럴린 옐델 스테일리의 집에서.
(앞줄) 어머니, 시어 레오폴로스. (둘째줄) 밥 애스펠, 나, 힐러리, 글렌더 쿠퍼, 린더 레오폴로스.
(윗줄) 캐럴린 스테일리, 필 제이미슨, 딕 켈리, 킷 애슈비, 탐 캠블, 밥 데인저먼드, 패트릭 캠블,
수전 제이미슨, 게일과 랜디 구드럼, 새디어스 레오폴로스, 에이미 애슈비, 짐과 제인 무어,
탐과 주드 캠블, 윌 스테일리.

금을 낸 처음 몇 사람 가운데 하나가 되었다. 조지의 형은 카운티에서 의사로 일하고 있었다. 나는 조지의 소박한 유머를 들으며 여러 차례 웃음을 터뜨렸고, 한 가지 따끔한 교훈을 얻었다. 몇 년 전 그곳에서 멀리 떨어진 곳에 사는 베트남 참전용사 한 사람이 그의 가게로 찾아와 권총을 사면서, 사격 훈련에 쓰려 한다고 말했다. 다음 날 그는 여섯 사람을 죽였다. 알고 보니 그는 노스 리틀록의 포트 루츠라는, 퇴역군인을 위한 정신요양원에서 빠져나온 사람이었다. 그는 참전으로 인한 정신적 고통에 시달리며 여러 해 동안 그 요양원에서 지내왔다. 조지는 이 일을 오랫동안 잊을 수가 없었다고 말했다. 이것은 후일 총기 구입자의 신분조사 조치를 시행하려 했을 때 내 머릿속에 떠오른 가장 좋은 논거였다. 나는 그 내용이 규정된 브래디 법안을 1993년에 승인했다. 미리 막았다면 피할 수도 있었을 흉악범, 밀렵꾼, 정신질환자로 파악된 사람들에 의한 살인이 19년이나 계속된 뒤의 일이었다.

칼과 함께 페이트빌로 돌아왔을 때, 나는 무척 행복했다. 다른 후보들을 위해서 일할 때도 나는 항상 소매점식 정치를 좋아했다. 이제 내 표를 위해서 뛰어다니다 보니, 작은 타운들을 찾아다니고, 길을 가다가 만나는 시골 가게와 식당, 주유소에 들르는 일이 정말로 마음에 들었다. 사람들을 찾아다니며 돈을 달라고 하는 데는 소질이 없지만, 사람들의 집이며 직장을 찾아다니며 표를 달라고 하는 것은 적성에 꼭 맞았다. 게다가 이런 일을 하다 보면 다양한 인물들을 만나서 재미있는 이야기를 듣고, 알아둘 만한 가치가 있는 것들을 배우고, 새로운 친구를 사귈 수 있었다.

첫날 이렇게 선거유세를 다니고 나서, 나는 같은 방식으로 다른 여러 곳들을 찾아다니기 시작했다. 아침이면 페이트빌을 출발해서 밤늦게까지 될 수 있는 한 많은 타운과 카운티를 찾아다녔다. 그리고 나서 다음 날에 수업이 있으면 집으로 돌아오고, 수업이 없을 때는 친절한 민주당 지지자의 집에 묵었다가 다음 날 아침이면 일어나 다른 카운티로 이동했다.

그 다음 주 일요일에 나는 산간의 카운티 방문을 마무리하기 위해서 동쪽으로 향했다. 그런데 예상하지 못했던 사태가 발생했다. 나는 1970년 산 아메리칸 모터스 그렘린 자동차를 몰고 있었는데, 주말이 되기 전에 기름을 채우는 것을 깜빡 잊고 있었다. 당시에는 기름 부족으로 인해서 일요일에는 주유소 영업을 금지하는 연방 법률이 시행되고 있었다. 하지만 나는 반드시 산간 마을로 돌아가야만 했다. 나는 지푸라기라도 붙잡는 심정으로 그 지역 정유회사 사장인 찰스 샬로에게 전화를 걸어서 정비소에 있는 연료통에서 기름을 좀 얻으면 안 되겠느냐고 물었다. 그는 당장 그곳으로 오면 조치를 해놓겠다고 말했다. 뜻밖에도 그가 직접 나와서 손수 내 차에 연료를 채워주었다. 샬로의 친절한 조치 덕분에 나는 이제 막 틀이 잡혀가고 있는 선거 유세를 계속할 수 있었다.

나는 먼저 앨피나로 가서 카운티 민주당 의장인 보 포니를 만났다. 처음에 들렀을 때 만나지 못했던 사람이었다. 나는 무난하게 그의 작은 집을 찾았다. 그의 집 앞마당에는 총걸이가 있는 픽업트럭이 세워져 있었다. 그런 트럭은 산간 마을에 사는 사람들에게는 필수적인 장비였다. 현관문에서 나를 맞이한 보는 풍만한 상체에 흰 티셔츠를 걸치고 청바지를 입고 있었다. 그는 텔레비전을 보고 있었으며 내가 지지를 호소하는 동안 말도 많이 하지 않았다. 내가 이야기를 마치자, 그는 해머슈미트를 반드시 꺾어야 한다면서, 해머슈미트가 자기 고향에서 엄청난 차이로 이긴다고 하더라도 부니 카운티의 농촌 지역에서는 우리가 선전할 거라고 말했다. 그는 내게 만나볼 만한 사람들 이름을 알려주면서, 내가 머리를 짧게 자르면 표를 더 얻을 거라는 말을 덧붙였다. 그는 나를 지지한다고 말하고 나서 다시 텔레비전으로 눈길을 돌렸다. 나는 보가 도대체 어떤 생각을 하고 있는지 알 수가 없었다.

나는 차로 돌아가다가 그의 트럭을 자세히 들여다보았다. 그 트럭에는 "나를 욕하지 마시오. 나는 맥거번을 찍었음"이라고 쓰인 스티커가 붙어 있었다. 나중에 보에게 그 스티커에 대해서 물었더니 그는 맥거번에 대해서 사람들이 뭐라고 해도 신경 쓰지 않는다, 민주당 지지자들은 평범한 사람들을 지지하고 공화당 지지자들은 그렇지 않다, 그래서 스티커를 붙여놓은 것뿐이라고 말했다. 내가 대통령이 되고 보가 건강이 좋지 않을 때, 우리 둘을 모두 아는 친구 레비 필립스가 보를 백악관에 데리고 왔다. 보는 함께 시간을 보내는 것을 기뻐하다가, 링컨실에서 자라고 하니 펄쩍 뛰었다. 남북전쟁이 끝난 뒤 재편입 시대에 공화당이 자행했던 지나친 행위 때문인지, 아니면 공화당이 20세기 내내 부유한 자들과 권력자들에게만 충성했다는 사실 때문인지, 아무튼 링컨을 용서할 수 없는 모양이었다. 이제 보와 링컨은 모두 하늘나라에 있으니, 두 사람이 사이좋게 지내면서 갈등을 풀었으려니 생각하고 싶다.

앨피나를 떠난 후 나는 마리온 카운티에 있는 1,000여 개의 타운 중 하나인 플리핀으로 갔다. 그곳에는 포장이 안 된 도로가 엄청나게 많았다. 그곳은 아마 아칸소 주에서 비포장도로가 가장 많은 지역일 것이다. 그곳에서 나는 두 남자를 만났다. 한 사람은 짐 레드 밀리건이고 다른 한 사람은 커니 칼톤이었다. 우리는 레드의 트럭을 탔다. 두 사람은 나를 가운데 앉히고는 에버튼으로 이어지는 험한 도로를 달려갔다. 그 카운티에서 가장 외딴 곳이자 아주 작은 타운 에버튼의 레온 스워퍼드라는 사람을 찾아가는 길이었다. 그에게는 가게 하나와 수백 표를 끌어 모을 수 있는 엄청난 인기가 있었다. 타운을 벗어나서 16킬로미터쯤 가다가 레드는 어딘지 모를 곳에 차를 세웠다. 우리는 엄청난 먼지에 휩싸였다. 레드는 씹는 담배 레드맨 한 상자를 꺼내더니 한 덩이를 입에 넣은 다음 커니에게 건네주었고 커니도 한 덩이를 입에 넣었다. 커니는 그것을 내게 건네면서 말했다. "이 담배를 씹을 수 있을 만큼 남자다운 사람이라면 당신을 지지할 거고, 그렇지 못한 사람이라면 당장 차에서 쫓아내 걸어서 돌아오게 할 거요." 나는 잠시 생각한 다음에 "망할 놈의 문 열어요!"라고 말했다. 그들은 나를 5초 정도 빤히 쳐다본 다음 껄껄 웃더니 스워퍼드의 가게 앞에 내려주었다. 우리는 그곳에서 표를 휩쓸었다. 예년보다 훨씬 더 많은 득표였다. 그들이 정말로 레드맨 담배를 좋아하는지 아닌지를 가지고 나를 판단했다면, 나는 아직도 마리온 카운티의 구석진 도로에서 헤매고 있을 것이다.

몇 주 후, 나는 이와 비슷한 시험을 다시 치러야 했다. 나는 아칸소 강 계곡에 있는 클라크빌에 있었다. 내 옆에는 스물두 살 된 카운티 지도자 론 테일러가 있었는데, 그는 유명한 정치인 가문 출신으로 나이에 비해 뛰어난 정치력을 가진 사람이었다. 그는 보안관을 만나게 해주겠다며 나를 카운티

박람회장으로 데려갔다. 론은 그 사람의 지지를 얻어야만 카운티 전체의 지지를 얻을 수 있다고 말했다. 우리는 로데오 경기장에서 말고삐를 쥐고 있는 그를 찾아냈다. 말들이 경기장 안을 행진하는 것과 동시에 로데오가 시작될 예정이었다. 보안관은 내게 고삐를 건네면서 말을 타고 행진을 하면, 군중들에게 내 소개를 해주겠다고 말했다. 그는 그 말이 길이 잘 든 놈이라고 말했다. 나는 검은 양복에 넥타이를 매고 윙팁 구두를 신고 있었다. 말을 타본 것은 딱 한 번 다섯 살 때였는데, 그것도 카우보이 복장으로 사진을 찍기 위해 포즈를 취했던 것뿐이었다. 예전에는 씹는 담배를 거절했었지만, 나는 이번에는 고삐를 쥐고 말에 올랐다. 카우보이 영화를 많이 봤으니 뭐 그리 어려울까 싶었다. 개막식이 시작되자, 나는 자신 있는 척하며 경기장 안으로 들어갔다. 경기장 트랙을 4분의 1쯤 가자, 보안관이 나를 소개했다. 소개를 받은 직후에 말이 갑자기 멈춰 서더니 뒷다리를 들어올렸다. 웬일인지 나는 떨어지지 않았고, 관중들은 박수를 쳤다. 관중들은 내가 일부러 그랬다고 생각했던 것 같다. 보안관은 진상을 알고 있었겠지만, 아무튼 나를 밀어주었다.

나는 뉴턴 카운티에서 오자크 지역 순회를 마쳤다. 뉴턴 카운티는 버팔로 강의 발원지가 있는 미국에서 손꼽히는 아름다운 지역이었다. 이곳은 그 무렵 '야생 및 아름다운 강 법'의 보호를 받는 최초의 강이 되었다. 나는 먼저 버팔로 강가의 작은 마을 프루이트에 가서 힐러리 존스를 만났다. 사는 집은 소박했지만, 그는 도로건설업자로서 그 카운티에서 가장 부자였다. 남북전쟁 이전부터 그의 가문은 민주당 지지 가문의 전통을 이어왔다. 그는 그 사실을 입증하는 족보도 가지고 있었다. 그는 강가의 자신의 땅에 깊은 애착을 가지고 있었다. 대공황기에 그의 가문은 상당히 많은 땅을 잃었지만 그는 제2차 세계대전에서 돌아온 뒤 몇 년 동안 열심히 일해서 잃었던 땅을 모두 되찾았다. 버팔로 강이 보호대상으로 지정된 것은 그에게 있어 최악의 위기였다. 대부분의 땅주인들은 그 땅을 종신 보유해야 했다. 살아생전에는 정부 이외에 다른 사람에게는 땅을 팔 수 없고, 그들이 죽고 나면 정부만이 그것을 살 수 있었다. 힐러리의 택지는 주요 간선도로 옆에 있었기 때문에 정부는 가까운 시일 내에 토지수용권을 발동해 그 택지를 수용해서 법령 시행 본부의 일부로 삼을 예정이었다. 힐러리와 그의 아내 마거릿에게는 여덟 명의 자녀가 있었다. 그들은 자식들에게 땅을 물려주고 싶어 했다. 그곳에는 1700년대에 태어난 사람들이 묻힌 오래된 묘지가 있었다. 그 카운티에서 가난하게 살다가 혼자 죽는 사람이 있으면, 힐러리는 자비로 그 묘지에 묻어주었다. 나는 그 강을 보호하는 것을 지지하는 입장이었지만 오래된 거주자들이 지역권地役權을 가지고 자신의 땅을 유지하게 해주어야 한다는 생각이 들었다. 개발이나 환경파괴를 막으면서도 가족들이 대를 이어 땅을 소유하게 하는 방법은 그것뿐이었다. 내가 대통령이 되었을 때, 서부의 농장주들이 환경적인 배려와 자신들의 특권이라고 생각했던 것 사이에 충돌이 일어날 때 느꼈던 분노를 민주당의 다른 사람보다 더 잘 이해할 수 있었던 것은 이때 만났던 버팔로 강 주민들 덕분이었다.

힐러리 존스는 결국 정부와의 싸움에서 지고 말았다. 그는 많은 것을 잃었지만 정치에 대한 열정을 꺾지는 않았다. 그는 새집으로 이사를 했다. 후에 그는 백악관에서 힐러리와 나와 함께 기억에 남을 만한 밤을 보냈다. 힐러리가 그를 지도실로 데리고 가서 프랭클린 루스벨트가 1945년 조지아 주 웜스프링스에서 사망하기 직전에 사용했던 전쟁지도를 보여주자 그는 울먹였다. 그는 루스벨트를 대단히 존경하고 있었다. 그리고 그는 보 포니와는 달리 링컨 침실에서 잠을 잤다. 그가 백악관으로 찾아왔을 때, 나는 장난 삼아 보 포니는 안 자겠다고 거절했던 침대에서 잠을 잔 것을 가지고 놀려댔다. 그는 "그래도 침대 한쪽 구석에 붙어서 앤드루 잭슨의 초상화 밑에서 잤다"고 말했다.

그를 처음 만난 날부터, 대통령 재직 중에 그의 장례식에 참석하여 연설을 하던 날까지, 힐러리 존스는 뉴턴 카운티를 지키는 나의 지지자였다. 그는 내가 열여섯 살 때 처음 보고 사랑에 빠졌던, 그 특별한 장소가 지닌 아름답고 열정적인 정신을 온몸으로 체현하고 있던 사람이었다.

카운티 행정중심지 재스퍼는 주민이 400명에도 못 미치는 타운이었다. 그곳에는 식당이 두 개 있었는데, 한 군데는 공화당 지지자들이 드나들고,

다른 한 군데는 민주당 지지자들이 드나들었다. 내가 찾아가려는 월터 브레이슬은 아내가 운영하는 민주당 식당 바로 뒤에 살고 있었다. 일요일 아침에 집을 찾아갔을 때, 그는 잠자리에 있었다. 내가 작은 거실에 앉아 있자, 그는 일어나서 거실에서 침실로 이어지는 문을 열어놓은 채 바지를 입었다. 그는 완전히 잠이 깨지 않아서 연신 비틀거렸는데, 너무 살이 쪄서 5미터 떨어진 거실까지 오는 데 서너 차례나 굴러 넘어졌다. 나는 그 사람의 지지를 얻으러 온 처지라서 웃을 수도 없었다. 하지만 그는 호탕하게 웃었다. 그는 자기도 한때는 젊고 날씬하고 민첩했다, 콜힐 고등학교 농구팀 수비였고, 1930년대에는 코치가 되어 리틀록 센트럴 고등학교를 물리치고 주 우승컵을 거머쥐었다, 주류 밀매를 하는 동안 몸무게가 늘어나더니 줄어들지 않더라는 이야기를 늘어놓았다. 잠시 후 그는 나를 지지하겠다고 말했다. 다시 잠자리로 돌아가려고 그랬던 건 아닐까.

다음에는 박슬리에 농장을 소유하고 있는 빌 파울러를 만나기 위해 농촌으로 차를 몰았다. 빌 파울러는 존슨 행정부 시절에 '농토 보존 서비스' 아칸소 대표로 활동했던 인물이었다. 우리가 웅장한 산맥이 올려다 보이는 언덕 중턱에 서 있을 때, 그는 나를 지지하겠다고 말했다. 덧붙여서 그는 해머슈미트가 '선거일까지 닉슨의 쓰레기를 뒤집어쓴 채 나쁜 평판을 감수할 것'이라고 생각하지 않는다고 말했다. 그는 대통령에 대해 이렇게 평가했다. "공화당원을 놓고 이런 말을 하고 싶진 않지만, 닉슨은 훌륭한 대통령이 될 수도 있었어요. 그는 똑똑하고 배짱 있는 남자입니다. 하지만 딱하게도 그걸 피하지 못하네요." 나는 페이트빌로 돌아오는 동안 내내 그가 했던 말을 되새겼다.

선거운동을 시작하고 처음 몇 주 동안, 나는 소매점식 정치 외에 조직을 통한 활동에도 심혈을 기울였다. 레이먼드 삼촌과 게이브 크로퍼드는 내가 활동을 개시하는 데 쓰라고 1만 달러짜리 수표를 내주었다. 나는 후원금을 모으기 시작했다. 처음에는 주로 페이트빌 지역에서 후원금이 들어오다가, 다음에는 지역구 전역에서, 다음에는 아칸소 주 전역에서 후원금이 들어왔

다. 조지타운, 옥스퍼드, 예일의 동기들, 그리고 맥거번 선거운동본부와 더
피 선거운동본부에서도 작은 힘을 보태주었다. 가장 큰 후원자는 윈슬롭 록
펠러 주지사의 양녀이자 내 친구인 앤 바틀리였다. 앤은 후일 내가 주지사
가 되었을 때 워싱턴 D.C에서 아칸소 사무실을 운영했다. 나중에는 집회에
서 후원금 모금함을 돌렸더니 수천 명의 사람들이 1달러, 5달러, 혹은 10달
러 지폐를 넣어주었다.

   2월 25일, 나는 애바넬 모텔에서 몇 명의 친구와 가족들이 모인 자리에
서 공식적으로 후보 출마를 선언했다. 그곳은 어머니가 일하러 가기 전에
거의 매일 아침마다 들러서 커피를 마시던 곳이었다.

   레이먼드 삼촌은 핫스프링스 본부로 쓰라고 교통이 좋은 곳에 있는 작
은 집 한 채를 내주었다. 어머니와 파크 애비뉴 이웃이었던 로즈 크레인과
바비 하그레이브스, 워싱턴에서 함께 활동했던 여성 동료의 오빠인 젊은 변
호사 한 명이 뛰어난 솜씨로 선거운동을 전개하기 시작했다. 로즈는 후일
리틀록으로 이사 와서 주지사가 된 나의 행정 사무를 도와주었다. 하지만
어머니는 그곳에서 계속 조직을 잘 관리해 다음 선거 때 활용했다. 선거운
동본부는 페이트빌에 있었다. 은행에 다니는 친구 조지 셸턴이 본부장을 맡
았고, 함께 농구를 했던 젊은 변호사 F. H. 마틴은 회계를 맡았다. 칼리지
애비뉴의 오래된 집을 임대했는데, 이 사무실에는 늘 대학생들이 드나들었
고 주말이면 사촌 로이의 열다섯 살 먹은 딸 마리 클린턴이 혼자서 사무실
을 지켰다. 우리는 '클린턴을 국회로' 라고 쓰인 커다란 간판을 만들어 집 양
쪽에 붙였다. 그 간판들은 아직도 그곳에 있는데, 건물에 새 주인이 이사 올
때마다 페인트칠로 단장을 곱게 했다. 요즘은 옛 글자들은 사라지고 '귀영
나팔' 이라는 단어만 적혀 있다. 어릴 적 친구인 패티 하우가 포트스미스에
선거운동 사무실을 열었고, 선거가 가까워지면서 지역구 전역에 사무실이
확보되었다.

   3월 22일에 리틀록에 입후보 등록을 하러 가보니 세 명의 경쟁자가 있
었다. 주 상원의원 진 레인워터, 상고머리의 그는 포트스미스 남쪽 그린우
드 출신의 보수적 민주당원이었다. 데이비드 스튜어트, 그는 옐 카운티 댄

빌 출신의 잘생긴 젊은 변호사였다. 짐 스캔론, 큰 키에 사교적인 그는 페이트빌에서 남쪽으로 5킬로미터 떨어진 그린랜드의 시장이었다. 나는 스튜어트가 가장 걱정이 되었다. 그는 매력적이고 논리정연한 사람이었다. 게다가 그의 출신지는 바로 클린턴 가문의 고향이었다. 그곳은 내가 지지를 얻고 싶었던 곳이었다.

최초의 대규모 정치집회인 리버밸리 집회는 4월 6일에 열렸다. 장소는 지역구 동쪽 끝에 있는 대학 타운인 러셀빌이었다. 법으로 규정된 행사라서, 연방, 주, 지방정부의 선출직 후보자들이 모두 참석했다. 그 자리에는 풀브라이트 상원의원과 범퍼스 주지사도 참석했다. 웨스트버지니아의 로버트 버드 상원의원의 연설이 인기가 있었다. 그는 구식의 격정적인 연설을 했고, 말장난으로 군중들을 웃겼다. 다음에 후보 연설이 시작되었는데, 하원의원 후보 연설은 맨 마지막 차례였다. 후보마다 3분에서 5분씩 연설을 하고 나니 시간이 10시가 넘어 있었다. 내 차례가 되면 청중이 지쳐 있을 것 같았다. 나는 모험을 해볼 작정으로 맨 마지막에 연설을 하겠다고 했다. 나는 이 연설이야말로 청중에게 강한 인상을 남길 수 있는 유일한 기회라고 생각했다.

나는 연설 준비를 열심히 해서 2분 안에 끝낼 수 있게 했다. 나는 강력한 국회만이 공화당 행정부와 그에 얹혀서 경제적인 이득을 취하는 층에 반대하는 보통 사람들의 심정을 대변할 수 있다고 강력하게 주장했다. 연설문은 미리 써두었지만, 마음속에 기억해두었던 것들을 온 마음을 다해 풀어놓았다. 나의 연설은 오랜 저녁 집회로 지쳐 있던 청중의 심금을 울렸고, 힘을 되찾은 청중은 자리에서 일어나 환호했다. 군중이 걸어나갈 때, 나의 자원활동가들은 연설문이 실린 인쇄물을 나누어주었다. 성공적인 출발이었다.

행사가 끝나자, 범퍼스 주지사가 나를 찾아왔다. 그는 내 연설을 칭찬하고 나서, 내가 풀브라이트 상원의원을 위해서 일했던 걸로 알고 있다, 자신이 풀브라이트 상원의원에게 도전하는 것이 안 좋은 일이라는 생각도 든다고 말했다. 나는 그가 다음에 하는 말을 듣고 깜짝 놀랐다. "12년쯤 뒤면, 자네는 내게 도전장을 내미느냐 마느냐를 놓고 똑같은 결정을 내려야 할걸세. 도전하는 게 옳다고 생각이 들면, 출마를 하게. 하지만 내가 자네에게 그렇게 하라고 말했던 걸 기억하게." 데일 범퍼스는 영리한 사람이었다. 그는 심리학자가 되었어도 성공할 수 있었을 것이다.

다음 7주 동안은 집회를 열고, 시장을 찾아다니고, 간담회를 열고, 후원금을 모으고, 유권자들을 일일이 찾아다니며 정신없이 뛰었다. 미국노동총연맹-산별회의AFL-CIO가 핫스프링스 집회에서 나를 지지하는 성명을 발표하면서, 나는 재정적으로나 조직적으로나 큰 힘을 얻었다. 내가 교육 연방 보조금을 공약으로 내세우자 '아칸소 교육협회' 역시 나를 지지했다.

나는 오자크 산지의 카운티보다 내 지명도가 훨씬 낮고 조직화가 훨씬 덜 되어 있는 카운티들에 시간을 투자했다. 북서쪽 끝에 있는 벤튼 카운티, 와치타 산맥에 있는 남서부 카운티들에 주력했다. 엘 카운티에서는 장례회관 직원인 사촌 마이크 콘월이 나를 위해 뛰고 있었다. 그는 그곳 사람들의 친척들 장례식을 맡아준 사람이었기 때문에 모르는 주민이 없었다. 마이크는 옆 동네인 댄빌 출신의 후보 데이비드 스튜어트에 맞서는 고된 싸움을 계속할 수 있을 만큼 대단한 능력을 가지고 있었다. 상당히 많은 사람들이 선거운동에서 적극적으로 뛰었다. 이상주의적인 젊은 전문직 종사자들과 자영업 종사자들, 유능한 노동운동 지도자들, 카운티와 시 공무원들, 열성 민주당원들, 고등학생부터 칠십, 팔십 먹은 노인들까지.

예비선거일 전까지 조직화에 있어서 우리는 상대후보를 앞서고 있었다. 나는 44퍼센트의 표를 얻었고, 레인워터 상원의원은 26퍼센트, 데이비드 스튜어트는 25퍼센트였다. 자금은 없었지만 열심히 뛴 스캔론 시장이 나머지 표를 가져갔다.

투표율이 낮지 않다면, 6월 11일에 있을 결선투표에서 쉽게 승리할 수 있을 것 같았다. 투표 불참자가 많아지면, 무슨 일이 일어날지 모를 일이었다. 나는 나를 지지하는 유권자들이 투표의 중요성을 잊지 않기를 바랐다. 그런데 깜짝 놀랄 일이 벌어졌다. 시어시 카운티의 민주당 위원장인 윌 고긴스가 일체의 투표를 마셜 광장에 있는 법원에서 실시하겠다고 선언했다. 외딴 곳에 사는 사람들이 투표 한 번 하겠다고 차를 몰고 구불구불한 도로를 50~60킬로미터씩 달려올 리가 없었다. 나는 그에게 전화를 걸어 투표소를 늘려야 한다고 말했다. 윌은 웃으면서 말했다. "빌, 걱정 말아요. 투표율이 낮다고 레인워터를 이길 수 없다면, 해머슈미트를 이길 가능성도 없어요. 나는 두세 사람이 투표할 동네까지 투표소를 설치할 여력이 없습니다. 11월이 되면 돈이 필요할 테니까요. 투표에 참가한 사람들 표는 모두 당신이 가져갈 거요."

6월 11일, 나는 69 대 31로 이겼다. 투표율이 낮았던 시어시 카운티에서도 나는 177 대 10으로 압승했다. 11월 선거가 끝난 후에 나는 윌에게 전화를 걸어 도와줘서 고맙다고 말했다. 그는 알려주고 싶은 것이 있다고 말했다. "내가 당신을 위해서 일부러 투표불참을 유도했다고 생각하고 있는 것 같은데, 그건 오해요. 사실 당신은 177 대 9로 이겼소. 내가 레인워터에게 한 표를 얹어 주었지. 나는 누구든지 두 자리수가 못 되는 득표를 하는 걸 참지 못하는 사람이거든."

예비선거 활동 전 과정은 나에게 큰 힘을 주었다. 나는 계속해서 이어지는 낯선 상황들 속에 뛰어들었고 사람들에 대해서 많은 것을 배웠다. 정부가 주민들의 생활에 어떤 영향을 미치는지, 주민들의 관심과 가치관이 어떻게 정치관으로 자리 잡는지를 똑똑히 목격했다. 대학 강의 일정도 차질 없이 진행했다. 강의를 계속하는 것이 어렵기는 했지만, 즐거운 마음으로 강의에 임했고, 강의를 잘 진행하고 있다고 믿었다. 뭐라고 변명할 수 없는 한 가지 실수가 있기는 했지만. 봄에 본 시험에 대해 성적 처리를 해야 했는데, 마침 그때가 선거운동이 최고조에 달한 때였다. 나는 해사법 답안지를 차에 싣고 다니면서, 차 안에서 채점을 하기도 하고 일이 끝나고 나면 밤에 채점을 하기도 했다. 그런데 여기저기 돌아다니다가 답안지 다섯 장을 잃어버렸다. 미칠 노릇이었다. 나는 그 학생들에게 시험을 다시 칠지 점수를 받지 않고 학점이수 인정을 받을지 선택하라고 했다. 그들은 모두 학점이수 인정을 받았다. 하지만 그들 중에 한 여학생은 대단히 낙심하고 있었다. 그녀는 A를 받을 만큼 우수한 학생이었고 해머슈미트 하원의원을 위해서 활동한 경험이 있는 성실한 공화당 지지자였다. 그 여학생은 내가 자기 답안지를 날려버린 것이라든가 자신의 예전 상관에게 도전해 출마한 것에 대해서 나를 용서하지 못했을 것이다. 20년 뒤에 예전의 제자였던 연방법원 판사 수잔 웨버 라이트가 폴라 존스 사건 담당 판사가 되었을 때, 나는 그 일이 생각났다. 수잔 웨버 라이트는 무척 똑똑했기 때문에 그때 그냥 A를 주었어야 했던 것인지도 모른다. 하여튼 나는 선거 때문에 학교에서 무급 휴가를 받아야 했다.

여름 동안 나는 아주 바쁘게 생활했다. 그 사이에 동생의 고등학교 졸업식과 10회 고등학교 동창회에 참석하고, 워싱턴에 가서 힐러리를 만나고 탄핵 조사활동 중인 힐러리의 동료들을 만났다. 힐러리와 그녀의 동료들은 철저하고 공정하게 임하되, 절대 함구하라는 존의 엄명 속에서 죽을힘을 다해 일하고 있었다. 나는 힐러리가 너무 지쳐 있는 것 같아 걱정스러웠다. 서로 알게 된 뒤로 그녀가 그렇게 마른 것은 처음 보았다. 너무 말라서 예쁜 머리가 몸에 어울리지 않게 커 보였다.

주말에 나는 힐러리를 좀 쉬게 하려고 노스캐롤라이나의 아우터 뱅크로 데려갔다. 즐거운 시간을 보내면서, 나는 조사 활동이 끝나면 힐러리와 함께 살았으면 좋겠다는 생각을 하게 되었다. 그해 초에 힐러리가 페이트빌을 방문했을 때, 데이비스 학장은 힐러리에게 법대 교수채용 면접을 보라고 권했다. 그녀는 몇 주 후에 다시 와서 법대 면접위원들에게 깊은 인상을 심어주었고, 교수로 일해달라는 제안을 받았다. 그러니까 이제 아칸소에 와서 학생들을 가르치면서 변호사로 개업할 수 있는 상황이었다. 문제는 힐러리가 그것을 원하느냐 하는 것이었다. 하지만 그때는 그보다는 그녀가 너무 지치고 너무 마른 것이 더 걱정스러웠다.

집에 돌아와보니, 선거운동 외에도 심각한 건강 문제가 생긴 가족이 나를 기다리고 있었다. 7월 4일, 나는 마운트 네보 치킨 프라이에서 연설했다. 1966년에 프랭크 홀트를 위해서 연설했을 때 이후로 처음 서는 자리였다. 제프와 어머니, 로즈 크레인이 연설을 들으러 와 있었다. 나는 제프가 몸이 좋지 않아서, 일을 많이 하지 못한다는 것을 알았다. 그는 하루 종일 서 있는 것이 힘들다고 말했다. 나는 제프에게 페이트빌로 와서 몇 주 동안 나와 함께 지내면서 전화 홍보도 하고 참모진들을 감독하는 일도 맡으라고 말했다. 제프는 내 제안을 받아들였고 즐겁게 일했다. 어느 날 집에 돌아와보니 제프가 심하게 앓고 있었다. 침대 옆에 무릎을 꿇고 침대 위에 엎드려 있었다. 누운 채로는 숨을 쉴 수가 없어서 어떻게 하면 잘 수 있을까 뒤척이고 있는 중이었다. 정상적인 사무실 근무를 할 수 없게 되자, 제프는 집으로 돌아갔다. 어머니는 제프의 증상이 당뇨 때문이거나 오랫동안 복용해온 약 때문일 거라고 말했다. 리틀록의 VA 병원에서 제프는 심장비대 진단을 받았다. 심장 근육이 커지면서 약해지는 병이었다. 그런데 치료 방법이 없었다. 제프는 집으로 돌아가서 남은 인생을 즐기려고 노력했다. 며칠 후 나는 유세차 핫스프링스에 갔다가 잠시 시간을 내어 제프를 만났다. 제프는 웨스트 멤피스로 개 경주를 보러 가는 길이었다. 그는 흰 셔츠에 흰 바지, 흰 구두 차림으로 늘 그렇듯이 말쑥하게 차려 입고 있었다. 그것이 내가 본 그의 마지막 모습이었다.

8월 8일, 측근들과의 대화 내용이 녹음된 테이프 때문에 탄핵 위기에 몰린 닉슨 대통령이 다음 날 사임하겠다고 발표했다. 대통령의 결단은 나라를 위해서는 좋은 일이지만, 나의 선거 활동에는 좋지 않은 영향을 미칠 것 같았다. 사임 발표가 있기 며칠 전에 해머슈미트 하원의원은 「아칸소 가제트」 인터뷰 기사에서 닉슨 대통령을 변호하면서 워터게이트 조사를 비판했다. 덕분에 나의 선거운동은 날개를 단 듯 강력한 기세로 진행되고 있었다. 그런데 해머슈미트가 닉슨이라는 골칫거리를 어깨에서 내려놓게 되었으니, 김이 빠질 노릇이었다.

며칠 후 힐러리가 전화를 걸어 아칸소로 오고 있다고 말했다. 그녀는 친구인 새러 에어만의 차를 타고 있었다. 새러는 힐러리보다 스무 살 연상이었는데, 여성들에게 새롭게 열린 기회를 하나도 빠짐없이 누리겠다는 포부를 가지고 있는 사람이었다. 그녀는 힐러리가 워싱턴에서 대활약을 하면서 친구들까지 많이 사귀어놓고서 아칸소로 간다는 것은 바보 같은 짓이라고 생각하고 있었다. 그녀는 힐러리를 아칸소까지 태워다주는 기회를 이용해서 계속 힐러리의 마음을 흔들어대고 있었다. 두 사람이 페이트빌에 도착한 것은 토요일 저녁이었다. 그때 나는 벤튼빌 집회에 참석하고 있었다. 페이트빌에서 북쪽으로 그리 멀지 않은 곳이라서, 두 사람은 차를 몰고 나를 만나러 왔다. 나는 멋진 연설을 하려고 노력했다. 군중들을 위해서도 그렇지만, 힐러리와 새러를 위해서도 꼭 필요한 일이었으니까. 집회가 끝난 뒤, 우리는 차를 타고 페이트빌로 돌아와 우리의 미래에 대해 이야기를 나누었다.

이틀 후, 어머니가 전화를 걸어 제프가 자다가 세상을 떴다고 말했다. 마흔여덟의 젊은 나이였다. 어머니와 로저는 큰 슬픔에 잠겼다. 어머니는 이제 남편 셋을 잃고, 로저는 아버지 둘을 잃은 셈이었다. 나는 집으로 돌아가 장례식을 치렀다. 제프는 화장을 원했는데 당시 아칸소에는 화장장이 없었기 때문에, 우리는 그의 시신을 배에 실어 텍사스로 보내야 했다. 제프의 유골이 가루가 되어 돌아오자, 어머니는 친구인 마지 미첼과 함께 그것을 해밀턴 호수에 뿌렸다. 자신이 낚시를 즐기던 그곳에 잠들게 해달라는 제프의 소원이 이루어진 셈이었다.

나는 장례식에서 송덕문을 낭독했다. 몇 마디로 많은 이야기를 압축하려니 힘이 들었다. 어머니에게 베푼 사랑이며 아버지로서 로저를 돌봐주던 사랑, 내게 주었던 현명한 충고와 우정이며, 주위 아이들과 사람들에게 보여주었던 친절과 병마로 인한 고통을 참으면서 보여주었던 위엄까지. 제프가 죽은 뒤 며칠 동안 로저가 자주 말했듯이 그는 '늘 애쓰고 힘들여 노력하던' 사람이었다. 우리 생활 속에 들어오기 전에는 어땠는지 몰라도, 우리와 함께 살았던 짧은 6년이라는 세월 동안 그는 훌륭한 사람이었다. 우리는 오랫동안 그를 잊지 못했다.

제프가 앓기 전까지, 나는 당뇨에 대해서 아는 것이 없었다. 1974년에는 나의 선거운동본부장이었던 조지 셸턴 역시 당뇨로 목숨을 잃었다. 당뇨는 내 친구이자 전직 비서실장인 어스킨 보울스의 두 아이들, 그리고 수백만의 미국인들을 괴롭히고 있었다. 내가 아는 사람들 중에는 이 병을 앓고 있는 사람이 이상하게 많았다. 나는 대통령이 되었을 때, 당뇨와 그로 인한 합병증과 관련된 메디케이드 비용이 전체 비용의 25퍼센트에 달한다는 것을 알게 되었다. 이 때문에 나는 대통령으로서 줄기세포 연구와 당뇨 자가 치료 프로그램을 적극 지원하게 되었다. 미국당뇨협회는 이 두 가지 프로그램을 인슐린의 개발 이후 당뇨 치료에서 가장 획기적인 진전이라고 밝혔다. 나는 어스킨의 아이들과 조지 셸턴, 그리고 제프를 생각하면서 이런 조치를 취했다. 제프는 다른 사람들이 자신과 같은 고통을 겪다가 때 이른 죽음을 맞이하기를 원치 않았을 것이다.

장례식이 끝나고 며칠 뒤에, 어머니는 나를 재촉했다. 어머니 특유의 '어서 일어나서 계속해야지' 하는 태도로 선거운동을 다시 시작하라고 권하는 것이었다. 죽음은 정치를 멈추게 한다. 하지만 그것은 그리 오래 가지 않는다. 나는 다시 활동을 재개했다. 그러면서도 어머니에게 더 자주 전화하고 더 자주 찾아갔다. 특히 로저가 콘웨이의 헨드릭스 칼리지에 진학한 가을 이후에는 더욱 신경을 썼다. 로저는 어머니가 걱정이 되어서 집을 떠나지 않으려고 했다. 어머니와 나는 로저를 설득했고, 그는 대학에 진학했다.

9월이 되었다. 8개월 동안 허리가 휠 정도로 열심히 뛰었는데 나는 59대 23으로 여론조사에서 밀리고 있었다. 그때 행운이 날 찾아왔다. 9월 8일 핫스프링스에서 주 민주당 전당대회가 열리기 닷새 전에, 포드 대통령은 리처드 닉슨이 대통령 재직 시에 '저질렀거나 저질렀을 것으로 짐작되는' 모든 범죄에 대해서 무조건 사면을 단행했다. 국민은 강한 불만을 드러냈고 우리는 활동을 재개했다.

주 전당대회에서 모든 사람들의 관심이 나에게 집중되었다. 범퍼스 주지사는 예비선거에서 풀브라이트 상원의원을 크게 앞지르고 있었고, 다른 치열한 접전도 없었다. 나는 풀브라이트가 패배하는 것을 보고 싶지 않았지만 할 수 없는 일이었다. 전당대회 대의원들은 잔뜩 긴장하고 있었고, 고향 친구들과 전 지역구에서 모여든 나의 지지자들이 핫스프링스 컨벤션센터를 가득 메우면서 열기는 더욱 고조되었다.

나는 강렬한 연설을 했다. 나는 지역구 내의 보수주의적인 요소와 자유주의적이고 풀뿌리 민주주의적인 요소를 통합하는 방법에 대한 내 소신을 분명하게 밝혔다. 나는 먼저 포드 대통령의 닉슨 전 대통령에 대한 사면조치를 신랄하게 공격했다. 그럴듯한 대목은 '포드 대통령이 누군가를 사면하길 원한다면, 행정부의 경제 고문들을 사면해야 합니다' 라는 것이었다.

세월이 흐르면서, 닉슨 사면에 대한 내 생각은 바뀌었다. 나는 미국이 전진할 필요가 있다는 것을 알게 되었고, 포드 대통령의 조치가 사람들을 실망시키기는 했지만 옳은 것이었다고 생각한다. 나는 2000년에 백악관 200주년 기념식에 모인 사람들 앞에서 이런 생각을 밝혔다. 하지만 공화당의 경제 정책에 대한 생각에는 변함이 없다. 프랭클린 루스벨트는 '무분별한 사리추구가 도덕적으로 볼 때 나쁘다는 것은 우리 모두가 알고 있는 사실입니다. 이제 우리는 그런 행위가 경제적으로도 나쁘다는 것을 알고 있습니다'라고 말했다. 나는 그의 생각이 옳다고 생각한다. 이 말은 1974년 당시 상황보다 요즘의 상황에 훨씬 더 어울리는 것 같다.

우리는 의기양양해서 핫스프링스를 떠났다. 앞으로 7주 동안 기회가 있었고, 따라서 할 일도 많았다. 선거운동본부의 활동은 점점 나아지고 있었다. 젊은 자원활동가들은 점차 경험 많은 프로로 변신하고 있었다.

자원활동가들에게 아주 좋은 제안을 해주는 사람이 있었는데, 그는 바로 지원하기 위해 민주당에서 파견한 조디 파월이었다. 그를 파견한 사람은 조지아 주지사 지미 카터였다. 지미 카터는 1974년에 민주당원들의 승리를 돕는 중요한 역할을 담당했다. 2년 후 지미 카터가 대통령 선거에 나섰을 때, 우리는 대부분 지난 일을 기억하고 고마운 마음을 가졌다. 힐러리와 그녀의 아버지, 그리고 동생 토니도 나를 거들었다. 토니는 북부 아칸소 전역에 홍보물을 붙였으며, 은퇴한 미드웨스트 출신 공화당원을 만났을 때에는 로댐 가족 역시 미드웨스트의 공화당원이지만 클린턴이 괜찮은 사람이라고 말했다.

법대 학생들 몇 명도 훌륭한 운전 솜씨로 나를 도왔다. 선거유세 기간 동안 나는 그들의 도움을 받았다. 당시에 나는 두 대의 비행기를 임대하기도 했다. 비행기 조종사 중에는 예순여섯 된 제이 스미스라는 사람이 있었는데, 한쪽 눈에 안대를 두르고 계기비행 자격증도 없는 사람이었다. 하지만 그는 오자크 산맥을 40년 동안 넘나든 사람이었다. 날씨가 험할 때는, 구름 아래로 급강하해서 산맥을 관통하는 강을 따라갔다. 그는 비행 중에 늘 여러 가지 이야기를 하거나, 풀브라이트 상원의원이 남들보다 먼저 베트남 정책이 잘못된 것임을 알았던 사람이라고 풀브라이트 자랑을 했다.

　스티브 스미스는 현안 문제나 해머슈미트의 국회 투표경력을 조사하는 중요한 임무를 담당했다. 그는 현안에 대한 나의 입장과 해머슈미트의 투표경력을 비교하는 독창적인 홍보물을 연작으로 내놓았다. 우리는 남은 6주 동안 한 주에 하나씩 그 홍보물을 발행했다. 홍보물의 내용은 지방신문의 좋은 기사거리가 되었다. 스티브는 그것을 신문광고로 만들어 그 효과를 끌어올렸다. 예를 들어 클라크빌부터 포트스미스 남쪽의 오클라호마 경계까지 이어진 아칸소 강의 계곡에는 수십 년 동안 탄광에서 일한 광부들이 많이 살고 있었다. 그들이 일했던 노천 탄광은 연방 법률이 복원 규정을 만들기 전까지 풍경을 크게 훼손하고 있었다. 그리고 많은 광부들이 오랫동안 석탄 먼지를 들이마셔서 생긴 심각한 진폐증 때문에 연방 정부의 원호대상자가 되어 있었다. 하원의원들의 활동 덕분에 그들은 연금을 지급받고 있었는데, 닉슨 행정부는 연금지급을 삭감하려 했다. 해머슈미트는 연금지급 삭감에 찬성표를 던졌다. 스티브 스미스와 나는 이 사실을 전혀 모르던 계곡 주민들에게 이 사실을 알렸다.

　나에게는 적극적인 제안들이 많이 들어왔다. 그 중에는 내가 20년 동안 옹호해온 것들도 있다. 예를 들면 과세정책의 공정성 확대 방안, 전국민 건강보험 프로그램, 대통령 선거자금의 공적 지원, 연방관료제의 간소화 및 효율성 제고 방안, 연방교육자금 조달 방안, 연방 교육부의 설립(당시에는 보건교육복지부 산하의 청이었다), 그리고 에너지 보전 및 태양에너지 사용을 촉진하기 위한 장려금 제공 방안 등이다.

　내 친구이자 지역 미국 노동총연맹-산별노조의 지도자인 댄 파월의 강력한 활동 덕분에 나는 미국노동연맹의 재정 지원을 받게 되었다. 덕분에 우리는 텔레비전 광고를 할 수 있게 되었다. 댄 파월이 내가 대통령이 될 사람이라고 말하고 있을 때 나는 25포인트나 뒤져 있었다. 내가 할 수 있는 일은 카메라 앞에 서서 말을 하는 것뿐이었다. 텔레비전 광고 때문에 나는 생각을 28초 단위로 잘라야 했다. 얼마 후부터 나는 스톱워치가 없이도 1초 길었는지 짧았는지 알아맞힐 수 있게 되었다. 광고에 비해 제작 비용은 적게 들었다.

　우리의 텔레비전 광고는 원시적이었겠지만, 라디오 광고는 훌륭했다. 한 가지 기억에 남는 광고는 내슈빌에서 제작한 것인데, 아칸소에서 태어난 조니 캐시의 목소리를 닮은 컨트리 가수가 등장했다. 광고는 "지겹도록 콩과 채소만 먹고 돼지고기 소고기가 뭔지 잊어버리신 분들, 여기 당신이 귀를 기울여야 할 사람이 있습니다"라는 내용으로 시작해서 소련에 대량 곡물 수출을 추진하고 있는 닉슨 행정부의 정책은 식량 및 사료 가격 폭등을 가져와 축산 농가에 고통을 준다는 내용으로 넘어갔다. 노래에는 '이제 얼 버츠(닉슨의 농무부장관)를 구유에서 밀어내야 할 때입니다'라는 가사가 있었다. 사이사이에 이런 후렴구가 들어갔다. '빌 클린턴은 준비되었어요. 그이도 신물이 난대요. 그이는 나랑 똑같아요. 그는 당신과 똑같아요. 빌 클린턴이 해결할 거예요. 우리 그이를 워싱턴으로 보내요." 나는 이 대목이 마음에 쏙 들었다. 나를 위해서 일하고 있는 랜돌의 형 돈 타이슨은 곡물 수출로 축산비용이 급등해서 곤란을 겪고 있었는데, 그는 내가 그 노래를 죽을 때까지 방송할 돈을 대겠다고 했다.

　선거일이 가까워지면서, 지원부대는 더욱 막강해지고 상대편도 더욱 강력해졌다. 나는 주에서 가장 큰 신문 「아칸소 가제트」와 지역구 내 몇 군데 신문사의 지지를 얻어냈다. 나는 포트스미스 활동을 강화하기 시작했다. 내가 흑인지위향상협회 지부 집회에 참석한 이후 포트스미스 흑인 사회의 지지도는 더욱 높아졌다. 공화당 지지지도가 높은 벤튼 카운티에서도 상당한 지지를 받았다. 강을 사이에 두고 포트스미스와 마주보고 있는 크로퍼드 카운티에서는 네 다섯 명의 사람들이 열심히 활동하고 있었다. 포트스미스 남쪽의 스코트 카운티에서도 엄청난 호응을 얻었다. 그곳에서는 해마다 '여우늑대 사냥대회'가 열려 교외에서 밤새도록 행사가 진행되었다. 이곳 사람들은 개를 자식처럼 아끼고 알뜰히 보살폈다. 행사가 시작되면 주민들은 저마다 개들을 선보이고 개를 풀어 여우를 쫓게 하거나 달을 보고 짖게 했다. 한편 여성들은 밤이 새도록 산더미 같은 음식을 야외식탁으로 날랐다. 나는 하원의원의 고향인 해리슨에서도 작은 마을의 권력구조에 도전하기를 두려워하지 않는 몇몇 용감한 사람들에게서 강력한 지지를 얻게 되었다.

어느 날 가을 오후 화이트 강가에서 열린 선거 집회는 흥미진진한 집회로 손꼽힐 만했다. 그 장소는 내가 나중에 투자는 하고 보지도 못했던 악명 높은 화이트워터 땅에서 멀지 않은 곳이었다. 그곳에는 그 지역 민주당 지지자들이 모두 모여 있었다. 닉슨 법무부가 시어시 카운티의 보안관인 민주당원 빌리 조 홀더를 소득세 탈루 혐의로 감옥에 보내려 했기 때문이었다. 1876년 헌법에 따라 주 공무원과 지방 공무원들의 봉급은 주민 투표에 의해 승인을 받았다. 이들 공무원의 봉급은 1910년에 마지막으로 인상되었다. 카운티 공무원들은 연봉 5,000달러였고, 주지사의 경우는 1만 달러였다. 단, 주지사에게는 사택이 제공되고, 교통비와 식품비가 지급되었다. 대다수의 지방 공무원들은 생활을 유지하기 위해서는 비용계정을 사용할 수밖에 없었다. 내 기억으로 그 비용계정은 당시 1년에 7,000달러였던 것 같다.

법무부는 그 계정에서 사용한 개인 지출에 대해서 소득세를 내지 않았다는 이유로 홀더 보안관을 징역형에 처하려 했다. 홀더 사건은 연방정부가 기소한 소득세 탈루 사건 중에서 가장 적은 금액이었을 것이다. 당시 주민들은 홀더 기소에는 정치적 동기가 있다고 믿고 있었다. 그것이 사실이라면, 역효과가 생길 수밖에 없었다. 한 시간 반 동안의 숙의 끝에, 배심원단은 무죄 평결을 내렸다. 배심원단은 투표를 통해 당장 석방하라는 결정을 내린 다음, 결정이 제대로 집행되는지 확인하기 위해서 한 시간이 넘도록 배심원실을 지켰다. 빌리 조는 법원에서 나오자마자 곧장 집회장으로 왔다. 그는 마치 전쟁에서 돌아온 영웅처럼 주민들의 환대를 받았다.

페이트빌로 돌아오는 길에 나는 사냥대회가 열리고 있는 해리슨에 들러 루스 윌슨 양을 만났다. 그녀는 산지 주민들을 위해서 세무 업무를 하고 있는 공인회계사였다. 나는 루스 양에게 그녀가 홀더의 변호사인 나의 친구 F. H. 마틴의 배심원 선정을 도와주었다는 이야기를 들었다고 말했다. 그녀는 내 말을 시인했다. 나는 그녀에게 농담조로 배심원단을 일부러 민주당원 일색으로 구성한 것 아니냐고 물었다. 나는 그녀의 대답을 영원히 잊지 못할 것이다. "아니에요, 빌. 난 안 그랬어요. 실제로는 배심원단에 공화당원들이 꽤 있어요. 들어보세요. 보안관을 기소하겠다고 워싱턴에서 내려온 젊은이들은 똑똑한 사람들이었어요. 고급 양복을 입고 있으니 근사해 보였구요. 하지만 그 사람들은 이곳 형편을 모르더라구요. 정말 묘한 일이었죠. 배심원 열두 명 중에 아홉 명이 작년에 국세청의 감사를 받았던 사람들이니까 말이에요." 나는 루스 윌슨이 내 편이라는 것이 다행이라는 생각이 들었다. 루스가 워싱턴의 법률가들을 물리친 뒤, 법무부는 탈세 사건의 배심원 후보들에게 국세청의 감사를 받은 경력이 있는지 물어보기 시작했다.

선거가 2주 앞으로 다가오자, 해머슈미트 하원의원은 선거전의 수위를 높였다. 그는 여론조사 결과가 자신에게 불리하다는 것을 알았고, 판세는 내가 근소한 차로 승리하는 쪽으로 기울어져 있었다. 그의 운동원들은 사력을 다해 움직이기 시작했다. 그의 사업상의 친구들과 공화당원들이 활동에 총동원되었다. 어떤 이는 신문사마다 전화를 걸어, 1969년 아칸소-텍사스 경기에서 내가 닉슨 대통령 반대 시위를 하고 있는 사진이 있느냐고 물었다. 이렇게 해서 앞에 언급한 어처구니없는 '나무 이야기'가 탄생했다. 핫스프링스의 상공회의소에서는 해머스미스의 업적을 칭송하는 대규모 만찬이 열렸다. 수백 명의 사람들이 참석했고, 지방신문은 그 일을 대문짝만하게 실었다. 지역구 전역에서 공화당원들은 내가 노동연맹에서 많은 지지를 받고 있으며, 내가 의회에 진출하면 노동 조합의 허수아비 노릇을 할 거라는 비난으로 사업가들에게 겁을 줬다.

포트스미스에서 우리는 전화 유세를 통해서 확인된 6,000명의 지지자들에게 엽서를 보냈는데, 이 6,000장의 엽서가 감쪽같이 사라져버렸다. 나를 지지하는 노동 조직의 힘이 우체국 노동자들에게까지 미치지는 못한 모양이었다. 그 카드들은 선거가 끝나고 며칠 뒤에 중심지역 우체국 밖의 쓰레기통에서 발견되었다. 미국의학협회 아칸소 지부는 내가 스프링데일 지역의 의사들에게 메리케이드의 보호를 받는 가난한 사람들을 치료하는 일을 맡기려고 한다면서 해머슈미트를 강력하게 지지하고 나섰다. 해머슈미트는 선거 며칠 전에 시어시 카운티에 있는 길버트라는 작은 타운의 도로를 포장하겠다며 연방보조금을 따냈다. 그는 그곳에서 38 대 34로 이겼다. 하지만 시어시 카운티에서 그가 승리한 곳은 그곳뿐이었다.

나는 선거 직전 주말에 핫스프링스 컨벤션센터에서 열리는 마지막 집회에 참석하러 가서, 해머슈미트의 활동이 얼마나 강력한 것이었는지 어렴풋이 느낄 수 있었다. 핫스프링스 집회에 모인 사람은 며칠 전에 그의 만찬에 참석했던 사람들만큼 많지 않았다. 우리 운동원들은 최선을 다해 노력해왔지만 이미 지쳐 있었다.

하지만 선거 당일까지도 나는 승리를 확신하고 있었다. 선거운동본부에 모여 개표 상황을 지켜보는 동안, 우리는 잔뜩 긴장하고 있었지만 낙관적이었다. 자정 무렵까지는 우리가 우세했다. 가장 크고, 공화당 지지자가 가장 많은 세바스천 카운티가 나중에 개표되었기 때문이었다. 나는 총투표수 8,000표 이하의 카운티 15곳 가운데 12곳에서 승리를 거두었다. 그 중에는 버팔로 강을 따라 운반되어온 뉴턴과 시어시 카운티의 투표함 두 개도 포함되어 있었다. 하지만 나는 대규모 카운티 6곳 중의 5곳에서 패배했다. 내가 자라난 갈랜드 카운티와 내가 살았던 워싱턴 카운티에서는 각각 500표 미만의 근소한 차이로 뒤졌고, 크로퍼드 카운티에서는 1,100표 차이, 벤튼과 세바스천 카운티에서는 대패했다. 이 두 곳에서 잃은 표의 합계는 총득표수의 차이의 두 배에 달했다. 우리는 각각 한 카운티에서 상대를 두 배의 표 차로 이겼다. 해머슈미트는 가장 큰 세바스천 카운티에서 이겼고, 나는 가장 작은 페리 카운티에서 이겼다. 지금이야 시골의 주민들이 전국 선거에서 공화당에 엄청난 표를 몰아주기 때문에, 당시의 이런 결과가 이상해 보일지도 모른다. 아무튼 나는 기본적으로 농촌이 많은 근거지로 정치 활동을 시작했다. 사람들을 열성적으로 만나고 사람들이 품고 있는 울분과 현실적인 문제들에 대해 민감하게 반응하는 것이 나의 무기였다. 나는 그들의 편에 서 있었고, 그들은 그것을 알고 있었다. 최종 총득표는 8만 9,324 대 8만 3,030, 득표율은 약 52 대 48의 패배였다.

전국적으로 볼 때는 그날 밤은 민주당에게 있어 행운의 밤이었다. 민주당은 하원에서 49석, 상원에서 4석을 확보했다. 하지만 우리는 해머슈미트의 엄청난 대중성과 그가 마지막 순간에 차고 올라온 힘을 뛰어넘을 수 없었다. 선거운동이 시작되었을 때, 그의 지지율은 85퍼센트였다. 나는 그의 지지율을 69퍼센트로 끌어내렸고, 나의 지지율을 0퍼센트에서 66퍼센트로 끌어올렸다. 꽤 좋은 성적이었지만, 충분하지는 않았다. 사람들은 모두 내가 좋은 성과를 올렸으니 장래가 유망하다는 말들을 했다. 그건 듣기 좋은 말일 뿐, 나는 이기고 싶었다. 나는 나의 선거운동이 자랑스러웠다. 그러나 나는 마지막 며칠 사이에 판세가 바뀌도록 방치했고, 그렇게 함으로써 나를 위해서 열심히 일했던 모든 사람들, 그리고 우리가 이루려고 했던 변화를 저버린 셈이었다. 만일 내가 해머슈미트의 투표 경력에 대해서 효과적인 텔레비전 광고를 할 수 있을 만한 돈과 감각을 가지고 있었다면, 사정이 달라질 수도 있는 일이었다. 하기야 그게 아닐 수도 있었다. 어쨌든 1974년에 나는 수천 명의 사람들을 만나면서, 중산층 유권자들은 자신들의 문제, 그리고 가난한 사람들의 문제를 해결하기 위한 정부의 적극적 행동을 지지한다는 것을 알았다. 단, 가난한 사람들의 문제를 해결하기 위한 정부의 행동을 지지하는 경우는, 정부가 그들의 세금을 낭비하지 않으면서 그러한 노력을 할 때, 그리고 그들의 기회를 증대시키려는 노력이 책임의 강요를 동반할 때뿐이라는 것을 알게 되었다.

나는 며칠 동안 사람들을 찾아가 인사를 하고 난 뒤 완전히 나가떨어졌다. 다음 6주 동안은 거의 캠퍼스 근처에 있는 아늑한 힐러리의 집에서 지냈다. 대부분 마룻바닥에 누워서 이런저런 미련을 곱씹기도 하고, 선거활동으로 진 빚 4만 달러를 어떻게 갚을까 궁리도 했다. 교수 봉급 1만 6,450달러는 생활비를 대고 예일 법대 다닐 때 받은 학자금 융자를 갚는 데는 충분했다. 하지만 그 봉급으로 선거활동으로 진 빚을 갚는 것은 어림도 없는 일이었다.

12월에 대학에서 대규모 댄스파티가 열렸다. 힐러리가 어르고 달래서 나를 그곳에 데려갔다. 몇 시간 동안 춤을 추고 나니 기분이 조금씩 풀어지기 시작했다. 하지만 나는 한참 뒤에 가서야 해머슈미트 하원의원이 나를 이긴 것이 내게 큰 은혜를 베푼 것이라는 걸 깨달았다. 그때 내가 이겨서 워싱턴으로 갔더라면, 나는 절대로 대통령에 당선되지 못했을 것이다. 그리고 앞으로 이어질 18년간의 소중한 아칸소 시절을 놓치고 말았을 것이다.

19

　　　　　　　　　　　1975년 1월, 나는 아칸소 법대로 돌아왔
다. 이 해는 정치 때문에 강의에 지장을 받지 않은 유일한 해였다. 봄 학기
에 나는 독점금지법을 가르치고 화이트칼라 범죄에 관한 세미나를 이끌었
다. 섬머스쿨에는 해사법과 연방관할재판을 가르쳤고, 가을 학기에는 다시
화이트칼라 범죄와 헌법을 가르쳤다. 헌법 강좌에서는 2주 동안 꼬박 '로
대 웨이드Roe vs. Wade' 사건을 다루었다. 대법원은 여성들에게 임신 1·3분
기와 2·3분기에는 낙태를 할 수 있는 프라이버시권을 인정해주었다. 대법
원은 이 기간을 태아가 어머니의 자궁을 벗어나서도 살 수 있는 '독립생존
가능기'에 이르는 데 걸리는 시간의 근사치로 보았다. 판결에 따르면, 독립
생존가능기 이후에는, 국가는 임신의 지속이나 출산으로 인해 임부의 생명
이나 건강이 위협받는 경우가 아니라면, 태아가 낙태를 하려는 임부의 결정
에 반하여 태어날 수 있도록 태아의 이익을 보호할 의무가 있었다. 헌법을
단순한 암기 과목으로 생각했던 학생들은 내가 왜 로 대 웨이드 사건에 그
렇게 많은 시간을 할애하는지 이해하지 못했다. 그들은 삼분기 원칙과 그
원칙의 근거만 외우면 되는 쉬운 사건이라고 생각했다.

　　내가 그 사건을 깊이 있게 파고든 것은 로 대 웨이드 사건이 모든 판결
가운데 가장 어려운 결정이라고 생각했기 때문이었다. 그 생각은 아직도 변
함이 없다. 법원은 어떤 결정을 내리든 상관없이 신의 역할을 떠맡아야 했
다. 생물학적으로 볼 때 생명이 수정에서 시작된다는 것은 누구나 아는 사
실이다. 하지만 생명이 생물에서 인격으로 전환되는 시기, 혹은 종교적으로

말하자면 영혼이 육체로 들어오는 시기가 언제인지는 아무도 모른다. 대부분의 낙태는 임부의 생명이나 건강과는 관련이 없으며, 단순히 아이를 감당할 방법을 모르는 젊은 여성들이 선택하는 방법이다. 여성의 선택권을 옹호하는 대부분의 사람들은 낙태가 생명의 잠재적인 형태를 없애는 것이라고 이해하고, 합법적이고 안전하며 드문 일이라고 믿으며, 임신을 포기하기로 결정한 젊은 여성들을 지원해주어야 한다고 믿고 또 실제로 그렇게 하고 있다. 열성적으로 태아의 생명권을 옹호하는 사람들은 낙태를 시술한 의사들을 처벌하는 것에 찬성하고 있지만 낙태가 범죄라는 자신들의 주장이 낙태한 임부를 살인죄로 처벌해야 한다는 논리적인 결론으로 나아가는 것에 대한 확신은 차츰 약해지고 있다. 낙태 병원에 폭탄을 던지는 광적인 사람들조차 낙태 여성들을 목표로 삼지는 않는다. 또한 우리가 처음에는 금주법에서, 다음에는 마약법에서 배웠듯이, 상당수의 국민들이 범죄로 분류해서는 안 된다고 생각하고 있는 행위들에 대해서 형법을 적용하는 것은 어려운 일이다(금주법이나 마약법에 대한 사람들의 지지는 낙태전면금지법 지지보다 훨씬 높다).

　　나는 당시 대법원이 올바른 결론을 내렸다고 생각했고 아직도 그 생각에는 변함이 없다. 미국 정치에서 자주 볼 수 있듯이, 대법원의 결정은 강력한 반발과 전국적인 낙태 반대운동을 부추겼으며, 그 결과 많은 곳에서 낙태를 할 수 있는 기회가 줄어들고 상당수의 유권자들이 공화당의 새로운 우익의 날개 밑으로 들어가게 되었다. 낙태에 대한 유권자들의 입장을 보여주는 여론조사 결과에 상관없이 미국인들은 이 문제에 대해 양면적 태도를 가지고 있고, 이 양면성이 선거에 미치는 영향은 어느 쪽이 더 큰 위기의식을 느끼느냐에 달려 있다. 지난 30년 동안 여성의 선택권은 보호되어왔고, 낙태찬성론에 동의하는 유권자들은 별 부담 없이 다른 현안에 대한 의견에 의지해서 후보들을 선택해왔다. 하지만 낙태반대론에 동의하는 유권자들은 다른 현안에 대해서는 아무런 관심이 없었다. 1992년은 예외적인 상황이었다. 대서특필된 웹스터 사건에 대한 항소심 판결은 선택권을 크게 제한하고 있었다. 가까운 시일 내에 대법원의 결정이 내려질 수 없으리라 판단되는 상황이기 때문에 항소심의 결정은 낙태찬성론을 지지하는 유권자들을 위협하고 자극했다. 결국 나를 비롯해 선택적 낙태에 찬성하는 후보들은 그 해에 큰 타격을 받지 않았다. 내가 대통령으로 당선되어 선택의 권리가 회복되자, 낙태찬성론자들은 부담을 떨쳐버리고 다른 이유를 근거로 낙태에 반대하는 공화당 후보에게 표를 던졌다. 반면 민주당 지지자들이나 특별한 정당을 지지하지 않는 유권자들 가운데 태아의 생명권을 옹호하는 사람들은 경제적·사회적 현안에 대한 나의 공약을 지지하면서도 태아의 생명권을 옹호하는 후보를 지지하지 않을 수 없었다. 그런데 이들이 표를 던진 후보들은 대개 보수적인 공화당 후보들이었다.

1975년, 나는 낙태 문제의 정치적인 의미에 대해서는 제대로 알지 못했고 관심도 많지 않았다. 나는 법과 도덕, 그리고 생명에 대해서 엇갈리는 신념들을 조정하려고 했던 대법원의 노력에 관심을 가졌다. 나는 신의 생각을 알 수 없는 상황에서 대법원이 최선의 노력을 기울였다고 생각했다. 학생들의 생각이 나와 같아도 좋고 달라도 좋지만, 나는 학생들이 이 문제에 대해서 한번 진지하게 생각해보기를 바랐다.

가을이 되어서 나는 새로운 강좌를 맡게 되었다. 아칸소 대학교 리틀록 캠퍼스에서 일주일에 한 번 야간에 법률과 사회 세미나를 지도하는 일이었다. 강좌를 듣는 학생들은 낮에 경찰관으로 일하는 사람들이었다. 나는 열심히 강의를 했다. 경찰이나 보안관으로 일하는 사람들은 자신들의 업무가 헌법과 국민들의 일상적인 생활이 어우러져 빚어지는 구조 속에 어떤 방식으로 기능하는지에 대해서 진지한 관심을 보였고, 나는 그런 사람들과 대화하는 것이 즐거웠다.

나는 강의 말고도 정치활동에도 관여하고 있었고 몇 가지 흥미진진한 법률 활동에도 참여하고 있었다. 나는 '차별 수정 프로그램 민주당 위원회'의 주 위원장으로 임명되었다. 이 위원회는 맥거번의 당규가 가진 함정에 빠지지 않고 여성들과 소수세력들의 정당활동 참여를 확대하기 위해서 고안된 기구였다. 맥거번의 당규에 따르면 전국 전당대회에 각 세력을 대표하는 대의원들을 파견하게 되어 있었지만, 그 세력에 속하는 사람들은 정당을 위해서 활동하는 경우가 많지 않고 따라서 표를 얻을 수도 없었다. 나는 그 직책을 맡음으로써 각 주를 순회하면서 민주당 지지자들을 만날 수 있는 기회를 얻을 수 있었다. 나는 현안에 관심이 있는 사람들이라면 백인이건 흑인이건 가리지 않고 찾아다녔다.

내가 정치활동을 계속 적극적으로 해 나갈 수밖에 없었던 또 한 가지 이유는 선거로 진 빚을 갚아야 한다는 절박함이었다. 나는 선거운동 당시 사용했던 소액 후원회를 몇 번 열고 가끔 인심 좋은 거액 후원금도 받아 마침내 빚을 청산했다. 맨 처음 받은 후원금은 오자크의 훌륭한 법률가 잭 예이츠가 동업자인 로니 터너와 함께 기부한 250달러였다. 로니는 선거 때 나를 많이 도와준 사람이었다. 잭은 선거가 끝나고 2주도 안 되어 수표를 보내주었다. 다음에도 후원금이 들어오기는 할까 걱정하고 있던 참이라, 그 일은 도저히 잊을 수가 없었다. 그런데 나를 도와주고 나서 두 달 후에 잭 예이츠는 심장마비로 사망했으니, 너무나 유감스러운 일이었다. 장례식이 끝난 뒤, 로니 터너는 나에게 잭의 진폐증 사건을 인계받아 일해보지 않겠느냐고 제안했다. 닉슨 행정부는 진폐증 환자들의 연금 수령을 어렵게 하고 이미 연금을 받고 있던 사람들을 재조사하는 새로운 규칙을 공표했다. 재조사를 받은 대부분의 사람들이 연금 지급 철회 결정을 받았다. 나는 승소한 사건의 수수료만 지급받기로 하고, 일주일에 한두 번씩 자료를 검토하면서 은퇴한 광부들을 만났다.

로니는 내가 이 문제에 관심이 많다는 것을 알고 있었고, 그 프로그램이 어떻게 진행되었는지 잘 알고 있었다. 진폐증 프로그램은 처음 발효되었을 때부터 평가 방식이 너무 느슨해서 필요 없는 사람들이 연금을 받는 경우도 있었다. 정부 프로그램에서 자주 발생하는 일이지만, 정부는 문제를 바로잡으려고 시도하는 과정에서 무리를 하는 경우가 많았다.

잭 예이츠의 일을 인계받기 전에도 나는 진폐연금 문제로 소송중인 사람들을 도운 적이 있었다. 포츠머스 남부의 작은 타운 출신인 잭 번스 1세는 어머니가 일했던 핫스프링스 소재 와치타 병원 사무장의 아버지였다. 그는 160센티미터도 안 되는 키에 몸무게는 60킬로그램도 안 될 것 같았다.

잭은 과묵하고 점잖고 고지식한 사람인데 심각한 진폐증을 앓고 있었다. 그는 연금수령대상자로 선정된 상태였고 병원비를 내기 위해서는 연금이 꼭 필요했다. 몇 달 동안 함께 일하면서 나는 그의 인내심과 결단력을 존경하게 되었다. 소송에서 이겼을 때 나는 마치 내 일인 것처럼 기뻤다.

로니 터너가 준 자료에는 잭 번스와 같은 경우가 100건도 넘는 것 같았다. 나는 그 일을 하기 위해서 페이트빌에서 '돼지꼬리'라고 알려진 꼬불꼬불한 길을 달려 오자크로 내려갔다. 그곳에서 먼저 행정법 판사인 제리 토머슨에게 사건 내용을 설명했다. 그는 편견이 없는 공화당원이었다. 이어 포트스미스의 연방판사인 폴 X. 윌리엄스에게 항소를 했다. 그는 동정심이 많은 민주당 지지자였다. 윌리엄스 판사 밑에서 오랫동안 근무한 사무원 엘시얀 트림블 로이는 내게 많은 도움을 주었다. 카터 대통령이 그녀를 아칸소 최초의 여성 연방판사로 지명했을 때 나는 무척 기뻤다.

내가 강의와 정치활동, 법률활동을 계속하는 동안, 힐러리는 페이트빌의 생활에 적응해가고 있었다. 나는 그녀가 이곳 생활을 진심으로 좋아하고 있다는 것을 느낄 수 있었다. 그녀는 형법과 소송법 강의를 하고 법률지원 상담소와 수감자들을 위해 일하는 학생들을 지도하고 있었다. 몇몇 나이 많고 까다로운 법률가들과 판사들, 극소수의 학생들은 처음에는 힐러리를 어떻게 대해야 할지 몰라서 떨떠름하게 대했지만, 그녀는 차차 그들의 마음을 열어갔다. 형사 사건에서 변호를 받을 권리가 헌법에 규정되어 있었기 때문에, 판사들은 해당 지역 변호사들에게 가난한 피고인들을 대리하도록 지정하고 있었다. 가난한 형사 피고인은 변호비용을 지불할 수 없었으므로, 법원은 힐러리의 법률지원상담소에 형사사건을 맡기고 싶어 했다. 힐러리의 상담소는 첫해에 300건이 넘는 사건을 맡았고, 법대에서 인정받는 기관으로 자리 잡았다. 힐러리는 법조계에서 인정을 받고, 도움이 필요한 많은 사람들을 도우며, 경력을 쌓아나갔다. 이런 경력에 힘입어 몇 년 후 힐러리는 카터 대통령에 의해 국립법률서비스법인 이사에 임명되었다.

지미 카터는 봄 학기가 끝날 무렵, 법의 날에 법대에 와서 멋진 연설을 했다. 그는 분명히 대통령 선거에 출마할 의도가 있었다. 힐러리와 나는 그와 잠시 이야기를 나누었고, 그는 다른 약속이 있어서 리틀록으로 가야 한다며 대화를 계속하자고 그곳으로 우리를 초대했다. 이때 나누었던 대화를 통해서 나는 그가 당선될 가능성이 높다는 것을 감지했다. 때는 사람들이 워터게이트와 여러 가지 경제적인 문제에 시달린 뒤였고, 그는 남부의 주지사로서 워싱턴의 정치에 연루되었던 적이 없었으며, 1968년과 1972년에 민주당이 놓쳐버린 사람들의 관심을 끌 수 있는 인물이었기에 참신한 인물로 여겨질 가능성이 높았다. 그로부터 6개월 전, 나는 데일 범퍼스를 찾아가 출마를 권유한 적이 있었다. "1976년에는 당신 같은 사람이 당선이 될 겁니다. 그러니 차라리 직접 출마를 하세요." 그는 관심을 보이면서도 불가능한 일이라고 말했다. 그는 자신은 상원의원에 당선된 지 얼마 되지 않았기 때문에 당장 대통령 선거전을 시작하면 아칸소 유권자들의 지지를 얻지 못할 것이라고 말했다. 그의 말이 맞을 수도 있었다. 하지만 나는 탁월한 후보이자 좋은 대통령이 될 수도 있는 그가 고사하는 것을 보며 대단히 아쉬웠다.

힐러리와 나는 일을 하고 친구들과 교제하는 일 말고도 페이트빌 이곳저곳을 돌아다녔다. 어느 날 밤, 우리는 7번 하이웨이를 타고 앨마로 가서 돌리 파튼의 노래를 들었다. 나는 돌리 파튼의 열광적인 팬이었고, 그녀는 그날 밤 특별히 컨디션이 좋았다. 하지만 그날 밤의 공연에서 가장 오랫동안 기억에 남은 일은 돌리를 앨마로 데려온 사람들을 처음 사귀게 된 것이었다. 그들은 바로 토니와 수잔 앨러모였다. 당시 두 사람은 내슈빌에서 유명한 컨트리 뮤직 스타들을 상대로 화려한 무대의상을 팔고 있었다.

그뿐만이 아니라, 로이 오비슨처럼 생긴 토니는 예전에 캘리포니아에서 로큰롤 공연을 기획했던 경험이 있었다. 그때 토니는 수잔을 만났다. 수잔은 앨마에서 자랐지만 서부로 이주해서 텔레비전 복음전도사로 활약하고 있었다. 두 사람은 팀을 짰고 토니는 수잔의 프로모터로 활약하면서 로큰롤 가수들을 모았다. 은발의 수잔은 텔레비전에서 설교를 할 때 바닥까지 끌리는 드레스를 즐겨 입었다. 수잔의 실력은 탁월했고, 토니는 마케팅에 뛰어났다. 두 사람은 작은 제국을 건설했다. 그들이 세운 제국에는 대규모 농장도 있었는데, 이 농장의 일꾼들은 두 사람에게 폭 빠져버린 열광적인 젊은

이들이었다. 이들의 열광은 문선명 목사의 젊은 추종자들이 열광하는 것과 흡사했다.

그러나 수잔은 암에 걸렸고, 고향인 아칸소로 돌아가고 싶어했다. 두 사람은 수잔의 고향인 다이어에 큰집을 사고, 앨마에 공연장을 세우고(이곳이 바로 돌리 파튼이 노래했던 곳이다) 내슈빌의 컨트리 무대의상점을 축소해놓은 듯한 가게를 열었다. 그들은 매주 캘리포니아 농장에서 식료품을 한 트럭씩 실어다가 아칸소로 파견 나온 젊은 일꾼들을 먹였다. 수잔은 집에서 텔레비전 방송 촬영을 하면서 성공대로를 달리다가, 마침내 병에 무릎을 꿇고 말았다. 그녀가 죽자, 토니는 하나님이 언젠가 그녀를 죽은 자들 가운데서 일으키겠다고 말했다고 공표하면서 수잔의 시신을 집 안에 설치된 커다란 냉동실에 넣어두고 축복의 날을 기다렸다. 그는 수잔의 부활을 기다리며 제국을 유지했다. 하지만 상품이 없으니 장사꾼은 파산할 수밖에 없었다. 모든 것이 엉망이 되어갔다. 내가 주지사가 되었을 때, 그는 세금 문제로 정부와 큰 싸움이 붙었고, 자신의 집 근처에서 비폭력이기는 했지만, 정부와 잠깐 대치하기도 했다. 2년 뒤, 그는 아주 젊은 여자와 사랑에 빠졌다. 어찌된 일인지 하나님은 그에게 수잔이 다시 돌아오지 않으리라고 말씀하셨고, 그러자 그는 수잔을 냉동실에서 꺼내어 땅에 묻었다.

여름에 나는 정규 봉급 이외의 돈을 벌기 위해서 섬머스쿨 두 학기를 맡아 강의를 했다. 한편으로는 힐러리와 친구들과 함께 페이트빌을 두루 다니면서 즐거운 시간을 보냈다. 어느 날 나는 동부로 출장을 가는 힐러리를 태우고 공항으로 향했다. 캘리포니아 드라이브를 지나는데, 언덕에 세워진 아담하고 아름다운 벽돌집이 눈에 들어왔다. 돌담이 앞마당을 에워싸고 있었고, 마당에는 '매매'라는 표지판이 세워져 있었다. 힐러리는 그 집을 보고 아름다운 곳이라고 말했다. 나는 힐러리를 공항에 내려주고 돌아와서 다시 찬찬히 그 집을 살펴보았다. 30평쯤 되는 단층 주택인데, 침실 하나, 욕실 하나, 작은 거실이 딸린 부엌, 작은 식당, 그리고 멋진 거실이 있었다. 거실 천장은 집의 다른 부분에 비해서 1.5배쯤 높았고, 대들보가 드러나 있었다.

거실에는 비스듬하게 경사를 이룬 벽난로와 밖으로 툭 튀어나온 커다란 창이 있었다. 칸막이가 된 넓은 현관도 있었는데, 보통 손님용 침실의 두 배쯤 되는 크기였다. 냉방장치는 없었지만, 천장에 달린 커다란 송풍기가 공기를 순환시켜 주었다. 집의 가격은 2만 500달러였다. 나는 3,000달러를 선금으로 주고 집을 샀다. 덕분에 저당 할부금은 월 174달러로 내려갔다.

나는 가지고 있던 작은 가구들을 새집으로 옮겼고, 집이 너무 썰렁해 보이지 않도록 몇 가지 물건을 샀다. 힐러리가 돌아왔을 때 내가 말했다. "당신이 마음에 든다고 하던 그 작은 집 기억나? 그 집 내가 샀어. 당장 나와 결혼해줘. 그 집에서 나 혼자 살 수는 없으니까." 나는 그녀와 함께 집을 보러 갔다. 아직 할 일은 많이 남아 있었지만 급히 짐을 옮긴 보람이 있었다. 이제까지 한 번도 아칸소에서 살겠다고 말한 적이 없던 그녀가 드디어 결혼 승낙을 했다.

1975년 10월 11일, 우리는 캘리포니아 드라이브 930번지의 새로 산 집 커다란 거실에서 결혼식을 올렸다. 우리의 형편이 쪼들린다는 것을 알고 있던 착한 실내장식가 마린 바셋이 꼼꼼하게 감독을 하면서 칠을 다시 해서 집은 깔끔했다. 경비를 얼마나 아꼈는지, 마린이 작은 거실에 바를 밝은 색 노란 벽지를 고르자, 우리는 남의 손을 빌지 않고 도배를 했다. 도배를 하면서, 내가 육체노동에 얼마나 자질이 없는 사람인지를 깨달았다.

빅 닉슨 목사가 결혼식 주례를 서고, 힐러리의 부모형제, 그리고 어머니, 로저(로저가 들러리를 섰다), 친한 친구들이 참석했다. 힐러리의 가장 친한 친구 베시 존슨 이블링과 남편 톰, 힐러리의 웨슬리 대학동기 조애너 브랜슨, 내 사촌동생 마리 클린턴, 내 선거운동 재정국장인 F. H. 마틴과 그의 아내 머나, 법대 교직원으로 친한 친구인 딕 앳킨슨과 엘리자베스 오젠보, 어린 시절 친구이자 열성적인 선거운동 일꾼 패티 하우. 힐러리의 아버지 휴 로댐은 중서부 출신의 감리교도인 자신의 딸을 남부 아칸소 오자크 출신의 침례교도와 결혼시키고 싶은 마음이 전혀 없었다. 하지만 일은 그렇게 풀렸다. 나는 4년 동안 힐러리의 아버지를 비롯한 로댐 식구들에게 정성을 쏟으면서 신뢰를 얻으려고 노력했으며, 결국 힐러리의 가족들은 나를 신뢰하게 되었다. 힐러리는 고전적인 빅토리아풍의 레이스 드레스를 입었다. 내 마음에 꼭 드는 드레스였다.

결혼식을 치르고 난 후, 200여 명의 친구들이 모리스와 앤 헨리의 집에서 열린 피로연에 참석했다. 그날 저녁 우리는 다운타운 모터 인 안에 있는 빌 슈나이더 클럽에서 밤새도록 춤을 추었다. 힐러리와 내가 잠자리에 들고 난 후 새벽 4시쯤에 전화벨이 울렸다. 처남인 토니가 워싱턴 카운티 구치소에서 걸어온 전화였다. 파티가 끝난 후 손님 중 한 명을 태우고 집으로 가고 있었는데, 주 경찰관이 차를 세웠다고 했다. 그런데 차를 세운 이유는 과속 때문도 아니고 난폭 운전 때문도 아니었다. 술에 취해 있던 합승자의 발이 뒤쪽 창문 밖에서 흔들거리고 있었기 때문이었다. 차를 세운 경찰관은 토니가 술을 마셨다는 사실을 알고 그를 연행했다. 토니를 구해내려고 구치소로 가보니, 토니는 벌벌 떨고 있었다. 교도관은 술에 취한 사람들이 토하는 걸 막으려고 밤에는 감옥의 온도를 낮춘다고 설명해 주었다. 구치소에서 나오려고 하는데 토니가 또 한 사람을 석방시켜주면 안 되겠느냐고 물었다. 피터 폰다와 함께 영화를 제작하고 있는 사람이라고 했다. 나는 그 사람도 구해냈다. 그 남자는 토니보다 더 취한 상태였다. 얼마나 취했는지 그는 자기 차에 올라 차를 빼다가 힐러리의 작은 피아트를 들이받았다. 내 덕에 구치소에서 빠져나온 그 사람은 자동차 수리비도 주지 않았다. 그나마 구치소 바닥에 토하지 않았으니 다행이었다고나 할까. 이렇게 나의 결혼 첫날밤은 끝이 났다.

오랫동안 나는 결혼을 하게 되리라는 생각조차 못 하고 살았다. 그런데 이제 결혼을 하고 보니, 정말 기분이 근사했다. 하지만 나는 우리의 결혼 생활이 어떻게 될지에 대해서는 아무런 확신도 할 수 없었다.

미국인 중에서 우리 부부만큼 결혼 생활이 꼬치꼬치 까발려진 부부는 없을 것이다. 나는 아무 부담 없이 우리 결혼 생활에 대해서 분석하고 비판하고 아는 체하는 사람들을 볼 때마다 기가 막혔다. 30년 가까이 결혼 생활을 하고 또 친구들이 갈라서고, 화해하고, 이혼하는 모습들을 보면서, 나는 결혼이란, 황홀하기도 하고 비참하기도 하고, 만족스럽기도 하고 실망스럽기도 해서, 당사자나 제삼자도 이해하기 어렵고 해독하기 어려운 미스터리라는 것을 알게 되었다. 1975년 10월 11일 당시에는 나는 그런 것을 전혀 모르고 있었다. 당시에 내가 알고 있었던 것은, 내가 힐러리와 인생, 직장, 그리고 함께 알고 지내는 친구들을 사랑한다는 사실과 우리가 함께할 수 있는 일에 대한 희망뿐이었다. 나는 힐러리가 자랑스러웠고, 완벽하지는 않을지 모르지만 결코 따분하지 않은 관계를 갖게 되었다는 사실이 감격스러웠다.

잠을 설쳤던 결혼 첫날밤을 보낸 뒤, 우리는 다시 직장으로 돌아갔다. 둘 다 학기 중이었고, 나는 진폐증 심리에 참석해야 했다. 두 달 후에 우리는 드디어 멕시코의 아카풀코로 신혼여행을 떠났다. 하지만 평범하지 않은 신혼여행이었다. 우리의 신혼여행에는 힐러리의 모든 가족과 처남의 여자 친구까지 동행했다. 우리는 일주일 동안 아름다운 별장에 묵으면서 해변을 거닐고 좋은 음식점을 찾아다녔다. 별난 신혼여행이었지만 기분은 좋았다. 나는 장모님과 무척 사이가 좋았다. 또 장인과 처남들과 어울려 카드놀이를 하기도 하고 이야기도 나누면서 즐거운 시간을 보냈다. 나도 그렇지만, 모두들 대단한 이야기꾼이라서 끝도 없이 이야기가 이어졌다.

나는 아카풀코에서 어니스트 베커의 『죽음의 거부 The Denial of Death』라는 책을 읽었다. 신혼여행에서 읽기에는 너무 심각한 내용이다 싶었지만, 내 나이는 벌써 친아버지가 돌아가신 당시보다 한 살 더 많은 나이였고, 인생에서 이미 커다란 한 획을 그은 처지였다. 인생의 의미를 탐구하기에 딱 알맞은 시기였다.

베커에 따르면 우리는 성장하면서 어느 지점에서는 죽음이 존재한다는 사실을, 다음에는 자신이 알고 사랑하는 사람이 죽는다는 사실을, 다음에는 언젠가는 자신도 죽는다는 사실을 깨닫게 된다. 대부분의 사람들은 죽음을 피하기 위해서 안간힘을 쓴다. 한편 자신도 잘 깨닫지 못하는 방식으로 자기 정체성을 찾고 자족의 환상을 품는다. 사람은 자신에게서 평범한 실존의 사슬을 풀어낼 만한 행동들, 자신이 사라지고 난 뒤에도 계속될 만한 행동들(긍정적인 행동도 있고 부정적인 행동도 있다)을 추구한다. 이런 행동을 통해서 결국 죽을 수밖에 없다는 확실성을 필사적으로 밀어내려고 한다. 어떤 사람은 권력과 부를 추구하고, 어떤 사람은 낭만적인 사랑과 섹스를 추구하고 또 어떤 사람은 쾌락을 추구한다. 어떤 사람은 위대한 사람이 되기를 원하고, 어떤 사람은 착한 사람이 되고 싶어 한다. 원하는 일을 이루든 못 이루든, 사람은 어차피 죽게 마련이다. 한 가지 위안은 사람은 피조물이므로 분명히 창조주가 있을 것이며, 창조주는 사람을 귀하게 여기고, 언젠가 사람은 창조주에게 돌아갈 것이라는 믿음이다.

베커가 한 분석의 결론은 무엇인가? '인생을 전진시키는 추진력이 앞으로 무엇을 만들어 낼지는 아무도 모른다…… 우리가 할 수 있는 최대한의 행동이란 뭔가(대상이나 자기 자신)를 만들어 그 혼란에 던지는 것, 흔히 말하는 생명력에 그것을 제물로 바치는 것이다.' 어니스트 베커는 『죽음의 거절』이 출간되기 직전에 사망했다. 하지만 그는 임마누엘 칸트가 던진 인생의 시험문제, 즉 '어떻게 해야 창조에서 인간에게 주어진 적절한 장소를 차지할 수 있는가, 어떻게 해야 그 자리에서 인간이 되기 위해 마땅히 해야 할 일들을 배울 수 있는가' 하는 문제에 부딪혔던 것 같다. 나는 평생 그 해답을 찾아다니고 있었다. 베커의 책 덕분에 나는 인생은 노력해볼 만한 가치가 있는 것이라는 확신을 가지게 되었다.

12월에 나는 또 한 가지 중대한 정치적 결정을 해야 했다. 많은 지지자들이 나에게 다시 하원의원에 출마하라고 권했다. 빚도 다 갚았고, 이제 다시 한 번 도전해보자는 것이었다. 그러나 지미 카터가 민주당의 지명을 받는다고 하더라도, 이번에 해머슈미트 하원의원을 이기는 것은 더 힘들 것 같았다. 더 중요한 것은 워싱턴으로 가고 싶다는 욕망이 사라졌다는 사실이었다. 나는 아칸소에 있고 싶었고, 주정부에 차츰 관심을 가지게 되었다. 그 계기를 제공한 것은 짐 가이 터커 주 법무장관이었다. 그는 나에게 신용카드 수수료 동결과 관련한 독점금지법 소송에서 우리 주의 입장을 변호하는 변론서를 대법원에 제출하라고 했다. 짐 가이는 윌버 밀스의 사퇴로 결원이 생긴 국회에 진출할 생각을 가지고 있었다. 그렇게 되면 주 법무장관 자리가 비게 될 터인데, 나는 그 자리에 관심이 끌렸다.

그 문제로 고심하고 있는데, 시티은행에서 일하고 있는 친구 데이비드 에드워즈가 전화를 걸어 힐러리와 함께 아이티에 가지 않겠느냐고 물었다. 자기의 항공 마일리지가 많아서 우리 표도 구해줄 수 있다면서 결혼선물로 여행을 시켜주고 싶다고 했다. 그렇게 해서 멕시코에서 돌아온 지 일주일 만에 우리는 다시 여행길에 올랐다.

아이티에서는 1975년 말, 파파 독 뒤발리에가 죽자, 베베 독이라고 불리는 그의 젊은 아들이 권력을 이어받았다. 우리는 어느 날 포르토프랭스에서 베베 독이 차를 타고 큰 광장을 가로질러 와서 아이티 독립기념물에 헌화를 하는 모습을 보았다. 그 기념물은 자유를 얻은 건강한 노예가 소라를 부는 모습의 동상이었다. 그의 경호부대로 지탄의 대상인 통통 마쿠트가 검은 선글라스와 기관총을 착용한 채 거리 곳곳을 지키고 있었다.

뒤발리에 부자는 아이티를 주무르고 약탈하여 북반구에서 가장 가난한 나라로 만들어놓았다. 포르토프랭스는 여전히 아름다운 곳이었지만, 스러진 영광의 분위기를 발산하고 있었다. 나는 특히 국립 대성당 안에 있는 닳아빠진 카펫과 부서진 신도석이 잊혀지지 않는다. 아이티는 독재정치와 가난에 시달리고 있었지만, 나는 아이티 국민들에게 매력을 느꼈다. 그들은 활기차고 똑똑했으며, 아름다운 민속예술과 황홀한 음악을 창조하고 있었다. 그 중의 상당수 사람들이 단순히 생계를 이어가는 것이 아니라 인생을 즐기고 있는 것처럼 보였기 때문에 나는 굉장히 놀랐다.

특별히 관심을 끄는 것은 내가 뉴올리언스에서 언뜻 접했을 뿐인 부두교와 그 문화였다. 아이티의 부두교는 가톨릭과 공존하고 있었다.

전통적인 아이티 종교인 부두교의 이름은 서부 아프리카 베냉공화국의 언어인 폰 족의 언어에서 유래한 것이다. 부두는 '신', '정령'이라는 의미이고, 흔히 영화에서 볼 수 있는 것과 같은 주술이나 무시무시한 마법을 암시하는 내용은 전혀 담겨 있지 않다. 부두교의 핵심적인 의식은 춤인데, 춤을 추는 동안 신도들은 정령의 지배를 받는다. 부두교를 자세히 관찰할 수 있었던 것이 여행 중에 가장 재미있는 부분이었다. 포르토프랭스에 거주하는 시티은행 직원이 우리를 가까운 마을로 데려가 비범한 부두교 사제를 만나게 해주겠다고 말했다. 부두교 사제 막스 보부와는 15년 동안 아이티를 떠나 있으면서 파리의 소르본 대학교에서 공부하고 뉴욕에서 일한 경력이 있는 사람이었다. 그에게는 아름다운 프랑스 태생의 아내와 똑똑한 두 딸이 있었다. 그는 화공학을 전공했는데, 부두교 사제인 할아버지가 임종시에 막스를 후계자로 선택했다. 막스는 부두교를 신봉하고 있었기 때문에 할아버지의 바람대로 부두교 사제가 되었다. 프랑스 태생 아내와 서구문화에 익숙해진 아이들에게는 대단한 시련이었을 것이다.

우리는 오후 늦게 도착했다. 한두 시간 있으니 무도 의식이 시작되었다. 막스가 자신을 보려고 온 방문객들에게 받은 사례비에 보답하기 위해서 마련한 의식이었다. 그는 부두교에서는 신이 정령을 통해서 인간에게 재림하며, 이 정령은 빛의 힘과 어둠의 힘, 선의 힘과 악의 힘이 어느 정도 균형을 이룬 상태를 의미한다고 설명했다. 우리 일행은 부두교의 이론에 대한 간단한 설명을 듣고 나서 그가 안내하는 대로 노천 광장으로 가서 의식을 구경하러 온 다른 손님들 옆에 앉았다. 이 의식은 정령을 불러내어 춤추고 있는 신도들의 몸으로 들여보내는 의식이었다. 신도들이 북소리 가락에 맞추어 춤을 춘 지 몇 분 후에 정령이 나타나서 한 남자와 한 여자를 사로잡았다. 남자는 불이 붙은 횃불을 자신의 온몸에 문지르고 뜨거운 석탄 위를 걸었는데, 전혀 화상을 입지 않았다. 광란 상태에 빠진 여자는 계속 소리를 지르더니 살아 있는 닭을 움켜쥐고는 입으로 닭의 머리를 물어 끊었다. 그때 정령이 떠나가면서 정령에 사로잡혔던 사람들은 그대로 바닥에 쓰러졌다.

이 이상한 의식을 목격하고 나서 몇 년 뒤에, 웨이드 데이비스라는 하바드 대학교 과학자가 아이티에서 좀비 현상이나 죽은 사람이 걸어다니는 현상에 대한 조사를 하던 중에 막스를 찾아갔다. 웨이드 데이비스의 저서 『악마와 무지개 The Serpent and the Rainbow』에 따르면, 데이비스는 막스와 그의 딸의 도움을 받아 죽은 사람이 살아나는 좀비의 신비를 파헤쳤다. 특정한 범죄를 저지른 범죄자는 은밀한 집단에 의해서 독을 투여받는다. 그 독은 복어에서 추출한 테트로도톡신인데, 적정량을 투여할 경우 신체를 마비시키고 호흡

작용을 극히 낮은 수준으로 떨어뜨려서 입회한 의사도 사망이라고 판단할 정도의 상태가 된다. 독의 효력이 떨어지면, 그 사람은 깨어난다. 비슷한 사례들이 일본에서도 발생한 것으로 알려져 있다. 이곳에서도 복어는 제대로 요리하면 별미가 되지만 잘못하면 죽음을 불러오는 음식으로 간주된다.

내가 잠깐 경험한 부두교의 세계를 이렇게 자세히 설명하는 데는 그 이유가 있다. 나는 여러 문화들이 인생과 자연을 이해하기 위해서 사용하는 방법들에 대해 깊은 관심을 가지고 있었다. 또한 나는 세계에는 물질적 한계를 벗어난 영혼의 힘이 작동하고 있으며, 그 영혼의 힘은 인류가 존재하기 전부터 존재했고 인류가 사라진 후에도 존재할 것이라는 일반적인 믿음에 늘 깊은 관심을 가지고 있었다. 아이티인들은 신이 우리의 생활 속에서 어떤 모습으로 나타나는가 하는 문제에 대해서 대부분의 기독교도나 유대교도, 회교도들과는 다른 견해를 가지고 있다. 그들의 기록된 경험들은 하나님은 신비로운 방식으로 일하신다는 옛말을 입증하고 있다.

아이티에서 돌아온 뒤, 나는 법무장관 선거에 나서기로 결심했다. 나는 학교를 다시 휴직하고 일을 시작했다. 민주당 예비선거에는 두 명의 경쟁자가 있었다. 주무장관인 조지 저니건과 법무부 소비자보호국 국장인 클래런스 캐시였다. 두 사람은 논리적인 사람들이었고, 나보다 나이도 많았다. 저니건이 더 강력한 경쟁자가 될 것 같았다. 그는 프라이어 주지사가 이끄는 행정부서와 몇 개 카운티의 법원, 그리고 주 전역의 보수주의자들 가운데 친구들이 많았다. 이상한 것은 공화당원이 입후보를 하지 않았다는 사실이었다. 내가 선거에서 싸울 공화당 후보가 없이 공직 선거에 나섰던 것은 이때뿐이었다.

나는 리틀록에서 선거운동을 해야 한다는 것을 알았다. 리틀록은 아칸소의 행정중심지이고, 유권자도 가장 많고 후원금도 가장 많이 모을 수 있을 것으로 예상되는 지역이었다. 나는 의사당에서 두 블록 떨어진 곳에 있는 오래된 주택에 본부를 꾸렸다. 요하네스버그 출신의 젊은 은행가 웰리 드렉이 선거운동본부장을 맡았고 의회 선거 때 활약했던 스티브 스미스가 집행국장을 맡았다. 적은 예산을 훌륭하게 운영하는 린다 맥기가 사무실 운영을 맡았다. 우리의 총 선거운동비용은 10만 달러에 못 미쳤다. 린다는 사무실을 하루 종일 열어놓고 예산을 집행하고 자원활동가들을 관리했다. 내거처를 제공한 사람은 폴 베리였다. 폴 베리는 그가 매클렐런 상원의원의 아칸소 사무실을 운영할 때 만난 친구로 당시 유니언 은행의 부사장으로 일하고 있었다. 그는 여러 가지로 나를 도와주었는데, 그 중에서도 가장 고마운 일은 자기 집의 하나밖에 없는 침대에서 내가 자야 한다고 고집을 부린 일이었다. 내가 새벽 2시에 들어올 때도 그는 고집을 꺾지 않았다. 밤에 아파트에 들어가 보면 그는 거실 소파에서 잠을 자고 있었고, 부엌에는 불이 켜져 있고, 식탁 위에는 내가 좋아하는 땅콩버터와 당근이 놓여 있었다.

오랜 친구인 맥 맥라티와 빈스 포스터는 나에게 리틀록의 사업가들과 전문직업인들을 소개해주었다. 노동계는 11월 총선거에서 투표에 부쳐 아칸소 노동권법을 폐지하려고 노력하고 있었다. 나는 법률폐지 청원서에 서명하는 것을 거부했다. 그래서 지지자들 일부가 떨어져 나가기는 했지만, 여전히 노동계 지도자들의 지지를 받았다. 노동권법은 노동조합이 있는 사업장에서도 노동조합비를 내지 않고 일할 수 있게 규정하고 있다. 당시 나는 자유의지적인 관점에서 노동권법을 지지하고 있었다. 후일 알게 된 일이지만, 매클렐런 상원의원은 내가 노동권법 폐지에 반대한다는 사실에 크게 감명을 받고 폴 베리에게 자신의 지지자들에게 전화를 걸어 자신이 나를 지지한다는 사실을 알려주도록 했다. 몇 년 뒤에 나는 노동권법에 대한 생각을 바꿨다. 노동조합이 있는 사업장에서는 대부분 높은 임금, 건강보험, 퇴직 후 연금 등의 복지혜택을 제공하는데, 이런 복지혜택을 보장하는 노동조합에 조합비를 내지 않고 그 혜택만 누린다는 것은 옳지 않은 일이라고 생각했기 때문이다.

제3지역구에서 내 기반은 튼튼한 것 같았다. 1974년에 나를 위해서 일했던 모든 사람들이 다시 일을 시작했다. 처남들이 페이트빌로 이사 와서 아칸소 대학에 등록했는데, 나는 그들에게서 특별한 도움을 받았다. 처남들은 우리 생활에 큰 즐거움을 선사했다. 어느 날, 힐러리와 나는 처남들의 숙소로 가서 저녁을 먹었다. 휴는 콜롬비아에서 평화봉사단 활동을 하면서 겪었던 재미난 이야기들을 저녁 내내 들려주었다. 그의 이야기는 마치 『백년 동안의 고독』에서 떼어낸 이야기 같았는데, 휴는 모두 사실이라고 맹세했다. 휴는 과일주스 맛이 나는 피나콜라다를 만들어주었는데, 사실은 펀치가 잔뜩 들어 있었다. 새벽 3시쯤 되어 졸음이 몰려오자, 나는 바깥으로 나가 체비 엘 카미노 픽업트럭의 뒤칸에 올라탔다. 제프에게서 물려받은 트럭이었는데, 뒤칸에는 아스트로터프 인공잔디가 깔려 있었다. 나는 양처럼 잔디에 구부리고 누운 채 잠을 잤다. 그날 밤 힐러리가 집까지 차를 몰고 왔고 다음 날 나는 일하러 나갔다. 나는 그 낡은 트럭이 너무나 마음에 들어 고물이 될 때까지 끌고 다녔다.

　나는 내가 태어난 호프와 그 인근에서 강력한 지지를 받았다. 제3지역구에 속하지 않는 대여섯 개 카운티에 친척들이 살고 있었고, 아칸소 중부, 남부, 동부 지역에 거주하는 흑인들의 반응도 좋았다. 예전에 내가 가르쳤던 학생들 중에 그 지역에서 법률활동을 하고 있는 사람들이 많았기 때문이다. 나는 민주당 활동가들의 지지를 받았다. 대부분 해머슈미트와 싸울 때 측면에서 나를 지지했던 사람들, 차별수정위원회 일에 관여하고 있는 사람들이었다. 그렇지만 조직에는 아직도 커다란 공백이 있었다. 내 선거운동은 대부분 이 공백을 메우는 일에 할애되었다.

　나는 주를 순회하면서, 새로 부상한 정치세력인 '도덕적 다수(미국의 보수적 기독교도의 정치활동 단체―옮긴이주)'와 싸워야 했다. 이 단체의 설립자인 제리 폴웰 목사는 버지니아 출신의 보수적인 감리교 목회자였다. 그는 엄청난 수의 시청자 팬들을 가지고 있었고, 이를 이용해서 기독교 근본주의 및 우익정치관을 표방하는 전국 조직을 세웠다. 가는 곳마다 나와 악수를 나누는 사람들은 내게 기독교인이냐고 물었다. 그렇다고 하면, 신앙이 독실하냐고 물었고, 다시 그렇다고 하면 몇 가지 질문이 더 이어졌다. 십중팔구는 폴웰의 단체에서 주로 사용하는 질문들이었다. 리틀록에서 48킬로미터 동쪽에 있는 콘웨이에 갔을 때, 나는 카운티 사무소에 들렀다. 그곳에서는 부재자 투표가 진행 중이었는데 그곳 여직원 중 한 명이 그런 질문을 던지기 시작했다. 나는 그 질문들 중 하나에 잘못된 대답을 했다. 그 대가로 나는 법원을 떠나기 전에 네 표를 잃어버렸다. 나는 종교 문제에 대해 거짓말을 하고 싶지 않았지만, 그렇다고 계속 표를 잃을 수도 없는 노릇이었다. 나는 범퍼스 상원의원을 찾아가서 조언을 구했다. 자유주의적인 감리교도인 그는 이렇게 말했다. "아, 나도 늘 그런 일을 겪어요. 하지만 나는 사람들이 첫 번째 질문에서 더 나아갈 수 없게 만듭니다. 사람들이 기독교인이냐고 물으면 나는 이렇게 대답합니다. '그러기를 바랍니다. 나는 항상 기독교인답게 살려고 애쓰고 있습니다.' 그러면 대부분 사람들은 입을 다물지." 범퍼스의 이야기를 듣고 나서 나는 웃으면서 그가 상원의원이고, 나는 법무장관 후보인 이유를 알겠다고 말했다. 그 뒤로 나는 선거운동 때마다 그의 대답을 활용했다.

가장 재미있었던 일은 아칸소 북동쪽 끝인 미시시피 카운티에서 벌어졌다. 그 카운티에는 블라이드빌과 오세올라라는 두 개의 도시와 대규모 농장을 경영하는 농장주들이 지배하는 여러 개의 타운이 있었다. 일반적으로 보면, 이 농장들을 소득의 원천으로 삼고 있는 농장노동자들과 소상인들은 농장주들이 선택한 대로 투표를 했다. 농장주들의 선택은 대부분 가장 보수적인 후보였는데, 당시의 경우는 저니건 국무장관이었다. 이 카운티에도 역시 강력한 지방 조직이 있었는데, 이 단체의 지도자인 카운티 판사 슈그 뱅크도 저니건을 지지하고 있었다. 절망적인 상황이었지만, 카운티가 너무 큰 곳이라 무시할 수도 없었다. 어느 토요일에 나는 블라이드빌과 오세올라에서 일하고 있었다. 혼자서 고전을 하다 보니 영 맥이 빠졌다. 내가 예전에 가르쳤던 법대 졸업생들 덕분에 약간의 지지자가 있긴 했지만, 내가 만난 대부분의 사람들은 나에게 반감을 가지고 있지 않으면 내가 누구인지 모르고 관심도 없는 사람들이었다. 아무튼 할 수 있는 대로 사람들과 악수를 하며 다니다가 오세올라에서 일을 마치고 보니 밤 11시였다. 차 안에서 자지 않으려면 리틀록까지 3시간이나 운전을 하고 가야 할 판이었다.

작은 마을을 지나 남쪽으로 차를 몰고 있는데, 하루 종일 아무것도 먹지 않아 배가 고팠다. 조이너라는 마을에 가니 어느 선술집이 영업을 하고 있었다. 나는 먹을 것도 있겠다 싶어서 차를 멈추고 가게로 들어갔다. 바에 한 사람이 앉아 있고 네 사람이 도미노 게임을 하고 있었다. 햄버거 하나를 주문하고 나서 나는 밖으로 나와 공중전화로 힐러리에게 전화를 했다. 다시 가게로 돌아온 나는 도미노 게임을 하는 사람들에게 인사나 해야겠다고 생각했다. 인사를 받은 처음 세 사람은 내가 낮에 만났던 사람들이 대부분 그랬듯이 내가 누구인지도 모르고 관심도 없었다. 네 번째 남자는 나를 쳐다보고 미소를 지었다. 나는 그가 처음 한 말을 도저히 잊지 못할 것이다. "젊은이, 당신 여기서는 못 살아남을 거요. 알겠소?" 나는 하루 종일 돌아다녀 보고 실제로 그런 느낌을 받았다, 하지만 그렇게 확실하게 이야기를 하니 마음이 좋지 않다고 대꾸했다. "맞아, 그럴 거요. 우리 눈에는 당신이 장발 히피 대학교수에, 공산주의자로 보여요. 하지만 한 가지 알려줄 게 있소. 토요일 밤 자정에 조이너의 선술집에서 선거운동을 하는 사람이라면 표 한 상자 가져갈 만한 자격이 있소. 두고 보시오. 당신은 여기서 이기게 될 거요. 하지만 이 카운티에서 당신이 이길 수 있는 곳은 여기밖에 없을 거요."

그 남자의 이름은 R.L. 콕스였는데, 그는 이 약속을 지켰다. 선거일 밤에, 나는 대농장주들이 장악하고 있는 다른 선거구에서는 참패했지만 조이너에서는 76표를 얻었고, 다른 두 후보가 49표를 가져갔다. 미시시피 카운티에서 내가 이긴 곳은 조이너 외에도 두 곳이 더 있었다. 선거 직전 주말에 흑인 장례업자인 라베스터 맥도널드와 지역신문 발행인 행크 하인즈 덕분에 돌아선 블라이드빌의 두 개 흑인 선거구였다.

다행히도 나는 다른 지역에서는 선전했다. 총득표율 55퍼센트에, 75개 카운티 중 69개 카운티에서 승리했다. 친척과 친구들이 많은 남부 아칸소에서 얻은 몰표와 제3지역구에서 74퍼센트의 엄청난 득표율을 올린 덕분이었다. 이렇게 해서 나는 1974년에 나를 위해 활동했던 모든 사람들에게 승리로 보답할 수 있게 되었다.

선거가 끝난 뒤의 여름 동안, 힐러리와 나는 행복한 시간을 가졌다. 처음 두 달은 페이트빌에서 친구들과 어울렸고, 7월 중순에는 유럽으로 여행을 떠났다. 뉴욕에 들러서 민주당 전당대회에 하룻저녁 참석하고 난 우리는 비행기를 타고 파리로 가서 그곳에서 일하고 있는 데이비드 에드워즈를 만났다. 우리는 파리에서 이틀 묵은 뒤, 스페인으로 향했다. 피레네 산맥을 넘어간 직후에 나는 카터 선거운동본부로 전화를 해달라는 연락을 받았다. 카스트로 우르디알레스라는 마을에서 전화를 하자, 카터 선거운동본부는 아칸소 지부장을 맡아 달라고 요청했고, 나는 그 자리에서 승낙했다. 나는 지미 카터를 강력하게 지지하고 있었다. 페이트빌에서 가을 학기에 강의를 해야 했지만, 그다지 무리는 없을 듯싶었다. 카터는 아칸소에서 엄청난 지지를 얻고 있었다. 진보적인 경력, 농업 경험, 독실한 남부 침례교 신앙, 개인적 인맥 등이 지지의 큰 이유였다. 그의 해군사관학교 동기 중에서 아칸소 명사가 된 사람이 넷이나 있었다. 아칸소에서 문제가 되는 것은 그가 이기느냐 하는 것이 아니라 얼마나 크게 이기느냐 하는 것이었다. 여태까지 여러 번 패배를 경험했는데, 1년에 두 번이나 승리를 거두게 된다는 생각을 하니 도저히 놓치고 싶지 않았다.

우리는 게르니카에 들러서 스페인 여행을 마감했다. 게르니카는 스페인 내전 당시 폭격당한 도시로, 이 폭격을 소재로 한 피카소의 그림으로 유명한 곳이었다. 게르니카에 도착했을 때는 바스크 축제가 한창이었다. 음악과 춤은 흥겨웠지만, 토속 음식이라고 하는, 우유에 담근 차가운 생선 요리를 먹을 때는 고생했다. 우리는 선사 시대의 그림이 있는 동굴들을 돌아본 다음, 눈 덮인 피레네 산맥의 그림자가 드리워진 뜨거운 해변에서 근사한 하루를 보냈다. 해변가에는 비싸지도 않고 맛있는 음식과 한 잔에 5센트 하는 맥주를 파는 작은 식당이 있었다. 유럽의 휴가기간인 8월 초, 프랑스로 돌아오는 국경에는 차들의 행렬이 끝도 없이 펼쳐져 있었다. 인생은 일하라고 있는 게 아니라는 유럽인들의 생각을 생생히 드러내주는 현장이었다. 나 자신은 그 말대로 살기가 점점 어려워질 터였다.

집으로 돌아온 뒤, 나는 리틀록으로 가서 크레이그 캠벨과 함께 선거운동본부를 꾸렸다. 그는 민주당 아칸소 지부의 집행부 출신으로, 당시 스티븐스 기업에서 일하고 있었다. 스티븐스 기업은 월스트리트 바깥의 미국에서 가장 큰 투자회사로, 위트 스티븐스와 잭 스티븐스가 소유하고 있었다. 위트 스티븐스는 연륜 있는 정치계의 유력자였고, 그보다 열 살 아래인 잭은 지미 카터와 해군사관학교 동기였다. 크렉은 커다란 체구, 잘생긴 외모에 아주 재미있는 사람으로 개인 활동이나 정치 활동에 대단히 유능했다.

나는 주를 순회하면서 각 카운티의 조직이 잘 가동되고 있는지 확인했다. 어느 일요일 저녁에, 나는 리틀록 인근의 작은 흑인 교회에 갔다. 카토 브룩스라는 목사가 이끄는 교회였다. 우리 일행이 그곳에 도착했을 때, 성가대의 찬송이 교회 안에 울려 퍼지고 있었다. 성가대가 찬송을 두 곡째 부르고 있을 때, 문이 열리더니 다이애너 로스를 닮은 흑인 여성이 들어왔다. 그녀는 무릎까지 오는 검은 부츠를 신고 몸에 꼭 붙는 니트 원피스 차림이었다. 그녀는 통로를 뚜벅뚜벅 걸어나오더니 성가대를 향해 손짓을 하고 오르간 앞에 앉았다. 교회를 공중에 들어올렸다 놓았다고 말해도 좋을 만큼, 힘이 넘치는 오르간 연주였다. 나로서는 그렇게 멋진 오르간 연주를 들어보기는 처음이었다. 목사가 설교단에 오르자, 네다섯 명의 사람들이 그의 주위에 접는 의자를 놓고 앉았다. 목사는 박자와 운율이 실린 설교를 시작했다. 목사의 설교는 주위의 남자들이 숟가락으로 무릎을 때려서 내는 소리와 어우러져서 사실상 노래하는 것이나 다름없었다. 설교가 끝나자 브룩스 목사는 나에게 카터 지지 연설을 할 기회를 주었다. 나는 열심히 노력했지만, 도저히 목사의 실력을 따라잡을 수가 없었다. 내가 연설을 마치자, 목사는 교회가 카터를 지지할 거라고 말하면서 한 시간 남짓 예배가 더 계속될 예정이니 자리를 피해달라고 말했다. 교회 밖으로 나가자마자, 누군가 뒤에서 말을 걸었다. "보세요, 백인 아저씨. 선거운동 도와드릴까요?" 오르간을 연주했던 폴라 코튼이었다. 그녀는 결국 가장 열성적인 자원활동가 중의 한 명이 되었다. 카토 브룩스 목사는 얼마 후 시카고로 이주했다. 너무 뛰어난 사람이라 농촌에만 머물 수 없었을 것이다.

힐러리도 카터 선거운동에 합류했다. 그녀가 맡은 일은 내 일보다 훨씬 어려운 일이었다. 인디애나에서 현장 조정자 역할을 맡은 것이다. 인디애나는 전통적으로 대통령 선거에서 공화당을 지지하는 주였는데, 카터 참모진은 카터가 농촌 배경이 있으므로 성공할 가능성이 있다고 생각하고 있었다. 그녀는 열심히 일했고 흥미로운 모험을 겪었다. 그녀는 매일 전화 통화를 할 때마다 이런저런 체험담을 열심히 늘어놓았다. 내가 한번 인디애나폴리스로 찾아갔을 때도 마찬가지였다.

가을의 선거운동은 파란만장했다. 카터는 뉴욕 전당대회에서 나왔을 때 여론조사에서 포드 대통령을 30포인트나 앞서고 있었다. 하지만 국민의 실제 지지율은 엇비슷했다. 포드 대통령은 사태를 만회하기 위해서 인상적인 노력을 기울였다. 당시 카터의 주요 공약은 미국 국민처럼 정직한 정부를 만들겠다는 것이었는데, 포드의 주된 공격은 일개 남부 주지사가 대통령을 할 만한 능력이 있겠느냐는 의문을 제기하는 방식이었다. 결국 카터는 일반 선거에서 약 2퍼센트 앞섰고, 선거인단 투표에서는 297 대 240으로 포드를 앞섰다. 인디애나에서 근소한 차이로 승리를 거두었지만, 아칸소에서는 65퍼센트의 득표율을 기록했다. 아칸소의 득표율은 카터의 고향인 조지아 주의 67퍼센트 득표율보다 겨우 2포인트 낮았고, 최대로 표차를 벌린 웨스트버지니아의 득표율보다 7포인트 높았다.

선거운동이 끝난 후에, 힐러리와 나는 몇 달 동안 집에 머물렀다. 나는 해사법과 헌법 강의로 교직 생활을 마무리했다. 3년 3개월 동안, 나는 다섯 학기와 여름 학기를 합쳐서 총 여덟 개 강좌를 진행하고, 리틀록의 경찰 공무원들을 상대로 두 강좌를 진행했으며, 두 번이나 공직 선거에 나가고, 카터 선거운동을 지휘했다. 나는 그 모든 순간들을 사랑했다. 유감스러운 것이 있다면, 페이트빌의 친구들과 함께하는 시간과 힐러리와 나에게 많은 기쁨을 주었던 캘리포니아 드라이브 930번지의 작은 집에서 지내는 시간을 많이 가질 수 없었다는 점뿐이었다.

20

1976년의 마지막 두 달 동안, 나는 리틀 록을 오가면서 새로운 업무를 시작할 준비를 했다. 폴 베리가 자신이 일하는 유니언 은행 건물 18층에 사무실을 얻어준 덕분에 나는 이곳에서 장래의 직원들을 선발하기 위한 면접을 할 수 있었다.

높은 이상과 능력을 가진 많은 사람들이 지원서류를 냈다. 나는 스티브 스미스를 설득해서 비서실장을 맡김으로써, 밀려드는 일들을 처리하는 동시에 몇 가지 좋은 정책을 제시할 수 있었다. 법무부에 소속되어 있던 스무 명의 법률가들 중 유능한 몇몇 사람들이 나와 함께 일하겠다는 의사를 표명하여 직위를 유지했고, 새로운 법률가들도 선발되었다. 나는 젊은 여성 법률가들과 흑인 법률가들도 채용했다. 결국 새로 구성된 우리 법무부 직원의 구성 비율은 여성이 25퍼센트, 흑인이 20퍼센트로, 당시로서는 기록적인 일이었다.

12월에 힐러리와 나는 리틀록 힐크레스트 지역 5419L 스트리트에 집을 구했다. 중심가에서 가까우면서도 쾌적하고 오래된 주거지역이었다. 집의 넓이는 90제곱미터, 페이트빌의 집보다 훨씬 작았지만 가격은 훨씬 높은 3만 4,000달러였다. 우리가 이렇게 비싼 집을 장만할 수 있었던 것은 지난 선거에서 유권자들이 주와 지방정부 공무원들의 임금 인상에 찬성해준 덕분이었다. 1910년 이후 처음 이루어진 공무원 임금 인상 덕분에 법무장관의 연봉은 2만 6,500달러가 되었다. 힐러리는 로즈 법률회사에 자리를 잡았는데, 로즈 법률회사는 경험 많고 인정받는 변호사들과 똑똑한 젊은 변호사들이 많이 있는 곳으로 나의 친구인 빈스 포스터와 웹 허블도 그곳 소속이었다. 웹 허블은 레이저백 팀에서 활약했던 덩치가 좋은 친구로 이후 나와 힐러리의 절친한 친구가 되었다. 이때부터 내가 대통령에 당선되어 힐러리가 변호사직을 그만둘 때까지, 힐러리의 소득은 나의 소득보다 훨씬 많았다.

법무장관의 직무는 주 법률 문제에 대한 소견을 밝히는 일, 민사소송을 제기하거나 주를 상대로 한 민사소송에서 주를 변호하는 일, 대법원에서 진행되는 형사사건 항소심과 연방법원에서 진행되는 형사소송에서 주를 대변하는 일, 주의 관청과 위원회에 법적인 자문을 제공하는 일, 소송을 통해 소비자의 이익을 보호하고 법안을 입안하며, 공공요금 사안과 관련하여 주 공공서비스위원회에 출두하는 일 등이었다. 업무의 범위는 넓고 다양하고 흥미진진했다.

그해는 분주하게 시작되었다. 1월 초에 의회가 개회했으며, 공공서비스위원회 청문회가 있었다. 아칸소전력회사의 큰 폭의 요금인상 요청과 관련하여 심의가 진행되었는데, 아칸소 전력회사는 미시시피 그랜드 만에 세워지는 대규모 원자력발전소 건설에 참여하려면 요금인상이 불가피하다고 주장했다. 그랜드 만 원자력발전소의 건설 주체는 아칸소 전력회사의 모회사인 미들사우스공사(현재의 엔터지)였다. 이들은 직접 고객으로부터 요금을 징수하는 기관이 아니었기 때문에, 그랜드 만 발전소의 건설비용은 아칸소, 루이지애나, 미시시피, 뉴올리언스 시 등에 전력을 공급하는 자회사들이 분담해야 했다.

나는 이후 몇 년 동안 그랜드 만 발전소 문제에 많은 시간과 관심을 할애해야 했다. 이 사안은 두 가지 문제를 안고 있었다. 첫째는 발전소 건설 주체가 모회사였기 때문에 우리 주의 공공서비스위원회는 발전소 건설을 사전 승인할 권한도 의무도 없었는데, 발전소 건설비용의 35퍼센트를 수요자들이 감당해야 한다는 사실이었다. 둘째, 나는 전력수요 증가를 에너지 보존과 기존 발전소 운영의 효율화를 통해서 좀 더 적은 비용으로 해결할 수 있다고 생각하고 있었다. 청문회에 대비하여, 법무부 직원인 월리 닉슨이 에이머리 로빈스의 연구를 검토했다. 로빈스의 연구는 에너지 보존과 태양에너지가 가진 막대한 가능성과 경제적 이익을 입증하고 있었다. 나는 그의 이론이 일리가 있다고 생각하고 그를 만났다. 당시 경제계와 정치계의 통상적인 생각은 경제성장은 필연적으로 끊임없는 전력생산 증가를 필요로 한다는 것이었다. 에너지 보존 정책의 우위성을 입증하는 여러 가지 강력한 증거들이 있었지만, 기존 정치계와 경제계는 보존 정책을 멍청한 지식인들의 무모한 공상이라고 생각하고 있었다. 안타깝게도 아직도 그런 시각을 가지고 있는 사람들이 많은 것 같다. 주 법무장관으로, 주지사로, 그리고 대통령으로 일했던 20여 년 동안, 나는 에이머리 로빈스와 여러 전문가들의 연구를 근거로 대체에너지 정책을 강력하게 지지해왔다. 덕분에 그 분야에서 약간의 진전을 이룰 수는 있었지만, 이 정책에 대해 반대하는 세력의 목소리는 높았다. 특히 보수주의자들이 의회를 장악했던 1995년 이후, 반대는 더욱 심해졌다. 앨 고어와 나는 주장을 입증할 수 있는 여러 가지 증거들을 가지고, 청정에너지와 에너지 보존 기술을 생산하거나 구매하는 경우 25퍼센트의 세금을 공제하는 정책을 입안하기 위해서 노력했다. 하지만 이 노력은 공화당원들의 끊임없는 방해 때문에 성공을 거두지 못했다. 이와 관련하여 내가 잘하는 농담이 있다. "내가 두 번째 임기에서 이룬 가장 중요한 업적 중의 하나는 뉴트 깅리치와 톰 들레이도 반대할 만한 세금 감면정책을 찾아냈다는 것이다"(보통 세금 감면은 공화당이 지지하는 정책이다—옮긴이주).

주 입법부와 관련된 활동은 아주 흥미로웠다. 입법과 관련된 사안들 중에는 상상도 못 할 만큼 흥미로운 사안들이 많았다. 그리고 다양한 사람들이 상원과 하원을 구성하고 있었고, 수많은 사람들이 어떤 조치에 대해서 반대하거나 찬성하기 위한 로비에 참여하고 있었다. 입법 회기 중에 있었던 일이다. 나는 어떤 법안에 반대하는 연설을 하기 위해서 위원회 청문회에 참석했다. 법안에 찬성하는 쪽의 이익을 대표하는 사람들이 회의실을 가득 채우고 있었는데, 빈스 포스터와 힐러리의 모습도 보였다. 포스터는 내가 반대 연설을 한다는 사실을 미처 모른 채, 경험이나 쌓으라고 힐러리를 데려온 모양이었다. 어색한 처지에 놓인 우리는 서로를 보고 웃고 나서 각자 자기 업무로 돌아갔다. 다행히 로즈 법률회사는 미국변호사협회로부터 힐러리의 고용활동에 관한 소견을 받아둔 상태였다. 미국변호사협회는 로즈 법률회사가 법무장관의 아내를 고용할 수 있다는 입장을 밝히면서, 이해관계의 충돌을 막기 위해서 필요한 조치들을 제시했다. 힐러리는 그 내용을 철저히 따랐다. 로즈 법률회사는 1940년대부터 주 관련 경제적·법률적 업무를 맡고 있었다. 내가 주지사가 되고 자신이 로즈 법률회사에서 파트너로 활동하게 된 이후, 힐러리는 주 관련 업무에서는 손을 뗐고, 결국 그 업무에서 발생하는 배당금도 포기할 수밖에 없었다.

법무장관 취임 당시에는, 엄청나게 많은 소견 요청사안과 여러 가지 업무들이 쌓여 있었다. 법무부 직원들은 적체된 업무를 처리하기 위해서 밤늦게까지 일을 해야 했는데, 그 과정은 오히려 법무부 직원들 간에 신뢰감을 쌓을 수 있는 유익한 시간이었다. 의회 회기가 아닐 때면, 우리 직원들은 금요일마다 편안한 복장을 하고, 일등급 햄버거와 핀볼 게임기계, 셔플보드 게임이 있는 가까운 식당에 가서 점심을 먹었다. 그 식당은 지붕에 커다란 카누가 놓여 있는 낡은 오두막이었는데, 이름이 불길하게도 '화이트워터 선술집'이었다.

'도덕적 다수', 그리고 그와 비슷한 신조를 가진 그룹들의 세력이 커지면서 여러 가지 법안이 상정되었다. 온건한 의원들과 진보적인 의원들은 이런 법안들을 통과시키고 싶지 않았지만, 그렇다고 반대를 했다가는 그런 단체들의 반대 투표자 명단에 올라 불이익을 당할 수도 있었다. 이들은 공개적으로 찬성도 반대도 할 수 없는 자신들의 입장을 모면하기 위해서, 법무장관이 그 법안에 대한 위헌선언을 하게 하는 방법을 선호하고 있었다. 이과정에서 나는 다음과 같은 클린턴의 정치 원칙을 확립하게 되었다. '어떤 사람에게 자기 골칫거리를 남에게 전가할 수 있는 기회를 주면, 그 사람은 골칫거리가 생길 때마다 그렇게 하려고 할 것이다.'

가장 어이없는 법안은 주 하원의원 알로 타이어가 제출한 법안이었다. 그는 아칸소 북동쪽 포카혼타스 주의 하원의원으로, '도덕적 다수'보다 한술 더 뜨고 싶어 하는 점잖은 신사였다. 그가 제출한 법안은 주 전역에 걸쳐서 X등급 영화의 상영을 금지하자는 내용이었다. 성인들의 영화 관람까지 완전히 금지하자는 것이었다. 나는 그 법안이 언론의 자유를 제한하는 위헌적인 요소가 있지 않느냐는 질의를 받았다. 그때 내 머릿속에는 '법무장관, 음란 영화를 지지하다' 라는 신문 헤드라인이 그려졌다. 나는 알로가 왜 그런 법안을 제출했는지 궁금해서 알로의 출신지 지방판사인 밥 더들리에게 전화를 걸었다. "그곳에서는 X등급 영화를 많이 상영합니까?" 내가 이렇게 묻자, 재치 있는 더들리는 "아닙니다. 여기는 극장이라곤 하나도 없는데요. 그 사람은 다른 지역 사람들이 그걸 보는 게 샘이 나나 봅니다"라고 말했다.

영화 법안이 부결되자, 알로는 또 다른 보석을 찾아냈다. 아칸소 내에서 혼인승인을 받지 않고 동거하는 커플에 대해서 1년에 1,500달러의 세금을 부과하자는 것이었다. 내 머릿속에는 다시 신문 헤드라인의 위험신호가 울렸다. '클린턴, 동거를 지지하다!' 나는 알로 타이어 하원의원을 찾아가서 물었다. "알로, 동거기간이 얼마나 되면 이 세금을 내야 합니까? 일 년? 한 달? 일주일? 아니면 하룻밤도 해당됩니까?" 그가 대답했다. "그건 생각해 보지 않았습니다." "그리고 어떻게 집행해야 합니까? 당신이랑 나랑 야구방망이를 들고 집집마다 문을 때려부수고 들어가서 누가 누구하고 무엇을 하고 있는지 알아내야 합니까?" 알로는 어깨를 으쓱하며 말했다. "그 문제도 생각해보지 않았습니다. 그 법안은 철회하는 게 낫겠습니다." 나는 또 한 발의 총탄을 피했구나 생각하며 사무실로 돌아갔다. 그런데 놀랍게도 법무부 직원들 중에는 실망감을 드러내는 사람이 적지 않았다. 그 중에 두 명은 그 법안이 통과되어서 우리 법무부가 집행에 나섰으면 하는 생각을 했다고 말했다. 그들은 새 유니폼까지 구상해둔 상태였다. 섹스 금지 조사단Sex No-no Investigation의 머리글자를 따서 "SNIF"('sniff'라는 단어에는 냄새를 맡는다는 의미가 있다—옮긴이주)라고 새겨넣은 티셔츠를 입자는 것이었다.

우리는 동성애자 권리문제 때문에 심한 곤욕을 치러야 했다. 2년 전에 법무장관인 짐 가이 터커는 새로운 형법을 의회에서 통과시켰다. 그 법안은 100년도 넘은 역사를 가진 복잡한 범죄들을 명확하고 간단한 범주로 묶고, '상태위반status offenses'을 범죄에 포함시키지 않는 내용이었다. 대법원도 상태위반을 폐기했다. 범죄의 구성요건은 금지된 행동을 의도적으로 혹은 무분별하게 하는 것이고, 단순히 사회가 바람직하지 않다고 생각하는 어떤 상태를 지속하고 있다는 사실은 범죄의 구성요건이 되지 않는다. 예를 들자면, 만취 상태는 범죄가 아니고, 동성애자라는 사실도 범죄의 구성요건이 되지 않는다. 그런데 이것은 새로운 형법 규칙이 채택되기 이전에는 범죄로 간주되고 있었다.

빌 스탠실 하원의원은 이 형법에 찬성표를 던졌다는 이유 때문에 출신 지역인 포트스미스의 보수적인 성직자들에게 심한 공격을 받고 있었다. 성직자들은 그가 동성애를 합법화하는 데 찬성했다고 비난했다. 스탠실은 아칸소에서 손꼽히는 고등학교 축구 감독으로 활동했던 경력이 있는 성실한 사람이었다. 네모난 턱에 근육질 몸매, 무너져 내린 코를 가진 남자로, 섬세한 통찰력은 그다지 강하지 않은 사람이었다. 신조를 가지고 동성애에 대해 찬성표를 던진 것이 아니었던 그는 종교적 우익이 벌을 내리기 전에 자신의 실수를 만회하기로 결심했다. 결국 그는 동성애 행위를 범죄로 규정하는 법안을 제출했다. 게다가 그는 법안에 수간獸姦을 금지하는 규정까지 넣었다. 재치 있는 어떤 하원의원은 이것을 두고 그의 지역구에는 농부들이 많지 않은 게 분명하다고 말하기도 했다. 스탠실의 법안은 금지되는 성행위의 내용으로 생각할 수 있는 모든 변태 행위들을 상세히 나열하고 있었다. 음란물을 좋아하는 사람들이 읽는다면 일주일 동안은 음란물을 구하고 싶은 충동을 억제할 수 있을 정도였다.

직접 투표로 그 법안을 부결시킬 방법은 없었다. 게다가 대법원이 합의에 의한 동성애관계는 프라이버시권에 의해 보호된다는 결정을 내린 것은 한참 뒤인 2003년의 일이었다. 그러므로 법무장관이 그 법안이 위헌이라는 소견을 내는 것도 불가능했다. 가능한 방법은 그 법안이 회기를 넘겨 자동 폐기되도록 하는 것뿐이었다. 하원에서 나와 마음이 잘 맞는 세 명의 자유주의적인 의원들, 즉 켄트 루벤스, 조디 마호니, 리처드 메이스가 재미있는 수정안을 제출하기로 했다. 일이 진행중이라는 말을 듣고, 나는 사람들로 붐비는 의회 방청석으로 갔다. 세 의원 가운데 한 의원이 일어나더니 스탠실의 법안을 칭찬하면서 아칸소에서 누군가는 도덕성을 지키기 위해 일어서야 할 때라고 말했다. 이어 그 의원은 말했다. "한 가지 문제가 있습니다. 그 법안은 너무 약합니다. 법안을 강화하기 위해서 '약간의 수정'을 제안하고 싶습니다." 그리고 나서 그는 진지한 얼굴로 입법회기 동안 리틀록에서 간통을 하는 의원들은 D등급의 중죄로 다스려야 한다는 조항을 덧붙이자고 주장했다.

방청석에서는 한바탕 웃음이 터져 나왔다. 그러나 의원석에서는 침묵이 흘렀다. 작은 타운 출신의 의원들 중에는 회기 중에 리틀록에 오는 것을 유일한 낙(파리에서 두 달간 지내는 것과 비슷한 정도의 낙)으로 삼고 있는 사람들이 많았다. 이런 사람들에게는 웃을 일이 아니었다. 몇 사람이 이 똑똑한 세 의원들에게 그 수정안을 철회하지 않으면 다른 법안을 통과시키지 않겠다고 말했다. 수정안은 철회되었고, 법안은 바람에 돛을 단 듯 하원을 통과하여 상원으로 보내졌다.

상원에서는 그 법안을 철회할 더 좋은 방법이 있었다. 그 법안은 포카혼타스 출신의 젊은 상원의원 닉 월슨이 의장으로 있는 위원회로 송부되었다. 그는 의회에서 손꼽히는 똑똑하고 진보적인 의원이었다. 나는 그를 설득해서 입법회기가 끝날 때까지 그 법안을 붙들고 있으라고 설득했다.

회기 마지막 날까지 그 법안은 월슨의 위원회에 계류되어 있었다. 나는 폐회가 되는 시간을 초조하게 기다렸다. 월슨에게 서너 번 전화를 해서 그 문제에 대해 이야기하면서 초조하게 기다리는 바람에 그만 강연차 핫스프링스로 떠나야 할 시간을 한 시간이나 넘기고 말았다. 더 이상 지체할 수 없게 되었을 때, 나는 마지막으로 그에게 전화를 걸었다. 그는 30분만 있으면 폐회가 되고 그 법안은 사라지게 될 거라고 말했고, 나는 리틀록을 떠났다. 15분 뒤에, 그 법안에 찬성하는 유력한 상원의원 한 사람이 닉 월슨을 찾았다. 그는 월슨에게 법안을 통과시켜주면 자신의 지역구에 직업기술학교를 세울 수 있는 새 건물을 주겠다고 말했다. 팁 오닐 하원의장이 말한 것처럼, 모든 정치는 지역적인 것이다. 월슨은 그 법안을 손에서 놓아버렸고 법안은 쉽게 통과되었다. 나는 울화가 치밀었다. 몇 년 후 리틀록 출신의 하원의원인 빅 스나이더가 주 상원의원에 당선되어 그 법을 철회하려고 시도했지만 수포로 돌아가고 말았다. 내가 아는 바로 그 법은 집행된 적이 없다. 하지만 그 법은 2003년 대법원이 그 법의 효력을 무효화시키는 결정을 내릴 때까지 명문화되어 있었다.

법무장관 재직시 내가 부딪혔던 또 한 가지 재미있는 문제는 문자 그대로 삶과 죽음의 문제였다. 어느 날 나는 아칸소 아동병원에서 걸려온 전화를 받았다. 그 병원에 온 지 얼마 되지 않은 실력 있는 젊은 외과의사가 샴쌍둥이 분리 수술을 해달라는 부탁을 받았다. 가슴이 붙어 있어서 호흡기관과 심장기관이 하나뿐인 쌍둥이였다. 그 기관들의 기능으로는 두 아이가 오랫동안 견딜 수 없기 때문에, 분리 수술을 하지 않으면 두 아이 모두 죽게 될 상황이었다. 문제는 분리 수술을 하면 두 아이 중 한 아이를 죽이게 된다는 점이었다. 병원 측은 수술 후 생존이 불가능한 아이를 죽였다는 이유로 그 의사를 기소할 수 없다는 소견을 원하고 있었다. 엄격하게 말하자면, 나는 그것을 보증할 수 없었다. 법무장관의 소견이 소견을 받는 사람을 보호할 수 있는 것은 민사소송 절차와 관련된 경우뿐이지, 형사소추 절차에서는 보호할 수 없었다. 그러나 법무장관의 소견이 있으면 검찰이 지나친 의욕에서 그 사람을 기소하는 것을 막을 수 있을 터였다. 나는 그 사람에게 쌍둥이 중의 한 아이의 목숨을 구하기 위해서 다른 아이를 죽일 수밖에 없는 것은 범죄가 아니라는 내용의 공문을 보냈다. 그 의사는 수술을 했고, 결국 한 아이는 죽고 다른 한 아이는 살았다.

우리가 집행했던 대부분의 업무들은 앞에서 사례로 들었던 것들보다 훨씬 정형화된 업무들이었다. 2년 동안 우리가 집행했던 업무에는 제대로 된 소견을 발표하는 일에서부터, 주 기관들이 필요로 하는 업무와 형사소송 업무를 처리하는 일, 요양시설이 제공하는 의료의 질을 높이는 일, 공공요금을 인하하는 일 등이 포함되어 있었다. 당시 인근의 다른 주들의 공중전화요금은 25센트까지 치솟고 있었는데, 법무부 직원들의 노력 덕분에 우리 주의 공중전화요금은 10센트로 인하되었다.

나는 주 전역을 순회할 기회를 가능한 한 많이 가졌다. 다음 선거에 대비해서 지지자들을 넓히고 조직을 강화하려는 의도였다. 1977년 1월, 파인 블러프의 로터리클럽 연회에서 선출된 공직자로서 첫 연설을 했다. 그곳은 남동부 아칸소의 최대도시로, 1976년 선거 때 내가 45퍼센트의 득표율을 올린 곳이었기 때문에 다음 선거에 대비해서 공을 들일 필요가 있었다. 500 명이 참석한 만찬이었으므로, 나로서는 득표율을 끌어올릴 수 있는 좋은 기회였다. 의식은 오랜 시간에 걸쳐서 지루하게 계속되었다. 많은 사람들이 연설을 하고 엄청나게 많은 사람들이 소개를 받아 인사를 했다. 행사 주최 측은 참석한 사람들을 모두 소개하지 않으면, 소개받지 못한 사람들이 돌아가서 화를 낼 것이라고 생각하는 것 같았다. 그래서인지 그 만찬이 끝나고 난 뒤, 기분이 좋지 않았던 사람들은 그다지 많지 않았다. 사회자가 나를 소개했을 때는 밤 10시가 가까운 시간이었다. 사회자는 나보다 더 민감해져 있었고, 나를 소개하는 첫 마디가 "이제 여기서 끝내고 즐거운 저녁 시간을 보낼 수도 있습니다"라는 것이었다. 이제 나올 사람이 가장 훌륭한 사람이라는 의미로 한 말이었다는 것은 이해하지만, 그렇게 들리지는 않았다. 다행히도 사람들은 이 말을 듣고 웃음을 터뜨렸다. 군중들은 내 연설에 대해 호의적인 반응을 보였는데, 아마 연설이 짧아서 그랬을 것이다.

나는 흑인 사회에서 개최하는 행사에도 몇 번 참석했다. 어느 날 로버트 젠킨스 목사에게서 자신의 모닝스타 침례교회 취임식에 참석해달라는 연락을 받았다. 그 교회는 노스 리틀록에 있는 나무로 지은 작은 교회로, 150명이 편안히 앉을 만한 좌석을 갖추고 있었다. 더운 일요일 오후에 열린 취임식에는 다른 여러 교회에서 온 성직자들과 성가대를 포함해서 300명 남짓한 사람들이 참석했다. 나 말고 그 취임식에 참석한 백인은 카운티 판사인 로저 미어스뿐이었다. 성가대들이 차례로 찬송을 부르고 목사들이 차례로 축하연설을 했다. 젠킨스 목사가 설교를 하려고 일어났을 때는 시간이 한참 흐른 뒤였다. 젊고 잘생긴데다 대단한 웅변가였던 그의 설교는 청중들의 관심을 끌어 모았다. 그는 누구나 가까이 할 수 있는 목사가 되고 싶지만, 오해받는 목사는 되고 싶지 않다고 말했다. "우리 교회의 여성 신도들에게 특별히 부탁하고 싶은 것이 있습니다. 만일 목사가 필요하신 분들은 낮이든 밤이든 아무 때나 저에게 부탁을 하셔도 좋습니다. 하지만 남자가 필요하신 분들은 주님께 부탁을 하십시오. 주님은 여러분께 남자를 보내주실 겁니다." 상류층 백인 교회에서는 생각할 수도 없는 내용이었지만, 그의 신도들은 격식에 얽매이지 않은 목사의 솔직한 태도를 기분 좋게 받아들이고 큰소리로 입을 모아 "아멘"을 외쳤다.

로버트가 본격적인 설교에 들어가자, 분위기가 달아오르기 시작했다. 갑자기 내 옆에 앉은 나이 든 여성이 자리에서 일어나더니 몸을 흔들면서 소리치기 시작했다. 성령이 임하신 모양이었다. 조금 있으니 한 남자가 일어나 아까 그 여성보다 훨씬 큰 목소리로, 훨씬 통제하기 힘든 상태로 날뛰기 시작했다. 그의 열광이 쉬 가라앉지 않자, 신도 두 사람이 그 남자를 성가대 가운을 보관하는 작은 방으로 데려간 다음 문을 닫았다. 그는 계속 알아들을 수 없는 소리를 외치면서 벽을 발로 차기 시작했다. 내가 돌아보는 순간, 그는 문짝을 경첩에서 떼어내 내던지고 고함을 지르며 교회 마당으로 뛰어나갔다. 그 순간 나는 아이티에서 막스 보부아를 찾아갔을 때 목격했던 장면이 떠올랐다. 한 가지 다른 점이 있다면 이 사람들은 자신을 움직이는 것이 예수님이라고 생각한다는 점이었다.

얼마 후에 나는 백인 신도들도 비슷한 경험을 하는 모습을 보았다. 법무장관실의 재무직원인 다이앤 에반스가 오순절교회에서 주최하는 여름 캠프에 나를 초대했다. 캠프가 열리는 장소는 리틀록에서 남쪽으로 48킬로미터 떨어진 레드필드였다. 오순절교회 성직자를 부모로 둔 다이앤은 독실한 여성들이 흔히 그러듯이 간소한 옷차림에 화장도 하지 않았으며, 머리도 자르지 않고 둥글게 말아 묶고 다녔다. 당시 독실한 오순절교회 신도들은 영화나 운동경기도 관람하지 않았다. 신도들 중에는 자동차 라디오에서 나오는 세속적인 노래조차 듣지 않으려고 하는 사람들이 많았다. 나는 다이앤을 알게 된 후로, 그들의 신앙과 태도에 대해 더 한층 관심을 가지게 되었다. 다이앤은 똑똑하고 업무능력도 뛰어나고 유머 감각도 있었다. 내가 농담 삼아 오순절교회 신도들은 왜 그렇게 할 수 없는 게 많으냐고 물었더니 그녀는 교회에 가면 재미있는 일이 많다고 말했다. 나는 곧 그녀의 말이 옳다는 것을 깨닫게 되었다.

레드필드에 도착하자, 다이앤은 나를 오순절교회 아칸소 지부의 지도자인 제임스 럼프킨 목사를 비롯해서 여러 목사들에게 소개했다. 우리 일행은 3,000명의 사람들이 운집해 있는 집회장소로 들어갔다. 나는 그 목사들과 함께 무대 위에 앉았다. 내 소개가 끝나고 여러 가지 의식이 거행된 뒤, 강렬하고 율동적인 음악과 함께 예배가 진행되기 시작했다. 흑인 교회에서 경험했던 것과 비슷한 강렬한 음악이었다. 두 곡의 찬송이 끝나자, 신도석에서 아름다운 젊은 여성이 나오더니 오르간 앞에 앉아 찬송을 부르기 시작했다. 전에 들어보지 못한 '주님이 임하시니In the Presence of Jehovah' 라는 곡이었는데, 숨 막힐 듯 아름다운 곡이었다. 나도 모르는 사이에 눈물이 줄줄 흘러내렸다. 그 여성은 럼프킨 목사의 딸이자, 앤서니 맨건 목사의 아내인 미키 맨건이었다. 앤서니 맨건 목사는 부모님, 아내와 함께 루이지애나 알렉산드리아의 대형 교회에서 목회를 하고 있었다. 다음에는 앤서니 맨건 목사가 열정적인 설교를 시작했는데, 설교 도중에 방언을 하기도 했다. 그는 신도들에게 앞으로 나와서 무릎 높이의 제단에서 기도를 하도록 권했다. 많은 사람들이 앞으로 나가 손을 들고 하나님을 찬양하며 방언을 했다. 결코 잊혀지지 않을 밤이었다.

나는 1977년부터 1992년까지, 한 해만 빼고 해마다 이 여름 캠프에 참가했다. 친구들을 데려가는 일도 많았다. 2년쯤 후에, 그 교회 사람들은 내가 교회에서 성가대활동을 하고 있다는 것을 알고 '대머리들' 이라는 이름의 대머리 성직자들로 이루어진 성가대에서 노래를 부르라고 권유한 적도 있었다. 성가대 활동은 즐거웠고, 머리 문제 말고는 사람들과도 마음이 잘 맞았다.

해마다 나는 오순절교회 신도들의 놀라운 행위들을 목격했다. 어느 해에는 한 목사가 나와서 자신은 학식이 부족하지만 주님에게 『성경』을 암송하는 권능을 받았다면서 230개의 성경구절을 줄줄 외웠다. 나는 그가 제대로 암송하는지 확인하려고 『성경』과 비교해보았다. 28개 구절을 찾아 비교해보았는데, 단 한 단어도 틀리는 데가 없었다. 한번은 중증 장애인으로 자동휠체어를 탄 젊은 남자가 여름 캠프에 참석했다. 그때 목사가 신도들에게 제단으로 나와 기도를 하라고 권유했다. 예배당은 앞쪽으로 경사를 이루는 구조였는데, 맨 뒤에 있던 그는 휠체어를 엄청난 속도로 굴려서 경사진 복도를 내리달리다가 제단에서 3미터쯤 앞에서 갑자기 브레이크를 걸었다. 그순간 그의 몸은 휠체어에서 튕겨나와 휙 날아가더니 제단이 있는 자리에 정확하게 무릎을 꿇고 착지했다. 놀라운 착지 실력을 보여준 그는 몸을 숙이고 다른 사람들과 똑같은 모습으로 하나님을 찬양했다.

오순절교회 신도들의 놀라운 행동들 덕분에 많은 감명을 받은 것도 사실이지만, 그들과 좋은 교제를 할 수 있었던 것이 나로서는 더욱 소중한 경험이었다. 나는 신앙을 실천하면서 생활하는 그들이 존경스러웠다. 그들은 철저한 낙태반대론자들이었는데, 다른 사람들과는 달리, 원치 않은 아이가 생기면 인종이 다르거나 신체장애가 있거나 상관하지 않고 화목한 가정을 찾아주었다. 그들은 낙태와 동성애 문제에 대해서는 나와 의견이 달랐지만, 이웃을 사랑하라는 하나님 말씀을 그대로 실천에 옮기고 있었다. 1980년 주지사 재선에 실패했을 때, 대머리 성가대원 한 사람이 제일 먼저 전화를 걸어왔다. 그는 세 명의 성직자들이 나를 만나고 싶어 한다는 이야기를 전했다. 주지사 공관으로 찾아온 그들은 나를 위해서 기도해주었고, 패배를 했을 때나 승리를 했을 때나 똑같이 나를 사랑한다는 말을 하고 떠났다.

내가 아는 오순절교회 신도는 독실한 신앙인이면서 동시에 성실한 시민이었다. 그들은 투표를 하지 않는 것은 죄악이라고 생각했다. 내가 아는 대부분의 성직자들은 정치와 정치가들을 좋아했으며, 유능한 정치가로서의 자질을 갖추고 있었다. 1980년대 중반에 미국 전역의 근본주의 교회들이 아동보육센터는 주가 정한 기준을 충족하고 주의 허가를 받아야 한다는 주 법률에 항의하고 나섰다. 일부 지역에서는 이 문제가 상당히 심각해져서 중서부 주의 어느 성직자는 아동보육기준을 따르기를 거부하고 감옥에 가는 쪽을 선택하기도 했다. 이 문제는 아칸소에서도 심각한 문제를 일으킬 소지가 있었다. 우리는 어느 종교기관의 아동보육센터와 마찰을 빚고 있었으며, 아동보육에 관한 주 차원의 새로운 기준을 확정짓기 위해 심의 중이었다. 나는 알고 지내는 오순절교회 목사들을 찾아가서 진짜 문제가 되는 것이 무엇인지 물어보았다. 그들은 자신들로서는 주가 제시한 건강과 안전 기준을 충족하는 것은 아무런 문제가 없으며, 단지 주의 허가를 받고 센터 내부에 그 허가증을 게시하라는 주의 요청이 문제가 될 뿐이라고 말했다. 그들은 아동보육을 중요한 목회활동으로 보고, 종교의 자유를 보장하는 수정헌법 1조에 근거하여 주정부가 종교단체에 간섭을 해서는 안 된다고 생각하고 있었다. 나는 새로운 주 기준안을 작성하여 그들에게 보내면서 문안을 읽고 나서 소견을 말해달라고 부탁했다. 다음 날 답변이 왔는데, 주 기준안이 합당하다는 의견이었다. 나는 협의를 하자고 제안했다. 그 내용은 종교단체의 아동보육센터들이 주 기준안의 내용을 실질적으로 따르고 주의 정기적인 조사를 받아들이는 경우에는 주의 허가를 의무사항으로 하지 않는다는 것이었다. 그들이 이 제안을 받아들였고, 덕분에 큰 마찰 없이 주가 정한 기준이 시행되었다. 내가 아는 바로는 교회가 운영하는 보육센터들 중에 문제가 발생한 경우는 없었던 것 같다.

1980년대의 어느 부활절 기간에 힐러리와 나는 첼시를 데리고 알렉산드리아에 있는 맨건의 교회에 가서 부활절 메시아 예배에 참석했다. 그곳의 음향 및 조명 시설은 훌륭했으며, 무대는 실제 동물들까지 동원하여 실감나게 꾸며져 있었다. 메시아 강림 장면을 재연하는 공연에 참가한 배우들은 모두 교회 신도였으며, 직접 아름다운 노래를 불렀다. 한번은 대통령 재임 시 부활절 기간에 알렉산드리아 근처의 포트포크에 머문 적이 있었다. 이때 나는 루이지애나 출신의 흑인 하원의원 클레오 필즈, 빌 제퍼슨과 기자단을 동반하고 맨건의 교회로 메시아 강림 공연을 보러 갔다. 그런데 예배 도중에 갑자기 조명이 꺼졌다. 어떤 여성이 깊이 있고 힘찬 목소리로 찬송을 부르기 시작했다. 맨건 목사는 제퍼슨 하원의원에게 "빌, 지금 노래하는 이 신도가 흑인인 것 같습니까? 백인인 것 같습니까?" 하고 물었다. 빌은 "흑인입니다. 틀림없어요." 몇 분 후 조명이 켜진 뒤에 보니, 무대에는 높은 머리를 하고 검은 드레스를 입은 키 작은 백인 여성이 서 있었다. 제퍼슨은 믿을 수 없다는 듯 고개를 저었다. 몇 줄 앞에 앉은 어떤 흑인 남자의 입에서는

"이런, 백인이잖아!"라는 말이 터져나왔다. 공연이 끝날 무렵, 냉소적인 기자들의 눈에 눈물이 가득 고여 있는 것이 보였다. 음악의 강렬한 힘이 무신론의 벽을 뚫고 그들의 마음에 가 닿은 모양이었다.

미키 맨건과 제니스 스조스트랜드라는 오순절교회 신도가 나의 대통령 취임 헌신 예배에 참석하여 노래를 불렀을 때, 모든 참석자들이 열화와 같은 갈채를 보냈다. 교회를 떠나는데 합동참모본부장인 콜린 파월이 나에게 물었다. "어디서 저렇게 노래를 잘 하는 백인 여성을 찾았습니까? 저는 저런 사람이 있는 줄도 몰랐습니다." 나는 웃으며 대답했다. 저런 사람들을 알고 있으니 내가 대통령에 당선된 게 아니겠느냐고.

대통령 두 번째 임기 때, 공화당원들이 나를 자리에서 쫓아내려고 안달을 하고 수많은 평론가들이 나를 이미 죽은 목숨으로 간주하고 있을 때의 일이었다. 앤서니 맨건이 전화를 걸어와서 미키와 함께 찾아갈 테니 20분만 시간을 내달라고 말했다. 나는 "20분이요? 20분 동안 만나려고 비행기를 타고 그 먼 길을 오실 작정입니까?" 하고 물었다. 그는 "대통령은 바쁘잖아요. 20분이면 충분합니다"라고 대답했다. 며칠 후 나는 대통령 집무실에서 앤서니와 미키를 만났다. 그는 말했다. "당신의 행동은 나쁘지만, 당신은 나쁜 사람이 아닙니다. 우리는 아이들을 함께 키웠어요. 절대로 낙담하지 마세요. 당신 배가 점점 가라앉아서 쥐들이 침몰하는 배에서 떠나기 시작하면, 저한테 연락하세요. 나는 가라앉는 당신 배에 올라 당신과 함께 있고 싶습니다." 우리는 함께 기도를 드렸다. 미키는 내게 용기를 주려고 작곡했다면서 아름다운 찬송이 담긴 테이프를 주었다. 그 곡의 제목은 '죄에서 구하시니'였다. 20분 후에 그들은 자리에서 일어나서 비행기를 타기 위해 나갔다.

오순절교회 신도와의 만남은 내 삶을 풍요롭게 만들고 변화를 주었다. 종교가 없는 사람이나 다른 종교를 가진 사람의 입장에서도, 자신과 같은 사람만이 아니라 다른 모든 사람들에게 사랑을 베풀면서 사는 사람들은 보기에 아름답다. 나는 누구든지 오순절교회의 예배에 참석할 수 있는 기회가 생기면, 그 기회를 절대로 놓치지 말라고 당부하고 싶다.

1977년이 저물 무렵, 정치적인 공론이 다시 시작되었다. 매클렐런 상원의원이 35년 가까운 상원의원 활동을 마무리하고 정계에서 은퇴하겠다고 밝힘으로써, 그 후임을 차지하기 위한 치열한 전투의 막이 올랐다. 6년 전에 매클렐런을 이길 뻔했던 프라이어 주지사가 출마의사를 밝혔다. 짐 가이 터커와 레이 손턴도 출마했다. 레이 손턴은 남부 아칸소 제4지역구의 하원의원으로 닉슨 탄핵 당시 하원 사법위원회에 참여하면서 이름을 날린 사람이었다. 그는 위트와 잭 스티븐스의 조카였기 때문에 선거운동 자금에 관한 한 걱정이 없는 사람이었다.

나도 상원의원 선거에 뛰어들 것인지 결정을 내려야 했다. 최근의 여론조사에 의하면, 나의 지지율은 2위로, 다른 두 하원의원들보다는 약간 앞서고 있었지만, 1위인 주지사에게는 10포인트 뒤처져 있었다. 나에게는 선출직 공무원 직위에 1년 남짓 있으면서, 다른 두 하원의원들과는 달리 아칸소 전체를 대표하고 있었고, 늘 아칸소 지역에 머물고 있었으며, 잘만 하면 주민들의 인정을 받을 수 있는 활동을 하고 있다는 장점이 있었다. 소비자 보호, 노인복지 개선, 공공요금 인하, 법과 질서에 반대하는 사람은 많지 않았으니까.

하지만 나는 상원의원 대신 주지사 선거에 출마하기로 결심했다. 나는 주정부의 일이 좋았고, 아칸소에 머무르는 것이 좋았다. 나는 입후보를 하기 전에 법무장관 자격으로 커다란 사건을 마무리지어야 했다. 나는 그 일을 원거리에서 처리했다. 크리스마스 직후에, 나는 힐러리와 함께 플로리다로 가서 오렌지볼에서 열리는 아칸소 대 오클라호마 미식축구 경기를 관전했다. 그 해에 처음 합류한 로우 홀츠 감독의 지휘 하에 레이저백은 그해 시즌에서 10승 1패의 실적을 올리고 전미 6위를 차지하고 있었다. 1패는 1위의 텍사스 팀과 붙어서 패한 것이었다. 오클라호마는 전국 2위로서 근소한 차이로 텍사스에 뒤지고 있는 팀이었다.

우리가 플로리다에 도착하자마자, 아칸소 미식축구팀과 관련된 문제가 터져 나왔다. 홀츠 감독이 세 명의 선수에게 출전정지 명령을 내려 오렌지볼 시합에서 뛸 수 없게 했기 때문이다. 홀츠 감독은 선수기숙사에서 한 젊은 여성과 관련하여 벌어진 사건에 연루되었다는 이유로 이들의 출전을 정지시켰다. 그 선수들은 그냥 평범한 선수들이 아니라, 주전 테일백, 풀백, 플랭커를 맡고 있는 선수들이었다. 테일백을 맡은 선수는 남서부 경기연맹에서 최고 수비수였고, 플랭커는 엄청난 주력을 가진 대단히 유망한 선수였다. 이들 세 사람은 팀 수비의 대부분을 담당하고 있는 선수들이었다. 형사고발은 없었다. 그러나 홀츠는 '옳은 행동을 하라'는 규칙을 어겼기 때문에 출전을 정지한 것이며, 자신은 선수들을 훌륭한 선수뿐 아니라 훌륭한 사람이 되도록 가르칠 의무가 있다고 말했다.

세 명의 선수들은 출전권을 회복하기 위해서 소송을 제기했고, 출전정지는 자의적이며 인종적인 편견에 근거한 것이라고 주장했다. 세 명의 선수는 흑인이었고, 그 여성은 백인이었다. 그들은 또한 팀 선수들에게 지원을 요청했다. 아홉 명의 선수들이 이들 세 선수가 출전하지 않으면 자신들도 오렌지볼에서 뛰지 않겠다고 선언했다.

나는 홀츠의 결정을 방어해야 했다. 체육대회 이사로 일하는 프랭크 브로일스와 의논한 끝에, 나는 플로리다에 머물면서 브로일스, 홀츠와 긴밀한 연락을 취했다. 리틀록 연방법원의 일은 보좌관인 엘렌 브랜틀리에게 처리하도록 지시했다. 엘렌은 힐러리의 모교인 웨슬리를 졸업한 똑똑한 법률가였고, 여성이 법무부의 입장을 대변한다고 해서 문제가 생길 리 없다는 것이 나의 판단이었다. 한편 레이저백 선수들의 입장은 차차 홀츠를 지지하며 게임에 참가하겠다는 분위기로 바뀌고 있었다.

격렬한 논란이 오고가는 며칠 동안, 나는 하루에 여덟 시간 이상씩 전화를 붙들고 앉아서 리틀록에 있는 엘렌과 마이애미에 있는 브로일스, 그리고 홀츠와 통화를 했다. 홀츠에 대한 압력과 비난이 점차 거세지고 있었다. 특히 인종주의자라는 비난이 높았다. 비판자들은 그가 노스캐롤라이나 주에서 감독을 맡고 있을 때 극도로 보수적인 제시 헬름즈 상원의원의 재선을 지지했다는 사실을 공격의 근거로 삼았다. 몇 시간 동안 홀츠와 전화 통화를 하고 나서, 나는 그가 인종주의자도 아니고 정치적인 사람도 아니라는 것을 알 수 있었다. 그는 헬름즈가 자신에게 베풀어주었던 호의에 보답한 것뿐이었다.

12월 30일, 시합이 열리기 사흘 전에, 세 명의 선수들이 소송을 취하하여 경기를 하지 않겠다고 약속했던 9명의 선수들을 홀가분하게 해주었다. 하지만 문제가 해결된 것은 아니었다. 정신적인 타격을 입은 홀츠는 프랭크 브로일스에게 전화를 걸어 사퇴할까 한다고 말했다. 나는 당장 프랭크에게 전화를 걸어서 그날 밤에는 무슨 일이 있어도 사무실 전화를 받지 말라고 말했다. 나는 홀츠가 아침에 일어나면 경기에서 이기고 싶을 거라고 확신하고 있었다.

다음 이틀 동안, 레이저백은 무서운 기세로 연습에 임했다. 애초에 오클라호마보다 18포인트 뒤져 있는 팀인데다가, 세 명의 스타급 선수들이 빠졌으니 게임은 불리할 게 뻔한 일이었다. 하지만 선수들은 서로를 다독여가면서 열심히 연습했다.

1월 2일 밤에, 힐러리와 나는 오렌지볼에 앉아 오클라호마가 워밍업을 하는 모습을 지켜보았다. 그 전날, 1위의 텍사스가 코튼볼 시합에서 노트르담에 패했기 때문에, 오클라호마에 남은 것은 주요 선수가 빠진 레이저백을 물리치고 전국 우승을 차지하는 것뿐이었다. 그들은 우승을 하는 것은 식은 죽 먹기나 다름없다고 생각하고 있었고, 다른 사람들도 같은 생각을 하고 있었다. 레이저백이 경기장으로 들어왔다. 그들은 일렬로 서서 뛰어 들어가서는 손바닥으로 골포스트를 때린 다음 워밍업을 시작했다. 힐러리는 그들의 기세를 보자 내 손을 잡고 말했다. "빌, 저 선수들 좀 봐요. 우리가 이길 것 같아요." 숨막힐 듯한 수비와 수비수인 로랜드 세일즈의 기록적인 205야드 전진으로 경기를 압도한 레이저백은 오클라호마를 31 대 6으로 따돌렸다. 아칸소 미식축구의 역사상 가장 큰 승리였으며, 예상을 뒤엎은 승리였다. 작고 마른 다혈질의 홀츠가 사이드라인을 왔다 갔다 하는 모습을 보고 힐러리는 우디 앨런 같다고 말했다. 이 기묘한 사건 덕분에 그와 친해질 수 있었던 것은 참으로 행운이었다. 그는 똑똑하고 용감했다. 당시 현직에 있는 미국 감독 중에 으뜸이라고 할 만했다. 그는 아칸소 뒤에도 미네소타, 노트르담, 사우스캐롤라이나 등의 감독을 거쳤지만, 다시는 그날 밤처럼 감격적인 순간을 맛보지 못했을 것이다.

　오렌지볼 사건을 뒤로 하고, 나는 집으로 돌아와 다음 활동에 돌입했다. 매클렐런 상원의원의 공식 은퇴선언이 나온 후에, 나는 그를 찾아가서 그 간의 노고를 치하하고 조언을 구했다. 그는 자신의 후임으로 상원의원에 출 마하라고 강력하게 권유했다. 그는 데이비드 프라이어가 상원의원이 되는 것을 원치 않았으며, 터커나 손턴과도 특별한 인연이 없었다. 그는 자신이 처음 상원의원에 도전했다가 실패했던 것처럼 나도 잘못해서 질 수 있지만, 만일 진다고 해도 나이가 젊으니까 자신이 도전했던 것처럼 다시 도전할 수 있는 것 아니냐고 말했다. 내가 주지사 출마를 염두에 두고 있다고 말하자, 그는 그것은 좋지 않은 생각이라면서 주지사 직에 있으면서 할 수 있는 일 은 사람들을 짜증나게 하는 것뿐이라고 말했다. 그는 상원에 진출하면 아칸 소 주와 나라를 위해서 큰일을 할 수 있지만, 주지사 직에 오르는 것은 정치 계의 무덤으로 가는 지름길이라고 말했다. 과거를 되짚어보면 매클렐런의 분석이 옳았다. 데일 범퍼스는 '새로운 남부'의 번영과 진보주의의 물결을 타고 주지사에서 상원의원으로 전진했지만, 그는 예외적인 경우였다. 프라 이어는 어려운 시절에 주지사 일을 했으므로, 내가 출마를 하든 안 하든 거 센 도전에 직면하게 될 터였다. 게다가 4년 이상 주지사로 활동하는 것은 어 려운 일이었다. 아칸소가 1876년에 주지사 임기를 2년으로 규정한 이후로, 4년 이상 재임한 주지사는 제1차 세계대전 전의 제프 데이비스, 그리고 오 벌 포버스뿐이었다. 포버스는 주지사 자리를 지키기 위해 센트럴 고등학교 에서 엄청난 잘못을 저지르기도 했다.

　매클렐런은 82세인데도 아직 판단이 정확하고 빨랐기 때문에, 나는 그 의 충고를 존중하고 있었다. 나는 또한 그가 나를 격려해주는 것에 놀라고 있었다. 나는 그보다 훨씬 자유주의적이지만, 그것은 그의 후임에 나서려고 하는 다른 후보들 역시 마찬가지였다. 우리 사이가 나쁘지 않았던 데는 몇 가지 이유가 있었다. 프라이어 주지사가 그에게 맞서 싸우고 있을 때, 나는 예일 법대에 다니고 있었기 때문에 프라이어를 도울 수 없었다. 만일 내가 아칸소에 있었다면 틀림없이 프라이어를 도왔을 것이다. 또한 나는 매클렐런이 범죄조직망을 분쇄하기 위해서 했던 진지한 활동들을 높이 평가하고 있었다. 범죄조직망은 정치적 입장이나 경제적 환경에 관계없이 모든 미국인들에게 위협적인 것이었다. 우리가 만난 지 얼마 안 있어 매클렐런 상원의원은 임기 중에 사망했다.

매클렐런도 상원의원 출마를 권하고 주 전역의 지지자들도 상원의원에 출마하면 도와주겠다고 했지만, 결국 나는 주지사에 출마하기로 마음을 굳혔다. 나는 내가 성취할 수 있는 일들을 생각하면서 크게 흥분하고 있었고, 주지사에 당선될 수 있다고 믿고 있었다. 서른한 살이라는 내 나이는 상원의원 선거에 비해서 주지사 선거에서 훨씬 많은 공격을 받을 가능성이 있었다. 하지만 주지사 선거는 힘든 조직운영과 의사결정을 내려야 하는 책임 때문에 상원의원 선거에 비해서 경쟁이 심하지 않았다.

민주당 예비선거에서 주지사 선거에 입후보한 사람은 나 이외에 조 우드워드, 프랭크 레이디, 랜돌 매시스, 먼로 슈워츠로즈 이렇게 네 명이 더 있었다. 조 우드워드는 남부 아칸소의 매그놀리아 출신 변호사로, 데일 범퍼스 선거운동에서 활약했던 인물이었다. 프랭크 레이디는 북동부 아칸소 출신의 변호사인데, 보수적인 복음주의적 기독교인이라서 '도덕적 다수'의 유권자들이 선호할 만한 후보였다. 그는 나의 경쟁후보로서는 처음으로 힐러리를 공개적으로 비난했던 사람이었다. 그는 표면적으로는 힐러리가 변호사 활동을 하고 있다는 것을 문제 삼았지만, 힐러리가 결혼을 하고서도 미혼일 때 이름을 사용하고 있는 것을 은근히 비꼬고 있었다. 랜돌 매시스는 핫스프링스 남쪽 클라크 카운티에서 활동하고 있는 카운티 판사였다. 먼로 슈워츠로즈는 남동부 아칸소 출신의 상냥한 칠면조 농장 주인이었다. 우드워드가 가장 강력한 경쟁자가 될 것 같았다. 그는 학식도 많고 논리정연하며, 범퍼스 선거운동 경력 덕분에 주 전역에 지인들이 많았다. 하지만 게임의 주도권은 내가 쥐고 있었다. 내가 해야 할 일은 오로지 이 주도권을 유지하는 것뿐이었다. 모든 사람들의 관심이 상원의원 선거에 집중되어 있었기 때문에, 나는 그저 열심히 움직이고, 실수를 피하고, 법무장관의 직위를 성실하게 수행하면 그만이었다.

주지사 선거운동에서는 극적인 사건들이 상대적으로 적은 편이었지만, 재미있는 순간들이 꽤 있었다. 조 우드워드를 지지하는 주 경찰관이 1969년에 그 유명한 나무에서 나를 끌어내렸다고 맹세하고 나서면서 '나무 이야기'가 다시 한 번 되살아났다. 러셀빌 북쪽의 도버에 갔을 때는 통나무 운송업자들과 함께 줄다리기 경기에 참여했다. 그것은 나의 남성적 능력에 대한 또 한 차례의 도전이었다. 나는 양쪽 팀 중에서 가장 몸집이 작았기 때문에 맨 앞에 서게 되었다. 물과 진흙이 가득 찬 구덩이를 사이에 놓고 하는 줄다리기였다. 우리 편은 지고 말았다. 나는 진흙으로 뒤범벅이 되었고, 로프를 심하게 잡아당기느라 피부가 찢어져 양손이 피투성이였다. 다행히 내게 줄다리기를 강권했던 친구가 새 작업복을 구해준 덕분에 나는 선거운동 일정을 계속할 수 있었다. 헌츠빌 근처에 주민 150명이 사는 세인트폴이라는 타운에 갔을 때는, 개척자의 날 행진에 참여하고 있는 사람들과 악수를 나누었다. 나는 한 남자가 줄에 맨 애완동물을 데리고 나를 향해 걸어오는 것을 보고 움찔해서 물러났다. 애완동물은 바로 다 자란 곰이었다. 줄에 묶여 있기 때문에 안심할 사람이 있을까 모르겠지만, 아무튼 나는 몹시 겁이 났다.

우스운 얘기 같지만, 1978년 선거운동에서는 토마토도 대활약을 했다. 아칸소에서는 브래들리 카운티에서 토마토가 많이 자란다. 토마토를 수확하는 것은 대부분 이주 노동자들이었다. 이들은 날씨가 따뜻해져서 곡식을 수확할 때가 되는 곳들을 찾아, 남부 텍사스에서 아칸소를 지나 미시시피 강을 거슬러 올라가서 미시간으로 이동하고 있었다. 나는 법무장관의 자격으로 허미티지를 찾아가 그 카운티의 남부 지역에서 열리는 주민총회에 참석한 적이 있었다. 주민총회에서는 소규모 농장주들이 연방에서 제시한 새로운 기준을 이행하는 노동자 거주시설을 만들 수 있는 형편이 못 된다는 이야기가 나오고 있었다. 이들에게는 연방 기준을 따라갈 경제적 능력이 없었던 것이다. 나는 이들이 필요한 시설을 짓고 농업을 계속할 수 있도록 카터 행정부에서 지원을 얻어냈고, 이곳 주민들은 대단히 고마워했다. 허미티지 주민들은 내가 주지사에 출마한 뒤에 빌 클린턴 감사의 날을 만들어서 고등학교 밴드부가 이끄는 행진을 준비했다. 나는 이 소식을 듣고 너무나 반가웠다. 나는 이 이야기를 취재하러 가는 「아칸소 가제트」의 기자와 함께 차를 타고 그곳으로 향했다. 차 안에서 그 기자는 선거운동과 현안들에 대한 여러 가지 질문들을 던졌다. 나는 사형에 찬성하는 나의 입장에 의문을 불러일으킬 만한 이야기를 하게 되었고, 그 이야기는 그날 신문에 대서특필되었다. 허미티지의 모든 주민들이 나를 위한 행사에 참여했지만, 그 행사와 그 행사가 탄생하게 된 이유 따위는 다른 지역에 전혀 알려지지 않았다. 나는 며칠 동안 이것에 대해서 불평을 해댔다. 나의 참모진들은 내 마음을 가라앉히려면 나를 웃겨야 한다고 생각했다. 그들은 '허미티지에 모인 군중들을 봤어야 했는데!' 라는 글씨가 박힌 티셔츠를 만들어 입었다. 나는 그곳의 표를 휩쓸었고 앞으로 기자들을 만날 때는 조심해야 한다는 교훈을 깊이 새기게 되었다.

몇 주 후, 나는 브래들리 카운티로 돌아가서 워런 핑크 토마토 축제에 참석해 토마토 먹기 경연대회에 참가했다. 7, 8명의 선수들 중에서 나보다 젊은 사람이 셋이었다. 우리는 토마토가 가득 든 종이봉지를 하나씩 받았다. 정확하게 무게를 측정한 토마토 봉지였다. 벨이 울리자, 우리는 정해진 시간 동안 열심히 토마토를 먹었다. 5분쯤 지난 것 같았다. 어른들이 여물통을 만난 돼지들처럼 행동하는 것을 보는 관중들에게는 적지 않은 기쁨을 선사할 수 있을 만큼 긴 시간이었다. 토마토를 먹은 양을 정확하게 측정하기 위해서 먹지 않고 남긴 부분은 다시 봉투에 넣어야 했다. 나는 바보처럼 이기려고 기를 썼다. 하기야 나는 늘 그랬다. 나는 세 번째인가 네 번째로 빨리 먹었고 그후 며칠 동안 속이 메스꺼웠다. 하지만 아무런 소득이 없었던 것은 아니었다. 나는 워런에서도 거의 모든 표를 휩쓸었다. 하지만 그 뒤로는 두 번 다시 토마토 먹기 대회에 참여하지 않았다.

연방의회는 양성평등헌법 수정 조항을 통과시킨 후, 각 주에 이에 대한 비준을 위임했다. 하지만 전국 주의회의 4분의 3은 이 조항을 비준하지 않았고, 비준할 생각도 없었다. 그렇지만 이 문제는 아칸소의 보수주의자들 사이에서 뜨거운 논쟁거리가 되었다. 그렇게 된 데는 몇 가지 이유가 있었다. 카니스터 호지스 상원의원이 상원에서 이 조항을 지지하는 근사한 연설을 했다. 그는 데이비드 프라이어가 매클렐런의 남은 임기를 끝내기 위해서 임명한 상원의원이었다. 우리 친구인 다이앤 킨카이드는 아칸소 의회에 앞서서 벌어진 공개 토론에서 이 조항에 대한 전국적인 반대를 주도하는 필리스 슐러플리를 압도하고 있었다. 힐러리와 나는 그 조항을 지지하는 명단에 올라 있었다. 이 조항의 반대자들은 이 수정 조항이 통과되면 문명이 끝장날 것이며, 여자가 전투에 나가고, 남녀혼탕이 생기고, 오만한 여자들이 더 이상 남편들에게 순종하지 않아서 가정들이 깨질 것이라고 예언하고 있었다.

나는 양성평등헌법 수정 조항 때문에 프랭크 레이디의 지지자들과 사소한 논쟁에 휩싸이게 되었다. 북동부 아칸소의 존스버러에서 500여 명의 주민들이 참석한 집회에서 있었던 일이다. 나는 교육과 경제발전에 대한 공약을 간추려서 연설을 하고 있었다. 그때 레이디 글자가 새겨진 티셔츠를 입은 나이든 여성이 나를 보고 소리를 지르기 시작했다. "양성평등법에 대해서 말하시오! 양성평등법에 대해서 말하시오!" 나는 대꾸를 했다. "좋습니다. 그 문제에 대해서 말하겠습니다. 저는 그것에 찬성합니다. 여러분은 반대하시는군요. 하지만 그것은 여러분이 생각하는 것처럼 우리에게 해를 끼치는 것이 아니라, 그것을 지지하는 우리들이 바라는 것처럼 많은 이익을 줄 것입니다. 이제 학교 문제와 직장 문제로 돌아가겠습니다." 그 여자는 계속 물고 늘어졌다. 그녀는 "당신은 동성애를 부추기고 있는 거예요!"라고 소리쳤다. 나는 그녀를 쳐다보면서 웃으며 말했다. "부인, 저는 짧은 정치 생활을 하는 동안 별의별 일들 때문에 비난을 받아왔습니다. 하지만 저보고 동성애를 부추긴다고 하는 소리는 처음 듣는군요." 군중들이 웃어댔다. 그 여자의 지지자들 중에도 웃는 사람들이 있었다. 나는 연설을 마무리했다.

예비선거일에 나는 60퍼센트 득표율에, 75개 카운티 중에서 71개에서 승리를 거두었다. 상원의원 득표는 프라이어, 터커, 손턴 세 사람이 고르게 나누어 가졌다. 프라이어 주지사는 34퍼센트였고, 터커는 손턴을 약간 앞질렀다. 결국 결선투표가 치러지게 되었다. 일반적으로 생각하기에는 프라이어가 위태로운 상황이었다. 그는 현직 주지사로서 1차 선거에서 40퍼센트 이상을 획득했어야 한다는 것이 일반적인 이야기였다. 나는 프라이어 주지사를 좋아했으며, 주정부에서 함께 일할 때도 마음이 맞았기 때문에, 나의 신임 여론조사 담당자인 딕 모리스에게 자문을 구해보라고 권유했다. 모리스는 뉴욕시티 정계에서 활약하던 젊은 컨설턴트였다. 그는 똑똑하고 예민한 성격에, 정치와 정책에 대한 아이디어가 넘치는 사람이었다. 그는 공격적이고 독창적인 선거운동의 가치를 확신하고 있었고, 모든 것에 대해 자만하고 있었기 때문에 아칸소 같은 촌구석에 사는 사람들은 대부분 그와 잘 지내기가 힘들었다. 하지만 나는 그에게서 많은 자극과 도움을 얻고 있었다. 내가 그의 태도에 압도당하지 않으려고 노력했다는 점, 그리고 그의 말이 옳은지 그른지를 파악하는 데 상당한 육감을 발달시키게 되었다는 점 역시 그가 나에게 베푼 도움이었다. 그에게서 내가 정말 좋아하는 점을 한 가지 고르라면, 그것은 내가 듣기 싫어하는 이야기들을 내게 해준다는 것이었다.

가을 선거운동 때, 나의 경쟁후보는 공화당 주 위원장이자 목장주인 린로였다. 선거운동 과정은 별다른 사건 없이 진행되었다. 의사당 계단에서 열린 기자회견 자리에서 그의 선거운동원들이 나를 병역기피자라고 비판했던 일이 있기는 했다. 나는 기자들에게 홈즈 대령의 이야기를 했다. 나는 63퍼센트 득표율에, 75개 카운티 중 69개에서 승리를 거두었다. 서른두 살에 아칸소 주지사 당선자가 된 나는 남은 두 달 동안 새로운 참모진을 꾸리고, 입법 프로그램을 정리하고, 법무장관 업무를 마감했다.

나는 법무장관에 재임하는 동안 참으로 행복했다. 훌륭한 직원들의 수고와 헌신 덕분에 우리는 많은 것을 이루었다. 우리는 적체되어 있던 법적 소견 요청들을 처리하여 기록적인 소견 발표 건수를 기록했다. 40만 달러가 넘는 소비자 손해보상금을 찾아주었는데, 이것은 소비자보호부서가 설립된 이후 우리가 일을 맡기까지 5년 동안 되찾아준 금액보다 훨씬 많은 액수였다. 우리는 전문직종을 규제하는 주 관청들에 대해서 그들이 규제하고 있는 전문가 그룹의 가격광고 금지 규정이 더 이상 허용되지 않는다는 사실을 통보했다. 전문가 그룹의 가격광고 금지 규정은 당시 미국 전역에서 공통적으로 발견되는 관례였다. 우리는 요양원의 치료수준을 개선하고 노인에 대한

연령차별 행위를 근절하기 위해서 노력했다. 법무부 역사상 가장 많은 공공
요금 청문회에 참여하여 수요자들에게 수백만 달러를 절약할 수 있게 했다.
우리는 폭력 범죄의 피해자에 대한 보상 법안을 입안하고 통과시켰다. 우리
는 주 관청이 보유한 개인 정보와 관련해서 주민들의 프라이버시권을 보호
했다. 내가 이룬 성과 중에 특별히 중요한 의미를 가지는 것이 하나 있다.
나는 의결정족수에 해당하는 양원 4분의 3의 의원들을 설득하여 형기를 마
친 중죄인에게 투표권을 돌려주기 위해서 주의 투표권 법률을 개정하도록
했다. 나는 범죄자가 일단 형기를 마치고 나면, 주민으로서 완전한 권리를
되찾아야 한다고 주장했다. 나는 이 활동을 하면서 제프 드와이어를 생각했
다. 제프와 같은 사람들은 근면하게 일하고 성실하게 세금을 납부하면서도,
사면을 받지 못해서 선거 때마다 번번이 죽은 사람 취급을 받아야 했다. 25
년이 넘는 세월이 지난 지금도 연방정부와 대부분의 주들에서 아직도 이 선
례를 따라가지 못하고 있으니 너무나 안타까운 일이다.

21

    5월의 예비선거가 끝난 후, 첫 임기를 위한 계획수립에 착수하고 11월 이후에는 실제적인 작업에 들어가서 선거운동본부를 취임 준비 사무소로 전환했다. 입법 분야에서 활동했던 루디 무어와 스티브 스미스의 도움을 얻어서 예산을 짜고 우선적인 정책들을 실현하기 위한 법안을 기안하고, 행정상의 주요 난제들을 분석하고, 참모진과 내각을 구성하기 시작했다.

    12월에 민주당은 멤피스에서 중간 전당대회를 열었다. 나는 미시시피 강을 건너 보건의료제도 토론회의 사회를 보았다. 이 토론회에는 조 캘리파노, 에드워드 케네디가 참석했다. 조 캘리파노는 카터 대통령의 보건교육복지부장관이었고, 에드워드 케네디 상원의원은 전 국민 의료보험을 옹호하는 상원의 주요 인물이었다. 캘리파노는 대통령이 주창하는 점진적인 의료제도 개혁을 논리정연하게 옹호했다. 반면에 케네디는 자신의 아들 테디가 암에 걸렸을 때 자신의 재산 덕분에 누릴 수 있었던 것과 똑같은 의료혜택을 일반 국민들이 누릴 수 있어야 한다는 감성적 호소로 청중들의 공감을 끌어 모았다. 공개적인 정책토론은 소중한 경험이었지만, 한편으로는 대통령 선거가 없는 해에 당을 통합시키고 활성화할 목적으로 소집되는 전당대회가 오히려 당 내부의 의견 차이를 부각시킬 뿐이라는 생각도 들었다. 후일 중간 전당대회는 폐지되었다.

    크리스마스를 얼마 앞두고, 힐러리와 나는 어렵게 영국 휴가를 떠났다. 크리스마스 때는 옥스퍼드 시절 친구 새러 메이틀랜드와 그녀의 남편 도널드 리와 함께 보냈다. 도널드는 미국 출신으로 영국국교회의 성직자였다. 그날은 그가 성직자가 되고 처음 맞는 성탄절이었다. 그는 약간 긴장이 되었겠지만, 아주 느긋한 태도로 어린이 설교를 시작했다. 그는 예수탄생 장면을 아름답게 꾸며놓은 설교대 계단에 앉더니 아이들을 불러 모아 곁에 앉혔다. 아이들이 모두 자리를 잡자 그가 말했다. "얘들아, 오늘은 아주 특별한 날이야." 아이들은 고개를 끄덕였다. "오늘이 무슨 날인지 아니?" "예." 도널드는 밝게 웃으며 물었다. "무슨 날이지?" 아이들은 입을 모아 소리쳤다. "월요일이요!" 그가 어떻게 이 사태를 수습했는지 모르겠다. 어쩌면 그는 자기 교회의 아이들이 있는 그대로의 진실을 말한다는 데서 위안을 찾았는지도 모를 일이다.

한 달 동안, 우리는 주지사 관저로 이사하고 취임식을 준비했다. 관저는 미국 초기 건축양식의 커다란 집으로, 리틀록의 의사당에서 그리 멀지 않은, 아름답고 고풍스런 퀴포 쿼터에 자리 잡고 있었다. 본관 양쪽에는 두 개의 작은 건물이 있었는데 왼쪽 건물은 손님용이었고, 오른쪽 건물은 24시간 관저를 지키고 전화를 받는 주경찰 사무실로 사용되고 있었다. 본관 건물 1층에는 넓고 근사한 사무실 세 개와 커다란 부엌, 작은 거실이 있었다. 넓은 지하층에는 핀볼 게임기를 갖춘 오락실이 있었고, 2층에는 주거공간이 있었다. 관저의 전체 규모는 엄청났지만, 주거공간은 작은 방 다섯 개와 중간 크기의 욕실 두 개뿐이었다. 하지만 L 스트리트의 작은 집과는 비교할 수 없을 만큼 넓어서, 방 다섯 개에 채워넣을 가구가 부족했다.

취임준비기 동안 가장 힘들었던 것은 경호조치에 익숙해지는 일이었다. 나는 늘 자족적인 생활을 할 줄 안다는 자부심을 가지고 살아왔으며 다른 사람의 시선을 의식하지 않아도 되는 혼자만의 시간을 소중히 여기는 사람이었다. 스무 살 이후로는 생활을 스스로 꾸려나갔기 때문에 청소하는 일, 시장 보는 일, 요리하는 일에 익숙해져 있었다. 힐러리와 함께 살면서부터는 집안일을 나눠 맡았다. 그런데 갑자기 다른 사람들이 요리도 해주고, 청소도 해주고, 심부름도 해주는 것이었다. 열여섯 살 때부터 혼자서 차를 몰고 다니면서 음악도 듣고 생각도 하는 버릇이 있었는데, 더 이상 그런 일을 할 수 없게 되었다. 나는 매일 퇴근 전이나 출근 후에 조깅을 하는 습관이 있었는데, 갑자기 일반차량에 탄 주 경찰관이 나를 따라다녔다. 처음에는 굉장히 신경이 쓰였다. 심지어는 일방통행로로 들어가 역방향으로 뛰어볼까 생각한 적도 있었다. 시간이 흐르고 상황에 익숙해지면서, 나는 관저의 직원들과 주방위군의 수고에 대해 감사한 마음을 가지게 되었다. 그들 덕분에 업무에 집중할 시간을 더 많이 낼 수 있었다. 경호원이 운전하는 차를 타면 이동 중에도 상당량의 문서를 처리할 수 있었다. 나중에는 주 경찰과 의논해 일요일에 교회에 갈 때만은 손수 운전을 하기로 했다. 내가 다니는 교회와 힐러리가 다니는 감리교회는 둘 다 관저에서 2킬로미터 안쪽에 있었기 때문에 교회까지 운전을 하는 것만으로는 성이 차지 않았지만, 그나마 자유롭게 운전할 수 있는 시간은 그때뿐이었다. 경호원 한 사람이 차에 합승했는데, 차라리 뒤를 밟히는 것보다 훨씬 나았다. 몇 년간 공직 생활을 하는 동안 특별한 위급 상황이 발생하지 않았기 때문에, 나는 아침에 일어나면 미리 경호대에 통지를 해두고 사람들이 많이 왕래하는 중심지역을 달리곤 했다. 대개는 관저에서 8킬로미터 떨어진 맥도널드나 제과점 앞에서 멈춰 커피를 한 잔 마신 다음 걸어서 돌아왔다.

주 경찰이 실제로 경호활동을 했던 적도 몇 번 있었다. 첫 임기 때, 정신병원에서 탈출한 환자 하나가 관저로 전화를 걸어 나를 죽이겠다고 말했다. 그는 몇 년 전에 자기 어머니의 목을 베었던 사람이라, 주 경찰에는 비상이 걸렸다. 그는 잡혀서 구금되었다. 어쩌면 그의 잠재의식이 원하던 일이 아니었을까 싶다. 하루는 엄청나게 덩치가 큰 남자가 철로에 사용하는 대못을 들고 주지사 사무실에 들어와서는 나와 독대를 하고 싶다고 말했다. 물론 허용되지 않았다. 1982년, 내가 주지사 사무실을 되찾기 위해서 노력하고 있을 때, 한 남자가 전화를 걸어왔다. 그는 '하나님이 자신에게 클린턴의 경쟁후보는 하나님의 도구이고, 클린턴은 악마의 도구'라고 말했다고 하면서 하나님의 뜻을 실행하기 위해서 나를 죽이겠다고 말했다. 그는 테네시 정신병원에서 도망 나온 사람이었다. 그는 지니고 있던 권총에 넣을 총알을 사려고 총포상에 들렀다가 신분증을 제시하지 못해서 거사를 성공시킬 수 없었다. 선거운동 막바지 며칠 동안은 불편한 방탄조끼를 입기도 했다. 한번은 잠기지 않은 현관문으로 정신이 온전치 못한 여자 하나가 들어와 거주공간으로 올라오는 계단을 절반쯤 올라오면서 내 이름을 부르다가 경호원들에게 붙잡혔다. 또 한번은 전투화에 반바지를 입은 작고 비쩍 마른 남자가 현관문을 부수려고 하다가 체포되었다. 그는 복용한 마약의 효력 때문에 힘이 장사처럼 셌다. 나보다 훨씬 큰 경호원 두 명이 달라붙었는데, 그 남자는 대원 한 명을 밀쳐내고 주 경찰 초소 유리창에 머리를 쑤셔 박았다. 그는 들것에 실린 채 후송되었다. 나중에 제정신이 돌아온 남자는 경호원들에게 사과하며 자신이 다른 사람을 해치지 않게 해주어서 고맙다고 말했다.

대통령 첫 임기 때, 나를 경호하던 주 경찰관들이 문제를 일으킨 적이 있었다. 나에 대해 불만도 있고 경제적 문제도 있는 경호원 두 명이 상당한 돈과 명성 등을 얻을 작정으로 나에 관한 이야기를 퍼뜨렸던 것이다. 하지만 대부분의 주 경찰관들은 성실하게 임무를 수행하는 훌륭한 사람들이었고, 나와 친한 사이가 된 사람도 여러 명 있었다. 1979년 1월 당시, 나는 24시간 경호체제가 마음에 들지 않았다. 하지만 주지사 활동에 전념하고 있었기 때문에, 그 문제에 대해서는 그다지 많은 생각을 하지 못했다.

전통적인 형식의 취임식이 있기 전에, 우리는 '다이아몬드와 청바지'라는 이름의 아칸소인 축제를 주최했다. 무대에 오른 사람들은 모두 아칸소 사람들이었다. 유명한 솔 가수 앨 그린도 참석했는데, 이 사람은 후일 복음 가수 겸 목사가 되었다. 고등학교 시절 재즈 그룹 '3킹스'에서 피아노를 쳤던 랜디 구드럼도 참석했다. 그는 서른한 살에 그래미 작곡상을 탄 인물이었다. 랜디가 연주를 할 때 나는 색소폰으로 '여름'을 연주했는데, 1964년 이후로는 처음 가져보는 기회였다.

취임식은 엄청난 행사였다. 수백 명의 사람들이 주 각지에서 모여들었다. 우리 부부와 오랫동안 절친하게 지내온 친구들도 참석했다. 학창 시절 룸메이트인 타미 캐플란, 역시 룸메이트이자 조지타운에서 내 선거운동을 지휘했던 데이브 매터, 벳시 라이트, 루이지애나에서 나와 함께 민권운동을 했던 미국소년단 친구인 프레드 캐머와 앨스턴 존슨, 예일 동기인 캐럴린 앨리스, 그레그 크레이그, 그리고 스티브 코헨. 인디애나에서 지내는 캐럴린 옐델 스테일리도 노래를 불러주기 위해서 참석했다.

나는 취임연설 준비에 심혈을 기울였다. 이 날의 역사적인 의미를 포착하고, 아칸소 주민에게 내가 주지사로서 이루려고 하는 가치와 이상이 무엇인지 알리고 싶었다. 취임식 전날 밤, 스티브 코헨은 나와 이야기를 나누다가 오랫동안 느끼지 못했던 두 가지, 즉 '자부심과 희망'을 느끼고 있다고 말했다. 나는 스티브의 말을 듣고 떠오른 생각을 연설문에 추가했다. 나는 취임연설에서 그때나 지금이나 변함 없이 내가 굳게 믿고 있는 신념들을 밝혔다. 이 연설문 속에는 내가 대통령직을 포함해서 모든 공직활동에서 늘 추구해왔던 신념이 요약되어 있다.

내 기억이 살아 있는 때부터, 나는 기회 평등이라는 대의를 내 신념으로 삼아왔습니다. 앞으로 나는 기회 평등이라는 대의를 전진시키기 위해서 최선을 다하겠습니다.

내 기억이 살아 있는 때부터, 나는 권위를 가진 사람들이 자행하는 권력의 남용과 전횡을 보면서 가슴을 쳤습니다. 앞으로 나는 권력의 남용과 전횡을 막기 위해 최선을 다하겠습니다.

내 기억이 살아 있는 때부터, 나는 정부 업무에서 자주 발견되는 낭비와 질서 및 규율의 부재를 보면서 마음이 아팠습니다. 앞으로 나는 이것들을 없애기 위해 최선을 다하겠습니다.

내 기억이 살아 있는 때부터, 나는 아칸소의 땅과 공기와 물을 사랑했습니다. 앞으로 나는 이것들을 보호하기 위해 최선을 다하겠습니다.

내 기억이 살아 있는 때부터, 나는 늙거나 병들거나 가난한 사람들이 짊어지고 살아가는 무거운 짐을 덜어주고 싶었습니다. 앞으로 나는 이들을 돕기 위해 최선을 다하겠습니다.

내 기억이 살아 있는 때부터, 나는 자립적이고 근면한 수많은 사람들이 경제적인 기회의 부족 때문에 너무 많은 일을 하고 너무 적은 대가를 받는 모습을 보며 슬퍼했습니다. 앞으로 나는 이들의 조건을 향상시키기 위해서 최선을 다하겠습니다……

다음 날 나는 주지사 업무를 시작했다. 기쁨도 많고 슬픔도 많고, 보람도 있고 좌절도 있는 2년이 될 터였다. 나는 한번 시작한 일은 급하게 서두르는 성격이라서, 이번에도 내 능력을 넘어서는 일까지 손을 댔다. 주지사 첫 임기를 공정하게 평가한다면, 정책적으로는 성공이었고 정치적으로는 실패였다.

의회 회기에 나는 교육과 도로라는 이 두 가지 주요 현안과 건강, 에너지, 경제발전에 관련된 여러 가지 실질적인 개혁 업무에 매달려야 했다. 1978년 아칸소의 1인당 교육비 규모는 전국에서 꼴찌였다. 컨 알렉산더 박사가 우리 주의 학교 시스템을 연구했다. 그는 플로리다 대학교에 재직하는 유명한 교육정책 전문가였다. 그는 우리의 시스템이 너무나 열악하며 '교육적 관점에서 보면, 아칸소의 일반 아동은 다른 주의 공립학교에 진학하는 것이 훨씬 낫다'는 결론을 내렸다. 우리 주에는 369개의 학구가 있었는데, 학구의 규모가 너무 작아 수학과 과학 강좌를 충분히 제공하지 못하는 경우가 많았다. 또한 주가 정하는 기준도 없고 평가 시스템도 없었다. 대부분의 지역에서 일하는 교사들의 봉급은 한탄스러울 만큼 낮았다.

의회는 내가 제안한 교육 정책을 대부분 승인했다. 이 정책들은 대다수의 교사들을 대표하는 아칸소교육협의회, 교직원과 학교운영위원회를 대표하는 협의회, 그리고 상원 교육위원회 위원장인 클래런스 벨 등의 교육 전문의원들이 입안한 것이었다. 의회가 승인한 내용을 보면, 이후 2년 동안 교육예산을 40퍼센트 증액한다, 2년간 해마다 교사 봉급을 1,200달러씩 인상한다, 교육비를 67퍼센트 증액한다, 교과서 비용과 통학버스 비용과 기타 활동비용을 인상한다, 처음으로 각 학구의 영재아동 프로그램과 유치원 학생 수송 프로그램을 지원한다는 것이었다. 유치원 통학버스 운영은 유치원 의무화로 나아가는 중요한 조치였다.

증액된 예산은 학교에 대한 기준을 높이고 질을 개선하는 데에 투자했다. 우리는 학생 수행능력을 평가하고 개선이 필요한 영역을 표시할 수 있도록 시험을 의무화하고, 전국교사시험을 친 사람만 교사자격을 가질 수 있도록 자격조건을 규정하고, '자의적이고, 근거 없고, 차별적인' 이유로 교사의 해고를 금지하는 법을 통과시켰다. 또한 영재학생들을 위한 '아칸소 주지사 학교'를 설립했다. 1980년에 힐러리와 나는 헨드릭스 대학에서 이 학교의 영재학생들이 모인 자리에서 고급반 학생들을 대상으로 연설을 했다. 그것은 내가 가장 자랑스럽게 여기는 업적이었고, 지금도 그 생각에는 변함이 없다.

교육과 관련해서 그다지 높은 성과를 거두지 못한 두 분야가 있었다. 알렉산더는 학구의 수를 200개로 축소하면 행정비용을 상당히 절감할 수 있다고 보았다. 하지만 나는 학구 조정 방안을 연구할 위원회를 설치한다는 법안을 통과시키지 못했다. 작은 타운들의 경우 자체 학구를 가지지 못하면 '도시 사람'들이 자기 지역의 학교들을 폐쇄하고 공동체를 파괴할 것이라고 생각하는 사람들이 많았기 때문이다.

저항에 부딪혔던 또 한 가지 분야는 학교지원금을 분배하는 방식과 관련된 것이었다. 몇 개 학구에서 우리의 분배 시스템이 공정하지 못하며, 이것이 각 지역 소득세 세입의 차이와 결합되면 아동 1인당 교육비 지출의 불균등이 지나치게 커지는데 이것은 위헌이라는 소송을 제기했다. 그 분배방식이 소득의 차이나 학생인구의 변동을 제대로 반영하지 못하고 있었고, 아주 작은 학구에서의 학생 1인당 교육비가 훨씬 높게 책정되기도 했다. 학생 1인당 들어가는 경상비용이 훨씬 높았기 때문이다. 이 시스템을 바꾸는 것은 쉽지 않았다. 어떤 학구에 많이 배당하는 것은 다른 학구에서 덜 배당하는 것을 의미하는 것이었기 때문이다. 의회에는 양쪽의 이해를 대변하는 의원들이 있었는데, 손해를 보는 쪽에서 자신의 학구에 어떤 변화가 일어날 것인지 알 수 있는 문건을 보고 나서는 이 정책의 실시를 막기 위해서 격렬하게 싸웠다. 결국 그 방식을 조정했지만, 많이 조정할 수는 없었다. 제대로 문제를 바로잡기 위해서는 주 대법원이 그 방식을 무효화하는 결정을 내리게 되는 1983년까지 기다려야 했다.

도로 정책은 우리 주의 간선도로, 카운티 도로, 도시 도로의 노후화 및 새로운 도로의 건설 필요성에 대처하기 위해서 내가 제안한 프로그램이었다. 아칸소에는 10년 동안 제대로 된 도로 정책이 전무했기 때문에, 깊은 웅덩이가 많이 파인 노후화된 도로를 느린 속도로 달려야 하는 사람들의 입장에서는 시간과 돈 낭비가 심했다. 도로 정책에 대해서는 많은 지지가 있었다. 하지만 그 예산을 어떻게 감당하느냐 하는 큰 문제가 도사리고 있었다. 나는 세금의 대폭 인상을 제안했다. 제안의 골자는 도로를 많이 파손하는 무거운 트럭에 대해서는 세금을 많이 부과하고 일반 자동차에 대해서도 상당한 인상을 한다는 것이었다. 당시에는 승용차의 무게에 따라 자동차면허증의 가격이 결정되고 있었다. 나는 이것이 불공평하다고 생각했다. 승용차는 트럭과는 달리 무게에 따라 도로의 파손 정도가 달라지는 것도 아니고, 무거운 차종일수록 낡은 것이라서 저소득층이 보유하는 경우가 많았기 때문이다. 나는 자동차 가격에 따라 자동차면허증의 가격을 정하자는 제안을 제출했다. 이 시스템에 따르면 가장 비싼 새 자동차는 50달러, 가장 싸고 낡은 자동차는 20달러의 세금이 부과되고, 낡고 무거운 차를 가진 사람들이 더 많은 세금을 낼 필요가 없을 터였다.

노련한 몇몇 의원들이 자동차면허세를 올리지 말고, 대신 연료세를 인상하자고 주장했다. 노동단체들은 이 제안에 반대했다. 휘발유를 구입할 때 휘발유가격에 세금이 포함되면 보통의 운전자들은 세금을 지불하는 것을 잊고 지내기 쉽지만, 1년에 내는 세금의 액수가 실질적으로 커진다고 주장했다. 나도 노동단체와 같은 의견이었다. 그러나 후일 면허세 인상이 휘발유세 인상에 비해서 정치적으로 훨씬 더 불리한 정책이었다는 사실이 드러나게 된다.

도로 건설업체 이외의 조직 중에는 내 제안에 찬성하는 단체가 없었다. 화물업, 축산업, 목재업 등의 이익단체들은 큰 트럭을 늘릴 여유가 없고 오히려 축소시키고 있다고 주장했다. 신규 차량 판매업자들은 내가 자신들의 고객에게 지나친 부담을 주려고 하며 자동차 가격에 근거한 면허세는 행정적인 곤란을 초래할 것이라고 주장했다. 나는 그들의 주장이 근거 없다고 생각했지만 의회는 그들의 주장을 받아들였다. 상원에서 도로 건설 쪽의 입장을 대변하는 사람은 녹스 넬슨 상원의원이었다. 그는 도로건설업을 하고 있는 꾀 많은 의원이었지만, 돈을 원하고 있으면서도 어떻게 그것을 모아들이느냐에 대해서는 관심이 없었다. 결국 의회는 자동차면허증에 부과하는 세금을 대폭 인상하되, 과거와 같은 중량제 과세를 유지하여 무거운 자동차의 경우 19달러에서 37달러로 배가 인상된 세금을 부과하는 쪽에 찬성했다. 나는 결정을 내려야 했다. 내가 그 법안을 승인하여 법률로 확정하게 되면 불공평한 방법으로 마련한 예산이기는 하지만 좋은 도로정책을 운용할 수 있고, 법안을 거부하게 되면 도로 정책을 운용할 방법이 없었다. 나는 그 법안에 서명했다. 그것은 1994년에 아무런 증거가 없었던 화이트워터 사건에 대해서 특별검사를 임명하는 데 동의했던 실책 이전에 내가 정치 분야에서 범했던 가장 멍청한 실책이었다.

아칸소 주민의 매년 자동차면허세 납부기한은 자신의 생일이다. 주민들은 자신의 생일까지 세무서로 찾아가 자동차면허증을 갱신해야 한다. 7월 1일에 세금 인상이 발효된 이후로, 생일을 맞은 주민은 1년 내내 매일 세무서로 찾아와 주지사가 주는 생일선물을 찾아가야 했다. 그것은 바로 두 배로 인상된 자동차면허증이었다. 카운티 주민들 중 대다수는 30킬로미터가 넘는 거리를 달려와 카운티 청사에서 새로운 면허증을 사야 했다. 그들은 수표를 가지고 있지 않은 사람들이 대부분인데, 예전의 면허증 대금만 들고 왔다가 다시 집으로 돌아가서 가족의 비상금을 털어 와야 했다. 다시 돌아온 사람들이 줄을 서서 기다리는 동안, 살벌한 분위기의 세무서에서 눈길을 끄는 것은 벽에 걸린 채 웃으면서 내려다보는 주지사의 사진이었다.

1978년 말, 내가 처음 주지사에 당선되었을 때, 힐러리 존스가 예언에 가까운 이야기를 해준 적이 있었다. 산간 지역 주민들은 나에게 세 번이나 표를 몰아주었지만, 나는 이제부터 도시에서 표를 찾아야 할 것이라는 이야기였다. 내가 그 까닭을 물었을 때, 그의 대답은 이러했다. 나는 주 차원에서 요구되는 학교 문제와 경제개발 문제와 관련하여 일을 하게 될 것이다. 그런데 학교 기준을 끌어올리기 위해서 내가 하는 모든 일은 시골 학교에는 위협이 된다. 또 나는 가난한 시골 지역에서는 많은 신규 일자리를 만들어 내지 못할 것이다. 최근의 연방대법원은 정책결정 직위에 해당되지 않는 공무원들을 정치적인 이유로 교체할 수 없다는 결정을 내렸는데, 이것은 내가 시골 카운티에서 일하는 공무원들을 해고하고 우리 편 인물을 고용할 수 없다는 것을 의미한다. 힐러리 존스는 그렇게 말하면서 "나는 당신을 위해서 최선을 다할 겁니다. 하지만 여기에서는 예전과 같은 지지를 얻지 못할 겁니다"라는 말을 덧붙였다. 다른 일들에 대해서도 그랬지만, 그의 말은 정곡을 찌르고 있었다. 이후 내가 주지사 선거에서 여러 번 승리를 거둘 때, 나는 도시와 도시 근교에 사는 무소속의 유권자들이나 공화당 지지 유권자들로부터 많은 지지를 얻었지만, 제3지역구와 주의 다른 지역에 속하는 농촌 지역의 백인 유권자들로부터는 예전과 같은 열렬한 지지를 회복할 수 없었다. 어쩔 수 없었던 일들은 그렇다치고, 가장 치명적인 실수는 자동차면허세 인상 법안에 서명한 것이었다. 펜 한 번 잘못 놀리는 바람에 자기 발에 총을 쏜 형국이 되었고, 5년 동안 농촌 지역 주민들, 그리고 도시의 수많은 블루칼라 주민들에게 들였던 공은 물거품이 되었다.

정책적으로는 긍정적이지만, 정치적으로는 부정적인 결과를 초래하는 업무 방식은 입법 분야에만 국한된 것이 아니었다. 나는 주지사 사무처를 비서실장 없이 꾸려서, 루디 무어, 스티브 스미스, 존 대너에게 각각 다른 분야의 임무를 맡기고 있었다. 존 대너는 캘리포니아 출신 정책분석가로서 그의 부인 낸시 피에트라페사와 힐러리는 오랜 친구 사이였다. 낸시 역시 주지사 사무실에서 교육 분야와 관련된 일을 하고 있었다. 예전에 케네디 대통령이 백악관을 이와 비슷한 방식으로 꾸린 적이 있었다. 하지만 그의 참모들은 모두 짧은 머리를 하고, 흰 셔츠에 검고 좁은 타이를 맨 정장 차림이었다. 루디, 스티브, 존은 하나같이 턱수염을 기르고 다소 편안한 차림을 하고 다녔다. 의회의 보수적인 비판자들은 좋은 공격 거리를 발견했다. 결국 우리 내부에서 여러 번 갈등이 터져 나왔다. 나는 루디를 비서실장으로 임명하고, 스티브에게 여러 가지 정책 현안을 총괄하게 하고, 존 대너와 그의 부인 낸시를 직위해제하기로 마음을 굳혔다. 그리고 변명할 수도 없으니 솔직히 말하면 배짱이 없었기 때문에, 그 사실을 루디를 통해 전달했다. 존과 낸시는 물러났다. 나는 나중에 이 두 사람과 이 문제에 관해서 이야기하려고 애를 썼지만, 우리들의 관계는 회복되지 않았다. 그들은 내가 직접 그 문제를 처리하지 않은 것에 대해서 나를 용서할 수 없었을 것이다. 하지만 나는 그들을 탓할 생각이 없다. 두 사람은 독창적인 생각을 가지고 성실하게 일했던 훌륭한 사람들이었다. 내가 경험이 부족했기 때문에 그들을 몹시 난처한 상황으로 몰아넣었던 것이다. 그것은 완전히 나의 실수였다.

내가 또 한 번 뜨거운 물을 뒤집어쓴 것은 보건부와 복지부, 그리고 복지부 산하의 사회서비스 및 정신건강과, 교육부, 그리고 새로 신설된 자원부를 운영하기 위해서 우리 주 출신이 아닌 사람들을 대거 채용한 데서 비롯된 일이었다. 그들은 모두 유능하고 선량한 사람들이었다. 하지만 대규모 개혁을 수행하기 위해서는 유권자들을 설득해야 하는데, 이들에게는 유권자들을 상대하는 데 필요한 경험과 교섭능력이 부족했다.

이런 문제들을 더욱 악화시킨 것은 내가 경험이 부족하고 연륜이 부족했기 때문이었다. 나는 실제 나이 서른두 살보다 더 철이 없어 보였던 모양이다. 내가 처음 법무장관이 되었을 때, 「아칸소 가제트」지의 재능 있는 카툰 작가 조지 피셔는 나를 유모차에 탄 아이로 그렸다. 내가 주지사가 되자, 그는 나를 세발자전거에 태웠다. 그는 내가 대통령이 되고 나서야 나를 세발자전거에서 내려서 픽업트럭에 태웠다. 그는 나의 지지자였다. 나는 그때 그 경고를 알아들었어야 했는데 그렇게 하지 못했다.

나는 전국을 뒤져서 웨스트버지니아에서 농촌 진료소를 운영했던 닥터 로버트 영을 보건부 책임자로 앉혔다. 나는 그가 아칸소 농촌 지역 주민들에게 보다 넓고, 보다 양질의 의료혜택을 제공하는 중대한 문제를 담당해주기를 원했다. 닥터 영과 농촌보건과 과장 올슨 베리는 혁신적인 진료소 설립 계획을 세웠다. 그들이 계획한 진료소는 정식 의사 한 명이 최소한 2주에 한 번씩 출석하고, 간호사들과 보조의사들이 상근하면서 훈련받은 대로 진단과 치료 서비스를 제공하는 의료기관이었다. 농촌 지역에서 진료를 하려는 의사들의 수는 많지 않았다. 연구에 의하면 대부분의 환자들이 환자들에게 더 많은 시간을 내주는 간호사와 보조의사를 선호하고 있었으며, 미시시피 카운티에서는 조산원 자격을 갖춘 간호사 프로그램이 유아사망률을 절반 이하로 낮추고 있었다.

아칸소 지역의 의사들은 이 계획에 강하게 반발했다. 가정의학과 의사들을 대표하는 짐 웨버는 "그렇게 있으나마나한 의료혜택은 없느니만 못하다고 생각합니다"라고 말했다. 의사들의 반대에도 불구하고, 카터 행정부는 우리의 계획을 집행할 예산을 승인했다. 우리는 네 군데에 농촌 진료소를 열고, 세 군데에 진료소 건축을 시작하고, 간호사들을 대상으로 미시시피 카운티의 간호조산원 프로그램을 실시했다. 우리의 활동에 대해서 전국적인 찬사가 쏟아졌다.

우리는 형편이 허락하는 한은 의사들과 협력하려고 노력했다. 나는 아칸소 아동병원에 미숙아 혹은 생명이 위독한 신생아들을 돌보기 위한 소아 중환자실을 설치하고, 대학 메디컬센터에 암 환자들에게 양질의 의료혜택을 제공할 수 있는 방사선치료기관을 세울 수 있도록 예산을 지급했다. 나는 힐러리를 농촌보건자문위원회 위원장으로 임명하여 농촌 사회에서 들어오는 수많은 요구들에 대하여 우선순위를 정하고, 의료프로그램 개선 방법을 제시하도록 했다. 우리는 농촌 지역에서 일할 의사들을 모집하기 위해서 6,000명 이하의 주민이 사는 타운에 진료소를 설립하는 의사에게 15만 달러를 융자해주는 기금을 조성하고, 작은 타운에서 활동하는 가정의학과 의사들에게 연간 6,000달러의 소득충원금을 신청할 수 있게 했다. 의사들은 이런 선도적인 정책들을 강하게 지지했다. 1980년에 경제침체로 보건부 예산의 대폭 삭감이 불가피한 상황이어서, 이러한 정책들은 더욱 큰 의미를 가지게 되었다. 그러나 의사들은 농촌 진료소 사업을 보다 점진적으로 추진하지 않고 자신들과 의논도 하지 않았다는 이유로 닥터 영과 나를 용서하지 않았다. 1980년 8월, 아칸소의학협회는 닥터 영의 사임을 요구했다. 내가 1981년에 주지사직에서 물러나자 내가 주도적으로 추진했던 사업들 중 일부가 철회되었다. 정치에 성공하지 않으면 정책에서도 성공할 수 없으며, 성공적인 정치와 성공적인 정책이 없으면 사람들은 좋은 정부를 가질 수 없다는 것을 입증하는 좋은 본보기였다.

석유수출국기구OPEC의 유가인상으로 물가가 상승하자 에너지 문제가 심각한 문제로 대두되었다. 이 분야에서 우리는 성공적인 정치, 성공적인 정책을 펼 수 있었다. 하지만 나에게는 여전히 강력한 적들이 있었다. 나는 아칸소 에너지 정책실을 자원부로 승격시키는 법안을 발의하고 수요자와 공익사업, 산업체, 정부의 광범한 연합체를 구성하기 위해서 노력했다. 이러한 정책을 통해 수요자들의 요금부담을 덜고, 공익사업과 산업체, 그리고 주택소유자들에게 인센티브를 제공하여 에너지 보존을 장려하고 청정 에너지원 개발을 후원할 작정이었다. 나는 보존적인 연료와 대체 연료를 개발하고 사용함으로써 우리 주를 보다 자족적인 지역, 이 분야에서 전국적인 선두주자로 만들 수 있다고 생각했다. 우리는 에너지 보존과 주거용, 영업용, 산업용으로 사용되는 새로운 에너지 대체 비용을 보조하기 위해서 세금 감면을 허용하는 법률을 통과시키고, 알코올이 10퍼센트 이하인 혼합 연료에 대해서 주에서 부과하는 연료세를 감면했다. 우리는 산업계와 상업계에 에너지 감사를 실시하고, 학교, 병원, 기타 공공기관이 에너지보존 프로그램을 구입하거나 설치할 경우 50퍼센트의 보조금을 지급했다. 연방정부는 이런 선도적인 정책에 대해 자금을 지원하고 있었고, 우리는 그 자금을 받는 전국 최초의 주가 되었다. 내가 취임했을 당시, 연방정부의 통계에 따르면 아칸소의 에너지 보존프로그램은 전국 최악의 수준이었다. 1년 뒤에, 우리는 전체적으로는 9위, 산업계의 에너지 보존에서는 3위에 올랐다.

공익사업체 규제와 관련한 노력은 대부분 성공적이었지만, 논쟁은 훨씬 더 심했다. 나는 자원부가 공익사업위원회의 요금심의회에 들어가게 하고, 원자력시설과 관련된 정보를 얻고 조사를 할 수 있게 하려고 했다. 의회는 우리의 최초의 시도에 찬물을 끼얹고, 두 번째 시도에 대해서는 자금지원을 거부했다. 의회의 반대를 부추긴 것은 맥스 하웰이었다. 그는 교육과 세금 문제에 관해서는 자유주의적이었지만 공익사업문제에 대해서는 대단히 고집불통인 고참 의원이었다. 나는 아칸소전력회사를 설득하여 에너지 보존 시설을 만들려고 하는 거래처에 무이자의 대출을 제공하도록 하고, 수요자들에게 그 시설을 만들기 위한 비용을 부담하도록 했다. 에너지의 효율성을 높이는 것이 새로운 전력발전소를 짓는 것보다 훨씬 비용이 적게 든다는 것을 알고 있는 사람들은 모두 반가워했다. 하지만 의원들 중에는 에너지 보존은 자유시장경제의 전복으로 이어진다고 생각하는 사람들이 많았고, 이들이 야단법석하는 바람에 아칸소전력회사는 그 프로그램을 포기할 수밖에 없었다. 그러나 아칸소전력회사는 저소득층이 여름에는 더 시원하고 겨울에는 더 따뜻하게 지낼 수 있게 하면서도 사용요금을 상당히 절약할 수 있도록 하기 위한 우리의 집중적인 노력을 계속 지원했다.

에너지보존 노력도 논쟁의 불길을 피해갈 수 없었다. 어떤 조사 기자 한 사람이 우리가 투자하고 있는 프로젝트 중 하나가 쓸데없는 일이라는 것을 밝혀냈다. 그 프로젝트는 저소득층 주민에게 땔감을 만들게 한 다음, 가난한 사람들에게 나눠줘서 땔감을 때게 하는 사업이었다. 특별대체목재에너지자원Special Alternative Wood Energy 프로젝트는 머리글자를 따서 SAWER (saw는 톱이란 뜻임—옮긴이주)란 이름을 가지고 있었지만, 실적은 형편없었다. 그 프로젝트는 6명의 벌목꾼을 훈련시키고 세 묶음의 땔감을 만드는 데 6만 2,000달러를 쓰고 있었다. 나는 그 책임자를 파면하고 그 프로그램을 바로잡을 사람을 임명했다. 하지만 이미 사람들의 마음속에 낭비에 불과한 사업이라는 낙인이 찍힌 뒤였다. 대다수의 아칸소 주민에게 6만 2,000달러는 엄청난 금액이었다.

공익사업 규제 문제에서, 두 가지 커다란 문제에서 화력이 달렸다. 첫째, 우리는 공익사업체의 소위 '팬케이크 쌓기'를 막기 위해 최선을 다했다. 공익사업체들은 10퍼센트의 요금인상을 요구했다가 5퍼센트만 인상되면, 법원에 그 결정에 대한 소송을 내는 동안 요금인상분 10퍼센트를 수요자들에게서 받을 수 있었다. 다시 요금인상안을 올리고, 똑같은 일이 되풀이된다. 팬케이크를 층층이 쌓듯이 승인받지 못한 요금인상 건 위에 다른 요금인상 건을 올린다고 해서 '팬케이크 쌓기'라는 이름이 붙었다. 그 공익사업체는 대개 소송에서 지게 마련이지만, 설사 진다고 해도 팬케이크 쌓기 효과 때문에, 수많은 빈민들을 포함한 수요자들이 이 공익사업체에 막대한 금액의 저이자 대출을 해주는 것과 다름없었다. 이것은 옳지 않은 일이었다. 하지만 공익사업체는 내가 했던 것보다 훨씬 격렬하게 의회와 대접전을 벌여서 팬케이크 쌓기를 금지하는 법안을 위원회에서 폐기해버렸다.

둘째로, 나는 그랜드 만 원자력발전소 건설비용과 관련하여 AP&L과 모회사인 미들사우스공사와의 싸움을 계속해야 했다. 미들사우스는 미시시피에 짓는 원자력발전소 건설비용의 35퍼센트를 아칸소의 수요자들에게 부담시킬 계획을 추진하고 있었다. 또 아칸소전력회사는 아칸소에 6개의 화력발전소를 세우겠다고 주장하고 있었다. 하지만 우리 주의 전력 수요는 급격하게 감소하고 있어서 아칸소전력회사는 기존 발전소 한 곳의 전기를 다른 주의 사용자들에게 팔 계획을 가지고 있었다. 법률 규정에 의하면, 공익사업체는 모든 지출에 대해서 이윤—수익률이라고 우회적으로 표현했다—을 얻을 권리가 있었다. 그랜드 만 계획이 진행되면, 아칸소의 수요자들은 그 전력을 전혀 쓰지 않으면서도 그 발전소 건설비용의 3분의 1이 넘는 금액에 수익률 부분까지 부담해야 했다. 아칸소전력회사는 그 발전소에 대한 소유권이 없었다. 그 발전소는 요금납부자가 따로 없는 독립된 자회사의 소유였다. 또한 그 발전소의 건설과 예산계획은 연방정부의 승인을 받았을 뿐이었는데, 연방정부는 이 프로젝트를 제대로 꼼꼼히 감독하지 못하고 있었다. 이 사실이 「아칸소 가제트」지에 보도되자, 한바탕 대소동이 일어났다. 공공서비스 위원회의 위원장은 아칸소전력회사에 그랜드 만에서 손을 떼라고 다그쳤다. 우리는 엄청난 양의 우편엽서를 연방에너지규제위원회에 보내는 캠페인을 벌이고, 그랜드 만 결정을 철회하고 아칸소 주민들이 안심할 수 있게 해달라고 촉구했다. 하지만 아무런 성과가 없었다.

그랜드 만 계획은 컬럼비아 특별지구 항소법원의 결정에 의해 합법화되었다. 이 법원은 연방규제기관과 관련된 사건을 관할하는 곳이었다. 판결의 견을 쓴 사람은 로버트 보크 판사였다. 그는 내가 예일 법대를 다닐 때 헌법을 가르쳤던 사람이다. 그는 예일에 있을 때도 그랬듯이, 주의 권리와 개인의 권리가 충돌하는 경우에는 주의 권리를 지지했다. 하지만 대규모 사업체가 관련된 일인 경우에는 연방정부가 최종판결을 내려야 하고 서민들을 돌보려는 과도한 주의 노력으로부터 사업체를 보호해야 한다고 생각하고 있었다. 1987년 상원법사위원회에 제출하기 위해서 내가 직접 조사하고 연구한 증언에서, 나는 보크의 연방대법원 판사 지명을 반대하는 한 가지 근거로 그랜드 만 사건에 대한 보크의 결정을 인용했다.

나는 강력한 반대와 싸우며 에너지 계획에 전력을 기울였다. 하지만 나는 대부분의 카운티에 사무소가 있는 아칸소전력회사에 강력한 적들을 만들고 말았다. 그것으로 끝이 아니었다. 나는 일부 목재회사들이 과도한 벌목을 하고 있다는 생각에서 스티브 스미스를 진상조사팀 팀장으로 임명했다. 스티브는 대단한 선동가였다. 그는 목재업계 사람들에게 겁을 잔뜩 줘서 그들이 완전히 돌아서게 만들고 말았다. 내가 바라는 것은 벌목의 규모를 줄이고 토양의 유실을 줄일 수 있도록 도로변과 시냇가에 적당량의 나무를 남겨두는 것이었다. 나를 가장 심하게 비판하는 사람들은 내가 모든 통나무 운송업자들과 제재소 노동자들의 일자리를 빼앗으려 한다고 주장했다. 우리는 아무런 성과도 거두지 못했고, 스티브는 분에 겨워하다가 얼마 지나지 않아 산간 마을의 자기 집으로 돌아가버렸다.

나는 경제발전을 위한 활동에서도 사람들과 마찰을 일으켰다. 이 역시 대단히 어려운 일이었다. 나는 주정부의 활동을 신규산업 유치로 일자리를 공급하는 전통적인 방식을 뛰어넘는 방향으로 확장하려고 했다. 나는 기존 산업을 확대하고 군소 사업체 및 농부들이 국내 시장과 해외 시장에서 생산물의 판로를 열 수 있도록 원조하기 위해 노력했다. 우리는 브뤼셀에 자리잡은 우리 주의 유럽 사무실 활동을 크게 확대하고, 처음으로 무역사절단을 이끌고 극동아시아, 즉 대만, 일본, 홍콩을 방문했다. 우리는 연방정부가 승인하는 유해 폐기물 처리 프로그램을 가진 미국 최초의 주가 되었다. 우리는 또한 전통적인 방식의 신규 사업체 육성 정책에서도 큰 성공을 거두어 1979년의 투자증가율은 75퍼센트, 1980년의 투자증가율은 64퍼센트를 기록했다. 그런데 도대체 어떻게 이런 성과를 가지고도 사람들이 나에게 화를 내게 만들었을까? 나는 아칸소산업발전위원회AIDC를 경제발전부로 명칭을 변경하여, 이 부서의 새롭게 확장된 행동반경을 이름에 반영하려고 했다.

그런데 알고 보니 아칸소산업발전위원회는 그 위원회에서 일해온 영향력 있는 경제인들, 그리고 이 부서와 함께 활동해온 주 전역의 상공회의소에는 신성한 이름이었다. 나는 짐 다이크라는 성공한 리틀록의 상공인을 이 부서의 책임자로 지명했지만, 이들은 이것으로 만족하지 못했다. 내가 그 위원회의 이름을 변경하지 않았다면, 역풍을 피하면서 할 일을 다할 수 있었을 것이다. 1979년과 1980년에, 나는 일부러 역풍을 찾아다닌 꼴이 되어버렸다.

나는 교육 분야에서도 비슷한 실책을 범했다. 나는 버지니아 뉴포트 뉴스의 장학사였던 돈 로버츠를 교육부 책임자로 임명했다. 돈은 몇 년 전에 리틀록 교육부의 행정전문가였기 때문에, 관계요로의 인물들을 많이 알고 있었다. 그는 상냥하고 감정을 잘 드러내지 않는 인물로 대부분의 관계자들과 갈등 없이 일을 순조롭게 진행했다. 그는 내가 의회에서 통과시킨 개혁 정책과 자신이 직접 입안한 효율적 교수 프로그램이라는 이름의 교사연수 프로그램을 시행했다. 문제는 돈을 끌어들이느라고 오랫동안 그 부서의 책임자로 있던 아치 포드를 사임하게 만든 것이었다. 아치는 수십 년 동안 아칸소 아동교육을 위해서 헌신적으로 활동해온 성실한 신사였다. 그는 은퇴를 앞두고 있었다. 하지만 나는 이번에는 다른 사람을 시켜서 사직을 권하는 실수는 범하지 않았다. 그래도 나는 그의 사직을 더 잘 처리했어야 했다. 성대한 환송회를 열고 그 자신의 생각에 따라 은퇴하는 것처럼 보이게 만들었어야 했다. 그런데 나는 그것을 그냥 지나쳐버렸다.

보건복지부 활동에서 우리는 노인들에게 도움을 줄 목적으로 조제약 판매세를 철폐하고, 노인들의 주택재산세 면제를 3분의 2나 확대했다. 또 노인들에게 직접적인 혜택을 제공하는 법안을 25개 이상 통과시켰다. 그 중에는 양로원 기준을 강화하고 가정 간호를 확장하는 법안도 들어 있었다.

1979년은 국제아동의 해였다. 힐러리는 아칸소 아동가정법률 상담소의 소장으로 활동하고 있었다. 힐러리는 그 조직의 설립 과정에 참여하고 몇 가지 중요한 개혁을 주도했다. 힐러리는 균일아동양육권 법 통과를 주도해서 우리 주로 이주해오거나 우리 주에서 이주해나가는 가정을 대상으로 한 양육권 문제를 일소했다. 우리 주의 청소년보호소의 1일 평균 보호인원은 25퍼센트 가량 감소했고, 심각한 정신장애를 가진 아동들에 대한 입원 및 기관 내 치료 수준이 개선되었으며, 특별한 문제를 가진 아동의 입양률은 35퍼센트 증가했다.

마지막으로, 나는 복지 개혁에 관심을 기울였다. 카터 행정부는 '워크 페어workfare' (노동장려를 위한 복지제도―옮긴이주) 정책 실시에 참여할 몇 안 되는 주 가운데 하나로 아칸소를 선택했다. 신체 건강한 구호대상자들이 구직 활동을 해야만 구호혜택을 제공하는 정책이었다. 이 정책을 집행했던 경험은 빈민구제 방법으로 생활 능력을 부여하고 노동의 기회를 제공하는 일자리 중심의 접근법에 대한 나의 관심에 결정적인 영향을 주었다. 나는 대통령이 될 때까지 이런 관심을 견지하고 있었고, 1996년의 복지제도개혁법안에 서명했다.

1980년이 시작될 무렵, 나는 주지사 업무와 생활 면에서 안정감을 찾게 되었다. 물론 나는 강력한 이익집단들을 격분하게 만들었고, 자동차면허세 문제로 불만이 커지고 있었다. 하지만 나는 입법과 행정 분야에서 엄청나게 많은 진보적인 정책을 주도했으며, 이 점을 자랑스럽게 여기고 있었다.

9월에 나의 친구들인 다이앤 킨카이드와 짐 블레어가 결혼을 했다. 결혼식 장소는 4년 전에 힐러리와 나의 결혼 피로연이 열렸던 모리스와 앤 헨리의 저택 정원이었다. 나는 결혼식 사회를 맡았다. 힐러리는 신부 들러리이자 동시에 신랑 들러리를 맡았다. 입바른 소리를 잘하는 블레어는 힐러리를 "베스트퍼슨"(보통 남자가 맡는 신랑 들러리bestman를 여자인 힐러리가 맡았기 때문에 man 대신 person이라는 단어를 붙인 것인데 best란 단어가 가진 '가장 훌륭한'이라는 의미도 함께 강조한 표현임―옮긴이주)이라고 불렀다. 나는 그의 말에 토를 달 수 없었다.

가장 훌륭한 사람이 된 것만으로도 모자라서, 힐러리는 아기까지 가지게 되었다. 우리는 아기를 굉장히 기다렸지만 한동안 아무런 소식이 없었다. 1979년 여름에 우리는 버뮤다로 짧은 여행을 다녀온 후에 샌프란시스코에 들러 불임클리닉 전문가를 찾아가기로 마음먹었다. 하지만 버뮤다에서 보낸 시간은 너무나 황홀했고, 너무나 황홀했던 우리는 결국 샌프란시스코에 가지 못했다. 집에 돌아온 직후에 힐러리는 아기를 가진 것을 알게 되었던 것이다. 힐러리는 계속 출근을 했고, 나는 자연분만에 참여하고 싶었기 때문에 힐러리와 함께 라마즈 강의를 들으러 다녔다. 라마즈 강의는 물론이고 다른 예비부모들과 어울리는 시간은 참으로 즐거웠다. 이들은 대부분 우리만큼이나 긴장해 있는 중산층의 맞벌이 부부들이었다. 출산예정일을 몇 주 앞두고 힐러리는 몇 가지 곤란한 일을 겪어야 했다. 의사가 힐러리에게 절대로 여행을 하지 말라고 했다. 우리는 그 의사를 신임하고 있었다. 안타깝게도 힐러리가 여행금지 명령에 따라야 한다는 것은 미국주지사연합회의 워싱턴 회의에 동행할 수 없다는 것을 의미했다. 행사 일정에는 대통령과 영부인과 함께 하는 백악관 만찬도 포함되어 있었다. 나는 로즈 법률회사를 떠나 주지사 관저를 운영하고 있는 캐럴린 후버와 함께 회합에 참석하고 백악관 만찬에 참석했다. 나는 서너 시간마다 집으로 전화를 하다가 2월 27일 밤에 서둘러 집으로 돌아왔다.

내가 집으로 돌아온 지 15분 후에 힐러리의 양수가 터졌다. 3주나 이른 출산이었다. 나는 잔뜩 긴장이 되어서 아칸소 밥티스트 병원에 가기 위해 라마즈 자료를 챙겼다. 경호원들도 역시 잔뜩 긴장을 하고 있었다. 나는 경호원들에게 힐러리가 쓸 수 있도록 얼음주머니를 만들어달라고 부탁하고 나서 다른 물건들을 챙겼다. 나중에 보니 경호원들은 4킬로그램이나 되는 얼음주머니를 만들어놓았다. 출산 후 일주일 동안 쓰고도 남을 만한 양이었다. 힐러리를 위해서 준비한 얼음을 트렁크에 싣자, 경호원들은 순식간에 우리를 병원에 옮겨다 놓았다. 도착하자마자 우리는 아기가 거꾸로 있기 때문에 제왕절개 수술을 해야 한다는 통지를 받았다. 병원 측은 병원 방침상 수술이 필요한 경우에는 아버지가 분만실에 들어오지 못한다고 말했다. 나는 병원관계자에게 들어가게 해달라고 사정했다. 나는 어머니와 함께 수술실에 들어간 적도 있으며, 힐러리를 머리끝부터 발끝까지 절개를 한다고 해도 기절하거나 하지 않겠다고 졸라댔다. 환자로서 병원에 온 것이 난생처음인 힐러리도 불안에 떨면서 내가 필요하다고 말했다. 병원관계자는 손을 들고 말았다. 밤 11시 24분에 나는 힐러리의 손을 잡고 산모가 절개를 하고 피가 흐르고 하는 장면을 보지 못하도록 막아 둔 커튼 너머로 의사의 손에 놓인 아기를 보았다. 내 평생 가장 행복한 순간이었다. 나의 친아버지는 결코 누리지 못했던 행복한 순간이었다.

우리 딸은 2.7킬로그램의 건강한 아이였고 씩씩하게 잘도 울었다. 힐러리가 회복실에 있을 동안, 나는 첼시를 안고 다니며 어머니를 비롯해서 만나는 모든 사람들에게 세상에서 제일 예쁜 아이라고 자랑했다. 나는 아기에게 이야기도 해주고 노래도 불러주었다. 그날 밤이 영원히 계속되면 좋을 것 같았다. 드디어 내가 아버지가 되었다. 정치와 정부에 대한 사랑과 엄청난 야망을 가지고 있는 나였지만, 바로 그 순간 아버지가 된다는 것이야말로 가장 중요한 일이라는 것을 깨달았다. 힐러리와 첼시 덕분에 나는 가장 보람된 일, 아버지가 되는 일을 경험하게 되었다.

병원에서 집으로 돌아왔을 때, 캐럴린 후버와 엘리자 애슐리를 비롯해서 주지사 관저의 모든 직원들이 가족처럼 따스하게 첼시를 맞아주었다. 엘리자는 주지사 관저에서 오랫동안 요리를 해온 사람이었다. 그녀는 내가 주지사 역할을 하기에는 너무 어려 보이는데, 그것은 나의 마른 몸집에도 원인이 있다고 생각했다. 그녀는 내가 '좀더 건장하면' 잘 어울릴 것 같다면서 그렇게 만들려고 작정을 했다. 그녀는 훌륭한 요리사였고, 유감스럽게도 그녀의 노력은 성공을 거두었다.

로즈 법률회사는 힐러리에게 4개월의 출산휴가를 주었다. 덕분에 첼시는 좋은 출발을 할 수 있었다. 나야 뭐라고 할 상사가 없는 처지였기 때문에 일하는 시간을 조정할 수 있었고, 몇 달 동안은 집에서 머무르는 시간이 많았다. 힐러리와 나는 이렇게 중요한 시기에 첼시 곁을 지킬 수 있으니 얼마나 행복한 처지인지 모른다고 여러 번 이야기를 했다. 그녀는 대부분의 다른 선진국에서는 모든 국민에게 출산휴가를 준다고 말했다. 우리는 다른 부모들도 우리처럼 소중한 시간을 가질 수 있어야 한다고 생각했다. 나는 1993년 2월, 대통령이 되어 만든 최초의 법안 '가정과 의료 휴가법'에 서명할 때, 갓난 첼시와 함께 보냈던 몇 달 동안의 기억들을 되새겼다. 이 법령은 아기가 태어나거나 가족 중에 아픈 사람이 생겼을 때, 대부분의 노동자들에게 3개월 휴가를 허용하는 내용이다. 내가 대통령직을 떠날 때까지 3,500만이 넘는 미국인들이 이 법의 혜택을 받았다. 사람들은 아직도 내게 다가와서 그 휴가가 얼마나 소중했는지 이야기하면서 고마움을 표시한다.

첼시가 어느 정도 자란 뒤에, 나는 새로운 1년의 업무로 돌아갔다. 그해는 정치적인 문제와 재해로 얼룩진 한 해였다. 그 두 가지는 구분할 수 없는 때가 많았다.

위기관리능력은 주지사나 대통령 후보자들도 그다지 많이 언급하지 않고, 유권자들도 투표할 때 그다지 신중하게 생각하지 않는 사항 중 하나다. 행정부의 장이 어떻게 자연재해나 인재에 대처할 것인가? 주지사 첫 임기 때는 유난히 재해가 많았다. 내가 취임했을 때는 한 겨울에 차가운 폭풍우가 퍼부어 주 전역이 물에 잠겼다. 나는 주방위군을 소집하여 전기가 끊긴 사람들에게 발전기를 제공하고, 도로를 복구하고, 도랑에 박힌 자동차를 끌어냈다. 1979년 봄에는 토네이도가 잇달아 발생했다. 나는 카터 대통령에게 아칸소를 공식 재해지역으로 선포해 달라고 부탁해서 연방 보조금을 지급받았으며, 재난구호센터를 만들어 집과 직장과 곡식을 잃은 사람들을 도왔다. 1980년 봄에 더 많은 토네이도가 아칸소를 덮쳤고, 우리는 똑같은 일을 되풀이해야 했다.

1980년 여름에는 폭염으로 인해서 100명이 넘는 사람들이 죽었고, 50년 만의 심한 가뭄을 겪어야 했다. 노인들이 가장 위험했다. 우리는 노인센터의 개방시간을 연장하고 주와 연방 예산을 투입하여 선풍기와 에어컨을 공급하고 전기요금을 지원했다. 우리는 카터 행정부의 강력한 지원을 받아 수백만 마리의 닭이 폐사한 축산농가와 농작물이 말라붙은 농가에 저리대출을 제공했다. 폭염으로 많은 도로들이 파손되고 800건에 가까운 화재가 발생했다. 나는 실외에서 불을 피우는 것을 금지했다. 아칸소의 농촌 주민들이 11월 선거를 바라보는 시선은 곱지 않았다.

의도적으로 혹은 실수로 발생한 인재도 많았다. 인재는 신체적·경제적인 면보다는 심리적인 면에 피해를 주었는데, 그 타격은 매우 컸다. 1979년 봄에, KKK단과 그 지도자인 데이비드 듀크가 리틀록에서 집회를 가질 예정이었다. 그 무렵 앨라배마 디케이터에서 열린 집회에서 KKK단과 반대시위자 사이에 폭력사태가 발생한 적이 있었기 때문에 나는 폭력사태 발생을 방지할 방안을 찾았다. 나는 공안국장인 타미 로빈슨에게 디케이터 사태를 연구하게 하고 폭력사태를 예방하기 위한 엄중한 보안조치를 시행했다. 그 지역에 경찰 병력을 배치하고 폭력이 시작될 기미가 보이면 사람들을 체포하라는 지시를 내렸다. 결국 여섯 명이 체포되었고, 사상자는 없었다. 엄청난 경찰력을 배치한 덕분에 폭력 사태를 막을 수 있었다. 나는 KKK단 사태를 무사히 처리한 것에 안심했으며, 앞으로 어떤 일이 발생하더라도 적절한 조치를 취할 수 있다는 자신감이 생겼다. 그러나 1년 후에는 훨씬 엄중한 사태가 발생했다.

1980년 봄에 피델 카스트로가 12만 명에 달하는 정치범과 '못마땅한' 사람들을 미국으로 추방했다. 그 중에는 전과기록이 있거나 정신적인 문제를 가진 사람들이 많았다. 이들은 배를 타고 플로리다에 상륙해서 카터 행정부를 곤혹스럽게 했다. 나는 백악관이 이 쿠바인들 중 일부를 포트스미스 인근의 대규모 수용소 포트채피로 보낼 것이라고 예상했다. 그곳은 1970년대 중반에 베트남 난민들을 강제수용했던 곳이었다. 당시의 수용정책은 상당히 성공적이었고, 많은 베트남 가구들이 서부 아칸소에 정착하여 건실한 생활을 하고 있었다.

나는 백악관의 쿠바문제 담당 보좌관인 진 아이덴버그와 이 문제에 대해서 상의했다. 나는 그에게 베트남 난민 정책이 성공을 거둔 이유 중의 하나는, 필리핀과 태국의 심사장에서 입국을 허용해서는 안 되는 사람들을 1차로 솎아냈기 때문이라고 말했다. 나는 플로리다 해안에 항공모함과 같은 커다란 선박을 배치하고 베트남난민 때와 같은 심사를 해야 한다고 말했다. 나도 실제로 망명객들 대다수는 전과자나 정신질환자가 아니라는 것을 알고 있었다. 하지만 언론이 이 문제를 과장보도하고 있었고, 심사 과정을 거쳐

야만 일반 국민이 안심할 수 있을 터였다. 진은 이렇게 말했다. "관타나모에 우리 기지가 있지요? 그곳에 쿠바와의 경계에 높은 장벽이 설치되어 있는 것으로 알고 있습니다. 심사를 통해 걸러진 사람들을 관타나모로 데려가서 쿠바로 돌려보내야 합니다." 카스트로는 미국을 바보 취급하고 있었고, 대통령은 무력해 보였다. 지미 카터는 안 그래도 인플레이션과 이란의 인질사태로 곤경에 빠져 있었기 때문에 이 문제로 상황을 악화시킬 필요가 없었다. 내 제안은 대통령이 강력한 이미지를 과시하고, 골칫덩어리를 골라내고, 난민들이 입국해도 될 만한 사람들이라는 대중적인 인식을 이끌어낼 수 있는 방법이었다. 그런데 백악관은 내 제안을 받아들이지 않았다. 그때 나는 우리가 오랫동안 곤경에 처하리라는 것을 알았어야 했다.

5월 7일, 백악관은 포트채피에 쿠바 난민 중 일부를 수용할 것이라는 사실을 통고했다. 나는 백악관에 강력한 보안조치를 취해줄 것을 요청하고, 언론에 대해서는 쿠바인들은 '공산독재'를 피해 도망친 사람들이며 수용소를 가동하기 위해서 '대통령이 아칸소인들에게 어떠한 의무를 부과한다고 해도 나는 최선을 다해 그 의무를 감당할 것'이라고 약속했다. 5월 20일에, 포트채피에는 2만 명 가량의 쿠바인들이 수용되었다. 수용소 내에서는 격리 생활의 답답함과 미래에 대한 불안감을 견디지 못한 젊은 쿠바인들이 걸핏하면 난동을 부렸다. 포트스미스는 대단히 보수적인 지역이었기 때문에, 대부분의 주민들은 처음부터 쿠바인들에 대해서 불쾌한 감정을 품고 있었다. 수용소 내에서 벌어진 난동에 대한 언론 보도가 나가자, 포트스미스와 인근 타운들의 주민들은 불안감과 분노에 휩싸였다. 수용소와 인접한 발링이라는 작은 타운 주민들이 특히 심했다. 빌 코스론 보안관은 인터뷰에서 이렇게 말했다. "주민들이 겁을 먹고 있다고 말하는 것은 점잖은 표현입니다. 그들은 완전무장을 하고 있어요. 그것이 상황을 더욱 악화시키고 있습니다."

5월 26일 월요일 밤에 200여 명의 난민들이 아무 제한도 받지 않고 바리케이드를 뚫고 수용소 문을 빠져나왔다. 예비선거일인 다음 날 동이 틀 무렵, 나는 65명의 주방위군을 포트채피에 파견한 다음, 비행기를 타고 힐러리와 함께 페이트빌로 가서 투표했다. 투표를 끝내고 돌아온 나는 수용소에 종일 머물면서 그곳 사람들과 이야기를 나누고 백악관과 통화를 했다. 지휘관인 제임스 불독 드러먼드 준장은 실제 전투 경험이 있는 인상적인 사람이었다. 내가 쿠바인들이 수용소를 벗어나게 놔두었다고 질책하자, 그는 그들을 막을 권한이 없다고 말했다. 그는 직속상관에게서, 연방법령인 자경단법은 군대가 민간인들을 상대로 법 집행 권한을 행사하지 못하도록 금하고 있다는 이야기를 들었다고 했다. 군대는 그 법이, 법적 신분이 불확실하기는 하지만, 쿠바인들에게도 적용된다고 생각하고 있었다. 그들은 미국 국민도 아니고 합법적인 이민자도 아니지만, 불법적인 체류자도 아니었다. 그들은 법을 위반하지 않았기 때문에, 드러먼드는 그 지역 주민들이 두려워하고 혐오한다는 이유만으로 그들을 수용소에 억류할 수 없다고 말했고, 자신의 임무는 그곳의 질서를 유지하는 것뿐이라고 말했다. 나는 대통령에게 전화를 걸어 상황을 설명하고, 누군가에게 쿠바인들을 수용소에 억류할 권한을 주어야 한다고 말했다. 채피 인근 80킬로미터 내의 총포상에서는 권총과 소총이 불티나게 팔리고 있었다. 주민들이 쿠바인들에게 총을 쏘기 시작할까봐 걱정스러웠다.

다음 날 나는 다시 대통령에게 전화를 걸었다. 대통령은 병력을 추가로 투입할 예정이며 그들이 질서를 유지하고 쿠바인들을 수용소에 억류할 것이라고 말했다. 진 아이덴버그는 나에게, 법무부가 국방부에 그 병력은 그런 조치를 취할 수 있는 법적 권한을 가지고 있다는 내용의 공문을 보냈다고 말했다. 그날이 저물 무렵, 나는 다소 안심이 되어 예비선거 상황을 알아보았다. 예비선거에서 나의 유일한 경쟁후보인 칠면조 농장주 먼로 슈워츠로즈는, 1978년 예비선거 당시 득표율의 30배에 달하는 31퍼센트의 득표율을 올렸다. 농촌 주민들은 나에게 자동차면허세에 대한 경고장을 보내고 있었다. 나는 그들이 그 일을 잊어주기를 바랐지만, 내 마음대로 되지 않았다.

6월 1일 밤에, 큰 혼란이 일어났다. 1,000여 명의 쿠바인들이 연방부대의 제지를 받지 않고 수용소를 빠져나와 22번 고속도로를 타고 발링을 향해 걸어가기 시작했다. 이번에도 군은 그들을 막기 위해서 아무런 조치도 취하지 않았다. 내가 나설 수밖에 없었다. 쿠바인들과, 격분하여 무장을 갖춘 수백 명의 주민들 사이를 가로막고 있는 것은 침착하고 헌신적인 델로인 코시 서장이 지휘하고 있는 경찰관과 주방위군, 그리고 빌 코스론 보안관의 부관들뿐이었다. 나는 코시 서장과 주방위군에게 쿠바인의 통과를 허용하지 말라는 강력한 지시를 내렸다. 쿠바인들이 그 곳을 통과하면 어떤 일이 벌어질지는 뻔한 일이었다. 리틀록 센트럴 고등학교 사태와는 견줄 수도 없는 유혈극이 벌어질 것이 뻔했다. 쿠바인들은 주민들 쪽으로 다가서면서 돌을 던지기 시작했다. 코시 서장은 경찰관들에게 공포를 쏘라고 지시했다. 그제서야 쿠바인들은 겁을 먹고 수용소로 돌아갔다. 사태가 진정되고 나서 보니, 62명이나 되는 부상자가 발생했고, 그 중 다섯 명이 총상을 입고 있었다. 하지만 다행히 사망자나 중상자는 발생하지 않았다.

나는 비행기를 타고 채피로 가서 드러먼드 준장을 만났다. 우리는 버럭버럭 고함을 지르며 싸웠다. 법무부가 국방부의 쿠바인 통제권을 승인했다는 이야기를 들었던 나는 부대가 쿠바인들의 이탈을 막지 않은 것에 대해 불같이 화를 냈다. 준장은 눈썹 하나 꿈쩍하지 않았다. 그는 나에게 말하기를 자신은 텍사스 샌안토니오에 있는 소장의 명령을 받고 있다면서, 백악관에서 무슨 일이 있었는지 몰라도 자신은 상관의 명령을 거역할 수 없다고 말했다. 아주 솔직한 대답이었다. 그의 말은 하나도 틀린 데가 없었다. 나는 진 아이덴버그에게 전화를 걸어 드러먼드 준장의 말을 전하고 설명을 요구했다. 그런데 그는 설명 대신 설교를 늘어놓았다. 그는 내가 시원치 않은 예비선거 결과를 만회해보려고 과잉반응을 보이고 있다는 말을 들었다고 했다. 내 생각과는 달리, 내 편이라고 생각했던 사람이 사태를, 또는 나를 이해하지 못하고 있었다.

나는 노발대발했다. 나는 그에게 내 판단을 믿지 못하겠다면, 둘 중 하나를 선택하라고 말했다. "오늘 밤 당장 이곳으로 와서 일을 바로잡으시오. 그렇지 않으면 내가 직접 나서서 그곳을 폐쇄해버리겠습니다. 입구마다 주방위군을 배치하고 내 승인 없이는 아무도 드나들지 못하게 하겠습니다." 그는 설마 그럴 리가 없지 싶은 모양이었다. "그렇게 할 수는 없습니다. 거긴 연방 관할 시설입니다." 나는 쏘아붙였다. "그렇지요. 하지만 거긴 주 도로 상에 위치한 곳이고 주 도로는 내 통제권 안에 있습니다. 당신이 결정하세요."

아이덴버그는 그날 밤에 공군 비행기를 타고 포트스미스로 왔다. 나는 그를 차에 태우고 포트채피로 향했다. 포트채피에 도착한 후, 나는 그를 데리고 발링을 둘러보았다. 자정이 한참 넘은 시각인데도, 거리마다 집집마다, 무장을 한 주민들이 마당이나 현관, 심지어는 지붕에 앉아 경계를 서고 있었다. 칠십이 넘어 보이는 노부인이 입을 앙다문 채 무릎에 권총을 놓고 앉아 있는 모습은 너무나 충격적이었다. 아이덴버그 역시 충격을 받았다. 발링을 돌아본 뒤, 그는 나를 보며 "이런 지경인지 몰랐습니다"라고 말했다.

우리는 드러먼드 준장과 연방 공무원들, 주 공무원들, 그리고 지방직 공무원들과 함께 한 시간 남짓 회의를 하고 나서, 그곳에 모여 있던 기자들을 만났다. 아이덴버그는 보안조치 문제를 바로잡겠다고 약속했다. 다음 날인 6월 2일, 백악관은 국방부에 수용소 내의 질서를 유지하고 쿠바인들을 수용소에 억류하라는 지시를 내렸다. 카터 대통령은 아칸소 주민들에게 불필요한 걱정을 끼친 것을 인정하고 포트채피에 더 이상의 쿠바인들을 보내지 않겠다고 약속했다.

심사 과정의 지연이 혼란을 불러온 근본 요인이었다. 심사 담당자들은 업무 속도를 높였다. 얼마 후 내가 수용소를 찾아갔을 때 상황은 진정되고 모든 사람들이 편안한 마음을 되찾아가고 있었다.

상황은 진정되고 있는 것처럼 보였지만, 나는 5월 28일과 6월 1일 사이에 일어났던 일과 일어나지 않았던 일들을 생각하느라 마음이 편치 않았다. 5월 28일에 아이덴버그는 군대에 쿠바인들이 채피를 벗어나지 못하게 하라는 명령을 내렸다고 말했는데, 6월 1일에 1,000여 명의 쿠바인들이 수용소를 빠져나왔다. 백악관이 거짓말을 했거나, 아니면 법무부가 국방부에 법적 의견을 전달하는 것을 태만히 했거나, 아니면 국방부의 누군가가 최고사령관의 명령을 무시했거나, 사태의 원인은 셋 중 하나였다. 그런 일이 있었다면, 그것은 심각한 헌법위반 행위였다. 당시 사태의 전모가 밝혀지지 않았던 것 같다. 내가 워싱턴에 가서 깨닫게 된 것처럼, 어떤 일이 잘못되면 책임을 지려는 태도는 사라지는 경우가 많다.

8월에 힐러리와 나는 덴버로 가서 미국주지사연합회 여름 회의에 참석했다. 화제는 대통령 선거에 집중되어 있었다. 카터 대통령은 에드워드 케네디 상원의원의 막강한 도전을 이겨내고 재지명에 성공할 것으로 예상되었지만, 케네디는 물러서지 않았다. 우리는 유명한 형사 변호사인 에드워드 베닛 윌리엄스와 함께 오찬을 들었다. 그는 힐러리와 오랜 친분관계가 있었고, 법대를 갓 졸업한 힐러리에게 자기 밑에서 일해 달라고 부탁했던 사람이었다. 윌리엄스는 케네디를 강력하게 지지하고 있었고, 대통령이 경제침체와 이란에 10개월간 억류되었던 인질 문제로 발목이 잡혀 있으니 가을 선거운동 때 로널드 레이건을 꺾을 수 있는 사람은 케네디가 될 것이라고 생각하고 있었다.

나는 그의 정치적인 판단에 동의할 수 없었다. 카터는 대통령으로서 여러 가지 훌륭한 성과를 거뒀으며, 인플레이션을 격화시킨 석유수출국기구의 유가 인상은 그의 탓이 아니었다. 그리고 그는 인질 사태를 해결할 수 있는 좋은 대안이 없었다. 게다가 쿠바난민 문제가 있기는 했지만, 카터 내각은 아칸소에 큰 도움을 주었다. 그는 우리가 추진했던 교육, 에너지, 보건, 경제 분야의 개혁에 대해서 재정적인 지원과 지지를 아끼지 않았다. 또 나는 업무상 이유 외에 사교적인 이유에서도 백악관 출입이 자유로운 편이었다. 대통령이 백악관의 사우스론에서 야유회를 연 적이 있었는데, 그때 나는 어머니와 함께 그곳에 참석하여 윌리 넬슨의 노래를 들었다. 행사가 끝난 후, 어머니와 나는 넬슨, 대통령의 아들 칩과 함께 백악관 건너편에 있는 헤이애덤스 호텔에 갔다. 그곳에서 우리는 새벽 2시까지 윌리 넬슨의 피아노 연주와 노래를 들었다.

이런 이유들 때문에 미국주지사연합회 회의가 시작될 당시, 백악관에 대한 나의 태도는 대단히 우호적이었다. 민주당 주지사들과 공화당 주지사들은 별도로 회의를 하고 있었으며, 나는 그 전해 겨울 회의 때 민주당 주지사연합회의 회장으로 선출되었다. 그때 나를 추천한 사람은 캐롤라이나 주지사 짐 헌트였다. 그는 주지사 중에서 가장 가까운 친구였으며, 이후 대통령 재직 시에는 교육 개혁을 위한 싸움에서 내게 큰 도움을 주었다. 민주당 전국위원회 의장인 밥 스트라우스는 나에게 민주당 주지사연합회가 카터 대통령을 지지한다는 성명을 내는 게 좋겠다고 말했다. 나는 출석한 주지사들을 쓱 훑어보고 나서, 투표를 하면 20 대 4로 카터 쪽이 우세하겠다고 말했다. 우리는 점잖게 토론을 했다. 스트라우스는 대통령 지지 발언을 했고, 뉴욕 상원의원 휴 캐리는 케네디 지지 발언을 했다. 투표 결과는 20 대 4였다. 회의가 끝난 후, 스트라우스와 나는 간단하게 기자회견을 했다. 우리의 지지는 카터 대통령에 대한 신임을 보여주는 것이며, 대통령이 도움을 필요로 할 경우에는 그를 정치적으로 후원하겠다는 의미라는 내용이었다.

15분 뒤에, 나는 백악관에서 통화를 하고 싶어 한다는 연락을 받았다. 나는 대통령이 주지사들의 지지를 이끌어낸 것에 대해서 치하를 하려나 보다 생각했다. 하지만 그건 나의 착각이었다. 대통령은 나머지 쿠바인들이 수용되어 있는 펜실베이니아와 위스콘신의 날씨가 추워질 것 같다면서, 이 지역에서는 난민들을 한파로부터 지킬 도리가 없으니 난민들을 이주시켜야 할 것 같다고 말했다. 나는 가슴이 철렁했다. 포트채피의 보안 문제가 해결되었으니, 그리로 이주시키겠다는 말이었다. 나는 대답했다. "대통령께서 아칸소에는 더 이상 난민을 보내지 않겠다고 약속하지 않았습니까? 11월 선거에서 이기려면 서부의 따뜻한 지역으로 보내십시오." 대통령은 그 방안도 생각해보았지만 불가능하다고 말했다. 서부에 수용소 하나를 만들려면 1,000만 달러의 비용이 든다는 설명이었다. 나는 말했다. "대통령 각하, 아칸소 주민들의 지지를 얻으려면 1,000만 달러를 아껴서는 안 됩니다." 그는 내 의견에 동의하지 않았다. 우리의 대화는 거기서 끝났다.

나도 대통령을 해보니, 지미 카터가 받았을 압박감을 조금은 이해할 수 있다. 그는 심각한 인플레이션과 경기침체, 두 적과 싸우고 있었다. 게다가 이란의 아야톨라 호메이니는 1년 가까이 미국인 인질들을 억류하고 있었다. 쿠바인들은 더 이상 난동을 부리지 않고 있으니 큰 걱정은 아니었다. 펜실베이니아와 위스콘신은 1976년에 그를 지지했던 곳일 뿐 아니라, 아칸소보다 선거인단 수가 많았다. 아칸소는 그가 지난번에 3분의 2의 표를 가져갔던 곳이었다. 여론조사에서 나는 경쟁자인 프랭크 화이트를 20포인트 이상 앞서고 있었다. 대통령은 설마 그 표를 다 잃어버리랴 싶었던 것 같다.

하지만 나의 생각은 달랐다. 나는 대통령이 아칸소와의 약속을 어기면 크게 손해를 입을 것이라고 생각했다. 위스콘신과 펜실베이니아의 수용소를 폐쇄하는 것이 날씨 때문이냐, 정치적인 이유 때문이냐 하는 것은 중요한 것이 아니었다. 1,000만 달러를 아끼려고, 절대로 보내지 않겠다고 약속했던 곳에 나머지 쿠바인들을 보내는 것은 바보 같은 짓이었다. 나는 루디 무어와 나의 선거운동본부장인 딕 허지트에게 전화를 걸어 어떻게 하면 좋겠느냐고 물었다. 딕은 당장 워싱턴으로 가서 대통령을 만나라고 말했다. 그를 설득하지 못하면, 백악관 밖에서 기자회견을 청해서 그의 재선 지지를 철회해야 한다는 주장이었다. 하지만 나는 그렇게 할 수 없었다. 이유는 두 가지였다. 첫째, 나는 민권 정책이 실시되던 시기에 연방의 권위에 저항했던 오벌 포버스와 다른 남부 주지사들과 같은 행동을 하고 싶지 않았다. 둘째, 나는 로널드 레이건이 카터를 이길 수 있게 도와주는 일은 결코 하고 싶지 않았다. 레이건은 인질 문제와 경제 문제 덕분에 유리한 고지를 점하고 있었고, 낙태 문제에서부터 파나마에 파나마 운하 통제권을 양도한 일에 이르기까지 카터에게 격분하고 있는 우익 진영의 강력한 지지를 받아 바람에 돛 단 듯 순항하고 있었다.

진 아이덴버그는 나에게 자신이 아칸소로 와서 멋지게 해결할 때까지 쿠바 난민 재배치 사실을 공표하지 말라고 부탁했다. 그러나 이야기는 새어 나갔고, 진의 아칸소 방문은 아무런 도움이 되지 못했다. 그는 더 이상의 보안 문제는 발생하지 않을 것이라고 장담했지만, 대통령이 아칸소와의 약속을 어겼다는 사실은 부인할 수 없었다. 아칸소는 카터가 지난번 선거 때 자신의 고향인 조지아 다음으로 많은 지지를 얻었던 곳이었다. 나는 보안조치 문제를 해결하기 위해서 한층 더 노력을 기울였고, 몇 가지를 개선했다. 하지만 나는 약속을 어긴 대통령을 편드는 사람이라는 이미지에서 벗어날 수 없었다.

덴버에서 아칸소로 돌아가보니, 아칸소의 정치 상황은 금방이라도 폭발할 듯 불안했다. 나의 경쟁후보인 프랭크 화이트는 입지를 넓혀가고 있었다. 화이트는 체격이 좋고 목소리가 낭랑한 사람으로, 해군사관학교 졸업생, 저축대출조합 이사, 프라이어 주지사 시절에는 아칸소 산업발전위원회 이사로 활동했다는 경력을 들먹이며 허풍을 치는 인물이었다. 그는 공공사업체, 축산업체, 화물운송업체, 목재업체, 그리고 의학협회를 비롯해서 내가 씨름을 했던 모든 이익단체들로부터 강력한 지지를 받고 있었다. 그는 또한 '도덕적 다수'를 비롯한 보수적인 단체들의 아칸소 지부들로부터도 강력한 지지를 받고 있었다. 그는 자동차면허세로 인한 농촌 주민과 블루칼라 노동자들의 울분을 긁어대고 있었다. 뿐만 아니라 경제 문제와 가뭄으로 인해서 주민들이 보편적으로 가지고 있는 불평불만을 효과적으로 이용하고 있었다. 경기 부진은 주의 수입을 줄였고, 나는 예산 균형을 이루기 위해서 주 지출을 삭감해야 했다. 결국 교육비를 삭감해야 했고, 교사들의 2차년도 봉급 인상분 매년 1,200달러를 900달러로 줄여야 했다. 대부분의 교사들은 주의 세수가 줄었다는 것에는 관심이 없었다. 그들은 단지 2년 동안 1,200달러를 인상한다는 약속이 이행되어 2차년도 분을 고스란히 지급받기를 원하고 있었다. 약속이 이루어지지 않자, 나에 대한 교사들의 지지도도 뚝 떨어졌다.

앞서 4월에, 힐러리와 나는 한 행사에서 프랭크 화이트를 만난 적이 있었다. 그때 나는 그에게 "나에게 반감을 품은 사람들이 너무 많으니, 여론조사 결과가 어떻든 관계없이 당신이 최소한 45퍼센트는 가져갈 것"이라고 말했다. 쿠바난민들을 모두 포트채피에 수용한다는 사실이 발표된 후, 화이트는 기간 내내 쿠바난민 문제와 자동차면허세 이야기를 주문처럼 외우고 다녔다. 8월에 나는 열심히 유세를 했지만 큰 성과를 거두지 못했다. 공장 문 앞으로 가보면, 마음을 바꿔먹은 노동자들이 경제적인 어려움을 악화시키고 자동차면허세를 인상해서 자신들을 배반했으니 나를 찍지 않겠다고 말했다. 오클라호마로 이어지는 다리 근처에 있는 포트스미스에서 유세를 하는 중에는 이런 일도 있었다. 나는 한 남자에게 누구를 찍을 것이냐고 물었다. 그의 입에서는 내가 수백 번도 넘게 들었던 대답을 한층 더 끌어올린 격렬한 반응이 나왔다. "당신은 자동차면허세를 인상했잖아요. 당신이 단독 후보로 나선다고 해도 나는 당신을 안 찍을 거요." 그는 화를 내며 얼굴을 붉혔다. 나도 울분을 참을 수가 없어서 오클라호마로 이어지는 다리를 가리키며 말했다. "저기 좀 보시오. 당신이 오클라호마 주민이었다면, 지금보다 두 배나 비싼 자동차면허세를 내야 했을 거요!" 붉었던 그의 얼굴빛이 갑자기 하얗게 되었다. 그는 웃으면서 내 어깨에 손을 얹더니 말했다. "이봐요. 내 말을 이해 못 하는군요. 그게 바로 내가 이쪽에서 사는 이유요."

8월 말에, 나는 아칸소 대의원들과 함께 민주당 전국전당대회에 갔다. 케네디 상원의원은 패배가 확실한데도 후보 사퇴를 하지 않고 버티고 있었다. 케네디를 위해서 활동하고 있던 친한 친구들이 내게 오더니, 케네디를 설득해서 투표가 시작되기 전에 후보사퇴를 하고 카터를 지지하는 연설을 하도록 만들어야 한다고 말했다. 나는 케네디를 좋아했고, 그것이 카터가 패배할 경우에도 케네디가 원성을 듣지 않고 품위를 지킬 수 있는 최선의 길이라고 생각했다. 두 후보 사이에 끼어들기는 꺼림칙한 일이었지만, 친구들은 케네디를 설득할 수 있는 사람은 나뿐이라고 생각했다. 나는 케네디 의원이 묵고 있는 호텔로 찾아가서 조심스럽게 이야기를 꺼냈다. 결국 케네디는 후보사퇴를 하고 대통령에 대한 지지의사를 밝혔다. 하지만 두 사람이 나란히 단상에 올라섰을 때, 케네디는 환한 지지의 표정을 짓는 데는 실패했다.

전당대회 때, 나는 민주당 주지사연합회 회장 자격으로 5분 연설을 하게 되었다. 전당대회는 늘 시끄럽고 소란스럽다. 대의원들은 보통 기조연설이나 대통령, 부통령의 후보 수락 연설에만 귀를 기울인다. 이 세 가지 연설에 해당되지 않는 연설을 하는 사람이 시끌벅적한 의원석의 잡담을 뚫고 메시지를 전하려면 눈치 빠르게 강력한 어조로 연설을 해야 한다. 나는 우리가 겪고 있는 특별히 심각하고 고통스런 경제상황에 대해서 설명하고 민주당은 이러한 도전에 대처하기 위해서 변화해야 한다고 주장했다. 제2차 세계대전 이후로 민주당은 미국의 번영을 당연한 것으로 받아들이고 있었다. 민주당은 좀더 많은 사람들에게 경제 번영의 혜택을 안겨주고 사회정의를 위해서 싸우는 일에 역점을 두고 있었다. 이제 우리는 인플레이션과 실업, 엄청난 예산 부족, 경쟁력 상실의 문제를 감당해야 했다. 민주당이 그렇게 하지 못했기 때문에 점점 더 많은 사람들이 공화당을 지지하거나 투표에 대한 관심을 버리고 있었다. 나는 주어진 5분보다 짧은 시간에 이런 내용의 연설을 했다. 하지만 내 연설에 귀를 기울이는 사람은 아무도 없었다.

전당대회가 끝날 때 카터 대통령이 처한 상황은, 전당대회가 시작될 때의 상황에서 달라진 것이 없었다. 통합되고 열정적인 당이라면 대통령 지명자에게 보내주어야 마땅한 진정한 격려조차 없었다. 나는 나 자신의 선거운동을 살리는 데 주력해야겠다고 생각하며 아칸소로 돌아왔다. 내 처지도 점점 나빠지고 있었다.

9월 19일, 긴 하루 일을 끝내고 핫스프링스의 집에 있는데, 공군전략사령부 사령관에게서 전화가 걸려왔다. 아칸소 다마스쿠스 인근에 있는 타이탄 II 미사일 격납고에서 폭발 사고가 있었다는 것이었다. 그곳은 리틀록에서 북서쪽으로 64킬로미터 지점이었다. 처음에는 믿기지가 않았다. 공군 정비사 한 명이 미사일을 수리하다가 무게 1.3킬로그램의 렌치를 떨어뜨렸다. 렌치는 20미터 아래 격납고 바닥에 떨어졌다가 튕겨 나와 로켓 연료가 가득 차 있는 탱크에 구멍을 냈다. 유독 연료가 공기와 섞이면서 화재가 발생했고, 이어서 일어난 대규모 폭발로 740톤의 격납고 콘크리트 덮개가 날아갔다. 이 사고로 정비사가 죽고 인근에서 일하던 20명의 공군 장병들이 부상을 입었다. 폭발로 인해 미사일이 파괴되고 핵탄두가 날아가 격납고가 있는 목장에 떨어졌다. 담당자는 탄두는 폭발하지 않을 것이고, 방사능 물질도 방출되지 않을 것이며, 군대가 그 탄두를 안전하게 제거할 것이라고 보고했다. 우리 주가 쉬지 않고 찾아드는 불운의 마지막 몸부림에 의해서 잿더미로 변하게 될 상황은 아니라는 것이 그나마 다행인 것 같았다. 나는 뱀에게 물린 것처럼 아찔했지만 상황에 대처하기 위해서 최선을 다했다. 나는 신임 공안국장인 샘 테이텀에게 남아 있는 타이탄 II 미사일 17기 중 하나라도 잘못될 경우를 대비해서 연방 공무원과 비상소개 계획을 짜라고 지시했다.

이제껏 별의별 일을 다 겪은 아칸소는 이렇게 해서 핵탄두가 박힌 세계 유일의 목장이 있는 지역이 되어버렸다. 사고발생 며칠 후, 먼데일 부통령이 핫스프링스에서 열린 아칸소 민주당 전당대회에 참석하러 왔다. 나는 그에게 군이 미사일 사고에 대비한 새로운 비상대책을 짜기 위해서 우리 주와 협조를 하고 있는지 확인해 달라고 부탁했다. 그는 국방부 장관 해럴드 브라운에게 전화를 걸었다. 그가 전화에 대고 던진 첫 마디는 "젠장, 해럴드, 내가 자네한테 아칸소 사람들 마음에서 쿠바 문제를 지워버릴 일을 하라고 말했지. 하지만 이건 좀 심하지 않은가"라는 것이었다. 먼데일은 공적인 자리에서는 점잖은 태도를 취하는 사람이지만, 사실 대단한 유머감각이 있는 사람이었다. 그는 상황이 얼마나 심각한지 알면서도 태연하게 농담을 하고 있던 것이다.

마지막 몇 주 동안의 선거운동은 아칸소 정계에 일어난 새로운 현상, 즉 비난성 텔레비전 광고에 의해서 압도당하고 말았다. 자동차면허세와 관련된 광고의 영향력도 심각했지만, 화이트가 써먹은 가장 효율적인 선거용 광고는 따로 있었다. 난동을 부리는 쿠바난민들을 보여주면서, 강력한 목소리로 다음과 같은 메시지를 알리는 광고였다. 펜실베이니아와 위스콘신 주지사들은 자기 주민들이 걱정되어서 쿠바난민들을 내쫓으려고 하고 있는데, 나는 아칸소 주민들보다 지미 카터를 더 걱정하고 있고, 그래서 "결국 우리는 그 사람들을 다 받아들이게 되었다"는 내용이었다. 힐러리와 나는 처음 그 광고를 보았을 때, 너무나 터무니없는 내용이라서 아무도 믿지 않을 거라고 생각했다. 그 광고가 시작되기 직전에 포트채피 사태에 대처한 나의 대응에 관한 여론조사에 의하면, 적절한 대응이었다고 생각하는 주민은 60퍼센트, 지나치게 강경한 대응이었다고 생각하는 주민은 3퍼센트, 지나치게 약한 반응이었다고 생각하는 주민들은 20퍼센트였다. 이들 강경파 주민들은 내가 수용소에서 달아난 난민들을 모조리 총살했어야 만족했을 것이다.

광고에 대한 우리의 판단은 잘못된 것이었다. 광고는 효과를 발휘하고 있었다. 포트스미스의 빌 코스론 보안관과 론 필드 검사와 같은 지방직 공무원들은 내가 수용소 주변의 주민들을 보호하기 위해서 위험을 무릅쓰고 훌륭하게 대처했다면서 나를 강력히 옹호했다. 누구나 아는 일이지만, 기자회견은 강력한 비난성 광고의 효과를 뒤집을 수 없다. 나는 쿠바난민과 자동차면허세의 수렁으로 빠져들고 있었다.

선거 며칠 전에, 힐러리는 여론조사 일을 했던 딕 모리스에게 전화를 했다. 사람들의 신경을 거슬리는 딕의 태도 때문에 불평하는 사람들이 많아서 나는 그 대신에 피터 하트를 여론조사담당자로 기용하고 있었다. 힐러리는 그에게 여론을 조사해서 우리가 수렁에서 빠져나올 방법이 있는지 알아보라고 부탁했다. 딕은 여론을 살핀 다음 특유의 무뚝뚝한 말투로 내가 질 것 같다고 말했다. 그는 몇 가지 광고를 제안했고, 우리는 그의 제안에 따랐다. 하지만 그가 예견했듯이, 그 효과는 너무 약했고 이미 때를 놓친 뒤였다.

11월 4일 선거일에 지미 카터와 나는 48퍼센트의 표를 얻었다. 1976년에 카터가 얻은 65퍼센트, 1978년에 내가 얻은 63퍼센트 득표율에 비하면 엄청나게 많은 표를 잃은 셈이었다. 우리는 둘 다 패했지만, 패배의 양상은 상당히 달랐다. 대통령은 75카운티 중에서 50카운티의 표를 얻었다. 그가 승리한 카운티들은 민주당 거점지역들이었다. 이곳에서는 쿠바난민 문제가 표를 깎아먹기는 했지만, 그렇다고 승리를 얻을 수 있는 득표차까지 없애버리지는 못했다. 그가 패배한 서부 아칸소의 카운티들은 보수적인 공화당 지역으로 이탈표가 대단히 많았던 곳이었다. 카터가 쿠바난민 문제에 대한 약속을 깬 데 대한 분노, 그리고 레이건이 낙태와 파나마운하 조약에 반대하는 기독교 근본주의파와 연합한 것이 이들이 대거 이탈한 주요 원인이었다. 아칸소는 아직도 공화당을 이기지 못하고 있었다. 카터가 아칸소에서 거둔 48퍼센트 득표율은 전국 득표율을 7포인트나 밑도는 것이었다. 만일 쿠바난민에 관한 약속을 깨지 않았다면, 카터는 이길 수도 있었을 것이다.

카터의 경우와는 대조적으로, 내가 승리한 카운티는 겨우 24개로, 흑인 주민이 많은 곳과 도로 정책에 대한 지지가 많거나 혹은 반대가 덜한 곳뿐이었다. 나는 민주당 지지도가 높은 북동부 아칸소의 11개 카운티를 모두 잃어버렸다. 그곳들은 대부분 제3지역구에 속하는 농촌 카운티들이었고,

남부 아칸소에 속하는 곳도 일부 있었다. 나를 죽인 것은 바로 자동차면허세였다. 여론조사 당시에는 쿠바난민 문제에 관한 나의 대응에 대한 지지 때문에 자동차면허세와 이익단체의 반대, 그리고 심각한 경제상황에도 불구하고 나의 지지율이 실제보다 높게 나타났다. 그러나 자극적인 쿠바 광고는 내심 갈등하고 있던 나의 지지자들이 완전히 등을 돌리게 하는 기적을 일으켰다. 1980년에 내게 일어났던 일은 1992년에 조지 H.W. 부시 대통령에게 일어났던 일과 놀랄 만큼 비슷했다. 걸프전쟁에 대한 여론의 지지도는 높았지만, 밑바닥에는 불만이 많았다. 사람들이 걸프전쟁에 대한 지지를 이유로 부시에게 표를 던지지는 않겠다고 결심하는 순간, 나는 앞으로 전진했다. 프랭크 화이트는 쿠바난민 광고를 이용한 덕에 갈등하던 나의 지지자들을 자기편으로 끌어들이는 데 성공했다.

1980년, 서부 아칸소의 공화당 지역에서는 내가 카터 대통령보다 선전했다. 이곳 주민들은 내가 쿠바 사태에 어떻게 대처했는지 잘 알고 있었다. 포트스미스와 세바스천 카운티에서 내가 민주당 후보 중에서 최다득표를 한 것은 순전히 포트채피 덕분이었다. 카터는 그곳에서 28퍼센트의 표를 얻었다. 범퍼스 상원의원은 20년 이상 그곳에서 변호사 생활을 했던 사람이지만, 파나마 운하를 '포기' 하자는 쪽에 표를 던지는 용서할 수 없는 죄를 저지르는 바람에 30퍼센트의 표를 얻는 데 그쳤다. 나는 33퍼센트를 얻었다. 이렇게 해서 민주당은 몰살당하고 말았다.

선거일 밤에 나는 기분이 엉망이어서 기자들을 만나고 싶지 않았다. 힐러리가 선거운동본부로 가서 활동가들에게 감사의 말을 하고 다음 날 주지사 관저로 오라고 초청했다. 거의 뜬눈으로 밤을 새우고 난 후, 나는 힐러리와 첼시와 함께 관저 뒷마당에 모인 200여 명의 열성적인 지지자들을 만났다. 나는 그들에게 내가 할 수 있는 최선의 연설을 했다. 그들이 했던 모든 일들에 대해 감사를 표하고, 우리가 이룬 모든 성과들이 너무나 자랑스럽다고 말하고, 프랭크 화이트에게 협조하겠다고 말했다. 당시 상황을 고려하면 대단히 쾌활한 내용의 연설을 했던 셈이었다. 하지만 나는 비참한 심정이었고, 속에서 자책감이 들끓고 있었다. 그토록 좋아했던 일들에서 손을 떼야 한다는 사실이 너무나 가슴 아팠다. 나는 그 안타까운 마음을 사람들 앞에 털어놓았지만, 울분과 자책감은 누그러지지 않았다.

내가 정계에서 할 수 있는 일은 많지 않을 것 같았다. 나는 25년 만에 처음으로 재임을 거부당한 주지사에, 미국 역사상 가장 젊은 전직 주지사라는 기록을 세우게 되었다. 주지사 직이 무덤이 될 거라는 존 매클렐런의 예언은 적중했다. 하지만 내 손으로 내 무덤을 판 것이야 이제 와서 어쩔 수 없는 일이었고, 이제 남은 일은 내 손으로 다시 그 무덤에서 기어나오는 일뿐이었다.

목요일에 힐러리와 나는 새집을 구했다. 1911년에 건축된 아름다운 목조주택이었다. 그 집은 리틀록 힐크레스트 지역에 소재한 미들랜드 애비뉴에 자리잡고 있었으며, 주지사 관저에 들어오기 전에 살던 곳에서 멀지 않았다. 나는 벳시 라이트에게 전화를 걸어 임기를 마치기 전에 서류들을 정리하는 일을 도와달라고 부탁했다. 고맙게도 그녀는 기꺼이 도와주었다. 그녀는 주지사 관저로 거처를 옮겨와 주 하원의원 글로리아 케이브와 함께 하루도 쉬지 않고 일했다. 글로리아 케이브는 내가 추진하는 정책들을 지지하다가 재선에 실패한 사람이었다.

임기를 마치기 전 두 달이라는 기간은 나의 참모들에게도 어려운 시간이었다. 그들은 직업을 찾아야 했다. 정계를 떠난 사람들이 흔히 가는 곳은 주정부와 함께 여러 가지 사업을 하는 대기업들이지만, 우리는 모든 기업들의 원성의 대상이었다. 루디 무어는 프랭크 화이트에게 업무 인계를 하기 전에 중요한 공무를 마무리하기 위해서 모든 사람들을 추스르며 열심히 일했다. 내가 정신을 놓고 있을 때, 루디 무어와 내 일정관리 비서인 랜디 화이트는 내가 참모들과 그들의 장래에 대해서 더 많은 관심을 기울여야 한다는 것을 일깨워주었다. 나의 참모들은 대부분 오랜 동안 직장을 다니지 않고 버틸 수 있을 만한 여력이 없었다. 어린 자녀가 있는 사람들도 꽤 있었다. 대부분 주정부 기관에서 일했던 경력만 있는 사람들이었고, 그 중 상당수가 법무장관 시절에 나와 함께 일했던 사람들이었다. 나는 나를 위해서 일해준 사람들을 너무나 아끼고 그들에게 고마움을 느끼고 있었다. 선거에서 패배하고 나서 상당 기간 동안, 당연히 그들에게 보여주었어야 할 감사와 사랑을 분명하게 표현하지 않았던 것이 너무나 후회스럽다.

그 어려운 시기에 힐러리는 나를 특별히 세심하게 보살펴주었다. 그녀는 내게 사랑을 베풀고 나의 고통을 나누는 한편, 내가 현재와 미래에 집중할 수 있게 해주었다. 무슨 일이 일어났는지 전혀 모르는 천진난만한 첼시의 모습을 보면서 나는 이것으로 세상이 끝난 게 아니라는 것을 깨달았다. 엄청나게 많은 격려의 전화가 걸려왔다. 테디 케네디는 내가 다시 복귀하게 될 것이라고 말했고, 역시 낙선으로 좌절하고 있었을 월터 먼데일은 대단한 유머감각으로 나를 위로해주었다. 나는 백악관을 찾아가 카터 대통령에게 인사를 하고 그의 행정부가 아칸소를 돕기 위해 했던 여러 가지 일들에 대해서 감사의 마음을 전했다. 그가 약속을 깬 것과 그로 인해 아칸소에서 나도 패배하고 그 자신도 패배한 것을 생각하면 마음이 편치 않았지만, 열정이 있고 환경정책들을 적극적으로 전개해온 사람이니 역사가 그에게 더 좋은 길을 열어줄 것이라는 생각이 들었다. 알래스카에 국립 북극야생생물 안전지대를 설립한 것과, 이스라엘과 이집트 간에 캠프 데이비드 협상을 이끌어낸 것, 그리고 파나마운하 조약을 체결한 것, 그리고 인권과 관련된 현안들을 전진시킨 것은 그가 이룩한 특별한 성과들이었다.

직장을 구해야 한다는 점에서 나의 입장도 주지사 사무실에서 일했던 다른 직원들과 다를 것이 없었다. 나는 아칸소 이외의 지역에서 몇 가지 흥미로운 제안을 받았다. 켄터키 프라이드 치킨 사업으로 성공한 존 Y. 브라운이라는 친구는 내게 루이빌 대학교의 학장직에 응모할 의사가 있는지 물어왔다. 그는 특유의 간결한 말투로 나의 관심을 끌려고 했다. "학교도 좋고, 집도 좋고, 농구팀도 훌륭하지." 캘리포니아 주지사인 제리 브라운은 자기 비서실장인 그레이 데이비스가 사직을 하려 하니 그의 후임으로 와달라고 말했다. 그가 말한 내용은, 내가 자동차면허세 때문에 낙선했다는 사실을 믿을 수 없다, 캘리포니아는 다른 주에서 이주하는 사람들이 많은 곳이니 내가 적임자일 것 같다, 그리고 내가 관심을 가지고 있는 정책 분야에서 영향력을 발휘할 수 있게 해주겠다는 것이었다. 세계야생동물기금을 총괄하는 직위를 맡아달라는 제안도 있었다. 그 단체는 워싱턴에 본부를 둔 환경보존단체였는데, 나는 예전부터 그 단체를 높이 평가하고 있었다. '가족이 모두'라는 프로그램을 비롯해서 여러 가지 텔레비전 역사물로 성공을 거둔 노먼 리어는 '미국의 길을 위해 일하는 사람들'의 대표를 맡아달라고 부탁했다. 그 단체는 수정헌법 1조의 자유조항에 대한 보수주의자들의 공격에 맞서기 위해서 설립된 자유주의적인 단체였다. 어떤 사람들은 내게, 아이오와 출신으로 로스앤젤레스에서 성공을 거둔 변호사 찰스 매너트가 노리고 있는 민주당전국위원회 위원장직에 도전해보라고 권하기도 했다. 아칸소 내에서 제안이 들어온 곳은 딱 하나, '라이트 린지 앤드 제닝스'라는 훌륭한 법률회사였다. 그 회사가 내게 제시한 연봉은 6만 달러로 주지사 연봉의 거의 두 배나 되는 금액이었다.

　나는 민주당전국위원회 일에 마음이 많이 끌렸다. 내가 관심이 많은 정치 분야의 일인데다, 그곳에서 해야 할 일이 무엇인지 잘 알고 있다는 생각 때문이었다. 하지만 결국 그것이 나에게 옳은 길이 아니라는 결론을 내렸다. 게다가 찰스 매너트는 그 위원장직에 굉장한 집착을 가지고 있었고, 내가 뛰어들기 전에 이미 당선에 필요한 표를 획득해 놓은 것 같았다. 나는 이 문제로 매너트와 함께 일하고 있는 미키 캔터와 상의했다. 그는 법률서비스법인의 집행부에서 힐러리와 함께 일하던 시절에 알게 된 사람이었다. 나는 미키를 상당히 좋아했으며 그의 판단을 신뢰하고 있었다. 그는 내게 공직에 다시 나서고 싶다면 정당의 일에 관여해서는 안 된다고 말해주었다. 그는 또한 제리 브라운의 비서실장 자리도 반대했다. 다른 제안들에도 마음이 끌리기는 했다. 특히 세계야생동물기금에 마음이 끌렸다. 하지만 나는 아칸소 밖에서 일자리를 구하는 것은 있을 수 없는 일이라고 생각했다. 나는 아칸소를, 혹은 나 자신을 단념할 마음이 없었다. 결국 나는 라이트 린지 앤드 제닝스 법률회사의 제안을 받아들였다.

　나는 낙선한 직후에, 그리고 그후 몇 달 동안, 아는 사람들을 찾아다니며 왜 내가 낙선했다고 생각하는지 물어보았다. 쿠바도 아니고, 자동차면허세도 아니고, 동시에 모든 이익단체들의 화를 돋운 것도 아닌 전혀 뜻밖의 대답을 들으며 나는 깜짝 놀랐다. 오랫동안 주 회계감사원으로 근무하던 지미 레드 존스는 내가 주지사로 일하던 시절에 아칸소 방위군 군무국장으로 임명되었다. 그는 내가 젊은 지식인들과 지역 외 출신자들을 너무 많이 요직에 앉힌 것 때문에 유권자들에게서 멀어지게 되었다고 말했다. 그는 힐러리가 처녀적 이름을 계속 사용한 것 역시 좋지 않았다고 말했다. 그것은 평범한 변호사라면 괜찮은 일이지만, 주지사의 부인으로서는 옳지 않은 일이라는 것이 그의 생각이었다. 1976년과 1978년에 선거운동본부장을 맡았던 월리 드로윅은 내가 주지사직에 너무 몰두하는 바람에 다른 것들을 생각하지 못했다고 말했다. 주지사가 된 후에는 자기 아이들에 대해서 한 번도 물어본 적이 없다는 원망도 덧붙였다. 산간 마을 마셜에서 총포상을 하고 있는 조지 대니얼은 같은 이야기를 더 가혹한 말투로 말했다. "빌, 사람들은 당신을 싸가지 없는 자식이라고 생각했소!" 루디 무어는 내가 왜 이렇게 골칫거리가 많으냐고 불평만 했지, 실제로는 정치적인 문제들에 대해서 집중하고 그 문제를 어떻게 처리할지 충분히 생각하는 것 같지 않았다고 말했다. 오랜 친구로 나를 속속들이 알고 있는 맥 맥라티는 내가 1년 내내 태어날 아기 첼시에게만 관심이 팔려 있었다고 말했다. 그는 내가 친아버지 얼굴을 모른다는 사실 때문에 늘 슬퍼하고 있었고, 쿠바 사태와 같은 일이 일어날 때만 빼고는 늘 첼시의 아버지 노릇에만 정신을 쏟고 있었으며, 선거운동에 성의를 다하지 않았다고 말했다.

주지사직을 떠나고 나서 몇 달이 지난 뒤에야, 나는 이 모든 설명들이 어느 정도 타당하다는 생각이 들었다. 그때까지 100명이 넘는 사람들이 나에게 다가와서 던지고 간 말들은 대부분, 나를 깨우쳐 주려고 표를 주지 않았는데, 진짜로 낙선할 줄 알았다면 그렇게 하지 않았을 것이라는 내용이었다. 정신을 똑바로 차렸다면 나는 여러 가지 일들을 할 수 있었을 터였다. 내가 분명히 깨달은 것은, 내가 능력에 비해서 너무 큰 자리에 올랐기 때문에 하고 싶은 일에만 정신이 팔려 있고 자신들이 원하는 일에는 관심을 두지 않는다고 생각하는 사람들이 대단히 많다는 사실이었다. 사람들은 내 태도에 불만을 품고 항의하는 의미의 표를 던졌다. 하지만 그것으로 모든 것을 설명할 수는 없었다. 선거 후에 실시된 여론조사에서 1978년에 나를 지지했던 유권자들 중에서 1980년에 다른 후보를 지지하게 된 이유를 보면, 자동차면허세 때문이라는 사람이 12퍼센트, 쿠바 문제 때문이라는 사람이 6퍼센트였다. 여러 가지 실수와 문제들이 있기는 했지만, 만일 이 두 가지가 없었다면 나는 이길 수 있었을 것이다. 하지만 낙선하지 않았다면, 나는 대통령이 될 수 없었을 것이다. 주지사 재선 실패는 너무나 절망적이면서도, 너무나 소중한 경험이었다. 덕분에 나는 진보적인 정치에 내재하고 있는 여러 가지 정치 문제들에 대해서 훨씬 민감해질 수 있었다. 당시 내가 얻은 교훈은 다음과 같다. 체제가 한 번에 흡수할 수 있는 변화의 양은 한정되어 있다. 모든 기득권자들의 이익을 동시에 꺾을 수는 없다. 사람들은 어떤 정치가가 귀를 닫았다고 생각하는 순간 그의 곁을 떠난다.

주지사 사무실을 떠나는 날, 나는 10개월 된 첼시가 의자에 앉아 전화기를 쥐고 있는 사진을 찍은 다음, 의회로 가서 이임연설을 했다. 나는 우리가 이루었던 진보들을 열거하고, 나를 지원해준 데 대한 감사의 마음을 표현했다. 또한 나는 우리 아칸소는 미국에서 두 번째로 세금부담률이 낮은 주이며, 언젠가는 우리의 잠재력을 최대한 발휘하게 하기 위해서 정치적으로 납득할 수 있는 세수 확대 방안을 찾아내야만 할 것이라는 사실을 지적했다. 그리고 나서 나는 물 밖으로 내던져진 물고기 같았다. 의사당에서 걸어나와 개인의 생활로 돌아갔다.

22

아칸소를 기준으로 보면, '라이트 린지 앤드 제닝스'는 명성과 능력을 갖춘 대기업이었다. 직원들은 유능하고 친절했으며, 자기 일을 밀쳐두고 나를 도왔고, 내가 편안하게 적응할 수 있게 배려해주었다. 회사의 배려로 나는 바버러 컨스를 비서로 두었다. 함께 일한 지 4년째인 바버러는 내 가족과 친구들, 그리고 지지자들을 속속들이 알고 있는 여성이었다. 회사는 벳시 라이트에게 사무실 공간을 내주어 내가 쌓아온 자료들을 계속 챙기고 다음 선거운동 계획을 세울 수 있게 해주었다. 나는 법률 업무를 진행하면서 그리 힘들지 않은 사건 몇 개를 맡았다. 회사는 내게 맡긴 일들에서 수익을 보지 못했을 것이다. 회사가 나를 채용한 덕분에 얻은 소득이라고는 늘 감사히 여기고 있는 나의 마음과 내가 대통령이 되었을 때 나를 옹호하기 위해서 제공했던 몇 가지 법률서비스뿐이었다.

나는 주지사 시절과 흥미진진한 정치활동을 그리워하면서도, 인생의 평범한 영역들을 만끽하며 지냈다. 적당한 시간에 집으로 돌아와 힐러리와 함께 첼시가 커가는 모습을 지켜보고, 친구들과 함께 저녁식사를 하고, 새로운 이웃들을 사귀었다. 특히 맞은편에 사는 사지와 루이스 로자노 부부는 첼시를 아껴주었고 늘 많은 도움을 주었다.

나는 몇 달 동안 공적인 발언을 하지 않으려고 마음먹고 있었다. 하지만 한 가지 예외가 있기는 했다. 2월에 리틀록에서 고속도로를 타고 동쪽으로 한 시간 거리에 있는 브링클리로 갔다. 그곳은 1980년에 나를 지지해준 지역이었다. 나는 이곳에 사는 열성적인 지지자들의 간청을 외면할 수 없어서

라이온스 클럽 연회에서 연설을 했다. 나의 지지자들은 나에게 변함 없이 지지하는 사람들과 함께 있으면 기분이 좋아질 것이라고 말했는데, 정말 그랬다. 만찬이 끝난 뒤, 나는 카운티 책임자인 돈과 베티 풀러 부부의 집에서 열린 환영회에 참석했다. 고맙게도 그곳에 모인 사람들은 내가 다시 주지사직에 복귀하기를 바라고 있었다. 당시 리틀록에서는 대부분의 사람들이 새로운 주지사와 좋은 관계를 맺는 일에 신경을 쓰고 있었다. 내가 재임할 때주 정부의 어떤 자리에 임명했던 사람은 화이트 주지사 밑에 그대로 남아 있기를 바랐기 때문에 리틀록에서 내가 다가오는 것을 보고 건널목을 건너가 버리기도 했다. 내가 백주대로에서 악수라도 하자고 할까봐 겁이 난 모양이었다.

브링클리의 친구들이 베풀어준 친절은 감동적이었지만, 나는 그후 몇달 동안 아칸소 내에서는 일체 연설을 하지 않았다. 주지사 프랭크 화이트는 실수를 했고, 의회 전투에서 몇 차례 패배를 했지만, 그런 일을 놓고 이러쿵저러쿵 하고 싶지 않았다. 그는 경제발전부라는 부서명을 아칸소 산업발전위원회로 되돌리고 자원부를 철폐하는 법안을 통과시켜서 자신의 공약을 지켰다. 하지만 그가 힐러리와 내가 세웠던 농촌 보건진료소를 없애려고 하자, 그 진료소들을 이용하고 있던 많은 사람들이 항의하기 시작했다. 그의 법안은 거부되었으며, 그는 정말로 어려운 사람들에게 큰 도움이 되었을 진료소 추가설치 계획을 중단시키는 데 만족해야 했다.

주지사가 자동차면허세 인상을 철회하는 법안을 제출하자, 도로교통부의 책임자인 헨리 그레이, 도로 감독관들, 도로건설업자들이 강력하게 반발하고 나섰다. 그들은 도로를 건설하고 수리하면서 돈을 버는 사람들이었다. 많은 의원들이 그들의 주장에 귀를 기울였다. 경제적인 부담을 지는 것을 싫어했던 유권자들도 도로사정이 개선되는 것은 좋아했기 때문이었다. 결국 화이트는 자동차면허세 인상분을 조금 줄이고 말았다. 덕분에 도로개선 프로그램에 필요한 돈은 거의 줄지 않았다.

주지사가 부딪힌 가장 심각한 법률적 문제는 얄궂게도 그가 통과시켰던 법률에서 발생했다. 그가 제출한 이른바 창조과학 법안은, 아칸소에서 진화론을 가르치는 학교들에 대해서 같은 시간을 할애하여 『성경』의 내용과 일치하는 창조론을 가르치도록 규정하고 있었다. 창조론의 내용은, 인간은 수만 년 전에 다른 종으로부터 진화한 것이 아니라 수천 년 전에 하나님에 의해 독립한 종으로 창조되었다는 것이다.

20세기 내내, 근본주의자들은 인간 창조에 관한 『성경』 내용과 문자 그대로 일치하지 않는다는 이유로 진화론에 반대하고 있었다. 1900년대 초에는 아칸소를 포함한 일부 주들이 진화론을 가르치는 것을 법으로 금지했다. 대법원이 이런 법안을 무효화시킨 후에도 1960년대에 들어서기 전까지는 대부분의 과학 교과서에서는 진화론을 찾아볼 수 없었다. 1960년대 말 신세대의 근본주의자들이 다시 이 문제를 제기했다. 그들은 진화론이 터무니없고 창조론이 옳다는 것을 입증하는 과학적 증거가 있다고 주장했다. 결국 그들은 진화론을 가르치는 학교는 '창조과학'에도 똑같은 관심을 가져야 한다는 생각을 하게 되었다.

'하느님 아래 과학, 생활, 미국FLAG' 같은 근본주의자 단체들의 강력한 로비활동과 주지사의 지원 덕분에 아칸소는 법적으로 창조과학 개념을 받아들이는 최초의 주가 되었다. 법안은 별 어려움 없이 통과되었다. 입법부에는 과학자들이 많지 않았고, 많은 정치가들이 대통령과 주지사를 당선시키고 나서 의기양양해져 있는 보수적인 기독교 단체들의 신경을 건드리는 것을 겁내고 있었다. 화이트 주지사가 그 법안에 서명하자, 종교를 과학이라는 이름으로 가르치고 싶지 않은 교사들과 헌법으로 규정된 교회와 국가의 분리 조항을 보호하고 싶은 종교지도자들, 아칸소가 나라의 웃음거리가 되는 것을 원치 않았던 시민들로부터 강력한 항의가 쏟아졌다.

프랭크 화이트는 창조과학법을 반대하는 사람들에게 놀림감이 되었다. 나를 세발자전거에 탄 모습으로 그렸던 「아칸소 가제트」지의 카툰작가 조지 피셔는 반쯤 껍질을 벗긴 바나나를 들고 있는 주지사를 그리기 시작했다. 화이트가 아직 충분히 진화가 되지 않은, 인간과 침팬지 사이의 '잃어버린 고리'라는 것을 암시하는 그림이었다. 화이트 주지사는 문제가 심각해질 조짐이 보이자 법안에 서명하기 전에 내용을 읽지 않았다고 변명했고, 이 일로 인해서 그는 더 깊은 수렁으로 빠져들고 말았다. 결국 창조과학법은 빌 오버튼 판사에 의해서 위헌판결을 받게 되었다. 그는 그 법안은 과학을 가르치라는 것이 아니라 종교를 가르치라는 것이고, 헌법이 규정하고 있는 교회와 국가의 분리를 무시하려는 것이라는 강력한 의견을 밝혔다. 법무장관 스티브 클라크는 그 결정에 대한 항소를 받아들이지 않았다.

프랭크 화이트가 부딪힌 문제는 입법회기에만 한정된 것이 아니었다. 가장 큰 실책은 공공서비스위원회 위원 지명 예정자들을 아칸소전력회사에 보내 면접을 보게 한 일이었다. 아칸소전력회사는 지난 몇 년간 전기요금의 대폭 인상을 위해 노력하고 있는 회사였다. 이 이야기가 알려지자 언론은 주지사를 공격해댔다. 주민들이 내야 하는 전기요금은 자동차면허세보다 훨씬 급격하게 상승하고 있었다. 그런데 이제 새로 뽑힌 주지사가 아칸소전력회사의 대폭적인 요금 인상을 허용할 것인지 말 것인지를 결정해야 할 사람들을 아칸소전력회사에 먼저 보내 우선적으로 승인을 받도록 한 것이다.

주지사는 실언도 여러 번 했다. 주지사는 대만과 일본에 무역 사절단을 파견한다고 발표하는 기자회견 자리에서 '중동'으로 진출하게 되어서 기쁘다고 말했다. 이 사실을 알게 된 조지 피셔에게는 기가 막힌 영감이 떠올랐다. 주지사 일행이 사막 한가운데서 비행기에서 내리는 장면이었다. 그는 주위에 야자수와 피라미드와 아랍인 복장을 한 사람들, 그리고 낙타도 한 마리 그려넣었다. 한 손에 바나나를 든 주지사는 주위를 둘러보면서 "굉장하군! 인력거를 불러!"라고 말하는 모습이었다.

일이 이렇게 진행되는 동안, 나는 정치적인 활동을 위해 주를 몇 번 벗어났다. 낙선하기 전에 아이다호의 주지사 존 에반스는 내게 아이다호 제퍼슨-잭슨의 날 만찬에 와서 연설을 해달라는 부탁을 했고, 낙선이 확정된 후에도 예정했던 대로 꼭 와달라고 부탁했다.

아이오와 주 데모인에서는, 난생처음으로 주 공무원들과 지방직 공무원들을 위한 민주당 연수 프로그램에서 연설을 했다. 친구인 샌디 버거는 워싱턴으로 와서 패멀라 해리먼과 오찬을 하는 자리에 참석하라는 초대를 했다. 패멀라 해리먼은 유명한 민주당 정치가 에이브릴 해리먼의 부인이었다.

에이브럴 해리먼은 프랭클린 루스벨트의 사절로 처칠과 스탈린을 만나고, 북베트남과의 파리평화회담에서 미국 측 대표를 맡았으며, 뉴욕 주지사로도 활동했다. 해리먼은 제2차 세계대전 당시 처칠 총리의 며느리로 다우닝 스트리트 10번지에 살고 있던 패멀라를 만났다. 해리먼의 부인이 죽고 나서 두 사람은 결혼을 했다. 패멀라는 60대 초반의 나이인데도 미모를 간직하고 있었다. 그녀는 내게 '80년대를 위한 민주당원' 조직의 집행부에 참여해 달라고 부탁했다. 이것은 그녀가 그 무렵 설립한 정치활동위원회로 민주당의 재집권을 돕기 위해서 후원금을 모으고 정책 구상을 하는 조직이었다. 점심 식사 후에, 나는 그녀가 최초의 텔레비전 인터뷰를 하는 장소까지 동행했다. 그녀는 너무나 긴장이 되어서 내게 어쩌면 좋겠느냐고 물었다. 나는 그녀에게 긴장을 풀고 점심식사 때 말하던 것과 똑같은 억양으로 이야기하라고 말해주었다. 그 조직의 집행부에 참여한 뒤, 나는 여러 차례에 걸쳐서 조지타운의 해리먼 집을 찾아가 중대한 정치 사안을 토론하고 인상파 예술 작품을 감상하며 즐거운 저녁 시간을 보냈다. 대통령이 되었을 때, 나는 패멀라 해리먼을 프랑스 대사로 임명했다. 프랑스는 그녀가 제2차 세계대전 이후 살았던 곳이고, 첫 번째 결혼의 파경을 맞은 곳이었다. 그녀는 프랑스 사람들 사이에서 좋은 평판을 얻고 훌륭한 성과를 올렸다. 그녀는 1997년 사망할 때까지 그곳에서 대사로 활약하면서 행복하게 살았다.

봄이 되고 보니, 주지사는 다음 선거에서 재선될 가능성이 없어 보였다. 나는 재도전에 대해서 생각하기 시작했다. 어느 날 리틀록에서 핫스프링스의 어머니 집으로 차를 몰고 가고 있었다. 나는 갈 길이 절반쯤 남은 론스데일의 주유소 주차장에 차를 세웠다. 그곳의 주인 남자는 정치에 관심이 많은 사람이었다. 나는 내가 재도전하는 것에 대해 어떻게 생각하는지 물어보았다. 그는 상냥하게 말을 하면서도 명확한 답변은 피했다. 차로 돌아가다가 나는 멜빵바지를 입은 노인과 부딪쳤다. 그가 "빌 클린턴 맞지요?" 하고 물었다. 내가 그렇다고 하면서 악수를 청하자, 그는 서슴지 않고 나를 찍지 않겠다고 말했다. "나는 당신의 낙선을 도운 사람이오. 나는 당신한테서 열한 표를 빼앗았지요. 나, 아내, 아들 둘, 며느리 둘, 그리고 친구 다섯 명. 우리는 당신을 박살냈지요." 내가 이유를 물었더니 짐작했던 대답이 나왔다. "당신 때문에 자동차면허세가 올랐으니까." 나는 그리 멀지 않은 간선도로의 한 곳을 가리키며 말했다. "내가 재임 중에 이곳에 심한 우박 폭우가 쏟아졌던 거 기억나세요? 도로 저 부분이 뒤틀리는 바람에 자동차들이 도랑에 처박혔지요. 나는 주방위군을 동원해서 자동차들을 꺼내야 했어요. 신문마다 그 사진들이 실렸지요. 저 도로들은 수리를 해야 했어요." 그가 대꾸했다. "내가 알 바 아니지. 어쨌든 나는 자동차세를 내고 싶지 않았소." 그의 말을 듣고 나서 나는 불쑥 "물어볼 게 있어요. 내가 다시 주지사 선거에 나가면, 나를 찍을 겁니까?" 하고 물었다. 그는 웃으면서 대답했다. "물론이지. 이제 서로 비긴 셈이니까." 나는 당장 공중전화로 달려가서 힐러리에게 전화를 걸어 그 이야기를 해주고 이번에는 이길 것 같다고 말했다.

그후 나는 주 이곳저곳을 돌아다니고 수많은 사람들과 대화를 나누면서 1981년을 보냈다. 민주당 지지자들은 프랭크 화이트를 낙선시키기를 원했다. 예전에 나를 지지했던 사람들은 대부분 출마하면 밀어주겠다고 말했다. 우리 주를 각별히 아끼고 정치에 관심이 많은 두 남자가 나의 재선에 특별한 관심을 보였다. 모리스 스미스는 고향인 버드아이에 12,000에이커의 농장과 은행을 소유하고 있는 사람이었다. 그는 나이가 예순 남짓 되었고, 마르고 키가 작았다. 침착한 표정과 귀에 거슬리는 저음의 목소리를 가진 그는 말을 아끼면서도 효과적으로 할 줄 알았다. 모리스는 민첩하고 믿음직스러웠다. 그는 특히 오랫동안 아칸소 정계에서 활약해온 진짜 진보적 민주당 지지자였다. 인종차별의식이나 엘리트의식이 전혀 없었고, 나의 도로 프로그램과 교육 프로그램을 철저하게 지지하고 있었다. 그는 내가 다시 출마하기를 바랐으며, 당선에 필요한 후원금을 모으고 예전에는 관심이 없던 존경받는 인물들에게서 지지를 이끌어내는 일에서 중요한 역할을 담당했다. 그가 거둔 가장 큰 성과는 조지 켈이라는 사람을 내 편으로 만든 일이었다. 조지 켈은 디트로이트 타이거즈 야구팀에서 활동하면서 명예의 전당에 이름을 남긴 사람으로 타이거즈 경기 때마다 경기 해설을 맡고 있는 사람이었다. 그는 야구계에서 화려한 경력을 쌓는 동안에도, 자신의 고향인 북동부 아칸소의 작은 마을 스위프턴의 집을 떠나지 않았다. 그는 그곳의 전설적인 인물이었으며, 주 곳곳에 열성적인 팬들이 많이 있었다. 그는 나와 친해지게 되자, 선거운동본부 회계담당자로 일하겠다고 나섰다.

모리스가 지지를 하고 나서자, 주민들은 나의 출마에 대해 우호적인 태도를 보이기 시작했다. 다른 주에서는 몰라도, 아칸소에서는 주지사에 당선되었다가, 낙선되었다가, 다시 당선된 사례가 없었다. 그렇기 때문에 주민들의 반응은 대단히 중요한 의미를 지니는 것이었다. 나에게 모리스는 열렬한 지지자 이상의 사람이었다. 나는 그를 속마음을 털어놓고 충고를 구할 수 있는 절친한 친구로 여겼다. 나는 그를 절대적으로 신뢰했으며, 아버지처럼 형처럼 존경했다. 내가 아칸소에서 활동하는 동안, 그는 선거운동과 주정부 활동에 적극적으로 관여했다. 모리스는 협상을 통한 정치를 좋아했고, 싸워야 할 때와 협상해야 할 때를 구별할 줄 알았기 때문에, 내가 제안한 프로그램을 입법화하는 데서 특히 큰 활약을 펼쳤다. 그는 첫 임기 때 내가 부딪혔던 여러 가지 문제들로부터 나를 지켜주었다. 내가 대통령이 되었을 때, 모리스는 건강이 좋지 않았다. 어느 날 나는 그를 초청하여 백악관 3층에서 지난 추억들을 떠올리며 행복한 저녁 시간을 보냈다.

내가 만난 사람들은 모두 모리스를 좋아하고 존경했다. 그가 죽기 얼마 전에, 힐러리는 그가 입원한 아칸소의 병원에 다녀온 뒤, 나를 보자마자 "나는 그분이 정말 좋아"라고 말했다. 그가 숨을 거두기 전 마지막 주에 나누었던 전화 통화에서, 그는 이렇게 말했다. "이번에는 병원에서 나가지 못할 것 같소. 당신에게 해주고 싶은 말이 있습니다. 나는 우리가 함께 했던 모든 일들이 자랑스럽소. 그리고 나는 당신이 정말 좋소." 그에게 그런 말을 들은 것은 그때가 처음이었다.

1998년에 모리스가 죽었을 때, 나는 그의 장례식에서 추도 연설을 하러 고향으로 갔다. 아칸소로 가는 길에 그가 나를 위해 했던 일들을 하나하나 되새겨보았다. 그는 선거운동 때마다 재정위원을 맡았고, 모든 취임식의 사회를 보았고, 비서실장이자 대학교 이사진의 일원이었으며, 도로교통부의 책임자였고, 그의 아내 제인이 가장 많은 관심을 기울였던 신체장애인 입법의 로비스트였다. 하지만 무엇보다도 소중한 기억으로 남아 있는 것은 선거에서 패배한 1980년, 힐러리와 첼시, 그리고 내가 주지사 관저 뒷마당에 서 있던 날의 일이었다. 내가 낙선의 고통에 시달리고 있을 때, 어떤 키 작은 남자가 내 어깨에 손을 얹더니 내 눈을 바라보며 거칠지만 근사한 목소리로 말했다. "괜찮아요. 우리는 다시 돌아올 겁니다." 나는 아직도 모리스 스미스가 그립다.

이런 사람이 또 한 명 있는데, 바로 L. W. 빌 클라크다. 그는 1981년에 나를 찾아와서 주지사 사무실을 되찾기 위해서 내가 해야 할 일들을 이야기했다. 빌은 정정당당한 정치적 다툼을 좋아하고 인간 본성에 대한 날카로운 안목을 가지고 있는 건장한 남자였다. 그는 남동부 아칸소의 포다이스 출신이었다. 그의 제재소에서는 화이트오크 목재를 재료로 셰리주와 위스키 통에 쓰이는 널빤지를 만들었다. 그는 이 사업으로 스페인에서 많은 돈을 벌었다. 그는 버거킹 식당도 세 개 소유하고 있었다. 어느 날 이른 아침, 그가 핫스프링스 오크론 파크에서 경마를 보자고 권유했다. 주지사직에서 밀려난 지 두 달밖에 안 되었을 때였다. 그때 빌은 우리 좌석으로 찾아와 인사를 하는 사람이 너무나 적다고 흥분했고 오히려 나는 냉소적인 태도를 보이고 있었다. 그런데 빌은 내 태도에 실망하기는커녕 경쟁의식을 불살랐다. 그는 죽기 살기로 나를 주지사직에 복귀시키겠다고 결심했다. 1981년에 나는 여러 차례 핫스프링스 호수가의 그의 집을 찾아가 정치 문제를 논의하고, 그가 나를 위해서 끌어 모은 친구들을 만났다. 그곳에서 여러 차례 식사와 파티가 열렸는데, 그곳에 참석했던 사람 중에 몇몇이 남부 아칸소에서 중요한 역할을 담당하겠다고 나섰다. 그 가운데는 전에 나를 지지하지 않다가 빌의 설득으로 마음을 바꾼 사람들도 있었다. 그후 11년 동안 빌 클라크는 나를 위해 열심히 활동했다. 나는 그에게 깊이 감사한다. 그는 내가 선거에서 이길 수 있도록, 그리고 입법 프로그램을 통과시킬 수 있도록 많은 도움을 주었다. 하지만 가장 감사하는 것은, 나의 확신이 흔들리던 순간에도 그가 변함 없이 나를 믿어주었다는 사실이다.

내가 바깥으로 돌아다니며 선거운동을 하고 있는 동안, 벳시 라이트는 본부 안에서 모든 사무를 총괄하며 열심히 일하고 있었다. 1981년이 저물기 전 몇 달 동안, 벳시와 힐러리와 나는 딕 모리스와 함께 선거운동을 어떻게 전개할 것인지를 놓고 토론했다. 우리는 유명한 정치비평가인 토니 슈워츠를 만나자는 딕의 제안에 따라 뉴욕행 비행기를 탔다. 토니 슈워츠는 맨해튼의 자기 아파트에서 거의 나오지 않는 사람이었다. 나는 유권자들의 생각과 감정을 움직이는 방법에 대해서 슈워츠에게서 많은 것을 배웠다. 낙선된 지 2년 만인 1982년에 당선되길 원한다면, 아칸소 사람들의 생각을 잘 읽고 조심스럽게 따라가야 했다. 하지만 과거의 패배 때문에 위축되어 있으면, 유권자들에게 또 한 번 기회를 달라고 설득하기가 힘들 터였다. 벳시와 내가 사람들 명단을 챙기고 예비선거와 총선거 전략을 짜면서 가장 어려움을 겪었던 것이 바로 이것이었다.

1981년이 저물 무렵 나는 다가오는 싸움을 준비하기 위해서 두 종류의 여행길에 올랐다. 우선 나는 밥 그레이엄의 초청으로 플로리다에 가서 주 민주당 전당대회에서 연설을 했다. 2년에 한 번 12월에 마이애미 지역에서 열리는 전당대회였다. 나는 민주당원들에게 공화당의 공격적인 광고에 맞서 반격을 해야 한다고 역설했다. 공화당이 먼저 공격을 하게 하는 것은 괜찮지만, 만일 그들이 우리를 상대로 비겁한 반칙을 일삼으면 우리는 "정육점 칼을 들고 가서 그들의 손을 잘라버려야 한다"고 말했다. 내 연설이 너무 감정적인 것 같겠지만, 당시에는 우익이 공화당을 지배하면서 정치적인 싸움의 규칙을 파괴하고 있었고, 그들의 영웅인 레이건 대통령은 이들이 활약하는 모습을 내려다보며 기뻐하고 있었다. 공화당원들은 말이라는 무기로 공격하면 선거전에서 이길 수 있다고 생각하고 있었고 그들이 이길지도 모를 일이었다. 하지만 나는 다시는 일방적인 무장해제를 당하고 싶지 않았다.

또 하나의 여행은 힐러리와 함께 간 팔레스타인 성지순례였다. 그 여행의 인솔자는 임마누엘 침례교회 목사인 W. O. 보트였다. 1980년에 힐러리의 권유에 따라 나는 임마누엘 교회에 나가서 성가대로 활동하기 시작했다. 1964년에 조지타운을 떠난 뒤로, 나는 착실하게 교회를 다니지 않았고, 성가대 활동을 그만둔 것은 그보다 훨씬 전의 일이었다. 힐러리는 내가 교회에 나가고 싶어 하고, 보트 목사를 존경한다는 것을 알고 있었다. 보트 목사는 열광적인 설교 방식을 버리고, 신도들에게 차근차근 『성경』을 가르치고 있었다. 그는 『성경』은 하나님의 복음이지만 그 진정한 의미를 제대로 이해하는 사람은 드물다는 생각에서, 구할 수 있는 가장 오래된 『성경』을 구해 연구하면서 구약이나 신약, 혹은 중요한 주제별로 연속 강의를 진행했다. 나는 보트 목사가 성경말씀을 가르치는 동안 성가대석에서 보트 목사의 벗겨진 뒤통수를 쳐다보거나 『성경』을 찾아 읽는 주일을 기다리게 되었다.

보트 목사는 이스라엘이 건국되기 10년 전인 1938년부터 팔레스타인 성지순례를 다니고 있었다. 파크리지에 살던 장인 장모가 첼시를 돌보기 위해서 왔기 때문에, 우리는 1981년 12월에 보트 목사가 이끄는 순례대열에 낄 수 있었다. 우리 일행은 예루살렘에 오래 머물면서 예수가 걸었다는 곳을 걷고 그곳의 기독교도도 만났다. 예수가 십자가에 매달렸다는 곳과 죽은 뒤에 부활했다는 작은 동굴도 둘러보았다. 또 유대인들이 신성하게 여기는 통곡의 벽도 가보고, 이슬람 성지들과, 알-아크사 이슬람 사원, 그리고 모하메드가 하늘로 올라가서 알라신을 만났다고 하는 바위의 돔에도 가보았다. 성묘교회에도 가고, 예수님이 물 위로 걸었다는 갈릴리 바다에도 가고, 세계에서 가장 오래된 도시인 여리고에도 가고, 마사다에도 갔다. 마사다는 유대 전사들이 맹렬한 로마군의 공격을 오랫동안 견뎌내다가 결국 함락당해 순교의 길을 택한 곳이었다. 우리는 마사다 정상에서 발 아래 계곡을 내려다보며 보트 목사의 설명을 들었다. 그곳은 알렉산더의 군대와 나폴레옹의 군대 같은 역사적으로 유명한 군대들이 지나간 곳이며, 「요한계시록」에 세상이 끝나는 날에 그 계곡이 피로 가득 찰 것이라고 적혀 있다고 했다.

그 여행은 내 마음속에 깊은 흔적을 남겼다. 신앙심이 깊어진 것 같았고, 이스라엘에 대한 깊은 존경심이 생겼으며, 난생처음으로 팔레스타인 사람들의 열망과 불평을 조금이나마 이해할 수 있을 것 같았다. 바로 그곳에서 아브라함의 모든 자녀들이 세 종교의 탄생지인 그 신성한 땅에서 화해하며 사는 모습을 보고 싶다는 열망이 싹트기 시작했다.

집에 도착하고 얼마 안 있어, 어머니가 딕 켈리와 결혼했다. 딕 켈리는 오래 전부터 알고 지내던 식품 중개인이었다. 어머니는 혼자 된 지 7년이 넘었기 때문에, 어머니를 위해서는 다행스러운 일이었다. 딕은 체격이 좋고 미남형이었는데, 어머니 못지않게 경마를 좋아했다. 그는 여행도 좋아해서 여행을 많이 다녔고, 앞으로는 어머니와 함께 세계여행을 하고 싶다고 했다. 딕 덕분에 어머니는 라스베이거스에도 자주 다녔고, 나보다 먼저 아프리카에도 다녀왔다. 결혼식은 해밀턴 호수 옆에 있는 마지와 빌 미첼 부부의 집에서 존 마일즈 목사의 주례로 진행되었다. 마지막에는 로저가 빌리 조엘의 '당신 모습 그대로Just the Way You Are' 를 불렀다. 나는 딕 켈리를 좋아하게 되었고, 어머니와 나에게 행복을 주는 그가 고마웠다. 그는 내가 좋아하는 골프 동료가 되었다. 그는 팔십이 넘었지만, 나와 골프 경기를 할 때 각자 핸디캡을 붙이면 반 이상은 그가 이기곤 했다.

그러나 1982년 1월에 나는 골프 같은 것은 안중에도 없었다. 드디어 선거운동을 시작해야 할 때였다. 벳시는 거위가 물에 적응하듯 아칸소에 적응해갔으며, 오랜 지지자들과 화이트 주지사에게 실망한 새로운 지지자들을 훌륭하게 한 조직에 묶어냈다. 우리는 제일 먼저 선거운동을 어떻게 시작할 것인지를 결정해야 했다. 딕 모리스는 공식적인 출마선언을 하기 전에 텔레비전에 나가서 지난 임기 때의 실책들을 인정하고 다시 한 번 기회를 달라는 내용의 광고를 하자고 주장했다. 위험부담이 있기는 했지만, 낙선한 지 2년 만에 다시 출마한다는 것 자체가 위험한 일이었다. 다시 낙선하게 되면 얼마 동안은 복귀할 기회가 없을 터였다.

우리는 뉴욕에 있는 토니 슈워츠의 스튜디오에서 광고를 찍었다. 광고가 효과를 발휘하려면 과거의 실수를 솔직하게 인정하고 처음 출마했을 때 많은 지지를 끌어 모았던 것과 같은 긍정적인 지도력을 발휘할 것을 약속해야 했다. 그 광고는 2월 8일, 사전 예고 없이 방송되었다. 얼굴이 화면을 가득 채운 상태에서, 나는 유권자들에게 다음과 같은 요지로 연설을 했다. "나는 낙선한 후에 주 구석구석을 다니며 수천 명의 아칸소 주민들과 이야기를 나누었다. 주민들은 내가 좋은 일도 했지만, 자동차면허세 인상과 같은 실책도 많이 저질렀다고 했다. 도로를 고치기 위해 돈이 필요한 것은 사실이지만, 사람들에게 피해를 주는 방식으로 돈을 모은 것은 잘못된 일이었다. 내가 어렸을 때, 아버지는 같은 일을 가지고 두 번 때리지 않으셨다. 우리 주는 교육과 경제 분야에서 지도력이 필요한데, 그 분야는 내가 좋은 성과를 거두었던 분야다. 내게 기회를 준다면, 패배를 통해서 '귀를 기울이지 않고서는 지도자가 될 수 없다'는 사실을 배워 늘 잊지 않는 주지사가 되겠다."

그 광고는 많은 대화를 이끌어냈으며, 유권자들의 마음을 열었다. 2월 27일, 첼시의 생일에 나는 공식 출마선언을 했다. 그날 힐러리는 우리 가족이 찍은 사진을 내게 주었다. 그 사진에는 "첼시의 두 번째 생일, 빌의 두 번째 기회"라고 쓰여 있었다.

출마선언에서 나는 교육 개선, 고용 증대, 그리고 공공요금 인하를 우리 주의 가장 중요한 세 가지 현안으로 제시했다. 이것은 화이트 주지사의 가장 취약한 부분이었다. 그는 1,600만 달러의 자동차면허세를 인하했지만, 공공서비스위원회는 아칸소전력회사에 2억 2,700만 달러의 요금 인상을 승인해줌으로써, 소비자들과 산업계에 큰 피해를 안겨주었다. 경제 침체로 일자리가 줄어들었고, 주의 세수는 너무 빈약하여 교육을 위해 무슨 조치를 취할 만한 여력이 없었다.

사람들은 나의 메시지를 쉽게 받아들였다. 하지만 그날의 가장 큰 뉴스는 내 성을 쓰겠다는 힐러리의 선언이었다. 이제부터 그녀는 힐러리 로댐 클린턴으로 알려지게 될 터였다. 우리는 여러 주 동안 이 문제를 가지고 의논을 해왔다. 힐러리는 이름 문제가 여론조사에서는 부정적으로 나타나지 않지만 실제로는 많은 사람들에게 영향을 미친다는 여러 친구들의 말을 들으면서 결심을 굳혔다. 몇 달 전에 오랜 친구 버넌 조던도 리틀록에 찾아왔을 때 이 문제에 대해서 이야기했었다. 버넌은 손에 꼽히는 민권운동 지도자였고, 친구들이 마음을 열고 의지할 수 있는 사람이었다. 남부 출신인 그는 이름 문제가 왜 중요한지 알 수 있을 만큼 나이가 지긋했다. 절친한 사람 외에, 내게 직접 힐러리의 이름 문제를 지적했던 사람은 한 사람뿐이었다. 그는 파인블러프 출신의 젊은 진보적 변호사로 나의 열성적인 지지자였다. 그는 내게 힐러리가 결혼하기 전 이름을 계속 쓰는 것이 신경 쓰이지 않느냐고 물었다. 나는 그렇지 않다, 다른 사람이 이야기를 꺼내기 전에는 전혀 신경 쓰지 않았다고 대답했다. 그는 믿을 수 없다는 듯이 나를 쳐다보면서 "솔직해야지요. 나는 당신을 알아요. 당신은 진짜 남자예요. 당신은 당연히 그 문제에 신경이 쓰였을 거예요"라고 말했다. 나는 깜짝 놀랐다. 나에게는 아무 의미도 없는 문제를 다른 사람들은 이렇게 신경 쓰고 있구나 싶었기 때문이다. 나는 그 후에도 그런 경험을 여러 번 하게 되었다.

나는 힐러리에게 혼자 판단해서 결정을 내리도록 해라, 그녀의 이름이 선거에 영향을 미칠 거라고는 생각하지 않는다고 말했다. 서로에게 끌리기 시작하고 얼마 안 있어서, 힐러리는 자기는 본래 이름을 버리지 않을 것이며, 그것은 이름이 양성 평등의 상징이 되기 오래 전 어릴 때의 결심이라고 말했다. 그녀는 자기 가족의 전통에 자부심을 가지고 있었고, 그것을 버리고 싶어 하지 않았다. 나 역시 그녀를 잃고 싶지 않았기 때문에, 그것은 나한테는 아무런 문제가 되지 않았다. 사실 그런 태도야말로 내가 좋아하는 힐러리의 특성 중 하나였다.

마침내 힐러리는 결정을 내렸다. 그녀는 특유의 실용주의적 논리로, 사람들의 신경을 거스르면서까지 결혼 전 이름을 고수할 필요는 없다는 결론을 내렸다. 그녀가 자신의 결심을 알렸을 때, 나는 사람들 앞에서 결혼 전 이름을 포기한 이유를 솔직하게 밝히는 게 좋겠다고 말했다. 나의 텔레비전 광고는 진짜 실책에 대해서 진짜 사과를 한 것이었다. 하지만 이것은 경우가 달랐다. 힐러리가 나의 성을 따르기로 한 것이 중대한 생각의 변화 때문이라고 밝힌다면, 우리는 둘 다 거짓말쟁이처럼 보일 거라는 게 내 생각이었다. 힐러리는 아주 사무적으로 자신이 나의 성을 따르기로 한 것은 유권자들을 위해서 한 일이라고 말했다.

예비선거에 대비한 선거운동이 시작되자마자 우리는 여론조사에서 우위를 차지했다. 하지만 반격도 만만치 않았다. 처음에는 짐 가이 터커가 강력한 후보였다. 그는 4년 전에 데이비드 프라이어에게 상원의원 자리를 내준 후 케이블 텔레비전 방송으로 많은 돈을 벌었다. 그는 4년 동안 패배의 상처를 치유했으며, 이제는 나와 똑같은 진보적인 유권자들에게 지지를 호소할 터였다. 나는 농촌 지역 조직화에서 우위에 있었지만, 농촌 유권자들 중에는 나에게 반감을 가지고 있는 사람들이 많았다. 세 번째 후보는 조 퍼셀이었다. 그는 주 법무장관과 부지사로 일했고, 두 직위에서 좋은 성과를 거둔 사람이었다. 조 퍼셀은 짐 가이나 나와는 달리 어느 누구에게도 반감을 산 적이 없었다. 조는 건강이 안 좋은 편이었지만, 자신은 모든 사람들의 친구이며, 자신보다 젊은 경쟁자들에 비해 야심이 크지 않다는 이미지를 부각시키면 이길 수 있으리라고 생각하고 있었다. 출사표를 던진 사람은 두 명이 더 있었다. 북서부 아칸소 출신의 보수주의자인 주 상원의원 킴 헨드렌과 예전의 나의 강적인 먼로 슈워츠로즈였다. 그는 주지사 출마가 삶의 이유인 것 같았다.

우리는 1980년 당시 비난성 텔레비전 광고에 대응을 하지 않은 것이 패배의 주원인이었다는 것을 잘 알고 있었다. 이 점을 몰랐다면 나는 선거운동을 시작하자마자 무너져내렸을지도 모른다. 짐 가이 터커는 당장 내가 첫 임기 때 일급살인 범죄자를 감형해준 것을 비판하는 텔레비전 광고를 내놓았다. 감옥에서 방면되어 나온 어떤 남자가 석방되고 나서 몇 주 후에 친구를 살해한 사건을 강조하는 광고였다. 유권자들은 그 사건에 대해서 정확하게 알지 못했고, 나의 사과 광고에는 그와 관련된 내용이 없었기 때문에, 결국 여론조사에서 터커에게 밀리게 되었다.

당시 사면가석방위원단이 감형을 권유한 것은 두 가지 이유가 있었다. 첫째, 위원단과 교도소장은 무기징역수들이 아무리 모범적인 징역생활을 해도 결코 방면되지 못할 것이라는 생각을 가지게 되면, 교도소 내의 질서를 유지하고 폭력을 최소화하기 어렵다고 생각했다. 둘째, 오래 갇혀 있는 수감자들이 많으면 여러 가지 건강 문제로 인해서 주에서 지출하는 비용이 많아졌다. 수감자들을 방면하면 그들의 의료비용은 주로 연방정부의 기금에 의존하는 메디케이드 프로그램이 감당하면 되었다.

광고에 제시된 사건은 정말 기묘한 것이었다. 내가 가석방을 인정한 그 남자는 72세로, 살인죄로 16년 넘게 징역 생활을 한 사람이었다. 그는 대단히 모범적인 수감자로, 징계는 단 한 번밖에 받은 적이 없었다. 그는 동맥경

화증을 앓고 있었다. 교도소 의사들은 그가 1년밖에 살지 못할 것이고, 6개월 이내에 움직이지 못하게 될 것이라고 말했다. 이렇게 될 경우, 교도소 예산이 꽤 지출될 터였다. 그 수감자에게는 남동부 아칸소에 사는 여동생이 있었는데, 그녀는 오빠를 받아들이겠다고 했다. 그가 가석방되고 나서 6주 후에, 친구의 픽업트럭에서 친구와 맥주를 마시다가 싸움이 벌어졌다. 그 트럭에는 총걸이가 달려 있었는데, 그는 총을 꺼내 친구를 쏘아 죽인 다음, 친구의 사회보장 급부금 수표를 가져갔다. 그가 체포되어서 재판을 받기 전, 판사는 무기력해 보이는 이 남자를 석방하여 여동생이 보호하게 했다. 며칠 후 그는 서른 살 된 여성이 모는 오토바이 뒤에 앉아서 러셀빌 근처에 있는 작은 타운 포츠빌로 들어갔다. 두 사람은 오토바이로 은행 정문을 들이받고 들어가 은행을 털려고 했다. 이 노인이 아픈 것은 맞는데, 교도소 의사들이 생각하는 것처럼 아픈 것은 아닌 모양이었다.

그 얼마 후, 나는 카운티 청사가 있는 파인블러프에 갔다. 한 여성이 다가오더니 악수를 청하고는, 그때 트럭에서 살해된 남자가 자기 삼촌이라고 말했다. 그녀는 친절하게도 내게 이렇게 말했다. "당신 책임이 아니에요. 세상이 이렇게 넓은데, 당신은 그 사람이 그런 짓을 할 거라는 걸 알 도리가 없지요." 대부분의 유권자들은 이 사람처럼 너그럽지가 않았다. 나는 앞으로는 절대로 일급살인 범죄자를 석방하지 않겠다고 약속했고, 피해자들이 사면가석방위원단의 결정에 더욱 적극적으로 참여하길 바란다고 말했다.

나는 먼저 주먹질을 당하면, 그 다음에는 온 힘을 다해 강편치를 날려야 한다는 평소의 신조대로 터커에게 맹공을 퍼부었다. 나는 호프 출신의 광고인 데이비드 왓킨스의 도움을 받아, 짐 가이의 의회활동을 비난하는 광고를 냈다. 그는 하원 임기를 시작하고 얼마 되지 않아 상원 선거에 나갔기 때문에 하원에서 투표를 한 것이 그리 많지 않았다. 우리가 만든 광고 중 하나는, 두 사람이 부엌 식탁에 앉아서 하루 중 반나절만 일을 하는 경우에는 보수를 어떻게 받아야 하는지에 대해서 이야기하는 내용이었다. 우리는 선거운동이 끝날 때까지 이런 식으로 서로 치고 받았다. 한편 조 퍼셀은 소형화물차를 타고 주 전역을 돌아다니면서 주민들과 악수를 나눌 뿐 텔레비전 광고전에는 출전하지 않았다.

우리는 공중 전파뿐 아니라 지상에서도 치열한 싸움을 벌였다. 벳시 라이트는 싸움을 완벽하게 지휘했다. 그녀는 사람들을 열심히 몰아댔고, 이따금 화를 내기도 했다. 하지만 사람들은 그녀가 똑똑하고 헌신적이며, 선거운동 일꾼들 가운데서 가장 부지런한 사람이라는 것을 알고 있었다. 우리는 호흡이 너무 잘 맞았기 때문에, 말 한마디 하지 않고서도 그녀가 내 생각을 읽거나, 내가 그녀 생각을 읽는 경우가 많았다. 덕분에 우리는 많은 시간을 아낄 수 있었다.

나는 힐러리와 첼시를 데리고 주 전역을 돌며 선거운동을 시작했다. 내 친구이자 선거운동본부장인 지미 레드 존스가 운전을 했다. 그는 20년이 넘게 주 회계감사원으로 일했던 경력이 있어서 작은 타운의 지도자들 사이에서 인기가 많았다. 우리의 전략은 풀라스키를 비롯한 대규모 카운티들을 장악하고, 내가 우세한 남부 아칸소의 카운티들을 손에 넣고, 대다수의 흑인 주민들의 표를 얻어내고, 마지막으로 나를 지지했다가 1980년에 프랭크 화이트 쪽으로 마음을 바꿔버린 북동부 아칸소의 11개 카운티를 설득하는 것이었다. 나는 1974년에 제3지역구의 농촌 카운티들의 지지를 얻어내려고 다니던 때와 똑같은 열정으로 이 11개 카운티에 공을 들였다. 아무리 작은 타운이라도 빼놓지 않았으며, 새로운 지지자들을 만나면 밤을 지새우며 이야기했다. 이 전략 덕분에 대규모 도시들의 표까지 끌어모을 수 있었다. 신문에는 후보들이 찾아온 적이 없는 지역들을 다니며 주민들과 악수를 나누고 있는 나의 사진이 실렸고, 이 사진은 도시 주민들에게 깊은 인상을 심어주었다.

우리 선거운동에 참여하고 있는 세 명의 젊은 흑인 지도자들도 큰 성과를 올렸다. 로드니 슬레이터는 스티브 클라크 법무장관 밑에서 일하던 직원이었는데 선거를 돕기 위해 직장을 쉬고 있었다. 그는 연설 능력이 좋았고, 『성경』에 대한 깊은 지식을 동원해서 우리의 대의를 강력하게 선전했다. 캐럴 윌리스는 그가 아칸소 법대에 다닐 때 알게 된 사람이었다. 그는 구식의 뛰어난 정치가로 농촌 지역 주민들을 자기 손바닥 보듯 훤히 알고 있었다.

밥 내시는 록펠러재단 경제발전팀에서 일하고 있어서 저녁 시간이나 주말에 우리를 도왔다.

로드니 슬레이터, 캐럴 윌리스, 밥 내시는 그후 19년 동안 내 곁에서 일했다. 그들은 주지사 재임 기간 내내 나를 위해 활동했다. 내가 대통령이 되었을 때, 로드니는 연방 도로국장과 교통부 장관으로 일했다. 캐럴은 민주당전국위원회에서 흑인들의 지지를 확대하는 활동을 담당했다. 밥은 처음에는 농무부 장관 밑에서 일하다가 백악관으로 와서 인사국장으로 일했다. 그들이 없었다면 나는 어떻게 되었을지 상상이 되지 않는다.

예비선거를 좌우하는 결정적인 순간이 다가왔다. 짐 가이 터커와 나는 80명의 델타 출신 흑인 지도자들이 모인 자리에서 연설을 할 예정이었다. 그들이 누구를 지지할지 판단하게 되는 자리이니 우리로서는 대단히 중요한 기회였다. 터커는 이미 세금인상 없이 봉급을 대폭 인상하겠다는 공약으로 아칸소교육협회의 지지를 따낸 뒤였다. 하지만 나는 주의 재정 형편이 좋지 않아서 그것이 불가능하다는 것을 알고 있었고, 내가 첫 임기 때 했던 활동들을 기억하고 있는 교사들과 교육행정가들의 지지를 받고 있었다. 나로서는 교사들의 표가 갈라지는 경우에는 당선이 가능하지만, 델타의 흑인들의 표가 갈라지는 경우에는 당선이 불가능한 형편이었다. 나는 흑인들을 전부 내 편으로 만들어야 했다.

회의 장소는 포레스트시티에 있는 잭 크럼블리의 마당 뒤뜰에 마련되었다. 이곳은 리틀록에서 동쪽으로 145킬로미터 가량 떨어져 있는 곳으로, 짐 가이가 나보다 먼저 찾아와서 좋은 인상을 남겼던 곳이었다. 늦은 시간이고 피곤하기도 했지만, 나는 최선을 다해서 연설했다. 나는 과거에 내가 흑인들을 요직에 임용했던 일과 오랫동안 무시당해왔던 농촌의 흑인 마을들에 상하수도시설을 가동할 수 있는 재원을 얻어내기 위해서 노력했던 일을 강조했다.

내가 연설을 마치자, 레이크뷰 출신의 젊은 흑인 변호사 지미 윌슨이 연단에 올라섰다. 그는 터커의 지지자들 중 주요 인물이었다. 그는 내가 착한 사람이고 훌륭한 주지사였지만, 아칸소에서는 재선에서 패배한 주지사가 다시 당선된 적이 없다고 말했다. 또한 프랭크 화이트는 흑인들에게 못되게 굴었으니, 그를 떨어뜨려야 한다고 말했다. 그는 짐 가이가 의회에서 민권과 관련하여 활약했던 경력을 가지고 있으며, 젊은 흑인들을 여러 명 직원으로 채용했던 사실을 상기시켰다. 그는 짐 가이가 나와 똑같이 흑인들에게 유리한 정책을 펼 것이고, 또한 주지사로 당선될 수 있는 사람이라고 말했다. "나는 클린턴 주지사를 좋아합니다. 하지만 그는 패배자입니다. 그리고 우리는 또 다시 패배할 겨를이 없습니다." 아주 설득력 있는 주장이었다. 내가 바로 앞에 앉아 있는데도 그런 이야기를 하는 걸 보니 대단히 배짱이 있는 사람이었다. 나는 사람들의 마음이 내게서 우르르 떠나가는 것을 느꼈다.

잠시 침묵이 흐른 뒤, 뒤에 있던 한 남자가 일어서더니 자신도 이야기를 하고 싶다고 말했다. 그는 주민이 150명인 하인스 타운의 시장 존 리 윌슨이었다. 그는 중간 정도의 키에 뚱뚱한 몸집으로, 청바지에 흰 티셔츠를 입고 있었다. 그의 셔츠는 육중한 팔과 목, 배 때문에 터질 듯 부풀어 있었다. 잘 알지 못하는 사람이라서 무슨 말을 할지 알 수 없었다. 그런데 그의 입에서는 내가 결코 잊을 수 없는 말이 튀어나왔다.

"윌슨 변호사님, 연설 좋았습니다. 그리고 그의 말이 맞습니다. 클린턴 주지사는 패배할지도 모릅니다. 제가 아는 바로는 빌 클린턴이 주지사가 되었을 당시, 제가 사는 타운의 거리에는 똥이 굴러다녔고 하수시설이 없어서 아이들은 자주 아팠습니다. 우리한테 관심을 가진 사람은 아무도 없었지요. 그가 주지사직을 그만둘 때, 우리 타운에는 하수시설이 있었고, 아이들은 아프지 않았습니다. 그는 우리를 위해서 많은 일을 했습니다. 여러분에게 묻고 싶은 게 있습니다. 우리가 우리를 지지하는 사람을 지지하지 않는다면, 도대체 누가 다시 우리를 존중해주겠습니까? 그는 낙선할지도 모릅니다. 하지만 저는 그가 낙선하더라도 그를 지지할 것입니다. 그리고 여러분들도 그렇게 해야 합니다." 그것으로 승부는 끝이 났다. 한 사람의 말이 여러 사람들의 마음과 생각을 바꾸어놓았던, 정말 보기 드문 순간이었다.

안타깝게도 존 리 윌슨은 내가 대통령에 당선되기 전에 죽었다. 나는 두 번째 임기가 끝날 무렵, 얼 고등학교에서 연설을 하기 위해서 동부 아칸소를 찾았다. 그 고등학교 교장은 바로 20년 전에 그 운명적인 집회를 주최했던 잭 크럼블리였다. 나는 그때 처음으로 공개적인 연설에서 존 리 윌슨의 이야기를 했다. 연설 장면은 동부 아칸소 전역에 방송되었다. 윌슨의 부인은 당시 하인스의 작은 집에서 텔레비전을 보고 있었다. 그녀는 대통령한테 칭찬을 받은 자기 남편이 너무나 자랑스럽다는 내용의 감동적인 편지를 보냈다. 그는 칭찬받아 마땅한 사람이었다. 만일 존 리 윌슨이 없었다면, 나는 지금쯤 이런 회고록이 아니라 유언장과 이혼서류를 작성하고 있었을 것이다.

선거일이 점점 가까워지는데, 나에게 또 한 번 기회를 줄 것이냐 말 것이냐를 결정하지 못한 유권자들 사이에서 나의 지지도는 높아졌다 낮아졌다 했다. 그것 때문에 걱정을 하고 있던 어느 날, 북동부 아칸소 뉴어크의 식당에서 한 남자를 만났다. 내가 누구를 찍을 거냐고 묻자, 그는 "지난번에는 당신을 안 찍었는데, 이번에는 당신을 찍을 겁니다"라고 대답했다. 나는 뻔한 대답이 나올 줄 알면서 지난번에 나를 찍지 않은 이유가 뭔지 물었다. "당신 때문에 자동차면허세가 올랐잖아요." 그럼 이번에는 왜 나를 찍으려고 하느냐고 물었더니 그는 "당신 때문에 자동차면허세가 올랐잖아요"라고 대답했다. 나는 그에게 지금 한 표가 아쉬운 형편이라고 말하고, 그를 귀찮게 할 생각은 없지만, 이번에 나를 찍는 이유가 전에 나를 찍지 않았던 이유와 똑같다는 것은 이치에 닿지 않는다고 말했다. 그는 웃으면서 "그건 세상 이치에 딱 맞는 말이죠. 당신은 많은 일을 할 거예요. 하지만 당신은 바보가 아니니까, 두 번 다시 그런 식으로 자동차면허세를 올리는 일은 하지 않을 거 아닙니까? 그래서 나는 당신을 지지합니다." 나는 그후 연설 속에 그의 완전무결한 논리를 포함시켰다.

5월 25일, 나는 예비선거에서 42퍼센트 득표로 승리를 거두었다. 우리에게서 광고와 치밀한 조직력의 역공세를 받은 짐 가이 터커의 득표율은 23퍼센트였다. 조 퍼셀은 공약도 없고 논쟁도 없는 선거운동을 했는데도 29퍼센트를 득표해서 2주 뒤에 있는 결선투표에 나서게 되었다. 위험한 상황이었다. 터커와 내가 비난성의 광고로 서로의 표를 깎아내리고 있는 동안, 퍼셀은 자동차면허세 문제를 극복하지 못한 민주당 지지자들의 마음을 사로잡고 있었던 것이다. 사람들이 클린턴이 아니라는 이유만으로 퍼셀에게 표를 몰아줄 수도 있는 일이었다. 나는 열흘 동안 그를 불러내 정면 승부를 펼치려 했지만, 그는 약삭빠르게도 계속 소형트럭을 타고 다니며 사람들과 악수를 했다. 선거를 앞둔 목요일 밤의 여론조사 결과는 막상막하로 나왔다. 여론조사 결과가 막상막하라는 것은 내가 결선투표에서 패배한다는 것을 의미했다. 부동표는 대개 현직 후보에게 등을 돌리는데, 나는 현직 후보나 다름없었다. 나는 퍼셀과 나의 차이점을 부각시키는 광고를 하고 있었다. 나는 전기요금을 결정하는 공공서비스위원회가 임명직이 아니라 선출직이어야 한다는 것에 찬성하고 있는데, 퍼셀은 이에 반대하고 있다는 내용의 광고였다. 나는 그 광고가 효력을 발휘하기를 바라고 있었지만, 확신할 수는 없었다.

다음 날, 나는 강력한 육탄 공격을 받았다. 프랭크 화이트는 결선에서 퍼셀이 이기기를 바라고 있었다. 프랭크 화이트는 나보다 부정적인 평가를 받고 있었고, 나는 현안에 대한 공약과 조직력 면에서 우세를 점하고 있었다. 반면에 화이트는 퍼셀의 건강이 좋지 않다는 점이 총선거에서 결정적 요인으로 작용해서 자신이 재임하게 될 거라고 확신하고 있었다. 금요일 밤에 프랭크 화이트가 자동차면허세 인상과 관련하여 나를 공격하고 사람들에게 이 점을 잊지 말라는 내용의 텔레비전 광고를 내보내기 시작했다. 텔레비전 광고로 반격하기에는 너무 늦은 시간이었다. 화이트는 경제계에 있는 지지자들에게 상업광고를 연기하라고 설득해서 주말 내내 광고 공격을 계속할 시간을 벌고 있었다. 나는 그 광고가 선거에 결정적인 영향을 미칠 것이라는 것을 깨달았다. 월요일 전까지는 텔레비전을 이용해서 반격을 할 방법이 없었고, 월요일이 되면 상황을 뒤집기 어려울 터였다. 이것은 불공평하기 때문에, 나중에 연방법규는 방송국들에 주말 동안 마지막 공격에 대응하는 광고를 방영하도록 규정하게 되지만, 당시 나에게는 아무런 도움이 되지 않는 규정이었다.

벳시와 나는 데이비드 왓킨스에게 전화를 걸어 라디오 광고를 만들 수 있게 스튜디오를 열어달라고 부탁했다. 우리는 열심히 방송대본을 만들어서 밤 11시께 데이비드를 만났다. 토요일 이른 아침부터 그 방송을 내보낼 수 있게 하기 위해서, 주 전역의 라디오 방송국으로 광고를 배달할 젊은 자원활동가들을 대기시켜 두었다. 나는 라디오 광고에서 화이트가 나를 공격하는 광고를 보았는지 묻고, 그가 민주당 예비선거에 개입하려고 하는 이유를 생각해보라고 말했다. 대답은 한 가지뿐이었다. 그는 나와 붙으면 지고 퍼셀과 붙으면 이긴다는 것을 알고 있었기 때문에, 조 퍼셀과 싸우게 되기를 바라고 있었다. 민주당 예비선거 유권자들은 주지사에게 강하게 반발하고 있었고, 그의 꾀에 넘어가는 것에 심한 혐오감을 가질 터였다.

데이비드 왓킨스는 밤새 작업을 하여 집중폭격을 가할 수 있을 만큼 충분한 양의 광고 복사본 테이프를 만들었다. 새벽 4시쯤 젊은이들은 까다로운 방송국 담당자를 설득할 수 있는 금액의 수표와 광고 테이프를 들고 각지의 라디오 방송국으로 출발했다. 라디오 광고는 효과적이었고, 토요일 밤까지 계속되는 화이트의 텔레비전 광고는 오히려 나에게 유리한 결과를 가져다주었다. 월요일에는 텔레비전에서도 맞받아치는 광고를 내보냈다. 하지만 그때는 이미 우리가 우세를 점하고 있었다. 다음 날인 6월 8일, 나는 결선투표에서 54 대 46으로 이겼다. 아슬아슬한 접전이었다. 나는 대규모 카운티의 대부분을 차지했고, 상당히 많은 흑인 표를 얻었다. 하지만 나는 민주당 지역인 농촌 카운티에서는 여전히 고전을 하고 있었다. 아마 이 지역에서는 여전히 자동차면허세 문제가 사그라지지 않았기 때문인 것 같았다. 그 상처가 완전히 아물 때까지는 다시 2년이라는 세월을 기다려야 했다.

프랭크 화이트와 맞붙은 가을의 선거운동은 고달프면서도 재미있었다. 이번에는 화이트가 경제상황 때문에 고전하고 있었다. 그는 내가 공격할 수 있는 경력을 가지고 있었다. 나는 그의 공공사업체 유착과 실업 문제를 가지고 그를 공격하는 한편, 나의 공약을 알리는 적극적인 광고를 내보냈다. 화이트는 표범의 가죽에 박힌 점을 벗겨내려고 애를 쓰는 남자가 등장하는 공격성 광고를 내보냈다. 표범 가죽에서 점을 없앨 수 없듯이, 내가 내 오점

을 바로잡지 못한다는 내용의 광고였다. 딕 모리스가 만든 기가 막힌 광고
는 공공사업체에 요금 대폭인상을 허용하면서도, 노인들이 메디케이드 프
로그램에서 얻을 수 있는 월간 처방횟수를 4회에서 3회로 삭감한 화이트의
정책을 공격했다. 광고에 나간 표어는 이랬다. '프랭크 화이트, 공공사업체
에는 약하고, 노인들에게는 강합니다.' 가장 재미있는 광고는 실언과 실책
을 연발하는 화이트를 비꼬는 내용이었다. 아나운서가 정치인이 거짓말을
할 때마다 짖어대는 개가 있으면 좋지 않겠느냐고 물었다. 그러자 개 한 마
리가 "멍, 멍!" 하고 짖었다. 아나운서가 화이트의 거짓말을 하나씩 되풀이
할 때마다 개는 멍멍 짖어댔다. 내가 기억하기로는 그때 그 개는 네 번이나
"멍, 멍!" 하고 짖었다. 그 광고는 며칠 만에 쫙 퍼져나갔다. 내가 공장 정문
앞에서 교대를 하는 노동자들과 악수를 하고 있으면, 노동자들은 악의 없는
표정으로 나를 보고 "멍, 멍!" 하고 짖는 소리를 냈다. 화이트는 흑인들이
민주당 후보로 거위가 출마를 한다고 해도 그 거위한테 표를 던질 것이라는
말을 해서 흑인 유권자들의 반발을 사고 있었다. 그 일이 있은 지 얼마 후
에, '그리스도 안의 하나님 교회'의 L. T. 감독(가톨릭에서의 주교와 같은 그리
스도교의 감독—옮긴이주)이 신도들에게 '늙은 기관사'를 주지사직에서 내쫓
아야 한다고 말했다.

　선거운동을 하다 보면 언제나 선거에서 이길지 질지 정확하게 느낌이
오는 순간이 있다. 1982년, 멜버른에 갔을 때 나는 승리에 대한 확신을 가지
게 되었다. 멜버른은 북부 아칸소 아이자드 카운티의 청사가 있는 곳으로,
1980년에 자동차면허세 때문에 내가 패배한 곳이었다. 사실 그때 그 지역
출신인 존 밀러 의원도 자동차면허세 인상에 찬성표를 던진 사실이 있었다.
존은 의회에서 고참 의원에 속했는데, 아칸소 주정부의 활동에 대해서 어느
누구보다 아는 것이 많았다. 그는 나의 당선을 위해서 열심히 뛰었으며, 비
행기의 주요 부품을 생산하는 그 지역에 있는 맥도널 더글러스 공장 방문을
주선해주기도 했다. 노동자들은 자동차노조연합 소속이었지만 2년 전에는
대부분 나에게 표를 주지 않았기 때문에, 나는 긴장하고 있었다. 나는 정문
에서 경비실에서 일하고 있는 유나 시튼을 만났다. 그는 열렬한 민주당 지

지자였다. 유나는 악수를 하며 "빌, 오늘은 좋은 시간이 되실 것 같습니다"라고 말했다. 나는 문을 열고 들어가다가 깜짝 놀랐다. 공장 안에는 내가 즐겨 듣는 스티브 굿맨의 '뉴올리언스 시티'를 부르는 윌리 넬슨의 커다란 목소리가 울려 퍼지고 있었다. 나는 그 노래의 도입부의 합창이 울려퍼지는 가운데 사람들을 향해 걸어갔다. "좋은 아침 되세요, 미국님. 안녕하세요? 여러분은 나를 모르시지요? 나는 이곳 토박이입니다." 사람들이 환호성을 올렸다. 딱 한 사람을 제외한 모든 사람들이 나의 선거운동원 배지를 달고 있었다. 나는 음악이 울려 퍼지는 복도를 따라 사람들과 악수를 하며 돌아다니는 동안, 눈물을 참으려고 안간힘을 써야 했다. 나는 이미 선거는 끝났다는 것을 알았다. 아칸소 주민들이 드디어 토박이를 집으로 불러들이고 있었다.

선거운동 막바지에 나는 오전 교대 중인 페이트빌의 캠벨 수프 공장을 찾아갔다. 그곳은 칠면조와 닭고기를 원료로 수프를 만드는 공장이었다. 시간은 오전 5시였다. 아칸소 지역에서는 가장 빠른 교대 시간인 것 같았다. 1982년 그 날은 비도 오고 추웠다. 나는 어둠 속에서 사람들과 악수를 하기 시작했다. 한 남자가 자기는 나를 찍을 작정인데, 이렇게 춥고 비도 오고 어두운데 선거운동을 하는 사람 말고 더 지각 있는 사람을 찍어야 하는 거 아닌지 다시 생각해봐야겠다고 농담을 했다.

나는 어두운 새벽의 유세에서 많은 것을 배웠다. 아내를 차에 태워서 공장까지 데려다준 한 남자의 모습은 결코 잊을 수 없을 것이다. 픽업트럭 문이 열리는 데 보니, 세 명의 어린 아이들이 나란히 앉아 있었다. 남자는 내게 아이들을 매일 새벽 4시에 깨워야 한다고 말했다. 그는 아내를 직장에 데려다준 뒤에, 그 아이들을 학교에 데려다줄 베이비시터의 집에 내려주고 7시까지 출근을 해야 했다.

요즘과 같은 매스미디어 문화에서 활동하는 정치인들은 선거유세활동을 후원회 행사와 유세 집회, 광고, 그리고 한두 번의 토론으로 축소시키기 쉽다. 유권자들이 현명한 판단을 하는 데는 이것만으로도 충분할지 모르겠다. 하지만 이렇게 되면 후보들은 너무나 많은 것을 놓치게 된다. 얼마나 많은 사람들이 하루하루 먹고 살고 아이들을 위해서 키우느라 분주하게 뛰고 있는지 깨닫지 못하는 후보들이 많이 있다. 나는 그때, 이 사람들이 내게 다시 기회를 준다면 절대로 이들을 잊지 않겠다고 결심했다.

11월 2일, 사람들은 내게 그럴 기회를 주었다. 나는 55퍼센트 득표율에, 75개 카운티 중 56개 카운티에서 이기고, 공화당이 우세한 서부 아칸소의 18개 카운티와 남부 아칸소의 한 개 카운티에서 졌다. 몇 개 지역에서 근소한 표 차이를 보이기는 했지만, 농촌의 백인 카운티들은 대부분 내게 돌아섰다. 가장 큰 카운티인 풀라스키에서는 표 차이가 확실히 났다. 특별히 공을 들였던 북동부 아칸소에서는 11개 카운티를 휩쓸었다. 흑인 지역에서는 어마어마한 표가 쏟아졌다.

에밀리 브라운은 내가 특히 좋아하던 흑인 지도자였는데, 그녀는 남동부 아칸소 작은 마을 미첼빌의 시장이었다. 첫 임기 때 그녀를 도와준 적이 있었는데, 그녀는 은혜를 두 배로 갚았다. 나는 미첼빌에서 퍼셀과 맞붙었던 예비선거 결선 투표에서 196대 8로 압승을 거두었다. 내가 96퍼센트의 득표율을 올리게 해주어서 고맙다고 전화를 했더니, 그녀는 여덟 표가 빠져나가서 죄송하다고 말했다. "주지사님, 그 여덟 사람을 꼭 찾아내서, 11월 선거 때는 제대로 투표하게 하겠습니다." 11월 2일, 나는 미첼빌에서 256 대 0으로 이겼다. 에밀리는 그 여덟 사람 외에 선거권 등록을 한 52명의 표까지 몰아다주었다.

선거가 끝나자, 전국 각지의 사람들에게서 전화가 걸려왔다. 1980년에 전화를 걸어주었던 테드 케네디, 월터 먼데일도 다시 전화를 걸어왔다. 감격적인 편지도 많이 받았다. 그 중에는 뜻밖의 사람에게 온 편지도 있었는데, 바로 제임스 드러먼드 준장이 보낸 편지였다. 그는 2년 전 포트채피 쿠바 사태 당시의 사령관이었다. 그는 당선을 축하한다고 하면서 "포트채피에서 우리는 서로 다른 북에 맞추어 행진을 하고 있었던 것 같습니다…… 당신의 지도력과 원칙, 그리고 아칸소 주민들을 대변하고 아끼는 당신의 희생에 대해서 감탄을 금할 수 없습니다." 나도 역시 그에게 감탄하고 있었다. 그는 자신의 편지가 나에게 얼마나 큰 힘이 되었는지 짐작하지 못할 것이다.

민주당 후보들은 전국적으로 선전했다. 특히 남부에서는 36명 주지사의 과반수를 차지했고, 하원에서는 의석을 늘렸다. 심각한 미국 경제가 미친 영향이었다. 새로 당선된 주지사 중에서 나 외에 과거에 주지사 경력이 있었던 사람은 앨라배마의 조지 월러스, 그리고 매사추세츠의 마이클 듀카키스뿐이었다. 월러스는 휠체어에 앉은 채 흑인 유권자들에게 과거의 인종 차별적인 행동에 대해 사죄했다. 마이클 듀카키스는 나와 마찬가지로 주지사 첫 임기 직후에 낙선했던 사람인데, 이번에는 과거에 자신을 꺾었던 후보를 누르고 승리를 거두었다.

나를 위해 뛰었던 활동가들은 대단히 좋아했다. 역사에 기록될 만한 길고 긴 선거운동을 끝낸 그들로서는, 한바탕 자축연을 벌일 자격이 있었다. 하지만 나는 이상하게도 마음이 담담했다. 지난번에 나를 꺾었다고 해서, 그리고 다시 주지사에 도전했다고 해서, 프랭크 화이트를 탓할 마음은 없었다. 그때 패배한 것은 내 탓이었다. 선거일 밤과 그후 오랫동안 내 마음에 남아 있던 것은 사랑하는 아칸소의 주민들이 내게 또 한 번의 기회를 주었다는 데 대한 깊은 감사였다. 나는 그들의 판단에 보답하겠다고 결심했다.

23

　　1983년 1월 11일, 나는 두 번째로 주지사 취임선서를 했다. 우리 주 역사상 가장 많은 군중이 취임식에 참석했다. 참석자들은 나를 정치의 무덤에서 불러냈고, 앞으로 10년 동안 내가 주지사직을 지키게 해줄 터였다. 10년, 내가 한 직업에 몸담았던 가장 긴 세월이었다.

　　내 앞에 놓인 과제는 사람들의 생각에 더욱 귀를 기울이겠다는 약속을 지키는 것과 아칸소를 앞으로 전진시키는 데 전념하는 일이었다. 그것은 복잡한 과제였고, 침체된 경제상황 때문에 더욱더 중요하게 부각되고 있었다. 아칸소의 실업률은 10.6퍼센트였다. 12월에 나는 주지사 당선자의 자격으로 북동부 아칸소의 트루먼에 있는 싱어 공장을 찾았다. 그 공장은 수십 년 동안 재봉틀에 쓰이는 나무 상자를 만들어온 곳이었다. 나는 폐업으로 문을 닫게 된 공장에서 마지막으로 걸어나오는 600명의 노동자들과 악수를 나누었다. 지난 2년 동안 수많은 공장들이 문을 닫았다. 싱어 공장의 폐업은 포인셋 카운티 경제에 심각한 타격을 주고, 아칸소 주 전체에 엄청난 충격을 주었다. 나는 그곳 노동자들의 표정에서 깊은 절망감을 읽을 수 있었다. 그들은 자신들이 열심히 일해왔다는 것과 자신들이 손쓸 수 없는 어떤 힘이 자신들의 생활터전을 무너뜨리고 있다는 것을 알고 있었다.

　　경제 침체가 가져온 또 하나의 영향은 주의 세수 감소였다. 교육을 비롯한 기본적인 정책을 실시할 수 있는 돈은 거의 남아 있지 않았다. 나는 이 곤경에서 벗어나기 위해서는, 주 정책과 나의 관심을 교육과 취업에 집중해야 한다고 확신하고 있었다. 이후 10년 동안, 나는 바로 그런 일을 했다. 주정부는 보건과 환경, 교도소 개혁 등을 실시하고, 보다 많은 소수계층과 여성들을 주요 직위에 임명하는 일들을 추진했지만, 나는 한시도 학교와 취업 문제에서 관심을 거둔 적이 없었다. 교육과 취업은 우리 주민들이 기회와 힘을 얻기 위해서는 꼭 갖추어야 할 중요한 열쇠였다. 그것들은 또한 내가 적극적인 변화를 추진해 나가는 데 꼭 필요한 정치적인 지지를 유지하는 열쇠이기도 했다. 내가 첫 임기 때 배운 것은 만일 내가 하는 모든 일에 똑같은 시간을 배분하게 되면, 그 모든 것은 주민들의 마음속에 흐릿한 얼룩으로만 남아 중요한 일은 아무것도 이루어지지 않았다는 진한 인상을 남기게 될 위험이 있다는 것이었다. 호프 출신의 오랜 친구 조지 프레지어가 이렇게 말한 적이 있었다. "빌에게 결점이 있다면, 그것은 그의 눈에 해야 할 일들이 너무 많이 보인다는 겁니다." 나는 그 결점을 극복하지 못하고 여러 가지 일을 하려고 애쓰고 있었다. 하지만 이후 10년 동안 나는 열정과 공적인 발언들 대부분을 학교와 직업 문제에 집중했다.

벳시 라이트는 선거운동 과정에서 탁월한 능력을 발휘했다. 나는 그녀가 주지사 사무실을 관리할 수 있다고 믿었다. 또한 모리스 스미스에게 비서실장으로 일해 달라고 부탁했다. 각기 다른 사람들로 이루어진 조직에 성숙한 인물이 필요하다는 판단, 그리고 고참 의원들과 로비스트, 정계의 실력자들과 깊은 관계를 맺어야 한다는 판단 때문이었다. 나는 나의 세계사 선생님이었던 폴 루트와 돈 언스트가 참가한 강력한 교육정책팀을 구성했다. 법무장관 시절에 함께 일했던 법률고문 샘 브래튼 역시 교육법 분야의 전문가였다.

캐럴 래스코는 보건과 복지 분야의 보좌관이 되었다. 그녀는 여러 가지 경험을 쌓으면서 전문적인 실력을 갖추고 있었다. 그녀의 큰아이는 뇌성마비를 갖고 태어났다. 그녀는 그 아이의 교육받을 권리를 비롯한 여러 권리들을 위해서 싸웠고, 그 과정에서 신체장애인에 대한 주와 연방의 프로그램에 대해서 빈틈없는 지식을 갖추게 되었다.

나는 남동부 아칸소의 아칸소시티 출신 도로시 무어에게 사람들을 맞이하고 전화를 받는 일을 맡겼다. 도로시는 처음 일을 시작할 때 이미 70대였는데, 내가 주지사직을 떠날 때까지 계속 활동했다. 마지막으로 나는 새로운 보좌관을 구했다. 바버러 컨스가 정치는 이제 싫증이 난다며 라이트 법률회사에 그대로 남았기 때문이다. 1983년 초, 나는 린다 딕슨을 채용했다. 그녀는 그후 10년 동안 내 일을 돌봐주었으며, 내가 대통령이 된 후에도 나의 아칸소 사무실에서 계속 일했다.

나의 가장 탁월한 인사는 맬런 마틴을 재정국장으로 임명한 것이었다. 이 직위는 주정부에서 주지사 다음으로 중요했다. 임명 전에 리틀록의 시 행정관으로 성실하게 일한 그는 흑인이었고, 토박이 아칸소인이었다. 그는 사슴사냥 시즌이 시작되는 첫날에는 언제나 휴가를 받으려고 했다. 어려운 시절에는 예산 문제의 해결방안을 찾아내는 데서 창의력을 발휘하기도 했지만, 어디까지나 그는 예산 균형을 신봉하는 사람이었다. 그는 1980년대의 어느 2년 단위 회계년도에 수지를 맞추기 위해서 지출을 6분의 1로 줄이기도 했다.

내가 대통령이 된 직후에 맬런은 암과의 기나긴 싸움을 시작했다. 1995년 6월에 나는 리틀록으로 돌아가서 저소득근로자들을 위한 맬런 마틴 아파트 제막식에 참석했다. 맬런은 제막식이 있은 뒤 두 달 후에 사망했다. 그는 나와 함께 일했던 사람 중에 가장 유능한 주민의 공복이었다.

벳시는 내 하루 일정이 첫 임기와는 다르게 짜여져야 한다고 생각했다. 첫 임기 때 나는 만나기 어려운 사람으로 인식되어 있었다. 당시에는 수많은 연설 요청을 거의 다 받아들이는 바람에 낮에도 자리를 비우기 일쑤였다. 이제는 집무실 내에서 많은 시간을 보내고, 의회 개회 중에는 의원들과 개별적으로 만나는 시간을 많이 가졌다. 업무가 끝나고 카드 게임도 자주 했으며 지지자들의 요청으로 지역 행사에 참여하기도 했다. 이런 행사에 참여하는 것은 나를 지지해준 사람들의 은혜에 보답하고, 공동체 내에서의 입지를 강화하고 조직을 강화하는 일이었다.

그런 행사들이 먼 곳에서 열릴 때도 있고, 늦게까지 계속될 때도 있었지만, 나는 밤에는 언제나 집으로 들어왔다. 왜냐하면 첼시가 깨어날 때 곁에 있고 싶었기 때문이었다. 나는 늘 힐러리와 첼시와 함께 아침을 먹었고, 첼시가 학교에 갈 나이가 되어서는 항상 학교에 데려다주었다. 대통령 선거에 출마하기 전까지 이런 생활을 계속했다. 나는 집무실에 작은 책상을 가져다 놓고 첼시가 앉아서 책도 보고 그림도 그릴 수 있게 했다. 첼시와 함께 각자의 책상에 앉아서 일을 하고 있을 때면 매우 행복했다. 힐러리가 회사일로 늦게 오거나 밤샘을 하게 되면, 나는 될 수 있으면 집에 있었다. 첼시가 유치원에 다닐 때, 선생님이 부모님이 무슨 일을 하시는지 물어본 적이 있었다. 첼시는 어머니는 변호사고, 아빠는 "전화를 하고, 커피를 마시고, 연설을 해요"라고 대답했다. 잠잘 시간이면, 힐러리와 첼시와 나는 첼시의 침대 옆에서 기도를 했다. 그런 뒤에 힐러리와 나는 첼시에게 책을 읽어주었다. 나는 피곤해서 책을 읽다가 잠이 들 때가 많았는데, 그럴 때면 첼시가 뽀뽀를 해서 나를 깨웠다. 나는 첼시의 뽀뽀를 받고 싶어서 일부러 자는 척하기도 했다.

새로 임기를 시작하고 일주일 후에, 나는 의원들에게 주지사 연두교서를 발표했다. 나는 심각한 예산 위기를 극복하고 경제 회복을 도울 수 있는 네 가지 방안을 제시했다. 그 내용은 다음과 같다. 첫째, 주택 공급과 고용 창출을 위해 아칸소주택개발공사의 수익채권 발행 권한을 확대한다. 둘째, 투자 의욕을 고취하기 위해서 고실업 지역에 산업단지를 조성한다. 셋째, 새로운 고용을 창출하는 고용주에게 고용 세액공제 혜택을 준다. 넷째, 아칸소의 과학적·기술적 잠재력을 개발하기 위해서 뉴욕과 뉴저지의 항만원을 본따 과학기술원을 설립한다. 이 네 가지 제안들은 모두 법으로 제정되었다. 이것들은 경제위기가 다시 찾아왔을 때, 대통령에 당선된 뒤 내가 주도했던 비슷한 정책들의 선구자 격이라고 할 수 있겠다.

나는 공공사업 개혁과 관련하여 격렬한 논쟁을 해야 했다. 공공서비스위원회 위원들의 직접 선출도 그 중의 하나였다. 나는 아칸소전력공사를 비롯한 공공사업체들이 의회에서 강한 영향력을 행사하고 있기 때문에 그 개혁들을 모두 성공시킬 수 없다는 것을 잘 알고 있었다. 대신에 공공사업체를 파산시키지 않고 주민들과 주의 경제를 보호할 수 있는 위원들을 지명하는 것에 만족해야 했다.

나는 몇 가지 온건한 교육개선안을 제안하고 통과시켰다. 그 중에는 모든 학구에 유치원을 설립한다는 법과 학생들로 하여금 자신의 학구에서는 제공하지 않는 강좌를 인근의 다른 학구에서 들을 수 있도록(수강강좌 수의 2분의 1까지) 허용하는 법도 포함되어 있었다. 이 법이 중요한 의미를 가지는 것은 작은 학구들 중에는 화학, 과학, 고급수학, 외국어 등의 강좌를 제공하지 않는 곳이 많았기 때문이다. 나는 또한 의회에 대해서 담배세, 맥주세, 주류세를 인상할 것과 이렇게 얻은 새로운 세입의 2분의 1을 학교에 투자하자고 주장했다. 우리의 제한된 세입으로 할 수 있는 일은 이런 것들뿐이었다. 게다가 우리 주의 학교재정 운영시스템의 학교별 지원비 분할이 지나치게 불평등하기 때문에 위헌이라고 주장하는 사건이 주 대법원의 결정을 기다리고 있었다. 대법원이 원고측에 유리한 결정을 내릴 경우에는(나는 그것을 바라고 있었다), 그 문제를 처리하기 위해서 임시의회 소집을 요구할 작정이었다. 사실 의회는 2년 동안 69일만 개회하도록 규정되어 있었다. 의원들이 의회에 머무는 시간은 실제 이것보다 며칠 많았지만 중요한 일은 거의 의원들이 집으로 돌아간 뒤에 일어났기 때문에, 나는 의원들을 다시 소집해야 했다. 대법원의 결정이 있으면 의회 소집이 가능했다. 그렇게 얻은 회기는 진행하기가 대단히 까다로웠지만, 의회와 주민과 언론이 교육 문제에 집중할 수 있기 때문에, 교육을 위해서 커다란 조치를 취할 수 있는 기회를 제공할 터였다. 여러 가지 많은 일들이 진행되는 의회의 정기 회기 중에는 교육 문제에 전 주의 관심을 끌어 모으는 것이 불가능했다.

4월에 교육부장관 테럴 벨이 임명한 전국영재교육위원회가 '위기에 처한 미국Nation at Risk'이라는 제목의 보고서를 제출해 모든 사람들을 놀라게 했다. 그 보고서에 따르면, 19종류의 국제적인 테스트에서 미국인 학생들이 1위, 2위를 차지한 경우는 한 번도 없고, 7개 테스트에서 꼴찌를 차지했다. 또한 2,300만 미국 성인들과, 17세 청소년의 13퍼센트, 그리고 소수계 학생들의 40퍼센트가 문맹으로 나타났다. 표준화된 검사에서 얻은 고등학생들의 평균성적은 세계 최초의 인공위성이 발사되었던 26년 전의 고등학생들

성적보다 낮았다. 대학입학시험인 수학능력시험SAT에서의 성적은 1962년 이후로 점점 낮아지고 있었다. 대학에서 진행되는 수학 강좌의 4분의 1이 부족한 학력을 보충하는 내용으로 진행되고 있었다. 산업계와 군대의 지도 자들은 부족한 학력을 보충하는 교육에 지출하는 비용이 늘어가고 있다는 내용의 보고서를 제출했다. 고학력 노동자들에 대한 수요가 급증하고 있는 시기에 이러한 학력저하 현상이 발생하고 있었다.

5년 전에, 컨 알렉산더 박사는 아칸소 아동들의 학업성취도가 다른 주들에 비해 현저히 떨어진다는 사실을 밝혔다. 나라 전체가 위기에 처해 있다면, 우리 아칸소는 생명유지 장치를 사용해야 할 판이었다. 1983년 당시, 고급생물 수업을 실시하지 않는 고등학교가 265개, 물리학 수업이 없는 고등학교가 217개, 외국어 수업이 없는 고등학교가 177개, 고급수학 수업이 없는 고등학교가 164개, 화학 수업이 없는 고등학교가 126개였다. 1983년에 정기 의회에서 나는 의원들에게 15명으로 구성된 교육기준심의회에 새로운 커리큘럼 기준에 대한 특별안을 제출할 권한을 부여할 것을 요청했다. 나는 유능한 대표자들로 위원회를 구성하고 힐러리에게 의장직을 맡겼다. 힐러리는 나의 주지사 첫 임기 때 농촌건강위원회의 위원장으로서, 그리고 법률서비스법인의 위원으로서 좋은 성과를 거둔 경력이 있었다. 힐러리는 위원회를 운영하는 능력이 뛰어나고, 아동에 대한 관심이 컸다. 나는 그녀를 지명함으로써, 내가 얼마나 교육을 중요시하는지 보여주는 강력한 메시지를 보내고 싶었다. 나의 논리는 완벽했지만, 사실상 이 조치는 대단한 위험을 안고 있었다. 우리가 의미있는 변화를 제안할 때마다 어떤 이익단체가 나서서 소동을 피울지 알 수 없는 일이었기 때문이다.

5월에 주 대법원이 우리의 학교재정 운영시스템이 위헌이라는 결정을 내렸다. 우리는 새로운 재정운영 규칙을 입안하고 재원을 조달해야 했다. 방법은 두 가지 중 하나였다. 아주 부유하면서도 크기가 작은 학구에서 보조금을 환수해서 아주 가난하고 급속히 성장하는 학구에 나누어주는 방법이 있고, 아니면 재정이 넘치는 학구를 건드리지 않고 재정지원을 동등하게 할 수 있도록 새로운 세입을 늘리는 방법이 있었다. 자신의 학교에서 돈이 빠져나가는 것을 원하는 학구가 있을 리 없으니, 법원의 결정은 우리에게 교육에 관한 세금을 올릴 기회를 주는 셈이었다. 7월에 힐러리의 위원회는 각 주의 교육자와 일반인들 중에서 추천된 사람들을 대상으로 청문회를 열었다. 힐러리는 9월에 내게 보고서를 제출했고, 나는 10월 4일에 교육 문제를 다루기 위한 임시의회를 소집하겠다고 발표했다.

9월 19일, 나는 텔레비전 연설을 통해 교육 프로그램의 내용을 설명하고, 판매세의 1퍼센트 증액과 천연가스에 대한 세금 증액을 주장하고, 주민들에게 이 프로그램을 지지해줄 것을 당부했다. 우리는 이 프로그램을 지지할 세력을 만들었지만, 여전히 주 전역에서는 세금에 대한 강력한 반발이 있었고, 경제 침체로 인해서 그 반발이 더욱 심해지고 있었다. 지난번 선거 때 내슈빌의 한 남자가 만일 당선되면 꼭 해줘야 할 일이 하나 있다고 말했다. 세금을 쓸 때 자기처럼 일주일에 150달러를 가지고 사는 사람이라고 생각하고 아껴 쓰라는 이야기였다. 리틀록의 엑셀시어 호텔 신축공사장에서 일하는 또 다른 남자는 주에서 세금이 더 필요하다고 하는 날에는 자기가 다른 데 갈 직장도 없이 일자리를 잃게 된다는 걸 기억하라고 했다. 나는 이런 사람들이 새로운 정책의 필요성을 인식할 수 있도록 설득해야 했다.

나는 연설에서 첨단기술산업을 유치하려는 여러 가지 사례를 인용하면서, 교육을 개선하지 않으면 고용을 늘릴 수 없다고 주장했다. 나는 "아동 1인당 교육비와 교사 봉급, 그리고 1인당 주세 및 지방세의 규모에서 꼴찌인 한, 우리는 진정한 발전을 이룰 수 없다"고 말했다. 우리가 할 수 있는 일은 판매세를 올리고 힐러리의 위원회가 추천하는 교육기준안들을 승인하는 것이었다. "이 교육기준안들이 시행되면 우리는 미국에서 최고의 주가 될 것입니다."

그 교육기준안에는 다음과 같은 내용이 포함되어 있었다. 유치원을 의무화한다. 처음 3학년까지 학급 최대 수용 인원을 20명으로 한다. 모든 초등학교에 상담교사를 배치한다. 3, 6, 8학년의 전체 학생들을 대상으로 표준화 테스트를 실시하고 8학년 테스트를 통과하지 못하는 학생들은 유급시킨다. 15퍼센트 이상의 학생들이 유급하는 학교는 성적을 향상시킬 계획을 짜야 한다. 학생들의 성적이 2년 이내에 향상되지 않으면 강제관리를 실시한다. 수학, 과학, 외국어 강좌를 늘린다. 고등학교 커리큘럼은 영어 4년, 수학, 과학, 역사 및 사회 3년으로 운영한다. 하루 수업시간을 늘리고 1년 중 수업일수를 175일에서 180일로 늘린다. 재능이 있는 아동들을 위해서 특별교육의 기회를 제공한다. 학생들의 의무교육기간을 16세까지로 규정한다. 당시에는 학생들이 8학년이 넘으면 학교를 떠날 수 있었기 때문에, 많은 학생들이 그렇게 하고 있었다. 아칸소 학생들의 탈락률은 30퍼센트를 넘었다.

가장 논쟁거리가 될 만한 제안은 다음과 같았다. 모든 교사들과 교육행정가들이 1984년에 전국교사시험에 응시해야 하며, 그 시험의 수준은 갓 대학을 졸업한 학생들의 수준으로 맞춘다. 시험에 탈락한 교사들은 무료 연수를 통해 정기적인 강의를 받으면서 1987년까지 응시횟수의 제한 없이 시험에 응시할 수 있다. 이렇게 해서 학교 기준들이 완전히 충족되는 해를 1987년으로 잡는다. 또한 나는 취업교육 및 대학교육 부분의 개선과 고등학교를 졸업하지 못한 탈락자들을 도울 수 있는 성인교육 프로그램의 세 배 확대를 제안했다.

연설을 마무리하면서, 나는 사람들에게 힐러리와 나처럼 파란 리본을 달아달라고 부탁했다. 이 파란 리본은 이 프로그램에 대한 지지와 아칸소가 교육 면에서 최우수 등급에 속하는 '파란 리본'의 주가 될 거라는 확신을 표현하기 위해 고안된 것이었다. 우리는 지지를 호소하는 텔레비전, 라디오 광고를 계속하고 의회로 보내라고 수천 장의 엽서를 나눠주었으며, 수만 개의 파란 리본을 배포했다. 의회 회기가 끝날 때까지 많은 사람들이 그 리본을 달았다. 주민들은 서서히 우리 주가 특별한 일을 할 수 있다고 믿게 되었다.

그것은 야심적인 프로그램이었다. 내가 제안한 것 같은 강력한 커리큘럼을 규정하고 있는 주들은 손에 꼽을 정도였다. 8학년 때 테스트에 합격하는 학생들만이 고등학교에 진학할 수 있도록 규정하고 있는 주는 단 한 곳도 없었다. 11학년 혹은 12학년 때 테스트에 합격해야 고등학교 졸업장을 주도록 규정하고 있는 주가 서너 곳 있었지만, 나는 그것은 소 잃고 외양간 고치기나 다름없다고 생각했다. 나는 학생들이 따라잡을 여유를 가질 수 있기를 바랐다. 가정 문제 때문에 정서적 어려움을 겪으면서 학업에 집중하지 못하는 어린 학생들이 점점 늘어나고 있는 형편이었지만, 초등학교에 상담 교사를 배치하도록 규정한 주는 한 군데도 없었다. 강제 규정을 이행하지 못하는 학교에 대해서 교육부가 강제관리를 할 수 있게 허용한 주도 없었 다. 우리의 제안은 '위험에 처한 미국 보고서'에서 지적된 사항들을 훨씬 뛰 어넘고 있었다.

가장 심각한 반발은 교사시험 프로그램에 대한 것이었다. 아칸소교육협 회는 격분해서, 내가 교사들을 무시하고 희생양으로 삼고 있다고 비난했다. 나는 난생처음으로 인종차별주의자라는 비난을 받았다. 내가 많은 흑인 교 사들이 탈락할 것으로 가정하고 있다는 주장이었다. 냉소주의자들은 사람 들이 세금 인상에 반대하고 나설까봐 힐러리와 내가 연기를 해가며 인기몰 이를 하고 있다고 비난했다. 교사시험은 많은 사람들에게 학교의 성적 책임 의 강력한 상징이었으며, 시험을 보자는 주장은 주 전역에서 열린 교육 기 준 심의회의 청문회에서 낼 것이었다. 교사 중에 자신이 가르치는 내용을 이해하지 못하거나 기본적인 읽고 쓰기 소양조차 부족한 교사들이 있다고 불평하는 사람들이 많았다. 한 여성은 선생이 아이 편에 들려 보낸 쪽지 한 장을 보여주었다. 쪽지에 쓰인 단어 22개 중에 철자 표기가 잘못된 것이 세 개나 있었다. 나는 대부분의 교사들이 유능하고 헌신적이며, 문제가 있는 교사들은 대부분 열악한 교육을 받은 사람들이니 이들에게 능력을 개발하 고 다시 시험에 응시할 기회를 주어야 한다고 생각했다. 어쨌든 교사 봉급을 인상하기 위해서 세금을 인상하려면, 그리고 학생들이 새로운 교육기준안의 혜택을 받게 하려면, 교사들은 학생들을 가르칠 능력을 갖추어야 했다.

의회는 48일간의 회기 동안 내가 제안한 52가지 법안들과 이와 관련해 의원들이 제안한 사항들을 검토했다. 힐러리는 상원과 하원에 출석해 훌륭 한 발표를 했다. 옐 카운티의 로이드 조지 하원의원은 "또다른 클린턴을 주 지사로 뽑아야 했다는 생각이 들었다"고 말할 정도였다. 우리의 제안에 반 대하는 세력은 세금 인상에 반대하는 주민들과 농촌 지역의 학구들, 그리고 아칸소교육협회, 이렇게 세 그룹이었다. 농촌 지역의 학구들은 교육기준안에 따를 능력이 없었기 때문에 합병될까봐 걱정하고 있었고, 아칸소교육협회는 교사시험에 찬성하는 의원들을 낙선시키겠다고 위협하고 있었다.

우리는 주에서 최고 수준의 학교라고 하는 리틀록 센트럴 고등학교의 몇몇 교사들의 진술을 근거로, 교사시험이 교사들의 명예를 실추시킨다는 주장을 반박했다. 그들은 일반인들의 교사들에 대한 신뢰를 높이기 위해 시험에 응시할 의사가 있다고 말했다. 교사시험이 인종차별주의적인 것이라는 주장에 맞서기 위해서, 나는 명망 있는 흑인 성직자들을 설득해 나의 입장을 지지하도록 했다. 그들은 흑인 아동들은 대부분 유능한 교사의 지도를 받지 못하고 있는 형편이며, 교사시험을 통과하지 못하는 선생들에게는 다시 응시할 기회를 가지게 하면 된다고 설득했다. 로이드 해클리 박사도 많은 도움을 주었다. 그는 흑인 학생들이 대부분을 차지하고 있는 아칸소 대학교 파인블러프 분교UAPB 총장인 아프리카계 미국인이었다. 해클리는 UAPB에 재직하면서, 힐러리의 교육기준심의회 위원으로 일하고 있었다. 대학졸업생들이 처음으로 교사자격시험을 치러야 했던 1980년에 UAPB 학생의 42퍼센트가 불합격했다. 1986년이 되자, 해클리 박사가 관리한 UAPB의 졸업생들의 실력은 크게 향상되었다. 그는 흑인 학생들이 부진한 이유는 차별 때문이 아니라 기준이 낮고 기대가 낮기 때문이라고 주장했다. 그는 자신의 주장을 입증하는 증거들을 제시했다. 그는 자신의 학생들을 믿고 있었고 그들로부터 많은 능력을 이끌어냈다. 우리 아이들에게 필요한 것은 해클리 같은 교육자다.

입법회기가 끝날 무렵, 아칸소교육협회는 시험법안을 부결시킬 수 있을 것처럼 보였다. 나는 수시로 상원과 하원을 찾아가서 표를 흥정했다. 결국 나는 시험법안이 함께 통과되지 않으면 판매세법안을 통과시키지 않겠다고 협박까지 해야 했다.

위험한 작전이었다. 판매세법안과 시험법안을 둘 다 놓칠 수도 있었다. 노동단체들은 판매세가 노동자 가구에 불공평한 법안이라고 반대하고 있었다. 그들은 내가 식품판매세 부과를 상쇄할 소득세 환불 정책을 입안하는 데 실패한 것을 물고 늘어졌다. 노동단체의 반대는 자유주의적인 의원들의 표를 세금반대 쪽으로 끌어들였다. 하지만 그들이 다수를 장악할 수는 없었다. 이 프로그램은 출발부터 많은 지지를 받고 있었다. 세금법안이 상정되었을 때에는 이미 새로운 재정운영규칙은 통과되었고, 교육기준안이 승인되어 있는 형편이었다. 판매세 인상이 없으면 새로운 재정운영규칙에 따라 많은 자치구들이 주의 보조금을 받지 못하게 될 것이고 대부분의 자치구들이 교육기준안을 충족시키기 위해서 해당 지역 소득세의 대폭인상을 법제화해야 할 터였다. 회기 마지막 날에, 우리는 교육기준안, 교사시험법, 판매세 인상을 모두 따냈다.

나는 의기양양했지만 진이 쭉 빠졌다. 하지만 힘을 내어 페어필드 베이에서 해마다 열리는 주지사의 밤에 참석하기 위해서 북쪽으로 96킬로미터를 달렸다. 그곳은 기온이 따뜻하고 사계절의 변화가 뚜렷하고 세금이 낮았기 때문에 퇴직한 뒤 북쪽 지역에서 내려와 사는 중산층 가구들이 많은 마을이었다. 주민 중에는 퇴직한 교사들도 있었는데, 주민 대부분이 교육프로그램을 지지했다. 한 아마추어 목수는 교육프로그램에 들인 내 노력을 기념하려고 만들었다면서 빨간색의 작은 학교건물 모형을 선물했다.

임시회기 중의 격렬한 갈등이 정리되고 나자, 교육부는 물론이고, 전국 각 지역에서 아칸소의 교육개혁에 대한 긍정적인 평가들이 쏟아졌다. 하지만 아칸소교육협회는 쉽게 물러서지 않았다. 이 단체는 시험법에 대한 소송을 제기했다. 아칸소교육협회 의장인 페기 네이버스와 내가 필 도나휴 쇼에 나가 뜨거운 논쟁을 벌였다. 우리 주의 문제가 전국의 매체를 타게 된 흔치 않은 기회였다. 전국교사시험을 주관하는 회사는 현직 교사들을 상대로 시험을 실시할 수 없다고 주장했다. 그 시험은 어떤 사람이 교사직을 시작할 수 있는지를 측정하는 시험이지, 시험에 불합격한 현직 교사들이 계속 교직활동을 할 수 있는지를 측정하는 시험이 아니라는 주장이었다. 그래서 우리는 새로운 시험을 개발해야 했다. 1984년에 교사들과 교육행정가들을 대상으로 새로운 시험이 시행되었다. 불합격률은 10퍼센트였다. 재시험에서의 불합격률도 10퍼센트였다. 결국 전체 교사의 3.5퍼센트에 해당하는 1,215명의 교사들이 시험에 불합격해서 교직을 떠나야 했다. 또 시험에 응시하지 않은 1,600명의 교사들이 교사 자격을 박탈당했다.

1984년 선거에서, 아칸소교육협회는 시험법을 지지했다는 이유로 나를 비롯해서 많은 의원들에 대한 지지를 거부했다. 그들은 결국 마운튼홈 출신의 주 상원의원인 베이다 셰이드 한 사람만 낙선시켰다. 오랜 친구인 셰이드는 처음 만났던 1974년에 내 셔츠에 단추를 달아주었던 바로 그 여성이었다. 교사들은 집집마다 찾아다니면서 그녀의 적수인 스티브 루엘프를 응원했다. 그는 캘리포니아에서 아칸소로 이주한 공화당원 변호사였다. 그 교사들은 교사시험에 대해서는 한마디도 하지 않았다. 안타깝게도 베이다 역시 교사시험 문제를 언급하지 않았다. 그녀는 조직되지 않은 다수의 지지에 의존하면서, 활동적이며 조직된 소수의 반대를 받고 있는 후보들이 흔히 하는 실책을 범하고 있었다. 이런 맹공격에서 살아남을 수 있는 유일한 방법은 반대하는 사람들이 관심을 가지는 쟁점을 투표소에 나오는 사람들이 관심을 가지는 쟁점으로 만드는 것이다. 베이다는 이 모든 것을 놓치고 말았다. 아칸소의 어린이들을 돕기 위해서 그녀가 치른 희생을 생각하면 나는 늘 마음이 아팠다.

다음 2년 동안, 교사들의 연봉은 4,400달러가 인상되었다. 전국적으로 가장 높은 인상률이었다. 아칸소의 교사의 연봉 수준은 전국 46위였다. 하지만 교사봉급에 지출되는 돈은 아칸소 주민 1인당 소득의 1퍼센트에 이르러서 전국 평균을 넘어서고 있었고, 학생 1인당 교육비용은 소득의 1퍼센트로 전국 평균에 가까워지고 있었다. 1987년까지 아칸소 학구는 329개로 줄었고, 85퍼센트의 학구들에서 교육기준안을 충족시키기 위한 소득세율 인상안이 제기되어 주민투표를 통해서 통과되었다.

학생들의 시험성적은 꾸준히 향상되었다. 1986년, 남부지역교육청에서 5개 남부 주의 11학년 학생들을 대상으로 시험을 실시했다. 그 시험에서 아칸소는 전국 평균성적을 넘는 유일한 주가 되었다. 5년 전인 1981년에 11학년 학생들을 대상으로 실시된 시험에서 아칸소가 획득한 점수는 전국 평균을 밑돌았다. 우리는 성공을 거두고 있었다.

나는 주지사로 재직하는 동안 끊임없이 교육개선 정책을 실시했다. 하지만 이후 교육 분야의 진전을 뒷받침했던 것은 바로 이때 확립한 새로운 교육기준안과 재정운영 규칙, 그리고 설득력 있는 평가방식이었다. 나와 아칸소교육협회 지도자들의 관계는 우리 주의 학교와 아동들의 미래를 개선하기 위한 활동에 힘을 합하는 과정에서 점차 개선되었다. 나의 정치 생활을 회고해보면, 1983년 교육임시회기 중의 활동은 손에 꼽을 만한 자랑스러운 일이었다.

1983년 여름에, 메인 주 포틀랜드에서 주지사 회합이 있었다. 나는 힐러리와 첼시와 함께 즐거운 시간을 보냈다. 우리는 오랜 친구인 밥 리시의 가족들과 어울리기도 하고, 다른 주지사들과 함께 아름다운 바닷가 마을 케네벙크포트에 있는 부시 부통령의 집에서 야외 파티를 열기도 했다. 세 살된 첼시는 부통령에게 아장아장 걸어가서 화장실에 가고 싶다고 말했다. 부통령은 첼시의 손을 잡고 화장실에 데려다주었다. 첼시는 감사하다고 인사를 했고, 힐러리와 나는 조지 부시의 친절한 태도를 마음 깊이 새겨두었다. 그는 후일 우리에게 또 다른 친절을 베풀어주었다.

사실 나는 레이건 행정부에 대해서 불만이 많았기 때문에, 메인에 와서 무언가를 해야겠다고 마음먹고 있었다. 레이건 행정부는 장애연금의 수혜자격 기준을 엄격하게 제한하고 있었다. 10년 전의 진폐증 프로그램과 마찬가지로 장애인프로그램 역시 심하게 남용되어 왔지만, 레이건의 처방은 문제를 더욱 악화시키고 있었다. 규정들이 너무 엄격해서 도저히 이해할 수 없는 경우도 있었다. 아칸소에서 9학년 학생이 트럭을 운전하다가 사고로 한쪽 팔을 잃었다. 그는 사무직으로 일할 수 있다는 이유로 장애연금 혜택을 받지 못했다.

연방 하원의 몇몇 민주당원들이 이 규칙을 철폐하기 하기 위해서 노력하고 있었다. 아칸소 하원의원 베릴 앤서니도 그 중 한 사람이었다. 베릴은 나에게 주지사들을 이 활동에 참여시키라고 부탁했다. 주지사들은 그 문제에 관심이 많았다. 장애가 있는 주민들 중에 연금 지급을 거절당한 주민들이 많았는데, 자신들에게도 이에 대한 부분적인 책임이 있다고 생각했기 때문이었다. 프로그램의 재원은 연방정부가 제공하고 있었지만, 프로그램의 관리는 주에서 맡고 있었다.

그 문제는 우리 의제에 상정되어 있는 것이 아니었기 때문에, 나는 관련 위원회를 구성하여 3분의 2의 찬성으로 그 규칙을 폐기해야 했다. 그런 다음 재적 주지사의 75퍼센트에게서 위원회의 행동에 대한 지지를 얻어내야 했다. 이 사안은 백악관으로서는 중요한 것이었기 때문에 행정부는 보건복지부 차관보 둘을 파견하여 나의 활동을 방해했다. 공화당 주지사들은 난처한 입장에 빠졌다. 그들은 대부분 규칙이 수정되어야 한다는 것에 동의하고 있었고 공개적으로 그 규칙을 옹호하고 싶어하지 않았지만, 대통령을 지원하지 않을 수도 없는 입장이었다. 공화당은 위원회에서 우리의 제안을 폐기하는 전략을 짰다. 나의 추산으로는 우리 표가 모두 모일 경우에는 위원회의 1차 투표에서 이길 것 같았다. 우리의 제안에 지지하는 위원들 중에는 조지 월러스도 포함되어 있었다. 암살미수범의 총탄에 맞아 휠체어 신세를 지게 된 후로, 그는 업무를 시작하려면 아침마다 두세 시간씩 준비를 해야 했다. 투표가 예정된 날 아침, 조지 월러스는 평소보다 두 시간 일찍 일어나서 고통스러운 외출준비를 했다. 그는 위원회에 참석하여 앨라배마에서 이 새로운 장애인규칙 때문에 고통받고 있는 노동자들이 얼마나 많은지 이야기하고 나서, 우리의 결의안에 찬성표를 던졌다. 위원회에서 결의안이 통과되고 나서 미국주지사협회는 그 결의안을 채택했다. 곧 이어서 국회 역시 그 규칙을 파기했으며, 수많은 사람들이 생존을 위해서 꼭 필요한 도움을 받게 되었다. 만일 그날 아침, 조지 월러스가 일찍 일어나서 휠체어에 앉아 젊은 시절 자신과 함께 생활했던 서민들의 품으로 돌아가지 않았다면, 이런 일은 이루어질 수 없었을 것이다.

그해 말에, 우리 가족은 필과 린다 레이더 부부의 초대를 받았다. 사우스캐롤라이나 힐튼 헤드에서 열리는 '르네상스 위켄드' 라는 신년모임에 참석해 달라는 것이었다. 그 행사는 이제 2년밖에 안 된 행사였다. 100가구가 조금 못 되는 가정들이 모여서 사흘 동안 정치, 경제, 종교, 그리고 이런저런 개인 생활에 관련된 이야기를 나누었다. 참석자들의 연령, 종교, 인종, 환경은 다양했지만, 하나같이 밤샘 파티나 축구경기보다는 진지한 대화를 나누고, 가족과 주말을 보내는 것을 좋아하는 사람들이었다. 그 행사는 긴밀한 유대를 이룰 수 있는 특별한 경험이었다. 우리는 자신들의 이야기를 털어놓고, 흔히 마주치기 어려운 사람들과 어울리면서 많은 것을 배웠다. 우리 셋은 많은 친구들을 사귀었고, 이들 중 많은 사람들이 대통령 선거가 있었던 1992년과 대통령 재임 기간 동안 나에게 큰 도움을 주었다. 우리는 그후 해마다 '르네상스 위켄드' 행사에 참여했다. 1999년에서 2000년으로 넘어가는 새천년 주말에는 참석할 수 없었는데, 그때 우리는 링컨 기념관에서 열리는 전국적인 축하행사에 참석해야 했다. 내가 대통령에 취임한 후, 그 행사는 점점 더 규모가 커져서 참석자가 1,500명이 넘었다. 초기와 같이 친밀한 교류를 나눌 수 있는 기회는 상당히 줄었지만, 나는 늘 그곳에 가는 것이 좋았다.

1984년 초, 선거가 다시 다가왔다. 아칸소와 미국 전역에서 레이건 대통령의 인기는 1980년보다 훨씬 높아져 있었다. 하지만 나는 자신만만했다. 아칸소 주 전체가 교육기준안을 시행하는 데 집중하고 있었고, 경제는 조금씩 호전되고 있었다. 나의 주요한 경쟁상대는 로니 토너였다. 그는 1975년에 진폐증 소송을 진행할 때 함께 일했던 오자크 출신의 변호사였다. 로니는 교육개선안으로 인해서 농촌 지역 학교들이 폐교될 것이라고 생각하고 있었고, 이 때문에 몹시 화가 나 있었다. 오랫동안 쌓아왔던 우정을 생각하면 가슴이 아팠다. 나는 그가 좀더 깊이 생각하지 못하는 것이 안타까웠다. 5월에 나는 예비선거에서 여유 있게 승리했고, 몇 년 후 우리의 관계는 다시 원만해졌다.

7월에 아칸소 주 경찰청장 타미 굿윈 대령이 나를 찾아왔다. 그는 내 동생이 위장한 경찰관에게 코카인을 팔고 있는 장면이 찍힌 비디오테이프가 있다고 말했다. 벳시와 나는 아무 말도 할 수가 없었다. 어이없게도, 그 경찰관은 내가 의회에 예산을 청구했던 마약단속반에 고용된 사람이었다. 타미는 나에게 동생을 어떻게 했으면 좋겠느냐고 물었다. 나는 이런 사건에 대해서 경찰은 어떤 조치를 취하느냐고 물었다. 그는 로저는 거물급은 아니고, 코카인 중독에서 벗어나지 못해서 판매에 끼여든 경우라고 말했다. 일반적으로 이런 경우에는 용의자가 항변할 수 없도록 몇 번 더 비디오 증거물을 만들어 체포한 다음, 장기 징역형을 살게 될 것이라는 위협으로 공급책을 털어놓게 한다고 했다. 나는 타미에게 로저의 사건을 원칙에 따라 처리하라고 말했다. 그러고 나서 벳시에게 힐러리를 찾아달라고 부탁했다. 그녀는 시내 식당에 있었다. 나는 그녀를 차에 태우러 가서 이 일을 말해주었다.

그후 6주 동안, 이 일을 아는 사람은 경찰 외에 벳시와 힐러리, 내가 완전히 신뢰하는 대변인 존 로버츠, 그리고 나뿐이었다. 나는 어머니를 만나거나 이야기를 나눌 때마다 마음이 아팠다. 그 때까지 나는 내 인생과 내 일에만 몰두하고 있어서, 로저에게서 아무것도 눈치채지 못했기 때문이다. 로저는 1974년 대학에 입학한 직후 록밴드를 결성했다. 그의 록밴드는 실력이 탄탄해서 핫스프링스와 리틀록의 클럽에서 연주하고 돈을 벌었다. 나는 서너 번 그의 연주를 들으러 갔으며, 로저의 독특한 음색과 밴드의 연주 실력을 확인하고 장래가 유망하다고 생각했다. 로저는 록밴드 활동을 무척 좋아했으며, 헨드릭스 대학에 몇 번씩이나 복학을 했다가도 곧 다시 학교를 그만두고 록밴드 활동을 계속했다. 록밴드 활동을 하는 동안, 그는 밤을 새우거나 밤늦게까지 일하는 경우가 많았다. 또 경마 시즌에는 지나치게 경마에 빠져 있었고, 축구 경기에 내기를 걸기도 했다. 나는 얼마나 따고 얼마나 잃었는지 알 수 없었고, 묻지도 않았다. 가족이 휴가 때 함께 모여 식사를 할 때면, 로저는 늘 늦게 왔고, 불안해 보였고, 저녁식사 중에도 한두 번 자리에서 일어나 전화 통화를 했다. 그것이 모두 위험한 조짐이었다. 그런데 나는 내 일에만 몰두해 있어서 그런 것들을 놓치고 말았다.

로저가 체포되자 아칸소 전체가 떠들썩했다. 나는 간단하게 기자회견을 했다. 나는 동생을 사랑하지만 법에 따라 처리할 것으로 생각한다는 내용이었고, 우리 가족을 위해서 기도해줄 것을 부탁하며, 또한 우리 가족의 프라이버시를 지켜줄 것을 당부했다. 그러고 나서 나는 어머니와 동생에게 이미 알고 있었다는 사실을 털어놓았다. 어머니는 충격에 빠져 있었다. 하지만 내가 이미 알고 있었다는 사실 때문에 섭섭해하지는 않았던 것 같다. 로저는 화를 냈다. 후일 마약 중독에서 벗어났을 때에야 로저는 화를 풀었다. 우리 모두 상담을 받으러 갔다. 나는 로저의 코카인 중독 정도가 하루 4그램쯤 된다는 것을 알게 되었다. 건장한 체격이 아니었다면 죽었을 수도 있는 엄청난 양이었다. 나는 로저의 마약중독이 어린 시절에 받은 상처에서 기인한 것이며, 아버지에게서 마약중독이 될 만한 유전적 기질을 물려받았을 수도 있다는 것을 알게 되었다.

체포된 후 법정에 출두하는 날까지, 로저는 자신이 마약중독자라는 사실을 시인하지 않았다. 어느 날 로저와 함께 아침을 먹던 중, 나는 로저에게 설사 그가 마약중독자가 아니라고 하더라도 돈을 벌겠다고 다른 사람에게 독을 팔았으니 오랫동안 감옥에 있어야 한다고 말했다. 웬일인지 그 말은 효과가 있었다. 그는 자신의 문제를 시인한 뒤, 새로운 생활을 시작하기 위한 머나먼 길을 떠났다.

로저의 사건은 에이서 허친슨 연방 검사가 맡았다. 로저는 공급책을 밝혔는데, 그는 로저보다 어린 이민자로 고향의 가족이나 친구들에게서 코카인을 받아오고 있었다. 로저는 오렌 해리스 판사 앞에서 두 가지 연방법을 위반했다고 시인했다. 해리스 판사는 하원의 상업위원회 위원장이었던 사람으로, 80대 초반의 나이인데도 빈틈없고 현명했다. 그는 로저에게 두 가지 범죄에 대해서 각각 3년, 2년을 선고하고, 수사에 협조한 점을 인정해 집행유예 3년형을 내렸다. 로저는 14개월간 복역했다. 복역 중에는 대부분 폭력전과가 없는 범죄자들을 위한 연방 시설에서 지냈다. 그로서는 힘든 기간이었겠지만, 덕분에 그는 새로운 인생을 살 수 있게 되었다.

로저가 형을 선고받을 때, 힐러리와 나는 어머니와 함께 법정에 있었다. 나는 해리스 판사와 허친슨 검사가 사건을 다루는 솜씨를 보고 깊은 감명을 받았다. 에이서 허친슨은 유능하고 공정한 사람으로, 우리 가족이 겪고 있는 고통을 잘 이해하고 있었다. 그가 후일 제3지역구에서 국회의원으로 당선되었을 때 나는 전혀 놀라지 않았다.

여름에 나는 아칸소 대의원들과 함께 샌프란시스코에서 열리는 민주당 전당대회에 참석했다. 전당대회에서는 월터 먼데일과 제럴딘 페라로가 각각 대통령, 부통령 후보로 지명되었고, 나는 해리 트루먼을 칭송하는 5분 연설을 했다. 전당대회는 처음부터 문제가 많았는데, 먼데일이 재정적자를 줄이기 위해서 세금을 대폭 인상하겠다고 말함으로써 상황은 끝이 났다. 솔직하다는 점에서 보면 대단히 훌륭한 태도였지만, 차라리 연방자동차면허세 인상을 제안하는 것이 나을 뻔했다. 하지만 샌프란시스코는 전당대회에 안성맞춤이었다. 전당대회장에서 걸어서 갈 수 있는 거리에 훌륭한 소규모 호텔들이 많이 있고 교통 흐름이 좋아서, 전당대회 때마다 흔히 겪어야 하는 교통혼잡을 피할 수 있었다. 샌프란시스코에서는 아칸소 출신의 리처드 산체스 박사가 그 도시를 휩쓸고 있는 새로운 질병인 에이즈의 치료와 예방에 전력을 쏟고 있었다. 나는 리처드와 그 문제 및 해결방안에 관해서 이야기를 나누었다. 후일 백악관 시절과 그 후에 내가 상당한 관심을 기울였던 에이즈와의 전투에 첫발을 들여놓는 순간이었다.

나는 첨단기술산업을 유치하기 위해서 일찍 샌프란시스코를 떠나 아칸소로 돌아왔다. 그 일은 결국 성사되지 못했지만, 캘리포니아 주에 머물러 있었다고 해서 더 좋은 일도 없었을 것이다. 우리 앞에는 패배가 기다리고 있었다. 경제는 회복기에 들어섰다. 대통령이 "미국에 다시 아침이 밝았다"고 말할 때, 그의 대리인들은 우리를 보고 '샌프란시스코의 민주당원들'이라고 비웃었다. 동성애 비율이 높은 도시에서 회합을 한 것을 노골적으로 빗대는 말이었다. 부시 부통령도 사내다운 태도로 "엉덩이를 걷어차줄 것"이라고 말했다.

11월 선거에서 레이건은 먼데일을 59 대 41로 눌렀다. 대통령은 아칸소에서 62퍼센트의 득표율을 올렸다. 나는 존스버러 출신의 매력적인 젊은 사업가 우디 프리먼과의 싸움에서 63퍼센트를 득표했다.

첼시가 다섯 번째 맞는 크리스마스에 우리는 '르네상스 위켄드' 행사에 참여했다. 새로운 의회 회기가 시작된 때라서, 모임의 주제는 '경제 현대화' 쪽으로 집중되었다.

나라 전체의 경제는 회복되고 있었지만, 농업과 전통적인 산업에 의존하고 있는 아칸소와 같은 주들에서는 실업률이 여전히 높았다. 1980년대의 미국의 고용성장은 대부분 첨단기술산업과 서비스부문의 성장에 기인하는 것이었고, 대부분 각 주의 도시 지역이나 동해안과 서해안 인근에 집중되어 있었다. 공업과 농업의 중심지역은 여전히 경제 사정이 좋지 않았다. 이런 상황이 너무 극단적으로 드러나고 있었기 때문에 사람들은 미국을 '양쪽 해안' 경제를 가진 나라라고 부르기 시작했다.

고용 증대와 소득 증대를 위해서 우리는 아칸소의 경제를 개조해야 했다. 내가 의회에 제안한 발전 전략 속에는 이미 다른 주에는 정착되어 있지만, 아칸소로서는 새로운 개념인 재정적 요소가 포함되어 있었다. 나는 주택과를 개발재정국으로 확대하여 공업, 농업, 중소기업 프로젝트의 자금을 조달할 수 있는 채권을 발행하도록 하자고 제안했다. 그리고 주의 공공연금 기금들이 자산의 5퍼센트 이상을 아칸소에 투자하는 것을 목표로 삼게 하자고 주장했다. 우리는 자본이 부족한 주였다. 주 안에 좋은 투자처가 있다면 공공기금을 다른 주에 투자할 필요가 없었다. 나는 주의 허가를 받은 은행들이 오랜 기간 유질流質 상태인 자산을 소유할 수 있게 함으로써, 이미 침체되어 있는 시장에서 농지가 헐값에 거래되지 않게 하자고 제안했다. 시장에서 농지가 헐값에 팔리게 되면 농부들이 버티기가 더욱 힘들어질 터였기 때문이다. 또한 나는 의회에 주에서 허가받은 은행들이 돈을 대출하는 것뿐 아니라 돈을 빌릴 능력이 없는 농장이나 사업에 지분투자를 할 수 있도록 허용하되, 해당 농장의 주인들이나 소사업가들이 3년 이내에 은행으로부터 그 지분을 되살 권리를 인정하는 규정을 만들자고 제안했다. 다른 주의 주지사들은 이 법안에 상당히 관심이 많았다. 그 중 한 사람이 사우스다코타의 빌 쟁클로였는데, 그는 이와 유사한 법안을 의회에서 통과시켰다.

내가 내놓은 경제관련 제안은 혁신적이기는 했지만 너무나 복잡해서 쉽게 이해를 얻지 못하는 경우도 있었고, 광범한 지지를 얻지 못하는 경우도 있었다. 하지만 내가 몇 번이나 위원회에 참석해 질문에 대답하고 1대1로 비활동을 펼친 끝에 이 법안은 의회를 통과했다.

연방대법원이 '로 대 웨이드' 결정을 내리고 나서 10년 이상의 세월이 흐른 뒤에, 우리 주는 임신 6개월 이후의 낙태행위를 금지했다. 그 법안을 발의한 의원은 내가 아주 좋아하던 기독교인인 러셀빌의 루 하딘 상원의원과, 수전 맥두걸과 남매지간인 가톨릭교도 빌 헨리 상원의원이었다. 법안은 통과되었고, 나는 그 법안에 서명했다. 그로부터 10년 뒤, 공화당 의원들이 임부의 건강과 관련된 예외조항 없이 소위 '부분출산 낙태'(아기의 몸을 산모의 몸에서 반쯤 빼낸 다음 아기를 죽이기 때문에 붙은 이름—옮긴이주)를 금지하는 법안을 발의했다. 나는 그 법안 대신, 임부의 생명이나 건강이 위태로운 경우가 아닌 한 말기의 낙태를 금지하는 연방법령을 채택하자고 주장했다. 몇몇 주들은 1985년에 내가 서명했던 것과 같은 법률을 통과시키지 않고 있었기 때문에 내가 제안한 법안은 부분출산 낙태시술을 금지하는 법안에 비해서 훨씬 많은 낙태를 금지하게 될 터였다. 부분출산 낙태시술은 일반적으로 임부의 신체에 대한 피해를 최소화하기 위해서 사용되고 있기 때문이었다. 그러나 공화당 지도자들은 나의 법안을 거부했다.

경제적인 정책과 낙태법안 외에도 내가 제안하고 의회가 채택한 사항들은 다음과 같다. 폭력적인 범죄의 피해자들을 구제해주기 위한 기금을 조성한다. 아동학대를 줄이기 위한 노력을 강화한다. 연방 의료보조 프로그램이 적용되지 않는 가난한 임산부의 건강을 돌보는 데 필요한 기금을 조성한다. 마틴 루터 킹의 생일을 주의 기념휴일로 지정한다. 교장 연수를 개선하기 위한 프로그램을 만든다. 나는 학교 운영을 좌우하는 가장 중요한 요인은 교장이 얼마나 뛰어난 지도력을 갖추고 있느냐 하는 것임을 확실하게 깨닫고 있었다. 그런 나의 확신은 해가 갈수록 점점 굳어졌다.

회기 중에 있었던 한 가지 소동은 성실한 정부와 순진한 의회를 지엽적인 문제에 빠져들게 했다. 아칸소교육협회가 최초의 교사시험 시행을 몇 주앞두고 교사시험법을 폐지하기 위해서 총력전을 펼치기 시작했다. 이들 교사들은 하원의원 오드 매독스로 하여금 철회안을 발의하게 했다. 오드는 자신의 고향인 오든에서 교장으로 활동하던 훌륭한 사람이었다. 그는 1980년대에 학교 강당에 커다란 프랭클린 루스벨트의 사진을 걸어놓았던 충실한 민주당원이었다. 그는 나의 친구이기도 했다. 나의 지지자들이 필사적인 노력을 기울였지만, 철회안은 하원에서 통과되었다. 나는 당장 라디오로 광고를 내보냈다. 사람들에게 지금 일어나고 있는 일들을 알리고 당장 상원에 항의 전화를 걸려달라고 부탁했다. 전화통에 불이 나게 전화가 걸려오고 그 법안은 부결되었다. 1985년 당시 교직에 있는 사람들만이 아니라 자격증을 갖춘 모든 교사들이 1987년까지 시험에 응시해서 합격을 해야만 자격증을 유지할 수 있다고 규정된 법안을 통과시켰고, 나도 이 법안을 지지했다.

아칸소교육협회는 교사들이 시험에 응시하지 않을 거라고 말했다. 시험이 시행되기 바로 전주에, 4,000명의 교사들이 의사당 밖에서 시위를 벌였다. 시위 현장에서 미국교육협회 대표는 나를 "공립학교와 그곳의 아이들의 명예를 실추시킨다"고 비난했다. 일주일 후에 2만 7,600명의 교사 중 90퍼센트가 시험장에 나타났다.

의회가 산회하기 전에 소동의 불씨가 마지막으로 불길을 피워올렸다. 도로교통부가 주 전역을 다니면서 휘발유세와 디젤세의 인상으로 재원을 조달하는 새로운 도로프로그램을 추진하고 있었다. 도로교통부는 지방 사업가들과 농업 지도자들을 설득했고, 그 법안은 쉽게 통과되었다. 나로서는 곤란한 문제였다. 나는 그 프로그램이 경제적으로 도움이 될 것 같아 마음에 들었다. 하지만 나는 선거 때 주요한 세금의 인상을 지지하지 않겠다고 약속한 적이 있었다. 나는 하는 수 없이 그 법안을 거부하고, 법안 발의자들에게 내 거부권을 무효화한다면 싸울 생각이 없다고 말했다. 나의 거부권은 무효화되었다. 나의 거부권이 뒤집어진 것은 이것이 주지사 생활 12년 중에 처음이자 마지막이었다.

1985년 나는 전국적인 정치활동에도 관여했다. 2월, 나는 레이건 대통령의 연두교서에 대한 민주당의 입장을 발표했다. 연두교서가 발표되는 의회는 레이건이 연설솜씨를 뽐내는 자리였고, 민주당의 짤막한 입장을 발표하는 사람은 청중들에게 강한 인상을 남기기 위해 고전해야 했다. 민주당은 그해에 방침을 바꿔서 주지사들과 시장들 중 서너 명이 새로운 아이디어와 경제적인 업적을 발표하기로 했다. 나는 새로 구성된 민주당지도자회의에서도 활동했다. 이 단체의 목적은 재정관리 책임과 사회정책에 대한 새롭고 독창적인 아이디어, 그리고 강력한 국방 정책에 근거하여 민주당원들을 위한 설득력 있는 메시지를 만들어내는 데 있었다.

그해 여름 주지사 회의는 아이다호에서 열렸다. 레이건 대통령의 서명이 들어 있는 공화당 주지사의 후원금 모금 편지를 두고 양당간에는 이색적인 논쟁이 벌어졌다. 이 편지는 민주당 주지사들이 세입세출 정책에서 너무 자유주의적이라고 심하게 비판하고 있었다. 그것은 주지사 회의를 초당파적 입장에서 진행하자는 구두 약속을 위반한 것이었다. 민주당 주지사들은 격분해서, 공화당원인 테네시 주지사 라마 알렉산더가 미국주지사협회의 회장으로 선출되는 것을 저지하겠다고 위협했다. 정상적인 상황이라면, 양당이 매년 번갈아 회장직을 맡는 관행에 따라 당시 부회장이었던 그가 회장이 되는 것이 당연했다. 나는 라마를 좋아했고, 그가 민주당 주지사들을 공격할 마음이 있다고 생각하지 않았다. 그 역시 교육기준향상 정책의 재원을 마련하기 위해서 세금을 올린 사람이었다. 나는 갈등을 해소하기 위해 노력했다. 결국 공화당 측은 그 편지에 대해 사과하고 다시는 그런 일이 없을 것이라고 약속했고, 우리는 라마를 회장으로 선출했다. 나는 부회장으로 선출되었다. 우리는 1970년대와 1980년대에 걸쳐서 주지사 회의를 통해 많은 성과를 거두었다. 1990년대에는 공화당 주지사들이 다수를 차지하고 중앙당의 입장에 치우치면서, 오랫동안 지속되었던 협력의 정신은 퇴색해갔다. 그것은 정치적으로는 성공을 거둔 것인지는 몰라도, 성공적인 정책을 찾아가는 과정에는 큰 해를 끼치고 말았다.

아이다호로 가는 길에, 나는 힐러리, 첼시와 함께 몬태나에서 며칠 동안 즐거운 시간을 보냈다. 주지사 테드 슈윈든의 각별한 배려 덕분이었다. 어느 날 그는 우리와 함께 저녁 시간을 보낸 후, 다음 날 동틀 무렵에 우리를 깨웠다. 우리는 그가 마련한 헬리콥터를 타고 미주리 강을 거슬러 올라가면서 야생의 자연이 새날을 위해 깨어나는 모습을 지켜보았다. 그리고 나서 우리는 철로 연결장치가 있는 사륜구동차를 이용해서 벌링턴 노던 철도노선을 타고 320킬로미터 가량을 달렸다. 90미터 깊이의 계곡을 건너는 아슬아슬한 순간도 있었다. 자동차를 빌려 태양을 향해 뻗어 있는 고속도로를 타고 달려가는 길에서는 만년설 위를 기어다니는 명주원숭이들을 보기도 했다. 그러고 나서 스완 호숫가에 있는 쿠트네이 숙소에서 며칠을 보냈다. 여기저기 여행을 많이 다녀보았지만, 서부 몬태나는 내가 가본 곳 중에서 첫 손에 꼽히는 아름다운 곳이었다.

1985년 의회가 폐회한 뒤부터 1990년 말까지, 나는 그런 사소한 여행들을 제외하면 주지사 본연의 임무에 몰두했다. 그것은 아칸소의 경제를 일구는 일이었다. 나는 그 일을 의욕적으로 잘해냈다. 우선 안 좋은 일이 일어나는 것을 막아야 했다. 인터내셔널페이퍼사가 1920년대부터 운영해왔던 캠던 공장을 폐쇄하겠다는 계획을 발표했을 때, 나는 뉴욕으로 가서 회사대표 존 조지를 만났다. 나는 그에게 공장을 계속 가동하기 위해서 무엇이 필요한지 물었다. 그는 대여섯 가지를 말했고, 나는 그 중 한 가지를 제외한 모든 사항을 들어주었다. 그는 공장을 계속 가동시켰다. 나는 친구인 터너 휫슨에게서 클라크스빌의 신발 공장이 문을 닫으려 한다는 말을 듣고, 돈 먼로에게 도움을 청했다. 그는 1980년대 최악의 경기침체 중에도 아칸소에서 신발 공장 여섯 개를 가동하고 있는 사람이었다. 나는 그에게 100만 달러를 지원했고 그는 그 공장을 인수했다. 그 공장의 노동자들은 실업급여를 신청하러 간 자리에서 일자리를 되찾을 수 있다는 것을 알게 되었다.

산요전기가 포레스트시티의 텔레비전 부품 공장을 닫을 예정이라는 이야기를 듣고, 데이브 해링턴과 나는 일본 오사카로 가서 산요전기의 회장인 이우에 사토시를 만났다. 산요전기는 세계적으로 10만 명 이상의 종업원을 거느린 거대기업이었다. 나는 이우에 회장과 오래 전부터 알고 지내는 사이였다. 1980년에 주지사 선거에서 패배한 후에, 나는 그에게서 '강 때문에 진로를 바꾸게 되더라도, 결코 신념은 바꾸지 마라' 라고 씌어진 아름다운 서예 한 점을 받았다. 나는 그것을 액자에 넣어두었고, 1982년에 재선되었을 때는 날마다 볼 수 있도록 침실 입구에 걸어두었다. 나는 이우에 회장에게 동부 아칸소에서 산요전기의 폐업으로 인한 손실을 감당할 수 없다고 말했다. 동부 아칸소에 속하는 델타 주의 경우 실업률이 10퍼센트를 넘어서고 있었다. 나는 그에게 월마트에서 산요 텔레비전을 판매하면 공장을 계속 가동하겠느냐고 물었다. 나는 그의 응낙을 받아낸 후에, 아칸소로 돌아와서 월마트에 도움을 요청했다. 2003년 9월, 이우에 사토시는 차파쿠아에 와서 점심식사를 했다. 그 때까지 월마트가 판매한 텔레비전의 개수는 2,000만 대 이상이었다.

　단순한 응급조치만이 아니었다. 우리는 새로운 사업을 벌이기도 했다. 새로운 첨단기술 벤처기업을 지원하고, 대학을 설득해 새로운 사업의 시작을 돕도록 하고, 유럽과 아시아에 무역 및 투자 사절단을 보내 성과를 거두고, 파인블러프의 다이와 강철관 회사와 존스버러의 데이너 기업 등의 유망한 공장의 확장을 지원했다. 데이너 기업의 경우는 숙련된 노동자들과 정교한 로봇의 협동 작업으로 자동차변속기를 제조하는 공장이었다.

　가장 멋진 성공작은 북동부 아칸소에 누코NUCOR 강철 회사를 유치한 일이었다. 누코는 단조된 상태의 금속을 녹여서 강철을 만드는 수익성 높은 회사였다. 누코는 노동자들에게 후한 임금과 이윤에 따른 보너스를 지급하고 있었는데, 그 보너스가 노동자들 소득의 절반 이상을 차지하고 있었다. 1992년까지 아칸소 누코 노동자들의 평균 소득은 5만 달러에 가까웠다. 뿐만 아니라 누코는 대학에 다니는 자녀가 있는 직원들에게 연간 1,500달러의 추가수당을 지급했다. 11명의 아이들을 회사의 도움으로 교육시키는 직원도 있었다. 누코는 회사 소유 제트기도 없이 노스캐롤라이나에 임대한 작은 사무실을 차려놓고 있었다. 설립자인 켄 아이버슨은 전통적인 운영방식으로 숭배를 받고 있었다. 그는 그럴 만한 자격이 있었다. 1980년대 누코의 매출이 감소하던 해에 아이버슨은 직원들에게 임금 삭감에 대한 사죄의 편지를 보냈다. 누코는 일시 조업중단은 절대로 하지 않는다는 방침을 가지고 있었기 때문에, 중역회의에서는 임금삭감 결정을 내릴 수밖에 없었다. 누코는 이윤도 함께 나누고 부담도 함께 나누었다. 하지만 사장만은 예외였다. 아이버슨은 시장조건이 악화된 것은 직원들의 잘못이 아니라고 말했다. 하지만 그로서는 그 문제에 달리 대처할 방법이 없었다. 그는 60퍼센트 삭감된 임금을 받겠다고 밝혔다. 그것은 직원들의 임금삭감률의 세 배였다. 과거 20년 동안 회사 사정이 좋으나 안 좋으나 중역들이 평직원들보다 높은 임금인상 혜택을 받아왔던 관행에서 벗어나는 멋진 모습이었다. 당연히 누코의 직원들 중에는 그만두고 싶어 하는 사람이 없었다.

반 호이젠 셔츠 회사가 브링클리 공장의 폐업 결정을 발표했을 때, 그곳의 노동자들과 오랫동안 교류했던 패리스와 매럴린 버로 부부는 그 공장을 사서 조업을 계속하기로 결심했다. 하지만 그들에게는 셔츠를 구매할 수요자가 더 많이 필요했다. 나는 월마트의 대표인 데이비드 글래스에게 그 공장의 상품을 판매해줄 수 있는지 물었다. 월마트는 지원요청을 받아들였다. 그 일이 있은 직후, 나는 월마트 임원들과 우리의 경제발전 분야 쪽 사람들을 불러 함께 점심식사를 했다. 그 자리에서 나는 월마트 회사에 국산 제품을 많이 구매하고, 이런 사실을 널리 알려서 판매고를 끌어올리라고 권유했다. 월마트의 '미국을 사자' 운동은 큰 성공을 거두었고, 대형할인점이 동네 구멍가게를 망하게 한다는 반감을 줄일 수 있었다. 힐러리는 이 프로그램이 마음에 들었는지 2년 후에 월마트 중역회의에 갔을 때도 이 프로그램을 적극 후원했다. 프로그램이 최고조에 달했을 때, 월마트의 상품 중에 미국 제품이 차지하는 비율은 약 55퍼센트로, 가까운 경쟁업체에 비해서 약 10퍼센트나 높았다. 안타깝게도 몇 년 후 월마트는 저가상품 판매점으로서 대대적인 마케팅을 펼치면서 이 정책을 포기했다. 하지만 그 정책이 지속되는 동안 우리는 아칸소에서 그 정책을 최대한 이용했다.

교육과 경제개발 분야의 일을 진행하면서 나는 다음과 같은 확신을 가지게 되었다. 세계화 경제 시대에 경제적·정치적 지도력을 유지하기를 원한다면, 아칸소, 더 나아가서 미국은 큰 변화를 겪어야 한다는 것이었다. 단순히 좋은 교육을 받거나 열심히 일해서 많이 생산하거나 하는 것만으로는 충분하지 않았다. 1973년부터 1980년대까지 평균소득이 줄어들고 있었고, 열 명 중 네 명의 노동자들이 소득 감소를 겪었다. 너무나 안타까운 상황이었기에, 나는 이 상황을 타개하기 위해서 무슨 조치를 취해야겠다고 마음먹었다.

　나의 정치적인 입지는 점점 넓어지고 있었고, 나에게 표를 던진 적이 없는 공화당 지지자들과 무소속의 보수주의자들에게도 지지를 얻어가고 있었다. 아칸소는 지난 3년 기간 중 2년 동안, 고용창출성장률, 즉 총 취업자 중 신규고용자의 비율이 열 개 주 중에서 1위를 달리고 있었다. 하지만 나는 모든 사람들을 내 편으로 만들 수는 없었다. 엘도라도의 정유 공장이 폐업을 할 계획이었는데, 그렇게 되면 300개가 넘는 일자리가 사라지게 되는 셈이었다. 나는 미시시피 출신의 사업가들 몇 사람을 설득해서 그 공장을 사서 조업을 계속하도록 했다. 나는 정유 공장이 그 공장의 노동자들 가족과 지역경제에 얼마나 큰 의미를 가지는지 잘 알고 있었고, 다음번 선거 때도 그 공장 정문 앞에 서서 노동자들과 악수를 나누고 싶었다. 일이 순조롭게 진척되고 있던 어느 날 한 남자가 화가 나서 나를 찾아왔다. 그는 무슨 일이 있어도 나를 찍지 않겠다고 말했다. 내가 이유를 묻자, 그는 이렇게 말했다. "당신은 내 일자리를 구해줬다고 생각하고 있지요? 네, 맞아요. 하지만 당신이 신경 쓰지 않는 게 있소. 당신이 일자리를 하나 살리면 세금을 빨아먹을 사람을 또 하나 얻는 거요. 그래서 당신은 내게 일자리를 주는 거요. 그래야 내게 세금을 뜯어낼 수 있으니까. 나는 세상의 돈을 다 긁어다 준다고 해도 절대로 당신을 찍지 않겠소." 모든 사람들을 자기편으로 만들 수는 없는 법이다.

　1986년 초, 나는 재선을 위한 선거운동을 시작했다. 이번에 당선되면 4년 임기가 확정될 터였다. 1874년에 재편입 시대의 헌법이 채택된 이후 처음으로 행정부의 임기를 2년에서 4년으로 바꾸는 헌법개정안이 통과되었기 때문이다. 이번에 당선되면 나는 아칸소에서 오벌 포버스 다음으로 장기 재임하는 주지사가 되는 셈이었다. 포버스는 리틀록 센트럴 고등학교 사건 때문에 장기 재임할 수 있었지만, 나는 학교와 고용으로 장기 재임 주지사가 되고 싶었다.

　어이없게도, 예비선거에서 나의 주 경쟁상대는 바로 포버스였다. 그는 아직도 나에 대해서 적개심을 가지고 있었는데, 그것은 내가 첫 번째 임기 때 주가 헌츠빌에 있는 그의 아름다운 페이 존스 저택을 사는 것에 반대했기 때문이었다. 나는 그가 돈이 쪼들린다는 것을 알고 있었지만, 주의 재정 상태도 마찬가지였기 때문에 그런 비용을 승인할 수가 없었다. 포버스는 새로운 교육기준안을 공격할 작정이었다. 그는 교육기준안이 농촌 지역에 학교 합병과 높은 세금이라는 짐을 지웠으며, 내가 늘 자랑하는 새로운 고용 창출은 농촌 지역에서는 한 건도 없었다고 주장했다.

포버스를 지나간 곳에서는 프랭크 화이트가 기다리고 있었다. 그는 후보 셋 중에 3위를 달리고 있었다. 나는 둘을 지나는 동안 상당한 공격을 받게 되리라는 것을 알고 있었다. 하지만 벳시 라이트, 딕 모리스와 힘을 합치면 무엇이든 극복할 수 있다는 확신을 가지고 있었다. 하지만 나는 첼시가 아빠에 대해서 나쁘게 말하는 사람들을 보면 어떻게 행동할까 걱정이 되었다. 여섯 살이 되어 뉴스도 보고 신문도 읽기 시작한 아이였다. 힐러리와 나는 화이트와 포버스가 나에 대해서 말할 만한 내용들과 나의 대응방식에 대해서 첼시에게 차근차근 알려주었다. 그후 며칠 동안, 우리는 번갈아가면서 후보들 역할을 하나씩 맡아 연기하는 놀이를 했다. 어느 날 힐러리가 프랭크 화이트, 내가 포버스, 그리고 첼시가 내 역할을 맡았다. 나는 첼시를 보고 잘못된 교육정책으로 작은 학교들을 모두 망가뜨리고 있다고 비난했다. 첼시는 "그래도 나는 당신처럼 경찰을 이용해서 정적들을 엿보거나 하지는 않아요!"라고 쏘아댔다. 포버스는 센트럴 고등학교 사태 직후에 실제로 그런 일을 한 적이 있었다. 여섯 살짜리 아이치고는 대단한 반응이었다.

나는 예비선거에서 60퍼센트 이상의 표를 얻었다. 포버스는 3분의 1의 표를 가져갔다. 76세의 노령인데도 그는 농촌 지역에서 상당한 영향력을 발휘하고 있었다. 포버스가 떠난 곳에 프랭크 화이트가 나타났다. 그는 재임 중에 봉급 인상을 요구하는 교사들을 '욕심쟁이'라고 부른 전력이 있었다. 그런데도 그는 교사시험 지지에서 반대로 입장을 바꾼 덕에 공화당 예비선거 때 아칸소교육협회의 지지를 얻었다. 이제 그는 힐러리와 나를 공격하기 시작했다.

화이트는 새로운 교육기준안이 지나치게 번거로우니 수정이 필요하다고 말하기 시작했다. 나는 그가 당선되면 교육기준안을 '지연시키다가 폐기해버릴' 거라고 주장했다. 그는 이번에는 힐러리를 공격했다. 그랜드 만 원자력발전소에 대항한 싸움에서 로즈 법률회사가 주를 대리하고 있으니, 힐러리에게 공익과 사익의 이해 충돌이 일어난다고 주장했다. 우리는 그 공격에 대해서도 멋지게 대응했다. 먼저, 로즈 법률회사는 그랜드 만 발전소가 부과하는 부담을 덜어주어 아칸소의 재정을 지켜주려고 노력하고 있다. 하지만 화이트는 미들사우스공사 소속 회사의 이사진으로서 세 번이나 발전소 건설에 찬성표를 던졌던 경력이 있다. 둘째, 공공서비스위원회가 로즈 법률회사를 고용한 것은 다른 대규모 법률회사들이 모두 공공사업체나 다른 쪽을 대변하고 있기 때문이다. 이것은 의회와 법무장관이 승인한 사항이다. 셋째, 로즈 법률회사는 힐러리가 파트너로서 받는 보수를 계산할 때 주에서 지급받는 돈은 공제하고 있었기 때문에, 힐러리는 그 돈에서 한 푼도 받지 않고 있다. 화이트는 아칸소의 공공요금 납부자들을 보호하는 것보다 이들에게서 돈을 우려내려는 공공사업체의 노력을 변호하는 데 더 관심이 있는 것 같다. 나는 그에게 힐러리를 공격해대는 것은 주지사가 아니라 주지사 부인으로 출마하고 싶다는 의사표시냐고 물었다. 우리 선거운동본부는 '프랭크를 주지사 부인으로'라고 쓰여진 자동차용 스티커와 배지를 만들었다.

화이트가 한 마지막 공격은 그 자신에 대한 공격이나 다름없었다. 그는 월스트리트 이외의 지역에서 가장 큰 투자회사인 스티븐스 기업에서 일한 적이 있었다. 내가 처음 주지사에 출마했을 때 잭 스티븐스는 나를 지지했다. 그는 그 후에 우익으로 돌아서서 공화당원이 되었고, 1984년과 1986년에는 레이건을 지지하며 민주당을 공격했다. 그의 형인 위트는 여전히 민주당을 지지하면서 나를 후원하고 있었다. 하지만 투자회사를 운영하는 것은 잭이었고, 프랭크 화이트는 그의 충복이었다. 오랫동안 스티븐스는 아칸소의 채권을 좌지우지하던 기업이었다. 나는 채권발행을 대규모로 늘릴 때 그 채권들을 모두 전국적인 투자회사들의 경쟁입찰에 완전 개방하고, 더 많은 아칸소의 투자회사들이 그 채권을 팔 수 있도록 기회를 주겠다고 약속했다.

스티븐스 회사는 상당한 점유율을 유지할 수는 있었지만, 과거와 같이 모든 채권들을 장악하지는 못하고 있었다. 하지만 화이트가 당선되면 다시 그런 영향력을 행사하게 될 터였다. 이 일에 뛰어든 아칸소의 투자회사들 중에는 댄 라자터가 운영하는 회사가 있었다. 그는 리틀록에서 성공적인 투자회사를 키워냈지만, 코카인중독 때문에 회사를 잃고 말았다. 라자터는 한때 나를 지지했었고, 내 동생 로저와 친한 사이였다. 그와 로저는 코카인의 사슬에 묶여 있었을 때 함께 환각 파티를 즐기던 사이였다. 80년대의 젊은이들은 이런 경우가 너무나 많았다.

벳시 라이트와 나는 화이트와의 텔레비전 토론을 준비하다가, 그가 마약 상용 테스트를 받아보자고 시비를 걸려고 한다는 것을 알았다. 표면상으로야 모범을 보이자는 것이었지만, 속셈은 그게 아니었다. 라자터의 몰락에서 시작되어 눈덩이처럼 불어난 소문 중에는 내가 라자터의 환각 파티의 일원이었다는 소문도 있었다. 그것은 사실이 아니었다. 벳시와 나는 텔레비전 토론 전에 마약 테스트를 받기로 했다. 화이트가 텔레비전에서 나에게 시비를 걸었을 때, 나는 웃으면서 벳시와 나는 이미 테스트를 받았으니 그와 그의 선거운동 참모인 대럴 글래스콕도 테스트를 받으라고 맞받았다. 당시 글래스콕도 떠도는 마약 소문의 등장인물 가운데 한 명이었다. 그들의 꾀는 통하지 않았다.

화이트는 열세를 모면하기 위해서 내가 본 중에 가장 악랄한 텔레비전 광고를 내보냈다. 그 광고에서는 라자터의 사무실 모습을 보여주고 다음에는 코카인이 든 접시를 보여준 다음, 아나운서가 내가 코카인 상용자에게서 후원금을 받고 그 대가로 주발행 채권 사업권을 주었다고 해설했다. 내가 라자터에게 우선권을 주었으며, 예전부터 그의 코카인 상용 사실을 알고 있었다는 것을 암시하는 내용이었다. 나는 「아칸소 가제트」 기자를 불러 개발재정국의 기록을 검토하게 했다. 다음 날 신문 1면에는 화이트 주지사의 임기가 끝나고 내가 재취임한 뒤로 주와 거래했던 투자회사가 얼마나 늘어났는지에 대한 기사가 실렸다. 화이트 주지사 시절에 거래했던 회사는 4개, 내가 취임한 뒤 거래했던 회사는 15개였다. 당시 스티븐스는 7억 달러 규모의 채권을 운용하고 있었는데, 그것은 다른 아칸소 회사보다 두 배 이상 되는 규모였다. 나는 텔레비전 광고도 내보냈다. 광고에서는 시청자들에게 화이트의 광고를 보았느냐고 물으면서 몇 초 동안 그 광고를 보여주고, 다시 스티븐스 기업의 사진을 보여준 다음, 아나운서가 등장해서 화이트가 나를 공격하는 이유는 스티븐스나 다른 기업이 더 이상 주의 채권 사업을 좌지우지할 수 없기 때문이며, 화이트가 당선되면 다시 그런 일이 벌어질 거라고 이야기했다. 그것은 내가 만든 가장 효과적인 광고였는데, 그 이유는 그것이 비열한 공격에 대한 강력한 역공이고, 사실들이 모든 것을 설명하고 있었기 때문이었다.

나는 화이트가 로저의 마약 문제를 건드리는 것 때문에 로저와 어머니가 상처를 입을까봐 걱정했다. 하지만 두 사람은 그다지 신경을 쓰지 않았다. 로저는 감옥에서 나온 후에, 텍사스의 여관에서 6개월 동안 일하고, 다시 북부 아칸소로 옮겨가서 아는 사람이 하는 주유소에서 일했다. 그는 곧 테네시 주 내슈빌로 옮겨갈 예정이었고, 옛날 이야기 때문에 위축되지 않을 만큼 건강했다. 어머니는 딕 켈리와 함께 행복하게 생활하고 있었고, 정치는 고달픈 게임이고, 비열하게 공격하는 상대방을 제압하는 방법은 이기는 것뿐이라는 사실을 터득하고 있었다.

11월에, 나는 득표율 64퍼센트로 승리를 거두었다. 리틀록의 득표율은 75퍼센트에 달했다. 나는 승리함으로써 내가 주지사라는 직위를 남용했다는 의혹과 그것이 마약과 관련이 있을 것이라는 암시를 깨부술 수 있는 기회를 얻게 되었다는 사실 때문에 마음이 편했다. 어려운 싸움이었지만, 나는 악의를 오래 품는 데는 능숙하지 않았다. 많은 시간을 보내면서, 나는 프랭크 화이트와 그의 부인 게이를 좋아하게 되었고, 편안한 마음으로 그와 함께 활동할 수 있게 되었다. 그는 대단한 유머감각을 가지고 있었고, 아칸소를 사랑했다. 2003년에 그가 죽었을 때 나는 슬펐다. 나는 잭 스티븐스와도 화해하게 되었다.

포버스와 화이트와의 싸움은 아칸소의 과거와의 싸움이자, 개인에 대해 파괴적인 공격을 자행하는 정치와의 싸움이었다. 나는 교육개혁을 옹호하고 경제적인 우선정책들을 촉진하는 과정에서, 사람들이 현안과 미래에 집중하게 만들고 싶었다. 「멤피스 커머셜 어필Memphis Commercial appeal」은 이렇게 보도했다. "이 분야에 관한 클린턴의 선거연설은 표를 달라는 호소이면서 동시에 경제학 세미나 같다. 많은 정치비평가들은 클린턴의 이 전략이 맞아 떨어지고 있다고 말한다."

나는 아칸소 이스트만 화학 공장을 방문했을 때의 일을 자주 이야기했다. 그 공장은 농촌 지역인 인디펜던트시티에 있었다. 나를 안내하는 사람은 공해방지 장비가 컴퓨터로 작동되고 있다면서 그 기계를 작동하는 사람을 만나보러 가자고 말했다. 그는 컴퓨터관제실까지 가는 동안 계속 그 직원을 치켜세웠다. 나는 앨버트 아인슈타인이나 오즈의 마법사쯤 되는 사람을 만나게 되나 보다 생각했다. 그런데 컴퓨터를 조작하는 사람은 카우보이 장화를 신고, 청바지를 입고, 커다란 은제 로데오 버클이 달린 벨트를 매고, 야구모자를 쓰고 있었다. 그는 컨트리 음악을 들으면서 담배를 씹고 있었다. 그가 나에게 던진 첫 마디는 이랬다. "나하고 아내는 당신을 찍을 거요. 왜냐하면 우리는 이런 일자리가 더 필요하니까요." 이 직원은 소를 치고 말을 기르는 아칸소 토박이였다. 하지만 그는 미래를 내다보고 새로운 일을 준비했고 미래로 가기를 원하고 있었다.

8월에 사우스캐롤라이나의 힐튼헤드에서 미국주지사협회 회의가 열렸다. 나는 회장이 되었고, 마흔 번째 생일을 축하받았다. 나는 전국교육위원회 위원장직에도 취임했다. 그 조직의 목적은 최상의 교육에 대한 아이디어와 정책을 모으고 그것을 전국으로 확산하는 데 있었다. 라마 알렉산더는 나를 주지사들의 복지제도 개혁에 관한 특별전문위원회의 민주당 측 공동위원장으로 지명했다. 이 조직은 백악관과 연방의회와 함께 취업을 촉진하고 가정을 강화하고 아동들의 기본적인 요구를 충족시킬 수 있는 복지제도를 개선하기 위해서 초당파적인 제안을 하는 조직이었다. 나는 1985년에 아칸소의 열악한 복지수당의 증액을 승인했지만, 복지가 자립으로 가는 중간역으로 자리매김하기를 원했다.

나는 새로운 직책들을 맡게 되어서 기뻤다. 나는 정치적인 동물이고 정책광이다. 나는 새로운 사람들을 만나고 새로운 아이디어를 탐구하기를 좋아한다. 나는 여러 가지 활동을 통해서 더 유능한 주지사가 될 수 있고, 전국적인 인물들로 구성된 인맥을 강화할 수 있을 것이며, 다가오는 세계화 경제와 미국이 여러 가지 도전들을 헤쳐나갈 방법에 대한 인식이 깊어질 것이라고 생각했다.

1986년이 저물 무렵, 나는 대만에서 열리는 10차 대만-미국 지도자 연례회의에 참석하여 미래의 양국 관계에 관한 연설을 했다. 대만은 아칸소의 콩을 비롯해서 전동기에서부터 주차시간자동표시기에 이르기까지 다양한 제조업상품을 수입하고 있었다. 하지만 미국의 무역적자는 점점 커져가고 있었다. 지난 5년 동안 미국 노동자 열 명 중 네 명의 소득이 감소했다. 나는 양국의 주지사들에게 연설하면서, 미국의 무역적자를 줄이기 위해서는 이자율을 내리고 국내 수요를 증가시키고, 남미 국가들의 채무를 줄이고, 첨단기술제품에 대한 수출 통제를 완화하고, 노동자에 대한 교육을 개선하고 노동생산성을 향상시켜야 한다고 주장했다. 내가 대만인들에게 당부한 것은 무역장벽을 완화하고, 그들이 가진 엄청난 보유자금을 미국에 투자하라는 것이었다. 외국인 청중들 앞에서 세계화 경제에 관해서 연설을 했던 것은 그때가 처음이었다. 그 연설을 하면서 나는 누가 무엇을 해야 하느냐에 대한 정확한 인식을 가지게 되었다.

1986년 말에, 나는 현대 세계의 본질에 관한 몇 가지 근본적인 확신을 가지게 되었다. 이러한 확신은 후일 1992년 나의 선거공약의 골간이 되었던 '새로운 민주당원' 철학으로 발전하게 되었다. 나는 「아칸소 가제트」 신문사를 사들인 가네트 신문의 연말 경영회의 연설에서 내가 가진 확신의 개요를 밝혔다.

……정책을 결정하는 기본틀을 만들어갈 때 반드시 지켜야 하는 새로운 규칙들이 있습니다.

첫째, 현대 미국 경제의 유일한 불변요소는 변화할 것입니다. 나는 3개월 전에 아칸소에서 설립 150주년을 맞은 오래된 시골 교회의 기념예배에 참석했습니다. 75명의 신도들이 나무로 지은 작은 교회 안에 빽빽하게 앉아 있었습니다. 예배가 끝난 뒤, 우리는 밖으로 나가 소나무 밑에서 간단한 점심식사를 했습니다. 나는 한 노인과 이야기를 나누다가 그 사람이 대단히 현명한 사람이라는 생각이 들어 물었습니다. "선생님, 연세가 어떻게 되십니까?" 그는 "여든두살이요"라고 대답했습니다. "언제부터 이 교회에 나오셨습니까?" "1916년이요." "지금 우리 주와 1916년의 우리 주는 무엇이 다른지 한 문장으로 말씀해주실 수 있습니까?" 그는 잠시 생각한 뒤에 대답했습니다. "주지사, 그건 어렵지 않습니다. 1916년에는 아침에 일어나면 오늘 무슨 일이 일어날지 알 수 있었지요. 하지만 지금은 아침에 일어나면, 나는 아무것도 아는 게 없어요." 미국에 무슨 일이 일어나고 있는지 설명하던 그 노인의 표현은 레스터 서로 교수의 설명만큼이나 훌륭한 것입니다.

둘째, 이제는 인적 자본이 물리적 자본보다 훨씬 중요합니다.

셋째, 산업계와 정부 간에는 상호 지배관계보다는 보다 건설적인 협력관계가 훨씬 중요합니다.

넷째, 미국인의 생활이 세계화되고 인구 구성이 변하면서 일어나는 여러 가지 문제들을 해결하는 과정에서, 모든 분야에서의 협력이 갈등보다 훨씬 중요합니다…… 우리는 기회와 책임을 공유해야 합니다. 우리는 함께 올라가고 함께 내려갈 테니까요.

다섯째, 낭비는 벌을 받게 될 것입니다. 제가 보기에는 몇 십억 달러의 투자자본이 생산성을 올리지는 못하고 기업의 채무만 늘리는 데 사용되고 있습니다. 채무의 증가는 생산성과, 성장, 수익성으로 이어져야 합니다. 그런데 지금은 채무의 증가가 연구개발 인력의 감소와 연구개발 투자의 감소로 이어지는 경우가 많습니다……

여섯째, 강한 미국을 만들기 위해서는 공동체 의식의 회복, 상대방에 대한 강력한 책임감, 그리고 동료 시민의 어려움은 돌보지 않고 개인적인 이익만을 추구해서는 안 된다는 확신이 필요합니다……

미국인들에게 미국의 꿈이 살아 있게 하려면, 그리고 세계에서 미국의 역할을 그대로 유지하길 원한다면, 우리는 성공적인 경제, 정치, 사회적인 생활의 새로운 규칙을 받아들여야 합니다. 그리고 우리는 그것에 근거해서 활동해야 합니다.

다음 5년 동안, 나는 세계화와 상호의존이라는 개념을 연구하고, 그러한 분석에 따라 보다 주도적인 정책들을 제안하고, 그럼으로써 훌륭한 주지사가 되려는 열망, 미국 경제에 긍정적인 영향을 미치고 싶다는 열망을 충족시켜 가게 된다.

1987년에 내가 의회에 내놓은 의제는 '좋은 시작' '좋은 학교' '좋은 직장'이었다. 이 의제는 내가 '일하는 미국 만들기'라는 주제 하에서 미국주지사연합회와 함께 하고 있는 활동과 일맥상통하는 것이었다. 나는 의회에 과거에 교육과 경제발전에 기울였던 노력들을 바탕으로 몇 가지 권고를 한 뒤, 나날이 늘어가는 가난한 아동들이 좋은 출발을 할 수 있도록 돕자고 제안하고 당부했다. 내가 그 방법으로 제시한 것은 다음과 같았다. 가난한 어머니와 아동들을 위한 건강보험을 확대하는 것, 영아사망률을 낮추고 신생아에 발생 가능한 손상을 줄여가기 위해서 태아검진을 실시하는 것, 위험에 처한 아이의 어머니에 대한 자녀 양육 방법 교육을 늘리는 것, 학습장애를 가진 아이들이 일찍부터 특별교육을 받을 기회를 늘리는 것, 부담 없이 보육센터를 이용할 수 있는 기회를 확대하는 것, 자녀부양 강제를 강화하는 것 등이었다.

나는 힐러리로부터 아동의 초기발달에 대해서, 그리고 그것이 후일의 인생에 얼마나 중대한 영향을 미치는지에 대해서 배웠다. 그녀는 처음 만났을 때부터 그런 문제에 관심이 많았다. 그녀는 예일 법대에서 공부하는 4년 동안, 예일아동연구센터와 예일-뉴헤이븐 병원에서 아동과 관련된 활동을 했다. 그녀는 아칸소에 이스라엘에서 히피HIPPY라고 불리는 혁신적인 취학 전 아동 프로그램을 도입하기 위해서 적극적으로 뛰었다. 취학 전 아동 가정 교육 프로그램이라는 뜻을 가진 히피는 양육방법과 아동의 학습능력의 발전을 돕는 프로그램이었다. 힐러리는 이 프로그램을 주 전역에서 실시했다. 우리는 아이들 졸업식 행사에 찾아가서 아이들이 자신들이 만든 것들을 자랑하고 부모들이 아이와 자기 자신에 대해서 자부심을 가지는 모습을 지켜보는 것을 좋아했다. 힐러리의 노력으로, 아칸소는 2,400명의 어머니들을 위해서 봉사하는 전국 최대의 프로그램을 가지게 되었고 이 프로그램에 속한 아이들은 상당한 진전을 보여주었다.

내가 경제 분야에서 집중했던 부분은 가난한 사람들과 빈민지구에 투자와 기회를 증대하는 것이었다. 이런 지역은 대부분 아칸소의 농촌 지역에 있었다. 내가 제안한 것 중에서 가장 중요한 것은, 수익성 있는 소규모 사업을 운영할 능력은 있으나 자본이 없는 사람들에게 보다 많은 자본을 제공하자는 것이었다. 시카고에 있는 사우스쇼 개발은행은 실직한 목수들이나 전기기술자들이 시내 사우스사이드에 버려진 건물들을 개조해서 사업을 시작할 수 있도록 큰 도움을 주었고, 그 결과 전 지역이 회복되었다.

웨슬리 시절 힐러리의 친한 친구로, 은행에서 일한 경험이 있는 잰 피어시 덕분에 나는 은행에 대해서 많은 것을 알게 되었다. 잰은 우리에게 사우스쇼는 기술은 있으나 통상적인 기준에 따르면 지불능력이 없는 것으로 간주되는 기술자들에게 대출을 해주고 있는데, 그런 아이디어는 방글라데시의 그라민 은행의 활동에서 배운 것이라고 말했다. 그라민 은행은 밴더빌트 대학교에서 경제학을 전공하고 고국으로 돌아간 무하마드 야누스가 설립한 것이었다. 나는 어느 날 아침 그와 아침식사를 함께 할 약속을 잡았다. 그는 자신의 '소액 신용대출' 프로그램의 운영방법을 설명했다. 은행은 유능하고 정직하다는 평판은 있지만 재산은 없는 마을 여성들을 팀 단위로 조직했다. 처음 돈을 빌린 사람이 대출금을 다 갚고 나면, 다음 사람이 대출을 받는 식으로 연쇄적인 대출상환이 이루어졌다. 내가 처음 야누스를 만났을 당시, 그라민 은행은 이미 수십 만 건의 대출을 하고 있었고, 상환율은 방글라데시의 시중은행보다 높았다. 2002년까지, 그라민 은행은 2,400만이 넘는 사람들에게 대출을 해주었는데, 그중의 95퍼센트가 가난한 여성들이었다.

시카고에서 성공을 한 방법이라면 아칸소 농촌의 가난한 마을에도 적용이 가능할 것이라는 생각이 들었다. 야누스가 말했던 것처럼, "은행대출시스템의 혜택을 받지 못하는 지역의 사람들에게는 그라민 식의 프로그램을 써야 한다." 우리는 아카델피아에 남부개발은행을 설립했다. 개발재정국이 초기비용의 일부를 댔지만, 그 중 대부분은 힐러리와 내가 기업들에 투자를 권해서 모은 돈이었다.

대통령이 되었을 때, 나는 그라민 은행을 모델로 전국 규모의 대출프로그램을 제안하여 의회의 승인을 얻어냈고, 백악관 행사 때 몇 가지 성공 사례를 소개했다. 국제개발처 역시 1999년, 아프리카와 라틴아메리카, 동아시아의 가난한 마을에 연간 200만 건의 소액 신용대출을 제공했다. 동남아시아를 방문했을 때, 나는 무하마드 야누스와 그의 도움으로 사업을 하고 있는 사람들을 만나보았다. 그 중에는 대출을 받아 휴대전화기를 사서, 미국이나 유럽에 있는 친척들이나 친구들에게 연락을 하려는 마을 사람들에게 임대해주는 여성들도 있었다. 무하마드 야누스는 노벨경제학상을 받아 마땅한 사람이었다.

나의 또 한 가지 주된 관심은 복지제도 개혁이었다. 나는 의회에 3세 이상의 자녀가 있는 생활보호대상자들에게 문자교육, 직업훈련, 취직을 통한 자립의 과정을 밟겠다는 계약에 서명을 하도록 규정하는 법안을 제안했다. 2월에 나는 몇몇 주지사들과 함께 워싱턴으로 가서 하원세입위원회 앞에서 복지예방(일할 수 있는 사람이 과도하게 복지혜택에 매달리는 경우를 예방하는 것을 뜻함—옮긴이주)과 복지제도 개혁에 관한 주장을 폈다. 우리는 의회에 '복지가 아니라 일을, 의존이 아니라 자립을 장려할' 수 있는 수단, 사람들이 복지혜택을 받지 않고도 살아가게 하기 위해서 필요한 많은 수단들을 제시했다. 그 중에는 성인문맹과 10대 임신, 학업중단, 알코올중독과 마약중독을 줄이는 것도 포함되어 있었다. 복지제도 개혁 면에서는 생활보호대상자와 정부 양쪽에 권리와 동시에 의무를 부과하는, 구속력 있는 계약을 체결해야 한다고 주장했다. 이 계약을 체결하면 생활보호대상자들은 복지수당에 의존하는 대신에 자립을 얻기 위해서 분발할 것이고, 정부는 교육과 훈련, 의료, 보육, 고용알선 등을 통해서 이들을 도울 것이다. 우리의 제안 중에는 3세 이상의 자녀가 있는 생활보호대상자는 모두 주에서 입안한 직업프로그램에 참여시키도록 한다, 생활보호대상자 한 사람 한 사람에게 사회복지사의 도움을 제공하여 자립적인 노동자가 될 수 있도록 돕는다, 자녀부양비를 징수하는 노력이 강화되어야 한다, 각 주의 생활비용과 일치할 수 있도록 현금보조에 관한 새로운 공식이 마련되어야 한다는 내용이 포함되어 있었다. 연방법은 월 급부금이 1970년대 초의 규모보다 적은 경우에는 주가 마음대로 생활보호 급부금을 정하도록 허용하고 있었다.

나는 아칸소의 생활보호대상자들, 그리고 생활환경조사원들과 많은 시간 동안 이야기를 나누면서 그들 중 대다수가 일하면서 가족을 부양하고 싶어 한다는 것을 알게 되었다. 하지만 그들 앞에는 엄청난 장벽이 가로놓여 있었다. 기술도 없고, 경력도 없고, 아동보육시설에 아이를 맡길 비용도 없었다. 내가 만난 사람들은 대부분 차도 없고 대중교통도 편리하게 이용할 수 없는 곳에 살았다. 이들이 저임금의 일자리를 구하게 되면 식량카드를 타지 못하고 메디케이드에 의한 의료 혜택도 받을 수 없게 된다. 이들은 대부분 직업 세계를 잘 헤쳐나가지 못할 거라고 생각하고 있었고, 어디서부터 시작해야 할지도 모르고 있었다.

나는 워싱턴에서 열린 주지사 회의에서, 복지제도 개혁 공동위원장인 델라웨어의 마이크 캐슬 주지사와 함께 복지제도 개혁에 관한 주지사 모임을 만들었다. 나는 그 모임에 아칸소 출신 두 여성을 데리고 가서 생활보호 대상자에서 벗어나 직업을 찾게 된 이야기를 하게 했다. 파인블러프 출신의 한 여성은 이번 여행길에 나서기 전에는 비행기도 에스컬레이터도 타보지 않은 여성이었다. 그녀는 절제된 표현으로 가난한 사람들이 가족을 부양하기 위해서 일할 수 있는 잠재력을 가지고 있다는 확신을 밝혔다. 다른 한 명은 마흔이 가까운 릴리 하딘이라는 여성으로, 최근에 요리사 자리를 구한 사람이었다. 나는 그녀에게 신체가 건강한데도 생활보호를 받는 사람들에게 일자리를 구하도록 강제하는 것이 옳다고 생각하느냐고 물었다. "옳다고 생각합니다. 그렇지 않으면, 우리는 하루 종일 연속극이나 보면서 누워 있을 겁니다." 나는 그녀에게 생활보호에서 벗어나게 되어서 가장 좋은 것이 무엇이냐고 물었다. 그녀는 서슴없이 대답했다. "제 아들이 학교에 가서 '너희 엄마는 뭐하시는 분이니?' 하는 질문을 받을 때 대답을 할 수 있다는 겁니다." 그것은 복지제도 개혁에 관한 주장 중에 최고였다. 청문회가 끝난 후 주지사들은 그녀를 록스타처럼 대했다.

내가 대통령이 되어 복지제도 개혁에 집중하자, 신문기자들은 그것이 공화당이 즐겨 다루는 쟁점이라고 말했는데, 나는 그 말을 듣고 매우 흐뭇했다. 그들은 일의 가치를 중시하는 것이 보수주의자들만 하는 일이라는 듯이 말하고 있었다. 15년도 넘게 복지제도 개혁에 관련해서 일해왔던 1996년에야 국회는 내가 서명할 수 있는 법안을 통과시켰다. 하지만 나는 그것은 민주당이 즐겨 다루는 쟁점도 아니고, 주지사들이 즐겨 다루는 쟁점도 아니라고 생각했다. 복지제도 개혁은 하딘과 그녀의 아들에게 꼭 필요한 일이었다.

24

       4년의 임기, 비서진과 내각의 헌신과 능력, 주의회와의 좋은 협력 관계, 강한 정치 조직 덕분에 나는 전국적인 정치판에서 움직일 여유도 얻을 수 있었다.

    교육, 경제, 복지제도 개혁에서 거둔 성과와 전국주지사협회와 전국교육위원회의 회장직 등을 통해 지명도가 높아진 덕분에 나는 1987년 아칸소 밖에서 연설을 해달라는 초청을 많이 받았다. 나는 15개 주에서 20회가 넘는 초청을 받아들였다. 그 가운데 민주당 행사는 네 번밖에 없었지만, 모두 내 접촉면을 넓히고 내가 대통령 경선에 뛰어들지도 모른다는 추측을 강화하는 데 도움을 주었다.

    1987년 봄, 나는 겨우 마흔 살이었지만, 세 가지 이유에서 대통령 선거 출마에 관심을 가지고 있었다. 첫째로, 역사적으로 볼 때 민주당은 백악관을 탈환할 아주 좋은 기회를 맞이했다. 부시 부통령이 공화당의 후보 지명자가 될 것이 분명해 보였는데, 그때까지 부통령에서 바로 대통령으로 올라간 사람은 1836년의 마틴 밴 뷰런밖에 없었다. 게다가 뷰런은 민주당의 대항 세력이 없는 것이나 다름없던 마지막 선거에서 앤드루 잭슨의 뒤를 이었다. 둘째로, 나는 미국이 방향을 바꾸어야 한다는 신념을 가지고 있었다. 미국의 성장은 일차적으로 방위비 지출의 증가와 세금 감면이 원동력이 되었는데, 이것은 미국의 최고소득층에게 큰 혜택을 주었을 뿐 아니라 국가의 적자를 늘렸다. 큰 적자로 인해 정부와 민간 대출자들이 돈을 놓고 경쟁하는 바람에 이자율이 올라갔으며, 그 때문에 달러 가치가 올라가 수입품은 싸지고 수출품은 비싸졌다. 생산성과 경쟁적 지위가 나아지는 상황임에도 미국인들은 여전히 제조업 일자리와 농장을 잃고 있었다. 더욱이 예산 적자 때문에 세계화 경제 속에서 높은 임금과 낮은 실업률을 유지하는 데 필요한 교육, 훈련, 연구에 대한 충분한 투자가 이루어지지 않았다. 그래서 미국 국민 가운데 40퍼센트가 1970년대 중반 이후 실질 소득의 감소를 겪었다.

내가 경선 참여를 심각하게 고려했던 세 번째 이유는 내가 미국의 상황을 이해하고 그것을 미국 국민에게 설명할 수 있는 사람이라고 생각했기 때문이다. 또 나는 범죄 대처, 복지제도 개혁, 교육, 재정 등에 좋은 성적을 냈기 때문에 공화당이 나를 주류의 가치를 포용하지 않고, 모든 문제에 정부가 답을 제시해야 한다고 생각하는 극단적인 자유주의적 민주당 후보로 몰아붙일 수 없을 것 같았다. 나는 1976년 카터 대통령이 탈출에 성공한 것을 제외하고는 공화당이 1968년 이래 우리를 가두어두었던 '외계인' 상자를 피할 수 있다면, 우리가 다시 백악관을 얻을 수 있다고 확신했다.

이것은 사실 만만한 일이 아니었다. 사람들의 정치적 참조틀을 바꾸는 것은 쉬운 일이 아니었기 때문이다. 그러나 나는 할 수 있다고 생각했다. 동료 주지사들 몇 사람도 같은 생각이었다. 나는 봄에 인디애나폴리스 500 자동차 경주에 갔다가 네브래스카의 주지사 밥 케리와 마주쳤다. 나는 밥을 무척 좋아했으며, 훌륭한 대통령 후보가 될 만한 사람이라고 생각했다. 그는 베트남에서 명예훈장을 받았으며, 나와 마찬가지로 재정적으로는 보수주의자였고 사회적으로는 진보주의자였다. 게다가 그는 아칸소보다 공화당의 지배가 더 강한 주에서 당선이 되었다. 놀랍게도 밥은 나에게 출마하라고 권하면서, 내가 출마하면 중서부 주들을 책임지겠다고 말했다.

그런데 내가 대통령에 출마하는 데는 장애물이 하나 있었다. 고향에서 데일 범퍼스가 출마를 진지하게 고려하고 있었기 때문이다. 나는 1974년 말 이래 범퍼스의 출마를 권유해왔다. 범퍼스는 1984년에도 출마할 뻔했으며, 이번에는 이길 수 있는 가능성이 아주 높았다. 그는 제2차 세계대전 때 해병대에서 복무했으며, 훌륭한 주지사였고, 상원 최고의 연설가였다. 나는 범퍼스가 훌륭한 대통령이 될 것이며, 나보다 이길 가능성이 더 높다는 것을 알고 있었다. 나는 기꺼이 그를 밀 생각이었다. 우리 편이 이겨서 나라의 방향을 바꾸기를 바랐기 때문이다.

3월 20일, 리틀록의 메인 스트리트를 따라 조깅을 하고 있는데, 지역 신문 기자가 나를 쫓아와 범퍼스 상원의원이 방금 대통령 출마를 하지 않겠다는 성명을 발표했다고 전해주었다. 그냥 출마하고 싶지 않다는 것이었다. 몇 주 전, 뉴욕의 마리오 쿠오모 주지사도 같은 결정을 내렸다. 나는 힐러리와 벳시에게 출마를 진지하게 고려해볼 생각이라고 말했다.

우리는 조사를 위하여 돈을 약간 모금했다. 벳시는 아이오와, 뉴햄프셔, 뉴햄프셔 예비선거 직후의 '슈퍼 화요일'에 한 묶음으로 투표를 하게 되는 남부 몇 개 주에서 기초 작업을 하기 위해 사람들을 보냈다. 5월 7일, 1984년에 먼데일 부통령을 거의 이길 뻔했던 게리 하트 상원의원이 도너 라이스와의 관계가 폭로된 후 경선에서 사퇴하자 내가 예비선거에서 이길 가능성은 훨씬 더 높아진 것 같았다. 나는 하트가 자신에게 흠이 있나 한번 따라다니며 찾아보라고 언론에 도전한 것이 잘못이라고 생각했다. 그러나 그 일을 보면서 몹시 가슴이 아프기도 했다. 하트는 늘 미국의 큰 도전들과 그 도전에 대응할 방식을 생각하는 총명하고 개혁적인 정치가였다. 하트 사건 뒤 완전한 삶을 살지 못한 우리 같은 사람들은 언론의 폭로 기준이 무엇인지 몰라 고민에 빠졌다. 마침내 나는 뭔가 내놓을 것이 있다고 믿는 사람은 그냥 출마를 하고, 문제 제기가 생기면 그때 대처를 하고, 미국 국민을 신뢰하는 수밖에 없다고 결론을 내렸다. 어차피 고통의 시작점을 높이지 않고는 성공적인 대통령이 될 수 없는 일이니까.

나는 7월 14일까지 결정을 내리기로 했다. 미키 캔터, 칼 와그너, 스티브 코엔, 존 홀럼, 샌디 버거 등 과거 정치적 전투에서 함께 싸웠던 나의 오랜 친구들 몇 명이 리틀록으로 내려왔다. 모두 내가 출마를 해야 한다고 생각했다. 그냥 넘기기에는 너무 좋은 기회라는 것이었다. 그럼에도 나는 망설였다. 나는 좋은 후보는 될 수 있다고 생각했지만, 좋은 대통령이 될 만한 지혜와 판단력을 갖출 만큼 오래 살았는지는 자신할 수 없었다. 당선이 되면 마흔 둘이었다. 시어도어 루스벨트가 매킨리 대통령이 암살당한 뒤 대통령직을 맡았을 때와 같은 나이였다. 존 케네디가 당선되었을 때보다 한 살 어린 나이였다. 그러나 그들은 둘 다 부유하고 정치적으로 명문가 출신이었으며, 특별한 성장 과정 덕분에 권력의 핵심에서도 편안함을 느낄 수 있었다. 내가 가장 좋아하는 두 대통령 링컨과 프랭클린 루스벨트는 대통령이 되었을 때 쉰한 살로 완전히 성숙한 상태였으며, 자기 자신과 자신이 맡은 책임들을 능란하게 제어할 수 있었다. 10년 뒤 내가 51세 생일을 맞았을 때, 앨 고어는 체로키 인디언 이야기를 해주었다. 그들은 사람이 51세가 되어야 완전한 성숙에 이른다고 믿는다는 것이었다.

내가 꺼림칙하게 생각했던 또 한 가지는 선거운동으로 인해 주지사 일이 어려움을 겪을 것이라는 점이었다. 1987년은 학교 기준을 이행해야 하는 마감 시한이었다. 나는 이미 학교와 과밀한 감옥에 쓸 돈을 모으기 위해 특별 회기를 요구해놓았다. 나는 거의 녹초가 될 정도로 싸웠고 그 바람에 몇몇 의원과 관계가 나빠지기도 했으며, 거의 실패할 뻔하다가 마지막 순간에 가서야 일을 하는 데 필요한 표를 긁어 모을 수 있었다. 1988년 초에도 특별 회기를 다시 요구해야 할 가능성이 높았다. 나는 학교 기준을 완전히 이행하고 그것을 발판으로 삼아 앞으로 나아갈 결심을 굳히고 있었다. 그것이 우리 주의 가난한 아이들 대부분이 더 나은 미래를 얻을 수 있는 유일한 기회였기 때문이다. 첼시의 초등학교는 60퍼센트 정도가 흑인이었으며, 반 이상이 저소득층 집안 출신이었다. 첼시가 생일 파티에 관저로 초대했던 한 남자아이가 생일선물을 살 돈이 없어 오지 못할 뻔했던 일이 기억난다. 나는 그 아이에게 그 아이 부모가 가졌던 것보다 나은 기회를 주겠다고 결심하고 있었다.

선거운동 때마다 나를 지원했던 「아칸소 가제트」는 내가 걱정하던 그 두 가지 이유 때문에 출마하면 안 된다고 주장하는 사설을 실었다. 「아칸소 가제트」는 내가 전국적 지도자가 될 큰 잠재력을 가졌음을 인정하면서도, "빌 클린턴은 대통령이 될 준비가 되지 않았으며…… 아칸소에는 클린턴 주지사가 필요하다"고 말했다.

야망은 강력한 힘이다. 대통령이 되고자 하는 야망 때문에 많은 후보들이 자신의 한계와 현재의 직책에서 해야 할 일을 무시해왔다. 나는 늘 내가 어떤 위기에도 대처할 수 있고, 아무리 가혹한 시련에도 버틸 수 있고, 두세 가지 일을 한번에 할 수 있다고 생각했다. 따라서 1987년에도 나는 자신감을 바탕으로, 또 야망에 이끌려서 출마 결정을 내릴 수 있었지만, 결국 그렇게 하지 않았다. 최종적으로 그 문제에 대한 결정을 좌우한 것은 내 삶 가운데 정치가 건드릴 수 없는 부분, 바로 첼시였다. 나처럼 외동딸의 아버지인 칼 와그너는 출마를 할 경우 앞으로 16개월 동안 첼시하고는 떨어져 살다시피 해야 한다고 말했다. 미키 캔터가 나에게 출마 이야기를 하고 있을 때 첼시가 여름휴가는 어디로 가느냐고 물었다. 대통령에 출마하면 못 갈지도 모르겠다고 했더니 첼시는 이렇게 말했다. "그럼 엄마하고 나하고 둘이만 가야겠네." 그것으로 결정은 내려졌다.

나는 친구들이 점심을 먹고 있던 주지사 관저의 식당으로 들어가, 출마하지 않겠다는 뜻을 밝히면서 그들을 불러 모은 것을 사과했다. 이어 나는 엑셀시어로 가서 지지자 수백 명에게 나의 결정을 알렸다. 거의 출마 결정까지 갔다가 물러섰다는 사실을 최선을 다해 설명하려고 노력했다.

나는 가족과 함께 보낼 시간이 필요합니다. 혼자 보낼 시간도 필요합니다. 정치가들도 사람입니다. 사람들은 가끔 그 사실을 잊는 것 같습니다만, 실제로 그렇습니다. 나나 다른 후보가 대통령에 출마하여 내놓을 수 있는 유일한 것은 내부에 있습니다. 그것이 위스콘신, 몬태나, 뉴욕 어느 곳에 사는 사람이건 그 사람들의 마음에 불을 지피고, 그들의 신뢰를 얻고, 그들의 표를 얻는 것입니다. 내 삶의 그 부분에 갱신이 필요합니다. 그러나 나의 결정의 다른, 훨씬 더 중요한 이유는 이 선거운동이 우리의 딸에게 미칠 영향입니다. 다른 사람들이 2년 동안 작업을 해온 뒤에 내가 이렇게 늦게 경선에 뛰어들어 이길 수 있는 유일한 방법은 지금부터 선거가 끝날 때까지 계속 돌아다니는 것입니다. 힐러리도 그렇게 해야 합니다…… 나는 많은 아이들이 이런 환경 속에서 자라는 것을 보았으며, 오래 전 만일 내가 운이 좋아 아이를 갖게 되면 그 아이는 절대 아버지가 누구인지 궁금해하면서 자라지 않게 하겠다고 스스로 다짐했습니다.

힐러리는 내가 어느 쪽을 택하든 나를 지지하겠다고 말했음에도, 내 최종 결정에 안도하는 것 같았다. 그녀는 내가 아칸소에서 시작한 일을 마쳐야 하며, 전국적인 지지 기반을 더 넓혀야 한다고 생각했다. 그리고 힐러리도 그때는 내가 가족으로부터 떨어져 있는 것을 원치 않았다. 어머니는 마취 일에 문제가 있었고, 로저는 석방된 지 겨우 2년밖에 안 되었고, 힐러리의 부모는 리틀록으로 이사 올 예정이었다. 1983년 1월, 내가 주의회에서 취임 연설을 할 때 휴 로댐이 의자에서 쓰러졌다. 심각한 심장마비가 찾아온 것이다. 그는 바로 대학 메디컬센터로 옮겨져, 4중 혈관이식 수술을 받았다. 그가 깨어났을 때 나는 옆에 있었다. 나는 그가 정신이 들었다는 것을 확인하고 말했다. "휴, 제 연설은 누구한테 심장마비를 일으킬 만큼 뛰어나지는 않았는데요!" 1987년에도 휴는 가벼운 발작을 일으켰다. 휴와 도로시는 파크리지에 둘만 따로 살 필요가 없었다. 우리는 그들이 가까이 있기를 바랐으며, 그들도 이사를 고대하고 있었다. 무엇보다도 유일한 손녀와 가까이 있고 싶어 했다. 어쨌거나 이사를 오면 그들로서는 새로운 상황에 적응해야 했다.

마지막으로 힐러리가 나의 출마 포기를 환영했던 것은 내심 1988년에 민주당이 이길 것이라는 통념에 동의하지 않았기 때문이다. 힐러리는 레이건 혁명이 아직 수명이 다했다고 보지 않았으며, 이란-콘트라 사건에도 불구하고 조지 부시가 레이건의 좀더 온건한 대안으로서 승리를 거둘 것이라고 생각했다. 4년 뒤, 부시 대통령의 지지율이 70퍼센트가 넘어 승리의 전망이 훨씬 더 어두웠을 때, 힐러리는 오히려 나에게 출마를 권했다. 그리고 힐러리는 두 번 다 옳았다.

불출마 결정을 발표하자 어깨에서 세상의 무게가 덜어진 느낌이었다. 나는 이제 자유롭게 아버지, 남편, 주지사가 되어 나의 가까운 야심에 방해받지 않고 전국적인 쟁점을 놓고 일을 하고 말을 할 수 있었다.

7월에 나는 힐러리, 첼시와 함께 미시간 주 트래버스시티에서 열린 여름 주지사 회의에 참석하여 의장으로서의 1년을 마무리지었다. 내 후임은 뉴햄프셔 주지사 존 수누누였으며, 그는 복지제도 개혁을 위한 우리의 일을 계속하겠다고 약속했다. 나는 그와 사이가 좋았다. 회의가 끝난 뒤 민주당 주지사들은 매키노 섬으로 갔다. 그곳에서 우리는 짐 블랜처드 주지사의 주선으로 민주당 대통령 후보들을 모두 만날 수 있었다. 그 자리에는 앨 고어 상원의원, 폴 사이먼 상원의원, 조 비든 상원의원, 딕 게파트 하원의원, 제시 잭슨 목사, 애리조나 주지사를 지낸 브루스 배빗, 마이크 듀카키스 주지사 등이 참석했다. 훌륭한 인물들이 많은 것 같았지만, 그 가운데도 듀카키스가 제일 마음에 들었다. 그는 매사추세츠에서 하이테크 경제를 성공적으로 이끌었고 균형 예산을 이루었으며, 교육과 복지제도 개혁에서도 성과를 거두었다. 그는 '새로운 민주당원'으로서 통치하고 있었다. 그리고 그는 부정적인 공격으로 선거에서 지고 나서 다시 성공적으로 복귀한 경험도 있었다. 대부분의 미국인들이 매사추세츠를 자유주의적인 주라고 생각했지만, 나는 우리가 그를 선거 시장에서 팔 수 있다고 생각했다. 그는 성공을 거둔 주지사이고, 이전의 선거들에서 우리를 침몰시켰던 잘못들을 피할 수 있는 사람이었기 때문이다. 게다가 우리는 친구였다. 듀카키스는 내가 경선에 뛰어들지 않은 것에 안도하면서, 나에게 때이른 생일 선물로 티셔츠를 주었다. 그 티셔츠에는 이런 말이 적혀 있었다. '마흔한 살 축하. 96년에는 클린턴. 그때에도 겨우 마흔아홉 살!'

모임이 끝날 때 짐 블랜처드는 60년대 모타운 음악가들이 등장하는 멋진 로큰롤 콘서트를 열었다. 포 탑스, 마서 리브스와 반델라스, 주니어 워커 등이 출연했다. 주니어 워커는 우리 평범한 인간들보다 한 옥타브나 높게 연주할 수 있는 전설적인 테너 색소폰 연주자였다. 연주회가 끝날 무렵 젊은 여자가 나에게 다가오더니, 음악가들과 함께 모타운의 스탠더드 곡인 '거리에서 춤추며Dancin' in the Street'를 함께 연주해보라고 권했다. 나는 3년 동안 색소폰을 연주한 적이 없었다. "악보가 있나요?" 내가 물었다. "아니오." 여자가 대답했다. "무슨 조로 시작하죠?" 여자가 대답했다. "잘 모르겠는데요." "잠깐 연습할 시간이 있나요?" 역시 답은 같았다. "아니오." 나는 유일하게 가능한 답을 했다. "좋습니다. 하죠." 나는 무대로 올라갔다. 그들은 나에게 색소폰을 주었고, 바로 마이크를 붙였다. 음악이 시작되었다. 나는 악기가 입에 익고 조를 파악할 수 있을 때까지 작게 연주했다. 이윽고 나는 본격적으로 끼어들었고, 연주는 썩 괜찮았다. 나는 지금도 주니어 워커와 내가 함께 연주하는 사진을 보관하고 있다.

9월은 바쁜 달이었다. 새 학기가 시작되면서, 나는 테럴 벨의 뒤를 이어 레이건 대통령의 교육 담당 비서가 된 빌 베닛과 함께 NBC의 〈언론과의 만남Meet the Press〉 프로그램에 출연했다. 베닛과 나는 원활하게 대화를 풀어나갔다. 그는 성적 책임과 기본 가치 교육에 대한 나의 지지에 감사했으며, 연방이 어린 아이들의 교육을 위해 주 정부를 더 지원해야 한다고 말했을 때도 반대하지 않았다. 베닛이 미국교육협회가 성적 책임에 장애가 된다고 비판했을 때, 나는 미국교육협회가 전보다는 나아졌다고 말하면서, 다른 커다란 교사 조합인 미국교사연맹의 지도자 앨 생커가 성적 책임과 가치 교육을 둘 다 지지한다는 사실을 지적했다.

안타깝게도 내가 대통령이 되고 그가 생계를 위하여 덕을 장려하는 일을 시작하게 된 뒤에는 빌 베닛과의 관계가 잘 풀리지 않았다. 그는 한때 '말이 통하는 민주당원 빌 클린턴에게'라고 서명한 책을 나에게 주기도 했지만, 그는 이제 자기 생각이 틀렸거나 아니면 전에는 통했던 말이 지금은 안 통한다고 생각하게 된 것 같다.

〈언론과의 만남〉에 나갔을 즈음, 법사위원회 위원장 조 비든 상원의원이 나에게, 레이건 대통령이 연방대법원에 지명한 로버트 보크 판사에게 문제를 제기하는 증언을 해달라고 요청했다. 나는 내가 백인 남부 주지사이기 때문에 비든 의원이 나를 원한다는 것을 알았다. 그리고 내가 보크에게 헌법을 배운 제자라는 사실도 도움이 된다고 보았을 것이다. 나는 동의하기 전에 보크의 글, 중요한 판결 이유, 발표된 연설문들을 거의 다 읽고, 결국 보크 판사가 대법원에 가면 안 된다고 결론을 내렸다. 나는 8페이지짜리 성명에서, 보크를 교수로서 좋아하고 존경하며 레이건 대통령이 대법원 판사임명에 상당한 재량을 가지고 있지만, 그래도 상원은 그의 지명을 거부해야 한다고 말했다. 나는 보크 자신의 말을 들어보면 그가 주류 보수주의자가 아니라 반동적인 인물이라는 것이 드러난다고 주장했다. 그는 '브라운 대 교육위원회' 사건을 제외한 대법원의 주요한 민권 확대 판결을 거의 모두 비판했다. 사실 보크는 윌리엄 렌키스트와 더불어 배리 골드워터에게 1964년 민권법에 반대하는 표를 던지라고 조언했던 두 변호사 가운데 하나였다. 나는 남부인으로서 그런 판결들을 휘저어 인종 문제의 상처를 다시 여는 일이 얼마나 위험한지 잘 알고 있었다. 보크는 수십 년 동안 대법원에 지명된 사람들 가운데, 인권 보호를 위해 대법원이 할 수 있는 일에 대해 가장 제한적인 견해를 가지고 있었다. 그는 대법원 판결 가운데 '수십 건'을 파기할 필요가 있다고 생각했다. 예를 들어 그는 공익기업이 대기를 오염시킬 권리와 마찬가지로 결혼한 부부가 피임도구를 사용할 권리도 정부의 행동으로부터 사생활 보호를 받을 자격이 없다고 말했다. 사실 그랜드 만 사건에서 아칸소에 패소를 안겨준 그의 판결에서 알 수 있듯이, 그는 공익사업체를 비롯한 사업체들이 개인보다 자신이 동의하지 않는 정부 행동으로부터 더 보호를 받아야 한다고 생각했다. 그러나 사업체의 이익을 보호하는 문제가 되면, 그는 사법 적극주의를 옹호하여 사법적인 제한을 창밖에 내던졌다. 그는 심지어 결함 있는 경제 이론에 기초하고 있다는 이유로 연방 법원들이 독점금지법을 강요해서는 안 된다고 말했다. 나는 보크 판사가 인준 과정에서 제시하고 있는 좀더 온건한 약속들이 아니라 오랫동안 유지해온 신념에 근거해 행동할 위험에 대해 상원이 유념해 달라고 요청했다.

나는 직접 나가지 않고 서면으로 증언을 제출했다. 청문회가 연기되어 무역사절단으로 유럽 출장을 가기로 한 날짜와 겹쳤기 때문이다. 10월 말 상원은 보크 지명을 58 대 42로 기각했다. 아마 내 증언은 한 표에도 영향을 주지 못했겠지만. 그러자 레이건 대통령은 앤토닌 스칼리아 판사를 지명했다. 그는 보크와 마찬가지로 보수적이었지만, 그것을 입증할 만한 발언이나 글이 없었다. 그는 결국 인준을 받았다. 스칼리아 판사는 2000년 12월 부시 대 고어 사건에서 플로리다의 재검표를 중단하라는 전례 없는 명령을 내린 대법원의 토요일 판결 이유를 작성했다. 사흘 뒤 대법원은 미해결의 문제가 된 표를 플로리다 법이 요구하는 날 자정까지 검표할 수 없다는 이유로 5 대

4의 표결로 조지 W. 부시를 당선자로 밝혔다. 물론 자정까지 검표할 수는 없었다. 대법원이 사흘 전에 합법적인 표의 계산을 중단시켰기 때문이다. 그것은 밥 보크마저도 얼굴을 붉힐 만한 사법 적극주의적 행동이었다.

무역사절단 일을 한 뒤에 힐러리와 나는 존 수누누, 로드아일랜드의 에드 디프리트 주지사와 함께 이탈리아의 우리와 비슷한 지역을 살피기 위해 피렌체로 갔다. 힐러리와 나는 이탈리아 여행이 처음이었다. 우리는 피렌체, 시에나, 피사, 산지미냐노, 베네치아와 사랑에 빠졌다. 나는 이탈리아 북부의 경제 성공에도 매력을 느꼈다. 그곳은 1인당 소득이 독일보다 높았다. 이 지역이 번영하는 이유들 가운데 하나는 중소기업을 하는 사람들이 시설, 사무, 영업 비용을 공동 부담하는 특별한 협력 관계를 이루었기 때문인 것 같았다. 이것은 이탈리아 북부의 장인들 사이에 중세의 길드 발전 이후 수백 년 내려오는 전통이었다. 아칸소에서도 먹힐 만한 사업 방식을 하나 발견한 셈이었다. 나는 아칸소에 돌아오자 실업상태에 있는 판금 노동자들 여러 명이 사업체를 설립하는 것을 돕고, 이탈리아의 가죽과 가구 제조업자들이 하는 것처럼 비용을 분담하고 영업을 함께 하도록 유도했다.

10월이 되자 주가가 하루에 500포인트 이상 떨어지면서 미국 경제가 크게 요동쳤다. 1929년 이래 하루 하락치로는 최대였다. 우연의 일치인지 주식 시장이 폐장할 무렵 미국 최고의 갑부인 샘 월튼이 내 집무실에 앉아 있었다. 월튼은 '좋은 양복 클럽'이라고 알려진 저명한 사업가들의 모임인 아칸소경제인회의의 의장이었다. 샘은 잠깐 실례한다고 하더니 월마트 주식이 어떻게 되었는지 확인하러 갔다. 그의 부는 모두 월마트에 잠겨 있었다. 그는 같은 집에 수십 년을 살았으며, 낡은 트럭을 몰고 다녔다. 월튼이 돌아왔을 때 나는 그에게 얼마나 손해를 보았느냐고 물었다. "10억 달러 정도." 그가 대답했다. 1987년에는 그 정도면 샘 월튼에게도 꽤 많은 돈이었다. 내가 걱정이 되느냐고 묻자 그가 대답했다. "내일은 테네시로 가서 새로 개장한 월마트를 볼 거요. 만일 그곳 주차장에 차들이 많으면 걱정을 안 할 거요. 내가 주식시장에 들어가 있는 것은 가게를 더 많이 열 돈을 모으고, 우리 직원들에게 회사 주식을 나누어주기 위해서일 뿐이오." 월마트에서 일하는 사람들은 거의 모두가 그 주식을 소유하고 있었다. 월튼은 회사와 노동자들이 어려운데도 엄청난 보수 인상을 고집하고, 회사가 망하면 황금 낙하산을 타고 안전하게 내려오는 새로운 종류의 기업 임원들과는 대조를 이루는 사람이었다. 새로운 세기의 첫 몇 년 동안 주가가 급락하면서 기업의 탐욕과 부패의 새로운 모습이 드러났을 때, 나는 샘 월튼이 10억 달러를 잃던 1987년의 그날을 생각했다. 샘은 공화당 지지자였다. 아마 한 번도 나에게 표를 던진 적이 없을 것이다. 나도 당시에 월마트가 하던 모든 일에 찬성한 것은 아니며, 그가 죽은 뒤에 좀더 일반화된 그 회사의 몇 가지 관행에는 분명히 반대하기도 했다. 내가 말한 대로 월마트는 과거만큼 '미국을 사지' 않는다. 또 불법 이민자들을 다수 고용하는 것으로 비난을 받기도 했다. 그리고 물론 이 회사는 노동조합에 반대한다. 그러나 회사를 운영하는 사람들이 모두 월튼처럼 헌신적이어서, 직원이나 주주의 재산이 늘 때 그들의 재산도 늘고 반대로 줄 때는 같이 준다면 미국은 앞으로 더 잘 살게 될 것이다.

나는 1987년 말에 플로리다 민주당 전당대회에서 10년 만에 세 번째로 연설을 했다. 나는 평소대로 우리가 사실들에 직면해야 하며, 국민이 우리처럼 상황을 보게 해야 한다고 말했다. 레이건 대통령은 세금을 낮추고, 방위비 지출을 늘리고, 예산 균형을 잡겠다고 약속했다. 그는 처음 두 가지는 약속대로 했으나, 세 번째 약속은 지킬 수 없었다. 공급 측 경제학이 산수에 어긋났기 때문이다. 그 결과 국가 부채는 폭증하고, 미래에 대한 투자에 실패하고, 국민의 40퍼센트의 임금이 하락했다. 공화당은 자신들의 성과를 자랑하지만, 나는 브레이크 댄스를 추고 있는 어린아이들을 바라보는 늙은 개 두 마리의 눈으로 그들의 자랑을 지켜보고 있었다. 한 개가 다른 개에게 말한다. "이봐, 우리가 저걸 하면, 쟤네들은 우리 몸에 벌레가 생겨 비트는 줄 알고 벌레를 없앤다고 난리를 칠 거야."

나는 플로리다 민주당원들에게 말했다. "우리는 다름 아닌 새로운 세계 경제 질서를 만들고, 그 안에서 미국 사람들을 위한 자리를 확보해야 합니다." 나의 핵심적인 주장은 "우리는 내일을 확보하기 위해 오늘을 대가로 치러야 한다"는 것과 "우리 모두 한 배를 탔다"는 것이었다.

돌이켜보면 80년대 말의 내 연설들이 흥미롭게 느껴진다. 그것이 1992년에 내가 하게 되는 말, 그리고 대통령으로서 내가 하려고 했던 일과 매우 비슷하기 때문이다.

1988년, 나는 13개 주와 컬럼비아특구를 돌아다니면서 정치와 정책에 대해 각각 반 정도씩 이야기했다. 정책 연설은 주로 교육, 그리고 연말에 국회가 통과시키기를 바라고 있는 복지제도 개혁 법안과 관련되어 있었다. 내 미래에 가장 중요한 의미를 지니는 정치적 연설은 '민주주의적 자본주의'였다. 나는 2월 29일 버지니아 주 윌리엄스버그의 민주당지도자회의에서 이 연설을 했다. 그 후로 나는 민주당지도자회의에 더 적극적으로 참여했다. 민주당원들이 선거에서 승리하고 나라에 옳은 일을 하는 데 필요한 새로운 정책을 개발하기 위해 노력하는 단체는 그것뿐이라고 생각했기 때문이다. 윌리엄스버그에서 나는 경제 세계화에 '민주적'으로 접근할 필요성에 대해 이야기했다. 여기서 민주적이라는 말은 모든 국민과 공동체가 접근할 수 있다는 의미였다. 나는 윌리엄 줄리어스 윌슨이 그의 저서 『진정으로 불우한 사람들*The Truly Disadvantaged*』에서 펼친 주장, 즉 핵심적인 실업과 가난에는 인종에 따른 해결책이 없다는 주장을 적극적으로 지지하게 되었다. 유일한 답은 학교, 성인 교육과 훈련, 일자리였다. 한편 아칸소에서 나는 계속 학교와 교도소를 둘러싼 예산 문제와 씨름하고, '좋은 시작, 좋은 학교, 좋은 직업'이라는 나의 의제를 홍보하고, 세제 개혁과 로비 개혁 법안을 밀어붙였다. 그러나 주의회가 이 법안들을 통과시키지 않았기 때문에 두 가지 모두 표결로 결정하게 되었다. 이익단체들은 두 개혁안을 반대하는 광고를 줄기차게 내보냈다. 결국 로비 개혁안은 통과되었지만, 세제 개혁안은 부결되었다.

듀카키스 주지사는 민주당 대통령후보 지명을 얻기 위해 움직이고 있었다. 애틀랜타에서 열린 민주당 전당대회 2주 전, 듀카키스는 자신을 지명해달라고 요청했다. 듀카키스와 그의 선거운동 지도자들은 여론조사에서는 그가 부시 부통령을 앞서지만, 미국 국민은 아직 그를 잘 모른다고 말했다. 그들은 개인적 자질, 업적, 새로운 구상이라는 면에서 듀카키스가 대통령직에 적임자라고 홍보하는 데 지명 연설이 좋은 기회가 될 것이라고 결론내렸다. 나는 같은 주지사이고, 친구이고, 남부인이었기 때문에, 그들은 내가 25분 가량 되는 할당시간을 전부 사용해서 그 연설을 해주기를 바랐다. 이것은 일반적 관례에는 어긋나는 것이었다. 보통 민주당 내의 서로 다른 집단을 대표하는 세 사람이 5분씩 지명 연설을 했기 때문이다. 아무도 지명 연설에 큰 관심을 기울이지 않았지만, 연사와 그의 유권자들은 즐거워했다.

나는 연설 권유에 기분이 좋았지만 방심하지는 않았다. 보통 전당대회는 만나서 인사하는 시끌벅적한 자리이며, 연단에서 나오는 말은 배경음악에 지나지 않는다. 다만 기조연설과 대통령이나 부통령의 수락 연설만 예외였다. 나는 전당대회에 여러 번 가 보았기 때문에, 그런 연설들 이외의 긴 연설은 대의원들과 매체가 그 연설을 기대하고 있고, 대회장 분위기가 그 연설을 들을 만한 상태를 유지하지 않는 한 크게 실패하기 십상이라는 것을 잘 알고 있었다. 나는 듀카키스 쪽 사람들에게 대회장의 조명을 어둡게 하고 대회장 안내 요원들이 조용한 분위기를 유도해야만 연설이 효과가 있을 것이라고 말했다. 또 박수를 너무 많이 치는 것도 좋지 않았다. 연설이 상당히 길어질 위험이 있었기 때문이다. 나는 그들에게 그런 일들이 귀찮다는 것을 잘 알고 있으며, 따라서 그렇게 해주기 힘들면 선동적인 5분짜리 지지 연설로 대체하겠다고 말했다.

연설일인 7월 20일에 나는 연설문을 듀카키스의 방으로 가져가 그쪽 사람들에게 보여주었다. 나는 연설이 22분 정도 걸릴 것이며, 박수가 너무 많지만 않으면 25분 내에 끝낼 수 있을 것이라고 말했다. 그리고 그쪽에서 원할지 몰라 연설의 4분의 1, 2분의 1, 4분의 3을 잘라낼 방법도 마련했다고 이야기했다. 두 시간 뒤 나는 어떻게 하면 좋겠냐고 확인을 했다. 그들은 전체를 다 하라고 말했다. 듀카키스는 미국이 그를 잘 알게 되기를 나만큼이나 바라고 있었던 것이다.

그날 밤 나는 사회자의 소개에 따라 강렬한 음악에 맞추어 연단으로 걸어갔다. 내가 이야기를 시작하자 조명이 어두워졌다. 그러나 그 다음부터는 엉망이었다. 세 문장이 끝나지도 않았는데 다시 불이 환해졌다. 내가 듀카키스의 이름을 말할 때마다 군중은 포효했다. 순간 나는 준비한 연설을 무시하고 5분짜리로 바꾸어야 한다는 것을 직감했다. 그러나 그렇게 하지는 않았다. 진짜 청중은 텔레비전을 보고 있다. 만일 대회장의 산만한 분위기를 무시할 수 있다면, 집에서 텔레비전을 보고 있는 사람들에게 듀카키스가 하고 싶은 이야기를 대신해줄 수도 있다. 그렇게 생각한 것이다.

나는 마이크 듀카키스에 대해서 이야기를 하고 싶습니다. 그는 아주 멀리서, 아주 빠르게 왔기 때문에 모두 그가 어떤 사람인지, 그가 어떤 주지사였는지, 그가 어떤 대통령이 될지 알고 싶어 합니다.
그는 오랫동안 내 친구였습니다. 그래서 나는 여러분에게 방금 내가 던진 질문들에 대한 나의 답을 알려드리고 싶습니다. 그리고 왜 마이크 듀카키스가 앤드루 잭슨 이후 이민자 부모에게서 태어난 첫 미국 대통령이 되어야 하는지 알려드리고 싶습니다.

내가 그 질문들에 대해 답을 해나가자, 대회장에 모인 사람들은 다시 자기들 이야기로 돌아갔고, 듀카키스의 이름이 나올 때만 환호했다. 100킬로그램짜리 바위를 언덕 위로 밀어 올리는 기분이었다. 나중에 나는 연설문의 10분 표시가 지났을 때 미국령 사모아 대표가 돼지를 굽기 시작하는 것을 보고 문제가 생겼다는 것을 알았다고 농담을 했다.
몇 분이 지나자 ABC와 NBC는 나를 조롱하기 시작했다. 그들은 산만한 대회장을 보여주며, 도대체 언제 끝내려고 하는 건지 모르겠다고 말했다. 오직 CBS와 라디오 방송국들만이 비판적인 논평 없이 전체 연설을 중계했다. 대회장에 온 취재 기자들은 내 연설이 얼마나 길어질지, 내가 뭘 하려고 하는지 미리 듣지 못한 것이 분명했다. 게다가 내 연설문 작성 방법에도 문제가 있었다. 나는 환호로 연설이 자주 끊어지는 것을 막기 위해 지나치게 대화체로 갔고, 또 지나치게 '가르치려' 들었다. 대의원들과 함께 호흡하는 것을 무시하고 텔레비전 시청자들하고만 이야기를 할 수 있다고 생각한 것은 큰 잘못이었다.

연설문에는 좋은 대목도 몇 군데 있었지만, 가장 큰 환호는 고통스러운 종말에 이르러 "마지막으로……"라고 말하는 부분에서 터져나왔다. 32분짜리 참사라고 할 만했다. 나는 나중에 힐러리에게 우리가 대회장에서 걸어나올 때 그녀가 처음 보는 사람들에게 다가가 나를 그녀의 첫 남편이라고 소개하는 것을 보고 나서야 내 연설이 얼마나 형편없었는지 알게 되었다고 농담을 했다.

다행히도 마이크 듀카키스는 나의 불운 때문에 피해를 보지 않았다. 그는 러닝메이트로 로이드 벤슨을 지명하여 좋은 평가를 받았다. 그들 둘 다 훌륭한 연설을 했다. 두 후보는 상당히 앞선 여론조사 결과를 손에 쥐고 애틀랜타를 떠났다. 그러나 나는 걸어다니는 시체와 다름없었다.

7월 21일, 톰 셰일스가 「워싱턴 포스트」에 나의 연설에 대한 언론의 반응을 요약한 통렬한 글을 썼다. "화요일에 제시 잭슨이 대회장을 감전시킨 반면, 수요일 밤에 빌 클린턴 아칸소 주지사는 대회장을 화석으로 굳혀버렸다." 그는 그것을 "수다스러운 클린턴의 전형적인 실패"라고 부르면서, 내 연설이 끝날 때까지 시간을 때우느라고 방송사들이 고생한 일을 괴로울 정도로 자세히 묘사했다.

다음 날 아침 잠이 깼을 때 힐러리와 나는 내가 이번에도 내 힘으로 빠져나올 수밖에 없는 구덩이에 다시 빠졌다는 것을 알았다. 나는 나 자신을 향해 웃음을 터뜨리는 것 외에 어떻게 손을 써야 할지 알 수 없었다. 나의 첫 번째 공적인 반응은 이런 농담이었다. "나의 최고의 순간은 아니었다. 아, 물론 나의 최고의 30분도 아니었다." 나는 게임에 임하는 얼굴을 유지하고 있었지만, 속으로는 두 번 다시 연설에 대한 나의 직감을 저버리지 않겠다고 다짐했다. 그 뒤로 1994년 국회에서 건강보험 연설을 할 때의 짧은 순간을 제외하면, 연설에서 나는 직감을 저버린 적이 없다.

고향으로 돌아가는 것이 그렇게 기쁠 수가 없었다. 아칸소 사람들은 대부분 나를 지지해주었다. 심지어 광적인 지지자들은 누가 파놓은 함정에 빠진 것이라고 생각하기까지 했다. 대부분의 사람들은 내가 씌어진 연설문에 구속되어 평소의 재치와 자연스러운 느낌을 발휘하지 못한 것이라고 생각했다. 이따금씩 만나던 다혈질의 흑인 식당 주인 로버트 세이 매킨토시가 나를 옹호하고 나섰다. 그는 언론 보도를 비난하면서, 나를 비판한 전국 언론의 기자들에게 반박하는 엽서나 편지를 제출하는 사람에게는 주 의사당에서 공짜 점심을 내겠다고 했다. 그 자리에는 500명 이상이 나타났다. 나는 그 연설에 대해 700통 정도의 편지를 받았는데, 그 가운데 90퍼센트는 긍정적이었다. 아마 그 편지를 쓴 사람들은 라디오로 연설을 들었거나 CBS를 보았을 것이다. CBS의 댄 래더는 그래도 내가 연설을 끝마치기를 기다렸다가 빈정거렸으니까.

돌아와서 하루 정도 지났을 때, 〈여자들 디자인하기Designing Women〉라는 성공적인 텔레비전 쇼의 프로듀서인 내 친구 해리 토머슨이 전화를 했다. 그 쇼의 작가는 그의 부인 린더 블러드워스였다. 해리는 교회 성가대에서 내 옆에서 노래를 부르던 대니 토머슨의 형제였다. 그는 내 첫 임기 때 아칸소로 돌아와 남북전쟁과 관련된 텔레비전 영화 〈북군과 남군The Blue and the Gray〉을 찍었는데, 힐러리와 나는 그때 이들 부부를 처음 만났다. 토머슨은 내가 이것을 전화위복의 기회로 삼을 수 있지만, 그러려면 빨리 움직여야 한다고 말했다. 그는 자니 카슨 쇼에 나가 나 자신을 조롱하라고 말했다. 나는 여전히 포격 쇼크에서 벗어나지 못한 상태였기 때문에 하루 생각할 여유를 달라고 했다. 카슨은 그의 쇼에서 내 연설을 마음껏 즐기고 있었다. 기억에 남을 만한 그의 농담에는 "그 연설은 벨크로 콘돔만큼 인기를 끌었다"는 것도 있었다. 사실 별로 고민할 것도 없었다. 더 나빠질 것이 없었기 때문이다. 다음 날 나는 해리에게 전화해 카슨 쇼에 출연하게 해달라고 부탁했다. 카슨은 보통 자기 쇼에 정치가를 초대하지 않았지만 이번만은 예외로 했다. 내가 놓치기에는 너무 아까운 펀치 백이었고, 또 내가 색소폰을 불겠다고 했기 때문이다. 색소폰을 불면 음악을 아는 정치가이기 때문에 출연을 시켰다고 핑계를 댈 수 있었기 때문이다. 색소폰은 해리의 아이디어로, 그는 그 후에도 나를 위해 그런 뛰어난 아이디어를 많이 내놓았다.

이틀 뒤 나는 브루스 린지, 공보비서 마이크 고들린과 함께 비행기를 타고 캘리포니아로 갔다. 쇼가 시작되기 전 자니 카슨은 내가 있던 대기실에 들러 인사를 했다. 그로서는 보기 드문 행동이었다. 아마 그는 내가 상처가 클 것이라고 생각하고, 나를 편하게 해주고 싶었던 것 같다. 나는 쇼가 시작된 직후 무대에 올라갈 예정이었다. 카슨은 청중에게 "로비에 커피와 간이 침대를 많이 준비해 놓았으니" 내가 나타나도 걱정하지 말라고 했다. 이어 그는 나를 소개했다. 또 나를 소개했다. 다시 나를 소개했다. 그는 그의 조사원들이 아칸소에 대해 찾아낸 것들을 모조리 이야기하면서 끝도 없이 시간을 끌었다. 내가 애틀랜타에서 했던 것보다 더 오래 시간을 끌 작정인 것 같았다. 마침내 내가 나가서 자리에 앉자 카슨은 아주 커다란 모래시계를 내 옆에 갖다놓았다. 모두가 모래가 떨어지는 것을 볼 수 있었다. 나의 이야기에 시간제한이 생긴 셈이었다. 방청객은 웃음을 터뜨렸다. 사실 나는 남들보다 더 웃음이 나왔다. 사실 나도 모래시계를 가지고 갔기 때문이다. 그러나 스튜디오 사람들은 절대 내 모래시계를 꺼내지 말라고 말했다.

카슨은 애틀랜타에서 무슨 일이 있었느냐고 물었다. 나는 웅변 솜씨가 뛰어나지 않은 마이크 듀카키스를 돋보이게 하고 싶었으며, 그 결과 "상상밖의 성공을 거두었다"고 말했다. 듀카키스가 내 연설이 아주 마음에 들어, 내가 공화당 전당대회에 가서 부시 부통령을 지명하는 연설을 하기를 원하더라. 사실 나는 일부러 그 연설을 망쳤다. "늘 이 쇼에 최악의 방식으로 출연하기를 바랐기 때문"이다. 그런데 "이제 그 뜻을 이루었다." 그러자 카슨은 나에게 정치적 미래가 있다고 생각하느냐고 물었다. 나는 시치미를 떼고 대답했다. "그것은 오늘 밤 이 쇼에서 내가 어떻게 하느냐에 달렸다." 이렇게 몇 분 동안 한 마디씩 주고받으면서 방청객들로부터 많은 웃음을 끌어낸 후, 카슨은 나에게 닥 세버린슨 밴드와 함께 색소폰을 연주해보라고 권했다. 우리는 경쾌하게 편곡한 '섬머타임Summertime'을 연주했는데, 이것은 적어도 내 농담만큼은 성공을 거두었다. 이어 나는 편안하게 앉아 다음 초대손님인 영국의 유명한 로커 조 코커가 최신 인기곡 '내 마음을 풀어주세요 Unchain My Heart'를 부르는 것을 들었다.

쇼가 끝난 뒤 나는 안도했고, 쇼가 아주 잘 진행되었다고 생각했다. 해리와 린더 토머슨은 나를 위해 친구들을 초대하여 파티를 열어주었다. 손님들 가운데는 아칸소 사람이 둘 더 있었는데, 오스카상을 탄 여배우 메리 스틴버건과 또 한 사람은 〈25세기의 벽 로저스Buck Rogers in the 25th Century〉에서 주연을 맡아 유명해진 길 제러드였다.

나는 밤 비행기를 타고 아칸소로 갔다. 다음 날 카슨 쇼가 전국적으로 괜찮은 시청률을 기록했고, 아칸소에서는 엄청난 시청률을 기록했음을 알게 되었다. 보통 아칸소 사람들은 밤늦게까지 텔레비전을 보는 경우가 드문데, 아마 이날은 자기 주의 명예가 걸려 있다고 생각했던 모양이다. 내가 주의사당으로 들어가자, 그곳에 있던 고향의 군중은 박수를 치고 환호하고 끌어안아 주었다. 적어도 아칸소에서는 카슨 쇼 덕분에 애틀랜타의 대실패가 과거의 일이 되었다.

상황은 낙관적으로 보였다. 다른 사람들에게도 마찬가지였다. CNN은 그 전주에 나를 큰 실패자라고 불렀지만, 이번에는 이 주의 정치적 승리자로 꼽았다. 톰 셰일스는 내가 "기적적으로 회복했으며, 텔레비전을 보는 사람들은 이런 종류의 재기再起 이야기를 좋아한다"고 말했다. 그러나 그것으로 끝난 것이 아니었다. 8월에 나는 힐러리, 첼시와 함께 뉴욕 주 롱아일랜드로 가서, 친구 리즈 로빈스와 함께 해변에서 며칠을 보냈다. 나는 그곳에서 여름을 보내는 예술가와 작가들이 매년 벌이는 자선 소프트볼 시합의 심판을 봐달라는 요청을 받았다. 현재 뉴욕의 「데일리 뉴스Daily News」와 「유에스 뉴스 앤드 월드 리포트U.S. News & World Report」의 발행인인 모트 주커먼의 투구에 대하여 볼과 스트라이크를 판정하던 사진이 지금도 있다. 아나운서는 나를 운동장에 소개하면서, 판정을 내릴 때 애틀랜타에서 연설을 할 때처럼 시간을 끌지 않기를 바란다고 농담을 했다. 나는 웃음을 터뜨렸지만, 속으로는 신음을 토했다. 나는 군중이 나에 대해 어떻게 생각하는지 알 수가 없었다. 그러나 그 이닝이 끝났을 때, 키가 큰 남자가 관중석에서 일어서서 경기장으로 걸어오더니 나를 향해 다가왔다. 그가 말했다. "비판에는 신경 쓰지 마십시오. 나는 실제로 그 연설을 들었는데, 아주 마음에 듭디다."

그는 체비 체이스였다. 나는 늘 그의 영화를 좋아하기는 했지만, 그 자리에서 그의 골수팬이 되어버렸다.

　나의 형편없는 연설이나 카슨 쇼에서의 훌륭한 연기도 주지사로서 실재하는 일과는 아무런 상관이 없었다. 그러나 이 시련을 통해 나는 다시 한 번 사람들이 한 정치가를 어떻게 인식하느냐에 따라 그 정치가가 이룰 수 있는 일도 크게 달라진다는 것을 알게 되었다. 또 건강에 도움이 되는 어느 정도의 겸손함도 얻게 되었으며, 그 이후로는 창피하거나 수치스러운 상황에 처한 사람들의 처지에 더 예민하게 반응하게 되었다. 나는 진심으로 존경하는 「아칸소 데모크랫Arkansas Democrat」의 기자 팸 스트릭랜드에게 이렇게 말하기도 했다. "정치가들이 가끔 엉덩이를 두드려 맞는 것을 꼭 나쁜 일이라고만 할 수는 없을 것 같다."

　나에게는 상황이 낙관적으로 보였지만, 안타깝게도 마이크 듀카키스에게는 그렇지가 못했다. 조지 부시는 전당대회에서 멋진 수락 연설을 했다. 그는 '더 친절해지고, 더 부드러워진' 레이건주의를 제시하면서, "내 입모양을 읽어라(장담한다는 뜻—옮긴이주). 새로운 세금은 없다"고 말했다. 그러나 부통령의 더 친절하고, 더 부드러워진 접근 방법은 마이크 듀카키스에게는 적용되지 않았다. 리 앳워터 일당은 미친 개들 무리처럼 듀카키스를 쫓아다니면서, 그가 국기에 대한 맹세나 범죄자에 대한 강력한 처벌에 반대한다고 떠들어댔다. 공개적으로는 부시 선거운동본부와 아무런 관계가 없는 어떤 '무소속' 단체가 윌리 호턴이라는 유죄판결을 받은 살인자가 등장하는 광고를 내보내기도 했다. 호턴은 매사추세츠 교도소 휴가 프로그램에 따라 잠시 석방된 사람이었다. 우연의 일치라고 볼 수 없는 것이 호턴은 흑인이었다. 듀카키스의 정적들은 이른바 '역 성형수술'(더 아름답게 만들기 위한 성형수술과는 반대로 더 못생겨 보이게 만든다는 뜻으로, 상대의 이미지를 깎아내리는 것—옮긴이주) 공격을 퍼붓고 있었는데, 그는 그런 공격에 재빨리 기운차게 반응하지 않았기 때문에 점수를 잃었다. 그가 탱크에서 헬멧을 쓴 모습이 사진에 찍히기도 했는데, 그 사진은 앞으로 군의 최고통수권자가 될 사람이라기보다는 「매드 매거진MAD Magazine」의 앨프리드 E. 뉴먼처럼 보였다.

가을에 나는 도울 만한 일이 있나 보려고 보스턴으로 날아갔다. 그 무렵 듀카키스는 여론조사에서 한참 뒤지고 있었다. 나는 선거운동본부에 있는 사람들에게 반격을 하라고 호소했다. 부시가 한 부분을 이루고 있는 연방 정부도 죄수에게 휴가를 준다는 이야기 정도는 하라고 권했다. 그러나 그들은 내 마음에 들 만큼 반격을 하지 않았다. 나는 선거운동본부장 수전 에스트리크를 만났다. 나는 그녀를 좋게 생각했다. 그녀가 듀카키스의 문제에 대한 비난을 혼자 감당해내고 있다는 느낌이 들었다. 카터의 백악관에서 일했던 조지타운 대학 교수 매들린 올브라이트도 만났다. 그녀는 듀카키스의 외교 정책 자문으로 일하고 있었다. 나는 그녀의 지적인 명석함과 강인함에 강한 인상을 받고, 계속 연락을 하기로 마음먹었다.

듀카키스는 선거운동 마지막 3주 동안 자기 목소리를 찾았지만, 부정적인 광고와 토론에서 적극적이지 못했던 태도 때문에 새로운 민주당원의 이미지는 회복 불능으로 망가져 있었다. 11월에 부시 부통령은 그를 54 대 46으로 물리쳤다. 나의 노력에도 불구하고, 아칸소마저 부시 편으로 넘어갔다. 듀카키스는 좋은 사람이고 훌륭한 주지사였다. 그와 로이드 벤슨이 당선되었더라면 미국에 훌륭하게 봉사했을 것이다. 그러나 공화당은 경기가 시작되자마자 듀카키스를 자기들이 만든 상자에 가두어버렸다. 그들이 효과 있는 전략을 고수한 것을 탓할 수는 없지만, 그것이 미국에 좋다는 생각은 들지 않았다.

10월에 대통령 선거운동이 막판에 접어들었을 때, 나는 두 가지 흥미진진한 정책 개발 사업에 뛰어들었다. 나는 이웃한 주인 미시시피의 레이 매버스 주지사와 루이지애나의 버디 로이머 주지사와 함께 경제를 살리기 위한 새로운 정책을 짜기 시작했다. 두 사람 모두 젊고, 논리정연하고, 하버드 출신의 진보주의자들이었다. 우리는 우리의 약속을 부각시키기 위해 로드데일의 미시시피 강 한가운데 있는 바지선에서 계약에 서명했다. 오래지 않아 우리는 함께 무역 사절단으로 일본을 찾아갔다. 이어 우리는 범퍼스 상원의원과 미시시피의 마이크 에스피 하원의원을 지원하여, '미시시피 남부 델타 개발위원회'를 설립했다. 이 위원회는 일리노이 남부에서 뉴올리언스에 이르기까지, 미시시피 강이 멕시코만으로 흘러들 때까지 거쳐가는 강 양안의 가난한 카운티들의 경제를 개선하기 위해 연구를 하고 권고안을 만드는 일을 했다. 델타 지역 북부의 백인 일색인 카운티들 역시 남쪽의 흑인이 많은 카운티들만큼이나 경제 사정이 어려웠다. 세 주지사 모두 델타위원회에서 일했다. 우리는 1년 동안 강을 따라 오르내리며, 시간을 벗어나 살아온 것 같은 작은 타운들에서 청문회를 열고 보고서를 제출했다. 그 결과 상설 부서가 생겼으며, 미국 원주민 부족들의 땅을 제외하면 미국에서 가장 가난한 지역의 경제와 삶의 질을 개선하려는 노력이 계속 이어지게 되었다.

10월 13일, 나는 백악관에서 레이건 대통령이 오랫동안 기다려온 복지수당 개혁법안에 서명하는 자리에 초대를 받았다. 이 법안은 진정으로 당파를 초월한 업적으로, 민주당과 공화당 주지사들, 테네시의 민주당 하원의원 해럴드 포드, 사우스캐롤라이나의 공화당 하원의원 캐럴 캠벨, 하원 세입위원회 위원장 댄 로스텐코프스키와 누구보다 복지수당의 역사를 잘 아는 상원 재정위원회 위원장 팻 모이니헌, 백악관 비서진의 공동 작품이었다. 나는 국회와 백악관이 주지사들과 협력한 것에 감명을 받았고 감사했다. 해럴드 포드는 심지어 델라웨어의 공화당 주지사 마이크 캐슬과 나를 그의 소위원회 회의에 참석시켜, 법안 표결에 부칠 최종안으로 다듬는 작업을 하게 했다. 나는 이 법의 도움으로 더 많은 사람들이 연금을 떠나 일자리를 찾게 되기를, 또 그들의 자녀들은 더 많은 원조를 받게 되기를 바랐고, 또 그렇게 될 것이라고 믿었다.

나는 또 레이건 대통령이 긍정적인 분위기에서 퇴임하는 것을 보게 되어 기뻤다. 그는 백악관이 승인한 불법적인 이란-콘트라 사건으로 심하게 두드려 맞았다. 만일 민주당이 뉴트 깅리치의 반만큼만 무자비했다면 레이건 대통령은 탄핵을 당했을지도 모른다. 나는 레이건과 생각이 많이 달랐지만, 개인적으로 그를 좋아했다. 그가 백악관에서 주지사들을 불러 저녁을 함께 했을 때나 1988년 그의 마지막 연설 뒤에 주지사 몇 사람과 함께 점심을 했을 때는 그의 이야기를 재미있게 듣기도 했다. 레이건은 나에게 수수께끼 같은 인물이었다. 친근하게 느껴지는 동시에 왠지 거리감도 느껴졌다. 그가 자신의 가혹한 정책이 보통 사람들에게 어떤 영향을 주는지 알고 있었을까? 그가 강경 우익을 이용한 것일까, 아니면 그들에게 이용을 당한 것일까? 잘 모르겠다. 레이건에 대한 책들에도 분명한 답이 나오지 않는다. 그가 알츠하이머병에 걸렸기 때문에(레이건은 이 글이 씌어진 뒤에 사망했다—옮긴이주), 우리는 그 답을 결코 알 수 없을지 모른다. 어쨌든 그의 개인적 삶은 그가 나온 영화보다 더 재미있고 더 신비롭다.

1988년 마지막 세 달은 다음 주의회 회기를 준비하면서 보냈다. 10월 말에는 내가 1월에 주의회에 제시할 프로그램을 요약한 7페이지짜리 '21세기를 향한 아칸소의 전진Moving Arkansas Forward into the 21st Century'을 배포했다. 이 소책자에는 아칸소 주의 가장 중요한 문제들을 다루는 이사회와 위원회에서 일하는 350명 이상의 시민과 공무원의 작업과 권고가 요약되어 있었다. 여기에는 10대 임신과 싸우기 위한 학교 보건진료소, 무보험 아동에 대한 학교를 통한 보험 혜택, 자신의 지역 외부의 공립학교를 선택할 수 있는 학부모와 학생의 권리, 75개 카운티 전체에 취학 전 교육프로그램 확대, 매년 전 학년 학생의 성적을 1년 전이나 주의 다른 학교들과 비교한 성적표 발급, 부실한 학구에 대한 주의 직접 관리, 아칸소를 '노동 연령 주민의 문맹을 없앤' 첫 주로 만들기 위한 성인 문맹 퇴치 프로그램의 대폭 확대 등 구체적이고 혁신적 아이디어들이 가득했다.

나는 문맹 퇴치 프로그램에 특히 흥분했다. 문맹을 오점에서 도전으로 바꿀 수 있다는 기대감 때문이었다. 그전 가을 힐러리와 내가 첼시의 학교 사친회에 참석했을 때, 한 남자가 나에게 다가오더니 내가 텔레비전에서 문맹에 대해 이야기하는 것을 보았다고 말했다. 그는 좋은 직업은 가지고 있지만, 미처 글 읽기를 배우지 못했다고 말했다. 그러면서 자신의 고용주 모르게 자신을 문맹 퇴치 프로그램에 넣어줄 수 없느냐고 물었다. 공교롭게도 나는 그 사람의 고용주를 알고 있었기 때문에 고용주가 오히려 그 사람을 자랑스러워할 거라고 말했다. 그러나 그는 걱정하는 것 같았다. 나의 비서진은 그를 그의 고용주 모르게 읽기 프로그램에 넣어주었다. 그런 일이 있은 다음부터 나는 문맹은 부끄러워할 것이 아니지만, 문맹을 그대로 놔두는 것은 부끄러워할 일이라고 말하기 시작했다.

소책자의 프로그램은 광범위했고, 구체적인 사항들도 새로 많이 들어갔지만, 그 핵심주제는 내가 그전 6년 동안 반복해서 강조해온 것과 똑같았다. '인간 자본에 투자하고 협동 능력을 개발할 것이냐 아니면 장기적인 쇠퇴로 빠져들 것이냐.' 아칸소를 임금이 낮고, 세금이 낮고, 근면한 사람들이 많은 아름다운 주로 홍보하는 낡은 전략은 10년 전부터 경제 세계화라는 새로운 현실 앞에서 타당성을 잃어버렸다. 우리는 그 전략을 바꾸기 위해 계속 노력해야 했다.

나는 그해 나머지 기간 동안 아칸소 주 전역을 돌아다닌 뒤, 1989년 1월 9일 이 프로그램을 주의회에 제시했다. 연설을 하면서 나는 이 프로그램과 그 재원 조달을 위한 세금 인상을 지지하는 아칸소 사람들을 소개했다. 나한테 한 번도 투표한 적이 없지만 교육 개혁이라는 대의는 지지하게 된 교육위원장, 우리의 노동 프로그램에 등록하여 고등학교를 졸업하고 대학에 입학한 뒤 일자리를 얻고 연금 생활에서 벗어나게 된 어머니, 얼마 전에 문맹에서 벗어난 제2차 세계대전 참전용사, 5억 달러를 들여 새로 지은 애시다운의 네쿠사 종이 공장의 공장장. 이 공장장은 주의원들 앞에서 "공장의 생산성 향상 계획 때문에 노동자들이 통계학을 알아야 하는데, 그것을 아는 노동자가 거의 없다"면서 고급 교육을 받은 노동자들의 필요성을 강조했다.

나는 우리에게 세금을 인상할 여유가 있다고 말했다. 우리의 실업률은 여전히 전국 평균 이상이었지만, 6년 전의 10.6퍼센트에서 6.8퍼센트로 내려갔다. 우리는 1인당 소득이 46위였지만, 1인당 주세와 지방세는 여전히 43위였다.

나는 연설 말미에 며칠 전의 신문 기사를 인용했다. 그 기사에는 나의 친구이자 내 프로그램의 강력한 지지자인 주 하원의원 존 폴 캡스가 "빌 클린턴이 오래된 똑같은 이야기를 되풀이하는 데 사람들이 싫증을 낸다"고 말한 것으로 나와 있다. 물론 많은 사람들이 내가 똑같은 이야기를 하는 데 싫증을 내겠지만, "정치적 책임의 핵심은 문제가 해결될 때까지 장기간에 걸쳐 정말 중요한 일에 집중하는 것이다…… 실업률이 전국 평균 이하로 떨어지고 소득이 전국 평균 이상으로 올라갈 때…… 새로운 세계 경제에서 우리가 할 수 있는 일을 맡기기 위해 기업들이 우리를 찾아올 때…… 아칸소 주의 젊은 사람이 좋은 일자리를 찾기 위해 고향을 떠날 필요가 없게 될 때가 되면 나도 다른 이야기를 하겠다. 그때까지는 우리 의무를 이행해야 한다." 나는 주의회에서 그렇게 말했다.

나는 티나 터너가 콘서트를 열기 위해 리틀록을 찾았을 때 오래된 똑같은 연설이 꼭 나쁘지만은 않다는 생각을 하게 되었다. 티나 터너는 자신의 신곡들을 부른 뒤 자신의 노래들 가운데 처음으로 10위 안에 들어간 인기곡 '자랑스러운 메리Proud Mary'로 쇼를 마무리짓기로 했다. 밴드가 그 음악을 연주하자마자 관중은 열광했다. 티나 터너는 마이크로 걸어가더니 웃음을 지으며 말했다. "나는 이 노래를 25년 동안 불러왔습니다. 하지만 부를 때마다 더 좋아지는군요!"

나도 내 오래된 노래가 계속 효력을 발휘하기를 바랐지만, 사실 주의원들을 포함한 아칸소 사람들이 나의 변함없는 주장에 짜증을 낸다는 존 폴 캡스의 주장을 뒷받침할 만한 증거가 있었다. 주의회는 내 구체적인 개혁 제안들을 대부분 통과시켰지만, 교사 봉급의 대폭 인상과 3, 4세까지 아동 조기 교육 확대 등 보건과 교육에서 돈이 많이 드는 정책들을 추진하는 데 필요한 세금은 인상하려 하지 않았다. 1월 초 여론조사는 유권자 다수가 교육에 더 많이 지출하는 것을 지지한다는 것, 내가 1990년 주지사 예상후보들보다 지지율이 앞선다는 것을 보여주었지만, 동시에 응답자의 반이 새로운 주지사를 원한다는 것을 보여주기도 했다.

한편 나의 1급의 실무진 가운데 일부도 권태감을 느끼는지 새로운 도전을 찾고 싶어 했다. 원기 왕성한 아칸소 주 민주당 의장 리브 칼리슬도 그런 사람 가운데 하나였다. 칼리슬은 원래 사업가로, 내가 일주일에 반일만 들이면 된다고 설득하여 그 자리를 맡게 했다. 그는 나중에 그 반일이라는 것이 민주당 일이 아니라 자기 사업을 할 시간을 가리키는 말이었던 것 같다고 농담을 했다.

다행히도 유능한 새로운 사람들이 계속 나타났다. 나의 최고의 인사이자 가장 논란이 많았던 인사는 닥터 조이슬린 엘더스를 보건부 책임자로 임명한 것이었다. 나는 닥터 엘더스에게 아칸소에서 큰 문제가 되고 있는 10대 임신에 대해 어떤 조치를 취하고 싶다고 말했다. 닥터 엘더스는 학교를 기반으로 한 보건진료소를 세우고, 지역 교육위원회가 승인을 하면 이곳에서 성교육을 하면서 절제와 안전한 섹스를 가르치자고 했다. 나는 그녀를 지지했다. 이미 진료소 두 곳이 운영 중이었는데, 인기도 좋고 실제로 혼외 출산도 줄여주는 것 같았다.

우리의 노력은 '무조건 안 돼' 정책을 지지하는 근본주의자들의 격렬한 저항에 부딪혔다. 그들에게는 닥터 엘더스가 낙태 지지자라는 것도 못마땅했다. 그들은 닥터 엘더스의 진료소가 성관계를 생각하지도 않는 많은 젊은 이들에게 그것을 할 생각을 심어주는 역할을 한다고 주장했다. 나는 자동차 뒷좌석에서 몸이 달아오른 10대들이 닥터 엘더스나 그녀의 구상에 대해 생각이나 할지 의심스러웠다. 이것은 싸울 가치가 있는 싸움이었다.

나는 대통령이 되었을 때 닥터 엘더스를 공중위생국 장관으로 임명했다. 그녀는 논란은 일으켰지만 어쨌든 건전한 보건 정책을 펼치기 위해 몸을 사리지 않았기 때문에 보건 분야에서는 매우 인기가 높았다. 국회 중간 선거에서 공화당 우익에게 참패를 당한 뒤인 1994년 12월, 닥터 엘더스는 아이들에게 자위를 가르치는 것이 10대 임신 가능성을 줄이는 좋은 방법일 수도 있다고 이야기함으로써 다시 신문 1면에 기사거리를 제공했다. 당시 나는 국회의 까다로운 민주당 의원들의 지지를 유지하기 위해 안간힘을 쓰고 있었고, 교육, 의료보험, 환경 보호를 줄이자는 급격한 제안을 하는 공화당 의원들과 일전을 불사하겠다고 결심하고 있었다. 그런데 이제 닥터 엘더스의 발언으로 인해, 깅리치 일파가 우리를 웃음거리로 만들면서 언론과 국민의 관심을 예산 삭감으로부터 다른 데로 돌릴 수 있는 상황이 발생한 것이다. 다른 때 같았으면 정면 돌파했겠지만, 나는 이미 논란이 많은 예산, 북미자유무역협정, 통과에 실패한 의료보험, 브래디 법안과 공격무기 제한

등으로 민주당 의원들에게 많은 짐을 지운 상태였다. 나는 그녀의 사임을 요청할 수밖에 없다고 결심했다. 정말 그러고 싶지 않았다. 그녀는 정직하고, 유능하고, 용감한 사람이었기 때문이다. 그러나 정치적 음치로서 엉뚱한 음들을 여러 번 내는 바람에 우리는 이미 심한 곤욕을 치르고 있었다. 언젠가 닥터 엘더스가 나를 용서해주기 바란다. 그녀는 내가 준 두 자리에서 좋은 일을 정말 많이 했다.

1989년에 내 밑을 떠난 사람들 가운데 나에게 가장 큰 타격을 준 사람은 벳시 라이트였다. 8월 초에 그녀는 몇 주 휴가를 내고 싶다고 했다. 나는 짐 플레저에게 재정과 행정 두 가지 일을 하고, 임시로 그녀 일까지 대신해달라고 요청했다. 벳시의 휴가는 많은 소문과 추측을 낳았다. 그녀가 주지사 사무실을 빈틈없이 운영하며, 주 정부에서 벌어지는 모든 일을 꼼꼼하게 살피고 있다는 것은 모두가 아는 사실이었기 때문이다. 「아칸소 가제트」의 신랄한 칼럼니스트 존 브러밋은 우리의 시험 별거가 이혼으로 끝날지 궁금하다고 썼다. 그는 아닐 것이라고 생각했다. 우리가 서로에게 너무 중요했기 때문이다. 그 말이 맞기는 했지만, 벳시는 거리를 둘 필요가 있었다. 그녀는 1980년 나의 패배 이후 죽어라고 열심히 일을 해왔고, 이제 그 피로가 나타나고 있었다. 우리는 둘 다 지치면 더 성미가 급해지는 일 중독자들이었다. 1989년에 우리는 어려운 환경에서 많은 일을 하려고 했으며, 그 과정에서 서로에게 좌절감을 풀어버리는 일이 너무 자주 생겼다. 그해 말, 10년간 사심 없는 봉사를 해온 벳시는 결국 공식적으로 비서실장 자리에서 물러났다. 1990년 초 나는 연방수사국 요원 출신으로 포트스미스에서 경찰서장을 지내기도 한 헨리 올리버를 벳시의 후임자로 임명했다. 헨리는 사실 그 일을 하고 싶어 하지 않았지만, 그는 내 친구였고 우리가 하려고 하는 일을 믿었기 때문에 나에게 기분 좋게 1년을 선물해준 것이다.

벳시는 1992년 선거운동 때 돌아와, 나의 경력이나 사생활에 대한 공격으로부터 나를 방어하는 일을 도왔다. 그 뒤에 나의 대통령 임기 초기에는 워싱턴으로 가 앤 웩슬러의 로비 회사에서 잠깐 일을 하다가 고향 아칸소로 돌아가 오자크 산맥에 자리를 잡았다. 아칸소 사람들 대부분이 그들에게 더 나은 학교와 더 많은 일자리를 주고, 정직하고 효율적인 주 정부를 만들기 위해 그녀가 얼마나 노력을 했는지 잘 몰랐지만, 사실은 알아야 한다. 주지사 시절 그녀가 없었다면 내가 한 일의 많은 부분은 성공하지 못했을 것이다. 또 그녀가 없었다면 나는 결코 아칸소의 정치 전쟁에서 살아남아 대통령이 될 수 없었을 것이다.

8월 초, 부시 대통령은 9월에 열릴 교육정상회의에 전국 주지사들을 초대한다고 발표했다. 우리는 9월 27일과 28일 이틀 동안 샬롯스빌의 버지니아 대학에서 만났다. 대통령과 교육 담당 비서 로로 카바조스가 이 모임이 교육에 대한 연방 지원 대폭 증가의 서곡은 아니라고 못을 박았기 때문에 민주당원 다수는 이 모임에 회의적이었다. 나도 그들과 마찬가지로 우려는 했지만, 이 정상회의에서도 1983년의 '위기에 처한 미국' 보고서 같은, 교육 개혁의 다음 단계들을 위한 로드맵을 만들어낼 수 있을 것이라는 전망에 마음이 들떴다. 나는 대통령의 교육 개혁에 대한 관심이 진지하다고 믿었으며, 연방 지원이 추가되지 않아도 우리가 할 수 있는 중요한 일들이 많다는 그의 말에 동의했다. 예를 들어 행정부는 학부모와 학생이 배정된 공립학교 외에 다른 공립학교를 선택할 권리를 지지했다. 아칸소는 막 미네소타에 이어 이 제안을 받아들인 두 번째 주가 되었으며, 나는 다른 48개 주도 우리 뒤를 따르기를 바랐다. 나는 또 만일 이 정상회의에서 제대로 된 보고서가 나오면, 주지사들은 이것을 이용해 교육 투자에 대한 주민의 지지를 얻을 수 있을 것이라고 생각했다. 사람들이 자신의 돈으로 무엇을 얻을 수 있을지 알게 되면, 새로운 세금을 회피하는 태도도 줄어들 것 같았기 때문이다. 나는 사우스캐롤라이나의 캐럴 캠벨 주지사와 더불어 주지사들의 교육특별위원회 공동위원장으로서 민주당 주지사들 사이에 먼저 합의를 본 다음 공화당 주지사들과 협력하여 정상회의 결과를 반영한 성명서를 작성할 수 있기를 바랐다.

부시 대통령은 짧지만 웅변적인 연설로 회의의 시작을 알렸다. 그 뒤에 우리는 모두 중앙 잔디밭을 거닐며 사진 기자들에게 저녁 뉴스와 아침 신문을 위한 소재를 만들어주고, 바로 일에 들어갔다. 그날 밤 부시 대통령 부부가 만찬을 주최했다. 힐러리는 대통령 식탁에 앉아 대통령과 미국의 유아 사망률이 얼마나 심각한지를 놓고 토론을 벌였다. 대통령은 미국의 2세 이하 유아 사망률이 낮은 순으로 따져 19위밖에 안 된다는 것을 알고 깜짝 놀랐다. 힐러리가 증거를 보내줄 수도 있다고 하자, 부시 대통령은 직접 찾아보겠다고 말했다. 부시 대통령은 실제로 찾아보았고, 다음 날 나에게 힐러리에게 주라며, 그녀가 옳다고 적힌 쪽지를 건네주었다. 6년 전 켄니벙크포트에서 세 살 난 첼시를 목욕탕에 직접 데리고 가던 날을 기억나게 하는 호의적인 행동이었다.

캐럴 캠벨이 자신의 주에 긴급사태가 벌어져 급히 돌아가는 바람에 나는 전국주지사협회 회장인 아이오와의 테리 브랜스터드, 협회의 교육 간사 마이크 코언, 내 보좌관인 주 하원의원 글로리어 케이브와 정상회의 성명서에 들어갈 세부사항을 의논했다. 우리는 자정 지나서까지 일을 한 끝에 주지사와 백악관이 2000년까지 달성할 구체적인 교육 목표 개발을 위해 노력한다는 성명서를 만들어냈다. 그 전 10년간의 일반적인 교육수준 향상 운동과는 달리, 이 목표들은 투입이 아니라 산출에 초점을 맞추었으며, 어떤 결과를 만들어내는 것을 우리 모두의 의무로 규정했다. 나는 우리가 교육 개혁에 새로운 에너지를 투여하겠다는 대담한 약속 없이 샬롯스빌을 떠나면 바보들처럼 보일 것이라고 주장했다.

주지사들 대부분은 처음부터 대의를 존중했고, 이 정상회의를 통해 뭔가 큰일을 시작해야 한다는 생각을 하고 있었다. 대통령 쪽 사람들 몇 명은 좀 달랐다. 그들은 대통령이 거창한 구상을 지지할까봐 걱정했다. 그러다 연방이 새로운 자금을 지원할 것이라는 기대감을 높이면 곤경에 빠질 수 있었기 때문이다. 적자와 대통령의 '새로운 세금은 없다'는 서약 때문에 연방 자금 지원은 아예 그들의 카드에 들어 있지도 않았다. 그러나 백악관도 결국 당시 비서실장이었던 존 수누누 덕분에 생각을 바꾸게 된다. 수누누는 백악관 동료들에게 주지사들이 빈손으로 돌아갈 수 없다고 설득했다. 그리고 나는 추가의 연방 지원금에 대한 주지사들의 요구를 최소화하겠다고 약속했다. 최종적인 정상회의 선언문은 이렇게 말했다. '미국 역사상 처음으로 분명한 전국적 수행 목표, 국제적인 경쟁력을 보장해줄 목표를 확립할 때가 왔다.'

정상회의 마지막에 부시 대통령은 직접 손으로 쓴 다정한 내용의 쪽지를 건네주었다. 정상회의에서 자신의 비서진과 협력한 것을 감사하고, 1990년 중간선거가 코앞에 닥친 상황이지만 교육개혁만큼은 '정치 싸움을 벗어난 영역에서' 계속 진행시키고 싶다는 내용이 담긴 쪽지였다. 나도 그 점을 바라고 있었다. 주지사교육위원회는 즉시 백악관 국내정책 자문 로저 포터와 협력하여 그 목표를 작성하는 작업에 착수했다. 포터는 나보다 1년 뒤에 로즈장학생으로 옥스퍼드에 유학한 인연이 있었다. 우리는 다음 넉 달 동안 열심히 일을 해서 대통령 연두교서 발표시기에 맞추어 백악관과 합의에 이를 수 있었다.

우리는 1990년 1월 말에 2000년을 시한으로 한 6개 항의 목표에 합의했다.

- 2000년까지 학습 연령에 이른 미국의 모든 아동은 학교에 입학한다.
- 2000년까지 고등학교 졸업 비율을 최소한 90퍼센트까지 끌어올린다.
- 2000년까지 미국의 학생들은 4학년, 8학년, 12학년을 마칠 때 영어, 수학, 과학, 지리 등을 포함한 어려운 과목들의 시험을 통과해야 한다. 미국의 모든 학교는 학생들이 지적 능력을 발휘하도록 가르쳐 책임 있는 시민생활, 추가의 학습, 현대 경제의 조건에서 생산적인 취업을 할 수 있는 준비를 갖추어 주어야 한다.
- 2000년까지 미국의 학생들은 과학과 수학 성취도에서 세계 1위가 되어야 한다.
- 2000년까지 미국의 모든 성인은 문자를 해독할 수 있어야 하며, 세계화된 경제 속에서 경쟁하고 시민의 권리와 책임을 행사하는 데 필요한 지식과 기술을 갖추어야 한다.
- 2000년까지 미국의 모든 학교는 마약과 폭력으로부터 자유로워야 하며, 학

습에 필요한 질서 있는 환경을 제공해야 한다.

1월 31일, 부시 대통령이 이 목표들을 발표할 때 나는 하원 방청석에 앉아 있었다. 부시 대통령은 이 목표들이 백악관과 주지사 교육특별위원회가 공동으로 개발한 것이라고 말하면서, 이 목표들을 바탕으로 좀더 포괄적인 성명서를 작성하여 다음 달에 열릴 주지사 겨울 회의에서 모든 주지사들에게 제시할 것이라고 덧붙였다.

주지사들이 2월 말에 채택한 문건은 1983년 '위기에 처한 미국' 보고서의 후속편이라고 부를 만하다. 나는 그 작업에 참여한 것이 자랑스러웠으며, 내 동료 주지사들의 지식과 헌신에 감명을 받았고, 대통령, 존 수누누, 로저 포터에게 감사했다. 이후 11년 동안 나는 주지사와 대통령으로서 이때 설정한 전국적 교육 목표에 도달하기 위해 열심히 노력했다. 우리는 목표를 높게 잡았다. 목표를 높게 세우고 거기에 이르려고 노력하다 보면, 설사 목표에는 조금 못 미치더라도 출발점보다는 한참 높아진 곳에 와 있기 마련이다.

1989년의 마지막 몇 달은 내 인생의 나머지 기간에 무엇을 할지 결정하기 위해 고민하며 보냈다. 다섯 번째 주지사 임기에 도전하는 것에 반대하는 튼튼한 논거들이 있었다. 나는 교육을 계속 전진시키고 아동 조기교육을 실시하고, 보건 사업을 확충하는 데 필요한 돈을 끌어들이지 못해 낙담하고 있었다. 10년 동안 어려운 환경에서 좋은 업적들을 남겼으니, 이제 1992년 대통령 선거에 출마할 가능성을 열어두면서 그만둘 수도 있었다. 게다가 만일 다시 주지사에 출마하면 당선되지 못할 수도 있었다. 나는 이미 오벌 포버스를 제외한 어느 누구보다 오래 주지사로 봉사했다. 여론조사에 따르면 새로운 주지사를 원하는 사람들이 많았다.

그러나 나는 정치와 정책을 사랑했다. 게다가 1989년 재원 조달 실패의 쓴맛을 씻어내지 못한 채 주지사직을 떠나고 싶지 않았다. 나에게는 여전히 유능하고, 기운차고, 매우 정직한 팀이 있었다. 주지사 생활을 통틀어 어떤 특정한 방향으로 결정을 내려달라고 돈을 제시받은 일은 딱 두 번 있었다. 교도소에 의료 장비를 납품하는 입찰에서 이기고 싶은 어떤 회사가 나에게 제3자를 통해 상당한 액수의 돈을 제시했다. 나는 그 즉시 그 회사를 입찰 후보에서 제외시켜버렸다. 또 카운티 판사가 조카의 사면을 원하는 노인을 만나달라고 부탁한 적이 있었다. 그 노인은 수십 년 동안 주 정부와 접촉해 본 일이 없어, 당연히 그래야 한다고 생각했는지 사면 대가로 1만 달러를 주겠다고 했다. 나는 노인에게 내가 청력이 나쁜 것을 다행인 줄 알라, 그렇지 않았다면 방금 한 이야기는 범죄가 될 수도 있다고 말했다. 나는 그에게 그 돈은 교회나 자선단체에 기부하라고 하면서, 조카의 사건은 살펴보겠다고 덧붙였다.

나는 여전히 아침에 일어나면 출근하고 싶어 몸이 근질근질했다. 주지사 일을 그만두면 무엇을 할지 짐작도 가지 않았다. 10월 말, 나는 매년 그랬던 것처럼 주 축제에 나갔다. 그해에는 부스에 몇 시간 동안 앉아, 나를 만나고 싶어 하는 사람들을 만나 이야기를 나누었다. 날이 저물 무렵, 작업복을 입은 65세 가량의 남자가 들렀다. 나는 그 남자 덕분에 중요한 것을 깨닫게 되었다. "다시 출마할 거요, 빌?" 그가 물었다. "모르겠습니다. 만일 다시 출마하면, 저한테 표를 주시겠습니까?" 내가 대답했다. "그럴 것 같소. 늘 그래왔으니까." 그가 대답했다. "이렇게 오래 했는데 지겹지도 않으세요?" 내가 물었다. 그는 웃음을 지으며 말했다. "아니, 나는 지겹지 않소. 하지만 내가 아는 다른 사람들은 모두 지겨워하더군." 나는 껄껄 웃으며 대꾸했다. "그 사람들은 내가 일을 잘했다고 생각하지 않나 보죠?" 노인이 쏘아붙였다. "물론 그렇게 생각하지. 그랬으니까 당신이 지금까지 2주마다 봉급을 받은 것 아니겠소." 이 경험을 통해 클린턴의 정치 법칙이 하나 더 생겼다. 모든 선거는 미래에 대한 것이다. 나는 일을 잘해야 한다. 그러나 그것은 먹고살기 위해 일을 하는 다른 모든 사람들도 마찬가지다. 훌륭한 성과라는 것은 대개 공약을 실제로 지킬 만한 사람이라는 것을 입증하는 증거일 뿐, 그 이상으로 도움을 주지는 않는다.

11월에 냉전의 상징인 베를린 장벽이 무너졌다. 모든 미국인들과 마찬가지로 나 역시 젊은 독일인들이 그 벽을 허물고 벽돌을 기념품으로 가져가는 모습을 보며 환호했다. 유럽에서 공산주의 확장을 막으려는 오랜 노력이, 해리 트루먼에서 조지 부시에 이르기까지 미국 지도자들의 변함 없는 정책과 북대서양조약기구 덕분에 자유의 승리로 막을 내린 것이다. 나는 거의 20년 전 모스크바 여행을 하던 때를 떠올렸다. 젊은 러시아인들은 서방의 정보와 음악을 갈망했으며, 그것으로 상징되는 자유에 굶주려 있었다. 얼마 후에 나는 오랜 친구 데이비드 이프신으로부터 베를린 장벽 조각 두 개를 선물로 받았다. 그는 11월 9일 그 운명의 밤에 베를린에 있었고, 독일인들과 함께 벽을 무너뜨렸던 것이다. 이프신은 베트남전쟁을 강력하게 반대하던 유명한 인물이었다. 그가 베를린 장벽이 무너진 것에 기뻐했다는 것은 모든 미국인이 냉전 이후 시대에서 희망을 보고 있다는 증거이기도 했다.

12월에 나의 목사이자 스승인 W. O. 보트가 암과 싸우다가 세상을 떠났다. 그는 몇 년 전 임마누엘 교회에서 은퇴하고, 브라이언 하버 박사가 그 뒤를 이었다. 하버 박사는 훌륭한 젊은 목사였으며, 나 자신이 동일시하는 집단이자 수가 점점 줄어드는 집단인 진보적인 남부 침례교도를 대표하는 인물이었다. 보트 박사는 은퇴 뒤에도 병 때문에 여행이나 연설을 못하게 될 때까지 적극적으로 활동했다. 2년 전에는 주지사 관저로 나를 찾아오기도 했다. 보트 목사는 나에게 세 가지를 이야기하고 싶다고 했다. 첫째로, 내가 늘 사형을 지지했지만, 그래도 그 도덕성 때문에 걱정하는 것을 안다고 했다. 그는 『성경』의 '살인하지 말라'는 계명은 합법적 처형을 금지하는 것은 아니라고 말했다. 그 말의 어원인 그리스어 자체가 모든 살인을 포괄하는 말이 아니라는 것이었다. 보트 박사는 그 계명을 문자 그대로 풀이하면 '불법 살인을 저지르지 말라'는 뜻이라고 했다. 둘째로, 나의 낙태 지지 때문에 근본주의자들로부터 공격받는 것을 우려한다고 말했다. 그 자신도 낙태가 일반적으로는 잘못이라고 생각하지만, 『성경』은 그것을 죄라고 하지 않으며, 생명이 수태에서부터 시작된다고 말하지도 않는다고 했다. 『성경』에 따르면 아기가 어머니의 몸에서 나온 뒤 엉덩이를 찰싹 때렸을 때 생명이 아기에게 '불어넣어진다'는 것이었다. 나는 하나님이 우리가 어머니 뱃속에 있을 때부터 우리를 안다는 구절이 『성경』에 있지 않으냐고 물었다. 보트 박사는 그 구절은 단지 하나님이 전지全知하다는 것을 가리킬 뿐이며, 하나님은 우리가 어머니 뱃속에 있기 전부터, 심지어 우리의 직계 조상들이 생기기 전부터 우리를 아신다고 하는 게 더 정확할지도 모르겠다고 말했다.

보트 박사가 마지막으로 한 이야기에 나는 깜짝 놀랐다. "빌, 나는 자네가 언젠가는 대통령이 될 거라고 생각하네. 자네라면 잘할 거라고 생각하지만, 한 가지 반드시 기억해야 할 것이 있네. 자네가 이스라엘 편을 들지 않으면 하나님이 절대 용서하지 않는다는 걸세." 보트 박사는 유대인이 성지에 보금자리를 트는 것이 하나님의 뜻이라고 믿었다. 보트 박사도 팔레스타인 사람들이 부당한 대우를 받았다는 것은 인정했지만, 그들의 문제의 해답은 반드시 이스라엘의 평화와 안전을 전제해야 한다고 강조했다.

나는 12월 중순에 보트 박사를 만나러 갔다. 그는 방에서 나오지도 못할 만큼 몹시 쇠약한 상태였다. 보트 박사는 나에게 성탄목聖誕木을 방 안으로 옮겨달라고 말했다. 마지막으로 그 모습을 즐기다 가고 싶다는 것이었다. 그래서 그랬는지 보트 박사는 성탄절에 세상을 떠났다. 보트 박사는 누구보다 충실하게 예수를 따른 사람이었다. 또한 나에게는 가장 충실한 목사이자 조언자였다. 결국 나는 그가 예언한 행로를 따라가게 되지만, 그 없이 혼자서 내 영혼의 위험들을 헤쳐나가야 했다.

25

다시 출마할지 말지 망설이고 있는 사이에 주지사 선거는 나의 출마에 관계없이 난투극으로 바뀌고 있었다. 오랫동안 갇혔던 야심들이 풀려나오고 있었다. 민주당 쪽에서는 짐 가이 터커, 법무장관 스티브 클라크, 록펠러 재단 대표 톰 맥레이가 출마를 선언했다. 그들은 모두 내 친구들이었으며, 좋은 구상과 진보적인 경력을 갖추고 있었다. 공화당의 경쟁은 훨씬 더 흥미로웠다. 여기에는 민주당원 출신의 막강한 두 인물이 포함되어 있었는데, 워싱턴을 좋아하지 않았던 타미 로빈슨 하원의원과 아칸소 루이지애나 가스회사 사장 출신의 셰필드 넬슨이 그들이었다. 넬슨은 민주당이 너무 좌경화했기 때문에 공화당으로 이적했다고 말했는데, 이것은 남부인들이 흔히 갖다대는 이유였지만 그의 입에서 나오니 더욱 재미있게 여겨졌다. 그는 1980년에 카터 대통령에 대항하여 테드 케네디를 밀었던 사람이기 때문이다.

로빈슨과 넬슨, 그리고 그들의 후원자들은 모두 한때 친구였지만, 욕설과 중상모략이 난무하는 선거판에서 서로를 적대하게 되었다. 로빈슨은 넬슨과 제리 존스(로빈슨과 넬슨의 오랜 친구로 아클라에 가스를 대는 가스전의 일부를 소유하고 있었다)가 개인적 이익을 위해 아클라에 가스 요금을 내는 사람들에게 손해를 끼치는 욕심 많은 사업가들이라고 비난했다. 넬슨은 로빈슨이 주지사가 되기에는 불안하고 불온한 사람이라고 비난했다. 그러나 그들이 대체로 동의하는 것은 내가 세금을 너무 많이 올렸음에도, 교육 개선이나 경제발전에서 돈 쓴 흔적이 거의 나타나지 않는다는 점이었다.

민주당 쪽에서는 스티브 클라크가 경선을 포기하여 짐 가이 터커와 톰 맥레이만 남았다. 그들은 나의 출마를 막는 데 공화당 쪽과는 다른 방법, 더 영리한 방법을 썼다. 그들은 내가 좋은 일을 많이 했지만, 이제 새로운 아이디어도 떨어졌고 시대에도 뒤떨어졌다고 말했다. 주지사 10년은 긴 세월이다, 이제 클린턴은 의회에서 아무런 일도 할 수 없다, 클린턴에게 4년을 더 주면 주정부의 모든 측면을 지나치게 장악하게 될 것이다, 이런 주장이었다. 맥레이는 대표 유권자들의 '포커스 그룹'(원래는 테스트할 상품에 관하여 토의하는 소비자 그룹을 가리키는 말—옮긴이주)과 만났다. 유권자들은 내가 세워놓은 경제발전 방향을 유지하고 싶지만, 새로운 지도자의 새로운 구상도 환영한다고 말했다. 나는 그들의 주장에도 일리가 있다고 생각했지만, 그들이 징세를 반대하는 보수적인 주의회로부터 나보다 더 많은 것을 얻어낼 수 있다고 생각하지 않았다.

여전히 마음을 잡지 못한 상태에서 나는 3월 1일을 결정의 마감일로 잡아놓았다. 힐러리와 나는 이 문제를 놓고 수십 번 이야기를 했다. 내가 출마하지 않으면 힐러리가 출마할 것이라는 추측 보도도 나왔다. 나는 그 문제에 대한 질문을 받고, 힐러리는 훌륭한 주지사가 될 재목이지만, 출마 여부는 모르겠다고 대답했다. 나와 이야기를 할 때 힐러리는 만일 내가 출마하지 않는다면 그 다리를 건너겠지만, 내가 그것을 염두에 두고 결정을 내려서는 안 된다고 말했다. 힐러리는 내가 주지사직을 그만둘 준비가 안 되었다는 사실을 나보다 먼저 알았던 것이다.

나는 10년간 열심히 일하다가 마지막 1년 동안은 교육 개선을 더 추진하기 위한 자금을 모으는 데 연거푸 실패했다는 기록을 남겨둔 채 떠난다는 생각에 견딜 수가 없었다. 나는 포기할 줄 모르는 사람이었다. 그리고 그런 유혹을 느낄 때마다 뭔가 힘을 주는 일이 일어나곤 했다. 1980년대 중반 우리 경제가 엉망일 때, 나는 주민 네 명 가운데 한 명이 실업자인 어느 카운티에 새로운 산업체를 유치하려고 했다. 그러나 막판에 네브래스카 주가 그 회사에 추가로 100만 달러를 더 주겠다고 하는 바람에 그 거래를 놓치고 말았다. 나는 실망이 컸다. 그 카운티 주민 전체의 기대를 저버린 것 같은 느낌이 들었다. 비서 린더 딕슨은 내가 의자에 앉아 두 손으로 머리를 감싸고 있는 모습을 보고, 자기 책상에 있던 신자용 달력에 적힌 그 날의 성경 구절을 찢어들고 왔다. 「갈라디아서」 6장 9절이었다. '우리가 선을 행하되 낙심하지 말지니 피곤하지 아니하면 때가 이르매 거두리라.' 나는 바로 직무로 돌아갔다.

2월 11일, 나는 인내의 힘이 얼마나 위대한지 보여주는 사건을 목격했다. 일요일인 그날 아침 일찍 힐러리와 나는 첼시를 깨워 주지사 관저의 부엌으로 내려갔다. 첼시에게는 이미 아주 중요한 사건을 보게 될 것이라고 말해두었다. 우리는 텔레비전을 켜고, 넬슨 만델라가 자유를 향한 마지막 걸음을 내딛는 모습을 지켜보았다. 만델라는 27년에 걸쳐 수감과 학대를 당했음에도 끝내 승리를 거두었고, 아파르트헤이트를 끝냈고, 자신의 마음을 증오로부터 해방시켰고, 세계에 영감을 주었다.

3월 1일 기자회견에서 나는 "이제 내 안에서는 선거의 불길이 타오르지 않지만" 다섯 번째 임기에 도전할 것이라고 말했다. 교육 개선과 경제 현대화를 마무리지을 기회를 한 번 더 얻고 싶고 내가 다른 후보들보다 그 일을 더 잘할 수 있다고 생각하기 때문이라고 이유를 달았다. 나는 또 주정부에 새로운 사람들을 들여오고, 권력 남용을 피하기 위해 특별히 노력을 기울이겠다고 말했다.

돌이켜보니 이 발표는 양면적으로 보이기도 하고 약간 오만해 보이기도 한다. 그러나 그것이 1982년 이후 처음으로 패배할 가능성이 있는 선거운동에 나서던 내 감정의 솔직한 표현이었다. 곧 행운이 찾아왔다. 짐 가이 터커가 경선에서 사퇴하고 대신 부지사에 출마한다면서, 분열적인 예비선거는 누가 승리를 거두든 가을에 공화당이 승리할 가능성을 높여줄 뿐이라고 발표한 것이다. 터커는 부지사 경선에서는 쉽게 이길 수 있고, 그러면 4년 뒤에는 주지사가 될 수 있다고 판단했다. 그의 생각은 확실히 옳았고, 나는 안도했다.

그럼에도 나는 예비선거 승리를 당연하게 생각할 수 없었다. 맥레이는 열심히 선거운동을 하고 있었고, 록펠러 재단에서 오랫동안 훌륭한 일을 많이 하여 아칸소에는 그와 친하고 그를 존경하는 사람들이 많았기 때문이다. 그는 공식 발표를 할 때 손에 비를 들고 나와, 주정부에서 낡은 생각들과 직업 정치인들을 깨끗하게 쓸어내겠다고 말했다. 빗자루 전술은 나의 이웃인 데이비드 보런이 1974년 오클라호마 주지사 선거에 나설 때 사용해 큰 효과를 보았다. 그러나 이번에도 효과를 보게 할 수는 없었다. 글로리어 케이브가 선거운동을 관리해주기로 하고, 효과적인 조직을 구축했다. 모리스 스미스가 자금을 모았다. 나는 단순한 전략을 채택했다. 상대 후보보다 더 열심히 뛰고, 내 일을 하고, 새로운 구상을 계속 설명해 나간다는 것이었다. 평균 B학점 이상을 얻은 모든 고등학생에게 대학 장학금을 지급하는 정책이라든가, 온실 가스와 지구 온난화에 우리 나름으로 대처하기 위해 앞으로 10년간 매년 1,000만 주의 나무를 심는 '미래 심기' 계획이 그런 새로운 구상들이었다.

맥레이는 나에게 더 비판적이 될 수밖에 없었는데, 그런 상황에 약간 불편해하는 것 같았다. 어쨌든 그런 비판은 어느 정도 효과가 있었다. 모든 후보들이 내가 전국 정치에 관여하는 것을 비판했다. 3월 말 나는 뉴올리언스로 가서 민주당지도자회의 의장직을 수락했다. 나는 이 그룹의 연금 개혁, 범죄 대처, 교육, 경제 성장에 대한 구상들이 민주당과 나라의 미래에 핵심적이라고 확신했다. 민주당지도자회의의 입장들은 아칸소에서도 인기가 있었지만, 내가 그런 일로 부각되는 것이 경선에서는 불리하게 작용할 수 있었으므로 나는 가능한 한 빨리 고향으로 돌아왔다.

4월에 AFL-CIO가 처음으로 나에 대한 지지를 거부했다. 의장인 빌 베커는 사실 나를 좋아한 적이 없었다. 그는 판매세 인상이 노동자들에게 부당한 조치라고 생각했으며, 아칸소에 새로운 일자리를 만들기 위해 추진하던 세금 인센티브에 반대했고, 내가 1988년에 세제 개혁 주민 투표에서 성공을 거두지 못했다고 비난했다. 그는 또 내가 노사 분규가 일어난 업체에 30만 달러의 대출 보장을 지원해주었다고 격분했다. 나는 노동자대회 연설에서 교육을 위한 증세를 옹호했으며, 내가 지지했지만 주민이 투표로 반대한 세제 개혁 실패의 책임을 내 탓으로 돌리는 베커의 주장에 놀라움을 표시했다. 나는 대출 보장 문제도 변호했다. 그것이 410개의 일자리를 구해주었기 때문이다. 그 회사는 포드 자동차 회사에 납품을 했는데, 이 대출금을 통해 두 달치 재고를 확보할 수 있었다. 그것이 없었다면 포드는 하청 계약을 취소했을 것이고, 그 회사는 문을 닫았을 것이다. 2주가 안 되어 18개 지역 조합이 베커의 뜻을 거슬러 나를 지지했다. 그들은 완벽한 선을 때문에 약간 모자란 선을 포기하고 마는 자유주의의 고전적인 덫을 슬기롭게 피한 것이다. 2000년에는 많은 사람들이 그런 덫에 걸려 랠프 네이더에게 투표하고 말았는데, 그런 일이 없었다면 앨 고어가 대통령으로 선출되었을 것이다.

예비선거에서 유일하게 극적인 순간은 내가 다시 아칸소 밖에 나가 있을 때 일어났다. 내가 워싱턴에 가서 국회에 델타개발위원회의 보고서를 제출하는 동안, 맥레이는 주 의사당에서 기자회견을 열어 내가 해온 일들을 비판했다. 그는 아칸소 언론을 모두 자기편으로 만들 수 있다고 생각했다. 그러나 힐러리는 생각이 달랐다. 내가 회견 전날 밤에 전화를 했을 때, 힐러리는 자신이 회견장에 나갈지도 모른다고 말했다. 맥레이는 판지에 내 모습을 그려 자기 옆에 세워두었다. 그는 내가 주를 비웠다고 공격했다. 내가 그와 토론하는 것을 거부했다는 의미였다. 이어 그는 나에게 질문을 하고 스스로 답변을 하면서 내가 한 일들을 비판하기 시작했다.

맥레이가 한참 열을 올리는데 힐러리가 사람들 사이에서 앞으로 나가 그의 말을 끊었다. 힐러리는 내가 아칸소에 도움을 줄 델타위원회 권고안을 홍보하기 위해 워싱턴에 가 있다는 것을 맥레이도 잘 알고 있지 않느냐고 물었다. 이어 힐러리는 준비해온 자료를 제시했다. 록펠러 재단이 몇 년에 걸쳐 주지사로서 내 업적을 찬양한 보고서 요약문이었다. 힐러리는 맥레이가 보고서에서 한 말이 옳으며, 아칸소 사람들은 나의 업적을 자랑스러워해야 한다고 말했다. "우리는 사우스캐롤라이나를 제외한 다른 모든 주보다 높은 성장률을 기록했으며, 사실 사우스캐롤라이나에도 별로 처지지 않습니다."

주지사 부인은 말할 것도 없고 후보의 부인이 이렇게 상대 후보를 공박하고 나선 것은 전례 없는 일이었다. 어떤 사람들은 이 일을 두고 힐러리를 비판했다. 그러나 대부분의 사람들은 힐러리가 오랫동안 나와 함께 일을 해왔기 때문에 자신이 한 일을 옹호할 자격이 있다고 생각했다. 어쨌든 이로 인해 맥레이 진영은 주춤했다. 나는 아칸소에 돌아와 반격에 나섰다. 나는 그의 경제발전 전략을 비판하면서, 그가 아칸소 둘레에 담을 쌓고 싶어 한다고 말했다. 나는 결국 예비선거에서 55퍼센트를 얻어 맥레이를 비롯한 다른 도전자들을 눌렀다. 그러나 맥레이는 적은 돈으로 영리하게 선거운동을 했으며, 또 운동을 상당히 잘했기 때문에 공화당은 가을 선거에 어느 정도 자신감을 가질 수 있었다.

공화당 예비선거에서는 셰필드 넬슨이 타미 로빈슨을 이겼다. 그는 나의 '세금과 지출' 성적을 놓고 나와 싸우겠다고 약속했다. 그러나 그 전략에는 결함이 있었다. 넬슨은 온건한 공화당원으로 자신을 내세우고, 교육과 경제발전 분야에서 내 업적을 찬양하면서, 그렇지만 10년은 길었다고 이제 금시계를 주고 명예롭게 퇴진시켜야 할 때가 왔다고 말했어야 했다. 넬슨은 원래 학교의 수준을 높이고 거기에 들어가는 자금 조달을 위한 판매세 인상을 지지했다. 그러나 선거전에서 입장을 바꾸는 바람에 나는 지겨운 현직 주지사라는 약점에서 벗어나 긍정적 변화를 주장하는 유일한 후보가 될 수 있었다.

넬슨이 교육 정책과 세금에 반대하여 뛰고 있었기 때문에 나에게 유리한 점이 하나 더 생겼다. 내가 이길 경우 주의회에 나가, 주민이 주지사 선거를 통해 나의 정책을 지지했다고 주장할 수 있게 되었다는 것이다. 선거일이 다가오면서, AFL-CIO가 마침내 나를 지지했다. '아칸소교육협회'는 나를 '추천'했다. 내가 교사 봉급을 올리겠다고 약속한 반면, 넬슨은 4년 동안 세금을 인상하지 않겠다고 약속했기 때문이다. 또 교육협회장인 시드 존슨이 이제 화해를 하고 일을 계속하기를 바랐기 때문이다.

한편 넬슨은 더 우경화하여 사생아에 대한 복지 연금 축소를 옹호하고, '미국총기협회'가 주의회를 통해 밀어붙이고 있는 법안에 거부권을 행사했다는 이유로 나를 비판했다. 그 법안이 통과되면 지방 정부는 총기나 탄약

유통을 제한할 힘을 잃게 될 판이었다. 미국총기협회로서는 영리하게 손을 쓴 셈이었다. 주의회 의원들은 보통 시의회보다 시골에 가까워 총기를 지지하는 경향이 강했기 때문이다. 그러나 나는 그 법안이 나쁜 정책이라고 생각했다. 만일 리틀록 시의회가 조직폭력배의 활동 증가를 우려하여 경찰관을 죽일 수 있는 총알의 유통을 금지하고 싶다면, 그들에게 그렇게 할 수 있는 권한이 있어야 한다는 것이 내 생각이었다.

선거운동을 한다고 해서 주지사의 일이 중단되는 것은 아니었다. 6월에 나는 1964년 이후 아칸소에서 처음으로 사형 집행을 승인했다. 존 스윈들러는 아칸소 경찰관 한 명과 사우스캐롤라이나의 10대 두 명을 죽인 죄로 유죄판결을 받았다. 로널드 진 시먼스는 그의 부인, 세 아들, 네 딸, 사위, 며느리, 네 손자, 원한이 있는 두 사람을 죽였다. 시먼스는 죽고 싶어 했지만 스윈들러는 그렇지 않았다. 그들은 둘 다 6월에 처형되었다. 나는 이 두 건에 대해서는 주저함이 없었으나, 더 어려운 사건들이 우리를 기다리고 있었다.

나는 무기징역을 받은 몇 명의 살인자가 가석방 받을 수 있도록 감형을 해주었다. 유권자들에게도 설명했듯이 나는 첫 임기 동안의 좋지 않은 경험 뒤에 오랫동안 감형을 하지 않았다. 그러나 교도소 위원회와 가석방 및 사면 위원회에서 무기수에 대한 감형을 계속하라고 요청했다. 대부분의 주에서는 무기수들이 몇 년 복역하면 가석방 자격을 주었다. 아칸소에서는 주지사가 감형을 해주어야 했다. 이런 결정은 쉽지 않았고, 인기도 좋지 않았다. 그러나 무기수가 10퍼센트나 되는 교도소에 평화와 질서를 유지하기 위해서는 그런 조치가 필요했다. 사실 많은 무기수들이 사회로 복귀해도 범죄를 되풀이하지 않아 다른 사람들에게 위험이 없다는 점이 다행이라면 다행이었다. 나는 이번에는 피해자 유족의 의견을 들으려고 노력했다. 놀랍게도 많은 유족이 반대를 하지 않았다. 게다가 감형을 받은 사람들은 대부분 나이가 많았으며, 젊은 시절에 저지른 범죄로 복역 중이었다.

9월 중순에는 개발재정국에서 해고된 직원이 불만을 품고 나의 '섹스 문제'를 제기했다. 래리 니콜스는 그의 사무실에서 니카라과 콘트라 반군

(전국의 공화당원들이 강력하게 지지하고 있었다)의 보수적 지지자들에게 120통 이상의 전화를 했다. 니콜스의 변명은 주의회의 공화당 의원들에게 자신의 부서에 유리한 법안을 지지하라는 로비를 부탁하기 위해 그들에게 전화를 했다는 것이었다. 그가 내건 이유가 설득력이 없었기 때문에 그는 해고되었다. 그러자 니콜스는 의사당 계단에서 기자회견을 열어, 내가 재정부의 자금을 유용해 다섯 명의 여자와 관계를 가졌다고 비난했다. 나는 니콜스가 비난하고 나서 얼마 안 있어 의사당 앞의 주차장으로 차를 몰고 들어갔다가 정치부 기자들 가운데 고참이며 훌륭한 기자라는 평가를 받고 있던 AP통신의 빌 시먼스로부터 그 이야기를 듣고 소스라치게 놀랐다. 시먼스가 그 비난에 대해 물었을 때 나는 그냥 그 여자들에게 전화를 해보라고 말했다. 시먼스는 전화를 했고, 여자들은 모두 부인했다. 그것으로 이 이야기는 죽어버린 셈이었다. 텔레비전 방송국이나 신문에서도 이 이야기를 다루지 않았다. 넬슨을 지지한 한 보수적인 라디오 아나운서만 그 이야기를 하면서, 여자들 가운데 하나인 제니퍼 플라워스를 거명하기까지 했다. 그러자 플라워스는 그만두지 않으면 고소하겠다고 위협했다. 넬슨의 선거운동본부에서는 이 소문에 부채질을 하려 했으나, 그럴 만한 증거가 없었다.

선거운동이 끝날 무렵 넬슨은 거짓이지만 효과는 있는 텔레비전 광고를 내보냈다. 아나운서가 일련의 쟁점들을 제기하면서 나에게 어떻게 할 것이냐고 묻는다. 그러면 각 질문에 대해 내 목소리가 대답한다. "인상하고 지출해야 합니다." 넬슨의 선거운동본부는 내가 주지사 연두교서에서 아칸소의 예산과 연방정부의 예산을 비교한 대목 가운데 그 말만 따낸 것이다. 워싱턴은 적자 지출을 할 수 있지만, 우리는 돈이 없으면 "인상하고 지출해야 합니다. 아니면 아예 지출하지 말아야 합니다." 내가 한 말은 이랬다. 나는 넬슨의 주장과 내가 실제로 한 말을 비교하는 대응 광고를 내보내 유권자들에게 넬슨이 선거운동에서 그들을 속이지 않는다는 것을 믿을 수가 없는데 어떻게 그를 믿고 주지사 일을 맡길 수 있겠느냐고 말했다. 이틀 뒤 나는 57대 43으로 재선되었다.

이 승리는 여러 면에서 달콤했다. 주민은 나에게 총 14년을 봉사할 기회를 주었다. 역사상 어느 아칸소 주지사보다 긴 기간이었다. 그리고 처음으로 세바스천 카운티에서 승리를 거두었다. 세바스천 카운티는 당시까지만 해도 아칸소에서 골수 공화당 지지자들의 영향력이 가장 강한 큰 카운티였다. 나는 포트스미스 선거 유세에서 만일 그곳에서 승리를 거두면 힐러리와 내가 그곳 중심가인 개리슨 애비뉴에서 춤을 추겠다고 말했다. 선거가끝나고 나서 이틀 뒤 밤에 우리는 수백 명의 지지자들과 함께 약속을 지켰다. 춥고 비가 왔지만, 우리는 춤을 추면서 무척 즐거웠다. 그곳에서 승리하는 날을 16년이나 기다려왔기 때문이다.

총선거 기간에 마음이 어두웠던 순간이 딱 한 번 있었는데, 그것은 순전히 개인적인 일 때문이었다. 8월에 어머니의 오른쪽 유방에서 멍울이 발견된 것이다. 48시간 뒤 어머니가 멍울을 제거하는 동안 나는 딕, 로저와 함께병원에서 기다렸다. 어머니는 수술 뒤에 평소의 활기찬 모습으로 돌아와,나는 바로 선거운동에 뛰어들었다. 그러나 어머니는 몇 달 동안 화학 치료를 받아야했다. 암은 이미 팔의 일곱 개 결절로 퍼져 있었다. 하지만 어머니는 나를 포함한 누구에게도 그 이야기를 하지 않았다. 사실 어머니는 1993년에 가서야 상태가 얼마나 심각한지 이야기를 했다.

12월에 나는 민주당지도자회의 일을 계속하여, 오스틴에 민주당지도자회의 텍사스 지부를 설립했다. 나는 민주당 비판자들의 말과는 달리 우리가훌륭한 민주당원이라고 역설했다. 우리는 모든 사람들을 위하여 미국의 꿈을 살려 나가려 한다. 우리는 현재의 상태를 지지하지는 않았지만 정부를믿는다. 우리는 정부가 어제와 오늘에 대해서는 지출을 너무 많이 하지만,내일에 대해서는 지출을 너무 적게 한다고 생각한다. 부채이자, 방위비, 비용은 많이 들지만 질은 낮은 의료보험에는 지출을 많이 하면서도, 교육, 환경, 연구 개발, 기간시설에는 지출이 적다는 것이다. 나는 민주당지도자회의가 현대의 주요 의제를 대변한다고 말했다. 관료제의 확대가 아닌 기회의확대, 육아와 공립학교의 선택 존중, 가난한 사람들에게 책임 부여와 권한위임, 산업 시대의 상명하달 식의 관료제로부터 벗어나 현대의 세계화 경제에 어울리는 더 작고, 더 유연하고, 더 혁신적인 정부를 향한 혁신 등이 그 내용이었다.

　나는 민주당원들을 위한 전국적 메시지를 개발하려고 노력했다. 이러한 노력 때문에 내가 1992년 대통령 경선에 나설지도 모른다는 추측이 나돌았다. 나는 주지사 선거운동을 하면서, 주지사에 당선되면 임기를 채울 것이라고 여러 번 말했다. 실제로 나는 그럴 생각이었다. 나는 다가올 주의회 회기를 기다리며 흥분하고 있었다. 브래디 법안을 죽인다든가 가족 및 의료 휴가법에 거부권을 행사한다든가 하는 결정에서는 분명하게 의견이 달랐지만, 그래도 나는 부시 대통령을 좋아했으며 백악관과도 관계가 좋았다. 게다가 부시 대통령을 꺾는 것은 가망 없는 일로 보였다. 사담 후세인이 쿠웨이트를 침공하는 바람에 미국은 걸프전쟁을 준비하고 있었다. 이 전쟁 때문에 두 달 뒤에는 부시 대통령의 지지율이 하늘 높은 줄 모르고 치솟았다.

　1991년 1월 15일 아침, 나는 열 살이 된 첼시에게 『성경』을 들게 하고, 리틀록에서 마지막 주지사 취임 선서를 했다. 나는 관례에 따라 만원을 이룬 주 하원 의사당의 회의장에서 비공식 연설을 하고, 정오에는 공개 기념식에서 좀더 공식적인 연설을 했다. 기념식은 궂은 날씨 때문에 의사당 원형 홀에서 열렸다. 새로운 주의회에는 그 어느 때보다 여성과 흑인이 많았다. 주 하원의장 존 립튼과 상원 임시의장 제리 북아웃은 진보주의자였으며, 나의 강력한 지지자들이었다. 부지사 짐 가이 터커는 그때까지 그 일을 맡은 사람들 가운데 가장 유능한 사람으로 꼽혔다. 우리는 오랜만에 서로 어긋나는 행동이 아니라 협력을 하고 있었다.

　나는 취임 연설을 페르시아 만에서 복무하는 아칸소 출신의 남녀에게 바치면서, 마틴 루터 킹 2세의 생일에 새로운 시작을 하게 되어 이날이 더욱 뜻깊게 여겨진다고 말했다. 나는 "우리는 함께 미래로 전진해야 하며, 그렇지 않으면 모두 지금 우리가 이루어놓은 것 안에 갇혀버릴 것"이라고 말하면서, 교육, 보건, 도로, 환경에서 내가 지금까지 제안한 정책 가운데 가장 야심만만한 정책을 제시했다.

　교육에서는 성인 문맹 퇴치와 훈련 프로그램의 대폭 증가, 대학에 가지 않는 젊은이들을 위한 취업 훈련, 중산층과 저소득층 자녀 가운데 필수 강좌를 이수하고 평균 B학점을 받고 마약을 하지 않는 모든 학생에게 대학 장학금 지급, 가난한 아이들을 위한 취학 전 교육, 수학과 과학에 재능이 있는 학생들을 위한 새로운 기숙사 고등학교 설립, 14개 직업기술학교의 2년제 대학으로의 전환, 2년간에 걸쳐 교사들의 보수 4,000달러 인상 등을 제시했다. 나는 그 재원 조달을 위해 주의회에 판매세를 0.5센트 올리고, 법인소득세를 0.5퍼센트 올려달라고 요청했다.

나는 또 임산부와 자녀들을 위한 건강 보험, 25만 명 이상의 납세자(총 납세자의 25퍼센트가 넘었다)에게 주 소득세 면제, 납세자 75퍼센트의 소득세를 공제하여 판매세 인상으로 인한 부담 상쇄 등을 포함한 여러 가지 개혁 조치도 제시했다.

나는 이후 68일 동안 이런 정책들을 통과시키기 위해 노력했다. 의원들을 내 집무실로 부르고, 직접 법안을 옹호하기 위해 위원회 청문회에 가고, 회의장이나 야간 행사나 이른 아침 의사당 식당에서 의원들을 만나고, 회의장 바깥이나 휴게실까지 의원들을 쫓아다니고, 밤늦게 전화를 하고, 반대하는 의원이나 그들과 연계된 로비스트들을 불러 타협안을 만들어냈다. 회기가 끝날 무렵 나의 정책은 거의 다 통과되었다. 세금 제안은 양원에서 각각 76퍼센트와 100퍼센트의 지지를 받았는데, 다수의 공화당 의원들도 찬성표를 던졌다.

주에서 가장 유명하고 센스 있는 칼럼니스트인 어니스트 듀머스는 "교육에 관한 한 아칸소 주 역사상 최고라고도 할 수 있는 회기였다"고 말했다. 듀머스는 우리가 최대의 도로 건설 정책을 통과시킨 것, 가난한 가족들을 위해 의료보험을 확대한 것, 고형 폐기물 재활용과 감소 및 '주 공해통제국의 공해 산업 제어'를 위한 제안들을 통과시켜 환경을 개선한 것, 가난한 공동체들에 학교 보건진료소를 설치하여 '일부 종교 광신자들을 눌러버린 것' 등에도 주목했다.

주의회는 학교 보건진료소 문제를 놓고 가장 큰 싸움을 벌였다. 나는 지방 교육위원회의 승인을 얻을 경우 이 진료소에서 콘돔을 나누어줄 수 있도록 하자는 안을 지지했다. 상원도 지지했다. 좀더 보수적인 하원은 경건한 태도로 콘돔 배급에 반대했다. 마침내 주의회는 마크 프라이어 하원의원(2002년에 아칸소 최연소 연방 상원의원이 되었다)이 제안한 타협안을 채택했다. 콘돔을 사는 데 주정부의 돈을 쓸 수는 없지만, 다른 자금으로 살 수 있으면 나누어주는 것도 가능하다는 안이었다. 「아칸소 가제트」의 재치 있는 칼럼니스트 밥 랭커스터는 '콘돔 의회'의 투쟁 연대기를 기록한 재미있는 글을 썼다. 그는 호메로스에게 미안하다면서 이 갈등을 '트로이 전쟁'이라고 불렀다.

　의회는 또 시와 카운티가 지방자치체 총기 통제 조례를 채택하는 것을 금지하는 미국총기협회의 법안도 통과시켰다. 내가 1989년에 거부권을 행사했던 바로 그 법안이었다. 남부의 주의회들은 미국총기협회의 요구를 거부하지 못했다. 좀더 자유주의적인 상원에서조차 이 법은 26 대 7로 통과되었다. 나는 상원의 통과 시간을 늦추었다. 의원들이 집에 간 뒤에 거부권을 행사하면, 그들이 내 거부권 행사를 다시 뒤엎는 것을 막을 수 있었기 때문이다. 법안이 나에게 온 뒤, 나는 이 법안을 밀어붙이기 위해 워싱턴에서 내려온 미국총기협회의 젊은 로비스트를 만나게 되었다. 그는 키가 아주 컸고 옷을 잘 입었으며, 발음을 끊는 듯한 뉴잉글랜드 악센트를 사용했다. 어느 날 내가 주 의사당 하원에서 상원 쪽으로 가느라 원형 홀을 가로지르는 데 그가 내 길을 막았다. "주지사, 주지사, 그냥 주지사 서명 없이 이 법안이 법이 되도록 놔두면 어떻겠습니까?" 나는 왜 이 법안을 지지하지 않는지 설명했다. 벌써 몇 번째인지 몰랐다. 그러자 그가 소리를 버럭 질렀다. "이보세요, 주지사, 주지사는 내년에 대통령에 출마할 거 아뇨. 주지사가 지금 이 법안에 거부권을 행사하면, 나중에 대통령에 출마했을 때 텍사스에서 머리가 완전히 깨질 정도로 얻어맞을 거요." 나는 내가 이제 나이도 들었고 전보다는 더 노련해졌다는 것을 알게 되었다. 그 자리에서 그 사람에게 한 방 먹이지 않고 참을 수 있었기 때문이다. 나는 대신 웃음을 지으며 말했다. "당신 마음대로는 안 될 거요. 나는 이 법안이 마음에 들지 않소. 아칸소에서는 반드시 총기 통제가 이루어질 거요. 워싱턴에 있는 당신의 멋진 사무실 벽에는 차트가 하나 걸려 있겠지. 그 차트 꼭대기에는 이 법안이 있고 그 밑에 모든 주 이름이 적혀 있을 거요. 당신은 이 법안이 좋은지 나쁜지 전혀 따지지 않소. 그냥 그 차트의 아칸소 이름 옆에 체크 표시를 하고 싶을 뿐이오. 그러니까 당신은 당신 총을 잡으쇼. 나는 내 총을 잡겠소. 그럼 말을 타고 텍사스에서 만납시다." 나는 의원들이 퇴근하자마자 법안을 거부해버렸다. 곧 미국총기협회는 나를 공격하는 텔레비전 광고를 내보내기 시작했다. 나는 이 이야기를 쓸 때에야 비로소 그 미국총기협회 로비스트와 이야기를 할 때 대통령 출마를 고려하고 있다는 사실을 인정한 것이나 다름없다는 것을 깨달았다. 그러나 당시에는 실제로 출마할 가능성이 있다고 생각하지 않았다. 그냥 협박을 당하는 것이 싫었을 뿐이다.

회기가 끝난 뒤 헨리 올리버가 그만두고 싶다고 말했다. 나는 그를 보내고 싶지 않았지만, 해병대, 연방수사국, 지방과 주정부에서 수십 년간 흠 없이 봉사를 했으니 이제 집에서 쉴 권리가 있다는 생각이 들었다. 당분간은 글로리어 케이브와 캐럴 래스코가 그의 일을 맡기로 했다.

다음 몇 달 동안은 우리가 통과시킨 묵직한 정책들이 이행되는지 확인하고, 민주당지도자위원회를 위하여 전국 출장을 다녔다. 나는 '지난 20년간 떼를 지어 민주당을 떠난 주류, 중산층' 유권자들을 되찾을 방법에 대해 이야기하고 다녔기 때문에, 언론에서는 내가 1992년에 출마할 것이라고 추측했다. 4월에 나는 어떤 인터뷰에서 그 문제에 대해 농담을 하면서 이렇게 말했다. "실제로 누가 출마하겠다고 나서기 전에는 모두가 명단에 올라갈 수 있다. 그건 좋은 일이기도 하다. 어머니가 신문에서 내 이름을 보시면 좋아할 테니까."

나 자신은 여전히 출마할 수 있다거나 출마해야 한다는 생각을 하지 못하고 있었다. 또 걸프전쟁 덕분에 부시 대통령의 지지도가 계속 70퍼센트를 상회하는 상황이었다. 그러나 나는 당의 전통적 기반과 부동층 양쪽에 선이 닿는 민주당지도자회의의 민주당원이라면 기회가 있지 않을까 하는 생각을 하기 시작했다. 미국에는 워싱턴에서 무시하는 심각한 문제들이 있었기 때문이다. 대통령과 그의 팀은 걸프전쟁의 날개를 타고 바로 승리로 날아가기로 작정한 것 같았다. 그러나 나는 아칸소에서, 또 전국을 여행하는 중에 미국이 4년 더 날아갈 수 없는 증거들을 많이 보았다. 1991년이 되면서 점점 더 많은 사람들이 그런 생각을 하게 되었다.

4월에는 로스앤젤레스로 가서 공교육을 개선하는 일을 하는 시민 단체인 '교육 먼저'의 오찬회에서 연설을 했다. 시드니 포이티어의 소개를 받아 연단에 선 나는 캘리포니아의 교육과 관련하여 그 무렵 경험한 세 가지 일을 이야기했다. 이 경험들은 미국의 미래의 희망과 위험을 모두 보여주는 것이었다. 우선 나는 1년 전쯤 로스앤젤레스의 캘리포니아 주립대학에서 122개 민족 출신의 학생들 앞에서 연설을 하면서 희망을 보았다. 이들의 다양성은 미국이 세계 공동체와 경쟁하고 관계를 맺을 능력이 있음을 보여주는 좋은 징조였다. 그러나 힐러리와 내가 로스앤젤레스 동부의 6학년생들을 찾아갔을 때는 위험이 분명하게 드러났다. 그들은 큰 꿈과 정상적인 생활을 하고 싶은 강한 욕구를 품은 훌륭한 아이들이었다. 그런데 그 아이들은 제일 큰 두려움이 등하교길에 총에 맞는 것이라고 말했다. 그들은 또 학교 옆을 지나가는 사람이 총을 난사할 경우에 책상 밑에 들어가는 훈련을 받는다고 했다. 아이들의 두 번째 두려움은 열세 살이 되었을 때 폭력 조직에 가입하여 마약을 하거나 또래들로부터 심한 구타를 당하게 될지도 모른다는 것이었다. 이 아이들을 만난 경험은 나에게 큰 영향을 미쳤다. 이 아이들은 더 나은 삶을 살 자격이 있었다.

또 언젠가 캘리포니아를 여행하면서 재계 원탁회의에 참석하여 교육 문제를 토론한 적이 있는데, 그때 한 전화회사 임원은 입사 지원자들 거의 모두가 고등학교 졸업자임에도 70퍼센트가 입사 시험에서 떨어진다고 말했다. 나는 청중에게 만일 아이들이 유소년기를 위험하게 보내야 하고 학교들이 제대로 교육을 시키지 못한다면 미국이 걸프전쟁에서 승리했다 해도 냉전 이후 세계를 지도하기를 바랄 수 있겠느냐고 물었다.

물론 나라에 문제가 있다고 말하는 것과 그 문제들에 대해 연방 정부가 무슨 일을 해야 할지 말하는 것은 전혀 다른 문제였다. 게다가 레이건–부시 시절을 거치면서 연방 정부가 문제의 해결책이 아니라 문제의 근원이라고 믿게 된 국민에게 그것을 알아들을 수 있는 방식으로 말한다는 것은 참으로 다른 문제였다. 그 말을 제대로 하는 것이 바로 민주당지도자회의의 임무였다.

5월 초, 나는 클리블랜드로 가서 민주당지도자회의 총회를 주재했다. 1년 전 우리는 뉴올리언스에서 미국의 전통적 가치들에 뿌리박은 새로운 구상들로 이루어진, 역동적이지만 중도적인 진보 운동을 창조함으로써 워싱턴의 지겨운 당파적 논쟁을 넘어서겠다는 원칙이 담긴 성명을 발표했다. 마리오 쿠오모나 제시 잭슨 목사 같은 민주당의 지도자급 자유주의자들 가운데 일부는 민주당지도자회의가 너무 보수적이라고 비판했지만(잭슨 목사는 민주당지도자회의가 '민주당 유한계급'을 대변한다고 말했다), 이 총회에는 미국의 경제적·사회적 문제들에 관심을 가지는 창조적인 사상가들, 혁신적인 태도의 주와 지방자치체 공무원들, 사업가들이 많이 모여들었다. 대통령 후보로 꼽히는 사람들 몇 명을 포함해서 전국적 지명도를 가진 민주당원들도 다수 참석했다. 샘 넌, 존 글렌, 척 로브, 조 리버먼, 존 브로, 제이 록펠러, 앨 고어 등의 상원의원들이 연사로 참석했다. 주지사로는 나 외에 플로리다의 로턴 차일스, 버지니아의 제리 밸릴스가 참석했다. 하원의원들은 대개 오클라호마의 데이브 매커디처럼 보수적인 지역구 출신이거나, 뉴욕의 스티브 솔라즈처럼 안보와 외교에 관심을 가진 지역구 출신이었다. 곧 대통령 후보로 나서게 될 전직 상원의원 폴 송거스와 버지니아의 전직 주지사 더그 윌더도 참석했다. 윌더 주지사, 클리블랜드의 마이크 화이트 시장, 시카고 주택관리국 국장 빈스 레인, 펜실베이니아의 하원의원 빌 그레이, 미시시피의 하원의원 마이크 에스피 등 재능 있는 흑인 지도자들도 여럿 참석했다.

미국이 방향을 틀어야 하며, 그 일에서 민주당지도자회의가 앞장서야 한다는 취지의 내 기조연설로 총회는 시작되었다. 나는 미국의 문제와 도전들을 나열하고 공화당의 장기간의 태만을 비난했으며, 공화당의 실정에도 불구하고 민주당이 선거에서 이기지 못했다는 사실에 주목했다. 그것은 "우리에게 투표를 하던 사람들 가운데 아주 많은 사람들, 바로 우리가 이야기하고 있는 무거운 짐을 진 중산층이 전국 선거에서, 우리 민주당이 해외에서 국가의 이익을 지키고, 국내에서 그들의 가치를 사회 정책으로 만들고, 그들의 세금을 가져다 규모 있게 지출할 것이라고 믿지 않았기 때문이다."

나는 내가 지지했던 최초의 흑인 위원장 론 브라운이 지휘하는 민주당 지도부에 찬사를 보냈다. 브라운은 당의 기반을 넓히기 위해 최선을 다해 노력했지만, 우리는 거기서 나아가 미국 국민에게 구체적인 제안들이 담긴 메시지를 보내야 했다.

공화당의 짐은 그들의 부인, 회피, 태만의 이력입니다. 그러나 우리의 짐은 국민에게, 오래된 가치에 뿌리를 둔 새로운 선택을 제시하는 것입니다. 새로운 선택의 내용은 간단합니다. 이 선택은 기회를 제공하며, 책임을 요구하며, 국민에게 더 큰 발언권을 주며, 요구에 응답하는 정부를 세우는 것입니다. 우리가 공동체라는 것을 인정하기 때문에 이런 일들이 가능합니다. 우리 모두 한 배를 탔습니다. 기쁜 일도 어려운 일도 함께 겪습니다.

기회 의제는 자유롭고 공정한 교역을 통한 경제성장과 더불어 새로운 테크놀로지와 세계 수준의 교육이나 기술에 더 많은 투자를 한다는 의미였다. 책임 의제는 모든 국민에게 뭔가를 요구하는 것이었다. 젊은이들에게는 대학 학자금을 지원하는 대신 국가에 대한 봉사를 요구하고, 신체 건강한 부모는 일을 할 것을 요구하는 대신 자녀들을 더 많이 지원할 수 있도록 연금을 개혁하고, 자녀 부양 의무를 강화하고, 부모가 자녀를 학교에 보내도록 더 노력할 것을 요구하고, 관료제는 축소하는 대신 육아, 공교육, 취업 훈련, 노령자 보호, 동네 순찰, 공공 주택 관리에서는 더 많은 선택을 부여하는 '혁신된' 정부를 만든다는 의미였다. 공동체 의제는 수백만의 가난한 아이들에게 더 투자하고, 인종적 분열을 넘어 화합을 도모하고, 모든 미국인을 고양시키는 정치를 해나가고, 서로 분열시키지 않을 것을 요구했다.

나는 미국의 공적 담론을 지배하고 있는 모든 양자택일적 논쟁들을 돌파하려고 노력했다. 워싱턴의 통념에 따르면 교육에서 우수냐 형평이냐, 의료보험에서 품질이냐 전체냐, 깨끗한 환경이냐 경제성장이냐, 연금 정책에서 일이냐 자녀 양육이냐, 노동 현장에서 노측이냐 사측이냐, 범죄 예방이냐 범죄자 처벌이냐, 가족 가치냐 가난한 가족을 위한 더 많은 지출이냐 하는 선택의 문제였다. 저널리스트 E. J. 디온은 주목할 만한 저서 『왜 미국인은 정치를 싫어하는가 Why Americans Hate Politics』에서 이런 것들을 '거짓 선택'이라고 부르면서, 각각의 경우 미국인들은 '양자택일'이 아니라 '둘 다'를 선택해야 한다고 말했다. 나도 동의했다. 그래서 이런 식으로 나의 신념을 표현하곤 했다. "가족 가치는 굶주린 아이를 먹일 수 없습니다. 그러나 가족 가치가 없다면 굶주린 아이를 잘 기를 수도 없습니다. 우리에게는 둘 다 필요합니다."

나는 25년 전쯤 서양문명 수업 시간에 캐럴 퀴글리 교수에게서 배운 교훈, 즉 미래는 과거보다 나을 수 있고, 우리에게는 그렇게 만들 개인적·도덕적 의무가 있다는 말을 인용하여 연설을 마무리지었다. "그것이 새로운 선택의 핵심이며, 그것이 우리가 여기 클리블랜드에서 하려고 하는 일입니다. 우리는 민주당을 구하기 위해 여기 모인 것이 아닙니다. 우리는 미합중국을 구하기 위해 여기 모인 것입니다."

이 연설은 나의 가장 설득력 있고 중요한 연설 가운데 하나였다. 그것은 내가 정치에서 17년 동안 배운 것, 그리고 수백만 미국인들이 생각하고 있는 것의 핵심을 포착하고 있었다. 이것은 나의 선거운동 메시지의 청사진이 되었으며, 국민의 관심을 걸프전쟁에서 부시 대통령이 거둔 승리로부터 더 나은 미래를 건설하기 위해 해야 할 일로 돌리는 데 도움을 주었다. 또 자유주의와 보수주의 양쪽의 사상과 가치를 모두 끌어안음으로써, 오랫동안 민주당 대통령 후보를 지지하지 않았던 유권자들도 우리의 메시지에 귀를 기울이게 되었다. 이 연설이 열렬한 환영을 받음으로써 나는 미국이 추구해야 한다고 확신했던 길을 옹호하는 중요한 대변자로 자리를 잡게 되었다. 총회에서는 몇 사람이 나에게 대통령에 출마하라고 권유했다. 나는 클리블랜드를 떠나면서 경선에 나설 경우 민주당 후보 지명을 따낼 가능성이 있다는 확신을 품게 되었다. 나는 경선에 나서는 것을 고려해보기로 했다.

6월에 친구 버넌 조던이 독일의 바덴바덴에서 열리는 연례 빌더베르크 회의에 참석하러 가자고 했다. 이 회의에서는 미국과 유럽의 저명한 경제계, 정계 지도자들이 모여 당면한 쟁점이나 미국과 유럽 관계를 토론했다. 버넌과 함께 지내는 것은 언제나 기분이 좋았다. 또 유럽인들과 대화를 나누는 것도 자극이 되었다. 특히 고든 브라운이 인상적이었는데, 이 뛰어난 스코틀랜드 노동당 당원은 토니 블레어가 총리로 선출되었을 때 재무장관이 되었다. 유럽인들은 전체적으로 부시 대통령의 외교 정책을 지지했지만, 미국 경제의 계속되는 표류와 약화를 몹시 걱정하고 있었다. 미국인들만이 아니라 유럽인들도 그것 때문에 피해를 보고 있었기 때문이다.

나는 빌더베르크 회의에서 카터 시절 미국의 유엔 대표로 일하기도 했던 민주당의 활동가 에스터 쿠퍼스미스를 우연히 만났다. 쿠퍼스미스는 딸 코니와 함께 모스크바에 가는 길이었다. 그녀는 나에게 함께 가서 소련의 마지막 시절에 전개되고 있는 변화를 직접 관찰하자고 초대했다. 우리는 고르바초프보다 더 노골적으로 소비에트 경제·정치와의 절연을 내세운 보리스 옐친이 러시아 공화국의 대통령으로 당선되기 직전에 그곳을 방문했다. 짧지만 재미있는 여행이었다.

아칸소로 돌아올 때는 미국 외교의 많은 난제들이 내가 이해하고 있는 경제와 정치 문제들과 얽혀 있으며, 내가 출마해 대통령이 되어도 그런 문제들을 처리할 수 있겠다는 확신이 들었다. 그럼에도 7월이 되면서 나는 진로를 놓고 몹시 갈등하고 있었다. 나는 1990년 선거에서 아칸소 주민에게 내 임기를 채우겠다고 말했다. 1991년 주의회 회기에서 거둔 성공으로 인해 주정부 일에 새로운 의욕이 샘솟기도 했다. 우리의 가정생활은 만족스러웠다. 첼시는 새로운 학교에서 좋은 교사와 친구들을 만나 행복했고, 발레에도 열심이었다. 힐러리는 변호사 일을 잘하고 있었고, 그녀 나름으로 큰 인기를 누리며 존경을 받고 있었다. 오랜 기간의 긴장된 정치 투쟁 끝에 우리는 안정을 얻었고 행복했다. 게다가 부시 대통령은 여전히 난공불락으로 보였다. 아칸소에서 6월 초에 이루어진 여론조사에서 나의 출마를 원하는 사람은 39퍼센트에 지나지 않았으며, 아칸소 주에서도 대통령에게 57 대 32로

밀리고 있었다. 나머지는 의사 표시를 하지 않았다. 더욱이 나는 텅 빈 예비 선거 경기장으로 들어가는 것이 아니었다. 다른 훌륭한 민주당원들도 여러 명 출마할 것으로 보였다. 따라서 후보 지명을 얻기 위한 싸움은 만만치 않을 것이 틀림없었다. 게다가 역사도 내 편이 아니었다. 미국 역사상 작은 주의 주지사가 대통령이 된 경우는 1852년 뉴햄프셔의 프랭클린 피어스밖에 없었다.

정치적 고려를 떠나 나는 진정으로 부시 대통령을 좋아했고, 대통령과 백악관이 교육 문제에서 나와 협력하는 것에 감사하고 있었다. 경제와 사회 정책을 놓고는 의견이 크게 달랐지만, 그래도 나는 부시가 좋은 사람이며 대부분의 레이건주의자처럼 무자비한 우익은 전혀 아니라고 생각했다. 나는 어떻게 해야 좋을지 알 수 없었다. 6월에 캘리포니아 출장을 갔을 때, 숀 랜더스라는 젊은 남자가 공항으로 마중 나와 연설장까지 차를 태워주었다. 그는 나에게 대통령 출마를 하라면서, 선거운동을 위한 완벽한 주제가를 하나 발견했다고 말했다. 그러면서 그는 플리트우드 맥의 히트곡인 '내일에 대한 생각을 멈추지 마라Don't Stop Thinkin' About Tomorrow'의 테이프를 틀어주었다. 랜더스도, 나도 그것이 바로 내가 하려던 이야기라는 생각이 들었다.

로스앤젤레스에 들어갔을 때 나는 힐러리의 친구 미키 캔터와 출마의 장단점을 의논했다. 그 무렵 캔터는 나와도 가까운 친구가 되었다. 또 내가 신뢰하는 조언자이기도 했다. 이야기를 시작하자 미키는 1달러를 내고 자기를 고용하라고 말했다. 그래야 우리 대화의 비밀이 법으로 보장된다는 것이었다. 며칠 뒤 나는 그에게 1달러짜리 수표를 보내면서, 늘 값비싼 변호사를 구하고 싶었으며 '돈을 내는 만큼 얻을 것이라는 확고한 믿음으로' 수표를 보낸다는 메모를 덧붙였다. 나는 그 1달러로 좋은 조언을 많이 들었지만, 그래도 마음을 결정할 수 없었다. 그러다가 전화 한 통으로 모든 것이 정리되었다.

7월의 어느 날, 린더 딕슨은 백악관의 로저 포터가 전화를 했다고 알려왔다. 앞서도 말했듯이 나는 교육 목표 프로젝트에서 포터와 함께 일을 했으며, 대통령에게 충성하면서도 주지사들과 효과적으로 협력하는 그의 능력을 높이 평가하고 있었다. 포터는 나에게 1992년 대통령 선거에 출마할 것이냐고 물었다. 나는 그에게 아직 결정을 못했다고 말했다. 나는 주지사로서 오랜만에 행복하다. 내 가정생활도 좋다. 그것을 깨고 싶지가 않다. 그러나 백악관이 나라의 경제와 사회 문제를 다루는 데 너무 수동적이라고 생각한다. 나는 그런 식으로 말했다. 나는 이어서 대통령이 걸프전쟁의 결과로 얻은 엄청난 정치적 자본을 바탕으로 나라의 큰 문제들에 달려들어야 한다고 말했다. 한 5분 동안 내 딴에는 진지한 대화를 나눈다고 했는데, 포터가 내 말을 자르더니 본론으로 들어갔다. 나는 그가 나에게 전달하려고 하던 메시지의 첫 마디를 결코 잊을 수 없다. "헛소리 마시오, 주지사." 그는 '그들'이 부시 대통령에 대항하여 출마할 수 있는 모든 잠재적 후보들을 검토해보았다고 말했다. 쿠오모 주지사는 가장 강력한 연설가이지만, 너무 자유주의적인 인물이라고 몰아붙일 수 있다. 상원의원들은 모조리 이제까지의 투표 기록을 공격하여 꺾을 수 있다. 하지만 당신은 다르다. 당신은 경제발전, 교육, 범죄에서 좋은 성적을 거뒀고, 민주당지도자회의의 메시지도 강력하기 때문에 실제로 당선될 가능성이 있다. 따라서 당신이 출마하면 그들은 나를 개인적인 문제로 파멸시킬 수밖에 없다. "워싱턴이 일하는 방식을 알려드리죠." 그가 말했다. "언론은 선거 때마다 누군가 하나는 잡아야 하오. 그래서 이번에는 우리가 당신을 언론에 던져주겠다는 거요." 포터는 계속해서 언론은 엘리트주의자들이기 때문에, 아칸소 촌구석에서 일어난 일이라고 하면 무슨 이야기이든 믿을 것이라고 말했다. "당신을 제칠 수 있다면, 우리는 누가 되었든 이야기할 사람을 찾아낼 것이고, 그 사람에게 무슨 이야기라도 하게 할 것이고, 필요하다고 하면 얼마든지 지출을 할 생각이오. 그것도 일찌감치."

나는 냉정을 유지하려 했으나 화가 나는 것을 어쩔 수 없었다. 나는 포터에게 그가 방금 한 말이야말로 행정부의 문제를 그대로 보여준다고 말했다. "당신들은 너무 오래 권력을 잡고 있어서 그것이 당연하다고 생각하고 있소. 당신들은 웨스트 윙(백악관의 비서실 간부들이 근무하는 건물—옮긴이주) 옆의 주차장이 당신들 거라고 생각하지만, 그건 미국 국민 거요. 당신들도 노력을 해서 그것을 사용할 권리를 얻어야 하는 거요." 나는 포터에게 그의 말을 듣고 보니 오히려 출마를 해야겠다는 쪽으로 생각이 많이 기운다고 말했다. 포터는 그것이 고상한 생각이기는 하지만, 자기는 친구로서 공정한 경고를 해주는 것이라고 말했다. '당신은 1996년까지 기다리면 대통령 자리에 앉을 수 있다. 그러나 1992년에 출마하면 당신은 파멸할 것이고, 정치 경력도 끝장날 것이다.'

대화가 끝난 뒤 나는 힐러리에게 전화해서 그 이야기를 했다. 이어 맥 맥라티에게도 이야기를 전했다. 나는 그 후로 로저 포터와 만나지도 이야기를 나누지도 못하다가, 대통령이 되었을 때 '백악관 명예직원들'을 위한 연회에서 그와 마주쳤다. 그때의 전화가 나의 결정에 영향을 미쳤다는 생각을 그가 해보았을지 궁금하다.

나는 어렸을 때부터 협박을 당하는 것을 싫어했다. 어렸을 때는 위협에 굴복하지 않는다는 이유로 BB 총에 맞기도 하고 큰 아이에게 얻어맞기도 했다. 선거운동과 그 이후 8년간 공화당은 그때의 약속을 지켰으며, 로저 포터가 예언한 대로, 그들은 일부 기자들로부터 큰 도움을 얻었다. 어렸을 때 다리를 맞춘 BB 총알과 턱을 때린 주먹처럼 공화당의 그런 공격들은 아팠다. 거짓말들도 아팠고, 이따금씩 드러난 사실들은 더 아팠다. 그러나 나는 그냥 눈앞의 일에 집중하려고 했고, 나의 일이 보통 사람들에게 미치는 영향을 생각하려 했다. 그렇게 할 수 있게 되자, 권력 자체를 위해 권력을 탐하는 사람들과 맞서는 것이 한결 편해졌다.

다음 석 달은 쏜살같이 지나갔다. 아칸소 북서부에서 열린 독립기념일 피크닉에서 나는 처음으로 '클린턴을 대통령으로'라는 구호가 적힌 플래카드를 보았다. 그러나 어떤 사람들은 1996년까지 기다리라고 권했고, 내가 다시 세금을 올린 것에 화가 난 사람들은 아예 출마하지 말라고 했다. 마틴 루터 킹 2세가 암살당한 로레인 모텔 자리에 세워진 국립민권박물관 헌당식에 참석하기 위해 멤피스에 갔을 때, 시민 몇 사람은 나에게 출마를 촉구했다. 그러나 제시 잭슨은 여전히 민주당지도자회의 때문에 화가 나 있었다. 그는 그것을 보수적이고 분열적이라고 보았다. 나는 잭슨과 충돌하고 싶지 않았다. 흑인 젊은이들을 학교에 보내고 마약을 멀리하도록 하기 위해 노력한 것 때문에 나는 그를 존경하고 있었다. 1977년 우리는 리틀록 센트럴 고등학교 흑인 등교 20주년 기념식에 함께 참석했는데, 그때 잭슨은 학생들에게 "핏줄을 열지 말고(마약을 하지 말라는 뜻—옮긴이주) 뇌를 열라"고 말했다.

1991년에도 마약과 아동 폭력이 여전히 큰 문제였다. 7월 12일 시카고에 갔을 때, 공공 주택 건설 지구를 찾아가 그들이 아이들을 보호하기 위해 하는 일을 보았다. 7월 말에 나는 리틀록 병원으로 흑인 코미디언 딕 그리거리를 찾아갔다. 그는 지역의 마약 반대 단체인 디그너티DIGNITY('하나님의 이름으로 놀라운 일을 직접 하기'라는 말의 앞 문자를 딴 단체명이다)의 네 회원과 함께 마약 도구를 판 가게에서 농성을 하다가 체포당했다. 이 단체의 지도자는 흑인 목사들과 지역의 흑인 이슬람 지도자였으며, 이 단체는 사회 문제를 해결하기 위해서는 어른이 책임지고 나서야 한다고 주장했는데, 잭슨도 이것을 지지했고, 민주당지도자회의도 이것을 옹호했다. 나도 이런 태도가 상황을 반전시키는 데 꼭 필요하다고 생각했다.

8월이 되자 선거운동의 틀이 잡히기 시작했다. 나는 여러 곳에서 연설을 했고, 조사 위원회를 구성하여 브루스 린지에게 재무 담당을 맡겼다. 위원회 덕분에 나는 후보로 나서지 않고도 여행이나 다른 경비에 쓸 돈을 모금할 수 있었다. 2주 뒤 듀카키스의 기금 모금 책임자였던 보스턴의 밥 파머가 민주당전국위원회의 재무국장을 사퇴하고 나의 기금 모금을 돕기 시작했다. 나는 프랭크 그리어, 스탠 그린버그의 도움도 얻기 시작했다. 그리어는 앨라배마 출신으로, 1990년 나를 위해 지성과 감성 양쪽에 호소하는 텔레비전 광고를 제작해주었다. 그린버그는 1990년 선거운동에서 포커스 그룹들을 맡았으며, 이른바 '레이건 민주당원'들을 다시 불러들이는 데 무엇이 필요한지 광범위한 조사를 실시하기도 한 여론조사 전문가였다. 나는 그린버그가 나를 위해 여론조사 일을 해주기를 바랐다. 딕 모리스를 포기하고 싶지는 않았지만, 그 무렵 그는 공화당 후보나 공직자들과 깊은 관계를 맺고 있어 거의 모든 민주당원들의 눈에 많이 더럽혀진 사람으로 보였다.

조사위원회를 만든 뒤 나는 힐러리, 첼시와 함께 시애틀에서 열리는 전국주지사협회 여름 회의에 참석하러 갔다. 그 직전 주지사 동료들은 「뉴스위크」의 연례 조사에서 나를 전국에서 가장 능력 있는 주지사로 선정했다. 그들 가운데 몇 명은 나에게 출마를 권유했다. 전국주지사협회 회의가 끝난 뒤 우리 가족은 시애틀에서 배를 타고 캐나다로 들어가, 빅토리아와 밴쿠버에서 짧은 휴가를 보냈다.

나는 집에 돌아오자마자 아칸소를 돌아다니기 시작했다. 예고 없이 여러 군데 들러 유권자들에게 내가 출마해야 하는지, 출마할 경우 임기를 채우겠다는 내 약속을 어기는 것을 양해해줄지 물었다. 대부분의 사람들은 옳은 일이라고 생각한다면 출마하라고 대답했다. 그러나 내가 이길 가능성이 있다고 보는 사람은 거의 없었다. 범퍼스 상원의원, 프라이어 상원의원, 그리고 우리 주의 민주당 하원의원 레이 손턴과 베릴 앤서니는 모두 지지하는 성명을 냈다. 부지사 짐 가이 터커, 주 하원의장 존 립튼, 상원의장 제리 북아웃은 내가 없는 동안 주 일을 책임지겠다고 약속했다.

힐러리는 내가 출마해야 한다고 생각했다. 어머니도 강력히 지지했다. 심지어 첼시도 이번에는 반대하지 않았다. 나는 크리스마스의 「호두까기 인형」 발레 공연, 학교 행사, 르네상스 위켄드 방문, 생일 잔치 같은 중요한 행사에는 참석하겠다고 약속했다. 그러나 몇 가지는 약속을 지킬 수 없다는 것도 알고 있었다. 예를 들면, 아이의 피아노 연주회에서 내가 색소폰을 분다든가, 독특한 의상을 입은 첼시와 함께 할로윈 순방을 한다든가, 밤에 책을 읽어준다든가, 숙제를 도와준다든가 하는 일들이었다. 앞으로의 긴 선거운동 기간 동안 할 수 있는 일이라도 잘해낼 수 있기를 바랄 뿐이었다. 함께 못할 때는 첼시만큼이나 나도 아쉬웠다. 그러나 전화가 도움이 되었다. 팩스도 마찬가지였다. 우리는 수학 문제 풀이를 자주 주고받았다. 힐러리는 나만큼 자주 집을 비우지는 않았지만, 우리 둘 다 없을 때 첼시는 외조부모, 캐럴린 후버, 주지사 관저의 직원들, 그리고 친구들과 친구 부모들로부터 많은 도움을 받았다.

8월 21일, 앨 고어 상원의원이 출마하지 않겠다고 선언함으로써 나는 마음이 한결 편해졌다. 앨 고어는 1988년에 출마를 했는데, 그가 1992년에도 출마하게 되면 우리는 3월 10일 슈퍼 화요일에 남부 주들의 표를 나누어 가질 수밖에 없었고, 그러면 나의 승리는 훨씬 더 어려워질 터였기 때문이다. 고어의 외아들 앨버트가 자동차 사고로 심하게 다쳤기 때문에, 고어는 아들이 장기간의 힘든 회복기를 보내는 동안 가족과 함께 있기로 결정한 것이다. 나는 그 결정을 이해하고 존중했다.

9월에 나는 다시 일리노이를 찾아갔고, 아이오와의 수시티에서 아이오와, 사우스다코타, 네브래스카의 주요 민주당원들에게 연설을 했으며, 로스앤젤레스의 민주당전국위원회에서도 연설을 했다. 일리노이에 들른 것은 예비선거 일정에 비추어 특히 중요했다. 후보 지명 싸움은 아이오와 당 지방대회부터 시작되었는데 이것은 포기해야 했다. 아이오와의 톰 하킨 상원의원이 출마를 했으니 그의 고향 주에서는 그가 승리를 거둘 것이 틀림없었기 때문이다. 그 다음은 뉴햄프셔, 그 다음은 사우스캐롤라이나, 그 다음은 메릴랜드, 조지아, 콜로라도였다. 그 다음이 남부의 11개 주가 몰려 있는 슈퍼 화요일이었다. 그 다음 3월 17일 성패트릭 축일이 일리노이와 미시간 차례였다.

4년 전 고어 상원의원의 선거운동이 궤도를 이탈했던 것은 남부 여러 주에서는 당당한 성적을 거두었지만 다른 주에서 승리가 뒤따라주지 않았기 때문이다. 나는 힐러리가 일리노이 출신이라는 점, 내가 델타 위원회와 함께 일리노이 남부에서 일했다는 점, 시카고의 유명한 흑인 지도자들 다수의 뿌리가 아칸소라는 점 등 세 가지 이유에서 일리노이 승리가 가능하다고 생각했다. 나는 시카고에서 젊은 정치활동가인 데이비드 윌헬름과 데이비드 액슬로드를 만났다. 그들은 나중에 나의 선거운동에 관여하게 되는데, 그들은 이상주의적이면서도 시카고 선거전의 불에 단련되었으며, 나의 정치적 입장에 동조하고 있었다. 한편 케빈 오키프는 주 전체를 차로 돌아다니며 승리에 필요한 조직을 구축하고 있었다.

미시간은 일리노이와 같은 날 투표를 했기 때문에, 그곳에서도 좋은 성적을 내고 싶었다. 나는 전 주지사 짐 블랜처드, 웨인 카운티의 행정관 에드 맥너매러, 그리고 미시간의 자동차 공장에 일을 하러 온 아칸소 출신의 많은 흑백 노동자들에게 기대를 걸고 있었다. 미시간과 일리노이 다음에 오는 큰 주는 뉴욕이었다. 그곳에서는 내 친구 해럴드 이케스가 지지자들을 모으고 있었으며, 전 주지사 휴 캐리의 아들 폴 캐리가 기금을 모으고 있었다.

9월 6일, 빌 보원이 사무국장으로 일해주겠다고 동의한 덕분에 선거운동을 위한 주지사 비서진 조직을 마무리지을 수 있었다. 빌은 상업국민은행장으로 아칸소에서 가장 존경받는 사업가 가운데 한 사람이었으며, 1991년 주의회에서 교육 정책을 지지했던 재계 지도자들인 이른바 '좋은 양복 클럽'의 최고 조직가였다. 보원을 임명하자 사람들은 내가 없는 동안에도 주 업무가 제대로 돌아갈 것이라고 안심하는 것 같았다.

발표를 앞둔 몇 주 동안, 나는 대통령 출마와 주 공직 선거운동 사이의 차이를 맛보게 되었다. 무엇보다 낙태가 큰 쟁점이었다. 부시 대통령이 재선되면 대법원의 빈자리들을 보수주의자들로 채움으로써 로 대 웨이드 판결을 뒤집을 수 있었기 때문이다. 나는 로를 지지해왔지만 가난한 여자들의 낙태를 지원하기 위한 공적 자금 지원은 반대했기 때문에, 내 입장은 양쪽을 다 만족시키지 못했다. 이런 태도는 가난한 여자들에게 부당해 보이는 일이었지만, 낙태를 살인과 같다고 믿는 납세자의 돈으로 낙태를 지원하는 일을 정당화하기는 어려웠다. 게다가 이 문제는 사실 미결 상태였다. 심지어 민주당이 지배하는 국회에서도 낙태 자금을 지원하는 법안을 계속 통과시키지 못했기 때문이다.

낙태 외에 개인적인 문제들이 있었다. 나는 마리화나를 피운 적이 있느냐는 질문을 받았을 때, 미국에서 마약법을 어긴 일은 없다고 대답했다. 그것은 서툴기는 했지만, 영국에서는 피우려고 한 적이 있었다는 사실을 암묵적으로 인정하는 것이었다. 게다가 나의 사생활에 대한 소문이 많았다. 9월 16일, 힐러리와 나는 미키 캔터와 프랭크 그리어의 권고에 따라 워싱턴 기자들의 정기 모임인 스펄링 조찬회에 나가 질문에 대답했다. 나는 그것이 옳은 일인지 자신하지 못했으나, 캔터는 설득력이 있었다. 그는 내가 전에 완전하지 않았다고 말했고, 사람들도 그것을 알고 있으니, "기자들에게 말해서, 나중에 선거운동에서 일어날 수도 있고 일어나지 않을 수도 있는 일의 김을 미리 빼놓는 것이 좋다"고 주장했다.

기자가 질문을 했을 때, 나는 많은 부부들과 마찬가지로 우리에게도 문제들이 있었지만, 우리는 서로에게 헌신했고 우리의 결혼 생활은 탄탄하다고 말했다. 힐러리도 내 말을 뒷받침했다. 내가 아는 한 그 정도의 말을 한 후보는 내가 유일했다. 일부 기자와 칼럼니스트는 그 말로 만족했다. 그러나 일부에게는 나의 솔직함이 내가 좋은 표적이라는 사실을 확인해주었을 뿐이다.

나는 지금도 그때 조찬회에 나간 것이나 개인적인 질문에 답을 함으로써 미끄러운 비탈에 올라간 것이나 다름없는 일을 한 것이 옳은 일이었는지 잘 모르겠다. 대통령에게 자질은 중요하지만, 프랭클린 루스벨트와 리처드 닉슨의 대조적인 두 예가 보여주듯이 결혼 생활의 완전성이 반드시 대통령의 자질의 좋은 척도라고 할 수는 없었다. 나아가서 사실 그것은 정확한 기준이 아니었다. 1992년에는 결혼 서약을 어긴 뒤 이혼을 하고 재혼을 하면, 이 경우의 부정不貞은 부적격 사유로 간주되지 않았고 심지어 뉴스거리도 되지 않았다. 그러나 결혼을 계속 유지한 부부는 봉이 되었다. 마치 이혼을 더 진정한 선택으로 보는 것 같았다. 그러나 사람들의 삶의 복잡성이나 자녀 양육에서 두 부모의 중요성을 고려하면, 그것은 올바른 기준이라고 하기 힘들었다.

그러나 개인적인 문제들에도 불구하고, 나는 나의 구상이나 정책, 그리고 내가 주지사로 한 일에 관심을 가지는 사려 깊은 저널리스트들로부터 초기에 분에 넘치는 우호적인 대접을 받았다. 나는 또 힐러리와 내가 오랜 세월에 걸쳐 사귄 친구들, 나를 위해 선거운동을 해주러 다른 주까지 가줄 용의가 있는 많은 아칸소 사람들 덕분에 전국에 퍼져 있는 열렬한 지지자들과 더불어 선거운동을 시작할 수 있었다. 그들은 내가 미국 국민에게 거의 무명의 존재이며, 여론조사에서 매우 뒤처졌다는 사실에도 실망하지 않았다. 나도 마찬가지였다. 1987년과는 달리, 이번에는 준비가 되어 있었다.

26

　　10월 3일은 아칸소 특유의 아름다운 가을 아침이었다. 서늘하고 맑았다. 나는 내 인생을 바꾼 이날을 아침 일찍 조깅으로 평범하게 시작했다. 나는 주지사 관저의 뒷문으로 나가 오래된 쿼포쿼터를 통과한 다음 시내를 통과해 올드 스테이트 하우스까지 갔다. 1977년 법무장관에 취임할 때 처음 연회를 열었던 이 오래되고 웅장한 건물은 이미 성조기들로 장식이 되어 있었다. 나는 그곳을 통과한 다음 방향을 돌려 다시 집으로 돌아오다가 신문 자동판매기를 보았다. 유리 너머로 1면 제목이 보였다. '클린턴의 때가 다가오다.' 집으로 오는 길에 행인 몇 명이 나에게 행운을 빌어주었다. 관저로 돌아온 나는 발표문을 마지막으로 살펴보았다. 나는 전날 밤 자정 너머까지 연설문을 다듬었다. 내가 보기에는 훌륭한 수사와 구체적인 정책 제안이 가득한 것 같았지만, 그래도 여전히 길었다. 그래서 나는 몇 줄을 잘라냈다.

　　정오에 나는 1978년부터 나와 함께 있었던 아칸소 주의 재정국장 지미 루 피셔의 소개로 연단에 올라갔다. 나는 약간 어색하게 시작했다. 서로 갈등하는 감정들이 가슴에 흘러넘쳤기 때문일 것이다. 나는 내가 아는 삶을 버리기를 머뭇거리는 동시에 도전을 열망하고 있었고, 약간 두려워하면서도 내가 옳은 일을 하고 있다고 자신하고 있었다. 나는 30분 이상 연설을 한 뒤, '내가 현재 사랑하는 삶과 일을 넘어 한 발 더 디디게 해주었으며, 미국의 꿈을 지켜내고, 잊혀진 중산층의 희망을 되살리고, 우리 자녀들을 위한 미래를 되찾는 더 큰 대의에 헌신하도록' 힘을 준 가족, 친구, 지지자들에게 감사했다. 나는 국민과 '새로운 약속'을 맺어 '미국의 꿈에 새 생명을 부여하겠다'는 서약으로 연설을 끝냈다. '모두에게 더 많은 기회를 주고, 모두에게 더 많은 책임을 요구하고, 공동의 목적의식을 강화하겠습니다.'

연설이 끝나자 마음이 들뜨고 흥분되었지만, 안도감이 더 컸던 것 같다. 특히 첼시가 "멋진 연설이었어요, 주지사님"이라고 농담을 하자 마음이 한결 편해졌다. 힐러리와 나는 그 다음부터 하루 종일 지지자들을 맞이했다. 어머니, 딕, 로저 모두 기뻐하는 것 같았다. 힐러리의 가족도 마찬가지였다. 어머니는 나의 승리를 이미 알고 있는 사람처럼 행동했다. 나도 어머니를 알 만큼 아는 사람이었지만, 그래도 어머니가 정말로 그렇게 생각하는 것인지 아니면 이번에도 그냥 '게임에 임하는 얼굴'을 보여주는 것인지 종잡을 수가 없었다. 그날 밤 우리는 오랜 친구들과 함께 피아노 주위에 모였다. 열다섯 살 때부터 그랬듯이 캐럴린 스테일리가 연주를 했다. 우리는 '나 같은 죄인 살리신Amazing Grace'을 비롯한 찬송가들을 불렀고, 우리 세대의 피살된 영웅들을 기리는 노래 '에이브러햄, 마틴, 존Abraham, Martin, and John'(에이브러햄 링컨, 마틴 루터 킹 2세, 존 F. 케네디를 가리킨다—옮긴이주) 등의 60년대 노래를 많이 불렀다. 나는 우리가 냉소와 절망을 뚫고, 그 사람들이 우리 마음에 붙였던 불을 다시 일으킬 수 있다고 믿으면서 잠자리에 들었다.

마리오 쿠오모 주지사는 선거운동은 시로 하지만 통치는 산문으로 한다고 말한 적이 있다. 그 말은 기본적으로 옳지만, 필요한 것들을 짜 맞추고, 필요한 의식을 거행하고, 언론에 대응하는 등 선거운동의 많은 부분 역시 산문이다. 실제로 나의 선거운동 두 번째 날은 시보다는 산문이 많았다. 우선 나는 일련의 인터뷰를 했다. 나를 전국 텔레비전 방송과 주요한 지방 방송들에 내보내고, 왜 임기를 마치겠다는 약속을 어겼으며, 그것이 신뢰할 수 없는 태도라고 생각하지 않느냐는, 최초의 관문이 되는 질문에 답을 할 기회를 주기 위해 마련된 인터뷰들이었다. 나는 그런 질문들에 최선을 다해 답을 하고 나서 선거운동 메시지로 넘어갔다. 모두 산문적인 것이었지만, 어쨌든 그 과정을 통해 세 번째 날로 넘어갔다.

그해 나머지 기간은 뒤늦게 시작한 선거운동으로 정신없이 보냈다. 조직을 만들고, 돈을 모으고, 유권자와 접촉하고, 뉴햄프셔 예비선거를 준비했다.

우리의 첫 본부는 의사당 근처 7번 스트리트의 낡은 페인트 가게였다. 나는 워싱턴이 아니라 리틀록에 본부를 두고 선거운동을 하기로 마음먹고 있었다. 물론 돌아다니기는 약간 불편했다. 하지만 나는 내 뿌리에 가깝게 다가가 있고 싶었고, 자주 집으로 가 가족과 함께 시간을 보내고 싶었고, 내가 직접 참석할 필요가 있는 주의 공무를 처리하고 싶었다. 뿐만 아니라 아칸소에 있는 것에는 또 한 가지 큰 이점이 있었다. 우리의 젊은 실무진이 눈앞의 일에 집중하는 데 도움이 되었다는 것이다. 그들은 워싱턴의 소문 공장에서 나오는 이야기들에 현혹되지 않았으며, 선거운동 초기의 우호적인 보도들에 취하지도 않았고, 곧 닥칠 부정적인 보도의 격류에 우울해하지도 않았다.

몇 주가 지난 뒤 선거운동본부는 덩치가 커지는 바람에 페인트 가게에서 근처의 고등교육부가 쓰던 옛날 사무실로 옮겨갔다. 우리는 민주당 전당대회 직전까지 그곳을 쓰다가, 더 덩치가 커지는 바람에 시내의 「아칸소 가제트」 건물로 옮겨갔다. 「아칸소 데모크랫」의 소유주 월터 허스먼이 그 신문을 사서 합병하는 바람에 그 공간은 몇 달 전부터 비어 있었다. 「아칸소 가제트」 건물은 선거운동 나머지 기간 동안 우리의 본거지가 된다. 내 관점에서 보자면, 그것이 미시시피 강 서쪽에서 가장 오래된 독립적인 신문의 소멸에서 나온 유일하게 좋은 결과였다.

「아칸소 가제트」는 1950년대와 1960년대에 민권을 옹호했으며, 교육, 사회복지, 경제를 현대화하려는 데일 범퍼스, 데이비드 프라이어, 그리고 나의 노력을 굳건하게 지지했다. 그 영광의 시절 「아칸소 가제트」는 미국 최고의 신문 가운데 하나였으며, 국내와 세계의 여러 문제들을 포괄하는 좋은 기사들을 우리 주 먼 구석의 독자에게까지 전해주었다. 1980년대에 「아칸소 가제트」는 허스먼의 「아칸소 데모크랫」과 경쟁하게 되었다. 「아칸소 데모크랫」은 그 전까지만 해도 훨씬 작은 규모의 석간 신문에 불과했다. 그러나 그 뒤에 이어진 신문 전쟁은 미리 정해진 결과를 향해 나아갔다. 허스먼은 다른 이익이 많이 남는 매체들을 소유하고 있었기 때문에, 「아칸소 데모크랫」에서 엄청난 손실을 감수하면서 「아칸소 가제트」의 광고와 정기구독자를 빼앗았다. 내가 대통령 출마를 발표하기 얼마 전, 허스먼은 「아칸소 가제트」를 인수해 자신의 신문에 통합시키고, 신문 이름도 「아칸소 데모크랫-가제트」라고 바꾸었다. 오랜 세월에 걸쳐 「아칸소 데모크랫-가제트」는 아칸소를 좀더 공화당적인 주로 바꾸는 데 기여했다. 그 신문의 사설의 전체적인 논조는 보수적이었고, 나에 대해 매우 비판적이어서 인신공격도 서슴지 않았다. 이런 점에서 이 신문은 그 발행인의 견해를 충실하게 반영하고 있었다. 나는 「아칸소 가제트」가 쓰러지는 것을 보는 것은 슬펐지만, 그 건물을 가지게 된 것은 기뻤다. 어쩌면 그 진보적인 과거의 유령들이 우리가 내일을 위해 계속 싸우게 해주기를 바랐던 것인지도 모른다.

우리는 아칸소 대표급의 실무진으로 선거운동을 시작했다. 브루스 린지가 선거운동국장을 맡았고, 내 밑에서 위원회 임명 문제를 처리했던 크레이그 스미스가 재정국장을 맡았다. 로드니 슬레이터와 캐럴 윌리스는 이미 전국에서 정계, 종교계, 재계의 흑인 지도자들과 열심히 접촉하고 있었다. 오랜 친구 엘리 시걸은 전국적인 실무진을 구성하는 일을 도와주겠다고 약속했다.

나는 이미 내 팀에 반드시 포함시키고 싶은 사람을 한 명 만났다. 조지 스테파노풀로스는 민주당 의장 딕 게파트 하원의원의 유능한 젊은 비서관으로, 그리스정교회 사제의 아들이었으며 로즈 장학생 출신이었다. 그는 내 친구인 팀 힐리 신부가 뉴욕 공공도서관을 운영할 때 그 밑에서 일을 하기도 했다. 나는 스테파노풀로스를 보자마자 그가 마음에 들었다. 나는 그가 나를 전국적 언론이나 국회의 민주당 의원들과 연결시키는 다리 역할을 할 뿐 아니라, 선거운동의 이론적인 난관을 타개해 나가는 데도 도움을 줄 것이라고 생각했다.

엘리는 스테파노풀로스를 만나보고 나의 판단을 확인해주었으며, 스테파노풀로스는 선거운동 언론 담당 차장으로 일하게 되었다. 엘리는 또 내가 팀에 합류하기를 원하던 시카고의 젊은 정치 활동가 데이비드 윌헬름도 만나보았다. 우리는 그에게 선거운동부장 자리를 제안했으며, 그는 즉시 받아들였다. 윌헬름은 우리끼리 하는 말로 '겸용'이었다. 그는 전체적인 선거운동을 관리할 뿐 아니라, 일리노이에서도 특별한 도움을 줄 터였다. 나는 '슈퍼 화요일'에 남부 주들을 쓸어올 것으로 예상하고 있었고, 거기에 윌헬름이 선거운동부장으로 뛰어주고 케빈 오키프가 주 조직부장으로 일하면, 바로 이어 일리노이에서도 분명히 승리를 얻을 수 있을 것이라고 확신했다. 곧 우리는 또 다른 젊은 시카고인 람 에마누엘도 우리 팀에 끌어들였다. 에마누엘은 리처드 데일리 시장과 폴 사이먼 상원의원의 성공적인 선거운동에서 윌헬름과 함께 일한 경험이 있었다. 그는 작은 몸집에 인상이 강렬한 남자로, 발레를 공부한 적이 있으며 미국 시민이면서도 이스라엘 육군에서 근무했다. 에마누엘은 매우 적극적이었기 때문에, 옆에 있으면 내가 느긋해 보일 정도였다. 우리는 에마누엘을 재정국장으로 임명했다. 돈이 부족한 선거운동에는 이 분야에 적극적인 사람이 필요했기 때문이다. 원래 재정국장이었던 크레이그 스미스는 아칸소 주 선거운동 조직을 맡게 되었는데, 이 일이 그의 뛰어난 정치적 기술에 더 잘 어울렸다. 곧 브루스 리드는 민주당 지도자회의를 나와 우리 팀의 정책국장이 되었다.

엘리는 또 두 여자와 면담을 했는데, 그들 역시 선거운동에서 중요한 역할을 하게 된다. 한 사람은 캘리포니아 출신의 디 디 마이어스였다. 그녀는 공보비서가 되었는데, 이 자리를 맡으면서 전혀 예상하지 못했던 불길과 맞서야 했다. 마이어스는 젊었지만 이 도전을 감당해 나갔다. 또 한 사람은 워싱턴 주 출신의 스테파니 솔리언으로, 그녀는 정치국장이 되었다. 그녀는 프랭크 그리어의 부인이었지만, 내가 그 점 때문에 그녀를 고용한 것은 아니었다. 솔리언은 똑똑했고, 정치적으로 빈틈이 없으면서도 대부분의 남자들보다 부드러웠다. 그녀는 뛰어난 일처리 능력을 갖추었을 뿐 아니라, 화합 촉매 역할을 훌륭히 함으로써 고도의 긴장이 필요한 일들을 원활하게 처리해 나갔다. 또 선거운동이 진행되면서 미국 전역에서 젊은 사람들이 많이 찾아와 짐을 덜어주겠다며 일을 찾아서 했다.

재정 측면에서는 초기에는 아칸소 사람들의 도움으로 버텨나갈 수 있었다. 거기에 밥 파머가 매사추세츠에서 도움을 주었다. 단지 파머가 요청했다는 이유로 정기적으로 기부를 하는 민주당원들이 있었다. 또 전국에 있는 친구들의 기부금도 도움이 되었다. 이런 돈들 덕분에 나는 연방정부에서 요구하는 수준의 자금을 확보할 수 있었다. 그 요구 조건에 따르면 후보는 20개 주에서 5,000달러를 모금해야 하는데, 한 사람의 기부금은 250달러를 넘을 수 없었다. 어떤 주에서는 주지사 친구들이 이 문제를 처리해주었다. 텍사스에서는 오랫동안 나를 지지해온 트루먼 아널드가 간절하게 필요했던 3만 달러를 모금해주었다. 다른 많은 부자들과는 달리 트루먼은 부유해질수록 민주당에 더 헌신하는 것 같았다.

뜻밖에 워싱턴 지역에서도 많은 사람들이 돕겠다고 나섰다. 특히 민주당을 지지하는 변호사이자 기금 모금자 빅 레이저와 르네상스 위켄드의 내 친구 톰 슈나이더가 큰 도움을 주었다. 뉴욕에서는 초기에 우리 친구들인 해럴드 이케스와 수전 토머시즈만이 아니라, 골드만삭스의 임원인 켄 브로디에게서도 큰 도움을 받았다. 브로디는 처음으로 민주당 정치에 발을 들여놓고 있었다. 그는 그 전에는 공화당을 지지했는데, 민주당 사람들이 심장은 있지만 머리는 엉뚱한 곳에 두고 있다는 이유에서였다. 그러다가 전국적인 공화당 인물들과 가까이 지내본 결과 그들에게 머리는 있지만 심장이 없다는 것을 알고 민주당 사람들과 힘을 합치기로 결정했다. 심장보다는 머리를 바꾸는 것이 더 쉽다고 생각했기 때문이다. 나로서는 다행한 일이었지만, 브로디는 내가 그의 최고의 출발점이라고 판단했다. 브로디는 나를 뉴욕 재계의 막강한 인사들이 모인 저녁식사 자리에 데려갔다. 그 자리에는 밥 루빈도 있었는데, 그의 논리적으로 꽉 짜인 새로운 경제 정책 주장은 나에게 아주 깊은 인상을 남겼다. 모든 성공적인 선거운동에는 켄 브로디 같은 사람이 나타나 에너지, 아이디어, 새로운 지지자들을 안겨주기 마련이다.

자금 모금과 조직 외에도 나는 민주당계 유권자 집단과 연계를 강화해야 했다. 10월에 나는 텍사스의 유대인 그룹에게 연설을 하면서, 이스라엘이 땅과 평화를 맞바꿔야 한다고 말했다. 나는 시카고의 흑인과 남미계 주민에게도 연설을 했다. 테네시, 메인, 뉴저지, 캘리포니아의 민주당 그룹들도 만나 연설을 했다. 이 주들은 모두 총선거에서 어느 쪽으로도 갈 수 있는 주들이었다. 11월에는 멤피스에서 미국에서 가장 빠르게 성장하는 흑인 교파인 '그리스도 안의 하나님 교회' 총회에서 연설을 했다. 나는 플로리다, 사우스캐롤라이나, 루이지애나, 조지아 등 남부에도 손을 뻗었다. 플로리다는 중요했다. 12월 15일 플로리다 민주당 대회의 비공식 투표가 첫 경선 투표가 될 것이기 때문이었다. 부시 대통령은 여론조사에서 지지율이 하락하고 있었는데, 경제가 괜찮다고 말함으로써 더 신임을 잃었다. 나는 '미국교육협회'와 워싱턴의 '미국 이스라엘 공무위원회'의 연례회의에서 연설을 했다. 나는 다시 남쪽으로 가 노스캐롤라이나, 텍사스, 조지아를 찾아갔으며, 서부에서는 콜로라도와 사우스다코타에 들렀다. 마이크 설리번 주지사가 나를 지지한 와이오밍에도 갔다. 공화당의 아성인 캘리포니아 주 오렌지 카운티에도 갔다. 그곳에서는 공화당계 통신 회사 임원인 로저 존슨을 비롯해 부시 대통령의 경제 정책에 환멸을 느낀 여러 사람이 나를 지지했다.

그러나 이런 일들이 진행되는 가운데도, 선거운동의 주요한 초점은 역시 뉴햄프셔 예비선거였다. 만일 뉴햄프셔에서 성적이 나쁘면 그 뒤에 이어지는 주들에서도 잘하기가 힘들었고, 그러면 슈퍼 화요일까지 버티지 못할 수도 있었다. 나는 11월 중순의 여론조사에서는 꼴찌였지만, 나의 가능성들을 알았기 때문에 마음이 편했다. 뉴햄프셔는 작은 주였다. 아칸소의 반도 안 되는 크기였다. 그러나 이곳 예비선거 투표자들은 정보가 매우 많았으며, 후보들과 그들의 입장을 진지하고 신중하게 평가했다. 효과적으로 경쟁하기 위해서는 좋은 조직과 설득력 있는 광고가 필요했다. 그러나 이것만으로는 충분하다고 할 수 없었다. 끝없이 이어지는 조그만 가족 파티, 시 대표자 회의, 유세, 예정에 없는 주민 접촉도 잘해내야 했다. 뉴햄프셔 주민들 가운데 다수는 직접 지지를 요청하지 않은 사람에게는 표를 던지지 않는 경향이 있었다. 나는 아칸소 정치에서 잔뼈가 굵은 사람이었기 때문에, 그런 식의 선거운동이 나에게는 잘 맞았다.

사실 정치 문화보다도 경제적 고통과 그로 인한 감정적 상처 때문에 나는 뉴햄프셔가 편안하게 느껴졌다. 마치 10년 전의 아칸소 같았기 때문이다. 뉴햄프셔는 1980년대 내내 번영하다가 연금과 식량 카드 등록자 수가 전국에서 가장 빠르게 늘어났고, 파산도 가장 높은 비율을 기록했다. 공장들이 문을 닫고 은행들은 곤경에 빠졌다. 많은 사람들이 일자리를 잃고 진짜로 공포를 느끼고 있었다. 가정과 의료보험을 잃는 것에 대한 공포였다. 그들은 자식을 대학에 보낼 수 있다는 자신감을 잃었다. 자신이 퇴직할 나이가 되었을 때 사회보장 시스템이 연금을 지급하지 못할지도 모른다고 생각하고 있었다. 나는 그들의 기분을 알았다. 나는 비슷한 상황에 처한 아칸소 사람들을 많이 알고 있었다. 그리고 나는 이런 상황의 반전을 위해서는 무엇이 필요한지 안다고 생각하고 있었다.

선거운동 조직은 두 명의 유능한 젊은이 미첼 슈워츠와 웬디 스미스에게서 시작되었다. 그들은 맨체스터로 옮겨가 주 본부를 열었다. 곧 여기에 보스턴의 아일랜드계 미국인이자 세계 일급의 조직가인 마이클 울리가 가세했다. 40년간 사귀어온 친구 패티 하우 크라이너도 나의 경력을 설명하고 옹호하기 위하여 리틀록에서 맨체스터로 갔다. 오래지 않아 우리는 내가 민주당지도자회의를 통해 만난 변호사 존 브로데릭과 테리 슈메이커가 공동위원장을 맡는 대규모의 운영위원회를 갖추게 되었다. 그들의 사무실은 공교롭게도 100여 년 전 프랭클린 피어스 주지사의 법률사무소가 있던 건물에 자리 잡고 있었다.

경쟁은 치열했다. 출마를 선언한 후보들 모두 뉴햄프셔에서 열심히 뛰고 있었다. 명예훈장 수훈자이자 네브래스카 주지사를 지냈던 밥 케리 상원의원은 독립적인 인물이었기 때문에 많은 관심을 모았다. 그는 재정 문제에서는 보수적이었고, 사회 문제에서는 자유주의적이었다. 그의 선거운동의 핵심은 모든 미국인에게 의료보험을 제공하겠다는 계획이었다. 이것은 뉴햄프셔 주에서 큰 쟁점이 되었다. 10년 동안 의료보험 비용이 전국적으로 전체적인 인플레이션율의 세 배가 오른 뒤 의료보험을 잃는 사람들의 숫자가 매일 증가하고 있었기 때문이다. 케리는 또 자신의 군 경력과 공화당이 지배하는 보수적인 네브래스카에서 얻고 있는 인기를 근거로, 자신이 부시 대통령에 맞서서 당선 가능성이 가장 높은 민주당 후보라는 강력한 주장을 펼쳤다.

아이오와 주의 톰 하킨 상원의원은 상원에서 장애인 권리를 옹호하는 데 앞장서고 있었다. 또한 점점 늘어나는 뉴햄프셔 교외의 유권자들이 중시하는 과학과 테크놀로지 문제의 권위자였다. 게다가 오랫동안 노동운동의 동맹자 역할도 해왔다. 그는 11월 선거에서 이기려면 민주당지도자회의의 메시지가 아니라 진정한 풀뿌리 선거운동이 필요하다고 주장했다. 그는 민주당지도자회의의 메시지는 '진짜' 민주당원에게는 아무런 호소력이 없다고 말했다.

매사추세츠 로웰의 전 상원의원 폴 송거스는 상원에서 활발하게 활동하다가 암에 걸려 젊은 나이에 의원직을 물러났다. 그 뒤 그는 건강지상주의자가 되었으며, 자신이 다 나았고 대통령이 될 수 있다는 것을 보여주기 위해 정력적으로, 공개적으로 수영을 하곤 했다. 송거스는 자신이 젊은 나이에 죽음과 맞서면서 관습적인 정치적 굴레에서 벗어났으며, 유권자들에게 그들이 듣고 싶어 하지 않을 수도 있는 생생한 진실을 누구보다 더 용기 있게 말해줄 수 있다고 주장했다. 그에게는 몇 가지 흥미 있는 아이디어가 있었는데, 그는 그것을 적은 선거운동 책자를 널리 배포했다.

더그 윌더 주지사는 버지니아 최초의 아프리카계 미국인 주지사가 됨으로써 역사를 새로 썼다. 그는 자신이 보수적인 남부 주에서 승리를 거둔 점, 그리고 교육, 범죄, 균형 예산에서 성과를 거둔 점이 자신의 당선 가능성을 증명한다고 주장했다.

내가 경선에 들어간 직후, 캘리포니아 주지사 출신의 제리 브라운도 후보 경선 참여를 발표했다. 브라운은 100달러 이상의 기부금을 받지 않겠다고 하면서, 경선 유일의 진정한 개혁가로 자리를 잡으려고 노력했다. 그의 선거운동의 중심은 복잡한 세법을 없애고 모든 미국인에게 13퍼센트의 일률 세금을 부과하자는 제안이었다. 1976년 젊은 주지사 시절 브라운은 지미 카터를 막으려고 뒤늦게 예비선거에 뛰어들어 막판 분전으로 몇 개 주에서 승리를 거두기도 했다. 1979년 나는 그와 함께 전국주지사협회에서 일하게 되었는데, 그곳에서 나는 그의 빠른 판단력과 시사에 대한 독특한 분석을 눈여겨보게 되었다. 그의 독특한 정치적 페르소나에 빠진 점이 하나 있다면 그것은 유머감각이었다. 나는 브라운을 좋아했지만, 그는 모든 대화를 너무 진지하게 받아들였다.

내가 출마 발표를 하고 나서도 두 달 이상 선거운동에는 유령의 그림자가 드리워져 있었다. 뉴욕의 마리오 쿠오모 주지사가 출마할지도 모른다는 소문 때문이었다. 쿠오모는 민주당 정치에서 엄청난 거물이었으며, 민주당 최고의 웅변가였고, 레이건-부시 시절에는 민주당 가치의 정열적인 옹호자였다. 많은 사람들이 쿠오모가 나서기만 하면 후보는 그의 것이라고 생각했다. 실제로 한동안 나는 그가 나설 것이라고 생각했다. 쿠오모는 민주당지도자회의, 나, 복지제도 개혁과 국가 봉사에 대한 나의 구상을 상당히 강하게 비판했다. 나는 공적인 자리에서는 아량 있는 척했지만, 사석에서는 노발대발하기도 했고, 쿠오모에 대해 지금은 후회하는 말을 하기도 했다. 아마 그를 늘 존경해왔기 때문에 그의 비판에 더 자극을 받았던 것 같다. 12월 중순 쿠오모는 마침내 출마하지 않겠다고 발표했다. 뉴햄프셔 예비선거 동안 그에 대한 나의 심한 말들 일부가 공개되었을 때, 내가 할 수 있는 것은 사과밖에 없었다. 다행히도 그는 내 사과를 받아들일 만큼 큰 인물이었다. 그 이후 마리오 쿠오모는 나의 귀한 조언자가 되었고, 가장 든든한 옹호자의 한 사람이 되었다. 나는 그를 대법원에 보내고 싶었으나, 그는 그 자리도 원치 않았다. 그가 뉴욕 생활을 너무 사랑해 그것을 포기하지 못한 거라고 생각한다. 그러나 뉴욕의 유권자들은 이 점을 제대로 이해하지 못했는지, 1994년에 그에게 네 번째로 봉사할 기회를 주지 않았다.

선거운동 초반 나는 뉴햄프셔에서 나의 가장 강력한 경쟁자는 하킨 아니면 케리가 될 거라고 생각했다. 오래지 않아 내 판단이 틀렸다는 것이 분명해졌다. 앞서가는 사람은 송거스였다. 그의 고향은 뉴햄프셔 주 경계에 있는 것이나 마찬가지였다. 그의 삶의 이야기는 매력적이었다. 그는 이기겠다는 강인한 결의를 보여주었다. 그리고 가장 중요한 것으로 그는 아이디어, 메시지, 구체적 또는 포괄적 제안이라는 핵심적 전장에서 나와 경쟁하는 유일한 후보였다.

　대통령 선거운동이 성공을 거두려면 기본적인 세 가지가 필요하다. 우선 사람들이 그 사람을 보고 대통령으로 상상할 수 있어야 한다. 그 다음에는 사람들에게 알려지는 데 필요한 돈과 지지가 있어야 한다. 마지막으로 아이디어, 메시지, 쟁점을 놓고 전투를 벌일 수 있어야 한다. 송거스는 처음 두 가지 조건을 갖추었으며, 이제 머리싸움에서도 이기기 위해 발을 내딛고 있었다. 그리고 나는 그의 승리를 허용하지 않겠다고 다짐하고 있었다.

　나는 '새로운 약속'이라는 주제에 구체적인 제안들을 집어넣기 위해 조지타운 대학에서 세 번의 연설을 계획했다. 나는 힐리 빌딩의 나무 판벽으로 둘러싸인 아름답고 오래된 개스턴 홀에서 학생, 교수진, 지지자들 앞에서 연설을 했으며, 언론에도 좋게 보도되었다. 10월 23일의 주제는 책임과 공동체였고 11월 20일의 주제는 경제적 기회였다. 그리고 12월 12일의 주제는 국가안보였다.

　이런 연설들을 하고 나자, 나 자신도 주지사로서 민주당지도자회의와 더불어 지난 10년에 걸쳐 발전시켜온 구상과 제안들을 정리할 수 있었다. 나는 민주당지도자회의의 5개 핵심 신조를 작성하는 것을 거들기도 했고, 또 그것을 실제로 깊이 신봉하기도 했다. 첫째, 모두에게 기회를 주고 누구에게도 특권을 주지 않는다는 앤드루 잭슨의 신조. 둘째, 일과 가족, 자유와 책임, 믿음, 관용, 포용이라는 미국적 가치. 셋째, 국가에 뭔가를 내놓으라고 국민에게 요구했던 존 케네디의 상호 책임 윤리. 넷째, 전 세계에서 민주적이고 인도적인 가치의 선양과 국내에서 번영과 계층 상승의 장려. 다섯째, 프랭클린 루스벨트의 혁신에 대한 약속, 그리고 정보화시대에 대비하여 정부를 현대화하고 사람들에게 자신의 삶을 최대한 활용할 수 있는 수단을 제공하겠다는 약속.

　나는 민주당 좌익과 일부 정치 매체들의 민주당지도자회의 비판에 놀랐다. 민주당 좌익은 우리를 내부의 공화당원이라고 비난했으며, 일부 정치 매체는 '민주당'과 '공화당'이라고 적힌 편리한 상자들을 가지고 있었다. 우리가 그들의 화석화된 민주당 상자에 맞지 않으면 그들은 우리에게 아무런 신념이 없다고 말했다. 그러면서 우리가 전국 선거에서 이기고 싶어 하는 것이 그 증거라고 했다. 그들은 민주당원 선거에서 이기면 안 된다고 생각하는 것 같았다.

나는 민주당지도자회의가 새로운 구상들을 통해 민주당의 최고의 가치와 원칙을 확대하고 있다고 믿었다. 물론 일부 정직한 자유주의자들은 연금 개혁, 무역, 재정 책임, 국방에 대해 우리와 의견이 달랐다. 그러나 민주당과 공화당의 차이는 분명했다. 우리는 불공정한 감세와 대규모 적자에 반대하고 있었고, 공화당은 가족 및 의료 휴가 법안과 브래디 법안에 반대하고 있었다. 공화당은 교육에 적절한 자금을 지원하지도 못하고 이미 입증된 개혁을 밀어붙이지도 못하면서 학비 납부 가능 인증서(학부모가 배정된 공립학교가 아니라 자신이 원하는 학교에 자녀를 보낼 경제적 능력이 있다는 것을 확인해주는 증서—옮긴이주)에만 매달리고 있었다. 공화당은 인종과 동성애자 문제에서 분열적 전술을 사용했다. 공화당은 환경을 보호할 의사가 없었다. 공화당은 낙태에 반대했다. 그밖에도 많았다. 그러나 우리에게는 좋은 구상들이 많았다. 10만 명의 경찰관을 거리에 풀어놓는다든가, 소득이 적은 가정이 생활보호수당보다는 일을 찾아 나서서 생활을 개선할 수 있도록 소득세 공제액을 두 배로 늘리는 것, 젊은이들에게 대학 학자금을 지원하고 그 대가로 공동체 봉사를 요구하는 것 등이 그런 예였다.

내가 옹호하는 원칙이나 제안들은 공화당의 신조나 신념 결여와는 거리가 멀었다. 오히려 이것은 민주당을 현대화하는 데 기여했으며, 나중에 전세계에서 소생하던 중도 좌파 정당들이 '제3의 길'이라는 이름으로 채택하기도 했다. 가장 중요한 것은 이런 새로운 구상들을 실행에 옮기면 분명히 미국에 도움이 될 것이라는 점이었다. 1991년 조지타운 연설은 나에게 변화를 위한 포괄적인 의제가 있고, 그 의제를 현실로 옮기려는 의지도 있다는 것을 보여줄 수 있는 귀중한 기회였다.

나도 뉴햄프셔에서 조지타운 연설에서 내놓았던 구체적인 제안들을 요약한 선거운동 소책자를 펴냈다. 그리고 시민 대표자 회의 일정을 최대한 많이 잡았다. 초기의 대표자 회의 가운데 하나는 뉴햄프셔 주 남부의 아름다운 대학 도시 키니에서 열렸다. 우리 선거운동 일꾼들은 시내 전역에 전단을 돌렸지만, 얼마나 많이 올지는 아무도 알 수가 없었다. 우리가 빌린 방에는 200명 정도 들어갈 수 있었다. 나는 회의장에 가는 길에 경험이 많은 선거운동가에게 얼마나 모이면 창피하지 않겠느냐고 물었다. 그녀는 "50명"이라고 대답했다. 그럼 얼마면 성공이라고 볼 수 있을까? "150명." 도착해 보니 그곳에는 400명이 모여 있었다. 소방관이 우리한테 소방법상 절반은 다른 방으로 가야 한다고 말했기 때문에 나는 회의를 두 번 해야 했다. 그때 나는 처음으로 우리가 뉴햄프셔에서 좋은 성과를 거둘 수도 있겠다는 생각이 들었다.

보통 나는 15분 정도 연설을 하고 한 시간 정도 질문에 답변을 했다. 처음에 나는 내 답변이 너무 자세해서 '정책 과잉'이라는 소리를 들을까봐 걱정이 되었다. 그러나 곧 사람들은 스타일보다는 내용을 찾는다는 것을 깨달았다. 사람들은 진짜로 고통을 겪고 있었으며, 자신에게 무슨 일이 일어나는지, 어떻게 하면 이 곤경을 벗어날 수 있는지 이해하고 싶어 했다. 나는 시민 대표자 회의나 다른 유세에서 질문을 듣는 것만으로도 많은 것을 배울 수 있었다.

나이 든 부부 에드워드와 애니 데이비스는 종종 처방약을 사야 할지 음식을 사야 할지 망설이게 된다고 말했다. 한 고등학생은 자신의 실업자 아버지가 수치감에 사로잡혀 식사 때 가족의 얼굴을 보지도 못한다고 말했다. 계속 고개를 떨어뜨리고 있다는 것이었다. 재향군인회관에서 퇴역 군인들을 만나보니, 그들은 나의 베트남전쟁 반대보다는 보훈병원의 진료 질 저하에 더 관심을 가지고 있었다. 나는 론 마초스의 이야기에 특히 감동을 받았다. 그들의 아들 로니는 태어날 때부터 심장에 문제가 있었다. 론은 불황기에 일자리를 잃었으나, 아들의 엄청난 병원비를 처리해줄 의료보험이 있는 다른 일자리를 구할 수가 없었다. 뉴햄프셔 민주당원들이 모든 후보의 연설을 듣기 위해 대회를 열었을 때, 나는 '클린턴을 대통령으로'라고 적힌 깃발을 든 한 무리의 학생들을 앞세우고 연단으로 올라갔다. 그 학생들은 그들의 선생님이자 나의 오랜 친구인 아칸소 출신의 잔 파스칼과 함께 그 자리에 나왔다. 나는 그 가운데 마이클 모리슨이라는 학생에게서 특히 강한 인상을 받았다. 그는 휠체어를 타고 있었지만, 그것 때문에 남들에게 뒤처지기 싫어했다. 그가 나를 지지하는 것은 그가 낮은 소득의 홀어머니 밑에서 자랐고, 내가 모든 아이들에게 대학에 갈 기회와 좋은 일자리를 얻을 기회를 주기 위해 노력할 것이라고 믿었기 때문이다.

12월이 되자 본격적인 선거운동이 시작되었다. 12월 2일, 제임스 카빌과 그의 파트너 폴 베걸러가 합류했다. 그들은 발랄했으며, 정치적 재능이 뛰어났다. 그들은 전에 펜실베이니아에서 밥 케이시 주지사와 해리스 워퍼드 상원의원, 조지아에서 젤 밀러 주지사의 당선을 돕기도 했다. 밀러의 요청으로 카빌이 나에게 먼저 전화를 했으며, 나는 그와 베걸러를 만날 약속을 잡았다. 그들도 프랭크 그리어와 나처럼 멸종 위기에 처했지만 끈질기게 버티는 정치적인 종種, 즉 남부의 백인 민주당원이었다. 카빌은 루이지애나 주의 케이전(프랑스계 루이지애나 주민—옮긴이주)으로, 해병대에 복무했으며 전략적 감각이 뛰어났고 진보 정치에 헌신하고 있었다. 그와 나는 의지가 강하고 솔직한 어머니를 몹시 사랑한다는 점을 포함해 공통점이 많았다. 베걸러는 텍사스 주 슈거랜드 출신의, 적극적인 풀뿌리 민주주의와 가톨릭교도의 사회적 양심을 결합한 인물이었다. 그들을 고용하고 싶어 하는 후보는 나만이 아니었다. 결국 그들이 우리 팀에 합류했을 때, 그들은 우리의 운동에 에너지, 집중력, 신뢰를 가져다주었다.

12월 10일, 나는 '미국 주요 유대인 조직 회장 회의'에서 연설을 했다. 조지타운에서 세 번째이자 마지막으로 국방에 관한 연설을 하고 나서 이틀 뒤였다. 나는 이런 연설을 하는 데 카터 시절에 국무부 정책기획실 차장으로 일했던 오랜 친구 샌디 버거에게서 많은 도움을 받았다. 버거는 카터 시절 외교 정책 전문가로 활약했던 다른 세 명, 토니 레이크, 딕 홀브루크, 매들린 올브라이트와 더불어 오스트레일리아 태생의 총명한 중동 전문가 마틴 인딕도 데려왔다. 그들 모두 앞으로 중요한 역할을 담당하게 된다. 그러나 12월 중순에는 내가 외교에 대한 최소한의 이해와 능력을 갖추도록 도와주고 있었다.

12월 15일, 나는 아무런 구속력이 없는 플로리다 주 민주당 대회의 비공식 투표에서 54퍼센트의 대의원들을 얻어 1위를 했다. 나는 1980년대에 플로리다 대회를 세 번이나 찾아갔기 때문에 그들 가운데 많은 사람을 알았으며, 버디 매케이 부지사가 이끄는 나의 선거운동 조직은 플로리다에서 가장 강했다. 힐러리와 나는 또 대의원들을 열심히 만났다. 마이애미에 사는 그녀의 남동생 휴와 토니, 그리고 휴의 부인인 쿠바계 미국인 변호사 마리아도 마찬가지였다.

플로리다 승리 이틀 뒤에, 아칸소의 한 후원 모임에서는 80만 달러의 선거운동 자금이 모였다. 아칸소에서 한 번의 행사로 모인 자금으로는 단연 최대였다. 12월 19일, 「내슈빌 배너Nashville Banner」는 신문 가운데 최초로 나를 지지했다. 12월 20일, 쿠오모 주지사가 출마하지 않겠다고 발표했다. 이어 샘 넌 상원의원과 조지아의 젤 밀러 주지사가 나를 지지하면서 우리의 운동은 엄청난 힘을 얻었다. 조지아의 예비선거는 메릴랜드, 콜로라도와 더불어 슈퍼 화요일 직전이었다.

한편 팻 부캐넌이 과거의 조지 월러스처럼 우파에서 대통령을 공격하면서 공화당 예비선거에 나서겠다는 의사를 밝히자 부시 대통령은 더욱 더 난처해졌다. 보수적인 공화당원들은 대통령이 민주당 국회에서 통과시킨 4,920억 달러의 적자 축소안에 서명을 한 것에 격분했다. 여기에는 지출 감소 외에 5퍼센트의 휘발유세 인상이 포함되어 있었기 때문이다. 부시는 1988년 공화당 전당대회에서 "내 입모양을 읽으십시오. 새로운 세금은 없습니다"라는 유명한 말로 기립 박수를 받았다. 사실 그가 적자 축소안에 서명을 한 것은 책임 있는 행동이었지만, 그렇게 함으로써 자신의 가장 대표적인 공약을 어긴 것이고, 그의 당 우파의 징세 반대 신학을 어긴 것이었다.

보수주의자들은 대통령을 향해서만 포화를 집중하지는 않았다. 나 역시 '독립 미국 정신 회복을 위한 동맹ARIAS'이라는 단체로부터 포화를 맞았다. 아칸소 출신으로 내가 옥스퍼드 시절부터 알고 좋아하던 클리프 잭슨이 ARIAS의 지도자 가운데 한 사람이었다. 그는 이제 나에게 깊은 개인적 적의를 품은 보수적인 공화당원이 되어 있었다. ARIAS가 나의 경력을 공격하는 텔레비전, 라디오, 신문 광고를 내보내자, 우리는 적극적으로 신속하게 대응했다. 그 공격은 우리 운동에 피해보다는 이익을 주었을지도 모른다. 그런 공격에 답변하는 과정에서 나의 주지사로서의 업적이 부각되었고, 뉴햄프셔 민주당원들은 공격하는 단체의 성격을 보고 그 내용을 미심쩍게 여겼기 때문이다. 크리스마스 이틀 전 한 뉴햄프셔 여론조사에서 나는 폴 송거스에 이어 2위를 달리고 있었고, 빠르게 격차를 줄이고 있었다. 1991년은 좋은 느낌으로 마무리되었다.

1월 8일, 윌더 주지사가 경선에서 물러나면서, 특히 남부에서 아프리카계 미국인 유권자들을 둘러싼 경쟁이 약화되었다. 그 무렵 프랭크 그리어가 뉴햄프셔의 경제적 문제와 그것을 치료할 나의 계획을 부각시키는 훌륭한 텔레비전 광고를 내면서 우리는 여론조사에서 송거스를 앞질렀다. 1월 둘째 주에 우리가 모아놓은 기금은 330만 달러에 이르렀다. 석 달도 안 되는 기간에 모은 것이었다. 그 가운데 반은 아칸소에서 나온 것이었다. 지금 보면 얼마 안 되어 보이지만, 1992년 초만 해도 그 정도면 최고로 꼽힐 만큼 많은 액수였다.

선거운동은 별 탈 없이 진행되는 것처럼 보였다. 그러다 1월 23일, 리틀록 매체들은 타블로이드판 신문 「스타」의 2월 4일자 기사를 사전 통보받았다. 이 기사에서 제니퍼 플라워스는 자신이 나와 12년간 불륜 관계를 가졌다고 말했다. 그녀의 이름은 1990년 주지사 선거 때 래리 니콜스가 나와 불륜 관계가 있었다고 주장한 다섯 명 가운데 들어 있었다. 당시에 플라워스는 그 사실을 강력히 부인했다. 처음에 우리는 언론이 그녀의 발언을 얼마나 진지하게 받아들일지 몰랐기 때문에 예정대로 우리 할 일을 했다. 나는 뉴햄프셔 남서부 클레어먼트까지 오랫동안 차를 타고 가 빗 공장에서 유세를 했다. 그 공장을 운영하는 사람들은 제품을 월마트에 팔고 싶어 했고 나는 그들을 돕고 싶었다. 공장에 갔을 때 디 디 마이어스가 그곳의 작은 사무실로 들어가 본부로 전화를 했다. 플라워스는 나와 10차례의 전화 통화를 녹음한 테이프를 가지고 있으며, 그것이 자신의 주장의 신빙성을 증명해줄 거라고 주장하고 있었다.

1년 전 플라워스의 변호사는 리틀록의 한 라디오 방송국으로 명예훼손 소송을 제기하겠다는 편지를 보냈다. 그 방송국 토크쇼 사회자가 래리 니콜스의 보도자료에 들어 있는 주장 가운데 몇 가지를 되풀이함으로써, 그 방송국이 '부당하게 또 허위로' 그녀가 나와 불륜 관계를 맺었다고 비난했다는 이유였다. 우리는 플라워스가 가지고 있다고 하는 테이프에 무슨 내용이 있는지 몰랐지만, 나는 그 대화들을 분명하게 기억하고 있었고, 거기에 피해를 줄 만한 것이 들어 있다고 생각하지 않았다. 나는 플라워스를 1977년부터 알았고 선거운동 무렵에는 주에서 일할 수 있도록 도와주기도 했다. 그녀는 나에게 전화를 해서 기자들이 밤에 노래하는 곳까지 찾아와 괴롭히며, 이러다 일자리를 잃을 것 같다고 불평했다. 나는 그녀를 가엾게 여겼으며, 그것이 대단한 일이라고 생각하지 않았다. 마이어스는 「스타」지가 공개하려는 내용에 대해 더 알아내려고 했다. 얼마 후 나는 힐러리에게 전화해 상황을 설명했다. 다행히도 힐러리는 선거 유세를 나가 조지아 주지사 관저에 머물고 있었으며, 젤과 셜리 밀러 부부는 그녀에게 잘해주었다.

플라워스 기사는 엄청난 폭발력을 발휘했다. 이야기의 일부는 그녀의 비난의 신빙성에 의문을 가지게 했지만, 어쨌든 언론에서는 거부하기 힘든 기사거리였다. 언론은 플라워스가 그 이야기를 밝히는 대가로 돈을 받았으며, 그녀가 1년 전만 해도 불륜 관계를 강력하게 부인했었다고 보도했다. 언론은 역시 언론답게 교육과 이력에 관한 플라워스의 허위 주장을 밝혀내기도 했다. 그러나 이런 기사들은 그녀의 주장에 눌려버렸다. 뉴햄프셔 여론조사에서 나의 지지도는 급락했다. 힐러리와 나는 그 비난과 우리의 결혼 생활에 대한 질문에 답변하기 위해 CBS의 〈60분60 Minutes〉 프로그램의 초대를 받아들이기로 결정했다. 쉬운 일은 아니었다. 우리는 스캔들 보도에 대하여 방어를 하고, 우리의 품위를 떨어뜨리거나 인신공격이라는 불놀이에 석유를 더 붓는 일 없이 제대로 된 쟁점으로 넘어가고 싶었다. 나는 이미 내가 완전한 삶을 살지 못했다고 고백했다. 만일 완전한 삶이 기준이라면, 나 말고 다른 사람이 대통령으로 선출되어야 할 터였다.

우리는 1월 26일 일요일 아침에 보스턴의 리츠칼튼에서 그 프로그램을 녹화했다. 방송은 그날 밤 슈퍼볼(전미풋볼선수권대회—옮긴이주) 중계 다음에 나갈 예정이었다. 우리는 인터뷰 담당자인 스티브 크로프트와 한 시간 넘게 이야기를 했다. 크로프트는 먼저 플라워스의 이야기가 사실이냐고 물었다. 내가 사실이 아니라고 하자, 그는 나에게 불륜 관계가 없었느냐고 물었다. 어쩌면 1976년에 비슷한 질문을 받았던 로절린 카터의 뛰어난 대꾸를 되풀이했어야 했던 것인지도 모른다. "있었다 해도 말해줄 수는 없어요." 그러나 나는 카터 부인처럼 흠 없는 사람이 아니었기 때문에 영리하게 굴지 않기로 했다. 나는 나의 결혼 생활에 고통을 준 사실을 이미 인정한 적이 있으며, 그 문제에 대해서는 이미 다른 어느 정치가보다 많이 이야기를 했기 때문에 더 이상 말을 하지 않을 것이고, 미국 국민은 내 말뜻을 이해할 것이라고 대답했다.

그때 믿을 수 없는 일이 벌어졌다. 크로프트가 또다시 질문을 한 것이다. 그의 유일한 인터뷰 목적은 구체적인 사실 인정을 얻어내려는 것이었다. 마침내 제니퍼 플라워스에 대한 일련의 질문들 뒤에 그는 힐러리와 내 문제로 돌아와, 우리의 결혼을 '협정'이라고 불렀다. 나는 한 대 치고 싶었다. 그러나 대신 이렇게 말했다. "잠깐만요. 크로프트 씨는 지금 서로 사랑하는 두 사람을 보고 있습니다. 이것은 협정이나 양해가 아닙니다. 이것은 결혼입니다." 그러자 힐러리는 자신이 나와 함께 인터뷰 자리에 앉아 있는 것은 "그를 사랑하고, 존경하고, 그가 겪어온 일, 우리가 함께 겪어온 일을 존중하기 때문"이라고 말했다. "그리고 말이죠. 그것으로 충분하지 않다고 생각한다면, 이 사람한테 투표하지 않으면 되잖아요." 크로프트는 초반에 이런 식으로 진흙탕 싸움을 하고 나서 좀더 공손해졌다. 힐러리와 내가 함께 한 삶에 대하여 괜찮은 이야기도 오갔다. 그러나 긴 인터뷰를 편집하면서 그런 것은 다 잘려나가고 10분 정도만 방영되었다. 슈퍼볼 때문에 프로그램 방영 시간을 줄여야 했던 것인지도 모르겠다.

인터뷰하는 도중, 힐러리와 내가 앉아 있던 긴 의자 위에 달려 있던 아주 밝고, 아주 뜨거운 조명이 천장에서 풀려 밑으로 떨어졌다. 바로 힐러리

머리 위였다. 만일 그것에 맞았다면 힐러리는 심한 화상을 입었을지도 모른다. 다행히도 내가 먼저 상황을 파악하고, 힐러리를 내 무릎 위로 끌어당겼다. 그 직후 조명은 힐러리가 앉은 자리에 떨어지며 박살이 났다. 힐러리는 너무 놀랐다. 나는 힐러리의 머리카락을 쓰다듬으며, 괜찮다고, 사랑한다고 말했다. 그 시련이 끝난 뒤 우리는 비행기를 타고 집으로 날아와 첼시와 함께 그 프로그램을 보았다. 프로그램이 끝난 뒤 나는 첼시에게 어떻게 생각하느냐고 물었다. 첼시는 대답했다. "내가 두 분의 딸이라는 게 좋아요."

다음 날 아침 나는 미시시피 주 잭슨으로 날아가, 주지사 출신의 빌 윈터와 마이크 에스피가 조직한 조찬회에 참석했다. 두 사람 모두 초기부터 나를 지지했다. 나는 사람들이 올지, 이 조찬회가 어떤 식으로 진행될지 잘 알 수가 없었다. 그러나 예상보다 많은 사람이 참석하는 바람에 의자를 더 갖다 놓는 것을 보고 나는 안도했다. 사람들은 나를 만나서 정말로 반가워하는 것 같았다. 그렇게 나는 다시 일로 돌아갔다.

그러나 끝난 것이 아니었다. 제니퍼 플라워스는 뉴욕의 월도프-아스토리아 호텔에서 만원을 이룬 기자들 앞에서 회견을 했다. 그녀는 자신의 주장을 되풀이하고, 그것과 관련된 거짓말에 짜증이 난다고 말했다. 그녀는 또 '지역구의 공화당 후보'가 접근해서 그녀의 이야기를 공개하도록 요청한 적이 있다는 사실을 인정했지만, 그 사람의 이름은 밝히지 않으려 했다. 회견장에서는 테이프를 몇 개 틀었다. 그러나 내가 그녀와 전화 통화를 했다는 사실(나 자신도 부인한 적이 없다)을 증명한 것 외에, 그 큰 소동에 비하면 테이프의 내용은 별 게 없었다.

뒤늦게 취재에 열을 올린 매체들이 있기는 했지만, 플라워스를 둘러싼 언론의 서커스는 끝이 나고 있었다. 그것은 무엇보다도 우리가 〈60분〉에서 사람들이 그 일을 제대로 바라보도록 해주었기 때문이라고 생각한다. 사람들은 내가 완전한 사람이 아니며 완전한 척하지도 않는다는 것을 이해했다. 사람들은 또 미국이 해결해야 할 더 중요한 문제가 많다는 것도 알고 있었다. 그리고 많은 사람들이 언론 취재의 '돈을 주고 쓰레기를 사는' 측면에 대해서도 역겨움을 느꼈다. 이 무렵 래리 니콜스는 자신의 소송을 취하하기로 하고, 그의 말을 빌면 나를 '파괴'하려 한 데 대해 공개 사과했다. "언론은 이 일을 가지고 서커스를 펼쳤지만, 이제 너무 지나치다는 느낌이 든다. 「스타」지의 기사가 처음 나오자, 몇몇 여자들이 나에게 전화를 해서 빌 클린턴과 관계가 있었다고 말하면 돈을 주겠느냐고 물었다. 이것은 미친 짓이다." 플라워스의 기자회견장에서 틀었던 테이프에 대한 의문도 제기되었다. 「스타」는 테이프 원본을 내놓을 수 없다고 했다. 로스앤젤레스의 한 텔레비전 방송국에 있는 전문가는 그 테이프가, '조작'된 것인지 아닌지는 모르겠지만, '선택적으로 편집'된 것은 분명하다고 말했다. CNN 역시 자체적으로 전문가를 동원하여 분석한 뒤 비판적인 보도를 했다.

나는 1977년에 제니퍼 플라워스를 처음 만났다. 나는 법무장관이었고, 그녀는 지역 텔레비전 방송국 기자로 자주 나를 인터뷰했다. 그녀는 곧 아칸소를 떠나 연예계로 들어갔다. 컨트리 음악 스타 로이 클라크의 뒤에서 노래를 불렀던 것으로 안다. 그러다 댈러스로 옮겨갔다. 80년대 후반 그녀는 어머니 옆에 있기 위해 리틀록으로 돌아왔다. 그녀는 나에게 전화를 해서 가수 수입으로는 부족하니 주의 일자리를 알아봐달라고 부탁했다. 나는 비서진의 주디 개디에게 그녀 이야기를 했다. 개디는 취직 부탁을 하는 사람들을 여러 부처와 연결시켜주는 일을 하고 있었다. 9개월 뒤 플라워스는 마침내 연봉 2만 달러가 안 되는 일자리를 얻었다.

나는 제니퍼 플라워스가 이상적이지 못한 유년 시절을 보내고 자신의 일에서도 좌절을 겪었지만 계속 열심히 살아가는 강인한 사람이라는 인상을 받았다. 언론 보도를 보면, 그녀는 나중에 나에게 투표를 할지도 모른다고 말하기도 했고, 또 언젠가는 성희롱에 대한 폴라 존스의 주장을 믿지 않는다고 말하기도 했다. 얄궂게도 1992년에 〈60분〉에 출연하고 나서 꼭 6년 만에 나는 폴라 존스 사건으로 선서 증언을 해야 했다. 그때 나는 다시 제니퍼 플라워스에 대한 질문을 받았고, 1970년대에 그녀와 갖지 말아야 할 관계를 가졌다고 인정했다. 물론 그런 질문들은 존스의 거짓된 성희롱 주장과는 아무런 관계가 없었다. 그것은 그저 나에게 개인적, 정치적인 피해를 주고 창피를 주려는 오랜 시도, 튼튼한 자금의 뒷받침을 받은 시도의 일부일

뿐이었다. 그러나 나는 진실을 말하겠다고 선서를 한 상태였다. 물론 내가 잘못한 게 없다면, 창피할 일도 없었을 것이다. 어쨌든 나의 비판자들은 기다렸다는 듯이 달려들었다. 묘하게도 그들은 그 선서 증언의 나머지는 진실이 아니라고 생각하면서도, 이 답변 하나만큼은 진실로 받아들였다. 사실 12년간의 불륜 관계는 없었다. 제니퍼 플라워스는 여전히 제임스 카빌, 폴 베걸러, 힐러리가 그녀의 명예를 훼손했다며 소송 중이다. 나는 그녀가 불행해지기를 바라지 않는다. 하지만 이제 나는 대통령이 아니므로, 그녀가 그들을 가만 내버려두기를 진정으로 바란다.

플라워스 사건 며칠 후, 나는 엘리 시걸에게 전화를 걸어 리틀록에 내려와 성숙하고 안정된 존재로 본부에 있어달라고 간청했다. 그가 어떻게 대통령 선거운동을 해서 져보기만 한 자기 같은 사람의 도움을 원하느냐고 묻기에 나는 농담처럼 말했다. "나 지금 절박하거든." 시걸은 웃음을 터뜨리더니 리틀록으로 왔다. 그는 선거운동의 중앙 본부, 재정, 선거운동용 비행기를 책임지는 비서실장이 되었다. 그달 초, 테네시 주의 네드 백휘터 주지사, 켄터키 주의 브레러튼 존스 주지사, 워싱턴의 부스 가드너 주지사가 나를 지지했다. 이미 지지를 표명했던 사우스캐롤라이나의 딕 라일리, 와이오밍의 마이크 설리번, 뉴멕시코의 브루스 킹, 노스다코타의 조지 시너, 조지아의 젤 밀러 등은 지지를 재확인했다. 샘 넌 상원의원도 지지를 재확인했지만, 무슨 이야기가 더 나오는지 "기다려보겠다"는 단서를 달았다.

전국 여론조사에서는 미국 국민 70퍼센트가 언론이 공인의 사생활에 대한 보도를 삼가야 한다고 생각한다는 결과가 나왔다. 다른 조사에서는 민주당원의 80퍼센트가 플라워스의 이야기가 사실이라 해도 그것에 영향을 받지 않을 것이라고 답변했다. 괜찮은 결과였지만, 20퍼센트는 선뜻 포기하기에는 너무 큰 수였다. 어쨌든 선거운동은 다시 힘을 얻었다. 적어도 송거스에게 크게 뒤처지지 않는 2위는 할 것 같았다. 나는 그 정도면 남부 예비선거에서 기대를 해볼 만한 좋은 성적이라고 생각했다.

그러나 선거운동이 다시 정상화될 무렵, 병역 문제가 터지면서 다시 큰 충격을 받았다. 2월 6일, 「월스트리트 저널」은 나의 병역 문제와 1969년 아칸소 대학 학생군사훈련단ROTC과의 관계에 대한 기사를 실었다. 선거운동을 시작할 때 나는 병역 문제에 대해서는 아무런 준비를 하지 않은 상태였기 때문에, 옥스퍼드 시절에 징집 유예를 받은 적이 없다고 말하는 실수를 저질렀다. 사실 나는 1969년 8월 7일부터 10월 20일까지 징병 유예를 받았다. 더 심각한 사태는, ROTC에 들어가게 해주었던 유진 홈즈 대령이 이제 내가 그를 속여 징집에서 빠져나갔다고 주장한다는 것이었다. 홈즈는 1978년 기자들이 나의 병역 기피 혐의에 대해 물었을 때는 수백 건을 처리했기 때문에 나에 대한 구체적인 사항은 기억이 나지 않는다고 대답했다. 어쨌든 유예를 받은 적이 없다는 나 자신의 잘못된 말에 홈즈의 새로운 발언이 보태지면서 내가 징집되지 않은 이유에 대해 사람들을 속인 것처럼 보이게 되었다. 그것은 사실이 아니었다. 하지만 당시에는 그것을 증명할 수가 없었다. 나는 기억을 하지 못했고, 1970년 3월, 내가 ROTC에서 나와 다시 징병 대상이 된 뒤에 제프 드와이어가 홈즈와 나누었던 따뜻한 대화를 나에게 전해줄 때 녹음해 두었던 테이프를 찾지도 못했다. 제프는 세상을 떠났고, 내 지역 징병위원회 위원장이었던 빌 암스트롱도 세상을 떠났다. 그리고 그 시기의 모든 징병 기록은 파기되었다.

나는 홈즈의 공격에 깜짝 놀랐다. 그의 이전의 진술과 배치되는 발언이었기 때문이다. 홈즈가 그녀의 딸 린더 버넷의 도움으로 기억을 되살린 것인지도 모른다는 이야기도 있었는데, 버넷은 부시 대통령의 재선을 위해 일하던 공화당 활동가였다.

선거를 목전에 둔 9월 16일, 홈즈는 나의 '애국심과 성실성'에 의문을 제기하는 좀더 자세한 비난문을 발표하여, 내가 그를 속였다고 다시 주장했다. 그 성명서는 그녀의 딸이 초안을 잡고, 나의 오랜 정적인 존 폴 해머슈미트 하원의원 사무실에서 '지도'를 해주고, 부시 선거운동본부의 몇 사람이 손을 봐준 것 같았다.

병역 문제가 터지고 나서 며칠 뒤, 뉴햄프셔 선거를 꼭 일주일 앞둔 시점에서 ABC의 〈나이트라인Nightline〉의 앵커 테드 코펄은 데이비드 월헬름에게 전화를 하여, 내가 홈즈 대령에게 보낸 징집 관련 편지(이제는 유명해진 편지이다) 사본을 가지고 있는데, ABC가 그 편지에 관해 보도할 거라고 말했다. 나는 그 편지에 대해서는 까맣게 잊고 있었다. ABC는 고맙게도 그 사본을 우리에게 보내주었다. 그 편지를 읽어보자 나는 왜 부시 선거운동본부가 그 편지와 홈즈 대령의 ROTC 사건에 대한 수정된 이야기가 뉴햄프셔에서 나의 몰락을 가져올 거라고 자신하는지 알 수 있었다.

그날 밤 미키 캔터, 브루스 린지, 제임스 카빌, 폴 베걸러, 조지 스테파노풀로스, 힐러리와 나는 맨체스터 데이즈인 모텔의 한 방에 모였다. 우리는 언론에 의해 죽임을 당하고 있었다. 이제 나의 자질을 겨누고 두 개의 총신에서 총알이 날아오고 있었다. 텔레비전의 모든 논평가들은 내가 완전히 죽은 목숨이라고 말했다. 스테파노풀로스는 바닥에서 몸을 뒤틀며 울먹이고 있었다. 그는 사퇴하는 문제를 생각해볼 때가 아니냐고 물었다. 카빌은 방을 어슬렁거리며 편지를 흔들면서 소리쳤다. "조지! 조지! 그건 미친 짓이야. 이 편지는 우리 친구라구. 실제로 이 편지를 읽는 사람이라면 누구나 빌이 자질이 있는 사람이라고 생각할 거야!" 나도 '죽는다는 소리는 절대 안 한다'는 카빌의 태도를 좋아했지만, 그래도 카빌보다는 차분했다. 조지 스테파노풀로스는 워싱턴에서만 정치 경험을 했으며, 그래서 우리와는 달리 어느 후보가 가치 있느냐 없느냐 하는 문제를 언론이 결정한다고 생각하는지도 몰랐다. 그래서 내가 물었다. "조지, 자네는 지금도 내가 좋은 대통령이 될 거라고 생각하나?" "네." 스테파노풀로스가 대답했다. "그럼 일어나서 일하러 가게. 유권자들이 나를 물러나게 하고 싶으면, 선거일에 그렇게 할 거야. 나는 유권자들에게 결정을 맡기겠네."

말은 용감하게 했지만, 내 지지율은 우물에 빠진 돌맹이처럼 하락하고 있었다. 나는 이미 3등이었다. 지지율이 한 자릿수로 떨어질 것처럼 보이기도 했다. 카빌과 미키 캔터의 조언에 따라, 우리는 「맨체스터 유니언 리더 Manchester Union Leader」에 편지 전문을 수록한 광고를 내고, 텔레비전에서 30분짜리 프로그램 두 개를 사서 유권자들에게 전화해 나에게 이른바 자질 문제를 포함한 모든 문제에 대해 질문을 하게 했다. 150명의 아칸소 사람들이

하던 일을 중단하고 뉴햄프셔로 달려와 호별 방문을 시작했다. 그들 가운데 나의 법대 제자이기도 한 데이비드 매튜스 하원의원은 나의 입법 계획이나 고향에서의 선거운동에 대한 가장 강력한 지지자 가운데 한 사람이었다. 데이비드는 웅변력과 설득력이 뛰어난 연사로, 곧 힐러리 다음으로 나를 대리하는 인물이 되었다. 몇 번의 유세에서 그가 군중을 뜨겁게 달구어놓는 것을 본 사람들 가운데는 그가 나 대신 후보로 나섰어야 한다고 생각한 사람도 꽤 있었을 것이다. 아칸소 사람 600명은 「유니언 리더」에 실린 전면 광고에 자기 이름과 집 전화번호를 적고, 뉴햄프셔의 민주당원들에게 자신들의 주지사에 대해 알고 싶은 것이 있으면 집으로 직접 전화하라고 권했다. 실제로 수백 통의 전화가 왔다.

나를 도우러 온 아칸소 사람들 가운데 어린 시절 나의 절친한 친구였던 데이비드 레오풀로스만큼 큰 역할을 했던 사람은 없다. 레오풀로스는 플라워스 이야기가 터진 뒤 텔레비전 논평가들이 나는 끝났다고 이야기하는 것을 들었다. 그는 너무 화가 나 차에 올라타고 뉴햄프셔까지 사흘 길을 달려왔다. 비행기표를 살 돈이 없었기 때문이다. 그가 우리 본부에 도착하자, 젊은 공보보좌관 사이먼 로젠버그는 뉴햄프셔 사람들이 많이 듣는 보스턴의 한 라디오 방송국과 인터뷰를 잡아주었다. 그는 그 인터뷰에서 장외홈런을 쳤다. 사실 그는 그냥 우리의 40년간의 우정에 대해 말했을 뿐이다. 그런데 이것이 나를 좀더 인간적으로 보이게 해주었다. 이어 그는 주 전역에서 모인 낙담한 자원봉사자들의 모임에서 연설을 했다. 그의 연설이 끝나자 자원봉사자들은 눈물을 글썽이며 마지막까지 최선을 다해보자는 결의를 했다. 레오풀로스는 일주일 내내 주 전역을 돌아다니며 라디오 인터뷰를 하고, 직접 제작한 전단을 나누어주었다. 거기에는 우리의 어린 시절 친구들의 사진이 실려 있었는데, 그것이야말로 내가 진짜 현실 속의 인간이라는 증거가 되었다. 그의 지원 여행이 끝날 무렵, 나는 그를 내슈아 유세에서 보았다. 그는 아칸소 사람 50명과 팔짱을 끼고 있었다. 거기에는 캐럴린 스테일리, 오랜 재즈 파트너 랜디 구드럼, 초등학교 시절 친구 모리어 애스펠도 있었다. 뉴햄프셔 선거운동을 구해준 것은 아마 '빌의 친구들'이었을 것이다.

선거 며칠 전 나는 오래 전부터 계획된 기금 모금을 위해 뉴욕으로 갔다. 죽은 자가 걸어 다니는 것이 궁금해서라면 몰라도, 과연 누가 와주기나 할까 의문이었다. 나는 쉐라톤 호텔 주방을 통해 행사장으로 걸어가면서, 늘 하던 대로 웨이터나 주방 직원들과 악수를 했다. 그때 웨이터인 디미트리오스 테오파니스가 나에게 말을 걸었는데, 그 짧은 대화를 통해 그는 나의 평생의 친구가 되었다. "우리 아홉 살짜리 꼬마가 학교에서 선거를 배우는데, 그 녀석 말이 꼭 클린턴 씨에게 투표를 하랍니다. 클린턴 씨가 우리 아이를 자유롭게 해주었으면 좋겠습니다. 그리스에서 우리는 가난했지만 자유로웠습니다. 여기는 너무 위험해서 우리 애는 길 건너 공원에서 혼자 놀지도 못하고, 걸어서 학교에 가지도 못합니다. 그러니 내가 클린턴 씨를 찍으면, 클린턴 씨는 우리 아이를 자유롭게 해주시겠습니까?" 나는 울음을 터뜨릴 뻔했다. 그는 아들의 안전을 위해서 내가 무슨 일을 할 수 있을지 정말로 관심을 가지는 사람이었다. 나는 그에게 주민을 잘 아는 공동체 경찰관들이 동네를 순찰하면 큰 도움이 될 것이다, 그래서 그런 경찰관 10만 명을 뽑을 수 있는 자금을 마련할 생각이라고 대답했다.

그 일로 벌써 기분이 좋아졌지만, 행사장으로 들어가자 기분은 훨씬 더 좋아졌다. 그곳에는 700명이 모여 있었다. 조지타운 시절의 친구 드니스 하일랜드 데인저먼드와 그녀의 남편 보보도 있었다. 그들은 나를 정신적으로 지원하기 위해 로드아일랜드에서 그곳까지 왔다. 나는 다시 살아날 수도 있겠다는 생각을 하면서 뉴햄프셔로 돌아갔다.

선거운동 마지막 며칠 동안 송거스와 나는 경제 정책을 놓고 열띤 논쟁을 벌였다. 나는 네 개의 정책을 제시했다. 첫째, 일자리를 만들고, 창업을 돕고, 가난과 소득 불평등을 줄이는 것. 둘째 지출 감소와 고소득층 세금 인상으로 4년 안에 적자를 반으로 줄인다는 것. 셋째, 교육, 훈련, 신기술에 대한 투자를 늘린다는 것. 넷째, 중산층을 위하여 약간 세금을 줄이고, 가난한 노동자들을 위해서는 대폭 세금을 줄인다는 것. 우리는 국회 예산실에서 나온 수치를 이용해 각 제안에 드는 비용을 산출하려고 최선의 노력을 기울였다. 송거스는 내 계획에 반대하며, 우리는 그냥 적자 축소에 초점을 맞추어야 하며, 미국은 중산층 감세를 시행할 여유가 없다고 말했다. 그러면서도 자본 이득세는 줄이겠다고 했는데, 이것은 결국 부유한 미국인들에게 혜택이 돌아가는 것이었다. 그는 내가 감세를 제안했다는 이유로 나를 '뚱쟁이 곰pander bear' (팬더곰을 가리키는 panda bear를 가지고 말장난한 것—옮긴이주)이라고 불렀다. 그는 자신이 월스트리트의 사상 최고의 친구가 될 것이라고 말했다. 나는 우리에게는 월스트리트와 메인스트리트(Main Street는 미국의 어느 곳에 가나 있는 거리 이름. 따라서 보통 사람들이 사는 곳을 가리킨다—옮긴이주), 재계와 노동자 가족 양쪽을 모두 돕는 '새로운 민주당원'의 경제 계획이 필요하다고 반격했다. 많은 사람들이 적자 규모는 나의 감세로는 감당할 수 없을 정도로 크다는 송거스의 주장에 동의했지만, 나는 20년간 커진 소득 불균형과 1980년대에 일어난 중산층으로의 세금 부담 이동에 대해 뭔가 조치를 취해야 한다고 생각했다.

나는 두 사람의 경제 계획의 상대적 장점을 둘러싼 논쟁을 하게 되어 기뻤지만, 나의 자질에 대한 의문들이 사라진 것이라는 착각은 하지 않았다. 선거운동이 막판을 향해 다가가면서, 나는 도버의 열광적인 군중에게 내가 진짜로 생각하는 '자질 문제'가 무엇인지 말하게 되었다.

지난 몇 주를 돌이켜보니 아주 흥미로운 사실을 발견할 수 있었습니다. 내가 여러분의 문제와 여러분의 미래와 여러분의 생활에 대해 이야기하면서 선두로 급상승한 뒤, 묘하게도 이 이른바 자질 문제가 제기되었다는 것입니다.

사실 자질은 대통령 선거에서 중요한 쟁점이며, 미국 국민은 지금까지 200년 이상 그들의 정치가의 자질을 판단해왔습니다. 그리고 대부분의 경우 그들이 옳았습니다. 아니면 우리는 지금 여기에 없을 것입니다. 내가 생각하는 자질 문제는 이런 것입니다. 누가 정말로 여러분을 걱정하느냐? 대통령으로 당선될 경우 해야 할 일을 누가 구체적으로 말하느냐? 누가 자신이 하는 말을 증명할 성과를 보여주었느냐? 누가 단순히 권력을 얻거나 지키는 것이 아니라 여러분의 생활을 바꾸겠다고 결심하고 있느냐?……

이번 선거에서 내가 생각하는 자질 문제는 이런 것입니다. 어떻게 대통령의 권력을 가지고 있으면서도, 선거에서 목숨이 위태로워지기 전에는 국민 생활을 개선하는 일에 그 권력을 한 번도 사용하지 않았는가? 이것이 바로 자질 문제입니다……

이런 말씀을 드리고 싶습니다. 나는 여러분에게 이번 선거를 돌려드리겠습니다. 만일 여러분이 그것을 나에게 다시 준다면, 나는 조지 부시처럼은 되지 않을 것입니다. 나는 누가 나에게 두 번째 기회를 주었는지 결코 잊지 않을 것이며, 마지막 개가 죽을 때까지(최후까지라는 의미—옮긴이주) 여러분을 위해 여러분 곁에 있을 것입니다.

'마지막 개가 죽을 때까지' 는 뉴햄프셔 선거운동 마지막 며칠 동안 우리 진영의 구호가 되었다. 수백 명의 자원봉사자들이 열심히 뛰었다. 힐러리와 나는 손이 눈에 띄는 대로 악수를 했다. 여론조사는 여전히 실망스러웠지만 그래도 맥박은 다시 뛰기 시작했다.

선거일인 2월 18일 아침은 얼음이 얼 정도로 추웠다. 잔 파스칼의 휠체어에 앉은 어린 학생 마이클 모리슨은 나를 위해 투표소 일을 한다는 기대감에 잠을 깼다. 그러나 안타깝게도 그의 어머니의 차에 시동이 걸리지 않았다. 마이클은 실망했지만 기가 죽지 않았다. 그는 전동 휠체어를 타고 차가운 아침 공기 속으로 나가, 겨울바람을 뚫고 미끄러운 갓길을 3킬로미터 달려 자신이 맡은 위치에 이르렀다. 어떤 사람들은 병역과 제니퍼 플라워스가 이번 선거의 쟁점이라고 생각했다. 그러나 나는 마이클 모리슨이 이번 선거의 쟁점이라고 생각했다. 아들의 심장에 구멍이 뚫렸지만 의료보험은 없는 로니 마츠스가 쟁점이라고 생각했다. 창피해서 식탁에서 고개를 못 드는 아버지를 둔 어린 소녀가 쟁점이라고 생각했다. 필요한 음식과 약을 둘 다 살 돈이 없는 에드워드와 애니 데이비스가 쟁점이라고 생각했다. 자기 집 길 건너에 있는 공원에서 놀 수 없는 뉴욕의 이민자 웨이터의 아들이 쟁점이라고 생각했다. 누가 옳은지 곧 알 수 있었다.

그날 밤, 폴 송거스는 35퍼센트로 1위를 했다. 그러나 나는 26퍼센트로 크게 뒤처지지 않는 2위를 했으며, 12퍼센트의 케리, 10퍼센트의 하킨, 9퍼센트의 브라운을 크게 앞섰다. 나머지 표들은 후보자 명단에 없는 사람에게로 갔다. 더피 선거운동 시절부터 알고 지낸 뉴햄프셔의 지지자 조 그랜드메이슨의 권유에 따라 나는 일찍 언론 앞에 섰으며, 폴 베걸러의 제안에 따라 뉴햄프셔가 나를 '돌아온 아이'(클린턴의 별명이다—옮긴이주)로 만들어주었다고 말했다. 송거스는 매사추세츠 주 경계에 밀착한 지역들에서는 나를 완전히 눌렀다. 그러나 뉴햄프셔에서 북쪽으로 15킬로미터 들어가면서부터는 내가 사실상 승리를 거두었다. 나는 무척 들떴으며, 깊이 감사했다. 유권자들은 나의 선거운동이 계속되어야 한다고 결정을 내린 것이다.

나는 뉴햄프셔를 사랑하게 되었으며, 그 특색을 높이 평가하게 되었고, 다른 후보를 선택한 사람들을 포함해서 뉴햄프셔 유권자들의 진지함을 존중하게 되었다. 이 주는 나의 역량을 시험하였으며, 나를 더 나은 후보로 만들었다. 아주 많은 사람들이 힐러리와 나를 친구로 삼았으며, 우리를 고무시켰다. 그들 가운데 놀랄 만큼 많은 수가 나의 행정부에서 일했으며, 이후 8년간 나는 많은 사람들과 계속 연락을 했다. 백악관에서 뉴햄프셔 데이 행사를 주최한 것도 그 한 예이다.

뉴햄프셔는 미국 국민이 나라의 변화를 얼마나 간절히 바라고 있는지 보여주었다. 공화당의 경우도 마찬가지였다. 팻 부캐넌은 갑자기 선거운동에 뛰어들었음에도 표를 37퍼센트나 가져갔으며, 대통령의 전국 지지도는 걸프전쟁 이후 처음으로 50퍼센트 밑으로 내려갔다. 부시 대통령은 여전히 여론조사에서 폴 송거스와 나를 모두 앞섰지만, 민주당 후보 지명전은 진짜로 해볼 만한 가치가 있는 일이 되었다.

뉴햄프셔 이후 예비선거와 지방대회는 속도가 완전히 달라져서 뉴햄프셔가 요구했던 소매점식 정치는 다시 되풀이할 수 없었다. 2월 23일, 송거스와 브라운이 메인 주 지방대회에서 각각 30퍼센트와 29퍼센트로 승자가 되었다. 나는 15퍼센트로 한참 뒤처진 3위였다. 아이오와는 달랐지만, 지방대회 시스템을 갖춘 주들은 대개 예비선거의 경우보다 대의원 선정 과정에 끌어들이는 사람들 숫자가 훨씬 적었다. 따라서 지방대회는 확실한 지지자들의 핵을 갖춘 후보들에게 유리했다. 이런 핵에 속하는 민주당원들은 꼭 그런 것은 아니지만 보통 전체 민주당원보다 약간 더 좌경화되었으며, 총선 거 전체 유권자들보다는 한참 더 좌경화되어 있었다. 2월 25일, 사우스다코 타 예비선거의 유권자들은 나보다 그들의 이웃인 밥 케리와 톰 하킨에게 더 큰 지지를 보냈다. 그러나 나도 말 목장에서 딱 한 번 유세를 한 것치고는 괜찮은 성적을 냈다.

3월은 중요한 달이었다. 먼저 콜로라도, 메릴랜드, 조지아의 예비선거 가 시작되었다. 나는 콜로라도에 친구가 많았고 전 주지사 딕 램이 로키마 운틴 지역 담당자였지만, 나에게 최선의 상황은 브라운, 송거스와 표를 3등 분하는 것이었다. 브라운은 29퍼센트를 가져갔고, 나는 27퍼센트를 받았으 며, 송거스는 바로 뒤이어 26퍼센트를 차지했다. 메릴랜드에서는 강한 조직 으로 출발을 했지만, 내가 뉴햄프셔 여론조사에서 추락하자 일부 지지자가 송거스에게 이동했다. 송거스는 이곳에서 나를 이겼다.

조지아는 큰 시험대였다. 나는 예비선거에서 한 번도 이기지 못했는데, 그곳에서는 이겨야 했다. 그것도 확실하게 이겨야 했다. 조지아는 3월 3일 에 투표를 하는 가장 큰 주였고, 남부의 첫 주이기도 했다. 젤 밀러는 조지 아를 남부의 슈퍼 화요일 주들과 분리하기 위해 예비선거 날짜를 일주일 당 겼다. 조지아는 흥미 있는 주였다. 애틀랜타는 다양하고 국제적인 도시였으 며, 미국의 어느 도시 못지않게 기업 본부가 많았다. 애틀랜타 바깥으로 나 가면 문화적으로 보수적이었다. 예를 들어 밀러는 커다란 인기에도 불구하 고 주의회로 하여금 주기州旗에서 남부 연방의 십자가를 떼어내게 하는 데 실패했으며, 그의 후임자인 로이 반즈 주지사는 그 일에서는 성공을 거두었 지만 재선에서는 실패하고 말았다. 조지아 주에는 또 군부대도 많았는데, 오래 전부터 그곳 출신의 의회 지도자들의 보호를 받고 있었다. 샘 넌이 상 원 군사위원회 위원장인 것도 우연이 아니었다. 병역 문제가 터지자, 밥 케 리는 조지아에 가면 유권자들이 나를 '물렁물렁한 땅콩껍질' 처럼 쪼개버릴 거라고 말했다. 재치 있는 말이었던 것이, 조지아는 다른 어느 주보다 땅콩 을 많이 재배했기 때문이다. 뉴햄프셔 투표 이틀 뒤, 나는 애틀랜타로 날아갔다. 비행기가 착륙하자 오랜 친구 메이너드 시장과 검사이자 베트남 참전 용사인 짐 버틀러가 마중 나와 있었다. 버틀러는 웃음을 지으며, 자신은 나를 물렁물렁한 땅콩껍질처럼 쪼개버리고 싶어 하지 않는 예외적인 퇴역 군인이라고 말했다.

우리 셋은 쇼핑몰에서 열릴 집회에 참석하기 위해 시내를 걸어갔다. 나는 나를 지지하는 유명한 민주당원들 여러 명과 함께 단상에 올라갔다. 이 행사를 위해 만든 연단은 우리 전체 무게를 감당하지 못했다. 오래지 않아 연단은 무너졌고, 사방에서 사람들이 아래로 떨어지는 것이 보였다. 나는 다치지 않았지만, 행사의 공동 의장 가운데 한 사람인 아프리카계 미국인 주 하원의원 캘빈 스마이어는 그다지 운이 좋지 않았다. 그는 떨어져 골반뼈가 부러졌다. 나중에 크레이그 스미스는 스마이어에게 그가 나의 지지자들 가운데 나를 위해 '뼈가 부러져라' 일한 유일한 사람이라고 농담을 했다. 실제로도 그랬다. 그러나 젤 밀러, 존 루이스 하원의원을 비롯한 다른 많은 조지아 사람들도 마찬가지였다. '아칸소 여행자들'을 조직한 수많은 아칸소 사람들도 마찬가지였다. 아칸소 여행자들은 대통령 예비선거가 열리는 거의 모든 주에서 선거운동을 했다. 그들은 어디를 가나 큰 힘을 발휘했지만, 특히 조지아에서 효과적인 운동을 했다. 정치 매체들은 내가 전진을 하기 위해서는 그곳에서 결정적인 승리를 거두어야 한다고 말했다. 적어도 40퍼센트는 가져와야 한다는 이야기였다. 내 친구들과 나의 메시지 덕분에 나는 그곳에서 57퍼센트를 얻었다.

다음 토요일에는 사우스캐롤라이나에서 63퍼센트를 얻어 두 번째 승리를 거두었다. 나는 그곳에서 민주당 공무원들, 주지사 출신의 딕 라일리, 르네상스 위켄드의 친구들로부터 많은 도움을 얻었다. 톰 하킨은 나를 궤도에서 이탈시키기 위해 막판 노력을 퍼부었고, 사우스캐롤라이나 출신의 제시 잭슨은 하킨과 함께 주를 돌아다니며 나를 비판했다. 그런 공격, 그리고 라디오 방송국의 마이크가 달린 방에서 내가 부주의하게 내뱉은 우둔한 대꾸에도 불구하고, 그곳의 흑인 지도자들은 흔들리지 않았다. 나는 조지아에서처럼 흑인 표의 압도적 다수를 얻었다. 아마 나의 상대 후보들은 이 점에 놀랐을 것이다. 그들 모두 민권에 대한 강한 신념을 가지고 있었고 또 그 방면에 훌륭한 업적도 있었기 때문이다. 그러나 남부인은 나 하나였다. 나와 나를 지지하는 아칸소 흑인들은 오랜 기간에 거쳐 남부 전역과 그 너머의 정치, 교육, 기업, 종교 분야의 여러 흑인 지도자들과 개인적 관계를 맺어왔다.

조지아의 경우처럼, 나는 백인 유권자들로부터도 많은 지지를 받았다. 1992년에는 흑인 공동체와 밀접한 관련을 가지는 후보를 반대하는 백인은 이미 대부분 공화당원으로 바뀌어 있었다. 나는 대통령이 인종적인 구분선을 넘어 모든 미국인을 괴롭히는 문제들을 공격해주기를 바라는 백인들의 표를 얻었다. 공화당은 모든 선거를 문화 전쟁으로 바꾸고, 모든 민주당원을 백인 유권자들의 눈에 외계인처럼 보이게 만들어 그런 백인들이 소수에 불과하도록 만들기 위해 애를 썼다. 그들은 어떤 심리적 단추를 누르면 백인 유권자들이 생각을 중단해버리는지 알고 있었으며, 그 일을 잘해낼 때면 승리를 거두었다. 나는 예비선거에서 승리를 거둘 뿐 아니라, 총선거를 위해 남부에서도 해볼 만하다고 생각하는 백인 유권자들의 수를 충분히 유지하고 싶었다.

조지아를 지나자 밥 케리가 경선을 포기했다. 사우스캐롤라이나를 지나자 톰 하킨도 포기했다. 이제 송거스, 브라운, 나만 8개의 예비선거와 3개의 지방대회가 몰린 슈퍼 화요일을 향해 나아가고 있었다. 송거스는 그의 고향 주인 매사추세츠와 그 이웃의 로드아일랜드의 예비선거에서 나를 크게 눌렀고, 델라웨어의 지방대회에서도 승리를 거두었다. 그러나 남부와 남북 경계에 있는 주들은 이 날을 우리 선거운동본부의 승리의 날로 만들었다. 텍사스, 플로리다, 루이지애나, 미시시피, 오클라호마, 테네시 등 모든 남부 예비선거에서 나는 많은 표를 얻었다. 텍사스에서는 1972년 맥거번 선거운동 때 사귄 친구들과 멕시코계 미국인들의 도움으로 66퍼센트를 얻었다. 나머지 모든 예비선거 주들에서 나는 그보다 나은 성적을 거두었는데, 플로리다만 예외였다. 그곳에서는 뜨거운 접전 끝에, 클린턴 51퍼센트, 송거스 34퍼센트, 브라운 12퍼센트라는 결과가 나왔다. 나는 또 존 와이히 주지사 덕분에 하와이의 지방대회에서 승리했고, 자신의 주지사 예비선거운동도 미루어두고 나를 지지해준 부지사 멜 카너헌 덕분에 미주리에서도 승리했다. 카너헌은 결국 주지사가 되었다.

슈퍼 화요일 이후 나에게는 일리노이와 미시간에서 확실한 1위를 구축할 전략을 짤 여유가 일주일밖에 없었다. 한 달 전만 해도 나는 자유낙하 중이었다. 모든 매체 '전문가들'이 나의 죽음을 예고했다. 그러나 이제 나는 선두였다. 물론 송거스는 아직 건재했다. 슈퍼 화요일 다음 날, 그는 내가 남부 예비선거에서 좋은 성적을 거둔 것을 보고 나를 부통령 러닝메이트로 삼으면 어떨까 하는 생각이 들었다고 농담을 했다. 다음 날에는 그 역시 중서부로 가서, 나의 자질, 주지사로서의 성적, 당선 가능성을 문제 삼았다. 그에게 나의 자질 문제는 중산층 감세였다. 새로운 여론조사는 미국 국민의 40퍼센트 정도가 역시 나의 정직성을 의심한다고 나왔지만, 나 역시 그렇다고 그들이 세금 문제를 생각하는 것은 아닐 것이라고 의심했다.

나의 전략을 고수하여 밀고 나가는 것 외에 다른 방법이 없었다. 나는 미시간에서 플린트 근처의 바턴이라는 작은 도시를 찾아갔다. 그곳 주민 가운데 다수가 아칸소 출신으로, 자동차 산업에서 일자리를 구하기 위해 그곳에 온 것이었다. 3월 12일에 나는 디트로이트 근처 매콤 카운티에서 연설을 했다. 그곳은 레이건의 연방정부의 간섭 반대, 강한 국방, 범죄에 대한 강력한 메시지에 유혹되어 우리 당으로부터 떨어져나간 '레이건 민주당원'들의 전형적인 본거지였다. 사실 이런 교외 유권자들은 1960년대부터 공화당에 표를 던지기 시작했다. 민주당이 이제 그들의 일과 가족에 대한 가치를 공유하지 않으며, 사회 정책에만 너무 몰두한다고 생각했기 때문이다. 그들은 이런 사회 정책이 그들의 세금을 가져가 흑인이나 낭비가 심한 관료들에게 나누어주는 것이라고 생각하는 경향이 있었다.

나는 매콤 카운티 지역 칼리지의 강당을 가득 메운 청중에게, 모든 국민을 위한 기회와 모든 국민의 책임에 기초한 경제 정책과 사회 정책으로 새로운 민주당을 주겠다고 말했다. 모든 국민에는 업무 능력과 관계없이 엄청난 보수를 받는 기업 임원들, 자신의 기술을 향상시키려 하지 않는 노동자들, 일을 할 수 있으면서도 복지수당에 의존하는 가난한 사람들도 포함되었다. 이어 나는 인종의 구분선을 넘어 그러한 가치들을 공유하는 모든 사람들과 함께 일하지 않으면 우리는 성공할 수 없다고 말했다. 인종 구분선을 따라 투표하지 말아야 한다. "문제의 본질은 인종적인 것이 아니기 때문이다. 본질적으로 이것은 경제의 문제, 가치의 문제이다." 그것이 나의 주장이었다.

다음 날 나는 오델 존스 목사가 시무하는 디트로이트 도심의 플레전트 그로브 침례교회에 모인 수백 명의 흑인 목사를 비롯한 활동가들에게도 똑같은 메시지를 전했다. 그 흑인 청중 다수는 아칸소에 뿌리를 두고 있었다. 나는 그들에게 이야기했다. 나는 매콤 카운티의 백인 유권자들에게 인종의 구분선을 넘어서라고 요구했다. 이제 나는 당신들에게도 똑같은 것을 요구한다. 당신들은 복지제도 개혁, 자녀 부양 의무 강화, 범죄 반대를 포함하는 나의 의제의 책임 부분을 받아들여야 한다. 그래서 일, 가족, 동네의 안전이라는 가치를 장려해야 한다. 이 쌍둥이 연설은 큰 주목을 받았다. 정치가가 매콤 카운티의 백인들에게 인종 문제를 제기하고, 도심의 흑인들에게 생활 보조금과 범죄 문제를 제기하는 것은 드문 일이었기 때문이다. 양쪽 집단이 똑같은 메시지에 강한 반응을 보였을 때 나는 놀라지 않았다. 대부분의 미국인들은 그들의 마음 깊은 곳에서 가장 좋은 사회 정책이 일자리이며, 가장 강한 사회제도가 가족이며, 인종분리의 정치는 자멸적임을 잘 알고 있었기 때문이다.

일리노이에서 나는 흑인, 남미계, 동유럽계 이민자들이 일하고 있는 소시지 공장을 찾아갔다. 고등학교를 졸업하지 못한 모든 직원에게 일반교육개발GED 프로그램에 등록할 기회를 주겠다는 이 회사의 약속을 부각시키기 위해서였다. 나는 루마니아에서 이민 온 사람을 만났는데, 그는 자신의 첫 투표에서 나를 찍겠다고 말했다. 나는 두 젊은 활동가 바비 러시, 루이스 구티에레스와 함께 흑인과 남미계 공동체를 돌아다녔다. 이 두 사람은 모두 나중에 국회의원이 되었다. 나는 남미계 공동체의 젊은 지도자 대니 솔리스와 함께 에너지 효율을 높인 주택 단지를 돌아보았다. 그의 누이 패티는 선거운동에서 힐러리를 위해 일하게 되었으며, 지금도 힐러리를 돕고 있다.

이어 나는 시카고의 성패트릭 축일 퍼레이드에 참여하여 지지자들의 환호도 받고 반대자들의 야유도 받았다. 퍼레이드가 지나가는 길가의 술집에서 대량으로 제공한 맥주 때문에 환호 소리도 야유 소리도 유난히 컸던 것 같다.

선거 이틀 전에는 시카고 텔레비전에서 폴 송거스, 제리 브라운과 토론을 했다. 그들은 이제 흥하느냐 망하느냐가 결판나는 때가 왔다는 것, 그리고 내가 앞서고 있다는 것을 잘 알고 있었다. 브라운은 힐러리에 대한 강한 공격으로 주목을 끌었다. 그는 내가 그녀의 소득을 올려주기 위해 로즈 법률회사 쪽으로 아칸소 주 정부의 일을 돌렸으며, 그녀의 회사가 대리하던 양계 회사가 그녀 때문에 환경부로부터 특별대우를 받았다고 주장했다. 이런 비난은 터무니없는 것임에도, 브라운이 맹렬하게 그런 공격을 해대는 바람에 나는 화가 났다. 나는 1986년 주지사 선거 때 프랭크 화이트가 힐러리의 변호사일을 공격했을 때와 마찬가지로 사실들을 설명했다. 로즈 법률회사는 1948년부터 공사채 분야에서 아칸소 주 정부를 대리해왔다. 아칸소 주 정부는 그랜드 만 핵발전소 건설비용을 주 정부가 대기를 요구하는 공공기업들에 반대했다. 힐러리는 주 정부가 법률서비스에 대해 지불하는 보수 전체를 회사 소득에서 제한 다음 그녀가 파트너로서 받을 몫을 계산한다. 따라서 힐러리는 특별한 혜택을 받은 것이 없다. 이것은 기본적인 조사만 해봐도 알 수 있는 일이다. 더욱이 로즈 법률회사의 의뢰인들이 주 부처로부터 특별 대접을 받았다는 증거는 전혀 없다. 물론 화를 내지 말았어야 하지만, 브라운의 비난은 정말 근거 없는 것이었다. 아마 힐러리가 어쩔 수 없이 나를 여러 번 옹호하고 나서게 된 데 대한 무의식적인 죄책감이 있어, 그녀를 옹호할 기회가 오자 분연히 일어선 것 같기도 하다.

그녀를 아는 사람들은 모두 그녀가 매우 양심적이고 정직하다는 것을 알았다. 그러나 모두가 그녀를 아는 것은 아니었다. 따라서 그런 공격은 상처가 되었다. 토론회 다음 날 아침 우리가 시카고의 비지비 커피숍에서 악수를 하고 있을 때 한 기자가 힐러리에게 브라운의 비난을 어떻게 생각하느냐고 물었다. 그녀는 일과 가정생활을 둘 다 유지하려고 노력하는 것에 대하여 좋은 답변을 했다. 기자는 이어 그녀가 공사公私 간의 이해 충돌로 보이는 일을 피할 수도 있지 않았느냐고 물었다. 물론 힐러리는 피했고, 따라서 그런 식으로 대답을 했어야 했다. 그러나 힐러리는 지치고 스트레스를 많이 받았다. 힐러리는 말했다. "어쩌면 집에 있으면서 쿠키를 굽고 차를 끓일 수도 있었겠지요. 하지만 나는 내 일을 충실히 하기로 결심했어요. 나는 남편이 공직에 나서기 전부터 그 일을 해왔지요. 나는 가능한 한 조심하려고 아주, 아주 열심히 노력을 했어요. 그게 내가 말할 수 있는 전부예요."

언론은 '차와 쿠키'라는 말을 뽑아내, 그것을 집에 있는 어머니들에 대한 폄하로 만들어버렸다. 공화당의 문화 전사들은 때를 만나, 힐러리를 '클린턴-클린턴 행정부'의 이념적 지도자가 될 '전투적인 페미니스트 변호사'로 몰아붙이면서, 그 행정부가 '급진적인 페미니스트' 의제를 밀어붙일 것이라고 주장했다. 나는 힐러리 때문에 마음이 아팠다. 나는 오랜 세월에 걸쳐 힐러리가 여자들의 선택을 보장하는 일의 중요성을 옹호하는 것을 자주 들었다. 그 선택에는 물론 자녀와 함께 집에 있겠다는 결정도 포함되었다. 사실 혼자 살든 남편과 살든 대부분의 어머니들이 경제적 여유가 없기 때문에 선택하지 못하는 것이었다. 또 나는 힐러리가 쿠키를 굽는 것을 좋아하고, 친구들을 불러 차 대접하는 것을 좋아한다는 것도 잘 알았다. 앞뒤를 잘라버린 말로 힐러리는 우리 정적들에게 다시 그들이 제일 잘 사용할 수 있는 무기, 즉 유권자들을 분열시키고 핵심에서 눈을 돌리게 하는 것을 사용할 기회를 준 것이다.

그러나 다음 날 우리가 힐러리의 고향인 일리노이 주에서 승리를 거두자 모든 것이 잊혀졌다. 우리는 52퍼센트를 가져왔고, 송거스는 25퍼센트, 브라운은 15퍼센트를 가져갔다. 미시간에서는 우리가 49퍼센트, 브라운이 27퍼센트, 송거스가 18퍼센트였다. 브라운은 힐러리에 대한 공격 때문에 오히려 일리노이에서 역풍을 맞고 말았다. 한편 부시 대통령은 두 주에서 팻 부캐넌을 가볍게 꺾고 실질적으로 예비선거를 마무리지었다. 공화당 대오의 분열이 나에게 유리한 것이기는 했지만, 그래도 나는 부캐넌이 진 것을 보고 기뻤다. 그는 중산층의 불안정에서 나타나는 어두운 면을 자극했다. 예를 들어 그는 남부의 한 주를 방문했을 때는 남부 연방의 묘지에는 들렀으면서, 길 건너에 있는 흑인 묘지에는 발도 들여놓지 않았다.

시카고의 파머 하우스 호텔에서 열린 성대한 축하연(성패트릭 축일을 기념하여 아일랜드를 상징하는 녹색 색종이 조각이 돋보였다) 뒤에 우리는 다시 일로 돌아갔다. 겉으로 보기에는 우리의 운동이 괜찮아 보였다. 그러나 그 속은 그렇게 분명하지 않았다. 새로운 여론조사는 내가 부시 대통령과 동률을 기록했다고 나왔다. 그러나 다른 여론조사는 부시 대통령에 대한 지지도가 39퍼센트로 떨어졌음에도, 내가 한참 뒤처졌다고 나왔다. 일리노이 유권자들에 대한 출구조사 결과 민주당원들 가운데 반은 대통령 후보 선택에 불만을 가졌다. 제리 브라운도 불만스러워했다. 그는 내가 후보가 되더라도 나를 지지하지 않을 수도 있다고 말했다.

3월 19일, 송거스는 재정적인 문제를 이유로 선거운동을 접었다. 그러자 제리 브라운만 남았다. 우리는 3월 24일의 코네티컷 예비선거를 향해 달려가고 있었다. 사람들은 코네티컷에서는 내가 승리를 거둘 것이라고 예상했다. 대부분의 민주당 지도자들이 나를 지지했고, 나에게는 그곳에 법대 시절까지 거슬러 올라가는 친구들이 있었기 때문이다. 나는 열심히 선거운동을 했지만 그래도 걱정이 되었다. 그냥 느낌이 좋지 않았다. 송거스 지지자들은 그를 경선에서 밀어낸 것 때문에 나에게 화가 나 있었다. 그들은 사퇴에 관계없이 송거스에게 투표를 하거나, 아니면 브라운으로 갈아탈 것이 분명했다. 게다가 나의 지지자들은 잘 움직이지 않았다. 이미 후보 지명을 손에 넣었다고 생각했기 때문이다. 나는 투표자 수가 적으면 선거에서 질 수도 있다고 생각했다. 아니나 다를까, 그대로 되고 말았다. 투표자 수는 등록 민주당원의 20퍼센트 정도였으며, 브라운이 37 대 36으로 나를 이겼다. 20퍼센트는 끝까지 송거스 편을 든 고집 센 지지자들이었다.

다음의 큰 시험대는 4월 7일의 뉴욕이었다. 코네티컷에서 졌기 때문에, 뉴욕에서 이기지 못하면 후보 지명은 다시 위태로워졌다. 뉴욕은 그 강인하고 만족할 줄 모르는 24시간 뉴스 사이클과 난폭한 이익집단 정치로 나의 선거운동을 궤도에서 이탈시키기에 이상적인 곳으로 보였다.

27

정치에서 뉴욕 선거 같은 것은 둘도 없다. 우선 뉴욕 주는 뉴욕시티와 다섯 개의 판이한 독립구, 롱아일랜드와 기타 교외 카운티들, 뉴욕 주 북부 지방 등 지리적, 심리적으로 서로 다른 세 개의 지역으로 이루어져 있다. 뉴욕 주에는 많은 흑인 및 남미계 주민이 있고, 유대계 미국인 수가 다른 어느 주보다 많으며, 그 외에도 인도인, 파키스탄인, 알바니아인을 비롯해 상상할 수 있는 거의 모든 민족 집단들이 잘 조직되어 있다. 게다가 뉴욕의 흑인과 남미계 주민도 그 속으로 들어가 보면 아주 다양하다. 뉴욕의 남미계에는 푸에르토리코와 모든 카리브해 연안 국가 출신들이 포함되어 있는데, 도미니카공화국 출신만도 50만 명이 넘는다.

나와 여러 민족 공동체들 사이의 연락은 조지타운 동창생 크리스 하일런드가 맡았는데, 그는 미국에서 인종적으로 가장 다양한 동네 가운데 하나로 손꼽히는 맨해튼 남부에 살고 있었다. 2001년 9월 힐러리와 함께 세계무역센터 테러로 학교를 잃은 한 초등학생 그룹을 방문했을 때, 우리는 이 아이들이 80개 민족과 인종으로 이루어져 있다는 것을 알게 되었다. 하일런드는 우선 약 30종의 민족별 신문을 사서, 거기에 언급된 지도자들을 찾기 시작했다. 예비선거 뒤에는 뉴욕에서 950명의 민족 지도자들과 기금 조달 모임을 열었고, 이어 리틀록으로 가서 전국의 민족 집단들을 조직하는 일을 하여 총선거 승리에 중요한 기여를 하였다. 하일런드는 백악관에 가서도 행정부가 민족 공동체들과 전례 없이 긴밀한 접촉을 지속할 수 있도록 기초를 닦았다.

조합들, 특히 공공부문 노동자 집단들은 숫자도 엄청났을 뿐 아니라, 정치적으로도 조직적이고 영향력이 컸다. 뉴욕시티에서 예비선거를 둘러싼 정치 활동은 그곳에서 적극적으로 활동하는 양당 당원들과 자유주의적 개혁가들이 종종 서로 사이가 좋지 않다는 사실 때문에 더 복잡해졌다. 이곳에서는 동성애 권리 그룹들도 조직되어 에이즈에 대한 더 적극적인 대책을 요구하고 있었다. 1992년에도 에이즈는 다른 어떤 나라보다 미국에서 많은 피해자를 내고 있었다. 언론 분야는 「뉴욕 타임스」를 필두로 한 전통적인 신문들, 타블로이드판 신문들, 정력적인 지방 텔레비전 방송국, 토크 라디오 등이 최신 뉴스를 잡아내려고 열띤 경쟁을 벌여 늘 시끄러웠다.

뉴욕 선거운동은 코네티컷 예비선거 이후에야 실질적으로 시작되지만, 나는 해럴드 이케스의 귀중한 도움과 전문적인 조언을 얻어 그 몇 달 전부터 작업을 해오고 있었다. 그는 프랭클린 루스벨트 대통령 시절의 유명한 내무장관의 아들로 아버지와 이름이 같았다. 1992년에는 우리의 우정도 어언 20년을 넘어가고 있었다. 해럴드는 마르고, 강렬하고, 총명하고, 정열적이고, 때로는 세속적인 사람으로, 자유주의적 이상주의와 실용적인 정치적 기술을 독특하게 결합하고 있었다. 그는 젊은 시절에 서부에서 카우보이로 일을 했고, 남부에서 민권운동을 하다 심하게 맞기도 했다. 그는 정치에 삶을 바꾸는 힘이 있다고 믿었으며, 선거운동에서 의리 있는 친구가 될 수도 있었고 사나운 적이 될 수도 있었다. 그는 뉴욕의 인물, 쟁점, 권력투쟁을 손바닥처럼 들여다보았다. 나는 지옥을 통과해야 한다면, 무엇보다 나를 살아서 나갈 수 있게 해줄 가능성이 있는 사람과 함께 여행을 해야 한다고 생각했다.

1991년 12월, 이미 맨해튼, 브루클린, 브롱크스에서 중요한 지지자들을 모으고 있던 해럴드는 내가 퀸스 민주당 위원회에서 연설을 하도록 주선했다. 그는 맨해튼에서 회의장까지 지하철을 타고 가자고 제안했다. 언론에는 내가 지하철에서 촌놈 티를 낸 것이 내 연설보다 더 많이 보도되었지만, 어쨌든 그 회의에 참석하는 것은 중요한 일이었다. 그 회의 직후 퀸스의 민주당 위원장 톰 맨턴 하원의원은 나를 지지했다. 퀸스의 플로이드

플레이크 하원의원도 마찬가지였다. 그는 앨런 아프리칸 감리교회의 목사이기도 했다.

1월에는 마틴 루터 킹 2세의 생일을 기념하기 위해 아프리카계 미국인 에드 타운스 하원의원, 브루클린의 민주당 위원장 클래런스 노먼과 함께 브루클린의 한 고등학교를 방문했다. 아이들은 학생들이 학교에 들고 오는 총기와 칼 문제에 대해 많은 이야기를 했다. 그들은 안전하게 살아갈 수 있게 해줄 대통령을 원했다. 나는 독립구 구청장 페르난도 페레르가 사회를 본 토론회에 참석하러 브롱크스로 갔다. 페레르는 내 지지자가 되었다. 나는 페리를 타고 스테이튼 섬으로 가 그곳에서도 선거운동을 했다. 맨해튼에서는 구청장 루스 메신저가 나를 위해 열심히 일하고 있었다. 그녀의 젊은 보좌관 마티 루스도 마찬가지였는데, 그는 내가 게이 공동체에 진입하는 것을 도와주었다. 빅터와 사라 코브너는 많은 자유주의적 개혁가들이 나를 지지하도록 설득했으며, 나의 좋은 친구가 되었다. 시의회에 진출한 최초의 도미니카인으로 꼽히는 길레르모 리나레스는 가장 초기에 나를 지지해준 남미계 저명인사 가운데 한 사람이다. 나는 이케스 덕분에 도시의 개혁가들 몇 사람의 지지도 받게 되었다. 나는 롱아일랜드와 내가 지금 살고 있는 웨스트체스터 카운티에서도 선거운동을 했다.

이전의 예비선거와는 달리 뉴욕에서는 노동조합들이 중요한 역할을 했다. 가장 크고 활발한 조합은 '미국 주·카운티·시 근로자동맹AFSCME' 뉴욕 지부였다. 내가 그 집행위원회에서 연설을 한 후, 이 동맹은 대형 노동조합 가운데는 최초로 나를 지지해주었다. 나는 그전부터 주지사로서 이 동맹과 긴밀하게 협력해왔으며, 회비를 납부하는 회원이기도 했다. 그러나 동맹이 나를 지지한 진짜 이유는 조합장인 제럴드 매켄티가 나를 좋아했고, 내가 이길 수 있다고 판단했다는 것이었다. 매켄티는 옆에 가까이 두고 싶은 좋은 사람이었다. 그는 유능하고, 의리가 있고, 힘든 싸움도 마다하지 않았다. 나는 또 연합운수노조의 지지도 얻었으며, 3월에는 미국통신노조와 국제여성의류노조의 지지도 얻었다. 아직 공식 지지는 얻지 못했지만 교사들도 큰 도움이 되었다. 나에게는 노조들 외에 재계에도 강력한 지지자들이 있었는데, 그들을 모으는 데는 앨런 패트리콧과 스탠 슈먼이 큰 역할을 했다.

아일랜드계는 나와 가장 중요한, 또 지속적인 관계가 형성되었던 민족집단이다. 나는 어느 날 밤늦게 브롱크스의 주의회 하원의원 존 디어리가 조직한 '아일랜드 문제 포럼'과 만났다. 해럴드 이케스와 뉴욕시티 세금 감독관 캐럴 오클레리케인이 준비를 도와주었다. 이제 85세를 바라보는 전설적인 인물 폴 오드와이어와 그의 아들 브라이언도 그 자리에 참석했고,「아이리시 보이스Irish Voice」의 편집자 지미 브레슬린, 퀸스의 감사관 피터 킹, 공화당원 한 명, 기타 아일랜드 활동가 100여 명도 참석했다. 그들은 내가 가톨릭 소수파에게 불리하지 않은 조건으로 북아일랜드의 폭력을 끝내도록 영향력을 행사할 특별 대표를 임명하겠다고 약속해주기를 바랐다. 독실한 아일랜드계 가톨릭교도이며 나의 강력한 지지자인 보스턴 시장 레이 플린도 그렇게 하라고 권했다. 내가 옥스퍼드에 있던 1968년에 시작된 아일랜드 사태 이후 나는 아일랜드 문제에 죽 관심을 가져왔다. 오랜 토론 후 나는 그들의 요구를 받아들이기로 했으며, 북아일랜드의 가톨릭교도가 경제를 비롯한 다른 영역에서 차별을 받지 않도록 요구하겠다고 말했다. 나는 이런 태도가 영국을 화나게 하고, 그 결과 대서양 건너편에서 미국에 가장 중요한 국가와의 동맹 관계에 긴장이 생길 수 있다는 것을 알았다. 그러나 나는 아일랜드공화국군에 돈을 대는 사람들을 포함한 엄청난 규모의 아일랜드계 이민자가 살고 있는 미국이 그 문제에 돌파구를 여는 데 도움을 줄 수도 있다고 확신했다.

곧 나는 그 약속을 재확인하는 강력한 성명을 발표했다. 외교정책 보좌관 낸시 서더버그가 초안을 잡았다. 법대 동창이자 코네티컷에서 하원의원을 지낸 브루스 모리슨은 '클린턴을 위한 아일랜드계 미국인'이라는 모임을 만들었다. 이 그룹은 선거운동만이 아니라 그 후에도 우리가 하는 일에서 중요한 역할을 하게 된다. 첼시가 스탠퍼드 대학 4학년일 때 쓴 아일랜드의 평화 과정에 대한 논문에서 지적했듯이, 나는 뉴욕에서의 정치활동 때문에 아일랜드 문제에 관여하게 되었지만, 이것은 후에 대통령으로서 가장 열심히 추진했던 일 가운데 하나가 되었다.

보통의 민주당 예비선거에서라면 이 정도의 지지를 얻으면 쉬운 승리를 보장받는다. 그러나 이것은 보통 예비선거가 아니었다. 우선 경쟁자가 있었다. 제리 브라운은 나의 선거운동을 저지할 이 마지막 절호의 기회에서 자유주의적인 유권자들의 표를 모으려고 열심히 뛰어다녔다. 폴 송거스는 코네티컷에서 거둔 성적에 고무되어, 그의 지지자들이 한 번 더 그를 위해 투표해도 상관없다는 뜻을 알렸다. 신동맹당의 대통령 후보로 나선 리노러 풀라니라는 이름의 언변이 좋고 격정적인 여자는 그들을 돕기 위해 최선을 다하기로 하고, 내가 할렘 병원에서 연 의료보험 행사에 자신의 지지자들을 데리고 나와 내가 연설을 할 때 소리를 질렀다.

제시 잭슨은 브라운을 돕기 위해 뉴욕으로 이사를 오다시피 했다. 그의 가장 큰 기여는 뉴욕에서 가장 크고 가장 활동적인 노조로 꼽히는 '서비스업 종사자 국제연합 1199지회'의 지회장 데니스 리베라를 설득하여, 나를 지지하지 않고 제리를 돕게 한 것이었다. 브라운은 그 공로에 대한 보답으로, 자신이 지명되면 제시를 러닝메이트로 삼겠다고 발표했다. 나는 브라운의 발표가 뉴욕의 흑인 유권자들의 지지를 얻는 데 도움이 될 거라고 생각했다. 그러나 그것은 유대인 공동체에서 나에 대한 새로운 지지가 생겨나는 계기가 되기도 했다. 잭슨이 반유대인 발언으로 유명한 흑인 이슬람 지도자 루이스 파라칸과 너무 가깝다는 소문이었다. 그럼에도 제시의 지원은 뉴욕에서 브라운에게 크게 도움이 되었다.

그 다음은 언론이 문제였다. 큰 신문들은 몇 주 동안 아칸소에 진을 치고 나의 이력과 사생활에서 찾아낼 수 있는 것은 다 찾아내고 있었다. 3월 초 「뉴욕 타임스」의 첫 화이트워터 기사가 출발점이었다. 1978년 힐러리와 나는 짐과 수전 맥두걸 부부와 함께 20만 달러가 넘는 은행 대출을 받아 아칸소 북서부 화이트 강변의 토지에 투자했다. 짐은 토지 개발업자로, 나는 그가 리틀록에서 풀브라이트의 사무실을 운영할 때 만났다. 우리는 그 땅을 쪼개서 1960년대와 1970년대에 오자크 산맥으로 쏟아져 들어오기 시작하던 은퇴자들에게 이익을 남기고 팔 수 있기를 바랐다. 맥두걸은 이전의 토지 사업에서 모두 성공을 거두었다. 그 가운데 한 사업에는 나도 몇 천 달러를 투자하여 약간의 이익을 남기기도 했다. 그러나 1970년대 말에 이자율이 엄청나게 치솟고 불황이 시작되면서 토지 거래가 감소했고, 결국 우리는 이 사업에서 손해를 보게 되었다.

내가 1983년에 다시 주지사가 되었을 때 맥두걸은 작은 저축대출조합을 하나 사서 거기에 '매디슨 신용금고'라는 이름을 붙였다. 몇 년 뒤 그는 자기 회사의 대리인으로 힐러리가 근무하던 로즈 법률회사를 고용했다. 미국에 신용대출조합 위기가 닥쳤을 때 매디슨은 파산에 직면하여, 우선주를 팔아 중개 업무를 할 자회사를 설립함으로써 사업에 새로운 자금을 투입하려 했다. 그렇게 하려면 아칸소 주의 유가증권 감독관 비벌리 바셋 샤퍼의 인가를 받아야 했는데, 비벌리는 내가 임명한 사람이었다. 비벌리는 일류 변호사였으며, 내 친구 우디 바셋의 누이였고, 데일 범퍼스 상원의원의 조카인 아치 샤퍼의 부인이었다.

「뉴욕 타임스」 기사는 화이트워터에 대한 연재 기사 가운데 하나였다. 기자는 힐러리가 주 정부의 규제를 받는 법인을 대리함으로써 이해 충돌이 발생하지 않았겠느냐고 의문을 제기했다. 힐러리는 샤퍼 감독관에게 보내는 우선주 제안을 설명하는 내용의 편지에 직접 서명을 한 적이 있었다. 기자는 또 매디슨이 두 개의 '새로운' 자금 조달 제안 승인을 얻는 데 특별 대우를 받았으며, 샤퍼가 자신의 책임 하에 있는 업체의 파산에도 불구하고 적절한 감독을 하지 않았다고 암시했다. 그러나 이런 비난과 빈정거림은 사실로 밝혀지지 않았다. 첫째, 감독관이 승인한 자금 조달 제안은 당시에는 새로운 것이 아니라 정상적인 것이었다. 둘째, 1987년 독립적 감사에 따라 매디슨이 파산 상태라는 결론이 나오자, 샤퍼는 연방 조정관들이 어떤 의사를 밝히기도 전에 먼저 그들에게 매디슨의 문을 닫을 것을 요구했다. 셋째, 힐러리는 로즈 법률회사의 2년간 총 21시간의 법률서비스에 대하여 매디슨에 청구서를 제출했다. 넷째, 우리는 매디슨으로부터 돈을 빌린 적은 없지만, 화이트워터 투자로 돈을 잃은 적은 있다. 이것이 화이트워터의 핵심적인 사항들이다. 「뉴욕 타임스」 기자는 아칸소에서 셰필드 넬슨을 비롯한 나의 정적들과 이야기를 했던 것이 분명하며, 그들은 병역과 플라워스 문제 말고도 다른 영역에서 '자질 문제'를 만들어내고 싶어 했을 것이다. 그러나 이 경우에 그렇게 하려면 불편한 사실들을 무시해야 하고, 샤퍼 같은 헌신적인 공무원의 기록을 오도해야 했다.

「워싱턴 포스트」도 내가 양계 산업 종사자들과 너무 가까워 닭과 돼지 축사의 폐기물을 농장에 뿌리는 일을 막지 못했다는 기사로 끼어들었다. 동물의 배설물은 소량일 때는 좋은 비료가 된다. 그러나 그 양이 너무 많아 땅이 흡수하지 못하면, 빗물에 씻겨 하천으로 흘러 들어가 낚시나 수영을 할 수 없을 정도로 오염시켜버린다. 1990년 아칸소 주 환경부는 양계 산업이 집중되어 있는 아칸소 주 북서부 하천의 90퍼센트 이상이 오염되어 있다는 것을 알았다. 우리는 수백 만 달러를 들여 이 문제를 해결하려고 노력했으며, 2년 뒤 환경부는 하천의 50퍼센트 이상이 휴양 용도에 적합하다는 사실을 확인했다. 나는 양계 산업으로부터 나머지 하천의 정화를 위한 '최선의 관리 관행'을 확립하겠다는 동의를 얻어냈다. 민주당이 지배하는 국회도 이런 일은 하지 못했다. 국회에서 '맑은 물 법'을 통과시켰을 때 농업 이익집단들은 엄청난 영향력을 행사하여 연방 규제로부터 완전히 벗어날 수 있었다. 양계는 아칸소의 최대의 사업이며 최대의 고용주로서 아칸소 주 입법부에서 영향력이 아주 강했다. 나는 기사에서 지적한 점이 나의 탄탄한 환경 분야 성과 가운데 최대 약점이기는 하지만, 아칸소 주의 상황을 고려하면 상당히 잘해낸 것이라고 생각했다. 결국 「워싱턴 포스트」와 「뉴욕 타임스」 둘 다 이 문제에 대한 기사를 싣게 되었다. 「워싱턴 포스트」는 3월 말 로즈 법률회사가 영향력을 행사해 아칸소 주가 양계 산업을 봐준 것이라고 암시했다.

나는 거리를 두고 보려고 노력했다. 언론은 대통령이 될 수도 있는 사람의 경력을 검토할 의무가 있었다. 대부분의 기자들은 일을 시작할 때 아칸소나 나에 대해 전혀 모르고 있었다. 그들 가운데 일부는 가난한 시골 주와 그곳에 사는 사람들에 대하여 부정적인 선입관을 가지고 있었다. 나는 또 1992년에 '자질 문제'가 있는 후보였다. 이런 상황이었기 때문에 언론은 누가 그런 선입관을 뒷받침할 만한 지저분한 이야기를 던져주기만 하면 쉽게 움직였다.

머리로는 다 이렇게 이해할 수 있었다. 그리고 선거운동 초기의 긍정적인 보도도 기억하고 있었고 또 감사하고 있었다. 그럼에도 조사 기사들이 '공격부터 하고 질문은 나중에 한다'는 식으로 준비되는 것 같다는 느낌이 점점 강해졌다. 그런 기사들을 읽으면 체외유리體外遊離(자기 자신을 바깥쪽에서 보는 심령현상─옮긴이주)를 경험하는 것 같았다. 언론은 내가 대통령이 될 자격이 있다고 생각하는 사람은 모두 바보임을 증명하겠다고 마음먹은 것 같았다. 나를 다섯 번이나 뽑아준 아칸소 유권자들, 나를 전국에서 가장 유능한 주지사로 선정해준 동료 주지사들, 우리의 개혁과 진보를 찬양한 교육 전문가들, 전국에서 나를 위해 선거운동을 하는 평생의 친구들이 다 바보인 셈이었다. 아칸소에서는 나의 정적들조차 정직한 사람이라면, 내가 열심히 일을 했고, 세상이 뒤집힌다 해도 5센트짜리 동전 한 푼 안 받을 사람임을 알았다. 그런데 이제 내가 여섯 살 때부터 이 모든 사람을 속여온 것처럼 보이게 되었다. 뉴욕에서 상황이 정말 악화되었을 때 크레이그 스미스는 신문을 이제 안 본다고 말하기도 했다. "신문에서 말하는 클린턴은 내가 아는 클린턴이 아니라는 것"이었다.

3월 말이 다가오면서 하버드의 케네디 행정대학원에 있던 벳시 라이트가 나를 구해주러 왔다. 그녀는 오랫동안 우리가 진보적 사업들을 해나가는 것을 돕고, 엄격하고 윤리적인 방식으로 일을 진행시키기 위해 노력해왔다. 그녀는 뛰어난 기억력의 소유자였으며, 모든 기록을 파악하고 있었다. 그녀는 기록을 바로잡기 위해 기자들과 얼마든지 싸울 용의가 있는 사람이었다. 그녀가 피해 대책을 책임지기 위해 운동본부로 들어오자 나는 한결 마음이 편해졌다. 벳시는 실제로 오류가 있는 많은 기사들을 막았다. 그러나 그녀도 그것을 다 막을 수는 없었다.

3월 26일, 톰 하킨 상원의원, 미국통신노조, 국제여성의류노조가 나를 지지하면서 연기가 약간 걷히는 것 같았다. 쿠오모 주지사와 뉴욕의 상원의원 팻 모이니헌이 제리 브라운의 13퍼센트 균일 세금을 비판하고, 그것이 뉴욕에 피해를 줄 것이라고 지적한 것도 나에게 도움이 되었다. 선거운동에서는 드문 날이었다. 쟁점과 관련된 사람들, 그리고 쟁점이 사람들의 생활에 미치는 영향이 뉴스를 지배했기 때문이다.

3월 29일, 나는 다시 곤경에 빠졌다. 이번에는 내가 자초한 것이었다. 제리 브라운과 내가 뉴욕의 WCBS 텔레비전 방송에서 후보들의 포럼에 참여했을 때 한 기자가 나에게 옥스퍼드 시절 마리화나를 피워본 적이 있느냐고 물었다. 그 질문을 그렇게 구체적이고 직접적으로 받아보기는 처음이었다. 아칸소에서 마리화나를 사용한 적이 있느냐는 일반적인 질문을 받았을 때, 나는 미국의 마약법을 위반한 적이 없다고 피해갔다. 이번에는 좀더 직접적인 대답을 했다. "영국에 있을 때 마리화나를 한두 번 시험해보았지만 맞지 않았다. 나는 그것을 빨아들이지는 않았고, 다시 시도하지 않았다."

제리 브라운마저 이것은 관계없는 문제이므로 언론이 손을 떼야 한다고 말했다.

그러나 언론으로서는 다시 자질 문제를 찾아낸 셈이었다. "빨아들이지는 않았다"는 말은 최선의 설명을 하려고 하는 과정에서 사실을 진술한 것이지 내가 한 행동을 축소시키려고 한 말이 아니었다. 나는 담배를 피운 적이 없으며, 옥스퍼드에서 이따금씩 피웠던 파이프는 빨아들인 적이 없고, 마리화나 연기는 빨아들이려 했지만 그렇게 하지 못했다. 그런 이야기였다. 나도 내가 왜 그 말을 했는지 모르겠다. 재미있으라고 한 말인지도 모르겠다. 아니면 내가 이야기하고 싶지 않은 주제에 대한 과민반응이었는지 모른다. 내 이야기는 존경받는 영국 저널리스트 마틴 워커에 의해 확인되었다. 그는 나중에 나의 대통령직에 대하여 『클린턴 : 그들이 얻을 자격이 있는 대통령 Clinton : The President They Deserve』이라는 재미있지만 아부와는 거리가 있는 책을 쓰기도 했다. 마틴은 나와 함께 옥스퍼드를 다녔는데, 내가 한 파티에서 마리화나를 피우려 했지만 빨아들이지 못하는 것을 보았다고 공개적으로 말했다. 그러나 이미 늦었다. 마리화나 사건에 대한 나의 불운한 이야기는 1992년 내내 논평가와 공화당원들이 나의 자질 문제의 증거로 인용했다. 그리고 심야 텔레비전 쇼 사회자들에게는 오랫동안 써먹을 수 있는 농담거리가 되었다.

옛날 컨트리송 가사에 나오듯이, 나는 '자살을 해야 할지 볼링을 하러 가야 할지' 알 수가 없었다. 뉴욕은 심각한 경제적, 사회적인 문제로 고통을 겪고 있었다. 부시의 정책들 때문에 상황은 더욱 악화되었다. 그러나 매일 텔레비전과 신문 기자들은 나에게 '자질'에 대한 질문만 퍼부어대는 것 같았다. 라디오 토크쇼 진행자 돈 이머스는 나를 '남부의 가난한 촌놈'이라고 불렀다. 텔레비전의 필 도나휴 쇼에 나갔을 때, 그는 20분 동안 내내 혼외정사에 대한 질문만 했다. 내가 늘 하던 답변을 한 뒤에도 그는 계속 물었다. 그래서 내가 면박을 주자 청중은 환호했다. 그래도 그는 계속 질문을 했다.

나에게 자질 문제가 있든 없든, 어쨌든 평판 문제는 있는 것이 틀림없었다. 이것은 백악관이 그로부터 6개월쯤 전 예고한 대로 되어가고 있는 셈이었다. 대통령은 국가수반이자 정부의 최고행정관이기 때문에, 그는 어떤 의미에서는 국민의 미국에 대한 생각을 구체화한다고 말할 수 있다. 따라서 평판은 중요하다. 조지 워싱턴과 토머스 제퍼슨에 이르기까지 대통령들은 자신의 평판을 지키려고 열심히 노력했다. 워싱턴은 독립전쟁 기간에 그의 비용계정에 대한 비판으로부터 자신의 평판을 지키려 했다. 제퍼슨은 그가 여자에 약하다는 이야기로부터 자신의 평판을 지키려 했다. 에이브러햄 링컨은 대통령이 되기 전에 여러 번 우울증을 겪어 몸이 쇠약해졌다. 한번은 한 달 동안이나 집을 나서지도 못했다. 만일 그가 요즘과 같은 조건에서 출마를 했다면, 우리는 가장 위대한 대통령을 잃게 되었을 것이다.

제퍼슨은 심지어 대통령의 친구들에게 어떤 대가를 치르더라도 그의 평판을 보호해주어야 할 의무에 대해 쓰기도 했다. "상황의 우연이 우리에게 역사 속의 한 자리를 주었는데, 만일 자연이 우리에게 거기에 부응하는 재능을 주지 않았다면, 공중의 눈으로부터 우리 자질의 약점, 나아가서 악덕을 신중하게 가려주는 것이 우리 주위에 있는 사람들의 의무이다." 나의 약점과 악덕들을 가리는 베일은 다 뜯겨나갔다. 국민은 나의 경력, 메시지, 나한테 있을지도 모르는 미덕보다는 그런 것들에 대해 더 많이 알게 되었다. 내 평판이 누더기가 된다면, 사람들이 내가 하고 싶어 하는 일에 아무리 동의한다 하더라도, 아무리 내가 그 일을 잘할 것이라고 생각한다 하더라도, 나는 선출되지 못할 수도 있었다.

모든 자질 공격에 맞서, 나는 벽에 등을 기대게 되었을 때 늘 사용하던 방식으로 대응했다. 그냥 뚫고 나아가는 것. 선거운동 마지막 주가 되자 구름이 걷히기 시작했다. 4월 1일에 카터 대통령은 백악관에서 부시 대통령을 만났을 때 나를 지지한다는 말을 했고, 이것이 널리 보도되었다. 매우 시의적절한 발언이었다. 이제까지 카터의 자질에 의문을 제기한 사람은 없었다. 또 카터의 평판은 국내외에서 한 좋은 일들로 인해 대통령 자리를 떠난 뒤에도 계속 높아졌다. 그 한마디로 카터 대통령은 1980년 쿠바 난민 위기 동안 나를 곤경에 몰아넣었던 일을 다 갚고도 남았다.

4월 2일, 제리 브라운은 뉴욕 유대인 공동체 관계 회의에서 연설 도중 제시 잭슨을 러닝메이트로 암시했다가 야유를 받았다. 그동안 힐러리와 나는 월스트리트의 낮 집회에서 대규모 군중에게 연설을 했다. 나도 1980년대를 탐욕의 시대로 규정하고 자본 이득세의 인하에 반대했다가 약간 야유를 받았다. 나는 연설 뒤에 군중 속으로 들어가 지지자들과 악수하고 반대자들을 설득하려고 노력했다.

우리는 모든 선거운동 역량을 뉴욕 주에 쏟아 부었다. 해럴드 이케스와 수전 토머시즈 외에도 미키 캔터가 호텔에 진을 쳤으며, 카빌, 스테파노풀로스, 스탠 그린버그, 프랭크 그리어와 그의 파트너 맨디 그런월드가 가세했다. 평소와 마찬가지로 브루스 린지가 나와 함께 있었다. 그의 부인 베브 린지도 와서 모든 공식 행사들이 제대로 계획되고 집행되는지 확인했다. 캐럴 윌리스는 아칸소의 흑인들을 버스에 가득 싣고 뉴욕으로 와, 내가 주지사로서 흑인들을 위해 또 흑인들과 함께 한 일을 이야기했다. 고향의 흑인 목사들은 뉴욕의 목사들에게 전화해 선거 전 일요일에 우리 쪽 사람들이 연단에서 이야기를 하게 해달라고 요청했다. 그날 리틀록 시청의 국장이자 전국민주당위원회 부위원장인 로티 섀클퍼드는 5개 교회에서 연설을 했다. 나를 아는 사람들은 뉴욕의 흑인 유권자들 대다수를 브라운에게 데려가려는 잭슨 목사의 노력을 가로막았다.

심지어 언론의 몇 사람도 생각이 바뀌었다. 어쩌면 조수가 바뀌는 것인지도 몰랐다. 나는 돈 이머스의 라디오 쇼에서 따뜻한 환영을 받았다. 아일랜드 문제에 큰 관심을 가지던 「뉴스데이Newsday」의 칼럼니스트 지미 브레슬린은 '그가 그만둘 것이라는 말을 하지 말고, 당신이 원하는 것을 말하라'고 썼다. 내가 즐겨 읽는 책들의 저자이자 「뉴욕 데일리 뉴스」의 칼럼니스트인 피트 해밀은 이렇게 말했다. "나는 빌 클린턴을 존경하게 되었다. 경기가 종반에 접어들었는데도 그는 여전히 잘 버티고 있다." 「뉴욕 타임스」와 「데일리 뉴스」는 나를 지지했다. 놀랍게도 다른 어떤 신문보다 무자비하게 나를 공격했던 「뉴욕 포스트」도 나를 지지했다. 이 신문은 사설에서 이렇게 말했다. "개인 문제들 때문에 언론으로부터 미국 정치사상 유례 없이 비난을 받았음에도 그가 살아남았다는 것은 그의 자질이 훌륭하다는 것을 분명하게 보여준다…… 그는 대단한 끈기로 선거운동을 해왔다…… 우리가 보기에 그는 큰 압박감 속에서도 매우 당당한 모습을 보여주었다."

4월 5일, 우리는 푸에르토리코 출신의 미국인들로부터 좋은 소식을 들었다. 그곳 출신의 유권자 가운데 96퍼센트가 나를 지지한다는 것이었다. 이어 4월 7일, 약 100만의 낮은 투표수를 기록한 뉴욕에서 나는 41퍼센트로 승리를 거두었다. 송거스가 29퍼센트로 2위, 브라운이 약간 뒤처진 26퍼센트로 3위였다. 아프리카계 미국인 다수는 나에게 표를 던졌다. 그날 밤 나는 만신창이가 된 몸이기는 했지만 환희에 젖었다. 나는 뉴욕에서의 선거운동을 앤서니 맨건의 교회에서 들었던 한 복음성가의 구절을 빌어 요약했다. "밤이 깊을수록 승리는 더 달콤하다."

나는 이 책을 쓰기 위해 조사하는 과정에서 찰스 앨런과 조나단 포티스의 『돌아온 아이The Comeback Kid』에 나오는 뉴욕 예비선거 이야기를 읽었다. 거기에서 저자들은 아칸소 출신의 밴드 드럼 주자 레번 헬름이 훌륭한 록 다큐멘터리 〈마지막 왈츠The Last Waltz〉에서 한 이야기를 언급했다. 헬름은 남부의 소년이 일류가 되겠다는 희망을 품고 뉴욕을 찾는 일에 대해 이렇게 말했다. "처음에는 그냥 갔다가 엉덩이를 걷어차이고 돌아나온다. 상처가 아물면 돌아가서 다시 시도해본다. 그러다 결국 뉴욕을 사랑하게 된다."

나는 천천히 상처가 치유되기를 기다릴 여유는 없었지만, 헬름의 기분은 알 것 같았다. 뉴햄프셔와 마찬가지로 뉴욕도 나의 역량을 시험하고 가르쳤다. 레번 헬름처럼 나도 뉴욕을 사랑하게 되었다. 시작은 험난했지만 뉴욕은 결국 이후 8년 동안 나를 가장 강력하게 지지해준 주 가운데 하나가 되었다.

　4월 7일, 우리는 캔자스, 미네소타, 위스콘신에서도 승리를 거두었다. 4월 9일, 폴 송거스는 경선에 다시 참여하지 않겠다고 발표했다. 지명을 위한 싸움은 실질적으로 끝이 난 것이다. 나는 지명에 필요한 2,145명의 대의원 가운데 반 이상의 표를 얻었으며, 경선에 남은 사람은 제리 브라운뿐이었다. 그러나 나는 내가 심각한 피해를 입었다는 것, 7월의 민주당 전당대회 이전에 그 피해를 복구하는 것은 어려운 일이라는 것을 잘 알고 있었다. 나는 또 지쳤다. 목소리도 나오지 않았고, 몸무게도 10킬로그램 이상 늘었다. 몸무게는 대부분 뉴햄프셔 선거운동 마지막 달에 늘었다. 그때 나는 독감에 걸렸는데, 밤이면 액체가 가슴을 꽉 채워 잠을 한 시간 이상을 계속 자지 못하고 일어나 기침을 했다. 그래서 낮이면 아드레날린과 던킨 도넛으로 졸음을 깨워야 했는데, 그 바람에 배가 불룩 튀어나왔다. 곧 터질 것 같은 풍선처럼 보일까봐 걱정이 되었는지, 해리 토머슨이 새 양복을 몇 벌 사다주었다.

　뉴욕 선거 뒤에는 고향으로 돌아가 일주일 동안 쉬면서 목소리를 되찾고 몸무게를 줄이면서, 내가 빠진 구멍에서 빠져나올 방법을 궁리했다. 리틀록에 있는 동안 버지니아 지방 대회에서 승리를 거두고, AFL-CIO의 지지를 받았다. 4월 24일에는 자동차노조연맹이 나를 지지했고, 4월 28일에는 펜실베이니아 예비선거에서 확실한 다수를 얻었다. 사실 펜실베이니아는 어려울 수도 있는 곳이었다. 네 번의 도전 끝에 당선된 끈질김 때문에 내가 존경하던 밥 케이시 주지사는 나에 대해 매우 비판적이었다. 그는 낙태에 강력하게 반대했다. 그는 자신의 생명을 위협하는 병마와 싸우면서 낙태 문제를 더 심각하게 생각하게 되었으며, 낙태를 찬성하는 후보들은 지지하

지 않으려 했다. 그 주의 낙태에 반대하는 많은 다른 민주당원들도 마찬가
지였다. 그럼에도 나는 펜실베이니아에 대해서는 늘 인상이 좋았다. 펜실베
이니아 서부를 보면 아칸소 북부가 떠올랐다. 나는 피츠버그나 펜실베이니
아 주 중부의 작은 도시 사람들과 관계가 좋았다. 또 나는 필라델피아를 사
랑했다. 결국 나는 펜실베이니아 주에서 57퍼센트의 승리를 거두었다. 더
중요한 것은 출구조사 결과 투표한 민주당원 가운데 60퍼센트가 내가 대통
령으로 봉사하는 데 필요한 성실성을 갖추었다고 대답했다는 점이었다. 이
것은 뉴욕 출구조사의 49퍼센트보다 많이 올라간 수치였다. 이렇게 성실성
수치가 올라간 것은 내가 적극적이며, 쟁점 지향적인 선거운동을 3주간 펼
쳤고, 펜실베이니아 주에서는 바로 그런 문제에 대한 이야기를 듣고 싶어
했기 때문이다.

　펜실베이니아 승리로 들뜬 마음은 막강한 새로운 도전자 H. 로스 페로
의 등장으로 많이 가라앉았다. 페로는 텍사스의 억만장자로, 아칸소 주를
포함한 정부 관련 일을 많이 하는 회사인 일렉트로닉 데이터 시스템스EDS
로 큰돈을 벌었다. 그는 이란에서 샤(이란의 왕을 가리키는 말—옮긴이주)의 퇴
임 후 EDS 직원들의 구조 작전에 자금을 대고 작전을 성공적으로 마무리지
으면서 전국적으로 알려지게 되었다. 그의 연설 스타일은 무뚝뚝하지만 효
과적이었다. 그는 자신의 사업적 통찰력, 경제적 독립, 대담한 행동 등으로
볼 때 부시 대통령이나 나보다 미국 경영을 더 잘할 수 있다며 많은 미국인
의 마음을 얻고 있었다.

　4월 말 몇 개의 여론조사 결과 페로는 대통령보다 앞섰고, 나는 3위였
다. 나는 페로가 재미있는 사람이라고 생각했으며, 그가 일찌감치 큰 인기
를 얻는 것에 관심을 가지고 지켜보았다. 만일 그가 출마를 한다면 그의 인
기 폭등은 점차 가라앉을 것이라고 생각했지만, 자신할 수는 없는 일이었
다. 나는 일단 내 일에 전념하여, '대형 대의원'(전당대회에서 투표권을 보장받
는 전현직 선출직 공무원)의 지지를 얻어내려고 노력했다. 웨스트버지니아의
제이 록펠러 상원의원은 나를 위해 나서준 첫 대형 대의원 가운데 한 사람
이다. 록펠러는 주지사 회의에서 우연히 옆자리에 앉은 후 나와 친구가 되

었다. 그는 뉴햄프셔 예비선거 이후 나보다 훨씬 잘 알고 있는 의료보험 문제에 대해 조언을 해주었다.

펜실베이니아 투표 다음 날인 4월 29일, 로스앤젤레스에서 폭동이 일어났다. 이웃한 벤투라 카운티의 전원 백인인 배심이 1991년 3월 흑인 로드니 킹 구타에 관련된 로스앤젤레스 백인 경찰관 네 명을 무죄 방면한 사건에 자극을 받은 것이다. 지나가던 사람이 구타 장면을 비디오로 찍었고, 그 테이프는 미국 전역의 텔레비전에 방송되었다. 테이프를 보면 킹은 경찰의 저지를 받았을 때 아무런 저항을 하지 않았음에도 야만적인 구타를 당했다.

이 평결은 오래 전부터 로스앤젤레스 경찰서가 인종차별을 한다고 생각해오던 흑인 공동체의 불만에 불을 질렀다. 광분의 파도가 사흘 동안 로스앤젤레스 중남부를 쓸고 지나간 뒤 50명 이상이 죽었고, 2,300명 이상이 부상을 당했으며, 수천 명이 체포당했다. 약탈과 방화로 인한 피해는 7억 달러 이상으로 추정되었다.

5월 3일 일요일, 나는 로스앤젤레스의 세실 칩 머리 목사가 시무하는 제일 AME 교회에서 인종적·경제적 불화를 치유할 필요성에 대해 연설했다. 이어 로스앤젤레스 중남부가 지역구인 맥신 워터스 하원의원과 함께 피해 지역에 나가보았다. 맥신은 제시 잭슨과의 오랜 우정에도 불구하고 일찌감치 나를 지지해준 똑똑하고 강인한 여성 정치가였다. 거리는 불이 나고 약탈당한 건물들이 가득하여 전쟁 지역에 들어선 느낌이었다. 나는 길을 걸어가다가 피해를 보지 않은 식품점을 보았다. 맥신에게 물었더니, 그 소유자인 백인 사업가 론 버클이 공동체에서 신망을 얻었기 때문에 조직폭력배를 포함한 동네 사람들이 그 가게를 '보호'해주었다고 했다. 버클은 지역 사람들을 고용했고, 직원들은 모두 의료보험을 가진 노동조합원이 될 수 있도록 보장했으며, 식품도 비벌리힐스의 식품과 똑같은 품질을 똑같은 가격으로 팔았다. 당시에는 그것이 특별한 일이었다. 도심 거주자들은 이동이 많지 않았기 때문에 그곳의 가게들은 품질이 낮은 물건을 다른 데보다 더 비싼 가격에 파는 일이 흔했다. 나는 그 몇 시간 전에 버클을 만났지만, 그를 더 잘 알고 싶었다. 그후 그는 나의 절친한 친구이자 강력한 지지자들 가운데 한 사람이 되었다.

맥신의 집에서 열린 회의에서 나는 중남부 지역 거주자들로부터 경찰과의 문제, 한국계 미국인 상인들과 흑인 소비자들 사이의 긴장, 더 많은 일자리의 필요성 등에 대한 이야기를 들었다. 나는 도심에 사업 지구를 만들어 개인 투자 은행과 공동체 개발 은행들이 저소득층에게 대출을 해주도록 장려함으로써 도심 거주자들의 생활 조건을 개선하겠다고 약속했다. 나는 이 여행에서 많은 것을 배우게 되었으며, 언론에도 긍정적으로 보도가 되었다. 내가 부시 대통령보다 먼저 그곳을 찾았다는 것도 이 도시 주민들에게는 좋은 인상을 주었다. 2002년 조지 W. 부시 대통령이 폭동 10주년을 맞아 로스앤젤레스를 방문한 것을 보면, 재능 있는 부시 집안에서도 가장 훌륭한 이 정치가는 아버지 때의 교훈을 잊지 않았던 것 같다.

5월 나머지 기간에 일련의 예비선거 승리를 거치면서 나의 대의원 수는 늘어났다. 26일 열린 아칸소 선거에서는 68퍼센트를 얻었는데, 이것은 고향에서 벌어진, 경쟁자가 있는 예비선거에서 내가 거둔 가장 좋은 성적에 버금가는 것이었다. 한편 나는 제리 브라운의 고향 주에서 후보 지명 싸움을 마무리지을 생각으로 캘리포니아에서 선거운동을 했다. 나는 학교를 더 안전하게 만들기 위한 연방의 지원과 미국에서 에이즈의 확산을 멈추기 위한 전면적인 노력을 강조했다. 한편 나는 부통령 지명자를 찾기 시작했다. 그 심사 과정은 워런 크리스토퍼에게 맡겼다. 크리스토퍼는 로스앤젤레스 출신의 변호사로, 카터 대통령 시절에 국무부 차관이었으며, 유능하고 신중하다는 평판이 꼭 들어맞는 사람이었다. 1980년에 크리스토퍼는 이란 인질의 석방을 협상했다. 안타깝게도 그들의 석방은 레이건 대통령의 취임식 날까지 연기되었는데, 이것은 신정체제에서도 지도자들은 정치를 한다는 것을 보여주는 증거였다.

한편 로스 페로는 아직 후보로 공식 출마하지 않았음에도 계속 세력을 모으고 있었다. 그는 회사 회장직에서 물러났고, 여론조사 지지도도 계속 올라갔다. 내가 지명전을 마무리지으려는 시점에서 신문에는 '클린턴, 지명을 따낼 상황이지만 모든 시선은 페로에게 쏠려', '예비선거 막바지에, 페로가 관심 대상', '새로운 여론조사에서 페로가 부시, 클린턴 앞질러' 같은 제목들이 쏟아져나왔다. 페로는 부시 대통령의 실정이나 나의 예비선거 전투 상처 같은 부담이 없었다. 공화당에는 페로가 그들이 만들어낸 괴물 프랑켄슈타인처럼 보였을 것이다. 그들이 나를 공격해서 생긴 틈을 비집고 들어온 사업가였기 때문이다. 민주당에도 페로는 악몽이었다. 부시 대통령이 선거에서 질 수도 있다는 전망, 그러나 민주당원들의 상처 입은 후보 지명자가 아니라 다른 사람에게 질 수도 있다는 전망을 보여주었기 때문이다.

6월 2일, 나는 오하이오, 뉴저지, 뉴멕시코, 앨라배마, 몬태나, 캘리포니아 예비선거에서 승리를 거두었다. 캘리포니아에서는 브라운을 48 대 40으로 물리쳤다. 마침내 나는 대통령 후보 지명자가 되었다. 나는 1992년 예비선거의 전체 유효표 가운데 52퍼센트, 즉 1,030만 표 이상을 얻었다. 브라운은 20퍼센트로 400만 표 정도를, 송거스는 18퍼센트로 360만 표 정도를 얻었다. 나머지 표는 다른 후보나 경선에 나서지 않은 대의원에게 던져졌다.

그러나 그날 밤의 큰 뉴스는 양당의 많은 유권자들이 자기 당의 지명자를 버리고 페로에게 표를 던질 수도 있다고 한 출구조사 결과였다. 그 뉴스는 로스앤젤레스 빌트모에서 열린 우리의 축하 행사에 찬물을 끼얹었다. 힐러리와 나는 호텔방에서 당선 공식 발표를 지켜보고 있었는데, 나조차도 타고난 낙관적 태도를 유지하기가 힘들었다. 승리 연설을 하러 무도장으로 내려갈 시간을 얼마 앞두고 힐러리와 나는 손님을 맞았다. 체비 체이스였다. 4년 전 롱아일랜드에서 그랬듯이, 그는 우울한 순간에 내 기운을 북돋워주기 위해 나타난 것이다. 이번에는 그와 영화에서 공연한 골디 혼도 함께였다. 그들이 우리가 처한 터무니없는 상황에 대해 한참 농담을 하고 나자, 기분도 좀 나아져 다시 움직여볼 마음이 생겼다.

언론의 논평가들은 다시 내가 죽었다고 말했다. 이번에는 승자가 페로였다. 로이터통신의 기사는 그 상황을 한 줄로 요약했다. '빌 클린턴은 몇 달 동안 자신의 사생활이 드러나는 것을 피하려고 애썼지만, 금요일에 훨씬 더 심각한 정치적 저주를 받았다. 무시를 당하게 된 것이다.' 닉슨 대통령은 부시가 페로를 아슬아슬하게 물리치고, 나는 한참 뒤처진 3위를 할 것이라고 예언했다.

우리의 선거운동은 다시 힘을 얻어야 했다. 우리는 일반 국민과 직접 접촉하면서 계속 쟁점들을 밀고 나가기로 했다. 6월 3일, 나는 젊은 시청자들에게 특히 인기가 있는 아스니오 홀의 텔레비전 쇼에 나갔다. 나는 선글라스를 끼고 색소폰으로 '하트브레이크 호텔'과 '신이여 아이를 축복하소서 God Bless the Child'를 연주했다. 6월 12일에는 〈래리 킹 라이브Larry King Live〉에 나가 시청자들의 질문에 답했다. 6월 11일과 12일에는 민주당 정강 위원회가 나의 철학과 선거운동 공약을 반영한 초안을 내놓았다. 과거에 우리에게 피해를 준 적이 있는 편향적인 언어는 피했다.

6월 13일, 나는 제시 잭슨 목사의 '무지개연합'을 만났다. 처음에는 제시도 나도 이것이 우리의 차이를 넘어서 선거운동을 위한 연합전선을 구축할 기회로 보았다. 그러나 일은 그렇게 풀리지 않았다. 내가 연설을 하기 전날 밤, 인기 있는 랩 아티스트 시스터 술자가 무지개연합에서 연설을 했다. 그녀는 젊은 사람들에게 영향력이 있는 똑똑한 여자였다. 한 달 전, 그녀는 로스앤젤레스 폭동 후 「워싱턴 포스트」와 인터뷰를 하다가 놀라운 말을 했다. "흑인들이 매일 흑인을 죽이고 있는데, 일주일만 백인을 죽이면 어떨까?…… 당신이 조직폭력 조직원으로 누군가를 죽이고 다닌다면, 이왕이면 백인을 죽이면 어떨까?"

아마 시스터 술자는 그저 젊은 흑인들의 분노와 소외를 표현했던 것으로, 그들에게 서로 죽이지 말라는 메시지를 전달하는 것일 뿐이라고 생각했을 것이다. 그러나 그녀의 말에는 그런 의도가 제대로 표현되지 않았다. 내 실무진, 특히 폴 베걸러는 그녀의 말에 대해 뭔가 이야기를 해야 한다고 주장했다. 젊은이의 폭력을 억제하고 인종적 분열을 치유하는 것은 나의 가장 중요한 관심사에 속했다. 미국 전역의 백인 유권자들에게 인종주의를 버리라고 외치고 나서 시스터 술자의 말에 대해서는 침묵한다면 나는 무력해 보이거나 사기꾼으로 보일 수도 있었다. 나는 연설 말미에 그녀의 말에 대해 이야기했다. "만일 그 말에서 '백인'과 '흑인'만 뽑아내 서로 바꾼다면, 그것이 데이비드 듀크가 한 말이라는 생각이 들 겁니다…… 우리 모두에게는 편견을 볼 때마다 그것에 주의를 주어야 할 의무가 있습니다."

정치 신문은 나의 발언이 민주당 핵심 유권자들에게 맞섬으로써 온건하고 보수적인 부동표에 호소하려는 계산된 시도라고 보도했다. 제시 잭슨도 그렇게 보았다. 그는 내가 그의 환대를 악용하여 백인 유권자들을 노린 선동적인 발언을 했다고 생각했다. 잭슨은 시스터 술자가 공동체 봉사활동을 해온 훌륭한 사람이며 내가 그녀에게 사과해야 한다고 말했다. 그는 나를 지지하지 않겠다고 위협했고, 심지어 로스 페로를 지지할 수도 있다고 암시하기까지 했다. 사실 나는 시스터 술자의 말이 나온 직후, 연예계의 '쇼 연합' 모임에 참석하기 위해 로스앤젤레스에 있을 때부터 그녀를 나무랄 생각을 했다. 결국 그 자리에서는 그렇게 하지 않았다. 쇼 연합 행사는 자선 모임이었으므로 그것을 정치적으로 만들고 싶지 않았기 때문이다. 무지개연합 행사가 바로 이어져 있었기 때문에, 나는 그 자리에서 이야기를 해야겠다고 결심했다.

사실 당시 나는 랩 문화를 제대로 이해하지 못했다. 첼시는 오래 전부터 이 문화에는 매우 지적이지만 깊은 소외감을 느끼는 젊은이들이 가득하며, 나에게 그 문화에 대해 공부해보라고 권했다. 마침내 2001년에 첼시는 나에게 랩과 힙합 시디 여섯 장을 주면서, 꼭 들어보겠다는 약속을 받아냈다. 들어 보니 여전히 재즈와 록이 더 좋기는 했지만, 그래도 꽤 즐거운 경험이었다. 그리고 첼시의 말대로 지적인 면과 소외도 느낄 수 있었다. 하지만 나는 인종을 근거로 한 폭력을 옹호하는 듯한 시스터 술자의 태도에 반대하는 이야기를 한 것은 옳았다고 생각하며, 대부분의 아프리카계 미국인들이 내 말에 동의했다고 믿는다. 나는 제시가 나를 비판한 뒤에, 자신이 소외되고 뒤처졌다고 느끼는 도시 젊은이들을 향해 손을 뻗기 위해 더 노력하기로 결심했다.

6월 18일에는 부시 대통령을 만나기 위해 워싱턴에 와 있던 보리스 옐친과 처음 만났다. 외국 지도자들이 다른 나라를 방문할 때는 야당 지도자도 만나는 것이 관례였다. 옐친은 정중하고 다정했지만, 약간 생색을 내기도 했다. 나는 그가 열 달 전 쿠데타 기도에 반대해 탱크에 올라간 이래 그를 깊이 존경해왔다. 그러나 그는 부시를 더 좋아한다는 사실을 솔직히 드러냈으며, 대통령이 재선될 거라고 생각하고 있었다. 회담 말미에 옐친은 내가 이번에 당선되지 않더라도 미래는 밝다고 말했다. 나는 그가 소비에트 이후의 러시아를 이끌고 나가기에 적당한 사람이라고 생각했으며, 내가 선거 결과로 그를 실망시키는 데 성공할 경우에 함께 일을 해볼 수 있겠다는 확신을 품고 회담장을 나섰다.

나는 그 주에 선거운동에 빠질 수 없는 약간의 경박한 행동을 보여주었다. 댄 퀘일 부통령은 자신이 선거운동의 '투견'이 될 작정이라고 말했다. 나는 그 발언에 대한 질문을 받고 퀘일의 주장은 길거리 곳곳에 우두커니 서 있는 모든 소화전의 가슴에만 공포를 불러일으킬 뿐이라고 대꾸했다.

6월 23일, 나는 다시 진지한 태도로 돌아서서, 적자가 예상했던 것보다 커질 것이라는 정부의 최근 발표에 기초하여 약간 수정한 경제 계획을 다시 발표했다. 그것은 모험이었다. 4년 안에 적자를 반으로 줄이겠다는 내 약속을 지키기 위해서는 중산층 감세 제안을 없애야 했다. 월스트리트의 공화당 원들도 이 계획을 좋아하지 않았다. 미국의 최고소득층과 법인들의 소득세를 올리겠다고 제안했기 때문이다. 레이건과 부시 행정부의 12년간 그들이 내는 세금이 전체 세금에서 차지하는 비중은 많이 줄어들었다. 지출을 줄이는 것만으로는 적자를 반으로 줄일 수 없었다. 나는 1980년대에 가장 이익을 많이 본 사람들이 비용의 절반을 내야 한다고 생각했다. 나는 공화당이 12년 동안 추구했던 '장밋빛 시나리오'의 함정에 빠지지 않겠다고 결심하고 있었다. 공화당은 이런 시나리오에 따라 어려운 선택을 피하기 위해 계속 세입을 과대평가했고 지출을 과소평가했다. 개정된 경제 계획은 나의 새 경제정책 보좌관 진 스펄링의 지휘로 작성되었다. 그는 5월에 마리오 쿠오모 주지사의 비서실을 나와 나의 선거운동에 합류했다. 그는 총명했으며, 거의 잠을 자지 않으면서, 귀신 같은 능력을 보여주었다.

6월 말이 되자 정력적인 대중 접촉과 정책적 노력들이 결과를 나타내기 시작했다. 6월 20일 여론조사는 세 명 모두 같은 수준을 보여주었다. 내 노력만으로 이루어진 일이 아니었다. 페로와 부시 대통령은 매우 개인적인 설

전에 몰두해 있었다. 두 텍사스인은 서로 미워했는데, 그들의 말다툼에는 괴상한 면도 있었다. 예를 들어 페로는 부시가 자신의 딸의 결혼을 망치려고 음모를 꾸몄다는 묘한 주장을 했다.

페로가 딸 문제를 놓고 부시와 싸우는 동안, 나는 선거운동을 하루 쉬고 매년 하던 대로 미네소타 북부에서 독일어 여름 캠프에 참가했던 첼시를 데려왔다. 첼시는 겨우 다섯 살 때부터 "세상을 구경하고 모험을 하겠다"면서 캠프에 가겠다고 졸랐다. 미네소타의 호수 지역에 자리 잡은 콩코디아 언어 캠프는 그곳에서 가르치는 언어들을 모국어로 사용하는 나라의 마을을 본떠 지은 마을이었다. 어린이들은 그곳에 들어가 새로운 이름과 외국 화폐를 받았다. 그리고 이후 2주에서 4주 동안은 그 마을의 언어를 사용했다. 콩코디아에는 서유럽어와 스칸디나비아 반도의 언어만이 아니라 중국어와 일본어 마을도 있었다. 첼시는 독일어 캠프를 골라 몇 년 동안 여름마다 그곳에 갔다. 그것은 첼시의 어린 시절에서 의미 있는 좋은 경험이었다.

나는 7월 초부터 본격적으로 러닝메이트를 고르기 시작했다. 철저한 조사 끝에 워런 크리스토퍼는 밥 케리, 마틴 루터 킹 2세와 함께 일했고 케네디 대통령의 백악관에도 들어갔던 펜실베이니아의 해리스 워퍼드 상원의원, 하원 외교위원회의 존경받는 위원장인 인디애나의 리 해밀턴 하원의원, 함께 주지사를 하면서 친해진 플로리다의 밥 그레이엄 상원의원, 테네시의 앨 고어 상원의원 등을 추천했다. 나는 그들 모두 마음에 들었다. 나는 케리와 함께 주지사 일을 했으며, 그가 선거운동에서 했던 거친 말들은 마음에 두지 않고 있었다. 그는 공화당과 무소속 유권자들을 끌어들일 수 있는 인물이었다. 워퍼드는 의료보험 개혁과 시민권의 매우 도덕적인 옹호자였다. 그는 또 밥 케이시 주지사와 관계도 좋아 펜실베이니아 승리를 보장해줄 수도 있었다. 해밀턴은 외교에 대한 지식과 인디애나 남동부의 보수적인 지역에서 발휘하는 힘이 돋보였다. 그레이엄은 내가 지난 12년간 함께 일해온 150명 정도의 주지사들 중 가장 뛰어난 서너 명 가운데 하나였다. 그레이엄이라면 1976년 이후 처음으로 플로리다를 민주당으로 끌어올 것이 거의 틀림없었다.

그러나 결국 나는 앨 고어에게 요청을 하기로 결정했다. 처음부터 그럴 생각은 아니었다. 이전에 몇 번 만났을 때 우리는 서로 마음이 맞는다는 것은 알았지만, 특별히 돈독한 관계로 넘어가지는 못했다. 그를 선정한 것은 부통령 후보가 정치적이고 지역적인 균형을 이루어야 한다는 통념에 도전하는 것이었다. 우리는 이웃한 주 출신이었기 때문이다. 고어는 나보다도 더 젊었다. 그리고 그 역시 새로운 민주당원 계파로 분류되고 있었다. 그러나 나는 바로 전통적인 균형이 아니라는 점 때문에 효과가 있을 거라고 생각했다. 고어를 러닝메이트로 선정하면 미국에 새로운 세대의 지도력을 선사할 수 있었으며, 당과 나라를 이제까지와는 다른 방향으로 이끌고 가려는 나의 의지가 얼마나 강한지 보여줄 수 있었다. 나는 또 그를 선택하는 것이 테네시와 남부를 비롯한 지지가 확고하지 않은 여러 주들의 선거운동에도 도움이 될 것이라고 생각했다.

게다가 고어는 훨씬 더 중요한 방식으로 균형을 잡아줄 수 있었다. 그는 내가 모르는 것을 채워줄 수 있었기 때문이다. 나는 경제, 농업, 범죄, 복지, 교육, 의료보험에 대해서는 많이 알고 있었으며, 주요한 외교 정책 문제에 대해서도 잘 파악하고 있었다. 반면 고어는 국가안보, 군비 통제, 정보 기술, 에너지, 환경의 전문가였다. 그는 1차 걸프전쟁 때 부시 대통령을 지지한 10명의 민주당 상원의원 가운데 한 사람이었다. 그는 리우데자네이루에서 열린 세계 생물 다양성 회의에도 참석했으며, 거기서 나온 협정을 지지하지 않겠다는 부시 대통령의 결정에 강력하게 이의를 제기했다. 그는 그무렵 베스트셀러가 된 저서 『균형 잡힌 지구Earth in the Balance』에서 지구 온난화, 오존층 감소, 열대우림 파괴 같은 문제들 때문에 우리와 환경의 관계를 근본적으로 재조정할 필요가 있다고 주장했다. 그는 4월에 그 책에 사인을 해서 나에게 주기도 했다. 나는 그 책을 읽고 많은 것을 배웠고, 그의 주장에 동의했다. 고어는 우리가 선출될 경우 다루어야 할 주제들에 대해 더 많이 알고 있었을 뿐 아니라, 국회와 워싱턴 문화도 나보다 훨씬 더 잘 이해하고 있었다. 가장 중요한 것은 나에게 무슨 일이 생길 경우 그가 훌륭한 대통령이 될 것이고, 내가 대통령직을 마친 뒤에는 대통령으로 당선될 가능성이 아주 높다는 점이었다.

나는 워싱턴의 한 호텔에 자리를 잡고 염두에 두고 있던 몇 사람을 만났다. 고어는 어느 날 밤 11시에 찾아왔다. 가능한 한 기자들의 눈에 띄지 않으려는 것이었다. 그 시간은 그보다는 나에게 더 편했다. 그러나 고어는 풀어지지 않은 모습이었고 쾌활했다. 우리는 두 시간 동안 나라, 선거운동, 가족에 대해 이야기했다. 그는 티퍼와 네 자녀를 자랑스러워하고 또 그들에게 헌신하는 것이 분명했다. 티퍼는 흥미로운 사람이었다. 그녀는 현대 음악의 폭력적이고 천박한 가사에 반대하는 운동을 벌여 유명해졌고, 정신건강 치료를 개선하는 데 큰 관심과 많은 지식을 갖춘 세련된 여성이었다. 이야기를 나눈 뒤 나는 고어가 마음에 들었으며, 그와 티퍼가 우리의 선거운동에 큰 보탬이 될 것이라고 확신했다.

7월 8일, 나는 고어에게 전화를 걸어 나의 러닝메이트가 되어달라고 부탁했다. 다음 날 고어와 그의 가족은 발표를 위해 리틀록으로 날아왔다. 주지사 저택의 뒤쪽 포치에 우리가 모두 함께 서 있는 사진은 미국 전체에 큰 뉴스가 되었다. 우리가 하는 말보다도 그 사진이 긍정적인 변화를 약속하는 젊은 지도자들의 에너지와 열망을 잘 보여주었다. 다음 날 고어와 나는 리틀록에서 조깅을 한 뒤 그의 고향인 테네시 주 카시지로 날아가 유세를 하고 그의 부모를 찾아갔다. 그의 부모는 고어에게 큰 영향을 끼쳤다. 앨 고어 1세는 상원의원을 세 번 지냈으며, 민권을 지지했고, 베트남전쟁에 반대했다. 이런 입장 때문에 1970년에 의원직을 잃기도 했지만, 대신 미국 역사에서는 명예로운 자리를 차지했다. 고어의 어머니 폴린 역시 인상적이었다. 그녀는 당시에 여자로서는 드물게 법대를 졸업하고, 아칸소 남서부에서 잠시 변호사 일을 하기도 했다.

7월 11일, 나는 힐러리, 첼시와 함께 뉴욕으로 날아가 민주당 전당대회에 참석했다. 부시와 페로가 서로 싸우는 동안 우리는 편안한 5주를 보냈다. 처음으로 일부 여론조사에서 내가 1위로 나섰다. 나흘 밤 동안 텔레비전에 집중 보도되는 전당대회는 우리의 입지를 강화해줄 수도 있었고, 약화시킬 수도 있었다. 1972년과 1980년에 민주당은 국민에게 분열되고, 풀이 죽고,

규율이 잡히지 않은 당의 모습을 보여줌으로써 불구가 되었다. 나는 그런 일이 다시 일어나게 하지 않겠다고 결심했다. 민주당전국위원회 의장 론 브라운도 마찬가지였다. 해럴드 이케스와 민주당전국위원회 부의장이며 전당대회 의장인 알렉시스 허먼은 통일, 새로운 구상, 새로운 지도자들을 보여주는 작업을 지휘했다. 평당원들이 공화당의 백악관 지배 12년을 겪고 나서 승리하고 싶은 마음이 간절했던 것도 도움이 되었다. 그럼에도 당의 단합을 도모하고 좀더 긍정적인 이미지를 보여주기 위해서는 할 일이 많았다. 예를 들어 우리가 조사한 바에 따르면 대부분의 미국인들이 힐러리와 나 사이에 아이가 있다는 것을 몰랐으며, 내가 부유한 특권층 출신이라고 생각하고 있었다.

전당대회는 후보 지명자에게는 머리가 어찔한 행사다. 이번 전당대회는 특히 그랬다. 몇 달 동안 내가 뱀의 배보다 밑에 있는 존재라는 말만 듣다가, 이제 갑자기 좋고 진실한 모든 것의 전형으로 떠받들어지고 있었다. 뉴햄프셔 이후 자질 공격을 겪으면서 나는 내 성질을 제어해야 했고, 지치면 훌쩍거리지 않으려고 노력해야 했다. 그런데 이제는 내 자만심을 누르고, 찬사와 긍정적인 보도에 취하면 안 된다고 스스로를 다잡아야 했다.

전당대회가 시작되자 당의 단결이라는 면에서는 큰 진전이 있었다. 톰 하킨은 그 전에 이미 나를 지지했다. 이제 밥 케리, 폴 송거스, 더그 윌더가 지지 발언을 했다. 제시 잭슨도 마찬가지였다. 오직 제리 브라운만 입을 다물었다. 내가 가장 좋아하는 정치가 가운데 한 사람이 된 하킨은 제리가 자기중심적인 행동을 한다고 지적했다. 론 브라운이 밥 케이시 주지사가 전당대회에서 연설을 하는 것을 허용하지 않겠다고 했을 때도 작은 소동이 벌어졌다. 케이시 주지사가 낙태에 반대하는 연설을 하고 싶어 해서가 아니라, 나를 지지하는 데 동의하려 하지 않기 때문이었다. 나는 케이시의 연설을 허용하고 싶었다. 무엇보다 케이시를 좋아했고, 또 낙태에 반대하는 민주당원들의 신념을 존중했다. 그들 가운데 다수가 다른 문제들에 대한 내 입장을 보고, 그리고 낙태를 '안전하고, 합법적이고, 드문 일'로 만들겠다는 나의 약속을 보고 우리에게 투표를 할 수도 있다고 생각했기 때문이다. 그러나 브라운은 완강했다. 어떤 문제에 대해서는 의견이 다를 수 있다, 하지만 11월의 승리를 위해 헌신하지 않을 사람에게 마이크를 줄 수는 없다, 그것이 브라운의 주장이었다. 나는 당을 재건하면서 규율을 잡고자 하는 그의 태도를 존중하여 그의 판단을 따랐다.

전당대회 첫날 밤에는 우리의 여성 상원의원 후보 가운데 7명이 등장했다. 힐러리와 티퍼 고어도 잠깐 얼굴을 내밀었다. 이어 빌 브래들리 상원의원, 바버러 조던 하원의원, 젤 밀러 주지사가 기조연설을 했다. 브래들리와 조던은 유명했고 또 이야기도 잘했지만, 밀러는 이런 이야기로 청중의 눈에서 눈물이 흐르게 했다.

교사였던 아버지는 내가 태어난 지 2주가 되었을 때 돌아가셨습니다. 어머니는 젊은 나이에 어린 자식 둘이 딸린 과부가 되었죠. 하지만 어머니는 하나님을 믿었고, 라디오에서 나오는 루스벨트의 목소리를 믿었기 때문에 계속 살아갈 수 있었습니다. 아버지가 돌아가시자 어머니는 두 손으로 거칠고 작은 땅뙈기를 일구었습니다. 어머니는 매일 산에서 흘러내리는 차가운 개울에 들어가 집을 지을 자갈을 수천 개 날랐습니다. 나는 어머니가 개울에서 가져온 돌멩이와 손수레에서 섞은 시멘트로 집을 짓는 것을 보며 자랐습니다. 그 시멘트에는 지금도 어머니 손바닥 자국이 남아 있습니다. 뿐만 아니라 아들에게도 어머니의 자국이 남아 있습니다. 어머니가 자신의 자부심, 자신의 희망, 자신의 꿈을 내 영혼 깊이 찍어 두었기 때문입니다. 물론 나도 댄 퀘일이 아이들에게는 부모가 모두 있는 게 가장 좋다고 했을 때 그것이 무슨 말인지 잘 압니다. 당연히 그게 좋지요. 아이들이 모두 신탁기금을 가지고 있다면 그 또한 좋을 것입니다. 하지만 우리 모두가 부자로, 잘생긴 얼굴로, 행운을 안고 태어날 수는 없습니다. 그래서 우리에게 민주당이 있는 것입니다.

이어 밀러는 프랭클린 루스벨트에서부터 카터에 이르기까지 모든 민주당 대통령의 기여를 찬양한 다음, 정부가 교육, 인권, 민권, 경제적 · 사회적 기회, 환경을 개선할 수 있다고 믿는다고 말했다. 그는 부자와 특수 이익단체들을 편애하는 공화당 정책들을 공격하고, 경제·교육·의료보험·범죄·복지제도 개혁에 대한 나의 계획을 지지했다. 그것은 강력한 '새로운 민주당원' 메시지였다. 내가 전국에 들려주고 싶은 것이 바로 그런 이야기였다. 2000년에 젤 밀러가 상원의원에 선출되었을 때, 조지아는 좀더 보수적이 되었고 밀러 역시 그렇게 되었다. 그는 부시 대통령의 가장 강력한 지지자들 가운데 한 사람이 되어 적자를 폭발적으로 늘리고, 가장 부유한 미국인들에게만 부당하게 혜택을 주는 엄청난 감세를 지지하고, 가난한 아이들을 방과 후 프로그램에서 몰아내고, 실업자들에게서 직업 훈련 기회를 박탈하고, 제복을 입은 경찰관을 거리에서 쫓아내는 예산안을 지지했다. 밀러가 무슨 이유 때문에, 미국에서 무엇이 가장 좋은지에 대한 그의 견해를 바꾸었는지는 모르지만, 1992년에 그가 나와 민주당원과 미국을 위해 해주었던 일은 늘 기억할 것이다.

둘째 날에는 정강 발표와 더불어 카터 대통령, 톰 하킨, 제시 잭슨의 강력한 연설이 있었다. 제시는 일단 나를 지지하기로 마음을 먹자, 전폭적인 지원에 나서 청중을 열광의 도가니로 몰아넣는 격정적인 연설을 토해냈다. 그러나 그날 저녁의 가장 감동적인 부분은 의료보험과 관련된 행사였다. 제이 록펠러 상원의원은 모든 미국인을 위한 의료보험의 필요성에 대해 이야기했다. 뉴햄프셔에 사는 내 친구 론과 론더 마초스가 직접 나서서 그의 주장을 뒷받침해주었다. 마초스 부부는 둘째 아이를 임신 중이었는데, 손에는 어린 로니의 심장절개 수술비용 10만 달러의 청구서가 쥐어져 있었다. 그들은 자신들이 이등 국민인 듯한 느낌이 든다고 말했다. 그러나 그들은 나를 알았으며, 내가 그들 '미래의 최고의 희망' 이었다.

의료보험과 관련된 연사들 가운데는 에이즈에 걸린 밥 해토이와 일리저버스 글레이저도 있었다. 나는 정치가들이 너무 오래 무시해온 이 문제의 현실을 미국의 거실로 가지고 들어가고 싶었다. 밥은 동성애자로, 나를 위해 일하고 있었다. 그는 말했다. "나는 죽고 싶지 않습니다. 하지만 대통령이 나를 적으로 보는 미국에 살고 싶지도 않습니다. 나는 병 때문에 죽음과 직면할 수는 있지만, 정치 때문에 죽음과 직면하고 싶지는 않습니다." 일리저버스 글레이저는 아름답고 똑똑한 여자였으며, 〈스타스키와 허치〉라는 유명한 텔레비전 연속극에 출연했던 폴 마이클 글레이저의 부인이었다. 그녀는 첫 아이를 낳다가 출혈이 심해 수혈을 받았는데, 그때 바이러스에 오염된 피가 몸에 들어왔다. 그녀는 모유를 통해 딸에게도 병을 옮겼으며, 자궁을 통해 둘째인 아들에게도 옮겼다. 일리저버스는 전당대회에서 연설을 할 때 이미 '소아 에이즈 재단'을 세워 정부가 에이즈 연구와 치료에 더 많은 돈을 지원하도록 열심히 로비를 하고 있었다. 그녀는 이미 딸 에리얼을 에이즈로 잃었다. 그녀는 대통령이 그 방면에 대해 더 많은 일을 해주기를 바랐다. 내가 당선되고 나서 얼마 안 있어, 일리저버스 자신도 에이즈와의 싸움에서 졌다. 힐러리와 나를 비롯하여 그녀를 따르고 사랑했던 많은 사람들에게 무척 가슴 아픈 일이었다. 나는 그녀의 아들 제이크가 살아 있는 것에 감사하며, 그의 아버지와 일리저버스의 친구들이 그녀의 일을 계속 이어가는 것에 감사한다.

전당대회 제3일, 전국 여론조사는 내가 1위에 올라섰음을 보여주었다. 부시 대통령을 두 자리수로 누르고 있었다. 나는 센트럴 파크 조깅으로 그날 아침을 시작했다. 이어 넬슨 만델라가 우리의 호텔 방으로 찾아온다는 말을 들었다. 힐러리, 첼시, 나는 무척 기뻐했다. 그는 데이비드 딘킨스 시장의 초청을 받아 민주당 전당대회 손님으로 미국을 찾아왔다. 당연한 일이지만, 그는 대통령 선거에서 누구의 편도 들지 않는다고 말했다. 다만 민주당이 오랫동안 아파르트헤이트에 반대해온 것에 감사하고 싶다고 했다. 만델라는 유엔이 남아프리카의 폭력 사태를 조사할 특별조사단을 보내주기를 바랐다. 나는 그의 요청을 지원하겠다고 말했다. 그의 방문은 우리의 훌륭한 우정의 시작이었다. 만델라는 힐러리를 좋아한다는 것을 숨기지 않았으며, 나는 그가 첼시에게 보여주는 관심에 큰 감동을 받았다. 내가 백악관에 있는 8년 동안 그는 나와 이야기할 때마다 반드시 첼시의 안부를 물었다. 한 번은 전화 대화 도중 첼시와 통화를 하고 싶다고 말하기도 했다. 나는 그가 흑인이건 백인이건 남아프리카에서 만나는 모든 아이들에게도 똑같은 관심을 보인다는 것을 알았다. 그것이 그의 근본적인 위대함의 증거였다.

수요일은 전당대회에서 중요한 밤으로, 밥 케리와 테드 케네디가 연설을 했다. 이어 로버트 케네디에게 바치는 감동적인 영화 상영이 있었으며, 그 소개는 그의 아들인 매사추세츠의 조 케네디 하원의원이 했다. 이어 제리 브라운과 폴 송거스가 연설을 했다. 브라운은 부시 대통령을 강하게 비난했다. 폴 송거스도 마찬가지였지만, 그는 앨 고어와 나를 변호하기도 했다. 그가 겪은 일들을 생각할 때 그것은 용기 있고 세련된 행동이었다.

이어 중요한 순간이 찾아왔다. 마리오 쿠오모의 지명 연설이 시작된 것이다. 그는 여전히 민주당 최고의 웅변가였으며 이번에도 우리를 실망시키지 않았다. 쿠오모는 세련된 수사, 폐부를 찌르는 듯한 비판, 논리정연한 주장으로 이제 "알 것을 알 만큼 똑똑한 사람, 할 일을 할 만큼 강한 사람, 나라를 이끌 만큼 자신 있는 사람, 새로운 미국을 위한 새로운 목소리, '돌아온 아이'의 시대가 되었다"고 선포했다. 나의 다른 지명자들인 맥신 워터스 하원의원, 오클라호마의 데이브 맥커디 하원의원의 연설에 이어 표 확인이 시작되었다.

앨라배마는 아칸소에 양보하여, 내 고향이 첫 표를 던지도록 배려했다. 우리 주의 민주당 의장으로 16년 전 법무장관 선거에서 나와 맞섰던 조지 저니건은 투표의 명예를 클린턴을 지지하는 다른 대의원에게 넘겼다. 그러자 나의 어머니가 간단하게 말했다. "아칸소는 우리가 가장 좋아하는 아들이자 내 아들인 빌 클린턴에게 우리의 48표를 자랑스럽게 던집니다." 그 말을 하는 순간 어머니는 가슴이 터질 듯한 자랑스러움 외에 무엇을 느끼고 무엇을 생각했을까? 혹시 46년 전, 나에게 생명을 주었던 스물세 살의 과부를 떠올리지 않았을까? 나와 내 동생이 가능한 한 정상적인 생활을 하도록 늘 밝은 미소로 감당해냈던 그 모든 고통을 떠올리지는 않았을까? 텔레비전으로 그렇게 말하는 어머니를 지켜보자 무척 기분이 좋았다. 어머니를 거대한 물결의 출발선에 서게 해준 누군가에게도 감사하고 싶었다.

표 확인이 계속되는 동안, 나는 힐러리, 첼시와 함께 호텔을 나와 메디슨 스퀘어 가든으로 향하다가 메이시 백화점에 잠깐 들렀다. 우리는 그곳에서 텔레비전으로 투표하는 것을 보았다. 오하이오가 나에게 144표를 던짐으로써 나는 다수의 하한선인 2,145표를 통과하여 마침내 공식적인 민주당 후보가 되었다. 그 뒤에 계속된 행사시간에 우리 셋은 무대로 올라갔다. 나는 1960년의 존 케네디 이후 수락 연설을 하기 전에 전당대회장에 나온 첫 후보였다. 나는 짧은 연설에서 이런 말을 했다. "32년 전에도 이 나라를 다시 움직이고 싶어 하던 젊은 후보가 간단하게 감사 인사를 하러 전당대회장에 나왔습니다." 나는 내가 존 케네디의 선거운동의 정신을 이어받았음을 밝히고, 나의 지명자와 대의원들에게 감사하고, "내일 밤 내가 '돌아온 아이' 가 될 것"임을 말하고 싶었다.

7월 16일 목요일은 전당대회 마지막 날이었다. 그때까지 우리는 대회장이나 텔레비전에서 멋진 사흘을 보여주었다. 우리는 전국적 지도자들과 떠오르는 스타들을 보여주었을 뿐 아니라, 평범한 시민들도 보여주었다. 우리는 새로운 구상을 분명하게 전달했다. 그러나 앨 고어와 내가 효과적인 수락연설을 하지 못한다면 그 모든 것이 물거품이 될 수도 있었다. 그날은 정신없는 선거운동 기간의 많은 날들이 그렇듯이 깜짝 놀랄 만한 뉴스로 시작되었다. 로스 페로가 출마를 포기한 것이다. 나는 그에게 전화를 걸어, 그의 선거운동의 성공을 축하하고, 근본적인 정치 개혁에 대해 그와 생각이 같다고 말했다. 그는 부시 대통령이나 나 어느 한쪽을 지지하기를 거부했다. 나는 그의 사퇴가 도움이 될지 피해가 될지 잘 모르는 상태에서 전당대회 마지막 날 밤을 맞이했다.

앨 고어는 환호 속에서 후보 지명을 받은 뒤 격정적인 연설을 했다. 고어는 테네시에서 자라던 어린 시절 언젠가는 '엘비스'를 돕는 역할을 하게 될 것이라는 꿈을 꾸었다는 말로 입을 열었다. 엘비스는 실무진이 선거운동 기간에 나에게 지어준 별명이기도 했다. 이어 고어는 부시 행정부의 실정을 길게 나열하면서, 실정 하나를 들 때마다 "이제 그들은 떠날 때가 되었습니다"라고 외쳤다. 그가 두어 번 그렇게 하자, 대의원들이 대신 그 말을 합창하면서 대회장 전체가 후끈 달아오르기 시작했다. 이어 그는 나의 경력을 찬양하고, 우리 눈앞의 도전을 요약하고, 후대에 더 강하고 더 단결된 나라를 물려주어야 할 그의 가족과 우리의 의무를 이야기했다. 고어는 정말 훌륭한 연설을 했다. 자기 몫을 충분히 한 것이다. 이제 내 차례였다.

연설문 초고는 폴 베걸러가 써주었다. 우리는 이 연설문에 나의 자전적 이야기, 선거운동용 수사, 정책 등 많은 것을 담으려 했다. 또 우리는 이 연설을 통해 골수 민주당원, 대통령에게 불만을 가졌지만 나를 믿지 못하는 무소속과 공화당원, 아무런 소용이 없을 것이라 생각하여 투표를 하지 않는 사람들 등 서로 다른 세 집단에 호소하려 했다. 베걸러는 평소와 마찬가지로 몇 가지 멋진 말을 집어넣었다. 그리고 조지 스테파노풀로스는 예비선거의 가두 유세에서 가장 효과 있었던 말들을 기억해두었다가 연설문에 집어넣었다. 브루스 리드와 앨 프롬은 정책 부분을 가다듬는 데 도움을 주었다. 내 친구 해리와 린더 블러드워스 토머슨 부부는 분위기를 띄우기 위하여 '호프에서 온 사나이'라는 제목의 짧은 영화를 만들었다. 이 영화는 청중을 흥분시켰다. 나는 엄청난 환호 속에서 연단으로 나갔다.

연설은 느릿느릿 시작되었다. 나는 우선 앨 고어에게 인사를 하고, 마리오 쿠오모에게 감사를 전하고, 예비선거 경쟁자들에게 인사를 했다. 이어 메시지가 시작되었다. "일을 하고 세금을 내는 모든 사람들, 아이를 키우고 규칙을 지키며 살아가는 모든 사람들, 우리의 잊혀진 중산층을 구성하고 있는 열심히 일하는 미국인들의 이름으로, 나는 자랑스럽게 미합중국 대통령 후보 지명을 받아들입니다. 나는 중산층 출신이며, 내가 대통령이 되면, 여러분은 이제 잊혀지지 않을 것입니다."

이어 나는 어머니에서부터 시작해서 나에게 가장 큰 영향을 준 사람들의 이야기를 하기 시작했다. 나는 어머니가 아기 딸린 젊은 과부로서 겪었던 고생에서부터 유방암으로 싸우는 현재까지 이야기를 한 뒤 "어머니는 언제나, 언제나, 언제나 굴복하지 말고 노력하라고 가르쳤다"고 말했다. 나는 외할아버지 이야기를 하면서, 그가 나에게 "경멸받는 사람들을 존중하라"고 가르쳤다고 말했다. 이어 나는 "모든 아이가 배울 수 있고, 우리 모두 그들이 배우도록 도와줄 의무가 있다"는 것을 가르쳐준 힐러리에게 감사했다. 나는 미국이, 나의 분투하는 정신이 어머니에게서 시작되었고, 인종 평등에 대한 신념이 외할아버지에게서 시작되었고, 미국의 모든 아이의 미래에 대한 관심이 아내에게서 시작되었음을 알리고 싶었다.

나는 사람들에게 모두가 미국인 가족의 일원이 될 수 있음을 말하고 싶었다. "나는 오늘 밤 어머니나 아버지 없이 자라나는 미국의 모든 어린이들에게 이야기를 하고 싶습니다. 나는 여러분의 기분을 압니다. 여러분은 특별하고 미국에 중요한 존재입니다. 여러분은 원하는 무엇이든 될 수 있습니다."

다음 몇 분 동안 나는 부시를 비판하고 그보다 나은 나의 계획을 제시했다. "우리는 레이건과 부시가 대통령이 된 이래 임금이 1위에서 13위로 떨어졌습니다…… 4년 전 이 무렵 그는 1,500만 개의 새로운 일자리를 약속했지만, 지금 그 약속한 수치에서 1,400만 개 이상 모자랍니다…… 대통령은 경제 회복이 시작되기 전에는 실업률이 늘 약간 올라간다고 말합니다만, 내가 보기에 진정한 경제회복이 시작되려면 실업자가 한 명만 더 늘면 됩니다. 그것은 대통령, 바로 당신입니다." 나는 내가 제시하는 기회, 책임, 공동체에 대한 새로운 계약이 우리에게 '속기사와 강철 노동자의 자녀도 대학에 갈 수 있는 미국', '중산층의 세금이 아니라 소득이 올라가는 미국', '부자가 물에 젖지(혼나거나 괴롭힘을 당한다는 뜻이 있다—옮긴이주) 않을 뿐 아니라, 중산층도 익사하지 않는 미국', '현재 우리가 알고 있는 복지 제도가 사라지는 미국'을 가져올 것이라고 말했다.

이어 나는 미국의 단결을 호소했다. 나에게는 이것이 연설에서 가장 중요한 부분이었으며, 어린 시절 이후로 늘 신봉해온 것이었다.

오늘밤 여러분은 모두 마음속 깊이 우리가 너무 분열되었다고 생각하고 있습니다. 이제 미국을 치유할 때입니다.

그래서 우리는 모든 미국인에게 말해야 합니다. 우리를 눈멀게 하는 상투적인 것들 너머를 보라. 우리는 서로를 필요로 한다. 우리 모두가 서로를 필요로 한다. 우리한테는 낭비할 사람이 없다. 그러나 너무 오랫동안 정치가들은 올바르게 살고 있는 우리 대다수에게 미국의 문제는 우리라고 말해왔습니다. 우리가 자기들과는 다른 '저들'이라는 것입니다.

저들 소수민족이라는 것입니다. 저들 자유주의자들이라는 것입니다. 저들 가난한 사람들, 저들 노숙자들, 저들 장애인들이라는 것입니다. 저들 동성애자들이라는 것입니다.

이렇게 우리는 저들이 되어 죽을 지경에 이르렀습니다. 저들, 저들, 저들.

하지만 여기는 미국입니다. 여기에는 저들이 없습니다. 우리만 있을 뿐입니다. 하나의 나라, 하나님 아래 분열되지 않은 나라, 모두에게 자유와 정의가 넘치는 나라가 있을 뿐입니다.

이것이 우리의 충성의 맹세이며, 이것이 새로운 계약의 핵심입니다……

10대에 나는 존 케네디가 시민 정신으로 돌아오라고 부르는 소리를 들었습니다. 그 뒤에 조지타운 대학생 시절 캐럴 퀴글리 교수가 그 부름의 의미를 분명하게 설명하는 것을 들었습니다. 퀴글리 교수는 미국이 역사상 가장 위대한 나라가 될 수 있었던 것은 미국 국민이 늘 두 가지 위대한 사상을 믿었기 때문이라고 말해주었습니다. 하나는 내일이 오늘보다 나을 수 있다는 사상이고, 또 하나는 우리 모두에게 내일을 오늘보다 낫게 만들어야 할 개인적·도덕적 책임이 있다는 사상이라는 것입니다.

우리의 딸 첼시가 태어나던 날 밤 그런 미래가 나의 삶에 들어왔습니다. 나는 그때 분만실에 서서 하나님이 나에게 나의 아버지는 결코 알지 못했을 축복을 주었다는 생각을 했습니다. 그 축복이란 나의 자식을 내 품에 안아볼 기회였습니다.

이 순간에도 미국 어딘가에서는 아이가 태어나고 있습니다. 그 아이에게 행복한 가정, 건강한 가족, 희망찬 미래를 주는 것이 우리의 대의가 되어야 합니다. 그 아이가 살면서 하나님이 주신 능력을 최대한 발휘하게 하는 것이 우리의 대의가 되어야 합니다…… 그 아이에게 분열이 아니라 통합이 된 나라, 가없는 희망과 무한한 꿈의 나라, 다시 한 번 그 국민을 고양시키고 세계에 영감을 주는 나라를 안겨주는 것이 우리의 대의가 되어야 합니다.

그것이 우리의 대의, 우리의 약속, 우리의 새로운 계약이 되어야 합니다.

친애하는 국민 여러분, 나는 나 자신에게 이 모든 일이 시작된 곳에서 오늘

밤을 끝내려 합니다. 나는 지금도 호프(클린턴의 고향 지명이기도 하고, 희망이라는 말이기도 하다—옮긴이주)라고 부르는 곳이 있다고 믿습니다. 여러분과 미국에 하나님의 축복을 빕니다.

내 연설이 끝나고 환호가 가라앉자, 대회는 이 행사를 위해 아서 해밀턴, 그리고 고등학교 시절 나와 음악을 같이 했던 오랜 친구 랜디 구드럼이 쓴 노래 '친구들의 원Circle of Friends' 으로 끝을 맺었다. 브로드웨이의 스타 제니퍼 홀리데이가 부르고, 리틀록의 필랜더 스미스 칼리지 합창단이 합창을 맡았다. 월요일 밤에 전당대회장에서 '아름다운 미국America the Beautiful' 을 불러 탄성을 자아냈던 열 살의 레기 잭슨과 내 동생 로저도 함께 불렀다. 오래지 않아 우리 모두 '친구들의 원 안으로 들어갑시다, 시작은 있지만 끝은 없는 곳으로' 를 합창했다.

그 노래는 내가 했던 가장 중요한 연설의 완벽한 결말이었다. 그리고 그것은 효과가 있었다. 우리의 원은 넓어지고 있었다. 새 여론조사는 나의 메시지가 유권자들에게 큰 반향을 일으켰으며, 우리가 20포인트 이상 앞선다는 것을 보여주었다. 그러나 나는 우리가 그런 차이를 계속 유지할 수는 없다는 것을 알고 있었다. 우선 민주당 대통령 후보라면 표를 던지는 것을 매우 망설이는 백인 유권자들, 즉 공화당의 문화적 기반을 이루는 유권자가 전체 유권자의 45퍼센트 정도였다. 게다가 공화당은 아직 전당대회를 열지 않았다. 전당대회를 하게 되면 부시 대통령의 지지율이 치솟을 것이 분명했다. 마지막으로 나는 이제 불과 6주 동안 언론으로부터 우호적인 조명을 받았고, 겨우 일주일간 미국에 직접적이고 긍정적인 접근을 하게 되었다. 이정도면 나에 대한 모든 의심을 국민의 의식의 뒤편으로 밀어넣기에 충분한 시간이었지만, 그것을 지워버리기에는 충분한 시간이 아니라는 것을 나는 잘 알고 있었다.

28

다음 날인 7월 17일 아침, 나는 앨, 티퍼, 힐러리와 함께 뉴저지로 가서 미국을 가로지르는 첫 번째 버스 유세를 시작했다. 현대 대통령 선거는 주요한 매체 시장에서 열리는 유세가 지배하게 되었다. 그러나 이 버스 유세는 일반 유세에서는 무시하는 작은 도시나 시골 지역을 찾아가기 위해 마련된 것으로, 이후에도 몇 차례 이루어진다. 우리는 수전 토머시즈와 데이비드 윌헬름이 계획한 이 버스 유세가 전당대회의 흥분과 힘을 계속 이어가주기를 바랐다.

버스 유세는 뉴저지, 펜실베이니아, 웨스트버지니아, 오하이오, 켄터키, 인디애나, 일리노이를 거치는 1,600킬로미터의 대장정이었다. 우리는 예정에 얽매이지 않고 필요하면 버스에서 내려 거리 유세를 하고 악수를 했다. 첫날은 펜실베이니아 동부와 중부를 거쳐 새벽 2시에 마지막 도착 지점인 요크에 도착했다. 그곳에서는 수천 명이 우리를 기다리고 있었다. 앨은 최고의 오전 2시 가두 연설을 했다. 나도 마찬가지였다. 이어 우리는 지지자들과 30분 넘게 악수를 한 뒤 쓰러져 몇 시간 잠을 잤다. 다음 날 우리는 펜실베이니아를 가로질렀다. 군중과의 유대만이 아니라 우리 사이의 유대도 강해졌다. 우리는 차츰 긴장을 풀고 흥분을 했으며, 우리를 보러 집회장이나 도로 가장자리에 나온 사람들의 열광적 분위기를 보고 기운을 얻었다. 칼리슬의 트럭기사 식당에서는 앨과 함께 커다란 트럭들에 올라가 기사들과 악수를 하기도 했다. 펜실베이니아의 한 턴파이크 휴게소에서는 주차장에서 축구공을 차기도 했다. 어느 곳에서는 소형 골프장을 한 바퀴 돌기도 했다.

사흘째 되는 날, 우리는 펜실베이니아 서부에서 벗어나 웨스트버지니아로 들어갔다. 그곳에서 우리는 커다란 강철관 생산업체인 위어턴 스틸을 둘러보았다. 이곳의 직원들은 전 소유주로부터 공장을 매입해 운영하고 있었다. 그날 밤 우리는 오하이오 주 유티커 근처의 진 브랜스툴의 농장에 갔다. 우리는 그곳에서 200명의 농부 가족들과 함께 야외 요리를 해 먹고, 만 명의 사람들이 기다리고 있는 근처의 들판으로 갔다. 나는 두 가지에 놀랐다. 하나는 군중의 규모였고, 또 하나는 옥수수의 크기였다. 내 평생 그렇게 크고 굵은 옥수수는 처음 봤다. 좋은 징조였다. 다음 날 우리는 오하이오의 주도 콜럼버스에 들렀다가 켄터키로 들어갔다. 나는 주 경계를 넘으면서 1976년의 지미 카터처럼 오하이오를 얻을 수 있으리라고 확신했다. 이것은 중요했다. 남북전쟁 이후 오하이오를 얻지 못한 공화당 후보가 대통령 자리에 오른 적이 없었기 때문이다.

　　닷새째인 마지막 날 우리는 루이스빌에서 대규모 집회를 연 뒤 인디애나 남부와 일리노이 남부를 통과했다. 가는 길 내내 사람들이 들판이나 길가에 서서 우리의 상징을 흔들어주었다. 성조기와 클린턴-고어 포스터로 장식된 커다란 콤바인을 지나기도 했다. 일리노이에 도착했을 때는 아주 늦은 시간이었다. 매일 그랬듯이 예정에 없던 곳에서 자주 멈추었기 때문이다. 이제 멈출 곳은 없다고 생각했으나, 교차로에서 몇 사람이 '우리한테 8분을 주면 당신들한테 8년을 주겠다!'고 적힌 커다란 플래카드를 들고 서 있었다. 물론 우리는 그곳에 멈추었다. 그날 저녁 마지막 집회는 선거운동 전체에서 가장 기억에 남을 만한 것이었다. 밴덜리어에 들어가니, 수천 명이 촛불을 들고 옛 주 의사당 건물 주위의 광장을 가득 메우고 있었다. 그 의사당은 주도가 스프링필드로 옮겨가기 전 에이브러햄 링컨이 입법부 의원으로서 한 번의 임기를 보낸 곳이었다. 우리는 아주 늦게 세인트루이스에 도착하여 다시 몇 시간 잠을 잤다.

　　버스 유세는 엄청난 성공을 거두었다. 우리는 전국의 언론을 몰고 그동안 무시되어온 미국의 심장부의 여러 곳으로 파고들었다. 우리가 워싱턴에서 대표하겠다고 약속한 사람들을 향해 손을 뻗는 모습이 전국에 비쳐졌다.

이 때문에 우리를 문화적·정치적 급진주의자들로 채색하려던 공화당의 시도는 난관에 부딪히게 되었다. 그리고 앨, 티퍼, 힐러리, 나는 서로를 깊이 알게 되었는데, 버스에서 그렇게 오랜 시간을 함께 보내지 않았다면 그런 관계는 형성될 수 없었을 것이다.

다음 달에 우리는 네 번 더 버스 유세를 다녔는데, 이번에는 하루나 이틀의 짧은 유세였다. 2차 버스 유세에서는 미시시피 강을 따라가기로 했다. 우리는 세인트루이스에서 시작하여 마크 트웨인의 고향인 미주리 주 해니벌, 아이오와 주 데이븐포트를 거쳐 위스콘신을 통과하여 미니애폴리스까지 갔다. 그곳에서는 월터 먼데일이 만 명의 군중을 모아놓고, 두 시간 동안 정기적으로 우리의 도달 지점을 알려주고 있었다.

2차 버스 유세에서 가장 기억에 남는 순간은 아이오와 주 래피즈에서 맞이했다. 우리는 생물공학에 대한 회의를 열고, 퀘이커 오츠 포장 공장을 둘러본 다음, 주차장에서 집회를 열었다. 사람들이 많이 모였고 분위기도 뜨거웠다. 그러나 반대자들이 뒤에서 낙태 반대 카드를 들고 나를 조롱하고 있었다. 나는 연설 뒤에 연단에서 내려가 사람들을 만나기 시작했다. 나는 낙태지지 단추를 단 백인 여자가 흑인 아기를 품에 안고 있는 것을 보고 깜짝 놀랐다. 내가 누구의 아이냐고 묻자, 여자는 활짝 웃으며 말했다. "내 아기지요. 이름은 제이미야예요." 여자는 그 아이가 플로리다에서 에이즈에 감염된 상태로 태어났는데, 자신이 혼자서 두 아이를 기르느라 힘이 부치는 이혼녀임에도 아이를 입양했다고 말해주었다. 나는 제이미야를 안고 당당하게 "내 아기"라고 말하던 그 여자의 모습을 잊을 수가 없다. 그녀 역시 낙태 지지자였다. 나는 바로 그런 여자가 아메리칸 드림을 이룰 수 있게 해주고 싶었다.

그달 늦게 우리는 캘리포니아의 샌와킨 밸리에서 하루 유세를 하고, 이틀간 텍사스와 오하이오와 펜실베이니아의 전에 못 갔던 곳을 들러서, 뉴욕 서부까지 갔다. 9월에는 버스를 타고 조지아 남부를 통과했다. 10월에는 미시간에서 이틀을 보내고, 노스캐롤라이나에서 하루에 도시 열 곳을 정신없이 돌아다녔다.

버스 유세가 일으킨 지속적인 열광은 나도 평생 처음 경험하는 것이었다. 물론 작은 도시에서 사는 사람들은 대통령 후보를 가까이서 보는 데 익숙하지 않았기 때문에 열광했던 것일 수도 있다. 펜실베이니아 주의 코츠빌, 일리노이 주의 센트레일리아, 위스콘신 주의 프레이리 뒤 시앵, 캘리포니아 주의 월넛 그로브, 텍사스 주의 타일러, 조지아 주의 밸도스터, 노스캐롤라이나 주의 엘런 등이 그런 곳이다. 그러나 더 큰 이유는 우리의 버스가 국민과 선거운동을 연결시켰다는 것이다. 버스 유세는 서민적인 면과 앞을 향한 전진을 상징했다. 1992년에 미국인은 걱정을 하고 있었지만 그래도 희망적이었다. 우리는 그들의 두려움에 대해 언급하고, 그들의 지속적인 낙관주의가 정당하다고 말해주었다. 앨과 나는 마음에 드는 유세 패턴을 개발했다. 앨은 멈추는 곳마다 미국의 모든 문제를 나열한 다음에 이렇게 말했다. "내려간 것들은 다 올라가야 하고, 올라간 것들은 다 내려가야 합니다." 그런 다음 앨은 나를 소개하고, 나는 사람들에게 우리가 고치고자 하는 것을 이야기했다. 나는 이 버스 유세를 좋아했다. 우리는 버스를 타고 16개 주를 돌아다녔으며, 11월에 그 가운데 13개 주에서 승리를 거두었다.

1차 버스 유세 뒤에 이루어진 전국 여론조사에서는 내가 부시 대통령을 두 배의 지지율로 이기는 것으로 나왔지만, 나는 그 결과를 심각하게 받아들이지 않았다. 부시 대통령은 아직 선거운동을 시작도 안 한 셈이었기 때문이다. 그는 7월 마지막 주에 선거운동을 시작하자마자 잇따라 포문을 열었다. 그는 국방비 증액을 억제하려는 나의 계획으로 인해 수많은 일자리가 사라지게 될 것이며, 나의 의료보험 계획이 'KGB의 동정심을 바탕으로 이루어진' 정부 운영 프로그램이 될 것이며, 내가 '역사상 최대의 증세'를 원하고 있으며, 자신이 클린턴보다 대통령으로서 더 나은 '도덕적 품격'을 보여줄 것이라고 말했다. 그의 보좌관 메리 매틸런은 나를 '코를 훌쩍이는 위선자'라고 부름으로써 선거운동의 투견 경쟁에서 댄 퀘일을 밀어냈다. 나중에 선거운동에서 부시가 밀리자 부시에게서 임명을 받은 수많은 출세주의자들은 언론에 그것이 자신 아닌 모든 사람의 잘못이라고 이야기하기 시작했다. 그들 가운데 일부는 심지어 대통령을 비판하기까지 했다. 그러나 메리는 그렇지 않았다. 그녀는 끝까지 부시 곁을 떠나지 않았다. 얄궂게도 메리 매털린과 제임스 카빌은 약혼을 한 사이로, 곧 결혼할 예정이었다. 그들은 정치적 지향으로 보자면 양 극단에 서 있었음에도, 그들의 사랑이 그들의 삶에 양념 역할을 하며, 그들의 정치가 부시의 선거운동과 나의 선거운동 양쪽에 활기를 불어넣는다고 진심으로 믿는 사람들이었다.

8월 둘째 주에 부시 대통령은 제임스 베이커에게 국무장관직을 사임하고 백악관으로 돌아와 자신의 선거운동을 지휘해달라고 설득했다. 나는 베이커가 국무장관으로서 일을 잘했다고 생각했다. 다만 보스니아 문제만은 예외였다. 행정부가 인종 청소에 좀더 적극적으로 반대를 했어야 한다고 생각했기 때문이다. 나는 또 베이커가 부시의 선거운동을 좀더 효율적으로 정돈해줄 수 있는 훌륭한 정치가라는 것을 알고 있었다.

우리의 선거운동 역시 좀더 효율적으로 정돈할 필요가 있었다. 우리는 예비선거 일정을 중심으로 조직을 운영하여 후보 지명을 얻어냈다. 이제 전당대회가 끝났기 때문에, 단일한 전략 중심부를 가운데 두고 모든 힘들을 조율할 필요가 있었다. 폴 베걸러의 부인 다이앤은 첫 아이를 출산할 예정이었기 때문에 폴은 리틀록에 상근할 수가 없었다. 그래서 나는 내키지 않았지만, 조지 스테파노풀로스를 선거운동 비행기에서 내리게 했다. 조지는 24시간 뉴스 사이클이 어떻게 돌아가는지 정확하게 파악하고 있었으며, 이제는 좋은 기사를 즐기는 것만이 아니라 나쁜 보도와 싸울 줄도 알았다. 그가 리틀록 본부로 가줄 적임자였다.

제임스는 「아칸소 가제트」 건물의 옛 편집실에 정치, 홍보, 연구 등 선거운동의 모든 요소를 통합한 커다란 열린 공간을 마련해두었다. 그는 이곳에서 장벽을 부수고, 동지애적인 분위기를 이끌어냈다. 힐러리는 이곳이 '상황실' 같다고 했으며, 그 뒤로 이것이 그 방의 별칭이 되었다. 카빌은 누구나 기억할 수 있도록 벽에 우리 선거운동의 핵심을 요약한 구호를 붙여놓았다. 그것은 딱 세 줄이었다.

변화 대 같은 것의 반복

경제가 문제란 말이다, 이 바보야

의료보험을 잊지 마라

카빌은 또 티셔츠에 인쇄한 구호에서 선거의 주요 전술을 요약해놓았다. '속도가 부시를 죽인다' (과속 경고 표어를 흉내낸 것—옮긴이주). 상황실에서는 매일 오전 7시와 오후 7시에 회의가 열려, 스탠 그린버그의 간밤의 여론조사, 프랭크 그리어의 최신 광고, 뉴스, 부시의 공격을 평가하고, 공격과 상황 전개에 대한 대응 방법을 구상했다. 한편 젊은 자원봉사자들이 24시간 일하면서 위성방송으로부터 얻을 수 있는 정보는 다 끌어 모으고, 컴퓨터를 이용해 뉴스와 다른 당의 활동을 추적했다. 지금은 모두가 하는 것이지만, 당시만 해도 새로운 방법이었다. 이렇게 새로운 테크놀로지를 이용해야만 카빌의 목표인 집중과 속도에 부응할 수 있었다.

일단 하고 싶은 말이 생기면 우리는 언론만이 아니라 각 주의 '신속대응' 팀들에 메시지를 내보냈다. 신속대응팀이 하는 일은 그 메시지를 우리 지지자와 지방 언론에 전달하는 것이었다. 우리는 이런 일상 업무를 맡겠다고 동의한 사람들에게 '신속대응팀'이라고 적힌 배지를 보내주었다. 선거운동이 끝날 무렵에는 수천 명이 그 배지를 달고 있었다.

카빌이나 스테파노풀로스, 또는 누구든 그날 자리에 있는 사람은 나에게 아침 브리핑을 할 때 우리가 어느 지점에 와 있는지, 할 일이 무엇인지 정확하게 정리해서 이야기를 할 수 있었다. 내가 다른 의견을 내면 논쟁을 했다. 긴급한 정책이나 전략적 결정 사항이 있으면 내가 결정을 했다. 그러나 대부분의 경우 나는 그들의 일솜씨에 감탄하며 듣고 있기만 했다. 가끔 나는 수사만 길고 논거나 알맹이는 부족한 연설이라든가 지나치게 빡빡한 일정(사실 이것은 그들의 잘못이라기보다는 내 잘못이었다) 같은 마음에 들지 않는 문제에 대해 불평을 했다. 알레르기와 피로 때문에 나는 아침에는 심하게 투덜거리는 편이었다. 다행히도 카빌과 나는 주파수가 맞았기 때문에, 그는 내가 진짜로 화를 내는 것인지 아니면 그냥 김을 좀 빼는 것인지 잘 알았다. 나와 이야기를 하던 다른 사람들도 차츰 그것을 이해하게 되었던 것 같다.

공화당은 8월 셋째 주에 휴스턴에서 전당대회를 열었다. 보통 한 당이 전당대회를 열면 다른 당은 입을 다문다. 나는 일반적인 관행에 따라 자세를 낮추지만, 우리의 신속대응 작전은 그대로 운영해나가기로 했다. 그럴 수밖에 없었다. 공화당은 부엌의 개수대라도 나에게 집어던지려 했기 때문이다(생각할 수 있는 것은 뭐든지 다 한다는 뜻—옮긴이주). 그들은 훨씬 뒤처져 있었다. 그들의 화전火田식 선거운동은 1968년 이후 모든 선거에서 효과를 거두었다. 워터게이트에 뒤이은 카터 대통령의 2포인트 차 승리 때만 예외였다. 우리는 신속대응팀을 통해 공화당의 공격이 거꾸로 그들에게 돌아가도록 하기로 결정했다.

8월 17일, 공화당 전당대회가 열렸을 때 나는 20포인트 앞서고 있었다. 18개 기업의 최고경영자가 나를 지지한다고 발표함으로써 우리는 그들의 퍼레이드에 비를 좀 퍼부어주었다. 그들에게 타격을 줄 만한 소식이었지만, 공화당은 그들의 경기 계획대로 밀고 나갔다. 그들은 나를 '바람둥이', '병역 기피자'라고 부르기 시작했다. 자식이 부모의 훈계가 마음에 들지 않으면 언제든지 부모를 고소하게 하여 미국의 가족을 파괴하려 한다고 힐러리를 비난했다. 특히 부통령의 부인 매럴린 퀘일이 힐러리가 '가족 가치'를 무너뜨리려 한다면서 비판을 하고 나섰다. 그 비판은 힐러리가 법대에 다닐 때 쓴 글을 제멋대로 왜곡해서 읽은 것에 근거하고 있었다. 힐러리는 미성년 아동은 학대나 심각한 방기의 경우 그들의 부모로부터 독립할 법적 권리가 있다고 주장했다. 제대로만 읽는다면 미국인 대부분이 동의할 내용이었다. 그러나 물론 그 글을 읽은 사람은 거의 없었기 때문에 그 비판을 들은 사람들은 그것이 사실인지 아닌지 알 수가 없었다.

공화당 전당대회 첫날 가장 주목을 받은 인물은 팻 부캐넌이었다. 부캐넌은 나에 대한 공격으로 대의원들을 흥분의 도가니로 몰아넣었다. 그는 부시 대통령이 동유럽 해방을 주도한 반면 나의 외교정책 경험은 "인터내셔널 하우스라는 이름이 붙은 팬케이크 식당에서 아침식사를 한 번 한 것밖에 없으며", 민주당 전당대회는 "급진주의자와 자유주의자들이…… 온건파와 중도파의 옷을 입고 나온 것으로 미국 정치사에서 남의 옷을 입은 모습을 그렇게 대규모로 과시하기는 이번이 처음"이라고 말했다. 이 두 대목이 내가 보기에는 가장 괜찮았다. 여론조사에서는 부캐넌이 부시에게 도움이 되지 않은 것으로 나왔지만, 나는 생각이 달랐다. 그의 임무는 변화를 원하는 보수주의자들이 나에게 투표하는 것을 막아 우익의 손해를 줄이려는 것이었으며, 그는 실제로 그 일을 잘해냈다.

클린턴 때리기는 전당대회 내내 계속되었다. 그러나 우리의 신속대응팀들도 응사를 했다. 팻 로버트슨 목사는 나를 '교활한 윌리'라고 부르면서, 나에게 미국 가족을 파괴할 급진적 계획이 있다고 말했다. 그러나 하나님이 우익 공화당원이라는 것을 로버트슨이 알아내기 전부터 나는 복지제도 개혁을 지지해왔기 때문에 그 비난은 웃음거리였다. 신속대응팀은 바로 맞받아쳤다. 그들은 또 힐러리가 가족 가치를 파괴한다는 공격에도 훌륭하게 대처했다. 그들은 공화당이 힐러리를 다루는 방식을 4년 전 윌리 호턴이 듀카키스를 다루던 방식과 비교했다.

우리는 공화당원들이 나를 공격하는 것은 오로지 권력을 놓치고 싶지 않기 때문이고, 우리는 미국의 문제를 공격할 권력을 원할 뿐이라고 일관되게 주장했다. 그 주장을 강화하기 위해, 앨, 티퍼, 힐러리, 나는 8월 18일에 카터 대통령 부부와 저녁식사를 했다. 그리고 다음 날(티퍼와 나의 생일이었다) 모두 '사랑의 집짓기' 회원들과 함께 집을 지었다. 지미와 로절린 카터는 오랫동안 사랑의 집짓기 운동을 지원해왔다. 르네상스 위켄드에서 만난 우리의 친구 밀러드 풀러가 창안한 사랑의 집짓기 운동은 자원활동가들이 가난한 사람들과 함께 그들을 위한 집을 지었다. 가난한 사람들은 자재비만 냈다. 이 조직은 이미 미국에서 가장 큰 주택 건설 조직의 하나가 되었으며, 다른 나라로도 확산되고 있었다. 우리가 한 일은 공화당의 시끄러운 공격과 완벽한 대조를 이루었다.

부시 대통령은 자신이 지명되던 날 밤 전당대회장을 깜짝 방문했다. 나와 마찬가지로 미국 대표처럼 보이는 그의 가족을 모두 데리고 나왔다. 다음 날 밤 그는 하나님, 국가, 가족으로 자신을 감싸면서, 나는 안타깝게도 그런 가치들을 받아들이지 않는다고 주장했다. 그는 또 자신이 휘발유세 인상안이 들어 있는 적자 축소 법안에 서명하는 실수를 했는데, 재선되면 다시 세금을 줄이겠다고 말했다. 내가 보기에 그의 연설 가운데 가장 뛰어난 대목은 내가 미국을 '하트브레이크 호텔'(엘비스 프레슬리의 노래 제목으로, 하트브레이크는 상심이라는 뜻—옮긴이주)로 데려가기 위해 '엘비스 경제학'을 이용할 것이라고 말한 부분이었다. 그는 자신의 제2차 세계대전 복무와 나의 베트남전 반대를 대비시키면서, "내가 총알을 물 때(이를 악물고 견딘다는 뜻—옮긴이주) 클린턴은 못을 물었다(안절부절 못 한다는 뜻—옮긴이주)"고 말했다.

이제 공화당은 미국을 향해 마음껏 할 말을 다 했다. 사람들은 그들이 너무 부정적이고 극단적이라고 생각했지만, 여론조사를 보면 그들이 상당히 따라잡았다는 것을 알 수 있었다. 어떤 여론조사에서는 10포인트 차이로 줄었다고 나왔고, 어떤 조사에서는 5포인트 차이로 줄었다고 나왔다. 나는 그것이 사실에 가깝다고 보았다. 그리고 만일 내가 토론을 망치거나 다른 실수를 하지만 않는다면, 최종적인 차이도 두 여론조사가 보여준 것 중간쯤 될 것이라고 생각했다.

부시 대통령은 자신의 선거운동을 1948년 해리 트루먼의 기적적인 역전승과 비교하면서 의기양양한 모습으로 휴스턴을 떠났다. 그는 또 전국을 돌아다니며 오직 현직 대통령만이 할 수 있는 일을 했다. 표를 얻기 위해 연방의 돈을 쓰기 시작한 것이다. 그는 플로리다 남부를 강타한 허리케인 앤드루의 피해자와 밀 농부들에게 지원을 약속했으며, 대만에 F-16 전투기 150대, 사우디아라비아에 F-15 전투기 72대를 팔겠다고 제안하여 중요한 주들에 자리 잡은 방위산업체의 일자리를 줄이지 않겠다는 의지를 보여주었다.

8월 말, 우리 둘은 시카고에서 열린 미국재향군인회 대회에 참석했다. 부시 대통령은 퇴역 군인으로서 동료들로부터 당연히 큰 환영을 받았다. 나는 징병 문제와 베트남전 반대 문제를 정면 돌파함으로써 예상보다 선전했다. 나는 여전히 베트남전쟁은 잘못이라고 믿는다고 하면서 이렇게 덧붙였다. "여러분이 23년 전에 일어난 일 때문에 나에게 표를 주지 않는다 해도, 그것은 미국 국민으로서 여러분의 권리이며 나는 그것을 존중합니다. 그러나 내 희망을 말하자면, 나는 여러분이 미래를 바라보면서 표를 던지기를 바랍니다." 나는 보훈부의 지도부를 새로 구성하겠다고 약속하여 박수갈채를 받기도 했다. 그 책임자가 퇴역 군인들 사이에 인기가 없었기 때문이다.

재향군인회 집회 뒤에 나는 경제와 사회 정책에서 미국의 방향을 바꾸겠다는 메시지로 돌아갔다. 미국에서 부익부 빈익빈 현상이 벌어지고 있다는 것을 보여주는 새로운 연구를 제시하여 나의 주장을 강화하기도 했다. 9월 초 나는 중요한 환경단체인 '시에라 클럽'과 '환경보호유권자연맹'의 지지를 받았다. 이어 허리케인 앤드루의 피해를 살펴러 플로리다로 갔다. 부시 대통령이 다녀가고 나서 며칠 뒤였다. 나는 주지사로서 홍수, 가뭄, 토네이도 등 수많은 자연재해를 경험했지만, 그런 피해는 본 적이 없었다. 비에 젖은 집의 파편들로 어지러운 거리를 걷다가, 연방재난관리청FEMA이 허리케인 후유증을 다루는 방식에 대한 지방 공무원과 주민의 불평을 듣고 깜짝 놀랐다. 전통적으로 대통령은 좋은 직책을 원하지만 긴급사태에는 경험이 없는 정치적 지지자를 연방재난관리청장 자리에 임명했다. 나는 당선이 되면 그런 실수는 저지르지 않겠다고 머릿속에 새겨놓았다. 유권자들이 재해 대처 능력을 보고 대통령을 뽑는 것은 아니지만, 재해와 직면하면 그것이 곧바로 그들의 삶에서 가장 중요한 문제가 되어버리기 때문이다.

전통적으로 총선거운동이 시작되는 노동절에 나는 노동자들에게 우리의 대의를 알리러 해리 트루먼의 고향 미주리 주 인디펜던스를 찾아갔다. 트루먼의 딸 마거릿은 집회에서 조지 부시가 아니라 내가 그녀 아버지의 유산의 정당한 상속자라고 말함으로써 나를 도와주었다.

9월 11일에는 인디애나 주 사우스벤드에 가서 미국의 가장 유명한 가톨릭 대학인 노트르담의 학생과 교수들에게 연설을 했다. 같은 날 부시 대통령은 버지니아에 가서 보수적인 '기독교연합'에서 연설을 했다. 나는 전국의 가톨릭이 두 행사를 눈여겨볼 것임을 알았다. 교회의 성직자들은 낙태 반대라는 부시의 입장을 지지했지만, 나는 경제적·사회적 정의라는 문제에서 가톨릭의 입장에 훨씬 더 다가가 있었다. 노트르담 연설은 역할만 바뀌었다 뿐이지, 1960년 존 케네디가 남부 침례교 목사들에게 한 연설과 아주 비슷했다. 독실한 가톨릭교도인 폴 베걸러가 나의 연설 준비를 도와주었으며, 보스턴 시장 레이 플린과 해리스 워퍼드 상원의원이 동행하여 정신적으로 지원해주었다. 나는 연설의 중간쯤에 이르렀을 때 내 말이 어떻게 받아들여질지 짐작할 수 있었다. "우리는 모든 사람에게 반영된 하나님의 형상을 존중해야 합니다. 따라서 우리는 그들의 자유를 소중하게 여겨야 합니다. 단지 정치적 자유가 아니라, 가족과 철학과 신앙 문제에서 양심의 자유를 귀하게 여겨야 합니다." 내가 그렇게 말하자 청중은 기립 박수로 화답했다.

나는 노트르담에서 서쪽으로 갔다. 솔트레이크시티에서는 주방위군 대회에서 이야기를 했다. 그들은 나를 환영했는데, 그것은 내가 아칸소 주방위군을 잘 이끌었다는 평판을 얻고 있었고, 하원 군사위원회의 존경받는 위원장인 레스 애스핀 하원의원이 나를 소개해주었기 때문이다. 오리건 주 포틀랜드에서는 놀라운 집회가 열렸다. 만 명 이상의 군중이 시내 거리를 꽉 메웠고, 많은 사람들이 사무실 창문 밖으로 몸을 내밀었다. 연설을 하는 도중 지지자들은 장미 수백 송이를 연단에 던졌다. 오리건의 '장미 도시' 다운 멋진 행동이었다. 나는 행사 뒤에도 한 시간 이상 거리를 돌아다니면서 수많은 사람들과 악수를 했다.

9월 15일, 전통적으로 공화당을 지지하던 실리콘밸리의 하이테크 산업지도자들 30명이 나를 지지한 덕분에 서부 유세 여행은 큰 힘을 얻었다. 나는 그 전 12월부터 애플컴퓨터의 부사장인 데이브 배럼의 도움을 얻어 실리콘밸리의 문을 두드렸다. 데이브는 옥스퍼드 시절 내 친구인 아이러 매거지너가 선거운동에 끌어들였다. 아이러는 하이테크 회사 임원들과 일을 해본 경험이 있어 배럼이 민주당 지지자라는 것을 알고 있었다. 그러나 배럼의 공화당계 동료들 다수도 그와 마찬가지로 부시 행정부 경제 정책에 환멸을 느끼고, 실리콘밸리 사업가들의 폭발적 잠재력이 제대로 평가받지 못하는 현실에 불만을 품고 있었다. 「산호세 머큐리 뉴스San Jose Mercury News」에 따르면 내가 처음 그쪽으로 유세 여행을 가기 며칠 전 부시 대통령의 무역 대표 칼라 힐스는 "미국이 감자 칩을 수출하든 실리콘 칩을 수출하든 차이가 없다"는 입장을 밝혔다. 그러나 하이테크 회사 임원들은 생각이 달랐고, 나 역시 생각이 달랐다.

　나를 지지해준 사람들 가운데는 휴렛팩커드 사장 존 영, 애플컴퓨터 회장 존 스컬리, 투자은행가 샌디 로버트슨과 같은 유명한 공화당원들이 있었고, 당시 실리콘밸리에는 소수였던 공개적인 민주당 지지자 레지스 매케너도 있었다. 산호세의 실리콘밸리 테크놀로지 센터에서 열린 회의에서 나는 국가 테크놀로지 정책을 발표했다. 데이브 배럼의 도움을 얻어 몇 달간에 걸쳐 입안한 정책이었다. 나는 과학과 테크놀로지 연구 개발(실리콘밸리에 중요한 구체적인 프로젝트들이 거론되었다)에 더 큰 투자가 필요하다고 강조하면서, 정부-산업 동반자 관계를 기피하던 부시 행정부와는 반대되는 입장을 내걸었다. 당시 일본과 독일은 경제에서 미국보다 앞서 있었다. 그들의 정부 정책이 성장 잠재력이 큰 영역에 맞추어져 있다는 것도 중요한 이유였다. 반대로 미국의 정책은 석유와 농업처럼 정치적으로 힘이 있는 기존의 이익집단들을 지원하고 있었다. 그런 부문도 중요하기는 했지만, 새로운 일자리와 사업가들을 만들어내는 면에서는 하이테크 산업보다 잠재력이 훨씬 약했다. 하이테크 산업 지도자들의 발표는 우리의 선거운동에 엄청난 힘이 되었다. 그것은 내가 친노동자적인 동시에 친기업적이라는 주장에 신뢰를 보내주었으며, 나를 긍정적인 변화와 성장을 맨 앞에서 대표하는 경제 세력과 연결시켜 주었다.

　내가 경제 재건과 의료보험 개혁에 대한 지지를 호소하는 동안, 공화당은 나를 중상하기 위해 안간힘을 썼다. 부시 대통령은 전당대회 연설에서 내가 아칸소에서 세금을 128번 올렸고, 그것을 매번 즐거워했다고 비난했다. 「뉴욕 타임스」가 그것을 '거짓'이라고 지적했고, 「워싱턴 포스트」가 매우 '과장되어 있고 터무니없다'고 논평했고, 심지어 「월스트리트 저널」마저도 '오도하고 있다'고 주장했음에도, 9월 초 부시 선거운동본부는 그 비난을 되풀이했다. 부시가 말한 명단에는 중고차 상인들의 2만5천 달러 보증금, 미인대회에 내는 약간의 세금, 유죄판결을 받은 범죄자에게 부과되는 1달러의 법정 비용 등도 포함되어 있다. 보수주의적인 칼럼니스트 조지 윌은 부시 대통령의 기준에 따르면 "부시 자신이 4년 동안 올린 세금 종류가 클린턴이 10년 동안 올린 세금 종류보다 더 많다"고 말했다.

부시 선거운동본부는 9월 나머지 기간을 나의 징병 문제 공격에 할애했다. 심지어 가족의 배경을 이용하여 주방위군으로 빠짐으로써 베트남을 피했던 댄 퀘일마저 그 문제를 가지고 마음껏 나를 비난했다. 부통령의 요점은 언론이 나에 대해서는 4년 전에 자신에게 했던 것과 같은 정밀 조사를 하지 않는다는 것이었다. 아마 그는 뉴햄프셔와 뉴욕에서 나온 뉴스를 듣지 못했던 모양이다.

나는 징병 공격에 대응하는 데 주변에서 중요한 도움을 받기도 했다. 9월 초, 명예훈장 수훈자로서 예비선거 때 나와 경쟁하기도 했던 밥 케리 상원의원은 그 문제가 쟁점이 되어서는 안 된다고 말했다. 이어 18일에 아칸소 주지사 관저 뒤뜰에서 레이건 대통령 밑에서 합동참모본부장을 지냈고 부시 밑에서도 잠시 같은 직책을 맡았던 빌 크로 제독이 주는 지지선언서를 받았다. 나는 크로의 남부인 특유의 솔직한 태도에 크게 감명을 받았으며, 깊이 사귄 사이도 아니면서 믿음이 간다는 이유로 위험을 무릅쓴 것에 감사했다.

부시와 내가 하고 있는 일의 정치적 영향은 불확실했다. 부시의 전당대회 효과는 어느 정도 가라앉았다. 9월 내내 여론조사는 내가 9퍼센트에서 20퍼센트 사이를 오가며 앞서고 있음을 보여주었다. 이제 선거운동의 기본 구도는 자리가 잡혔다. 부시는 가족 가치와 신뢰성을 대표한다고 주장했으며, 나는 경제적·사회적 변화를 옹호했다. 그는 내가 신뢰할 수 없고 가족 가치를 무너뜨린다고 말했으며, 나는 그가 미국을 분열시키고 우리를 퇴보시킨다고 말했다. 상당수의 유권자들이 아직 결정을 내리지 못하고 갈등하고 있었다.

쟁점을 둘러싼 공방 외에 토론회를 놓고도 논란이 벌어졌다. 초당파적인 전국위원회는 각기 다른 형식으로 세 번 토론회를 열 것을 제안했다. 나는 즉시 받아들였지만, 부시 대통령은 위원회의 토론 형식이 마음에 들지 않는 것 같았다. 나는 그가 토론회에 반대하는 진짜 이유는 자신의 실적을 옹호할 자신이 없기 때문이라고 주장했다. 이런 의견 차이는 거의 한 달 동안 해소되지 않았으며, 이 때문에 예정된 세 번의 토론회는 모두 취소되었다. 나는 매번 토론회가 열리기로 예정되었던 도시로 가서, 실망한 시민들에게 그들의 도시가 전국적인 무대가 될 기회를 누가 앗아갔는지 분명하게 보여주었다.

9월에 우리에게 일어난 최악의 일은 정치적인 일이라기보다는 개인적인 일이었다. 론 브라운이 민주당의 선거운동과 우리의 선거운동을 조율하기 위해 리틀록으로 파견한 아일랜드계의 노련한 조직가 폴 털리가 호텔 방에서 급사한 것이다. 겨우 마흔여덟 살이었다. 노련한 프로 정치가인 털리를, 우리 모두 좋아하고 그에게 의지하고 있었다. 이제 결승점 앞의 직선 코스에 들어섰는데, 우리 지도자 가운데 또 한 사람이 사라진 것이다.

그달 말에 놀라운 상황이 벌어졌다. 로스앤젤레스 레이커스의 올스타 가드 출신이자 에이즈 환자인 어빈 '매직' 존슨이 갑자기 에이즈 전국위원회에서 사퇴하고 나를 지지한 것이다. 부시 행정부가 에이즈 문제에 관심을 가지지 않고 아무런 조치도 취하지 않는 것을 참을 수 없었기 때문이다. 부시 대통령은 토론회에 대해 마음을 바꾸어, 네 차례의 토론을 하자고 제안했다. 그리고 놀랍게도 로스 페로가 대통령 선거에 다시 뛰어드는 문제를 고려 중이라고 발표했다. 부시 대통령이나 나에게는 적자를 줄일 진지한 계획이 없다는 것이 그 이유였다. 그는 부시의 증세를 하지 않겠다는 약속을 비판하고, 내가 돈을 너무 많이 지출하고 싶어 한다고 비판했다. 페로는 두 선거운동본부에 그 문제를 토론하자고 제안하면서, 자신에게 대표를 보내라고 했다.

페로가 다시 선거전에 뛰어들 경우 누가 더 불리해질지 예측할 수 없었다. 부시나 나나 그가 출마하지 않을 경우 자신을 지지해주기를 바랐다. 그래서 두 선거운동본부는 페로에게 고위 팀을 보냈다. 사실 우리 쪽에서는 불편해했다. 그가 이미 출마를 결심했고, 이 토론회가 자신의 입지를 강화시키기 위한 무대에 지나지 않는다고 생각했기 때문이다. 그러나 나는 우리가 계속 그에게 손을 내밀고 있어야 한다고 판단했다. 로이드 벤슨 상원의원, 미키 캔터, 버넌 조던이 나를 대신해서 페로에게 갔다. 그들은 따뜻한 영접을 받았다. 부시 쪽 사람들도 마찬가지였다. 페로는 두 그룹으로부터 많은 것을 배웠다고 발표했다. 이윽고 이틀 뒤인 10월 1일, 페로는 자신의 자원봉사자들의 '하인'으로서 다시 대통령 선거전에 뛰어들 수밖에 없다고 발표했다. 7월에 출마를 포기한 것이 페로에게는 큰 도움이 되었다. 그가 선거전에서 빠진 10주 동안, 지난 봄 그와 부시 사이의 우스꽝스런 싸움에 대한 기억은 희미해졌고, 대신 국민의 마음에는 대통령과 내가 서로에게서 들추어낸 문제들이 새롭게 자리 잡고 있었기 때문이다. 게다가 이제 우리 둘이 그에게 노골적으로 구애를 했기 때문에, 유권자와 언론은 그를 훨씬 더 진지하게 받아들이게 되었다.

페로가 다시 선거전에 복귀하면서, 우리는 마침내 부시 쪽 사람들과 토론회에 합의를 보게 되었다. 세 번의 토론회, 그리고 한 번의 부통령 후보 토론회를 10월 11일부터 19일 사이의 9일 안에 다 집어넣기로 했다. 1차, 3차 토론회 때는 기자들로부터 질문을 받기로 했다. 2차 토론회 때는 시민 대표자 회의를 열어, 국민으로부터 질문을 받기로 했다. 처음에 부시 쪽에서는 페로가 토론회에 들어오는 것을 원치 않았다. 페로가 부시를 공격할 것이고, 그가 얻는 추가의 표는 나를 지지할 사람보다는 부시를 지지할 사람으로부터 가져갈 것이라고 생각했기 때문이다. 나는 페로가 참가하는 데 반대하지 않는다고 말했다. 페로가 부시에게 더 피해를 줄 것이라고 생각했기 때문이 아니라(나는 그렇게 믿지 않았다) 결국 그가 포함될 수밖에 없을 바에야 겁쟁이처럼 보이고 싶지 않았기 때문이다. 10월 4일, 양쪽 선거운동본부는 토론회에 페로를 초대하기로 합의했다.

1차 토론회 전 주에 나는 마침내 부시 행정부가 캐나다, 멕시코와 협상을 해오던, 논란이 많았던 북미자유무역협정을 지지하기로 했다. 그러면서 멕시코의 기본적인 노동과 환경 기준을 정하는 부속 협정 문제를 협상하고 싶다는 단서를 달았다. 나의 노동계 지지자들은 미국의 저임금 제조업 일자리를 멕시코에 빼앗길 것이라고 걱정하여 나의 입장에 강력하게 반대했지만, 나는 경제적 이유에서나 정치적 이유에서나 그것을 받아들일 수밖에 없다고 생각했다. 나는 본래부터 자유무역 지지자였다. 그리고 북반구의 장기적인 안정을 보장하기 위해서는 미국이 멕시코의 경제 성장을 지원해야 한다고 생각했다. 이틀 뒤 노벨상 수상자 9명을 포함한 550명 이상의 경제학자들이 나의 경제 프로그램을 지지하면서, 나의 계획이 부시 대통령의 제안들보다 경제를 회복시킬 가능성이 크다고 말했다.

내가 토론회를 앞두고 경제에 집중하겠다고 결심하고 있을 때, 부시 캠프에서는 나의 자질과 정직성 문제를 계속 공격하기로 작정하고 있었다. 그들은 메릴랜드 주 수틀랜드의 국립기록보관소에 1969년에서 1970년에 내가 40일간의 북유럽, 소련, 체코슬로바키아 여행을 했던 일과 관련하여 여권 서류 정보를 모두 조사해 달라고 요청했다. 내가 반전활동을 위해 모스크바에 갔다거나 징병을 피하기 위해 다른 나라 시민권을 신청하려 했다는 거짓 소문을 추적하려는 것 같았다. 10월 5일에는 연방수사국 서류들이 조작되었다는 보도가 나왔다. 여권 이야기는 한 달 내내 끌었다. 연방수사국은 서류가 조작된 적이 없다고 말했지만, 부시 선거운동본부는 좋지 않은 영향을 받았다. 국무부의 한 고위 정무직 인사는 1억 건 이상의 서류를 보관하고 있는 국립기록보관소에 내 서류에 대한 검색을 먼저 들어온 2,000건보다 먼저 처리하라고 압력을 넣었다. 아마 정상적인 경우라면 몇 달이 걸렸을 것이다. 부시가 임명한 관리는 또 런던과 오슬로의 미국대사관에 명령해 나의 징병과 시민권에 관한 정보를 '매우 철저하게' 검색하라고 명령했다. 시간이 지나자 어머니의 여권 서류도 검색했다는 사실이 드러났다. 아무리 편집증에 걸린 우익이라 하지만 경마를 좋아하는 아칸소 출신의 시골 여자가 국가 전복을 시도했다고 의심한다는 것은 상상하기 힘든 일이었다.

나중에 부시 쪽 사람들은 존 메이저 정부에도 영국 체재기간 중 나의 활동에 대한 조사를 요청했다는 사실이 밝혀졌다. 언론 보도에 따르면 토리당 정부는 그 요청을 받아들였다고 한다. 물론 그들은 이민 귀화 서류에 대한 '포괄적'이지만 아무런 성과가 없었던 조사가 언론의 문의에 따른 것이라고 주장했다. 그러나 나는 그들이 그 이상의 일을 했다는 것도 알고 있다. 데이비드 에드워즈의 친구는 영국 공무원들이 그를 찾아와 그 시절에 데이비드와 내가 무엇을 했느냐고 물었다고 전해주었다. 토리당 선거전략가 두 사람이 워싱턴에 오기도 했다. 6개월 전 보수당이 노동당 당수 닐 키녹을 무너뜨렸듯이 부시 선거운동본부가 나를 무너뜨릴 방법을 조언하기 위해서였다. 선거 뒤에 영국 언론은 영국이 전례 없이 미국 정치에 개입하는 바람에 양국의 특수 관계가 훼손되었다고 개탄했다. 나는 그런 일 때문에 미-영 관계가 영향을 받아서는 안 된다고 생각했지만, 토리당이 한동안 걱정하는 것까지 말릴 생각은 없었다.

언론은 여권을 둘러싼 탈선적 행위를 격렬하게 비난했다. 앨 고어는 그것을 '매카시적 권력 남용'이라고 불렀다. 그러나 부시 대통령은 물러서지 않고 계속 나에게 모스크바 여행에 대해 설명하라고 요구하면서 나의 애국심에 의문을 제기했다. 나는 CNN의 래리 킹과 인터뷰를 하면서, 조국을 사랑하며 미국 시민권을 포기할 생각을 해본 적이 없다고 말했다. 나는 국민이 여권 사태에 대해 어느 쪽으로든 큰 관심을 가졌다고 생각하지 않았다. 하지만 나는 그 일 전체가 재미있게 느껴졌다. 물론 그것은 권력 남용이었지만, 이란-콘트라에 비하면 아주 작은 남용이었다. 그것은 부시 쪽 사람들이 권력에 얼마나 필사적으로 매달리는지, 미국의 장래를 위해 내놓을 내용이 얼마나 적은지 보여줄 뿐이었다. 그들이 엉뚱한 나무를 보고 짖어대는 개처럼 선거운동의 마지막 달을 보낼 생각이라면, 나야 그 이상 좋을 것이 없었다.

1차 토론회를 며칠 앞두고 나는 열심히 준비했다. 나는 브리핑 책자들을 열심히 읽었고, 모의 토론회에도 여러 번 참석했다. 워싱턴의 변호사 밥 베닛이 부시 대통령 역을 맡았다. 그는 4년 전에도 듀카키스를 위해 같은 역할을 연기한 적이 있었다. 페로 역은 오클라호마의 마이크 사이너 하원의원이 맡았다. 그는 로스의 말투와 악센트를 그대로 흉내냈다. 밥과 마이크는 매번 토론회가 열릴 때마다 예행연습에서 나를 강하게 몰아붙여 녹초로 만들었다. 나는 예행연습이 끝날 때마다 그들과 토론을 하지 않는 것이 다행이라는 생각이 들었다. 만일 그랬다면 선거 결과가 달라졌을지도 모른다.

마침내 1차 토론회가 10월 11일 일요일에 세인트루이스의 워싱턴 대학에서 열렸다. 힐러리와 나의 17번째 결혼기념일이었다. 나는 그날 아침 「워싱턴 포스트」와 「루이스빌 쿠리어-저널Louisville Courier-Journal」이 나를 지지한 것에 고무되어 토론회장으로 들어갔다. 「워싱턴 포스트」는 사설에서 이렇게 말했다. '이 나라는 지쳤고 표류하고 있다. 새로 힘을 충전하고 새로운 방향을 제시받는 것이 절실하게 필요하다. 그렇게 할 수 있는 가능성이 있는 후보는 빌 클린턴뿐이다.' 그것이 바로 내가 토론회에서 이야기하고 싶은 것이었다. 그러나 여론조사에서 앞서나가고 「워싱턴 포스트」가 나를 지지했음에도, 나는 신경이 곤두서 있었다. 나는 잃을 것이 가장 많은 후보였기 때문이다. 새로운 갤럽 여론조사에서 응답자의 44퍼센트는 내가 토론에서 이길 것이라고 예상했고, 30퍼센트는 토론회를 보고 후보를 결정할 것이라고 대답했다. 부시 대통령과 그의 조언자들은 그 30퍼센트에게 영향을 주는 방법이 이른바 자질 문제로 사람들 머리를 두드려 그 메시지를 주입하는 것이라고 판단했다. 이제 대통령은 징병, 모스크바 여행, 시민권 소문에 덧붙여, '우리 젊은이들이 머나먼 곳에서 죽어가는 판에' 나는 런던에서 '미합중국에 반대하는' 시위에 참가했다고 공격하고 있었다.

토론회에서 기자들은 돌아가며 질문을 하고, 〈맥닐/레러 뉴스아워The MacNeil/Lehrer NewsHour〉의 짐 레러가 사회를 보기로 했다. 페로는 세 명의 기자 가운데 한 사람으로부터 첫 질문을 받았다. 그가 다른 두 후보와 무엇이 다르냐는 질문이었다. 페로는 2분 안에 답변을 마쳐야 했다. 페로는 자신이 정당이나 특수 이익집단이 아니라 국민의 지지를 받는다고 말했다. 부시와 나는 1분 동안 답변할 수 있었다. 나는 변화를 대표한다고 말했다. 대통령은 경험이 있다고 말했다. 이어 우리는 경험 문제에 대해 토론했다. 그 다음에 부시에게 기다리던 기회가 주어졌다. "당신을 다른 두 사람과 구분하는 중요한 자질이 무엇이 있습니까?" 그는 징병 문제로 나를 공격했다. 페로는 부시가 어린 학생이 아니라 성숙한 어른으로서 백악관에서 실수를 저질렀다고 대답했다. 나는 부시의 아버지가 코네티컷 주의 상원의원 시절 충성스러운 미국인들의 애국심을 의심하던 조 매카시 상원의원을 비판한 것은 옳은 일인 반면 부시 대통령이 나의 애국심을 공격하는 것은 잘못된 일이며, 미국은 나라를 분열시키는 대통령이 아니라 통합하는 대통령을 원한다고 말했다.

우리는 그런 식으로 한 시간 반 동안, 세금, 국방, 적자, 실업, 경제 변화, 외국 정책, 범죄, 보스니아, 가족의 정의, 마리화나 합법화, 인종분열, 에이즈, 메디케어, 의료보험 개혁에 대해 토론을 했다.

우리 모두가 그런 대로 잘했다. 토론이 끝난 뒤 각 후보의 응원 부대가 각 언론에 등장하여 왜 자기 후보가 이겼는지 이야기했다. 나에게는 마리오 쿠오모, 제임스 카빌, 빌 브래들리 상원의원 등 세 명의 훌륭한 응원군이 있었다. 부시 대통령의 열광적 지지자 가운데 한 사람인 찰리 블랙은 징집 문제로 나를 공격하는 새로운 텔레비전 광고를 볼 것을 권했다. 응원군은 토론회에 대한 뉴스에 어느 정도 영향을 줄 수는 있었지만, 토론회를 본 사람들은 이미 의견을 굳히고 있었다.

모든 것을 고려할 때 나는 구체적인 것과 논거라는 면에서는 답을 제일 잘했지만, 자신을 서민적이고 편안한 모습으로 제시하는 데는 페로가 더 나았다고 생각했다. 부시가 페로는 정부 일을 해본 경험이 없다고 하자, 페로는 부시의 말에 "일리가 있다"고 하면서 이렇게 덧붙였다. "나는 빚을 4조 달러로 늘려본 경험은 없습니다." 페로는 귀가 커다란 주전자 같았는데, 이것은 짧게 깎은 머리 때문에 더 두드러져 보였다. 그는 적자에 대해 말하면서, 그것을 없애려면 '세금을 거두어야 하지만', 만일 그보다 더 좋은 생각이 있다면 '내 귀뿐' (귀담아 듣겠다는 뜻—옮긴이주)이라고 말했다. 페로와는 대조적으로 나는 약간 긴장했으며, 가끔 준비를 너무 많이 한 것처럼 보였다.

좋은 소식은 부시 대통령이 점수를 전혀 따지 못했다는 것이었다. 나쁜 소식은 페로가 국민의 눈에 다시 믿을 만한 사람으로 보였다는 것이었다. 그의 지지도가 10퍼센트 이내에서 높아지면, 그 지지는 진짜로 마음을 정하지 못한 유권자나 대통령과 나 사이에서 갈등하는 사람들에게서 오는 것이었다. 그러나 10퍼센트를 넘는 지지를 얻게 되면, 추가된 지지자들은 대부분 변화를 원하지만 나를 편하게 여기지 않는 사람들이었다. 나는 그 사실을 잘 알고 있었다. 토론회 이후의 여론조사를 보니 그것을 지켜본 사람들 가운데 상당수가 나의 대통령직을 수행할 능력에 대해 더 신뢰를 갖게 되었음을 알 수 있었다. 또 토론회를 본 사람들 가운데 60퍼센트 이상이 토론회 전보다 페로를 더 좋게 보게 되었다고 대답했다. 선거가 3주나 남은 상황에서 페로는 선거를 예측 불가능하게 만들고 있었다.

이틀 뒤인 10월 13일, 애틀랜타에서 열린 부통령 후보 토론회에서 앨 고어는 댄 퀘일을 확실하게 이겼다. 페로의 러닝메이트인 퇴역 제독 제임스 스톡데일은 호감은 주었지만 토론의 중요한 변수는 되지 못했다. 그의 토론 솜씨 때문에 페로는 세인트루이스 토론회에서 따놓은 점수를 약간 잃어버렸다. 퀘일은 같은 메시지를 계속 전달하는 효과적인 전략을 사용했다. 클린턴은 세금을 올리려 하지만 부시는 그렇지 않다. 클린턴은 자질이 없지만 부시는 자질이 있다. 그는 또 내가 실수한 말을 되풀이해 인용했는데, 사실 돌이켜보면 그것은 나의 공적인 발언 가운데 최악이라고 할 만한 말이었다. 1991년 초 국회가 부시 대통령에게 이라크를 공격할 권한을 주었을 때, 나는 나 같으면 어느 쪽에 투표할 것이냐는 질문을 받았다. 나는 그 결의안에 찬성하면서도 이런 식으로 대답했다. "만일 아슬아슬한 상황이면 다수를 따라 투표했을 것입니다. 하지만 소수가 제기하는 주장에 찬성합니다." 당시 나는 1992년 대통령 선거에 출마할 거라는 생각을 하지 않았다. 아칸소의 상원의원은 둘 다 전쟁에 반대표를 던졌다. 그들은 나의 친구들이었다. 나는 공적인 자리에서 그들에게 창피를 주고 싶지 않았다. 막상 대통령에 출마해보니, 그 말은 유약하고 교활해 보였다. 고어의 전략은 퀘일의 공격에 대해서는 짧게 반격하고, 계속 미국을 위한 우리의 계획들을 이야기하는 적극적인 것이었다. 고어의 가장 멋진 말은 퀘일의 의원 임기 제한(보수주의자들이 애용하는 대의였다) 지지 발언에 대한 대꾸였다. "그래서 지금 우리가 한 번의 임기로 제한하려는 것 아닙니까"(부시 대통령의 재선을 막으려 한다는 뜻—옮긴이주).

이틀 뒤인 10월 15일 밤에 버지니아 주 리치먼드에서 2차 토론회가 열렸다. 이것은 내가 원하던 토론회였다. 아직 찍을 후보를 결정하지 못한 지역 유권자 대표들이 질문을 하는 시민 대표자 회의 형식이었기 때문이다.

이번에 나의 큰 걱정은 내 목소리였다. 1차 토론 직전에 목이 몹시 상해 속삭이는 소리밖에 낼 수 없었기 때문이다. 나는 예비선거 도중에 목소리가 나오지 않았을 때 뉴욕의 전문가를 찾아가 목소리 훈련사를 만난 적이 있었다. 그는 목구멍을 열고 비강鼻腔을 통해 소리를 밀어 올리는 훈련을 시켰다. 그 훈련 가운데는 콧노래도 포함되어 있었다. 모음 한 쌍을 잇달아 콧노래로 부르는 것인데 그 콧노래는 늘 'e'로 시작했다. 'e-i', 'e-o', 'e-a' 등. 또 어떤 구절들을 되풀이하여 손상을 입은 성대를 통해 소리가 밀려 올라가는 느낌을 파악하기도 했다. 내가 가장 좋아하던 구절은 "에이브러햄 링컨은 훌륭한 웅변가였다"라는 구절이었다. 나는 그 말을 할 때마다, 링컨의 거의 끽끽거리는 듯한 높은 목소리를 생각했으며, 그는 적어도 목소리가 안 나올 정도로 무리하지는 않았다는 사실을 떠올렸다. 내 목소리가 나오지 않으면 젊은 실무자들은 나의 콧노래 훈련을 따라하며 나를 놀리곤 했다. 그들의 행동은 재미있었지만, 목소리가 나오지 않는 것은 재미가 없었다. 사실 목소리가 나오지 않는 정치가는 별 가치가 없다. 목소리가 자꾸 나오지 않다 보면 겁이 난다. 목소리가 다시 돌아오지 않을지도 모른다는 생각이 들기 때문이다. 나는 처음에 목소리가 나오지 않았을 때, 그것이 알레르기 때문인 줄 알았다. 그러다 결국 위산의 역류 때문이라는 것을 알았다. 이것은 비교적 흔한 증상으로, 위산이 식도를 따라 올라와 성대가 화상을 입는 것이다. 주로 잠을 잘 때 일어나는 일이다. 나중에 약을 먹고, 머리와 어깨를 높인 상태로 잠을 자게 되자 많이 좋아졌다. 그러나 2차 토론회 전야에는 여전히 골머리를 앓고 있었다.

토론회에서는 ABC 뉴스의 캐럴 심프슨이 사회를 보면서 청중의 질문을 받았다. 무역의 공정성을 어떻게 보장할 것이냐 하는 첫 번째 질문은 로스 페로에게 갔다. 그는 자유무역에 반대하는 입장에서 답변을 했다. 부시 대통령은 자유무역에 찬성하는 입장에서 답변을 했다. 나는 자유롭고 공정한 무역을 지지하지만, 세 가지 조건이 있다고 말했다. 첫째, 우리의 무역

상대도 시장을 우리처럼 개방해야 한다. 둘째, 공장을 해외로 이전하기보다는 국내에서 현대화하는 것이 유리하도록 세법을 바꾸어야 한다. 셋째, 국내의 곤궁한 회사에는 지원을 하지 않으면서 다른 나라로 이주하는 회사들에는 저리 대출과 직업훈련 자금을 제공하는 것을 중단해야 한다.

무역 문제 다음에는 적자 문제로 갔다가, 그 다음부터 상대방에 대한 공격이 시작되었다. 부시는 다시 영국에서 베트남전 반대 시위를 한 것으로 나를 공격했다. 나는 대답했다. "나는 부시 대통령의 자질에는 관심이 없습니다. 나는 대통령직의 성격을 바꾸고 싶습니다. 또 나는 다음 4년 동안 우리가 부시 대통령에게 맡길 일, 여러분이 나에게 맡길 일, 여러분이 페로 씨에게 맡길 일에 관심이 있습니다."

그 다음에 우리는 도시, 도로교통, 총기 통제, 임기 제한, 의료보험 비용 등 일련의 쟁점들에 대해 토론했다. 그 뒤에 토론회의 방향을 바꾸는 질문이 나왔다. 어떤 여자가 물었다. "국가 부채가 여러분 각자의 개인적 삶에 어떤 영향을 주었습니까? 만일 영향을 주지 않았다면, 보통 사람들을 괴롭히는 문제에 대한 경험도 없으면서 어떻게 보통 사람들의 경제적 문제에 대한 치료책을 찾을 수 있다고 말하는 겁니까?" 페로가 먼저 나섰다. 그는 국가 부채가 "개인 생활과 사업을 붕괴시켜 이런 활동에 뛰어들게 되었다"고 대답했다. 그는 자신의 자녀와 손자에게서 부채의 짐을 덜어주고 싶다고 말했다. 부시는 개인적인 영향에 대해 잘 이야기하지 못했다. 질문자는 계속 부시를 밀어붙였다. 자신에게는 해고당하고, 주택 저당 이자를 내지 못하고, 자동차 할부금을 내지 못하는 친구들이 있다고 말했다. 그때 묘하게도 부시는 자신이 흑인 교회에 간 일이 있는데 그곳의 게시판에서 10대 임신에 대해 읽은 적이 있다고 말했다. 마침내 부시는 자신에게 문제가 없다고 해서 문제가 무엇인지 알 수도 없다고 말하는 것은 공정하지 않다고 말했다. 내 차례가 왔을 때, 나는 12년 동안 작은 주의 주지사를 했다고 말했다. 나는 일자리와 사업체를 잃은 사람들의 이름을 알고 있었다. 나는 작년에 전국에서 그런 사람들을 훨씬 더 많이 만났다. 나는 주 정부를 운영하면서, 연방 서비스의 축소가 사람들에게 미치는 영향을 보았다. 이어 나는 질문을 한 사람에게 국가 부채가 큰 문제지만, 그것이 우리가 성장을 하지 못하는 유일한 이유는 아니라고 말했다. "우리는 실패한 경제 이론에 사로잡혀 있습니다." 이런 말들을 주고받는 가운데 부시 대통령은 초조하게 손목시계를 봄으로써 나빠진 인상을 더 나쁘게 만들어버렸다. 그런 모습 때문에 그는 이 문제에 관심이 없다는 느낌을 주었다. 우리는 사회보장, 연금, 메디케어, 초강대국으로서 미국의 책임, 교육, 아프리카계 미국인들의 가능성, 여성 대통령 가능성 등 다른 문제들로 옮겨갔지만, 토론은 국가 부채가 개인에게 미친 영향에 대한 우리의 답변으로 끝이 난 것이나 마찬가지였다.

부시 대통령은 청중에게 미국이 중대한 위기에 봉착했을 때 누가 대통령이기를 바라느냐는 질문을 던짐으로써 최종 발언을 효과적으로 마무리했다. 페로는 교육, 적자에 대해 이야기를 잘 했고, 자신이 세금으로 10억 달러 이상을 냈는데 "자신의 모든 소유를 자동차 트렁크에 넣고 출발한 사람치고는 나쁘지 않은 결과"라고 말했다. 나는 아칸소의 교육과 취업 프로그램을 강조했으며, 24명의 퇴역 장성과 제독, 많은 공화당계 사업가들로부터 지지를 받았다는 사실을 부각시켰다. 이어 나는 말했다. "변화를 원하느냐 아니냐, 여러분은 이 문제에 대해 결정을 내려야 합니다." 나는 그들에게 '통화침투설' 경제학을 '투자와 성장' 경제학으로 바꾸도록 도와달라고 촉구했다.

나는 2차 토론회가 마음에 들었다. 진짜 유권자들은 그들의 생활에 영향을 주는 것들에 대해 알고 싶어 했다. 토론회가 끝난 뒤 CBS 뉴스가 1,145명의 유권자들에게 실시한 여론조사 결과 내가 이겼다고 생각한 사람은 53퍼센트, 부시가 이겼다고 생각한 사람은 25퍼센트, 페로가 이겼다고 생각한 사람은 21퍼센트였다. AP통신이 인터뷰한 5명의 토론 지도자는 스타일, 구체성, 편안함이라는 면에서 내가 승리를 거두었다고 말했다. 사실 그런 토론 형식은 선거 기간 내내, 그리고 그 오래 전부터 아칸소에서 내가 늘 일해오던 방식이었다. 나는 국민과 직접 접촉하는 것을 좋아했으며, 그들의 여과되지 않은 판단을 신뢰했다.

3차 토론회를 향해 나아가면서 「CNN/USA 투데이」의 여론조사는 내가 다서 15포인트 앞서기 시작했음을 보여주었다. 나는 47퍼센트였고, 부시가 32퍼센트, 페로가 15퍼센트였다.

힐러리와 나는 이스트랜싱의 미시간 주립대학 캠퍼스에서 열린 마지막 토론회를 준비하기 위해 우리 팀과 함께 하루 일찍 입실랜티로 갔다. 이전 두 토론회 때와 마찬가지로 밥 베닛과 마이크 사이너가 나의 능력을 시험해주었다. 나는 이번이 나에게 가장 힘든 토론이 될 것임을 알았다. 부시 대통령은 강인하고 자존심이 센 사람인데, 이제 막바지에 몰린 그가 자기 자리를 지키기 위해 모든 힘을 바쳐 싸울 것이었기 때문이다. 페로 역시 조만간 나에게 총구를 돌릴 것이 틀림없었다.

10월 19일에는 9,000만 명 이상이 토론회를 지켜보았다. 우리가 끌어모은 최대의 청중이었다. 우리는 토론 시간 가운데 반은 짐 레러의 질문을 받았고, 반은 기자들의 질문을 받았다. 부시 대통령은 세 번의 토론회 가운데 이 토론회에서 가장 훌륭한 모습을 보여주었다. 그는 나를 세금과 지출을 늘리려는 자유주의자, 지미 카터의 복제판, 결정을 못 내리고 어정쩡하게 구는 사람이라고 비난했다. 어정쩡하다는 말에 대해서는 나도 제대로 반박을 했다. "부시 대통령이 어떤 문제에 대해 두 가지 태도를 취한다고 나를 비난하다니 믿어지지가 않는군요. 부시 대통령은 '통화침투설 경제학은 주술적인 경제학'이라고 말해놓고 지금은 그 중요한 집행자가 되어버린 사람 아닙니까." 그가 아칸소의 경제를 공격했을 때는, 아칸소는 늘 가난한 주였지만, 작년에는 일자리 창출에서 1등을 했고, 제조업 일자리 증가율에서는 4등을 했으며, 개인 소득 증가율에서도 4등을 했고, 빈곤의 감소에서도 4등을 했으며, 전국에서 주세나 지방세가 두 번째로 낮은 주이기도 하다고 반격했다. "아칸소와 미국의 차이는 아칸소는 올바른 방향으로 가고 있는데, 미국은 잘못된 방향으로 가고 있다는 것입니다." 나는 또 부시 대통령이 휘발유세 증액이 담긴 적자 축소 계획에 서명한 것을 사과하는 대신, 그의 잘못이 애초에 "내 입모양을 읽어라"고 말한 것임을 인정했어야 한다고 말했다. 페로는 우리 둘 다 공격했다. 그는 자신이 아칸소에서 다섯 블록 떨어진 곳에서 자랐다면서, 그런 작은 주의 주지사 경험은 대통령으로서의 의사 결정과 '관계가 없다'고 말했다. 그리고 부시 대통령에 대해서는 사담 후세인 에게 그가 쿠웨이트 북부를 침공하더라도 미국은 대응하지 않을 것이라고 말한 사실을 비난했다. 물론 나와 부시 대통령은 반격을 했다.

토론회의 후반부에는 기자들이 질문을 했다. 전체적으로 3차 토론회는 잘 짜여져 있기는 했지만 활기는 떨어졌다. 1차 토론회와 비슷했다. 그러나 텔레비전을 위해 준비된 듯한 순간들도 있었다. AP통신의 고참 백악관 출입기자인 헬렌 토머스가 나에게 물었다. "다시 기회가 주어진다면 군복을 입을 건가요?" 나는 징병 문제에 대해서는 더 나은 대응을 할지도 모르지만, 베트남전쟁은 여전히 잘못이라고 생각한다고 말했다. 이어 나는 미국 역사에는 프랭클린 루스벨트, 윌슨, 멕시코전쟁에 반대했던 링컨 등 군 경력이 없는 아주 훌륭한 대통령들이 있다고 말했다. 나는 부시가 1차 토론회 때 제임스 베이커에게 경제정책을 맡기겠다고 말함으로써 뉴스가 되었는데, 나는 내가 경제정책을 맡겠다는 말로 뉴스가 되고 싶다고 말했다. 그러자 부시가 멋진 대꾸를 했다. "그래서 내가 걱정이라는 말입니다." 우리 셋은 효과적인 최종 발언으로 토론을 끝맺었다. 나는 토론회를 지켜봐주고 나라 걱정을 해준 사람들에게 감사하고, 다시 인신공격에는 관심이 없다고 강조했다. 나는 로스 페로가 적자 문제를 부각시킨 것을 칭찬했다. 그런 다음 부시 대통령에 대해 이렇게 말했다. "나는 그가 미국에 봉사한 것을 존중합니다. 나는 그의 노력을 높이 평가합니다. 나는 그가 잘되기를 바랍니다. 나는 이제 바꿀 때가 되었다고 믿을 뿐입니다…… 나는 우리가 지금보다 더 잘 할 수 있다는 것을 알고 있습니다."

3차 토론회에서는 누가 이겼는지 말하기 힘들었다. 나는 아칸소와 나의 경력을 옹호하는 일을 잘했으며, 쟁점 토론도 잘했다. 하지만 많은 답변에서 너무 유보적인 태도를 보였는지도 모르겠다. 나는 대통령들이 어쩔 수 없이 정책 방향을 바꾸는 경우를 너무 많이 보았기 때문에, 토론회에서 했던 포괄적인 말로 나중에 내 손이 묶이는 것을 바라지 않았다. 부시 대통령은 벽을 등진 상황에서도 모든 점에서 잘했다. 다만 아칸소에서 내가 거둔 실적을 공격한 것은 예외였다. 그것은 상대가 답을 할 수 없는 일방적인 광고에서라면 효과가 있었을지도 모른다. 그런 광고에서라면 유권자들은 사실을 들을 수 없었을 것이다. 그러나 내게 어떤 종류의 대통령이 될 거냐고 물으면서, 외교정책에 약하고 징세를 좋아하는 민주당의 이미지를 이용한 것, 그리고 대통령으로 선출된 마지막 남부 민주당 주지사가 일을 한 시기에 이자율과 인플레이션이 높았다는 점을 일깨운 것은 효과적인 공격이었다. 페로는 재치가 있고 아주 편안해 보였다. 이 때문에 그의 지지자들은 안심했을 것이고, 일부 부동표도 그 쪽으로 쏠려갔을 것이다. 토론회 이후 여론조사 가운데 세 개는 내가 이긴 것으로 나왔다. 그러나 「CNN/USA 투데이」 여론조사는 유일하게 페로가 승자이며, 토론회 이후 12퍼센트가 지지자를 바꾸었는데 그 가운데 반이 페로에게 갔다고 나왔다.

그럼에도 전체적으로 보면 이 토론회들은 나에게 도움이 되었다. 클린턴에게 좋은 대통령이 될 능력이 있다고 생각하는 국민이 늘었으며, 나는 쟁점들에 대한 의견 교환을 통하여 나의 긍정적인 제안들을 밀어붙일 기회를 얻었다. 토론회를 2주만 더 했으면 좋았겠다는 생각이 든다. 그러나 우리는 마지막 결승선을 향해 나아가고 있었다. 가능한 한 많은 주를 돌아다녀야 했다. 내 정적들이 내보내는 부정적인 광고가 전파를 채웠다. 나의 부시 공격에서 나온 말이 그의 가장 유명한 말이 되어 있었다. "내 입모양을 읽어라." 프랭크 그리어와 맨디 그런월드는 광고 일을 잘해냈고, 우리의 신속대응팀은 그들의 광고에 효과적으로 대응했다. 그러나 그것은 모든 후보들을 한 자리에 불러모아 토론하는 것과는 달랐다. 이제 그들은 나를 쫓아오고 있었고 나는 버텨야 했다.

10월 21일, 약간 웃음을 터뜨리며 휴식을 취할 수 있는 기회가 생겼다. 권위 있는 영국 계보학 연구 단체인 '버크스 피어리지'는 부시 대통령과 내가 둘 다 13세기 영국 왕의 후손이며 서로 먼 친척이라고 발표했다. 적어도 20촌은 떨어진 사이였다. 우리의 공통의 조상은 존 왕이었다. 부시는 존의 아들인 헨리 3세의 후손으로, 엘리자베스 여왕과는 13촌 거리의 친척이었다. 나에게는 오히려 어울리는 일이지만, 나와 왕족과의 관련은 부시의 경우만큼 대단하지는 않았으며, 그나마 강력한 민주적 인사와의 관련에 의해 상쇄되었다. 나의 블라이드 집안은 헨리 3세의 누이인 엘리너와 그녀의 남편인 레이세스터 백작 시몽 드 몽포르의 후손들이었다. 몽포르는 전투에서 왕을 이기고, 그에게 전례 없이 대의성이 강한 의회를 받아들이게 만들었다. 그러나 1265년 왕은 의회를 존중하겠다는 약속을 어겼다. 이로 인해 이브샘 전투가 벌어졌으며, 이 전투에서 시몽은 전사했다. 버크스 피어리지의 대변인의 말에 따르면, "민주주의자에게 어떤 일이 벌어지는지 보여주기 위해 시몽의 시체를 여러 조각으로 잘라, 그 조각들을 전국에 보냈다. 예를 들어 손가락 하나는 어느 마을로 가고, 발은 어느 도시로 가는 식이었다." 나와 부시 대통령의 견해 차이의 연원이 700년을 거슬러 올라간다는 것을 알게 되자, 그의 선거운동이 그의 조상들의 전술을 충실히 따르는 것을 비난할 수만은 없다는 생각도 들었다. 버크스 피어리지는 또 블라이드 집안이 한때 고섬 마을에 모여 살았는데, 영국 전설에 따르면 그곳은 광인들이 자주 출몰하는 곳이었다고 한다. 나도 대통령에 출마하려면 약간 미쳐야 한다는 것은 알고 있었지만, 그것이 유전이라고까지 생각하고 싶지는 않았다.

10월 23일, 마이크로소프트의 부사장 스티브 볼머를 포함한 30개 이상의 컴퓨터 소프트웨어 회사 경영자들이 나를 지지함으로써 우리의 선거운동은 하이테크 부문으로부터 다시 큰 원군을 얻었다. 그러나 그것으로 끝이 아니었다. 마지막 토론회가 끝나고 나서 일주일 뒤, 「CNN/USA 투데이」여론조사는 나의 부시 대통령에 대한 우위가 7포인트 차로 줄어들어 39 대 32퍼센트가 되었으며, 페로의 지지도가 20퍼센트로 올라갔음을 보여주었다. 내가 걱정한 대로, 페로의 광고는 부시 대통령의 나에 대한 공격과 맞물려 내 표를 페로 쪽으로 이동시키고 있었다. 10월 26일, 노스캐롤라이나 선거운동에서 앨 고어와 나는 부시 행정부의 '이라크게이트' 문제를 공격함으로써 우위를 지키려 했다. 이것은 미국 정부가 후원하는 채권이 이탈리아 정부 소유 한 은행의 애틀랜타 지점을 통해 이라크로 흘러 들어간 사건이다. 겉으로 보기에는 농업에 쓰려는 목적이었지만, 사담 후세인은 이란-이라크 전쟁 뒤 이 채권을 이용하여 군사 및 무기 프로그램을 재구축했다. 20억 달러 상당의 채권은 상환되지 않았으며, 미국 납세자들이 대신 그 돈을 내야 했다. 사기 혐의로 고소된 애틀랜타의 은행가는 형량을 낮추기 위해 연방법무부와 죄를 인정하는 협상을 했다. 그러나 이 사건을 담당한 연방검사는 놀랍게도 부시가 임명한 사람으로, 그는 임명 직전 이 채권 소동에서 이라크 쪽 이익을 대변했던 사람이기도 했다. 물론 그는 조사 결과 자신에게서 아무런 혐의도 드러나지 않았다고 주장했다. 고어와 내가 이 사건을 언급했을 무렵, 연방수사국, 중앙정보국, 법무부는 모두 이 사건에서 다른 부처가 하거나 하지 않은 일을 놓고 서로를 조사하는 중이었다. 완전히 엉망이었지만, 선거운동에서 이렇게 늦은 시기에 유권자에게 영향을 주기에는 일이 너무 복잡했다.

페로는 여전히 와일드카드였다. 10월 29일, 로이터 뉴스 기사는 이렇게 시작되었다. "만일 조지 부시 대통령이 재선에 성공하게 되면, 그는 그를 싫어하는 입 거친 텍사스 억만장자에게 크게 고마워해야 할 것이다." 이 기사는 계속해서, 토론회를 통해 페로의 이미지가 바뀌었으며, 그의 지지율이 두 배로 뛰어올랐는데 그 가장 큰 피해자는 클린턴이라고 말했다. 내가 독점했던 '변화'를 그가 빼앗아갔기 때문이라는 것이었다. 그날 「CNN/USA 투데이」의 여론조사는 격차가 2포인트로 줄었다고 나왔다. 그러나 다른 다섯 개 조사와 스탠 그린버그의 조사에서는 여전히 7포인트에서 10포인트의 격차를 유지하는 것으로 나왔다. 숫자가 얼마이든 상황은 여전히 유동적이었다.

마지막 주에 나는 있는 힘을 다해 선거운동을 했다. 부시 대통령도 마찬가지였다. 목요일에 미시간 교외에서 벌어진 집회에서 부시 대통령은 앨 고어와 나를 '촌놈들bozo'이라고 불렀다. 이것은 어릿광대 보조(만화 속 인물-옮긴이주)에 빗댄 말일 텐데, 아마 보조가 우리보다 더 기분 나빠했을 것이다. 선거 전 금요일 이란-콘트라 특별검사이며 오클라호마 출신의 공화당원인 로런스 월시는 레이건 대통령 시절의 국방장관 캐스퍼 웨인버거를 비롯한 6명을 기소했다. 기소장에는 레이건의 백악관이 인가한 이란에 대한 불법 무기 판매에서 부시 대통령이 전에 인정한 것보다 더 큰 역할을 했고 더 많은 것을 알고 있다는 사실을 암시하는 메모가 첨부되어 있었다. 이것이 부시 대통령에게 피해를 줄지 어떨지 알 수 없었다. 사실 너무 바빠 그것을 생각할 여유도 없었다. 그러나 행정부가 나의 여권 서류를 파헤치려고 들인 노력이나, 당시에는 몰랐지만 부시가 임명한 아칸소 연방검사를 통해 매디슨 신용금고의 파산 조사에 나를 연루시키려고 압력을 가했다는 사실을 생각하면 타이밍이 참 절묘했다는 생각이 든다.

부시는 마지막 주말 동안 모든 매체 광고를 동원하여 나를 공격했다. 페로는 나의 지지율 가운데 30퍼센트는 불확실하여 마지막 순간에 자신에게로 넘어올 수 있다고 믿고 부시에게 가세했다. 드디어 볼 만한 상황이 벌어진 것이다. 그는 300만 달러로 알려진 자금을 소비하여 아칸소를 쓰레기 취급하는 30분짜리 텔레비전 '정보 광고'를 내보냈다. 그는 내가 당선이 되면 "우리 모두 먹고살기 위해 닭털을 뽑아야 할 것"이라고 말했다. 이 프로그램은 아칸소가 모든 주들 가운데 거의 최하위에 가까운 순위를 차지한 32개 영역을 나열했다. 아마 페로도 이제는 아칸소가 관계없다고 생각하지 않는 듯했다. 우리 팀은 어떻게 대응할지를 놓고 한바탕 논쟁을 벌였다. 힐러리는 반격을 하고 싶어했다. 나는 적어도 아칸소는 방어해야 한다고 생각했다. 우리는 그때까지 어떤 공격에도 반드시 짚고 넘어가는 방식으로 잘 대처해왔다. 그러나 다른 모든 사람들은 그 공격이 너무 사소하고, 너무 늦었으므로, 원래의 작전대로 가야 한다고 생각했다. 나는 내키지 않았지만 동의했다. 우리 팀은 이제까지 큰 문제들에서는 옳았으며, 나는 너무 피곤하고 긴장해 있어 내 판단이 그들의 판단보다 낫다고 자신할 수가 없었다.

주말 아침 첫 일정은 애틀랜타 외곽의 조지아 주 디캐터의 고등학교 풋볼 스타디움 집회였다. 젤 밀러 주지사, 샘 넌 상원의원, 존 루이스 하원의원 등 그동안 나와 함께 붙어 다니던 여러 민주당원들이 그 자리에 있었다. 그러나 큰 인기를 끈 사람은 1974년에 베이브 루스의 홈런 기록을 깬 야구 스타 행크 아론이었다. 아론은 야구에서의 업적만이 아니라, 배트를 내려놓은 뒤 가난한 아이들을 위해 한 일 때문에 그 지역의 진정한 영웅이 되어 있었다. 조지아 집회에는 2만 5천명이 참석했다. 사흘 뒤 나는 겨우 1만 3천표 차이로 조지아를 얻을 수 있었다. 그 이후로 행크 아론은 자기가 그 토요일 아침에 깜짝 출연을 했기 때문에 조지아 선거인단의 표를 얻은 것이라고 농담하곤 했다. 그의 말이 맞을지도 모른다.

조지아 다음에는 아이오와 주 데이븐포트에 들렀다가 밀워키로 갔다. 나는 그곳에서 텔레비전으로 중계된 마지막 시민 대표자 회의를 열었으며, 마지막 텔레비전 광고를 내보내 사람들에게 투표를 하라고, 변화를 위해 표를 던지라고 호소했다. 일요일 밤 신시내티와 로댐 집안의 고향인 스크랜턴에 들러 선거운동을 한 뒤 우리는 뉴저지로 가서 메도랜즈에서 열린 대규모 집회에 참석했다. 이 집회는 나를 지지하는 록, 재즈, 컨트리 음악가들과 영화배우들이 등장하는 호화로운 음악 쇼였다. 이어 뉴저지 주 체리힐의 가든 주립공원 경마장에 모인 1만 5천의 사람들 앞에서 나는 색소폰을 연주하고, 힐러리와 춤을 추었다. 이 경마장에서는 동생이 걸음마를 할 때부터 나를 부르던 이름인 버바 클린턴이라는 이름을 가진 말이 그 며칠 전에 17 대 1의 승률로 우승을 했다. 내 승률은 이제 그보다는 나아졌지만, 한때는 그것에 훨씬 못 미쳤다. 4월에 런던 마권업자에게 33 대 1의 승률로 나에게 100파운드를 걸었던 어떤 사람은 약 5,000달러를 벌었다. 만일 그 사람이 2월 초 뉴햄프셔에서 내가 두들겨 맞고 있을 때 나에게 돈을 걸었다면 얼마를 벌었을지 모르겠다.

힐러리와 나는 월요일 아침에 필라델피아에서 눈을 떴다. 그곳은 미국의 민주주의가 태어난 곳이자, 우리의 6,500킬로미터, 8개 주, 24시간 유세의 첫걸음을 내디딘 곳이었다. 앨과 티퍼 고어가 다른 주의 전장에서 선거운동을 하는 동안, 빨강, 하양, 파랑으로 장식한 세 대의 보잉 727기들은 힐러리, 나, 실무진, 기자들을 태우고 29시간 유세에 나섰다. 처음 들른 필라델피아의 메이페어 다이너에서 한 남자는 나에게 당선되면 맨 처음 할 일이 무엇이냐고 물었다. 나는 이렇게 대답했다. "하나님께 감사할 것입니다." 그다음에는 클리블랜드로 갔다. 다시 목소리가 작아지고 있었기 때문에 나는 이렇게 말했다. "테디 루스벨트는 우리가 말은 부드럽게 해도 늘 큰 지팡이를 들고 다녀야 한다고 말한 적이 있습니다. 내일 나는 말은 작게 하고 오하이오를 들고 가고(오하이오에서 승리를 거둔다는 뜻—옮긴이주) 싶습니다."

디트로이트 외곽의 공항 유세에서 나는 나를 위해 열심히 노력해준 미시간 선출직 공무원들과 조합 지도자들 몇 명이 양옆에 늘어선 가운데 쉰 목소리로 말했다. "여러분이 내일 내 목소리가 되어준다면, 나는 4년 동안 여러분의 목소리가 되어드리겠습니다." 우리는 켄터키 주 세인트루이스와 패듀커에서 머문 뒤 두 곳을 염두에 두고 텍사스로 갔다. 처음 찾은 곳은 멕시코 국경 근처 최남부 지방에 자리 잡은 매캘런이었다. 그곳은 내가 20년 전 사전트 슈라이버와 함께 곤경에 처했던 곳이기도 했다. 그런 다음 우리는 자정이 지나서 포트워스로 갔는데, 그곳에서는 유명한 컨트리 로커 제리 제프 워커가 모인 사람들을 깨워놓고 있었다. 비행기로 돌아가 보니 실무진이 샌안토니오의 맹거 호텔에서 산 400달러어치 망고 아이스크림이 나를 기다리고 있었다. 알라모에서 길만 건너면 나오는 호텔이었다. 그들은 내가 1972년 맥거번 선거운동을 할 때 발견한 그 아이스크림이 정말 맛있었다고 이야기한 것을 잊지 않았던 것이다. 아이스크림은 비행기 세 대에 나누어 탄 지친 여행자들이 밤새 먹고도 남을 만큼 많았다.

한편 리틀록의 본부에서는 제임스 카빌이 우리 쪽 사람들 100명 이상을 모아놓고 마지막 회의를 열었다. 조지 스테파노풀로스의 소개를 받아 앞으로 나선 제임스는 감동적인 연설을 했다. 그는 사람이 줄 수 있는 가장 귀중한 선물 두 가지는 사랑과 일이라고 하면서, 그런 선물을 준 것에 대해 우리 젊은 일꾼들에게 감사했다.

우리는 텍사스에서 뉴멕시코 주 앨버커키로 가 새벽에 내 친구인 브루스 킹 주지사와 함께 유세를 했다. 유세가 끝난 뒤 오전 4시쯤 나는 멕시코 음식으로 맛있게 아침을 먹고, 마지막 목적지인 덴버로 갔다. 우리는 이른 아침에 모여든 열렬한 군중과 만났다. 웰링턴 웨브 시장, 팀 워스 상원의원, 교육 개혁에서 내 파트너였던 로이 로이머 주지사가 연설로 그들을 달군 후 힐러리가 연설을 했고, 나도 잔뜩 부어오른 성대를 통하여 마지막으로 감사와 희망의 말을 전했다. 이어 우리는 고향 리틀록으로 향했다.

힐러리와 나는 공항에서 첼시, 다른 가족, 친구들, 본부 실무진의 환영을 받았다. 나는 그들이 해준 일에 감사하고 가족과 함께 우리의 투표소인

던바 공동체 센터로 갔다. 그곳은 주지사 관저에서 1.5킬로미터도 안 떨어진 곳으로, 아프리카계 미국인이 많이 사는 동네에 자리를 잡고 있었다. 우리는 센터 주위에 모인 사람들과 이야기를 하고 그곳의 선거 공무원에게 가서 이름을 적었다. 그런 다음 첼시는 여섯 살 이후 그랬던 것처럼 나와 함께 기표소로 갔다. 내가 커튼을 닫자 첼시는 내 이름 옆의 레버를 당기고 나를 꼭 끌어안았다. 13개월간의 고된 노력 끝에 우리가 할 수 있는 일은 이제 그것뿐이었다. 힐러리가 투표를 마치자 우리 셋은 포옹을 하고 밖으로 나와 언론의 질문 몇 가지에 답을 하고 집으로 갔다.

나에게 선거일은 늘 민주주의의 위대한 신비가 구체화되는 날이었다. 여론조사원과 박식한 평론가들이 아무리 그 신비를 벗기려 해도, 그 신비는 여전히 그대로 남아 있다. 그날 하루 동안 보통 국민이 백만장자나 대통령과 똑같은 권력을 가지게 된다. 어떤 사람들은 그 권력을 사용하고, 어떤 사람들은 사용하지 않는다. 사용하는 사람들은 온갖 종류의 이유 때문에 후보를 선택한다. 어떤 경우는 합리적이기도 하고 어떤 경우는 직관적이기도 하며, 어떤 경우는 확신을 가지기도 하고 어떤 경우는 회의적이기도 하다. 그렇게 해도 보통 그 시대에 맞는 지도자가 선택되곤 한다. 그것이 미국이 228년 동안 잘 버텨나가고 있는 이유이다.

내가 대통령에 출마한 가장 큰 이유는 미국인들이 살고, 일하고, 자식을 키우고, 나머지 세계와 관계를 맺는 방식에 극적인 변화가 일어나는 이 시대에 내가 적임자라고 생각했다는 것이다. 나는 정치 지도자들의 결정이 사람들의 삶에 미치는 영향을 이해하기 위해 오랫동안 노력했다. 나는 해야 할 일과 그 일을 하는 방법을 파악했다고 믿었다. 그러나 나는 또 미국인들에게 큰 도박을 하라는 요구를 했다는 것도 잘 알고 있었다. 우선 그들은 민주당 대통령에 익숙하지 않았다. 그리고 그들은 나에 대해 의문이 많았다. 나는 아주 젊었으며 미국인 대부분이 잘 알지도 못하는 주의 주지사였다. 베트남전쟁에 반대했으며, 병역을 피했다. 인종과 여자나 동성애자의 권리에 대하여 자유주의적인 견해를 가지고 있었다. 야심만만한 목표들을 달성하겠다는 이야기를 할 때면 종종 교활해 보였는데, 그 두 가지는 적어도 겉으로는 상호 배타적인 것으로 보였다. 그리고 완벽과는 거리가 먼 삶을 살았다. 그러나 나는 내 온 마음으로 미국 국민에게 나를 선택하는 것이 해볼만한 가치가 있는 모험이라고 이야기하려 했다. 그러나 계속 흔들리는 여론조사 결과나 페로의 재등장을 보면, 그들 가운데 다수가 나를 믿고 싶지만 여전히 의심한다는 것을 알 수 있었다. 앨 고어는 거리 유세에서 유권자들에게 선거 다음 날 어떤 머릿기사를 읽고 싶은지 생각해보라고 말했다. '4년 더'냐, 아니면 '변화가 시작되었다'냐. 나는 그들의 답이 무엇인지 안다고 생각했으나, 11월의 그 기나긴 날, 나 역시 다른 모든 사람들과 마찬가지로 분명한 답이 나올 때까지 기다려야 했다.

우리 셋은 집에 돌아와 오래된 존 웨인 영화를 보다가 두어 시간 졸았다. 오후에 나는 첼시와 함께 시내로 조깅을 나갔다가 물을 한 잔 마시기 위해 맥도널드에 들렀다. 전에도 수도 없이 해오던 일이었다. 나는 곧 주지사관저로 돌아갔다. 그러나 오래 기다릴 필요는 없었다. 결과는 일찍, 오후 6시 30분쯤부터 드러나기 시작했다. 운동복을 갈아입지도 않았는데, 내가 동부 몇 주에서 승자로 비쳐지고 있는 것이 보였다. 세 시간 가량이 지나자 방송들은 나를 승리자로 비추기 시작했다. 거의 500만에 이르는 투표수를 보인 오하이오가 9만 표 차이로 우리 쪽으로 넘어오면서부터였다. 2퍼센트도 안 되는 차이로 얻은 승리였다. 이것은 당연해 보였다. 오하이오는 6월 2일 예비선거에서 나에게 후보 지명을 보장해준 주들 가운데 하나였으며, 뉴욕 전당대회에서 공식적으로 나를 다수 하한선 위로 밀어 올려준 주였기 때문이다. 전체 투표자 수는 엄청났다. 1억 명 이상이었다. 투표율도 1960년대 초 이후 가장 높았다.

총 1억 460만 366표 가운데 최종 차이는 약 5.5퍼센트였다. 내가 43퍼센트, 부시 대통령이 37.4퍼센트, 로스 페로가 19퍼센트였다. 제3당 후보로는 1912년 테디 루스벨트가 수사슴당(진보당의 별명—옮긴이주)으로 27퍼센트를 얻은 이래 가장 높은 수치였다. 우리의 베이비붐 후보들은 65세 이상과 30세 이하 유권자들에게서 가장 좋은 성적을 거두었다. 우리 자신이 속한 세대는 우리가 정말로 나라를 이끌 준비가 되었는지 의심하는 쪽이 더 많았던 것 같다. 막판의 아칸소에 대한 부시-페로 2인조 팀 공격은 선거 며칠 전 우리의 최고점에서 2, 3포인트를 깎아먹었다. 피해를 주기는 했지만, 심각한 피해는 아니었던 셈이다.

선거인단에서의 표차는 더 컸다. 부시 대통령은 168명 선거인의 표를 얻어 18개 주에서 승리를 거두었다. 나는 32개 주와 컬럼비아특구의 370표를 얻었는데, 여기에는 미시시피 주를 제외하고 북에서 남으로 미시시피 강과 닿아 있는 모든 주, 뉴잉글랜드(미국 북동부의 메인, 뉴햄프셔, 버몬트, 매사추세츠, 로드아일랜드, 코네티컷 등 여섯 주로 이루어진 지역—옮긴이주)와 대서양 중간 주(뉴욕, 뉴저지 및 펜실베이니아의 세 주—옮긴이주) 전체가 포함되었다. 나는 또 조지아, 몬태나, 네바다, 콜로라도 등 예상치 못한 주에서도 승리를 거두었다. 11개 주는 3퍼센트 이하로 승패가 엇갈렸다. 애리조나, 플로리다, 버지니아, 노스캐롤라이나는 부시 대통령에게 갔다. 오하이오 외에도 조지아, 몬태나, 네바다, 뉴햄프셔, 로드아일랜드, 뉴저지는 아슬아슬하게 나를 지지했다. 아칸소는 가장 높은 비율로 나를 지지하여, 주 표의 53퍼센트를 몰아주었다. 캘리포니아, 일리노이, 매사추세츠, 뉴욕 등 큰 주들을 포함한 다른 12개 주에서도 10퍼센트 이상의 승리를 거두었다. 페로는 내가 일반 투표에서 다수표를 얻지 못하도록 막았지만, 선거인단 투표에서 나와 부시 대통령의 차이를 늘리는 데는 분명히 도움을 주었던 것 같다.

어떻게 미국인들은 첫 번째 베이비붐 세대 대통령, 역사상 세 번째로 젊은 대통령, 작은 주 주지사 출신으로는 두 번째 대통령을 선택하여 대양 정기선보다 더 많은 짐을 싣게 되었을까? 출구조사 결과 그들에게는 경제가 가장 큰 쟁점이었으며, 그 다음이 재정 적자와 의료보험 문제였고, 자질 문제는 후순위였다. 결국 나는 선거의 핵심이 무엇이냐 하는 논쟁에서 이긴 셈이었다. 대통령 선거운동에서는 유권자들이 구체적인 문제에서 후보에 동의하느냐보다 핵심이 무엇이냐가 더 중요했다. 그러나 경제만으로는 다 설명이 되지 않았다. 나는 제임스 카빌을 비롯한 뛰어난 선거운동 팀의 도움도 받았다. 그들은 나를 비롯한 모든 사람이 오르막 내리막을 거치면서도 늘 집중을 하고 핵심을 파악하도록 해주었다. 스탠 그린버그의 통찰력 있는 여론조사와 프랭크 그리어의 효과적인 광고도 도움이 되었다. 민초 수준에서 선거운동을 이끈 유능한 사람들의 도움도 받았다. 론 브라운의 능력, 그리고 광야에서 12년을 보낸 뒤 이번에는 이겨보겠다며 단결한 민주당의 의지의 도움도 받았다. 소수민족과 여성으로부터 받은 특별히 높은 수준의 지지도 도움이 되었다. 여성은 국회에 6명의 상원의원과 47명의 하원의원을 보내기도 했는데, 이것은 그전의 28명에 비하면 크게 늘어난 숫자였다. 공화당의 초기 분열과 자만의 도움도 받았다. 예비선거에서 받았던 철저한 조사와 선명한 대조를 이루는, 총선거 시기의 놀랄 정도로 긍정적인 언론 보도의 도움도 받았다. 선거운동에서는 앨과 티퍼 고어의 뛰어난 능력, 우리모두가 상징적으로 보여주었던 세대교체의 도움도 받았다. 아칸소에서 민주당지도자회의와 함께 개발한 새로운 민주당원 철학과 사상의 도움도 받았다. 마지막으로 힐러리와 내 친구들이 불의 시련 속에서도 나와 함께 있어주었기 때문에, 나 자신이 두드려 맞으면서도 포기하지 않았기 때문에 승리를 거둘 수 있었다.

선거일 밤 일찍 부시 대통령이 축하 전화를 했다. 그는 정중했으며, 순조로운 정권 이양을 약속했다. 댄 퀘일도 마찬가지였다. 힐러리와 나는 승리 연설문을 마지막으로 살펴본 뒤 하나님께 우리가 받은 축복에 감사드리고, 앞일을 인도해 달라고 기도했다. 이어 우리는 첼시를 데리고 큰 행사를 치르기 위해 올드 스테이트 하우스로 차를 달렸다.

올드 스테이트 하우스는 내가 아칸소에서 제일 좋아하는 건물로, 나의 주의 역사와 나 자신의 역사의 중요한 사건들이 벌어진 곳이었다. 그곳은 내가 16년 전 법무장관 취임 선서를 할 때 축하 손님들을 영접한 곳이며, 13개월 전 대통령 출마 선언을 한 곳이었다. 우리는 연단으로 올라가 앨과 티퍼 고어 부부와 인사를 하고, 시내 거리를 가득 메운 수천 명의 군중에게도 인사를 했다. 그들의 얼굴을 보자 가슴이 뭉클했다. 기쁨과 희망이 밀려왔다. 그리고 감사하는 마음이 밀려왔다. 어머니의 기쁨의 눈물을 보니 기분이 좋았다. 친아버지가 하늘에서 자랑스럽게 나를 내려다볼 것 같았다.

이 놀라운 오디세이를 시작할 때는 이 일이 얼마나 힘들지, 얼마나 멋질지 전혀 예상하지 못했다. 모여 있는 사람들, 그리고 그 자리에는 없는 수많은 사람들이 자기 몫을 했다. 이제 나는 그들이 옳다는 것을 증명해야 했다. 나는 말문을 열었다. "오늘, 드높은 희망과 용감한 마음으로, 엄청난 숫자로, 미국 국민은 새로 시작하겠다고 투표했습니다." 나는 부시 대통령과 로스 페로에게 투표한 사람들도 나와 함께 '다시 결합된 합중국re-United States' (미국의 정식 명칭을 이용한 표현─옮긴이주)을 만들자고 당부한 다음 이런 말로 연설을 마무리지었다.

이 승리는 단순히 민주당의 승리가 아닙니다. 이 승리는 열심히 일하고 규칙을 지키며 사는 사람들의 승리이며, 낙오되었다고 버림받았다고 느끼지만 그래도 더 잘해보고 싶어 하는 사람들의 승리입니다…… 나는 오늘밤 여러분이 나에게 준 책임, 이 나라, 인간 역사상 가장 위대한 이 나라의 지도자가 되라는 책임을 받아들입니다. 나는 온 마음으로, 기쁜 마음으로 그것을 받아들입니다. 그러나 나는 여러분에게 다시 미국인이 되어달라고 당부합니다. 얻는 것만이 아니라 주는 데, 비난을 하는 데만이 아니라 책임을 지는 데, 자신만을 돌보는 것이 아니라 남을 돌보는 데도 관심을 가져달라고 당부합니다…… 우리가 힘을 합치면 우리가 사랑하는 이 나라가 이 땅에 자리 잡을 때 가졌던 본래의 목적을 달성할 수 있습니다.

29

선거 다음 날, 나는 축하 전화와 메시지에 뒤덮인 채 이른바 정권이양기 작업을 시작했다. 말 그대로 과도기였다. 함께 한 이들과 서로 축하를 하고 축하를 받을 여유도 없었으며, 휴식을 취하지도 않았다. 그러나 이것은 잘못이었던 것 같다. 불과 11주 뒤면 가족들과 나는 아칸소 생활을 떠나 백악관으로 옮겨가야 했기 때문에 할 일이 무척 많았다. 장관과 주요 차관과 백악관 비서들을 선정하는 일, 부시 쪽 사람들로부터 정권 인수인계를 받는 일, 국가 안보에 대한 브리핑을 받고 외국 지도자들과 회담하는 일, 국회 지도자들과 만나는 일, 국회에 제시할 경제계획안을 완성하는 일, 다른 공약들을 이행할 계획을 짜는 일, 수많은 면담 요청을 처리하고 선거운동원과 주요 지지자들 가운데 새로운 행정부에서 함께 일할 사람들을 선택하고 빨리 통보해주는 일, 상황 전개에 대응하는 일 등 참으로 많은 일이 기다리고 있었다.

이후 70일 동안 특히 국외에서 많은 사건들이 일어났다. 이라크에서는 사담 후세인이 유엔으로부터 벗어나고 싶어 했으며, 소말리아에는 많은 사람들이 굶어죽는 사태를 막기 위한 인도적인 임무를 띠고 미군이 파견되어 있었다. 러시아에서는 경제가 난관에 부딪히고, 옐친 대통령이 국수주의자들과 골수 공산주의자들의 반대 때문에 힘겨워하고, 발트해 연안 국가들에서는 러시아군의 철수가 지연되고 있었다. '해야 할 일들'은 늘어만 갔다.

사실 우리는 선거 몇 주 전에 버넌 조던, 워런 크리스토퍼, 미키 캔터, 전 샌안토니오 시장 헨리 시스네로스, 도리스 마츠이, 전 버몬트 주지사 매들린 쿠닌을 포함하는 위원회를 구성하여 조용히 정권인수 계획을 세워놓고 있었다. 실무책임자는 제럴드 스턴으로, 옥시덴털 페트롤륨의 부사장이었던 그는 휴가를 내어 기꺼이 위원회에 참여했다. 물론 우리는 선거를 하기도 전에 승리를 당연하게 여기는 것처럼 보이고 싶지는 않았다. 그래서 전화번호부에 등록되지 않은 전화를 쓰고, 워든 은행 건물 13층에 있는 사무실의 문에는 아무런 간판을 붙이지 않는 등 위원회의 활동이 눈에 띄지 않게 이루어지도록 했다.

선거 다음 날인 수요일에 조지 스테파노풀로스가 관저로 왔을 때, 힐러리와 나는 그에게 계속해서 백악관 공보국장으로 일해주었으면 좋겠다고 말했다. 전략을 짜고 상황에 대처해나가는 일에 도움을 받고 싶었기 때문에 제임스 카빌도 잡아두고 싶었다. 그러나 제임스가 이틀 전 기자들에게 한 농담을 보면 그는 자신이 정부에 어울리지 않는다고 생각하는 것 같았다. 그는 이렇게 말했다. "나는 나를 고용하려는 정부가 있는 나라에는 살지 않겠다."

그날 오후에 나는 인수위원회로부터 첫 브리핑 문건들을 받았으며, 오후 2시 30분, 주지사 관저의 뒤쪽 잔디밭에서 짧은 기자회견을 열었다. 그 회견에서 나는 "미국에는 언제나 한 사람의 대통령밖에 없으며…… 미국의 외교정책은 전적으로 현직 대통령의 손에 있다"고 강조했다. 부시 대통령이 다시 이라크와 긴장된 상황에 빠져들었기 때문이다.

대통령 당선자로서 맞은 둘째 날, 나는 몇몇 외국 지도자들과 이야기를 나눈 뒤, 집무실로 갔다. 그곳에서 주州의 업무를 몇 가지 처리하고, 내가 없는 동안 훌륭하게 일을 처리해준 주지사 집무실 비서진에게 감사를 전하기 위해서였다. 그리고 그날 밤, 우리는 선거운동 실무진을 위해 파티를 열었다. 쉬어버린 내 목소리는 여전히 회복되지 않아 나는 "고맙다"는 말도 간신히 할 수 있을 정도였다. 그래서 셔츠에 "말을 못해서 미안합니다"와 "잘해주셨습니다"라고 적힌 판을 달고 돌아다니며 주로 악수만 했다.

금요일에 나는 버넌 조던을 인수위원회 위원장으로, 워런 크리스토퍼를 간사로 임명했다. 워싱턴과 리틀록에서는 두 사람의 임명을 환영하는 분위기였다. 둘 다 선거운동 실무진의 존경을 받고 있었기 때문이다. 그런데 승리의 행복감이 사그라지면서 실무진 가운데 많은 사람들이 피로와 초조와 미래에 대한 불안감을 서서히 드러내고 있었다. 충분히 예측할 수 있고 또 이해할 수 있는 일이긴 했다.

정권이양기의 두 번째 주부터 속도가 붙기 시작했다. 나는 중동 평화에 대해서 이스라엘 총리 이츠하크 라빈, 이집트 대통령 호스니 무바라크, 사우디아라비아의 왕 파드와 이야기했다. 버넌과 크리스토퍼는 민주당 부의장인 알렉시스 허먼, 앨 고어의 선거운동을 관리했던 마크 기어런을 불러 인수위원회의 고위직을 거의 채웠다. 부간사는 국내 정책 부문에 민주당지도자협의회 의장인 앨 프롬, 선거운동 때 외교정책 담당 보좌관이었던 낸시 서더버그와 더불어 샌디 버거, 경제정책 부문에 진 스펄링과 더불어 나와 함께 로즈 장학금을 받았으며 후에 하버드 대학 교수가 되어 세계 경제에 대한 중요한 저서를 여러 권 낸 밥 라이히 등이었다.

주요 직책의 후보들에 대한 심사는 워싱턴의 예리한 법률가이자 오랫동안 민주당 당원으로 활약해온 톰 도닐런이 맡았다. 도닐런의 일은 중요했다. 임용 후보자의 감추어진 경제적 또는 개인적 문제나 이전에는 드러나지 않았던 견해 때문에 대통령의 임명이 철회되는 경우가 워싱턴의 정치 생활에서 종종 일어나곤 했기 때문이다. 우리의 심사관들은 공직을 맡고자 하는 사람들이 그런 철저한 검증을 거쳐 살아남을 수 있는지 확인하는 작업을 해야 했다.

며칠 뒤 사우스캐롤라이나 주지사 출신의 딕 라일리가 인수팀에 합류하여 내각의 차관급 인사를 맡기로 했다. 라일리는 아주 힘든 일을 했다. 하루에 3,000통 이상의 이력서를 읽고, 200통의 전화를 받은 적도 있었다. 대부분의 전화는 의원이나 주지사가 건 것으로, 그들은 라일리와 직접 통화하기를 원했다. 우리의 승리에 기여한 많은 사람들이 함께 일을 하고 싶어 했기 때문에, 정말 일을 할 만한 유능한 사람들이 밀려나지나 않을까 걱정이 되었다. 실제로 몇 사람이 그렇게 되기도 했다.

정권이양기의 세 번째 주는 워싱턴과 접촉하는 데 할애했다. 나는 하원의장 톰 폴리, 하원 다수당 의장 딕 게파트, 상원 다수당 의장 조지 미첼을 리틀록으로 불러 저녁식사를 하거나 아침 면담을 했다. 나로서는 민주당 지도자들과 순조로운 출발을 하는 것이 중요했다. 성공을 위해서는 그들의 지지를 얻어야 한다는 것을 알고 있었으며, 그들 역시 미국 국민이 우리 모두에게 여대야소를 기반으로 정치적 교착 상태를 깨는 책임을 맡길 것임을 알고 있었다. 따라서 나나 그들이나 약간의 타협이 필요했지만, 그들을 만나본 뒤에 함께 일을 할 수 있다는 자신감을 얻었다.

세 번째 수요일에 나는 부시 대통령, 다른 민주당 의원들, 의회의 공화당 지도자들을 만나기 위해 이틀 예정으로 워싱턴에 갔다. 대통령과의 면담은 예정된 한 시간을 넘겨 거의 두 시간이나 계속되었으며, 분위기도 우호적이었고 실제로도 큰 도움이 되었다. 우리는 광범위한 문제들에 대해 이야기했으며, 외교정책상의 난제들에 대한 대통령의 통찰이 특히 돋보인다는 느낌을 받았다.

나는 백악관에서 나온 뒤, 차를 타고 3킬로미터 정도 떨어진 워싱턴 북서부로 갔다. 가난, 실업, 마약, 범죄에 시달리는 동네였다. 조지아 애비뉴에서 차를 내려 한 블록을 걸으며, 상인을 비롯한 여러 시민과 악수를 하고, 그들의 문제와 내가 도울 수 있는 방법에 대해 이야기를 나누었다. 1991년에, 내가 내린 곳 반경 1킬로미터 내에서 8명이 죽임을 당했다는 사실을 보면 그곳이 얼마나 위험한지 충분히 알 수 있었다. 길을 걸어가다 중국 음식점에 들어가 먹을 것을 샀는데, 사람들이 안전을 위해 방탄유리 뒤에서 일을 하고 있는 것을 볼 수 있었다. 어린 학생들의 학부모는 학교에 총을 가져오는 아이가 많아 겁이 난다고 말했다.

연방정부가 여전히 수도 행정의 상당 부분을 관장하고 있음에도, 의회와 백악관은 워싱턴 시내에 사는 사람들을 잊어버리는 경우가 많았다. 나는 이 도시의 거주자들이 내가 그들의 문제에 관심을 가진다는 것, 그들의 좋은 이웃이 되기 바란다는 것을 알아주기를 바랐다.

목요일 아침에는 조깅을 했다. 백악관에서 라파예트 광장을 건너면 나오는 헤이애덤스 호텔에서 묵었는데, 호텔 문에서부터 노숙자들이 가득한 거리를 달려 워싱턴 기념비와 링컨 기념관까지 갔다가 다시 호텔 옆의 맥도 널드로 돌아왔다. 나는 그곳에서 커피를 사다가 59세인 남자를 만났다. 그는 불황 때문에 일자리를 포함한 모든 것을 잃었다고 말했다. 나는 그 남자를 생각하며 호텔로 걸어갔다. 대통령을 둘러싸고 있는 담 안에 있으면서 어떻게 그와 같은 사람들의 문제를 언제나 잊지 않을 수 있을까?

나는 14명의 민주당 원내 지도자들과 아침식사를 한 뒤에 상원의 소수당 의장 밥 돌을 비공개 방문했다. 나는 늘 돌을 존경해왔다. 그는 제2차 세계대전 때 입은 부상을 극복한 용기 있는 사람이었으며, 식량 카드와 장애인 인권 같은 문제에서 민주당과 협력해온 사람이기 때문이었다. 그러나 그는 당의 입장에 따라 행동하는 사람이었기 때문에, 내가 선출되던 날 지체 없이 "다수로 승리한 것이 아니기 때문에 분명한 통치 위임이 이루어졌다고 볼 수 없다"고 말하기도 했다. 따라서 돌은 그의 책무가 "공화당을 단결시키고, 무소속과 로스 페로 지지자들을 끌어당겨 우리의 독자적인 의제를 설정하기 위해 노력하는 것"이라고 말했다. 돌과 나는 우호적인 대화를 나누었지만, 그 자리를 나오면서 우리의 관계가 어떻게 될지, 그의 의제가 어떤 것인지 잘 알 수가 없었다. 어쨌거나 돌도 대통령이 되기를 바라는 사람이었다.

나는 하원 소수당 의장인 일리노이 출신의 구식 보수주의자 밥 미켈과 따뜻한 대화를 나누었다. 그러나 공화당 원내총무인 조지아의 뉴트 깅리치는 휴가를 떠나고 없어 아쉬웠다. 깅리치는 하원에서 보수적인 공화당 의원들의 정치적·지적 지도자였다. 그는 문화적·종교적 보수주의자들과 큰 정부에 반대하고 세금에 반대하는 유권자들을 결합하면 공화당이 영원한 다수당이 될 수 있다고 믿었다. 그는 1990년에 부시 대통령이 민주당의 적자 감소를 위한 일괄 법안에 서명을 했다는 이유로 그를 심하게 닦달했다. 그 법안에 휘발유세 인상이 포함되어 있었기 때문이다. 그가 나를 어떻게 할 생각인지는 상상만 할 수 있을 뿐이었다.

호텔로 돌아와 합동참모본부장인 콜린 파월 장군과 자리를 함께 했다. 레이건과 부시의 지원 하에 군대에서 최고 지위에 오른 사람으로서, 파월은 이제 전과 전혀 다른 총사령관 밑에서 참모본부장으로 마지막 9개월을 보내야 했다. 파월은 동성애자들이 군에서 복무하도록 허용하자는 나의 제안에 반대했다. 그러나 그를 대중의 영웅으로 만든 걸프전쟁 기간 동안, 펜타곤은 사실을 알고 있으면서도 100명 이상의 동성애자들이 복무하는 것을 허용했고, 전쟁이 끝나 그들이 더 필요 없게 된 후에야 제대를 시켰다. 이런 의견 차이에도 불구하고, 파월 장군은 정직한 조언을 하고 최선을 다해 맡은 일을 하겠다는 점을 분명히 했다. 그것이야말로 내가 바라는 것이었다.

힐러리와 나는 패멀라 해리먼이 주최하는 저녁 파티에 참석하는 것으로 워싱턴 일정을 끝마쳤다. 그 전날 밤에는 버넌과 앤 조던 부부가 저녁을 먹자고 우리와 함께 다른 몇 사람을 초대하기도 했다. 이 파티들은, 나중에 캐서린 그레이엄이 주도한 파티와 더불어 힐러리와 나를 워싱턴의 정계, 언론계, 재계의 중요한 사람들에게 소개하기 위해 마련된 자리였다. 그들 대부분에게 우리는 여전히 낯선 사람들이었다.

우리는 주지사 관저에서 가족과 함께 마지막 추수감사절을 보내고, 매년 하던 대로 우리의 친구가 가정폭력을 피해온 여자와 아이들을 위하여 운영하는 시설을 방문했다. 힐러리와 나는 첼시와 그녀의 친구 일리저버스 플래맹과 함께 캘리포니아로 갔다. 그곳에서 우리는 친구 토머슨 부부 집에 묵으며 레이건 대통령을 방문했다. 레이건은 20세기폭스사가 영화 제작장소로 사용하던 땅에 지어진 아주 멋진 건물에 둥지를 틀고 있었다. 그와 함께 보낸 시간은 정말 즐거웠다. 레이건은 훌륭한 이야기꾼이었으며, 백악관에서 8년을 보냈기 때문에 내가 듣고 싶어 하는 좋은 이야기들을 해줄 수 있었다. 면담이 끝났을 때 레이건은 나에게 그의 트레이드마크인 빨간색, 하얀색, 파란색 젤리빈 과자가 든 단지를 주었다. 나는 그 단지를 8년 동안 집무실에 보관했다.

12월에 나는 국민이 나에게 시키려는 일에 착수했다. 그것은 결정을 내리는 일이었다. 나는 경제에 '레이저 빔'처럼 초점을 맞추겠다고 약속했기 때문에 우선 그 일부터 시작했다. 12월 3일, 주지사 관저에서 연방준비제도 이사회FRB 의장인 앨런 그린스펀을 1대 1로 만났다. 연방준비제도이사회 의장은 경제에 엄청난 영향을 미친다. 연방준비제도이사회는 단기간의 이자율을 결정하는데, 이것이 주택 저당 이자율을 포함한 장기간의 기업과 소비자 대출 이자율을 결정하기 때문이다. 그린스펀은 또 경제의 여러 면에 해박하고 워싱턴에서도 유력하고 노련한 인물이었기 때문에, 그의 연설이나 의회 증언은 큰 무게를 지녔다. 나는 그린스펀이 보수적인 공화당원이라는 사실을 알고 있었다. 따라서 나의 당선에 실망했을 터였다. 그러나 나는 우리가 세 가지 이유에서 함께 일을 할 수 있다고 생각했다. 첫째로 내가 연방준비제도이사회의 독립성을 신봉한다는 것, 둘째로 그린스펀과 마찬가지로 나도 적자 축소를 핵심으로 본다는 것, 셋째로 그 역시 한때 테너 색소폰을 연주했으며, 역시 나처럼 생계를 위해서는 다른 일을 택하는 게 낫다고 판단했다는 것.

　일주일 뒤, 나는 경제팀부터 시작해 각료를 선정해 나갔다. 제일 먼저 임명된 사람은 재무장관 로이드 벤슨이었다. 벤슨은 상원 재정위원회 위원장이었으며, 친기업적인 인물이었다. 키가 훤칠하고 귀족적인 태도를 보여주는 벤슨은 텍사스 남부의 부유한 집안 출신으로, 제2차 세계대전 때는 폭격기 조종사로 이탈리아에서 근무한 뒤 하원의원에 당선되었다. 그는 3선을 한 뒤 하원을 떠나 사업을 하다가, 1970년 선거에서 조지 H. W. 부시 의원을 물리치고 상원의원에 당선되었다. 나는 벤슨을 좋아했으며, 그가 재무 쪽에는 적격이라고 생각했다. 그는 월스트리트에서 존경을 받았고, 의회에서 능력을 발휘할 수 있었고, 성장을 회복하고 빈곤을 줄이자는 나의 목표에 헌신적이었다. 재무부 부장관은 블랙스톤 그룹 투자회사의 부회장 로저 앨트먼으로 결정했다. 로저는 평생 동안 민주당원이었으며 재정통이었다. 그는 우리 팀을 강화시키고, 우리와 월스트리트와의 유대도 강화해줄 터였다. 재무부의 국제 담당 차관은 래리 서머스였다. 그는 28세에 하버드의 최연소 종신 교수가 된 인물이었다. 그는 내가 소문으로 듣던 것보다 더 똑똑했다.

　나는 관리예산국OMB을 이끌 사람으로 하원 예산위원회 위원장인 캘리포니아 출신의 리언 파네타를 선택했다. 관리예산국은 중요한 자리지만, 나에게는 특히 더 중요했다. 나는 적자를 줄이면서도 장기적 번영에 핵심적인 교육, 기술 같은 영역에 대한 지출은 늘리는 예산을 짜내야 했기 때문이다. 리언과 면담을 하기 전에는 그를 몰랐지만, 그의 지식, 힘, 솔직한 태도에 강한 인상을 받았다. 나는 관리예산국장의 최종 후보에 앨리스 리블린도 올려놓고 있었는데, 그녀는 리언 밑의 차장으로 임명했다. 앨리스도 리언과 마찬가지로 아주 유능했으며 적자에 대해서는 매파the hawks였지만, 연방의 도움을 필요로 하는 사람들의 말에 귀를 기울일 줄 알았다.

나는 밥 루빈에게 새 일을 맡아달라고 했다. '국가경제회의'의 의장으로서 백악관에서 경제정책을 조율해달라는 것이었다. 국가경제회의는 국가안전보장회의와 마찬가지로 모든 관련 부처를 모아 정책을 만들고 집행하는 방식으로 운영될 예정이었다. 사실 나는 연방정부가 경제정책 작성에서 조직력과 효율성을 최대한 보여주지 못한다고 생각했으며, 재무부와 관리예산국의 세금과 예산 기능만이 아니라, 상무부, 무역대표부, 경제자문회의, 수출입은행, 중소기업청의 일들까지 한데 모으고 싶었다. 모든 소득 집단과 모든 지역에 혜택을 주는 데 필요한 포괄적이고 복잡한 경제 계획을 집행하려면 모든 가용 자원을 활용해야 했기 때문이다. 루빈은 바로 그런 일을 할 수 있는 사람이었다. 비결은 모르겠지만 그는 억제된 모습과 강렬한 모습을 동시에 보여줄 수 있는 사람이었다. 그는 뉴욕의 커다란 투자회사인 골드만삭스의 공동 회장이었는데, 그곳에서 벌어지는 자존심과 이익의 충돌을 조정할 수 있었다면, 내가 맡기는 일도 잘해낼 것 같았다. 국가경제회의는 백악관 기능에서 가장 큰 변화였으며, 루빈 덕분에 이 회의는 미국에 제대로 봉사할 수 있었다.

나는 버클리 대학의 존경받는 경제학 교수 로러 타이슨을 경제자문회의 의장으로 결정했다고 발표했다. 로러를 만나 얘기를 나누면서 기술, 제조업, 무역 등 내가 국가 경제정책 결정에서 오랫동안 무시되어왔다고 생각하던 미시경제학적 문제들에 관한 그녀의 지식에 감탄했다.

노동부 장관으로는 밥 라이히를 임명했다. 노동부는 레이건과 부시 밑에서 힘을 많이 잃었다. 그러나 나는 노동부를 우리 경제팀의 중요한 부분으로 보았다. 밥은 더 긴밀한 노사 협력의 필요성을 강조하고, 현대 노동 현장에서는 유연성과 안전성이 둘 다 중요하다는 점을 역설하는 좋은 책들을 몇 권 썼다. 그가 건강, 안전, 복지라는 면에서 노동자들의 이해관계를 방어하고, 우리의 새로운 경제정책에 긴요한 노동자들의 지지를 얻어낼 수 있을 것이라고 나는 믿었다.

론 브라운에게는 상무장관을 맡아달라고 부탁했다. 너무 오랫동안 '2급' 기관으로 간주되어온 부서의 중요성을 높이겠다는 공약을 이행하기 위해서였다. 론은 머리가 좋고 배짱이 두둑한 사람으로, 민주당전국위원회를 죽음으로부터 살려냈고, 그 자유주의적이고 노동자 지향적인 기초를 '민주당 지도자협의회'의 새로운 접근방법을 받아들이는 사람들과 결합했다. 통상 문제를 다루는 관료기구에 활기를 불어넣어 미국의 통상 이익을 증진시킬 수 있는 사람을 찾는다면 론이야말로 적임자였다. 론은 최초의 아프리카계 미국인 상무장관이었으며, 이 부서 역사상 가장 유능한 지도자로 손꼽히게 된다.

론 브라운의 상무장관 임명을 발표한 날, 나는 아칸소 주지사직을 사임했다. 이제 그 일에 시간을 할애할 수 없었기 때문이다. 부지사 짐 가이 터커는 주지사직을 인계받을 만반의 준비를 갖춘 유능한 인물이었다. 12월에 주지사직을 떠나면서, 불과 24일이 모자라는 바람에 아칸소 최장수 주지사인 오벌 포버스의 기록을 깨지 못한 것이 아쉬웠다.

주요 경제 관료 자리가 다 채워지자 나는 12월 14일과 15일에 리틀록에서 경제 정상 회의를 주최했다. 우리는 그전부터 6주 동안 미키 캔터, 힐러리의 친구로 캘리포니아에서 나를 지원해주었던 존 에머슨, 어스킨 보울스의 지휘 하에 이 일을 준비해왔다. 어스킨은 노스캐롤라이나 출신의 성공적인 기업인으로, 나의 '새로운 민주당원' 철학과 태아 조직 연구를 지지하는 입장 때문에 대통령 선거에서 나를 지원했다. 어스킨의 집안에는 당뇨병 내력이 있었으며, 그는 나와 마찬가지로 당뇨병 등 현재 치료 불가능한 질병의 수수께끼를 푸는 데 태아 조직 연구가 핵심이라고 보았다.

회의 계획이 발표되자 미국의 모든 사람이 그 자리에 참석하고 싶어 하는 것 같았다. 미키와 어스킨은 그 수많은 참석 희망자들을 리틀록 컨벤션 센터의 강당에 들어갈 수 있는 규모로 줄이는 동시에 이 행사를 취재하고 싶어 하는 전 세계에서 몰려온 엄청난 숫자의 기자들을 위한 공간을 확보하느라 애를 먹었다. 마침내 그들은 대표자 수를 329명으로 추릴 수 있었다. 여기에는 「포춘」지 선정 500대 기업에 속하는 회사의 총수로부터 실리콘밸리의 임원, 상점 주인까지 망라되었으며, 노동계 지도자, 학자, 알래스카의 농장 주인, 월머 맨킬러(사람을 죽이는 자라는 뜻—옮긴이주)라는 당당한 이름을 가진 체로키 인디언 추장까지 포함되어 있었다.

회의가 열렸을 때 분위기는 바짝 달아올라 있었다. 정책 결정자들을 위한 록 콘서트 같았다. 언론에서는 이 회의를 '벼락치기 공부 축제'라고 불렀다. 모든 토론자들이 날카로운 통찰과 새로운 구상을 제시했으며, 그 결과 내 앞에 놓인 선택들이 분명해졌다. 설사 중산층의 감세폭을 줄이더라도, 아니면 그것을 완전히 포기하더라도 적자를 줄이는 것이 내게 1순위라는 데 거의 완전한 합의가 이루어졌다. 우리가 '미키의 연수회'라고 부른 이 회의는 엄청난 성공을 거두었는데, 정책 벼락치기 공부를 하는 사람들의 눈에만 그렇게 보인 것이 아니었다. 회의 뒤의 여론조사는 미국 국민의 77퍼센트가 나의 대통령직 인수 준비에 찬성한다는 것을 보여주었다.

경제 회의는 내가 약속한 대로 미국이 통화침투설에 따른 경제에서 투자와 성장의 경제로, 변화하는 세계 경제 속에서 기반을 잃어가는 사람들을 무시하는 미국에서 다시 한 번 모든 책임 있는 국민에게 기회를 주는 미국으로 옮겨간다는 메시지를 분명하고 힘차게 전했다. 결국 나는 미키 캔터를 미국 무역 대표로, 어스킨 보울스를 중소기업청장으로, 존 에머슨을 백악관 비서진으로 임명하게 된다. 우리 팀에서 자신의 힘으로 자리를 얻은 사람을 꼽는다면, 누구보다도 그들을 꼽지 않을 수 없다.

경제 회의 직전 나는 맥 맥라티를 백악관 비서실장에 임명했다. 특이한 선택이었다. 맥은 부시 대통령 밑에서 두 번 연방위원회에 참여했지만, 워싱턴의 내부 인사라고 할 수는 없었기 때문이다. 맥은 그 점을 걱정했다. 그는 나에게 자신의 기업 경험에 맞는 경제 쪽 자리가 더 낫겠다고 말했다. 그럼에도 나는 맥에게 그 자리를 받아들이라고 밀어붙였다. 그가 백악관 비서진이 편안하게 일할 수 있도록 조직력을 발휘하고, 내가 일하고 싶은 팀 분위기를 만들 것이라고 확신했기 때문이다. 그는 자신에게 엄격했고, 똑똑했고, 협상 기술이 뛰어났으며, 많은 일들을 동시에 파악하고 끝까지 추진하는 능력이 있었다. 그는 또 40년 이상 나의 의리 있는 친구였다. 나는 그가 다양한 관점과 정보원으로부터 나를 차단하지 않을 것이라고 믿었다. 솔직히 우리의 재직 기간 초기 몇 달 동안은 그와 나, 둘 다 워싱턴의 정치와 문화의 음정을 따라가지 못해 고생을 했다. 그러나 우리는 결국 맥 덕분에 많은 일을 해낼 수 있었고, 이전의 수많은 백악관 비서진에게서는 찾아볼 수 없었던 협력의 분위기를 만들어낼 수 있었다.

12월 11일에서 18일 사이에 나는 역사상 가장 다양한 출신 배경을 가진 행정부를 구성한다는 목표에 접근해가고 있었다. 11일에는 워싱턴 대학 총장 도너 섈랄라를 보건복지부 장관에, 플로리다 주 환경청장 캐럴 브라우너를 환경보호국장에 임명했다. 힐러리와 나는 키는 150센티미터에 불과하지만 엄청난 힘을 발휘하는 레바논계 미국인 섈랄라를 오래전부터 알고 있었다. 브라우너는 면담 때 처음 봤지만 좋은 인상을 받았으며, 내 친구인 로턴 차일스 주지사가 그녀를 높게 평가했고 앨 고어도 그녀가 그 일을 해주기를 바랐다. 두 여자는 나의 8년 임기 내내 그 자리를 지키면서 수많은 중요한 일들을 해내게 된다. 15일, 언론에는 미국 공중위생의 총책임자인 공중위생국 장관으로 아칸소 보건부 국장인 닥터 조이슬린 엘더스가 임명될 것이라는 보도가 나왔다. 그녀는 아칸소 의대를 졸업한 두 번째 흑인 여성이자 소아 당뇨의 권위자였다.

17일에는 헨리 시스네로스를 도시주택부 장관으로 발표했다. 헨리는 뛰어난 정치적 재능과 착한 마음씨를 겸비한 사람으로, 미국에서 가장 많은 인기를 얻은 남미계 정치가였다. 게다가 시장으로서 샌안토니오의 부흥을 이끈 훌륭한 이력으로 그 자리에 알맞은 자격을 갖추고 있었다. 나는 또 해병대 출신으로 베트남 참전용사이며 미국상이용사회의 사무총장인 아프리카계 미국인 제시 브라운을 보훈부 장관으로 임명했다.

12월 21일에는 미네소타의 노던 스테이츠 파워 컴퍼니의 아프리카계 미국인 설비 담당 이사인 헤이절 오리어리를 자원부 장관에 임명했고, 사우스캐롤라이나 주지사 출신인 딕 라일리를 교육부 장관에 임명했다. 헤이절은 천연가스의 전문가였으며, 나는 그 개발을 지원하고 싶었다. 천연가스가 석유와 석탄보다 깨끗하고 양도 풍부하여 청정에너지로 가는 중간 정거장으로 손색이 없었기 때문이다. 딕과 나는 오래전부터 친구 사이였다. 그의 겸손한 태도만 보고 그를 판단해서는 안 된다. 그는 오랫동안 척추에 문제가 있어 늘 심한 통증에 시달렸음에도 법조계와 정계에서 성공을 거두고 훌륭한 가족을 이루었다. 게다가 그는 훌륭한 교육 전문가였다. 선거운동 기간 동안 나는 아칸소가 지난 10년간 교육에서 사우스캐롤라이나를 제외한 다른 어떤 주보다 큰 진전을 이룩했다는 기사를 자주 인용했다.

12월 22일 화요일, 나는 국가안보팀 전체를 발표했다. 국무장관에 워런 크리스토퍼, 국방장관에 레스 애스핀, 유엔 대사에 매들린 올브라이트, 국가안보 보좌관에 토니 레이크, 중앙정보부장에 짐 울시, 대통령 해외정보자문위원회 위원장에 빌 크로 제독을 임명한 것이다.

크리스토퍼는 카터 대통령의 국무장관이었으며, 이란에 잡혀 있던 미국 인질들을 석방시키는 협상에서 주요한 역할을 했다. 그는 부통령과 내각 선정 과정에서 나를 잘 보좌했으며, 기본적인 외교정책 목표가 나와 같았다. 어떤 사람들은 그의 성격이 너무 차분해서 힘을 발휘하기 어렵다고 생각했으나, 나는 그가 해야 할 일은 반드시 해낸다는 것을 알고 있었다.

나는 샘 넌이 국방장관직을 맡지 않겠다는 의사를 분명히 밝힌 뒤에 레스 애스핀에게 그 자리를 제안했다. 애스핀은 하원 군사위원회 위원장으로서 하원에서 누구보다 국방에 대해 잘 아는 사람이었으며, 냉전 이후 세계의 안보 문제를 잘 이해하고 있었고 그에 대응하여 군 현대화를 위해 노력하고 있었다.

나는 듀카키스 선거운동 때 처음 만난 이래로 조지타운 대학의 인기 있는 교수 매들린 올브라이트에게서 좋은 인상을 받았다. 체코슬로바키아 출신으로 바츨라프 하벨의 친구이기도 한 올브라이트는 민주주의와 자유의 정열적이고 논리적인 옹호자였다. 나는 그녀가 냉전 이후 시대의 유엔에서 미국을 위한 이상적인 대변인이 될 것이라고 생각했다. 그리고 그녀가 국가 안보 문제에 대해서도 조언을 해주기를 바랐기 때문에, 유엔 대사를 각료급으로 높였다.

국가안보 보좌관 결정은 약간 까다로웠다. 토니 레이크와 샌디 버거, 둘 다 선거운동 기간 내내 나에게 외교정책을 가르치고 조언하는 일을 잘해주었기 때문이다. 토니가 샌디보다 나이가 약간 많았으며, 샌디는 카터 국무부 시절 토니 밑에서 일하기도 했다. 그러나 나는 샌디를 더 오래, 더 잘 알았다. 결국 샌디가 나에게 와서, 토니를 국가안보 보좌관으로 임명하면 자기가 부보좌관을 맡겠다고 함으로써 일이 매듭지어졌다.

중앙정보부장 자리는 맨 마지막에 채워졌다. 나는 하원 정보위원회 위원장인 오클라호마의 데이브 맥커디 의원을 임명하고 싶었지만, 그가 사양하는 바람에 무척 실망했다. 1991년 말 샌디 버거는, 국가안보와 국방에 대해 민주당이 일반적으로 표방하는 것보다 더 보수적인 견해를 표명하는 민주당 의원 및 무소속 의원들로 이루어진 다양한 그룹과 함께 국가 안보 토론회를 주최하였는데, 나는 그곳에서 짐 울시를 처음 만났다. 울시는 워싱턴 외교정책 기구들 내에서 오랫동안 활약한 인물로, 아주 똑똑하고 그 자리에 관심도 있었다. 나는 한 번 면담한 뒤 울시에게 그 자리를 제안했다.

국가안보팀을 발표하고 나자 내 스스로 정해놓은 내각 구성 마감시한인 크리스마스까지 일을 마칠 수 있겠다는 생각이 들었다. 크리스마스 이브에 미키 캔터의 임명을 공식 발표하고, 미시시피의 마이크 에스피를 농무장관으로, 덴버 시장 출신의 페데리코 페냐를 교통부 장관으로, 애리조나 주지사 출신의 브루스 배빗을 내무부 장관에, 에이트너 생명상해보험의 법률고문 조 베어드를 첫 여성 법무장관에 임명함으로써 마감시한을 지켰다.

에스피는 민주당지도자협의회에서 적극적으로 활동했으며, 농업 문제를 잘 이해했고, 뉴올리언스의 빌 제퍼슨 의원과 애틀랜타의 존 루이스 의원과 더불어 아칸소 밖에서 나를 지지한 최초의 저명한 흑인 지도자들 가운데 한 사람이었다. 나는 페냐를 잘 몰랐지만, 그는 훌륭한 시장이었으며 덴버의 커다란 새 공항 건설을 지휘한 경험이 있었다. 항공 산업은 곤경에 처했으며, 그들의 문제를 이해하는 교통부 장관을 원하고 있었다. 브루스 배빗은 내가 가장 좋아하던 주지사 동료 가운데 한 사람이었다. 머리가 좋고, 권위를 싫어하고, 재치 있는 브루스는 전통적으로 공화당이 강세인 애리조나에서 당선되었으며, 적극적이고 진보적인 주지사로서 성공을 거두었다. 나는 그가 카터 대통령이 겪었던 것과는 달리 서부 여러 주에서 부작용을 덜 겪으면서 우리의 환경 관련 의제들을 추진해나가기를 바랐다.

나는 원래 버넌 조던을 법무부 장관으로 임명할 생각이었다. 그는 유명한 민권 변호사였으며, 미국 재계에서도 그에 대한 평가가 좋았다. 그러나 버넌은 제임스 카빌과 마찬가지로 정부에 들어오지 않겠다고 결심을 굳히고 있었다. 버넌은 12월 초에 주지사 관저의 뒤쪽 포치에서 이야기를 하던 도중 그런 의사를 밝혔으며, 나는 몇 사람을 고려하다가 결국 조 베어드를 선택했다.

나는 조를 면담 때 처음 만났다. 그녀는 에이트너의 법률고문으로 일하기 전에 카터의 백악관에서 일했으며, 가난한 사람들의 옹호자였다. 그녀는 불과 마흔이었음에도, 법무장관의 역할과 자신이 마주하게 될 난제들을 매우 깊이 있게 이해하는 것 같았다.

마약 차르CZAR(마약 대책 책임자를 가리킨다—옮긴이주), 중소기업청장, 연방비상관리국장 등 몇 개의 자리를 나중에 각료급으로 높이기는 했지만, 뛰어난 능력과 전례 없는 다양한 출신 배경을 갖춘 내각 구성을 크리스마스까지 완료할 수 있었다.

그런데 크리스마스의 가장 큰 뉴스는 이것이 아니었다. 부시 대통령은, 독립변호사(특별검사와 비슷한 뜻으로 쓰인다—옮긴이주) 로런스 월시가 이란-콘트라 사건으로 기소했던 캐스퍼 웨인버거를 비롯한 여섯 사람을 사면함으로써 이전 자신의 동료들에게, 그리고 잠재적으로는 자신에게 큰 크리스마스 선물을 주었다. 웨인버거의 재판은 곧 열릴 예정이었으며, 부시도 증인으로 소환될 가능성이 있었다. 월시는 격분하여 사면 조치를 6년간의 은폐 작업의 완성이라고 비난하면서 이렇게 말했다. "이것은 어떤 사람도 법위에 있을 수 없다는 원칙을 훼손한다. 이것은 막강한 협력자를 가진 막강한 사람들이 고위직에 앉아 심각한 범죄를 저질러 의도적으로 공중의 신뢰를 악용하고도 아무런 대가를 치르지 않을 수 있다는 것을 보여준다." 이제 피고들 가운데 누구도 법정에 소환하여 선서 증언을 시킬 수 없게 되었으므로, 더 많은 사실이 드러난다 해도 그들은 법정에 나오지 않을 가능성이 높았다. 바로 2주 전, 월시는 대통령과 그의 변호사 보이든 그레이가 계속되는 요청에도 불구하고 이란-콘트라와 관련하여 부시 자신이 당시에 썼던 메모를 1년 이상 제출하지 않았다는 것을 알게 되었다.

나는 이 사면에 반대했으며, 이 문제를 더 확대할 수도 있었다. 그러나 세 가지 이유로 그렇게 하지 않았다. 첫째, 대통령의 사면권은 미국 헌법에서는 절대적인 것이다. 둘째, 나는 나라가 더 분열되기보다는 더 통합되기를 바랐다. 설사 그런 분열로 인해 내가 정치적 이득을 본다 해도 말이다. 셋째, 부시 대통령은 수십 년 동안 조국에 봉사한 사람이었다. 나는 그것을 그와 그의 양심 사이의 문제로 남겨두고, 그가 평화롭게 퇴임할 수 있도록 해주어야 한다고 생각했다.

크리스마스가 지난 어느 날 나는 유쾌하고도 놀라운 일을 경험했다. 「타임」이 나를 '올해의 인물'로 선정하겠다고 발표한 것이다. 선정 이유는 나에게 '미국에 주기적으로 찾아오는 재창조를 이끌고 나갈' 기회가 주어졌다는 것이었다. 이 재창조란 '미국인들이 자신의 이미지를 다시 상상함으로써 가장 깊은 곤경에서 헤쳐나오는 순간'이라고 규정했다. 나에게 소감을 물었을 때, 나는 기분은 좋지만 어려운 세상 때문에, 할 일이 너무 많아 수렁에 빠지는 듯한 느낌 때문에, 워싱턴으로 이사하는 것이 첼시에게 좋을지 알 수 없기 때문에, 걱정이라고 말했다. 첼시는 잘 지내게 되었지만, 나의 다른 걱정들은 근거 있는 것이었음이 입증되었다.

나는 힐러리, 첼시와 함께 새해를 르네상스 위켄드의 힐튼 헤드에서 맞이했다. 이것은 우리가 거의 10년 동안 매년 해오던 일이었다. 오랜 친구들과 함께 어울리니 즐거웠다. 해변에서 아이들과 터치풋볼을 하기도 하고, 힐러리가 선물한 새 클럽으로 골프를 치기도 했다. 토론회에 참석하는 것도 즐거웠다. 과학에서 정치나 사랑에 이르기까지, 모든 문제에 대해 이야기하는 사람들로부터 늘 배울 것이 있었기 때문이다. 그해에는 특히 '봉투에 싸온 도시락을 먹으며 대통령에게 하고 싶은 이야기'가 마음에 들었다.

한편 부시 대통령은 밖으로 나가 활보하고 있었다. 우선 소말리아의 미군 부대를 방문했다. 이어 나한테 전화하여, 보리스 옐친과 전략 무기 제한 협정인 START II에 서명하기 위해 러시아로 향한다고 전해주었다. 나는 그 협정을 지지했기 때문에, 상원에서 협정의 비준을 밀어붙일 준비가 되어 있다고 말했다. 부시는 또 나를 지원해주기도 했다. 그는 다른 세계 지도자들에게 내가 "대통령으로서 성공하기를 바란다"고 말했으며, 내가 중요한 문제를 놓고 "함께 일하기 좋은 사람임을 알게 될 것"이라고 말하기도 했다.

1월 5일, 힐러리와 나는 첼시를 사립학교인 시드웰 프렌즈에 입학시키기로 했다고 발표했다. 그때까지 첼시는 공립학교를 다녔으며, 사실 워싱턴이 속해 있는 컬럼비아특구에도 좋은 공립학교가 몇 개 있었다. 그럼에도 첼시와 의논을 한 뒤 시드웰로 결정한 일차적인 이유는 그래야 사생활이 보장되기 때문이었다. 첼시는 열세 살 생일을 앞두고 있었다. 힐러리와 나는 첼시에게 가능한 한 평범한 십대를 보낼 기회를 주고 싶었다. 첼시도 그것을 원했다.

취임식을 불과 2주 남겨놓은 1월 6일, 부시 행정부의 관리예산국장 리처드 다먼은 새해의 예산 적자가 이전의 예측치보다 훨씬 높을 것이라고 발표했다(내 비서진은 다먼이 더 큰 규모의 적자에 대해 알고 있으면서도 선거가 끝날 때까지 이 나쁜 소식을 발표하지 않고 미룬 것이라고 확신했다). 어쨌든 경제가 미약하게 회복되고 있는 상황에서 단기간에 적자를 반으로 줄이는 일, 적자 감소에 필요한 지출 축소나 세금 인상을 장기적인 경제 번영의 핵심적인 영역들에 대한 투자 확대와 올바르게 결합하는 일, 중간 및 낮은 수준의 임금을 받는 노동자들을 위해 세금의 공정성을 확립하는 일 등 여러 가지 다급한 현안들 사이에 우선순위를 부여하는 것이 훨씬 더 어려워지게 되었다.

다음 날 경제팀은 주지사 관저의 식당 탁자에 둘러앉아 우리의 딜레마에 대해 토론하고, 최대의 성장을 보장할 수 있는 정책 선택이 무엇인지 연구했다. 전통적인 케인스 경제 이론에 따르면, 불황 때는 정부가 적자 운영을 하고, 호황 때는 균형을 맞추거나 흑자 운영을 해야 했다. 따라서 적자를 반으로 줄이는 데 필요한 강력한 지출 감소와 세금 인상의 결합은 현재 상황에서는 잘못된 처방으로 보였다. 그래서 프랭클린 루스벨트는 예산 균형을 맞추겠다는 공약을 가지고 선출된 뒤에, 적자 축소를 포기하고 사람들에게 일자리를 만들어주고 개인 경제를 자극하기 위해 지출을 늘렸던 것이다.

전통적인 분석을 현재 상황에 적용할 때는 문제가 생기기도 하는데, 레이건과 부시 행정부 시절에 호황 때나 불황 때나 달라지지 않는 엄청난 구조적 적자가 생기게 되었다는 점도 바로 그런 문제점이었다. 레이건 대통령이 취임할 때 국채는 1조 달러였다. 그의 8년 재임기간 동안 1981년의 대폭 감세와 지출 증대로 인해 이것이 세 배로 불어났다. 부시 대통령 행정부에서 빚은 불과 4년 만에 3분의 1이 더 불어났다. 이제 그 액수는 총 4조 달러에 달했으며, 그 연간 이자는 연방 예산에서 국방과 사회보장 다음으로 큰 항목이었다.

적자는 이른바 공급측 경제학의 불가피한 결과였다. 이 이론은 세금을 인하할수록 경제는 성장하며, 이 성장을 통해 이전에 높은 세율로 거두어들였던 것보다 낮은 세율로도 더 많은 세입이 발생한다는 이론이었다. 물론 이 이론대로 되지는 않았다. 적자는 1980년대의 회복기 내내 폭발적으로 불어났다. 공급측 이론은 형편없는 산수와 엉터리 경제학을 바탕으로 한 것이었음에도, 공화당은 그들의 세금을 기피하는 이데올로기적 태도 때문에, 그리고 단기적으로 공급측 이론이 좋은 정치로 보이기 때문에 그것을 고수했다. "더 소비하고 세금은 덜 내라"는 것은 듣기에도 좋고 기분도 좋지만, 그 때문에 미국은 깊은 수렁으로 빠져들고 우리 자녀의 미래에는 먹구름이 끼었던 것이다.

대규모 무역적자와 더불어 예산적자 때문에 미국은 매년 초과 지출에 충당할 엄청난 자본을 수입해야 했다. 그런 돈을 끌어오면서도 달러 가치의 급격한 하락을 피하기 위해, 미국은 내가 당선되기 전의 경제 침체기에도 필요 이상으로 높은 이자율을 유지해야 했다. 그런 높은 이자율은 경제성장을 막았으며, 중산층 미국인들은 엄청난 간접세를 내야 했다. 그들은 주택 저당, 자동차 할부금을 비롯한 외상 구매에 더 많은 돈을 내야 했다.

회의를 시작하자 사회를 보던 밥 루빈은 먼저 리언 파네타의 의견을 물었다. 리언은 경제 침체기에는 세입은 낮은 반면, 정부의 원조를 받을 자격을 갖추는 사람이 늘어나고 건강관리 비용이 치솟아 지출이 늘어나기 때문에 적자가 더 심해진다고 말했다. 로러 타이슨은 현재의 상태가 계속되면 경제는 앞으로 몇 년간 2.5퍼센트 내지 3퍼센트의 비율로 성장할 텐데, 이것은 실업을 낮추거나 지속적인 회복을 보장하기에는 모자라는 비율이라고 말했다. 이어 우리는 본론으로 들어갔다.

강력한 적자 감축안이 이자율을 낮추어 (정부가 민간 부문과 돈을 빌리려고 경쟁하는 일이 줄어들 것이므로) 성장을 자극하고 실업을 감소시키는가 하는 질문에 나의 경제 보좌관 가운데 한 사람인 앨런 블라인더는 그렇게 될 수 있지만, 그런 긍정적인 효과도 2년 정도는 정부 지출 감소나 세금 인상의 부정적인 경제적 영향 때문에 상쇄될 것이라고 말했다. 단 연방준비제도이사회와 공사채 시장이 이자율을 상당히 낮추는 것으로 우리의 계획에 호응하면 상황이 달라질 수 있다고 했다. 그러나 블라인더는 지난 몇 년간 적자 축소에 대한 수많은 거짓 약속이 나왔던 터라, 공사채 시장의 강력한 긍정적 반응은 기대하기 힘들다고 생각했다. 래리 서머스는 그의 의견에 반대했다. 좋은 계획이 있으면 경제가 회복해도 인플레이션의 위협이 없다고 시장을 설득하여 이자율을 낮출 수 있을 것이라는 이야기였다. 그는 몇몇 아시아 국가들의 예를 들어 자신의 의견을 뒷받침했다.

이것이 보통 미국인들의 삶을 지배하는 서른 살짜리 채권 거래업자들이 가지고 있는 힘에 대한 우리의 수많은 대화 가운데 첫 번째 예다. 이 문제에 대한 나의 시끄러운 불평, 그리고 밥 루빈의 이에 대한 반박에 사람들이 웃음을 터뜨리기도 했지만, 사실 이 문제는 정말 심각했다. 전국 실업률이 7퍼센트 이상으로 고정된 상황에서 우리는 어떻게든 해야 했다. 타이슨과 블라인더는 경제의 장기적인 건강을 위해서는 적자를 줄여야 하지만, 그렇게 하면 단기적으로는 성장이 늦어진다고 말하는 것 같았다. 벤슨, 앨트먼, 서머스, 파네타는 공사채 시장 주장을 받아들여, 적자 축소가 경제성장을 가속화할 것이라고 믿었다. 루빈은 그냥 회의만 주재했지만 그도 두 번째 그룹과 의견이 같다는 것을 알 수 있었다. 앨 고어도 마찬가지였다. 밥 라이히는 회의에 불참했지만, 다음 날 나에게 메모를 보내 채무가 국내총생산에서 차지하는 비율이 정상보다 높지만, 교육, 훈련, 비국방 연구개발에 대한 투자는 국내총생산에서 차지하는 비율이 레이건 시대 이전보다 훨씬 낮아졌으며, 이러한 투자 저하는 대규모 적자만큼이나 경제에 해롭다고 주장했다. 그는 적자를 반으로 줄이는 것이 목표가 아니라, 적자, 그리고 투자가 국내총생산에서 차지하는 비율을 레이건-부시 시대 이전으로 돌리는 것이 목표라고 말했다. 라이히는 투자가 생산성, 성장, 고용을 늘리며, 이를 통해 적자를 줄일 수 있다고 말했다. 그러나 만일 적자 감소만을 목표로 한다면, 빈약한 세입을 동반한 정체된 경제 때문에 어차피 적자를 반으로 줄이지도 못하게 될 것이라고 말했다. 진 스펄링도 라이히의 의견에 동의했던 것 같다.

내가 이 문제를 곰곰이 생각하는 동안, 우리는 필요한 적자 축소를 달성할 방법에 대한 이야기로 옮겨갔다. 나의 선거운동 계획인 '국민을 먼저'에서 나는 임기 4년의 중반에 이르기 전까지 예산을 1,400억 달러 이상 줄이겠다고 주장했다. 적자 액수가 높아졌기 때문에 4년 안에 적자를 반으로 줄이겠다는 나의 목표에 이르려면 더 줄여야 했다.

우리는 처음으로 무엇을 줄일 것인가 하는 토론에 들어갔다. 예를 들어 사회보장에서 생계비 수당COLA을 줄이면 절약을 많이 할 수 있었다. 그러나 힐러리의 지적대로, 65세가 넘는 미국 국민의 거의 절반이 사회보장제도 덕분에 빈곤선 이상의 수준에서 살아갈 수 있었다. 따라서 생계비 수당을 줄이면 그들에게 피해가 갔다. 어쨌든 우리는 최종 결정을 내릴 필요가 없었다. 사실 의회 지도자들과 이야기하지 않고는 결정을 내릴 수도 없었다.

그러나 우리가 결국 어떤 결정을 하든, 쉽지 않을 것임은 분명했다.

선거운동에서 나는 예산 축소와 더불어 부유한 개인과 기업으로부터 돈을 거두어들여 세입을 대폭 늘리겠다고 제안했다. 이제 적자를 반으로 줄이기 위해서도 세입을 더 늘려야 했다. 그렇게 하려면 광범위한 중산층 감세를 없던 일로 해야 할 것이 분명했다. 그래도 나는 소득세 세액 공제를 두 배로 늘려, 1년에 3만 달러 이하를 버는 노동자 가족의 세금은 줄이겠다고 결심하고 있었다. 그런 사람들의 수입은 지난 20년 동안 계속 줄어 도움이 절실했다. 더욱이 사람들을 생활 보호에서 취업으로 옮기는 데 성공을 거두려면 수입이 낮은 일자리를 공적 원조보다 더 매력적인 것으로 만들어야 했다. 로이드 벤슨은 세금 인상이 가능한 항목들을 훑어본 뒤에, 어떤 세금이라도 통과는 어려우며, 따라서 가장 중요한 것은 설득하는 것이라고 말했다. 만일 우리 계획이 의회에서 꺾이면, 나의 대통령직도 시련에 부딪힐 수 있었다. 벤슨은 우리가 의회에 많은 선택안을 제시해야 한다고 말했다. 그래야 한두 개쯤은 통과시키는 데 실패한다 해도, 통과시킨 것들을 가지고 성공을 주장하여 정치적으로 불구가 되는 상황을 피할 수 있다는 것이었다.

세금 문제 토론 뒤에 로저 앨트먼과 래리 서머스는 적자 축소 계획과 병행하여 단기적인 부양 정책을 주장했다. 그들은 소비세와 사업세에서 약 200억 달러의 감세를 권했다. 그렇게 하면 잘될 경우 경제가 일어날 수 있고, 최악의 경우에도 불황으로 뒷걸음질치는 것을 막을 수 있다고 말했다. 그들은 후자의 가능성을 20퍼센트 정도로 보았다. 이윽고 진 스펄링은 새로운 투자를 위한 선택 방안들을 제시하면서, 가장 비싼 안인 900억 달러 안을 옹호했다. 그러면 나의 선거 공약들을 즉시 이행할 수 있다는 것이었다.

발제가 끝난 뒤, 나는 적자 매파들이 옳다고 판단했다. 만일 우리가 적자를 상당량 줄이지 못하면 이자율은 계속 높은 수준을 유지할 것이고, 이것이 지속적이고 강력한 경제 회복을 막을 터였다. 앨 고어도 이 의견을 강력하게 지지했다. 그러나 필요한 적자 감소 액수에 대해 토론하면서, 나는 로러 타이슨과 앨런 블라인더가 예측하고, 로저 앨트먼과 진 스펄링도 일어날 가능성이 있다고 걱정한 단기적 불황을 걱정했다. 거의 6시간 뒤에 우리는 적자 축소 방향으로 나아가고 있었다. 적어도 이런 환경에서 경제정책 결정은 과학이 아니라는 것, 이것이 예술이라면 공사채 시장에서 구경하는 사람들의 눈에 아름다워 보여야 한다는 것은 분명했다.

일주일 뒤 우리는 2차 회의를 했다. 이 회의에서 나는 중산층 감세를 포기했고, 사회보장, 메디케어, 메디케이드에서 절약하는 방향을 모색하기로 했으며, 도매 수준에서 에너지의 열 함량을 기준으로 징수하는 BTU(영국 열량 단위. 1파운드의 물을 화씨 1도 올리는 데 필요한 열량)세금이라고 부르는 광범위한 에너지 세금에 대한 앨 고어의 제안을 지지했다. 앨 고어는 BTU세금이 석탄, 석유, 천연가스를 생산하는 주에서는 논란을 불러일으키겠지만, 이것은 경제의 모든 부문에 적용되어 일반 소비자들의 부담을 줄일 것이며, 우리에게 간절히 필요한 에너지 보호를 촉진할 것이라고 주장했다.

우리는 다시 몇 시간 동안 적자 축소를 얼마나 할 것이냐를 놓고 논란을 벌였는데, 5년 뒤를 기준으로 잡고 현재로 거슬러오는 방식으로 계산해보았다. 고어는 강경한 입장을 보였다. 그는 우리가 적자를 최대한 줄이면, 용기가 있다는 평가를 받고 새로운 현실을 창조하게 될 것이며, 일정 소득 수준 이상의 사회보장 수혜자들에게 연금에 대한 소득세를 낼 것을 요구하는 등 전에는 생각도 못했던 일을 할 수 있을 것이라고 말했다. 리블린도 고어에게 동조했다. 블라인더는 연방준비제도이사회와 공사채 시장에서 우리를 믿는다면 가능할 수도 있다고 말했다. 타이슨과 앨트먼은 단기적인 경제 불황을 피한다는 데 회의적이었다. 스펄링과 라이히도 이번 회의에는 참석하여 더 많은 투자를 주장했다.

스탠 그린버그, 맨디 그런월드, 폴 베걸러도 마찬가지였다. 그들은 회의에 참석할 자격은 없었지만, 내가 우리 선거운동에 참여하지도 않았고 나를 뽑아준 보통 미국인에게 관심을 가지지도 않는 사람들의 영향을 받아, 나의 신념들을 모두 희생할까봐 걱정하고 있었다. 11월 말, 스탠은 실업과 소득 감소 문제에 빨리 대처하지 않으면 나와 유권자들 사이의 밀월 관계가 금방 끝나게 될 것이라는 내용의 메모를 보내왔다. 1992년에 자신의 경제 상태가 나빠졌다고 말한 사람들 중 60퍼센트, 즉 유권자의 3분의 1이 나에게 표를 던졌다. 스탠은 이 계획대로 하면 그들을 잃을지도 모른다고 생각했다. 회의에 참석하던 조지 스테파노풀로스는 스탠과 그의 지지자들에게 적자가 경제를 죽이고 있으며, 이 문제를 해결하지 않으면 경제 회복도 없고, 교육이나 중산층 감세를 비롯한 여러 가지 일들에 쓸 세입도 없을 것임을 설명하려고 노력했다. 벤슨과 파네타는 의회에서 통과시킬 수 있는 수준의 적자 축소를 원했다. 이것은 고어와 리블린이 주장하는 것보다는 적었지만, 그래도 꽤 많았다. 사회자인 루빈은 자신의 생각을 드러내지 않았지만, 나는 그가 벤슨과 파네타 편이라고 느꼈다. 모든 사람의 이야기를 들은 뒤, 나도 그들의 입장을 지지했다.

나는 벤슨에게 공사채 시장의 지지를 얻으려면 적자를 얼마나 줄여야 하느냐고 물었다. 그는 5차년도에 약 1,400억 달러, 5년간 총 5,000억 달러라고 대답했다. 나는 5,000억 달러라는 숫자로 가기로 결정했다. 그러나 지출 축소와 세입 증대에도 불구하고, 우리는 내 첫 임기가 끝날 때까지 적자를 반으로 줄인다는 목표에 이르지 못할 수도 있었다. 그것은 전적으로 성장 속도에 달려 있었다.

우리 전략이 단기적인 경기 침체를 가져올 수도 있기 때문에, 우리는 성장을 더 진작시킬 방법들을 찾았다. 나는 3대 자동차 제조업체의 임원들과 '자동차노동자연합'의 의장 오원 비버를 만났다. 그들은 일본 자동차가 미국 시장의 거의 30퍼센트를 차지하고 있음에도, 일본은 여전히 미국 자동차와 부품 공급자들에게 전체적으로 문을 닫고 있다고 말했다. 나는 미키 캔터에게 일본 시장을 좀더 열게 할 방법을 찾아보라고 부탁했다.

급속하게 성장하던 생물공학 산업 대표들은 연구개발 세액 공제가 더 광범위하게 적용되어 새로 창업된 회사들이 돈을 반환받을 수 있어야 한다고 말했다. 새로 창업된 회사들은 현행법에서는 완전한 세액 공제를 받을 만큼의 돈을 벌지 못하는 경우가 많았기 때문이다. 그들은 또 특허를 좀더 강력하게 보호하여 불공정한 경쟁을 막아야 하며, 식품의약국의 제품 승인 과정을 고치고 속도도 당겨야 한다고 말했다. 나는 경제팀에 그들의 제안을 분석하여 개선안을 만들어보라고 말했다. 마지막으로 나는 200억 달러가

들어가는 개발을 허용했다. 단기간에 경제 활동을 늘리고자 하는 일회적인 자극책이었다.

중산층 감세는 포기하고 싶지 않았지만, 적자 수치가 나빠지는 상황에서 선택의 여지가 없었다. 그러나 우리의 전략이 먹혀든다면, 중산층은 주택 저당 이자율의 하락이나 자동차 할부금, 신용카드 구매, 학자금 대출 등의 이자율 하락으로 감세보다 훨씬 더 큰 직접적 혜택을 보게 될 터였다. 우리는 아마 처음에는 내가 선거운동에서 제안한 만큼 지출을 늘릴 수가 없을 것이라고 보았다. 그러나 적자 축소가 이자율을 낮추고 성장 속도를 높인다면 세입이 늘어날 것이고, 4년간에 걸쳐 나의 투자 목표들을 그대로 추진할 수 있을 것이라고 가정했는데, 이것은 중요한 가정이었다.

또 하나의 중요한 가정이 있었다. 이 전략은 의회가 그것을 채택할 때에만 효과가 있었다. 부시의 패배 이후 공화당의 징세 반대는 더 강해졌다. 따라서 공화당 의원들 가운데 징세가 포함된 내 계획에 표를 줄 사람은 거의 없었다. 보수적인 지역구 출신의 민주당 의원들 가운데도 징세 투표에는 경계심을 갖는 사람들이 많았다. 자리가 확실한 자유주의적 민주당 의원들이라 해도 전체 계획에는 찬성하지만, 감세가 너무 심하면 예산안을 지지하지 않을 수도 있었다.

미국의 경제 문제가 핵심이었던 선거운동을 치른 뒤, 세계적으로 성장이 둔해지고 있는 상황에서, 나는 전례 없는 경제 전략을 손에 들고 대통령 일을 시작해야 했다. 만일 의회를 설득하여 예산안을 통과시킬 수 있다면, 또 만일 연방준비제도이사회와 공사채 시장에서 우리가 바라던 반응을 보이면, 이 예산안은 엄청난 이익을 안겨줄 수 있었다. 물론 이 예산안을 지지할 수 있는 강력한 근거들이 있었지만, 내가 대통령으로서 처리할 국내 문제 가운데 가장 중요한 이 결정은 여전히 큰 도박이었다.

내각을 비롯한 다른 직책에 사람들을 임명하고 경제 계획을 짜는 데 정권이양기의 대부분의 시간을 보냈지만, 다른 일들도 많이 진행되고 있었다. 1월 5일, 나는 보트를 타고 미국으로 건너오려고 하는 아이티인들을 차단하여 되돌려 보내는 부시 대통령의 정책에 대해 회의를 한 다음, 그 정책을 잠정적으로 이어가겠다고 발표했다. 사실 이것은 선거운동 기간에는 내가 강력하게 비판했던 정책이었다. 1991년 라울 세드라스 중장이 아이티에서 선거로 뽑힌 장-바르트랑 아리스티드 대통령을 축출하자 아리스티드를 지지하는 아이티인들이 섬을 탈출하기 시작했다. 세드라스를 지지하는 것으로 보이는 부시 행정부가 난민들을 돌려보내기 시작하자, 인권 그룹들은 거세게 항의를 했다. 나는 아이티인들이 미국에서 쉽게 정치적 피난처를 얻기 바랐지만, 낡은 배를 타고 거친 파도를 넘어오는 과정에서 많은 사람이 죽을까봐 걱정이 되었다. 실제로 일주일 전에 400명이 죽기도 했다.

그래서 우리 안보팀의 조언에 따라, 나는 보트를 타고 미국까지 오는 모든 아이티인들을 받아들이는 방법 대신, 아이티에서 우리의 공식 기구 활동을 강화하여 망명 심사를 신속하게 처리하겠다고 말했다. 그리고 안전상의 이유 때문에 보트는 정지시키고 사람들은 돌려보내겠다고 덧붙였다. 인권 단체들은 이 발표를 비판하고 언론은 이것을 공약 위반이라고 지적했지만, 역설적이게도 아리스티드 대통령은 내 입장을 지지했다. 그는 우리가 부시 행정부 때보다 많은 아이티인들을 미국에 받아들일 것임을 알았으며, 자기 국민이 익사하는 것을 바라지 않았던 것이다.

1월 8일, 나는 20여 년 전 맥거번 밑에서 일했던 텍사스 주 오스틴으로 날아갔다. 나는 숄츠 비어 가든에서 그 시절의 친구들을 만나 점심을 먹은 뒤, 당선 후 처음으로 외국 지도자를 만났다. 상대는 멕시코 대통령 카를로스 살리나스 데 고르타리였다. 살리나스는 자신이 부시 대통령과 협상했던 북미자유무역협정NAFTA을 강력하게 지지했다. 우리를 만나게 해준 사람은 나의 오랜 친구 앤 리처즈 주지사였는데, 그도 북미자유무역협정의 강력한 지지자였다. 살리나스 대통령을 일찍 만나고 싶었던 이유는, 내가 멕시코의 번영과 안정에 관심을 가진다는 사실을 분명히 보여주고, 북미자유무역협정을 강화하기 위해서는 노동과 환경 부문의 합의가 중요하며, 마약 수송을 차단하기 위해 서로 더 협력해야 한다는 내 입장을 전달하기 위해서였다.

13일에 내가 법무장관으로 임명했던 조 베어드가 곤경에 처했다. 그녀가 법무장관을 맡게 되면서 과거에 불법 이민자 두 사람을 가정부로 고용했으며, 그들에 대한 사회보장 세금 가운데 고용자가 내야 하는 부분을 최근에야 냈다는 사실이 문제가 된 것이다. 당시 불법 이민자의 고용은 그렇게 드문 일이 아니었지만, 조에게는 특별한 문제가 되었다. 법무장관은 이민귀화국을 감독하기 때문이다. 조의 조기 승인 가능성이 사라지자, 현직 민사 담당 법무차관인 스튜어트 거슨이 법무장관을 대리하게 되었다. 우리는 법무차관보 내정자인 웹 허블도 법무부로 보내 상황을 관리하게 했다.

다음 이틀 동안 우리는 백악관 비서실의 구성원을 몇 명 더 임명했다. 조지 스테파노풀로스에게 언론 쪽을 맡긴 것 외에, 디디 마이어스를 백악관 최초의 여성 대변인으로 임명했다. 엘리 시걸에게는 새로운 국가 봉사 프로그램 작성을 책임지게 했다. 람 에마누엘에게는 정무를 맡겼고, 알렉시스 허먼에게는 대외업무 담당 보좌관을 맡겼다. 아칸소에서도 사람들을 불러들였다. 브루스 린지는 위원회의 임명을 포함한 인사를 다루기로 했다. 캐럴 래스코는 국내 정책 문제에서 나를 보좌하기로 했다. 주지사 집무실에서 내 스케줄을 관리했던 낸시 헌리시는 내 집무실 바로 바깥의 사무실에 앉아 오벌 오피스의 운영을 감독하기로 했다. 주지사 관저의 관리를 담당했던 맥 코이도 백악관으로 오기로 했다. 데이비드 왓킨스는 백악관의 행정적 기능을 감독하기로 했다. 그리고 나의 평생에 걸친 친구 빈스 포스터도 법률고문실에서 일해주기로 했다.

선거운동에는 참여하지 않았지만 1974년 닉슨 탄핵 조사에서 힐러리와 함께 일했던 버니 너스봄이 백악관 법률고문으로 와주었다. 옥스퍼드 동창인 아이라 매거지너는 의료제도 개혁 일을 도와주기로 했다. 노련한 워싱턴 로비스트 하워드 패스터는 의회 관계를 담당하기로 했으며, 더피 선거운동 시절의 오랜 친구 존 포디스터는 비서실장을 맡기로 했다. 케이티 맥긴티는 앨 고어가 환경정책을 위해 골라준 사람이었다. 정권 인수 작업에서 워런 크리스토퍼의 비서로 일했던 베티 커리가 나를 위해서도 같은 일을 해주기로 했다. 워싱턴이 고향인 젊은 앤드루 프렌들리는 대통령 보좌관이 되어 모든 약속, 모든 출장에 동행하면서 내가 브리핑 서류를 읽었는지 확인해주고, 밖에 나가 있을 때는 백악관과 연락을 유지하는 일을 담당하기로 했다. 고어도 그와 같은 테네시 출신의 로이 닐을 비서실장으로 하는 비서진을 두었다. 힐러리도 마찬가지였는데, 비서실장은 힐러리의 오랜 친구 매기 윌리엄스였다.

나는 내 선거운동을 관리했던 데이비드 윌헬름이 론 브라운의 뒤를 이어 민주위원회의 의장이 된 것에 대해서도 지지를 표명했다. 젊은 데이비드는 론 브라운만한 지명도는 없었지만, 사실 달리 지명도가 있는 사람을 찾아볼 수도 없었다. 그의 힘은 대중 조직력이었다. 우리 당은 주와 지방 수준에서 다시 활력을 찾는 일이 절실하게 필요했다. 이제 우리는 백악관에 들어왔기 때문에, 어차피 앨 고어와 내가 자금을 모으고 대중에게 견해를 표명하는 일에서 큰 몫을 맡아야 할 터였다.

비서진 임명 외에 나는 부시 대통령의 이라크 군사 활동과 미군 1개 대대의 쿠웨이트 파병 결정을 강력히 지지하는 성명을 발표했으며, 처음으로 세르비아 대통령 슬로보단 밀로셰비치를 전범 혐의로 재판에 회부하는 일을 추진하겠다고 말했다. 실제로 그렇게 되기까지는 아주 오랜 시간이 걸렸다.

이 기간 동안 나는 또 주지사 관저에 목사들을 불러 오찬 모임을 열었다. 그것은 내가 다니던 교회의 목사가 제안한 행사로, 그가 초청자 명단을 작성해주었다. 렉스는 내가 그들과 비공식 토론을 하는 것이 도움이 된다고 생각했다. 적어도 교계와 의사소통 통로를 확보할 수는 있었기 때문이다. 이 모임에는 전국적인 명성을 가진 찰스 스윈돌, 애드리언 로저스, 맥스 루카도 등을 포함한 10명 정도의 목사가 참석했다. 우리는 힐러리가 다니던 리틀록 제일연합감리교회의 에드 매슈스 목사도 초청했다. 매슈스 목사는 훌륭한 사람으로, 오찬 모임이 말의 전쟁으로 악화되더라도, 그가 우리를 끝까지 지지해줄 것임을 알았다.

나는 시카고 근처 월로크릭 커뮤니티 교회의 젊고 언변이 좋은 빌 히벨스 목사에게서 특히 강한 인상을 받았다. 그는 자신의 교회를 개척하여, 미국에서 가장 많은 신도가 모이는 교회 가운데 하나로 키운 사람이었다. 다른 목사들과 마찬가지로 히벨스 목사 역시 낙태나 동성애자 인권 문제에서 나와 생각이 달랐지만, 다른 문제들, 예컨대 워싱턴의 정치적 교착 상태를 끝내고 정파적 갈등을 줄이는 데 어떤 지도자가 필요한가 하는 문제에도 관심을 가졌다. 빌 히벨스는 8년 동안 나를 자주 찾아와 함께 기도하고 조언을 했으며, 나의 '영적 건강'(그의 표현이다)을 확인하곤 했다. 우리는 가끔 말다툼도 했으며 때로는 의견의 일치를 보기도 했다. 어쨌든 그는 늘 나에게 축복이었다.

아칸소에서 보내는 마지막 주가 시작되어 진입로에 이삿짐 트럭이 들어오기 시작했다. 나는 아칸소 기자들에게 고별 인터뷰를 하면서, 자랑스러움과 고향을 떠나는 섭섭함이 교차하는 심정을 고백했다. "나는 행복하고 자랑스럽고 슬퍼서 두 번이나 눈물을 흘릴 뻔했습니다…… 나는 이곳에서의 나의 삶을 사랑합니다." 워싱턴으로 떠나기 전에 개인적으로 해야 할 일도 한 가지 있었다. 첼시에게는 원래 학교 과학시간에 사용하려고 구했던 애완용 개구리가 있었다. 첼시는 고양이 속스는 데려가기로 했지만, 개구리는 '정상적인 생활'을 하도록 놓아주고 싶다고 했다. 첼시는 내가 그 일을 해주기를 바랐다. 그래서 나는 아칸소에서 보내는 마지막 날, 개구리가 든 구두 상자를 들고 아칸소 강까지 조깅을 하여, 가파른 강둑을 내려가 개구리를 물에 놔주었다.

우리는 새로운 모험 때문에 흥분하기도 했지만 불안하기도 했다. 첼시는 친구들과 자신이 아는 세계를 떠나기 싫어했다. 그러나 우리는 첼시에게 친구들을 우리가 있는 곳으로 자주 부를 수 있다고 말해주었다. 힐러리는 자기 직업을 가진 독립된 상태에서 벗어나는 기분이 어떨지 궁금해하고 있었다. 그러나 힐러리는 상근 영부인으로서, 자신이 좋아하는 정책 관련 일을 하고 또 자신의 지위에 따르는 전통적인 의무를 수행하기를 바라고 있었다. 힐러리는 놀랍게도 이미 많은 시간을 할애해 백악관의 역사, 자신이 거기에서 해야 할 다양한 기능, 전임자들의 중요한 기여를 공부하고 있었다. 힐러리는 새로운 도전에 직면할 때마다 처음에는 늘 불안해했으나, 일단 상황이 몸에 익으면 긴장을 풀고 즐길 줄 아는 사람이었다. 힐러리가 약간 신경이 예민해졌다고 해서 탓할 수는 없었다. 나도 그랬으니까.

정권이양기는 힘들었고, 정신없이 지나갔다. 돌이켜보면 유능하면서도 미국의 다양성을 반영할 수 있는 인물들로 행정부의 중요한 자리를 채우는 일은 잘한 것 같지만, 공화당의 저명 인사를 각료로 임명하지 않아 양당 협력에 대한 나의 의지를 보여주지 못한 것은 실수였다. 반면 나는 일급 팀을 구성하고, 경제 정상 회의를 열고, 많은 정보를 풀어놓고 철저한 토론을 거치는 정책 결정 과정을 거침으로써 경제를 최우선 과제로 삼겠다는 약속을 지켰다. 또 이미 약속한 대로 새로운 행정부에서 앨 고어는 완전한 파트너였다. 그는 모든 전략 회의에 참여하고, 내각과 백악관 비서진의 임명에도 관여하여 늘 대중의 주목을 받았다.

나는 정권이양기 동안과 그 후에도 중산층 감세, 4년 안에 적자 규모 반감, 아이티 보트 난민 수용 등의 공약을 지키지 않았다고 비판을 받았다. 앞의 두 문제와 관련하여 예상보다 심각한 적자 예측치에 대응하여 계획을 수정한 것일 뿐이라고 답변하면, 일부 비판자들은 부시 행정부가 선거 때까지는 적자를 낮게 추정할 것임을 짐작해서 경제 계획을 짤 때 정부의 공식 발표 수치를 이용하지 말았어야 했다고 말했다. 하지만 나는 그런 비판을 심각하게 받아들이지 않았다. 반면 아이티 문제에 대한 일부 비판은 내가 선거운동 기간에 했던 적절하지 않은 발언들에 비추어 정당하다고 생각했다. 그럼에도 나는 더 많은 망명 요청자를 안전하게 미국에 받아들이고, 결국에 가서는 아리스티드 대통령을 복귀시키기로 결심했다. 이 점에서 내가 성공을 한다면 내 공약은 지켜진 것이라고 할 수 있었다.

나는 또 조 베어드를 임명한 것과, 진행되는 모든 일을 알고 싶어 하고 결정을 하는 데 시간을 너무 많이 쓰는 경향에 대해서도 비판을 받았다. 두 가지 비판 모두 어느 정도 일리가 있다. 그러나 조는 처음부터 유모 문제를 감추지 않았다. 우리가 그 의미를 과소평가했을 뿐이다. 나는 나의 관리 방식에 부족한 점이 아직 많기는 하지만, 정권이양기를 통해 대통령 직무의 가능한 한 많은 측면에 대해서 될수록 많이 알려고 노력했다고 말하고 싶다. 예를 들어 나는 정권이양기에 경제를 이해하기 위해 소비한 많은 시간을 조금도 아까워하지 않는다. 그것은 이후 8년간 나에게 큰 도움이 되었다. 그러나 나는 늘 너무 많은 일을 하려는 경향이 있었으며, 이 때문에 육체적 피로가 쌓이고, 짜증이 나고, 느리다는 비판을 받게 되었다(비판받아 마땅하다고 생각한다). 나는 정권이양기가 실제 대통령직에서 겪게 될 일, 즉 모든 일이 동시에 일어나는 상황을 미리 맛보는 기간임을 알았다. 나는 주지사 시절보다 권한을 더 위임하고, 결정 과정을 좀더 잘 조직해야 했다. 그러나 차관급 인사가 마무리되지 않은 것은 민주당이 12년 동안 권력을 잡지 못했던 상황과 더 큰 관련이 있다. 우리는 많은 사람들을 교체해야 했고, 다양성을 위해 더 넓은 그물을 던져야 했다. 게다가 자신을 고려해달라고 하는 사람들이 아주 많았다. 나아가 필수적인 심사 과정이 너무 복잡해서 시간이 아주 많이 걸렸다. 정계와 언론의 공세에도 끄떡없을 만한 사람들을 찾기 위해 연방 수사관들이 서류를 이 잡듯이 뒤지고 사소한 소문까지 다 확인을 해야 했기 때문이다.

돌이켜보면 정권이양기의 주요한 약점은 두 가지였던 것 같다. 하나는 내각에 많은 시간을 소비하는 바람에 백악관 비서진에는 거의 시간을 쓰지 못했다는 것이고, 또 하나는 나의 가장 중요하고 우선적인 정책에 공중의 관심이 유지될 수 있게 하는 방법을 거의 생각하지 못했다는 것이다. 그 바람에 서로 경합 관계에 있는 이야기들이 새어나갔고, 이것은 최소한 공중의 관심을 큰 문제로부터 돌려버리는 역할을 했으며, 최악의 경우 내가 그런 우선적인 문제들을 무시하는 것처럼 보이게 만들었다.

진짜 문제는 나의 비서진 대부분이 선거운동을 했거나 아칸소 출신으로, 백악관에서 일해본 경험이나 워싱턴의 정치 문화를 다루어본 경험이 없다는 것이었다. 나의 비서진은 재능 있고, 정직하고, 헌신적이었으며, 나는 그들 가운데 많은 사람들의 도움으로 백악관에서 나라를 위하여 일을 하게 되었다. 물론 시간이 지나면서 그들도 뱃멀미에서 벗어나 일을 잘할 수 있었다. 그러나 중요한 초기 몇 달 동안 비서진과 나는 현장 실습을 많이 했으며, 몇 가지는 아주 값비싼 수업료를 치르고 배워야 했다.

우리는 또 메시지를 전하는 것에 대하여 우리가 선거운동 때 했던 것만큼 주의를 기울이지 않았다. 물론 정부에서는, 심지어 대통령이라 해도, 매일 사람들이 원하는 메시지를 전달하기가 어렵다. 앞서도 말했듯이, 모든 일이 동시에 일어나며, 정책 결정(아무리 중요한 결정이라 해도)보다는 논란의 소지가 있는 일이 뉴스를 지배하는 경향이 강하다. 조 베어드와 군대 내의 동성애자 논쟁이 그런 경우였다. 그런 문제는 내 시간의 아주 적은 부분밖에 차지하지 못했지만, 저녁 뉴스를 보는 사람들은 내가 다른 일에는 시간을 쓰지 않는다고 생각할 수도 있었다. 우리가 정권이양기 동안에 이런 심각한 문제를 생각하고 더 열심히 노력했다면, 우리는 이 문제를 더 잘 다룰 수 있었을 것이다.

이런 문제들에도 불구하고, 우리의 정권 인수 과정은 상당히 잘 진행되었다. 아마 미국 국민도 그렇게 생각했을 것이다. 워싱턴으로 떠나기 일주일 전, NBC 뉴스와 「월스트리트 저널」은 나에 대한 우호적 여론이 60퍼센트임을 보여주었다. 이것은 5월의 32퍼센트에서 많이 올라간 것이었다. 힐러리는 성적이 더 좋았다. 66퍼센트가 힐러리를 '미국 여성의 긍정적인 역할 모델'이라고 생각했다. 이전의 조사에서는 39퍼센트였다. 초당파적인 한 조직에서 실시한 여론조사에서는 국민의 84퍼센트가 선거 이후 나의 활동을 긍정적으로 본다는 결과가 나왔다. 부시 대통령의 업무 수행에 대한 지지도도 거의 20퍼센트나 올라가 59퍼센트가 되었다. 미국 국민은 미국에 대한 낙관적 태도를 회복했고, 나에게 성공할 기회를 주고 있었다.

1월 16일, 나는 힐러리, 첼시와 함께 리틀록 공항에 전송 나온 친구들에게 작별 인사를 하면서, 에이브러험 링컨이 백악관으로 떠날 때 기차역에서 일리노이 주 스프링필드 사람들에게 했던 감동적인 작별 인사를 떠올렸다. "내 친구들이여, 나와 같은 상황에 처한 사람이 아니라면 누구도 지금 이 순간의 작별이 얼마나 슬픈지 이해할 수 없을 것입니다. 나는 이곳에, 그리고 이곳 사람들의 친절에 큰 빚을 지고 있습니다…… 하나님이 나와 동행하신다는 것, 그리고 여러분과 함께 계시고, 선을 위해 모든 곳에 계신다는 것을 믿고, 모든 것이 잘되기를 자신 있게 바랍시다." 나는 링컨처럼 잘 말하지는 못했지만, 그 비슷한 메시지를 아칸소 고향 사람들에게 전하려고 최선을 다했다. 그들이 없었다면 나는 그 비행기에 타지 못했을 것이기 때문이다.

우리는 버지니아로 갈 예정이었다. 몬티첼로에 있는 토머스 제퍼슨의 집에서 취임 기념 행사가 열릴 예정이었기 때문이다. 비행기 안에서 나는 당선의 역사적 의미와 앞에 놓인 중대한 도전들을 생각했다. 나의 당선은 제2차 세계대전 참전용사들로부터 베이비붐 세대로 옮겨가는 미국의 세대 교체의 상징이었다. 베이비붐 세대는 버릇없고 자기도취적이라고 비난을 받기도 했고, 이상주의적이며 공동의 선에 헌신한다고 칭찬을 받기도 했다. 자유주의자건 보수주의자건 우리 세대의 정치는 항의, 폭동, 암살로 얼룩진 베트남, 시민권, 1968년의 혼란에 의해 형성되었다.

우리 세대는 또 여성 운동의 막강한 힘을 처음으로 느낀 세대이며, 사람들은 이제 백악관에서 그 영향력을 보게 될 터였다. 힐러리는 역사상 전문적인 업적이 가장 큰 영부인이었다. 이제 힐러리가 변호사 일을 그만두고 이사직도 사임하게 되었으므로, 결혼 후 처음으로 우리 가족은 내 수입으로만 생활해야 했다. 대신 힐러리는 우리 일에서 상근 파트너로서 자신의 엄청난 재능을 마음껏 활용하게 되었다. 나는 힐러리가 엘리너 루스벨트 이후 어떤 영부인보다 긍정적인 영향을 줄 것이라고 생각했다. 물론 영부인은 소란을 피해 있어야 한다고 생각하는 사람들, 또는 정치적으로 우리와 입장이 다른 사람들에게는 그런 활동력이 논란이 될 수 있었다. 그러나 그것 역시 세대교체의 한 과정이었다.

물론 우리는 국민의 뜻에 의해 공화당과 근무교대를 했다. 그러나 우리가 이 혼란스러운 시대의 시험을 통과할 수 있을까? 우리가 경제·사회적 진보, 정부의 정통성을 회복할 수 있을까? 우리가 지구상의 종교적·인종적·민족적 갈등을 어느 정도라도 잠재울 수 있을까? 「타임」지가 '올해의 인물'을 선정하면서 말한 대로, "미국인들이 자신의 이미지를 다시 상상함으로써 가장 깊은 곤경에서 헤쳐나오도록" 인도할 수 있을까? 미국이 냉전에서 승리하고 전 세계에 민주주의가 널리 퍼졌지만, 강대국들은 국내외에서 사람들을 분열시키고 공동체의 허약한 구조를 무너뜨리고 있었다. 이런 도전에 맞서 미국 국민은 나에게 기회를 주어보기로 했다.

선거 3주 정도 뒤에 나는 로버트 맥너매러로부터 훌륭한 편지를 받았다. 케네디 전 대통령과 존슨 전 대통령 시절에 국방장관을 지낸 맥너매러는 베트남전쟁을 비판한 사람으로 유명했다. 그는 편지를 쓰고 싶은 마음이 들었던 이유가, 징병에 저항했으며 1971년에 자살한 나의 옥스퍼드 룸메이트 프랭크 앨러와 나의 우정에 대한 기사를 읽었기 때문이라고 말했다. 그는 이렇게 말했다.

나에게는(이 나라도 마찬가지라고 생각하지만) 클린턴 당신이 대통령으로 당선된 날 마침내 베트남전쟁이 끝났다고 말할 수 있습니다. 이번 투표를 통해 미국인들은 오랜 세월이 지난 지금에서야 마침내 정부의 베트남전쟁 결정이 현명하고 도덕적인 일이냐고 의문을 제기했던 앨러나 클린턴 같은 사람들이 군복을 입고 그곳에서 싸웠던 사람들과 똑같이 애국적인 사람들임을 인정했습니다. 클린턴과 친구들이 1969년의 우리의 행동을 놓고 논쟁하면서 겪었던 괴로움은 당시에도 견디기 힘든 것이었을 텐데, 이제 선거운동 기간에 그 문제가 또다시 등장함으로써 옛 상처를 다시 열게 되었다고 생각합니다. 그러나 클린턴 당신이 그런 공격에 위엄 있게 대응한 것, 그리고 젊은이를 전쟁에 내보내는 결정의 근거에 대하여 질문을 하는 것이 모든 국민의 책임이라는 신념을 저버리지 않은 것은 이 나라를 강하게 만드는 데 기여했습니다.

나는 맥너매러의 편지, 그리고 베트남 참전용사들이 보낸 비슷한 편지들에 감동을 받았다. 선거 직전 오하이오 주 힐스버러 출신으로 해병대에서 복무했던 밥 히긴스는 나에게 그의 베트남 공훈장을 보내면서, 나의 전쟁에 반대하는 입장, '살벌한 선거운동에서 보여준 훌륭한 행동' 때문에 그것을 보낸다고 말했다. 그 몇 달 전 라스베이거스의 로널드 머피는 그의 명예 상이 기장을 보냈으며, 아칸소 주 마머듀크의 찰스 햄프턴은 베트남에서 보여준 무공으로 받은 청동 성장星章을 보냈다. 1992년에 베트남 참전용사들은 나에게 명예 상이 기장 5개, 베트남 공훈장 3개, 전투 보병대 휘장 1개, 그리고 앞서 말한 청동 성장을 보내왔다. 나는 그 대부분을 액자에 넣어 오벌 오피스 옆의 서재에 걸어놓았다.

비행기가 미국의 첫 5명의 대통령 가운데 4명을 낳은 아름다운 버지니아를 향해 서서히 내려가자, 나는 그 참전용사들과 그들의 훈장을 생각하면서 우리가 마침내 1960년대의 상처를 치유할 수 있기를 바랐고, 내가 그들의 희생, 지지, 꿈을 짊어질 자격이 있는 사람이 되기를 기도했다.

30

1월 17일 일요일, 나는 앨과 티퍼 고어, 힐러리와 함께 취임식 주간 행사에 참석하기 시작했다. 우선 몬티첼로를 답사하고, 젊은 사람들과 미국에서의 토머스 제퍼슨의 중요성을 놓고 토론했다.

행사가 끝난 뒤 우리는 버스를 타고 200킬로미터를 달려 워싱턴으로 갔다. 버스는 연방정부를 국민에게 돌려주겠다는 우리의 약속을 상징했다. 게다가 버스에 대한 좋은 추억이 있었기 때문에, 마지막으로 한 번 더 타보고 싶었다. 우리는 셰난도 밸리의 예쁜 도시 컬페퍼에 들러 교회에서 잠깐 예배를 드린 다음 워싱턴으로 향했다. 선거운동 때와 마찬가지로 가는 길에는 행운을 빌어주는 사람들과 더불어 몇 명의 비판자도 있었다.

수도에 도착하자, '미국의 재결합 : 새로운 시작, 새로워진 희망'이라는 제목의 취임식 공식 행사들이 진행 중이었다. 해리 토머슨, 람 에마누엘, 그리고 아칸소 친구로 나중에 나의 두 번째 임기에 의전을 책임지게 되는 멀 프렌치가 특별한 일련의 행사를 준비했다. 대부분의 행사가 무료입장이거나 나를 선출해준 노동자들에게 부담을 주지 않을 정도의 입장료만 받았다. 일요일과 월요일에는 의사당 건물과 워싱턴 기념비 사이의 몰mall에서 음식, 음악, 기예를 보여주는 야외 축제가 열렸다. 그날 밤에는 링컨 기념관의 계단에서 '재결합을 외치며'라는 제목의 콘서트가 열려, 다이애너 로스, 밥 딜런을 포함한 화려한 스타들이 출연했다. 무대부터 워싱턴 기념비까지 꽉 채운 20만 명의 군중은 흥분했다. 나는 링컨의 조각상 밑에 서서 국민의 단결을 호소하는 짧은 연설을 하며, "링컨은 우리가 모두 자유롭고 평등하게 창조되었다는 제퍼슨의 꿈에 새로운 생명을 부여했다"고 말했다.

콘서트가 끝난 뒤 고어 부부와 우리 가족은 손전등을 들고 수천 명의 행렬 앞에 서서 포토맥 강 위의 미모리얼 다리를 건너 알링턴 국립묘지 밖의 레이디 버드 존슨 서클까지 갔다. 오후 6시에 우리가 '자유의 종'의 복제품을 두드리자, '희망의 종소리'가 미국 전역에, 심지어 우주왕복선 인데버 호에까지 울려 퍼졌다. 이어 불꽃놀이가 시작되었고, 몇 차례의 연회가 열렸다. 백악관 길 건너편의 공식 영빈관인 블레어 하우스로 돌아왔을 때 우리는 지쳤지만 환회에 차 있었다. 나는 자기 전에 취임 연설문의 최종 초안을 검토했다.

연설문은 여전히 만족스럽지 않았다. 선거운동 연설들에 비하면 과장이 심한 듯했다. 물론 좀더 위엄 있어 보여야 한다는 것은 알았지만, 질질 끄는 것은 싫었다. 그러나 한 구절은 정말 마음에 들었다. 우리의 새로운 시작이 이 추운 겨울날 미국에 "봄을 앞당겼다"는 표현이 담긴 구절이었다. 이것은 조지타운 대학 총장을 역임한 내 친구 팀 힐리 신부의 표현이었다. 팀은 선거가 끝나고 나서 몇 주 뒤 뉴어크 공항을 걸어가다 심장마비로 급사했다. 친구들이 그의 아파트에 가보니, 타자기에 나에게 보내는 편지가 꽂혀 있었는데, 거기에는 취임 연설문을 위한 제안도 들어 있었다. 우리는 모두 "봄을 앞당겼다"는 구절에 감명을 받았으며, 나는 그를 추모하는 마음으로 그 표현을 꼭 사용하고 싶었다.

1월 18일 월요일은 마틴 루터 킹의 생일을 기념하는 휴일이었다. 나는 조지타운 대학의 안뜰에서 다른 나라의 외교 대표들을 위해 연회를 열고, 올드 노스 빌딩의 계단에서 그들에게 연설을 했다. 그곳은 1797년에 조지 워싱턴이 섰던 자리기도 하고, 프랑스의 위대한 장군이자 혁명전쟁 영웅 라파예트가 1824년에 연설을 했던 곳이기도 하다. 나는 대사들에게 나의 외교 정책이 세 개의 기둥 위에 세워질 것이라고 말했다. 그 세 개의 기둥이란 국내의 경제적 안정, 냉전 이후 세계의 여러 도전에 대응하기 위한 군사력 재구성, 전 세계에서 민주적 가치의 지원이었다. 하루 전에 부시 대통령은 이라크의 무기 생산지로 의심되는 곳에 대한 공습을 명령했고, 이날은 미국 비행기들이 사담 후세인의 방공 기지들을 공격했다. 나는 사담으로 하여금 유엔 결의안을 완전히 따르게 하려는 노력을 지지했으며, 대사들에게도 그 점을 주재국 정부에 강조해달라고 요청했다. 외교 행사 뒤에는 조지타운 대학생들과 동창들(나의 동기 동창들도 많았다)에게 나의 국가에 대한 봉사 정책을 지지해달라고 요청했다.

우리는 차를 타고 킹 목사 기념식이 열리는 하워드 대학으로 향했다. 이어 아름다운 폴저 도서관에서 앨, 티퍼, 힐러리와 함께 내가 선거운동 기간에 만나 강한 인상을 받았던 사람들 50여 명을 불러 점심을 먹었다. 우리는 그들을 '희망의 얼굴들'이라고 불렀다. 그들이 역경에 맞서 용기를 보여주거나, 창의적인 방식으로 이 시대의 도전에 대처해나갔기 때문이다. 우리는 그들이 우리에게 영감을 준 것에 감사하고 싶었고, 취임 주간의 화려한 행사들 저편에서 많은 미국인이 여전히 곤경을 겪고 있다는 사실을 일깨우고 싶었다.

'희망의 얼굴들'에는 서로 경쟁하던 로스앤젤레스 폭력조직 조직원 출신도 둘 있었다. 그들은 로스앤젤레스 폭동 후에 아이들에게 더 나은 미래를 주기 위해 힘을 합쳤다. 나에게 훈장을 보내주었던 베트남 참전용사도 둘 있었다. 시카고의 우범지대에서 폭력으로부터 해방된 매그닛 스쿨(훌륭한 설비와 광범위한 교육과정을 갖추고 있으며 인종 구별 없이 통학 구역에 구애되지 않고 다닐 수 있는 대규모의 학교—옮긴이주)을 운영하는 교장도 있었다. 이 학교 학생들의 성적은 주와 전국의 평균 성적보다 높았다. 문제아들을 위한 창의적인 프로그램을 만든 텍사스의 한 판사도 참석했다. 아버지의 잔업 근무가 가족에게 주는 악영향을 분명하게 인식하게 해준 애리조나의 어린 소년도 있었다. 자기 부족들의 정신건강 개선을 위해 노력하는 몬태나의 미국 원주민 출신 의사도 있었다. 저임금의 외국 기업과 경쟁하는 바람에 일자리를 잃은 사람들도 있었다. 정부가 치료비를 지원해주지 않는 병에 걸려 값비싼 병원비에 시달리는 사람도 있었다. 벤처 캐피털을 모으려고 애쓰는 젊은 기업가도 있었다. 결손가정을 위해 공동체 센터를 운영하는 사람들도 있었다.

신원 확인 없이 총기를 판매하는 상점에서 권총을 산 정신병자에게 경찰관 남편을 잃은 부인도 있었다. 월스트리트에서 일하고 있는 18세의 금융계 귀재도 있었다. 공장에서 대규모 재활용 프로그램을 시작한 여자도 있었다. 나를 위해 일하려고 휠체어를 타고 얼음이 덮인 하이웨이를 달려온 젊은이 마이클 모리슨도 있었다. 아들을 자유의 몸으로 만들어달라고 부탁했던 뉴욕 출신의 그리스 이민자 디미트리오스 테오파니스도 있었다.

'희망의 얼굴들' 모두가 1992년에 나에게 미국의 고통과 희망에 대해 뭔가 가르쳐주었으나, 그 가운데 루이스와 클리퍼드 레이 부부는 특별했다. 그들의 세 아들은 오염된 피를 수혈해서 HIV 바이러스에 감염된 혈우병 환자들이었다. 그들에게는 감염되지 않은 딸도 있었다. 그들이 사는 플로리다의 작은 마을 사람들은 겁을 집어먹고 이 아이들의 등교를 막았다. 아이들이 피를 흘리면 그 피로 인해 자신들의 자녀가 감염될까봐 두려웠기 때문이다. 레이 부부는 아이들을 학교에 보내기 위해 소송을 제기했다가 법정 밖에서 합의를 본 뒤 새러소터로 이사했다. 이 비교적 큰 도시의 학교는 아이들을 환영해주었다. 장남인 리키는 심하게 아파, 살기 위해 안간힘을 쓰며 버티고 있었다.

선거 뒤에 나는 리키가 입원한 병원을 찾아가, 아이를 격려하고 취임식에 초대했다. 리키는 취임식 날을 고대했으나 결국 오지 못하고 말았다. 내가 대통령이 되기 5주 전에 병과의 싸움에서 지고 말았던 것이다. 불과 열다섯 살의 나이였다. 그래도 레이 가족이 점심식사에 와준 것이 무척 고마웠다. 내가 대통령에 오른 뒤, 그들은 에이즈로 인한 혈우병의 피해를 널리 알려, 결국 국회는 '리키 레이 혈우병 구제 기금'을 통과시켰다. 그러나 이렇게 되기까지 8년이라는 긴 세월이 걸렸으며, 그들의 슬픔 또한 아직 끝나지 않았다. 2000년 10월, 내가 대통령직에서 물러나기 세 달 전, 레이 부부의 둘째 아들 로버트가 22세에 에이즈로 사망했다. 항레트로바이러스 치료를 몇 년만 일찍 받을 수 있었더라면! 이제 그 치료가 가능하기 때문에, 나는 전 세계의 리키 레이 같은 사람들이 이 치료를 받을 수 있도록 노력하고 있다. 나는 그들도 '희망의 얼굴'이 되기를 바란다.

화요일 아침, 힐러리와 나는 알링턴 국립묘지의 존과 로버트 케네디 형제 묘지를 방문하는 것으로 하루를 시작했다. 나는 존 케네디 2세, 이설 케네디, 그녀의 자녀들 몇 명, 테드 케네디 상원의원과 함께 영원한 불길 앞에 무릎을 꿇고 짧은 기도를 드렸다. 나는 그들의 삶과 봉사에 대해 하나님께 감사하고, 눈앞에 놓인 위대한 모험을 위해 지혜와 힘을 달라고 빌었다.

정오에는 의회도서관에서 동료 주지사들을 위해 오찬 모임을 열고, 지난 12년간 그들에게서 배운 것에 감사했다. 오후에는 케네디 센터에서 미국의 아이들을 위한 행사에 참석한 후, 메릴랜드 주 랜도버의 캐피톨 센터로 갔다. 그곳에서 바브라 스트라이샌드, 윈턴 마살리스, k.d. 랭, 록의 전설인 척 베리와 리틀 리처드, 마이클 잭슨, 애리서 프랭클린, 잭 니콜슨, 빌 코스비, 앨빈 에일리 댄스 시어터 등이 출연하는 갈라 콘서트가 열렸기 때문이다. 그들은 우리를 몇 시간 동안 흥겹게 해주었다. 플리트우드 맥이 우리의 선거운동가 '내일에 대한 생각을 멈추지 마라Don't Stop Thinkin' About Tomorrow'를 부르자 관중은 자리에서 일어섰다.

콘서트가 끝난 뒤에는 제일침례교회에서 심야 기도회가 열렸다. 그 기도회에 참석하고 블레어 하우스로 돌아오니 자정이 넘었다. 나는 다시 취임 연설문을 읽었는데, 전보다 나아지기는 했지만 여전히 마음에 들지 않았다. 연설문 작성자 마이클 월드먼과 데이비드 커스닛은 머리를 쥐어뜯었을 것이다. 취임식 날 새벽 1시부터 4시 사이에 연습을 할 때도 내가 계속 연설문을 고쳤기 때문이다. 브루스 린지, 폴 베걸러, 브루스 리드, 조지 스테파노풀로스, 마이클 시헌, 내 문장가 친구들인 타미 캐플런과 테일러 브랜치도 나와 함께 밤을 새웠다. 앨 고어도 마찬가지였다. 생활습관이 제각각인 외국 수반들을 돌보는 데 익숙한 블레어 하우스의 훌륭한 직원들은 우리의 잠을 깨워줄 커피를 대량 준비해놓고 있었다. 게다가 맛있는 간식거리까지 내주어 우리는 상당히 좋은 분위기에서 일을 할 수 있었다. 나는 연설문이 좀 나아졌다는 생각을 하며 두어 시간 눈을 붙이기 위해 잠자리에 들었다.

수요일 아침은 춥고 맑았다. 나는 이른 아침에 안보에 관한 브리핑을 받은 뒤, 나의 군사 보좌관에게서 핵무기를 발사하는 방법에 대한 설명을 들었다. 대통령에게는 군사 보좌관이 다섯 명 있었는데, 각 군에서 차출한 뛰어난 젊은 장교들이었다. 그들 가운데 한 명은 늘 대통령 곁에 있었다.

냉전이 끝났기 때문에 핵무기 공방은 상상할 수 없는 일로 여겨졌지만, 우리의 무기고를 통제하는 일을 떠맡게 되자 몇 시간 뒤로 다가온 책임들이 어깨를 무겁게 짓누르는 느낌이었다. 대통령직에 대해 안다는 것과 실제로 대통령이 되는 것 사이에는 차이가 있다. 말로는 설명하기 어렵지만, 어쨌든 나는 열망과 겸손이 교차하는 마음으로 블레어 하우스를 나섰다.

취임식 전의 마지막 행사는 메트로폴리탄 아프리칸 감리교 감독교회에서 열린 기도회였다. 힐러리와 앨 고어의 도움을 받아 나는 그 자리에 참석할 목회자, 가수, 음악을 골랐다. 힐러리의 가족과 내 가족도 그 자리에 참석했다. 어머니는 활짝 웃고 있었다. 로저는 싱글거리며 음악에 취해 있었다. 우리 고향의 목사도 둘 다 예배에 참석했다. 앨과 티퍼의 목사들도 마찬가지였다. 뉴욕 트리니티 성당의 그리스정교회 수석 사제인 조지 스테파노풀로스의 아버지도 참석했다. 30년 전쯤 나더러 예수회 사제가 될 생각이 없느냐고 물었던 오토 헨츠가 기도를 했다. 리틀록의 랍비 진 레비와 이맘인 월러스 D. 모하마드가 설교를 했다. 내 흑인 성직자 친구들도 몇 명 참석했고, 인종이나 교파를 떠나 미국에서 가장 위대한 설교자로 꼽히는 가드너 테일러가 대표 설교를 했다. 아칸소와 루이지애나의 오순절교회파 친구들은 테네시 출신의 뛰어난 가수이자 트럼펫 연주자이며 앨의 친구인 필 드리스콜과 함께 노래를 불렀다. 캐럴린 스테일리는, 내가 가장 좋아하는 찬송가이기도 하고 그날 나에게 주는 가르침이기도 한 '두려워 말라Be Not Afraid'를 불렀다. 예배 중에 내 눈에는 눈물이 몇 번 고였다. 그리고 교회를 나설 때 나는 몇 시간 앞에 놓인 일을 당당하게 맞이할 준비가 되어 있었다.

우리는 마지막으로 연설문을 점검하러 블레어 하우스로 돌아왔다. 오전 4시에 보았던 것보다 훨씬 좋아졌다. 10시에 나는 힐러리, 첼시와 함께 길을 건너 백악관으로 갔다. 백악관 앞 층계에서 부시 대통령 부부가 우리를 맞이했다. 우리는 고어 부부, 퀘일 부부와 함께 안으로 들어가 커피를 마셨다. 론과 앨머 브라운도 그 자리에 있었다. 나는 이날을 위해 그렇게 애써준

론과 이 순간을 함께 나누고 싶었다.

부시 대통령 부부가 고통스러운 상황과 서운한 이별에 의연하게 대처하는 것을 보고 나는 놀랐다. 물론 그들은 백악관에서 일하는 사람 몇 명과 정이 들어, 서로 몹시 섭섭해하는 듯했다. 10시 45분쯤 우리는 모두 리무진에 올라탔다. 전통에 따라 부시 대통령과 나는 폴 포드 의장 부부와 함께 탔다. 포드 의장은 자갈을 밟는 듯한 목소리를 가진 켄터키 주 상원의원으로, 취임식 양원 합동위원회의 공동위원장이었으며, 앨과 내가 그의 주에서 아슬아슬한 승리를 거두는 데 큰 기여를 하기도 했다.

다행히도 의사당 복원 계획이 진행되고 있었기 때문에 지난 세 번의 취임식은 의사당 서쪽에서 열렸다. 그전에는 대법원과 의회도서관을 마주보는 그 반대편에서 열렸는데, 그 각도에서는 모인 사람들 대부분이 취임식을 제대로 볼 수 없었다. 군중은 취임식장을 가득 채우고 몰과 콘스티튜선 애비뷰, 펜실베이니아 애비뷰까지 흘러넘쳤다. 국립공원청은 내 목소리가 들리는 범위 내에 있는 군중의 수를 28만 명에서 30만 명으로 추산했다. 숫자야 어찌되었든 거대한 규모의 군중이었으며, 나이, 인종과 종교, 계층을 떠나 모든 종류의 사람들이 모여 있었다. 나는 이날을 오게 해준 사람들이 그렇게 많이 참석해 그 순간을 함께 해준다는 것 때문에 무척 행복했다.

그곳에 와준 수많은 '빌의 친구들'은 내가 친구들에게 얼마나 빚을 지고 있는지를 잘 보여주었다. 캘리포니아 북부에서 나의 선거운동을 조직해준 마셔 스콧과 마셔 휫스턴은 아칸소의 옛 친구들이었다. '아칸소 여행자들'의 지도자 실러 브론프먼은 내가 주법무장관을 하던 시절 우리 집에서 모퉁이를 돌면 나오는 집에 살았다. 펜실베이니아 서부에서 나를 도와준 데이브 매터는 조지타운 대학에서 내 뒤를 이어 학년회장이 되었다. 기금 모금에서 가장 중요한 역할을 해준 밥 레이마와 톰 슈나이더는 법대와 르네상스 위켄드의 친구였다. 이날을 가능하게 해준 그런 친구들은 아주 많았다.

취임식은 11시 30분에 시작되었다. 주요 인사들은 의전 순서에 따라 국회의원들과 함께 단상으로 걸어 나갔다. 부시는 내 바로 앞에서 걸었다. 해병군악대가 존 부르주아 대령의 지휘로 우리 두 사람을 위해 '총사령관께

경례Hail to the Chief를 연주했다. 그 연주를 들으며 나는 거대한 군중을 바라보았다.

이윽고 대법원 판사 바이런 화이트의 주재 하에 앨 고어가 취임 선서를 했다. 이 선서는 원래 퇴직한 대법원 판사 서굿 마셜 2세가 주재하기로 했으나 몸이 아파 오지 못했다. 마셜 판사는 존슨 대통령에 의해 최고재판소 최초의 흑인 판사로 임명된 훌륭한 민권 변호사였다. 은퇴한 판사가 선서를 주재하는 것은 특이한 일이었지만, 마셜의 아들 서굿 3세가 고어의 비서진으로 일하고 있었다. 다른 아들 존은 버지니아 주 경찰관으로, 몬티첼로에서 워싱턴까지 우리의 취임 카 퍼레이드를 이끌었다. 마셜은 취임식 나흘 뒤에 운명했다. 마셜이 바꾸어놓기 전의 미국이 어떠했는지 기억하는 수많은 미국인들이 그의 죽음을 애도하고, 그를 그리워하고, 그에게 감사했다.

고어의 선서가 끝난 뒤 위대한 메조소프라노 마릴린 혼이 고전적인 미국 노래를 메들리로 불렀다. 나는 몇 년 전 혼이 리틀록에서 노래를 부를 때 그녀를 처음 만났다. 이제 내 차례였다. 힐러리는 우리 가족의 『성경』을 들고 내 왼쪽에 서 있었다. 첼시는 내 오른쪽에 섰다. 나는 왼손을 『성경』에 올려놓고 오른손을 든 다음, 렌키스트 대법원장이 불러주는 취임 선서를 따라했다. 나는 대통령직을 "충실하게 이행하며, 전력을 다해 미합중국의 헌법을 지키고, 보호하고, 방어하겠다"고 엄숙하게 선서한 뒤, "신이여, 나를 도우소서" 하고 끝을 맺었다.

나는 대법원장, 부시 대통령과 악수를 하고, 힐러리와 첼시를 포옹하면서 사랑한다고 말했다. 이어 웬들 포드 상원의원이 '미합중국 대통령'이 된 나를 연단으로 안내했다. 나는 미국사의 흐름 속에서 현재의 의미를 규정하는 말로 연설을 시작했다.

오늘 우리는 미국의 소생이라는 신비를 기념하고 있습니다. 이 기념식은 한겨울에 열리고 있습니다. 그러나 우리가 세상에 하는 말과 보여주는 얼굴로 봄을 앞당기고 있습니다. 세상에서 가장 오래된 민주주의 속에서 다시 태어나는 이 봄은 미국을 개혁할 비전과 용기를 선사합니다. 미국의 건립자들이 담대하게 세상에 미국의 독립을 선포하고, 전능한 하나님께 우리의 목적을 알렸을 때, 그들은 미국이 지속될 것임을 알았고, 또 변해야 할 것임을 알았습니다…… 각 세대의 미국인들은 미국인이라는 것이 무슨 의미인지 새로 규정해야 합니다.

나는 부시 대통령에게 인사를 한 뒤 현재의 상황을 이야기했다.

오늘, 냉전의 그늘에서 자란 세대는 자유의 햇볕이 따뜻하게 내리쬐지만 그럼에도 여전히 해묵은 증오와 새로운 재앙 때문에 위험에 처한 세계에서 새로운 책임을 떠맡고 있습니다. 유례 없는 번영 속에서 성장한 우리는 여전히 세계에서 가장 강하지만, 그럼에도 허약해진 경제를 물려받았습니다…… 뿌리 깊고 강력한 힘들이 우리의 세계를 흔들고 재구성하고 있습니다. 우리 시대의 긴급한 문제는 우리의 적이 아니라 우리의 친구를 변화시킬 수 있느냐 하는 것입니다…… 미국의 올바름으로 치유할 수 없는 미국의 잘못은 없습니다.

그렇지만 나는 경고하는 것도 잊지 않았다. "그러나 쉽지는 않을 것입니다. 우리의 희생이 요구될 것입니다…… 우리는 가족이 어린아이들을 부양하듯이 우리 나라를 부양해야 합니다." 나는 국민에게 후손을 생각해보고, 다가올 세계를 생각해보라고 했다. "우리는 그 세계를 위해 우리의 이상을 지켜야 합니다. 우리는 그들로부터 우리가 사는 행성을 빌렸습니다. 우리는 그들에게 거룩한 책임이 있습니다. 우리는 미국이 가장 잘하는 일을 해야 합니다. 그것은 모든 사람에게 더 많은 기회를 주고, 모든 사람에게 책임을 요구하는 일입니다."
나는 말했다.

우리 시대에는 국외와 국내 사이에 분명한 경계가 없습니다. 세계 경제, 세계 환경, 세계 에이즈 위기, 세계 군비 경쟁. 이것은 우리 모두에게 영향을 줍니다…… 미국이 크게 기여해 이룩해놓은 현재의 세계를 미국은 계속 이끌고 나가야 합니다.

나는 미국 국민들에게 도전의식을 고취하면서 연설을 마무리지었다. 나는 그들이 투표를 통해 "봄을 앞당겼지만", 정부의 힘만으로는 그들이 원하는 나라를 창조할 수 없다고 말했다. "여러분 역시 미국의 소생에서 여러분의 역할을 해주어야 합니다. 나는 새로운 세대의 젊은 미국인들에게 한철 동안 봉사할 것을 제안합니다…… 할 일이 아주 많습니다…… 이 즐거운 축하의 산꼭대기에 올라와보니 골짜기에서 봉사하라고 외치는 소리가 들립니다. 우리는 나팔 소리를 들었습니다. 우리는 근무 교대를 했습니다. 이제 우리는 우리 나름의 방법으로, 하나님의 가호 아래, 그 부름에 응답해야 합니다."

몇몇 논평자들은 이 연설이 가슴에 남는 구절도 없고 마음을 끄는 구체적인 사항도 없다고 혹평했지만, 나는 마음에 들었다. 이 연설에는 번뜩이는 웅변이 있었다. 이 연설은 명료했다. 이 연설은 우리의 미래에 대한 중요한 투자를 늘리면서 적자는 줄이겠다고 주장했다. 이 연설은 미국 국민에게 어려운 사람들을 돕고 우리의 분열을 치유하기 위해 더 많은 일을 하자고 제안했다. 게다가 이 연설은 짧았다. 역사상 세 번째로 짧은 취임 연설이었다. 가장 짧았던 취임 연설은 위대한 취임 연설인 링컨의 두 번째 취임 연설이었고, 2분도 안 걸린 조지 워싱턴의 두 번째 취임 연설이 그 다음이었다. 워싱턴이 한 말은 기본적으로 아주 간단했다. "고맙다. 다시 일을 하게 되었다. 내가 일을 잘못하면 나를 견책해라." 이와는 대조적으로 윌리엄 헨리 해리슨은 1841년에 역사상 가장 긴 취임 연설을 했다. 그는 추운 날에 외투도 안 입고 한 시간이 훨씬 넘는 연설을 한 뒤에 심한 폐렴에 걸려 38일 뒤에 목숨을 잃고 말았다. 다행히도 내 연설은 그렇게 길지 않았다. 별 특징 없이 간략한 편이었다. 그래도 국민은 내가 세상을 어떻게 보는지, 내가 무엇을 하고자 하는지 알 수 있었다.

그날의 가장 아름다운 말은 마야 안젤로의 입에서 나왔다. 나는 이 키가 크고, 목소리가 낮으면서 강렬한 여자 시인에게 이 행사를 위한 시를 써달라고 요청했다. 로버트 프로스트가 1961년 케네디 대통령 취임식에서 시를 낭송한 이후 시인이 취임식에 등장한 것은 처음 있는 일이었다. 아칸소 주 스탬프스의 가난한 흑인 공동체에 살던, 상처받고 말 없던 소녀의 어린 시절을 회상한 회고록 『나는 왜 새장 속의 새가 노래하는지 안다*I Know Why the Caged Bird Sings*』를 읽은 이후 그녀의 작업을 죽 지켜보고 있었다.

마야의 시 '아침의 고동*On the Pulse of Morning*'은 군중을 그 자리에서 꼼짝 못하게 만들었다. 우리가 딛고 설 바위, 쉴 수 있는 강, 미국이라는 모자이크를 구성하는 모든 문화와 종류에 뿌리를 내리는 나무라는 강력한 이미지를 중심으로 구축된 이 시는 이웃의 초대라는 형식 속에 열정적인 기원을 담고 있었다.

얼굴을 들어요, 당신을 위해 밝아오는 이 환한 아침이
당신에게는 절실히 필요해요.
역사는, 그 쥐어짜는 듯한 고통에도 불구하고
살아내지 않을 수가 없어요.
하지만 용기를 가지고 맞서면,
두 번 살 필요는 없지요.
눈을 들어
당신을 위해 밝아오는 날을 봐요.
다시 꿈을
낳아봐요.
……
이제 이 새로운 날의 고동을 들으면
당신은 선뜻 고개를 들고 밖으로 고개를 돌려
당신의 누이의 눈을 보고,
당신의 형제의 얼굴, 당신의 땅을 보고,
희망을 품고
간단하게

아주 간단하게 말할 수 있을 거예요.

참 좋은 아침입니다.

빌리 그레이엄은 짧은 축도로 우리의 '참 좋은 아침'을 마무리지었다. 힐러리와 나는 부시 부부를 배웅하기 위해 무대를 떠나 의사당 뒤쪽 계단을 따라 내려갔다. 그곳에는 대통령 전용 헬리콥터 '해병대 1호기'가 기다리고 있었다. 이 헬리콥터는 부시 부부가 고향으로 가는 첫 여정을 담당할 예정이었다. 우리는 다시 안으로 돌아와 국회 위원회와 점심을 먹은 뒤, 취임 퍼레이드를 볼 수 있는 백악관 앞의 관람대를 향하여 펜실베이니아 애비뉴를 달렸다. 우리는 마지막 몇 블록은 첼시와 함께 차에서 내려 걸어가면서, 몇 줄로 빽빽하게 보도를 채우고 있는 군중에게 손을 흔들었다.

퍼레이드가 끝난 뒤 우리는 처음으로 우리의 새집으로 들어갔다. 일하는 사람들과 인사를 나누고, 쉬고, 저녁 준비를 할 여유는 두 시간밖에 없었다. 이삿짐을 운반한 사람들은 취임식과 퍼레이드가 이루어지는 동안 우리의 소지품을 모두 옮겨놓는 기적을 이루어냈다.

7시에 마라톤과 같은 긴 저녁이 시작되었다. 저녁식사를 한 뒤에는 모두 11개의 취임 축하 무도회에 참석해야 했다. 내 동생은 나를 위해 MTV 유스 볼에서 노래를 불렀고, 나는 다른 무도회에서 클래런스 클레먼스와 '밤 기차Night Train'를 테너 색소폰 듀엣으로 연주했다. 그러나 대부분의 무도회에서 힐러리와 나는 먼저 감사의 말을 몇 마디 한 다음, 우리가 가장 좋아하는 노래인 '당신일 수밖에 없어요It Had to Be You'의 첫 몇 구절에 맞추어 춤을 추며 그녀의 아름다운 자주색 가운을 자랑했다. 한편 첼시는 아칸소에서 온 친구들과 함께 유스 볼에 가 있었다. 앨과 티퍼는 테네시 무도회에 참석했는데, 그곳에서 폴 사이먼은 그의 히트곡 '나를 앨이라고 불러도 좋아You Can Call Me Al'로 그들을 환영했다. 아칸소 무도회에서 나는 어머니를 바브라 스트라이샌드에게 소개하면서, 두 사람이 잘 지낼 것 같다고 말했다. 사실 그 이상이었다. 두 사람은 금방 친구가 되었다. 바브라는 어머니가 세상을 뜰 때까지 매주 전화를 했다. 나는 취임식 저녁에 두 사람이 손잡고 걸어가는 사진을 지금도 보관하고 있다.

백악관으로 돌아오니 새벽 2시가 넘었다. 아침에 일찍 일어나 공식 환영 파티에 참석해야 했지만, 나는 너무 흥분해서 바로 잠자리에 들 수 없었다. 집에는 손님이 가득했다. 힐러리의 부모, 어머니와 딕, 우리 형제들, 첼시의 고향 친구들, 우리 친구인 짐과 다이앤 블레어 부부, 해리와 린더 토머슨 부부. 우리의 부모들만 먼저 잠자리에 들었다.

나는 여기저기 둘러보고 싶었다. 우리는 전에도 2층 숙소에 가본 적이 있지만, 지금과는 느낌이 달랐다. 이제 진짜로 여기 살아야 하고, 이곳을 우리 가정으로 만들어야 한다는 생각이 들기 시작했다. 방마다 천장이 높았고, 아름다우면서도 편안한 가구로 장식이 되어 있었다. 대통령 침실과 거실은 남향이었다. 침실 옆의 작은 방은 힐러리가 자신의 거실로 사용할 예정이었다. 복도 건너편에 첼시의 침실 겸 공부방이 있었다. 공식 식당과 작은 부엌 바로 옆에 있었다. 복도의 맞은편 끝에는 손님방들이 있었다. 그 가운데 하나는 원래 링컨의 집무실이었으며, 그가 손으로 쓴 게티스버그 연설문 사본도 하나 걸려 있었다.

'링컨실' 옆은 '트리티룸'이었다. 그런 이름이 붙은 것은 1898년 스페인-미국 전쟁을 끝내는 조약이 이 방에서 조인되었기 때문이다. 몇 년 동안 이 방은 대통령의 개인 집무실로 이용되었다. 보통 텔레비전을 여러 개 설치해두었는데, 대통령이 모든 뉴스 프로그램을 동시에 보게 하려는 배려였다. 부시 대통령은 텔레비전을 4대 설치해두었던 것 같다. 나는 그곳을 책을 읽고, 생각하고, 음악을 듣고, 소규모 회의를 여는 조용한 공간으로 만들고 싶었다. 백악관 목수들은 바닥에서 천장에 이르는 책꽂이들을 짜주었으며, 스페인-미국 평화 조약을 맺을 때 사용한 탁자도 들여놓았다. 1869년에는 그 탁자가 율리시즈 그랜트의 각료회의 탁자로 쓰였다. 대통령과 그의 일곱 장관이 둘러앉을 만한 크기였기 때문이다. 1898년 이후에는 모든 조약의 조인식에 사용되었는데, 케네디 대통령 시절의 임시 핵실험 금지 조약과 카터 대통령 시절의 캠프 데이비드 협정도 이 탁자에서 조인되었다. 그해가 끝나기 전에 나 역시 그런 용도로 이 탁자를 사용하게 되었다.

나는 그 방에 18세기 말에 만들어진 치펜데일 소파도 갖다놓았다. 백악관에 있는 가구 가운데 가장 오래된 것이었다. 메리 토드 링컨이 산 골동품 탁자도 들여놓았다. 우리는 그 위에 1898년 조약 체결을 기념하는 은컵을 올려놓았다. 내 책과 시디를 들여놓고, 1860년의 에이브러험 링컨 사진과 유서프 카시가 찍은 유명한 처칠 사진 등 내 오래된 사진들 몇 개를 걸어놓자, 편안하고 평화로운 느낌이 들었다. 실제로 나는 그 후 몇 년 동안 그 방에서 헤아릴 수 없이 많은 시간을 보내게 된다.

대통령이 된 첫날, 나는 먼저 어머니를 로즈 가든으로 안내하여, 거의 30년 전 케네디 대통령과 악수를 나누었던 자리를 어머니께 보여드렸다. 이어 전통적 관행에서 벗어나, 백악관을 대중에게 공개했다. 표는 엽서 추첨을 통해 뽑은 2,000명에게 나누어주었다. 나는 앨, 티퍼, 힐러리와 함께 줄을 서서 표를 들고 들어오는 사람들과 악수를 했다. 이어 나와 인사를 하기 위해 디플로매틱 리셉션 룸으로 통하는 남쪽 입구로 들어오려고 차가운 비를 맞으며 차례를 기다리고 있는 사람들하고도 악수를 했다. 의지가 굳은 어떤 젊은이는 표가 없는데도 침낭을 들고 밤새도록 차를 얻어 타며 백악관까지 왔다. 6시간이 지난 뒤 나는 밖으로 나가 사우스론에 모인 나머지 군중에게 연설을 했다. 그날 밤 힐러리와 나는 다시 몇 시간 동안 줄을 서서 아칸소의 친구들, 조지타운, 웰즐리, 예일 동창생들을 맞이했다.

취임식 몇 달 뒤, 취임 주간의 흥분과 의미를 포착한 아름다운 사진들을 가득 실은 책이 출간되었다. 사진 설명은 리베커 버펌 테일러가 담당했다. 테일러는 책의 에필로그에 이렇게 썼다.

정치적 가치의 변화에는 시간이 걸린다. 성공을 한다 하더라도, 몇 달 또는 몇 년이 지나, 렌즈가 확대되었다가 다시 줄어들어야, 원거리와 중거리가 우리가 오늘 볼 수 있는 것과 합쳐져야 그것이 분명하게 보인다.

이 말은 정곡을 찌르고 있다. 아마 맞는 말일 것이다. 그러나 나는 선거운동과 취임식이 가치의 변화에 영향을 주었는지, 그 덕분에 미국 공동체의 뿌리가 더 깊이 내리고 더 넓게 퍼졌는지 확인하기 위해 몇 년이나 몇 달은 커녕 며칠도 기다릴 수가 없었다. 할 일이 아주 많았으며, 곧 우리의 일은 다시 시에서 산문으로 변했고, 그 모두가 아름답지는 않았다.

31

　　　　　　　　그 후 1년 동안 법안 처리에서 중요한 성
과들을 거두었고, 외교정책에서 좌절과 성공을 겪었고, 예상치 못했던 사건
들이 일어났고, 개인적인 비극을 겪었고, 시행착오를 거쳤고, 워싱턴 문화
에 어울리지 않는 서툰 행동을 했다. 이런 서툰 행동이 몇몇 직원의 습관적
인 누설과 결합되면 어김없이 언론에 오르내렸는데, 그 보도는 종종 내가
뉴욕 예비선거에서 겪었던 것과 비슷했다.

　　1월 22일 우리는 조 베어드가 자신이 법무장관으로 거론되는 것을 원치
않는다고 발표했다. 심사 과정에서 그녀가 불법 이민자들을 고용하고 그들
에 대한 사회보장 세금을 내지 않았다는 사실을 파악했음에도 이 사실의 중
대함을 제대로 인식하지 못했으며, 따라서 그녀가 아니라 내가 이 상황에
책임이 있다고 말했다. 어쨌든 베어드는 우리를 속인 것이 아니었다. 가정
부들을 고용했을 때 그녀는 막 새 일자리를 얻은 상황이었고, 교수인 남편
은 여름휴가 중이었다. 아마 부부는 상대방이 세금 문제를 처리했을 거라고
생각했을 것이다. 나는 그녀의 말을 믿었고, 그녀가 처음에 물러나겠다고
이야기했을 때도, 그 뒤로 3주 동안 그녀의 지명을 위해 계속 노력했다. 나
중에 나는 베어드를 해외 정보자문위원으로 임명했으며, 그곳에서 그녀는
크로 제독 그룹이 하는 일에 실질적으로 기여했다.

　　같은 날, 언론은 새 백악관에 격분했다. 기자들은 오래전부터 웨스트 윙
과 관저 사이에 있는 기자실에서 1층의 캐비닛 룸 근처에 있는 대변인 사무
실까지 걸어가곤 했는데, 우리가 그 특권을 없애버렸기 때문이다. 기자들은

이렇게 걸어가다가 복도에서 누구를 만나든 질문을 퍼붓곤 했다. 아마 부시 행정부에서 고위직에 있던 사람 두어 명이 업무 인수인계를 하면서 이런 관행 때문에 능률이 떨어지고 기밀이 누설되는 일이 많다고 말했던 것 같다. 결국 그런 상황을 개선하겠다는 결정이 내려졌다. 누가 나한테 이 문제를 상의한 기억은 나지 않지만, 상의했을 가능성이 높기는 하다. 언론은 큰 소동을 일으켰지만, 우리는 언론이 그런 상황을 극복할 것이라고 생각하고 결정을 바꾸지 않았다. 그 새로운 결정이 비서진 사이의 자유로운 이동과 대화에 기여한 것은 틀림없지만, 과연 언론으로부터 그렇게 원한을 사면서까지 해야 할 일이었는지는 잘 모르겠다. 게다가 첫 몇 달 동안 백악관은 지붕과 벽에 구멍이 뻥뻥 뚫린 루핑 집보다 더 심하게 이야기들이 밖으로 새나갔으니, 그런 식으로 언론의 움직임을 제한한 것이 큰 도움이 되었다고 말할 수는 없을 것 같다.

그날 오후, 나는 로 대 웨이드 판결 기념일을 맞아 태아 조직 연구에 대한 레이건과 부시의 금지 조치를 철회하고, 어떤 식으로든 낙태와 관련한 국제적인 가족계획 기관들에 대한 연방의 지원을 금지하는 이른바 멕시코시티 규정을 폐지하며, 연방 자금을 받는 가족계획 병원에서 낙태 자문을 금지한 부시의 '재갈 규정'을 파기하는 행정명령을 발표했다. 나는 선거운동 때 이 같은 조치들을 약속했으며, 실제로 그것이 옳다고 믿었다. 태아 조직 연구는 파킨슨병, 당뇨병을 비롯한 여러 가지 병의 더 나은 치료법을 찾는 데 필수적이었다. 멕시코시티 규정은 가족계획 방법들에 대한 정보를 차단함으로써 오히려 낙태를 더 조장한다는 주장도 있었다.

1월 25일, 첼시가 새 학교에 등교하는 첫날, 나는 힐러리가 포괄적인 의료제도 개혁을 위한 특별대책위원회를 이끌 것이라고 발표했다. 힐러리는 실무진의 총책임자인 아이라 매거지너, 국내정책 보좌관 캐럴 래스코, 정권인수위에서 보건 문제를 담당했던 주디 페더와 함께 일할 예정이었다. 나는 매거지너가 의료제도 문제를 맡아주겠다고 한 것에 기분이 좋았다. 1969년 매거지너는 나보다 1년 뒤에 로즈 장학금을 받아 옥스퍼드에 왔는데, 그때부터 우리는 친구가 되었다. 이제 사업가로 성공을 거둔 매거지너는 선거운동 때 경제팀에서 일했다. 그는 전 국민 의료보험이 도덕적으로나 경제적으로 긴요하다고 믿었다. 나는 힐러리가 앞에 놓인 엄청난 일을 해나가는 데 매거지너가 큰 도움이 될 것이라고 생각했다.

　의료제도 개혁을 지휘하는 것은 영부인으로서는 전례가 없는 일이었다. 웨스트 윙에 힐러리와 실무진이 일할 공간을 내준 나의 결정 역시 전례가 없었다. 전통적으로 백악관의 이스트 윙에서는 사교적인 일들이 진행되었고, 웨스트 윙에서는 정책 활동이 이루어졌다. 이 두 가지 결정은 논란을 불러일으켰다. 영부인의 역할에 대해서는 워싱턴이 아칸소보다 더 보수적인 것 같았다. 나는 힐러리가 보건 문제에 관심을 가지고 있을 뿐만 아니라 아는 것도 많고, 그 일을 제대로 할 시간도 있고, 의료산업, 정부기관, 소비자 단체들의 경쟁적인 이해관계 사이에서 정직한 중재자 역할도 할 수 있다고 보았기 때문에 그녀에게 그 일을 맡기기로 결정했다.

　물론 나는 그 일이 매우 위험하다는 것도 잘 알았다. 해리 트루먼은 전 국민 의료보험을 시도하려다 대통령 자리를 잃을 뻔했고, 닉슨과 카터는 위원회에서 법안을 만들어내지도 못했다. 수십 년 만에 민주당 의원이 많은 의석을 얻었던 시기에 린든 존슨은 나이 든 사람들을 위한 메디케어와 가난한 사람들을 위한 메디케이드를 만들었지만, 나머지 보험이 적용되지 않는 사람들을 보험으로 지켜주는 일은 시도도 하지 못했다. 그럼에도 나는 전 국민 의료보험을 위해 노력해야 한다고 생각했다. 이것은 모든 부유한 나라가 건강상의 이유와 경제적인 이유 때문에 오래전부터 시행해오고 있는 것이었다. 미국에서는 거의 4,000만에 이르는 사람들이 의료제도의 혜택을 받지 못했다. 그럼에도 국민총생산의 14퍼센트를 보건 분야에 지출하고 있었다. 두 번째로 비율이 높은 캐나다보다 4퍼센트나 높은 수치였다.

　1월 25일 밤, 나는 긴급 요청에 따라 군대 내의 동성애자 문제를 논의하기 위해 합동참모본부의 참모들과 만났다. 그전에 「뉴욕 타임즈」는 군대 내부의 강한 반대 때문에 내가 동성애자와 관련된 제한 철폐를 6개월 동안 미루고, 그 기간 동안 실질적인 문제와 고위 장교들의 견해를 고려할 것이라고 보도했다. 그것이 합리적인 방법이었다. 해리 트루먼은 군대 내의 인종

통합을 명령하면서, 국방부가 사기와 훈련 수준이 높은 단결된 군대를 유지한다는 일차적 임무에 방해가 되지 않는 방식으로 그 명령을 이행할 방법을 찾도록 훨씬 더 많은 시간을 주었다. 유예기간 동안 애스핀 장관은 신병에게 성적 취향을 묻지 말고, 동성애 행동을 하다가 적발된 경우가 아니면 제대시키지 말라고 명령을 내릴 예정이었다.

참모본부의 이른 면담 요청 때문에 문제가 생겼다. 나는 그들의 이야기를 끝까지 들어줄 용의가 있었지만, 이 문제가 더 주목받는 것은 원치 않았다. 내 입장을 감추고 싶어서가 아니라, 국민에게 내가 경제보다 그 문제에 더 관심을 가지는 것처럼 비치고 싶지 않았기 때문이다. 그것이야말로 의회의 공화당 의원들이 원하는 바였다. 돌 상원의원은 벌써 동성애자 복무 금지를 철폐하려는 내 권한을 정지시키는 결의안을 통과시키는 문제에 대해 이야기하고 있었다. 그는 이것이 내 대통령직의 첫 몇 주를 지배하는 쟁점이 되기를 바라는 것이 분명했다.

회의에서 참모들은 180만 명의 군인들 가운데 수천 명의 동성애자가 훌륭하게 활동한다는 것을 인정했지만, 그들에게 성적 취향을 공개하고 근무하게 하는 것은, 파월 장군의 말을 빌리면 "건전한 질서와 규율에 해가 된다"고 주장했다. 참모들도 모두 참모본부장의 말에 동의했다. 내가 지난 10년간 군이 1만 7,000명의 동성애자를 쫓아내는 데(그들이 성실하게 근무하지 않는다고 믿을 만한 이유가 없다는 정부 보고에도 불구하고) 5억 달러를 썼다는 사실을 제기하자, 참모들은 단결과 사기를 유지하기 위해 그럴 가치가 있었다고 대답했다.

해군 작전참모 프랭크 켈소 제독은 병사들이 배에 고립된 채 밀집된 환경에서 살아간다는 점을 고려할 때 해군에 가장 큰 실제적인 문제가 있다고 말했다. 육군 참모 고든 설리번 대장과 공군의 메릴 맥피크 장군 역시 비슷한 의견이었다. 그러나 가장 완강한 반대자는 해병대 사령관 칼 먼디 장군이었다. 그는 체면과 실제적인 문제 이상을 생각하고 있었다. 그는 동성애가 부도덕하다고 생각했으며, 만일 동성애자들이 공개적으로 근무하는 것을 허용한다면, 군은 부도덕한 행동을 인정하게 되는 셈이고 그 결과 가장 훌륭한 젊은이들을 군에 끌어오지 못하게 될 것이라고 생각했다. 나는 먼디와 생각이 많이 달랐지만, 그가 마음에 들었다. 사실 나는 그들을 모두 좋아하고 존경했다. 그들은 나에게 자신들의 정직한 의견을 이야기하고 있었다. 그러면서도 만일 내가 그들에게 명령을 한다면 그 명령을 이행하기 위해 최선을 다할 것임을 분명히 했으며, 또한 국회 앞에 나가 증언을 할 경우에는, 역시 자신들의 견해를 솔직히 밝힐 수밖에 없다고 말했다.

이틀 뒤 밤에 다시 이 문제로 회의를 가졌다. 이번에는 상원 군사위원회 위원들과의 회의였는데, 이 자리에는 샘 넌, 제임스 엑슨, 칼 레빈, 로버트 버드, 에드워드 케네디, 밥 그레이엄, 제프 빙거먼, 존 글렌, 리처드 셸비, 조 리버먼, 척 로브 등의 상원의원들이 참석했다. 넌은 내 입장에 반대했지만, 6개월 연기에는 동의했다. 내 비서진 몇 사람은 넌이 곧바로 강력하게 반대하고 나선 것에 화를 냈지만 나는 그렇지 않았다. 결국 그는 개인적으로 보수적인 사람이었으며, 위원회의 위원장으로서 군대 문화를 존중했고, 그것을 보호하는 것이 자신의 의무라고 여겼던 것이다.

그런 생각을 가진 사람은 넌 혼자만이 아니었다. 노스웨스턴 대학의 사회학자 찰리 모스코스도 동성애자 군복무 금지 조치 철회에 반대했다. 그는 민주당지도자협의회에서 나와 넌과 함께 국가 봉사 제안을 작성하는 작업을 했으며, 한국전쟁 때 동성애자 장교와 잘 아는 사이였다고 말한 적도 있었다. 모스코스는 그런 금지 조치가 밀집된 숙소에서 살아가는 병사들이 누려야 할 사생활을 유지해준다며, 군인들 대다수가 원하는 것을 지켜주어야 한다고 했다. 왜냐하면 우리가 군대에 원하는 것은 싸우는 능력과 싸우려는 의지기 때문이라는 것이다. 내가 그의 주장이나 샘 넌의 주장에서 느끼는 문제는 그런 주장이 트루먼의 인종통합 노력이나, 군대에서 여성들에게 더 많은 자리를 개방하려는 노력에 반대하는 논거로도 사용될 수 있다는 점이었다.

버드 상원의원은 넌보다 더 강경한 입장을 취해, 내가 먼디 장군에게서 들은 이야기를 되풀이했다. 그는 동성애가 죄라고 믿었다. 그는 절대 자신이 사랑하는 손자가 동성애자를 받아들이는 군대에 입대하도록 내버려두지 않을 거라고 말하면서, 로마 제국이 무너진 이유는 줄리어스 시저 이후 로마 군대에 만연했던 동성애 행위를 용납했기 때문이라고 주장했다. 버드와 넌과 달리 많은 쟁점에서 보수적인 태도를 취했고 또 베트남에서 사선을 넘기도 했던 척 로브는 오히려 내 입장을 지지했다. 그의 생각은 전시에 동성애자이면서도 용감한 전우들과 함께 싸웠던 경험에 기초하고 있었다. 의회의 베트남전 참전 의원들 가운데는 로브 의원처럼 생각하는 사람들이 적지 않았다.

당과 세대에 따라 이 문제를 둘러싸고 의견이 갈리는 듯했지만, 꼭 그런 것만은 아니었다. 일부 젊은 민주당 의원들은 동성애자 군복무 금지 조치 폐지에 반대했으며, 반대로 로런스 코브와 배리 골드워터 같은 나이 든 공화당 의원들은 오히려 찬성하기도 했다. 레이건 시절에 국방부 차관으로서 동성애자 군복무 금지를 이행한 당사자인 코브는 미국 군대의 질과 힘을 유지하는 데 그런 금지조치는 필요하지 않다고 말했다. 상원 군사위원회 출신의 골드워터는 퇴역 군인이자 애리조나 주방위군의 창설자였으며, 자유의 지론적 태도를 보여주는 구식의 보수주의자였다. 그는 「워싱턴 포스트」에 발표한 성명에서 동성애자의 군복무를 허용하는 것은 문화적 방종을 허용하는 것이 아니라, 책임감 있는 국민에게 기회를 확대하고 국민의 사생활에 대한 정부의 개입을 제한한다는 미국의 가치를 재확인하는 것이라고 말했다. 그는 특유의 솔직한 태도로, 자신은 군인이 성적으로 올바른가(이성애자라는 뜻—옮긴이주) 하는 것에는 관심이 없고, 총을 제대로 쏠 줄 아는가 하는 것에만 관심이 있다고 말했다.

하지만 결국 골드워터의 지지와 나의 모든 주장은 공론空論이 되고 말았다. 하원은 3 대 1 이상의 표 차로 나의 입장에 반대하는 결의안을 통과시켰다. 상원의 반대는 하원만큼은 아니었지만, 역시 찬성과는 많은 차이가 났다. 이것은 내가 고집을 부린다 해도, 국회에서 국방 세출 예산안 수정으로 내 입장을 뒤집겠다는 뜻이었다. 이 예산안은 내가 쉽게 거부권을 행사할 수 없는 것이었으며, 설사 거부권을 행사한다 해도 양원에서 거부권 자체를 다시 엎어버릴 수 있었다.

이런 일이 진행되는 과정에서, 국민이 48 대 45로 내 입장에 반대한다는 여론조사 결과가 나왔다. 논란이 큰 쟁점치고는 수치가 그렇게 불리해 보이지는 않았지만, 어쨌든 불리한 것은 사실이었으며, 왜 국회가 이것을 구제 불능의 안건이라고 생각하는지도 알 수 있을 것 같았다. 동성애자 군 복무 금지 조치 철회를 강력하게 지지하는 유권자는 16퍼센트에 불과했다. 반면 33퍼센트는 강력하게 반대했다. 이들은 국회의원이 이 문제에 어떤 입장을 보이느냐에 따라 자신의 표를 줄지 말지 결정할 수 있는 사람들이었다. 여론의 향배에 표가 좌우되는 선거구를 가진 정치가들에게 어떤 쟁점에 대해 17퍼센트의 손해를 본 상태에서 선거에 뛰어들라고 하기는 어려운 일이었다. 흥미로운 것은 여론조사에서 가장 큰 차이를 보인 항목이었다. 스스로 거듭난 기독교인이라고 생각하는 사람들은 나의 입장에 77 대 22로 반대했다. 반면 개인적으로 동성애자를 안다고 말한 사람들은 66 대 33으로 지지했다.

의회에서 패배하는 것이 불가피해지자, 레스 애스핀은 콜린 파월을 비롯한 합동참모들과 타협안을 만들어내기 시작했다. 거의 정확히 6개월 뒤인 7월 19일에 나는 포트 맥네어의 국방 대학에 가서 장교들에게 그 타협안을 발표했다. '묻지도 말하지도 않는다'는 타협안의 내용에 따르면, 자신이 동성애자라고 말하면 통일군사재판법을 위반하려는 의도가 있는 것으로 간주되어 군대에서 쫓겨날 수 있다. 다만 지휘관에게 자신이 군대 내에서 성관계를 가질 의사가 없으며, 따라서 법을 위반하지 않는다는 것을 보여주면 예외가 된다. 만일 동성애자라고 말하지 않는다면, 민간인 복장으로 동성애자 퍼레이드에서 행진하는 경우, 동성애자 술집에 들어가거나 동성애자로 알려진 사람과 함께 있는 경우, 동성애자 우편물 발송 명단에 이름이 오른 경우, 함께 사는 동성의 사람이 자신의 생명보험 수혜자인 경우에도 군대는 그를 내쫓을 수 없다. 동성애가 군의 사기와 단결을 해칠 수밖에 없다는 생각을 고수하면서도, 서류상으로는 결국 '상생'의 지점에 이르게 된 것이다. 그러나 실제로는 그렇게 되지 않는 경우가 많았다. 동성애를 반대하는 많은 장교들은 새로운 정책을 무시하고 동성애자들을 색출하기 위해 더 적극적이었다. 이로 인해 미국의 안보를 위해 더 좋은 방법으로 사용될 수도 있는 돈 수백만 달러가 소모되었다.

단기적으로 나는 양쪽에서 공격을 받는 최악의 상황을 맞이했다. 싸움에서 졌을 뿐 아니라, 동성애자 단체들은 내가 타협한 것을 강도 높게 비판했다. 그들은 국회에서 그렇게 지지를 받지 못할 경우에 생기는 문제들은 보지 않으려 했다. 뿐만 아니라 내가 동성애자들에 대한 또 하나의 금지 조치, 즉 중요한 국가안보 직책에서 제외한다는 금지 조치를 철폐한 것이나, 행정부 전체에 상당한 숫자의 동성애자들이 일하게 된 것에 대해서는 거의 인정하지 않으려 했다. 반대로 돌 상원의원은 큰 승리를 거두었다. 그는 일찍, 그리고 되풀이하여 이 문제를 거론함으로써 언론에 크게 보도되도록 했으며, 결국 내가 다른 일은 거의 하지 않는다는 인상을 심어주었다. 결국 경제를 고치라고 나를 뽑아준 많은 국민은 도대체 내가 무엇을 하고 있는지, 자신들이 잘못 뽑은 것은 아닌지 궁금해하게 되었다.

백악관 직원을 25퍼센트 줄이겠다는 선거 공약을 지키는 것도 어려운 일이라는 것을 알게 되었다. 맥 맥라티에게는 악몽 같은 일이었다. 우리는 이전 행정부보다 더 야심만만한 의제를 설정해두었고, 편지도 두 배 이상 많이 받고 있었기 때문이다. 2월 9일, 내가 경제정책을 발표하기로 예정된 날로부터 꼭 일주일 전에 나는 백악관 직원의 25퍼센트를 줄이겠다고, 즉 350명을 줄여 1,044명만 남기겠다고 제안했다. 모두가 타격을 받았다. 심지어 힐러리까지도. 책임은 바바라 부시보다 훨씬 더 커졌는데, 실무진의 규모는 더 작아지게 되었기 때문이다. 내가 가장 안타까웠던 것은 통신부서의 경력직원 20명을 내보낸 것이다. 나는 퇴직으로 생긴 빈자리에 충원을 하지 않는 방식으로 자연스럽게 줄이고 싶었지만, 맥은 달리 목표를 채울 방법이 없다고 했다. 게다가 우리는 백악관을 현대화하는 데도 돈을 좀더 투자해야 했다. 비서진은 심지어 e메일을 주고받을 수도 없었으며, 전화는 카터 시절 이후로 변하지 않았다. 우리는 전화회의는 할 수 없었지만, 누구나 불이 켜진 커다란 내선 단추를 누르면 다른 사람의 대화를 들을 수 있었다. 물론 내 대화도 들을 수 있었다. 곧 더 좋은 전화가 설치되었다.

우리는 또 백악관 실무진 가운데 한 부분을 강화했다. 연방정부와 개인적인 문제가 생긴 사람을 돕기 위해 만든 민원실이었다. 이 부서에서는 장애인, 퇴역 군인의 연금을 받아내는 일을 도와주기도 했다. 보통 국민은 그런 문제로 도움을 원할 때는 상원이나 하원의 의원에게 연락을 했지만, 나는 매우 개인적인 선거운동을 했기 때문에 나에게 직접 연락을 할 수 있다고 생각하는 미국인들이 많았다.

나는 2월 20일에 특별히 기억에 남는 요청을 받게 되었다. 이날 백악관에서는 ABC의 뉴스 앵커 피터 제닝스의 사회로 '아동시민대표자회의'가 열렸다. 텔레비전으로 중계된 이 회의에서는 여덟 살에서 열다섯 살 사이의 어린이들이 나에게 질문을 했다. 아이들은 내가 첼시의 숙제를 도와주는지, 왜 여자는 대통령으로 선출된 적이 없는지, 폭동이 일어난 로스앤젤레스를 돕기 위해 무슨 일을 할 것인지, 의료제도는 어떻게 할 것인지, 학교 폭력을 막기 위해 어떤 일을 할 수 있는지 물었다. 환경에 흥미를 가진 아이도 많았다. 그러나 특별히 도움을 원하는 아이가 하나 있었다. 아나스타샤 소모사는 뉴욕시티 출신의 예쁜 여자아이였는데, 뇌성마비로 휠체어에서 일어나지 못했다. 그녀는 자기한테 쌍둥이 자매 앨버가 있는데, 그 아이 역시 뇌성마비에 걸렸으며 자기와는 달리 말도 못한다고 말했다. "앨버는 말을 못하기 때문에 특수 교육을 받아요. 하지만 앨버도 컴퓨터를 쓰면 말을 할 수 있어요. 앨버도 저처럼 일반 교육을 받는 반에서 공부했으면 좋겠어요." 아나스타샤는 자신과 부모는 기회만 주어지면 앨버도 정상적으로 학교 공부를 할 수 있다고 확신한다고 말했다.

연방법에 따르면 장애가 있는 아동도 '최소한의 제한이 있는' 환경에서 교육을 받아야 했다. 그러나 무엇이 최소한의 제한인지에 대한 핵심적 결정은 그 아이가 다니는 학교에서 내렸다. 1년 정도 시간이 걸리기는 했지만, 결국 앨버는 일반적인 교육을 받을 수 있었다. 힐러리와 나는 소모사 가족과 계속 연락을 했으며, 2002년에는 그 아이들이 다니는 고등학교 졸업식에서 연설을 했다. 두 자매는 모두 대학에 갈 수 있었다. 아나스타샤와 부모가 앨버에게 최대한 기회를 주고, 나를 포함한 다른 사람에게 도움을 청하는 일을 부끄러워하지 않았기 때문이다. 민원실 직원은 매달 우리가 도운 사람들에 대한 보고서와 함께, 그들이 보낸 감사 편지 몇 통을 들고 왔다.

나는 직원 감축과 더불어 정부 전체의 행정 비용을 3퍼센트 줄이라는 행정명령을 내렸다. 더불어 최고 임명직의 보수와 리무진이나 전용 식당 등의 특전도 줄이게 했다. 나는 백악관 식당 규정을 바꾸어 고위 백악관 관리의 전용 식당을 하급 직원도 이용할 수 있게 했는데, 이것은 사기 진작에 엄청난 도움이 되었다. 백악관의 젊은 직원들은 장시간 일하고 주말에도 쉬지 않았다. 그들 모두에게 점심식사를 하러 나가라거나, 식사 주문을 하라거나, 아니면 집에서 봉투에 도시락을 싸오라고 하는 것은 어리석은 일로 여겨졌다. 게다가 백악관 식당에 들어오게 되면서 그들은 자신도 중요한 사람이라는 느낌을 갖게 되었다. 벽에 나무판을 댄 이 식당에서는 해군이 좋은 음식을 준비해주었다. 나는 거의 매일 그곳에서 점심을 주문했으며, 주방에서 일하는 젊은이들을 찾아가기도 했다. 그들은 일주일에 한 번씩 내가 특별히 좋아하는 멕시코 요리를 해주었다. 내가 대통령직에서 물러난 후 이 식당에는 다시 고위직만 들어갈 수 있게 되었다. 나는 우리의 정책이 사기나 생산성에 도움이 되었다고 생각한다.

일은 늘어나고 일을 할 사람은 줄어든 상태였기 때문에 우리는 하급 직원만이 아니라 1,000명이 넘는 자원봉사자들에게도 의존할 수밖에 없었다. 자원봉사자들은 오랜 시간 일했으며, 일부는 상근을 하다시피 했다. 자원봉사자들은 편지를 읽고, 필요한 경우에는 답변을 보내고, 정보를 더 요구하기도 하는 등 수많은 일을 했다. 그들이 없었다면 백악관은 미국 국민의 부름에 전혀 반응을 보이지 못했을 것이다. 열심히 노력한 모든 자원봉사자들은 봉사를 했다는 만족감 외에 힐러리와 내가 매년 사우스론에서 주최하는 감사 연회를 선물로 받았다. 백악관은 그들 없이는 운영될 수 없었다.

이미 결정한 구체적인 감축 외에도 나는 체계적인 방법을 통해 장기적으로 훨씬 더 많은 돈을 절약하고 정부의 서비스를 개선할 수 있다고 생각했다. 아칸소에서는 '전체 품질 관리' 프로그램을 제안하여 긍정적인 성과를 거둔 적이 있었다. 3월 3일 나는 앨 고어의 주도 하에 6개월간 모든 연방 기능을 검토할 것이라고 발표했다. 앨 고어는 물에 뛰어드는 오리처럼 그 일을 맡아, 외부 전문가들을 불러모으더니 공무원들의 광범위한 의견을 듣기 시작했다. 그는 8년간 이 일을 계속하여, 수백 개의 프로그램과 1만 6,000페이지의 규제를 없애고, 연방 인력을 30만 명 줄이고, 세금을 1억 3,600만 달러 줄였다. 결국 우리 정부는 1960년 이후 가장 작은 연방정부가 되었다.

나는 스스로 조직을 정비하고 언론에서 제기한 논쟁도 처리했지만, 1월과 2월에는 주로 경제계획의 세부사항을 작성하는 일에 몰두했다. 1월 24일 일요일, 로이드 벤슨이 '언론과의 만남' 프로그램에 나갔다. 그는 계획의 세부사항에 대한 질문에는 구체적인 답변을 하지 않기로 했음에도, 한 걸음 정도 더 나아가 우리가 제안할 소비세나 광범위한 에너지세에 대한 이야기를 했다. 다음 날 정부의 30년 국채 이자율이 7.29퍼센트에서 7.19퍼센트로 떨어졌다. 6년 만에 최저 이자율이었다.

한편 우리는 세부사항을 놓고 씨름하고 있었다. 큰돈이 걸려 있는 지출 축소와 세금은 다 논란이 되었다. 예를 들어 예산을 놓고 상하원의 의장들을 만났을 때, 리언 파네타는 사회보장의 생계비 수당 증액을 1회 3개월 늦추자고 제안했다. 대부분의 전문가들이 낮은 인플레이션 수준으로 볼 때 생계비 수당이 너무 높다는 데 동의했으며, 그것을 늦추면 5년 동안 150억 달러를 절감할 수 있었다. 그러나 미첼 상원의원은 그것은 퇴보적이며 불공정하기 때문에 지지할 수 없다고 말했으며, 다른 상원의원들도 마찬가지였다. 따라서 우리는 다른 데서 150억 달러를 찾아야 했다.

1월 30일, 31일 주말에 나는 내각과 백악관 고위 비서진을 메릴랜드의 캐톡틴 산맥에 있는 대통령 별장 캠프 데이비드로 데려갔다. 캠프 데이비드는 숲으로 둘러싸인 아름다운 곳으로, 편안한 오두막과 오락 시설들이 갖추어져 있고, 해군과 해병대가 시설을 운영하고 있었다. 이곳은 앞으로의 1년에 대해 이야기를 하면서 서로를 더 잘 알 수 있는 기회를 갖기에 아주 좋은 곳이었다. 스탠 그린버그, 폴 베걸러, 맨디 그런월드도 초대했는데, 그들은 자신들이 정권 인수 작업에서 소외당했으며, 적자에 대한 강박감이 내가 선거운동 때 제시했던 다른 모든 목표를 집어삼키고 있다고 생각했다. 또 고어와 내가 우리를 뽑아준 사람들의 관심과 이익을 무시함으로써 재난을 초래하고 있다고 생각했다. 나는 그들의 생각에 공감했다. 그들은 그동안 토론에 참석하지 않았는데, 그들이 없는 자리에서 우리 대부분은 적자를 처리하지 못하면 지속적이고 강력한 성장도 이룰 수 없고, 다른 공약들, 적어도 돈이 많이 드는 것들은 불경기라는 정체된 물에 잠겨 익사할 것이라고 결론을 내렸다.

나는 맨디와 스탠이 토론을 시작하게 했다. 맨디는 일자리, 퇴직, 의료, 교육에 대한 중산층의 불안을 이야기했다. 스탠은 유권자들의 가장 중요한 관심이 일자리, 의료제도 개혁, 복지제도 개혁, 그 다음에 적자 축소의 순서이며, 만일 적자 축소 때문에 중산층이 세금을 더 내야 한다면, 내가 그들을 위해 다른 뭔가를 해주는 것이 좋을 거라고 말했다. 그러자 힐러리가 아칸소에서 내 첫 주지사 임기 때 사람들에게 이야기의 분명한 줄거리를 알려주지 않고 또 길고 지속적인 투쟁을 준비시키려는 노력도 하지 않고 한꺼번에 너무 많은 일을 하려다가 실패한 과정을 상기시켰다. 이어 힐러리는 그들에게 두 번째 임기 때 성공을 거둔 이야기도 했다. 우리는 2년마다 한두 가지 쟁점에 초점을 맞추었으며, 평가를 받을 수 있는 단기적인 기준과 더불어 장기적인 목표를 제시했다. 힐러리는 그런 접근법 덕분에 내가 사람들이 이해하고 지지할 수 있는 이야기의 줄거리를 만들어낼 수 있었다고 말했다. 힐러리의 말에 누군가가 우리의 내부 정보가 계속 누설된다면 이야기의 줄거리는 짤 수 없다고 말했다. 누설된 정보들은 모두 가장 논란이 많은 제안들과 관련이 있었다. 주말이 지난 뒤, 법률고문들은 일상적인 누설과 논란을 벗어날 수 있는 의사소통 전략을 짜려고 노력하기 시작했다.

연수회의 나머지 시간에는 비공식적이고 개인적인 대화를 나누었다. 토요일 밤에는 앨 고어의 친구인 유능한 사회자가 친목의 시간을 이끌었다. 우리는 유대를 돈독히 할 목적으로, 함께 앉아 돌아가면서 남들이 모르는 우리 자신에 대한 이야기를 했다. 이 행사는 엇갈린 반응을 낳았는데, 나에게는 즐거운 시간이었다. 나는 어린 시절에 뚱뚱해서 종종 놀림을 받았다는 고백을 했다. 로이드 벤슨은 이런 자리가 우습다고 생각하고 자기 오두막으로 돌아갔다. 사실 의도적으로 감추지 않는 한, 벤슨에게는 다른 사람이 모를 것이 없었다. 밥 루빈은 그 자리에 그대로 있었지만 할 말이 없다고 했다. 아마 그런 식의 모임에서 비밀을 털어놓는 것이 골드만삭스에서 그가 성공한 비결은 아닌 모양이었다. 워런 크리스토퍼는 모임에 참가했다. 아마 그는 지구상에서 가장 규율이 확실히 잡힌 사람일 텐데, 자백을 강요하는 중국식 물고문의 베이비붐 세대식 변형판인 이 고백 모임이 상당히 수준 높은 그의 품성을 더 높여줄 것이라고 생각한 모양이었다. 어쨌거나 주말 모임은 전체적으로 우리에게 도움이 되었다. 그러나 진짜 유대는 곧 다가올 투쟁, 승리, 패배라는 불속에서 단련이 되었다.

일요일 밤 우리는 백악관으로 돌아와 연례 전국주지사연합회 만찬을 주최했다. 영부인으로서 처음 참가하는 공식행사였기 때문에 힐러리는 긴장했지만 진행은 원만했다. 주지사들은 경제에 관심을 보였다. 경제 사정으로 주의 세입이 줄어드는 바람에 서비스를 줄이거나 세금을 올려야 했고, 둘다 해야 하는 경우도 있었다. 그들은 적자를 줄일 필요성은 이해했지만, 자신들의 희생은 원치 않았다. 책임이 연방정부에서 주정부로 옮겨지고, 그책임을 이행할 자금은 넘어오지 않는 상황을 바라지 않았던 것이다.

2월 5일에는 역시 선거 공약과 관련된 첫 법안에 서명했다. 그 결과 가족의료휴가법이 공표되면서, 미국은 마침내 아기가 태어나거나 가족이 아플 때 노동자들에게 일정 기간 휴가를 보장하는 150여 개 나라에 끼게 되었다. 이 법안의 주요한 발의자이자 나의 오랜 친구인 코네티컷의 크리스 도드 상원의원은 이 법을 만들기 위해 오랫동안 노력했다. 부시 대통령은 이것이 기업에 너무 큰 부담을 준다는 이유로 두 번이나 거부권을 행사했다. 공화당이 국회를 지배하던 시절에는 공화당 의원들 다수가 같은 이유로 반대표를 던졌다. 나는 가족휴가가 경제에 도움이 될 것이라고 생각했다. 선택에 의해서건 필요에 의해서건 대부분의 부모가 일을 하는 미국의 상황에서 사람들은 직장 일이나 집안일을 다 잘해야 했다. 그러나 아기나 병든 부모를 걱정하는 사람들이 가족에게 할 일을 다했다고 생각하는 사람들만큼 생산성을 발휘할 수는 없었다. 내가 대통령으로 있는 동안 3,500만이 넘는 사람들이 가족의료휴가법을 적용받게 되었다.

이후 8년 동안, 그리고 내가 대통령직을 떠난 뒤에도, 내가 서명한 법안 가운데 이 법에 대하여 말하는 사람이 가장 많았다. 그들의 이야기 가운데는 감동적인 것이 많았다. 어느 일요일 아침 일찍, 조깅을 하고 들어오다가 백악관을 구경하는 가족과 우연히 만났다. 한 십대 소녀는 휠체어에 앉아 있었는데 몹시 아파 보였다. 나는 그들에게 인사를 하고, 내가 샤워를 하고 옷을 갈아입을 때까지 기다려줄 수 있으면 오벌 오피스로 초대해 사진을 함께 찍겠다고 말했다. 그들은 기다려주었고, 나는 그들을 백악관으로 안내했다. 나는 특히 그 용감한 소녀와 즐겁게 이야기를 나누었다. 내가 자리를 뜨려는데 그녀의 아버지가 내 팔을 잡아 나를 돌려 세우더니 말했다. "저 아이는 어쩌면 가망이 없을지도 모릅니다. 내가 아이와 함께 보낸 지난 3주는 내 인생에서 가장 중요한 시간이었습니다. 가족휴가법이 없었다면 그것은 불가능했을 겁니다."

2001년 초 내가 처음으로 평범한 시민이 되어 뉴욕에서 워싱턴까지 왕복 항공기를 탔을 때, 승무원 한 사람이 나에게 자신의 경험을 털어놓았다. 그녀는 부모 두 분이 동시에 병으로 고생했다. 한 사람은 암이었고, 또 한 사람은 알츠하이머병이었다는 것이다. 그녀는 부모의 마지막 며칠 동안 그녀와 언니밖에는 부모를 돌봐줄 사람이 없었는데, 가족휴가법이 없었다면 곤란했을 것이라고 말했다. "공화당은 늘 가족이 중요하다고 말하잖아요. 그런데 죽음을 앞둔 부모를 잘 모시는 것도 가족생활에서 중요한 문제 아닌가요?"

2월 11일, 경제 계획을 마무리짓는 과정에서 나는 마침내 법무장관을 확정했다. 한두 번 헛발질을 한 다음에 플로리다 주 데이드 카운티의 지방 검찰관 재닛 리노로 마음을 정한 것이다. 나는 재닛의 업적을 오래전부터 알았고 그녀를 존경해왔다. 그녀의 혁신적인 '마약 법원'은 특히 유명했는데, 이것은 마약 초범이 마약 치료를 받고 정기적으로 법원의 확인을 받겠다고 동의하면 감옥을 피할 기회를 주는 것이었다. 처남 휴 로댐은 공선 변호인 사무소의 변호사로 마이애미 마약 법원에서 일한 적이 있었다. 나는 그의 초대를 받아 1980년대에 법원 심리에 두 번 참석해보고, 검사, 변호사, 판사가 피고에게 이것이 그가 감옥에 가지 않을 수 있는 마지막 기회라고 함께 설득하는 특이하면서도 효과적인 방식에 놀랐다. 이 프로그램은 큰 성공을 거두어 징역보다 마약 상습범 비율을 훨씬 더 줄였으며, 납세자의 돈도 많이 절약해주었다. 나는 선거운동에서 전국에 마이애미 모델을 따르는 마약 법원을 설립할 연방 자금을 지원하겠다고 약속했다.

밥 그레이엄 상원의원에게 전화로 의견을 묻자 그는 리노를 열렬히 지지했다. 30년 전 리노와 함께 코넬 대학을 다녔던 내 친구 다이앤 블레어도 마찬가지였다. 사람 판단에 아주 뛰어난 빈스 포스터도 마찬가지였다. 그는 재닛을 만나본 뒤 나에게 전화를 하여 특유의 질질 끄는 말투로 말했다. "이제 제대로 고른 것 같아." 리노는 또 합리적이고 강인하면서도 공정한 검사라는 평판에 힘입어 그녀의 유권자들에게도 엄청난 인기를 끌었다. 그녀는 플로리다 토박이였으며, 키가 180센티미터쯤 되었고, 결혼을 하지 않았다. 공중에 대한 봉사가 그녀의 삶이었으며, 그녀는 그 일을 제대로 할 줄 알았다. 나는 그녀가 연방 법집행부서와 주나 지방 집행부서 사이에서 종종 빚어지는 마찰을 해소해줄 수 있을 것이라고 생각했다. 리노가 나처럼 워싱턴의 방식에 익숙하지 않다는 것이 약간 걱정되었지만, 그녀는 마이애미에 있을 때 이민과 마약 사건에서 연방 당국과 일해본 경험이 많았다. 나는 리노가 그런 경험을 기반으로 잘해나갈 것이라고 믿었다.

우리는 경제계획을 마무리지으려고 주말 동안 열심히 일했다. 폴 베걸러가 2주 전부터 백악관에서 일을 하고 있었는데, 그는 중산층을 위한 기회를 회복한다는 나의 선거운동 메시지에 맞추어 내가 하고자 하는 바를 국민들에게 설명할 수 있도록 도와주었다. 그는 경제팀이 그 점을 충분히 고려하지 않는다고 생각하고 있었다. 베걸러는 세 가지를 강조해야 한다고 생각했다. 첫째, 적자 축소는 그 자체가 목적이 아니라, 경제성장, 일자리 증대,

고소득이라는 목표를 달성하기 위한 수단이다. 둘째, 우리의 계획은 정부가 일하는 방식의 근본적인 변화를 의미한다. 1980년대의 감세와 적자로 특혜를 받았던 부자, 대기업, 기타 특수 이익집단들에 그런 특혜 때문에 결국 엉망이 되어버린 이 상황을 정리하는 데 공평한 몫을 내도록 요구함으로써 과거의 무책임과 불공정을 끝내자는 것이기 때문이다. 셋째, 우리는 국민에게 '희생'을 요구할 것이 아니라, 미국의 소생에 '기여'할 것을 요구해야 한다. 즉, 좀더 애국적이고 적극적으로 제시해야 한다는 것이다. 베걸러는 자신의 주장이 담긴 메모를 쓰고, 새로운 주제를 제시했다. "적자가 문제가 아니야, 멍청아." 진 스펄링, 밥 라이히, 조지 스테파노풀로스도 베걸러에게 동의했으며, 내부에 든든한 지원자가 생긴 것을 기뻐했다.

이런 모든 일이 공개적으로 진행되는 동안, 우리는 큰 문제들과 씨름하고 있었다. 단연 가장 큰 문제는 통합예산조율법안에 경제계획과 더불어 의료제도 개혁을 포함시키는가 하는 것이었다. 그렇게 해야 한다는 강력한 논거가 있었는데, 우선 예산안은 다른 법안과 달리 의사진행방해filibuster를 할 수 없다는 것이었다. 의사진행방해란 어떤 법안에 대하여 처리 시한이 끝날 때까지 토론을 계속하여 투표를 막음으로써 법안을 폐기하는 관행을 가리킨다. 여기에는 상원의원이 41명 필요했는데(5분의 3, 즉 60명이면 의사진행방해 종결을 결의할 수 있기 때문이다─옮긴이주), 상원 공화당 의원이 44명이었기 때문에 의료제도 개혁에 대해서는 그들이 의사진행방해를 시도할 가능성이 높았다.

힐러리와 아이라 매거지너는 의료제도 개혁이 예산안에 들어가기를 몹시 바랐다. 국회 지도자들도 환영하는 분위기였고, 딕 게파트는 힐러리에게 그렇게 하라고 권했다. 공화당 상원의원들이 의료제도 개혁에 대해서는 의사진행방해를 시도할 것이 틀림없다고 보았기 때문이다. 미첼 역시 다른 이유긴 하지만 그 의견에 공감했다. 의료제도 개혁이 별도의 법안으로 제출되면 상원 재정위원회에 회부되는데, 그 위원장이 뉴욕의 팻 모이니헌 상원의원이었으므로, 적용 가능한 의료제도 계획이 빨리 만들어질 가능성은 적다는 것이 그가 찬성하는 이유였다. 모이니헌은 먼저 복지제도 개혁을 하고,

그런 다음 2년 동안 의료제도안을 짜라는 입장이었다.

하지만 경제팀은 의료제도 개혁을 예산안에 포함시키는 데 완강하게 반대했다. 그들에게도 그럴 만한 이유가 있었다. 아이라 매거지너와 의료제도 개혁에 관여하는 많은 경제학자들은 우리의 계획이 의료 시장에서 더 큰 경쟁을 촉진하고, 이로 인해 가격 통제가 없어도 크게 절약될 것으로 보았고, 실제로 나중에 이런 예측은 옳다는 것이 판명되었다. 그러나 의회의 예산실은 우리가 제시하는 예산안에서 이렇게 절약되는 돈을 대번에 기입해주지는 않을 터였다. 따라서 전 국민 의료제도를 제공하려면, 경제계획 속에 예비적인 가격 통제 조항을 집어넣고, 세금을 올리고, 다른 지출을 훨씬 더 삭감해야 했다. 아니면 적자 목표를 줄여야 했다. 이럴 경우 이자율을 낮추려는 우리의 전략에 나쁜 영향을 줄 수도 있었다.

나는 국민과 의회 앞에서 경제계획의 세부사항들을 제시한 뒤에 결정을 내리기로 했다. 그러나 오래지 않아 결정을 내리게 되었다. 3월 11일, 고참 민주당 상원의원이자 상원 규칙의 최고 권위자인 로버트 버드 상원의원은 예산조율법안에 일반적이지 않은 항목의 삽입을 금지하는 '버드 규칙'에 의료제도 개혁안이 예외가 될 수 없다고 말했다. 우리는 생각할 수 있는 사람을 총동원하여 버드에게 우리의 입장을 알렸으나, 그는 의료제도 개혁을 기본적인 예산 처리 과정의 일부로 해석할 수 없다는 입장에서 물러서지 않았다. 이제 공화당 의원들이 의사진행방해를 한다면, 우리의 의료제도 계획은 의회에 들어가자마자 사망하게 될 판이었다.

2월 둘째 주에 우리는 의료제도 개혁이라는 깡통은 도로 밖으로 차버리고, 일단 나머지 계획을 완성하기로 결정했다. 나는 예산의 세부사항까지 깊이 파고들어 우리의 결정이 사람들에게 미치는 영향을 이해하려고 노력했다. 우리 팀 사람들 대부분은 농가 지원을 포함한 기타 농촌 프로그램을 줄이고 싶어 했다. 그런 지원이 정당화될 수 없다고 생각했기 때문이다. 앨리스 리블린은 이 예산 삭감을 강력하게 밀어붙이면서, 그렇게 하면 이제 내가 농부들에게 "현재 우리가 알고 있는 복지제도는 끝났다"는 말을 할 수 있다고 주장했다. 그 말은 내가 선거운동에서 사용하던 가장 멋진 말, 즉

"현재 우리가 알고 있는 복지제도를 끝내겠다"는 공약을 풍자한 것이었다. 나는 대부분 도시 출신인 예산 담당자들에게 농부들은 불확실한 환경에서 열심히 일하는 좋은 사람들이며, 그들을 위한 프로그램에서 어쩔 수 없이 어느 정도 삭감을 하게 되더라도, "그것을 즐길 필요는 없다"고 대꾸했다. 우리는 전체적인 농가 지원 프로그램을 다시 짤 수 없었고, 그렇다고 다른 나라의 예산에 들어 있는 지원금을 줄일 수도 없었고, 우리의 식량 수출에 대한 외국의 장벽을 모두 없앨 수 없었기 때문에, 결국 기존의 농가에 대한 혜택을 약간 줄이는 것으로 결론을 냈다. 그러나 나는 즐겁지 않았다.

물론 삭감안에서 고려해야 할 또 한 가지는 그것이 통과될 가능성이 있느냐 하는 것이었다. 예를 들어 어떤 사람은 이른바 전시용 프로젝트를 모두 없애면 많은 돈을 절약할 수 있다고 말했다. 전시용 프로젝트란 국회의원들이 자신의 지역구나 주를 위해 얻어내는 구체적인 지출 항목들을 가리킨다. 새로 국회 관계를 담당하게 된 하워드 패스터는 그 말을 듣고 믿을 수 없다는 표정으로 고개를 설레설레 저었다. 패스터는 하원과 상원에서 일을 해보았고, 민주당에 로비하는 회사와 공화당에 로비하는 회사에서도 일을 해보았다. 활달하고 솔직한 뉴욕인 패스터는 쏘아붙였다. "공사채 시장에 표가 몇 개나 됩니까?" 물론 패스터도 공사채 시장에 우리의 적자 축소 계획이 믿을 만하다는 것을 납득시켜야 한다는 것을 알고 있었지만, 그전에 이 계획이 먼저 국회를 통과해야 한다는 것, 그러려면 국회의원에게 개인적인 고통을 안겨주는 계획은 성공하기 힘들다는 것을 상기시키고 싶었던 것이다.

우리가 생각한 어떤 안들은 너무 터무니가 없어 헛웃음이 나올 지경이었다. 누군가가 해안 경비대 활동에 대해 요금을 받자고 제안했다. 나는 어떤 방식으로 할 것인지 물었다. 그 사람의 설명에 따르면 대개 조작자의 실수로 곤경에 처한 배에서 해안경비대를 부르는 경우가 많다는 것이었다. 나는 웃음을 터뜨리며 말했다. "그러니까 배를 해안으로 끌고 가거나 헬리콥터에서 밧줄을 내리기 전에 조난당한 사람들한테 비자카드로 계산할 건지 마스터카드로 계산할 건지 묻자는 거요?" 우리는 그 제안을 채택하지 않았지만, 결국 경제계획 속에 150개 이상의 예산 감축안을 포함시키게 되었다.

　세금 인상에 대한 결정도 예산 삭감만큼이나 어려웠다. 나에게 가장 어려웠던 문제는 BTU세금이었다. 중산층 감세 공약을 어긴다는 것만으로도 심각한 일이었다. 그러나 5년째에 1,400억 달러 적자 축소라는 목표에 이르고 공사채 시장의 심리를 반전시키기 위해서는 세금을 올릴 수밖에 없다는 이야기가 나오고 있었다. 중산층은 1980년대에 핍박을 당했고, 부시는 휘발유세 인상으로 큰 타격을 입었다. 만일 내가 BTU세금을 제안한다면 공화당은 다시 징세반대 정당으로 돌아설 명분을 얻을 수 있었다. 그러나 중산층에게 약간의 고통을 주는 대신(직접비용으로는 한 달에 약 9달러, 소비재 가격 상승의 형태로 표현되는 간접비용으로 하자면 17달러까지 돈을 더 내야 했다) 이자율을 좌지우지하는 돈 잘 버는 사람들의 굶주림은 대체로 만족시켜주게 될 터였다. 로이드 벤슨은 이제까지 에너지 세금이 투표에 악영향을 미쳤다는 이야기는 들어본 적이 없으며, 부시가 1990년에 휘발유세 인상으로 피해를 본 것은 그의 "내 입모양을 읽으라"는 장담과 가장 호전적인 징세반대자들이 골수 공화당 지지자들이라는 점 때문이었다고 말했다. 고어 역시 BTU세금이 에너지 보호와 독립을 촉진할 것이라고 말했다.

　마침내 나는 굴복했지만, 보통 미국인들의 세금 부담이 줄기를 바라는 마음으로 재무부의 징세안에서 다른 것을 몇 가지 고쳤다. 3만 달러 이하의 수입으로 살아가는 수백만의 노동자 가족들을 위하여 연간 소득세 공제 혜택을 두 배 이상으로 늘리겠다는 선거운동 공약을 위해 예산안에 268억 달러의 비용을 포함시키고, 처음으로 부양가족 없는 가난한 미국 노동자 400만 명 이상에게도 약간의 소득세 공제 혜택을 주자고 제안했다. 이렇게 하면 에너지세가 좀 늘어나더라도, 3만 달러 이하의 수입으로 살아가는 노동자 가족들은 상당한 세금감면을 받게 될 터였다. 나는 선거 유세를 하러 멈출 때마다 말하곤 했다. "자식을 기르며 상근으로 일하는 사람은 누구도 가난하게 살아서는 안 됩니다." 1993년에는 이런 상황에 처한 사람들이 많았다. 우리가 소득세 공제를 두 배로 늘린 뒤 400만 명 이상이 나의 대통령 재임 기간에 가난에서 벗어나 중산층으로 올라갔다.

이야기를 마무리지으려고 하는데, 로러 타이슨이 5년째의 적자 축소액을 1,400억 달러로 잡든 1,200억 달러나 1,250억 달러로 잡든, 경제적 의미에서는 큰 차이가 없다는 점을 짚고 넘어가야겠다고 말했다. 국회는 어차피 나의 제안들을 여러 군데 삭감할 터였다. 타이슨은 축소 목표액을 1,350억 달러, 또는 그 이하로 줄이면 골치도 약간 덜 아플 뿐 아니라, 우리의 정치적 문제도 덜어질 것이고, 또 어쩌면 그것이 더 나은 정책일지도 모른다고 주장했다. 라이히, 스펄링, 블라인더, 베걸러, 스테파노풀로스도 모두 동의했다. 그러나 그 외의 사람들은 높은 숫자를 고수했다. 벤슨은 우리가 예산에서 복지제도 개혁 추정비용을 없애면 30억 달러를 절약할 수 있다고 말했다. 나도 동의했다. 사실 우리는 아직 그 안을 만들어내지 못했으며, 그 수치는 추측일 뿐이었다. 물론 가난한 사람들이 복지제도에 의존하지 않고 일을 하도록 하려면 훈련, 아동 양육, 교통에 더 많은 지출을 해야 했지만, 생활보호대상자를 충분히 줄이면 순비용이 올라가지 않고 오히려 내려갈 수도 있었다. 더욱이 복지제도 개혁안은 초당적 지지를 받으며 따로 통과시킬 수도 있다는 생각이 들었다.

나중에 로이드 벤슨은 경제계획에 마지막으로 한 가지를 추가했다. 그때까지 근로소득 13만 5,000달러 이상의 고소득자에 대해서는 1.45퍼센트를 일률적으로 거두어 메디케어 자금으로 집어넣었는데, 그 소득 상한을 없애고 틀을 새로 짠 것이다. 이것은 메디케어의 지급능력 확대를 위해 필요한 일이었지만, 미국의 고소득층에게는 더 많은 것을 요구하게 되었다. 우리는 그 최고 비율을 39.6퍼센트로 올리기로 이미 제안했는데, 이제 그들이 내는 돈은 메디케어 프로그램으로부터 얻는 혜택보다 많아질 것이 거의 틀림없었다. 내가 그것에 대해 묻자, 벤슨은 그냥 웃음만 지으며 자신이 무슨 일을 하고 있는지 잘 안다고 말했다. 그는 추가의 세금을 내야 하는 자신을 비롯한 다른 고소득층 사람들이 우리의 경제계획 덕분에 활황을 보이게 될 주식 시장에서 세금으로 내는 액수 이상을 거두어들이게 될 것이라고 자신했다.

    2월 15일 월요일, 나는 오벌 오피스에서 처음으로 텔레비전 연설을 했다. 이틀 뒤 양원 합동회의에서 밝히게 될 경제계획의 개요를 10분 동안 설명한 것이다. 경제는 통계적으로 회복세를 보이고 있음에도, 지난 12년간 네 배로 불어난 부채 때문에 일자리는 늘지 않았다. 모든 적자는 부자들을 위한 감세, 솟구치는 의료비용, 국방비 지출 증가 때문이었으므로, 교육, 아동, 교통, 치안 등과 같이 '우리를 더 강하고 더 똑똑하게 만들어주는 것, 더 부유하고 더 안전하게 만들어 주는 것'에 대한 투자는 줄어들었다. 현재의 진행 속도라면 보통 25년마다 두 배가 되었던 미국의 생활수준은 100년을 기다려야 두 배가 될 것 같다. 그런 상황을 뒤집으려면 국가 우선순위에 극적인 변화가 일어나, 세금을 올리고 지출을 줄여 적자를 축소하고, 미래에 더 많은 투자를 해야 한다. 미국의 중산층이 곤경에 처해 있고 또 지난 12년간 불공정한 대접을 받아왔기 때문에 그들에게 더 많은 것을 요구하지 않고 이런 목표를 추구하고 싶지만, 적자는 내가 선거운동 기간 예산안의 기초로 삼았던 이전 추정치보다 훨씬 늘어났다. "내일 모든 미국인들이 더 나아질 수 있도록, 오늘 더 많은 미국인들이 기여할 수밖에 없다."

    그러나 1980년대와는 달리 새로운 세금의 대부분은 부유한 미국인들이 내게 될 것이라는 점을 밝혔다. "10여 년 만에 처음으로 우리 모두 같은 배를 타게 되었다." 적자 축소에 덧붙여 나의 경제계획에는 새로운 일자리를 창출하는 기업에 인센티브를 제공하고, 당장 50만 개의 일자리를 만들 수 있는 단기적인 자극을 주며, 일자리를 잃은 방위산업 노동자들을 위한 특별 프로그램을 만드는 것과 더불어 교육과 훈련에 투자하고, 복지제도를 개혁하고, 소득세 공제를 대폭 늘리며, 원하는 모든 아이들에게 취학 전 교육 기회와 예방 접종을 실시하고, 젊은 사람들이 공동체 봉사를 하여 대학에 갈 수 있는 돈을 벌도록 하는 국가 봉사 정책을 실시하는 등의 제안들이 들어가 있었다. 나는 이런 제안이 쉽게 또는 빨리 이행되지 않을 것임을 인정하면서도, 이것이 이행되기만 하면 "미국의 꿈의 활력이 회복될 것"이라고 말했다.

    수요일 밤, 국회 연설에서 나는 경제계획 뒤에 깔린 전략을 설명하고,

구체적인 사항들을 이야기했다. 그 기본 원칙은 네 가지였다. 첫째, 공적 지출과 사적 지출을 소비에서 투자로 전환하여 더 많은 일자리를 만든다. 둘째, 일과 가족을 중시한다. 셋째, 과거와는 달리 비현실적인 '장밋빛 시나리오'에 입각한 수치가 아니라 보수적인 추정치로 예산안을 짠다. 넷째, 현실적인 지출 축소와 공정한 세금으로 변화에 필요한 돈을 만든다.

나는 일자리를 더 만들기 위해 소기업을 위한 지속적인 투자 세금 공제 혜택을 제안했다. 소기업은 노동력의 40퍼센트를 고용하고 있었지만 새로운 일자리의 대부분을 만들어내고 있었다. 또 공동체 개발 은행과 능력부여 지구의 설립을 제안했다. 이것은 둘 다 나의 선거운동 공약으로, 가난한 지역에 새로운 대출과 투자를 유도하기 위해 고안된 것이었다. 그리고 도로, 다리, 대중교통, 하이테크 정보 시스템, 생산성과 고용을 높이기 위한 환경 정비에 돈을 더 투자할 것을 요구했다.

교육과 관련해서 공립학교에 대한 투자 증대와 더 높은 기준 설정, 더 많은 학생이 대학에 가도록 하기 위한 국가 봉사 프로그램 등의 인센티브 제시 등을 권고했다. 나는 의회가 가족휴가법을 통과시킨 것을 치하하며, 더 강력한 자녀 부양 시행에도 협조해줄 것을 요청했다. 범죄에 대해서는 비폭력 초범을 군대식 신병훈련소에 보내는 브래디 법안과 10만 명의 경찰관을 거리에 더 풀어놓자는 나의 제안을 통과시켜달라고 요청했다.

이어 의회에 선거운동 재정 개혁과 로비스트 등록 조건을 법제화하고 로비스트 경비에 대한 세금 공제 철폐를 통해 정부가 일하는 방식을 바꿀 수 있게 도와달라고 요청했다. 나는 연방정부의 인력을 10만 명 줄이고, 행정 비용을 줄여, 90억 달러를 절약하겠다고 약속했다. 또한 국회에 의료비용 상승을 늦추도록 도와달라고 요청하고, 계속해서 국방비를 축소해나가겠지만 세계 유일의 초강대국이라는 미국의 책임 때문에 미군을 세계에서 가장 잘 훈련되고 가장 좋은 장비를 갖춘 군대로 유지하는 비용은 지출해야 한다고 말했다.

마지막에 가서 세금 문제를 이야기했다. 18만 달러 이상의 소득자에 대한 최고 소득세율을 31퍼센트에서 36퍼센트로 높이고, 25만 달러 이상의 수입에 대해서는 10퍼센트 추가할 것을 권했다. 또 1,000만 달러가 넘는 기업 소득에 대해서는 법인 소득세를 34퍼센트에서 36퍼센트로 높일 것을 권고했고, 기업이 국내에서 재투자하기보다는 미국 사업체를 폐쇄하고 해외로 옮겨갈 경우 세금 지원을 없애자고 권고했다. 또 사회보장 수혜자 가운데 가장 잘 사는 층에게서 소득의 더 많은 부분을 세금으로 거두어들일 것을 권고했다. 그리고 BTU세금을 시행할 것을 권고했는데, 소득세율은 최고 1.2퍼센트의 소득자의 경우에만 늘어나게 될 예정이었다. 사회보장 증액은 수혜자의 13퍼센트에게 혜택이 돌아갈 예정이었다. 에너지 세금은 연 수입 4만 달러인 사람의 경우 월 17달러 정도가 될 예정이었다. 소득 3만 달러 이하인 가족의 경우 소득세 공제액이 BTU세금을 초과할 것으로 보였다. 이런 세금과 예산을 계획대로 실행하면 당시의 경제적 추정치들로 보아 5년 동안 약 5,000억 달러의 적자를 줄일 수 있다는 계산이 나왔다.

연설 말미에 나는 적자 문제의 규모를 실감나게 전달하기 위해 최선을 다했다. 현재의 경향이 지속되면 10년 안에 한 해 적자가 올해의 2,900억 달러에서 적어도 6,350억 달러로 늘어나게 될 것이며, 누적된 부채에 대한 이자 지급이 미국의 예산 가운데 가장 큰 항목이 되어 세금 1달러당 거의 20센트를 지출하게 될 것이라고 지적했다. 적자 축소가 빈말이 아님을 보여주기 위해, 앨런 그린스펀을 하원 방청석에 있는 힐러리의 영부인용 박스에 함께 앉도록 초대했다. 그린스펀은 정치적 행사에는 좀처럼 모습을 드러내지 않음에도 불구하고, 자신의 결의를 보여주기 위해 초대에 응해주었다.

연설은 전체적으로 좋은 반응을 얻었지만, 논평자들은 모두 내가 중산층 감세를 포기한 점에 주목했다. 그것은 사실이지만, 나의 다른 공약들은 경제계획 속에 실현되어 있었다. 다음 며칠 동안 나와 앨 고어는 경제계획을 설명하기 위해 각료들과 함께 전국으로 흩어졌다. 앨런 그린스펀은 이 계획에 찬사를 보냈다. 폴 송거스도 마찬가지였다. 그는 의회에서 연설을 하던 클린턴은 자신이 과거에 경쟁하던 클린턴이 아니라고 말했다. 물론 이것은 뒤집어 말하면 나의 정치 보좌관들과 일부 민주당 의원들이 걱정하는 바이기도 했다.

나의 연설에는 국회를 1년 동안 바쁘게 만들 만큼 중요하고 논란의 여지가 있는 제안들이 많았다. 그 외에도 이미 상정된 법안, 또 곧 상정될 법안들이 있었다. 나는 경제계획이 통과되기 전에 수많은 우여곡절이 있을 것이며, 그것을 밀어붙이는 데 내 모든 시간을 쓸 수도 없다는 것을 알고 있었다. 외국의 문제와 국내의 상황이 그것을 허용하지 않을 터였다.

국내에서 2월은 폭력으로 끝을 맺었다. 26일에 맨해튼의 세계무역센터에서 트럭 폭탄이 터져, 6명이 죽고 1,000명 이상이 다쳤다. 조사 결과 그것은 중동 테러리스트들이 저지른 일로 밝혀졌다. 그들은 꼬리를 잘 감추지 못했고, 3월 4일에 처음으로 한 명이 체포되었다. 결국 음모자 6명은 뉴욕 연방법원에서 유죄 판결을 받고, 240년 징역형을 선고받았다. 나는 우리 법집행기관의 빠른 일처리에 만족스러웠지만, 우리의 개방 사회가 테러에 취약하다는 점 때문에 곤혹스러웠다. 나의 국가안보팀은 테러 네트워크를 추적하고 그들로부터 미국과 미국 주변의 자유 사회를 보호할 수 있는 방법을 찾는 데 더 많은 시간을 쓰기 시작했다.

2월 28일, 텍사스 주 웨이코 외곽의 사이비 종교 집단인 다윗파 집단거주시설에서 그들과 대치하던 알코올·담배·총기 단속국의 요원 4명이 죽임을 당하고 16명이 부상을 당했는데, 다윗파는 불법 무기 소지 혐의를 받고 있었다. 이 단체의 메시아적인 지도자 데이비드 코레시는 자신이 그리스도의 화신이며, 『성경』의 계시록에서 언급된 일곱 봉인의 비밀을 안다고 주장했다. 코레시는 거의 최면에 가까운 기술로 그를 따르는 사람들의 마음을 조종했으며, 언제든지 사용할 수 있도록 총기를 쌓아두고, 오랜 시간 버틸 수 있도록 식량도 충분히 마련해두었다. 다윗파와 연방수사국 사이의 교착 상태는 거의 두 달을 끌었다. 그 기간 동안 어른과 아이 몇 명이 집단거주시설을 떠났지만, 대부분은 그대로 남아 있었다. 코레시는 항복하겠다고 약속했지만, 계속 핑계를 대며 시간을 끌고 있었다.

4월 18일 일요일 밤, 재닛 리노가 백악관에 와서 연방수사국이 다윗파의 시설을 공격할 예정이라고 보고했다. 연방수사국은 요원 살해 및 다른 범죄에 관여한 코레시와 일부 추종자들을 체포하고 나머지는 풀어주겠다고 말했다. 리노는 코레시가 십대 이하의 아동을 성적으로 학대하고, 집단자살을 계획하고 있을지도 모른다는 보고 때문에 걱정하고 있으며, 연방수사국의 많은 자원을 한 장소에 계속 묶어둘 수도 없는 노릇이라고 말했다. 그들은 다음 날 시설을 공격하고 싶어 했다. 장갑차로 건물에 구멍을 뚫은 뒤 그 안에 최루탄을 쏠 생각이었다. 그러면 두 시간 안에 모든 신도가 항복할 것이라는 이야기였다. 리노는 공격을 승인할 생각이었지만, 먼저 나의 허락을 받고 싶어 했다.

나는 몇 년 전 극우파 단체가 아칸소 북부 산맥 속에 자리를 잡았을 때 주지사로서 비슷한 상황과 마주친 적이 있었다. 그곳에 사는 사람들 가운데 살인 용의자가 두 명 있었다. 사람들은 오두막 몇 개에 흩어져 살았으며, 각 오두막에는 바닥에 문이 있었다. 이 문은 참호로 통하고, 거주자들은 참호에서 다가오는 당국 요원들을 향해 총을 쏠 수 있었으며 그들에게는 무기도 많았다. 연방수사국은 그때도 공격을 하고 싶어 했다. 나는 연방수사국, 아칸소 주 경찰, 우리에게 협조하는 미주리와 오클라호마의 법집행관들을 모아 회의를 열고 먼저 연방수사국의 이야기를 들었다. 그런 다음 작전을 승인하기 전에, 베트남 정글에서 싸운 경험이 있는 사람이 헬리콥터를 타고 그곳으로 날아가 상황을 파악해보았으면 좋겠다고 말했다. 전투로 잔뼈가 굵은 퇴역 군인이 조사를 하고 돌아와 나에게 말했다. "그 사람들이 총을 쏘면 공격 중에 우리 편 50명을 잃게 됩니다." 나는 공격 계획을 취소하고, 그들의 야영지 주변을 봉쇄한 다음 식량 카드 지원을 받던 몇 가족에게 그 지원을 끊었다. 그리고 식량을 얻기 위해 야영장을 떠난 사람은 돌아가지 못하게 했다. 결국 안에 있던 사람들은 굴복했고, 인명 피해 없이 용의자들을 체포할 수 있었다.

나는 리노가 하는 말을 들은 뒤, 연방수사국의 공격을 승인하기 전에 아칸소에서 했던 일을 시도해봐야 한다고 생각했다. 그러나 리노는 "연방수사국은 기다리는 데 지쳤다, 교착 상태가 계속되면 일주일에 100만 달러씩 비용이 들어가며 다른 데 필요한 법집행 자원을 묶어두게 된다, 다윗파는 아칸소 사람들보다 더 오래 버틸 수 있다. 코레시가 제정신이 아니고 그의 추종자들 다수도 마찬가지이기 때문에 아동 성적 학대와 집단자살 가능성이 높다"고 반박했다. 마침내 나는 만일 그렇게 하는 것이 옳다고 생각한다면 그렇게 하라고 대답했다.

다음 날, 나는 오벌 오피스 바로 바깥에 있는 텔레비전으로 CNN 방송을 통해 코레시의 집단거주시설이 화염에 휩싸인 모습을 보았다. 공격은 완전히 잘못되었다. 연방수사국 쪽에서 사람들이 모여 있는 건물들 안에 최루탄을 발사하자 다윗파는 총을 쏘기 시작했다. 그들이 최루 가스를 내보내기 위해 창문을 열자 상황은 더 악화되었다. 텍사스 평원으로부터 강한 바람이 불어오면서 불길이 더 강해졌다. 상황이 종결되었을 때, 25명의 어린이를 포함한 80명 이상의 사망이 확인되었다. 9명만 살아남았다. 나는 이 큰 실수에 대해 언론에 말하고 책임을 져야 한다고 생각했다. 디디 마이어스와 브루스 린지도 같은 생각이었다. 나는 그날 몇 번 기자들을 만나려 했으나, 조지 스테파노풀로스가 기다리라고 했다. 생존자가 더 있을지도 모르는데, 코레시가 내 말을 듣고 화가 나서 생존자들을 죽일지도 모른다는 것이었다. 재닛 리노는 카메라 앞에 나타나 상황을 설명하고, 공격에 대한 모든 책임을 지겠다고 했다. 미국의 첫 여성 법무장관인 리노는 책임을 회피하지 않는 것이 중요하다고 생각했다. 마침내 내가 웨이코 문제로 기자들에게 이야기했을 때, 리노는 칭찬을 받고 있었고 나는 그녀에게 책임을 떠넘겼다는 이유로 비판을 받고 있었다.

24시간이 안 되는 짧은 시간에 나는 두 번이나 내 직감에 반대되는 조언을 받아들인 셈이 되었다. 하지만 나는 스테파노풀로스를 탓하지 않았다. 그는 젊었고, 신중했고, 틀리기는 했지만 정직한 의견을 이야기해주었다. 나는 나 자신에게 몹시 화가 났다. 처음에는 나의 더 나은 판단을 묻어두고 공격에 동의한 것, 그 다음에는 책임을 공개적으로 인정하는 일을 미룬 것 때문이었다. 자신을 위해서 일하는 사람들의 조언을 언제 받아들이고 언제 거부할지 결정하는 것은 대통령이 해야 할 가장 중요한 판단 가운데 하나이다. 언제나 옳은 사람은 없다. 그러나 직감적으로 틀렸다고 느끼면서도 조언자들의 말 때문에 어떤 결정을 내렸다가 고생하는 것보다는 잘못되었다 해도 자신이 옳다고 믿고 내린 결정 때문에 고생하는 것이 훨씬 더 편하다. 웨이코 사건 이후로 나는 내 직감을 따르겠다고 결심했다.

어쩌면 행정부가 워싱턴에서 심하게 공격당하고 있었고, 나는 매번 일의 결과가 나온 다음에 소급해서 비판당하고 있었기 때문에 스스로 내 직감을 신뢰하지 않았던 것인지도 모른다. 힐러리는 처음 의사당에 멋지게 등장한 후, 그녀의 의료제도 개혁 특별위원회의 비공개회의 때문에 비판을 받고 있었다. 그들은 수백 명의 사람들에게 자문을 구하고 있었기 때문에, 그들이 하는 일에서 비밀은 있을 수 없었다. 그들은 그저 100일 안에 의료제도 계획을 국회에 제출한다는 나의 지나치게 야심찬 목표에 맞추어주기 위해 엄청나게 복잡한 문제들을 신속하게 검토하려고 했던 것뿐이다. 이 기획팀은 1,100개가 넘는 단체로부터 증언을 듣고, 국회의원들과 200회가 넘는 회의를 하고, 전국에서 공개회의를 했다. 따라서 그들이 비밀리에 일을 한다는 이야기는 과장된 것이었다. 결국 특별위원회 활동은 너무 버겁다는 것이 드러나 더 이상 진행되지 않았기 때문에, 어차피 100일이라는 마감은 지킬 수가 없었다.

이것으로도 충분하지 않았는지, 도시와 주州로 빨리 돈을 내보내 기간시설을 건설함으로써 50만 개의 일자리를 만들어내려 했던 단기적인 부양책도 좌절을 겪고 말았다. 경제가 여전히 느리게 성장하고 있었기 때문에 부양책은 절실했고, 일회적으로 소규모 지출을 한다고 해서 적자 문제가 더 심각해지지도 않을 터였다. 하원은 법안을 빠르게 통과시켰고 상원도 지지를 했다. 그러나 밥 돌에게는 의사진행방해를 할 수 있는 40명 이상의 공화당 상원의원이 있었다. 어쩌면 첫 의사진행방해 뒤에 더 작은 규모의 부양책을 제시하며 돌과 타협을 해야 했을지도 모른다. 아니면 보수적인 민주당 상원의원인 존 브로와 데이비드 보런이 제안한 타협안을 받아들여야 했을지도 모른다. 이 제안을 처리하던 로버트 버드 상원의원은 우리가 굽히지 않으면 의사진행방해를 돌파해나갈 수 있다고 강경한 태도를 보였다. 그러나 우리는 돌파하지 못했고, 웨이코 사건 이틀 뒤인 4월 21일에 마침내 패배를 인정했다.

내 첫 번째 임기에 공화당 의원들은 전례 없이 자주 의사진행방해에 의존하여 국회 다수당의 의지가 관철되는 것을 막았다. 어떤 확신 때문이었을 수도 있고, 단지 내가 지도력이 없다는 것을 증명하고 싶었기 때문이었는지도 모르겠다. 조지 미첼 상원의원은 나의 첫 100일 동안만 해도 의사진행방해 돌파를 위해 12번이나 표결을 해야만 했다.

3월 19일에 개인적으로 큰일을 겪는 바람에 갑자기 정치가 멀리 보이게 되었다. 장인이 심한 뇌출혈로 쓰러진 것이다. 힐러리는 첼시, 처남 토니와 함께 리틀록의 세인트 빈센트 병원으로 달려갔다. 장인의 주치의자 우리의 친구인 닥터 드루 쿰푸리스는 힐러리에게 아버지가 심한 뇌 손상을 입어 깊은 혼수상태에 빠졌으며, 의식을 되찾을 가능성이 희박하다고 말했다. 나는 이틀 뒤에 그곳에 도착했다. 힐러리, 첼시, 도로시, 휴, 토니가 번갈아가며 장인에게 이야기를 하고, 노래를 부르기도 했다. 장인은 마치 편안하게 잠을 자는 것처럼 보였다. 우리는 장인이 얼마나 버틸지 알 수 없었다. 나는 그곳에 하루밖에 머물지 못했고 힐러리를 좋은 벗들 사이에 남겨두고 그곳을 떠나왔다. 그곳에는 그녀의 가족, 토머슨 부부, 장인이 주지사 관저 행정관 시절부터 알고 지냈던 캐럴린 후버, 힐러리의 공보 담당관 리서 카푸토가 있었다. 장인은 리서 카푸토를 특별히 아꼈는데, 그것은 그녀가 그의 고향인 펜실베이니아 동부 스크랜턴 근처 출신이었기 때문이다.

다음 일요일에 나는 다시 이틀 예정으로 고향에 갔다. 기다리는 것 외에 달리 할 일이 없다 해도 가족과 함께 있고 싶었다. 의사는 장인이 뇌사 상태라고 말했다. 주말에 가족은 장인의 인공호흡기를 떼어내기로 결정했다. 우리는 모두 기도를 하고 작별 인사를 했다. 그러나 장인은 그냥 떠나지 않았다. 그의 강한 심장은 계속 뛰고 있었다. 아칸소에 있으면서도 내가 할 일을 거의 다 처리할 수 있었지만, 그래도 화요일에는 워싱턴으로 돌아가야 했다. 하지만 장인을 볼 수 있는 마지막 기회라는 것을 알았기 때문에 떠나고 싶지가 않았다. 나는 장인을 사랑했다. 비합리적인 것을 싫어하는 그의 직선적인 태도와 가족에 대한 열렬한 사랑이 좋았다. 내가 볼품없고, 무일푼이고, 무엇보다도 민주당 지지자였던 20년 전에 그가 나를 인정해준 것도 고마웠다. 우리의 피노클 게임과 정치 논쟁이 그리울 것 같았다. 그냥 그가 있어주는 것만으로도 좋았는데.

4월 4일, 장인이 여전히 버티고 있는 가운데, 힐러리 역시 워싱턴으로 돌아가야 했다. 봄방학이 끝난 첼시가 학교로 돌아가야 했고, 힐러리도 할 일이 있었기 때문이다. 힐러리는 4월 6일에 레이디 버드 존슨의 공보담당관이었던 리즈 카펜터를 위해 오스틴의 텍사스 대학에서 연설을 하기로 약속을 해놓았다. 리즈는 취소하지 말아달라고 부탁했고, 힐러리는 가기로 결심했다. 힐러리는 깊은 슬픔에 잠긴 상태에서 자신의 내면 깊숙한 곳을 드러내는 연설을 했다. "새로운 천년이 다가오는 상황에서, 우리에게는 의미 있는 새로운 정치가 필요합니다. 우리에게는 책임과 돌봄이라는 새로운 기풍이 필요합니다. 어떻게 하면 우리가 우리 자신보다 더 큰 어떤 것의 일부임을 느끼며 충족감 속에서 살아갈 수 있을까요? 시장의 힘과 정부의 힘은 여기에 대답을 할 수가 없습니다. 여기에 답을 하려면 시민 사회에 대한 새로운 정의가 필요합니다." 힐러리는 리 앳워터가 40세의 나이에 암으로 죽기 직전에 쓴 글을 읽고 감동을 받아 그런 이야기를 하고 싶어 한 것이다. 앳워터는 레이건 대통령과 부시 대통령을 위해 일하는 동안 민주당을 무자비하게 공격해서 유명해졌는데, 죽음과 직면하여 오직 권력, 부, 위신을 얻으려고 애쓰는 인생에는 아쉬움이 많다고 생각했고, 고별사를 통해 우리에게 더 높은 목적을 제시하고 싶어 했다. 힐러리는 4월 6일 오스틴에서 자신의 슬픔을 견디면서 그 목적을 규명해보려 했다. 나는 힐러리가 한 말이 마음에 들었으며, 그런 말을 했다는 것이 자랑스러웠다.

다음 날, 장인 휴 로댐이 세상을 떴다. 우리는 리틀록에서 추모 예배를 보고, 유해를 그의 고향 스크랜턴으로 운구하여 코트스트리트 감리교회에서 장례식을 치렀다. 1974년에 공화당원으로서의 신념을 밀어두고 나를 위해 일해준 사람, 평생에 걸쳐 배우면서 익힌 어린 시절의 편견들을 개인적 경험들을 통해 다 버린 그에게 나는 가슴에서 우러나오는 찬사를 보냈다.

그는 시카고에서 흑인과 일하면서 인종주의를 버렸고, 리틀록에서 이웃에 살던 동성애자 의사, 간호사와 사귀고 그들의 돌봄을 받으면서 동성애에 대한 공포를 버렸다. 그는 풋볼에 열광하는 펜실베이니아 동부에서 성장했는데, 이곳에서 가톨릭 스타들은 노트르담으로 가고, 그와 같은 신교도 스타들은 펜 주립대학으로 갔다. 이런 분열 때문에 어린 시절부터 가톨릭에 대한 편견이 심해질 수밖에 없었다. 그러나 그는 그것마저 버렸다. 이런 면에서 가톨릭 수녀들이 돌보아주는 세인트 빈센트 병원에서 마지막 나날을 보낸 것 역시 그에게 어울리는 일이라는 생각이 들었다.

32

대통령에 취임하고 나서 처음 몇 달 동안
은 신문의 머리기사 대부분이, 경제 계획을 작성하고 옹호하고 통과시키려
던 노력과 군대의 동성애자 문제, 힐러리의 의료제도 개혁 작업으로 채워졌
지만, 외교정책은 늘 빠지지 않았다. 사실 외교정책은 나의 일상적 일과이
자 관심사였다. 그런데 워싱턴 논평자들은 일반적으로 내가 외무에 별 관심
이 없고, 가능한 한 시간도 쓰지 않으려 한다고 말했다. 선거운동에서는 거
의 국내 문제에만 초점을 맞춘 것이 사실이었다. 미국의 경제적 어려움 때
문에 그럴 수밖에 없었다. 그러나 이미 여러 번 이야기했듯이, 지구 전체의
상호의존이 점점 심해지면서 대외 정책과 대내 정책 사이의 차이는 사라져
버렸다. 베를린 장벽이 무너진 뒤 부시 대통령이 선포했던 '새로운 세계 질
서'에는 혼돈과 미해결된 커다란 문제가 가득했다.

나의 국가안보 보좌관 토니 레이크는 일찍부터 외교 문제에서의 성공은
문제가 골칫거리가 되고 머리기사로 나기 전에 막거나 완화하는 것이라고
했다. 그는 이렇게 말했다. "따라서 우리가 정말로 일을 잘하면, 국민은 그
걸 모를 것이다. 개가 짖지 않기 때문이다." 그러나 내가 대통령에 취임했을
때 개집에는 사냥개들 짖는 소리가 가득했다. 보스니아와 러시아가 가장 크
게 짖어댔다. 그밖에도 소말리아, 아이티, 북한, 일본의 무역 정책도 뒤편에
서 으르렁거리는 소리를 내고 있었다.

소련의 해체와 바르샤바조약기구 소속 국가들에서 이루어진 공산주의
의 붕괴로 인해 유럽이 사상 처음으로 민주적·평화적으로 단결을 이룬 땅

이 될지도 모른다는 전망이 생겼다. 그런 전망을 현실화하는 것은 네 가지 큰 문제에 달려 있었다. 첫째, 동독과 서독은 통일될 것인가? 둘째, 러시아는 진정으로 민주적이고, 안정적이고, 비제국주의적인 나라가 될 것인가? 셋째, 티토의 강철 같은 의지로 통합되어 있던 다민족 국가 유고슬라비아는 어떻게 될 것인가? 넷째, 러시아와 이전의 공산주의 국가들은 유럽연합에 통합되고, 대서양 건너 미국, 캐나다와 나토NATO(북대서양조약기구) 동맹을 맺을 것인가?

내가 대통령이 되었을 때 독일은 비전을 가진 지도자 헬무트 콜 총리 밑에서 통일이 되어 있었다. 독일 통일은 부시 대통령의 강력한 지지를 받았지만, 유럽 여러 나라는 다시 등장한 통일 독일의 정치적 · 경제적 힘을 경계하는 태도를 보이기도 했다. 나머지 세 문제는 아직 답이 나오지 않은 상태였다. 나는 대통령으로서 나의 가장 중요한 책임 가운데 하나가 그 질문들로부터 올바른 답을 끌어내는 것임을 잘 알고 있었다.

선거운동 기간에 부시 대통령과 나는 모두 러시아 지원을 약속했다. 처음에는 내가 부시보다 더 강하게 나갔지만, 부시는 닉슨 전 대통령으로부터 자극을 받은 뒤에 G-7(미국, 독일, 프랑스, 이탈리아, 영국, 캐나다, 일본 등 가장 큰 7개 산업국가)이 러시아의 민주주의와 경제개혁을 지원하기 위해 240억 달러를 제공하겠다고 발표했다. 1992년 6월 워싱턴에 온 러시아 대통령 옐친은 부시에게 고마워하며, 부시의 재선을 공개적으로 지지했다. 6월 18일에 러시아 외무장관 안드레이 코지레프와 나의 외교정책 보좌관 가운데 한 사람인 토비 가티의 우정 덕분에 옐친은 블레어 하우스에서 나와 의례적인 면담을 했다. 나는 옐친이 부시를 지지한다는 것을 알았지만 상관하지 않았다. 나는 그에게, 만일 내가 이기면 그를 지지하겠다는 사실을 알리고 싶었을 뿐이다.

11월에 선거가 끝나고 나서 이틀 뒤 옐친은 나에게 전화해 축하한 뒤, 가능한 한 빨리 모스크바에 와서 미국이 그의 개혁을 지지한다는 사실을 재확인해줄 것을 요청했다. 러시아 내에는 그를 반대하는 세력이 점점 확산되고 있었으며, 옐친은 힘겨운 일을 하고 있었다. 그는 1991년 러시아 대통령으로 선출되었는데, 당시 러시아는 여전히 무너지는 소비에트 연방의 일부였다. 8월에 소비에트 대통령 미하일 고르바초프가 쿠데타 음모자들에 의해 북해의 별장에 연금당하자 러시아 국민은 모스크바 거리로 나와 항의했다. 대통령직을 맡은 지 불과 두 달밖에 되지 않은 옐친이 러시아의 백궁, 즉 쿠데타 음모자들이 장악한 의사당 건물 앞의 탱크 위에 올라갔을 때 이 드라마는 절정에 이르렀다. 그는 러시아 국민에게 어렵게 얻은 민주주의를 지키자고 촉구했다. 그는 반동적인 세력을 향해 이렇게 말하고 있는 것이나 다름없었다. "너희들은 우리의 자유를 훔칠 수 있다. 하지만 그렇게 하려면 나를 죽이고 가야 한다." 옐친의 영웅적인 호소는 국내외의 지지를 얻었으며 결국 쿠데타는 실패했다. 12월에 소비에트 연방은 독립국가들의 집합체로 해체되었으며, 러시아는 유엔 안전보장이사회에서 소비에트의 자리를 차지했다.

그러나 옐친의 문제는 끝나지 않았다. 권력 상실에 분개한 반동분자들은 소비에트 군대를 에스토니아, 리투아니아, 라트비아 등 발트해 국가들로부터 철수시키겠다는 그의 결정에 반대했다. 뿐만 아니라 경제는 파국으로 치닫고 있었다. 소비에트 경제의 썩어가는 잔재가 시장 개혁에 노출되자 심한 인플레이션이 발생했다. 국가 소유 자산은 '올리가르히'(러시아의 신흥 재벌을 가리키는 말—옮긴이주)라고 불리는 새로운 계급에게 헐값으로 넘어갔다. 올리가르히와 비교하면 19세기 말 미국의 악덕 자본가들은 청교도 목사처럼 보일 정도였다. 조직범죄 집단들은 소비에트 국가가 무너지고 난 공백에 침투하여 세계 전체로 촉수를 뻗었다. 옐친은 구체제를 파괴했지만, 아직 신체제를 건설하지 못했다. 게다가 그는 러시아 국회인 두마와 좋은 관계를 형성하지도 못했다. 그가 천성적으로 타협을 싫어하기 때문이기도 했고, 두마는 구질서 또는 초국가주의에 뿌리박은, 과거와 다를 바 없이 억압적인 신질서를 갈망하는 사람들로 가득했기 때문이다.

나는 악어들 사이에 푹 빠져 있는 옐친을 돕고 싶었다. 밥 스트라우스도 그렇게 하라고 권했다. 스트라우스는 열렬한 민주당원이자 민주당전국위원회 위원장까지 지낸 사람이었음에도, 부시 대통령이 모스크바에 대사로 파견할 정도로 이 분야에 능력을 인정받은 사람이었다. 스트라우스는 내가 옐친과 함께 일을 할 수 있고, 좋은 정치적 조언도 해줄 수 있을 것이라고 말했다. 그는 나에게 두 가지 다 해보라고 권했다.

나는 옐친의 초대를 받아들이고 싶었다. 그러나 토니 레이크는 모스크바가 나의 첫 해외 방문지가 되어서는 안 된다고 말했다. 다른 사람들도 그렇게 하면 국민이 우리의 국내 의제에서 다른 데로 시선을 돌릴 것이라고 강하게 주장했다. 러시아의 성공은 미국에도 중요한 일이었고, 미국은 공산주의자나 초국가주의자 같은 강경파가 러시아를 통제하기를 바라지 않았다. 러시아에 가는 문제를 고민하고 있는데 마침 옐친이 제3국에서 만나자고 제안하여 일을 편하게 해주었다.

이 무렵 나는 옥스퍼드에서 같은 집에 살았던 오랜 친구로 「타임」에서 일하고 있던 스트로브 탤벗에게 국무부에 들어와 구소련 지역에 대한 정책을 도와달라고 설득했다. 그때까지 탤벗과 나는 거의 25년 동안 러시아 역사와 정치에 대해 토론해왔다. 흐루시초프의 회고록을 번역하고 편집하기도 했던 탤벗은 내가 아는 사람들 가운데 러시아와 러시아 사람들을 가장 잘 알았고 관심도 가장 많았다. 그는 훌륭한 분석적 정신을 갖추었을 뿐 아니라, 예의바른 교수 같은 겉모습 뒤에 비옥한 상상력을 감추고 있었다. 나는 그의 판단을 믿었고, 기꺼이 나에게 숨김없는 진실을 말해줄 것이라고 생각했다.

그런데 국무부의 위계 속에는 내가 탤벗에게 맡기고 싶은 일을 담당하는 직책이 없었다. 그래서 그는 워런 크리스토퍼의 승인을 받고, 딕 홀브루크의 도움을 받아 그런 직책을 만들기 시작했다. 홀브루크는 투자은행가이자 노련한 외교정책 연구자로, 선거운동 때부터 나에게 조언을 해주었으며 결국 나의 행정부에서 가장 중요한 인물 가운데 하나가 된다. 마침내 탤벗의 새로운 일자리에 이름이 붙게 되었다. 순회대사 겸 구소련 신생독립국 담당 국무장관 특별보좌관이었다. 나중에는 국무부 부장관으로 바뀌었는데 탤벗의 직함을 정확히 외울 줄 아는 사람은 다섯 명도 되지 않았다. 하지만 모두 그가 무슨 일을 하는지 알았다. 그는 러시아 문제만 나오면 우리가 찾아가는 사람이 되었다. 8년 동안 그는 내가 옐친 대통령이나 블라디미르 푸틴 대통령을 만날 때 늘 옆에 있었으며, 열여덟 차례나 옐친을 단독으로 만났다. 탤벗은 러시아어를 유창하게 구사했고 엄청난 메모를 했기 때문에, 그가 나의 회담 자리에 참석하거나 직접 러시아인들을 만나면 우리 일의 정확성은 보장되는 것이나 다름없었다. 이것은 아주 귀중한 의미를 지니게 된다. 탤벗은 그의 책 『러시아 전문가The Russia Hand』에서 우리의 8년간의 오디세이를 연대기적으로 서술해놓았는데, 이것은 그의 통찰을 보여줄 뿐 아니라 나와 옐친이 나눈 다채로운 대화를 있는 그대로 실어놓았다는 점에서도 주목할 만하다. 이런 장르에 속하는 대부분의 책들과는 달리, 여기에 나오는 인용문들은 재구성이 아니다. 좋든 나쁘든, 실제로 했던 이야기들이다. 탤벗의 책의 핵심은 내가 내 나름으로 '러시아 전문가'가 되었다는 것이다. 왜냐하면 나는 실제로는 러시아 전문가가 아니면서도 '한 가지 중요한 것'은 분명하게 알고 있었기 때문이다. 즉 나는 국내에서 민주주의 대 독재와 해외에서 협조 대 경쟁이라는 두 가지 쟁점이 냉전의 개전 이유였다는 사실을 알고 있었다. 옐친과 나는 '원칙적으로 같은 편'이었다.

정권이양기에 나는 탤벗에게 러시아의 악화되는 상황과 재난을 피할 필요성에 관해 많은 이야기를 했다. 르네상스 위켄드에서 스트로브 탤벗과 그의 부인 브루크는 나와 함께 힐튼 헤드 해변에서 조깅을 했다. 브루크는 힐러리와 함께 상근으로 선거운동을 했으며, 백악관 명예직원 프로그램을 책임질 예정이었다. 조깅을 하면서 러시아에 대한 이야기를 하고 싶었지만, 우리 그룹의 리더인 위대한 올림픽 허들 선수 에드윈 모지스가 워낙 속도를 내는 바람에 그를 따라가느라 제대로 이야기를 할 수가 없었다. 그러나 아침 산책을 하던 힐러리를 만난 것을 핑계로 우리 셋은 속도를 늦출 수 있었다.

모스크바에서 부시 대통령은 옐친과 START II 협정에 서명했다. 그것은 좋은 소식이었다. 그러나 옐친이 하는 모든 진보적인 일이 그렇듯이, 두마의 강한 반대에 부딪혔다. 나는 탤벗에게 러시아의 상황이 많이 변하고 있으므로, 방어적인 전략으로만 대응할 수는 없다고 말했다. 특히 러시아 경제를 개선할 수 있는 긍정적 변화들을 강화하고 가속화하는 일을 도와야 했다.

2월의 어느 날 밤 나는 탤벗 가족을 만날 겸 러시아 이야기도 할 겸 그의 집으로 갔다. 탤벗은 그 무렵 리처드 닉슨을 만났는데, 닉슨은 옐친을 확실하게 지원하도록 촉구하더라고 했다. 부시 대통령이 그전 봄에 발표했던 240억 달러 원조안은 소용이 없게 되었다. 국제금융기관들이 러시아가 경제를 재건하기 전에는 그 돈을 풀려고 하지 않았기 때문이다. 우리는 당장 무슨 일인가를 해야 했다.

3월 초, 옐친과 나는 4월 3일과 4일에 캐나다 밴쿠버에서 만나기로 했다. 3월 8일 리처드 닉슨이 백악관을 방문하여 나에게 개인적으로 옐친을 지지하라고 촉구했다. 닉슨은 힐러리와 첼시를 잠깐 만나, 자신이 퀘이커교도로 성장했으며, 그의 딸들도 첼시처럼 시드웰 프렌즈 학교에 다녔다고 이야기한 뒤, 바로 본론으로 들어갔다. 그는 나의 경제정책보다도 러시아와 한 일이 역사책에 더 중요하게 기록될 것이라고 말했다. 그날 밤 나는 탤벗에게 전화를 걸어 닉슨과 나눈 대화를 전하고, 밴쿠버에서 러시아에 도움이 될 만한 일을 하고, 7월 도쿄에서 열리는 연례 G-7 정상회담에서 강력한 후속 조치를 취하는 것이 중요하다고 다시 한 번 강조했다. 그리고 3월 내내 외교정책팀, 그리고 재무부의 래리 서머스와 그의 보좌관 데이비드 립튼으로부터 새로운 상황을 보고받으면서, 그들에게 더 크게 생각하고 더 많은 일을 하라고 밀어붙였다.

한편 모스크바에서는 두마가 옐친의 권력을 줄이고, 러시아 중앙은행의 무익한 인플레이션 정책을 승인하고 있었다. 3월 20일 옐친은 자신과 두마 가운데 누가 나라를 운영하는지 결정하는 국민투표를 4월 25일에 실시하겠다고 반격했다. 나는 오벌 오피스 옆의 내 개인 식당에 설치된 두 대의 텔레비전 가운데 하나로 그 연설을 지켜보았다. 또 하나의 텔레비전에서는 아칸소 레이저백스와 세인트 존스 대학 사이의 전미대학체육협회NCAA 농구 경기를 중계하고 있었다. 나에게는 양쪽 시합 모두 응원하는 팀이 있었다.

나는 옐친의 연설에 어떻게 대응할지를 놓고 외교정책팀 전체와 열띤 토론을 벌였다. 그들은 모두 자제를 경고했다. 옐친은 그의 헌법적 권한을 한계까지 밀어붙이고 있었는데, 이 싸움에서 그가 질 수도 있었기 때문이다. 그러나 나는 반대했다. 옐친은 과거 공산주의자들과 다른 반동 세력을 상대로 목숨을 건 싸움을 하고 있다. 그는 국민투표로 국민에게 다가가려 하고 있다. 나는 그가 질 위험에 대해서는 신경쓰지 않겠다고 결심했으며, 우리 팀에게 나 자신도 수없이 진 경험이 있다는 사실을 상기시켰다. 나는 이것저것 계산하고 모호한 태도를 취하는 데는 관심이 없어, 토니 레이크에게 강력한 지지 성명 초안을 잡으라고 지시했다. 그가 초안을 제출하자, 그것을 훨씬 더 강하게 고쳐서 언론에 발표했다. 이 경우 나는 내 직감에 따라 행동했으며, 러시아가 옐친을 버리지 않고 역사의 옳은 방향에 머물 것이라는 데 내기를 건 셈이었다. 아칸소가 농구 시합에서 역전승을 거둔 것도 나의 낙관적 태도에 힘을 보태주었다.

마침내 3월에 내가 지지할 수 있는 지원 프로그램을 얻어냈다. 러시아가 경제를 안정시키는 데 도움이 되는 16억 달러의 직접 원조였다. 그 돈은 제대한 장교들을 위한 주택, 현재 실업 상태에 있거나 보수가 제대로 지급되지 않는 핵 과학자들을 위한 일거리, 그 무렵 발효된 넌-루거 프로그램에 따른 핵무기 철거 추가 지원, 식량과 의약품, 소기업, 독립적인 매체, 비정부기구, 정당, 노동조합에 대한 지원, 수만 명의 학생과 젊은 전문가들을 미국으로 데려오는 교환 프로그램 등에 들어갈 예정이었다. 이 원조액은 이전 행정부가 할당한 액수의 네 배였으며, 내가 원래 권고했던 액수의 세 배였다.

여론조사에 따르면 미국 국민의 75퍼센트가 러시아에 돈을 더 주는 것에 반대했고, 우리는 이미 경제계획을 위한 힘든 싸움에 들어서 있었지만, 나는 밀고 나가는 것밖에 다른 선택이 없다고 느꼈다. 미국은 냉전에서 승리하기 위해 국방비에 3조 달러를 썼다. 이제 20억 달러도 안 되는 돈과 나쁜 여론조사 결과 때문에 상황이 역전될 위험을 무릅쓸 수는 없었다. 공화당 의원들을 포함한 의회 지도자들이 나와 같은 생각이라는 것을 알고 비서진은 놀랐다. 러시아 원조 계획을 밀어붙이기 위해 연 회의에서 외교위원회 위원장 조 비든 상원의원은 우리의 계획을 강력하게 지지했다. 밥 돌은 입장을 바꾸어 우리는 제1차 세계대전의 승자들처럼 냉전 이후 시대를 망칠

수 없다고 주장했다. 제1차 세계대전 승자들의 근시안적 태도가 제2차 세계
대전의 중요한 원인이 되었으며, 돌은 그 전쟁에서 영웅적으로 복무한 경험
이 있었다. 뉴트 깅리치는 러시아 원조를 열렬히 지지하면서, 지금이 미국
으로서는 '결정적인 순간'이며 우리는 옳은 일을 해야 한다고 말했다. 내가
탤벗에게 말한 대로 깅리치는 러시아 문제에서 나를 앞서가려고 노력하고
있었다. 나야 그렇게 해주는 것이 기쁠 따름이었다.

4월 3일에 옐친과 만났을 때 회담은 약간 어색하게 시작되었다. 옐친은
자신이 러시아가 민주주의로 가는 과도기에 미국의 지원을 받는 것과 미국
의 지배를 받는 것 사이에서 아슬아슬한 줄타기를 하고 있다고 설명했다.
원조 계획의 세부사항으로 들어갔을 때, 옐친은 전체적으로 마음에 들지만
발트해 연안 국가들에서 데려오는 군인을 위한 주택에 더 많은 지원을 해주
었으면 좋겠다고 말했다. 그들 가운데 다수는 텐트에서 살고 있다는 것이었
다. 그 문제를 해결하고 나자 옐친은 갑자기 공세로 돌아서서, 나에게 잭슨-
바닉 수정 조항을 철회하라고 요구했다. 잭슨-바닉 수정 조항은 미국 무역
과 러시아로부터의 자유로운 이민을 연계해놓은 1974년 법이었다. 그는 또
이제 자유 국가가 되었으니, 폴란드와 헝가리 같은 나라들에 대한 소련의
지배를 부각시키던 '위성국가 주간'도 없애라고 요구했다. 이 두 가지는 상
징적인 것일 뿐 우리의 관계에 현실적 영향을 주는 것은 아니었다. 게다가
나에게는 그 법들을 바꾸면서 동시에 러시아에 경제적 지원까지 할 수 있는
정치적 자본이 없었다.

1차 회담이 끝난 뒤 보좌관들은 1961년의 유명한 빈 회의에서 흐루시초
프가 케네디에게 허세를 부렸던 것처럼 옐친이 내 앞에서 으름장을 놓은 것
이 아니냐고 걱정했다. 그러면서 그들은 내가 약해 보이지 않기를 바랐다.
하지만 나는 그 점은 걱정하지 않았다. 그런 역사적 유추에는 문제가 있었
기 때문이다. 옐친은 흐루시초프가 케네디에게 그랬던 것처럼 내가 멍청해
보이도록 만들려는 것은 아니었다. 그는 러시아에서 그를 무너뜨리려는 적
들의 눈에 멋있게 보이려고 노력하고 있었다. 우리의 정상회담 전주에 두마
에서는 옐친을 탄핵하려 했다. 탄핵은 실패했지만, 이 동의안은 많은 표를

얻었다. 나는 러시아가 올바른 길에서 벗어나지 않도록 도울 수 있다면 약간의 허세는 그냥 넘어가줄 수 있었다.

오후에 우리는 우리의 협력을 제도화하는 방법에 합의를 보고, 부통령 고어와 러시아 총리 빅토르 체르노미르딘을 위원장으로 하는 위원회를 두기로 했다. 이 아이디어는 탤벗과 러시아 외무차관 게오르기 마메도프가 낸 것으로, 이 위원회는 우리가 상상했던 것보다 훨씬 많은 일을 했다. 물론 그것은 대부분 앨 고어와 그의 러시아 쪽 파트너가 오랜 세월에 걸쳐 일관되고 집중된 노력으로 까다롭고 논쟁적인 수많은 난제들을 헤쳐나간 덕분이었다.

4월 4일 일요일, 우리는 좀더 공식적인 자리에서 만나 안보 문제를 논의했다. 옐친 측은 우리를 마주보며 탁자 건너편에 앉았다. 옐친은 전과 마찬가지로 공격적으로 나오기 시작했다. 그는 미국의 무기 통제에 대한 입장을 바꿀 것을 요구했다. 즉 미국의 적국인 이란이나 이라크에 러시아의 군사 기술 판매를 금지하는 수출 통제를 철회하고, 위성 로켓 발사기 같은 러시아 제품에 미국 시장을 개방할 것을 요구한 것이다. 나는 우리의 고집스러운 전문가 린 데이비스의 도움을 얻어, 수출 통제 문제는 완강하게 버티고 무기 통제에 대한 요구는 우리 실무진에게 연구해보라고 넘기는 식으로 받아들였다.

경제로 넘어가자 분위기가 밝아졌다. 나는 경제 원조를 '지원'이 아니라 '협조'라고 말하면서, 로이드 벤슨에게 도쿄 G-7에서 우리가 제안할 내용을 설명하라고 요청했다. 옐친은 우리가 4월 25일 국민투표 전에 그에게 돈을 줄 수 없다는 것을 깨닫고 깜짝 놀랐다. 나는 옐친에게 그가 원하는 5억 달러짜리 수표를 끊어줄 수는 없었지만, 마지막 회담이 끝나고 난 뒤 열린 기자회견에서 미국은 러시아의 민주주의, 개혁, 지도자를 지지하기 때문에 많은 돈이 갈 것이라는 사실을 분명하게 밝혔다.

나는 밴쿠버를 떠나면서 옐친을 더 신뢰할 수 있었고, 난제의 규모와 그것을 극복하겠다는 그의 단단한 결의를 깊이 이해할 수 있었다. 나는 그가 마음에 들었다. 그는 큰 곰 같은 사람으로 겉으로 보기에는 모순이 가득했다. 그가 자란 원시적인 조건과 비교해보면 나는 어렸을 때 록펠러의 집에서 자란 것이나 다름없었다. 그는 언뜻 엉성해 보였지만, 사실은 미묘한 상황을 파악하는 섬세한 정신의 소유자로, 공격을 하다가도 다음 순간에는 포용할 수 있는 사람이었다. 그는 차갑고 계산적인 태도에서 진실한 감정을 드러내는 태도로 돌아서기도 하고, 편협해 보였다가 관대한 태도로 돌아서기도 하고, 세상을 향해 화를 냈다가 갑자기 아주 우스꽝스러운 모습을 보여주기도 했다. 한번은 우리가 호텔 안을 함께 걷는데, 한 러시아 저널리스트가 그에게 회담이 즐거운지 물었다. 그는 얼른 대답했다. "즐겁냐고? 옆에 아름다운 여자가 없으면 즐거울 수가 없지. 하지만 만족스럽기는 하오."

모두가 알다시피 옐친은 보드카를 좋아했다. 그러나 우리의 회담에서 옐친은 방심하지 않았고, 준비를 잘했고, 효과적으로 자신의 나라를 대변했다. 러시아가 가질 수 있는 현실적인 대안들을 볼 때, 옐친이 키를 잡고 있다는 것이 그 나라로서는 다행이었다. 그는 조국을 사랑했고, 공산주의를 혐오했고, 러시아가 위대하고 좋은 나라가 되기를 바랐다. 누가 옐친의 음주 습관을 조롱할 때마다 나는 워싱턴의 속물들이 남북전쟁에서 가장 많은 무공을 세운 그랜트 장군을 비판할 때 링컨이 했다는 말이 떠올랐다. "그가 무슨 술을 마시는지 확인해서, 그것을 다른 장군들에게도 나누어주시오."

나는 워싱턴으로 돌아와 원조 계획을 다시 확대했다. 구소련 국가들에 25억 달러를 지원하되, 그 가운데 3분의 2를 러시아에 주기로 했다. 4월 25일, 러시아인 대다수가 옐친과 그의 정책, 새로운 두마에 대한 그의 희망을 지지했다. 우리는 백악관에 들어온 지 100일이 조금 지나서 옐친과 러시아 민주주의를 강화하는 일에 큰 성공을 거두었다. 그러나 안타깝게도 보스니아에서 벌어진 학살과 인종청소를 끝내려는 노력에 대해서는 같은 말을 할 수가 없다.

1989년 소비에트 연방이 무너지고 유럽에서 공산주의의 붕괴 속도가 빨라지면서, 나라마다 그것을 대신할 정치 철학 문제에 대해 다른 답변을 내놓기 시작했다. 구 소비에트 제국에서 서쪽으로 가장 멀리 떨어진 지역에서는 민주주의를 선호했다. 이것은 폴란드, 헝가리, 체코슬로바키아, 발트해 연안 국가들에서 미국으로 이민 온 사람들이 수십 년간 옹호해온 대의이기도 했다. 러시아에서는 옐친을 비롯한 민주주의자들이 공산주의자나 초국가주의자들의 반동적 행태와 싸우고 있었다. 유고슬라비아는 여러 인종과 종교 집단의 경쟁적인 요구 사이에서 타협을 이끌어내려고 애쓰다가 결국 세르비아 민족주의가 민주주의를 눌렀다. 여기에는 이 나라의 중요한 정치적 인물인 슬로보단 밀로셰비치의 역할이 컸다.

1991년이 되자 유고슬라비아의 서단 지방에 자리 잡은, 가톨릭이 지배적인 슬로베니아와 크로아티아가 유고슬라비아로부터 독립을 선언했다. 이어 세르비아와 크로아티아 사이에 싸움이 벌어졌고, 이 싸움은 보스니아까지 번졌다. 보스니아는 예전의 유고슬라비아 가운데서 다양한 인종이 사는 지방으로, 이슬람교도가 주민의 약 45퍼센트, 세르비아인은 30퍼센트, 크로아티아인은 17퍼센트 정도였다. 이른바 보스니아의 인종 문제는 사실 정치적이고 종교적인 문제였다. 보스니아는 제국주의적인 세력이 팽창하면서 만나던 지점이었다. 서쪽에서는 가톨릭인 신성로마제국이 밀고 들어왔고, 동쪽에서는 정통 기독교 운동이 밀고 들어왔으며, 남쪽에서는 이슬람인 오트만 제국이 밀고 올라왔다. 1991년 보스니아는 이슬람 정치가인 알리야 이제트베고비치가 이끄는 '국가통일'이라는 연립정부가 통치하고 있었다. 이 연립정부에는 호전적인 세르비아인이자 민족주의 지도자이며 사라예보의 정신과 의사인 라도반 카라지치도 들어가 있었다.

이제트베고비치는 처음에 보스니아를 유고슬라비아의 다민족, 다종교 자치 지역으로 만들고자 했다. 그러나 슬로베니아와 크로아티아가 국제 사회로부터 독립 국가로 인정을 받자, 보스니아가 세르비아인의 지배로부터 벗어나는 유일한 길은 독립을 하는 것밖에 없다고 판단했다. 그러나 밀로셰비치와 밀접한 관련을 맺고 있던 카라지치와 그의 동맹자들은 생각이 완전히 달랐다. 그들은 유고슬라비아의 가능한 한 많은 지역을 '위대한 세르비아Greater Serbia'에 통합하고자 하는 밀로셰비치의 계획을 지지했다. 1992년 3월 1일, 보스니아를 모든 국민과 집단을 평등하게 대접하는 독립 국가로 만들 것이냐를 놓고 국민투표가 시행되었다. 그 결과 국민은 거의 만장일치로 독립을 지지했다. 그러나 유권자의 3분의 2만이 투표에 참여했다. 카라지치가 세르비아인은 투표에 참여하지 말라고 명령했고, 세르비아인 대부분이 실제로 그 말을 따랐기 때문이다. 그 무렵 세르비아의 준군사조직은 비무장 이슬람교도를 죽이면서, 그들을 세르비아인이 지배하는 지역으로부터 쫓아내기 시작했다. 그들은 무력을 이용하여 보스니아를 인종적 고립 지역으로 만들려고 했다. 이런 잔인한 정책은 묘하게도 인종청소라는 이름으로 알려지게 되었다.

유럽공동체의 사절인 로드 캐링턴은 당사자들을 불러모아 보스니아를 평화롭게 여러 인종 지역으로 나누려고 노력했지만 실패했다. 한 집단이 통제하는 땅에 다른 집단 사람들을 많이 남겨놓지 않을 수가 없었기 때문이며, 또 많은 보스니아인들이 그들의 나라를 나누지 않고 500년 동안 그랬듯이 함께 평화롭게 살고 싶어 했기 때문이다.

1992년 4월 유럽공동체는 15세기 이후 처음으로 보스니아를 독립 국가로 인정했다. 한편 세르비아 준군사조직들은 이슬람 공동체를 계속 위협하고 민간인을 죽였으며, 매체를 이용하여 이 지역의 세르비아인에게 이슬람교도가 공격하기 때문에 스스로 방어해야 한다고 선전했다. 4월 27일, 밀로셰비치는 세르비아와 몬테네그로로 이루어진 새로운 유고슬라비아의 창건을 발표했다. 그는 보스니아로부터 군대를 철수하는 척하면서, 무기, 물자, 보스니아 내의 세르비아인 병사들을 그가 직접 뽑은 사령관 라트코 플라디치에게 맡겼다. 1992년 내내 전투와 살인이 기승을 부렸으며, 유럽공동체 지도자들은 분규를 진정시키기 위해 노력했다. 부시 행정부는 어떻게 해야 좋을지 확신이 서지 않았고, 선거가 있는 해에 또 하나의 문제를 떠안고 싶지도 않았기 때문에, 이 문제를 그냥 유럽의 손에 맡겨두었다.

부시 행정부가 세르비아에 경제 제재를 가하라고 유엔에 촉구한 것은 잘한 일이었다. 사무총장 부트로스 부트로스-갈리, 프랑스, 영국은 처음에는 제재에 반대했다. 밀로셰비치에게 그가 유발한 폭력을 스스로 중단할 기회를 주고 싶었기 때문이다. 마침내 5월 말에 제재는 이루어졌지만, 거의 효과가 없었다. 세르비아인의 우방들이 계속 물자를 공급했기 때문이다. 게다가 유엔은 원래 1991년 말 유고슬라비아 전체에 대해 실시하던 무기수출금지조치를 보스니아 정부에 대해 계속 유지하고 있었다. 문제는 세르비아인이 몇 년 동안 싸울 수 있는 무기와 탄약을 확보하고 있다는 것이었다. 따라서 수출금지조치를 유지하게 되자 보스니아인만 자신을 방어할 수단을 얻지 못하는 상황에 이르고 말았다. 그런 상황인데도 불구하고 보스니아인은 세르비아인으로부터 노획한 무기나 나토의 크로아티아 해안 봉쇄를 뚫고 들여온 소량의 무기를 가지고 1992년 한 해 동안 버텨냈다.

1992년 여름, 마침내 보스니아 북부에서 세르비아인이 운영하는 수용소의 참상이 텔레비전과 신문을 통해 유럽인과 미국인에게 알려졌을 때, 나는 미국의 개입과 더불어 나토의 공습을 지지했다. 나중에 세르비아인이 보스니아의 이슬람교도를 체계적으로 학살하려 한다는 것, 특히 지역의 지도자들을 다 없애려 한다는 사실이 분명해지자, 무기 수출금지조치를 철회할 것을 제안했다. 그러나 유럽인들은 폭력을 끝내는 일에 초점을 맞추었다. 영국 총리 존 메이저는 세르비아인이 보스니아 도시들에 대한 포위 공격을 중단하고, 유엔이 중화기重火器를 통제하게 하려고 노력했다. 동시에 인도적인 목적을 가진 수많은 사설 단체와 정부 사절단이 보스니아에 식량과 의약품을 공급했다. 유엔은 원조 사절단을 보호하기 위해 8,000명의 부대를 파견했다.

선거 직전인 10월 말, 유럽의 새 협상대표 로드 데이비드 오원과 미국 국무장관 출신인 유엔측 협상대표 사이러스 밴스는 보스니아를 다수의 자치주로 만들자는 제안을 내놓았다. 이 주들은 국방과 외교를 제외한 모든 정부 기능을 수행하고, 국방과 외교는 큰 힘을 갖지 않은 중앙 정부가 처리하게 한다는 것이었다. 이 주들은 인종 집단들을 지리적으로 나누어놓을 수 있을 만큼 많이 만들 계획이었다. 밴스와 오원은 그렇게 하면 세르비아가 통제하는 지역들이 밀로셰비치의 유고슬라비아와 합쳐져 '위대한 세르비아'가 만들어지는 것을 막을 수 있을 것이라고 생각했다. 그러나 이들의 계획에는 몇 가지 문제가 있었다. 가장 큰 두 가지 문제 가운데 하나는 주정부의 포괄적인 권력 때문에 이슬람교도가 세르비아인이 통제하는 지역에 있는 고향으로 돌아갈 수 없다는 것이었다. 또 하나는 주 경계가 모호하여 세르비아인이 자신의 영역을 계속 확대하려고 시도할 뿐 아니라, 강도는 약해지지만 크로아티아인과 이슬람교도 사이의 갈등도 계속될 것이라는 점이었다.

내가 대통령이 되었을 때는 무기 수출금지와 유럽의 밴스-오원 계획 지지 때문에 이슬람교도의 세르비아인에 대한 저항이 많이 약해져 있었다. 그러나 이슬람교도 학살과 수용소에서 이루어지는 인권 유린의 증거가 계속 흘러나오고 있었다. 2월 초, 나는 밴스-오원 계획을 지지하지 않기로 결정했다. 2월 5일에 캐나다 총리 브라이언 멀로니를 만났는데, 그도 그 계획이 마음에 들지 않는다고 말해서 반가웠다. 며칠 뒤 우리는 보스니아 정책에 대한 재검토를 마쳤고, 워런 크리스토퍼는 미국이 새로운 협정을 위해 협상하기를 원하며, 그 협정을 이행하도록 도울 용의도 있다고 발표했다.

2월 23일 유엔 사무총장 부트로스 부트로스-갈리는 인도적인 차원에서 보스니아에 물자를 공중 투하하는 비상계획에 동의했다. 다음 날 존 메이저를 처음 만났을 때, 그도 공중 투하에 찬성했다. 그러나 물자의 공중 투하는 많은 사람들이 목숨을 유지하는 데 도움을 주겠지만, 위기의 원인 해소와는 아무런 관련이 없는 일이었다.

3월이 되자 약간 진전이 있는 듯했다. 경제 제재가 강화되면서 세르비아인은 괴로움을 겪는 듯했다. 그들은 또 나토의 군사 행동 가능성에 대해서도 걱정하고 있었다. 그러나 우리는 통일된 정책을 세우지 못하고 있었다. 3월 9일에 프랑스 대통령 프랑수아 미테랑을 만났을 때, 그는 5,000명으로 이루어진 프랑스 부대를 인도주의적 목적을 가진 유엔 부대의 일원으로 보스니아에 보내 원조 물자를 보급하고 폭력을 억제하는 역할을 맡겼다고 했다. 하지만 자신은 세르비아인에게 더 공감하는 편이며, 따라서 나와는 달리 이슬람교도가 이끄는 통일 보스니아를 별로 바라지 않는다는 점을 분명히 했다. 3월 26일에는 헬무트 콜을 만났는데, 그는 보스니아의 상황에 개탄하면서, 나와 마찬가지로 무기수출금지조치를 철회하는 쪽을 지지했다. 그러나 우리는 영국과 프랑스를 설득할 수가 없었다. 그들은 무기수출 금지 철회가 전쟁을 더 연장시키고, 유엔 지상군을 위험에 빠뜨리게 될 것이라고 생각했다. 유엔 지상군에 그들의 병력은 포함되어 있었지만, 미국 병력은 포함되어 있지 않았다. 이제트베고비치는 같은 날 백악관을 방문하여 앨 고어를 만났다. 앨 고어의 국가안보 보좌관 리언 푸어스는 수출금지를 좀더 효과적으로 이행할 수 있게 만든 장본인이었다. 콜과 나는 이제트베고비치에게 유럽인들이 그를 좀더 강력하게 지지하도록 최선을 다해 노력하고 있다고 말했다. 닷새 뒤, 우리는 유엔이 비행금지구역을 보스니아 전역으로 확대하도록 설득하는 데 성공했다. 이제 세르비아인이 공군력 독점으로 볼 수 있는 이익을 박탈한 셈이었다. 잘된 일이었지만, 이것으로 살육이 줄어들지는 않았다.

4월에 미국의 군사, 외교, 인도적 원조 전문가들로 이루어진 팀이 보스니아에서 돌아와 그곳 사람들의 고통을 중단시키려면 군사 개입을 해야 한다고 주장했다. 4월 16일, 유엔은 세르비아인의 살육과 인종청소가 특히 심하게 벌어졌던 보스니아 동부의 도시 스레브레니카 주위를 '안전지대'로 선포하자는 우리의 제안을 받아들였다. 4월 22일에 미국 홀로코스트 추모관 헌당식에서 홀로코스트 생존자 엘리 위젤은 나에게 폭력을 중단시키기 위해 더 많은 일을 할 것을 공개적으로 호소했다. 그달 말, 우리 외교정책팀은 세르비아인으로부터 휴전 약속을 얻어내지 못하면, 이슬람교도에 대한 무기수출금지를 철회하고 세르비아의 군사 요충지를 공습할 것을 권고했다. 워런 크리스토퍼가 이 정책에 대한 지지를 얻기 위해 유럽으로 떠나자, 보스니아의 세르비아인 지도자 라도발 카라지치는 공습을 피하기 위해 마침내 그의 국회가 불과 6일 전에 거부했던 유엔 평화계획에 서명했다. 그러나 나는 그 서명이 그의 장기적인 목적에 변화를 가져올 것이라고 전혀 믿지 않았다.

취임 첫 100일이 끝날 때까지 우리는 보스니아 위기에 대한 만족스러운 해법을 찾지 못하고 있었다. 영국과 프랑스는 워런 크리스토퍼의 제안을 거부했고, 자신들이 이 상황을 처리하는 데 주도권을 쥘 권리가 있다는 사실을 재확인했다. 물론 그들의 입장에는 문제가 있었다. 세르비아인이 강한 제재로 인해 경제적 타격을 받는다 해도, 군사적 응징에 대한 두려움 없이 호전적인 인종청소를 계속할 수 있었기 때문이다. 보스니아 비극은 그 뒤로도 2년 이상 계속되어, 25만 명 이상이 죽고 250만 명이 고향에서 쫓겨났다. 그러다가 나토의 공습과 세르비아 지상군의 약화로 인해 미국이 외교적 주도권을 쥐고 전쟁을 끝내게 된다.

어쨌든 나는 딕 홀브루크가 '1930년대 이래 서구 최대의 집단 안보 실패' 라고 부른 사태에 발을 들여놓게 된 셈이었다. 홀브루크는 그의 책『전쟁을 끝내기 위해 To End a War』에서 실패의 요인 다섯 가지를 꼽았다. 첫째, 발칸의 역사를 오독한 결과 인종 갈등이 너무 오래되고 뿌리 깊어 외부인들이 막을 수 없다고 생각한 점. 둘째, 냉전이 끝난 뒤 유고슬라비아가 전략적 중요성을 상실한 것처럼 보였던 점. 셋째, 공산주의 유고슬라비아 이후 민족주의가 지배적인 이데올로기로 등장하여 민주주의를 압도한 점. 넷째, 부시 행정부가 1991년 이라크전쟁 직후의 상황에서 다시 군사 행동에 나서기를 꺼렸던 점. 다섯째, 유엔이 이 문제를 나토가 아니라 유럽에 넘겼고, 유럽이 혼란스럽고 수동적인 반응을 보인 점 등이 그것이었다.

나는 홀브루크의 목록에 한 가지를 추가하고 싶다. 유럽 지도자들이 발칸의 심장부에 이슬람 국가가 서는 것을 보고 싶어 하지 않았던 점. 그들은 이슬람 국가가 극단주의를 수출하는 기지가 될지도 모른다고 걱정했는데, 그들의 태만으로 인해 그 가능성이 줄어들기는커녕 더 늘어나게 되었다.

나의 선택은 내가 대통령에 취임했을 때 이미 굳어버린 입장들 때문에 제한을 받게 되었다. 예를 들어 나는 미국이 일방적으로 무기수출금지조치를 철회하자는 돌 상원의원의 의견에 동조하기를 망설였다. 유엔을 약화시킬 것이라는 걱정 때문이었다(결국 나중에 우리는 그 수출금지조치를 이행하기를 거부함으로써 실질적으로 그 조치를 철회하게 된다). 또 일방적으로 세르비아의 군사 기지들을 폭격함으로써 나토 동맹국들을 분열시키고 싶지 않았다. 더군다나 유엔 파견군에 유럽 지상군은 있지만 미국 지상군은 없는 상황이었기 때문이다. 나는 미국 군대를, 내가 보기에 실패할 수밖에 없는 유엔 위임통치 하의 그곳에 파견하여 피해를 입게 하고 싶지 않았다. 1993년 5월에도 우리는 아직 해결책으로부터 멀리 떨어져 있었다.

대통령직을 맡은 지 첫 100일이 지날 때면 언론은 늘 새 행정부가 공약을 얼마나 잘 지켰는지, 다른 어려운 문제를 얼마나 잘 해결했는지 평가한다. 나의 초기 업무 수행에 대한 언론의 평가는 칭찬과 책망이 엇갈렸다. 긍정적인 평가를 받은 것으로는 우선 백악관에 국가경제회의를 창설하고, 12년간의 통화침투설에 따른 경제학을 뒤집을 야심만만한 경제계획을 제출하고, 그것이 의회에서 어느 정도 호응을 얻고 있다는 것이다. 또 나는 가족휴가법에 서명했고, 유권자 등록을 쉽게 해주는 '자동차 유권자 법'에 서명했다. 또 태아 조직 연구를 허용하면서 재갈 규정을 포함한 레이건-부시의 낙태 정책을 뒤집었다. 또 업무량은 증가했음에도(예를 들어 우리는 첫 3개월 반동안 1992년 한 해에 백악관에 왔던 편지보다 더 많은 편지를 받았다) 백악관 직원 규모를 줄였다. 또한 연방 직원을 총 10만 명 줄이라고 명령했고, 고어 부통령에게 '정부 혁신' 프로그램을 맡겨 절약을 하는 동시에 국민에게 봉사할 수 있는 더 나은 방법을 찾도록 했는데, 그 상당한 성과는 연방정부에 대한 회의주의자들의 생각이 틀렸음을 보여주었다는 점이다.

나는 국가 봉사 프로그램을 만드는 법안, 소득세공제를 두 배로 늘리고 가난한 공동체에 권한위임 구역을 만드는 법안, 대학 학자금 융자 비용을 크게 줄여 학생과 납세자의 돈 수십 억 달러를 절약하는 법안을 국회에 보냈다. 의료제도 개혁을 신속하게 처리하게 하였으며, 러시아의 민주주의와 개혁을 강화할 수 있는 강력한 조치를 취했다. 그 일들을 하면서 유능하고 열심히 일하는 비서진과 내각의 도움을 받을 수 있었다. 비록 정보 누설 현상이 있기는 했지만, 그들은 이전의 많은 행정부들과는 달리 내분 없이 함께 일을 잘해나갔다. 출발이 늦기는 했지만, 첫 100일 동안 레이건 대통령이나 부시 대통령보다 대통령이 임명해야 할 사람들을 더 많이 임명했다. 일정을 잡는 전체적인 과정이 매우 거추장스러워지고 노골적인 간섭이 심해졌음을 고려할 때 그렇게 나쁜 성적은 아니다. 와이오밍 출신의 재치 있는 공화당 상원 원내총무 앨런 심슨 의원은 그 절차가 너무 까다로워져 "연방 상원에서 인준이 될 수 있는 사람과는 저녁도 같이 먹고 싶지 않다"고 나에게 농담을 했을 정도였다.

부정적인 면을 보자면, 적자 증가에 직면하여 중산층 감세를 일시적으로 포기했으며, 공화당의 의사진행방해 때문에 경기부양책이 의회에서 통과되지 못했다. 또 결과적으로 보면 다른 방식으로 더 많은 아이티 사람들을 받아들이기는 했지만, 아이티 난민을 강제 송환한다는 부시의 정책을 유지했다. 그리고 동성애자 군복무 싸움에서 졌고, 100일 안에 의료제도안을 제출한다는 목표 달성에 실패했다. 웨이코 공격에서는 적어도 홍보 부분을 잘못 처리했다. 유럽이 미국과 함께 보스니아에서 더 강한 입장을 취하도록 설득하는 것도 성공하지 못했다. 그래도 우리는 인도적 지원을 늘리고, 세르비아에 대한 제재를 강화하고, 강제적인 비행금지구역을 만들었다.

내 성적표가 중간 정도였던 한 가지 이유는 공화당의 완강한 반대, 그리고 연방정부가 얼마나 많은 일을 할 수 있는가 또는 해야 하는가에 대한 국민의 복합적인 감정들에 맞서며 아주 많은 일을 하려 했다는 것이다. 사실 국민은 12년 동안 연방정부가 모든 문제의 근원이고, 정부는 워낙 무능하여 차 두 대로도 퍼레이드를 하지 못한다는 말을 끊임없이 해왔다. 물론 내가 할 수 있는 일의 규모를 서둘러 과대평가한 것은 인정한다. 미국은 10년 이상 한 방향으로 가면서 분열의 정치를 경험했고, 그러면서도 우리가 얼마나 위대한지 보여주는 브로마이드를 보고 안심했고, 일단 오늘은 더 많이 소비하고 세금을 덜 내는 대신 내일의 결과는 무시해버리는 덧없으면서도 환상적인 위로를 받았다. 그 방향을 트는 데는 100일 이상이 걸릴 터였다.

나는 변화의 속도만이 아니라 내가 달성할 수 있는 변화의 크기도 과대평가한 것인지 모른다. 국민이 소화할 수 있는 변화의 양을 과대평가한 것이다. 밴더빌트 대학의 정치학 교수 어윈 하그로브는 나의 100일 분석에서 이렇게 말했다. "대통령이 자신을 너무 넓게 확장하여 지나치게 얇아진 것이 아닌지 궁금하다." 그의 말이 맞을 것이다. 그러나 실제로 할 일이 아주 많았다. 그리고 1994년 중간 선거에서 유권자들이 각목으로 내 미간을 치는 듯한 충격을 주기 전까지는 계속 모든 일을 동시에 하려 했다. 다급한 마음 때문에 나의 또 한 가지 정치 법칙을 까맣게 잊고 있었던 것이다. 사람들은 일반적인 변화는 지지하지만, 구체적인 변화는 반대한다는 사실이 바로 그 것이었다. 왜? 자기 자신이 변해야 하기 때문에.

첫 100일간의 공적인 투쟁이 진공상태에서 이루어진 것은 아니었다. 나의 가족은 생활 방식의 급격한 변화에 적응해야 했고, 장인의 죽음으로 인한 상실감을 달래고 있었다. 나는 대통령 일을 좋아했고, 힐러리는 의료제도 개혁 일에 헌신했다. 첼시는 새 학교를 마음에 들어 했고, 새 친구들을 사귀었다. 우리는 백악관에 살면서 사교 행사를 열고, 친구들을 초대하여 함께 지내는 것을 즐겼다.

백악관 직원들도 아침부터 늦은 시간까지 오랫동안 움직이는 대통령 가족에게 적응하고 있었다. 그들에게 의존하고 또 그들이 해주는 일에 감사했지만, 내가 백악관에서 얻을 수 있는 모든 도움에 익숙해지는 데는 시간이 걸렸다. 주지사 시절에도 훌륭한 직원들이 보살펴주는 저택에 살았으며, 주경찰 보안대가 나를 어디든지 태워다주었다. 그러나 주말이면 힐러리와 나는 스스로 식사를 준비했고, 일요일이면 내가 직접 차를 몰고 교회에 갔다. 이제 나에게는 매일 아침 옷을 갖다주고, 여행 짐을 싸주고, 함께 여행을 다니며 짐을 풀고 주름을 펴주는 시종들이 있었다. 늦게까지 잠을 자지 않고, 아침 일찍 출근하고, 주말에도 일하고, 음식을 차려주고, 다이어트 음료와 커피를 갖다주는 집사들도 있었다. 오벌 오피스에 있거나 출장을 갈 때 같은 일을 해주는 해군 사무장들도 있었다. 주말에도 우리를 위해 먹을 것을 준비해주는 주방 직원들이 있었다. 엘리베이터를 타고 오르내리는 것을 도와주고, 언제라도 서명할 서류와 읽을 메모를 갖다주는 안내원들도 있었다. 24시간 보살펴주는 의료진도 있었다. 운전은커녕 자동차 앞자리에도 앉지 못하게 하는 비밀검찰부(재무부 소속으로 대통령 경호를 담당한다―옮긴이주)가 있었다.

내가 백악관에 살면서 가장 좋아했던 것 한 가지는 숙소와 사무실을 가득 채운 싱싱한 꽃들이었다. 백악관에는 늘 꽃들이 아름답게 배치되어 있었는데, 백악관을 떠난 뒤 가장 아쉬운 것 하나가 그것이다.

백악관에 들어갔을 때 힐러리는 작은 부엌을 수리하여, 밤에 우리 셋만 있을 때는 그곳에서 저녁을 먹을 수 있게 했다. 위층의 식당은 아름다웠지만, 우리 취향에는 너무 크고 또 왠지 격식을 갖추어야 할 것 같아 손님이 없을 때는 가지 않았다. 힐러리는 또 발코니와 백악관 지붕으로 통하는 3층의 일광욕실도 수리했다. 우리는 그 방을 가족실로 바꾸었다. 친척이나 친구가 백악관에 머물 때면, 우리는 늘 일광욕실에 모여 이야기를 하고, 텔레비전을 보고, 카드나 말판 놀이를 했다. 나는 매스터 보글과 업워즈라는 게임에 중독되었다. 업워즈는 3차원 스크래블 게임이라고 할 수 있는데, 여기에서는 단어를 이루지 못하고 따로 노는 철자가 적을수록, 또 빈 공간이 적을수록 점수를 땄다. 나는 가족이나 친구들과 업워즈 게임을 했고, 평균 승률이 높은 편이었다. 처남 휴는 나와 함께 수없이 게임을 했으며, 로저도 이 게임을 좋아했다. 그러나 힐러리, 토니, 첼시는 우리가 예전부터 즐기던 피노클을 더 좋아했다. 비서진과는 하트 게임을 자주 했으며, 우리 모두 스티븐 스필버그와 케이트 캡쇼가 백악관에 왔다가 가르쳐준 새 카드 게임에도 중독되었다. 오 헬Oh Hell('지옥'이라는 뜻으로 욕설로 쓰임―옮긴이주)이라는 이 카드 게임의 이름은 워싱턴의 정치 생활에 딱 어울렸다.

비밀검찰부는 예비선거 때부터 나와 함께 있었지만, 백악관에 들어온 뒤 그들은 나의 아침 조깅 때문에 골머리를 앓았다. 나한테는 몇 가지 조깅 코스가 있었다. 때로는 차를 타고 헤인즈 포인트까지 나갔는데, 여기에서는 퍼블릭 골프 코스 주위로 5킬로미터 정도를 달릴 수 있었다. 길은 평평했지만, 겨울에 포토맥 강에서 불어오는 바람이 강할 때는 만만치 않았다. 나는 이따금씩 포트 맥네어에서도 달렸다. 여기에는 국방대학 부지 주위에 타원형의 코스가 있었다. 그러나 내가 가장 좋아하던 조깅은 백악관 남서쪽 문을 나가 몰mall을 통해 링컨 기념관까지 갔다가, 의사당으로 내려와 집으로 돌아오는 것이었다. 이 길에서 흥미 있는 사람들을 많이 만났으며, 미국 역사를 통과하여 달리는 이 길에서는 지루함을 느껴본 적이 없다. 마침내 비밀검찰부가 보안상의 이유로 조깅 중단을 요청하는 바람에 결국 그만두기는 했지만 몹시 아쉬웠다. 나에게는 이런 달리기가 백악관 너머의 세계와 접촉을 유지하는 한 가지 방법이었기 때문이다. 비밀검찰부는 존 힝클리의 레이건 대통령 암살 기도를 결코 잊지 못했으며, 증오에 찬 우편물에 대해서도 나에게 일일이 보고하지는 않았지만 많이 알고 있던 모양이었다. 따라서 내가 바깥 세계와 접촉하는 것이 그들에게는 위험한 모험으로 보였을 것이다.

앨 고어는 초기에 나를 많이 도와주었다. 그는 내가 계속 어려운 결정을 내리고 앞으로 나아가도록 밀어주었으며, 워싱턴 사정에 대해서도 계속 벼락치기 공부를 시켜주었다. 우리는 일주일에 한 번씩 나의 전용 식당에서 단둘이 점심을 먹었다. 식사를 할 때마다 우리는 번갈아 기도를 한 뒤, 가족, 스포츠, 책, 영화로부터 그나 나의 의제 가운데 최신 항목에 이르기까지 모든 것에 대해 이야기를 나누었다. 우리는 8년 동안 둘 가운데 하나가 며칠씩 백악관을 비울 때가 아니면 이 점심식사를 거의 거르지 않았다. 우리는 공통점도 많았지만 차이점도 많았다. 이 점심식사가 아니었다면 워싱턴이라는 압력밥솥 속에서 앨과 내가 그만큼 가까워지지 못했을 것이다. 또 처음 몇 달 동안 이 점심식사는 내가 새로운 생활에 적응하는 데도 많은 도움이 되었다.

전체적으로 첫 100일에 대하여 개인적으로나 정치적으로나 아주 기분이 좋았다. 그러나 나는 스트레스를 많이 받고 있었다. 힐러리도 마찬가지였다. 흥분 상태에서 열심히 달려들기는 했지만, 선거 후에 제대로 쉬지도 못하고 바로 일에 뛰어드는 바람에 지친 것도 사실이었다. 게다가 우리에게는 새 대통령에게 전통적으로 주어지던 밀월기간도 없었다. 동성애자 군복무 문제가 일찍 불거졌기 때문이기도 하지만, 웨스트 윙에 접근을 제한함으로써 기자들이 화가 났기 때문인지도 모르겠다. 거기에다 힐러리는 아버지의 죽음 때문에 고통을 겪었다. 나도 장인이 그리웠다. 그래서 한동안은 우리 둘 다 최상의 상태에서 일을 해나가기가 더 어려웠다. 물론 우리는 우리 일을 썩 즐겼지만, 첫 100일간 치러야 했던 육체적·감정적 대가는 상당한 것이었다.

33

적자 축소가 나의 경제 전략의 핵심이었지만, 지속적이고 광범위한 회복만으로는 충분하지 않았다. 초기 몇 달 동안 우리는 교역을 확대하고, 교육과 훈련에 대한 투자를 늘리고, 특정한 문제점이나 기회 목표를 겨냥한 수많은 미시경제학적 쟁점들을 고려하는 정책들로 기본 의제의 내용을 채웠다. 예를 들어 냉전 이후 국방비 지출의 감소 결과 일자리를 잃은 군인이나 민간 인력을 도울 수 있는 계획을 세웠다. 뉴멕시코의 로스알라모스와 샌디어, 캘리포니아의 리버모에 있는 주요한 연방 연구소에 냉전 승리에 기여했던 엄청난 과학적·기술적 자원을 이용하여 상업적으로 응용 가능한 새로운 기술을 개발할 것을 촉구했다. 생활보호대상자지만 거기서 벗어나고 싶은 사람들을 포함하여, 좋은 구상이 있지만 전통적인 대출신용등급을 맞출 수 없었던 새로운 사업가들을 지원하기 위하여 소액 대출 프로그램을 발표했다. 중소기업청 대출금을 증액하여, 특히 여성이나 소수민족 출신에 대한 지원도 확대했다. 그리고 '강하고 경쟁력 있는 항공산업 육성을 위한 국가위원회'를 구성하여 버지니아 주지사 출신의 제리 밸릴스를 위원장으로 임명했다. 항공기 제조업체와 운수업체들은 경제불황, 군용기 주문 감소, 유럽의 에어버스 제조업체와의 심한 경쟁 때문에 곤경에 처한 상태였다.

또 국방 부문이 축소되면서 폐쇄 예정인 군사 시설을 공동체들이 상업적으로 이용하도록 돕는 계획도 제시했다. 나는 주지사 시절에 공군기지 폐쇄 문제를 처리한 적이 있었다. 이제 비슷한 문제에 직면한 사람들을 더 지원하기로 결심했다. 캘리포니아는 주 자체만으로도 세계에서 여섯 번째로 큰 경제 규모를 자랑했는데, 방위산업 축소를 비롯한 여러 가지 문제로 특히 큰 타격을 받았기 때문에 우리는 이 주의 경제회복을 촉진할 특별 계획을 마련했다. 존 에머슨이 이 기획을 비롯하여 자신의 출신 주의 여러 문제를 책임졌다. 에머슨은 이 일을 꾸준하게 추진하여 백악관에서 '캘리포니아 장관'이라는 별명을 얻게 되었다.

우리가 거둔 가장 큰 성과들 가운데 한 가지는 1977년 공동체 재투자법에 따라 이루어졌던 금융기관에 대한 규제 개혁이었다. 이 법은 연방의 보험에 들어 있는 대출기관들이 저소득층 대출에 특별한 노력을 기울일 것을 요구했으나, 1993년 이전에는 큰 영향을 주지 못했다. 그러나 개혁의 결과 1993년에서 2000년 사이에 은행들은 법이 정한 범위의 대출자들에게 주택저당, 소기업, 공동체 개발 대출금으로 8,000억 달러 이상을 제공하게 되었다. 이것은 공동체 재투자법이 시행된 23년 동안 이루어진 전체 대출의 90퍼센트를 넘는 엄청난 숫자였다.

5월은 흥미로운 달이었으며, 나의 계속되는 정치 교육에도 귀중한 달이었다. 5일에 나는 옛 스승 풀브라이트 상원의원의 88번째 생일을 맞이하여, 취임 후 처음으로 대통령 자유 훈장을 수여했다. 앨 고어의 아버지도 시상식에 참석하였는데, 그가 풀브라이트에게 자신은 이제 겨우 85세라고 말하자 풀브라이트는 이렇게 대답했다. "앨버트, 자네도 얌전하게 굴면 내 나이까지 살 수 있을 걸세." 그들이 미국을 위해 한 일에 대해 두 사람을 존경하며, 나도 그들만큼 오래 살 수 있을지, 그렇게 산다면 그들처럼 멋있게 늙을 수 있을지 궁금했다.

5월 셋째 주에 나는 캘리포니아로 가서 샌디에이고에서 열린 시민대표 자회의, 남미계 미국인들이 많이 다니는 밴누이스 지역 초급대학, 1년 전 폭동이 일어났던 로스앤젤레스 중앙 남부의 한 스포츠용품점에 들러 경제계획에서 교육과 도심 개발에 대한 투자를 강조했다. 특히 스포츠용품점에 들렀을 때가 재미있었다. 이 용품점 이름은 플레이그라운드로, 뒤편에는 젊은 이들이 많이 모이는 농구 코트가 있었다. 론 브라운이 나와 함께 있었는데,

우리는 아이들과 섞여 서로를 상대로 농구 시합을 했다. 농구 시합 뒤 미국 전역의 가난한 공동체에 플레이그라운드 같은 성공적인 사업체를 만들기 위한 능력부여지구의 효과에 대해 이야기했다. 대통령이 도심의 아이들과 그들의 뒤뜰에서 농구를 한 것은 처음이었을 것이다. 나는 이 시합의 사진 들이 미국인들에게 새로운 행정부의 우선순위에 대한 메시지를 전하고, 특 히 젊은 사람들에게 내가 그들과 그들의 미래에 관심을 가진다는 메시지를 전하기를 바랐다.

그러나 안타깝게도 미국인들 가운데 이 농구 시합 소식을 들은 사람은 거의 없었다. 내가 이발을 한 사건 때문이다. 나는 그때까지 워싱턴에서 마 땅한 이발사를 구하지 못했다. 그렇다고 3주마다 짐 마일스를 만나러 아칸 소로 갈 수도 없었기 때문에 머리가 너무 길었다. 힐러리는 로스앤젤레스 에 있는 크리스토프 섀터먼이라는 사람한테 내 머리를 손보게 했다. 그는 토머슨 부부의 친구였는데, 나도 그 사람이 아주 마음에 들었다. 나는 크리 스토프에게 머리를 빨리 다듬어줄 수 있느냐고 물었다. 크리스토프는 가능 하다고 했고, 공군 1호기의 내 전용구역에서 만났다. 이발을 하기 전에 나 는 비밀검찰부에게 한 번도 아니고 두 번씩, 내가 출발을 조금 늦추어도 다 른 비행기들의 이착륙이 지연되지 않는다는 점을 확인했다. 그들은 공항 당국에 물어보았고, 공항에서는 아무런 문제가 없다고 대답했다. 그래서 나는 크리스토프에게 가능한 한 빨리 남들 보기 흉하지 않게 머리를 만져 달라고 했다. 이발에 소요된 시간은 10분 내지 15분 정도였고, 그 뒤에 우 리는 이륙했다.

곧 내가 성姓이 확인되지 않은 고급 이발사에게 200달러를 주고 이발을 하는 동안 두 개의 활주로를 한 시간 동안 차지하고 있어 수천 명에게 불편 을 주었다는 소문이 나돌았다. 도심의 아이들과 농구 시합을 한 것은 잊혀 졌다. 내가 아칸소의 뿌리와 풀뿌리 민주주의적 정치를 다 버리고 값비싼 방종에 빠져들었다는 것은 입맛을 당기는 뉴스거리였다. 사실 아주 멋진 이 야깃거리였지만 진실과는 거리가 멀었다. 무엇보다도 나는 10분 동안 머리 를 다듬게 하고 200달러를 주지 않았다. 둘째로 사람들의 이착륙을 지연시키지 않았다. 이것은 몇 주 뒤에 나온 연방항공청 기록이 확인해준다. 나는 무엇보다 사람들이 내가 그런 짓을 할 수도 있다고 생각한다는 사실에 경악했다. 만일 그런 일이 있었다면, 나는 대통령이었지만 200달러짜리 이발은 고사하고, 머리를 깎는다고 많은 사람들을 기다리게 했다는 것만으로도 어머니한테 회초리를 맞았을 것이다.

이발 이야기는 말도 안 되는 것이었다. 그러나 나는 그 일을 잘 처리하지 못했다. 화가 났기 때문인데, 화를 내는 것은 언제나 잘못이다. 어쨌든 이 이야기가 사람들의 구미에 맞았던 것은 크리스토프가 할리우드의 이발사였기 때문이다. 워싱턴 정계나 언론의 많은 사람들은 할리우드와 애증 관계를 가지고 있었다. 그들은 영화나 텔레비전 스타들과 어울리고 싶어 하지만, 연예계의 정치적 이해관계나 태도를 왠지 자신들의 경우보다 진실성이 떨어지는 것으로 보는 경향이 있다. 사실 두 집단 사이에는 공통점이 많으며, 그들 대부분은 선량한 시민들이다. 누군가가 말했듯이 정치는 못생긴 사람들을 위한 쇼 비즈니스인 것이다.

몇 주 뒤, 롱아일랜드의 신문 「뉴스데이Newsday」가 이착륙 지연이 없었다는 것을 증명하는 연방항공청 기록을 입수하고 나서 「유에스에이 투데이 USA Today」와 다른 몇 개 신문들이 정정 보도를 실었다.

대체로 부정확했던 이발 기사가 계속 수그러들지 않았던 이유 가운데 하나는 이발 자체와는 관계가 없었다. 5월 19일에 맥 맥라티는 백악관의 행정 일을 담당하던 데이비드 왓킨스의 조언과 백악관 법률고문실의 동의로 백악관 출장국 직원 7명을 해고했다. 이 부서에서는 기자들이 대통령과 함께 여행할 때 그 준비를 해주고 언론사로 비용을 청구하는 업무를 맡고 있는데, 힐러리와 나는 맥라티에게 출장국의 사업을 검토해볼 것을 요청한 적이 있었다. 힐러리는 이 부서가 전세 비행에서 경쟁 입찰을 허용하지 않는다는 이야기를 들었고, 나는 한 백악관 기자에게서 형편없는 식사와 비싼 비용에 대한 불평을 들었기 때문이다. KPMG 피트 마윅 회계법인의 감사 결과, 용도가 설명되지 않은 돈 1만 8,000달러가 기록된 장부가 나오는 등 여러 가지 문제가 있다는 사실이 드러난 뒤 직원들이 해고된 것이다.

나는 맥라티에게 기자의 불평을 전한 뒤 해고 발표가 나올 때까지 출장국 일은 까맣게 잊고 있었다. 그런데 해고에 대한 기자단의 반응은 대단히 부정적이었다. 그들은 이제까지 특히 해외 출장에서 출장국이 자신들을 보살펴주던 방식을 좋아했다. 그리고 기자단은 출장국 사람들을 오랫동안 알고 있었기 때문에, 그들이 뭔가 잘못된 일을 할 것이라고는 상상하지 못했다. 많은 기자들은 출장국 직원들이 백악관이 아니라 자신들을 위해서 일하는 것이나 다름없다고 여겼으며, 출장국 직원들에 대한 조사가 이루어지는 과정에서 자신들의 자문까지는 아니더라도 적어도 통보는 해주었어야 한다고 생각했다. 그러나 기자단의 비판에도 불구하고 새로 구성된 출장국에서는 더 적은 수의 직원이 더 낮은 비용으로 기자들에게 똑같은 서비스를 제공하게 되었다.

출장국 일은 새로운 백악관과 기존 정치 기자들 사이의 문화 충돌을 보여주는 두드러진 사례였다. 출장국장은 나중에 그의 개인 계좌에서 발견된 출장국 공금을 증거로 횡령 혐의로 기소되었으며, 언론 보도에 따르면 그는 더 가벼운 혐의에 대해 유죄를 인정하고 몇 달 징역을 살겠다고 제안했다. 검사는 중죄 혐의로 재판에 회부하겠다고 고집했지만, 유명한 저널리스트 몇 명이 그를 위해 성격 증인(피고의 평판, 행동, 품성을 증언해주는 사람—옮긴이 주)이 되어준 뒤에 그는 무죄 방면되었다. 나중에 백악관, 회계감사원, 연방수사국, 독립변호사실이 출장국 문제를 조사했지만, 백악관의 누구에게서도 비행, 이해충돌, 범죄 행위의 증거는 발견되지 않았다. 또한 누구도 피트 마윅 회계법인의 감사에서 발견된 출장국의 재정 문제나 관리 부실을 반박할 증거를 제시하지 않았다.

나는 미국 국민이 일차적으로 이발, 출장국, 군대 내의 동성애자라는 프리즘을 통해 나를 본다는 것이 믿어지지 않았다. 나는 미국을 더 나은 방향으로 바꾸려고 싸우는 대통령이 아니라, 화려한 도시 때문에 남부 고향 마을을 저버린 사람, 절제의 가면이 벗겨진 조건반사적인 자유주의자로 비치고 있었다. 그 무렵 클리블랜드에서 텔레비전 인터뷰를 했는데, 어떤 사람이 이제는 나를 지지하지 않는다고 하면서, 내가 동성애자 입대와 보스니아에만 시간을 쓰는 것이 그 이유라고 했다. 나는 마침 첫 100일 동안 내가 시간을 어떻게 썼는지 분석했는데, 그 결과 55퍼센트는 경제와 의료제도 개혁, 25퍼센트는 외교정책, 20퍼센트는 다른 국내 문제에 할애했다는 결과가 나왔다고 대답했다. 그가 나에게 동성애자 입대 문제에 시간을 얼마나 소비했느냐고 묻기에 다 합쳐서 겨우 몇 시간이라고 대답하자 그는 간단하게 대꾸했다. "그 말을 믿지 못하겠습니다." 그는 자신이 읽고 본 것밖에 모르고 있었다.

클리블랜드 해프닝, 이발, 출장국 등의 소동은 바깥사람들이 워싱턴에서 이루어지는 일에 대해 얼마나 모르는지 보여주는 사건이었다. 서로 이해가 되지 않을 경우, 미국에 진정으로 중요한 일을 개선하려는 우리의 노력을 국민에게 알리는 일이 얼마나 어려운지 보여주는 실물 교육이었다. 몇 년 뒤 나의 가장 재치 있는 비서로 손꼽히는 더그 소스닉은 우리가 처한 괴로운 지경을 적절하게 표현하는 말을 만들어냈다. 우리가 중동 평화협상을 지원하기 위해 오슬로로 떠나려 할 때, 나를 위해 사진을 찍어주는 활달한 아프리카계 미국인 샤런 파머는 추운 노르웨이 출장이 별로 마음에 들지 않는다고 말했다. 그러자 더그가 대꾸했다. "조금만 참으면 되잖아요, 샤런. 오슬로 출장은 당신의 '홈 게임'이 아니니까. '어웨이 게임'을 좋아하는 사람은 아무도 없지." 1993년 중반에 나는 내 전체 임기가 한 차례의 긴 '어웨이 게임'이 아니기를 바라고 있었다.

나는 내가 빠진 곤경에 대해 진지하게 생각해보았다. 내가 보기에 문제의 근원은 이런 것들이었다. 백악관 비서진이 워싱턴의 기존 권력 중심 내에서 활동한 경험이 부족하고 또 그들과 연줄도 거의 없다는 것. 우리가 너무 많은 일을 동시에 처리하려고 하는 바람에 어수선하다는 인상을 주고, 국민이 우리가 실제로 이룩한 일을 듣지 못하게 된다는 것. 분명한 메시지가 전달되지 않는 바람에 사소한 문제로 끝나고 말 상황인데도 내가 약속과는 달리 역동적인 중도파가 아니라 문화적이고 정치적인 좌파로서 통치한다는 인상을 주는 것. 내 예산안이 커다란 증세 계획에 불과하다는 공화당의 단선적인 공격 때문에 그런 인상이 강화되고 있다는 것. 내가 정치적 장애물들을 제대로 보지 못했다는 것. 나는 43퍼센트의 득표로 당선되었다. 하지만 12년 동안 전혀 다른 방향으로 가던 워싱턴의 방향을 트는 것이 얼마나 어려운 일인지, 워싱턴에서 뛰는 주요한 선수들에게 그런 변화들이 정치적으로, 심지어 심리적으로 얼마나 거슬리는 일인지 과소평가했다. 공화당 의원들 다수는 나의 대통령직의 정통성을 처음부터 인정한 적이 없으며, 실제로 그런 생각에 따라 행동하고 있었다. 독자적인 행동 방식이 있는 민주당 다수파와 내가 너무 자유주의적이고 통치할 능력도 없다는 것을 증명하겠다는 결심을 굳힌 공화당 소수파로 이루어진 국회는 내가 원하는 법안들을 모두 통과시켜줄 생각이 없었고, 또 내가 원하는 만큼 빨리 통과시켜줄 생각도 없었다.

나는 내가 변해야 한다는 것을 알았다. 그러나 다른 모든 사람과 마찬가지로, '변화' 라는 것이 남에게 권하기는 쉽지만 내가 직접 하기는 어려운 일이라는 것을 알았다. 그럼에도 나는 두 가지는 바꿀 수 있었는데, 이 변화는 특히 도움이 되었다. 우선 르네상스 위켄드에서 만난 친구이자 공화당 행정부를 세 번 경험한 베테랑 데이비드 거건에게 대통령 자문으로 백악관에 들어와 조직과의 의사소통을 도와달라고 부탁했다. 거건은 그전부터 「유에스 뉴스 앤드 월드 리포트U.S. News & World Report」의 칼럼을 통해 사려 깊은 조언을 해주었는데, 그중 일부는 매우 비판적이었지만 나는 대체로 그의 이야기에 동의했다. 거건은 맥 맥라티를 좋아하고 존경했다. 그는 워싱턴 지도층의 진실한 구성원으로, 그들 방식대로 생각하며 점수를 땄다. 또 나라를 위하여 우리가 성공하기를 바랐다. 거건은 이후 몇 달 동안 백악관을 차분하게 진정시켰으며, 자리에 앉자마자 기자들에게 공보국과 직접 접촉할 수 있게 다시 허용함으로써 언론과의 관계를 개선해나가기 시작했다. 이것은 우리가 오래전에 했어야 할 일이었다.

거건의 임명과 더불어 비서진 몇 사람도 교체했다. 유능하고 인기 있는 비서실 차장 마크 기어런이 조지 스테파노풀로스를 대신해 공보국을 책임지기로 하고, 디디 마이어스는 계속 대변인 일을 하면서 일일 브리핑을 맡기로 했다. 스테파노풀로스는 새로운 선임 보좌관 자리로 옮겨 나의 정책, 전략, 일정을 돕기로 했다. 처음에 스테파노풀로스는 매일 언론 브리핑을 하지 않게 되어 실망하는 것 같았지만, 곧 선거운동 때 하던 일과 아주 비슷한 일에 숙달되었으며, 그 일을 아주 잘해내 백악관에서 그의 영향력과 힘은 커졌다.

또 하나의 긍정적인 변화는 어수선한 나의 하루를 정리하여, 가능하면 매일 중간에 두 시간씩 책을 읽고, 생각하고, 쉬고, 전화할 시간을 갖게 된 것이었다. 이 덕분에 차차 많은 것이 달라졌다.

그달 말 하원이 나의 예산을 219 대 213으로 통과시키자 상황은 밝아 보였다. 그러나 예산을 받아든 상원은 즉시 BTU세금을 없애고, 휘발유세를 갤런당 4.3센트 인상하고, 지출은 더 줄였다. 나쁜 소식은 휘발유세가 BTU 세금보다 에너지 보존에 도움이 안 된다는 것이었다. 좋은 소식은 중산층이 내야 하는 비용이 1년에 불과 33달러 정도로 줄어들게 되었다는 것이다.

5월 31일, 대통령이 되고 나서 처음 맞은 현충일The Memorial Day에 나는 알링턴 국립묘지에서 전통적인 추모식을 거행한 뒤, 베트남 참전용사 기념관에 새로 건립된 시설물에서 열린 추모식에 참석했다. 길고 검은 대리석 벽에 베트남전쟁에서 죽거나 실종된 모든 미군의 이름을 새겨놓은 곳이었다. 그날 아침 일찍 나는 백악관에서 그 벽까지 조깅을 하여 핫스프링스 출신의 내 친구들 이름을 찾아보았다. 버트 제프리스의 이름이 보였다. 나는 무릎을 꿇고 그 이름을 어루만지며 기도했다.

나는 이것이 힘든 행사가 될 것임을 알고 있었다. 그곳에는 베트남전쟁이 인생을 바꾸어놓은 사람들, 나 같은 사람이 총사령관으로 앉아 있는 것을 혐오스럽게 생각하는 사람들이 많이 참석할 것이기 때문이다. 그러나 나는 참석하기로, 나의 베트남에 대한 입장 때문에 나를 반대하는 사람들과 대면하기로, 베트남 참전용사들에게 내가 그들과 전장에서 쓰러진 그들의 전우들의 행동을 명예롭게 생각하며 여전히 끝나지 않은 전쟁포로 문제와 작전 중 실종으로 기록된 병사들의 문제를 해결하기 위해 노력할 것이라고 말하기로 결심했다.

　콜린 파월은 확신과 품위를 가지고 나를 소개했다. 그는 내가 총사령관으로서 받아 마땅하다고 생각하는 존경심을 분명하게 보여주고 있었다. 그럼에도 내가 연설을 하기 위해 일어나자, 항의하는 사람들이 큰 소리로 나를 삼키려 했다. 나는 그들을 향해 직접 말했다.

　큰 소리로 외치는 모든 분께 말씀드립니다. 나는 여러분의 소리를 들었습니다. 이제 여러분이 내 말을 들어보시기 바랍니다…… 어떤 사람들은 내가 오늘 이 자리에 여러분과 함께 있는 것이 잘못이라고 주장했습니다. 25년 전에 내가 젊은 사람들을 베트남 전장에 보내는 결정에 반대했기 때문입니다. 그래서 더 잘된 일이라고 봅니다…… 전쟁이 자유의 대가이듯이, 반대는 자유의 특권이기 때문이며, 그래서 우리는 오늘 여기서 그것을 기념하고 있는 것입니다…… 이 기념관의 메시지는 아주 간단합니다. 이 사람들은 자유를 위해 싸웠고, 그들의 공동체에 명예를 안겨주었고, 그들의 조국을 사랑했고, 조국을 위해 죽었다는 것입니다…… 오늘 여기 모인 사람들 모두 이 벽에서 아는 사람의 이름을 보았을 것입니다. 내 고등학교 친구 네 명도 여기에 있습니다…… 필요하다면 계속 전쟁을 반대합시다. 하지만 그것 때문에 한 나라의 국민인 우리가 더 이상 분열되는 일은 이제 막읍시다.

　이 행사는 거칠게 시작되었지만 잘 끝났다. 나의 당선으로 베트남전쟁이 끝났다는 로버트 맥너매러의 예언은 아주 정확한 것은 아니었지만, 어쨌든 우리는 그 방향으로 나아가고 있었다.

　6월은 개인적인 동시에 정치적인 실망과 함께 시작되었다. 나는 몇 달전, 법대 동창 래니 기니어를 민권부를 이끌 첫 전문 민권 변호사로 지명했으나 그것을 철회하고 말았다. 펜실베이니아 대학 교수인 기니어는 미국흑인지위향상협회 산하 법률변호기금의 변호사로 오랜 기간 활동했는데, 4월에 내가 기니어를 지명하자 보수주의자들은 그녀를 '할당 여왕'이라고 사납게 공격하며, 그녀가 '1인 1표'라는 헌법적 원칙을 포기했다고 비난했다.

그녀가 누적 투표 체계를 지지했기 때문이다. 이 체계에서는 각각의 유권자들이 입법부의 자리 수만큼 표를 던질 수 있으며, 그 표들을 모두 한 후보에게 던질 수도 있다. 이론적으로 보자면 누적 투표는 소수파 후보가 선출될 확률을 매우 높여준다.

처음에 나는 우파의 폭언에 별 신경을 쓰지 않았다. 그들이 정말로 싫어하는 것은 기니어가 민권 투쟁에서 오랫동안 큰 성과를 거두었다는 것이며, 그녀가 상원을 한 바퀴 돌고 나면 쉽게 인준을 받을 것으로 생각했다. 그러나 내 생각은 틀렸다. 내 친구인 데이비드 프라이어 상원의원이 찾아와 기니어와 상원의원들의 면담이 아주 안 좋게 진행되고 있다면서 그녀의 지명을 철회하라고 권했다. 그는 경제 계획을 통과시켜야 하는 상황에서 한 표라도 놓쳐서는 안 된다고 강조했다. 상원에 오기 전에 연방판사로 일했던 다수당 의장 조지 미첼도 프라이어의 생각을 강력히 지지했다. 그는 기니어가 인준을 받을 수 없으며, 따라서 가능한 한 빨리 상황을 끝내야 한다고 말했다. 테드 케네디와 상원의 유일한 아프리카계 미국인 캐럴 모슬리 브라운도 같은 생각이라는 이야기를 들었다.

나는 기니어의 글들을 읽어보는 것이 좋겠다고 결정을 내렸다. 그녀의 글들은 그 나름으로 설득력이 있었지만, 차별 수정 프로그램을 지지하고 할당(입학, 입대 등에서 특정 약자 집단에게 인원을 할당한다는 의미—옮긴이주)에는 반대하는 나의 입장과 갈등을 일으키는 것 같았으며, 1인 1표를 포기하고 1인 다수표를 지지하는 것처럼 보였다. 이런 발상은 다른 측면으로도 얼마든지 확장 가능할 것 같았다.

나는 기니어에게 만나서 이야기를 해보자고 했다. 우리는 오벌 오피스에서 대화를 나누었는데, 기니어는 자신이 받은 공격에 몹시 불쾌해했고, 자신의 글에서 학문적으로 생각해본 일이 인준에 심각한 장애가 된다는 데 놀랐다. 그리고 자신의 지명으로 인해 자신이 필요로 하는 표를 쥔 상원의원들이 어려움을 겪게 되었다는 것, 예를 들어 몇 번의 의사진행방해가 일어날 수도 있다는 것을 대수롭지 않게 생각했다. 그녀를 이해할 수 있었다. 내 비서진이 그녀에게 인준에 필요한 표를 확보하지 못했다고 말했으나 그녀는 물러서지 않으려 했다. 자신이 표결을 받아볼 권리가 있다고 생각하는 것 같았다. 결국 내가 나서서, 그녀의 "지명을 철회할 수밖에 없다, 나도 그렇게 하고 싶지는 않지만 이대로 가다가는 질 수밖에 없다, 위로가 될지는 모르겠지만 지명이 철회되면 기니어는 시민권 공동체에서 영웅이 될 것"이라는 이야기를 했다.

그 후유증으로 정치적 압력에 굴복하여 친구를 버렸다는 가혹한 비판을 받았다. 대부분 뒤에서 어떤 일이 있었는지 잘 모르는 사람들이 하는 말이었다. 결국 역시 아프리카계 미국인 변호사로 민권 분야에서 활발한 활동을 해온 데벌 패트릭에게 민권부를 맡겼고, 그는 그 일을 잘해냈다. 나는 지금도 래니 기니어를 존경하며, 그녀의 우정을 잃은 것을 아쉽게 생각한다.

6월의 첫 2주에는 대법원 판사를 고르느라 많은 시간을 보냈다. 그 몇 주 전 바이런 '휘저' 화이트가 31년간의 최고재판소 판사 생활을 마치고 은퇴하겠다고 발표했다. 나는 처음에는 마리오 쿠오모 주지사를 임명하고 싶었다. 그러나 그는 관심을 보이지 않았다. 그래서 40명 이상의 후보들을 검토한 뒤 우선 세 명을 골랐다. 내무장관 브루스 배빗, 그는 주지사가 되기 전 애리조나 주법무장관을 지냈다. 보스턴 제1순회재판소의 재판장 스티븐 브레이어 판사, 그는 판사로서 인상적인 경력을 쌓았다. 컬럼비아특구 순회재판소 연방항소법원 판사 루스 베이더 긴즈버그, 그녀는 흥미진진한 삶의 역정을 보여주는 지적인 인물로, 그녀의 이력은 흥미롭고, 독립적이고, 진보적이었다. 나는 배빗과 브레이어를 만나보고, 그들이 둘 다 좋은 판사가 될 것임을 확신했다. 그러나 배빗이 내무장관 자리를 떠나는 것은 싫었다. 많은 환경운동가들도 백악관에 전화를 하여 배빗을 그대로 두라고 했다. 브레이어는 사소한 '유모' 문제가 있었지만, 그를 열심히 밀고 있던 케네디 상원의원은 인준을 자신했다.

초기 몇 달 동안 백악관에서 벌어진 다른 모든 일과 마찬가지로, 내가 두 사람을 면담했다는 사실도 새나갔다. 그래서 긴즈버그는 일요일 밤에 백악관 관저의 내 개인 사무실에서 만나기로 했다. 나는 그녀에게서 아주 좋은 인상을 받았다. 나는 그녀가 훌륭한 판사가 될 잠재력이 있으며, 렌키스트가 대법원장으로 있는 대법원(온건파와 보수파가 아슬아슬하게 균형을 이루고 있었다)에서 새로운 판사가 해주어야 할 세 가지 일을 할 수 있을 것 같았다. 그 세 가지란 이데올로기나 당파성이 아니라 시시비비를 따져 판결하는 것, 가능하다면 보수적인 공화당 쪽 판사들과 협력하여 합의에 이르는 것, 그리고 필요할 때는 그들과 맞서는 것이었다. 긴즈버그는 그녀의 글에서 이렇게 말한 적이 있다. "미국 사법부의 가장 위대한 인물들은 열린 마음, 그러나 텅 비지는 않은 마음으로 독립적인 생각을 하는 개인들이었다. 그들은 자유주의적이건 보수주의적이건 자신의 전제들을 다른 사람들의 전제와 마찬가지로 철저하게 재검토하려 했다."

우리는 그녀의 지명을 발표했다. 이 사실은 미리 새지 않았다. 언론은 자기가 무슨 말을 하는지도 모르는 사람이 흘려준 말을 근거로 내가 브레이어를 임명하려 한다고 썼다. 긴즈버그 판사가 짧지만 감동적인 성명을 발표한 뒤, 기자 한 사람은 내가 브레이어가 아니라 그녀를 지명하기로 결정한 것은 백악관 의사결정 과정의 '지그재그적 특성' 을 반영한다고 말했다. 그러더니 그 기자는 내가 그런 인상을 주었다는 지적에 대해 반박할 수 있느냐고 물었다. 웃어야 할지 울어야 할지 알 수가 없었다. 나는 이렇게 대답했다. "나는 여러분 가운데서 내가 내린 모든 독립적인 결정을 정치적 과정이 아닌 다른 의미로 받아들이려는 사람들에게 그 태도가 얼마나 어리석은 것인지 깨우쳐주겠다는 생각을 포기한 지 오래되었습니다." 아마도 임명에 대한 것이 문제가 되면, 게임의 이름이 '지도자를 따르라' 가 아니라 '누설자를 찾아라' 가 되는 것 같았다. 나는 긴즈버그를 임명하면서 그녀를 선택했다는 사실도 기뻤지만, 그녀를 선택함으로써 언론을 놀라게 했다는 사실도 기뻐했다는 것을 고백하지 않을 수 없다.

6월 마지막 주, 상원은 마침내 내 예산을 50 대 49로 가까스로 통과시켰다. 민주당 의원과 공화당 의원이 한 사람씩 투표를 하지 않아 동률을 이루었기 때문에 앨 고어가 승부를 결정지었다. 공화당에서는 한 명도 찬성투표를 하지 않았으며, 민주당에서는 보수적인 의원 여섯 명이 반대표를 던졌다. 오클라호마의 데이비드 보런 상원의원은 1974년에 그가 처음 주지사에 출마하고 나는 국회의원에 출마할 때부터 서로 잘 알고 지낸 사이였다. 그는 내가 패배를 면할 수 있도록 표를 주었지만, 지출을 더 줄이고 세금을 더 낮추지 않으면 최종안에는 반대를 하겠다는 의사 표시를 했다.

이제 상원과 하원이 예산안을 승인했기 때문에, 양원은 그들의 차이를 놓고 협상을 해야 했으며, 그런 다음에 우리는 다시 처음부터 양원을 통과하기 위해 싸워야 했다. 우리는 양원에서 모두 아슬아슬한 승리를 거두었기 때문에, 양원 가운데 어느 한쪽에서 다른 쪽에 양보를 하면 표 한두 개가 날아갈 수 있었다. 그러면 모든 것이 물거품이 되는 상황이었다. 재무부의 로저 앨트먼이 비서실장 존 스타이너와 함께 최종 통과를 지휘하기 위한 '상황실'을 차렸다. 우리는 표가 다 어디에 있는지 알아야 했으며, 어떤 주장이나 제안을 해야만 흔들리는 의원의 표를 얻어 다수를 차지할 수 있는지 알아야 했다. 사소한 쟁점들을 놓고 우리가 흘린 피를 생각할 때, 그래도 이것은 해볼 만한 싸움이었다. 나의 대통령직의 미래만이 아니라 나라 경제의 미래가 다음 6주 반 동안의 이 예산안 싸움에 달려 있었다.

상원에서 예산안이 통과된 다음 날, 나는 처음으로 군사작전 명령을 내렸다. 이라크 정보부에 토마호크 미사일 23발을 쏜 것이다. 이것은 조지 H. W. 부시 대통령이 쿠웨이트를 방문했을 때 그를 암살하려고 음모를 꾸민 것에 대한 보복이었다. 그해 4월 13일에 음모에 가담했던 여남은 명이 체포되었다. 부시 대통령이 쿠웨이트에 도착하기 하루 전날이었다. 그들이 가지고 있던 자료를 추적한 결과 이라크 정보부가 배후로 드러났다. 그뿐만 아니라 5월 19일에는 체포된 이라크인 한 사람이 연방수사국의 조사에서 배후에 이라크 정보부가 있다는 사실을 확인해주었다. 나는 국방부에 행동 방향을 제안해보라고 요청했고, 파월 장군은 균형 잡힌 대응이자 효과적인 억제책으로 정보부에 대한 미사일 공격을 제시했다. 나는 우리가 이라크를 더 강하게 공격해도 지지를 받을 것이라고 생각했으나, 파월은 그 정도 공격만으로도 이라크의 테러 행위를 억제할 수 있다. 또 대통령궁을 포함한 더 많은 목표물에 폭탄을 떨어뜨리면 사담 후세인은 죽이지 못하고 무고한 사람들만 죽게 될 것이라고 설득력 있게 이야기했다. 토마호크 미사일은 대부분 목표를 맞추었으나, 네 발은 더 멀리 나갔다. 그 가운데 세 발은 바그다드의 부자 동네에 떨어져 민간인 8명을 죽였다. 아무리 신중하게 계획하고 아무리 무기가 정확해도, 그런 화력을 풀어놓으면 의도하지 않은 결과가 나오기 마련임을 보여주는 분명한 예였다.

7월 6일에는 나의 첫 국제회의인 16차 연례 G-7 정상회의에 참석하기 위해 도쿄에 갔다. 역사적으로 이 회의는 간담회의 성격이 강하여, 의미 있는 정책 약속이 나온다거나 후속 조치가 이루어지는 경우는 거의 없었다. 그러나 우리는 아무런 성과 없는 회의를 한 번 더 열 수 있는 한가한 상황이 아니었다. 세계 경제는 불황의 늪에 빠져 있었다. 유럽은 10여 년 만에 처음으로 느린 성장세를 보이고 있었고, 일본의 경우는 거의 20년 만에 가장 느린 속도였다. 반면 미국은 경제 부문에서 어느 정도 진전을 보이고 있었다. 5개월간 95만 명이 넘는 미국인들이 일자리를 구했다. 이것은 그전 3년 동안 만들어진 일자리와 맞먹는 숫자였다.

나는 몇 가지 과제를 들고 일본으로 갔다. 우선 유럽과 일본의 지도자들을 설득하여, 자국의 경제정책을 미국의 정책과 조율함으로써 세계 전체의 성장 수준을 높이겠다는 합의를 이끌어낼 생각이었다. 또 유럽과 일본을 설득하여 공산품 관세를 내림으로써 모든 나라에 일자리를 만들고, 나아가 7년을 끌어온 우루과이 라운드 세계 무역 회담을 마감일인 12월 15일까지 끝낼 수 있게 할 생각이었다. 마지막으로 옐친과 러시아 민주주의를 경제적·정치적으로 지원하겠다는 분명하고 통일된 목소리를 이끌어낼 생각이었다.

세 가지 모두는커녕 이 가운데 어느 한 과제에서라도 성공을 거둘 수 있는 확률은 높지 않았다. 참석하는 지도자 가운데 누구도 자국에서 큰 힘을 발휘하지 못하고 있었기 때문이다. 경제 계획에 들어 있는 입에 쓴 약, 그리고 진짜이건 지어낸 것이건 여러 문제를 둘러싼 언론의 비판 때문에 나의 지지도는 취임 이후 가파르게 떨어졌다. 존 메이저는 영국에서 잘 버티고 있는 셈이었지만, 그의 전임자인 마거릿 대처와 늘 안 좋은 쪽으로 비교가 되는 바람에 상처를 입었다. 그럼에도 '철의 여인'은 그런 비교를 막아줄 생각을 하지 않았다. 프랑수아 미테랑은 매혹적이고 똑똑한 인물이자 이제 두 번째 7년 임기를 맞이한 사회주의자였지만, 경제정책을 통제하는 총리가 자신과 대립하는 정당 출신이었기 때문에 그가 할 수 있는 일은 제한되어 있었다. 이탈리아 총리 카를로 치암피는 이탈리아 중앙은행장 출신으로 자전거를 타고 출근한다고 알려진 소박한 사람이었다. 그는 지성과 매력을 갖고 있음에도 불구하고, 본래 균열이 심하고 불안정한 이탈리아의 정치 환경 때문에 곤경에 처해 있었다. 캐나다 최초의 여성 총리인 킴 캠벨은 당당하고 헌신적인 사람이지만, 브라이언 멀로니의 사임으로 막 총리직을 맡은 참이었다. 그녀는 기본적으로 멀로니가 키를 잡고 이끌어온 긴 항해를 마무리하는 입장이었고, 야당 지도자 장 크레티앵의 지지도가 상승하고 있었다. 주최국인 일본의 미야자와 기이치는 자민당의 오랜 독주가 끝나면서 일본 정계에서는 레임덕으로 간주되고 있었다. 그러나 미야자와는 레임덕일지는 몰라도, 세계에 대한 이해력이 뛰어난 인상적인 레임덕이었다. 그는 영어 회화를 거의 나만큼이나 잘했다. 그는 또 G-7 회의가 자국에 좋은 영향을 주기를 바라는 애국자이기도 했다.

오랫동안 독일 총리로 재직해온 헬무트 콜 역시 곤경에 처해 있다는 것이 일반적인 관측이었다. 여론조사 결과 지지도가 내려갔고, 그의 기민당이 그 즈음의 지방 선거에서 크게 패배를 겪었기 때문이다. 그러나 나는 콜이 여전히 건재하다고 생각했다. 콜은 거대한 남자였다. 키는 나와 비슷했고, 몸무게는 130킬로그램이 넘었다. 그는 직접적이고 종종 퉁명스러운 말투로 확신에 차서 이야기를 했다. 게다가 뛰어난 유머감각을 갖춘 세계 수준의 이야기꾼이었다. 또한 몸집에서만이 아니라 정치력에서도 유럽 대륙에 수십 년 만에 나타난 큰 인물이었다. 그는 독일을 통일했고, 엄청난 액수의 돈을 서독에서 동독으로 밀어넣어, 공산주의 하에서 훨씬 어렵게 살던 사람들의 소득을 높여주었다. 콜의 독일은 러시아 민주주의의 가장 큰 경제적 지원자가 되었다. 그는 또 새로 등장한 유럽연합 배후의 지도력이었으며, 폴란드, 헝가리, 체코공화국을 유럽연합과 나토 동맹 양쪽으로 끌어들이는 데 적극적이었다. 마지막으로 콜은 보스니아에서 유럽의 수동적 태도 때문에 괴로워했으며, 나와 마찬가지로 보스니아 이슬람교도에게 불공평하게 작용하고 있는 무기수출금지조치를 유엔이 철회해야 한다고 생각했다. 그는 유럽이 직면한 모든 큰 문제에서 우익에 서 있었으며, 자신의 관점을 기운차게 밀어붙였다. 그는 자신이 큰일들을 올바르게 처리하면, 여론도 따라올 것이라고 믿었다. 나는 헬무트 콜을 무척 좋아했다. 이후 몇 년 동안 여러 번의 식사, 방문, 전화를 통해 우리는 정치적이고 개인적인 유대를 강화했으며, 이것은 유럽인과 미국인 모두에게 큰 도움이 되었다.

나는 G-7의 전망에 대해 낙관적이었다. 내가 이 회의에 중요한 과제를 가지고 갔고, 다른 모든 지도자들도 도쿄에서 뭔가 의미 있는 일을 해야 자국의 곤경에서 벗어날 수 있다는 것을 잘 알고 있었기 때문이다. 회의가 시작되자마자 무역관계 장관들이 10개 제조업 부문에 대한 관세를 없애고, 수천억 달러 상당의 교역에 시장을 개방한다는 데 합의함으로써 문지방을 하나 넘었다. 이것은 미키 캔터가 무역대사로 거둔 첫 번째 승리였다. 그는 강인하고 능란한 협상자였으며, 그의 솜씨 덕분에 결국 200개 이상의 협정이 체결되고 무역이 확대되어, 미국 경제는 이후 8년간 거의 30퍼센트에 이르는 성장을 이루었다.

우리는 러시아에 대한 관대한 원조 계획에 합의함으로써, 부자 나라들이 모두 러시아를 돕는다는 점에 의심의 여지를 남기지 않았다. 우리의 경제정책 조율 문제는 그 결과가 모호했다. 나는 적자를 줄이기 위해 노력하고 있었고, 독일의 중앙은행은 막 이자율을 내렸지만, 일본이 외국 무역과 경쟁에 좀더 문호를 개방함으로써 자국 경제를 자극할 용의가 있는지는 확실치 않았다. 그것은 내가 우리와 일본의 양자 회담을 통해 이루어내야 할 과제였는데, 이 회담은 G-7 회담 직후에 시작되었다.

1993년 일본은 경제 정체와 정치 불안에 빠져 있었기 때문에, 나는 그들의 무역 정책에서 변화를 이끌어내는 것이 힘들다는 것을 알고 있었다. 그래도 노력해야 했다. 미국이 큰 무역 적자를 보는 이유에는 일본의 보호주의도 분명히 한몫을 하고 있었기 때문이다. 예를 들어 그들은 우리의 스키를 사지 않으면서, 폭이 맞지 않아서라고 이유를 댔다. 나는 우리의 중요한 안보 동반 관계를 해치지 않으면서 일본 시장을 열 방법을 찾아야 했다. 그것이 아시아를 위한 안정된 미래를 구축하는 데 필수적이었기 때문이다. 내가 와세다 대학의 일본 학생들에게 연설을 하면서 이런 점들을 이야기하는 동안, 힐러리는 그녀 나름으로 매력 공세를 펼쳐, 특히 높은 수준의 교육을 받은 젊은 여자들로부터 커다란 환대를 받았다.

미야자와 총리는 나의 제안에 원칙적으로 동의했기 때문에, 우리는 무역 관계를 개선하기 위한 구체적이고 측정 가능한 조치들을 취한다는 기본 합의에 이를 수 있었다. 총리의 후임 장관이자 일본의 새로운 왕세자비의 아버지인 외무장관도 합의를 보아야 한다고 결심을 굳히고 있었다. 큰 장애는 일본 국제통상산업성MITI이었다. 그 지도자들은 자신들의 정책이 일본을 강국으로 만들었기 때문에 그것을 바꿀 이유가 없다고 생각했다.

어느 날 밤늦게 우리의 회담이 끝났을 때, 외무성과 국제통상산업성의 대표들은 오쿠라 호텔 로비에서 서로 소리를 지르며 말다툼을 벌였다. 우리 실무진도 있는 힘을 다해 합의를 밀어붙였다. 미키 캔터의 부대사 샬린 바셰프스키는 일본인들에게 강한 태도를 보였기 때문에 일본인들로부터 '돌벽'이라는 별명을 얻었다. 이윽고 미야자와와 나는 오쿠라 호텔에서 전통 일본식 식사를 하면서 남아 있는 차이들을 해소할 수 있는지 살펴보았고, 결국 우리는 합의에 이르렀다. 나중에 이 회담에 '스시 정상회담'이라는 이름이 붙었는데, 미야자와는 늘 우리의 최종 합의에는 스시보다 우리가 마신 사케가 더 큰 기여를 했다고 농담을 하곤 했다.

기본 협정의 내용으로, 일본은 미국에 예산 적자를 줄일 것을 요구했으며, 미국은 일본에 다음 해에 자동차와 부품, 컴퓨터, 원거리통신, 위성, 의료 장비, 금융 서비스, 보험 시장을 열 것을 요구했다. 우리는 구체적인 시간표와 성공을 측정하기 위한 객관적인 기준을 마련하기로 했다. 나는 이 협정이 미국과 일본에 모두 경제적 이익을 주고, 일본 개혁가들이 이 놀라운 나라를 다음의 위대한 시대로 이끌고 나가는 데 도움을 줄 것이라고 확신했다. 이런 협정이 대부분 그렇듯이, 양쪽 나라가 원하는 것을 모두 갖지는 못했지만, 그래도 양국에 아주 좋은 것을 준 셈이었다.

일본을 떠나 한국으로 향할 때, 미국 언론들은 나의 첫 G-7 회담에서 내가 다른 지도자들과의 개인적 외교에서 승리를 거두었으며, 일본 국민과의 관계에서도 성과를 거두었다고 보도했다. 언론에서 긍정적으로 다루어주니 기분이 좋았지만, G-7이나 일본과의 협상에서 미리 설정했던 목표를 달성한 것이 훨씬 더 기분이 좋았다. 나는 다른 지도자들을 사귀고 함께 일하는 것이 즐거웠다. G-7 회담을 마친 뒤 세계에서 미국의 이익을 증진시키는 나의 능력에 더 자신감을 갖게 되었으며, 왜 많은 대통령들이 자국에서 겪는 좌절보다 외교정책을 더 좋아하는지 이해할 수 있었다.

한국에서는 한국전쟁을 끝낸 휴전 협정이 체결된 이래 북한과 남한을 가르고 있는 비무장지대의 미군 부대를 방문했다. 나는 돌아오지 않는 다리까지 걸어가 두 나라를 가르고 있는 하얀색 선으로부터 열 걸음 정도 떨어진 곳에서 발걸음을 멈추고, 냉전의 마지막 외로운 전초기지에서 자기편을 지키고 있는 젊은 북한 병사를 바라보았다. 그리고 서울에 도착한 힐러리와 나는 김영삼 대통령의 손님으로 영빈관에 묵었다. 그곳에는 실내 수영장이 있었는데, 내가 김영삼 대통령과 조깅을 마치고 수영을 하러 들어가자 갑자기 음악이 울려 퍼졌다(클린턴이 묵은 곳은 미국대사관저 내 영빈관이었고, 수영을 한 곳은 청와대 녹지원 수영장이었다―옮긴이주). 엘비스에서 재즈에 이르기까지 내가 좋아하는 노래들에 맞추어 수영을 할 수 있었다. 한국의 유명한 환대를 보여주는 멋진 예였다. 김영삼 대통령과 정상회담을 하고 국회에서 연설을 한 뒤 한국을 떠나면서 우리의 오랜 동맹 관계에 감사했고, 앞으로도 그러한 관계를 유지해나가겠다는 결심을 굳혔다.

34

나는 워싱턴의 혹독한 환경으로 돌아왔
다. 7월 셋째 주에는 재닛 리노의 권고에 따라 연방수사국장 윌리엄 세션스
를 해임했다. 부서 내의 수많은 문제에도 불구하고 세션스가 사임을 거부한
뒤에 나온 조치였다. 우리는 세션스를 대신할 사람을 찾아야 했다. 버니 너
스봄은 루이스 프리를 추천했다. 프리는 연방수사국 요원 출신으로, 연방검
사로서 화려한 경력을 쌓은 뒤 부시 대통령에 의해 뉴욕의 연방판사로 임명
된 사람이었다. 나는 프리를 만나, 연방수사국이 웨이코 작전 때 한곳에 많
은 자원을 오래 묶어두는 것은 잘못된 일이므로 공격을 해야 한다고 주장했
는데, 그 점에 대해 어떻게 생각하느냐고 물었다. 그는 내 생각을 모르는 상
태에서 자신은 생각이 다르다고 솔직하게 말했다. "그들은 기다리라고 월급
을 받는 겁니다." 나는 그 말에 좋은 인상을 받았다.

프리는 공화당원이지만, 너스봄은 그가 전문가이며 정정당당한 사람이
기 때문에 연방수사국을 정치적 목적에 이용하는 일은 하지 않을 것이라고
자신했다. 우리는 20일에 발표를 하기로 결정했다. 그러나 하루 전날 지명
소식이 흘러나갔으며, 연방수사국 요원 출신인 내 친구가 오벌 오피스를 관
리하는 낸시 헌리시에게 전화하여 나의 지명을 말려야 한다고 말했다. 그는
프리가 너무 정치적이고 자기 잇속만 차리는 사람이라 현재의 분위기에서
는 적당치 않다고 말했다. 나는 잠깐 멈칫했지만, 이미 늦었다는 말을 전하
라고 했다. 이미 제안을 했고, 상대는 수락을 했다. 나로서는 버니 너스봄의
판단을 믿을 수밖에 없었다.

아침에 로즈가든에서 프리의 지명 사실을 발표하는 행사를 열었을 때, 빈스 포스터가 뒤쪽에 서 있는 것이 보였다. 앤드루 잭슨이 심은 거대한 목련 옆이었다. 포스터는 웃음을 짓고 있었다. 그가 일하는 백악관 법률고문실이 출장국 문제에 대한 끝도 없는 질문에 대답을 하는 대신 대법원 판사나 연방수사국장 지명 같은 일을 하게 되어 마음이 편한가 보다 하는 생각이 들었다. 이 행사 전체가 완벽하게 느껴졌다. 너무 잘 진행되어 오히려 불길하게 느껴질 정도였다. 사실 여러 가지 면에서 그랬다.

그날 밤 나는 백악관 1층 서재에서 래리 킹의 쇼에 출연했다. 예산안을 둘러싼 싸움을 비롯하여 킹이나 시청자가 물어보는 여러 가지 문제에 대해 답변을 하기 위해서였다. 다른 사람들과 마찬가지로 나도 래리 킹을 좋아했다. 그는 유머감각이 뛰어나고 인간적인 매력이 있었다. 그가 까다로운 질문을 던질 때도 마찬가지였다. 45분쯤 지났을 때, 프로그램이 잘 진행된 것에 고무된 킹은 30분 더 시청자들의 질문을 받지 않겠느냐고 물었다. 나도 기대감을 가지고 즉시 동의했다. 그러나 다음 휴식시간에 맥 맥라티가 나타나더니 한 시간만 채우고 인터뷰를 끝내야 한다고 말했다. 처음에는 짜증이 났다. 내가 오래 하면 실수할지 모른다고 걱정하는 것이라고 생각했기 때문이다. 그러나 맥라티의 눈치를 보니 다른 일이 있다는 것을 알 수 있었다.

나는 인터뷰를 마무리하고 방송 실무자들과 악수를 했다. 그러자 맥라티가 나를 위층 관저로 데려갔다. 그는 눈물을 삼키며 빈스 포스터가 죽었다고 말했다. 루이스 프리 지명 행사 뒤에 로즈가든을 떠나 차를 몰고 포트마시 공원으로 가서, 집안에 전해져오던 오래된 리볼버로 자살했다는 것이다. 포스터는 나의 평생 친구였다. 내가 호프의 조부모 집에 살 때 포스터가 살던 옆집과 뒤뜰이 붙어 있었다. 맥라티와 내가 유치원에 다니기 전부터 우리는 함께 놀았다. 나는 포스터가 출장국 논란 때문에 속이 상했고, 법률고문실로 쏟아지는 비판에 자신이 책임을 져야 한다고 생각한다는 것을 잘 알고 있었다. 그는 또 「월스트리트 저널」이 몇 편의 사설을 통해 그의 능력과 성실성에 문제를 제기한 것에도 상처를 받았다.

바로 전날 밤, 나는 포스터에게 전화를 하여 함께 영화를 보자고 초대했다. 그를 격려하고 싶었기 때문이다. 그러나 그는 이미 퇴근을 했으며, 부인 리서와 함께 시간을 좀 보내고 싶다고 말했다. 나는 그에게 「월스트리트 저널」 사설 문제는 마음에서 털어버리라고 열심히 설득했다. 「월스트리트 저널」은 좋은 신문이지만, 그 사설을 읽는 사람들은 많지 않다. 그리고 읽는 사람들 대부분은 논설위원들과 마찬가지로 보수적인 공화당 지지자들이며, 어차피 그 사람들은 우리 편이 아니다. 그런 내 말에 포스터는 귀를 기울이는 듯했지만, 나는 내 말이 잘 먹히지 않는다는 것을 느낄 수 있었다. 그는 한 번도 공개적으로 비판받아본 적이 없었으며, 처음으로 언론에서 두드려 맞았을 때 많은 사람들이 그러는 것처럼 모든 사람이 자신에 대한 부정적인 글을 읽고 그것을 믿는다고 생각하는 것 같았다.

맥이 나에게 포스터 일을 이야기할 때, 힐러리가 리틀록에서 전화를 했다. 힐러리는 벌써 소식을 알고 울고 있었다. 포스터는 로즈 법률회사에서 그녀의 가장 가까운 친구였다. 힐러리는 '왜 이런 일이 벌어졌는가' 라는, 결코 완전한 답을 알 수 없는 질문에 매달려 있었다. 나는 힐러리가 할 수 있는 일은 없었다고 다독거리면서, 다른 한편으로 나는 어떻게 했어야 했는지 자문하고 있었다. 이어 맥라티와 함께 유족을 만나러 포스터의 집으로 갔다. 웹과 수지 허블 부부가 그곳에 있었다. 아칸소와 백악관의 포스터 친구들도 몇 사람 모여 있었다. 나는 사람들을 위로하려 했지만, 사실 나 자신의 상처도 컸다. 프랭크 앨러가 자살했을 때와 마찬가지로 포스터가 그런 짓을 했다는 데 화가 났다. 그런 일이 다가오는 것을 보지 못한, 그래서 그 일을 막지 못한 나 자신에게도 화가 났다. 나는 또 아칸소 출신의 내 친구들 때문에 슬펐다. 그들은 오로지 봉사하고, 좋은 일을 해보려고 워싱턴에 왔는데, 그들의 모든 행동이 비판의 대상이 되고 있었다. 그리고 이제 키가 크고, 잘 생기고, 강하고, 우리 모두가 우리 가운데 가장 안정감이 있다고 생각하던 자신감 넘치는 친구 포스터가 갔다.

어떤 이유에서건 포스터는 심한 곤경에 처해 있었다. 버니 너스봄은 그의 서류 가방에서 잘게 찢어진 메모를 발견했다. 맞추어보니 이런 내용이었다. "나는 워싱턴에서 주목을 받으며 공적인 생활을 할 사람이 아니다. 여기에서는 사람을 망치는 일을 스포츠라고 생각한다…… 사람들은 클린턴 부부와 그들의 충성스러운 참모진의 결백을 결코 믿지 않을 것이다." 포스터는 짓눌렸고, 지쳤고, 자신처럼 규칙에 따라 게임을 하지 않는 사람들의 공격에 괴로워했다. 그는 명예와 존중이라는 가치에 뿌리를 둔 사람이었다. 그러나 권력과 인신공격을 더 중요하게 보는 사람들에게 그 뿌리가 뽑혀버렸다. 게다가 제대로 치료받지 못한 우울증도 그에게서 삶을 유지할 수 있는 방어력을 빼앗아가 버렸다.

다음 날 나는 비서진에게 인생에는 우리가 통제할 수 없는 것들이 있고, 이해할 수 없는 수수께끼들이 있다고 말했다. 또한 자신과 친구와 가족을 더 보살피고, '너무 열심히 일을 하다가 우리 감수성들마저 죽이는' 일은 없어야 한다고 말했다. 마지막 충고는 남에게 하기는 쉬워도 내가 직접 지키기는 어려운 것이었다.

우리는 모두 리틀록으로 가서, 세인트앤드루 가톨릭 성당에서 열린 포스터의 장례식에 참석한 뒤 고향 호프로 갔다. 내 증조부와 친아버지가 묻힌 묘지에 포스터를 묻으러 간 것이다. 유치원과 초등학교를 함께 다닌 많은 사람들이 그 자리에 참석했다. 이제 나도 포스터의 우울과 자살을 이해해보려는 노력을 포기하고, 그냥 그것을 받아들이고 그의 삶에 감사하는 쪽으로 마음을 정리하고 있었다. 나는 장례식에서 조사를 하면서 포스터의 모든 훌륭한 점, 그가 우리에게 가졌던 의미, 백악관에서 해준 훌륭한 일들, 명예를 존중하는 태도에 대해 이야기해보려고 노력했다. 나는 감동적인 리언 러셀의 '그대를 위한 노래 A Song for You'를 인용했다. "나는 공간이나 시간이 없는 곳에서 그대를 사랑합니다. 나는 내 목숨이 다하도록 그대를 사랑합니다. 그대는 나의 친구입니다."

여름이었다. 수박 수확이 시작되었다. 나는 호프를 떠나기 전에 카터 러셀의 농장에 들러 빨간 수박과 노란 수박을 골랐다. 이어 함께 온 기자들에게 호프의 주산물인 수박의 훌륭한 점에 대해 이야기하기 시작했다. 기자들은 내가 고통에서 잠시 벗어날 필요가 있다는 것을 알았기 때문에, 그날따라 유난히 친절한 태도를 보여주었다. 나는 워싱턴으로 날아가는 비행기에서 포스터는 고향에 있다고, 자신이 있을 곳에 있다고 생각했다. 그리고 많은 사람들이 그에게 관심을 가져준 것에 대해 하나님께 감사했다.

다음 날인 7월 24일, 백악관에서 재향군인회, 미국소년단, 상원의원들을 맞이했다. 내가 로즈가든에서 케네디 대통령을 만난 지 30주년이 되는 날이었다. 나와 함께 그날 대표로 참석했던 사람들도 많이 초대했다. 앨 고어는 경제계획을 위해 열심히 로비를 하고 있었지만, 잠깐 시간을 내어 아이들에게 말했다. "내가 한 가지만 충고하마. 어떻게 해서든 클린턴 대통령과 악수하는 사진을 찍을 수만 있다면, 그게 나중에 큰 도움이 될지도 몰라." 나는 그들 모두와 악수를 하고 사진을 찍었다. 이후 백악관에서 지낸 8년 가운데 6년간 나는 미국소년단과 미국소녀단을 위해 똑같은 행사를 열었다. 언젠가 대통령 선거운동 광고에 그 사진들 몇 장이 등장했으면 좋겠다.

나는 7월과 8월 초 며칠 동안 경제계획을 들고 하원의원과 상원의원들에게 로비를 했다. 로저 앨트먼의 상황실이 홍보 쪽 일을 담당하여, 나에게 아직 결심을 하지 못한 국회의원이 있는 주와 전화 기자회견을 하게 했다. 앨 고어와 내각은 그야말로 수백 번 전화를 하고 방문을 했다. 결과는 불확실했지만, 상황은 점점 우리에게 불리해지고 있었다. 이유는 두 가지였다. 첫째는 데이비드 보런의 제안이었다. 그는 에너지 세금을 모두 폐기하려 했다. 고소득층의 세금을 다는 아니지만 대부분은 그대로 놓아두고, 그로 인해 모자라는 부분은 소득세 공제의 많은 부분을 없애 메우려 했다. 그리고 사회보장과 군대나 민간 연금의 생계비 보조를 줄이려 했으며, 메디케어와 메디케이드 지출을 새로운 수령자와 비용 증대를 염두에 두고 계획한 수준 밑으로 낮추려 했다. 보런은 위원회에서 그의 제안을 통과시키지 못했지만, 보수적인 주 출신의 민주당 의원들에게 피할 곳을 주었다. 이 제안은 루이지애나의 민주당 상원의원 베닛 존슨, 미주리의 공화당 상원의원 존 댄포스, 메인의 공화당 상원의원 빌 코언의 지지를 받았다.

처음에 예산안이 앨 고어의 캐스팅보트 때문에 50 대 49로 통과되었을 때, 베닛 존슨은 샘 넌, 애리조나의 데니스 드콘치니, 앨라배마의 리처드 셸비, 네바다의 리처드 브라이언, 뉴저지의 프랭크 라우텐버그와 함께 반대표를 던졌다. 셸비는 점차 공화당 색깔로 변하는 주 출신이라 이미 공화당 쪽으로 많이 기울고 있었다. 샘 넌은 완강한 반대자였다. 드콘치니, 브라이언, 라우텐버그는 그들 주의 징세 반대 분위기 때문에 걱정하고 있었다. 앞서도 말했듯이 나는 처음에 그들 없이도 승리를 거두었다. 공화당과 민주당의 상원의원이 한 사람씩 투표를 하지 않았기 때문이다. 그러나 이번에는 그들도 나타날 예정이었다. 공화당 의원들이 모두 반대하는 상황에서 보런이 반대를 하고 다른 의원들의 표가 바뀌지 않는다면, 나는 51 대 49로 지게 될 것이다. 그들 여섯 명 외에 밥 케리 상원의원도 우리 계획에 반대할지 모른다고 말하고 있었다. 대통령 선거운동 과정에서 우리 관계는 서먹서먹해졌으며, 네브래스카는 공화당 색깔이 강한 주였다. 그래도 나는 케리에 대해서는 낙관적이었다. 그는 적자 축소를 정말로 지지했으며, 상원 재정위원회 위원장으로 나의 제안을 강력히 지지하고 있는 팻 모이니헌과 아주 가까웠기 때문이다.

하원에서는 상황이 달랐다. 모든 민주당 의원들은 이번이 최대의 힘을 발휘할 기회라는 것을 알고 있었으며, 많은 의원들이 계획의 세부사항을 놓고 나와 거래하거나 구체적인 쟁점에 대해 나를 도와주려 했다. 징세를 반대하는 지역구 출신의 의원들은 국회가 휘발유세를 올린 지 3년밖에 안 지났는데, 그것을 다시 올리는 문제를 걱정하고 있었다. 하원의장단 외에 나의 가장 강력한 지지자는 하원 세입위원회의 막강한 위원장인 일리노이 하원의원 댄 로스텐코프스키였다. 로스텐코프스키는 고귀한 정신을 가진, 시카고 거리 흥정에 뛰어난 입법가였지만 공금을 정치적으로 사용한 혐의로 조사를 받고 있었으며, 일반적으로 이 조사 때문에 다른 의원들에 대한 영향력이 약화되었을 것으로 간주되었다. 내가 국회의원들을 만날 때마다 언론은 나에게 로스텐코프스키에 대해 물었다. 로스텐코프스키는 역시 그답게 정면 돌파를 시도하여, 동료들에게 올바른 일을 해야 한다고 말하며 표를 모았다. 그는 여전히 힘이 있었으며, 힘이 있을 수밖에 없었다. 우리는 약간만 발을 잘못 디뎌도 한두 표를 잃고, 그것으로 면도날 같은 능선에서 패배의 나락으로 곤두박질칠 수 있었다.

8월 초에 예산 드라마가 절정을 향해 올라가고 있을 때, 워런 크리스토퍼는 마침내 영국과 프랑스로부터 나토의 보스니아 공습 약속을 받아냈다. 그러나 나토와 유엔이 모두 승인할 때만 공격이 이루어질 수 있었다. 이른바 이중 열쇠 방식이었다. 나는 우리가 두 열쇠를 모두 돌릴 기회를 잡지 못할까봐 걱정이 되었다. 안전보장이사회에서 거부권을 가지고 있는 러시아가 세르비아와 아주 가까웠기 때문이다. 이중 열쇠 방식은 보스니아를 보호하는 데는 짜증나는 방해물이었지만, 그럼에도 유럽과 유엔을 좀더 적극적으로 움직이게 만드는 길고 고통스러운 과정에서 또 한 발을 내디딘 것이라고 할 수 있었다.

8월 3일 우리는 2,550억 달러의 예산을 줄이고 2,410억 달러의 세금을 늘려 최종적인 예산안을 확정했다. 일부 민주당 의원들은 여전히 휘발유세를 올리면 그렇지 않아도 감세가 없어 화가 난 중산층 유권자들이 우리를 죽이려 할 것이라고 걱정했다. 보수적인 민주당 의원들은 메디케어, 메디케이드, 사회보장 부문의 지출 감소를 통한 적자 축소 노력이 부족하다고 말했다. 그러나 우리가 절약한 것 가운데 20퍼센트 이상이 메디케어 비용으로 의사와 병원에 지불할 돈을 줄이는 데서 나왔다. 또 부유한 퇴직자의 사회보장 소득에 대해 더 많은 세금을 부과하는 것에서 또 큰 덩어리를 절약했다. 그것이 하원에서 얻는 표보다 잃는 표가 더 많아지는 것을 막으면서 내가 할 수 있는 최선이었다.

그날 밤 나는 텔레비전을 통해 중계된 오벌 오피스 연설에서 마지막으로 예산안에 대한 국민의 지지를 호소하면서, 이것이면 이후 4년 동안 800만 개의 일자리를 만들 수 있다고 말했다. 그리고 새로운 세금과 지출 감소로 생기는 모든 돈은 적자 축소 목적에만 사용할 수 있도록 적자 축소 신탁기금을 설립하는 행정명령을 다음 날 내리겠다고 발표했다. 이 신탁기금은 애리조나의 데니스 드콘치니 상원의원에게 특히 중요했기 때문에, 텔레비전 연설에서 이것이 그의 구상임을 밝혔다. 처음에 이 계획에 반대했던 여섯 명의 상원의원 가운데 드콘치니가 나의 유일한 희망이었다. 나는 다른 다섯 명과 저녁을 먹고, 찾아가 만나고, 행정부에 있는 그들의 가까운 친구들을 보내 로비도 했으나 아무런 소용이 없었다. 만일 드콘치니가 바뀌지 않으면 우리는 질 수밖에 없었다.

다음 날 드콘치니는 생각을 바꾸었다. 신탁기금 때문에 찬성표를 던지겠다고 말한 것이다. 이제 밥 케리만 우리 편이 되어준다면, 우리는 상원에서 50표를 얻을 수 있었다. 그러면 앨 고어가 다시 캐스팅보트를 행사할 수 있었다. 그러나 거기에 이르려면 우선 예산안이 하원을 통과해야 했다. 우리는 218표라는 다수표를 확보해야 하는 날을 하루 남겨놓고 있었지만, 아직 그 목표에는 이르지 못했다. 30명 이상의 민주당 의원들이 흔들리고 있었는데, 그들이 걱정하는 이유는 징세 때문이었다. 의원들에게 그들 각각의 지역구에서 소득세 공제로 세금감면을 받는 사람들의 수가 소득세 인상으로 손해를 보는 사람들의 수보다 얼마나 많은지 보여주는 인쇄물까지 나누어주어도 소용없었다. 많은 경우 그 비율은 10 대 1이나 그 이상이었다. 열두 곳 정도에서만 유권자들이 워낙 부유하여 세금이 늘어나는 사람이 줄어드는 사람보다 더 많았다. 또 의원들은 모두 휘발유세 걱정을 하고 있었다. 만일 휘발유세를 없애고 소득세 공제를 포기하는 것으로 그 손실을 상쇄했다면, 쉽게 예산안을 통과시킬 수 있었을 것이다. 그것이 정치적 피해가 훨씬 적은 길이었을 것이다. 그러나 가난한 노동자들은 워싱턴에 로비스트를 두지 못했다. 그들은 어떤 홍정이 이루어졌는지 전혀 모를 수도 있었다. 그러나 나는 알았다. 또 공사채 시장은 우리가 부자들에게 물벼락을 맞게 할 경우, 중산층에게도 고통의 물을 약간은 뿌리기를 바랐다.

그날 오후, 리언 파네타와 예산안을 위해 지칠 줄 모르고 뛰고 있던 하원 다수당 의장 딕 게파트는 더 많은 지출 감소를 바라는 보수적인 민주당 의원 그룹의 지도자인 미네소타 주 팀 페니와 가을의 세출안 처리과정에서 예산 삭감을 원하는 의원들에게 지출을 더 줄일 수 있는 투표를 할 기회를 주겠다고 약속하여 협상의 타결을 보았다. 페니는 만족했고, 그의 지지 덕분에 우리는 7, 8표를 더 얻을 수 있었다.

우리는 이전의 찬성표 가운데 두 표를 잃었다. 나중에 결국 공화당원이 된 루이지애나의 빌리 토진과 유권자 대부분이 공화당원인 텍사스 지역구 출신의 찰리 스텐홀름이 반대표를 던지겠다고 말했기 때문이다. 그들은 휘발유세를 싫어했으며, 공화당의 일치된 예산안 반대 때문에 유권자들이 이 예산안을 증세로만 본다고 말했다.

나는 투표를 한 시간도 남겨놓지 않은 상황에서 텍사스 주 아마릴로 출신의 빌 사팰리어스 하원의원과 이야기를 했다. 그는 5월에 예산안에 반대표를 던졌다. 그날 나와 네 번째 통화를 했을 때, 사팰리어스는 찬성표를 던지기로 결심했다고 말했다. 그의 유권자들 가운데는 세금이 많아지는 사람보다 적어지는 사람이 더 많을 것이고, 자원부 장관 헤이즐 오리어리가 그의 지역구에 있는 팬텍스 공장에 정부 일을 더 많이 주기로 약속했기 때문이다. 우리는 그런 약속을 많이 했다. 누군가 사람들이 제조 과정을 절대 보면 안 되는 것이 두 가지 있는데, 하나는 소시지이고 또 하나는 법이라고 말한 적이 있다. 실제로 그 과정은 추하고 불확실했다.

투표가 시작되었을 때도 나는 이길지 질지 알지 못했다. 미네소타의 시골 지역구 출신인 데이비드 민지가 반대표를 던지겠다고 말하고 나자, 결국 세 명의 표가 문제가 되었다. 몬태나의 팻 윌리엄스, 아칸소의 레이 손튼, 펜실베이니아의 마저리 마골리스-메츠빈스키였다. 나는 정말이지 마골리스-메츠빈스키가 우리에게 찬성표를 던지지 않기를 바랐다. 그녀는 세금이 줄어드는 유권자보다 늘어나는 유권자가 많은 지역구를 가진 극소수 민주당 의원 가운데 하나였다. 그리고 그녀는 선거운동 과정에서 증세에는 찬성표를 던지지 않겠다고 공약했다. 팻 윌리엄스에게도 어려운 투표였다. 그의 유권자의 경우에는 세금이 늘어나는 사람보다 줄어드는 사람이 훨씬 더 많았지만, 몬태나는 인구 밀도가 낮은 거대한 주로, 이곳 사람들은 장거리 운전을 자주 하기 때문에 휘발유세에 다른 주 사람들보다 훨씬 더 민감했다. 팻 윌리엄스는 통화침투설 경제학이 자신의 유권자들에게 끼친 해악을 개탄하는 훌륭한 정치가였으며 강인한 풀뿌리 민주주의자였다. 그는 그래도 찬성표를 던지고 살아남을 가능성이 있었다.

윌리엄스와 마골리스-메츠빈스키에 비하면 손튼은 편한 편이었다. 그는 아칸소 중부를 대표했는데, 그곳에는 세금이 줄어드는 사람들이 훨씬 더 많았다. 그는 인기도 좋았기 때문에, 손에 쥔 다이나마이트가 터져 의석에서 날아가버리는 일은 없을 터였다. 그는 나의 하원의원이었고, 이것은 나의 대통령직이 그의 손에 걸려 있다는 얘기였다. 게다가 그에게는 보호막도 많았다. 아칸소의 상원의원인 데이비드 프라이어와 데일 범퍼스는 모두 예산안의 강력한 지지자들이었다. 그러나 결국 손튼은 반대표를 던졌다. 그는 전에 한 번도 휘발유세에 찬성표를 던지지 않았기 때문에, 이제 와서 새삼 찬성표를 던질 생각이 없었다. 적자를 줄이기 위해서라도, 경제를 살리기 위해서라도, 나의 대통령직이나 마저리 마골리스-메츠빈스키의 의원직을 구하기 위해서라도 찬성표를 던질 생각이 없었던 것이다.

마침내 팻 윌리엄스와 마골리스-메츠빈스키는 통로를 따라 내려와 찬성표를 던졌다. 민주당 의원들은 그들의 용기에 환호했고, 공화당 의원들은 야유를 보냈다. 공화당은 특히 마골리스-메츠빈스키에게 잔인했다. 손을 저으며 '잘 가요, 마지'(마지는 마저리의 애칭—옮긴이주)를 노래하기도 했다. 그러나 그녀는 꼭 던지지 않아도 되었던 표를 던짐으로써 역사에서 명예로운 자리를 얻었다. 댄 로스텐코프스키는 너무 기뻐 눈물을 글썽거렸다. 백악관에 있던 나는 기뻐서 소리를 질렀다. 그리고 안도했다.

다음 날 드라마는 상원으로 옮겨갔다. 조지 미첼이 이끄는 지도부와 우리의 로비 덕분에, 우리는 지난 투표에서의 찬성표 가운데 데이비드 보런을 제외한 전원을 다시 얻었다. 데니스 드콘치니는 용감하게 자신의 약속을 지켰으나 결과는 미지수였다. 밥 케리가 아직 입장을 밝히지 않았기 때문이다. 케리는 금요일에 90분 동안 나를 만났고, 투표 한 시간 반쯤 전에 상원에서 발언권을 얻어 직접 나를 향해 말했다. "나는 대통령직을 흔들 수 있는 표를 던질 수도 없고 던져서도 안 됩니다." 그는 찬성표를 던지면서 내가 사회보장적 성격의 지출을 더 통제해야 한다고 말했다. 나는 그와 이 문제를 협의하겠다고 약속했다. 그는 그 말에 만족했고, 또 삭감을 위한 투표를 10월에 한 번 더 하자는 팀 페니의 제안을 내가 받아들인 것에도 만족했다.

케리의 찬성표로 50 대 50이 되었다. 그러자 6월 25일의 1차 투표 때와 마찬가지로 앨 고어가 상원 의장으로서 캐스팅보트를 던졌다. 투표 후 성명에서 나는 '변화를 찬성하는 표'를 던진 조지 미첼을 비롯한 모든 상원의원에게 감사했고, '승리를 위해 흔들림 없이 노력한' 앨 고어에게 감사했다. 그 뒤로 고어는 자신이 표를 던지면 늘 이긴다고 농담처럼 말했다.

나는 8월 10일 예산안에 서명했다. 이것으로 낮은 세금과 높은 수준의 지출로 성장이 이루어지고 그에 따라 예산 균형도 이루어질 것이라는 거의 종교적인 믿음과 지나치게 낙관적인 세입 추정치가 낳은 적자 때문에 국가 부채가 네 배로 늘어난 12년을 뒤집는 과정이 시작되었다. 기념식에서 나는 처음부터 끝까지 흔들리지 않고 지지해준, 그래서 언론에는 한 번도 언급되지 않은 상원의원과 하원의원들에게 특별히 감사했다. 국회의 양원에서 찬성표를 던진 의원들은 모두 자신의 소신에 따라 찬성을 한 것이지만, 그 표를 던진 사람들이 없었다면 우리는 오늘 이 자리에 없을 것이다. 나는 그렇게 이야기했다.

우리는 지난해 12월 리틀록의 식탁에서 처음으로 열띤 토론을 한 이후 먼 길을 왔다. 민주당원들은 스스로의 힘으로 깊이 뿌리박힌 비뚤어진 경제 이론을 합리적인 이론으로 교체했다. 우리의 새로운 경제 구상이 현실이 된 것이다.

안타깝게도 애초에 문제의 원인이 된 정책을 펼쳤던 공화당 의원들은 우리의 계획을 오로지 증세로 몰아붙이는 데 훌륭한 능력을 발휘했다. 대부분의 지출 삭감이 증세보다 늦게 시작되는 것은 사실이지만, 그것은 돌 상원의원이 제시한 대안적인 예산안에서도 마찬가지였다. 사실 돌의 예산안에서는 5년 예산의 마지막 두 해에 나보다 훨씬 더 높은 비율의 삭감을 제시하고 있었다. 국방비와 의료 지출을 줄이는 데는 시간이 걸린다. 그것은 단번에 깎아버릴 수 없다. 게다가 교육, 훈련, 연구, 기술, 환경에 대한 우리의 '미래' 투자는 1980년대에 감세, 국방비, 의료비용이 크게 늘면서 제자리걸음을 하여 이미 터무니없이 낮은 수준이었다. 나의 예산안은 그러한 경향을 역전시키기 시작했다.

예측할 수 있는 일이었지만, 공화당 의원들은 나의 경제계획으로 인해

하늘이 무너질 것이라고 말했다. 내 계획을 '일자리 살인범', '불황으로 가는 차표'라고 불렀다. 그들은 틀렸다. 미국의 공사채 시장을 염두에 둔 우리의 계획은 우리가 꿈꾸었던 것 이상으로 먹혀들어, 이자율은 낮아지고 주가는 솟구치고 경제는 호황을 구가했다. 로이드 벤슨이 예측한 대로, 가장 부유한 미국인들은 투자 소득으로 세금을 돌려받았을 뿐 아니라 그 이상을 벌게 되었다. 중산층도 주택저당 이자율이 낮아지고, 또 자동차 할부금, 학자금 대출, 신용카드 구매 대금의 이자 비용도 낮아지면서 휘발유세로 낸 돈의 몇 배 이상을 돌려받게 되었다. 소득이 낮은 노동자 가족은 바로 소득세 공제로 혜택을 보았다.

나중에 나는 나의 경제팀과 내가 경제정책을 만들 때 어떤 새롭고 멋진 구상을 했느냐는 질문을 자주 받았다. 나는 공사채 시장이나 적자 축소 전략을 복잡하게 설명하는 대신 늘 간단하게 한 마디로 대답을 했다. '산수.' 미국 국민은 10년 이상 연방정부가 그들이 애써 번 돈을 세금으로 집어삼키고 아무 일도 해주지 않는 탐욕스러운 괴물이라는 이야기를 들어왔다. 그런 말을 하면서 그 악한 짐승을 굶겨 죽이기 위해 세금을 삭감하려고 노력한다던 바로 그 정치가들은 선거만 다가오면 바로 방향을 틀어 딴 이야기를 한다. 유권자들은 돈을 내지 않아도 혜택을 볼 수 있고, 대규모 적자가 생기는 유일한 이유는 외국 원조, 복지제도, 가난한 사람들을 위한 지출(실제로는 예산의 아주 작은 부분이다)로 돈을 낭비하기 때문이라고 말하는 것이다. '저들'에 지출하는 것은 나쁘다, 그러나 '우리'를 위한 지출과 감세는 좋다, 그런 식이다. 재정 문제에서 보수적인 내 친구 데일 범퍼스 상원의원은 이렇게 말하곤 했다. "여러분이 나한테 1년에 2,000억 달러짜리 수표를 쓰게 해달라. 그러면 나도 여러분이 즐거운 시간을 보낼 수 있게 해주겠다."

우리는 예산에 다시 산수를 도입했고, 미국의 나쁜 습관 하나를 버렸다. 그 효과는 즉시 발생하기 시작했지만, 안타깝게도 국민은 시간이 좀 흘러야 그것을 느끼게 된다. 그동안 나의 동료인 민주당 의원들과 나는 국민의 금단 증상으로 인한 불평을 감당해야 했다. 사실 감사 인사를 기대할 수는 없는 노릇이었다. 원래 이가 썩어도 치과에는 가고 싶지 않은 것이 사람 마음이니까.

35

       예산안이 통과된 뒤 국회는 8월 휴회에 들어갔다. 나는 어서 가족과 함께 마사스 비니어드로 가서 2주간의 휴가를 보내고 싶은 마음이 간절했다. 버넌과 앤 조던 부부도 우리와 함께 오이스터 폰드 가장자리에 있는 로버트 맥너매러 소유의 오두막에서 함께 지내기로 했다.

    그러나 떠나기 전에 바쁜 일주일을 보내야 했다. 8월 11일에는 콜린 파월 후임으로 합동참모본부장에 육군 장군 존 샬리카슈빌리를 지명했다. 콜린의 임기가 9월 말에 끝나기 때문이었다. 모두 샬리라는 애칭으로 부르는 샬리카슈빌리는 징병으로 육군에 입대하여 나토와 유럽 주둔 미군 사령관의 지위에 오른 인물이었다. 그의 집안은 구소련에 속했던 그루지야 출신으로, 샬리카슈빌리 자신은 폴란드에서 태어났다. 러시아혁명 이전에 그의 할아버지는 차르 군대의 장군이었으며, 그의 아버지도 장교였다. 샬리카슈빌리가 16세 때 그의 가족은 일리노이 주 피오리어로 이주했으며, 그는 그곳에서 존 웨인 영화를 보면서 영어를 배웠다. 나는 샬리카슈빌리가 냉전 이후의 세계에서 우리 군대를 이끌기에 적당한 사람이라고 생각했다. 특히 보스니아 문제를 생각하자 그가 적임이라는 생각이 강해졌다.

    그달 중순 힐러리와 나는 세인트루이스로 가서 미시시피 강 홍수 구제 법안에 서명했다. 엄청난 홍수로 미시시피 강 상류의 물이 넘쳐 미네소타와 남북 다코타에서 미주리까지 물에 잠기는 사태가 벌어졌기 때문이다. 이 법안에 서명했을 때 나는 홍수 지역을 이미 세 번째 방문하는 중이었다. 농장과 사업체가 파괴되었고, 100년에 걸쳐 형성된 범람원 안에 있던 작은 타운 몇 개는 완전히 쓸려나갔다. 나는 그곳에 갈 때마다 그들을 돕기 위해 미국 전역으로부터 모여든 자원봉사자들의 수에 놀라곤 했다.

우리는 그곳에서 덴버로 가서, 미국을 방문한 교황 요한 바오로 2세를 영접했다. 나는 교황과 생산적인 회담을 했다. 그는 미국의 소말리아 작전을 지지하고, 보스니아에서 더 많은 일을 하고 싶다는 나의 희망에도 동의했다. 회담이 끝난 뒤 교황은 자비롭게도 백악관 참모진과 비밀검찰부 파견대 소속의 가톨릭 신자들을 만나주었다. 다음 날 나는 콜로라도 야생지 법에 서명을 했다. 이것은 나의 첫 주요한 환경 법안으로, 국립 야생지 보존 시스템을 이용하여 7억 평 이상의 국유림과 공유지를 보호하는 것이 목적이었다.

이어 나는 오클라호마 주 털사로 가서 미국주지사협회 회의에 참석하여 옛 동료들에게 의료제도 개혁에 대해 연설했다. 예산안의 잉크가 아직 마르지도 않았지만, 나는 의료제도 일을 시작하고 싶었고, 주지사들이 그 일에 도움이 될지도 모른다고 생각했다. 메디케이드, 주정부 직원들의 의료제도, 무보험자 의료비용이 늘어나면서 주 예산에 큰 부담을 주었기 때문이다.

나의 47번째 생일인 8월 19일에는 시카고의 빌 데일리를 북미자유무역협정을 위한 대책위원회 위원장에 임명한다고 발표했다. 6일 전 우리는 캐나다, 멕시코와 함께 북미자유무역협정의 노동과 환경 권리들에 대한 부속 협정 협상을 완료했다. 더불어 수입품 '홍수'로부터 우리 시장을 보호하는 협상도 마무리지었다. 이제 협상들이 정리되었기 때문에 북미자유무역협정을 국회에서 통과시키는 일만 남았다. 나는 빌 데일리가 그 일을 지휘하는 데 꼭 맞는 사람이라고 생각했다. 그는 시카고에서 가장 유명한 정치가 집안 출신의 민주당원 변호사였다. 그의 형은 시카고의 시장이었으며, 그전에는 그의 아버지가 시장이었다. 게다가 데일리는 노동계의 많은 지도자들과 관계가 좋았다. 북미자유무역협정은 예산안과는 매우 다른 싸움이 될 것 같았다. 민주당 의원들 다수는 북미자유무역협정을 지지했다. 따라서 우리는 미국노동총연맹산업별회의의 반대를 함께 넘어갈 민주당 의원들을 가능한 한 많이 찾아내야 했다.

데일리 임명을 발표한 뒤 나는 마침내 마사스 비니어드로 갔다. 그날 밤 조던 부부는 오랜 친구들과 새 친구들 몇 명을 불러 내 생일 파티를 열어주었다. 재키 케네디 오나시스가 모리스 템플스먼과 함께 와주었다. 빌과 로즈 스타인도 왔고, 「워싱턴 포스트」 발행인이자 내가 가장 존경하는 사람 가운데 하나인 캐서린 그레이엄도 왔다. 다음 날 우리는 재키와 모리스, 앤과 버넌, 테드와 비키 케네디, 에드와 캐럴린 케네디 슐로스버그와 함께 배를 타고 수영을 했다. 캐럴린과 첼시는 요트 높은 곳에 올라가 물로 뛰어내렸다. 그들은 힐러리에게도 한번 해보라고 했고, 테드와 나도 부추겼다. 오직 재키만 힐러리에게 위험한 일을 하지 말라고 말렸다. 힐러리는 평소대로 올바른 판단을 했다. 재키의 말을 들은 것이다.

나는 오이스터 폰드 근처에서 열흘을 보냈다. 힐러리, 첼시와 함께 게를 잡기도 하고, 호숫가와 대서양을 바라보며 해변을 걷기도 하고, 1년 내내 그 지역에 사는 사람들 몇몇과 사귀기도 하고, 책을 읽기도 했다.

시간이 너무 빨리 갔다. 우리는 워싱턴으로 돌아와 우선 첼시의 고등학교 입학을 준비했다. 힐러리는 의료제도 개혁 작업에 다시 몰두했다. 앨 고어는 전국수행평가를 통하여 처음으로 절약 권고안을 냈다. 우리는 새로 단장한 오벌 오피스도 구경했다. 기분 좋은 일터였다. 남쪽과 동쪽으로 높은 창문과 유리문이 있어 흐린 날에도 밝게 트인 느낌이었다. 밤이면 간접 조명이 둥근 천장에서 반사되어 전보다 더 밝은 느낌이면서도 편안했다. 이 사무실은 우아하면서도 매혹적이었다. 나는 혼자든 여럿이든 그곳에 있으면 늘 편했다. 아칸소 출신의 장식가 친구 카키 호커스미스가 새롭고 더 밝은 분위기를 내기 위해 노력했다는 것이 느껴졌다. 파란 테두리 장식이 달린 황금 커튼, 등받이가 높은 황금색 의자, 금색 바탕에 빨간 줄무늬가 있는 긴 의자, 아름다운 짙푸른색 카펫 등이 그런 느낌을 주기 위한 소품들이었다. 카펫 중앙에는 대통령 문장이 있었는데, 이것은 천장에 있는 문장과 똑같았다. 그렇게 꾸며놓자 사무실이 훨씬 더 마음에 들었다.

9월은 또 내 대통령 임기 가운데 가장 중요한 외교의 달이기도 했다. 9월 8일 보스니아의 이제트베고비치 대통령이 백악관에 왔다. 나토의 공습 위협으로 세르비아인은 무력 사용을 자제하게 되었고, 평화 회담이 다시 진행되고 있었다. 이제트베고비치는 보스니아 이슬람교도에게 공정하기만 하다면 평화적 해결에 찬성한다고 말했다. 그는 평화조약이 체결되면, 조약 이행을 확인하기 위해 미군을 포함한 나토 군대를 보스니아에 파견하겠다고 약속해주기를 바랐다. 나는 그렇게 하겠다는 의사를 재확인했다.

9월 9일, 이츠하크 라빈이 전화를 하여 이스라엘과 팔레스타인해방기구가 평화 합의에 이르렀다고 말했다. 이 합의는 오슬로에서 열린 비밀 회담을 통해 이루어졌는데, 나는 대통령직을 맡기 직전 그 회담에 대한 이야기를 들었다. 오슬로 회담은 두어 번 궤도에서 벗어날 위험이 있었지만, 그때마다 워런 크리스토퍼가 힘을 써서 탈선을 막을 수 있었다. 이 회담은 계속 비밀리에 열렸다. 그래서 협상자들은 매우 민감한 문제들도 솔직하게 이야기를 하여, 양쪽이 다 받아들일 수 있는 몇 가지 원칙에 합의할 수 있었다. 사실 우리가 할 일은 이제부터라고 할 수 있었다. 까다로운 쟁점들을 해결하는 매우 어려운 작업을 지원하고, 이행 조건들을 다듬고, 협정에 드는 비용을 충당할 돈을 모으는 일 등이었다. 이제 이스라엘의 안보를 강화하는 데 들던 돈이 경제 발전, 난민 재배치, 팔레스타인 사람들에 대한 배상에 들어가야 했다. 이미 여러 나라가 자금 지원에 대한 고무적인 신호를 보내왔다. 사우디아라비아의 파드 왕은 야세르 아라파트가 걸프전쟁에서 이라크를 지지한 것 때문에 화가 풀리지 않았지만, 그래도 평화과정을 지원하겠다고 했다.

우리는 여전히 포괄적인 해결로부터는 멀리 떨어져 있었지만, 그래도 원칙 선언은 대단한 발전이었다. 9월 10일, 나는 이스라엘과 팔레스타인의 지도자들이 13일 월요일에 백악관 사우스론에서 협정에 서명할 것이며, 팔레스타인해방기구가 폭력을 포기하고 이스라엘의 존재 권리를 인정했기 때문에, 미국은 그들과 대화를 계속할 것이라고 발표했다. 조인 이틀 전, 언론은 나에게 아라파트가 백악관에 올 것이냐고 물었다. 나는 조인식에 누가 대표로 올지는 직접 관련된 당사자들이 결정할 문제라고 대답했다. 사실 나는 라빈과 아라파트가 참석하기를 바랐으며, 실제로 그들에게 그렇게 권하기도 했다. 그렇게 하지 않는다면 그 지역의 누구도 그들이 그 원칙을 이행할 것이라고 믿지 않을 것이다. 반대로 만일 그렇게 한다면 전 세계 10억의 사람들이 텔레비전으로 그들을 지켜볼 것이고, 그들 역시 백악관을 떠날 때는 평화에 대한 의지가 더 강해져 있을 것이다. 그런 내용으로 그들을 설득했다. 아라파트가 오겠다고 하자, 나는 다시 라빈에게 와달라고 요청했다. 라빈은 받아들였지만, 여전히 이 문제로 신경이 날카로운 것 같았다.

지금은 두 지도자가 백악관에 오겠다고 결정을 내리는 것이 그렇게 어렵지 않은 일로 보일지도 모른다. 그러나 당시에 그것은 라빈과 아라파트 모두에게 도박이었다. 자국민이 어떤 반응을 보일지 알 수가 없었기 때문이다. 설사 그들의 유권자 다수가 그들을 지지한다 해도, 양쪽의 극단주의자들은 '원칙 선언'이 근본적인 문제에서 타협한 것이라고 격분할 수 있었다. 라빈과 아라파트가 백악관에 와서 연설을 하겠다고 합의한 것은 그들의 비전과 배짱을 보여주는 결정이었다. 협정서에는 오슬로 협상에 깊이 관여했던 양국 외무장관 시몬 페레스와 마무드 압바스(아부 마젠이라고 더 잘 알려져 있었다)가 서명을 하기로 했다. 크리스토퍼 장관과 러시아의 외무장관 안드레이 코지레프도 증인으로 조인식에 참가하기로 했다.

13일 아침, 백악관은 긴장과 흥분으로 공기가 팽팽해진 느낌이었다. 우리는 이 행사에 2,500명 이상을 초대했는데, 그것 때문에 조지 스테파노풀로스와 람 에마누엘이 고생을 좀 했다. 나는 람이 이 일을 하는 것에 특히 기분이 좋았다. 그는 이스라엘군에서 복무한 경험이 있었기 때문이다. 조인식에는 이집트와 이스라엘 사이의 캠프 데이비드 협정을 이끌어냈던 카터 전 대통령도 참석할 예정이었다. 1991년 마드리드에서 이스라엘, 팔레스타인, 기타 아랍 국가들이 참석하는 회의를 고르바초프와 함께 주최했던 부시 전 대통령도 참석할 예정이었다. 포드 전 대통령도 초대했지만, 저녁의 기념 만찬에만 참석할 수 있다고 했다. 지난 20년간 평화를 위해 일해온 모든 국무장관과 국가안보보좌관들도 초대했다. 첼시는 고어의 자녀들과 함께 오전 수업은 빠지기로 했다. 그 아이들도 놓치고 싶지 않은 행사였기 때문이다.

전날 밤 나는 10시에 잠자리에 들어(나로서는 이른 시간이었다) 새벽 3시에 잠을 깼다. 다시 잠이 오지 않아 『성경』을 들고 「여호수아」를 다 읽었다. 나는 거기에서 영감을 받아 연설문을 약간 수정하고, 여호수아가 여리고 성을 무너뜨릴 때 사용했던 나팔을 연상시키는 황금 나팔 문양이 있는 파란색 타이를 매기로 했다. 이번에는 이 나팔이 여리고를 팔레스타인 사람들에게 돌려주는 나팔, 평화의 도래를 알리는 나팔이 될 터였다.

아침에는 작은 소동이 두 번 일어났다. 나는 아라파트가 그의 트레이드마크가 된 복장, 즉 카피에(아랍인이 머리에 쓰는 두건—옮긴이주)와 황록색 군복 차림으로 나타날 생각이며, 거기에 그가 종종 허리에 차는 리볼버까지 차고 싶어 한다는 이야기를 듣고 깜짝 놀랐다. 나는 총은 가지고 올 수 없다는 말을 전했다. 당신은 평화를 이루기 위해 이곳에 오는 것이다, 총은 그릇된 메시지를 전할 수도 있으며, 총이 없어도 당신은 안전할 것이라는 내용이었다. 결국 그는 무장하지 않고 오기로 동의했다. 팔레스타인 사람들은 협정문에 자신들이 팔레스타인해방기구가 아니라 '팔레스타인 대표'라고 표현된 것을 보고 깜짝 놀랐다. 이 문제에서는 결국 이스라엘이 팔레스타인해방기구라는 이름을 사용하는 데 동의했다.

다음은 라빈과 아라파트가 악수를 하는 문제였다. 나는 아라파트가 그렇게 하고 싶어 한다는 것을 알았다. 워싱턴에 도착하기 전 라빈은 '꼭 필요하다면' 악수를 하겠지만, 하고 싶지는 않다고 말했다. 그가 백악관에 도착했을 때 나는 그 문제를 이야기했다. 라빈은 확언을 피하면서, 자신이 아라파트 때문에 얼마나 많은 이스라엘 젊은이들을 땅에 묻었는지 모른다고 말했다. 나는 라빈에게 진정으로 화해를 원한다면 그것을 증명하기 위해 아라파트와 악수를 해야 한다고 말했다. "전 세계가 보고 있습니다. 그들은 두 사람이 악수하는 것을 보고 싶어 할 겁니다." 라빈은 한숨을 쉬더니, 염세적인 낮은 목소리로 말했다. "어차피 화해는 적하고 하는 것이니까." "그럼 하시는 겁니까?" 내가 물었다. 그는 거의 소리를 지르다시피 했다. "좋소. 좋소. 하지만 입맞춤은 없소." 전통적인 아랍 인사는 뺨에 입을 맞추는 것이었는데, 라빈은 그것만은 절대 못하겠다고 했다.

나는 아라파트가 뛰어난 흥행사이기 때문에, 악수 뒤에 라빈에게 입을 맞추려 할지도 모른다고 생각했다. 우리는 내가 먼저 두 사람과 악수를 한 다음, 내가 뒤로 빠지면서 두 사람이 서로 다가서서 악수를 하게 하기로 결정했다. 나는 아라파트가 나에게 입을 맞추지 않으면, 라빈에게도 입을 맞추려 하지 않을 것이라고 확신하고 오벌 오피스에 서서 힐러리, 조지 스테파노풀로스, 토니 레이크, 마틴 인딕과 의논을 했다. 레이크는 아라파트와 악수를 하면서 입맞춤을 피할 방법이 있다고 말했다. 그는 그 방법을 직접 묘사했고, 우리는 연습을 해보았다. 내가 아라파트 역을 맡고 레이크가 내 역을 맡아 나에게 방법을 알려주었다. 나는 그의 손을 잡고 입을 맞추기 위해 몸을 앞으로 움직였다. 그러자 그가 왼손으로 내 오른쪽 팔오금 근처를 잡더니 꽉 눌렀다. 나는 그 자리에 멈추어 서고 말았다. 이어 우리는 역할을 바꾸어, 이번에는 내가 레이크한테 그렇게 해보았다. 몇 번 더 연습을 해보자, 이만하면 라빈의 뺨이 안전하겠다는 확신이 들었다. 우리는 모두 웃음을 터뜨렸지만, 나는 입맞춤을 피하는 것이 라빈에게는 몹시 중요한 일이라는 것을 알고 있었다.

기념식 직전 3국 대표단 모두가 커다란 오벌 블루 룸에 모였다. 이스라엘과 팔레스타인은 여전히 공개적인 자리에서는 서로 말을 하지 않았기 때문에, 미국인들이 방 가장자리를 돌며 두 집단 사이를 오갔다. 천천히 움직이는 회전목마를 타고 어색해하는 아이들 같았다.

다행히도 오래지 않아 우리는 아래층으로 내려가 조인식을 시작하게 되었다. 신호에 따라 모두 방을 나가고, 잠시 아라파트, 라빈, 나만 남게 되었다. 아라파트는 라빈에게 인사를 하며 손을 내밀었다. 라빈은 단단히 뒷짐을 지고 무뚝뚝하게 말했다. "밖에서." 아라파트는 그냥 웃으며, 이해했다는 뜻으로 고개를 끄덕였다. 그러자 라빈이 말했다. "알겠지만, 이 일을 성사시키려면 우리는 아주 열심히 노력해야 합니다." 아라파트가 대답했다. "압니다. 나는 내 역할을 할 준비가 되어 있습니다."

우리는 늦여름의 환한 햇빛 속으로 나갔다. 기념식이 시작되자 내가 먼저 간단하게 환영 인사를 하고, '용감한 자들의 평화'를 이루려는 양측 지도자들의 노력에 대하여 감사, 지지, 격려의 말을 했다. 그 다음에 페레스와 압바스가 간단한 연설을 한 다음, 협정에 서명하기 위해 자리에 앉았다. 워런 크리스토퍼와 안드레이 코지레프가 증인으로 참석했고, 라빈, 아라파트 그리고 나는 오른쪽 뒤에 서 있었다. 서명이 끝나자 모든 사람의 시선이 지도자들에게로 쏠렸다. 아라파트는 내 왼쪽에, 라빈은 오른쪽에 서 있었다. 나는 아라파트와 악수를 한 다음 연습한 대로 블로킹 작전을 펼쳤다. 이어 몸을 돌려 라빈과 악수를 했다. 그리고 뒤로 물러나며 두 팔을 벌려 두 사람이 다가서도록 유도했다. 아라파트는 여전히 머뭇거리는 라빈을 향해 손을 들어올렸다. 라빈이 손을 내밀자 사람들은 숨이 막히는 듯한 소리를 내더니 곧이어 우렁차게 환호했다. 결국 두 사람은 입맞춤 없이 악수를 했다. 전 세계가 환호했다. 폭력을 선동하는 중동의 반대자들, 우리가 이스라엘의 안보를 위험에 빠뜨린다고 주장하는 백악관 앞의 시위자들만이 예외였다.

악수 뒤에 크리스토퍼와 코지레프가 짧은 연설을 했다. 이어 라빈이 마이크 앞으로 움직였다. 그는 구약의 예언자 같은 태도로 팔레스타인 사람들을 겨냥하여 영어로 말했다. "우리는 같은 땅, 같은 흙 위에서 함께 살 운명입니다. 우리는, 피가 묻은 채 전장에서 돌아온 병사들은…… 오늘 여러분에게 크고 분명한 목소리로 말합니다. 피와 눈물은 그만. 그만!…… 우리도 여러분과 마찬가지로 사람들입니다. 집을 짓고 싶어 하고, 나무를 심고 싶어 하고, 사랑하고 싶어 하고, 인간으로서 자유로운 사람으로서 위엄 있게 또 화목하게 여러분과 더불어 살고 싶어 하는 사람들입니다." 이어 기독교인들은 '전도서'라고 부르는 '코헬레트'의 한 구절을 인용하며 말했다. "천하의 범사가 기한이 있고 모든 목적이 이룰 때가 있나니, 날 때가 있고 죽을 때가 있으며…… 죽일 때가 있고 치료해줄 때가 있으며…… 전쟁할 때가 있고 평화할 때가 있느니라. 이제 평화할 때가 왔습니다." 웅장한 연설이었다. 그는 적에게 손을 뻗기 위해 그 구절을 인용한 것이다.

아라파트는 자기 차례가 오자 라빈과는 다른 방법을 사용했다. 그는 이미 웃음을 짓고, 우호적인 몸짓을 보이고, 열심히 악수를 하여 이스라엘인에게 손을 내밀고 있었다. 이제 그는 노래하듯 박자에 맞추어 자신의 국민에게 아랍어로 이야기를 했다. 그는 평화과정에 대한 그들의 희망을 다시 이야기하고, 그들의 요구의 정당성을 다시 강조했다. 그는 라빈과 마찬가지로 평화를 촉구했지만 거기에는 날이 서 있었다. "우리 민족은 자결의 권리를 행사하는 것이 이웃의 권리를 침해하거나 그들의 안전을 침해한다고 생각하지 않습니다. 오히려 부당한 대우를 받았다는 느낌, 역사적인 불의의 피해자라는 느낌에 종지부를 찍는 것이 우리 두 민족과 미래 세대들에게 공존과 개방을 보장하는 가장 강력한 수단입니다."

아라파트는 이스라엘 사람들에게 말을 할 때는 관대한 몸짓을 보여주고, 고국에서 의심하는 사람들을 안심시킬 때는 강한 말을 선택했다. 라빈은 거꾸로 했다. 그는 팔레스타인 사람들에게 말을 할 때는 진심에서 우러나오는 정성 어린 태도를 보였고, 이스라엘에서 의심하는 사람들을 안심시킬 때는 제스처를 사용했다. 아라파트는 연설을 하는 동안 불안하고 회의적으로 보였다. 너무 불안해 보여서 자기변명을 하고 싶어 안달인 사람 같다는 인상을 주었다. 그들의 서로 다른 전술을 한꺼번에 보게 되자 둘 사이에 매혹적인 대조가 이루어지면서 많은 것을 미루어 짐작할 수 있었다. 나는 앞으로 협상할 일을 염두에 두고 그들의 특징을 머리에 새겨두었다. 그러나 걱정할 필요가 없었다. 오래지 않아 라빈과 아라파트는 놀라운 협력 관계를 이룩했다. 이것은 아라파트가 라빈을 존중했다는 증거이며, 라빈이 아라파트의 정신이 움직이는 방식을 이해하는 초인적인 능력을 가졌다는 증거다.

나는 기념식을 마치면서 아브라함의 두 아들 이삭과 이스마엘의 후손들에게 "샬롬, 살람, 평화"(앞의 두 말은 유대어와 아랍어로 평화라는 뜻—옮긴이주)라고 인사하면서, 그들이 '평화를 중재하는 자'로 나서 달라고 촉구했다. 나는 행사 뒤에 아라파트와 잠깐 회담을 하고, 라빈과 비공개로 점심식사를 했다. 라빈은 오랜 비행과 행사로 인한 흥분 때문에 지쳐 있었다. 이 행사는 그의 다사다난했던 삶의 중요한 전환점이었다. 그는 거의 평생을 군복을 입고 지냈으며, 아라파트를 포함한 이스라엘의 적들과 싸웠다. 나는 그에게 무슨 계기로 오슬로 회담과 그 합의를 지지하기로 결정했느냐고 물었다. 그는 이스라엘이 1967년 이후 점령한 땅이 이제는 안보에 불필요할 뿐 아니라, 오히려 불안의 원인이 된다는 사실을 깨닫게 되었다고 설명했다. 그의 설명은 이랬다.

몇 년 전에 발발한 인티파다(팔레스타인 사람들의 봉기—옮긴이주)는 성난 사람들로 가득한 점령 지역이 이스라엘을 더 안전한 나라로 만들어주는 것이 아니라, 내부의 공격에 더 취약한 나라로 만든다는 것을 보여주었다. 그 후 걸프전쟁에서 이라크가 이스라엘에 스커드 미사일을 쏘았을 때, 그 땅이 외부의 현대 무기 공격을 막을 수 있는 안보의 완충지대가 아니라는 것도 깨달았다. 마지막으로, 만일 이스라엘이 서안지구를 영원히 확보하려면, 1967년 이전에 국경 내에 살았던 사람들에게 그랬던 것처럼 그곳의 아랍인들에게도 이스라엘 선거에서 투표할 권리를 줄 것인지 결정해야 한다. 만일 팔레스타인 사람들에게 투표권을 준다면, 그들의 출생률이 더 높은 점을 감안할 때, 몇 십 년 뒤면 이스라엘은 유대인의 나라라고 할 수 없는 상태에 이르게 된다. 그렇다고 투표권을 거부하면, 이스라엘은 민주주의 국가가 아니라 아파르트헤이트 국가가 된다. 따라서 이스라엘은 그 영토를 포기해야 한다고 결론을 내렸다. 그러나 그 과정에서 진정한 평화를 이룩하고, 시리아를 포함한 이웃들과 정상적인 관계를 수립해야 한다.

이어 라빈은 팔레스타인과의 관계가 회복되면 시리아의 대통령 하페즈 알-아사드와 협상을 할 수 있을 것이라고 말했다. 나 역시 아사드와 나눈 대화에 비추어볼 때 그것이 가능하다고 생각했다.

시간이 지나면서 이스라엘에게 있어서 서안지구의 의미에 대한 라빈의 분석은 평화를 지지하는 이스라엘인들 사이에 널리 받아들여지게 되었다. 그러나 1993년 당시에 그것은 새롭고, 통찰과 용기가 담긴 분석이었다. 나는 1992년에 라빈을 만나기 전부터 그를 존경했지만, 그날 그가 기념식에서 말하는 모습을 보고 평화에 대한 그의 주장을 들으면서, 그의 지도력과 위대한 정신을 다시 확인했다. 나는 그와 같은 사람을 만난 적이 없었다. 나는 그가 평화의 꿈을 이루는 것을 돕기로 결심했다.

점심식사 후 라빈과 이스라엘 대표단은 유대인의 가장 거룩한 축일을 지키고, 이스라엘 의회인 크네세트에 협정을 설명하기 위해 고국으로 돌아 갔다. 라빈은 가는 길에 모로코에 들러 오래전부터 이스라엘에 온건한 태도를 취해온 하산 왕에게 협정 내용을 전해주었다.

그날 밤 힐러리와 나는 25쌍 정도를 초대하여 기념 만찬을 열었다. 이 자리에는 카터 대통령 부부, 포드 대통령 부부, 부시 대통령, 살아 있는 국무장관 9명 가운데 6명, 민주당과 공화당의 의회 지도자들이 참석했다. 전직 대통령들은 중동 평화의 돌파구가 열린 것을 축하하는 동시에, 다음 날로 예정된 북미자유무역협정을 위한 캠페인의 공식 출범을 거들기 위해 와주었다. 나는 저녁에 전직 대통령들을 모두 관저의 내 사무실로 안내했다. 그곳에서 우리는 네 명의 대통령이 백악관에서 저녁을 함께 먹는, 미국 역사상 드문 일을 기념하기 위해 사진을 찍었다. 저녁식사 후 카터 부부와 부시는 자고 가라는 우리 초대를 받아들였다. 포드 부부는 사양했는데, 거기에는 그럴 만한 이유가 있었다. 그들은 워싱턴 호텔에 방을 예약해놓았는데, 그곳은 그들이 결혼해서 첫날밤을 보낸 곳이었다.

다음 날에도 우리는 평화의 분위기를 계속 몰고 나갔다. 이스라엘과 요르단의 외교관들은 최종적인 평화에 더 가까이 다가서는 협정에 서명을 했다. 유대계와 아랍계 미국인 사업가 수백 명은 국무부에 모여, 안정된 경제발전이 이루어질 만큼 평화로운 환경이 조성되면 팔레스타인 투자를 위해 함께 노력하겠다고 다짐했다.

한편 전직 대통령들은 나와 함께 백악관 이스트 룸에서 열린 북미자유무역협정의 부속협정 조인식에 참석했다. 나는 북미자유무역협정이 미국, 캐나다, 멕시코 경제에 도움이 될 것이며, 거의 4억 명에 이르는 거대한 시장을 창출할 것이라고 말했다. 또 이 협정이 통과되지 않으면 멕시코의 저임금 노동력과의 경쟁으로 인한 일자리 손실이 줄어드는 것이 아니라 더 늘어날 것이라고 말했다. 마지막으로, 멕시코의 관세가 우리보다 두 배 반 높기는 하지만, 멕시코는 캐나다 다음으로 미국 생산품을 많이 구매하는 나라라고 말했다. 따라서 관세의 단계적 제거는 우리에게 이익이 된다는 뜻이었다.

이어 포드, 카터, 부시 등 전 대통령들이 북미자유무역협정을 지지하는 연설을 했다. 모두 훌륭한 연설이었지만, 내가 듣기에 부시의 연설이 가장 강력하고, 너그럽고, 재치가 넘쳤던 것 같다. 그는 나의 연설을 칭찬하면서 이렇게 말했다. "이제 왜 클린턴 대통령이 안에서 밖을 보고, 나는 밖에서 안을 보게 되었는지 이해하겠습니다." 전직 대통령들은 북미자유무역협정 캠페인에 초당파적인 진지함을 보여주었다. 사실 우리는 얻을 수 있는 모든 도움을 얻어야 했다. 자유주의적인 민주당 의원들과 보수적인 공화당 의원들이 유례 없이 힘을 모아 북미자유무역협정을 반대했기 때문이다. 그들은 멕시코와 좀더 개방적인 관계를 맺을 경우 미국만 좋은 일자리들을 잃을 뿐 일반 멕시코인에게는 도움이 안 될 것이라고 걱정했다. 그들은 멕시코의 고용주들이 미국과의 무역에서 아무리 돈을 많이 번다 하더라도, 보통 멕시코인은 계속 저임금에 시달리며 과로하게 될 것이라고 생각했다. 나도 멕시코와 관련된 지적에 대해서는 그들의 말이 맞을지도 모른다고 생각했다. 그러나 북미자유무역협정은 멕시코나 남미 관계만이 아니라, 좀더 통합되고 협력적인 세계를 건설하기 위한 노력에 필수적이었다.

의료제도 개혁에 대한 투표는 다음 해에야 이루어질 것이 분명했지만, 그래도 우리는 국회에 법안을 제출해놓아야 했다. 그래야 입법 절차가 시작될 수 있었기 때문이다. 처음에 우리는 제안의 개요를 해당 위원회에 보내 그들이 법안을 작성하게 할 생각이었다. 그러나 딕 게파트를 비롯한 의원들은 우리가 구체적인 법안을 쓰면 성공 가능성이 더 높아질 것이라고 주장했다. 나는 캐비닛 룸에서 의회 지도자들을 만난 뒤, 밥 돌에게 함께 법안을 작성하자고 제안했다. 내가 그렇게 한 것은 돌과 그의 간호사 출신의 인상적인 비서실장 실러 버크가 진정으로 의료제도에 관심을 가지고 있었기 때문이다. 게다가 그의 마음에 들지 않는 법안을 제출할 경우, 그는 의사진행 방해를 통해 그것을 끝까지 막을 수 있었다. 그러나 돌은 공동 제안문 작성을 거부하면서, 내가 법안을 내고 나중에 타협을 보면 된다고 말했다. 그는 진심으로 그렇게 말했겠지만, 결국 일은 그렇게 풀리지 않았다.

나는 9월 22일 양원 합동회의 때 의료제도 계획을 제출할 생각이었으며 낙관하고 있었다. 그날 아침에는 국가봉사 프로그램인 아메리코AmeriCorps(미국봉사단-옮긴이주)를 만드는 법안에 서명했다. 그것은 내가 개인적으로 가장 중요하게 생각하는 일 가운데 하나였다. 나는 그 법안이 국회를 통과하도록 이끈 엘리 시걸을 아메리코의 첫 단장으로 임명했다. 백악관 뒤쪽 잔디밭에서 열린 서명식에는 그해 여름에 공동체 봉사를 해달라는 나의 요청에 호응한 젊은 사람들도 참석했다. 미국의 풍경에 뚜렷한 자취를 남긴, 프랭클린 루스벨트의 시민자원보존단에 참여했던 두 노인과, 평화봉사단의 첫 단장 사전트 슈리버도 참석했다. 슈리버는 사려 깊게도 32년 전 케네디 대통령이 평화봉사단 법안에 서명할 때 사용했던 펜들 가운데 하나를 빌려주었고, 나는 그 펜을 이용해 아메리코를 탄생시켰다. 이후 5년 동안 20만 명에 가까운 젊은 미국인들이 아메리코에 가입했다. 40년 역사를 가진 평화봉사단에서 봉사했던 젊은이들보다 더 많은 수였다.

9월 22일 저녁, 나는 하원의 통로를 걸어가며 자신감을 느꼈다. 올려다보니 힐러리가 미국에서 가장 유명한 의사 두 사람과 함께 방청석에 앉아 있었다. 한 사람은 소아과 의사이자 그녀의 오랜 친구인 T. 베리 브래즐턴이었고, 또 한 사람은 레이건 대통령 시절에 공중위생국 국장으로 일했던 C. 에버릿 쿠프였다. 닥터 쿠프는 그 자리에 있을 때 에이즈와 그 확산을 막는 일의 중요성을 강조하고 국민을 교육했다. 브래즐턴과 쿠프는 둘 다 의료제도 개혁의 옹호자로, 우리 노력의 신뢰도를 높이기 위해 그 자리에 앉아 있었다.

그러나 연설을 시작하기 위해 텔레비전용 프롬프터 기계를 보는 순간 자신감이 사라졌다. 그곳에는 내 연설문이 없었다. 대신 2월에 경제계획과 관련하여 국회에서 했던 연설문의 서두가 보였다. 그 예산이 통과된 지는 이미 한 달이 넘었다. 국회가 그 연설을 다시 들을 필요는 없었다. 나는 관례대로 내 뒤에 앉아 있던 앨 고어를 돌아보고, 그런 문제가 있으니 조지 스테파노풀로스에게 이야기해달라고 부탁했다. 그리고 연설을 시작했다. 나한테도 연설문 사본이 한 부 있었지만, 그것과 관계없이 내가 하고 싶은 말을 알고 있었기 때문에 별로 걱정은 하지 않았다. 물론 현안과 아무런 관계 없는 말들이 프롬프터에 지나가는 것 때문에 약간 정신이 산만해지기는 했다. 7분 표시가 나오면서 마침내 제대로 된 연설문이 나타났다. 당시에 사람들은 눈치를 못 챘겠지만, 나로서는 목발을 돌려받은 셈이었기 때문에 다소 안심이 되었다.

나는 가능한 한 간결하고 직접적으로, 현재의 체계는 비용이 너무 많이 들어가는 반면 보장해주는 사람의 수는 너무 적다고 문제를 설명하고, 우리 계획의 기본 원칙들을 소개했다. 그것은 안정, 단순, 절약, 선택, 품질, 책임 이었다.

모든 국민이 병이 들거나 직업을 바꿔도 개인 보험회사를 통하여 아무런 문제없이 항시적으로 보장을 받게 된다. 동일한 최저급부안을 사용하기 때문에 서류작업이 훨씬 줄어든다. 현재 다른 부유한 국가들의 경우보다 상당히 높은 행정 경비를 낮추어 많은 절약을 할 수 있으며, 사기나 악용을 단속할 수 있다. 닥터 쿠프에 따르면 그럴 경우 100억 달러는 절약할 수 있었다. 또 우리 계획에 따르면 미국인들은 자신의 의료제도를 선택하고 자신의 주치의를 가질 수 있다. (현재 많은 미국인들이 이런 선택을 하지 못하고 있다. 그들의 보험은 건강관리기관들이 담당했는데, 그들은 환자의 선택권을 제한하며, 값비싼 치료를 승인하기 전에는 광범위하게 검토하여 비용을 줄이려 한다.) 또한 의료제도 계획들에 대한 보고서를 소비자들에게 발급함으로써 품질을 보장하며, 의사에게도 더 많은 정보를 제공한다. 근거 없이 보험금 지급을 거부하는 의료보험회사, 청구서를 부풀리는 공급자, 과도한 요금을 청구하는 약품회사, 가짜 소송을 제기하는 변호사, 무책임한 선택으로 자신의 건강을 악화시키고 다른 사람들의 비용을 늘리는 시민에 대해서는 전부 책임을 묻게 될 것이다.

나는 모든 고용주들이 건강보험을 제공할 것을 제안했다. 75퍼센트는 이미 시행하고 있었다. 달리 보험을 제공할 수 없는 소규모 업체에는 할인을 해주자고 했다. 나는 담배세의 증액으로 지원금을 충당할 예정이었다. 자영업자들은 세금 부과 소득에서 건강보험료 비용을 공제해줄 생각이었다.

내가 제안한 시스템이 채택되었다면, 의료비용의 팽창을 줄이고, 건강보험료 부담을 더 공정하게 분담할 수 있었을 것이다. 건강보험이 없는 수백만의 미국인들에게 보험을 제공할 수 있었을 것이며, 또 내가 개인적으로 접했던 끔찍한 불의의 사례들도 사라지게 되었을 것이다. 어떤 여자는 연봉 5만 달러의 일자리를 포기해야 했다. 그녀는 자녀 여섯을 길렀는데, 막내가 너무 아파 건강보험을 유지할 수가 없었다. 그 아이의 건강을 돌보는 유일한 방법은 생활보호대상자가 되어 메디케이드를 받는 것뿐이었다. 어떤 젊은 부부는 아이가 아픈데, 건강보험은 부모 가운데 한 사람의 고용주로부터 나왔다. 이 고용주는 20명의 직원을 거느린 작은 비영리 법인을 운영했다. 이 아이의 치료에 너무 많은 돈이 들어가는 바람에, 고용주는 보험회사로부터 병든 자식을 둔 직원을 해고하든지 아니면 다른 모든 직원의 보험료를 200달러 올리든지 하라는 통고를 받았다. 그러한 사례들을 들으면서 나는 미국이 이보다는 잘할 수 있다고 생각했다.

힐러리, 아이라 매거지너, 주디 페더와 그들을 도운 많은 사람들은 적자를 줄이면서도 현실적으로 실행 가능한 계획을 짰다. 나중에 이야기된 것과는 달리, 의료 전문가들은 일반적으로 이 계획이 온건하고 현실성이 있다고 찬사를 보냈다. 우리는 물론 비판자들이 공격하는 것처럼 정부에 의료체계를 전부 떠안길 생각은 없었다. 그러나 이것은 한참 뒤의 이야기다. 9월 22일 밤에 나는 그저 프롬프터가 제대로 작동하는 것이 기뻤을 따름이다.

9월 말에 러시아가 다시 머리기사로 등장했다. 강경파 의원들이 옐친을 해임하려 했기 때문이다. 옐친은 이에 대응하여 의회를 해산하고, 12월 12일에 선거를 하기로 했다. 우리는 이런 위기를 맞아 러시아 원조 계획에 대한 지지를 더 확보했다. 이 원조안은 9월 29일에 하원을 321 대 108, 9월 30일에 상원을 87 대 11로 통과했다.

10월 3일 일요일, 옐친과 두마에 있는 그의 반동적인 정적들 사이의 갈등이 모스크바 거리의 전투로 폭발했다. 망치와 낫이 그려진 깃발과 스탈린 초상을 든 무장 집단은 러시아 텔레비전 방송국들이 입주한 건물에 로켓 추진식 소화탄을 발사했다. 바츨라프 하벨을 포함한 구공산주의 국가들의 개혁적 지도자들은 옐친을 지지하는 성명을 냈다. 나도 마찬가지였다. 나는 기자들에게 옐친의 정적들이 폭력을 사용하기 시작한 것이 분명하고 옐친은 과도한 폭력을 사용하는 것을 피하기 위해 '뒤로 허리를 굽혔으며', 미국은 옐친을 지지하고 자유롭고 공정한 국회의원 선거를 치르고자 하는 그의 계획도 지지할 것이라고 말했다. 다음 날 러시아 군대는 국회 건물을 포격하고 안으로 공격해 들어가겠다고 위협했다. 결국 반란 지도부는 항복했다. 나는 공군1호기를 타고 캘리포니아로 가다가 옐친에게 지지 메시지를 보냈다.

모스크바 거리의 싸움은 그날 밤 세계의 톱뉴스가 되었다. 그러나 미국의 톱뉴스는 '블랙호크 추락'이라는 말을 유명하게 만든 다른 사건이었다. 이 시기는 나의 대통령 임기에서 가장 어두웠던 날들 가운데 하나로 꼽을 수 있다.

소말리아의 잔혹한 내전에서 35만 명 이상이 사망하고 기근과 질병까지 창궐한 뒤인 1992년 12월 부시 대통령은 유엔을 지원하기 위해 소말리아에 미군을 파병했고, 나도 그것을 지지했다. 당시 부시의 국가안보보좌관 브렌트 스코크러프트 장군은 샌디 버거에게 내 취임식 이전에는 철군할 것이라고 말했다. 그러나 일은 그의 말대로 풀리지 않았다. 소말리아에는 제대로 기능을 하는 정부가 없었으며, 따라서 미군이 철군하면 무장 괴한들은 유엔이 제공하는 물자를 훔치고, 그 결과 다시 기아가 닥칠 것이 뻔했기 때문이다. 그 후 몇 달 동안 유엔은 약 2만 명의 군대를 파병했으며, 우리는 미군 숫자를 2만 5,000명에서 4,000명 정도로 줄였다. 7개월이 지나자 농작물이 자라기 시작했고 기아는 끝이 났다. 난민은 돌아오기 시작했다. 학교와 병원은 다시 문을 열었고, 경찰이 만들어졌다. 많은 소말리아인이 화해에 참여했고, 민주주의를 향해 나아가기 시작했다.

그러나 6월에 소말리아 군벌 모하마드 아이디드의 씨족이 파키스탄 평화유지군 24명을 살해했다. 아이디드의 무장 폭력배는 수도인 모가디슈의 상당 부분을 통제하고 있었는데, 화해 과정을 못마땅해 했고 소말리아 전체를 통제하고 싶어 했다. 아이디드는 그렇게 하려면 유엔을 쫓아내야 한다고 생각했다. 파키스탄 평화유지군이 살해당한 뒤 유엔 사무총장 부트로스 부트로스-갈리와 소말리아에 나가 있던 그의 대리인인 퇴역 미군 제독 조나단 하우는 아이디드를 체포하기로 결심했다. 그를 재판에 회부하지 않는 한 유엔의 임무는 성공할 수 없다고 생각했기 때문이다. 아이디드는 중무장한 부대의 보호를 받고 있었기 때문에 유엔은 그를 체포할 수 없어 미국에 지원을 요청했다. 부시의 백악관에서 브렌트 스코크로프트 밑에서 부보좌관을 지냈던 하우 제독은 특히 파키스탄 평화유지군이 죽임을 당한 뒤부터는 아이디드를 체포하고 그를 재판에 회부하는 것이 소말리아를 폭력과 좌절과 혼돈의 수렁에 빠뜨린 씨족 간 갈등을 끝낼 수 있는 유일한 길이라고 확신했다.

콜린 파월은 합동참모본부장에서 물러나기 며칠 전에 미군이 아이디드 체포에 협력하도록 허가하라고 나에게 조언했다. 그는 아이디드를 잡을 확률이 50퍼센트밖에 안 되고, 그를 생포할 확률은 25퍼센트밖에 안 된다면서도, 아이디드가 우리와 함께 일하던 유엔 병사들을 살해한 사실을 나 몰라라 할 수는 없는 일이라고 주장했다. 그동안 유엔의 아이디드 생포가 거듭 실패하면서 아이디드의 위상만 높아지고 유엔의 인도주의적 성격은 훼손되었다는 것이다. 나도 그의 말에 동의했다.

소말리아 특별기습부대의 미국인 사령관은 윌리엄 개리슨 소장이었다. 뉴욕 주 포트드럼에 본부를 둔 육군 제10산악사단 역시 부대를 파견하여 소말리아 전체의 미군을 통제하는 사령관 토머스 몽고메리 장군의 지휘를 받고 있었다. 그들 둘 다 플로리다 주 탬퍼의 맥딜 공군기지 미군 중앙사령부 사령관인 해병대 장군 조셉 호의 지휘를 받았다. 나는 호를 알았고, 그의 판단과 능력을 신뢰했다.

10월 3일, 아이디드의 고위 보좌관 두 명이 아이디드가 통제하는 모가디슈의 '흑해' 인근에 있다는 정보를 얻은 개리슨 소장은 육군 특별기습부대에 그들이 있는 건물을 공격하라고 명령했다. 그들은 환한 대낮에 블랙호크 헬리콥터를 타고 모가디슈로 날아갔다. 주간 작전은 야간 작전보다 훨씬 위험했다. 야간에는 헬리콥터와 병력을 상대방에게 노출시키지 않은 상태에서 어둠 속에서도 시야를 확보할 수 있는 장치들을 이용하여 낮만큼 수월하게 작전을 펼칠 수 있었기 때문이다. 그러나 개리슨은 자신의 부대가 이전에도 세 번이나 주간 작전을 성공적으로 수행했기 때문에 모험을 하기로 결정했다.

특별기습부대는 목표 건물을 공격하여 아이디드의 부관과 그 부하들 몇 명을 잡았다. 그러나 일이 뒤틀리기 시작했다. 아이디드 부대가 반격을 하여, 블랙호크 두 대가 추락한 것이다. 첫 번째 헬리콥터의 조종사는 부서진 헬리콥터에서 빠져나오지 못했다. 특별기습부대는 그를 버릴 생각이 없었다. 그들은 죽었건 살았건 절대 전우를 전장에 버려두지 않았기 때문이다. 특별기습부대가 다시 적진에 들어가자 진짜 전투가 벌어졌다. 오래지 않아 미군 병사 90명이 헬리콥터를 둘러싸고, 소말리아군 수백 명과 총격전을 벌이게 되었다. 결국 몽고메리 장군의 신속배치군이 개입하였지만, 소말리아군의 저항이 완강하여 밤새도록 구출 작전은 성공하지 못했다. 전투가 끝났을 때 미군 19명이 전사하고 수십 명이 부상을 당했으며, 블랙호크 조종사 마이크 듀런트는 포로가 되었다. 소말리아군은 500명 이상 전사하고 1,000명 이상 부상을 당했다. 격분한 소말리아군은 전사한 블랙호크 승무원장의 주검을 끌고 모가디슈 거리를 돌아다녔다.

미국인들은 격분하고 경악했다. 미군의 인도주의적 임무가 어떻게 아이디드를 잡겠다는 강박감으로 변질되었는가? 왜 미군이 부트로스 부트로스 갈리와 하우 제독의 명령을 따라 움직였는가? 로버트 버드 상원의원은 이 '경찰의 강도 체포식 작전'을 끝낼 것을 요청했고, 존 맥케인 상원의원은 '클린턴은 그들을 집으로 데려와야 한다'고 말했다. 그러나 하우 제독과 개리슨 장군은 아이디드를 끝까지 추적하기를 원했다. 모가디슈에 있는 그들의 정보원에 따르면, 그의 씨족 동맹자들 다수가 도시에서 빠져나갔기 때문에 일을 끝내는 데 별로 시간이 걸리지 않을 것이라고 했다.

10월 6일에 국가안보팀이 백악관에 모였다. 토니 레이크는 12월부터 3월까지 모가디슈의 미국 최고위직 민간인이었던 로버트 오클리를 데려왔다. 오클리는 그의 오랜 친구인 하우 제독을 포함한 유엔 사람들이 정치적

과정에서 아이디드를 고립시키고, 그를 추적하는 일에 강박감을 가지는 실수를 저질렀다고 말했다. 그 연장선상에서 그는 유엔을 위해 아이디드를 체포하려는 우리의 결정에도 반대했다.

나는 돌아가서 일을 마무리짓고 싶어 하는 개리슨 장군과 그의 부하들에게 공감했다. 나 역시 우리 부대의 피해에 마음이 아팠으며, 아이디드에게 대가를 치르게 하고 싶었다. 그를 잡는 것이 19명의 전사자와 84명의 부상자를 무릅쓸 가치가 있는 일이었다면, 그 일을 마무리지을 만한 가치도 있는 것이 아닐까? 이런 추론의 문제는 만일 우리가 다시 들어가 생사를 불문하고 아이디드를 잡을 경우, 유엔이 아니라 우리가 소말리아를 책임지게 된다는 것이었다. 그러나 소말리아를 정치적으로 통합하는 일을 우리가 유엔보다 더 잘할 것이라는 보장이 없었다. 그 이후의 사건들은 이런 관점이 옳다는 것을 증명했다. 1996년 아이디드가 자연사한 뒤에도 소말리아는 여전히 분열을 극복하지 못했다. 또 내가 백악관에서 국회의원을 여러 명 만나 확인해보았지만, 소말리아에서 더 큰 군사적 역할을 하는 것을 의회에서 지지해줄 가능성은 없었다. 대부분의 의원들은 우리 군대의 즉각 철수를 요구했다. 나는 그런 요구에 강력하게 반발했고, 결국 우리는 6개월의 과도기를 두기로 했다. 국회와 맞서는 것은 상관없었지만, 그 결과 훨씬 큰 이해관계가 걸린 보스니아나 아이티에 미군을 파병하는 문제에서 의회의 지원을 받는 것이 훨씬 더 힘들어진다면 생각해볼 일이었다.

결국 나는 오클리에게 포로가 된 조종사 마이크 듀런트를 석방하도록 아이디드를 설득하는 임무를 맡기는 데 동의했다. 오클리가 전달할 메시지는 분명했다. 아이디드가 듀런트를 즉시, 무조건 석방할 경우 미국은 보복을 하지 않겠다는 것이었다. 우리는 포로가 된 아이디드의 부하들을 놓고 거래할 생각이 없었다. 오클리는 그 메시지를 전했고, 듀런트는 풀려났다. 나는 미군을 강화하고 그들의 철수 날짜를 확정했으며, 유엔이 확실하게 소말리아를 통제하거나 효율적인 소말리아 정권을 세울 여유를 여섯 달 더 주었다. 듀런트의 석방 후에 오클리는 아이디드와 계속 협상을 하여, 결국 휴전 상태가 어느 정도 유지될 수 있었다.

모가디슈 전투는 나를 계속 따라다녔다. 케네디 대통령이 피그만灣 사건 뒤에 어떤 기분이었는지 알 것 같았다. 나는 내가 승인한 작전에 대하여 전체적인 책임을 지지만 구체적인 부분에 대한 책임은 지지 않았다. 피그만 사건과 달리 이것은 엄격하게 군사적인 관점에서 실패는 아니었다. 특별기습부대는 환한 대낮에 모가디슈의 한가운데로 들어가 아이디드의 부관들을 체포했으며, 그 복잡하고 어려운 임무를 수행하고, 예기치 않은 손실을 용기와 기술로 견디어냈다. 그러나 그 손실은 미국에 충격을 주었다. 그리고 그런 손실을 낸 전투는 우리의 더 큰 인도적 임무나 유엔의 임무와 배치되는 것이었다.

내가 가장 괴로웠던 것은 미군의 아이디드 체포를 승인했을 때, 환한 대낮에 적대적인 사람들이 우글거리는 동네에 들어가는 일 같은 것은 상상하지 못했다는 점이다. 나는 아이디드가 이동 중일 때, 즉 무장한 그의 부하들이 자신들을 가려주는 다수의 민간인들로부터 멀어졌을 때 그를 체포할 줄 알았다. 나는 유엔 부대보다 훨씬 더 나은 능력, 장비, 훈련을 갖춘 미군 부대의 치안 작전을 승인하는 것 정도로 생각했다. 아마 나의 승인을 요청했을 때 콜린 파월도 같은 생각을 했을 것이다. 내가 백악관을 떠난 뒤 국무장관이 된 파월에게 이 문제를 거론하자, 파월은 그 작전이 밤에 이루어지는 것이 아니라면 승인하지 않았을 것이라고 말했다. 그러나 우리는 그때 그런 이야기를 하지 않았다. 다른 누구도 개리슨 장군의 선택 범위에 한계를 설정하지 않았던 것으로 보인다. 콜린 파월은 공격 사흘 전에 퇴직했고, 존 샬리카슈빌리는 아직 인준을 받지 못한 상태였다. 그 작전은 중앙사령부의 호 장군이나 국방부의 승인을 받지 않았다. 그 결과 나는 적극적인 치안 작전을 승인하는 대신 적대적 지역에서 벌어지는 군사적 공격을 승인하게 된 것이다.

개리슨 장군은 전투 다음 날 나에게 직접 쓴 편지를 보내, 공격 결정이 전적으로 자신의 책임임을 인정한 뒤 그렇게 결정한 이유를 설명했다. '정보가 확실했다. 부대는 경험이 풍부했다. 적의 능력을 알고 있었다. 전술이 적절했다. 우발 사건에 대비한 계획이 세워져 있었다. 기갑부대가 대응했다면 도움이 되었겠지만, 미군 사상자 수가 줄지는 않았을 것이다. 특별기습부대는 전우를 버려두고 오지 않기 때문이다. 추락한 헬리콥터에서 빠져나오지 못한 조종사도 그런 전우 가운데 한 사람이었다.' 개리슨은 이런 말로 편지를 마무리지었다. "임무는 성공이었습니다. 목표로 삼았던 사람들을 체포했으며, 목표물로부터 끌어냈습니다…… 클린턴 대통령과 애스핀 장관은 견책선상에서 벗어나야 합니다."

나는 개리슨을 존경했고, 그의 편지 내용에 동의했다. 다만 마지막 대목에 대해서는 생각이 달랐다. 나는 '견책선상'에서 벗어날 수도 없었고, 벗어나서도 안 되었다. 왜냐하면 그 공격이 잘못이었다고 생각하기 때문이다. 대낮에 공격을 하는 것은 아이디드 군대의 힘과 결의를 과소평가하는 것이었고, 헬리콥터 한두 대를 잃을 가능성을 과소평가하는 것이었기 때문이다. 물론 전시였다면 위험을 무릅쓸 수도 있었다. 그러나 평화유지 임무에서는 그렇게 하면 안 된다. 임무 달성을 위해 상당한 사상자를 낼 위험을 무릅쓸 필요가 없었기 때문이다. 또 그런 행동을 할 경우 소말리아인이나 미국인의 눈에 우리 임무의 본질이 변한 것처럼 보일 수도 있었기 때문이다. 유엔군이 할 수 없다는 이유로 아이디드와 그의 고위 측근을 체포하는 것은 미국 작전의 주요 목적이 아니라 부차적인 일이었다. 적당한 상황에서라면 할 만한 일이었을 것이다. 그러나 파월 장군의 권고에 동의하기 전에, 나 역시 이런 규모의 작전에 대해서는 국방부와 백악관의 사전 승인을 요구했어야 했다. 물론 나는 개리슨 장군을 탓하지 않는다. 그는 훌륭한 군인이며, 부당한 피해를 보았다. 그가 받은 지침을 고려할 때, 그의 결정은 옹호할 수 있는 것이었다. 다만, 그런 작전이 가지는 더 큰 의미가 더 높은 수준에서 결정되었어야 한다는 것이다.

그 뒤 몇 주 동안 나는 월터 리드 육군 병원에 가서 부상당한 병사 몇 명을 위문했으며, 목숨을 잃은 병사들의 유족과 감동적인 모임을 가졌다. 한 모임에서는 아들을 잃은 두 아버지 래리 조이스와 짐 스미스로부터 까다로운 질문을 받기도 했다. 짐 스미스 역시 특별기습부대 출신으로, 베트남전쟁에서 한쪽 다리를 잃었다. 그들은 자신의 아들이 무엇 때문에 죽었고, 왜 우리가 방향을 틀었는지 알고 싶어 했다. 내가 델타 부대 저격병인 개리 고든과 랜디 슈가트에게 조종사 마이크 듀런트와 헬리콥터 승무원들을 구하는 과정에서 영웅적인 행동을 한 공로로 명예 훈장을 추서했을 때, 그들의 유족은 여전히 큰 고통을 겪고 있었다. 슈가트의 아버지는 나에게 격분했으며, 화가 난 목소리로 나에게 군통수권자 자격이 없다고 말했다. 그가 치른 대가를 생각할 때, 그는 나에 대해서 무슨 말이라도 할 수 있었을 것이다.

그러나 그가 그런 식으로 생각한 것이 내가 베트남에서 싸우지 않았기 때문인지, 내가 그런 공격을 낳은 정책을 승인했기 때문인지, 내가 10월 3일 이후 아이디드를 다시 체포하려는 시도를 하지 않았기 때문인지, 그것은 모르겠다. 그럼에도 나는 아이디드를 체포하거나 죽임으로써 생기는 감정적 · 정치적 이익이 양쪽의 더 이상의 인명 손실을 정당화해줄 것이라고 생각하지는 않았다. 또 소말리아의 미래가 유엔에서 미국으로 넘어오는 것을 정당화해줄 것이라고도 생각하지 않았다.

블랙호크 추락사건 이후 나는 군대의 배치를 승인할 때마다, 거기에 내포된 위험에 대해 더 많이 알아보게 되었으며, 워싱턴에서 반드시 승인해야 할 작전들의 범주를 훨씬 더 분명하게 제시했다. 이후 보스니아, 코소보, 아프가니스탄 등 냉전 이후 세계의 분쟁 지역에서 미국은 무시무시한 폭력 중단을 위해 개입해달라는 요청을 자주 받았고, 나아가 우리나 죄 없는 구경꾼이나 적의 인명 손실 없이 그런 일을 해달라는 요청을 자주 받았다. 그때마다 미군의 행동 방침을 결정하는 군 기획자들은 소말리아의 교훈을 잊지 않았다. 소말리아, 아이티, 보스니아의 복잡한 문제들을 처리하면서 토니 레이크는 유명한 말을 남겼다. "가끔은 냉전이 정말 그립다."

36

        나는 10월 나머지 기간의 대부분을 소말리아 사건의 후유증을 처리하고, 아이티와 보스니아에 미군을 파병하는 나의 권한을 제한하려는 의회의 노력을 막아내며 보냈다.

    10월 26일에 마침내 가벼운 기분으로 축하할 일이 생겼다. 백악관에 들어와 처음 맞는 힐러리의 생일이었기 때문이다. 기습적인 가장 파티였다. 힐러리의 비서진은 우리가 제임스와 돌리 매디슨 부부(미국 4대 대통령 부부-옮긴이주)처럼 분장을 하도록 준비했다. 의료제도 개혁 일로 힘든 하루를 보내고 돌아온 힐러리는 깜깜한 백악관에서 위층으로 안내되어 그녀의 의상을 보게 되었다. 이윽고 힐러리가 아래층으로 내려왔다. 버팀테를 넣은 치마에 가발을 쓴 모습이 멋졌다. 나도 하얀 가발을 쓰고, 식민지 시대의 타이즈를 입고 그녀를 기다리고 있었다. 힐러리의 비서진 몇 사람은 분장으로 힐러리의 여러 가지 모습을 보여주었다. 머리 모양까지 바꾸어가며, 의료제도 개혁 일을 하는 모습에서부터 차와 쿠키를 만드는 모습까지 다양했다. 내가 타이즈를 입은 모습은 우스꽝스러웠다. 머리야 어차피 세고 있었으니까 가발은 그런대로 괜찮아 보였지만.

    다음 날 힐러리와 나는 평상복 차림으로 의료제도 개혁 법안을 직접 국회에 가져다주었다. 힐러리는 몇 주 동안 양당의 국회의원들에게 설명을 해왔는데 상당한 호평을 받고 있었다. 하원의원들 다수가 우리의 노력에 찬사를 보냈고, 상원의 공화당 의원들을 대표하는 로드아일랜드의 존 채피 상원의원은 우리 계획 가운데 일부에는 반대를 하지만, 함께 협력하여 좋은 타협안을 만들어낼 수 있을 거라고 말했다. 나는 이제야 솔직한 토론을 거쳐 전 국민 보험에 근접하는 무언가를 만들어내게 되나 보다 하는 희망을 품게 되었다.

우리의 비판자들은 1,342페이지에 이르는 법안 길이를 놓고 소동을 벌였다. 매년 국회는 이보다 덜 중요하고 덜 복잡한 문제를 놓고도 1,000페이지 이상의 법안을 통과시킨다. 더욱이 우리 법안이 통과된다면 새로 추가된 것보다 훨씬 더 많은 분량의 법이나 규제를 없애게 될 터였다. 워싱턴의 모든 사람이 그것을 알고 있었다. 그러나 미국 국민은 모르고 있었다. 법안의 길이는 건강보험회사들이 이 계획에 반대하여 이미 내보내고 있던 효과적인 광고를 더 믿을 만한 것으로 보이게 만들었다. 그 광고에는 해리와 루이스라는 정상적으로 보이는 남녀 한 쌍이 등장한다. 그들은 "정부가 우리에게 정부 관료들이 고안한 몇 개의 건강보험 계획들 가운데 하나를 고르라고 강요할 것"이라고 지친 목소리로 말한다. 이 광고는 완전히 틀린 것이었지만, 교묘했고 많은 사람들 눈에 띄었다. 사실 보험 회사들이 부과하는 관료제에 드는 비용이야말로 미국 국민이 건강보험에 더 많은 돈을 내면서도 다른 번영하는 나라 국민이 당연하게 여기는 전 국민 보험을 아직도 갖지 못하는 중요한 이유였다. 보험 회사들은 비능률적이고 불공정한 시스템에서 생기는 이익을 유지하고 싶어했다. 그 이익을 유지하려면 모든 중요한 연방 정부 활동에 대한 미국인 특유의 회의적 태도를 이용하는 것이 최선의 방법이었다.

11월 초 「콩그레셔널 쿼털리Congressional Quarterly」는 내가 1953년 아이젠하워 대통령 이래 대통령 1차년도에 대국회 관계에서 가장 높은 성공률을 기록했다고 보도했다. 우리는 경제계획을 통과시켰고, 적자를 줄였고, 소득세 공제 확대, 권한위임 지구 설정, 소기업의 자본이득세 감면, 아동 이민 정책 수립, 학자금 대출 개혁 등 많은 선거 공약을 이행했다. 국회는 또 국가 봉사, 러시아 원조 계획, 자동차 유권자 법안, 가족휴가법을 승인했다. 국회 양원은 나의 범죄 법안들을 통과시켰는데, 이로써 내가 선거운동 기간에 약속했던 10만 명의 공동체 경찰관을 위한 자금 지원이 시작되었다. 경제는 이미 민간 부문에서 그전 4년을 합한 것보다 많은 일자리를 만들어냈다. 이자율은 여전히 낮았고, 투자는 상승했다.

앨 고어의 선거운동 구호가 현실이 되기 시작했다. 이제 올라갈 것은 모두 올라가고, 내려갈 것은 모두 내려갔다. 한 가지 중요한 예외가 있었다. 이런 성공에도 불구하고 나의 지지율은 여전히 낮았기 때문이다. 11월 7일, '언론과의 만남' 40주년 특별 프로그램에서 나는 팀 러서트, 톰 브로코와 인터뷰를 했다. 러서트는 왜 내 지지율이 낮은지 물었다. 나는 잘 모르겠지만, 몇 가지 짐작가는 것은 있다고 대답했다.

그 며칠 전 나는 아칸소에서 백악관을 방문한 사람들에게 우리의 업적을 나열한 목록을 읽어주었다. 그것을 다 듣고 나서 동향 사람이 물었다. "그렇다면 그것을 비밀로 묶어두려는 음모가 있나 봅니다. 우리는 그런 이야기는 처음 듣거든요." 나도 잘못이 있었다. 나는 한 가지 일을 끝내자마자 홍보 활동 없이 바로 다음 과제로 옮겨갔다. 정치에서는 스스로 나팔을 불지 않으면 아무도 불어주지 않는다. 아이티, 소말리아 같은 위기가 계속되었다는 것도 한 가지 이유였다. 언론의 보도 성향 때문이기도 했다. 나는 이발, 출장국, 백악관 실무진과 우리의 결정 과정에 대한 기사들이 그릇되게 또는 지나치게 보도되었다고 생각했다.

그 몇 달 전 전국적인 조사에서 내가 부정적인 언론 보도의 대상이 되는 일이 아주 많다는 결과가 나왔다. 그것은 내가 초기에 언론 관계를 잘못 다룬 탓이기도 하다. 어쩌면 흔히 자유주의적이라고 불리는 언론이 사실은 나보다 더 보수적이었기 때문인지도 모른다. 적어도 워싱턴의 관행을 바꾸는 문제에서는 그랬던 것 같다. 물론 그들은 무엇이 중요한지에 대해 나와 생각이 달랐다. 또 나와 함께 일하는 사람들은 대부분 젊었으며, 24시간 취재가 이루어지는 시스템 속에 처음 발을 들여놓은 경우도 많았다. 이곳에서는 모든 기사에 정치적인 날이 서 있어야 한다고 생각했으며, 긍정적인 기사를 실으면 동료들이 칭찬해주지 않았다. 이것은 신문과 전국 방송 뉴스가 케이블 채널과 점점 더 치열한 경쟁을 해야 하는 상황, 전통적인 언론, 타블로이드판 신문, 당파적인 출간물, 텔레비전과 라디오의 정치적인 토크쇼 사이의 경계가 희미해지는 상황에서는 거의 불가피한 일이었다.

　나의 여론조사 지지율이 업무 수행성과에 비해 너무 낮았던 데는 공화당의 공도 크다. 그들은 의료제도 개혁과 경제계획을 쉴 새 없이 공격했고, 그것을 부정적으로 표현하는 데 뛰어난 능력을 발휘했다. 그리고 그들은 늘 나의 실수를 최대한 이용했다. 내가 당선된 후, 공화당은 텍사스와 조지아의 상원의원 특별선거, 버지니아와 뉴저지의 주지사 선거, 뉴욕과 로스앤젤레스의 시장 선거에서 승리를 거두었다. 선거마다 결과는 지역적인 요인들이 좌우했으나, 내가 별로 긍정적인 영향을 주지 못한 것은 분명하다. 사람들은 아직 경제가 나아지고 있다고 느끼지 못했으며, 징세와 연방정부에 반대하는 해묵은 수사학이 여전히 위세를 떨치고 있었다. 마지막으로 우리가 수백만의 미국인들을 돕기 위해 하고 있는 일 가운데 몇 가지는 좋은 정책임에도 불구하고 소득세 공제처럼 너무 복잡해서 국민이 쉽게 소화할 수 없거나, 너무 큰 논란을 일으켜 정치적인 피해를 면할 수가 없었다.

　11월에는 건전하지만 정치적으로는 불리한 결과를 낳은 정책의 두 가지 예가 나타났다. 수많은 시청자가 지켜본 텔레비전 토론에서 앨 고어가 로스 페로를 압도한 뒤, 북미자유무역협정이 하원을 234 대 200으로 통과했다. 사흘 뒤 상원에서도 61 대 38로 통과되었다. 마크 기어런은 기자들에게 고어와 내가 200명의 국회의원과 통화를 하거나 만났으며, 내각이 또 900통의 전화를 했다고 밝혔다. 카터 전 대통령도 일주일 동안 하루 종일 국회의원들에게 전화를 걸어주었다. 우리는 또 광범위한 쟁점을 놓고 협상을 해야 했다. 북미자유무역협정을 위한 로비는 예산 싸움보다도 소시지 만들기에 더 가까워 보였다. 빌 데일리와 우리 팀 전체는 미국을 위하여 커다란 경제적·정치적 승리를 거두었다. 그러나 예산안과 마찬가지로 많은 대가를 치러, 국회에서 우리 당이 분열되었고 노동운동계에서 우리의 가장 강력한 지지자들 다수가 격분했다.

　브래디 법안 역시 상원의 공화당 의원들이 미국총기협회의 영향을 받아 시작했던 의사진행방해를 철회한 뒤 11월에 통과되었다. 나는 짐과 새러 브래디가 참석한 가운데 법안에 서명했다. 존 힝클리 2세가 레이건 대통령을 암살하려다 짐 브래디를 쏜 뒤, 브래디 부부는 합리적인 총기규제법을 만드는 운동에 나섰다. 그들이 7년 동안 노력한 덕분에, 모든 총기 구입자는 범죄나 정신건강 문제를 확인하는 동안 대기를 해야 한다는 법안이 통과된 것이다. 부시 대통령은 이전의 브래디 법안에 거부권을 행사했다. 무기를 소지할 헌법적 권리를 침해한다는 미국총기협회의 강한 반대 때문이었다. 미국총기협회는 짧은 대기 기간이 정당한 총기 구매자에게는 받아들일 수 없는 부담이며, 불법적으로 총기를 구매하는 사람에 대한 벌을 강화함으로써 똑같은 효과를 얻을 수 있다고 주장했다. 국민의 대부분이 브래디 법안에 찬성했다. 그러나 일단 법이 통과되자 그것은 이제 그들의 표에 영향을 주는 쟁점이 아니었다. 반대로 미국총기협회는 브래디 법안에 찬성한 국회의원들을 떨어뜨리기로 결정했다. 내가 대통령직에서 물러날 때, 브래디 법안에 따른 신원조회 결과 60만 명 이상의 강력범, 도망자, 스토커들이 총기를 구입하지 못했다. 수많은 목숨을 구한 셈이다. 그러나 예산안과 마찬가지로, 이 법안에 찬성한 용기 있는 사람들은 거센 공격을 받았으며, 그 결과 몇 명은 의원직을 잃기까지 했다.

내가 했던 긍정적인 일이 모두 논란을 일으킨 것은 아니었다. 16일에 나는 종교자유회복법에 서명했다. 이것은 학교나 직장 같은 공적인 장소에서 적당한 범위의 종교적 표현을 보호하는 법으로, 그런 장소에서 종교적 표현을 규제하는 주정부의 권한을 더 강화한 1990년 대법원 판결을 뒤집었다. 미국에서는 많은 사람들이 아주 다양한 신앙에 깊이 헌신하고 있다. 나는 그 법안이 그들의 권리를 보호하는 일과 공공질서를 유지하는 일 사이에서 적절한 균형을 잡아준다고 생각했다. 이 법안은 상원에서 테드 케네디와 유타의 공화당 의원 오린 해치가 발의했으며 97 대 3으로 통과되었다. 하원은 발성 투표로 이 법안을 채택했다. 나중에 대법원이 이 법을 무효로 만들기는 했지만, 나는 여전히 이것이 반드시 필요한 좋은 법이라고 믿고 있다.

나는 늘 종교의 자유를 보호하고 백악관을 모든 종교에 개방하는 것이 중요하다고 생각하며, 백악관의 대외관계 담당 비서에게 종교계와 연결하는 일을 맡겼다. 나는 매년 국회가 일을 시작할 때 여는 전국 조찬기도회에 빠짐없이 참석하여, 연설도 하고 행사시간 내내 머물면서 신의 안내를 구하러 온 다양한 신앙과 다양한 정당에 속한 사람들을 만나기도 했다. 그리고 매년 국회가 8월 휴회 뒤에 다시 문을 열 때, 스테이트다이닝룸에서 여러 종교의 지도자들을 불러 조찬을 함께 하면서 그들의 관심사를 듣고 내 관심사를 이야기했다. 나는 설사 나와 생각이 다른 사람이라 해도, 그들과 의사소통을 할 수 있는 통로를 열어두고 가능할 때마다 국내의 사회적 문제와 세계의 인도적 문제를 놓고 협력하고자 했다.

나는 교회와 국가의 분리를 신봉하는 사람이지만, 둘 다 이 나라의 힘에 분명한 기여를 하며, 이따금씩 헌법을 침해하지 않고 공동의 선을 위해 협력할 수 있다고 믿는다. 정부는 본래 불완전하고, 실험적이며, 늘 미완의 상태에 있고, 신앙은 내적인 삶, 진리의 탐구, 깊은 변화와 성장을 이루는 영적 능력에 관여한다. 정부의 프로그램들은 가족, 일, 상호 존중을 우습게 여기는 문화에서는 제대로 시행되지 않는다. 또 가난하고 짓밟힌 자를 돌보라는, '이웃을 네 몸과 같이 사랑하라'는 영적인 권고에 따라 행동하지 않으면서 신앙을 지키며 살기도 어렵다.

11월 중순, 메이슨 템플 교회에서 열린 그리스도 안의 하나님 교회 교파 총회에서 연설을 하기 위해 멤피스에 갔을 때 국민 생활에서 차지하는 신앙의 역할에 대해 생각하게 되었다. 아프리카계 미국인 동네에서 아동에 대한 폭력이 급증한다는 보도가 자주 등장했다. 나는 목사, 평신도들과 함께 대처방법을 토론하고 싶었다. 도심의 일자리 감소, 가족 해체, 학교 문제, 복지제도에 대한 의존 심화, 사생아 출산, 폭력 등에는 분명한 경제적·사회적 원인이 있었다. 그러나 어려움들이 겹치면서 폭력과 실직과 해체된 가정을 오히려 정상으로 여기는 문화가 형성되었으며, 나는 정부의 힘만으로는 이런 문화를 바꿀 수 없다고 확신했다. 많은 흑인 교회가 이런 문제들을 다루기 시작했으며, 나는 더 열심히 하라고 그들을 격려하고 싶었다.

멤피스에 가자 나는 친구들에게 둘러싸였다. 그리스도 안의 하나님 교회는 가장 빠르게 성장하는 아프리카계 미국인 교파였다. 그 창립자인 찰스 해리슨 메이슨은 리틀록에서 영감을 얻어 교회의 이름을 지었는데 나는 그 2년 전에 그 자리에 기념 명판을 박는 것을 거들기도 했다. 그의 미망인도 이날 교회에 왔다. 모임을 주재하던 감독인 시카고의 루이스 포드는 대통령 선거운동에서 주도적인 역할을 하기도 했다.

메이슨 템플 교회는 민권 운동의 성지다. 마틴 루터 킹은 암살당하기 전날 밤 그곳에서 마지막 설교를 했다. 나는 자신의 목숨이 오래 갈 것 같지 않다는 킹의 섬뜩한 예언을 상기시키면서, 그의 정신에 의지하여 친구들에게 '오늘 미국을 사로잡고 있는 커다란 영적 위기'를 솔직하게 살펴봐달라고 부탁했다. 이어 나는 메모를 옆으로 밀어놓고 많은 논평자들이 나중에 나의 8년 임기 가운데 최고의 연설이라고 평가한 연설을 하기 시작했다. 그것은 우리가 공동으로 물려받은 언어를 사용하여 그냥 친구들에게 내 마음을 솔직하게 드러낸 연설이었다.

마틴 루터 킹이 오늘 내 앞에 다시 나타나 우리에게 지난 25년의 성적표를 준다면, 거기에 뭐라고 적혀 있을까요? 킹 목사는 이렇게 말할 겁니다. 잘했구나, 전에는 피부색 때문에 뽑힐 수 없던 사람들이 투표로 뽑히지 않느냐…… 킹 목사는 이렇게 말할 겁니다. 잘했구나, 이 위대한 나라에서 사람들은 자기 능력에 따라 살고 싶은 곳에 살고, 가고 싶은 곳에 가지 않느냐…… 킹 목사는 이렇게 말할 겁니다. 잘했구나, 기회를 확대하여…… 흑인 중산층을 만들었지 않느냐.

그러나 킹 목사는 또 이렇게 말할 겁니다. 나는 미국 가족이 붕괴되는 모습을 보려고 살고 죽지 않았다. 열세 살 난 아이들이 자동화기를 구해 그저 재미 삼아 아홉 살 난 아이들에게 총을 쏘는 꼴을 보려고 살고 죽지 않았다. 젊은 사람들이 마약으로 자기 삶과 다른 사람들의 삶을 망치면서 큰돈을 버는 꼴을 보려고 살고 죽지 않았다. 그것은 내가 하려고 했던 일이 아니다. 킹 목사는 이렇게 말할 겁니다. 나는 자유를 위해 싸웠지만, 사람들이 무모한 방종 상태에서 서로를 죽이는 자유를 위해 싸우지는 않았다. 아이가 아이를 낳고, 아이의 아버지가 아무렇지도 않게 자식을 버리는 자유를 위해 싸우지 않았다. 나는 사람들이 일을 할 권리를 찾게 하려고 싸웠지, 공동체와 사람들이 버림을 받게 하려고 싸우지 않았다. 나는 그런 것 때문에 살고 죽지 않았다.

나는 흑인들이 무모한 방종 상태에서 다른 흑인들을 죽일 권리를 위해 싸우지 않았다……

밖에서부터 안으로 들어가 만들어낼 수 있는 변화들이 있습니다. 그것은 대통령과 국회와 주지사와 시장과 사회사업 기관들이 할 일입니다. 그러나 안에서 밖으로 만들어내야 할 변화들도 있습니다. 이것이 없으면 다른 변화는 중요하지 않습니다…… 때로는 밖에서 안으로 들어갈 때는 답이 나오지 않습니다. 때로는 안에서부터 밖에 있는 우리에게 전해지는 가치와 감동과 목소리로부터 모든 답이 나와야 합니다……

가족이 없는 곳에서, 질서가 없는 곳에서, 희망이 없는 곳에서…… 누가 이 아이들에게 구조와 규율과 사랑을 주겠습니까? 여러분이 해야 합니다. 그리고 우리가 여러분을 도와야 합니다.

따라서 오늘 이 연단에서 나는 여러분 모두가 마음으로부터 말할 것을 요구합니다. 우리는 마틴 루터 킹의 삶과 일을 존중하겠다고…… 우리는 하나님의 은총으로 어떻게 해서든 현 상황을 뒤집을 것입니다. 우리는 이 아이들에게 미래를 줄 것입니다. 우리는 아이들의 총을 빼앗고 대신 책을 줄 것입니다. 우리는 아이들의 절망을 빼앗고 대신 희망을 줄 것입니다. 우리는 가족과 동네와 공동체를 재건할 것입니다. 우리는 여기서 이루어지는 모든 일이 소수에게만 이익이 되게 하지 않을 것입니다. 우리는 하나님의 은총으로 이 일을 함께 할 것입니다.

멤피스 연설은 나 개인의 종교적 가치에 뿌리를 둔 공공 철학에 대한 찬가였다. 너무나 많은 것들이 부서지고 있었다. 그리고 나는 그것들을 다시 결합하려고 노력하고 있었다.

11월 19일과 20일, 나는 다시 결합하는 일로 돌아갔다. 아시아태평양경제협력체APEC 최초의 지도자 회의를 위해 시애틀에 간 것이다. 1993년 이전에 아시아태평양경제협력체는 경제장관들이 모여서 경제 문제를 논의하는 토론의 장이었다. 그러나 나는 매년 지도자들이 직접 만나 우리의 공동의 이해관계를 토론하자고 제안했으며, 시애틀 근처의 블레이크 섬에서 열린 첫 회의에서 북남미와 아시아태평양 국가들을 포괄하는 자유무역 지대의 창설, 정치와 안보 문제에 대한 비공개 토론, 21세기에 더욱 중요해질 것이 분명한 협력 관행의 구축 등 세 가지 목적을 달성하고 싶었다. 아시아태평양 국가들은 세계 생산의 반을 담당했으며, 아주 까다로운 정치와 안보 문제를 안고 있었다. 과거에는 미국이 유럽을 대할 때와 달리 이 지역에 대해서는 이렇게 포괄적인 접근방식을 택한 적이 없었다. 이제 그렇게 할 때가 왔다고 생각했다.

　　나는 일본의 새 총리 호소가와 모리히로를 만나 즐거운 시간을 보냈다. 그는 자민당의 권력 독점을 부수고, 계속 일본 경제를 개방하고 있는 개혁가였다. 그리고 중국의 총서기 장쩌민과 격식에 크게 얽매이지 않은 분위기에서 길게 이야기할 기회가 생겨 반가웠다. 우리는 인권, 티베트, 경제에 대해 여전히 의견 차이가 있었지만, 중국을 고립이 아니라 지구공동체에 통합시키는 관계를 형성하는 데 공통의 관심을 가지고 있었다. 장쩌민과 호소가와는 모두 북한과 관련된 위기 조짐에 우려를 표명했다. 북한은 핵보유국이 되기로 결심한 것 같았는데, 나는 그 일을 막기로 결심했고, 그 목적을 달성하기 위해서는 두 사람의 도움이 필요하다고 생각했다.

　　워싱턴으로 돌아와 힐러리와 나는 한국의 김영삼 대통령을 위해 처음으로 국빈 공식 만찬을 주최했다. 나는 늘 국가원수의 공식 방문을 반겼다. 국빈 방문은 백악관에서 가장 격식을 갖춘 행사로, 공식 환영식에서부터 시작한다. 힐러리와 나는 백악관의 사우스포티코에 서서 차를 타고 들어오는 국빈을 맞이한다. 그들과 인사를 나눈 뒤, 함께 사우스론으로 가서 우리를 맞이하는 사람들이 늘어선 짧은 줄을 통과한다. 이어 국빈과 나는 단상에 올라 미군의 제복을 입고 당당하게 도열한 군인들을 마주한다. 군악대는 양국 국가를 연주하고, 나는 국빈을 안내하며 부대를 사열한다. 그런 다음 단상으로 돌아가 짧은 연설을 하는데, 가는 길에 발을 멈추고 미국에 살고 있는 국빈의 나라의 학생들이나 국민, 그리고 반대로 그 나라에 뿌리를 두고 있는 미국인들에게 손을 흔든다.

국빈과 공식 만찬을 하기 전에 힐러리와 나는 관저의 옐로우 오벌 룸에서 국빈을 위한 작은 연회를 연다. 앨과 티퍼 고어, 국무장관, 국방장관을 비롯한 몇 사람이 우리와 함께 외빈을 만난다. 연회가 끝나면 각 군을 대표하는 의장병들의 안내에 따라 나의 전임자들의 초상화가 걸린 층계를 내려가 손님을 맞이하기 위해 도열한 사람들에게 이른다. 보통 스테이트다이닝 룸에서 열리는 만찬(사람이 많으면 이스트 룸이나 바깥의 텐트에서 열리기도 한다)에서는 미국 해병대 현악단이나 공군 현악단이 연주를 한다. 나는 이 악단이 방에 들어올 때면 늘 전율을 느꼈다.

식사 후에는 보통 국빈의 취향에 맞는 음악회를 연다. 예를 들어 바츨라프 하벨은 루 리드의 노래를 듣고 싶어 했다. 하벨의 세력은 체코슬로바키아에서 벨벳 혁명을 할 때 그의 강렬한 음악에서 많은 영감을 얻었다. 나는 기회가 있을 때마다 다양한 장르의 음악가들을 백악관으로 불렀다. 어스 윈드 앤드 파이어, 요요마, 플라시도 도밍고, 제시 노먼을 비롯한 수많은 고전음악, 재즈, 블루스, 뮤지컬, 가스펠 음악가들과 무용수들이 백악관을 찾았다. 연주회는 보통 만찬보다 많은 손님들이 들어올 수 있는 공간에서 열린다. 그 뒤에도 더 머물고 싶어 하는 사람은 누구나 백악관 현관의 홀로 가서 무도회에 참석하면 된다. 보통 국빈들은 피곤해서 금방 우리의 영빈관인 블레어 하우스로 떠났다. 힐러리와 나는 한두 곡 춤을 추다가 위층으로 갔고, 다른 사람들은 보통 한 시간 정도 더 머물다 갔다.

11월 말, 나는 추수감사절 칠면조를 사면하는 전통적인 연례 의식에 참여했다. 이것은 쿨리지 대통령까지 거슬러 올라가는 전통이었다. 그 뒤에 힐러리, 첼시와 함께 캠프 데이비드로 추수감사절 주말 휴가를 떠났다. 사실 감사할 것이 많았다. 나에 대한 지지율은 다시 오르고 있었다. 그리고 아메리칸 에어라인스는 5일간의 파업 끝에 합의를 보았다고 발표했다. 이 파업은 경제에 큰 피해를 줄 수도 있었다. 그러나 브루스 린지가 강력하게 개입하여 노련한 솜씨로 합의를 이끌어낸 것이다. 미국 국민이 휴가를 맞아 편안하게 비행기를 타고 집으로 돌아갈 수 있게 되었다고 생각하니 마음이 홀가분했다.

캠프 데이비드에서 맞이하는 추수감사절은 우리 가족과 친구 몇 명에게 연례적 전통이 되었다. 우리는 늘 캠프 데이비드에서 가장 큰 오두막인 로럴에서 추수감사절 식사를 했다. 그곳에는 커다란 식당 겸 회의실이 있고, 벽난로와 텔레비전을 갖춘 널찍한 공간과 나의 개인 사무실도 있었다. 우리는 식당으로 가면서 캠프를 운영하는 해군과 해병대 장병들, 그리고 그들의 가족에게 인사를 했다. 밤에는 영화를 보고 볼링을 쳤으며, 주말에는 적어도 한 번은, 아무리 춥고 비가 많이 와도 힐러리의 남동생들, 로저, 그리고 우리와 함께 골프장으로 갈 만큼 용기 있는 사람들과 골프를 쳤다. 놀랍게도 딕 켈리는 1993년에 거의 여든이 다 된 나이에도 함께 골프를 쳤다.

캠프 데이비드에서 보낸 추수감사절 휴가는 모두 즐거웠으나, 무엇보다도 첫해의 휴가가 특별했다. 어머니와 마지막으로 함께 간 휴가였기 때문이다. 11월 말에는 암세포가 어머니의 핏속까지 퍼졌다. 어머니는 매일 수혈을 해야만 생명을 유지할 수 있었다. 어머니가 얼마나 더 버틸 수 있을지는 알 수 없었지만, 수혈 덕분인지 어머니는 깜짝 놀랄 정도로 건강해 보였다. 어머니 자신도 하루 하루를 한껏 누리겠다고 마음먹고 있었다. 어머니는 텔레비전의 풋볼 시합 중계, 식사, 그리고 캠프 데이비드 바에서 젊은 군인들을 만나는 것을 가장 즐겼다. 어머니가 가장 이야기하고 싶어 하지 않는 주제는 죽음이었다. 어머니는 너무 활기가 넘쳐 죽음은 생각조차 하지 않았을 것이다.

12월 4일에 나는 다시 캘리포니아로 가서 그곳의 계속되는 어려움을 놓고 경제 정상회담을 열었다. 그런 뒤에 크리에이티브 아티스츠 에이전시의 본부에서 수많은 연예계 인사들에게 매체에 나오는 엄청난 양의 폭력을 줄이고, 가족과 일에 대한 공격을 자제하는 일에 나와 함께 해줄 것을 당부했다. 이후 2주 동안 나는 예산안 싸움에서 내가 했던 두 가지 약속을 지켰다.

우선 마저리 마골리스-메츠빈스키의 지역구로 가서 사회보장 문제에 대한 회의를 열고, 밥 케리를 미주리의 존 댄포스 상원의원과 더불어 사회보장을 비롯한 자동 지출 예산을 연구하는 위원회의 공동 위원장으로 임명했다.

12월 15일에는 영국 총리 존 메이저와 아일랜드 총리 앨버트 레이놀즈의 공동선언문을 환영한다는 뜻을 밝혔다. 이 선언문은 북아일랜드 사태를 평화적으로 해결하기 위한 기본적인 틀을 제시했다. 그것은 멋진 크리스마스 선물이었다. 나는 옥스퍼드 학생 시절 처음 관심을 갖게 된 사태를 해결하는 데 어떤 역할을 할 수 있는 기회를 바라고 있었다. 같은 날, 맥거번 시절의 오랜 친구 존 홀럼을 군비 제한 및 축소국 국장으로 임명했고, 그 기회를 이용해 나의 핵확산을 반대하는 의제를 강조했다. 그 내용은 화학무기 통제협약 비준, 포괄적인 핵실험금지조약 조인, 1995년으로 만료되는 핵확산방지조약NPT의 무기한 연장, 러시아 핵무기와 핵물질의 방호 및 파괴를 규정한 넌-루가 프로그램(구소련의 핵탄두 폐기 프로그램—옮긴이 주)에 대한 완전한 재정 지원 등이었다.

12월 20일에는 힐러리와 나에게 특별히 중요한 법안에 서명을 했다. 전국 아동보호법은 육아 서비스를 제공하는 사람에게 이 일에 지원하는 사람의 신원 조회를 할 수 있는 전국적 데이터베이스를 제공했다. 이것은 탁아소의 아이들이 끔찍한 학대를 당한다는 보도를 들은 작가 앤드루 배치스의 아이디어였다. 대부분의 부모는 일을 해야 했기 때문에 취학 이전 아동을 탁아 시설에 맡길 수밖에 없었다. 그들은 자신의 자식이 안전하고 제대로 보살핌을 받는지 알 권리가 있었다.

크리스마스에 힐러리와 나는 첼시의 공연을 두 번 볼 기회가 있었다. 하나는 워싱턴 발레단과 함께 하는 '호두까기 인형'이었다. 첼시는 방과 후에 매일 연습을 하러 갔다. 또 하나는 우리가 다니는 교회에서 열리는 크리스마스 연극이었다. 이 교회는 백악관에서 멀지 않은 16번 스트리트에 있는 펀드리 연합감리교회였다. 우리는 펀드리의 목사 필 워거먼을 좋아했다. 그리고 이 교회가 다양한 인종, 문화, 경제, 정치적 성향의 사람들을 포용한다는 사실, 그리고 동성애자를 공개적으로 환영한다는 사실도 마음에 들었다.

크리스마스의 백악관은 특별하다. 매년 본관의 오벌 블루 룸에는 커다란 크리스마스트리를 들여놓는다. 이 방은 공적으로 사용되는 다른 모든 방과 마찬가지로 그해의 주제에 따라 장식을 한다. 힐러리는 우리의 첫 크리스마스 주제를 미국의 공예로 잡았다. 전국의 공예가들이 우리에게 유리, 나무, 금속으로 만든 크리스마스 장식물이나 작품을 보내주었다. 크리스마스마다 스테이트다이닝룸에는 거대한 생강빵으로 만든 백악관 모형을 설치하는데, 아이들은 특히 이것을 구경하는 것을 좋아한다. 1993년에는 백악관의 장식을 보러 약 15만 명이 찾아왔다.

우리는 또 관저의 옐로우 오벌 룸에도 커다란 트리를 갖다놓고, 거기에 우리가 함께 보낸 첫 크리스마스 때부터 모아온 장식물들을 갖다놓는다. 전통적으로, 첼시와 내가 장식을 거의 책임진다. 이것은 첼시가 어느 정도 크면서부터 시작된 전통이다. 추수감사절과 크리스마스 사이에 우리는 국회, 언론, 비밀검찰부, 관저 근무자, 백악관 비서진과 내각, 다른 행정부 공무원과 전국의 지지자들, 가족, 친구들을 위한 연회와 파티를 여러 차례 연다. 그때마다 힐러리와 나는 몇 시간 동안 줄을 서서 사람들을 맞이하고 사진을 찍는다. 전국에서 온 합창단과 다른 음악 단체가 집안을 가득 채우고 연주를 한다. 우리는 이렇게 우리의 일을 가능하게 해주고 우리의 생활을 풍요롭게 해주는 수많은 사람들에게 감사를 하는데, 피곤하기는 하지만 무척 즐겁기도 하다.

우리의 첫 크리스마스는 나에게 특히 중요했다. 나는 이것이 캠프 데이비드에서 보낸 첫 번째 추수감사절과 마찬가지로, 어머니와 함께 하는 마지막 크리스마스가 될 것임을 알았기 때문이다. 우리는 어머니와 딕을 설득하여 우리와 함께 일주일을 보내자고 했다. 어머니는 동의했지만 한 가지 조건을 붙였다. 어머니가 라스베이거스에서 열리는 바브라 스트라이샌드의 제야 콘서트를 보러 갈 준비를 할 수 있도록 늦지 않게 집까지 데려다주겠다고 약속을 하라는 것이었다. 바브라는 정말로 어머니가 오기를 원했고, 어머니도 가겠다고 마음먹고 있었다. 어머니는 바브라를 아주 좋아했다. 그리고 어머니의 마음속에서 라스베이거스는 지상낙원에 가장 근접한 곳이었다. 저 세상에 도박이나 멋진 공연이 없다면 어머니가 심심해서 어떻게 살아가실지 궁금했다.

우리가 크리스마스를 즐기는 동안 화이트워터가 다시 문제가 되었다. 그전 몇 주 동안 「워싱턴 포스트」와 「뉴욕 타임즈」는 짐 맥두걸이 다시 기소될지도 모른다는 소문을 추적했다. 1990년에 그는 매디슨 신용금고의 파산에서 발생한 문제로 재판을 받았으나 무죄 방면되었다. 정리신탁공사는 맥두걸이 나를 포함한 정치가들에게 불법 선거운동 자금을 제공했는지 조사하고 있는 것 같았다. 선거운동 기간에 우리는 화이트워터 투자에서 우리가 손해보았음을 증명하는 보고서를 받아놓기도 했다. 나의 선거운동 기부금은 공적인 기록으로 남아 있었으며, 힐러리와 나는 매디슨으로부터 돈을 빌린적이 없었다. 나는 화이트워터 문제제기 전체가 나의 평판을 떨어뜨리고 나의 봉사 능력을 훼손하려는 적들의 시도일 뿐임을 잘 알고 있었다.

그럼에도 힐러리와 나는 변호사를 고용하기로 결정했다. 데이비드 켄달로 정했는데, 그는 우리와 함께 예일 법대를 다녔다. 그는 저축대부 사건의 의뢰인들을 대리한 경험이 있었으며, 복잡하고 겉으로 보기에는 연관이 없는 것 같은 자료들을 정리하고 종합하는 데 뛰어난 능력을 발휘했다. 데이비드의 수수한 퀘이커교도 같은 외모 뒤에는 강인한 정신이 자리 잡고 있었다. 게다가 불의에 저항하는 싸움을 마다하지 않는 성격이었다. 그는 1964년의 '자유의 여름' 에는 미시시피에서 민권 활동으로 수감된 적이 있으며, 전미흑인지위향상협회 법률방어기금의 변호사로서 사형 사건에서 변론을 하기도 했다. 그러나 무엇보다도 데이비드 켄달은 훌륭한 인간으로, 강인함과 판단력과 놀라운 유머감각으로 우리를 이끌고 우리 앞에 놓인 가장 어두운 순간들을 헤치고 나아가게 된다.

12월 18일 켄달은 우익 월간지 「아메리칸 스펙테이터American Spectator」가 데이비드 브록의 글을 실으려 한다고 전해주었다. 그 글은 아칸소 주 경찰관 네 명이 주지사 시절 나를 위해 여자들을 서비스했다는 주장을 담고 있었는데, 네 명의 주 경찰관 가운데 두 명만이 CNN의 인터뷰에 동의했다. 그 주장 가운데 몇 가지는 쉽게 논박할 수 있었다. 그뿐만 아니라, 경찰관 두 명은 나에 대한 주장과 관계없이 그들 자신의 신뢰도에 문제가 있었다. 그들은 1990년에 그들이 사고를 낸 주 소유 차량과 관련하여 보험사기 문제로 조사를 받은 적이 있었기 때문이다. 데이비드 브록은 나중에 이 기사에 대하여 힐러리와 나에게 사과했다. 이 문제에 대해 더 알고 싶다면 브록의 용감한 회고록『우파 때문에 눈이 멀어 *Blinded by the Right*』를 보면 된다. 이 책에서 그는 뉴트 깅리치, 아칸소의 나의 정적 몇 사람과 연결된 부유한 우익 인사들이 나의 평판을 떨어뜨리기 위해 기울인 특별한 노력을 폭로하고 있다. 브록은 자신이 사실 여부를 가리지 않고 피해를 줄 수 있는 정보만 찾던 사람들의 비방 작전에 이용당했다는 점을 인정했다.

주 경찰관 이야기는 터무니없는 것이었지만, 그래도 피해를 주었다. 힐러리는 큰 충격을 받았다. 그런 일들은 선거운동으로 다 끝났다고 생각하고 있었기 때문이다. 이제 힐러리는 그것이 결코 끝나지 않을 수도 있다는 것을 알게 되었다. 당장은 그냥 버티면서 그 이야기가 잊혀지기를 기다리는 수밖에 없었다. 그 이야기와 관련된 소문이 기승을 부리던 어느 날 밤 우리는 헨델의 '메시아Messiah' 공연을 보러 케네디 센터에 갔다. 힐러리와 내가 발코니의 대통령석에 나타나자 많은 관중이 일어서서 환호했다. 우리는 그 자발적인 친절한 행동에 감동했다. 내 눈에 감사의 눈물이 고이고 나서야 나는 내가 그동안 얼마나 속이 상해 있었는지 깨달았다.

기억에 남을 만한 크리스마스 주간을 보낸 뒤, 나는 힐러리, 첼시와 함께 어머니와 딕을 아칸소 고향에 데려다주었다. 힐러리와 첼시는 리틀록의 도로시 집에 묵었고, 나는 어머니, 딕과 함께 핫스프링스로 차를 타고 갔다. 우리는 로키 피자에서 나의 고등학교 시절 친구 몇 명과 함께 저녁을 먹었다. 로키 피자는 경마장에서 길을 건너면 나오는 곳으로, 어머니가 자주 들르는 곳이었다. 저녁을 먹고 나자 어머니와 딕은 쉬고 싶어 했다. 나는 두 사람을 집에 데려다주고 친구들과 볼링을 치러 갔다. 그런 뒤에 해밀턴 호수의 작은 집으로 돌아와 새벽까지 카드 게임을 하고 이야기를 나누었다.

다음 날 어머니와 나는 단둘이 앉아 커피를 마셨다. 그것이 결국 내가 본 어머니의 마지막 모습이 되었다. 어머니는 평소처럼 명랑했으며, 나는 어머니에게 주 경찰 이야기가 터져나온 것은 그 전달에 나의 여론 지지도가 취임 이래 최고 수준으로 반등했기 때문일 뿐이라고 설명해주었다. 이어 어머니는 깔깔거리며, 그 두 경찰관이 '지평선의 가장 밝은 빛' 같은 존재가 아니라는 것은 잘 알지만, '그 녀석들이 먹고사는 다른 방법을 찾기를' 진심으로 바란다고 말했다.

나는 어머니에게 이제 남은 시간이 많지 않다는 사실을 일깨워주었다. 어머니는 아칸소 출신의 훌륭한 협력자 제임스 모건과 회고록 작업을 하고 있었다. 이야기를 모두 테이프에 담아두었지만, 아직 초고 상태인 원고가 몇 장 있었다. 만일 어머니가 그것을 마무리짓지 못할 경우에 어떻게 하면 좋겠느냐고 물었더니, 어머니는 웃음을 지으며 말했다. "물론 네가 마무리를 지어야지." 내가 말했다. "그럼 지침을 내려주셔야죠." 어머니는 사실들을 확인하고, 잘못된 사실을 다 바로잡고, 혼란스러운 것은 분명하게 바꾸라고 말했다. "하지만 이것은 내 입으로 하는 내 이야기였으면 좋겠어. 그러니까 살아 있는 사람한테 너무 가혹하게 말한 것이 아니라면 바꾸지 마." 어머니는 이어 정치와 라스베이거스 여행 이야기를 했다.

그날 늦게 나는 어머니에게 작별 입맞춤을 하고, 리틀록으로 가서 힐러리와 첼시를 만났다. 우리는 페이트빌로 가서 1위에 올라 있던 아칸소 레이저백스의 농구 시합을 본 다음, 친구 짐과 다이앤 블레어 부부와 함께 르네상스 위켄드로 갔다. 눈코 뜰 새 없던 다사다난한 1년을 보내고 나서 옛 친구들과 며칠을 보내니 기분이 좋았다. 나는 해변을 산책하고, 아이들과 터치풋볼을 하고, 친구들과 골프를 치고, 토론에 참석하고, 벗들과 즐겁게 어울렸다.

그러나 어머니 생각이 머리에서 떠나지 않았다. 어머니는 놀라운 사람이었다. 유방 절제를 하고, 화학 치료를 받는 바람에 머리가 다 빠져 가발을 써야 하고, 매일 수혈을 받아야 했으니 대부분의 사람이라면 침대에서 일어나지도 못했을 것이다. 그러나 어머니는 일흔의 나이에도 여전히 아름다웠다. 어머니는 살아온 대로 끝을 맺고 있었다. 온 힘을 다 쏟고, 자신이 받은 축복에 감사하고, 자신의 고통이나 병을 핑계로 자기 연민에 빠지지 않고, 자신에게 찾아오는 새날의 모험을 간절히 기다렸다. 어머니는 로저의 삶이 제자리를 찾아가는 것에 안심했고, 내가 곧 내 일에 숙달될 것이라고 확신했다. 어머니는 100세까지 살고 싶었을 테지만, 때가 되었다면 또 그런 대로 받아들이겠다는 태도였다. 어머니는 하나님에게서 평화를 찾았다. 하나님은 어머니를 이제 그만 집에 오라고 부를 수 있었겠지만, 쉬지 않고 달려가는 어머니를 붙잡는다는 것은 하나님으로서도 만만치 않은 일이었을 것이다.

37

        1994년은 내 인생에서 가장 힘든 한 해였다. 외교와 국내 정책에서는 중요한 성공을 거두었지만, 그것도 의료제도 개혁이 실패하고 사람들이 허위 스캔들에 사로잡히면서 희미해져버렸다. 그해는 개인적인 상심에서 시작하여 정치적인 재난으로 끝이 났다.

    1월 5일 밤, 어머니가 백악관으로 전화를 했다. 라스베이거스 여행에서 막 돌아왔다는 이야기였다. 나는 며칠 동안 여러 번 호텔방으로 전화를 했는데 한 번도 방에 안 계시더라고 말했다. 어머니는 웃음을 터뜨리며 밤낮 없이 나가 있었다고, 가장 좋아하는 도시에서 인생 최고의 시간을 보냈다고, 전화벨이 울리기를 기다리며 앉아 있을 여유가 없었다고 말했다. 어머니는 바브라 스트라이샌드의 콘서트가 무척 만족스러웠다며 즐거워했다. 바브라가 어머니를 소개하고 어머니에게 노래를 바쳤기 때문에 특히 기분이 좋았다고 했다. 어머니는 아주 쾌활했고 힘도 넘치는 것 같았다. 어머니는 그냥 전화를 해서 사랑한다고 말해주고 싶었다고 했다. 오랜 기간 일요일 밤마다 나누던 그 수많은 통화와 별로 다를 것이 없었다.

    새벽 2시에 다시 전화벨이 울리는 바람에 힐러리와 나는 잠이 깼다. 딕 켈리가 울고 있었다. "갔네, 빌." 어머니는 완벽하지만 몹시 피곤했던 한 주를 보낸 뒤 막 잠들었다가 그대로 세상을 뜬 것이다. 나도 이런 순간이 올 줄은 알았지만, 아직 어머니를 떠나보낼 준비가 되어 있지 않았다. 우리의 마지막 대화는 너무 일상적이었다. 한가한 잡담으로 가득했다. 우리는 서로 영원히 이야기를 나눌 수 있다고 생각하는 사람들처럼 이야기했다. 다시 어머니와 대화를 하고 싶었다. 그러나 내가 할 수 있는 일은 딕에게 그를 사랑한다고, 어머니의 말년을 행복하게 해주어서 고맙다고, 가능한 한 빨리 집으로 가겠다고 말하는 것뿐이었다. 힐러리는 내 말만 듣고도 무슨 일인지 알았다. 나는 힐러리를 끌어안고 울었다. 힐러리는 어머니가 삶을 사랑한 것에 대하여 뭔가 이야기를 했다. 순간 나는 어머니와 나누었던 통화가 어머니라면 마지막 대화로 선택했을 만한 것이었음을 깨달았다. 어머니는 언제나 죽음이 아니라 삶을 사랑했다.

나는 동생에게 전화를 걸었다. 생각했던 대로 동생은 망연자실했다. 로저는 어머니를 숭배했다. 어머니가 결코 그를 포기하지 않았기 때문에 더욱 그랬다. 나는 로저에게 어머니를 위해서라도 버텨야 한다고, 스스로 인생을 계속 건설해나가야 한다고 말했다. 이어 나는 40년 이상 우리 삶의 일부였던 친구 패티 하우 크리너에게 전화를 했다. 나는 그녀에게 딕과 나를 도와 장례식 준비를 해달라고 말했다. 힐러리와 나는 첼시를 깨워 이야기를 해주었다. 첼시는 이미 외할아버지를 잃었다. 첼시와 어머니(첼시는 어머니를 진저라고 불렀다)는 부드럽고 친밀한 관계였다. 첼시의 공부방 벽에는 핫스프링스의 화가 게리 시먼스가 펜으로 그린 어머니의 초상화가 걸려 있었다. 제목은 '첼시의 진저Chelsea's Ginger'였다. 딸아이가 사랑하던 또 한 사람의 상실을 받아들이는 모습, 자신의 슬픔을 표현하면서도 평정을 유지하는 모습, 떠나보내면서도 계속 붙드는 모습은 감동적이었다. '첼시의 진저'는 지금도 차파쿠아의 첼시 방에 걸려 있다.

아침에 우리는 어머니의 죽음을 알리는 보도자료를 내놓았다. 이 소식은 곧 언론에 보도되었다. 우연의 일치로 밥 돌과 뉴트 깅리치가 아침 뉴스 프로그램에 출연하고 있었다. 인터뷰를 하는 사람은 그 소식에도 별로 주춤거리지 않고 화이트워터에 대해 물었다. 돌은 독립변호사(특별검사와 거의 같은 의미로 쓰인다—옮긴이주)를 임명해야 할 필요가 있다고 대답했다. 나는 깜짝 놀랐다. 언론이나 정적들도 어머니가 세상을 뜬 날만큼은 휴전을 할 거라고 생각했기 때문이다. 그러나 돌은 몇 년 뒤에 나에게 사과를 해서 명예를 되찾았다. 그 무렵에는 나도 어느 정도 상황을 파악하고 있었다. 워싱턴의 최고 마약은 권력이었다. 권력은 감각을 둔하게 하고 판단을 흐리게 한다. 그렇다고 돌이 최악의 마약 복용자라는 말은 결코 아니다. 나는 그의 사과에 감동을 받았다.

그날 앨 고어는 나 대신 외교정책에 대해 연설을 하러 밀워키로 가고 나는 고향으로 갔다. 딕과 어머니의 집은 친구, 가족, 그리고 아칸소 사람들이 함께 슬픔을 달래기 위해 가져온 음식으로 가득했다. 우리는 모두 웃음을 터뜨리며 어머니 이야기를 했다. 다음 날 힐러리와 첼시가 도착했다. 바브라 스트라이샌드와 랠프 윌슨 등 아칸소 바깥에 사는 어머니의 친구들도 몇명 왔다. 랠프 윌슨은 버펄로 빌스의 소유주로, 그 전해에 어머니가 빌스의 열렬한 팬이라는 것을 알고 슈퍼볼에 초대하기도 했다.

어머니의 친구들이 모두 들어갈 수 있을 만큼 큰 교회는 없었다. 그렇다고 어머니가 좋아하던 경마장에서 장례식을 열자니 너무 추웠다. 그래서 우리는 컨벤션센터를 이용하기로 했다. 프라이어 상원의원, 터커 주지사, 나의 대학 시절 룸메이트들을 포함하여 3,000명 정도의 조객이 와주었다. 대부분은 어머니가 오랜 세월에 걸쳐 만나고 사귀어온 소박한 노동자들이었다. 어머니의 '생일 클럽'의 여자들도 다 왔다. 각기 태어난 달이 다른 회원 12명이었다. 그들은 매달 점심을 먹으며 생일을 맞이한 사람을 축하해주곤했다. 어머니가 세상을 뜨자, 그들은 어머니가 당부해놓은 대로 그 자리를 대신할 사람을 뽑았다. 그리고 모임 이름을 '버지니아 클린턴 켈리 생일 클럽'으로 바꾸었다.

존 마일스 목사가 장례식을 주관하며, 어머니를 '미국의 특산품'이라고 불렀다. "버지니아는 고무공 같은 사람이었습니다. 인생이 그녀를 짓누를수록 그녀는 더 높이 튀어올랐습니다." 존 목사는 문제가 생길 때마다 어머니의 입에서 바로 튀어나오던 답을 사람들에게 다시 한 번 일깨워주었다. "그건 제대로 달리는 말한테는 언덕이라고 할 수도 없어."

장례식에서는 어머니가 좋아하던 찬송가들을 불렀다. 우리 모두 '나 같은 죄인 살리신'과 '귀하신 주여, 내 손 잡으소서'를 불렀다. 한때 목소리를 완전히 잃었다가 '하나님으로부터' 목소리를 되찾은 어머니의 친구 맬비리 가일스가 한 옥타브 낮게 '주의 눈은 제비를 보네His Eye Is on the Sparrow' 와 어머니가 제일 좋아하던 '나의 믿음 약하나A Closer Walk with Thee' 를 불렀다. 오순절교회파 친구인 재니스 스요스트란드는 어머니가 나의 취임 예배 때 들었던 힘찬 찬송가 '거룩한 땅Holy Ground' 을 불렀다. 내 뒤에 앉아 있던 바브라 스트라이샌드는 재니스의 노래를 듣다가 내 어깨를 치더니 놀랍다는 표정으로 고개를 설레설레 저었다. 예배가 끝난 뒤 그녀는 물었다. "저 여자가 누구고, 저 음악이 뭐지요? 정말 웅장했어요!" 바브라는 어머니의 장례식 음악에 영감을 받아 찬송가와 영가들을 모은 앨범을 만들었다. 이 앨범에는 어머니를 추모하여 만든 노래 '당신의 마음으로 이끄소서Leading with Your Heart' 도 들어 있다.

장례식이 끝난 뒤, 우리는 어머니를 차에 모시고 고향 호프로 갔다. 가는 길 내내 사람들이 길가에 서서 경의를 표했다. 어머니는 외할아버지의 가게가 있던 곳 건너에 있는 공동묘지에 묻혔다. 어머니가 오래전에 정해놓은 곳으로, 조부모와 나의 친아버지 옆자리였다. 그날은 1월 8일, 어머니가 가족 외에 가장 좋아하던 남자 엘비스 프레슬리의 생일이었다.

우리는 시즐린 스테이크하우스에서 사람들을 대접한 후 차를 타고 공항으로 달려가 워싱턴으로 돌아왔다. 길게 애도할 여유가 없었다. 다시 통합을 위해 노력해야 했다. 나는 힐러리와 첼시를 내려주고 오래전부터 계획했던 유럽 순방에 나섰다. 러시아의 옐친에게 부담을 너무 많이 주지 않는 방식으로 중부 유럽 국가들에 나토의 문호를 개방하는 절차를 밟기 위해서였다. 나는 역사상 처음으로 단결되고, 자유롭고, 민주적이고, 안전한 유럽을 만들기 위해 할 수 있는 일을 모두 하기로 결심하고 있었다. 그러나 나토의 확대가 단순히 유럽의 새로운 분열을 동쪽으로 더 멀리 가져가는 결과를 낳지 않도록 조심해야 했다.

나는 브뤼셀의 시청에서 젊은 유럽인들에게 연설을 한 뒤 특별한 선물을 받았다. 벨기에는 색소폰의 발명가 아돌프 삭스(내가 가장 좋아하는 벨기에인이었다)의 사망 백주년을 기념하고 있었는데, 삭스의 고향 디낭트의 시장이 나에게 파리에서 만든 아름다운 셀머 테너 색소폰을 선물한 것이다.

다음 날 나토 지도자들은 우리가 나토의 확대를 이룩할 때까지 유럽의 새로운 민주 국가들과 미국의 안보협력 관계를 증진시키기 위한 나의 '평화를 위한 동반관계' 제안을 승인했다.

1월 11일, 나는 학생 때 처음 가본 뒤 꼭 24년 만에 프라하에 들러 바츨라프 하벨을 만났다. 작은 몸집에 부드럽게 이야기를 하는 하벨은 세계의 모든 자유 세력의 영웅으로, 눈이 춤을 추는 듯했고 신랄한 재치가 돋보였다. 그는 오랫동안 감옥 생활을 했는데, 그 시간을 이용하여 웅변적이고 도발적인 책들을 썼다. 그는 석방된 후 체코슬로바키아의 평화로운 벨벳 혁명을 이끌고, 한 나라에서 두 국가가 질서 있게 태어나는 과정을 지휘했다. 이제 그는 체코공화국의 대통령으로, 시장 경제를 성공시키고 나토 회원국으로서 안보를 보장받기 위해 노력하고 있었다. 하벨은 미국의 유엔 대사 매들린 올브라이트와 친한 친구 사이였다. 올브라이트 대사는 체코슬로바키아 출신으로, 하벨과 모국어로 이야기할 기회를 놓치지 않고 한껏 즐겼다.

하벨은 나를 그의 벨벳 혁명 지지자들의 본거지인 한 재즈 클럽으로 데려갔다. 악단이 두어 곡을 연주한 뒤 하벨이 나를 데리고 무대로 올라가 밴드를 만나게 해주고 색소폰을 선물했다. 이번에는 프라하에서 만든 것으로, 공산주의 시절 바르샤바조약기구에 소속된 모든 나라의 군악대에 색소폰을 공급하던 회사 제품이었다. 하벨은 나에게 밴드와 함께 연주해보라고 권했다. 우리는 '서머타임Summertime'과 '마이 퍼니 밸런타인My Funny Valentine'을 연주했다. 하벨도 탬버린을 들고 우리와 함께 즐겼다.

나는 모스크바로 가는 길에 키예프에 잠깐 들러 우크라이나의 대통령 레오니드 크라프추크를 만났다. 그리고 다음 금요일이면 그와 옐친과 내가 서명하게 될 협정에 미리 감사했다. 그 협정은 우크라이나가 대륙간 탄도 미사일 176기와 미국을 겨냥하고 있는 1,500개 핵탄두를 폐기한다는 내용이었다. 우크라이나는 인구 6,000만 명의 큰 나라로 풍부한 잠재력을 가지고 있었다. 러시아와 마찬가지로 우크라이나 역시 어떤 종류의 미래를 원하는가 하는 문제를 놓고 씨름하고 있었다. 크라프추크는 핵무기를 없애는 문제로 의회에서 상당한 반대에 부딪혔기 때문에 나는 그를 지원하고 싶었다.

나는 모스크바에서 힐러리와 합류했다. 힐러리는 첼시도 데려왔다. 할머니가 세상을 뜬 직후라 첼시 혼자 놔두고 싶지 않았기 때문이다. 크렘린의 영빈관에 머물면서 한겨울의 모스크바를 보는 것도 어머니의 죽음으로부터 벗어날 수 있는 좋은 기회가 될 것 같았다. 옐친은 내가 얼마나 괴로운지 이해했다. 그 역시 얼마 전에 사랑하던 어머니를 잃었기 때문이다.

우리는 기회가 있을 때마다 거리에 나가 러시아 물건을 샀다. 작은 빵가게에서 빵을 사기도 했다. 나는 스탈린 시대에 파괴되었다가 완전히 복원된 카잔 성당에서 어머니를 위해 촛불을 켰다. 그리고 러시아정교회 총대주교에게 문병을 갔다. 1월 14일 크렘린의 상트게오르그 홀에서 인상적인 환영식을 가졌다. 상트게오르그 홀은 육중한 하얀 방으로, 높은 아치와 200년간의 러시아 전쟁 영웅들이 황금색으로 화려하게 새겨진 기둥을 자랑했다. 옐친과 나는 우크라이나 대통령 크라프추크와 함께 핵협정에 서명하고 경제와 안보 문제에 관해 대화를 나누었다.

그 뒤에 이어진 기자회견에서 옐친은 미국의 원조와 도쿄 G-7 회담에서 승인된 원조 계획, 다음 2년 동안 매년 10억 달러씩 더 지원한다는 계획, 미국이 러시아 생산품 5,000개에 대해 관세를 내리겠다는 결정에 감사했다. 그는 나토와 러시아 사이에 특별협력 협정을 만들어나가겠다는 나의 약속을 믿고 평화를 위한 동반관계를 조건부로 승인했다. 5월 30일에 양국의 핵 미사일을 또 다른 나라에도 사용하지 않겠다고 합의한 것, 그리고 미국이 이후 20년에 걸쳐 러시아로부터 120억 달러 상당의 고농축 우라늄을 사들이기로 함으로써 그것이 무기로 만들어질 가능성이 사라진 것도 기쁜 일이었다.

나는 이런 조치들이 미국과 러시아 양쪽에 도움이 된다고 생각했으나, 이런 생각에 모두 동의한 것은 아니었다. 옐친은 새 국회와 약간의 문제가 있었다. 특히 전투적 민족주의자들로 이루어진 블라디미르 지리노프스키가 이끄는 상당한 규모의 세력과 관계가 좋지 않았다. 그들은 러시아를 영광의 제국 시절로 되돌리고 싶어 하고, 내가 러시아의 힘과 영향력을 약화시키려한다고 믿었다. 나는 그들을 약간 밀어붙이기 위해, 러시아인은 과거가 아니라 미래와 관련하여 자신의 위대함을 규정해야 한다는, 내가 애용하던 구절을 되풀이했다.

기자회견 뒤 나는 오스탄키노 텔레비전 방송국에서 젊은이들과 함께 대표자 회의를 가졌다. 그들은 모든 쟁점들에 대해 질문을 던졌다. 미국 학생들이 러시아로부터 뭔가를 배울 수 있는지, 처음으로 대통령이 되겠다고 생각한 건 몇 살 때였는지, 내가 어떤 사람으로 기억되고 싶은지도 물었다. 나는 그 학생들을 보면서 러시아의 미래에 희망을 갖게 되었다. 그들은 똑똑하고, 이상주의적이고, 민주주의를 열렬히 지지했다.

유럽 순방은 성과를 거두었다. 더 안전하고, 더 자유로운 세계를 구축함으로써 미국은 큰 이익을 얻었다. 그러나 국내에서는 이런 것을 전혀 알지 못했다. 정치가들과 언론은 오직 화이트워터 이야기만 하고 싶어 했다. 심지어 출장 중에 나와 동행한 미국 기자들한테서도 그와 관련된 질문을 받았다. 출장을 떠나기 전에도 「워싱턴 포스트」와 「뉴욕 타임즈」는 공화당과 합세하여 재닛 리노에게 독립변호사를 임명하라고 요구했다. 그 몇 달 동안 새로 등장한 것이라곤 1993년 중소기업청 사취로 기소된 공화당원 데이비드 헤일의 발언으로, 그는 내가 자격도 없는 수잔 맥두걸에게 대출을 해주라고 압력을 넣었다고 주장했다. 하지만 나는 그런 적이 없었다.

만료된 구법에서나 국회가 고려하고 있는 신법에서나 독립변호사를 지명하는 기준은 비리에 대한 '믿을 만한 증거'였다. 「워싱턴 포스트」는 1월 5일자 사설에서 화이트워터에 독립변호사를 요구하면서도, "이 사건에서는 대통령이나 클린턴 부인이 비리를 저질렀다고 믿을 만한 증거가 드러나지 않았다"고 인정했다. 그럼에도 「워싱턴 포스트」는 공익이 독립변호사를 요구한다고 말했다. 맥두걸이 매디슨 신용금고(우리는 여기서 돈을 빌린 적이 없다)를 매입하기 전 화이트워터 부동산 거래(우리는 손해를 보았다)에서 나와 힐러리와 동업을 했기 때문이라는 것이었다. 우리가 금전 손실에 대하여 완전한 세금 공제를 받지 않은 것처럼 보였다는 점이 더 큰 문제가 되었다. 아마 손해본 돈 때문에, 빌리지도 않은 대출금 때문에, 받지도 않은 세금 공제 때문에 한 정치가에 대한 모욕의 불길이 이렇게 거세게 일어난 것은 역사상 처음 있는 일일 것이다. 「워싱턴 포스트」는 법무부 수뇌부가 대통령이 임명한 사람들이기 때문에 그들에게 나의 조사를 맡길 수도 없고, 나아가 다른 사람이 나를 조사하는 문제에 대한 결정을 맡길 수도 없다고 말했다.

독립변호사법은 닉슨 대통령이 워터게이트 특별검사 아치볼드 콕스를 해임하자 이에 대응하여 생겨났다. 콕스는 닉슨의 법무장관이 임명했으며, 따라서 해임이 가능한 행정부 직원이었다. 그러나 국회는 대통령과 그의 주요 임명자들의 비리 혐의에 대한 독립적인 수사의 필요성을 인식하면서도, 동시에 엄청난 자원을 가진 책임 없는 검사에게 무제한으로 권력을 부여하는 일의 위험 역시 인식했다. 그래서 이 법이 비리에 대한 믿을 만한 증거를 요구하게 된 것이다. 그런데 이제 언론은 그러한 증거가 없는데도 대통령과 관련되었던 사람이 조사받을 때마다 대통령이 독립변호사 임명에 동의해야 한다고 주장하고 있었다.

레이건-부시 시절에 독립변호사에 의해 중죄 판결을 받은 사람은 26명 이상이었다. 이란-콘트라 검사 로런스 월시는 7년간 조사를 하고, 레이건 대통령이 니카라과 반군에게 무기 불법 판매를 승인했다고 존 타워 상원의원의 위원회가 결론을 내린 뒤에 마침내 캐스퍼 웨인버거를 비롯한 6명을 기소했다. 그러나 부시 대통령은 그들을 사면했다. 대통령이 취임 전에 했던 활동에 대하여 독립변호사가 수사를 한 경우는 카터 대통령이 유일하다. 그는 카터 형제가 소유한 땅콩 창고에 대한 대출금이 논란의 대상으로 떠오르자 조사를 받았다. 대통령이 요청한 특별검사는 6개월 만에 수사를 끝내고 카터 형제의 혐의를 벗겨주었다.

내가 모스크바에 있는 동안 민주당 상원의원 몇 명과 카터 대통령은 비리에 대한 믿을 만한 증거에 준하는 이유를 대지도 못하면서 공화당과 언론에 합세하여 독립변호사를 요구했다. 사실 그 민주당 의원들 대부분은 화이트워터에 대해 아무것도 몰랐다. 그들은 그저 민주당 대통령이 조사를 받는 것에 자신이 반대하지 않는다는 것을 보여주고 싶어 안달할 뿐이었으며, 「워싱턴 포스트」나 「뉴욕 타임즈」와 다른 편에 서고 싶지 않았을 뿐이었다.

어쩌면 그들은 재닛 리노에게 문제를 신속하게 처리할 만한 전문적인 검사를 임명하는 일을 맡기는 것이 좋다고 생각했을지도 모른다. 어쨌든 분명한 건 우리 역시 어떻게든 대처를 해야 한다는 사실이었다. 로이드 벤슨의 말을 빌리자면 '종기를 째야' 했던 것이다.

나는 모스크바에 도착하여 참모진과 데이비드 켄달, 그리고 아직 워싱턴에 있던 힐러리와 전화로 대책을 논의했다. 데이비드 거건, 버니 너스봄, 켄달은 독립변호사를 요청하는 데 반대했다. 그럴 만한 근거가 없으며, 운이 나쁘면 부도덕한 검사가 끝도 없이 파행적인 수사를 진행할 수도 있다는 이유였다. 게다가 수사가 조금만 시간을 끌면 우리는 파산을 하고 말 것이 분명했다. 나는 현대 역사에서 재산이 가장 적은 대통령이었다. 국회 워터게이트 조사에서 힐러리와 함께 일했던 세계 수준의 법률가 너스봄은 특별검사에 완강하게 반대했다. 그는 그것이 '악한 제도'라고 말했다. 책임을 지지 않는 검사에게 무슨 일이든지 할 수 있는 능력을 부여한다는 것 때문이었다. 너스봄은 내가 가진 모든 것을 동원해 특별검사에 저항하는 것이 대통령의 의무이자 나 개인의 의무라고 말했다. 그는 또 「워싱턴 포스트」가 법무부 조사를 경멸한 것에 대해 아무런 근거가 없다고 지적했다. 내 기록을 검토하는 법무부의 전문적인 검사는 부시 대통령이 지명한 사람이었기 때문이다.

거건도 동의했다. 그러나 그는 우리의 모든 자료를 「워싱턴 포스트」에 넘겨야 한다고 강력하게 주장했다. 마크 기어런과 조지 스테파노풀로스도 마찬가지였다. 거건의 말에 따르면, 워터게이트로 이름을 떨쳤던 「워싱턴 포스트」의 편집국장 렌 다우니는 우리가 뭔가 감추고 있다는 의혹을 품고 있었다. 「뉴욕 타임즈」도 그렇게 생각하는 것 같았다. 거건은 독립변호사의 압력을 줄일 수 있는 유일한 방법은 자료를 제출하는 것이라고 생각했다.

그러나 너스봄, 켄달, 브루스 린지 등 변호사들은 모두 자료 제출에 반대했다. 우리는 자료가 나오는 대로 법무부에 제출하기로 약속하긴 했지만, 기록이 불완전했고 여러 곳에 흩어져 있어 지금도 정리를 하는 중이었다. 그들은 우리가 질문에 답을 못하거나 자료를 제출하지 못하면 그 즉시 독립변호사를 요구할 것이라고 말했다. 다른 한편에서는 빈정거림과 추측으로 가득 찬 나쁜 기사들이 잔뜩 쏟아져나올 것이 뻔하다는 것이었다.

조지 스테파노풀로스와 1월에 비서실 차장으로 일하게 된 해럴드 이케스를 비롯한 나머지 비서진은 민주당 의원들이 최소 저항의 길을 택했기 때문에 특별검사는 불가피하다고 보았다. 따라서 우리도 그냥 특별검사를 요청해야만 다시 국민의 일로 돌아갈 수 있다고 말했다. 나는 힐러리에게 의견을 물었다. 힐러리는 특별검사를 요청하는 것은 기본적으로 비리에 대해 믿을 만한 증거를 요구하는 기준을 무시하고 광분한 매체에 굴복해버리는 것으로 아주 나쁜 선례를 남기겠지만, 결국은 내가 결정할 문제라고 말했다. 힐러리가 내 참모진과 싸우는 데 지쳤다는 것을 알 수 있었다.

나는 전화 회의에 참가한 모든 사람에게 말했다. 나는 잘못한 것이 없기 때문에 수사는 걱정하지 않는다, 힐러리도 나도 자료를 제출하는 것에 반대하지 않는다고. 사실 우리는 선거운동 이래 무책임한 수많은 화이트워터 기사들을 견디어왔다. 나의 본능적 선택은 기록을 공개하고 검사와 싸우는 것이었으나, 그 반대로 하자고 합의를 보면 또 그것에 맞추어 살아갈 수도 있었다.

너스봄은 괴로워했다. 누가 독립변호사로 임명되든 아무것도 없으면 약이 오를 것이고, 그럴 경우 내가 아는 누군가가 잘못을 했다는 증거를 찾아낼 때까지 계속 수사를 확대할 게 뻔하다고 보았기 때문이다. 그는 만일 내가 이 문제에 어떤 식으로든 대처해야 한다고 느낀다면, 그냥 자료를 언론에 쏟아버리고, 심지어 상원 법사위원회에서 증언을 하겠다는 제안까지 하라고 했다. 스테파노풀로스는 그것이 언론의 집중 조명을 받을 것이라며 끔찍한 발상이라고 생각했다. 그는 리노가 언론을 만족시킬 독립변호사를 임명할 것이고, 그러면 몇 달이면 모든 일이 끝날 것이라고 말했다. 너스봄은 동의하지 않았다. 만일 국회가 새로운 독립변호사법을 통과시키고 내가 약속한 대로 거기에 서명을 하면, 워싱턴 항소법원의 판사들은 새로운 검사를 임명할 것이고, 모든 일이 처음부터 다시 되풀이될 것이라는 얘기였다. 너스봄의 말에 스테파노풀로스는 화가 나서 말했다. 너스봄은 과대망상증이 있으며 그런 일은 절대 일어나지 않을 것이라고. 너스봄은 렌키스트 대법원장이 재판부를 임명할 것이며, 이 재판부는 보수적인 공화당원들이 지배할 것임을 알고 있었다. 그는 스테파노풀로스가 격분하는 것을 보고 신경질적으로 웃음을 터뜨리며, 두 번째 특별검사가 나올 확률은 50 대 50일지도 모른다고 물러섰다.

조금 더 토론을 한 뒤, 나는 힐러리, 데이비드 켄달 두 사람하고만 이야기를 하겠다고 말했다. 나는 그들에게 특별검사를 받아들이자는 참모진의 합의에 따라 움직여야 할 것 같다고 말했다. 나에게는 숨길 것이 없는데도, 이 소동 때문에 국회와 나라의 관심이 더 큰 의제에서 벗어나고 있었다. 다음 날 백악관은 재닛 리노에게 특별검사 임명을 요청했다. 나는 그에 맞추어 살아갈 수도 있다고 말했지만, 하마터면 살아남지 못할 뻔했다.

그것은 내가 대통령으로서 내린 최악의 결정이었다. 사실에도 어긋났고, 법에도 어긋났고, 정치에도 어긋났고, 대통령직과 헌법에도 어긋났다. 어쩌면 완전히 지친데다 어머니를 잃은 슬픔까지 겹쳐 그런 결정을 내렸는지도 모르겠다. 어머니의 장례식이 끝나자마자 부랴부랴 달려와서 해야 했던 일만으로도 내가 가진 집중력은 다 소진되고 말았던 것이다. 나는 기록을 다 공개하고, 특별검사 요구에 저항하고, 설명을 원하는 모든 민주당 의원들에게 자세하게 얘기해주고, 그들의 지지를 요청했어야 했다. 물론 그렇게 해도 달라질 것은 없었는지도 모른다. 사실 당시에 나는 그 일을 걱정하지 않았다. 나 자신이 법을 어긴 적이 없다는 것을 알고 있었고, 언론이 원하는 것은 진실이라고 여전히 믿고 있었기 때문이다.

일주일이 안 되어 재닛 리노는 뉴욕의 공화당계 검사 출신 로버트 피스크를 특별검사로 임명했다. 가만히 일을 맡겨놓았다면 그는 적당한 때에 수사를 마무리지었을 것이다. 그러나 피스크는 수사를 마무리지을 수가 없었다. 어쨌든 당시에 특별검사에 동의한 것은 감기에 걸렸을 때 아스피린을 먹는 것과 같았다. 아스피린은 일시적으로 통증을 덜어준다. 그러나 정말 일시적일 뿐이다.

러시아에서 미국으로 돌아오는 길에, 나는 벨로루시에 잠깐 들렀다가 제네바로 날아갔다. 시리아의 아사드 대통령을 만나기 위해서였다. 그는 총명하지만 무자비한 사람으로, 적에게 본보기를 보인다고 마을 전체를 쓸어버린 일도 있었다. 그가 중동의 테러 그룹들을 지원하는 바람에 시리아와 미국의 관계는 소원해져 있었다. 아사드는 시리아를 떠나는 일이 거의 없었다. 밖으로 나오는 경우는 외국 지도자를 만나러 제네바에 올 때뿐이었다. 나는 아사드 대통령을 만났을 때 그의 지성에 강한 인상을 받았다. 그는 20년도 더 지난 사건들을 아주 자세히 기억하고 있었다. 아사드는 긴 회의로 유명했다. 그는 쉬지 않고 예닐곱 시간이라도 회의를 할 수 있는 사람이었다. 하지만 나는 피곤했고 졸지 않기 위해 계속해서 커피와 차, 물을 마셔야 했다.

다행히도 회의는 몇 시간 만에 끝났다. 나는 토론을 통해 내가 원하던 두 가지를 얻었다. 아사드는 처음으로 이스라엘과 평화를 이루고 정상적인 관계를 수립할 의사가 있다고 분명하게 밝혔다. 나아가 중동 전체에 평화가 오면 레바논에서 시리아군을 철수시키고 레바논의 독립을 존중하겠다고 약속했다. 회담의 성공은 단지 우리 두 사람이 친해졌기 때문만은 아니었다. 아사드는 구소련으로부터 경제적 지원을 많이 받았다. 그런데 이제 그것이 사라졌기 때문에 서방과 접촉할 필요가 있었다. 그렇게 하려면 그 지역에서 테러를 지원하는 일을 중단해야 했다. 만일 이스라엘로부터 1967년 전쟁에서 그가 잃었던 골란 고원을 돌려주겠다는 약속을 얻어낼 수 있다면, 그 일은 쉬워질 것 같았다.

나는 워싱턴으로 돌아왔다. 모든 일이 동시에 일어나는 전형적인 워싱턴의 나날이 시작되었다. 1월 17일에는 로스앤젤레스에서 미국 역사상 가장 피해가 큰 지진이 일어났다. 주택, 병원, 학교, 사업체는 수십억 달러의 피해를 보았다. 나는 19일에 연방재난관리청FEMA 책임자인 제임스 리 윗과 피해 상황을 살펴보러 갔다. 주간州間 간선도로가 완전히 끊어진 곳을 보기도 했다. 20일에 나는 버뱅크의 한 격납고에서 거의 모든 각료들과 함께 딕 리오던 시장을 비롯해 캘리포니아 주 및 지방자치단체 지도자들을 만나 비상사태에 대처할 계획을 짜기 시작했다. 놀라운 협조 덕분에 짧은 시간 내에 금방 복구될 수 있었다. 주요 고속도로는 석 달 만에 다시 건설되었다. 연방재난관리청은 60만 가구와 사업체에 자금을 지원했다. 수천 가구와 사업체가 중소기업청에서 대출을 받아 재건에 나섰다. 전체 사업에 들어간 직접 지원금만 해도 160억 달러 이상이었다. 나는 캘리포니아 사람들 때문에 마음이 편치 않았다. 그들은 불황과 방위산업 축소에 따른 충격을 견뎌야 했고, 엄청난 화재로 고통을 겪었으며, 이제는 지진까지 당했다. 지방 공무원은 이제 메뚜기떼가 몰려오기를 기다리는 중이라고 농담을 했다. 그의 유머감각에 나는 테레사 수녀가 했던 유명한 말이 떠올랐다. "하나님은 절대 내가 감당 못할 짐을 주시지 않는다. 하지만 가끔은 하나님이 내 힘을 과신하지 않기를 바란다." 나는 워싱턴으로 돌아와 래리 킹과 취임 1주년 기념 인터뷰를 했다. 나는 힘들 때에도 나의 일이 좋다고 말했다. 결국 나는 즐기자고 대통령을 하는 게 아니라 나라를 바꾸자고 대통령을 하는 것 아닌가.

며칠 뒤, 아사드 대통령이 자신의 후계자로 키우던 장남을 자동차 사고로 잃었다는 소식을 들었다. 조의를 표하려고 전화를 했을 때 아사드는 무척 상심해 있었다. 세상에서 가장 슬픈 일은 자식을 잃는 것이라는 말이 떠올랐다.

그 주에 나는 국방부 부장관 빌 페리를 레스 애스핀의 후임자로 임명했다. 애스핀은 블랙호크 추락 사건이 발생하고 얼마 지나지 않아 장관직을 사임했다. 그 뒤에 우리는 국방장관 후보를 샅샅이 찾아보았으나 쉽지 않았다. 최선의 후보는 바로 우리 눈앞에 있었던 셈이다. 페리는 국방 관련 조직들을 이끌었고, 수학 및 공학을 가르치는 교수였다. 국방부에서도 스텔스 기술을 지원하고, 정부 조달 과정을 개혁하며, 현실적 예산을 수립하는 등 뛰어난 업적을 남겼다. 그는 조용조용하게 말을 하는 겸손한 사람이었다. 그러나 그 뒤에는 놀라운 강인함이 감추어져 있었다. 그는 내가 임명한 최고의 장관 중 한 사람으로 손꼽히며, 조지 마셜 장군 이래 가장 훌륭한 국방장관이라는 평가도 받게 된다.

1월 25일에 연두교서를 발표했다. 이것은 대통령이 한 시간 동안 여과 없이 미국 국민들에게 말할 수 있는, 1년에 한 번밖에 없는 기회였다. 이 기회를 최대한 활용하고 싶었다. 우선 어머니보다 하루 먼저 세상을 떠난 하원의장 팁 오닐에게 조의를 표한 다음, 1993년에 의회가 이룩한 일을 길게 나열하고 나서 몇 가지 이야기를 덧붙였다. 경제가 일자리를 만들어내고 있다, 주택 대출 이자율이 낮아져 수백만의 미국인들이 돈을 절약했다, 미국 국민 가운데 소득세가 늘어난 사람은 1.2퍼센트에 불과하다, 적자는 이전에 예측했던 것보다 40퍼센트 낮아질 것이다, 연방 직원은 내가 약속했던 10만 명이 아니라 25만 명 이상 줄이겠다고 말이다.

나머지 시간은 1994년의 의제들을 제시하는 데 할애했는데, 먼저 교육 문제부터 이야기했다. 나는 GOALS 2000 프로그램을 통과시켜줄 것을 요청했다. 이것은 학교 선택, 차터스쿨(자립형 학교─옮긴이주), 2000년까지 모든 학교를 인터넷에 연결시키는 등의 개혁을 통해, 공립학교들이 주지사들과 부시 행정부가 국가에 제시한 전국적인 교육 목표에 도달하도록 돕기 위한 것이었다. 또한 학교들이 목표를 향해 얼마나 나아갔는지를 옛날 방법으로, 그러니까 학생들이 알아야 할 것들을 배우고 있는지 확인함으로써 측정하기 위한 것이었다.

나는 일자리를 창출하는 신기술과 방위산업 전환 계획에 좀더 많이 투자해줄 것을 요청했다. 또 범죄 법안의 통과와 공격용 무기의 규제를 촉구했다. 그리고 안전하게 마시는 물 법, 다시 살려낸 맑은 물 법, 개혁된 슈퍼펀드 프로그램 등 환경법 세 가지를 홍보했다. 슈퍼펀드란 공공과 민간이 손을 잡고 오염된 곳들을 청소하는 제휴 사업이었다. 오염된 곳이 그대로 방치되면 환경이 더러워지고, 달리 이용할 수도 없으며, 건강에도 위험했다. 이것은 나와 앨 고어에게 중요했다. 우리는 물러날 때까지 레이건과 부시 행정부 시절에 청소한 것보다 세 배나 많은 슈퍼펀드 현장을 청소했다.

이어 나는 국회에 1994년에는 복지제도 개혁안과 의료제도 개혁안을 통과시켜달라고 요청했다. 자식을 위한 건강보험을 얻는 유일한 방법이기 때문에 복지제도에 의존하는 사람이 100만 명에 달했다. 이 사람들이 복지제도에서 벗어나 건강보험 혜택이 없는 저임금 일자리를 찾아갈 경우, 그들 자신은 건강보험의 혜택을 받지 못하면서도 복지제도에 의존하는 사람들에게 건강보험을 제공하는 메디케이드 프로그램을 지원하기 위해 세금을 내는 어처구니없는 상황에 처하게 된다. 매년 어느 시점에 가면 거의 6,000만 명의 미국인들이 건강보험의 혜택을 받지 못하는 상태에 놓인다. 8,000만 명이 넘는 미국인들이 보험 가입 이전의 '선재 조건'으로 분류되는 병을 앓고 있다. 이 경우 보험혜택을 계속해서 받으려면 보험료를 더 내야 하며, 일자리를 바꾸면 보험혜택을 받지 못하는 경우가 많다. 미국인 4명당 3명은 '평생 한계'가 있는 보험을 들고 있다. 즉 보험에서 처리해주는 의료비용 총액이 한정되어 있다는 뜻인데, 이럴 경우 가장 필요할 때 보험의 혜택을 받지 못하는 일이 생기기 십상이다. 현재의 의료제도는 소기업에도 피해를 준다. 그들이 내는 보험료는 대기업이나 정부에 비해 35퍼센트나 높다. 점점 더 많은 미국인들이 의료비용을 지원받기 위해 사설 건강관리기관에 가입하는데, 여기서는 환자가 의사를 마음대로 선택하지 못하고, 의사가 치료 방법을 마음대로 선택하지도 못하며, 의료 전문가들이 환자보다는 서류 작업에 더 많은 시간을 들이도록 강요한다. 이 모든 문제는 한 가지 근본적인 사실에 뿌리를 두고 있다. 미국 건강보험의 보장 패턴이 누더기를 기워놓은 것 같고, 이것을 보험회사들이 좌지우지하기 때문이다.

나는 국회를 향해 이런 건강보험 체계를 바꾸는 것이 얼마나 어려운지 잘 알고 있다고 말했다. 루스벨트, 트루먼, 닉슨, 카터가 모두 시도를 했지만 실패했다. 트루먼은 지지율이 30퍼센트 이하로 떨어졌고, 공화당이 국회를 통제하게 되면서 대통령직을 잃을 뻔했다. 이런 일이 생긴 것은 많은 문제들에도 불구하고 대부분의 미국인들이 어떤 식으로든 보험 혜택을 받고, 자신의 의사와 병원을 좋아하고, 우리에게 훌륭한 의료체계가 있다고 생각하기 때문이다. 이런 상황은 지금도 변함이 없다. 현재와 같은 의료비용 부담 방식에서 이익을 챙기는 사람들은, 의료제도의 잘못된 점을 고치려는 사람들이 아무 문제 없이 운영되고 있는 것을 망가뜨리려 한다고 국회와 국민을 향해 주장하는 데 엄청난 돈을 쓰고 있다.

나의 주장은 한 가지만 빼고는 효과가 있었던 것 같다. 나는 의료제도 개혁과 관련된 대목 말미에 가서 펜을 하나 집어들고, 모든 미국인들에게 건강보험을 보장하지 않는 법안에는 이 펜으로 거부권을 행사하겠다고 말했다. 내가 그렇게 한 것은 나의 자문 두어 명이 내가 타협하지 않겠다는 태도를 확실하게 보여주지 않으면 사람들이 신념의 강도를 느끼지 못할 것이라고 조언했기 때문이다. 그러나 그 행동은 국회에 있는 내 정적들을 불필요하게 자극했다. 정치의 요체는 타협이다. 사람들은 대통령이 그들을 위해 젠체하기를 바라는 것이 아니라 싸움에서 이기기를 바란다. 의료제도 개혁은 올라갈 산 중에서도 가장 힘든 산이었다. 타협 없이, 혼자서 그 일을 이루어낼 수는 없었다. 그러나 결과적으로 보면 이 실수가 그렇게 중요한 것은 아니었다. 밥 돌이 의료제도 개혁안은 어떤 것이든 다 죽이겠다고 결심했기 때문이다.

단기적으로 연두교서는 나의 의제에 대한 대중적 지지를 극적으로 높여주었다. 뉴트 깅리치가 나중에 나한테 한 말에 따르면, 그는 그 연설을 들은 뒤 하원의 공화당 의원들에게 이렇게 말했다고 한다. "만일 대통령이 국회의 민주당 의원들을 설득하여 그의 제안을 실행에 옮기면, 민주당은 장기간 다수당이 될 것이다." 깅리치는 물론 그런 사태를 원치 않았다. 따라서 밥 돌과 마찬가지로 중간 선거 전에 그런 일이 일어나는 것을 막으려고 노력한다.

1월 마지막 주에 우리는 아일랜드공화국군IRA의 정치 조직인 신페인당의 지도자 게리 애덤스에게 비자를 내주는 문제로 외교정책팀과 열띤 토론을 벌였다. 미국은 아일랜드 분쟁을 일으키고 있는 양편 모두에게 큰 의미가 있었다. 아일랜드공화국군의 열렬한 미국인 지지자들은 오랫동안 그들의 폭력 활동에 자금을 대주었다. 신페인당은 미국의 아일랜드계 가톨릭교도 사이에 많은 당원을 거느리고 있었다. 그들은 테러는 거부했지만, 그들과 같은 종교를 가진 사람들이 차별받지 않기를 바랐고, 북아일랜드에 가톨릭교도도 참여하는 정치적 자치가 이루어지기를 바랐다. 영국과 아일랜드 신교도 역시 미국 내에 지지자들을 거느리고 있었다. 그들은 신페인당이 아일랜드공화국군과 연결되어 있다는 이유로 우리가 그들과 접촉하는 것에 반대했다. 그들은 미국이 가장 강력한 동맹자인 영국 일에 간섭할 이유가 없다고 생각했다. 나의 전임자들에게는 그런 주장이 먹혀들었다. 북아일랜드 가톨릭교도의 정당한 불만에 공감하던 대통령들 역시 마찬가지였다. 그러나 이제 원칙선언이 나왔기 때문에 그런 태도를 바꾸어야 했다.

영국은 이 선언에서 처음으로 북아일랜드의 지위를 그 국민의 희망에 따라 결정하겠다고 약속했다. 아일랜드는 주민 다수가 그 지위를 바꾸는 데 찬성할 때까지는 북부의 6개 카운티에 대한 오랜 소유권 주장을 철회하겠다고 했다. 좀더 온건한 통일당원들과 아일랜드 민족주의 정파들은 조심스럽게 협정을 지지했다. 극단적인 민주통일당 지도자 이안 페이슬리 목사는 그 협정에 격분했다. 게리 애덤스와 신페인당은 이 원칙에 평화과정과 신페인당의 참여 방식에 대해 구체적인 이야기가 없기 때문에 실망했다고 말했다. 이런 모호한 반응에도 불구하고 평화를 위해 일하자는 영국과 아일랜드 정부의 요청에 모든 정파가 압박감을 느끼는 것만은 분명했다.

선언이 발표된 시점부터 미국 내 애덤스의 동맹자들은 나에게 그의 미국 방문 비자를 발급해달라고 요청했다. 그렇게 하면 애덤스가 높아진 위상과 능력으로 평화과정에 개입하고, 동시에 아일랜드공화국군에게도 폭력을 중단하라고 압력을 넣을 수 있다는 것이었다. 비폭력적인 활동을 유지해온 온건한 사회민주노동당 지도자 존 흄은 애덤스에게 비자를 내주는 문제에 대한 자신의 입장이 바뀌었다고 말했다. 이제 그것이 평화과정을 촉진할 수 있다고 생각한다는 뜻이었다. 아일랜드계 미국인 활동가들 다수도 동의했다. 1992년에 우리와 아일랜드계 미국인 공동체 사이의 연락을 맡아주었던 내 친구 브루스 모리슨, 아일랜드 대사 진 케네디 스미스도 같은 생각이었다. 국회에서는 그의 형제 테드 케네디를 비롯하여 크리스 도드, 팻 모이니헌, 존 케리 등의 상원의원, 피터 킹, 톰 맨턴 등의 하원의원도 그런 입장을 지지했다. 오래전부터 아일랜드 문제에 적극적이던 하원의장 톰 폴리는 비자 발급에 강력한 반대 입장을 고수했다.

1월 초, 아일랜드의 총리 앨버트 레이놀즈는 애덤스가 존 흄과 마찬가지로 평화를 위해 일하고 있기 때문에 자신도 이제 비자 발급에 찬성한다고 말했다. 그는 비자 발급을 통해 애덤스에게 힘이 생기면 아일랜드공화국군을 폭력으로부터 떼어내 평화과정으로 끌어들일 수 있으리라 생각했던 것이다. 하지만 영국 정부는 여전히 비자 발급에 강력하게 반대했다. 아일랜드공화국군의 오랜 테러의 역사 때문이기도 했고, 애덤스가 폭력을 포기하지도, 원칙선언을 문제 해결의 기초로 받아들이지도 않았기 때문이었다.

나는 앨버트 레이놀즈에게, 애덤스가 미국에서 연설을 해달라는 공식 초청을 받으면 비자를 고려해보겠다고 말했다. 그 직후 애덤스는 한 미국 외교정책 집단이 뉴욕에서 여는 평화 회의에 다른 북아일랜드 정당 지도자들과 함께 참석해달라는 초청을 받았다. 이로써 비자 문제가 전면에 등장하게 되었다. 이것은 나의 외교정책 자문들이 합의에 이르지 못했던 첫 번째 중요한 문제이기도 했다.

워런 크리스토퍼와 국무부는 영국 대사 레이 시츠와 더불어 비자 발급에 강력하게 반대했다. 비자를 발급하면 아직 애덤스가 폭력을 포기하지 않았기 때문에 우리가 테러에 유화적인 것처럼 보일 것이며, 세계에 자랑하는 영국과의 '특별 관계'에도 회복할 수 없는 상처를 주어 보스니아를 비롯한 중요한 문제에서 영국의 협력을 얻을 수 없을 것이라고 했다. 법무부, 연방 수사국, 중앙정보국도 국무부와 입장이 같았다. 그들의 일치된 의견은 큰 무게를 지닐 수밖에 없었다.

국가안보회의에서는 세 사람이 아일랜드 문제를 다루고 있었다. 토니 레이크, 국가안보회의 실무 책임자 낸시 서더버그, 유럽문제 전문가 제인 홀 육군 소령 등이었다. 그들은 내 지원을 받아 비자 문제를 독립적으로 바라보면서, 피터 타노프 차관과 협력하여 국무부와 의견을 통일하기 위해 노력했다. 국가안보회의팀은 애덤스가 아일랜드공화국군 폭력 중단, 신페인 당의 평화과정 완전 참여, 북아일랜드의 민주적 미래를 지지한다고 확신하게 되었다. 그들의 분석은 설득력이 있었다.

아일랜드는 경제적으로 번영을 구가하기 시작했고, 유럽 전체가 더 큰 경제적·정치적 통합으로 나아가고 있었다. 또 아일랜드인의 테러에 대한 관용도 많이 사라졌다. 그러나 아일랜드공화국군은 깨뜨리기 힘든 단단한 호두 같았다. 거기에는 영국과 얼스터통일당에 대한 증오로 평생을 살아온 완강한 사람들이 가득했다. 그들에게 평화 공존이나 계속 영국의 일부로 남는다는 것은 저주와 다름없었다. 북부 카운티들의 경우 신교도가 구교도보다 10퍼센트 정도 더 많았는데, 원칙선언에 따르면 아일랜드와 영국이 다수의 지배에 기초한 민주주의적 미래를 약속하고 있었기 때문에, 북아일랜드는 당분간 영국의 일부로 남게 될 가능성이 많았다. 애덤스는 그 점을 이해했지만, 테러가 승리를 안겨주지 못한다는 것도 잘 알았다. 가톨릭교도에 대한 차별과 소외가 중단되고, 아일랜드공화국군도 폭력을 중단하길 바란다고 말했을 때 그는 진심을 드러낸 것 같았다.

국가안보회의는 이런 분석에 기초하여 비자를 발급하기로 결정했다. 그래야 신페인당과 아일랜드공화국군에서 애덤스의 영향력이 커지고, 그와 더불어 미국의 영향력도 커질 수 있기 때문이었다. 이 점은 중요했다. 아일랜드공화국군이 폭력을 중단하지 않고 신페인당이 평화 협상에 참여하지 않는다면, 아일랜드 문제도 해결될 수 없었기 때문이다.

회의가 며칠 앞으로 다가왔는데도 논쟁은 계속되었다. 영국 정부와 국회 내의 애덤스 동맹자들과 아일랜드계 미국인 공동체도 논쟁의 열기에 부채질을 했다. 나는 양쪽 이야기에 신중하게 귀를 기울였다. 비자를 내주지 말라는 워런 크리스토퍼의 감동적인 호소도 들었고, 아일랜드 사람들이 평화를 위해 모험을 하니 자신도 모험을 해야 한다는 애덤스의 메시지도 들었다. 낸시 서더버그는 애덤스가 평화과정에 진지한 태도를 보이고 있으며, 현재 그가 신페인당과 아일랜드공화국군 내부에서 자기 위치에 영향을 미칠까봐 전처럼 폭력으로부터 물러나고 싶은 욕구를 더 강력하게 말하지 못한다는 분석에 근거하여 비자 문제에 대해 찬성하는 쪽으로 입장을 바꾸었노라고 말했다. 낸시는 선거운동 때부터 나에게 외교정책에 관해 조언을 했으며, 나는 그 과정에서 그녀의 판단을 매우 존중하게 되었다. 토니 레이크가 그녀에게 동의한다는 것도 주목할 만한 점이었다. 그는 나의 국가안보보좌관으로서, 비자 문제로 악영향을 받을 수 있는 많은 쟁점들에 대해 영국인과 이야기를 해야 할 입장이었다. 그는 또 이 결정이 테러와 싸우는 우리의 전체적인 노력에서 갖는 의미도 이해하고 있었다. 고어 부통령도 결정이 내려지는 더 큰 맥락을 분명하게 이해하고 비자 발급에 찬성했다. 나는 비자를 발급하기로 결정했다. 그러나 애덤스가 미국에 체류하는 3일 동안 모금을 하거나 뉴욕 밖으로 나가지는 못하게 제한했다.

영국은 격분했다. 그들은 애덤스를 입만 나불거리는 사기꾼이며 폭력(마거릿 대처 암살 기도를 비롯하여, 이미 아이들, 공무원, 왕족, 그리고 영국의 인도 통치의 마지막 과정을 감독했던 로드 마운트배튼 등 수천 명의 영국 국민의 목숨을 앗아간 폭력)을 포기할 생각이 없는 사람으로 보았다. 통일당 쪽에서는 애덤스가 온다는 이유로 회의를 보이콧했다. 존 메이저는 며칠 동안 내 전화도 받지 않았다. 영국 언론에는 내가 양국의 특별한 관계를 해쳤다는 기사와 칼럼이 넘쳐났다. 기억에 남을 만한 머리기사도 있었다. '징그러운 뱀 애덤스가 양키에게 독을 내뿜다.'

일부 언론에서는 내가 비자를 내준 것이 아일랜드계 미국인의 표를 의식했기 때문이며, 메이저가 선거운동에서 부시 대통령을 도와주려 한 것에 대해 내가 아직 화가 풀리지 않았기 때문이라고 분석했다. 그것은 사실이 아니었다. 나는 영국인들이 생각하는 것처럼 메이저에게 화가 난 적이 없었으며, 오히려 원칙선언을 통해 정치생명을 내건 그를 존경했다. 그는 의회에서 아슬아슬하게 과반수를 유지하고 있었기 때문에 그것을 유지하려면 아일랜드 통일당의 표가 필요했던 상황임에도 모험을 한 것이다. 나아가 나는 미국 국민과 마찬가지로 테러리즘을 경멸했다. 정치적으로 보자면 그 결정에는 얻는 것보다 잃는 것이 훨씬 많았다. 내가 비자를 발급한 것은 그것이 폭력을 끝내기 위해 우리가 할 수 있는 최선의 행동이었기 때문이다. 나는 이츠하크 라빈의 격언을 기억하고 있었다. "화해는 적하고 하는 것이다."

게리 애덤스는 1월 31일에 미국에 와서 그의 대의에 공감하는 아일랜드계 미국인들로부터 환대를 받았다. 방문기간에 그는 신페인당이 구체적이고 적극적인 결론을 내리도록 밀어붙이겠다고 약속했다. 그 뒤에 영국은 속도를 높여 북아일랜드 정파들과 정치 회담을 해나갔고, 아일랜드 정부는 신페인당에 협력을 하라고 압력을 넣었다. 7개월 뒤 아일랜드공화국군은 휴전을 선언했다. 비자 결정이 효과를 본 것이다. 이것은 내가 북아일랜드에서 평화를 찾는, 길고 감정적이고 복잡한 과정에 발을 들여놓는 계기가 되었다.

2월 3일, 나는 세 번째 전국조찬기도회로 하루를 시작했다. 테레사 수녀가 초청 연사였다. 나는 테레사 수녀를 본받아 정치에 겸손과 화해의 정신을 실천해야 한다고 주장했다. 그날 오후 오랜 기간 계속되어온 베트남에 대한 통상금지조치를 철회함으로써 그런 화해의 정신에 약간이나마 기여했다. 이것은 베트남 정부가 전쟁포로와 실종자 문제를 해결하고, 미군 전사자 유해를 송환하는 문제에 적극적으로 협력했기 때문에 가능한 일이었다. 나의 결정은 국회 베트남 참전용사들에게 강력한 지지를 받았다. 특히 존 케리, 밥 케리, 존 맥케인 등의 상원의원들과 베트남에서 6년 이상 전쟁포로 생활을 한 플로리다의 피트 피터슨 하원의원이 적극 밀어주었다.

2월 둘째 주에 보스니아의 세르비아인이 사라예보의 시장을 폭격하여 무고한 사람들 수십 명이 죽었다. 그 후 나토는 드디어 표결을 통해, 만일 세르비아인들이 중화기를 그 도시에서 20킬로미터 밖으로 철수시키지 않으면 유엔 사무총장의 승인 하에 세르비아인들에게 폭격을 하겠다고 결정했다. 진작 내려졌어야 할 결정이었다. 그러나 캐나다인들에게는 위험이 따르는 결정이었다. 스레브레니카의 캐나다군은 세르비아인에게 둘러싸여 있었기 때문이다. 프랑스, 영국, 스페인, 네덜란드도 마찬가지였다. 그들 역시 비교적 소수의 취약한 지상군을 주둔시키고 있었다.

곧 중화기가 제거되거나 유엔의 통제 하에 들어갔다. 돌 상원의원은 여전히 무기수출금지조치의 일방적 철회를 주장했지만, 나는 당장은 철회할 생각이 없었다. 마침내 나토로부터 공습에 대한 승인을 얻어내기도 했고, 보스니아에서 수출금지조치를 일방적으로 철회할 경우, 이것을 핑계로 다른 나라에서 아이티, 리비아, 이라크 등에 대한 수출금지조치를 무시해버릴 염려가 있기 때문이기도 했다.

그달 중순 힐러리와 첼시는 미국을 대표하여 노르웨이 릴레함메르에서 열리는 동계 올림픽에 참석하러 떠났고, 나는 딕 켈리를 만나러 핫스프링스로 갔다. 어머니 장례식을 치른 지 다섯 주가 지났다. 나는 딕이 잘 있는지 확인하고 싶었다. 딕은 그들이 살던 작은 집에서 외롭게 생활하고 있었다. 방마다 어머니의 체취가 강하게 남아 있었다. 그러나 해군 출신인 이 노인은 새로운 환경에 잘 적응하여 앞으로 어떻게 살아나갈지 생각하고 있었다.

다음 2주 동안에는 전국 각지에서 의료제도 개혁안과 범죄 법안에 대한 지지를 호소하는 한편 외교 문제도 처리했다. 사우디아라비아가 60억 달러 상당의 미국 비행기를 사겠다는 좋은 소식이 들려왔다. 론 브라운, 미키 캔터, 재무장관 페데리코 페냐가 열심히 노력한 결과였다.

연방수사국이 31년 된 중앙정보부 고참 요원 올드리치 에임스 부부를 간첩 혐의로 체포하면서 미국 역사상 가장 엄청난 간첩 사건이 드러났을 때는 충격을 받았다. 에임스는 9년 동안 정보를 제공하여 러시아 내 우리의 정보 제공자 10명 이상을 죽음에 이르게 하고 미국의 정보기관에 심각한 피해를 입혔다. 그 대가로 그는 많은 돈을 받았다. 연방수사국은 간첩이 있다는 확신을 잡고 중앙정보국의 협조를 얻어 오랫동안 추적해오다가 마침내 에임스를 잡았던 것이다. 에임스 사건으로 미국 정보기관과 대러시아 정책의 취약성이 문제가 되었다. 그들이 미국에 간첩을 심어놓는다면 미국은 그들에 대한 원조를 취소하거나 중단해야 하는 것 아닐까? 초당파적인 국회 회의와 기자회견에서 나는 원조 중단에는 반대한다는 입장을 밝혔다. 러시아는 과거와 미래 사이의 내적 갈등에 빠져 있었다. 과거의 러시아는 미국에 간첩을 심지만, 미국의 원조는 민주주의와 경제 개혁을 강화하고, 핵무기를 방호 폐기함으로써 미래의 러시아를 지원하는 데 기여하고 있다. 게다가 러시아는 미국에 간첩을 심는 유일한 나라가 아니다.

그달 말, 호전적인 이스라엘 정착민 한 사람이 서안지구를 팔레스타인 사람들에게 돌려준다는 계획에 격분하여 헤브론의 아브라함 이슬람사원에서 예배를 보던 사람들에게 총을 쏘아댔다. 이 살인자는 이슬람의 거룩한 달인 라마단 동안에 공격을 했으며, 공격한 장소는 아브라함과 그의 부인

사라가 묻혀 있다 하여 이슬람교도와 유대교도 모두에게 성지로 추앙되는 장소였다. 그의 의도는 폭력적 반응을 유발하여 평화 협상이 궤도에서 벗어나게 하려는 것임이 분명했다. 나는 그것을 막기 위해 워런 크리스토퍼에게 라빈, 아라파트와 연락하라고 지시했다. 협상자들을 되도록 빨리 워싱턴으로 보내 이곳에서 협정 이행의 구체적인 방안에 합의하게 하자는 것이었다.

2월 28일에는 나토 전투기들이 비행금지구역을 침범한 세르비아 비행기 4대를 격추했다. 나토 44년 역사상 최초의 군사 행동이었다. 나는 이 공격과 사라예보 해방을 계기로 동맹국들이 투즐라와 스레브레니카 주변에서 세르비아인의 공격에 좀더 강하게 대응하길 바랐다.

그 동맹자들 가운데 하나인 영국의 총리 존 메이저가 그날 보스니아와 북아일랜드에 대해 의논을 하러 미국에 와 있었다. 나는 그를 먼저 피츠버그로 데려갔다. 그곳에는 19세기에 그의 할아버지가 일하던 강철 공장이 있었는데, 메이저는 미국의 산업 심장부에서 자신의 뿌리를 발견하자 감개가 무량한 것 같았다. 그날 밤 메이저는 백악관에 묵었다. 나의 재임기간 중 백악관에 묵은 최초의 외국 지도자였다. 다음 날 우리는 기자회견을 했다. 기자회견에는 일반적인 메시지 외에 특별한 것은 없었다. 그 메시지는 애덤스의 비자 문제를 둘러싼 우리의 의견 불일치가 영미 관계를 해치거나 보스니아나 다른 문제들을 둘러싼 우리의 밀접한 협력을 방해하지 않을 것이라는 내용이었다. 메이저는 진지하고 영리했으며, 앞서도 말했듯이 의회의 아슬아슬한 상황을 더 위태롭게 하는 일이었음에도 아일랜드 문제를 해결하기 위해 진정으로 헌신하고 있었다. 나는 그가 언론에 종종 보도되는 것보다 훨씬 나은 지도자라고 생각했다. 우리는 이틀을 함께 보낸 뒤로 줄곧 우호적이고 생산적인 협력 관계를 유지하게 되었다.

38

내가 외교 문제를 놓고 열심히 일하는 동
안 국내에서는 화이트워터라는 새로운 세계가 형성되기 시작했다. 3월에
로버트 피스크는 힐러리 밑에서 일을 했고 빈스 포스터의 친구이기도 했던
매기 윌리엄스와 리서 카푸토를 포함한 백악관 비서진 몇 사람에게 소환장
을 보냄으로써 활기차게 일을 시작했다. 맥 맥라티는 해럴드 이케스를 팀장
으로 하는 화이트워터 대책팀을 구성했다. 이 팀은 피스크와 언론의 질문에
대한 대응을 조율하기로 했으며, 비서진에게 자기들끼리 또는 힐러리나 나
에게 화이트워터에 대한 이야기를 가급적 하지 말라고 당부했다. 나머지 비
서진과 나로 하여금 화이트워터 문제를 생각하지 않고 워싱턴에 온 본래의
목적인 공적인 일에 몰두하게 하려는 의도였다. 사실 젊은 비서들이 그런
이야기를 해보았자 선서 증언, 정치적 공격, 엄청난 법률 비용 청구서를 감
당할 일만 생길 터였다. 이미 많은 사람들이 뭔가 잘못된 것을 찾는 일에서
기득권을 얻고 있었다. 만일 우리가 오래전에 한 토지 거래에서 불법적인
것이 드러나지 않는다면, 누군가 그 일을 처리하는 과정에서 잘못을 했다고
우기고 나설 분위기였다.

어쨌든 이런 시스템은 나에게는 괜찮았다. 어차피 나는 어렸을 때부터
두 가지 생활을 병행하는 데 익숙한 사람이었다. 나는 보통 비난이나 빈정
거림에는 귀를 막고 내 할 일만 계속했다. 그러나 언제든지 자의적이고 파
괴적인 공격이 날아올 수 있다는 위기감 속에서 살아보지 않은 사람들은 나
보다 대처하기가 더 힘들 게 분명했다. 더군다나 어떤 혐의만 나오면 무조

건 죄가 있다고 가정하는 분위기였다. 물론 샘 대시처럼, 레이건이나 닉슨 행정부에 비하면 우리가 얼마나 협조적인지 모른다고 말해주는 법률전문가들도 있었다. 우리는 소환장에 저항하지 않았으며 모든 기록을 법무부와 피스크에게 넘겨주었기 때문이다. 그러나 골포스트가 옮겨졌다. 힐러리와 내가 정적이 제기하는 모든 혐의에 대하여 결백을 입증하지 못하면, 강한 의심이 섞인 질문을 하고 기사를 쓰는 판이었다. 밑에 깔린 저류는 우리가 뭔가 잘못했음이 틀림없다는 것이었다.

예를 들어 우리의 재정 기록이 언론에 흘러들면서 「뉴욕 타임즈」는 힐러리가 짐 블레어의 도움을 받아 1,000달러 투자에서 시작하여 1979년까지 상품시장에 10만 달러를 투자했다고 보도했다. 블레어는 나와 아주 절친한 친구였다. 그가 힐러리를 비롯한 여러 친구들의 상품 거래를 도와준 것은 사실이지만, 힐러리는 스스로 위험을 무릅쓰고 투자한 것이며 중개료로 1만 8,000달러 이상을 주었다. 또 자신의 본능에 따라 시장이 퇴조하기 전에 빠져나왔다. 공화당원으로 곡물 상품이 거래되는 시카고 상업거래소 소장을 역임한 리오 멜러미드는 힐러리의 거래 목록을 전부 검토한 뒤 아무런 문제가 없다고 말했다. 그러나 그것은 중요하지 않았다. 비판자들은 오랫동안 힐러리가 상품시장에서 얻은 이윤이 부패의 명백한 증거라고 제기해왔다.

힐러리가 이 '달콤한 거래'에 자신의 돈을 집어넣은 것이 아니라는 「뉴스위크」의 기사도 비리를 전제로 하고 있다. 이 기사에는 컬럼비아 법대 마빈 철스틴 교수의 전문적인 견해에 기초한 분석이 실려 있었다. 철스틴 교수는 법인법과 계약의 권위자이며, 나를 예일에서 가르치기도 했고, 1978-79년, 즉 화이트워터 투자시기에 우리 변호사들이 세금 환급을 검토해달라고 부탁했던 사람이다. 철스틴은 「뉴스위크」 기사를 반박하면서 "나는 그런 이야기를 한 적이 없고 능욕과 수모를 당했다"고 말했다.

같은 시기에 「타임」지는 내가 화이트워터 때문에 초조한 표정으로 책상에 앉아 있는데 조지 스테파노풀로스가 내 어깨 너머로 책상을 보는 것처럼 느껴지는 표지 사진을 실었다. 사실 그 사진은 그전에 일정을 잡는 일상적인 회의를 하다가 찍은 것으로, 그 자리에는 우리 둘 외에도 몇 사람이 더 있었다. 원래의 사진에도 적어도 두 명은 더 있었다. 「타임」지는 그 두 사람을 잘라낸 것이다.

4월에 힐러리는 기자회견을 열고 상품 거래와 화이트워터에 대한 질문에 답변했다. 힐러리는 기자회견을 훌륭하게 해냈으며, 나는 힐러리가 자랑스러웠다. 힐러리는 심지어 자신의 '사생활 영역'에 대한 믿음 때문에 이전에는 과거의 개인적인 거래에 대하여 필요한 만큼도 응답을 하지 않으려 했지만, "한참 저항하고 나자 내 사생활의 영역이 재조정되어 있더라"고 인정함으로써 기자들을 웃게 만들기도 했다.

우리에 대한 유죄 추정은 다른 사람들에게까지 확대되었다. 예를 들어 로저 앨트먼과 버니 너스봄은 둘 다 정리신탁공사가 매디슨 신용금고에 대하여 제출한 범죄 혐의 보고서에 대해 논의했다는 이유로 심하게 비판을 받았다. 정리신탁공사는 재무부의 한 부분이고, 앨트먼이 재무부를 일시적으로 감독했다는 것이 그 이유였다. 비판자들은 너스봄이 정리신탁공사의 처리 절차에 영향을 주려고 했을 수 있다고 가정했다. 사실 이 논의는 매디슨 신용금고 조사에 대한 이야기가 새나가면서 언론의 질문에 답변할 필요가 생겨 이루어진 것이었으며, 재무부 윤리 담당 법률고문의 승인을 받은 것이기도 했다.

구식의 진보주의적 칼럼니스트 에드윈 요더는 '윤리 청소부'가 워싱턴을 덮치고 있다고 말했다. 그는 너스봄-앨트먼 회의에 대한 칼럼에서 이렇게 썼다.

왜 백악관 참모가 대통령에 관한 혐의나 소문들에 대해 다른 행정부 부서에게 정보를 요구하는 게 그렇게 나쁜 일인지, 먼저 그것부터 나에게 설명을 해주었으면 좋겠다······

로버트 피스크는 백악관과 재무부의 접촉이 합법적이라고 결론을 내렸다. 하지만 그것으로 너스봄과 앨트먼에 대한 중상모략이 중단된 것은 아니다. 당시 내가 정치적으로 임명한 사람들에게는 하루에 세 번 미란다 경고문(용의자의 권리에 대하여 알려주는 경고문—옮긴이주)을 읽어주어야 했다. 버니 너스봄은 3월 초에 사직했다. 그는 특별검사를 요구한 나의 어리석은 결정을 잊지 못했으며, 자신이 더 이상 문제의 원인이 되기를 바라지 않았다. 앨트먼도 몇 달 뒤 정부를 떠났다. 그들은 둘 다 유능하고 솔직한 공복들이었다.

3월에 오래전부터 공화당 공작원으로 활동하다가 CNBC의 사장이 된 로저 에일스는 "행정부가 땅 사기, 불법 기부금, 권력 남용, 자살 은폐(살인 가능성) 등을 포함한 화이트워터와 관련된 은폐 행위를 한다"고 비난했다. '비리에 대한 믿을 만한 증거'는 그것으로 끝이었다.

닉슨과 애그뉴를 위해 연설문을 작성하였으며, 그의 모든 후임자가 그들만큼 나쁘다는 것을 입증하기 위해 안달하는 것처럼 보이던 「뉴욕 타임즈」의 칼럼니스트 윌리엄 사파이어는 포스터의 죽음이 힐러리와 나의 불법 행동과 관련이 있다는 근거 없는 주장을 밀어붙이는 데 특히 열심이었다. 물론 포스터의 유서는 정확히 그 반대, 다시 말해 우리가 아무런 잘못을 하지 않았음을 보여주고 있었다. 그럼에도 사파이어는 막무가내로 포스터가 그의 사무실에 우리에게 피해를 입히는 기록들을 부적절하게 보관했다고 추측했다.

우리는 이제 우리에게 큰 피해를 주었던 잘못된 기사들의 바탕이 된 정보 중에서 많은 부분을 데이비드 헤일, 그리고 그들 나름의 목적을 위해 그를 택했던 우익이 제공했다는 것을 알고 있다. 1993년 리틀록의 공화당계 지방법원 판사였던 헤일은 그의 회사 캐피털 매니지먼트 서비시즈를 통하여 소수민족 사업체에 대출금으로 사용되어야 했던 연방 자금 90만 달러를 중소기업청으로부터 사취한 혐의로 고발되었다(나중에 회계감사원 감사는 그가 중소기업청에서 340만 달러를 사취했다고 밝혔다). 그는 유령 회사들을 통해 그 돈을 착복했다. 헤일은, 1966년에 윈 록펠러에 대항하여 주지사 선거에 출마했고 1968년에는 풀브라이트 상원의원에 대항하여 출마했던 아칸소의 인종차별주의자 짐 존슨 판사와 함께 자신의 곤경에 대해 의논했다. 존슨은 헤일을 비호했으며, 8월에 그를 '단결한 시민들'이라는 보수적 단체와 연결시켜주었다. 그 중심인물은 플로이드 브라운과 데이비드 보시였다. 브라운은 1988년 마이크 듀카키스를 비방하는 악명 높은 윌리 호턴 광고를 제작한 사람이다. 보시는 1992년 선거운동을 위하여 브라운이『교활한 윌리 : 왜 미국은 빌 클린턴을 신뢰할 수 없는가*Slick Willie : Why America Cannot Trust Bill Clinton*』를 쓸 때 도와주었는데, 이 책에서 두 저자는 짐 존슨 판사에게 '특별한 감사'의 뜻을 전하고 있다.

헤일은 내가 그에게 압력을 넣어, 캐피털 매니지먼트가 수잔 맥두걸이 소유한 회사에 30만 달러를 빌려주게 했다고 주장했다. 그리고 수잔 맥두걸은 그 돈을 아칸소의 민주당 지도자들에게 주었다는 것이다. 그 대가로 맥두걸은 헤일에게 매디슨 신용금고로부터 80만 달러 이상을 빌려주었으며, 이를 기반으로 헤일은 중소기업청에서 다시 100만 달러를 얻었다는 것이다. 이것은 터무니없는 허위였지만, 브라운과 보시는 이 소문을 열심히 퍼뜨렸다. 셰필드 넬슨은 그 이야기를 「뉴욕 타임즈」에 있는 자신의 연줄 제프 거스에게 전달했던 것 같다.

1994년 3월, 언론은 로즈 법률회사가 분쇄한 서류들을 놓고 비통해했다. 그 가운데 한 서류 상자에는 빈스 포스터의 머리 문자가 적혀 있었다. 로즈 법률회사는 이것이 화이트워터와는 관계없는 자료의 분쇄였으며, 보관 시한이 지나 필요 없는 서류들을 파기하는 정상적 절차였다고 설명했다. 백악관에서는 로즈 법률회사가 화이트워터와 관계없는 불필요한 기록들을 일상적으로 파기한다는 것에 대해 아는 사람이 없었다. 게다가 우리는 은폐할 것이 없었다. 우리가 은폐한다는 것을 보여주는 증거도 전혀 없었다.

상황은 심각해져서 심지어 매우 존경받는 저널리스트 데이비드 브로더마저 버니 너스봄이 '지난 일주일 동안 다시 워싱턴 전체에 울려퍼진……너무 익숙한 말들, 조사, 소환장, 대배심, 사임'을 낳은 오만과 권력 남용을 견디어낼 수밖에 없었다는 이유로 "불행하다"고 말했다. 브로더는 심지어 경제 계획과 북미자유무역협정을 위해 캠페인들을 관리했던 '상황실'을 닉슨의 적들의 명단에 비유하기까지 했다.

너스봄이 불행했던 것은 사실이다. 내가 '분위기를 일신하기' 위해서 독립변호사 요구를 따랐다면 조사, 소환장, 대배심도 없었을 것이다. 너스봄이 정말 화가 났던 것은 내가 법의 규칙을 지키고 우선순위의 기준을 받아들이는 대신 화이트워터 매체의 계속 변하는 기준들을 받아들였다는 점 때문이었다. 이 기준들은 계속 매체들이 개탄한다고 말하는 바로 그러한 결과를 만들어내기 위해 고안된 것이었다. 너스봄의 후임자로 온 로이드 커틀러는 오랫동안 워싱턴에서 변호사 생활을 했으며, 당연한 일이지만 워싱턴 제도 내에서 좋은 평판을 얻고 있었다. 이후 몇 달 동안 그의 존재와 충고는 큰 도움이 되었지만, 그 역시 화이트워터의 물살을 돌릴 수는 없었다.

러시 림보는 그의 쇼에서 화이트워터 진흙탕에서 뒹굴며 마음껏 즐겼다. 그는 포스터가 힐러리 소유의 아파트에서 살해된 뒤 포트마시 공원으로 옮겨졌다고 주장했다. 나는 그 말에 포스터의 부인과 자식들이 어떤 충격을 받을지 상상조차 할 수 없었다. 나중에 림보는 "화이트워터 게이트를 파헤치는 일에 관여한 저널리스트를 비롯한 여러 사람이 리틀록에서 구타당하고 핍박당했다. 몇 명은 죽었다"고 허위 주장을 했다.

공화당 하원의원 출신인 빌 대너메이어는 림보에게 지고 싶지 않았는지, 나와 관련된 사람들 가운데 '자연사가 아닌 다른 이유로' 사망한 '엄청나게' 많은 사람들에 대한 의회 청문회를 요구했다. 대너메이어의 섬뜩한 명단에는 1992년 알래스카 여행 도중 비행기 사고로 비극적인 죽음을 맞이한, 나의 선거운동 공동 재정국장 빅 레이저와 그의 아들, 리틀록에서 선거운동을 하다가 심장마비로 죽은 민주당 정치국장 폴 털리도 포함되어 있었다. 나는 두 사람의 장례식에서 조사를 했으며, 나중에는 레이저의 미망인 몰리를 의전국장으로 임명하기도 했다.

제리 폴웰은 대너메이어보다 한 술 더 떴다. 그는 아칸소에서 '의문의 죽임을 당한 수많은 사람들'에 대한 비디오 '권력 집단Circle of Power'을 공개했다. 그 필름은 내가 그들의 죽음에 어떤 식으로든 책임이 있다고 암시하고 있었다. 이어 폴웰은 그 후속편 '클린턴 연대기The Clinton Chronicles'를 내놓고 이것을 그의 텔레비전 쇼인 '옛 복음의 시간The Old Time Gospel Hour'에서 홍보했다. 이 비디오에는 대너메이어와 짐 존슨 판사가 등장하여 내가 코카인 밀반입, 증인 살해, 사설탐정 및 주 경찰관의 부인 살해 사주 등과 관련이 있다고 비난했다. 여기 나오는 수많은 '증인'들은 증언의 대가로 돈을 받았으며, 폴웰은 이 비디오를 꽤 많이 팔았다.

화이트워터 사건이 전개되면서 나는 이 일을 길게 보려고 노력했다. 또 모두가 히스테리에 사로잡힌 것은 아니라는 사실을 기억하려 애썼다. 예를 들어 「유에스에이 투데이」는 화이트워터에 대한 공정한 기사를 실었다. 여기에 짐 맥두걸의 인터뷰 기사가 실렸는데, 그는 힐러리와 내가 잘못한 것이 없다고 말했다. 또 화이트워터 땅을 감독했던 아칸소 북부의 부동산업자 크리스 웨이드와의 인터뷰 기사도 실렸는데, 그 역시 우리가 그 땅에 제한적으로 개입한 것에 대하여 사실을 말하고 있다고 이야기했다.

나는 러시 림보, 빌 대너메이어, 제리 폴웰 같은 우익들, 그리고 「워싱턴 타임즈」 같은 신문들이 왜 그런 이야기를 하는지 이해할 수 있었다. 「워싱턴 타임즈」는 우익을 공공연하게 표명하는 신문으로, 문선명 목사가 자금을 대고 있었으며 웨스 프루던 2세가 편집을 맡고 있었다. 그의 아버지 웰즐리 프루던 목사는 아칸소의 백인시민협의회에서 일하던 목사였으며, 짐 존슨 판사와 함께 흑인을 위한 민권 운동에 대항했다가 패배한 적이 있었다. 그러나 「뉴욕 타임즈」, 「워싱턴 포스트」 등 내가 늘 존중하고 신뢰하던 매체들이 플로이드 브라운, 데이비드 보시, 데이비드 헤일, 짐 존슨 같은 사람들에게 놀아난다는 것은 믿기지 않는 일이었다.

이 무렵 나는 '흑인 역사의 달'을 맞아 백악관에서 만찬을 주최했다. 참석자들 가운데는 법대 은사인 버크 마셜과 그의 친구 니콜라스 카첸바흐도 있었다. 카첸바흐는 케네디 법무부에서 민권을 옹호하며 많은 일을 했는데, 내게 와서 자신도 「워싱턴 포스트」의 이사회에 있는 사람이지만 「워싱턴 포스트」의 화이트워터 보도, 그리고 별 가치도 없는 혐의를 가지고 나와 대통령직에 안겨준 '끔찍한 피해'를 부끄럽게 생각한다고 말했다. "이게 뭐 하자는 겁니까?" 그가 말했다. "이건 공익과는 아무런 관계가 없습니다."

그러나 뭐 하자는 것이었는지는 몰라도, 어쨌든 효과는 있었다. 3월의 여론조사에 따르면, 반수에 해당하는 사람들이 힐러리와 내가 화이트워터에 대해 거짓말을 한다고 생각했으며, 3분의 1이 우리가 불법적인 일을 했다고 생각했다. 솔직히 말해서 화이트워터, 특히 힐러리에 대한 공격으로 인해 나는 생각했던 것보다 큰 대가를 치러야 했다. 그 혐의는 근거 없고, 어떤 믿을 만한 증거로도 뒷받침되지 않았다. 뿐만 아니라 나에게는 다른 문제들도 있었다. 그러나 힐러리는 이따금 냉정한 태도를 보이는 것 외에는 나에게 아무런 비난도 하지 않았다. 힐러리가 계속 등장하는 허위 혐의로 상처를 받는 것을 보고 있자니 몹시 괴로웠다. 독립변호사가 분위기를 새롭게 해줄 것이라는 순진한 생각에 굴복했기 때문에 특히 더 괴로웠다. 나는 화를 억누르기 위해 안간힘을 써야 했지만, 늘 성공했던 것은 아니다. 내각과 참모진은 내가 이따금씩 격노하는 것을 이해하고 너그럽게 봐주었다. 앨 고어는 내가 마음을 진정시키도록 도와주었다. 나는 계속 열심히 일하고 여전히 내 일을 사랑했지만, 밝은 기질과 타고난 낙관주의는 계속되는 가혹한 시험을 견뎌야 했다.

그 일을 웃어넘기는 것도 도움이 되었다. 봄이면 그리디론 클럽, 백악관 출입기자단, 라디오와 텔레비전 기자단 등이 주최하는 언론인 만찬이 세 번 열린다. 기자들은 이 기회를 이용해 대통령이나 다른 정치가들을 놀리기도 하고, 또 대통령은 답변할 기회를 얻기도 한다. 나는 이 행사들을 고대했다. 이때는 모두가 약간은 긴장을 풀기 마련이고, 기자들이 돌덩어리가 아니라 대부분은 공정한 태도를 취하려고 애쓰는 선량한 사람들이라는 사실을 확인할 수 있기 때문이다. 또 '잠언'에서 말하는 대로 '마음의 즐거움은 양약이지만, 심령의 근심은 뼈를 마르게 하기' 때문이다.

4월 12일 라디오와 텔레비전 기자단 만찬 때는 기분이 아주 좋았다. 나는 몇 가지 괜찮은 말을 하기도 했다. "정말 여기 있게 되어 기쁘다. 믿을지 모르지만, 아칸소 북서부에 여러분에게 보여주고 싶은 땅을 좀 구했다." "어떤 사람들은 나의 언론 관계의 특징이 자기연민이라고 하더라. 하지만 나는 그것이 내가 나 자신에게 감정이입을 하는 것이라고 보고 싶다. 그렇게 감정이입을 하고 보니 내 고통에 공감이 가더라." "4월 15일(세금신고 마감시한一옮긴이주)이 이제 사흘 남았는데, 여기 있는 사람들 대부분은 자신의 세금보다도 내 세금에 더 많은 시간을 써야 할 것 같다." "나는 여전히 헬프(도움이라는 뜻一옮긴이주)라고 부르는 곳이 있다고 믿는다(대통령 후보 수락 연설에서 자신이 했던 말을 흉내낸 것으로, 그때는 헬프가 아니라 호프라고 했다一옮긴이주)!"

힐러리가 나중에 '엄청난 우익의 음모'라고 부르게 된 작업의 내용은 시드니 블루멘탈의 『클린턴의 전쟁들The Clinton Wars』, 조 코너슨과 진 라이언의 『대통령 사냥The Hunting of the President』에 연대기적으로 자세히 기록되어 있다. 내가 아는 한, 그 책에 나오는 사실이 논박당한 적은 없다. 그 책들이 나왔을 때 화이트워터에 열광했던, 주류 언론에 속한 사람들은 그들의 주장을 무시했으며, 저자들이 힐러리와 나에게 너무 동정적이라면서 거들떠보려고 하지도 않았다. 또는 우리가 화이트워터 문제를 다룬 방식과 우리의 불만에 대해 비난했다. 물론 나도 그것을 더 잘 다룰 수 있었다. 그러나 그것은 그들도 마찬가지였다.

화이트워터 초기에 내 친구 중 한 사람이 워싱턴에 오기 전의 잘못 때문에 정부 직책을 내놓아야 했다. 로즈 법률회사가 의뢰인들에게 과다한 수임료를 청구하고 비용을 부풀렸다는 이유로 웹 허블을 아칸소 변호사협회에 고발하였다. 웹은 법무부를 사임하였지만, 힐러리에게 그 혐의는 근거가 없다고 말했다. 부유하지만 성미 급한 웹의 장인 세스 워드가 재판에서 졌다는 이유로 특허 침해 사건 비용을 로즈 법률회사에 지불하지 않았기 때문에 그런 문제가 생겼다는 이야기였다. 그의 말은 그럴듯하기는 했으나 사실이 아니었다.

웹은 실제로 의뢰인들에게 과도한 수임료를 청구했으며, 그 과정에서 로즈 법률회사는 손해를 보고 힐러리를 포함한 모든 파트너의 소득도 줄어들게 되었다. 만일 그의 사건이 정상적으로 처리되었다면, 그는 의뢰인들에게 되돌려줄 돈을 회사에 내고 면허를 1, 2년 정지당하는 선에서 법률회사와 합의를 보았을 것이다. 변호사협회는 그를 주 법원에 넘길 수도 있었고 넘기지 않을 수도 있었다. 만일 넘겼다면 웹은 회사에 변상을 하여 감옥에 가는 것을 피할 수 있었을 것이다. 그러나 그는 독립변호사의 그물에 걸리고 말았다.

그 사실이 처음 드러났을 때 나는 놀랐다. 웹과 나는 오래전부터 친구 사이였고 골프도 함께 쳤다. 나는 그를 잘 안다고 생각했다. 나는 지금도 그가 좋은 사람이며 큰 실수를 했을 뿐이라고 생각한다. 그리고 케네스 스타의 게임에서 인질이 되기를 거부했기 때문에 자신의 실수에 비해 너무 큰 대가를 치렀다고 생각한다.

이런 일이 벌어지는 동안, 나는 내 평행선 같은 삶의 다른 쪽에 머물고 있었다. 내가 워싱턴에 와서 하고자 했던 일을 하고 있었던 것이다. 3월에는 대학 학위가 없는 노동자들에게 도움이 된다고 생각하는 법안 두 개를 밀어붙이는 데 상당한 시간을 들였다. 이제 평생 한 가지 일자리만 갖는 사람, 또는 한 고용주 밑에서만 일하는 사람은 거의 없다. 뒤섞이는 직업 시장은 그들을 예전과는 매우 다른 방식으로 대우하고 있었다. 실업률 6.5퍼센트라는 것만으로는 현실을 제대로 볼 수 없었다. 대학 졸업생은 3.5퍼센트, 전문대학 졸업생은 5퍼센트 이상, 고등학교 졸업생은 7퍼센트 이상, 고등학교 중퇴자는 11퍼센트 이상이었다.

나는 뉴햄프셔 주 내슈아와 키니에서 열린 행사에서 실업 수당 프로그램을 더 광범위하고 더 나은 훈련 프로그램을 갖춘 재고용 시스템으로 전환하고 싶다고 말했다. 또 국회가 4년제 대학 학위를 딸 생각이 없는 젊은이들에게 1, 2년간 높은 수준의 훈련을 제공하는 취업 훈련 프로그램을 승인해주기를 바랐다. 그달 말, 나는 GOALS 2000 법안에 서명할 수 있었다. 마침내 우리는 1989년부터 노력해왔던 전국적인 교육 목표들에 부응하고, 그 목표를 기준으로 학생들의 교육 향상 수준을 측정하고, 지방 학구學區들이 가장 유망한 개혁안을 채택하게 하겠다는 약속을 지킬 수 있게 된 것이다. 딕 라일리 장관에게는 기쁜 날이었다.

3월 18일, 보스니아의 이제트베고비치 대통령과 크로아티아의 프라뇨 투지만 대통령이 백악관에서, 나의 특사 찰스 레드먼의 도움을 받아 협상을 벌여왔던 협정에 서명했다. 그 내용은 보스니아에서 양쪽 주민이 다수를 이루는 지역에 연방을 설립하고, 장차 크로아티아와 국가연합을 만드는 방향으로 나아가는 과정을 밟는다는 것이었다. 이슬람교도와 크로아티아인 사이의 전투는 양측이 보스니아의 세르비아인과 맞붙었을 때만큼 심각하지는 않았지만, 어쨌든 이 협정은 평화 정착을 위한 중요한 단계였다.

3월 말의 마지막 며칠 동안 북한과 관련된 심각한 위기가 시작되었다. 북한은 2월에 그들이 공표한 핵 시설을 국제원자력기구IAEA의 사찰단이 확인하도록 허용하겠다고 약속한 뒤, 3월 15일에는 핵 사찰단이 일을 마무리 짓는 것을 막았다. 그들이 연구하는 원자로는 연료봉을 사용했다. 이 연료봉이 원래의 목적을 위해 사용된 뒤에 남는 폐연료는 재처리 과정을 통해 핵무기의 원료가 되기에 충분한 양의 플루토늄을 만드는 데 사용할 수 있었다. 북한은 또 훨씬 더 많은 폐연료봉을 만들어낼 수 있는 더 큰 원자로들을 건설할 계획을 세우고 있었다. 이 연료봉들은 세계에서 가장 고립된 나라, 자국민을 제대로 먹이지도 못해 엉뚱한 구매자에게 플루토늄을 팔고 싶은 유혹을 느낄 수도 있는 가난한 나라의 손에 쥐어져 있을 경우에는 매우 위험한 자산이었다. 일주일이 안 되어 나는 남한에 패트리어트 미사일을 보내기로 결정하고, 북한에 대한 경제제재를 유엔에 요청했다. 빌 페리가 3월 30일에 편집자와 기자들에게 말한 대로, 나는 전쟁 위험을 무릅쓰고라도 북한의 핵무기 개발을 막기로 결심하고 있었다. 우리가 이 사태를 매우 심각하게 생각한다는 것을 북한에 확실하게 보여주기 위하여, 페리는 이후 사흘 동안 강경한 발언을 계속했다. 심지어 선제 군사공격을 배제하지 않는다는 말도 했다.

한편 워런 크리스토퍼는 우리의 메시지가 적절히 균형을 이루도록 신경 썼다. 국무부는 우리가 평화적인 해결책을 선호한다고 말했으며, 한국 대사 짐 레이니는 우리의 입장을 '경계, 결의, 인내'로 표현했다. 나는 만일 북한이 우리의 입장을 제대로 이해하고, 나아가 그 이웃들이나 미국과 협력하여 핵 계획을 포기할 경우에 얻을 수 있는 경제적·정치적 이익을 파악하게 되면, 우리가 이 문제를 풀 수 있다고 생각했다. 만일 이 문제를 풀지 못하면 화이트워터는 곧 지엽적인 문제(실제로도 그랬지만)가 되어버릴 터였다.

3월 26일, 나는 댈러스에서 동생 로저와 몰리 마틴의 결혼식에 들러리로 참석하여 행복한 주말을 보냈다. 몰리는 로저가 내슈빌에서 몇 년을 보내다가 다시 가수가 되어볼 생각으로 로스앤젤레스로 간 뒤에 만난 아름다운 여성이다. 나는 로저가 결혼하게 되어 정말 기뻤다.

결혼식 뒤에 우리는 모두 아칸소 레이저백스가 전미대학체육협회 농구대회 준준결승에서 미시간 대학을 이기는 것을 관람했다. 그 주에 「스포츠 일러스트레이티드Sports Illustrated」는 레이저백스의 운동복을 입은 내 모습을 표지에 실었다. 기사에는 내가 농구공을 쥔 사진을 실었다. 그동안 내가 언론에 등장하던 방식을 볼 때, 그 기사는 하늘에서 내려온 만나나 다름없었다. 일주일 뒤 나는 노스캐롤라이나 샬럿의 경기장을 찾아갔다. 이 시합에서 아칸소는 듀크를 76 대 72로 이기고 우승했다.

4월 6일 해리 블랙먼 판사가 대법원에서 물러나겠다고 발표했다. 힐러리와 나는 르네상스 위켄드를 통해 블랙먼 판사와 그의 부인 도티와 친구가 되었다. 그는 훌륭한 사람이고 뛰어난 판사였으며, 렌키스트의 대법원에 절실하게 필요한 온건한 목소리였다. 나는 훌륭한 인물이 블랙먼 판사의 뒤를 잇게 하는 것이 국가에 대한 나의 의무라고 생각했다. 나의 첫 번째 선택은 한 달 전 상원에서 은퇴하겠다고 발표한 조지 미첼 상원의원이었다. 그는 훌륭한 다수당 의장이었으며, 나를 적극적으로 도와주었고 의리를 보여주었다. 11월 선거에서 그의 자리를 다른 민주당 의원이 차지할 수 있을지 전혀 확실한 상황이 아니었다.

나는 조지가 상원에서 떠나기를 바라지 않았으나, 그를 대법원에 임명한다는 생각에 마음이 들떴다. 그는 상원에 오기 전에는 연방판사였으며, 대법원에서 큰 인물, 다시 말해 표를 움직일 수 있고 반대의견을 통해서라도 자신의 목소리를 낼 수 있는 인물이었다. 미첼은 5주 만에 두 번째로 내 요구를 거절했다. 그는 이번에 자신이 상원을 떠난다면, 우리가 의료제도 개혁안을 통과시킬 수 있는 얼마 안 되는 가능성마저도 사라져버릴 것이고, 미국 국민과 재선에 나서는 민주당 의원들, 그리고 나의 대통령직에 피해를 줄 것이라고 말했다.

나는 얼른 다른 두 후보로 마음을 돌렸다. 이미 심사를 통과한 스티븐 브레이어 판사와, 세인트루이스에 자리잡고 있으며 아칸소도 그 관할권에 거느리고 있는 제8순회항소법원의 재판장 리처드 아널드 판사였다. 아널드는 저명한 아칸소 법률가 집안 출신으로, 데일 범퍼스의 보좌관 출신이었다. 예일과 하버드 대학을 수석으로 졸업한 그는 연방판사들 가운데 가장 총명한 사람으로 꼽히기도 했다. 대학에서는 라틴어와 그리스어를 배웠는데, 거기에는 『성경』 초기 텍스트를 읽겠다는 목적도 있었다. 만일 그가 암 치료를 받은 뒤 예후가 분명치 않다는 사실만 아니면 나는 그를 지명했을 것이다.

나의 공화당 전임자들은 오랫동안 대법원에 앉아 있을 수 있는 젊은 보수주의자들로 연방법원을 채웠다. 나는 그들에게 다시 자리를 내줄 위험을 무릅쓰고 싶지 않았다. 5월에 나는 브레이어 판사를 지명하기로 결정했다. 그 역시 아널드만큼 자격을 갖추고 있었으며, 예전에 화이트 판사가 사임한 뒤 면담을 했을 때 좋은 인상을 받기도 했다. 브레이어는 쉽게 인준을 받았다. 한 가지 즐거운 이야기를 덧붙이자면, 리처드 아널드는 여전히 건강하게 제8순회법원에서 일하고 있으며, 이따금씩 나와 골프도 친다.

4월 초, 나토는 다시 보스니아를 폭격했다. 이번에는 세르비아인의 고라제 포위 공격을 막으려는 것이었다. 같은 날 르완다에서 대규모 폭력 사태가 벌어졌다. 르완다 대통령과 부룬디 대통령이 비행기 사고로 죽자, 이를 계기로 다수 부족인 후투족 지도자들이 투치족에 대하여 무시무시한 살육을 자행했다. 투치족은 인구의 15퍼센트를 이루었지만 후투족보다 훨씬 큰 경제적·정치적 권력을 장악하고 있는 것으로 알려져 있었다. 나는 미국인을 모두 대피시키고 그들의 안전을 위해 군대 파병을 명령했다. 100일이 안 되어 인구가 불과 800만 명인 나라에서 80만 명 이상이 죽임을, 그것도 대부분 칼로 죽임을 당했다. 우리는 보스니아에 몰두해 있었고, 겨우 6개월 밖에 안 지난 소말리아의 기억이 생생했고, 국회가 국익에 중요하지 않은 먼 지역에 군대를 배치하는 것에 반대했기 때문에, 나와 나의 외교정책팀 역시 그런 살육을 막기 위해 부대를 파병하는 일에 적절한 관심을 갖지 못했다. 수천 명의 병력과 우리 동맹국들의 지원만 있었다면, 병력 배치에 걸리는 시간을 감안하더라도 우리는 많은 사람의 목숨을 살릴 수 있었을 것이다. 르완다의 비극을 막으려고 노력하지 못한 것은 나의 대통령 재임 기간에 가장 안타까운 일 가운데 하나가 되었다.

두 번째 임기, 그리고 대통령직을 떠난 뒤 나는 르완다 사람들이 그들의 나라와 생활을 수습하는 것을 돕기 위해 최선을 다했다. 현재 나의 재단은 르완다 폴 카가메 대통령의 초대를 받아 그곳에서 에이즈의 물살을 저지하기 위해 노력하고 있다.

4월 22일에 리처드 닉슨이 서거했다. 그 무렵에 다녀온 러시아, 우크라이나, 독일, 영국에 대해 7페이지 분량의 멋진 편지를 나에게 보내고 나서 한 달 하루 만의 일이었다. 닉슨은 자신이 방문한 나라의 지도자들이 나를 존경하고 있다면서, 화이트워터를 비롯하여 다른 국내 문제 때문에 '미국의 주요한 외교적 급선무, 즉 러시아의 정치적·경제적 자유의 보존에서 한눈을 팔아서는' 안 된다고 말했다. 그는 옐친의 정치적 지위와 두마의 반미 정서를 걱정했으며, 나에게 옐친과 가까운 관계를 유지하면서 러시아의 다른 민주주의자들과도 접촉하고, 원조 계획의 구도와 이행 방법을 개선하며, 지도적인 사업가들이 러시아에 민간 투자를 늘리도록 일을 맡기라고 촉구했다. 닉슨은 초국가주의자 지리노프스키를 탄압하는 대신 그가 '사기꾼임'이 밝혀지도록 해야 하며, '지리노프스키, 루츠코이, 공산주의자들 같은 나쁜 사람들은 분열하도록 하고 체르노미르딘, 야블린스키, 샤라이, 트라프킨 등 좋은 사람들은 가능한 한 책임 있게 개혁을 하기 위해 연합전선에서 뭉치도록 노력해야' 한다고 말했다. 마지막으로 닉슨은 원조금을 구소련 전체에 퍼뜨리는 것이 아니라, 러시아와 우크라이나에 집중해야 한다고 말했다. 우크라이나는 '불가결하기' 때문이었다. 이 편지는 그의 80대의 최고의 모습을 보여주는 역작이었다.

닉슨의 대통령 도서관이자 생가 구내에서 열린 장례식에는 살아 있는 전직 대통령들이 모두 참석했다. 닉슨의 유족이 나에게 연설을 요청했을 때 나는 약간 놀랐다. 다른 연사들은 밥 돌, 헨리 키신저, 젊은 시절 닉슨 밑에서 일했던 캘리포니아 주지사 피트 윌슨이었다. 나는 그의 '특히 러시아와 관련된 지혜로운 조언'에 감사하며, 미국과 세계에 대한 정력적이고 명민한 관심에 대해 언급하고, 그가 죽기 한 달 전에 나에게 연락을 하고 편지를 보낸 일을 언급했다. 워터게이트는 화해에 대한 호소와 더불어 간접적으로만 언급했다. "오늘은 그의 유족, 그의 친구, 그의 나라가 닉슨 대통령의 삶 전체를 기억하는 날입니다…… 그의 삶과 경력 전체를 고려하지 않고 닉슨 대통령을 판단하는 일은 오늘로 끝나기를 바랍니다."

우리 당에서 닉슨을 싫어하던 사람들 가운데 몇 명은 내가 그런 말을 한 것을 좋아하지 않았다. 물론 닉슨은 워터게이트 외에도 내가 동의하지 않는 일을 많이 했다. 적들의 명단, 베트남전쟁의 연장과 폭격 확대, 캘리포니아 하원과 상원에서 정적들을 빨갱이로 몰아붙인 일 등. 그러나 그는 또 중국에 문호를 개방했고, 환경보호국, 법률구조공단, 노동안전위생국 신설 법안에 서명했으며, 차별수정프로그램을 지지했다. 1980년대와 1990년대의 공화당원에 비하면 닉슨 대통령은 과격한 자유주의자라고 할 수 있었다.

장례식 다음 날 나는 래리 킹 쇼와 전화 인터뷰를 했다. 그가 어머니의 책 『내 마음 가는 대로』를 놓고 딕 켈리와 제임스 모건을 인터뷰하고 있었기 때문이다. 나는 래리에게, 어머니 장례식 뒤에 외국에 출장 갔다 돌아와서 나도 모르게 부엌의 전화기로 다가가다 이제는 일요일 밤에 어머니에게 전화를 할 수 없다는 사실을 깨달았다고 말했다. 사실 전화를 걸고 싶은 충동은 몇 달이 지나고 나서야 사라졌다.

4월 29일, 각료 대부분이 참석한 가운데 나는 아메리카 인디언과 아메리카 토착 알래스카인 부족 지도자들을 사우스론에 초청했다. 1820년대 이후 그들을 백악관으로 부른 것은 이때가 처음이었던 것 같다. 그들 가운데 일부는 인디언 도박으로 큰돈을 벌어 자가용 비행기를 타고 워싱턴에 오기도 했다. 반면 고립된 보호구역에 살던 어떤 사람들은 비행기표 살 돈을 모으기 위해 부족민에게서 돈을 걷어야 했다. 나는 그들의 자결권, 부족 주권, 종교적 자유를 존중하고, 연방정부와 그들 사이의 관계를 개선하기 위해 노력하겠다고 약속했다. 그리고 그 약속이 지켜지도록 보장하는 행정명령에 서명했다. 마지막으로 나는 가난한 부족들의 교육, 보건, 경제 발전을 지원하기 위해 더 많은 일을 하겠다고 약속했다.

4월 말, 우리가 건강보험 홍보 전투에서 졌다는 사실이 분명해졌다. 4월 29일 「월스트리트 저널」 기사는 우리에게 대항하여 진행되고 있는, 그릇된 정보에 바탕을 둔 3억 달러짜리 캠페인을 이렇게 묘사했다.

아기의 비명은 괴로웠고, 어머니의 목소리는 필사적이었다. "제발." 어머니는 아픈 아이를 도와달라고 전화로 호소했다.
"미안합니다. 정부 건강센터는 지금 문을 닫았습니다." 전화 반대편에서 들려오는 녹음된 목소리가 말했다. "하지만 응급 상황이면 1-800-GOVERN-MENT로 전화하시기 바랍니다." 어머니는 그곳으로 전화를 하지만, 다시 녹음된 목소리가 전화를 받는다. "미안합니다. 건강보험 담당자들은 지금 모두 통화중입니다. 끊지 말고 전화가 연결될 때까지 기다리십시오……"
"왜 정부한테 이 일을 맡긴 거예요?" 어머니가 애처롭게 묻는다. "우리 가족 주치의를 돌려받았으면 좋겠어요."

이어서 이 기사는 워싱턴에 기반을 둔 '세금 개혁을 위한 미국인'이라는 집단이 제작한 라디오 광고의 유일한 문제는 이것이 사실이 아니라는 점이라고 말한다.
'의료 개혁을 위한 미국인 회의'라고 부르는 집단은 대량 광고 우편물을 보내, 클린턴의 계획에 따를 경우 사람들이 추가의 건강보험을 사게 되면 5년 징역을 살게 된다고 주장했다. 사실 우리의 계획에서는 원하는 의료 서비스를 자유롭게 구입하라고 분명하게 밝히고 있었다.
이런 광고 캠페인은 거짓이었지만 효과가 있었다. '자신이 좋아하는 것이 사실은 클린턴의 계획임을 모르는 사람들이 많다'는 제목의 3월 10일자 「월스트리트 저널」과 NBC 뉴스 여론조사는 우리의 건강보험 계획에 대해 물어볼 경우 다수가 반대한다는 것을 보여주었다. 그러나 그들이 건강보험에서 구체적으로 원하는 것을 물으면, 실제로 우리 계획에 있는 주요 조항들을 모두 지지하는 사람들이 60퍼센트가 넘었다. 이 기사는 말했다. "한 집단에 클린턴 계획임을 밝히지 않고 그 계획과 국회의 다른 주요한 제안 네 가지를 모두 읽게 했을 때, 그 집단 모두가 클린턴 계획을 첫 번째로 선호했다."

여론조사 기획자들(한 사람은 공화당원이고 다른 한 사람은 민주당원이었다)은 이렇게 말했다. "백악관은 이것을 만족스러운 동시에 경각심을 일으키는 결과로 받아들여야 한다. 그들이 작성한 기본 구상이 많은 사람들의 눈에 올바르게 보이기 때문에 만족스럽다는 것이다. 그러나 분명히 홍보가 부족했고, 그런 점에서 다른 이익 집단들에 크게 밀렸다는 것에 경각심을 가져야 한다는 것이다."

그럼에도 국회는 전진하고 있었다. 이 법안은 하원 3개, 상원 2개 등 국회의 총 5개 위원회에 넘겨졌다. 하원 노동위원회는 4월에 우리 법안보다 사실상 더 포괄적인 건강보험 법안을 부결시켰다. 나머지 4개 위원회는 합의를 이끌어내려고 열심히 노력하고 있었다.

5월 첫째 주에 다시 모든 일이 동시에 터져나왔다. 나는 애틀랜타의 CNN 본부에서 열린, 카터 대통령이 발의한 지구 포럼에서 세계 기자들의 질문에 응답했으며, 취업훈련 법안에도 서명했다. 라빈과 아라파트가 가자와 여리고를 넘겨주는 문제에 합의를 본 것을 축하했다. 치명적인 공격무기 규제 법안을 통과시켜달라고 하원의원들에게 로비를 했고, 미국총기협회의 격렬한 반대에도 불구하고 이 법안이 두 표 차로 통과된 것에 환호했다. 남아프리카에서 처음으로 공정한 전체선거가 끝난 뒤 남아프리카 원조를 늘릴 것이며, 앨과 티퍼 고어, 힐러리, 론 브라운, 마이크 에스피가 대표단을 이끌고 만델라 대통령 취임식에 참석할 것이라고 발표했다.

그리고 건강보험이 없는 여자들의 특수한 문제를 부각시키기 위해 백악관 행사가 열렸다. 라울 세드라스 소장이 아리스티드 지지자들을 살해하거나 상해하는 사건이 계속 발생했기 때문에 아이티에 대한 제재를 강화했다. 니그로연합대학기금의 대표이며 하원 예산위원회 위원장을 역임한 빌 그레이를 아이티 문제 특별보좌관으로 임명했다. 또한 폴라 존스에게 고소를 당했다. 대통령 자리에서 맞이한, 여느 때와 다름없는 또 한 번의 일주일 풍경이었다.

폴라 존스는 그전 2월, 워싱턴의 보수정치행동위원회 집회에서 처음으로 사람들 앞에 나타났다. 이 자리에서 클리프 잭슨은 "그녀의 이름을 깨끗하게 해줄" 목적으로 그녀를 소개한다고 말했다. 아칸소 주 경찰관들의 주장에 근거했다고 하는 데이비드 브록의 「아메리칸 스펙테이터」 기사에는 이런 이야기가 나온다. 클린턴이 리틀록 호텔에서 한 여자를 만났다. 그녀는 나중에 자신을 그곳에 데려간 주 경찰관에게 클린턴의 '정식 여자친구'가 되고 싶다는 말을 했다. 기사에는 그녀의 이름이 폴라라고만 나와 있었는데, 존스는 자신의 가족과 친구들이 그 기사를 읽고 그것이 자기 이야기인 줄 알았다고 주장했다. 그녀는 자신의 명예를 되찾고 싶다면서 「아메리칸 스펙테이터」를 명예훼손으로 고발하는 것이 아니라 나를 성추행으로 고소했다. 그녀는 내가 자신이 원치 않는 유혹을 했으나 거부했으며, 그런 뒤에 주 직원에게 매년 정상적으로 이루어지는 보수 인상이 이루어지지 않았다고 말했다. 당시에 그녀는 아칸소 산업개발위원회의 사무직원이었다. 클리프 잭슨의 소개로 데뷔한 존스는 처음에는 별 관심을 끌지 못했다. 그러나 출소出訴기한법에 따른 시한이 다가오기 이틀 전인 5월 6일에 성추행을 주장하며 70만 달러를 요구하는 소송을 제기했다.

존스가 소송을 제기하기 전, 그녀의 첫 번째 변호사는 리틀록의 어떤 사람과 접촉을 했고, 그는 나의 사무실로 연락을 했다. 그가 전한 이야기에 따르면, 존스의 변호사는 그녀의 주장이 약하기 때문에 내가 5만 달러를 주고 그녀와 그녀의 남편 스티브(보수적인 클린턴 혐오자였다)가 할리우드에서 일자리를 얻도록 도와주면 소송을 제기하지 않겠다고 제안했다는 것이다. 나는 돈을 주지 않았다. 나는 그녀를 성추행한 적이 없고, 그녀의 주장과는 달리 그녀의 보수는 인상되었기 때문이다. 어쨌든 나는 나 자신을 방어하기 위해 또 한 사람의 변호사를 고용해야 했다. 나는 워싱턴의 변호사 밥 베넷을 고용했다.

나는 5월의 나머지 기간에 주로 전국을 돌며 의료제도와 범죄 법안 캠페인을 벌였다. 그러나 늘 다른 일이 동시에 벌어지고 있었다. 그 가운데 가장 좋은 일은 나의 첫 조카 타일러 캐시디 클린턴이 태어난 것이었다. 몰리는 5월 12일에 타일러를 낳았다.

18일에 나는 샬랄라 장관과 라일리 장관이 열심히 작업해서 만든 중요한 업적인 취학 전 아동교육 개혁법안에 서명했다. 이것은 취학 전 프로그램의 대상이 되는 가난한 아이들의 숫자를 늘리며, 프로그램의 질을 높이고, 처음으로 3세 이전의 아이들에게 새로운 조기 아동교육 프로그램을 통해 서비스를 제공하는 법안이었다.

다음 날에는 인도의 P. V. 나라시마 라오 총리를 백악관에서 영접했다. 냉전과 서툰 외교 때문에 인도와 미국은 너무 오랫동안 멀어져 있었다. 인구가 거의 10억에 이르는 인도는 세계에서 가장 큰 민주주의 국가였다. 인도는 지난 30년간 중국과의 관계가 긴장되면서 소련에 더 가까워졌고, 냉전으로 인해 미국은 인도의 이웃국가인 파키스탄과 더 가까워졌다. 이 두 나라는 독립 이후 이슬람이 지배적인 인도 북부 카슈미르를 놓고 끝이 안 보이는 심각한 분쟁에 빠져 있었다. 이제 냉전이 끝났기 때문에 나는 미국-인도 관계를 개선할 기회와 함께 의무도 생겼다고 생각했다.

가장 큰 장애는 핵무기 확산을 제한하려는 미국의 노력과 핵무기를 개발하려는 인도의 정책 사이에 빚어진 갈등이었다. 인도는 핵무기가 중국의 핵무기에 대한 필수적인 억제책이며, 인도가 강국이 되는 필요조건이라고 생각했다. 파키스탄 역시 핵 프로그램을 개발하여 인도 아대륙에 위험한 상황이 조성되고 있었다. 나는 그들의 핵무기가 인도와 파키스탄의 안보를 더 위협한다고 생각했으나, 인도는 그렇게 보지 않았다. 그들은 핵 프로그램을 진행시키는 것이 자신들의 정당한 권리라고 보았으며, 미국의 간섭은 받아들이지 않겠다고 마음먹고 있었다. 그럼에도 인도는 나만큼이나 관계 개선을 원했다. 우리는 의견 차이를 해소하지 못했지만, 라오 총리와 내가 그동안의 서먹한 관계를 해소함으로써 인도-미국 관계에 새로운 장이 시작되었고, 양국 관계는 나의 두 번의 임기 동안, 그리고 그 뒤에도 계속 우호적으로 변해갔다.

라오 총리를 만나던 날 암과 싸우던 재키 케네디 오나시스가 세상을 떴다. 겨우 64세였다. 재키는 미국의 위대한 공적 아이콘들 가운데 국민에게 가장 친밀한 인물이었으며, 대부분의 사람들에게 우아함, 기품, 애도의 이미지로 각인되어 있었다. 운좋게 그녀를 잘 알게 된 사람들에게 그녀는 예상하던 그대로의 인물인 동시에 추측을 훨씬 뛰어넘는 인물이었다. 그녀는 생기로 가득한 똑똑한 여자였고, 훌륭한 어머니였고, 좋은 친구였다. 나는 그녀의 자녀 존과 캐럴린, 그리고 그녀의 벗 모리스 템펠스먼이 그녀를 얼마나 그리워할지 잘 알았다. 힐러리도 그녀를 그리워할 터였다. 그녀는 늘 힐러리를 격려하면서 건실한 충고를 해주었고, 두 사람은 진정한 우정을 나누었기 때문이다.

5월 말, 나는 중국에 최혜국 대우를 연장하는 문제에 대해 결정을 내려야 했다. 최혜국 대우는 사실추가의 관세나 다른 장벽이 없는 정상적인 무역 관계를 가리키는 것으로, 용어 자체에 약간 오해의 소지가 있었다. 미국은 이미 중국에 대해 상당한 무역 적자를 기록하고 있었다. 미국이 매년 중국 수출품의 35퍼센트 내지 40퍼센트를 구매하면서 적자액수는 해마다 늘어났다. 천안문광장의 사태와 뒤이은 반대파 탄압 후에 미국인들은 정파를 막론하고 부시 행정부가 베이징과 정상적인 관계를 너무 빨리 회복했다고 생각했다. 나는 대통령 선거운동 때 부시 대통령의 정책에 대해 비판적이었으며, 1993년에는 이민에서 인권, 강제 교도 작업 등 광범위한 문제에서 진전이 있어야만 중국에 최혜국 대우를 연장해준다는 행정명령을 발표했다. 5월에 워런 크리스토퍼는 모든 이민 사건들이 해결되었고, 교도소 노역 문제를 처리하는 방법에 대한 양해 각서를 체결했고, 처음으로 중국이 세계인권선언을 지키겠다고 언급했다는 보고서를 제출했다. 그러나 크리스토퍼는 평화적인 정치적 반대자를 체포하거나 구금하는 인권 유린 사례가 발견되었고, 티베트의 종교적·문화적 전통에 대한 탄압이 자행되고 있다고 덧붙였다.

중국은 다른 나라가 자국의 정치 문제에 '간섭'하는 것에 극도로 민감했다. 또 경제근대화계획이 시행되고 이에 따라 내륙지방으로부터 번창하는 해안도시들로 거대한 인구 이동이 일어난 상황에서, 중국 지도자들은 이로 인해 생기는 모든 변화를 최대한 잘 관리하는 중이라고 생각했다. 우리의 촉구가 어느 정도 긍정적인 결과를 낳았기 때문에, 나는 외교정책과 경제 보좌관에게 만장일치로 지지를 받아 최혜국 대우를 연장하고, 인권 개선을 위한 노력과 무역의 연계를 풀기로 결정했다. 중국을 세계공동체로 끌어오는 것은 미국의 이해관계에 큰 도움이 되었다. 교역과 교류가 확대되면 중국은 더 큰 번영을 누릴 수 있었다. 중국과 외부 세계의 접촉도 늘어나게 될 것이 분명했다. 그렇게 되면 북한 문제 같은 데서 좀더 많은 협력을 기대할 수 있고, 국제법의 규칙 준수도 기대할 수 있고, 나아가 개인적 자유와 인권의 진전도 기대할 수 있었다.

6월 첫째 주에 힐러리와 나는 1944년 6월 6일의 D-데이, 즉 미국과 동맹국들이 영국 해협을 건너 노르망디 해변을 공격한 날의 50주년을 기념하기 위해 유럽으로 갔다. 그것은 역사상 가장 규모가 큰 해군 공격이었으며, 이로써 유럽의 제2차 세계대전이 끝나가기 시작했다.

출장은 로마에서 시작되었다. 나는 바티칸으로 가서 교황을 만나고, 이탈리아의 새로운 총리 실비오 베를루스코니를 만났다. 베를루스코니는 이탈리아에서 가장 큰 매체의 소유주로 정치에는 신인이었는데, 파시즘을 연상시키는 극우 정당을 포함해 흥미로운 연립 내각을 구성해놓았다. 교황 요한 바오로 2세는 부러진 다리가 다 낫지 않았음에도 중국에서 종교의 자유를 확보하는 문제부터 온건한 이슬람 국가와의 협력 가능성, 그리고 인구 폭발을 억제하는 최선책과 가난한 나라들의 지속 가능한 발전을 촉진하는 문제를 둘러싼 우리의 견해 차이에 이르기까지 세계의 다양한 문제에 대해 정력적으로 이야기했다.

베를루스코니는 어떤 면에서는 이탈리아 텔레비전 시대 최초의 정치가였다. 그는 의지가 강하고 카리스마가 넘치는 인물로, 이탈리아의 악명 높은 정치 불안정에 그 나름의 규율과 방향을 제시하겠다는 결의가 단단했다. 그의 비판자들은 그가 이탈리아에 새로운 파시즘적 질서를 강요하려 한다고 비난했지만, 그는 이런 혐의를 강력히 부인했다. 나는 베를루스코니로부터 민주주의와 인권을 존중하고, 이탈리아와 미국의 역사적 동반 관계를 유지하고, 보스니아에서 나토의 일원으로서 책임을 완수할 것이라는 확약을 받고 기뻤다.

6월 3일 나는 한때 전쟁으로 폐허가 되었지만 지금은 소나무와 삼나무가 울창하게 자란 네투노의 미국인 공동묘지에서 연설을 했다. 줄줄이 늘어선 대리석 묘비에는 그곳에 묻힌 7,682명의 이름이 새겨져 있었다. 주검이 발견되지 않은 또 다른 3,000명의 미국인 이름은 근처 성당에 새겨져 있었다. 그들 모두 이탈리아를 해방하는 과정에서 젊은 나이에 전사했다. 이곳은 또 나의 친아버지가 복무했던 전장이기도 했다.

다음 날 우리는 영국 케임브리지 근처 밀든홀 공군기지에 내려, 이번에도 미국인 묘지를 찾았다. 이 묘지에는 그곳에 주둔했던 3,812명의 공군, 육군, 해군이 묻혀 있었다. 그리고 5,000명 이상의 이름이 새겨진 '실종자의 벽'이 있었다. 그 이름들 가운데는 영국 해협 상공으로 날아가 돌아오지 않은 두 사람의 이름도 새겨져 있었다. 한 사람은 케네디가의 자녀들 가운데 장남이며, 훌륭한 정치가가 될 것이라는 기대를 한몸에 받았던 조 케네디 2세였다. 또 한 사람은 1940년대에 큰 인기를 끌었던 미국의 밴드 리더 글렌 밀러였다. 이 행사에서 공군 군악대는 밀러의 '달밤의 세레나데Moonlight Serenade'를 연주했다.

힐러리와 나는 15세기 영국 총리의 시골 별장인 체커스에서 존 메이저를 만난 뒤 포츠머스에서 대규모 만찬에 참석했다. 나는 여왕 옆에 앉았다. 나는 여왕의 우아하고 지적인 면모, 그리고 공적인 문제를 토론하는 능란한 방식에 반했다. 여왕은 나에게 정보와 통찰을 구하면서도 자신의 정치적 견해를 표명하는 일은 슬쩍 피해 갔다. 영국의 국가수반에게는 그것이 금기였기 때문이다. 출생 환경만 달랐다면 여왕은 정치가나 외교관으로 성공했을지도 모른다는 생각이 들었다.

저녁을 먹은 뒤 우리는 왕실로부터 요트 브리타니아호로 초대를 받았다. 우리는 그곳에서 모후母候를 만났다. 모후는 93세였음에도 여전히 활달하고 아름다웠으며, 그녀의 밝은 눈빛은 사람을 꿰뚫는 듯했다. 다음 날 아침, 우리는 D-데이를 하루 앞두고 전투에 참가한 군대들을 위한 전쟁 예배에 참석했다. 찰스 왕세자와 별거 중이지만 이혼은 하지 않았던 다이애너 왕세자비도 참석했다. 다이애너는 힐러리와 나에게 인사를 한 뒤 군중 속으로 들어가 악수를 나누었다. 군중은 다이애너를 보자 몹시 반가워했다. 비록 짧은 시간 동안 찰스와 다이애너를 만났지만, 나는 그들이 마음에 들었으며, 그들의 인생이 다르게 풀렸으면 좋겠다는 생각이 들었다.

예배가 끝나자 우리는 브리타니아호를 타고 점심을 먹으며 영국해협으로 나아가, 거대한 배들 사이를 가로지르기 시작했다. 잠깐 항해를 한 뒤 왕실 가족에게 작별 인사를 하고 미국 해군 실SEAL 부대가 탑승한 작은 배에 옮겨 탔다. 우리는 이 배를 타고 항공모함 조지워싱턴호로 가서 나머지 항해를 마쳤다. 힐러리와 나는 그 배에 탑승한 6,000명 해군, 해병대 장병들 가운데 몇 명과 함께 식사를 했다. 식사 후에는 연설문을 검토했다.

D-데이에는 푸앙트뒤옥, 유타 해변, 콜빌-쉬르-메르의 미국 묘지에서 연설을 했다. 가는 곳마다 제2차 세계대전 참전용사들이 많이 모여들었다. 나는 참전용사 세 명과 함께 유타 해변을 걷기도 했다. 그 가운데 한 사람은 50년 전 운명의 날에 보여준 영웅적인 행동으로 명예 훈장을 받았다. 그는 우리가 자신이 1944년에 상륙한 지점에 서 있다고 말했다. 이어 그는 해변 위쪽을 가리키며, 자신의 동생은 그쪽으로 몇 백 미터 떨어진 곳에 상륙했다고 말했다. 그가 말했다. "인생이란 웃기는 거죠. 나는 명예 훈장을 받고 내 동생은 죽었으니 말입니다." "지금도 동생이 그립겠네요?" 내가 물었다. 그때 그가 한 대답이 잊혀지지 않는다. "50년 동안 매일 그립습니다."

기념식에서 나를 소개한 사람은 텍사스 주 코퍼스크리스티의 조 도슨이었다. 그는 젊은 대위 시절에 비 오듯 쏟아지던 독일군의 포화를 뚫고 접근이 불가능하다던 노르망디의 절벽에 처음 도달한 장교로 유명했다. D-데이에는 거의 9,400명이 죽었는데, 그 가운데는 형제와 부자가 33쌍 있었다. 버지니아 주의 아주 작은 마을 베드퍼드 출신의 군인 11명은 몰살당했다. 나는 그 전장에서 살아남아 이제 승리의 현장으로 돌아온 사람들이 나이가 들어 "이곳을 걸을 때 무릎에 힘도 없고, 그들의 부대원들 숫자도 점점 줄어들고 있을 것"이라고 말했다. "하지만 잊지 맙시다. 그 사람들은 젊었을 때 세상을 구했습니다."

다음 날 나는 파리에 가서 자크 시라크 시장을 만나고, 부르봉 궁의 프랑스 국회에서 연설을 했으며, 엘리제 궁에서 프랑수아 미테랑 대통령이 주최한 만찬에 참석했다. 미테랑이 주최한 만찬은 자정 무렵에 끝이 났는데, 그 시간에 미테랑이 힐러리와 나에게 '새 루브르'를 구경할 생각이 있느냐고 묻는 바람에 깜짝 놀랐다. '새 루브르'는 중국계 미국인 건축가 I. M. 페이가 지은 웅장한 건축물이었다. 미테랑은 나이가 77세이고 건강도 좋지 않았지만, 프랑스의 최신 걸작을 자랑하고 싶은 마음이 간절했다. 내가 미테랑, 미국 대사 패멀라 해리먼, 힐러리와 함께 도착했을 때 우리를 맞이한 여행 안내자는 다름 아닌 페이였다. 우리는 웅장한 유리 피라미드, 복원되고 개조된 옛 건물들, 발굴된 로마 유적을 한 시간 반 이상 둘러보았다. 지칠 줄 모르는 미테랑은 우리가 하나도 놓치지 않도록 페이의 설명에 보충 설명을 하곤 했다.

출장 마지막 날에는 개인적인 여행을 했는데, 옥스퍼드로 가서 명예학위를 받기도 했다. 영국 특유의 완벽한 봄날이었다. 해는 빛나고, 산들바람은 불어오고, 등나무와 만개한 꽃들이 아름다움을 뽐내고 있었다. 나는 짧은 연설에서 D-데이 기념식을 언급하면서 이렇게 말했다. "역사가 우리에게 늘 위대한 십자군을 주는 것은 아니지만, 기회는 늘 줍니다." 국내에서나 국외에서나 우리에게는 기회가 많다. 경제를 다시 살리고, 민주주의를 확대하고, 환경 파괴를 막고, 유럽에 새로운 안보 체제를 구축하고, '핵무기와 테러리즘의 확산'을 막는 것. 힐러리와 나는 잊을 수 없는 일주일을 보냈지만, 이제 그런 '기회들'을 향해 돌아갈 때가 되었다.

내가 돌아온 다음 날 케네디 상원의원의 노동 및 인적자원 위원회는 의료제도 개혁 법안을 본회의에 넘겼다. 전 국민에게 건강보험을 제공하는 법안이 본회의에 회부된 것은 이번이 처음이었다. 공화당 의원 가운데 버몬트의 짐 제퍼즈는 이 법안에 찬성했다. 제퍼즈는 공화당 의원들의 협조를 구하기 위해 계속 노력하라고 나를 격려했다. 그는 또 법안의 취지를 훼손하지 않고도 두어 가지만 수정하면 몇 표는 더 얻을 수 있을 것이라고 말했다.

그러나 우리의 행복은 오래가지 않았다. 이틀 뒤, 밥 돌은 전에 나에게 타협안을 모색해보자고 말한 적이 있음에도 모든 건강보험 법안을 저지하겠으며, 나의 프로그램을 11월 국회 선거의 주요 쟁점으로 삼겠다고 발표했다. 며칠 뒤에는 뉴트 깅리치가 개선된 수정안을 만드는 것에 반대투표를 함으로써 건강보험 개혁안이 통과되지 못하게 만드는 게 공화당의 전략이라고 말한 것으로 보도되었다. 그는 자신의 말을 지켰다. 6월 30일 하원 세입위원회는 전 국민 건강보험 법안을 부결시켰다. 공화당 의원은 찬성에 단 한 표도 보태지 않았다.

공화당 지도자들은 댄 퀘일 부통령의 비서실장이었던 윌리엄 크리스톨로부터 건강보험 개혁안을 죽일 것을 촉구하는 메모를 받았다. 크리스톨은 공화당으로서는 절대 그 법안을 통과시킬 수가 없다고 말했다. 건강보험의 성공은 '공화당에 심각한 정치적 위협'이 되고, 반대로 그 폐기는 '대통령에게 엄청난 좌절'을 안겨준다는 것이었다. 5월 말, 현충일 연수회에서 공화당 국회 지도자들은 크리스톨의 입장을 채택하기로 결정했다. 나는 깅리치가 크리스톨의 강경노선을 따르기로 했을 때 놀라지 않았다. 그의 목표는 하원을 얻어 나라를 우익으로 몰고 가는 것이었다. 그러나 돌은 건강보험에 진심으로 관심을 가지고 있었으며, 우리가 이 체계를 개혁해야 한다는 것을 알았다. 그러나 그는 대통령 자리를 바라보며 뛰고 있었다. 그는 41명의 동료 공화당원들을 붙들고 의사진행방해에 나설 수밖에 없었으며, 우리는 결국 침몰하고 말았다.

6월 21일, 나는 도너 샬랄라, 브루스 리드와 그들의 최고위 정책팀이 기획한 복지제도 개혁 법안을 국회에 전달했다. 이 법안의 핵심은 복지제도를 '생활방식이 아니라 두 번째 기회'로 만들자는 것으로, 주지사로부터 생활보호대상자들에 이르기까지 모든 관련자들의 의견을 몇 달 동안 수렴한 결과 나온 것이었다. 이 법안에 따르면, 신체가 건강한 사람들은 2년간 생활보호를 받은 뒤에 취직을 해야 했다. 대신 그 2년 동안 정부는 그들을 훈련시키고 교육시키기로 했다. 만일 민간 부문에서 취업을 할 수 없으면 정부 보조를 받는 일자리를 얻어야 했다.

다른 조항들은 생활보호대상자가 생활보호 급부금을 받을 때보다 노동을 할 때 경제 형편이 더 나빠지지 않도록 보장하기 위한 것들이었다. 거기에는 자녀 부양을 위한 추가의 보수를 제공하고, 전업기轉業期에 메디케이드를 통해 의료와 영양 섭취를 보장하고, 식량 카드 프로그램을 실시하는 것 등이 포함되었다. 이런 변화들은 1993년에 시행된, 저임금 노동자들을 위해 큰 액수의 소득세를 공제한 것과 더불어 생활보호 급부금보다는 저임금 취업이 훨씬 더 매력적으로 보이게 만들기에 충분했다. 물론 우리가 의료제도 개혁을 통과시켰다면, 저소득 노동자들은 일시적이 아니라 지속적으로 건강보험을 갖게 되고, 그러면 복지제도 개혁도 훨씬 더 성공적이었을 것이다.

나는 또 십대 미혼모들이 부모와 함께 살면서 학교에 다닐 때보다 집을 나올 경우에 더 많은 원조를 받게 되는 현행 제도의 왜곡된 인센티브도 없애자고 제안했다. 또 국회에 자녀부양강제법을 더 강화할 것도 촉구했다. 이것은 부재不在 부모들에게 법원의 명령에도 불구하고 여전히 지불하지 않은 자녀부양비(무려 340억 달러에 이르렀다)를 내도록 강제하는 내용이었다. 샬랄라 장관은 이미 몇 개 주에 기존 연방 규칙들의 강제를 포기함으로써 이런 개혁안 가운데 많은 부분을 추진하도록 허용했으며, 이제 그 결과들이 나타나고 있었다. 그런 주에서는 생활보호대상자들의 숫자가 급격히 감소하고 있었던 것이다.

6월에는 굵직굵직한 국제적인 사건들이 많이 일어났다. 나는 아이티에 대한 제재를 강화했다. 힐러리와 나는 일본 황제 부부를 위한 국빈 만찬을 열었다. 일본 황제 부부는 매우 지적이고 상냥한 사람들로 어디를 가나 자국을 위해 호의를 베풀었다. 나는 또 요르단의 후세인 왕, 헝가리, 슬로바키아, 칠레의 대통령들도 만났다. 그러나 이 시기의 외교정책에서 가장 큰 문제는 뭐니 뭐니 해도 북한이었다.

앞서도 말했듯이 북한은 폐연료봉이 핵무기 제조를 위한 플루토늄으로 재처리되지 않는다는 사실을 확인하기 위한 국제원자력기구의 사찰을 막았다. 3월에 사찰이 중단되었을 때, 나는 북한에 대한 유엔의 제재를 얻어내기 위해 노력하고, 군사 작전도 배제하지 않겠다고 천명했다. 그 뒤로 사태는 더 악화되었다. 5월에 북한은 원자로에서 연료를 빼냈는데, 사찰관들이 원자로의 작동을 제대로 살펴보고 폐연료를 어떻게 사용하는지 판단하는 것을 막았다.

카터 대통령은 6월 1일에 전화를 걸어, 자신이 북한에 가서 문제 해결을 위해 노력해보고 싶다고 말했다. 나는 이 문제를 담당하고 있던 밥 갈루치 대사를 조지아 주 플레인스로 보내 카터에게 북한의 위반사항의 심각성에 대해 설명하도록 했다. 카터는 그래도 가고 싶어 했다. 나는 앨 고어, 국가안보팀과 협의한 뒤 카터 방북이 추진해볼 만한 가치가 있다고 판단했다. 그로부터 3주 전쯤 나는 전쟁이 발발할 경우 양측이 입게 될 엄청난 손실에 대한 평가서를 받고 정신이 번쩍 든 적이 있었다. 나는 D-데이 때문에 유럽에 가 있었다. 그래서 앨 고어가 카터에게 전화해서 내가 그의 방북을 반대하지는 않지만, 북한이 사찰단의 직무 수행을 허용하고, 핵 프로그램을 동결하고, 비핵 시대를 열어나가는 문제에 대해 미국과 새로운 대화를 시작하겠다고 약속하지 않는 한 제재를 풀 의사가 없다는 사실을 김일성 주석이 이해해야 한다고 조건을 걸었다.

6월 16일 카터 대통령은 평양에서 전화를 걸었고, 이어 CNN과 생방송 인터뷰를 하여, 국제 사찰을 둘러싼 이견을 해소하기 위한 노력이 성실하게 이루어지는 한 김일성 주석이 사찰단을 핵 시설에서 추방하는 일은 없을 것이라고 말했다. 이어 카터는 이러한 '매우 긍정적인 사태 진전'을 고려하여,

미국 행정부는 제재 노력을 완화하고 북한과 고위급 협상을 시작해야 한다고 말했다. 나는 북한이 핵 프로그램을 동결할 준비가 되어 있다면 대화로 복귀할 것이지만, 내가 보기에는 북한이 그 점에 동의했는지 분명치가 않다고 말했다.

과거의 경험에 비추어볼 때 북한에 대한 나의 신뢰감은 줄어들고 있었으며, 북한의 정책 변화에 대한 공식 확인이 나올 때까지는 제재 의사를 철회할 생각이 없었다. 일주일이 안 되어 그런 확인이 이루어졌다. 김일성 주석은 서한을 통해 자신이 카터에게 한 말을 확인하고, 우리의 다른 조건들을 받아들였다. 나는 카터 대통령의 노력에 감사하고, 북한이 미국의 모든 조건에 동의했으며, 남북한은 정상회담 가능성을 논의하기로 합의했다고 발표했다. 나는 이런 사태 진전에 부응하여 미국이 다음 달 제네바에서 북한과 대화를 시작할 용의가 있으며, 대화가 진행되는 동안에는 제재 노력을 중단할 것이라고 말했다.

6월 말, 나는 우리의 중요한 법적 의제와 넉 달 앞으로 다가온 선거에 효율적으로 대처하기 위해 비서진 몇 사람을 바꾸었다. 몇 주 전에 맥 맥라티는 자신이 일자리를 바꿀 때가 되었다는 생각이 든다고 말했다. 그는 출장국 일로 상당한 타격을 받았으며, 우리의 결정 과정을 비판하는 수많은 기사를 견디어왔다. 맥은 나에게 리언 파네타를 비서실장으로 임명하라고 제안했다. 파네타는 국회와 언론을 잘 이해하고 있으며, 비서진도 완전히 장악할 수 있다는 이유에서였다. 맥라티의 사퇴 소식이 알려지자 다른 사람들도 리언을 추천했다. 맥라티는 국회의 온건한 공화당 의원과 보수적인 민주당 의원들 사이에 다리를 놓고, 12월에 마이애미에서 개최되는 미주정상회의 준비를 감독했으면 좋겠다는 의사를 밝혔다.

나는 맥라티가 흔히 생각하는 것보다 일을 잘했다고 생각한다. 그는 전보다 훨씬 작아진 백악관의 훨씬 많아진 업무량을 감당했으며, 경제계획과 북미자유무역협정에서 승리를 거두는 데 중추적인 역할을 했다. 밥 루빈이 자주 말했듯이, 맥라티는 백악관 안이나 내각과의 관계에서 대학 같은 분위기를 조성했으며, 이것은 이전의 여러 행정부가 이루지 못했던 일이다. 이런 분위기는 우리가 국회에서나 정부 부서와의 관계에서 많은 일을 이루는 데 도움을 주었다. 또한 이런 분위기 속에서 우리는 자유롭게 공개적으로 토론을 했는데, 이것이 우리의 결정 과정에 대한 비판을 낳기도 했다. 그러나 우리가 직면했던 새롭고 복잡한 문제들을 고려할 때, 그런 분위기는 더 나은 결정을 내리는 데 도움을 주었다.

나아가서 나는 부정적인 언론 보도를 피하기 위해 우리가 할 수 있는 일이 내부정보 누설을 줄이는 것 말고는 별로 없을 것이라고 생각했다. 선거에서 매체의 역할에 대한 권위자인 토머스 패터슨 교수는 그 무렵 『무질서 Out of Order』라는 중요한 책을 냈는데, 이 책을 읽고 나는 무슨 일이 벌어지는지 더 잘 이해하게 되었고, 그것을 전과는 달리 개인적인 일로 받아들이지 않게 되었다. 패터슨의 명제는 언론이 자신을 후보와 국민 사이의 '중재자'로 파악하여 유권자들에게 후보를 보는 방식과 그들의 잘못된 점을 말해주어야 할 책임이 있다고 느끼면서, 대통령 선거운동에 대한 언론 보도가 지난 20년간 꾸준히 부정적으로 변화해왔다는 것이다. 1992년에 부시, 페로, 나에 대해서도 긍정적인 보도보다는 부정적인 보도가 더 많았다.

패터슨은 1994년판 『무질서』의 후기에서 1992년 선거 뒤 언론은 처음으로 선거운동에서 나온 부정적 편견을 그대로 안은 채 행정부 취재를 하기 시작했다고 말했다. 패터슨에 따르면, 이제 대통령에 대한 취재는 '대통령의 실제 직무 수행보다는 매체의 냉소적 편견에 의존하고 있다. 언론은 거의 언제나 나쁜 것은 확대하고 좋은 것은 축소한다.' 예를 들어 초당파적인 '매체와 공보 센터'는 나의 국내 정책 처리에 대하여 언론 보도의 60퍼센트가 부정적이었으며, 그 대부분이 공약을 어긴 것에 초점을 맞추었다고 말했다. 그러나 패터슨의 말에 따르면, 나는 선거공약 '수십' 가지를 실현했으며, 따라서 '자신의 약속을 지켰다는 평가를 받아야 할' 대통령이었다. 그렇게 말할 수 있는 한 가지 이유는 내가 국회 표결 가운데 88퍼센트에서 승리를 거두었다는 점이다. 패터슨은 이것이 1953년의 아이젠하워, 1965년의 존슨에 이어 가장 높은 점수라고 말했다. 또한 부정적인 취재는 나의 지지율을 깎아내렸을 뿐 아니라, 의료제도 개혁 문제를 포함해 나의 정책에 대한 국민의 지지도 낮추었으며, 그 결과 "클린턴의 대통령직과 국가 이익은 큰 피해를 보게 되었다"라고도 말했다.

1994년 여름에 나는 토머스 패터슨의 책 덕분에, 언론의 보도 태도를 바꾸기 위해 내가 할 수 있는 일은 없을지도 모른다는 것을 깨닫게 되었다. 만일 그렇다면 그런 상황에 더 잘 대처해야 했다. 맥 맥라티는 한 번도 비서실장 자리를 얻으려 한 적이 없었던 반면, 리언 파네타는 그 도전을 받아들일 용의가 있었다. 그는 이미 관리예산국에서 남들이 능가하기 힘든 업적을 쌓았다. 우리의 첫 번째 두 예산안은 17년 만에 처음으로 국회가 시한 안에 통과시켜준 것이었으며, 이 예산들을 통해 트루먼 대통령 시절 이후 처음으로 3년 연속 적자 축소를 기록하게 되었다. 어쩌면 더 중요한 것은 이 예산으로 교육, 미취학 아동 교육, 취업 훈련, 신기술에 대한 지출을 늘리면서도 25년 만에 처음으로 국내 재량 지출이 감소되었다는 것일지도 모른다. 파네타는 비서실장으로서 우리가 한 일과 미국을 위해 하려고 하는 일을 좀더 분명하게 전달할 수 있을 것 같았다. 나는 파네타를 비서실장으로 지명하고, 맥라티를 대통령 자문으로 임명하여 그가 하고 싶다고 한 일을 맡겼다.

39

6월이 되자 로버트 피스크는 정식으로 활동을 시작했다. 그는 빈스 포스터의 죽음에 대하여 독립적인 조사를 하기로 결정했다. 언론과 국회의 공화당에서 많은 의문을 제기해왔기 때문이다. 나는 피스크가 그 사건을 조사해준다니 반가웠다. 추문 제조 기계는 무에서 피를 짜내려고 안달이었는데, 어쩌면 그의 조사를 통해 이 사건이 종결되고 포스터의 가족도 약간이나마 편안해질 수 있을 것 같았기 때문이다.

그 사건 자체가 비극이라는 사실을 생각하지 않는다면, 그것을 둘러싼 비난과 기괴한 짓들은 우스꽝스럽다고까지 할 수 있을 정도였다. '포스터가 살해당했다'고 주장하는 무리 가운데 가장 시끄럽고 가장 경건한 체하는 사람으로는 인디애나의 공화당 하원의원 댄 버튼을 꼽을 수 있었다. 버튼은 포스터가 자살했을 리 없다는 것을 입증하기 위해 뒤뜰로 나가 리볼버로 수박을 쏘아보기까지 했다. 미친 짓이었다. 도대체 버튼이 무엇을 증명하려 했는지 이해할 수가 없었다.

피스크는 힐러리와 나를 면담했다. 그는 솔직하고 전문적인 태도를 보여주었다. 면담 뒤에 나는 그가 철저한 사람이라는 것을 알 수 있었다. 그가 시간을 끌지 않고 조사를 끝마칠 것이라는 생각이 들었다. 6월 30일, 그는 포스터의 죽음, 그리고 한참 시끄러웠던 버니 너스봄과 로저 앨트먼 사이의 대화에 대해 잠정적인 조사결과를 발표했다. 피스크는 포스터의 죽음이 자살이며, 그것이 화이트워터와 관련되었다는 증거는 발견하지 못했다고 말했다. 그는 또 너스봄과 앨트먼의 행동에서 부적절한 점을 찾을 수 없었다고 결론을 내렸다.

그 이후 피스크는 보수주의적인 공화당 의원들과 언론에 있는 그들의 동맹자들에게 비웃음을 사게 되었다. 「월스트리트 저널」은 이미 힐러리와 나에 대해 비판적인 기사들을 실어 전보다 훨씬 더 공격적으로 나가고 있었다. 그런 기사들이 나중에 진실이 아닌 것으로 드러나도 상관없다는 투였다. 일부 보수적인 논평가와 국회의원들은 피스크의 사임을 요청하기 시작했다. 노스캐롤라이나의 로치 페어클로스 상원의원이 특히 목청을 높였는데, 그것은 그의 새로운 비서인 데이비드 보시의 자극 때문이었다. 보시는 이미 나에 대해 수많은 허위 소문을 퍼뜨린 우익단체 '단결한 시민들'에서 플로이드 브라운과 함께 일하던 사람이었다.

피스크가 보고서를 발표한 날, 나는 새로운 독립변호사법에 서명함으로써 나의 관에 또 하나의 못을 박았다. 이 법은 피스크가 재임명되는 것을 허용했지만, 워싱턴 순회항소법원의 '특수부'는 그를 해임하고 새로운 검사를 임명하여 처음부터 다시 조사를 시작할 수도 있었다. 이 법에 따르면 특수부의 판사들은 렌키스트 대법원장이 선정했는데, 그는 극히 보수적인 공화당 활동가로 일하다가 대법원 판사가 된 사람이었다.

나는 피스크를 새 법령의 적용 대상에서 제외하려 했으나, 입법부 쪽의 일을 새로 맡게 된 팻 그리핀은 그렇게 하면 보기가 좋지 않을 것이라고 걱정하는 민주당 의원들이 있다고 말했다. 로이드 커틀러는 그냥 놔두어도 걱정할 것이 없다고 했다. 피스크는 분명히 독립적이며, 그가 교체될 일은 없을 것이라는 이유에서였다. 그는 힐러리에게 만일 그런 일이 생기면 "모자를 먹겠다"(손에 장을 지진다는 말의 영어식 표현—옮긴이주)고 말했다.

7월 초, 나폴리에서 열리는 G-7 정상회의에 참석하기 위해 다시 유럽으로 갔다. 가는 길에 라트비아의 리가에 들러 발트해 연안 국가 지도자들을 만나, 리투아니아와 라트비아에서 러시아군이 철수한 것을 축하했다. 이것은 우리가 집으로 돌아가고 싶어 하는 러시아 장교들을 위해 주택을 대량 공급함으로써 촉진된 조치였다. 에스토니아에는 여전히 러시아군이 있었지만, 영화 제작자 출신의 대통령 렌나트 메리는 조국을 러시아가 지배하는 것에 반대했으며, 가능한 한 빨리 그들을 내보내기로 결심하고 있었다. 회담 뒤에 리가의 자유의 광장에서 감동적인 기념행사가 열렸다. 나는 그곳에서 4만 명 군중에게 환영을 받았다. 그들은 새로 찾은 자유를 미국이 확고하게 지지하는 것에 감사하는 뜻으로 깃발을 흔들었다.

다음 목적지는 바르샤바였다. 나는 그곳에서 레흐 바웬사 대통령을 만나 폴란드를 나토에 가입시키겠다는 나의 약속을 다시 한 번 강조했다. 바웬사는 10여 년 전 그다니스크 조선소 노동자들의 공산주의에 대항한 폭동을 지도함으로써 영웅이 되었으며, 자유 폴란드는 자연스럽게 그를 대통령으로 선택했다. 그는 러시아에 대한 의심이 강했으며, 폴란드가 나토에 가능한 한 빨리 가입할 수 있기를 바랐다. 그는 또 미국이 폴란드에 더 투자해주기를 바라면서, 폴란드의 미래에는 미국의 장군들이 더 많이 필요하니 "우선 제너럴 모터스와 제너럴 일렉트릭부터 보내달라"고 농담을 했다.

그날 밤 바웬사는 만찬을 열어 다양한 정치적 견해를 가진 지도자들을 초대했다. 나는 8명의 자녀를 둔 활달한 바웬사 부인이 감자 농사꾼인 의회 지도자와 열띤 논쟁을 벌이는 것에 관심 있게 귀를 기울였다. 바웬사 부인은 공산주의를 비난했으며, 의회 지도자는 농부들이 지금보다 공산주의 치하에서 더 잘 살았다고 주장했다. 그들은 멱살잡이라도 할 것 같았다. 나는 논쟁에 끼여들어, 의회 지도자에게 공산주의 치하에서도 폴란드의 농장은 개인 소유였다는 점을 지적했다. 폴란드 공산주의자들이 한 일이라고는 식량을 사서 우크라이나나 러시아에 판 것뿐이었다. 그도 그 점을 인정했지만, 그들에게는 늘 시장이 있었고, 수확물을 좋은 값에 팔 수 있었다고 말했다. 나는 그가 러시아 같은 완전히 공산주의적인 체제, 즉 농장 자체가 집산화된 체제 하에서는 살아본 적이 없지 않느냐고 말했다. 이어 나는 미국의 경제체제가 움직이는 방식을 설명하고, 성공적인 자유시장 체제 역시 시장 판매에서는 협동조합을 이용하고 가격 지원도 받는다고 말했다. 의회 지도자는 여전히 회의적인 표정이었으며, 바웬사 부인도 여전히 완강했다. 민주주의의 요체가 제약 없는 자유로운 논쟁이라면, 그것 하나는 분명히 폴란드에 뿌리를 내린 것 같았다.

　나는 나폴리에서 열린 정상회의의 첫날을 아시아에 바쳤다. 제네바에서 북한과 계속 대화하는 상황에서 김일성이 사망했기 때문에, 북한과의 협정의 미래가 불투명해지게 되었다. 이 문제에 커다란 관심을 보이는 또 다른 G-7 회원국은 일본이었다. 일본과 한국 사이에는 제2차 세계대전 이후로 수십 년 동안 긴장 관계가 형성되어 있었다. 만일 북한이 핵무기를 가지고 있다면 일본은 핵 억제력을 개발해야 한다는 압박감을 크게 느낄 수밖에 없었다. 이것은 일본인들 자신의 고통스러운 경험을 돌이켜볼 때 일본으로서는 택하고 싶지 않은 행동방식이었다. 자민당과 제휴하여 일본 최초의 사회주의자 총리가 된 일본의 무라야마 도미이치는 북한 문제를 둘러싼 미국과 일본의 유대에는 변함이 없을 것이라고 다짐했다. 제네바 회담은 김일성 사망에 대한 조의를 표하기 위해 한 달간 중단되었다.

　나폴리에서 내려진 가장 중요한 결정은 우크라이나에 원조를 제공하고, 이후 모든 정상회의의 정치적 논의에 러시아를 참가시키기로 한 것이다. 러시아가 이 신망 있는 모임에 참석하게 됨으로써 옐친을 비롯하여 서방과 더 밀접한 유대를 맺고자 하는 개혁가들은 큰 힘을 얻게 되었으며, 앞으로의 모임도 더 재미있어질 것이 분명했다. 옐친은 늘 사람들을 즐겁게 해주었기 때문이다.

　첼시, 힐러리, 나는 나폴리가 무척 마음에 들었다. 우리는 회의 후에 하루 시간을 내어 폼페이에 갔다. 이탈리아인들은 서기 79년에 화산재에 삼켜진 도시를 놀라운 솜씨로 복원해놓았다. 풍부한 질감이 그대로 남아 있는 채색 벽화들도 보았는데, 그 가운데는 1세기의 정치적 포스터라 할 만한 것도 있었다. 야외의 식탁은 오늘날의 패스트푸드 식당의 선구자라 할 만했다. 재 때문에 유해도 몇 구 그대로 보존되어 있었다. 그 가운데는 임신한 것으로 보이는 아내의 얼굴을 손으로 가린 채 누워 있는 남자도 있었다. 그의 옆에는 두 자녀가 있었다. 삶의 연약하고 덧없는 본질을 보여주는 유적이었다.

　유럽 순방은 독일에서 끝났다. 헬무트 콜은 우리를 그의 고향 루트비히

샤펜으로 안내했다. 이어 나는 람슈타인 항공 기지로 가서 우리 부대를 만났다. 그들 가운데 다수는 냉전 이후 군비 축소로 인해 곧 군대를 떠날 예정이었다. 람슈타인에서 만난 군인들은 나폴리에서 만났던 해군들과 마찬가지로 국내 문제는 한 가지만 이야기했다. 바로 건강보험이었다. 자녀가 있는 군인이 다수였는데, 그들은 군대에서 건강보험을 당연한 것으로 여기며 살았다. 그러다 이제 국방 규모 축소로 고향에 돌아가게 되었는데, 그곳에서는 자녀들을 위한 건강보험이 제공되지 않았다.

베를린은 경제가 호황이었다. 통독의 수도 역할을 다시 맡게 되면서 어디를 가나 크레인이 보였다. 힐러리와 나는 콜 부부와 함께 라이흐슈타크를 나와 베를린 장벽이 서 있던 곳을 따라 걷다가 웅장한 브란덴부르크 문을 통과했다. 케네디 대통령과 레이건 대통령은 브란덴부르크 문 바로 바깥, 옛 베를린 장벽의 서쪽에서 기억에 남을 만한 연설을 했다. 이제 나는 통일 베를린의 동쪽에 있는 연단에 서서, 5만 명의 열광적인 군중을 바라보고 있었다. 그들 가운데 다수는 부모가 살았던 세계와는 완전히 다른 세계에서 살아야 할 자신의 미래에 대해 궁금해하는 젊은이들이었다.

나는 독일인에게 더 큰 통일을 향해 유럽을 이끌고 나가라고 촉구했다. 만일 그들이 그렇게 한다면(나는 그들에게 독일어로 약속했다) "아메리카 슈테트 안 이러 자이테 예츠트 운트 퓌르임머Amerika stetht an Ihrer Seite jetzt und fürimmer(미국은 지금부터 영원히 여러분 편이다)." 브란덴부르크 문은 오랫동안 그 시대의 상징이었다. 때로는 압제의 기념물이자 정복의 탑이기도 했지만, 이제는 그 문을 세운 사람들이 바라던 대로 미래를 향한 관문이 되었다.

나는 귀국한 뒤에도 외교 일을 계속했다. 아이티의 탄압이 심해지면서 보트 피플이 새로 쏟아져 들어오고, 상용 항공기의 이동은 중단되었다. 그 달 말, 유엔 안전보장이사회는 독재 정권을 몰아내기 위해 아이티 공격을 승인했다. 이제는 아이티 공격을 불가피하게 여기는 사람들이 많았다.

7월 22일, 나는 르완다 난민에 대한 긴급 원조를 크게 늘리고, 르완다 국경 근처 난민 수용소에 있는 엄청난 숫자의 난민에게 구조 물자를 24시간

운송하기 위하여 우간다에 미군 기지를 만들겠다고 발표했다. 나는 또 안전한 물 공급원을 확보하여 콜레라를 비롯한 다른 질병에 걸릴 위험이 있는 사람들에게 가능한 한 깨끗한 물을 공급하라고 군에 명령하고, 콜레라 발발을 막기 위해 구강 재수화 치료제 2,000만 개를 이틀에 걸쳐 공급하겠다고 발표했다. 일주일이 안 되어 미국은 식량과 의약품을 비롯해서 물자를 1,300톤 이상 공급했으며, 하루에 10만 갤런 이상의 안전한 물을 생산하여 배급했다. 4,000명 이상의 병력과 5억 달러에 이르는 돈이 들어갔지만, 이 사업을 통해 처참한 살육이 저질러진 뒤이기는 해도 많은 생명을 구할 수 있었다.

7월 25일, 후세인 왕과 라빈 총리가 요르단과 이스라엘 사이의 교전 상태를 공식적으로 끝내고 완전한 평화협정 타결을 약속하는 워싱턴 선언에 서명하기 위해 미국을 찾아왔다. 그들은 오랫동안 비밀 회담을 진행했으며, 워런 크리스토퍼는 합의를 끌어내기 위해 열심히 노력했다. 다음 날 두 지도자는 양원 합동회의에서 연설했고 우리 셋은 중동 분쟁의 모든 당사자가 참여하는 포괄적인 평화를 위해 노력하겠다고 다시 약속했다.

이스라엘-요르단 협정은 그 무렵에 벌어진 부에노스아이레스 유대인 센터에 대한 테러리스트의 공격, 그리고 파나마와 런던에서 일어난 비슷한 공격과 대조를 이루는 사건이었다. 그 테러 공격들은 모두 헤즈볼라의 소행으로 여겨지고 있었다. 헤즈볼라는 이란의 무기와 시리아의 원조를 받아 레바논 남부에서 이스라엘을 공격하는 작전을 펼쳤다. 이스라엘과 시리아 사이의 협정 없이는 평화과정이 완성될 수 없었기 때문에 헤즈볼라의 활동은 심각한 장애가 될 가능성이 컸다. 나는 아사드 대통령에게 전화를 걸어 이스라엘-요르단 발표에 대해 설명하고 그의 지지를 요청하면서, 이스라엘과 미국은 여전히 시리아와 성공적인 협상을 하기 위해 노력하고 있다고 말했다. 라빈은 시리아가 헤즈볼라의 활동을 중단시킬 수는 없지만 제한할 수는 있다고 말함으로써 시리아와 대화의 문을 열어두었다. 후세인은 시리아만이 아니라 아랍 세계 전체가 요르단의 예를 따라 이스라엘과 화해해야 한다고 응답했다.

나는 후세인과 라빈이 "전 세계에 평화의 훈풍이 불게 해야 한다"고 말하는 것으로 기자회견을 마무리지었다. 그 직전에 보리스 옐친이 8월 31일까지 에스토니아에서 러시아 군대를 모두 철수하기로 메리 대통령과 합의했다고 알려왔다.

　8월이 되면 워싱턴은 더워지고, 국회의원들은 워싱턴을 떠나기 시작한다. 그러나 1994년에 국회는 거의 한 달 내내 회의를 열어 범죄와 의료 문제를 다루었다. 상원과 하원은 다양한 범죄방지 법안들을 통과시켰는데, 이를 통해 공동체 경찰을 10만 명 증원하고, 상습 범죄자들을 더 강도 높게 처벌하고, 교도소를 건설하고, 젊은 사람들이 범죄에 빠지는 것을 막는 예방 프로그램에 더 많은 자금을 지원하게 되었다.

　상원과 하원의 범죄방지 법안 사이의 차이를 해소하기 위해 협의위원회가 열렸을 때, 민주당 의원들은 공격 무기 규제를 타협 법안에 집어넣었다. 이 규제 법안은 미국총기협회의 격렬한 반대에도 불구하고 하원에 별도의 안건으로 올라가 겨우 3표 차이로 통과되었다. 미국총기협회는 이미 브래디 법안을 무너뜨리려는 싸움에서 졌기 때문에, 오직·빠른 시간 안에 많은 사람을 죽인다는 목적으로 고안된 대형 탄창을 갖춘 속사 무기들을 '보관하고 들고 다닐' 권리를 유지하기 위해 이 법안에서는 이기겠다고 결심하고 있었다. 사실 이 무기들은 무시무시했다. 이 무기에 맞은 범죄 피해자들은 보통 권총에 맞는 경우보다 죽을 확률이 3배나 높았다.

　협의회는 총기 규제 법안을 범죄방지 법안과 합치기로 결정했다. 총기 규제 법안에 대해서는 상원에서 명백한 다수를 확보했지만, 미국총기협회 지지자들의 의사진행방해를 부수는 데 필요한 60표는 확보하지 못했기 때문이다. 협의회의 민주당 의원들은 단독으로 상정된 공격용 무기 규제 법안보다는 전체적인 범죄방지 법안에 대한 의사진행방해가 훨씬 더 어렵다는 것을 알고 있었다. 그러나 이 전략에는 하원에서 총기를 지지하는 시골 지역구 출신의 민주당 의원들이 공격용 무기 규제에 대해 다시 투표를 해야 한다는 문제가 있었다. 그럴 경우 법안 전체가 통과에 실패하거나, 아니면 법안에 찬성한 민주당 의원들이 의석을 잃을 위험을 무릅써야 했다.

8월 11일 하원은 새로운 범죄방지 법안을 표결에 넘기자는 동의안을 225 대 210으로 부결시켰다. 민주당 의원 58명이 반대표를 던졌고, 공화당 의원들 가운데는 불과 11명만이 찬성표를 던졌다. 반대표를 던진 민주당 의원들 가운데 소수는 이 법안에 들어 있는 사형 확대에 반대하는 자유주의자들이었지만, 반대표 가운데 다수는 미국총기협회의 편을 든 것이었다. 공화당 의원들 가운데 상당수는 공격용 무기 규제를 포함해서 이 법안을 지지하겠다고 말했지만, 전체적으로, 특히 예방 프로그램에 돈이 너무 많이 들어간다고 생각했다. 이로써 나의 선거운동 공약 가운데 가장 중요한 법안이 난관에 부딪힌 셈이었으며, 나는 상황을 반전시키기 위해 뭔가를 해야만 했다.

다음 날, 뉴욕 시장 루디 줄리아니와 필라델피아 시장 에드 렌들이 참석한 미니애폴리스의 미국경찰관협회 모임에서 나는 경찰과 국민을 한쪽에 놓고 미국총기협회를 다른 쪽에 놓은 다음 둘 가운데 하나를 선택하라는 식으로 문제를 제기했다. 국회의 의석을 지키려고 미국 국민과 경찰관들을 더 큰 위험에 빠뜨릴 수는 없지 않은가.

사흘 뒤 로즈가든에서 열린 행사에서 스티브 스포사토는 이 문제를 좀 더 분명하게 드러냈다. 공화당원 사업가인 스포사토는 정신착란을 일으킨 남자가 공격용 무기를 들고 샌프란시스코의 한 사무용 건물에서 총을 난사했을 때 그곳에서 일하던 부인을 잃었다. 그는 공격용 무기 금지에 대해 강력하게 호소했다.

그달 늦게 범죄방지 법안이 다시 투표에 부쳐졌다. 우리는 의료제도 개혁 문제와는 달리 범죄방지 법안에 대해서는 성실하게 초당적인 협상을 벌여왔다. 이번에는 우리가 235 대 195로 승리를 거두었다. 법안에서 지출을 상당히 줄이는 협상을 통하여 거의 20표의 공화당 표를 끌어온 것이다. 일부 자유주의적인 민주당 의원들도 이 법안의 예방 프로그램이 갖고 있는 장점에 대해 이야기를 듣고 입장을 바꾸었으며, 총기지지 지역구 출신인 민주당 의원 몇 명도 자리를 잃을 위험을 무릅쓰고 찬성투표를 했다. 나흘 뒤 조 바이든 상원의원의 주도로 범죄방지 법안은 61 대 38로 상원을 통과했다. 공화당 의원 6명이 의사진행방해를 막는 데 필요한 표를 준 것이다. 범죄방지법은 매우 긍정적인 영향을 주고, 범죄율의 지속적인 감소를 가져오게 된다.

하원 표결 직전 하원의장 톰 폴리와 다수당 의장 딕 게파트는 법안에서 공격용 무기 규제를 빼달라고 마지막 호소를 했다. 아슬아슬하게 자리를 유지하는 민주당 의원들이 이미 경제계획에 아주 어려운 찬성표를 던졌고, 브래디 법안에도 표를 던져 이미 미국총기협회에 도전했다. 이제 다시 공격용 무기 규제로 그들에게 목숨을 걸라고 하면 법안 전체가 통과되지 못할지도 모르며, 통과된다 해도 이 법안에 찬성한 많은 민주당 의원들이 11월 선거에서 살아남지 못할지도 모른다는 이야기였다. 하원 법사위원회 위원장인 텍사스의 잭 브룩스도 똑같은 이야기를 했다. 브룩스는 하원에 40년 이상 있었으며, 내가 제일 좋아하는 하원의원 가운데 한 사람이었다. 그는 미국총기협회 회원들로 가득한 지역구 출신이었으며, 공격용 무기 규제 법안이 처음 표결에 부쳐졌을 때는 그것을 부결시키기 위해 앞장섰다. 브룩스는 만일 우리가 공격용 무기 규제를 빼지 않으면, 미국총기협회가 총기 소유자들에게 겁을 주어 수많은 민주당 의원들이 낙선할 것이라고 확신했다.

나는 폴리, 게파트, 브룩스가 한 말 때문에 괴로웠다. 그러나 우리 의원들이 자신의 지역구에서 이 문제를 놓고 미국총기협회와 토론을 벌이면 이길 수 있다고 확신했다. 데일 범퍼스와 데이비드 프라이어는 아칸소에서 자신의 표에 대해 설명하는 방법을 알고 있었다. 나와 거의 20년 동안 알고 지낸 앨라배마의 하월 헤플린 상원의원은 자신이 범죄방지 법안을 지지하는 이유에 대하여 독창적으로 설명하는 방법을 생각해냈는데, 그 논지는 이러했다. "나는 총기 규제에 한 번도 찬성표를 던진 적이 없지만, 범죄방지 법안은 오직 19가지의 공격용 무기만을 금지하며, 내가 아는 사람들 가운데 그런 무기를 소유한 사람은 하나도 없다. 그리고 이 법안은 '내가 잘 아는 모든 무기'를 포함해서 다른 무기 수백 종을 소유하는 것에 대한 제한을 분명히 금지하고 있다."

이것은 설득력 있는 주장이었지만, 모두가 하월 헤플린처럼 말할 수 있는 것은 아니었다. 폴리, 게파트, 브룩스가 옳았고, 내가 틀렸다. 결국 더 안전한 미국을 만들기 위해 그 법안을 옹호한 사람들 다수가 의석을 잃고 말았다.

어쩌면 내가 국회, 국가, 행정부를 너무 심하게 밀어붙이는 것인지도 몰랐다. 8월 19일 기자회견에서 한 기자가 나에게 아주 통찰력 있는 질문을 했다. "이런 점을 생각해보셨는지 모르겠습니다만, 대통령께서는 43퍼센트의 표로 당선된 대통령치고는 자신에게 위임된 것 이상으로 너무 많은 일을 너무 빨리 하려고 하시는 건지도 모릅니다." 즉 공화당의 지지가 거의 없는 가운데 너무 많은 법안을 밀어붙이려 한다는 뜻이었다. 우리가 비록 많은 일을 이룩하기는 했지만, 나 역시 그 점을 생각하고 있었다. 그러나 오래 생각할 필요도 없이 그 결과가 나타나기 시작했다.

우리는 범죄방지 법안에서는 승리를 거두었지만, 의료제도 개혁에서는 계속 지고 있었다. 8월 초, 조지 미첼은 타협 법안을 도입했다. 고용주의 부담 없이 보험 혜택을 받는 주민의 수를 95퍼센트로 늘리고, 만일 법안에서 권유하는 자발적 절차가 성공하지 못할 경우 나중에 고용주의 부담을 강제하여 100퍼센트로 끌어올릴 가능성을 열어두자는 것이었다. 나는 다음 날 미첼의 법안에 대한 지지 의사를 표명했다. 우리는 그 법안을 온건한 공화당 의원들에게 선전했으나 소용이 없었다. 돌은 의미 있는 모든 의료 개혁을 부결시키기로 결심하고 있었다. 그것은 정치라는 면에서는 효과가 있었다. 범죄방지 법안이 통과되던 날, 상원은 의료제도 개혁을 더 건드리지 않고 2주간 휴회했다. 돌은 범죄방지 법안을 죽이는 데는 실패했지만, 건강보험을 탈선시키는 데는 성공했다.

8월의 또 하나의 큰 뉴스는 화이트워터라는 평행하는 세계에서 나왔다. 내가 독립변호사법에 서명한 뒤, 렌키스트 대법원장은 데이비드 센텔 판사를 특수부장으로 임명했다. 특수부는 새로운 법에 따라 독립변호사를 임명할 책임을 졌다. 제시 헬름스 상원의원의 후원을 받고 있으며 초보수적인 센텔은 미국을 '집단주의적이고, 평등주의적이고, 물질주의적이고, 인종 문제에 민감하고, 지나치게 세속적이고, 사회적으로 관대한 나라'로 만들고 싶어 하는 '좌익 이단자들'의 영향을 공공연히 비방한 적이 있었다. 세 명으로 이루어진 재판부에는 보수적인 판사가 한 명 더 있었으므로, 센텔은 특수부를 마음대로 움직일 수 있었다.

8월 5일 센텔의 특수부는 로버트 피스크를 해임하고 후임에 케네스 스타를 임명했다. 그는 부시 행정부에서 항소법원 판사와 법무차관으로 일했던 사람이다. 피스크와는 달리 스타는 검찰 경험이 없었지만, 그에게는 훨씬 더 중요한 것이 있었다. 그는 피스크보다 훨씬 더 보수적이고 당파적이었던 것이다. 센텔 판사는 간략한 성명에서 '독립의 외관'을 보장하기 위해 피스크를 스타로 교체하며, 피스크는 '현 행정부와 관계가 있기' 때문에 그 기준에 부응하지 못했다고 말했다. 이것은 말도 안 되는 주장이었다. 피스크는 공화당원이었으며, 그와 행정부의 유일한 관계는 재닛 리노가 그에게 원치도 않는 일을 맡겼다는 것뿐이었다. 게다가 특수부가 피스크를 재임명했다면, 그런 관계마저 없어질 수 있었다.

센텔의 특수부는 피스크 대신 외관상이 아니라 현실적인 이해충돌(공직에 있는 사람의 개인적 이익과 공적인 의무 사이의 충돌을 가리키는 말—옮긴이주)이 눈에 빤히 보이는 사람을 임명했다. 스타는 폴라 존스 소송의 노골적인 옹호자였으며, 그 문제로 텔레비전에도 나왔고, 심지어 그녀 대신 유력한 후원자로서 변론 취지서를 써주겠다고 제안하기도 했다. 미국변호사협회의 전직 회장 5명은 명백하게 정치적 편견이 개입되었다는 이유로 스타가 임명된 것을 비판했다. 센텔 판사가 스타가 임명되기 불과 2주 전에 피스크의 가장 큰 비판자인 로치 페어클로스 상원의원, 제시 헬름스 상원의원과 점심을 함께 먹었다는 사실이 드러난 후 「뉴욕 타임즈」도 비판을 했다. 세 사람은 그 자리에서 전립선 문제에 대해 이야기했다고 둘러댔다.

물론 스타는 비켜설 생각이 없었다. 나에 대한 그의 편견이야말로 그가 선택된 이유이기도 하고, 그가 그 자리를 맡은 이유이기도 했기 때문이다. 미국은 이제 '독립' 변호사에 대한 괴상한 정의를 가지게 되었다. 그는 나한테서는 독립적이어야 하지만, 나의 정치적 또는 법적인 적들과 밀접한 관련을 갖는 것은 아무런 상관이 없었다.

스타 임명은 전례 없는 일이었다. 과거에는 특별검사의 독립을 보장할 뿐 아니라, 대통령직이라는 제도를 공정하게 대하고 존중하려는 노력이 있었다. 워터게이트의 특별검사였던 리언 자워스키는 보수적인 공화당원이었으며, 1972년 닉슨 재선 때 그를 지지했다. 이란-콘트라 검사였던 로런스 월시는 레이건 대통령을 지지했던 오클라호마의 공화당원이었다. 나는 화이트워터 조사를 '홈 게임'(더그 소스닉의 표현이다)으로 만들고 싶은 마음은 전혀 없었지만, 그래도 제3의 경기장을 이용할 자격은 있다고 생각했다. 그러나 그렇게 되지 않았다. 화이트워터에는 아무것도 없었기 때문에 그 조사를 나에게 불리하도록 이용할 수 있는 유일한 방법은 그것을 긴 '어웨이 게임'으로 만드는 것이었다. 로버트 피스크는 그 일을 하기에는 너무 공정하고 너무 신속했다. 그는 없어져야 했다.

로이드 커틀러는 모자를 먹지는 않았지만, 스타 임명 후 일주일이 안 되어 법률고문실에서 잠깐만 일하겠다던 약속대로 그 자리를 떠났다. 나는 그의 후임에 애브너 미크바를 임명했다. 그는 일리노이 하원의원과 항소법원 판사를 지낸 사람으로, 흠 없는 평판을 유지해왔고, 우리와 맞선 세력들의 힘을 분명하게 인식하고 있었다. 로이드는 오랫동안 화려한 경력을 쌓은 뒤에, 안타깝게도 자신이 안다고 생각했고 믿을 수 있다고 생각했던 사람들이 자신과는 완전히 다른 규칙에 따라 게임을 한다는 것을 깨닫게 되었다.

국회가 휴회하자 우리는 다시 마사스 비니어드로 떠났다. 힐러리와 나에게는 휴식이 필요했다. 앨 고어도 마찬가지였다. 그 며칠 전 고어는 농구를 하다 아킬레스건이 끊어졌다. 아주 고통스러운 부상이었으며, 회복에도 오랜 시간이 걸렸다. 고어는 꼼짝도 못하게 되자 역기로 운동을 하여 전보다 더 강한 몸으로 돌아왔다. 그는 목발을 짚고도 40개 주와 이집트 등 4개국을 돌아다녔다. 이집트에서는 지속 가능한 발전을 위한 카이로 회의에 참석하여 인구 제한이라는 민감한 문제에 대해 타협안을 이끌어냈다. 그는 또 계속 정부 혁신 사업도 감독했다. 그 결과 9월 중순에 우리는 이미 470억 달러를 절약했다. 범죄방지 법안 비용 전체를 충당할 수 있는 돈이었다. '깨끗한 차'를 개발하기 위하여 자동차 제조업체들과 경쟁력을 갖춘 사업을 시작했다. 중소기업청 대출 지원 양식을 100페이지에서 1페이지로 줄였다. 연방재난관리청을 개혁하여 가장 인기 없는 연방 부서에서 가장 신망받는 연방 부서로 바꾸어놓았다. 총무처는 불필요한 건축 사업을 취소하여 10억 달러 이상을 절약했다. 앨 고어는 다리 하나로도 많은 일을 하고 있었다.

마사스 비니어드에서 보낸 일주일은 몇 가지 이유에서 아주 재미있었다. 버넌 조던은 미국에서 가장 큰 부자들인 워런 버핏, 빌 게이츠와 골프 게임을 주선했다. 나는 그들 둘 다 마음에 들었으며, 버핏이 시민권, 공정한 징세, 여성의 권리를 신봉하는 골수 민주당원이라는 점에 특히 감명을 받았다.

나에게 가장 기억에 남는 밤은 빌과 로즈 스타이런의 집에서 열린 만찬이었다. 이날 주빈은 멕시코의 뛰어난 작가 카를로스 푸엔테스와 나의 문학적 우상 가브리엘 가르시아 마르케스였다. 마르케스는 피델 카스트로와 친구 사이였는데, 카스트로는 쿠바인들의 미국 대이동에 대한 제한을 풀어 그의 문제들 가운데 일부를 우리에게 이전하고 있었다. 그것은 1980년에 나에게 많은 문제를 안겨주었던 마리엘 보트 탈출 사건을 연상시키는 일이었다. 수천 명의 쿠바인이 작은 보트와 뗏목을 타고 플로리다까지 목숨을 건 150킬로미터 항해에 나서고 있었다.

마르케스는 미국의 쿠바에 대한 통상 금지조치에 반대하여, 그것을 철회하라고 설득했다. 나는 그에게 통상 금지조치를 철회하지는 않겠지만, 쿠바 민주주의법은 지지한다고 말했다. 이것은 쿠바의 자유와 민주주의를 향한 진전을 대가로 쿠바와의 관계를 개선하는 권한을 대통령에게 부여한 법이었다. 나는 또 만일 쿠바의 난민 유입이 계속되면 1980년 카터 대통령의 대응과는 매우 다른 대응에 부딪히게 될 것이라는 메시지를 카스트로에게 전해달라고 부탁했다. "나는 카스트로 때문에 이미 한 번의 선거에서 졌습니다. 하지만 두 번은 안 되지요"라고 말했다. 나는 카스트로와 협력 관계를 맺고 있는 멕시코의 살리나스 대통령을 통해서도 똑같은 메시지를 전했다. 오래지 않아 미국과 쿠바는 협정을 맺어, 카스트로는 주민 이동을 막기로 약속하고, 미국은 매년 정상적인 절차를 밟아 2만 명 이상의 쿠바인을 받아들이겠다고 약속하게 된다. 카스트로는 내 임기 나머지 기간 동안 그 약속을 충실하게 지켰다. 나중에 마르케스는 피델 카스트로와 빌 클린턴을 둘 다 친구로 두었던 사람은 세상에 자기밖에 없다고 농담을 하곤 했다.

쿠바 문제를 이야기한 뒤 마르케스는 주로 첼시에게 관심을 보였다. 첼시는 마르케스의 책을 두 권 읽었다고 말했다. 나중에 그는 나에게 열네 살짜리 소녀가 자신의 작품을 이해한다는 것이 믿기지 않아, 『백 년 동안의 고독』에 대하여 길게 토론을 했다고 말했다. 마르케스는 매우 감명을 받아 나중에 첼시한테 그의 소설을 모두 보내주었다.

휴가 때 내가 했던 유일한 업무는 아일랜드와 관련된 것이었다. 나는 나이가 70세인 아일랜드공화국군의 영웅 조 카힐에게 비자를 내주었다. 1973년 카힐은 아일랜드에서 총기 밀수입으로 유죄 판결을 받았으며, 그 뒤에도 오랫동안 폭력을 선동했다. 내가 그에게 비자를 내준 것은 이제 그가 아일랜드공화국군의 미국인 지지자들에게 평화를 이야기하고 싶어 했기 때문이다. 이것은 아일랜드공화국군이 마침내 휴전을 한다는 내용이 담긴 양해각서의 한 부분을 이행한 것이기도 했다. 카힐은 8월 30일에 미국에 왔으며, 다음 날 아일랜드공화국군은 폭력의 완전 중단을 발표함으로써 신페인당이 평화 회담에 참여할 길을 열어주었다. 이것은 게리 애덤스와 아일랜드 정부의 승리였다.

휴가에서 돌아온 뒤 우리는 블레어 하우스에서 3주를 보냈다. 백악관의 공기 조절 시스템을 수리해야 했기 때문이다. 거의 200년 된 백악관의 외관을 돌 하나하나까지 복구하는 엄청난 작업이 레이건 행정부 때 시작되어 계속 진행되고 있었다. 내 첫 임기 내내 백악관의 어느 한 부분은 늘 비계에 덮여 있었다.

우리 가족은 블레어 하우스에서 지내는 것을 언제나 좋아했다. 이번의 장기 체류도 예외가 아니었다. 그러나 이번에는 길 건너에서 벌어졌던 극적인 순간을 놓치게 되었다. 9월 12일에 인생을 비관한 한 술취한 남자가 작은 비행기를 훔쳐서 워싱턴 시내와 백악관을 향해 이륙했다. 그는 건물에 부딪혀 자살하려 했거나, 아니면 백악관 사우스론에 착륙하려 했던 것 같다. 실제로 몇 년 전 독일의 한 젊은 조종사가 모스크바의 붉은광장에서 그런 착륙 솜씨를 보여주기도 했다. 그러나 안타깝게도 그의 작은 세스나기가 너무 늦게 땅에 닿는 바람에 제대로 착륙하지 못하고 산울타리를 넘어가 입구 서쪽에 있는 거대한 목련 나무 밑으로 굴러가다가 백악관의 커다란 돌 기초에 부딪히는 바람에 그는 즉사하고 말았다. 몇 년 뒤에는 또 다른 사람이 권총을 들고 백악관 담을 넘으려다가 부상을 입고 비밀검찰부 요원들에게 체포되었다. 백악관은 야망을 가진 정치가들만 선망하는 장소가 아니었다.

아이티 위기는 9월에 절정에 달했다. 세드라스 장군 일파는 공포정치를 강화하여 고아가 된 아이들을 처형하고, 어린 소녀들을 강간하고, 사제들을 죽이고, 사지를 절단한 신체를 공공장소에 두어 사람들에게 겁을 주고, 자식들이 지켜보는 가운데 어머니의 얼굴을 칼로 난자했다. 그때까지 나는 평화적인 해결책을 찾아 2년 동안 노력했으나, 이제 질리고 말았다. 1년쯤 전에 세드라스는 권력을 내놓겠다는 협정서에 서명했지만, 시한이 다가오자 안 나가겠다고 버티고 있었다.

그를 쫓아낼 때가 되었지만, 여론과 국회의 분위기는 강력하게 반대하는 쪽이었다. 국회의 흑인 시민운동가 그룹에 속하는 톰 하킨 상원의원과 크리스 도드 상원의원은 나를 지지했지만, 공화당 의원들은 반대했다. 조지 미첼을 포함한 대부분의 민주당 의원들도 내가 다시 여론의 지지나 국회의 승인 없이 그들을 절벽으로 내몬다고 생각했다. 행정부 내에서도 의견이 엇갈렸다. 앨 고어, 워런 크리스토퍼, 빌 그레이, 토니 레이크, 샌디 버거는 찬성이었다. 빌 페리와 국방부는 찬성하지 않았지만, 내가 공격 명령을 내릴 경우에 대비하여 공격 계획을 짜고 있었다.

나는 미국이 아이티에 들어가야 한다고 생각했다. 미국의 뒷마당에서 무고한 사람들이 살육당하고 있었으며, 미국은 아이티 난민을 돌보느라 이미 상당한 돈을 썼다. 유엔도 세드라스의 축출을 만장일치로 지지했다.

9월 16일, 나는 공격을 피하려는 마지막 시도로 카터 대통령, 콜린 파월, 샘 넌을 아이티로 보내 세드라스 장군과 군부나 의회에서 그를 지지하는 자들에게 평화적인 아리스티드 복귀와 세드라스 출국을 받아들이라고 설득했다. 사실 그 세 사람은 각기 다른 이유에서 무력을 이용해 아리스티드를 복귀시키겠다는 나의 결심에 반대하고 있었다. 카터 센터는 아리스티드가 압도적인 승리를 거둔 선거를 감시했지만, 카터 대통령은 세드라스와 어느 정도 친분이 있었고 아리스티드의 민주주의에 대한 약속도 잘 믿지 않았다. 넌은 아이티 국회의원 선거 전에 아리스티드가 복귀하는 것에 반대했다. 국회에 대항 세력이 없을 경우 아리스티드가 소수의 권리를 보호해주지 않을 것이라고 보았기 때문이다. 파월은 군부와 경찰만이 아이티를 관리할 수 있는데, 그들은 아리스티드와 절대 협력하지 않을 것이라고 생각했다.

이후의 사태가 보여주듯이, 그들의 주장에는 다 일리가 있었다. 아이티는 경제적·정치적으로 심각하게 분열되어 있었으며, 민주주의 경험도 없었고, 이렇다 할 중산층도 없었으며, 현대 국가를 운영하는 데 필요한 제도적 장치도 거의 없었다. 아리스티드가 순조롭게 돌아온다 해도 민주주의가 성공을 거두지 못할 수도 있었다. 그럼에도 그는 선거에서 압도적인 승리를 거둔 인물이었으며, 세드라스 일파는 무고한 사람들을 죽이고 있었다. 적어도 그 일은 막아야 했다.

세 유명한 사절은 개개인의 그런 유보적인 태도에도 불구하고 나의 정책을 충실하게 전달하겠다고 약속했다. 그들은 미국의 폭력적인 아이티 진입을 피하고 싶어 했다. 그렇게 되면 사태가 더 심각해질 수 있었기 때문이다. 넌은 아이티 국회의원들과 이야기를 했으며, 파월은 아이티 군부 지도자들에게 미국이 공격할 경우 무슨 일이 생길지 생생하게 설명했다. 카터는 세드라스와 이야기했다.

다음 날 나는 샬리카슈빌리 장군을 비롯한 참모들과 공격 계획을 검토하기 위해 국방부로 갔다. 화상회의를 이용해, 전체 작전을 지휘할 사령관 폴 데이비드 밀러 제독과 상륙부대를 지휘할 제18공수부대 사령관 휴 셸턴 소장도 회의에 참여했다. 공격 계획에는 군대의 모든 부문이 관여하는 통합 작전이 필요했다. 우선 항공모함 두 대가 아이티 연안으로 다가가는데, 한 대에는 특수작전 부대가 타고, 다른 한 대에는 제10산악사단이 탈 예정이었다. 공군기들은 필요한 공중 지원을 해줄 계획이었다. 해병대는 아이티에서 두 번째로 큰 도시 카프아이시앵을 점령하는 임무를 맡았다. 제82공수사단의 낙하산 부대를 싣고 갈 비행기는 노스캐롤라이나에서 날아가 공격 개시 때 그들을 섬에 내려줄 예정이었다. 해군 실 부대는 먼저 들어가 목표 지역들을 살펴볼 예정이었다. 그들은 이미 그날 아침 예행연습을 마쳤는데, 아무런 사고 없이 물에서 나와 육지까지 올라갔다. 대부분의 부대와 장비는 '타고 내린다roll on, roll off'는 뜻의 '로로RoRo'라는 이름이 붙은 작전으로 아이티에 들어갈 예정이었다. 부대와 차량은 상륙정을 타고 아이티 해안에서 내릴 계획이었고, 임무를 마치면 그 과정을 거꾸로 되풀이할 예정이었다. 우리는 미군 외에 유엔군에 참가한 다른 25개국의 지원도 받고 있었다.

공격 시한이 다가오자 카터 대통령은 전화를 하여 세드라스를 설득할 시간을 더 달라고 요청했다. 카터는 무력 공격을 피하려고 안간힘을 썼다. 나도 마찬가지였다. 아이티는 군사적 능력이 없었다. 따라서 미국의 공격은 통 속에 든 물고기를 쏘는 것이나 다름없었다. 나는 3시간을 더 주기로 동의했지만, 세드라스에게 정권 이양 시한을 연장해주는 약속은 해줄 수 없다는 점을 분명히 밝혔다. 세드라스에게 아이들을 살해하고, 어린 소녀를 강간하고, 여자의 얼굴을 난자할 시간을 더 줄 수는 없었기 때문이다. 우리는 이미 고국을 떠난 아이티 사람들을 돌보는 데 2억 달러를 썼다. 나는 그들이 고향으로 돌아가기를 바랐다.

3시간마저 바닥이 날 무렵 포르토프랭스에서는 성난 군중이 미국인들이 들어가 있는 건물 밖에 모였다. 내가 카터와 이야기할 때마다 세드라스는 다른 거래 조건을 제시했다. 모두가 조금 더 시간을 벌고 아리스티드의 복귀를 미루려는 속셈에서 나온 것이었다. 나는 그 모두를 거부했다. 밖의 군중과 공격 시한 때문에 위험한 상황이었음에도, 카터, 파월, 넌은 계속 세드라스를 설득하려 했다. 그러나 소용이 없었다. 카터는 시간을 더 달라고 요청했다. 나는 다시 오후 5시까지 시간을 주기로 했다. 낙하산 부대를 태운 비행기들은 어두워진 직후인 6시쯤에 도착할 예정이었는데, 그때까지 세 사람이 안에서 협상을 하고 있으면, 밖의 군중 때문에 위험이 훨씬 더 커질 수밖에 없었다.

오후 5시 30분에도 그들은 그곳에 있었으며, 상황은 심각해졌다. 작전이 시작되었다는 사실을 세드라스가 알고 있었기 때문이다. 그는 노스캐롤라이나의 활주로를 지켜보던 첩자로부터 낙하산 부대를 태운 미군 비행기 61대가 이륙했다는 보고를 받았다. 나는 카터 대통령에게 전화를 하여, 그와 파월, 넌 모두 즉시 건물에서 나오라고 말했다. 그들 셋은 아이티의 명목상의 국가수반인 81세의 에밀 조나생 대통령에게 마지막 호소를 했다. 그는 마침내 전쟁 대신 평화를 선택하겠다고 대답했다. 각료들마저 한 사람을 제외하고 모두 그의 말에 동의하자, 세드라스도 마침내 누그러졌다. 그렇지 않았다면 한 시간 뒤에 포르토프랭스 상공은 낙하산으로 뒤덮였을 것이다. 나는 비행기들에 귀환 명령을 내렸다.

다음 날 셸턴 장군은 1만 5,000명의 다국적군을 이끌고 총 한 방 쏘지 않고 아이티로 들어갔다. 셸턴은 당당한 인물이었다. 키는 190센티미터가 넘었으며, 매끄럽게 깎은 듯한 이목구비에, 말은 남부식으로 느릿느릿했다. 그는 나보다 두 살 많았지만, 여전히 부대원들과 함께 낙하산 점프를 했다. 그는 혼자서도 세드라스를 권좌에서 물러나게 할 수 있는 사람이라는 생각이 들었다. 나는 작전 얼마 전 포프 공군기지 근처에서 비행기 사고로 군인 몇 명이 사망하는 사건이 발생한 뒤 포트브래그로 셸턴 장군을 찾아간 적이 있었다. 셸턴의 집무실 벽에는 남북전쟁 당시 남부연방의 위대한 두 장군 로버트 E. 리와 스톤월 잭슨의 사진이 걸려 있었다. 나는 텔레비전에서 셸턴 장군이 해안에 상륙하는 장면을 보며, 비서진 한 사람에게 스톤월 잭슨을 존경하는 사람이 아이티의 해방자가 되었으니 미국도 많이 좋아졌다고 농담을 했다.

세드라스는 셸턴 장군과 협력하고, 10월 15일 이전에 유엔 협정이 요구하는 대사면법이 통과되는 즉시 권력을 이양하겠다고 약속했다. 하마터면 카터, 파월, 넌을 강제로 아이티에서 데려올 뻔했지만, 어쨌든 그들은 어렵고 위험한 상황에서 용기 있게 일을 처리했다. 미국은 끈질긴 외교와 무력 위협을 함께 구사하여 유혈사태를 피할 수 있었다. 이제 "폭력과 보복은 사라지고 화해만 남았다"는 약속을 지키는 일은 아리스티드의 몫이 되었다. 그러나 그런 약속이 흔히 그렇듯이, 결국 말보다는 실천이 훨씬 더 어렵다는 것을 확인하게 된다.

아이티의 민주 회복이 무사히 이루어졌기 때문에 이 일은 민주당 의원들이 걱정했던 부정적인 영향은 주지 않았다. 우리는 좋은 조건에서 선거를 맞이할 수도 있었다. 경제성장으로 한 달에 2만 5,000개의 일자리가 만들어졌고, 실업률은 7퍼센트 이상에서 6퍼센트 이하로 떨어졌다. 적자도 줄어들었다. 우리는 법, 교육, 국가봉사, 교역, 가족휴가 등과 관련된 중요한 법들을 통과시켰다. 러시아, 유럽, 중국, 일본, 중동, 북아일랜드, 보스니아, 아이티 등과의 외교정책 의제들에서는 많은 성과를 거두었다. 그러나 이런 기록과 결과들에도 불구하고, 우리는 여러 가지 이유 때문에 선거를 앞둔 마지막 6주 동안 어려움을 겪었다. 아직 경제 개선의 효과를 느끼는 사람은 많지 않았다. 아무도 적자가 줄고 있다고 믿지 않았다. 대부분의 사람들이 법안의 통과를 모르고 있었으며, 외교의 진전에 대해서도 모르거나 관심이 없었다. 공화당 의원들과 그들의 매체, 그들과 연결된 이익집단들은 계속 나를 세금을 뜯어내 국민을 가난뱅이로 만들려 하고, 의사와 총까지 빼앗으려 하는 무모한 자유주의자라고 효과적으로 공격했다. 전체적인 언론 보도는 대단히 부정적이었다.

매체와 공보 센터는 내가 대통령직에 부임하고 첫 16개월 동안 저녁 네트워크 뉴스 프로그램에서 하룻밤에 평균 거의 5회의 부정적인 논평이 나왔다고 발표했다. 나의 전임자 부시 대통령이 첫 2년간 받았던 것보다 훨씬 많았다. 이 센터의 책임자 로버트 리치터는 내가 "사냥개식 저널리즘과 타블로이드판 뉴스가 결합되는 시대의 초기에 대통령이 된 불운을 겪었다"고 말했다. 물론 예외도 있었다. 제이커브 웨이스버그는 이렇게 말했다. "빌 클린턴은 최근 역사상 다른 어떤 행정수반보다 자신의 약속을 많이 지켰지만…… 유권자들은 클린턴을 불신했다. 매체가 계속 그를 믿지 말라고 말한 것도 한 가지 이유가 되었다." 조나단 앨터는 「뉴스위크」에 이렇게 썼다. "빌 클린턴은 2년도 안 되어 국내 정책에서 존 F. 케네디, 제럴드 포드, 지미 카터, 조지 부시를 합친 것보다 더 큰 일을 이루어냈다. 리처드 닉슨과 로널드 레이건은 국회를 마음대로 움직였지만, 「콩그레셔널 쿼털리」에 따르면 린든 존슨 이후 최고의 법안 성공률을 기록한 대통령은 클린턴이다. 국내 정책의 성과를 측정하는 기준은 과정의 일관성이 아니라 국민의 실생활이 어떻게 변했느냐 하는 것이 되어야 한다. 그 기준에서 보자면 그는 잘하고 있다."

앨터의 말이 옳을지도 모르지만, 그렇다 해도 그것은 앨터만 아는 비밀이었던 것 같다.

40

9월 말이 되면서 상황은 악화되었다. 버드 셀리그 커미셔너 대리는 선수들의 파업이 해결되지 않아 시즌 나머지 경기를 비롯해, 1904년 이후 처음으로 월드시리즈도 취소한다고 발표했다. 항공사 파업을 해결하는 데 도움을 주었던 브루스 린지가 교착 상태를 풀려고 나섰고, 심지어 나도 선수 대표와 구단주들을 백악관으로 초대했으나 해결을 보지 못했다. 미국의 국민적 오락이 취소된다면, 어떤 일도 올바른 방향으로 갈 수가 없었다.

9월 26일, 조지 미첼은 의료제도 개혁 문제를 놓고 공식적으로 항복을 했다. 채피 상원의원이 그와 함께 계속 일을 해왔지만, 돌 상원의원의 의사진행방해를 부술 만큼 공화당 의원들을 모을 수가 없었던 것이다. 건강보험회사와 다른 로비스트들이 의료제도 개혁을 저지하기 위해 쏟아 부은 30억 달러는 투자 효과를 본 셈이었다. 나는 내년에 다시 시도하겠다는 짧은 성명을 발표했다.

몇 달 전부터 우리가 졌다고 느끼기는 했지만, 막상 당하고 보니 실망이 컸다. 게다가 힐러리와 아이러 매거지너가 비난받을 것을 생각하니 마음이 불편했다. 의료제도 개혁이 좌절된 것은 세 가지 이유에서 부당한 일이었다. 첫째, 우리 제안은 건강보험회사들이 광고 캠페인을 통해 주장하는 것과는 달리 정부가 펼치는 커다란 악몽이 아니었다. 둘째, 이 계획은 내가 준 부담을 고려할 때 힐러리와 매거지너로서 내놓을 수 있는 최선이었다. 그들은 증세 없는 전 국민 보험을 내놓았다. 마지막으로 의료제도 개혁안을 탈선시킨 것은 그들이 아니었다. 의미 있는 타협안을 모두 죽이겠다는 돌 상원의원의 결정이 그렇게 만든 것이다. 나는 힐러리를 위로하려고, 인생을 살다 보면 건강보험 없는 4,000만 미국인에게 그것을 제공하려고 노력하다가 '현행범으로 잡히는 것' 보다 더 큰 잘못을 많이 저지른다고 농담하기도 했다.

우리의 패배에도 불구하고, 힐러리, 아이러 매거지너 등 우리 팀이 한 일은 헛되지 않았다. 그 후 몇 년 동안 우리 제안 가운데 많은 부분이 법이나 관행으로 자리 잡게 되었기 때문이다. 케네디 상원의원과 캔자스의 공화당 상원의원 낸시 캐시봄은 노동자가 일자리를 바꾸어도 보험을 잃지 않도록 보장해주는 법안을 통과시키게 된다. 그리고 1997년에는 아동건강보험 프로그램CHIP을 통과시켜, 수백만의 아동에게 건강보험을 제공하게 된다. 이것은 1965년 메디케이드가 시행된 이후 가장 많은 규모의 건강보험 확대였다. 이 프로그램 덕분에 미국인들 가운데 건강보험이 없는 사람들의 숫자는 12년 만에 처음으로 감소하게 된다.

그 외에도 의료제도 개혁 부문에서 다른 승리들을 많이 거두게 된다. 우리는 여자들이 출산 후 24시간 이상 병원에 머물게 함으로써 건강관리기관에서 요구하는 '차 타고 들러서 애 낳고 오기' 를 없애는 법안을 통과시켰다. 유방 엑스레이 사진과 전립선 검사에도 보험 적용을 확대했다. 미국당뇨병협회는 당뇨병 자기관리 프로그램을 인슐린 이후 최대의 발전이라고 불렀다. 생물의학 연구와 국내외 에이즈 관리 및 치료에도 많은 지원이 이루어져 아동 면역 비율이 처음으로 90퍼센트를 넘었다. 연방에서 지원하는 프로그램의 보호를 받는 8,500만 미국인들에게 의사의 선택과 신속하고 적절한 치료를 보장하는 환자의 '권리장전' 을 행정명령으로 시행하게 되었다.

그러나 이것은 모두 미래의 일이었다. 1994년에 우리는 완전하게 무너졌다. 그리고 사람들은 이런 이미지를 가지고 투표장에 가게 된다.

그달 말쯤 뉴트 깅리치는 공화당 현직 의원과 후보 300명 이상을 모아 의사당 계단에서 '미국과의 계약' 에 서명하는 집회를 열었다. 계약의 내용은 얼마 전부터 흘러나왔다. 깅리치는 공화당 의원들이 단순한 거부자들이 아님을 보여주기 위해, 그들에게도 긍정적인 의제가 있다는 것을 보여주기 위해 그들을 불러모은 것이다. 이러한 계약 발표는 미국 정치에서 새로운 것이었다. 전통적으로 중간선거는 지역 내의 싸움이었다. 전국적 상황이나 대통령의 인기가 도움이 되거나 손해가 될 수도 있었지만, 지역적 요인들이 더 중요하다는 것이 통념이었다. 깅리치는 이런 통념이 틀렸다고 확신했다. 그는 대담하게 미국 국민을 향하여 공화당에 다수를 달라고 요구하면서 이렇게 외쳤다. "우리가 이 계약을 어기면 우리를 내쫓아라. 진심이다."

이 계약은 다음과 같은 의제들을 제시했다. 헌법의 균형예산 수정조항과 항목별 거부권, 이렇게 되면 대통령은 세출 예산안 전체를 거부할 필요 없이 구체적인 항목들을 제거할 수 있었다. 범죄자들을 더 엄격하게 처벌할 것과 우리의 범죄방지 법안에서 예방 프로그램의 폐지. 신체 건강한 생활보호대상자에게 급부금을 최대 2년간만 지급하는 방식으로 복지제도 개혁. 자녀 세액공제 500달러, 부모나 조부모 부양 세액공제 500달러, 자녀부양 의무 강화. 1993년 예산안에 들어갔던 고소득 사회보장 수혜자에 대한 징세 철회. 자본이득세의 50퍼센트 삭감. 주와 지방 정부에 대한 연방의 자금 지원 없는 위임 중단. 국방비 지출의 대폭 증대. 징벌적 손해배상의 한계를 정하는 방식으로 불법행위 처벌 방식 개혁. 상원의원과 하원의원의 임기 제한. 국회도 고용주로서 다른 고용주들에게 부과하는 모든 법을 따를 의무 부과. 국회 위원회 실무 직원 3분의 1 축소. 향후 증세 승인에 국회 양원의 60퍼센트 찬성 의무화.

나도 이 계약의 많은 부분에 동의했다. 나는 이미 복지제도 개혁과 자녀 부양 의무 강화를 추진하고 있었으며, 오래전부터 항목별 거부권과 자금 지원 없는 위임 중단을 지지해왔다. 부양가족 세금 공제도 마음에 들었다. 이렇게 구체적인 사항 몇 가지가 매력적이기는 했지만, 이 계약은 그 핵심을 볼 때 지나치게 단순화된 위선적인 문서였다. 공화당 의원들은 소수의 민주당 의원들의 지원을 받아 내가 대통령이 되기 전 12년 동안 세금을 줄이고 지출을 늘려 국가 채무를 네 배로 불려놓았다. 이제 민주당 의원들이 적자를 줄이자 헌법적으로 균형예산을 요구하도록 만들고 싶어 했다. 그러면서 세금의 대폭 감면과 국방 지출의 대규모 증액을 권고했는데, 다른 어떤 지출을 줄여 그 비용을 댈지는 말하지 않았다. 공화당 의원들은 1980년대에 그렇게 했고 2000년대에도 다시 그렇게 하게 되듯이, 간단한 산수를 무시하려 하고 있었다. 요기 베라가 말하듯이, 이미 다 본 것인데 포장만 바꾸어놓았을 뿐이었다.

깅리치는 공화당 의원들에게 1994년 선거운동을 위해 국가적 정강을 제공했을 뿐 아니라, 민주당 상대 후보들을 규정하는 데 이용할 수 있는 언어들의 목록도 제공했다. 그의 정치행동위원회 고팩GOPAC은 「언어 : 통제의 핵심 메커니즘Language : A Key Mechanism of Control」이라는 팜플렛을 만들었다. 깅리치가 민주당 의원들을 규정하는 '대조를 보여주는 단어들'에는 배반하다, 속이다, 붕괴하다, 부패, 위기, 쇠퇴, 파괴, 실패, 위선, 무능, 불안, 자유주의, 거짓말, 애처롭다, 관용적이다, 천박하다, 역겹다, 배신자 등이 포함되었다. 깅리치는 이런 식의 명명을 제도화할 수 있다면, 민주당을 오랜 기간 소수당으로 제한할 수 있다고 확신했다.

민주당은 공화당이 계약을 발표한 것이 심각한 잘못이라고 생각했으며, 감세, 국방비 증가, 균형예산에 필요한 자금을 대려면 교육, 의료, 환경 보호에서 대폭 삭감이 이루어져야 한다는 것을 보여줌으로써 공격에 나섰다. 그들은 심지어 깅리치의 계획을 '미국을 파는 계약'이라고 바꾸어 부르기도 했다. 그들의 말이 옳기는 했으나 효과는 없었다. 선거 이후의 여론조사 결과 국민은 계약에 대해서 딱 두 가지만 알고 있었다는 것이 드러났다. 공화당이 뭔가 계획을 가지고 있으며, 예산의 균형을 잡는 것이 그 계획의 일부라는 것이었다.

민주당은 선거에서 공화당을 공격하는 것 외에는 구식의 방법으로, 주의 문제, 지역구 문제의 테두리 안에서 싸우려 했다. 나는 이미 그들을 위해 여러 번 기금을 조달하기 위한 모임을 가졌지만, 우리가 이룩한 것이 무엇인지, 또는 공화당과의 계약에 대비하여 우리의 미래 의제가 무엇인지 알리는 전국적 캠페인을 벌이기 위해 필요한 기금을 마련하기 위한 모임은 한 번도 갖지 못했다.

우리는 총 13개의 세출예산안을 제시간에 통과시킴으로써 회계연도의 마지막 날인 9월 30일에 또 한 번의 생산적인 입법의 해를 마무리했다. 이것은 1948년 이후 처음 있는 일이었다. 세출예산안은 20년 만에 처음으로 연달아 2년간 적자축소를 보여주었다. 연방 직원을 27만 2,000명 줄이고, 교육을 비롯한 중요 분야에는 투자를 늘렸다. 인상적인 업적이었지만, 공화당의 균형예산 수정조항만큼 눈길을 끌지는 못했다.

나는 40퍼센트 정도의 지지도를 가지고 절뚝거리며 10월로 들어갔다. 그러나 그달에 나의 지지도를 올리고 또 민주당 의원들의 선거 전망도 좋게 바꾸어줄 것으로 기대되는 좋은 일들이 일어나게 된다. 유일하게 안타까운 일이 있었다면, 그것은 농무장관 마이크 에스피의 사임이었다. 재닛 리노는 법정에서 임명한 독립변호사에게 에스피의 비리 혐의를 조사해달라고 요청했다. 스포츠 입장권이나 여행경비 등과 같은 선물을 받았다는 내용이었다. 센텔 판사의 특수부는 역시 공화당 활동가 출신의 도널드 스몰츠를 임명하여 에스피를 조사하게 했다. 나는 그 일 때문에 비탄에 잠겼다. 마이크 에스피는 1992년에 온갖 고난을 무릅쓰고 나를 지지해준 사람이었다. 그는 국회의원으로서 미시시피의 백인 유권자들로부터도 지지를 받을 만큼 인기를 누렸지만, 그 자리를 떠나 첫 흑인 농무장관이 되었으며, 식품안전기준을 높이는 등 일을 잘해왔다.

10월의 소식들은 대부분 긍정적이었다. 10월 4일 넬슨 만델라가 백악관을 국빈 방문했다. 그의 미소는 아무리 어두운 날이라도 환하게 빛내주었다. 나는 무척 반가웠다. 우리는 상호 협력을 촉진하기 위해 합동위원회를 설치하기로 결정했으며, 고어 부통령과 만델라의 후계자가 될 가능성이 높은 부통령 타보 음베키가 공동 위원장을 맡기로 했다. 합동위원회는 러시아와 시도해본 결과 효과가 좋아 다른 중요한 나라에도 시도해보고 싶었는데, 남아프리카야말로 적격이었다. 만일 만델라의 화해 정부가 성공을 거두면, 아프리카 전체의 분위기가 좋아지고 전 세계 분쟁지역에서도 비슷한 시도가 이루어질 수 있었다. 나는 또 남아프리카의 가난하고, 인구밀도가 높은 도시의 주택, 전기, 의료를 지원하고, 농촌 경제 프로그램을 제시하고, 론 브라운의 주도 하에 투자기금도 설립하겠다고 발표했다.

만델라를 만나는 동안, 상원도 하원에 이어 광범위한 초당적 지지로 나의 선거운동 기간 교육 의제의 마지막 부분인 초등 및 중등 교육법을 통과시켰다. 이 법안은 가난한 아동에게 무조건 낮은 수준의 커리큘럼을 제공하는 관행에 종지부를 찍었다. 불리한 가정환경 출신의 아동은 정상적인 교육 능력이 없어서가 아니라, 학교에서 돌보지 않고 가정에서 지원을 하지 못해 특수교육반에 들어가는 경우가 많았다. 딕 라일리와 나는 학급의 인원을 줄이고 교사들이 특별히 관심을 가지면 그런 아이들도 따라올 수 있다고 확신했다. 이 법안은 또 부모의 참여를 확대하기 위한 인센티브도 제공했다. 학생과 학부모가 배정받은 학교와는 다른 공립학교를 선택하는 것을 허용하도록 연방에서 지원하기로 한 것이다. 또 창조성을 억누를 수도 있는 학구의 요구조건에서 벗어나 자유롭게 움직이며 혁신을 장려하는 공립 차터스쿨의 자금을 지원하기로 했다.

불과 취임 2년 만에 초등 및 중등 교육법과 더불어, 국회의 초당적 지지를 받으며 미취학 아동 교육개혁이 이루어졌고, 미국교육협회의 목표들이 법제화되었고, 학자금 대출 프로그램에 개혁이 이루어졌고, 국가봉사 프로그램이 만들어졌고, 대학에 진학하지 않는 고등학교 졸업생을 위한 연수 제도를 시행하는 취업 프로그램이 통과되었고, 성인 교육과 평생 학습을 위한 노력이 크게 늘어났다. 이런 교육 프로그램들은 내가 대통령직에 부임하고 맞이하는 첫 2년 동안의 가장 중요한 성취 가운데 하나였다. 이것은 수백만의 미국인들에게 학습의 질을 높이고 경제적 기회를 늘리는 결과를 낳게 했지만, 이것을 아는 사람은 거의 없었다. 교육 개혁들은 양당의 광범위한 지지를 받았기 때문에, 그것을 통과시키려는 노력은 상대적으로 논란이 적었고, 따라서 특별히 뉴스로서 가치가 있다고 여겨지지 않았기 때문이다.

우리는 10월 첫 주를 기분 좋게 끝마쳤다. 실업률이 1990년 이후 최저인 5.9퍼센트로 떨어지고(취임 때는 7퍼센트 이상이었다), 460만 개의 새로운 일자리가 생겼기 때문이다. 10월 하순에 경제성장은 3.4퍼센트로 자리를 잡았고, 인플레이션은 1.6퍼센트였다. 북미자유무역협정이 성장에 기여하고 있었다. 멕시코 총 수출은 1년 안에 19퍼센트 늘었으며, 자동차와 트럭 수출은 600퍼센트가 늘었다.

10월 7일에 이라크가 쿠웨이트 국경에서 불과 6킬로미터 떨어진 곳에 대규모 부대를 배치하는 바람에 걸프전의 악몽이 되살아나기 시작했다. 나는 국제사회의 강력한 지원을 얻어 신속하게 3만 6,000명의 병력을 쿠웨이트에 배치하고, 항공모함 전투단과 전투기들로 그들을 지원했다. 나는 또 토마호크 미사일 목표물 목록을 새로 작성하라고 명령했다. 영국도 자국군을 강화하겠다고 발표했다. 9일에 쿠웨이트는 그들 육군의 대다수인 1만 8,000명을 국경으로 이동시켰다. 다음 날 이라크는 우리의 강력하고 신속한 대응에 놀라 군대를 뒤로 물리겠다고 발표했다. 한 달이 채 지나지 않아 이라크 의회는 쿠웨이트의 주권, 국경, 영토 보전을 인정했다. 이라크 위기가 지나가고 나서 이틀 뒤 북아일랜드 신교도 의회 그룹들은 아일랜드공화국군의 예를 따라 완전 휴전을 준수하겠다고 발표했다.

10월 셋째 주에는 좋은 소식이 넘쳐났다. 15일에 아리스티드 대통령이 아이티에 복귀했다. 사흘 뒤에 나는 16개월간의 강도 높은 협상 끝에 북한과 한반도에서 핵확산 위협을 종식시킨다는 합의에 이르렀다고 발표했다. 10월 21일에 제네바에서 미국의 협상대표 밥 갈루치와 북한 대표가 서명한 기본합의문에 따르면 북한은 기존 핵원자로의 모든 활동을 동결하고 그 감시를 허용하기로 했다. 8,000개의 폐연료봉을 국외로 내보내기로 했으며 기존 핵시설은 폐기하기로 했다. 궁극적으로 과거에 생산된 폐연료를 책임지기로 했다. 그 대가로 미국은 사용 가능한 양의 무기급 핵물질을 생산하지 않는 경수로 건설을 위한 국제 컨소시엄을 조직하기로 했다. 또 매년 50만 톤의 중유 공급을 보장하기로 했고, 교역, 투자, 외교 장벽을 낮추기로 했다. 북한에 대하여 핵무기 사용이나 사용 위협을 하지 않는다는 것을 공식 보장하기로 했다.

미국의 3개 행정부가 연속해서 북한의 핵 프로그램을 통제하려고 노력해왔다. 이 협정은 워런 크리스토퍼와 밥 갈루치 대사의 고된 노력의 성과이며, 북한이 핵보유국이 되는 것, 또는 핵무기나 핵 물질을 판매하는 나라가 되는 것을 허용하지 않겠다는 미국의 분명한 결의의 결과였다.

내가 대통령직을 떠난 뒤 미국은 1998년 북한이 실험실에서 고농축 우라늄을 생산함으로써(원자폭탄 한두 개를 만들 만한 양으로 보인다) 이 합의의 구체적 조항은 아니라 해도 그 정신을 어기기 시작했다는 사실을 알게 되었다. 어떤 사람들은 이런 사태를 보고 1994년 합의의 효력에 의문을 제기했다. 그러나 우리가 종결시킨 플루토늄 프로그램은 이후의 실험실의 작업보다 규모가 훨씬 컸다. 북한의 핵원자로 프로그램이 그대로 진행되었다면, 1년에 몇 개의 핵무기를 만들어낼 만한 양의 무기급 플루토늄을 생산하게 되었을 것이다.

10월 17일, 이스라엘과 요르단이 평화 합의에 이르렀다고 발표했다. 이츠하크 라빈과 후세인 왕은 10월 26일 커다란 리프트 골짜기를 가로지르는 와디 아라바 국경에서 조인식을 갖기로 하고 나를 증인으로 초청했다. 나는 이 출장으로 다른 중동 문제들도 진전이 있도록 압박할 수 있겠다고 생각하여 초청을 받아들였다. 나는 먼저 카이로에 들러, 그곳에서 무바라크 대통령과 함께 야세르 아라파트를 만났다. 우리는 아라파트에게 테러리즘, 특히 하마스의 테러리즘을 중단시키기 위해 더 노력해줄 것을 당부하고, 약속한 땅을 팔레스타인 사람들에게 넘기는 일의 지연과 관련하여 그와 이스라엘의 의견 차이를 해소하는 일을 돕겠다고 약속했다.

다음 날 나는 조인식에 증인으로 참석하여, 이스라엘과 요르단이 평화로 가는 길에 용기 있게 앞장선 것에 감사했다. 무덥고 맑은 날이었다. 뒤로 펼쳐진 리프트 골짜기의 웅장한 풍경은 이 행사의 배경으로 완벽했다. 그러나 사막에 반사되는 햇빛이 너무 강해 앞이 잘 안 보였고 나는 거의 정신을 잃을 뻔했다. 빈틈없는 보좌관 앤드루 프렌들리가 선글라스를 들고 와서 나를 구해주지 않았다면 나는 정신을 잃어 행사를 망쳐버렸을지도 모른다.

조인식을 마친 뒤 나와 힐러리는 후세인 왕 부부와 함께 차를 타고 짧은 거리를 달려 아카바에 있는 그들의 별장으로 갔다. 그날은 힐러리의 생일이었기 때문에 그들은 힐러리에게 불어도 꺼지지 않는 요술 촛불을 꽂은 케이크를 주었다. 나는 힐러리가 나이가 들어 폐활량이 줄어들었나 보다고 농담을 했다. 후세인과 왕비 누르는 지적이고, 우아하고, 통찰력이 있었다. 프린스턴을 졸업한 누르는 유명한 아랍계 미국인 아버지와 스웨덴인 어머니의 딸로 태어났다. 후세인은 키가 작았지만, 당당한 체격이었으며, 매력적인 미소, 기품 있는 태도, 지혜로운 눈이 인상적이었다. 후세인은 긴 통치 기간 동안 몇 차례의 암살 위기를 넘겼기 때문에, "평화를 위해 위험을 무릅쓴다"는 말이 단순한 수사가 아니라는 것을 잘 알고 있었다. 후세인과 누르는 우리의 진정한 친구가 되었다. 우리는 함께 여러 번 웃음을 터뜨렸으며, 기회가 있을 때마다 우리의 의무를 잊고 삶, 자식, 말과 오토바이 등 공통 관심사에 대해 이야기를 나누었다. 나중에 누르는 우리와 함께 휴가를 가 와이오밍에서 노래부르기 모임에 참석하기도 했으며, 나는 후세인의 생일 파티 때 메릴랜드에 있는 그들의 집에 가기도 했다. 힐러리와 누르는 자주 이야기를 나누었다. 그들은 우리 삶의 축복이었다.

그날 늦게 나는 암만의 요르단 국회에서 미국 대통령으로는 처음으로 연설을 했다. 그날 연설에서 가장 환영을 받은 대목은 아랍 세계 전체를 향해 한 말이었다. "미국은 우리의 문명이 충돌한다는 생각을 받아들이지 않습니다. 우리는 이슬람을 존중합니다…… 이슬람의 전통적 가치, 신앙과 선한 사업, 가족과 사회에 대한 헌신은 미국 최고의 이상과 조화를 이룹니다. 따라서 우리는 사람들, 신앙들, 문화들이 서로 조화를 이루어 함께 살 수 있다는 것을 압니다."

다음 날 아침 나는 사람이 계속 산 도시로는 세계에서 가장 오래된 다마스쿠스로 가서 아사드 대통령을 만났다. 미국 대통령은 20년 동안 다마스쿠스에 간 적이 없었다. 시리아가 테러리즘을 지지하고 레바논을 지배했기 때문이다. 나는 아사드에게 내가 유엔 결의안 242호와 338호에 기초한 시리아-이스라엘 평화를 지지하며, 양국이 합의에 이를 경우 미국과 시리아의 관계 개선을 위해 노력할 것임을 알리려고 했다. 그런데 나는 시리아에 간 것 때문에 약간 비판을 받기도 했다. 시리아가 헤즈볼라를 비롯한 다른 폭력적인 반이스라엘 그룹들을 지원하기 때문이었다. 그러나 나는 시리아와 이스라엘이 화해하지 않는 한 이 지역에 안보와 안정은 결코 이루어질 수 없다고 생각했다.

아사드와 만나서 커다란 돌파구를 찾아내지는 못했지만, 그는 우리가 함께 전진할 수 있는 방식에 대하여 몇 가지 고무적인 암시를 주었다. 그가 평화를 바란다는 것은 분명했다. 그러나 내가 그에게 이스라엘에 가서, 이스라엘 국민들을 향해 손을 내밀고, 안와르 사다트가 했던 것처럼 크네세트에서 자신의 입장을 밝히라고 제안했을 때 나는 헛수고를 한다는 것을 알 수 있었다. 아사드는 총명했지만, 사무적이었고 매우 조심스러웠다. 그는 안전하고 아름다운 그의 대리석 궁을 좋아했으며, 다마스쿠스의 일상생활에서 편안함을 느꼈다. 텔아비브로 날아가는 정치적 모험은 상상하지 못했다. 우리의 회담과 의무적인 기자회견이 끝난 뒤 나는 이스라엘로 가서 라빈에게 내가 알게 된 것들을 이야기해주었다.

나는 이스라엘 국회인 크네세트 연설에서 라빈에게 감사하고 그를 치하한 뒤, 크네세트의 의원들에게 이스라엘이 평화를 향해 발을 내디뎠으며, 미국은 그 안전과 경제 발전을 위해 더 노력할 것이라고 말했다. 그것은 시의 적절한 메시지였다. 이스라엘은 그 무렵 또 한 번의 살벌한 테러 공격을 당했기 때문이다. 많은 이스라엘인들이 반대했던 팔레스타인 협정과는 달리, 요르단 평화조약은 야당인 리쿠드당의 지도자 베냐민 '비비' 네타냐후를 포함한 크네세트의 거의 모든 의원들의 지지를 받았다. 이스라엘 사람들은 후세인 국왕을 존경하고 신뢰했다. 그러나 아라파트에 대해서는 확실한 믿음을 갖지 못했다.

힐러리와 나는 숙연한 마음으로 이스라엘의 웅장한 홀로코스트 기념관인 야드 바셈을 방문한 뒤 28일에 이츠하크와 레아 라빈 총리 부부에게 작별 인사를 했다. 나는 쿠웨이트로 가서 에미르를 만나고, 미군 부대를 방문하여 신속한 이동으로 이라크군을 쿠웨이트로부터 몰아낸 데 감사했다. 그 다음에는 쿠웨이트를 떠나 사우디아라비아로 가서 파드 왕을 몇 시간 동안 만났다. 나는 1993년 초에 보스니아 이슬람교도의 인종청소를 중단시켜달라는 파드의 전화를 받고 감명을 받은 적이 있었다. 파드는 나를 따뜻하게 맞아주었고, 이라크로 인한 위기를 해소하기 위해 미국이 신속하게 움직인 것에 감사의 마음을 전했다. 성공적이고 고무적인 방문이었으나, 이제 힘겨운 선거가 기다리고 있는 고국으로 돌아가야 했다.

41

       10월이 되자 여론조사 결과는 그렇게 나빠 보이지 않았다. 그러나 선거운동을 다니는 길에서 느껴지는 분위기는 여전히 좋지 않았다. 중동으로 떠나기 전, 힐러리는 오랫동안 우리를 위해 일해준 여론조사 전문가 딕 모리스를 불러 평가를 의뢰했다. 모리스가 조사를 해보니 결과는 실망스러웠다. 그는 대부분의 사람들이 경제가 나아진다거나 적자가 줄고 있다고 생각하지 않으며, 민주당이나 내가 한 좋은 일들에 대해서 전혀 모르고, 깅리치의 '계약'에 대한 공격도 먹혀들지 않는다고 말했다.

    나에 대한 지지도는 오랜만에 50퍼센트를 넘었으며, 유권자들은 가족 휴가법, 범죄방지 법안에 따른 10만 명의 새로운 경찰, 교육 기준과 학교 개혁 등 우리의 여러 업적에 대해서는 긍정적으로 응답했다. 모리스는 민주당이 경제, 적자, 계약에 대해 말하지 않고, 대신 인기 있는 입법 업적에 집중하면 손실을 줄일 수 있다고 말했다. 그리고 나에게 워싱턴에 돌아가면 선거운동에 나서지 말고, '대통령 자리'를 지키면서 나의 높아진 지지율을 더욱 강화할 만한 말과 행동만 하라고 했다. 모리스는 그렇게 하는 것이 내가 정치적 소동에 다시 뛰어드는 것보다 민주당에 더 도움이 될 것이라고 생각했다. 그러나 결국 두 가지 권고 모두 따를 수 없게 되었다.

    민주당에는 선거가 치러지는 주나 하원 지역구로 새로운 메시지를 신속하게 내려보내 상황 변화를 도모할 기제가 없었다. 나는 개인 후보와 상하원 선거운동위원회를 위해 많은 기금을 모금했지만, 그들은 전통적인 방식으로 돈을 쓰고 싶어 했다.

나는 중동여행 중에 백악관에 전화하여, 돌아가면 선거운동에 나서지 않고 내 일을 하면서 뉴스가 될 만한 일을 만들겠다고 말했다. 그러나 돌아와보니 놀랍게도 펜실베이니아, 미시간, 오하이오, 로드아일랜드, 뉴욕, 아이오와, 미네소타, 캘리포니아, 워싱턴, 델라웨어 출장으로 일정이 꽉 차 있었다. 아마 내 여론조사 지지도가 올라가기 시작하는 것을 보고 전국의 민주당원들이 나에게 지원 유세를 부탁했던 것 같다. 그들은 전에 나를 위해 뛰어준 사람들이었다. 이제 내가 그들을 위해 뛰어줄 수밖에 없었다.

나는 선거운동을 하면서 우리의 공통의 업적을 계속 강조하려 했다. 750만 에이커의 막대한 땅을 자연과 국립공원 시스템으로 묶어서 보호하는 캘리포니아 사막 보호법에 서명을 하고, 미시간 대학에서는 새로운 학자금 직접 대출 프로그램이 안겨주는 커다란 경제적 혜택을 부각시키고, 우리 성과에 대하여 알릴 수 있도록 가능한 한 많은 라디오 인터뷰에 응했다. 그리고 나는 또 활기찬 군중이 모인 대규모 집회에도 참석하여, 최대한 큰 소리로 말을 해야 했다. 그런데 내가 선거운동에서 되풀이하여 하던 말은 충실한 당원들에게는 효과적이었지만, 텔레비전을 보는 시청자들에게는 효과적이지 않았다. 텔레비전에서 나의 강력한 선거용 연설을 들은 시청자들은 대통령이 국내외의 정책을 다루는 초당적 정치가에서 다시 유권자들의 의심을 받는 정당 정치가로 돌아왔다는 느낌을 받았다. 내가 선거 유세에 다시 뛰어든 것은 이해할 수 있는 일이고 피할 수 없는 일이었는지는 몰라도, 어쨌든 실수였다.

11월 8일, 우리는 완패했다. 상원에서 8석, 하원에서 54석을 잃었다. 트루먼 대통령이 전 국민 건강보험을 실시하려 한 뒤 참패했던 1946년 이후 민주당 최대의 패배였다. 공화당은 2년 동안 계속 나를 공격하고 '계약'에서 단결하여 보답을 얻었다. 민주당은 좋은 정부는 너무 많고 좋은 정치는 너무 적었기 때문에 벌을 받았다. 나는 취임 첫 몇 주에 군대의 동성애자 문제가 가장 큰 쟁점으로 부각되도록 방치하고, 너무 늦게 선거운동에 뛰어들고, 나의 승리는 작아 보이고 나의 패배는 커 보이는 새로운 환경, 즉 내가 대통령직을 쟁취한 새로운 민주당원이 아니라 그저 징세와 큰 정부를 지지하는 또 한 사람의 자유주의자라는 인상이 굳어진 환경에서 너무 빨리 너무 많은 일을 하려고 함으로써 참패에 일조했다. 더욱이 국민의 분위기는 여전히 안정되지 않았다. 그들은 자신의 생활이 나아진다고 느끼지 않았으며, 워싱턴의 모든 싸움에 거부감을 느꼈다. 아마 국민은 정부와 국회를 나누어 놓으면 우리가 어쩔 수 없이 협력할 것이라고 생각했는지도 모른다.

얄궂게도 나의 승리와 나의 패배가 모두 민주당에 피해를 주었다. 의료제도 개혁이 실패하고 북미자유무역협정이 통과되었기 때문에 우리의 고정 지지자들 다수의 사기가 저하되고, 우리의 투표자수는 적어졌다. 고소득층에 대한 증세가 포함된 경제계획, 브래디 법안, 공격용 무기 규제에서 거둔 승리는 공화당의 고정 지지자들을 자극하여 그들의 투표자수는 많아졌다. 투표자수의 차이만으로도 패배의 반이 설명되었다. 이것은 공화당이 11명의 주지사를 얻는 데도 기여했다. 마리오 쿠오모는 비참할 정도로 낮은 민주당 투표자수 때문에 뉴욕에서 패배했다. 남부에서 공화당은 대체로 기독교연합의 특별한 노력 덕분에 선거 전 여론조사에서 얻었던 지지율보다 보통 5, 6포인트 높은 득표율을 기록하면서 승리했다. 텍사스에서는 조지 W. 부시가 60퍼센트의 직무수행 지지도를 보이던 앤 리처즈 주지사를 물리쳤다.

미국총기협회는 환희의 밤을 맞이했다. 그들은 국회의 가장 유능한 두 의원 톰 폴리 하원의장과 잭 브룩스를 떨어뜨렸는데, 두 의원은 이미 이런 일이 일어날 것이라고 경고해왔다. 폴리는 100여 년 만에 처음으로 선거에서 패배한 하원의장이 되었다. 잭 브룩스는 미국총기협회를 오랫동안 지지해왔고 하원에서 공격용 무기 규제에 반대하는 싸움을 주도했지만, 법사위원회 위원장으로서 공격용 무기 규제가 포함된 전체 범죄방지 법안에 찬성 투표를 했다. 미국총기협회는 절대 용서하지 않는 주인이었다. 스트라이크 한 번이면 바로 아웃이었다. 총기 로비스트들은 그들의 살생부에 들어 있던 의원 24명 가운데 19명을 떨어뜨렸다고 주장했다. 그들은 실제로 그 정도의 피해를 주었으며, 자신들이 깅리치를 하원의장으로 만들었다고 당당히 주장할 만했다. 오클라호마에서는 민주당지도자협의회의 지도자인 데이브 매커디 하원의원이 상원의원에 출마했다가, 그의 표현을 빌리면 '하나님, 동성애자, 총기 때문에 떨어졌다.

10월 29일에는 프랜시스코 듀런이라는 이름의 남자가 콜로라도에서 차를 몰고 와, 공격용 무기로 백악관에 총을 쏴대면서 범죄방지 법안에 항의했다. 그는 20발 내지 30발을 쏜 뒤에 체포당했다. 다행히도 다친 사람은 없었다. 듀런은 정신이상자였을지 모르지만, 어쨌든 이 사건은 브래디 법안과 공격무기 규제법 때문에 편집증적인 총기 소유자들이 나에게 얼마나 병적인 증오심을 가지게 되었는지 보여주는 사건이었다. 선거 뒤에 나는 법집행관들이나 총기규제 법안 지지자들이 미국인 다수를 대변하면서도 선거에서는 국회에 있는 그들의 친구들을 미국총기협회로부터 보호해주지 못한다는 사실에 직면했다. 총기 로비스트들은 돈, 조직, 싸움, 선동에서 그들을 앞섰다.

그러나 이번 선거에도 기분 좋은 점이 몇 가지 있었다. 우선 테드 케네디와 다이앤 페인스타인이 힘겨운 싸움에서 승리를 거두었다. 내 친구인 버지니아의 척 로브도 마찬가지였다. 그는 이란-콘트라 사건으로 이름을 얻은 보수적인 토크쇼 사회자 올리버 노스를 물리쳤다. 이 승리에는 로브를 좋아하고, 상원에 노스가 들어오는 것을 도저히 견딜 수 없어 하던 공화당의 존 워너 상원의원의 지지가 큰 도움이 되었다.

미시간의 북부 반도에서는 경찰관 출신의 바트 스튜팩 하원의원이 그의 경제계획 찬성투표가 그의 지역구에 피해를 주었다는 비난에 맞서 공격적으로 자신을 방어한 끝에 보수적인 지역구에서 벌어진 어려운 싸움에서 살아남았다. 스튜팩은 세금이 줄어드는 사람과 늘어나는 사람의 숫자를 정확하게 비교하는 광고를 내보냈다. 그 비율은 10 대 1이었다.

켄트 콘라드 상원의원과 얼 포머로이 하원의원은 보수적인 공화당 지지자들이 많은 주인 노스다코타에서 재선되었다. 그들 역시 스튜팩과 마찬가지로 적극적으로 자신의 경제계획 찬성 투표를 옹호하고, 유권자들에게 그 투표를 통해 얻어진 좋은 것들을 알렸다. 어쩌면 작은 주나 시골 지역구였기 때문에 부정적인 텔레비전 광고의 눈보라에 맞서는 것이 상대적으로 쉬웠는지도 모른다. 그렇지만 민주당 의원들이 스튜팩, 콘라드, 포머로이가 했던 일을 시도했다면, 우리는 분명히 더 많은 의석을 건질 수 있었을 것이다.

하원 예산 싸움의 두 영웅은 다른 운명을 맞이했다. 마저리 마골리스-메츠빈스키는 펜실베이니아의 부유한 교외 지역구에서 패배했고, 팻 윌리엄스는 몬태나 시골에서 살아남았다.

나는 선거 결과 때문에 몹시 괴로웠다. 사실 사람들 앞에서 드러낸 것보다 상처가 훨씬 더 깊었다. 만일 경제계획에서 휘발유세와 고소득 사회보장 수혜자들에 대한 세금을 포함시키지 않았다면, 또 공격용 무기 규제법에서 톰 폴리, 잭 브룩스, 딕 게파트의 말을 들었다면 하원이나 상원 둘 중의 하나는 잃지 않았을 것이다. 물론 그렇게 했다면, 저소득 노동자 가족들을 위한 소득세공제를 낮추거나, 아니면 공사채 시장으로부터 호의적이지 않은 반응을 얻을 각오로 적자 축소 규모를 줄여야 했을 것이다. 또 더 많은 경찰관과 아이들이 공격용 무기의 피해자가 되었을 것이다. 그런 어려운 결정들이 미국에 유익하다는 확신에는 변함이 없었다. 그러나 그 결과로 너무 많은 민주당 의원들이 큰 대가를 치러야 했다. 반면 그들을 낙선시킨 유권자들은 그들의 용기 덕분에 나중에 더 안전한 거리에 살면서 더 많은 혜택을 누리게 되었다.

돌 상원의원이 의미 있는 의료제도 개혁에 대해서는 무조건 의사진행방해를 할 것이라는 사실이 분명해졌을 때, 양당 합의에 이를 때까지 의료 개혁은 지연시킨다고 발표하고 대신 사회보장제도 개혁을 통과시켰다면 양원을 다 잃지는 않았을지도 모른다. 그렇게 했더라면 떼를 지어 공화당에 투표했던 소외된 중산층에게 인기를 얻었을 것이고, 경제계획이나 공격용 무기 규제에 대해 다른 결정을 내려야 하는 경우와는 달리, 국민에게 상처를 주지 않으면서 민주당에도 도움을 주었을 것이다.

깅리치는 이 선거를 통해 나보다 나은 정치가임을 입증했다. 그는 '계약'으로, 민주당에 대한 줄기찬 공격으로, 워싱턴의 모든 갈등과 살벌한 당파주의(실제로는 공화당이 일으킨 것이지만)는 모두 양원의 다수당이며 백악관까지 차지한 민주당의 잘못이라는 주장으로, 중간선거를 전국적인 문제로 만드는 데 성공했다. 나는 대통령으로서의 업무에 전념하고 있었기 때문에, 민주당이 효과적이며 전국적인 반격 메시지를 보내도록 조직과 자금과 힘을 보태지 못했다. 중간선거에 대한 전국적 의미 부여는 현대 선거운동에서 뉴트 깅리치의 가장 큰 기여였다. 1994년 이후, 한 당이 그렇게 하는데 다른 당이 그렇게 하지 못하면, 전국적 메시지가 없는 당은 패배를 감수해야 했다. 이런 일은 1998년과 2002년에도 되풀이되었다.

소득세 증가보다 감세를 받은 미국인이 훨씬 더 많았고, 정부 규모를 레이건이나 부시 시절보다 훨씬 더 작게 줄였음에도, 공화당은 감세와 작은 정부라는 전과 똑같은 낡은 약속으로 승리를 얻었다. 그들은 심지어 그들이 만들어낸 문제에 대해서도 오히려 보답을 받았다. 그들은 의료제도 개혁, 선거자금 개혁, 로비 개혁을 상원 의사진행방해로 죽여버렸다. 그런 점에서 돌 역시 공화당의 압승에 큰 공을 세운 셈이었다. 대부분의 사람들은 상원의원 41명이라는 소수가 예산 외에 다른 법안을 무효로 만들 수 있다는 것을 믿지 못했다. 유권자들이 아는 것은 아직 자신이 더 부유해지지 않았고, 더 안전해지지 않았다는 것뿐이었다. 게다가 워싱턴에서 벌어졌던 더 많은 싸움이 전부 민주당의 책임이며, 민주당이 큰 정부를 지지한다고 알고 있었다.

1980년 주지사 재선에서 패배했을 때와 거의 똑같은 느낌이었다. 나는 많은 일을 했지만, 아무도 그것을 몰라주었다. 유권자들은 실제로는 진보적일지 몰랐지만, 관념적으로는 온건 보수였으며, 연방정부에 대해 깊은 의심을 품고 있었다. 나에 대해 이제 좀더 균형 잡힌 보도가 이루어졌지만, 유권자들은 아마 혼란스럽게 벌어지는 활동 속에서 내가 성취한 업적을 정리하기가 어려웠을 것이다. 어떻게 된 일인지 나는 1980년 패배의 쓰라린 교훈을 잊어버렸다. 좋은 정치 없이 좋은 정책을 펼칠 수는 있지만, 그 둘 다가 없으면 국민에게 좋은 정부란 있을 수 없다. 다시는 잊지 않을 생각이었지만, 미국을 레이거노믹스의 적자 구덩이에서 파내고, 우리의 거리를 더 안전하게 만들고, 모든 미국인에게 건강보험을 제공하려는 과정에서 나를 돕다가 의석을 잃은 그 모든 좋은 사람들 역시 결코 잊을 수가 없었다.

선거가 끝나고 얼마 후, 나는 나쁜 상황을 헤쳐나가기 위해 최선을 다해서 공화당과 협력하겠다고 약속하고, 그들에게 "다음 세대의 미국의 발전을 위한 최선의 구상을 끌어내기 위해 공개 토론의 장에서 나와 만나자"고 요청했다. 또한 내가 지지하는 복지제도 개혁과 항목별 거부권 문제를 놓고 협력하자고 제안했다. 당분간은 내가 더 할 수 있는 일이 없었다.

많은 논평가들이 벌써부터 1996년에 내가 퇴임할 것이라고 예측하고 있었다. 그러나 나는 그렇게 비관적이지 않았다. 공화당의 선전 때문에 많은 미국인들은 민주당과 내가 너무 자유주의적이고 큰 정부에서 벗어나지 못한다고 믿고 있었다. 하지만 세 가지 이유에서 시간은 나의 편이었다. 첫째, 경제계획 때문에 적자는 줄어들고 경제는 계속 나아질 터였다. 둘째, 새로운 국회, 특히 하원은 미국 국민 전체로 볼 때 너무 우익으로 치우쳐 있었다. 셋째, 공화당은 그들의 선거 공약에도 불구하고 감세와 국방비 증액 비용을 대기 위해 곧 교육, 의료, 환경 지원에 들어가는 돈을 줄이자고 할 터였다. 그렇게 될 수밖에 없었다. 그것이 극단적 보수주의자들이 하고 싶어 하는 일이었기 때문이다. 그리고 나는 그들을 산수의 법칙에 묶어두기로 결심했다.

42

선거가 끝난 지 일주일이 안 되어 나는 다시 열심히 일을 하기 시작했다. 공화당도 마찬가지였다. 11월 10일, 나는 패스티 플레밍을 미국 에이즈 정책 책임자로 임명했다. 그녀가 전체 에이즈 기금을 30퍼센트 늘리는 등 에이즈 정책을 개발하는 데 뛰어난 능력을 발휘했기 때문이다. 나는 그녀를 임명하면서, 에이즈와 싸우기 위한 일련의 새로운 정책을 제시했다. 그리고 이 발표문을 에이즈와의 싸움을 안내하는 빛이 된 일리저버스 글레이저에게 바쳤다. 그녀는 이때에도 에이즈로 심하게 고생하고 있었는데, 결국 3주 후에 세상을 뜨고 만다.

같은 날 나는 보스니아에 대한 무기수출금지를 중단하겠다고 발표했다. 세르비아인이 비하치 시를 공격함으로써 공격을 재개했기 때문에 불가피한 선택이었다. 이 조치는 국회에서 강력한 지지를 받았다. 11월 말, 나토는 세르비아 미사일 기지들을 폭격했다. 11월 12일에, 나는 연례 아시아태평양경제협력체 지도자 회의에 참석하러 인도네시아로 갔다. 이 회의에서 아시아태평양 18개국은 2020년까지 아시아 자유시장을 만들기로 약속했으며, 그 가운데 부유한 나라들은 일정을 앞당겨 2010년까지 만들기로 했다.

국내에서 뉴트 깅리치는 승리의 잔광을 쬐며, 선거운동에서 효과적으로 써먹었던 가혹한 인신공격을 계속해댔다. 그는 선거 직전, 헐뜯는 말로 가득한 팸플릿에서 나를 "정상적인 미국인들의 적"이라고 불렀는데, 선거 다음 날에는 힐러리와 나를 "반문화적 맥거번주의자들"이라고 불렀다. 그로서는 최대의 비난인 셈이었다.

깅리치가 우리를 묘사한 말은 어떤 면에서는 정확했다. 우리는 맥거번 (닉슨과 대항했던 민주당 대통령 후보로, 베트남전쟁에 반대했고, 공화당으로부터 급진주의자라는 비난을 받았다—옮긴이주)을 지지했고, 우리가 속하는 문화는 깅리치가 원하는 문화와는 전혀 달랐다. 즉, 우리는 백인 남부 보수주의의 어두운 면을 반영한, 독선적이고, 남을 매도하고, 자신만의 절대 진리를 주장하는 문화에는 속하지 않았다. 나는 침례를 받은 백인 남부 침례교도로서, 나의 뿌리를 자랑스러워하지만 그 어두운 면을 너무 잘 알고 있었다. 나는 어렸을 때부터 사람들이 자신의 경건함과 도덕적 우월성을 내세우고, 그것을 근거로 자신만이 정치적 권력을 차지할 자격이 있다고 주장하고, 민권 문제를 놓고 그들과 입장이 다른 사람들을 악마로 만드는 것을 자주 보아왔다. 그러나 미국의 본질은 더 튼튼한 단결을 이루고, 자유와 기회의 범위를 확대하고, 분열을 넘어 공동체의 유대를 강화하는 데 있다고 생각했다.

 나는 깅리치에게 흥미를 느끼고 그의 정치적 기술에 감탄했지만, 자신의 정치가 미국 최고의 가치를 대표한다는 그의 주장은 받아들이지 않았다. 나는 자라면서 누구를 경멸하라고 배우지 않았고, 나 자신의 문제나 약점을 가지고 남을 탓하라고도 배우지 않았다. 그러나 '새로운 우익'의 메시지는 바로 그런 행동을 요구했다. 그럼에도 이 메시지가 엄청난 정치적 매력을 지닌 것은 심리적인 확신과 책임 회피를 제공하기 때문이었다. '그들'은 늘 옳았고, '우리'는 늘 틀렸다. '그들'이 지난 26년 가운데 6년을 제외한 모든 기간에 대통령을 차지했음에도, 모든 문제에 대한 책임은 '우리'에게 있었다. 사람들은 대개 자신의 책임을 면제해주는 주장 앞에서는 약해진다. 1994년 선거에서 미국의 근면한 중산층은 경제 불안을 느끼고, 범죄, 마약, 가족 붕괴의 만연에 당황하고 있었기 때문에, 깅리치의 메시지에 귀를 기울였다. 게다가 우리가 그것에 대항할 만한 메시지를 만들어내지 못했기 때문에 그의 메시지는 더욱 큰 힘을 발휘했다.

 깅리치와 공화당 우익은 우리를 비난하기 위해 1960년대를 들먹였다. 깅리치는 미국이 1960년대까지는 위대한 나라였는데, 민주당이 미국을 장악하면서 옳고 그름에 대한 절대적 관념을 상대주의적 가치들로 바꾸어버렸다고 주장했다. 그는 '미국 문명을 갱신' 하기 위해 1950년대의 도덕성으로 복귀하겠다고 약속했다.

물론 1960년대에는 정치적으로, 개인적으로 지나친 일들이 있었다. 그러나 그 10년 동안 생겨난 운동을 통해 민권, 여권, 깨끗한 환경, 작업장의 안전, 가난한 사람들을 위한 기회 등의 분야에서 큰 진전이 이루어졌다. 민주당은 그런 가치를 믿고 또 그것을 위해 일했다. 내가 1970년대와 1980년대에 함께 일했던 주지사들을 포함한 전통적인 공화당원 다수도 마찬가지였다. 그러나 1960년대의 지나쳤던 일에만 초점을 맞추는 신우익을 보면서 나는 남부의 백인들이 남북전쟁 이후 100년 동안 재편입(남북전쟁 후 남부 각 주가 미합중국에 재통합된 것을 가리킨다—옮긴이주)에 반대하면서 늘어놓았던 불평들이 생각났다. 어렸을 때 우리는 재편입 시기에 북쪽 세력들이 우리에게 매우 비열하게 굴었으며, 남부는 비록 패배했지만 품위를 지켰다고 배웠다. 물론 그 말에도 일리는 있었다. 그러나 시끄럽게 불평을 늘어놓는 사람들은 늘 링컨과 당시 공화당이 노예제를 폐지하고 합중국을 유지하는 과정에서 잘했던 일은 무시해버렸다. 노예제와 합중국이라는 큰 쟁점에서 볼 때 당시 남부의 태도는 분명히 옳지 않았다.

그런 일이 다시 일어나고 있었다. 우익은 60년대의 지나쳤던 점들을 들어 민권과 다른 영역에서 이루어진 선善을 깔아뭉개려 하고 있었다. 그들의 아전인수격 비난을 들으면서, 나는 데이비드 프라이어 상원의원이 종종 입에 올리던 이야기가 떠올랐다. 프라이어 상원의원은 언젠가 85세 노인과 대화를 나눈 적이 있었다. 노인은 두 차례의 세계대전, 공황, 베트남전쟁, 민권 운동 등 20세기의 모든 큰 사건들을 겪어온 사람이었다. 프라이어가 말했다. "정말 많은 변화를 보셨겠군요." 그러자 노인은 말했다. "그럼, 나는 그 변화에 모두 반대했지!"

그렇지만 나는 깅리치 일파가 우리에게 했던 것처럼 그들을 악마로 만드는 일에 뛰어들고 싶지는 않았다. 가능한 한 그가 가지고 있는 몇 가지 흥미 있는 구상에 관심을 가지고자 했다. 특히 과학, 테크놀로지, 기업가정신 분야가 주목할 만했다. 그는 또한 외교정책에서 헌신적인 국제주의자였다.

나는 또 오래전부터 민주당이 정치에 접근하는 방법을 현대화하고, 산업시대의 업적에 안주하기보다는 정보시대의 도전들에 대응하고, 중산층의 가치와 관심에 대한 우리의 입장을 명료하게 밝혀야 한다고 생각해왔다. 그래서 경제와 사회 문제들에 대한 우리의 '새로운 민주당원' 구상들을 깅리치의 '미국과의 계약'에 구체화된 구상들과 비교할 수 있는 기회가 온 것을 환영했다. 최선의 정치란 구상과 정책의 경쟁이기 때문이다.

그러나 깅리치는 거기서 멈추지 않았다. 그의 주장의 핵심은 자신의 구상이 우리의 구상보다 낫다는 것이 아니었다. 그는 자신의 가치가 우리의 가치보다 낫다고 말했다. 민주당은 가족, 일, 복지, 범죄, 방위 문제에 허약하고, 그것은 방종했던 1960년대에 정신적 불구가 되어 옳고 그름의 차이를 분명하게 구분하지 못하기 때문이라는 것이다.

깅리치의 이론의 정치적 힘은 그것이 1968년 이래 공화당이 국민의 의식 속에 주입하려고 노력해온 민주당에 대한 부정적인 고정관념을 강력하게, 또 분명하게 확인해준다는 것이었다. 민주당에 대한 부정적 고정관념을 주입시키려고 한 것은 닉슨과 레이건도 마찬가지였다. 조지 부시도 1988년 대통령 선거를 윌리 호턴과 더불어 '충성의 맹세'에 대한 국민투표로 변질시킴으로써 같은 일을 했다. 이제 깅리치는 그런 '역 성형수술'의 기술을 완전히 새로운 수준에서, 가혹하면서도 세련되게 펼쳐 보이고 있었다.

문제는 그의 이론이 사실과 맞지 않는다는 것이었다. 민주당원들은 대부분 범죄에 엄격했고, 복지제도 개혁과 강력한 국방을 지지했다. 또한 신우익 공화당보다 국가재정 관리 책임을 더 중시했다. 또한 민주당원 대부분은 근면하고 법을 잘 지키는 국민으로, 조국을 사랑하고, 공동체에서 일을 하고, 아이들을 잘 기르려고 노력했다. 그러나 사실 여부는 관계가 없었다. 깅리치는 자신이 하고 싶은 이야기의 줄거리를 이미 꿰고 있었으며, 기회가 있을 때마다 그것을 적용했다.

곧 깅리치는 아무런 증거도 없이 나의 백악관 보좌관들 가운데 35퍼센트가 최근에 마약을 사용한 경험이 있다고 비난했다. 이어 그는 민주당의 가치 때문에 십대 미혼모의 사생아 출산율이 증가했다고 비난하면서, 그 아이들을 어머니에게서 빼앗아 고아원에 보내야 한다고 말했다. 힐러리가 어머니에게서 떼어낸 아이가 과연 더 잘 살 수 있겠느냐고 의문을 제기하자, 그는 1938년의 영화 '소년들의 도시Boys Town'를 보라고 말했다. 그 영화를 보면 무시무시한 1960년대가 우리 모두를 파멸시키기 전에는 가난한 아이들이 가톨릭 고아원에서 잘 자랐다는 것을 알 수 있다는 이야기였다.

1994년 10월 사우스캐롤라이나의 수잔 스미스가 자신의 어린 두 아들을 물에 빠뜨려 죽인 일이 있었다. 깅리치는 민주당의 '관대한' 가치 때문에 이런 사건이 일어날 수 있는 도덕적 분위기가 형성된 것이라고 주장했다. 기독교 연합의 지부 이사회에서 일했던 극단적 보수주의자인 계부로부터 어린 시절에 당했던 성적 학대 때문에 스미스가 심리적으로 불안정한 상태가 되었을 가능성이 있다는 사실이 밝혀졌지만, 깅리치는 물러설 기미를 보이지 않았다. 보수주의자들이 저지른 범죄 역시 민주당이 1960년대 이래 미국에 강제해온 도덕적 상대주의 때문에 일어난 것이라는 이야기였다.

나는 민주당의 도덕적 파산이 닉슨과 레이건 행정부를 어떻게 부패시켰고, 어떻게 하다가 워터게이트와 이란-콘트라 범죄를 낳았는지 깅리치가 설명해주기를 기다렸다. 그는 틀림없이 그것을 설명할 방법을 찾아낼 수 있었을 것이다. 뉴트 깅리치는 한번 발동이 걸리면 멈추기가 힘들었기 때문이다.

12월이 되어 하원과 상원이 당파를 초월한 다수로 '관세 및 무역에 관한 일반 협정GATT'을 통과시키면서 정치도 어느 정도 제정신을 차린 듯했다. 이 협정을 통해 전 세계적으로 무려 7,400억 달러의 관세가 줄어들었으며, 이전에 미국 제품과 용역에 대해 닫혀 있던 시장들이 개방되었고, 가난한 나라들은 국경 너머의 소비자들에게 생산품을 팔 기회가 생겼으며, 균일한 무역 규칙을 만들고 분쟁을 조정하기 위한 세계무역기구를 설립할 수 있는 기틀이 마련되었다. 그런데 랠프 네이더와 로스 페로는 이 협정에 반대하는 운동을 적극적으로 펼쳤다. 그들은 이것이 미국의 주권 상실에서부터 가혹한 아동 노동 증가에 이르기까지 끔찍한 결과들을 낳을 것이라고 주장했다. 그러나 그들의 목청을 높인 반대는 거의 효과가 없었다. 노동운동 쪽도 북미자유무역협정 때보다는 반대의 강도가 약했으며, 미키 캔터는 국회에서 관세 및 무역에 관한 일반 협정을 옹호하는 주장을 효과적으로 펼쳤다.

1994년의 퇴직보호법은 관세 및 무역에 관한 일반 협정을 포함하는 포괄적인 법안 속에 들어 있었기 때문에 거의 주목을 받지 못했다. 나는 선거운동 기간에 리치먼드 토론회에 나온 한 시민 때문에 연금기금 부족 문제에 처음으로 관심을 가지게 되었다. 이 법안은 자금이 부족한 대형 연금 계획을 가진 기업들에 부담금을 올릴 것을 요구했으며, 안정적인 연금보험 체계를 만들어 4,000만 미국인이 보호를 받을 수 있는 장치를 마련했다. 퇴직보호법과 관세 및 무역에 관한 일반 협정은 나의 첫 두 해의 주요한 입법적 성과들의 마지막에 해당하는 것으로, 선거 결과를 고려할 때 뒷맛이 씁쓸한 성과라고 할 수 있었다.

12월 초 로이드 벤슨이 재무장관직을 사임하여, 그 후임에 밥 루빈을 임명했다. 벤슨은 뛰어난 업무 능력을 보여주었으며, 나는 그를 보내고 싶지 않았다. 그러나 벤슨과 그의 부인 B.A는 조용한 생활로 돌아가고 싶어했다. 후임자 선택은 어렵지 않았다. 밥 루빈은 국가경제회의를 백악관 의사 결정 체계에서 수십 년 만에 처음 등장한 중요한 혁신적 제도로 자리매김하게 했으며, 월스트리트에서 존경을 받았고, 경제가 모든 미국인들에게 도움이 되는 방향으로 발전하기를 바라는 사람이었다. 나는 로러 타이슨에게 루빈의 뒤를 이어 국가경제회의의 책임을 맡겼다.

나는 우크라이나의 새 대통령 레오니트 쿠치마를 위한 국빈 만찬을 주최한 뒤, 헝가리의 부다페스트에서 8시간 동안 열린 유럽 안보협력회의에 참석했다. 그 회의에서 옐친 대통령, 메이저 총리, 그리고 우크라이나, 카자흐스탄, 벨로루시의 대통령과 일련의 비핵화 협정을 맺었다. 수천 개의 핵탄두를 줄이고 핵무기가 다른 나라로 확산되는 것을 예방하겠다는 공동 결의는 언론에서 중요하게 다루어져야 마땅했다. 그러나 사람들의 관심을 끈것은 옐친의 연설이었다. 옐친은 내가 나토를 급속히 확대하여 중부 유럽 국가들을 포괄함으로써 냉전을 '차가운 평화'로 바꾸려 한다고 비판했다.

하지만 사실 나는 그와 반대되는 행동을 했다. 훨씬 더 많은 나라들을 끌어들이기 위한 과도적 단계로 '평화를 위한 동반관계'를 설정했고, 새로운 나토 회원국을 추가하기 위한 협의 과정을 마련했으며, 나토와 러시아의 동반관계를 확립하기 위해 열심히 노력했다.

나는 옐친의 연설에 대해 미리 언질을 받지 못했으며, 게다가 그는 내 뒤에 연설을 했다. 나는 놀랐고 화가 났다. 옐친이 왜 그런 식으로 나오는지 알 수 없었고, 나에게는 대응할 기회가 없었다. 아마 옐친의 보좌관들이 그에게 나토가 1996년에 폴란드, 헝가리, 체코공화국을 받아들일 것이라고 이야기했던 것 같다. 1996년에 옐친은 재선을 놓고 극단적 국수주의자들과 싸워야 했는데, 이들은 나토의 확대를 싫어했다. 반면 나는 재선을 놓고 공화당과 싸워야 했는데, 공화당은 나토의 확대를 지지했다.

부다페스트 회담은 양쪽 모두 공을 놓치는 보기 드물게 당혹스러운 순간이었다. 그러나 나는 시간이 해결해줄 것이라고 생각했다. 며칠 뒤 앨 고어는 경제, 과학기술 협력을 위한 고어-체르노미르딘 위원회 4차 회의를 위해 모스크바에 갔다가 옐친을 만났다. 옐친은 내가 여전히 자신의 동반자라고 말했으며, 고어는 나토의 정책은 변하지 않았다고 확인해주었다. 나는 옐친 때문에 나토의 문을 무한정 닫아놓을 생각도 없었지만, 그렇다고 국내의 정치적 이유로 옐친을 밀어붙일 생각도 없었다.

12월 9일에는 마이애미에서 미주정상회의가 열렸다. 1967년 이후 미주의 지도자들이 함께 모인 첫 회의였다. 캐나다, 중남미, 카리브 해 지역에서 민주적으로 선출된 지도자 33명이 모였는데, 41세의 아리스티드 아이티 대통령과 더불어 그의 이웃인 도미니카공화국의 88세 된 호아킨 발라게르 대통령도 참석했다. 발라게르 대통령은 늙고, 눈이 멀고, 몸이 쇠약했지만, 정신만은 아주 예리했다.

내가 정상회의를 연 목적은 북극에서 티에라델푸에고까지 미주 모든 지역에 자유무역을 확대하고, 이 지역 전체에 민주주의와 효율적인 정부를 강화하고, 미국이 좋은 이웃이 될 것임을 보여주기 위해서였다. 우리는 2005년까지 미주자유무역지대를 만들 것을 약속했으며, 회의를 끝내면서 함께 미래로 나아갈 수 있다는 자신감을 얻을 수 있었다. 우리의 앞에 놓인 미래에는, 칠레의 위대한 시인 파블로 네루다의 말에 따르면, "외로운 투쟁 같은 것도 없고, 외로운 희망 같은 것도 없다."

12월 15일에는 예산안 가운데 중산층 감세 제안을 설명하는 텔레비전 연설을 했다. 행정부 일각에서는 이 제안에 반대했고, 일부 언론은 이것이 공화당의 정책을 복사하려는 시도라고 비판하거나, 공약 파기로 유권자들에게 벌을 받고 나자 1993년 선거운동 공약으로 다시 돌아가려는 뒤늦은 시도라고 비판했다. 새로운 국회가 열리기 전에 공화당과 함께 감세를 시도해보려고 한 데는 정책적 이유와 정치적 이유가 함께 있었다. 공화당의 계약에는 미국의 고소득층에게 매우 유리한 세금 제안들이 담겨 있었는데, 내가 보기에 이것은 미국의 경제적 능력은 고려하지도 않고 제시된 것이었다. 사실 미국은 여전히 20년 동안 중산층의 소득 정체로 고통을 겪고 있었다. 국민이 경제 개선을 느끼지 못하는 주된 이유는 바로 그것이었다. 우리는 이미 소득세공제를 두 배로 늘림으로써 이 문제에서 어느 정도 진척을 보았다. 이제 제대로 된 세금감면이 이루어지면, 적자 축소나 미래에 대한 투자를 궤도에서 이탈시키지 않으면서 중산층의 소득을 올릴 수 있고, 나의 1992년 선거운동 공약도 이행할 수 있을 것 같았다.

연설에서 나는 '중산층 권리장전'을 제시했다. 여기에는 자녀를 둔 소득 7만 5,000달러 이하의 가구에 대한 500달러 세액 공제, 대학 학비에 대한 세금 공제, 개인퇴직적립금IRA의 확대, 정부가 수십 개 직업훈련 프로그램에 지출하는 자금을 현금상환권으로 바꾸어 노동자가 직접 훈련 프로그램을 고를 수 있게 하는 조치 등이 포함되어 있었다. 나는 앨 고어의 정부 혁신 프로그램을 통해 추가로 절감되는 비용에서 이 세금 정책의 재원을 조달할 수 있으며, 적자 축소도 계속해나갈 수 있다고 밝혔다.

크리스마스 직전, 앨 고어와 나는 처음으로 몇 개 도시와 시골 공동체들을 '능력부여지구'로 지정하고, 1993년의 경제계획에 따라 일자리 창출을 격려하기 위한 세금 인센티브와 연방 지원금을 받을 자격을 부여했다.

12월 22일은 디디 마이어스가 대변인으로 일한 마지막 날이었다. 그녀는 어려운 상황에서도 일을 잘해주었다. 마이어스는 뉴햄프셔의 눈발 속에서도 나와 함께 있었다. 그 이후 우리는 많은 폭풍을 헤치며 수많은 어려운 시합들을 함께 뛰어왔다. 나는 그녀가 내 곁을 떠나서도 잘할 것임을 알았으며, 실제로도 그렇게 되었다.

힐러리와 나는 새해를 맞아 매년 하던 대로 르네상스 위켄드에 다녀왔고, 시간을 며칠 더 내서 장모와 딕 켈리를 보러 고향에도 다녀왔다. 나는 아칸소 동부의 친구들과 함께 오리 사냥을 하기도 했다. 매년 오리들이 겨울을 나기 위해 캐나다에서 동쪽으로 날아올 때, 주요한 두 항로 가운데 하나가 미시시피 강이었다. 오리들 가운데 다수는 아칸소 델타의 논과 웅덩이에 착륙했다. 그래서 얼마 전부터 몇몇 농부가 자신도 즐기고 부수입도 얻으려고 자신의 땅에 오리 사냥 캠프를 만들었던 것이다.

아침 햇빛을 받으며 오리들이 날아가는 모습은 아름다웠다. 높은 곳에서 완벽하게 V자를 그리며 날아가는 기러기떼를 보기도 했다. 그 흐린 아침에는 오리 두 마리만이 사격 범위에 들어왔으며, 함께 있던 사람들이 나에게 두 마리 모두 쏠 기회를 주었다. 그들은 내가 떠난 뒤에도 며칠 더 사냥을 할 계획이었기 때문이다. 나는 함께 간 기자들에게 우리 총들은 모두 범죄방지법안으로 보호를 받는 것이며, 오리(운이 좋아 70미터 정도 거리에서 맞힌 오리를 포함해서)를 잡는 데 공격용 무기가 필요한 것은 아니라고 농담을 했다.

다음 날 힐러리와 나는 리틀록 북부의 셔루드에 있는 윌리엄 제퍼슨 클린턴 매그닛 스쿨의 개교식에 참석했다. 아름다운 시설이었으며, 어머니 이름을 딴 다용도실도 있고, 힐러리의 이름을 딴 도서관도 있었다. 솔직히 새로운 학교에 내 이름이 붙으니 기분이 좋았다. 사실, 세상에 나만큼 교사들한테 큰 도움을 받은 사람도 없을 것이다.

나에게는 그 고향 여행이 꼭 필요했다. 나는 2년 동안 그야말로 '개처럼' 열심히 일했다. 사실 많은 일을 했지만, '나무 때문에 숲을 보지 못하는' 경우도 많았다. 새해에는 새로운 도전들이 나타날 터였다. 그 도전들에 대응하기 위해서는 배터리를 재충전하고 내 뿌리에 물을 줄 기회가 필요했다.

나는 워싱턴으로 돌아오면서, 공화당이 선거공약을 지키려고 노력하는 모습을 보게 될 것이며, 우리가 지난 2년간 법으로 만든 모든 법안을 공화당의 공격으로부터 지키고 또 온전하게 집행하기 위한 싸움이 벌어질 것으로 예상했다. 국회가 새로운 법을 통과시키면 그때부터 행정부서의 일이 시작된다. 예를 들어 범죄방지법안은 미국 여러 공동체에 10만 명의 새로운 경찰관들을 풀어놓을 자금을 제공한다. 우리는 법무부에 부서를 만들어 그 자금을 분배하고, 자격 기준을 설정하고, 지원 과정을 만들어 추진하고, 돈이 지출되는 방식을 감독해야 한다. 그래야 국회와 미국 국민에게 진척 과정을 보고할 수 있다.

1월 5일, 나는 국회의 새로운 지도자들과 처음 만났다. 밥 돌과 뉴트 깅리치 외에, 공화당 팀에는 미시시피의 트렌트 로트 상원의원과 하원 다수당 의장인 딕 아미 하원의원과 하원 다수당 원내총무 톰 딜레이 하원의원이 포함되어 있었다. 두 하원의원은 모두 텍사스 사람들이었다. 새로운 민주당 지도부는 사우스다코타의 톰 대슐 상원의원, 딕 게파트 하원의원, 상원 원내총무인 켄터키의 웬들 포드, 하원 원내총무인 미시간의 데이비드 보니어 하원의원 등이었다.

국회 지도자들과의 만남은 우호적인 분위기에서 이루어졌으며, 공화당의 계약에도 우리가 함께 노력할 수 있는 정책이 몇 가지 있었다. 그러나 우리가 분명하게 차이를 보이는 중요한 문제들에 대해서는 몇 번의 열띤 다툼을 피할 수 없을 것이 분명했다. 우리 팀 모두 행동이나 의사소통 전략에서 집중과 규율을 견지해야 했다. 우리의 관계가 '타협이냐 전투냐'는 어떤 기자의 질문을 받았을 때, 나는 이렇게 대답했다. "그 질문에 대한 나의 대답은 이렇다. 깅리치는 당신의 오른쪽 귀에 속삭이고, 나는 당신의 왼쪽 귀에 속삭일 것이다."

국회의원들이 떠났을 때, 나는 기자실로 들어가 마이크 매커리를 새 대변인으로 임명했다고 발표했다. 그때까지 매커리는 국무부에서 워런 크리스토퍼의 대변인 일을 했다. 그는 대통령 선거 때 밥 케리 상원의원의 대변인으로 나를 상당히 심하게 공격하기도 했다. 그러나 나는 그 일에 괘념치 않았다. 예비선거 기간에는 나를 공격해야 할 입장이었으니 그렇게 한 것이고, 국무부에 가서는 우리 외교정책을 설명하고 방어하는 일을 잘해냈기 때문이다.

우리 팀에는 새로운 피가 좀더 수혈되었다. 어스킨 보울스는 중소기업청에 있다가 백악관 비서실 차장으로 자리를 옮겼다. 필 레이더와 자리를 맞바꾼 셈이었다. 새로운 국회와 백악관의 관계의 특징은 신중한 타협과 게릴라 전쟁의 배합이라고 요약할 수 있었는데, 보울스는 그런 상황에 특히 잘 어울리는 인물이었다. 그는 재능 있는 사업가이자 세계 일급의 협상 추진자로서, 언제 버티고 언제 수그릴지 아는 사람이었다. 그는 파네타를 잘 보좌할 것 같았고, 역시 비서실 차장으로 강한 추진력을 갖춘 해럴드 이케스를 보완하는 역할을 맡아줄 수 있을 것 같았다.

다른 달과 마찬가지로 1월에도 좋은 소식과 나쁜 소식이 한꺼번에 잔뜩 밀려왔다. 새로운 일자리가 560만 개 만들어지면서 실업률이 5.4퍼센트로 내려갔다. 케네스 스타는 믿을 수 없게도 빈스 포스터의 죽음을 재조사하겠다고 말함으로써 자신의 '독립성'을 과시했다. 두 테러리스트의 폭탄으로 이스라엘 사람 19명이 사망하여 이츠하크 라빈의 평화 노력에 대한 지지가 약화되고 그의 정부도 흔들리게 되었다. 그리고 나는 새로운 국회의 첫 번째 법안에 서명했다. 이것은 나도 강력하게 지지하는 것으로, 미국의 의원들에게 그들이 다른 고용주들에게 부과하는 의무사항들을 모두 지키도록 요구하는 내용이었다.

1월 24일, 나는 40년 만에 공화당이 지배하게 된 국회에서 연두교서를 발표했다. 미묘한 순간이었다. 약해 보이지 않으면서도 타협의 자세를 보여야 했으며, 적대적으로 보이지 않으면서도 강해 보여야 했다. 나는 국회에 '당파성, 편협성, 자만심'을 버릴 것을 요구하고, 가난한 사람들을 벌하는 것이 아니라 그들에게 생활 능력을 주기 위해 협력하여 복지제도를 개혁하자고 제안하는 것으로 말문을 열었다. 이어 나는 미국의 생활보호대상자의 잠재력을 보여주는 가장 좋은 예라고 할 수 있는 린 울시를 소개했다. 그녀는 생활보호대상자에서 출발하여 캘리포니아에서 하원의원까지 된 사람이었다.

이어 나는 여러 분야에서 공화당에 문제를 제기했다. 당신들이 균형예산 수정조항을 통과시킬 생각이라면, 어떻게 예산의 균형을 잡자는 것인지, 사회보장을 축소하자는 것인지 아닌지 이야기해야 한다. 당신들은 아메리코를 폐지하겠다고 위협했지만, 그것은 폐지하지 말기를 바란다. 만일 당신들이 범죄방지 법안을 강화하겠다면 나는 당신들과 협력하겠지만, 이미 효과가 입증된 예방 프로그램들, 경찰 병력 10만 명 증원 계획, 공격용 무기 규제 법안 등을 철회하는 데는 반대하겠다. 나는 합법적인 총기 소유를 침해하는 일은 절대 하지 않겠다. "경찰관과 아이들이 공격용 무기로 인해 목숨을 잃는 일을 막기 위해 노력하다가 많은 사람들이 국회에서 의석을 잃었다. 나는 그렇게 해서 얻은 성과를 포기할 생각이 없다."

나는 공화당을 향해 손을 내미는 말로 연설을 마무리했다. 중산층 감세를 추진하겠지만 이 문제를 놓고 공화당과 충분히 협력하겠으며, 의료제도 개혁 문제에서 '우리가 씹을 수도 없을 만큼 무리하게 많이 입에 넣었다는 것'은 인정했지만, 나와 함께 단계적으로 일을 해나가자고 요청했다. 우선 직업을 바꾸거나 가족이 아플 때 건강보험을 잃는 일은 없도록 하자고 제안했다. 그리고 마지막으로 외교 의제들에 대한 초당적 지지를 당부했다.

연두교서는 대통령이 매년 미국 국민에게 여과 없이 한 시간 동안 이야기할 수 있는 기회다. 그뿐만 아니라 미국 정치의 가장 중요한 의식 가운데 하나이기도 하다. 환호, 특히 기립박수 때문에 대통령의 연설이 몇 번이나 중단되었느냐, 민주당 의원이나 공화당 의원이 무엇 때문에 박수를 쳤으며 그들이 무엇에 합의했느냐, 중요한 상하원 의원들의 반응은 어떠했느냐, 영부인석 주위에는 누가 앉았느냐 등이 모두 언론의 관심의 대상이 되며, 미국 국민도 텔레비전을 통해 그것을 확인한다. 나는 이해 연두교서를 위해 50분 분량의 연설을 준비했다. 박수 시간을 10분 정도 고려한 것이다. 그러나 이 연설에는 여러 타협적 측면과 더불어 흥미 있는 대결적 요소도 약간 섞어놓았기 때문에 박수가 90번 이상 터져, 연설은 81분이나 걸렸다.

연두교서를 발표할 무렵, 나의 첫 번째 임기 최대의 위기 상황이 2주째 진행되는 중이었다. 1월 10일 저녁, 밥 루빈은 백악관에서 재무장관 취임식을 치른 뒤, 래리 서머스와 함께 백악관에 남아 나의 보좌관 몇 명과 멕시코 재정 위기에 대해 이야기했다. 페소화 가치가 급전직하로 떨어지면서, 멕시코는 돈을 꾸거나 기존의 빚을 갚을 능력을 상실했다. 멕시코는 상황이 악화되자 돈을 모으기 위해 테소보노라고 부르는 단기채무증서를 발행했는데, 이 채무는 달러로 상환해야 했다. 페소화 가치가 계속 하락하면서, 이 단기부채를 달러로 상환하기 위해서는 더욱더 많은 페소화가 필요했다. 당시 멕시코에는 외환이 60억 달러밖에 없었지만, 1995년에만 300억 달러를 갚아야 했다. 그것도 첫 석 달에만 100억 달러를 갚아야 했다.

　　만일 멕시코가 채무 상환의무를 게을리하게 되면, 밥 루빈의 표현대로 경제적 '노심 용융 현상(냉각장치의 고장으로 원자로 내부온도가 이상 상승하여 우라늄이나 노爐의 바닥이 녹는 현상—옮긴이주)'이 가속화되어, 대량 실업과 물가 폭등이 일어나고, 가파르고 장기적인 불황이 찾아올 가능성이 높았다. 국제 금융 기관, 다른 나라 정부, 개인 투자자들이 멕시코에 투자하는 모험을 하지 않으려고 할 것이기 때문이다.

　　루빈과 서머스는 멕시코의 경제 붕괴가 미국에 심각한 영향을 줄 수 있다고 설명했다. 첫째로, 멕시코는 미국의 세 번째로 큰 교역 상대였다. 멕시코가 미국 제품을 사지 못하면, 미국의 기업과 노동자들도 피해를 볼 수 있었다. 둘째로, 멕시코의 경제 혼란으로 인해 불법 이민이 30퍼센트 증가할 수 있었다. 매년 50만 명이 더 들어온다는 뜻이었다. 셋째로, 멕시코가 궁핍해지면 불법 마약 카르텔들이 기승을 부리게 될 터였다. 이미 이런 카르텔들은 국경 너머 미국으로 대량의 마약을 보내고 있었다. 넷째로, 멕시코의 채무 불이행은 남아메리카의 나머지 지역, 중부유럽, 러시아, 남아프리카 등 근대화와 번영을 향해 나아가고 있는 나라들의 시장에 대한 투자자들의 신뢰까지 흔들어, 다른 나라에도 피해를 줄 수 있었다. 이렇게 되면 미국 수출품의 40퍼센트 정도가 개발도상국들로 가고 있는 상황에서, 미국 경제 역시 큰 피해를 볼 수 있었다.

루빈과 서머스는 멕시코가 기한 내에 채무를 상환하여 채권자와 투자자의 신용을 유지할 수 있도록 국회에 250억 달러의 대출 승인을 요청하자고 제안했다. 그 대가로 멕시코로부터 이런 사태의 재발을 방지하기 위해 재정 개혁을 하고 재정 상황에 대하여 그때그때 정확하게 보고하겠다는 약속을 받아내자는 것이었다. 그러면서도 그들은 이런 제안에 위험이 따른다고 경고했다. 미국의 지원에도 불구하고 멕시코가 무너지면, 우리가 빌려준 돈을 다 잃을 수도 있다는 것이었다. 이 정책이 성공한다 해도, 경제학자들이 '도덕적 위험' 이라고 부르는 문제가 생길 수 있었다. 멕시코가 붕괴 위기에 직면한 것은 정부 정책의 결함과 허약한 제도 때문만이 아니라, 투자자들이 신중하지 못하게 멕시코에 계속 투자했기 때문이기도 하다. 그런 상황에서 멕시코가 미국에서 빌린 돈으로 지혜롭지 못한 결정을 내린 투자자들의 돈을 갚아준다면, 앞으로도 그 투자자들은 그런 결정에 위험이 따르지 않는다고 생각할 수 있다는 이야기였다.

　　루빈과 서머스가 제시한 제안의 위험성은 멕시코의 채무 불이행이 미국 경제에 미치는 영향을 미국인들 대부분이 이해하지 못한다는 사실 때문에 더욱 증폭되고 있었다. 민주당 국회의원들 대부분은 이런 사태가 북미자유무역협정이 애초부터 잘못된 것임을 보여주는 결과라고 생각할 터였다. 새로 선출된 공화당 의원들, 특히 하원의원들은 국제적인 사태에 대한 깅리치 하원의장의 관심과 열의를 배우려 하지 않았다. 그들 가운데는 아예 여권조차 없는 사람들이 많았다. 그들은 멕시코로부터 들어오는 이민을 제한하려 했지, 그곳으로 수십억 달러를 보내려 하지는 않았다.

　　나는 그들의 설명을 들은 뒤 두어 가지 질문을 한 다음, 멕시코에 대출을 해줄 수밖에 없다고 말했다. 나는 이 결정이 명쾌하다고 생각했으나, 보좌관들 일부는 반대했다. 중간선거의 참패 뒤에 나의 정치적 회복을 촉진하길 원했던 사람들은 내가 미쳤다고 생각했다. 아칸소 사람들 말로 하자면, '있어야 할 벽돌 세 개가 빠진 사람' 이라고 생각한 것이다. 조지 스테파노풀로스는 재무부의 250억 달러 차관 이야기를 듣자, 루빈과 서머스가 2,500만 달러를 잘못 말한 것이라고 생각했다. 그는 내가 총으로 내 발을 쏘는 것이라고 생각했다. 파네타는 차관에 찬성했지만, 만일 멕시코가 그 돈을 갚지 못하면 내가 그 대가로 1996년 선거를 내놓아야 할 것이라고 경고했다.

위험은 상당히 컸다. 그러나 나는 멕시코의 새 대통령 에르네스토 세디요를 신뢰했다. 그는 예일 대학에서 박사학위를 받은 경제학자로, 그의 당 대통령 후보 루이스 콜로시오가 암살당하자 대신 나서서 대통령이 된 인물이었다. 멕시코를 되살릴 사람은 세디요밖에 없었다.

게다가 미국은 멕시코가 무너지는 꼴을 팔짱 끼고 구경만 할 수는 없었다. 그렇게 되면 단지 경제적인 문제만 떠안은 것이 아니라, 남미 전역에 우리가 이기적이고 근시안적이라는 좋지 않은 인상을 줄 수 있었다. 남미는 오래전부터 미국이 오만하고 그들의 이해관계나 문제에 무심하다고 불평하고 있었다. 반대로 미국이 진정한 우호 관계를 맺으려 했던 시도들(프랭클린 루스벨트의 '좋은 이웃 정책', 존 F. 케네디의 '진보를 위한 동맹', 지미 카터의 파나마 운하 반환)은 보람 있는 결실을 맺었다. 그러나 냉전 시기에 민주적으로 선출된 정부의 전복을 지지하고, 독재자들을 후원하고, 인권 침해를 묵인했을 때, 미국은 그들로부터 받아 마땅한 반응을 얻었다.

나는 국회 지도자들을 백악관으로 불러 상황을 설명하고 지원을 요청했다. 밥 돌, 뉴트 깅리치를 포함한 모두가 지지를 약속했다. 깅리치는 멕시코 문제를 '21세기 최초의 위기'라고 적절하게 묘사했다. 루빈과 서머스가 의사당을 돌자, 메릴랜드의 폴 사바니스 상원의원, 크리스 도드 상원의원, 유타의 공화당 상원의원 밥 베닛 등이 지지를 하고 나섰다. 베닛 상원의원은 매우 지적인 구식 보수주의자로, 미국이 이 문제에 태만했을 경우의 결과를 즉시 파악하고 위기 내내 우리를 지지해주었다. 멕시코에 큰 이해관계를 갖고 있는 매사추세츠의 빌 웰드 주지사, 멕시코 경제가 무너질 경우 캘리포니아와 더불어 가장 강한 타격을 입게 되는 텍사스의 조지 W. 부시 등 몇몇 주지사들도 지지를 보냈다.

이 주장이 가진 설득력과 앨런 그린스펀의 지지에도 불구하고, 1월 말이 되자 국회통과가 쉽지 않다는 것이 분명해졌다. 북미자유무역협정에 반대했던 민주당 의원들은 이 원조안이 지나치다고 생각했으며, 공화당의 초선 의원들은 공개적으로 지도부에 반기를 들었다.

1월 말에 루빈과 서머스는 독자적인 행동 방안을 고려하기 시작했다. 외환안정기금에서 멕시코에 돈을 제공하겠다는 것이었다. 이 기금은 1934년 금본위제에서 벗어날 때 조성되어 환율 변동을 최소화하기 위해 이용하던 것이었다. 이 기금은 350억 달러 정도 규모로, 대통령의 승인을 받아 재무장관이 사용할 수 있었다. 1월 28일, 멕시코 재무장관이 루빈에게 전화를 하여, 다음 주에 10억 달러어치의 테소보노가 돌아오기 때문에 채무불이행이 임박했다고 말했다.

사태는 1월 30일 월요일 밤에 절정에 이르렀다. 멕시코의 외환 보유고는 20억 달러로 떨어졌으며, 페소화 가치는 하루 동안에 10퍼센트가 더 떨어졌다. 그날 저녁 루빈과 서머스는 백악관으로 와서, 국가안보회의에서 그 문제를 다루고 있던 리언 파네타와 샌디 버거를 만났다. 루빈이 무뚝뚝하게 내뱉었다. "멕시코의 목숨은 48시간 정도 남았습니다." 깅리치는 전화를 하여 원조를 통과시킨다 해도 2주 안에는 불가능하다고 이야기했다. 돌도 이미 같은 이야기를 했다. 톰 대슐과 딕 게파트는 통과를 위해 노력했지만 반대가 너무 강했다.

나는 기금 모금 모임에 참석한 후 오후 11시쯤 백악관으로 돌아와, 파네타의 사무실에 들렀다가 그 음울한 소식을 들었다. 루빈과 서머스는 멕시코의 채무불이행의 결과를 다시 간단히 설명한 뒤, 차관 보증으로 250억 달러가 아니라 200억 달러만 있으면 된다고 말했다. 국제통화기금 총재인 미셸 캉드쉬가 원조금으로 거의 180억 달러를 모았고, 미국이 행동에 나서면 그것을 제공할 생각이었기 때문이다. 여기에 다른 나라와 세계은행이 보유하고 있는 더 작은 규모의 돈들을 합치면, 총 원조금은 400억 달러에 약간 못 미치는 액수가 된다는 이야기였다.

그들은 그 방식으로 가는 데 찬성했지만, 샌디 버거와 밥 루빈은 다시 위험을 지적했다. 새로 발표된 「로스앤젤레스 타임즈」의 여론조사에 따르면, 미국인들은 멕시코 원조를 79 대 18로 반대했다. 내가 말했다. "지금으로부터 1년 뒤, 불법 이민자가 100만 명 더 늘어나고, 멕시코에서 들어온 마약이 넘쳐나고, 리오그란데 강 양쪽의 많은 사람들이 실업자가 되면, 사람들은 나한테 물을 거요. '왜 그때 아무런 조치도 취하지 않았소?' 그럼 내가 무슨 말을 하겠소? 여론조사를 해보니 미국인 80퍼센트가 반대를 했다고 말할까? 이건 우리가 해야만 할 일이오." 회의는 10분 정도 걸렸다.

다음 날 1월 31일에, 우리는 외환안정기금에 있는 돈으로 멕시코를 원조하겠다고 발표했다. 차관 약정서는 2주 뒤 재무부 건물에서 조인되었다. 국회는 으르렁거렸고, G-7 동맹국들은 투덜거렸다. 그들은 국제통화기금 총재가 자신들의 사전 승인 없이 멕시코에, 그리고 미국에 180억 달러 지원을 약속한 것에 화를 냈다. 첫 돈은 3월에 풀렸다. 그 뒤로 멕시코 형편이 몇 달 동안 별로 나아지지 않았음에도 우리는 정기적으로 돈을 지급했다. 결국 그해 말이 되자 투자자들은 다시 멕시코 시장에 들어갔으며, 외환보유고가 올라가기 시작했다. 에르네스토 세디요는 자신이 약속했던 개혁을 제도화했다.

처음에는 힘들었지만, 이 원조는 결국 효과를 보았다. 1982년에 멕시코 경제가 무너지고 나서 성장이 회복되는 데는 거의 10년이 걸렸다. 그러나 이번에는 1년의 혹독한 불황 뒤에 멕시코 경제가 다시 성장하기 시작했다. 1982년에는 멕시코가 다시 자본 시장에 들어가기까지 7년이 걸렸지만, 1995년에는 불과 7개월밖에 안 걸렸다. 1997년 1월, 멕시코는 예정보다 3년이나 앞당겨, 차관에 이자까지 다 상환했다. 멕시코는 우리가 줄 수 있었던 200억 달러 가운데 105억 달러를 빌렸으며, 이자로만 14억 달러를 지불했다. 그 돈을 다른 외환안정기금처럼 미국 재무부 채권에 투자했을 경우보다 거의 6억 달러를 더 번 셈이었다. 그 차관은 훌륭한 정책이었을 뿐 아니라, 훌륭한 투자이기도 했던 것이다.

「뉴욕 타임즈」의 칼럼니스트 톰 프리드먼은 멕시코 대출 보증을 "클린턴 대통령 재임 기간에 이루어진 가장 인기 없고, 가장 이해받지 못했던, 그러나 가장 중요한 외교정책 결정"이라고 말했다. 그의 말이 옳을지도 모른다. 국민의 반대로 치자면, 러시아 원조안에도 국민의 75퍼센트가 반대를 했다. 아이티에서 아리스티드를 복권시킨다는 결정도 인기가 없었다. 이후에 보스니아와 코소보에 대한 나의 조치도 처음에는 국민의 저항에 부딪혔다. 대통령은 여론조사를 통해 미국인들이 무슨 생각을 하는지, 특정한 시점에서 무엇이 가장 설득력 있는 주장인지 알 수 있다. 그러나 여론조사가 도로 먼 곳까지 내다보고 모퉁이까지 살펴야 하는 결정을 좌우할 수는 없었다. 국민은 장기적으로 나라에 옳은 일을 하라고 대통령을 고용한 것이다. 멕시코를 돕는 것은 미국에 옳은 일이었다. 그것이 유일하게 분별력 있는 경제적 경로였으며, 우리는 그 길을 따름으로써 미국이 좋은 이웃임을 다시 한 번 입증했다.

2월 9일, 헬무트 콜이 나를 찾아왔다. 콜은 막 재선에 성공했다. 그는 나도 성공할 것이라고 자신 있게 말했다. 콜은 우리가 격동의 시대에 살고 있지만, 내가 결국 이 시대를 훌륭하게 헤치고 나갈 것이라고 말했다. 회담이 끝난 뒤 기자회견에서 콜은 전날 밤 자정 직후 89세의 나이로 세상을 떠난 풀브라이트 상원의원을 추모하며 감동적인 이야기를 했다. 콜은 자신이 '풀브라이트 장학금을 받는 것을 가장 원하던' 세대에 속하는 사람이었으며, 전 세계에서 풀브라이트의 이름은 '개방성, 우애, 함께 노력하는 사람들'을 상징한다고 말했다. 풀브라이트가 세상을 떴을 때 그의 이름을 딴 장학금의 수혜자는 미국인이 9만 명을 넘었고, 외국 학생이 12만 명을 넘었다.

나는 풀브라이트 상원의원이 세상을 뜨기 얼마 전 집으로 그를 찾아간 적이 있다. 그는 뇌졸중 때문에 말이 약간 어색했다. 그러나 그의 눈은 빛났으며, 정신에는 아무런 문제가 없었다. 우리는 마지막으로 즐거운 시간을 보냈다. 풀브라이트는 내가 추모 예배에서 말했듯이 '늘 교사이면서 동시에 늘 학생이었던 사람'으로 미국 역사에서 큰 자리를 차지할 것이다.

2월 13일, 로라 타이슨과 경제자문회의의 다른 구성원인 조셉 스티글리츠, 마틴 베일리가 나에게 「대통령 경제보고서」 최신판을 한 부 주었다. 이 책자는 1993년 이래 우리의 발전을 요약했을 뿐 아니라, 소득 정체와 불평등이라는 문제가 계속되고 있다는 사실도 보여주었다. 나는 이 기회를 이용해 중산층 권리장전과 2년간 최저임금을 시급 4달러 25센트에서 5달러 15센트로 90퍼센트 인상하는 계획을 밀어붙이기로 했다. 이렇게 인상을 하면 1,000만 명의 노동자들이 혜택을 보게 되며, 1년 소득으로는 1,800달러가 늘어나게 될 터였다. 사실 이 인상액 가운데 반은 인플레이션 이전 시기, 즉 마지막으로 최저임금이 인상되었던 1991년의 수준으로 돌아가는 데 필요한 액수였다.

최저임금 인상은 대부분의 민주당원이 옹호하는 대의였지만, 공화당원들은 대부분 반대했다. 사업비용이 늘어나 일자리가 줄어든다는 이유였다. 그러나 그들의 입장을 뒷받침하는 증거는 찾아보기 힘들었다. 실제로 젊은 노동경제학자 몇 명이 그 즈음 연구한 결과를 보면, 최저임금의 적당한 인상은 고용을 줄이는 것이 아니라 오히려 어느 정도 늘릴 수도 있었다. 나는 그 무렵 버지니아 남서부의 한 공장에서 일하는 최저임금 노동자가 텔레비전 인터뷰를 한 것을 보았다. 그 여자 노동자는 최저임금이 인상되면 고용주가 노동자들을 감원하고 기계를 더 도입할 것이라는 소문에 대해 묻자, 웃음을 지으며 기자에게 말했다. "그래도 그쪽에 운을 한번 걸어보겠어요."

2월 넷째 주에 힐러리와 나는 이틀 동안 캐나다를 국빈 방문했다. 우리는 미국 대사관저에 묵으며 짐과 재닛 블랜처드 대사 부부와 함께 지냈다. 블랜처드와 나는 1980년대에 그가 미시간 주지사를 할 때 친구가 된 사이였다. 캐나다는 미국의 가장 큰 교역 상대이자 가장 가까운 동맹자였다. 우리의 국경은 방어 병력이 없는 국경으로는 세계에서 가장 길었다. 캐나다와 미국은 1995년에 아이티, 멕시코 원조, 나토, 북미자유무역협정, 미주정상회의, 아시아태평양경제협력체 등의 일을 놓고 협력을 해왔다. 가끔 밀이나 목재 교역 문제, 연어 포획권 문제로 다투기도 했지만, 우리의 우호 관계는 넓고 깊었다.

우리는 장과 알린 크레티앵 총리 부부와 많은 시간을 보냈다. 크레티앵은 세계 지도자들 가운데서도 나와 특별히 가까운 친구이자, 강력한 동맹자이자, 속을 털어놓는 조언자이자, 자주 어울리는 골프 파트너가 된다.

나는 캐나다 국회에서도 연설을 하여, 우리가 경제와 안보에서 동반관계를 유지해온 것, 그리고 캐나다 사람들이 미국 문화에 풍부하게 기여한 것에 감사했다. 그리고 그런 인물들의 예로 내가 가장 좋아하는 재즈 피아니스트 오스카 피터슨, '첼시 모닝'을 쓴 가수 조니 미첼, 위대한 사진작가 유수프 카르시를 들었다. 카르시는 으르렁거리는 표정의 처칠 사진으로 유명해졌는데, 그것은 그가 처칠이 늘 가지고 다니는 시가를 잡아챈 뒤에 나온 표정이었다. 그는 힐러리와 내 사진도 찍어주었는데, 우리는 그래도 처칠보다는 부드럽게 나왔다.

3월은 적어도 나에게는 출발이 순조로웠다. 상원이 딱 한 표 차이로 3분의 2를 얻지 못해 균형예산 수정조항을 통과시키는 데 실패했기 때문이다. 이 수정조항은 인기가 있었지만, 거의 모든 경제학자들이 불황이나 국가 긴급사태 같은 타당한 조건에서 정부가 적자운영을 할 수 있는 재량을 제한하기 때문에 좋지 않은 발상이라고 생각했다. 1981년 이전에 미국은 적자 문제가 심각하지 않았다. 통화침투설 경제학이 지배한 12년 동안 국채가 네 배로 불어난 뒤에야 정치가들은 헌법 수정조항의 강제가 있어야만 책임 있는 경제적 결정을 내릴 수 있다고 주장하기 시작했다.

논쟁이 진행되는 동안 나는 새로 다수를 차지하여 수정조항을 밀어붙이고 있는 공화당에 정확히 어떤 방법으로 예산 균형을 이루려 하느냐고 물었다. 나는 임기가 시작되고 나서 한 달도 되기 전에 예산안을 만들었다. 그러나 공화당은 국회를 장악한 지 거의 두 달이 되어가는데도 여전히 예산안을 내놓지 못했다. 그들은 선거운동에서 내세웠던 공약들을 구체적인 제안으로 바꾸는 데 어려움을 겪고 있었던 것이다.

곧 공화당은 예산 폐기라고 불리는 삭감안을 제시함으로써 그들이 내놓을 예산안의 맛을 보여주었다. 그들이 선택한 삭감은 그들의 '계약'에 대한 민주당의 비판이 정곡을 찔렀음을 보여주었다. 공화당의 예산 폐기는 우선 아메리코의 직책 1만 5,000개, 젊은이들에게 주는 여름 일자리 120만 개, 교육 예산 17억 달러를 없애자는 것이었다. 또 교육 예산 삭감으로 인해 젊은 사람들의 마약 사용이 점점 늘어나는 때였음에도 마약 예방 기금도 거의 반이나 잘려나갈 판이었다. 최악의 문제는 학교 급식 프로그램과 웍WIC 프로그램, 즉 여성, 유아, 5세 이하 아동을 위한 영양 프로그램도 삭감하려 한다는 것으로, 이 두 가지 프로그램은 그때까지 공화당과 민주당 양쪽으로부터 확실한 지지를 받던 것이다. 백악관과 민주당은 공화당의 삭감안에 반대하여 열심히 싸웠다.

교육부를 없애자는 공화당의 제안 역시 강한 저항에 부딪혔다. 교육부는 학교 급식 프로그램과 마찬가지로 늘 양당의 확실한 지지를 받아온 것이었다. 돌 상원의원이 교육부가 이익보다는 해를 주었다고 말했을 때, 나는 교육부가 생겼을 때부터 거의 언제나 공화당 쪽에서 장관을 맡아왔으므로 그의 말이 맞을지도 모른다고 농담을 했다. 그러나 우리의 교육부 장관 딕 라일리는 해보다는 이익을 많이 준 사람이었다.

나는 공화당의 제안에 저항하면서, 국회의 승인을 요구하지 않아도 되는 방식으로 우리의 의제를 추진하였으며, 동시에 내가 지난 선거에서 나온 국민의 이야기를 귀담아들었다는 사실을 보여주었다. 3월 중순 나는 앨 고어의 정부혁신 프로젝트에서 개발한 규제 개혁안을 발표했다. 이 개혁안은 세세한 규제를 강제하는 것보다는 사적 부문에 시장 인센티브를 제공하는 방식으로 환경보호 노력을 강화하는 것을 목표로 했다. 또한 서류작업을 25퍼센트 줄이면 1년에 2,000만 노동 시간이 절약되었다.

정부혁신 사업은 효과를 발휘하고 있었다. 우리는 이미 연방 직원을 10만 명 이상 줄였고 연방의 인사 편람을 1만 페이지 없앴다. 처음으로 방송 주파수역을 여러 개로 쪼개 경매에 부칠 계획이었는데, 이것을 통해 거의 80억 달러의 수입을 올리게 될 것 같았다. 결국 우리는 공익에 피해를 주지 않고 1만 6,000페이지에 달하는 연방 규제를 없애게 된다. 정부 혁신은 간단한 지침에 따라 이루어지고 있었다. '관료제가 아니라 국민을 보호하라. 규칙이 아니라 결과를 장려하라. 말이 아니라 행동을 하라.' 앨 고어가 정부 혁신 사업에서 큰 성공을 거두게 되자 정적들은 혼란에 빠졌고, 우리의 동맹자들은 환희에 젖었다. 그러나 국민 대다수는 이 업적을 잘 알지 못했다. 큰 화제가 되지도 않고, 논란을 일으키지도 않았기 때문이다.

대통령으로서 세 번째 맞이한 성 패트릭 축일은 이제 단순한 기념일이 아니라 미국이 북아일랜드 평화과정을 촉진할 수 있는 기회가 되었다. 이 해에 나는 전임자의 평화 정책을 이어가는 아일랜드의 새로운 총리 존 버튼에게 '세드 밀 파일트(10만 번의 환영)'라는 전통적인 아일랜드식 인사를 했다. 정오에는 뉴트 깅리치가 처음으로 의사당에서 성 패트릭 축일 하원의장 오찬을 주최했는데, 깅리치는 이 자리에서 게리 애덤스를 처음 만났다. 신페인당이 영국 정부와 아일랜드공화국군의 무력사용 중지 문제를 논의하겠다고 합의한 뒤 나는 애덤스에게 두 번째로 비자를 내주었으며, 애덤스를 그날 밤 백악관에서 열린 성 패트릭 축일 리셉션에 초대했다. 물론 존 흄과 북아일랜드의 다른 주요한 정당 대표들(통일당과 공화당)도 초대했다. 애덤스가 오찬 자리에 나타나자 존 흄은 나에게 악수를 하라고 권했고, 나는 그렇게 했다. 그날 밤 백악관 연회에 모인 사람들은 뛰어난 아일랜드 테너 프랭크 패터슨의 노래를 들었다. 애덤스는 기분이 아주 좋았던지, 흄과 함께 듀엣곡을 부르기도 했다.

지금은 이런 일이 대단치 않게 보이겠지만, 당시만 해도 이것은 미국 정책의 엄청난 변화를 의미했다. 영국 정부와 미국 국무부 내의 많은 사람들이 여전히 이런 변화에 반대하고 있었다. 이제 나는 평화적 변화의 옹호자인 존 흄만이 아니라, 영국인들이 여전히 테러리스트라고 생각하는 게리 애덤스와도 사귀게 되었다. 겉모습만 보아도 애덤스와 흄은 대조를 이루었다. 흄은 부드럽고, 약간 헝클어진 모습에 교수 같은 느낌을 주는 반면, 애덤스는 턱수염을 길렀고, 키도 더 컸고, 나이도 더 젊었고, 몸도 더 늘씬했다. 또 오랜 세월 위험 속에서 살아서 그런지 단단해 보였다. 그러나 애덤스와 흄은 중요한 자질 몇 가지를 공유하고 있었다. 그들의 안경 너머 눈에서는 지성과 신념이 드러났고, 여러 번 좌절하면서도 결코 포기한 적이 없는 희망에서 빚어진, 아일랜드인 특유의 슬픔과 유머가 교차하고 있었다. 그들은 모든 난관을 극복하고 그들의 민족을 과거의 족쇄에서 해방시키기 위해 노력하고 있었다. 오래지 않아 가장 큰 통일당을 이끌고 있던 데이비드 트림블도 성 패트릭 축일에 백악관에서 그들과 자리를 함께 하며 평화를 위해 노력하게 된다.

3월 25일, 힐러리는 처음으로 나 없이 혼자서 장기간의 해외 출장에 나섰다. 힐러리는 12일간 파키스탄, 인도, 네팔, 방글라데시, 스리랑카를 방문할 예정이었다. 첼시도 함께 갔다. 이것은 미국에 중요한 일이기도 했지만, 두 사람에게는 개인적으로 큰 모험이기도 했다. 힐러리와 첼시가 멀리 가 있는 동안 나는 가까운 아이티로 출장을 갔다. 그곳에서 미군을 방문하고 아리스티드 대통령을 만난 뒤, 아이티 사람들에게 평화롭고 민주적인 미래를 위해 노력하고 다국적군에서 유엔으로 권한을 이양하는 데 협조하라고 권고했다. 그때까지 6개월 동안 30개 국가의 병력으로 이루어진 다국적군은 미국의 지도 하에 거리에서 3만 점 이상의 무기와 폭탄을 제거하고 상설 경찰 병력을 훈련하는 일을 함께 했다. 다국적군은 아이티에서 억압적인 폭력을 끝내고 이 지역의 민주주의를 지켰다. 아이티 사람들은 이제 고향에서 나오는 것이 아니라 고향으로 돌아가고 있었다. 이제 6,000명 이상의 병력, 900명의 경찰관, 수십 명의 경제·정치·법률 고문들로 이루어진 유엔 파견단이 권한을 위임받아 새로운 대통령의 선출과 취임 때까지 11개월 동안 활동할 예정이었다. 미국도 한몫을 하겠지만, 미국 외에 32개국이 적극적으로 참여하기 때문에 병력이나 비용 부담은 줄어들 터였다.

2004년 새로운 폭력과 갈등의 와중에 아리스티드 대통령이 사임하고 망명한 뒤, 나는 미군 사령관 휴 셸턴이 했던 말을 다시 생각했다. "아이티 사람들은 훌륭하며, 기회를 얻을 자격이 있다." 아리스티드는 물론 잘못을 했고, 그의 가장 큰 적은 자기 자신인 경우가 많았다. 그러나 사실 반대 세력도 그에게 지나치게 비협조적이었다. 그리고 1995년에 공화당이 국회를 장악한 뒤 아이티에 대한 경제 원조를 꺼렸는데, 경제 원조만 이루어졌어도 상황이 달라졌을지 모른다.

아이티는 미국의 더 큰 지원 없이는 안정된 민주주의로 발전해나가지 못할 것이다. 그럼에도 미국의 개입으로 아이티의 많은 사람들이 목숨을 구했고, 투표로 선택한 민주주의를 처음 맛보았다. 만일 아리스티드의 심각한 문제 때문에 계속 세드라스가 살인적인 통치를 했다면, 아이티 사람들은 더 심한 꼴을 당했을 것이다. 나는 미국이 아이티에 기회를 준 것을 지금도 기쁘게 생각한다.

아이티 개입은 또 세계의 분쟁지역에 여러 나라가 함께 대응하는 것이 현명하다는 것을 보여주는 강력한 증거였다. 여러 나라들이 이런 식으로 함께, 또 유엔을 통하여 일하게 되면 그런 작업에 필요한 책임과 비용을 분담할 수 있고, 미국에 대한 반감을 줄일 수 있으며, 귀중한 협력의 관행을 쌓아나갈 수 있는 것이다. 점점 서로 의존하게 되는 세계에서, 우리는 가능할 때마다 이런 식으로 일을 해야 한다.

43

　　　　　　4월의 첫 2주 반은 세계 지도자들을 만나
며 보냈다. 존 메이저 총리와 호스니 무바라크 대통령이 찾아왔고, 파키스
탄의 베나지르 부토 총리와 터키의 탄수 실레르 총리 등 이슬람 국가의 지
적이고 아주 현대적인 여성 지도자들도 찾아왔다.

　　뉴트 깅리치는 하원의장으로서 보낸 첫 100일에 대한 연설을 했다. 그
가 말하는 이야기를 듣고 있자니, 공화당이 하룻밤 사이 미국에 혁명적 변
화를 일으켜 미국의 정부 형태를 내각책임제로 바꾸어버렸으며, 그가 총리
로서 국내 정책의 흐름을 잡아나갔고, 나는 대통령으로서 외교만 다룬 것처
럼 느껴졌다.

　　공화당은 그들이 국회를 통제한다는 새로운 상황과 그들이 커다란 변화
를 일으키고 있다는 주장에 힘입어 일시적으로 뉴스를 장악하고 있었다. 사
실 그들은 그들이 내세운 계약 가운데 상대적으로 덜 중요한 세 가지(나도 모
두 지지하는 것이었다)만 실행에 옮겼기 때문에, 그들에게는 여전히 어려운 결
정들이 남아 있었다.

　　나는 '미국신문편집자협회' 연설에서 공화당이 내세운 계약 가운데 내
가 동의하는 부분을 이야기했고, 그 부분에 대해서는 타협을 하겠다고 말했
다. 또 내가 반대할, 따라서 거부권을 행사할 부분에 대해서도 말했다. 돌
상원의원이 대통령 출마 발표를 하고 나서 나흘 뒤인 4월 14일, 나는 조용
히 재선을 위한 후보 등록을 했다. 4월 18일에는 기자회견을 열고, 국내외
의 다양한 주제에 대하여 20가지가 넘는 질문을 받았다. 그러나 다음 날 그

이야기는 모두 잊혀지고, 모든 미국인의 입에 한 마디만 오르내리게 된다. 오클라호마시티.

나는 아침 늦게 오클라호마시티의 알프레드 머라 연방청사 바깥에서 트럭에 실린 폭탄이 터졌다는 것을 알았다. 건물은 박살났고, 사망자수는 확인되지 않았다. 즉시 비상사태를 선포하고, 조사팀을 현장에 보냈다. 복구에 엄청난 노력이 필요하다는 것이 분명해지자, 전국에서 소방수와 다른 일꾼들이 몰려와 생존자를 한 명이라도 더 찾아내려고 잡석더미를 파헤쳤다.

미국인들은 몹시 애통해하면서 이 비극에 시선을 고정하고 있었다. 사망자는 168명이었다. 여기에는 폭탄이 터질 때 건물 안의 탁아소에 있던 어린이 19명도 포함되어 있었다. 사망자 대부분은 머라 빌딩에 사무실을 두고 있는 여러 기관에서 근무하던 연방 직원들이었다. 많은 사람들이 이슬람 과격파의 소행이라고 생각했으나, 나는 범인의 정체에 대해 섣불리 결론을 내리지 말라고 주의를 주었다.

폭탄 테러 직후 오클라호마 법집행관들은 곧 소외감에 사로잡힌 퇴역군인 티머시 맥베이를 체포했다. 그는 연방정부를 증오하는 인물이었다. 4월 21일까지 맥베이는 연방수사국에 구금되어 심문을 받았다. 그가 4월 19일을 고른 것은 그날이 웨이코에서 연방수사국이 다윗파를 검거하기 위해 공격을 시도한 날이었기 때문이다. 다윗파 공격은 우익 극단주의자들이 보기에는, 자의적이고 부패한 정부 권력이 자행한 극한적 행동이었다. 다윗파들이 미국인들이 오래전부터 가지고 있던 연방정부에 대한 회의적 태도를 부추겨 노골적인 증오의 수준으로 끌어올리면서, 미국에는 반연방정부 편집증이 계속 확산되어왔다. 이런 적의 때문에 연방정부의 정통성을 거부하고 스스로 법이 될 권리가 있다고 주장하는 무장 민병대까지 생겼다.

이런 적대감은 우익 라디오 토크쇼 사회자들에 의해 강화되었다. 그들의 독설은 매일 전파를 타고 퍼져나갔으며, 어떤 웹사이트에서는 정부에 대항하여 일어나라고 권유하고, 폭탄을 만드는 손쉬운 방법을 알려주는 등 실제적인 지원을 해주기도 했다.

나는 오클라호마시티 사건 뒤에 사랑하는 사람을 잃은 유족과 나라 전체를 위로하고 격려하는 동시에, 미국을 테러리즘으로부터 보호하는 노력을 강화하기 위해 힘을 기울였다. 세계무역센터 폭파 사건 후 2년 동안 나는 연방수사국과 중앙정보국의 테러방지 활동을 위한 자원을 늘려왔으며, 두 부서가 좀더 긴밀하게 협력하도록 지시했다. 미국의 법집행 부서들의 노력 덕분에 외국으로 달아났던 테러리스트 몇 명이 미국으로 송환되어 재판에 회부되었다. 또 유엔, 뉴욕시티의 홀랜드 터널과 링컨 터널, 필리핀에서 미국 서해안으로 날아오는 비행기에 대한 테러 공격을 예방할 수 있었다.

오클라호마시티 사건 두 달 전에 나는 국회에 테러방지 법안을 제출했다. 그 내용 가운데 중요한 것은 테러리즘과 싸울 법집행관 1,000명 증원, 연방수사국 산하에 테러 방지 노력을 조율할 테러방지센터 신설, 보통 국내 법집행 문제에는 관여할 수 없도록 되어 있는 군사전문가들이 생화학무기, 핵무기와 관련된 국내 테러 위협이나 테러 사건 수사에는 지원 할 수 있도록 허용하는 것 등이었다.

오클라호마시티 사건 뒤에 나는 국회 지도자들에게 이 법안의 신속한 토의를 요청했으며, 5월 3일에는 법안을 강화하기 위해 수정 제안을 하였다. 그 내용은 법집행부서의 재정기록 추적 권한 강화, 테러 용의자들이 장소를 옮길 경우 법원의 감청 장치 설치 명령을 새로 얻지 않고 바로 전자 감시를 실시할 수 있는 권한 부여, 전현직 연방 직원이나 그 가족에 대한 테러 행위에 사용될 것임을 알면서 총기나 폭약을 제공하는 자에 대한 처벌 강화, 모든 폭발물을 추적할 수 있도록 하기 위한 표지(태건트라고 부른다) 부착 등이었다. 이 가운데 몇 가지 조치는 논란을 불러일으킬 수밖에 없었지만, 내가 5월 4일 한 기자에게 말한 대로, 테러는 "미국의 안보에 중대한 위협"이었다. 내 말이 틀렸다면 오히려 마음이 편할 것이다.

일요일에 힐러리와 나는 오클라호마 주립 박람회장에서 열린 추모예배에 참석하기 위해 오클라호마시티로 갔다. 예배는 프랭크 키팅 주지사의 부인 캐시 키팅이 준비했다. 프랭크 키팅은 30여 년 전 조지타운 대학에 다닐 때 만난 친구였다. 키팅 부부는 심한 정신적 고통에서 빠져나오지 못한 상태였으나, 오클라호마시티 시장 론 노릭과 함께 수색 및 복구 작업을 진행했으며, 이번에는 오클라호마 사람들이 함께 애도할 자리를 마련하기 위해 예배를 열었다. 예배에서 빌리 그레이엄 목사가 "이 도시와 이 나라의 정신은 무너지지 않을 것"이라고 말하자 모두 기립했다. 주지사는 감동적인 연설에서 미국인들이 사랑, 배려, 용기를 잃었다고 생각하는 사람이 있다면 오클라호마에 와보라고 말했다.

나는 국민을 대신하여 오클라호마 사람들에게 말했다. "여러분은 너무 많은 것을 잃었지만, 모든 것을 잃지는 않았습니다. 미국을 잃지 않은 것만은 분명합니다. 내일이든 모레든 그 언제까지든, 우리는 여러분이 필요로 하는 만큼 여러분 곁에 있을 것입니다." 이어 나는 1988년 스코틀랜드 로커비 상공에서 팬암 103기가 테러를 당해 추락하는 바람에 남편을 잃은, 세 자녀의 젊은 어머니가 보낸 편지를 읽어주었다. 그녀는 사랑하는 사람을 잃은 오클라호마 사람들에게 상처를 증오로 바꾸지 말고, 사랑하는 사람들이 '하지 못하고 간 일'을 하여 "그들의 죽음이 헛되지 않게 하라"고 당부했다. 나는 힐러리와 함께 피해자 유족 가운데 몇 사람을 만난 뒤, 그 편지에 쓰인 지혜로운 말을 다시 마음에 새겼다. 오클라호마시티 폭탄 테러로 사망한 비밀검찰부 요원 앨 휘처는 오클라호마에 가기 전에 나를 경호하는 일을 했던 사람이었다. 그의 부인과 세 자녀도 그 자리에 모인 유족들 사이에 있었다.

흔히 '연방 관료'라고 낮추어 불리는 연방 직원들은 고령자와 장애인을 돕고, 농부와 퇴역군인을 지원하고, 법을 집행하는 등의 봉사를 한다는 이유로 살해당했다. 그들은 소중한 가족이었고, 친구였고, 이웃이었고, 사친회 회원이었고, 공동체의 일꾼들이었다. 그러나 어찌 된 일인지 그들을 무자비하게 세금을 빨아먹는 기생충이자 권력 남용자라고 규정하는 사람들이 있었다. 티머시 맥베이와 그의 동조자들의 색안경을 낀 눈에만 그렇게 보인 것이 아니라, 그들이 권력과 이윤을 추구한다고 욕하는 다른 많은 사람들 중에도 그렇게 보는 사람들이 있었다. 나는 다시는 '연방 관료'라는 경솔한 표현을 사용하지 않겠다고 다짐했으며, 이런 광기를 낳은 적대와 독선의 분위기를 바꾸기 위해 최선을 다하겠다고 다짐했다.

오클라호마시티 사태에도 불구하고 화이트워터 세계는 멈추지 않았다. 힐러리와 내가 추모예배에 참석하러 떠나기 전날 케네스 스타와 세 명의 보좌관이 백악관으로 와서 우리를 심문했다. 나는 백악관 법률고문실의 애브 미크바와 제인 셔번, 나의 개인 변호사인 데이비드 켄달, 그의 파트너 니콜 셀리그먼과 함께 트리티룸에서 심문을 받았다. 심문은 무사히 끝났다. 심문이 끝나고 나서 나는 제인 셔번에게 부탁하여, 스타와 그의 부하들을 링컨 침실로 안내하게 했다. 그 방에는 메리 토드 링컨이 백악관에 가지고 온 가구와 링컨이 참전용사의 원조 기금 마련을 위해 경매에 내놓으려고 연설 뒤에 직접 다시 쓴 게티스버그 연설 사본이 있었다. 힐러리는 내가 그들에게 너무 잘해준다고 생각했으나, 나는 어릴 때 배운 대로 예의바르게 행동하고 있었을 뿐이다. 그리고 이 조사가 결국은 정당한 경로를 따라가게 될 것이라는 환상을 아직 완전히 버리지 못하고 있었다.

그 주에 나의 오랜 친구인 데이비드 프라이어 상원의원이 1996년 선거에 출마하지 않겠다고 발표했다. 우리는 거의 30년 동안 알고 지낸 사이였다. 데이비드 프라이어와 데일 범퍼스는 나에게 출신 주를 대표하는 상원의원 이상의 존재였다. 우리는 연속해서 주지사의 바통을 이어갔으며, 남부 주 대부분이 공화당의 울타리 안으로 들어갈 때에도 아칸소를 진보적인 민주당원의 주로 유지하기 위해 노력했다. 프라이어와 범퍼스는 나의 일과 나의 마음의 평화에 있어 매우 귀중한 존재였다. 까다로운 쟁점들이 등장했을 때 나를 지지해주었기 때문만이 아니라, 나의 친구이기도 했고, 나를 오랫동안 잘 아는 사람들이기도 했기 때문이다. 나는 그들의 말에 귀를 기울이고 웃음을 터뜨렸으며, 그들은 동료들에게 내가 신문에서 묘사하는 그런 사람이 아님을 일깨워주었다. 프라이어가 은퇴한 후에는 그가 상원에 있을 때처럼 자주 보지는 못했지만, 나는 가끔 그를 골프 코스로 불러내 그의 조언과 관점으로부터 도움을 얻곤 했다.

4월 29일, 백악관 출입기자 만찬에서 행한 나의 연설은 짧았으며, 한두 번을 제외하면 웃음을 유도하려고 하지도 않았다. 대신 나는 오클라호마시티의 비극과 대규모 복구 사업에 대한 강력하고 예리한 보도에 감사했으며,

"우리는 이 일을 끝까지 완수할 것이고, 그러고 나면 우리는 훨씬 더 강해질 것"이라고 단언했다. 그리고 W. H. 오든의 말로 연설을 마무리했다.

마음의 사막에서
치유의 샘이 흐르게 하라.

5월 5일에는 미시간 주립대학 졸업식에서, 졸업생들만이 아니라 무장한 민병대 집단들을 염두에 두고 연설을 했다. 그들 가운데 다수는 미시간 시골 지역에서 활동하고 있었다. 나는 대부분의 민병대들은 주말에 군 작업복을 입고 군사 훈련을 할 때 법을 어기지 않는다는 사실을 잘 안다고 말한 뒤, 폭탄 테러를 비난한 사람들에게 감사한다고 말했다. 이어 나는 단지 입으로 험한 말을 하는 것을 넘어 법집행관과 다른 연방정부 직원들에 대한 폭력을 옹호하는 사람들을 공격했다. "당신들은 자신들을 식민지 민병대와 비교하지만, 식민지 민병대는 민주주의를 위해 싸웠고, 당신들은 민주주의를 매도하고 있다."

다음 몇 주 동안, 나는 폭력에 관대하게 구는 사람들을 공격하는 한편, 라디오 토크쇼 사회자들을 포함한 모든 미국인들에게 말을 좀더 신중하게 하고, 불안정한 상태에 있는 사람들에게 폭력을 부추기지 않도록 조심하라고 당부했다.

오클라호마시티 사태를 계기로 수많은 미국인들이 연방정부 또는 자신과 생각이 다른 사람들에 대해 말이나 행동을 할 때 좀더 신중한 태도를 취하게 되었다. 그러자 우리의 정치 생활에 만연했던 무조건적 비난이 느리지만 분명하게 줄어들기 시작했다. 증오를 선동하는 자들이나 극단주의자들이 완전히 사라진 것은 아니지만, 분명히 수세에 몰리게 되었다. 나의 임기 나머지 기간 동안, 그들은 연방정부를 악마로 여기던 티머시 맥베이의 비인간적 행동 이전에 누렸던 지위를 다시 되찾지 못했다.

5월 둘째 주에 나는 공군1호기를 타고 모스크바로 날아가, 유럽의 제2차 세계대전 종전 50주년을 기념했다. 헬무트 콜, 프랑수아 미테랑, 존 메이저, 장쩌민 등 여러 지도자들이 오기로 했지만, 내가 그 자리에 참석하는 것은 논란을 불러일으켰다. 러시아가 이슬람이 지배적인 체첸공화국의 분리주의 자들과 전투를 벌여 민간인 사망자가 급증했기 때문에, 대부분의 외부 논평 가들은 러시아가 외교력을 충분히 발휘하지 않고 무력을 과도하게 사용한 다고 생각했다.

내가 러시아에 가기로 한 것은 소비에트 국민 8명 가운데 1명의 목숨을 앗아간 제2차 세계대전에서 우리 두 나라가 동맹관계였기 때문이다. 이 전 쟁에서는 소비에트 국민 2,700만 명이 전사하거나, 질병, 기아, 추위로 죽었 다. 이제 우리는 다시 동맹자가 되었으며, 우리의 동반자 관계는 러시아의 경제와 정치를 발전시키고, 핵무기를 확보하여 파괴하는 작업에서 협력하 고, 나토와 평화를 위한 동반관계를 질서 있게 확대하고, 테러나 조직범죄 와 싸우는 데 있어 중요했다. 그뿐만 아니라 옐친과 나는 두 가지 껄끄러운 쟁점을 해결해야 했다. 하나는 러시아가 이란의 핵 프로그램에 협력하는 문 제였고, 또 하나는 평화를 위한 동반관계에 러시아를 끌어들이고, 나토를 확대하되 옐친이 1996년 선거에서 지지 않는 방향으로 하는 문제였다.

5월 9일, 나는 장쩌민을 비롯한 다른 지도자들과 함께 붉은 광장에 서 서 나이든 참전용사들이 어깨를 맞대고 행군하는 모습을 지켜보았다. 그들 은 손을 잡기도 하고 서로 기대어 부축하기도 하면서 어머니 러시아를 위한 마지막 행군을 했다. 다음 날 기념식 뒤 나는 크렘린의 상트카테리나 홀에 서 옐친과 만났다. 나는 우선 이란 이야기를 꺼냈다. 우리는 지금까지 우크 라이나, 벨로루시, 카자흐스탄에서 핵무기를 모두 철거하려고 노력해왔다. 그런 상황에서 이란처럼 우리 둘 다에게 해가 될 수 있는 나라가 핵을 보유 하는 것을 허용할 수 없었다. 옐친은 이 문제에 대비하고 있었다. 그는 즉시 원심분리기는 팔지 않을 것이며, 원자로(이란은 평화적인 용도라고 주장했다) 문 제는 고어-체르노미르딘 위원회에 넘기자고 제안했다. 나는 이란에 군사적 목적으로 이용할 수 있는 핵기술을 제공하지 않겠다는 약속만 하면 동의하 겠다고 말했다. 옐친은 좋다고 했으며, 그것으로 그 문제는 정리되었다. 우리는 또 생화학무기 확산 위협을 줄이기 위한 좀더 광범위한 노력의 일환으로, 8월에 러시아의 생물학무기 공장 시찰을 개시하기로 합의했다.

나토 확대 문제에 대해서는, 내가 옐친에게 1996년 선거 전까지는 그 문제를 밀어붙이지 않겠다고 간접적으로 이야기하자, 옐친도 마침내 평화를 위한 동반관계에 들어오겠다고 약속했다. 그는 너무 많이 양보하는 것처럼 보일까봐 걱정하여 그 결정을 공표하는 데는 동의하지 않았지만, 5월 25일에 문서에 서명하겠다고 약속했다. 나는 그것으로 만족했다. 출장은 성공적이었다.

돌아오는 길에는 우크라이나에 들렀다. 나는 이곳에서도 제2차 세계대전 종전 기념식에 참석하여 대학생들에게 연설하고, 바비 야르를 방문했다. 54년 전 나치는 숲으로 둘러싸인 이 아름다운 골짜기에서 유대인 10만 명과 우크라이나 민족주의자, 소비에트 전쟁포로, 집시 수천 명을 살육했다. 그 전날 유엔은 표결을 통해 핵확산금지조약을 무기한 연장하기로 결정했다. 핵확산금지조약은 우리가 25년 넘게 노력을 기울여온 핵무기 확산 제한 정책의 기반이었다. 여러 나라들이 핵을 얻으려고 노력하고 있었기 때문에, 핵확산금지조약의 연장은 핵확산 방지를 위해 달성하고자 했던 목표 가운데 가장 중요한 것이었다. 바비 야르와 오클라호마시티는 인간의 악과 파괴 능력이 어디까지인지 보여주는 증거였으며, 핵확산금지조약과 러시아가 이란에 핵을 판매하는 것을 제한하는 합의의 중요성을 부각시킨 사건들이었다.

워싱턴으로 돌아오자 공화당은 그들의 제안을 제출하기 시작했다. 그 달 나머지 기간에는 예산폐기안, 맑은 물 프로그램을 약화시키려는 시도, 교육이나 의료나 외국 원조의 대폭 삭감 등에 거부권을 행사하겠다고 위협하여 그 제안들을 물리치느라 바빴다.

5월 셋째 주에 나는 공화국 건국 이래 처음으로 백악관 앞 펜실베이니아 애비뉴 두 블록의 차량 통행을 막겠다고 발표했다. 비밀검찰부, 재무부, 과거 공화당과 민주당 행정부에서 일했던 사람들로 이루어진 전문위원단이 백악관을 폭탄 테러로부터 보호하려면 반드시 필요한 일이라고 권했기 때문에 나는 마지못해 동의했다. 오클라호마시티 사건과 일본 지하철 테러 때문에 그 권고를 따르기는 했지만, 마음에 들지는 않았다.

5월 말, 보스니아가 다시 뉴스에 등장했다. 세르비아인은 사라예보 봉쇄를 강화했고, 저격수들은 다시 무고한 아이들을 쏘기 시작했다. 5월 25일, 나토는 팔레의 세르비아 요새에 공습을 시작했고, 세르비아인은 그 보복으로 유엔 평화유지군을 붙잡아 팔레의 탄약 집적장에 사슬로 묶어놓고 인간방패로 이용했다. 그들은 또 유엔군 초소를 점령하면서 유엔군 소속 프랑스 군인 둘을 살해했다.

미국 공군은 역사상 가장 오래 지속된 인도적 임무를 수행하기 위해 보스니아에서 광범위한 활동을 해왔다. 공군은 세르비아의 보스니아 이슬람교도 폭격을 막기 위해 비행금지구역을 설정하고, 사라예보와 그 주변의 인구가 많은 지역에 사격금지구역을 설정했다. 유엔 평화유지군, 통상금지조치와 더불어, 미군 조종사들도 보스니아의 평화를 위한 노력에 크게 기여했다. 사상자는 1992년의 13만 명에서 1994년의 3,000명으로 줄었다. 그럼에도 전쟁은 여전히 치열하게 전개되었으며, 평화를 위해서는 그 뒤에도 많은 일을 더 해야 했다.

6월에 장 크레티앵이 노바스코샤의 핼리팩스에서 주최한 G-7 정상회담을 둘러싸고 외교 분야에서 또 다른 중요한 상황이 전개되었다. 막 프랑스 대통령으로 선출된 자크 시라크는 캐나다로 가는 길에 나를 만나려고 워싱턴에 들렀다. 미국에 대해 우호적인 감정을 가지고 있던 시라크는 젊은 시절에 미국에서 지내면서, 보스턴에 있는 하워드 존슨 식당에서 잠깐 일하기도 했다. 시라크는 다양한 문제에 대하여 그칠 줄 모르는 호기심을 지닌 사람이었다. 나는 그에게 큰 호감을 느꼈으며, 또 그의 부인이 정계에서 그녀 나름의 활동을 한다는 사실에도 호감이 갔다.

서로에 대한 좋은 느낌에도 불구하고, 사실 우리는 그때까지 약간 긴장된 관계를 유지해왔다. 내가 포괄적인 핵실험금지조약에 대해 전 세계로부터 지지를 얻어내려는 상황에서 시라크가 핵무기 실험을 계속하기로 결정했기 때문이다. 포괄적인 핵실험 금지는 아이젠하워 대통령 이래 모든 미국 대통령의 목표였다. 시라크가 핵실험이 완료된 뒤 조약을 지지하겠다고 약속하고 나서 우리는 보스니아 문제로 넘어갔다. 그는 세르비아인에 대해 미테랑보다 강경한 입장을 취하는 편이었다. 시라크와 존 메이저는 유엔 평화유지군에 대한 공격에 대응하여 신속대응군의 창설을 지지했다. 나는 정규 평화유지군과 다른 부대들이 철수를 해야 하는 상황이 오면, 신속대응군과 다른 유엔 부대들의 보스니아 출입을 미군이 지원하겠다고 약속했다. 그러나 신속대응군이 효과가 없어 유엔 군대가 보스니아에서 나와야 한다면, 무기수출금지를 해제할 수밖에 없다고 말했다.

G-7 정상회담에서 나는 세 가지 목표를 설정했다. 첫째는 테러리즘, 조직범죄, 마약 밀매에 대항하여 동맹국들이 더 강한 협력 체제를 구축하는 것. 둘째는 제때에 정확한 정보를 수집하여 주요한 경제위기를 더 빨리 파악하고 더 원활하게 처리하는 것과 장기적으로 개발도상국가에 투자하여 빈곤을 완화하고 환경을 파괴하지 않는 성장을 장려하는 것. 셋째는 일본과의 심각한 무역 분쟁을 해소하는 것.

첫 두 가지에 대한 합의는 쉽게 이루어졌다. 세 번째가 진짜 문제였다. 2년 반 동안 미국은 일본과의 협상에서 진전을 보았으며, 15개의 무역 협정을 맺었다. 그러나 일본이 미국 자동차와 부품(대일 무역 적자의 반 이상이 발생하는 부분)에 시장을 개방하겠다고 약속하고 나서 2년이 지났는데도 아무런 진전이 없었다. 미국 자동차 판매점의 80퍼센트가 일제 자동차를 팔았다. 하지만 일본 자동차 판매점의 경우에는 7퍼센트만이 외제 자동차를 팔았으며, 일본 정부의 엄격한 규제 때문에 일본 자동차 수리 시장에 미국 부품이 들어가지 못했다. 미키 캔터는 인내심이 한계에 이르러, 일본 고급 자동차에 100퍼센트 관세를 물리자고 제안하기도 했다.

나는 무라야마 총리와 만난 자리에서 안보 관계와 일본 경제 불황 때문에 계속 협상은 하겠지만, 곧 어떤 조치를 취할 수밖에 없을 것이라고 말했다. 그달 말 우리는 시장 개방을 얻어냈다. 일본은 200개 자동차 판매소에서 즉시 미국 차들을 판매할 것이며, 5년 내에 1,000개로 늘릴 것이고 미국 부품 수출에 장애가 되는 규제도 바꾸겠다고 약속했다. 또한 일본 자동차 제조업체들은 미국 현지 생산을 늘리고 미국제 부품을 더 많이 사용하겠다고 약속했다.

6월 한 달 내내 나는 예산을 둘러싸고 공화당과 긴 전투를 벌여야 했다. 6월 1일에는 몬태나 주 빌링스의 한 농장에 가서 농업에 대한 나의 접근방법과 공화당 의원들의 접근방법에 있어 다른 점을 부각시켰다. 농업지원 프로그램은 1995년에 다시 승인을 받아야 했기 때문에 예산 논쟁의 한 부분을 차지하게 되었다. 가족들이 힘을 합쳐 소규모 농장을 경영하는 농부들에게 전체적인 농업 지출을 어느 정도 축소하는 것에는 나도 찬성하지만, 공화당의 농업 지원 축소는 너무 급격하여 농부들에 대한 혜택이 거의 사라지게 된다고 말했다. 몇 년 동안 공화당은 문화적으로 보수적인 농촌에서 민주당보다 나은 성적을 거두었다. 그러나 일이 다급해지자 광화당은 농부들보다는 농업 관련 대형 산업체를 더 보호하려 했다.

나는 그곳에서 말을 타기도 했다. 무엇보다도 말을 타는 것을 좋아했고, 몬태나의 아름다운 풍경을 사랑했기 때문이다. 그러나 내가 농촌에 사는 미국인들이 지지할 수 없는 문화적 이방인이 아니라는 것을 보여주려는 의도도 있었다. 농장 행사 뒤에 나의 선발요원(선거 후보자의 강연회 등에서 후보자보다 먼저 와서 회장 준비를 하거나 청중을 모으는 일을 하는 사람—옮긴이주) 모트 엥글버그는 농장주 한 사람에게 나를 어떻게 생각하느냐고 물었다. 농부가 말했다. "괜찮군. 저쪽 사람들이 보여주려는 그런 사람은 아니야." 1995년에 그런 이야기를 많이 들었는데, 나는 유권자의 인식을 현실에 맞게 교정하는 것이 한 번에 한 명꼴로만 이루어지는 것이 아니기를 바랄 뿐이었다.

그때 나를 경호하던 비밀검찰부 요원 한 명이 말에서 떨어지는 바람에 흥미로운 일이 생겼다. 요원은 다치지 않았지만 말이 탁 트인 벌판으로 로켓처럼 달려나갔다. 그러자 비서실 차장 해럴드 이케스가 엄청나게 빠른 속도로 말을 쫓아가더니, 말을 붙들어 주인에게 돌려주었다. 기자와 몬태나 사람들 모두가 놀랐다. 해럴드가 해낸 일은 신경질적이고, 도회적이고, 자유주의적인 활동가의 이미지와는 완전히 상반되는 것이었다. 사실 그는 젊은 시절 서부의 목장에서 일한 적이 있는데, 그때 배웠던 승마 솜씨를 잊지 않고 있었던 것이다.

6월 5일, 헨리 시스네로스와 나는 '국가 주택소유 전략'을 공개했다. 여기에는 자기 주택 소유율을 3분의 2까지 높이는 100가지 방법이 담겨 있었다. 적자가 크게 축소되었기 때문에 경제가 성장해도 주택저당 이자율은 낮은 수준을 유지하고 있었다. 결국 2년 뒤에 우리는 미국 역사상 처음으로 시스네로스가 세운 목표에 이르게 된다.

6월 첫째 주가 끝나면서 나는 처음으로 공화당의 160억 달러 예산폐기안에 거부권을 행사했다. 그렇게 하면 교육, 국가 봉사, 환경에서 너무 많은 지출 삭감이 이루어지기 때문이었다. 그러면서도 공화당은 불필요한 전시용 프로젝트, 법원을 비롯한 연방건물 건설 등 공화당이 아끼는 프로젝트에는 손대지 않았다. 그들은 연방정부 전체를 싫어했는지 모르지만, 대부분의 현직 의원들과 마찬가지로 재선을 위한 지출은 하고 싶어 했던 것이다. 나는 공화당과 협력하여 지출을 더 삭감할 수도 있지만, 특정 의원을 이롭게 하는 프로젝트를 비롯한 기타 중요하지 않은 지출을 삭감해야지 어린이와 미래에 대한 투자는 삭감할 수 없다고 말했다. 이틀 뒤 나에게는 그러한 투자를 지키기 위해 싸워야 할 또 하나의 이유가 생겼다. 힐러리의 남동생 토니와 그의 부인 니콜 덕분에 우리에게 새로운 조카 재커리 박서 로댐이 생긴 것이다.

대결과 타협 사이에서 적당한 균형을 찾기 위한 노력의 일환으로, 나는 뉴햄프셔 클레어먼트에서 깅리치 하원의장과 시 대표자회의를 하기로 했다. 나는 깅리치에게 내가 1992년에 했던 것처럼 뉴햄프셔 사람들에게 이야기를 하는 것이 좋을 것 같다고 권했으며, 그는 그 제안을 받아들였다. 우리는 둘 다 저녁 뉴스거리가 될 만한 욕설보다는 정직한 토론과 협력이 필요하다는 긍정적인 모두연설을 했다. 깅리치는 심지어 회의장에 오는 길에 던킨 도넛 가게에 들러 나의 선거운동 흉내를 내보기도 했다고 농담까지 했다.

시민들의 질문에 답을 하는 과정에서 우리는 선거자금 개혁을 위해 협력하기로 하고 악수도 했다. 또 우리의 견해가 일치하는 다른 영역들에 대해서도 이야기했다. 의료제도 개혁에 대해서는 흥미로운 의견 불일치를 보이기도 했으나, 예의에서 벗어나지는 않았다. 유엔의 실용성과 국회가 아메리코에 재정 지원을 할 필요성에 대해서도 의견이 엇갈렸다.

당파적 싸움에 지친 국민은 우리 두 사람의 토론을 긍정적으로 받아들였다. 정치에 대해서는 거의 이야기하지 않는 나의 비밀검찰부 요원 두 사람도 우리 둘이 긍정적인 토론을 하는 것을 보니 무척 기분이 좋았다고 말했다. 다음 날 중소기업 문제에 대한 백악관 회의에서 공화당 의원 몇 명도 같은 이야기를 했다. 만일 그런 식으로 계속 이야기를 해나갈 수 있었다면, 깅리치와 나는 미국에 도움이 되는 방법으로 의견 차이 대부분을 해소할 수 있었을 것이다. 뉴트 깅리치는 가장 좋은 모습을 보여줄 때는 창조적이고, 유연했으며, 새로운 구상들을 쉴 새 없이 쏟아놓았다. 그러나 깅리치는 그런 점 때문에 하원의장이 된 것이 아니었다. 민주당에 대한 강력한 공격 때문에 그 자리에 오른 것이었다. 권력의 원천을 제어하는 것은 어려운 일이다. 깅리치도 다음 날 러시 림보와 보수적인 「맨체스터 유니언 리더 Manchester Union Leader」로부터 나한테 너무 잘해주었다는 이유로 비판을 받으면서 그 점을 새삼 느끼게 되었다. 그는 그 뒤로 이런 비판을 당하는 실수를 자주 반복하지 않았다. 적어도 공개적으로는.

회의 뒤에는 존 케리 상원의원을 위해 후원금 모금을 하러 보스턴으로 갔다. 그는 다음 선거에 나서기로 했으며, 빌 웰드 주지사가 그의 강력한 상대가 될 것 같았다. 나는 공화당 주지사 가운데 가장 진보적이라고 할 수 있는 웰드와 사이가 좋았다. 하지만 나는 케리가 상원의원 의석을 잃는 것을 원치 않았다. 그는 상원에서 환경과 하이테크의 최고 권위자였다. 그는 또 검사 시절부터 관심을 가졌던 청소년 폭력 문제에도 많은 시간을 쏟았다. 현재에는 표가 되지 않지만 미래에 큰 영향을 줄 문제에 관심을 가지는 것은 정치가의 아주 좋은 자질이라고 할 수 있다.

6월 13일, 나는 전국에 텔레비전으로 중계된 오벌 오피스 연설을 통해,

10년 안에 예산 균형을 이룰 계획을 발표했다. 공화당은 교육, 의료, 환경에서 지출을 대폭 삭감하고 세금도 많이 감면하면서, 그 일을 7년 안에 이루겠다고 이야기했다. 반면 나의 계획은 교육, 노년층을 위한 의료 서비스, 복지제도 개혁안이 효력을 발휘하는 데 필요한 가족 부양, 필수적인 환경 보호 부문에서는 삭감을 하지 않는다는 것이었다. 나의 계획에서는 세금감면을 중산층 사람들에게만 한정했다. 대학교육에 들어가는 비용이 급속히 늘어난 상황을 고려했기 때문이다. 또한 균형예산을 이루는 데 7년이 아니라 10년을 잡았기 때문에, 긴축으로 인한 충격도 완화하고 경제성장을 늦출 위험도 줄일 수 있었다.

국회의 민주당 의원들, 그리고 나의 각료와 참모진 일부는 연설의 시점과 내용에 반대했다. 공화당과 너무 일찍 예산 논쟁에 뛰어드는 것은 좋지 않다고 보았기 때문이다. 공화당이 무조건 반대를 하는 대신 자기들 나름대로 정책 결정을 내리기 시작하면서, 그들의 지지율은 떨어지고 있었다. 따라서 꼭 필요한 상황이 되기 전에 나의 계획을 제출하는 것은 어리석은 일이라고 생각하는 민주당원들이 많았다. 내가 임기 첫 2년 동안 두드려맞은 것을 생각할 때, 공화당도 최소한 1년은 매를 맞아야 하는 것 아니냐는 이야기였다.

설득력 있는 주장이었다. 그러나 나는 대통령이었다. 나는 지도할 입장이었다. 게다가 우리는 공화당의 지원 없이도 적자를 이미 3분의 1이나 줄였다. 만일 나중에 공화당 예산안에 거부권을 행사하게 된다 해도, 명예로운 타협을 이루기 위해 노력할 만큼 했다는 것을 보여주고 싶었다. 게다가 뉴햄프셔에서 깅리치 하원의장과 협력을 위해 노력하기로 합의했다. 적어도 나는 그 약속을 지키고 싶었다.

리언 파네타, 어스킨 보울스 등 경제팀 대부분, 국회의 민주당 내 적자 문제 관련 매파, 1994년 선거 이후 나에게 조언을 해주던 딕 모리스 등은 나의 예산에 관한 결정을 지지했다. 나의 비서진은 대부분 모리스를 좋아하지 않았다. 그는 상대하기 까다로운 사람인데다가, 기존의 백악관 절차를 무시했고, 공화당을 위해 일한 전력도 있었기 때문이다. 게다가 이따금씩 엉뚱한 구상들을 내놓기도 했고, 외교를 너무 정치적으로 파악했다. 그러나 나는 모리스와 오랫동안 일을 해보았기 때문에 언제 그의 조언을 받아들이고 언제 거부할지 알고 있었다.

모리스의 조언의 핵심은 내게 '삼각형'의 정치를 하라는 것이었다. 즉 공화당과 민주당의 분열을 넘어서서 두 정당의 최고 구상들을 받아들이라는 것이었다. 많은 자유주의자들, 그리고 언론계의 일부 사람들에게 이런 삼각형 정치는 신념 없는 타협으로, 재선에서 당선되기 위한 흥정으로 보였다. 그러나 사실 이것은 내가 주지사 시절 민주당지도자협의회와 더불어 주장했고, 또 1992년 선거운동에서 옹호했던 내용을 다른 식으로 표현한 것에 불과했다. 나는 늘 새로운 구상과 전통적 가치를 종합하려 했고, 조건이 변하면 정부 정책도 바뀌어야 한다고 생각했다. 나는 자유주의자와 보수주의자의 차이를 소소하게 따지지 않았다. 대신 새로운 합의를 구축하려고 노력했다. 그리고 얼마 후 예산을 둘러싼 공화당과의 대결이 보여주듯, 나의 접근방법은 신념 결핍과 달랐다.

결국 모리스의 역할이 사람들에게 알려지게 되었고, 그는 주마다 열리는 우리의 전략 회의에 정기적으로 참석하게 되었다. 이 회의는 보통 매주 수요일 밤에 열렸다. 모리스는 마크 펜과 그의 협력자인 더그 쇼언도 데려오곤 했다. 그들은 우리를 위해 여론조사 일을 해주었다. 펜과 쇼언은 나의 새로운 민주당원 철학을 공유하는 좋은 팀이었으며, 나의 대통령 임기가 끝날 때까지 함께 일을 하게 된다. 곧 노련한 미디어 컨설턴트 밥 스콰이어와 그의 협력자 빌 냅도 가세하게 된다. 그들은 홍보만이 아니라 정책 자체에 대한 이해와 관심도 깊었다.

6월 29일, 공화당이 교육, 아메리코, 안전한 마시는 물 프로그램에서 7억 달러 이상을 되살려주었기 때문에 나는 마침내 공화당과 합의에 이르렀다. 상원 세출위원회 위원장 마크 하트필드와 구식의 진보적인 공화당 의원 한 사람이 백악관과 밀접하게 협력하며 타협의 길을 열어주었다.

나는 다음 날 시카고에서 부상당한 경찰관, 시민들과 함께 공격용 무기 규제 법안을 옹호하면서, 경찰관 살해 총알을 금지하는 법의 허점을 보완하기 위한 폴 사이먼 상원의원의 법안을 지지해달라고 국회에 요청했다. 나를 단상에 소개한 경찰관은 베트남의 심한 전투에서도 말짱하게 살아왔는데, 그의 몸에 벌집을 낼 수 있는 총알을 사용하는 공격용 무기를 든 범죄자에게 죽임을 당할 뻔했다고 말했다. 당시의 법은 이미 경찰관들이 입는 방탄조끼를 뚫을 수 있는 총알을 금하고 있었지만, 금지되는 총알의 종류는 보호 장구를 뚫는 능력이 아니라 총알의 소재에 의해 규정되었다. 그러자 기발한 사업가들은 법에 언급되지 않은 다른 재료를 발견하여 방탄조끼를 뚫고 경찰관을 죽일 수 있는 총알을 만들었다.

미국총기협회는 이 법안과 싸우려 할 것이 틀림없었지만, 최고조에 이르렀던 1994년에 비하면 기세가 한결 꺾인 상태였다. 이 협회의 임원이 연방 법집행관을 '긴 장화를 신은 깡패'라고 부르고 난 뒤에 부시 전 대통령은 항의의 표시로 이 단체에서 탈퇴하기도 했다. 그 몇 달 전 캘리포니아에서 열린 한 행사에서 코미디언 로빈 윌리엄스는 경찰관을 죽일 수 있는 총알 금지에 반대하는 미국총기협회를 멋진 말로 조롱했다. "물론 우리는 그런 총알을 금지하면 안 된다. 사냥꾼들에겐 그런 총알이 필요하다. 숲 속 어딘가에 케블러 방탄조끼를 입은 사슴이 있기 때문이다!" 1995년 하반기로 가면서, 나는 로빈 윌리엄스의 농담과 부시 대통령의 항의가 총기 문제에서 상식이 자리 잡는 전조가 되기를 바랐다.

7월에는 당파적인 싸움이 약간 줄어들었다. 12일에 나는 미국 국민 통합의 노력을 계속하기 위해 버지니아 주 비엔나의 제임스 메디슨 고등학교를 찾아갔다. 이번 주제는 종교적 자유였다.

공립학교에서 종교적 표현의 자유를 얼마나 허용할 것인가를 놓고 많은 논란이 있었다. 일부 교직원과 교사들은 헌법이 종교적 표현을 완전히 금지하고 있다고 생각했다. 그러나 그것은 부정확한 표현이었다. 학생들은 개인적으로든 함께든 자유롭게 기도할 수 있었다. 종교 클럽들은 다른 과외 조직들과 똑같이 대접받을 자격이 있었다. 자유시간에는 마음대로 종교 서적을 읽을 수 있었다. 과제와 관련이 있기만 하다면 숙제에서 종교적 견해를 표현할 수 있었다. 다른 대의를 홍보하는 티셔츠를 입을 수 있다면, 자신의 종교를 홍보하는 티셔츠도 입을 수 있었다.

나는 라일리 교육장관과 리노 법무장관에게 학교에서 허용되는 종교적 표현의 범위를 자세하게 설명하는 책자를 준비하여, 다음 학년이 시작되기 전에 미국의 모든 학구에 배포해달라고 요청했다. 이 소책자가 배포되자 갈등과 소송이 상당히 줄었으며, 그 과정에서 여러 종교·정치 단체의 지지도 얻게 되었다.

사실 나는 이 문제를 놓고 오래전부터 작업을 해왔다. 백악관에 종교 공동체들과 접촉하는 연락관을 두기도 했고, 종교자유회복법에 서명하기도 했다. 내 두 번째 임기가 끝날 때쯤 수정헌법 제1조(언론, 신문, 종교의 자유를 보장한 조항—옮긴이주)의 전문가인 로드니 스미스 교수는 나의 행정부가 제임스 매디슨의 행정부 이후 종교 자유를 보호하고 장려하기 위해 가장 많은 일을 했다고 말했다. 그 말이 사실인지 아닌지는 모르지만, 어쨌든 나는 힘 닿는 대로 노력했다.

종교 자유 행사 일주일 뒤, 나는 좀더 통일된 미국 공동체를 건설하기 위해서는 반드시 해결하고 넘어가야 할 큰 문제와 마주치게 되었다. 바로 차별수정계획이었다. 이것은 정부가 고용, 제품과 서비스의 계약, 중소기업 대출, 대학 입학 등에서 인종적 소수파나 여성에게 주는 특혜를 가리키는 말이다. 차별수정계획의 목적은 인종이나 성별 때문에 사회구성원에게 균등하게 돌아가야 할 기회를 장기간 체계적으로 박탈당해온 사람들에게 혜택을 주자는 것이었다. 이 정책은 케네디와 존슨 행정부 때부터 시작되었으며, 닉슨 행정부 밑에서 확대되어 강력한 초당적 지지를 받아왔다. 이런 계획의 바탕에는 당장 차별을 불법화하는 것만으로 과거의 차별의 영향을 극복할 수는 없다는 인식이 깔려 있었으며, 엄격한 할당제(교육이나 고용에서 일정 수나 비율의 흑인이나 여성을 수용하는 제도—옮긴이주)에 대한 요구를 피해 가려는 의도도 결합되어 있었다. 엄격한 할당제는 자격이 없는 사람에게 혜택을 주고, 백인 남성에 대한 역차별을 낳을 수도 있었기 때문이다.

그러나 1990년대 초부터 차별수정계획에 대한 반대가 생겨나기 시작했다. 보수주의자들은 인종을 기준으로 한 모든 특혜는 역차별이며, 따라서 위헌이라고 말했다. 백인들은 흑인이나 다른 소수민족 때문에 계약이나 대학 입학의 기회를 잃게 되자 반대의 목소리를 냈다. 어떤 사람들은 차별수정계획이 의도는 좋지만 남용되는 사례가 많다고 말하기도 했고, 이미 그 목적을 달성하여 효용성을 잃었다고 말하기도 했다. 인종을 기준으로 한 특혜를 불편해하는 진보주의자들은 경제적·사회적 여건을 기준으로 특혜 대우가 재규정되어야 한다고 말했다.

1994년에 공화당이 국회를 통제하게 되면서 이 논란은 뜨거워졌다. 공화당 다수는 차별수정계획을 폐지하겠다고 약속했다. 중산층 소득이 20년 동안 정체된 상황이었기 때문에 그들의 주장은 노동계급 백인들과 작은 사업체를 운영하는 사람들에게 먹혀들었다. 또 원하는 대학에 들어가지 못해서 실망한 백인 학생이나 학부모에게도 먹혀들었다.

1995년 '아다란드 건설 대 페냐' 사건의 대법원 판결로 논란은 절정에 이르렀다. 이것은 백인 하청업자가 차별수정계획에 따라 소수파 입찰자에게 주어진 계약을 무효로 만들기 위해 교통부 장관을 상대로 제기한 소송 사건이었다. 대법원은 정부가 계속해서 '쉽게 사라지지 않는 인종차별의 결과들'과 싸울 수 있지만, 이제부터 인종을 기준으로 한 계획들은 '엄격한 정밀조사'라고 부르는 높은 수준의 검토기준을 따라야 한다고 판결했다. 이 기준에 따르면 정부는 먼저 큰 관심을 가지고 해결하려는 문제가 있다는 것을 보여주고, 그 다음에 인종을 기준으로 하지 않는 좁은 범위의 해결책으로는 이 문제를 효과적으로 처리할 수 없다는 것을 보여주어야 차별수정계획을 시행할 수 있었다. 대법원의 판결에 따라 우리는 연방의 차별수정계획을 다시 검토해야 했다. 민권 지도자들은 이 계획을 포괄적인 형태로 그대로 유지하기를 바랐으며, 공화당 의원들 다수는 이 계획을 완전히 철폐하라고 촉구하고 있었다.

7월 19일, 이 정책의 옹호자와 비판자 양쪽과 집중적으로 협의를 한 끝에, 나는 국립문서보관소 연설에서 아다란드 판결에 대한, 그리고 차별수정계획을 완전히 철폐하기를 바라는 사람들에 대한 나의 답변을 제시했다. 나는 그전에 우리의 차별수정계획에 대한 포괄적인 검토를 명령했는데, 그 결과 우리는 여성과 소수민족에 대한 차별수정계획으로는 세상에서 가장 훌륭하고 가장 단결된 군대를 가질 수 있었으며, 지난 2년 반 동안 26만 명의 여성이 새로운 일자리를 얻을 수 있었다. 중소기업청은 백인 남성에 대한 대출을 축소하지 않고 무자격 지원자에 대한 대출을 차단하면서, 여성과 소수민족에 대한 대출을 대폭 늘렸다. 대기업의 차별수정계획 결과 노동력 구성이 다양해짐으로써 세계 시장에서 생산성과 경쟁력을 높일 수 있었다. 정부 조달 정책에서 이 계획을 적용한 결과 여성과 소수민족 소유 회사의 설립을 도울 수 있었지만, 이따금씩 오용되거나 남용되는 경우도 있었다. 전체적으로 볼 때 고용, 수입, 사업체 소유에서 인종과 성별에 따른 불균형이 계속되고 있었기 때문에 차별수정계획은 계속 유지될 필요가 있었다.

이런 검토 결과에 따라 나는 조달 업무에서 사기와 남용을 없애고, 이 계획에 따라 설립된 업체가 경쟁력을 갖추는 시점부터 특혜 대상에서 제외하기로 했다. 대법원 판결에 규정되어 있는 것처럼, 문제 해결의 필요성과 차별수정계획 시행의 필요성을 입증할 수 있는 영역에서는 소수민족을 위한 예산 할당 계획을 주로 이용함으로써 아다란드 판결에 따르기로 했다. 그리고 인종이나 성별에 관계없이 곤경에 처한 공동체나 불리한 여건에 있는 사람들을 돕기 위해 더 많은 일을 하기로 했다. 차별수정계획의 원칙은 유지하지만 그 실행 방법을 개혁하여 할당제를 없애고, 무자격 개인이나 회사에 대한 특혜를 없애고, 백인에 대한 역차별을 없애고, 균등한 기회를 제공한다는 목적이 달성된 뒤에는 특혜를 중단하기로 했다. 한마디로 나의 정책은 '고쳐라, 그러나 없애지는 말라'였다.

나의 연설은 민권, 재계, 군대 쪽에서 환영을 받았다. 그러나 모두를 설득하지는 못했다. 8일 뒤 돌 상원의원과 플로리다의 찰스 캔디 하원의원은 모든 연방 차별수정계획법들을 철폐하는 법안을 제출했다. 뉴트 깅리치는 좀더 긍정적인 반응을 보여, '도움의 손길'을 내밀 수 있는 대안을 제시하기 전에는 차별수정계획을 폐지하고 싶지 않다고 말했다.

내가 의견의 합일점을 찾는 동안, 공화당은 7월에 많은 시간을 들여 예산 제안들을 국회에서 통과시켰다. 그들은 교육과 훈련 지출의 대폭 삭감을 제안했다. 메디케어와 메디케이드 삭감은 워낙 커서 노년층의 현금 지불 비용이 상당히 늘어났고, 의료비용 상승으로 인해 그들의 소득 가운데 의료비로 지출하는 돈의 비율은 두 보험이 만들어진 1960년 이전보다 더 높았다. 환경보호국 예산 삭감폭이 너무 심해 맑은 공기와 맑은 물 법의 시행은 불가능해진 것이나 다름없었다. 그들은 표결로 아메리코를 없앴으며, 노숙자에 대한 지원을 반으로 줄였다. 원치 않는 임신과 낙태를 예방하는 방법으로 양당의 지지를 받던 가족계획 프로그램도 거의 폐지하다시피 했다. 그들은 이미 연방 예산 전체의 1.3퍼센트로 줄어든 외국 원조 예산도 줄이고 싶어 했다. 이렇게 되면 테러리즘이나 핵무기 확산에 맞서 싸우고, 미국 수출품을 위한 새로운 시장을 열고, 세계 전역에서 평화, 민주주의, 인권을 지원하는 미국의 능력은 약화될 수밖에 없었다.

믿을 수 없는 일이지만, 양당이 다수로 통과시킨 장애인법에 부시 대통령이 서명한 지 불과 5년밖에 안 지났음에도, 공화당은 심지어 그 법이 규정하는, 장애인의 권리 행사에 필요한 서비스와 지원도 삭감하자고 했다.

장애인법 삭감 제안이 공개된 뒤, 어느 날 밤 조지타운에서 4년 동안 나의 룸메이트였던 톰 캠벨로부터 전화를 받았다. 캠벨은 비행기 조종사로 안락하게 살았지만, 결코 부자는 아니었다. 캠벨은 흥분한 목소리로 장애인에 대한 예산 삭감안 때문에 걱정이 된다고 말했다. 그의 딸 시애라가 뇌성마비였기 때문이다. 시애라의 가장 친한 친구도 마찬가지였다. 시애라의 친구는 최저임금을 받으며 일하는 어머니가 혼자 키우고 있었다. 이 어머니는 한 시간 걸리는 직장까지 매일 버스로 출근했다. 캠벨은 예산 삭감에 대해 몇 가지 질문을 했고 나는 거기에 대답을 했다. 그러자 캠벨이 말했다. "그러니까 똑바로 얘기해보자구. 그 사람들은 나에게 세금감면을 해준다고 하면서, 시애라의 친구와 그 어머니에게 꼭 필요한 돈, 그러니까 아이의 휠체어, 아이가 매년 신어야 하는 값비싼 특수신발 네다섯 켤레, 아이 어머니가 최저임금을 받는 일자리까지 출퇴근하는 데 들어가는 교통비에 대한 지원금을 삭감하겠다는 거야?" "그런 셈이지." 내가 대답했다. 그러자 캠벨이 말했다. "빌, 그건 부도덕한 짓이야. 자네가 막아야 하네."

해병대 출신인 톰 캠벨은 독실한 가톨릭 신자로 공화당 지지자 집안에서 성장했다. 만일 신우익 공화당이 캠벨과 같은 미국인의 눈에도 지나치게 보인다면, 나는 그들을 물리칠 수 있다고 생각했다. 7월의 마지막 날, 앨리스 리블린은 경제가 나아져서 우리 예상보다 적자가 낮아졌으며, 이제 공화당식의 가혹한 삭감 없이도 9년이면 균형예산을 이룰 수 있다고 발표했다. 나는 서서히 그들을 포위해가고 있었다.

44

　　　　　　7월에는 외교 분야에서 세 가지 긍정적인
변화가 있었다. 우선 국회의 베트남 참전용사 대부분(존 맥케인, 밥 케리, 존 케
리, 척 로브, 피트 피터슨)의 강력한 지지를 얻어 미국과 베트남의 관계를 정상
화했다. 사담 후세인은 빌 리처드슨 하원의원의 강력한 청원을 받아들여, 3
월부터 억류되어 있던 미국인 두 명을 석방했다. 한국전쟁 참전 기념공원
준공식을 위해 워싱턴에 온 한국의 김영삼 대통령은 우리가 북한의 핵 프로
그램을 폐기하기 위해 맺은 협정을 지지했다. 제시 헬름스를 비롯한 몇 사
람이 그 협정에 비판적이었기 때문에 김 대통령의 지지는 도움이 되었다.
그가 한국이 아직 권위주의 국가였던 시절에 정치적 탄압을 받았던(원문에는
정치범political prisoner이라고 되어 있지만, 김영삼 전 대통령이 좁은 의미의 정치범으로
서 수형 생활을 한 적은 없기 때문에 약간 다르게 표현했다─옮긴이주) 민주주의의
옹호자였기 때문에 더욱 큰 도움이 되었다.

　　그러나 이런 좋은 소식들은 보스니아에서 벌어지는 일 때문에 아주 작
게 보였다. 1994년에 보스니아는 비교적 잠잠한 상태를 유지하다가, 11월
말에 세르비아의 전투기가 보스니아 서부 크로아티아의 이슬람교도를 공격
하면서 상황이 악화되기 시작했다. 그 공격은 비행금지구역의 침범이었다.
나토는 보복으로 세르비아 비행장을 폭격했으나, 비행장이나 비행기들을
완전히 파괴하지는 않았다.

　　1995년 3월에 카터 전 대통령이 발표한 휴전 시한이 다가오자, 독일 대
사직을 떠나 국무부의 유럽 캐나다 담당 차관보로 가 있던 딕 홀브루크는

미국 특사 밥 프레이저를 구유고슬라비아 지역으로 보냈다. 밀로셰비치를 만나 보스니아 내 세르비아인의 폭력 중단을 요구하고, 세르비아에 대한 유엔의 제재를 철회하는 대가로 보스니아에 대한 제한적 인정이라도 받아내려는 의도였으나 성공을 거두지는 못했다.

7월이 되자 전투는 다시 본격적으로 재개되어, 보스니아 정부군은 국토 중앙에서 어느 정도 전과를 거두었다. 그러자 보스니아 내 세르비아 지도자 믈라디치 장군은 잃어버린 영토를 다시 찾으려 하지 않고, 보스니아 동부의 고립된 이슬람 도시 스레브레니차, 제파, 고라주데를 공격했다. 이 도시들에는 근처 지역에서 몰려온 이슬람교도 피난민이 가득했으나, 유엔이 안전지대로 선포한 곳임에도 이곳을 지키는 유엔군은 소수였다. 믈라디치는 이 세 도시를 점령함으로써 보스니아 동부 전체를 세르비아인이 장악할 수 있다고 생각했으며, 유엔 평화유지군을 인질로 잡아두는 한 유엔은 나토의 보복 폭격을 허용할 수 없을 것이라고 확신했다. 그의 생각은 옳았고, 그 결과는 참담했다.

7월 10일, 세르비아인은 스레브레니차를 점령했다. 그달 말, 그들은 제파도 점령했다. 스레브레니차를 탈출한 피난민들은 그곳에서 믈라디치의 군대가 저지르는 무시무시한 이슬람교도 살육을 세상에 알리기 시작했다. 어른 아이 가릴 것 없이 남자들을 축구장으로 모아 수천 명을 집단 학살했다. 수천 명은 숲이 우거진 산악지대를 통하여 탈출을 시도했다.

스레브레니차 점령 소식이 전해지자 나는 유엔에 몇 주 전 캐나다 G-7 회의에서 논의했던 신속대응군을 승인하라고 압력을 넣었다. 한편 밥 돌은 무기수출금지조치를 철회하라고 압력을 넣고 있었다. 나는 그에게 표결을 연기하도록 요청했고, 그도 동의했다. 나는 여전히 유엔과 나토의 힘을 회복하는 방식으로 보스니아를 구할 방법을 찾고 있었다. 그러나 7월 셋째 주가 되자 보스니아의 세르비아인은 유엔을 조롱했고, 그 연장선상에서 나토와 유엔의 노력을 조롱했다. 안전지대는 전혀 안전하지 않았으며, 나토의 행동은 이슬람교도는커녕 자신도 방어할 수 없는 유럽 부대의 취약성 때문에 매우 제한되어 있었다. 유엔 관련자를 인질로 삼는 보스니아 세르비아인의 버릇 때문에 유엔 전략의 근본적인 결함이 드러났다. 보스니아 정부는 무기수출금지조치 때문에 세르비아와 군사적 균형을 이룰 수가 없었다. 평화유지군은 세르비아인이 나토의 응징을 두려워하는 경우에만 보스니아의 이슬람교도와 크로아티아인을 보호할 수 있었다. 이제 인질억류로 인해 나토의 응징에 대한 공포가 사라지자 세르비아인은 보스니아 동부에서 마음껏 활개를 쳤다. 보스니아 중부와 서부에서는 상황이 약간 나았다. 유엔의 수출금지조치에도 불구하고, 그곳에서는 크로아티아인과 이슬람교도가 무기를 약간 얻을 수 있었기 때문이다.

나토의 외무, 국방 장관들은 다시 런던에서 만나, 주도권을 쥐기 위해 필사적인 노력을 기울였다. 워런 크리스토퍼, 빌 페리, 샬리카슈빌리 장군은 전기를 마련하기 위해 보스니아에서 유엔군을 철수시키고, 대신 세르비아에 맞서는 나토의 노력을 강화하고 권위를 높이기로 결심했다. 스레브레니차와 제파를 잃은 후, 미국 국회에서 무기수출금지조치를 철회하려는 움직임이 생기자, 미국 대표들은 그에 힘입어 더 적극적인 행동에 나설 수 있었다. 회의에서 장관들은 결국 워런 크리스토퍼 팀이 마련한 제안을 받아들였다. 그것은 고라주데 주위의 '사막에 금을 그어' 출입금지구역을 설정하고, 유엔에 나토의 행동에 대한 거부권을 주었던 '이중 열쇠' 결정을 철회하는 것이었다. 런던 회의가 전환점이 되어, 그 이후로 나토는 훨씬 더 강력하게 자기주장을 펼치게 된다. 오래지 않아 나토 사령관 조지 줄완 장군과 미국의 나토 대사 로버트 헌터는 고라주데 원칙을 사라예보 안전지대까지 확장하는 데 성공한다.

8월에 상황은 급반전했다. 크로아티아는 크라지나를 되찾기 위한 공격에 나섰다. 이곳은 원래 크로아티아 땅이지만 지역 세르비아인이 자신의 영토라고 주장하는 곳이었다. 유럽과 미국의 일부 군사, 정보 담당자들은 크로아티아의 행동에 반대했다. 밀로셰비치가 크라지나의 세르비아인을 구하기 위해 개입할 것이라고 생각했기 때문이다. 그러나 나는 크로아티아를 응원했다. 헬무트 콜도 마찬가지였다. 그는 나와 마찬가지로 세르비아가 지상에서 심각한 타격을 입지 않으면 외교적인 노력이 성공을 거둘 수 없다는 것을 알고 있었다.

　미국은 보스니아의 생존 문제가 달려 있다는 판단에서, 무기수출금지조치를 엄격하게 시행하지 않았다. 그 결과 크로아티아와 보스니아는 무기를 약간 얻을 수 있었고, 그것이 그들의 생존에 도움을 주었다. 우리는 또 개인회사가 퇴역 미군 인력을 이용하여 크로아티아 군대를 훈련하고 능력을 향상시키는 것을 허락했다.

　결국 밀로셰비치는 크라지나의 세르비아인을 도우러 오지 않았으며, 크로아티아군은 거의 저항을 받지 않고 크라지나를 차지할 수 있었다. 세르비아인이 4년 만에 경험한 패배였고, 이것이 지상의 세력균형과 모든 관련자들의 심리를 바꾸어놓았다. 크로아티아의 한 서구 외교관은 이렇게 말한 것으로 전해졌다. "워싱턴으로부터 지원 신호가 온 것 같았다. 미국은 세르비아인을 공격할 기회만 기다리다가, 크로아티아를 대리인으로 이용하여 그 일을 하게 했다." 8월 4일, 국립보건원에서 암수술을 받은 ABC 뉴스 기자 샘 도널드슨을 찾아간 자리에서, 나는 크로아티아의 공격이 갈등을 해소하는 데 도움이 될 수도 있다는 점을 인정했다. 도널드슨은 역시 기자답게 병원 침대에 누운 채 내 말을 취재하여 보도했다.

　나는 세력 변화를 최대한 이용하기 위해, 토니 레이크와 국무부의 피터 타노프 차관을 유럽(러시아를 포함하여)으로 보내 레이크가 짠 평화의 기본 틀을 설명하게 했다. 또 딕 홀브루크에게 한 팀을 맡겨 보스니아인과 밀로셰비치에게 보내 갈등을 해결할 수 있는 마지막 협상 노력을 하게 했다. 밀로셰비치는 자신이 보스니아 세르비아인을 통제하지 않는다고 주장했지만, 그의 지원 없이는 보스니아 세르비아인이 버틸 수 없다는 것을 모두 알고 있었다. 우리가 외교 사절단을 보내기 직전, 하원에 이어 상원도 무기수출 금지조치를 철회하는 투표를 했다. 나는 마지막 노력이 성공을 거둘 기회를 주기 위해 일단 거부권을 행사했다. 레이크와 타노프는 우리의 계획을 설명하기 위해 즉시 떠났다. 그들은 8월 14일에 홀브루크를 만나 동맹국들과 러시아가 우리의 계획을 지지하고 있다고 전했고, 홀브루크는 즉시 자신의 일을 시작하러 떠났다.

8월 15일, 토니 레이크로부터 보스니아 문제에 대해 브리핑을 받은 후, 나는 힐러리, 첼시와 함께 와이오밍 주의 잭슨 홀로 휴가를 떠났다. 제이와 샤런 록펠러 상원의원 부부가 우리를 그들의 집으로 초대했다. 우리 모두 휴식이 필요했다. 나는 그랜드테턴스에서 하이킹과 승마를 하고 싶었고, 스네이크 강에서 래프팅을 하고 싶었고, 옐로스톤 국립공원을 찾아가 올드페이스풀을 구경하고 싶었고, 물소와 큰사슴, 그리고 우리가 야생으로 돌려보낸 이리를 보고 싶었고, 공이 더 멀리 날아가는 높은 고도에서 골프를 치고 싶었다. 힐러리는 가족과 아이들에 대한 책을 준비하고 있었기 때문에, 록펠러 부부의 널찍하고 환한 랜치하우스에서 그 일을 본격적으로 할 수 있는 시간을 고대하고 있었다. 우리는 원하던 일을 다 하고 그 외에 다른 일도 더 했지만, 이 휴가에서 가장 오래 남은 것은 보스니아와 관련된 가슴 아픈 사건에 대한 기억이었다.

우리 가족이 와이오밍으로 떠난 날, 딕 홀브루크는 밥 프레이저, 조 크루젤, 넬슨 드루 공군대령, 합동참모본부 전략정책국장 웰즐리 클라크 중장 (나는 이 아칸소 사람을 1965년 조지타운 대학에서 처음 만났다) 등 쟁쟁한 인물들로 이루어진 팀을 이끌고 보스니아로 떠났다.

홀브루크의 팀은 크로아티아의 해변도시 스플리트에 착륙했으며, 그곳에서 보스니아의 외무장관 무하마드 사치르비에게 우리의 계획을 설명했다. 사치르비는 미국 텔레비전을 통해 웅변적인 말투로 보스니아를 대변하는 인물로 잘 알려져 있었다. 그는 건장한 몸집에 얼굴이 잘생겼으며, 툴레인 대학 시절에 풋볼 주전 선수였다. 그는 오래전부터 포위 공격을 당해온 자신의 나라에 미국이 더 개입해주기를 바랐으며, 마침내 그때가 왔다고 반겼다.

미국 사절단은 크로아티아의 수도 자그레브로 가서 투지만 대통령을 만난 뒤 베오그라드로 가서 슬로보단 밀로셰비치를 만났다. 밀로셰비치와의 회담에서는 아무런 결론도 내리지 못했다. 밀로셰비치는 베오그라드에서 다음 목적지인 사라예보 공항으로 날아갈 예정인 미국 사절단의 비행기를 세르비아 포대로부터 보호해주겠다는 약속을 하지 않았다. 미국 사절단은 스플리트로 다시 날아가, 그곳에서 헬리콥터를 타고 착륙 가능한 지점까지 가고, 차량을 이용해 이그만 산길을 넘어 사라예보까지 가야 했다. 이 산길은 좁은 비포장도로인데다 가파른 비탈로 떨어지는 것을 막아줄 가드레일도 없었으며, 유엔군 차량을 향해 자주 총을 쏘는 근처 세르비아 기관총 사수들의 공격을 받을 수 있는 길이었다. 몇 주 전에는 유럽연합의 협상 대표인 칼 빌트가 그 도로를 이용하다 총에 맞은 적도 있었다. 스플리트와 사라예보 사이의 좁은 골짜기에는 도로에서 미끄러진 것들을 포함해서 부서진 차량이 많았다.

나의 49번째 생일인 8월 19일에 나는 버넌 조던, 어스킨 보울스, 세계은행 총재 짐 울펜슨과 골프를 치면서 하루를 시작했다. 완벽한 아침이었지만, 곧 이그만 산길에서 벌어진 사건 소식이 들려왔다. 우리는 뉴스를 통해 그 소식을 처음 들었다. 이어 딕 홀브루크와 웨스 클라크가 흥분한 목소리로 전화를 하여 상황을 보고했다. 홀브루크와 클라크는 미 육군 험비에 탔고, 프레이저, 크루젤, 드루는 유엔을 상징하는 흰색을 칠한 프랑스제 인력 수송용 장갑차를 타고 그 뒤를 따랐다. 한 시간쯤 달려 가파른 비탈 꼭대기에 이르렀을 때, 도로가 장갑차의 무게를 이기지 못하고 무너졌다. 장갑차는 공중제비를 넘으며 산 아래로 굴러 떨어지더니 폭발해버렸다. 안에 싣고 가던 탄약이 폭발하면서 장갑차에 불이 붙었던 것이다. 장갑차에는 우리 팀 세 명 외에도 다른 미국인 두 명과 프랑스 군인 네 명이 타고 있었다. 웨스 클라크는 용감하게도 나무줄기에 밧줄을 묶고 산 아래로 내려가 불타는 장갑차 안에 갇힌 사람들을 구하려 했지만, 장갑차는 심하게 손상되었고 몹시 뜨거웠다.

게다가 이미 늦었다. 밥 프레이저와 넬슨 드루는 산에서 추락하는 도중에 사망했다. 다른 사람들은 모두 밖으로 나왔지만, 조 크루젤은 부상 때문에 곧 죽었고, 프랑스 군인 하나도 죽었다. 프레이저는 53세, 크루젤은 50세, 드루는 47세였다. 모두 애국적인 공무원이었고 가정적인 착한 사람들이었는데, 고향에서 멀리 떨어진 무고한 사람들의 생명을 구하려다 너무 젊은 나이에 아깝게 세상을 떠났다.

다음 주, 보스니아의 세르비아인들이 사라예보 중심가에 박격포를 발사하여 38명을 살해한 사건이 있은 뒤, 나토는 세르비아인들의 거점에 공습을 했다. 9월 1일, 홀브루크는 모든 관련자들이 제네바에 모여 회담을 열 것이라고 발표했다. 보스니아의 세르비아인들은 나토의 조건들을 모두 따른다는 약속을 하지 않았고, 공습은 재개되었다. 이윽고 9월 14일에 홀브루크는 사라예보 포위를 포기하겠다는 카라지치와 믈라디치의 서명이 들어간 합의서를 받아냈으며, 최종적인 평화회담은 오하이오 주 데이턴에서 시작한다고 발표했다. 결국 그들은 데이턴에서 수많은 사람들의 목숨을 앗아간 보스니아 전쟁을 끝내게 된다. 자신의 노고의 열매를 보지 못하고 죽어간 세 명의 두드러지지 않은 영웅들의 공로도 컸다.

8월의 뉴스에는 보스니아 문제가 압도적으로 많았지만, 나는 계속해서 예산을 놓고 공화당과 논쟁을 했고, 의료제도 개혁 실패 이후 1년 동안 100만 명의 미국인들이 건강보험을 잃었다는 사실을 강조했으며, 십대에게 담배의 광고, 판매촉진, 배포, 매매를 제한하는 행정명령을 내렸다. 식품의약국은 14개월간의 연구를 마무리하면서, 담배가 해로우며 중독성이 있고, 십대들에게 적극적으로 판매되고 있으며, 십대의 흡연율이 올라가고 있다는 결론을 내렸다.

십대 흡연 문제는 해결하기가 만만치 않았다. 담배는 미국의 합법적인 중독성 약품이다. 담배는 사람들을 죽이며, 이로 인해 의료비용이 수십억 달러나 늘어난다. 그러나 담배 회사들은 정치적인 영향력을 가지고 있었으며, 담배를 재배하는 농부들은 켄터키, 노스캐롤라이나의 경제적·정치적·문화적 생활의 중심부를 이루고 있다. 농부들의 인정 있는 얼굴 이면에는 담배라는 갈고리에 점점 더 어린 사람들을 끌어들여 이윤을 늘리려는 담배 회사들의 사업이 자리 잡고 있었다. 나는 그들을 저지하기 위해 뭔가 해야 한다고 생각했다. 사랑하는 누이 낸시를 폐암으로 잃은 앨 고어도 같은 생각이었다.

8월 8일, 사담 후세인의 두 딸과 사위들이 요르단의 후세인 왕에게 달아나 망명함으로써 이라크의 대량살상무기 프로그램을 완전히 제거하려는 우리의 노력에 돌파구가 열렸다. 사위들 가운데 하나로 사담의 대량살상무기를 개발하는 비밀 사업을 이끌었던 후세인 카멜 하산 알마지드는 이라크에 남아 있는 대량살상무기 재고에 대한 귀중한 정보를 제공했다. 그 규모와 중요성은 유엔 사찰단이 이라크 관리들에게서 들은 내용과 전혀 달랐다. 증거를 들이대자 이라크는 하산이 제공한 정보가 사실이라고 순순히 인정하고, 사찰단을 하산이 지적한 현장으로 데려갔다. 사담 후세인이 딸과 사위들을 설득하여 그들은 망명 여섯 달 뒤에 이라크로 돌아갔다. 그러나 이틀이 안 되어 사위들은 둘 다 살해당했다. 자유를 향한 짧은 여행기간에 유엔 사찰단에 아주 많은 정보를 제공한 그들 덕분에, 사찰 과정에서 걸프전쟁 때보다 많은 생화학 무기와 연구 시설이 파괴되었다.

8월은 화이트워터 세계에서도 큰일이 많았던 달이다. 케네스 스타는 짐과 수잔 맥두걸 부부, 짐 가이 터커를 화이트워터와 관련이 없는 혐의로 기소했으며, 상원과 하원의 공화당은 한 달 내내 청문회를 열었다. 상원의 앨 다마토는 여전히 빈스 포스터의 죽음에 우울증으로 인한 자살 외에 다른 것이 있음을 증명하기 위해 노력하고 있었다. 그는 힐러리의 비서진과 친구들을 위원회에 불러 위협적인 심문을 하고 인신공격을 했다. 다마토는 특히 매기 윌리엄스와 뉴욕에 사는 그녀의 친구 수잔 토머시즈에게 불쾌한 질문을 던졌다. 로치 페어클로스 상원의원은 윌리엄스와 토머시즈가 단지 슬픔을 나누기 위해 여러 번 전화로 빈스 포스터 이야기를 할 수도 있다는 생각 자체를 경멸하기까지 했다. 당시에 나는 만일 페어클로스가 정말로 그들의 감정을 이해하지 못한다면, 감정의 황무지에서 살아온 사람이 틀림없다고 생각했다. 매기 윌리엄스가 빈스의 죽음 이후 자신의 행동에 대한 진술로 두 번이나 거짓말 탐지기를 통과했다는 사실도 다마토와 페어클로스의 비난 섞인 심문을 누그러뜨리지는 못했다.

하원 금융위원회에서 짐 리치 위원장도 다마토와 흡사한 행동을 했다. 그는 처음부터 힐러리와 나에 대한 거짓 혐의들이 모조리 사실인 양 이야기했다. 그는 우리가 화이트워터에서 돈을 잃은 것이 아니라 벌었고, 매디슨 신용금고 기금을 개인적·정치적으로 유용했으며, 데이비드 헤일의 중소기업청 사기를 조종했다고 주장했다. 그는 계속 '대박'이 될 폭로를 하겠다고 약속했으나, 그 약속은 결국 지켜지지 않았다.

8월에 리치는 1992년 선거 직전 범죄혐의보고서에서 힐러리와 나를 증인으로 지명했던 정리신탁공사 조사관 L. 진 루이스를 불러 청문회를 열었다. 부시의 법무부가 루이스의 보고서를 조사했을 때 아칸소의 공화당 연방검사 찰스 뱅크스는 우리에게 범죄 혐의가 없고, 그 보고서가 선거에 영향을 주려는 시도였으며, 당시에 수사를 시작했다면 '검사 직권 남용'이 되었을 것이라고 말했다.

리치는 루이스를 '영웅적'인 공무원이라고 언급하면서, 나의 당선 뒤에 그의 조사활동이 방해를 받았다고 말했다. 그러나 청문회가 시작되기 전에 우리의 입장을 뒷받침하는 문건들이 공개되었다. 증거 부족으로 루이스의 주장을 따르지 않겠다는 은행의 편지, 힐러리와 내가 '소송에 영향을 미치는 중요한 증인으로 지목된 것을 뒷받침할 만한 사실들이 발견되지 않았다'는 취지의 연방수사국 내부 전문과 법무부 평가서 등이었다. 루이스의 보고서를 반박하는 문건들에 대한 언론 보도는 거의 없었다. 청문회는 흐지부지 끝나고 말았다.

8월 청문회와 스타의 기소 건으로 시끄러웠을 때, 나는 화이트워터에 대한 기자들의 질문에는 가능한 한 공개적 논평을 하지 않는 것을 원칙으로 삼고 있었다. 나는 군대 내 동성애자 문제에 대한 언론 보도를 겪으면서, 만일 내가 언론이 민감하게 여기는 소재와 관련된 질문에 내용이 좀 들어 있는 답을 하면 그것이 곧바로 저녁 뉴스에 등장한다는 것을 알았다. 그러면 내가 그날 했던 일 가운데 국민의 관심을 받을 만한 것은 묻혀버리고, 국민은 내가 그들을 위하여 일하는 대신 나 자신을 방어하는 데만 시간을 쓰고 있다고 생각하게 된다. 그러나 사실 화이트워터는 내 시간 가운데 극히 적은 부분만을 차지했을 뿐이다. 1부터 10까지 눈금이 있다고 한다면, 경제에 대한 7짜리 답변이 화이트워터에 대한 10짜리 답변보다 나았다. 참모진은 나에게 늘 그 점을 일깨워주었고, 나는 그 문제에 대해서는 대부분 입을 꾹 다물고 있었다. 그러나 그것은 어려운 일이었다. 나는 권력 남용을 싫어했다. 거짓 혐의가 판을 치고, 우리의 결백에 대한 증거가 무시당하고, 스타는 또 죄 없는 사람들을 쫓아다니고 있었다. 나는 속이 부글부글 끓었고, 그 정도로 화가 나면 자기 자신을 해치는 법이다. 그러나 그것을 깨닫는 데 너무 오랜 시간이 걸렸다.

9월은 제2차 세계대전 종전 50주년을 기념하기 위한, 기억에 남을 만한 하와이 출장으로 시작되었다. 뒤이어 힐러리는 베이징에서 열리는 유엔 제4차 세계여성회의에 참석해서 연설을 했다. 8년간의 재임기간 가운데 우리 행정부에서 이루어졌던 연설 중에서 손에 꼽힐 만큼 중요한 연설이었다. 힐러리는 '인권은 곧 여권'인데, 여자를 팔아 매춘부로 만들거나, 지참금이 적다고 불태워 죽이거나, 전쟁 중에 강간하거나, 집 안에서 때리거나, 생식기 절단이나 낙태나 불임을 강요하는 행동들은 인권을 침해하는 것이라고 비난했다. 그녀의 연설은 기립박수를 받았으며, 전 세계 여성으로부터 공감을 얻었다. 이제 여성들은 미국이 그들을 지원한다는 것을 의심하지 않게 되었다. 힐러리는 화이트워터 문제로 시달림을 당하는 와중에도 자신이 깊이 신봉하는 대의를 위해, 그리고 조국을 위해 다시 한 번 힘을 낸 것이다. 나는 힐러리가 무척 자랑스러웠다. 부당하게 심한 공격을 당하면서도 오래전에 내가 매혹당했던 그 이상주의는 전혀 무디어지지 않았던 것이다.

9월 중순에 딕 홀브루크는 보스니아, 크로아티아, 유고슬라비아의 외무장관들을 설득하여 보스니아의 갈등을 해결할 기본 틀이 될 수 있는 일군의 기본 원칙들에 대한 합의를 이끌어냈다. 한편 보스니아 세르비아인에 대한 나토의 공습과 크루즈 미사일 공격은 계속되고 있었다. 거기에 보스니아와 크로아티아의 군사 작전이 보태지면서, 세르비아인이 통제하는 보스니아 지역은 70퍼센트에서 50퍼센트로 줄었다. 이 정도면 합의서에서 요구하게 될 수준과 비슷했다.

9월 28일, 외교 방면에서 순조로웠던 한 달을 마무리하듯, 이츠하크 라빈과 야세르 아라파트가 백악관을 찾아와 평화 협상에서 큰 진전을 보였다.

이스라엘이 상당한 땅을 팔레스타인에 넘기는 서안지구 협정에 서명한 것이다.

이 조인식에서 가장 의미 있는 사건은 사실 카메라로부터 멀리 떨어진 곳에서 일어났다. 조인식은 정오에 열릴 예정이었다. 그러나 라빈과 아라파트는 협정서의 부속서류에 가조인假調印을 하기 위해 먼저 캐비닛 룸에서 만났다. 세 부의 부속서류에는 도로, 다리, 정착지, 성지 등과 관련하여 협상당사자들이 타결한, 말 그대로 수천 가지 결론들을 반영하는 26개의 지도가 포함되어 있었다. 나도 공식 증인으로서 서류에 가조인을 하라는 요청을 받았다. 가조인식 도중에 내가 전화를 받으러 밖으로 나오자 라빈이 따라나와서 말했다. "문제가 생겼소." 아라파트가 어떤 지도에 있는 도로 한 구간을 지적한 것이다. 그곳은 이스라엘 관할 구역으로 표시되어 있지만, 아라파트는 팔레스타인에 넘어오기로 합의된 곳이라고 믿고 있다는 이야기였다. 라빈과 아라파트는 내가 그 문제 해결에 도움을 주기를 바랐다. 나는 두 사람을 내 전용 식당으로 불러 이야기를 시작했다. 라빈은 좋은 이웃이 되고 싶다고 말했다. 그러자 아라파트는 똑같은 아브라함의 후손들로서 그들은 사실 사촌간이나 다름없다고 응대했다. 오랜 원수들 사이의 대화는 흥미로웠다. 나는 아무 말 없이 방에서 나왔다. 처음으로 그들 둘만을 남겨둔 것이다. 조만간 두 사람은 직접적인 관계를 맺을 수밖에 없었는데, 그때가 그런 만남을 시작하기에 적절한 순간으로 여겨졌다.

20분이 안 되어 문제의 다리는 팔레스타인 쪽에 가기로 합의가 되었다. 세계가 기다리고 있는 조인식에 이미 늦었기 때문에, 지도를 수정할 시간은 없었다. 대신 라빈과 아라파트는 악수로 수정에 합의하고, 그들 앞에 놓인 지도에 서명을 했다. 문제가 된 도로의 잘못된 표기에도 불구하고 법적인 약속이 이루어진 것이다.

얼마 전이라면 생각도 할 수 없는 신뢰의 행동이었다. 게다가 라빈으로서는 위험한 일이었다. 며칠 뒤, 서안지구 협정을 둘러싼 이스라엘의 여론이 반반으로 나뉘면서, 라빈은 크네세트의 불신임 표결에서 한 표 차이로 간신히 살아남았다. 우리는 여전히 외줄타기를 하고 있었지만, 그래도 나는 낙관적이었다. 나는 영토 이양이 두 사람이 나누었던 악수에 따라 진행될 것임을 알았고, 또 실제로 그렇게 되었다. 라빈과 아라파트가 평화를 이루는 작업을 마무리할 방법을 찾아낼 것이라고 내가 확신했던 것은 공식 조인식보다도 그 악수 때문이었다.

　회계연도는 9월 30일에 끝났다. 그런데 우리에게는 여전히 예산이 없었다. 9월에 보스니아와 중동 문제에 매달려 있지 않을 때, 나는 늘 전국을 돌아다니며 메디케어와 메디케이드, 식량 카드, 학생 직접대출 프로그램, 아메리코, 환경보호 정책, 10만 명의 새로운 경찰관을 거리에 풀어놓는 정책 등에 대한 공화당의 삭감안에 반대하는 캠페인을 벌였다. 공화당은 심지어 소득세공제도 원래대로 돌려, 최고소득층의 세금은 깎아주면서 저소득 노동자 가족의 세금은 올리려 했다. 나는 발 닿는 곳마다, 문제는 균형예산을 짜고 불필요한 정부의 부담을 줄일 것이냐 말 것이냐가 아니라, 그것을 어떤 방법으로 할 것이냐라고 강조했다. 이 큰 논쟁은 연방정부가 공동의 선을 위해서 어떤 책임을 떠맡을 것이냐 하는 문제로 이어졌다.
　뉴트 깅리치는 나의 공격에 대한 대응으로, 만일 내가 그들의 예산안에 거부권을 행사하면 부채 상한선을 올리는 것을 거부하여 미국을 채무불이행 상태로 몰아넣겠다고 위협했다. 사실 부채 상한선을 올리는 것은 불가피한 일을 인정하는 요식 행위일 뿐이었다. 미국이 적자 운영을 계속하는 한 연간 부채는 증가하기 마련이고, 정부는 그 재원을 조달하기 위해 국채를 더 내다팔 수밖에 없었다. 부채 상한선을 올리는 것은 재무부에 그렇게 할 수 있는 권한을 부여하는 것에 지나지 않았다. 민주당이 다수당이었을 때 공화당은 부채 상한선을 올리는 것에 상징적으로 반대표를 던짐으로써 자신들은 그 불가피한 일과 아무런 관계가 없는 척했다. 그러나 하원의 공화당 의원들 다수는 부채 상한선을 올리는 데 찬성표를 던진 적이 없었으며, 이제 와서 그렇게 하고 싶어 하지도 않았다. 따라서 나는 깅리치의 위협을 심각하게 받아들일 수밖에 없었다.
　미국이 채무불이행 상태로 접어들면, 그 결과는 심각할 수 있었다. 미국은 2백여 년 동안 부채 상환을 하지 못한 적이 없었다. 따라서 채무불이행은 투자자의 신뢰를 흔들어놓는 일이 될 수밖에 없었다. 일이 파국으로 치달으면서, 나는 깅리치에게 중요한 협상용 카드가 있다는 것을 인정했지만, 그래도 협박에 굴복할 생각은 없었다. 그 위험을 실행에 옮기면 그 자신도 다칠 터였다. 채무불이행은 이자율의 급등을 가져올 터인데, 이자율이 조금만 올라도 주택저당 할부금은 수천억 달러가 늘어났다. 연방 이자율에 연동되는 가변 이자율을 가진 주택저당에 묶여 있는 미국인이 1천만 명이었다. 만일 국회가 부채 상한선을 올리지 않으면 국민은 저당 할부금에 앨 고어의 표현대로 '깅리치 추가요금'을 보태서 내야 할 판이었다. 따라서 공화당도 미국을 채무불이행 사태로 몰아가기 전에 다시 생각할 수밖에 없었다.

10월 첫째 주에 교황이 미국을 다시 방문했다. 힐러리와 나는 교황을 만나러 뉴어크의 웅장한 고딕 성당으로 갔다. 덴버, 바티칸에서와 마찬가지로 나는 교황과 단둘이 만났고, 주로 보스니아 이야기를 했다. 교황은 우리의 평화를 위한 노력을 격려하면서 오래 남을 만한 이야기를 했다. "20세기는 사라예보의 전쟁으로 시작되었으나, 20세기를 사라예보의 전쟁으로 끝내서는 안 된다."

회담이 끝나고 나서 나는 교황에게서 정치적인 가르침을 하나 얻었다. 우선 교황은 성당을 나가서 3킬로미터 정도 떨어진 곳까지 갔다가 투명한 방탄유리로 지붕을 만든 교황용 차를 타고 다시 왔다. 교황은 거리에 모인 사람들에게 손을 흔들었다. 교황이 교회에 도착하자 회중은 자리에 앉았다. 힐러리와 나는 주와 지방자치단체 공무원, 뉴저지 가톨릭계의 저명인사들과 함께 앞줄에 앉았다. 육중한 떡갈나무 문이 열리면서 눈부시게 하얀 성의와 망토 차림의 교황이 나타났고, 회중은 일어서서 박수를 치기 시작했다. 교황이 통로 양쪽에 있는 사람들의 손을 잡아주기 위해 두 팔을 펼치고 통로를 따라 내려오자, 박수는 우렁찬 환호로 바뀌었다. 수녀들 몇 사람은 록 콘서트에 온 십대들처럼 자리에서 일어나 비명을 지르고 있었다. 내가 옆에 있는 사람에게 어떻게 된 일이냐고 묻자, 그는 그들이 카르멜파 수녀들이라고 대답했다. 사회로부터 완전히 격리된 채 고립되어 살아가는 교단의 수녀들이라는 이야기였다. 교황이 성당에 오도록 허락해주었기 때문에 그 수녀들은 수녀원 바깥으로 나올 수 있었던 것이다. 교황은 군중이 어떻게 구성되어야 하는지 알고 있는 것이 틀림없었다. 나는 고개를 설레설레 저으며 말했다. "선거에서 저런 사람과 싸워야 한다면 괴로울 거야."

교황을 만난 다음 날 보스니아 협상에 진전이 생겨, 나는 당사자들이 모두 휴전에 동의했다고 발표했다. 일주일 뒤 빌 페리는 나토가 평화협정 이행을 위해 보스니아에 파병할 것이며, 미국은 나토의 임무에 참여할 분명한 책임이 있기 때문에 국회의 사전 승인을 구할 필요는 없다고 덧붙였다. 돌과 깅리치는 보스니아 파병에 대한 투표를 할 필요가 없어 안도했을 것이다. 그들은 둘 다 우리가 세계에서 해야 할 일을 아는 국제주의자들이었지만, 양원에는 파병에 강력하게 반대하는 공화당 의원들이 많았기 때문이다.

10월 15일, 나는 친구인 크리스 도드 상원의원과 함께 그의 아버지 톰 도드의 이름을 딴 연구센터 개관식에 참석하기 위해 코네티컷 대학에 갔다. 그곳에서 나는 보스니아 전쟁을 끝내고, 전범자들에게 책임을 묻겠다는 결심을 단단히 굳혔다. 톰 도드는 상원에 들어가기 전 뉘른베르크 전범재판소에서 선임 법정 변호사로 활동했다. 나는 구유고슬라비아와 르완다의 전범들을 재판할 전범재판소를 강력하게 지지하는 발언을 했다. 우리는 그 재판소에 돈과 인력을 투입하고 있었다. 나는 또 전쟁 범죄를 비롯하여 인권을 침해하는 다른 잔학행위를 다룰 상설재판소의 설립을 제안했다. 결국 이런 구상은 국제형사재판소에 뿌리를 내리게 된다.

내가 국내에서 보스니아 문제를 처리하는 동안, 힐러리는 남미로 출장을 갔다. 미국이 군사, 경제, 정치에서 유일한 초강대국으로 자리 잡은 냉전 이후 세계에서는, 모든 나라가 미국의 관심을 원했고 그런 관심을 보이는 것은 대부분 미국에도 도움이 되었다. 하지만 나는 모든 곳을 다 찾아다닐 수가 없었다. 게다가 국내에서는 국회와 예산 다툼이 벌어지고 있었다. 결국 앨 고어와 힐러리가 중요한 해외 출장에 많이 나서게 되었다. 그들은 방문국의 사람들에게 미합중국, 그리고 나를 대신해서 이야기한다는 확신을 주었으며, 가는 곳마다 어김없이 미국의 입지를 강화했다.

10월 22일, 나는 뉴욕으로 가서 유엔 창설 50주년 기념식에 참석하고, 그 기회에 테러, 대량살상무기 확산, 조직범죄, 마약밀매에 대항한 싸움에서 더 긴밀한 국제적 협조를 요구했다. 10월 초에 셰이크 오마르 압델 라만을 비롯한 10명이 1차 세계무역센터 폭탄 테러 사건으로 유죄판결을 받았다. 또 그 얼마 전에 콜롬비아는 악명 높은 칼리 마약 카르텔의 지도자 몇 명을 체포했다. 나는 연설에서 그런 사례들에 기초하여, 전 세계의 돈세탁 방지 관행 유지, (콜롬비아 카르텔의 경우에 그랬던 것처럼) 테러리스트와 마약밀매자의 자산 동결, 테러나 조직범죄 집단의 구성원들에게 피난처를 제공하지 않겠다는 약속, 테러리스트와 마약밀매자들에게 무기나 허위 신분증을 제공하는 회색시장의 폐쇄, 마약작물을 파괴하고 마약에 대한 수요를 감소시키기 위한 노력 강화, 경찰관을 훈련시키고 최신 기술을 제공하는 국제적 네트워크 형성, 화학무기협약 비준, 생물무기협약 강화 등의 의제를 제시했다.

다음 날 나는 하이드파크로 가서 보리스 옐친을 아홉 번째로 만났다. 옐친은 몸이 안 좋았고, 국내에서 극단적 국수주의자들에게 시달리고 있었다. 나토의 확대, 미국의 보스니아 사태 적극 개입 등이 주요 쟁점이었다. 옐친은 전날 유엔에서 강력한 연설을 했는데, 그것은 주로 러시아용이었다. 나는 그의 스트레스가 최고조에 달했다는 것을 알 수 있었다.

나는 옐친을 편안하게 해주기 위해, 함께 헬리콥터를 타고 하이드파크로 날아갔다. 가을치고는 유난히 따뜻했던 그날, 나는 허드슨 강을 따라 공중을 날아가며 아름다운 단풍을 구경할 수 있었다. 우리는 도착한 뒤에 오래된 집의 앞마당으로 나갔다. 그곳에서는 강이 한눈에 내다보였다. 우리는 제2차 세계대전 시기에 그곳을 찾은 처칠이 루스벨트와 함께 앉았던 의자에 앉아 잠시 이야기를 나누었다. 이어 나는 옐친을 데리고 집 안으로 들어가 러시아 조각가가 새겨놓은 루스벨트 흉상, 그 조각가의 형제가 그린 루스벨트의 강인한 어머니의 초상, D-데이가 확정된 소식을 스탈린에게 알리는 루스벨트의 친필 편지 등을 보여주었다.

옐친과 나는 그의 위태로운 정치적 상황에 대해 이야기하며 아침을 보냈다. 나는 그를 지원하기 위해 내가 할 수 있는 일을 다했다는 점을 강조했다. 나토 확대 문제를 놓고 의견이 엇갈렸지만, 나는 그가 곤경을 헤쳐나가도록 도울 생각이었다.

점심식사 뒤에는 백악관으로 돌아와 보스니아 문제를 이야기했다. 곧 관련자들이 미국에 와서 협상할 예정이었는데, 우리는 거기에서 최종 합의가 나오기를 바라고 있었다. 협상의 성공은 나토가 이끄는 다국적군과 러시아군의 참여에 달려 있었다. 그래야 보스니아의 세르비아인이 자신들도 공정한 대접을 받을 것이라고 안심할 터였다. 결국 옐친은 파병을 하겠다고 약속했지만, 나토 사령관들의 지휘를 받을 수는 없다고 말했다. 그러나 '미국 장군'의 명령은 기꺼이 따르겠다고 말했다. 나는 그의 군대가 나토의 지휘와 통제에 간섭하지 않는 한 그의 제안에 동의할 수 있다고 말했다.

나는 옐친이 국내에서 큰 곤경에 처한 것이 무척 안타까웠다. 옐친도 그 나름대로 실수를 했지만, 엄청난 역경에도 불구하고 러시아를 올바른 방향으로 이끌고 있었다. 나는 그가 선거에서 1위를 차지할 것이라고 생각했다.

회의 뒤의 기자회견에서 나는 보스니아 문제에 진전이 있었고, 옐친과 함께 START II의 비준을 밀어붙일 것이며, 1996년에는 포괄적인 핵실험금지조약을 마무리하기 위해 협력할 것이라고 말했다. 훌륭한 발표였다. 그러나 옐친이 더 각광을 받게 되었다. 그는 회담장으로 올 때보다 더 낙관적인 태도로 돌아갈 수 있게 되었다고 언론에 말했다. 그는 이렇게 말했다. "모든 언론 보도에서 우리의 정상회담이 실패작이 될 것이라고 예측했는데, 이제 처음으로, 나는 당신들이야말로 실패작이라고 말할 수 있게 되었기 때문이다." 나는 웃다가 넘어질 뻔했다. 기자들도 웃음을 터뜨렸다. 내가 기자들에게 할 수 있는 말이라고는 "방금 한 말이 누가 한 말인지 헷갈리지 않도록 하라"는 것뿐이었다. 옐친은 언론에 대해 가장 심한 말을 하고도 무사히 빠져나갈 수 있었다. 만일 그가 화이트워터와 관련하여 질문을 받는 입장이었다면 어떻게 답했을지 궁금하다.

10월에 국내는 비교적 조용했지만, 예산의 솥단지는 천천히 비등점을 향해 끓어오르고 있었다. 10월 초, 뉴트 깅리치는 로비개혁 법안을 표결에 부치지 않기로 결정했으며, 나는 입법부 세출안에 거부권을 행사했다. 로비개혁 법안은 로비스트들의 활동을 공개하도록 요구했으며, 의원들에게 한도를 넘는 선물, 여행비, 식사를 제공하는 것을 금지했다. 공화당은 다양한 이익단체들에게 면세, 지원금, 환경규제 면제를 제공하는 법안을 써 주고 로비스트들로부터 돈을 많이 모았다. 깅리치는 이런 유익한 상황을 흔들어놓을 이유가 없다고 생각했을 것이다. 내가 입법부 세출안을 거부한 것은, 그것이 군용 건축을 위한 세출을 제외하면 새로운 회계연도가 시작되면서 국회가 통과시킨 유일한 법안이었으며, 국회가 자기 자신부터 돌보는 것은 옳지 않다고 생각했기 때문이다. 나는 그 세출안에 거부권을 행사하고 싶지 않았기 때문에 공화당 지도자들에게 다른 예산안 몇 가지가 마무리될 때까지 기다려달라고 요청했지만, 그들은 나의 요청을 무시하고 세출안을 보내왔다.

예산 싸움이 계속되는 동안, 자원부 장관 헤이절 오리어리와 나는 인간 방사능실험 자문위원회로부터 냉전기간에 대학, 병원, 군사기지에서 인간을 대상으로 수천 건의 실험이 이루어졌다는 내용의 보고를 받았다. 대부분은 윤리적인 실험이었지만, 몇 건은 그렇지 않았다. 한 실험에서 과학자들은 환자 18명에게 사전 통보 없이 플루토늄을 주사했다. 또 다른 경우에는 전혀 도움이 되지 않는다는 것을 알면서도 가난한 암 환자들에게 과도한 방사선을 쬐게 했다. 나는 현재의 모든 실험 절차를 재검토하라고 명령하고, 보상을 해야 하는 경우라면 모두 보상하겠다고 약속했다. 이전에 비밀로 분류되었던 이런 정보의 공개는 내가 재임기간 내내 추구했던 폭넓은 공개 정책의 일환이었다. 우리는 그전에 이미 제2차 세계대전, 냉전, 케네디 대통령 암살과 관련된 문서 수천 건의 비밀을 해제했다.

10월 첫 주가 끝났을 때, 나는 힐러리와 함께 마사스 비니어드로 가서 우리의 친한 친구 메리 스틴버건과 테드 댄슨의 결혼식에 참석했다. 우리는 1980년부터 친구로 지냈다. 우리 아이들은 어렸을 때부터 함께 놀았으며,

스틴버건은 1992년 선거운동 때 나를 위해 전국을 열심히 돌아다녔다. 나는 두 사람이 사랑에 빠졌다는 것을 알고 내 일처럼 기뻐했다. 게다가 그들의 결혼식은 보스니아, 화이트워터, 예산 싸움의 긴장으로부터 잠시나마 벗어날 수 있는 즐거운 행사였다.

그달 말, 힐러리와 나는 결혼 20주년 기념식을 가졌다. 나는 힐러리에게 우리의 삶의 이정표를 기념할 수 있는 예쁜 다이아몬드 반지를 선물했다. 나는 그 반지로 힐러리가 결혼 승낙을 했을 때 돈이 없어 약혼반지조차 사주지 못했던 일을 보상하고 싶었다. 힐러리는 가는 고리에 작은 다이아몬드들이 박힌 그 반지를 아주 좋아했으며, 삶의 기복에도 불구하고 우리는 여전히 서로에게 묶여 있다는 표시로 그 반지를 끼고 다녔다.

45

　　　　　　　11월 4일 토요일은 희망적인 느낌으로
시작되었다. 사흘 전에 오하이오 주 데이턴의 라이트-패터슨 공군기지에서
보스니아 평화회담이 시작되었으며, 환경보호청 예산에 대한 반환경적인
추가조항 17개를 국회 표결로 물리친 뒤였다. 환경보호청 예산에 여전히 남
아 있는 지출 삭감을 공격하는 내용의 토요일 아침 라디오 연설은 미리 녹
음해두었기 때문에 오랜만에 편안한 하루를 보낼 수 있었다. 오후 3시 25
분, 토니 레이크가 관저로 전화를 했다. 이츠하크 라빈이 텔아비브에서 열
린 대규모 평화 집회에 참석했다가 떠나는 길에 총격을 당했다는 이야기였
다. 그를 공격한 사람은 팔레스타인 테러리스트가 아니라 젊은 이스라엘 법
대생 이갈 아미르였다. 그는 이스라엘 정착지들이 있는 땅을 포함한 서안지
구를 팔레스타인 사람들에게 넘겨주는 데 강력하게 반대하는 사람이었다.

　　라빈은 급히 병원으로 옮겨졌으며, 우리는 한동안 그의 상태가 어떠한
지 알지 못했다. 나는 위층에서 책을 쓰고 있던 힐러리에게 전화를 하여 소
식을 전했다. 힐러리는 아래층으로 내려와 나를 끌어안았다. 우리는 열흘
전 라빈과 내가 함께 있었던 일을 기억했다. 라빈은 유대인 호소 연합의 이
사야 상을 수여하기 위해 미국에 왔다. 행복한 밤이었다. 옷을 차려입기 싫
어하던 라빈은 나비넥타이를 매는 공식 행사에 보통 넥타이에 검은 양복을
입고 나타났다. 라빈은 내 보좌관 스티브 구딘에게 나비넥타이를 빌렸고,
나는 사람들이 있는 곳으로 나가기 직전 그의 넥타이를 바로잡아주었다. 라
빈은 나에게 상을 주면서 수상자로서 자신의 오른편에 서라고 했다. 원래

의전에 따르면 외국 지도자가 대통령의 오른편에 서야 했다. "오늘밤 우리는 서는 순서를 바꾸기로 했소." 라빈은 그렇게 말했다. 나는 유대인 호소 연합 앞에서는 그렇게 하는 것이 옳을지도 모르겠다고 말했다. "사실 그들은 나를 지지하는 사람들이라기보다는 라빈을 지지하는 사람들이니까." 나는 그의 피격 소식을 듣고, 그렇게 함께 웃을 수 있는 날이 다시 오기를 간절히 바랐다.

레이크는 첫 전화를 하고 나서 25분쯤 뒤에 다시 전화해서 라빈의 상태가 위중하지만, 그 이상은 모른다고 말했다. 나는 전화를 끊고 힐러리에게 오벌 오피스에 가봐야겠다고 말했다. 한 5분 정도 비서진과 이야기를 하고 방 안을 어슬렁거리고 나자, 혼자 있고 싶어졌다. 나는 퍼터와 골프공 두 개를 들고 사우스론의 퍼팅 그린으로 갔다. 그곳에서 나는 하나님에게 라빈의 목숨을 살려달라고 기도하면서 무의식적으로 공을 치며 소식이 오기를 기다렸다.

10분인가 15분인가 지났을 때, 오벌 오피스의 문이 열리는 것이 보였다. 토니 레이크가 돌이 깔린 좁은 길을 따라 나에게 걸어오고 있었다. 나는 그의 표정을 보고 라빈이 죽었다는 것을 알았다. 나는 토니의 입으로 그 소식을 확인한 뒤, 돌아가서 성명을 준비하라고 말했다.

함께 일한 2년 반 동안 라빈과 나는 매우 친밀한 관계를 맺었다. 솔직함, 신뢰, 그리고 상대의 정치적 위치나 사고 과정에 대한 특별한 이해가 바탕이 되는 관계였다. 우리는 선하고 위대한 공동의 대의를 위해 함께 투쟁할 때 쌓게 되는 그런 독특한 우정을 쌓았다. 나는 만날 때마다 라빈이 더 존경스러웠고, 더 좋아졌다. 그가 암살당했을 때, 나는 그때까지 다른 어떤 남자를 그렇게 사랑한 적이 드물다고 할 만큼 그를 사랑하고 있었다. 나는 마음 한구석에서 늘 그가 목숨을 내걸고 있음을 알고 있었던 것 같다. 하지만 그가 가버린다는 것은 상상할 수 없었고, 라빈 없이 중동에서 무엇을 해야 할지, 무엇을 할 수 있을지 알 수 없었다. 나는 비통한 심정에 사로잡혀 위층으로 다시 올라가 두어 시간 힐러리와 함께 있었다.

다음 날 힐러리, 첼시와 나는 리틀록에서 온 손님들인 빅과 수잔 플레맹 부부, 그들의 딸이자 고향에서 첼시의 가장 가까운 친구였던 일리저버스와 함께 펀드리 감리교회에 갔다. 그날은 '모든 성인의 날'이었으며, 예배에서는 라빈을 기억나게 하는 이야기들을 자주 들을 수 있었다. 첼시와 다른 어린 소녀는 「출애굽기」에서 모세가 타는 덤불에서 하나님과 대면하는 대목을 읽었다. 필 워그먼 목사는 텔아비브에서 라빈이 "목숨을 내놓은 장소는 성지가 되었다"고 말했다.

힐러리와 나는 영성체를 받은 뒤, 라비노비치 이스라엘 대사 부부를 만나고 조문객 방명록에 서명하기 위해 교회를 나와 이스라엘 대사관으로 갔다. 방명록은 대사관의 예루살렘홀 탁자에 놓여 있었고, 그 옆에는 라빈의 커다란 사진이 있었다. 우리가 도착했을 때 토니 레이크와 중동특사 데니스 로스는 이미 그곳에 조용히 앉아 있었다. 힐러리와 나는 서명을 하고 돌아가 장례식에 참석할 준비를 했다.

카터 전 대통령과 부시 전 대통령, 국회 지도부, 40명 정도의 상원의원과 하원의원, 샬리카슈빌리 장군, 전 국무장관 조지 슐츠, 몇몇 유명한 재계 지도자도 장례식에 동행했다. 비행기가 착륙하자마자 힐러리와 나는 라빈의 집으로 가서 라빈의 부인 레아를 만났다. 레아는 몹시 상심했지만, 가족과 나라를 위해 용감한 모습을 보여주려고 노력하고 있었다.

장례식에는 후세인 왕과 누르 왕비, 무바라크 대통령 등 다른 세계 지도자들도 참석했다. 아라파트도 오고 싶어 했지만, 위험하기도 했고, 또 그가 이스라엘에 나타날 경우 이스라엘 국민을 분열시킬 수도 있다고 만류하는 사람들이 있어 오지 못했다. 얼마 전에 암살을 모면한 무바라크에게도 장례식 참석은 모험이었지만, 그는 모험을 택했다. 후세인과 누르는 라빈의 죽음에 참담한 표정이었다. 그들은 라빈을 정말 좋아했으며, 그가 평화과정에 필수적인 인물이라고 생각했다. 아랍의 지도자들에게 라빈의 암살은 그들 역시 평화를 위해 노력하다 비슷한 일을 당할 수 있다는 사실을 고통스럽게 일깨워주었다.

후세인은 장엄한 조사를 했다. 당시 이스라엘 군대에서 근무하던 라빈의 손녀 노아 벤 아르치-펠로소프는 조사를 통해 할아버지에게 다음과 같은 말을 하여 청중을 감동시켰다. "할아버지, 할아버지는 장막 앞의 불기둥이었어요. 이제 우리는 어둠 속에 홀로 남은 장막일 뿐이에요. 우리는 너무추워요." 나는 연설에서 이스라엘 국민이 쓰러진 지도자를 계속 따라야 한다고 말했다. 바로 그 주에 전 세계 유대인들은 「토라」 가운데 하나님이 아브라함에게 사랑하는 아들 이삭, 즉 이츠하크를 제물로 바치라고 명령하는대목을 공부하고 있었다. 아브라함이 순종할 뜻을 비치자 하나님은 이삭을살려준다. "지금 하나님은 우리의 믿음을 더 가혹하게 시험하고 있습니다. 이츠하크를 진짜로 데려가셨기 때문입니다. 그러나 이스라엘과 하나님의약속, 자유의 약속, 관용의 약속, 안전의 약속, 평화의 약속, 그 약속은 지켜질 것입니다. 그 약속은 라빈 총리의 평생의 일이었습니다. 이제 우리는 그것을 라빈의 영원한 유산으로 만들어야 합니다." 나는 "샬롬, 차베르(안녕, 친구여)"라는 말로 연설을 끝맺었다.

'샬롬, 차베르'라는 그 두 마디가 라빈에 대한 이스라엘 사람들의 감정을 제대로 포착한 것 같았다. 나의 참모진 가운데는 히브리어를 할 줄 알고, 라빈에 대한 내 감정도 잘 아는 유대인들이 많았다. '샬롬, 차베르'라는 말을 알려준 그들에게 나는 지금도 감사한다. 나중에 시몬 페레스는 '차베르'라는 말이 단순한 우정을 나누는 친구 이상의 의미라고 말했다. 공동의 대의를 추구하며 동지애를 나누는 영혼의 친구라는 의미도 들어 있다는 것이었다. 곧 이스라엘 전역의 간판과 범퍼 스티커에 '샬롬, 차베르'라는 말이나붙기 시작했다.

나는 장례식 후에 구시가의 웅장한 모습이 내다보이는 킹 데이비드 호텔에서 다른 지도자들과 만나고 나서 워싱턴으로 돌아왔다. 앤드루스 공군기지에 내리니 새벽 4시 30분쯤이었다. 지친 여행자들은 비행기에서 비틀거리며 내려가 각자 쉴 곳을 찾아갔다. 이제 예산 싸움은 막바지로 접어들고 있었다.

10월 1일에 새로운 회계연도가 시작되었음에도, 정부는 새로운 예산이집행될 때까지 여러 부서에 자금 집행을 허용하는 잠정예산으로 운영되고 있었다. 국회가 세출안 한두 건을 통과시키지 못한 상태에서 새로운 회계연도가 시작되는 일은 그렇게 드문 것이 아니었다. 그러나 지금은 정부 전체가 잠정예산으로 운영되고 있었고, 그 끝도 보이지 않았다. 이와는 대조적으로, 내 임기 첫 두 해에 민주당 국회는 제시간에 예산을 승인해주었다.

나는 10년, 이어 9년 뒤인 2004년까지 균형예산을 편성하겠다고 제안했지만, 공화당과 나는 우리 예산을 놓고 심하게 대립하고 있었다. 우리 쪽 전문가들은 모두 공화당이 메디케어와 메디케이드, 교육, 환경, 소득세공제에서 삭감하는 액수가 그들의 세금감면 재원을 조달하고 균형예산에 이르는 데(설사 7년 뒤로 잡는다 해도) 필요한 액수를 넘어선다고 생각했다. 또 우리는 경제성장, 의료비 인플레이션, 예상되는 세입의 추정치를 놓고도 차이를 보였다. 공화당은 백악관을 장악했던 시절에 늘 세입은 과대평가하고 지출은 과소평가했다. 나는 그런 잘못은 하지 않겠다고 결심했으며, 우리의 적자 축소 목표를 달성할 수 있도록 늘 보수적인 추정치를 이용해왔다.

이제 공화당은 국회를 장악하게 되자 반대 방향으로 지나치게 나아가서, 경제성장과 세입은 과소평가하고, 의료비 인플레이션은 과대평가(건강관리기관이 의료비 인플레이션을 낮추는 확실한 방법이라고 홍보하면서도)했다. 그들의 전략은 윌리엄 크리스톨이 밥 돌에게 보낸 메모에 담긴 조언, 즉 의료제도 개혁과 관련된 모든 행동을 차단하라는 조언의 논리적 연장선상에 있는 것처럼 보였다. 공화당이 메디케어, 메디케이드, 교육, 환경에 들어가는 자금을 삭감하면, 중산층이 그들의 세금으로부터 얻는 혜택이 줄어들어 세금을 내는 것을 더 억울하게 생각할 것이고, 그러면 공화당의 감세 호소와 낙태, 동성애자 권리, 총기 같은 사회적·문화적으로 분열적인 쟁점들에 대해 캠페인을 벌이는 전략이 더 잘 먹혀들 터였다.

레이건 대통령의 예산 책임자 데이비드 스톡먼은 국내용 예산을 '굶기기' 위해 의도적으로 엄청난 적자를 유지했다고 인정한 적이 있다. 그들은 부분적으로 성공을 거두어, 우리 공동의 미래에 대한 투자를 완전히 없애지는 않았지만 상당히 줄여놓았다. 이제 깅리치의 공화당은 그 일을 마무리하기 위해 비합리적인 세입과 지출 가정에 입각한 균형예산을 이용하려 했고,

나는 그 시도를 저지하기로 결심했다. 미국의 미래의 향방이 그 균형에 달려 있었기 때문이다.

잠정예산의 만료일을 사흘 앞둔 11월 10일, 국회는 도전적인 새로운 잠정예산을 보내왔다. 정부를 계속 운영하려면 그 대가로 메디케어 보험료를 25퍼센트 인상하고, 교육과 환경에 대한 투자를 줄이고, 환경법을 약화시킨 새로운 잠정예산에 서명을 하라는 것이었다.

라빈이 암살당한 날로부터 꼭 일주일 뒤인 다음 날, 나는 잠정예산의 뒷문을 통해 자신의 예산안을 통과시키려는 공화당의 시도에 대하여 라디오 연설을 했다. 그날은 재향군인의 날이었다. 그래서 나는 메디케어 보험료를 더 많이 내야 하는 노년층 800만이 재향군인들이라는 점을 지적했다. 공화당이 요구하는 가혹한 삭감은 필요 없다. 실업과 인플레이션을 합산한 비율은 25년 만에 최저치이다. 전체 노동력 가운데 연방 직원의 비율은 1933년 이후 가장 낮다. 적자는 줄고 있다. 나는 지금도 균형예산을 원한다. 그러나 '우리의 근본적인 가치들과 일치하는' 방식으로, '협박 없이, 당파적인 적대감 없이' 균형예산을 달성하기를 원한다.

월요일 밤 국회는 마침내 조건부로 부채 상한선을 올려주었다. 그러나 이것은 잠정예산보다 더 나쁜 것으로, 뒷문으로 예산 삭감을 통과시키고 환경법을 약화시키려는 또 다른 시도였다. 이 법안은 레이건 시절부터 재무장관이 특별한 조건에서 채무불이행을 피하기 위하여 행사했던 자금 관리 재량권을 빼앗아버렸다. 더 심각한 것은, 부채 상한선을 30일 뒤에 다시 내림으로써 채무불이행이 거의 확실해졌다는 점이었다.

깅리치는 4월 이후 그의 예산안을 받아들이지 않으면 정부의 문을 닫고 미국을 채무불이행으로 몰아가겠다고 협박해왔다. 나는 그가 정말로 그렇게 하고 싶어 하는 것인지, 아니면 나를 아주 약하고, 언제든지 약속을 저버리고, 언제나 타협을 하려 드는 인물로 그려온(그렇지 않다는 증거가 아주 많음에도 불구하고) 내 임기 첫 2년간의 언론보도를 그냥 믿어버린 것인지 알 수가 없었다. 만일 후자라면, 그는 당연히 증거에 좀더 관심을 가졌어야 했다.

11월 13일, 기존의 잠정예산 시효가 자정이면 만료되는 시점에서, 협상자들이 한 번 더 만나 정부 폐쇄 전에 의견차를 해소해보려고 했다. 돌, 깅리치, 아미, 대슐, 게파트가 참석했고, 앨 고어, 리언 파네타, 밥 루빈, 로러 타이슨 등 우리 팀 사람들도 그 자리에 있었다. 깅리치가 우리의 텔레비전 광고에 대해 불평을 하는 바람에 회의가 시작되자마자 분위기가 험악해졌다. 우리는 6월에 몇 개 주에 범죄방지법안을 비롯하여 행정부의 업적을 부각시키는 광고를 내보내기 시작했다. 노동절 이후 예산 논쟁이 가열되자, 우리는 공화당의 삭감안, 특히 메디케어와 메디케이드 삭감안을 강조하는 광고를 새로 내보냈다. 깅리치가 한참 이야기를 한 뒤, 리언 파네타는 무뚝뚝한 어조로 깅리치가 1994년 선거 전에 나에 대해 했던 그 무시무시한 말들을 상기시켰다. "하원의장님, 의장님은 결백한 사람입니까?"

돌은 분위기를 진정시키려 했다. 그는 정부의 문을 닫고 싶지 않다고 말했다. 그러자 딕 아미가 끼어들어, 돌은 하원의 공화당 의원들을 대표해서 이야기하는 것이 아니라고 말했다. 아미는 카우보이 장화를 신고 다니는 몸집이 커다란 사람으로, 늘 흥분상태에 있는 것처럼 보였다. 그는 하원의 공화당 의원들은 원칙에 충실하기로 결심했다는 등, 메디케어 삭감에 대한 나의 텔레비전 광고 때문에 나이든 장모가 놀라서 얼마나 화가 났는지 모른다는 등 장광설을 늘어놓았다. 나는 그의 장모에 대해서는 잘 모르지만, 만일 공화당의 예산 삭감안이 법이 되면, 나이든 사람들 다수가 양로원에서 쫓겨나거나 가정 진료를 받지 못하게 될 것이라고 대꾸했다.

46

　　1월 2일에 우리는 다시 예산 협상에 들어
갔다. 밥 돌은 정부의 문을 다시 열기 위한 협상을 원했으며, 이틀 정도 지
나자 뉴트 깅리치도 같은 태도를 보였다. 언제인가 예산 회의를 하면서 깅
리치 하원의장은 정부를 폐쇄하겠다고 협박하면 내가 공화당 예산에 거부
권을 행사하지 못할 것이라고 생각했다는 사실을 인정했다. 깅리치는 돌,
아미, 대슐, 게파트, 파네타, 고어 앞에서 솔직하게 말했다. "우리가 실수를
했소. 우리는 대통령이 굴복할 줄 알았소." 심한 눈보라가 워싱턴을 덮었던
1월 6일, 마침내 돌파구가 열렸다. 국회는 정부의 모든 일을 원상회복시키
지는 않았지만, 모든 연방 직원을 다시 일터로 부르는 잠정예산을 두 개 더
보냈다. 나는 잠정예산들에 서명을 하고, 7년 만에 예산 균형을 맞추기 위한
계획을 국회에 보냈다.

　　다음 주에 나는 공화당의 복지제도 개혁안에 거부권을 행사했다. 복지
제도에서 벗어나 일터로 나가도록 자극하는 효과는 거의 없으면서, 가난한
사람들과 그들의 자녀에게 피해만 주는 안이었기 때문이다. 처음에 공화당
의 복지제도 개혁안을 거부했을 때, 그 안은 그들의 예산안에 포함되어 있
었다. 이번에는 여러 건의 예산 삭감안이 그냥 '복지제도 개혁'이라는 표가
붙은 법안에 담겨 있었다. 도너 샬랄라와 나는 우리 나름의 복지제도 개혁
을 추진해온 지 오래였다. 우리는 각 주에서 일과 가족의 가치를 중시하는
복지 정책을 추진할 수 있도록 기존 연방 요건 규정의 이행을 요구하지 않
는 권리포기각서 50개를 37개 주에 보냈다. 이런 개혁들의 적용 범위는 미

국의 생활보호대상자 전체의 73퍼센트에 이르렀으며, 개혁의 시행 결과 생활보호대상자의 수는 줄어들고 있었다.

1월 23일의 연두교서 발표가 다가오면서 예산안 합의에 어느 정도 진전이 있는 것 같았다. 그래서 나는 이 연설 기회를 이용하여 공화당에 협력을 제안하고, 민주당을 격려하고, 미국 국민에게 예산안 논쟁에 대한 나의 입장을 설명하고, 이 논쟁을 세계화된 정보시대에 정부의 적절한 역할이 무엇인가 하는 좀더 큰 문제 속에서 바라볼 것을 요구하기로 했다. 연설의 기본 주제는 이런 것이었다. '큰 정부 시대는 끝났다. 그렇다고 국민이 스스로를 돌보아야 하는 시대로 돌아갈 수는 없다.' 이러한 정식화는 과거의 관료적 정부를 없애고, 창의적이고 미래 지향적인 '권한위임형 정부'를 만들자는 나의 철학을 반영하고 있었다. 이것은 또 우리의 경제 및 사회 정책과 앨 고어의 '정부혁신' 프로그램을 정확하게 포착한 말이었다. 이 무렵 나의 주장은 경제 정책의 성공으로 힘을 받고 있었다. 나의 취임 이후 거의 800만 개의 새로운 일자리가 만들어졌으며, 새로 창업되는 기업의 수는 3년 연속 신기록을 경신했다. 미국의 자동차 제조업체는 1970년대 이후 처음으로 미국에서 일본 업체보다 차를 많이 팔고 있었다.

나는 7년 안에 예산 균형을 맞추고 복지제도 개혁을 통과시키기 위해 국회와 협력하겠다고 다시 제안한 뒤, 가족과 아동, 교육과 의료, 범죄와 마약과 관련된 입법 의제를 요약하고, 미국의 기본 가치와 국민에게로의 권한위임이라는 구상을 반영한 실행 가능한 프로그램들, 즉 텔레비전 시청자 차단 장치, 차터 스쿨, 공립학교 선택, 교복 등을 강조했다. 나는 또 미국의 새로운 마약 차르에 배리 매커프리 장군을 지명했다. 당시 매커프리는 남부사령부의 총사령관으로 콜롬비아 등지에서 코카인이 미국으로 넘어오는 것을 막기 위해 노력하고 있었다.

그날 저녁 가장 기억에 남을 만한 순간은 연설 말미에 찾아왔다. 평소처럼 나는 영부인 박스에 힐러리와 함께 앉아 있는 사람들을 소개했다. 첫 번째 소개한 사람은 사회보장청에서 22년간 일해온 49세의 베트남 참전용사 리처드 딘이었다. 나는 딘이 오클라호마시티의 연방청사에 폭탄이 터졌을 때 그 자리에 있었으며, 목숨을 걸고 네 번이나 다시 건물 안으로 들어가 여자 세 명의 목숨을 구했다고 소개했다. 그러자 국회 전체가 기립박수를 보냈다. 공화당이 환호를 주도했다. 그 다음에 반전이 일어났다. 환호가 가라앉은 뒤에 내가 말했다. "하지만 리처드 딘의 이야기는 거기서 끝나지 않습니다. 지난 11월에 정부가 폐쇄되었을 때 그는 어쩔 수 없이 사무실에서 나와야 했습니다. 두 번째로 정부가 문을 닫았을 때, 그는 정부폐쇄와 관계없이 사회보장 연금 수령자들을 돕는 일을 계속했습니다. 물론 보수 없이 일을 했습니다. 리처드 딘을 대신하여…… 여기 의사당에 계신 여러분 모두에게 요구합니다. 다시는, 다시는 연방정부를 폐쇄하지 맙시다."

이번에는 민주당이 매우 기뻐하며 환호를 주도했다. 덫에 걸린 것을 안 공화당 의원들은 뚱한 표정이었다. 나는 세 번째 정부폐쇄는 걱정할 필요가 없겠다고 생각했다. 정부폐쇄의 결과가 이제 영웅적인 인간의 얼굴로 나났기 때문이다.

그런 결정적인 순간은 우연히 일어나지 않는다. 매년 우리는 연두교서를 내각과 참모진이 새로운 정책 구상들을 정리할 기회로 활용했다. 그리고 그런 구상들을 가장 잘 제시할 방법을 찾아 열심히 노력했다. 연설 당일에는 관저와 이스트윙 사이에 있는 영화관에서 몇 번 예행연습을 했다. 나의 공적인 성명을 모두 기록하는 백악관 공보국은 텔레비전용 프롬프터와 연단을 설치한 다음, 여러 실무자들이 하루 종일 들락거리며 격식을 차리지 않고 일을 진행시켜나갔다. 이 과정은 공보국장 돈 베이어가 감독했다. 우리는 문장을 하나하나 들어보고, 국회와 국민이 어떻게 받아들일지 상상해보고, 연설문 내용을 고치는 등 모두 함께 일을 했다.

우리는 정부폐쇄 논쟁에서 승리함으로써 공화당의 '미국과의 계약' 뒤에 깔린 철학에 대해서도 승리를 거두었다. 이제 연두교서는 연방정부에 대한 대안적인 철학을 제시했으며, 리처드 딘을 통해 연방 직원들이 귀중한 봉사를 해주는 좋은 사람들이라는 것을 보여주었다. 그것은 내가 그동안 늘 하던 이야기와 크게 다를 것이 없었으나, 정부폐쇄의 충격을 겪은 뒤였기 때문에 수많은 미국인이 처음으로 그 이야기에 귀를 기울이고 내용을 이해하게 되었다.

외교 분야에서는 워런 크리스토퍼가 메릴랜드의 와이리버 플랜테이션에서 이스라엘과 시리아간 대화의 자리를 마련함으로써 새로운 해가 시작되었다. 1월 12일 밤에 나는 이탈리아 아비아노의 미국 공군기지로 날아갔다. 아비아노는 나토의 보스니아 공군 작전의 중심이었다. 그곳에서 나는 미국의 새로운 C-17 수송기를 타고 헝가리의 타자르 공군기지로 갔는데, 미군은 바로 그곳에서 보스니아로 들어갔다. 나는 1993년에 C-17기가 국방 규모 축소 과정에서 사라지지 않도록 지키기 위해 싸운 적이 있었다. C-17기는 뛰어난 화물 적재 능력에 어려운 조건에서도 작전을 수행할 능력까지 갖춘 놀라운 비행기였다. 보스니아 임무에는 C-17기가 12대 참여했으며, 나는 그 가운데 한 대를 타고 투즐라로 들어갔다. 공군1호기로 사용하는 보잉 747기는 너무 컸기 때문이다.

헝가리의 아르파드 곤츠 대통령을 만나고 타자르의 미군을 방문한 뒤, 미군이 책임지고 있는 지역인 보스니아 북동부의 투즐라로 갔다. 기후도 나빴고 기간도 한 달이 채 지나지 않았음에도, 미군 병력 7,000명과 장갑차 2,000대 이상이 이미 물이 불어난 사바 강을 건너 주둔지에 자리를 잡고 있었다. 그들은 불도 안 들어오고 항공용 장비도 없는 비행장을 24시간 운영되는 비행장으로 바꾸어놓았다. 나는 부대에 감사했고, 한 대령에게 개인적으로 생일 선물을 전달해주었다. 아비아노에 들렀을 때 대령의 부인이 나에게 전달해달라고 부탁한 것이었다. 나는 이제트베고비치 대통령을 만난 뒤 크로아티아의 자그레브로 가서 투즈만 대통령을 만났다. 두 대통령 모두 당시의 평화협정의 이행 상황에 만족했으며, 미군이 그 한 부분을 담당하게 된 것을 몹시 기뻐했다.

바로 워싱턴으로 돌아오니 몹시 피곤했다. 하지만 꼭 다녀왔어야 할 중요한 출장이었다. 미군이 나토의 회원국 국경 너머에 파병을 한 것은 이번이 처음이었다. 파병된 군인들은 냉전 시대에는 적이었던 러시아, 폴란드, 체코공화국, 헝가리, 발트해 국가의 병사들과 협력하고 있었다. 그들의 임무는 통일 유럽을 만드는 데 핵심적인 것이었지만, 미국의 국회와 커피숍에서 비판을 받고 있었다. 따라서 이 부대들에 그들이 왜 보스니아에 와 있는지는 알려주어야 했으며, 내가 그들을 얼마나 강력하게 지원하는지도 알려주어야 했다.

2주 뒤 상원이 START II 조약을 비준함으로써 냉전은 역사 속으로 더욱 멀리 사라졌다. 이 조약은 부시 전 대통령이 협상을 하여 3년 전, 퇴임 직전에 상원에 제출한 것이었다. 1994년 12월에 발효된 START I 조약과 더불어 START II를 통해 미국과 구소련은 냉전 절정기에 유지했던 핵무기의 3분의 2를 없애게 된다. 여기에는 가장 위력적인 핵무기인 다탄두 대륙간 탄도 미사일도 포함된다.

우리는 START I, II 조약을 체결했을 뿐만 아니라 북한의 핵 프로그램을 동결하는 협정에 서명했고, 핵무기확산방지조약을 영구화하려는 노력을 주도했으며, 넌-루가 프로그램에 따라 핵무기와 핵물질의 안전을 확보하고 궁극적으로 그것들을 폐기하기 위해 노력했다. 나는 상원에 START II를 통과시킨 것을 축하하면서, 화학무기협약과 나의 테러방지법안도 통과시켜 미국을 더 안전하게 만들어달라고 요청했다.

1월 30일에 러시아의 빅토르 체르노미르딘 총리가 백악관을 찾아와 앨 고어와 여섯 번째 회담을 가졌다. 체르노미르딘은 위원회 일을 마친 뒤 나를 찾아와 러시아의 상황과 옐친의 재선 가능성에 대해 설명했다. 체르노미르딘을 만나기 직전 나는 터키의 슐레이만 데미렐 대통령, 탄수 칠레르 총리와 이야기를 했다. 그들은 터키와 그리스가 일촉즉발의 위기를 맞이했으니, 미국이 개입하여 위기를 해소해달라고 호소했다. 그들은 그리스에서는 이미아라고 부르고 터키에서는 카르다크라고 부르는 에게해의 아주 작은 섬 두 개를 놓고 전쟁을 벌이려 했다.

두 나라 모두 그 섬들이 자신의 영토라고 주장했지만, 공식적으로는 그리스가 1947년에 이탈리아와 조약을 맺고 그 섬들을 얻은 것으로 되어 있었다. 터키는 그리스 측 주장의 타당성을 부인했다. 두 섬 다 무인도였으나, 터키인들은 둘 가운데 큰 섬으로 가끔 소풍을 가곤 했다. 그러다가 섬에 갔던 터키의 저널리스트 몇 명이 그리스 국기를 찢고 터키 국기를 건 사건 때문에 위기가 찾아온 것이다.

키프로스를 놓고 심각한 분쟁을 일으킨 커다란 두 나라가 양들만 수십 마리 사는 10에이커의 바위섬들을 놓고 전쟁을 벌인다는 것은 생각하기 힘든 일이었다. 그러나 칠레르는 정말로 그런 일이 벌어질까봐 걱정하고 있었다. 나는 체르노미르딘과의 면담을 중단하고 상황 설명을 들은 다음 잇달아 전화를 했다. 우선 그리스의 콘스탄티노스 시미티스 총리와 이야기하고, 그런 다음 다시 데미렐과 칠레르와 이야기를 했다. 한참 전화가 오간 뒤에 결국 양 진영은 총을 쏘지 않기로 합의했다. 이미 키프로스 문제로 바쁘게 뛰고 있던 딕 홀브루크는 밤을 새워가며 당사자들이 외교적인 방법으로 문제를 해결하도록 유도했다. 내가 중동, 보스니아, 북아일랜드에서 평화를 이루는 데 성공했는지 못했는지는 모르겠지만, 어쨌든 에게해의 양 몇 마리는 확실히 구했다는 생각에 저절로 웃음이 터지지 않을 수 없었다.

나는 화이트워터 세계의 일이 더 괴상해질 수는 없다고 생각했는데, 현실에서는 그렇게 되어갔다. 1월 4일, 캐럴린 후버는 1985년과 1986년 로즈 법률회사가 매디슨 신용금고를 위해 한 일과 관련된 힐러리의 기록 사본들을 발견했다. 후버는 주지사 관저에서 우리 일을 거들었으며, 개인적인 서류와 편지를 정리하는 일을 돕기 위해 백악관에 들어왔다. 그녀는 이미 데이비드 켄달을 도와 독립변호사실에 5만 페이지의 자료를 제출하기도 했다. 그러나 어찌 된 일인지 이 수임료 청구 기록 사본은 그 자료에 들어 있지 않았다. 후버는 그 전해 8월 관저 3층의 창고에서 그녀의 사무실로 옮겨 놓았던 상자에서 그 기록을 발견했다. 이 사본은 1992년 선거운동 때 만들어진 것으로 보였으며, 빈스 포스터의 메모가 적혀 있었다. 당시에는 포스터가 로즈 법률회사에 대한 언론의 질문을 처리하고 있었기 때문이다.

표면적으로는 수상쩍어 보였을 것이다. 왜 이제야 그런 기록이 나타났는가? 그러나 우리가 아칸소에서 가져온 정리되지 않은 수많은 서류들을 보았다면, 그렇게 이상하게 여기지는 않았을 것이다. 우리가 그런대로 시간에 맞추어 수많은 자료를 찾아내서 제출했던 것이 오히려 놀라울 정도다. 어쨌든 힐러리는 그 기록들이 발견된 것을 기뻐했다. 자신이 매디슨 신용금고를 위해 일한 시간이 별로 많지 않았다는 주장을 뒷받침하는 증거였기 때문이다. 몇 주 뒤, 정리신탁공사는 바로 그런 내용이 담긴 보고서를 제출하게 된다.

그러나 독립변호사, 국회의 공화당 의원들, 화이트워터 기자들은 이 일을 그런 식으로 받아들이지 않았다. 윌리엄 사파이어는 「뉴욕 타임즈」 칼럼에서 힐러리를 '타고난 거짓말쟁이' 라고 불렀다. 캐럴린 후버는 1월 18일에 앨 다마토 위원회에서 증언을 했고, 1월 26일에 케네스 스타는 힐러리를 대배심 앞으로 끌어내 4시간 동안 심문했다.

스타의 소환장들은 홍보 효과를 노린 얄팍한 싸구려 묘기였다. 우리는 그 기록을 발견하는 즉시 자발적으로 제출했으며, 그 기록은 힐러리의 말이 사실임을 입증해주었다. 만일 스타가 물어볼 것이 있으면, 영부인을 대배심에 출두시키는 대신 전에도 세 번이나 그랬듯이 백악관으로 찾아와 물어볼 수도 있었을 것이다. 1992년 부시 대통령의 백악관 법률고문 보이든 그레이는 이란-콘트라 검사의 소환장을 정면으로 무시하면서 선거가 끝날 때까지 부시의 일기를 1년 이상 제출하지 않고 버텼다. 그래도 아무도 그레이나 부시를 대배심 앞에 세우지 않았다. 언론의 소동도 이때와는 비교할 수가 없었다.

힐러리에 대한 공격은 나에 대한 공격보다 더 괴로웠다. 무력하게도 그것을 막아줄 수가 없었기 때문이다. 내가 해줄 수 있는 것이라고는 힐러리 옆에 서서 언론을 향해 "만일 이 나라의 모든 사람이 나의 아내와 같은 인격을 갖추고 있다면 미국은 훨씬 더 좋은 나라가 될 것"이라고 말하는 것뿐이었다. 힐러리와 나는 첼시에게 상황 설명을 했다. 첼시는 못마땅해 하는 것 같았지만, 대범하게 받아들이는 눈치였다. 어머니를 공격하는 사람들보다 어머니를 훨씬 더 잘 알고 있었기 때문이다.

그럼에도 우리 모두 안달이 날 수밖에 없었다. 나는 몇 달 동안 예산 싸움, 보스니아, 북아일랜드, 라빈의 죽음 등 여러 가지 일을 처리하면서, 분노 때문에 내 일이 방해받지 않도록 안간힘을 썼다. 그러나 매우 어려운 일이었다. 이제 나는 힐러리와 첼시 때문에 불안했다. 또 국회 청문회와 스타의 그물에 끌려드는 다른 모든 사람들도 걱정이 되었다. 그들은 감정적으로, 경제적으로 큰 피해를 보고 있었다.

청구서 기록이 제출되고 나서 5일 뒤에 힐러리는 자신의 새 책 『한 마을이 필요하다It Takes a Village』에 대한 이야기를 하기 위해 바바라 월터스와 인터뷰를 하기로 일정이 잡혀 있었다. 그러나 이 인터뷰는 청구서 기록에 대한 토론으로 변해버렸다. 어쨌거나 『한 마을이 필요하다』는 베스트셀러가 되었으며, 힐러리는 용감하게 워싱턴에서부터 전국을 돌며 책 홍보 행사를 가졌다. 가는 곳마다 미국인들이 운집하여 다정한 태도로 그녀를 지지해주었다. 그들은 케네스 스타, 앨 다마토, 윌리엄 사파이어 등이 힐러리에 대해 하는 이야기보다, 힐러리가 아동의 복지 향상에 대해 하고 싶은 말에 더 관심을 가지고 있었다.

힐러리를 공격하는 사람들은 그녀를 두들겨서 큰 재미를 본 것이 분명했다. 나의 유일한 위안은, 25년 동안 가까이서 관찰한 것으로 볼 때 힐러리가 그들은 따라올 수 없을 정도로 강인하다는 것뿐이었다. 어떤 남자들은 여자의 그런 점을 좋아하지 않지만, 나에게는 그것이 그녀를 사랑한 이유 가운데 하나였다.

2월 초, 대통령 선거운동이 본격적으로 시작되면서, 나의 정책들의 긍정적인 결과를 부각시킬 겸 대통령에 취임하더라도 잊지 않겠다는 약속도 지킬 겸 뉴햄프셔를 다시 찾았다. 나에게는 예비선거 경쟁자가 없었지만, 그래도 11월에 뉴햄프셔에서 이기고 싶었다. 그러려면 장애가 될 수도 있는 한 가지 쟁점을 처리해야 했다. 총기 문제였다.

어느 토요일 아침, 미국총기협회 회원인 사슴 사냥꾼들이 잔뜩 모여 있는 맨체스터의 한 식당에 갔다. 나는 즉흥 연설에서, 그들이 1994년에 브래디 법안과 공격용 총기 규제 법안에 찬성했다는 이유로 민주당 상원의원 딕 스웨트를 낙선시켰다는 사실을 잘 알고 있다고 말했다. 그들 가운데 몇 사람이 동의의 뜻으로 고개를 끄덕였다. 그 사냥꾼들은 선량한 사람들로, 미국총기협회 때문에 겁을 집어먹고 그렇게 투표를 한 것뿐이었다. 내가 그들이 이해할 수 있는 언어로 미국총기협회 주장의 이면을 보여주지 않으면, 1996년에도 똑같은 투표를 하게 될 것이라고 생각했다. 그래서 나는 최선을 다해 이렇게 이야기를 했다. "미국총기협회가 여러분에게 스웨트 하원의원을 떨어뜨리라고 말한 것을 알고 있습니다. 만일 여러분이 브래디 법안이나 공격용 무기 규제 법안 때문에 사슴이 나오는 숲에서 하루, 아니 단 한 시간이라도 손해를 보았다면, 나에게도 표를 던지지 마십시오. 스웨트 하원의원에게 그 법안들에 찬성해달라고 부탁한 사람이 바로 나이기 때문입니다. 하지만 여러분이 손해본 것이 없다면, 미국총기협회가 거짓말을 한 것이고, 따라서 이번에는 여러분이 빚진 것을 갚아주셔야 합니다."

며칠 뒤 국회도서관에서 나는 원거리통신법에 서명했다. 이 법은 이미 미국 경제의 6분의 1을 차지하고 있는 산업에 영향을 주는 법들을 전면 개편한 것이었다. 새 법은 경쟁, 혁신을 장려하고, 앨 고어가 말하는 '정보고속도로'에 쉽게 접근할 수 있도록 도와주었다. 이 법과 관련하여 복잡한 경제적 쟁점들을 둘러싸고 몇 달 전부터 논쟁이 벌어졌다. 공화당은 매체와 원거리통신 시장에서 소유의 집중을 지지했고, 백악관과 민주당은 특히 지역과 장거리 전화서비스에서의 경쟁을 지지했다. 앨 고어가 백악관을 위해 앞장섰고, 깅리치 하원의장은 긍정적인 기업가 같은 면모를 보여주었다.

결국 우리는 내가 보기에는 괜찮은 타협에 이르렀고, 법안은 거의 만장일치로 통과되었다. 이 법안에는 새로운 텔레비전에 시청자 차단장치(부모가 자녀의 프로그램 접근을 통제할 수 있는 장치) 장착을 의무화하는 내용도 들어 있었는데, 이 장치는 그전에 내가 고어의 연례 가족회의에 참석했을 때부터 지지하던 것이었다. 그달 말에는 대부분의 텔레비전 네트워크의 임원들이 1997년까지 프로그램에 등급 시스템을 갖추기로 합의했다. 그러나 이 법에서 시청자 차단장치보다 훨씬 중요한 것은 학교, 도서관, 병원의 인터넷 사용 요금 할인을 의무화한 것이었다. 이른바 E-요금 덕분에 공익기관은 매년 20억 달러 정도를 절약하게 된다.

다음 날 아일랜드의 장미에서 꽃이 떨어지고 말았다. 게리 애덤스가 전화하여 아일랜드공화국군이 휴전을 철회한다고 말한 것이다. 존 메이저와 통일당이 고의로 시간을 끄는 것이 이유라고 했다. 또 그들이 북아일랜드에서 신페인당의 정치활동 허용을 대가로 아일랜드공화국군의 무기 반납을 고집하는 것도 중요한 이유였다. 그날 늦게 런던의 캐너리 부두에서 폭탄이 터졌다.

아일랜드공화국군은 1년 이상 테러를 계속하여, 스스로 큰 대가를 치렀다. 그들은 군인 두 명과 민간인 두 명을 죽이고 여러 사람에게 부상을 입힌 반면, 아일랜드공화국군 공작원 두 사람이 죽고, 영국에 자리 잡고 있던 폭탄 테러 팀이 와해되고, 북아일랜드의 아일랜드공화국군 공작원들 다수가 체포되는 피해를 입었다. 그달 말, 일반 시민의 평화에 대한 지지를 보여주기 위해 북아일랜드 전역에서 평화를 위한 철야기도회가 열렸다. 존 메이저와 존 브루턴은 아일랜드공화국군이 무력 사용을 중단하면 신페인당과 대화를 계속하겠다고 말했다. 백악관은 존 흄의 지원을 받아 애덤스와 접촉을 유지하며, 평화를 향한 행진이 다시 시작될 날을 기다리기로 했다.

2월 말에 중동의 평화 과정 역시 위험에 처했다. 두 차례에 걸친 하마스의 폭탄 테러가 26명을 죽였기 때문이다. 이스라엘에 선거가 다가오자, 하마스는 민심을 자극하여 페레스 총리를 물러나게 하고 팔레스타인해방기구와의 평화 협상을 거부하는 강성정부가 들어서도록 상황을 조성하기로 결심한 것 같았다. 우리는 테러 행위를 예방하기 위해 노력하라고 아라파트에게 압력을 넣었다. 1993년 처음 협정을 맺을 때 내가 그에게 말했듯이, 아라파트는 가장 전투적인 팔레스타인 사람으로 돌아갈 수 없는 처지였다. 만일 한 발은 평화 진영에 딛고 다른 발은 테러리스트 진영에 디디려 한다면 그는 결국 파멸할 수밖에 없었다.

미국 근처에서도 문제가 생겼다. 카스트로에 반대하는 단체인 '구출에 나선 형제들'이 띄운 민간 비행기 두 대를 쿠바가 격추하는 바람에 네 사람이 사망한 것이다. 카스트로는 이 단체, 그리고 과거에 이 단체가 하바나 상공에 떨어뜨린 체제 비판 전단들을 몹시 못마땅해 하고 있었다. 쿠바는 이

비행기들이 자국 영공에서 격추된 것이라고 주장했다. 사실은 그렇지 않았지만, 설사 그렇다 해도 국제법 위반이었다.

나는 쿠바 전세기 운항을 중단시키고, 쿠바 관리들의 미국 여행을 제한하고, 쿠바로 친민주주의 메시지를 전하는 라디오 마르티의 전달 영역을 확대하고, 미국에 묶여 있는 쿠바 자산으로 유족에 대한 보상금을 지불하도록 허가해달라고 국회에 요청했다. 매들린 올브라이트는 유엔에 쿠바 제재를 요청한 뒤, 마이애미로 가서 쿠바계 미국인 공동체 앞에서 격렬한 연설을 했다. 올브라이트는 비행기 격추는 '코호네스'(원래 고환을 뜻하는 스페인어로 비유적으로 용기라는 뜻으로도 사용된다─옮긴이주)가 아니라 겁의 표현이라고 말했다. 그녀는 이 씩씩한 발언으로 플로리다 남부의 쿠바인들 사이에서 영웅이 되었다.

나는 또 개정된 헬름스-버튼 법안에 서명하겠다고 약속했다. 이 법안은 쿠바에 대한 통상금지를 강화하고, 대통령이 국회의 승인 없이 이 조치를 철회하는 것을 제한하는 내용이었다. 이 법안을 지지하는 것은 선거의 해를 맞이하여 플로리다에서는 좋은 정치라고 할 수 있었지만, 내가 두 번째 임기를 얻을 경우 쿠바 내에서 이루어지는 긍정적인 변화에 대한 보답으로 통상금지를 철회할 권한을 스스로 제한해버리는 것이기도 했다. 카스트로는 오히려 자신의 체제의 경제적 실패에 대한 핑계를 찾기 위해 통상금지가 유지되기를 원하는 것 같기도 했다. 만일 그것이 목적이 아니라면, 쿠바는 엄청난 실수를 한 셈이었다. 나는 나중에 카스트로에게서(물론 간접적으로) 비행기 격추가 실수였다는 이야기를 들었다. 아마 카스트로는 쿠바 영공을 침범하는 모든 비행기를 격추하라는 명령을 내려놓은 것 같은데, '구출에 나선 형제들'의 비행기가 왔을 때 미처 그 명령을 취소하지 못한 모양이었다.

2월 마지막 주, 홍수로 큰 피해를 본 워싱턴, 오리건, 아이다호, 펜실베이니아를 방문한 뒤, 캘리포니아 주 산타모니카에서 일본의 새로운 총리를 만났다. 하시모토 류타로는 일본정부 수반 자리에 오르기 전에 미키 캔터의 협상 상대역이었다. 일본 검도의 고수인 하시모토는 강인하고 똑똑한 사람으로, 모든 종류의 전투를 즐겼다. 뿐만 아니라 함께 협력할 수 있는 지도자이기도 했다. 하시모토와 캔터는 20개의 무역 협정을 마무리지었으며, 그 결과 미국의 대일 수출은 80퍼센트 증가했고 대일 무역 적자는 3년째 줄고 있었다.

2월은 힐러리와 내가 첼시의 16번째 생일을 맞이하여 함께 국립극장에서 '레미제라블Les Misérables'을 관람하고, 캠프 데이비드에서 버스 한가득 몰려온 첼시의 친구들을 맞이하는 것으로 기분 좋게 끝을 맺었다. 우리는 첼시의 친구들을 좋아했다. 아이들은 숲 속에서 페인트 총으로 총싸움을 하고, 볼링 등의 놀이를 하고, 고등학교 시절을 마감하면서 마지막으로 어리광을 부려보기도 했다. 우리는 아이들이 노는 것을 재미있게 지켜보았다. 그 주말 최고의 행사는 첼시에게 캠프 데이비드 주위에서 운전을 가르쳐준 것이었다. 나는 대통령이 된 이후 운전을 하지 못해 아쉬웠으며, 첼시가 운전을 즐기기를, 물론 안전하게 잘하면서 즐기기를 바랐다.

3월 초 며칠에 걸쳐 발생한 예루살렘과 텔아비브의 하마스 폭탄 테러로 인해 30명 이상이 죽고 그 이상이 부상을 당하는 바람에 중동의 평화과정은 다시 흔들렸다. 죽은 사람들 가운데는 아이들도 있었고, 유대인 친구들 사이에 살면서 일하던 팔레스타인 간호사도 있었고, 젊은 미국 여자도 두 명 있었다. 나는 뉴저지에서 유족을 만났다. 그들은 장래에 다른 아이들이 죽임을 당하는 것을 막는 유일한 길은 평화라는 흔들리지 않는 신념을 보여주었으며, 나는 큰 감동을 받았다. 나는 이스라엘 민족에게 보내는 텔레비전 연설에서 당연한 이야기를 다시 한 번 강조했다. 즉 테러리스트들의 행동이 '단지 무고한 사람들을 죽이는 것이 아니라, 중동에서 점점 커지는 평화에 대한 희망을 죽이는 것까지 목표로 삼고 있다'는 것이었다.

3월 12일, 요르단의 후세인 왕은 나와 함께 공군1호기를 타고 무바라크 대통령이 샤름 엘-셰이크에서 주최한 '평화 중재자들의 정상회의'에 참석했다. 샤름 엘-셰이크는 홍해의 아름다운 휴양지로 스쿠버다이빙에 열광하는 유럽인이 즐겨 찾는 곳이었다. 후세인은 며칠 전 백악관으로 나를 찾아와 하마스 폭탄 테러를 비난하면서, 평화라는 대의를 향해 아랍 세계를 이끌고 나가겠다는 결의를 보여주었다. 나는 그와 함께 오랫동안 비행기를 타고 가면서 정말 즐거웠다. 우리는 그전부터 잘 지냈지만, 라빈의 암살 뒤에는 더 가까운 친구이자 동맹자가 되었다.

샤름 엘-셰이크에서는 보리스 옐친, 유엔 사무총장 부트로스 부트로스-갈리 등 아랍세계, 유럽, 아시아, 북미의 29개국 지도자가 페레스, 아라파트와 자리를 함께 했다. 지도자들과 실무진은 테러와 싸우고 평화과정을 유지한다는 분명하고 구체적인 약속을 끌어내기 위해 밤낮을 가리지 않고 노력했다.

아랍세계는 처음으로 이스라엘과 함께 테러를 비난하고, 테러에 대항하기 위해 노력하겠다고 목소리를 모았다. 평화과정을 유지하고 가자를 다시 개방하려는(그래야 그곳에 살면서 이스라엘에서 일하는 수천 명의 팔레스타인 사람들이 일터로 돌아갈 수 있었다) 페레스의 노력을 지원하는 데는 이러한 연합전선이 필수적이었다. 연합전선은 또 테러리스트들에 대항하는 아라파트의 전면적인 노력을 뒷받침하는 데도 필수적이었다. 아라파트의 노력이 없다면 평화에 대한 이스라엘의 지지도 무너질 것이 분명했다.

3월 13일, 나는 텔아비브로 가서 이스라엘의 군대와 경찰을 돕기 위해 미국이 취할 수 있는 구체적 조치에 대해 논의했다. 페레스 총리와 내각을 만난 자리에서 지원금으로 1억 달러를 약속했으며, 워런 크리스토퍼와 중앙정보국장 존 도이치에게 이스라엘에 계속 머물며 우리의 공동 노력이 더 빨리 결실을 맺을 수 있도록 지원해달라고 당부했다. 회의 뒤에 페레스와 함께 연 공동 기자회견에서 '종말론적인 이슬람과 정치에 빠져들어' 무고한 아이들을 죽이기 위해 '자신의 몸에 폭탄을 묶는 젊은 사람들'을 완전히 막는 것은 어렵다는 점을 인정했다. 하지만 그런 사태를 예방하고 그런 일을 가능하게 만드는 자금과 국가적 지원의 네트워크를 분쇄할 능력은 키워나갈 수 있다고 말했다. 나는 또 그 기회를 이용해 1년 이상 미루어지고 있는 테러방지법안에 대한 국회의 논의를 촉구했다.

기자회견을 하고 텔아비브에서 젊은 이스라엘 학생들과 질의응답 시간을 가진 뒤, 나는 리쿠드 지도자 베냐민 네타냐후를 만났다. 하마스의 폭탄 테러로 인해 리쿠드가 선거에서 승리를 거둘 가능성은 더 높아졌다. 나는 네타냐후에게 그가 승리를 거둘 경우 테러에 대한 싸움에서 동반자가 될 것을 약속하고, 그 역시 평화과정을 고수해주기를 바란다는 뜻을 전했다.

헤르즐 산에 있는 라빈의 무덤을 찾지 않고 집으로 돌아갈 수는 없었다. 나는 무릎을 꿇고 기도를 한 뒤, 유대인 관습에 따라 이츠하크의 이름이 적힌 대리석 표지에 작은 돌을 올려놓았다. 나는 무덤 옆의 땅에서 작은 돌을 주워 집으로 가져왔다. 나의 친구인 그가 나에게 남긴 일을 잊지 말고 기억하자는 증표였다.

내가 중동 문제에 골몰해 있는 동안 중국은 타이완 근처에 미사일 3기를 '시험' 발사하였고, 이로써 타이완 해협의 물은 소용돌이치기 시작했다. 카터 전 대통령이 중국 본토와의 관계를 정상화한 뒤, 미국은 타이완과 우호적 관계를 유지하면서도 '하나의 중국'을 인정하는 정책을 일관되게 유지했으며, 양측이 그들의 차이를 평화적으로 해소해야 한다고 이야기해왔다. 만일 타이완이 공격을 당했을 때 우리가 타이완을 방어할 가능성에 대해서는 한 번도 가타부타 언급한 적이 없었다.

중동과 타이완은 외교 문제의 양극단을 대표하는 것처럼 보였다. 중동에서는 정치 지도자들이 아무런 일을 하지 않으면 상황이 악화된다. 반면 중국과 타이완의 경우에는 정치가들이 어리석은 짓만 하지 않으면, 문제는 시간이 가면서 저절로 풀려버린다. 타이완은 독재에서 민주주의로 옮겨가고 있는 경제 발전소였으며, 본토의 관료적인 공산주의를 전혀 원하지 않았다. 타이완의 재계 인사들은 중국에 많은 투자를 하고 있었으며, 본토를 마음대로 왕래했다. 중국은 타이완의 투자를 좋아했지만, 타이완 섬에 대한 주권 요구를 포기하라는 데 동의할 생각은 없었다. 경제적 실용주의와 호전적인 국가주의 사이에서 적당한 균형을 찾는 것이 중국 지도자들에게는 늘 난제였다. 특히 타이완의 선거철이면 이 문제가 불거졌다. 나는 중국이 미사일 실험을 한 것은 지나치다고 생각했다. 그래서 신속하게, 그러나 조용하게 미 해군 태평양 함대의 항공모함을 타이완 해협으로 이동시켰다. 곧 위기는 지나갔다.

밥 돌은 2월에는 불안하게 출발했지만, 3월이 되자 공화당 예비선거에서 모두 승리를 거두었다. 그리고 3월 말에 캘리포니아에서 승리를 거두면서 확실하게 공화당의 대통령 후보가 되었다. 돌보다 더 우경화된 입장에서 출마한 필 그램 상원의원은 돌이 물리치기 어려운 상대는 아니었겠지만, 어쨌든 나는 돌을 지지하는 쪽이었다. 결과가 뻔한 선거란 없는 법이다. 따라서 내가 질 경우, 그램보다는 좀더 견실하고 좀더 온건한 돌이 정권을 잡는 것이 낫다고 생각했다.

돌이 후보 지명을 향해 다가가는 동안, 나는 몇 개 주에서 선거운동을 했다. 메릴랜드에서는 매카프리 장군과 제시 잭슨을 불러 십대의 마약 사용을 막기 위한 우리의 노력을 부각시켰고, 캘리포니아 노스리지의 고급 스피커 제조업체인 하만 인터내셔널에 들렀을 때는 불과 취임 3년 만에 일자리가 840만 개 만들어졌다고 발표했다. 내가 원래 약속했던 것은 4년 안에 800만 개를 만들겠다는 것이었다. 중산층 소득도 올라가기 시작했다. 그전 2년 동안 새로 만들어진 일자리 가운데 3분의 2가 최저임금 이상을 지불하는 산업에서 나왔다.

3월에도 미해결 세출안에 대한 합의에 이르지 못했기 때문에, 나는 잠정예산 3건에 서명했고, 다음 회계연도에 대한 나의 예산안을 의사당에 보냈다. 한편 하원은 미국총기협회의 입장에 따라 표결을 통해 공격용 무기 규제법을 폐지하고, 테러방지법안에서 총기 로비스트들이 반대하는 대목을 삭제했다.

3월 말, 나는 식품의약국에 항암 의약품 승인 과정의 속도를 높일 것을 촉구했다. 앨 고어, 도너 샬랄라, 식품의약국 국장 데이비드 케슬러는 신약의 평균 승인 속도를 1987년의 33개월에서 1994년의 1년으로 단축시키기 위해 노력했다. 최신 에이즈 약의 승인은 불과 42일 만에 이루어졌다. 의약품이 신체에 어떤 영향을 주는지 판단을 하고 난 뒤에 승인하는 것이 필수적이었지만, 그 과정은 안전이 허용하는 범위에서 최대한 빨리 이루어져야 했다. 여러 사람의 목숨이 달린 일이었기 때문이다.

밥 루빈과 내가 처음 요청을 하고 나서 8개월 뒤인 3월 29일, 마침내 부채 상한을 올리는 법안에 서명을 했다. 이제 우리의 예산안 협상 위에 걸려 있던 채무불이행이라는 다모클레스의 검(디오니소스 왕이 왕위에 따르는 위험을 보여주기 위해 머리 위에 머리카락 하나로 매달아두었던 검―옮긴이주)은 사라졌다.

워싱턴에 봄이 한창이던 4월 3일, 나는 오벌 오피스에서 일을 하다가 론 브라운과 미국 무역 투자 대표단(브라운이 발칸 국가들에 평화의 경제적 혜택을 제공하기 위해 조직했다)을 태운 공군 제트기가 악천후로 항로에서 이탈하여 크로아티아 두브로브니크 근처 세인트존 산에 추락했다는 소식을 들었다. 탑승자 전원이 사망했다. 일주일 전 힐러리와 첼시도 유럽에 갈 때 그 비행기를 탔으며, 승무원 구성도 일부는 똑같았다.

참담한 심정이었다. 브라운은 내 친구였으며, 내각에서 나의 가장 중요한 정치적 조언자였다. 그는 민주당전국위원회 위원장으로서 민주당을 1988년 패배의 충격에서 끌어올렸으며, 1992년 선거에서 민주당원들을 단결시키는 데 핵심적인 역할을 했다. 1994년 국회의원선거 패배 이후에도 브라운은 명랑한 기분을 잃지 않고, 우리가 경제에서 옳은 일을 하고 있으므로 1996년 선거에서는 승리할 것이라는 자신 있는 예측으로 사람들의 기운을 북돋워주었다. 그는 관료제를 현대화하여 상무부에 활기를 불어넣었으며, 그 성과를 기반으로 발칸 제국과 북아일랜드에서 미국의 경제적 이익은 물론 더 큰 이해관계까지 고려하며 적극적으로 활동했다. 그가 죽은 뒤 나는 브라운과 함께 일했던 한 기업 임원으로부터 편지를 받았다. 그는 브라운이 '미국 역대 최고의 상무장관'이라고 말했다.

힐러리와 나는 브라운의 집으로 차를 타고 가서 그의 부인 앨머, 두 자녀 트레이시와 마이클을 만났다. 며느리 태미도 와 있었다. 그들은 우리의 가족이나 다름없었다. 나는 그들이 이미 사랑하는 친구들에게 둘러싸여 있는 것을 보고 안심했다. 그들은 론 브라운의 이야기를 하면서 상실감을 달래고 있었다. 그는 할렘의 옛 호텔 테레사에서 어린 시절을 보낸 뒤 미국 정계와 공직의 정상까지 오르는 긴 여행을 한 인물이었기 때문에 이야깃거리도 많았다.

우리는 앨머의 집을 떠나 시내의 상무부로 가서 직원들과 이야기를 나누었는데, 직원들은 지도자와 친구들을 잃고 상심에 잠겨 있었다. 사망자 가운데는 힐러리와 내가 잘 아는 젊은이 애덤 달링도 있었다. 달링은 감리교 목사의 아들로 씩씩하고 이상주의적인 젊은이였으며, 1992년에 클린턴-고어를 지지하기 위해 자전거를 타고 미국을 횡단해 화제가 되면서 우리와 만나게 되었다.

며칠 뒤, 오클라호마시티 폭탄 테러 1주년을 딱 2주 앞두고, 힐러리와 나는 크로아티아에서 죽은 브라운과 다른 미국인들을 추모하며 백악관 뒤뜰에 말채나무를 심었다. 이어 우리는 오클라호마시티로 날아가 폭탄 테러로 사라진 탁아소를 대신할 새로운 탁아소 개관식에 참석하고, 그곳에 나와 있던 유가족들을 만났다. 이어 에드먼드 근처의 센트럴 오클라호마 대학으로 자리를 옮겨 학생들에게, 지난 3년간 역사상 어느 때보다 많은 테러리스트들을 체포했지만, 우리는 테러에 대항하여 더 많은 일을 해야 한다고 말했다. 나는 냉전 기간에 성장한 우리에게는 핵전쟁이 큰 위협이었듯이, 그들 세대에는 테러가 큰 위협이라고 말했다.

다음 날 오후 우리는 델라웨어의 도버 공군기지로 슬픈 여행을 했다. 국가를 위해 봉사하다 죽은 사람들의 유해가 고국으로 돌아오고 있었다. 관들을 비행기에서 내린 후 나는 론 브라운을 비롯하여 죽어간 사람들의 이름을 부르고 나서 참석한 사람들에게 다음 날이 부활절임을 상기시켰다. 부활절은 기독교인에게는 상실과 절망에서 희망과 구속으로 넘어가는 날이었다. 성경에서는 이렇게 말한다. "우리가 밤새도록 울지만, 아침에는 기쁨이 찾아오리라." 나는 이 구절을 4월 10일 내셔널 성당에서 브라운에 대한 조사의 주제로 사용했다. 그를 아는 우리 모두에게 브라운은 늘 아침의 기쁨이었기 때문이다. 나는 그의 관을 보며 말했다. "나는 내 친구에게 마지막으로 다시 한 번 말합니다. 고맙습니다. 당신이 아니라면, 나는 이 자리에 있을 수 없었을 겁니다." 우리는 브라운을 알링턴 국립묘지에 쉬도록 해주었다. 국립묘지에서 나는 그 끔찍한 시련으로 인한 슬픔과 피로 때문에 서 있기도 힘들었다. 선글라스 뒤에서 눈물을 감추고 있던 첼시가 팔로 내 허리를 둘렀고, 나는 첼시의 어깨에 머리를 뉘었다.

비행기 추락과 장례식 사이의 끔찍한 일주일 동안에도 나는 최선을 다해 내 의무를 이행했다. 우선 나는 새로운 농장법안에 서명했다. 바로 2주 전, 농장 신용체계를 개선하는 법안, 즉 농부들에게 더 낮은 이자율로 더 많은 대출을 해주는 법안에 서명했다. 새로운 농장법안이 일반 농부들을 위한 적절한 안전망을 제공하지 못한다고 생각했지만, 새로운 법 없이 현행법의 시효가 만료되면 농부들은 1948년에 제정된, 시대에 전혀 맞지 않는 지원 프로그램의 보호 하에 다음 농작물을 심어야 할 판이었다. 게다가 새로운 법안에는 내가 지원하는 조항들도 많이 있었다. 우선 농부들 스스로 심을 작물을 선택해도 지원을 잃지 않도록 유연성을 늘렸다. 또 시골 공동체의 경제 발전을 위한 자금이 제공되었으며, 토양 부식, 공기와 물 오염, 습지 손실을 막기 위한 자금 지원이 가능했다. 그리고 나의 환경 정책 가운데 가장 높은 우선순위를 차지하는 플로리다의 에버글레이즈(광범위한 개발과 사탕수수 재배로 훼손되었다) 복원 사업에 2억 달러를 투여하게 되었다.

4월 9일, 나는 대통령에게 항목별 거부권을 부여하는 법안에 서명했다. 주지사들은 대부분 이 권한을 가지고 있었으며, 1869년 율리시즈 그랜트 이후 모든 대통령이 이 권한을 원했다. 이 조항은 공화당의 '미국과의 계약'의 한 부분이었고, 나는 1992년 대통령 선거 때도 이 법안을 지지했다. 이 법안이 마침내 통과된 것은 기쁜 일이었다. 나는 이 법의 주요 용도가 미래의 대통령에게 처음부터 비경제적인 항목이 예산에 들어오지 못하게 막는 권한을 준다는 데 있다고 보았다.

그러나 이 법안 서명에는 한 가지 중대한 문제가 있었다. 국회에서 헌법의 최고 권위자로 존경받는 로버트 버드 상원의원이 이것을 행정부가 입법부를 침해하는 위헌적인 법안이라고 생각한다는 것이었다. 버드는 항목별 거부권을 매우 혐오하여, 마치 개인적으로 상처를 받은 것 같은 태도를 보여주었다. 아마 그는 이 법안에 서명한 것 때문에 나를 결코 용서하지 않았을 것이다.

론 브라운의 장례식 날에는 발의자들이 '부분 출산' 낙태라고 부르는 시술을 금지하는 법안에 거부권을 행사했다. 낙태 반대자들이 옹호하는 이 법안은 큰 지지를 받고 있었다. 이 법안은 임신 후기 낙태의 한 유형을 금지하는 것인데, 너무 무자비하고 잔인해 보여서 낙태에 찬성하는 많은 국민들도 금지되어야 한다고 생각했다. 그러나 그렇게 간단한 문제는 아니었다. 내가 아는 한 이 시술은 실제로 자주 이루어지지 않았다. 주로 의사가 산모의 생명이나 건강을 보호하기 위해 필요하다고 생각하는 경우에만 시술이 이루어졌다. 예컨대 뇌수종에 걸려 출생 전이나 도중이나 직후에 죽을 것이 틀림없는 태아를 임신한 경우였다. 문제는 죽을 운명의 태아를 계속 임신하고 있을 경우 산모의 건강에 얼마나 나쁜 영향을 주는가, 그렇게 할 경우 다른 아이를 임신할 수 없는가 하는 것이었다. 만약에 나쁜 영향을 주고 다른 아이의 임신도 불가능하다면, 이런 시술을 금지하는 것이 과연 '생명 지지' (낙태 반대자들의 입장을 흔히 이렇게 부른다—옮긴이주)인지 분명치가 않았다.

나는 산모와 의사가 결정을 해야 한다고 생각했다. 나는 부분 출산 낙태를 경험한 5명의 여성과 함께 서서 법안에 거부권을 행사했다. 그들 가운데 셋은 가톨릭 신자였고, 하나는 복음주의적인 기독교인이었고, 나머지 하나는 정통 유대교도였다. 그리고 모두가 낙태 반대자였다. 그들 가운데 하나는 자신의 목숨을 가져가고 아이의 목숨은 살려달라고 기도했다고 말했다. 그들 모두 오로지 아기가 살 수 없었기 때문에, 그리고 다른 아이를 갖고 싶었기 때문에 임신 후기 중절에 동의했다고 말했다.

내가 왜 그 법안에 거부권을 행사했는지 이렇게 오래 설명하는 것에서도 짐작하겠지만, 이 거부권 행사는 정치적 인기라는 면에서 보자면 아주 나쁜 결정이었다. 내가 그 법안에 거부권을 행사한 것은 그 시술이 필요했다는 여성들의 말이 사실이 아니라는 증거를 보여준 사람이 없었고, 산모를 보호하고 생식 기능을 유지할 수 있는 다른 방법이 있다는 증거를 보여준 사람도 없었기 때문이다. 나는 산모의 생명이나 건강이 위험에 처한 경우가 아니라면 모든 임신 후기 낙태를 금지하는 법안에 서명하겠다고 제안했다. 몇 개 주에서는 여전히 임신 후기 낙태를 허용하고 있었기 때문에, 그런 법안이 나왔다면 부분출산금지 법안보다 낙태를 훨씬 더 많이 막을 수 있었을 것이다. 그러나 국회의 낙태 반대 세력은 그 법안을 죽였다. 그들은 로 대 웨이드 판결을 무력하게 만들 방법을 찾고 있었다. 게다가 낙태에 강력하게 찬성하는 상원의원이나 하원의원도 이 법안에서는 지지할 만한 정치적 이점을 찾을 수가 없었다.

4월 12일, 나는 미키 캔터를 상무장관에 임명했고, 캔터를 유능하게 보필했던 샬린 바셰프스키를 미국 무역대표로 임명했다. 연방국립주택저당협회 회장인 페니 메이 밑에서 부회장을 하던 프랭크 레인스를 관리예산실장으로 임명했다. 레인스는 지성과 예산에 대한 지식, 관리예산실에서 성공할 수 있는 정치적 기술을 모두 갖추었는데, 그는 그 자리를 맡은 최초의 아프리카계 미국인이기도 했다.

4월 14일, 힐러리와 나는 공군1호기를 타고 한국, 일본, 러시아를 순방하는 바쁜 출장길에 올랐다. 한국의 아름다운 섬 제주에서 김영삼 대통령과 나는 46년 전 한국 전쟁을 끝낸 정전 협정의 나머지 조인국가들인 북한, 중국이 참여하는 4자 회담을 열자고 제안했다. 남북한이 대화를 하고, 나아가 최종적인 평화 체제에 합의할 수 있는 기본 틀을 만들고자 하는 의도였다. 북한은 평화를 원한다고 이야기했지만, 나는 그들의 말이 진심인지 확인해 보아야 한다고 생각했다.

나는 한국에서 도쿄로 가서, 하시모토 총리와 함께 우리의 안보 관계를 재확인하고 현대화하기 위한 선언문을 발표했다. 이 선언문에는 테러리즘에 대항하기 위해 더 협력해야 한다는 내용도 들어 있었는데, 일본은 사린 가스를 이용한 지하철 테러 이후 그 필요성을 절실하게 느끼고 있었다. 미국은 또 일본, 한국을 포함한 동아시아 지역에 10만 명 정도의 미군 병력을 유지하되, 일본 오키나와 섬의 미군은 축소하기로 했다. 그곳에서는 미군과 관련된 범죄 사건으로 미군 주둔에 대한 반대가 심해졌기 때문이다. 아시아의 평화와 안정을 유지하는 것은 미국의 경제적 이해관계에도 중대한 의미가 있었다. 아시아는 미국 수출품의 반을 구매했으며, 그런 구매가 미국 내

300만 개의 일자리를 유지해주었기 때문이다.

일본을 떠나기 전에 인디펜던스 호 선상에서 제7함대 소속의 미군을 방문하고, 황궁에서 일본 황제 부부가 주최한 우아한 국빈 만찬에 참석하고, 총리가 주최한 오찬에도 참석했다. 이 오찬에서는 미국 태생의 스모 선수와 뛰어난 일본인 재즈 색소폰 연주자가 분위기를 흥겹게 해주었다.

나는 미일 유대를 강화하기 위해, 부통령 출신의 월터 먼데일을 주일 미국 대사로 임명했다. 그의 명성과 까다로운 문제를 처리하는 솜씨는 일본인들에게 그들이 미국에 매우 중요하다는 메시지를 분명하게 전달해주었을 것이다.

우리는 러시아의 상트페테르부르크로 갔다. 오클라호마시티 폭탄 테러 1주년을 맞이한 4월 19일에 앨 고어는 오클라호마로 가서 행정부를 대신하여 연설했으며, 나는 러시아 군대 묘지를 방문했을 때 오클라호마시티 사건을 언급했다. 그런 다음 보리스 옐친, G-7 지도자들과 함께 이야기를 나누게 될 핵 안전 정상회의를 준비했다. 옐친은 정상회의를 통해 포괄적 핵실험 금지조약, START I, START II에 대한 우리의 약속과 핵무기, 핵물질을 확보하고 파괴하기 위한 공동 노력을 강조하자고 제안했다. 우리는 또 핵발전소의 안전을 개선하고, 핵물질을 바다에 투기하는 일을 중단하고, 우크라이나 대통령 레오니드 쿠치마가 4년 안에 체르노빌 발전소를 폐쇄하도록 돕기로 합의했다. 체르노빌 발전소는 그 비극적 사건이 일어나고 나서 10년이 지났음에도 여전히 운영되고 있었다.

4월 24일에 귀국을 했지만, 외교에서 완전히 벗어난 것은 아니었다. 중동의 긴장이 고조된 상황에서 레바논의 엘리아스 히라위 대통령이 백악관을 방문했다. 헤즈볼라가 레바논 남부에서 이스라엘을 향해 발사한 카투샤 로켓 일제 공격에 대응하여 시몬 페레스는 보복 공격을 명령했고, 이 과정에서 많은 민간인 사망자가 발생했다. 나는 레바논에 공감했다. 레바논은 이스라엘과 시리아 갈등의 틈바구니에 끼여 있었으며, 테러리스트 공작원들이 아주 많은 곳이었다. 나는 레바논의 진정한 독립을 요구하는 유엔 안전보장이사회 425호 결의안에 대한 미국의 변함없는 지지를 재확인했다.

중동에서 들려오는 소식이 다 나쁜 것은 아니었다. 내가 레바논 대통령을 만나는 동안, 야세르 아라파트는 팔레스타인해방기구 집행위원회를 설득하여 이스라엘의 존재 권리를 인정하도록 헌장을 고쳤다. 이스라엘에는 매우 의미 있는 정책 변화였다. 이틀 뒤 워런 크리스토퍼와 미국의 중동 특사 데니스 로스는 레바논의 위기를 끝내고 다시 평화 사업으로 돌아간다는 이스라엘, 레바논, 시리아의 합의서를 받아냈다.

4월 말에 시몬 페레스는 나를 찾아와 테러리즘에 대항하는 협력 합의서에 서명했다. 여기에는 그 무렵 엄청난 파괴와 큰 슬픔을 낳은 자살 폭탄 테러와 관련된 이스라엘의 취약점을 개선하기 위한 공동 노력에 5,000만 달러를 투입한다는 내용도 담겨 있었다.

일주일 전, 나는 오클라호마시티 사건 1년 만에 국회가 통과시킨 테러 방지법안에 서명했다. 이 법안은 무연無煙 흑색 화약에 추적 가능한 표지를 넣자는 조항과 연방 당국에 이동성 감청장치(조직범죄자들에 대해서는 이미 사용하고 있었다)를 테러리스트 용의자에 대해 사용할 권한을 부여하는 조항을 삭제한 뒤 초당적인 강력한 지지를 얻었다. 이 법안 덕분에 테러 공격을 예방하고, 테러 조직을 분쇄하고, 화학과 생물학 무기에 대한 통제를 확대하는 수단과 자원을 더 확보할 수 있었다. 국회는 또 플라스틱 폭탄에 화학적 표지를 첨가하고, 법에서 분명히 금지하지 않은 다른 유형의 폭약에도 그러한 표지를 넣을 수 있는 가능성을 열어두는 데 동의했다.

4월은 화이트워터 세계에서도 흥미 있는 한 달이었다. 4월 2일, 케네스 스타는 4개의 대형 담배회사를 대리하여 뉴올리언스 제5순회항소법원에 등장했다. 담배회사들은 십대를 상대로 한 담배 판매와 식품의약국의 담배 회사 통제 권한을 둘러싸고 나의 행정부와 열띤 논쟁을 벌이고 있었다. 스타는 나의 적들에게 큰 보수를 받는 변호사 일을 하면서도 아무런 이해충돌이 없다고 생각하는 모양이었다. 「유에스에이 투데이」는 이미 스타가 위스콘신의 학비 납부 가능 인증서(내가 반대하는 것이었다)를 변호하기 위해 법정에 나갔을 때 주 정부가 아니라 초보수적인 브래들리 재단으로부터 돈을 받았다고 폭로한 바 있었다.

스타는 정리신탁공사가 우리를 비난하고 나선 L. 진 루이스의 행위를 조사한 것을 수사하고 있었다. 한편 정리신탁공사는 스타의 법률회사에 대해 제기한 소송(파산한 덴버 저축대출기관의 대리를 태만히 처리한 문제를 놓고 소송을 제기했다)에서 합의를 보려고 협상을 하고 있었다. 물론 스타는 폴라 존스의 소송을 변호하기 위해 텔레비전에 나가겠다고 제안한 적도 있었다. 로버트 피스크는 재닛 리노가 그를 지명한 것이 이해충돌로 보인다는 근거 박약한 주장으로 인해 화이트워터 독립변호사직에서 물러난 적이 있었다. 그런데 이제 우리는 진짜 이해충돌을 보여주는 독립변호사를 가지게 된 것이다.

앞서도 말했듯이, 스타를 비롯하여 국회나 연방법원 내의 그의 동맹자들은 '이해충돌'이라는 말을 새로 정의한 것 같았다. 힐러리와 나에 대해 조금이라도 우호적이거나 피스크의 경우처럼 공정하기만 해도, 그것은 그들의 정의에 따르면 이해충돌이었다. 반대로 케네스 스타는 명백한 정치적·경제적 이해충돌과 나에 대한 극단적 편견을 가지고 있었지만, 스타의 동맹자들은 그가 우리를 비롯하여 다른 많은 무고한 사람들의 뒤를 쫓을 수 있는 무제한의 권한, 누구에게도 책임지지 않는 권한을 가지는 것이 아무런 문제가 되지 않는다고 생각하는 것 같았다.

무엇이 이해충돌을 구성하느냐 하는 문제에 대한 스타와 그의 동맹자들의 묘한 견해는 헨리 우즈 판사를 대할 때 가장 분명하게 나타났다. 연방수사국 요원 출신의 우즈 판사는 많은 존경을 받는 고참 판사로, 스타가 화이트워터와는 아무런 관계가 없는 연방 관할 혐의로 기소한 짐 가이 터커 주지사를 비롯한 몇 사람의 심리를 주재했다. 케이블 텔레비전 방송국 매입과 관련된 사건이었다. 처음에는 스타도 터커도 우즈 판사가 심리를 주재하는 데 반대하지 않았다. 그는 민주당원이기는 했지만, 주지사와 가까운 관계였던 적이 없기 때문이다. 우즈 판사는 터커의 혐의가 화이트워터와 아무런 관계가 없으므로 스타가 독립변호사법에서 부여하는 권한을 남용했다고 결정하여 기소를 기각했다.

스타는 우즈의 판결에 불복하여 제8순회법원에 항소했고, 편견이 있다는 이유로 우즈 판사가 이 사건에서 손을 떼게 해달라고 요청했다. 이 사건을 맡은 항소재판부는 레이건과 부시가 임명한 보수적인 공화당원들이었다. 재판장인 파스코 보면은 우익 정치에서 데이비드 센텔과 쌍벽을 이루는 사람이었다. 항소법원은 우즈 판사에게 자신을 변호할 기회도 주지 않은 채 그의 판결을 파기하고 기소를 원래대로 돌려놓았을 뿐 아니라, 법정 기록이 아니라 그를 비판하는 신문과 잡지기사를 인용하여 그를 이 사건에서 밀어내버렸다. 허위 비난으로 가득한 그 글들 가운데는 짐 존슨 판사가 쓴 우익 「워싱턴 타임즈」의 기사도 있었다. 항소법원의 판결 뒤에 우즈는 자신이 미국 역사상 신문기사의 편견에 근거하여 사건에서 배제된 유일한 판사라고 말했다.

그 뒤에 다른 모험적인 변호사가 심리 판사를 바꾸어달라고 제8순회법원에 항소하면서 우즈 사건을 선례로 들자, 우즈 때와는 달리 이데올로기적 경향이 강하지 않았던 다른 재판부는 그 요청을 기각하면서 우즈 판결이 전례도 없고 정당화될 수도 없는 판결이라고 비판했다. 당연히 전례도 없고 정당화될 수도 없는 일이었다. 그러나 화이트워터 세계에서는 다른 규칙이 적용되었다.

4월 17일, 심지어 「뉴욕 타임즈」도 더 참지 못했다. 「뉴욕 타임즈」는 스타가 '그 자신의 정치적이고 경제적인 짐을 던져버리는 것을' 거부한 것을 근거로 "독립변호사로서의 격식 문제를 도전적으로 무시했고 미국 국민에 대한 특수한 의무에도 무관심하다"고 비판하면서, 그가 물러나야 한다고 말했다. 이 오래된 역사를 가진 위대한 신문은 그래도 양심이 있다는 생각이 들었다. 이 신문은 린치를 가하려는 폭도에게 힐러리와 나를 넘겨주고 싶지 않았던 것이다. 그러나 나머지 화이트워터 매체는 이 문제에 대해 입을 다물었다.

4월 28일, 나는 또 다른 화이트워터 심리에서 4시간 반짜리 비디오 녹화 증언을 했다. 이 심리에서 스타는 짐과 수잔 맥두걸 부부와 짐 가이 터커를 매디슨 신용금고와 중소기업청 자금 횡령 혐의로 기소했다. 대출금을 갚지 못한 것은 사실이지만, 피고들이 상환할 의도가 있었다는 것은 검사들도 논박하지 못했다. 대신 피고들은 빌린 돈이 대출신청서에 적힌 것과는 다른 목적을 위해 사용되었다는 사실 때문에 범죄 혐의로 기소당한 것이다.

이 심리는 화이트워터, 힐러리, 나와는 아무런 상관이 없었다. 내가 그 이야기를 여기에서 하게 된 것은 데이비드 헤일이 나를 이 사건에 끌어들였기 때문이다. 헤일은 중소기업청을 속여 수백만 달러를 사취했으며, 감형을 얻어내기 위해 스타에게 협조했다. 헤일은 증언에서 나로부터 맥두걸 부부에게 30만 달러를 대출해주라는 압력을 받았다는 주장을 되풀이했다.

나는 헤일의 이야기는 거짓이며, 나에게 걸린 혐의의 출발점이 된 두 당사자 사이의 거래에 대해 아무것도 모른다고 말했다. 피고측 변호사들은 헤일이 맥두걸 부부, 터커와 거래하는 과정에서 나의 역할에 대해 거짓말을 했다는 것을 배심이 알게 되면, 증언의 신뢰성 전체가 훼손되어 검사들의 주장은 무너질 것이며, 따라서 피고들이 직접 증언할 필요도 없을 것이라고 생각했다. 그러나 이 전략에는 두 가지 어려움이 있었다. 첫째는 많은 사람들의 충고에도 불구하고, 짐 맥두걸은 자신을 변호하기 위해 직접 증언에 나서겠다고 고집을 부렸다. 그는 1990년 매디슨 신용금고 파산으로 인한 이전의 재판에서도 그렇게 했으며, 결국 무죄 방면되었다. 그러나 그 이후 조울병이 심해져서, 많은 관찰자들의 말에 따르면, 그의 산만하고 변덕스러운 증언은 그 자신만이 아니라 수잔 맥두걸과 짐 가이 터커에게도 피해를 주었다. 수잔 맥두걸과 짐 가이 터커는 짐이 자기도 모르는 사이에 그들을 위험에 빠뜨린 뒤에도 자신을 변호하기 위한 증언에 나서지 않았다.

또 하나의 문제는 배심이 데이비드 헤일과 나의 정적들 사이의 관계에 대한 정보들을 모두 갖고 있지 않다는 것이었다. 그런 정보들 가운데 일부는 아직 알려지지 않았으며, 어떤 정보들은 판사에 의해 받아들일 수 없는 것으로 기각되었다. 배심은 헤일이 '아칸소 프로젝트'라고 알려진 비밀 계획에 따라 돈과 지원을 얻고 있다는 사실도 알지 못했다.

아칸소 프로젝트는 피츠버그의 초보수주의자인 억만장자 리처드 멜런 스케이프가 자금을 대는 것이었다. 스케이프는 「아메리칸 스펙테이터」에 힐러리와 나에 대한 부정적인 기사를 쓰라고 돈을 댄 적도 있었다. 이 프로젝트는 전직 주 경찰관 한 사람에게 1만 달러를 주어 내가 마약 밀반입을 했다는 터무니없는 이야기를 지어내게 한 적도 있었다. 스케이프 쪽 사람들은 또 뉴트 깅리치의 동맹자들과 긴밀하게 협력하고 있었다. 데이비드 브록은 아칸소 주 경찰관들이 나에게 여자를 조달했다는 주장을 「아메리칸 스펙테이터」에 기사로 쓰고 나서, 이 잡지사만이 아니라 시카고의 사업가인 피터 스미스로부터도 은밀히 보수를 받았다. 스미스는 깅리치의 정치행동위원회 재정위원장이었다.

아칸소 프로젝트의 사업은 대부분 데이비드 헤일에게 집중되어 있었다. 이 프로젝트는 짐 존슨 판사의 보좌관 출신인 파커 도지어를 끌어들여, 핫스프링스 외곽에 있는 도지어의 미끼 가게에 헤일을 위한 피난처를 만들어주었다. 이곳에서 도지어는 헤일이 스타와 협력하는 동안 그에게 돈을 주고, 차와 낚시용 오두막을 쓰게 해주었다. 이 무렵 헤일은 스타의 친구이자 아칸소 프로젝트와 「아메리칸 스펙테이터」의 변호사이기도 한 테드 올슨에게 무료로 법률 조언을 얻었다. 올슨은 나중에 조지 W. 부시 대통령의 법무부에서 법무차관이 되었는데, 인준을 위한 상원 청문회에서 아칸소 프로젝트와 관련된 그의 일에 대해서는 솔직하게 말하지 않았다.

어떤 이유에서인지 배심은 피고인 짐과 수잔 맥두걸, 그리고 짐 가이 터커 모두에게 몇 가지 혐의에 대해 유죄평결을 내렸다. 독립검사실의 수석검사는 재판을 마무리지으면서, 내가 '재판을 받은 것'은 아니며, 나에 대한 '비행 주장은 없었다'고 말했다. 그러나 스타는 이제 그가 정말로 원하는 것을 얻었다. 이 세 사람에게 압력을 가하면 그들은 징역형을 피하기 위해 나에게 피해를 줄 수 있는 뭔가를 내놓을 거라고 생각했기 때문이다. 그래 봐야 나올 것이 없었기 때문에 나는 걱정하지 않았다. 다만 스타의 광범위한 조사 작업으로 인해 납세자들의 부담이 엄청나게 늘어나고, 내가 대통령이 되기 전에 힐러리와 나를 알았다는 죄밖에 없는 아칸소 사람들이 다치는 것이 안타까웠을 뿐이다.

나는 배심의 평결에 대해 심각한 의심을 품고 있었다. 짐 맥두걸은 정신병이 많이 진전되어, 증언은커녕 심리를 받을 능력도 없는 상태로 보였기 때문이다. 또 수잔 맥두걸과 짐 가이 터커가 유죄판결을 받은 것은 짐 맥두걸의 혼미한 정신에서 나온 증언과 데이비드 헤일이 자신을 구하고자 필사적으로 노력한 결과일 뿐이라고 생각했다.

5월은 입법부 쪽에서는 비교적 조용한 달이었다. 덕분에 나는 몇 개 주에서 선거운동을 하고, 대통령으로서 해야 할 공식적인 행사도 치렀다. 예를 들어 빌리 그레이엄에게 국회 금메달을 수여하고, 사우스론에서 연례행사인 WETA-TV '공연 중' 콘서트(에어런 네빌과 린다 론스타트가 출연했다)도 개최하고, 그리스 대통령 콘스탄티노스 스테파노폴로스의 국빈 방문도 받았다. 사실 중대한 외교나 국내 문제가 걸려 있을 때는 그런 일들을 마음껏 즐길 만큼 긴장을 풀 수 없는 경우도 많았다.

5월 15일, 나는 공동체 경찰 법안 가운데 그 무렵 승인이 난 부분을 발표했고, 우리는 내가 약속했던 10만 명 가운데 4만 3,000명의 새로운 경찰관을 거리에 풀어놓을 수 있게 되었다. 같은 날 밤 돌은 대통령 선거운동에 전념하기 위해 상원의원직을 내놓겠다고 말했다. 그는 나에게 전화를 하여 자신의 결정을 알렸으며, 나는 그에게 행운을 빌어주었다. 그것이 돌이 택할 수 있는 유일하게 합리적인 길이기도 했다. 그는 나에 대항하여 선거운동을 하면서 다수당 의장 일까지 할 여유는 없었다. 게다가 상원과 하원의 공화당이 예산안을 비롯한 여러 문제에서 택하는 입장들이 대통령 선거에서 그에게 피해를 주고 있었다.

다음 날 나는 지구상에서 대인지뢰를 모두 금지할 것을 요구했다. 유럽, 아시아, 아프리카, 남미의 지표 바로 밑에는 약 1억 개의 지뢰가 묻혀 있었는데, 그 대부분이 과거 전쟁의 유물이었다. 그 가운데 다수는 묻힌 지 수십 년이 지났지만 여전히 치명적인 위험을 가지고 있었다. 이로 인해 매년 2만 5,000명이 죽거나 불구자가 되었다. 특히 앙골라나 캄보디아 같은 곳에서 아이들이 당하는 피해는 끔찍했다. 보스니아에서도 피해가 많았다. 보스니아에서 미군 사상자는 딱 한 사람이었는데, 이 육군 하사는 지뢰를 제거하려다 죽고 말았다. 나는 미국이 1999년까지 자연적으로 파괴되지 않는, 이른바 멍청이 지뢰 400만 개를 제거하고, 다른 나라들의 지뢰 제거 작업도 돕겠다고 약속했다. 곧 미국은 전 세계 지뢰 제거 비용의 반 이상을 대게 되었다.

안타깝게도 이것은 생명을 긍정하는 행사가 되어야 했지만, 또 하나의 비극과 뒤섞여버렸다. 나는 해군참모총장 마이크 부어다가 그날 오후 스스로 총을 쏘아 자살했다는 소식을 발표해야 했다. 부어다는 징병으로 군대에 들어와 해군 최고위직에 오른 최초의 인물이었다. 자살의 이유는 그가 자신과 관계없는 베트남 전투 훈장 두 개를 달고 다녔다고 주장하는 보도 때문이었다. 그 보도의 진위에는 논란이 있었으나, 어쨌든 그것이 오랜 기간의 헌신과 뛰어난 봉사와 분명한 용기를 통해 얻어낸 그의 위치까지 훼손할 수는 없었다. 빈스 포스터와 마찬가지로 그의 명예와 성실성에는 의문이 제기된 적이 없었다. 당신은 일을 잘 못한다는 이야기를 듣는 것과 당신은 아무짝에도 쓸모없다는 이야기를 듣는 것 사이에는 큰 차이가 있는 법이다.

5월 중순, 나는 에이즈 환자들을 치료하고 돌보는 자금을 지원하는 라이언 화이트 케어 법의 시한을 연장하는 문서에 서명했다. 에이즈는 25세에서 44세 사이의 미국인 사망의 제1원인이 되었다. 우리는 1993년 이래 에이즈에 사용되는 돈을 두 배로 늘렸으며, 에이즈 환자 90만 명 가운데 3분의 1이 이 법으로 혜택을 받고 있었다.

같은 주에 나는 또 미건 법이라고 알려진 법안에도 서명했다. 성 범죄자에게 살해당한 소녀의 이름을 따서 만들어진 이 법은 폭력적인 성 범죄자가 있다는 사실을 해당 공동체에 알릴 권한을 주정부에 부여하는 법안이다. 몇 가지 연구를 보면 그런 범죄자들은 과거에서 벗어나는 경우가 드물었다.

행사 뒤에 나는 미주리로 날아가 딕 게파트와 함께 선거운동을 했다. 나는 게파트를 진정으로 존경했다. 그는 근면하고, 똑똑하고, 친절한 남자로, 실제 나이보다 20년은 젊어 보였다. 그는 하원의 민주당 의장이었지만 주말이면 집으로 가서 동네를 돌아다니며 유권자들과 이야기를 나누었다. 게파트는 종종 내가 자기 지역구에 해주기를 바라는 일의 목록을 건네주곤 했다. 많은 하원의원들이 이따금씩 요청을 해오곤 했지만, 정기적으로 '할 일'

목록을 타자로 쳐서 전해주었던 사람은 게파트 외에 테드 케네디뿐이었다.

5월 말, 나는 보훈부가 베트남 참전용사들에게 암, 간 질환, 호킨스 병 등 에이전트 오렌지(고엽제–옮긴이주)와 관련된 질병들을 포함한 몇 가지 심각한 질병에 대하여 보상해줄 것이라고 발표했다. 이것은 베트남 참전용사인 존 케리 상원의원, 존 맥케인 상원의원, 고故 버드 줌월트 제독이 오래전부터 주장해오던 것이었다.

5월 29일에는 자정 너머까지 잠을 안 자고 이스라엘 선거 결과를 지켜보았다. 정말 아슬아슬했지만, 결국 비비 네타냐후가 1퍼센트도 안 되는 득표율 차이로 시몬 페레스를 물리쳤다. 페레스는 아랍 표의 다수를 얻었지만, 네타냐후는 유권자의 90퍼센트 이상을 차지하는 유대인 표로 페레스를 눌러 승리를 거두었다. 네타냐후는 선거 중에 테러리즘에 더 강경하게 대응하고 평화과정의 속도는 늦추겠다고 약속했으며, 미국 스타일의 텔레비전 광고를 이용하기도 했다. 페레스를 공격하는 몇 개의 광고를 만들 때는 뉴욕의 공화당 미디어 컨설턴트들의 도움을 얻기도 했다.

페레스는 네타냐후의 광고에 대응해야 한다는 지지자들의 호소에 저항하다가 선거운동 막판에 대응에 나섰지만, 그때는 이미 늦었다. 페레스는 총리로서 훌륭하게 일을 했고, 이스라엘에 한평생을 바쳤지만, 1996년에는 아슬아슬한 차이로 네타냐후가 더 나은 정치가라는 것이 입증되었다. 나는 네타냐후와 함께 평화과정을 유지해나갈 수 있을지, 가능하다면 어떤 식으로 해야 할지 궁리하기 시작했다.

6월이 되자 나는 대통령 선거운동을 배경으로 전국으로 빠르게 번져가고 있는 당혹스러운 흑인 교회 연쇄방화와 교육이라는 두 가지 문제에 초점을 맞추었다. 프린스턴 대학 졸업식에서는 모든 미국인에게 대학 문을 열고, 적어도 대학 2년은 고등학교처럼 모든 사람이 등록할 수 있게 하겠다는 계획을 발표했는데, 그 개요는 다음과 같았다. 조지아 주의 호프 장학금 1,500달러(지역 초급대학의 평균 학비였다)를 본떠 2년간 대학교육에 대하여 1,500달러의 세액공제를 한다, 첫 두 해 이후의 모든 대학교육에 대해서는

1만 달러에 대해 세금공제를 한다, 모든 고등학교 졸업생 가운데 상위 5퍼센트의 학생에게는 1,000달러의 장학금을 지급한다, 대학의 근로장학생 자리를 70만에서 100만으로 늘린다, 저소득층 학생들을 위한 펠 보조금을 매년 늘린다 등.

6월 중순에 나는 뉴멕시코 주 앨버커키 그로버 클리블랜드 중학교에 가서 공동체 통행금지 프로그램을 지지했다. 전국에서 행해지고 있는 이와 비슷한 프로그램들은 청소년들이 평일에는 일정한 시간까지 귀가해야 한다고 정해놓았다. 그러자 범죄가 줄고 학습 효과가 개선되었다. 나는 또 초등학교와 중등학교 학생들에게 교복을 입히는 정책도 지지했다. 교복을 의무화한 학구마다 거의 예외 없이 출석률이 높아지고, 폭력이 줄어들고, 학습이 개선되었다. 가난한 집 학생과 부잣집 학생 사이의 차이도 줄어들었다.

나의 비판자들 몇 명은 통행금지, 교복, 인성교육 프로그램, 시청자 차단 프로그램 등과 같은 이른바 '소구경小口徑' 쟁점들에 대한 나의 강조를 비웃으면서, 그것이 모두 정치적 행동이며, 공화당 국회에서 큰 프로그램들을 통과시킬 수 없기 때문에 어쩔 수 없이 내놓는 대안이라고 주장했다. 그것은 정확한 이야기가 아니었다. 당시 우리는 나의 첫 2년 동안 통과시킨 교육 및 범죄와 관련된 큰 프로그램들을 시행하고 있었으며, 국회에 또 하나의 중요한 교육 정책을 제출해놓았다. 그러나 나는 연방의 돈과 법은 국민에게 삶을 개선할 수 있는 수단 외에는 줄 수 없다는 것을 알고 있었다. 진정한 변화는 풀뿌리 수준에서 국민들에 의해 이루어져야 했다. 우리의 교복 장려 정책의 결과, 더욱더 많은 학구에서 이 정책을 채택하여 긍정적인 결과를 얻게 되었다.

6월 12일에 나는 사우스캐롤라이나 그릴리빌에 가서 시온산 아프리카 감리교회 헌당식에 참석했다. 전의 교회가 불에 탄 뒤 새로 지은 교회였다. 일주일 전에 노스캐롤라이나 주 샬롯에 있는 한 흑인 교회가 불에 탔다. 18개월 동안 벌써 30번째로 일어난 일이었고, 미국의 흑인 공동체 전체가 깜짝 놀라 내가 뭔가 해주기를 기대하고 있었다. 나는 연방 검사가 예배당 방화범을 더 쉽게 처벌할 수 있게 해주는 초당적인 법안에 서명했고, 재건을 위한 저리의 대출금 지원이 가능하도록 연방 대출 보증을 약속했다. 교회 방화는 1992년의 유대인 회당 훼손 사건처럼 상승작용을 일으키는 것 같았다. 이 사건들은 음모로 연결되어 있지는 않았지만, 마음의 전염으로 연결되고 있었다. 자기와는 다른 사람에 대한 증오심의 전염이었다.

6월 초, 3년 전인 1993년에 나의 백악관 인사보안국이 부시와 레이건의 백악관에 들어가기 위해 신원조회를 마친 사람들에 대한 연방수사국 정보철 수백 건을 입수했다는 보도가 나왔다. 이 서류는 인사보안국이 당시의 백악관 직원들에 대한 보안 파일들을 교체하려던 과정에서 얻은 것이었다. 이임하는 부시 행정부가 관련 서류를 부시 도서관에 보관하기 위해 가져갔기 때문이다. 백악관은 공화당원에 대한 연방수사국 비밀 보고서를 소유할 생각이 전혀 없었다. 나는 그 이야기를 듣고 격분했다.

6월 9일, 리언 파네타와 나는 그 사건에 대해 사과했다. 일주일이 안 되어 루이스 프리 연방수사국장은 연방수사국이 408건의 정보철을 백악관에 넘겨주는 잘못을 저질렀다고 발표했다. 며칠 뒤 재닛 리노는 케네스 스타에게 정보철 사건을 수사해달라고 요청했다. 2000년에 독립변호사실은 이 사건이 단순한 실수였다고 결론을 내렸다. 백악관은 어떠한 종류의 정치적 첩보 활동도 하지 않았다. 비밀검찰부는 인사보안국에 낡은 백악관 직원 명부를 주었는데, 여기에 공화당원들의 이름이 포함되어 있었던 것이다. 이것이 백악관에 보내진 문제의 명단이며, 조사 결과 밝혀진 내용이었다.

6월 말, 내슈빌에서 열린 연례 고어 가족회의에서 나는 자녀 학교의 사친회에 참석하는 경우, 또는 자녀나 배우자나 부모의 건강 검진을 위해 병원에 가는 경우, 1년에 24시간, 또는 근무일 3일을 휴가로 더 쓸 수 있도록 가족휴가법을 확대하겠다고 제안했다.

일과 가족 사이의 균형을 잡는 문제는 백악관에도 영향을 주어, 나에게 무거운 부담이 되고 있었다. 국내정책회의에 참여하는 빌 갤스턴은 민주당 지도자협의회를 통해 처음 만난 뛰어난 사람으로 끊임없이 좋은 구상들을 내놓았는데, 그 무렵 10살 난 아들과 더 많은 시간을 보내고 싶다며 사직했다. "아들이 계속 내가 어디 있느냐고 묻습니다. 지금 내가 하는 일은 다른 사람이 와서도 할 수 있습니다. 하지만 아이와 함께 있는 일은 다른 사람이 할 수 없지요. 나는 가정을 택하겠습니다."

뛰어난 관리자로, 재계와 가장 말이 잘 통한다고 알려진 비서실 차장 어스킨 보울스는 나와 가까운 친구가 되어 골프도 함께 즐기는 사이였다. 그런데 보울스도 퇴직하겠다고 이야기했다. 힐러리의 웰즐리 동창이기도 한 그의 부인 크랜돌은 커다란 섬유회사를 운영하면서 출장을 많이 다녔다. 그들의 자녀 가운데 둘은 대학에 다녔다. 막내는 이제 고등학교 3학년에 올라갈 예정이었다. 보울스는 자신이 하는 일을 좋아한다고 하면서도 이렇게 말했다. "하지만 아들이 고등학교 마지막 학년인데 혼자 집에 있게 할 수는 없는 것 아닙니까. 그 아이가 자신이 부모에게 세상에서 가장 중요한 존재였는지 의문을 품게 되는 것을 바라지 않습니다. 나는 가정을 택하겠습니다."

나는 갤스턴과 보울스의 결정을 존중하고 또 거기에 동의했다. 그리고 힐러리와 내가 백악관에 살면서 일을 하는 것에 감사했다. 그 덕분에 우리는 오랜 시간 출퇴근을 할 필요가 없었고, 적어도 우리 둘 중의 하나는 거의 언제나 첼시와 함께 저녁을 먹을 수 있었고, 첼시가 아침에 일어날 때는 함께 있어줄 수 있었기 때문이다. 그러나 내 비서진의 퇴직 경험을 통해, 나는 아주 다양한 일에 종사하면서 다양한 수준의 소득을 올리는 많은 미국인들이 매일 일을 하면서 자신이 일 때문에 아이들을 방치하는 것은 아닌지 몹시 걱정한다는 것을 깨닫게 되었다. 미국은 부유한 나라들 가운데 일과 가족의 균형을 잡는 일에 지원을 가장 하지 못하는 축에 들었으며, 나는 그것을 바꾸고 싶었다.

안타깝게도 국회의 공화당 다수파는 고용주들에게 새로운 부담을 주는 데 반대했다. 그 무렵 한 청년이 나에게 다가오더니 재미있는 이야기를 해주겠다고 했다. 청년의 말대로, '대통령이 되고 나서는 사람들 앞에서 해줄 농담을 찾기가 힘들었기' 때문에, 나는 반갑게 청년의 이야기에 귀를 기울였다. 그 청년의 농담은 이런 것이었다. "이 국회와 함께 대통령 일을 하는 것은 공동묘지 한가운데 서 있는 것과 같다. 밑에 많은 사람들이 있지만, 아무도 이야기를 들어주지 않는다." 아주 똑똑한 청년이었다.

6월 말, G-7 연례회의(이번 회의에서는 주로 테러리즘에 대해 이야기할 예정이었다)에 참석하기 위해 프랑스 리용으로 떠날 준비를 하고 있는데, 사우디아라비아 다란의 군용 주택단지 코바르 타워스 바로 외곽의 보안 장벽에 강력한 폭탄을 실은 트럭이 돌진하여, 공군 병사 17명이 전사하고 거의 300명의 미국인과 다른 많은 사람들이 부상을 당하는 사건이 벌어졌다. 미군 순찰병이 트럭에 다가가자, 트럭에 타고 있던 사람 둘이 달아났고, 그 즉시 폭탄이 터졌다. 나는 수사관과 법의학 전문가들 40여 명으로 이루어진 연방수사국 팀을 보내 사우디아라비아 당국과 협조하게 했다. 파드 왕은 나에게 전화를 하여 조의를 표하고 유대를 확인했으며, 사우디아라비아 정부가 미국인들을 죽인 범인들을 체포하여 처벌하겠다고 약속했다. 결국 사우디아라비아는 테러에 책임이 있는 것으로 결론이 난 사람들을 처형하게 된다.

사우디아라비아는 미군을 페르시아 만에 '미리 주둔시켜두면' 사담 후세인의 재공격을 억제하고, 설사 공격을 당한다 해도 미군이 재빨리 대응할 수 있을 것이라는 희망에서, 걸프 전쟁 뒤에 미군이 기지를 세우는 것을 허용했다. 미군이 주둔하면서 그런 목적을 달성했으나, 미군 부대는 그 지역 테러리스트의 공격에 더 취약해졌다. 코바르의 보안 시설은 정말 허술했다. 미군과 사우디아라비아 당국이 테러리스트가 그렇게 강력한 폭탄을 만들 수 없을 것이라고 방심했기 때문에 폭탄을 실은 트럭이 기지에 바짝 다가갈 수 있었다. 나는 해외 주둔 미군의 안전을 강화할 수 있는 방법들을 연구할 위원회를 만들고, 위원장으로 미국 특수작전사령부 총사령관 출신의 웨인 다우닝 장군을 임명했다.

나는 G-7 정상회의를 준비하면서 참모진에게 국제 사회가 세계 테러리즘에 대항하여 좀더 효과적으로 협력할 수 있는 방법들을 보고해달라고 요청했다. 리용에서 만난 세계 지도자들은 테러리스트의 인도와 기소 속도를 높이고, 테러 자금의 출처를 차단하고, 내부 방어체계를 개선하고, 테러리스트들이 하이테크 통신 장비에 접근하는 것을 최대한 제한하는 40여 개 항목의 권고안에 동의했다.

1996년까지 나의 행정부는 심각한 테러 사건들을 예방하고, 국제적인 협조를 통해 테러리스트들을 체포하여 처벌하고, 테러리스트 조직으로 가는 돈과 통신의 흐름을 차단하고, 테러리스트가 대량살상무기에 접근하는 것을 막고, 테러를 지지하는 나라에 제재를 가하고 고립시키는 데 초점을 맞추는 테러방지전략을 확정했다. 레이건 대통령의 1986년 리비아 공격과 내가 1993년에 명령한 이라크 정보부 공격이 보여주듯이, 미국은 미국에 대한 테러 행위에 직접 관여하는 나라들을 억제할 수 있었다. 두 나라 모두 다시 테러를 시도하지 않았다. 그러나 비국가 테러 조직을 공격하는 것은 간단치 않았다. 나라에 대해서는 효과를 볼 수 있는 군사적·경제적 압력이 그런 조직들에는 쉽게 적용될 수 없었기 때문이다.

우리의 전략은 많은 성공을 거두었다. 우리는 뉴욕의 홀랜드 터널과 링컨 터널을 폭파하려던 계획, 필리핀에서 미국으로 날아가는 비행기들을 폭파하려던 계획 등 테러리스트의 공격 계획을 몇 차례 예방했다. 또 전 세계의 테러리스트들을 미국으로 이송하여 재판을 받게 했다. 그러나 테러는 단순히 국제적인 조직범죄가 아니다. 테러 단체들은 정치적 목표를 제시하기 때문에 국가의 지원이나 대중의 지지를 받는 경우도 많다. 나아가 테러 조직의 배후를 캐다 보면 까다롭고 위험한 질문들과 마주칠 수도 있었다. 예를 들어 코바르 타워스 수사에서는 이란이 테러리스트들을 지원했을 가능성이 제기되기도 했다. 우리가 공격에 대항하는 훌륭한 방어 체제를 갖추고 있다 해도, 법집행이 테러리스트들에 대한 충분한 공격 전략이 될 수 있을까? 아니면 군사적 대안에 의존하는 것이 더 좋은 방법일까? 1996년 중반에는 국내나 해외에서 이루어지는 미국인에 대한 공격에 어떻게 대처해야 할까? 이런 문제에 대해 우리가 답을 얻지 못했다는 것은 분명했다. 또 그 문제가 앞으로 상당 기간 해결되지 않을 것이라는 점도 분명했다.

여름은 국내외의 좋은 소식으로 시작되었다. 보리스 옐친은 7월 3일 극단적 국수주의자 게나디 쥬가노프와 결선투표에서 맞붙게 되었다. 1차 선거는 박빙이었지만, 옐친은 시간대가 11개나 지나가는 나라 전체를 돌며 정력적인 선거운동을 하고 미국식 선거 행사와 텔레비전 광고도 하면서, 수월

하게 결선행 차표를 얻을 수 있었다. 이 선거는 민주주의를 지키고, 경제를 현대화하고, 서방과 손을 잡으려는 옐친의 지도력에 대한 비준의 성격이 강했다. 러시아에는 문제가 많았지만, 나는 그래도 러시아가 올바른 방향으로 간다고 믿었다.

미국도 올바른 방향으로 움직이고 있었다. 1,000만 개의 새로운 일자리가 생기면서 실업률이 5.3퍼센트로 떨어지고, 1·4분기의 경제 성장이 4.2퍼센트에 이르고, 적자는 내가 취임할 때에 비해 반 이하로 떨어졌다. 임금 역시 올라가고 있었다. 그러나 다음 날에는 주가가 115포인트나 떨어졌다. 나는 월스트리트가 보통 미국인이 잘되는 꼴을 얼마나 보기 싫어하는지 알 수 있지 않느냐고 밥 루빈을 놀렸다. 하지만 사실 그렇게 간단한 문제는 아니었다. 주식 시장은 미래와 관련된 것이다. 상황이 정말 좋으면 투자자들은 이제부터 나빠질 것이라고 생각하는 경향이 있다. 어쨌든 투자자들은 곧 생각을 바꾸었고, 주식시장은 다시 상승했다.

7월 17일, 롱아일랜드 연안에서 TWA 800 항공기가 폭발하여 약 230명이 사망했다. 당시에는 모두 그것이 테러리스트의 소행이라고 생각했다. 나중에는 아니라는 것이 밝혀졌지만. 심지어 롱아일랜드 해협의 보트에서 로켓탄을 쏜 것이라는 추측도 나돌았다. 나는 섣부른 결론을 내리지 말라고 주의를 주었지만, 항공 안전을 강화하기 위해 더 노력해야 한다는 것은 분명했다.

힐러리와 나는 뉴욕 주 자메이카로 가서 피해자 유족들을 만났다. 나는 그 자리에서 항공 여행 안전을 강화할 새로운 조치를 발표했다. 우리는 1993년부터 이 문제를 해결하기 위해 노력해왔다. 그 결과, 항공 교통 통제 시스템을 현대화하고, 안전 검사원을 450명 이상 증원하고, 균일한 안전 기준을 마련하고, 새로운 하이테크 폭발물 탐지 기계를 시험하겠다는 안을 내놓을 수 있었다. 나는 거기에 덧붙여 국내외 항공의 수하물 직접 검사를 늘리고, 더 많은 짐을 검사하고, 비행 전에 모든 비행기의 화물칸과 객실에 대한 사전 점검을 의무화하겠다고 말했다. 또 앨 고어에게 항공 안전과 보안,

항공 교통 통제 시스템을 조사할 위원회를 지휘하여 45일 안에 보고서를 제출해달라고 요청했다.

추락사고 10일 뒤에 이번에는 논란의 여지가 없는 테러 사건이 발생했다. 애틀랜타 올림픽 경기장에서 파이프 폭탄이 터져 두 명이 사망한 것이다. 힐러리와 나는 무하마드 알리가 올림픽 성화에 점화를 한 개막식에 참석하기도 했다. 힐러리와 첼시는 올림픽을 좋아하여 여러 행사에 참석했고, 나는 미국 팀을 비롯해 여러 나라의 운동선수들을 방문했다. 아일랜드, 크로아티아, 팔레스타인의 운동선수들은 미국이 그들의 조국에 평화를 가져다주기 위해 노력한 것에 감사했고, 남북한 올림픽 선수들은 식당에서 나란히 놓인 탁자에 함께 앉아 이야기를 나누었다. 올림픽은 세계 최선의 상태를 상징하며, 과거의 분열들을 넘어 사람들을 한군데로 모았다. 그러나 아직도 체포되지 않은 자생 테러리스트가 심어놓은 파이프 폭탄은 개방과 협력의 힘들이, 통합된 세계 공동체를 건설하는 데 필요한 가치와 규칙을 거부하는 사람들 앞에서 얼마나 취약한지 보여주었다.

8월 5일에 나는 조지 워싱턴 대학에서 테러리즘이 우리의 미래에 어떤 영향을 미치는지 광범위한 분석을 하면서, 그것이 "평등한 기회를 파괴하고, 경계를 존중하지 않는다"고 말했다. 나는 '우리 세대의 적'과 싸우기 위해 취하고 있는 조치들을 요약하면서, 우리가 세계의 "평화와 자유를 이루는 데 불가결한 힘으로서 자신감과 지도력을 유지하면 결국 승리할 것"이라고 말했다.

8월의 나머지 기간에는 법안에 서명을 하고, 당 대회들에 참석했다. 화이트워터 세계에도 긍정적인 진전이 있었다. 선거가 다가오고 예산 싸움이 적어도 일시적으로는 중단되면서, 양당 국회의원들은 국민에게 초당적인 협력과 전진의 증거를 보여주고 싶어 했다. 그 결과 그들은 백악관이 얻으려고 싸워오던 진보적 법안들을 만들어냈다. 나는 채소, 과일, 곡식을 해로운 농약으로부터 좀더 안전하게 지키기 위한 식품품질보호법에 서명했다. 크립토스포리디움에 의한 오염으로 사망자와 환자가 생겼기 때문에 물의 오염을 줄이기 위한 안전한 물 법에도 서명을 했다. 이 법에 따라 지방자치단체의 급수체계를 개선하기 위해 100억 달러를 대출해줄 수 있게 되었다.

최저임금을 시간당 90센트 올리고, 장비와 직원 신규 채용에 새로운 투자를 하는 소기업에 세금을 감면하고, 소기업들이 새로운 401(k) 계획에 따라 직원에게 연금을 지급하는 것을 쉽게 해주고, 입양에 대해 5,000달러의 세액 공제를 해주고, 특별한 보호가 필요한 아동에 대해 6,000달러의 인센티브를 제공하는(힐러리에게 아주 중요한 일이었다) 법안에도 서명했다.

8월 마지막 주에 나는 케네디-카세봄 법안에 서명했다. 이것은 일자리를 옮길 때도 건강보험을 가져가게 해주고, 기존의 건강 문제를 핑계로 보험회사가 보험 가입을 거부하는 것을 금지하는 법으로, 이를 통해 수많은 사람들이 도움을 받았다. 나는 또 젊은 사람들을 담배의 위험으로부터 보호하기 위한 식품의약국의 최종 규칙을 발표했다. 이 규칙에 따르면 젊은 사람들은 담배를 살 때 신분증을 제시하여 나이를 증명해야 하며, 담배 회사의 광고와 자동판매기 설치는 제약을 받았다. 이로써 담배산업계에 적들이 생겼지만, 그래도 나는 이러한 노력으로 몇 사람의 목숨은 구하게 될 것이라고 생각했다.

8월 22일, 나는 획기적인 복지제도 개혁 법안에 서명했다. 이 법안은 양원에서 70퍼센트 이상의 지지를 얻어 초당적 다수표로 통과되었다. 새로운 법안은 이전에 내가 거부권을 행사했던 두 법안과는 달리 의료와 식량 원조에 대한 연방의 보장 조항을 유지했고, 연방의 육아 지원을 40퍼센트 늘려 지원금은 총 140억 달러가 되었으며, 내가 원하던 자녀 양육 의무 강화를 포함하고 있었고, 복지 수당을 임금 지원금으로 전환하여 고용주들이 생활보호대상자들의 고용을 늘리는 인센티브로 활용할 수 있는 권한을 주에 부여했다.

가난한 사람들과 합법적 이민자들을 옹호하는 대부분의 사람들, 그리고 내각의 몇몇 사람들조차 이 법안에 반대하여 내가 거부권을 행사하기를 바랐다. 이 법안으로 인해 생활보호대상자들이 받는 고정 수당에 대한 연방의 보장이 끝나고, 생활보호 지원금에 5년 유효 한도가 생기고, 식량 카드 프로그램에 대한 전체적인 지출이 삭감되고, 저소득 합법 이민자들에 대한 식량 카드와 의료 서비스가 사라지기 때문이었다. 나는 마지막 두 가지 이의제기에는 동의했다. 합법적 이민자들이 받는 타격은 특히 컸으며, 나는 그것이 정당화될 수 없는 일이라고 생각했다. 내가 그 법안에 서명을 한 직후, 보건복지부의 고위 관리인 메리 조 베인과 피터 에들먼이 항의의 표시로 사임했다. 그들이 떠날 때, 나는 그들의 봉사와 소신에 따른 행동을 치하했다.

내가 그 법안에 서명을 하기로 결정한 것은 그것이 복지제도의 인센티브를 의존에서 일을 통한 생활능력 확보로 바꿀 수 있는 보기 드문 좋은 기회라고 생각했기 때문이다. 나는 이 개혁안의 성공 가능성을 최대로 높이기 위해, 아메리코 설립에서 뛰어난 솜씨를 보여주었던 엘리 시걸에게 '복지에서 일로 동반관계'를 조직하는 일을 맡겼다. 이것은 생활보호대상자를 고용하겠다고 약속하는 고용주들의 협력을 얻기 위해 만든 조직이었다. 결국 이동반관계에 참여한 2만 개 기업의 고용을 통해 100만 명 이상이 생활보호대상자 위치에서 벗어나게 된다.

서명식에는 생활보호대상자였던 사람들이 몇 명 나와서 법안을 지지하는 연설을 했다. 그들 가운데 한 사람인 릴리 하딘은 아칸소 여자로, 10년 전 생활보호대상자에서 벗어나 일을 할 때 가장 좋은 점은 "아이가 학교에 가서 친구들이 너희 엄마는 뭐 하느냐고 물었을 때 대답할 말이 있다는 것"이라고 이야기함으로써 내 동료 주지사들에게 감동을 주었다. 이후 4년 동안 복지제도 개혁의 결과는 릴리 하딘이 옳다는 것을 증명해주게 된다. 내가 퇴임할 때 생활보호대상자의 수는 1,410만 명에서 580만 명으로 60퍼센트 줄어들었다. 아동 빈곤은 25퍼센트 내려가 1979년 이래 최저점을 기록했다.

복지제도 개혁안에 서명한 것은 나의 대통령 재임 기간에 가장 중요한 일 가운데 하나였다. 나는 정계에 발을 디딘 후 대부분의 기간 동안 사람들을 복지제도에서 벗어나 일터로 가게 하려고 노력했으며, 1992년 선거운동의 중심 공약은 '현재 우리가 알고 있는' 복지제도를 끝내겠다는 것이었다. 우리는 대부분의 주에 복지제도에 대한 연방의 기존 요건 규정을 강제하지 않겠다는 권리포기각서를 보내는 방식으로 복지제도 개혁을 추구해 왔지만, 미국에는 가난한 사람들에 대한 지원의 강조점을 생활보호 급부금에 대한 의존으로부터 일을 통한 독립으로 바꾸어놓는 법안이 필요했다.

공화당은 8월 중순 샌디에이고에서 전당대회를 열어 밥 돌을 대통령 후보로 지명했고, 밥 돌은 러닝메이트로 잭 켐프를 선택했다. 켐프는 뉴욕 하원의원 출신으로 주택도시개발 장관을 지냈고, 버펄로 빌스의 뛰어난 쿼터백 출신이기도 했다. 흥미로운 인물인 켐프는 자유시장을 옹호하는 보수주의자로, 가난한 사람들에게 경제적 기회를 주고 모든 곳으로부터 새로운 구상들을 받아들이는 일에 진정으로 열심인 사람이었다. 나는 그가 돌의 선거운동에 중요한 자산이 될 것이라고 생각했다.

공화당은 1992년 전당대회 때와는 달리 과격한 우익적 수사修辭로 대회를 시작하는 실수를 저지르지 않았다. 그들은 콜린 파월, 케이 베일리 허치슨 상원의원, 수잔 몰리나리 하원의원, 존 맥케인 상원의원 등을 등장시킴으로써, 미국 국민에게 좀더 온건하고, 긍정적이고, 전향적인 이미지를 보여주었다. 엘리자베스 돌은 남편을 위해 인상적이고 효과적인 지명 연설을 했는데, 연단을 떠나 대의원들 사이를 걸어다니며 대화하듯이 연설을 했다. 돌 역시 훌륭한 연설을 했다. 그는 자신의 평생에 걸친 의무 이행, 세금감면, 전통적인 미국적 가치의 옹호에 초점을 맞추었다. 그는 내가 베이비붐 세대 '엘리트'의 한 사람으로, "한 번도 어른이 되어본 적이 없고, 한 번도 현실적인 일을 한 적이 없고, 한 번도 희생하지 않았고, 한 번도 고통을 겪지 않았고, 한 번도 제대로 배우지 않았다"고 조롱했다. 돌은 '고요, 신앙, 행동에 대한 신뢰'가 지배하던 더 나은 과거로 돌아가는 다리를 건설하겠다고 약속했다. 돌은 또 아이를 기르는 데는 『한 마을이 필요하다』는 힐러리 책의 주제를 놓고 힐러리를 맹렬히 공격하여, 공화당은 부모가 자식을 기른다고 생각하는 반면, 민주당은 정부가 그 일을 해준다고 생각한다고 말했다. 돌의 공격은 별로 모질게 느껴지지 않았다. 그리고 두 주 뒤에 힐러리와 나는 그에게 답변할 기회를 얻게 된다.

공화당이 샌디에이고에 있는 동안 우리 가족은 두 번째로 와이오밍 주 잭슨 홀에 갔다. 이번에는 내가 『희망과 역사 사이에서*Between Hope and History*』라는 짧은 책을 마무리하고 있었다. 이 책은 나의 첫 임기의 정책들로부터 긍정적인 영향을 받은 사람들의 이야기를 통해 그 정책들의 효과를 부각시키고, 다음 4년 동안 미국을 어디로 이끌고 싶은지 이야기하는 내용이었다.

8월 12일, 우리는 옐로스톤 국립공원에 갔다. 우리의 휴가 기간에 유일하게 공적 업무를 처리한 날이었다. 나는 그곳에서 공원에 붙은 땅의 금광 시굴 계획을 중단시키는 합의서에 서명했다. 이 합의서는 탄광회사, 시민단체, 국회의원, 케이티 맥긴티가 이끄는 백악관 환경 팀의 협력이 이루어 낸 반가운 결과였다.

8월 18일에 힐러리, 첼시, 나는 라디오시티 뮤직홀에서 열린 내 50세 생일을 기념하는 큰 파티에 참석하기 위해 뉴욕시티로 갔다. 파티 뒤에, 우리가 머물던 와이오밍으로부터 장비를 싣고 워싱턴으로 돌아가던 비행기가 추락하여 탑승했던 9명 전원이 사망했다는 이야기를 듣고 마음이 몹시 아팠다. 다음 날 우리는 테네시에서 앨과 티퍼 고어 부부를 만나, 그 무렵 교회 연쇄 방화사건으로 타버린 시골 교회 두 동(하나는 흑인교회이고 하나는 백인교회였다)을 재건하는 일을 돕는 것으로 티퍼 고어와 나의 생일(같은 날이었다)을 축하했다.

8월 마지막 주에, 나라의 관심은 시카고에서 열린 민주당 전당대회에 쏠렸다. 그 무렵 피터 나이트가 이끌던 우리의 선거운동은 강한 조직력을 과시하고 있었다. 선거운동 본부는 더그 소스닉과 해럴드 이케스를 통하여 백악관과 긴밀히 협조했고, 소스닉과 이케스는 전당대회 조직을 감독해왔다. 시카고에 가게 되자 마음이 들떴다. 시카고는 힐러리의 고향이었고, 1992년 나의 승리에서 중심적인 역할을 했으며, 교육, 경제발전, 범죄 방지 등과 관련된 나의 중요한 정책들을 잘 활용한 곳이었기 때문이다.

8월 25일, 웨스트버지니아 헌팅턴에서 첼시와 나는 시카고까지 4일간의 기차 여행을 시작했다. 힐러리는 우리보다 앞서 전당대회 개막에 맞추어 시카고에 가 있었다. 우리는 멋진 옛날 기차를 세내어 '21세기 특급'이라는 별명을 붙였다. 기차는 켄터키, 오하이오, 미시간, 인디애나를 거쳐 시카고로 갔다. 우리는 가는 길에 15군데에서 멈추었으며, 작은 타운들을 통과할 때는 철로변에 모인 사람들에게 손을 흔들기 위해 속도를 늦추었다. 나는 모인 사람들의 열기를 보고, 이 기차가 1992년 버스 유세처럼 미국 국민과 우리를 연결시켜준다는 느낌을 받았다. 또 사람들의 표정을 보고, 그들이 나라의 상황과 그들 자신의 생활에 대해 전보다 훨씬 낫게 느낀다는 것도 알 수 있었다. 교육 행사를 위해 미시간 주 와이안도트에 들렀을 때는 두 아이가 『할 수 있었던 꼬마 기차*The Little Engine That Could*』를 읽는 것으로 내 소개를 대신했다. 그 책과 아이들이 그것을 열심히 읽는 모습이 미국의 타고난 낙관주의와 자신감의 회복을 보여주는 것 같았다.

우리는 기차가 멈출 때마다 다음 멈추는 곳까지 함께 가고 싶어 하는 친구, 지지자, 지방 공무원을 태웠다. 나는 무엇보다도 첼시와 함께 여유 있게 여행을 할 수 있다는 것이 좋았다. 우리는 승무원 차에 서서 군중을 향해 손을 흔들기도 하고, 해 아래 모든 것에 대해 이야기를 나누기도 했다. 우리의 관계는 전과 다름없이 친밀했으나, 첼시는 변하고 있었다. 자기 나름의 주견과 관심을 가진 성숙한 젊은 여자로 성장하고 있었던 것이다. 첼시가 세상을 보는 방식에 나도 모르게 깜짝 깜짝 놀라는 경우가 많았다.

전당대회는 8월 26일에 열렸다. 대회에는 짐과 새러 브래디가 나와 민주당이 브래디 법안을 지지한 것에 감사했다. 낙마한 뒤 몸에 마비가 온 배우 크리스토퍼 리브도 회복을 위한 용기 있는 투쟁과 척수 부상에 대한 더 많은 연구를 호소하여 전국을 감동시켰다.

나의 연설이 예정된 날, 딕 모리스가 워싱턴에서 나를 위해 일할 때 그의 호텔 방에 매춘부가 자주 들락거렸다는 보도가 등장하여 찬물을 끼얹었다. 모리스는 선거운동에서 물러났으며, 나는 모리스가 나의 친구이자 뛰어난 정치 전략가로서, 지난 2년간 '귀중한 일'을 해주었다는 성명을 발표했다. 그가 떠나는 것은 아쉬웠지만, 그는 엄청난 스트레스를 받고 있는 것이 분명해 보였으며, 자신의 문제를 정리할 시간이 필요한 것 같았다. 나는 모리스가 탄력이 풍부한 사람이라는 것을 잘 알았기 때문에, 오래지 않아 정치 무대로 돌아올 것이라고 확신했다.

그간의 성적 때문에 수락 연설을 하기도 쉬웠다. 실업과 인플레이션을 합산한 비율은 28년 만에 최저였다. 새로운 일자리가 1,000만 개 생겼고 1,000만 명의 최저임금이 인상되었다. 2,500만 명의 미국인이 케네디-카세봄 법안의 혜택을 받았으며, 1,500만 명의 미국 노동자가 세금감면을 받았다. 또 1,200만 명이 가족휴가법을 이용했으며, 1,000만 명의 학생이 학생 직접대출 프로그램으로 돈을 절약했다. 그리고 4,000만 명의 노동자가 더 안정된 연금을 받게 되었다.

나는 우리가 올바른 방향으로 가고 있다고 말하면서, 밥 돌이 샌디에이고에서 한 말을 받아 이렇게 덧붙였다. "모든 면에서 우리는 과거와 연결되는 다리를 건설할 필요가 없습니다. 우리는 미래와 연결되는 다리를 건설해야 합니다…… 21세기로 넘어가는 다리를 건설하기로 결의합시다." '21세기로 넘어가는 다리'는 선거운동과 이후 4년 임기의 주제가 되었다.

그간의 성적이 좋기는 했지만, 나는 모든 선거의 핵심은 미래라는 것을 잘 알고 있었기 때문에 나의 의제를 다음과 같이 제시했다. 학교 수준을 향상시키고 모든 국민에게 대학의 문호를 개방하겠다. 의료, 교육, 환경을 보호하는 균형예산을 짜겠다. 주택 소유, 장기간의 원호, 대학 교육, 자녀 양육을 지원하기 위하여 특별한 목적에 맞춘 세금감면을 하겠다. 생활보호대상자에게 더 많은 일자리를 제공하고, 도시 빈곤지역과 농촌지역에 더 많은 투자를 하겠다. 범죄와 마약과 싸우고, 환경을 깨끗하게 할 새로운 정책을 입안하겠다.

나는 만일 미국인들이 이 선거를 과거로 가는 다리와 미래로 가는 다리 사이의 선택으로 본다면, 우리가 승리할 것임을 알았다. 밥 돌은 자기도 모르는 사이에 나에게 1996년 선거운동을 위한 중심 메시지를 제공한 것이다. 전당대회 다음 날 앨, 티퍼, 힐러리와 함께 버스를 타고 마지막 선거운동에 나섰다. 우리는 1992년 초부터 나를 지지해주었던 멜 카나한 주지사와 함께 미주리 주 케이프지라도에서 출발했다. 일리노이 남부와 켄터키 서부를 거쳐 테네시에 여러 번 멈춘 뒤 멤피스에 이르렀다. 테네시에서는 전직 주지사 네드 레이 맥휘터와 함께 돌아다녔다. 커다란 곰 같은 느낌을 주는 맥휘터는 고어 부통령을 '앨버트'(앨은 앨버트의 애칭—옮긴이주)라고 부르는 유일한 사람이었다. 맥휘터는 아주 많은 표를 쥐고 있는 사람이었기 때문에, 그가 고어를 뭐라고 부르든, 또 나를 뭐라고 부르든 아무런 상관이 없었다.

8월에 케네스 스타는 그의 첫 사건에서 패배했다. 그 일은 그가 나한테 뭔가를 걸려고 얼마나 안달이었는지 보여줄 뿐이었다. 얼마 전에 스타는 페리 카운티 은행의 두 소유자인 변호사 허비 브랜스컴 2세와 회계사 로브 힐을 나의 1990년 주지사 선거운동과 관련된 혐의로 기소했다.

기소의 이유는 브랜스컴과 힐이 정치 기부금을 메우려는 목적으로 그들이 제공하지도 않은 법률과 회계 서비스 비용으로 자신들의 은행에서 1만 3,000달러 정도를 꺼내갔으며, 그들 대신 은행을 경영하는 사람에게 나의 선거운동 계좌로부터 1만 달러 이상의 금액이 현금으로 두 번 인출된 사실을 국세청에 신고하지 말라고(연방법 규정에 어긋나는 일이었다) 지침을 내렸다는 것이다.

이 기소문은 또한 나의 선거운동 재정국장을 맡았던 브루스 린지를 '기소되지 않은 공모자'로 지목하면서, 린지가 선거일에 '표를 끌어내기'위한 활동에 들어가는 돈을 인출하면서 필수적인 신고를 하지 말아달라는 부탁을 했다고 주장했다. 스타 쪽 사람들은 린지에게 기소하겠다고 위협했으나, 그는 위협에 굴복하지 않았다. 우리가 기부금을 받고 지출한 방식에는 아무런 잘못이 없었다. 린지는 필수적인 신고를 하지 말아달라고 은행에 부탁할 필요가 없었다. 어차피 3주 뒤면 아칸소 주 선거법이 요구하는 대로 모든 정보를 공개해야 할 터였기 때문이다. 기부금을 받고 지출하는 것이 합법적이었고 우리의 공개 보고서가 정확했기 때문에, 스타 쪽 사람들은 린지가 범죄를 저지르지 않았다는 것을 알았으며, 그래서 그를 기소되지 않은 공모자로 몰고 가기로 결정한 것이다.

브랜스컴과 힐에 대한 혐의는 터무니없었다. 우선 그들은 그 은행을 완전히 소유하고 있었다. 그들은 은행의 유동성을 해치지만 않으면, 은행에서 돈을 얼마든지 꺼내올 수 있었다. 그 돈에 대한 소득세만 내면 되는데, 이 경우에 그들이 그것을 내지 않았다는 주장은 없었다. 두 번째 혐의에 대해서 살펴보자면, 일단 은행이 1만 달러 이상의 예치나 인출을 신고하도록 규정한 법은 좋은 것이다. 그렇게 하면 정부는 돈세탁이나 마약 거래 같은 범죄 사업에서 나오는 거액의 '더러운 돈'을 추적할 수 있기 때문이다. 이 신고서는 국세청이 3개월 내지 6개월마다 한 번씩 확인을 하지만, 외부에 공개되지는 않는다. 1996년 당시 이 법이 요구하는 신고를 하지 않아서 기소가 된 사건은 200건이었지만, 그 가운데 20건만이 인출을 신고하지 않아서 기소된 경우였다. 그리고 이 모든 사건이 불법 사업에 의한 더러운 돈과 관련이 있었다. 스타가 기소를 하기 전까지 정당한 돈의 예치나 인출에 대한 신고 태만으로 기소된 적은 없었다.

우리의 선거 자금은 논란의 여지없이 깨끗한 돈으로, 선거 당일에 유권자들에게 투표를 호소하거나 투표소까지 가는 차편을 제공하는 데 쓸 돈을 마련하려고 선거운동본부 쪽에서 인출한 것이었다. 우리는 선거일 3주 내에 요구되는 공개보고서를 제출하여, 우리가 쓴 돈의 액수와 내역을 자세하게 밝혔다. 브랜스컴, 힐, 린지는 한 달도 안 되어 공개될 합법적 현금 인출을 정부에 감출 아무런 이유가 없었다.

그래도 아칸소에서 스타를 대리하던 힉 유잉은 멈추지 않았다. 그는 우리를 공격하는 데 스타만큼이나 강박감을 가지고 있었지만, 그것을 위장하는 데는 스타만큼 유능하지 못했다. 유잉은 브랜스컴과 힐을 대리하여 은행을 경영하고 신고서 제출 책임도 있었던 닐 에인리에게 만일 브랜스컴, 힐, 린지가 신고를 하지 말라고 명령했다는 증언을 하지 않으면 감옥에 보내겠다고 협박했다. 물론 에인리는 그런 협박을 받기 전에는 그들이 아무런 잘못도 하지 않았다고 주장했다. 그러나 이 가엾은 사람은 강력한 그물에 걸린 작은 물고기였기 때문에 말을 바꾸었다. 에인리는 처음에는 5건의 중죄 혐의를 받았지만, 이제는 2건의 경범죄 혐의에 대한 유죄만 인정하면 그냥 넘어가는 것으로 거래가 성사되었다.

이전의 맥두걸 부부와 터커의 재판에서와 마찬가지로, 나는 피고들의 요청에 따라 비디오 녹화 증언을 했다. 나는 돈의 인출에 관여하지 않았으며, 브랜스컴과 힐을 아칸소 주의 두 위원회에서 봉사하도록 임명한 것은 그들이 나의 선거운동에 기부금을 낸 대가가 아니라고 증언했다.

브랜스컴과 힐은 강력한 변호 끝에 신고 혐의에 대해서는 무죄 선고를 받았다. 배심은 그들이 자신의 은행에서 돈을 꺼낸 목적을 허위로 보고했느냐 하는 문제에 대해서는 결론을 내지 못했다. 나는 브랜스컴, 힐, 린지가 혐의를 벗은 것에는 안도했지만, 검사의 권한 남용, 내 친구들이 내야 했던 엄청난 법률 비용, 피고들이 자신의 은행에서 1만 3,000달러를 꺼낸 것과 합법적으로 인출하고 나중에 공개 보고서까지 제출한 선거 자금에 대하여 연방 신고 의무를 이행하지 않았다고 기소해 납세자들의 돈을 엄청나게 사용한 일은 몹시 불쾌했다.

비경제적인 피해도 있었다. 스타 밑에서 일하는 연방수사국 요원들은 로브 힐의 십대 아들이 다니던 학교에 가서, 수업을 듣던 아이를 끌어내 심문을 했다. 방과 후나 점심시간이나 주말에 이야기를 할 수도 있었다. 그러나 그들은 그렇게 아이에게 모욕을 주면, 그의 아버지가 진실이든 아니든 나에게 피해를 줄 만한 이야기를 할 것이라고 생각한 것이다.

심리가 끝난 뒤 몇몇 배심원은 독립변호사실을 혹독하게 비판했다. "이것은 돈 낭비다…… 나는 정부가 화이트워터에 돈을 더 낭비하는 것을 보고 싶지 않다." "그들이 내 세금을 쓰려면, 더 확실한 증거가 있어야 한다." "무소불위의 권력을 가진 데가 있다면, 그것은 바로 독립변호사실이다." 한 배심원은 자신을 '클린턴에 반대하는' 사람이라고 말하면서 이렇게 덧붙였다. "나는 그들이 조금 더 많은 증거를 제시하기를 무척 바랐으나, 그들은 그렇게 하지 않았다." 심지어 화이트워터 세계에 대립되는 현실 세계에서 살아가는 보수적인 공화당원들조차 독립변호사가 지나쳤다는 것을 알았던 것이다.

스타가 브랜스컴과 힐을 심하게 다루기는 했지만, 그것은 그가 수잔 맥두걸을 다룬 것에 비하면 차 대접이라 할 만했다. 8월 20일, 수잔은 2년 징역형을 받았다. 스타 쪽 사람들은 힐러리나 내가 불법 활동을 했다고 엮어

넣을 수 있는 정보만 제공하면 징역형을 면하게 해주겠다고 제안했다. 수잔 맥두걸은 선고를 받던 날, 처음에 하던 이야기를 다시 되풀이했다. 우리 둘 다 잘못한 것이 없다는 이야기였다. 그러자 대배심에 출두하라는 소환장이 발부되었다. 그녀는 출두하였으나, 검사의 질문에 답변하기를 거부했다. 그 녀가 거짓말을 하지 않고, 그들이 듣고 싶어 하는 이야기를 하지 않는다는 이유로 위증죄를 덮어씌울까봐 걱정이 되었던 것이다. 수잔 웨버 라이트 판사는 이것을 법정모욕으로 간주했고, 그녀를 특별검사에게 협조할 때까지 무기한 수감한다고 선고했다. 수잔 맥두걸은 비참한 조건에서 18개월을 간혀 있어야 했다.

9월이 시작되면서 선거운동도 본격화되었다. 민주당 전당대회는 성공을 거두었다. 돌은 깅리치나 정부 폐쇄와 연결되면서 평판이 떨어졌다. 더 중요한 것으로 나라가 건실하게 발전하고 있었으며, 유권자들은 이제 범죄, 복지, 재정 책임, 외교 정책, 국방을 공화당의 독점적 영역으로 보지 않게 되었다. 여론조사에 따르면 나의 업무수행과 개인에 대한 지지도는 60퍼센트 정도 되었으며, 비슷한 비율의 사람들이 내가 백악관에 있는 것을 편안하게 느낀다고 응답했다.

그러나 나는 총기, 동성애자, 낙태 같은 문화적 쟁점들에 대한 입장 때문에 미국의 일부 지역에서는 지지율이 약할 것으로 예상했고, 담배 때문에 적어도 노스캐롤라이나와 켄터키에서는 약세를 보일 것으로 예상했다. 또 로스 페로는 1992년보다 훨씬 적은 표를 얻을 것이 분명해 보였는데, 그렇게 되면 그가 나보다 부시 대통령으로부터 더 많은 표를 가져갔던 두어 개 주를 내가 가져오는 것이 어려워졌다. 그럼에도 이 무렵 나는 전체적으로 훨씬 좋은 상태를 유지하고 있었다. 9월 내내 선거운동은 열광적인 대규모 군중을 끌어들였다. 10월에도 위스콘신 주의 그린 베이 근처 드페르의 노동절 피크닉에 거의 3만 명의 군중이 모이는 것을 시작으로 '10월의 군중' (내가 그렇게 불렀다)이 모여들기 시작했다.

대통령 선거는 선거인 투표로 결정되기 때문에, 나는 우리의 힘을 이용하여 새로운 주 두어 곳을 우리 쪽으로 끌어와 돌 상원의원이 자기 지역으로 당연하게 여기던 주에서 시간과 돈을 쓰게 하고 싶었다. 돌도 캘리포니아를 놓고 같은 일을 하려 했다. 나는 대학 입학에서 차별수정계획을 끝내기 위한 투표 실시(캘리포니아에서 인기를 얻고 있던 제안이었다)에 반대하고 있었다. 반면 돌은 샌디에이고에서 공화당 전당대회를 열어 캘리포니아에서 힘을 쓸 발판을 마련했다.

나의 주요 목표는 플로리다였다. 그곳에서 승리를 거두고 92년에 얻었던 주들을 대부분 놓치지 않으면, 선거는 끝난 것이나 다름없었다. 나는 4년 동안 플로리다에서 열심히 일해왔다. 허리케인 앤드루의 피해 복구를 돕고, 미주정상회의를 개최하고, 미국 남부 사령부를 파나마에서 마이애미로 재배치하겠다고 발표하고, 에버글레이즈 복원을 위해 노력하고, 심지어 피그만 사건 이후 대통령 선거에서 80퍼센트 이상의 표를 공화당에 몰아주던 쿠바계 미국인 공동체까지 파고들었다.

플로리다의 훌륭한 조직과 로턴 차일스 주지사의 강력한 지원도 큰 힘이 되었다. 차일스 주지사는 플로리다 중부와 북부의 좀더 보수적인 지역 유권자들과 관계가 좋았다. 그 사람들이 차일스를 좋아하는 이유 가운데 하나는 그가 공격을 당할 때 반격을 할 줄 알기 때문이었다. 그의 표현을 빌리자면, "남부의 백인 노동자들은 물지 않는 개를 원하지 않는다." 9월 초, 차일스는 나와 함께 플로리다 북부로 가서 선거운동을 하고, 피트 피터슨 의원의 은퇴를 축하했다. 피터슨 의원은 베트남 전쟁포로로 6년 반을 산 경험이 있었다. 나는 피터슨 의원을 베트남전 후 최초의 미국 대사로 지명했다.

10월의 나머지 기간은 1992년에 승리했던 주들에서 보냈다. 서부 유세를 할 때는 애리조나에서도 선거운동을 했다. 1948년 이후 민주당 대통령 후보를 지지한 적이 없던 주였지만, 남미계 주민의 숫자가 늘어났고, 또 애리조나의 온건하고 전통적인 보수주의적 유권자들이 공화당 국회의 극단적인 정치를 불편해 했기 때문에 이번에는 승산이 있다고 보았다.

10월 16일에 나는 경찰공제조합의 지지를 받았다. 경찰공제조합은 보통 공화당 대통령을 지지했지만, 백악관은 거리에 경찰관들을 더 풀어놓고,

범죄자의 손에서 총을 빼앗고, 경찰관 살인 총알을 금지하는 등 그들과 4년 동안 협력해왔다. 그들은 4년 더 그런 협력을 할 수 있기를 바랐다.

이틀 뒤에는 나의 재임 8년간 환경 분야에서 가장 큰 성취 가운데 하나를 발표했다. 유타 주 남부의 조용하고 아름다운 붉은 바위 지역에 있는 170만 에이커 크기의 그랜드 스테어케이스-에스칼란테를 천연기념물로 지정한 것이다. 여기에는 공룡 화석과 고대 아나사지 인디언 유적이 포함되어 있었다. 나는 1906년의 유물법에 근거하여 그런 조치를 취했는데, 이 법에 따르면 대통령은 특별한 문화적 · 역사적 · 과학적 가치가 있는 연방의 땅을 보호할 수 있었다. 나는 앨 고어와 함께 그랜드캐니언 가장자리에서 천연기념물 지정 발표를 했다. 시어도 루스벨트 대통령이 유물법으로 처음 보호한 곳이 그랜드캐니언이었기 때문이다. 그 지역의 특성을 근본적으로 바꾸어놓을 대규모 탄광 건립을 막기 위해 나의 조치는 불가피했다. 유타의 공무원 대부분과 채굴 사업으로 인한 경제 활황을 바라던 많은 사람들은 나의 조치에 반대했지만, 그 땅은 값으로 따질 수 없을 만큼 귀중한 곳이었으며, 시간이 지나면 이곳을 천연기념물로 지정함으로써 얻는 관광 소득이 탄광을 놓친 손실을 상쇄할 것이 틀림없었다.

9월에는 군중의 규모와 열광을 떠나서도 일이 우리 뜻대로 풀린다는 것을 보여주는 일화와 증거들이 나타났다. 텍사스 주 롱뷰 유세 뒤에 군중과 악수를 하다가 아이 둘을 기르며 혼자 사는 어머니를 만났다. 그녀는 생활보호대상자에서 벗어나 아메리코에서 일하고 있었고, 거기서 나오는 장학금으로 킬고 2년제 대학을 다니고 있었다. 또 다른 여자는 남편이 암에 걸렸을 때 가족휴가법을 이용했다. 한 베트남 참전용사는 전쟁 중에 고엽제에 노출되는 바람에 아이들이 척추파열 상태로 태어났는데, 건강과 장애 급부금을 받게 되어 고마워했다. 그는 열두 살 난 딸을 데리고 나왔다. 척추파열 상태인 아이는 그 어린 나이에 수술을 벌써 12번이나 받았다.

우리가 선거운동을 한다고 해서 나머지 세계가 멈추는 것은 아니었다. 9월 첫째 주에 사담 후세인이 다시 문제를 일으켜, 이라크 북부 쿠르드족 거주지역의 아르빌을 공격하여 점령했다. 이것은 걸프 전쟁이 끝나면서 그가 약속했던 사항들을 위반하는 행위였다. 두 쿠르드족 분파가 이 지역의 통제를 둘러싸고 싸우고 있었는데, 그 가운데 한 분파가 후세인을 지지하기로 결정하자 후세인은 다른 분파를 공격한 것이다. 내가 이라크 군대에 대한 폭탄과 미사일 공격을 명령하자, 그들은 바로 철수했다.

9월 24일, 나는 유엔 개회식에 참석하기 위해 뉴욕에 갔다. 그곳에서 나는 케네디 대통령이 33년 전 제한적 핵실험 금지조약에 서명했던 펜을 사용해, 세계 여러 지도자들 가운데 제일 먼저 포괄적 핵실험 금지 조약에 서명했다. 나는 연설에서 대량살상무기의 위협을 줄이기 위한 좀더 광범위한 의제를 설명하면서, 유엔 회원국들에 화학무기협약을 발효하고, 생물무기협약의 수락 조항을 강화하고, 핵무기에 사용되는 핵분열성 물질의 동결, 대인지뢰의 사용·생산·비축·이동의 금지 등을 촉구했다.

유엔이 핵확산 금지를 논의하는 동안 중동은 다시 폭발했다. 이스라엘은 예루살렘 구시가의 성전 산 밑으로 뚫린 굴을 개방했다. 솔로몬과 헤롯의 성전 유적이 이 산 밑에 있었으며, 그 위에 바위 돔과 알-아크사 이슬람 사원이 서 있었다. 이 둘은 이슬람교도에게 가장 거룩한 두 곳이었다. 이스라엘이 1967년 전쟁에서 동 예루살렘을 차지한 이래, 아랍인들이 하람 알-샤리프라고 부르는 성전 산은 이슬람 관리들이 통제해왔다. 그러다가 굴이 개방되자 팔레스타인 사람들은 그것을 자신들의 종교적·정치적 이해관계에 대한 위협으로 보았고, 그 결과 유혈사태가 발생한 것이다. 사흘 동안 60명 이상이 사망하고, 훨씬 더 많은 숫자가 부상을 당했다. 나는 양편에 폭력을 끝내고 평화협정으로 복귀하라고 촉구했다. 워런 크리스토퍼는 유혈사태를 끝내기 위해 네타냐후 총리, 아라파트 의장과 전화통에 불이 나도록 통화를 했다. 나는 크리스토퍼의 조언에 따라 네타냐후와 아라파트를 백악관으로 초대했다.

9월 말에는 건강보험 세출안에 서명했다. 이로써 산모와 갓난아기에게 최소 48시간의 보험을 보장함으로써 출산만 하고 바로 집으로 돌아가던 관행을 끝냈다. 앞서도 말했듯이 척추파열로 태어나는 베트남 참전용사 자녀들에게도 의료 지원을 했다. 그리고 건강보험 증권에서 정신적 질병과 신체적 질병에 대해 1년 및 평생 보장 한계를 똑같이 설정할 것을 의무화했다. 이것은 정신 의료에서 돌파구를 연 것으로, 정신건강 옹호 단체들의 공로일 뿐 아니라, 뉴멕시코 주의 피트 도메니치 상원의원, 미네소타 주의 폴 웰스 톤 상원의원, 정신건강 정책에 대한 나의 공식 자문으로 일했던 티퍼 고어 의 공로이기도 했다.

나는 10월의 첫 이틀을 네타냐후, 아라파트, 후세인 왕과 함께 보냈다. 그들은 평화과정을 다시 궤도에 올리기 위하여 우리와 자리를 함께 했다. 회담이 끝났을 때 아라파트와 네타냐후는 나에게 기자들의 질문에 모두 대 답을 해달라고 요청했다. 나는 우리가 아직 굴 문제를 해결하지 못했지만, 양측이 폭력을 끝내고 평화과정으로 돌아갈 목적으로 즉시 회담을 시작하 는 데 합의했다고 말했다. 회의에서 네타냐후는 헤브론에서의 이스라엘군 철군 등을 포함하여 대통령 자리에 오르기 전에 했던 약속을 이행하겠다고 다시 약속했다. 오래지 않아, 협상이 타결되기 전에는 예루살렘의 현 상태 를 그대로 유지한다는 양쪽의 약속에 따라 굴은 다시 봉쇄되었다.

10월 3일, 다시 선거운동에 나서 10월 6일 코네티컷 주 하트포드에서 열릴 예정인 밥 돌과의 첫 토론을 준비하기 위해 차우타쿠아로 갔는데, 가 는 길에 나에게 언제나 잘해주었던 도시 뉴욕 주의 버펄로에서 유세를 했 다. 나의 미디어 컨설턴트인 마이클 시헌을 포함하여 우리 팀 전체가 차우 타쿠아에 모였다. 조지 미첼이 모의 토론에서 밥 돌 역을 맡았다. 그는 처음 에는 나를 이겼지만, 연습을 하면서 나도 조금씩 나아졌다. 연습 중간 중간 에 나는 어스킨 보울스와 골프를 쳤는데, 내 골프 실력도 조금씩 나아지고 있었다. 6월이 되자 마침내 나는 처음으로 80타 이하를 치게 되었지만, 그 래도 보울스의 컨디션이 괜찮을 때는 그를 이길 수가 없었다.

토론회는 결국 점잖게 끝났다. 연방정부를 비롯한 여러 가지 문제에 대 한 우리의 입장 차이에 관심을 가지는 사람들에게는 교육적인 토론회였다. 그러나 몇 번 불꽃이 튀기도 했다. 돌은 내가 거부권을 행사한 공화당의 예 산안 가운데 메디케어 삭감을 비판하는 나의 광고로 노년층에 겁을 주었다 고 나를 공격했다. 그는 또 전당대회 연설에서 했던 주장을 되풀이하여, 내가 젊은 엘리트주의자들로 행정부를 채웠는데, 그들은 "한 번도 어른이 되어본 적이 없고, 한 번도 현실적인 일을 한 적이 없고, 한 번도 희생하지 않았고, 한 번도 고통을 겪지 않았고, 한 번도 제대로 배우지 않았으며", "당신이 벌어들인 것으로 수상쩍고 이기적인 계획"의 자금을 대려 한다고 말했다.

나는 백악관에서 나를 위해 일하는 젊은 '엘리트주의자' 가운데 하나는 간이이동주택에서 성장했다고 쏘아붙였으며, 내가 지나치게 자유주의적이라는 비난에 대해서는 이렇게 받아쳤다. "그것은 저 당이 만만치 않은 선거에서 늘 끌어내는 이야기입니다. 그들의 황금 같은 옛 시절의 노래 가운데 하나지요…… 하지만 나는 이제 그 개로는 사냥을 할 수 없다고 생각합니다."

두 번째 토론회는 열흘 뒤에 샌디에이고에서 열렸다. 그 중간에 힐러리, 앨, 티퍼와 함께 워싱턴의 몰mall을 덮고 있는 거대한 '에이즈 누비이불'을 찾아가 보았다. 이 누비이불은 죽은 사람들을 기리는 조각들로 만들어졌다. 그 가운데 둘은 힐러리와 나의 친구였다. 나는 에이즈로 인한 사망률이 낮아진다는 사실에 만족했으며, 생명을 구하는 의약품 개발 연구를 더 늘리도록 계속 밀어붙이겠다고 결심했다.

미키 캔터는 샌디에이고 토론회를 시 대표자회의 형식으로 하기로 합의를 보았다. 10월 16일에 샌디에이고 대학에 모인 시민들은 좋은 질문들을 던졌으며, 돌과 나는 끝까지 서로를 공격하지 않고 그 질문들에 대답했다. 돌은 토론회 끝에 자신의 기반에 호소하면서, 내가 임기 제한에 반대할 뿐 아니라, 예산의 균형을 잡고, 성조기를 보호하고, 자발적인 학교 기도에 대한 제한을 금지하려는 헌법 수정에도 반대한다는 점을 지적했다. 나는 이후 4년에 대한 나의 제안을 요약하는 것으로 토론회를 끝마쳤다. 이제 사람들은 적어도 자신이 선택할 내용이 무엇인지는 알게 되었다.

선거를 2주일 남겨 놓은 상황에서, 여론조사는 내가 22포인트 앞선다는 것을 보여주었다. 표의 55퍼센트였다. 그 결과가 발표되지 않았으면 좋았을 것이다. 지지자들이 선거는 끝난 것이나 다름없다고 생각하여 선거운동의 활력이 많이 떨어졌기 때문이다. 나는 계속 열심히 일하면서, 특별 목표로 선정한 애리조나와 플로리다에 집중하면서, 전에 승리를 거두었던 지역도 태만히 하지 않았다. 그 가운데는 내가 가장 걱정하던 네바다, 콜로라도, 조지아도 있었다. 10월 25일, 우리는 애틀랜타에서 큰 집회를 열었다. 애틀랜타에서는 나의 오랜 친구 맥스 클렐런드가 상원의원 선거에서 아슬아슬한 경합을 벌이고 있었다. 샘 넌은 나의 재선을 지지하는 매우 효과적인 주장을 펼쳤고, 나는 애틀랜타를 떠나면서 가능성이 있을지도 모르겠다는 생각을 했다.

11월 1일, 샌터바버라 시립대학에서 아침 집회를 열면서 선거운동은 마지막 단계로 접어들었다. 화창하고 따뜻한 날을 맞이하여 태평양을 바라보는 캠퍼스 산비탈에는 많은 사람들이 모여 있었다. 샌터바버라는 한때 견고한 공화당의 아성이었다가 우리 쪽으로 서서히 넘어오기 시작한 곳으로, 캘리포니아 선거운동을 끝내기에 적당한 곳이었다.

나는 샌터바버라에서 뉴멕시코 주 라스크루세스로 갔다가, 거기서 다시 엘파소로 갔다. 엘파소에는 그해 선거운동에서 최대의 인파가 모였다. 4만 명 이상이 공항에 나와 지지를 보냈다. 마지막으로 우리는 샌안토니오로 가 앨라모 요새에서 전통적인 집회를 열었다. 텍사스에서는 이길 수 없다는 것을 알았지만, 그래도 텍사스 주의 민주당원들, 특히 나를 굳세게 지지해주는 남미계 주민의 의리에 보답하고 싶었다.

선거운동을 마지막 사흘 남겨놓은 상황에서 나는 선택을 해야 했다. 비교적 작은 주 몇 군데서 상원의원 후보들이 나에게 선거운동을 지원해달라고 요청하고 있었다. 마크 펜은 만일 내가 큰 주들에 가는 대신 그런 주에서 마지막 며칠을 보내면 몇 가지 이유에서 과반수를 얻지 못할 수도 있다고 말했다.

첫째로, 민주당전국위원회가 아시아인(내가 주지사 시절 알던 사람들도 포함되어 있었다)들로부터 불법 선거운동 자금 수십만 달러를 받았다는 주장 때문에 우리 선거운동은 2주 전부터 힘을 잃고 있었다. 나는 그 소식을 들었을 때 화를 냈다. 나의 재정 담당인 테리 매컬리프가 우리 선거운동에 대한 기부금을 철저하게 조사하고, 민주당전국위원회 역시 수상쩍은 기부금을 거부하기 위해 심사 작업을 하는 것으로 알고 있었기 때문이다. 민주당전국위원회의 심사 절차에 문제가 있는 것이 분명했다. 내가 할 수 있는 말은 불법 기부금은 바로 돌려주어야 한다는 것뿐이었다. 그럼에도 이 문제를 둘러싼 논란은 선거일에 우리에게 피해를 줄 것이 확실해 보였다. 둘째로, 랠프 네이더가 녹색당 후보로 뛰면서 좌익 쪽에서 나의 표를 어느 정도 가져갈 것 같았다. 셋째로, 10월에 선거운동에 뛰어든 로스 페로는 너무 늦게 들어와 토론에도 참여하지 못했고 1992년만큼 잘하지도 못했지만, 이전 선거운동과 마찬가지로 막바지에 이르면서 나를 맹렬하게 공격했다. 그는 내가 "앞으로 2년간 감옥에 가지 않기 위해서 온 힘을 쏟을 것"이라고 하면서, "윤리적 잘못, 부패한 방식의 선거운동 자금 모금, 마약 사용에 느슨한 태도" 등의 오점을 가진 '병역기피자'라고 불렀다. 마지막으로, 투표자수가 1992년보다 많이 줄어들 것 같았다. 몇 주 전부터 선거는 이미 끝난 것이나 다름없다는 이야기가 나왔기 때문이다.

마크 펜은 만일 과반수표를 얻고 싶으면, 큰 주의 커다란 매체 시장으로 뛰어들어 사람들에게 투표를 호소하라고 조언했다. 그렇지 않으면 결과가 뻔한 상황에서 저소득 민주당 지지자들의 투표율이, 부유하고 이데올로기적 성향이 강한 공화당 지지자들의 투표율보다 훨씬 낮을 가능성이 높다는 이야기였다. 나는 플로리다와 뉴저지에 갈 예정이었는데, 펜의 조언에 따라 클리블랜드에도 들르기로 했다. 그 외에도 루이지애나, 매사추세츠, 메인, 뉴햄프셔, 켄터키, 아이오와, 사우스다코타 등 상원 의석을 놓고 선거가 벌어지는 주에도 들르기로 했다. 대통령 선거의 경우에는 이 가운데 켄터키만 의심스러웠다. 사우스다코타를 제외한 다른 모든 주에서는 내가 많이 앞서고 있었다. 사우스다코타에서는 결국 공화당 지지자들이 돌의 이야기에 귀를 기울일 것이라고 생각했다. 내가 그 주들을 찾아가기로 한 것은 내 득표율이 2, 3포인트 떨어지더라도 민주당원들을 상원에 보내는 것이 더 중요하다고 생각했기 때문이고, 또 이 7개 주 가운데 6개 주 후보들이 92년 선거운동이나 국회에서 나를 도와주었기 때문이다.

11월 3일 일요일에는 탬퍼의 세인트폴 AME 교회에서 예배를 본 뒤 민주당 상원의원 후보 딕 스웨트를 지원하기 위해 뉴햄프셔로 갔다. 이어 클리블랜드에 갔을 때는 마이크 화이트 시장과 존 글렌 상원의원이 나를 응원해주었다. 이어 켄터키 주 렉싱턴으로 날아가 웬들 포드 상원의원, 폴 패턴 주지사, 민주당 상원의원 후보 스티브 베시어와 함께 주립대학에서 열린 집회에 참석했다. 나는 담배 문제 때문에 켄터키를 지키기가 어렵다는 것을 알았다. 그래도 무대에 켄터키 대학 농구감독 릭 피티노가 나와주어서 마음이 든든했다. 켄터키 주의 모든 사람이 이 농구팀을 무척 좋아했고, 반 이상이 나를 싫어했다. 그런 상황에서 피티노가 나의 집회에 참석한 것은 나에게 큰 도움이 되었다. 게다가 그것은 그의 입장에서는 매우 용기 있는 행동이었다.

아이오와 주 세다 래피즈에 도착했을 때는 오후 8시였다. 나는 치열한 경합을 벌이고 있던 톰 하킨 때문에 그곳에는 꼭 가고 싶었다. 하킨이 상원에서 나를 강력하게 지지했기 때문이기도 했지만, 1992년 예비선거 후부터 하킨과 행정부에서 일하는 변호사인 그의 부인 루스가 나와 절친한 사이가 되었기 때문이기도 했다.

그날 밤에 마지막으로 들른 곳은 사우스다코타의 수폴스였다. 그곳에서는 민주당 하원의원 팀 존슨이 현직 공화당 의원 래리 프레슬러의 자리를 빼앗을 가능성이 있었다. 존슨과 그의 주요한 지원자 톰 대슐 상원의원은 나에게 무척 잘해주었다. 상원 소수당 의장 대슐은 예산안 싸움과 정부폐쇄 동안에 백악관에 아주 귀중한 존재였다. 그가 나에게 사우스다코타로 와달라고 요청을 했을 때, 나는 도저히 못 간다고 말할 수가 없었다.

나는 거의 자정에 수폴스 어리너 컨벤션센터에 도착하여 '내 평생 마지막 선거운동의 마지막 유세에서' 연설을 했다. 마지막 연설이었기 때문에 그간의 성적, 예산 싸움, 내가 다음 4년간 하고 싶은 일을 남김없이 이야기했다. 나는 아칸소와 같은 시골 주에 와 있었기 때문에 그들에게 농담을 했다. 공화당의 예산안을 보니 어떤 정치가 이야기가 생각난다. 이 정치가는 한 농부를 찾아가 자기한테 표를 달라고 하려 했지만, 짖고 있는 개가 무서워 마당 안으로 들어가지를 못했다. 정치가는 농부에게 물었다. "당신 개가 사람을 뭅니까?" "아니오." 농부가 대답했다. 정치가가 마당을 가로질러 농부에게 다가갔을 때 개가 정치가를 물었다. "당신 개는 물지 않는다고 했잖소!" 정치가가 소리쳤다. 농부가 말했다. "이보쇼, 저건 내 개가 아니오." 예산안은 그들의 개였다.

선거는 마크 펜의 예측대로 흘러갔다. 기록적으로 낮은 투표율이 나왔고, 나는 49 대 41로 승리했다. 선거인 투표는 1992년보다 9표를 더 얻은 379 대 159였으며, 1992년에 이겼던 몬태나, 콜로라도, 조지아 등 3개 주를 잃었고, 애리조나와 플로리다 등 두 주를 새로 얻었다.

합계로 나온 숫자에는 잘 드러나지 않지만, 1996년에 각 주에서 얻은 득표수를 1992년에 얻은 득표수와 비교해보면, 어떤 주에서는 문화적 요소들이 선거에 영향을 미쳤고, 또 어떤 주에서는 좀더 전통적인 경제사회 문제가 지배적인 쟁점이 되었다는 것을 알 수 있었다. 모든 선거는 그런 변화에 의해 결정된다. 1996년에 나타난 변화는 미국의 여러 그룹들이 무엇을 중요하게 여기는지 가르쳐주었다. 예를 들어 미국총기협회 회원들과 낙태 반대자들이 많은 펜실베이니아에서 내가 얻은 득표율은 1992년과 똑같았다. 이것은 필라델피아에서 큰 차이로 이기고, 피츠버그에서도 상당한 표를 끌어들인 덕분이었다. 반면 총기와 부분 출산 낙태 법안에 대한 거부 때문에 펜실베이니아 다른 지역에서는 득표율이 내려갔다. 미주리 주에서는 같은 요인들 때문에 표 차가 10퍼센트에서 6퍼센트로 전보다 거의 반이나 줄어들었다. 나는 여전히 아칸소에서 과반수를 얻었지만, 표 차는 1992년보다 약간 줄어들었다. 테네시에서는 표 차이가 4.5퍼센트에서 2.5퍼센트로 줄었다.

켄터키에서는 담배와 총 때문에 표 차이가 3퍼센트에서 1퍼센트로 줄어들었다. 노스캐롤라이나에서 줄곧 선두를 유지했지만, 같은 이유로 표 차는 3퍼센트가 줄었다. 콜로라도의 경우 1992년에는 4퍼센트 차이로 승리를 거두었지만 1996년에는 1.5퍼센트 차이로 졌다. 1992년에 페로에게 갔던 서부의 표 가운데 많은 부분이 1996년에는 공화당으로 갔기 때문이기도 하고, 많은 기독교 권리 조직들이 콜로라도에 본부를 두게 되면서 1992년 이후 공화당 등록 투표자 수가 민주당에 비해 10만 명이나 더 늘었기 때문이기도 하다. 몬태나에서 지게 된 것은 콜로라도의 경우와 마찬가지로 전에 페로에게 갔던 표가 나보다는 돌 상원의원에게 더 많이 갔기 때문이다.

조지아에서 마지막 여론 조사는 내가 4퍼센트 앞선 것으로 나왔으나, 뚜껑을 열어보니 내가 1퍼센트 차이로 졌다. 이렇게 된 데에는 기독교 연합이 큰 역할을 했다. 1992년에도 그들은 선거 전 일요일에 보수적 교회에 '투표 안내'를 대량 배포함으로써 표 차를 6퍼센트에서 1퍼센트 이하로 줄이기도 했다. 민주당원들도 오랫동안 흑인 교회에서 그 같은 활동을 해왔으나, 기독교 연합은 적어도 조지아에서는 큰 힘을 발휘해, 1992년과 1996년에 투표 결과를 5퍼센트나 바꾸어놓았다. 나는 조지아 패배에 실망했으나, 맥스 클렐런드가 나보다 백인 표를 조금 더 얻어 살아남은 것에서 위안을 얻었다. 남부는 문화적 쟁점 때문에 어려웠다. 1996년에 나에게 상당한 차이로 승리를 안겨준 남부의 주는 루이지애나 한 곳뿐이었는데, 이곳에서는 표 차가 4.5퍼센트에서 12퍼센트로 올라갔다.

이와는 대조적으로 문화적으로 덜 보수적인 또는 경제 문제에 더 민감한 주에서는 나의 득표율이 올라갔다. 코네티컷, 하와이, 메인, 매사추세츠, 뉴저지, 뉴욕, 로드아일랜드에서는 표 차가 1992년에 비해 10퍼센트 이상 올라갔다. 일리노이, 미네소타, 메릴랜드, 캘리포니아에서는 1992년의 큰 표 차를 유지했으며, 미시간과 오하이오에서는 표 차를 상당히 늘렸다. 총기 문제에도 불구하고 뉴햄프셔에서 1992년보다 표 차를 10퍼센트 늘렸다. 그리고 네바다에서는 1퍼센트 차이의 승리를 유지했는데, 안전하다는 과학적 증거가 없을 경우에 미국의 핵폐기물을 그곳에 버리는 데 반대한다는 입장을 밝힌 것이 큰 힘이 되었다. 또 내 친구이자 조지타운 동창으로 「라스베이거스 선Las Vegas Sun」지의 대표 겸 편집인을 맡고 있는 브라이언 그린스펀이 이 문제에 큰 관심을 가지고 내 입장을 계속 부각시킨 것도 큰 도움이 되었다.

전체적으로 나는 결과에 만족했다. 나는 1992년보다 선거인의 표를 더 얻었으며, 내가 선거운동을 해주었던 상원의원 후보 7명 가운데 4명, 즉 톰 하킨, 팀 존슨, 존 케리, 그리고 루이지애나의 메리 랄드리오가 승리를 거두었다. 그러나 내가 얻은 투표율이 나의 업무수행에 대한 지지도, 개인에 대한 지지도, 내가 대통령직을 맡고 있어 편안하다고 말하는 사람들의 비율보다 상당히 낮다는 것은 총기, 동성애자, 낙태 같은 문화적 쟁점들이 남부, 서부 산간지대, 중서부 시골 지방의 백인 기혼 부부들, 그리고 전국의 백인 남자들 사이에서 큰 힘을 발휘한다는 것을 냉정하게 보여주고 있었다. 내가 할 수 있는 일은 계속 견해의 일치점을 찾고, 워싱턴의 신랄한 당파성을 누그러뜨리려고 노력하고, 대통령으로서 최선을 다하는 것뿐이었다.

리틀록의 올드스테이트하우스에서 열린 승리 집회의 분위기는 지난번과 상당히 달랐다. 인파는 여전히 많이 모여들었지만, 함성을 외치며 환호한다기보다는 미국이 전보다 튼튼해졌다는 것, 미국 국민이 내가 하고 있는 일을 지지한다는 것에서 진정한 행복감을 느끼는 분위기였다.

선거 몇 주 전부터 선거 결과가 확정된 것처럼 이야기가 되었기 때문에, 나의 재선의 의미를 높이 평가하지 않는 분위기도 있었다. 그러나 1994년 중간선거 뒤에 나는 적당치 않은 인물로 조롱을 당했고, 1996년에는 반드시 패배한다는 이야기를 들었다. 예산안 싸움 초기만 해도 정부의 폐쇄가 눈앞에 닥친 상황에서 내가 이긴다거나, 미국 국민이 공화당과 대결하는 나의 입장을 지지할 것이라는 예측은 불가능했다. 그럼에도 나는 1936년 프랭클린 루스벨트 이후 재선에 성공한 첫 민주당 대통령이 되었던 것이다.

47

　　선거 다음 날, 나는 백악관으로 돌아가 사우스론에서 참모진, 내각, 공직자, 선거운동원, 민주당 당직자들과 기념식을 가졌다. 나는 연설에서, 전날 밤 선거 결과를 기다리면서 주법무장관과 주지사 시절 아칸소에서 나를 위해 일했던 사람들과 재회했다는 이야기를 한 다음 이렇게 말했다. "그 사람들한테 했던 이야기를 여러분에게도 하고 싶습니다. 나는 늘 매우 열심히 일을 하고, 또 상당히 몰아붙이는 사람이었습니다. 나는 늘 눈앞의 일에 집중합니다. 때로는 '고맙다'는 말도 제대로 못합니다. 그리고 늘 나 자신에게 상당히 엄격한 편입니다. 그리고 가끔은 태만한 탓으로, 여기서 일하는 사람들에게도 너무 엄격한 것 같습니다."

　　우리 팀은 지난 4년간 극단적인 압박감 속에서 많은 일을 해내야 했다. 그런 극단적인 압박감은 나의 초기의 잘못들, 첫 2년간의 매우 부정적인 언론 보도, 1994년 국회의원 선거 패배, 화이트워터에 들어가는 경제적이고 감정적인 비용, 너무 많은 개인적 비극, 나라의 방향을 돌리려는 노력에 내재된 항용적인 요구들 때문이었다. 그런 속에서도 나는 나의 사기와 다른 모든 사람의 사기를 높이려고 최선을 다했다. 우리 모두가 비극, 쓰레기, 불운에 너무 정신을 빼앗기지 않게 하려고 최선을 다했다. 이제 미국 국민이 한 번 더 임기를 주었으니, 앞으로 4년은 첫 번째 임기와 같은 소란이나 갈등 없이 공적인 일을 더 자유롭게 하게 되기를 바랐다.

　　나는 10월 말에 시카고의 대주교인 조셉 카디널 버나딘의 말에 큰 감명을 받았다. 그는 지칠 줄 모르는 사회 정의의 옹호자로, 힐러리와 나도 잘 알고 또 무척 존경하는 사람이었다. 버나딘은 몸이 몹시 안 좋아 살날이 얼마 남지 않았는데, 이렇게 말했다. "죽어가는 사람은 주변적인 것이나 우연적인 것을 생각할 여유가 없다…… 우리에게 주어진 시간이라는 귀중한 선물을 잔인한 공격이나 분열에 낭비하는 것은 잘못된 일이다."

선거 다음 일주일 동안, 리언 파네타와 워런 크리스토퍼 등 행정부의 중심을 이루는 몇 사람이 연말에 떠나겠다는 의사를 밝혔다. 크리스토퍼는 4년 동안 비행기 안에서 산 것이나 다름없었다. 파네타는 예산 투쟁을 감독해왔을 뿐 아니라, 선거일에는 나와 하트 게임을 하느라 늦게까지 잠을 못 자기도 했다. 둘 다 캘리포니아의 집으로 돌아가 좀더 정상적인 생활을 하고 싶어 했다. 그들은 나와 나라에 훌륭하게 봉사했으며, 나는 그들을 보내는 것이 아쉬웠다.

11월 8일에 어스킨 보울스가 새 비서실장이 될 것이라고 발표했다. 막내가 대학에 들어갔기 때문에, 보울스는 다시 마음껏 일을 할 수 있었다. 그러나 다시 이익이 많이 남는 사업을 떠나 내 옆에서 봉사를 하게 되면서, 팔하나와 다리 하나를 대가로 내놓게 된다.

다행히도 낸시 헌리시와 베티 커리는 그대로 남기로 했다. 이 무렵 커리는 전국의 내 친구들을 대부분 알게 되어 전화를 많이 처리해주었고, 사무실에서도 나에게 큰 도움을 주었다. 헌리시는 우리 사무실의 역동성을 잘이해하고 있었으며, 일상적인 일 가운데 내가 관여할 것과 거리를 둘 것을잘 알아서 처리했다. 그녀는 내가 편하게 일을 할 수 있도록 돕기 위해 최선을 다했으며, 오벌 오피스의 업무를 잘 정리했다. 당시 나의 보좌관이었던스티븐 구딘은 떠나기로 했으나, 다행히도 그를 대신할 좋은 사람이 있었다. 크리스 엥스코프는 처음부터 백악관에 있었는데, 나는 그를 1974년 첫선거운동 때 아칸소 북부에서 만났다. 대통령 보좌관은 오벌 오피스 바로바깥에 책상이 있고, 거의 언제나 나와 함께 다녔다. 오랫동안 알고 지낸 사람, 또 그 일을 하는 것을 좋아하는 사람이 보좌관을 맡게 된 것은 아주 잘된 일이었다. 오벌 오피스 팀이 없었다면 내가 무슨 일을 할 수 있었을지 모르겠다.

일주일 뒤 보스니아의 미군 주둔을 18개월 연장하겠다고 발표하고 나서, 힐러리와 나는 오스트레일리아, 필리핀, 태국을 향해 떠났다. 우리에게 필요하던 휴가와 일을 겸한 여행이었다. 우리는 일단 하와이로 가서 사흘 동안 편하게 쉰 뒤, 오스트레일리아 시드니로 갔다. 존 하워드 총리를 만나고, 캔버라의 오스트레일리아 국회에서 연설을 하고, 시드니에서 하루를 보내면서, 우리 시대 최고의 골프 선수로 손꼽히는 그레그 노먼과 잊을 수 없는 게임을 하였다.

그리고 난 후 우리는 북쪽 대산호초 근처 산호해에 있는 해변 휴양지 포트더글러스로 갔다. 우리는 그곳에서 원주민 안내자와 함께 데인트리 열대 우림을 걷기도 하고, 야생생물 보호구역을 답사하다 첼시라고 이름을 붙인 코알라를 껴안기도 하고, 웅장한 산호 근처에서 스노클링을 하기도 했다. 전 세계 다른 지역의 산호초들과 마찬가지로 이곳도 해양 오염, 지구 온난화, 물리적 오용으로 파괴 위험에 처해 있었다. 나는 그곳으로 가기 직전, 미국이 국제 산호초 프로그램을 지원하겠다고 발표했는데, 이것은 전 세계의 산호초 파괴를 방지하기 위해 마련된 것이었다.

우리는 피델 라모스 대통령이 주최하는 제4차 아시아태평양지도자회의에 참석하기 위해 오스트레일리아에서 필리핀으로 갔다. 이 회의의 중요한 결과는 2000년까지 컴퓨터, 반도체, 원거리통신 기술에 대한 모든 관세를 철폐하는 협정을 체결한 것이었다. 이것은 그동안 내가 추진해오던 것으로, 이로 인해 미국의 수출은 더 늘어나고, 고임금 일자리는 더 늘어나게 되었다.

우리는 태국을 방문하여, 동남아시아에서 미국의 가장 오래된 동맹국으로 꼽히는 이 나라 왕의 즉위 50주년을 축하했다. 미국은 1833년에 시암 왕과 수호통상조약을 체결했다. 부미볼 아둘야데지 왕은 뛰어난 피아노 연주자인 동시에 재즈 팬이었다. 나는 왕에게 즉위 50주년 기념으로 재즈 팬이면 누구나 고마워할 선물을 주었다. 뛰어난 재즈 사진작가 허먼 레너드의 서명이 들어 있는 재즈 음악인들의 커다란 사진첩이었다.

우리는 캠프 데이비드에서 열리는 전통적인 추수감사절 잔치에 맞추어 귀국했다. 이번 해에는 귀여운 조카들인 로저의 아들 타일러와 토니의 아들 재치가 참석했다. 그 아이들이 함께 노는 것을 보자 추수감사절 기분이 나는 듯했다.

12월에는 행정부의 많은 부분을 재구성했다. 빌 페리, 존 도이치, 미키 캔터, 밥 라이히, 헤이절 오리어리, 로러 타이슨, 헨리 시스네로스가 모두 사임했다. 백악관에서도 귀중한 사람들을 잃게 되었다. 해럴드 이케스는 변호와 자문 일로 돌아갔다. 비서실 차장 에블린 리버먼은 국무부로 가서 '미국의 소리'를 담당하기로 했다.

그달 초 나는 새로운 국가안보팀을 발표했다. 국무장관에 매들린 올브라이트, 국방장관에 메인의 전직 공화당 상원의원 빌 코헨, 중앙정보국장에 토니 레이크, 유엔 대사에 빌 리처드슨, 국가안보보좌관에 샌디 버거를 임명했다.

올브라이트는 유엔 일에서 뛰어난 능력을 보여주었으며, 특히 발칸 지역과 중동에서 우리가 직면한 난제들을 잘 이해했다. 나는 그녀가 스스로의 노력을 통해 첫 여성 국무장관이 될 기회를 얻었다고 생각했다. 빌 리처드슨은 북한과 이라크에서 보여준 능력으로 뛰어난 외교관임을 입증했기 때문에, 나는 그가 유엔 대사 자리를 맡아주어 기분이 좋았다. 그는 미국 최초의 남미계 유엔 대사가 되었다.

빌 코헨은 청년 같은 느낌을 주는 논리정연한 정치가로, 오래전부터 국방 문제에 대한 혁신적인 구상을 내놓았다. 그는 START I 조약을 입안하는 데 기여했으며, 1980년대 군사령부 구조를 재조직하고 강화하는 법안에서도 핵심적인 역할을 했다. 나는 코헨을 좋아하고 존경했으며, 그가 빌 페리가 떠난 아주 큰 빈자리를 메울 수 있을 것이라고 생각했다. 또 나는 내각에 공화당원을 넣고 싶었는데, 내가 국방 결정을 절대 정치적으로 다루지 않겠다고 약속을 하자 그는 그 일을 받아들였다.

나는 중앙정보국장 존 도이치를 놓치게 되어 몹시 아쉬웠다. 그는 국방부 부장관으로서 훌륭하게 일을 하다가, 짧은 기간 재직한 짐 울시의 뒤를 이어 어려운 중앙정보국 일을 맡아 잘 처리해주었다. 토니 레이크는 국가안보회의에서 일하면서 미국 정보활동의 강점과 약점을 뛰어나게 이해하게 되었다. 미국의 정보활동은 테러리즘이 기승을 부리면서 특히 중요한 의미를 띠게 되었다.

국가안보좌관 자리에는 샌디 버거 외에 다른 사람을 생각한 적이 없었다. 우리는 20년 지기였다. 그는 나에게 나쁜 소식을 전하거나 회의에서 나와 다른 의견을 내놓을 때에도 불편해하지 않았다. 그리고 첫 임기 동안 다양한 문제를 뛰어나게 처리해주었다. 샌디의 분석 능력은 대단했다. 그는 문제를 끝까지 생각할 줄 알았고, 다른 사람들은 놓치는 잠재적인 함정을 파악할 수 있었고, 그런 것들 때문에 정신이 마비되는 일이 없었다. 그는 나의 장점과 약점을 이해했을 뿐 아니라, 장점을 최대화하고 약점을 최소화하는 방법을 알았다. 게다가 그는 절대 자신의 자존심을 내세워 의사결정을 망치는 법이 없었다.

조지 스테파노풀로스도 떠났다. 그는 선거 얼마 전에 자신의 연료가 다 타버렸기 때문에 떠나야겠다고 말했다. 그의 회고록을 읽기 전에는 압박감에 시달리던 세월이 그에게 얼마나 어려웠는지, 그가 자신에게나 나에게나 얼마나 엄격했는지 잘 몰랐다. 스테파노풀로스는 가르치는 일과 텔레비전 일을 할 계획이었다. 나는 그가 그런 분야에서 더 행복해지기를 기원했다.

그로부터 2주 안에 내각의 남은 빈자리를 다 메웠다. 안타깝게도 사생활로 돌아가고 싶다고 말한 미키 캔터 상무장관 후임에는 시카고의 빌 데일리를 임명했다. 데일리는 북미자유무역협정을 위한 우리의 캠페인을 주도한 재능 있는 인물이었다. 샬린 바셰프스키는 미키 캔터가 상무부로 간 후 8개월 동안 무역대표 일을 맡아왔다. 그녀는 뛰어나게 일을 처리해왔기 때문에, 이제 그녀의 직함에서 '대리'를 떼어줄 때가 되었다고 판단했다.

노동부 장관 밥 라이히 후임에는 알렉시스 허먼을 임명했다. 밥 라이히는 노동부에서 또 경제팀의 일원으로 일을 잘해주었지만, 곤란한 처지에 놓이기도 했다. 그는 나의 경제와 예산 정책에 동의하지 않았다. 내가 적자 축소를 너무 강조하고, 교육, 훈련, 신기술에 너무 적게 투자한다고 생각한 것이다. 라이히는 부인 클레어와 아들들이 있는 고향 매사추세츠로 돌아가고 싶어 했다.

주택도시개발부 장관 헨리 시스네로스 후임에는 같은 부서 차관보 앤드루 쿠오모를 임명했고, 자원부의 헤이절 오리어리 후임에는 페데리코 페냐를 임명했다. 연방도로국장인 로드니 샬랄라는 페냐에 이어 교통부 장관 자리를 맡게 되었다. 아이다 알바레스는 중소기업청을 맡았다. 진 스펄링은 로러 타이슨의 뒤를 이어 국가경제회의를 맡았다. 하버드에서 래리 서머스를 가르쳤던 재닛 옐런 박사는 경제보좌관회의 의장을 맡았다. 브루스 리드는 '책 읽는 미국' 프로그램을 운영하러 교육부로 가는 캐럴 래스코를 대신하여 나의 국내정책보좌관이 되었다. 밥 루빈을 보좌하던 뛰어난 젊은 여자 실비어 매슈스는 해럴드 이케스의 뒤를 이어 비서실 차장이 되었다.

나는 헨리 시스네로스가 떠나게 되어 마음이 아팠다. 우리는 내가 대통령에 출마하기 전부터 친구 사이였으며, 그는 주택도시개발부 일을 잘 처리해주었다. 시스네로스는 그 일을 맡을 때 연방수사국의 심사 면접에서 자신의 지출에 대해 부정확한 진술을 했다는 이유로 1년 이상 독립변호사의 수사를 받아왔다. 법에서는 지명자가 인준 과정에 영향을 미칠 수 있는 '중대한' 허위 진술을 하는 것을 범죄로 간주했다. 시스네로스의 비준을 추천하는 위원회를 담당했던 앨 다마토 상원의원은 시스네로스의 지출에 대한 허위진술이 자신의 투표나 위원회의 다른 상원의원들에게 영향을 주지 않았을 것으로 본다는 내용의 서한을 보내왔다. 법무부의 공직자 윤리실도 특별검사에 반대하여 목소리를 높였다.

그러나 안타깝게도 재닛 리노는 시스네로스 사건을 센텔 판사의 특수부에 넘겼다. 아니나 다를까, 그들은 공화당 특별검사 데이비드 배릿을 임명했다. 배릿은 당파성이 강한 사람으로, 비행으로 고발을 당한 적은 없지만, 레이건 행정부 시절 주택도시개발부 추문으로 유죄판결을 받았던 공무원들과 밀접한 관련이 있다고 알려져 있었다. 아무도 시스네로스가 그의 일에서 잘못을 했다고 비난한 적이 없었지만, 그럼에도 그는 화이트워터 세계로 던져졌다. 시스네로스는 법률 비용 때문에 많은 빚을 지게 되었으며, 그에게는 대학에 다니는 자식이 둘 있었다. 그는 가족을 부양하고 변호사 비용을 대기 위해 더 많은 돈을 벌어야 했다. 그런데도 그가 4년을 꼬박 있어준 것만으로도 고마울 따름이었다.

사람들은 많이 바뀌었지만, 나는 우리가 첫 임기 때의 동지적 분위기와 팀워크를 유지할 수 있다고 생각했다. 새로운 임명자들 대부분이 행정부의 다른 자리에서 옮겨왔으며, 각료 가운데 다수가 자리를 지키고 있었기 때문이다.

12월에는 외교 쪽에서 몇 가지 흥미 있는 상황 진전이 있었다. 12월 13일에 유엔 안전보장이사회가 미국의 강력한 지원을 받아 가나의 코피 아난을 새 사무총장으로 뽑았다. 아난은 사하라 이남 아프리카 출신으로 이 자리를 맡은 최초의 인물이었다. 아난은 이전 4년 동안 유엔 평화유지 담당 사무차장으로 보스니아와 아이티에서 우리의 노력을 지지했다. 매들린 올브라이트는 아난이 탁월한 지도자라고 생각하여 나에게 그를 지지할 것을 권유했다. 워런 크리스토퍼, 토니 레이크, 딕 홀브루크도 마찬가지였다.

아난은 똑똑하고 인상적인 사람으로, 조용하지만 당당해 보였다. 그는 거의 평생을 유엔에서 일해왔지만, 그 약점을 모르지도 않았고, 그 나쁜 습관에 물들지도 않았다. 대신 그는 유엔의 활동을 좀더 효율적으로, 좀더 책임감 있게 진행하기 위해 노력했다. 이 일은 그 자체로도 중요했지만, 내가 국회의 공화당 의원들에게 유엔 회비를 내자고 설득할 때도 중요했다. 미국은 15억 달러를 체불하고 있었으며, 공화당이 국회를 장악한 1995년부터 국회는 유엔이 자기 혁신을 하기 전에는 회비를 내지 않겠다고 했다. 나는 밀린 회비를 내지 않는 것은 무책임한 행동이며, 유엔과 미국 양쪽에 피해를 주는 일이라고 생각했다. 그러나 유엔의 개혁이 절박하다는 데는 동의했다.

중동에서는 네타냐후 총리와 아라파트 의장이 이견을 해소하려고 노력하고 있었다. 네타냐후는 크리스마스이브에 가자로 가서 세 시간 동안 회담을 했다. 연말에 미국의 특사 데니스 로스는 양쪽을 오가면서 헤브론을 팔레스타인 사람들에게 넘겨주는 협상을 마무리지려고 노력했다. 협상이 끝나지는 않았지만, 1997년에는 그전 몇 달보다 평화과정에 대한 큰 희망을 품어볼 수 있었다.

새해 첫 며칠을 미국 대통령들이 좀처럼 찾지 않던 미국령 버진 제도의 세인트토머스에서 보낸 뒤, 우리 가족은 취임식을 치르고 대통령으로서의 5년째 해를 맞이하기 위해 집으로 돌아왔다. 여러 면에서 1997년은 내가 대통령으로서 맞이한 해 가운데 가장 정상적인 해가 될 것 같았다. 거의 1년 동안 화이트워터 세계는 이따금씩 선거자금 수사로 불꽃이 튀기는 했지만 열기는 낮은 편이어서, 나는 비교적 자유롭게 일을 할 수 있었다.

취임식을 준비하면서 우리는 나라가 올바른 방향으로 가고 있다는 것을 강조하기 위한 일련의 행사를 개최했다. 지난 4년간 1,120만 개의 새로운 일자리가 생기고, 25년 만에 범죄율이 가장 크게 하락하고, 학자금 대출 채무불이행 비율이 40퍼센트 떨어졌다.

나는 제2차 세계대전에 참전했던 7명의 아프리카계 미국인에게 명예훈장을 수여함으로써 과거의 불의를 바로잡았다. 그때까지 놀랍게도 제2차 세계대전에 참전한 흑인 가운데는 명예훈장을 받은 사람이 한 사람도 없었다. 이 7명은 전투 기록을 꼼꼼하게 검토한 뒤에 선정되었다. 6개 훈장은 추서되었지만, 나머지 한 사람인 버넌 베이커는 77세의 나이로 백악관에서 열린 훈장수여식에 참석했다. 그는 조용한 위엄과 명석한 두뇌가 돋보이는 당당한 인물이었다. 그는 50여 년 전 이탈리아에서 젊은 소위로 싸웠는데, 혼자서 적의 기관총 세 대, 관측소, 참호 하나를 쓸어버렸다. 조국을 위해 그렇게 많은 일을 한 뒤에 받은 차별과 편견을 어떻게 감당했느냐는 질문을 받자 베이커는 단순한 신조를 가지고 평생을 살아왔다고 말했다. "존경을 받기 전에 존경을 하고, 대접을 받고 싶은 대로 대접을 하고, 사명을 기억하고, 모범을 보이고, 계속 열심히 살자." 아주 좋은 말로 들렸다.

명예훈장 수여식 다음 날, 네타냐후 총리와 아라파트 의장이 전화를 하여, 마침내 헤브론에서의 이스라엘 철군에 대한 합의에 이르렀다고 말했다. 9월에 시작된 회담이 성공적인 결말에 이른 것이다. 헤브론 협상은 평화과정의 비교적 작은 부분이었는지 모르지만, 네타냐후와 아라파트가 함께 뭔가를 이룩한 것은 이번이 처음이었다. 만일 이 일을 이루지 못했다면 평화 과정 전체가 심각한 위험에 빠질 수도 있었다. 데니스 로스는 2주 동안 거의 24시간 그들과 함께 일했으며, 후세인 왕과 워런 크리스토퍼는 협상 마지막 며칠 동안 합의를 보라고 양쪽에 압력을 넣었다. 무바라크 대통령도 힘을 보태주었다. 나는 그에게 라마단이 끝나던 날 카이로 시간으로 새벽 1시에 전화를 하여 도움을 청하기도 했다. 중동은 그런 식이었다. 일을 하려면 모두가 거들어야 하는 경우가 많았다.

취임식 사흘 전 나는 제2차 세계대전 때 공을 세운 일을 기려 밥 돌에게 자유훈장을 수여했다. 돌은 제2차 세계대전 때 쓰러진 전우를 돕다가 심한 부상을 입었다. 돌은 정치에 뛰어들어 기복을 겪는 가운데도 '역경을 기회로 만들고, 고통을 공적 봉사로 전환하고, 그가 사랑하는 주州의 모토를 구현하면서 계속 훌륭하게 봉사했다. 아드 아스트라 페르 아스페라(역경을 뚫고 별을 향해).' 우리는 정적 관계였고 여러 가지 문제에서 의견이 달랐지만, 나는 돌에게 호감을 가지고 있었다. 그는 싸움에서는 심술궂고 강인한 모습을 보여주기도 했지만, 그에게는 워싱턴의 공화당을 지배하고 있던 우익 강경 공화당원들 다수의 특징인 광신과 개인 파괴에 대한 굶주림이 없었다.

돌은 그 한 달 전쯤 나를 찾아와 함께 즐거운 시간을 보냈다. 돌은 우리 고양이 삭스를 위한 작은 장난감을 가져왔는데, 그의 개가 보낸 선물이라고 농담을 했다. 우리는 선거, 외교, 예산 협상 이야기를 했다. 언론에서는 여전히 대선 자금 문제에 대해 시끄럽게 떠들고 있었는데, 민주당전국위원회 외에, 공화당전국위원회와 돌 선거운동본부도 몇 가지 잘못을 저질렀다. 나는 지지자들을 백악관으로 초대하여 묵게 하고, 행정부 구성원, 지지자, 기부자, 기타 우리와 정치적 유대가 없는 사람들에게 아침 커피를 접대한 것으로 비판을 받았다.

나는 오랜 경험을 쌓은 돌에게 워싱턴의 정치와 정치가들이 30년 전보다 더 정직한지 아니면 덜 정직한지 물었다. "아, 비교도 안 되지요." 돌은 말했다. "지금이 훨씬 더 정직합니다." 그래서 내가 물었다. "하지만 사람들은 덜 정직하다고 생각하지 않나요?" "물론입니다. 하지만 사람들이 잘못 생각하는 거지요."

나는 존 맥케인 상원의원과 러스 페인골드 상원의원이 발의한 새로운 선거운동 자금 개혁법안을 강력하게 지지했지만, 그것이 통과된다고 해서 정치가들의 성실성에 대한 국민의 믿음이 강해질지는 의문이었다. 근본적으로, 언론은 돈이 선거운동에 영향을 주는 것에 반대했지만, 사실 대부분의 돈은 미디어 광고에 사용되었다. 무료 또는 낮은 비용의 방송시간 할당을 법제화하거나 선거운동에 대한 공적 자금 지원을 채택하는 것이 상황을 개선하는 방법일 수 있었다. 그러나 전자는 미디어 전체가 반대했고, 후자는 국민이나 국회의 지지를 얻기 힘들었다. 그렇다면 미디어는 여전히 선거운동 자금의 최대 소비자가 되고, 그러면서도 정치가들이 미디어에 낼 돈을 모은다고 비판을 하는 일이 반복될 수밖에 없었다.

나는 취임연설에서 21세기 미국의 모습을 최대한 생생하게 그려 보이면서, 미국 국민이 "대통령의 정당과 국회 다수당의 정당을 다르게 선택한 것은…… 국민이 분명하게 비판하고 있는 편협한 말다툼과 극단적인 당파 정치를 하라는 것이 아니라, '미국의 사명'을 놓고 함께 일하라는 뜻"이라고 말했다.

취임식은 11월의 당선 기념 행사와 마찬가지로 전보다 조용했고, 심지어 긴장이 풀린 느낌마저 들었다. 그러나 교회의 아침 예배는 제시 잭슨 목사와 토니 캄폴로의 격정적인 설교로 활기가 넘쳤다. 캄폴로는 필라델피아 출신의 이탈리아계 복음주의자로, 미국에서 잭슨 목사와 맞먹을 수 있는 유일한 백인 설교자라 할 만했다. 이어진 국회 오찬 분위기는 우호적이었다. 나는 상원의 새로운 다수당 지도자인 미시시피의 트렌트 로트와 내가 토머스 제퍼슨에게 큰 빚을 지고 있다고 말했다. 제퍼슨이 프랑스로부터 광대한 루이지애나 준주準州를 사겠다고 결정하지 않았다면 우리 둘 다 그 자리에 없었을 것이기 때문이다.

94세의 스트롬 서먼드 상원의원은 첼시 옆에 앉아 있다가 딸아이에게 말했다. "내가 일흔 살만 젊었어도 너한테 구애를 할 텐데!" 그가 그렇게 장수한 데도 다 이유가 있었던 것이다. 힐러리와 나는 모두 14회의 취임 무도회에 참석했다. 한번은 이제 고등학교 3학년인 내 아름다운 딸과 춤을 추기도 했다. 이제 첼시는 곧 집을 떠날 것이었기 때문에, 나는 그 순간을 최대한 즐겼다.

취임식 다음 날, 몇 년 전까지 거슬러 올라가는 조사를 한 결과, 하원은 표결을 통해 하원 윤리 규칙을 몇 가지 위반한 혐의로 깅리치 하원의장을 징계하고, 30만 달러의 벌금을 물리기로 결정했다. 지지자들이 자선 조직들에 준 것으로 되어 세금이 면제된 돈을 정치적 목적으로 이용하고, 국회 조사관들의 질문에 몇 가지 허위 답변을 했다는 이유였다. 하원 윤리위원회의 법률고문은 깅리치와 그의 정치적 지지자들이 세법을 위반했으며, 하원의장이 그 문제에 대하여 위원회를 의도적으로 오도한 증거가 있다고 말했다.

1980년대 말, 깅리치는 짐 라이트 하원의장의 지지자들이 라이트가 자비 출판한 그 연설문집을 대량으로 사들였다는 이유로 라이트를 공격해 자리에서 물러나게 하는 일에 앞장섰다. 그때 깅리치는 그것이 의원에게 연설 비용을 받지 못하게 하는 하원 규칙을 피해가기 위한 시도라고 주장했다. 라이트의 혐의에 비하면 깅리치의 혐의는 훨씬 더 심각했지만, 공화당 원내총무 톤 딜레이는 벌금과 징계가 그의 잘못에 비해 너무 무거우며, 이것은 윤리 심사의 남용이라고 불평했다. 나는 이 일에 대해 질문을 받았을 때, 법무부나 연방검사에게 세금 회피와 국회에 대한 허위진술 혐의를 수사하라고 촉구할 수도 있었다. 그러나 나는 하원이 그 일을 처리해야 하며, "그런 다음 우리는 국민의 일로 돌아가야 한다"고 말했다. 그러나 2년 뒤에 형세가 역전되었을 때, 깅리치와 딜레이는 그렇게 자비로운 태도를 보여주지 않았다.

취임식 직전, 2차 임기와 연두교서를 준비하면서, 나는 백악관 참모진과 내각의 80명 정도를 블레어 하우스에 불러모아 하루 종일 회의를 했다. 그 주제는 우리가 지난 4년간 해온 일의 의미와 앞으로 4년간 해야 할 일 두 가지였다.

나는 첫 임기에서 여섯 가지 중요한 업적을 이루었다고 생각했다. 첫째, 공급측 경제학을 좀더 짜임새 있는 '투자와 성장' 정책으로 바꾸어 경제 성장을 회복한 것. 둘째, 연방정부가 적도 아니고 해결책도 아니며, 국민에게 그들의 삶을 최대한 향유할 수 있는 수단과 조건을 제공하는 도구라는 것을 보여줌으로써 국민 생활에서 연방정부의 역할을 둘러싼 논쟁을 해결한 것. 셋째, 공동체가 미국의 실제 정치 모델로서 가장 중요하다는 점을 재확인하고, 인종, 종교, 성별, 성적 지향, 정치철학에 따른 분열을 거부한 것. 넷째, 사회 정책에서 수사를 현실로 바꾸고, 강한 말과 화려한 수사가 아니라 상식과 창의적 사고만 있으면 정부의 행동으로 복지나 범죄 같은 영역에서 개선을 가져올 수 있다는 사실을 실제로 입증한 것. 다섯째, 가족을 사회의 기본 단위로 재확정하고, 가족휴가법, 소득세공제, 최저임금 인상, 시청자 차단 장치, 십대 흡연 금지 프로그램, 입양을 늘리려는 노력, 보건과 교육의 새로운 개혁으로 정부가 가족을 강화할 수 있다는 사실을 보여준 것. 여섯째, 냉전 이후 세계에서 민주주의, 공영共榮, 평화를 지지하는 세력으로서, 그리고 테러, 대량살상무기, 조직범죄, 마약 밀매, 인종 및 종교 갈등에 반대하는 세력으로서 미국의 지도력을 다시 세운 것.

이런 업적들을 통해 우리는 미국이 새로운 세기로 들어갈 수 있는 기초를 확립했다. 공화당이 국회를 통제하고 있었기 때문에, 그리고 시대가 좋을 때는 큰 개혁들을 실행하는 것이 오히려 더 어렵기 때문에, 두 번째 임기에서 우리가 얼마나 많은 일을 이루어낼지는 알 수 없었지만, 그래도 계속 노력하겠다고 결심했다.

2월 4일 연두교서에서 나는 먼저 국회에 아직 마무리되지 않은 일을 끝내달라고 요청했다. 균형예산을 확립하는 것, 선거운동 자금 개혁안을 통과시키는 것, 생활보호대상자를 고용할 수 있도록 고용주와 주정부에 좀더 많은 인센티브를 제공하고, 사람들이 일하러 다닐 수 있도록 훈련, 교통, 보육을 좀더 지원하여 복지제도 개혁 과정을 완성하는 것 등이 그런 일들이었다. 또 1996년에 공화당이 그들의 세금감면을 추진할 재원 마련을 위해 예산에서 삭감한, 합법적인 이민자들을 위한 건강과 장애 급부금을 되살려달라고 요청했다.

그리고 미래를 바라보면서 나와 함께 교육을 제1우선순위에 올려놓자고 국회에 요청했다. '모든 여덟 살짜리는 읽을 수 있어야 하며, 모든 열두 살짜리는 인터넷을 사용할 수 있어야 하며, 모든 열여덟 살짜리는 대학에 갈 수 있어야 하며, 모든 성인은 평생 학습을 계속할 수 있어야 하기' 때문이었다. 나는 이런 목표를 달성하기 위한 다음과 같은 10가지 항목의 계획을 제시했다.

목표를 향한 진전 정도를 측정하기 위한 전국적 기준과 시험을 개발한다. 전문적 교습 기준을 위한 국가위원회에 의해 '최고의 교사' 인증을 받은 교사를 1995년의 불과 500명에서 10만 명으로 증원한다. 이미 60개 대학 총장들이 지원하기로 합의한, 여덟 살짜리를 위한 '책 읽는 미국' 교육 프로그램을 실시한다. 더 많은 아동에게 취학 전 교육 혜택을 제공한다. 모든 주에 공립학교 선택의 자유를 준다. 모든 학교에서 인성 교육을 한다. 제2차 세계대전 이래 최초로 수십억 달러를 투입하는 학교 건설 및 보수 프로그램을 실시하여 낡은 시설을 보수하고, 인구가 과밀하여 트레일러에서 수업을 하는 학구에 새로운 학교 건설을 지원한다. 대학 첫 2년간 1,500달러의 호프 장학금 세액공제를 해주고, 고등학교 이후 모든 대학 교육을 위한 학비 1만 달러에 대하여 세금공제를 해준다. 미국 노동자용 '제대군인 원호법'(원래는 제대군인의 교육 등을 지원하는 법으로, 여기서는 이 법을 노동자에게 원용한다는 뜻—옮긴이주)을 시행하여 추가의 훈련을 필요로 하는 성인에게 기술 보조금을 지원한다. 2000년까지 모든 학급과 도서관에 인터넷을 설치한다.

나는 국회와 미국 국민에게 냉전시대에 미국의 가장 큰 힘의 하나는 초당적인 외교정책이었다고 말했다. 이제 21세기에 미국의 안보에서는 교육이 핵심적이기 때문에, 교육에도 똑같이 접근할 것을 요구했다. "정치는 교문 앞에서 발을 멈추어야 한다."

또 국회에 내가 선거운동을 하면서 미국 국민에게 약속한 다른 공약들도 지지해줄 것을 요청했다. 여기에는 가족휴가법의 확대, 백신을 개발하기 위한 에이즈 연구의 대폭 확대, 경제적 여유가 없는 저소득 노동자 자녀들에 대한 건강보험 확대, 청소년 범죄, 폭력, 마약, 폭력조직에 대한 포괄적인 공격적 대응, 능력부여지구와 독성 폐기물 처리장의 두 배 확대, 공동체 봉사 프로그램의 계속 확장 등이 포함되었다.

외교정책에서는 나토의 확대, 북한 핵 협정, 보스니아 파병 부대 주둔 연장, 중국과의 교류 확대, 무역 협상에서 국회에 교역 협정을 수정 없이 가결 또는 부결시켜줄 것을 요구하는 '신속처리' 권한, 새로운 안보 도전들에 대응하기 위한 국방부의 무기 현대화 프로그램, 미국을 테러리스트의 독가스 공격으로부터 보호하는 데 효과가 있다고 판단되는 화학무기협약의 비준 등에 대한 지지를 요청했다.

나는 연두교서에서 민주당 의원들만이 아니라 공화당 의원들을 향해서도 손을 뻗으려고 노력했다. 나는 그들에게 올바른 종류의 균형예산에 대해서라면 어느 의원의 표라도 귀하게 여기겠다고 말하면서, 『성경』의 「이사야」58장 12절을 인용했다. "너를 일컬어 무너진 데를 보수하는 자라 할 것이며 길을 수축하여 거할 곳이 되게 하는 자라 하리라." 사실 이것이 어떤 식으로든 내가 평생에 걸쳐 해보려고 노력하던 일이었다.

내 연설이 마지막 부분에 이르면서, 미디어가 추문 폭로에 비해 국가 정책에 대해서는 얼마나 관심이 없는지 보여주는 사례가 우스꽝스럽게 드러났다. 내 딴에는 멋진 결말을 맺기 위해 나는 이렇게 말했다. "오늘밤에 태어나는 아기는 20세기에 대한 기억이 거의 없을 것이다. 그 아이의 기억은 우리가 지금 새로운 세기를 건설하기 위해 하는 일에서부터 시작될 것이다." 나는 내 연설을 듣는 모든 사람들에게 새로운 세기까지 딱 1,000일 정도가 남았다고 상기시켰다. "새로운 약속의 땅으로 갈 다리를 건설해야 할 1,000일이다."

그렇게 내가 연설에 마지막 힘을 쏟는 동안, 방송사들은 텔레비전 화면을 쪼개, 한쪽에서는 배심이 O. J. 심슨의 부인 살인 혐의에 대한 민사소송(형사사건의 배심이 심슨에게 유죄평결을 내리지 않자 제기된 소송)에서 평결을 내리는 장면을 보여주었다. 텔레비전 시청자들은 민사소송 배심이 심슨에게 불리한 평결을 내리는 소리와 미래에 대한 나의 권고를 동시에 들었던 것이다. 나는 내 연설이 완전히 잘려나가지 않은 것이, 그리고 연설에 대한 국민의 반응이 긍정적으로 나타난 것이 그나마 다행이라고 생각했다.

이틀 뒤 나는 국회에 예산안을 제출했다. 이 예산안은 5년 안에 균형을 잡는 것을 목표로 했다. 우선 제대군인 원호법 이후 50년 만에 대학 원조를 최대로 늘리는 등 교육에 대한 투자를 20퍼센트 늘리고, 다른 수백 개 프로그램에 대한 지출을 삭감했다. 자녀 한 명당 500달러의 세액공제 등을 포함하여 특별한 목적에 맞추어 중산층의 세금 부담을 덜어주었다. 파산 지경에 이른 메디케어 신탁기금을 10년 동안 안정적으로 유지해주기로 했다. 보험이 없는 500만 명의 어린이들에게 건강보험을 제공하고, 알츠하이머병으로 고생하는, 사랑하는 사람을 돌보는 가족이 잠시 쉴 수 있도록 대신 돌보아주는 제도를 마련하고, 처음으로 메디케어를 받는 나이든 여자들에게 유방암 검사를 실시하기로 했다. 평화와 자유를 장려하고, 테러리즘이나 핵무기 확산이나 마약 밀매에 대항하여 싸우기 위해 계속 하강 추세에 있던 국제사업 분야 지출을 늘리기로 했다.

내 예산안을 제출하기 전에 공화당의 가혹한 예산안을 국민에게 제시할 것을 강요하던 2년 전과는 달리 이번에는 내가 먼저 제출했다. 그것이 옳은 일이고, 또 좋은 정치라고 생각했기 때문이다. 이제 공화당이 고소득층을 위한 세금감면을 늘리는 예산안을 제출하려면, 그 비용을 대기 위해 나의 예산안에서 교육과 의료에 들어가는 돈을 줄여야 했다. 지금은 1994년이 아니었다. 이제 국민은 상황을 파악하고 있었으며, 공화당 의원들도 재선을 바라는 사람들이었다. 나는 몇 달 안에 국회가 나의 예산안에 매우 가까운 균형예산안을 통과시킬 것이라고 확신했다.

2주 뒤, 헌법 균형예산 수정조항을 통과시키려는 또 한 번의 시도가 뉴저지의 밥 토리첼리 상원의원의 반대표 때문에 실패했다. 그것은 용기 있는 행동이었다. 뉴저지는 징세에 반대하는 주였으며, 토리첼리는 하원의원 시절 수정조항에 찬성하는 표를 던진 전력이 있었다. 나는 그의 용기를 계기로 우리가 허세를 넘어, 진짜로 예산의 균형을 잡는 일에 다가갈 수 있기를 바랐다.

2월 중순, 우리는 미국이 주도하던 제네바 협상에서 원거리통신 서비스 분야의 세계무역을 자유화하는 협정을 이끌어냈다. 이로써 시장의 90퍼센트가 미국 회사들에 문을 열게 되어, 미국은 다시 한 번 경제 활성화의 계기를 얻었다. 이 협상은 앨 고어가 시작하고, 샬린 바셰프스키가 진행한 것이었다. 그들의 노력 덕분에 미국인들은 새로운 일자리들을 얻고 낮은 가격의 서비스를 이용할 수 있게 되었으며, 세계 전체가 신기술의 혜택을 보게 되었다.

이 무렵 나는 보스턴에서 톰 메니노 시장을 만났다. 범죄, 폭력, 마약 사용이 전체적으로는 줄어들고 있었지만, 18세 이하의 청소년 사이에서는 늘어나는 추세였다. 그러나 보스턴은 달랐다. 이곳에서는 18개월 동안 총기 폭력으로 죽은 미성년자가 한 사람도 없었다. 대도시로서는 주목할 만한 업적이었다. 나는 이 자리에서 몇 가지 제안을 했다. 아이들의 오발을 방지하기 위해 총에 방아쇠 자물쇠를 달자. 대규모의 마약 반대 광고를 하자. 운전면허를 따려는 젊은이들에게 마약 검사를 하자. 그러면서 보스턴이 성공적으로 이행하고 있는 보호관찰과 방과후 봉사를 활용하는 것을 포함하여, 청소년 사법체계를 개혁하자.

2월에 화이트워터 세계에서는 흥미 있는 사태 진전이 있었다. 2월 17일에 케네스 스타는 돌아오는 8월 1일에 독립변호사직에서 물러나 캘리포니아 남부의 페퍼딘 대학 법대 학장을 맡게 될 것이라고 발표했다. 스타는 화이트워터가 파봤자 아무것도 나오지 않는 구멍이기 때문에 그것이 우아하게 물러나는 방법이라고 판단한 것이 분명했다. 그러나 그는 이 결정 때문에 심한 비판을 받았다. 언론은 페퍼딘 대학에 돈을 대는 사람이 리처드 멜런 스케이프라는 점에서 모양이 좋지 않다고 말했다. 스케이프가 아칸소 프로젝트에 돈을 댄다는 사실은 아직 널리 알려지지 않았지만, 그래도 그가 나에게 적의를 가진 극우주의자라는 사실은 널리 알려져 있었다. 하지만 나는 그러한 언론의 문제제기는 설득력이 없다고 생각했다. 스타는 독립변호사 일을 하는 동시에 나의 행정부의 정적들을 대리하면서 이미 큰돈을 벌고 있었기 때문에, 오히려 페퍼딘으로 감으로써 그의 이해 충돌을 줄일 수가 있었다.

스타를 진짜로 흔들어놓은 것은 우리가 뭔가 잘못했다는 증거를 찾는 것, 아니면 적어도 우리를 계속 괴롭히는 것으로 기득권을 유지하려는 공화당 우익과 기자 서너 명이 퍼부은 맹비난이었다. 스타는 이미 그들을 위해 많은 일을 했다. 많은 사람들에게 엄청난 법률 서비스 비용 청구서와 더불어 훼손된 평판을 안겨주었고, 정리신탁공사가 힐러리나 나한테 민사나 형사상의 행동을 취할 아무런 근거가 없다는 보고서를 낸 뒤에도 납세자들의 돈을 써가면서 3년이나 수사를 끌어왔다. 그러나 우익과 화이트워터 언론은 만일 스타가 그만두게 되면, '거기에는 아무것도 없었다' 는 사실을 암묵적으로 인정하는 것이나 다름없다는 것을 알고 있었기 때문에 스타를 가만두지 않았다. 스타는 나흘간 맹공을 당한 뒤에 결국 계속 일을 하겠다고 발표했다. 나는 웃어야 할지 울어야 할지 알 수 없었다.

언론은 1996년 선거운동의 기금 모금에 대해서도 계속 기사를 쓰고 있었다. 무엇보다도 내가 1992년 나의 선거운동에 기여한 사람들을 백악관으로 초대하여 하룻밤 묵고 가게 했다는 사실에 흥분했다. 물론 백악관에 오는 모든 손님에게 그러는 것처럼 식사나 다른 다과 비용은 다 내가 냈다. 기자들이 암시하는 것은 내가 민주당전국위원회를 위하여 돈을 모으려고 백악관 하루 숙박권을 판 것이 아니냐 하는 것이었다. 그것은 터무니없는 말이었다. 현직 대통령인 나는 처음부터 끝까지 여론조사에서 선두를 유지했다. 돈을 모으는 데는 아무런 문제도 없었다. 설사 문제가 되었다 해도, 백악관을 절대 그런 식으로 이용하지는 않았을 것이다.

2월 말, 나는 첫 번째 임기 중에 백악관에서 자고 간 모든 손님들의 명단을 공개했다. 그 숫자는 수백 명이었는데, 그 가운데 약 85퍼센트는 친척, 첼시의 친구, 외국 손님을 비롯한 저명인사, 힐러리와 내가 대통령에 출마하기 전부터 알고 지내던 사람들이었다. 1992년에 나를 지지해준 내 친구들에 대해서는, 가능하면 많은 친구들을 불러 백악관에서 자고 가는 영광을 누리게 해주고 싶었다. 또한 나는 오랜 시간 일했기 때문에, 늦은 밤 외에는 사람들을 편하게 만날 수 있는 여유가 별로 없다는 것도 한 가지 이유였다.

사람들의 숙박을 구실로 돈을 모은 적은 단 한 번도 없었다. 비판자들은 다른 사람들은 몰라도 친구들이나 지지자들만은 절대 자고 가면 안 된다고 말하는 것 같았다. 내가 명단을 공개하자, 그 명단에 들어 있던 많은 사람들이 기자들로부터 질문을 받았다. 한 기자는 토니 캄폴로에게 전화를 하여, 나에게 기부금을 냈느냐고 물었다. 그랬다고 하자, 기자가 얼마냐고 물었다. "25달러인 것 같소." 캄폴로가 대답했다. "아냐, 50달러인지도 모르겠는데." 그러자 기자는 "아, 댁하고는 얘기하고 싶지 않소"라고 대꾸하더니 전화를 끊어버렸다.

2월은 기분 좋게 끝이 났다. 힐러리와 내가 워싱턴에 있는 뭄바이 클럽 식당에서 첼시의 친구 11명과 함께 첼시의 17번째 생일을 기념하는 저녁식사를 했기 때문이다. 그 뒤에는 뉴욕으로 가서 연극을 보았으며, 힐러리는 『한 마을이 필요하다』의 오디오북으로 그래미상을 탔다. 힐러리는 목소리가 아주 훌륭했으며, 그 책에는 힐러리가 해주고 싶어 하는 이야기가 가득했다. 그래미상을 받고 보니 워싱턴 순환도로만 넘어가면 우리와 똑같은 관심을 가진 사람들이 많다는 것을 새삼 느낄 수 있었다.

2월 중순, 네타냐후 총리가 나를 찾아와 평화과정의 현재 상황에 대해 이야기를 했으며, 야세르 아라파트도 3월 초에 나를 찾아왔다. 네타냐후는 헤브론 협상 뒤에는 정치적으로 손이 묶여 다른 일을 하지 못했다. 이스라엘은 막 총리 직선제를 도입했기 때문에 네타냐후의 임기는 4년이었다. 그러나 그는 크네세트에서 다수파 연립정부를 꾸려나가야 했다. 우익 때문에 연립정부가 깨지면 페레스의 노동당과 함께 거국일치 내각을 만들 수도 있었으나 그렇게 하고 싶어 하지는 않았다. 그의 연립내각의 강경파는 이것을 알고, 그가 평화를 향해 계속 나아가게 하는 것을 어렵게 만들고 있었다. 그래서 가자 공항을 개방하거나 가자 출신의 팔레스타인 사람들이 모두 이스라엘의 일터로 돌아오는 것을 허용하는 일이 잘 안 풀리고 있었다. 심리적으로 볼 때 네타냐후는 라빈과 똑같은 도전에 직면해 있었다. 이스라엘은 손에 잘 잡히지 않는 것, 즉 팔레스타인해방기구가 테러리스트의 공격을 예방하기 위해 최선의 노력을 기울인다는 약속을 대가로 구체적인 것, 땅, 출입 권리, 일자리, 공항을 내놓아야 했다.

나는 네타냐후가 평화를 위해 더 많은 일을 하고 싶어 한다고 확신했지만, 만일 그렇게 하지 못할 경우 아라파트로서는 폭력의 뚜껑을 닫고 있기가 더 어려워질 것이기 때문에 걱정스러웠다. 일이 더 복잡하게 꼬였던 것은, 평화과정이 느려지거나 이스라엘이 테러리스트의 공격에 보복을 하거나 서안 정착지에서 건설 작업이 진행될 때마다, 이스라엘이 유엔 결의안을 계속 위반하는 것을 비난하는, 그것도 협상으로 합의할 내용을 제시하는 방식으로 비난하는 안전보장이사회 결의안이 나올 가능성이 높다는 것이었다.

이스라엘은 미국이 그런 조치에 거부권을 행사할 것이라고 기대했고, 실제로 미국은 그렇게 했다. 그렇게 함으로써 미국은 이스라엘에 대한 영향력을 유지할 수 있었지만, 동시에 팔레스타인 사람들 앞에서 우리가 정직한 중재자라는 주장은 설득력이 약해질 수밖에 없었다. 나는 계속 아라파트에게 내가 평화과정에 헌신하고 있음을 강조했고, 오직 미국만이 평화과정 이행을 도울 수 있다고 강조했다. 이스라엘은 유럽연합이나 러시아가 아니라 미국이 자신의 안전을 보호해줄 것이라고 믿고 있었기 때문이다.

아라파트가 나를 만나러 왔을 때, 나는 다음 단계의 작업을 하려고 노력했다. 당연한 일이지만, 아라파트는 네타냐후와는 다르게 상황을 파악했다. 그는 자신이 모든 폭력을 예방하고 난 뒤에 네타냐후의 정치적 입장이 편해져서 이스라엘이 평화협정의 약속을 준수할 수 있을 때까지 기다려야 하는 것이냐고 반문했다. 나는 그 무렵에 양쪽 지도자와 편안하게 일을 할 수 있는 관계를 형성해놓았기 때문에, 유일한 현실적 대안은 계속 접촉을 유지하고, 탈선하면 다시 잡아당겨 궤도에 올려놓고, 아기가 걸음마를 하는 듯한 속도로 나아가더라도 계속 전진하도록 보살펴줌으로써 평화과정이 무너지지 않도록 유지해나가는 것밖에 없다고 결론을 내렸다.

3월 13일 밤, 나는 노스캐롤라이나와 플로리다 남부에 들렀다가 호브

해협에 있는 그레그 노먼의 집을 찾아갔다. 아주 유쾌한 저녁이었다. 우리는 시간 가는 줄 몰랐다. 어느새 새벽 1시가 넘었다. 몇 시간 뒤에 골프 시합을 할 예정이었기 때문에 나는 자리에서 일어나 계단을 내려갔는데, 마지막 단을 보지 못했다. 오른발이 계단 가장자리에서 미끄러지며 몸이 균형을 잃었다. 앞으로 넘어졌다면 손바닥이나 긁히고 말았을 것이다. 그러나 몸이 뒤로 젖혀지면서 크게 뻑 하는 소리가 들리더니 뒤로 쓰러지고 말았다. 그소리가 어찌나 컸던지 나보다 몇 걸음 앞서 가던 노먼이 그 소리를 듣고 몸을 돌려 나를 붙들었다. 그가 잡지 않았다면, 더 크게 다쳤을 것이다.

나는 앰뷸런스에 실려 40분 떨어진 세인트메리 병원까지 갔다. 백악관 의료진은 그 병원의 응급실이 우수하다는 이유로 나에게 이 가톨릭 병원을 권했다. 나는 심한 고통을 느끼며 그곳에서 밤을 보냈다. 자기공명단층촬영 MRI으로 오른쪽 대퇴 사두근四頭筋의 90퍼센트가 찢어졌다는 결과가 나왔고, 나는 비행기에 실려 워싱턴으로 돌아왔다. 힐러리가 앤드루스 공군기지에 나와, 휠체어에 실린 채 공군1호기에서 내려오는 나를 지켜보았다. 힐러리는 아프리카로 떠날 예정이었지만, 출장을 미루고 내가 베데스다 해군병원에서 필요한 수술을 받을 수 있도록 보살폈다.

부상을 당하고 나서 13시간쯤 뒤, 닥터 데이비드 애드키슨이 이끄는 훌륭한 의료진은 마취를 하고, 지미 버핏과 라일 러블릿의 음악을 틀더니, 수술 내내 이야기를 건넸다. 나는 수술대 위의 거울로 그들이 하는 일을 볼 수 있었다. 의사는 내 슬개골에 구멍을 몇 개 뚫고, 구멍을 통해 끊어진 근육을 잡아당겨 근육의 단단한 부분에 봉합했다. 수술이 끝나자 하루 동안 고통이 극심했는데, 힐러리와 첼시가 옆에서 지켜주었다. 그 뒤부터는 조금씩 나아지기 시작했다.

내가 가장 두려워한 것은 6개월간의 재활기간이었다. 조깅도 골프도 할수 없었다. 두 달간은 목발을 짚어야 했고, 그 뒤에는 부드러운 다리 버팀대를 착용해야 했다. 게다가 한동안은 다시 넘어져 부상을 당할 위험이 컸다. 백악관 직원들은 내가 균형을 잃지 않도록 샤워룸에 안전 레일을 설치했다. 곧 나는 작은 지팡이의 도움을 받아 옷 입는 방법을 배우게 되었고 양말을 신는 것 외에 모든 일을 혼자 할 수 있었다. 닥터 코니 마리아노가 이끄는 백악관 의료진은 24시간 대기했다. 해군은 뛰어난 물리치료사인 닥터 밥 켈로그와 내니트 파코를 보내주었다. 그들은 매일 내가 움직이도록 도와주었다. 움직이지 못하는 동안 몸무게가 늘 것이라는 말을 들었지만, 이 물리치료사들이 나를 도와주고 나서 7킬로그램이나 빠졌다.

퇴원을 하고 나자, 일주일 뒤에 헬싱키로 보리스 옐친을 만나러 가야 했다. 그리고 그전에 큰일을 하나 처리해야 했다. 3월 17일에 토니 레이크가 나를 찾아와, 자신의 중앙정보국장 지명을 철회해달라고 요청했다. 정보위원회 위원장인 리처드 셸비 상원의원은 백악관이 위원회에 1994년 보스니아에 대한 무기수출금지조치 철회 결정을 통보하지 않았다는 이유 때문에 레이크의 인준 청문회를 미루고 있었다. 그 결정의 위원회 통보는 법적 의무가 아니었으며, 나는 정보가 새나갈 위험을 막기 위해 그렇게 하지 않는 것이 좋겠다고 판단했다. 나는 상원 양당의 대다수가 무기수출금지조치 철회를 찬성한다는 것을 알고 있었다. 실제로 그들은 오래지 않아 그 조치의 중단을 요구하는 결의안을 통과시키기도 했다.

나는 셸비와 잘 지내는 사이이기는 했지만, 레이크의 인준을 미룸으로로써 불필요하게 중앙정보국 활동을 방해하는 것은 매우 잘못된 일이라고 생각했다. 레이크에게는 공화당 내에 루가 상원의원을 포함한 강력한 지지자들이 있었다. 따라서 셸비만 아니라면 위원회를 통과하여 인준이 되었을 것이다. 그러나 레이크는 4년 동안 일주일에 70~80시간을 일하면서 많이 지쳐 있었다. 그리고 인준을 더 지연하여 중앙정보국에 피해를 주고 싶어 하지도 않았다. 만일 내 마음대로 할 수 있는 문제라면, 인준에 1년이 걸리더라도 1년 동안 싸움을 계속했을 것이다. 그러나 레이크는 그만하면 되었다고 생각하는 것 같았다.

이틀 뒤에 조지 테닛을 중앙정보국장 대리로 지명했다. 테닛은 존 도이치 밑에서 부국장으로 일했으며, 그전에는 국가안보회의에서 나의 정보 담당 선임보좌관으로 일했고, 상원정보위원회의 실무간사를 맡기도 했다. 테닛은 쉽게 인준을 받았지만, 미국의 안보 능력을 높이기 위해 30년 동안 일해왔고, 내 첫 임기 때 외교의 성공을 위해 주요한 역할을 해온 레이크가 그런 푸대접을 받았다는 것이 못내 마음에 걸린다.

의사들은 내가 헬싱키에 가지 않기를 바랐지만, 그냥 집에 있을 수는 없었다. 옐친은 재선되었으며, 나토는 폴란드, 헝가리, 체코공화국을 받아들이는 투표를 하려 했다. 따라서 진행 방법에 대해 합의해야 했다.

오래 비행기를 타고 가자니 불편하기는 했지만, 옐친이 나토 확대를 편하게 받아들이고, 러시아가 G-7과 세계무역기구에 들어가도록 하기 위해 우리가 할 수 있는 일을 스트로브 탤벗의 팀과 의논하다 보니 시간은 금방 갔다. 핀란드의 마르티 아티사리 대통령이 주최한 만찬에서 옐친을 만나니 반가웠다. 옐친은 기분도 좋아 보였고, 개심수술도 성공적인 것 같았다. 몸무게가 많이 빠지고 얼굴은 여전히 창백했지만, 전처럼 쾌활하고 적극적인 모습을 보여주고 있었다.

다음 날 아침 우리는 일을 시작했다. 내가 옐친에게 나토를 확대하고 러시아하고도 협정을 맺고 싶다고 하자, 옐친은 나토의 확대를 바르샤바조약기구 국가들까지만 제한하고, 발트 제국이나 우크라이나 같은 구소련 국가들은 건드리지 않겠다고 비밀리에(옐친의 표현대로 하자면 '방 안에서') 약속해주기를 바랐다. 나는 그렇게 할 수 없다고 말했다. 우선 비밀이 유지될 수가 없었다. 또 그렇게 하는 것은 평화를 위한 동반관계의 신뢰성을 훼손하는 일이었다. 그것은 미국의 이익에도 러시아의 이익에도 도움이 되지 않았다. 나토의 주된 임무는 이제 러시아에 대항하는 것이 아니라, 유럽의 평화와 안정에 대한 새로운 위협에 대항하는 것이었다. 나는 나토의 확대를 바르샤바조약기구 국가들에서 중단하겠다고 선언하는 것은 축소된 러시아 제국과 유럽 사이에 새로운 분단선을 긋겠다고 말하는 것이나 다름없다고 지적했다. 그렇게 하면 러시아는 더 강해 보이는 것이 아니라 더 약해 보일 것이지만, 반대로 나토-러시아 협정은 러시아의 지위를 격상시켜줄 터였다. 나는 또 옐친에게 러시아가 미래에 나토에 가입할 가능성을 미리 배제하지 말라고 권했다.

옐친은 여전히 나토 확대에 대한 국내의 반응을 걱정하고 있었다. 한번은 우리 둘만 남게 되었을 때 내가 물었다. "정말로 나토가 폴란드 기지에서 러시아를 공격하는 것을 내가 허락할 것이라고 생각하는 겁니까?" 그가 대답했다. "아니오, 그렇게 생각하지 않습니다. 하지만 쥬가노프의 말에 귀를 기울이는 러시아 서부의 나이든 사람들은 그렇게 생각하는 경우가 많습니다." 옐친은 러시아는 미국과 달리 나폴레옹과 히틀러에 의해 두 번 침공을 당했으며, 그 상처가 여전히 러시아의 집단 심리를 좌우하고 정치에 영향을 준다고 말했다. 나는 만일 그가 나토 확대와 나토-러시아 동반관계에 동의를 한다면, 새로운 회원국에 조급하게 부대나 미사일을 주둔시키지 않겠으며, 새로운 G-8, 국제무역기구를 비롯한 다른 국제기구에 러시아의 회원 가입을 지지할 것이라고 약속했다. 그렇게 협상은 끝이 났다.

헬싱키에서 옐친과 나는 또 군비 통제 문제 두 가지 때문에 의견을 조정해야 했다. 우선 러시아 두마는 양국 핵무기를 냉전시대 최고치에서 3분의 2씩 줄이는 전략무기감축회담 2차 조약을 비준하지 않으려 했다. 또 러시아에서는 미국의 미사일방어체계 구축에 대한 반대의 목소리가 커지고 있었다. 러시아의 경제가 붕괴하고 군용 예산이 크게 줄자, 전략무기감축회담 2차 조약은 그들의 눈에 나쁜 거래로 변질되고 말았다. 이 조약은 양국에 다탄두 미사일MIRV을 폐기하고, 단탄두 미사일의 숫자는 동등하게 맞출 것을 요구했다. 러시아는 미국보다 다탄두 미사일에 더 많이 의존하고 있었기 때문에, 균형을 맞추기 위해서는 단탄두 미사일을 상당량 제조해야 했는데, 이제는 그럴 경제적 여유가 없었다.

나는 옐친에게 미국은 전략무기감축회담 2차 조약을 통해 전략적 우위를 차지하고 싶은 생각이 없다고 말하고, 미사일 숫자를 냉전시대 최고치에서 80퍼센트 감소된 2,000에서 2,500탄두 사이로 줄이는 것을 목표로 삼는 전략무기감축회담 3차 조약을 포함한 해법을 마련하겠다고 제안했다. 이것은 러시아가 우리와 균형을 맞추기 위해 새로운 미사일을 제조하지 않아도 될 만큼 작은 수였다. 국방부에서는 이렇게 낮추는 것을 약간 달갑게 여기지 않는 분위기도 있었다. 그러나 샬리카슈빌리 장군은 그렇게 해도 안전하다고 믿었으며, 빌 코헨 국방장관도 그를 지지했다. 곧 우리는 러시아가 전략적으로 불리한 위치에 서지 않도록, 전략무기감축회담 2차 조약의 마감 시한을 2002년에서 2007년으로 연장하고, 그 시한이 끝나는 대로 전략무기감축회담 3차 조약을 적용하는 데 동의했다.

두 번째 쟁점에 대해서 잠깐 살펴보자. 미국은 1980년대 이후 미사일 방어체계를 연구해왔다. 그 출발점은 레이건 대통령의 스타워즈 구상이었는데, 이것은 모든 적국 미사일을 공중에서 격추함으로써 세계를 핵전쟁의 유령으로부터 해방시킨다는 목표를 가지고 있었다. 그러나 이 구상에는 두 가지 문제가 있었다. 아직 기술적으로 실현 가능성이 없다는 점과 국가미사일방어체계NMD가 미사일감축협정을 위반한다는 점이었다. 한 나라에 미사일 방어체계가 있고 다른 나라에 그것이 없을 경우, 미사일 방어체계가 없는 나라의 핵무기가 그것이 있는 나라의 핵 공격에 대한 억제력이 되지 못할 수도 있었기 때문이다.

내 행정부의 첫 국방장관 레스 애스핀은 러시아의 장거리 미사일을 격추할 수 있는 방어체계를 개발하는 구상에서 이란, 이라크, 리비아, 북한이 개발하는 단거리 미사일로부터 미국 군대와 국민을 보호할 수 있는 전역미사일방어체계TMD의 자금을 마련하는 일로 초점을 옮겼다. 사실 그런 단거리 미사일들이 위험했다. 걸프전쟁에서도 이라크의 스커드 미사일 때문에 미군 28명이 전사했다.

나는 전역미사일방어체계를 강력하게 지지했는데, 이것은 미사일감축협정에서도 허용되는 체계였으며, 내가 옐친에게 말했듯이 언젠가는 발칸 제국이든 어디든 공동의 전장에서 미국과 러시아를 둘 다 방어하는 데 사용될 수도 있었기 때문이다. 이런 미국의 입장에 대해 러시아에서 제기하는 문제는 전역사일방어체계와 미사일감축협정에서 금지하는 더 큰 방어체계 사이의 구분선이 명확하지 않다는 것이었다. 전역미사일방어체계를 위해 개발되는 새로운 기술은 나중에 미사일감축협정을 위반하는 체계를 개발하는 용도로 응용될 수도 있었다. 결국 양측은 미국이 전역미사일방어체계를 진행시키는 데 허용 가능한 프로그램과 금지된 프로그램 사이의 구분선에 대한 기술적 정의에 의견의 일치를 보았다.

헬싱키 정상회담은 예기치 않은 성공이었으며, 그것은 옐친이 영토 지배와는 다른 맥락에서 러시아의 위대함을 확인할 수 있는 새로운 미래를 상상할 수 없었다면 불가능한 일이었을 것이다. 옐친은 이 미래를 위해 두마의 지배적인 견해, 또 때로는 자신의 정부 내의 지배적인 견해와도 대립할 각오가 되어 있었다. 우리 회담의 성과는 두마가 전략무기감축회담 2차 조약을 비준하지 않는 바람에 그 완전한 잠재력을 드러내지 못했지만, 통일 유럽을 향해 더 전진하기 위해 7월에 마드리드에서 열기로 한 나토 정상회담의 성공을 위한 발판은 마련된 셈이었다.

귀국했을 때 여론의 반응은 전체적으로 호의적이었다. 그러나 헨리 키신저를 비롯하여 몇몇 공화당원들은 러시아와 더 가까운 새로운 나토 회원국에 핵무기와 외국 군대를 배치하지 않겠다고 약속한 것을 비판했다. 옐친역시 옛 공산주의자들로부터 신랄한 비판을 받았다. 그들은 옐친이 중요한 문제에서 나에게 굴복했다고 말했다. 쥬가노프는 옐친이 "친구 빌에게 엉덩이를 걷어차였다"고 말했다. 그러나 옐친은 얼마 전의 선거에서 러시아의 어제가 아니라 미래를 제시하고 싸워서 이김으로써 이미 쥬가노프의 엉덩이를 걷어차주었다. 나는 옐친이 이 폭풍도 뚫고 나갈 것이라고 생각했다.

힐러리와 첼시는 아프리카에서 돌아와 모험 이야기로 나를 즐겁게 해주었다. 아프리카는 미국에 중요했다. 힐러리의 출장은 이전의 남아시아출장과 마찬가지로, 평화, 번영, 자유를 추구하고 에이즈의 물결을 막으려는 지도자와 국민의 노력을 지지하겠다는 미국의 약속을 강조하기 위한 것이었다.

3월 말, 나는 미국 유럽사령부 총사령관 겸 유럽 나토군 최고사령관에 조지 줄완 장군의 후임으로 웨스 클라크를 임명했다. 나는 두 사람 모두 존경했다. 줄완은 보스니아에서 나토의 적극적인 태도를 강력하게 지지했으며, 클라크는 딕 홀브루크 협상팀의 핵심이었다. 나는 클라크가 발칸 제국의 평화를 위한 미국의 노력을 흔들림 없이 유지해나가는 데 적임자라고 생각했다.

4월에는 평화과정이 무너지는 것을 막기 위해 후세인 왕과 네타냐후 총리를 만났다. 이스라엘이 동예루살렘 외곽의 이스라엘 정착지인 하르호마에 새로운 주택단지를 건설한다는 결정이 내려진 뒤 다시 폭력 사태가 발발했기 때문이다. 네타냐후가 헤브론 협정처럼 평화를 향한 한 걸음을 내디디려 할 때마다, 그의 연립내각은 그에게 이스라엘과 팔레스타인 사이에 쐐기를 박는 어떤 일을 하도록 강요했다. 그 무렵 요르단의 한 병사가 난동을 부려 이스라엘 초등학생 7명을 죽였다. 후세인 왕은 즉시 이스라엘에 가서 사과했다. 이것으로 이스라엘과 요르단 사이의 긴장은 해소되었다. 한편 아라파트는 미국과 이스라엘로부터 하르호마 프로젝트를 받아들이고 테러는 억누르라는 요구를 계속 받고 있었다. 아라파트는 하르호마 프로젝트가 협상에서 결정난 땅은 현상 그대로 유지한다는 약속을 위반한 것이라고 생각했다.

　후세인 왕은 나를 만나러 와서, 라빈의 지도 아래 한 걸음씩 나아가던 평화과정이 네타냐후의 정치적 한계 때문에 성공할 수 없을 것 같다고 걱정했다. 네타냐후 역시 그 점을 걱정했다. 그래서 다루기 까다로운 최종적인 지위 문제들로 얼른 옮겨감으로써 평화과정을 촉진하는 방식에 상당한 관심을 가지게 되었다. 후세인은 그렇게 할 수 있다면 시도해볼 필요가 있다고 생각했다. 네타냐후가 며칠 뒤에 백악관에 왔을 때 나는 그런 방법을 지지하기는 하지만, 아라파트의 동의를 얻어내려면 팔레스타인 사람들에게 이미 약속한 잠정적 조치들을 추진해나갈 방법을 찾아야 할 것이라고 말했다. 그런 조치들에는 가자 공항의 개방, 서안지구에서 가자와 팔레스타인 지역 사이의 안전한 통행, 경제 지원 등이 포함되어 있었다.

　나는 4월 나머지 기간에는 상원을 설득하여 화학무기협약 비준을 얻어내려고 열심히 노력했다. 국회의원들에게 전화를 하거나 만나고, 제시 헬름스에게 그가 반대해오던 화학무기협약에 찬성표를 던지는 대가로 군축국과 미국정보국을 국무부로 옮기겠다고 약속했다. 헬름스, 캐스퍼 웨인버거, 도널드 럼스펠드 같은 보수적 공화당원들의 반대에 맞서기 위해 콜린 파월과 제임스 베이커 등 이 조약에 찬성하는 공화당 및 군부의 지지자들을 모아 사우스론에서 행사를 열기도 했다.

　나는 보수파의 반대에 놀랐다. 미국의 군부 지도자들은 모두 화학무기 협약을 지지했기 때문이다. 그것은 국제적 협력 전체에 대한 우익의 깊은 의심, 그리고 미국이 세계 유일의 초강대국이 된 상황에서 최대한의 행동의 자유를 누리고 싶은 욕구를 반영하는 것이었다. 4월 말에 나는 협약을 강화하기 위하여 몇 가지 표현을 추가하기로 로트 상원의원과 합의했다. 로트의 지지 덕분에 화학무기협약은 마침내 74 대 26으로 비준되었다. 흥미로웠던 것은 내가 일본 총리 하시모토 류타로와 함께 텔레비전으로 상원 표결을 지켜보았다는 것이다. 하시모토는 다음 날 나를 만날 예정으로 워싱턴에 와 있었는데, 나는 일본이 사린가스 공격으로 고통을 겪은 경험이 있기 때문에 이 협약의 비준을 보고 싶어 할 것 같아 하시모토 총리를 일부러 초대한 것이다.

　국내 문제에서 나는 에이즈 퇴치를 위해 선두에 서서 노력해오던 애틀랜타의 샌디 서먼을 국립에이즈정책실장에 임명했다. 1993년 이래 에이즈를 퇴치하기 위한 전체 투자는 60퍼센트 증가했고, 8개의 에이즈 신약과 에이즈 관련 질병에 대한 19개의 신약이 승인을 받았다. 미국에서는 사망률이 내려가고 있었다. 그럼에도 백신이나 치료책은 아직 찾아내지 못했다. 우리가 제대로 손을 쓰지 못하는 아프리카에서는 문제가 심각했다. 서먼은 똑똑하고, 정력적이고, 밀어붙이는 힘이 있었다. 나는 그녀가 미국인들의 에이즈 문제에 대한 경각심을 높여줄 것이라고 생각했다.

　4월 마지막 날, 힐러리와 나는 첼시가 가을에 스탠퍼드에 입학하기로 했다고 발표했다. 첼시는 꼼꼼한 아이답게 하버드, 예일, 프린스턴, 브라운, 웰즐리에도 가보았으며, 그 가운데 몇 학교는 두 번씩 가서 공부와 생활의 분위기를 느껴보았다. 첼시는 성적과 시험 점수가 뛰어났기 때문에 그 학교들 모두가 입학 허가를 내주었다. 그러나 힐러리는 첼시가 집에서 가까운 학교에 다니기를 바랐다. 그러나 나는 첼시가 워싱턴에서 멀리 떨어진 곳으로 가고 싶어 할 거라고 짐작하고 있었고, 거리에 관계없이 그저 첼시가 많은 것을 배우고, 좋은 친구들을 사귀고, 즐겁게 생활할 수 있는 학교에 가기만 바랐다. 어쨌거나 힐러리와 나는 첼시를 몹시 그리워할 것이 분명했다. 백악관의 첫 4년 동안에는 첼시가 집에 있었기 때문에 우리는 그 아이 학교나 발레 행사에도 가고, 아이 친구나 친구 부모들도 사귀면서 즐겁게 지냈다. 그 과정에서 우리는 밖에서 무슨 일이 벌어지건 우리 딸이 우리에게 얼마나 큰 축복인지 거듭 깨달을 수 있었다.

1997년 1·4분기 경제성장은 5.6퍼센트로 발표되었다. 이로 인해 적자 추정치는 750억 달러로 내려갔다. 내가 처음 취임했을 때의 4분의 1로 줄어든 것이다. 5월 2일, 나는 마침내 깅리치 하원의장, 로트 상원의원, 양당의 협상대표들과 균형예산에 합의했다고 발표했다. 톰 대슐 상원의원도 합의에 대한 지지를 표명했다. 딕 게파트는 지지 표명을 하지 않았으나, 나는 그도 검토해보면 생각이 달라질 것이라고 기대하고 있었다. 이번에는 협상이 훨씬 쉬웠다. 경제 성장으로 인해 실업이 1973년 이래 처음으로 5퍼센트 이하로 떨어지고, 임금, 이윤, 세입이 모두 늘었기 때문이다.

우선 이 합의로 메디케어의 수명이 10년 연장되었다. 그리고 내가 바라던 연 1회 유방암 검사와 당뇨병 검사를 실시할 수 있게 되었다. 또 500만의 아동에게 건강보험을 확대할 수 있었는데, 이것은 1960년대에 메디케이드가 통과된 이래 최대의 확대였다. 교육 지출은 30년 만에 최대로 늘어났다. 생활보호대상자를 고용하는 사업체에 더 많은 인센티브를 제공하고, 장애를 겪는 합법이민자에게 건강 급부금을 다시 지급하기로 했다. 유독성 폐기물 처리장을 500군데 더 청소할 재원을 마련했다. 그리고 내가 권고한 액수에 가까운 세금 경감이 이루어졌다.

나는 메디케어 삭감 액수에 대하여 공화당과 타협을 했으며, 이제 훌륭한 정책 전환을 통해 노년층에게 피해를 주지 않고 그것을 이루어낼 수 있을 것이라고 생각했다. 공화당은 세금감면 축소, 아동 건강보험 프로그램, 대폭적인 교육 지출 증액을 받아들였다. 우리는 연두교서에서 권고했던 새로운 투자 가운데 95퍼센트 정도를 얻어냈으며, 공화당은 그들이 원래 제안했던 세금감면액 가운데 3분의 2쯤을 얻어냈다. 이제 세금감면은 1981년

레이건의 감세보다 훨씬 적어지게 되었다. 나는 1995년 정부 폐쇄 위협 때부터 시작된 헤아릴 수 없이 많은 시간의 회의 결과 1969년 이래 첫 균형예산이 만들어졌다는 것, 그것도 좋은 예산안이 만들어졌다는 것에 마음이 들떴다. 로트 상원의원과 깅리치 하원의장은 우리와 성실하게 협력했으며, 어스킨 보울스는 협상 능력과 상식으로 위기의 순간마다 그들과 주요한 국회 협상자들이 협력의 틀을 벗어나지 않도록 애썼다.

나중에 예산 합의가 결의안으로 표결에 들어갔을 때, 하원 민주당 의원의 64퍼센트가 하원 공화당 의원 88퍼센트와 함께 찬성표를 던졌다. 톰 대슐이 합의를 지지한 상원에서는 민주당이 공화당보다 훨씬 더 강력하게 지지하여, 82 대 74퍼센트의 비율을 보였다.

나는 세금감면에 반대하거나 또는 우리가 합의한다는 사실 자체에 반대하는 민주당 의원들로부터 약간의 비판을 받았다. 그들은 1993년 경제계획(민주당만 찬성했다)이 있으니 가만히 있어도 어차피 내년이나 후년에는 예산 균형이 이루어질 것이라고 주장했다. 그런데 이렇게 타협을 해버리면 공화당도 공功을 나누어 갖게 되는 것 아니냐는 이야기였다. 그것은 사실이었다. 그러나 우리는 이 타협을 통해 단지 균형예산만이 아니라, 50년 만에 대학교육 지원금 최대 증액, 500만 아동에 대한 건강보험, 내가 지지했던 중산층 감세도 손에 쥐게 되었다.

5월 5일은 멕시코 독립기념일이었다. 나는 멕시코, 중미, 카리브해 지역으로 출장을 떠났다. 10년 전만 해도 미국의 이웃들은 내전, 쿠데타, 독재, 폐쇄 경제, 절망적인 가난에 시달렸다. 이제 그 지역에서 한 나라를 제외하고는 모두 민주주의국가가 되었다. 그리고 이 지역 전체가 우리의 최대 교역 상대가 되었다. 우리의 미주 수출액은 유럽에 비해서는 두 배, 아시아에 비해서는 거의 50퍼센트 이상 많았다. 그럼에도 이 지역의 가난은 혹심했고 마약과 불법 이민 문제도 심각했다.

나는 많은 각료, 국회의 양당 대표들과 함께 멕시코에 가서, 불법 이민과 리오그란데 강을 넘어오는 마약 유입을 줄이기 위한 새 협정을 발표했다. 세디요 대통령은 유능하고 정직한 사람으로, 강력한 지원팀을 거느리고 있었다. 나는 그가 그런 문제들을 해결하기 위해 최선을 다할 것이라고 확신했다. 나는 상황이 개선될 것임을 잘 알았지만, 그럼에도 불법 이민과 마약 유입 문제에 대한 완벽하게 만족스러운 해법이 있을 것이라고 생각하지는 않았다. 수많은 요인들을 고려할 수밖에 없었던 것이다. 멕시코는 미국보다 가난했고 국경은 길었다. 멕시코인 수백만 명이 미국에 친척이 있었다. 미국에 오는 수많은 불법이민자들은 대부분의 미국인들이 하기 싫어하는 저임금의 힘든 일자리를 얻었다.

마약 문제에서는 미국의 수요가 자석 역할을 했다. 마약 카르텔은 돈이 많았기 때문에 멕시코 관리들에게 뇌물을 주었고, 협조하지 않는 사람들을 협박하거나 죽이기 위한 총기를 다량 구입했다. 일부 멕시코 국경 경찰관들은 마약이 지나가는 것을 딱 한 번 눈감아주면 그들 연봉의 다섯 배를 주겠다는 제안을 받기도 했다. 멕시코 북부의 한 정직한 검사는 자기 집 앞에서 총알을 100발 이상 맞았다. 이것은 만만치 않은 문제였다. 그러나 나는 우리의 협정 이행이 도움이 될 것이라고 생각했다.

상설 군사 조직이 없고, 세계에서 가장 수준 높은 환경 정책을 펼친다는 평가를 받기도 하는 아름다운 나라 코스타리카의 호세 마리아 피게레스 대통령은 교역과 환경을 주제로 한 중미지도자회의를 주최했다. 북미자유무역협정으로 인해 중미와 카리브해 연안국들은 미국과 교역을 할 때 멕시코보다 불리한 위치에서 경쟁할 수밖에 없게 되었다. 우리의 의도와 관계없이 피해를 보게 된 셈이었다. 이런 불균형을 시정하기 위해 내가 할 수 있는 일을 하고 싶었다. 다음 날 바베이도스의 오언 아서 총리가 미국 대통령과 그 지역 지도자들을 브리지타운으로 불러 회의를 열었다. 카리브해 국가들의 영토 내에서 이런 회의가 열린 것은 최초였다. 나는 이 회의에서도 불균형을 시정하겠다는 의사를 밝혔다.

두 회의에서는 이민 역시 큰 문제로 떠올랐다. 중미와 카리브해 지역 출신의 많은 사람들이 미국에서 일하면서 고향의 가족에게 송금을 했는데, 이것이 작은 나라에서는 주요한 소득원이 되었다. 이 지역 지도자들은 공화당의 반이민 정책을 걱정하면서, 대규모 추방은 없을 것이라는 나의 다짐을 받고 싶어 했다. 나는 그런 약속을 했지만, 동시에 미국의 이민법은 그대로 시행할 수밖에 없다고 말했다.

5월 말, 나는 나토-러시아 기본협정에 서명하기 위해 파리로 날아갔다. 옐친은 헬싱키에서 한 약속을 지켰다. 나토의 냉전시대의 적이 이제 동반자가 된 것이다.

나는 마셜 플랜 50주년 기념식에 참석하러 네덜란드에 들렀다가 런던으로 날아갔다. 영국의 새로운 총리 토니 블레어와의 첫 공식적 만남이었다. 얼마 전에 치러진 선거에서 블레어의 노동당은 그의 지도력, 좀더 현대적인 메시지, 오랜 세월 권력을 잡았던 보수당에 대한 지지 약화 등에 힘입어 토리당에 큰 승리를 거두었다. 블레어는 젊고, 논리정연하고, 추진력이 강했다. 게다가 우리의 정치적 견해에는 공통점이 많았다. 나는 그가 영국과 유럽 전체의 중요한 지도자가 될 잠재력을 가지고 있다고 생각했으며, 그와 함께 일을 하게 되었다는 생각에 흥분을 느꼈다.

힐러리와 나는 템스 강의 복구된 창고 지구에 있는 한 식당에서 토니와 셰리 블레어 부부와 저녁을 먹었다. 처음부터 오랜 친구 사이 같은 느낌이었다. 영국 언론은 우리의 철학과 정치의 유사성에 큰 관심을 보였다. 그들이 던진 질문은 나와 함께 여행하던 미국 기자단에게도 영향을 준 것 같았다. 처음으로 그들은 나의 '새로운 민주당원' 접근방식에 단순한 수사 이상의 뭔가가 있다고 생각하는 것 같았다.

어머니의 생일인 6월 6일에 나는 첼시의 시드웰 프렌즈 학교 졸업식에서 졸업 연설을 했다. 테디 루스벨트는 거의 100년 전에 시드웰 학생들에게 연설을 했지만, 나는 그와는 다른 역할로 그 자리에 서 있었다. 대통령이 아니라 아버지로 서 있었던 것이다. 첼시한테 내가 무슨 말을 했으면 좋겠느냐고 물었더니, 첼시는 이렇게 대답했다. "아버지, 짧고 지혜로운 이야기였으면 좋겠어요." 그러더니 또 이렇게 덧붙였다. "여학생들은 아버지가 지혜로운 이야기를 해주기를 바라요. 그런데 남학생들은 그냥 재미있으면 좋겠대요." 나는 내 연설이 첼시에게 주는 선물이 되기를 바랐다. 그래서 졸업식 전날 밤 새벽 3시까지 연설문을 계속 고쳐 썼다.

나는 첼시와 그 아이의 친구들에게 이날 "부모들은 곧 닥쳐올 이별 때문에 자랑스러움과 기쁨을 마음껏 누리지 못한다"고 말했다. "우리는 여러분이 이 학교에 온 첫날을 기억하고 있습니다. 그리고 그때와 지금 사이에 여러분이 경험한 모든 승리와 고생을 기억하고 있습니다. 우리는 이 작별의 순간을 위해 여러분을 길렀고 또 여러분이 매우 자랑스럽습니다만, 우리 마음 한구석에는 여러분이 간신히 걸음마를 할 때처럼 여러분을 한 번 더 안아주고 싶은 마음이 있고, 한 번 더 『안녕 달님 Goodnight Moon』이나 『호기심 많은 조지 Curious George』나 『할 수 있었던 꼬마 기차 The Little Engine That Could』를 읽어주고 싶은 마음이 있습니다." 나는 흥미진진한 세계가 그들을 향해 손짓을 하며, 그들에게는 거의 무한의 선택이 있다고 말하면서, 자신이 허락하지 않는 한 누구도 자신에게 열등감을 느끼게 만들 수 없다는 엘리너 루스벨트의 격언을 들려주었다. "절대 그것만은 허락하지 마십시오."

첼시가 졸업장을 받으러 걸어갈 때, 나는 아이를 안으며 사랑한다고 말해주었다. 졸업식이 끝난 뒤 몇몇 부모가 다가와 자신이 생각하고 느끼던 것을 말해주어 고맙다고 말했다. 우리는 졸업 파티를 위해 백악관으로 돌아왔다. 첼시는 관저 직원 전부가 그녀를 축하하기 위해 모인 것을 보고 감동을 받았다. 첼시는 4년 반 전에 우리가 백악관에 데려왔을 때는 치열 교정기를 낀 어린 소녀였으나, 이제는 많이 성장했다. 그래도 이제 시작일 뿐이었다.

첼시의 졸업식 직후 나는 미국생명윤리자문위원회로부터 인간 복제는 '도덕적으로 받아들일 수 없으며', 따라서 국회가 그것을 금지할 것을 제안한다는 권고안을 받았다. 이것은 스코틀랜드에서 양 돌리를 복제한 뒤부터 쟁점이 되어왔다. 복제 기술은 농업 증산을 위해 이용되기도 했고, 암, 당뇨병, 기타 질병을 치료하기 위한 생물의학에 이용되기도 했다. 또 화상이나 사고 피해자를 위한 대체 피부, 연골, 뼈 조직을 만들거나, 척수 부상을 치료하기 위한 신경조직을 만들 수도 있다는 점에서 장래성이 큰 분야였다.

나는 이 모든 일에 간섭하고 싶지는 않았지만, 인간 복제에는 선을 그어야 한다고 생각했다. 그로부터 꼭 한 달 전에는 앨라배마 주 터스키지에서 연방정부가 수십 년 전 수백 명의 흑인에게 시행했던 비양심적이고 인종차별적인 매독 실험에 대해 사과하기도 했다.

6월 중순, 나는 캘리포니아 샌디에이고 대학에 가서 인종차별을 없애고 점차 확대되는 인종 구성의 다양성을 최대한 활용하기 위한 미국의 계속되는 노력에 대해 이야기했다. 미국은 여전히 차별, 편협한 태도, 증오 범죄, 심한 소득 불균형, 교육 문제, 의료제도 문제 등으로 고통을 겪고 있었다. 나는 인종 관계와 관련하여 미국을 교육하고 21세기에 '하나의 미국'을 건설하는 데 도움이 될 권고안을 작성할 7인 위원회를 구성하고, 저명한 학자 존 호프 프랭클린을 위원장으로 임명했다. 나는 벤 존슨이 책임질 새로운 백악관 부서를 통하여 그러한 노력들을 조율해나갈 계획이었다.

6월 말에 덴버에서 연례 G-7 회의가 열렸다. 나는 옐친에게 러시아를 정식 회원국으로 받아들이겠다고 이미 약속했으나, 재무장관들은 러시아의 경제적 허약성 때문에 반대했다. 그들은 러시아가 국제 사회의 재정 지원에 의존하고 있기 때문에 G-7의 경제적 결정 과정에는 참여할 수 없다고 생각했다. 나도 재무장관들이 러시아를 빼고 만나서 결정을 내려야 하는 이유를 이해할 수 있었지만, G-7은 정치적 조직이기도 했다. 러시아가 거기에 참여하는 것은 러시아의 중요성이 인정을 받는 것이므로, 러시아에서 옐친의 지위 강화에 도움이 될 터였다. 우리는 이미 이 회의를 '8국 정상회의'라고 불렀다. 결국 우리는 표결을 통해 러시아를 새로운 G-8의 정식 회원국으로 받아들였지만, 사안에 따라 나머지 7국 재무장관들이 따로 만나 회의를 하는 것을 허용했다. 이제 옐친과 나는 둘 다 헬싱키 약속을 지킨 셈이었다.

이 무렵 1993년에 중앙정보국 본부에서 정보국 직원 둘을 살해하고 세 명에게 부상을 입힌 혐의를 받고 있던 미르 아이말 칸시가 파키스탄으로부터 미국으로 이송되어 재판을 받게 되었다. 연방수사국, 중앙정보국, 국무부, 법무부, 국방부가 그의 인도를 위해 열심히 노력한 결과였다. 이것은 테러리스트들을 추적하여 그들에게 정의의 심판을 하겠다는 우리의 결의를 보여주는 강력한 증거였다.

일주일 뒤 열띤 논란 끝에 하원은 중국과 정상적인 교역 관계를 계속하기로 결정했다. 이 동의안은 86표 차이로 가결되었지만, 중국의 인권과 무역 정책을 못마땅해하는 보수주의자와 자유주의자들이 강력하게 반대했다. 나 역시 중국에 정치적 자유가 확대되어야 한다는 입장을 지지했으며, 그무렵 달라이 라마와 홍콩의 인권운동가 마틴 리를 백악관에 초대하기도 했다. 이것은 티베트의 문화적·종교적 독자성을 인정하고, 영국이 홍콩을 중국에 반환한 뒤에도 홍콩의 민주주의가 유지되어야 한다는 입장을 지지함을 보여주기 위한 행동이었다. 나는 우리의 교역 관계가 중국의 세계무역기구 가입 협상을 통해서만 개선될 수 있다고 생각했다. 하지만 그전에도 우리는 중국을 고립시키지 않고, 계속 교류를 해나가야 했다. 흥미롭게도 마틴 리 역시 미중 교역 관계의 지속에 동의하고 그것을 지지했다.

그 직후 나는 고향 호프로 날아가 내가 버디라고 부르던, 92세의 외종조부 오런 그리섬의 장례식에 참석했다. 버디 할아버지는 내 인생에서 아주큰 역할을 했다. 장례식장에 가자마자 그의 가족과 나는 버디 할아버지에 대한 즐거운 추억을 이야기하기 시작했다. 내 친척 한 사람이 말했듯이, 그는 지구의 소금이고 삶의 양념이었다. 워즈워스에 따르면 선한 사람의 삶에서 가장 중요한 부분은 기억되지도 않는 작은 친절과 사랑의 행위들이다. 버디는 아버지 없는 어린 나에게 그런 행위들을 아낌없이 베풀어주었다.

12월에 힐러리는 아름다운 초콜릿색 래브라도 리트리버를 선물로 주었다. 첼시 대신 벗 삼으라고 준 것이다. 착하고, 활기차고, 똑똑한 개였는데, 나는 이 개에게 버디라는 이름을 지어주었다.

7월 초 힐러리, 첼시, 나는 마요르카 섬에서 후안 카를로스 왕과 소피아왕비 부부와 편안하게 이틀을 보낸 뒤, 나토 회의에 참석하기 위해 마드리드로 갔다. 나는 나토의 지휘체계에 스페인을 완전히 편입시키기로 결정한스페인의 호세 마리아 아스나르 대통령과 뜻 깊은 토론을 했다. 이어 나토는 폴란드, 헝가리, 체코공화국을 받아들이기로 표결했으며, 평화를 위한 동반관계에 참여하고 있는 20여개국에도 나토의 문이 새로운 회원들에게 열려 있다는 사실을 분명히 밝혔다. 나는 대통령 취임 초기부터 나토의 확대를 위해 노력했으며, 이런 역사적인 조치가 유럽을 통일하고 대서양을 사이에 둔 국가들간의 동맹을 유지하는 데 도움이 될 것이라고 믿었다.

다음 날 우크라이나와 동반관계 협정에 서명을 했으며, 나는 나토 확대의 의미를 강조하기 위해 폴란드, 루마니아, 덴마크를 순방했다. 바르샤바, 부쿠레슈티, 코펜하겐에는 열광적인 군중이 많이 모였다. 폴란드의 군중은 나토 가입을 축하하고 있었다. 부쿠레슈티에서는 민주주의에 대한 지지와 나토에 가능한 한 빨리 가입하고 싶다는 의사를 표현하기 위해 약 10만 명의 군중이 "유에스에이, 유에스에이!"를 외쳤다. 코펜하겐에서는 맑고 화창한 날을 맞아 모여든 많은 수의 열광적인 군중을 보면서, 그들이 우리의 동맹관계를 지지하며, 내가 미국 현직 대통령으로는 처음으로 덴마크를 방문했다는 사실에 감사한다는 느낌을 받았다.

7월 중순, 나는 백악관에서 다시 일을 시작하여, 유전자 심사에 기초한 차별을 금지하는 법안을 제안했다. 과학자들은 인간 게놈의 수수께끼를 빠르게 풀어가고 있었으며, 그들의 발견은 수많은 사람의 생명을 구하고 의학을 혁명적으로 바꾸어놓을 것이 분명했다. 그러나 유전자 검사를 하게 되면 피검사자가 유방암이나 파킨슨병 같은 여러 가지 병을 일으킬 가능성이 있다는 사실도 드러났다. 우리는 유전자 검사가 건강보험을 거부하거나 취업을 차단하는 기준이 되는 것을 허용할 수 없었으며, 그 결과가 자신의 수명을 연장하는 것이 아니라 자신에게 불리하게 이용될 것이라는 두려움 때문에 사람들이 검사를 기피하는 일이 생기기를 바라지 않았다.

그 무렵 아일랜드공화국군은 1996년 2월에 철회했던 휴전으로 다시 돌아갔다. 나는 휴전을 위해 열심히 노력했으며, 이번에는 이 평화가 계속 유지되어 마침내 아일랜드 사람들이 그동안 쌓인 상처와 의심의 덤불을 헤치고 공동의 미래를 향해 나아가는 길을 찾을 수 있을 것 같다는 느낌이 들었다.

7월이 끝나갔지만, 우리는 아직도 이전에 공화당과 합의를 보았던 일반적 원칙을 적용한 구체적 예산안에 합의하지 못하고 있었다. 세금감면의 규모와 형태, 새로운 자금의 할당을 둘러싸고 여전히 의견이 일치되지 않았기 때문이다. 우리 팀이 국회와 협상을 계속하는 동안, 나는 내 할 일을 해나갔다. 나는 국회의 지배적인 견해와는 달리, 지구온난화는 현실이기 때문에 온실가스 배출을 줄여야 한다고 주장하기도 하고, 앨 고어와 함께 연방과 주의 공무원들을 모아 네바다 주 인클라인빌리지에서 타호 호수의 상태를 점검하는 포럼을 열기도 했다.

　　타호는 세계에서 가장 깊고, 가장 순수하고, 가장 맑은 호수 가운데 하나였지만, 개발과 차량으로 인한 공기 오염, 기능이 떨어지는 모터보트와 제트스키 엔진에서 물로 직접 방출된 연료로 인한 오염 등으로 수질이 나빠지고 있었다. 캘리포니아와 네바다에서는 이 호수를 복원하기 위한 사업이 양당의 광범위한 지지를 받고 있었으며, 고어와 나는 그들을 돕기 위해 가능한 한 모든 일을 하기로 결심했다.

　　7월 말, 라스베이거스에서 열린 미국주지사협회에서 연설을 한 뒤, 밥 밀러 주지사는 나와 주지사 몇 사람을 데리고 마이클 조던과 함께 골프를 쳤다. 나는 불과 2주 전에 골프를 다시 시작했으며, 여전히 부드러운 다리 보호대를 차고 있었다. 나는 이제 보호대가 필요한 것 같지 않아, 그것을 벗고 골프 시합에 나섰다.

　　조던은 훌륭한 골퍼로, 가끔 기복이 있기는 했지만 장타에 능했으며, 단거리에도 뛰어난 능력을 보여주었다. 나는 짧은 파파이브 홀 게임을 하면서 그가 왜 미국농구협회NBA 경기에서 여러 번 우승을 차지했는지 알 것 같았다. 우리 다섯 모두 버디를 잡을 좋은 기회를 맞이했다. 조던은 14미터짜리 내리막 브레이킹 퍼트를 보더니 말했다. "이기려면 이것을 성공시켜야겠군." 나는 그의 눈을 보고 그가 정말로 그 어려운 퍼트를 시도할 생각임을 알 수 있었다. 조던은 퍼트를 했고, 결국 그 홀에서 승리를 거두었다.

　　조던은 나에게 다리 보호대를 다시 차면 더 잘 칠 수 있을 거라고 말했다. "몸은 필요로 하지 않지만, 마음은 아직 그것을 모르는 것 같거든요." 전화로 계속 예산 협상 소식을 보고받고 있었다는 것도 내가 더 잘 치지 못했던 한 가지 이유였다. 우리는 예산안을 마무리하기 위해 최종적인 타협을 하고 있었다.

경기가 반 이상 진행되었을 때 람 에마누엘이 전화를 하더니 마무리가 되었다고 말했다. 이어 보울스가 전화를 하여 그 소식을 확인해주더니, 아주 좋은 결과가 나왔다고 덧붙였다. 우리는 교육과 의료에 들어가는 돈을 다 확보했으며, 세금감면은 1981년 레이건 감면의 10퍼센트 정도로 그리 많지 않았고, 메디케어 축소는 견딜 만했으며, 중산층 감세는 그대로 남아 있었고, 자본이득세는 28퍼센트에서 20퍼센트로 줄었다. 모두 2002년에는 예산의 균형을 잡기로 동의했으며 경제가 계속 성장하면 그전에 이룰 수 있을지도 몰랐다. 보울스와 우리 팀 전체, 특히 나의 법률보좌관 존 힐리가 일을 잘해주었다. 나는 너무 기뻐서 다음 세 홀에서는 파를 기록했다. 물론 다리 보호대를 다시 차고 거둔 기록이었다.

다음 날 우리는 예산안에 참여했던 국회와 행정부의 모든 사람을 불러 사우스론에서 큰 기념식을 열었다. 행복한 분위기였다. 사람들의 연설은 따뜻하고, 관대하고, 초당적이었다. 그러나 나는 민주당원들에게 특별히 감사했다. 특히 테드 케네디, 제이 록펠러, 그리고 아동 건강보험 계획을 짜준 힐러리에게 감사했다. 적자가 1993년의 최고치 2,900억 달러에서 이미 80퍼센트 이상 줄었기 때문에, 합의안은 기본적으로 진보적인 예산이 될 수 있었다. 예산안에는 내가 지지하던 중산층 감세가 들어 있었고, 공화당의 자본이득 감세가 들어 있었다. 건강, 교육, 세금감면 조항들 외에 이 예산안은 아동 건강보험, 합법 이민자들에 대한 장애와 건강 급부금 120억 달러 복구, 능력부여지구 두 배 확대, 환경 청소를 계속할 자금 확보를 위한 담배 한 갑당 세금 15센트 인상 등의 내용을 담고 있었다.

백악관 기념식의 그 달콤하고 환한 분위기를 보니, 우리가 2년 이상 서로의 목을 노렸다는 것이 잘 믿기지 않았다. 이런 좋은 분위기가 얼마나 오래 지속될지는 몰랐지만, 어쨌든 나는 스트레스가 많은 협상과정에서도 좀 더 정중한 분위기가 유지되도록 열심히 애를 썼다. 몇 주 전, 사소한 입법 전투에서 백악관에 진 것에 대해 불끈하던 트렌트 로트는 어떤 일요일 아침 토크쇼에 나가 나를 '버릇없는 자식'이라고 불렀다. 나는 로트가 그런 말을 하고 나서 며칠 뒤에 전화를 걸어, 어쩌다 그렇게 되었는지 잘 알며, 그 문제는 그냥 넘어가기로 했다고 말했다. 나는 이런 식으로 말했다. 당신은 힘든 일주일을 보내고 일요일 아침에 언짢은 기분으로 잠을 깼다. 텔레비전 인터뷰를 하기로 약속한 것이 후회되었다. 피곤하고 짜증이 났다. 그런 상황에서 인터뷰어가 나를 들먹이며 자극하자 미끼를 물고 만 것이다. 로트는 웃음을 터뜨리며 말했다. "바로 그렇게 된 거올시다." 그것으로 그 문제는 정리되었다.

많은 압박을 받으며 열심히 일하는 사람들은 누구나 나중에 후회할 말을 하곤 한다. 나도 예외가 아니었다. 보통 나는 공화당원들이 나에 대해 한 말은 읽지도 않았다. 설사 심한 말이 눈에 띄더라도 무시하려 했다. 국민은 자신들을 위해 일하라고 대통령을 고용했다. 개인적인 모욕 때문에 흥분하면 그 일이 방해받게 된다. 나는 트렌트 로트에게 그런 전화를 한 것을 지금도 다행이라고 여기며, 비슷한 상황이 벌어졌을 때 그런 전화를 더 많이 했으면 좋았을 것이라는 생각도 해본다.

그러나 계속해서 사람들을 강압하여 힐러리와 나에 대해 거짓 혐의를 만들어내려 하고, 그를 위해 거짓말을 하지 않는 사람들은 기소를 해버리는 케네스 스타에 대해서는 그런 초연한 태도를 취할 수가 없었다. 4월에 스타, 그리고 아칸소에서 그를 대리하는 힉 유잉의 요구에 맞게 이야기를 바꾼 짐 맥두걸은 감옥으로 갔고, 스타는 당국에 감형을 해주라고 권고했다. 스타는 데이비드 헤일도 똑같이 처리했다.

스타는 맥두걸과 헤일을 이렇게 감쌌지만, 수잔 맥두걸에 대해서는 완전히 다른 태도를 보였다. 수잔 맥두걸은 대배심에서 스타의 질문에 대답을 하지 않았기 때문에 법정모욕죄로 감옥에 있었다. 수잔 맥두걸은 수갑과 족쇄를 차고, 허리에는 사슬까지 달고 아칸소의 카운티 교도소에 들어갔다가, 곧 연방 교도소로 옮겼다. 그녀는 그곳에서 다른 죄수들과 떨어져 병동에서 몇 달을 보냈다. 수잔 맥두걸은 그곳에서 로스앤젤레스 교도소로 이감되어,

전 고용주에게서 돈을 횡령했다는 혐의에 대해 조사를 받았다. 그러나 새로 발견된 문서 증거로 인해 검사의 주장이 박살나면서, 그녀는 무죄 방면되었다. 그전까지 그녀는 보통 유죄판결을 받은 살인자들을 수감하는 창문 없는 감방에서 하루 23시간을 보내야 했다. 또 보통 살인자나 아동학대자만 입는 빨간 수의를 입고 있어야 했다. 그렇게 몇 달을 보낸 뒤 그녀는 감방들 한가운데 있는 플렉시 유리 감방에 들어가 있었다. 그녀는 다른 재소자와 이야기를 하지도 못했고, 텔레비전을 보지도 못했고, 심지어 바깥에서 나는 소리도 듣지 못했다. 법정에 출두하러 가는 교도소 버스에서도 그녀는 보통 위험한 범죄자들을 수감하는 별도의 수용 시설에 들어가 있어야 했다. 이렇게 해니벌 렉터(소설 『양들의 침묵』의 등장인물—옮긴이주)를 가둔 것 같은 감금 상태는 미국민권연합이, 교도소측에서 스타의 요청에 따라 수잔 맥두걸에게 증언을 강요하기 위해 그녀를 '야만적으로' 구금하고 있다는 탄원을 제기한 뒤인 7월 30일에야 끝이 났다.

나는 몇 년 뒤 맥두걸의 책 『증언을 거부한 여자*The Woman Who Wouldn't Talk*』를 읽고 등골이 오싹했다. 수잔 맥두걸은 스타와 힉 유잉이 원하는 거짓말만 해주면 언제라도 고통에서 벗어날 수 있었을 뿐 아니라 돈까지 벌 수 있었다. 어떻게 그녀가 끝까지 버틸 수 있었는지 나는 모르지만, 그녀가 사슬에 묶인 모습은 마침내 화이트워터 기자들이 스타 진영 주위에 세워놓은 방패를 뚫기 시작했다.

늦봄에 대법원은 만장일치로 내가 백악관에 있는 동안 폴라 존스 소송을 진행하라고 판결했다. 내 임기가 끝난 뒤에 제기할 수도 있으므로, 이 소송으로 대통령 업무를 방해해서는 안 된다는 내 변호사들의 주장을 기각한 것이다. 대법원의 이전 판결들을 보면 현직 대통령은 대통령으로 있는 동안 그의 공적 행동과 관련된 민사 소송의 대상이 될 수 없다는 것을 알 수 있다. 변호를 하는 일이 대통령의 정신과 시간을 많이 소모하기 때문이다. 그런데 대법원은 대통령의 비공식적 행동과 관련하여 소송 연기의 원칙을 채택하는 것이 소송의 다른 당사자에게 피해를 줄 수 있다면서, 존스의 소송이 연기되어서는 안 된다고 말했다. 게다가 대법원은 소송에서 자신을 변호하는 것이 나에게 지나치게 부담스러운 일도 아니고 많은 시간을 빼앗는 일도 아니라고 말했다. 이것은 대법원이 내린 정치적으로 가장 순진한 결정 가운데 하나로 꼽힐 수 있을 것이다.

6월 25일에 「워싱턴 포스트」는 케네스 스타가 존스를 포함하여 12명에서 15명의 여자가 나와 관련되어 있다는 소문을 조사하고 있다고 보도했다. 스타는 나의 성생활에는 관심이 없다고 말했다. 단지 내가 화이트워터에 대해서 대화를 나누었을지도 모르는 모든 사람에게 질문을 하고 싶을 뿐이라고 했다. 그러나 스타는 자신이 관심 없다고 한 주제를 조사하기 위하여 수십 명의 연방수사국 요원들만이 아니라, 납세자의 돈으로 산 사립탐정들까지 풀어놓게 된다.

7월 말이 되자, 나는 연방수사국을 걱정하게 되었다. 케네스 스타를 위한 섹스 조사보다 훨씬 더 중요한 이유들 때문이었다. 루이스 프리가 국장 일을 맡고 나서 일련의 실수들이 발생했다. 연방수사국의 법의학연구소에서 서툰 보고서를 제출하는 바람에 미결 범죄사건 몇 개의 기소가 힘들게 되었다. 또 전국범죄정보센터의 역량을 높이고 전국 경찰관에게 빠른 지문 확인을 제공하려고 도입한 두 개의 컴퓨터 시스템에 과다한 비용이 지출되었으며, 공화당계 공무원들에 대한 정보철이 백악관에 유출되었다. 올림픽 폭탄 테러 사건의 용의자로 리처드 주얼을 지목하고 함정 수사까지 시도했다는 이야기가 있었는데, 결국 주얼은 무죄 방면되었다. 그리고 부국장인 래리 포츠가 1992년의 루비 리지 사건(연방수사국이 무고한 사람들을 범인으로 몰아 죽인 사건—옮긴이주)과 관련된 행동으로 범죄 혐의 조사를 받고 있었다. 연방수사국은 루비 리지 사건으로 심한 비판을 받았으며, 포츠는 프리가 임명하기 전에 이미 징계를 받은 적이 있었다.

프리는 언론으로부터, 그리고 국회에서 공화당 의원들로부터 비판을 받았다. 공화당은 연방수사국의 실수를 이유로 나의 테러방지 법안 가운데 테러리스트 용의자가 이동할 때 추적을 하기 위한 감청장치 부착 권한을 연방수사국에 부여한다는 조항의 통과를 거부했다.

프리에게는 국회의 공화당 비위를 맞추고, 언론의 비판에서 벗어날 수 있는 한 가지 확실한 방법이 있었다. 백악관에 적대적 입장을 취하는 것이었다. 신념 때문인지 필요 때문인지, 프리는 바로 그 일을 하기 시작했다. 정보철 사건이 알려지자, 그는 즉시 백악관에 책임을 돌리고 연방수사국은 어떠한 책임도 지지 않으려 했다. 선거자금 기사가 나왔을 때 그가 재닛 리노에게 쓴 메모가 언론에 새어나갔는데, 그 메모의 내용은 리노에게 독립변호사 임명을 촉구하는 것이었다.

중국 정부가 1996년에 국회의원들에게 불법 기부금을 제공하려 했다는 추측 보도가 나오자, 하급 요원들이 국가안보회의 명령 계통에서 한참 아래 있는 사람들에게 그 문제에 대해 브리핑을 하면서 상급자에게는 알리지 말라고 당부했다. 매들린 올브라이트가 중국 방문 준비를 할 때, 연방검사와 법무부 공무원을 지내면서 신망을 얻은 뒤 백악관 법률고문을 맡고 있던 척 로브는 선거 자금을 통해 미국 정부에 영향력을 행사하려는 중국의 계획에 대한 정보를 연방수사국에 요청했다. 이것은 분명히 국무장관이 중국을 방문하기 전에 알아두어야 할 사항이었다. 그러나 프리는 법무부가 승인을 했고 그의 고위 보좌관 두 사람도 승인을 했음에도, 준비된 답변을 보내지 말라고 직접 명령을 내렸다.

나는 민주당이 중국 정부의 불법 기부금인 줄 알고 돈을 받았다고 믿을 만큼 프리가 어리석지는 않다고 믿었다. 외교정책 추진에 피해가 온다 하더라도, 그저 자신이 언론과 공화당으로부터 비판을 받는 것을 피하려는 의도였을 것이다. 프리를 지명하기 전날 아칸소의 전직 연방수사국 요원에게서 받은 전화가 생각났다. 그는 프리를 지명하지 말라고 하면서, 프리가 자신에게 이익이 된다고 생각하는 순간 나를 배반할 사람이라고 경고했다.

프리의 동기가 무엇이든 간에, 백악관에 대한 연방수사국의 행동은 워싱턴이 얼마나 제정신이 아닌지 보여주는 또 하나의 사례였다. 나라는 점점 틀이 잡혀가고 있었고, 우리는 세계 전역에서 평화와 번영을 촉진하고 있었다. 그럼에도 워싱턴에서는 분별 없는 추문 탐색이 계속되고 있었다. 그 몇 달 전 「보스턴 글로브Boston Globe」의 사려 깊고 독립적인 칼럼니스트 톰 올리펀트는 풍자적인 말투로 상황을 이렇게 잘 요약한 적이 있다.

위대한 미국의 추문 제조기를 돌리고 있는 허영심 강한 거대한 세력은 사람들 눈에 상황이 어떻게 보이느냐에 초점을 맞춘다. 이 기계의 생혈生血은 겉모습이다. 이 겉모습이 질문을 만들어내고, 더 많은 겉모습을 만들어내고, 이 모든 것이 다시 독선적 광기를 만들어낸다. 이런 광기는 무슨 일이 있어도 독립적이어야만 하는 엄청나게 양심적인 심문관들에게 강도 높은 조사를 하라고 요구한다. 이 광기에 저항하는 사람은 무조건 공범이고 죄인이다.

8월이 시작되면서 좋은 소식과 나쁜 소식이 동시에 들어왔다. 실업은 4.8퍼센트로 떨어져 1973년 이래 최저였다. 초당적인 균형예산안 합의 뒤에 미래에 대한 자신감이 넘치고 있었다. 그러나 이런 협력은 지명 인준 과정에까지 확대되지는 않았다. 제시 헬름스는 매사추세츠의 공화당계 주지사 빌 웰드를 멕시코 대사에 지명한 나의 결정에 반대하고 있었다. 웰드가 자신을 모욕했다고 느꼈기 때문이다. 재닛 리노는 미국변호사협회에 연방 판사직이 101자리 비어 있다고 보고했다. 상원이 1997년에 내가 지명한 판사 가운데 오직 9명만 인준했기 때문이다. 항소법원 판사는 한 명도 인준하지 않았다.

우리 가족은 2년을 건너뛴 뒤 마침내 다시 마사스 비니어드로 8월 휴가를 떠날 수 있었다. 우리는 오이스터 폰드 근처에 있는 친구 딕 프리드먼 집에 묵었다. 나는 첼시와 함께 조깅을 하는 것으로 내 생일을 기념했다. 그리고 힐러리를 설득하여 그녀와 함께 밍크메도즈 퍼블릭코스에서 골프를 쳤다. 힐러리는 골프를 전혀 좋아하지 않았다. 그러나 1년에 한 번은 내 비위를 맞추어주기 위해 몇 홀을 어슬렁거려주었다. 나는 멋지고 오래된 팜넥 코스에서 버넌 조던과 골프를 많이 쳤다. 힐러리와는 달리 조던은 골프를 좋아하는 편이었다.

8월은 시작할 때와 마찬가지로 좋은 소식과 나쁜 소식으로 끝났다. 8월 29일에 토니 블레어는 신페인당에 아일랜드 평화회담에 참가하라고 제안함으로써, 처음으로 신페인당의 지위를 공식적으로 인정했다. 8월 31일에는 다이애너 왕세자비가 파리에서 자동차 사고로 세상을 떴다. 그 뒤에 일주일도 지나지 않아 테레사 수녀가 세상을 떴다. 힐러리는 두 사람의 죽음을 몹시 슬퍼했다. 두 사람을 잘 알고 또 무척 좋아했기 때문이다. 그녀는 미국을 대표하여 두 장례식에 참석하기로 하고, 먼저 런던으로 갔다가 며칠 뒤에 캘커타로 갔다.

8월에 나는 또 매우 실망스러운 일을 발표하게 되었다. 미국이 지뢰 금지 국제조약에 서명할 수 없게 된 것이다. 어처구니없다고 할 수밖에 없는 사태의 진전 끝에 그런 결론에 이르게 된 것이다. 미국은 1993년에 전 세계의 지뢰를 폐기하는 데 1억 5,300만 달러를 썼다. 아프리카 남서부에 지뢰제거팀을 배치하고 오던 비행기가 9명을 태운 채 실종되는 아픔을 겪기도 했다. 미국은 세계의 지뢰제거 전문가 가운데 25퍼센트 이상을 훈련시켰으며, 미국의 지뢰 150만 개를 폐기했고, 1999년까지 150만 개를 더 폐기할 예정이었다. 미국만큼 위험한 지뢰를 없애기 위해 많은 일을 한 나라는 없었다.

조약 협상이 끝날 무렵, 나는 두 가지 수정을 요구했다. 하나는 유엔이 인정한 한반도 비무장지대의 지뢰 대량 매설 지역은 예외로 하자는 것이었다. 이것은 한국인들과 그곳에 있는 미군을 보호해주는 것이었기 때문이다. 또 하나는 유럽에서 제조된 대전차 미사일은 인정하고 미제 미사일은 인정하지 않는 조항의 표현을 바꾸자는 것이었다. 미제 미사일도 유럽제와 마찬가지로 안전하며, 미군을 보호하는 데 더 큰 효과가 있었다. 그러나 이 두 가지 수정 요구는 거부되었다. 그 이유는 한편으로는 지뢰회의가 지뢰를 없애는 운동의 가장 유명한 옹호자인 다이애너 왕세자비의 죽음 이후 가능한 한 가장 엄격한 조약을 통과시키겠다고 결심했기 때문이며, 또 한편으로는 회의에 참가한 몇 사람이 그저 미국이 난처한 입장에 빠지거나, 아니면 압력에 못 이겨 있는 그대로 서명을 하는 것을 원했기 때문이기도 하다. 나도 이 국제 조약에 빠지고 싶지는 않았다. 그때까지 지뢰의 제조와 이용(어떤 것은 불과 3달러만 주면 살 수 있었다)을 막으려고 노력해온 일이 결실을 맺기를 바랐기 때문이다. 그러나 나는 미군이나 한국 국민의 안전을 걸고 모험을 할 수 없었다.

9월 18일, 힐러리와 나는 첼시를 데리고 스탠퍼드에 갔다. 우리는 아이의 새로운 생활이 가능한 한 정상적으로 이루어지기를 바랐으며, 비밀검찰부와 이야기하여 일상복 차림에 남의 눈에 잘 띄지 않는 젊은 경호요원들을 배치하기로 했다. 스탠퍼드는 캠퍼스 내에서 언론매체가 첼시에게 접근하는 것을 허용하지 않겠다고 약속했다. 우리는 환영식에 참석하고 다른 부모들을 만난 뒤, 첼시를 기숙사 방에 데려다주고 이사를 도왔다.

첼시는 행복해 보였고 흥분해 있었다. 힐러리와 나는 약간 슬프고 불안했다. 그러나 힐러리는 짐 정리를 도와준다고 바쁘게 돌아다니면서 내색을 하지 않으려 했다. 심지어 서랍 안에 콘택 종이를 깔아주기까지 했다. 나는 첼시의 짐을 들고 계단을 올라가 아이의 방으로 갔으며, 2단 침대를 조립해 주었다. 그런 뒤에 창밖을 물끄러미 바라보았다. 힐러리가 정리를 한다고 계속 돌아다니자 첼시는 적잖이 신경이 쓰이는 눈치였다.

입학식에서 학생 대표 블레이크 해리스가 부모들에게 우리 아이들이 "한 달 정도 후에 15분쯤 우리를 그리워할 것"이라고 말하는 바람에 모두 웃음을 터뜨리기도 했다. 나는 실제로 그렇게 될 만큼 첼시가 잘 적응하기를 바랐지만, 우리는 첼시를 몹시 그리워할 것이 분명했다. 떠날 시간이 되자 힐러리는 마음을 정리한 것 같았다. 그러나 나는 그렇지 않았다. 나는 그대로 남아 저녁까지 함께 먹고 싶었다.

9월 마지막 날, 나는 존 샬리카슈빌리 장군 퇴임식에 참석하여 그에게 대통령 자유훈장을 수여했다. 그는 뛰어난 합동참모본부장으로서 나토 확대, 평화를 위한 동반관계 창설을 지원했으며, 보스니아, 아이티, 이라크, 르완다, 타이완 해협을 포함한 40개 이상의 작전에 미군을 파병하는 일을 훌륭하게 처리했다. 나는 그와 함께 일을 하는 것이 진정으로 흡족했다. 그는 똑똑하고, 솔직했으며, 군인 복지를 위해 헌신했다. 나는 샬리카슈빌리 장군의 후임으로 아이티 작전에서 강한 인상을 심어준 휴 셸턴 장군을 임명했다.

초가을에는 주로 외교 일에 몰두하여, 처음으로 남미를 방문했다. 나는 베네수엘라, 브라질, 아르헨티나를 순방하며, 미국의 미래에 남미가 중요하다는 점을 강조하고, 미주 전체를 포괄하는 자유무역지대 구상을 강조했다. 베네수엘라는 최대의 석유 공급국이었으며, 제2차 세계대전에서 걸프전쟁에 이르기까지 미국의 요구가 있을 때는 석유를 더 많이 생산해왔다. 베네수엘라 방문은 짧고 간단했다. 그 절정은 시몬 볼리바르의 무덤에서 카라카스 사람들에게 한 연설이었다.

브라질은 이야기가 달랐다. 양국간에는 오래전부터 긴장이 있었다. 많은 브라질 사람들이 오랫동안 미국에 반감을 가지고 있었다. 브라질은 아르헨티나, 파라과이, 우루과이를 포함하는 메르코수르 무역 블록을 이끌었는데, 이 블록은 미국보다 유럽과 교역을 더 많이 했다. 그러나 현대적이고 능률적인 브라질 대통령 엔리케 카르도소는 미국과 우호적 관계를 원하고 있었으며, 미국과 더 강력한 동반관계를 맺는 것이 그의 나라의 경제를 현대화하고 만성적 빈곤을 줄이고, 세계에서 영향력을 확대하는 데 도움이 된다는 사실을 이해하고 있었다.

나는 1960년대에 위대한 재즈 색소폰 연주자 스탠 게츠가 브라질 음악을 미국에서 대중화했을 때부터 브라질에 매력을 느꼈으며, 그 이후로 그 도시들과 아름다운 풍광을 보고 싶어 했다. 나는 또 카르도소 대통령을 존경하고 좋아했다. 그는 이미 워싱턴을 국빈 방문한 적이 있으며, 나는 그를 내가 만나본 가장 인상적인 지도자 가운데 한 사람으로 꼽고 있었다. 나는 좀더 긴밀한 경제 협력에 대한 우리의 약속을 확인하고, 그의 정책, 특히 남벌로 심하게 훼손되고 있는 브라질의 광대한 열대우림을 유지하고 교육을 개선하는 정책들을 지지하고 싶었다. 카르도소는 가난한 사람들의 자녀가 학교에 85퍼센트 이상 등교를 하면 매달 현금을 지급하는 '볼사 에스콜라'라는 흥미로운 정책을 시행하고 있었다.

우리 기자회견에서는 재미있는 순간이 있었다. 미국과 브라질 관계에 대한 몇 가지 질문이 나온 뒤에 갑자기 분위기가 바뀌어 미국 기자 네 명이 미국에서 벌어지고 있는 1996년 대선 자금 논란에 대하여 질문을 했다. 그리고 한 기자가 나에게 해외 출장에서 그런 질문을 받는 것이 나나 미국에 난처한 일이 아니냐고 물었다. 나는 이렇게 대답했다. "그것은 여러분이 결정할 문제입니다. 무슨 질문을 할 것인지는 여러분이 결정해야 합니다. 여러분이 자기 일을 하는 방식 때문에 내가 난처할 것은 없습니다."

힐러리와 나는 브라질 축구의 전설 펠레와 함께 리우데자네이루의 빈민가에 있는 학교를 방문한 뒤, 브라질리아로 가 대통령궁에서 열린 국빈 만찬에 참석했다. 그 자리에서 엔리케와 루스 카르도소 대통령 부부는 나에게 30년 이상 사랑해왔던 브라질 음악을 잠시 들려주었다. 여자들이 등장하여 몸에 달린 여러 크기의 금속판을 격렬하게 두드리는 타악기 합주를 하기도 했고, 바이아 출신의 유명한 가수 비르기니아 로드리게스가 노래를 부르기도 했다.

아르헨티나의 대통령 카를로스 메넴은 미국의 강력한 동맹자로, 걸프 전쟁과 아이티 사태 때 미국을 지지했으며, 강력한 자유시장 경제정책을 채택했다. 그는 부에노스아이레스의 농촌 센터에서 바비큐 파티를 열어주었는데, 이 자리에서 힐러리와 나는 탱고 교습을 받기도 했다. 또 아르헨티나 사람의 말 다루는 솜씨를 구경하기도 했는데, 한 남자는 어깨가 넓은 종마 두 마리의 등에 한 발씩 딛고 서서 로데오 경기장을 도는 묘기를 보여주었다.

메넴 대통령은 또 파타고니아의 아름다운 휴양도시 바릴로체로 우리를 데려가 지구온난화와 그에 대한 공동 대응 방안을 토론했다. 12월에는 기후변화에 대한 국제회의가 일본 교토에서 열릴 예정이었다. 나는 선진국과 개발도상국을 막론하고 온실가스 배출을 줄이기 위한 도전적인 목표들을 제시하는 것에 강력하게 찬성했지만, 규제와 세금이 아니라 에너지 보존과 청정에너지 기술을 장려하는 시장 인센티브를 통하여 그런 목표들을 달성하기를 원했다. 바릴로체는 환경의 중요성을 강조하기에 아주 좋은 곳이었다. 우리가 묵었던 야오야오 호텔에서 차갑고 맑은 호수를 건너면 매혹적인 아라야네스 숲이 있었다. 힐러리와 나는 껍질 없는 도금양나무들이 가득한 숲을 산책했다. 이 나무들은 타닌산 때문에 오렌지 색깔이었으며, 손을 대면 서늘했다. 이 나무들은 완벽한 토양, 맑은 물, 맑은 공기, 온화한 기후가 있어야 살 수 있었다. 기후 변화를 막는 적절한 행동이 없으면, 이 연약하고

독특한 나무들이 보존될 수도 없고, 나아가 지구의 많은 지역의 안정성이
유지될 수도 없었다.

10월 26일, 워싱턴에서는 캐프리시어 마셜, 켈리 크레이그헤드를 비롯
한 힐러리의 비서진이 사우스론의 천막에서 힐러리의 성대한 50세 생일파
티를 마련했다. 첼시도 기습 방문을 하여 엄마를 즐겁게 해주었다. 천막에
는 힐러리의 삶의 각 10년을 대표하는 음식과 음악이 탁자마다 마련되었다.
그리고 그 시기에 힐러리를 알았던 사람들이 탁자 옆에 섰다. 50년대에는
일리노이 사람들, 60년대에는 웰즐리 동창들, 70년대에는 예일 동창들, 80
년대에는 아칸소 사람들이었다.

다음 날 장쩌민이 워싱턴에 왔다. 나는 그날 밤 그를 관저로 초대하여
비공식 대화를 나누었다. 거의 5년간 그와 함께 일을 하면서 나는 장쩌민의
정치 기술, 중국을 세계 공동체에 통합시키려는 욕망, 그와 주룽지 총리의
지도 하에 속도를 높이고 있는 경제 성장에 강한 인상을 받았다. 그러나 중
국에서 계속되고 있는 기본적 자유의 탄압, 정치적 반대파 수감에 대해서는
여전히 우려하고 있었다. 나는 장쩌민에게 수감된 정치범 일부를 석방할 것
을 요청했으며, 미국과 중국이 장기적인 동반관계로 나아가기 위해서는 양
국 관계에 정당하고 정직한 의견차를 수용할 수 있는 여유가 필요하다고 말
했다.

장쩌민은 동의한다고 말했고, 우리는 중국이 내부 혼란의 위험 없이 어
느 정도의 변화와 자유를 수용할 수 있는지 이야기하기 시작했다. 우리는
견해 차이를 해소하지는 못했지만, 서로에 대한 이해는 깊어졌다. 장쩌민이
블레어하우스로 돌아간 뒤, 나는 잠자리에 들면서 중국은 현대 사회로 나아
가는 과정에서 불가피하게 더 개방적이 될 수밖에 없으며, 새로운 세기에는
양국이 적보다는 동반자가 될 가능성이 더 높다고 생각했다.

다음 날 기자회견에서 장쩌민과 나는 몇 가지 합의 사항을 발표했다. 대
량살상무기의 확산을 멈추기 위한 협력을 강화한다. 핵에너지를 평화적으
로 이용하고, 조직범죄, 마약 밀매, 밀입국과 싸우기 위하여 협력한다. 판사

와 법률가들의 훈련을 지원하여, 중국에서 법치를 강화하기 위한 미국의 노력을 확대한다. 환경을 보호하기 위해 협조한다 등.

나는 또 중국을 세계무역기구에 가입시키기 위해 최선을 다하겠다고 약속했다. 장쩌민은 내가 한 말을 되풀이한 다음, 정상회담을 정례화하고, 직접 의사소통을 하기 위해 '핫라인'을 가설하기로 합의했다고 발표했다.

기자들의 질문을 받자, 인권, 천안문 광장 사건, 티베트 등 피할 수 없는 문제들이 쏟아져나왔다. 장쩌민은 약간 허를 찔린 듯한 표정이었지만, 불쾌한 기색 없이 전날 밤에 그 문제에 대해 내게 했던 말의 핵심을 되풀이한 뒤, 자신이 지금 사람들이 자유롭게 다양한 생각을 말할 수 있는 민주국가를 방문하고 있다는 사실을 잘 알고 있다고 덧붙였다. 나는 중국이 아주 많은 문제에서 역사의 옳은 편에 서 있지만, 인권 문제에서는 "중국 정부의 정책이 역사의 잘못된 편에 서 있다고 생각한다"고 대답했다.

이틀 뒤 하버드 대학 연설에서 장쩌민 주석은 천안문 광장의 시위자들을 처리하는 데 실수가 있었다는 점을 인정했다. 중국은 서구인들이 보기에는 애가 탈 정도로 느린 속도로 움직일 때가 많이 있지만, 그렇다고 변화에 둔감한 것은 아니었다.

10월은 법 분야에서 두 가지 상황 전개가 있었다. 수잔 웨버 라이트 판사가 폴라 존스 소송의 네 가지 사안 가운데 두 가지에 대하여 '권리 침해를 하면서 기각한다'(그 사안을 다시 제기할 수 없다는 뜻)고 결정한 뒤에 나는 합의를 보겠다고 제안했다. 내가 합의를 바란 것은 아니다. 합의를 하게 되면 힐러리와 내가 20여 년 동안 모은 돈의 반 정도가 들어가게 되기 때문이다. 또 내 법률팀이 조사 작업을 한 것을 볼 때 재판으로 가더라도 우리가 승리할 것임을 알고 있었기 때문이다. 그러나 나에게 남은 임기 3년 가운데 단 며칠도 그 일로 낭비하고 싶지가 않았다.

존스는 내가 그녀를 성추행한 것에 사과하지 않는 한 합의를 받아들일 수 없다고 했다. 그것은 사실이 아니었기 때문에 그렇게 할 수는 없었다. 오래지 않아 존스의 변호사들은 그들의 의무를 해지해달라고 법원에 청원했다. 곧 나의 정적들이 자금을 대는 우익 법률재단인 러더퍼드 연구소와 밀접한 관련을 맺고 있고 그들로부터 자금 지원도 받는 댈러스의 한 법률회사가 그들을 대신하게 되었다. 이제는 폴라 존스가 자신의 이름을 달고 있는 소송의 진짜 원고라는 허울조차 사라지게 되었다.

그달 초, 백악관은 큰 논란이 되었던 백악관 커피 접대와 관련된 44시간짜리 비디오테이프를 법무부와 국회에 넘겼다. 이 비디오테이프들은 내가 그동안 이야기했듯이 커피 접대가 기금 모금이 아니라, 나의 지지자 또는 지지자가 아닌 사람들과 만나 광범위한 문제로 종종 재미있게 토론을 하는 자리였다는 것을 보여주었다. 대부분의 비판자들이 할 수 있는 말은 그 비디오테이프들을 더 일찍 제출하지 않은 것에 대한 불만뿐이었다.

그 직후 뉴트 깅리치는 하원에서 교역 관련 신속처리 법안 통과를 위한 표를 모으지 못했다고 발표했다. 나는 몇 달 동안 이 법안의 통과를 위해 열심히 노력했다. 민주당으로부터 더 많은 표를 얻기 위해 교역 협정에서 노동과 환경 조항에 대한 협상을 하겠다고 약속했고, 그런 요구조건을 당시 우리가 진행하고 있던 쌍무협정에 집어넣겠다는 칠레 측의 합의도 받아냈다고 말했다.

그러나 안타깝게도 나는 많은 민주당 의원들을 설득할 수 없었다. 북미 자유무역협정 표결에서 패배한 것 때문에 아직 화가 안 풀린 노동총연맹-산별회의가 신속처리 법안 투표를 민주당이 노동자들을 지지하는지 확인하기 위한 시험으로 만들어버렸기 때문이다. 나의 법안의 장점에 동의하는 민주당 의원들조차 미국노동총연맹산업별회의의 재정 및 조직 지원 없이 선거운동을 하는 상황은 원치 않았다. 보수적인 공화당 의원 몇 명은 내가 국제 가족계획에 대한 미국의 정책에 추가의 제한을 가하는지 보고 투표하겠다고 조건을 걸었다. 제한을 가하지 않으면 표를 주지 않겠다는 뜻이었다. 하원의장은 법안 통과를 위해 노력했지만, 결국 최선을 다해도 여전히 6표가 모자랐다. 이제 나는 계속 개별적인 무역 협정들을 만들어나가고, 국회가 그것을 수정안으로 죽이지 않기만 바랄 수밖에 없었다.

10월 중순, 사담 후세인이 유엔 무기사찰팀의 미국인 6명을 추방함으로써 이라크에 새로운 위기가 발생했다. 나는 조지워싱턴 항공모함을 그 지역으로 급파했고, 며칠 뒤 사찰관들은 이라크로 돌아갔다.

교토 지구온난화 회의는 12월 1일에 열렸다. 회의가 끝나기 전 앨 고어는 일본으로 날아가 미국 협상단 대표 스투 에이젠스타트 국무부 차관을 도와 우리가 서명할 수 있는 합의서를 얻어냈다. 이 합의의 목표는 확고했지만, 그것을 달성하는 방법에는 지나친 제약을 가하지 않았다. 또 이 합의서에는 중국과 인도 같은 개발도상국도 참여하라는 요청이 담겨 있었다. 30년 후면 그런 나라들이 온실가스 방출에서 미국을 앞설 것으로 보였기 때문이다(지금은 미국이 세계에서 가장 많이 방출하고 있다).

그런 수정들이 이루어지지 않으면, 나는 이 조약을 국회에 제출할 수가 없었다. 이것은 가장 좋은 조건에서도 통과시키기가 어려운 조약이었다. 결국 교토 회의를 성공적으로 끝내고 싶어 하는 하시모토 총리와 아르헨티나를 포함한 다른 우방들의 지원을 얻어 내가 기꺼이 지지할 수 있는 합의문이 나왔다. 국회가 환경보존 기술과 청정에너지 제품의 더 많은 생산과 구입을 장려하는 데 필요한 세금 인센티브를 법제화하기만 한다면, 합의문에 제시된 목표들을 달성할 수 있을 것 같았다.

크리스마스를 앞두고 나는 사라예보 사람들이 평화의 길을 계속 따르도록 격려하고, 투즐라에 있는 미군을 만나기 위해 힐러리, 첼시와 함께 보스니아에 갔다. 밥과 엘리자베스 돌 부부도 군부 지도자 몇 명, 양당의 국회의원 여남은 명과 함께 대표단에 합류했다. 엘리자베스 돌은 미국 적십자사 총재였으며, 출발 전에 밥 돌은 구유고슬라비아의 실종자 문제 해결을 위한 국제 위원회를 이끌어달라는 나의 요청을 수락했다.

크리스마스 하루 전, 미국은 비틀거리는 한국 경제를 지원하기 위해 17억 달러를 제공하기로 합의했다. 그 다음 해에 아시아 경제위기는 점점 심각해졌는데, 한국 지원은 이 위기를 해결하기 위한 미국의 노력의 출발점이 되었다. 한국에서는 막 김대중이 새로운 대통령으로 선출되었는데, 그는 오랜 기간 민주주의를 위해 활동했으며, 1970년대에는 사형선고를 받았지만 카터 전 대통령의 개입으로 목숨을 구하기도 했다. 나는 1992년 5월 로스앤젤레스 시청 계단에서 김 대통령을 처음 만났는데, 그때 그는 자신이 내가 대표하는 것과 똑같은 새로운 정치 방식을 대표하고 있다고 당당하게 말했다. 그는 용감한 동시에 통찰력이 있었으며, 나는 그를 지원하고 싶었다.

르네상스 위켄드로 새해를 맞이하러 가면서, 나는 만족스럽게 1997년을 되돌아보았다. 균형예산안, 50년 만에 최대의 대학 지원, 1965년 이후 최대의 아동 건강보험 확장, 나토 확대, 화학무기협약, 교토 의정서, 입양법의 전면적 개혁, 생명을 구하는 약과 의료장치의 신속한 도입을 위한 식품의약국 개혁, 인종 관계의 현재 상태를 놓고 수백만 명이 대화에 참여하게 만든 하나의 미국 프로그램 등 그간의 성과를 통해 최악의 당파 싸움은 극복한 것이기를 바라는 마음이었다. 그 정도면 상당한 성과들이었지만, 결국 이것으로도 이데올로기적인 분열을 넘어서기에는 충분치 않았다.

48

  1998년이 시작되었을 때, 나는 이해가 내 대통령 임기 가운데 가장 이상한 해가 되리라는 것을 까맣게 몰랐다. 이해에는 개인적인 수모와 불명예, 국내에서의 정책 갈등과 해외에서의 승리, 그리고 모든 곤란에도 불구하고 미국 국민이 보여준 상식과 근본적인 품위가 뒤엉켜 있었다. 모든 것이 동시에 일어났기 때문에, 나는 전과 다른 강도로 평행을 이루는 두 삶을 살 수밖에 없었다. 다만 이번에는 나의 내적 삶의 가장 어두운 면이 완전히 드러났다는 것이 차이였다.

  1월은 세 가지 주요한 정책을 제시하면서 긍정적인 신호로 시작되었다. 첫째, 공산주의 붕괴 이후 등장한 새로운 민주국가들을 지원하는 것을 일차적 목표로 한, 평화봉사단 수의 50퍼센트 증가. 둘째, 보육 지원금을 받는 노동자 가족의 자녀 수를 두 배로 늘리고, 고용주들이 피고용자들에게 육아 편의를 제공하도록 장려하기 위해 세액공제를 해주고, 50만 아동을 위한 학과 전후 프로그램을 확대하는 것 등을 내용으로 하는 220억 달러의 보육 정책. 셋째, 일자리를 잃은 경우에는 55세부터 64세 사이의 국민에게도 65세 이상 노년층에게 제공되는 메디케어를 '매입'하는 것을 허용하자는 제안. 이 프로그램은 개인이 약간의 보험료와 다른 지불금을 통하여 건강보험을 마련하게 해주기 위해 고안되었다. 규모 축소, 해고, 또는 자신의 선택에 의해 일터를 일찍 떠나지만 고용주가 부담하는 보험을 잃은 뒤에 다른 곳에서 낮은 가격으로 보험을 살 수 없는 미국인들이 많았기 때문에 이 프로그램은 필요했다.

    1월 둘째 주에, 내가 미국에서 가장 좋아하는 곳 가운데 하나인 텍사스 남부로 가서 남미계가 주류를 이루는 미션 고등학교 학생들에게 1997년에 국회에서 승인한 대학 지원금 증액을 최대한 활용하여 남미계 젊은이들의 대학진학률과 다른 학생들의 진학률 사이의 차이를 줄일 것을 촉구했다. 나는 그곳에서 인도네시아 경제가 붕괴했다는 이야기를 들었다. 우리 경제팀은 아시아 경제위기의 또 다른 희생자를 돌보는 작업에 들어갔다. 재무부 부장관 래리 서머스는 국제통화기금 지원금을 받는 데 필요한 개혁을 이행하겠다는 정부의 합의서를 받아내러 인도네시아로 갔다.

    1월 13일, 사담 후세인의 정부가 미국인이 이끄는 사찰단의 작업을 막는 바람에 이라크에서 다시 문제가 생겼다. 무기 사찰을 계속하게 해주는 것을 대가로 유엔이 제재를 취소하도록 강요하려는 사담 후세인의 끈질긴 노력이 시작된 것이다. 같은 날, 가자 공항 개방이나 가자지구와 서안지구 사이의 안전한 통행 등의 약속이 아직 이행되지 않은 상태에서, 네타냐후 정부가 표결을 통해 서안지구를 무기한 통제하겠다는 결정을 내리면서 평화과정 전체가 위태로워졌고, 중동은 위기를 향해 치달았다.

    1월에 일어난 일 중 세계에서 유일하게 긍정적인 사건은 백악관이 나토와 발트 제국의 동반관계 협정에 서명을 했다는 것이었다. 이것은 우리의 안보관계를 공식화하고, 미국을 포함한 나토의 궁극적 목표가 에스토니아, 리투아니아, 라트비아를 나토를 비롯한 다른 다국적 기구들에 완전하게 가입시키는 데 있다는 메시지를 전하는 것이었다.

    1월 14일, 나는 백악관 이스트 룸에서 앨 고어와 함께 환자 권리장전을 추진하겠다고 발표했다. 건강관리기관과 보험 계약을 맺은 미국인들의 경우 기본적인 치료조차 받지 못하는 일이 빈번하게 발생했으므로, 이들에게 기본적인 치료 보장을 해주려는 것이었다. 이때 힐러리는 케네스 스타에게 다섯 번째로 심문을 받고 있었다. 이번의 심문 주제는 공화당원에 대한 연방수사국 정보철이 어떻게 백악관으로 넘어갔느냐 하는 것으로, 힐러리는 전혀 모르는 사항이었다.

    존스 사건에 대한 나의 선서증언은 사흘 뒤에 이루어졌다. 나는 변호사들과 함께 가능한 일련의 질문들을 검토해보았고 그만하면 준비가 잘되었다고 생각했다. 하지만 몸상태도 좋지 않았고, 물론 러더퍼드연구소 변호사들과 만나고 싶지도 않았다. 재판장 수잔 웨버 라이트는 존스의 변호사들에게 나의 사생활을 파헤칠 수 있는 폭넓은 재량을 주었다. 주지사 시절에 주 직원 또는 대통령 시절에 연방 직원, 또는 그런 일자리를 구한 여자들을 되풀이해 성추행한 패턴이 있는지 확인한다는 이유였다. 조사 기간은 존스가 성추행을 당했다고 주장하는 시점인 5년 전부터 현재까지였다. 판사는 또 존스의 변호사들에게 선서증언 내용이나 그들 조사의 다른 사항들을 누설하지 말라고 엄격하게 지침을 내렸다.

그들이 원하는 목적을 달성하기 위해, 내가 정부에서 일하는 여자들과 단둘이 있었는지에 대해 '네' 또는 '아니오'로 대답하게 하고, 그런 다음 그 여자들에게 내가 성추행을 했는지 물어보면 나의 사생활을 그렇게 파헤치지 않고도 충분히 이룰 수 있었을 것이다. 그러나 그렇게 하면 그들 입장에서는 나의 선서증언의 이용 가치가 사라질 터였다. 이 무렵에는 이 사건과 관련된 모든 사람이 성추행의 증거가 없었다는 사실을 알고 있었다. 나는 이 변호사들이 나에게 하나 또는 그 이상의 여자와 어떤 식으로든 관련이 있었다는 사실을 인정하도록 강요한 다음, 그것을 판사의 비밀 엄수 명령을 어기고 언론에 흘리고 싶어 한다고 확신했다. 그러나 사실 나는 그들의 의도를 반밖에 모르고 있었다.

내가 선서를 하고 나자, 러더퍼드연구소 변호사들은 그들이 법률문서에서 찾아냈다고 하는 '성관계'의 정의를 판사에게 받아들여달라는 요청부터 했다. 기본적으로 그 정의는 질문을 받는 사람, 즉 나의 만족이나 흥분을 위한, 입맞춤 이상의 모든 친밀한 접촉을 포괄했다. 그것은 나의 어떤 구체적인 행동과 어떤 마음상태 양쪽을 모두 전제하는 것 같았고, 다른 사람의 행동은 전혀 포함하지 않는 것 같았다. 변호사들은 나에게 창피를 줄 수 있는 질문들을 생략하려 하는 것이라고 말했다.

나는 그 자리에 몇 시간을 앉아 있었는데, 폴라 존스와 관련된 시간은 겨우 10분 내지 15분뿐이었다. 나머지 시간은 모니카 르윈스키에 대한 아주 많은 질문을 포함하여 존스와 관련이 없는 다양한 주제에 할애되었다. 르윈스키는 1995년 여름에 인턴직원으로 백악관에서 일을 하다가, 12월부터 4월초까지 정직원으로 일했으며, 그 뒤에는 국방부로 옮겨갔다. 변호사들은 특히 내가 그녀를 얼마나 잘 아는지, 우리가 선물을 주고받았는지, 우리가 전화로 이야기를 했는지, 내가 그녀와 '성관계'를 가졌는지 물었다. 나는 우리 대화에 대해 이야기했고, 그녀에게 선물을 주었다고 인정했고, '성관계' 질문에는 아니라고 대답했다.

러더퍼드연구소 변호사들은 똑같은 질문을 약간만 바꾸어서 계속 물어왔다. 휴식시간이 되었을 때 내 법률팀은 당황했다. 르윈스키의 이름이 원고의 증인 후보 명단에 나온 것은 12월 초였으며, 그녀는 2주 후에 증인으로 출두하라는 소환장을 발부받았기 때문이다. 나는 법률팀에 그녀와의 관계에 대해 말하지 않았지만, 성관계에 대한 묘한 정의가 무슨 뜻인지 잘 모르겠다는 말은 했다. 그들도 마찬가지로 잘 모르겠다고 했다.

선서증언이 시작되었을 때, 내 변호사 밥 베닛은 러더퍼드연구소 변호사들에게 내가 여자들과 접촉한 것에 대하여 구체적이고 분명한 질문을 하라고 권했다. 르윈스키에 대한 이야기가 끝날 때, 나는 나에게 질문을 하던 기자에게 더 구체적으로 물어볼 것이 없느냐고 물었다. 그는 다시 묻지는 않겠다고 했다. 대신 그는 이렇게 말했다. "이것은 곧 드러나게 될 것이고, 그러면 아실 수 있을 겁니다."

나는 안심했지만, 변호사가 나한테 구체적인 질문을 하고 싶어 하는 것 같지 않았고, 또 나의 대답도 원하는 것 같지 않아 약간 걱정이 되었다. 만일 그가 그런 질문을 했더라면 사실대로 대답을 했을 것이다. 물론 전혀 내키지는 않았을 것이다. 1995년 말에 정부가 폐쇄되었을 때, 백악관에는 극소수의 사람만이 일을 하러 올 수 있었고, 일하러 온 사람들은 늦게까지 일을 했다. 그때 나는 모니카 르윈스키와 부적절하게 만났고, 11월부터 그녀가 백악관에서 국방부로 옮겨가던 4월 사이에 다시 그런 식으로 만났다. 그 다음 열 달 동안, 우리는 가끔 전화로 이야기를 했지만 나는 그녀를 보지는 못했다.

1997년 2월, 나의 주간 라디오 연설 저녁 녹화 때 르윈스키도 손님들 사이에 있었다. 나는 연설 뒤에 15분 정도 그녀를 단둘이 만났다. 나는 그렇게 하는 나 자신이 역겨웠다. 봄에 르윈스키를 다시 보았을 때, 나는 그녀에게 그것은 나에게도 잘못된 일이고, 나의 가족에게도 잘못된 일이고, 그녀에게도 잘못된 일이며, 더는 계속할 수 없다고 말했다. 나는 또 그녀는 똑똑하고 관심을 끄는 사람으로 앞으로 좋은 인생을 살 수 있을 것이며, 원한다면 내가 친구가 되어 도와주도록 노력하겠다고 말했다.

르윈스키는 계속 백악관을 찾아왔고, 나는 그녀를 몇 번 보았지만 부적절한 일은 없었다. 10월에 르윈스키는 뉴욕에서 일자리를 얻도록 도와달라고 했으며, 나는 그렇게 했다. 그녀는 두 군데서 제안을 받고 그 가운데 하나를 받아들였다. 12월 말, 그녀는 작별인사를 하러 백악관에 왔다. 그 무렵 그녀는 이미 존스 사건으로 소환장을 받은 상태였다. 그녀는 선서증언을 하고 싶지 않다고 했으며, 나는 그녀에게 어떤 여자들은 내가 자신을 성추행하지 않았다고 기록한 선서진술서를 제출하여 질문을 피했다고 말해주었다.

내가 모니카 르윈스키와 한 일은 부도덕하고 어리석은 일이었다. 나는 그 일을 매우 부끄럽게 여겼으며, 그 일이 드러나기를 바라지 않았다. 선서증언에서 나는 나의 이기적이고 어리석은 행동으로부터 나의 가족과 나 자신을 보호하려고 했다. 나는 '성관계'에 대한 뒤틀린 정의 때문에 내가 그렇게 피해갈 수 있다고 믿었다. 그러면서도 걱정이 되었기 때문에 변호사로 하여금 나에게 구체적인 질문을 던지라고 권했던 것이다. 오래지 않아 변호사가 왜 구체적인 질문을 하지 않았는지 알게 되었다.

1월 21일, 「워싱턴 포스트」는 내가 모니카 르윈스키와 불륜을 저질렀으며, 케네스 스타는 내가 그녀에게 선서증언 때 거짓말을 하도록 부추겼다는 혐의를 조사 중이라고 보도했다. 이 이야기는 일찍이 1월 18일에 한 인터넷 사이트에 공개되었다. 나의 선서증언은 함정이었던 것이다. 스타는 폴라 존스를 도와주겠다고 처음 제안하고 나서 거의 4년 뒤에 마침내 그녀의 사건을 손에 쥐게 되었다.

1996년 여름, 모니카 르윈스키는 함께 일하던 린더 트립에게 나와의 관계에 대해 이야기하기 시작했다. 1년 뒤 트립은 그들의 전화 대화를 녹음하기 시작했다. 1997년 10월, 트립은 「뉴스위크」의 한 기자에게 그 테이프를 틀어주겠다고 제안했고, 실제로 보수적인 공화당계 정치평론가인 루시안 골드버그에게 틀어주었다. 트립은 나의 변호사들에게 제공된 증인 명단에는 들어 있지 않았지만, 존스 사건에 증인으로 소환되었다.

1998년 1월 12일 월요일 늦게 트립은 스타의 사무실로 전화하여, 자신이 르윈스키와의 대화를 몰래 녹음하고 있다고 말하고, 테이프를 넘겨주는 문제를 상의했다. 그녀는 자신이 범죄자가 될 가능성에 대해 걱정했다. 메릴랜드 법에 따르면 그녀와 같은 방식의 녹음 행위는 중죄였기 때문이다. 그러나 스타 쪽 사람들은 그녀를 보호해주겠다고 약속했다. 다음 날 스타는 연방수사국 요원들을 시켜 트립에게 도청장치를 달아주었다. 국방부의 시티 리츠-칼튼에서 르윈스키와 점심을 먹을 때 대화를 몰래 녹음하려는 것이었다. 이틀 뒤 스타는 법무부에 르윈스키 수사를 포함하도록 자신의 권한을 확대해달라고 요구했는데, 그의 요청의 근거에 대해서는 사실을 말하지 않은 것으로 보인다.

1월 16일, 그러니까 나의 선서증언 전날, 트립은 다시 호텔에서 르윈스키를 만나기로 했다. 그러나 이번에는 연방수사국 요원들과 변호사들이 르윈스키를 맞이하여 호텔 방으로 데려간 뒤 몇 시간 동안 질문을 하였으며, 변호사를 부르지 말라고 말렸다. 스타의 변호사들 가운데 하나는 그녀가 감옥에 가지 않으려면 협력을 해야 한다고 말했고, 면책 거래를 제안하면서 자정까지 결정하지 않으면 효과가 없다고 말했다. 르윈스키는 또 이른바 은폐에 관련된 사람들과의 대화를 몰래 녹음하도록 도청장치를 달라는 압력을 받았다. 마침내 르윈스키는 그녀의 어머니에게 전화를 할 수 있었고, 어머니는 오래전에 이혼한 아버지에게 연락을 했다. 르윈스키의 아버지가 변호사 윌리엄 긴즈버그에게 연락을 하자, 긴즈버그는 상황을 더 알아볼 때까지 면책 거래를 받아들이지 말라고 조언하고, 자신의 의뢰인을 '변호사 없이 8, 9시간 동안' 잡아두고, 다른 사람들을 함정에 빠뜨릴 도청장치를 부착하라고 압력을 넣었다는 이유로 스타를 맹비난했다.

이 기사가 나온 뒤, 나는 데이비드 켄달에게 연락하여 내가 위증을 하거나, 사법절차를 방해하지 않았다고 말했다. 우리 둘이 보기에는 스타가 나를 대통령직에서 몰아낼 불바람을 일으키려고 하는 것이 분명했다. 스타는 좋은 출발을 보였지만, 나는 2주 동안 여론의 매를 맞고 살아남을 수 있으면 연기가 걷히기 시작할 것이고, 언론과 국민이 스타의 전술에 관심의 초점을 맞출 것이며, 결국 이 사건에 대한 좀더 균형 잡힌 관점이 등장할 것이라고 생각했다. 나는 끔찍한 잘못을 저질렀다는 것을 알았지만, 스타가 나를 대통령에서 몰아내는 것을 허용함으로써 그 잘못을 더 키우지 않겠다고 결심했다. 그러나 당장은 병적인 흥분이 압도적이었다.

나는 계속 내 할 일을 했다. 나는 완강한 자세로 힐러리, 첼시, 비서진과 내각, 국회의 친구들, 기자들, 미국 국민 등 모두에게 있었던 일을 부인했다. 르윈스키와의 행동 외에 내가 가장 후회하는 것은 이들 모두를 속였다는 것이다. 1991년 이래 나는 해 아래 모든 것에 대해 거짓말을 하는 사람으로 일컬어져왔지만, 사실 모든 조사들이 다 보여주듯이 그때까지는 공적 생활에서나 재정 문제에서 정직했다. 그러나 이제 나는 나의 개인적 약점에 대해 모두를 속이고 있었다. 나는 창피했고, 아내와 딸에게 그것을 감추고 싶었다. 나는 케네스 스타가 나의 개인 생활을 범죄로 만드는 것을 돕고 싶지 않았다. 그리고 미국 국민에게 내가 그들을 실망시켰다는 것을 알리고 싶지 않았다. 악몽 속에서 사는 기분이었다. 나는 다시 맹렬하게 평행선 생활로 돌아갔다.

그 기사가 터진 날, 나는 PBS의 '뉴스아워NewsHour'에서 짐 레러와 전부터 예정된 인터뷰를 하고 있었다. 나는 그의 질문에 누구에게도 거짓말을 해달라고 부탁한 적이 없다는 말로 대답을 했다. 그것은 사실이었다. 그런 다음에 "부적절한 관계는 없다"고 현재형으로 말했다. 물론 부적절한 관계는 레러가 그 질문을 하기 오래전에 끝났지만, 그 대답은 속이는 것이었다. 나는 레러에게 그렇게 말을 한 것이 부끄러웠다. 그때부터 나는 할 수 있을 때마다, 그냥 누구에게도 사실을 말하지 말라고 부탁한 적은 없다는 말만 했다.

이런 일이 벌어지고 있는 동안에도 나는 계속 내 할 일을 했다. 1월 20일에는 백악관에서 네타냐후 총리를 만나 서안지구로부터 단계적으로 철수하는 문제에 대한 그의 계획을 놓고 토론했다. 네타냐후는 '안보가 있는 평화'를 얻을 수 있다면 평화과정을 계속 진행하기로 결심하고 있었다. 그의 연립정부가 흔들리고 있는 상황이었기 때문에 그것은 용감한 행동이었다. 그는 자신이 행동하지 않으면 곧 통제 불가능한 상황이 다가온다는 것을 알고 있었다.

다음 날에는 아라파트가 백악관에 왔다. 나는 그에게 네타냐후에게 들은 기운 나는 소식을 전해주고, 평화과정을 추진하는 이스라엘의 의무를 이행하도록 네타냐후에게 압력을 가하고 있다고 말했으며, 네타냐후의 정치적 문제들을 다시 이야기했다. 그리고 늘 말하던 대로, 이스라엘의 전진을 원한다면 아라파트가 테러와 계속 싸워야 한다고 이야기했다. 다음 날 미르아이말 칸시가 1993년 1월에 중앙정보국 요원 둘을 살해한 죄(내 재임기간에 일어난 첫 번째 테러 행동이었다)로 사형선고를 받았다.

연두교서 발표일인 1월 27일까지 미국 국민은 일주일간 스타의 조사에 대한 보도의 홍수에 빠져 있었다. 나 역시 그것에 대처하느라 일주일을 보냈다. 스타는 이미 수많은 백악관 직원들에게 소환장을 보내고 우리의 기록들을 요청했다. 나는 해럴드 이케스와 미키 캔터에게 이 논란을 처리하는 것을 도와달라고 부탁해놓았다. 연설 전날, 내가 공개적인 논평을 너무 주저한다고 생각한 이케스와 해리 토머슨의 권유에 따라 내키지는 않았지만 기자들 앞에 다시 나서서 르윈스키와 "성관계를 가지지 않았다"고 이야기했다.

연설 당일 아침, 힐러리는 NBC의 '투데이Today' 쇼에 나가 나에 대한 혐의를 믿지 않으며, 1992년 선거운동 이후 우리를 파괴하려는 '우익의 거대한 음모'가 진행되어 왔다고 말했다. 스타는 분개하여 힐러리가 자신의 동기에 의문을 제기했다고 비난하는 성명을 발표했다. 스타와 우리의 대립의 성격을 규정한 힐러리의 말은 맞았다. 그러나 힐러리가 나를 방어하는 것을 보면서 나는 내가 한 일을 훨씬 더 부끄러워하게 되었다.

힐러리의 힘든 인터뷰와 그것에 대한 나의 양면적인 반응은 내가 처한 곤경을 예시하는 듯했다. 나는 남편으로서 사과를 하고 속죄해야 할 필요가 있는 잘못된 행동을 했다. 그러나 대통령으로서는 나를 대통령 자리에서 몰아내고 국민에게 봉사하는 나의 능력을 훼손하려고 하는 세력, 그리고 그 과정에서 형법과 민법을 악용하고 무고한 사람들에게 심한 피해를 주는 세력과 법적이고 정치적인 투쟁을 해야 했다.

오랫동안 아무리 파도 아무것도 나오지 않았으나, 이제 마침내 나는 그들이 주무를 수 있는 뭔가를 주었다. 나는 나의 부적절한 행동으로 대통령직과 국민에게 피해를 주었다. 그것은 나 외에 누구의 잘못도 아니었다. 그러나 반동적인 세력이 승리를 거두는 것을 허용함으로써 내 잘못을 더 크게 만들고 싶지 않았다.

오후 9시, 자리를 꽉 채운 하원 회의장으로 들어가자 회의장만이 아니라 미국 전역의 거실을 채우고 있을, 팽팽하게 긴장된 분위기가 느껴지는 듯했다. 내 첫 연두교서 이후 가장 많은 국민이 나의 연설을 지켜보고 있었다. 가장 큰 문제는 내가 그 논란에 대해 언급을 하느냐 하는 것이었다. 나는 이론의 여지가 없는 것에서부터 시작했다. 나라는 건강한 상태다. 1,400만 개의 새로운 일자리가 생겼고, 소득은 올라갔고, 주택 소유율은 사상 최고이고, 생활보호대상자 수는 27년 만에 최저이고, 연방정부는 35년 만에 가장 작다. 1993년 경제계획으로 적자가 축소되어, 1998년에는 90퍼센트 줄어든 3,570억 달러가 될 것으로 추정되며, 지난해의 균형예산 계획으로 적자는 완전히 사라질 것이다.

이어 나는 미래의 계획을 이야기했다. 첫째, 곧 생길 흑자를 새로운 계획들이나 세금감면에 지출하기 전에, 베이비붐 세대의 퇴직에 대비한 사회보장으로 저축해둘 것을 제안한다. 교육에서는 재원을 마련하여 10만 명의 새로운 교사를 고용하고, 학급 크기를 처음 3학년까지는 18명으로 줄여야 한다. 공동체들이 5,000개의 학교를 현대화하거나 건설하도록 지원해야 한다. 방과 후 추가 학습이나 여름학교 프로그램을 위한 자금을 제공하여 무조건 다음 학년으로 진급하는 관행을 끝내도록 지원해야 한다. 나는 환자 권리장전, 55세에서 65세 사이의 국민에게 메디케어 개방, 가족휴가법 확대, 100만 명의 아동을 추가로 지원하기 위한 연방의 보육 원조 대폭 확대 등에 대한 나의 지지를 다시 이야기했다.

안보 분야에서 나는 '테러리스트, 국제 범죄자들, 마약 밀매자들로 인한 새로운 위협들의 부정不淨한 축軸과 싸우기 위한 국회의 지지"를 요청했다. 상원에는 나토의 확대를 승인해줄 것을 요청했다. 보스니아의 미군에 대해 계속 자금을 지원하고, 화학무기와 생물학무기의 위협과 그것을 손에 넣으려 하는 무법자 국가, 테러리스트, 조직범죄자들과 맞서는 노력에도 자금을 계속 지원해줄 것을 요청했다.

연설의 마지막 대목에서는 미국의 통합을 호소하고, 미래를 바라보자고 강조했다. 가난한 공동체의 능력부여지구 수를 세 배로 늘리겠다. 강, 호수, 연안에 대하여 새로운 맑은 물 사업을 시작하겠다. 연비를 높인 자동차, 청정에너지를 사용하는 가정, 재활용 가능한 에너지를 위한 세금감면과 연구 자금의 재원으로 60억 달러를 마련하겠다. 정보 전송 속도를 1,000배로 높인 '차세대' 인터넷에 자금을 지원하겠다. 국회의 적대적 태도 때문에 자원이 없어 작업장 내의 차별 사건 6만 건을 처리하지 못하고 있는 고용기회균등위원회에 자금을 지원하겠다. 또 '우리 세대에서 마침내 암과의 전쟁에서 승리를 거두고, 모든 치명적 질병에 대항한 싸움에서 혁명적 발전을 이루어 나갈 수 있도록' 국립건강연구소, 국립암연구소, 국립과학재단 지원을 사상 최대로 늘리겠다고 제안했다.

나는 미국의 문화유산을 보존하기 위한 밀레니엄 캠페인을 주도하고 있는 힐러리에게 감사하며 연설을 끝냈다. 이 문화유산에는 1812년 전쟁에서 프랜시스 스콧 키가 미국 국가를 쓸 때 영감의 원천이 되었던, 이제는 누더기가 된 성조기도 포함되어 있었다.

연설에는 추문에 대한 이야기는 한마디도 없었다. 가장 큰 새로운 구상은 '먼저 사회보장을 확보하자'였다. 나는 국회가 앞으로 생길 흑자를 놓고 일종의 입찰 전쟁을 벌여, 베이비붐 세대의 노후 문제를 처리하기도 전에 그것을 세금감면이나 다른 지출에 낭비해버릴까봐 걱정하고 있었다. 민주당 의원들은 대부분 내 생각에 동의했고, 공화당 의원들은 대부분 동의하지 않았다. 그러나 그 후 몇 년 동안 우리는 전국 각지에서 일련의 양당 포럼 자리를 마련하여, 다른 모든 상황과 관계없이 퇴직 후 생활보장을 할 것이냐 말 것이냐가 아니라 어떻게 보장할 것이냐를 놓고 논쟁을 벌이면서 견해가 일치되는 지점을 모색해나가게 된다.

연설 이틀 뒤 라이트 판사는 모니카 르윈스키와 관련된 모든 증거는 존스 사건에서 배제하라고 명령을 내렸다. 그것이 '핵심 쟁점들에 필수적이지 않다'는 이유에서였다. 이로써 스타가 나의 선서증언을 조사하는 일은 더욱 수상쩍어 보이게 되었다. 위증의 조건은 '재판에 중대한 영향을 미치는' 사안에 대한 허위 진술이었기 때문이다. 1월 마지막 날, 그러니까 불바람이 불기 시작하고 나서 열흘째 되는 날, 「시카고 트리뷴」은 내 업무지지도가 72퍼센트로 올라갔다는 여론조사 결과를 발표했다. 나는 미국 국민에게 내가 일을 하고 있으며, 그 결과를 내놓고 있다는 것을 보여주겠다고 결심하고 있었다.

2월 5일과 6일, 토니와 셰리 블레어가 이틀 예정으로 미국을 국빈 방문했다. 그들은 힐러리와 나에게 정말 반가운 손님이었다. 그들 덕분에 우리는 웃음을 터뜨릴 수 있었다. 블레어는 공개석상에서 나를 강력하게 지원하면서, 경제와 사회 문제, 나아가서 외교정책에 대한 우리의 공통의 접근방법을 강조했다. 우리는 블레어 부부를 캠프 데이비드로 데려가 앨 고어 부부와 함께 저녁식사를 했고, 백악관에서 엘튼 존과 스티비 원더의 공연을 곁들인 국빈만찬을 주최했다. 힐러리는 토니 블레어, 뉴트 깅리치와 같은 식탁에 앉아 있었는데, 행사가 끝난 뒤 깅리치가 블레어에게 했던 말을 나에게 전해주었다. 깅리치는 나에 대한 혐의가 설사 사실이라 해도 "우스꽝스럽고", "무의미하며", 결국 "아무런 도움이 되지 않을 것"이라고 말했다는 것이다.

기자회견장에서 블레어는 내가 그의 동료일 뿐 아니라 친구이기도 하다고 말했다. 그러자 「월스트리트 저널」의 기자 마이크 프리스비가 나에게 기다리던 질문을 했다. 그는 나의 개인생활로 인한 고통 등 모든 문제를 고려할 때, "어느 순간에 이럴 만한 가치가 없다고 생각하여 대통령직 사임을 고려한 적이 있느냐"고 물었다. "한 번도 없다." 나는 그렇게 대답했다. 나는 정치에서 개인적 원한은 배제하려고 노력해왔지만, 내가 더 열심히 노력할수록, "다른 사람들은 더 열심히 반대 방향으로 끌어당긴다"고 말했다. 그럼에도 "나는 이 나라 국민, 그리고 그들이 나를 신임하고 맡긴 일을 절대 떠나지 않을 것"이며, 따라서 "계속 내 할 일을 해나갈 것"이라고 말했다.

2월 중순, 이라크가 유엔 사찰단을 추방한 사건에 대한 대응으로 이라크를 공습하기로 결정하고 토니 블레어와 함께 세계 여러 나라의 지지를 얻어내려고 노력하던 중, 코피 아난은 마지막 순간에 사담 후세인으로부터 사찰을 계속 받겠다는 약속을 얻어냈다. 사담 후세인은 강압에 의하지 않고는 절대 움직이지 않는 사람이라는 느낌이 들었다.

나는 새로운 사업안들을 계속 홍보하는 한편, 맥케인-페인골드의 선거자금 개혁법안을 성사시키기 위해 노력했는데, 2월 말에 상원의 공화당은 이 법안을 죽여버렸다. 나는 또 질병관리센터 소장인 닥터 데이비드 스태처를 공중위생국 장관으로 임명하고, 플로리다 중부의 토네이도 피해 지역을 돌아보고, 공동체들이 여성에 대한 폭력을 예방하는 노력을 강화하도록 처음으로 보조금을 지급하기로 결정하고, 다가올 선거에서 민주당원들을 돕기 위해 기금을 모금하는 등 바쁘게 돌아다녔다.

1월 말과 2월 초에, 백악관 직원 몇 사람이 대배심에 출두했다. 나는 그들이 이런 일에 얽혀든 것 때문에 끔찍한 기분이었다. 특히 모니카 르윈스키에게 잘해주려고 했다가 이제 그 일로 인해 고초를 겪고 있는 베티 커리가 안쓰러웠다. 버넌 조던이 이 소용돌이에 말려든 것도 몹시 안타까웠다. 우리는 오랜 세월 절친한 친구였고, 나는 그가 어려운 처지에 놓인 사람들을 돕는 모습을 자주 보았다. 그런데 이제 조던은 나 때문에 표적이 되어 있었다. 나는 그가 아무런 잘못도 하지 않았다는 것을 잘 알았으며, 나 때문에 그런 지저분한 일에 말려든 것에 대해 언젠가 나를 용서할 수 있기를 바랐다.

스타는 시드니 블루멘탈에게도 소환장을 보냈다. 기자 출신의 블루멘탈은 힐러리와 나의 오랜 친구로, 1997년 7월부터 백악관에 와서 일을 했다. 「워싱턴포스트」에 따르면, 스타는 블루멘탈이 그를 비판한 것이 사법절차 방해에 해당하는지 조사하는 중이었다. 이것은 스타가 매우 성마른 사람이라는 것, 그리고 자신을 비판하는 사람이면 누구에게나 거리낌 없이 자신의 직권을 이용하는 사람이라는 것을 보여주는 소름끼치는 사례였다. 스타는 사립탐정 두 사람에게도 소환장을 발부했다. 그들은 「내셔널 인콰이어러」에 고용되어 스타가 리틀록의 어떤 여자와 불륜관계에 있다는 소문을 추적하고 있었다. 이 소문은 사실이 아니었는데, 아마 사람을 잘못 봐서 생긴 문제였던 것 같다. 그러나 여기에도 역시 이중 기준이 적용되고 있었다. 그는 연방수사국 요원들과 사립탐정들을 이용해 내 생활을 조사하고 있었다. 그러다 타블로이드 신문이 그의 생활을 들여다보려 하자, 바로 반격에 나선 것이다.

스타의 전술은 언론의 관심을 끌기 시작했다. 「뉴스위크」는 '음모냐 우연의 일치냐' 하는 제목 하에 두 면에 걸쳐 표를 그려놓았다. 이 기사는 또 스타의 '추문' 조사를 장려하고 돈을 대는 20명 이상의 보수적인 활동가와 조직들의 연관관계를 추적하고 있었다. 「워싱턴 포스트」는 많은 전직 연방 판사들이 스타가 나의 개인행동에 초점을 맞추는 것만이 아니라, '대통령에 대한 사건을 만들어내기 위해 사용하는 무기들에도' 언짢아한다고 보도했다.

스타는 모니카 르윈스키의 어머니에게 그녀의 의지에 반한 증언을 강요하여 특히 많은 비판을 받았다. 스타가 준수해야 하는 연방 가이드라인에 따르면, 가족은 범죄 행위의 일부를 이루지 않는 한, 또는 '검사의 우선적 관심사'가 되지 않는 한, 보통 증언을 강요받지 않았다. 2월 초 NBC 뉴스의 여론조사에 따르면, 미국 국민 가운데 26퍼센트만이 스타가 공정한 조사를 한다고 생각했다.

이 기나긴 이야기는 3월에도 계속되었다. 존스 사건에서 내가 한 선서 증언 내용도 새나갔다. 존스 측의 누군가가 한 일이 분명했다. 판사는 러더 퍼드 연구소의 변호사들에게 비밀을 엄수하라고 되풀이하여 주의를 주었음 에도, 막상 이야기가 새나갔을 때는 아무도 제재를 받지 않았다. 3월 8일, 짐 맥두걸이 텍사스의 연방 형무소에서 사망했다. 기나긴 하강을 계속하다 가 슬프고 얄궂은 종말을 맞이한 것이다. 수잔 맥두걸에 따르면, 짐은 감옥 에서 죽는 것만은 피하려 했기 때문에 스타와 힉 유잉의 입맛에 맞게 이야 기를 바꾸었다고 한다.

3월 중순, '60분'은 캐슬린 윌리라는 여자와 인터뷰한 내용을 내보냈 다. 윌리는 자신이 백악관에서 일하고 있을 때 내가 그녀에게 원치 않는 접 근을 했다고 주장했다. 그것은 사실이 아니었다. 우리에게는 그녀 이야기의 신빙성에 의문을 제기할 수 있는 증거들이 있었다. 그녀의 친구 줄리 하이 아트 스틸의 선서진술도 그 한 예였다. 윌리는 스틸에게 부탁하기를 누가 물어보면, 내가 접근하고 나면 윌리 자신이 곧바로 스틸에게 그 일을 이야 기했다는 식으로 거짓말을 해달라고 했다는 것이다.

그런 일이 있기 전에 윌리의 남편은 그녀에게 20만 달러의 미해결 부채 를 남기고 자살했다. '60분'에서 윌리의 인터뷰를 내보내고 나서 일주일이 안 되어, 내가 그녀에게 남편 일로 조문 전화를 한 뒤, 윌리가 사람들에게 내가 남편 장례식에 올 것이라는 말을 했다는 보도가 나왔다. 이 역시 그녀 가 주장하는 사건이 있고 난 다음의 일이라는 것이었다. 결국 우리는 윌리 가 나에게 보낸 편지 여남은 통을 공개했다. 역시 그녀가 주장하는 사건이 생기고 나서 보냈다고 하는 이 편지들은 그녀가 나의 '제1의 팬'이며, '어떤 식으로든 나를 돕고 싶다'는 등의 내용이었다. 윌리가 타블로이드판 신문이 나 책에 자신의 이야기를 팔겠다고 하면서 30만 달러를 요구했다는 보도가 나온 뒤, 그녀의 이야기는 사그라졌다.

내가 윌리의 안타까운 이야기를 여기에서 하는 것은 스타가 그녀의 이 야기를 다룬 방식 때문이다. 스타는 우선 매우 독특한 방식으로 접근하여, 그녀가 '진실'을 말해준다면 '계약적 소추 면책'(형사상의 모든 기소로부터 완전히 보호해주는 것)을 해주겠다고 제안했다. 윌리가 다른 남자와 관련된 약간 창피스러운 대목들에 대하여 거짓말을 하다가 들통이 났을 때도, 스타는 다시 소추 면책을 해주었다. 이와는 대조적으로, 정식 공화당원인 줄리 하이아트 스틸은 스타의 입맛에 맞게 말을 바꾸어 거짓말을 하지 않겠다고 하자 기소를 해버렸다. 그녀는 유죄판결을 받지는 않았지만, 재판 비용 때문에 파산지경에 이르렀다. 독립변호사실은 심지어 그녀가 루마니아에서 아기를 입양한 일의 합법성에도 문제를 제기했다.

성 패트릭 축일에 나는 정치과정에 참여하고 있는 북아일랜드의 모든 정당 지도자들을 만났다. 게리 애덤스와 데이비드 트림블의 체류기간은 그 전에 연장해주었다. 토니 블레어와 버티 아헌은 합의를 바라고 있었다. 내 역할은 기본적으로 모든 정당을 다독거려, 조지 미첼이 짜고 있는 기본협정의 틀 속으로 들어가게 하는 것이었다. 아직 힘겨운 협상이 남아 있었지만, 나는 목표에 이를 수 있을 것이라고 생각했다.

며칠 뒤 힐러리와 나는 국내의 소란을 뒤로 하고 멀리 아프리카로 갔다. 아프리카는 미국이 너무 자주 무시해온 대륙이었으며, 21세기에 좋은 쪽으로든 나쁜 쪽으로든 큰 역할을 할 것으로 여겨지는 대륙이었다. 힐러리가 함께 가주어서 무척 기뻤다. 힐러리는 그 전해에 첼시와 함께 갔던 아프리카 출장에서 무척 좋은 인상을 받아, 아프리카를 다시 찾고 싶어 했다. 그것이 아니라도 우리는 한동안 함께 시간을 보낼 필요가 있었다.

출장은 가나에서 시작되었다. 제리 롤링스와 나나 코나두 아계망 대통령 부부는 독립 광장에서 열린 기념행사로 시작부터 우리를 들뜨게 해주었다. 이 행사에는 50만 이상의 인파가 모였다. 연단의 우리 옆에는 밝은 색의 켄테 천으로 만든 전통적인 옷을 입은 부족의 왕들이 있었다. 가나 사람들은 내가 그때까지 본 가장 큰 북을 두드려 아프리카 리듬으로 우리를 맞이했다.

나는 롤링스에게서 좋은 인상을 받았다. 그는 군사 쿠데타로 정권을 잡았지만, 선거를 통해 대통령으로 두 번 당선되었고, 2000년에는 퇴임을 약속했다는 사실도 중요한 의미가 있었다. 게다가 우리 두 가족 사이에는 간접적인 관련이 있었다. 힐러리가 첼시를 낳을 때 담당의사는 가나에서 아칸소로 온 뛰어난 조산사의 도움을 받았다. 힐러리와 나는 하가르 삼이라는 이름의 그 조산사가 무척 마음에 들었는데, 알고 보니 하가르 삼은 롤링스 부인의 출산을 네 번이나 도운 사람이었다.

3월 24일, 우리는 우간다로 가서 요웨리와 재닛 무세베니 대통령 부부를 만났다. 우간다는 이디 아민의 숨막히는 독재 이후 계속 상황이 개선되었다. 몇 년 전만 해도 이 나라는 아프리카에서 에이즈 발생률이 가장 높았다. 그러나 '큰 소리'라고 부르는 캠페인을 벌여 절제, 교육, 결혼, 콘돔에 대한 교육을 강화함으로써 사망률을 반으로 낮추었다.

롤링스 대통령 부부와 우리는 미국이 재정지원하는 소액 신용대출과 교육의 중요성을 강조하기 위해 무코노와 와냥게라는 작은 마을 두 곳을 찾아갔다. 우간다는 그 전 5년 동안 교육 재원을 세 배로 늘렸으며, 남학생들만이 아니라 여학생들도 교육을 시키기 위해 열심히 노력하고 있었다. 우리가 찾아갔던 무코노 마을의 학생들은 예쁜 분홍색 교복을 입고 있었다. 그들은 똑똑하고 다방면에 관심이 많았으나, 학습 자료는 형편없었다. 교실에 걸린 지도는 너무 오래되어서 이미 사라진 소련이 표시되어 있을 정도였다. 미국의 원조로 자금을 조달하는 소액 신용대출 덕분에 와냥게 마을의 요리사는 사업을 확대했고, 어떤 여자는 양계사업을 다각화해 토끼까지 기르고 있었다. 우리는 나은 지 이틀밖에 안 된 아기를 안은 산모를 만났다. 여자는 나에게 아기를 안겨주었다. 백악관 사진사는 우리 둘의 사진을 찍어주었는데, 그 아이의 이름 역시 빌 클린턴이었다.

비밀검찰부는 보안상의 문제 때문에 내가 르완다에 가지 않기를 바랐다. 그러나 나는 반드시 들러야 한다고 생각했다. 다만 보안 문제 때문에 양보를 하여, 키갈리 공항에서 르완다 지도자들과 대학살의 생존자들을 만났다. 후투족 출신의 파스퇴르 비지뭉구 대통령과 투치족 출신의 폴 카가메 부통령은 나라를 다시 통합하기 위해 노력하고 있었다. 카가메는 르완다에서 가장 영향력이 큰 정치 지도자였다. 그럼에도 다수인 후투족 대통령과 협력하는 것이 화해과정을 진전시키는 방법이라고 판단하여 부통령을 맡고 있었다. 나는 유엔과 국제사회가 신속하게 행동하지 못했기 때문에 대학살을 막지도 못했고 난민수용소가 살인자들의 피신처가 되는 것을 예방하지도 못했다고 인정하고 나서, 르완다 재건을 돕고 대학살에 책임이 있는 범죄자들을 응징할 전범재판소 설치를 지지하겠다고 말했다.

생존자들은 나에게 그들이 겪은 이야기를 들려주었다. 마지막에 말을 한 사람은 매우 위엄이 있어 보이는 여자였다. 그녀는 투치족 출신으로 오랫동안 후투족과 함께 살았다. 자식들끼리도 함께 어울려 노는 허물없는 사이였다. 그러나 어느 날 이웃들이 미쳐 날뛰는 살인자들에게 그녀의 가족이 투치족이라고 일러바쳤다. 그녀는 큰 칼에 맞아 심한 부상을 당했다. 살인자들은 그녀가 죽은 것으로 여기고 떠나버렸다. 그녀가 자신의 피 웅덩이에서 깨어나보니, 남편과 여섯 자녀는 옆에 주검으로 누워 있었다. 그녀는 절망에 사로잡혀 왜 자신을 살렸느냐고 신에게 외쳤으나, 결국 자신이 '목숨을 잃지 않은 데는 이유가 있다'는 것을 깨닫게 되었다. "그것은 복수 같은 천박한 이유가 아니었어요. 나는 우리 나라가 다시 출발하는 것을 돕기 위해 내가 할 수 있는 일을 하겠습니다." 나는 그녀의 이야기에 압도당했다. 그 당당한 여자의 이야기를 듣다 보니, 내 문제들은 형편없이 작게 느껴졌다. 그녀의 이야기 때문에 르완다를 돕기 위해 할 수 있는 모든 일을 하겠다는 나의 결심은 더욱 굳어졌다.

나는 미국 대통령으로는 처음으로 남아프리카의 케이프타운을 찾아가 의회 연설을 통해 내가 온 데에는 "미국 국민이 새로운 눈으로 새로운 아프리카를 보도록 도와주자는 목적도 있다"고 말했다. 아파르트헤이트의 지지자와 피해자들이 함께 일하는 광경은 아주 보기 좋았다. 그들은 과거를 부정하지도 않았고, 현재의 의견 불일치를 감추지도 않았다. 그러나 공동의 미래를 구축할 수 있다는 자신감을 갖고 있는 것 같았다. 그것은 만델라로부터 뿜어져나오는 화해의 정신 덕이었다.

다음 날 만델라는 우리를 로벤 섬으로 데려갔다. 그가 수감 생활의 첫 18년을 보낸 곳이었다. 나는 그가 일하던 채석장과 일하지 않을 때 갇혀 있던 비좁은 감방을 보았다. 나는 요하네스버그에서 부통령 타보 음베키를 방문했다. 만델라의 후계자가 될 것이 거의 확실한 음베키는 1년에 두 번 앨고어와 공동의 의제를 놓고 회담을 하고 있었다. 나는 남아프리카를 사랑했던 론 브라운의 이름을 딴 한 상업용 시설 개관식에 참석하고, 한 초등학교를 방문하기도 했다. 그 뒤에 힐러리와 나는 수많은 반아파르트헤이트 활동가들을 낳았던 흑인거주구 소웨토의 교회에서 제시 잭슨 목사와 함께 예배를 드렸다.

이 무렵 나는 만델라에게 진정한 우정을 느끼고 있었다. 그는 27년간의 수감 생활을 하면서 놀랍게도 증오를 버리고 화해를 선택한 사람이었다. 그는 강인한 정신을 갖춘 정치가이면서, 남을 보살필 줄 아는 인간으로서도 뛰어난 면모를 보여주었다. 만델라는 오랜 수감 생활에도 불구하고, 삶의 개인적 측면이나 사랑, 우정, 친절을 베푸는 능력에 대한 관심을 잃지 않았다.

우리는 특별히 의미 있는 대화를 나누기도 했다. 내가 만델라에게 말했다. "마디바(대화에서 사용하는 만델라의 부족명으로, 그는 나에게 이 이름으로 불러달라고 했다), 취임식에 대통령을 가두었던 교도관들을 초대한 것은 훌륭한 일이라고 생각합니다. 하지만 정말로 마디바를 가둔 사람들을 미워하지 않습니까?" 만델라가 대답했다. "물론 미워했지요. 아주 오랫동안 미워했습니다. 그 사람들은 내 삶에서 가장 좋은 시절을 빼앗아갔습니다. 나를 육체적, 정신적으로 학대하기도 했지요. 나는 아이들이 크는 것도 보지 못했습니다. 나는 그들을 증오했지요. 그러다 어느 날 채석장에서 바위에 망치질을 하다가, 그들이 나의 정신과 마음 말고는 이미 모든 것을 가져갔다는 것을 깨달았습니다. 내 허락 없이는 가져갈 수 없는 것만 남겨둔 것이지요. 나는 그것만은 내주지 않기로 결심했습니다." 만델라는 나를 보고 웃음을 지으며 덧붙였다. "대통령도 그러셔야 합니다."

나는 잠시 움찔한 뒤에 다른 질문을 했다. "마지막으로 감옥에서 나올 때, 안에서 다시 증오가 솟아오르지 않았나요?" "그랬지요. 잠시 그랬습니다. 그러다가 이렇게 생각했습니다. '이 사람들은 나를 27년간 가두었다. 만일 내가 그들을 증오한다면, 나는 계속 갇혀 있는 것이나 다름없다.' 나는 자유롭고 싶었습니다. 그래서 털어버렸지요." 그는 다시 웃음을 지었다. 이번에는 그가 "당신도 그래야 합니다"라고 말할 필요가 없었다.

우리는 보츠와나에 가서 하루를 휴가로 보냈다. 보츠와나는 사하라 남부의 아프리카에서 일인당 소득이 가장 높은 곳이면서, 동시에 세계에서 에이즈 발병률이 가장 높은 곳이었다. 우리는 초베 국립공원으로 사파리를 나가, 사자, 코끼리, 임팔라, 하마, 악어를 구경했고, 새들도 20종 이상이나 보았다. 우리는 코끼리 모자母子에게 가까이 다가가보기도 했다. 우리가 너무 가까이 다가갔는지, 어미 코끼리는 코를 치켜들고 우리에게 물을 뿌렸다. 공화당 지지자들이 그들 당의 마스코트가 나에게 물을 뿌리는 모습을 보았다면 얼마나 좋아했을까 하는 생각이 들자 웃음이 터져나왔다. 오후 늦게 우리는 초베 강에서 보트를 탔다. 힐러리와 나는 손을 잡고 지는 해를 보며 우리가 받은 축복들을 꼽아보았다.

마지막 들른 곳은 세네갈이었다. 우리는 이곳에서 고레 섬의 '돌아오지 않는 문'을 찾아갔다. 북미에 노예로 팔려가던 아프리카인들이 배를 타던 곳이었다. 나는 우간다에 갔을 때와 마찬가지로, 노예제에 대하여, 그리고 아프리카계 미국인들이 자유를 얻기 위해 오래고 힘든 투쟁을 할 수밖에 없었던 것에 대하여 미국의 책임을 이야기하며 유감을 표시했다. 나는 '아프리카가 미국에 준 큰 선물인 3,000만 이상의 아프리카계 미국인들을 대표하는' 대규모 대표단을 소개하고, 세네갈 사람들을 비롯한 모든 아프리카인들과 더 나은 미래를 위하여 일하겠다고 약속했다.

나는 세네갈 국민의 대부분을 차지하는 이슬람교도에게 경의를 표하기 위하여 압두 디우프 대통령과 함께 이슬람 사원을 찾아갔다. 이어 미국의 원조로 사막의 일부를 원상태로 복원한 마을을 찾아가기도 했고, 나의 행정부에서 발의한 아프리카 위기 대응 사업의 일환으로 미국 군사 요원들로부터 훈련을 받고 있는 세네갈 부대를 찾아가기도 했다. 아프리카 위기 대응 사업은 아프리카에서 전쟁을 끝내고, 르완다 같은 사태가 재발하는 것을 막기 위한 지원 사업이었다.

나의 아프리카 순방은 미국 대통령의 아프리카 출장으로는 가장 길고, 범위도 가장 넓은 출장이었다. 나와 동행한 양당 국회 대표단과 유명 인사들, 그리고 아프리카 성장 기회법을 포함하여 내가 지지하는 여러 프로그램들은 아프리카 사람들에게 우리가 공동 역사의 새 장을 열고 있다는 것을 보여주었다. 아프리카는 여러 가지 문제에도 불구하고 희망이 있는 곳이었다. 나는 도시 군중의 얼굴에서, 숲 속이나 사막 가장자리의 학생이나 마을 사람들의 얼굴에서 그것을 보았다. 게다가 아프리카는 우리에게 큰 선물을 주었다. 르완다의 당당한 여인과 넬슨 만델라의 지혜 덕분에 나는 앞에 놓인 일에 맞서는 데 필요한 마음의 평화를 많이 회복할 수 있었다.

4월 1일, 내가 세네갈에 있는 동안, 라이트 판사는 존스 사건에 대한 내 변호사들의 약식 재판 신청을 받아들여, 사건을 정식 재판에 넘기지 않고 기각했다. 존스가 자신의 주장을 뒷받침할 만한 믿을 만한 증거를 제출하지 못했다는 이유였다. 이 기각은 스타의 조사가 가진 정치적 본질을 그대로 드러내주었다. 이제 그는 내가 선서증언에서 허위 진술(판사가 관련이 없다고 한 문제에 대한 허위진술)을 했으며, 애초에 거론할 사안도 없었던 사건에서 사법 절차를 방해했다는 혐의를 놓고 나를 조사하고 있었다. 이제 아무도 화이트워터 이야기는 하지 않았다. 4월 2일에 스타는 존스 사건 기각과 관계없이 계속 밀고 나가겠다고 말했고, 아무도 놀라지 않았다.

며칠 뒤 밥 루빈과 나는 160만 정의 공격용 총기 수입을 차단하겠다고 발표했다. 1994년에 범죄방지법안을 통해 19가지 종류의 공격용 무기 제조를 금지했지만, 영리한 외국 총기 제조사들은 총기를 약간 고쳐 법을 피하려 하고 있었다. 그러나 그런 총기의 유일한 목적이 사람을 죽이는 것이라는 데에는 아무런 변화가 없었다.

4월 10일, 성금요일은 내 대통령 임기 중에 가장 행복했던 날 가운데 하루로 꼽을 수 있다. 마감시한을 17시간 넘기기는 했지만, 북아일랜드의 모든 당사자들이 분파적 폭력으로 얼룩진 30년의 역사에 종지부를 찍는 계획에 합의했다. 나는 전날 밤 거의 잠을 자지 못하고, 협상 타결을 위해 애쓰는 조지 미첼을 지원했다. 나는 미첼 외에 버티 아헌, 토니 블레어, 데이비드 트림블, 게리 애덤스와 전화 통화를 하고(애덤스하고는 두 번이나 통화를 했다) 오전 2시 30분에 잠자리에 들었다. 그러나 5시에 미첼이 다시 전화를 하여, 협상을 마무리지으려 하니 애덤스와 다시 통화를 해달라고 했다.

합의문은 훌륭한 작품이었다. 합의문은 다수의 통치와 소수의 권리를 보장했다. 정치적 결정에 모두 참여하고, 경제적 혜택은 함께 나누기로 했다. 영국과 유대를 이어가되, 아일랜드하고도 새로 유대를 맺기로 했다. 이런 합의에 이르게 된 과정은 존 메이저와 앨버트 레이놀즈의 평화 결의에서 시작되었다. 존 브루튼이 레이놀즈의 뒤를 이었을 때도 평화의 흐름은 계속되었고, 마침내 버티 아헌, 토니 블레어, 존 흄, 게리 애덤스에 의해 완성되었다. 내가 애덤스에게 비자를 내주고, 이후에 백악관이 적극적으로 개입한 것도 중요한 기여를 했다. 그리고 조지 미첼이 협상을 뛰어나게 조율했다.

물론 가장 큰 공은 북아일랜드 지도자들, 블레어, 아헌 등 어려운 결정을 내려야 했던 사람들, 그리고 험난한 과거를 잊고 평화의 약속을 선택한 북아일랜드 사람들에게 돌아가야 했다. 아일랜드인 특유의 정서를 담아 성금요일 의정서로 알려지게 된 이 합의문은 5월 22일에 북아일랜드와 아일랜드공화국 유권자들의 국민투표로 비준을 받아야 했다.

이 무렵 나는 휴스턴의 존슨 우주센터로 날아가, 우주가 인체에 미치는 영향(뇌의 적응 방식, 내이內耳와 인간의 평형 시스템에서 발생하는 일 등)에 대한 26회의 실험을 수행할 최신 우주왕복선 계획 토론에 참여했다. 방청석에 앉아 있던 77세의 상원의원 존 글렌도 승무원으로 탑승할 예정이었다. 글렌은 제2차 세계대전과 한국전쟁 때 전투 임무를 띠고 149회 출격한 경험을 바탕으로, 30여 년 전 미국 최초의 우주비행사 가운데 한 사람이 되었다. 글렌은 상원에서 은퇴한 뒤, 다시 한 번 우주에 가고 싶은 마음이 간절했다. 미국우주항공국NASA의 국장 댄 골딘과 나는 글렌의 참여를 강력하게 지지했다. 우주항공국이 우주여행이 노화에 미치는 영향도 연구하기를 원했기 때문이다. 나는 국제우주정거장과 화성 탐사를 포함한 우주계획을 적극적으로 지지해왔는데, 존 글렌의 노익장 과시는 우리에게 우주 탐사의 실질적 이득을 보여줄 기회이기도 했다.

이어 나는 칠레를 국빈 방문하여, 제2차 미주정상회의에 참석했다. 장기간의 가혹한 아우구스토 피노체트 장군의 독재가 끝난 뒤 칠레는 에두아르도 프레이 대통령(그의 아버지도 1960년대에 칠레 대통령을 지냈다)의 지도 하에 민주주의를 향해 흔들림 없이 나아가고 있었다. 정상회의 직후 맥 맥라티가 미주 특사직을 사임했다. 나의 오랜 친구 맥라티는 이 일을 맡은 뒤 4년 동안 이 지역에 40회 이상 출장을 다니면서, 미국이 그들의 좋은 이웃이 될 것이라는 확실한 메시지를 전했다.

4월은 두 가지 기분 좋은 사건으로 끝이 났다. 나는 1993년 예산에 찬성표를 던진 국회의원들(그 바람에 의석을 잃은 전직 의원들까지 포함하여)을 위해 리셉션을 열고, 1969년 이래 최초로 적자가 완전히 사라졌다고 발표했다. 이것은 내가 취임할 때만 해도 상상도 하지 못했던 성과였으며, 1993년 경제계획에 대하여 고뇌 끝에 찬성표를 던진 의원들이 없었다면 이루지 못했을 일이었다. 4월 마지막 날 상원은 나의 주요한 과제 가운데 하나였던 폴란드, 헝가리, 체코공화국의 나토 가입을 80 대 19로 승인했다.

5월 중순 인도가 5회의 지하 핵실험을 함으로써 핵실험을 금지하려는 우리의 노력이 타격을 받았다. 2주 뒤, 파키스탄 역시 6회의 핵실험으로 대응했다. 인도는 자국의 핵무기가 중국에 대한 억제책으로 필요하다고 주장했고, 파키스탄은 인도에 대응하는 것이라고 말했다. 양국의 여론은 핵무기 소유를 강력하게 지지했지만, 그것은 위험한 생각이었다. 우선 미국의 국가안보 관계자들은 냉전 시대의 미국과 소련과는 달리, 인도와 파키스탄은 상대방의 핵 능력이나 핵 사용 정책에 대해 거의 아는 것이 없다고 확신하고 있었다. 인도의 핵실험 뒤에 나는 파키스탄의 나와즈 샤리프 총리에게 인도의 예를 따르지 말라고 권고했으나, 샤리프 총리는 국내의 정치적 압력에 저항하지 못했다.

나는 인도의 결정에 깊은 우려를 표명했다. 그것이 매우 위험하기 때문만이 아니라, 인도-미국 관계를 개선하려는 나의 정책을 방해하고, 포괄적 핵실험금지조약의 상원 비준을 더 어렵게 만들었기 때문이기도 했다. 프랑스와 영국은 이미 비준을 했지만, 미국 국회에서는 고립주의와 일방주의의 분위기가 확산되고 있었다. 신속처리 법안의 실패, 유엔 회비나 국제통화기금의 분담금 지불 거부 등이 그런 예였다. 국제통화기금 분담금은 특히 중요했다. 아시아 금융위기가 세계 다른 지역의 경제가 허약한 나라들로까지 확산되려는 상황에서 국제통화기금은 풍부한 자금을 바탕으로 적극적으로 대응할 능력이 있어야 했다. 미국 국회는 세계화된 경제의 안정성을 흔들고 있었다.

핵실험 논란이 벌어지는 동안, 나는 영국 버밍엄에서 열리는 연례 G-8 정상회의 참가를 위해 다시 출장에 나서야 했다. 나는 가는 길에 프리드리히 대제가 살던 상수시 궁에서 헬무트 콜을 만났다. 베를린 공수(1948년 소련의 베를린 봉쇄에 대응하여 서방국가들이 공중으로 물자를 보급한 사건—옮긴이주) 50주년을 기념하고, 또 콜과 함께 구동독 아이제나흐의 제너럴모터스 오펠 공장을 둘러보려는 목적이었다.

콜은 재선을 위해 힘겨운 싸움을 하고 있었기 때문에, 내가 베를린 공수 기념식 이후까지 남아 콜과 함께 공장 시찰에 나선 것은 몇 가지 의문을 불러일으켰다. 콜과 맞선 사회민주당의 게르하르트 슈뢰더가 토니 블레어나 내가 옹호하는 것과 매우 비슷한 정강을 제시하고 있었기 때문이다. 콜은 이미 비스마르크를 제외한 어떤 독일 총리보다 오래 봉사를 했고, 여론조사에서 슈뢰더에 뒤지고 있었다. 그러나 그는 미국의 친구이고 내 친구였으며, 선거 결과가 어떻게 나오든 콜의 유산, 즉 통일 독일, 강한 유럽연합, 민주 러시아와의 동반관계, 보스니아 전쟁 종식을 위한 노력은 지켜져야 했다. 나는 독일을 떠나기 전 슈뢰더와도 기분 좋은 대화를 나누었다. 슈뢰더는 낮은 자리에서 출발하여 독일 정치의 정상에 오른 사람이었다. 나는 슈뢰더가 강인하고, 똑똑하고, 자신이 원하는 것을 명확하게 파악하고 있다는 느낌을 받았다. 나는 그에게 선전을 당부하고, 그가 승리를 거두면 그의 총리직 수행을 돕기 위해 최선을 다하겠다고 말했다.

버밍엄에 도착하자, 이 도시가 놀라운 부흥을 겪었다는 것, 그리고 내가 거의 30년 전 처음 찾았을 때보다 훨씬 더 아름다워졌다는 것을 알 수 있었다. 회의에는 국제적인 경제 개혁, 마약 밀매나 돈세탁이나 부녀자 밀매에 대항한 더 긴밀한 협력, 테러에 대항한 미국과 유럽연합의 구체적 협조 등 유용한 의제들이 제출되어 있었다. 그러나 이런 중요한 의제들도 인도 핵실험, 인도네시아의 정치와 경제의 붕괴, 중동의 주춤거리는 평화과정, 코소보의 전쟁 위험, 성금요일 의정서에 대한 국민투표 등 굵직굵직한 세계적 사건들 앞에서 빛을 잃었다.

우리는 인도의 핵실험을 비난하고, 핵확산방지조약과 포괄적 핵실험금지조약에 대한 지지를 재확인하고, 핵무기를 위한 핵분열성 물질의 생산을 막는 세계 조약을 추진하겠다고 말했다. 인도네시아에 대해서는 경제와 정치의 개혁을 촉구했지만, 실현 가능성은 높아 보이지 않았다. 인도네시아의 재정이 워낙 형편없는 상태라, 필요한 개혁을 시행할 경우 단기적으로 인도네시아 서민들의 생활이 훨씬 더 힘들어질 터였기 때문이다. 이틀이 안 되어 수하르토 대통령이 사임했지만, 인도네시아의 문제들은 그와 함께 사라지지 않았다. 나는 곧 이 문제들을 해결하는 데 더 많은 시간을 쏟게 되며, 중동에서는 이스라엘의 정치 상황이 정리될 때까지 아무런 일도 할 수 없었다.

세르비아의 최남단 주인 코소보의 주민 다수는 알바니아계 이슬람교도로, 밀로세비치의 통치 하에서 고통을 겪고 있었다. 1998년 초에 세르비아가 코소보 사람들을 공격한 뒤, 유엔은 구유고슬라비아(세르비아와 몬테네그로)에 대하여 무기수출금지조치를 내리고, 몇 개 국가는 세르비아에 경제제재를 가했다. 미국, 러시아와 유럽의 몇 개 나라로 구성된 '접촉 그룹'은 위기를 해소하기 위해 노력하고 있었다. G-8은 접촉 그룹의 노력을 지지했지만, 곧 그 정도로는 부족한 상황이 닥치게 된다.

역시 북아일랜드에서만 좋은 소식이 들려왔다. 신페인당의 90퍼센트 이상이 성금요일 의정서를 지지했다. 존 흄과 게리 애덤스가 이 의정서 채택을 위해 노력하고 있었기 때문에, 대다수의 구교도가 이 합의를 지지할 것은 분명했다. 신교도의 의견은 비등하게 나뉘어져 있었다. 나는 당사자들과 협의한 뒤, 버밍엄에서 벨파스트로 가서 합의안을 지지하는 발언을 하지 않기로 결정했다. 이안 페이슬리가 북아일랜드 문제를 놓고 외부인이 이래라 저래라 한다고 나를 공격할 구실을 주고 싶지 않았기 때문이다. 대신 나는 토니 블레어와 함께 기자들을 만나기도 하고, BBC, CNN과 국민투표를 지지하는 긴 인터뷰를 두 번 했다.

투표 이틀 전인 5월 20일, 나는 북아일랜드 주민을 향한 간략한 라디오 연설에서, 만일 그들이 '자신과 자녀들을 위한 지속적 평화'에 찬성하는 투표를 한다면 미국도 그들을 지지하겠다고 약속했다. 그들은 실제로 평화를 지지하는 투표를 했다. 성금요일 의정서는 북아일랜드에서 71퍼센트의 지지를 얻어 승인되었으며, 신교도도 과반수가 찬성을 했다. 아일랜드공화국에서는 90퍼센트 이상의 주민이 찬성투표를 했다. 내 몸에 흐르는 아일랜드인의 피가 그렇게 자랑스러웠던 적이 없었다.

나는 제네바에 들러 세계무역기구를 향해 좀더 개방적인 의사결정 과정을 채택하고, 무역 협상에서 노동과 환경 조건을 좀더 고려하고, 세계화된 경제에서 소외당했다고 느끼는 보통 시민들을 대변하는 목소리에 귀를 기울일 것을 촉구한 뒤 미국으로 갔다. 그렇다고 세계의 문제들로부터 벗어난 것은 아니었다.

그 주에 열린 해군사관학교 졸업식에서 나는 점점 정교해지는 세계 테러리스트 네트워크에 대처하기 위한 적극적인 대응책을 설명했다. 그 내용에는 전력 시스템, 수자원, 경찰, 소방과 의료 서비스, 공항 관제소, 금융 서비스, 전화 시스템, 컴퓨터 네트워크 등에 대한 공격을 탐지하고 억제하고 방어할 수 있는 계획과 생물무기의 확산 및 사용을 예방하고, 그런 무기로부터 미국 국민을 보호하기 위한 종합적 노력 등이 포함되어 있었다. 또 나는 생물무기협약의 사찰 시스템을 강화하고, 탄저균을 포함한 생물학적 위협에 대항하기 위해 군대에 백신을 공급하고, 주와 지방자치단체의 공무원이나 주방위군 요원들이 생물학적 공격에 대응할 수 있도록 훈련하고, 탐지와 경고 체계를 개선하고, 가장 가능성이 높은 생물학적 공격에 대비하여 의약품과 백신을 비축하고, 차세대 백신, 약품, 진단 도구를 만들어내기 위한 연구개발을 강화할 것을 제안했다.

그전 몇 달 동안 나는 특히 생물학적 공격의 가능성을 우려하고 있었다. 유전공학을 이용하여 기존의 백신이나 약품에 대한 저항력이 강한 무기를 개발할 가능성이 있다고 보았기 때문이다. 그 전해 12월, 르네상스 위켄드에서 힐러리와 나는 크레이그 벤터와 저녁을 함께 먹은 적이 있었다. 분자생물학자인 벤터의 회사에서는 인간의 게놈 지도를 완성하려는 연구를 하고 있었다. 나는 벤터에게 테러리스트들이 유전자 지도를 이용하여 합성 유전자를 개발하고, 기존의 바이러스를 개조하고, 천연두 바이러스와 다른 치명적인 바이러스를 결합하여 훨씬 더 해로운 바이러스를 만들 가능성에 대해 물어보았다.

벤터는 그런 일이 가능하다고 하면서 리처드 프레스턴의 새 소설 『코브라 사건 The Cobra Event』을 읽어보라고 권했다. 이 책은 한 미친 과학자가 천연두 바이러스와 신경을 파괴하는 곤충 바이러스를 결합한 '브레인팍스'를 뉴욕시티에 뿌려 세계 인구를 줄이려 한다는 내용의 스릴러였다. 나는 그 책을 읽고 나서, 프레스턴이 책을 쓰는 데 도움을 준 사람들 가운데 100명이 넘는 과학자, 군사 및 정보 전문가, 내 행정부의 공무원들이 포함되어 있다는 것을 알았다. 나는 각료들과 깅리치 하원의장에게 그 책을 읽어보라고 권했다.

우리는 1993년부터 생물학 전쟁 문제를 놓고 대책을 논의하기 시작했다. 세계무역센터 폭탄 테러로 국내에서도 테러 공격이 이루어질 수 있다는 것이 분명해졌기 때문이다. 또 러시아의 망명자가 러시아에 탄저균, 천연두 바이러스, 에볼라 바이러스를 비롯한 여러 병원균들이 엄청나게 비축되어 있으며, 소련이 사라진 뒤에도 러시아가 이런 병원균들을 계속 생산해왔다고 알려준 것에 자극을 받기도 했다. 이에 대한 대응으로 핵무기만이 아니라 생물학 무기에 대해서도 러시아와 협력하는 내용을 포함하도록 넌-루가 프로그램의 적용 범위를 확대하기로 했다.

1995년에 도쿄 지하철에서 사린가스 테러 사건이 벌어진 후, 국가안보회의의 실무자인 리처드 클라크가 책임을 맡고 있는 테러방지안보그룹CSG은 화학과 생물학 공격에 대항한 방어체계를 수립하는 일에 좀더 노력을 기울이기 시작했다. 1995년 6월, 나는 그러한 공격에 대한 예방 및 대처 책임과 해외에서 테러리스트를 체포하는 비밀 작전이나 적극적 노력을 통하여 테러리스트들의 역량을 약화시키는 책임을 정부의 여러 부처에 할당하는 대통령 결정 명령PDD 39호에 서명했다. 국방부에서는 해병대 사령관 찰스 크룰락, 해군 차관 리처드 단치그 등 소수의 군 및 민간 지도자들이 이 문제에 관심을 가졌다. 1996년 말 합동참모본부는 탄저균에 대응하여 전 군에 백신을 공급하는 권고안을 승인했다. 국회는 한 광신자가 허위 신분증을 이용하여 약 300달러를 주고 한 연구소로부터 페스트 바이러스 세 병을 사려다 잡힌 뒤에, 미국 연구소의 생물학 작용제에 대한 통제를 강화하는 일에 나섰다.

1997년 말, 러시아가 우리 생각보다 훨씬 더 많은 양의 세균전 병원체를 비축해두었다는 것이 분명해진 뒤, 미국이 소비에트 시대에 생물학 무기들이 대량으로 제조되던 연구소에서 일하던 과학자들과 협력하는 것을 허가했다. 그곳에서 정확히 어떤 일이 벌어지는지 알고 싶었고, 그들이 전문기술이나 생물학 작용제를 이란이나 다른 나라에 돈을 받고 파는 것을 예방하기 위해서였다.

1998년 3월, 딕 클라크는 행정부의 약 40명 정도를 블레어 하우스에 모아놓고, 테러리스트들의 천연두 바이러스, 화학 작용제, 핵무기 공격에 대처하는 도상 훈련을 했다. 그 결과는 곤혹스러웠다. 천연두 바이러스의 경우, 전염병을 통제하는 데 시간이 너무 많이 걸렸고 인명 손실도 엄청났다. 항생제와 백신의 비축은 불충분했고, 검역법은 낡았고, 공중위생 체계는 엉망이었고, 국가 긴급사태 대처 계획은 제대로 준비되어 있지 않았다.

몇 주 뒤 나의 요청에 따라 클라크는 7명의 과학자와 긴급사태 대처 전문가들을 불러모았다. 이 자리에는 크레이그 벤터, 노벨상을 수상한 생물학자로서 수십 년간 생물학 무기 반대 운동을 해온 조슈어 리더버그, 뉴욕시티 긴급사태관리국장 제리 하우어 등이 모였다. 나는 빌 코헨, 재닛 리노, 도너 섈라라, 조지 테닛, 샌디 버거와 함께 이들을 만나 몇 시간 동안 우리에게 닥친 위협과 대처 방안을 논의했다. 나는 전날 밤 아일랜드 평화협정

마무리를 돕느라 거의 잠을 자지 못했음에도, 그들의 설명을 주의 깊게 듣고 많은 질문을 했다. 내가 들은 이야기들은 우리가 생물학적 공격에 대비가 되어 있지 않으며, 유전자 배열을 확인하고 재구성하는 능력이 국가안보와 깊은 관련이 있다는 점을 확인해주었다. 회의가 끝날 때 리더버그 박사는 나에게 생물학 테러의 위협을 다룬 「미국의학협회 저널Journal of the American Medical Association」 최신호를 한 권 주었다. 그것을 읽은 뒤에 걱정은 더 깊어졌다.

한 달도 지나지 않아, 이 그룹은 향후 4년간 거의 20억 달러에 이르는 돈을 들여 공중위생 체계를 개선하고, 국가적으로 항생제와 백신(특히 천연두에 대비하여)을 비축하고, 유전공학을 이용한 더 나은 약품과 백신을 개발하기 위한 연구를 지원하라고 권고했다.

애너폴리스의 해군사관학교에서 연설을 하던 날, 나는 테러에 대한 대통령 명령 두 가지에 더 서명을 했다. 대통령 명령 62호는 10개항의 테러방지 프로그램을 담고 있었다. 여기에는 테러리스트의 체포, 송환, 기소 및 테러 조직 분쇄에 필요한 구체적인 역할을 다양한 정부 부처에 할당하고, 테러리스트가 대량살상무기를 손에 넣는 것을 막고 공격의 결과에 대처하며, 중요한 기간 시설과 사이버시스템들을 보호하고 국내외의 미국인들을 보호하는 것과 관련된 내용들이 포함되어 있었다.

대통령 명령 62호는 또 테러방지와 기간시설 보호를 위한 전국 조정관의 지위를 규정했다. 나는 처음부터 테러방지 분야에서 우리의 첨병 역할을 해온 딕 클라크를 조정관에 임명했다. 그는 레이건 대통령과 부시 대통령 밑에서 일해온 전문가로서, 테러에 대항하기 위한 정부 역량을 조직하는 일에 매우 적극적이었다. 대통령 명령 63호는 처음으로 교통, 원거리통신, 상수도 같은 중요한 기간 시설을 보호하기 위한 포괄적 계획을 마련할 국가기간시설 보호 센터를 설립한다는 내용이었다.

그달 말, 스타는 수잔 맥두걸을 대배심 앞에서 증언하도록 강요하려다 다시 실패했고, 여섯 번째로 힐러리를 거의 5시간 동안 심문했고, 웹 허블을 다시 세금 문제로 기소했다. 전직 검사 몇 사람은 스타의 매우 특이한 행동의 적절성에 의문을 제기했다. 허블은 세금 포탈 혐의가 걸렸지만, 기본적으로는 의뢰인에게 비용을 과다 청구한 혐의로 다시 기소가 된 셈이었기 때문이다. 엎친 데 덮친 격으로 스타는 공동 소득세 신고서에 서명을 했다는 이유로 허블의 부인 수지도 기소했고, 허블이 어려움에 처했을 때 무료로 재정 문제에 대한 조언을 해주었다는 이유로 허블의 친구들인 회계사 마이크 샤우펠과 변호사 찰스 오언도 기소했다. 허블은 무뚝뚝하게 대꾸했다. "내 아내와 친구들을 기소하면 내가 대통령과 영부인에 대해 거짓말을 할 것이라고 생각하는 모양이다. 그러나 그렇게 하지 않겠다…… 나는 대통령에 대해 거짓말을 하지 않겠다. 영부인에 대해서도 거짓말을 하지 않겠다. 다른 누구에 대해서도 거짓말을 하지 않겠다."

5월 초, 스타는 대배심 앞에서 계속 말을 하지 않는다는 이유로 수잔 맥두걸을 형사적 법정모독과 사법절차 방해 혐의를 걸어 기소함으로써 그의 위협 전략을 이어나갔다. 그녀는 같은 행동에 대하여 이미 민사적 법정모독으로 18개월을 복역했다. 정말 유례가 없는 행동이었다. 스타와 힉 유잉은 수잔 맥두걸을 협박해도 그들을 위해 거짓말을 하지 않자 미칠 지경이 된 것이다. 수잔이 그것을 증명하는 데는 다시 거의 1년이 걸렸지만, 그녀는 그들보다 더 강인했으며, 결국 그녀의 정당함이 확인된다.

6월에 스타는 마침내 약간 곤경에 처하게 된다. 스티븐 브릴은 『브릴의 요지 Brill's Content』에서 스타의 작전에 대해 이야기하면서 독립변호사실의 불법적인 정보 누설 전략을 강조했고, 90분간의 인터뷰에서 스타도 정보 누설을 인정했다고 덧붙였다. 그러자 노먼 할러웨이 존슨 판사는 스타의 독립변호사실이 언론매체에 '심각하고 반복적인' 정보 누설을 했다고 믿을 만한 '상당한 근거'가 있으며, 데이비드 켄달이 누설의 출처를 확인하기 위해 스타와 그의 밑에서 일하는 변호사들을 소환할 수 있다고 판결했다. 판사의 결정은 대배심 절차와 관련된 것이었기 때문에 공개되지는 않았다. 묘하게도, 이 결정만큼은 언론에 누설되지 않았다.

5월 29일, 배리 골드워터가 89세의 나이로 세상을 떠났다. 나는 슬픔에 잠겼다. 우리는 당도 달랐고 철학도 달랐지만, 골드워터는 힐러리와 나에게 특별히 잘해주었다. 나는 그가 진정한 애국자라는 점, 또 정부는 시민의 사생활을 건드리지 말아야 하고, 정치적 전투는 인신공격이 아니라 구상에 초점을 맞추어야 한다고 믿었던 구식의 자유론자라는 점에서 그를 존경했다.

나는 나의 입법 프로그램을 위한 로비를 하고 눈앞에 닥친 일들을 처리하면서 봄의 나머지 기간을 보냈다. 연방 민간 부처에서 동성애자 차별을 금지하는 행정명령을 내렸고, 보리스 옐친의 새로운 경제개혁 프로그램을 지지했고, 백악관에서 바레인의 에미르 대통령을 맞이했고, 세계의 마약 밀매 문제에 대하여 유엔 총회에서 연설을 했다. 그리고 한국 김대중 대통령의 국빈 방문을 환영했고, 캘리포니아 주 몬터레이에서 전국해양회의를 열어 캘리포니아 연안의 석유 시추 금지조치를 14년간 연장했고, 방탄조끼가 없는 법집행관의 25퍼센트에게 조끼를 구입해줄 자금을 제공하는 법안에 서명했고, 3개 대학 졸업식에서 연설을 했고, 6개 주에서 민주당원들을 위해 선거운동을 했다.

바빴지만 매우 정상적인 달이었다. 다만 오리건 주 스프링필드 출장은 예외였다. 그곳에서는 15세의 정신이 불안정한 소년이 반자동 무기로 급우들을 쏘아 여러 명이 죽거나 부상당한 사건이 벌어졌다. 아칸소 주 존스버러, 미시시피 주 펄, 켄터키 주 패듀카, 펜실베이니아 주 에딘버러에서 벌어진 일련의 학교 총격 사건의 연장선상에 있는 사건이었다.

이 살인은 비극적이었지만, 또 어떤 면에서는 당혹스러운 사건이었다. 전체적인 청소년 범죄율은 이제 막 내려가고 있었기 때문이다. 내가 보기에는 우리 문화에서 폭력을 지나치게 미화한다는 점, 아이들이 치명적인 무기를 쉽게 이용할 수 있다는 점도 이런 폭력 사태가 일어나는 원인의 한 부분을 이루는 것 같았다. 사망자가 발생하지 않은 몇 개 사건을 포함하여 모든 학교 총격 사건에서 어린 범죄자들은 분노에 사로잡혀 있거나, 소외되어 있거나, 어떤 어두운 생각에 사로잡혀 삶을 바라본다는 느낌이 들었다. 나는 재닛 리노와 딕 라일리에게 정신이 불안정한 젊은이들이 종종 드러내는 초기의 위험 신호와 그것에 대처하는 방법을 교사, 부모, 학생에게 알려주라고 지시했다.

나는 스프링필드의 고등학교로 가서 피해자 유족을 만나고, 일어난 일에 대해 이야기를 듣고, 학생과 교사와 시민과 이야기를 나누었다. 그들은 상처를 받았고, 그들의 공동체에서 어떻게 이런 일이 일어날 수 있는지 의아해하고 있었다. 이럴 때면 나는 내가 할 수 있는 일이라는 것이 사람들의 슬픔을 함께 나누고, 그들이 나빠서 그런 일이 생긴 것이 아니라고 이야기해주고, 상황을 수습하고 앞으로 나아가라고 격려하는 것밖에 없다는 느낌이 들곤 했다.

봄이 여름으로 바뀌면서 오래전부터 계획했던 중국 방문을 할 때가 왔다. 미국과 중국은 여전히 인권, 종교와 정치 자유를 비롯한 여러 문제에서 상당한 의견 차이가 있었지만, 나는 이 출장을 고대하고 있었다. 나는 장쩌민이 1997년 미국 방문을 성공적으로 마쳤기 때문에 이제 나의 답방을 간절히 바라고 있을 것이라고 생각했다.

이 출장에 대해서는 양국에서 논란이 없지 않았다. 나는 1989년 중국이 천안문 광장에서 민주 세력을 탄압한 사건 이후 중국을 방문하는 첫 미국 대통령이었다. 중국이 1996년 선거에 영향을 주려 했다는 혐의는 아직 풀리지 않은 상태였다. 또 일부 공화당 의원들은 미국 회사들이 중국제 미사일에 상업용 위성을 실어 우주에 쏘아 보내는 것을 허용했다는 이유로 나를 공격했다. 그러나 중국인들은 위성 기술에 접근할 수 없었다. 그리고 이 사업은 미국 회사들의 비용 절감을 위하여 레이건 행정부 때부터 추진되어, 부시 행정부 시절에도 계속 추진되어온 것이었다. 마지막으로, 미국에는 중국의 무역정책과 미국의 책, 영화, 음악의 불법 복제 판매를 묵인하는 태도 때문에 미국의 일자리가 줄어든다고 걱정하는 사람들이 많았다.

중국 측에서 보자면, 많은 관리들이 미국의 중국 인권 정책에 대한 비판을 내정간섭으로 간주하여 분개하고 있었으며, 어떤 사람들은 나의 긍정적인 발언에도 불구하고 미국의 정책이 21세기에 중국과 협력하는 것이 아니라 중국을 견제하는 것이라고 믿고 있었다.

세계 인구의 4분의 1을 거느리고 빠른 경제성장을 보여주는 중국은 미국과 세계에 심대한 경제적 · 정치적 영향을 줄 수밖에 없었다. 가능하다면 우리는 긍정적인 관계를 발전시켜야 했다. 중국에 가지 않는 것은 어리석은 일이었다.

나는 떠나기 전 자원부 장관 페데리코 페냐의 후임으로 유엔 대사 빌 리처드슨을 지명했고, 유엔 대사에는 딕 홀브루크를 임명했다. 자원부의 중요한 두 연구소가 자리를 잡고 있는 뉴멕시코 하원의원 출신인 리처드슨은 그 일의 적임자였다. 홀브루크는 미국의 유엔 회비 문제를 해결할 수완에다, 우리 외교정책팀에 큰 기여를 할 수 있는 경험과 지성까지 겸비하고 있었다. 게다가 발칸 제국에서 다시 문제가 생기기 시작했기 때문에 우리에게는 홀브루크가 필요했다.

나는 힐러리, 첼시, 장모와 함께 6월 25일 밤에 중국에 도착했다. 나와 함께 간 대표단은 올브라이트 장관, 루빈 장관, 데일리 장관, 그리고 하원 최장수 의원인 미시간의 존 딩걸을 포함한 국회의원 6명으로 구성되어 있었다. 딩걸이 대표단에 참여한 것은 중요한 의미가 있었다. 미시간 주는 자동차 산업이 큰 비중을 차지하면서, 자연스럽게 보호무역 정서의 중심지로 자리를 잡고 있었기 때문이다. 나는 딩걸이 중국을 직접 보고 나서 중국의 세계무역기구 가입 문제에 대해 나름대로 판단을 내리고 싶어 한다는 것이 반가웠다.

우리는 고도古都 시안에 먼저 들렀는데, 중국은 정교하면서도 아름다운 환영식으로 우리를 맞이했다. 다음 날 우리는 유명한 병마용을 둘러볼 기회를 가졌으며, 샤허라는 작은 마을에서 중국 시민들과 원탁 토론을 하기도 했다.

우리는 이틀 뒤부터 본격적인 일에 착수했다. 나는 장쩌민 주석과 회담을 갖고 기자회견을 열었는데 이 회견은 중국 전역에 텔레비전으로 중계되었다. 우리는 전략적 동반관계를 구축하기로 약속했을 뿐 아니라, 우리의 차이에 대해서도 솔직하게 의견을 나누었다. 중국 국민은 그들의 지도자가 인권이나 종교 자유와 같은 문제를 놓고 외국 수반과 토론하는 것을 처음 보았을 것이다. 장쩌민은 공개석상에서 그런 쟁점을 거론하는 데 많은 자신감을 갖게 되었으며, 내가 다른 의견을 말하더라도 정중한 방식으로 할 것이라고 신뢰하고 있었다. 또한 내가 다른 의견을 이야기할 뿐 아니라, 아시아의 금융위기를 끝내고, 핵확산을 방지하고, 한반도의 화해를 촉진하는 데 공동의 이해관계가 걸려 있다는 사실도 강조할 것이라고 믿고 있었다.

내가 중국에서 자유와 인권이 신장되어야 한다고 말하자, 장쩌민은 미국은 높은 발전 수준에 이르러 있지만, 중국은 여전히 1년 일인당 평균소득이 700달러에 불과하다고 대응했다. 그는 양국의 역사, 문화, 이데올로기, 사회체제의 차이를 강조했다. 내가 달라이 라마를 만나라고 권유하자, 장쩌민은 달라이 라마가 우선 티베트와 타이완이 중국의 일부임을 인정한다면 문은 언제든지 열려 있다고 말했다. 그러면서 이미 티베트 불교의 지도자인 달라이 라마와 '의사소통 채널을 여러 개' 확보하고 있다고 덧붙였다. 내가 장쩌민과 달라이 라마가 만나면 두 사람은 서로를 매우 좋아하게 될 것이라고 말하자, 중국 청중은 웃음을 터뜨렸다. 나는 또 인권 신장을 위한 몇 가지 실질적인 제안도 했다. 예를 들어 중국에는 여전히 법에도 나와 있지 않은 죄로 수감되어 있는 사람들이 있다고 지적하고, 그들을 석방할 것을 제안했다.

기자회견의 핵심은 이러한 토론 그 자체였다. 나는 미국이 인권(미국인들은 물론 이것이 보편적 가치라고 여기고 있었다)을 지지하는 모습을 중국 국민이 보기를 바랐으며, 더 많이 개방을 하더라도 사회 해체는 일어나지 않는다는 것을 중국 관리들이 이해하기를 바랐다. 물론 중국의 역사를 볼 때 그들이 두려움을 갖는 것은 이해할 만했다.

장쩌민과 부인 왕예핑이 주최한 국빈만찬 뒤에 장쩌민과 나는 인민해방군 군악대를 번갈아 지휘했다. 일요일인 다음 날 우리 가족은 베이징에서 가장 오래된 신교도 교회인 충원먼 교회에서 예배를 드렸다. 이곳은 중국 정부가 제재를 가하지 않은 몇 개 안 되는 교회 가운데 하나였다. 기독교인들은 보통 집에서 몰래 모이고 있었다. 종교의 자유는 나에게 중요한 문제였기 때문에, 종교자유 문제를 더 논의하기 위해 랍비, 가톨릭 대주교, 복음주의 목사 등을 포함한 미국 종교 지도자 대표단을 보내겠다는 제안을 장쩌민이 받아들였을 때 굉장히 기뻤다.

자금성과 만리장성을 둘러본 뒤에 나는 베이징 대학에서 학생들과 질의응답 시간을 가졌다. 우리는 중국의 인권문제를 이야기했지만, 학생들은 미국의 인권 문제를 묻기도 했고, 미국인의 중국에 대한 이해를 높이기 위해 어떤 일을 할 수 있느냐고 묻기도 했다. 조국이 변하기를 바라면서도 조국에 대해 자부심을 가지고 있는 젊은이들로서는 당연히 물어볼 만한 질문들이었다.

주룽지 총리는 대표단을 위한 오찬을 주최했으며, 이 자리에서 우리는 중국이 당면한 경제적·사회적 도전들에 대해 이야기했고, 중국이 세계무역기구에 가입하기 위해 해결해야 할 남은 문제들에 대해 토론하기도 했다. 나는 중국의 세계무역기구 가입을 강력히 지지했다. 그래야 중국이 계속해서 세계화된 경제에 통합될 수 있고, 또 국제적인 규칙들을 더 수용하고, 여러 가지 문제에서 미국을 비롯한 다른 나라들과 더 긴밀하게 협력할 수 있었기 때문이다.

그날 밤 장쩌민 주석 부부는 그들의 관저로 우리를 초대하여 함께 식사를 했다. 주석궁은 중국의 가장 중요한 지도자들이 살고 있는 단지 내부의 잔잔한 호숫가에 자리 잡고 있었다. 장쩌민을 자주 만날수록 나는 그에게 호감을 가지게 되었다. 그는 재미있고 사람을 웃길 줄 알았고, 매우 자부심이 강했지만, 늘 다른 관점에 귀를 기울일 자세가 되어 있었다. 내가 그의 의견에 늘 동의했던 것은 아니지만, 나는 그가 그로서는 최대한의 속도로, 또 올바른 방향으로 중국을 바꾸고 있다고 생각한다는 것을 분명히 알게 되었다.

우리는 베이징에서 상하이로 갔다. 상하이에는 세계 다른 어떤 도시보다 건축용 크레인이 많은 것 같았다. 힐러리와 나는 교수, 사업가, 소비자 운동가, 소설가 등을 포함한 젊은 중국인들 그룹과 중국의 문제와 잠재력에 대해 흥미 있는 토론을 했다. 중국 출장에서 가장 큰 깨달음을 주었던 경험은 상하이 시장과 함께 출연했던 라디오 청취자 전화 참여 프로그램이었다. 경제와 안보 문제에 대해 훌륭한, 그러나 예측 가능한 질문들이 몇 가지 있었지만, 사실 질문은 시장이 나보다 더 많이 받았다. 전화를 건 사람들은 더 나은 교육과 더 많은 컴퓨터에 관심을 가졌으며, 상하이가 번창하고 확대되면서 생겨난 교통 혼잡을 걱정했다. 나는 시민이 시장에게 교통체증에 대해 불평을 할 수 있다면, 중국 정치는 올바른 방향으로 발전하고 있는 것이라는 생각이 들었다.

우리는 귀국 전에 구이린으로 날아가 숲의 파괴와 독특한 야생생물의 소멸에 대해 걱정하는 환경운동가들을 만난 뒤, 리 강에서 잠시 뱃놀이를 즐겼다. 리 강은 완만한 농촌 풍경을 뚫고 우뚝 솟아오른 커다란 석회암 봉우리들 사이로 흘러갔다. 우리는 구이린을 떠나 홍콩으로 가서, 영국이 떠난 뒤 중국이 선택한 퉁치화 행정장관을 만났다. 퉁치화는 미국에서 몇 년 산 경험도 있는 지적이고 세련된 인물로, 활기찬 홍콩의 정치 문화와 훨씬 더 체제순응적인 중국 중앙정부 사이에서 균형을 잡으려고 노력하고 있었다. 나는 민주주의의 옹호자 마틴 리도 다시 만났다. 중국은 홍콩이 본토보다 훨씬 더 민주적인 정치체제를 유지하게 해주겠다고 약속했지만, 통합의 세세한 내용들은 아직 미해결 상태이며, 양쪽 모두 현재 상황에 완전히 만족하지 않는다는 분명한 인상을 받았다.

7월 중순, 앨 고어와 나는 새천년이 시작되자마자 컴퓨터가 제대로 작동 하지 못하는 사태를 피하기 위한 행정부의 노력을 강조하기 위해 국립과학원에서 행사를 열었다. 많은 컴퓨터 시스템들이 2000년에 적응하지 못할 것이고, 이로 인해 경제에 재난이 일어나고 수많은 미국인들의 업무가 혼란에 빠질 것이라는 우려가 널리 퍼져 있었다. 우리는 존 코스키넌을 중심으로 모든 정부 시스템이 새천년을 맞을 준비를 갖추고, 사적 부문의 시스템들도 2000년에 적응하도록 돕기 위한 광범위한 노력을 기울였다. 그러나 그날이 될 때까지는 우리의 노력이 성공할 것인지 알 수 없었다.

7월 16일에 나는 나의 또 하나의 우선순위 과제인 자녀부양 수행 및 인센티브 법을 법제화하는 법안에 서명했다. 우리의 노력으로 이미 1992년 이후 자녀 부양비 징수 실적은 68퍼센트 올라갔으며, 이제 140만 가족이 추가로 자녀 부양비를 받고 있었다. 이 법안은 자녀 부양 서류철을 자동화하지 않는 주에 벌을 주고, 수행 목표를 이루는 데 성공한 주에는 재정적 보답을 해주기 위한 것이었다.

이 무렵 나는 식량부족을 겪는 가난한 나라들에 나누어주기 위해 80억 부셸(약 36리터—옮긴이주)의 밀을 매입하겠다고 발표했다. 곡물 가격이 하락했기 때문에, 밀 구입은 인도적 요구에 부응할 뿐 아니라, 밀 가격을 부셸당 13센트 올려 곤경에 처한 농부들에게도 도움을 줄 수 있었다. 미국의 몇 지역에서 이상고온으로 농작물이 제대로 자라지 못했기 때문에, 나는 국회에 긴급 농가지원안을 통과시켜달라고 요청하기도 했다.

7월 말, 마이크 매커리는 가을에 백악관 공보국장 자리에서 물러나겠다고 발표했다. 나는 나의 재선 선거운동 때 공보를 담당했던 부국장 조 록하트를 국장으로 임명했다. 매커리는 어려운 질문에 답변하고 행정부의 정책들을 명료하고 재치 있게 설명하고, 24시간 대기 상태에서 장시간 일을 하는 등 어려운 자리에서 일을 잘해주었지만, 이제 자식들이 크는 것을 보고 싶어 했다. 나는 조 록하트를 무척 좋아했었으며, 언론도 그를 좋아하는 것 같았다. 게다가 록하트는 나와 카드놀이를 하는 것도 좋아했다. 덕분에 록하트는 별 어려움 없이 자리를 잡았다.

7월에 내가 계속 국내에서 나의 의제를 밀고 나가는 동안, 딕 홀브루크는 코소보 위기를 해소하기 위해 밀로셰비치를 만나러 베오그라드로 날아갔다. 일본에서는 하시모토 총리가 선거 패배 후 사임을 했고, 넬슨 만델라는 그라사 마첼과 결혼을 했다. 마첼은 모잠비크의 전직 대통령과 사별한 아름다운 과부로, 아프리카에서 전쟁에 아동을 이용하는 일을 중단시키기 위해 앞장서 노력하는 인물이기도 했다. 그리고 케네스 스타는 계속 나를 기소할 준비를 해나갔다.

스타는 경호실장 래리 코켈을 포함하여 비밀검찰부 요원 몇 명의 증언을 듣겠다고 고집을 부렸다. 비밀검찰부는 이 요구에 저항해왔으며, 부시 전 대통령도 이 증언에 반대하는 서한을 두 통이나 보냈다. 비밀검찰부 요원은 대통령이 백악관의 숙소에 있을 때가 아니면, 늘 대통령과 함께 있거나 대통령이 있는 방 바로 바깥에 있다. 대통령은 비밀검찰부가 자신을 보호해줄 것이라고 믿고, 또 자신의 비밀도 보호해줄 것이라고 믿는다. 비밀검찰부 요원들은 위치상 국가안보, 국내정책, 정치적 대립, 개인적 갈등과 관련된 모든 대화를 듣게 되기 때문이다. 그동안 그들은 헌신적이고, 전문가적이고, 신중한 태도로 양당의 대통령들을 보필하고 국가에 봉사해왔다.

그런데 이제 스타는 그것을 모두 흔들어놓으려 하고 있었다. 그것도 간첩행위나 워터게이트 같은 연방수사국의 악용, 이란-콘트라 같은 법에 대한 고의적인 도전을 수사하는 것이 아니라, 애초에 시비를 따질 사안이 아니라는 이유로 법원이 내친 사건에서 의도를 감추고 물어본 질문에 대하여 내가 거짓 답변을 했는지, 모니카 르윈스키에게 거짓 답변을 하라고 권했는지 수사하기 위해서였다.

7월 말, 스타는 모니카 르윈스키에게 대배심 증언을 대가로 소추 면책을 약속했으며, 나도 증언을 위해 소환할 계획이었다. 7월 29일, 나는 자발적으로 증언하기로 합의하여, 소환장이 발부되지는 않았다. 물론 증언은 전혀 반갑지 않은 일이었다.

8월 초, 나는 워싱턴에서 인디언 부족 지도자 10명을 만나, 아메리카 인디언들에게 교육, 보건, 경제의 기회를 더 많이 제공하기 위한 포괄적인 노력을 하겠다고 발표했다. 정부간 문제에서 나를 돕는 미키 이바라와 나와 인디언 부족들 사이의 연락을 담당하는 린 커틀러는 이 사업을 위해 열심히 노력해왔으며, 이는 실제로 매우 시급한 일이기도 했다. 미국은 28년 만에 가장 낮은 실업률, 25년 만에 가장 낮은 범죄율, 29년 만에 가장 낮은 생활보호대상자 비율을 기록하고 있었지만, 도박 사업으로 돈을 벌지 못한 아메리카 인디언 공동체들은 여전히 형편이 좋지 않았다. 인디언의 대학 진학률은 10퍼센트 미만이었으며, 백인보다 당뇨병에 걸리는 사람이 세 배나 많았고, 미국 인종집단 가운데 1인당 소득이 여전히 최저였다. 어떤 부족 공동체들은 실업률이 50퍼센트가 넘었다. 부족 지도자들은 우리가 제시하는 새로운 정책들에 고무되었으며, 회의 뒤에 나는 우리가 그들을 도울 수 있을지 모른다는 약간의 희망을 가지게 되었다.

다음 날, 5분 간격으로 탄자니아 미국 대사관과 케냐의 미국 대사관이 폭탄 테러를 당해, 미국인 12명을 포함한 257명이 죽고, 5,000명이 다쳤다. 증거들은 알 카에다라고 알려진 오사마 빈 라덴의 테러조직이 공격했음을 보여주었다. 2월 말, 빈 라덴은 세계 모든 곳의 미국 군사 및 민간 목표물을 공격하라는 파트와(종교상의 문제에 대해 이슬람의 법관이 내리는 결정 - 옮긴이주) 명령을 내렸다. 5월에 그는 자신의 지지자들이 페르시아만의 미국 목표물들을 공격할 것이라고 말했으며, "미국이 전쟁을 절실하게 느끼게 해주겠다"는 이야기도 했다. 6월에 빈 라덴은 한 미국 기자와 회견을 할 때, 대공 미사일로 미국 군용기를 격추하겠다고 위협하기도 했다.

그때까지 우리는 오랫동안 빈 라덴을 추적하고 있었다. 내 1차 임기 초에 토니 레이크와 딕 클라크는 중앙정보국에 이 부유한 사우디아라비아인에 대한 정보를 더 수집할 것을 강력하게 요구했다. 빈 라덴은 1991년에 사우디아라비아로부터 추방당했고, 1994년에는 시민권을 상실했으며, 추방당한 뒤에는 수단에 자리를 잡았다.

처음에 빈 라덴은 테러 작전의 자금을 대는 사람 정도로 여겨졌다. 그러나 시간이 흐르면서 우리는 그가 매우 정교한 테러 조직의 우두머리임을 알게 되었다. 그는 자신의 재산 외에 큰 액수의 돈을 주무르고 있었고, 체첸, 보스니아, 필리핀을 포함한 여러 나라에 공작원을 두고 있었다. 1995년 보스니아 전쟁 뒤에 우리는 보스니아를 장악하려는 무자헤딘(이슬람 반군 - 옮긴이주)의 기도를 저지했고, 필리핀에서 미국 서해안으로 날아가는 비행기 10여 대를 폭파하려는 음모를 사전에 분쇄했다. 그러나 빈 라덴의 조직망은 계속 커졌다.

1996년 1월, 중앙정보국은 테러방지센터 내에 빈 라덴과 그의 조직망을 전담하는 부서를 설립했으며, 그 직후 우리는 수단에 빈 라덴을 추방할 것을 촉구했다. 당시 수단은 테러리스트들에게 안전한 피난처나 다름없었다. 그곳에는 안와르 사다트를 암살하고 1995년 6월에는 무바라크 대통령까지

취임식과 취임 축하 무도회(1993년 1월 20일).

내각과 함께 한 앨 고어와 나. (서 있는 사람들, 왼쪽부터) 매들린 올브라이트, 맥 맥라티, 미키 캔터, 로러 타이슨, 리온 퍼네터, 캐럴 브라우너, 리 브라운. (앉아 있는 사람들, 아래 왼쪽부터) 로이드 벤트슨, 재닛 리노, 마이크 에스피, 로버트 리시, 헨리 시스네로스, 헤이즐 오리어리, 리처들 라일리, 제시 브라운, 페데리코 페냐, 도너 샬랄라, 론 브라운, 브루스 배빗, 레스 애스핀, 워런 크리스토퍼.

매주 점심을 먹으며 기도하던 고어와 나.

핫스프링스에서 어머니, 딕 켈리, 챔프와 함께.

맥 맥라티와 내가 칠레 산티아고에서 열린
남북아메리카 정상회의에 참석하고 있다.

북미자유무역협정을 위한 캠페인 발표 전날 관저 개인 서재에서
조지 부시, 지미 카터, 제너럴 포드 등의 전임 대통령들과 함께.

백악관 관저 집사와
직원들과 함께.

와이오밍에서 힐러리와 함께.   어머니, 로저와 함께 한 마지막 크리스마스.

〈호두까기 인형〉의 첼시.

론 브라운과 내가
로스앤젤레스 중남부에서
즉흥적으로 농구 시합을
하고 있다.

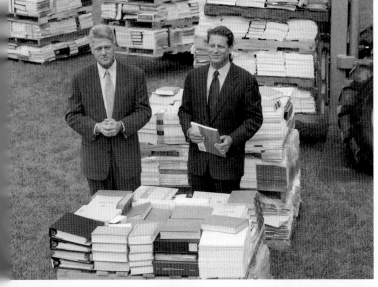

정부 혁신 정책의 일환으로
사우스 론에서
정부 규제들의 철폐를
발표하는 고어와 나.

이착 라빈 총리의 타이를 바로잡아주고 있다.
우리의 마지막 만남이 된다.

오른쪽 토니 레이크가 라빈의 죽음을 알리고 있다.

브루스 린지,
어스킨 보울스와 함께
해병대 1호기로 도착.

아래 백악관 상황실에서 열린
보스니아 브리핑.

위 왼쪽 아칸소 토네이도 현장에 모인
아메리코 자원봉사단.

위 오른쪽 첼시의 시드웰 프렌즈 졸업식.

오벌 오피스 식당에서 나에게
브리핑을 하는 람 에마누엘과
리온 퍼네터.

아래 왼쪽 몬태나에서
해럴드 이케스와 말을 타며.

힐러리와 함께.

그랜드 케니언 가장자리에서
그랜드 스테어케이스-에스컬랜티
천연기념물 지정 문서에 서명하는 고어와 나.

골프 코스에서 프랭크 레인스, 어스킨 보울스,
버넌 조던, 맥스 채프먼과 함께.

옐로우 오벌 룸에서
열린 전략 회의.

캐비닛 룸에서 공화당 지도자들인
뉴트 깅리치 하원의원, 밥 돌 상원의원과 함께.

오벌 오피스에서 민주당 지도자들인
리처드 게파트 하원의원, 톰 대슐 상원의원과 함께.

뉴욕 하이드 파크에서 러시아 대통령 보리스 옐친과 나.

바르부르크 성에서
헬무트 콜 독일 총리와 함께.

힐러리, 첼시와 함께
이스트룸에서 아이들에게
"크리스마스 전날 밤"을
읽어주며.

론 브라운의 장례식에서
첼시와 나.

트루먼 발코니에서 자리를 함께 한
누르 왕비와 후세인 왕.

위 애리조나 주립대학에서 21세기를 향한 미국의 다리에 대해
연설하고 있다.

오른쪽 캘리포니아에서 열린 행사에서 교육을 장려하고 있다.

공군1호기에서 1996년 승리를 축하하며.

아메리카 원주민 부족 정부의 대표들과 함께 행정명령에
서명하고 있다.

쿠웨이트의 부대를
방문하여.

매들린 올브라이트,
데니스 로스,
마틴 인딕, 로브 몰리,
브루스 레이들,
샌디 버거 등
중동팀과 함께
웨스트버지니아의
셰퍼즈타운에서
브리핑을 하고 있다.
비서실 차장
머리어 에차베스트는
맨 오른쪽에 있다.

아래 오벌 오피스에서
경제팀과 함께.

브루스 린지, 더그 소스닉, 조 로카트와 함께
해병대 1호기에서 카드를 하고 있다.

법률팀. 셰릴 밀스, 브루스 린지,
데이비드 켄돌, 척 러프, 니콜 셀리그먼.

백악관 시종 프레드 산체스와 리토 바우티스타,
의사 코니 마리아노, 시종 조 파마,
오벌 오피스 사무장 바야니 넬비스와 함께.

오벌 오피스 사무장 글렌 메이스가 고어와 나에게
내 생일을 위해 만든 케이크를 보여주고 있다.

왼쪽 사우스 론에서 버디,
내 조카들인 자차리,
타일러와 함께 놀고 있다.

아래 삭스가 언론에
브리핑을 하고 있다.

남아프리카 대통령
넬슨 만델라와 내가 로벤 섬의
감방에 들어가 있다.
만델라가 수감 생활 27년 가운데
첫 18년을 보낸 곳이다.

쿄에서 일본의 오부치 게이조 총리와 함께

오벌 오피스에서 중국의 장쩌민 주석과 함께.

레나토 아이들이 카르타게나에서
연하고 있다. 옆에 첼시와 콜롬비아의
드레스 파스트라나 대통령이 있다.

덴버에서 열린 G-8 정상회의.
왼쪽에서 오른쪽으로 자크 델로르,
토니 블레어, 하시모토 류타로,
헬무트 콜, 보리스 옐친, 나,
자크 시라크, 장 크레티앙,
로마노 프로디, 윔 코크.

내각과 함께. (첫줄) 브루스 배빗, 윌리엄 코언, 매들린 올브라이트, 나, 래리 서머스, 재닛 리노.
(둘째줄) 조지 테닛, 토고 웨스트, 빌 리처드슨, 앤드루 쿠오모, 알렉시스 허먼, 댄 글리크먼, 존 포데스터,
윌리엄 데일리, 도너 샬랄라, 로드니 슬레이터, 리처드 라일리, 캐럴 브라우너. (뒷줄) 서굿 마셜 2세,
브루스 리드, 제임스 리 윗, 샬린 바셰프스키, 마틴 베일리, 잭 루, 배리 매카프리, 아이다 알바레스,
진 스펄링, 샌디 버거.

위 왼쪽 체커스에서 토니 블레어와 함께.

위 오른쪽 마케도니아의 코소보 난민
　　　수용소를 찾은 힐러리와 나.

왼쪽 우간다 와냥게에서 빌 클린턴이라는
　　이름의 갓난아기와 함께 한
　　힐러리와 나.

아래 가나 독립광장에서 5만 명 이상의
　　군중에게 연설을 하고 있다.

앨라배마 주 셀머에서 열린 투표권 35주년 기념 행진에서
제시 잭슨, 코레터 스콧 킹, 존 루이스 등
마틴 루터 킹 2세와 함께 팔짱을 끼고 행진했던 시민권
운동 원로들과 함께 에드먼드 피터스 다리를 건너고 있다.

에버트 가족과 함께 베트남의 미군 실종자
발굴 현장을 찾은 힐러리, 첼시, 나.

캠프 데이비드 중동 평화 정상 회담. 에후드 바락 총리,
야세르 아라파트 의장, 나의 아랍어 통역관이자 중동 자문
게말 헬랄과 함께.

인도 나일라의 전통 의식에서
장미 꽃잎 소나기를 맞으며.

2000년 성 패트릭 축일에 제리 애덤스,
존 흄, 데이비드 트림블과 함께.

북아일래드 던도크의 시장 광장에 모인 군중에게
연설을 하고 있다.

딕 라일리와 함께 미국의 교실에 인터넷을
도입하고 있다.

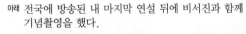

위 대통령 보좌관 더그 밴드, 크리스 엥스코프,
스티븐 구딘, 앤드루 프렌들리와 함께.

미국 비밀검찰부 대통령 경호실의
당직 특수요원들, 오벌 오피스 운영국장
낸시 헌리시, 내 비서 베티 커리와 함께.

아래 전국에 방송된 내 마지막 연설 뒤에 비서진과 함께
기념촬영을 했다.

2000년 2월 7일. 힐러리가 상원의원 출마를 발표했다.

뉴욕 주 차파쿠아에서 힐러리가 후보로 처음 투표하는 동안 첼시와 함께 기다리며.

전통에 따라 레졸루트 책상에 후임자를 위한 편지를 올려놓은 뒤 오벌 오피스에서 마지막 시간을 보내고 있다.

암살하려 했던 이집트인들도 머물고 있었다. 수단의 지도자 하산 알 투라비는 빈 라덴과 똑같은 과격한 입장을 가진 사람으로, 두 사람은 합법적 사업에서부터 무기 제조와 테러리스트 지원에 이르기까지 온갖 일을 함께 했다.

우리는 투라비에게 빈 라덴을 추방하라고 압력을 넣으면서, 사우디아라비아에 빈 라덴을 데려가달라고 요청했다. 사우디아라비아는 그가 돌아오는 것을 원치 않았지만, 빈 라덴은 마침내 1996년 중반에 수단을 떠났다. 그렇다고 투라비와 사이가 나빠진 것 같지는 않았다. 그는 아프가니스탄으로 갔으며, 그곳에서 아프가니스탄에 급진적인 이슬람 신정체제를 수립하려는 수니파의 전투적 분파인 탈레반의 지도자 물라 오마르의 환영을 받았다.

1996년 9월, 탈레반은 카불을 점령하고, 아프가니스탄의 다른 지역들도 장악하기 시작했다. 1996년 말까지 중앙정보국의 빈 라덴 담당 부서는 그와 그의 하부조직에 대한 상당한 정보를 확보했다. 거의 1년 뒤 케냐 당국은 케냐 미국 대사관을 목표로 테러 음모를 꾸민 것으로 여겨지는 한 남자를 체포했다.

폭탄 테러가 일어났던 주에 나는 정해진 일정대로 움직였다. 켄터키, 일리노이, 캘리포니아를 돌아다니면서 환자의 권리장전과 맑은 물 프로그램을 홍보하고, 민주당 후보들의 선거운동을 지원했다. 그러나 이런 공적 행사들에 참여하는 것 외에 나는 대부분의 시간을 국가안보팀과 아프리카의 테러공격 대응 방안을 논의하며 보냈다.

8월 13일, 앤드루 공군기지에서 미국인 희생자 12명 가운데 10명을 위한 추모예배가 열렸다. 빈 라덴이 단지 미국인이라는 이유로 죽어 마땅하다고 믿었던 희생자들 가운데는 내가 두 번 만났던 직업외교관과 그의 아들도 있었다. 휴가를 내서 나이든 부모를 돌보고 온 여자도 있었다. 자신이 선택한 나라를 위하여 일하려고 세계를 돌아다닌 인도 태생의 외무 직원도 있었다. 아프리카 아이들을 질병과 죽음으로부터 구하려고 노력하던 전염병학자도 있었다. 어린 세 자녀를 둔 어머니도 있었고 막 할머니가 된 것을 자랑스러워하던 여자도 있었다. 낮에는 외무 직원으로 일하던 뛰어난 재즈 음악가도 있었으며 케냐 사람과 결혼한 대사관 직원도 있었다. 육군, 공군, 해병대 소속의 하사관들도 있었다.

어느 모로 보나, 빈 라덴은 자신이 절대적 진리를 소유하고 있으며, 따라서 신 노릇을 하며 마음대로 무고한 사람들을 죽여도 된다는 확신으로 오염된 사람이었다. 우리는 몇 년 동안 그의 조직을 추적했기 때문에, 얼마 전부터 나는 그가 만만치 않은 적임을 알고 있었다. 아프리카 폭탄 테러 이후 나는 빈 라덴을 생포하거나 죽이고, 그와 더불어 알 카에다를 파괴하는 일에 집중하게 되었다.

대사관 폭탄 테러가 발생하고 나서 일주일 뒤, 우리보다 훨씬 더 큰 피해를 본 케냐와 탄자니아 사람들에게 전하는 연설을 녹화하고 나서 나는 국가안보 고위 담당자들과 만났다. 중앙정보국과 연방수사국은 모두 폭탄 테러가 알 카에다의 소행이며, 이미 범인 몇 명이 잡혔다고 보고했다.

나는 또 알 카에다가 알바니아의 티라나에 있는 미국 대사관도 공격할 계획이며, 적들은 미국이 나의 개인적 행동에 대한 논란으로 한눈을 팔고 있기 때문에 매우 취약한 상태라고 생각한다는 정보보고서도 받았다. 우리는 알바니아 대사관을 폐쇄하고, 대사관을 지키기 위해 중무장 해병대를 투입했으며, 알바니아 당국과 협력하여 그곳의 알 카에다 세포를 분쇄하는 작업을 시작했다. 그러나 알 카에다가 활동하는 다른 여러 나라에도 미국 대사관이 있었다.

중앙정보국은 또 빈 라덴과 그의 고위 참모진이 그들의 공격의 효과를 평가하고 다음 작전을 계획하기 위해 8월 20일 아프가니스탄에 있는 그의 캠프 한 곳에서 모인다는 정보를 입수했다. 이 회의는 우리에게는 보복을 할 기회, 나아가 알 카에다 지도부의 상당수를 없앨 수도 있는 기회였다. 나는 샌디 버거에게 군사적 대응 절차를 감독해달라고 요청했다. 우리는 목표물을 정한 다음, 필요한 군사적 자원을 이동시키고 파키스탄의 협조를 얻을 방법을 궁리해야 했다. 공습을 하려면 비행기들이 파키스탄 영공을 지나가야 하기 때문이었다.

우리는 인도 아대륙의 긴장을 해소하기 위해 파키스탄과 협력하려고 노력했고 냉전 시대에는 두 나라가 동맹관계를 이루기도 했지만, 파키스탄은 탈레반을 지지했고, 그 연장선상에서 알 카에다도 지지했다. 빈 라덴과 알 카에다가 탈레반과 카슈미르 반란군을 훈련시키던 캠프 몇 군데를 파키스탄 정보부가 이용할 정도였다. 만일 파키스탄이 우리의 공격 계획을 미리 알게 되면, 파키스탄 정보부는 탈레반, 나아가서 알 카에다에도 미리 정보를 알려줄 가능성이 높았다. 그러나 인도 아대륙에서 군사적 갈등의 가능성을 최소화하려고 노력하고 있던 국무부 부장관 스트로브 탤벗은 만일 우리가 파키스탄에 미리 통보하지 않으면, 그들은 우리 미사일들을 인도가 파키스탄에 쏜 것으로 오해하여 최악의 경우 핵무기로 보복을 할지도 모른다고 우려했다.

결국 우리는 공격 예정 시간에 즈음하여 합동참모본부 차장 조 랠스턴 장군이 파키스탄 군 최고사령관을 만나 식사를 하다가, 미국 미사일이 파키스탄 영공을 침범하기 몇 분 전에 파키스탄 사령관에게 상황을 설명해주기로 했다. 파키스탄이 탈레반이나 알 카에다에 정보를 알려줄 시간 여유를 주지 말자는 것이었다. 반대로 파키스탄이 미사일을 격추하거나 인도에 반격을 하는 것은 충분히 막을 수 있었다.

우리 팀은 한 가지를 더 걱정했다. 사흘 뒤인 8월 17일에 대배심 앞에서 내가 증언을 한다는 사실이었다. 그들은 내가 그 일 때문에 공격을 망설일지도 모른다고 걱정했다. 또 공격을 명령한다 해도, 국민의 관심을 내 문제에서 다른 곳으로 돌리기 위해 그렇게 하는 것이라는 비난을 받을지도 모른다고 걱정했다. 특히 빈 라덴을 잡지 못할 경우에 그런 비난이 일어날 가능성이 크다고 보았다. 나는 그들에게 그들의 일은 국가안보에 대하여 내게 조언을 하는 것이라고 분명하게 말했다. 20일에 공격을 하는 것이 좋겠다는 결론이 나왔다면, 그렇게 하자. 내 개인적인 문제는 내가 알아서 하겠다. 나는 그렇게 결론을 내렸다. 사실, 내 문제를 처리할 시간 역시 눈앞에 다가와 있었다.

49

　　　　　　　　　　　　　　연방대배심 증언이 예정되어 있던 1998년
8월 15일 토요일 아침, 고통 속에 뜬눈으로 밤을 새운 나는 힐러리를 깨워
서 모니카 르윈스키와 나 사이에 있었던 일을 솔직하게 털어놓았다. 힐러리
는 복부를 강타당한 듯한 얼굴로 나를 쳐다보더니 지난 1월에 왜 거짓말을
했느냐며 화를 냈다. 미안하다고, 그 이야기는 누구에게도, 그녀에게도 할
수 없다고 생각했다는 말 말고는 아무런 이야기도 할 수 없었다. 나는 그녀
를 사랑하며, 그녀와 첼시에게 상처를 주고 싶지 않다고 말했다. 내가 한 일
에 대해서 부끄럽게 생각하고 있으며, 가족에게 상처를 주고 대통령 직위를
손상시키는 일을 피하기 위해서 모든 것을 나만의 비밀로 해왔다고 말했다.
취임 초부터 갖은 거짓말과 인신공격에 시달리면서도 지켜온 대통령직이었
다. 1월의 선서증언 이후 쏟아져 들어온 거센 물살에 휩쓸려 대통령 자리에
서 밀려나고 싶지 않았다. 나는 내 자신이 왜 그렇게 어리석고 옳지 않은 일
을 했는지 여전히 이해하지 못하고 있었다. 그러나 그 후 몇 달 동안 우리
관계를 풀어보려고 노력하면서 조금씩 이해해나가게 되었다.

　　첼시에게도 이야기를 해야 했다. 그것은 힐러리에게 털어놓는 것보다
훨씬 더 어려운 일이었다. 자식들도 언젠가는 자신의 부모가 완벽한 존재가
아니라는 사실을 알게 된다. 하지만 나의 경우는 일반적인 경우를 넘어서고
있었다. 나는 늘 좋은 아버지라고 자신하고 있었다. 첼시의 고등학교 시절
과 대학 1학년까지 4년은 부모에 대한 강도 높은 인신공격으로 늘 그늘져

있었다. 이제 첼시는 자신의 아버지가 아주 몹쓸 짓을 했고, 자신과 어머니에게 거짓말을 했다는 사실을 알게 되었다. 나는 우리의 결혼 생활을, 그리고 딸의 사랑과 존경을 잃게 될까봐 두려웠다.

그날 오후에는 또 다른 테러 행위가 발생했다. 북아일랜드에 있는 오마에서 성금요일 의정서(북아일랜드평화협정)에 반대하여 아일랜드공화국군에서 떨어져 나온 한 분파조직이 혼잡한 상가지역에서 차량 폭탄 테러를 가해 28명이 사망했다. 신페인당을 포함해서 평화협상을 진행 중인 모든 정파들은 범행을 부인했다. 나는 즉각 성명을 내어 살육을 자행하는 테러를 비난하고 희생자들의 가족들에게 애도의 뜻을 표하는 한편, 평화협상에 참여하는 정파들이 한층 더 노력을 기울일 것을 촉구했다. 범행을 자인한 정파는 200여 명의 회원과 지지자를 거느리고 있는 자칭 '진정한 아일랜드공화국군'이라는 단체로, 심각한 문제를 일으킬 만한 규모였지만 평화협상을 깨뜨릴 수준은 아니었다. 오마 폭탄테러는 옛날 방식으로 돌아가는 비이성적인 행동이었다.

8월 17일 월요일, 마음의 준비를 하고 네 시간 동안의 증언을 하기 위해 '맵 룸'으로 내려갔다. 케네스 스타는 내가 법정에 출두하지 않아도 좋다고 동의했다. 힐러리를 법정에 출두시켰다가 심한 반발을 샀던 경험 때문인 것 같았다. 하지만 그는 24명의 대배심원들이 그 자리에 참석할 수 없으므로 내 증언을 녹화하겠다고 주장했다. 데이비드 켄달은 스타가 나의 '비밀' 증언을 녹화하지 않는다면 대배심이 백악관에 오는 것을 반대하지 않겠다고 말했다. 스타는 이 제안을 거절했다. 나는 그가 그 비디오테이프를 의회에 보내려고 하는 것 아닌가 하는 생각이 들었다. 그렇게 되면 그가 손 하나 까딱하지 않아도 비디오테이프가 공개될 터였다.

대배심은 법원에서 폐쇄회로 텔레비전으로 심문과정을 지켜보고 있었다. 스타를 비롯한 심문관들은 그 비디오테이프를 음란영화로 만들기 위해서 정신없이 날뛰었다. 그들이 던지는 질문들은 나를 욕보일 목적으로, 그리고 의회와 미국 국민들이 넌더리를 내며 나의 사직을 요구하게 만들 목적으로, 그리고 후일 나를 기소할 때 써먹을 목적으로 고안된 것들이었다. 사무엘 존슨은 자신의 파멸을 예견할 때만큼 정신이 집중되는 경우는 없다고 말했다. 하지만 나는 개인의 파멸 이상의 문제들이 걸려 있다는 생각을 하고 있었다.

예심이 끝난 후, 나는 짧은 진술을 하겠다고 말했다. 나는 '1996년에 몇 번, 그리고 1997년에 한 번' 모니카 르윈스키와 부적당한 관계가 포함된 그릇된 행동을 했다는 사실을 시인했다. 그리고 그 행동은 도덕적으로는 잘못된 것이지만, 라이트 판사가 폴라 존스의 변호사들의 요청을 받아들여 인정했던 용어 정의로 이해했을 때의 '성관계' 는 아니었다고 말했다. 또한 나의 행동에 대해 책임을 느끼고 있고, 나의 행동의 적법성과 관련된 독립변호사실의 질문들에 대해서는 최선을 다해서 답변하겠지만, 사건의 구체적인 내용에 대해서는 더 이상 말하지 않겠다고 말했다.

독립변호사실의 대표 심문자는 나에게 라이트 판사가 표현했던 '성관계' 의 정의와 관련이 있는 여러 가지 질문들을 쉬지 않고 퍼부었다. 나는 폴라 존스의 변호사들이 독립변호사실과 마찬가지로 불법적인 정보 누설을 되풀이하고 있었기 때문에, 폴라 존스의 변호사들에게 도움이 될 만한 일을 하지 않으려고 애를 썼다는 사실을 인정했다. 나는 또 그들이 아무런 성과를 거두지 못했기 때문에, 선서증언을 통하여 나한테 피해를 줄 만한 새로운 정보를 유도해내고 그것을 누설하려 한다는 생각을 했다는 사실도 인정했다. 물론 증언을 하던 당시까지는 스타의 변호사실이 이미 깊이 개입하고 있다는 사실을 알지 못했다고 말했다.

스타의 검사들은 이 기회를 이용하여 공개적인 자리에서는 어느 누구도 입에 담지 못할 만큼 자세하게 여러 가지 사항들을 논하는 비디오테이프에 나를 집어넣으려고 시도했다.

독립변호사실은 성과 관련된 질문에 대한 선서증언 시의 답변 내용에 대해서 계속 불평을 늘어놓았다. 나는 그 당시 변호사와 내가 존스의 담당 검사들에게 구체적인 추가질문을 하라고 했지만, 그들이 그것을 거부했다는 사실을 지적했다. 그리고 이제 그때 그들이 추가질문을 하지 않은 이유가 분명해졌다고 말했다. 그들의 목표는 언론에 누설해 나에게 피해를 줄 만한 자백을 얻어내는 것 정도가 아니었다. 그들은 스타를 위해서 일하고 있었다. 그들의 목표는 선서증언을 사직 강요나 탄핵, 심지어는 기소를 위한 근거로 사용하는 것이었다. 그들이 추가질문을 하지 않은 것은 "내가 그들에게 정직한 답변을 할까봐 겁이 났기 때문이다…… 그들은 나를 함정에 빠뜨리고 나를 속였다. 그런데도 지금 당신들은 그들이 일을 제대로 못했다고 불평하는 것 같다." 나는 러더퍼드 연구소 변호사들이 존스의 이름을 내세우고 했던 일들(죄 없는 사람들을 괴롭히고, 불법적인 정보 누설을 하고, 헛소문을 만들고, 정치적인 동기에서 소송을 한 것)에 대해서 '개탄하는' 심정이었음을 인정했다. "그러나 나는 법을 위반하지 않고 이 선서증언이라는 지뢰밭을 걸어가기로 결심했고, 실제로도 그렇게 했다고 생각한다."

나는 르윈스키 이야기가 나온 후 그 이야기에 대해서 질문했던 모든 사람들이 잘못 판단하도록 만들었다는 사실을 인정했다. 그러나 나는 되풀이해서, 누구에게도 거짓말을 하라고 말한 적이 없다고 강조했다. 미리 약속했던 네 시간 동안, 그들은 여러 가지 질문을 여섯, 혹은 일곱 번씩 되풀이했다. 그들은 이 심문에서 자백을 이끌어내어 나를 욕보이고 죄를 뒤집어씌우려고 했으며, 그들이 4년 동안 4,000만 달러의 조사비용을 들여 도달한 결론은 바로 '섹스의 정의를 문법적으로 분석'하는 것이었다.

나는 6시 30분쯤 증언을 마쳤다. 대국민연설 예정시간까지는 세 시간 반이 남아 있었다. 나는 일광욕실에 갔다가 친구들과 참모들이 이 증언에 대해서 이야기를 나누고 있는 것을 보고 몹시 당황했다. 백악관 법률고문 척 로브, 데이비드 켄달, 미키 캔터, 람 에마누엘, 제임스 카빌, 폴 베걸러, 그리고 해리와 린더 토머슨이 있었다. 그리고 첼시도 그곳에 있었다. 고맙게도 8시쯤 되자 힐러리도 왔다.

우리는 내가 대국민연설에서 무슨 말을 할 것인가를 놓고 토론했다. 내가 심각한 실수를 했고, 그것을 숨기려고 했던 것을 시인해야 한다는 것이 모든 사람들의 생각이었다. 문제는 내가 스타의 조사를 공격하고 그것을 끝낼 때가 되었다고 말해야 하느냐 하는 것이었다. 사람들은 하나같이 그래서는 안 된다고 말했다. 국민 대부분이 스타가 제멋대로 행동한다는 것을 알고 있다. 이제 그들은 내가 잘못된 행동을 했다고 시인하는 것을 들어야 하고, 양심의 가책을 받고 있는 모습을 보아야 한다. 몇몇 사람들이 전략적인 충고라면서 자기 생각을 말해주었고, 어떤 사람들은 내가 한 행동에 소스라치게 놀란 표정이었다. 힐러리는 자기 의견을 말하는 대신, 내가 혼자 연설문을 쓰도록 놔두는 게 좋겠다고 말했다.

10시 정각에 시작된 대국민연설에서 나는 연방대배심 증언에 대해 이야기했다. 나는 개인적인 잘못에 대한 책임이 있으며, 모든 사람들, '심지어 아내까지' 잘못된 판단을 하게 만들었던 것이 사실이라고 말했다. 나는 정치적인 의도가 숨어 있었던 소송, 결국 판사가 기각해버린 소송에서 나의 사생활을 침해하는 질문들로부터 나 자신과 가족을 보호하려고 노력했다고 말했다. 또한 스타의 조사가 지나치게 오래 걸리고, 지나치게 많은 비용이 들며, 지나치게 많은 사람들을 다치게 하고 있다고 말했다. 그리고 2년 전에 다른 조사, 진정으로 독립적인 조사를 통해 화이트워터 문제에서 힐러리나 내가 잘못이 없다는 것을 이미 확인해주었다고 이야기했다. 나는 가정생활을 추스르기 위해서 최선을 다하고 있으며, 우리 모두 인신공격과 사생활 캐기, 그리고 물고늘어지기를 중단함으로써 나라의 삶을 추스를 수 있기를 바란다고 말했다. 내가 했던 말들은 모두 나의 확신에서 비롯된 것이었다. 하지만 나의 분노는 아직 완전히 가라앉지 않았다. 그 분노 때문에 마땅히 깊이 뉘우쳐야 하는데도 그렇게 하지 못했다.

다음 날 우리는 휴가를 보내려 마사스 비니어드로 떠났다. 그전까지 나는 가족끼리 오붓한 시간을 보낼 수 있는 날이 오기를 손꼽아 기다리는 사람이었다. 그러나 이해에는 그런 시간이 꼭 필요하다는 것은 알고 있었지만, 그냥 24시간 일만 하고 싶었다. 헬리콥터를 타기 위해서 사우스론을 향해 걸어갈 때, 나와 힐러리 사이에는 첼시가 있었고 우리 개 버디는 내 옆에 있었다. 그때 사진기자들이 들이닥쳐 나로 인해서 빚어진 가족의 고통을 드러내는 사진을 찍었다. 사진기자들이 접근할 수 없는 곳에 오자, 아내와 딸은 나에게 한마디도 하지 않았다.

나는 처음 이틀 동안 국민들에게 용서를 구하는 일과 알 카에다를 공격할 계획을 짜는 일로 분주했다. 밤에 힐러리는 침대에서 자고, 나는 소파에서 잤다.

내 생일에 백악관 국가안보 담당 보좌관 샌디 버거 밑에서 실무자로 일하는 돈 케릭 장군이 마사스 비니어드로 찾아와서 중앙정보국과 합동참모본부가 추천한 공격 목표를 함께 검토했다. 아프가니스탄에 있는 알 카에다의 근거지들과 더불어 수단의 두 곳이 공격 목표였다. 하나는 빈 라덴이 경제적인 이익을 챙기는 가죽공장이었고, 또 하나는 VX 신경가스 생산에 사용할 화학물질을 생산하거나 저장하고 있다고 미 중앙정보국이 판단하고 있는 화학공장이었다. 나는 가죽공장은 빼자고 말했다. 알 카에다에도 군사적인 가치가 없는 곳인데다가 민간인 사상자를 최소화하고 싶었기 때문이다. 알 카에다 공격시기는 빈 라덴과 주요 참모들이 참석하는 회의 때로 맞추기로 했다.

8월 20일 새벽 3시, 나는 샌디 버거에게 작전 개시 명령을 내렸다. 아라비아해 북쪽에 있던 해군 구축함은 아프가니스탄의 공격목표에 크루즈 미사일을 발사했고, 홍해에 있는 군함에서는 수단의 화학 공장에 미사일을 발사했다. 대부분의 미사일은 목표에 명중했다. 그러나 빈 라덴은 미사일이 떨어졌을 때, 예상했던 캠프에 없었다. 두 시간 전에 그 캠프를 빠져나갔다는 보도가 있었지만, 확실한 것은 아니었다. 알 카에다와 관련된 몇몇 사람들이 사망했고, 카슈미르 테러리스트들을 훈련하기 위해서 파견되었다는 파키스탄 장교들도 사망했다. 수단의 화학공장은 파괴되었다.

마사스 비니어드에서 공격개시 선언을 하고 나서, 나는 워싱턴으로 돌아와 미국 국민들에게 나흘 만에 다시 연설을 했다. 알 카에다가 미국대사관 폭파에 책임이 있기 때문에 공격을 명령했으며, 빈 라덴은 "오늘날 국제적인 테러의 뛰어난 조직자이자 재정적인 후원자"라고 말했다. 그는 군인과 민간인을 구별하지 않고 미국에 대해서 테러전쟁을 벌이겠다고 맹세한 적이 있었다. 나는 우리의 공격이 이슬람을 공격하는 것이 아니라, "광신자들과 살인자들을 공격하는 것"이라고 말했다. 또한 우리는 앞서 몇 년 동안 그들과 싸워왔고, 앞으로도 싸울 것이며, "이것은 오랫동안 계속될 투쟁"이라고 덧붙였다.

오래 계속될 투쟁에 대해서 이야기했던 즈음에, 나는 사용 가능한 모든 무기를 사용해서 투쟁에 임할 준비를 하라는 문서에 서명을 했다. 행정명령 13099는 빈 라덴과 알 카에다에 대한 경제적인 제재를 실행에 옮겼다. 후일 그 경제제재는 탈레반에까지 확장되었다. 그때까지 우리는 테러리스트에게 자금을 제공하는 네트워크를 효과적으로 파괴하지 못했고, 행정명령은 대외경제비상조치법IEEPA을 발동시켰다. 우리는 예전에 이 법을 이용하여 콜롬비아의 칼리 마약 카르텔을 제재하는 데 성공한 적이 있었다.

나는 또 중앙정보국에 빈 라덴을 체포하기 위해 치명적 무력을 사용할 권한을 부여하는 몇 가지 통지문에 서명했다. 중앙정보국은 대사관 폭파 사건이 벌어지기 몇 달 전인 지난 봄에 빈 라덴에 대한 독자적인 '납치작전'을 수행할 권한을 부여받았지만, 그 일을 수행할 만한 준군사적 능력이 없었다. 그래서 중앙정보국은 빈 라덴을 잡기 위해 아프간 지역 부족들과 접촉했다. 현장 요원들이나 아프간 부족민들은 치명적인 무력을 사용하기 전에 먼저 빈 라덴을 생포하려고 노력해야 하는지 궁금해하는 것 같았다. 나는 그럴 필요가 없다고 분명히 밝혔다. 몇 달 지나지 않아 나는 치명적 무력의 사용 범위를 확대했다. 즉 공격 대상으로 삼을 빈 라덴 관련자들의 수와 공격 허용 조건의 폭을 넓힌 것이다.

미사일 공격에 대한 양당 국회 지도자들의 반응은 대체로 긍정적이었다. 그들에게 미리 자세하게 설명을 하고, 또 공화당원인 코헨 장관이 공화당 의원들에게 공격과 시기가 적절하다고 자신 있게 말한 덕분이었다. 깅리치 하원의장은 이렇게 말했다. "오늘 미국은 옳은 일을 했다." 로트 상원의원도 그 공격이 "적절하고 정당하다"고 말했다. 톰 대슐, 딕 게파트를 비롯한 민주당 의원들도 모두 지지했다. 나는 곧 들려온, 케냐 대사관 폭탄테러 용의자인 알 카에다 공작원 모하마드 라셰드의 체포 소식에 한껏 고무되었다.

화학공장을 공격한 것 때문에 나를 비난하는 사람들이 있었다. 수단 정부는 그 공장이 위험한 화학무기의 생산이나 저장과는 전혀 관계가 없는 곳이라고 주장했다. 그러나 당시 우리가 옳은 일을 했다는 생각에는 아직도 변함이 없다. 중앙정보국은 그 공장 터에서 VX 생산에 사용되는 화학물질이 든 토양 샘플을 가져왔다. 뉴욕시티에서 테러리스트에 대한 재판이 계속되고 있을 때, 한 증인은 빈 라덴이 하르툼에서 화학무기를 사용했다고 증언했다. 증거가 명확한데도, 언론계의 일부 사람들은 그 작전이 영화 '왝 더 독Wag the Dog'이 현실로 나타난 것일지도 모른다는 가능성을 제기했다. 그 영화는 개인적인 문제로 비난을 받고 있는 어느 대통령이 국민들의 관심을 돌리기 위해서 컴퓨터 그래픽으로 만들어진 전쟁 장면을 텔레비전을 통해 방송하면서 가상의 전쟁을 시작한다는 내용이었다.

　미국 국민들은 미사일 공격 뉴스와 나의 연방대배심 증언 뉴스를 동시에 들었다. 「뉴스위크」는 나의 증언과 텔레비전 연설에 대한 국민들의 반응이 '냉정하고 신중했다'고 보도했다. 나의 직무수행에 대해 긍정적인 반응을 보인 사람은 62퍼센트였고, 미사일 공격을 지지하는 사람은 73퍼센트였다. 대부분의 사람들이 내가 사생활에 있어서는 정직하지 못하지만, 공적인 문제에 관해서는 믿을 만하다고 생각하고 있었다. 이에 반해 「뉴스위크」는 '비평가들의 첫 반응은 거의 경악에 가까웠다'라고 보도했다. 그들은 나를 심하게 공격해댔다. 나는 매를 맞아 마땅했다. 하지만 나는 그것을 집에서 맞고 있었다. 사실 내가 매를 맞아야 할 곳은 바로 그곳이었다.

　나는 민주당원들이 나의 사직을 요청하라고 몰아치는 언론의 공격에 떠밀리지 않기만을, 그리고 가족과 참모진, 정부각료들, 그리고 몇 년 동안 계속되는 공격 속에서도 나를 믿어주었던 사람들과 나 사이에 벌어진 틈을 메울 수 있기만을 바랐다.

　연설이 끝난 후에, 나는 마사스 비니어드로 돌아가서 열흘 동안 머물렀다. 가족의 반응은 여전히 냉담했다. 나는 대배심 증언이 끝난 후 매사추세츠 주 우스터를 방문하여 처음으로 사람들 앞에 모습을 드러냈다. 하원의원 짐 맥거번이 유망한 경찰 공무원들에게 대학 장학금을 제공하는 경찰단을 격려해달라고 초청한 행사였다. 우스터는 역사 깊은 블루칼라 도시였다. 나는 그곳 사람들의 반응이 자못 걱정되었다. 행사에는 시장과 양당 상원의원들과 네 명의 하원의원이 참석했다. 청중이 내게 열광적인 반응을 보내는 것을 보고 나는 기운이 났다. 많은 사람들이 대통령직을 꼭 지키라고 격려의 말을 해주었고, 몇몇 사람들은 자신들도 과거에 여러 가지 실수를 했는데, 나의 경우에는 공공연하게 알려지고 있으니 참으로 안타깝다고 말하기도 했다.

8월 28일은 마틴 루터 킹 목사의 '나에게는 꿈이 있습니다' 연설 35주년 기념일이었다. 나는 오크블러프에 있는 유니언 교회의 기념예배에 참석했다. 오크블러프는 아프리카계 미국인들이 100년 넘게 즐겨 찾는 휴양지였다. 나는 존 루이스 하원의원과 함께 무대에 앉아 있었다. 그는 킹 목사와 함께 활동했던 경력이 있었으며, 미국 정치계에서 손꼽히는 강력한 도덕주의자였다. 그와 나는 1992년 이전부터 친구로 지내왔다. 그는 내가 공직 선거에 발을 들여놓을 때부터 지지해주었으므로, 나를 비난할 만한 자격이 있었다. 그러나 그는 이렇게 연설했다. "클린턴은 나의 친구이며 형제다. 나는 클린턴이 올라갈 때는 곁에 서 있을 것이고, 그가 떨어질 때도 그를 떠나지 않을 것이다. 클린턴은 훌륭한 대통령이었다. 내가 보기에 클린턴은 앞으로도 계속 훌륭한 대통령이 될 것이다." 존 루이스는 그날 그가 했던 연설이 내게 얼마나 큰 힘이 되었는지 상상도 못 할 것이다.

8월 말에 다시 커다란 문제가 터져서 우리는 워싱턴으로 돌아와야 했다. 아시아의 경제위기가 확산되면서 세계경제 전체를 위협하고 있었다. 1997년에 태국에서 시작된 경제적 위기는 인도네시아와 한국으로 퍼져나갔고, 이제는 러시아까지 확산되고 있었다. 8월 중순, 러시아는 채무불이행 선언을 했고, 이 영향으로 8월 말에는 전 세계 주식시장의 주가가 폭락했다. 8월 31일에, 다우존스 공업평균지수는 512포인트나 떨어졌다. 나흘 전에 비해 357포인트 하락한 수치였다. 1998년에 얻은 이득이 물거품이 된 것이다.

태국 위기가 시작된 이후로 재무장관 밥 루빈을 비롯한 국제경제 관리팀이 금융위기 문제를 다루고 있었다. 경제위기에 처한 나라들의 문제는 저마다 조금씩 달랐지만 공통되는 특징이 있었는데, 그것은 은행체계의 결함, 불량대출, 연고자본주의, 그리고 신뢰의 상실이었다. 지난 5년간 일본의 경제성장이 정체되었던 것이 더욱 상황을 악화시키고 있었다. 일본은 인플레이션이 없고 저축률이 20퍼센트에 달했기 때문에 경제위기를 견뎌나갈 수 있었다. 하지만 아시아 최대의 경제가 성장하지 않았기 때문에, 어느 한 곳의 부정적인 정책이 미치는 악영향이 점점 확대되고 있었던 것이다. 일본인들도 점점 불안해하고 있었다. 경제침체는 선거패배를 불러왔고, 하시모토 류타로는 총리직에서 물러났다. 아시아에서 가장 빠른 경제성장을 이루고 있는 중국은 통화를 평가절하하라는 압력을 거부함으로써 위기가 악화되는 것을 막고 있었다.

1990년대 경제위기 복구의 일반적인 공식은 위기를 맞은 국가들이 필수적인 개혁을 하는 것을 전제로 국제통화기금과 부유한 나라들이 대규모 대출을 해주는 것이었다. 그런데 개혁이란 정치적으로는 항상 어려운 문제였다. 개혁은 언제나 고착된 이해관계의 변화를 강요하고, 종종 재정 긴축을 요구하기도 하는데, 이것은 장기적으로는 경제회복을 촉진하고 경제의 안정성을 높일 수 있지만, 단기적으로는 일반국민의 생활을 더 힘들게 만들기 때문이었다.

미국은 태국과 인도네시아, 그리고 한국에 대한 국제통화기금의 지원을 지지하고, 직접 인도네시아와 한국에 차관을 제공했다. 재무부가 태국에 차관을 제공하지 않은 것은 이미 제공한 170억 달러만으로도 충분했고, 의회가 멕시코를 돕기 위해서 사용했던 적이 있는 외환안정기금에 새로운 제한(임시적인 것이기는 하지만)을 부과했기 때문이다. 그 후 다른 나라들에 대한 지원이 필요할 때쯤 그 제한은 시효가 만료되었다. 하지만 나는 태국에 작은 규모나마 지원하지 않았던 것을 후회했다. 태국은 남동부 아시아 지역 가운데 가장 오래된 동맹국이었기 때문에, 내무부와 국방부, 그리고 국가안전보장회의는 한결같이 태국 지원을 원했다. 나 역시 태국 지원을 원했지만, 우리는 재무부에 최종 결정을 맡겼다. 물론 태국 지원을 포기한 것은 경제학이나 국내 정치의 면에서 보면 옳은 결정이었다. 하지만 태국을 비롯한 아시아의 여러 나라들은 우리의 의도를 다르게 읽었다. 루빈 재무장관과 나는 정책적인 실수를 그다지 많이 하지 않았지만, 이것이 그중의 하나였다고 생각한다.

러시아는 태국과 같은 문제가 없었다. 미국은 내가 취임하던 첫해부터 러시아 경제를 지원해왔다. 7월에는 230억 달러 규모의 국제통화기금의 3분의 1을 러시아에 지원했다. 안타깝게도, 처음 지원했던 50억 달러의 지원금이 하룻밤 사이에 사라져버린 뒤였다. 러시아가 루블화를 평가절하하고, 러시아인들이 상당량의 돈을 국외로 빼돌리기 시작하면서, 러시아의 경제는 점점 악화되었다. 러시아의 중앙은행은 무책임하게 통화팽창 정책을 폈으며, 두마는 효율적인 세수 확보 체계를 만드는 방안을 부결시켰다. 세금 비율은 높았지만(아니 지나치게 높았다), 대부분의 납세자들이 세금을 납부하지 않았다.

마사스 비니어드에서 돌아온 직후에, 힐러리와 나는 러시아와 북아일랜드로 단기 순방을 떠났다. 매들린 올브라이트 국무장관과 딕 데일리, 빌 리처드슨, 그리고 양당 대표단도 동행했다. 짐 콜린슨 러시아 대사는 두마의 지도자들을 관저인 '스파소 하우스'로 초청했다. 나는 그들에게 이렇게 연설을 했다. 세계화 경제의 규칙에서 벗어날 수 있는 나라는 없다. 차관과 외국의 투자를 원한다면, 세금을 징수하라. 지출을 충당하고 부실한 은행을 구제할 목적으로 통화를 남발하지 말라. 연고자본주의를 경계하라. 외채를 갚아라. 그러나 나의 설득에 넘어간 사람들은 많지 않았던 것 같다.

보리스 옐친 대통령과의 15차 회담은 상당히 성공적이었다. 하지만 그의 앞에는 여러 가지 문제들이 산적해 있었다. 두마에서는 공산주의자들과 극단적인 국수주의자들이 옐친의 개혁안을 거부하고 있었다. 그는 집행력을 갖춘 효율적인 세금징수체계를 확립하려고 했지만, 중앙은행이 통화를 남발하는 것을 막지 못했다. 통화를 남발하게 되면, 더 많은 자본이 루블화에서 빠져나가 안정적인 통화를 찾아가게 되고, 그것은 외국의 차관과 투자를 막을 뿐이었다. 내가 할 수 있는 일은 그를 격려하는 것뿐이었다. 나는 러시아가 눈에 띄는 개혁을 실시하면 남아 있는 국제통화기금의 자금을 제공하겠다고 말했다. 당장 기금을 방출하면, 일차분이 지급되자마자 공중으로 사라지고 말 터였다.

옐친과 나는 한 가지 긍정적인 공동선언을 했다. 상호간의 핵무기 개발 프로그램에서 수천 개의 폭탄을 만들 수 있는 약 50톤의 플루토늄을 제거하고, 무기 제조에 사용될 수 없는 물질로 대체하기로 했다. 핵분열성 물질들을 손에 넣으려고 호시탐탐 노리고 있는 적성국가들과 테러 단체들이 있었기 때문에, 이 선언은 무수한 목숨을 살릴 수 있는 하나의 중요한 전진이었다.

나는 벨파스트로 가서 새로운 북아일랜드 국회에서 성금요일 의정서를 계속 이행하라고 연설했다. 연설이 끝난 후 힐러리와 나는 토니 블레어 총리 부부, 조지 미첼 상원의원, 그리고 북아일랜드의 국무장관인 모 몰란과 함께 오마로 가서 폭탄 테러 희생자들을 만났다. 토니 블레어 총리와 나는 최선을 다해 연설을 했으며, 희생자 가족들을 만나 그들의 이야기를 듣고 부상당한 아이들을 살펴보았다. 우리는 평화의 길에서 벗어나서는 안 된다는 희생자들의 굳은 결의를 확인하고 감동을 받았다. 과거 아일랜드 사태 때 누군가 벨파스트의 벽에 '죽음 전에 삶이 있는가?' 하는 도발적인 질문을 적어놓았다. 오마의 잔인한 대학살을 겪었음에도 아일랜드인들은 여전히 이 질문에 대해서 긍정적인 대답을 하고 있었다.

더블린을 떠나기 전에, 우리는 블레어 총리 부부와 함께 오마에서 열린 평화집회에 참석했다. 그곳은 성 패트릭이 아일랜드에 기독교를 소개한 근거지이자, 북아일랜드 신교와 구교 양 진영의 영적인 중심이었다. 나는 귀여운 열일곱 살 소녀 샤론 휴이를 만났다. 그 아이는 열네 살 때 내게 보내는 편지에서 '양쪽이 모두 다치고 있어요. 양편이 모두 용서를 해야 합니다'라는 간단한 해결책을 제시하면서 북아일랜드 지역의 싸움이 끝날 수 있도록 도와달라고 했던 소녀였다.

더블린에서 버티 아헌 아일랜드 총리와 나는 회담이 끝난 후 기자들과 이야기를 나누었다. 한 아일랜드 기자가 물었다. "클린턴 대통령이 방문을 해주어야만 평화과정이 힘을 얻는 것 같군요. 앞으로도 대통령이 다시 방문을 해야 한다고 봅니까?" 나는 그들을 생각하면 그럴 일이 없었으면 좋겠지만, 나를 생각하면 그렇게 되었으면 좋겠다고 대답했다. 아헌은 내가 오마

사태에 대해 신속한 반응을 보여주었기 때문에 "몇 주 또는 몇 달을 끌었을 수도 있는 문제에 대해 양당이 빠른 결정을 내릴 수 있다"고 말했다. 이틀 전에 신페인당의 협상책임자인 마틴 맥기네스는 신페인당 측의 무장해제과 정을 감독하겠다고 발표했다. 맥기네스는 게리 애덤스 신페인당 의장의 최측근 참모이자 막강한 권력자였다. 그의 발표는 의장 데이비드 트림블을 비롯한 얼스터통일당 당원들에게 신페인당과 아일랜드공화국군의 폭력은 애덤스가 말한 것처럼, '과거의 것이며, 지나갔고, 끝났고, 사라져 버렸다'는 신호를 보내는 것이었다. 비공개 회담 자리에서, 버티 아헌은 내게, 오마 사태 이후 아일랜드공화국군은 '진정한 아일랜드공화국군'에 다시 한 번 그런 일을 하게 되면 영국 경찰은 둘째치고 자신들이 가만두지 않겠다고 경고했다는 이야기를 해주었다.

내가 미국인 기자에게 받은 첫 번째 질문은 바로 전날 오랜 친구인 조 리버먼이 상원 회의장에서 던진 나에 대한 날카로운 비난에 대한 대답을 해달라는 것이었다. 나는 대답했다. "나는 그가 말한 것에 동의합니다…… 나는 큰 실수를 저질렀습니다. 무어라 변명할 말이 없는 행동이었지요. 나는 지금도 죄송스럽게 생각하고 있습니다."

리버먼이 해외 순방 중인 나를 공격했을 때 나의 참모들은 상당히 당황했다. 하지만 나는 당황하지 않았다. 나는 그가 대단히 독실한 신앙인이기 때문에 내 행동에 대해서 화가 났다는 것, 그러면서도 나를 탄핵해야 한다는 말을 조심스럽게 피해 갔다는 것을 알고 있었다.

아일랜드에서 마지막으로 들른 곳은 리머릭이었다. 5,000명의 평화 지지자들이 거리를 메우고 있었다. 그중에는 우리 대표단 일원인 뉴욕 주 하원의원 피터 킹의 친척들도 섞여 있었다. 킹은 이 행사를 위해서 어머니와 함께 왔다. 나는 군중들에게 친구인 프랭크 맥코트가 '안젤라의 재 Angela's Ashes'에서 옛날의 리머릭을 기념한 적이 있는데, 나는 새로운 리머릭이 더 좋다고 말했다.

9월 9일, 케네스 스타가 국회에 11가지 탄핵사유가 들어 있는 445페이지짜리 보고서를 보냈다. 워터게이트의 여러 가지 범죄를 다루었던 특별검사 레온 자워스키도 하지 않았던 일이었다. 독립변호사는 탄핵을 뒷받침할 수 있는 '실질적이고 신뢰할 수 있는' 증거를 찾은 경우에만 조사 내용을 국회에 보낼 수 있었다. 국회는 탄핵의 근거가 있는지 결정을 내릴 예정이었다. 스타의 보고서는 11일에 공개되었다. 자워스키의 보고서는 일반에 공개된 적이 없었다. 스타의 보고서에는 '섹스' 라는 말이 500번도 넘게 등장했고, 화이트워터에 관한 대목도 두 개나 있었다. 스타와 그의 동맹자들은 나의 더러운 빨래를 가지고 지난 4년간의 자신들의 죄를 모두 씻어낼 수 있다고 생각하고 있었다.

9월 10일, 나는 백악관으로 정부각료들을 소집해서 사과를 했다. 많은 사람들이 무슨 말을 해야 할지 몰라 입을 다물고 있었다. 그들은 우리가 진행하고 있는 정책들에 대해 확신을 가지고 있었고, 내가 자신들에게 나라를 위해서 일할 수 있는 기회를 준 것을 고마워하고 있었다. 하지만 대부분의 사람들이 내가 이기적이고 어리석으며 8개월 동안 자신들을 방치했다고 생각했다. 매들린 올브라이트가 먼저 입을 열었다. 내가 그릇된 행동을 해서 실망했지만, 우리가 할 수 있는 유일한 선택은 다시 일로 복귀하는 것이라고 말했다. 도너 샬랄라는 더 강경하게, 지도자는 좋은 정책만이 아니라 좋은 인격을 갖추는 것도 중요하다고 말했다. 오랜 친구인 제임스 리 위트와 로드니 슬레이터는 성경말씀을 빌려 용서의 힘에 대해서 말했고, 천주교도인 브루스 배빗은 고해의 힘에 대해서 말했다. 캐럴 브라우너는 전에는 아들과 이야기해보려고 생각해본 적도 없는 주제를 가지고 아들과 이야기를 나눌 수밖에 없었다고 말했다.

정부각료들의 의견을 들으면서, 나는 처음으로 문제의 심각성을 깨달았다. 나의 잘못된 행동과 나의 부정직함이 미국 국민의 마음속에 들어 있는 판도라의 상자를 열어버렸구나 싶었다. 내가 지난 6년 동안 많은 일들을 겪었으며, 스타의 조사는 험악했고, 존스의 소송은 아무 근거도 없는 정치적인 동기를 가진 것이었다고 말하기는 쉬운 일이었다. 심지어 대통령의 개인적인 생활은 사생활로서 보호해주어야 한다고 말하는 것도 쉬운 일이었다.

하지만 나의 행동이 추한 모습으로 드러나자, 사람들은 개인적인 경험에 근거하여 나의 행동을 평가했다. 그 평가에서는 그들의 신념뿐 아니라 그들의 두려움, 실망, 비통함도 드러나고 있었다.

각료들의 솔직하고 다양한 반응을 보며 나는 미국 전역에서 어떤 대화들이 진행되고 있는지 생생하게 느낄 수 있었다. 탄핵 청문회가 가까워지면서, 나는 친구들과 낯선 사람들에게서 많은 편지를 받았다. 어떤 사람은 감동적인 격려와 지지의 말을 해주었고, 어떤 사람은 자신이 겪었던 좌절과 회복의 경험을 말해주었고, 어떤 사람은 스타의 행동에 대한 분노를 표현했다. 당연히 내 행동에 대한 비난과 실망감으로 가득 찬 편지도 있었고, 이런 여러 가지 생각들이 뒤섞여 있는 편지들도 많았다. 여러 사람들이 보낸 편지를 읽으면서 나는 마음을 가다듬을 수 있었고, 만일 용서를 받고 싶으면 내가 먼저 용서를 해야 한다는 사실을 깨닫게 되었다.

옐로 오벌 룸의 분위기는 계속 어색했고 팽팽한 긴장감이 감돌았다. 재무장관 밥 루빈이 입을 열었다. 루빈은 모여 있는 사람들 중에서 지난 4년간 나의 생활이 어떠했는지 가장 잘 이해하고 있었다. 루빈 자신도 골드만삭스의 가혹한 조사를 받은 끝에 그의 동료 한 명이 수갑을 차고 나서야 혐의를 벗을 수 있었다. 몇 사람의 발언이 있고 난 뒤에 루빈은 그 특유의 무뚝뚝한 말투로 말했다. "각하가 궁색한 처지라는 데는 이견이 없습니다. 하지만 우리는 누구나 실수를 합니다. 때로는 큰 실수도 하지요. 제 생각에 보다 중요한 문제는 언론 매체의 불공정함과 비판자들의 위선입니다." 그 후 분위기는 점점 좋아졌다. 사직을 하겠다고 나서는 사람이 없으니 다행이다 싶었다. 우리는 모두 일로 복귀했다.

9월 15일, 나는 예일 법대 시절부터 힐러리와 나의 친구였던 훌륭한 변호사 그레그 크레이그를 나의 변호사로 고용하고 척 로브, 데이비드 켄달, 브루스 린지, 셰릴 밀스, 레니 브로어, 그리고 니콜 셀리그만과 함께 일하도록 했다. 8월 18일, 내가 이미 예상하고 있었던 것처럼, 하원 법사위원회에서는 대배심 증언 비디오테이프를 국민들에게 공개한다는 공화당의 방침에 따른 표결이 이루어졌다.

며칠 후, 힐러리와 나는 백악관에서 종교 지도자들과 연례 조찬기도회를 가졌다. 여느 때 같으면 정치적인 관심사를 나누는 자리였겠지만, 나는 개인적인 곤경을 겪고 있는 나를 위해서 기도해달라고 당부했다.

나는 지난 2주 동안 이 모든 문제의 끝, 제가 있는 곳과 우리가 있는 곳의 맨 밑바닥 진실까지 내려가는 여정을 밟았습니다. 사람들은 내가 증언 후 첫 연설에서 깊이 회개하는 모습이 보이지 않았다고 말하는데, 나는 그 생각이 옳다고 인정합니다. 내가 죄를 지었다는 사실을 예쁘장하게 포장해서 말할 방법은 없는 것 같습니다.

이어 나는 이렇게 말했다. 마음에 상처를 입은 모든 사람들, 가족, 친구들, 참모들, 각료들, 그리고 모니카 르윈스키와 그의 가족에게 미안하다. 그리고 그들의 용서를 구한다. 성직자들을 비롯한 많은 사람들에게 자문을 구해서, 하나님의 도움을 얻어, '관용을 베푸는 마음, 판단을 그르치게 하고 변명과 비교, 비난과 불평으로 이끄는 교만과 분노를 이기는 마음'을 찾고자 한다. 또한 나는 공격에 단호하게 대응할 것이다. 나는 '영靈에 상처를 입었지만 여전히 강한 마음으로 더 큰 선을 위해 쓰이기를 바라면서' 직무에 더욱 충실히 임하겠다.

나는 세 명의 성직자에게 한 달에 한 번씩 나의 상담역이 되어달라고 부탁했다. 펀드리 침례교회의 목사인 필 워거먼, 그리고 절친한 토니 캄폴로, 그리고 내 신앙에 큰 주춧돌이 된 책들을 썼던 저술가 겸 목사인 고든 맥도널드, 이렇게 세 사람이었다. 그들은 함께 혹은 개별적으로 백악관을 찾아와서 내가 부탁한 역할을 감당해주었다. 우리는 기도하고, 『성경』을 읽고, 예전에는 말해본 적이 없는 문제를 가지고 토론을 했다. 시카고 출신의 빌 히벨스 목사 역시 정기적으로 백악관을 찾아와 나의 '정신적인 건강'을 점검하기 위해서 마련해온 질문들을 던지곤 했다. 그 질문들 중에는 상당히 까다로운 것들도 있었지만, 목사들은 정치를 넘어 영적인 탐구와 자비로우신 하나님의 권능으로 나를 이끌었다.

힐러리와 나는 약 1년간 일주일에 한 번씩 진지한 상담 프로그램에 참여하기 시작했다. 나는 난생 처음으로 여러 가지 감정들과 경험들, 인생과 사랑, 그리고 여러 가지 관계의 본질에 대해서 솔직하게 이야기를 했다. 내 자신과 나의 과거에 대해서 알게 된 것들 중에는 마음에 들지 않는 것도 많았다. 나의 어린 시절과 어른이 된 이후에 살았던 삶 때문에, 다른 사람들은 더 자연스럽게 받아들일 수 있는 일을 어렵게 겪을 수밖에 없었다는 사실을 인정한다는 것은 고통이었다.

나는 지쳤을 때나 화가 났을 때, 그리고 나 혼자 남겨졌다고 생각할 때, 나중에 부끄러워하게 될 이기적이고 자멸적인 실수들을 쉽게 범한다는 사실을 깨닫게 되었다. 현재 논란이 되고 있는 그 일은 평행의 삶을 살려고 하는 노력, 분노와 고통을 차단하면서 내가 사랑하고 또 잘 영위하고 있는 외적인 삶을 계속 이어나가려는 내 평생에 걸친 노력이 만들어낸 또 하나의 사고였다. 1995년의 연방정부 폐쇄기간에 나는 두 개의 전투를 해야 했다. 하나는 미국의 미래를 놓고 의회와 벌이는 공적인 싸움이었고, 다른 하나는 과거의 악마들이 고개를 들지 못하게 하는 개인적인 싸움이었다. 나는 공적인 싸움에서는 이겼으나, 개인적인 싸움에서는 졌다.

그 과정에서 나는 가족과 행정부에 큰 상처를 입혔고, 대통령 직위와 미국 국민들에게 해를 끼쳤다. 정신적인 압박이 아무리 크더라도, 나는 더욱 강하게, 더욱 신중하게 행동을 했어야만 했다.

변명할 여지는 없지만, 내가 왜 그런 행동을 했는지 밝혀내려고 하는 과정을 통해서, 나는 내면적인 삶과 외면적인 삶을 통합시킬 수 있는 기회를 얻을 수 있었다.

기나긴 상담과정과 상담 후에 나누었던 대화를 통해서, 힐러리와 나는 함께 하는 일이나 생각, 그리고 사랑하는 자식 문제를 넘어서서 서로를 다시 이해하게 되었다. 나는 늘 힐러리를 사랑하고 있었지만, 제대로 사랑하지는 못했다. 그녀가 상담에 참여해준 것이 너무나 고마웠다. 우리는 아직도 최고의 친구였고, 나는 결혼을 파탄에 빠뜨리고 싶지 않았다.

한동안 나는 침실 옆에 붙은 작은 방 안에 있는 소파에서 잠을 잤다. 두 달이 좀 넘었던 것 같다. 나는 읽을 거리, 생각할 거리, 일할 거리가 많았다. 그리고 소파는 아주 편안했다. 하지만 나는 영원히 그곳을 침대로 삼고 싶지는 않았다.

공화당이 나에 대한 공격의 강도를 높여감에 따라, 나의 지지자들이 나서기 시작했다. 9월 11일, 브라이언 오드와이어가 아일랜드 평화과정에서 활약한 나의 공로를 치하하기 위해서 돌아가신 자신의 아버지의 이름을 딴 폴 오드와이어 평화정의상을 수여했다. 800명의 아일랜드계 미국인들이 사우스론에 모여 수여식을 지켜보았다. 브라이언의 감사의 말과 군중의 반응은 그들이 그곳에 있는 이유가 무엇인지 분명하게 보여주는 것이었다.

며칠 후, 체코 대통령 바츨라프 하벨은 워싱턴을 방문하여 기자들이 모인 자리에서 내가 자신의 '친한 친구'라고 말했다. 기자들이 탄핵과 사직, 내가 지도자로서의 도덕적 권위를 잃은 것은 아닌지에 대한 질문들을 퍼붓자, 하벨은 이렇게 대꾸했다. "미국은 여러 가지 얼굴을 가지고 있습니다. 나는 미국이 가진 여러 가지 얼굴을 대부분 좋아합니다. 하지만 내가 이해할 수 없는 것이 몇 가지 있습니다. 나는 이해하지 못하는 것에 대해서는 말하고 싶지 않습니다."

그로부터 닷새 뒤, 나는 뉴욕으로 가서 유엔 총회에 참석했다. 그곳에서 나는 다음과 같은 내용으로 연설을 했다. "세계는 테러리스트들과의 싸움에 동참해야 할 의무가 있다. 그들에게 일체의 지원이나 은신처, 재정적 원조를 제공하지 말고, 테러를 자행하는 국가들에 압력을 가하며, 범인을 본국으로 송환하여 기소해야 한다. 세계적인 테러방지협약에 서명하고 생물학적·화학적 무기로부터 우리 자신을 보호할 수 있는 방법을 강구하고 강화해야 한다. 폭탄의 제조와 수출을 통제하고, 공항 보안 검색의 국제적인 기준을 강화하고, 테러가 자라나도록 유도하는 조건들과 맞서 싸워야 한다." 당시로서는 대단히 중요한 연설이었다.

하지만 총회가 열리는 커다란 강당에 모여 앉은 참석자들은 워싱턴에서 일어난 사건들에 대해서도 관심을 기울이고 있었다. 내가 연설을 하려고 일어서자, 참석자들은 한참 동안 열광적인 기립박수를 보냈다. 늘 점잖게만 굴던 유엔에서는 처음 있는 일이라서 나는 큰 감동을 받았다. 전례가 없는 그 행동이 나를 지지하는 것인지, 아니면 현재 의회에서 진행되고 있는 일에 반대를 하는 것인지 확실하게 알 수 없었다. 내가 유엔에서 테러에 대해 이야기하고 있는 동안, 텔레비전에서는 연방대배심 증언 장면이 방송되고 있었다.

다음 날, 백악관에서 나는 아프리카계 미국인 종교 지도자들과 함께 넬슨 만델라를 맞았다. 이 회견은 만델라가 제안한 것이었다. 의회는 그에게 의회 금메달을 수여하기로 결정해서, 그 다음 날로 수여식이 예정되어 있었다. 만델라는 전화를 걸어서 훈장수여식 날짜를 그렇게 잡은 것이 우연으로 보이지 않는다고 말했다. "남아프리카공화국의 대통령으로서, 나는 이 상을 거절할 수 없습니다. 하지만 나는 하루 일찍 미국에 가서 미국 국민들에게 지금 의회가 당신 문제로 진행하고 있는 일들에 대한 나의 생각을 밝히고 싶습니다." 그는 그의 생각대로 했다. 그는 유엔에서 나처럼 환대를 받은 사람을 본 적이 없으며, 세계는 나를 필요로 하고, 나의 적들은 내가 고립되기를 원한다고 말했다. 목사들은 만델라의 말에 찬성하는 뜻에서 힘찬 박수를 보냈다.

만델라의 연설도 훌륭했지만, 마틴 루터 킹 목사의 딸인 버니스 킹 목사의 연설은 한술 더 떴다. 그녀의 연설 요지는 다음과 같았다. "위대한 지도자들도 가끔씩 극악한 죄를 저지를 때가 있다. 다윗 왕은 자신의 충실한 병사인 밧세바의 남편을 죽게 하고 밧세바와 결혼을 했으니 클린턴의 경우보다 훨씬 나쁜 짓을 한 것이다. 다윗은 그 죄 때문에 벌을 받았다." 무슨 말을 하려는 건지 몰라 모두들 조마조마하고 있는데, 드디어 그녀가 결론으로 접어들었다. "그렇습니다. 다윗은 끔찍한 죄를 지었고, 하나님은 그를 벌하셨습니다. 하지만 다윗은 계속 왕으로 남아 있었습니다."

한편, 나는 직무를 계속했다. 메릴랜드, 플로리다, 일리노이에 학교 현대화를 위한 건축자금을 제공하자는 제안을 내놓았고, 미국농민연맹의 회의에 참석하여 농업 문제에 관해서 토론하고, 외교위원회에서 세계 금융 시스템을 현대화하자는 내용의 중요한 연설을 했다. 합동참모본부와 회의를 하여 군의 준비상태를 점검했고, 국제전기노동자조직 회합에 참석하여 최저임금을 다시 한 번 인상하겠다고 발표했다. 존 호프 프랭클린이 제출한 인종 문제에 관한 대통령자문회의의 최종보고서를 검토하고, 토니 블레어, 이탈리아 총리 로마노 프로디, 불가리아 대통령 피터 스토야노프를 만나서 블레어와 내가 공유하는 '제3의 길' 철학을 다른 나라들에 적용할 수 있는 가를 놓고 대화를 나누었다. 일본의 신임 총리인 오부치 게이조와 첫 면담을 가지고, 평화협상을 진전시키기 위해 백악관으로 네타냐후와 아라파트를 초청했으며, 여섯 개 주와 워싱턴 D.C에서 민주당 후보들을 위한 선거운동 행사에 12회 이상 참석했다.

회계연도의 마지막 날인 9월 30일, 나는 약 700억 달러의 예산이 남았으며, 이것은 29년 만에 처음 있는 일이라고 밝혔다. 언론은 스타 보고서 이외에는 다른 데 거의 관심을 가지지 않았지만, 늘 그렇듯이 다른 많은 일이 벌어지고 있었고, 나는 그 일들을 처리해야 했다. 나는 공적인 일이 중단되는 일은 결코 용납하지 않겠다고 결심했다. 뉴스에서는 날마다 별의별 일이 다 벌어지고 있었지만, 백악관의 참모들과 정부 각료들은 계속 맡은 바 임무를 성실하게 수행하고 있었다. 그들의 생각이 나와 똑같다는 것이 참으로 다행이다 싶었다.

10월에 법사위원회의 헨리 하이드와 그의 동료들이 이끄는 공화당 하원의원들은 나의 탄핵을 강력하게 추진했다. 미시간 주의 존 코나이어가 이끄는 법사위원회 소속 민주당 의원들은 그들과 격렬한 싸움을 벌였다. 그들은 나에 대한 최악의 비난이 사실이라고 하더라도, 그것은 헌법이 탄핵사유로 규정하고 있는 '중대한 범죄와 비리'에 해당하지 않는다고 주장했다. 민주당 의원들의 법률적 판단은 옳은 것이었지만, 공화당 의원들은 투표를 강행했다. 10월 8일에 하원은 탄핵 심리를 진행할 것인가를 놓고 투표를 했다. 나는 놀라지 않았다. 중간선거가 한 달밖에 남아 있지 않은 때였고, 공화당은 선거운동에서 한 가지 주장, 즉 클린턴을 쫓아내야 한다는 주장만 내세우고 있었다. 나는 선거가 끝나면 온건한 공화당 의원들이 사실과 법을 정확하게 보고 탄핵이 아니라 징계나 견책 결의안을 택할 것이라고 생각했다. 예전에 뉴트 깅리치도 잘못된 발언과 명백한 세법 위반으로 견책을 받은 사례가 있었다.

다수의 평론가들은 민주당에 재난이 닥칠 것이라고 예상했다. 민주당은 하원에서 25~35석을 잃고 상원에서는 4~6석을 잃는다는 것이 워싱턴 정계의 일반적인 견해였다. 공화당은 민주당보다 선거자금이 1억 달러 이상 많았고, 상원에서 선거에 출마해야 하는 의원 수는 공화당보다 민주당이 훨씬 많았다. 선거가 벌어지는 지역에서 민주당은 인디애나의 1석을 확보할 것이 확실시되었다. 그곳의 후보는 에반 베이 주지사였다. 반면 오하이오의 공화당원 주지사 조지 보이노비치는 존 글렌이 내놓은 의석을 차지할 것으로 예상되었다. 나머지 7석은 결과가 불투명했는데, 선거 전에 그 가운데 5석은 민주당, 2석이 공화당 의석이었다.

나는 몇 가지 이유에서 일반적인 견해에 동의하지 않았다. 첫째, 대다수의 미국인들은 스타의 행동 방식에 찬성하지 않았으며, 공화당 국회가 국민을 돕는 것보다 나를 공격하는 데 더 관심을 보인다는 사실에 분개하고 있었다. 약 80퍼센트의 국민들이 나의 연방대배심 증언 비디오테이프를 공개하는 것에 반대하고 있었으며, 국회에 대한 전체적인 지지도는 43퍼센트로 떨어진 상태였다. 둘째, 깅리치가 1994년에 '미국과의 계약'을 내세웠을 때처럼, 국민들이 한쪽 정당이 긍정적인 의제를 내놓고, 다른 정당은 그렇지 못하다고 생각하는 경우에는 긍정적인 의제를 가진 정당이 승리를 얻게 된다.

민주당은 처음으로 중간선거에서 의견을 통일하고 있었다. 민주당이 내세운 계획은 예산 잉여분을 새로운 프로그램이나 세금감면에 사용하기 전에 우선적으로 사회보장제도를 살리는 것, 10만 명의 신규 교사를 투입하는 것, 낡은 학교 시설을 현대화하고 새로운 학교를 건축하는 것, 최저임금을 인상하는 것, '환자 권리장전'을 통과시키는 것이었다. 마지막으로 가장 중요한 것은 대다수의 미국 국민들이 탄핵에 반대하고 있다는 사실이었다. 나는 민주당이 탄핵에 반대하고 자신들이 세운 계획대로 싸운다면 하원에서 승리를 거둘 수 있을 것이라고 생각했다.

나는 10월 초와 그달 말에 워싱턴 근처에서 민주당 후보들이 쟁점들을 강조하기 위해서 마련한 몇 가지 정치행사에 참석한 것 외에는 대부분의 시간을 직무에 할애했다. 할 일이 산더미 같았는데, 가장 중요한 것은 중동 평화과정과 관련된 활동이었다. 매들린 올브라이트와 데니스 로스는 평화과정을 궤도에 올려놓기 위해서 몇 달 동안 갖은 노력을 기울인 끝에, 유엔총회 참석차 뉴욕에 온 아라파트와 네타냐후를 맞대면시키는 데 성공했다. 팔레스타인자치정부 수반인 아라파트와 이스라엘 총리 네타냐후 두 사람은 다음 단계로 나아가거나 유권자들에게 지나치게 많이 타협했다는 인식을 주는 것을 꺼리고 있었다. 하지만 그들은 이슬람 과격단체 하마스가 새로운 테러공격을 개시해서 상황이 걷잡을 수 없이 악화되는 것을 우려하고 있었다.

다음 날, 두 사람은 워싱턴으로 와서 나를 만났다. 나는 한 달 이내에 미국으로 돌아와서 합의를 보자고 제안했다. 우선 올브라이트가 그들을 만나러 갔다. 그들은 이스라엘과 가자 접경 지역에서 만났고, 아라파트가 그들을 오찬에 초청함으로써 강경파 네타냐후가 이스라엘 총리로는 최초로 팔레스타인 가자지구로 들어가게 했다.

몇 달간 작업 끝에 정상회담의 길이 열렸다. 양쪽 정상은 미국이 어려운 결정을 하는 과정에서 함께 움직여주기를 원했고, 극적인 회담 진행이 그들의 결정을 본국에 제안하는 데 큰 도움을 줄 거라고 믿고 있었다. 물론 양자가 어떤 사항에도 쉽게 동의하지 않을 위험은 있었다. 나의 안보팀은 이 계획이 실패로 돌아가게 될 경우의 결과에 대해서 크게 걱정하고 있었다. 아라파트와 네타냐후는 사람들 앞에서는 강경한 입장을 드러내고 있었다. 네타냐후는 리쿠드당 지도자들 중에서 가장 강경한 입장을 보이는 아리엘 샤론을 외무장관에 지명함으로써 자신의 태도를 뒷받침했다. 샤론은 1993년의 평화과정을 이스라엘의 '국가적 자살행위' 라고 주장하던 사람이었다.

네타냐후는 정상회담이 실패로 돌아갈 경우에는 책임을 돌리고, 정상회담이 성공할 경우에는 우익으로부터 자신을 보호하기 위해 샤론에게 장관직을 주었는지도 모를 일이었다.

나는 정상회담만이 유일한 방법이라고 생각했고, 그것을 꼭 성공시키고 싶었다. 우리가 잃을 것은 많지 않았다. 또한 나는 실패할까봐 무서워서 가만히 있는 것보다 열심히 노력하다가 실패를 하는 게 낫다고 생각하는 사람이었다.

10월 15일에 백악관에서 회담 개시를 알리고, 대표단은 메릴랜드에 있는 와이리버 회담장으로 이동했다. 그곳은 정상회담을 치르기에 알맞은 설비를 갖추고 있었다. 공공회의실 및 식사장소는 편안했고, 숙소는 대표단이 독립적으로 움직이면서 상대편과는 상당한 거리를 유지할 수 있는 구조로 배치되어 있었다.

애초에 우리가 잡았던 정상회담 기간은 나흘로, 이스라엘의 의회 크네세트의 개회일 이틀 전에 마칠 예정이었다. 우리는 어느 쪽도 완전한 동의에 이를 때까지는 특정한 안건에 대한 잠정적인 동의안에 구속되지 않으며, 미국은 마지막 합의문의 초안을 잡는다는 일반적인 원칙에 합의했다. 나는 최대한 시간을 내어 참석하겠지만, 밤에는 백악관으로 돌아가겠다고 말했다. 아침에는 집무실에 나가 법안에 서명을 하고 예산안에 대한 의회 협상을 계속해야 했다. 새로운 회계연도를 맞이했지만, 당시 의회에서 통과되어 법으로 확정된 예산안은 13분의 3에 불과했다. 대통령 전용 헬리콥터인 HMX1을 책임지는 해병대는 8년 동안 나를 위해서 봉사했는데, 그 정상회담 기간 중에는 특별히 더 큰 역할을 담당했다. 조종사들은 24시간 대기하고 있다가 회의가 끝난 새벽 3시쯤에 나를 백악관으로 데려다주었다.

첫 번째 만찬에서 나는 양 정상에게 각자 상대방이 자국 내의 반발에 대처할 수 있도록 도와주는 방안을 생각해보라고 당부했다. 양 정상은 나흘 동안 여러 가지 생각을 하고 이야기를 나누다가 지레 지쳐버렸고, 합의에 다다를 기미는 보이지 않았다. 네타냐후는 모든 현안에 관한 합의에 도달할 수는 없으니 부분적인 합의를 하자고 제안했다. 그가 제안한 내용은 이스라엘은 요르단 강 서안지역의 13퍼센트에서 철수하고, 팔레스타인 측은 미 중앙정보국장으로 양쪽에서 신임을 얻고 있는 조지 테닛이 구상한 계획에 따라 안보 문제에 최대한 협조한다는 내용이었다.

그날 밤늦게 나는 아리엘 샤론과 처음으로 독대했다. 이 일흔 살의 전직 장군은 이스라엘의 건국과 이후의 모든 전쟁에 참여해온 인물이었다. 그는 평화와 땅을 바꾸는 데 반발하고 있고, 1982년 이스라엘의 레바논 침공에서 중요한 역할을 담당했던 사람이라서, 아랍 사람들 사이에서 평판이 좋지 않았다. 1982년 레바논 침공 사태는 이스라엘과 동맹을 맺은 레바논 민병대가 엄청난 수의 비무장 팔레스타인 피난민을 살해한 사건이었다.

두 시간이 넘는 회담 동안, 나는 질문을 하면서 그의 이야기에 귀를 기울였다. 샤론도 팔레스타인 사람들의 곤경을 전혀 이해하지 못하는 것은 아니었다. 그는 팔레스타인에 대한 경제적인 지원에는 동의하지만, 서안지역을 양도하는 것은 이스라엘의 안보이익에 적합하지 않다고 생각했고, 아라파트가 테러와 싸울 것이라는 확신을 가지고 있지 않았다. 그는 이스라엘 대표단 중에서 유일하게 아라파트와 악수하는 것을 꺼렸던 사람이다. 샤론은 자신의 인생과 가치관에 대해서 이야기했고, 나는 그의 이야기를 열심히 들었다. 새벽 3시가 가까워서 이야기를 마칠 무렵, 나는 그의 사고방식에 대해서 훨씬 많은 것을 이해하게 되었다.

샤론은 전직 해군첩보 분석가인 조나단 폴라드를 사면하라고, 내가 놀랄 정도로 강력하게 주장했다. 폴라드는 1986년에 이스라엘을 위해서 스파이 활동을 한 죄로 기소되었던 사람이었다. 이스라엘 전 총리 라빈과 네타냐후도 폴라드의 석방을 요구한 적이 있었다. 당시 이것은 이스라엘 국내 정치에서 큰 현안이었다. 이스라엘 국민들은 미국이 폴라드에게 지나친 처벌을 내렸다고 생각했다. 이스라엘의 일반적인 인식은 그가 민감한 정보를 판 것이 사실이라고 해도, 그 상대가 동맹국이었으니 감안을 해주어야 한다는 것이었다. 이 문제는 정상회담이 끝나기 전에 다시 거론될 것이 분명했다.

한편, 나는 양쪽의 지도자들을 만나고 각 대표단 성원들과 계속 이야기를 나누었다. 이스라엘 국무장관 이츠하크 모르데차이도 만나고, 아라파트의 선임 측근으로 후일 팔레스타인의 총리가 된 아부 알라와 아부 메이즌, 아라파트의 협상 책임자 삽 에레카트, 37세의 가자지역 보안책임자 모하마드 달란까지 만나보았다. 이스라엘 대표단과 팔레스타인 대표단은 모두 다양하고 깊은 인상을 주는 사람들이었다. 나는 한 사람도 빠짐없이 이야기를 나누어보려고 노력했다. 누가 평화를 위한 결정적인 계기를 만들어낼 사람이 될지 알 수 없는 일이었기 때문이다.

일요일 밤까지 합의에 도달하지 못했기 때문에, 양측은 회담 참가자의 범위를 확대하기로 했다. 뛰어난 설득력을 가진 앨 고어가 합세했다. 우리 팀은 백악관 안보 담당인 샌디 버거, 롭 맬리, 브루스 라이델과 내무부의 올브라이트 장관, 데니스 로스, 마틴 아인디크, 에어런 밀러, 웬디 셔먼, 그리고 토니 버스탠디그였다. 이들은 날마다 교대로 이스라엘과 팔레스타인 대표들을 만나 다양한 현안에 관해서 이야기를 나누었고, 먹구름을 헤칠 수 있는 가느다란 빛줄기를 찾아 헤맸다.

내무부 통역관인 게멀 헬라이 역시 이번 협상을 비롯한 여러 차례의 협상에서 남다른 기여를 했다. 양 대표단은 대부분 영어를 썼지만 아라파트만은 늘 아랍어를 사용했다. 게멀은 아라파트와 내가 단둘이 만날 때 동석하는 유일한 사람이었다. 그는 중동의 상황을 잘 이해하고 있었고, 팔레스타인 대표단 성원들이 각각 내부 논의 과정에서 어떤 역할을 담당하고 있는지도 잘 알고 있었다. 아라파트도 그를 좋아했다. 그는 후일 우리 팀의 고문이 되었고, 뛰어난 통찰력과 아라파트와의 개인적인 친분 덕분에 귀중한 기여를 했다.

월요일에 다시 일이 진척을 보이기 시작했다. 나는 네타냐후를 만나 아라파트에게 평화의 대가를 제시해야 한다고 설득했다. 땅과 공항, 가자지역과 서안지역 간의 안전한 통행로, 그리고 가자의 항구를 내어주면, 아라파트는 테러를 막기 위해서 적극적으로 뛰어들 터였다. 나는 아라파트에게는 테러방지 노력을 배가하고, 팔레스타인 민족평의회를 소집하여 이스라엘의 타도를 주장하는 문구가 들어 있는 팔레스타인 헌장을 개정하라고 촉구했다. 팔레스타인해방기구 집행위원회는 이미 그 조항을 포기하고 있었다. 네타냐후는 선거로 구성된 팔레스타인 의회가 투표를 통해 헌장에서 그 불쾌한 문구를 삭제하지 않으면 이스라엘 국민들은 평화 협상을 인정하지 않을 거라고 생각했다. 아라파트는 어떤 결론이 나올지도 모르는 상황에서 민족평의회를 소집하는 것을 원치 않았다. 전 세계에 흩어진 팔레스타인 사람들에게는 평의회 의원을 선출할 투표권이 있는데, 외부의 팔레스타인 사람들은 가자와 서안지역에 살고 있는 사람들만큼 평화과정에 수반되는 타협과 아라파트의 지도력을 인정하지 않고 있었다.

10월 20일에 요르단의 후세인 국왕과 누르 왕비가 합세했다. 후세인은 암 치료를 받기 위해서 미국 메이요 병원에 입원해 있었다. 나는 그에게 진전된 부분과 어려운 문제점들을 요약 설명했다. 그는 병과 화학요법으로 허약해져 있었지만, 내가 원한다면 와이리버로 오겠다고 말했다. 나는 누르를 통해서 그가 진심으로 오고 싶어 하며 일반 객실에 묵어도 된다는 사실을 확인한 다음, 후세인에게 우리는 누구의 도움이든 모두 필요하다고 말했다. 후세인의 존재가 회담에 미친 영향은 말로 표현하기가 어렵다. 그는 많이 여위어 있었고, 화학치료 때문에 머리카락은 물론 눈썹까지 모두 빠져 있지만, 지성과 감성만은 여전히 번뜩였다. 그는 정상회담에 큰 도움을 주었다. 그는 양측이 동의할 수 있는 이야기를 했고, 양측 대표단은 그의 모습을 보자 팽팽한 협상에서 흔히 볼 수 있는 허세나 편협한 태도를 누그러뜨렸다.

10월 21일, 우리는 안보 문제에 관해서만 합의에 도달했다. 네타냐후는 실패한 회담을 중단하는 것으로 자신의 49번째 생일을 기념하기라도 할 것처럼 보였다. 다음 날 나는 다시 돌아와서 회담 시간 내내 머물렀다. 양측은 두 시간 동안 양자회담을 하고는, 팔레스타인 민족평의회가 헌장 수정에 찬성하게 할 기가 막힌 방법을 생각해냈다. 내가 가자로 가서 평의회에서 연설을 하면, 아라파트는 사람들에게 지지의 표시로 손을 들거나 박수를 치거나 발을 구르라고 요구하겠다는 작전이었다. 샌디 버거는 좋은 방법이기는 하지만, 나의 안전이 위태롭다고 경고했다. 사실이었다. 하지만 우리의 요구는 이스라엘과 팔레스타인 사람들에게 훨씬 더 큰 위험부담을 지우는 셈이었다. 나는 그 계획을 실행에 옮기겠다고 동의했다.

그날 밤, 아라파트가 이스라엘 감옥에 갇혀 있는 1,000명의 팔레스타인 수감자들을 석방하라는 요구를 하면서 회담은 교착상태에 빠졌다. 네타냐후는 하마스 단원들이나 '손에 피를 묻힌' 사람들을 석방할 수는 없으며, 석방 가능한 수는 500명에 지나지 않는다고 버텼다. 나는 극적인 타개책이 있어야겠다고 생각하고 후세인 국왕에게 도움을 청했다. 나는 후세인에게 대표단이 식사를 하고 있는 방으로 와서 이야기를 해달라고 부탁했다. 그는 국왕다운 분위기와 총명한 눈빛을 빛내며 간단하고도 설득력 있는 이야기를 시작했는데, 시들어가고 있는 육체 때문에 이런 것들이 오히려 더 돋보이는 것만 같았다. 그는 깊고 낭랑한 목소리로, 다음과 같은 요지의 연설을 했다. "역사는 우리를 심판할 것이다. 양측간에 남아 있는 차이들은 평화라는 목적에 비추어보면 하잘것없는 것이다. 자식들을 생각해서라도 이 일을 꼭 성사시켜야 한다." 그는 입밖에 내지는 않았지만, 다음과 같은 분명한 메시지를 보내고 있었다. '나는 살날이 얼마 남지 않았소. 평화를 죽이느냐 마느냐는 당신들 손에 달렸소.'

후세인이 방에서 나간 뒤, 우리는 회담을 계속했다. 모두들 식당을 떠나지 않고 탁자마다 모여 여러 가지 문제에 대해서 의논했다. 나는 나의 참모들에게 시간이 얼마 남지 않았으니 자러 가지 않겠다고 말했다. 이제 성공을 위하여 쓸 수 있는 방법은 기다리는 것뿐이었다. 네타냐후와 아라파트 역시 이번 기회를 놓치면, 다시는 기회가 없다는 것을 알고 있었다. 양측 대표단과 우리 안보팀은 밤늦도록 그 자리를 떠나지 않았다.

드디어 새벽 3시, 나는 양측 정상과 수감자 문제를 처리하고, 남은 문제를 마무리하기 시작했다. 오전 7시가 가까운 시간에, 한 가지 장애물이 나타났다. 네타냐후가 폴라드를 석방하지 않으면 모든 것을 없던 일로 하겠다고 협박을 하고 나온 것이다. 그는 내가 전날 밤에 폴라드를 석방하겠다고 말했기 때문에 다른 문제에 대해서 동의를 한 것이라고 말했다. 내가 평화를 위해서 꼭 필요하다면 그럴 생각도 있지만, 우선 참모들과 의논해봐야 한다고 말했던 것은 사실이었다.

폴라드는 이스라엘에서 대단한 동정을 사고 있었지만, 미국에서는 쉽게 처리할 수 없는 경우였다. 그는 신념이 아니라 돈 때문에 미국의 기밀을 팔았고, 유죄판결은 나지 않았지만, 몇 년 동안 아무런 반성의 기미도 보이지 않는 것 같았다. 샌디 버거와 조지 테넷에게 이 이야기를 하자, 그들은 단호하게 폴라드의 석방을 반대했고, 매들린 올브라이트도 마찬가지였다. 중앙정보국장 조지 테넷은 올드리치 에임스 사건으로 중앙정보국이 심각한 타격을 입고 있는 형편인데, 만일 폴라드를 감형하겠다면 자신은 사임할 수밖에 없다고 말했다. 나 역시 원하는 바가 아니었기 때문에, 테넷의 이야기로 그 문제는 정리가 되었다.

양국은 테러에 대항하여 함께 협력한다는 약속과 안보상의 문제에 관해서 합의한 뒤, 테넷의 지원으로 세부적인 사항까지 확정하고 중앙정보국은 그 실행을 후원하겠다는 약속까지 해둔 터였다. 테넷이 떠나게 되면, 아라파트는 아무런 협상도 하지 않겠다고 버틸 가능성이 높았다. 테넷은 알 카에다와 테러리즘과의 싸움에서 꼭 필요한 인물이었다. 나는 네타냐후에게 그 사건을 신중하게 재검토하고 테넷이나 국가안보팀과 함께 그 일을 처리하기 위해서 노력하겠지만, 네타냐후의 입장에서 보면 폴라드를 석방시켜서 얻을 수 있는 것보다 안보 합의안에 동의해서 얻을 수 있는 것이 훨씬 많을 거라고 못박았다.

마지막으로 세부적인 조정을 하는 중에, 네타냐후가 합의안을 내는 것에는 동의하지만, 딱 한 가지 단서가 있다고 말했다. 석방되는 일반 범죄자 수는 늘리되, 안보상의 범죄를 지은 범죄자 수는 줄이자는 주장이었다. 자유의 투사라고 여기는 사람들의 석방을 기대했던 아라파트로서는 곤혹스러운 문제였다. 데니스 로스와 매들린 올브라이트는 아라파트의 방으로 찾아가서 내가 할 수 있는 최선의 방법을 다 쓴 거라고 설득했다. 그 후에 나는 그를 찾아가서 고맙다고 말했다. 그의 마지막 몇 분 사이의 용단이 회담을 살린 셈이었다.

합의안에 따르면 팔레스타인은 서안지역의 땅 일부와 공항 하나와 항구

하나의 확보, 수감자 석방, 가자와 서안지역 간의 안전한 통로 확보, 그리고 경제 지원 등을 얻게 되었다. 이스라엘은 폭력과 테러에 대항하는 싸움에서 팔레스타인으로부터 전례 없는 협조를 얻고, 계속되는 폭력과 살인의 원인으로 지목받는 특정한 팔레스타인 사람들을 수감하며, 팔레스타인 헌장의 수정을 받아내고, 최종적인 지위 협정을 조속히 실시하기로 했다. 또한 미국은 이스라엘의 철군비용을 감당하고, 팔레스타인의 경제발전을 지원하며, 양측이 받아들이기로 동의했던 전례 없는 안보 협조활동을 강화하는 데 중심적인 역할을 담당하기로 했다.

우리는 합의안을 작성하고 악수를 나누고 나서, 바로 백악관으로 돌아와 이 사실을 공표했다. 대부분 약 40시간 동안의 강행군을 한 뒤라서, 잠이라도 한숨 자고 샤워라도 했으면 좋았을 텐데, 마침 금요일 저녁이라서 유대교의 안식일이 시작되는 일몰 전에 평화회담 내용을 발표해야 했다. 오후 4시에 이스트 룸에서 매들린 올브라이트와 앨 고어가 평화회담 성공과 합의내용을 발표했고, 나는 합의안의 세부사항들에 대한 개요를 설명하고 합의안을 작성한 양측에 감사를 표시했다. 양국 정상은 너그럽고 낙관적인 어조로 연설을 했다. 네타냐후는 국가 통치자로서의 면모를 보여주었고, 아라파트는 전례 없이 강경한 어조로 일체의 폭력행위를 근절하겠다고 약속했다. 후세인 왕은 평화의 적들은 폭력으로 합의안을 무효화하려 들 것이라고 경고하면서, 양측의 국민들에게 지도자들의 결정을 지지하고, 파괴와 살상 대신 아브라함의 자녀들이 '태양 아래서 누려 마땅한' 공동의 미래를 찾아나갈 것을 권유했다.

후세인 왕은 나에 대한 우정의 표시로, 국회에서 공화당이 하고 있는 일들을 염두에 두고, 자신이 만나서 우정을 나눈 대통령은 아홉이지만, "평화라는 주제와 관련해서는…… 당신과 같이 헌신적이고 냉철하며 집중력 있고 결단력 있는 사람을 만나본 적이 없다…… 그리고 우리는 당신과 함께 더 큰 성공을 거두게 되기를, 당신과 함께 우리의 형제들이 보다 나은 내일을 향해 전진하게 되기를 바란다"고 말했다.

해가 지고 안식일이 시작되기 직전에 양국 정상은 합의안에 서명을 했다. 중동의 평화는 여전히 살아 있었다.

와이리버에서 회담이 진행되는 동안, 비서실장 어스킨 보울스는 예산 문제를 놓고 국회를 상대로 강도 높은 협상을 진행하고 있었다. 선거가 끝나면 사직을 할 예정이었던 그는 최고의 성과를 얻어내기 위하여 최선을 다하고 있었다. 공화당이 다시 연방정부 폐쇄를 시도할 수는 없는 일이라서, 판세는 우리에게 유리했다. 게다가 그들은 지난 몇 달 동안 본연의 직무를 수행하기보다는 시시한 내부논쟁을 하고 나를 공격하느라 많은 시간을 낭비했다.

보울스를 비롯한 비서진은 우선적으로 진행하려는 대규모 정책들의 자금을 확보하기 위해 여기저기서 양보를 하면서 예산안의 세부적인 내용들을 기민하게 처리했다. 10월 15일에 예산안이 합의되자, 다음 날 아침에 톰 대슐, 딕 게파트, 전체 경제팀과 함께 로즈가든에서 축하하는 자리를 가졌다. 마지막 협상을 통해서 우리는 재정잉여금을 사회보장개혁에 투입한다는 합의를 이끌어내고, 10만의 신규교사 중 첫 임용자들의 고용, 방과후 학교와 여름 학교 프로그램의 대규모 증설, 그리고 기타 여러 가지 우선적인 교육정책에 필요한 예산을 따냈다. 또한 농장주들과 목장주들을 위한 상당한 구조자금을 확보하고, 오염이 심각해서 낚시와 수영을 할 수 없는 호수와 강의 40퍼센트를 복원할 수 있는 맑은 물 사업 자금과 지구온난화 문제에 대처하고 개발과 오염으로부터 귀중한 땅을 보호하기 위한 환경 분야의 예산에서 상당한 성과를 거두었다. 그리고 8개월 동안의 교착상태에서 벗어나 국제통화기금에 대한 지원 승인을 얻어냄으로써 세계 경제의 위기를 종식시키고 안정을 찾아가는 노력을 계속할 수 있게 되었다.

모든 의제들이 통과된 것이 아니었기 때문에, 선거를 앞둔 마지막 2주 동안 선거운동에서 제시할 수 있는 정책은 많이 남아 있었다. 공화당은 건강관리기관에 대한 환자 권리장전을 거부하고, 담배세 인상과 대규모 담배회사를 상대로 십대 흡연 방지정책을 의무화하는 담배법안을 거부했다. 공화당 상원의원들은 하원에서 통과되어 상원 민주당 의원들이 만장일치로 지지한 선거자금 개혁안의 통과를 의사진행방해로 막고, 최저임금인상안을 거부했다. 기가 막히는 것은 5,000개의 학교 시설을 수리하거나 신축하자는 제안을 통과시키지 않은 것이었다. 그들은 또한 청정에너지와 에너지보존 장치의 생산 및 구매에 대한 세금감면안도 통과시키지 않았다. 나는 뉴트 깅리치에게 드디어 공화당이 반대하는 세금감면안을 찾았다고 농을 던지기도 했다.

그러나 의회의 정치적인 구성을 고려하면, 이 정도를 따낸 것만 해도 훌륭한 성과였다. 어스킨 보울스의 협상기술이 큰 기여를 한 셈이었다. 1997년 균형예산 협상을 끝낸 뒤로 다시 한 번 올린 성과였다. 내가 말했듯이, 그는 '마무리의 귀재'였다.

나흘 뒤, 와이리버로 돌아가기 직전에, 나는 보울스가 강력하게 추천한 존 포데스타를 보울스의 후임으로 임명했다. 포데스타는 1970년에 조 더피 상원의원 선거운동 이후로 나와 거의 30년 동안 알고 지낸 사이였다. 그는 이미 백악관 보좌관과 비서실 차장으로 활동한 경력이 있어서 의회를 잘 알고 있었고, 경제, 외교, 국방 정책 분야에서 많은 기여를 했으며, 열정적인 환경주의자였다. 그는 부통령 앨 고어를 제외한다면 백악관 내부에서 정보기술에 대해서 가장 아는 것이 많은 사람이었다. 그는 개인적인 품성도 훌륭해서 예리한 지성과 강력한 추진력, 천연덕스러운 재치를 지니고 있었으며, 하트 게임 실력은 어스킨 보울스보다 나았다. 그는 스티브 리체티, 머리어 이차베스트, 캐런 카라몬타노 등 비서실 차장들과 함께 매우 유능하게 비서진을 이끌고 나갔다.

여러 가지 시련과 성공, 골프 경기와 카드 게임을 거듭하며 보울스와 나는 절친한 친구 사이가 되었다. 나는 그가 곁에 없는 것이 아쉬웠다. 특히 골프 경기 때는 더욱더 아쉬웠다. 우리는 일이 고달플 때면 해군 골프장에서 간단한 경기를 가졌다. 백악관 법률고문실을 떠나기 전까지는 케빈 오키프도 자주 합세했다. 골프 경기 때면 늘 멜 쿡이 우리 곁을 지켰다. 그는 군대에서 전역한 이후 계속 그곳 골프장에서 근무해온 터라, 골프장 구석구석을 자기 손바닥처럼 훤히 꿰뚫고 있었다. 나는 4홀, 5홀을 지나도록 변변한 솜씨 한 번 발휘하지 못할 때도 있었지만, 아름다운 골프 코스와 골프의 매력 덕분에 피로가 말끔히 씻겨졌다. 나는 계속 해군 골프장을 찾았지만, 늘 보울스가 없는 것이 아쉬웠다. 하기야 그가 떠나면서 실력 있는 포데스타가 뒤를 이어준 것만 해도 다행이었다.

람 에마누엘 역시 내 곁을 떠났다. 그는 1991년에 선거운동 재정국장으로 함께 일하기 시작한 뒤로 결혼도 하고 가정도 꾸렸다. 람의 특기는 아이디어를 행동으로 옮기는 것이었다. 그는 다른 사람들이 놓치는 문제에서 가능성을 찾아내는 재주를 가지고 있었다. 그는 성공이냐 실패냐를 판가름하는 작은 부분들을 정확하게 찾아냈다. 1994년의 선거 패배 이후 그는 나의 이미지를 현실에 맞게 되돌려놓는 데서 막중한 역할을 했다. 몇 년 뒤에 람은 시카고에서 하원의원에 당선되어 워싱턴으로 다시 돌아온다. 나는 그의 후임으로 더그 소스닉을 임명했다. 그는 백악관의 정무국장으로 람만큼이나 적극적이며, 정치와 국회를 잘 파악하고 있었다. 그는 늘 내게 모든 상황의 불리한 측면을 말해주었지만, 그렇다고 그 측면 때문에 굴복하기를 바라지는 않았다. 크레이그 스미스는 정무국장 자리를 이어받았다. 그는 1992년 선거운동 때도 같은 일을 한 적이 있었다.

10월 22일 아침, 내가 밤을 꼬박 새워가며 마지막 타결을 하기 위해 와이리버로 떠나기 직전, 의회는 2000년까지 3,000개의 학교를 설립하겠다는 행정부의 법안을 내게 보내고 나서 휴회했다. 그달 마지막 주에 네타냐후 총리는 크네세트에서 실시된 와이리버 조약에 관한 공개투표에서 성공을 거두었다. 에콰도르와 페루의 대통령들은 미국의 지원을 받아 무력충돌로 번질 염려가 있었던 국경분쟁을 해결했다. 나는 콜롬비아의 신임 대통령 안드레스 파스트라나의 취임을 축하하면서, 게릴라 단체들과의 수십 년간 지속되어온 갈등을 종식시킨 그의 용기와 노력을 치하했다. 나는 또한 1998년 국제종교자유법령에 서명하고, 기독교 자선단체인 월드비전 미국지부의 전 대표인 로버트 세이플을 국제종교자유를 위한 특별대표단 단장으로 임명했다.

선거운동이 마무리 단계에 접어들면서 나는 캘리포니아, 뉴욕, 플로리다, 메릴랜드를 방문했다. 그리고 힐러리와 함께 플로리다의 우주선 발사기지 케이프 커내버럴을 찾아가서 우주비행사 존 글렌이 탄 디스커버리호가 발사되는 광경을 지켜보았다. 공화당전국회의는 나를 공격하는 텔레비전 연속 광고물을 내보내기 시작했다. 노마 할러웨이 존슨 판사는 스타 검사가 대배심 정보 누설을 금지하는 법을 24차례 위반했다고 믿을 만한 상당한 근거가 있다는 판결을 내렸다. DNA 검사 결과, 토머스 제퍼슨이 자신의 노예인 샐리 헤밍스에게서 여러 명의 자식을 낳았다는 보도가 나왔다.

11월 3일, 공화당의 엄청난 선거자금 우위와 나에 대한 공격, 그리고 정치분석가들의 민주당 대패 예상에도 불구하고, 선거 결과는 민주당의 승리였다. 4석에서 6석을 잃을 거라고 예상되던 상원의 의석수는 변동이 없었다. 존 브로는 1994년 이후 내가 행정부에서 '새로운 민주당원'의 이미지를 되찾을 수 있도록 도와준 친구로, 이번에도 탄핵에 반대하여 격렬하게 싸웠는데, 루이지애나에서 압도적인 차이로 재선에 성공했다. 하원에서는 다섯 석을 되찾았다. 대통령 임기 6년째에 집권당의 의석이 늘어난 것은 1822년 이후 처음 있는 일이었다.

선거에서 제시된 선택은 간단했다. 민주당의 공약은 사회보장정책을 우선적으로 추진하고, 10만 명의 교사를 채용하고, 학교시설을 현대화하고, 최저임금을 인상하고, 환자 권리장전을 통과시키는 것이었다. 공화당은 이 모든 것에 반대했다. 그들은 대부분 선거운동 내내 대통령 탄핵이라는 한 가지 문제에만 매달렸다. 동성애에 반대하는 광고를 내보낸 주도 있었는데, 이런 광고 전략은 민주당이 의회에서 다수를 차지하면 모든 주에 동성애자간 결혼을 인정하도록 강요할 것이라는 내용을 담고 있었다. 워싱턴과 아칸소 같은 주에서는 이런 주장을 강조하기 위해서 동성애자 두 사람이 키스하는 모습이나 교회 제단에 서 있는 모습이 담긴 사진들을 내걸었다.

선거 직전에 매슈 셰퍼드라는 젊은 동성애자가 와이오밍에서 동성애자라는 이유로 매를 맞고 사망하는 일이 발생했다. 이 사건으로 전 미국이 동요하기 시작했는데, 셰퍼드의 부모가 이 사실을 공개적으로 이야기하면서 국민들의 감정은 더욱 크게 동요했다. 나는 극우파들이 셰퍼드의 사망 후에는 동성애 반대 광고를 내보내지 않을 것이라고 생각했지만 그렇지 않았다.

그들은 늘 적을 필요로 하는 세력들이었다. 공화당은 10월의 예산안 동의 과정에서 심각한 분열을 보이면서 세력이 약해졌다. 가장 보수적인 공화당원들은 민주당만 좋은 일을 시켜주고 자신들은 아무런 이득을 보지 못했다고 생각하고 있었다.

선거를 한 달 앞두고, 나는 '집권 6년차 징크스'가 지나치게 과장되고 있다고 생각했다. 그 내용은 집권 6년째인 해가 되면, 국민은 대통령의 영향력이 줄어들고, 열정과 새로운 아이디어가 바닥났을 테니 다른 정당에 기회를 주는 것이 낫겠다고 생각해서 집권당에 표를 주지 않는다는 것이었다. 그러나 1998년 선거 직전에 국민은 내가 동아시아를 비롯한 외교 관계나 국내 현안을 놓고 활동하는 모습을 보았으며, 우리가 다음 2년간 실시하려고 하는 의제에 대해서 소상히 알고 있었다. 탄핵운동은 민주당 지지자들을 자극해서 1994년보다 훨씬 많은 수의 유권자들이 투표에 나서게 만들었고, 동요하는 유권자들이 공화당이 던지는 다른 메시지에 귀를 기울이는 것을 차단했다. 오히려 공화당의 현직 주지사들은 재정 관리 책임, 복지제도 개혁, 상식적인 범죄방지 정책, 교육에 대한 강력한 지지 등 나의 강령을 발판으로 유권자들의 관심을 끌어 모으고 있었다. 텍사스의 주지사 조지 W. 부시는 나의 오랜 친구인 개리 모로를 거뜬하게 따돌렸으며, 1992년 선거운동 때 내가 내세웠던 슬로건 세 개 중 두 개에 해당하는 '기회, 책임'이라고 쓰인 현수막 앞에서 당선 연설을 했다.

노스캐롤라이나에서는 수많은 아프리카계 흑인 유권자들의 투표 덕분에 젊은 변호사 존 에드워즈가 상원의원 로치 페어클로스를 누르고 당선되었다. 로치 페어클로스는 센텔 판사의 친구로서 나를 심하게 공격하던 사람이었다. 사우스캐롤라이나에서는 흑인 유권자들이 상원의원 프리츠 홀링스에게 역전승을 안겨주었다. 뉴욕에서는 하원의원 척 슈머가 상원의원 앨 다마토를 거뜬하게 따돌렸다. 척 슈머는 범죄 분야에서 공로가 큰 사람으로 탄핵의 부당성을 공개적으로 주장했고, 앨 다마토는 지난 몇 년간 자신의 위원회를 통해 힐러리와 그녀의 실무진을 공격하는 데 주력해왔다. 캘리포니아에서는 바바라 박서 상원의원이 재선에 승리했고, 그레이 데이비스는 여론조사 때보다 훨씬 많은 표 차를 기록하면서 주지사로 당선되었다. 민주당은 탄핵반대운동의 여세와 남미계, 아프리카계 유권자들의 지지 덕분에 하원에서 두 개의 의석을 추가했다.

하원 선거에서는, 1994년에 낙선했던 마저리 마골리스-메츠빈스키가 당선되었고, 1996년에 낙선했던 조 호펠이 다시 도전하여 탄핵에 반대하면서 당선되었다. 워싱턴 주에서는 1994년에 낙선했던 제이 인슬리가 당선되었다. 뉴저지에서는 러시 홀트라는 물리학 교수가 출마했는데, 선거 열흘 전만 해도 지지율이 20퍼센트나 뒤져 있었다. 그는 탄핵에 반대한다는 텔레비전 광고를 내보낸 뒤 당선되었는데, 그 주에서 민주당 하원의원이 당선된 것은 100년 만에 처음 있는 일이었다.

우리는 후원금 모금의 격차를 없애기 위해 갖은 노력을 다했다. 나는 남미계와 아프리카계 유권자 그리고 민주당을 지지할 것으로 추정되는 유권자들의 집에 전화로 제공할 음성 메시지를 녹음했다. 앨 고어는 전국을 뛰어다니며 열심히 유세를 펼쳤다. 가장 열심히 뛴 사람은 아마 힐러리였을 것이다. 힐러리는 뉴욕에서 선거운동을 하던 중에 한쪽 발이 퉁퉁 부어올랐는데, 오른쪽 무릎에서 혈전이 발견되어 혈액희석제를 맞아야 했다. 닥터 마리아노는 일주일 동안 누워 있으라고 말했지만, 힐러리는 고집을 꺾지 않고 활동을 계속함으로써 후보들에게 자신감을 심어주었다. 나는 힐러리가 매우 걱정되었지만, 그녀는 계속 강행군을 고집했다. 그녀는 물론 나에게도 화가 나 있었지만, 스타와 공화당이 벌이는 일들을 보고 있으니 더욱 화가 나는 모양이었다.

당시 실시되었던 제임스 카빌과 스탠 그린버그의 여론조사와 민주당 여론조사원 마크 멜먼의 여론조사에 의하면, 내가 국회에서 견책을 받고 계속 공적인 일에 전념해야 한다고 말하는 민주당 후보에 대한 지지율이 탄핵에 찬성하는 공화당 후보에 대한 지지율보다 약 20퍼센트를 앞서고 있었다. 조사 결과가 나온 뒤, 카빌을 비롯한 관계자들은 모든 후보들에게 이 전략을 사용하라고 간청했다. 그 효과는 엄청났다. 공화당 후보가 엄청난 차이로 이기리라고 생각했던 곳에서도 민주당 후보가 지기는 했지만, 그 표 차이는 근소했다. 예를 들어 뉴멕시코에서 민주당 후보 필 말루프는 6월의 임시선거에서 6포인트로 뒤져 있었고, 11월 선거 일주일 전에는 10포인트로 격차가 벌어졌다. 그는 선거 직전 주말에 탄핵반대 광고를 시작했다. 그는 선거 당일 투표에서는 승리를 거두었지만, 선거 결과는 1퍼센트 차이의 패배였다. 유권자의 3분의 1이 그 광고를 보지 못하고 미리 투표를 했기 때문이었다. 우리 후보들이 민주당의 적극적인 프로그램을 지지하고 탄핵에 반대하는 유세를 펼쳤더라면 하원에서 더 많은 성과를 올렸을 것이다. 그러나 많은 후보들이 겁을 내고 이 방법을 택하지 않았다. 그들은 내게 쏟아지는 엄청난 부정적인 공세와 스타와 헨리 하이드가 벌이고 있는 일이 공화당 후보가 아니라 민주당 후보에게 나쁜 영향을 미칠 것이라는 비평가들의 견해에 혹하여 그 뻔한 사실을 믿지 않았다.

선거 다음 날, 나는 뉴트 깅리치에게 전화를 걸어 몇 가지 일에 관해서 이야기를 나누었다. 이야기가 선거로 넘어가자, 그는 아주 너그러운 태도로 역사학자로서, 그리고 '상대팀의 쿼터백'으로서 나에게 축하한다고 말했다. 그는 우리가 그렇게 선전을 하리라고는 생각하지 못했으며, 정말 역사적인 성과라고 말했다. 11월 말에 어스킨 보울스는 자신이 깅리치와 나누었던 이야기를 해주었다. 깅리치는 보울스에게 선거 결과, 그리고 많은 온건파 공화당 의원들이 탄핵을 지지하지 않으려 한다는 사실에도 불구하고 계속 탄핵을 밀고 나가겠다고 말했다. 견책이나 불신임 등 다른 방법을 쓰지 않고 탄핵을 강행하려고 하는 이유를 묻자, 깅리치는 "우리는 그렇게 할 수 있기 때문"이라고 대답했다.

하원을 장악하고 있던 우익 공화당 의원들은 탄핵으로 인한 대가를 치렀으니, 계속 밀고 나가서 새 국회가 구성되기 전에 탄핵을 처리해야 한다고 생각하고 있었다. 그들은 다음 선거에서는 유권자들이 또 다른 일에 관심을 가질 테니, 탄핵을 해도 손해볼 일은 없을 것이라고 생각했다. 깅리치와 톰 딜레이는 대다수의 온건파 의원들에게 압력을 가해서 탄핵전선으로 끌어모을 수 있다고 믿고 있었다. 그들이 압력을 가하는 방식은 해당 의원 지역구에서 우익 토크쇼나 열성 당원이 압력을 넣는 것, 선거운동 자금을 줄이거나 공화당 예비선거에서 다른 경쟁후보를 내거나 지도적인 직위를 박탈하겠다고 위협하는 것, 새로운 직위나 다른 혜택을 주겠다고 회유하는 것 등이었다.

하원 공화당 간부회의의 우익들은 공화당의 패배에 대해서 이를 갈고 있었다. 그중에는 마지막 두 번의 예산 협상에서 백악관의 요구를 지나치게 많이 들어주는 바람에 선거에서 패배한 것이라고 생각하는 사람들이 많았다. 사실, 그들이 공화당 주지사들처럼 1997년과 1998년의 균형예산과 아동건강보험, 그리고 10만 명의 교사 문제에 집중하여 선거전을 펼쳤더라면, 훨씬 좋은 성과를 냈을 것이다. 하지만 그들은 너무나 이념적이고 격분 상태에 있었기 때문에 그런 방법을 쓰지 않았다. 이제 그들은 탄핵을 통해서 공화당 의제에 대한 통제력을 되찾을 작정을 하고 있었다.

나는 이미 과격한 우파와 네 번 대결을 했다. 그들이 이겼던 1994년 선거와 그 뒤의 예산안 문제로 인한 정부폐쇄, 우리가 이겼던 1996년 선거와 1998년 선거. 나는 1996년과 1998년 사이에 국회와 우호적인 관계 속에서 미국을 전진시키기 위한 활동에 전념했다. 이제 탄핵에 반대하는 국민들의 여론이 압도적이라는 것이 확인되었고, 내가 탄핵을 당할 정도의 중대한 범죄를 범하지 않았다는 것이 확실하게 입증되었음에도, 그들은 또 다른 이념적인 싸움을 벌이기 위해 다가오고 있었다. 우리로서도 전열을 가다듬고 다시 전장에 나서는 것 외에는 다른 선택이 있을 수 없었다.

50

선거가 끝나고 일주일이 되기 전에 두 명
의 저명한 정치가가 재출마를 하지 않겠다고 선언했고, 사담 후세인은 새로
운 위기를 불러왔다. 또 뉴트 깅리치가 공화당 하원의장직은 물론 의원직에
서도 물러나겠다고 선언했다. 우리는 깜짝 놀랐다. 공화당 간부회의가 심한
분열을 일으키면서 선거 패배를 이유로 그의 지도력에 대해 심한 공격을 퍼
붓자, 그는 더 이상 싸울 의욕을 상실한 모양이었다. 몇몇 온건파 공화당원
들은 선거 결과에 기초하여 탄핵은 이미 물 건너간 사안임을 명확히 하고
있었던 터라, 나는 깅리치 하원의장의 사임 소식을 들으며 희비가 엇갈렸
다. 그는 대부분의 외교정책과 관련해서 나를 지지했으며, 단둘이 이야기하
는 자리에서는 공화당 간부회의의 현황에 대해서 솔직하게 이야기해주었
다. 그는 정부폐쇄 싸움이 끝난 뒤에는 백악관과의 협상과정에서 상당한 융
통성을 보였다.

깅리치는 양쪽에서 공격을 받아 최악의 궁지에 몰려 있었다. 한쪽에서
는 온건보수파 공화당 의원들이 1998년 선거에서 긍정적인 프로그램을 제
시하지 못하고, 1년 내내 나를 공격한 일 외에는 아무런 성과가 없다는 이유
로 그를 공격했다. 다른 한쪽에서는 깅리치를 지지하던 우익 이념주의자들
이 나에게 지나치게 협조적이고, 나를 악마로 만드는 일을 너무 소홀히 한
다는 이유로 그를 공격해댔다. 공화당 간부회의를 장악하고 있는 우익 파벌
이 득세를 하게 된 것은 1994년 선거에서 깅리치가 발휘했던 탁월한 전략과
조직력 덕분이었다. 그런데 그들이 배은망덕하게도 공격을 하기 시작하자,

그는 크게 상심한 것이었다.

언론에 더 많이 오르내린 것은 뉴트 깅리치의 사임 선언이었지만, 내 가족에게 큰 영향을 미친 것은 바로 뉴욕 상원의원 팻 모이니헌의 사임 선언이었다. 모이니헌이 재선에 출마할 뜻이 없음을 밝힌 날 밤, 힐러리는 우리의 친구이자 할렘의 하원의원인 찰리 레인젤에게서 전화를 받았다. 하원 세입위원회에서 활약하고 있던 그는 힐러리에게 뉴욕 상원의원에 출마하라고 권했다. 힐러리는 그런 말을 들으니 영광이긴 하지만, 상상할 수 없는 일이라고 사양했다.

힐러리가 출마가능성을 완전히 배제하고 있지는 않았기 때문에, 나는 마음이 들떴다. 나는 힐러리의 출마를 적극 환영하는 입장이었다. 임기가 끝나면 우리는 가족과 함께 뉴욕으로 이사를 갈 작정이었다(물론 나는 아칸소의 내 도서관에서도 상당한 시간을 보낼 예정이었지만). 뉴욕 사람들은 입장이 분명한 상원의원을 좋아하는 경향이 있었다. 모이니헌, 로버트 케네디, 제이커브 제이비츠, 로버트 와그너, 그밖의 많은 사람들이 뉴욕 주민의 대표자임과 동시에 나라의 대표자였다. 힐러리는 상원에서 대활약할 것이고, 분명히 그녀 자신도 그 생활을 즐길 것이었다. 하지만 그녀는 여러 달이 지난 뒤에야 출마 결정을 내렸다.

11월 8일, 나는 국가안보팀을 캠프 데이비드에 소집해서 이라크 문제를 토의했다. 일주일 전에 사담 후세인은 유엔 사찰단을 다시 추방했다. 우리는 군사적인 행동을 취하는 것이 유일한 해답이라는 결론을 내렸다. 유엔 안전보장이사회는 만장일치로 이라크가 유엔의 결의를 '파렴치하게 위반했다'고 비난했다. 빌 코헨 국방장관은 이라크 공습에 대한 지지를 확보하기 위해서 중동으로 갔고, 토니 블레어 영국 총리는 우리의 행동에 동참하겠다는 의사를 밝혔다.

며칠 뒤, 국제사회는 세계적인 경제상황을 안정시키자는 우리의 요청에 부응하여 또 한 번의 거대한 발걸음을 내디뎠다. 국제통화기금은 브라질에 420억 달러의 차관을 지원하되, 그중 50억 달러를 미국이 부담한다고 발표했다. 태국과 한국, 인도네시아, 러시아에 대한 차관과는 달리, 이번 차관 제공은 브라질이 채무불이행 상태에 도달하기 이전에 이루어진 것으로, 경제실패를 예방하고 그것이 다른 나라로 확산되는 것을 막자는 새로운 경제지원 방침에 따른 것이었다.

우리는 국제적인 투자자들에게 브라질이 개혁을 하려는 적극적인 의사가 있고 투기업자들을 물리칠 힘을 가지고 있다는 확신을 심어주기 위해서 전력을 기울였다. 이번에는 국제통화기금 대출조건의 엄격성이 완화되었기 때문에, 브라질은 가난한 사람들을 돕는 프로그램을 지속하고, 브라질 은행들도 대출을 계속할 수 있을 터였다. 이 정책이 어떤 성과를 거둘지는 알 수 없었지만, 나는 엔리케 카르도소 대통령을 신임하고 있었다. 또한 미국은 브라질의 주요한 무역상대국이었기 때문에 브라질의 경제회생 여부에 큰 이해관계가 걸려 있었다. 브라질에 대한 지원 역시 위험을 무릅쓸 만한 가치가 있는 일이었다.

11월 14일에 나는 앨 고어에게 말레이시아에서 열리는 연례 아시아태평양경제협력체에 미국 대표로 참석해달라고 부탁했다. 앨 고어는 말레이시아를 시작으로 아시아 여러 나라를 장기 순방할 예정이었다. 나는 아시아 순방에 나설 수 있는 처지가 아니었다. 사담 후세인이 유엔 사찰단의 재투입에 대해서 납득할 수 없는 조건을 내세우고 있었기 때문이다. 우리는 이에 대응하여 무기개발 프로그램과 관련되었다는 첩보가 있는 장소들과 군사 시설에 대한 공습 작전을 준비했다. 공격을 개시하기 직전, 비행기들이 이미 이륙한 상황에서, 우리의 이의제기에 대한 이라크 측의 답변 세 통 가운데 첫 번째 서한이 도착했다. 몇 시간 후 완전히 기세가 꺾인 사담 후세인은 사찰단이 제기한 모든 미해결의 문제들을 해결하겠다고 약속했다. 이라크는 사찰단에 아무런 간섭도 하지 않고, 모든 장소에 무제한으로 접근할 수 있는 권한을 주었고, 모든 관련 문서를 제출하고, 대량살상무기에 대한 유엔 결의안들을 받아들였다. 나는 사담 후세인을 믿을 수가 없었지만, 한 번 더 기회를 주기로 했다.

11월 18일, 나는 도쿄와 서울 방문길에 나섰다. 나는 일본에서 신임 총리인 오부치 게이조를 만나서 협력 관계를 맺고 싶었다. 일본은 5년 넘게 스태그플레이션이 계속되고 있었으며, 경제를 안정시키기 위해서는 강력한 개혁 정책이 필요했다. 나는 일본 방문을 통해 일본의 여론이 강력한 개혁 정책을 지지하도록 자극할 수 있기를 바랐다. 나는 오부치가 마음에 들었고, 혼란스러운 일본의 정치적 상황을 잘 정리하고 몇 년간 재임할 가능성이 있는 사람이라고 생각했다. 그는 미국식으로 직접 현장에서 뛰는 정치에 관심이 많았다. 그는 1960년대에 미국에 와서 혼자 힘으로 정치 영웅이었던 법무장관 로버트 케네디와 면담할 기회를 얻어낸 사람이었다.

오부치와 나는 정상회담을 끝낸 뒤, 도쿄 거리로 가서 일장기와 성조기를 손에 쥔 학생들과 악수를 나누었다. 텔레비전으로 중계되는 시민대표자회의에도 참석했는데, 나는 과묵하기로 유명한 일본인들이 거침없이 자유롭게 질문을 던지는 것을 보고 깜짝 놀랐다. 그들의 질문 내용은 일본이 당면하고 있는 도전에 대한 것만이 아니었다. 그들은 나에게 히로시마나 나가사키의 원폭피해자들을 만나보았는지, 어떻게 하면 일본의 아버지들이 내가 첼시에게 하듯이 자녀들과 많은 시간을 함께 할 수 있겠는지, 내가 가족들과 함께 저녁을 먹는 횟수는 얼마나 되는지, 대통령으로서 겪게 되는 압박감에 어떻게 대처하는지, 그리고 심지어는 힐러리와 첼시에게는 어떻게 사과했는지까지 물었다.

서울에서 나는 김대중 대통령의 경제위기 극복을 위한 노력과 북한과의 적극적인 교류 추진에 지지의 뜻을 밝히면서, 한미 양국이 미사일과 핵무기를 비롯한 대량살상무기의 확산을 허용하지 않는다는 점을 분명히 밝혔다. 우리는 북한이 최근에 실시한 장거리 미사일 발사시험에 대한 우려를 표명했다. 나는 그전에 윌리엄(빌) 페리 국방장관에게 미국의 한반도 정책을 검토하는 소규모 그룹을 지휘해달라고 요청했다. 이 그룹은 북한이 무기와 미사일 프로그램을 포기하고 한국과 화해할 가능성을 최대화하고, 그 반대의 가능성은 최소화할 수 있는 로드맵을 제시하는 역할을 맡고 있었다.

11월 말, 매들린 올브라이트와 나는 국무부에서 야세르 아라파트, 세계은행의 짐 울펜손, 그리고 유럽연합, 중동, 아시아 대표단과 함께 팔레스타인의 경제발전을 지원하기 위한 회담을 개최했다. 이스라엘 내각과 의회는 와이리버 협정을 지지했으니, 이제 고된 시련을 겪고 있는 팔레스타인 사람들에게 평화의 혜택을 맛보게 하기 위해서 가자와 서안지구에 대한 약간의 투자를 개시할 때였다.

한편, 헨리 하이드와 그의 공화당 동료들은 계속해서 자신들의 입장을 밀어붙이고 있었다. 그들은 나에게 81개의 질문을 던지면서 '시인 또는 거부'로 대답해달라고 요구하는 한편, 22시간짜리 트립-르윈스키 테이프를 공개했다. 변호사가 트립에게 그런 녹음은 불법이므로 다시는 그렇게 해서는 안 된다고 분명히 말했음에도 불구하고, 그녀는 르윈스키의 동의를 구하지 않고 그녀와 나눈 대화를 녹음했다. 이 행위는 메릴랜드 형법상으로는 중죄에 해당했기 때문에, 트립은 기소되었다. 담당 판사는 검사가 그런 대화가 있었다는 것을 입증하는 증인으로 르윈스키를 소환하는 것을 허용하지 않았다. 판사의 결정 내용에 따르면, 트립이 르윈스키의 사생활을 불법적으로 침해한 것에 대한 증언을 듣기 위해 스타가 트립을 면책해주었기 때문에 르윈스키는 트립에게 불리한 증언을 할 수 없다는 것이었다. 이렇게 해서 스타는 자신을 위해서 거짓말을 하지 않을 결백한 사람들은 기소하고, 대신 자신과 함께 공모했던 범법자들을 보호하는 일에서 다시 성공을 거두었다.

같은 시기에 스타는 웹 허블을 세 번째로 기소했다. 스타의 주장에 따르면, 허블은 자신과 로즈 법률회사가 다른 파산한 금융기관을 위해서 했던 활동에 대해서 연방 조사원들에게 거짓말을 했다는 것이었다. 그것은 허블을 협박해서 힐러리나 나에게 불리한 진술을 받아 내려는 스타의 마지막 몸부림이었다.

11월 19일, 케네스 스타는 하원 법사위원회에 나타났다. 그는 보고서를 작성할 때와 마찬가지로, 의회에 자신이 발견한 사실들을 보고하는 책무를 벗어나는 진술을 했다. 스타 보고서는 나에게 도움이 되는 중요한 증거, 즉 내가 위증을 강요한 적이 없다는 모니카 르윈스키의 확실한 주장을 언급하지 않았기 때문에 심한 비판을 받고 있었다.

스타의 증언에서는 세 가지 놀라운 사항이 튀어나왔다. 첫째, 그는 출장 국과 중앙정보국 정보철 조사에서 힐러리나 나의 범죄사실을 발견하지 못했다고 말했다. 매사추세츠의 하원의원 바니 프랭크는 스타에게 언제 그런 결론을 내렸느냐고 물었다. "몇 달 전입니다." 그가 대답했다. 프랭크는 그에게 선거 전에 '대통령에 대한 부정적인 진술들이 많이 들어 있는' 보고서를 제출했을 때 그 혐의에 대한 나의 무죄를 인정했어야 마땅한데, 그 일을 선거가 끝날 때까지 미룬 이유를 캐물었다. 스타는 횡설수설하며 별 내용 없이 간단하게 답변했다.

두 번째로, 스타는 대배심 규칙을 위반하여, 언론과 몰래 이야기했다는 사실을 인정했다. 마지막으로 그는 선서 상태에서, 독립변호사실이 모니카 르윈스키에게 버넌 조던이나 나, 그밖의 다른 사람들과의 대화를 녹음하기 위한 도청장치를 착용하게 하려 했던 적은 결코 없다고 말했다. 도청장치를 이용하려 했다는 것을 입증하는 중앙정보국 자료를 들이대자, 그는 다시 한번 발뺌을 했다. 「워싱턴 포스트」는 '스타의 부인은…… 그 자신이 작성했던 중앙정보국 보고서의 내용에 의해서 박살이 나고 말았다'고 보도했다.

스타가 연방대배심의 기밀 누설을 금지하는 법률을 위반했다고 시인했고, 서약을 한 뒤에 허위 증언을 했다는 사실이 밝혀졌지만, 하원 법사위원회의 공화당 의원들이나 스타 측의 기세는 꺾이지 않았다. 그들은 자기편에 대해서는 평소와는 다른 규칙을 적용하는 게 마땅하다고 생각하는 모양이었다.

다음 날, 샘 대시가 스타의 윤리 자문직에서 물러나면서, 스타가 의회의 청문회에서 진술을 통해 '불법적으로' 탄핵과정에 개입했다고 진술했다. 나의 어머니가 자주 말했듯이, 대시가 나선 것은 '하루 늦고 1달러 모자란' 일이었다. 스타가 자신의 행동이 적법한지에 대해서 전혀 신경을 쓰지 않고 행동했던 것은 하루이틀이 아니었으니까.

추수감사절 직전, 공화당 하원의원들이 세출위원회 위원장인 루이지애나의 밥 리빙스턴을 하원의장으로 선출했다. 그는 의회의 새로운 회기가 시작되는 1월부터 직무를 시작할 예정이었다. 당시 대부분의 사람들은 탄핵 움직임이 중단되었다고 생각했다. 온건파 공화당원들 중에서도 탄핵에 반대한다는 뜻을 밝히면서, 미국 국민들은 선거를 통해서 의회가 나를 견책이나 불신임하는 것으로 탄핵 소동을 마감하고 공무에 전념하기를 바란다는 뚜렷한 메시지를 보낸 것이라고 말하는 사람들이 있었다.

11월 중순에, 나는 상당한 금액을 지불하되, 사과는 하지 않기로 하고 폴라 존스 소송을 매듭지었다. 정치적인 동기에서 비롯한 소송이었고, 법률이나 사실의 면에서 보면 내가 승리한 것이나 다름없는 사건이었기 때문에 그렇게 하는 것이 마음에 내키지 않았다. 존스의 변호사들은 제8순회항소법원에 항소를 했지만, 통상적인 판례를 보면 알 수 있듯이, 내가 승소할 것이 확실했다. 그런데 안타깝게도 그 사건을 맡은 삼인합의부의 주임판사는 극단적인 보수주의자 패스코 보먼이었다. 화이트워터와 관련된 소송을 담당하고 있던 헨리 우즈 판사가 스타에게 불리한 결정을 내리자, 보먼은 근거 없는 신문 기사를 구실로 헨리 우즈를 몰아낸 적이 있었다. 그는 워싱턴의 데이비드 센텔 판사와 마찬가지로, 화이트워터와 관련된 소송에서 일반적인 법규에 대한 예외조항들을 거리낌 없이 만들어냈던 인물이다.

마음 한편에서는 항소에서 지기를 바라는 마음도 없지 않았다. 그러면 내가 법정에 나가 모든 문건과 선서증언을 공개하고, 결국 국민에게 나의 적들이 하려고 하는 일을 보여줄 수 있을 것 같았기 때문이다. 게다가 나는 미국 국민들 앞에서 다음 2년 동안 국민들을 위한 직무에 전념하겠다고 약속한 바 있었다. 나는 존스 사건에 1분1초도 낭비할 마음이 없었다. 존스 사건을 취하하기 위해서, 나는 평생 동안 번 돈의 절반을 내놓아야 했다. 우리는 이미 소송비용으로 막대한 빚을 지고 있는 형편이었다. 하지만 나는 몸만 건강하다면 임기를 마친 후에도 가족들을 돌보고 빚을 갚을 수 있을 만큼의 돈을 벌 수 있다고 생각했다. 나는 이미 이긴 것이나 다름없는 소송에 합의를 보고 직무에 전념했다.

존스 소송에서 물러서면서 나는 다시 한 번 시련을 겪어야 했다. 1999년 4월, 라이트 판사는 자신의 증거 공표 명령을 위반했다는 이유로 나에 대한 처벌 결정을 내렸다. 판사는 내게 자신의 워싱턴 출장비용과 존스의 변호사들의 선서증언 비용을 지불할 것을 요구했다. 나는 라이트 판사의 의견에 불만이 많았지만, 많은 시간을 할애하여 사실관계와 관련된 문제들을 따지지 않고서는 판사의 의견을 가지고 다툴 도리가 없었다. 존스의 변호사들의 비용을 지불하라는 결정에 대해서는 정말 화가 났다. 그들은 소송 당시 스타와 공모하여 의도를 감춘 질문을 남발했고, 기밀을 누설하지 말라는 판사의 결정을 여러 번 어겼다. 그런데 판사는 이런 잘못을 범한 변호사들에 대해서는 아무런 조치도 취하지 않았다.

12월 2일, 마이크 에스피는 특별검사 도널드 스몰츠가 제기했던 모든 혐의로부터 벗어났다. 스몰츠는 에스피를 조사하는 과정에서 스타의 각본을 그대로 답습했다. 그는 170만 달러가 넘는 돈을 써가면서, 에스피에 대한 불리한 증언을 강요하기 위해서 수많은 사람들을 기소했다. 스몰츠와 스타는 배심으로부터 심한 질책을 받았으며, 둘만이 배심 재판에서 진 독립변호사들이라는 기록을 남기게 되었다.

며칠 후, 힐러리와 나는 내슈빌로 가서 앨 고어의 아버지인 앨버트 고어 1세 상원의원의 장례식에 참석했다. 앨버트는 테네시 주 카시지의 자택에서 아흔 살의 나이로 숨을 거두었다. 장례식이 열리는 전쟁기념관은 각계각층의 인사들로 가득 찼다. 그는 주 사이의 간선도로 체계를 확립하고, 1956년에는 인종차별적인 남부선언에 서명하는 것을 거부했으며, 베트남전쟁에 용감하게 반대한 사람이었다. 나는 젊었을 때부터 고어 상원의원을 존경했고, 앨이 자신의 아버지와 함께 할 수 있는 시간을 마련해줄 때면 대단히 기뻤다. 상원의원 부부는 1992년 선거 때 앨과 나를 적극적으로 후원했는데, 불과 유황으로 가득한 그의 구식 선거연설을 들으면 갑자기 힘이 솟는 듯했다.

장례식장에 흐르는 음악은 사람들의 가슴을 흔들었다. 1938년에 촉망받는 젊은 정치인이었던 고어 상원의원이 '컨스티튜션 홀'에서 했던 바이올린 연주 녹음이 흘러나올 때는 가슴이 더욱 찡했다. 앨은 송덕문을 낭독했다. 애정이 가득 담긴 그의 송덕문은 아버지이자 남성, 그리고 국가의 충복이었던 앨버트 상원의원에 대한 훌륭한 헌사였다. 나는 장례식이 끝난 후 힐러리에게 모든 미국인이 그 연설을 들었더라면 좋았겠다고 말했다.

그달 중순, 와이리버 협정에서 약속했던 사항을 준수하기 위해서 이스라엘과 가자로 떠나려 하는데, 하원 법사위원회는 당의 방침에 따라 일치된 표를 던진 공화당의 힘으로 탄핵에 찬성하는 표결을 했다. 탄핵 사유는 선서증언과 연방대배심 증언에서의 위증과 사법방해였다. 그들은 또한 내가 자신들의 질문에 대해 거짓말을 했다는 네 번째 조항을 추가했다. 참으로 기묘한 의사진행이었다. 의장인 하이드는 탄핵을 할 수 있는 범죄의 기준을 정하지도 않고, 문제가 되는 사항에 대한 직접적인 지식을 가지고 있는 증인들을 부르지도 않았다. 그는 이번 탄핵표결은 상원으로 스타 보고서를 보내는 것에 찬성한다는 의미이며, 그 보고서가 정확한 사실에 기초한 것인지, 직위 박탈이 정당한지는 상원에서 결정될 것이라고 입장을 밝혔다.

어떤 초당적 검사 단체는 위원회의 결정에 대해서 정상적인 검사라면 이런 경우 나를 위증죄로 처벌하지는 않을 것이라고 말했다. 뉴욕 시티대학의 아서 슐레징거, 예일 대학교의 C. 밴 우드워드, 프린스턴 대학교의 숀 윌렌츠 교수로 구성된 명망 있는 역사학자 위원단은 내가 했다고 추정되는 일은 헌법에 규정된 탄핵 기준, 즉 행정력을 이용해서 행한 '중대한 범죄 혹은 비행'에 해당하지 않는다고 말했다. 이것은 오래전부터 받아들여져왔던 인식이었고, 400명의 역사학자들이 서명해서 의회에 제출한 공개서한에는 그들의 해석에 대한 강력한 지지가 표명되어 있었다. 예를 들어 워터게이트 사건에서 하원 법사위원회는 소득세 탈루를 이유로 닉슨 대통령을 탄핵하는 것에 반대했다. 소득세 탈루는 그의 직무와 관련된 일이 아니라는 이유였다. 하지만 이런 모든 사실들은 내게 적대감을 가지고 있는 하이드 의장과 법률고문 데이비드 시퍼스, 그리고 하원을 장악하고 있는 우익 의원들에게는 아무런 의미가 없는 것들이었다.

선거가 끝난 후부터 공화당 하원의원인 톰 딜레이와 그의 참모들은 탄핵을 요구하는 우익 세력을 결집하기 시작했다. 라디오 토크쇼들 역시 탄핵을 졸라댔고, 온건파들은 자신의 지역구에서 들리는 반클린턴 행동주의자들의 외침에 귀를 기울이지 않을 수 없었다. 온건파 의원들이 클린턴을 미워하는 사람들에게 앙갚음 당할 것을 두려워하게 만들어서, 대중적인 탄핵 반대 의견에 등을 돌리게 만들려는 공화당 강경파의 작전이었다.

이런 전략의 맥락에서 볼 때, 하이드의 위원회의 견책 결의안 반대 투표는 탄핵 찬성 투표만큼이나 중요했다. 견책안은 75퍼센트의 미국 국민들이 지지하는 방법이었다. 만일 하원에서 견책안이 발의되면, 온건파 공화당원들이 견책안에 찬성할 것이고, 그렇게 되면 자연스럽게 탄핵이 폐기될 터였다. 하이드는 견책안의 발목을 잡기 위해서, 국회는 탄핵안 표결은 할 수 있지만 대통령을 견책할 권한은 없다고 주장했다. 그러나 실제로는 앤드루 잭슨 대통령과 제임스 포크가 의회에서 견책 결정을 받은 적이 있었다. 견책안은 당파적인 방침에 따라 실시된 위원회 표결에서 부결되었다. 대다수의 국민들이 원하는 것을 하원에서 부결시킨 셈이었다. 이제 그들에게 남은 문제는 온건파 공화당 의원들을 몇 명이나 '설득하느냐' 하는 것이었다.

위원회의 표결이 있은 후에, 힐러리와 나는 중동 순방길에 올랐다. 우리는 이스라엘 총리 네타냐후와 만찬 회동을 가지고, 하누카(매년 12월 15일부터 8일간 계속되는 유대교의 행사—옮긴이주)를 기념하는 촛대에 불을 밝힌 다음, 라빈 전 총리의 가족과 함께 그의 무덤을 방문했다. 다음 날 나는 매들린 올브라이트, 샌디 버거, 데니스 로스, 힐러리와 함께 헬리콥터를 이용해서 인구밀도가 높은 가자지구로 갔다. 우리는 신축 공항의 완공식 행사에 참석하고, 길고 아름다운 지중해 해안이 내려다보이는 호텔에서 점심식사를 했다.

나는 와이리버에서 약속했던 연설을 하기 위해 팔레스타인 민족평의회에 참석했다. 내가 연설을 하려고 일어나자, 대다수의 의원들이 손을 들어 자신들의 헌법에서 이스라엘 타도 조항을 삭제하는 것에 찬성한다는 뜻을 밝혔다. 우리의 중동 순방의 의미를 빛내는 중요한 순간이었다. 이스라엘에서도 안도의 한숨을 내쉬었을 것이다. 이렇게 해서 이스라엘과 팔레스타인은 땅과 미래를 공유하게 되었다. 나는 의원들에게 감사의 말을 하고, 팔레스타인 사람들이 평화를 통해서 구체적인 혜택을 누릴 수 있게 되기를 바라며, 부디 평화적인 관계에서 벗어나지 않기를 바란다고 말했다.

　나의 기원은 평범한 인사치레가 아니었다. 와이리버 협정 이후 두 달이 지나지 않아 협상은 다시 난관에 부딪혔다. 네타냐후의 내각은 아슬아슬하게 합의안을 승인했지만, 그와 연립한 정파들은 사실 합의안이 마음에 들지 않았기 때문에, 네타냐후는 철군과 수감자 석방을 진행할 수 없었고, 팔레스타인을 국가로서 인정하고, 예루살렘 동부지역을 팔레스타인의 수도로 인정해주는 등의 훨씬 더 어려운 최종 지위 협정으로는 한 발자국도 나아갈 수가 없었다. 팔레스타인 헌장이 수정되자 이스라엘 국민의 여론은 우호적인 방향으로 움직이고 있었지만, 그의 연립정부는 그 정도로는 넘어가지 않는 어려운 상대였다. 보다 넓은 기반을 가지고 거국일치내각을 꾸리거나 선거를 요구하지 않으면 어떤 진전도 어려워 보이는 상황이었다.

　나는 팔레스타인 민족평의회에서 연설한 다음 날 아침, 에레즈 국경에서 네타냐후, 아라파트와의 회담에 참석하여 와이리버 협정의 이행에 활력을 불어넣고 최종 지위 문제로 옮겨갈 방법을 모색했다. 그 후 아라파트는 힐러리와 나를 베들레헴으로 데려갔다. 그는 기독교인들이 신성하게 여기는 장소를 관리하고 있다는 데 대해 자부심을 가지고 있었고, 우리가 크리스마스를 앞두고 그곳을 방문하는 것이 얼마나 큰 의미를 가지는 것인지 알고 있었다.

　아라파트와 헤어진 뒤, 우리는 네타냐후 총리와 함께 마사다를 방문했다. 1981년에 힐러리와 내가 처음 그곳을 방문했던 때와는 달리, 유대의 순교자들이 자신들의 신념을 지키기 위해 목숨을 걸고 싸웠던 요새의 유적이 말끔하게 복원되어 있었다. 네타냐후는 무슨 생각을 하는지 차분하게 가라앉아 있었다. 그는 와이리버 합의로 정치적 안전지대를 벗어난 처지였고, 그의 미래는 불확실했다. 그가 잡은 기회가 이스라엘의 지속적인 평화로 이어질 것인지, 그의 정부의 패퇴로 이어질 것인지 장담하기가 어려운 상황이었다.

　우리는 네타냐후와 작별인사를 나눈 뒤, 또 하나의 갈등이 기다리고 있는 고국으로 돌아왔다. 6일 전, 이라크에서 유엔 사찰단이 활동을 재개한 지

이틀째 되는 날, 이라크 측은 유엔 사찰단이 사담 후세인의 바트당 본부에 들어가는 것을 막았다. 우리가 워싱턴으로 돌아온 날, 유엔 무기사찰단 단장인 리처드 버틀러가 코피 아난 유엔 사무총장에게 이라크가 협조하겠다는 약속을 이행하지 않고 사찰단의 활동을 다시 제약하고 있다고 보고했다.

다음 날, 미국과 영국은 이라크 내에 화학무기, 생물학무기, 핵무기 실험과 관련된 시설로 추정되는 장소와 이웃 국가들을 위협하는 군사시설에 대하여 공습을 개시했다. 나는 그날 저녁 대국민연설을 통해서 사담 후세인이 이미 이란 사람들과 이라크 북부의 쿠르드족에 대해 화학 무기를 사용하고 또 다른 여러 나라에 스커드 미사일을 발사했다는 사실을 밝혔다. 나는 4주 전에는 사담이 전면적인 접근 허용을 약속했기 때문에 공격을 연기한 적이 있었지만, 이라크가 다시 사찰단을 위협함으로써 "마지막 기회를 차버렸다"고 연설했다.

공격이 개시될 당시, 우리의 첩보망은 걸프전쟁이 끝났을 때 이라크에 있던 상당량의 생물학무기 및 화학무기 재료와 여러 기의 미사일 탄두의 행방이 묘연한 상태이며, 핵무기를 만들기 위한 기초적인 실험 작업이 진행되고 있다는 사실을 감지하고 있었다. 우리 측 군사전문가들은 사담 후세인이 보유한 재래식 군사력이 걸프전쟁 이전보다 훨씬 약해졌기 때문에 그는 비재래식 무기를 한층 더 중요시할 것이라고 생각하고 있었다.

국가안보팀은 이라크가 병력을 분산시키거나 보관하고 있는 생물학무기, 화학무기를 은닉할 시간을 주지 말아야 한다는 판단에서, 버틀러의 보고서가 나오자마자 사담 후세인을 공격하기로 결정했다. 토니 블레어와 그의 참모들도 이라크 공격에 찬성했다. 영미 합동공격이 나흘간 계속되었다. 650회의 공습과 400회의 크루즈 미사일 발사가 이루어졌다. 민간인의 희생을 최소화하기 위해 군사상의 목표시설과 국가안보상의 목표시설을 신중하게 골라 공격했다. 공격이 끝난 후에도 우리는 문제의 무기 재료들이 얼마나 파괴되었는지 알 도리가 없었다. 하지만 위험한 무기를 생산하고 배치할 수 있는 이라크의 능력은 상당히 감소되었다.

공화당원들 중에는 사담 후세인을 악마 같은 인물이라고 평하면서도 이라크 공격에 대해 불안을 느끼는 사람들이 있었다. 상원의원 로트, 하원의원 딕 아미를 포함한 몇몇 공화당 의원들이 공격시기를 트집 잡아서 내가 하원의 탄핵 투표를 지연시키기 위해 공격 명령을 내렸다고 비난했다. 다음 날, 몇몇 공화당 상원의원들이 이라크 공습에 대한 지지를 표명한 후에, 로트는 자신의 발언을 철회했지만, 아미는 철회하지 않았다. 아미와 딜레이, 그리고 그의 부하들은 온건파 동료들을 열심히 추슬렀고, 생각을 고쳐먹는 사람들이 생길까봐 급히 탄핵 투표를 강행했다.

12월 19일, 하원이 탄핵투표를 시작하기 직전, 하원의장 예정자인 밥 리빙스턴이 자신의 개인적인 문제를 공개적으로 자백하면서 하원의원직을 내놓겠다고 발표했다. 나중에 알게 된 일이지만, 17명의 보수파 공화당 의원들이 그를 찾아가서 사임을 종용했다고 한다. 사임을 종용했던 이유는 그의 과거 행적 때문이 아니라, 그가 탄핵을 강행하는 데 방해물이 되었기 때문이다.

미국 국민들이 탄핵에 반대한다는 분명한 메시지를 보냈던 선거가 지나고 겨우 6주 만에, 하원은 하이드 법사위원회가 찬성한 탄핵 사유 중 두 가지를 통과시켰다. 내가 연방대배심에서 위증을 한 것이 탄핵 사유가 된다는 첫 번째 안건은 공화당원 5명이 반대표를 던져 228 대 206으로 통과되었다. 내가 위증을 교사하고 선물을 감추어 사법 절차를 방해한 것이 탄핵 사유가 된다는 두 번째 안건은 공화당원 12명이 반대표를 던져 221 대 212로 통과되었다. 그런데 두 가지 사유는 앞뒤가 맞지 않았다. 첫 번째 사유는 스타 보고서에 기록된, 모니카 르윈스키와 내가 만났던 때의 일을 세부적으로 묘사한 르윈스키의 자백과 나의 대배심 증언 사이에 차이가 있다는 점에 근거한 것이었다. 두 번째 사유는 그녀 역시 내가 자신에게 거짓말을 하라고 말한 적이 없다고 증언했으며, 이 사실은 다른 목격자들에 의해서 인정되고 있다는 것을 무시하고 있었다. 공화당 의원들은 그녀와 나의 이야기가 일치하지 않을 때만 그녀의 말을 믿는 것 같았다.

선거 직후에 톰 딜레이와 그의 동료들은 온건파 공화당 의원들을 포섭

하기 시작했다. 그들은 온건파가 견책안에 투표할 기회를 봉쇄하고 나서는, 어떤 방법으로든 나를 벌해야 한다며 그들을 재우쳤다. 그들은 상원에서는 공화당원들이 직무정지에 필요한 3분의 2의 찬성표를 얻지 못해서 내가 유죄판결을 받지도 않고 직무도 정지되지 않을 터이니 하원에서 탄핵안을 통과시키는 것에 부담을 가질 필요가 없다면서 온건파에 찬성표를 던질 것을 요구했다. 하원 탄핵안 표결이 있고 나서 며칠 뒤에, 네 명의 온건파 공화당 하원의원들(델라웨어의 마이크 캐슬, 펜실베이니아의 제임스 그린우드, 뉴욕의 벤 길먼과 셔우드 볼러트)은 「뉴욕 타임즈」에 자신들이 탄핵안에 찬성표를 던지기는 했지만 그것은 내가 직무정지가 되어야 한다는 의미는 아니었다는 내용의 글을 보냈다.

나는 온건파 공화당 의원들 한 사람 한 사람에 대해서 어떤 당근과 채찍이 사용되었는지 모두 다 파악하지는 못했다. 하지만 몇 가지 사례는 알게 되었다. 어느 공화당 위원회의 의장은 한 백악관 보좌관에게, 자신은 탄핵안에 찬성하고 싶지 않았지만 만일 자신이 반대표를 던졌다면 위원장직을 잃게 되었을 거라고 말하면서 상당히 괴로워했다. 아칸소의 공화당원인 제이 디키는 맥 맥라티에게, 만일 자신이 찬성표를 던지지 않았다면 세출위원회에서 쫓겨났을 것이라고 말했다. 뉴욕 출신의 공화당 의원인 잭 퀸은 백악관을 자주 드나들면서 나를 비롯한 여러 사람들에게 자신은 탄핵에 반대한다고 말했던 사람이었는데, 갑자기 태도를 바꾸어서 세 가지 탄핵 사유에 찬성표를 던질 거라고 말했다. 나는 잭 퀸이 마음을 바꾼 것을 알고 대단히 실망했다. 그의 지역구는 내가 1996년에 대다수 유권자들의 표를 얻었던 곳이었지만, 목소리 큰 소수의 사람들이 그에게 심한 압력을 가했던 것이 분명했다. 롱아일랜드의 공화당 의원인 마이크 포브스는 탄핵안 논쟁에서 나를 지지했던 사람이었는데, 리빙스턴의 새로운 지도부에 자리를 주겠다는 제안을 받고 마음을 바꾸었다. 그러나 리빙스턴이 사임하면서, 그 제안은 물거품이 되어 사라져버렸다.

탄핵안에 찬성표를 던진 민주당 의원은 다섯 명이었다. 그중에 넷은 보수적인 지역구 출신이었다. 마지막 한 사람은 자신은 원래 견책안에 표를 던지고 싶었지만 탄핵안도 차선책이 될 수 있다는 주장에 넘어가고 말았다고 밝혔다. 탄핵안에 반대표를 던진 공화당원들은 공화당 하원의원들 중에서 가장 진보적이고 독립적인 인물들인 뉴욕의 에이모 휴튼, 코네티컷의 크리스 샤이스, 1996년에 나를 압도적으로 지지했던 지역구 출신으로 역시 진보적인 메릴랜드의 코니 모렐라, 헌법적인 문제를 정당에 대한 충성도를 확인하는 자리로 변질시켜버린 당 지도부를 따라가고 싶지 않았던 인디애나의 마크 소더와 뉴욕의 피터 킹이었다.

피터 킹은 북아일랜드에서 나와 함께 활동했던 인물이었는데, 몇 주 동안 엄청난 압박에 시달려야 했다. 그는 만일 찬성표를 던지지 않으면 정치적으로 매장해버리겠다는 협박까지 받았다. 몇 차례의 텔레비전 인터뷰에서 킹은 동료 공화당원들에게 이런 주장을 펼쳤다. "클린턴 대통령이 공화당원이었다면, 공화당원들은 탄핵안에 반대했을 것이다. 내가 탄핵안에 반대했던 이유는 바로 그것이다." 같은 프로그램에 출연했던 탄핵지지 공화당 의원들은 그의 주장에 제대로 대꾸하지 못했다. 우익 의원들은 사람은 누구나 돈에 약하거나 약점이 있다고 생각했고, 또 그 생각은 대개는 들어맞았다. 하지만 피터 킹은 아일랜드 기질을 가진 사람이었고, 예이츠의 시를 사랑하는 사람이었다. 그는 설사 패배한다 하더라도 대의를 위해서 싸우는 것을 두려워하지 않았으며, 결코 돈에 팔려갈 사람이 아니었다.

탄핵지지 세력은 딜레이의 사무실에서 기도회를 열고 하나님께 자신들의 신성한 싸움을 도와달라고 했다지만, 탄핵안 추진은 기본적으로 도덕성이나 적법성이 아니라 권력과 관련된 것이었다. 뉴트 깅리치가 한마디로 표현한 적이 있듯이, 그들이 그런 행동에 나선 것은 그것이 '그들이 할 수 있는 일'이었기 때문이다. 나의 탄핵은 변명의 여지가 없는 나의 개인적인 행동과 관련된 문제가 아니었다. 왜냐하면 그런 문제는 그들에게도 많이 있었으며, 거짓 소송과 그것을 맡을 특별검사가 없어도 그런 문제는 드러나기 시작하고 있었기 때문이다. 탄핵은 내가 사법적인 절차에서 거짓말을 했는지 여부와 관련된 문제가 아니었다. 뉴트 깅리치가 하원 윤리위원회의 조사 중에 몇 번 위증을 했던 사실이 드러났을 때, 나에 대한 탄핵을 지지했던 사람들은 그에게 징계와 벌금형을 부과했다. 스타가 듣고 싶어 하는 이야기를 해서 면책을 받았던 캐슬린 윌리가 위증을 했을 때, 스타는 다시 그녀를 면책했다. 스타는 자신을 위해서 거짓말을 하지 않은 수잔 맥두걸을 기소했고, 역시 자신을 위해서 거짓말을 하지 않은 허비 브랜스컴과 로브 힐을 기소했고, 역시 자신을 위해서 거짓말을 하지 않은 웹 허블을 두 번, 세 번 기소했으며, 그의 아내와 변호사, 회계사까지 기소했다가, 나중에 그중 세 명에 대해서는 기소를 취하했다.

데이비드 헤일이 처음에 나에 대해서 진술했던 내용이 근거가 없다는 것이 밝혀지자, 스타는 그에게 진술을 번복하도록 했고 결국 헤일은 논박할 수 없는 이야기를 꾸며냈다. 짐 맥두걸의 예전 동업자이자 나의 오랜 친구인 스티브 스미스는 스타의 부하들이 대배심에서 읽을 진술서를 준비해두고, 자신이 그것은 사실이 아니라고 되풀이해 강조했음에도, 자신에게 그것을 읽도록 압력을 행사했다고 주장했다. 그는 이러한 자신의 주장에 대해 거짓말탐지기를 사용해도 좋다고 말했다. 스타 자신은 선서를 하고 난 뒤에도 모니카 르윈스키에게 도청장치를 착용하게 했던 일에 대해서 거짓말을 했다.

하원의 표결은 하원의 탄핵소추위원들의 고발 내용이 역사적으로 이해할 만한, 탄핵에 해당하는 범죄에 해당하는지 판단하는 투표가 아니었다. 워터게이트 사건 때 논의되었던 탄핵의 기준을 나의 경우에 적용했다면, 탄핵이 이루어질 수 없는 일이었다.

그것은 권력을 놓고 벌이는 싸움이었다. 그것은 하원의 공화당 지도부가 그들의 힘으로 할 수 있는 일이라서, 그리고 내가 반대하고 막았던 의제들을 처리하고 싶어서 했던 일이었다. 전국에서 그들을 지지했던 사람들은 나를 대통령직에서 내쫓으려고 하는 동기가 도덕이나 법률에서 비롯한 것이라고 믿고 있었다. 그들은 내가 나쁜 짓을 한 것은 사실이고, 그 행동이 헌법적 정의에 맞는 탄핵사유냐 아니냐는 중요한 것이 아니라고 생각했을 것이 틀림없다. 하지만 그들의 행동은 모든 도덕과 모든 법률의 전제가 되는 첫 번째 원칙, 즉 누구에게나 똑같은 법률을 적용해야 한다는 원칙에 어굿나는 것이었다. 테디(시오도) 루스벨트가 했던 말을 빌리자면, '법 위에 사람 없고, 법 아래 사람 없다'.

1960년대 이후로 격렬해진 당파 싸움에서, 민주당과 공화당 양당 모두 아무런 결점 하나 없이 완전하지는 않았다. 나는 민주당이 보크 판사의 영화에 대한 기호와 존 타워 상원의원의 술버릇을 조사하겠다고 나선 것은 잘못된 일이었다고 생각했다. 하지만 개인 파괴의 정치에서는 신우익 공화당원들은 가히 독보적 존재라 할 만했다. 민주당은 권력을 이해하지 못하는 것처럼 행동했던 때도 있었다. 하지만 나는 민주당원들은 단지 자신들이 할 수 있는 일이라는 이유만으로 모든 일을 하지는 않았다는 사실에 자부심을 느낀다.

하원 표결 직전에, 로버트 힐리는 「보스턴 글로브」지에 1986년 말 백악관에서 팀 오닐 하원의장과 레이건 대통령이 가졌던 회담에 대한 글을 썼다. 그 회담은 이란-콘트라 사건이 드러난 뒤에 열렸다. 백악관 보좌관들인 존 포데스타와 올리버 노스는 법을 어겼으며, 의회에서 거짓말을 했다. 오닐은 대통령에게 이들의 범법 사실을 아는지, 혹은 불법행위를 승인해주었는지 묻지 않았다(공화당 상원의원 존 타워가 이끄는 초당파 위원회는 후일 레이건이 그것을 알고 있었다는 사실을 밝혀냈다). 힐리의 주장에 따르면, 오닐은 그냥 대통령에게 자신이 탄핵 절차의 진행을 허용하지 않을 것이라고 말했다. 이어 그는 자신은 워터게이트를 겪은 사람이며, 다시 한 번 미국이 그런 시련을 겪게 하고 싶지 않다고 덧붙였다.

팀 오닐은 깅리치와 딜레이에 비해서 애국심이 더 깊었는지도 모른다. 하지만 깅리치와 딜레이를 포함한 당시의 공화당원들은 권력을 집중하고, 자신들의 적수를 공격하기 위해서 그 권력을 최대한 이용하는 데는 훨씬 탁월한 능력을 발휘했다. 그들은 근시안적 관점에 사로잡힌 채 힘이 정의를 만든다고 생각했고, 미국이 어떤 시련을 겪을지에 대해서는 아무런 관심이 없었다. 상원이 나의 직무를 정지하지 않을 것이라는 사실은 그들에게 있어서 아무런 의미도 없는 일이었다. 그들은 나를 만신창이로 만들어놓으면, 언론과 국민들은 내가 잘못했던 일뿐 아니라 자신들이 잘못했던 일까지 내 탓으로 돌릴 것이라고 믿었다. 그들은 나에게 탄핵이라는 딱지를 붙이고 싶어 했고, 나의 남은 인생 동안, 그리고 그 후에도 얼마간 나를 탄핵했다는 사실이 탄핵이 진행된 배경보다 훨씬 크게 부각될 것이라고 믿었다. 그들은 머지않아 사람들의 머릿속에서는 탄핵을 강행했던 일체의 과정이 위선으로 가득한 연극이었다는 사실, 그리고 이것이 케네스 스타를 비롯한 세력들이 오랫동안 계속해온 터무니없는 행동의 극치였다는 사실이 모두 까맣게 지워질 거라고 생각하고 있었다.

표결 직후에, 딕 게파트는 나를 옹호하는 하원 민주당 의원들을 백악관으로 소집했다. 나는 그 자리에서 그들에게 감사의 말을 했고, 우리는 앞으로 벌어질 싸움에 대비하여 단결력을 과시했다. 앨 고어는 대통령으로서의 나의 업적을 감동적으로 옹호했으며, 게파트는 공화당에 대하여 개인을 파멸시킬 수 있는 정치활동을 중단하고 국가가 필요로 하는 업무로 복귀할 것을 강력하게 호소했다. 힐러리는 나중에 나에게 그 행사는 흡사 개선행진과 같은 분위기였다고 말했다. 사실 그런 면이 없지 않았다. 민주당 의원들이 일어선 것은 나를 지키기 위함과 동시에, 그보다 훨씬 중요한 헌법을 지키기 위함이었다.

나는 탄핵당하고 싶지 않았다. 하지만 나는 1860년대 말에 앤드루 존슨도 '중대한 범죄나 비행'을 범한 사실 없이 탄핵되었던 적이 있다는 사실을 생각하며 자신을 위로했다. 당시의 상황과 나의 상황의 공통점은 자제를 할 줄 모르는 의회 다수당이 정치적인 동기에서 벌인 일이었다는 점이다.

힐러리는 하원에서 이루어진 탄핵안 결의의 정치적인 본질을 깨닫는 순간, 나보다 훨씬 괴로워했다. 그녀는 젊은 시절에 변호사로서, 워터게이트 사태 와중에 하원 법사위원회에서 활동하던 존 도어의 실무자로서 일한 적이 있었다. 워터게이트 사건 당시에는 대통령의 직무활동에서 '중대한 범죄와 비행'이란 무엇인지 정의하고 그 실체를 밝혀내야 한다는 헌법상의 요구를 충족시키기 위해, 양당은 진지하고, 균형 잡힌, 초당파적인 노력을 기울였다.

처음부터 나는, 극우파와의 최종대결에서 이길 수 있는 최선의 방법은 계속 직무에 충실하고 다른 사람들이 나를 방어하게 하는 것이라고 생각하고 있었다. 하원과 상원에서의 탄핵 절차가 진행되는 동안에도 나는 직무에서 손을 놓지 않았고, 많은 사람들이 나의 판단이 옳은 것이라고 말해주었다.

그 전략은 생각했던 것보다 훨씬 좋은 성과를 거두었다. 스타 보고서를 공개한 것과 공화당이 탄핵 절차를 진행하기로 결정한 것은 언론의 분위기에 큰 변화를 불러일으켰다. 앞서 말한 것처럼 언론은 하나의 커다란 돌덩어리가 아니었다. 예전에 스타 검사의 수족처럼 굴던 언론은, 우익 그룹이 음모에 관련되어 있다는 것, 독립변호사실이 직권 남용에 가까운 방법을 사용하고 있다는 것, 공화당원들이 전례를 찾아보기 힘든 행동을 하는 것 등을 지적하기 시작했다. 텔레비전 대담 프로그램도 균형을 찾아가기 시작했다. 해설자 중에서는 그레타 밴 서스트런과 수잔 에스티리치, 초청좌담자 중에서는 레니 데이비스 변호사, 앨런 더쇼위츠, 줄리안 엡스틴, 빈센트 부글리오시가 그 사건에 대한 양측의 입장이 공평하게 개진될 수 있도록 신경을 쓰기 시작했다.

의원들 역시 강력한 활동을 펼치기 시작했는데, 그중에서 상원의원 톰 하킨, 하원 법사위원회 소속의 샤일라 잭슨 리, 전직 검사였던 빌 델라헌트의 활약이 돋보였다. 시카고 대학교의 카스 선스타인 교수와 조지타운 대학교의 수잔 블로흐 교수는 400명의 법학자들이 서명한 탄핵처리의 위헌성에 관한 공개서한을 발표했다.

1999년으로 접어들면서, 실업률은 4.3퍼센트로 떨어졌고 주식시장 역시 침체에서 벗어나서 상승세를 타기 시작했다. 힐러리는 크리스마스 때 '올드 이그제큐티브' 빌딩의 직원들을 찾아갔다가 허리를 다쳤다. 그러나 딱딱한 대리석 바닥에서는 하이힐을 신지 말라는 의사의 지시를 따르면서 힐러리의 허리 상태는 점점 나아졌다. 첼시와 나는 트리에 장식을 하고 신나게 크리스마스 쇼핑을 했다.

내가 받은 최상의 크리스마스 선물은 일반 국민들에게서 쏟아지는 친절과 지지들이었다. 켄터키에 사는 열세 살짜리 소녀는 나에게 내가 잘못을 한 것은 사실이지만, 나의 적들은 '비열하니' 절대로 물러나서는 안 된다는 내용의 편지를 보냈다. 뉴브런즈윅에 사는 여든여섯 된 백인 노인은 가족들에게 애틀랜틱시티에 다녀오겠다고 말하고 나서 기차를 타고 워싱턴으로 와서, 다시 택시를 잡아타고 제시 잭슨 목사의 집을 찾아갔다. 잭슨 목사의 장모를 만난 노인은, 자기가 아는 사람 중에 대통령하고 이야기를 했던 사람은 오직 잭슨 목사뿐이라서 찾아왔다면서, 내게 한 가지 말을 전해달라고 했다. "대통령에게 물러나서는 안 된다고 말해주세요. 내가 어렸을 때도 공화당원들이 (1928년 민주당 대통령 후보 지명자였던) 앨 스미스를 가톨릭이라고 공격했지요. 클린턴은 그들에게 무릎을 꿇어서는 안 됩니다." 노인은 다시 택시를 타고 유니언 역으로 가서 다음 열차를 타고 집으로 돌아갔다. 나는 그 노인에게 전화를 걸어 감사의 뜻을 전했다. 그 후 나는 가족들과 함께 르네상스 위켄드에 갔다가 새해를 맞았다.

51

1월 7일, 상원에서 연방대법원장 윌리엄 렌키스트가 공식적으로 탄핵재판을 진행했다. 같은 날 케네스 스타는 공화당원인 줄리 하이아트 스틸을 기소했다. 그녀는 거짓말을 해서 캐슬린 윌리의 진술을 뒷받침할 수는 없다고 버텼던 여성이었다.

일주일 뒤에, 하원의 탄핵소추위원들은 사흘간 탄핵소추의 이유를 제시했다. 케네스 스타를 제외하고는 증인 한 명 부르지 않던 그들은 이제야 증인을 부르겠다고 나섰다. 탄핵 소추위원 중에는 아칸소 출신의 에이서 허친슨이라는 의원이 있었는데, 그는 1980년대에 내 동생 로저의 마약 사건을 기소했던 검사였다. 탄핵사유 중 사법방해 문제를 전담하고 있던 그는 하원이 상원에 보낸 자료가 너무 빈약하기 때문에 자신이 검사라면 사법방해로 기소할 수 없을 거라면서, 상원은 반드시 증인 소환을 해야 한다고 말했다. 소추위원 한 명이 더 나서서 상원은 나의 범죄 혐의가 탄핵의 헌법적인 기준을 충족하느냐를 판단할 권리가 없다고 주장했다. 하이드 법사위원회는 어떤 행동이 탄핵사유가 되는지 판단하기 위한 기준에 대해 명확한 진술을 하는 것을 거부했던 사실이 있었는데도, 그는 하원이 이미 그에 대한 판단을 내렸으니 상원은 하원의 의견에 따라야 한다고 말했다.

헨리 하이드는 상원에서 한 탄핵결의 연설에서 탄핵의 헌법적 의미를 자기 나름대로 해석했다. 그는 국가중대사에서 나라를 잘못 인도한 것보다 개인적인 비행을 저지르고도 눈 하나 깜짝하지 않는 것이야말로 탄핵을 당해 마땅한 태도라고 말했다. 나의 어머니는 내가 어렸을 때 어떤 사람을 만

나도 좋은 점을 찾으라고 가르치셨다. 나는 격렬하게 비난을 퍼붓는 하이드의 모습을 보면서, 저 사람 속 어딘가에도 지킬 박사(좋은 면이라는 뜻—옮긴이 주)가 틀림없이 숨어 있을 것이라고 생각했다. 하지만 그 지킬 박사를 찾아내는 것은 쉬운 일이 아니었다.

19일에 나의 법률팀이 사흘간의 변론을 시작했다. 백악관 법률고문이자 전직 검사였던 척 로브가 제일 먼저 포문을 열었다. 그는 두 시간 반 동안 위증과 사법방해 혐의는 사실이 아니며, 만일 상원이 그 혐의가 사실이라고 생각한다 하더라도, 그런 범죄 사실만으로는 탄핵의 헌법적인 기준을 충족시키지 못한다고 주장했다. 로브는 한평생 휠체어 신세를 지고 살아온 점잖은 사람이었다. 나의 강력한 옹호자였던 그는 하원 소추위원들이 저지른 일들을 보고 크게 마음이 상해 있었다. 그는 공화당이 증거로 제시한 주장들을 박살낸 뒤, 이미 초당파적인 검사들 모임에서 책임감 있는 검사라면 그들 앞에 놓인 사실들만 가지고 위증 혐의를 씌울 수 없다는 주장이 나왔다는 사실을 상원의원들에게 일깨워주었다.

로브가 가장 멋지게 활약했던 부분은 에이서 허친슨이 명백하게 사실을 허위로 제시하는 현장을 잡은 것이었다. 허친슨은 상원에서, 모니카 르윈스키가 존스 소송에서 증인으로 나설 것임을 알게 되자, 버넌 조던이 모니카에게 일자리를 구해주려 했다고 진술한 바 있었다. 로브는 조던이 르윈스키에게 일자리를 제안한 것은 르윈스키가 존스 소송에 나서게 된다는 것을 알았던 시기, 혹은 알 가능성이 있는 시기로부터 6주 전에 있었던 일임을 밝혔다. 라이트 판사가 르윈스키에 대한 증인 신청을 받아들였을 때(라이트 판사는 후일 이 결정을 번복했다), 버넌은 유럽행 비행기를 타고 있었다. 나는 에이서가 상원에서 거짓말을 한 이유가 상원의원들이 알아내지 못할 것이라고 생각했기 때문인지, 아니면 하원 소추위원들처럼 자신의 이야기의 정확성 여부에 관심이 없을 거라고 생각했기 때문인지 알 수가 없었다.

다음 날 그레그 크레이그와 셰릴 밀스는 구체적인 탄핵사유를 하나하나 파헤쳤다. 그레그는 위증죄를 부과한 항목에는 위증의 사례가 단 한 건도 인용되지 않고, 대신 존스 소송에서 행한 나의 증언 문제(하원이 그 문제에 관한 탄핵사유 항목은 부결시켰는데도)가 언급되고 있다는 점을 꼬집었다. 크레이그는 또한 상원에 제출된 위증 주장의 일부는 하원 법사위원회나 하원회의장에서의 토론 중에 스타 검사나 하원의원들이 제기한 적이 없는 것임을 지적했다. 그들이 일을 추진하면서 자신들의 주장을 만들어가고 있다는 이야기였다.

스탠퍼드 법대를 졸업한 젊은 아프리카계 미국인 셰릴 밀스가 변론을 하던 날은 그녀가 백악관에 근무한 지 6주년 되는 날이었다. 그녀는 두 개의 사법방해 혐의를 훌륭하게 논박했다. 그녀는 하원 소추위원들이 상원에서 제시하지 않았던 사실들, 그리고 그들이 도저히 논박할 수 없는 사실들을 제시하면서, 사법방해 주장이 말이 안 된다는 것을 입증했다. 셰릴의 활약이 가장 돋보였던 부분은 마지막 결론이었다. 사우스캐롤라이나의 공화당 하원의원 린지 그레이엄을 비롯한 하원의원들은, 나를 처벌하지 않으면 국민에게 우리의 민권과 성추행과 관련된 법률들이 경시되고 있다는 메시지를 전할 것이라고 주장했던 적이 있는데, 그녀는 "나는 그들의 주장을 논박하지 않고 넘어갈 수 없다"고 말했다. 미국 전역의 흑인들은 나를 탄핵하려는 움직임이 민권을 위해서는 손가락 하나 까딱하지 않았던 남부 백인 우익 세력에 의해서 추진되고 있다는 것을 알고 있다는 것이었다.

셰릴은 폴라 존스가 법정에서 마음껏 자기주장을 펼쳤지만, 존스 사건을 맡은 여성 판사는 존스의 사건을 기각했다는 점을 지적했다. 그녀는 대부분의 사람들이 제퍼슨, 케네디, 그리고 킹과 같은 남자들을 존경하는데, 그들은 모두 불완전한 사람들이었지만 "인류에 도움을 주기 위해서 투쟁했던 사람들이었다"고 말하면서, 민권 및 여성의 권리와 관련한 나의 업적은 "탄핵할 수 없는 것"이라는 말을 덧붙였다. "내가 오늘 이 자리에 선 것은 내가 이 자리에 설 자격과 능력이 있다고 빌 클린턴 대통령이 생각했기 때문입니다…… 이것을 가지고 그에게 유죄를 선고하는 것은 옳지 않은 일입니다."

우리의 변론이 있던 셋째이자 마지막 날은 데이비드 켄달의 연설로 시작되었다. 그는 차분하고 논리적인 진술로 나의 사법 방해 혐의를 조리 있게 반박했다. 그는 모니카 르윈스키가 나한테서 거짓말을 해달라는 요구를 받은 적이 없다는 주장을 반복했다는 점을 지적했고, 하원 소추위원들이 잘못 말하거나 중요한 사실들을 놓친 사례들을 꼼꼼히 지적했다.

마지막으로 나를 변론한 사람은 데일 범퍼스였다. 내가 범퍼스에게 변론을 부탁한 이유는 그가 훌륭한 변호사이자 뛰어난 헌법 전문가이면서, 미국에서 손꼽히는 연설가였기 때문이다. 그는 오랫동안 나를 알고 있었고, 상원에서 24년간 봉직했던 경력을 가지고 있었다. 그는 예전 동료들이었던 상원의원들에게 몇 가지 농담을 던지면서 그들의 긴장을 풀게 한 후에, 자신은 24년 동안 나와 절친하게 지내왔고, 나와 같은 목적을 위해 활동했던 사람이라서 이 자리에 서는 것을 꺼렸다고 말했다. 상원이 친구의 말을 변론으로 받아들이지 않을 것임을 알고 있지만, 자신이 이 자리에 나선 것은 나를 변론하기 위한 것이 아니라 『성경』 다음으로 신성한 문서'인 헌법을 수호하기 위함이라고 말했다.

범퍼스는 스타의 보고서를 심하게 혹평하면서 변론을 시작했다. "스타의 행위에 대면, 『레미제라블』에서 장발장을 고소한 자베르 경감은 아무것도 아닙니다." 그는 말했다. "오랫동안 조사를 했지만…… 대통령이 범한 개인적인 또는 공무상의 오점은 발견되지 않았습니다…… 우리가 이 자리에 서게 된 것은 대통령이 도덕적으로 심각한 실수를 범했기 때문입니다."

그는 동정심이 없다면서 하원 소추위원들을 꾸짖고는 가장 극적인 이야기를 하기 시작했다. "여러분이 그의 입장이 되었다고 생각해보십시오…… 우리 중에 완벽한 사람은 아무도 없습니다…… 물론 그는 후회할 짓을 하지 말았어야지요. 정말 그렇습니다. 그리고 마찬가지로 아담과 이브도 후회할 짓을 하지 말았어야 했고요." 여기서 그는 상원의원들을 손가락으로 가리키며 말했다. "당신, 그리고 당신, 그리고 당신, 그리고 당신, 그리고 비슷한 상황에 처한 수많은 사람들 역시 후회할 짓을 하지 말았어야 합니다. 다시 말하지만 우리는 어느 누구도 완벽하지 않습니다."

범퍼스는 내가 그릇된 행동에 대해서 이미 심한 처벌을 받았다, 사람들은 나를 면직시키는 것을 원치 않는다, 상원은 하벨 체코 대통령, 만델라 남아프리카공화국 대통령, 그리고 후세인 국왕을 비롯해서 나를 지지하는 세계 지도자들의 목소리에 귀를 기울여야 한다고 말했다.

그는 탄핵 조항에 관해서 헌법제정의회(미국헌법을 제정하기 위해 1787년 5월 필라델피아에서 개최된 의회—옮긴이주)가 숙고를 거듭했던 역사에 대해 자세하게 설명하면서 변론을 마쳤다. 그는 우리의 헌법초안자들은 영국법에서 탄핵조항을 빌려왔는데, 영국법의 탄핵조항에는 국가에 해를 끼치는 '명백하게 정치적인' 범죄만이 언급되고 있다고 밝혔다. 그는 상원에게 헌법을 모독하지 말고, 대신에 미국 국민의 목소리를 들을 것을 촉구했다. "미국 국민은 여러분들이 정치적인 당파성을 뛰어넘어 신성한 본연의 의무를 다하도록 요구하고 있습니다."

범퍼스는 논리정연하게 조목조목 따지다가 감정적으로 호소하기도 하고, 순박하게 말하다가 갑자기 심오한 이야기로 빠지기도 하면서 멋진 연설을 했다. 그때 상원의 표결이 실시되었다면, 탄핵에 찬성하는 사람들은 많지 않았을 것이다. 하지만 탄핵재판 과정은 3주나 늘어졌다. 하원 소추위원들과 그들의 동맹자들은 공화당 상원의원들을 한 사람이라도 더 탄핵안 찬성으로 끌어들이려고 노력했다. 양측의 의견 제시가 끝나고 나자, 민주당 상원의원 전원과 몇몇 공화당 의원들이 탄핵안에 반대표를 던질 것이 거의 확실해졌다.

상원이 심리를 하는 동안, 나는 해마다 그맘때면 늘 했던 일들을 하고 있었다. 나는 연두교서를 준비하고, 전국을 돌며 연두교서에 들어갈 새로운 정책들을 홍보했다. 연두교서 발표 예정일은 상원 탄핵재판에서 변론이 시작되는 1월 19일이었다. 일부 공화당 상원의원들은 연두교서 발표를 연기해야 한다고 주장했다. 하지만 나는 그럴 생각이 없었다. 탄핵 문제로 인해서 미국 국민들이 낸 세금의 상당 부분이 날아간 상태였다. 탄핵문제는 의회로 하여금 절박한 일들을 제쳐놓게 만들었으며, 헌법의 권위를 약화시키고 있었다. 만일 연두교서 발표를 미룬다면, 미국 국민들은 자신들의 관심사가 뒤로 밀리고 있다고 생각하게 될 터였다.

연두교서 발표 당시의 분위기는 그 전해의 분위기에 비해서도 상당히 색달랐다. 늘 그랬듯이, 나는 의사당으로 들어가서 의장실로 안내되었다. 당시 의장직은 일리노이의 데니스 해스터트가 맡고 있었다. 그는 단단한 체구의 레슬링 코치 출신으로 대단히 보수적이기는 했지만, 깅리치, 아미, 그리고 딜레이에 비하면 무조건 갈등으로 몰아가려는 대결적인 태도가 덜한 사람이었다. 오래지 않아 상원과 하원의 양당 의원들로 구성된 대표단이 나를 하원 회의장으로 데려갔다. 우리는 악수를 하고 아무 일도 없는 사람들처럼 이야기를 나누었다. 연두교서 발표시간이 되어 내가 연단으로 이어지는 통로를 걸어가자, 민주당 의원들이 열렬하게 갈채를 보냈고, 공화당 의원들은 대부분 점잖게 박수를 쳤다. 통로를 사이에 두고 공화당과 민주당 의원들이 따로따로 앉아 있었기 때문에, 나는 민주당 의석 쪽에 앉은 사람들과 악수를 하면서 연단으로 걸어갈 작정이었다. 그런데 뜻밖에도 공화당 하원의원들 중에도 내게 손을 내미는 사람들이 있었다.

나는 먼저 신임 하원의장에게 인사를 했다. 그는 나에게 정중하고 초당파적인 태도로 민주당 의원들과 함께 일할 수 있기를 바란다고 말했다. 하원에서 탄핵가결이 이루어진 이후에 선출된 의장으로서 했던 발언이었기 때문에, 그의 발언은 느낌이 좋았고 진심인 것 같았다. 나는 그의 제안을 받아들였다.

1999년까지, 미국의 경제적인 팽창은 역사상 최고의 기록을 세우고 있었다. 내가 대통령에 취임한 후, 1,800만 명의 신규고용, 실질 임금 상승, 소득불균형의 점진적인 개선이 이루어져서 1957년 이후 평화시 최저 실업률을 기록하고 있었다. 미국의 상태는 어느 때보다도 힘이 넘쳤다. 나는 그 상태를 최대한 활용할 수 있는 프로그램을 제시했다.

우선 베이비붐 세대가 퇴직한 후의 연금정책에 대한 제안을 내놓았다. 즉 향후 15년간 쌓일 흑자의 60퍼센트를 2055년까지 사회보장신탁기금의 지불능력을 확충하는 데 투입하고, 그중의 일부는 개방형 투자신탁에 투자할 예정이다. 또한 사회보장연금 수혜자들이 연금에 손해를 보지 않고 벌 수 있는 소득 금액의 제한을 철폐하고, 같은 나이 빈곤층 남성들의 두 배에 달하는 빈곤층 여성 노인들에 대한 연금지급 조건을 대폭 완화할 예정이다.

흑자예산의 16퍼센트를 활용하여 메디케어신탁기금의 기한을 10년 더 연장하고, 노인과 신체장애인들을 장기간 돌보는 가정에 1,000달러의 세액공제를 실시하고, 55세에서 65세에 이르는 연령의 사람들에게 메디케어 매입 선택권을 부여하겠다. 흑자예산의 11퍼센트를 스스로 퇴직연금 계좌를 개설한 사람들의 세액공제와 저소득 노동자들의 저축액에 상응하는 세액공제에 사용하는 '미국 계좌'라는 새로운 연금정책을 도입하겠다. 미국 계좌 정책은 저소득 가정이 저축을 통해서 재산을 모을 수 있도록 돕는 프로그램 가운데 역사상 가장 규모가 큰 것이었다.

나는 또한 교육개혁에 관한 원대한 정책을 제안했다. 나는 150억 달러 이상의 연간 교육보조금 지원 방식을 '효과 있는 사업은 지원하고 효과 없는 사업은 지원하지 않는' 방식으로 변경할 것을 제안했다. 즉 모든 주들로 하여금 학력평가 없이 진급시키는 관행을 중단하고, 실적이 나쁜 학교를 폐쇄하거나 실적을 올리게 하고, 교사진의 자질을 향상시키고, 모든 학교에 대해서 평가기록을 발행하게 하고, 합리적인 학습 분위기 조성 정책을 채택하도록 요구할 예정이었다. 나는 또한 5,000개의 학교 시설을 현대화하거나 신축하고, 여건이 좋지 않은 지역에서 교사 생활을 하겠다고 약속하는 학생들에 대한 대학장학금 지급건수를 여섯 배 확대할 것을 제안했다.

가정에 대한 지원을 확대하기 위해 최저임금 인상과 가족휴가법의 확대, 보육 가정에 대한 세액공제, 그리고 아동들이 총기사고를 당하지 않도록 하기 위한 총기 안전장치의 의무화를 제안했다. 또 국회에 '임금과 노동의 평등 및 차별 금지법'을 통과시키고, 150억 달러의 기금으로 미국민간투자법인을 설립하여 가난한 지역에 새로운 사업체나 일자리를 창출하고, 아프리카 제품에 대한 문호를 확대하기 위해서 아프리카교역발전법을 제정하고, 천연기념물을 보존할 '국토유산' 정책에 10억 달러를 지원하고, 지구온난화를 예방하기 위한 연구자금 지원과 세금감면을 해주도록 요청했다.

국가안보 분야에서는 테러리스트들로부터 컴퓨터 네트워크를 방어하고 화학적·생물학적 무기에 의한 공격으로부터 공동체를 보호하고, 이러한 공격에 대비하여 백신과 치료법 개발을 위한 노력을 강화하고, 넌-루가 프로그램에 대한 지원을 3분의 2 늘리고, 이스라엘, 팔레스타인, 미국 3국간에 체결된 와이리버 의정서를 지원하고, 냉전 해소로 감소하고 있는 국방비 지출을 증대하기 위한 자금을 요청했다.

연설을 끝내기 전에 나는 밀레니엄 프로젝트와 세계 전역에 걸쳐서 미국을 대표하는 활동에 지도력을 발휘하고 있는 힐러리에게 경의를 표했다. 힐러리는 그때 미국 프로야구 시카고 컵스의 경기를 관전하면서, 도미니카공화국을 방문했을 때 동행했던 도미니카공화국 출신의 새미 소사가 홈런을 치는 모습을 지켜보고 있었다. 경기가 끝난 후, 힐러리는 새미 소사가 받은 것보다 훨씬 큰 박수갈채를 받았다. 나는 "매일 일어나는 복잡한 사건들과 시끄러운 논쟁들의 틈바구니에서는 우리가 사는 이 시대의 진정한 모습이 잘 안 보일지 모르지만, 이 시대는 사실 미국의 새로운 여명"이라는 말로 '20세기의 마지막 연두교서 연설'을 마쳤다.

연두교서를 발표하던 날, 나의 직무 수행에 대한 지지율은 최고로 상승했다. 나는 버펄로로 가서 힐러리, 앨과 티퍼 고어 부부와 함께 마린 미들랜드 경기장에 모인 2만 명이 넘는 관중들에게 연설을 했다. 탄핵재판으로 시국이 뒤숭숭한 때였지만, 새해에 추진할 정책들을 일목요연하게 제시했던 연두교서는 미국 국민들의 공감대를 자극했다.

나는 1월 말에 미국과학학술원의 한 연설에서 미국을 화학무기, 생물학무기를 이용한 테러 공격과 사이버테러에서 보호하기 위한 제안을 내놓았다. 그 후에는 토네이도에 기습을 당한 리틀록을 찾아가 예전에 이웃하고 살았던 주민들의 피해를 살펴보았는데, 리틀록 주지사 관저의 오래된 나무들 몇 그루가 뿌리 뽑혀 있었다. 나는 세인트루이스로 가서 미국을 방문한 요한 바오로 2세를 영접한 후, 사회보장정책과 메디케어의 미래에 관한 토론을 하기 위해서 이스트 룸에 모인 양당의 대규모 의회 대표단과 회의를 했다.

그리고 얼마 전에 갑자기 사망한 플로리다의 주지사이자 친구인 로튼 차일스의 추도 예배에 참석했다. 차일스는 '큰 개들과 함께 달릴 수 없다면,

집에 그냥 있는 게 최고'라는 신조를 털어놓으면서 내가 현재 겪고 있는 어려움을 이겨낼 수 있는 용기를 주던 사람이었다.

2월 7일, 후세인 국왕이 암 투병 끝에 무릎을 꿇고 말았다. 힐러리와 나는 포드, 카터, 부시 등 전직 대통령들과 함께 요르단으로 떠났다. 그들이 후세인 국왕의 사망 소식을 듣자마자 함께 일한 적이 있고 존경했던 사람이니 조의를 표하러 가야 한다고 나서는 것을 보고 고마운 마음이 들었다. 다음 날 우리는 장례식 행렬에 섞여 1.6킬로미터 가량을 걸어가서 장례식에 참석하고, 누르 왕비에게 애도의 뜻을 전했다. 누르 왕비는 크게 상심하고 있었다. 힐러리와 나 역시 마음이 아팠다. 우리는 그동안 요르단과 미국에서 후세인 국왕과 누르 왕비와 함께 여러 차례 좋은 시간을 보냈다. 국왕이 사망하기 전에 백악관의 트루먼 발코니에서 함께 식사를 했던 것이 나에게는 특별히 아름다운 추억으로 남아 있었다. 그가 세상을 뜨고 나니, 세상은 더욱 초라해 보였다.

새로운 국왕인 후세인의 아들 압둘라와 네타냐후 이스라엘 총리, 아사드 시리아 대통령, 무바라크 이집트 대통령, 토니 블레어 영국 총리, 자크 시라크 프랑스 대통령, 보리스 옐친 러시아 대통령, 슐레이만 데미렐 터키 대통령과 회담을 가진 후, 나는 나의 미래를 결정할 상원 표결이 임박해 있는 고국으로 돌아왔다.

표결 결과는 낙관적이었지만, 막후에서는 재미있는 일들이 진행되고 있었다. 일부 공화당 상원의원들이 자신들을 시험대에 올리려고 하는 공화당 하원의원들 때문에 상당한 시련을 겪고 있었다. 하지만 우익이 압력을 높이면, 대부분의 공화당원들은 뒤로 물러서서 계속 시간을 끌었다. 로버트 버드 상원의원이 시비를 다툴 사안이 되지 못하므로 혐의를 기각하자고 동의하자, 데이비드 켄달의 파트너인 니콜 셀리그먼은 대부분의 상원의원들이 논란의 여지가 없다고 생각하는 법과 사실에 대한 주장을 펼쳤다. 그럼에도 불구하고 버드의 동의는 부결되었다. 스트롬 서먼드 상원의원은 진작부터 공화당 동료들에게 나를 면직시키기 위한 표결은 있어서는 안 되며, 탄핵재판을 당장 중단해야 한다고 말했지만, 그의 제안은 공화당 간부회의에 의해서 폐기되고 말았다.

　탄핵에 반대하던 공화당 상원의원 중 한 명은 공화당 동료들 사이에서 진행되고 있는 일들을 우리에게 알려주고 있었다. 표결이 있기 며칠 전에, 그는 공화당 상원의원 중에서 위증에 대한 표결에 찬성표를 던질 사람은 30명뿐이고, 사법방해에 대한 표결에 찬성표를 던질 사람은 40명에서 45명쯤 될 거라고 말했다. 탄핵 결정에 필요한 정족수로 헌법이 규정하고 있는 3분의 2에 한참 미달하는 수였다.

　표결이 며칠 앞으로 다가온 어느 날, 그는 공화당 하원의원들이 동료 상원의원들에게 위증 항목과 사법방해 항목 모두에서 찬성표가 과반수에 미달하면 자신들은 얼굴을 들 수 없을 것이니, 다음 선거에서도 하원을 공화당이 장악하고 싶으면 자신들에게 치욕을 안겨줄 일을 하지 않는 것이 좋을 거라고 경고했다고 전했다. 그 상원의원은 그들이 반대표를 던질 공화당 상원의원의 수를 조금이라도 줄이려고 할 것이라고 덧붙였다.

　2월 12일, 탄핵동의안은 부결되었다. 위증에 대한 표결은 45 대 55로, 의결정족수에서 22표가 미달되었고, 사법방해에 대한 표결은 50 대 50으로, 의결정족수에서 17표 미달했다. 민주당 상원의원 전원 외에 양쪽 표결에서 모두 반대표를 던진 공화당 의원들을 꼽아보면, 메인 주의 올림피아 스노와 수잔 콜린스, 버몬트 주의 짐 제퍼즈, 펜실베이니아의 알렌 스펙터, 로드아일랜드의 존 채피였다. 위증 표결에서만 반대표를 던진 공화당 의원들은 앨라배마 주의 리처드 셸비, 워싱턴 주의 슬레이드 고튼, 알래스카 주의 테드 스티븐스, 테네시 주의 프레드 톰슨, 그리고 버지니아 주의 존 워너였다.

　나의 법률팀의 변론이 끝나고 3주 후에 이루어진 표결의 결과는 관심의 대상이 되지 못했다. 문제가 되었던 것은 탄핵안이 얼마만한 차이로 부결되는가 하는 것뿐이었다. 나는 가족과 나라에 큰 시련을 안겨주었던 과정이 끝났다는 사실이 만족스러웠다. 표결이 끝난 뒤, 나는 잘못된 행동으로 미국 국민들에게 커다란 부담을 안겨주었던 점에 대해서 깊이 사과하고, '미국의 화해와 부흥의 시대'를 이루기 위해서 다시 헌신할 것임을 밝혔다. 누군가가 내게 "당신은 진심으로 용서하고 잊을 수 있습니까?" 하고 물었다.

나는 대답했다. "용서를 구하는 사람은 용서를 하려는 마음의 준비를 갖추고 있어야 한다고 생각합니다."

　모진 탄핵의 시련이 끝나고 나자, 사람들은 내게 어떻게 멀쩡한 정신으로 그 시련을 견디면서 직무를 계속할 수 있었느냐고 묻곤 했다. 백악관 보좌진들과 정부 각료들 중에는 나의 행동에 대해서 분노하고 실망한 사람들도 많았을 텐데, 만일 그들이 내 곁을 떠났다면 나는 그 시련을 견디고 직무에 전념할 수 없었을 것이다. 미국 국민이 내가 대통령 직무를 유지하고 분발해야 한다는 판단을 일찍 내려주지 않았다면 사정은 훨씬 더 어려워졌을 것이다. 사건이 터져나왔던 1월이나 대배심에서 증언이 있었던 8월에 더 많은 민주당 의원들이 내 곁을 떠났다면, 사정은 더 어려워졌을 것이다. 나를 떠나는 것이 안전해 보이던 때에도 그들은 용감하게 도전에 맞서주었다.

　세계의 지도자들이 보내준 지지 역시 나의 사기를 북돋워주었다. 만델라 남아프리카공화국 대통령, 블레어 영국 총리, 후세인 요르단 국왕, 하벨 체코 대통령, 압둘라 요르단 왕세자, 김대중 한국 대통령, 시라크 프랑스 대통령, 카르도소 브라질 대통령, 세디요 멕시코 대통령을 비롯하여 내가 존경하는 많은 분들이 내게 성원을 보내주었다. 나에게는 적들만이 아니라 이런 좋은 친구들도 있다는 데 생각이 미치자, 비록 나 자신에 대한 역겨움을 다 씻어버리지는 못했지만 그래도 내가 그렇게 나쁜 사람만은 아니라는 생각이 들었다.

　친구들과 낯선 사람들이 보내준 사랑과 지지는 내게 커다란 영향을 주었다. 편지를 보내거나 군중 속에 섞여 격려의 말을 해준 사람들은 본인들은 미처 생각하지 못했겠지만 나에게 아주 큰 힘이 되었다. 나의 상담역이 되어주었던 종교지도자들은 백악관 방문이나 전화통화를 통해 나와 함께 기도하면서, 내가 일각에서 아무리 비난을 받아도 하나님은 사랑이라는 것을 일깨워주었다.

　하지만 내가 꿋꿋이 버티면서 직무활동에 전념할 수 있었던 가장 큰 요인은 개인적인 것이었다. 처남인 힐러리의 동생들과 내 동생 로저가 나를 크게 격려해주었다. 로저는 내가 곤경에 빠져 있을 때 늘 자신만 문제아였는데 이제 입장이 바뀌니 기분이 나쁘지 않다고 농담을 하기도 했다. 휴는 매주 마이애미에서 백악관으로 와서 단어 만들기 게임도 하고, 스포츠 이야 기도 하면서 나를 웃게 해주었다. 토니도 와서 함께 카드 게임을 하기도 했 다. 장모와 딕 켈리 역시 나에게 많은 격려를 해주었다.

무엇보다도 우리 딸 첼시는 나를 여전히 사랑했으며, 내가 꿋꿋하게 잘 버티기를 바라고 있었다. 그리고 가장 중요한 것은 힐러리의 사랑과 지원이 었다. 그녀는 내가 시련을 겪는 동안 내 곁을 늘 지키면서 사랑을 베풀어주 었다. 나는 처음 만났을 때부터, 그녀가 웃음을 터뜨리는 모습을 무척 사랑 했다. 불합리한 일들이 벌어지는 가운데 우리는 다시 웃음을 되찾았고, 매 주 함께 상담을 받고 우익의 공격에 맞서 싸워야 한다고 의기투합하면서 관 계가 회복되었다. 나를 괴롭혔던 사람들한테 고마운 마음이 들 정도였다. 그들이 아니었다면 나는 힐러리 앞에서 다시는 멋있게 보일 수 없었을 테니 까. 나는 심지어 소파도 떠날 수 있었다.

존스 소송에서 선서증언이 있던 때로부터 상원에서 탄핵부결이 있던 때 까지, 참으로 길고 긴 한 해였다. 한 해 동안 나는 백악관에 있을 때는 거의 매일 밤 두세 시간씩 혼자 집무실에 남아, 『성경』과 신앙 및 용서에 관한 책 들을 읽었다. 토머스 아 켐피스의 『그리스도를 본받아』, 마르쿠스 아우렐리 우스의 『명상록』, 그리고 사려 깊은 편지들을 읽었다. 그중에는 뉴저지 주 잉글우드 출신의 메나쳄 게낙 랍비가 보내준 짤막한 연작 편지들도 있었다. 내가 가장 깊은 감명을 받은 책은 『일곱 번씩 일흔 번일지라도 Seventy Times Seven』였다. 그 책은 기독교 공동체인 브루더호프의 장로인 요한 크리스토프 아널드가 쓴 용서에 관한 책이었다.

나는 사람들이 보내준 편지나 공적인 행사 때 건네준 시와 기도문들, 그 리고 인용문들을 아직도 보관하고 있다. 나에게는 「요한복음」 8장 17절의 내용이 새겨진 돌 두 개가 있다. 많은 사람들이 예수가 자신의 비판자인 바 리새인들과 마지막 만난 일의 기록이라고 믿는 그 대목의 내용은 이렇다. 바리새인들이 간음 현장에서 잡힌 여자를 예수에게 데려와서, 모세의 율법 에는 이런 여자를 돌로 쳐서 죽이라고 했는데 "당신은 어떻게 말하겠느냐"

고 물었다. 예수는 대답을 하지 않고, 아무것도 듣지 못한 사람처럼 몸을 굽혀 손가락으로 땅에 글을 썼다. 바리새인들이 계속 대답을 재촉하자, 예수는 일어나서 "너희 중에 죄 없는 자가 먼저 돌로 치라"고 말했다. 이 말을 들은 사람들은 '양심에 가책을 받아 어른으로 시작하여 젊은이까지 하나씩 하나씩 나가고' 예수와 그 여자만 남았다. 예수가 그 여자에게 "너를 고소하던 그들이 어디에 있느냐? 너를 정죄한 자가 없느냐?" 하고 묻자, 그 여자는 "주여, 없나이다"라고 대답했다. 곧 이어 예수는 "나도 너를 정죄하지 아니하노라"라고 말했다.

나는 수많은 돌에 맞았다. 그리고 나는 스스로에게 입힌 상처를 드러낸 채 전 세계에 벌거벗겨졌다. 그것은 어떤 면에서 보면 해방이었다. 더 이상 감출 것이 없었으니까. 나는 나 자신이 왜 그런 실수를 했는지, 나의 적수들은 왜 그렇게 증오심에 불타서 자신들이 공언하는 도덕적 확신에 어긋나는 말들과 일들을 했는지 이해하려고 노력했다. 나는 늘 나를 정신분석하려 하는 사람들을 삐딱한 눈으로 바라보던 사람이었다. 그런 나도 이 정도 분석은 할 수 있을 것 같았다. 즉 정치 및 종교계의 극우파 집단 가운데 나를 가장 심하게 비판하는 많은 사람들, 그리고 언론계에서 남을 심판하려는 경향이 가장 강한 사람들은 자신이 심판은 할 수 있으나 심판을 받지는 않는 곳, 자신이 상처를 줄 수는 있으나 상처를 받지는 않는 곳에서 안전을 추구하는 사람들이라는 것이다.

나 자신의 도덕성과 인간적 약점에 대한 인식, 그리고 어린 시절에 내가 받았던 무조건적인 사랑 때문에 나에게는 다른 사람을 심판하고 비판하려 하는 강박감이 없었다. 나는 나의 결점이 아무리 심각하다고 해도, 그것은 나를 비판하는 사람들의 권력욕에 비하면 민주적인 정부에 그다지 큰 위협이 되지 않는다고 생각했다. 1월 말에, 나는 뉴욕의 사업가인 빌 지프로부터 감동적인 편지를 받았다. 그는 친구의 아버지이긴 하지만 한 번도 만나본 적이 없는 사람이었다. 그는 힐러리와 내가 고통을 겪고 있는 것이 안타깝기는 하지만, 그 고통 덕분에 좋은 성과를 거둘 수 있었다고 말했다. 그것은 바로 미국 국민들이 '우리들 곁에서 다른 사람을 악마로 만들려고 날뛰는 사람들의 의도'를 꿰뚫어보는 안목과 성숙함을 얻게 되었다는 점이었다. 그는 이렇게 쓰고 있었다. "당신이 의도했던 것은 아니겠지만, 그들이 숨겨왔던 의도를 드러나게 했다는 점에서 보면, 당신은 루스벨트를 포함해서 역사상 어떤 대통령보다도 많은 일을 한 셈입니다."

나를 공격한 사람들의 동기가 어떻든, 많은 밤들을 2층 사무실에서 외롭게 지내면서 나는 깨달은 것이 있었다. 그것은 내가 다른 사람에게 동정을 받고 싶으면, 나에게 동정으로 보답하지 않을 사람에게도 동정을 베풀어야 한다는 사실이었다. 사실 나에게 불평할 것이 뭐가 있었겠는가? 나는 절대 완벽한 사람이 될 수는 없겠지만, 힐러리는 다시 웃음을 되찾았고, 첼시는 스탠퍼드에서 잘 지내고 있었고, 나는 내가 사랑하는 일을 하고 있었고, 또 봄이 다가오고 있었는데.

52

상원 표결이 있고 나서 일주일 뒤인 2월 19일, 나는 미국 대통령으로서는 최초로 헨리 플리퍼를 사후 사면해주었다. 그는 웨스트포인트 육군사관학교 최초의 흑인 졸업생이었지만, 117년 전에 인종적인 이유 때문에 장교로서 부적합한 행동을 했다는 부당한 혐의로 유죄판결을 받았던 인물이다. 이것은 다른 중요한 현안들에 비하면 그다지 중요하지 않은 대통령의 직무라고 여길 수도 있겠지만, 내 생각에는 그런 역사적인 실수를 바로잡는 것은 부당한 대우를 받았던 사람들의 후손들뿐 아니라 우리 모두에게 있어 아주 중요한 일이다.

2월 마지막 주에, 폴 베걸러가 백악관을 떠나겠다고 발표했다. 나는 베걸러가 백악관을 지켜주던 때가 좋았다. 그는 뉴햄프셔 선거 이후로 늘 내 곁을 지켜주던, 똑똑하고, 재미있고, 싸움 잘하고, 일 잘하는 친구였다. 하지만 폴에게는 아버지와 함께 하는 시간이 더 필요한 어린아이들이 있었다. 나는 탄핵 싸움 내내 나를 지지해주었던 그를 보내줄 수밖에 없었다.

화이트워터 사건과 관련하여, 미국변호사협회가 독립변호사법의 폐지를 요구하는 결의안을 384 대 49의 압도적인 지지로 통과시켰다는 보도가 나왔다. 법무부가, 케네스 스타가 존스 사건에 개입하는 과정에서 그리고 르윈스키 문제를 자신의 관할업무로 추가하는 이유를 밝히는 과정에서 재닛 레노를 속인 사실이 있는지 조사를 시작했다는 기사도 있었다.

여러 달에 걸친 복잡한 협상 끝에, 3월에 들어서 행정부는 북부 캘리포니아의 헤드워터스 숲(보호받지 않는 삼나무 숲으로 세계 최대 규모였다)을 보존하기 위한 법률을 통과시켰다. 그 다음 주에 나는 나흘 일정으로 니카라과, 엘살바도르, 온두라스, 과테말라를 순방했다. 미국은 얼마 전까지만 해도 단지 반공국가라는 이유로 인권 문제가 심각했던 이 나라들의 억압적인 정권을 지원했다. 하지만 이들 국가는 이제 민주적인 화합의 새로운 시대를 열어가고 있었다. 나는 자연재해로 인한 파괴의 복구를 돕는 미군들의 활동을 시찰하고, 얼마 전까지만 해도 내전에서 서로 총칼을 겨누었던 사람들이 평화롭게 앉아 있는 엘살바도르 의회에서 연설을 했다. 과테말라에 가서는 미국이 과거에 했던 행동들을 사과했다. 나의 순방 목적은 민주발전의 새로운 시대를 지원하겠다는 것을 알리는 데 있었다.

내가 귀국했을 즈음에는, 코소보에서 또 한 번의 발칸전쟁이 벌어질 것 같은 상황이었다. 세르비아는 1년 전에 코소보의 알바니아 저항세력에 대한 공격을 개시해서 수많은 죄 없는 사람들을 살해했고, 심지어 여성과 아동들을 집 안에 가둔 채 불을 붙여 살해하기도 했다. 세르비아의 만행으로 다시 대규모 피난민이 발생했으며, 코소보 알바니아인들의 독립에 대한 열망은 고조되고 있었다. 코소보 학살은 과거의 보스니아 학살과 흡사했다. 보스니아 학살과 코소보 학살은 600년 동안 이어져온 유럽계 이슬람교도와 세르비아계 그리스정교 간의 갈등에서 기인한 것이었다.

1974년에 티토는 코소보에 자치권을 주어, 자치정부를 허용하고 독립적인 학교를 운영할 수 있도록 했다. 그런데 1989년에 권력을 장악한 밀로셰비치는 코소보에 대한 자치권 부여를 철회했다. 그 후 세르비아와 코소보 간의 긴장은 꾸준히 고조되었고, 보스니아가 독립한 1995년부터 충돌이 빚어지기 시작했다. 나는 코소보가 제2의 보스니아가 되는 것을 원치 않았다. 매들린 올브라이트도 같은 생각이었다.

1998년 4월, 유엔은 세르비아에 대한 무기수출금지 선언을 했고, 미국을 비롯한 동맹국들은 세르비아가 적대행위를 종식하고 코소보의 알바니아인들과 대화를 시작하지 않은 것을 이유로 경제제재를 가했다. 1998년 6월 중순경에, 나토는 폭력의 종식을 위한 광범위한 군사행동 계획을 세우기 시작했다. 여름이 되자 딕 홀브루크 특사가 교착상태 해소를 위한 외교적 해결책을 찾기 위해 그 지역으로 들어갔다.

7월 중순, 세르비아군은 무장 여부를 가리지 않고 코소보인들에 대한 공격을 재개했고, 30만 명이 넘는 코소보 알바니아인들은 코소보를 탈출하기 시작했다. 9월 말, 유엔 안전보장이사회는 적대행위 중단을 요구하는 두 번째 결의안을 통과시켰고, 우리는 밀로셰비치를 설득하기 위하여 베오그라드로 홀브루크를 파견했다.

10월 13일, 나토는 유엔 결의안을 준수하지 않으면 나흘 안에 세르비아를 공격하겠다고 위협했다. 공습유예기간 동안 유고슬라비아의 4,000여 특수경찰관들이 코소보에서 철수하면서 사태는 잠시 진정되는 듯했다. 그러나 1999년 1월, 세르비아가 코소보 민간인 학살을 재개함으로써, 나토의 공습은 불가피한 일이 되었다. 다시 한 번 외교적인 접촉을 시도하기로 했지만, 나는 갈등 세력 간의 반목이 너무 심하기 때문에 외교적인 접촉이 별 성과를 거두지 못할 것이라고 판단했다.

미국과 나토는 코소보에 대해 1974년부터 1989년까지 유고슬라비아 헌법 하에서 누렸던 것과 같은 정치적인 자치권을 부여하고, 민간인의 안전과 평화를 보장하기 위해 나토의 평화유지군을 파견하기로 했다. 코소보를 장악하려고 했던 밀로셰비치는 평화유지군 파견에 강력하게 반발했다. 게다가 독립을 원하는 코소보의 알바니아인들도 분열되어 있었다. 코소보의 그림자 정부 수장인 이브라힘 루고바는 목에 스카프를 즐겨 두르고 온건한 말투를 사용하는 사람이었다. 그와는 평화적인 협상이 성과를 거둘 수 있을 것 같았다. 하지만 젊은 하심 타치가 이끄는 다른 주요 분파인 코소보해방군은 세르비아군에 정면으로 맞붙어서 독립을 이룰 수 있다고 믿고 있었으므로, 평화적인 협상으로 끌어들일 수 있는 가능성이 많지 않았다.

2월 6일, 코소보와 관련된 각 정파들이 프랑스의 랑부예에서 평화회담을 가졌다. 이 평화회담에서 우리는 코소보의 자치권을 복구하고, 나토의 개입으로 코소보를 보호하고, 코소보해방군의 무장을 해제하고, 세르비아 군대가 국경 순찰을 계속하는 것을 허용하는 등의 세부안을 논의할 예정이었다. 매들린 올브라이트와 영국 측 담당자인 로빈 쿡은 이러한 제안을 강력하게 밀어붙였다. 협상은 크리스 힐 미국대사 및 유럽연합과 러시아 대표단의 중재로 일주일 동안 진행되었다. 매들린은 회담을 통해서 양 정파가 우리의 입장에 반대하고 있다는 것을 확인했다. 세르비아는 나토의 평화유지군 파견에 동의할 수 없다고 버텼으며, 코소보 측은 독립에 대한 국민투표 실시가 보장되지 않으면 자치를 받아들일 수 없다고 주장했다. 코소보해방군은 코소보의 안보를 나토군에게만 전적으로 맡겨둘 수 없다며 무장해제를 달가워하지 않았다. 우리 팀은 국민투표를 연기하되, 그 시기를 최대한 유예하는 방식으로 협상안을 수정했다.

2월 23일, 타치를 비롯한 코소보의 알바니아 세력은 협상안을 받아들이고 주민들을 설득하기 위해서 귀국했다. 그들은 3월 중순에 파리로 돌아와 최종합의문에 서명을 했다. 세르비아는 최종합의문 서명을 거부하고 4,000명의 세르비아군을 코소보 안팎에 배치했고, 밀로셰비치는 유고슬라비아 영토 내에 외국군 주둔을 허용할 수 없음을 재차 밝혔다. 딕 홀브루크가 설득하려고 나섰지만, 그는 생각을 바꾸지 않았다.

3월 23일, 홀브루크가 베오그라드를 떠난 후, 나토 사무총장 하비에르 솔라나는 웨스 클라크 장군에게 공습개시를 명령했다. 같은 날, 상원에서는 58 대 41로 양당 다수가 코소보 공습을 지지했다. 하원은 이미 3월 초에, 평화협상이 이루어질 경우에 한해 미군을 코소보에 파견한다는 안건을 219 대 191로 통과시켰다. 공화당 지도부 신임 하원의장인 데니스 해스터트와 헨리 하이드도 이 안에 찬성했고, 하이드는 미국이 밀로셰비치의 인종청소에 대항하여 싸워야 한다는 견해를 밝혔다. 나는 하이드 안에 지킬 박사가 숨어 있었는지도 모른다고 생각하며 속으로 웃었다.

의회와 나토 동맹국들은 공습에 찬성했지만, 러시아는 공습에 반대했다. 예프게니 프리마코프 러시아연방 총리는 앨 고어를 만나기 위해서 미국으로 오던 도중, 유고슬라비아 공습이 임박했다는 이야기를 전해 듣고는 곧바로 비행기를 돌려 모스크바로 돌아갔다.

3월 21일, 나는 대국민연설을 통해서 유고슬라비아를 공습하는 이유를 밝혔다. 밀로셰비치는 코소보의 자치권을 박탈하여, 고유의 언어를 쓰고 학교를 운영하고 자치 정부를 이끌어갈 수 있도록 보장된 코소보의 헌법상의 권리를 부인했다. 세르비아는 민간인을 학살하고 마을을 불태우고 사람들을 집에서 몰아내는 등의 만행을 자행하여, 5주 동안 5만 명, 전체적으로 보면 25만 명의 난민이 발생했다. 나는 현재의 사태는 밀로셰비치가 보스니아와 크로아티아에 대해 벌였던 전쟁과 같은 맥락이며, 밀로셰비치의 학살극은 유럽의 미래에 악영향을 미치게 될 것임을 밝히면서 연설을 마무리했다.

공습 작전의 목표는 크게 세 가지였다. 첫 번째는 밀로셰비치에게 인종청소 재개를 좌시하지 않겠다는 것을 보여주는 것이고, 두 번째는 코소보의 민간인들에 대한 공격이 더욱 잔악해지는 것을 막으려는 것이고, 세 번째는 밀로셰비치가 빨리 항복하지 않을 경우 세르비아군에게 심각한 타격을 입히기 위한 것이었다.

대국민연설이 있던 밤, 나토의 공습이 시작되었다. 밀로셰비치는 코소보 알바니아인들에 대한 학살을 계속했고, 난민의 수는 100만으로 늘어났다. 공습은 11주 동안 계속되었다. 공습은 세르비아의 군사시설과 경제적인 기간시설에 엄청난 손상을 입혔다. 폭탄이 예정된 목표물을 벗어나서 우리가 보호하려고 하는 사람들의 목숨을 빼앗는 안타까운 일도 있었다.

지상군을 파견했다면 공습으로 인한 민간인의 피해를 줄일 수 있었을 거라고 주장하는 사람들도 있었다. 그러나 그 주장에는 두 가지 문제가 있었다. 첫 번째는, 군대를 현지에 투입하려면 적절한 병력과 충분한 지원이 필요한데, 그 사이에 세르비아의 만행은 계속될 터였다. 두 번째는, 지상군 작전으로 인한 민간인 피해가 오폭에 의한 민간인 피해를 상회할 가능성이 있었다. 또한 승리에 대한 전망이 불투명한 상황에서 지상군을 투입하게 되면 미군의 희생이 커질 수 있었다. 우리의 전략에 대해서 비판을 하는 사람들이 적지 않았지만, 이미 의회에서 다수결로 승인된 사항이었다.

3월 말에, 내가 취임할 당시에는 3,500포인트를 기록하던 다우존스 지수가 100년 만에 처음으로 1만 포인트를 넘어섰다. 나는 그 즈음에 CBS 텔레비전 댄 래더와 대담을 했다. 래더는 코소보에 관한 이야기를 하고 나서,

나에게 미국 상원의원의 남편이 될 계획이 있느냐고 물었다. 당시 찰리 레인젤을 비롯해서 뉴욕의 많은 공직자들이 힐러리에게 출마를 권유하고 있었다. 나는 래더에게 힐러리가 어떤 결정을 내릴지 모르겠지만, 만일 출마를 해서 당선된다면, "굉장히 훌륭한 상원의원이 될 것"이라고 말했다.

4월에, 공습이 베오그라드 시내까지 확대되면서 코소보 사태는 더욱 심각해졌다. 공습으로 정부청사와 세르비아 국영 텔레비전 방송국, 밀로셰비치의 정당사무실과 자택이 파괴되었다. 우리는 엄청난 수의 난민들이 밀려들고 있는 코소보 인근의 알바니아와 마케도니아에 대한 재정적 지원과 파견 병력을 늘렸다. 3월 말이 되어도 밀로셰비치가 쉽게 항복을 하지 않자 코소보 공습에 반대하는 주장이 나오기 시작했다. 토니 블레어와 미국 국회의원들 일부가 지상군을 파견해야 할 때라고 주장했고, 하원의원들은 의회의 승인 없이는 지상군을 파견할 수 없다는 결의안을 통과시켰다.

나는 공습이 바람직한 방법이며, 우리가 평화유지군의 역할을 맡을 수 있는 상황이 되기 전에는 지상군 투입을 피해야 한다는 생각에 흔들림이 없었다. 4월 14일에 나는 보리스 옐친에게 전화를 해서 보스니아 위기 때처럼 평화유지군으로 활동할 지상군을 파견해줄 것을 요청했다. 러시아군이 투입되면 세르비아의 소수파를 보호할 수 있고, 밀로셰비치가 체면을 깎이지 않고 외국군 주둔 반대를 철회할 수 있을 터였다.

4월에는 여러 가지 사건이 일어났다. 리비아가 1988년에 스코틀랜드 로커비 상공에서 폭파된 미국 여객기 팬암 103기의 테러 용의자 두 명을 유엔에 인도했고, 우리는 그들을 헤이그 국제재판소로 보내 스코틀랜드 판사들이 주재하는 재판에 회부할 예정이었다. 백악관은 여러 해 동안 이 문제에 깊이 관여해왔다. 이미 리비아에 대해서 여러 차례 이들의 인도를 요청했고, 유족들에게 필요한 정보를 제공하고 알링턴 국립묘지에 피해자들을 위한 기념물을 세우는 것을 승인하는 조치를 취하기도 했다. 리비아가 용의자를 넘겨주면서, 미국과 리비아의 관계는 해빙기에 들어섰다.

4월 둘째 주에, 주룽지 중국 총리가 중국의 세계무역기구 가입을 가로막고 있는 장애물들을 제거할 목적으로 백악관을 방문했다. 회담을 통해서 양국간의 이견을 좁히는 중대한 진전을 이루었지만, 그래도 여러 가지 문제들이 남아 있었다. 우리는 중국 자동차 시장의 문호 개방 확대를 바랐다. 중국은 우리의 '급격한 시장 잠식' 방지 합의안에 5년 시한을 둘 것을 고집했다. 이 합의안은 정상적인 경제적 이유가 아닐 경우 미국은 중국 수입품의 갑작스런 증가를 제한할 수 있다는 내용이었다. 이미 러시아와 일본 등의 국가에서 철강을 수입하는 과정에서 급격한 시장 잠식을 경험한 바 있었기 때문에, 이 문제는 미국으로서는 중요한 것이었다.

샬린 바셰프스키는 중국과 상당 부분 의견이 접근했으므로, 주룽지가 자국으로 돌아가서 입장을 바꾸지 않도록 이번 정상회담에서 협상을 끝내야 한다고 주장했다. 매들린 올브라이트와 샌디 버거도 같은 입장이었다. 경제팀의 다른 사람들(루빈, 서머스, 스펄링, 데일리)과 존 포데스타, 그리고 입법보좌관인 래리 스타인은 입장이 달랐다. 협상 내용에 더 이상의 진전이 없으면, 의회가 협상안을 부결하여 중국의 세계무역기구 가입을 차단할 것이라는 것이 그들의 판단이었다.

주룽지가 방문한 첫날 저녁에 옐로 오벌 룸에서 주룽지와 회담을 가졌다. 나는 솔직하게 측근들의 의견이 나뉘고 있다고 털어놓고, 총리의 미국 체류 중에 협상을 마무리하는 것이 중요하다면 밤을 새워서 회의를 해도 좋다고 말했다. 주룽지는 협상시기가 좋지 않다면 다음으로 미룰 수도 있다고 말했다.

안타깝게도, 합의가 이루어졌다는 근거 없는 이야기가 돌아다니고 있었다. 사실 주룽지는 회담을 통해 양보한 몇 가지 사항들 때문에 공격을 받고 있었고, 나에게도 중국의 세계무역기구 가입에 반대하는 사람들의 압력 때문에 좋은 협상을 하지 못하고 있다는 비난이 쏟아졌다. 언론에서 중국에 대한 비우호적인 이야기들을 끊임없이 늘어놓고 있었기 때문에, 이런 억측은 더욱 기승을 부렸다. 중국 정부가 1996년 선거 때 선거자금을 제공했다는 억측도 가라앉지 않고 있었고, 뉴멕시코 로스앨러모스 국립에너지연구소의 중국계 미국인 직원 리원허가 핵심기술을 훔쳐 중국 측에 넘긴 혐의로 기소되어 있었다. 경제팀은 올해 안에 중국을 세계무역기구에 가입시킬 예정이었지만, 그 길은 점점 멀어지고 있었다.

4월 12일에, 케네스 스타가 기소했던 수잔 맥두걸에 대한 배심 판결이 내려졌다. 수잔 맥두걸은 대배심 증언을 계속 거부한 데 대해 사법절차방해 혐의와 법정모욕죄로 기소된 상태였다. 그녀는 사법절차방해죄에 대해서는 무죄 판결을 받았다. 언론보도에 따르면, 배심원단은 그녀의 법정모욕에 관한 무죄 여부에 관해서 의견이 막상막하로 엇갈리다가 7 대 5로 무죄판결을 내렸다. 뜻밖의 평결이었다. 맥두걸은 자신이 법원의 증언명령을 거부한 것은 사실이고, 그렇게 한 동기는 스타와 그의 부관인 힉 유잉을 신뢰하지 않았기 때문이며, 공개된 법정에서라면 독립변호사실이 비공개대배심 절차에서 물으려고 했던 질문들에 대해서 답변할 의사가 있다고 진술했다.

그녀는 스타와 그의 부하들이 면책을 해주겠다면서 힐러리나 나에게 죄를 씌우기 위한 거짓말을 강요했기 때문에 독립변호사실에 협조하기를 거부했으며, 만일 자신이 대배심에서 거짓이 아닌 사실을 증언했다면 스타는 자신의 뜻대로 거짓말을 하지 않았다는 이유로 자신을 기소했을 것이라고 주장했다. 그녀는 자신의 변론을 마무리하기 위해서 줄리 하이아트 스틸의 증언을 요청했고, 줄리 하이아트 스틸은 자신 역시 대배심에서 스타가 원하는 위증을 두 차례에 걸쳐서 거절한 후에 기소당했다는 사실을 정확하게 증언했다.

재판에는 이겼지만 수잔 맥두걸은 잃어버린 세월을 되돌릴 수 없었다. 그러나 그녀의 승리는 스타에게는 엄청난 타격을, 스타 때문에 생활과 돈을 잃은 다른 모든 사람들에게는 달콤한 승리를 안겨주었다.

4월 20일에, 미국은 또 한 번의 교내 총기난사 사건을 겪었다. 콜로라도 주 리틀턴의 콜럼바인 고등학교에서, 학생 두 명이 무기를 가지고 들어와 동료 학생들에게 사격을 해서 12명의 학생들이 사망하고 20여 명의 학생들이 부상을 입었다. 가해 학생들은 동료 학생들을 쏘던 총으로 자살했다. 더 많은 사상자가 났을 수도 있었지만, 불행 중 다행으로 교사 한 명이 많은 학생들을 대피시켰고, 당시 부상을 입었던 그 교사는 후일 사망했다. 의료진과 경찰은 부상자의 생명을 살리기 위해 안간힘을 썼다. 일주일 후에 나는 양당 국회의원들, 시장들과 의논한 끝에 총기가 흉악한 사람의 손에 들어가지 않도록 몇 가지 대책을 발표했다. 브래디 법이 정하고 있는 총기소지금지 규정을 폭력적인 청소년까지 확대적용하고, 총포상이 아니라 총기 전시회에서 총기를 구입하는 사람에 대해서도 반드시 신분조사를 하도록 규정하여 총기 전시회의 허점을 보완하고, 불법적인 총기매매를 금지하고, 청소년이 공격용 라이플을 소지하는 것을 금지했다. 나는 예전에 버지니아 주 알렉산드리아의 T. C. 윌리엄 고등학교에서 보았던 것과 같은 폭력예방 및 갈등해소 프로그램을 각 학교에서 운영할 수 있도록 기금을 조성하자고 제안했다.

상원의 공화당 의장인 트렌트 로트는 내가 제안한 정책에 대해 '전형적인 조건반사적 대응'이라고 비난했고, 톰 딜레이는 내가 콜럼바인 사건을 정치적인 목적으로 이용한다고 비난했다. 하지만 내가 제안한 법률의 주요한 발의자는 뉴욕 주의 여성 하원의원 캐럴린 매카시였고, 그녀는 정치에는 관심이 없었다. 통근열차 안에서 권총을 난사한 정신질환자 때문에 캐럴린의 남편은 목숨을 잃고 아들은 심한 부상을 입었다. 정신질환자의 권총 소지 금지 규정이 있었다면 그녀는 그런 시련을 겪지 않았을 터였다. 미국총기협회와 그 단체의 지지자들은 이 사건이 폭력적인 문화 때문에 빚어진 것이라고 주장했다. 나 역시 아이들이 지나친 폭력물에 노출되지 않도록 제한할 수 있는 시청자 차단 장치를 텔레비전 내부에 설치하게 하려는 앨 고어와 티퍼 고어의 노력을 지지하는 입장이었다. 문화가 폭력적이기 때문에, 아이들과 범죄자, 정신적으로 불안정한 사람들이 총기에 손을 댈 수 없도록 더 많은 정책이 실시되어야 했다.

4월 말, 힐러리와 나는 워싱턴에서 사상 최대 규모의 국가원수들의 모임을 주최하게 되었다. 나토 회원국과 '평화를 위한 동반관계' 회원국 지도자들은 나토 창립 50주년을 축하하는 자리에서 코소보 사태 해결의 강력한 의지를 재확인했다. 그 후에 민주당지도자협의회의 앨 프롬과 시드니 블루멘탈은 별도로 열린 '제3의 길' 협의회에 참석했다. 이 협의회는 토니 블레어와 내가 독일 총리인 게르하르트 슈뢰더, 네덜란드 총리인 윔 콕, 신임 이탈리아 총리인 마시모 달레마와 함께 의논했던 가치관과 정책구상, 전략들을 강조하기 위한 회의였다. 그 당시 나는 미국과 세계를 위해서 도움이 될 것이라고 생각해서 경제정책, 사회정책, 안보정책에 대한 세계적인 공감대를 형성하는 데 집중하고 있었고, 내 임기가 끝나도 이를 통해서 긍정적인 상호 협력관계를 강화하고 분열과 파괴를 약화시킬 수 있을 것이라고 내다보고 있었다. 제3의 길 운동과 나토 회원국의 확대 및 임무 수행을 통해서 참가국들은 옳은 방향으로 상당한 진전을 이룩하게 되었다. 수많은 최선의 정책들이 계획되었지만, 그것들은 여러 가지 사건들(특히 세계화에 대한 극심한 반발과 테러리즘의 고조) 때문에 중도에 좌절되거나 방향이 수정되곤 했다.

5월 초에, 제시 잭슨이 밀로셰비치를 설득하여 마케도니아 국경에서 체포한 미국 군인 세 명을 석방하게 했다. 그 일이 있은 직후, 훈련비행 중이던 아파치 헬리콥터가 추락하면서 미군 병사 두 명이 사망했다. 코소보 사태에서 미군 전사자는 그들뿐이었다. 보리스 옐친은 빅토르 체르노미르딘을 특사로 파견하여 전쟁 종식에 대한 러시아의 관심을 표명하고, 전쟁 종식 후에 평화유지군으로 활동하겠다는 뜻을 분명히 밝혔다. 한편, 우리는 웨스 클라크에게 비행기 176대를 추가 투입하여 압박을 강화하고 있었다.

5월 7일, 나토가 베오그라드의 중국대사관을 오폭하여 세 명의 중국인이 사망하는 사건이 일어났다. 우리는 코소보 공습과 관련해서 최악의 정치적 타격을 입게 되었다. 폭탄이 의도했던 목표물을 맞히기는 했지만, 우리가 중앙정보국의 낡은 지도를 근거로 그 목표물이 군사적 목적에 이용되는 세르비아 정부 건물이라고 오인했다는 사실을 나는 곧 알게 되었다. 우리가 정말 피하려고 노력하던 큰 실수였다. 미군은 대개 목표물을 선정할 때 항공사진을 이용하고 있었다. 나는 그전부터 빌 코헨, 휴 셸턴, 샌디 버거와 일주일에 서너 차례씩 만나서 민간인의 피해를 최소화하고 밀로셰비치 군사력에 대한 타격을 최대화할 수 있는 분명한 공격 목표를 검토하고 있었다. 나는 눈앞이 깜깜해졌다. 큰 실수를 했다는 생각에 정신이 아찔했다. 나는 사과의 말을 전하기 위해서 당장 장쩌민 주석에게 전화를 걸었다. 하지만 그는 전화를 받으려 하지 않았다. 그래서 나는 공개적으로 여러 차례에 걸쳐서 사과성명을 발표했다.

그 후 사흘 동안 중국 전역에서 항의의 목소리가 거세졌다. 베이징 주재 미국대사관 주변의 상황은 특히 심각해서 세이서 대사는 포위를 당한 상태나 다름없었다. 중국인들은 대사관 폭격이 의도적인 것이었다면서 나의 사과를 받아들이지 않았다. 5월 14일에 마침내 전화 통화가 되어, 나는 장쩌민 주석에게 다시 사과하고, 내가 의도적으로 중국대사관을 공격할 리가 없다는 것을 잘 알지 않느냐고 말했다. 그는 내가 고의로 한 일이라고는 생각하지 않지만, 국방부나 중앙정보국에는 내가 중국과 교류하는 것을 못마땅하게 여기는 사람들이 분명히 있으며, 그들이 우리를 이간질하기 위해서 의도적으로 지도를 조작했을 수도 있다는 생각은 든다고 말했다. 그는 미국과 같은 기술선진국이 그런 실수를 했다는 것을 믿기가 어려운 모양이었다.

나 역시 믿기가 어려웠다. 하지만 이미 벌어진 일이었다. 어렵게 그 고비를 넘겼지만, 한동안은 대단히 힘들었다. 나는 조 프루허 제독을 신임 중국 대사로 임명했다. 프루허 제독은 태평양에서 해군 총사령관으로 일하고 있었는데, 이제 군복을 벗고 대사 자리를 맡게 되었다. 그는 중국 군대로부터 상당히 존경받는 인물이었다. 나는 그가 미국과 중국의 관계를 복원시킬 수 있을 것이라고 믿었다.

5월 말, 나토는 갈등이 끝난 뒤 코소보에 4만 8,000명의 지상군을 평화유지군으로 파견하기로 결정했다. 그러나 우리는 사람들이 산속에 갇혀 지내는 겨울이 오기 전에 공습만으로는 확실한 효과를 거두기 어렵다는 것이 확실해질 경우, 지상군을 더 일찍 투입하는 방안에 대하여 조용히 논의하고 있었다. 샌디 버거는 여러 가지 대안이 담긴 메모를 준비했다. 나는 필요한 경우에는 지상군을 투입할 수도 있지만, 공습이 성공을 거둘 수 있을 것이라는 생각에는 변함이 없었다. 5월 28일, 밀로셰비치는 헤이그 국제사법재판소에서 전쟁범죄 혐의로 기소되었다.

5월에 세계에서는 여러 가지 일들이 벌어졌다. 그달 중순에 보리스 옐친은 러시아 두마에서 진행된 탄핵 투표를 뚫고 살아남았다. 5월 17일에는 네타냐후가 총리 재선에 실패하고, 노동당 의장인 에후드 바라크가 이스라엘 총리로 당선되었다. 그는 이스라엘 역사에서 가장 많은 공훈을 세운 장군 출신으로 다방면의 재능을 가진, 두뇌가 뛰어난 인물이었다. 그는 스탠퍼드에서 경제학 석사과정을 마쳤고, 연주회를 열 만한 수준의 클래식 피아니스트였으며, 시계수리가 취미인 사람이었다. 그는 정치계에 입문한 지 몇 년밖에 되지 않았고, 짧게 깎은 머리와 강렬한 눈빛, 무뚝뚝하고 딱딱 끊어지는 말투는 그가 이제부터 헤치고 나가야 하는 뿌연 정치의 웅덩이보다는 과거에 몸담았던 군대에 더 어울리는 것 같았다. 그가 총리에 당선되었다는 사실은 이스라엘인들이 이츠하크 라빈에게서 발견했던 평화와 안보의 공존 가능성을 그에게서 발견했음을 의미하는 것이다. 또 한 가지 중요한 사실은, 그가 압도적인 승리를 거두었다는 점이다. 따라서 바라크는 이스라엘 크네세트의 연립 정파들 가운데 지배적인 다수를 차지할 기회를 얻었으며, 그 지지를 바탕으로 평화를 향한 어려운 발걸음을 내디딜 수 있었다. 이 점이 네타냐후의 경우와 다른 점이기도 했다.

다음 날 압둘라 요르단 국왕이 나를 찾아왔다. 그는 아버지를 계승하여 평화를 유지하려는 희망을 품고 있었으며, 요르단 앞에 놓여 있거나 평화를 향한 길을 가로막고 있는 여러 가지 장애물들에 대해서 잘 알고 있었다. 그는 경제에 대한 인식이 놀랄 만큼 뛰어났고, 경제성장이 평화와 화해에 어떤 기여를 할 수 있는지 잘 알고 있었다. 회담이 끝나고 난 뒤에, 나는 압둘라, 그리고 역시 인상이 좋은 라니아 왕비가 앞으로 오랫동안 그 지역에서 긍정적인 역할을 담당할 것이라는 확신을 가지게 되었다.

5월 26일, 나는 빌 페리를 북한에 보내 지도자인 김정일에게 나의 서한을 전하게 했다. 그 서한의 내용은 핵무기와 장거리 미사일을 개발하려는 시도를 중단하는 것을 조건으로(이것은 양보할 수 없는 조건이었다) 미국이 북한에 대해서 광범위한 원조를 지원하겠다는 미래의 로드맵을 제시하는 것이었다. 1998년, 북한은 장거리 미사일의 시험 발사를 중단하는 건설적인 조치를 취했기 때문에, 나는 페리의 임무가 성공을 거둘 가능성이 많다고 생각했다.

　이틀 후, 힐러리와 나는 플로리다 북부 화이트오크 플랜테이션에 자리 잡은 민주당지도자협의회 연수원에 가 있었다. 이곳은 야생 사냥감들을 보존한 곳으로는 미국 최대 규모였다. 나는 새벽 4시에 일어나서 텔레비전을 통해 장군 출신의 올루세군 오바산조 신임 나이지리아 대통령의 취임식 장면을 지켜보았다. 나이지리아는 독립한 이후 부패와 지역갈등, 종교갈등, 사회적인 조건의 악화 등 갖은 시련을 겪고 있었고, 엄청난 양의 석유를 생산하는 나라인데도 정전 및 연료부족 사태가 간헐적으로 일어났다.

　오바산조는 1970년에 군사 쿠데타로 잠시 정권을 잡은 적이 있었는데, 선거가 실시되면 물러나겠다던 약속을 지켰다. 나중에 그는 정치적 견해 때문에 투옥되었다. 그는 수감 생활 중에 독실한 기독교인이 되었고 신앙에 관한 책을 여러 권 썼다. 아프리카 대륙에서 가장 인구가 많은 나이지리아가 더욱 번창하지 않는다면 사하라 사막 이남 지역의 밝은 미래를 기대하기는 힘든 일이었다. 나는 귀가 솔깃하게 하는 그의 취임연설을 들으면서, 다른 사람들이 실패한 지점에서 오바산조는 성공을 거두게 되기를 기원했다.

　국내에서, 나는 중요한 문제인 맑은 공기에 관한 연설로 6월을 시작했다. 우리는 이미 화학공장에 의한 공기오염을 90퍼센트 줄였으며, 수백 만 건의 아동천식을 예방하기 위해서 스모그와 매연을 줄이기 위한 엄격한 기준을 세웠다. 산업단체, 환경단체, 소비자단체의 광범한 자문을 구한 끝에, 환경보호청장 캐럴 브라우너는 연료를 많이 소모하는 스포츠형 다목적 차량SUV를 비롯한 모든 승용차에 대해서 동일한 오염 기준을 준수하도록 규정하는 규칙을 공표하기로 했다. 5월 1일, 나는 대국민연설을 통해 이 사실을 알리고, 5년 이내에 가솔린에 함유된 황의 함유량을 90퍼센트 낮출 수 있을 거라고 말했다.

　나는 새로운 범죄방지 정책을 공표했다. 거리 순찰에 10만 명의 경찰을 투입(이미 그중의 절반 이상이 근무 중이었다)하려는 목표를 달성하기 위해서 기금을 투입하고, 범죄발생률이 높은 지역에 투입할 5만 명의 경찰을 고용하기 위한 캅스 프로그램을 확대하고, 테러리스트의 무기로 둔갑할 수 있는 생물 작용제를 적법하고 평화로운 목적 외에 다른 목적으로 소지하는 것을 연방 범죄로 규정하였다.

6월 12일, 절대로 오지 않기를 바라던 날이 오고야 말았다. 밥 루빈이 공직 은퇴선언을 했다. 그는 미국에 공화국이 설립된 초기에 활약했던 알렉산더 해밀튼 재무장관 이후로 가장 유능하고 가장 중요한 재무장관이라는 것이 나의 생각이었다. 루빈은 국가경제회의를 처음 지휘한 사람이기도 했다. 이 두 가지 직위를 통해서 그는 경제성장을 가속화하고, 그 혜택을 보다 많은 미국인들에게 나누어주며, 다른 나라의 금융위기를 예방, 억제하고, 날마다 1조 이상의 달러가 국경을 넘나드는 세계화 경제에 적응하기 위해서 국제금융체계를 현대화하는 데 결정적인 역할을 담당했다. 그는 또한 탄핵의 시련이 몰아치는 동안 나를 든든하게 받쳐주던 버팀목이었다. 그는 내가 각료들 앞에서 사과하던 자리에서 나를 격려해주었고, 각료들과 참모들에게 지금 자신들이 하고 있는 일을 자랑스럽게 생각해야 한다는 것을 깨우쳐주었으며, 지나치게 사람을 심판하려 들지 말라고 주의를 주었다. 루빈은 우리와 함께 일하는 어떤 젊은 사람에게 이렇게 이야기를 했다고 한다. 당신도 오래 살다 보면 스스로 부끄럽게 여길 만한 일들을 하게 될 것이라고.

루빈이 처음 내 행정부에 왔을 당시, 그는 우리 각료들 중에서 재산이 가장 많은 사람이었다. 그가 고소득자에 대한 세금 인상이 포함된 1993년 경제계획 작성을 도와주었을 때, 나는 "밥 루빈은 내가 중산층을 구하는 것을 도우러 워싱턴에 왔는데, 워싱턴을 떠날 때는 그 자신이 중산층이 되고 말 겁니다"라고 농담을 하곤 했다. 루빈이 다시 개인적인 삶으로 돌아가겠다고 하니, 적어도 그 걱정 하나는 안 해도 되겠다는 생각이 들었다.

나는 재무부 부장관 래리 서머스를 장관에 임명했다. 서머스는 지난 6년 동안 주요한 경제 문제들을 헤치고 나왔으므로, 재무장관으로는 적임자였다. 재무부 부장관으로는 경제 문제 담당 국무차관 스투 아이젠스타트를 임명했다. 아이젠스타트는 여러 가지 중요한 사안들을 훌륭하게 처리했는데, 그중에서 가장 중요한 것은 이른바 '나치 골드' 문제였다. 에드가 브론 프만 1세가 힐러리를 만나면서 우리는 이 문제에 관심을 가지게 되었다. 힐 러리는 처음 만난 날부터 그 일에 적극적이었다. 우리는 수용소에 강제수용 되면서 재산을 약탈당한 홀로코스트 생존자들과 그들의 가족이 재산을 보 상받고 정당한 대우를 받도록 하기 위해 노력을 기울였다. 아이젠스타트는 이 일의 선봉에 서서 대활약을 펼쳤다.

얼마 후에, 힐러리와 나는 콜로라도로 가서 콜럼바인 고등학교의 학생 과 그 가족들을 만났다. 그곳을 방문하기 며칠 전에, 상원에서는 공격용 무 기 규제법을 빠져나가기 위해서 사용되는 대형 탄창의 수입을 금지하고, 청 소년의 공격용 무기 소지를 금지하자는 나의 제안을 받아들였다. 미국총기 협회의 강력한 로비에도 불구하고, 브래디법의 신분확인 규정을 확대하여 총기 전시회 판매에서도 신분확인을 의무화하자는 나의 제안은 상원에서 표결 결과 50 대 50이 나와, 앨 고어가 캐스팅보트로 통과시켰다.

콜럼바인의 주민들은 고통에서 아직 벗어나지 못했지만, 학생들은 다시 콜럼바인으로 돌아오고 있었고, 부모들은 제2의 콜럼바인 사건이 일어나지 않게 하기 위해서 무언가를 해야 한다는 결의를 불태우고 있었다. 그들은 콜럼바인 이전에도 총기사건이 일어난 학교들이 몇 군데 있었지만, 미국의 영혼에 큰 구멍을 낸 것은 바로 콜럼바인 사건이라는 것을 알고 있었다. 나 는 그들에게 미국이 좀더 안전한 미래를 찾아나갈 수 있게 도와달라고 부탁 했다. 결국 국회는 총기 전시회의 총기 판매 제한을 법으로 만들지는 못했 지만, 원래 보수적이었던 콜로라도의 유권자들은 콜럼바인 사건을 겪은 뒤 2000년 선거에서 압도적인 지지로 자신들의 주에서 그러한 규제 조치를 통 과시켰다.

5월까지도 화이트워터에는 아직 숨이 붙어 있었다. 수잔 맥두걸 사건에 서 낭패를 본 케네스 스타는 줄리 하이아트 스틸에 대한 소송을 밀어붙였 다. 그 사건에는 불일치배심 결정(의견이 나뉘어 합의된 평결이 나올 수 없는 경 우―옮긴이주)이 내려졌다. 보수적인 버지니아 북부에서 이런 결정이 내려졌 다는 것은 특별검사와 그가 사용한 전략이 다시 한 번 실패했음을 의미하는 것이었다. 스타는 존스 사건으로 여러 사람을 끌어들이려고 했지만, 결과적으로 기소된 사람은 스틸 한 사람뿐이었다. 그녀는 거짓말을 하라는 요구를 거절했을 뿐 아무 죄도 없는 사람이었다. 스타의 독립변호사실은 네 건의 소송을 진행해서 세 번째로 패소한 셈이었다.

6월에 세르비아를 응징하는 폭격으로 드디어 밀로셰비치는 무릎을 꿇었다. 6월 2일, 러시아 총리 빅토르 체르노미르딘과 핀란드 대통령 마르티 아티사리가 밀로셰비치를 직접 만나 나토의 요구사항을 전달했다. 다음 날 밀로셰비치와 세르비아 의회는 그 요구에 동의했다. 그리고 며칠 동안 여러 가지 세부적인 문제에 관한 팽팽한 긴장과 언쟁이 이어졌다. 6월 9일, 나토와 세르비아군 장교들은 세르비아군을 코소보에서 철수시키고 나토의 지휘를 받는 국제적인 안전보장 병력을 배치하는 데 협조한다는 내용에 동의했다. 다음 날 나토 사무총장 하비에르 솔라나는 클라크 총사령관에게 나토 공습을 중단하라는 지시를 내렸다. 유엔 안전보장이사회는 전쟁의 종료를 환영하는 결의안을 발표했다. 나는 대국민연설에서 79일간의 폭격은 끝났으며, 세르비아군은 철수하고 있고, 100만 명에 달하는 코소보 난민들이 곧 고향으로 돌아갈 수 있게 되었다고 밝혔다. 오벌 오피스에서 대국민연설을 할 때는 탁월한 성과를 올렸던 미군과 인종청소에 반대하는 입장을 견지하고, 난민들에 대한 관대한 지원을 아끼지 않은 미국 국민에게 감사한다고 말했다.

총사령관 웨스 클라크는 탁월한 능력과 결단력으로 공습을 지휘했다. 그와 하비에르 솔라나는 긴밀히 협력하여, 형편이 좋을 때나 나쁠 때나 아무런 흔들림 없이 승리를 위해서 결연한 노력을 기울였다. 우리 국가안보팀도 마찬가지였다. 폭격이 일주일 안에 끝나지 않았기 때문에, 우리는 늘 비판에 시달려야 했다. 하지만 빌 코헨과 휴 셸턴은 두 달 동안 연합작전을 계속할 수 있다면 공습은 성공을 거둘 것이라는 확신을 가지고 있었다. 앨 고어, 매들린 올브라이트, 샌디 버거는 초조하고 불안하지만 그저 버틸 수밖에 없었던 공습기간 동안 온갖 비난을 받으면서도 침착하게 버텼다. 고어는 러시아와의 관계에서 말썽이 생기지 않도록 귀중한 역할을 해주었다. 그는 빅토르 체르노미르딘과 계속 연락을 취하면서 미국과 러시아는 같은 입장이라는 것을 확인했다. 그 결과 체르노미르딘과 아티사리는 세르비아로 들어가 밀로셰비치에게 무모한 저항을 단념하라고 설득했다.

6월 11일, 나는 국회 대표단과 함께 미주리 주 화이트맨 공군기지로 가서 B-2 스텔스 폭격기에 탑승했던 승무원들과 관련 부대원들에게 특별한 감사의 말을 전했다. B-2 폭격기는 중간기착 한 번 하지 않고 미주리에서 세르비아까지 왕복하면서 B-2에 특별히 유리한 야간공습작전을 수행했다. 코소보로 출격했던 횟수는 3만 건에 달했다. 그중에 두 대가 추락했지만, 탑승했던 승무원들은 무사히 귀환했다.

공습이 성공하자, 생존해 있는 최고의 전쟁사학자인 존 키건은 영국 신문에 코소보 공습에 대한 멋진 글을 올렸다. 그는 공습이 성공하지 못할 것이라고 생각했는데, 자신의 예상이 들어맞지 않았다는 사실을 솔직하게 시인했다. 그는 과거에 공습이 실패한 이유는 폭탄들이 대부분 공격 목표를 맞추지 못했던 데 있다고 말했다. 코소보에서 사용된 무비는 1차 걸프전쟁에 사용되었던 무비에 비해서 훨씬 정확한 것이었다. 코소보에서도 목표에서 빗나간 폭탄이 있기는 했지만, 이라크 공습 때보다 민간인 사상자 수는 훨씬 적었다. 코소보 공습으로 인한 민간인 희생자 수는 지상군을 투입했을 경우의 민간인 희생자 수보다 훨씬 적다는 나의 생각에는 아직도 변함이 없다. 하지만 밀로셰비치가 코소보를 유린하도록 방치했을 때 예상되는 엄청난 수의 민간인의 희생을 생각하면, 당시에 지상군 투입도 불사할 수 있었을 것 같다. 코소보 공습의 성공은 전쟁사의 새로운 장을 열었다.

코소보 사태가 완전히 해결되기 전에, 또 한 번 긴장의 순간이 닥쳤다. 공식적인 적대행위가 끝나고 나서 이틀째 되는 날, 나토와 사전 합의도 없이 200명의 러시아 병력을 실은 50대의 차량이 보스니아에서 코소보로 밀고 들어와 프리스티나 공항을 장악했다. 유엔의 승인을 받은 나토의 부대가 코소보로 들어서기 4시간 전의 일이었다. 러시아는 공항을 장악하기 위한 병력 이동이었다고 주장했다.

웨스 클라크 총사령관은 얼굴이 하얗게 질렸다. 나는 그에게 책임을 묻지 않았다. 나는 제3차 세계대전이 시작될 위기에 처한 것은 아니라고 생각했다. 옐친은 우리와 협력한 것 때문에 세르비아에 동정적인 러시아의 극단적인 국수주의자들로부터 심한 비판을 받고 있었다. 나는 옐친이 그들을 달래기 위해서 잠시 무마책을 쓰고 있는 것이라고 생각했다. 영국군 사령관 마이클 잭슨 육군 중장이 아무 사고 없이 상황을 수습했다. 6월 18일, 코헨 장관과 러시아 국방장관은 러시아군을 유엔의 승인을 받은 나토군으로 인정한다는 합의에 도달했다. 6월 20일, 유고슬라비아군은 코소보에서 완전 철수했다. 2주 후에, 유엔 난민 고등판무관은 76만 5,000명이 넘는 난민들이 코소보로 돌아왔다고 밝혔다.

보스니아 사태를 겪으면서 알게 되었듯이, 무력충돌이 끝난 뒤에도 코소보에는 해야 할 일이 많이 남아 있었다. 난민들의 안전한 귀환을 보장하고, 폐허를 정리하고, 주택을 재건하고, 식품과 의약품을 공급하고, 집이 없는 사람들에게 숙소를 제공하고, 코소보해방군의 무장을 해제하고, 코소보의 알바니아인들과 소수파 세르비아인들을 위해서 안전한 환경을 조성하고, 민간 정부를 조직하고, 경제 기능을 회복시키는 것 등이었다. 미국이 공습에서 가장 중요한 역할을 담당했지만, 앞으로 남은 일 역시 만만치 않은 것들이었다. 이 일들은 대부분 유럽의 회원국들이 진행하게 될 터였다.

여러 가지 도전이 남아 있기는 했지만, 나는 마음이 놓이고 썩 흐뭇했다. 슬로보단 밀로셰비치가 예전의 유고슬라비아에 대한 통치권을 장악하기 위해서 인종과 종교의 차이를 이유로 10년간 벌였던 유혈의 참극은 이렇게 끝이 났다. 마을을 불태우고 무고한 사람들을 학살했던 그의 행위는 이제 역사 속으로 사라져버렸다. 나는 밀로셰비치가 역사 속으로 사라지는 것도 시간문제라는 것을 알고 있었다.

미국과 러시아 간의 합의가 이루어진 날, 힐러리와 나는 G-8 정상회담에 참석하기 위해 독일 쾰른을 방문했다. 이 회담은 8년간의 대통령 임기 중에 가졌던 정상회담 중에서 손에 꼽을 만큼 중요한 의미를 가지는 것이었다. 우리는 코소보 사태를 성공적으로 종식시킨 것을 축하하면서, 국가적인 정책들과 국제적인 금융기구들을 현대화하는 방안으로 각국 재무부 장관들이 추천한 사항들을 승인했다. 그 목표는 세계화 경제로 인한 여러 가지 도전들에 대응한다는 것이었다. 우리는 가난한 나라들이 국내 저축 전액을 교육, 의료, 경제발전에 투자한다는 데 동의할 경우 큰 폭의 외채탕감 프로그램을 제공하겠다고 발표했다. 요한 바오로 2세와 나의 친구인 U2의 보노는 세계 각지에서 제기되는 외채탕감 요구를 주도하고 있었는데, 우리가 제시한 프로그램은 이러한 요구들에 대처하기 위한 것이었다.

정상회담 후, 우리는 슬로베니아로 가서 코소보 공습 때 나토를 후원하고 코소보 난민들을 도와준 데 대해 슬로베니아 국민들에게 감사의 뜻을 전했다. 다음에는 마케도니아를 방문해서, 경제적 어려움과 인종갈등에 시달리는 처지면서도 30만의 난민들을 수용하는 선의를 베푼 키로 글리고로프 대통령에게 감사 인사를 했다. 스코페의 난민 수용시설에서 나는 힐러리, 첼시와 함께 난민들을 만나 몸서리쳐지는 경험담을 듣고, 그곳에 주둔하고 있는 나토 연합군 병사들을 만났다. 그때 나는 처음으로 웨스 클라크를 직접 만나 감사의 말을 전할 수 있었다.

6월이 되면서 선거전이 달아오르기 시작했다. 6월 16일, 앨 고어가 대통령 출마를 선언했다. 그의 유력한 경쟁자는 조지 W. 부시 주지사였다. 그는 공화당 우익과 지도부 양쪽으로부터 지지를 받고 있는 후보였다. 부시는 이미 엄청난 규모의 후원금을 확보하고 있었다. 부시의 예비선거 경쟁자였던 전직 뉴저지 주 상원의원 빌 브래들리와 앨 고어 두 사람의 후원금을 합친 것보다 많은 금액이었다. 힐러리는 뉴욕 상원의원 선거에 출마하기로 결심하고 있었다. 대통령 임기가 끝나서 백악관을 떠나게 되는 시점까지 계산하면, 힐러리는 26년 이상 나의 공직 생활을 지원하고 있는 셈이었다. 나는 기쁜 마음으로 다음 26년 동안은 내가 힐러리를 지원해야겠다고 생각했다.

정계가 선거전에 돌입하자, 나는 의회활동과 행정부의 추진력을 유지하는 일에 각별히 신경을 썼다. 일반적으로 보면 대통령 선거전이 달아오르기 시작하는 시기에 현직 대통령이 재출마를 하지 않는 경우, 국회와 행정부의 활동은 추진력을 잃게 된다. 민주당 의원들 중에는 새로운 법안이 통과되지 않는 쪽이 더 유리하다고 생각하는 사람들도 있었다. 그래야 공화당 국회가 아무 일도 하지 않았다고 공격하기 쉬웠기 때문이다. 공화당 의원들의 경우, 더 이상은 나의 정책에 손을 들어주지 않겠다고 생각하는 사람들이 대부분이었다. 탄핵 싸움이 끝나고 네 달이 지났는데도 몇 사람이 나에 대해 강한 반감을 버리지 못한 것을 보면서 나는 깜짝 놀랐다. 내가 공적인 자리에서나 사적인 자리에서나 그들을 공격하지 않고 있었기 때문에 더욱 놀라웠다.

나는 날마다 편안한 마음으로 하루를 시작해서 화해하려고 애쓰는 마음으로 직무를 수행하려고 노력했다. 공화당 의원들은 1992년 이후로 떠들어대던 공격 주제로 돌아가, 나를 자질도 없고 신뢰할 수도 없는 사람으로 몰아세우고 있었다. 코소보 사태 중에 우리가 실패하기를 간절히 바랐던 공화당원들도 있었다. 어느 공화당 상원의원은 코소보에서 활약하고 있는 아군의 활동에 대한 자기 동료들의 지지가 미적지근한 이유는 내가 신임을 잃었기 때문이라고 말했다. 그들은 자신들이 인종청소에 반대하지 않는 이유를 내 탓으로 돌리고 있었다.

공화당원들은 나에 대해서 너 죽고 나 죽자는 식으로 나오는 것 같았다. 그들은 내가 침울해 있으면 기가 너무 꺾여서 제대로 국정을 운영할 수 없다고 말했고, 내가 웃고 있으면 나쁜 짓을 하고도 들키지 않은 사람처럼 득의만면한 표정을 짓고 있다고 말했다. 상원의 탄핵 재판이 끝나고 나서 엿새 후에, 나는 뉴햄프셔 예비선거 당선 7주년을 기념하기 위해서 뉴햄프셔에 갔다. 시시콜콜 나를 걸고넘어지는 의원들 중에는 나는 행복해하면 안 된다고 말하는 사람들이 있었다. 하지만 나는 행복했고, 행복감을 느낄 만한 충분한 이유가 있었다. 옛 친구들이 모두 나를 만나러 왔으며, 한 젊은이는 자기가 투표권을 얻자마자 표를 던진 사람이 나였는데 내가 공약했던 것들을 정확하게 실행에 옮겼다고 칭찬해주었고, 한 여성은 나의 복지개혁 정책 덕분에 생활보호대상자 신세에서 벗어나서 간호학교를 다니고 있다고 말했다. 그녀는 1999년에 뉴햄프셔 간호사협회의 정식회원이 되었다. 내가 정치에 뛰어든 것은 바로 이런 사람들을 위해서였다.

나는 처음에는 공화당원들과 평론가들이 왜 나를 보고 죗값을 치르지 않고 넘어갔다고 하는지 도저히 이해할 수가 없었다. 공개석상에서 겪었던 굴욕적인 일들, 가족들에게 준 고통, 소송비용과 이겨놓고도 화해해야 했던 존스 소송 합의금을 감당하느라 생긴 엄청난 채무, 힐러리가 몇 년 동안 겪어야 했던 언론 공세와 법적인 공세, 그리고 워싱턴과 아칸소의 힘없고 죄 없는 사람들이 고소를 당하고 재정적인 부담을 짊어지는 것을 볼 때마다 내가 느꼈던 절망감, 이런 모든 것들이 내가 치른 죗값이었다. 나는 사과를 했고, 공화당 의원들을 대할 때, 그리고 그들과 함께 일할 때 최대한 성실한 태도로 임하려고 노력했다.

하지만 그들에게는 그 어느 것도 충분하지 않았다. 그들이 그럴 수밖에 없는 이유는 간단했다. 나는 살아남았고, 내가 확신하고 있는 대로 계속 일하고 싸우고 있었기 때문이다. 신우익 공화당 의원들과 내가 맞붙었던 첫 번째 싸움에서도, 마지막 싸움에서도, 늘 그들과 내가 다투었던 것은 바로 권력이었다. 나는 권력은 유권자들에게서 나오고, 권력을 주고 거둬가는 것은 유권자들이 할 일이라고 생각하고 있었다. 그러나 공화당원들은 유권자들이 두 번이나 나를 뽑는 실수를 범했다고 생각했고, 내 개인적인 실수를 빌미로 삼아 자신들의 끊임없는 공격을 정당화하려고 했다.

나는 더욱 적극적으로 활동하는 것이 개인적으로 보나, 나의 공직활동으로 보나 옳은 방법이라고 믿고 있었다. 하지만 나는 그것이 정치적으로 볼 때 좋은 방법인지는 확신할 수 없었다. 공화당 의원들이 나를 강하게 몰아치면 몰아칠수록, 케네스 스타의 행위들이나 탄핵기간 동안 공화당 의원들이 취했던 행동들에 대한 기억은 점점 희미해지고 있었다. 언론은 본질적으로 과거의 일이 아니라 현재의 일에 집중하는 경향이 있고, 갈등거리를 찾아내서 뉴스를 만든다. 이런 언론의 태도는 현재 진행되고 있는 공격이 정당한지 아닌지를 떠나서, 공격을 가하는 사람들을 이롭게 하기 마련이다. 언론은 내가 그들의 근거 없는 공격을 용서할 수 있는지 묻는 대신에, 내가 직무를 수행할 도덕적 정당성을 가지고 있느냐는 문제를 놓고 다시 열띤 공방을 벌이고 있었다. 공화당 의원들은 힐러리까지 공격하고 있었다. 그들이 힐러리를 공격하는 이유는 그녀가 흠집투성이 남편 옆에 선 불쌍한 여성이 아니라, 정치계에서 자신의 길을 열어가려는 강한 여성이기 때문이었다. 하지만 나는 현재의 상황을 긍정적으로 보고 있었다. 미국은 올바른 방향으로 전진하고 있었고, 나의 직무에 대한 지지율은 높았으며, 우리에게는 아직도 할 일이 많았다.

항상 과거의 잘못에 대해 뉘우치며 살아가게 되겠지만, 나는 무덤으로 들어가는 순간까지 탄핵 싸움의 와중에서 내가 지키려고 싸웠던 것들, 내가 일생을 바쳐 싸워왔던 세력들과의 마지막 대접전에서 지키려고 싸웠던 것들을 자랑스럽게 여길 것이다. 나는 남부에 만연해 있는 인종차별의 낡은 질서를 방어하고 내가 자랐던 백인 노동계층의 불안함과 공포에 편승하려는 세력들과 맞서 싸웠다. 또 여성운동과 환경운동, 동성애자 권리 운동, 그리고 국가 공동체를 확장하려는 여러 가지 노력들을 자연 질서에 대한 공격으로 몰아대며 짓밟아대려는 세력들과 맞서 싸웠으며, 강력하게 방어되고 있는 기득권세력들에게 유리하도록 정부가 운영되어야 한다고 믿고 의료제도와 아동 교육 개선보다는 부를 가진 사람들을 위한 세금감면을 선호하는 세력들과 맞서 싸웠다.

나는 어렸을 때부터 그들의 반대편에 속해 있었다. 처음에 반동과 분열, 그리고 현상유지를 지지하는 세력들을 대변했던 사람들은 민권에 반대하는 민주당원들이었다. 그러나 트루먼, 케네디, 존슨의 지휘 하에 전국 민주당이 민권의 대의를 대변하기 시작하자, 남부의 보수주의자들은 1970년대 초부터 급부상한 우익 종교운동과 동맹관계를 이룬 공화당으로 몰려갔다.

신우익 공화당 의원들이 의회를 장악했던 1995년에, 나는 그들의 극단적인 계획들을 막아냈으며, 경제적·사회적·환경적 정의와 관련된 분야에서 엄청난 진전을 이루어냈다. 처음에 나는 정치, 경제, 사회에 대한 보수적인 관점을 하나님의 뜻이라고 여기는 사람들이 왜 나를 미워하는지 알지 못했다. 나는 미국을 혜택도 함께 나누고, 책임도 함께 나누고, 민주적인 공동체에 똑같이 참여하는 나라로 만들고 싶었다. 신우익 공화당 의원들은 미국을 부와 권력이 그것을 가져 '마땅한' 사람들의 손에 집중되는 나라로 만들기를 원했다. 그러나 소수파들은 권력 참여를 요구하면서 이들 기득권세력의 권력 장악을 위협하기 시작했다. 그러자 기득권세력은 소수파들이 어렵게 이루어낸 성공을 악마의 성공으로 둔갑시킴으로써 다수로부터의 지지를 유지했다. 그들이 나를 미워했던 것은, 내가 남부의 청교도 출신 백인이면서도, 자신들이 장악했던 세력에서 뛰쳐나와 자신들이 장악하고 있던 사람들의 마음을 돌려놓을 수 있는 변절자였기 때문이었다.

내 개인적인 잘못이 공공연하게 알려져 있으니, 그들은 내가 죽는 날까지 돌을 던져댈 거리를 잡게 된 셈이었다. 나는 그 문제에 대한 분노를 털어버리고 있는 중이기는 했지만, 역사의 우연으로, 신우익 공화당이라는 모습으로 나타난 반동과 분열 지향 세력과 맞서 싸워 좀더 완벽한 통합을 앞당기는 행운을 누릴 수 있었다는 점을 생각하면 감사한 마음이 들었다.

53

6월 초, 나는 정신건강 문제에 대한 인식을 제고하기 위해서 라디오 연설을 했다. 티퍼 고어가 정신건강 문제에 대한 공식 자문으로 그 문제를 연구하고 있었다. 티퍼는 용감하게도 최근에 자신이 우울증 치료를 받은 사실이 있음을 공개적으로 털어놓았다. 이틀 뒤, 힐러리와 나는 앨과 티퍼 고어와 함께 정신건강에 관한 백악관 간담회에 참석해서, 정신질환이 방치됨으로써 빚어지는 엄청난 개인적·경제적·사회적 손실에 관해 사람들과 의견을 나누었다.

6월 말까지, 나는 여러 가지 문제에 힘을 쏟았다. 총기안전정책을 제안하고, 에이즈 백신의 개발을 후원하고, 무역 계약에 환경권, 노동권 문제를 포함시키기 위한 방법을 모색했으며, 자원부 무기연구소에서 발표한 안보에 관한 대통령외교정보자문단의 보고서를 검토하고, 합법적인 이민자들에게 건강보험과 장애보험의 수급권을 재교부하는 프로그램을 준비하고, 취업으로 메디케이드 수급자격을 상실했지만 치료비를 부담할 수 없는 장애인에 대한 메디케이드 수급권을 인정하자고 제안하고, 임시 양부모의 보호를 받다가 나이가 들어 독립을 하게 된 아이들이 독립적인 생활을 할 수 있도록 지원하는 입법을 제출하고, 메디케어를 현대화하고 메디케어 신탁기금의 기한을 늘리는 계획을 내놓았다.

나는 적극적인 활동이 펼쳐질 거라고 예상하며 7월을 기대하고 있었다. 나는 멸종위기 동물의 목록에서 대머리독수리를 제외할 것이라고 발표하고, 앨 고어는 플로리다 에버글레이즈의 복원을 마무리할 계획을 내놓을 예정이었다. 힐러리는 뉴욕 주 북쪽의 핀다스코너스에 있는 모이니헌 상원의 원의 농장을 시작으로 '사람들에게 출마에 대한 의견을 묻는' 여행을 계속할 예정이었고, 나는 미처 경제회복의 손길이 닿지 않은 지역에 대한 투자 촉진을 겨냥한 '뉴 마켓' 프로젝트를 입안하기 위해서 미국 전역에 흩어져 있는 가난한 지역들을 둘러볼 예정이었다. 이 모든 일들이 예정대로 진행되었다. 하지만 예상하지 않았던 골치 아픈 일, 어쩌면 비극이라고도 할 수 있는 일들도 일어났다.

파키스탄 총리 나와즈 샤리프가 내게 전화를 걸어 7월 4일에 방문해도 되겠느냐고 물었다. 그의 전화를 받기 몇 주 전에, 파키스탄의 페르베즈 무샤라프 장군이 이끄는 군대가 1972년에 카슈미르와 파키스탄 사이에 설정된 군사분계선을 넘어갔고, 이로써 인도와 파키스탄 사이에는 위태로운 갈등이 시작되었다. 나와즈 샤리프는 이 문제에 대해서 의논하고 싶다고 말했다. 그는 군사분계선을 넘어간 군대가 자신의 통제를 벗어난 상태이기 때문에 걱정이라면서 내게 이 위기를 해소해주고, 나아가서 카슈미르 문제에 관해서 파키스탄과 인도 사이의 중재역을 맡아달라고 요청했다. 예전에도 샤리프는 중동과 북아일랜드 문제만큼이나 중요한 일이라면서 카슈미르 문제 해결을 도와달라고 부탁한 적이 있었다. 인도는 외부적인 개입을 강력히 반대하고 있었기 때문에, 나는 그에게 중동과 북아일랜드의 경우에는 양쪽에서 중재를 요청했기 때문에 협상과정에 개입한 것이라고 설명하고 그의 부탁을 거절할 수밖에 없었다.

지난 2월, 인도 총리 아탈 비하리 바지파이는 파키스탄의 라호르를 방문해서 카슈미르 문제를 비롯한 여러 가지 문제를 해결하기 위한 정상회담을 가진 적이 있었다. 파키스탄 군대가 군사분계선을 넘어간 것은 그때 협의한 내용을 위반한 것이었으므로 샤리프의 입장은 난처했다. 미국의 개입을 원해서 침공을 지시한 것인지, 아니면 파키스탄의 강력한 군부와 대립하는 것을 피하기 위해서 침공을 묵인한 것인지, 샤리프의 정확한 속셈을 알수가 없었다. 샤리프의 진의가 무엇이든 간에 스스로를 곤경에 몰아넣는 행동을 한 것만은 사실이었다.

나는 샤리프에게 워싱턴에 오는 것은 환영하지만, 미국 독립기념일인 7월 4일에 회담을 하기를 원한다면 다음 두 가지를 알고 오라고 말했다. 첫째, 그가 군사분계선을 넘어간 군대를 철수시킨다는 약속을 해야 한다는 것, 둘째, 내가 파키스탄의 불법적인 침공을 지지하는 것처럼 보일 위험이 있는 상황에서는 카슈미르 분쟁에 개입하고 싶지 않다는 것이었다.

샤리프는 아무튼 방문을 하겠다고 말했다. 7월 4일, 우리는 블레어 하우스에서 회담을 가졌다. 무더운 날이었지만, 파키스탄 방문단은 더위에 익숙해서 그런지 흰 바지와 긴 튜닉 차림의 전통의상을 입고도 우리 팀보다 훨씬 편안해 보였다. 샤리프는 다시 카슈미르 문제에 개입해줄 것을 요청했고, 나는 다시 인도의 동의가 없으면 미국의 개입이 역효과를 낳을 것이며, 파키스탄 군대가 철수하면 바지파이에게 양자회담을 재개할 것을 촉구하겠다고 말했다. 샤리프는 내 제안을 받아들였다. 그는 군사분계선을 준수하기 위한 조치를 취하고, 나는 무단 침공으로 중단된 양자회담이 재개되어 더 많은 성과를 거둘 수 있도록 지원과 격려를 아끼지 않겠다는 내용의 공동합의문을 발표했다.

회담이 끝나고 나서 보니, 샤리프가 회담을 요청한 이유가 미국의 압력을 넣어 파키스탄군에 대한 자신의 명령에 힘을 싣고 싶다는 데 있다는 생각이 들었다. 나는 파키스탄 내에서 그의 입지가 확고하지 않다는 것을 알고 있었다. 하지만 테러리즘에 대항한 싸움에서 그의 협조를 얻을 필요가 있었다. 나는 그가 불안한 상황을 버텨나가기를 바랐다.

파키스탄은 아프가니스탄의 탈레반 정권과 긴밀한 관계를 가지고 있는 몇 안 되는 나라 중 하나였다. 7월 4일 회담 전에, 나는 샤리프에게 오사마 빈 라덴 체포에 협조할 수 있는지 세 번이나 물었다. 한 번은 지난 12월 후세인 국왕의 장례식 참석차 요르단에 갔을 때였고, 또 한 번은 6월에 전화 통화를 했을 때였고, 마지막 한 번은 통화내용을 확인하는 서한을 보냈을 때였다. 우리는 알 카에다가 미국은 물론이고 세계 전역의 미국 공직자들과 시설들을 상대로 테러 공격을 가할 계획을 꾸미고 있다는 정보를 가지고 있었다. 우리는 세포 조직을 깨고 알 카에다의 조직원 다수를 체포하는 데 성공했지만, 빈 라덴과 측근 장교들이 체포되거나 살해되지 않는 한, 테러의 위험은 늘 사라지지 않을 터였다. 7월 4일, 나는 샤리프에게 빈 라덴 체포를 도와주지 않으면, 파키스탄이 사실상 아프가니스탄의 테러리즘을 지원하고 있다는 발표를 할 수밖에 없다고 말했다.

나는 샤리프를 만나던 날, 탈레반에 대해 경제제재를 부과하라는 행정 명령에 서명을 했다. 그 내용은 탈레반의 자산을 동결하고 무역거래를 금지 하는 것이었다. 결국 샤리프의 동의를 얻어내서 미군 장교들을 파키스탄으로 보내 60명의 파키스탄 군인들을 대상으로 빈 라덴 체포를 위해 아프가니스탄에 투입할 특공대 훈련을 시작했다. 나는 그 프로젝트에 대해서 그다지 기대를 걸지 않았다. 샤리프가 돕겠다고 나선 것이기는 했지만, 파키스탄군에는 탈레반과 알 카에다 동조자들이 많았다. 하지만 잃을 것이 없는 한 모든 대안을 검토해보지 않을 수 없다고 생각했다.

샤리프와의 회담을 한 다음 날, 나는 켄터키 주 하자드부터 시작해서 '뉴 마켓' 프로젝트를 위한 순방을 시작했다. 기업 임원들과 하원의원들, 각료들, 그리고 제시 잭슨 목사와 앨 프롬이 포함된 대규모 방문단이 꾸려졌다.

나는 잭슨이 동행해준 것이 고마웠다. 또 미국에서 가장 가난한 백인 지역인 애팔래치아 지역부터 시작하게 된 것도 마음에 들었다. 잭슨은 가난한 지역에 대한 민간 투자를 증대시키기 위해서 오랫동안 활동해온 사람이었다. 탄핵 소동이 진행되는 동안, 우리는 더욱 친해졌다. 그는 우리 가족에게 정신적인 버팀목이 되어주었으며, 첼시에게 각별히 신경을 써주었다. 우리는 켄터키에서 시작해서, 미시시피 주 클락스데일, 일리노이 주 이스트세인트루이스, 사우스다코타 주의 파인리지 레저베이션, 애리조나 주 피닉스의 남미계 마을, 로스앤젤레스의 와츠 마을을 순회했다.

미국은 2년 동안 4퍼센트가 약간 넘는 실업률을 기록하고 있었지만, 내가 찾아갔던 지역들과 그와 형편이 비슷한 지역들은 대부분 훨씬 높은 실업률과 전국 평균을 밑도는 소득으로 고통을 겪고 있었다. 파인리지의 실업률은 70퍼센트가 넘었다. 나는 가는 곳마다 똑똑하고 부지런한 사람들을 만났다. 이들은 국가 경제에 더 큰 기여를 할 수 있는 능력을 가진 사람들이었다.

나는 이들 지역에 투자를 유치하기 위해서 노력하는 것은 타당한 일일뿐 아니라 경제적으로도 적절한 일이라고 생각했다. 우리는 생산성의 급상승에 힘입어 사상 최대의 경제적 팽창을 기록하고 있었다. 인플레이션을 겪지 않고 계속해서 성장을 가속하는 방안으로 내가 생각한 것은, 더 많은 상품과 서비스를 해외 시장에서 파는 것, 생활보호대상자와 같은 특별한 계층이 취업할 기회를 늘리는 것, 투자가 낮고 실업률이 높은 미국 내의 지역에 새로운 시장을 형성하는 것, 이렇게 세 가지였다.

우리는 처음 두 개 분야에서는 좋은 성과를 거두고 있었다. 250건의 무역 계약을 체결한 것과 복지제도 개혁을 적극적으로 실시한 것이 바로 그런 정책의 일환이었다. 세 번째 분야에서는 130개 이상의 능력부여지구 및 창업지원지구 지정, 지역개발은행 설립, 지역재투자법의 공격적인 시행 등 많은 시도들을 해왔다. 하지만 아직도 너무나 많은 지역들이 낙후된 상태로 남아 있었다. 나는 저소득층 주거지구와 농촌지구, 인디언 거주지구 등에 투자할 수 있는 자본을 150억 달러로 증액하는 법안을 제출했다. 이 법안은 자유로운 기업활동을 촉진하는 것이기 때문에 초당파적인 지지를 받게 되기를 기대하고 있었다. 또한 해스터트 의장이 이러한 노력에 특별히 관심이 많은 것처럼 보였기 때문에, 상당히 기대가 컸다.

7월 15일, 나는 이스라엘 총리 에후드 바라크 부부를 초청하여 힐러리와 함께 캠프 데이비드에서 저녁 시간을 보냈다. 유쾌한 저녁식사를 하고 나서, 바라크와 나는 새벽 3시까지 이야기를 계속했다. 그는 평화과정을 완료하기를 원했고, 선거에서 압도적인 승리를 거두었기 때문에, 주도적으로 그 일을 할 수 있는 권한을 부여받은 셈이라고 생각하고 있었다. 1978년에 카터 대통령의 중재로 안와르 사다트 이집트 대통령과 메나헴 베긴 이스라엘 총리 간에 평화조약 협상이 이루어졌던 건물을 보고 나서, 바라크는 캠프 데이비드에서 구체적인 일을 진행하는 것에 대해서 깊은 관심을 보였다.

나는 그 즈음에 북아일랜드평화회담을 재개하는 문제에도 신경을 쓰고 있었다. 신페인당과 통일당은 아일랜드공화국군의 무장해제를 새로운 정부가 들어서기 이전으로 할 것인가, 이후로 할 것인가를 놓고 의견이 나뉜 끝에 교착상태에 빠져 있었다. 나는 바라크에게 북아일랜드의 상황을 설명해주었다. 그는 아일랜드가 겪고 있는 문제와 이스라엘이 겪고 있는 문제 사이의 유사성과 차별성에 대해서 깊은 관심을 드러냈다.

다음 날, 존 케네디 2세와 그의 부인 캐럴린, 그의 누이 로런이 비행기 사고로 사망했다. 존 케네디가 조종하던 소형 비행기가 매사추세츠의 해안에서 추락하면서 일어난 사고였다. 나는 1980년대에 처음 만난 이후로 존 케네디에게 호감을 가지고 있었다. 그는 당시 법대생으로 로스앤젤레스 미키 캔터의 회사에서 인턴직원으로 일하고 있었다. 그 후 그는 1991년 뉴욕 선거유세 때 나를 찾아왔다. 그리곤 사고가 있기 얼마 전에 캐럴린과 존 케네디 부부에게 백악관 내의 거주공간을 소개하며 즐거운 시간을 보낸 적이 있었다. 테드 케네디는 가족의 장례식에서 다시 한 번 멋진 송덕문을 낭독했다. "아버지도 그랬지만, 존 역시 모든 재능을 타고난 사람이었습니다."

7월 23일, 모로코의 국왕 하산 2세가 70세의 나이로 사망했다. 그는 미국에 대해 우호적인 사람이었고, 중동평화회담의 강력한 지지자였다. 나는 그와 개인적으로 친밀한 관계를 유지하고 있었다. 부음을 접하자, 나는 부시 전 대통령과 힐러리, 첼시와 함께 모로코로 떠났다. 무바라크 이집트 대통령, 야세르 아라파트 팔레스타인해방기구 의장, 자크 시라크 프랑스 대통령을 비롯한 각국 지도자들과 함께 말이 끄는 왕의 관 뒤에 서서 바라트 시내를 지나 5킬로미터에 이르는 거리를 걸었다. 100만 명이 넘는 사람들의 행렬이 울부짖고 소리치면서 서거한 국왕에 대한 존경심을 표현했다. 슬픔에 사로잡혀 아우성치는 엄청난 규모의 장례행렬은 내가 참석했던 행사 중에서 몇 안 되는 충격적인 것이었다. 만일 하산 자신이 그 행렬을 보았어도 내 말에 동의했을 것이다.

나는 하산의 아들이자 후계자인 모하마드 6세와 회동한 후, 귀국해서 며칠간 일을 하다가 다시 사라예보로 떠났다. 이곳에서 나는 유럽 각국 지도자들과 함께 발칸 제국의 단기적 요구와 장기적 성장을 지원하기 위한 안정협약 문제를 논의했다. 협의된 내용은 발칸 반도 국가들의 상품에 대해 문호를 확대하고, 동남유럽 국가들이 세계무역기구에 가입할 수 있도록 노력하며, 민간투자를 장려하기 위해서 차관과 신용보증을 제공한다는 것이었다.

예산 문제와 공화당이 제안한 세금감면의 규모와 분배 문제를 놓고 공화당 의원들과 입씨름을 하는 사이에 여름은 훌쩍 지나가버렸다. 무려 14개월 동안 터무니없이 지연되어오던 유엔 대사 딕 홀부르크가 비준을 받았다. 그리고 힐러리는 상원 출마 선언을 준비하고 있었다.

8월에 우리는 새집을 찾기 위해서 뉴욕을 두 바퀴나 돌았다. 8월 28일, 우리는 맨해튼에서 65킬로미터 거리의 차파쿠아에 있는 19세기 후기 양식의 농가를 발견했는데, 1989년에 대규모 증축이 된 별채가 있는 집이었다. 오래된 본관은 아늑했고, 새로 지은 별관은 넓고 밝았다. 이층으로 올라가 침실로 들어선 순간, 나는 힐러리에게 이 집을 사자고 말했다. 그 침실은 1989년의 새로 증축된 곳으로, 침실 천장은 엄청나게 높았고 뒤뜰을 향해서 유리로 된 문들이 줄지어 나 있고 양쪽 벽에는 커다란 창문이 있었다. 힐러리는 뭐가 마음에 드는지 물었다. 나는 대답했다. "당신은 이제 곧 힘겨운 선거운동을 시작해야 되잖아. 그러다 보면 기분이 안 좋은 날도 있을 거야. 이 아름다운 침실은 빛이 가득하니까, 당신은 매일 아침 상쾌한 기분으로 일어날 수 있지 않겠어."

8월 말에, 나는 애틀랜타로 가서 카터 전 대통령 부부에게 백악관을 떠난 뒤에 민간인 자격으로 했던 특별한 활동들을 기리기 위해 자유매달을 수여했다. 그리고 며칠 후 백악관에서 특별한 미국인들 몇 사람에게 상을 주었다. 수상자 중에는 포드 전 대통령과 로이드 벤슨을 비롯해서 민권, 노동, 민주화, 환경 분야의 활동가들이 포함되어 있었다. 포드 전 대통령이나 벤슨만큼 이름이 알려지지 않은 사람들도 저마다 미국을 위해서 특별하고 고된 기여를 한 사람들이었다.

나는 선거운동에도 가끔 참여했다. 앨 고어와 함께 아칸소로 가서 토박이 농부들과 만나고, 남부 전역의 흑인 지도자들을 만나고, 예전에 나를 후원했던 사람들이 대부분인 대규모 후원위원회도 만났다. 나는 힐러리를 위해 마사스 비니어드에서 열린 행사에서 연설과 색소폰 연주를 하기도 하고, 뉴욕에서 열리는 행사에 함께 참석하기도 했다. 한번은 시러큐스에서 열린 주 농산물 경진회장에 들렀는데, 농부들을 다시 만나니 그렇게 편안할 수가 없었다. 나는 힐러리와 고어의 선거운동을 돕는 것이 좋았다. 평생 남의 도움만 받고 살던 내가 정치에 입문하던 때와 똑같은 방식으로, 내가 믿는 사람들의 선거운동을 도와주며 정치 인생을 마무리하는 처지가 된 셈이었다.

　9월 초에, 헨리 시스네로스가 자신을 기소했던 독립변호사 데이비드 배릿과의 소송을 마감했다. 그는 1993년에 중앙정보국의 심문을 받는 동안 개인지출을 대폭 줄여서 진술한 것 때문에 18개의 중죄 항목으로 기소된 상태였다. 재판이 시작되기 전날, 배릿은 도저히 이길 수 없다는 생각을 하고 시스네로스에게 협상을 제안했다. 하나의 경범죄 혐의에 대한 유죄 인정, 1만 달러 벌금형, 그리고 징역 면제가 그 내용이었다. 시스네로스는 장기간의 소송에 들어갈 엄청난 비용을 걱정하여 그 제안을 받아들였다. 배릿은 4년 동안 이 선량한 사람을 괴롭히느라 900만 달러가 넘는 납세자의 돈을 탕진했다. 그 일이 있기 몇 주 전, 이 사건과 관련된 독립변호사법은 시효가 만료되었다.

　9월에는 대부분의 시간을 외교 문제에 전념해야 했다. 9월 초에는 매들린 올브라이트와 데니스 로스가 가자지구로 가서 에후드 바라크와 야세르 아라파트의 회담을 지원했다. 양국 정상은 와이리버 협정을 이행하기 위한 다음 단계의 합의에 도달했다. 그 내용은 팔레스타인 사람들을 위한 항구와 서안지구와 가자지구를 연결하는 도로 건설을 허용하고, 서안지구의 11퍼센트를 이양하며, 350명의 죄수들의 석방하는 것이었다. 올브라이트와 로스는 다마스쿠스로 가서 아사드 시리아 대통령에게 빠른 시일 내에 평화회담을 열기 원하는 바라크의 희망을 전하고 응답을 해줄 것을 권했다.

　9월 9일에, 나는 아시아태평양경제협력체 정상회의에 참석하기 위해 뉴질랜드를 방문했다. 뉴질랜드 여행은 처음이었다. 첼시가 동행했고, 힐러리는 선거운동을 위해 집에 머물렀다. 정상회담에서 가장 크게 대두된 문제는 인도네시아와 관련된 것이었다. 동티모르에서 진행 중인 독립운동을 인도네시아군이 폭력적으로 진압하고 있었다. 동티모르는 이슬람교도가 가장 많은 인도네시아 한가운데에 자리 잡은 로마 가톨릭교도 지역으로 오랫동안 분쟁의 불씨를 제공해온 곳이었다. 대부분의 아시아태평양경제협력체 지도자들은 동티모르에 국제평화유지군을 파견하는 데 찬성했고, 오스트레일리아 총리인 존 하워드가 그 선두에 섰다. 처음에 반대를 하고 나섰던 인도네시아도 대세에 따를 수밖에 없었다. 오스트레일리아의 지도 아래 국제적인 연합으로 이루어진 병력이 동티모르에 파견되었다. 나는 하워드 총리에게 200여 명의 미군을 파견하여 연합군이 필요로 하는 병참지원을 제공하겠다고 약속했다.

나는 장쩌민 주석을 만나 세계무역기구 가입 문제에 대해서 토의했고, 김대중 한국 대통령, 오부치 게이조 일본 총리와의 합동회담을 통해 북한에 대한 공통된 입장을 재확인했다. 나는 보리스 옐친의 신임 총리이자 대통령 예정자인 블라디미르 푸틴을 처음 만났다. 푸틴은 옐친과 완전히 대조적이었다. 옐친은 덩치가 크고 단단해 보이는 반면, 푸틴은 오랫동안 무술을 해왔기 때문에 옹골차고 아주 튼튼해 보였다. 옐친은 언변이 유창했는데, 전직 국가안보위원회KGB 요원인 푸틴은 신중하고 간단한 말투가 몸에 배어 있었다. 나는 푸틴을 처음 만나자마자, 옐친이 자신의 건강 문제를 감안해서 러시아의 험난한 정치적·경제적 문제를 자신보다 훌륭하게 헤쳐나갈 수 있는 유능한 사람을 후임으로 선택했다는 생각이 들었다. 푸틴은 러시아의 이익을 방어하고 옐친의 성과를 보호하는 데 대단히 단호한 태도를 보였다.

뉴질랜드를 떠나기 전, 나는 첼시와 비서진과 함께 잠시 틈을 내어 아름다운 뉴질랜드의 국토를 둘러보았다. 제니 시플리 총리와 그녀의 남편인 버튼이 퀸스타운으로 우리를 초대했고, 나는 그곳에서 버튼과 함께 골프를 치고, 첼시는 시플리의 아이들과 함께 동굴 탐험을 하고, 나의 비서들은 높은 다리 위에서 번지점프를 즐겼다. 진 스펄링이 나에게 한번 해보라고 번지점프를 권했을 때, 나는 이렇게 말했다. "나는 할 수 있는 모든 종류의 자유낙하(위신의 급격한 하락을 의미함—옮긴이주)를 다 해본 사람이야."

우리가 마지막으로 방문한 곳은 크라이스트처치에 있는 국제남극센터였다. 그 기관은 미국이 남극에서 펼치는 여러 가지 활동의 근거지였다. 센터에는 남극과 같은 혹한이 되풀이되는 대규모 훈련시설이 있었다. 나는 그곳을 방문하면서 지구온난화 문제에 대한 우려가 깊어졌다. 남극은 대기의 온도를 식혀주는 거대한 냉방장치였다. 남극의 얼음에는 두께가 3킬로미터에 달하는 부분도 있었다. 그러나 대기의 온도가 높아지는 바람에, 남극의 얼음에서 로드아일랜드만한 크기가 떨어져나갔다.

나는 남극의 변화를 연구하는 것을 돕기 위해서 위성에서 찍은 남극 대륙의 모습을 시기별로 분류해놓은 위성사진의 비밀을 해제했다. 남극 방문에서 가장 흥미진진했던 일은 에드먼드 힐러리 경을 만난 것이었다. 그는 1950년대에 남극을 탐험하고 에베레스트의 정상 등반에 최초로 성공한 사람이었다. 하지만 무엇보다 중요한 것은 첼시의 엄마 이름이 그 사람의 이름을 딴 것이라는 사실이었다.

나는 귀국하자마자 뉴욕으로 가서 20세기의 마지막 유엔총회를 개최했다. 내가 대의원들에게 제시했던 세 가지 결의문의 내용은 다음과 같았다. 빈곤과 싸우고 세계화 경제에 인간적인 면모를 부여하기 위한 노력을 배가할 것, 인종, 종교, 부족 간의 갈등으로 인한 무고한 사람들의 희생을 예방하거나 중지시키기 위한 노력을 배가할 것, 핵무기, 생물학무기, 화학무기를 무책임한 나라들이나 테러리스트 집단이 사용하지 못하도록 노력을 강화할 것.

9월 말에, 나는 국내 문제로 관심을 돌렸다. 나는 공화당의 세금감면안에 대해 거부권을 행사했다. 그들이 제시한 세금감면 규모가 '너무 크고, 너무 부풀려져 있어서' 미국의 경제에 큰 부담을 지울 것이라는 판단 때문이었다. 현재의 예산 하에서 그 법안이 통과되면, 교육, 건강보험, 환경보호와 관련된 막대한 예산감축을 해야 하고, 사회보장신탁기금과 메디케어신탁기금의 운영기한을 늘리고 시급한 처방의약품에 대한 혜택을 메디케어에 추가하려는 계획을 포기해야 할 판이었다.

우리는 1999년에 1,000억 달러의 재정흑자를 볼 것으로 예상하고 있었다. 하지만 공화당이 제시한 세금감면안을 따를 경우, 10년에 걸쳐 1조 달러의 예산이 들어갔다. 공화당은 그것이 잉여 추정치에 근거한 것이라고 합리화했다. 이 문제에 관해서는 그들보다 내가 훨씬 더 보수적이었다. 만일 추정을 잘못하면 적자가 돌아올 테고, 그렇게 되면 이자율이 상승하고 성장이 늦춰질 터였다. 지난 5년 동안, 의회예산실의 추정치는 매년 평균 13퍼센트씩 빗나갔고, 행정부의 추정치는 실제 수치에 근접했다. 따라서 그들의 추정치를 따르는 것은 무책임하게 모험을 하는 것이었다. 나는 공화당에게 1996년 초당적인 복지제도 개혁법안과 1997년 균형예산법을 만들어낼 때의 정신으로 백악관, 민주당과 협력해달라고 요청했다.

9월 24일, 힐러리와 나는 올드 이그제큐티브 오피스 빌딩에서 임시 양부모가 보호하는 아동들의 정식 입양을 증대시키려는 초당파적인 노력의 성공을 축하하는 행사를 개최했다. 법이 통과된 이후, 입양된 아이들의 수는 2년 동안 30퍼센트나 증가했다. 나는 20년이 넘도록 이 문제와 관련하여 활동을 해온 힐러리와 스스로 자녀를 입양하고 이 개혁에 대해서 열렬한 지지를 보냈던 톰 딜레이의 노고를 치하했다. 나는 공화당과 초당파적인 노력을 기울여 이룬 성과를 자축하는 자리를 더 많이 가지고 싶었다. 하지만 딜레이는 이것이 단 한 번의 예외일 뿐이며, 적과 호흡을 맞춰 행동한다는 것은 아무 의미가 없다고 생각했다.

10월 초에 다시 양당간의 갈등이 첨예해졌다. 상원의 공화당이 당 노선을 따라 로니 화이트 판사의 연방 지방판사 지명을 거부했다. 화이트는 미주리 주 대법원 최초의 아프리카계 미국인 판사로서 대단히 존경받는 사람이었다. 미주리의 주지사 멜 카나한과 상원의원 자리를 놓고 다투던 보수적인 상원의원 존 애시크로프트가 사형 문제에 관한 화이트의 기록을 왜곡하여, 그가 사형을 반대하는 판사라고 공격했다. 화이트의 지명이 거부된 것은 바로 이 일 때문이었다. 그런데 실제로 화이트는 자신에게 올라온 사형 선고 사건의 70퍼센트를 확정한 사람이었다. 화이트가 반대투표를 한 사건들 가운데 절반 이상은 만장일치로 이루어져야 하는 주 대법원의 규정에 따른 것이었다. 애시크로프트가 이런 중상모략을 공화당 동료들에게 들이댄 목적은 사형을 찬성하는 유권자들이, 화이트를 지지하는 카나한 주지사에게 등을 돌리도록 만들려는 것이었다.

대통령 임명직 비준 과정을 정치적으로 이용했던 사람은 애시크로프트 한 사람만이 아니었다. 제시 헬름스 상원의원은 아프리카계 미국인 판사가 한 명도 없었던 제4순회항소법원에 임명한 흑인 판사에 대해서 몇 해째 반대표를 행사하고 있었다. 공화당 의원들은 그러고도 아프리카계 미국인들이 왜 자신들에게 표를 주지 않는지 깨닫지 못하고 있었다.

양당의 의견차이는 핵실험금지조약에서도 빚어졌다. 이 조약은 아이젠하워 이후로 공화당 출신이냐 민주당 출신이냐를 가리지 않고 모든 대통령들이 지지해왔던 조약이다. 합동참모본부 역시 조약에 대해서 찬성하는 입장이었고, 핵 전문가들은 무기의 안전성을 점검하기 위한 실험이 필수적인 것은 아니라고 말했다. 하지만 이 조약은 비준에 필요한 상원의원 3분의 2의 동의를 얻지 못했다. 트렌트 로트는 내게 재임 중에 다시는 그 조약 비준을 상정하지 않겠다는 약속을 하라고 주장했다. 공화당 상원의원들이 공화당의 전통적인 우익적 입장을 고수하느라 그러는 건지, 아니면 단순히 나에게 또 한 번 승리를 안겨주기 싫어서 그러는 건지 이해할 수 없었다. 하지만 핵실험방지조약에 대한 비준 거부는 다른 나라들에 대해서 핵무기 개발 및 실험을 금지해야 한다는 미국의 입장을 약화시키는 것이었다.

나는 앨 고어를 비롯한 민주당원들을 위한 정치적 행사에 쉬지 않고 참여했다. 고어와 나를 강력하게 지지했던 동성애자권리 활동가들과 함께 하는 행사에도 두 번 참여했다. 행정부 직원들 중에는 커밍아웃한 사람들이 꽤 많이 있었고, 당시 우리는 고용차별금지법과 증오범죄방지법안을 강력하게 밀어붙이고 있었다. 증오범죄방지법안은 인종, 신체장애, 성적 경향을 이유로 이루어지는 범죄를 연방법 위반으로 규정하는 법안이었다.

나는 시간이 날 때마다 뉴욕으로 가서 힐러리를 도왔다. 힐러리의 유력한 경쟁자는 뉴욕 시장인 루디 줄리아니였다. 그는 논쟁을 좋아하는 호전적인 인물이었지만 일반적인 공화당원들에 비해서는 덜 보수적인 편이었다. 그와 나는 캅스 프로그램과 총기안전정책에 대한 입장이 같았기 때문에 서로에 대해서 우호적인 편이었다.

조지 W. 부시는 공화당 후보 지명전 승리가 유력해 보였다. 다른 경쟁 후보들은 거의 떨어져나가고, 상원의원 존 맥케인이 유일한 경쟁자로 남아 있었다. 부시의 선거운동은 대단히 인상적이었다. 아이오와의 어느 농장에서 부시가 '온정적인 보수주의'라는 슬로건으로 연설을 하는 것을 처음 보았을 때부터 그랬다. 나는 제법 그럴듯한 슬로건이라고 생각했다. 부동표를 지지율이 65퍼센트에 달하는 행정부에 반대하는 쪽으로 끌어오기 위해서 그가 사용할 수 있는 유일한 논리라고 할 만했다. 우리 행정부가 1,900만 개의 일자리를 창출했으며, 경제가 7년째 연속해서 성장하고 있고 범죄가 줄어들고 있다는 사실을 반박할 도리는 없었다. 그가 동요하는 유권자들에게 보내는 온정적인 보수주의의 메시지는 바로 이런 것이었다. "나는 더 작은 정부, 더 큰 세금감면을 실시하되, 당신에게는 현재와 똑같은 조건을 제공하겠습니다. 어때요, 마음에 들지 않습니까?"

부시는 대부분의 현안에서 보수적인 공화당 의원들과 같은 입장을 유지하고 있었다. 하지만 그는 의회에서 통과된 예산이 가난한 사람들에게 지나치게 가혹하다며 공화당 의원들을 비판했다. 그는 현재의 예산은 부유한 미국인들에 대한 세금은 줄이면서도 소득세공제 폭을 줄임으로써 저소득층 미국인들에게는 세금을 올리는 셈이 되었다고 주장했다.

부시가 만만찮은 적수이긴 했지만, 나는 앨 고어가 승리할 것이라고 생각했다. 하기야 부통령 임기를 끝내고 바로 대통령에 당선되었던 경우는 마틴 밴 뷰런과 조지 H. W. 부시뿐이었다. 하지만 나라의 형편이 좋고 행정부에 대한 국민들의 지지도가 높았기 때문에 낙관적인 전망을 하고 있었다. 대통령에 출마했던 부통령들은 모두 두 가지 문제를 안고 있었다. 대부분의 사람들이 부통령 시절의 업적을 모르고 있고, 행정부에서 쌓은 성과들을 인정해주지 않는다는 점과 항상 보좌역에나 어울릴 사람으로 생각하는 경향이 있다는 점이다. 나는 고어에게 이런 문제가 생기지 않게 하기 위해서 그에게 여러 가지 중요한 임무를 맡겼고, 우리의 성공에 귀중한 기여를 한 것에 대해서 대중적인 인정을 받을 수 있도록 배려하는 등 여러 가지 방법을 써왔다. 앨 고어가 역사상 가장 적극적이고 실력 있는 부통령이라는 것은 분명한 사실이었지만, 인식과 현실 사이에는 여전히 커다란 격차가 있었다.

고어가 부딪혔던 가장 큰 도전은 우리 행정부가 올린 성과의 혜택을 받으면서도 한편으로는 어떻게 독립성을 부각시키느냐 하는 것이었다. 그는 이미 나의 개인적인 실수에 대해서는 유감으로 생각하고 있지만, 미국 국민들을 위해서 이루어놓은 성과에 대해서는 자랑스럽게 생각한다고 말했다. 이제 그는 차기 대통령이 누가 되든 변화는 피할 수 없다는 것을 역설하고, 유권자들에 대해서 옳은 방향으로 변화해나갈 것인지, 아니면 다시 후퇴해서 과거와 같은 정책 실패로 돌아갈 것인지 판단하도록 요구해야 했다. 부시 주지사는 통화침투설 경제학으로 회귀할 것을 노골적으로 옹호하고 있었다. 미국 경제는 12년 동안 통화침투설에 따라 운영되었고, 그 후 7년 동안은 우리 방식으로 운영되어왔다. 물론 우리 방식이 훨씬 효율적이었고, 그것을 입증할 수 있는 증거도 있었다.

선거운동을 통해서 고어는 유권자들에게, 나는 대통령직을 떠나겠지만 탄핵을 주도하고 스타 검사를 지지했던 공화당 의원들은 남아 있을 거라는 사실을 상기시킬 수 있었다. 미국은 공화당원들이 다시 예전과 같은 식으로 의원직을 남용할 수 없도록 견제하고, 연방정부 폐쇄 사태부터 시작해서 예산안 싸움 과정에서 내가 저지했던 공화당의 가혹한 정책들을 계속 막아낼 수 있는 대통령이 필요했다. 유권자들이 선거를 미국의 미래를 선택하는 행위로 여기고 과거에 공화당이 했던 행동들을 기억하게 되면, 판세는 민주당에게 유리할 것이 분명했다. 불과 1년 전의 선거 결과가 그것을 보여주고 있었다.

언론을 통해서, 내가 고어의 선거전에 불리한 영향을 줄 것이라는 이론을 내세우는 사람들이 나타났다. 고어와 나는 전화로 이런 이론에 대해서 재미있는 대화를 나누었다. 나는 고어의 당선이 가장 중요한 일이라고 생각한다면서, 고어의 당선에 도움이 된다면 「워싱턴 포스트」 사옥 정문 앞에 서서 고어가 휘두르는 채찍을 맞는 것도 마다하지 않겠다고 말했다. 고어는 시치미를 뚝 떼고 말했다. "그거 여론조사를 해봐야겠는데요." 나는 웃으면서, "내가 셔츠를 입고 맞는 게 나을지, 벗고 맞는 게 나을지 두고 봅시다"라고 말했다.

10월 12일, 파키스탄 총리 나와즈 샤리프가 군사쿠데타로 총리직에서 물러났다. 쿠데타를 주도한 사람은 파키스탄 부대를 카슈미르의 군사분계선 너머로 투입했던 무샤라프 장군이었다. 나는 민주주의적 절차가 훼손된 것에 대해서 우려를 표하고, 최대한 빨리 민간 정부를 복구시킬 것을 촉구했다. 무샤라프의 집권으로 인해서 우리는 당장 한 가지 변화에 직면해야 했다. 오사마 빈 라덴을 체포 또는 살해하기 위한 파키스탄 특공대를 아프가니스탄에 투입하려 했던 프로그램이 취소되고 말았던 것이다.

10월 중순에, 케네스 스타가 독립변호사직 사퇴를 선언했다. 센텔 판사는 그의 후임으로 스타를 보좌했던 로버트 레이를 임명했다. 그는 예전에도 마이크 에스피를 기소했다가 패배한 도널드 스몰츠를 보좌했던 경력이 있었다. 레이는 임기가 끝나가는 내 몸에서 자기 몫의 살덩이를 잘라가고 싶어했다. 그는 내게 선서증언에서 위증을 했다는 것을 시인하는 진술서를 제출하고, 자신이 독립변호사의 조사를 중단하는 대가로 나의 변호사 자격을 잠정적으로 정지하는 데 동의할 것을 요구했다. 그는 나를 기소할 생각은 없는 것 같았다. 탄핵 절차 중에 초당파적으로 구성된 검사단이 책임감 있는 검사라면 나를 기소하지 않을 것이라고 밝혔던 사실을 생각해봐도 그것은 분명했다.

하지만 나는 의도적으로 위증을 한 일이 없다고 생각했기 때문에, 의도적인 위증 사실을 시인하라는 데는 도저히 동의할 수 없었다. 나는 증언했던 내용을 꼼꼼히 읽으면서 내가 정확하지 않은 대답을 했던 경우가 두어 가지 있다는 것을 발견했다. 나는 레이에게 법률이 정하는 대로 증언을 하려고 노력했지만, 몇 군데 대답에서 잘못된 곳이 있었음을 인정하는 내용의 진술서를 보냈다. 그는 그 진술을 받아들였다. 6년여의 세월과 7,000만 달러의 소송비용을 허비하고 나서야 화이트워터는 막을 내렸다.

모든 사람들이 내게서 살덩이를 떼어가려고 하는 것은 아니었다. 10월 중순, 나는 고등학교 동기들을 백악관으로 초청해서 35회 고등학교 동창회를 가졌다. 5년 전의 30회 동창회에 이어 백악관에서 가지는 두 번째 동창회였다. 몇몇 동기들이 내게 지난 7년 동안 생활형편이 많이 좋아졌다고 말했다. 아버지를 따라온 어느 젊은이는 내가 훌륭한 대통령이었다고 생각한다면서, "내가 당신이 가장 훌륭하다고 생각했을 때는 탄핵 음모에 맞서 싸울 때"였다고 말했다. 나는 실수를 범하거나 불행한 일을 당해서 절망감에 빠졌던 경험이 있는 사람들에게서 이런 말을 자주 들었다. 내가 그런 사람들과 계속 공감대를 유지해온 것은 사실이었다. 그들이 나와 공감대를 유지하려고 해왔으니 나도 그럴 수밖에.

10월 말에는 상원의 의사진행방해 때문에 선거운동자금개혁법이 다시 부결되었고, 15만 명의 미국인들이 활동하고 있는 자원봉사단 아메리코의 창립 5주년 기념식이 있었다. 힐러리와 나는 자선기부활동을 촉진하기 위해서 백악관자선협의회를 개최했다. 힐러리 생일에는 1992년에 브로드웨이의 인기인들이 나를 후원하기 위해서 열었던 행사를 본떠 '힐러리를 지지하는 브로드웨이'라는 이름의 기념행사를 가졌다.

11월 초에 나는 이스라엘과 팔레스타인 간의 협상이 진행되고 있는 오슬로를 방문했다. 암살당한 이츠하크 라빈의 4주기 추도식에 참석해서 그를 추도하고, 평화과정의 재개에 열의를 보이고 있는 두 정상과 자리를 함께 했다. 분데빅 노르웨이 총리는 오슬로회담을 통해 평화과정이 진전되기를 바라고 있었다. 미국대사인 데이비드 허믈린은 다혈질의 노르웨이계 유대인으로, 바라크와 아라파트를 회담장에 끌어들이기 위해서 갖은 노력을 다했다. 이스라엘의 시몬 페레스와 레아 라빈도 회담에 참석했다. 회담은 바라던 성과를 올렸다. 나는 바라크와 아라파트가 이미 평화과정을 마무리할 결심을 굳히고 있다는 것을 알고 있었고, 평화과정은 2000년에 완결되었다.

그 즈음에 언론계의 몇 사람이 내게 국민들에게 어떤 대통령으로 기억되고 싶은지 물어오기 시작했다. 경제 번영을 가져온 인물로 알려지길 원하느냐, 평화중재자로 알려지길 원하느냐? 나는 구체적인 성과들은 물론이고 내가 원했던 미국의 모습과 가능성까지 포함하는 답변을 궁리해보았다. 그러나 사실 나는 그런 것을 생각할 겨를이 없었다. 나는 임기 마지막 날까지 열심히 일하고 싶었다. 내가 남긴 유산이 있다면, 내 입으로 말하지 않아도 어차피 드러날 것이다. 아마 내가 죽고 나서 오랜 세월이 흘러야 할지도 모르지만.

11월 4일, 나는 두 번째 '뉴 마켓' 순방을 시작했다. 방문예정지 중에는 뉴어크, 하트포드, 아칸소 주 허미티지 등이 있었다. 허미티지는 내가 1970년대 말에 토마토 농장의 이주노동자들을 위한 숙소를 마련하기 위해서 활동했던 작은 타운이었다. 마지막 방문지는 시카고였다. 시카고에는 제시 잭슨과 이 정책을 지지하기로 결심한 해스터트 하원의장도 동행했다. 제시 잭슨은 세로줄 무늬가 있는 고급 양복을 입은 근사한 차림이었다. 나는 그를 보고 하원의장답지 않게 '요즘 공화당원들처럼' 차려입었다고 농담을 했다. 나는 해스터트가 지지하고 나서는 것을 보고 기분이 좋았다. 다음 해에는 틀림없이 이 법안을 통과시킬 수 있을 것 같았다.

11월 둘째 주, 나는 앨 프롬과 함께 최초의 온라인 대통령 시민대표자회의에 참석했다. 내가 대통령에 취임한 뒤로, 웹사이트의 숫자는 50개에서 900만 개로 늘어났고, 새로운 페이지는 한 시간에 10만 개씩 늘어나고 있었다. 내 기록습관을 뒤바꿔놓은 음성인식 소프트웨어는 요즘에는 흔한 것이지만, 당시에는 새로운 것이었다. 시민대표자회의에서 두 사람이 내게 백악관을 떠나면 무엇을 할 것이냐는 질문을 던졌다. 나는 퇴임 후의 완벽한 인생계획은 세운 적이 없었다. 하지만 나의 집무기록을 보관할 대통령 도서관을 세울 계획은 가지고 있었다.

나는 대통령 도서관에 대해서, 그리고 재임기간에 있었던 일들을 도서관에 전시하는 문제에 대해서 많은 구상을 했다. 대통령은 자신의 자료관을 세우고 유지할 돈을 마련하기 위해서 후원금을 모아야 한다. 그러면 국립문서보관소는 자료를 정리할 직원을 제공한다. 나는 몇몇 건축가들이 지은 건물들을 살펴보고, 대통령 도서관 여러 곳을 방문했다. 대통령 도서관을 찾는 대부분의 사람들은 전시물을 보러 오는 것이지만, 건물은 기록물을 보존하기에 적합하도록 건축되어야 한다. 나는 전시실을 개방형으로 밝고 아름답게 만들고, 21세기를 향하여 전진해나가는 미국의 모습을 드러낼 수 있는 방식으로 자료들을 전시하고 싶었다.

나는 짐 폴셰크 건축회사를 선택했다. 나는 그가 지은 뉴욕의 '지구와 우주를 위한 로즈 센터'가 마음에 들었다. 그 건물은 강철과 유리로 된 구조물 안에 거대한 원형 구조물이 세워져 있었다. 그리고 나는 랠프 애플봄에게 자료 진열을 맡아달라고 부탁했다. 그가 진열을 맡은 워싱턴 홀로코스트 박물관이 제일 마음에 들었기 때문이다. 나는 벌써 이들 두 사람과 일을 시작한 상태였다. 도서관이 완공되기 전에, 폴셰크는 걸핏하면 나를 보고 자기가 만난 고객 중에 가장 골치 아픈 고객이라고 말하곤 했다. 6개월 만에 한 번 만나는데도, 설계에 조그만 변화라도 있으면 그것을 알아차리고 꼬치꼬치 캐물었으니 그럴 만도 했다.

나는 도서관을 리틀록에 세우고 싶었다. 그곳은 내가 고향으로 여기는 곳이었다. 또 대통령 도서관은 뉴욕이나 워싱턴으로 여행할 일이 없는 사람들도 쉽게 찾아갈 수 있는 미국의 심장부에 세워야 한다고 생각했다. 리틀록 시는 짐 데일리 시장과 시의원 딘 컴퍼리스의 주도로 내게 아칸소 강변의 부지 27에이커를 제공했다. 그곳은 구시가지에 속하는 곳이었지만 새로 개발되고 있었고, 아칸소 시절의 중요한 기억들이 깃들어 있는 구의사당에서 멀지 않은 곳이었다.

또한 나는 나의 인생과 대통령 직무에 관한 책을 쓰고 싶었다. 소송비용을 지불하고, 집을 한 채 사고, 힐러리가 상원의원에 당선될 경우에는 또 한 채를 사고, 힐러리와 첼시를 위해서 저축도 해두려면, 3, 4년 동안 열심히 일해야 했다. 그리고 남은 인생은 공적인 활동에 바치고 싶었다. 지미 카터는 대통령 임기가 끝난 후에도 정력적인 활동을 펼치고 있었는데, 나도 그렇게 하고 싶었다..

11월 중순, 열흘 일정으로 터키, 그리스, 이탈리아, 불가리아, 코소보를 순방하기 위해서 떠나는 날, 나는 키프로스 대통령 글라프코스 클레리데스와 터키계 키프로스 지도자 라우프 덴크타시가 12월 초에 뉴욕에서 '긴밀한 회담'을 가진다는 코피 아난 사무총장의 발표를 듣고 환호성을 질렀다.

키프로스는 1960년에 영국에서 독립한 나라로, 1974년에는 대통령직에 있던 마카리오스 대주교가 그리스 군사정권이 조종한 쿠데타로 실각하고 말았다. 이에 터키군이 터키계 키프로스인들을 보호하기 위해 병력을 투입함으로써, 키프로스는 분할되고 북키프로스 터키 공화국이 만들어졌다. 그러자 많은 그리스인들이 북키프로스를 떠나 남쪽으로 이주했다. 그 후 이 섬은 분할되었고, 터키와 그리스 간의 갈등은 깊어져갔다. 그리스는 키프로스에 주둔하는 터키군의 철수를 원하고 있었고, 그리스인들이 북쪽 지역으로 되돌아갈 수 있는 방안을 모색하고 있었다.

오랫동안 이 문제를 해결하기 위해서 노력해온 나는 코피 아난 사무총장의 노력이 성공을 거두게 되기를 간절히 바랐다. 하지만 이 회담은 성과를 거두지 못했다. 나는 임기를 마칠 때, 키프로스가 그리스와 터키가 화해하는 데 있어, 또한 터키가 유럽에서 환영받는 나라가 되는 데 있어 장애물로 남아 있는 것을 섭섭한 마음으로 지켜보아야 했다.

우리는 마침내 공화당 지도부와 주요 예산안 세 가지에 대해서 합의에 도달했다. 합의된 내용은 신규 교사 10만 명에 대한 자금을 지원하고, 방과 후 활동에 참여하는 학생 수를 두 배로 늘리고, 체납된 유엔 회비를 지불하는 것이었다. 매들린 올브라이트와 딕 홀부르크는 제시 헬름스를 비롯해서 유엔에 대해 회의적인 사람들과 유엔 회비 문제를 풀려고 오랫동안 노력해 왔다. 홀부르크는 이 문제에 보스니아 평화 문제에 들인 시간보다 훨씬 더 많은 시간을 들여야 했다. 홀부르크가 아니었다면 어느 누구도 할 수 없는 일이었다.

나는 힐러리, 첼시와 함께 5일 일정으로 터키에 도착했다. 특별히 긴 일정이었다. 나는 두 차례의 대지진을 겪은 터키 사람들을 도와주고, 미국, 유럽과 함께 복구활동을 펴나가도록 격려해주고 싶었다. 터키는 나토 회원국이었고, 유럽연합 가입을 희망하고 있었다. 터키의 유럽연합 가입은 내가 오랫동안 후원해온 일이었다. 한 나라의 미래가 어떻게 되느냐 하는 것이 21세기의 세계 전체에 큰 영향을 미치게 되는 경우가 있다. 터키는 그런 나라들 중의 하나였다. 그리스와 키프로스 문제를 해결하고, 억압으로 인해서 난폭해져 있는 쿠르드족과 화해하고, 세속적 이슬람 민주국가로서 정체성을 유지한다면, 터키는 새로운 중동의 구조를 짜나가는 관문이 될 수 있을 것이다. 중동의 평화가 드세지는 이슬람 극단주의 때문에 희생되는 경우에도, 안정되고 민주적인 터키는 그 세력이 유럽으로 확산되는 것을 막는 방파제 역할을 담당할 수 있을 것이다.

나는 데미렐 대통령을 다시 만나게 된 것이 반가웠다. 그는 터키가 동양과 서양을 연결하는 가교 역할을 하게 되기를 희망하고 있는 도량이 넓은 사람이었다. 나는 빌렌트 에체비트 총리와 터키 국회를 상대로 내가 생각하는 터키의 미래를 제시했다. 나는 그들에게 쿠르드족이나 그리스와 문제를 해결함으로써 고립주의와 국수주의를 거부하고, 유럽연합의 일원으로 자리 매김할 것을 역설했다.

다음 날 나는 이스탄불로 가서 그곳에서 활동하는 미국과 터키의 재계 지도자들에게 같은 내용의 연설을 했다. 이즈미트 근교의 천막촌에 가서 지진피해자들도 만났다. 우리는 모든 것을 잃어버린 가족들을 만났고, 그리스를 비롯해서 지진피해자들을 돕고 있는 여러 나라들에 대해서 감사한다는 내용의 연설을 했다. 터키가 지진의 공격을 받고 나서 얼마 되지 않아 그리스 역시 지진의 공격을 당했을 때, 터키는 그리스가 과거에 베풀어준 호의에 보답했다. 지진이 두 나라를 가깝게 만들 수 있었으니, 땅이 요동을 멈추었을 때도 이 두 나라는 함께 협력할 수 있을 터였다.

나의 터키 출장에서 터키인들에게 가장 깊은 인상을 심어준 것은 지진피해자 방문이었다. 어느 날 한 어린아이를 품에 안았더니, 그 아이가 손을 뻗어 내 코를 쥐었다. 첼시도 어렸을 때 내 코를 쥐는 걸 좋아했다. 어느 사진기자가 그 장면을 찍었고 다음 날 터키 신문마다 그 사진이 실렸다. 어느 신문에는 '그는 터키 사람이다!'라는 제목과 함께 그 사진이 실려 있었다.

나는 가족과 함께 에페수스 유적지를 방문했다. 그곳에는 로마 제국에서 최대규모로 꼽히는 도서관과 성 바울이 설교를 했다는 노천 원형극장이 있었다. 나는 50개국이 참여하는 유럽안보협력기구 회의에 참석했다. 1973년에 설립된 이 기구의 목적은 민주주의와 인권, 법에 의한 통치를 진전시키는 데 있었다. 우리는 발칸반도 안정조약을 지지하고, 위기가 계속되고 있는 체첸 문제와 관련하여 러시아에 대한 테러행위와 비무장 체첸인들에 대한 과도한 무력사용을 중지하는 내용의 결의안을 지지했다. 나는 또한 카자흐스탄, 투르크메니스탄, 아제르바이잔, 그리고 그루지야의 지도자들과 이란을 통하지 않고 카스피해에서 서방으로 송유관을 건설하는 계획을 지지하는 협정서에 서명했다. 이란이 어떤 미래를 선택하느냐에 따라, 송유관 협정은 석유생산국과 석유소비국의 안정적인 미래에 엄청난 중요성을 가지게 될 수도 있었다.

나는 오트만 제국과 로마 제국 양국의 수도로서 무수한 역사적 유적을 가진 이스탄불에 크게 매혹되었다. 나는 화해를 도모하기 위해서, 정교회의 총대주교인 콘스탄티노플의 바르톨로메오스 1세를 방문했고, 터키 사람들에게 이스탄불의 정교회 수도원을 다시 열어달라고 부탁했다. 대주교는 내가 좋아하는 성경 구절인 「히브리서」 11장의 한 구절이 새겨진 아름다운 두루마리를 주었다. '믿음은 바라는 것들의 실상이요 보지 못하는 것들의 증거니'로 시작하는 구절이었다.

내가 터키에 있는 동안, 백악관과 의회는 예산안 합의에 도달했다. 합의된 내용 중에는 교육 정책 외에도 경찰증원기금, 국토유산 정책, 와이리버 협정 때 약속했던 지원금, 극빈국에 대한 채무감면정책이 포함되었다. 공화당원들은 세출예산안에 가장 파괴적인 반환경적 보완조항을 추가하지 않겠다고 약속했다.

북아일랜드에서도 좋은 소식이 있었다. 조지 미첼이 새로운 정부 구성과 무장 해제를 동시에 진행한다는 협상안을 이끌어낸 것이다. 토니 블레어 영국 총리와 버티 아헌 아일랜드 총리도 이것을 지지했다. 아헌은 나와 함께 터키에 있을 때 그 소식을 들었다.

아테네를 방문한 나는 이른 아침에 첼시와 함께 아크로폴리스를 둘러보고 나서, 1967년에 그리스를 장악한 반민주적 정권을 미국이 지지했던 것에 대해 공식적인 유감의 뜻을 전했다. 나는 터키의 유럽연합 가입을 조건으로 키프로스 문제 해결을 위해 노력하겠다는 약속을 재확인하고, 코소보 사태 때 협력해준 것에 대해 콘스탄티노스 시미티스 그리스 총리에게 감사의 말을 전했다. 그리스와 세르비아는 같은 정교회 신앙을 가지고 있었기 때문에, 코소보 문제에 개입하는 것 자체가 그로서는 대단히 어려운 일이었다. 총리는 키프로스 문제가 해결될 수 있다는 것을 전제로 터키와의 화해 문제와 터키의 유럽연합 가입 문제에 대해서 너그러운 태도를 보였다. 두 나라의 외무장관 조지 파판드레우와 이스마엘 셈은 미래를 내다보고 공동의 미래를 위해 협조하고 있었다. 하기야 그것이 유일한 합리적인 방법이었다.

나는 그리스에서 피렌체로 이동했다. 이탈리아 총리 달레마가 주최하는 '제3의 길' 회의에 참석하기 위해서였다. 이번 회의는 이탈리아 특유의 멋이 풍기는 회의였다. 만찬 때는 안드레아 보첼리가 노래를 불렀고, 아카데미상 수상 배우인 로베르토 베니니가 쉬지 않고 사람들을 웃겼다. 그와 달레마는 아주 잘 어울리는 한 쌍이었다. 두 사람 모두 마르고 열정적인데다, 언제 어디서나 웃음거리를 찾아내는 사람들이었다. 베니니는 나를 만나자마자 "사랑해요!" 하면서 내 품 안으로 뛰어들었다. 나는 이탈리아에서 공직 출마를 하는 게 어떨까 하는 생각이 들 정도로 이탈리아가 마음에 들었다.

그 회의는 그때까지 열렸던 '제3의 길' 회의 중에서 가장 알찬 회의였다. 토니 블레어, 유럽연합 집행위원 로마노 프로디, 독일 총리 게르하르트 슈뢰더, 브라질 대통령 엔리케 카르도소, 프랑스 총리 리오넬 조스팽이 함께 모여 여러 가지 진보적인 의견들을 교환했다. 21세기 국내정책과 외교정책과 관련된 내용도 있었고, 금융위기를 최소화하고 세계화의 혜택은 늘이되 폐단은 줄일 수 있도록 국제금융기구를 개혁하는 방안과 관련된 내용도 있었다.

11월 21일에, 첼시와 나는 불가리아로 갔다. 나는 불가리아를 방문한 최초의 미국 대통령으로 환영을 받았다. 나는 휘황하게 불이 밝혀진 알렉산더 네브스키 성당의 그림자 속으로 모여든 3,000명이 넘는 군중에게, 미국은 불가리아가 어렵게 얻은 자유와 경제적인 열망과 나토와의 동반관계를 지지하겠다는 내용의 연설을 했다.

추수감사절에 맞추어 귀국하기 직전에 코소보에 들렀다. 매들린 올브라이트와 웨스 클라크, 그리고 나는 그곳에서 열렬한 환영을 받았다. 내가 연설을 시작했는데도 몇몇 사람들이 내 이름을 연호하는 바람에 연설을 계속하기가 어려웠다. 나는 사람들의 열정적인 분위기를 깨고 싶지는 않았지만, 반드시 내 당부를 들어야 한다는 생각 때문에 열심히 이야기를 했다. 나는 청중에게 과거의 만행에 대한 분노에 사로잡혀서 세르비아 소수파에 대해서 앙갚음을 하지 말라고 당부했고, 코소보 내 여러 정파의 지도자들에게도 개별적으로 같은 내용을 당부했다. 그날 오후에 나는 본드스틸 기지를 방문해서 미군의 노고를 치하하고, 그들과 함께 때 이른 추수감사절 만찬을 즐겼다. 군인들은 자신들이 해온 활동들에 대해서 자부심을 가지고 있었고, 젊은 병사들 사이에서는 나보다 첼시가 훨씬 인기가 높았다.

여행 중에, 나는 중국의 세계무역기구 가입 협상을 마무리하기 위해서 샬린 바셰프스키와 진 스펄링을 중국으로 보냈다. 협상이 좋은 성과를 거둬야 중국과 미국의 지속적인 무역관계를 정착시킬 수 있는 법률을 통과시킬 수 있을 터였다. 스펄링이 온 것을 보고 중국 측은 내가 협상을 후원하고 있다는 확신을 가지게 되었다. 하지만 협상은 어렵게 진행되었다. 결국 우리는 덤핑이나 수입 홍수를 막을 수 있는 보호조치들과 미시간 민주당 하원의원 샌디 레빈이 지지했던 자동차 시장 개방에 합의했다. 샌디 레빈의 지지는 지속적인 정상적 무역관계와 중국의 세계무역기구 가입에 대한 의원들의 지지를 보증하는 것이었다. 진과 샬린의 노고가 컸다.

추수감사절 직후, 데이비드 트림블의 얼스터통일당이 새로운 평화협정을 승인함으로써 새로운 북아일랜드 정부가 구성되었다. 데이비드 트림블이 초대 총리를, 존 흄의 사회민주노동당 출신 셰이머스 말론은 초대 부총리를, 신페인당의 마틴 맥기네스는 교육부 장관을 맡았다. 얼마 전에는 상상도 할 수 없던 일이 벌어지고 있었다.

12월, 시애틀에서 세계무역기구 회의가 열렸을 때, 세계화에 반대하는 세력들의 격렬한 항의가 중심가를 뒤흔들었다. 내가 회의 참석자들에게 말했듯이, 대부분의 시위자들은 온건했고 정당한 불만을 표출하고 있었다. 국가간 상호의존의 과정은 거꾸로 되돌릴 수는 없는 것이지만, 세계무역기구는 무역이나 환경과 관련된 문제에 대해서 보다 개방적이고, 보다 민감해져야 했고, 세계화로 인해서 혜택을 받는 부유한 나라들은 하루 2달러에도 못 미치는 소득에 의지해 살고 있는 가난한 나라들에 혜택을 주기 위해 더 많은 노력을 기울여야 했다. 시애틀 회의가 끝난 후, 국제 금융 회의들에 대한 시위자 수는 더욱 늘어났다. 뒤로 밀려났거나 완전히 배제되었다고 생각하는 사람들의 우려에 대해 아무도 답하는 사람이 없는 한, 이런 시위는 계속될 게 분명했다.

12월 초에, 나는 지난 7년 동안 우리 경제는 2,000만 개 이상의 일자리를 늘렸고, 그중에 80퍼센트가 평균 임금을 넘는 임금을 받는 직업군에 속하게 되었으며, 아프리카계와 남미계 미국인들의 실업률이 사상 최저를 기록했으며, 여성실업률이 1953년 이후 최저를 기록했다는 사실을 발표했다. 1953년은 경제활동에 종사하는 여성의 수가 훨씬 적었던 때였다.

12월 6일, 나는 특별한 손님을 맞았다. 세인트루이스에서 온 열한 살 된 프레드 생어라는 아이와 그의 부모가 '희망 찾아주기 재단'을 대표하여 방문한 것이다. 이 재단은 심각한 질병을 앓고 있는 아이들이 소망을 이룰 수 있도록 도와주는 기관이었다. 프레드는 심장병을 앓고 있어서 거의 하루 종일 집 안에서 지내야 했다. 그 아이는 텔레비전을 자주 봐서 나의 활동에 대해 상당히 많이 알고 있었다. 우리는 뜻깊은 대화를 나누었고, 그 후에도 한 동안 연락을 주고받았다. 8년의 공직생활 동안, '희망 찾아주기 재단'은 내게 47명의 아이들을 보냈다. 이들은 나의 생활에 빛을 던져주었고, 내가 대통령이 되고자 했던 이유를 상기시켜주었다.

12월 둘째 주, 나는 아사드 시리아 대통령과 전화 통화를 나눈 뒤에, 일주일 이내에 이스라엘과 시리아가 워싱턴에서 협상을 재개할 것이며, 될 수 있으면 빠른 시간 내에 합의에 도달할 예정이라는 사실을 발표했다.

12월 9일, 나는 매사추세츠 워세스터를 방문해서 화재진압 도중 순직한 여섯 명의 소방관들의 장례식에 참석했다. 그곳은 내가 절망에 빠져 있던 1998년 8월에 나를 따뜻하게 맞아준 도시였다. 가슴 아픈 비극이 그 지역과 미국 전역의 소방관들의 마음을 뒤흔들고 있었다. 전국 각지에서 모여든 수백 명의 사람들과 해외에서 온 사람들이 집회장을 가득 메웠다. 소방관의 사망률이 경찰관의 사망률보다 훨씬 높은 것이 가슴 아픈 현실이었다.

일주일 뒤, 루스벨트 기념관에서, 나는 취업중인 장애인들에게 메디케어와 메디케이드 혜택을 확대하는 법률에 서명을 했다. 이것은 장애인들과 그 가족들에게 장애인법 다음으로 소중한 법률이었다. 이 법은 에이즈, 근위축증, 파킨슨병, 당뇨병, 또는 극심한 부상을 입은 사람들 가운데 다른 방법으로 보험혜택을 받을 수 없는 사람들에게 메디케어 프로그램을 매입하게 하는 법이었다. 이 법으로 인해 수많은 사람들이 취업으로 소득을 올리면서 생활의 질을 향상시킬 수 있게 되었다. 이 법이 제정된 것은 장애인 활동가들의 고된 노고 덕분이었다. 와이오밍의 공화당 지지자로서 휠체어에 의지해야 하는 나의 친구 저스틴 다트, 항상 카우보이 모자와 장화를 신고 다니는 그의 노고도 컸다.

크리스마스를 며칠 앞둔 때부터, 너 나 할 것 없이 새해와 새천년에 대한 희망에 부풀어 있었다. 몇 년 만에 처음으로 우리 가족은 르네상스 위켄드에 참여하지 않고, 새천년 경축식에 참석하기 위해서 워싱턴을 지켰다. 새천년 경축식은 개별적인 후원금으로 마련된 행사였다. 테리 매컬리프가 수백만 달러의 후원금을 모아 시민들을 위한 축제를 만들었다. 이틀 동안 스미스소니언 협회에서 가족 단위의 행사가 열렸고, 31일 오후에는 어린이들을 위한 행사가 열렸으며, 퀸시 존스와 조지 스티븐스가 연출한 콘서트와 대규모 불꽃놀이가 진행되었다. 백악관에서는 대규모 만찬이 열려 문학계, 예술계, 음악계, 학계, 군대, 시민단체 출신의 유명 인사들로 만원을 이루었다. 사람들은 신나는 불꽃놀이를 즐긴 후에 한참 동안 춤을 추었다.

멋진 밤이었다. 하지만 나는 내내 초조했다. 미국에 대한 몇 건의 테러가 자행될 거라는 무수히 많은 정보 때문에 안보팀은 몇 주 동안 초비상경계 상태에 있었다. 1988년 대사관 폭파 사건이 발생한 후, 나는 특히 빈 라덴과 알 카에다 지지자들을 주시하고 있었다. 우리는 알 카에다 세포조직 여러 개를 적발하고 테러공작원들을 체포해서 미국에 대한 테러계획을 무산시켰고, 파키스탄과 사우디아라비아에 빈 라덴을 넘겨주도록 아프가니스탄에 압력을 가할 것을 촉구했다. 그런데 이렇게 새로운 테러 정보가 들어오자, 샌디 버거는 거의 한 달 내내 백악관에서 고위 국가안보 담당자들과 회의를 했다.

폭탄 재료를 들고 캐나다 국경을 넘어 워싱턴 주로 들어오던 남자가 체포되었는데, 그는 로스앤젤레스 공항을 폭파할 계획이었다. 노스이스트에서는 두 개의 테러 세포조직이, 캐나다에서는 한 개의 조직이 적발되어 일망타진되었다. 요르단에서의 테러계획도 무산되었다. 엄청나게 많은 경축 행사가 벌어졌지만, 테러 한 건 없이 새천년을 맞을 수 있었던 것은 수천 명의 노고 덕분이었다. 하기야 얼마간의 운도 따랐을 것이다. 근심걱정이 많긴 했지만, 새로운 해, 새로운 세기, 새로운 천년이 시작되는 순간, 내 마음은 기쁨과 감사로 충만했다. 미국은 훌륭한 모습으로 자리를 잡았고, 우리는 좋은 조건 속에서 새로운 시대를 향해 전진하고 있었다.

54

       힐러리와 나는 라디오와 텔레비전으로 중계되는 대국민 공동연설로 새로운 세기이자 임기 마지막 해의 첫날을 시작했다. 새벽 2시 30분까지 백악관에서 축제를 즐기는 사람들과 어울렸기 때문에 몸은 지쳐 있었지만, 역사적인 날을 기념할 수 있다는 사실이 기뻤다. 전날 밤 세계적인 규모의 경축행사가 있었다. 몇 십억의 인구가 텔레비전을 통해 아시아를 시작으로, 유럽, 아프리카, 남미, 북미 대륙으로 새해가 열리는 것을 지켜보았다. 미국은 경제적 성공과 사회적 통합, 국민적 자신감이 결합된 상태에서 개방성과 역동성, 그리고 민주적 가치를 전 세계에 전파하면서, 세계적인 상호의존의 새로운 세기로 접어들고 있었다. 힐러리와 나는 미국인들이 이 기회를 이용해서 미국을 발전시키고 21세기가 세계에 던져줄 혜택과 부담을 함께 나누어야 한다고 말했다. 나는 임기 마지막 해를 이런 일을 하는 데 바칠 작정이었다.

    역사적으로 보면 임기 7년차에는 느슨해진다고 하지만, 나는 1999년 한 해 동안 탄핵 소동을 겪으면서도 중단 없이 공적인 사업에 주력하고, 연두교서에서 밝혔던 의제를 집행하는 과정에서 무수히 발생하는 문제들과 기회들을 적절히 관리함으로써 많은 성과를 거두었다. 대통령의 두 번째 임기의 마지막 2년 동안 일반적으로 발생한다는 기강 해이 현상은 일어나지 않았다. 나는 올해에도 역시 그것을 허용하지 않겠다고 다짐하고 있었다.

    새해가 되면서 나는 오랜 동반자 한 사람을 잃었다. 보리스 옐친이 사임하고 블라디미르 푸틴이 러시아 대통령으로 취임한 것이다. 옐친은 심장 수술 후 건강과 기력을 완전히 회복하지 못했고, 푸틴이 대통령직에 수반되는 장시간의 업무를 감당하면서 자신이 해왔던 일을 이어갈 준비를 갖추었다고 생각했다. 옐친은 러시아 국민들이 푸틴의 직무수행을 지켜볼 기회를 주게 되면, 다음 선거에서 승리를 거둘 가능성도 높아진다는 것을 알고 있었다. 옐친으로서는 현명하고 기민한 대처였지만, 나로서는 옐친의 빈자리가 아쉬웠다. 신체적 질병이 있고 이따금 예상하지 못한 행동을 한다는 약점이 있기는 했지만, 그는 원대한 포부를 가진 용감한 지도자였다. 우리는 서로를 신임했고 함께 많은 성과를 거두었다. 그가 사임하는 날, 우리는 20분쯤 전화로 대화를 나누었다. 나는 그가 사임 결정에 흡족해하고 있다는 것을 알 수 있었다. 그는 자신만의 독특한 방식으로 생활하고 나라를 다스리다가 대통령직에서 물러났다.

1월 3일, 나는 웨스트버지니아의 셰퍼즈타운에서 시리아와 이스라엘의 양 정상과 함께 평화회담을 가졌다. 에후드 바라크는 연초에 평화회담을 시작하자고 강력하게 주장했다. 그는 아라파트와 진행하는 평화과정에 점차 불만을 느끼고 있었고, 예루살렘에 대한 의견차를 해소할 수 있다는 확신을 갖지 못했다. 그는 몇 달 전에 내게 이스라엘의 몇 가지 걱정거리가 해결된다는 것을 전제로 시리아에 골란 고원을 반환할 의사가 있다고 말했다. 그가 밝힌 조건은 골란 고원에 조기경보 기지를 유지하고 갈릴리해로 알려져 있는 티베리아 호수 용수 공급량의 3분의 1을 확보한다는 것이었다.

갈릴리해의 물은 특이했다. 하층은 땅속에서 솟아나는 짠물이고 상층은 민물이었다. 민물이 짠물보다 가볍기 때문에, 호수의 물이 지나치게 줄어들지 않도록 늘 신경을 써야 했다. 물이 줄어들면 민물층이 가벼워져서 짠물층을 하층에 가두지 못하게 되기 때문이다. 민물이 특정 수위 이하로 내려가면 짠물이 올라와 민물과 섞이기 때문에 이스라엘의 유일한 수자원이 고갈될 우려가 있었다.

이츠하크 라빈은 암살당하기 전에 나에게 이스라엘이 원하는 조건이 충족되면 골란 고원에서 1967년 6월 4일(영토 확보를 둘러싼 이스라엘과 시리아의 6일 전쟁이 시작되기 전—옮긴이주) 당시의 국경선까지 후퇴할 용의가 있다고 말한 적이 있었다. 그는 내게 시기가 무르익어 시리아에 이런 제안을 공식적으로 내놓을 수 있을 때까지는 이러한 사실을 '호주머니에' 넣어두고 있으라고 당부했다. 이츠하크의 사망 후에는 시몬 페레스가 이 약속을 재확인했으며, 우리가 1996년 와이리버에서 시리아와 이스라엘의 회담을 주선한 것도 이런 약속을 염두에 둔 것이었다. 페레스는 이스라엘이 골란을 내놓을 경우 내가 이스라엘과 안보조약에 서명해주기를 바랐다. 후일 네타냐후도 그런 제안을 했고, 나중에는 바라크도 그런 제안을 하게 된다. 나는 그들에게 그렇게 할 의사가 있음을 밝혔다.

당시 데니스 로스를 비롯한 우리 팀은 페레스의 구상을 놓고 양국 협상을 상당히 진척시켰지만, 테러 행위가 빈발하는 와중에 강경파 네타냐후가 선거에서 페레스를 누르고 당선되었다. 네타냐후가 당선되면서 시리아와의 협상은 주춤거리게 되었는데, 신임 총리로 당선된 바라크가 협상 재개를 요청하고 나선 것이었다. 하지만 그는 라빈이 비밀을 유지해달라던 '호주머니' 속 약속의 정확한 내용에 대해서는 적극적으로 재확인해주지 않았다.

바라크가 상대해야 하는 유권자들은 라빈이 지도하던 유권자들과는 상당히 달라졌다. 이민자들이 대거 늘어났는데, 특히 러시아인들은 골란 고원을 넘겨주는 것에 반대하고 있었다. 소련에 장기간 수감되면서 서구의 영웅이 된 나탄 샤란스키는 나에게 러시아 유대인들의 태도에 대해서 설명해주었다. 러시아계 유대인들은 가장 땅이 넓은 나라에서 땅이 아주 좁은 나라로 옮겨져왔으며, 서안지구나 골란을 이양하여 이스라엘의 영토를 더 줄여서는 안 된다고 생각한다고 말했다. 그들은 또한 시리아가 이스라엘에 위협이 되지 않는다고 생각했다. 그들은 평화상태에 있는 것은 아니지만 그렇다고 전쟁상태에 있는 것도 아니었다. 시리아가 이스라엘을 공격한다면, 이스라엘은 쉽게 이길 수 있었다. 그런데 왜 골란을 포기한단 말인가?

바라크는 이런 의견에 동조하지 않았지만, 이 의견에 맞서 싸워야 했다. 그는 시리아와 평화를 원했고, 갈등은 해결될 수 있다는 확신을 가지고 있었으며, 내가 가능한 한 빠른 시일 안에 협상 자리를 마련해주기를 바라고 있었다. 나는 1월 이전부터 3개월이 넘도록 시리아의 외무장관인 파루크 알

샤라와 협상 문제로 협의를 하고 있었고, 회담 장소를 정하기 위해서 아사드 대통령에게 전화를 하기도 했다. 아사드는 건강이 좋지 않았고, 자신이 죽기 전에 골란을 되찾게 되기를 바라고 있었다. 하지만 그는 신중해야 했다. 자신의 아들 바사르가 자신의 뒤를 잇기를 바라고 있었기 때문이다. 그는 1967년 6월 4일 이전의 영토를 고스란히 되찾아야 한다고 생각했지만, 합의를 하더라도 자신의 아들이 시리아 내부의 정파들로부터 공격당하지 않을 정도의 내용으로 합의안을 만들어야 했다.

아사드의 우유부단한 태도와 1999년 가을에 있었던 샤라 외무장관의 심장발작 때문에 바라크는 다급해 했다. 나는 바라크의 요청을 받아들여서 아사드에게 서한을 보냈다. 국경 문제와 용수 문제, 조기경보 기지 문제를 해결할 수 있다면 바라크가 협상을 할 용의가 있으며, 양국이 합의에 도달한다면 미국은 바라크도 권하고 있는, 시리아와의 쌍무 관계를 맺을 의사가 있다는 내용의 편지였다. 시리아가 과거 테러행위를 지원했다는 점을 감안할 때, 이것은 우리로서는 큰 진전이었다. 물론 아사드가 미국과 정상적인 관계를 맺으려면 테러리즘을 지원하는 행위를 중단해야 했다. 사실 아사드가 골란을 되찾을 경우, 레바논을 거점으로 삼고 이스라엘을 공격하고 있는 헤즈볼라 테러분자들을 지원해도 더 얻을 것이 없었다.

바라크는 레바논과도 평화적인 관계를 원하고 있었다. 그는 그해 말까지 레바논에 주둔하고 있는 이스라엘 병력을 철수시키겠다고 약속했다. 그는 레바논과 평화협정을 체결하면 국경 근처에서 빈발하고 있는 헤즈볼라의 공격으로부터 이스라엘 사람들을 보호할 수 있고, 이스라엘이 헤즈볼라의 공격 때문에 철수한 것으로 비치지도 않을 거라고 생각했다. 그러나 그가 잘 알고 있듯이, 시리아의 동의와 개입이 없이는 레바논과 평화관계를 수립할 수 없었다.

아사드는 한 달 뒤에 서한을 보내왔다. 예전의 입장에서 한발 뒤로 물러난 듯한 느낌이 드는 내용이었는데, 자신과 샤라의 건강 문제로 불안해하는 시리아의 여론 때문인 것 같았다. 몇 주 후에 매들린 올브라이트와 데니스 로스가 아사드와 샤라를 찾아갔을 때, 두 사람은 완전히 회복되어 있었다.

아사드는 협상을 재개하기를 원한다며, 바라크가 진지하게 나오는 것 같으니 협정을 맺을 용의가 있다고 말했다. 그는 바라크가 이스라엘 내부의 여론을 잘 통제할 수 있다는 전제 하에 샤라에게 협상을 맡기는 것에 동의했다. 그는 예전에는 결코 샤라에게 협상을 맡긴 적이 없었다.

바라크는 시리아의 조건을 흔쾌히 받아들이고 당장 회담을 시작하자고 재촉했다. 나는 크리스마스 휴가 기간이라 당장은 불가능하다고 설명하고, 12월 중순에 예비회담을 가진 뒤 새해 초에 3국 정상회담을 재개하고, 합의에 도달할 때까지 회의일정에 제한을 두지 말자고 제안했다. 바라크는 우리가 제시한 일정에 동의했다. 워싱턴 예비회담은 샤라의 공격적인 공개발언 때문에 무산될 위기를 넘기고 아슬아슬하게 개최되었다. 그럼에도 사적인 자리에서, 샤라가 1996년에 회담이 중단되었던 부분, 즉 이스라엘의 요구가 충족될 경우 이스라엘이 6월 4일 분계선으로 복귀한다는 부분부터 논의를 시작해야 한다고 주장했을 때, 바라크는 자신은 영토 문제에 관해서는 아무것도 약속한 바가 없지만, "우리는 역사를 지우지는 않는다"고 대꾸했다. 두 사람은 내가 국경, 안보, 용수, 평화 등의 쟁점에 대한 토론 순서를 정하는 것에 동의했다. 바라크는 협상이 중단 없이 계속되기를 원했다. 그럴 경우, 시리아 측은 1월 7일에 라마단이 끝날 때까지 본국으로 돌아가지 못하고 단식기간이 끝날 때 벌이는 전통적인 아이드 알 피트르 축제에도 참석할 수 없게 될 터였다. 그러나 샤라는 바라크의 제안에 동의했고, 양 정상은 회담 준비를 위해서 귀국했다.

바라크는 조기 협상을 강력하게 촉구하는 입장이었지만, 막상 협상이 다가오자 이스라엘 국민을 설득하지 않고 골란을 넘겨줄 경우에 어떤 정치적인 결과가 나올지 우려가 되는 모양이었다. 결국 그는 몇 가지 보완 장치를 원했다. 레바논과 시리아의 협상을 유도하여 이스라엘과 레바논 간 대화 통로를 회복하고, 이스라엘과의 관계를 진전시킨다는 아랍 국가 1개국 이상의 선언을 얻어내고, 골란 지역에 자유무역지대를 개설한다는 것 등이었다. 나는 이 요청을 지지하기로 합의하고, 일을 한 단계 더 전진시키기 위하여 12월 19일에 아사드에게 전화를 했다. 나는 그에게 평화회담 개시와 동시에 레바논과 협상을 재개할 것과 20년 전 레바논전쟁 중에 실종된 세 명의 이스라엘인의 유해를 반환할 것을 요청했다. 아사드는 두 번째 요청을 받아들였고, 우리는 시리아에 법의학팀을 파견했다. 하지만 안타깝게도 이스라엘 측이 생각했던 곳에는 그런 유해가 없었다. 아사드는 첫 번째 문제에 관해서는 명확한 답변을 회피했다. 그는 이스라엘과 시리아 간 협상에서 어느 정도 진전이 있어야 레바논과의 협상이 재개될 수 있다는 말만 했다.

회담 장소로 정해진 셰퍼즈타운은 워싱턴에서 차로 한 시간 거리에 있는 농촌 지역이었다. 바라크는 정보 누출을 최소화해야 한다며 한적한 지역을 고집했다. 시리아 측도 중요한 중동 평화회담이 여러 차례 열렸던 곳이라는 이유로 캠프 데이비드나 와이리버에 가는 것을 꺼렸다. 셰퍼즈타운은 나도 만족스러웠다. 회의장 시설도 편리하고 백악관에서 갈 경우 헬리콥터로 20분 거리였기 때문이다.

양측 정상의 현안에 대한 이견은 그리 크지 않았다. 시리아는 골란 지역을 완전 회복하되, 이스라엘에 호수의 경계를 따라 10미터 폭의 좁은 띠 같은 땅을 남겨두겠다고 했고, 이스라엘은 더 넓은 땅을 원했다. 시리아는 이스라엘이 18개월 이내에 철군하기를 원했고, 바라크는 3년을 요구했다. 이스라엘은 조기경보 기지를 유지하기를 바랐지만, 시리아는 유엔이나 미국에서 파견된 인력이 조기경보 기지를 운영하기를 원했다. 이스라엘은 골란에서 호수로 유입되는 물의 질과 양에 대한 보증을 원했다. 시리아는 터키에서 유입되는 물에 대해서 똑같은 보증을 해준다는 조건으로 이스라엘의 요구를 받아들였다. 이스라엘은 철수가 시작되는 즉시 완전한 외교 관계의 수립을 원했지만, 시리아는 철수가 완료되기 전에는 그 이하의 수준을 유지하기를 바랐다.

시리아 측은 셰퍼즈타운에 도착할 때부터 상당히 긍정적이고 유연한 태도를 보여주었다. 하지만 정작 회담을 하자고 졸라댔던 바라크는 여론조사의 수치를 의식한 것인지, 이스라엘 국민에게 강경한 태도로 협상에 임하고 있다는 인상을 심어주기 위해 처음 며칠 동안 속도를 내지 않았다. 그는 일부러 시간을 끄는 동안 말을 거의 하지 않았으며, 내가 샤라나 아사드와 맺어왔던 친분관계를 활용해서 시리아 측의 불만을 누그러뜨려주기를 원했다.

나는 좋게 말해서 상당히 실망했다. 바라크가 전에 시리아인들과 협상했던 경험이 있었다면, 혹은 그가 미리 우리에게 사정을 알려주었다면, 일을 추스르기가 쉬웠을 터였다. 그는 민주적으로 선출된 지도자라서 아사드보다 여론에 더 신경을 쓰는 모양이었다. 하지만 아사드에게도 정치적인 문제가 있었다. 그는 나에 대한 신임과 바라크의 확언에 대한 믿음 때문에, 시리아 내부에서 이스라엘에 지나치게 기울어져 있다는 비난을 감수하고 있었다.

바라크는 정계에 입문한 지 얼마 안 되는 사람이었다. 그래서 나는 그에게 조언을 하는 사람이 제대로 역할을 하지 못하는 것이라고 생각했다. 외교관계에서는 여론이 중요하지 않은 경우가 많다. 국민은 자신들을 위해서 싸워 이기라고 지도자를 뽑는다. 중요한 것은 이겼느냐 졌느냐이다. 나의 주요한 외교정책들은 대부분 처음에는 그다지 좋은 반응을 얻지 못했다. 바라크가 시리아와 진정한 평화를 이루어낸다면, 이스라엘과 세계에서 그의 입지는 더욱 탄탄해질 것이고, 팔레스타인과의 관계에서도 성공할 가능성이 높아질 것이다. 하지만 회담이 실패로 돌아가면, 잠시 반짝했던 인기는 물거품처럼 사라지고 말 것이다. 나는 설득해보려고 부단히 노력했지만, 바라크의 결심을 바꿀 수 없었다. 그는 자기가 기다리는 동안 내가 샤라를 붙들고 있기를 원했다. 일을 하는 것 말고 기분전환할 거리라곤 거의 없는데다 적막하기 짝이 없는 셰퍼즈타운에서 샤라를 붙들고 있으려니 답답할 노릇이었다.

매들린 올브라이트와 데니스 로스는 바라크가 최소한 라빈의 호주머니 약속에 대한 확인이라도 하게 할 수 있는 방안을 궁리했다. 그중에는 올브라이트가 시리아 대표단의 유일한 여성인 부세이나 샤반과 비공식적인 회담을 하는 자리를 이용하는 방법도 포함되어 있었다. 샤반은 우리가 아사드를 만날 때마다 통역으로 따라다니던, 논리정연하고 인상적인 여성이었다. 아사드 곁에 오래 있었던 그녀가 셰퍼즈타운에 왔다는 것은 진행되는 상황이 아사드에게 고스란히 보고된다는 것을 의미했다.

1월 15일 금요일, 우리는 양측의 이견을 괄호에 넣은 평화협정 초안을 제시했다. 시리아 측은 토요일에 긍정적인 의견을 표시했다. 우리는 국경과 안보에 관한 회의를 시작했다. 시리아 측은 다시 두 가지 문제에 대해 유연한 태도를 보여주었다. 그들은 이스라엘이 6월 4일 분계선을 논의의 기초로 삼는다는 것을 전제로 갈릴리해에 인접한 땅의 넓이를 50평방미터로 조정하는 데 동의할 뜻을 비쳤다. 이것은 상당히 타당성이 있는 주장이었다. 1967년 이후로 호수의 규모가 꾸준히 줄어들었기 때문이다. 나는 힘이 솟았다. 하지만 바라크는 시리아 측의 제의와 관계없이, 6월 4일 분계선을 받아들일 권한을 협상팀 누구에게도 주지 않았다.

일요일, 바라크 총리 내외가 매들린 올브라이트의 농장에서 점심식사를 하고 있을 때, 올브라이트와 로스가 바라크를 마지막으로 설득했다. 시리아는 자신의 요구가 받아들여진다는 것을 전제로 이스라엘의 요구에 대해서 유연한 태도를 보이고 있는데, 이스라엘은 아무런 대응을 하지 않고 있으니 대체 어떻게 할 작정이냐? 바라크는 먼저 레바논과의 협상을 재개하고 싶다고 말했다. 만약 협상이 여의치 않으면 며칠 뒤에 협상을 깨고 돌아오겠다는 것이었다.

샤라는 이 이야기를 듣고 아무런 반응이 없었다. 그는 셰퍼즈타운 회담이 실패로 끝났고, 바라크는 믿을 만한 사람이 못 된다면서, 아사드 대통령에게 있는 그대로 보고하겠다고 말했다. 마지막 저녁식사 때, 나는 바라크에게 시리아로 돌아가는 샤라에게 무언가 긍정적인 언질을 주게 하려고 애를 썼다. 그는 내 제안을 거절했다. 대신 그는 개인적으로 내게 부탁을 했다. 그 내용은 자신들이 셰퍼즈타운을 떠나고 나면 아사드에게 전화를 걸어 레바논 협상이 재개되거나 혹은 시작이 임박하게 되면, 6월 4일 분계선을 받아들이겠다고 전해달라는 것이었다. 샤라는 무언가 결정적인 합의가 이루어질 것이라고 생각하고 나왔던 협상에서 빈손으로 돌아가게 되었다. 커다란 성과가 있으리라 기대하고 라마단과 아이드 알 피트르 축제까지 지키지 않고 머무르고 있었던 시리아 측으로선 황당한 일이었다.

일은 더 꼬여서, 합의되지 않은 조약서의 내용이 이스라엘 언론으로 새어나가 시리아가 아무런 대가 없이 양보를 제안한 것으로 알려지고 말았다. 샤라는 본국에서 심한 공격을 받게 될 판이었다. 권위주의 정권도 여론과 강력한 이익집단들로부터 자유로운 처지는 아니었기 때문에, 샤라나 아사드의 입장에서는 난처하기 짝이 없었다.

나는 아사드에게 전화를 걸어 레바논 협상이 시작되는 대로 라빈의 약속을 기초로 하여 국경 문제를 논의하겠다는 바라크의 제안을 전했다. 아사드는 아무런 말도 하지 않고 듣기만 했다. 며칠 후, 샤라가 매들린 올브라이트에게 전화를 걸어 바라크의 제안을 거절하고, 시리아는 국경 문제가 마무리되어야만 레바논에 대한 협상을 시작하겠다고 말했다. 그들은 적극적이고 유연한 태도로 나왔다가 상처를 입었으니, 다시는 똑같은 실수를 하고 싶지 않은 모양이었다.

한동안 우리는 난처한 입장에 빠져 있었다. 하지만 나는 계속 노력해야 한다고 생각했다. 바라크는 여전히 시리아와의 평화를 원하고 있었지만, 이스라엘 여론은 평화를 이루기 위해서 필요한 타협을 받아들일 준비가 되어 있지 않았다. 평화를 되찾는 것(그것도 빠른 시간 안에)은 시리아에도 이로운 일이었다. 아사드는 건강이 좋지 않았고 자기 아들이 따라 걸어올 길을 닦아주어야 했다. 한편 팔레스타인과의 협상 통로 쪽에도 처리해야 할 일이 산더미 같았다. 나는 샌디 버거, 매들린 올브라이트, 데니스 로스에게 우리가 다음에 취해야 할 방법에 대해서 연구해보라고 지시하고 다른 일로 관심을 돌려야 했다.

1월 10일, 백악관에서 라마단이 끝나는 것을 경축하는 이슬람교도 행사가 열렸다. 이 행사가 끝난 뒤, 힐러리와 나는 메릴랜드 아나폴리스의 해군사관학교 예배당에서 열린 버드 줌왈트의 장례식에 참석했다. 그는 르네상스 위켄드에서 만나 친구가 된 사이로, 내가 취임한 뒤로 베트남전에서 에이전트오렌지에 노출되어 병을 얻은 사람들의 가족들을 도와주는 일을 했다. 고엽제 후유증을 앓다가 죽은 아들이 있었던 그는 화학무기금지협약을 비준하도록 상원에 압력을 넣었다. 그는 하원의 탄핵결정 이후에는 우리 가족에게 죽는 날까지 잊혀지지 않을 따스한 친절과 지원을 베풀었다. 내가 장례식에 갈 차림을 하는데, 나의 집사 중에서 30년간 해군에서 근무했던 필리핀계 미국인 리토 바우티사가 나에게 말했다. "장례식에 참석하신다니 다행이에요. 그분은 우리에게 최고였어요. 진짜 우리 편이었죠."

장례식이 있었던 날 밤, 나는 그랜드캐니언으로 가서 엘토바 호텔에 투숙했다. 내가 묵은 방의 발코니는 계곡의 가장자리 위에 나 있었다. 거의 30년 전에, 나는 그랜드캐니언으로 넘어가는 저녁 해를 본 적이 있었다. 이번에는 해가 떠오르는 것을 보고 싶었다. 절벽 꼭대기 쪽부터 시작해서 아래쪽으로 빛이 퍼져가면서, 여러 가지 색깔의 바위들의 엇갈린 층이 차례로 빛을 발하는 아름다운 일출을 보고 싶었다. 다음 날 아침, 나는 기대했던 것처럼 아름다운 일출을 보았다.

그랜드캐니언에 다녀온 후, 내무장관 브루스 배빗과 나는 애리조나와 캘리포니아의 세 곳을 새로 천연기념물로 지정하여 천연기념물의 면적을 4분의 1 늘렸다. 이렇게 해서 그랜드캐니언 인근의 100만 에이커의 땅과 캘리포니아 연안의 수천 개의 작은 섬들과 드러난 암초들이 천연기념물에 포함되었다. 시어도어 루스벨트 대통령이 그랜드캐니언을 천연기념물로 지정한 날로부터 꼭 92년째 되는 날이었다. 브루스 배빗, 앨 고어, 그리고 나는 루스벨트의 보존 정신과 늘 '멀리 내다보라'는 그의 훈계를 받들기 위해서 최선의 노력을 기울여왔다.

1월 15일, 나는 토요일 아침 라디오 연설 시간에 마틴 루터 킹 2세의 탄생 경축 연설을 했다. 나는 지난 7년 동안 아프리카계 미국인과 남미계 미국인의 경제적·사회적 진출을 짚어보고, 우리가 앞으로 가야 할 곳이 얼마나 먼지 이야기했다. 소수민족의 실업률과 빈곤율은 대단히 낮은 수준으로 내려오기는 했지만, 전국 평균에 비하면 훨씬 높았다. 인종 또는 종교 때문에 일어나는 증오범죄가 폭발적으로 늘어나고 있었다. 흑인인 제임스 버드는 텍사스에서 백인 인종주의자들의 손에 의해 화물자동차 뒤에 매달린 채 끌려 다니다가 죽었다. 로스앤젤레스의 유대계 학교에서는 총격사건이 발생했고, 한국계 미국인 학생, 아프리카계 미국인 농구감독, 그리고 필리핀계 우체부가 인종이 다르다는 이유로 살해당했다.

한 달 전, 백악관에서 힐러리가 연 새천년 저녁 행사 가운데 어떤 자리에서 매사추세츠 공과대학의 게놈 연구기관인 화이트헤드연구소 소장 에릭 랜더 박사와 '인터넷의 아버지'로 알려진 첨단기술 전문가 빈튼 서프는 어떻게 디지털 칩 기술이 인간의 게놈 프로젝트를 성공으로 이끌어냈는가에 대해 토론했다. 그날 저녁 들었던 이야기 중에서 내 머릿속에 가장 뚜렷이 남아 있는 것은 모든 인간이 유전학상으로 99.9퍼센트 이상 닮았다는 랜더의 말이었다. 그 말을 들은 이후로, 나는 1퍼센트의 10분의 1도 안 되는 것들을 가지고 편가르기를 하려는 강박감에 사로잡힌 사람들 때문에 흘리는 피와 거기 허비되는 에너지가 얼마나 허망한가 하는 생각을 하게 되었다.

라디오 연설을 통해서, 나는 의회에 증오범죄 법안을 통과시킬 것을 다시 요구했다. 또 상원에 대해서 뛰어난 중국계 미국인 법률가인 빌 랜 리를 민권 담당 법무부 차관으로 비준해줄 것을 요청했다. 공화당 다수파는 계속 그를 물고늘어졌다. 그들은 내가 백인이 아닌 사람을 지명할 때마다 질색을 하고 달려들었다. 그날 아침 나의 중요한 손님은 살롯 필모였다. 그해 100세의 그 여성은 전직 백악관 직원이었는데, 수십 년 전에 백악관을 출입할 때는 백인이 아니라는 이유로 뒷문으로 드나들어야 했다. 우리는 살롯에게 정문을 통해서 오벌 오피스로 들어오게 했다.

연두교서 발표가 예정되어 있던 주에 나는 평소 습관대로 연설에서 제시할 주요한 정책들을 꼽아보고 있었다. 이번에는 힐러리와 앨 고어가 선거운동에서 주장하고 있는 두 가지 제안을 포함시켰다. 나는 아동건강보험프로그램CHIP 하에서 건강보험 수급 자격을 갖춘 자녀를 둔 부모들이 같은 프로그램 하에서 자신을 위한 보험에 가입하는 것을 허용하자고 제안했다. 이것은 앨 고어가 추진하고 있는 정책이었다. 또 대학수업료의 최초의 1만 달러에 대해서 세금공제를 하자는 제안을 지지했다. 이것은 상원의원 척 슈머가 의회에서 제안하고, 힐러리가 선거운동에서 주장하고 있는 정책이었다.

소득기준에 따라 자격을 갖춘 부모와 아이들(약 1,400만 명이었다)이 모두 아동건강보험프로그램에 가입하게 되면, 보험혜택을 받지 못하는 인구의 3

분의 1 가량이 혜택을 볼 수 있을 터였다. 내가 제안했던 것처럼 55세 이상의 사람들에 대한 메디케어 가입까지 허용하면, 보험혜택을 받지 못하는 인구는 절반으로 줄어들 터였다. 내가 이미 서명하여 법률로 확정된 대학원조확대 프로그램에 수업료 세액공제가 추가되면, 모든 미국인들에게 대학의 문을 열어주었다고 주장할 수 있게 될 터였다. 대학입학률은 이미 67퍼센트로 증가해서, 내가 취임하던 당시에 비해 10퍼센트 가량 높아진 셈이었다.

나는 캘리포니아기술연구소에서 과학자들을 대상으로 연설을 했다. 그 연설에서 나는 연구개발비를 30억 달러 증액하는 정책을 발표했다. 에이즈 및 기타 생물의학 연구에 10억 달러, 나노기술 연구에 5억 달러, 기초과학, 우주과학, 청정에너지 분야에 상당한 금액을 증액할 예정이었다. 1월 24일, 나는 의회에서 알렉시스 허먼, 도너 샬랄라와 함께, 25퍼센트나 되는 남녀 임금격차를 없앨 수 있는 방안으로 공정임금법을 통과시키고, 엄청난 규모로 적체되어 있는 고용기회균등위원회의 고용차별 사건들을 해소할 수 있는 기금을 제공하고, 여성들이 소수를 차지하는 고임금직종에서 여성고용을 늘리기 위한 노동부의 노력을 지지해달라고 요청했다. 당시에는 대부분의 첨단기술직종에서 남녀간의 고용비율이 2대 1을 웃돌고 있는 형편이었다.

연두교서 발표가 있기 전날, 나는 PBS의 '뉴스아워'를 진행하고 있는 짐 레러와 인터뷰를 했다. 2년 전, 선서증언으로 인한 소동이 일어난 직후에 했던 인터뷰 이후 처음이었다. 우리는 먼저 지난 7년간의 행정부의 성과들을 훑어보았다. 이윽고 레러는 역사학자들이 나에 대해서 어떻게 기록할 것인지 걱정이 되지 않느냐고 물었다. 그 즈음에 「뉴욕 타임즈」에는 역사학자들이 내가 타고난 재능을 이용해서 중요한 업적들을 달성한 정치가이며, '한때는 손 안에 위대함을 쥐고 있다가 놓쳐버린' 사람이라고 이야기하기 시작했다는 사설이 게재되었다.

레러는 내게 '잘될 수도 있었는데' 하는 아쉬움이 남는 평가에 대해 어떻게 생각하느냐고 물었다. 나는 우리 시대는 지난 세기 전환기와 매우 비슷하다고 말했다. 경제적·사회적 변화의 새로운 세기를 향해 나아가고 있으며, 한 나라의 영역을 넘어 세계 속으로 끌려들어가고 있다고 대답했다.

나는 내가 이룬 업적을 평가하는 기준은 다음과 같은 것이 되어야 한다고 생각했다. "우리는 새로운 경제와 세계화 시대로 접어들고 있는 미국의 과도기를 제대로 관리했는가, 그렇지 않았는가? 우리는 여러 가지 문제들을 다루는 방식을 시대에 맞추어 변화시키고 사회적 진보를 이루어냈는가? 우리는 환경을 제대로 관리하는 훌륭한 청지기였는가? 우리가 대항하려 했던 세력은 무엇이었는가?" 나는 그에게 이런 질문들에 대해서는 만족스럽게 대답할 수 있다고 말했다.

나는 역사에 대한 저작들을 많이 읽은 덕분에 역사는 끊임없이 다시 씌어진다는 것을 잘 알고 있었다. 나의 임기 중에, 율리시스 그랜트(18대 미국 대통령, 1869-1877년 재임―옮긴이주)의 두 개의 전기가 출간되었는데, 이 책들을 통해서 그의 대통령 직무에 대한 일반적인 평가는 급상승했다. 역사란 언제나 그런 식으로 진행되어왔다. 그리고 레러에게도 말했지만, 나는 미래가 나를 어떻게 생각할 것인가보다는, 임기 마지막 해에 무엇을 성취할 수 있는가에 대해서 더 많은 관심을 기울이고 있었다.

나는 레러에게, 국내의 현안 문제를 넘어서서 생각하면 21세기의 가장 큰 안보 문제들에 대처할 수 있도록 미국을 준비시키고 싶다고 말했다. 국회 내 공화당원들의 첫 번째 관심사는 국가미사일방어체제를 구축하는 것이었다. 하지만 내 생각은 달랐다. "가장 큰 위협은 테러분자들과 마약밀매자들, 그리고 범죄조직이 서로 협조관계를 맺는 것이며, 이들이 점점 작아지고 점점 탐지하기 어려워지는 대량살상무기와 강력한 전통적 무기로 무장하는 것이다. 그래서 우리는 사이버 테러, 생물학적 테러, 화학적 테러에 대처할 수 있는 체제를 구축하기 위해서 노력해온 것이다…… 지금 이런 것들은 주된 관심의 대상이 아니다. 하지만…… 나는 서로 긴밀하게 연결되어 있는 지금과 같은 세계에서 국민국가의 적은 방금 말한 안보상의 위협이라고 생각한다."

나는 테러에 대해서 상당히 많은 고심을 하고 있었다. 새천년 경축식을 앞두고 두 달 동안 우리는 테러 위협 때문에 조바심에 떨어야 했다. 중앙정보국, 국가안보국, 연방수사국, 그리고 우리의 모든 테러방지 그룹이 미국과 중동에서 예정되었던 여러 건의 테러공격을 무산시키기 위해서 고된 활동을 했다. 중앙정보국이 빈 라덴의 소재를 파악하기만 하면 곧바로 미사일을 발사하기 위해 두 대의 잠수함이 아라비아해 북부에 배치되어 있었다. 딕 클라크가 이끄는 테러방지 그룹과 조지 테닛은 빈 라덴을 찾아내기 위해서 열심히 노력하고 있었다. 나는 우리가 상황을 장악하고 있다고 생각했다. 하지만 세계가 점점 개방화되면서 적들은 무고한 사람들을 공격할 기회를 쉽게 찾아냈고, 반대로 우리는 그들과 싸우는 데 필요한 공격과 방어 역량을 갖추지 못하고 있었다.

좌담이 끝날 무렵, 레러는 내게 예상했던 질문을 던졌다. 만일 2년 전에 내 행동에 대한 자신의 질문과 다른 질문들에 대해서 처음부터 솔직하게 대답을 했더라면, 전혀 다른 결과가 있었을 것이고 탄핵도 당하지 않았을 것이라는 생각은 해본 적이 없느냐는 것이었다. 나는 그것은 알 수 없지만, 그를 비롯한 미국 국민들이 잘못된 판단을 하게 만든 것에 대해서 깊이 뉘우치고 있다고 대답했다. 당시 워싱턴을 집어삼켰던 집단적 광기의 분위기를 생각하면, 나는 지금도 그가 던진 질문에 답변을 할 수 없다. 그에게 말했듯이, 나는 실수한 것에 대해서 사과를 하고 잘못을 바로잡으려고 노력했다. 내가 할 수 있는 것은 그것뿐이었다.

레러는 다시 질문을 던졌다. 만일 나를 대통령직에서 밀어내려는 음모가 있었다고 할 경우, 그것이 성공하지 못했다는 것을 알았을 때 만족했느냐는 질문이었다. 당시 언론인들은 모두 그런 음모가 있다는 것을 알고 있었으면서도 결코 그것을 입 밖으로 드러내 인정하지 않았다. 아마 그 질문이 언론인이 내가 있는 자리에서 그런 음모가 있었다는 것을 인정하는 수준에 가장 가까이 다가갔던 예였던 것 같다. 나는 어떤 사람이 분노에 사로잡히거나 누군가를 꺾었다고 지나치게 좋아하면, 또는 어떤 사람이 자신의 죄가 아무리 흉악해도 적의 죄는 훨씬 흉악하다고 생각하면, 인생은 언제나그 사람의 오만함을 꺾고 만다는 것을 비싼 대가를 치러가며 배웠다고 대답했다. 나에게 남은 시간은 1년뿐이었다. 화를 내거나 고소해 하며 앉아 있을시간이 없었다.

마지막 연두교서를 발표할 때 나는 행복했다. 2,000만 개의 일자리가 늘어났고, 30년 만에 최저의 실업률과 최소의 생활보호대상자 수, 25년 만에 최저의 범죄율, 20년 만에 최저의 빈곤율, 40년 만에 최소의 연방직원 수, 42년 만에 최초의 연속 재정흑자, 7년 연속 십대 임신율 하락, 입양 30퍼센트 증가, 아메리코에 봉사하는 청년회원 수 15만 명을 기록하고 있었다. 한 달 후에는 미국 역사상 최장기간의 경제 팽창을 달성하고, 그해 말이 되면 50년 만에 최초로 3년 연속 재정흑자를 기록하게 될 터였다.

나는 미국이 이러한 번영에 만족할까봐 우려하고 있었다. 그래서 나는 국민들에게 이런 번영을 당연한 것으로 생각하지 말고, 21세기에 세워갈 미국을 "멀리 내다보라"고 당부했다. 나는 야심찬 목적을 이루기 위해 60개 이상의 사업을 제시했다. 나의 야심은 이런 것이었다. 모든 아이들이 공부할 준비를 갖추고 입학을 하고, 성공할 준비를 갖추고 졸업을 한다. 모든 가정이 가정과 직장에서 만족스런 생활을 할 수 있다. 빈곤 속에서 자라나는 아이가 없다. 베이비붐 세대가 은퇴한 후의 대책이 보장된다. 모든 미국인이 능력에 맞는 건강보험에 가입해서 질 좋은 의료혜택을 받는다. 미국은 세계에서 가장 안전한 나라가 되고, 1835년 이후로 처음으로 외채 없는 나라가 된다. 모든 공동체가 번영을 이룬다. 이상적인 기후 변화가 사라진다. 미국은 번영과 안보의 공유를 향하여 나아가는 세계, 과학과 기술의 높은 수준의 발전을 향해 나아가는 세계를 주도한다. 우리는 다양성 속에서 통합된 하나의 나라가 된다.

나는 공화당 의원들과 민주당 의원들을 설득하기 위해서 최선을 다했다. 내가 의회에 제안한 내용은 다음과 같았다. 세금감면과 지출 프로그램을 위의 목적에 부합하는 방향으로 조합한다. 빈곤이나 마약과 맞서 싸우고 십대 미혼모를 도우려는 신념에 찬 노력을 강력하게 후원한다. 현재 세금공제에 대한 항목을 구분하지 않기 때문에 자선 기부금에 세금 우대를 신청할 수 없는 저소득이나 중간소득 시민에게 세금 우대를 적용한다. 맞벌이 부부에게 불리한 세금규정을 없애고, 소득세공제를 더 확대한다. 새로운 이민자들에게 영어와 시민 교육을 가르칠 경우 인센티브를 더 많이 제공한다. 증오범죄법안과 고용차별금지법을 통과시킨다. 그렇게 제안한 다음, 나는 '뉴마켓' 사업에 하원의장이 협조해준 데 대해 치하했다.

마지막으로 나는 힐러리 옆에 앉은 사람들, 우리가 달성하고자 하는 일들을 상징하는 사람들을 소개했다. 콜럼바인에서 살해당한 학생의 아버지, 그는 의회가 총기 전시회에서 신분증 확인 없이 총기 판매하는 것을 금지해주기를 바랐다. 남미계 아버지, 자랑스럽게 아이 보육비를 낸 그는 내가 제안했던 노동가정을 위한 세금감면 프로그램 덕분에 혜택을 입게 될 터였다. 코소보에 추락한 조종사를 구조한 공군 대위, 그는 발칸반도에서 우리가 맡은 역할을 마무리하는 일의 중요성을 입증하고 있었다. 나의 친구 행크 아론, 그는 야구계 활동을 마친 후 가난한 아이들을 돕는 일과 인종갈등을 중재하는 일에 오랜 세월 시간을 투자해온 사람이었다.

나는 연설을 마무리하면서 단합을 호소했다. 내가 공화당 의원이나 민주당 의원이나 유전학적으로 보면 99.9퍼센트 똑같다는 이야기를 했더니 사람들은 폭소를 터뜨렸다. 나는 말했다. "현대과학은 예전부터 우리가 가지고 있었던 믿음을 확증해줍니다. 그것은 바로 우리는 똑같은 인간이라는 점이며, 이것이 인생에서 가장 중요한 사실입니다."

몇몇 의원들이 나의 연설 내용에 대해 비판을 했다. 어느 하원의원은 내 연설이 미국을 부채 없는 나라로 만들고 싶어 한다는 점에서 꼭 캘빈 쿨리지의 연설 같다고 말했고, 몇몇 보수주의자들은 내가 교육과 건강보험, 그리고 환경에 너무 많은 돈을 쓴다고 말했다. 대부분의 국민들은 내가 임기 마지막 해에 열심히 일할 것이라고 안심하고, 국민들로 하여금 미래에 관심을 가지게 하려는 나의 노력을 지지하고, 내가 제안한 새로운 생각들에 관심을 보이는 것 같았다.

1960년대 초에도 미국은 평온한 바다를 항해하고 있는 것처럼 보였다. 경제는 급성장하고, 민권법은 보다 공정한 미래를 약속하고, 베트남전은 텔레비전 화면에서 조그맣게 울리는 잡음에 불과했다. 그러나 6년 만에 경제성장은 하락하기 시작했고, 인종폭동이 거리를 휩쓸고, 존 케네디와 로버트 케네디, 마틴 루터 킹 2세가 암살당하고, 베트남전은 미국의 정가를 탕진하고 존슨 대통령을 공직에서 몰아내고 미국 정치에 새로운 분열시대의 문을 열어주었다. 좋은 풍요로운 시대는 단단히 틀어쥐고 하나하나 쌓아나가는 것이지, 그냥 손에 쥐어지는 것이 아니다.

일리노이 주 퀸시에 잠깐 들른 후에, 나는 나의 의제의 중요 항목들을 현실화하기 위해서 스위스 다보스에서 열리는 세계경제포럼에 참석했다. 이 회의는 각국의 정치지도자들과 경제계 지도자들의 연례 회의로, 갈수록 중요성이 커지고 있었다. 나는 각료 다섯 명과 함께 참석했다. 우리는 지난 세계무역기구 총회 때 시애틀의 거리에서 목격했던 세계화 반대 시위에 대해서 의견을 나누었다. 다국적 기업들과 그 기업의 정치적 후원자들은 대부분 자신들이 필요한 대로 세계화 경제를 만들어가는 데만 관심이 있었고, 무역으로 경제가 성장하면 어느 곳이나 돈과 일자리가 넘칠 거라고 생각했다.

선진국의 경우, 무역의 발전은 수많은 사람들을 빈곤으로부터 구해냈다. 하지만 가난한 나라들에 사는 수많은 사람들은 무역의 혜택으로부터 소외되어왔다. 세계 인구의 절반이 하루 소득 2달러 미만이었고, 10억의 인구가 하루 소득 1달러 미만이었으며, 10억이 넘는 인구가 날마다 저녁을 먹지 못하고 잠자리에 들어야 했고, 깨끗한 물을 마실 수 없는 사람은 네 명 중 한 명 꼴에 불과했다. 1억 3,000만 명의 아이들이 학교에 가지고 못하고, 해마다 100만 명의 아이들이 예방할 수 있는 질병으로 죽어가고 있었다.

부유한 나라에서도, 경제의 끊임없는 교란으로 인해서 일자리를 잃는 사람들이 발생하고 있었다. 미국은 실업자들을 같은 임금 혹은 더 높은 임금의 일자리로 복귀시키는 일에서 만족할 만한 성과를 올리지 못하고 있었다. 세계적인 금융기구들은 노동계층에 대한 피해를 최소화하면서 개발도상국의 위기를 중단, 혹은 완화시킬 수 있는 방안을 찾아내지 못하고 있었다. 결국 세계무역기구는 부유한 국가들과 다국적 기업들의 입장으로 지나치게 치우쳐 있는 것으로 인식되고 있었다.

민주당이 의회 다수당이었던 취임 후 2년 동안, 나는 실직 노동자들의 훈련에 많은 자금을 투입했고, 환경기준과 노동기준에 관한 북미자유무역협정의 부속협정에 서명했다. 그 후 다수당이 된 공화당은 이러한 정책들에 대해 우호적이지 않았으며, 가난한 나라에서 빈곤을 줄이고 새로운 일자리를 창출할 목적으로 수립된 정책에 대해서는 특히 반발이 컸다. 나는 '뉴 마켓' 프로그램, 아프리카와 지중해 연안 국가들에 대한 무역법안, 그리고 '새 천년세금감면' 프로그램, 이렇게 세 가지 사안은 초당파적인 지지를 얻을 수 있을 것이라고 생각했다.

가장 큰 의문은 세계적인 사회정책과 환경정책을 마련하지 않고도, 그리고 세계무역기구와 같은 경제정책 결정주체들의 태도가 개방적으로 변하지 않고도, 세계화 경제의 발전이 가능하냐는 것이었다. 나는 무역이 빈곤을 확대한다고 주장하는 반무역, 반세계화 세력들의 생각은 잘못된 것이라고 생각했다. 실제로 무역은 보다 많은 사람들을 빈곤에서 구해내고, 보다 많은 나라들을 고립에서 구해낸다. 반대로 하루 1조 달러가 넘는 자본의 흐름과 끊임없이 확대되는 무역이면 만사가 해결된다고 생각하는 사람들이 있었는데, 나는 이런 생각 역시 잘못된 것이라고 생각했다.

나는 세계화에는 그 수혜자들이 성과와 부담을 공유하고, 더 많은 사람들을 이 과정에 참여시키는 책임이 따른다고 말했다. 나는 원래 세계화에 대한 '제3의 길' 방식의 관점을 옹호하고 있었다. 이런 관점에서 보면, 세계화란 무역만을 의미하는 것이 아니라, 사람들과 국가들에게 그것을 최대한 이용할 수 있는 도구와 조건을 제공하려는 협조적인 노력을 포함하는 개념이었다. 마지막으로 나는 경제성장과 사회정의를 통해서 사람들에게 희망을 주는 것이야말로 21세기의 세계가 테러리즘의 공포와 대량살상무기, 그리고 인종, 종교, 부족 증오에 뿌리를 둔 오래된 갈등에서 벗어날 수 있는 중요한 방법이라고 주장했다.

연설이 끝났을 때, 그곳에 모인 1,000여 명의 경제계 지도자들이 내 의견에 동의하는지는 알 수 없었다. 하지만 나는 그들이 진심으로 귀를 기울이고 있으며 세계화 시대의 상호의존성 문제와 좀더 통합된 세계를 만들어야 하는 자신들의 책무에 대해 고민하고 있다는 것을 느낄 수 있었다. 세계를 흔들어 깨우고 앞으로 전진시키려는 사람들에게 필요한 것은 비전을 공유하는 것이었다. 열정을 가진 선량한 사람들이 공유된 비전에 입각하여 행동하게 되면, 대부분의 문제는 해결될 것이다.

나는 귀국해서 임기 중에 마지막 기회가 될 조찬기도회 날을 맞았다. 조리버먼이 연설을 했는데, 유대교 출신으로 그곳에서 연설을 한 사람은 그가 처음이었을 것이다. 그는 모든 신앙의 공통된 가치에 대해서 훌륭한 연설을 했다. 나는 그의 주장 속에 담긴 실천적인 의미에 대해서 의견을 내놓았다. 낯선 사람들을 외면하지 말고, 자기가 대접받고 싶은 대로 남을 대접하고, 이웃을 자기 몸처럼 사랑하라는 계명이 있는데, '우리의 이웃은 누구이고, 이웃을 사랑하라는 것은 무엇을 의미하는가?'를 생각해볼 필요가 있었다. 우리가 유전학적으로 거의 동일하다면, 그리고 우리의 세계가 긴밀하게 얽혀 있어서 아칸소에 사는 내 사촌이 일주일에 두 번씩 오스트레일리아에 사는 사람과 인터넷으로 체스를 둔다면, 우리는 이웃에 대한 개념과 사랑의 의미에 대한 시야를 넓혀가야 했다.

세계가 어떤 방향으로 움직일 것인가는 그해의 선거 결과에 의해 결정될 터였다. 앨 고어와 조지 W. 부시는 아이오와에서 거뜬하게 승리를 거두었다. 내가 예상하던 대로였다. 선거전은 뉴햄프셔로 옮아갔다. 이곳의 양당 예비선거 유권자들은 예상을 뒤집기를 좋아하는 사람들이었다. 고어의 선거운동은 위태롭게 시작되었다. 하지만 내슈빌로 선거운동본부를 옮기고 뉴햄프셔에서 여러 차례의 시민대표자회의를 열면서, 그는 유권자들과 친밀감을 형성하고 언론의 조명을 받으며 상원의원 브래들리를 앞지르기 시작했다. 그의 주요한 업적들을 거론했던 연두교서 발표 이후, 그의 지지율은 이른바 연설 효과 덕분에 몇 포인트 올라갔다. 예전에도 연두교서 발표가 있을 때마다 민주당의 지지율은 상승하는 경향이 있었다. 브래들리는 고어를 심하게 공격하기 시작했다. 고어가 대응을 하지 않자, 브래들리의 지지율이 약간 올라갔지만, 여전히 52 대 49로 고어가 앞서고 있었다. 그 후 나는 그가 안전하게 지명될 것이라고 예상했다. 남부와 캘리포니아에서 큰 지지를 받을 것이고, 미국노동총연맹 산별회의의 지지를 받고 난 뒤로는 대규모 공업 단지가 있는 주들에서도 선전을 할 것이라고 생각했다.

공화당의 존 맥케인은 뉴햄프셔에서 조지 W. 부시를 49 대 31로 앞서고 있었다. 그곳은 맥케인의 표밭이었다. 그의 독립적인 성향과 선거운동자금개혁안에 대한 지지 입장은 유권자들을 사로잡았다. 다음 번 격전지는 사우스캐롤라이나였다. 맥케인은 군복무 경력과 하원의원 두 명의 지지선언 덕을 볼 수 있을 것 같았다. 하지만 부시는 당의 지도부와 우익 종교계의 후원을 받고 있었다.

2월 6일 일요일 오후, 나는 힐러리, 첼시, 도로시와 함께 차파쿠아를 출발해서 인근의 퍼처스에 있는 뉴욕 주립대학교 캠퍼스로 갔다. 힐러리는 이곳에서 상원의원 출마를 공식 선언할 예정이었다. 모이니헌 상원의원이 힐러리를 소개했다. 그는 자신이 엘리너 루스벨트를 잘 안다면서, 엘리너라면 "당신을 사랑할 겁니다"라고 말했다. 그것은 진심어린 칭찬이면서 재치 있는 말이었다. 그전에 힐러리가 엘리너 루스벨트와 상상 속의 대화를 나누었다고 해서 놀림을 받은 적이 있었기 때문이다.

힐러리의 연설은 훌륭했다. 정성껏 쓰고 공들여 연습한 연설이었다. 그녀가 뉴욕 주 여러 지역들의 여러 가지 문제점에 대해서 많이 연구했으며, 유권자들 앞에 어떤 선택이 놓여 있는지 잘 이해하고 있다는 사실을 드러내는 연설이었다. 힐러리는 자신이 출마한 이유를 밝혔다. 그녀는 뉴욕 사람들이 설사 마음에 드는 후보라 해도, 뉴욕에 살지 않다가 몇 달 전에 이사온 후보에게 표를 던질 때는 신중한 자세를 취하는 이유를 잘 이해하고 있었다. 이어 힐러리는 상원의원이 되어 하고자 하는 바를 밝혔다. 우리는 내가 연설을 해야 하는가 하는 문제를 가지고 의논을 했다. 뉴욕은 나에 대한 지지율이 높은 곳이었다. 당시 나의 직무에 대한 지지율은 70퍼센트였고, 나의 개인에 대한 지지율은 60퍼센트였다. 하지만 연설을 하지 않기로 결정했다. 그날은 힐러리의 날이었고, 유권자들이 듣기를 원하는 것은 그녀의 이야기였으니까.

2월 한 달 동안, 뉴스는 온통 선거 이야기였다. 나는 여러 가지 국내정책과 외교정책을 진행하고 있었다. 국내정책과 관련된 것부터 보자면, 메디 케이드의 대상을 유방암과 자궁암 치료가 필요한 저소득층 여성들까지 확대하자는 법안을 양당의 지지를 얻어서 통과시켰다. 로트 상원의원과 연방선거위원회에 그가 원하는 사람(선거운동자금개혁의 열광적인 반대자)을 지명하는 대신, 내가 지명한 법관들 가운데 다섯 명에 대한 인준 표결을 하기로 합의했다. 또한 나는 환자 권리장전을 놓고 공화당과 싸워야 했다. 그들은 아무도 그 법안의 집행을 요구하는 소송을 제기할 수 없다는 것이 전제가 되어야만 법안을 통과시키겠다고 이야기했고, 나는 그렇게 하면 그 법안이 '있으나마나한 제안용' 법안이 되는 것이라고 맞섰다.

나는 레이건 대통령 시절의 용감한 백악관 대변인이었던 제임스 브래디에게 백악관 기자실을 맡겼다. 아메리칸 인디언의 교육과 건강보험을 위한 기금의 기록적인 확대를 선언하고, 직장에 나가는 생활보호대상자가 중고차를 소유해도 식량보조수급권을 잃지 않는 방향으로 식량 카드 규정을 바꾸는 방안을 지지했다. 나는 경제, 사회정책, 그리고 주요 공직에 남미계 미국인을 임명한 것에 대해서 남미계미국인연맹LULAC에서 상을 받았고, 미국주지사협회 모임을 마지막으로 주최했다.

외교관계에서는 골칫거리가 많았다. 2월 7일에는 야세르 아라파트가 이스라엘과의 평화회담을 중단했다. 그는 이스라엘이 시리아와의 평화협상을 추진할 목적으로 팔레스타인 문제를 미루고 있다고 믿고 있었다. 그의 주장에도 어느 정도 일리가 있었다. 게다가 당시 이스라엘 여론도 골란 고원까지 내주면서 팔레스타인과의 협상을 위태롭게 하는 것보다는, 여러 가지 어려움이 뒤따른다고 해도 팔레스타인과 협상을 하는 쪽으로 기울고 있었다. 우리는 이 일들을 다시 추스르느라고 남은 2월의 시간을 다 투자해야 했다.

2월 11일, 아일랜드공화국군이 마지막 순간에 무장해제를 감독하고 있는 캐나다 출신의 장군 장 드 샤스틀랭에게 무장해제를 확언했음에도 불구하고, 영국은 북아일랜드에 주었던 자치권을 박탈해버렸다. 나는 조지 미첼을 다시 북아일랜드에 파견해서 아일랜드 총리 버티 아헌과 영국 총리 토니 블레어가 이런 결정을 내리지 않도록 하기 위해서 갖은 노력을 기울여온 터였다.

신페인당의 게리 애덤스에 따르면, 근본적인 문제는 아일랜드공화국군이 무장해제를 하기로 한 것은 데이비드 트림블과 통일당이 그들을 정부에 계속 참여시켜주는 조건으로 무장해제를 요구했기 때문이 아니었다. 공화국군은 주민들이 투표를 통해 무장해제를 결정했기 때문에 그것을 받아들인 것이었다. 물론 무장해제가 이행되지 않으면, 얼스터통일당의 개신교도는 평화과정에 대한 믿음을 잃을 것이고 트림블은 자치정부 수석장관직에서 물러나게 될 터였다. 이것은 신페인당과 애덤스가 원하지 않는 일이었다. 트림블은 음침하고 염세적인 태도를 보이기도 했지만, 스코틀랜드계 아일랜드 사람인 그의 단호한 표정 뒤에는 평화를 위해 위험을 무릅쓰려는 용감한 이상주의가 감추어져 있었다. 어쨌든 일련의 사건들로 인해서 자치정부의 수립은 1년 이상 늦춰지고 있었고, 다시 상황은 무정부 상태로 돌아가고 있었다. 대단히 절망적이었다. 하지만 나는 다시 끔찍한 예전 상태로 돌아가고 싶어 하는 사람이 없으니 난국이 해결될 수 있을 거라고 생각했다.

3월 5일, 나는 앨라배마 주 셀마에서 투표권 쟁취 35주년 기념 행진대회에 참석했다. 행진에 참여한 사람들은, 모든 미국인이 투표권을 행사할 권리를 얻기 위하여 목숨을 걸었던 '피의 일요일' 당시 민권 시위자들이 건넜던 에드먼드 피터스 다리를 건너 행진했다. 당시 행진에 참여했거나 마틴 루터 킹 목사를 지지하며 민권 운동에 참여했던 많은 사람들이 다시 모여 팔짱을 끼고 행진했다. 대열 중에는 코레타 스코트 킹, 제시 잭슨, 존 루이스, 앤드루 영, 조 로워리, 줄리안 본드, 에셀 케네디, 그리고 해리스 워퍼드도 있었다.

1965년 당시의 셀마 행진은 전 국민의 양심을 흔들어 깨웠다. 5개월 후, 존슨 대통령은 투표권법령을 승인했다. 이 법령이 통과되기 전에는 공직자로 선출된 흑인이 300명뿐이었고, 하원의원 중에서 아프리카계 미국인은 세 명뿐이었다. 2000년에 그 수는 각각 9,000명, 39명으로 늘어났다.

나는 간단한 소견을 밝히는 자리에서, 미국의 흑인들은 "자유를 얻기 위한 투쟁에서 승리했으며, 그들을 억압했던 사람들도 처음으로 자유를 얻었다"고 했던 마틴 루터 킹 목사의 말이 옳았다고 말했다. 셀마 행진 이후 남부의 흑인과 백인들은 이 다리를 건너 새로운 남부로 들어갔다. 증오와 차별을 뒤로 하고 새로운 기회와 번영과 정치적 영향력을 향해 가는 행진이었다. 셀마 행진이 없었다면, 지미 카터와 빌 클린턴은 미국의 대통령이 될 수 없었을 것이다.

이제 이 다리를 건너 21세기로 들어간 미국에서 아프리카계 미국인들은 최저의 실업률과 최저의 빈곤율, 최고의 주택소유율, 최고의 점포소유율을 기록하고 있었다. 나는 청중들에게 앞으로 이루어야 할 것들을 명심하라고 당부했다. 소득, 교육, 건강, 폭력, 그리고 형사법체계의 공정성 등의 영역에서 인종간의 현저한 차이가 존재하는 한, 차별과 증오범죄가 사라지지 않는 한, '우리는 또 하나의 다리를 건너야 한다.'

나는 그날 셀마에서 무척 행복했다. 나는 세월을 거슬러, 인종차별 없는 미국에 대한 갈망과 신념으로 가득 찼던 소년 시절로 돌아갔다. 나는 그런 갈망과 신념을 키우는 데 소중한 역할을 담당했던 사람들에게 작별 인사를 하면서 나의 정치인생의 정신적 뿌리를 다시 한번 확인했다. "우리 미국인들이 서로 손을 맞잡을 마음이 있는 한은, 우리는 어떤 바람이 불어도 걸어갈 수 있고, 어떤 다리도 건널 수 있습니다. 나는 깊은 확신을 가지고 말씀 드립니다. 우리는 기필코 이겨나갈 것입니다."

나는 2월 첫째, 둘째 주 동안에는 총기안전 조치를 홍보하는 일에 전념했다. 무면허 총기매매를 차단하고, 아동보호용 총기안전장치를 의무화하고, 총기 소유자들에게 사진이 첨부된 면허증 소지를 의무화했다. 이 면허증은 브래디법에 규정된 신분확인을 통과했고 총기안전교육을 수료했다는 것을 증명하는 것이었다. 미국은 이미 여러 차례의 총기사고를 겪었다. 아주 어린 아이가 자기 집에서 발견한 총기를 잘못 건드려 생긴 사고도 있었다. 미국 내에서 15세 미만 아동의 총기오발사망률은 다른 25개 경제선진국을 합친 경우의 사망률보다 아홉 배나 높았다.

이처럼 총기관리의 필요성이 절실하고 대중적인 요구가 확산되고 있었지만, 미국총기협회는 의회에서 일체의 논의도 이루어지지 않게 막고 있었다. 대부분의 총기제조업자들은 자진해서 아동보호용 안전장치를 부착하기 시작했다. 브래디법에 반대하던 미국총기협회는 무기 전시회에서 즉석으로 이루어지는 신분조사에 대해서는 반대하지 않지만, 공공의 안전을 위해서 사흘간을 기다리는 불편을 감수하게 하는 것에는 반대한다고 주장했다. 이미 신분조사의 70퍼센트는 한 시간 안에 완료되고 있었고, 하루 안에 완료되는 경우는 90퍼센트에 달했다. 하루가 넘어 걸리는 경우는 얼마 되지 않았다.

대기기간을 두지 않는다면, 적법한 경력을 가지지 못한 사람들이 금요일 오후 가게를 닫는 시간에 총기를 구매할 수도 있었다. 미국총기협회는 총기소유자에 대한 면허제도에 대해서, 무기를 소유할 권리를 박탈하는 방향으로 나가는 첫 단계라고 강력하게 반발했다. 일고의 가치도 없는 주장이었다. 우리는 오래전에 운전면허제도를 도입했지만 그것이 자동차 소유 금지와 관련되었다고 주장하는 사람은 아무도 없었다.

나는 미국총기협회가 많은 사람들에게 겁을 주고 있다는 것을 알고 있었다. 나는 미국총기협회가 엄청난 영향력을 발휘하고 있는 사냥 문화 풍토에서 자랐고, 1994년 의회선거에서 미국총기협회가 얼마나 엄청난 영향력을 발휘하는지 목격했다. 하지만 대부분의 사냥꾼과 사냥애호가들이 선량한 시민들이며, 합리적인 주장에 귀 기울일 사람들이라는 것도 알고 있었다. 나는 이 문제를 반드시 해결해야 했다. 왜냐하면 이 일이 필요하다는 확신을 가지고 있었고, 총기소유면허제도에 지지를 표명했던 앨 고어가 미국총기협회의 사정거리 안에 들어 있다는 것을 잘 알고 있었기 때문이다.

2월 12일, 미국총기협회의 부회장인 웨인 라피에르는 내가 정치적인 목적을 달성하기 위해서 "일정한 수준의 폭력과 일정한 수준의 살인을 방관하고 있고 부통령도 마찬가지"라고 주장했다. 라피에르의 주장은 우리가 총기범죄에 대한 처벌을 강화하고, 아이들이 총기에 손을 댈 수 있게 방치한 어른들을 처벌해야 한다는 것이었다. 다음 날, 클리블랜드에서 나는 그의 주장에 대한 답변을 했다. 나는 처벌을 강화하라는 그의 제안에는 찬성하지만, 일체의 예방조치가 불필요하다는 주장은 터무니없는 것이라고 반박했다. 미국총기협회는 경찰관을 죽이는 총알을 금지하는 것에 대해서도 반대하고 있었다. 일정한 수준의 폭력과 살인을 방관하고 있는 것은 정작 그들이었다. 그들의 목적은 회원수를 보유하고 자신들의 이데올로기를 지키는 데 있었다. 나는 콜럼바인이나 스프링필드, 오리건, 존스버러, 아칸소에서 총기난사로 자식을 잃은 부모들의 눈을 들여다보면서 라피에르가 그런 말을 할 수 있는지 보고 싶다고 말했다.

나는 하원에서는 미국총기협회를 꺾을 수 없다는 것을 알고 있었다. 하지만 노력하는 것 자체가 중요한 일이었다. 나는 사람들에게 미국총기협회의 '예방이 웬말, 처벌이 제일' 전략이 우리 생활의 모든 영역에 적용된다면 어떻게 되겠느냐고 물었다. 안전벨트도 없애고, 에어백도 없애고, 속도제한도 없애는 대신 사고로 사람을 죽인 운전자들에 대한 처벌에 5년형을 추가한다면, 또 공항금속탐지기를 없애는 대신 비행기를 폭파하는 사람에 대한 처벌에 10년형을 추가한다면 어떻게 될 것인가.

나는 예전에 클리블랜드에 갔을 때, 아메리코 자원활동가들이 어린아이들에게 읽기 지도를 하고 있는 초등학교를 찾아간 적이 있었다. 여섯 살짜리 꼬마가 나를 보고 물었다. "정말 대통령 맞아요?" 내가 그렇다고 하자, 아이가 대꾸했다. "그런데 아직 안 죽었네요!" 그가 아는 대통령은 조지 워싱턴과 에이브러험 링컨뿐이었다. 내게는 시간이 얼마 남지 않았지만, 내 앞에 이처럼 중요한 싸움이 남아 있는 상황에서 나는 그 아이의 말이 옳다는 것을 알고 있었다. 나는 아직 안 죽었다.

3월 17일, 나는 최대규모의 총기제조회사인 스미스-웨슨사와 연방정부, 주정부 간에 획기적인 협상이 이루어졌음을 발표했다. 스미스-웨슨사는 총기에 안전장치를 설치하는 것, 총기를 소유한 어른이 조작해야만 발사되는 '스마트 건'을 개발하는 것, 범죄에 사용된 총기를 유달리 많이 판매한 판매업자와 거래를 중단하는 것, 판매업자에게 신분조사를 하지 않는 장소에서는 총을 판매하지 말도록 요구하는 것, 대형 탄창을 사용할 수 없는 신형총기를 개발하는 것에 동의했다. 그 회사로서는 대단히 용감한 조치였다. 나는 스미스-웨슨사가 미국총기협회와 경쟁사의 엄청난 공격에 시달리게 될 것임을 알고 있었다.

대통령 지명전은 3월 둘째 주에 끝이 났다. 슈퍼 화요일에 있었던 16곳의 예비선거와 지방대회에서 앨 고어와 조지 W. 부시가 압승을 거두자, 존 맥케인과 빌 브래들리는 후보를 사퇴했다. 빌 브래들리는 진지하게 선거운동에 임했고, 일찍부터 고어를 압박하여 고어를 더 좋은 후보로 만들어주었다. 브래들리 덕분에 고어는 부통령 이미지를 등에 업는 전략을 버리고, 느긋하면서도 공격적인 도전자의 모습을 부각시킬 수 있는 풀뿌리 전략(일상 영역을 파고들어 대중의 마음을 사로잡는 방식—옮긴이주)을 채택했다. 부시는 뉴햄프셔에서 패배한 이후 사우스캐롤라이나에서 승리함으로써 안정을 찾았다. 보수적인 백인 가정마다 전화를 걸어 상원의원 맥케인에게는 '흑인 아기'가 있다고 홍보한 것이 주효했다. 맥케인에게는 방글라데시에서 입양한 아이가 있었는데, 사실 이것은 내가 그를 존경하는 여러 가지 이유 중의 하나였다.

예비선거가 끝나기 전, 부시를 후원하는 특별 참전용사 단체가 맥케인은 북베트남 전쟁포로였던 5년 6개월 동안 나라를 배신했다고 비난했다. 뉴욕에서는 부시의 운동원들이 유방암 연구에 반대했다며 맥케인을 공격했다. 사실 그가 유방암 연구비가 일부 포함된 방위 법안에 반대표를 던진 것은 그 법안에 포함된 포크배럴(특정 선거구 혹은 의원에만 유리한 정부보조금—옮긴이주) 지급에 반대하기 위한 것이었다. 그에게는 유방암을 앓는 누이가 있었고, 90퍼센트 이상이 암연구기금으로 지정되어 있는 세출안에 늘 찬성하는 입장이었다. 맥케인 상원의원이 자신을 흠잡는 부시의 운동원들과 극우파를 맞받아치기 시작했을 때는 이미 시기를 놓친 뒤였다.

3월에는 국제적인 전선에서 대체적으로 긍정적인 발전이 이루어졌다. 바라크와 아라파트는 회담 재개에 동의했다. 대통령으로 마지막으로 맞이하는 성 패트릭 축일에 아일랜드의 시인 셰이머스 히니가 시를 낭독했고, 우리는 모두 입을 모아 아일랜드의 자유와 독립을 상징하는 '대니 보이'를 불렀다. 북아일랜드 자치정부는 흔들리고 있었지만, 어느 누구도 평화과정을 무덤으로 보내려는 사람은 없었다. 나는 사우디아라비아의 파드 국왕과 함께, 석유수출국기구OPEC가 석유생산량을 늘릴 가능성에 대해서 이야기를 나누었다. 1년 전에 유가는 1배럴에 12달러까지 폭락했는데, 석유생산국의 기본적인 필요를 충족할 수 없을 만큼 낮은 가격이었다. 유가는 다시 1년 만에 31달러에서 34달러까지 급등했는데, 이번에는 너무 비싸서 석유소비국에 부정적인 영향을 주고 있었다. 나는 가격안정선을 20달러에서 22달러로 보고 있었기 때문에, 석유수출국기구가 생산량을 늘리기를 기대하고 있었다. 그렇지 않으면 미국은 여러 가지 중대한 경제 문제에 부딪히게 될 터였다.

3월 18일, 나는 일주일 일정으로 인도, 파키스탄, 방글라데시에 순방을 떠났다. 인도에 가서는 장기적으로 긍정적인 관계를 이룰 수 있는 초석을 다질 예정이었다. 냉전이 끝나면서 인도는 중국의 대항세력으로서 소련과 제휴하게 되었는데, 미국은 그 후로 너무나 많은 시간을 낭비했다. 방글라데시는 남아시아에서 가장 가난한 나라였지만, 혁신적인 경제정책이 진행되고 있었고, 미국에 대해서 우호적인 태도를 가지고 있었다. 파키스탄이나 인도와는 달리, 방글라데시는 포괄적인 핵실험금지조약을 비준한 비핵국가였다. 최근에 군사쿠데타가 일어난 파키스탄 방문에 대해서는 반대의견이 많았다. 하지만 내가 파키스탄을 방문한 목적은 민간정부의 조속한 복귀와 카슈미르의 긴장 완화를 독려하는 것, 무샤라프 장군이 축출한 총리 나와즈 샤리프를 처형하지 않도록 설득하는 것, 무샤라프에게 빈 라덴과 알 카에다를 소탕하는 데 협조하도록 압력을 가하는 것이었다.

비밀검찰부는 파키스탄과 방글라데시 방문에 강하게 반대하고 있었다. 중앙정보국이 입수한 첩보에 의하면, 이 두 곳 중 어느 한 곳의 영토에서, 혹은 비행기 이착륙 중에 알 카에다가 나를 공격할 준비를 하고 있다는 것이었다. 나는 인도만 방문하는 것은 미국의 국익에 부정적인 영향을 미칠 것이라는 생각과 테러분자들의 위협에 굴복하지 않겠다는 신념에서 3개국 순방을 강행했다. 우리는 각별히 주의를 하면서 준비를 진행했다. 비밀검찰부의 요청을 내가 거절한 것은 이때가 처음이자 마지막이었다.

인도 방문에는 장모와 첼시도 동행하기로 했다. 우리는 먼저 인도로 갔다. 나는 전직 오하이오 주지사인 친구 딕 셀레스트 인도대사 부부에게 두 사람을 맡겼다. 방글라데시로 가는 일행은 작은 비행기 두 대에 탑승할 인원으로 줄였다. 그곳에서는 총리인 셰이크 하시나를 만났다. 나중에 나는 경호 문제 때문에 또 한 번 양보를 해야 했다. 나는 친구인 무하마드 유누스와 함께 조이푸라 마을을 방문해서 그라민 은행의 소액대출 프로젝트를 시찰할 예정이었다. 비밀검찰부는 좁은 시골길이나 헬리콥터를 이용해서 마을로 들어가면 일행을 방어할 수가 없다고 완강하게 버텼다. 할 수 없이 우리는 어린 학생들을 포함한 마을 사람들을 다카에 있는 미국대사관으로 오게 해서, 대사관 마당에 교실을 꾸미고 마을 사람들이 준비한 행사를 구경했다.

내가 방글라데시에 머무는 동안, 카슈미르에서 35명의 시크교도가 살해되었다. 나의 방문에 맞추어 여론의 조명을 받으려는 의도 같았지만 범인은 밝혀지지 않았다. 델리로 돌아가서 바지파이 총리와 만날 때, 나는 테러분자가 나의 여행을 학살의 구실로 삼았다는 것에 대해 분노와 깊은 유감의 뜻을 표현했다. 바지파이하고는 이야기가 잘 통했다. 그가 임기를 마치기 전에 파키스탄과 다시 관계를 회복할 수 있으면 좋을 것 같았다. 우리는 핵실험금지조약에 대해서는 합의를 보지 못했다. 나는 스트로브 탤벗이 외무장관 자스완트 싱을 비롯한 여러 사람들을 만나서 핵확산금지 문제로 협상을 해왔다는 것을 알고 있었다. 하지만 바지파이는 앞으로 핵실험을 중지하겠다고 약속했으며, 우리는 양국 상호관계를 이끌어갈 몇 가지 긍정적인 원칙에 대해서 합의를 보았다.

나는 또한 야당인 국민의회당 의장 소냐 간디를 만났다. 그녀는 네루의 손자인 남편과 네루의 딸인 시어머니를 정치적 암살로 여읜 사람이었다. 이탈리아에서 태어난 소냐는 꿋꿋하게 공직 생활을 계속하고 있었다.

여행 나흘째 되는 날, 나는 인도 국회에서 연설을 했다. 의사당 건물은 커다란 원형구조물이었는데, 수백 명의 국회의원들이 줄줄이 놓인 좁은 탁자들 사이에 빽빽이 앉아 있었다. 나는 인도의 민주주의와 다양성, 그리고 놀랄 만한 경제 도약에 대한 존경을 표했다. 그리고 핵 문제에 대한 양국의 의견차에 대해서 솔직하게 이야기하고, 카슈미르 문제의 평화적인 해결책을 찾아달라고 당부했다. 나는 청중들이 테이블을 두드리며 환호하는 걸 보고 다소 놀랐다. 그들의 열렬한 반응은 나와 마찬가지로 양국간의 오랜 소원한 관계를 끝내고 싶다는 열망의 표현이었다.

나는 장모, 첼시와 함께 간디기념관을 방문해서, 간디 자서전을 비롯해서 책 몇 권을 받았다. 다음에는 아그라를 방문했다. 세계에서 가장 아름다운 구조물인 타지마할이 심각한 대기오염으로 훼손될 위기에 처해 있어, 인도 정부는 타지마할 인근을 공해금지구역으로 제정하기 위해 노력하고 있었다. 싱 외무장관과 매들린 올브라이트는 에너지와 환경에 관한 양국간 협조를 내용으로 하는 협정서에 서명했다. 그 내용은 인도의 청정에너지 개발을 위해서 미국국제개발처USAID에서 4,500만 달러, 수출입은행에서 2억 달러의 차관을 제공한다는 것이었다. 타지마할은 너무나 아름다워서 떠나기가 아쉬웠다.

3월 23일 나는 자이푸르 근처에 있는 작은 마을 나일라를 방문했다. 밝은 색의 전통의상 사리를 입은 마을 여성들이 나를 둘러싸고 인사를 하더니 꽃잎을 뿌려주었다. 나는 전통적으로 인도 사람들을 가르고 있는 신분과 성의 구분을 넘어서 일하고 있는 선출직 공무원들을 만났다. 그리고 목축 협동농장에서 일하는 여성들과 소규모 신용 대출의 중요성에 대해 논의했다.

다음 날 나는 샨드라바부 나이두 내무장관의 초청을 받아 번창일로에 있는 첨단기술도시 하이데라바드를 방문했다. 그는 논리정연하고 현대적인 정치지도자였다. 그곳에서 첨단기술센터를 방문했는데 엄청나게 많은 기업들이 불길처럼 성장하고 있는 모습을 확인할 수 있었다. 그리고 미국국제개발처 처장 브래디 앤더슨과 어느 병원을 방문해서, 에이즈와 결핵 치료 지원금으로 500만 달러를 제공할 것을 약속했다. 당시 인도에서는 에이즈에 관한 일반인들의 인식 수준이 낮았다. 나는 우리의 작은 도움이 인도에서 에이즈 문제가 아프리카처럼 만연하기 전에 대중적인 인식을 끌어올리는 데 도움이 되기를 바랐다. 마지막으로 들른 곳은 뭄바이(봄베이)였는데, 경제계 지도자들과 만나고 나서, 인근의 작은 식당에서 젊은 지도자들과 함께 흥미로운 대화를 나누었다. 인도를 떠날 때는 양국 관계가 견고해졌다는 생각이 들었다. 그리고 한 주만 더 머무르면서 인도의 아름다움과 신비를 살펴볼 수 있었으면 하는 마음이었다.

3월 25일, 나는 이슬라마바드로 갔다. 비밀검찰부가 가장 위험하다고 했던 곳이었다. 나는 일행 대부분을 남겨두고 몇 사람만 데리고 큰 비행기 편으로 오만에 있는 미국의 연료공급기지에 갔다. 샌디 버거는 자기가 나보다 나이가 조금 많다면서, 30년 동안 우정을 나누어온 사이니 파키스탄에도 같이 가겠다고 농담을 했다. 우리는 다시 작은 비행기 두 대에 나누어 탔다. 하나는 미공군 표지가 있는 비행기였지만, 내가 탄 비행기는 흰색 칠만 되어 있었다. 파키스탄 측은 활주로 주변 1.6킬로미터 지역을 점검하여 휴대용 단거리 미사일의 공격을 차단했다. 하지만 비행기가 착륙을 할 때는 조마조마해서 가슴이 죄어들었다.

우리가 탄 자동차행렬은 텅 빈 고속도로를 달려 대통령궁에 닿았다. 나는 이곳에서 무샤라프 장군과 그의 각료들을 만나고, 방송을 통해 파키스탄 국민에게 연설을 했다. 냉전을 겪는 동안 지속되어온 양국 간의 우정에 대해서 이야기하고, 테러와 핵무기를 거부하고 카슈미르 문제에 관해 인도와 대화를 개시할 것, 핵실험방지조약을 받아들일 것, 그리고 무장보다는 교육, 의료, 경제발전에 투자할 것을 촉구했다. 나는 파키스탄과 이슬람 세계의 친구로서, 보스니아와 코소보에서 이슬람교도 학살을 반대했으며, 가자지구에서 팔레스타인 의회에서 연설을 하고, 후세인 국왕과 하산 국왕의 장례식에 참석하여 다른 조문객들과 함께 슬퍼했으며, 백악관에서 미국의 이슬람교도들과 함께 라마단 기간이 끝난 것을 경축했던 사실을 이야기했다. 나는 우리 세계가 종교적 차이에 따라 나누어지는 것이 아니라, 과거의 고통을 안고 살아가는 쪽을 선택하는 사람과 미래의 약속을 선택하는 사람으로 나누어진다는 점을 강조했다.

무샤라프와 회담을 하다 보니 파키스탄의 복잡하고 폭력적이기까지 한 문화에서 그가 두각을 나타내게 된 이유를 알 수 있었다. 그는 대단히 영리하고, 강인하고, 재치 있는 사람이었다. 그가 만일 평화와 진보의 길을 선택한다면, 성공할 가능성이 많을 것 같았다. 나는 그에게 만일 그가 테러리즘에 맞서 싸우지 않는다면 테러리즘은 파키스탄을 내부로부터 무너뜨릴 것이라고 말했다.

무샤라프는 샤리프가 처형되지 않을 것이라고 생각한다면서, 다른 문제에 대해서는 확실한 언급을 하지 않았다. 나는 그가 자신의 입장을 확고히 하기 위해 노력하고 있으며, 곤란한 처지에 있다는 것을 알 수 있었다. 샤리프는 얼마 안 있어 사우디아라비아의 제다로 추방되었다. 2001년 9월 11일 테러 이후 테러에 대항한 전쟁에서 미국과 진지하게 협조하기 시작했을 때도 무샤라프의 입지는 대단히 위태로웠다. 2003년에는 며칠 사이에 두 번이나 암살당할 위기를 겪기도 했다.

귀국하는 길에는 오만에 들러 술탄 카부스를 만나고, 대통령 전용기에 우리 방문단 전원을 태운 뒤, 제네바에 들러서 아사드 대통령을 만났다. 우리 팀은 바라크로부터 시리아 문제에 대한 구체적 제안을 얻어내려고 노력해왔으며, 아사드를 만났을 때 그것을 제시할 생각이었다. 물론 나는 그것이 최종 제안은 될 수 없다는 것을 알고 있었고, 시리아 사람들 역시 알고 있을 터였다. 하지만 나는 이스라엘이 시리아가 셰퍼즈타운에서 보여주었던 것과 같은 유연한 태도로 임한다면, 협상이 이루어질 가능성이 있다고 보았다. 그러나 그렇게 되지는 않았다.

나는 아사드를 만나서 붉은색 사자 무늬가 들어있는 파란색 넥타이를 선물했다. 그의 이름이 사자라는 뜻이었기 때문이다. 그는 아주 우호적인 태도를 보였다. 우리는 소규모 회담을 가졌다. 샤라 외무장관과 부세이나 샤반, 매들린 올브라이트, 데니스 로스가 참석했고, 국가안보처의 롭 맬리가 서기를 맡았다. 잠시 가벼운 대화를 나눈 후에, 나는 데니스에게 회담을 위해서 신중하게 연구했던 지도들을 펼치게 했다. 바라크는 셰퍼즈타운에서 견지했던 입장에서 훨씬 물러나서 호수 주위의 땅 요구 면적도 줄이고(그래도 400미터였다), 조기경보 기지의 체류인원도 줄이고, 철군시기도 앞당기겠다고 했다.

아사드는 내가 이야기를 마치기 전에 말을 막더니, 아주 흥분해서 셰퍼즈타운에서 보였던 입장과는 전혀 딴판으로 이야기했다. 그는 자신은 호숫가에 앉아서 발을 물에 담그고 싶다면서, 한 뼘의 땅도 내줄 수 없다고 말했다. 우리는 두 시간 동안 밀고 당기고 했지만, 모두 헛수고였다. 셰퍼즈타운에서 이스라엘이 퇴짜를 놓았던 것과 이스라엘 언론으로 완료되지 않은 협상 문서가 유출되었던 것은 아사드로서는 대단히 황당한 경험이었고, 안 그래도 흔들리던 신뢰감이 완전히 깨어져버렸던 것이다. 그의 건강상태는 내가 생각했던 것보다 심각했다. 사실 바라크가 내놓은 제안은 그럴듯했다. 만일 셰퍼즈타운에서 그런 제안을 했다면, 당장 협정이 체결될 수 있었을 터였다. 하지만 지금 아사드의 주된 관심사는 아들의 권력 승계였다. 그는 아무리 좋은 제안이 나온다고 해도 새로 회담을 재개하는 것은 아들의 권력 승계를 위태롭게 할 수 있다고 생각했다. 4년이 채 못 되는 기간 동안, 나는 이스라엘과 시리아 사이에 피어올랐던 평화의 불씨가 꺼지는 것을 세 차례나 목격해야 했다. 1996년에는 이스라엘에서 발생한 테러와 페레스의 실각이 주된 원인이었고, 다음으로 셰퍼즈타운에서는 시리아의 대폭 양보를 이스라엘이 거부하고 나선 것이 주된 원인이었고, 이번에는 아사드가 자신이 곧 죽게 될 거라는 생각에 조급해하고 있는 것이 주된 원인이었다.

같은 날, 블라디미르 푸틴이 52.5퍼센트의 지지를 받아 러시아 대통령으로 당선되었다. 나는 전화를 걸어 그에게 축하인사를 했다. 전화를 끊고 나서, 그가 러시아를 틀어쥐고 갈 수 있을 만큼 강력한 인물이라고 생각했다. 나는 그가 체첸 문제를 해결할 수 있는 합리적인 방안을 찾아내는 지혜를 발휘하기를, 그리고 민주주의를 철저하게 고수하기를 기대했다. 러시아 두마가 START II와 포괄적 핵실험금지조약을 비준하면서, 그의 출발은 순조로웠다. 무기감축에 관해서는 미국 상원보다 러시아 의회가 훨씬 진보적이었다.

4월, 나는 전국을 돌아다니면서 연두교서에서 밝힌 교육, 총기안전, 첨단기술 문제와 관련된 정책들을 추진했고, 캘리포니아의 그랜드 세쿼이어를 천연기념물로 지정했다. 나는 미국의 저준위 핵폐기물을 네바다 주에 모으는 법안을 거부했다. 그와 관련된 정당한 질문들에 대한 답변이 충분히 이루어지지 않았다고 생각했기 때문이다. 나는 사회보장을 받고 있는 퇴직자들을 위한 소득제한 철폐 법안에 서명을 하고, 뉴멕시코 북부 십록에 사는 나바호족을 방문해서 외떨어진 지역에서 인터넷을 활용하여 교육, 의료, 경제 분야의 기회를 넓히기 위한 노력을 장려했다. 나는 오클라호마시티 폭탄 테러의 희생자들을 기리는 단순하지만, 강렬한 인상을 주는 추모기념 조형물 헌정식에 참가했다. 그것은 두 개의 커다란 출입구가 있고, 커다란 연못을 굽어보고 있는 작은 언덕 위에 168개의 빈 의자를 줄지어 세워둔 기념물이었다.

4월에는 어린 엘리안 곤잘레스의 긴 이야기가 마침내 마무리되었다. 몇 달 전에 그 아이의 어머니는 아이와 함께 낡은 보트를 타고 미국으로 향하다가 보트가 전복되면서, 어머니는 익사하고 구명조끼를 입은 엘리안만 살아남았다. 아이는 마이애미의 증조부에게 임시로 보내졌는데, 그는 엘리안을 계속 키우고 싶다고 했다. 쿠바에 있는 아이의 아버지는 아이가 쿠바로 돌아오기를 원했다. 미국의 쿠바계 사람들이 엘리안의 어머니가 아들을 자유의 땅으로 보내려다 목숨을 잃었는데, 아이를 카스트로의 독재 밑으로 돌려보내는 것은 옳지 않다고 나오는 바람에 엘리안 사건은 정치적인 문제가 되었다.

관련법에 의하면 사건의 처리방법은 명백했다. 미국 이민국은 아이의 아버지가 적법한 양육권이 있는지 판단해야 했다. 양육권이 있을 경우, 엘리안은 아버지에게 돌아가야 했다. 이민국은 쿠바로 가서 엘리안의 부모가 이혼한 상태였지만, 우호적인 관계를 유지했으며 자녀 양육의무를 공동부담했다는 사실을 알아냈다. 엘리안은 학교 근처에서 살고 있는 아버지의 집에서 하루 중 절반 이상의 시간을 보내던 아이였다. 이민국은 후안 미구엘 곤잘레스를 적법한 아버지로 인정했다.

미국에 있는 아이의 친척들을 편드는 사람들은 쿠바에서 진행된 청문회는 카스트로 정부측 사람들이 끼어 있어 올바르게 진행될 수 없었을 거라면서 이 사건을 법정으로 가져갔다. 어린이 양육권에 관한 일반적인 주의 법률적 기준, 즉 '무엇이 아이에게 가장 이로운가?' 하는 판단기준을 적용해야 한다고 주장하는 사람도 있었다. 국회는 엘리안이 미국에 남아 있게 하기 위해 여러 가지 법안을 제출하는 등 작전에 돌입했다. 쿠바계 미국인 지역사회는 뜨겁게 달아올랐다. 그들은 엘리안의 친척들의 집 앞에서 줄곧 시위를 하고 텔레비전 좌담회에 아이의 친척을 내보냈다.

법무장관 재닛 리노는 마이애미에서 검사로 활동하면서 쿠바계 미국인들 사이에서 명성을 얻은 사람이었다. 그러나 그녀는 연방법에 따라 이 사건을 처리해야 하며, 엘리안은 자기 아버지에게 돌아가야 한다고 말하여 쿠바계 미국인들을 격분케 했다. 리노는 곤란한 처지에 빠졌다. 그녀는 내게 전에 자기 비서로 일했던 사람 하나는 자기에게 말도 하지 않으려 한다고 말했다. 사연을 들어보니, 그녀는 카스트로 정부에 의해서 15년째 구금되어 있는 남편이 석방되어 재회할 날을 손꼽아 기다리고 있었다. 쿠바계 미국인들을 비롯한 수많은 이민자들은 엘리안이 미국에서 사는 것이 행복할 것이라고 생각했다.

나는 리노의 생각이 맞다고 생각했다. 엘리안의 아버지가 아이를 사랑하고 있고 또한 좋은 부모 노릇을 해왔다는 사실은 쿠바의 빈곤이나 폐쇄적이고 억압적인 정치현실보다 더 중요한 의미를 가지는 것이었다. 게다가 미국은 이곳에서 양육권을 박탈당한 부모가 아이를 해외로 데리고 나갔을 경우, 일반적으로 그런 아이에 대해서 미국송환조치를 취했다. 엘리안의 미국 체류를 방관한다면, 그런 아이들을 미국 부모에게 돌려보내야 한다는 우리의 주장을 약화시키는 꼴이 될 터였다.

결국 이 사건은 선거전의 현안으로 떠올랐다. 앨 고어의 생각은 우리와 달랐다. 그는 이민국의 조치에 문제가 있고, 엘리안의 아버지가 적법한 부모라고 하더라도 아이의 이익을 위해서는 미국에 남아야 한다고 주장했다. 선거에서 플로리다가 차지하는 중요성(플로리다 주 대통령 선거인단 규모는 25명으로 대통령 당선에 필요한 선거인단 과반수인 270명의 약 10퍼센트에 해당한다. 따라서 이들 쿠바계 미국인들의 입장을 반대하게 되면 대선 전략에 커다란 차질을 가져올 수 있다—옮긴이주)을 생각하면 이것은 이해할 만한 대응이었고, 또 그런 논리도 있을 수 있었다. 사실 나는 플로리다와 쿠바계 미국인들 사이에서 우리의 입지를 강화하기 위해 8년 동안 공을 들여왔다. 그러나 엘리안 사건에 대한 우리의 입장 때문에, 적어도 쿠바계 공동체에서는 우리가 그동안 쌓은 성과가 물거품이 되고 말았다. 힐러리는 아동권리 옹호자의 입장에서, 그리고 부모의 입장에서 이 사건을 보았다. 그녀는 아이와 아버지가 함께 살게 한다는 우리의 결정을 지지했다.

4월 초에 후안 미구엘 곤잘레스는 연방법원명령에 따라 아들에 대한 양육권을 행사하기 위해 미국을 방문했다. 재닛 리노는 며칠 동안 아이의 자발적인 인도를 보장하기 위해서 노력을 기울였다. 2주 후, 4명의 지도적 인사들(마이애미 대학 총장, 존경받는 변호사 한 사람, 존경받는 쿠바계 미국인 두 사람)이 다음과 같은 제안을 내놓았다. 아이가 충격을 받지 않도록 마이애미의 친척들, 엘리안의 아버지, 엘리안이 한적한 장소에서 며칠 동안 함께 지내면서 서서히 아이 아버지에게 아이를 인도하라는 제안이었다.

금요일 저녁, 나는 리노에게 전화를 걸었다. 그들은 아직도 협상 중이었고, 리노는 인내심의 한계에 이른 상태였다. 토요일 새벽 2시에 존 포데스타가 전화를 걸어 아직도 협상이 진행되고 있다고 말했다. 새벽 4시 45분, 포데스타는 다시 전화를 걸어 마이애미의 친척들이 아버지의 양육권도 인정하려 하지 않는다고 전했다. 30분 후인 5시 15분, 포데스타가 다시 전화를 걸어 이제 끝났다고 말했다. 리노는 연방 관리들이 엘리안의 외종조부 집을 새벽에 급습해도 좋다고 허가했다. 작전은 3분 만에 끝났고, 부상자도 없었으며, 엘리안은 아버지의 품으로 돌아갔다. 작은 꼬마 아이가 카스트로에 대항한 끝이 없는 투쟁에 볼모로 잡혀 있었던 셈이었다.

엘리안이 아버지 곁에서 행복한 표정을 짓고 있는 사진이 신문에 실리면서, 여론은 부자지간의 재결합 쪽으로 기울어졌다. 나는 우리가 택한 방법이 유일한 해결책이라고 확신하고 있었지만, 한편으로는 11월 선거에서 앨 고어에게 불리한 영향을 미칠 것 같아서 걱정스러웠다. 후안 미구엘과 엘리안 곤잘레스는 대법원이 하급심의 양육권 명령을 지지해줄 때까지 몇 주 더 미국에 머물러 있어야 했다. 엘리안의 아버지가 원했다면 미국에 체류할 수도 있었을 것이다. 하지만 그는 아들을 데리고 쿠바로 돌아갔다.

5월에는, 교육개혁 사업을 격려하기 위해 켄터키, 아이오와, 미네소타, 오하이오의 학교들을 순방하고, 남아프리카공화국 대통령으로 선출되어 미국을 공식 방문한 타보 음베키를 영접하고, 중국의 세계무역기구 가입에 필요한 중국무역법안을 홍보했다. 제임스 베이커와 헨리 키신저와 함께 포드 전 대통령과 카터 전 대통령도 백악관으로 찾아와서 중국무역법안을 지지했다. 이것은 대단히 어려운 입법투쟁이었다. 민주당 의원들은 노동조직의 지지에 의존하고 있었기 때문에 공개적인 지지를 표명하기가 어려운 처지였다. 중국을 세계화 경제에 통합시키는 것이 얼마나 중요한지 설명하기 위해서 열두어 명을 한 그룹으로 모아 몇 주 동안 집중적인 대책회의를 진행하게 했다.

5월 17일, 나는 코네티컷 뉴런던의 미국해안경비대 사관학교를 찾아가 마지막으로 사관학교 졸업식 연설을 했다. 8년의 재임기간 동안 나는 각 사관학교를 찾아가 두 번씩 졸업식 연설을 했다. 나는 제복을 입은 장교로 미국에 봉사하려고 하는 건실한 젊은이들, 그리고 세계 각국에서 우리의 사관학교를 찾아와 공부하고 있는 젊은이들이 자랑스러웠다. 이번 졸업식에는 냉전 시대에 적국이었던 러시아와 불가리아 출신의 학생들도 섞여 있었다.

나는 새로 임명된 장교들에게 통합과 화합의 세력과 불화와 혼란의 세력 간에 벌어지게 될 숙명적인 싸움에 대해서 이야기했다. 이 싸움에서 세계화와 정보기술은 인류에 대한 창조적인 영향력과 파괴적인 영향력을 동시에 증폭시킬 터였다. 나는 오사마 빈 라덴과 알 카에다가 새천년을 맞이하면서 수많은 테러공격을 준비했지만, 국내기관과 국제기관 간의 긴밀한 협조와 노력에 의해서 좌절되었다는 사실을 이야기했다. 나는 이 분야의 활동조직을 확립하기 위해서 테러방지 예산에 3억 달러를 할당했는데, 이것은 의회에 제출한 90억 달러의 예산 중에서 가장 높은 비중을 차지한다고 말했다. 지난 3년 동안 40퍼센트 넘게 증가한 규모였다.

여러 가지 안보상의 문제들에 대해서 이야기한 후, 나는 현재의 세계정세 속에서는 어느 한 나라도 지리적으로 떨어져 있다거나 전통적인 개념의 군사력이 막강하다는 것만으로는 보호받을 수 없으며, 그렇기 때문에 다른 나라와 긴밀하게 협조를 해야 한다는 적극적인 외교정책의 원칙을 천명했다.

5월 말 포르투갈, 독일, 러시아, 우크라이나 순방을 떠나기 직전, 나는 메릴랜드 주 어세이티그 섬을 방문해서 산호초를 비롯한 소중한 해양 자원을 보호하기 위한 새로운 사업을 제안했다. 우리는 이미 해양보호구역기금을 네 배나 증액했다. 나는 행정명령을 발동해서 해안과 산호초, 수중식물군 등 여러 가지 중요한 자원들을 보호하기 위하여 전국을 연계하는 보호체계를 수립했다. 나는 북서 하와이 섬의 산호초에 대한 영구보존 정책을 실시하고 있다고 밝혔다. 이곳의 산호초는 미국 전체의 60퍼센트에 해당하는 양으로 1,900킬로미터 넘게 뻗어 있었다. 이것은 사람의 발길이 닿지 않는 4,300만 에이커의 국유림보호정책을 채택한 이후 가장 큰 규모의 제안이었다. 이 제안은 해양오염이 오스트레일리아의 그레이트배리어리프를 비롯한 세계 전역의 산호초를 위협하고 있기 때문에 더욱 절실하게 필요한 것이었다.

나는 미국과 유럽연합의 연례회의에 참석하기 위해서 포르투갈로 갔다. 포르투갈 총리인 안토니오 구테에레스가 유럽의회 의장을 맡고 있었다. 그는 똑똑하고 젊고 진보적인 인물로 유럽연합 집행위원장인 로마노 프로디와 마찬가지로 제3의 길의 지지자였다. 우리는 대부분의 문제들에 대해서 동일한 시각을 가지고 있었기 때문에, 나는 그 회의를 하는 동안 의욕이 솟았다. 포르투갈은 아름답고 따뜻했으며, 친절한 국민들과 매혹적인 역사 때문에 나는 처음 방문한 포르투갈 여행을 흡족하게 즐길 수 있었다.

6월 2일, 나는 샤를마뉴 대제상(1949년에 유럽 국가의 단합과 문화, 정치의식의 일치에 공헌한 정치지도자에게 수여하는 상—옮긴이주)을 받기 위해 게르하르트 슈뢰더와 함께 유서 깊은 도시 아헨으로 갔다. 나는 슈뢰더와 독일인에게 바츨라프 하벨과 후안 카를로스 국왕이 받았던 것과 같은 영예로운 상을 준 것에 대해 감사의 뜻을 전했다. 이 상이 미국인에게 수여되었던 경우는 거의 없었다. 나는 유럽이 통합, 민주화, 안보를 유지하도록 하기 위해서, 러시아와의 유대를 진척시키도록 하기 위해서, 발칸 반도에서의 인종청소를 종식시키기 위해서 최선을 다했다. 그 공로를 인정받게 되다니 감사할 따름이었다.

다음 날 게르하르트 슈뢰더는 베를린에서 제3의 길 회의를 열었다. 이번에는 게르하르트, 캐나다 총리 장 크레티앵, 그리고 나 외에 남미 3개국의 대통령, 즉 브라질의 엔리케 카르도소, 칠레의 리카르도 라고스, 아르헨티나의 페르난도 델라 루아 대통령이 참석했다. 우리는 선진국과 개발도상국이 이루어야 하는 지도자들 간의 진보적인 동반자적 관계에 대해서 토론했다. 토니 블레어는 참석하지 못했다. 그는 이번에 네 번째 아이를 출산했는데, 이름이 리오라고 했다.

나는 모스크바로 가서 블라디미르 푸틴을 만났다. 대통령으로 당선된 뒤로는 처음 만나는 셈이었다. 우리는 무기급 플루토늄을 각각 34톤씩 폐기하기로 합의했지만, 미국이 국가미사일방어체제를 수립할 수 있도록 탄도탄요격미사일 조약을 개정하는 것에 관해서는 합의를 보지 못했다. 나는 그 문제에 대해서는 그리 걱정을 하지 않고 있었다. 푸틴은 아마 미국 선거가 어떻게 될 것인지 지켜보고 싶었을 것이다. 공화당은 레이건 정부 이후로 미사일방어에 전념하고 있었고, 대부분의 사람들이 탄도탄요격미사일 조약을 폐지하는 것을 망설이지 않을 터였다. 앨 고어는 원칙적으로 나와 같은 입장이었다. 어쨌든 푸틴은 새로운 대통령과 이 문제를 다루고 싶어 하는 것 같았다.

당시 우리는 실제로 운용할 만큼 신뢰할 만한 미사일방어체제를 갖추지 못한 상태였다. 휴 셸턴이 말했던 것처럼, 날아오는 미사일을 격추하는 것은 '총알로 총알을 맞추는 것'과 마찬가지였다. 나는 우리가 이런 목적을 달성할 수 있는 미사일을 개발해서 그 기술을 다른 나라에도 제공해야만 러시아에게 탄도탄요격미사일 조약을 개정하자고 설득할 수 있다고 생각했다. 나는 또한 그런 미사일을 개발한다고 해도, 엄청난 비용이 소요될 미사일방어체제를 구축하는 것이 최선의 방법인지에 대해서는 확신을 가지고 있지 않았다. 우리는 소형 핵, 화학, 생물학 무기를 가진 테러리스트들의 공격과 마주칠 가능성이 훨씬 더 높았다.

게다가 미사일방어체제를 수립하는 것은 세계를 더 큰 위험에 노출시키게 될 수도 있었다. 그 체제가 구축된다 하더라도, 가까운 장래에는 떨어뜨릴 수 있는 미사일이 몇 개 되지 않을 것이다. 그리고 미국과 러시아가 이런 시스템을 구축한다면, 중국은 아마 억제력을 유지하기 위해서 그것을 극복할 수 있을 만큼 많은 미사일을 만들어낼 것이다. 인도와 파키스탄도 중국의 예를 따를 것이다. 유럽 국가들은 이에 대해서 적극 반대하고 있었다. 하지만 우리는 제대로 기능하는 미사일방어체제를 구축하지 못했고, 이것이 가능하게 되기 전에는 이런 문제들을 고민할 필요가 없었다.

모스크바를 떠나기 전에, 푸틴은 크렘린에서 소규모 만찬을 열었다. 만찬에 이은 재즈 콘서트에서는 십대부터 팔십대에 이르는 연주가들이 출연했다. 콘서트의 마지막 곡은 무대의 조명이 꺼진 채 시작되었다. 생존한 테너 색소폰 연주자 중에서 내가 가장 좋아하는 이고르 부트만이 아름다운 연주를 했다. 나만큼이나 재즈를 좋아하는 존 포데스타와 나는 우리가 들어본 가장 멋진 연주라는 데 의견을 같이했다.

나는 우크라이나로 가서 레오니드 쿠츠마 대통령이 12월 15일까지 체르노빌원자력발전소의 마지막 원자로를 폐쇄하겠다는 결정을 발표한 데 대해서 재정적 지원으로 보답할 것이라고 응답했다. 원자로 폐쇄 결정이 내려지기까지는 아주 오랜 시간이 걸렸다. 나는 임기 중에 그 문제를 해결할 수 있게 된 것이 흡족했다. 마지막 방문지에서 나는 야외에 모인 엄청난 수의 우크라이나 군중에게, 자유와 경제개혁의 길을 꾸준히 걸어갈 것을 촉구하는 연설을 했다. 늦은 봄의 햇살을 받은 키예프는 매우 아름다웠다. 우크라이나 국민들 앞에는 아직도 넘어야 할 장애물이 많이 있었다. 나는 이곳의 국민들이 내가 연설을 하는 동안 군중 속에서 발견했던 정신력을 끈기 있게 발휘할 수 있기를 바랐다.

6월 8일, 나는 도쿄로 가서 며칠 전에 심장마비로 사망한 오부치 게이조 총리의 장례식에 참석해서 경의를 표했다. 장례식은 축구 스타디움의 실내 경기장에서 치러졌다. 가운데 난 복도를 사이에 두고 수천 명의 사람들이 앉아 있고, 수백 명이 넘는 사람들이 발코니까지 앉아 있었다. 무대는 앞쪽이 높이 들려 있고 양옆에는 작은 무대가 있는 구조였다. 무대 뒤에는 7미터에서 9미터쯤 되는 높이까지 꽃으로 덮인 벽이 세워져 있었다. 꽃벽은 파란 하늘에 일본의 상징인 솟아오르는 태양을 형상화한 아름다운 모습이었다. 꽃벽 맨 꼭대기에 우묵한 곳이 있었는데, 행사가 시작될 때 군 장교들이 오부치의 유골분이 든 상자를 그곳에 놓았다. 오부치의 동료들과 친구들이 조의를 표하고 난 뒤, 몇 명의 젊은 여성들이 하얀 꽃이 가득 든 쟁반들을 가지고 입장했다. 조문객들은 가운데 무대로 모여들더니, 오부치의 아내와 아이들부터 시작해서, 천황 가문의 사람들, 정부의 지도자들이 차례로 오부치의 유해 앞에 절을 하고 꽃으로 덮인 벽의 폭만큼 넓게 설치된 나무 선반 위에 꽃을 놓았다.

　　나는 오부치 앞에 조의를 표하고 꽃을 놓고 나서, 미국 대사관을 찾아가 전직 하원의장이었던 톰 폴리 대사를 만났는데 텔레비전에서는 아직도 장례식이 계속되고 있었다. 수천 명의 시민들이 떠오르는 태양의 벽 앞에 헌화한 흰 꽃무더기가 구름처럼 보였다. 참으로 감동적인 장면이었다. 나는 잠시 리셉션에 참가해서 오부치의 부인과 자식들에게 경의를 표했다. 오부치의 딸 중에는 정치계에서 활동하고 있는 사람도 있었다. 오부치의 부인은 조문을 해주어 고맙다며 나에게 오부치가 쓰던 아름다운 칠기 편지함을 선물했다. 오부치는 나의 친구이면서 동시의 미국의 친구였다. 미국과 일본 간의 동맹관계는 중요했고, 그는 젊은 시절부터 이것을 중시했다. 그렇게 일찍 가지 않고 오랫동안 공직 생활을 할 수 있었으면 좋았을 것을.

　　며칠 후, 미네소타 주 칼튼 대학 졸업식에 참석하고 있을 때, 한 부관이 다마스쿠스에서 하페즈 알 아사드 대통령이 사망했다는 소식을 전해주었다. 제네바에서 마지막 회담을 한 것이 10주 전의 일이었다. 의견이 엇갈릴 때가 많았지만, 그는 늘 나에게 솔직했다. 나는 그가 평화를 위한 전략적인 선택을 했다고 말할 때마다 그의 말을 믿었다. 평화는 상황 때문에, 오해 때문에, 심리적인 장벽 때문에 달성되지 못했다. 하지만 이스라엘과 시리아 양국이 모두 준비를 갖추게 되면 평화에 도달하는 데는 그리 많은 시간이 걸리지 않을 터였다.

봄에서 여름으로 넘어가면서, 나는 사우스론에 설치된 천막 밑에서 최대규모의 만찬을 주최했다. 400명이 넘는 사람들이 모여서 모로코 국왕 모하마드 6세를 영접했다. 모하마드 6세는 미국의 첫 13개 주가 연합했던 직후에 미국을 인정한 최초의 군주의 후손이었다.

다음 날 나는 오래된 불의를 바로잡았다. 제2차 세계대전 동안 가족들이 수용소에 억류된 후에도 유럽에서 자원봉사를 해온 22명의 일본계 미국인에게 의회의 명예훈장을 수여했다. 그중에는 내 친구이자 협조적인 상원의원인 하와이의 대니얼 이노우에도 있었다. 그는 전쟁 때 팔을 잃고, 목숨까지 잃을 뻔했던 사람이었다. 일주일 뒤에 나는 최초의 아시아계 미국인을 각료에 임명했다. 전직 캘리포니아 하원의원 놈 미네타가 내 남은 임기 동안 상무장관으로 일하겠다고 동의했다. 그 자리를 맡고 있던 빌 데일리는 앨 고어 선거운동본부의 의장으로 옮겨갔다.

6월 마지막 주, 나는 백악관의 이스트 룸에서 모임을 열었다. 이스트 룸은 200여 년 전인 1803년에 토머스 제퍼슨이 미시시피에서 태평양까지 메리웨더 루이스의 용감한 탐험을 통해 개척되었던 미국 서부의 새로운 개척 지도를 펼쳤던 곳이다. 이번에는 과학자들과 외교관들이 21세기의 새로운 지도를 경축하기 위해 모였다. 미국, 영국, 독일, 프랑스, 일본, 중국 출신의 수천 명 학자들이 인간의 게놈을 해독하여 유전자 암호의 30억 개 대부분을 밝혀냈다. 오랜 논란 끝에 정부 기금으로 운영되는 국제인간게놈프로젝트의 대표인 프랜시스 콜린스와 민간기업 셀레라의 회장인 크레이그 벤터가 그해 안에 유전자 정보 연구결과를 발표하는 데 동의했다. 벤터는 나의 오랜 친구였으며, 나는 두 사람의 의견을 통일시키기 위해서 최선을 다했다. 토니 블레어는 위성중계로 우리의 모임에 참석했다. 나는 그에게 어린 아들의 수명이 25년쯤 늘어났다고 농담을 했다.

6월이 끝날 무렵, 나는 재정흑자가 2,000억 달러를 돌파했으며, 앞으로 10년간 예상되는 흑자의 규모는 4조 달러를 넘을 것으로 예상된다고 발표했다. 나는 다시 한 번 약 2조 3,000억 달러의 사회보장용 흑자가 새어나가지 않게 챙겨두어야 하며, 의료보호제도에 5,500억 달러를 투자해야 한다고 주장했다. 드디어 베이비붐 세대의 퇴직 후 생활을 보장할 가능성이 엿보이는 것 같았다.

나는 또한 애리조나와 캘리포니아에서 민주당 후보들을 지원하기 위한 행사와 8월의 로스앤젤레스 전당대회 유치 자금을 모으고 있는 테리 매컬리프를 돕기 위한 행사에 참여했다. 나는 정무국장 미니언 무어를 통해서 테리 매컬리프와 앨 고어의 선거운동과 긴밀하게 협조했다.

여론조사는 대부분 고어가 부시를 바짝 뒤따르고 있는 것으로 나타났다. 6월 28일의 기자회견에서 나는 NBC 뉴스 기자에게 고어가 우리 행정부의 '여러 가지 스캔들'에 대한 책임이 있는 것 아니냐는 질문을 받았다. 나는 내 실수 때문에 그가 벌을 받고 있다는 증거는 전혀 없다고 말했다. 그에게 걸린 유일한 혐의는 선거운동자금 모집과 관련된 것이었는데, 그는 아무런 잘못이 없었다. 그리고 그밖의 스캔들은 사실무근이었다. '스캔들'이라는 말은 지난 7년 동안 쨍그랑거리는 주전자처럼 시끄럽게 굴러다니고 있었다.

나는 앨 고어에 대해서 세 가지를 알고 있다고 말했다. 그가 부통령으로서 미국에 대해 긍정적인 기여를 했으며, 그 기여의 정도는 과거의 어느 부통령보다 앞선다는 것. 그는 여러 가지 현안들에 대해서 올바른 관점을 견지하고 있고 번영을 지속시킬 수 있다는 것. 그는 미래를, 미래가 품고 있는 가능성과 위험을 잘 알고 있다는 것. 나는 모든 유권자들이 이 점을 이해한다면 고어가 승리할 것이라고 생각했다.

7월 첫째 주, 나는 나의 취임 이후 미국 경제가 2,200만 개의 일자리를 만들어냈다고 발표하고, 백악관에서 북쪽으로 몇 킬로미터 떨어진 곳에 있는 올드 솔저스 홈Old Soldiers Home을 방문했다. 나는 포토맥 강이 엄청난 모기떼를 만들어내고 냉방장치도 없던 시절에 에이브러험 링컨과 그의 가족이 여름 휴양지로 사용했던 그 오래된 오두막을 보호할 것을 제안했다. 그곳은 링컨 외에도 여러 명의 대통령이 사용하던 곳이었다. 그것은 힐러리의 '미국문화유산 보존' 프로젝트 중의 하나였다. 우리는 그곳이 보존 관리될 것이라는 확신을 가지고 백악관을 떠나고 싶었다.

7월 11일, 나는 캠프 데이비드에서 에후드 바라크, 야세르 아라파트와의 정상회담을 시작했다. 정상회담의 목적은 평화로 가는 길목에 남아 있는 장애물들을 제거하고, 나의 임기가 끝나기 전에 평화회담을 끝낼 수 있도록 양측의 견해 차이를 좁혀나가는 데 있었다. 양 정상은 자신들도 그것을 원한다고 말했다.

그들은 상이한 태도를 가지고 정상회담에 임했다. 바라크는 1993년 합의문과 와이리버 의정서에 명시된 점진적인 접근법이 자신에게는 아무런 도움이 되지 않는다는 생각 때문에 정상회담을 강하게 밀어붙이고 있었다. 서안지구와 가자지구의 18만 이스라엘 정착민은 만만찮은 세력을 형성하고 있었으며, 테러 종식과 팔레스타인의 갈등 종결에 대한 공식 인정이 없는 이스라엘의 양보는 전혀 받아들여지지 않았다. 바라크는 크네세트의 불신임 투표에서 두 표 차이로 간신히 살아남았다. 그는 아라파트가 일방적으로 국가 선언을 하겠다고 위협하는 9월이 되기 전에 협상을 끝내야 한다는 절박감에 쫓기고 있었다. 바라크는 이스라엘의 기본적인 이익이 달성된다는 전제 하에서 포괄적인 평화계획을 제시하면, 이스라엘 국민들이 찬성표를 던질 거라고 믿고 있었다. 이스라엘 국민들은 안보를 확보하는 것, 성전 산에 있는 이스라엘의 종교적 문화적 유적지를 보호하는 것, 팔레스타인 측의 끝없는 이스라엘 귀환 권리(팔레스타인 난민들이 자신의 고향으로 돌아가 과거의 재산권을 되찾을 법적인 권리—옮긴이주) 요구를 중단하는 것, 팔레스타인이 갈등은 끝났다고 선언하는 것을 원하고 있었다.

한편, 아라파트는 캠프 데이비드 협상을 달갑지 않게 생각하고 있었다. 그는 이스라엘이 시리아와의 대화 통로에 기우는 것을 목격하고 배신감을 느꼈고, 바라크가 예루살렘 인근의 마을들을 포함해서 서안지구의 영토를 더 많이 이양하겠다는 과거의 약속을 지키지 않은 것을 괘씸하게 생각하고 있었다. 아라파트의 관점에서 보면, 바라크가 레바논에서 일방적으로 철수한 것도 그렇고, 골란에서 철수하겠다고 제안하는 것도 그렇고, 모두 자신을 약화시키는 것으로 보였다. 아라파트는 끈기 있게 평화회담을 추구했지만, 레바논과 시리아는 강경노선을 고수하면서 이득을 챙기고 있었다. 아라파트는 또 협상에 내놓을 제안 사항을 준비하려면 2주가 더 필요하다고 말했다. 그는 서안지역과 가자지구의 거의 전부를 원하고 있었다. 그는 유대인 정착촌을 제외한 성전 산과 동예루살렘 전역에 대한 완전한 주권을 원했다. 그리고 귀환 권리 원칙을 포기하지 않고 난민 문제를 해결할 수 있는 방안을 원하고 있었다.

늘 그렇지만, 지도자들이 잘 알고 있는 것은 상대방의 입장이 아니라 자신의 입장이었다. 성공을 거둘 가능성이 그리 크지 않았는데도 정상회담을 소집한 이유는 내가 개입하지 않으면 평화과정이 무너지는 것이 거의 확실했기 때문이었다.

정상회담 첫째 날, 나는 아라파트가 불만을 털어버리고 앞으로 진행될 일에 집중하게 하고, 바라크로 하여금 여러 가지 현안, 즉 영토, 정착촌, 난민, 안보, 그리고 예루살렘 문제 같은 논쟁적인 현안들을 다루는 방식에 동의하게 만들기 위해서 노력했다. 셰퍼즈타운에서 그랬던 것처럼, 바라크는 며칠 동안 시간 여유를 두고 천천히 협상을 진행하기를 원했다. 이번에는 시간이 그렇게 문제가 되지 않았다. 아라파트는 협상안을 완전히 갖추고 있는 상태가 아니었다. 그에게는 모든 것이 미개척지로 남아 있었다. 이전의 협상에서, 그는 영토, 공항, 연결통로, 수감자 석방 등의 현안에 대해서 이스라엘에서 얻을 수 있는 최고의 제안을 얻어내고 자신은 안보 문제에서 최선의 노력을 하겠다고 맹세하려 했다. 이번에 평화회담이 성공을 거두려면, 아라파트는 구체적인 문제들에 대해 어느 정도 타협안을 내놓아야 했다. 그는 서안지구 전체를 반환받을 수 없었고, 훨씬 크기가 작은 이스라엘에 무제한 귀환 권리를 요구할 수도 없었다. 그는 또한 요르단 강 동쪽의 잠재적인 적들에 대한 이스라엘의 걱정을 덜어주어야 했다.

나는 처음 2, 3일 동안은 아라파트와 바라크의 마음을 가라앉히는 데 집중했다. 그동안 매들린 올브라이트, 샌디 버거, 데니스 로스, 게말 헬랄, 존 포데스타를 비롯한 우리 팀은 이스라엘 대표단과 팔레스타인 대표단 양쪽과 논의를 시작했다. 나는 양측 대표단 구성원들이 대단히 훌륭한 사람들이라는 것을 알게 되었다. 그들은 모두 애국심이 투철했으며, 합리적이고, 부지런하고, 진심으로 협정체결을 원하고 있었다. 양측 대표단은 대부분 자기 대표단 내부의 구성원들은 물론, 상대편 대표단의 구성원들에 대해서 오래전부터 알고 있었다. 양측 대표단은 마음이 잘 맞았다.

우리는 양측 대표단을 위해서 편안하고 스스럼없는 분위기를 만들려고 애를 썼다. 우리는 중동 팀 외에도, 힐러리의 부관인 휴마 아베딘을 참여시켰다. 그녀는 사우디아라비아에서 자랐고, 아랍어를 할 줄 아는 이슬람계 여성이었다. 아베딘은 중동 사정을 잘 아는 인상적인 젊은 여성이었다. 그녀는 양측 대표단을 편안하게 해주는 데 특별한 재주를 발휘했다. 백악관의 사회담당 보좌관인 카프리샤 마셜은 백악관의 집사들과 요리사들, 급사들을 동원해서 양측 대표단에게 근사한 식사를 대접했다. 첼시도 늘 내 곁을 지키면서 손님들을 접대하고 오랜 시간 계속되는 긴장감을 해소할 수 있도록 도와주었다.

우리는 대부분 캠프 데이비드의 대형 연회장인 로럴에서 저녁식사를 했다. 로럴에는 식당과 커다란 강당, 회의실, 그리고 나의 개인 사무실이 있었다. 아침식사와 점심식사는 격식을 차리지 않은 분위기라서 양측 대표단은 두세 명 씩 무리지어 이야기를 나누곤 했다. 공적인 이야기뿐만 아니라 가족 이야기며, 농담이며, 부담 없는 이야기까지 오고갔다. 아부 알라와 아부 마젠은 아라파트를 가장 오랫동안 보좌해온 나이든 측근이었다. 아부 알라는 이스라엘 대표단과 미국 팀에게 가족 이야기로 놀림을 많이 받았다. 그의 아버지는 자식이 많아서, 예순여섯 살 된 그에게는 자신의 손자들보다 나이가 어린, 여덟 살짜리 동생이 있었다. 이스라엘 법무장관인 엘리 루빈스타인은 나보다 아는 농담이 많았고, 그 농담을 나보다 재미있게 할 줄 알았다.

양측 대표단의 분위기는 좋았지만, 바라크와 아라파트 사이는 사정이 좀 달랐다. 나는 두 사람이 묵는 오두막을 내 오두막 가까이에 배치하고, 날마다 두 사람을 찾아가 오랫동안 이야기를 나누었다. 하지만 그들은 서로를 찾아가는 일이 없었다. 아라파트는 계속 심기가 불편한 상태였다. 바라크는 혼자서 아라파트를 만나기를 꺼렸다. 바라크는 자기 혼자 떠들고 아라파트는 아무 대꾸도 하지 않는 예전과 같은 상황에 처하게 될까봐 걱정하고 있었다. 바라크는 거의 온종일 자기 방에 틀어박혀서, 국내 세력들을 추스르느라 전화통에 매달려 있었다.

이번에 나는 바라크에 대해서 더 잘 알게 되었다. 그는 영리하고, 용감한 사람이었고, 예루살렘 문제와 영토 문제에 대해서 상당한 양보를 할 태세를 갖추고 있었다. 하지만 그는 자기와 관점이 다른 사람의 이야기를 듣는 것을 참아내질 못했다. 그런 태도는 내가 상대했던 아랍 사람들이 미덕으로 여기는 관습과 정면으로 배치되는 것이었다. 바라크는 자기가 바로 이것이다 하고 결정을 내릴 때까지 다른 사람들이 기다려주기를 원했다. 그리고 자기가 최선의 제안을 하면, 상대방은 그것을 아무 이견 없이 받아들여주기를 원했다. 그런데 그의 협상 상대는 신뢰를 쌓아가는 공손한 자세와 많은 대화, 그리고 많은 거래를 원하는 사람이었다.

문화적인 갈등 때문에 우리 팀의 일은 더욱 어려워졌다. 우리 팀은 난국을 타개하기 위한 여러 가지 전략을 짜냈다. 대표단을 여러 그룹으로 나누어 특정 현안에 관해서 따로따로 이야기하게 했더니, 상당한 진척이 있었다. 하지만 어느 쪽도 특정한 지점을 넘어설 권한을 가지고 있지 않았다.

6일째 되는 날, 슐로모 벤-아미와 길레드 셰르가 바라크의 승인을 받아 과거에 제시되었던 이스라엘의 입장에서 벗어나는 발언을 했다. 그들은 협상 타결을 원하고 있는 아라파트의 젊은 측근 사에브 에레카트와 모하마드 달란에게서 어떤 대응이 있기를 기대하고 있었다. 하지만 팔레스타인 측은 예루살렘 문제와 영토 문제에 대한 바라크의 제안에 상응할 만한 제안을 전혀 내놓지 않았다. 나는 통역을 맡을 헤랄과 기록을 맡을 맬리를 데리고 아라파트를 찾아갔다. 곤혹스러운 자리였다. 나는 일어서면서 아라파트에게,

만일 바라크에게 갖다줄 것을 내놓지 않으면 회담을 끝내고 그가 협상을 거부했다는 발표를 하겠다고 말했다. 바라크는 벤-아미와 셰르가 대폭 양보를 했는데도 아무런 대가가 없다는 것을 알면 격분하게 될 터였다.

잠시 후 아라파트는 내게 서한을 보냈다. 자신이 예루살렘 문제를 받아들이면 이스라엘 측이 정착지로 얼마만큼의 땅을 유지하려 하는지, 그리고 공정한 영토 교환의 내용이 무엇인지 최종안을 알려줄 수 있느냐는 내용이었다. 나는 그 서한을 바라크에게 들고 가서 한참 동안 이야기를 나누었다. 그와 단독으로 이야기하기도 했고, 이스라엘 국가안전보장회의 이스라엘 담당 기록자인 브루스 라이델을 입회시키기도 했다. 결국 바라크는 아라파트의 서한이 상당한 의미가 있는 것이라는 데 동의했다.

회담 7일째인 7월 17일에, 하마터면 바라크는 목숨을 잃을 뻔했다. 그는 식사를 하면서 이야기를 하다가 땅콩이 목에 걸려 40초 동안 숨을 쉬지 못했다. 그의 팀에서 가장 젊은 기드 게른슈타인이 하임리히Heimich 요법(기도폐쇄시의 응급조치법―옮긴이주)을 시행한 덕분에 위기를 넘길 수 있었다. 바라크는 대단한 사람이었다. 그는 기도가 뚫리자 아무 일도 없었던 사람처럼 다시 일을 하기 시작했다. 그래서 나머지 사람들도 아무 일 없는 것처럼 행동해야 했다. 바라크는 자기 팀 전원을 데리고 밤낮을 가리지 않고 논의를 계속했다.

이런 과정 속에서는 초조하게 기다려야 하는 시기가 있기 마련이다. 어떤 사람들이 열심히 일하는 동안, 다른 사람은 아무 할 일이 없이 마냥 기다려야 할 때가 바로 그렇다. 이럴 때는 긴장을 풀 수 있는 조치를 취해야 한다. 나는 서너 시간 동안 조 로카트, 존 포데스타, 더그 밴드와 카드 게임을 했다. 밴드는 백악관 생활 5년차로 저녁 시간을 이용해서 대학원과 법대를 졸업하고, 지난 봄부터 나의 마지막 개인 보좌관으로 일하게 된 사람이었다. 그는 중동문제에 관심이 많아서 많은 도움을 주었다. 첼시도 카드 게임에서 한몫을 했다. 첼시는 우리가 캠프 데이비드에서 지냈던 2주 동안 '오헬!' 게임 점수가 제일 높았다.

자정이 지난 시간에 바라크가 갑자기 나를 찾아왔다. 그가 들고 온 제안은 벤-아미와 셰르가 제시한 것에서 훨씬 더 후퇴한 내용이었다. 바라크는 그 제안을 미국 측의 제안이라고 아라파트에게 제시해보라고 말했다. 그가 아라파트에 대해서 어떤 불만이 있는지는 이해가 갔지만, 그렇게 할 수는 없는 일이었다. 나는 그렇게 하다가는 큰일이 난다고 대답했다. 우리는 새벽 2시 30분까지 이야기를 나누었다. 잠시 후, 3시 15분에 그는 다시 돌아왔고, 우리는 단둘이서 한 시간 동안 이야기를 더 나누었다. 결국 그는 나한테 예루살렘 문제와 서안지구 문제를 놓고 한번 자신이 감당할 수 있는 타협을 이끌어내보라고 권한을 맡겼다. 물론 벤-아미와 셰르가 앞서 팔레스타인 측에 이야기했던 내용을 제시해도 좋다는 것이었다. 밤을 새고 기다린 보람이 있었다.

8일째 되는 날 아침, 나는 걱정스럽기도 하고 설레기도 했다. G-8 정상회담이 열리는 오키나와로 갈 일정이 잡혀 있었는데, 참석 안 할 수 없는 형편이었기 때문에 걱정스러웠고, 바라크가 적절한 시기에 대담한 용기를 발휘한 것을 생각하니 마음이 설레기도 했다. 나는 오키나와로 출발하는 것을 하루 미루고 아라파트를 만났다. 나는 그에게 서안지역의 91퍼센트를 반환하고, 상징적인 의미에서 가자와 서안 인근의 땅을 교환하며, 동예루살렘을 수도로 하고, 구시가지와 동예루살렘 외곽의 이슬람 및 기독교 구역에 대한 주권을 인정하며, 예루살렘의 동부 지역에 대한 설계와 구획, 경찰권을 인정하고, 성전 산(아랍 사람들에게 하람 알 샤리프로 알려져 있다)에 대해서는 주권이 아니라 관리권을 인정한다는 내용을 제안했다.

아라파트는 성전 산을 포함해서 동예루살렘 전체에 대한 주권을 인정받지 못한다는 것을 놓고 망설이더니 그 제안을 거부했다. 나는 다시 한 번 생각해보라고 부탁했다. 두 사람이 신경전을 벌이고 있는 동안, 나는 아랍지도자들에게 전화를 걸어 도움을 청했지만, 대부분의 사람들이 아라파트의 협상력을 약화시킬까봐 걱정이 되어 말을 삼가는 기색이었다.

9일째 되는 날, 나는 다시 최선을 다해 아라파트를 설득했으나, 그는 다시 제안을 거절했다. 이스라엘은 아라파트보다 훨씬 많은 것을 양보한 상태였는데, 아라파트는 그들의 제안을 장래의 협상의 근거로 받아들이는 것조차 거절하려고 했다. 나는 다시 아랍 지도자들에게 전화를 걸어 도움을 청했다. 압둘라 요르단 국왕과 튀니지 대통령 벤 알리가 아라파트를 격려했다. 그들은 그와 통화를 끝낸 후 그가 타협을 겁내고 있다고 말했다. 회담은 결렬된 것처럼 보였다. 그것도 양측이 서로에게 매우 안 좋은 감정을 가진 채로. 양측은 분명히 협상을 원하고 있었다. 나는 내가 오키나와에 다녀올 때까지 머물면서 논의를 계속하라고 부탁했다. 그들은 내 제안을 받아들였다. 팔레스타인 측은 내가 떠나고 난 뒤에도, 내가 제시한 제안들을 근거로 협상하는 것을 거부했다. 이번에는 이스라엘 측이 망설이기 시작했다. 일이 이렇게 된 데는 내 책임도 있었다. 나는 좀더 머무는 조건에 대해서 분명히 말하지 않았던 것처럼, 아라파트에 대해서도 분명한 태도를 보이지 않았던 것 같다.

나는 매들린 올브라이트를 비롯해서 모든 팀 성원들을 혼란 속에 남겨두고 일본으로 떠났다. 올브라이트는 아라파트를 자신의 농장으로 데려가고, 바라크를 게티스버그 근처 남북전쟁의 유명한 격전지로 데려갔다. 잠시 바람을 쐰 두 사람은 기분이 나아지는 것 같았지만, 둘 사이에는 아무런 진전도 이루어지지 않았다. 슐로모 벤-아미와 전직 장군이었던 암논 샤하크는 모하마드 달란과 모하마드 라시드와 상당히 우호적인 논의를 계속했다. 하지만 그들은 양쪽에서 가장 전향적인 사람들이었다. 그들끼리 모든 것에 대해 의견을 일치시킨다 해도, 각자의 지도자들까지 서명을 하도록 설득하지는 못할 것 같았다.

나는 회담 13일째 되는 날에 캠프 데이비드로 돌아왔다. 우리는 밤을 새워 토론했다. 대부분 안보에 관련한 논의였다. 14일째 되는 날도 다시 논의를 계속했다. 오후 3시경까지는 순조롭게 진행되었다. 갑자기 아라파트는 성전 산과 동예루살렘에 관한 효과적인 통제를 위해서는 '주권'이란 말이 붙지 않으면 설득력이 없다고 주장했다. 나는 마지막 희망을 걸고, 바라크에게 동예루살렘 외곽 마을에 대한 전면적인 주권을 주되, 내부 지역에 대해서는 제한적인 주권을 주고, 하람에 대해서는 '관리적' 주권을 인정해주자고 설득했다. 예루살렘의 여러 가지 문제들을 실제로 어떻게 처리할 것인가에 대해서는 의견차이가 거의 없었다. 문제가 되는 것은 누가 주권을 보유하느냐 하는 것이었다.

나는 양측이 이번에는 역사적·종교적·정치적·정서적 갈등으로 인하여 합의에 도달할 수 없었다는 내용의 성명을 발표했다. 나는 바라크가 본국으로 돌아가서 낯을 세울 수 있게 하고 진전되었던 내용들을 알리기 위해서, 아라파트는 평화의 길로 계속 나아가고자 하는 확고한 결심을 가지고 있고, 바라크는 '지금 이 순간의 역사적 중요성에 대한 인식과 특별한 용기, 그리고 통찰력'을 보여주었다고 말했다.

나는 또, 양측 대표단이 서로에게 보여준 진심 어린 존경과 이해는 지난 8년간 세계 곳곳에서 평화를 이룩하려고 노력해온 내가 보기에도 특별한 것이었으며, 양측이 예전과는 달리 민감한 갈등 사항들에 대해서 솔직하게 논의했다고 말했다. 이제 우리는 서로 가장 핵심적으로 생각하는 사항들을 더 잘 알게 되었으며, 올해가 저물기 전에 합의를 이룰 수 있는 기회가 있으리라고 생각한다는 말을 덧붙였다.

아라파트는 협상을 계속하기를 원했다. 또한 그는 여러 차례에 걸쳐서 장래의 이스라엘 정부 혹은 장래의 미국 팀이 평화를 위해서 우리처럼 이렇게 열성적으로 노력할 것 같지 않다는 점을 인정하기도 했다. 그런데도 그가 왜 그렇게 움직이지 않았는지 알 수는 없는 일이었다. 그의 팀이 어려운 협상을 해본 경험이 없었기 때문인지도 모른다. 아니면 자신들의 손에 든 것은 보여주지 않고 이스라엘로부터 얼마나 양보를 받을 수 있는지 알아볼 수 있는 기회로 여겼던 것인지도 모른다. 무슨 이유에서였든, 아라파트는 바라크를 불안정한 정치상황 속에 던져놓은 채 돌아서버렸다. 바라크가 이스라엘의 역사에서 가장 칭송받는 군인이라는 말은 괜한 것이 아니었다. 퉁명스럽기도 하고 완고하기도 했지만, 바라크는 이스라엘에 좀더 안전한 미래를 선사하기 위해서 엄청난 위험을 무릅썼다. 나는 기자회견을 통해서 이스라엘 사람들에게 바라크가 이스라엘의 안보를 위태롭게 하는 일은 전혀 하지 않았다고 단언했고, 이스라엘 국민들은 바라크를 자랑스럽게 여겨야 한다고 말했다.

아라파트는 결정을 내리는 마지막 순간까지, 혹은 우리가 자주 입에 올렸던 말인 '자정 5분 전'까지, 입을 열지 않고 기다리는 사람으로 유명했다. 나의 남은 임기는 6개월뿐이었다. 나는 아라파트의 시계가 잘 맞기를 바랄 뿐이었다.

55

       캠프 데이비드 협상이 진행되는 동안, 좋은 일들이 줄지어 일어났다. 샬린 바셰프스키가 베트남과 광범위한 무역협정을 체결했다. 하원에서는 밀레니엄 외채탕감사업의 미국 분담금 가운데 첫 지불액을 지급한다는 내용의 수정안이 통과되었다. 나의 오랜 지지자인 맥신 월터스가 만들어낸 수정안이었다. 이 무렵 가난한 나라들의 외채탕감 요구는 엄청나게 많은 지지자들을 확보하고 있었다. 그 지지자들 중 선두에 선 사람이 바로 보노였다.

    보노는 워싱턴 정치계의 붙박이가 되었다. 그는 일류 정치가로 변신하였는데, 그렇게 된 데는 그의 독특한 스타일이 많은 기여를 했다. 어느 날 래리 서머스가 오벌 오피스로 찾아와서 '청바지에 티셔츠 차림으로 커다란 선글라스를 쓰고 다니는 보노라는 사람' 과 외채탕감에 대해서 회의를 하고 오는 길이라면서, "그가 외채탕감 문제로 나를 찾아왔는데, 그 분야에 대해서 아주 박식하더군요"라고 말했다.

    오키나와에서 열린 G-8 정상회의는 좋은 성과를 거두었다. 2015년까지 전 세계 아동들이 초등학교에 다닐 수 있도록 하자는 결의안이 채택되었다. 나는 3억 달러를 들여 900만 취학아동들에게 하루 한 끼씩 균형 있는 식사를 제공하는 프로그램을 운영할 것을 제안했다. 이 프로그램은 로마에서 유엔 식량프로그램을 담당하고 있는 미국 대사 조지 맥거번과, 오래전에 맥거번과 식량 카드 정책을 선도했던 밥 돌, 매사추세츠 하원의원 짐 맥거번이 제안한 것이었다. 나는 오키나와의 미군기지를 방문해서 미군 주둔을 허락해준 모리 요시로 총리에게 감사의 뜻을 전하고, 미군 주둔으로 인한 긴장 감을 줄이도록 노력하겠다고 약속했다. 마지막으로 참가하게 되는 G-8 정상회의인데, 급히 캠프 데이비드로 돌아가야 하는 것이 참으로 아쉬웠다. 정상회의의 여러 지도자들은 지난 8년 동안 내가 제안한 사업들을 적극적으로 후원해주었고, 많은 성과를 올렸다.

오키나와 방문에는 첼시도 동행했다. 첼시가 스탠퍼드 대학교에서 졸업에 필요한 이상의 학점을 3년 만에 취득한 덕에 6개월 동안 우리와 함께 있을 여유가 생겼다. 첼시는 임기 마지막 6개월 동안 우리 곁에 있고 싶었던 모양이었다. 힐러리와 나는 첼시와 함께 있을 수 있다는 것이 무척 기뻤다. 첼시는 힐러리의 선거운동을 돕는 일과 나의 외국 순방에 동행하는 일에 시간을 쪼개 썼는데, 양쪽 일 모두에서 큰 도움이 되었다. 하기야 첼시가 옆에 있는 것만으로도 우리는 행복했다.

그달 말, 나는 세금감면 문제를 놓고 공화당원들과 다시 맞붙어야 했다. 공화당은 이후 10년간 예상되는 재정흑자를 세금감면에 충당하기를 원했다. 그들은 납세자들의 돈이니 납세자들에게 돌려주어야 한다는 논리를 폈다. 그럴듯한 주장이었지만, 그들이 한 가지 숨기고 있는 게 있었다. 재정흑자는 '예상' 되는 것인데, 세금감면은 흑자의 발생 여부에 영향을 미칠 수 있는 것이었다. 나는 이들의 논리에 대해 다음과 같은 예를 들어 반박했다. 텔레비전 명사 에드 맥마흔에게서 '당신은 이미 1,000만 달러를 벌었을지도 모릅니다' 로 시작되는 광고물 한 장을 받았다고 상상해보라. 이런 편지를 받았다고 1,000만 달러를 쓰는 사람이 있겠는가? 나는 공화당의 세금감면안을 지지하는 사람은 이런 사람밖에 없을 것이라고 말하면서, 이런 꼴을 당하지 않으려면 "우리를 끝까지 지지하고, 번영을 유지해나가야 한다"고 말했다.

8월은 바쁜 달이었다. 8월 초에는 필라델피아에서 열린 공화당 전당대회에서 조지 W. 부시와 딕 체니가 후보로 지명되었다. 힐러리와 나는 마사스 비니어드로 가서 힐러리 후원모임을 주최한 다음, 대규모의 위험한 산불과 싸우고 있는 아이다호의 소방관들을 찾아가 격려했다. 8월 9일, 나는 15

명의 미국인들에게 자유 훈장을 수여했다. 그중에는 고인이 된 존 채피 상원의원과 패트 모이니헌 상원의원, 아동보호기금 설립자인 마리언 에델먼, 에이즈 연구활동가인 닥터 매실드 크림, 제시 잭슨, 민권 판사 크루즈 레이노조, 그리고 웨스 클라크 장군도 포함되어 있었다. 클라크 장군은 밀로셰비치의 인종청소에 대항한 코소보 전투지휘를 끝으로 퇴역한 상태였다.

나는 여러 가지 정치 행사들로 분주한 가운데, 정치와 무관한 행사에 참석할 기회가 있었다. 나는 시카고 근처, 일리노이 주 사우스배링턴에 있는 윌로크리크 공동체교회를 찾아가 친구인 빌 히벨스를 만났다. 우리는 성직자 연수회에 모인 수백 명의 사람들 앞에서 여러 가지 대화를 나누었다. 내가 정치계에 입문하기로 결정한 시기는 언제인지, 나의 가족들이 다녔던 교회는 어디인지, 나에게 교회의 의미는 무엇인지, 내가 잘못에 대해 사과한 적이 없다고 생각하는 사람들이 많은 이유는 무엇인지, 나는 여론조사를 어떻게 활용하는지, 지도력의 가장 중요한 요소는 무엇인지, 내가 기억에 어떻게 남는 사람이 되기를 원하는지…… 정치와 직무에서 벗어난 가벼운 마음으로, 정치 때문에 뒷전에 밀려나 있는 내면의 삶에 대해서 생각할 수 있었던 소중한 시간이었다.

민주당 전당대회가 시작되는 8월 14일 밤, 전당대회장 연단에 오른 힐러리는 자신을 지지해준 데 대한 감동적인 인사를 한 다음, 이번 선거의 핵심 쟁점을 꼼꼼하게 짚어가며 연설을 했다. 그 후, 해리와 린다 토머슨이 나의 8년간의 성과를 정리하여 제작한 영화가 상영되었다. 나는 열정적인 갈채와 환호가 쏟아지는 가운데 연단에 섰다. 갈채와 환호가 잦아든 후, 나는 이번 선거의 쟁점을 "진보와 번영을 지속시킬 것인가 말 것인가?"로 요약했다.

나는 다음과 같은 요지로 연설했다. 어떤 당이 계속 집권해야 하는가 말아야 하는가에 대해서 우리는 1980년에 레이건 대통령이 말했던 '우리는 지금 8년 전보다 형편이 나아졌는가?' 하는 기준을 적용해야 한다. 그 질문에 대한 대답은 '그렇다'이다. 그리고 그 대답은 "공화당원처럼 살고 싶으면, 민주당원을 찍어라"라는 해리 트루먼 대통령의 말이 옳다는 것을 입증해준다. 군중은 환호했다. 우리는 형편이 나아졌다. 경제적인 형편만 나아진 것이 아니었다. 일자리도 늘어났지만, 입양도 늘어났다. 빚도 줄었지만, 십대 임신도 줄었다. 우리 사회의 다양성은 심화되고, 통합성은 강화되고 있었다. 우리는 21세기로 향하는 다리를 세웠고, 또 그것을 건넜다. 그리고 "우리는 다시는 뒤로 돌아가지 않을 것이다".

나는 민주당 국회에 대해서 이야기했다. 우리는 경제 번영을 이용해서 무엇을 이루려 하는가? 이 문제에 대한 답은 우리가 과거의 역경에 어떻게 대처해왔는가를 보여주는 동시에, 미국의 인격과 가치관, 판단력도 보여준다. 우리에게 민주당 국회가 있었다면, 미국은 이미 환자 권리장전과 최저임금인상, 여성에 대한 동일임금법의 강화, 중산층의 대학등록금과 장기요양에 대한 세금감면 등을 달성했을 터였다.

나는 힐러리를 칭찬했다. 그녀는 30년 동안 공적인 봉사에 헌신해왔으며, 특히 백악관에 들어온 뒤에는 아동 문제와 가족 문제에 집중했다. 힐러리는 우리 가족을 위해서 늘 그 자리를 떠나지 않았던 것처럼, 앞으로는 뉴욕의 가족, 미국의 가족들을 위해서 늘 자리를 떠나지 않을 것이다. 그리고 앨 고어에 대해서, 그의 강력한 확신과 탁월한 견해, 미래에 대한 안목, 그리고 근본적인 관대함을 칭찬했다. 나는 정신건강 사업을 지원해준 티퍼 고어에게 감사의 뜻을 전하고, 고어가 조 리버먼을 부통령 후보로 결정한 것은 탁월한 선택이었다고 칭찬했다. 나는 조 리버먼과 나의 30년간의 우정, 1960년대 남부 민권운동에서 리버먼이 보여준 활약에 대해서 이야기했다. 유대계 미국인이 거대정당의 부통령 후보로 지명된 것은 처음 있는 일이었다. 리버먼의 부통령 후보 지명은 '하나의 미국'을 건설하겠다는 앨 고어의 공약이 빈말이 아님을 입증하는 뚜렷한 증거였다.

나는 개인적인 감사의 말과 개인적인 당부의 말로 연설을 맺었다.

친구 여러분, 저는 50년 전 폭풍우 치는 어느 날 남부의 작은 마을에서 청상과부의 아들로 태어났습니다. 미국은 제게 꿈을 실현할 기회를 주었습니다. 그리고 저는 여러분이 꿈을 실현할 수 있도록 돕기 위해서 최선의 노력을 기울여왔습니다. 이제, 제 머리는 희어지고, 주름살은 깊어졌습니다. 하지만 저는 지금도 8년 전에 품었던 것과 똑같은 희망과 낙관주의를 마음속에 품고 있습니다. 저는 여러분에게 제 마음이 감사로 충만하다는 것을 알려드리고 싶습니다.

친애하는 국민 여러분, 미국의 미래는 이제 여러분의 손에 달려 있습니다. 여러분은 진지하게 생각하고, 깊이 느끼고, 현명하게 선택해야 합니다. 그리고 꼭 기억해두셔야 합니다. 늘 사람을 최우선으로 놓아야 한다는 것을. 늘 미래로 건너갈 다리를 준비해야 한다는 것을. 그리고 내일에 대한 생각을 멈추지 마십시오.

다음 날, 나는 힐러리와 첼시와 함께 미시간 주 먼로로 가서 앨 고어 부부와 함께 선거유세를 벌였다. 격전지인 미시간 주에 모인 수많은 군중 속에서 유세를 하고 난 뒤 고어는 로스앤젤레스로 떠났다. 전당대회로 돌아간 그는 지명수락 연설을 하고 민주당의 지도자가 될 터였다. 고어가 떠난 뒤, 나는 오랫동안 들러보지 못했던 작은 맥도널드 가게에 들렀다.

부시-체니 후보는 선거과정에서 두 가지 메시지를 전달했다. 그들이 내세우는 긍정적인 주장은 '온정적인 보수주의'였다. 즉 우리 행정부가 제공했던 것과 같은 좋은 조건을 제공하되, 정부의 활동규모를 줄이고 대폭적인 세금감면을 시행하겠다는 것이었다. 부정적인 주장은 워싱턴에 도덕적인 기풍과 당파성을 강화하겠다는 것이었다. 이 주장은 좋게 보아도 표리부동한 것이었다. 나는 워싱턴에 있는 동안 공화당원들과 대화하기 위해서 갖은 노력을 기울였다. 하지만 그들은 임기 첫날부터 나를 악마로 만들려고 달려들었다. 그러고 나서 이제 그들은 "우리에게 백악관을 돌려준다면, 나쁜 행실을 차단하겠다"고 말하고 있었다.

앨 고어는 강직한 리버먼을 부통령으로 지명했고, 유권자들이 후보들의 행실에 잘못이 없다고 생각한다면 도덕성과 관련된 주장은 아무런 반향도 일으키지 못할 터였다. 대통령 선거에 나선 것은 내가 아니었다. 만일 유권자들이 내 실수에 대한 불만 때문에 그들을 비난한다면, 그것은 부당할 뿐아니라 스스로 파멸로 걸어 들어가는 셈이었다. 민주당 지지자들이 공화당의 주장의 허구성을 꿰뚫어본다면, 탄핵 투표가 실패로 돌아갔다는 것을 잊지 않는다면, 공화당이 백악관과 의회를 둘 다 장악할 경우 우익이 얼마나 많은 해악을 끼칠 것인지를 잊지 않는다면, 공화당의 전략은 먹혀들지 않는다는 것이 내 생각이었다. 더구나 미국총기협회의 부회장은, 부시가 당선되면 미국총기협회가 백악관에서 한자리를 차지할 거라고 큰소리를 치고 있었다.

민주당 전당대회가 끝나자, 여론조사에서 앨 고어가 근소한 차이로 앞서고 있었다. 나는 힐러리와 함께 뉴욕 주의 고적한 핑거레이크로 가서 며칠 동안 선거운동을 벌였다. 힐러리는 선거전에 뛰어들 때와는 전혀 다른 상황에 처해 있었다. 줄리아니 시장은 사퇴를 하고, 롱아일랜드 하원의원인 릭 라치오가 새로운 경쟁자로 도전장을 던졌다. 그는 매력적이고 똑똑한 인물로, 줄리아니에 비해서 당파성은 덜 하고 보수성은 더 심한 사람이었다.

나는 8월 말에 두 번의 짧은 외유를 했다. 워싱턴을 방문한 멕시코 대통령 당선자 빈센테 폭스를 만난 뒤, 나이지리아로 가서 올루세군 오바산조 대통령을 만났다. 나의 방문목적은, 에이즈 문제가 남부 아프리카 국가들처럼 심각해지기 전에 에이즈의 만연을 막으려는 오바산조의 노력을 후원하고, 나이지리아의 어려운 경제에 도움이 될 수 있는 아프리카무역법안이 통과되었다는 사실을 홍보하기 위한 것이었다.

나는 오바산조와 함께 에이즈 대책회의에 참석했다. 한 여성이 발언대에 올라 자신은 학생들에게 에이즈에 대해서 가르치고 있다고 말했다. 존 이베크웨라는 남성의 이야기는 절절했다. 그는 에이즈 바이러스 양성판정을 받은 여성과 결혼해서 자신 역시 감염이 되었으며, 에이즈 바이러스에 감염되지 않은 아이를 출산할 수 있는 방안을 찾으려고 필사적으로 노력한 끝에 바이러스에 감염되지 않은 딸을 얻었다. 오바산조 대통령은 그의 부인을 연단으로 올라오라고 하더니 그녀를 품에 안아주었다. 감동적인 장면이었다. 에이즈가 엄청나게 확산된 나라들의 경우, 에이즈 문제를 숨기고 방치한 것이 커다란 정책적 실수였다. 하지만 오바산조는 에이즈 환자를 격려하며 포용했고, 그것은 나이지리아를 그런 함정에 빠져들지 않게 하겠다는 강력한 신호였다.

나는 나이지리아를 떠나, 탄자니아의 아루사에서 열리는 부룬디 평화회담에 참석했다. 회의에는 여러 아프리카 국가의 정상들이 참석했다. 회담의 의장은 넬슨 만델라였다. 그는 정파간 분열이 심각한 상황을 보이고 있는 부룬디의 각 정파 지도자들에게 제2의 르완다 사태를 예방할 수 있는 협정에 동의할 것을 촉구하고 있었다. 만델라는 나에게 "좋은 경찰, 나쁜 경찰(한 사람은 악역을 맡아 옥박지르고 위협하는 반면 다른 한 사람은 선한 역을 맡아 어르고 달래는 방법—옮긴이주) 작전을 쓰자"고 구체적인 요구를 했다. 나는 그들에게 옳은 선택을 하도록 촉구하는 긍정적인 내용의 연설을 하기로 했고, 만델라는 각 당파에 중재안을 제시하고 동의하라고 채근하기로 했다. 이 작전은 효과가 있었다. 두 명을 제외한 모든 참석자가 중재안에 동의했다. 어려운 일이지만, 부룬디평화회담은 미국이 평화중재자라는 것을 아프리카와 세계에 알릴 수 있는 중요한 기회였다. 캠프 데이비드 회담을 시작할 때 내가 혼잣말로 했던 것처럼, "성공을 하거나, 성공하려고 노력하다가 쓰러지거나 둘 중의 하나다."

8월 30일, 나는 콜롬비아공화국 카르타헤나로 갔다. 데니스 해스터트 하원의장과 여섯 명의 하원의원, 상원의원 조 비든과 세 명의 다른 상원의원, 그리고 정부각료들 몇 명도 동행했다. 안드레스 파스트라나 대통령의 '플랜 콜롬비아'에 대한 미국의 강력한 지지를 표명하기 위한 방문이었다. 그는 당시 국토의 3분의 1을 장악하고 있던 마약상과 테러분자들의 손아귀에서 콜롬비아를 구해내기 위해서 노력하고 있었다. 그는 목숨을 걸고 혼자서 게릴라와 협상을 시도했다. 협상시도가 실패로 돌아가자, 그는 미국에 게릴라들을 소탕할 수 있도록 플랜 콜롬비아를 지원해줄 것을 요청했다. 해스터트는 이를 강력하게 후원했으며, 덕분에 나는 의회에서 콜롬비아에 대한 원조자금 10억 달러를 따낼 수 있었다.

카르타헤나는 성벽으로 둘러싸인 유서 깊고 아름다운 도시였다. 우리는 시내로 가서 마약상들과 싸우고 있는 경찰관들, 그리고 폭력의 피해를 입은 사람들을 만났다. 근무 중에 피살당한 경찰관의 부인도 만났다. 정의를 위해서 혹은 용감하게 싸우다가 피살당한 사람이 수백 명이 넘었다. 파스트라나의 배려로 첼시와 나는 '바예나토의 아이들'이라는 젊은 음악가 그룹을 만났다. 그들 역시 폭력의 희생양이 된 마을 출신 젊은이들이었다. 그들은 전통의상을 입고 평화를 위한 노래를 부르며 춤을 추었다. 나는 파스트라나와 첼시와 함께, 그 젊은이들과 어우러져 춤을 추었다.

9월 첫째 주가 끝날 무렵, 나는 부동산세를 폐지하는 법안에 대해 거부권을 행사하고, 미사일방어체제 구축 결정에 대한 유예를 선언하고, 뉴욕주 박람회에서 힐러리와 함께 선거유세를 했다. 그 후 나는 유엔 밀레니엄 정상회의에 참석했다. 세계 최대 규모의 정상회의였다. 나는 마지막 유엔 연설을 했다. 나는 '사람은 누구나 중요하다. 사람은 누구나 맡은 역할이 있다. 서로 도우면 더 잘할 수 있다'는 간단한 원칙에 근거해서 움직이는 세계를 만들 것을 천명하고, 이를 위해서 안보와 평화, 번영을 공유하기 위한 국제적인 협력을 강력하게 요청했다.

연설을 끝낸 후, 나는 매들린 올브라이트, 딕 홀브루크와 함께 앉아 다음 연설자인 이란의 모하마드 하타미의 연설을 들었다. 이란은 최근 몇 년 사이에 대통령선거, 의회선거, 시장선거를 치렀다. 모든 선거에서 개혁론자들이 3분의 2가 넘는 표를 휩쓸었다. 그런데 문제는 이란 헌법의 규정에 의해서, 아야톨라 사예드 알리 하메네이가 이끄는 이슬람 근본주의자 그룹이 막강한 권력을 쥐고 있다는 점이었다. 그들은 특정한 법률을 무효화하고 후보들의 공직 출마를 금지할 수 있는 권한을 가지고 있었고, 이란의 해외첩보기관을 장악하고 테러리즘을 후원하고 있었다. 그동안 우리는 하타미와 접촉을 시도하고, 민간 교류를 장려해왔다. 또한 나는 예전에, 1950년대에 이란의 민선 정부 전복을 지원한 미국의 행동은 잘못이었음을 밝힌 적이 있었다. 이런 정중한 태도가 차기 정부와의 관계 진전에 도움이 될 거라고 판단했기 때문이었다.

코피 아난 사무총장과 나는 리셉션을 주최했다. 리셉션이 끝난 뒤, 나는 늘 하던 대로 테이블 옆에 서서 밖으로 나가는 지도자들과 악수를 나누었다. 나는 내 키를 훌쩍 넘어서는 엄청난 덩치의 나미비아 관리와 악수를 나누었다. 이제 마지막 사람이겠거니 생각하고 있는데, 그의 뒤에 가려져 있던 사람이 불쑥 손을 내밀었다. 쿠바의 국가평의회 의장 피델 카스트로였다. 나는 그와 악수를 했다. 미국 대통령이 그와 악수를 나눈 것은 40년 만에 처음 있는 일이었다. 그는 나에게 폐를 끼치고 싶지는 않지만, 임기를 마치기 전에 내게 경의를 표하고 싶었다고 말했다. 나는 언젠가는 미국과 쿠바 양국이 화해할 날이 오길 바란다고 대꾸했다.

유엔 회의가 끝난 후, 석유수출국기구가 석유생산량을 하루 80만 배럴로 늘린다고 발표했다. 인도의 바지파이 총리가 국빈 자격으로 워싱턴을 방문했다. 9월 19일에는 상원이 하원의 뒤를 이어 중국과의 정상적인 무역관계를 인정하는 내용의 법안을 승인함으로써, 중국이 세계무역기구에 가입할 수 있는 길이 열리게 되었다. 나는 중국과의 무역관계 구축이 나의 8년간의 외교정책 중에서 가장 중요한 성과 중 하나가 될 것이라고 생각하고 있었다.

9월에 힐러리의 행보는 순조로웠다. 그녀는 9월 12일 예비선거에서 승리를 거두고, 팀 러서트가 사회를 맡은 버펄로 토론회에서 라치오를 거뜬하게 꺾었다. 라치오에게는 세 가지 문제가 있었다. 그는 뉴욕 벽지의 경제가 여전히 침체상태인데도 이제 되살아나고 있다고 주장했다. 또한 그는 모이니헌 상원의원이 힐러리가 아니라 자신을 지지하고 있음을 암시하는 거짓 광고를 내보냈다(그는 이에 대한 해명을 해야 했다). 그는 힐러리에게 인신공격을 했고, 신뢰할 수 없는 선거운동자금 관련 선서에 서명을 하라고 을러댔다. 힐러리는 어떤 질문을 받아도 당황하지 않고 늘 침착하게 대답했는데, 이것은 힐러리의 특기였다. 일주일 후, 힐러리가 48 대 39로 라치오를 앞선다는 여론조사가 나왔다. 힐러리는 교외에 거주하는 여자들 사이에서 강력한 지지를 받고 있었다.

9월 16일, 나는 흑인의원간부회의 만찬에서 아프리카계 미국인들에게 고별연설을 했다. 나는 그동안의 성과를 돌아보고, 고어와 리버먼을 옹호하고, 자격은 충분한데 아직도 비준을 받지 못한 흑인 판사들에 대한 지지를 호소했다. 이어 나는 연설원고를 젖혀놓고 다음과 같은 말로 연설을 맺었다.

나는 여러분께 가슴 깊은 곳에서 우러나는 감사를 전합니다. 토니 모리슨은 예전에 제가 이 나라 최초의 흑인 대통령이라고 말했습니다. 나는 이런 평가를 받는 것이 노벨상을 탄 것보다 더 좋습니다. 그 까닭을 말하지요. 내 기억 깊은 곳 어딘가에는 여러분의 처지에 대한 깊은 인식의 뿌리가 뻗어 있습니다. 내 마음속 깊은 곳 어딘가에는, 무시당하고 잊혀지고 푸대접받고 때로는 짐승 취급을 당하는 사람들이 겪어야 하는 운명을 공유하고 싶다는 깊은 갈망이 깃들어 있습니다.

나는 이런 사실에 대해 누구에게 감사해야 할지 모르겠군요. 하지만 분명하게 알고 있는 것은 나에게는 칭찬받을 만한 자격이 없다는 겁니다. 나로서는 다른 것을 선택할 여지가 없었기 때문입니다.

며칠 후인 9월 20일에, 남미계의원간부회의 만찬과 그리스도 안의 하나님 교회 감독단 회의에서 같은 요지의 연설을 했다. 나는 앞으로 임기가 120일 남아있으며, '120일간의 힘든 날들'을 의회 활동과 중동의 평화를 앞당기기 위한 노력에 바치겠다고 말했다. 나는 의회의 회기가 끝날 때까지 더 많은 성과를 올릴 자신이 있었다. 하지만 중동 문제에 대해서는 확신을 가질 수 없었다.

며칠 후, 나는 경제팀과 함께 작년 한 해 동안 평균소득이 1,000달러 이상 증가해서, 미국 역사상 처음으로 4만 달러를 넘어섰다는 사실을 발표했다. 또한 건강보험의 혜택을 받지 못하는 미국인의 수가 그 전해에 비해서 1,700만 명이나 감소했는데, 이것은 12년 만의 대폭 감소라는 사실을 발표했다.

9월 25일, 평화회담을 재개하기 위한 우리 팀의 몇 주간의 노력 끝에, 바라크는 아라파트를 자신의 관저로 초대하여 만찬을 함께 했다. 식사가 끝날 무렵, 나는 그곳으로 전화를 걸어 두 정상과 허심탄회한 대화를 나누었다. 다음 날, 양 정상은 캠프 데이비드 회담에서 중단된 대화를 재개하기 위해서 워싱턴으로 협상대표를 보냈다. 9월 28일, 아리엘 샤론 이스라엘 리쿠드당 의장이 성전 산을 방문했다. 1967년 이스라엘이 그곳을 장악한 후로 이스라엘 지도자가 그곳을 방문한 것은 처음 있는 일이었다. 이스라엘이 그곳을 장악하던 당시, 모세 다얀 장군은 이슬람 성전은 존중될 것이라고 말했고, 그 후 성전 산은 이슬람교도가 감독해왔기 때문이다.

아라파트는 바라크에게 샤론의 도발적인 행동을 막아달라고 미리 부탁한 적이 있었다. 샤론의 행동은 성전 산이 이스라엘의 영토임을 과시하는 한편, 자신보다 강경한 태도를 취하면서 리쿠드당 내에서 자신의 지위를 위협하고 있는 전직 총리 네타냐후의 도전에 강력 대응하려는 의도였다. 나 역시 바라크가 샤론의 도발적인 행동을 막아주기를 바랐지만, 바라크는 그렇게 할 수 없다고 말했다. 대신 샤론은 바위 돔과 알-아크사 사원에 들어가지 못했고, 성전 산에 갈 때는 엄청난 수의 중무장 경찰병력의 호위를 받아야 했다.

나를 비롯한 우리 팀은 아라파트에게 폭력 사태의 발생을 막아달라고 촉구했다. 나는 팔레스타인 어린이들이 성전 산을 방문한 샤론에게 꽃을 선물하고, 성전 산이 팔레스타인의 관리 하에 있지만 언제나 샤론의 방문을 환영한다는 식의 환영사를 했어야 한다고 생각했다. 하지만 아바 에반이 오래전에 말했던 것처럼, 팔레스타인은 '기회를 놓칠 기회를 놓치지 않았다.' 다음 날 엄청난 규모의 팔레스타인 시위대가 통곡의 벽 근처에 모였고, 이스라엘 경찰은 돌을 던지는 시위대를 향하여 고무탄을 발사했다. 이 시위에서 다섯 명이 사망하고 수백 명이 부상을 입었다. 폭력사태는 계속되었고, 폭력의 고통과 허망함을 보여주는 두 개의 생생한 영상자료가 텔레비전을 통해 방영되었다. 열두 살짜리 팔레스타인 소년이 총격을 받아 아버지의 품 안에서 죽었고, 건물에서 끌려나와 매를 맞아 죽은 두 명의 이스라엘 병사의 시신이 거리 이곳저곳으로 끌려다녔다. 폭행에 가담한 한 팔레스타인 사람은 피 묻은 손을 자랑스럽게 전 세계의 텔레비전 앞에 펼쳐 보였다.

중동이 폭력으로 들끓어오르는 동안, 발칸 반도의 상황은 점점 안정되고 있었다. 9월 마지막 주에 치러진 세르비아 대통령 선거에서는 슬로보단 밀로셰비치가 보이슬라브 코스투니차에게 졌다. 우리는 코스투니차에게 선거운동 기회를 보장하고 부정선거를 막기 위한 지원을 했다. 밀로셰비치는 부정선거를 시도했지만, 국민들의 대규모 시위 때문에 계획을 실행에 옮길 수 없었다. 10월 6일, 발칸 반도 학살의 주동자는 패배를 인정했다.

10월 초, 나는 캐비닛 룸에서 가난한 나라들의 외채탕감 정책을 지지하는 사람들과 회의를 가졌다. 패트 로버트슨 목사도 참석했다. 그와 복음주의 기독교 공동체가 보여준 강력한 지지는 외채탕감에 대한 지지가 얼마나 광범하고 강렬한가를 보여주는 것이었다. 하원에서, 가장 자유주의적인 민주당 의원이라 할 수 있는 맥신 워터스와 보수적인 예산위원회 위원장 존 카시크가 외채탕감 의제를 지지하고 나섰다. 제시 헬름스도 역시 이 의제에 찬성하고 나섰는데, 보노의 개인적인 노력이 적지 않은 성과를 거둔 셈이었다. 이제까지 외채탕감으로 올린 성과는 고무적이었다. 볼리비아는 의료와 교육에 7,700만 달러를 지출했고, 우간다는 초등학교 입학생 수를 두 배로 끌어올렸으며, 온두라스는 의무교육기간을 6년에서 9년으로 연장했다. 나는 마지막 예산안 합의과정에서 남은 분담금도 지불하는 것을 목표로 삼고 있었다.

10월 둘째 주, 힐러리는 릭 라치오와 가진 두 번째 토론회에서 선전했다. 이번 토론회는 1차 토론회에 비해서 훨씬 예의바르게 진행되었다. 나는 중국무역법안에 서명하고, 중국 측과 11시간의 협상 끝에 합의를 끌어낸 샬린 바셰프스키와 진 스펄링의 노고에 대해서 감사의 말을 전했다. 나는 국토유산사업법과 아메리칸 인디언 지역에 대한 새로운 투자에 서명했다.

10월 11일에는 결혼 25주년을 맞아 힐러리와 함께 차파쿠아에서 지냈다. 젊은 시절, 신혼 시절이 엊그제같이 느껴지는데, 벌써 우리에게는 곧 대학을 졸업할 장성한 딸이 있었고, 백악관 시절도 얼마 남지 않았다. 나는 힐러리가 상원 선거에서 승리할 거라고 확신했으며, 우리 가족 앞에 펼쳐질 미래에 관해서도 낙관적으로 보고 있었다.

그러나 다음 날 나의 느긋한 낙관주의는 산산조각이 나고 말았다. 예멘의 아덴 항에 정박해 있던 미 해군 구축함 콜호 옆에서 폭탄을 실은 배가 폭발했다. 테러 공격이 분명했고, 17명의 선원들이 사망했다. 우리는 빈 라덴과 알 카에다의 소행이라고 생각했다. 하지만 확증이 없었다. 중앙정보국은 조사에 착수했고, 나는 국방부와 국무부 직원, 그리고 연방조사국을 아덴에 급파했다. 알리 살레 대통령은 진상조사와 용의자 재판 과정에 최선을 다해 협조할 것을 약속했다.

한편, 나는 국방부와 국가안보팀에 빈 라덴을 잡을 방법을 찾으라고 재촉했다. 우리는 10월에 빈 라덴의 은신처에 미사일 공격을 할 예정이었다. 하지만 중앙정보국은 그가 은신해 있다는 증거가 불충분하다며 미사일 공격을 최대한 연기할 것을 주장했다. 국방부는 빈 라덴의 행방에 대해 신뢰할 만한 첩보가 들어오지 않을 경우, 아프가니스탄에 특공대를 투입하자고 했다. 하지만 그 방법은 군수물자 보급상의 어려움이 있었다. 또 다른 대안으로는 의심이 가는 근거지 전역에 대한 폭격이나 적당한 규모의 병력 투입 등 대규모 군사작전을 생각해볼 수도 있었다. 하지만 구축함 폭파에 알 카에다가 연루되었다는 증거를 찾지 못할 경우에는 그런 군사작전을 전개할 수 없었다. 나는 심한 좌절감을 느꼈다. 임기를 마치기 전에 빈 라덴의 소재를 파악하여 미사일 공격을 하고 싶었다.

콜로라도와 워싱턴에서 선거유세 지원을 몇 차례 한 뒤, 나는 이집트의 샤름-엘-셰이크에서 열린 중동평화회담에 참석했다. 회담에는 무바라크 이집트 대통령과 압둘라 요르단 국왕, 코피 아난 유엔 사무총장, 신임 유럽연합 사무총장인 하비에르 솔라나가 참석했다. 이들은 모두 폭력사태의 종식을 원했다. 사우디아라비아의 압둘라 왕세자도 마찬가지였지만, 참석하지 못했다. 바라크와 아라파트는 회담에 참석했지만, 마치 서로 지구의 정반대쪽에 떨어져 있는 사람들처럼 굴었다. 바라크는 폭력사태를 중단시키기를 원했다. 아라파트는 이스라엘 병력과 경찰력이 과도한 무력행사를 했는지 조사해야 한다고 나섰다. 조지 테닛은 양측과 안보계획을 입안했고, 나는 그 계획을 바라크와 아라파트에게 제시하면서 정상회담 합의사항으로 채택할 것을 촉구했다.

나는 아라파트에게 안보계획에 동의한다는 것을 전제로 평화회담의 미해결 현안들을 풀어나갈 방안을 제시할 용의가 있다고 말했다. 폭력사태가 종식되지 않고는 평화를 이룰 수 없는 일이었다. 아라파트는 안보계획에 동의했다. 우리 팀은 이른 새벽까지 일해서 양측의 입장을 고려한 합의문을 작성했다. 합의문의 내용은 폭력을 끝낸다고 약속할 것, 폭동과 무력진압을 유도한 사항에 대한 진상조사위원회를 구성하되 미국에 이스라엘과 팔레스타인 사람들 중에서 진상조사위원을 임명할 권한을 위임하고 코피 아난에게 자문역을 맡길 것, 평화회담 재개를 약속할 것 등이었다. 간단한 이야기처럼 보이지만, 당시로서는 간단한 것이 아니었다. 아라파트는 유엔이 참여하는 진상조사위원회와 평화회담의 즉각적인 재개를 원했고, 바라크는 미국이 참여하는 진상조사위원회와 폭력이 진정되는 시기까지 회담의 연기를 원했다. 무바라크와 나는 따로 아라파트를 만나 합의문을 받아들이라고 설득했다. 무바라크가 없었다면 나는 그를 설득할 수 없었을 것이다. 나는 무바라크가 평화회담에 깊이 개입하는 것을 꺼리는 사람으로 알고 있었는데, 그날 밤에 그는 강력하고, 분명하고, 설득력 있는 태도를 보였다.

나는 귀국한 후 힐러리, 첼시와 함께 버지니아 주 노포크로 가서 구축함 콜호 사건의 희생자들을 위한 추도식에 참석하고 유족들을 만났다. 코바르타워스 테러(1996년 사우디아라비아의 코바르타워스 미군기지에 폭탄 트럭이 돌진해 미군 19명이 숨진 사건—옮긴이주)와 마찬가지로, 콜호의 해군들은 훈련을 통해 습득한 것과는 전혀 다른 공격에 노출되어 사망하고 말았다. 적은 정체를 드러내지 않았고, 모든 사람들을 잠재적인 공격목표로 삼고 있었으며, 우리의 대규모 무기들은 아무런 억제력도 발휘하지 못했다. 그들은 현대 세계의 개방성과 정보기술을 이용해서 우리를 공격하고 있었다. 나는 언젠가는 빈 라덴과의 싸움에서 승리를 거두게 될 것임을 알고 있었다. 하지만 우리가 그 방법을 찾을 때까지 얼마나 많은 무고한 사람들이 목숨을 잃게 될지는 알 수 없는 일이었다.

이틀 후, 힐러리와 나는 앨 고어 부부와 함께 미주리 주 제퍼슨으로 가서, 주지사 카나한의 추도식에 참석했다. 그는 소형 비행기를 타고 가다가 사고를 당해서 아들, 젊은 보좌관과 함께 사망했다. 그가 1992년 선거 때 나를 지지한 뒤부터 우리는 친하게 지내고 있었다. 그는 훌륭한 주지사이자 복지제도 개혁 분야의 지도적 인물이었다. 그는 사망할 당시, 상원의원 선거에서 현직 상원의원인 존 애시크로프트와 접전을 벌이고 있었다. 투표용지에 다른 후보의 이름을 올리기에는 너무 늦은 시기였다. 며칠 후, 그의 부인 진 카나한이 미주리의 유권자들에게 자신의 남편에게 표를 주면, 자신이 상원에서 봉사하겠다고 발표했다. 미주리 주민들은 카나한을 밀어주었고, 진 카나한은 상원의원으로서 뛰어난 활약을 펼쳤다.

선거전이 막바지에 들어선 10월 마지막 주, 나는 요르단 국왕 압둘라와 무역협정을 체결하고, 법안 승인 혹은 거부 업무를 진행했다. 인디아나, 켄터키, 매사추세츠를 오가며 선거운동을 돕고, 뉴욕에서는 힐러리를 위해서 여러 차례 유세를 했다. 가장 재미있던 일은 어느 생일 축하연에서 로버트 드 니로가 내게 토박이 뉴욕사람처럼 말하는 방법을 가르쳐준 것이었다.

전당대회 이후로 앨 고어는 '국민 대 권력집단'의 경쟁으로 선거전의 틀을 잡아갔다. 이것은 모든 보수적인 이익집단들(건강보험회사들, 담배회사들, 공해물질 방출이 많은 회사들, 미국총기협회를 비롯한 무수한 집단들)이 부시를 지지하고 있다는 것을 의미했다. 하지만 이 슬로건은 문제가 있었다. 이 슬로건에만 의지해서는 우리 정부의 경제적·사회적 진보를 이끌며 성과를 거두어온 고어의 경력을 부각시킬 수 없었고, 진보를 되돌리겠다는 부시의 노골적인 공약을 강력하게 비판할 수 없었다. 또한 그 말에 담긴 인민주의적 느낌('국민 대 권력집단'이라는 말에서 국민은 the people을 번역한 것으로, 인민이나 민중의 의미로도 사용된다—옮긴이주) 때문에 부동층 유권자들은 고어도 미국 경제의 방향을 돌려놓을지 모른다는 우려를 가질 수 있었다. 10월 말이 다가오자, 고어는 "번영을 위태롭게 하지 마라"고 이야기하기 시작했다. 11월 1일, 그의 지지도는 높아졌지만, 여전히 4포인트나 뒤져 있었다.

선거전 마지막 주에, 나는 주지사 그레이 데이비스의 요청에 따라 캘리포니아로 가서 이틀 동안 대선 후보들과 의원 후보들을 위해서 선거운동을 했다. 나는 할렘에서 힐러리를 위한 행사에 참여한 다음, 일요일에는 아칸소로 가서 1982년 주지사 선거 때 나의 운전기사 역할을 했고 지금은 공화당 하원의원 제이 디키와 맞붙고 있는 마이크 로스를 지원했다.

나는 선거 전날과 선거 당일에는 전국 60여 개의 라디오 대담에 나가 고어와 리버먼, 그리고 각 지역의 민주당 후보들에게 표를 달라고 호소했다. 이미 녹음한 라디오 광고와 전화 광고만도 120개에 달했다. 전화 광고는 열성적인 민주당원들과 소수민족 사람들의 집에 전화로 메시지를 전달하여 표를 호소하는 방식이었다.

선거 당일, 나는 힐러리와 첼시와 함께 차파쿠아의 투표소인 더글라스 그래펀 초등학교에서 투표를 했다. 낯설고도 신나는 경험이었다. 아칸소 밖에서는 처음 해보는 투표라서 낯설었고, 정치 생활 26년 만에 내 이름이 투표용지에 없다는 것도 낯설었다. 하지만 힐러리를 찍을 수 있다는 사실은 신이 났다. 첼시와 나는 먼저 투표를 하고 서로 껴안은 채, 힐러리가 커튼을 닫고 자신을 위해서 투표하는 모습을 지켜보았다.

선거일 밤에는 예측할 수 없을 정도로 상황이 급변했다. 힐러리는 55 대 43으로 당선되었다. 표 차이는 선거 전 여론조사 때 나왔던 차이보다 훨씬 더 컸다. 나는 힐러리가 자랑스러웠다. 1992년에 내가 그랬던 것처럼, 뉴욕은 힐러리로 하여금 쓰라린 경험을 겪게 했다. 그녀는 올라갔다, 내려갔다, 다시 올라갔다. 하지만 힐러리는 흔들리지 않고 계속 앞으로 전진했다.

우리가 뉴욕의 그랜드 하이야트 호텔에서 힐러리의 당선축하연을 열고 있을 때, 부시와 고어는 막상막하의 접전을 펼치고 있었다. 오래전부터, 모든 사람들이 선거 결과가 아슬아슬하다고 생각하고 있었다. 많은 평론가들이 고어가 일반 투표에서는 질지 모르지만, 선거인단 투표에서는 이길 것이라고 말했다. 선거 이틀 전에 나는 지도와 최신 여론조사를 살펴보면서, 스티브 리케티에게 정반대의 상황이 벌어질까봐 걱정이라고 말했다. 민주당의 핵심 지지자들은 뭉치고 있었고, 백악관을 되찾고 싶어 하는 공화당 지지자들만큼이나 열정적이었다. 고어는 대규모 주들에서 큰 표 차로 이길 것이고, 부시는 소규모의 농촌 주들에서 큰 표 차로 이길 것이다. 그러나 소규모의 농촌 주들은 선거인단 투표에서 다른 주들에 비해 유리했다. 모든 주들이 하원의원 한 사람 당 선거인단 표 한 표와 상원의원 한 사람 당 선거인단 표 두 표를 가지게 되기 때문이었다(미국의 선거제도는 소규모 농촌 주들의 발언권을 크게 하기 위해서 인구가 적은 주에 선거인단의 수를 상대적으로 많이 배정하고 있다―옮긴이주). 선거일이 다가오면서 그래도 고어가 이길 것이라고 생각했다. 그는 여세를 몰아가고 있었고, 또 여러 가지 현안에 대해서 올바른 입장을 견지하고 있었기 때문이다.

고어는 50만 표가 넘는 표 차로 이겼다. 하지만 선거인단 수는 의문이었다. 문제는 플로리다 주였다. 고어는 뉴멕시코에서 366표 차이로 아슬아슬하게 승리했다. 랠프 네이더가 출마하지 않았다면 뉴멕시코를 비롯한 몇 주에서 표 차가 늘었을 것이다. 나는 빌 리처드슨에게 그의 고향에서 마지막 주를 보내라고 부탁했는데, 그가 고어의 아슬아슬한 승리에 기여했는지도 모른다.

1996년에 내가 승리했던 주들 중에서 부시에게 승리를 안겨준 주는 네바다, 애리조나, 미주리, 아칸소, 테네시, 켄터키, 오하이오, 웨스트버지니아, 뉴햄프셔였다. 테네시는 공화당 지지차가 점점 늘어가고 있었다. 1992년, 1996년, 2000년에 테네시의 민주당 표는 계속 47-48퍼센트를 유지하고 있었다. 테네시를 비롯하여 아칸소와 같은 몇 주에서는 미국총기협회가 앨 고어의 표를 갉아먹었다. 예를 들어 1세기 전에 클린턴 가문이 정착했던 옐 카운티는 풀뿌리 민주주의자들의 입김이 센 곳이었고, 문화적으로는 보수적인 곳이라서, 민주당 후보들은 아슬아슬한 선거에서 아칸소를 차지하려면 이 카운티에서 반드시 이겨야 했다. 그런데 고어는 이곳에서 부시에게 47 대 50으로 패했다. 그 원인은 바로 미국총기협회였다. 내가 옐 카운티를 돌아볼 수도 있었지만, 그러려면 농촌지역을 며칠간 돌아다녀야 했다. 그리고 나는 선거가 코앞에 다가오기 전까지는 문제가 그렇게 심각하다고 생각하지 못했다.

총기 로비스트들은 미시간과 펜실베이니아에서도 고어를 쓰러뜨리려고 노력했다. 지역 노동조합들의 영웅적인 노력이 없었더라면 실제로 그렇게 되었을 것이다. 노동조합에도 미국총기협회 회원들이 많이 있었다. 노동단체들은 "고어는 당신의 총을 가져가지 않는다. 하지만 부시는 당신의 노조를 가져간다!"라고 말하면서 부시와 싸웠다. 안타깝게도, 아칸소와 테네시, 켄터키, 웨스트버지니아, 미주리, 오하이오의 농촌 지역에서는 전투에 나가 싸울 노동조합원이 충분치 않았다.

켄터키의 담배 농장 지역에서는 청소년들을 대상으로 매출을 올리려고 하는 대규모 담배회사들에 반대하는 우리의 입장 때문에 표를 많이 잃었다. 웨스트버지니아에서는 직원들이 소유한 회사 위어턴스틸 회사가 파산한 것 때문에 고어는 손해를 많이 보았다. 그 회사의 직원과 가족들은 회사의 파산이 아시아금융위기 때 러시아와 아시아에서 들어오는 값싼 수입 철강을 제한하지 못한 것 때문이라고 생각하고 있었다. 하지만 그 회사가 망한 이유는 분명히 다른 데 있었다. 하지만 위어턴의 노동자들은 그렇게 생각하지 않았고, 고어에게 그 책임을 물었다.

뉴햄프셔에서는 7,000표가 약간 넘는 차이로 부시가 이겼다. 네이더가 2만 2,198표를 가져갔다. 가장 문제가 되었던 것은 플로리다였다. 네이더는 이곳에서 9만이 넘는 표를 가져갔고, 부시는 아슬아슬하게 앞섰다. 이 아슬아슬한 표 차 때문에 공식적인 승패는 한 달이 넘어서야 가려질 수 있었다.

플로리다 선거 시비가 시작되었을 때, 민주당은 상원에서 4석, 하원에서 1석을 늘렸다. 세 명의 현직 공화당 하원의원이 낙선했다. 그중에는 아칸소에서 마이크 로스에게 패배한 제이 디키도 들어 있었다. 그리고 민주당은 캘리포니아에서 4석을 늘렸다. 선거가 치러진 의석 가운데 하나만 빼고 나머지를 모두 얻은 셈이었다. 플로리다 주의 재검표(플로리다주 법에 의하면 후보간의 표 차가 일정수 이하인 경우에는 자동적으로 재검표에 들어가도록 되어 있다―옮긴이주)는 고어에게 불리했다. 왜냐하면 선거총책임자인 주무장관 캐서린 해리스는 보수적인 공화당원으로 주지사 젭 부시(대통령 후보인 부시의 남동생―옮긴이주)와 친했고, 또한 당선자를 확정하는 플로리다 주의회 역시 보수적인 공화당원들이 지배하고 있었기 때문이었다. 하지만 마지막으로 검표 결과를 확정짓게 될 주의 대법원은 민주당 주지사가 임명한 판사들의 수가 많았기 때문에, 정파에 치우치는 경향이 덜한 것으로 평가되고 있었다.

이틀 후, 차기 대통령이 누구인지도 모르는 채, 나는 오벌 오피스에서 아라파트를 만났다. 폭력사태는 진정국면으로 들어간 상태였고, 나는 그가 평화협상에 대해서 진지하게 나올 것이라고 생각했다. 나는 그에게 합의안을 만들 수 있는 시간이 10주밖에 남지 않았다고 말했다. 둘만 있는 시간에, 나는 그의 팔을 잡고 눈을 똑바로 들여다보며 말했다. 북한과 장거리미사일 생산 중단 협정을 맺을 가능성이 있는데, 협정을 맺으려면 내가 북한에 가야 한다. 그럴 경우 한국과 일본, 중국도 함께 방문해야 하니, 일주일 이상 걸릴 것이다. 중동에서 평화를 이루게 된다면, 나는 그 협상을 마무리해야 할 입장이었다. 나는 아라파트에게, 이스라엘의 안보를 보호해주면서도 팔레스타인 사람들한테 서안지구와 가자지구에 나라를 만들어주기 위해 내가 할 수 있는 일은 모두 했다고 말했다. 공을 들인 것이 아깝기는 하지만, 진정으로 화해할 생각이 없다면 내게 사실대로 털어놓아야 한다. 그러면 나는 깨끗하게 중동을 포기하고 또 다른 심각한 안보상의 위협을 막기 위해서 북한으로 갈 수 있다. 그런 식으로 말하자, 아라파트는 내게 백악관에 그대로 있으라고 했다. 우리는 반드시 평화회담을 마무리해야 하는데, 내가 임기를 마치기 전에 협상을 완결하지 않으면 다시 이 정도 수준의 협상에 이르기까지 적어도 5년의 세월이 걸릴 것이라는 이야기였다.

그날 밤, 백악관 200주년 기념 만찬이 열렸다. 레이디 버드 존슨(존슨 대통령의 부인—옮긴이주), 포드 전 대통령 내외, 카터 전 대통령 내외, 부시 전 대통령 내외가 참석하여, 존 애덤스 대통령 이후로 모든 대통령이 살았던 백악관의 생일을 경축했다. 미국 역사에 기록될 만한 멋진 순간이었다. 하지만 아들의 당선이 확정되지 않아 조마조마한 부시 전 대통령 내외는 가시방석에 앉은 듯한 표정이었다. 나는 부시 전 대통령 내외가 참석해준 것이 너무나 고마웠다.

며칠 후, 첼시와 나는 연례 아시아태평양경제협력체 정상회담 참석차 브루나이로 갔다. 아름다운 신축 호텔과 회의장에서 술탄 하사날 볼키아가 회담을 주재했다. 우리는 아시아의 금융위기 재발을 막기 위해서 반드시 필요한 개혁들에 관해 논의했다. 싱가포르의 총리인 고촉통과 나는 상호자유무역협정에 관한 협상을 시작하자는 데 동의했다. 나는 고촉통과 함께 뜨거운 더위를 피해서 골프를 즐길 수 있게 해주는 야간 골프 코스에서 골프를 즐겼다. 내가 아시아태평양경제협력체 정상회의를 설립한 것은 1993년의 일이었다. 그 후 회의 참석의 규모도 커지고 하는 일도 확대된 것을 보면서 마음이 뿌듯했다. 나는 마지막으로 참석하는 아시아태평양경제협력체 회의에서 그간의 노력이 거둔 성과를 생각했다. 특별한 합의내용을 이끌어낸 것만이 아니라, 새로운 세기에 미국과 아시아를 함께 묶는 기구를 세웠다는 사실이 더 중요한 의미를 가지고 있었다.

브루나이를 떠난 후, 첼시와 나는 역사적인 베트남 방문을 했다. 하노이와 호치민 시(옛 사이공)도 방문하고, 베트남인과 미국인이 합동으로 베트남전쟁 당시 작전 중 실종된 것으로 기록된 미국인들의 유해를 발굴하는 현장도 방문했다. 레아 라빈의 장례식에 참석하기 위해 이스라엘에 갔던 힐러리도 베트남으로 왔다.

나는 공산당 지도자, 대통령, 총리, 호치민 시의 시장을 만났다. 직위가 높아질수록, 사람들이 말하는 것이 전형적인 공산주의자에 가까워지는 것 같았다. 공산당 지도자 레 카 피에우는 베트남전쟁에 반대했던 나의 경력을 이용해서 미국이 과거에 제국주의적인 행동을 했다고 비난하려 했다. 나는 화가 났다. 베트남전쟁 포로였던 피트 피터슨 대사 앞에서 그런 말을 한다는 사실이 더 화가 났다. 나는 공산당 지도자에게 분명하게 말했다. 내가 미국의 베트남정책에 반대했던 것은 사실이지만, 베트남정책을 찬성했던 미국인들은 제국주의자나 식민주의자가 아니라, 공산주의에 맞서 싸워야 한다고 생각했던 선량한 사람들이었다. 나는 피트 피터슨 대사를 가리키면서 그가 베트남을 식민화하려는 생각 때문에 '하노이 힐튼'으로 알려진 감옥에서 6년 반 동안 갇혀 있던 것은 아니지 않으냐고 말했다. 우리는 이미 정상적인 외교관계 및 무역협정, 그리고 미군실종자 수색과 관련한 상호협조로 새로운 시대를 열었다. 지금은 해묵은 상처를 헤집어서 긁어댈 때가 아니었다. 트란 둑 루옹 대통령도 독단적이라는 점에서는 비슷했다.

총리인 판 반 카이와 나는 아시아태평양경제협력체 회의에서 여러 차례 만나면서 좋은 관계를 쌓아온 사이였다. 1년 전에 그는 나에게 베트남전쟁에 반대했던 것에 대해서 고맙게 생각하고 있다고 말했다. 내가 전쟁에 찬성했던 미국인들도 베트남 사람들에게 자유를 주기를 원했던 선량한 사람들이라고 말하자, 그는 "압니다"라고 대답했다. 카이는 미래에 관심을 가지고 있었고, 미국이 에이전트 오렌지 피해자를 구제하고 경제를 발전시키는 일에서 베트남에 도움을 주기를 바라고 있었다. 호치민 시의 시장인 보 비엣 탄은 말하는 것이 내가 아는 미국의 유능하고 적극적인 시장들과 똑같았다. 그는 자기는 세출입 균형을 달성했고, 공무원 수를 감축했고, 외국 투자를 더 많이 끌어오기 위해 노력하고 있다고 자랑했다. 나는 인근 식당에서 간소한 점심을 먹고 나서 자연스럽게 인사를 하려고 모여드는 친절한 사람들과 악수를 했다. 그들은 미국과 베트남이 공동의 미래를 건설해나가기를 바라고 있었다.

미군실종자 수색지 방문은 도저히 잊을 수 없는 경험이었다. 나는 오래 전에 베트남에서 죽은 고등학교 동기들과 1970년에 내가 모스크바에 있을 때 실종된 아들 소식을 알아보려고 도움을 청하던 노인이 생각났다. 베트남 병사들과 함께 일하던 미군 병사들은 인근 주민들의 이야기를 근거로 해서, 30년도 넘은 옛날에 추락한 미군 조종사 로렌스 에버트 중령을 찾고 있었다. 수색지 방문에는 에버트 중령의 장성한 자녀들도 동행했다. 미군 병사들은 베트남 병사들과 함께 무릎까지 빠지는 진흙탕 속에 서서, 진흙덩이를 한 조각 한 조각 잘라내 옆의 진흙더미에 쌓아올리고 있었다. 이미 비행기의 잔해와 군복의 일부가 발견된 상태였기 때문에, 곧 신원확인이 가능하게 될 터였다. 이 작업은 베트남전에 참전한 경력이 있는 미국인 고고학자가 감독하고 있었다. 그는 이것이 세계에서 가장 보람된 발굴작업이라고 말했다. 조심조심 움직이는 그들의 손놀림은 너무나 감동적이었다. 미군 병사들을 돕고 있는 베트남 병사들의 손놀림도 마찬가지였다. 얼마 안 있어 에버트 중령의 자녀들은 아버지를 만날 수 있었다.

베트남에서 귀국하는 길에, 나는 척 러프가 죽었다는 소식을 들었다. 그는 탄핵 과정 내내 백악관 고문으로 활동한 사람이었다. 나는 도착하자마자 그의 아내인 수를 만났다. 척은 상원에서 용기와 수완으로 우리의 국방팀을 이끌었던 뛰어난 인물이었다.

11월 말까지, 중동 문제와 플로리다 재검표 문제가 계속되었다. 재검표는 결국 세 군데 큰 카운티의 표 수천 장이 재검표되지 않은 채로 중단되고 말았다. 이것은 고어에게 불리한 결과였다. 부시가 아니라 고어에게 표를 던지려고 했던 수천 명 플로리다 유권자들의 표가 투표용지 혼동과 고장 난 펀치 카드 기계 때문에 무효표로 처리되었기 때문이었다. 고어는 법원에 선거 소송을 냈다. 같은 시기에 바라크와 아라파트는 중동에서 다시 만나기로 했다. 플로리다의 싸움에서 이기느냐 지느냐, 중동 평화를 위한 싸움에서 이기느냐 지느냐는 나로서도 알 수 없는 상황이었다.

　　12월 5일, 힐러리는 신참 상원의원으로 처음 의사당에 출근했다. 의사당에 출근하기 전날 밤, 나는 힐러리에게 '상원학교' 입학식에 가게 되었으니, 푹 자두고 좋은 옷을 입으라고 농담을 했다. 힐러리는 흥분해 있었고, 그런 힐러리를 보고 있으니 내 기분이 좋았다. 사흘 뒤, 나는 키어니에 있는 네브래스카 대학교에서 연설을 했다. 대통령이 된 뒤 네브래스카 방문은 처음이었다. 나는 국경을 넘나드는 미국의 지도력을 지속시킬 것을 촉구하는 연설을 했다. 그 연설은 미국의 심장부에서 한 마지막 연설이었다. 한편, 플로리다 주 대법원은 플로리다 주 법률에 따라 재검표를 마친 4만 5,000표와 팜비치 및 데이드 카운티에서 재검표된 표를 득표수에 포함시키라는 결정을 내렸다. 플로리다 법률에 의하면, 투표자의 의도가 명백하게 드러나기만 하면 유효표로 인정하도록 되어 있었다. 부시와의 표 차는 이제 154표로 줄어든 상태였다.

　　부시 주지사는 당장 연방대법원에 재검표를 중지할 것을 요청하는 청원서를 제출했다. 몇몇 법률가들의 의견에 의하면, 인종차별처럼 주민의 일부 집단에게 불리하게 이용되는 것이 아닌 이상 선거의 기술적인 부분은 주 법률에 의거하도록 되어 있었다. 그러므로 연방대법원은 그 사건을 받아들이지 않을 거라는 판단이었다. 선거 재검표나 소유주의 동의가 있는 건물의 철거와 같은 합법적인 행동에 대해서 법원으로부터 금지명령을 얻어내는 것은 어려운 일이었다. 금지명령을 얻어내려면, 당사자는 그 행동이 중지되지 않을 경우 만회할 수 없는 손해를 입게 된다는 것을 입증해야 했다. 그러나 5 대 4로 재검표 중지는 인정되었다. 스칼리아 판사는 놀랄 만큼 정직한 판결문을 썼다. 만회할 수 없는 손해란 무엇인가? 스칼리아 법관은, 투표 재검표는 "(부시가) 주장하는 당선의 정통성에 먹구름을 드리울 수 있다"고 말했다. 그것은 맞는 말이었다. 만일 플로리다에서 고어가 부시보다 많은 표를 가져가게 되면, 연방대법원이 부시에게 대통령직을 주는 것은 더 어렵게 될 테니까.

우리는 그날 밤 백악관에서 크리스마스 연회를 열었다. 나는 연회에 입장하는 법률가들을 한 사람씩 붙잡고 그런 결정을 들어본 적이 있느냐고 물었다. 모두들 아니라고 대답했다. 대법원은 재검표 자체가 합헌이냐 아니냐 하는 근본적인 문제에 대해서도 신속한 결정을 내려야 했다. 이제 그들이 5 대 4로 재검표를 죽일 것임은 뻔한 일이 되었다. 나는 힐러리에게 스칼리아는 두 번째 판결문을 쓰는 일을 맡지 못할 것이라고 말했다. 첫 번째 판결문에서 자신의 의도를 지나치게 노골적으로 드러냈기 때문이었다.

12월 11일, 나는 힐러리, 첼시와 함께 아일랜드를 방문했다. 그곳은 나의 선조들이 살던 곳이자 내가 평화를 이루어내려고 노력했던 현장이었다. 우리는 더블린에 가서 버티 아헌 총리를 만난 다음, 대중집회가 예정되어 있는 국경 근처의 도시 던도크를 방문했다. 그곳은 한때 아일랜드공화국군의 온상이었던 도시였다. 거리에는 크리스마스 장식등이 밝게 빛나고 있었고, 엄청난 군중이 환호하며 나에게 '대니 보이'를 불러주었다. 셰이머스 히니는 예이츠에 대해서, "그의 관심은 마음 속에서, 그리고 세계 속에서 기적이 들어설 한 공간을 비우는 데 있었다"고 말한 적이 있었다. 나는 평화의 기적으로 그 빈 공간을 채우고 있는 아일랜드 사람들에게 감사의 뜻을 전했다.

우리는 벨파스트로 가서 북아일랜드의 지도자들을 만났다. 그중에는 데이비드 트림블, 셰이머스 말론, 존 흄, 그리고 게리 애덤스도 있었다. 이어 나는 토니 블레어 총리 부부와 버티 아헌, 그리고 조지 미첼과 함께 오디세이 경기장에서 열리는 신구교 연합 모임에 참석했다. 신교도와 구교도는 벨파스트에서 함께 모이는 것이 아직도 껄끄러운 모양이었다. 새로운 경찰력의 구성과 무장해제의 일정과 방법에 대해서 날카로운 언쟁이 오고갔다. 나는 그들에게 문제 해결을 위해 노력하되 평화의 적들은 그들의 승인을 기다리지 않는다는 것을 명심하라고 말했다. "그들에게 필요한 것은 여러분들의 무관심입니다." 나는 청중들에게 '성금요일 의정서'가 전 세계의 평화중재자들에게 용기를 주었다는 사실을 기억하라고 말했다. 나는 미국이 중재하여 에리트레아와 이디오피아 간의 유혈 충돌을 종식시켰던 합의문을 인용했다. 나는 연설을 맺으면서 그들과 함께 평화를 위해 일하는 것을 대단히 기쁘게 생각한다고 말했다. "하지만 중요한 것은 내가 어떻게 느끼느냐 하는 것이 아닙니다. 중요한 것은 여러분의 아이들이 어떻게 살아갈 것이냐 하는 것입니다."

집회가 끝난 뒤, 나의 가족은 영국으로 가 블레어 총리의 관저에 묵으면서 패배를 인정하는 앨 고어의 연설을 들었다. 그 전날 밤 저녁 10시쯤, 연방대법원은 7 대 2의 결정으로 플로리다의 재검표가 위헌이라고 판결했다. 위헌판결 이유는 재검표를 할 때 투표자의 명백한 선택 의도를 파악하는 확정된 기준이 없으며, 따라서 수많은 재검표 종사자들이 동일한 투표용지를 다르게 해석하거나 다르게 헤아릴 수 있다는 것이었다. 결국 법원의 판결은, 투표자의 의도가 명백한지 여부와 관계없이 문제가 되는 투표용지를 유효표로 처리하는 것은 무효표로 처리되는 투표용지를 작성한 사람들에 대한 평등보호조항을 부인하는 것이라는 내용이었다. 나는 이 결정을 수긍할 수가 없었다. 하지만 수터와 브레이어 두 판사가 이 사건을 플로리다 대법원으로 되돌려, 서둘러 기준을 세워 재검표를 실시하기를 바라고 있다는 말에 나는 기운이 솟았다. 선거인단이 소집되는 날짜가 임박해 있었다. 다른 다섯 명의 대법관들은 다수결로 이 두 사람의 의견을 부결시켰다. 사흘 전에 개표를 중단시킨 바로 그 다섯 명의 대법관들은, 플로리다 법률에 의하면 재검표는 어차피 그날 자정까지 끝나야 하므로 부시의 당선을 인정해야 한다고 판정했다.

기가 막힌 결정이었다. 개별적인 주들의 권리를 맹목적으로 지지해왔던 편협한 보수적 법관들 다수가 플로리다의 주 기능에 속하는 재검표의 권리를 박탈해버린 것이었다. 그 다섯 명의 법관들은 어떤 기준에 의거해서든지 나머지 표가 검표되는 것을 원치 않았고, 결국 평등보호조항을 내세워 의도가 명백한 수천 명의 사람들에게서 그들이 던진 표를 인정받을 헌법적인 권리를 박탈했다. 그들은 재검표를 진행할 수 있었던 사흘 기간을 허송하고 재검표가 사실상 불가능한 저녁 10시까지 판결 공표를 늦추고 있다가, 이제 남은 두 시간 동안에는 개표가 완료될 수 없기 때문에 부시를 당선자로 확정해야 한다고 말했다. 다섯 명의 다수의견은 자신들의 의도를 숨길 생각도 하지 않았다. 그들의 결정문에는, 대법원의 판결이 이후 선거법 소송에서 전례로서 사용되어서는 안 되며, '선거과정에서의 평등보호의 문제는 일반적으로 여러 가지 문제를 일으키기 때문에' 대법원의 논거는 '현재와 같은 상황에 제한되는 것이다' 라고 분명하게 기록되어 있었다. 만일 첫 개표 결과에서 고어가 부시보다 앞섰다면, 연방대법원은 9 대 0으로 검표를 지지하는 결정을 내렸을 터였다. 물론 나도 그 결정을 지지했을 것이다.

'부시 대 고어' 사건은 연방대법원의 판결 중에서 최악의 판결 중 하나로 역사에 길이 남을 것이다. 연방대법원의 최악의 판결 중에는 '드레드 스코트' 판결이 있다. 그 판결의 요지는 노예는 자유를 찾아 달아났다 하더라도 마땅히 주인의 소유로 돌아와야 할 소유물의 일부라는 것이었다(노예인 드레드 스코트는 주인을 따라 노예법이 적용되지 않았던 주에 가서 살다가 노예법이 적용되는 미주리 주로 돌아온 후 자유권에 대한 소송을 제기했지만, 1857년 당시 연방대법원은 '노예의 후손이거나 노예였던 사람들은 시민권을 취득할 수 없으므로 소송을 제기할 수 없고 계속 노예로 살아야 한다' 는 판결을 내렸다—옮긴이주). 인종분리정책의 적법성을 인정해준 '플레시 대 퍼거슨' 판결 역시 최악의 판결이었다(1896년에 연방대법원은 '분리되어 있어도 평등하기만 하면 흑백 학생들 분리는 합헌' 이라는 판결을 내렸다—옮긴이주). 고용주의 재산권을 침해한다는 이유로 최저임금과 최대노동일을 규정한 법률 등 노동자 보호법률을 무력화시켰던 1920년대와 1930년대의 숱한 판결들도 마찬가지였다. 또한 코레마추 판결에서 연방대법원은 진주만 공습 이후 일본계 미국인을 무조건 수용소에 억류한 조치를 승인했다(일본 스파이 역할을 할 수 있다는 의심을 받아 제2차 세계대전 중에 수용소에 갇혀 있었던 일본계 미국인이 제기한 소송에서 연방대법원은 전쟁시 정부가 안보를 위해서 인권을 침해할 권한이 있다고 판결했다―옮긴이주). 우리는 과거의 반동주의적인 판결들의 전제를 거부하고 극복하면서 살아왔다. 나는 미국에는 이 다섯 명의 공화파 법관들이 '그렇게 할 수 있다는 이유만으로' 수천 명의 미국인들에게서 표를 빼앗아갔던 암흑의 날도 넘어설 수 있는 힘이 있다고 믿었다.

앨 고어의 승복 연설은 훌륭했다. 진실하고 품위 있고 애국심이 넘치는 연설이었다. 내가 축하전화를 하자 그는 코미디언인 친구가 자기를 보고 '투표에서는 이기고 일은 안 해도 되니 전혀 손해본 것이 없는 사람'이라고 놀리더라는 이야기를 했다.

다음 날 아침, 나는 토니 블레어와 잠시 이야기를 나눈 뒤, 기자회견 석상에서 고어의 용감한 행동을 칭찬하고 부시 대통령 당선자와 협력해서 일을 하겠다고 발표했다. 우리 가족은 블레어 부부와 함께 워윅 대학교에 갔다. 그곳에서 나는 또 한 번 고별연설을 했다. 제3의 길 그룹이 생각하고 있는 세계화 시대로의 접근법이란 무역뿐만 아니라, 경제적 능력, 교육, 의료, 민주적인 통치를 달성하기 위한 활동이란 요지로 연설했다. 연설을 하면서 나는 토니 블레어와 우정을 나누고 동반관계를 누릴 수 있었던 점에 대해 감사했다. 그와 함께 했던 시간은 너무나 소중했으며 앞으로도 그 시간이 그리워질 것 같았다.

영국을 떠나기 전에, 우리는 버킹검 궁으로 가서 엘리자베스 여왕의 따뜻한 환대를 받았다. 우리는 차를 마시며 선거 문제와 국제적인 관심사에 관해 이야기를 나누었다. 여왕은 여느 때와 달리 궁전 마당까지 나와 차에 오르는 우리에게 작별인사를 했다. 여왕 역시 지난 8년 동안 너그럽고 친절하게 나를 대해준 사람이었다.

12월 15일, 나는 의회와 총괄예산에 합의했다. 8년간의 주요한 입법활동이 승리를 거두는 마지막 순간이었다. 교육예산은 특별히 성과가 좋았다. 학교 현대화 지원예산으로 10억 달러를 확보하고, 헤드스타트 사업(저소득층 자녀를 위한 교육프로그램―옮긴이주)의 대폭 확대, 130만 학생들에게 방과후 프로그램 실시를 할 수 있는 재정 확보, 10만 명의 교사를 고용하기 위한 기금의 25퍼센트 증액, 펠 보조금, 학습 능력 향상 지도 프로그램, 성과가 좋지 않은 학교들을 끌어올리기 위한 기금의 확충 등을 달성했다. 예산안에는 또한 '뉴 마켓' 사업, 생물의학 연구기금, 직업을 가진 생활보호대상자와 장애인들에 대한 건강보험 혜택, 그리고 밀레니엄 외채탕감 사업이 포함되어 있었다.

존 포데스타와 스티브 리케티, 나의 입법보좌관인 래리 스타인을 포함한 모든 팀들의 노고가 컸다. 레임덕 현상이 나타날 수 있었던 임기 마지막 해에 나는 연두교서에서 제시한 무수한 사업들을 통과시켰다. 앞에서 언급한 것 외에도, 의회는 아프리카-지중해 국가 무역법안, 중국무역법안, 국토유산사업, 그리고 노동계층에 대한 보육지원의 대폭 증액안도 통과시켰다.

나는 선거 결과에 대해서 크게 실망하고 있었고, 중동 문제에 대한 걱정도 남아 있었다. 하지만 아일랜드와 영국을 방문하고 예산안 통과에서 큰 성과를 거둔 후, 차츰 크리스마스 분위기에 젖어들 수 있었다.

12월 18일, 나는 유럽연합 지도자들과의 마지막 회의를 개최했다. 자크 시라크 프랑스 대통령과 로마노 프로디 유럽연합 집행위원장이 백악관을 방문했다. 나는 오랜 친구들과 함께 마지막 회의를 가질 수 있게 된 것이 기뻤다. 시라크는 유럽연합과 대서양을 가로지르는 국제관계를 확대하기 위한 나의 노력을 치하했다. 나는 이제까지 유럽연합의 성장과 확대, 나토의 확대와 러시아와의 새로운 관계 개척, 그리고 발칸 문제 등 커다란 세 가지 분야에서 거둔 성과에 대해서 언급했다.

내가 시라크, 프로디와 함께 회의를 하고, 중동 팀은 워싱턴의 볼링공군기지에서 회담을 시작하는 동안, 힐러리는 백악관에서 대통령 당선자의 부인 로라 부시의 방문을 받았다. 우리는 워싱턴에서 집을 구하러 다녔다. 힐러리가 워싱턴을 떠나는 것을 원하지 않았던 뉴욕 주민들 덕분이었다. 마침내 우리는 매사추세츠 애비뉴의 대사관 구역인 록크릭 파크와 인접해 있는 아름다운 집을 구했다.

다음 날, 부시 대통령 당선자가 백악관을 방문했다. 8년 전에 내가 그의 아버지와 함께 했던 자리와 비슷했다. 우리는 선거운동과 백악관의 운영, 국가안보에 대해서 이야기를 나누었다. 그는 과거 공화당 행정부 출신의 경험 있는 팀을 꾸리고 있었다. 그 팀은 가장 큰 안보상의 문제가 국가미사일 방어체제와 이라크 문제라고 생각하고 있었다. 나는 그에게 지난 8년간의 경험을 돌아볼 때, 그가 맞이하게 될 최대의 안보문제는 오사마 빈 라덴과 알 카에다 문제, 중동의 평화 부재 문제, 핵무기를 보유한 인도와 파키스탄의 분쟁, 파키스탄이 탈레반이나 알 카에다와 유착하고 있는 문제, 북한 문제, 그리고 이라크 문제라고 말했다. 나는 빈 라덴을 잡지 못한 것이 가장 유감이고, 중동에서 협정이 맺어질 가능성이 여전히 남아 있으며, 미사일프로그램 중단을 놓고 북한과 협상이 거의 마무리 단계에 접어들었지만, 협상을 완결짓기 위해서는 아마 부시 당선자가 북한을 방문해야 할 것이라고 말했다.

부시는 그다지 많은 대꾸를 하지 않고 나의 이야기를 듣더니, 내가 대통령 직무를 수행했던 방식으로 이야기를 돌렸다. 유능한 팀을 꾸리고 나라를 위해서 옳다고 생각하는 일을 해야 한다는 것이 내가 그에게 당부한 유일한 내용이었다. 그 후 우리는 정치 문제에 대해서 잠시 더 이야기를 나누었다.

부시는 2000년에 적절한 웅변술과 보수적인 제안들을 결합하면서 유능한 정치가로서 활약했다. 아이오와에서 그가 처음으로 '온정주의적 보수주의'에 관한 연설을 하는 것을 들었을 때, 나는 그가 당선될 수도 있겠다는 생각을 했다. 예비선거 이후 그는 우익적인 입장을 노골적으로 드러내면서 여론조사에서 뒤지기 시작했다. 하지만 그는 수사修辭를 조절하여 중도적인 입장으로 복귀했다. 예를 들어 그는 공화당 의원들에게 가난한 사람들에게 피해를 주는 균형예산을 짜려 하지 말라고 촉구했고, 나의 외교정책 중 몇 가지에 대한 지지를 표명하기도 했다. 주지사로 활동하는 동안, 그의 보수주의는 주의 민주당 의원들과 함께 일할 수밖에 없는 상황, 그리고 텍사스의 체제 속에서 많은 실무적 권력을 휘둘렀던 민주당 부지사 밥 불록의 지원 덕분에 상당히 변화되었다. 이제 그는 보수적인 공화당 의회와 함께 활동할 것이고, 어떤 길을 선택할 것인가는 그에게 달려 있었다. 나는 부시와 이야기를 나눈 후, 그가 자기 나름의 길을 걸어갈 능력을 충분히 가지고 있다는 것을 깨달았다. 하지만 그것이 그가 주지사 시절에 걸었던 길이 될 것인지, 사우스캐롤라이나 예비선거에서 존 맥케인을 따돌리기 위해 선택했던 길이 될 것인지는 알 도리가 없었다.

12월 23일은 중동평화회담에서 운명적인 날이었다. 양측 대표단은 볼링공군기지에서 며칠간 협상을 계속해오고 있었고, 나의 팀과 나는 논쟁의 범위를 좁혀 커다란 타협을 이끌어내지 않으면, 협의안에 도달할 수 없을 것이라는 판단을 내렸다. 아라파트는 다른 아랍국가의 지도자들에게 원성을 사게 될까봐 몸을 사리고 있었다. 바라크는 국내에서 샤론에게 주도권을 빼앗기고 있었다. 나는 양측 대표단을 캐비닛 룸으로 불러 협상을 계속하기 위한 전제조건을 제시했다. 이것은 캠프 데이비드 회담 이후로 양측과 개별적인 논의를 거치고 난 뒤 고안한 중재안이었다. 나는 이 중재안을 나흘 안에 받아들이면 협상을 계속할 것이고, 그렇지 않으면 협상을 끝내겠다고 말했다.

나는 양측이 신중하게 들을 수 있도록 중재안을 천천히 읽었다. 영토 문제에 관해서, 이스라엘은 팔레스타인 측에 서안지구의 94-96퍼센트를 양도하되, 이스라엘과 1-3퍼센트의 땅을 교환하고, 이스라엘이 갖게 되는 땅에 정착민의 80퍼센트가 집단적으로 거주하는 것을 양해한다. 안보 문제에 관해서, 이스라엘 병력은 3년 기한 내에 철군하고 국제병력의 점진적인 투입을 받아들인다. 팔레스타인 측은 요르단 밸리 내의 소규모 이스라엘군이 다른 지역의 철군 완료 후 3년 동안 국제군의 관리 하에 주둔할 수 있다는 것을 양해한다. 이스라엘은 팔레스타인 연락관을 받아들인다는 것을 전제로 서안지구의 조기경보 기지를 유지할 수 있다. 그리고 '이스라엘의 안보에 대한 급박하고 가시적인 위협'이 발생한 경우에는 서안지구에 비상병력을 파견할 수 있다.

팔레스타인에 수립될 새로운 국가는 '군대를 가져서는 안 되고', 강력한 보안부대는 둘 수 있다. 팔레스타인 영공에 대한 주권을 가지되, 이스라엘의 훈련과 작전상 요구에 따라, 국경 안보와 전쟁 억제를 위한 국제군의 요구에 따라 특별히 조정할 수 있다.

예루살렘 문제에 대해서, 아랍인 구역은 팔레스타인이, 유대인 구역은 이스라엘이 가지되, 팔레스타인은 성전 산/하람에 대한 주권을 가지고 이스라엘은 통곡의 벽과 통곡의 벽의 일부인 '신성한 장소'에 대한 주권을 가진다. 성전 산의 지하와 통곡의 벽 주위의 발굴작업은 양측의 합의가 있는 경우에만 시행한다.

난민 문제에 대해서, 팔레스타인의 새로운 국가는 1948년 전쟁과 그 이후의 사건으로 인해서 추방된 난민들의 고국이 된다. 하지만 이스라엘이 자국의 법과 자주적인 결정에 의거해서 난민의 일부를 수용할 가능성을 배제하지 않으며, 레바논에 거주하는 난민 문제에 우선권을 둔다. 난민에 대한 보상을 위해서 국제적인 노력을 기울인다. 난민들이 새로 수립되는 팔레스타인 국가나 팔레스타인에 이양된 교환영토 지역, 그리고 현재 거주하고 있는 국가, 자신들이 원하는 국가, 혹은 이스라엘에서 거주지를 찾을 수 있도록 국제적인 지원을 한다. 양 정상은 이 합의안이 유엔 안전보장이사회 결의안 194호를 따른다는 것에 동의해야 한다.

마지막으로, 양측의 합의는 갈등의 종식을 명백히 천명하고 일체의 폭력을 중단시키는 것이 되어야 했다. 나는 이 합의안과 팔레스타인 수감자의 마지막 석방은 유엔 안전보장이사회 결의안 242호와 338호의 조건을 이행한다는 내용의 새로운 결의안을 마련하겠다고 제안했다.

나는 이상의 중재안은 협상이 불가능한 것이며, 내가 할 수 있는 최선의 중재안이라는 사실을 선언하고, 양측이 이 중재안의 범위 안에서 최종적인 지위 협정을 체결하기를 바란다고 말했다. 내가 회담장을 떠난 후, 데니스 로스를 비롯한 나의 팀은 회담장에 남아 오해의 소지가 있는 내용들을 정확하게 밝혔다. 하지만 양측의 불평에는 일절 귀를 기울이지 않았다. 나는 양측이 중재안을 받아들이는 것이 곤란할 것임을 짐작하고 있었다. 하지만 합의를 완료하든지 아니면 그만두든지 양자택일을 할 시기였다. 아니, 이미 너무 늦은 때였다. 팔레스타인 측은 완전한 영토 반환 요구를 포기해야 했다. 그들은 이미 그것을 예상하고 있었으면서도 결코 시인하려고 하지 않았다. 이스라엘은 동예루살렘과 구 시가의 일부를 포기해야 했다. 하지만 그들의 종교적·문화적 장소는 보존될 것이다. 평화를 이룩하기 위해서 이 정도의 양보는 불가피하다는 것은 이미 오래전에 입증된 사실이었다. 이스라엘 측은 서안지구와 교환 영토에서 바라크가 마지막으로 제안했던 것보다 조금 더 많은 양의 영토를 이양해야 했다. 하지만 정착촌의 80퍼센트 이상을 유지할 수 있는 영토를 가지게 되는 셈이었다. 양측은 갈등을 공식적으로 종식시켜야 했다. 중재안은 상당히 부담스러운 내용이었지만, 그들이 진정으로 평화를 원한다면 아주 공평한 중재안이라는 것이 나의 생각이었다.

아라파트는 '정확한 규정'이 필요하다면서 애매한 말을 들먹이기 시작했다. 하지만 중재안의 내용은 정확했다. 그 중재안의 범위 내에서 협상을 하든지, 아니면 그만둬야 했다. 늘 그랬듯이, 그는 내게 시간을 더 달라고 했다. 나는 무바라크 이집트 대통령에게 전화를 걸어 중재안의 요지를 알려주었다. 그는 역사에 남을 만한 중재안이라면서 아라파트에게 그것을 받아들이라고 설득하겠다고 말했다.

12월 27일, 바라크의 각료들은 몇 가지 단서를 두고 중재안에 찬성했다. 하지만 그들의 단서는 모두 중재안의 범위 안에 포함된 것이었고, 어쨌든 중재안을 받아들이는 것이었다. 역사에 남을 만한 일이었다. 이스라엘 정부는 교환영토를 포함해서 서안지구의 97퍼센트와, 이스라엘 정착촌도 포함되어 있는 가자지구 전체를 팔레스타인에 양도하겠다고 발표했다. 이제 공은 아라파트의 마당에 떨어진 셈이었다.

나는 날마다 다른 아랍국가의 지도자들에게 전화를 걸어 아라파트가 중재안을 받아들이도록 설득해달라고 부탁했다. 그들은 이스라엘의 중재안 수락 사실에 놀라면서, 아라파트도 반드시 수락해야 한다고 말했다. 그들이 아라파트에게 무어라고 했는지는 전혀 알 도리가 없었다. 사우디 대사인 반다르 왕자는 후일 내게 자신과 압둘라 왕세자는 아라파트에게서 중재안을 받아들일 거라는 인상을 받았다고 말했다.

12월 29일, 데니스 로스는 우리가 존경하고 있는 아부 알라를 만나서 아라파트가 중재안을 거부할 경우 어떻게 될지 알고 있는지 확인했다. 나도 백악관을 떠나고, 로스도 백악관을 떠날 것이다. 바라크는 다가오는 선거에서 샤론에게 패배하게 될 것이다. 부시는 내가 그렇게 시간과 비용을 쏟아붓고도 실패한 이 일에는 결코 뛰어들려고 하지 않을 것이다.

나는 아라파트가 그렇게 큰 실수를 범하리라고는 생각하지 않았다. 그 전날 나는 장거리미사일생산금지 협상을 마무리하기 위한 북한 방문을 하지 않겠으며, 차기 행정부가 내가 이루어놓은 성과 위에서 북한과의 협상을 완결지을 것을 확신한다고 발표했다. 나는 북한과의 미사일 협상을 중단하고 싶지 않았다. 우리는 이미 북한의 플루토늄과 미사일실험 프로그램을 중단시키고, 한국을 배제한 채 다른 현안에 관한 협상을 진행하는 것을 거부함으로써, 김대중 대통령의 '햇볕정책'을 위한 무대를 마련해놓았다. 김대중 대통령은 대담한 '햇볕정책'을 통해서 남북간의 화해에 대한 열망을 제시하고 있었고, 그것은 한국전쟁 이후 그 어느 때보다 강력한 것이었다. 그리고 당시는 김대중 대통령이 노벨평화상을 수상한 직후였다.

북한을 방문했던 매들린 올브라이트는 내가 북한을 방문하면 미사일 협상을 완료할 수 있을 것이라고 확신하고 있었다. 나는 북한과 협상을 진척시키고 싶었지만, 중동 평화협상의 성사가 임박한 상황에서 지구 정반대편에 가 있고 싶지는 않았다. 더욱이 아라파트가 협상 성사를 간절히 바라고 있다면서 북한 방문을 단념할 것을 간청한 상태였기 때문에, 나는 북한 방문을 강행할 수 없었다.

임기 마지막 30일 동안, 중동 문제와 예산 문제 외에도 엄청나게 많은 사건들이 일어났다. 나는 브래디법 제정 7주년 기념일을 맞아 61만 1,000명의 중죄인, 탈주자, 스토커가 권총을 구매하는 것을 예방했다는 사실을 발표했다. 나는 '세계 에이즈의 날'을 맞아 하워드 대학교에서 아프리카 24개국 대표들에게 연설했다. 나는 미국이 에이즈 사망률을 70퍼센트 이상 줄였다는 사실을 밝히고, 아프리카를 비롯 에이즈가 만연하고 있는 지역에서 좀더 많은 노력이 진행되어야 한다고 말했다. 나는 대통령도서관에 대한 구상을 발표했다. 나는 유리와 강철을 재료로 해서, 길고 좁게 만든 '21세기로 향하는 다리'가 아칸소 강 위로 솟아오른 듯한 형태로 기념관을 세울 구상을 하고 있었다.

나는 전국 평균을 밑도는 예방접종률을 보이는 저소득층 지역의 아동들에 대한 접종확대 계획을 발표하고, 부유한 채무자들에 비해서 저소득층 채무자들에게 불리하게 되어 있는 파산개혁법안에 대해 거부권을 행사했다. 임기 중의 마지막 거부권 행사였다. 나는 카슈미르의 정전협정을 유지하겠다는 인도의 결정과 군사분계선으로 철수 준비를 하고 있는 파키스탄의 결정에 대해서 환영의 뜻을 밝혔다. 나는 트럭과 버스에서 나오는 유해가스를 줄이기 위한 법규를 신설했다. 이 법규와 1년 전에 제정한 자동차와 스포츠형 다목적 차량의 배출가스 규제기준이 함께 적용될 경우, 10년 후에는 새로운 차량들의 가스방출량이 현재 운행 중인 차량의 가스방출량에 비해서 95퍼센트 이상 줄어들 것이며, 이런 조치를 통해서 수천 건의 호흡기 질병과 때이른 사망을 예방할 수 있을 터였다.

크리스마스 사흘 전에, 나는 62명의 사람들에게 감형과 사면을 단행했다. 나는 첫 번째 임기 때 사면을 많이 하지 않았기 때문에, 미루어둔 숙제들을 빨리 처리하고 싶었다. 카터 대통령은 4년 동안 566건, 포드 대통령은 2년 반 동안 409건, 레이건 대통령은 8년 동안 406건, 부시 대통령은 77건의 사면을 단행했다. 부시 대통령의 사면 목록 중에는 논란이 많았던 이란-콘트라 스캔들 관련자들에 대한 사면과 카스트로에 반대하는 쿠바인 올랜도 보슈의 석방도 포함되어 있었다. 올랜도 보슈는 연방조사국이 대량살인의 혐의가 있다고 믿고 있었던 인물이었다.

사면과 감형에 대한 나의 입장은 아칸소 주법무장관과 주지사 시절에 형성된 것으로, 나는 감형에 대해서는 보수적인 입장이었다. 하지만 비폭력적인 범죄를 지은 사람이 형기를 마치고 일정한 시간 동안 법률을 준수하는 생활을 한 경우, 사면을 해서 투표권을 되돌려주는 것에 대해서는 자유주의적인 입장이었다. 법무부에는 신청서류를 검토하고 사면 추천을 담당하는 사면국이 있었다. 나는 8년 동안 사면국에서 추천서를 받으면서 두 가지 사실을 알게 되었다. 법무부의 담당직원들은 신청서류를 검토하는 데 너무 꾸물거리고, 거의 대부분의 경우 부적합 판정을 내린다는 점이었다.

나는 일이 그렇게 되는 이유를 잘 알고 있었다. 워싱턴에서는 모든 것이 정치와 관련되어 있고, 사면은 한 건 한 건마다 논쟁이 일어날 소지가 있었다. 공직자로서 골치 아픈 문제에 말려들지 않는 확실한 방법은 '안 된다'고 말하는 것이었다. 법무부의 사면국은 검토 절차를 늦추거나 부적합 판정을 내리면 공격받을 일이 없다는 것을 알고 있었다. 대통령에게 귀속된 사면권한이 서서히 법무부의 길고 긴 창자 속으로 들어가게 되는 셈이었다.

마지막 몇 달 동안, 우리는 법무부를 재촉해서 많은 사면대상자 명단을 보내도록 했고, 사면국의 태도는 점점 나아졌다. 내가 사면한 59명과 감형한 3명 중 대부분의 사람들은, 실수를 한 뒤 형기를 마치고 법을 준수하며 살고 있는 사람들이었다. 나는 소위 '애인' 사건에 관련된 사람들을 사면했다. '애인' 사건이란 남편이나 남자친구가 마약과 관련된 범죄를 지은 경우, 그와 관련되어서 체포되는 여성들에 관한 사건을 일컫는 것이었다. 검찰은 범죄에 직접 관련이 없는 이런 여성들에게 남편이나 남자친구에게 불리한 증언을 하지 않을 경우 장기형을 선고하겠다고 위협하곤 했다. 결국 검찰에 협조를 거부하거나 털어놓을 만큼 아는 것이 없는 여성들이 장기징역형에 처해지는 경우가 많았다. 어떤 경우에는 문제의 남자들이 후일 검찰에 협조해서 감형되는 바람에 여자들보다 짧은 기간 복역하게 되는 경우도 있었다. 우리는 몇 달 동안 이런 경우들을 찾아내서 사면을 했다. 나는 그전 여름에도 이런 사람들 넷을 사면한 적이 있었다.

나는 또 전직 세출위원회 의장이었던 댄 로스텐코프스키를 사면했다. 그는 나라를 위해서 많은 기여를 했고 실수한 것을 충분히 갚은 사람이었다. 나는 전직 농무장관 에스피 사건으로 구속된 타이슨푸드 회사의 중역 아치 셰퍼도 사면했다. 셰퍼는 에스피가 타이슨의 휴가지에 갈 수 있도록 여행준비를 하라는 지시를 따랐다가, 미처 모르고 있었던 옛날 법률을 위반한 혐의로 징역형을 받은 상태였다.

크리스마스 특사를 하고 나니, 엄청나게 많은 사면신청이 쏟아져 들어왔다. 정상적인 절차가 지연되는 것 때문에 화를 내고 있던 사람들이 낸 신청이 대부분이었다. 다음 5주 동안, 우리는 수백 건의 사면신청을 검토해서,

대부분 기각하고 140건을 승인했다. 나는 8년 동안 7,000건의 사면신청자들 중에서 456명을 사면했다. 백악관 법률고문 베스 놀런과 브루스 린지, 그리고 사면보좌관인 케이브는 최선을 다해서 관련된 정보를 찾고 법무부에서 허가를 받아냈다. 결정하기 쉬웠던 사건들은 수잔 맥두걸과 헨리 시스네로스 같은 사건들(독립변호사들이 부당하게 처리했던 사건들)과, '애인 사건' 관련자들, 그리고 오래전에 사면을 해주었어야 했던 신청자들이었다. 정보를 제대로 파악하지 못해서 실수로 사면을 했던 경우가 하나 있었다. 사면신청자가 다른 주에서 조사를 받고 있다는 사실을 법무부가 알지 못했기 때문이다. 대부분의 사면은 어느 정도 재산이 있고, 사회에 해를 끼치지 않을 사람들을 대상으로 시행되었다.

가장 큰 논란을 불러일으킨 것은 마크 리치와 그의 동업자인 핀커스 그린의 사면이었다. 부유한 사업가인 리치는 세금납부액을 줄이기 위해서 특정한 유류의 거래가격을 거짓 보고했다는 혐의로 기소되었는데, 그는 기소되기 직전에 미국을 떠나 스위스로 갔다. 1980년대에는 이런 사건이 종종 있었다. 당시에는 가격통제를 받는 유류와 그렇지 않은 유류가 있었기 때문에, 부정직한 사람들이 소득을 줄여서 신고하거나 고객에게 부당한 가격을 받는 경우가 있었다. 당시에는 그 법률을 위반했다는 이유로 기소당한 사람들과 회사들이 간혹 있었는데, 개인에 대해서는 민사범으로 처리되는 것이 일반적인 추세였고, 부정적인 돈벌이와 관련된 법에 의거해 세금 혐의로 기소되는 경우는 극히 드물었다. 그러나 리치와 그린이 바로 그런 경우였다. 그들에게 그런 혐의가 걸린 후, 법무부는 검찰에 중단을 명령했다. 리치는 기소된 후에 해외에 체류했는데, 대부분 이스라엘과 스위스에 있었다.

정부는 리치가 2억 달러의 벌금을 내겠다고 합의하자, 리치가 회사를 계속 운영할 수 있도록 허용했다. 이 금액은 정부가 주장하는 그의 세금포탈액 4,800만 달러의 네 배에 해당하는 금액이었다. 세금 전문가이자 루스 레이더 진스버그 법관의 남편인 마티 진스버그와 하버드 법대 교수 버나드 울프먼은 리치 회사의 거래장부를 검토한 끝에, 그 회사가 세금을 내지 않은 것에는 아무런 문제가 없다는 것을 밝혀냈다. 이런 판단은 리치가 그 거

래에 관하여 세금을 내야 할 의무가 없다는 것을 의미했다. 리치는 출소기
한법의 적용을 받지 않기로 합의한 상태였기 때문에, 다른 민사범들과 마찬
가지로 정부에 의해 고소될 수 있는 상태였다. 에후드 바라크는, 리치가 이
스라엘을 위해서 기여한 바가 크고, 팔레스타인 사람들과의 관계에서도 많
은 도움을 주었다면서 나에게 리치를 사면해줄 것을 세 차례나 부탁했고,
이스라엘 주요 정당의 몇몇 인물도 그의 석방을 청원했다. 법무부는 외교
정책상의 이익을 증진시킬 수 있다면 리치의 사면에 반대하지 않겠다고 말
했다.

　대부분의 사람들이 내가 부유한 도망자를 사면한 것은 잘못이라고 주장
하고 나섰다. 그들은 리치의 전처가 나의 지지자였고, 나의 백악관 법률고
문으로 활동했던 사람과 두 명의 유명한 공화당 법률가가 리치의 변호사팀
을 구성하고 있기 때문에 내가 정당하지 않은 사면을 단행했다고 보고 있었
다. 딕 체니 부통령 당선자의 비서실장인 루이스 '스쿠터'도 그 무렵 리치의
변호를 맡은 적이 있었다. 내가 실수했을 수도 있다. 하지만 실수를 했다면,
내가 그 사건에 관심을 가지게 된 방식에 실수가 있을 뿐이었다. 내가 사면
결정을 내린 것은 정당한 사리분별에 근거한 것이었다. 2004년 5월 현재에
도 리치는 아직 법무부에 의해서 고소되지 않은 상태다. 이것은 놀라운 일
이다. 민사사건에서 정부의 입증 부담은 형사사건 입증 부담에 비해서 훨씬
가벼운데도 법무부가 그토록 오랫동안 리치를 고소하지 않은 이유는 무엇
일까?

　나는 나중에 몇 가지 사면 때문에 비난을 받아야 했다. 하지만 나는 사
면하지 못한 사건들이 더 마음에 걸렸다. 나는 마이클 밀큰 건을 사면해야
마땅하다고 생각했다. 왜냐하면 그는 감옥에서 나온 후 전립선암을 앓으면
서도 훌륭한 일을 많이 했기 때문이다. 하지만 재무부와 증권거래위원회는
그의 사면을 결사적으로 반대했다. 그들은 금융산업에 대한 규제를 강화하
려고 하는 때에 그를 사면한다는 것은 적절하지 않은 행동이 될 것이라고
주장했다.

　사면 신청을 기각하고 나서 내가 상당히 후회했던 두 사람은 웨브 허블

과 짐 가이 터커였다. 터커의 사건은 항소 중이었고, 허블은 실제로 법률을 위반했지만 수감기간이 사면 승인에 필요한 통상적인 기간보다 짧았다. 하지만 두 사람은 위증을 강요하는 케네스 스타의 요구를 거절했다는 이유로 고생하고 있는 사람들이었다. 내가 대통령이 되지 않았다면, 그리고 내가 스타의 수중에 떨어졌다면, 그들은 그런 고통을 겪을 필요가 없었을 것이다. 데이비드 켄달과 힐러리는 그들을 사면하라고 나를 채근했다. 하지만 나머지 사람들은 모두 사면을 반대했다. 결국 나는 참모들의 고집에 굴복했고, 두고두고 그것이 후회가 되었다. 나는 나중에 짐 가이 터커를 만났을 때 미안하다고 말했다. 그리고 언젠가는 웨브 허블에게도 사과를 할 것이다.

우리는 다른 때와 똑같은 크리스마스를 맞았다. 하지만 백악관에서 보내는 마지막 크리스마스라고 생각하니 느낌이 많이 달랐다. 나는 마지막 크리스마스 연회들을 좀더 즐겁게 치르고 싶었다. 그리고 이번 크리스마스는 워싱턴에서 함께 시간을 보냈던 많은 사람들과 시간을 함께 보낼 수 있는 좋은 기회였다. 나는 크리스마스에 사용할 장식(종, 책, 크리스마스용 접시, 양말, 사진 따위)들을 꼼꼼히 챙겼다. 그리고 산타클로스 인형 여러 개로 옐로 오벌 룸을 가득 채웠다. 나는 일부러 시간을 내서 2층과 3층에 있는 방들을 찾아가서 그곳에 있는 사진들과 오래된 가구들을 자세히 들여다보았다. 그리고 백악관 안내직원들을 찾아가서 백악관에 걸려 있는 대형 괘종시계들의 역사에 대해서 이야기를 들었다. 얼마 안 있으면 힐러리와 나의 초상화도 그곳에 걸리게 될 거라는 걸 생각하니, 선임자들과 그들 부인들의 초상화가 예사로 보이지 않았다. 우리는 시미 녹스를 초상화 화가로 선정했다. 우리는 그의 실물적인 그림풍이 좋았다. 그는 백악관에 작품을 걸게 된 최초의 아프리카계 미국인이 될 터였다.

크리스마스가 지난 다음 한 주 동안, 나는 몇 가지 법안에 서명을 하고 로저 그레고리를 제4순회항소법원 최초의 아프리카계 미국인 판사로 임명했다. 그레고리는 충분한 자격을 갖춘 사람이었고, 제시 헬름스가 그곳에 흑인 판사를 들이지 않으려고 기를 썼던 기간도 그만하면 충분했다. 그레고리 임명은 '휴회중' 임명이었다. 의회가 휴회 중일 때 대통령이 임명권을 행사할 수 있는 기회는 단 한 번으로 제한되어 있었다. 나로서는 신임 대통령도 남동부의 항소법원이 모두 백인 일색인 것을 원하지 않을 것이라는 데 내기를 건 셈이었다.

나는 예산안이 통과됨으로써, 앞으로 4년간 6조 달러의 부채를 줄일 수 있는 돈을 확보하게 될 것이며, 현재와 같은 추세로 가면 2010년에는 부채 없는 나라가 될 것이라고 발표했다. 그렇게 되면 세금 1달러당 12센트의 금액을 세금 감면이나 새로운 투자에 사용할 수 있을 터였다. 우리의 재정운용 덕분에, 지속적인 경제성장에도 불구하고 장기이자율은 내가 취임할 당시에 비해 2퍼센트나 하락한 상태였다. 이자율의 하락은 저당과 자동차할부금, 기업대출, 학생대출의 비용부담 감소 효과를 가져왔다. 사람들의 호주머니를 불려준다는 면에서는 세금을 감면하는 것보다 이자율을 낮추는 쪽이 훨씬 효과가 컸다.

1년을 마감하는 마지막 날, 나는 미국의 국제형사재판소 가입을 승인하는 조약에 서명했다. 로트 상원의원을 비롯한 대부분의 공화당원들이 강력하게 반대하는 조약이었다. 그들은 외국에 파견된 미군 병사들이 정치적인 목적에 의해서 국제형사재판소에 기소될 수 있다고 우려했다. 그것은 나도 우려하던 바였지만, 내가 서명한 조약은 그런 일의 발생을 방지할 수 있도록 작성되어 있었다. 나는 국제전범재판소를 발의한 세계 지도자들 중 하나였고, 또한 나는 미국이 그 조약을 지지해야 한다고 생각했다.

우리는 다시 한 번 르네상스 위켄드에 가지 못하게 되었다. 이번에는 가족끼리 캠프 데이비드에서 마지막으로 새해를 맞고 싶어서였다. 아라파트에게서는 여전히 소식이 없었다. 나는 새해 첫날에 아라파트에 전화를 해서 다음 날 백악관을 방문해달라고 부탁했다. 아라파트가 백악관에 도착하기 전에 반다르 왕자와 이집트 대사가 그가 묵고 있는 호텔을 찾아갔다. 아라파트의 젊은 보좌관 한 사람은 그 두 사람이 중재안을 승낙할 것을 강력하게 재촉하고 있다고 우리에게 전해주었다. 아라파트는 나를 찾아와서 내 중재안에 대해서 이것저것 잔뜩 물어봤다. 그는 이스라엘에 종교적인 의미가 큰 곳이니 통곡의 벽은 이스라엘이 관할하게 하되, 나머지 서쪽 벽 15미터는 팔레스타인이 관할해야 한다고 주장했다. 나는 누군가가 통곡의 벽 밑을 관통하는 터널을 만들어서 성전 산 지하 유적들을 손상시키지 못하게 하려면, 이스라엘이 벽 전체를 관할하는 것이 당연한 일이라고 말했다. 구 시가는 유대교도 구역, 이슬람교도 구역, 기독교도 구역, 아르메니아교도 구역, 이렇게 네 개로 나뉘어져 있었다. 중재안에는 팔레스타인이 이슬람교도 구역과 기독교도 구역을 관할하고, 이스라엘이 유대교도 구역, 아르메니아교도 구역을 관할한다는 내용이 있었다. 아라파트는 기독교도 교회들이 있는 아르메니아교도 구역의 일부도 관할해야 한다고 주장했다. 나는 그가 나에게 그런 말을 한다는 것이 믿기지 않았다.

아라파트는 난민들의 귀환 권리를 포기하지 않을 방법을 찾으려고 노력하고 있었다. 그는 귀환 권리를 포기해야 한다는 것을 알고 있었지만, 그로 인해서 비난받게 될 것을 두려워하고 있었다. 나는 이스라엘은 수백 년 넘게 북부 이스라엘에서 살아온 난민들을 레바논에서 데려가겠다고 약속했지만, 어떤 이스라엘 지도자도 그렇게 많은 팔레스타인 사람들을 받아들일 수는 없을 것이라는 점을 다시 지적했다. 팔레스타인 사람들의 출산율이 더 높아 수십 년 안에 이스라엘의 유대적인 특성이 위협받을 것이 뻔했기 때문이다. 성지에 아랍인이 다수를 차지하는 국가가 두 개나 서는 일은 있을 수 없었다. 이것은 아라파트가 두 개의 국가 해결 방식을 포함하는 1993년 평화협정에 서명할 때 인정한 사실이었다. 게다가 그 협정서는 이스라엘의 국민투표에 의해서 인정이 되어야 했다. 귀환 권리를 주장하는 것은 협상을 깨자는 것이었다. 이스라엘 국민에게 그 협정안에 찬성표를 던지라고 설득한다는 것은 불가능한 일이었기 때문이다. 한편, 나는 이스라엘이 내가 제안한 중재안을 벗어나지 않는 최종협상안에 찬성표를 던질 거라고 생각했다. 만일 협상이 이루어지면, 바라크는 다시 힘을 얻어 선거에서 이길 수도 있을 것 같았다. 그러나 현재는 이스라엘 유권자들이 인티파다에 겁을 집어먹고 평화협상을 거절하는 아라파트에 대해 분노하는 바람에, 바라크는 여론조사에서 샤론에 한참 뒤처져 있었다.

아라파트는 때때로 완전히 상황을 파악하지 못하고 혼란에 빠져 있는 듯이 보일 때가 있었다. 나는 그가 더 이상 게임을 주도하는 입장이 아니라는 생각이 들었다. 그는 암살자의 총탄을 피하기 위해서 밤마다 거처를 옮겨 다니고, 수없이 많은 시간을 비행기를 타고 다니고, 다시 수도 없이 많은 시간을 팽팽한 긴장 속에서 회의를 해야 했다. 그는 혁명가에서 정치가로 단번에 도약할 수는 없었다. 그는 비행기를 타고 이곳에서 저곳으로 옮겨 다니고, 세계 각국의 지도자들에게 팔레스타인 공예가들이 만든 진주장식품을 선사하고, 그들과 함께 텔레비전에 얼굴을 내미는 일에 익숙한 사람이었다. 하지만 폭력이 끝나고 팔레스타인이 세계적인 언론의 주목에서 벗어나게 되면, 그는 고용 문제와 학교 문제, 기본적인 공공시설 등의 문제를 해결하려고 노력해야 했다. 아라파트 팀의 젊은 사람들은 대부분 그가 협상하기를 원하고 있었다. 아부 알라와 아부 마젠도 같은 생각인 것 같았지만, 그들은 아라파트와 사이가 틀어지는 걸 원하지 않았다.

그가 떠날 때만 해도, 나는 그의 속셈을 알 수가 없었다. 그의 태도를 보면 아닌 것 같았지만, 조건이 이렇게 좋은데 그가 기회를 놓칠 거라고는 도저히 믿기지 않았다. 바라크는 내가 그 지역을 방문하기를 원하고 있었지만, 나는 아라파트가 내 중재안에 제시된 커다란 현안들에 대해서 이스라엘 측에 긍정적인 답변을 주는 것이 시급하다고 생각하고 있었다. 12월에 볼링 공군기지 정상회담이 실패로 돌아간 것은, 아라파트가 자신에게 힘든 변수들을 받아들이지 않았기 때문이었다.

마침내 아라파트는 1월 13일에 시몬 페레스와 만나기로 합의했다. 페레스는 먼저 아라파트의 측근인 사에브 에레카트를 만나야 했다. 그러나 그 회담 역시 아무런 성과가 없었다. 이스라엘 측은 안전장치로, 변수들에 대해 가능한 최대한의 합의를 담은 서한을 작성해놓으려고 노력했다. 바라크가 선거에서 질 경우에도 양측이 전에 중단되었던 지점에서 회담을 지속할 수 있는 근거를 만들어두려는 것이었다. 아라파트는 그것조차 거절했다. 무엇이든 양보하는 모습은 결코 보이고 싶지 않은 모양이었다. 양측은 이집트 타바에서 회담을 계속했다. 합의에 상당히 근접한 것 같았지만, 결국 합의에 성공하지는 못했다. 아라파트는 결코 "안 된다"고 말하지 않았다. 그저 "된다"고 말할 수 없었을 뿐이었다. 교만은 몰락을 부른다.

나의 임기가 끝나기 직전에 나눈 마지막 대화에서, 아라파트는 그동안의 노고에 감사한다며 나보고 위대한 사람이라고 말했다. 나는 대꾸했다. "의장님, 나는 위대한 사람이 아니라 실패자입니다. 당신이 나를 실패자로 만들었지요." 나는 그가 샤론의 당선을 후원하고 있는 셈인데, 샤론은 당선되면 소용돌이를 몰고 올 것이라고 말했다.

2001년 2월, 아리엘 샤론이 압도적인 차이로 총리에 당선되었다. 이스라엘인들의 판단은 합리적이었다. 아라파트가 내 제안을 받아들이지 않는다면 그 어떤 것도 받아들이지 않을 것이며, 평화를 위한 동반자가 없어진다면 차라리 가장 공격적이고 비타협적인 지도자를 선택하는 게 낫다는 것이 그들의 판단이었다. 샤론은 아라파트에 대해서 강경한 태도로 맞설 것이고, 에후드 바라크와 미국도 그렇게 하라고 부추길 것이다. 내가 임기를 마치고 나서 1년 뒤, 아라파트는 내가 제시했던 중재안에 기초해서 협상을 할 준비가 되었다고 말했다. 아라파트는 드디어 결정을 내릴 시간, 즉 '자정이 되기 5분 전'이 되었다고 생각했던 모양이었다. 하지만 그의 시계는 이미 오래전에 고장이 난 상태였다.

바라크가 수용한 제안을 아라파트가 거부한 것은 역사에 길이 남을 만한 잘못이었다. 하지만 많은 팔레스타인 사람들과 이스라엘 사람들은 여전히 평화를 갈구하고 있다. 언젠가 평화는 올 것이고, 최종합의안은 캠프데이비드 회담과 그 이후 기나긴 6개월 동안 나왔던 제안들과 비슷할 것이다.

1월 3일, 나는 첼시와 처가 식구들과 함께 상원 회의장 방청석에 앉아서, 앨 고어가 뉴욕의 신참 상원의원에게서 취임선서를 받는 장면을 지켜보았다. 나는 너무나 흥분해서 난간을 뛰어 넘어가고 싶었다. 우리는 앞으로 17일 동안 공직에 함께 있을 것이다. 미국 역사상 처음으로, 한 사람은 백악관에서, 한 사람은 상원에서 일하는 부부가 탄생한 셈이었다. 하지만 힐러리는 이제 자신의 길에 들어섰다. 내가 할 수 있는 일은 트렌트 로트 공화당 상원의원에게 힐러리한테 너무 심하게 굴지 말라고 부탁하고, 힐러리에게 내가 웨스트체스터 카운티의 사정을 조사하는 일을 맡겠다고 제안하는 것 정도일 것 같았다.

다음 날 우리는 '어머니' 와 관련된 백악관 행사를 주최했다. 2000년의 유방암 및 자궁암 보호와 치료법의 제정을 축하하는 자리였다. 이로써 건강 보험 없이 유방암이나 자궁암 진단을 받은 여성들도 완전한 메디케이드 혜택을 받게 되었다.

1월 5일, 나는 39개 주 6,000만 에이커에 달하는 국유림을 도로 건설과 벌목으로부터 지켜내게 되었음을 발표했다. 그중에는 미국의 마지막 온대 강우림인 알래스카의 통가스 국유림도 포함되어 있었다. 목재 관련 이익집 단들은 이 법안에 반대했고, 나는 부시 행정부가 경제적인 이유에서 이 법의 규제를 풀 수도 있다고 생각했다. 하지만 국유림에서 나오는 목재의 양은 미국 전체 목재량의 5퍼센트에 불과했고, 도로가 없는 삼림지대에서 나오는 목재의 양 역시 5퍼센트에 불과했다. 또 하나의 귀중한 국보를 보존할수 있다면 이 정도 적은 양의 목재를 구하지 못한다고 해도 능히 버틸 수 있을 터였다.

발표가 끝난 후, 나는 포트마이어로 가서 대통령 이임 전에 의례적으로 거행되는 삼군 고별사열식에 참석했다. 멋진 사열식이었다. 나는 대통령의 인장이 새겨진 성조기와 삼군이 마련한 메달을 받았다. 힐러리도 메달을 하나 받았다. 빌 코헨은 자신을 국방장관으로 임명함으로써 내가 야당의 선출직 공직자를 국방장관으로 임명한 최초의 대통령이 되었다고 밝혔다.

대통령이 누리는 최고의 영예는 군 최고사령관이 되는 것이다. 미국 대통령의 경우에는, 조상의 뿌리가 세계 구석구석까지 퍼져 있는 가지각색의 종교와 인종을 가진 사람들로 이루어진 군대의 통수권자이다. 미군 병사들은 미국의 국가적 표어인 '여럿으로 이루어지는 하나E pluribus unum' 를 생활 속에서 구현하고 있었다. 나는 이제까지 미군 병사들이 발칸 반도의 난민수용소에서 환영을 받는 모습을 보았고, 중앙아메리카의 재난의 피해자들을 돕는 모습, 콜롬비아와 지중해 연안에서 마약상들과 싸우는 모습, 과거 공산국가였던 중부 유럽의 국가들에서 환영을 받는 모습, 알래스카의 외떨어진 기지에서 임무를 완수하는 모습, 중동의 사막에서 보초를 서는 모습, 그리고 태평양을 순찰하는 모습을 보았다.

사람들은 전장에 나가 싸우는 군인들의 모습만 생각한다. 그러나 미국인들이 평화를 수호하는 임무에 나선 덕분에 얼마나 많은 전쟁이 일어나지 않았는지, 얼마나 많은 인명피해가 일어나지 않았는지, 그리고 얼마나 많은 눈물이 흘러내리지 않았는지 일일이 헤아릴 수가 없을 것이다. 내가 취임할 무렵에는 군부와의 관계가 불안정했을 수도 있다. 하지만 나는 최고사령관답게 열심히 일했다. 나는 우리 군대가 내가 처음 보았을 때보다 훨씬 나은 모습으로 변화되었다는 굳은 확신을 가지고 있었다.

1월 6일 토요일, 국립동물원에 들러 팬더를 보고 나서, 힐러리와 나는 앨 고어 부통령 부부와 함께 사우스론에서 송별연을 열었다. 지난 8년 동안 백악관에서 직원으로 일했거나 자원해서 활동해온 모든 사람들을 위한 자리였다. 수백 명의 사람들이 모였는데, 먼 곳에서 달려온 사람들도 많았다. 우리는 서너 시간 동안 이야기를 나누고 추억을 되새겼다. 내가 앨 고어를 최근의 선거에서 국민들이 선택한 사람이라고 소개하자, 참석자들은 열화와 같은 환호성으로 그를 맞았다. 앨 고어는 우리가 백악관에 있는 동안 결혼을 했거나 자식을 얻은 사람들은 모두 손을 들어보라고 말했다. 엄청나게 많은 사람들이 손을 드는 것을 보고 나는 깜짝 놀랐다. 공화당원들은 뭐라고 하건, 민주당은 가족을 중시하는 정당인 것이다.

백악관의 사회분야 보좌관인 캐프리시어 마셜은 1991년부터 나를 지지했고, 맨 처음 선거운동 때부터 힐러리와 함께 활동했던 사람이었다. 송별연회에서는 캐프리시어가 미리 준비해둔 깜짝 놀랄 만한 행사가 있었다. 뒤에 있던 커튼이 열리면서 '플리트우드 맥' 밴드가 "내일에 대한 생각을 멈추지 마라"를 부르기 시작했다.

일요일에 나는 힐러리와 첼시와 함께 펀드리 유나이티드 감리교회에 갔다. 필 워거먼 목사가 힐러리와 나를 소개했고, 우리는 8년 동안 따뜻하게 우리를 품어준 신도들에게 고별인사를 했다. 첼시는 이곳에서 좋은 친구들을 사귀었고, 교회의 애팔래치아선교사업에 참여해 켄터키의 깊은 농촌지역에서 많은 것을 배웠다. 신도들은 인종도 다양하고 출신국가도 다양하고, 부자도 있고 가난한 사람도 있고, 고지식한 사람도 있고 발랄한 사람도 있고, 어린 사람도 있고 나이든 사람도 있었다. 펀드리는 워싱턴의 노숙자들만이 아니라, 내가 평화를 이루려고 했던 지역의 난민들도 후원해온 교회였다.

나는 무슨 말을 해야 할지 알 수가 없었다. 위거먼이 내가 청중들에게 앞으로 어떤 삶을 살고 싶은지 이야기할 것이라고 선수를 쳤다. 나는 다시 일반 여객기를 타고 여행을 하면 신앙이 시험을 받게 될 것이고, 큰 방에 들어갈 때마다 '대통령 만세Hail to the Chief'(대통령에게 경의를 표하기 위해서 연주되는 곡―옮긴이주)를 연주해주는 밴드가 없어서 방향이 헛갈릴 것이라고 먼저 농담을 했다. 이어 내가 하고 싶은 일은 성실한 시민이 되는 것, 지금껏 받아온 대접보다 나은 대접을 받아 마땅한 사람들의 희망과 행복을 위해 노력하는 것, 그리고 평화와 화해를 위해 계속 일하는 것이라고, 지난 8년간 최선을 다했지만 아직도 해야 할 일이 많이 남아 있다고 말했다.

그날 밤 나는 뉴욕 시에서 열린 '평화를 지지하는 이스라엘 정책 포럼'에서 연설했다. 그때까지도 사람들은 중동 평화에 대한 희망을 가지고 있었다. 아라파트가 몇 가지 단서를 전제로 중재안을 받아들인다고 말했기 때문이었다. 그런데 문제는 그가 붙인 단서가 이스라엘 측의 단서와는 달리, 난민 문제와 통곡의 벽 문제에 관한 중재안에서 벗어나 있다는 점이었다. 하지만 나는 아라파트의 수락을 기정사실로 받아들이고 있었다. 내 임기가 끝나기 전까지 협상을 마무리하겠다는 그의 맹세가 있었기 때문이다. 미국 내의 유대인 공동체는 늘 나를 우호적으로 대해주었다. 하임 사반과 데니 에이브러험과 같은 사람들은 이스라엘과 깊은 연계를 가지고 있었고, 오랫동안 내게 좋은 조언을 해주었다. 그밖에도 평화를 위한 나의 일을 지지해준 사람들이 많이 있었다.

다음 날, 나는 무하마드 알리를 포함해서 28명의 미국인들에게 시민훈장을 수여했다. 이어 나는 민주당전국위원사무실로 가서 의장인 에드 렌델 필라델피아 시장과 조 앤드루에게 감사의 인사를 하고, 테리 매컬리프를 만났다. 매컬리프는 나와 앨 고어를 위해 많은 도움을 주었던 사람이고, 지금은 민주당전국위원회 위원장직에 출마한 상태였다. 그렇게 많은 일을 해왔는데, 그가 위원장이라는 어려운 자리를 맡으려 한다니 믿기지 않았다. 하지만 그가 그 자리를 원한다면, 나는 당연히 그를 지지했다. 나는 명예도 인정도 얻지 못하는 힘든 민주당전국위원회 활동에 진력해온 사람들에게 진심에서 우러나는 감사의 말을 전했다.

1월 9일, 나는 고별인사차 나를 크게 후원해준 곳들을 순회하는 여행을 시작했다. 먼저 나는 1992년 성 패트릭 축일의 예비선거 때 내게 승리를 안겨줌으로써 후보 지명에 대한 확신을 갖게 해준 미시간과 일리노이를 방문했다. 이틀 뒤에는, 1996년에 가장 높은 지지율을 보여준 매사추세츠를 방문하고, 1992년 초에 나를 '돌아온 아이'로 만들어준 뉴햄프셔를 방문했다. 그 사이에 나는 프랭클린 루스벨트 기념관을 찾아가 휠체어에 앉은 프랭클린 루스벨트 대통령의 동상 제막식에 참석했다. 장애인 단체들의 강력한 주장과 루스벨트 가족의 후원으로 설립된 동상이었다. 문서보관소에 있는 1만여 장이 넘는 사진 중에서 루스벨트가 휠체어에 앉아 있는 모습은 단 네 장뿐이었다. 장애를 가진 미국인들의 권리는 그 이후로 많이 신장되었다.

나는 도버에서 뉴햄프셔 주민에게 작별인사를 했다. 도버는 9년 전에 '마지막 개가 죽을 때까지'(최후까지라는 뜻─옮긴이주) 그들과 함께 하겠다고 약속했던 곳이다. 옛날에 나를 지지했던 많은 사람들이 참석해서 나의 연설을 들었다. 나는 몇몇 사람을 거명하며 감사의 말을 전하고, 오래전 겨울에 승리를 가져다주기 위해서 열심히 뛰었던 그들의 노고를 치하했다. 나는 그들에게 "나는 대통령이 되지 못해도, 마지막 개가 죽을 때까지 여러분 곁에 있을 것"이라는 말을 잊지 말아달라고 당부했다.

1월 11일부터 14일까지, 나는 정부각료와 백악관 참모들, 그리고 친구들을 불러 캠프 데이비드에서 파티를 열었다. 14일 밤에는 저녁식사 후 캠프 데이비드 예배당에서 돈 헨리의 독주회가 있었다. 다음 날 우리 가족은 아름다운 캠프 데이비드 예배당에서 마지막 주일예배를 드렸다. 그곳에서 우리는 젊은 해군들과 캠프를 꾸려가는 직원들과 함께 자주 예배를 드렸다. 그들은 나에게 성가대에서 활동할 기회를 주었고, 주일이 되기 하루 이틀 전에는 내가 미리 연습을 할 수 있도록 우리 가족이 묵는 '미루나무실'에 찬송가 악보를 남겨두었다.

월요일에 나는 컬럼비아 대학교에서 마틴 루터 킹 목사 기념일 행사에 참석했다. 나는 이날을 맞을 때마다 지역사회를 찾아가 봉사활동을 해왔다. 나는 이번 기회를 이용해서 8년 동안 나의 마음의 고향이 되어주었던 컬럼비아특별지구(수도 워싱턴의 소재지—옮긴이주)에 대한 감사를 표했다. 나는 하원의원 앨리너 홈스 노튼, 토니 윌리엄스 시장, 여러 시의회 의원들과 절친한 사이였다. 나는 그들이 필요로 하는 법안을 통과시키고 부당한 법률이 제정되는 것을 막기 위해서 활동했다. 그곳에는 아직도 문제가 많이 있었다. 하지만 내가 8년 전 취임 직전에 방문해서 조지아 애비뉴를 걷던 그 시절에 비하면 크게 형편이 좋아진 상태였다.

나는 의회에 참석해서 '통합된 미국을 위한 미완의 과제'라는 제목으로 마지막 연설을 했다. 나는 연설의 대부분을 인종위원회의 마지막 보고서를 기초로 한 내용에 할애했고, 광범한 제안사항들을 제시했다. 교육, 의료, 고용, 형사재판절차에 있어서 인종적 차별을 종식하기 위한 노력을 배가할 것, 저소득 편모가정의 아동교육을 돕기 위해서 특별한 노력을 기울일 것, 아메리칸 인디언 지역에 새로운 투자를 할 것, 증오범죄방지법안을 통과시킬 것, 투표법을 개혁할 것, 아메리코의 활동과 '하나의 미국을 위한 백악관' 활동을 지속할 것 등이었다. 우리는 8년 동안 많은 진전을 이루었다. 하지만 미국은 더욱 다양해지고 있었고, 해야 할 일은 아직도 수없이 많았다.

1월 17일, 나는 이스트 룸에서 마지막 행사를 치렀다. 브루스 배빗과 나는 여덟 개의 천연기념물을 발표했다. 그중에는 1803년 루이스와 클라크의 탐험대가 인디언 안내인 새카자위어, 노예 요크와 함께 열었던 개척로가 지나가는 지역이 두 군데 포함되었다. 이렇게 해서 우리 행정부는 48개 주에서 시어도 루스벨트 이후 그 어느 행정부보다 넓은 보호구역을 지정하게 되었다.

나는 천연기념물 지정 발표를 하고 나서, 백악관을 떠나 임기 중 마지막 여행길에 올랐다. 나는 리틀록을 찾아가 아칸소 의회에서 연설을 할 예정이었다. 나와 함께 정치계에 입문했던 옛 친구들 중에는 주 상원의원이나 하원의원으로 활동하는 사람들도 있었다. 정치계에 입문할 당시 나와 정견이 달랐던 사람들도 몇 명 있었다. 워싱턴에서 활동하고 있거나 활동한 경력이 있는 아칸소 출신 정치인들 20여 명, 워싱턴 지역에서 살고 있는 고등학교 동기들 세 명, 그리고 내가 주지사로 재임하던 시절 의회 담당 연락관을 맡았던 사람들 몇 명도 나와 동행했고, 첼시도 따라나섰다. 우리는 공항에서 시내로 들어오는 길에 첼시가 다녔던 학교 두 곳에 들렀다. 나는 부커아츠 매그닛 스쿨에 입학시킨 것이 엊그제 같은 첼시가 벌써 숙녀가 되어버렸다는 생각을 하니 기분이 묘했다.

나는 세상을 하직한 프랭크 홀트 판사와 풀브라이트 상원의원을 포함해서, 오늘의 내가 있게 해준 아칸소의 모든 주민에게 감사의 뜻을 전했다. 나는 아칸소의 의원들에게 연방정부가 각 주의 교육, 경제개발, 의료, 복지개혁을 지원하도록 계속 압력을 넣으라고 촉구했다. 마지막으로 나는 옛 친구들에게 사흘 후에 임기를 마치게 된다면서 감사의 말을 전했다. "미국의 위대하고 신비로운 민주주의 덕분에, 아칸소 주 호프, 사우스허비 스트리트 출신의 어린 꼬마가 대통령이 될 수 있었습니다…… 순전히 친구들의 도움에 힘입어 당선된 대통령은 저밖에 없을 겁니다. 여러분이 없었다면 나는 절대로 대통령이 될 수 없었을 겁니다." 나는 친구들을 남겨두고 남은 직무를 마무리하기 위해 백악관으로 돌아왔다.

다음 날, 나는 종일 업무를 마감하는 일에 정신을 쏟았다. 그날 밤, 나는 집무실에서 대국민 고별연설을 했다. 나는 먼저 대통령으로 일할 기회를 준 미국 국민들에게 감사의 뜻을 전하고, 대통령으로서 어떤 철학을 가지고 무슨 일을 했는지 간단하게 요약했다. 이어 나는 미래의 과제 세 가지를 제시했다. 첫째, 계속해서 국가 재정을 올바르게 관리하는 책임을 감당하는 것,

둘째, 미국의 안보와 번영을 위해서 세계의 경제 번영과 자유를 위한 싸움의 선두에 나서고 테러리즘과 조직범죄, 마약거래, 치명적인 무기의 확산, 환경파괴, 질병, 지구상의 모든 빈곤과 맞서 싸우는 것, 그리고 마지막으로, '여러 가지 피부색을 가진 사람들을 씨실과 날실로 삼아 통합된 미국이라는 천을 짜는 일'을 지속하는 것이었다.

부시 대통령 당선자와 그의 가족의 건강을 기원하면서, 나는 "취임하던 날보다 더 큰 희망과 더 큰 이상, 미국의 앞에 탄탄대로가 열릴 것이라는 더 큰 확신을 가지고 백악관을 떠날 것"이라고 말했다.

대통령 임기 마지막 날인 1월 19일에, 나는 지뢰에 관한 성명을 발표했다. 1993년 이후로 미국은 330만 개의 지뢰를 파괴했고, 35개국의 지뢰를 제거하는 일에 5억 달러의 돈을 썼으며, 병력을 보호할 수 있는 지뢰대체무기를 개발하기 위해서 전력을 기울이고 있었다. 나는 새로운 행정부에 대해서 미국이 세계적으로 전개해온 지뢰금지 활동을 앞으로 10년 더 지속해줄 것을 당부했다.

거처로 돌아왔을 때는 늦은 밤이었다. 하지만 아직 짐을 다 꾸리지 못한 상태였다. 여기저기 짐 상자가 흩어져 있었고, 어느 옷을 어디로 보내야 할지(뉴욕으로 보낼지, 워싱턴으로 보낼지, 아니면 아칸소로 보낼지) 몰라 망설여야 했다. 힐러리와 나는 잠을 잘 생각이 전혀 들지 않았다. 우리는 이 방 저 방을 둘러보기로 했다. 백악관에서 보내는 마지막 밤은 취임식 무도회를 끝내고 백악관에 들어왔던 날과 똑같이 영광스러운 순간이었다. 내가 누리고 있는 영광을 생각하면 늘 감격스러웠다. 이곳이 8년 동안 우리 집이었다는 사실, 그리고 이제는 모두 지나가버린 일이라는 사실이 믿기지 않았다.

나는 링컨실로 가서 링컨의 자필로 쓰인 게티즈버그 연설을 마지막으로 읽고, 노예해방선언문이 새겨진 석판을 바라보았다. 링컨은 내가 서 있는 바로 그 자리에서 노예해방선언문에 서명했다. 퀸스 룸에 갔을 때는 윈스턴 처칠이 제2차 세계대전 중 가장 어려웠던 시기에 사흘 동안 그곳에 머물렀던 일을 생각했다. 나는 오벌 오피스의 조약 탁자 뒤에 앉아서 텅 빈 책꽂이들과 아무것도 걸려 있지 않은 벽들을 바라보며, 북아일랜드, 중동, 러시아, 한국, 그리고 국내의 문제들과 관련하여 이 방에서 했던 수없이 많은 회의들과 전화 통화들을 생각했다. 1998년 이후 『성경』과 책들, 편지들을 읽으면서 하나님께 용기와 인도를 기원하던 곳도 바로 이 방이었다.

그날 오전, 신임 대통령의 취임식에 참석하기 위해서 백악관을 나서기 직전, 나는 미리 녹음해두었던 마지막 라디오 연설을 내보냈다. 라디오 연설에서 나는 백악관 참모들과 상주 직원들, 비밀검찰부, 정부 내각, 그리고 앨 고어에게 내가 직무를 진행할 수 있도록 도와준 데 대해 깊은 감사의 뜻을 전했다. 나는 임기 마지막 날, 마지막 순간까지 일하겠다는 약속을 지켰다. 나는 25년 만에 미국의 범죄발생률을 최저로 만드는 데 기여해온 경찰의 인력을 늘리기 위해서 1억 달러를 지출하겠다는 계획을 발표했다.

자정이 지난 뒤, 나는 오벌 오피스로 돌아와 짐을 꾸리고 몇 장의 편지를 썼다. 혼자 책상에 앉아서 지난 8년간 일어났던 일들을 하나씩 되새겨보면서, 세월이 참으로 빨리 흘러갔다는 생각을 했다. 조금 있으면 나는 대통령직을 차기 대통령에게 넘겨주고 백악관을 떠날 터였다. 나는 힐러리와 첼시와 함께 대통령 전용기에 마지막으로 탑승할 예정이었다. 전용기에는 우리를 세계 구석구석으로 실어다주었던 훌륭한 승무원들 외에도 수많은 사람들이 탑승할 예정이었다. 가까운 참모들, 새로운 경호대원들, 몇 명의 군 장교들. 그중에는 특별한 생일케이크를 만들어준 해군의 글렌 메이스 하사관과 우리 짐을 꼼꼼히 챙겨준 공군의 글렌 파월 하사관도 있었다. 그리고 나를 '무도회장에 데려온' 사람들 몇 명(조던 부부와 매컬리프 부부, 맥라티 부부, 해리 토머슨)도 이 탑승자 명단에 올라 있었다.

언론사 사람들 몇 명도 함께 탑승할 예정이었다. 8년 동안 나에 대한 보도를 해온 CBS 라디오의 마크 놀러도 포함되어 있었다. 나는 몇 주 동안 여러 언론사 기자들과 여러 차례 마무리 인터뷰를 했는데, 놀러도 그 가운데 한 사람이었다. 인터뷰에서 그는 내게 "인생의 최고의 시간이 끝난다"는 것이 두렵지 않으냐고 물었다. 나는 내 인생의 모든 순간을 즐기며, 언제 어떤 상황에서도 "모든 일에 열심히, 흥미를 가지고 임하면서 유용한 일을 찾아내는 사람"이라고 대답했다.

나는 새로운 인생에 대한 기대로 마음이 설레고 있었다. 나의 도서관을 짓고, 내게 맞는 공적인 활동을 하고, 힐러리를 후원하는 한편, 독서와 골프, 음악, 그리고 여유 있는 여행을 하는 데 더 많은 시간을 투자할 작정이었다. 나는 만족스러운 인생을 살 것임을 알았고, 건강이 허락하는 한 많은 일을 할 수 있다고 믿었다. 하지만 마크 놀러가 던진 질문은 나의 아픈 곳을 찔렀다. 나는 대통령 시절이 그리울 것이다. 고통스러웠던 시기에도, 나는 대통령이라는 것이 좋았다.

집무실을 떠날 때 부시 대통령에게 편지를 남겨두어야 했다. 8년 전에 그의 아버지가 내게 편지를 남겨두었던 것처럼. 조지 부시 전 대통령은 나를 호의적으로 격려해주었다. 나도 신임 대통령을 그렇게 대하고 싶었다. 곧 조지 W. 부시는 미국의 대통령이 될 것이고, 나는 그의 행운을 기원하고 있었다. 나는 선거운동 내내 부시와 체니가 했던 연설들에 깊은 주의를 기울였다. 그들이 세계를 보는 방식은 나와는 전혀 달랐다. 그들은 내가 했던 일들을 원점으로 되돌려놓기를 원할 것이고, 경제 정책과 환경 분야에서 특히 그런 경향이 심하게 드러날 것이다. 그들은 큰 폭의 세금감면을 실시할 것이고, 얼마 지나지 않아 미국은 1980년대와 같은 대규모 재정적자에 시달리게 될 것이다. 부시는 교육과 아메리코 정책에 대해서 고무적인 발언을 했지만, 교육, 보육, 방과 후 프로그램, 거리 순찰 경찰력, 혁신적인 연구, 그리고 환경에 이르기까지 국내 정책에 대한 지출을 줄이라는 압력을 피할 수 없을 것이다. 하지만 그것은 더 이상 내가 손댈 수 있는 일이 아니었다.

나는 공화당의 독주가 심해질 경우, 냉전 이후 미국이 일구어온 국제적인 동반관계들이 후퇴할 수 있다고 생각했다. 공화당은 핵실험금지조약과 기후변화조약, 탄도요격미사일조약, 그리고 국제형사재판소에 대해서 반대하고 있었다.

나는 8년 동안 워싱턴의 공화당 의원들의 활동을 지켜봐왔다. 부시는 임기 초기부터 공화당을 장악하고 있는 극우 지도자들과 이익집단들로부터 온정적 보수주의를 포기하라는 압박을 받을 터였다. 나는 내 길이 옳다는 확신을 가지고 있었고, 그들 역시 자신들이 옳은 길을 걷고 있다는 투철한 확신을 가지고 있었다. 하지만 나는 모든 살아 있는 증거들이, 그리고 역사적인 판단이, 우리를 뒷받침하고 있다고 생각했다.

나는 내가 입안한 정책과 프로그램들이 어떻게 되든 손을 댈 수가 없었다. 정치에서 영원한 것은 없는 법이다. 사람들이 나의 이른바 유산에 대해서 내리는 성급한 판단에도 영향을 미칠 수 없었다. 냉전이 끝난 뒤 21세기로 전진해간 미국의 역사는 기록되고, 다시 기록되고, 또다시 기록될 것이다. 내가 나 자신의 대통령 직무를 평가할 때 가장 중요시하는 것은 단 하나였다. 그것은 바로 예전과는 전혀 다른 시대, 세계가 상호의존하는 시대에 과연 나는 미국의 국민에게 보탬이 되는 일을 했느냐 하는 것이었다.

나는 '보다 완벽한 통합'을 이루는 데 기여했는가? 나는 기회의 폭을 넓히고, 자유의 의미를 심화하고, 공동체의 유대를 강화했는가? 나는 미국을 21세기의 평화와 번영, 그리고 자유와 안보를 주도하는 세력으로 만들기 위해서 노력했다. 나는 세계화 경제에 인간적인 면모를 부여하려고 노력했다. 나는 다른 나라들을 향해 책임을 공유하고, 혜택을 공유하고, 가치관을 공유하는, 보다 통합된 세계를 세워나가는 과정에 참여할 것을 촉구했다. 나는 과도기를 통과하여 새로운 시대로 진입하는 미국에, 우리의 능력에 대한 희망과 낙관주의를 심어주려고 노력했고, 새로운 파괴 세력이 우리에게 어떤 영향을 미칠 것인지 늘 잊지 않게 하려고 노력했다. 마지막으로 나는 새로운 사상과 과거의 가치관에 입각하여 새로운 진보 정치를 세우고, 세계 전역에서 펼쳐지는 비슷한 생각을 가진 운동을 지지하려고 노력했다. 새 행정부와 여당이 내가 입안한 정책들을 망칠 수도 있었다. 하지만 우리가 역사의 옳은 쪽을 지키려고 노력하는 한은, 내가 새천년으로 들어서면서 잡았던 방향이 언젠가는 승리하게 될 것이라고 믿었다.

나는 집무실에서 보낸 마지막 밤에, 소파 사이의 작은 탁자 위에 보관해 두던 유리상자를 생각했다. 그 유리상자 안에는 닐 암스트롱이 1969년에 달에서 가져왔다는 작은 암석이 들어 있었다. 집무실에 모인 사람들이 논쟁을 하다가 이성을 잃고 흥분하는 일이 있으면, 나는 사람들의 말을 막고 끼어

들어 이렇게 말하곤 했다. "여러분, 이 돌이 보입니까? 이게 36억 년 전에 만들어진 거랍니다. 우리는 모두 잠시 스쳐가는 목숨들일 뿐입니다. 마음 가라앉히고 일이나 계속합시다."

그 돌 덕분에, 나는 역사를 완전히 다른 관점에서, 흔히들 말하는 '긴 안목으로' 바라볼 수 있게 되었다. 우리가 할 일은 가능한 한 열심히 사는 것, 그리고 남들도 역시 그렇게 할 수 있도록 돕는 것뿐이다. 그 다음에 무슨 일이 일어날까, 그리고 나는 남들 눈에 어떻게 보일까 하는 것은 우리가 손댈 수 없는 일이었다. 흐르는 물과 같은 세월은 우리를 싣고 흘러가버린다. 우리가 가진 것은 이 순간일 뿐이다. 내가 내 시간을 최대한 활용했느냐 하는 것은 다른 사람들이 판단할 몫이다. 거처로 돌아가서 짐을 더 싸고, 힐러리와 첼시와 조금 이야기를 나누다 보니 벌써 새벽이었다.

다음 날 아침, 나는 부시 대통령에게 남길 편지를 쓰기 위해서 오벌 오피스로 다시 갔다. 힐러리도 내려왔다. 우리는 한참 동안 창문 밖을 내다보았다. 우리는 함께 소중한 시간을 보냈던 아름다운 잔디밭을 넋을 놓고 바라보았다. 나는 그곳에서 버디에게 테니스 공을 던지면서 많은 시간을 보냈다. 힐러리는 편지를 쓰라고 자리를 비켜주었다.

나는 편지를 책상 위에 올려놓고, 작별인사를 하기 위해서 백악관 참모들을 소집했다. 우리는 서로 안아주고, 격려의 미소도 보내고, 훌쩍이기도 하고, 사진도 몇 장 찍었다. 곧 이어 나는 마지막으로 집무실에서 걸어 나왔다.

내가 두 팔을 활짝 벌린 채 문밖으로 걸어 나오는 순간, 그곳에 기다리고 있던 기자들이 카메라 셔터를 눌러댔다. 나는 존 포데스타와 함께 복도를 걸어 나와, 힐러리와 첼시, 그리고 고어 부부가 기다리고 있는 대회의실로 향했다. 그곳에서 신임 대통령과 상견례를 가질 예정이었다. 백악관 상주 직원(관리실 직원들, 조리실 직원들, 화훼담당 직원들, 정원관리 직원들, 안내 직원들, 집사들, 개인급사들)들이 모두 나와 작별인사를 건넸다. 대부분 가족처럼 친근한 사이가 되어 있었다. 나는 사람들 얼굴을 바라보면서 기억들을 되새겼다. 그들을 언제 다시 만날지 알 수 없는 일이었고, 설사 다시 만난다고 해도 지금과 똑같은 상황은 아닐 터였다. 그들은 새로운 가족을 맞을 것이고, 그들은 우리를 도왔듯이 새로운 가족을 열심히 도울 터였다.

소규모 해군 악대가 현관에서 연주를 하고 있었다. 나는 피아노를 치고 있는 찰리 코라도 상사 옆에 앉았다. 그는 40년째 대통령들을 위해서 연주를 해온 사람이었다. 찰리는 우리를 위해서 늘 그 자리를 지켜주었다. 그의 음악을 들으면서 힘을 얻었던 것이 한두 번이 아니었다. 힐러리와 나는 마지막으로 춤을 추었다. 10시 30분쯤 부시 대통령 부부와 체니 부통령 부부가 도착했다. 잠시 커피를 마시면서 담소를 하고 나서, 우리 여덟 명은 리무진에 탑승했다. 나는 조지 W. 부시와 같은 차를 타고 펜실베이니아 애비뉴의 의사당으로 향했다.

한 시간 후, 200년이 넘도록 미국을 자유로운 나라로 지켜준 평화적인 정권이양이 다시 한 번 이루어졌다. 나의 가족은 새로운 대통령 가족에게 작별인사를 하고 앤드루 공군기지로 가서 대통령 전용기(이제는 더 이상 나를 위한 전용기가 아닌)에 마지막으로 탑승했다. 8년간의 대통령직을 마치고, 정치에 반평생을 바친 후, 나는 다시 평범한 시민이 되었다. 그러나 여전히 나라를 돕고, 여전히 내일에 대해 생각하는 시민, 그리고 특별히 감사하는 마음으로 살아가는 시민이 되었다.

에필로그

　　나는 이 책에 내 이야기와 20세기 후반기의 미국의 이야기를 담으려고 했다. 미국의 마음과 정신을 사로잡기 위하여 경쟁하는 힘들을 가능한 한 공정하게 묘사하려고 했고, 우리가 살고 있는 새로운 세계에서 펼쳐지는 여러 가지 도전들, 그리고 미국의 정부와 국민은 어떻게 그 도전에 대응해야 하는지에 대한 나의 생각을 설명하려고 했다. 그리고 공직 생활을 해보지 않은 사람들에게 공직을 맡는다는 것이 어떤 것인지, 특히 대통령이 된다는 것이 어떤 것인지 느끼게 해주려고 했다.

　　이 책을 쓰면서 나도 모르게 과거로 흘러 들어가, 이야기 속의 사건들을 다시 살았고, 그때의 느낌을 되새겼으며, 그 느낌을 글로 썼다. 내가 해소하고자 노력했던 당파적 갈등이 줄어들지 않고 계속되었던 대통령 두 번째 임기를 다룰 때에는, 나의 재임기가 미국 역사의 흐름 속에서 어떤 위치를 차지하는지 이해하려고 노력했다.

　　크게 보자면, 미국의 역사는 '좀더 완벽한 통합'을 바라는 미국의 건립자들의 요구에 부응하기 위해서 우리가 노력해온 과정들을 기록하고 있다. 안정된 시기에 진보파와 보수파는 무엇을 바꾸고 무엇을 보존할지 논쟁을 했고, 이 과정에서 양당제도는 미국의 발전에 기여한다. 그러나 여러 가지 사건들로 인해서 변화가 강요되는 시기가 오면, 우리는 시련을 겪게 되고, 기회의 범위를 확대하고, 자유의 의미를 심화하고, 공동체의 유대를 강화해야 한다는 근본적 사명으로 되돌아가게 된다. 나는 이것이 미국의 통합을 좀더 완벽하게 이룬다는 말의 의미라고 생각한다.

전환점에 설 때마다 우리는 분열보다는 통합을 선택했다. 공화국 초기에 국가 경제체계와 법률체계를 만들었던 것, 남북전쟁 기간에 합중국을 보존하고 노예제를 폐지했던 것, 농업사회에서 산업사회로 이동하던 20세기 초에 연방정부를 강화함으로써 경쟁을 유지하고, 노동자들을 위한 기본적인 안전장치를 확보하고, 가난하고 나이 들고 병든 사람들을 부양하고, 자연자원을 약탈로부터 보호했던 것, 1960년대와 1970년대에 민권과 여권을 신장했던 것이 바로 통합을 이루어가는 과정이었다. 각 시기마다, 우리는 통합의 의미를 규정하고, 통합을 방어하고 확대하려는 투쟁을 했고, 강력한 보수 세력들은 이에 대항하여 저항했다. 그리고 투쟁의 성과가 불투명한 경우에는, 정치적인 갈등과 개인적인 갈등이 심화되었다.

1993년에 내가 대통령에 취임했을 때, 산업시대로부터 세계화된 정보 시대로 이동하는 과정에서 합중국은 또 하나의 역사적 도전에 직면하고 있었다. 미국 국민은 생활하고 일하는 방식에 있어서 커다란 변화들, 그리고 커다란 문제들에 직면하고 있었다. 세계화 경제에 참여할 것인가, 아니면 경제적 국가주의를 고수할 것인가? 경쟁 상대가 없는 군사적·정치적·경제적 힘을 이용해서 상호의존적인 세계가 제공하는 위협에 맞서고 그 혜택을 나눌 것인가, 아니면 요새화된 미국을 만들 것인가? 기회균등과 사회정의를 지향하는 산업시대의 정부를 버릴 것인가, 아니면 그 성과를 보존하면서 사람들에게 새로운 시대에 성공을 거둘 수 있는 수단을 제공하는 방식으로 개혁을 할 것인가? 인종적·종교적 다양성의 확대가 국가 공동체에 균열을 가져올 것인가, 아니면 국가 공동체를 강화할 것인가?

내가 대통령으로서 이런 문제들에 답하기 위해서 선택했던 방향은 좀더 완벽한 통합을 향한 전진을 지속하는 것, 국민에게 더 높은 전망을 열어주는 것, 국민을 단결시켜 21세기 미국 정치를 위한 생기 넘치는 새로운 구심점을 마련하는 것이었다. 미국 국민의 3분의 2가 나의 전체적인 접근방법을 지지했다. 그러나 논란을 일으키는 문화적 문제들과 늘 귀를 솔깃하게 하는 세금 감면 문제가 눈앞에 등장했을 경우, 유권자들의 의견은 엇비슷하게 나뉘었다. 결과가 불투명해지자, 살벌한 당파적·개인적 공격이 기승을 부렸다. 공화국 초기와 아주 흡사한 상황이었다.

나의 역사적 분석이 옳을 수도 있고, 틀릴 수도 있다. 하지만 내가 대통령으로서의 나의 활동을 평가하는 주된 기준은 그 행동이 국민의 생활에 어떤 영향을 미쳤느냐 하는 것이다. 그것이 바로 내가 점수를 딴 방법이었다. 수많은 사람들이 새로운 일자리와 새로운 집, 대학 지원금을 받았고, 많은 아이들이 건강보험과 방과후 프로그램의 혜택을 받았다. 많은 사람들이 생활보호대상자의 처지에서 벗어나 일자리를 찾았고, 많은 가정들이 가족휴가법의 도움을 받았으며, 많은 사람들이 더 안전한 동네에서 살게 되었다. 모든 사람들에게는 이야기가 있는데, 이제 그 이야기는 전보다 좋아졌다. 공기와 물이 더 맑아지고, 자연유산이 더 많이 보존되면서 모든 미국인의 생활이 개선되었다. 그리고 우리는 전 세계 사람들에게 평화, 자유, 안보, 번영에 대한 더 큰 희망을 안겨주었다. 그들에게도 역시 그들의 이야기가 있다.

내가 대통령이 되었을 때, 미국이라는 배는 해도도 없는 바다로, 긍정적 힘들과 부정적 힘들이 완전히 따로 노는 것처럼 보이는 세계로 들어서고 있었다. 나는 내 조국이 처한 상황, 그리고 새로운 세기에 접어들 때 우리가 밟아야 하는 길을 제대로 파악하고 있다고 생각했다. 왜냐하면 나는 나 자신의 평행적인 삶을 통합하려고 노력하며 평생을 살아왔고, 모든 사람들을 귀중하게 여기라는 가르침 속에서 자랐으며, 주지사 시절에는 세계화의 밝은 면과 어두운 면을 모두 보았기 때문이었다. 나는 흩어진 것을 통합하는 방법을 알고 있었고, 그것이 얼마나 어려운 일인지도 알고 있었다.

9월 11일, 알 카에다가 상호의존의 힘들(열린 국경, 자유로운 이민과 여행, 정보와 기술의 자유로운 이용)을 이용하여 뉴욕, 워싱턴, 펜실베이니아에서 70여 개국 출신의 3,000명에 가까운 사람들을 살해했다. 그날은 모든 것이 박살나 흩어진 것처럼 보였다. 세계가 미국이 당한 고통, 그리고 테러와 싸우려는 결의를 보고 미국인들 주위로 모여들었다. 그 후 몇 년 동안 그 싸움은 강렬해졌고, 국내외에서 테러와의 전쟁을 수행하는 최선의 방법을 놓고 솔직한 의견들이 나타나면서, 당연한 일이지만 차이도 드러나고 있다.

우리가 살고 있는 상호의존적인 세계는 본질적으로 불안정하며, 그 속에는 기회와 파괴의 힘들이 공존하고 있다. 우리가 상호의존하는 상태로부터 책임과 혜택과 가치를 공유하는 좀더 통합된 지구 공동체로 나아가는 길을 찾기 전에는 불안정한 상태가 계속될 것이다. 그런 세계를 건설하는 일, 테러를 물리치는 일은 단숨에 이루어질 수 없다. 그것은 21세기 초반의 가장 커다란 도전이 될 것이다. 나는 미국이 이 일에 앞장서기 위해 해야 할 일을 다섯 가지로 꼽고 있다. 첫째, 테러나 대량살상무기의 확산과 싸우고, 그런 위협들에 대한 방어 체계를 개선해야 한다. 둘째, 세계화의 혜택을 받지 못하는 지구상의 50퍼센트의 사람들이 가난, 무지, 질병, 나쁜 정부를 극복하도록 도움으로써 친구는 늘리고 테러리스트는 줄여야 한다. 셋째, 세계적 수준의 협력 기구들을 강화하고, 그런 기구들을 통하여 안보와 번영을 촉진하며, 테러에서 에이즈, 지구온난화에 이르기까지 공동의 문제들과 싸워야 한다. 넷째, 미국을 우리가 바라는 세계의 운영 방식을 더 잘 구현하는 모범적인 나라로 만들기 위해 계속 노력해야 한다. 다섯째, 우리의 차이가 인간으로서의 공통점보다 더 중요하다고 믿는 낡은 강박감을 버리려고 노력해야한다.

나는 세계가 고립으로부터 상호의존으로, 상호의존에서 다시 협력으로 행진해 나아갈 것이라고 믿는다. 그 외에 다른 길이 없기 때문이다. 우리의 조상들이 10만 년 전쯤 아프리카 사바나에서 처음 일어서서 걸어 다닌 이후로 오랜 세월이 흘렀다. 냉전이 끝나고 나서 불과 15년이 안 되어, 서방은 과거의 적인 러시아, 중국과 대체로 화해를 했다. 역사상 처음으로 세계 인구의 반 이상이 자신이 선택한 정부 밑에서 살고 있다. 테러에 대항한 세계적 협력이 유례 없는 수준으로 향상되었으며, 가난, 질병, 지구온난화와 싸우고, 세계의 모든 아이들을 학교에 보내기 위해 더 많은 일을 해야 한다는 인식도 확산되었다. 미국을 비롯한 수많은 자유 사회들은 인종과 종교에 관계없이 모든 사람들이 서로 존중하고 조화를 이루며 함께 살 수 있다는 것을 보여주었다.

미국은 테러에 의해 무너지지 않는다. 미국은 테러를 물리칠 것이다. 하지만 우리는 그 과정에서 미국의 특성이나 아이들의 장래를 훼손하는 일이 없도록 조심해야 한다. 더 완벽한 통합을 이루어야 한다는 것은 미국의 사명일 뿐 아니라 세계적인 사명이다.

내 이야기로 돌아오자. 나는 지금도 젊은 시절에 세웠던 인생 목표를 달성하기 위해서 노력하고 있다. 좋은 사람이 되겠다는 목표, 이것은 평생 노력해야 할 일이다. 그리고 이것을 이루기 위해서는 다른 사람들에 대한 분노를 버리고 내 잘못을 책임져야 하고, 용서를 해야 한다. 내가 힐러리, 첼시, 친구들, 미국과 전 세계의 수많은 사람들로부터 용서받은 것을 생각한다면, 그 정도는 최소한의 수준이라고 생각한다. 젊은 정치가 시절, 흑인 교회에 나가면서 나는 처음으로 사람들이 장례식을 '귀향'이라고 부르는 것을 들었다. 우리 누구나 고향에 갈 것이고, 나도 고향에 갈 준비를 하고 싶다.

한편으로, 나는 첼시가 이루어가는 삶과 힐러리가 상원에서 하는 훌륭한 활동을 지켜보면서 큰 기쁨을 누리고 있다. 내 재단이 미국과 전 세계의 가난한 공동체에 경제, 교육, 서비스의 기회를 확대하고, 에이즈와 싸우면서 값싼 약품을 필요한 사람들에게 공급하고, 인종간, 종교간 화해라는 나의 평생의 목표를 계속 이어나가려고 노력하는 것을 보는 것도 큰 기쁨이다.

아쉬운 것이 있을까? 물론이다. 이 책에서 말했듯이 개인적인 면에서나 공적인 면에서나 당연히 아쉬움이 있다. 어느 쪽이 더 무거운지 판단하는 것은 다른 사람들에게 맡기겠다.

나는 그저 나의 기쁨과 슬픔, 꿈과 공포, 승리와 실패의 이야기를 하려 했을 뿐이다. 그리고 나의 세계관과 내가 싸웠던 극우파의 세계관 사이에 어떤 차이가 있는지 설명하려 했다. 기본적으로 그들은 자신들이 모든 진리를 알고 있다고 진정으로 믿는다. 하지만 나는 다르게 본다. 사도 바울은 이 생에서는 우리가 '거울로 보는 것 같이 희미하게' 보며, '부분적으로만 안다'고 했는데, 나는 그 말이 옳다고 생각한다. 그래서 그는 '믿음, 소망, 사랑'이라는 덕목들을 찬양한 것이다.

나는 흔히 보기 힘든 삶을 살았다. 믿음, 소망, 사랑으로 충만하고, 은총과 행운도 과분하게 받은 놀라운 삶이었다. 내 삶이 흔히 보기 힘든 삶이라고 했지만, 아마 미국이 아닌 다른 곳이었다면 이런 삶은 아예 불가능했을 것이다. 많은 사람들과는 달리, 외할아버지 가게 주위를 맴돌던 어린 시절 이후로, 나는 언제나 내가 믿는 것들을 위해 일하는 특권을 누려왔는데, 이런 특권을 누릴 수 있는 사람은 그리 많지 않다. 나는 나를 끔찍이 사랑하는 멋진 어머니 곁에서 성장했으며, 훌륭한 스승들의 지도를 받았으며, 의리 있는 친구들을 아주 많이 사귀었으며, 내가 만난 여자들 중에서 가장 훌륭한 여자와 사랑이 충만한 결혼생활을 이루었으며, 내 삶에 늘 빛을 던져주는 아이를 얻었다.

앞에서 말한 대로, 나는 이것이 괜찮은 이야기라고 생각한다. 그리고 이 이야기를 하면서 나도 괜찮은 시간을 보냈다.

감사의 말

　　　　　　　　　　　나는 이 책을 쓰면서 많은 사람들에게 신세를 졌다. 이들의 도움이 없었다면 이 책을 쓸 수 없었을 것이다. 저스틴 쿠퍼는 2년이 넘는 청춘을 바쳐 나와 함께 일을 했다. 낮은 물론이고, 지난 여섯 달 동안은 밤에도 함께 작업을 했다. 그는 산더미 같은 자료를 찾아내서 정리하고, 자료가 불충분한 부분은 더 많은 조사를 했으며, 수많은 오류들을 수정했다. 그는 20권이 넘는 커다란 노트에 알아보기 어렵게 써놓은 나의 원고를 타이핑해주었다. 대여섯 번 넘게 고쳐 쓴 부분도 많았지만, 그는 한 번도 인내심을 잃지 않았고, 의욕도 꺾이지 않았다. 마지막 단계에 접어들어서는, 나에 대해서, 그리고 내가 하고 싶은 이야기에 대해서, 그가 나보다 더 잘 아는 것 같다는 느낌을 받을 때도 있었다. 이 책은 그의 재능과 노력의 증거다. 물론 이 책에서 잘못된 부분은 결코 그의 탓이 아니다.

　　함께 일을 시작하기 전에, 나는 나의 편집자 로버트 고트리브가 그 분야에서 최고라는 말을 들었다. 그는 실제로 그랬고, 또 그 이상이었다. 그를 30년 전에 만났다면 참으로 좋았을 뻔했다. 고트리브는 마법의 순간들과 과감한 삭제에 대해 가르쳐주었다. 그의 판단과 감각이 없었다면 이 책의 길이는 두 배로 늘고 품질은 반으로 떨어졌을 것이다. 그는 정치에 관심은 있지만, 강박감 같은 것은 없는 사람의 입장에서 나의 이야기를 읽었다. 그는 나로 하여금 내 삶의 인간적인 측면에서 주의를 돌리지 않도록 도와주었다. 나는 그의 설득에 따라 나의 인생에서 나를 도와준 헤아릴 수 없이 많은 사람들의 이름을 빼야 했다. 일반 독자는 그들의 이름을 다 기억하면서 읽을 수 없다는 판단 때문이었다. 만일 당신이 그런 사유로 인해서 내 책에서 이름이 빠진 사람 중의 하나라면, 부디 그와 나를 용서해주기를 바란다.

이 정도 길이와 양을 갖춘 책은 엄청난 양의 사실 확인 작업이 요구된다. 그중의 대부분은 메그 톰슨이 담당했다. 이 총명한 젊은 여성은 1년여 동안 내 삶의 세세한 부분들을 조심스럽게 확인했다. 마지막 두 달 동안 메그 톰슨은 케이틀린 클레보릭을 비롯한 젊은 자원봉사자의 도움을 받았다. 그들은 나의 기억이 완벽하지 않다는 사실을 입증하는 많은 사례들을 확보하고 있다. 만일 이 책에 사실과 관련된 오류가 남아 있다 해도, 그것은 결코 그들의 노력이 부족했기 때문은 아니다.

크노프 출판사 사람들의 노고에 대해서는 어떤 감사의 말로도 충분하지 않다. 우선 사장이자 편집장인 소니 메타에게 감사의 마음을 전한다. 그는 처음부터 이 프로젝트에 확신을 가졌으며, 이 프로젝트를 진행시키는 데서 중요한 역할을 맡았다. 지난 2년 동안 그는 나와 마주칠 때마다 놀란 표정을 지었는데, 그 표정은 "정말 예정대로 끝날 수 있는 거죠?" 또는 "왜 집에서 글을 안 쓰고 여기 와 있는 겁니까?" 하는 식이었다. 소니 메타의 표정은 늘 그가 기대했던 효과를 발휘했다.

이 책의 출간에 도움을 준 크노프 출판사의 여러 사람들에게도 감사의 뜻을 표한다. 크노프의 편집/제작 팀이 나와 똑같은 심정으로 이 책(그것도 진행속도가 엄청나게 느린 책을)의 정확성과 세부적인 내용에 신경을 써준 데 대해서 감사한다. 편집과장 캐서린 후리건의 지칠 줄 모르는 노력과 꼼꼼한 작업에 대해서는 특별히 감사한다. 또 고상한 성품의 제작 책임자 앤디 휴즈, 피로를 모르는 제작 편집자 머리어 매시, 원고정리 책임자 리디어 부칠러, 원고 편집자 샬롯 그로스, 교열자들인 스티브 메시너, 제너 돌런, 엘런 펠드먼, 리터 매드리걸, 리스 폴리지, 디자인 책임자 피터 앤더슨, 표지 미술 책임자 캐럴 카슨, 늘 도움을 주었던 다이애나 테저리너와 에릭 블리스, 리 펜티에게도 감사한다.

그밖에도 크노프의 많은 사람들이 나를 도와주었다. 귀중한 안내를 해준 토니 치리코, 짐 존스턴, 저스틴 르케이츠, 앤 디아즈, 캐럴 제인웨이와 수잔 스미스, 존 파인, 홍보 마케팅 부서의 팻 존슨, 폴 보가즈, 니너 분, 니콜러스 래티머, 조이 댈러네그러-생거, 어맨더 카우프, 새러 로빈슨, 앤-라이스 스피처. 또 노스마킷 스트리트 그래픽스, 코럴 그래픽스, R. R. 도널리 앤드 선즈에게도 감사한다.

훌륭한 변호사이자 오랜 친구인 로버트 바넷은 크노프와의 계약 협상을 맡아 주었다. 바넷과 그의 파트너 마이클 오코너는 외국 출판사들과의 계약 협상에도 참여했다. 그들에게 매우 감사한다.

대통령에 취임한 1993년 말부터 나는 오랜 친구 테일러 브랜치를 한 달에 한 번씩 만나 있었던 일들을 구술했다. 녹음되어 남아 있는 당시의 생생한 대화는 대통령 재임기의 특정한 순간들을 기억하는 데 큰 도움을 주었다. 백악관을 떠난 뒤에는, 백악관에서 연설문 작성자로 일하던 훌륭한 역사학자 테드 위드머가 대통령 취임 이전의 생활에 대해 구술하는 내용을 녹음했다. 이 자료는 옛 기억을 되살리고 정리하는 데 큰 도움을 주었다. 백악관 일지 작성자 재니스 커니는 나에게 엄청난 메모를 주었고, 덕분에 하루 하루의 사건을 재구성할 수 있었다.

원고를 전문적이고 법적인 관점에서 검토해준 데이비드 켄달과 베스 놀런에게 감사한다.

사진은 빈센트 버거와 캐럴린 후버의 도움을 받아 골랐다. 버거는 이 책에서 다루어지는 특별한 순간들을 포착한 사진들을 많이 찾아냈으며, 후버는 주지사관저와 백악관에서 주욱 우리 가족과 함께 지냈다. 그녀는 내가 대통령이 되었을 때 나의 어린 시절부터 1974년까지의 개인적인 서류와 편지를 빠짐없이 정리해주었는데, 그녀의 노고가 없었다면 이 책의 앞부분 중 상당부분을 생략해야 했을 것이다. 조지타운 대학교와 옥스퍼드 대학교의 문서보관소와 자료정리 담당자들도 도움을 주었다.

이 책 전체 또는 일부를 읽어보고 추가, 삭제, 재정리, 문맥, 해석 등에 대한 제안을 해준 사람들에게 매우 감사한다. 그 사람들은 힐러리, 첼시, 도로시 로댐, 더그 밴드, 샌디 버거, 토미 캐플런, 메리 드로사, 낸시 헌리시, 딕 홀브루크, 데이비드 켄달, 짐 케네디, 이언 클라우스, 브루스 린지, 아이러 매거지너, 셰릴 밀스, 베스 놀런, 존 포데스타, 브루스 리드, 스티브 리체티, 밥 루빈, 루비 샤미르, 브룩 시어러, 진 스펄링, 스트로브 탤벗, 마크 웨이너, 매기 윌리엄스, 그리고 첫 페이지를 쓸 때부터 내 옆에 있었던 친구들인 브라이언과 마이러 그리스펀 등이다.

내 친구들과 동료들 가운데 많은 사람들이 시간을 내서 즉석에서 나에게 구술 기록을 남겨주었다. 휴머 에이브딘, 매들린 올브라이트, 데이브 바람, 우디 매싯, 폴 베갈라, 폴 베리, 짐 블레어, 시드니 블루멘탈, 어스킨 보울스, 론 버클, 탐 캠벨, 제임스 카빌, 로저 클린턴, 패티 크린터, 데니스 대이저먼드, 린더 딕슨, 람 에마누엘, 앨 프롬, 마크 기어런, 앤 헨리, 데니스 하일런드, 해럴드 이케스, 로저 존슨, 버넌 조던, 미키 캔터, 딕 켈리, 토니 레이크, 데이비드 레오풀로스, 카프리시아 마셜, 맥 맥라티, 루디 무어, 밥 내시, 케빈 오키프, 리언 파네타, 벳시 리더, 딕 라일리, 바비 로버츠, 휴 로댐, 토니 로댐, 데니스 로스, 마서 색스턴, 엘리 시걸, 테리 슈메이커, 마샤 스콧, 마이클 시헌, 낸시 소더버그, 더그 소스닉, 로드니 슬레이터, 크레이그 스미스, 게일 스미스, 스티브 스미스, 캐럴 스테일리, 스테파니 스트린트, 래리 서머스, 마서 화이트스톤, 델타 윌리스, 캐럴, 윌리스 그리고 나의 독자들 몇 명이 그런 사람들이다. 틀림없이 내가 빠뜨린 사람들도 있을 것이다. 그렇다면 미안하며, 그들의 도움에도 감사의 뜻을 전하고 싶다.

내 조사는 행정부 구성원이나 다른 사람들, 그리고 물론 힐러리의 회고록과 어머니의 회고록에도 큰 도움을 받았다.

데이비드 앨소브룩과 클린턴 대통령 자료 프로젝트의 직원들은 인내심을 가지고 끈질기게 자료들을 복원했다. 드보라 부시, 수잔 콜린스, 게리 풀크, 존 켈러, 지미 퍼비스, 에밀리 로빈슨, 롭 세이버트, 데이너 시먼스, 리처드 스털컵, 론더 윌슨 등 그들 모두에게 감사하고 싶다. 또 아칸소 역사가 데이비드 웨어에게도 감사하고 싶다.

내가 지난 2년 반 동안, 특히 지난 6개월 동안 책을 쓰는 데 몰두해 있는 동안에, 내 재단의 일은 계속되어 도서관을 짓고 다음과 같은 목표를 위해 일했다. 나의 재단의 목표는 아프리카와 카리브 해 지역에서 에이즈와 싸우고, 전 세계에 싼 약과 시험 도구를 제공하는 일, 미국, 인도, 아프리카의 가난한 공동체들에 경제적 기회를 확대하는 일, 국내외의 젊은 사람들의 교육과 시민 봉사를 장려하는 일, 전 세계의 종교간, 인종간, 민족간 화해를 옹호하는 일 등이다. 우리 재단을 운영하고, 대통령 도서관과 아칸소 대학 클린턴 공공봉사학부를 설립하도록 기부금을 내준 사람들에게 감사하고 싶다. 여러 가지 일들을 관리하고 이 책의 집필에 도움을 준 비서실장 매기 윌리엄스에게도 깊이 감사한다. 내가 이 책을 쓰는 동안 재단의 일과 프로그램을 계속 맡아준 나의 재단의 구성원들과 사무실 직원들에게 감사하고 싶다. 백악관을 떠나던 날부터 내가 새 생활을 하도록 도와주고, 미국과 세계를 여행하는 중에도 나의 집필시간을 확보해주기 위해서 갖은 노력을 다 해주었던 나의 카운슬러 더그 밴드에게 특별히 감사하고 싶다.

차파쿠아의 우리 집을 돌보아준 오스카 플로레스에게도 감사한다. 저스틴 쿠퍼와 내가 새벽까지 일을 할 때면, 플로레스는 우리에게 저녁을 먹을 시간을 잊지 않도록 챙겨주고, 커피가 충분한지 확인해주곤 했다.

마지막으로, 이 책에 기록된 삶을 가능하게 해 주었던 모든 사람은 일일이 다 거명할 수가 없다. 내 젊은 시절의 모든 선생님과 스승들, 내 모든 선거운동에서 뛰어주고 보탬을 준 사람들, 민주당지도자협의회, 미국주지사연합, 그리고 내가 공공정책에 관해 배우는 데 큰 기여를 했던 여러 조직에서 함께 일했던 사람들. 세계의 평화, 안보, 화해를 위하여 나와 함께 일했던 사람들, 백악관을 운영하고 내 출장을 도와준 사람들, 주법무장관 시절, 주지사 시절, 대통령 시절에 나의 행정부에서 일했던 수많은 재능 있는 사람들(그들의 헌신적인 노력이 없었다면 나는 공직 활동기의 생활에 대해서 할 말이 많지 않았을 것이다), 나와 나의 가족의 안전을 보호해준 사람들. 그리고 내 평생의 벗들. 내가 거명한 사람들은 내 인생의 잘못된 부분에 대해서는 아무런 책임이 없지만, 내 인생에서 뭔가 괜찮은 부분이 있다면, 그에 대해서는 치하를 받아 마땅하다.

옮긴이 말

　　　　　　　　대개의 정치가들이 그렇듯이 클린턴 역시 지지자도 많고 반대자도 많은 인물이었다. 게다가 클린턴은 반대자들이 확실하게 싫어할 수 있는 빌미, 그것도 입에 오르내리기 좋은 빌미를 제공했으니 다른 경우보다 찬반이 더 뚜렷하게 갈리는 인물이었다고 할 수 있다. 아니, 임기 내내 쉴새없이 '스캔들'이 터져나오고 그것 때문에 수도 없이 특별검사한테 시달린 것을 보면, 반대는 많을지 몰라도 지지가 과연 있었을까 하는 생각이 들 정도다. 그러나 놀랍게도 그는 프랭클린 루스벨트 이후 민주당 대통령으로는 처음으로 재선에 성공했다.

　　그 이유가 궁금하다면, 이 책에서 그 점 하나만큼은 확실하게 알 수 있을 것이다(물론 어디까지나 클린턴의 입장에서 내놓은 답이기는 하지만). 그 다음에 또 한 가지 분명하게 알 수 있는 것은 미국 정치의 역사와 지형 속에서 클린턴이라는 정치가의 위치다. 클린턴은 이 점에 대해서만큼은 대단히 객관적인 인식을 가지고 있는데, 이것이 그의 정치적 자산 가운데 제일 중요한 부분이 아니었을까 하는 생각도 든다. 물론 클린턴 자신의 강인한 기질도 도움이 되었겠지만, 그런 인식이 있었기 때문에 싸울 때와 타협할 때를 냉정하게 판단하면서 숱한 대립을 돌파할 수 있었던 것 같다. 이 책에는 이런 점들 외에도 귀 기울여 들을 만한 이야기들이 분명히 많이 있지만, 아무리 귀를 기울여도 클린턴이 말해주는 만큼만 듣고 나머지는 짐작만 해야 한다는 것 또한 분명하다. 이 책은 어디까지나 자서전이니까.

　　자서전의 장점은 무엇보다 말하는 사람의 목소리를 들을 수 있다는 것이다. 높든 낮든, 거칠든 부드럽든, 고상하든 유치하든, 미화하든 솔직하든, 장광설을 늘어놓든 간략하게 지나가든, 그냥 있는 그대로 들어보는 것도 자서전을 읽는 매력의 하나라는 것이다. 옮긴이는 이 책이 대통령에서 퇴임한 지 4년도 지나지 않은 시점에서 나온 자서전으로서 장점과 단점이 고루 들어 있다고 보는 쪽인데, 어쨌든 글쓴이의 목소리를 미성美聲으로 채색하고 싶은 욕구를 최대한 억제했다. 일러두기 삼아 잠깐 더 덧붙이자면, 비유적 표현 같은 것들도 가급적 영어 표현을 있는 그대로(이른바 직역 식으로) 살려두었다. "마지막 개가 죽을 때까지"라든가 "모자를 먹는다" 같은 것이 그런 예다. 비슷한 표현으로 바꾸거나 뜻만 빼오는 데 시간이 많이 걸려서라기보다는, 그런 것도 나름대로 재미있고 현장감에도 이바지할 수 있다고 생각했기 때문이다. 또 약간 전문적인 표현, 예를 들어 흔히 통증역치라고 번역되는 의학용어 'pain threshold' 라는 말은 살려주기는 하되, 어차피 비유적으로 사용된 것이므로 고통의 시작점 정도가 우리 귀에는 조금 더 편할 것 같아 그렇게 표현해보기도 했다. 결과가 의도를 못 따라간 경우와 더불어 다른 실수들에 대해서는 지적을 바라지만, 어떤 선입관 없이 문제들의 종류를 구분하고 그 원인을 섬세하게 따져보는 것도 지적指摘 수준을 높이는 방법일 것 같다.

그렇지 않아도 두툼한 책에 사족이 길어지는 것도 부담을 주는 일이 될 것 같다. 길고 즐거운 여행을 하게 되기를 바란다.

1 | 아버지를 만나다

1946년 8월 19일, 아칸소 주의 호프에서 유복자로 태어난 아기가 아버지에 대해 많은 것을 알 수 있을 때까지는 40년 이상이 필요했다. 그가 대통령이 되자 이복 형제의 존재도 드러나고, 아버지가 젊은 군인으로 전쟁터에서 쌓았던 미담이며 주고받았던 편지들도 모아졌다. 젊은 아버지의 죽음은 자신도 젊은 나이에 죽을 수도 있다는 생각을 갖게 하고, 그로 하여금 삶의 매순간을 최대한 활용하고, 더 큰 도전을 향해 앞으로 나아가야 한다는 결심을 다지게 했다.

2 | 마모와 파포의 사랑을 먹고 자라다

지금은 '클린턴 출생지'로 복원된 집에서 그는 '늘 세상에서 가장 중요한 사람인 것처럼 느끼게 해 준' 넘치는 사랑 속에서 자란다.

외할머니(마모)는 많이 먹게 하고, 숫자카드로 셈을 알게 하고, 매일 책을 읽어주었다. 대공황으로 모두가 어려웠던 때였지만, 외할아버지(파포)는 인종 차별 없이 베푸는 삶을 실천하셨기 때문에 그는 '그 동네에서 흑인 아이들과 놀던 유일한 백인 아이'였으며, 이러한 삶은 그가 대통령 시절에 펼쳤던 여러 가지 정책의 뿌리가 된다. 가난하지만 행복하게 살던 많은 친척들 속에서 그는 많이 배운 사람만이 똑똑한 것이 아니라는 사실을 깨닫게 되고, 대통령 시절, 모든 사람들에게 대학의 문호를 개방하려고 노력한다. 버디 할아버지의 이야기를 들으며 경험한 이런 폭넓은 삶은 그가 '평생 다른 사람의 이야기에 관심을 갖게 하고, 다른 사람들을 알고 싶고, 이해하고 싶고, 느끼고 싶게' 만들었다.

3 | 빌리 클린턴이 되다

어머니가 로저 클린턴과 재혼함에 따라 그는 호프에서의 4년 인생을 마감하고, 핫스프링스에서 새로운 인생을 시작한다. 그는 빌리 클린턴이 되고, '새로운 세계는 재미있었다.' 유치원 친구 맥 매카티는 모든 장애물을 문제없이 넘었음에도 통통하고 굼떠서 장애물을 넘지 못하는 그를 항상 기다려 주었으며, 첫 백악관 비서실장이 되어 그를 돕게 된다. 어린 그가 빠져들었던 영화 중 〈하이 눈〉은 지금도 가장 좋아하는 영화다. 뭔가 대결할 일과 마주칠 때마다 '어려운 상황을 피하지 않고 똑바로 응시하던 게리 쿠퍼의 눈과 두려움을 이기고 자신의 의무를 향해 걸어가던 그의 당당한 모습을 떠올리곤' 했으며, 이것은 실제로 그에게 큰 힘을 주었다.

4 | '아주 좋았던' 핫스프링스에서의 경험들

유황온천으로 유명해진 훨씬 크고 세련된 도시, 새로운 동네, 새로운 학교, 새로운 친구, 음악과의 만남, 새로운 교회에서의 진지한 종교적 체험, 그리고 클린턴 집안의 새로운 친척들. 이런 경험들과 인맥은 후에 정치에 입문한 그에게 커다란 자산이 된다. 10살 때 시작한 밴드 활동에서, 단지 밴드에 색소폰 연주자가 필요했기 때문에 1년 동안 불었던 클라리넷 대신 테너 색소폰을 연주하게 되었지만, 한 번도 후회한 적이 없다. 졸업식 전날, 샤이어 선생님은 "네가 커서 주지사가 될지 곤경에 빠질지는 네가 언제 말을 하고 언제 입을 다물어야 하는지를 배우느냐 못 배우느냐에 달렸다"는 충고를 하는데, 그 말이 옳다는 것이 증명된다.

5 | 10살 때 전당대회를 '열심히' 시청하다

마침내 형제가 생기고, 텔레비전이 생긴다. 양당, 특히 민주당 전당대회를 시청하며 완전히 빠져든다. 열 살, 이상하게도 정치 세계에서 편안함을 느낀다. 다음 해에 9명의 흑인 아이들이 인종차별 정책을 지지하는 성난 군중을 뚫고 리틀록 센트럴 고교에 등교하는 사건이 일어나고, '리틀록의 아홉 학생'은 평등을 추구하는 용기의 상징이 된다. 이 사건의 30주년을 맞아 그는 주지사로서 그들을 초대하고, 40주년 때는 대통령으로서 성대한 기념식을 연다. 중학교 때, "예수님은 모든 죄인을 사랑하며, 모든 사람이 예수님의 말씀을 들을 기회를 가져야 한다"며 부흥회에 백인만 참가시키자는 백인시민협의회의 요청을 거절했던 빌리 그레이엄 목사에게 감명 받은 그는 얼마 안 되는 용돈을 쪼개 선교 지원금을 보내기 시작한다. 그 후 백악관의 주인이 되었을 때까지도 그레이엄 목사는 훈계와 격려를 보내 주었으며, 언제나 자신의 신앙을 삶으로 보여 주었다. 여름에 열리는 밴드 캠프는 정치력과 리더십을 기르는 데 이상적인 곳이었으며, '자기 자신이 아주 중요한 사람이라는 느낌을 갖게' 해 주었다. 술이 취한 아버지가 보여 주었던 폭력적인 행동을 보면서 그는 화가 나도 절대 자제력을 잃지 않겠다고 결심했으며, 그 때문에 부담스러운 도전은 피할 수 있었다. 공격에 대응하는 방법은 하나가 아니라는 것도 배우게 된다.

6 | 어머니 그리고 아버지 클린턴

마취전문 간호사로 일했던 어머니는 항상 일과 놀이로 하루 하루를 가득 채웠고, 늘 동생 로저와 그를 위해 옆에 있었고, 학교행사에 한 번도 빠지지 않았으며, 아이들의 친구들을 위한 시간도 내주었지만, 결혼생활의 고통스런 문제만큼은 겉으로 드러내지 않았다. 어머니가 보여준 모범은 그가 대통령이 되었을 때 큰

도움이 된다. 선량했던 그의 계부는 다시 술을 마시게 되면서 폭력을 휘두르게 되고, 그의 어머니는 16살 된 그와 5살짜리 동생을 데리고 스컬리 스트리트에 있는 새 집에서 '지금도 삶에 중요한 일부를 이루고 있는' 새로운 삶을 시작한다. 그는 계부를 사랑하지 않은 적이 없고, 끊임없이 그를 바꾸려고 노력했다. 이혼을 강행한 어머니는 불과 몇 달 뒤 아버지와 재결합하는데, 결과적으로 어머니나 로저에게 별로 좋은 일은 아니었다.

7 | '정신적 지주' 케네디 대통령과 악수하다

그는 매년 열리는 미국 재향군인회 주 소년단 행사에 참가함으로써 열여섯 살에 이미 정치인으로서의 꿈을 키우고, 미국소년단 행사에 아칸소 상원의원으로 선출되어 참가하게 된다. 미국소년단에서 그는 의사당을 방문하여 진짜 상원의원들을 만난다. 그는 백악관에서 케네디 대통령을 만나고, '의도대로' 악수를 했으며, 그때 친구가 찍어 준 사진은 그가 대통령 후보가 되었을 때 다시 화제가 된다.

2년 전, 열네 살 때 케네디가 젊음과 힘과 나라를 다시 움직이겠다는 결의를 가지고 대통령에 출마했을 때, 그는 케네디가 이기기를 간절히 원했고, 그가 후보로 지명되자 닉슨을 지지한 대부분의 반 친구들에게 최대한 그를 옹호했었다. 그는 케네디의 가치관, 헌신적 태도, 사회적 양심을 존경했다. 그는 2학년 회장이 되었지만, 활동제한규칙에 따라 학생회장 선거에는 출마할 수 없었다. 이 규칙에 화가 난 다른 친구가 그를 간사후보로 올린 것을 모른 척 하는 어리석은 정치적 행동을 저지르게 되고, 당연히 고배를 마신다. 이 사건을 통해 그의 정치규칙 하나가 생긴다. '진정으로 원하지 않는 자리, 앉아야 할만한 이유가 없는 자리에는 절대 출마하지 마라.'

8 | 마틴 루터 킹과 케네디 대통령 때문에 울다

1963년 여름, 그는 그의 생애에 가장 위대한 연설을 듣는다. "언젠가 나의 네 자녀는 피부색이 아니라 인격을 기준으로 판단하는 나라에 살게 될 것입니다." 마틴 루터 킹의 연설을 들으며 흐느끼기 시작하고, 킹의 꿈을 실현시키기 위해 무슨 일이든 하겠다는 결심을 굳힌다. 11월, 케네디 대통령이 저격을 당했다는 소식을 전해 듣고, 바로 넉 달 전 악수했던 그를 생각하며 눈물을 흘린다. 이 사건의 영향으로 오직 워싱턴에 다시 가고 싶다는 마음에 조지타운대학교에만 원서를 내고, 외교대학에 합격한다. 고교 졸업식장에서 그는 "우리에게서 우리 국민을 강하게 해주었던 젊은 이상주의와 도덕주의가 떠나지 않게 해주십시오.…… 우리는 죽어도 다른 사람들은 여전히 자유로운 땅에서 살아갈 수 있도록 노력하게 해 주십시오"라는 정치와 종교 신념이 담긴 내용의 대표기도를 한다.

9 | 아칸소의 시골뜨기, 조지타운대학교에 가다

신입생 담당이었던 디닌 신부는 라틴어 외에는 전혀 외국어를 모르는 남부의 침례교도가 어떻게 외교대학에 오게 되었는지 모르겠다고 했다. 그는 1, 2학년 모두 학생회장으로 선출됨으로써 남부 시골뜨기의 저력을 보여 준다. 1학년 때는 "내가 당선되든 낙선하든 언제라도 필요한 역할을 맡아 봉사할 것이며, 우리 학년이 좀더 강해지고 좀더 자랑스러워질 수 있는 분위기가 되도록 노력하겠다"고 겸손하게 말했고, 2학년 때는 교파를 초월한 예배나 공동체 봉사 프로그램 등 캠퍼스의 쟁점들을 본격적으로 다루는 공약을 내세웠다. 그러나 그는 자원봉사 활동만으로는 많은 국민의 활동을 가로막는 가난과 차별, 기회부족이라는 어려움을 극복할 수 없음을 확신하게 되었기 때문

에 당시 존슨 대통령의 시민권, 투표권, 빈곤극복 정책을 더욱 강력하게 지지하게 된다.

10 | 주지사 선거운동원으로 일하며 정치를 배우다

2학년을 마치고 그는 아칸소에서 프랭크 홀트 판사의 주지사 선거운동원으로 고용되고, 홀트 대신 가끔 대리 연설도 하면서 순회 유세의 경험을 쌓는다. 아주 외딴 마을까지 직접 찾아가는 후보는 그곳의 표를 몽땅 걷어 올 수 있었으며, 선거에서 얻어야 할 곳은 다 얻어야 한다는 것을 알게 되었고, 후에 대통령 선거에 나섰을 때 이 풀뿌리 유세는 그에게 승리를 안겨 준다. 잭 홀트의 추천으로 그는 풀브라이트가 위원장으로 있는 외교위원회의 사무원 보조로 일하게 됨으로써 외교정책의 중심에서 직접 목격할 수 있게 되고, 학비도 해결한다. 이 기회가 아니었다면 그의 인생은 전혀 달라졌을 것이다.

11 | 정치의 중심, 의사당으로 출근하다

학생 신분으로 외교위원회에서 일하는 동안 그는 신문 스크랩을 위해 매일 주요 일간지들을 탐독했고, 16개월 뒤에는 로즈장학금 면접을 통과할 만큼 지식을 쌓았다. 당시 존슨 대통령은 시민권법·투표권법·빈곤퇴치법을 통과시키고, 가난한 사람들과 노인들에게 의료 혜택을 주는 등 많은 업적을 이루었지만, 베트남전쟁 반대는 확산되기 시작한다. 많은 거물들이 상원에 나와 펼치는 논쟁을 들으며 정치 세계를 파악하게 된다. 그는 가능한 모든 자료들을 읽었는데, 정부가 전황에 대해 오도하고 있다는 사실이 분명히 드러나 있었다. 전사자 명단에서 그의 친구 이름을 발견했을 때 그는 죄책감을 느끼고 입대할까 생각도 하지만, 반전편에 선다.

12 | 민권을 위한 폭동과 반전운동 확대

학생회장 선거에서 패배라는 쓴맛을 본 여름, 말콤 엑스가 인종 통합을 거부하고 '백인들이 이제까지 경험하지 못했던 인종 폭력을 예언'한 이후 뉴워크와 디트로이트에서 심각한 폭동이 일어나고, 여러 도시에서 160회 이상의 폭동이 일어난다. 점차 전투적인 민권운동과 반전운동 사이의 경계선이 흐려지기 시작하고, 반전운동은 점점 확대되어서 미국 전역에서 대규모 시위와 집회가 열린다. '의회와 동남아시아 결의안'이란 제목의 그의 논문은, 흔히 통킹 만 결의안으로 알려진 그 결의안에 대해 '웨인 모스 상원의원 말고는 그 누구도 이 결의안의 합헌성이나 합리성을 검토하거나 의문을 제기하지 않았다'는 것이 핵심으로 주목을 받는다.

13 | 킹과 바비 케네디 그리고 아버지의 죽음

대학 4학년이던 가을 그의 아버지는 암에 굴복했다. 장례식 날에 비가 내려서 가족들을 걱정시키더니 마침내 비가 멈추고, 그의 아버지는 평생 소원대로 '빗속에 묻히지 않았다'. 까다로운 심사를 거쳐 그는 로즈장학생으로 선발된다. 그 해 1968년은 미국 역사상 유례 없는 격동과 비탄의 한 해였다. 북베트남에 대한 폭격을 전면 중단하기로 한 존슨 대통령의 폭탄선언, 마틴 루터 킹의 암살, 민권운동가들의 빈민운동 활동 재개 등으로 격동은 좀처럼 가라앉지 않는다. 민주당 후보 지명 선거에 나섰던 바비 케네디가 암살되고, 충격 속에 대부분의 졸업식 축하행사는 취소된다. 졸업 후 그는 아칸소로 돌아와 주지사에 재출마한 풀브라이트를 위해 일하고, 그가 주지사에 당선되자 옥스퍼드로 갈 준비를 시작한다. 격동과 시위와 혼란과 비방 속에서 민주당 대통령 후보로 험프리가 지명된다.

14 | 정치적 자산이 된 옥스퍼드의 친구들

로즈장학생 그룹이 서로 낯을 익히기 위해 함께 항해를 하는 오랜 전통에 따라 그는 영국행 여객선에 오른다. 항해 중에 그는 모든 사람들과 만나려고 노력했고, 그보다 뛰어나고 다양한 신념을 가진 그들의 이야기를 듣고 그들에게서 배운다. 어렸을 때부터 몸에 밴 이런 태도는 '만남과 인간관계'의 소중함을 잊지 않게 하고, 인재를 가려내는 능력을 길러 주었다. 로즈장학생의 상당수가 그가 대통령으로 일할 때 중요한 역할을 맡는 '진정한 친구'가 된다. 오랜 역사를 자랑하는 옥스퍼드와 영국을 알아 가는 동안, 미국에서는 도시 폭력과 학생 시위가 계속되고 있었고, 험프리는 닉슨에게 승리의 축배를 양보한다. 1968년은 나라를 분열시키고, 민주당을 분열시켰으며, 보수적인 민주주의가 진보적인 민주주의를 대체하여 미국의 지배적인 정치 세력으로 등장한 해였다. 그 해의 악몽은 그를 비롯한 모든 진보적 정치가들이 고투해야 할 활동무대를 만들어 놓았다.

15 | 징집영장을 받고 미국으로 돌아오다

프랭크 홀트가 연방 대법원 판사로 다시 뽑혔다는 기쁜 소식을 들으며 어머니의 재혼 결혼식을 치른 후, 영국으로 간 그에게 전쟁의 비참함을 알리는 친구의 편지는 그의 정체성을 되돌아보게 한다. 옥스퍼드 시절, 친구 릭은 강제 징집을 하지 않으면 가난한 사람들이 감당해야 할 국방의 의무가 훨씬 무거워질 것이며, 모든 사람들이 공동체를 위한 봉사에 참여해야 한다고 믿고 있었다. 릭의 의견은 징병에 대한 그의 반감을 산산이 깨뜨려 버렸다. 릭과의 토론에서 뿌려진 씨는 20년 후 그가 첫 대통령 유세에 나섰을 때 싹을 틔웠고, 청년들의 국가 공동체 서비스 프로그램을 제안하는 발판이 되었다. 징집영장을 받고 그는 미국으로 향한다.

16 | 입대 대신 선택한 40일 간의 유럽 여행

전쟁에 대한 고민과 갈등으로 힘들어하던 그는 법대에 진학하고 ROTC에 입단하여 시간을 번다. 그러나 군복무 중인 친구들, 부상당한 이웃들, 인종 문제와 반전운동으로 혼란한 사회 분위기에서 그는 무엇이 최선인가 고민한다. 옥스퍼드에서 1년 더 공부할 수 있게 된 그는 암스테르담에서 스칸디나비아를 거쳐 러시아까지 갔다가 프라하, 뮌헨을 거쳐 옥스퍼드로 돌아오는 40일 간의 긴 여행을 떠난다. 유서 깊은 문화, 희망의 불빛을 갈망하는 공산권 사람들, 따라붙은 감시자 등 만남과 경험을 통해 그는 미국과 민주주의에 대한 새로운 신념을 다지고 영국으로 돌아온다. 방학 때 스페인을 여행한 후, 옥스퍼드 대신 예일 법대를 선택한다. 그의 생애에 있어서 아주 특별한 2년이었다.

17 | 힐러리와의 첫 데이트, 사랑에 빠지다

강의실에서 한 여성을 발견하고, 이름도 모른 채 그녀에게 끌린다. 어느 날 도서관에서 만난 그녀는 그에게 다가와 "당신은 계속 날 쳐다보고, 나도 계속 당신을 돌아보고 있으니, 서로 이름쯤은 알아야겠네요. 저는 힐러리 로댐인데요, 당신은요?" 그 날 이후 그들은 항상 함께 있기를 원한다. 방학 동안 그렇게도 원하던 맥거번 상원의원을 위해 일해달라는 제안도 거절하고, 오직 힐러리와 함께 있겠다는 열망으로 그녀를 따라 캘리포니아로 간다. 예일로 돌아와서 그들은 '너무나 행복하고 너무나 가난한' 생활을 시작한다. 선거운동원으로 많은 경험을 쌓으며 마지막 학기를 끝내고, 아칸소 법대에 조교수로 채용된다. 그러나 힐러리가 일하기로 정한 곳은 너무 멀리 떨어져 있었다. 졸업 후 함께 떠난 해외여행에서 그는 청혼하지만, 그녀는 그를 사랑하지만 결혼은 할 수 없다고 한다.

18 | 하원의원에 출마하다

변호사 시험에 나란히 합격한 후 힐러리는 매사추세츠로 떠나고, 그는 법대교수로서 지내면서 학생들과 동료 교수들, 교직원 회의에서 많은 것을 배운다. 뛰어난 정치적 잠재력을 가지고 있는 힐러리의 앞날을 위해 그는 이러지도 저러지도 못하면서 휴가 때만 함께 한다. 상황에 따라 하원의원에 출마하게 되고, 시골구석까지 찾아가는 풀뿌리 선거유세에 나선다. 그의 연설은 청중들의 심금을 울렸고, 관심을 끌었고, 지원부대는 더욱 강력해졌고 그는 승리를 확신한다. 결과는 패배였지만, 그 날의 패배는 그에게 행운이었다. 그가 이겨서 워싱턴으로 갔더라면, 그는 절대로 대통령에 당선되지 못했을 것이고, 18년 간의 소중한 아칸소 시절도 놓치고 말았을 것이다.

19 | 마침내 결혼, 선거에서도 승리하다

낙태 찬반론이 사회적 이슈로 뜨고 있는 가운데 그는 법대교수로 열심히 일하다가 '선거 때 진 빚을 갚기 위해' 다시 정치활동을 하게 된다. 여성과 소수 세력들의 정당활동 참여를 확대하기 위해 일하는 한편, 진폐증 프로그램에 대해 조사하는 등 강의와 정치활동, 법률활동으로 바쁘게 지낸다. 힐러리는 그의 옆에서 법대 강의와 함께 법률상담소를 운영하면서 경력을 쌓아간다. 힐러리가 좋아하는 집을 몰래 구해놓고, 그가 청혼했을 때 그녀는 결혼을 승낙하고 새집 거실에서 결혼식을 올린다. 멕시코 신혼여행 후, 그는 주정부 법무장관 선거에 나서고, 모든 지지자들에게 승리로 보답한다. 선거가 끝난 뒤 유럽여행 중에 카터운동본부로부터 아칸소 지부장을 맡아달라는 제안을 받고, 받아들인다.

20 | 아칸소 주지사가 된
32세의 젊은 정치가

새로운 업무를 위해 집을 옮기고, 힐러리는 로즈법률회사에 자리를 잡는다. 법무장관이 할 일은 범위도 넓고 다양해서 늘 분주하게 움직였으며, 여러 법안이 상정되고, 그것을 다루는 과정에서 '클린턴 정치 원칙'을 확립하게 된다. 그는 흑인들의 행사에도 참석하고, 오순절교회가 주최하는 여름캠프에 해마다 참가하였는데, 그들과의 만남은 그의 삶을 풍요롭게 하고 변화를 주었다. 초교파적으로 다른 사람들에게 사랑을 베풀며 사는 사람들에게 깊은 감명을 받았기 때문이다. 그는 주정부 일과 아칸소가 좋았기 때문에 워싱턴으로 가야 하는 상원의원 대신 주지사 선거에 출마하기로 결심한다. 통나무 운송업자들과 함께 줄다리기 대회에 참가하고, 토마토 빨리 먹기 대회에 참가하는 등 주민들과 함께 하는 선거운동을 펼친 그에는 32살에 아칸소 주지사에 당선된다.

21 | 첼시의 탄생,
재선에서 고배를 마시다

젊음은 경험 부족과 함께 주지사로서 활동하는 데 많은 문제를 낳는다. 자동차면허세 인상에 서명하는 실수, 개혁 부서에 능력만 믿고 아칸소 출신이 아닌 사람들을 채용함으로써 유권자들의 반감을 산다. 공익사업, 교육, 복지 문제 등 많은 계획들이 훌륭한 정책이었음에도 반대에 부딪치고, 실책이 되었다. 첼시의 탄생은 그에게 '가장 행복한 순간'을 주었고, 로즈법률회사가 준 4개월의 휴가로 가장 중요한 시기에 아기와 함께 할 수 있었다. 그는 다른 부모들도 똑같은 기회를 가질 수 있어야 한다고 생각했고, 대통령이 되었을 때 '가정과 의료 휴가 법령'에 서명했다. 출산이나 환자가 생겼을 때 3개월의 휴가를 허가하는 이 법안으로 3,500만이 넘는 국민들이 혜택을 받았다. 그러나 그는 여러 가지 불운까지 겹쳐 주지사

재선에서 실패하고 그를 돕던 많은 직원들과 함께 실업자가 되었다.

22 | 아칸소는 다시
빌 클린턴을 선택하다

새로운 일자리인 법률회사에서 일하는 동안 재도전을 꿈꾼 그는 유권자들을 찾아다니며 그를 선택하지 않은 이유를 조사하고, 그 점에 대해 솔직하게 대응하며 그들의 마음을 얻기 시작한다. 영향력 있는 인사들의 지지를 얻어내고, 텔레비전 광고를 통해 과거의 실책을 인정하고 진실로 사과했으며, "귀를 기울이지 않고는 지도자가 될 수 없다는 사실을 늘 잊지 않는 주지사가 되겠다"고 호소한다. 힐러리가 유권자들을 위해 남편의 성을 따르겠다고 선언함으로써 패인의 하나였던 문제도 해결된다. 교육 개선·고용증대·공공요금 인하를 가장 중요한 현안으로 제시한 그에게 두 번 다시 '바보짓'은 하지 않을 거라는 믿음으로 아칸소는 그를 택한다.

23 | 아칸소에서 전국으로 넓힌
정치활동

그가 제안한 교육기준안·교사시험법·판매세 인상 등이 지지를 얻고, 전국 각지에서 아칸소의 교육개혁에 대한 긍정적인 평가들이 쏟아진다. 고용창출과 소득증대를 위한 경제 개혁으로 침체되었던 경제는 호전되고 있었다. 그는 다시 주지사가 되고, 전국주지사의회에서 부의장으로 선출된다. 그는 아칸소의 경제 발전을 위해 전국은 물론 일본까지 가서 관련자들을 만나 설득하고 회사와 공장을 유치해 나간다. 2년 후, 헌법개정에 의해 4년으로 임기가 바뀐 주지사에 다시 당선된 그는 전국주지사의회 의장이 되고, 전국교육위원회 의장직도 맡는다. 경제 분야에서 그는 빈민지구에 투자 기회를 증대시키고, 복지제도 개혁을 제안

한다. 이 개혁안은 생활보호 대상자에게 일거리를 주어서 경제적 자립을 함으로써 자존감을 갖게 하자는 것으로, 대통령 시절에도 제안되고, 지지율을 높이는 데 큰 몫을 한다.

24 | 두 가지 이유로 대통령 출마를 포기하다

주지사로서의 업적으로 점점 지명도가 높아진 그는 세 가지 이유로 대통령 출마를 고려했으며, 두 가지 이유로 출마를 포기한다. 힐러리는 그가 아칸소에서 시작한 일을 마쳐야 하며, 전국적인 기반을 더 넓혀야 한다고 조언했고, 그녀가 옳았다. 그는 전국을 돌아다니며 교육과 복지제도 개혁에 관한 정책 연설을 하면서 지지 기반을 넓혀 간다. 그가 애써온 교육개혁만큼은 부시대통령도 '정치싸움을 벗어난 영역에서' 계속 진행시키겠다고 지원함으로써 그는 백악관 실무자들과 함께 6개 항목의 목표에 합의하고, 부시대통령에 의해 발표된다.

25 | 마침내 대통령 출마를 결심하다

다시 주지사가 되고, 의욕적으로 매달린 정책들은 거의 다 통과된다. 그가 민주당지도자회의 총회에서 한 기조연설은 가장 설득력 있고 중요한 연설이었다. 수백만 미국인들이 생각하고 있는 것의 핵심을 포착하고 있었고, 자유주의와 보수주의 모두를 끌어안음으로써 민주당을 지지하지 않던 유권자들도 귀를 기울이게 했다. 그는 미국이 나아갈 길을 옹호하는 중요한 대변자로 자리를 잡는다. 대통령 출마를 결심하지만, 걸프전쟁으로 부시의 인기가 최고인 때여서 그가 승리할 가능성은 없어 보였다. 그러나 그에게는 그의 구상이나 정책, 주지사로서 해낸 일에 관심을 가진 언론의 우호적인 대접이 있었고, 거의 무명의 존재이며 여론 조사에서 매우 뒤처져 있는 그를 위해 선거운동을 하러 나선 아칸소의 지지자들과 전국에

퍼져 있는 열렬한 팬들이 있었으며, 무엇보다도 그 자신이 준비되어 있었다.

26 | 예비선거 중에 불거진 스캔들

그는 '대통령 선거운동이 성공을 거두려면 기본적인 세 가지가 필요하다. 우선 사람들이 그를 보고 대통령으로 상상할 수 있어야 한다. 다음에는 사람들에게 알려지는 데 필요한 돈과 지지가 있어야 한다. 마지막으로 아이디어와 메시지, 쟁점을 놓고 전투를 벌일 수 있어야 한다'고 생각했다. 경쟁은 치열했지만, 전국에서 지지 세력들이 늘어가고 기금도 많이 모였으며, 희망적인 2위를 달리고 있었다. 그러나 제니퍼 플라워스의 '불륜관계' 주장과 함께 대학 시절의 병역문제가 터짐으로써 지지율은 급락한다. 대학 시절의 많은 친지들이 발벗고 나서서 그의 결백과 진심을 증명해 주었기 때문에 그는 다시 소생했고, 오직 정책으로 열띤 논쟁을 벌인다.

27 | '자질' 문제로 비난하던 언론이 지지하고 나서다

뉴욕주의 선거를 앞두고 언론은 화이트워터 사건, 환경 오염 문제, 마리화나 등 '자질' 문제를 놓고 '공격부터 하고 질문은 나중에 한다'는 식으로 트집을 잡는다. 그 배경에는 '남부의 가난한 촌뜨기'라는 선입견도 있었다. 그와 그의 지지자들은 모든 역량을 뉴욕 주에 쏟아 부었고, 다른 몇 주에서 승리한다. 언론들은 '언론으로부터 역사상 유례 없는 비난을 받았음에도 그가 살아남았다는 것은 그의 자질이 훌륭하다는 것을 분명하게 보여준다. 그는 끈기 있게, 큰 압박 속에서도 매우 당당한 모습을 보여 주었다'며 그를 끌어안기 시작한다. 앨 고어를 러닝메이트로 지명한 그는 민주당 전당대회에서 마침내 공식적인 민주당 대통령 후보가 된다.

28 | 미국은 '새로운 힘과 변화'를 선택했다

작은 도시와 시골 구석구석까지 찾아가기 위해 마련된 버스유세는 서민적인 면과 전진을 상징하며 호응을 얻는다. 그가 경제 재건과 의료보험 개혁에 대한 지지를 호소하는 동안 부시는 정책보다는 적을 중상하기 위해 안간힘을 썼고, 언론은 부시에게서 등을 돌린다. 억만장자 페로가 선거전에 복귀하면서 공개 토론회를 하기로 부시 측과 합의한다. 그가 경제 문제에 집중하고 있는 동안, 부시는 클린턴의 자질과 정직성 문제를 공격하기로 결심한다. 팽팽했던 대결에서 그는 '스타일, 정책의 구체성, 편안함'이라는 점에서 많은 지지를 얻고, 부통령 토론회에서는 앨 고어가 압도적인 우세였다. 모든 매체 광고를 동원한 부시의 공격에도 불구하고, 자질 문제보다는 국가 현안인 경제 문제에 핵심을 두고 있던 국민들은 '지쳐 있는 이 나라에 새 힘을 충전하고 새로운 방향을 제시할 가능성이 있어 보이는' 클린턴을 선택한다.

29 | 정권 인수 중에 '올해의 인물'로 뽑히다

축하할 여유도 없이 새 대통령으로서 '해야 할 일'은 늘어만 간다. 정권 인수위원회를 구성하고, 외국 지도자들과 국회 지도자를 만나고, 국회 제출용 경제 계획안을 만들고, 내각을 구성하는 등 취임식 전에 준비해 두어야 할 일들이 그를 재촉하고 있었다. 그는 각 분야에서 유능하고 다양한 출신 배경을 갖춘 인물들로 내각을 구성했으며, 경제를 최우선 과제로 삼겠다는 약속도 지켰다. 타임지는 그를 '올해의 인물'로 선정했고, 몇 가지 문제도 발생했지만, 여론조사 결과 국민의 84%가 선거 후의 그의 행동에 대해 긍정적으로 보는 것으로 나타났다. 그의 당선은 제2차 세계대전 참전용사들로부터 베이비붐 세대로 옮겨가는, 미국의 세대교체의 상징이었다.

30 | 취임식, 백악관 시대를 열다

버지니아 몬티첼로에 있는 토머스 제퍼슨의 집에서 열린 취임기념행사에 참가하여, 젊은 이들과 토머스 제퍼슨의 중요성을 놓고 토론한 후 '승리를 안겨준' 버스로 워싱턴을 향한다. 콘서트 등 모든 취임식 주간행사에 참가하고, 연설문을 점검하고, 마침내 취임식이 시작된다. 힐러리가 들고 있는 성경에 왼손을 올려놓고, 오른손을 들어 취임선서를 하고 그는 미 합중국 대통령이 된다. 취임 연설에 대해 "가슴에 남는 구절도 없고, 마음을 끄는 구체적인 사항도 없다"는 혹평도 있었지만, 그는 마음에 들었다. 역사상 세 번째로 짧은 취임 연설이었지만, 국민들은 그가 세상을 어떻게 보는지, 그가 무엇을 하고자 하는지 알 수 있었다.

31 | 취임 1년, 좌절과 성공을 겪다

군대 내의 동성애 문제는 군관계자들과의 토론과 설득에도 불구하고 상하의원은 그의 제안을 반대하는 결의안을 통과시키고, 의료개혁을 위한 특별대책위원회를 힐러리에게 맡긴 것은 논란을 불러일으킨다. 선거공약을 지키기 위해 업무는 더 늘었음에도 백악관 직원을 25% 줄인다. 출산이나 가족이 아플 때 일정 기간의 휴가를 보장하는 가족의료휴가법에 서명하는데, 그 후 8년 동안 가장 반응이 좋은 법안이 된다. 적자 감소를 위한 경제 정책을 발표한 연설은 전체적으로 좋은 반응을 얻었고, 그와 경제팀들은 이를 설명하기 위해 전국으로 흩어졌다.

32 | 취임 100일간의 성적은 중간 정도

외교정책은 그의 가장 큰 관심사였다. 그는 러시아를 돕겠다고 약속했기 때문에 옐친과의 회담에서 러시아에 많은 돈이 갈 것이라는 사실을 분명히 밝혔다. 러시아 민주주의를 강화하는 일에는 큰 성공을 거두었지만, 보스니아에서의 학살과 인종 청소를 끝내려는 노력은 더 많은 시간이 필요했다. 취임 첫 100일 간의 업무 성적은 중간 정도. 공화당의 완강한 반대와 너무 많은 일을 한꺼번에 하려 했던 것이 이유다. 그러나 실제로 할 일이 너무 많았고, 그는 약속을 지키고 싶었다.

33 | 첫 국제회의 G-7에 참가 후 첫 한국 방문

적자 축소가 경제 전략의 핵심이었던 그가 거둔 성과는 금융기관에 대한 규제 개혁이었다. 그 결과 법이 정한 범위의 저소득층에게 주택 저당, 소기업, 공동체 개발 대출금으로 돈을 풀게 되었다. 23년 간 잠자고 있던 공동체 재투자법이 처음으로 제대로 시행된 것이다. 클리블랜드 해프닝, 이발 스캔들, 출장국 기자들의 불만 등의 소동은 '서로 이해하지 못하면, 중요한 일을 개선하려는 노력을 국민에게 알리는 일이 얼마나 어려운지 보여주는' 실전교육이었다. 일본에서 첫 국제회의인 G-7 정상회의에 참석하고, 한국 방문 길에 오른다.

비무장지대의 미군부대를 방문하고, 돌아오지 않는 다리 너머로 냉전의 마지막 전초기지에서 자기편을 지키고 있는 젊은 북한 병사를 바라보았다. 김영삼 대통령과 아침에 조깅을 마친 후 실내 수영장에 들어가자 엘비스에서 재즈에 이르기까지 그가 좋아하는 음악이 울려 퍼졌다. 그는 유명한 한국식 환대를 받으며 수영을 즐겼다. 정상회담과 국회에서 연설을 끝낸 후 한국을 떠나며, 한미 간의 오랜 동맹 관계를 더욱 단단히 유지해 나가겠다는 결심을 굳힌다.

34 | 평생 친구 빈스 포스터의 충격적인 죽음

백악관 법률고문을 맡고 있던 빈스 포스터의 죽음에 그는 충격을 받는다. 빈스는 유치원에 들어가기 전부터의 친구로 최근 그의 능력과 성실성 문제를 제기한 언론에 상처를 받았다. 공개적으로 비판을 받아 본 적 없고, 명예와 존중이라는 가치에 뿌리를 두었던 그로서는 감당하기가 힘들었다. "워싱턴에서는 사람을 망치는 일을 스포츠로 생각한다. 사람들은 클린턴 부부와 충성스런 참모진들의 결백을 결코 믿지 않을 것이다." 후에 비열한 스타검사는 빈스를 '두 번 죽인다.' 클린턴은 오직 봉사와 좋은 일을 위해 그의 곁에 온 아칸소 친구들이 비판의 대상이 되고 있는 것이 슬펐다. 빈스를 보내고, 그는 경제 계획을 들고 상하의원의 표를 얻기 위한 설득 작업에 들어가고, 밀고 당기는 예산 드라마가 펼쳐진다.

35 | 라빈과 아라파트

오슬로에서 진행되던 비밀회담에서 라빈과 아라파트가 평화 합의에 이르렀다는 기쁜 소식이 온다. 그들은 백악관에 와서 평화협정에 서명할 것이며, 미국은 그들과의 대화를 계속할 것이라고 발표했다. 당시에는 자국민들이 어떤 반응을 보일지 알 수 없었기 때문에 두 지도자가 직접 온다는 것은 도박이었다. 두 지도자는 조인식에 직접 왔고, 연설을 했으며 '전 세계가 보고 싶어 하니까' 악수를 나눴다. 다음 날 이스라엘과 요르단 외교관들은 최종적인 평화에 더 다가가는 협정에 서명했고, 유태계와 아랍계 미국인 사업가 수백 명은 투자를 위해 함께 노력할 것을 다짐했다.

36 | 김영삼 대통령을 위한 국빈 만찬 준비

대통령 1차년도에 대국회 관계에서 가장 높은 성공률을 기록하는 성과가 있었음에도 여론조사 지지율이 낮았다. 성공적인 업적을 홍보하지 않아 국민들이 잘 모르기 때문이기도 하지만, 공화당의 끈질긴 공격과 그의 실수를 최대한 이용하는 노련함의 공이 크다. 그동안 경제 장관들이 모이던 아시아태평양 경제협력체에 그는 지도자들이 직접 모이자고 제안했고, 그 최초의 모임이 이루어진다. 일본의 새 총리, 중국의 총서기 장쩌민 등과 현안 문제에 대한 의견을 나누고, 북한 문제를 해결하기 위해 서로 돕기로 한다. 위싱턴으로 돌아온 그는 김영삼 대통령을 위해 처음으로 국빈 공식만찬을 준비한다.

37 | 가장 힘들었던 1994년

새해 5일, 어머니가 세상을 뜨셨다. 밥 돌과 뉴트 깅리치는 그 소식에도 무심한 채 화이트워터에 대한 독립변호사의 임명이 필요하다고 주장한다. 장례를 치르고 그는 유럽 순방길에 오른다. 프라하에서 하벨을 만나고, 우크라이나 대통령을 만나 옐친과 함께 서명하게 될 협정에 미리 감사했다. 모스크바에서 옐친은 러시아에 대한 원조 결정에 감사하며, 그가 제안한 '평화를 위한 동반관계'를 조건부로 승인한다. 유럽 순방으로 미국은 큰 이익을 얻었지만, 국내에서는 전혀 알지 못한다. 모두가 화이트워터 이야기만 하고 싶어했다. 내용도 잘 모르고. 부정의 '믿을 만한 증거'도 없이 민주당 의원들 몇몇도 합세한다. 사실이 아닌데도 대처 방안을 세워야 했고, 지쳐 있는 동안 공화당계 출신인 로버트 피스크가 특별검사로 임명된다.

38 | 온갖 거짓으로 진흙탕이 된 화이트워터의 물살

화이트워터의 거친 물살은 진실을 비켜 가며 거짓 증거들로 혼탁해지고, 드디어는 그 당시 사고를 당한 사람들은 '의문의 죽음을 당한 수많은 사람들'이 되어 가고 있었다. 그는 마약 밀반입, 증인 살해 등의 범죄자로 몰렸으며, 여론조사에서는 반수의 사람들이 그들 부부가 거짓말을 하고 있으며 불법적인 일을 했다고

생각했다. 한편으로 그는 대통령으로서, 학위 없는 노동자들을 위한 법안, 취학 전 아동 교육 개혁안, 복지개혁안 등을 내놓고, 인도와 파키스탄, 보스니아와 크로아티아, 중국 등을 상대로 성공적인 외교정책을 펼치고, 끊임없이 이어지는 일들을 현명하게 처리해 나간다.

39 | 아이티 민주주의 무혈로 회복시키다

화이트워터는 피스크 검사에 의해 맑아졌지만 그는 비난 속에 해임되고, 후임으로 임명된 케네스 스타는 당성이 아주 강해서 화이트워터를 다시 흙탕물로 만들 작정을 하고 있었다. 그 와중에도 외교정책은 착실히 진행되고, 그의 법안은 성공과 실패 끝에 빛을 보기도 하고 다음 회기로 밀리기도 한다. 아이티의 공포정치가 극에 달하고 있을 때, 해결사로 카터 대통령과 콜린 파월, 샘 넌을 특사로 보낸다. 언제 공격을 개시하게 될지 모르는 위태로운 상황에서 협상 시간은 계속 늘어났으며, 마침내 아이티는 전쟁 대신 평화를 택한다. 중간선거는 6주 남았는데, 그에 대한 불신은 아직 걷히지 않았다.

40 | 축복받은 10월

의료 제도 개혁은 좌절되지만, 총 13개의 세출예산안이 통과되어 또 한번 생산적인 입법의 해를 마무리한다. 40%의 지지율로 맞이한 10월은 그나마 얼마간의 행운을 가져온다. 만델라가 국빈 방문하고, 상호 협력을 위한 합동위원회 설치에 합의한다. 상하의원은 초당적인 지지로 초등 및 중등 교육법을 통과시키고, 실업률은 떨어지고 경제 성장은 자리를 잡았으며, 수출도 호황이었다. 아이티는 민주주의를 회복하고, 강도 높은 협상 끝에 북한이 핵확산 위협을 종식시키는데 합의하고, 이스라엘과 요르단이 평화협정에 합의하고 조인식에 그를

증인으로 초청한다. 이스라엘 국회에서 연설하고, 숙연한 마음으로 홀로코스트 기념관을 방문했다. 성공적이고 고무적인 방문이었지만, 고국에서는 힘겨운 선거가 기다리고 있었다.

41 | 상하의원 선거에서 민주당 완패하다

'대통령 자리'를 지키면서 지지율을 강화할 만한 말과 행동만 하라는 충고를 받았지만, 그를 위해 뛰어 준 사람들의 지원유세를 거절할 수 없어 선거운동에 뛰어든다. 유권자들에게 그것은 좋지 않은 인상을 주었고, 결과는 완패였다. 그가 짧은 기간 동안 누구보다 많은 일을 했다는 것을 아무도 몰라주었다. 그가 재선에 나서지 않을 거라는 예측이었지만, 시간은 그의 편이었다. 적자는 줄어들고 경제는 계속 좋아질 터였고, 새로운 국회는 국민 전체를 볼 때 너무 우익으로 치우쳐 있으며, 공화당은 감세와 국방비 증액 비용을 대기 위해 교육, 의료, 환경 지원에 들어가는 돈을 줄이자고 할 터였고, 그건 국민들의 복지를 위협하는 제안이었다.

42 | 침몰하는 멕시코 구출 작전

새해 벽두에 찾아온 최대의 위기는 멕시코의 재정위기였다. 페소화 가치가 급락하고, 외환고는 바닥 난 상태여서 돈을 꾸거나 갚을 능력을 잃었다. 멕시코를 살려내지 않으면, 마약과 불법 이민자들이 국경을 넘어 올 것이고, 교역 관계에 있는 모든 나라들이 연쇄적으로 영향을 받게 된다. 미국의 지원에도 멕시코가 소생하지 못하면 돈을 몽땅 잃을 수도 있다. 강력한 반대에 부딪혔지만, 그는 멕시코의 새 대통령을 믿었기 때문에 지원을 결정한다. 국제통화기금에서 180억 달러를 지원 받고, 105억 달러를 빌려 간 멕시코는 예정보다 3년이나 앞당겨 차관에 이자 14억 달러까지 다 갚는다. '재임 기간에 이루어진 가장 인기 없고, 가장 이해 받

지 못했던, 그러나 가장 중요한 외교정책 결정'이었다.

43 | 오클라호마 폭발 사고와 예산 싸움

연방정부를 증오하는 한 인물에 의한 오클라호마 폭발 사고로 어린이를 포함한 무고한 생명이 희생당하자, 그는 이미 국회에 제출한 테러방지 법안에 대해 신속한 처리를 요구한다. 화이트워터 문제로 클린턴 부부는 심문을 받는다. 예산을 둘러 싼 긴 싸움에서 그는 처음으로 공화당의 예산폐기안에 거부권을 행사한다. 불필요한 프로젝트 대신 교육, 국가봉사, 환경에서 너무 많은 지출이 삭감되기 때문이다. 공화당이 교육, 아메리코, 안전한 마시는 물 프로그램에서 7억 달러 이상을 되살려 주었기 때문에 그들과 합의에 이르고, '경제가 나아져서 예상보다 적자가 감소되었으며, 공화당식의 가혹한 삭감 없이도 9년이면 균형 예산을 이룰 수 있는' 희망이 보인다.

44 | 결혼 20주년에야 사준 다이아몬드 반지

보스니아에서는 치열한 전투가 시작되고, 무기수출금지 조치 철회 압력, 화이트워터 청문회, 예산 싸움 등으로 긴장을 풀 수 없었지만, 10월 말의 하루는 기쁨이었다. 그는 결혼 20주년 기념식에서 힐러리에게 자신들이 살아온 삶을 기념하는 예쁜 다이아몬드 반지를 선물한다. 그것은 힐러리가 그의 청혼을 받아들였을 때 돈이 없어 약혼반지조차 사주지 못했던 지난날에 대한 보상이기도 했다. 힐러리는 그 반지를 좋아했으며, 자신들의 삶의 기복에도 불구하고 그들이 여전히 서로에게 묶여 있다는 표시로 그 반지를 끼고 다녔다.

45 | '장막 앞의 불기둥' 라빈 암살되다

보스니아 평화회담이 시작되고 있는 시각에 이스라엘 수상 라빈이 총을 맞다. 대규모 평화 집회에 참석했다가 떠나는 길이었다. 이스라엘 정착민들이 있는 서안지구를 팔레스타인에게 넘겨주는 걸 참을 수 없었던 젊은 법대생이 평화를 사랑한 라빈의 숭고한 정신을 분노로 갚았다. 라빈은 불과 열흘 전에 그에게 유대인 호소연합회에서 주는 이사야상을 수여하려고 미국에 왔다. 신뢰와 존경으로 쌓아온 우정, 그는 이제 라빈 없이 중동에서 무엇을 할 수 있을까! 라빈의 손녀는 "할아버지는 장막 앞의 불기둥이었어요. 이제 우리는 어둠 속에 홀로 남은 장막일 뿐, 우리는 너무 추워요"라는 말로 청중을 감동시킨다.

46 | 청문회의 고난 속에서, 다시 대통령이 되다

화이트워터는 스타 검사의 각본대로 펼쳐지느라 국민의 혈세가 낭비되고 있었지만, '특별검사'의 비뚤어진 야망은 갈수록 왜곡되어 간다. 힐러리는 『한 마을이 필요하다』를 펴내고 용감하게 전국을 돌며 홍보행사를 펼치고, 사람들은 그녀를 지지해 주었다. 아일랜드와 중동에서 평화가 깨지고, 스타검사는 그의 발목을 놓지 않지만, 그의 정책을 제대로 알리고 긍정적인 평가를 얻기 위해 본격적인 재선 운동에 들어간다. 테러와 흑인교회 연쇄방화 등의 사건들 속에서도 '4년 간의 성적이 좋았고' 또 '아무 죄 없이 정적들에게 시달리고 있다'는 것이 드러났기 때문에 유권자들은 그에게 한번 더 미국을 맡긴다.

47 | 폴라 존스, 합의 거절하고 사과 요구하다

대통령으로서 5번째 맞이한 1997년의 성적은 비교적 만족스럽다. 헬싱키 정상회담, 나토 확대, 화학무기 협약, 교토의정서, 입양법의 전면적 개혁 등 외교정책도 성공적이었고, 균형 예산안, 최대의 대학 지원, 아동건강보험 확장, 식품의약품국 개혁 등도 지지를 얻는다. 폴라 존스의 사건은 재판으로 가더라도 승산이 있었지만, 남은 임기 동안 단 며칠이라도 낭비하기 싫어 합의를 제안한다. 폴라 측은 '성희롱'에 대해 사과하지 않으면 합의할 수 없다고 하고, 그건 사실이 아니라 응할 수 없었다. 그의 정적들이 돈을 대는 법률회사가 사건을 맡게 되면서 험난한 앞날을 예고한다. 크리스마스 하루 전 미국은 비틀거리는 한국 경제를 지원하기 위해 17억 달러를 제공하기로 합의한다. 그는 1992년 5월 로스앤젤레스 시청 계단에서 김대중 대통령을 처음 만났는데, 그 때 김 대통령은 자신이 그와 똑같은 새로운 방식으로 정치에 접근하고 있다고 당당하게 말했다고 한다. 김 대통령은 용감한 동시에 통찰력이 있었으며, 그는 김 대통령을 지원하고 싶었다고 한다.

48 | 르윈스키와의 '부적절한' 관계, 대가를 치르다

1998년, 가장 부정적인 한 해가 된다. 르윈스키와의 일은 부도덕하고 어리석은 일이었다. 그보다 더 후회되는 일은 가족에게, 국민에게 창피했기 때문에 그들 모두를 '속였다'는 것이다. 그로 인해 '모든 일에서' 거짓말쟁이처럼 돼버렸지만, 공적인 생활이나 재정 문제에서 그는 정직했다. 나라 재정은 이제 흑자로 올라섰고 대내외적인 정책은 모두 성공적이었지만, 르윈스키는 '개인적인 수모와 불명예로 외롭고 힘든' 그와의 싸움을 포기하지 않는다.

49 | 탄핵 위기 속에서 민주당 완승

르윈스키와의 관계를 힐러리에게 고백한다. 세계 곳곳에서 테러가 발생하고, 빈 라덴과의 전쟁이 시작된다. 그밖에 경제 지원과 평화를 위한 정상회담, 중동평화유지 등에서 뛰어난 능력을 발휘해 미국을 빛나게 하지만, 정적들은 오직 개인적인 실수에 초점을 맞춰 탄핵을 추진한다. 그런 중에 정치분석가들의 예상과는 반대로 민주당은 승리한다. 대통령 탄핵만을 내세운 공화당보다는 경제 발전과 국익을 가져온 성공적인 정책을 지지한 국민들은 압도적으로 탄핵을 반대하고, 그가 '탄핵을 받을 정도의 중대한 범죄를 범하지 않았다'는 것이 증명된다.

50 | 김대중 대통령과 북한 문제 협력 합의

11월 그는 한국을 방문하여 경제위기 극복을 위한 노력과 북한과의 적극적인 교류를 추진하고 있는 김대중 대통령의 활동에 대한 지지를 밝히고, 미국과 한국이 미사일과 핵무기를 비롯한 대량 살상 무기의 확산을 허용해서는 안 된다는 점을 분명히 했다. 화이트워터로 시작된 특검 조사 보고에서 스타검사는 '대통령 부부의 범죄 사실을 발견하지 못했으며' 또한 자신이 대배심 규칙을 위반하여 '언론과 몰래 이야기했다'는 사실을 인정한다. 스타가 거짓 증언을 하고, '불법적으로' 탄핵과정에 개입한 것도 밝혀진다. 폴라 존스 소송은 상당한 돈을 지불하되 사과는 하지 않기로 매듭짓는다. 탄핵 절차가 진행되는 동안에도 그는 직무에 충실함으로써 언론도 균형을 잡아가기 시작한다. 실업률은 계속 떨어졌고, 주식시장은 상승세를 타기 시작했다. 무엇보다도 이익을 본 많은 국민들이 그에게 격려와 지지를 보내고 있었다.

51 | 탄핵 동의안 부결되다

탄핵재판이 시작되는 날 그는 연두교서를 발표하고, 그가 제시한 믿을 만한 정책은 최고의 지지율을 얻는다. 탄핵사유였던 위증과 사법 방해 혐의는 구체적이고 근거 있는 반론 앞에 산산조각 난다. 3주간의 격론 끝에 탄핵 동의안은 부결되고, 그는 모진 시련에서 벗어났다. 전 세계에 발가벗겨지고, 수많은 돌을 맞았지만, '누구도 완벽한 사람은 없다'며 그를 밀어준 우방 국가의 지도자들, 개인적인 실수보다는 미국의 자존심을 지켜준 업적에 표를 던진 국민들, 무엇보다 웃음을 되찾은 힐러리가 있었기에 평온 속에 봄을 맞는다.

52 | 세르비아, 코소보 공격

세르비아의 코소보 공격으로 세계 평화가 위협받게 된다. 유엔과 미국을 비롯한 동맹국들, 나토의 설득과 제안에도 밀로셰비치는 5만 명의 무고한 생명들을 앗아가고, 25만 명의 난민이 발생한다. 나토의 대대적인 공습 끝에 밀로셰비치는 국제사법재판소에서 전쟁범죄 혐의로 기소되고, 나토는 코소보에 평화유지군을 파견한다. 미국 내에서는 교내 총기난사 사건이 발생하고, 이를 계기로 총기소지 규정을 확대하여 사실상 '무면허 총기구매'의 가능성을 차단한다.

53 | 엘 고어를 대통령으로!

엘 고어가 대통령 출마를 선언하고, 그의 경쟁자는 조지 W. 부시였다. 나라 형편이 좋아지고, 행정부에 대한 지지도가 높았기 때문에 엘 고어의 승리는 낙관적이었다. 엘 고어는 역사상 가장 적극적이고 능력 있는 부통령이었지만, 부통령을 그저 보좌역으로 생각하는 사람들의 고정관념을 깨뜨릴만한 '독립성'을 찾아야 했다. 클린턴은 미국의 중심부인 리틀록에 자신의 도서관을 세우고 싶어 했고 그의 인생과 대통령 직무에 대한 책을 쓰고 싶어 했다. 대외적으로는 인도와 파키스탄, 터키와 그리스 사이의 갈등을 중재하고, 오사마 빈 라덴을 체포 또는 살해하기 위한 특공대 파견 프로그램은 취소되었지만, 국가안보팀의 활약으로 수많은 테러공작은 무산되고, 아무 문제없이 희망의 새 천년을 맞이한다.

다며 북한 방문을 단념할 것을 간청한다. 북한 방문은 취소되고, 대통령 임기 마지막 날 그가 한 일은 '미국이 세계적으로 전개해 온 지뢰금지 활동을 앞으로 10년 더 지속해 줄 것을 당부하는 것'이었다.

54 | 쿠바 엘리안 사건, 정치문제로 확대되다

쿠바에서 엄마와 함께 낡은 배를 타고 미국으로 오다가 사고로 혼자 남은 어린아이를 놓고, 누구에게 양육권이 있는가 하는 것이 선거전의 현안으로 떠오른다. 미국에 있는 아이의 친척들은 아이를 카스트로의 독재 밑으로 돌려보내는 것은 옳지 않다고 버텼고, 미국 이민국은 조사 결과 쿠바의 아버지에게 돌려보내져야 한다고 했다. 엘 고어는 아이의 이익을 위해서는 미국에 남아야 한다고 주장했고, 쿠바의 아버지 품에서 행복한 미소를 짓고 있는 사진이 신문에 실리면서 여론은 부자지간의 재결합 쪽으로 기울어졌다.

55 | 아쉬웠던 북한 방문 취소

힐러리는 상원의원이 되고, 고어는 '플로리다 투표용지'로 불거진 '재검표의 부당한 처리'로 이기고도 졌다. 임기는 끝나가고 있었지만, 마무리져야 할 일은 미국과 전 세계에 널려 있었고, 그는 최선을 다해 문제들을 해결해 나간다. 그는 일찍이 빌 페리를 특사로 보내 '북한이 장거리 미사일 생산 시도를 포기하면 광범위한 지원을 하겠다'고 제안했었고, 이제 북한과의 협상을 진척시키기 위해 북한에 갈 예정이었다. 노벨평화상을 받은 직후 한국의 김대중 대통령이 '햇볕정책'을 통해 그 어느 때보다 강도 있게 남북한의 화해를 열망하고 있다는 것을 알고, '햇볕정책'을 위한 어떤 계기를 마련하고 싶었다. 그러나 아라파트는 중동평화회담에서 제시된 중재안을 마무리하기를 원한